国学经典文库
中国侠义小说
千古豪侠如一梦　痴狂笑傲泯恩仇
图文珍藏版
刘凯◎主编
侠義小說
线装書局

图书在版编目（CIP）数据

中国侠义小说 ：全4册 / 刘凯主编 . -- 北京 ：线装书局，2014.3
ISBN 978-7-5120-1172-4

Ⅰ. ①中… Ⅱ. ①刘… Ⅲ. ①侠义小说－小说集－中国－清代 Ⅳ. ① I242.4

中国版本图书馆 CIP 数据核字 (2013) 第 293043 号

中国侠义小说

主　　编：刘　凯
责任编辑：杜　语　高晓彬
封面设计：博雅圣轩藏书馆 Boyashengxuan Cangshuguan
出版发行：线装書局
地　　址：北京市西城区鼓楼西大街 41 号（100009）
电话：010-64045283
网址：www.xzhbc.com
印　　刷：北京彩虹伟业印刷有限公司
字　　数：1360 千字
开　　本：710×1040 毫米　1/16
印　　张：112
彩　　插：8
版　　次：2014 年 3 月第 1 版第 1 次印刷
印　　数：1–3000 套

定　　价：598.00 元（全四册）

中国侠义小说

侠义小说是中国古典小说的一种，指以侠客，义士的故事为题材的作品。始见于唐代传奇中的部分作品，以及宋、元时期“朴刀”、“棍棒”之类的话本。至清中期，逐趋成熟，出现了《三侠五义》，清后期出现大量此类题材，如《儿女英雄传》、《小五义》、《七剑十三侠》等作品，多以描写主人公路见不平拔刀相助、为国为民的故事。侠义小说在我国源远流长，侠义文化在我们民族文学中占有重要地位与广泛影响。

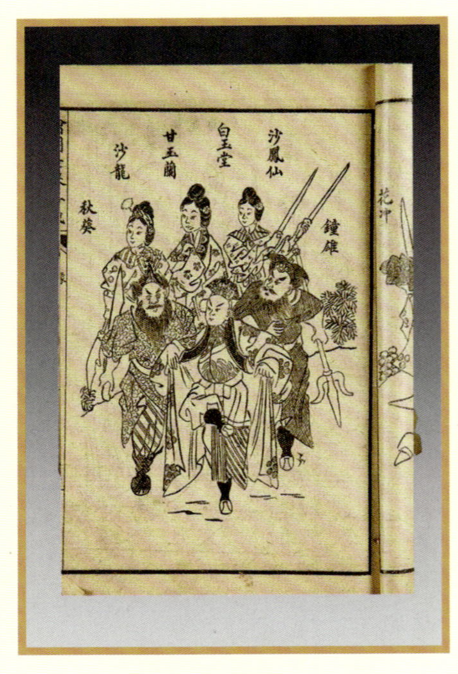

《三侠五义》书影

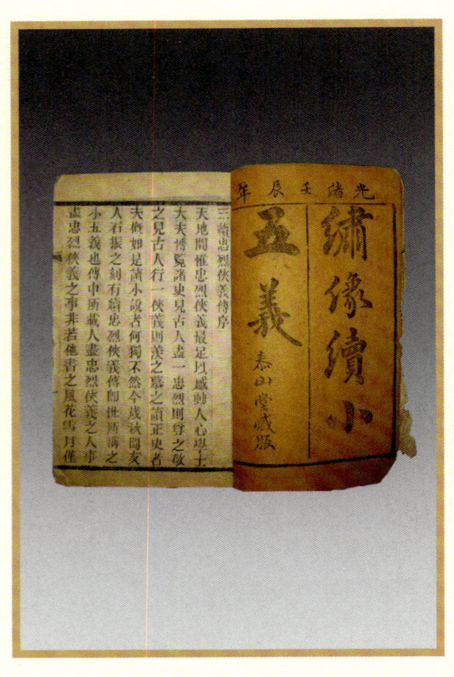

《小五义》书影

《儿女英雄传》书影

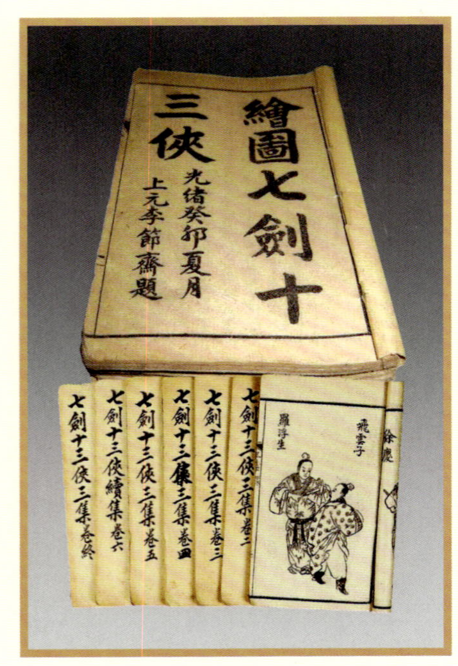

《七剑十三侠》书影

民利兴烟公司烟画

天一烟公司《三侠五义》烟画

牛皮虎截道版画

展熊飞招亲版画

三侠五义

《三侠五义》原名《忠烈侠义传》，长篇侠义小说。小说叙写宋朝包拯在侠客、义士的帮助下，审奇案、平冤狱以及侠客义士帮助官府除暴安良、行侠仗义的故事。书中塑造了一位铁面无私、不畏权势的清官形象，曲折地体现了人民的愿望。

翻江鼠寻印

黑妖狐用计

大闹绮春园

五小侠结义

小五义

《小五义》为全称《忠烈小五义传》，又称《续忠烈侠义传》。是中国侠义小说的代表作之一，全书以包公为中心，描述了他如何巧妙办案、审问鬼魂、平反冤案，展现了包公大公无私、不畏权贵、明辨忠奸的崇高品质。《小五义》是《七侠五义》的延伸。

《儿女英雄传》版画

英美烟草公司《儿女英雄传》烟画

侠女十三妹

《儿女英雄传》版画

儿女英雄传

《儿女英雄传》是清朝八旗子弟文康所做的小说，共40回，是中国小说史上最早出现的一部融侠义与言情于一炉的社会小说，着力刻画了侠女十三妹的形象。叙述侠女十三妹济困扶危，偶救公子安骥与村女张金凤，并说合二人成亲，后十三妹也嫁安骥，一夫二妻，荣华富贵。

兄弟烟草公司《七剑十三侠》烟画

《七剑十三侠》卡片

英美烟草公司《七剑十三侠》烟画

《七剑十三侠》版画

七剑十三侠

《七剑十三侠》是晚清侠义小说的代表性作品之一，全书写明武宗正德年间，“赛孟尝”徐鹤等十二英雄聚义，各仗侠肝义胆、超群武艺，劫富济贫，除暴安良，后在七子及十三生的帮助下，随右都御史杨一清平定甘肃安化王朱寘鐇叛乱、随佥都御史王守仁平定江西宁王朱宸濠叛乱，结果七子十三生与十二英雄各受封赏。

前　言

自《水浒传》以来,通俗小说中形成了一个描写民间英雄传奇故事的系统。但随着封建道德意识在社会中不断深化,这一类故事的反抗色彩越来越淡薄,英雄人物越来越受正统道德观念乃至官方力量的支配。到了嘉庆年间,出现了《施公案》,写康熙时"清官"施世纶断案故事,有绿林好汉黄天霸等为之效力,把侠义小说与公案小说结合为一体。清后期侠义小说仍然沿承这一方向,以维护官方立场的态度写英雄传奇,其中较具代表性的有《三侠五义》《小五义》《儿女英雄传》《七剑十三侠》。

《三侠五义》原名《忠烈侠义传》,120回,首刊于光绪五年(1879),署石玉昆述。小说弘扬人间正气,把侠客义士的除暴安良行为与保护清官、协助清官断案完美地结合起来,表现了宣扬忠义、维护社会秩序、为国为民的思想,侠客们协助清官,与邪恶势力对立,仗义除暴,为民申冤,反映了基层人民群众的思想和愿望;小说明显地表达了人们对清明政治的要求和对是非善恶的态度,具有深刻的意义和认识价值。《三侠五义》作为中国最早出现的具有真正意义的武侠作品,对中国近代评书曲艺、武侠小说乃至文学艺术影响深远,称得上是武侠小说的开山鼻祖,由此掀起了各类武侠题材文学作品的高潮。

《小五义》并不是紧接着《三侠五义》的结尾续写的,它实际上是从《三侠五义》一百回后开始写起。小说以襄阳王赵珏图谋叛乱为线索,历叙颜查散奉旨巡按襄阳,大印被盗;白玉堂坠铜网而死;众侠义云集襄阳,蒋平找回大印;智化用计,里应外合,收降襄阳王党羽钟雄;破铜网时,颜查散被沈中元劫持,众义士分头寻找,沿路行侠仗义;"小五义"不期而遇,结拜为兄弟;继而沈中元归附颜查散;众义士参悟阵图,分工破阵,不幸误落铜网。故事至此戛然而止,留下无尽悬念。

《儿女英雄传》描写的是清朝副将何杞被纪献唐陷害,死于狱中,其女何玉凤改名十三妹,出入江湖,立志为父报仇,淮阴县令安学海获罪,其子安骥筹银千两前去营救,安骥和民女张金凤遇险于能仁寺,幸亏玉凤及时相救,始免于难,事后,玉凤做媒,将张金凤许配给安骥,并解囊赠金、借弓退寇,使安骥一行人平安到达淮阴,后来纪献唐为朝廷所杀,玉凤见仇已报,打算出家,为人劝阻,也嫁给安骥,金凤、玉凤相处亲如姊妹。全书描绘了整个社会特别是官场的腐败和黑暗。

《七剑十三侠》是晚清侠义小说的代表性作品,作者唐芸洲。书中主要叙写了明武宗正德(1506~1521)年间,赛孟尝徐鹤(字鸣皋)等十二英雄(徐庆、罗季芳、一枝梅、狄洪道、王能、李武、杨小舫、包行恭、周湘帆、徐寿、伍天熊）聚义，各仗侠肝义胆、超群武艺，劫富济贫，除暴安良，后在七子（七位以"子"命名的剑仙，即玄贞子、一尘子、飞云子、霓裳子、默存子、山中子、海鸥子）及十三生（十三位以"生"命名的剑仙，即凌云生、御风生、云阳生、傀儡生、独孤生、卧云生、罗浮生、一瓢生、梦觉生、漱石生、鹪寄生、河海生、自全生）的帮助下，随右都御史杨一清平定甘肃安化王朱寘鐇叛乱、随佥都御史王守仁平定江西宁王朱宸濠叛乱，结果七子十三生与十二英雄各受封赏。

总而言之，侠义小说展现了比较广阔的市井生活图景，刻画了一些善良风趣的市井细民形象，体现了市井细民对仗义行侠的草莽英雄的渴求，奢望贤明政治的渴望与幻想。

目　录

国学经典文库

中国侠义小说

图文珍藏本

三侠五义

[清] 石玉昆 ◎ 著

导读

《三侠五义》原名《忠烈侠义传》，120回，首刊于光绪五年(1879)，署石玉昆述。石玉昆(约1810~1871)，字振之，天津人，满清咸丰、同治间著名说书艺人。

小说弘扬人间正气，把侠客义士的除暴安良行为与保护清官、协助清官断案完美地结合起来，表现了宣扬忠义、维护社会秩序、为国为民的思想。侠客们协助清官，与邪恶势力对立，仗义除暴，为民申冤，反映了基层人民群众的思想和愿望；小说明显地表达了人们对清明政治的要求和对是非善恶的态度，具有深刻的意义和认识价值。《三侠五义》作为中国最早出现的具有真正意义的武侠作品，对中国近代评书曲艺、武侠小说乃至文学艺术影响深远，称得上是武侠小说的开山鼻祖，由此掀起了各类武侠题材文学作品的高潮。

《侠义传》序

是书本名《龙图公案》，又曰《包公案》。说部中演了三十馀回，从此书内又续成六十多本。虽是传奇志异，难免怪力乱神。兹将此书翻旧出新，添长补短，删去邪说之事，改出正大之文，极赞忠烈之臣、侠义之士。且其中烈妇烈女，义仆义鬟，以及吏役、平民、僧俗人等，好侠尚义者，不可枚举，故取传名曰“忠烈侠义”四字，集成一百二十回。虽系演义之词，理浅文粗，然叙事叙人皆能刻划尽致，接缝斗榫亦俱巧妙无痕。能以日用寻常之言，发挥惊天动地之事。所有三侠、五义，诸多豪杰之所行，诚是惊心落魄。有人不敢为而为，人不能作而作，才称得起“侠义”二字。至于善恶邪正，各有分别，真是善人必获福报，恶人总有祸临，邪者定遭凶殃，正者终逢吉庇。昭彰不爽，报应分明，使读者有拍案称快之乐，无废书长叹之时。无论此事有无，但能情理兼尽，使人可以悦目赏心，便是绝妙好辞。此书一部中，包公本是个纲领，起首应从包公说起，为何要先叙仁宗呢？其中有个缘故。只因包公事繁，仁宗事简，开口若说包公降生，如何坎坷，怎么受害，将来仁宗的书补出来时，反觉赘笔；莫若先君后臣，将仁宗事叙明，然后再言包公降生，一气文字贯通，方不紊乱。就是后文草桥遇后时，也觉省笔，读者一目了然。惟是书篇页过多，抄录匪易，是以藉聚珍板而攒成之，以供同好。第句中有因操土音，故书讹字，读者宜自明之。是为序。

光绪已卯孟夏，问竹主人识。

序

余由弱冠弃儒而仕，公馀之暇，即性好披览群书，每闻有传奇志异之编，必博探而旁求之。卅年来，搜罗构觅，案满箧盈，亦鄙人之一癖耳；暇时惟把卷流连，无他好焉。辛未春，由友人问竹主人处得是书而卒读之，爱不释手。虽系演义，无深文，喜其笔墨淋漓，叙事尚免冗泛，且无淫秽语言；至于报应昭彰，尤可感发善心，总为开卷有益之帙，是以草录一部而珍藏之。乙亥司榷淮安，公馀时从新校阅，另录成编，订为四函，年馀始获告成。去冬有世好友人退思主人者，亦癖于斯，因携去。久假不归，是以借书送迟嘲之。渠始嗫嚅言爱，竟已付刻于聚珍板矣。余亦笑其所好尚有甚于我者也，爰成短序，以供同好一粲奚疑。

光绪己卯夏月，入迷道人识。

序

原夫《龙图》一传，旧有新编，貂续千言，新成其帙。补就天衣无缝，独具匠心；裁来云锦缺痕，别开生面。百廿回之通络贯脉，三五人之义胆侠肠，信乎文正诸臣之忠也，金氏等辈之烈也，欧阳众士之侠也，玉堂多人之义也，命之以《忠烈侠义传》名，诚不诬矣！作者煞是费心，阅者能弗动目？虽非熔经铸史，且喜除旧翻新；勿论事之荒唐，最爱语无污秽。使读者能兴感发之善，不入温柔之乡。开笔悦闲情，雨窗月夜之馀，较读才子佳人杂书，满纸脂香粉艳，差足胜耳。况余素性喜闻说鬼，雅爱搜神，每遇志异各卷，莫不快心而浏览焉。戊寅冬，于友人入迷道人处得是书之写本，知为友人问竹主人互相参合删定，汇而成卷。携归卒读，爱不释手。缘商两友，就付聚珍板，以供同好云尔。

光绪己卯新秋，退思主人识。

第一回 设阴谋临产换太子　奋侠义替死救皇娘

诗曰：

纷纷五代乱离间，一旦云开复见天。
草木百年新雨露，车书万里旧江山。
寻常巷陌陈罗绮，几处楼台奏管弦。
天下太平无事日，莺花无限日高眠。

话说宋朝自陈桥兵变，众将立太祖为君，江山一统，相传至太宗，又至真宗，四海升平，万民乐业，真是风调雨顺，君正臣良。

一日早朝，文武班齐，有西台御史兼钦天监文彦博出班奏道："臣夜观天象，见天狗星犯阙，恐于储君不利。恭绘形图一张，谨呈御览。"承奉接过，陈于御案之上。天子看罢，笑曰："朕观此图，虽则是上天垂象，但朕并无储君，有何不利之处？卿且归班，朕自有道理。"早朝已毕，众臣皆散。

转向宫内，真宗闷闷不乐，暗自忖道："自御妻薨后，正宫之位久虚，幸有李、刘二妃现今俱各有娠，难道上天垂象就应于他二人身上不成？"才要宣召二妃见驾，谁想二妃不宣而至。参见已毕，跪而奏曰："今日乃中秋佳节，妾妃等已将酒宴预备在

御园之内，特请圣驾今夕赏月，作个不夜之欢。”天子大喜，即同二妃来到园中。但见秋色萧萧，花香馥馥，又搭着金风瑟瑟，不禁心旷神怡。真宗玩赏，进了宝殿，归了御座，李、刘二妃陪侍。宫娥献茶已毕，真宗道：“今日文彦博具奏，他道现时天狗星犯阙，主储君不利。朕虽乏嗣，且喜二妃俱各有孕，不知将来谁先谁后，是男是女。上天既然垂兆，朕赐汝二人玉玺龙袱各一个，镇压天狗冲犯；再朕有金丸一对，内藏九曲珠子一颗，系上皇所赐，无价之宝，朕幼时随身佩带。如今每人各赐一枚，将妃子等姓名、宫名刻在上面，随身佩带。”李、刘二妃听了，望上谢恩。天子即将金丸解下，命太监陈林拿到尚宝监，立时刻字去了。

这里二位妃子吩咐摆宴，安席进酒。登时鼓乐迭奏，彩戏俱陈，皇家富贵自不必说。到了晚间，皓月当空，照得满园如同白昼。君妃快乐，共赏冰轮，星斗齐辉，觥筹交错。天子饮到半酣，只见陈林手捧金丸，跪呈御前。天子接来细看，见金丸上面，一个刻着“玉宸宫李妃”，一个刻着“金华宫刘妃”，镌得甚是精巧。天子深喜，即赏了二妃。二妃跪领，钦遵佩带后，每人又各献金爵三杯。天子并不推辞，一连饮了，不觉大醉，哈哈大笑道：“二妃如有生太子者，立为正宫。”二妃又谢了恩。

天子酒后说了此话不知紧要，谁知生出无限风波。你道为何？皆因刘妃心地不良，久怀嫉妒之心。今一闻此言，惟恐李妃生下太子立了正宫，李妃居左，自己在右。自那日归宫之后，便与总管都堂郭槐暗暗铺谋定计，要害李妃。谁知一旁有个宫人名唤寇珠，乃刘妃承御的宫人。此女虽是刘妃心腹，他却为人正直，素怀忠义。见刘妃与郭槐计议，好生不乐，从此后各处留神，悄地窥探。

单言郭槐奉了刘妃之命，派了心腹亲随，找了个守喜婆尤氏，他就屁滚尿流，又把自己男人托付郭槐，也做了添喜郎了。一日，郭槐与尤氏秘密商议，将刘妃要害李妃之事细细告诉。奸婆听了，始而为难。郭槐道：“若能办成，你便有无穷富贵。”婆子闻听，不由满心欢喜，眉头一皱，计上心来，便对郭槐说：“如此如此，这般这般。”郭槐闻听，说：“妙，妙！真能办成，将来刘妃生下太子，你真有不世之功。”又嘱咐临期不要误事，并给了好些东西。婆子欢喜而去。郭槐进宫，将此事回明刘妃，欢喜无限，专等临期行事。

光阴迅速，不觉得到三月，圣驾到玉宸宫看视李妃。李妃参驾，天子说："免参。"当下闲谈，忽然想起明日乃是南清宫八千岁的寿辰，便特派首领陈林前往御园办理果品，来日与八千岁祝寿。陈林奉旨去后，只见李妃双眉紧蹙，一时腹痛难禁。天子着惊，知是要分娩了，立刻起驾出宫，急召刘妃带领守喜婆前来守喜。刘妃奉旨，先往玉宸宫去了。郭槐急忙告诉尤氏，尤氏早已备办停当，双手捧定大盒，交付郭槐，一同齐往玉宸宫而来。

你道此盒内是什么东西？原来就是二人定的奸计，将狸猫剥去皮毛，血淋淋，光油油，认不出是何妖物，好生难看。二人来至玉宸宫内，别人以为盒内是吃食之物，那知其中就里。恰好李妃临蓐，刚然分娩，一时血晕，人事不知。刘妃、郭槐、尤氏做就活局，趁着忙乱之际，将狸猫换出太子，仍用大盒将太子就用龙袱包好装上，抱出玉宸宫，竟奔金华宫而来。刘妃即唤寇珠提籐篮暗藏太子，叫他到销金亭用裙绦勒死，丢在金水桥下。寇珠不敢不应，惟恐派了别人，此事更为不妥，只得提了籐篮，出凤右门至昭德门外，直奔销金亭上，忙将籐篮打开，抱出太子。且喜有龙袱包裹，安然无恙。抱在怀中，心中暗想："圣上半世乏嗣，好容易李妃产生太子，偏遇奸妃设计陷害。我若将太子谋死，天良何在？也罢，莫若抱着太子一同赴河，尽我一点忠心罢了。"刚然出得销金亭，只见那边来了一人，即忙抽身，隔窗细看。见一个公公打扮的人，踏过引仙桥。手中抱定一个宫盒，穿一件紫罗袍绣立蟒，粉底乌靴，胸前悬一挂念珠，斜插一个拂尘儿于项左；生的白面皮，精神好，一双目把神光显。这寇承御一见，满心欢喜，暗暗的念佛说："好了，得此人来，太子有了救了！"原来此人不是别人，就是素怀忠义首领陈林。只因奉旨到御园采办果品，手捧着金丝砌就龙妆盒，迎面而来。一见寇宫人怀抱小儿，细问情由，寇珠将始末根由说了一回。陈林闻听吃惊不小，又见有龙袱为证。二人商议，即将太子装入盒内，刚刚盛得下。偏偏太子啼哭，二人又暗暗的祷告。祝赞已毕，哭声顿止。二人暗暗念佛，保佑太子平安无事就是造化。二人又望空叩首罢，寇宫人急忙回宫去了。

陈林手捧妆盒，一腔忠义，不顾死生，直往禁门而来。才转过桥，走至禁门，只见郭槐拦住道："你往那里去？刘娘娘宣你，有话面问。"陈公公闻听，只得随往进宫。却见郭槐说："待我先去启奏。"不多时，出来说："娘娘宣你进去。"陈公公进宫，将妆盒放在一旁，朝上跪倒，口尊："娘娘，奴婢陈林参见。不知娘娘有何懿旨？"刘妃一言不发，手托茶杯，慢慢吃茶。半晌，方才问道："陈林，你提这盒子往那里去？上有皇封是何缘故？"陈林奏道："奉旨前往御园采拣果品，与南清宫八大王上寿，故有皇封封定，非是奴婢擅敢自专的。"刘妃听了，瞧瞧妆盒，又看看陈林，复又说道："里面可有夹带，从实说来！倘有虚伪，你吃罪不起。"陈林当此之际，把生死付于度外，将心一横，不但不怕，反倒从容答道："并无夹带。娘娘若是不信，请去皇封，当面开看。"说着话，就要去揭皇封。刘妃一见，连忙拦住道："既是皇封封定，谁敢私行开看，难道你不知规矩么？"陈林叩头说："不敢，不敢！"刘妃沉吟半晌，因明日果是八千岁寿辰，便说："既是如此，去罢！"陈林起身，手提盒子才待转身，忽听刘妃说："转来！"陈林只得转身。刘妃又将陈林上下打量一番，见他面上颜色丝毫不漏，方缓缓的说道："去罢。"陈林这才出宫，倒觉的心中乱跳。这也是一片忠心至诚感格，始终瞒过奸妃，脱了这场大难。

出了禁门，直奔南清宫内，传："旨意到！"八千岁接旨入内殿，将盒供奉上面，行礼已毕。因陈林是奉旨钦差，才要赐座，只见陈林扑簌簌泪流满面，双膝跪倒，放声大哭。八千岁一见，吓得惊疑不止，便问道："伴伴，这是何故？有话起来说。"陈林目视左右。贤王心内明白，便吩咐："左右回避了。"陈林见没人，便将情由细述一遍。八千岁便问："你怎么就知道必是太子？"陈林说："现有龙袱包定。"贤王听罢，急忙将妆盒打开，抱出太子一看，果有龙袱。只见太子哇的一声，竟痛哭不止，仿佛诉苦的一般。真是圣天子，百灵相助。贤王爷急忙抱入内室，并叫陈林随人里面，见了狄娘娘，又将原由说了一遍。大家商议，将太子暂寄南清宫抚养，候朝廷诸事安顿后，再做道理。陈林告别，回朝覆命。

谁知刘妃已将李妃产生妖孽奏明圣上。天子大怒，立将李妃贬入冷宫下院，加封刘妃为玉宸宫贵妃。可怜无靠的李妃受此不白之冤，向谁申诉！幸喜吉人天相，冷宫的总管姓秦名凤，为人忠诚，素与郭槐不睦，已料此事必有奸谋。今见李妃如此，好生不忍，向前百般安慰。又吩咐小太监余忠好生服侍娘娘，不可怠慢。谁知余忠更有奇异之处，他的面貌酷似李妃的玉容，而且素来做事豪侠，往往为他人奋不顾身。因此秦凤更加疼爱他，虽是师徒，情如父子。他今见娘娘受此苦楚，恨不能以身代之，每欲设计救出，只是再也想不出法子来，也只得罢了。

且说刘妃此计已成，满心欢喜，暗暗的重赏了郭槐与尤氏，并叫尤氏守自己的喜。到了十月满足，恰恰也产了一位太子。奏明圣上，天子大喜，即将刘妃立为正宫，颁行天下，从此人人皆知国母是刘妃了。待郭槐如开国元勋一般，尤氏就为掌院，寇珠为主管承御，清闲无事。

谁知乐极生悲，过了六年，刘后所生之子，竟至得病，一命呜呼。圣上大痛，自叹半世乏嗣，好容易得了太子，偏又夭亡，焉有不心疼的呢？因为伤心过度，竟是连日未能视朝。这日八千岁进宫问安，天子召见八千岁。奏对之下，赐座闲谈，问及"世子共有几人，年纪若干"，八千岁一一奏对。说至三世子，恰与刘后所生之子岁数相仿，天子闻听，龙颜大悦，立刻召见。进宫见驾。一见世子，不由龙心大喜，更奇怪的是形容态度与自己分毫不差，因此一乐病就好了。即传旨将三世子承嗣，封为东宫守缺太子。便传旨叫陈林带东宫往参见刘后，并往各宫看视。陈林领旨，引着太子先到昭阳正院朝见刘后，并启奏说："圣上将八千岁之三世子封为东宫太子，命奴婢引来朝见。"太子行礼毕，刘后见太子生的酷肖天子模样，心内暗暗诧异。陈林又奏还要到各宫看视。刘后说："既如此，你就引去，快来见我，还有话说呢。"陈林答应着，随把太子引往各宫去。

路过冷宫，陈林便向太子说："这是冷宫。李娘娘因产生妖物，圣上将李娘娘贬入此宫。若说这位娘娘，是最贤德的。"太子闻听产生妖物一事，心中就有几分不信。这太子乃一代帝王，何等天聪，如何信这怪异之事，可也断断想不到就在自己身上。便要进去看视。恰好秦凤走出宫来——陈林素与秦凤最好,已将换太子之事悄悄说明,如今八千岁的三世子就是抵换的太子。秦凤听了大喜——先参见了太子,便转身奏明李娘娘。不多时,出来说道:“请太子进宫。”陈林一同引进。见了娘娘,他不由得泪流满面,这正是母子天性攸关。陈林一见心内着忙,急将太子引出,仍回正宫去了。

刘后正在宫中闷坐细想,忽见太子进宫,面有泪痕,追问何故啼哭。太子又不敢隐瞒,便说:“适从冷宫经过,见李娘娘形容憔悴,心实不忍,奏明情由,还求母后遇便在父王跟前解劝解劝,使脱了沉埋,以慰孩儿凄惨之忱。”说着说着,便跪下去了。刘后闻听,便心中一惊,假意连忙搀起,口中夸赞道:“好一个仁德的殿下!只管放心,我得便就说便了。”太子仍随着陈林上东宫去了。

太子去后,刘后心中那里丢得下此事?心中暗想:“适才太子进宫,猛然一看,就有些李妃形景。何至见了李妃之后,就在哀家跟前求情,事有可疑。莫非六年前叫寇珠抱出宫去,并未勒死,不曾丢在金水桥下?”因又转想:“曾记那年有陈林手提妆盒从御园而来,难道寇珠擅敢将太子交与陈林,携带出去不成?若要明白此事,须拷问寇珠这贱人,便知分晓。”越想越觉可疑,即将寇珠唤来,剥去衣服,细细拷问,与当初言语一字不差。刘后更觉恼怒,便召陈林当面对证,也无异词。刘后心内发焦,说:“我何不以毒攻毒,叫陈林掌刑追问。他二人做的事,如今叫一人受苦,焉有不说的道理?”便命陈林掌刑,拷问寇珠。刘后虽是如此心毒,那知横了心的寇珠,视死如归。可怜他柔弱身躯,只打得身无完肤,也无一字招承。正在难解难分之时,见有圣旨来宣陈林。刘后惟恐耽延工夫,露了马脚,只得打发陈林去了。寇宫人见陈林已去,大约刘后必不干休,与其零碎受苦,莫若寻个自尽,因此触槛而死。刘后吩咐将尸抬出,就有寇珠心腹小宫人偷偷埋在玉宸宫后。刘后因无故打死宫人,威逼自尽,不敢启奏,也不敢追究了。

刘后不得真情,其妒愈深,转恨李妃不能忘怀。悄与郭槐商议,密访李妃嫌隙,必须置之死地方休。也是合当有事。且说李妃自见太子之后,每日伤感,多亏秦凤百般开解,暗将此事一一奏明。李妃听了如梦方醒,欢喜不尽,因此每夜烧香,祈保太子平安。被奸人访着,暗在天子前启奏,说李妃心下怨恨,每夜降香诅咒,心怀不善,情实难宥。天子大怒,即赐白绫七尺,立时赐死。

谁知早有人将信暗暗透于冷宫。秦凤一闻此言,胆裂魂飞,忙忙奏知李娘娘。李娘娘闻听,登时昏迷不醒。正在忙乱,只见余忠赶至面前说道:“事不宜迟,快将娘娘衣服脱下与奴婢穿了,奴婢情愿自身替死。”李妃苏醒过来,一闻此言,只哭得哽气倒噎,如何还说得出话来。余忠不容分说,自己摘下花帽,扯去网巾,将发散开,挽了一个绺儿,又将衣服脱下放在一旁,只求娘娘早将衣服赐下。秦凤见他如此忠烈,又是心疼,又是羡慕,只得横了心在旁催促更衣。李妃不得已,将衣脱下与他换了,便哭说道:“你二人是我大恩人了!”说罢,又昏过去了。秦凤不敢耽延,忙忙将李妃移至下房,装作余忠卧病在床。

刚然收拾完了,只见圣旨已到,钦派孟彩嫔验看。秦凤连忙迎出,让至偏殿暂坐,俟娘娘归天后,请贵人验看就是了。孟彩嫔一来年轻不敢细看,二来感念李妃素日恩德,如今遭此凶事,心中悲惨,如何想的到是别人替死呢。不多时,报道:“娘娘已经归天了,请贵人验看。”孟彩嫔闻听,早已泪流满面,那里还忍近前细看,便道:“我今回覆圣旨去了。”此事若非余忠与娘娘面貌仿佛,如何遮掩的过去。于是按礼埋葬。

此事已毕,秦凤便回明余忠病卧不起。郭槐原与秦公公不睦,今闻余忠患病,又去了秦凤膀臂,正中心中机关,便不容他调养,立刻逐出,回籍为民。因此秦凤将假余忠抬出,特派心腹人役送至陈州家内去了。后文再表。

从此秦凤踽踽凉凉,凄凄惨惨,时常思念徒儿死的可怜又可敬,又惦记着李娘娘在家中怕受了委屈。这日晚间正在伤心,只见本宫四面火起。秦凤一见,已知郭槐之计,一来要斩草除根,二来是公报私仇。“我总然逃出性命,也难免失火之罪,莫若自焚,也省的与他做对。”于是秦凤自己烧死在冷宫之内。此火果然是郭槐放的。此后,刘后与郭槐安心乐意,以为再无后患了。那知后来恶贯满盈,自有报应呢!就是太子也不知其中详细,谁也不敢泄漏。又奉旨钦派陈林督管东宫,总理一切,闲杂人等不准擅入。这陈林却是八千岁在天子面前保举的。从此太平无事了。如今将仁宗的事已叙明了,暂且搁起,后文自有交代。

便说包公降生,自离娘胎,受了多少折磨,较比仁宗,坎坷更加百倍,正所谓“天将降大任”之说。闲言少叙。单表江南庐州府合肥县内有个包家村,住一包员外,名怀,家富田多,骡马成群,为人乐善好施,安分守己,因此人人皆称他为包善人,又曰包百万。包怀原是谨慎之人,既有百万之称,自恐担当不起。他又难以拦阻众人,只得将包家村改为包村,一是自己谦和,二免财主名头。院君周氏,夫妻二人皆四旬以外。所生二子,长名包山,娶妻王氏,生了一子,尚未满月;次名包海,娶妻李氏,尚无儿女。他弟兄二人,虽是一母同胞,却大不相同。大爷包山为人忠厚老诚,正直无私,恰恰娶了王氏,也是个好人。二爷包海为人尖酸刻薄,奸险阴毒,偏偏娶了李氏,也是心地不端。亏得老员外治家有法,规范严肃;又喜大爷凡事宽和,诸般逊让兄弟,再也叫二爷说不出话来。就是妯娌之间,王氏也是从容和蔼,在小婶前毫不较量,李氏虽是刁悍,他也难以施展。因此一家尚为和睦,每日大家欢欢喜喜。父子兄弟春种秋收,务农为业,虽非诗书门第,却是勤俭人家。

不意老院君周氏安人年已四旬开外,忽然怀孕。员外并不乐意,终日忧愁。你说这是什么意思呢?老来得子是快乐,包员外为何不乐?只因夫妻皆是近五旬的人了,已有两个儿子,并皆娶妻生子,如今安人又养起儿女来了。再者院君偌大年纪,今又产生,未免受伤。何况乳哺三年更觉勤劳,如何禁得起呢!因此每日忧烦,闷闷不乐,竟是时刻不能忘怀。这正是家遇吉祥反不乐,时逢喜事顿添愁。

未审后事如何,且听下回分解。

第二回 奎星兆梦忠良降生 雷部宣威狐狸避难

且说包员外终日闷闷，这日独坐书斋，正踌躇此事，不觉双目困倦，伏几而卧。正朦胧之际，只见半空中祥云缭绕，瑞气氤氲。猛然红光一闪，面前落下个怪物来。头生双角，青面红发，巨口獠牙，左手拿一银锭，右手执一朱笔，跳舞着奔落前来。员外大叫一声醒来，却是一梦，心中尚觉乱跳。正自出神，忽见丫鬟掀帘而入，报道："员外大喜了！方才安人产生一位公子，奴婢特来禀知。"员外闻听，抽了一口凉气，只唬得惊疑不止。怔了多时，咳了一声道："罢了，罢了。家门不幸，生此妖邪，真是冤家到了。"急忙立起身来，一步一咳，来至后院看视。幸安人无恙，略问了几句话，连小孩也不瞧，回身仍往书房来了。这里伏侍安人的，包裹小孩的，殷实之家自然俱是便当的，不必细表。

单说包海之妻李氏，抽空儿回到自己房中，只见包海坐在那里发呆。李氏道："好好儿的二一添作五的家当，如今弄成三一三十一了。你到底想个主意呀！"包海答道："我正为此事发愁。方才老当家的将我叫到书房，告诉我梦见一个青脸红发的怪物，从空中掉将下来，把老当家的唬醒了，谁知就生此子。我细细想来，必是咱们东地里西瓜成了精了。"李氏闻听便撺掇道："这还了得！若是留在家内，他必做耗。自古书上说，妖精入门家败人亡的多着的呢！如今何不趁早儿告诉老当家的，将他抛弃在荒郊野外，岂不省了担着心，就是家私也省了三一三十一了。一举两得，你想好不好？"这妇人一套话，说得包海如梦初醒，连忙立身，来到书房。一见员外，便从头至尾的细说了一遍，止于不提起家私一事。谁知员外正因此烦恼，一闻包海之言，恰合了念头，连声说好："此事就交付于你，快快办去。将来你母亲若问时，就说落草不多时就死了。"包海领命，回身来至卧房，托言公子已死，急忙抱出。用茶叶篓子装好，携至锦屏山后，见一坑深草，便将篓子放下。刚要撂出小儿，只见草丛里有绿光一闪，原来是一只猛虎眼光射将出来。包海一见，只唬得魂不附体，连尿都唬出来了，连篓带小孩一同抛弃，抽身跑将回来。气喘吁吁，不顾回禀员外，跑到自己房中，倒在炕上，连声说道："唬杀我也，唬杀我也！"李氏忙问道："你这等见神见鬼的，不是妖精作了耗了？"包海定了定神答道："利害，利害！"一五一十说与李氏，道："你说可怕不可怕？只是那茶叶篓子没得拿回来。"李氏笑道："你真是'整篓洒油，满地捡芝麻'，大处不算小处算咧！一个篓能值几何，一份家私省了，岂不乐吗！"包海笑嘻嘻道："果然是'表壮不如里壮'，这事多亏了贤妻你巧咧！这孩子这时候管保叫虎吧嗒咧！"谁知他二人在屋内说话，不防窗外有耳，恰遇贤人王氏从此经过，一一听去。急忙回至屋中，细想此事好生残忍，又着急又心痛，不觉落下泪来。正自悲泣，大爷包山从外边进来，见此光景，便问情由。王氏将此事一一说知。包山道："原来有这等事！不要紧，锦屏山不过五六里地，待我前去看看再做道理。"说罢，立刻出房去了。王氏自丈夫去后，耽惊害怕，惟恐猛虎伤人，又恐找不着三弟，心中好生委决不下。

且言包山急急忙忙奔到锦屏山后，果见一片深草。正在四下找寻，只见茶叶篓子横躺在地，却无三弟。大爷着忙，连说："不好！大约是被虎吃了。"又往前走了数步，只见一片草俱各倒卧在地，足有一尺多厚，上爬着个黑漆漆、亮油油、赤条条的小儿。大爷一见满心欢喜，急忙打开衣服，将小儿抱起揣在怀内，转身竟奔家来，悄悄的归到自己屋内。

王氏正在盼望之际，一见丈夫回来，将心放下。又见抱了三弟回来，喜不自胜，连忙将自己衣襟解开，接过包公以胸膛偎抱。谁知包公到了贤人怀内，天生的聪俊，将头乱拱，仿佛要乳食吃的一般。贤人即将乳头放在包公口内，慢慢的喂哺。包山在旁便与贤人商议："如今虽将三弟救回，但我房中忽然有了两个小孩，别人看见岂不生疑么？"贤人闻听道："莫若将自己才满月的儿另寄别处，寻人抚养，妾身单单乳哺三弟岂不两全呢！"包山闻听大喜，便将自己孩儿偷偷抱出，寄于他处厮养。可巧就有本村的乡民张得禄，因妻子刚生一子，未满月已经死了，正在乳旺之时，如今得了包山之子，好生欢喜。这也是大爷夫妻一点至诚感格，故有此机会。可见人有善念，天必从之；人怀恶意，天必诛之。李氏他陷害包公，将来也必有报应的。

且说由春而夏，自秋徂冬，光阴迅速，转瞬过了六个年头。包公已到七岁，总以兄嫂呼为父母，起名就叫黑子。最奇怪的是，从小至七岁未尝哭过，也未尝笑过。每日里哭丧着小脸儿，不言不语，就是人家逗他，他也不理。因此人人皆嫌，除了包山夫妻百般护持外，人皆没有爱他的。一日，乃周氏安人生辰，不请外客，自家家宴。王氏贤人带领黑子与婆婆拜寿，行礼已毕，站立一旁。只见包黑跑到安人跟前，双膝跪倒，恭恭敬敬也磕了三个头。把个安人喜的眉开眼笑，将他抱在怀中，因说道："曾记六年前产生一子，正在昏迷之时，不知怎么落草就死了。若是活着，也与他一般大了。"王氏闻听，见旁边无人，连忙跪倒禀道："求婆婆恕媳妇胆大之罪。此子便是婆婆所生，媳妇恐婆婆年迈，乳食不足，担不得乳哺操劳，故此将此子暗暗抱至自己屋内抚养，不敢明言。今因婆婆问及，不敢不以实情禀告。"贤人并不提起李氏夫妻陷害一节。周氏老安人连忙将贤人扶起，说道："如此说来，吾儿多亏媳妇抚养，又免我劳心，真是天下第一贤德人了。但只一件，我那小孙孙现在何处？"王氏禀道："现在别处厮养。"安人闻听，立刻叫将小孙孙领来。面貌虽然不同，身量却不甚分别。急将员外请至，大家言明此事。员外心中虽乐，然而想起从前情事，对不过安人，如今事已如此，也就无可奈何了。从此包黑认过他父母，改称包山夫妻仍为兄嫂。安人是年老惜子，百般珍爱，改名为三黑。又有包山夫妻照应，各处留神，总然包海夫妇暗暗打算，也是不能凑手。

转眼之间又过了二年，包公到了九岁之时，包海夫妇心心念念要害包公。这一日，包海在家，便在员外跟前下了谗言，说："咱们庄户人总以勤俭为本，不宜游荡，将来闲的好吃懒做的如何使得？现今三黑已九岁了，也不小了，应该叫他跟着庄村牧童，或是咱家的老周的儿子长保儿，学习牧放牛羊，一来学本事，二来也不吃闲饭。"一片话说得员外心活，便与安人说明，犹如三黑天天跟着闲逛的一般。安人应允，便嘱长工老周加意照料。老周又嘱咐长保儿："天天出去牧放牛羊，好好儿哄着三官人顽耍，倘有不到之处，我是现打不赊的。"因此三公子每日同长保出去牧放牛羊，或在村外，或在河边，或在锦屏山畔，总不过离村五六里之遥，再也不肯远去的。一日，驱逐牛羊来至锦屏山鹅头峰下，见一片青草，将牛羊就在此处牧放。乡中牧童彼此顽耍，独有包公一人或观山水，或在林木之下席地而坐，或在山环之中枕席而眠，却是无精打彩，仿佛心有所思的一般。正在山环之中石上歇息，只见阴云四合，雷闪交加，知道必有大雨，急忙立起身来，跑至山窝古庙之中。才走至殿内，只听得忽喇喇霹雳一声，风雨骤至。包公在供桌前盘膝端坐，忽觉背后有人一搂，将腰抱住。包公回头看时，却是一个女子，羞容满面，其惊怕之态令人可怜。包公暗自想道："不知谁家女子从此经过，遇此大雨，看他光景，想来是怕雷。慢说此柔弱女子，就是我三黑闻此雷声亦觉胆寒。"因此，索性将衣服展开遮护女子。外边雷声愈急，不离顶门。约有两三刻的工夫，雨声渐小，雷始止声。不多时，云散天晴，日已夕晖。回头看时，不见了那女子，心中纳闷，走出庙来，找着长保驱赶牛羊。

刚才到村头，只见伏侍二嫂嫂丫鬟秋香手托一碟油饼，说道："这是二奶奶给三官人做点心吃的。"包公一见，便说道："回去替我给嫂嫂道谢。"说着拿起要吃，不觉手指一麻，将饼落在地下。才待要捡，从后来了一只癞犬，竟自衔饼去了。长保在旁便说："可惜一张油饼，却被他吃了。这是我家癞犬，等我去赶回来。"包公拦住道："他既衔去，总然拿回也吃不得了。咱们且交代牛羊要紧。"说着来到老周屋内。长保将牛羊赶入圈中，只听他在院内嚷道："不好了，怎么癞狗七孔流血了。"老周闻听，同包公出得院来，只见犬倒在地，七窍流血。老周看了诧异道："此犬乃服毒而死的，不知他吃了什么了。"长保在旁插言："刚才二奶奶叫秋香送饼与三官人吃，失手落地，被咱们的癞狗吃了。"老周闻听，心下明白。请三官人来至屋内，暗暗的嘱咐："以后二奶奶给的吃食，务要留神，不可坠入术中。"包公闻听，不但不信，反倒嗔怪他离间叔嫂不和，赌气别了老周回家，好生气闷。

过了几天，只见秋香来请，说二奶奶有要紧的事，包公只得随他来至二嫂屋内。李氏一见，满面笑容，说秋香昨日到后园，忽听古井内有人说话，因在井口往下一看，不想把金簪掉落井中，恐怕安人见怪。若叫别人打捞，井口又小，下不去，又恐声张出来。没奈何，故此叫他急请三官人来。问包公道："三叔，因你身量又小，下井将金簪摸出，以免嫂嫂受责，不知三叔你肯下井去么？"包公道："这不打紧，待我下去给嫂嫂摸出来就是了。"于是李氏呼秋香拿绳子，同包公来到后园井边。包公将绳拴在腰间，手扶井口，叫李氏同秋香慢慢的松放。刚才系到多一半，只听上面说："不好，揪不住了！"包公觉得绳子一松，身如败絮一般，噗通一声竟自落在井底。且喜是枯井无水，却未摔着，心中方才明白，暗暗思道："怪不得老周叫我留神，原来二嫂嫂果有害我之心。只是如今既落井中，别人又不知道，我却如何出的去呢?”正在闷闷之际,只见前面忽有光明一闪。包公不知何物,暗忖道:“莫非果有金钗放光么?”向前用手一扑,并未扑着,光明又往前去。包公诧异,又往前赶,越扑越远,再也扑他不着。心中焦躁,满面汗流,连说:“怪事,怪事,井内如何有许多路径呢?”不免尽力追去,看是何物。因此扑赶有一里之遥,忽然光儿不动。包公急忙向前扑住,看时却是古镜一面。翻转细看,黑暗之处再也瞧不出来,只觉得冷气森森,透人心胆。正看之间,忽见前面明亮,忙将古镜揣起,爬将出来。看时,乃是场院后墙以外地沟。心内自思道:“原来我们后园枯井竟与此道相通。不要管他,幸喜脱了枯井之内,且自回家便了。”走到家中,好生气闷,自己坐着,无处发泄这口闷气,走到王氏贤人屋内,撅着嘴发怔。贤人问道:“老三,你从何处而来?为着何事这等没好气,莫不有人欺负你了?”包公说:“我告诉嫂嫂,并无别人欺我,皆因秋香说二嫂嫂叫我赶着去见,谁知他叫我摸簪。”于是将赚入枯井之事,一一说了一回。王氏闻听,心中好生不平,又是难受,又无可奈何,只得解劝安慰,嘱咐以后要处处留神。包公连连称是。说话间,从怀中掏出古镜交与王氏,便说是从暗中得来的,嫂嫂好好收藏,不可失落。

包公去后,贤人独坐房中,心里暗想:“叔叔、婶婶所作之事,深谋密略,莫说三弟孩提之人难以揣度,就是我夫妻二人,亦难测其阴谋。将来倘若弄出事端,如何是好?可笑他二人只为家私,却忘伦理。”正在嗟叹,只见大爷包山从外而入,贤人便将方才之话,说了一遍。大爷闻听连连摇首道:“岂有此理!这必是三弟淘气,误掉入枯井之中,自己恐怕受责,故此捏造出这一片谎言,不可听他。日后总叫他时时在这里就是了,可也免许多口舌。”大爷口虽如此说,心中万分难受,暗自思道:“二弟从前做的事体我岂不知,只是我做哥哥的焉能认真,只好含糊罢了。此事若是明言,一来伤了手足的和气,二来添妯娌疑忌。”沉吟半晌,不觉长叹一声,便向王氏说:“我看三弟气宇不凡,行事奇异,将来必不可限量。我与二弟已然耽搁,自幼不曾读书,如今何不延师教训三弟,倘上天怜念,得个一官半职,一来改换门庭,二来省受那赃官污吏的闷气,你道好也不好?”贤人闻听,点头连连称是。又道:“公公之前须善为语词方好。”大爷说:“无妨,我自有道理。”

次日,大爷料理家务已毕,来见员外。便道:“孩儿面见爹爹,有一事要禀。”员外问道:“何事?”大爷说:“只因三黑并无营生,与其叫他终日牧羊,在外游荡,也学不出好来,何不请个先生教训教训呢?就是孩儿等自幼失学,虽然后来补学一二,遇见为难的帐目,还有念不下去的,被人欺哄。如今请个先生,一来教三黑些书籍;二来有为难的字帖,亦可向先生请教;再者三黑学会了,也可以管些出入帐目。”员外闻听可管些帐目之说,便说:“使得。但是一件,不必请饱学先生,只要比咱们强些的就是了,教个三年二载,认得字就得了。”大爷闻听员外允了,心中大喜,即退出来,便托乡邻延请饱学先生,是必要叫三弟一举成名。看官,这非是包山故违父命,只因见三弟一表非凡,终成大器,故此专要请一名儒教训,以为将来显亲扬名,光宗耀祖。

闲言少叙。且表众乡邻闻得“包百万”家要请先生,谁不献勤,这个也来说,那个也来荐。谁知大爷非名儒不请。可巧隔村有一宁老先生，此人品行端正，学问渊深，兼有一个古怪脾气，教徒弟有三不教：笨了不教；到馆中只要书童一个，不许闲人出入；十年之内只许先生辞馆，不许东家辞先生。有此三不教，束脩不拘多少，故此无人敢请。一日，包山访听明白，急亲身往谒。见面叙礼，包山一见，真是好一位老先生，满面道德，品格端方，即将延请之事说明，并说："老夫子三样规矩，其二其三小子俱是敢应的，只是恐三弟笨些，望先生善导为幸。"当下言明，即择日上馆。是日，备席延请，递贽敬束脩，一切礼仪自不必说。即领了包公来至书房，拜了圣人，拜了老师。这也是前生缘分，师徒一见，彼此对看，爱慕非常。并派有伴童包兴，与包公同岁，一来伺候书房茶水，二来也叫他学几个字儿。这正是：英才得遇春风入，俊杰来从喜气生。

未审后事如何，下回分解。

第三回　金龙寺英雄初救难　隐逸村狐狸三报恩

且说当下开馆节文已毕，宁老先生入了师位，包公呈上《大学》，老师点了句读，教道："大学之道……"包公便说："在明明德。"老师道："我说的是'大学之道'。"包公说："是。难道下句不是'在明明德'么？"老师道："再说。"包公便道："在新民，在止于至善。"老师闻听，甚为诧异，叫他往下念，依然丝毫不错。然仍不大信，疑是在家中有人教他的，或是听人家念学就了的，尚不在怀。谁知到后来，无论什么书籍俱是如此，教上句便会下句，有如温熟书的一般，真是把个老先生喜的乐不可支，自言道："天下聪明子弟甚多，未有不教而成者，真是生就的神童，天下奇才，将来不可限量。哈哈，不想我宁某教读半世，今在此子身上成名。这正是孟子有云：'得天下英才而教育之，一乐也。'"遂乃给包公起了官印一个"拯"字，取意将来可拯民于水火之中；起字"文正"，取其意，文与正岂不是"政"字么，言其将来理国政必为治世良臣之意。

不觉光阴荏苒，早过了五个年头，包公已长成十四岁，学得满腹经纶，诗文之佳自不必说。先生每每催促递名送考，怎奈那包员外是个勤俭之人，恐怕赴考有许多花费。从中大爷包山不时在员外跟前说道："叫三黑赴考，若得进一步也是好的。"无奈员外不允。大爷只好向先生说："三弟年纪太小，恐怕误事，临期反为不美。"于是又过了几年，包公已长成十六岁了。这年又逢小考，先生实在忍耐不住，急向大爷包山说道："此次你们不送考，我可要替你们送了。"大爷闻听，急又向员外跟前禀说道："这不过先生要显弄他的本领，莫若叫三黑去，这一次若是不中，先生也就死心塌地了。"大爷说的员外一时心活，就便允了。大爷见员外已应允许考，心中大喜，急来告知先生。先生当时写了名子报送。即到考期，一切全是大爷张罗，员外毫不介意，大爷却是谆谆盼望。到了揭晓之期，天尚未亮，只听得一阵喧哗，老员外以为必是本县差役前来，不是派差就是拿车。正在游疑之际，只见院公进来报喜道："三公子中了生员了！"员外闻听倒抽了一口气，说道："罢了，罢了！我上了先生的当了。这也是家运使然，活该是冤孽，再也躲不开的。"因此一烦，自己藏于密室，连亲友前来贺他也不见，就是先生他也不致谢一声。多亏了大爷一切周旋，方将此事完结。惟有先生暗暗的想道："我自从到此课读，也有好几年了，从没见过本家老员外。如今教的他儿子中了秀才，何以仍不见面？连个谢字也不道，竟有如此不通情理之人，实实又令人纳闷了。又可气，又可恼！"每每见了包山，说了好些嗔怪的言语。包山连忙赔罪说道："家父事务冗繁，必要定日相请，恳求先生宽恕。"宁公是个道学之人，听了此言，也就无可说了。亏得大爷暗暗求告太爷，求至再三，员外方才应允。定了日子，下了请帖，设席与先生酬谢。

是日，请先生到待客厅中，员外迎接，见面不过一揖，让至屋内，分宾主坐下。坐了多时，员外并无致谢之辞。然后摆上酒筵，将先生让至上座，员外在主位相陪。酒至三巡，菜上五味，只见员外愁容满面，举止失措，连酒他也不吃。先生见此光景，忍耐不住，只得说道："我学生在贵府打搅了六七年，虽有微劳开导指示，也是令郎天分聪明，所以方能进此一步。"员外闻听，呆了半晌，方才说道："好。"先生又说道："若论令郎刻下学问，慢说是秀才，就是举人、进士，也是绰绰有馀的了，将来不可限量，这也是尊府上德行。"员外听说至此，不觉双眉紧蹙，发狠道："什么德行，不过家门不幸，生此败家子。将来但能保得住不家败人亡，就是造化了。"先生闻听，不觉诧异道："贤东何出此言，世上那有不望儿孙中会作官之理呢？此话说来，真真令人不解。"员外无奈，只得将生包公之时所作恶梦说了一遍，如今提起，还是胆寒。宁公原是饱学之人，听见此梦之形景，似乎奎星。又见包公举止端方，更兼聪明过人，就知是有来历的，将来必是大贵，暗暗点头。员外又说道："以后望先生不必深教小儿，就是十年束脩断断不敢少的，请放心。"一句话将个正直宁公说得面红过耳，不悦道："如此说来，令郎是叫他不考的了。"员外连声道："不考了，不考了！"先生不觉勃然大怒道："当初你的儿子叫我教，原是由得你的。如今是我的徒弟，叫他考却是由得我的。以后不要你管，我自有主张罢了。"怒冲冲不等席完，竟自去了。你道宁公为何如此说？他因员外是个愚鲁之人，若是谏劝，他决不听，而且自己徒弟又保得必作脸，莫若自己拢来，一则不至误了包公，二则也免包山跟着为难。这也是他读书人一片苦心。

到了乡试年头，全是宁公作主，与包山一同商议，硬叫包公赴试，叫包山都推在老先生身上。到了挂榜之期，谁知又高高的中了乡魁。包山不胜欢喜，惟有员外愁个不了，仍是藏着不肯见人。大爷备办筵席，请了先生坐了上席，所有贺喜的乡亲两边相陪，大家热闹了一天。诸事已毕，便商议叫包公上京会试。禀明员外。员外到了此时，也就没的说了，只是不准多带跟人，惟恐耗费了盘川，只有伴童包兴一人。包公起身之时，拜别了父母，又辞了兄嫂。包山暗与了盘川。包公又到书房参见了先生，先生嘱咐了多少言语，又将自己的几两脩金送给了包公。包兴备上马，大爷包山送至十里长亭，兄弟留恋多时，方才分手。包公认镫乘骑，带了包兴，竟奔京师。一路上少不得饥餐渴饮，夜宿晓行。

一日，到了座镇店，主仆两个找了一个饭店。包兴将马接过来，交与店小二喂好。找了一个座儿，包公坐在正面，包兴打横。虽系主仆，只因出外，又无外人，爷儿两个就在一处吃了。堂官过来安放杯筷，放下小菜。包公随便要一角酒，两样菜。包兴斟上酒，包公刚才要饮，只见对面桌上来了一个道人，坐下要了一角酒，且自出神，拿起壶来不向杯中斟，哗喇喇倒了一桌子。见他嗐声叹气，似有心事的一般。包公正然纳闷，又见从外进来一人，武生打扮，叠暴着英雄精神，面带着侠气。道人见了，连忙站起，只称："恩公请坐。"那人也不坐下，从怀中掏出一锭大银，递给道人道："将此银暂且拿去，等晚间再见。"那道人接过银子，趴在地下磕了一个头，出店去了。包公见此人年纪约有二十上下，气宇轩昂，令人可爱，因此立起身来，执手当胸道："尊兄请了。若不弃嫌，何不请过来彼此一叙。"那人闻听，便将包公上下打量了一番，便笑容满面道："既承错爱，敢不奉命。"包兴连忙站起，添份杯筷，又要了一角酒，二碟菜，满满斟上一杯。包兴便在一旁侍立，不敢坐了。包公与那人分宾主坐了，便问："尊兄贵姓？"那人答道："小弟姓展名昭，字熊飞。"包公也通了姓名。二人一文一武，言语投机，不觉饮了数角。展昭便道："小弟现有些小事情，不能奉陪尊兄，改日再会。"说罢，会了钱钞。包公也不谦让。包兴暗道："我们三爷嘴上抹石灰。"那人竟自作别去了。包公也料不出他是什么人。

吃饭已毕，主仆乘马登程。因店内耽误了工夫，天色看看已晚，不知路径。忽见牧子归来，包兴便向前问道："牧童哥，这是什么地方？"童子答道："由西南二十里方是三元镇，是个大去处。如今你们走差了路了，此是正西，若要绕回去，还有不足三十里之遥呢！"包兴见天色已晚，便问道："前面可有宿处么？"牧童道："前面叫做沙屯儿，并无店口，只好找个人家歇了罢。"说罢赶着牛羊去了。

包兴回复包公，竟奔沙屯儿而来。走了多时，见道旁有座庙宇，匾上大书"敕建护国金龙寺"。包公道："与其在人家借宿，不若在此庙住宿一夕，明日布施些香资，岂不方便。"包兴便下马，用鞭子前去叩门。里面出来了一个僧人，问明来历，便请进了山门。包兴将马拴好，喂在槽上。和尚让至云堂小院三间净室，叙礼归座。献罢茶汤，和尚问了包公家乡姓氏，知是上京的举子。包公问道："和尚上下？"回说："僧人法名叫法本，还有师弟法明，此庙就是我二人住持。"说罢，告辞出去。一会儿，小和尚摆上斋来，不过是素菜素饭。主仆二人用毕，天已将晚，包公即命包兴将家伙送至厨房，省得小和尚来回跑。包兴闻听，急忙把家伙拿起，因不知厨房在那里，出了云堂小院来至禅院，只见几个年轻的妇女，花枝招展，携手嘻笑，说道："西边云堂小院住下客了，咱们往后边去罢。"包兴无处可躲，只得退回，容他们过去才将厨房找着。家伙送去，急忙回至屋内告知包公，恐此庙不大安静。

正说话间，只见小和尚左手拿一只灯，右手提一壶茶来。走进来贼眉贼眼将灯放下，又将茶壶放在桌上，两只贼眼东瞧西看，连话也不说，回头就走。包兴一见连说不好，"这是个贼庙！"急来外边看时，山门已经倒锁了。又看别处，竟无出路，急忙跑回。包公尚可自主,包兴张口结舌说:“三爷,咱们快想出路才好。”包公道:“门已关锁,又无别路可出,往那里走?”包兴着急道:“现有桌椅,待小人搬至墙边,公子赶紧跳墙逃生。等凶僧来时,小人与他拼命。”包公道:“我自小儿不会登梯爬高,若是有墙可跳,你赶紧逃生。回家报信,也好报仇。”包兴哭道:“三官人说那里话来,小人至死再也不离了相公的。”包公道:“既是如此,咱主仆二人索性死在一处,等那僧人到来再作道理,只好听命由天罢了。”包公将椅子挪在中间门口,端然正坐。包兴无物可拿,将门栓擎在手中,立在包公之前,说:“他若来时,我将门栓尽力向他一杵,给他个冷不防。”两只眼直勾勾的瞋瞅着板院门。正在凝神,忽听门外钌铞哓哧一声,仿佛砍掉一般,门已开了,进来一人。包兴唬了一跳,门栓已然落地,浑身乱抖,堆缩在一处。只见那人浑身是青,却是夜行打扮。包公细看,不是别人,就是白日在饭店遇见那个武生。包公猛然省悟,他与道人有晚间再见一语,此人必是侠客。

原来列位不知,白日饭店中那道人,也是在此庙中的。皆因法本、法明二人抢掠妇女,老和尚嗔责,二人不服,将老僧杀了。道人惟恐干连,又要与老和尚报仇,因此告至当官。不想凶僧有钱,常与书吏差役人等接交,买嘱通了,竟将道人重责二十大板,作为诬告良人,逐出境外。道人冤屈无处可伸,来到林中欲寻自尽,恰遇展爷行到此间,将他救下。问得明白,叫他在饭店等候,他却暗暗采访实在,方赶到饭店之内,赠了道人银两,不想遇见包公。同饮多时,他便告辞,先行回到旅店歇息。至天交初鼓,改扮行装,施展飞檐走壁之能,来至庙中,从外越墙而入,悄地行藏飞至宝阁。只见阁内有两个凶僧,旁列四五个妇女,正在饮酒作乐。又听得说:“云堂小院那个举子,等到三更时分再去下手不迟。”展爷闻听,暗道:“我何不先救好人,后杀凶僧,还怕他飞上天去不成。”因此来到云堂小院,用巨阙宝剑削去钌铞铁环,进来看时,不料就是包公。真是主仆五行有救。展爷上前拉住包公,携了包兴,道:“尊兄随我来。”出了小院,从旁边角门来至后墙,打百宝囊中掏出如意索来,系在包公腰间。自己提了绳头,飞身一跃上了墙头,骑马势蹲住,将手轻轻一提,便将包公提在墙上。悄悄附耳说道:“尊兄下去时,便将绳子解开,待我再救尊管。”说罢向下一放,包公两脚落地。急忙解开绳索,展爷提将上去,又将包兴救出。向外低声道:“你主仆二人就此逃走去罢。”只见身形一晃就不见了。

包兴搀扶着包公,那敢稍停,深一步,浅一步,往前没命的好跑。好容易奔到一个村头,天已五鼓,远远有一灯光。包兴说:“好了,有人家了。咱们暂且歇息歇息,等到天明再走不迟。”急忙上前叫门,柴扉开处,里面走出一个老者来,问是何人。包兴道:“因我二人贪赶路程,起得早了,辨不出路径,望你老人家方便方便,俟天明便行。”老者看了包公是一儒流,又看了包兴是个书童打扮,却无行李,只当是近处的,便说道:“既是如此,请到里边坐。”主仆二人来至屋中,原来是连舍三间,两明一暗。明间安一磨盘,并方屉罗桶等物,却是卖豆腐生理。那边有小小土炕,让包公坐下。包兴问道:“老人家贵姓?”老者道:“老汉姓孟,还有老伴,并无儿女,以卖豆腐为生。”包兴道:“老人家,有热水讨一杯吃。”老者道:“我这里有现成的豆腐浆儿,是刚出锅的。”包兴道:“如此更好。”孟老道:“待我拿个灯儿与你们盛浆。”说罢,在壁子里拿出一个三条腿的桌子放在炕上,又用土坯将那条腿儿支好。掀开旧布帘子,进里屋内拿出一个黄土泥的蜡台,又在席篓子里摸了半天,摸出一枝半截的蜡来,向油灯点着,安放在小桌上。包兴一旁道:“小村中竟有胳膊粗的大蜡。”细看时,影影绰绰原来是绿的,上面尚有“冥路”二字,方才明白是吊祭用过的,孟老得来舍不得点,预备待客的。只见孟老从锅台上拿了一个黄砂碗,用水洗净,盛了一碗白亮亮热腾腾的浆,递与包兴。包兴捧与包公喝时,其香甜无比。包兴在旁看着,馋的好不难受。只见孟老又盛一碗递与包兴,包兴连忙接过,如饮甘露一般。他主仆劳碌了一夜,又受惊恐,今在草房之中,如到天堂;喝这豆腐浆,不亚如饮玉液琼浆。不多时,大豆腐得了。孟老化了盐水,又与每人盛了一碗。真是饥渴之下,吃下去肚内暖烘烘的,好生快活。又与孟老闲谈,问明路途,方知离三元镇尚有不足二十里之遥。正在叙话之间,忽见火光冲天。孟老出院看时,只见东南角上一片红光,按方向好似金龙寺内走水。包公同包兴也到院中看望,心内料定必是侠士所为。只得问孟老:“这是何处走水?”孟老道:“天理昭彰,循环报应,老天爷是再不错的。二位不知,这金龙寺自老和尚没后,留下这两个徒弟,无法无天,时常谋杀人命,抢掠妇女。他比杀人放火的强盗还利害呢!不想他今日也有此报应!”说话之间,又进屋内歇了多时,只听鸡鸣茅店,催客前行。主仆二人深深致谢了孟老,“改日再来酬报。”孟老道:“些小微意,何劳齿及。”送至柴扉外,指引了路径:“出了村口,过了树林,便是三元镇的大路了。”包兴道:“多承指引了。”

主仆执手告别,出了村口,竟奔树林而来。又无行李马匹,连盘川银两俱已失落。包公却不着意,觉得两腿酸痛,步履艰难,只得一步捱一步,往前款款行走。爷儿两个一壁走着,说着话。包公道:“从此到京尚有几天路程,似这等走法,不知道多咱才到京中。况且又无盘川,这便如何是好?”包兴听了此言,又见相公形景可惨,恐怕愁出病来,只得要撒谎安慰,便道:“这也无妨,只要到了三元镇,我那里有个舅舅,向他借些盘川,再叫他备办一头驴子与相公骑坐,小人步下跟随,破着十天半月的工夫,焉有不到京师之理。”包公道:“若是如此甚好了,只是难为你了。”包兴道:“这有什么要紧,咱们走路仿佛闲游一般,包管就生出乐趣,也就不觉苦了。”这虽是包兴宽慰他主人,却是至理。主仆就说着话儿,不知不觉已离三元镇不远了。看看天气已有将午,包兴暗暗打算:“真是,我那里有舅舅?已到镇上,且同公子吃饭,先从我身上卖起,混一时是一时,只不叫相公愁烦便了。”一时来到镇上,只见人烟稠密,铺户繁杂。包兴不找那南北碗菜应时小卖的大馆,单找那家常便饭的二荤铺,说:“相公,咱爷儿俩在此吃饭罢。”包公却分不出那是贵贱,只不过吃饭而已。主仆二人来到铺内,虽是二荤铺,俱是连脊的高楼。包兴引着包公上楼,拣了个干净座儿,包公上座,包兴仍是下边打横。跑堂的过来放下杯筷,也有两碟小菜,要了随便的酒饭。登时间,主仆饱餐已毕,包兴立起身来,向包公悄悄的道:“相公在此等候别动,小人去找我舅舅就来。”包公点头。包兴下楼出了铺子,只见镇上热闹非常,先抬头认准了饭铺字号,却是望春楼,这才迈步。原打算来找当铺,到了暗处,将自己内里青绸夹袍蛇蜕皮脱下来,暂当几串铜钱,雇上一头驴,就说是舅舅处借来的,且混上两天再作道理。不想四五里地长街,南北一直再没有一个当铺。及至问人时,原有一个当铺,如今却是止当候赎了。包兴闻听,急的浑身是汗。包兴说道:"罢咧,这便如何是好?"正在为难,只见一簇人围绕着观看。包兴挤进去,见地下铺一张纸,上面字迹分明。忽听旁边有人侉声侉气说道:"告白。"又说:"白老四是我的朋友,为什么告他呢?"包兴闻听,不由笑道:"不是这等,待我念来。上面是:'告白四方仁人君子知之。今有隐逸村内李老大人宅内,小姐被妖迷住,倘有能治邪捉妖者,谢纹银三百两,决不食言。谨此告白。'"包兴念完,心中暗想道:"我何不如此如此。倘若事成,这一路上京便不吃苦了;即或不成,也混他两天吃喝也好。"想罢上前。这正是:难里巧逢机会事,急中生出智谋来。

未审后事如何,下回分解。

第四回 除妖魅包文正联姻 受皇恩定远县赴任

且说包兴见了"告白",急中生出智来。见旁边站着一人,他即便向那人道:"这隐逸村离此多远?"那人见问,连忙答道:"不过三里之遥,你却问他怎的?"包兴道:"不瞒你们说,只因我家相公惯能驱逐邪祟,降妖捉怪,手到病除。只是一件,我们原是外乡之人,我家相公他虽有些神通,却不敢露头,惟恐妖言惑众,轻易不替人驱邪,必须来人至诚恳求。相公必然说是不会降妖,越说不会,越要恳求。他试探了来人果是真心,一片至诚,方能应允。"那人闻听,说:"这有何难。只要你家相公应允,我就是赴汤投火也是情愿的。"包兴道:"既然如此,闲话少说。你将这'告白'收起,随了我来。"两旁看热闹之人,闻听有人会捉邪的,不由的都要看看,后面就跟了不少的人。包兴带领那人来在二荤铺门口,便向众人说道:"众位乡亲,倘我家相公不肯应允,欲要走时,求列位拦阻拦阻。"那人也向众人说道:"相烦众位高邻,倘若法师不允,奉求帮衬帮衬。"包兴将门口儿埋伏了个结实,进了饭店,又向那人说道:"你先到柜上将我们钱会了,省得回来走时又要耽延工夫。"那人连连称是。来到柜上,只见柜内俱各执手相让,说:"李二爷请了,许久未来到小铺。"谁知此人姓李名保,乃李大人宅中主管。李保连忙答应道:"请了。借重,借重。楼上那位相公、这位管家吃了多少钱文,写在我帐上罢。"掌柜的连忙答应,暗暗告诉跑堂的知道。包兴同李保来至楼梯之前,叫李保听咳嗽为号,急便上楼恳求。李保答应,包兴方才上楼。

谁知包公在楼上等的心内焦躁,眼也望穿了,再也不见包兴回来,满腹中胡思乱想。先前犹以为见他母舅必有许多的缠绕,或是借贷不遂,不好意思前来见我。后又转想,从来没听见他说有这门亲戚,别是他见我行李盘费皆无,私自逃走了罢。

或者他年轻幼小,错走了路头也未可知。疑惑之间,只见包兴从下面笑嘻嘻的上来。包公一见,不由的动怒,嗔道:"你这狗才往那里去了,叫我在此好等!"包兴上前悄悄的道:"我没找着我母舅,如今到有一事。"便将隐逸村李宅小姐被妖迷住请人捉妖之事,说了一遍:"如今请相公前去混他一混。"包公闻听不由的大怒,说:"你这狗才!"包兴不容分说,在楼上连连咳嗽。只见李保上得楼来,对着包公双膝跪倒,道:"相公在上,小人名叫李保,奉了主母之命,延请法官以救小姐。方才遇见相公的亲随,说相公神通广大,法力无边,望祈搭救我家小姐才好。"说罢磕头,再也不肯起来。包公说道:"管家休听我那小价之言,我是不会捉妖的。"包兴一旁插言道:"你听见了,说出不会来了,快磕头罢。"李保闻听,连连叩首,连楼板都碰了个山响。包兴又道:"相公,你看他一片诚心,怪可怜的。没奈何,相公慈悲慈悲罢。"包公闻听,双眼一瞪道:"你这狗才,满口胡说。"又向李保道:"管家你起来,我还要赶路呢,我是不会捉妖的。"李保那里肯放,道:"相公,如今是走不的了。小人已哀告众位乡邻,在楼下帮扶着小人拦阻。再者,众乡邻皆知相公是法官,相公若是走了,倘被小人主母知道,小人实实吃罪不起。"说罢又复叩首。包公被缠不过,只是暗恨包兴。复又转想道:"此事终属妄言,如何会有妖魅。我包某以正胜邪,莫若随他看看,再作脱身之计便了。"想罢,向李保道:"我不会捉妖,却不信邪。也罢,我随你去看看就是了。"李保闻听包公应允,满心欢喜,磕了头站起来,在前引路。包公下得楼来,只见铺子门口人山人海,俱是看法官的。李保一见,连忙向前说道:"有劳列位乡亲了。且喜我李保一片至诚,法官业已应允,不劳众位拦阻。望乞众位闪闪,让开一条路,实为方便。"说罢奉了一揖。众人闻听,往两旁一闪,当中让出一条胡同来。仍是李保引路,包公随着,后面是包兴。只听众人中有称赞的道:"好相貌,好神气!怪道有此等法术,只这一派的正气,也就可以避邪了。"其中还有好细儿的,不辞劳苦,跟随到隐逸村的也就不少。不知不觉进了村头,李保先行禀报去了。

且说这李大人不是别人,乃吏部天官李文业,告老退归林下。就是这隐逸村名,也是李大人起的,不过是退归林下之意。夫人张氏,膝下无儿,只生一位小姐。因游花园,偶然中了邪祟。原是不准声张,无奈夫人疼爱女儿的心盛,特差李保前去各处觅请法师退邪。李老爷无可奈何,只得应允。这日正在卧房,夫妻二人讲论小姐之病。只见李保禀道:"请到法师,是个少年儒流。"老爷闻听,心中暗想:"既是儒流,读圣贤之书,焉有攻乎异端之理?待我出去责备他一番。"想罢,叫李保请至书房。李保回身来至大门外,将包公主仆引至书房。献茶后,复进来说道:"家老爷出见。"包公连忙站起。从外面进来一位须发半白、面若童颜的官长,包公见了,不慌不忙上前一揖,口称:"大人在上,晚生拜揖。"李大人看见包公气度不凡,相貌清奇,连忙还礼,分宾主坐下。便问:"贵姓仙乡,因何来到敝处?"包公便将上京会试、路途遭劫,毫无隐匿,和盘说出。李大人闻听,原来是个落难的书生,你看他言语直爽,倒是忠诚之人。但不知他学问如何,于是攀话之间,考问多少学业,包公竟是问一答十,就便是宿儒名流也不及他的学问渊博。李大人不胜欢喜,暗想道:"看此子骨格清奇，又有如此学问，将来必为人上之人。”谈不多时，暂且告别。并分付李保：“好生伏侍包相公，不可怠慢。晚间就在书房安歇。”说罢回内去了，所有捉妖之事，一字却也未提。

谁知夫人暗里差人告诉李保，务必求法官到小姐屋内捉妖，如今已将小姐挪至夫人卧房去了。李保便问：“法官应用何物趁早预备。”包兴便道：“用桌子三张，椅子一张，随围桌椅披，在小姐室内设坛。所有朱砂、新笔、黄纸、宝剑、香炉、烛台，俱要洁净的，等我家相公定性养神，二鼓上坛便了。”李保答应去了。不多时，回来告诉包兴道：“俱已齐备。”包兴道：“既已齐备，叫他们拿到小姐绣房，大家帮着我设坛去。”李保闻听，叫人抬桌搬椅，所有软片东西，俱是自己拿着，请了包兴，一同引至小姐卧房。只闻房内一股幽香。就在明间堂屋，先将两张桌子并好，然后搭了一张搁在前面桌子上，又把椅子放在后面桌子上，系好了桌围，搭好了椅披，然后摆设香炉烛台，安放墨砚、纸笔、宝剑等物。摆设停当，方才同李保出了绣房，竟奔书房而来。叫李保不可远去，听候呼唤即便前来，李保连声答应，包兴便进了书房。已有初更的时候。谁知包公劳碌了一夜，又走了许多路程，乏困已极，虽未安寝，已经困的前仰后合。包兴一见，说：“我们相公吃饱了食困，也不怕存住食。”便走到跟前，叫了一声相公。包公惊醒，见包兴，说：“你来的正好，伏侍我睡觉罢。”包兴道：“相公就是这么睡觉？还有什么说的？咱们不是捉妖来了吗。”包公道：“那不是你这狗才干的！我是不会捉妖的。”包兴悄悄道：“相公也不想想，小人费了多少心机，给相公找了这样住处，又吃那样的美馔，喝那样好陈绍酒，又香又陈。如今吃喝足了，就要睡觉。俗语话：‘无功受禄，寝食不安。’相公也是这么过意的去么？咱们何不到小姐卧房看看，凭着相公正气，或者胜了邪魅，岂不两全其美呢！”一席话，说的包公心活；再者自己也不信妖邪，原要前来看看的。只得说道：“罢了，由着你这狗才闹罢了。”包兴见包公立起身来，急忙呼唤：“快掌灯呀！”只听外面连声答应：“伺候下了。”包公出了书房，李保提灯在前引道。来至小姐卧房一看，只见灯烛辉煌，桌椅高搭，设摆的齐备，心中早已明白是包兴闹的鬼。迈步来到屋中，只听包兴吩咐李保道：“所有闲杂人等，俱各回避，最忌的是妇女窥探。”李保闻听，连忙退出藏躲去了。

包兴拿起香来，烧放炉内，趴在地下又磕了三个头。包公不觉暗笑。只见他上了高桌，将朱砂墨研好，醮了新笔，又将黄纸撕了纸条儿。刚才要写，只觉得手腕一动，仿佛有人把着的一般。自己看时，上面写的：“淘气，淘气！该打，该打！”包兴心中有些发毛，急急在灯上烧了，忙忙的下了台。只见包公端坐在那边。包兴走至跟前道：“相公与其在这里坐着的，何不在高台上坐着呢，岂不是好。”包公无奈，只得起身上了高台，坐在椅子上。只见桌子上面放着宝剑一口，又有朱砂、黄纸、笔砚等物。包公心内也暗自欢喜，难为他想的周到。因此不由的将笔提起，醮了朱砂，铺下黄纸。刚才要写，不觉腕随笔动，顺手写将下去。才要看时，只听得外面嗳呀了一声，咕咚栽倒在地。包公闻听，急忙提了宝剑，下了高台，来至卧房外看时，却是李保。见他惊惶失色，说道：“法官老爷，吓死小人了。方才来至院内，只见白光一道，冲户而出。是小人看见，不觉失色栽倒。”包公也觉纳闷。进得屋来却不见包兴，与李保寻时，只见包兴在桌子底下缩作一堆，见有人来，方敢出头。却见李保在旁，便遮饰道：“告诉你们，我家相公作法不可窥探，连我还在桌子底下藏着呢，你们何得不遵法令？幸亏我家相公法力无边。”一片谎言说的很像，这也是他的聪明机变的好处。李保方才说道：“只因我家老爷夫人惟恐相公夜深劳苦，叫小人前来照应，请相公早早安歇。”包公闻听，方叫包兴打了灯笼前往书房去了。

李保叫人来拆了法台，见有个朱砂黄纸字帖，以为法官留下的镇压符咒，连宝剑一同拿起，回身来到内堂，禀道：“包相公业已安歇了，这是宝剑，还有符咒，俱各交进。”丫鬟接进来。李保才待转身，忽听老爷说道：“且住，拿来我看。”丫鬟将黄纸字帖呈上。李老爷灯下一阅，原来不是符咒，却是一首诗句，道：“避劫山中受大恩，欺心毒饼落于尘。寻钗井底将君救，三次相酬结好姻。”李老爷细看诗中隐藏事迹，不甚明白。便叫李保暗向包兴探问其中事迹，并打听娶妻不曾，明日一早回话。李保领命。你道李老爷为何如此留心？只因昨日书房见了包公之后，回到内宅见了夫人，连声夸奖，说包公人品好，学问好，将来不可限量。张氏夫人闻听道：“既然如此，他若将我孩儿治好，何不就与他结为秦晋之好呢？”老爷道：“夫人之言正合我意。且看我儿病体何如再作道理。”所以老两口儿惦记此事。又听李保说，二鼓还要上坛捉妖，因此不敢早眠。天交二鼓，尚未安寝，特遣李保前来探听。不意李保拿了此帖回来，故叫他细细的访问。

到了次日，谁知小姐其病若失，竟自大愈，实是奇事。老爷夫人更加欢喜，急忙梳洗已毕，只见李保前来回话：“昨晚细问包兴，说这字帖上的事迹，是他相公自幼儿遭的魔难，皆是逢凶化吉，并未遇害。并且问明尚未定亲。”李老爷闻听，满心欢喜，心中已明白是狐狸报恩，成此一段良缘，便整衣襟来至书房。李保通报，包公迎出。只见李老爷满面笑容道：“小女多亏贤契救拔，如今沉疴已愈，实为奇异。老夫无儿，只生此女，尚未婚配，意欲奉为箕帚，不知贤契意下如何？”包公答道：“此事晚生实实不敢自专，须要禀明父母兄嫂方敢联姻。”李老爷见他不肯应允，便笑嘻嘻从袖中掏出黄纸帖儿递与包公道：“贤契请看此帖便知，不必推辞了。”包公接过一看，不觉面红过耳，暗暗思道：“我晚间恍惚之间，如何写出这些话来？”又想道：“原来我小时山中遇雨见那女子，竟是狐狸避劫。却蒙他累次救我，他竟知恩报恩。”包兴在旁着急，恨不的赞成相公应允此事，只是不敢插口。李老爷见包公沉吟不语，便道：“贤契不必沉吟，据老夫看来，并非妖邪作祟，竟为贤契来做红线来了。可见凡事自有一定道理，不可过于迂阔。”包公闻听，只得答道：“既承大人错爱，敢不从命。只是一件须要禀明：候晚生会试以后，回家禀明父母兄嫂，那时再行纳聘。”李老爷见包公应允，满心欢喜，便道：“正当如此。大丈夫一言为定，谅贤契绝不食言，老夫竟候佳音便了。”说话之间，排开桌椅，摆上酒饭，老爷亲自相陪。饮酒之间，又谈论些齐家治国之事，包公应答如流，说的有经有纬，把个李老爷乐的事不有馀，再不肯放他主仆就行，一连留住三日，又见过夫人。三日后，备得行囊、马匹、衣服、盘费，并派主管李保跟随上京。包公拜别了李老爷，复又嘱咐一番。包兴此时欢天喜地，精神百倍，跟了出来。只见李保牵马坠镫，包公上了坐骑。李保小心伺候，事事精心。一日，来到京师，找寻了下处。所有吏部投文之事，全不用包公操心，竟等临期下场而已。

且说朝廷国政，自从真宗皇帝驾崩，仁宗皇帝登了大宝，就封刘后为太后，立庞氏为皇后，封郭槐为总管都堂，庞吉为国丈加封太师。这庞吉原是个谗佞之臣，倚了国丈之势，每每欺压臣僚；又有一班趋炎附势之人，结成党羽，明欺圣上年幼，暗有擅自专权之意。谁知仁宗天子自幼历过多少魔难，乃是英明之主。先朝元老左右辅弼，一切正直之臣照旧供职，就是庞吉也奈何不得，因此朝政法律严明，尚不至紊乱。只因春闱在迩，奉旨钦点太师庞吉为总裁，因此会试举子就有走门路的，打关节的，纷纷不一，惟有包公自己仗着自己学问。考罢三场，到了揭晓之期，因无门路，将包公中了第二十三名进士，翰林无分。奉旨榜下即用知县，得了凤阳府定远县知县。包公领凭后，收拾行李，急急出京。先行回家拜见父母兄嫂，禀明路上遭险，并与李天官结亲一事。员外安人又惊又喜，择日祭祖，叩谢宁老夫子。过了数日，拜别父母兄嫂，带了李保、包兴起身赴任。将到定远县地界，包公叫李保押着行李慢慢行走，自己同包兴改装易服，沿路私访。

有话即长，无话即短。一日，包公与包兴暗暗进了定远县，找了个饭铺打尖。正在吃饭之时，只见从外面来了一人。酒保见了嚷道："大爷少会呀！"那人拣个座儿坐下。酒保转身提了两壶酒，拿了两个杯子过来。那人便问："我一人如何要两壶酒、两个杯子呢？"酒保答道："方才大爷身后面有一个人一同进来，披头散发，血渍模糊。我只打量你是劝架给人和息事情，怎么一时就不见了？或者是我瞧恍惚了也未可知。"

不知那人闻听如何，且听下回分解。

第五回　墨斗剖明皮熊犯案　乌盆诉苦别古鸣冤

且说酒保回答那人说：方才还有一人，披头散发，血渍满面，跟了进来，一时就不见了，说了一遍。只见那人一闻此言，登时惊慌失色，举止失宜，大不像方才进来之时那等骄傲之状。只见坐不移时，发了回怔，连那壶酒也未吃便匆匆会了钱钞而去。包公看此光景，因问酒保道："这人是谁？"酒保道："他姓皮名熊，乃二十四名马贩之首。"包公记了姓名。吃完了饭，便先叫包兴到县传谕，就说老爷即刻到任。包公随后就出了饭铺，尚未到县，早有三班衙役书吏人等迎接上任。

到了县内，有署印的官交了印信，并一切交代，不必细说。包公便将秋审册籍细细稽察，见其中有个沈清伽蓝殿杀死僧人一案，情节支离，便即传出谕去，立刻升堂，审问沈清一案。所有衙役三班早知消息，老爷暗自一路私访而来，就知这位老爷的利害，一个个兢兢业业，早已预备齐全。一闻传唤，立刻一班班进来，分立两旁，喊了堂威。包公入座，标了禁牌，便吩咐带沈清。不多时，将沈清从监内提出，带至公堂，打去刑具，朝上跪倒。包公留神细看，只见此人不过三旬年纪，战战兢兢匍匐在埃尘，不像个行凶之人。包公看罢便道："沈清，你为何杀人，从实招来。"沈清哭诉道："只因小人探亲回来，天气太晚，那日又漾漾下雨，地下泥泞，实在难行。素来又胆小，又不敢夜行，因在这县南三里多地有个古庙暂避风雨。谁知次日天未明，有公差在路，见小人身后有血迹一片，公差便问小人从何而来。小人便将昨日探亲回来，天色太晚，在庙内伽蓝殿上存身的话说了一遍。不想公差拦住不放，务要同小人回至庙中一看。嗳呀太爷呀！小人同差役到庙看时，见佛爷之旁有一杀死的僧人，小人实是不知僧人是谁杀的，因此二位公差将小人解至县内，竟说小人谋杀和尚。小人真是冤枉，求青天大老爷照察！"包公闻听，便问道："你出庙时是什么时候？"沈清答道："天尚未明。"包公又问道："你这衣服因何沾了血迹？"沈清回道："小人原在神厨之下，血水流过，将小人衣服沾污了。"老爷闻听点头，吩咐带下，仍然收监。立刻传轿，打道伽蓝殿。包兴伺候主人上轿，安好扶手，包兴乘马跟随。

包公在轿内暗思："他既谋害僧人，为何衣服并无血迹，光有身后一片呢？再者，虽是刀伤，彼时并无凶器。"一路盘算，来到伽蓝殿。老爷下轿，吩咐跟役人等，不准跟随进去，独带包兴进庙。至殿前，只见佛像残朽败坏，两旁配像俱已坍塌。又转到佛像背后，上下细看，不觉暗暗点头。回身细看神厨之下，地上果有一片血迹迷乱。忽见那边地下放着一物，便捡起看时，一言不发，拢入袖中，即刻打道回衙。来至书房，包兴献茶，回道："李保押着行李来了。"包公闻听，叫他进来。李保连忙进来，给老爷叩头。老爷便叫包兴传该值的头目进来，包兴答应。去不多时，带了进来，朝上跪倒："小人胡成，给老爷叩头。"包公问道："咱们县中可有木匠么？"胡成应道："有。"包公道："你去多叫几名来，我有紧要活计要做的，明早务要俱各传到。"胡成连忙答应，转身去了。

到了次日，胡成禀道："小人将木匠俱已传齐，现在外面伺候。"包公又吩咐道："预备矮桌数张，笔砚数份，将木匠俱带至后花厅，不可有误。去罢。"胡成答应，连忙备办去了。这里包公梳洗已毕，即同包兴来至花厅，吩咐木匠俱各带进来。只见进来了九个人，俱各跪倒，口称："老爷在上，小的叩头。"包公道："如今我要做各样的花盆架子，务要新奇式样。你们每人画他一个，老爷拣好的用，并有重赏。"说罢吩咐拿矮桌笔砚来。两旁答应一声，登时齐备。只见九个木匠分在两旁，各自搜索枯肠，谁不愿新奇讨好呢。内中就有使惯了竹笔，拿不上笔来的；也有怯官的，战战哆嗦画不像样的；竟有从容不迫，一挥而就的。包公在座上，往下细细留神观看。不多时，俱各画完，挨次呈递。老爷接一张看一张，便问道："你叫什么名字？"那人道："小的叫吴良。"包公便向众木匠道："你们散去，将吴良带至公堂。"左右答应一声，立刻点鼓升堂。

包公入座，将惊堂木一拍，叫道："吴良，你为何杀死僧人？从实招来，免得皮肉受苦。”吴良听说，吃惊不小，回道：“小人以木匠做活为生，是极安分的，如何敢杀人呢？望乞老爷详察。”老爷道：“谅你这厮决不肯招。左右，尔等立刻到伽蓝殿将伽蓝神好好抬来。”左右答应一声，立刻去了。不多时，将伽蓝神抬至公堂。百姓们见把伽蓝神泥胎抬到县衙听审，谁不要看看新奇的事，都来。只见包公离了公座，迎将下来，向伽蓝神似有问答之状。左右观看，不觉好笑。连包兴也暗说道：“我们老爷这是装什么腔儿呢？”只见包公从新入座，叫道：“吴良，适才神圣言道，你那日行凶之时，已在神圣背后留下暗记，下去比来。”左右将吴良带下去。只见那神圣背后肩膀以下，果有左手六指儿的手印。谁知吴良左手却是六指儿，比上时丝毫不错。吴良唬的魂飞胆裂，左右的人无不吐舌，说：“这位太爷真是神仙，如何就知是木匠吴良呢？”殊不知包公那日上庙验看时，地下捡了一物，却是个墨斗。又见那伽蓝神身后有六指手的血印，因此想到木匠身上。左右又将吴良带至公堂跪倒，只见包公把惊堂一拍，一声断喝，说：“吴良，如今真赃实犯，还不实说么？”左右复又威吓说：“快招，快招！”吴良着忙道：“太爷不必动怒，小人实招就是了。”刑房书吏在一旁写供。吴良道：“小人原与庙内和尚交好，这和尚素来爱喝酒，小人也是酒头鬼儿。因那天和尚请我喝酒，谁知他就醉了。我因劝他收个徒弟，以为将来的收缘结果。他便说：‘如今徒弟实在难收，就是将来收缘结果，我也不怕。这几年的工夫，我也积攒了有二十多两银子了。’他原是醉后无心的话，小人便问他：‘你这银子收藏在何处呢？若是丢了，岂不白费了这几年的工夫么。’他说：‘我这银子是再丢不了的，放的地方人人再也想不到的。’小人就问他：‘你到底搁在那里呢？’他就说：‘咱们俩这样相好，我告诉你，你可不许告诉别人。’他方说出将银子放在伽蓝神脑袋以内。小人一时见财起意，又见他醉了，原要用斧子将他劈死了。回老爷，小人素来拿斧子劈木头惯了，从来未劈过人。乍乍儿的劈人，不想手就软了。头一斧子未劈中，偏遇和尚泼皮要夺我斧子，我如何肯让他？又将他按住，连劈几斧，他就死了，闹了两手血。因此上神桌，便将左手扶住神背，右手在神圣的脑袋内掏出银子，不意留下了个手印子。今被太爷神明断出，小人实实该死。”包公闻听所供是实，又将墨斗拿出与他看了。吴良认了是自己之物，因抽斧子落在地下。包公叫他画供，上了刑具收监。沈清无故遭屈，官赏银十两释放。

刚要退堂，只听有击鼓喊冤之声，包公即着带进来。但见从角门进来二人，一个年纪二十多岁，一个有四十上下，来到堂上二人跪倒。年轻的便道：“小人名叫匡必正，有一叔父开缎店，名叫匡天佑。只因小人叔父有一个珊瑚扇坠，重一两八钱，遗失三年未有下落，不想今日遇见此人，他腰间佩的正是此物。小人原要借过来看看，怕的是认错了。谁知他不但不借给看，开口就骂，还说小人讹他，扭住小人不放，太爷详察。”又只见那人道：“唔么是江苏人，姓吕名佩。今日狭路相逢，遇见这个后生，将我拦住，硬说唔腰间佩的珊瑚坠子说是他的。青天白日竟敢拦路打抢，这后生实实可恶。求太爷与唔剖断剖断。”包公闻听，便将珊瑚坠子要来一看，果然是真的，淡红光润无比。便向匡必正道：“你方才说此坠重够多少？”匡必正道：“重一两八钱，倘若不对，或者东西一样的也有，小人再不敢讹人。”包公又问吕佩道：

"你可知道此坠重够多少?"吕佩道:"此坠乃友人送的,并不晓得多少分两。"包公回头叫包兴取戥子来。包兴答应,连忙取戥平了,果然重一两八钱。包公便向吕佩道:"此坠若按分两,是他说的不差,理应是他的。"吕佩着急道:"嗳呀,太爷呀,此坠原是我的好朋友送唔的,又凭什么分两呢。唔们江苏人是不敢撒谎的。"包公道:"既是你相好朋友送的,他叫什么名字?实说。"吕佩道:"唔这朋友姓皮名熊,他是马贩头儿,人所共知的。"包公猛然听皮熊二字,触动心事。吩咐将他二人带下去,立刻出签传皮熊到案。包公暂且退堂,用了酒饭。不多时,人来回话,皮熊传到。包公复又升堂带皮熊。皮熊上堂跪倒,口称:"太爷在上,传小人有何事故?"包公道:"闻听你有珊瑚扇坠,可是有的?"皮熊道:"有的,那是三年前小人捡的。"包公道:"此坠你可送过人么?"皮熊道:"小人不知何人失落,如何敢送人呢?"包公便问:"此坠尚在何处?"皮熊道:"现在小人家中。"包公吩咐将皮熊带在一边,叫把吕佩带来。包公问道:"方才问过皮熊,他并未曾送你此坠。此坠如何到了你手,快说!"吕佩一时慌张,方说出是皮熊之妻柳氏给的。包公就知话内有因,连问道:"柳氏他如何给你此坠呢?实说!"吕佩便不言语。包公吩咐掌嘴。两旁人役刚要上前,只见吕佩摇手道:"唔呀,老爷不必动怒。唔说就是了。"便将与柳氏通奸,是柳氏私赠此坠的话说了一遍。皮熊在旁听见他女人和人通奸,很觉不够瞧的。包公立刻将柳氏传到。谁知柳氏深恨丈夫在外宿奸,不与自己一心一计,因此来到公堂,不用审问,便说出丈夫皮熊素与杨大成之妻毕氏通奸:"此坠从毕氏处携来,交与小妇人收了二三年。小妇人与吕佩相好,私自赠他的。"包公立刻出签传毕氏到案。

正在审问之际,忽听得外面又有击鼓之声,暂将众人带在一旁,先带击鼓之人上堂。只见此人年有五旬,原来就是匡必正之叔匡天佑,因听见有人将他侄儿扭结到官,故此急急赶来,禀道:"三年前不记日子,托杨大成到缎店取缎子,将此坠做为执照。过了几日,小人到铺问时,并未见杨大成到铺,亦未见此坠,因此小人到杨大成家内。谁知杨大成就是那日晚间死了,亦不知此坠的下落,只得隐忍不言。不料小人侄儿今日看见此坠,被人告到太爷台前。惟求太爷明镜高悬,伸此冤枉。"说罢磕下头去。包公闻听,心下明白,叫天佑下去,即带皮熊、毕氏上堂。便问毕氏:"你丈夫是何病死的?"毕氏尚未答言,皮熊在旁答道:"是心疼病死的。"包公便将惊堂木一拍,喝声:"该死的狗才!他丈夫心疼病死的,你如何知道?明是因奸谋命。快把怎生谋害杨大成致死情由从实招来!"两旁一齐威吓:"招,招,招!"皮熊惊慌说道:"小人与毕氏通奸是实,并无谋害杨大成之事。"包公闻听说:"你这刁嘴的奴才,曾记得前在饭店之中,你要吃酒,后面跟着带血之人。酒保说出,唬的你酒也未敢吃,立时会了钱钞而去。今日公堂之上还敢支吾!左右,抬上刑来。"皮熊只唬得哑口无言,暗暗自思道:"这位太爷连喝酒之事俱已知道,别的谅也瞒不过他去。莫若实说,也免得皮肉受苦。"想罢,连连叩头道:"太爷不必动怒,小人愿招。"包公道:"招来!"皮熊道:"只因小人与毕氏通奸,情投意合,惟恐杨大成知道将我二人拆散,因此定计将他灌醉,用刀杀死,暗用棺木盛殓,只说心疼暴病而死。彼时因见珊瑚坠,小人拿回家去,交付妻子收了。即此便是实情。”包公闻听,叫他画供。即将毕氏定了凌迟,皮熊定了斩决,将吕佩责四十板释放,柳氏官卖,匡家叔侄将珊瑚坠领回无事。因此人人皆知包公断事如神,各处传扬,就传到个行侠尚义的一个老者耳内。

且说小河窝内有一老者,姓张行三,为人梗直,好行侠义,因此人都称他为别古。与众不同谓之“别”,不合时宜谓之“古”。原是打柴为生,皆因他有了年纪,挑不动柴草,众人就叫他看着过秤,得了利息大家平分,这也是他素日为人拿好儿换来的。一日闲暇无事,偶然想起:“三年前,东塔洼赵大欠我一担柴钱四百文。我若不要了,有点对不过众伙计们。他们不疑惑我使了,我自己居心实在的过意不去。今日无事,何不走走呢?”于是拄了竹杖,锁了房门,竟往东塔洼而来。

到了赵大门首,只见房舍焕然一新,不敢敲门。问了问邻右之人,方知赵大发财了,如今都称“赵大官人”了。老头子闻听,不由心中不悦,暗想道:“赵大这小子,长处掐,短处捏,那一种行为,连柴火钱都不想着还,他怎么配发财呢?”转到门口,便将竹杖敲门,口中道:“赵大,赵大。”只听里面答应道:“是谁这么赵大赵二的?”说话间门已开了。张三看时,只见赵大衣帽鲜明,果然不是先前光景。赵大见是张三,连忙说道:“我道是谁,原来是张三哥么!”张三道:“你先少合我论哥儿们,你欠我的柴火钱也该给我了。”赵大闻听道:“这什么要紧,老弟老兄的,请到家里坐。”张三道:“我不去,我没带着钱。”赵大说:“这是什么话?”张三道:“正经话。我若有钱,肯找你来要帐吗?”正说着,只见里面走出一个妇人来,打扮的怪模怪样的,问道:“官人,你同谁说话呢?”张三一见说:“好呀赵大,你干这营生呢,怨的发财呢!”赵大道:“休得胡说,这是你弟妹小婶。”又向妇人道:“这不是外人,是张三哥到了。”妇人便上前万福。张三道:“恕我腰疼,不能还礼。”赵大说:“还是这等爱顽笑,还请里面坐罢。”张三只得随着进来。到了屋内,只见一路一路的盆子堆的不少,彼此让坐,赵大叫妇人倒茶,张三道:“我不喝茶,你也不用闹酸款。欠我的四百多钱总要还我的,不用闹这个软局子。”赵大说:“张三哥你放心,我那就短了你四百文呢。”说话间,赵大拿了四百钱递与张三。张三接来,揣在怀内,站起身来说道:“不是我爱小便宜,我上了年纪,夜来时常爱起夜,你把那小盆给我一个,就算折了欠我的零儿罢。从此两下开交,彼此不认得却使得。”赵大道:“你这是‘河苦吃井水!’这些盆子俱是挑出来的,没沙眼,拿一个就是了。”张三挑了一个趣黑的乌盆,挟在怀中转身就走,也不告别,竟自出门去了。

这东塔洼离小沙窝也有三里之遥。张三满怀不平,正遇着深秋景况,夕阳在山之时,来到树林之中,耳内只听一阵阵秋风飒飒,败叶飘飘。猛然间,滴溜溜一个旋风,只觉得寒毛眼里一冷,老头子将脖子一缩,腰儿一弓,刚说一个“好冷”,不防将怀中盆子掉在尘埃,在地下咕噜噜乱转,隐隐悲哀之声,说:“掉了我的腰了。”张三闻听,连连唾了两口,捡起盆子,往前就走。有年纪之人,如何跑的动。只听后面说道:“张伯伯,等我一等。”回头又不见人。自己怨恨道:“真是时衰鬼弄人。我张三生平不做亏心之事,如何白日就会有鬼?想是我不久于人世了。”一边想一边走,好容易奔至草房。急忙放下盆子,撂了竹杖,开了锁儿,拿了竹杖,拾起盆子,进得屋来,将门顶好。觉得乏困已极,自己说:“管他什么鬼不鬼的,且梦周公。”刚才说完,只听得悲悲切切,口呼:“伯伯,我死的好苦也!”张三闻听道:“怎么的,竟自把鬼关在屋里了?”别古秉性忠直,不怕鬼邪,便说道:“你说罢,我这里听着呢。”隐隐说道:“我姓刘名世昌,在苏州阊门外八宝乡居住,家有老母周氏,妻子王氏,还有三岁的孩子乳名百岁,本是缎行生理。只因乘驴回家,行李沉重,那日天晚,在赵大家借宿。不料他夫妻好狠,将我杀害,谋了资财,将我血肉和泥焚化。到如今,闪了老母,抛却妻子,不能见面。九泉之下,冤魂不安。望求伯伯替我在包公前伸明此冤,报仇雪恨。就是冤魂在九泉之下,也感恩不尽。”说罢放声痛哭。张三闻听他说的可怜,不由的动了他豪侠的心肠,全不畏惧,便呼道:“乌盆。”只听应道:“有呀,伯伯。”张三道:“虽则替你鸣冤,惟恐包公不能准状,你须跟我前去。”乌盆应道:“愿随伯伯前往。”张三见他应叫应声,不觉满心欢喜,道:“这去告状,不怕包公不信。言虽如此,我是上了年纪之人,记性平常,必须将他姓名住处记清背熟了方好。”于是从新背了一回,样样记明。老头儿为人心热,一夜不曾合眼,不等天明,爬起来,挟了乌盆,拄起竹杖,锁了屋门,竟奔定远县而来。出得门时,冷风透体,寒气逼人,又在天亮之时,若非张三好心之人,谁肯冲寒冒冷替人鸣冤。及至到了定远县,天气过早,尚未开门。只冻得他哆哆嗦嗦,找了个避风的所在,席地而坐。喘息多时,身上觉得和暖,老头儿高起兴来了,将盆子扣在地下,用竹杖敲着盆底儿,唱起《什不闲》来了。刚唱了一句“八月中秋月照台”,只听的一声响,门分两扇,太爷升堂。张三忙拿起盆子,跑向前来喊冤枉。就有该值的回禀,立刻带进。包公座上问道:“有何冤枉,诉上来。”张三就把东塔洼赵大家讨帐得了一个黑盆,遇见冤魂自述的话说了一遍:“现有乌盆为证。”包公闻听,便不以此事为妄谈。就在座上唤道:“乌盆!”并不见答应。又连唤两声,亦无影响。包公见别古老年昏愦,也不动怒,便叫左右撵出去便了。

张老出了衙门,口呼“乌盆”。只听应道:“有呀,伯伯!”张老道:“你随我诉冤,你为何不进去呢?”乌盆说道:“只因门上门神拦阻,冤魂不敢进去,求伯伯替我说明。”张老闻听又嚷冤枉。该值的出来嗔道:“你这老头子还不走,又嚷的是什么。”张老道:“求爷们替我回复一声,乌盆有门神拦阻,不敢进见。”该值的无奈,只得替他回禀。包公闻听,提笔写了一张,叫该值拿出门前焚化,仍将老头子带进来,再讯二次。张老抱着盆子上了公堂,将盆子放在当地,他跪在一旁。包公问道:“此次叫他可应了?”张老说是。包公吩咐左右:“尔等听着。”两边人役应声,洗耳静听。只见包公座上唤道:“乌盆!”不见答应。包公不由动怒,将惊堂木一拍:“我把你这狗才,本县念你年老之人,方才不加责于你,如今还敢如此。本县也是你愚弄的吗?”用手抽签,吩咐将他重责十板,以戒下次。两旁不容分说,将张老打了十板。闹的老头儿呲牙咧嘴,一拐一拐的挟了乌盆,拿了竹杖,出衙去了。转过影壁,便将乌盆一扔,只听得“嗳呀”一声,说:“踒了我脚面了。”张老道:“奇怪,你为何又不进去呢?”乌盆道:“只因我赤身露体,难见星主。没奈何,再求伯伯替我伸诉明白。”张老道："我已然为你挨了十大板，如今再去，我这两条腿不用长着咧！"乌盆又苦苦哀求。张老是个心软的人，只得拿起盆子。他却又不敢伸冤，只得从角门溜溜啾啾往里便走。只见那边来了一个厨子，一眼看见，便叫："胡头儿，胡头儿，那老头儿又来了。"胡头儿正在班房谈论此事说笑，忽听老头子又来了，连忙跑出来要拉。张老却有主意，就势坐在地下叫起屈来了。包公那里也听见了，吩咐带上来，问道："你这老头子为何又来，难道不怕打么？"张老叩头道："方才小人出去又问乌盆，他说赤身露体，不敢见星主之面。恳求太爷赏件衣服遮盖遮盖，他才敢进来。"包公闻听，叫包兴拿件衣服与他。包兴连忙拿了一件夹袄，交与张老。张老拿着衣服出来，该值的说："跟着他，看他是拐子。"只见他将盆子包好，拿起来，不放心，又叫道："乌盆，随我进来。"只听应道："有呀，伯伯。我在这里！"张老闻听他答应，这一回留上心了，便不住叫着进来。到了公堂，仍将乌盆放在当中，自己在一旁跪倒。

包公又吩咐两边仔细听着，两边答应："是。"此所谓上命差遣，概不由己。有说老头子有了病了的，又有说太爷好性儿的，也有暗笑的，连包兴在旁也不由的暗笑："老爷今日叫疯子磨住了。"只见包公座上大声呼唤道："乌盆！"不想衣内答应说："有呀，星主！"众人无不诧异。只见张老听见乌盆答应了，他便忽的跳将起来，恨不能要上公案桌子。两旁众人吆喝，他才复又跪下。包公细细问了张老。张老仿佛背书的一般：他姓甚名谁，家住那里，他家有何人，作何生理，怎么遇害，是谁害的，滔滔不断说了一回，清清楚楚。两旁听的，无不叹息。包公听罢，吩咐包兴取十两银子来，赏了张老，叫他回去听传。别古千恩万谢的去了。

包公立刻吩咐书吏办文一角，行到苏州，调取尸亲前来结案。即行出签，拿赵大夫妇。登时拿到，严加讯问，并无口供。包公沉吟半晌，使吩咐："赵大带下去，不准见刁氏。"即传刁氏上堂，包公说："你丈夫供称：陷害刘世昌，全是你的主意。"刁氏闻听，恼恨丈夫，便说出赵大用绳子勒死的，并言现有未用完的银两。即行画招，押了手印。立刻派人将赃银起来。复又带上赵大，叫他女人质对。谁知这厮好狠，横了心再也不招，言银子是积攒的。包公一时动怒，请了大刑来，夹棍套了两腿，问时仍然不招。包公一声断喝，说了一个"收"字，不想赵大不禁夹，就呜呼哀哉了。包公见赵大已死，只得叫人搭下去。立刻办详禀了本府，转又行文上去，至京启奏去了。此时尸亲已到，包公将未用完的银子，俱叫他婆媳领取讫；并将赵大家私奉官折变，以为婆媳养赡。婆媳感念张老替他鸣冤之恩，愿带到苏州养老送终。张老也因受了冤魂的嘱托，亦愿照看孀居孤儿。因此商量停当，一同起身往苏州去了。

要知后事如何，且听下回分解。

第六回　罢官职逢义士高僧　应龙图审冤魂怨鬼

且说包公断明了乌盆，虽然远近闻名这位老爷正直无私，断事如神，未免犯了上司之嫉，又有赵大刑毙，故此文书到时，包公例应革职。包公接到文书，将一切事宜交代署印之人，自己住庙。李保看此光景，竟将银两包袱收拾收拾，逃之夭夭了。包公临行，百姓遮道哭送。包公劝勉了一番，方才乘马，带着包兴，出了定远县，竟不知投奔何处才好。包公在马上自己叹息，暗里思量道："我包某命运如此淹蹇，自幼受了多少的颠险，好容易蒙兄嫂怜爱，聘请恩师，教诲我一举成名。不想妄动刑具，致毙人命。虽是他罪应如此，究竟是粗心浮躁，以至落了个革职，至死也无颜回家。无处投奔，莫若仍奔京师，再作计较。"只顾马上嗟叹。包兴跟随，明知老爷为难，又不敢问。信马由缰，来至一座山下，虽不是峻岭高峰，也觉得凶恶。正在观看之际，只听一棒锣响，出来了无数的喽兵，当中一个矮胖黑汉，赤着半边身的胳膊，雄赳赳，气昂昂，不容分说，将主仆两人拿下捆了，送上山去。谁知山中尚有三个大王，见缚了两人前来，吩咐绑在两边柱子上，等四大王到来再行发落。不一时，只见四大王慌慌张张，喘吁吁跑了来，嚷道："不好了，山下遇见一人好本领，强小弟十倍，才一交手，我便倒了。幸亏跑得快，不然吃了大亏了。那位哥哥去会会他？"只见大大王说："二弟，待劣兄前往。"二大王说："小弟奉陪。"于是二人下山。见一人气昂昂在山坡站立，大大王近前一看，不觉哈哈大笑道："原来是兄长，请到山中叙话。"

你道此山何名？名叫土龙岗，原是山贼窝居之所。原来张龙、赵虎误投庞府，见他是权奸之门，不肯逗留，偶过此山，将山贼杀走，他二人便作了寨主。后因王朝、马汉科考武场，亦被庞太师逐出，愤恨回家，路过此山，张、赵两个即请到寨，结为兄弟。王朝居长，马汉第二，张龙第三，赵虎第四。王、马、张、赵四人已表明来历。

且说马汉同定那人来至山中，走上大厅，见两旁柱上绑定二人，走近一看，不觉失声道："啊呀，县尊为何在此？"包公睁眼看时，说道："莫不是恩公展义士么？"王朝闻听，连忙上前解开，立刻让至厅上。坐定了，展爷问及，包公一一说了，大家俱各叹息。展爷又叫王、马、张、赵给包公赔了罪，分宾主坐下。立时摆酒，彼此谈心，甚是投机。包公问道："我看四位俱是豪杰，为何作这勾当？"王朝道："我等皆因功名未遂，亦不过暂借此安身，不得已而为之。"展爷道："我看众弟兄皆是异姓骨肉，今日恰逢包公在此，虽则目下革职，将来朝廷必要擢用。那时众位弟兄何不弃暗投明，与国出力，岂不是好？"王朝道："我等久有此心。老爷倘蒙朝廷擢用，我等俱效犬马之劳。"包公只得答应："岂敢，岂敢。"大家饮至四更方散。至次日，包公与展爷告辞。四人款留不住,只得送下山来。王朝素与展爷相好,又远送几里。包公与展爷恋恋不舍,无奈分别而去。

单言包公主仆,乘马竟奔京师。一日,来至大相国寺门前,包公头晕眼花,竟从马上栽将下来。包兴一见,连忙下马看时,只见包公二目双合,牙关紧闭,人事不知。包兴叫着不应,放声大哭。惊动庙中方丈,乃得道高僧,俗家复姓诸葛名遂,法号了然,学问渊深,以至医卜星相无一不精。闻得庙外人声,来到山门以外,近前诊了脉息,说:“无妨,无妨。”又问了方才如何落马的光景,包兴告诉明白。了然便叫僧众帮扶抬到方丈东间,急忙开方抓药。包兴精心用意煎好,吃不多时,至二鼓天气,只听包公“啊呀”一声,睁开二目。见灯光明亮,包兴站在一旁,那边椅子上坐着个僧人,包公便问:“此是何处?”包兴便将老爷昏过多时,亏这位师父慈悲,用药救活的话说了一回。包公刚要扎挣起来致谢,和尚过来按住道:“不可劳动,须静静安心养神。”过了几日,包公转动如常,才致谢和尚。以至饮食用药调理,俱已知是和尚的,心中不胜感激。了然细看包公气色,心下明白,便问了年命,细算有百日之难,过了日子就好了,自有机缘,便留住包公庙内居住。于是将包公改作道人打扮,每日里与了然不是下棋便是吟诗,彼此爱慕。将过了三个月,一日,了然求包公写“冬季唪经祝国裕民”八字,叫僧人在山门两边粘贴。包公无事,同了然出来一旁观看。只见那壁厢来了一个厨子,手提菜筐,走至庙前,不住将包公上下打量,瞧了又瞧,看了又看,直瞧着包公进了庙,他才飞也似的跑了。包公却不在意,回庙去了。

你道此人是谁?他乃丞相府王芑的买办厨子。只因王老大人面奉御旨,赐图像一张,乃圣上梦中所见,醒来时宛然在目,御笔亲画了形像,特派王老大人暗暗密访此人。丞相遵旨,回府又叫妙手丹青照样画了几张,吩咐虞候、伴当、执事人员各处留神,细细访查。不想这日买办从大相国寺经过,恰遇包公,急忙跑回相府,找着该值的虞候,便将此事说了一遍。虞候闻听,不能深信,亦不敢就回,即同买办厨子暗到庙中闲游的一般,各处瞻仰。后来看到方丈,果见有一道人与老僧下棋,细看相貌,正是龙图之人。心中不胜惊骇,急忙赶回相府禀知相爷。王大人闻听,立刻传轿到大相国寺拈香。一是王大人奉旨所差之事不敢耽延,二是老大人为国求贤一番苦心。不多时来在庙内,小沙弥闻听,急忙跑至方丈室内,报与老和尚知道。只见了然与包公对弈,全然不理。倒是包公说道:“吾师也当迎接。”了然道:“老僧不走权贵之门,迎他则甚?”包公道:“虽然如此,他乃是个忠臣,就是迎他,也不至于沾碍老师。”了然闻听,方起身道:“他此来与我无沾碍,恐与足下有些瓜葛。”说罢迎出去了。接至禅堂,分宾主坐了。献茶已毕,便问了然:“此庙有多少僧众,多少道人?老夫有一心愿,愿施僧鞋僧袜每人各一双,须当面领去。”了然明白,即吩咐僧道领取。一一看过,并无此人。王大人问道:“完了么?你庙中还有人没有?”了然叹道:“有是还有一人,只是他未必肯要大人这一双鞋袜。如要见这人么,大概还须大人以礼相见。”王宰相闻听忙道:“就烦长老引见引见何如?”了然答应,领至方丈。包公隔窗一看,也不能回避了,只得上前一揖道:“废员参见了。”王大人举目细看,形容与圣上御笔画的龙图分毫不差,不觉大惊,连忙让坐,问道:"足下何人?"包公便道:"废员包拯,曾在定远县。"因将断乌盆革职的话说了一遍。王大人道:"此案终属妄诞,老夫实难凭信。"包公不觉正色答道:"虽则理之所无,却是事之必有。自古负屈含冤之魂,凭物伸诉者不可枚举,难道都是妄诞么?只要自己秉公断理民情,焉肯以'妄诞'二字就置之不问,岂不使怨鬼含冤于泉下乎?何况废员非攻乎异端之人,此事亦非攻乎异端之案。"王大人见包公说话梗直,忠正严肃,不觉满心欢喜。立刻鞴马,请包公随至相府。进了相府,大家看大人轿后一个道士,不知什么缘故。当下留在书房安歇。

次日早朝,仍将包公换了县令服色,先在朝房伺候。净鞭三下,天子升殿。王芑出班奏明,仁宗天子大喜:"立刻宣召见朕。"包公步上金阶跪倒,山呼已毕。天子闪龙目一看,果是梦中所见之人,满心欢喜,便问为何罢职。包公便将断乌盆将人犯刑毙身死情由,毫无遮饰,一一奏明。王芑在班中着急,恐圣上见怪。谁知天子不但不怪,反喜道:"卿家既能断乌盆负屈之冤魂,必能镇皇宫作祟之邪。今因玉宸宫内,每夕有怨鬼哀啼,甚属不净,不知是何妖邪,特派卿前往镇压一番。"即着王芑在内阁听候,钦派太监总管杨忠带领包公,至玉宸宫镇压。

这杨忠素来好武,胆量甚好,因此人皆称他为杨大胆。奉旨赐他宝剑一口,每夜在内巡逻。今日领包公进内,他那里瞧得起包公呢。先问了姓,后又问了名,一路称为老黑,又叫老包。来到昭德门,说道:"进了此门就是内廷了,想不到你七品前程如此造化,今日对了圣心,派你入宫,将来回到家乡里说古去罢。是不是?老黑呀,怎么我合你说话,你怎么纺丝吊面——布里儿呢?"包公无奈答道:"公公说的是。"杨忠又道:"你别合我闹这个整脸儿,我是好顽好乐的。这就是你,别人还巴结不上呢!"说着话,进了凤右门。只见有多少内侍垂手侍立,内中有一个头领上前执手道:"老爷今日有何贵干?"杨忠说:"辛苦,辛苦!咱家奉旨带领此位包先儿前到玉宸宫镇邪。此乃奉旨官差,我们完差之时,不定三更五更回来,可就不照门了,省得又劳动你们。请罢!请罢!"说罢,同定包公,竟奔玉宸宫。只见金碧交辉,光华灿烂,到了此地,不觉肃然起敬。连杨忠爱说爱笑,到了此地,也就哑口无言了。

来至殿门,杨忠止步,悄向包公道:"你是钦奉谕旨,理应进殿除邪。我就在这门槛上照看便了。"包公闻听,轻移慢步侧身而入。来至殿内,见正中设立宝座,连忙朝上行了三跪九叩之礼。又见旁边设立座位,包公躬身入座。杨忠见了,心下暗自佩服道:"瞧不得小小官儿,竟自颇知国礼。"又见包公如对君父一般,秉正端坐,凝神养性,二目不往四下观瞧,另有一番凛然难犯的神色,不觉的暗暗夸奖道:"怪不得圣上见了他喜欢呢!"正在思想之际,不觉的谯楼上漏下矣。猛然间听的呼呼风响,杨忠觉的毛发皆竖,连忙起身,手掣宝剑试舞一回。要不了几路,已然气喘,只得归人殿内,锐气已消,顺步坐在门槛子上。包公在座上不由的暗暗发笑。杨忠正自发怔,只见丹墀以下,起了一个旋风,滴溜溜在竹丛里团团乱转,又隐隐的听得风中带着悲泣之声。包公闪目观瞧,只见灯光忽暗,杨忠在外扑倒。片刻工夫,见他复起，袅袅婷婷走进殿来，万福跪下。此时灯光复又明亮。包公以为杨忠戏耍，便以假作真开言问道："你今此来有何冤枉，诉上来。"只听杨忠娇滴滴声音哭诉道："奴婢寇珠，原是金华宫承御，只因救主遭屈，含冤地府，于今廿载，专等星主来临，完结此案。"便将当初定计陷害的原委，哭诉了一遍："因李娘娘不日难满，故特来泄机。由星主细细搜查，以报前冤，千万不可泄漏。"包公闻听，点头道："既有如此沉冤，包某必要搜查。但你必须隐形藏迹，恐惊主驾，获罪不浅。"冤魂说道："谨遵星主台命。"叩头站起，转身出去，仍坐在门槛子上。

不多时，只见杨忠张牙欠嘴，仿佛睡醒的一般。看见包公仍在那边端坐，不由的悄悄的道："老黑，你没见什么动静？咱家怎生回复圣旨？"包公道："鬼已审明。只是你贪睡不醒，叫我在此呆等。"杨忠闻听，诧异道："什么鬼？"包公道："女鬼。"杨忠道："女鬼是谁？"包公道："名叫寇珠。"杨忠闻听，只唬得惊异不止，暗自思道："寇珠之事，算来将近二十年之久，他竟如何知道？"连忙赔笑道："寇珠他为什么事在此作祟呢？"包公道："你是奉旨同我进宫除邪，谁知你贪睡。我已将鬼审明，只好明日见了圣上我奏我的，你说你的便了。"杨忠闻听，不由着急道："啊呀，包、包先生，包、包老爷，我的亲亲的包、包大哥，你这不把我毁透了么！可是你说的，圣上命我同你进宫，归齐我不知道，睡着了，这是什么差使眼儿呢？怎的了，可见你老人家就不疼人了，过后就真没有用我们的地方了？看你老爷们这个劲儿，立刻给我个眼里插棒槌，也要我们搁的住吓！好包先生，你告诉我，我明日送你个小巴狗儿，这么短的小嘴儿。"包公见他央求可怜，方告诉他道："明日见了圣上，就说审明了女鬼，系金华宫承御寇珠，含冤负屈来求超度他的冤魂。臣等业已相许，以后再不作祟。"杨忠听毕，记在心头，并谢了包公，如敬神的一般，他也不敢言语亵渎了。

出了玉宸宫，来至内阁，见了丞相王苞，将审明情由细述明白。少时圣上临朝，包公合杨忠一一奏明，只说冤魂求超度，却不提别的。圣上大悦，愈信乌盆之案，即升用开封府府尹、阴阳学士。包公谢恩。加封"阴阳"二字，从此人传包公善于审鬼，白日断阳，夜间断阴，一时哄传遍了。包公先拜了丞相，王苞爱慕非常；后谢了了然，又至开封府上任，每日查办事件。便差包兴回家送信，并具禀替宁老夫子请安。又至隐逸村投递书信，一来报喜，二来求婚毕姻。包兴奉命，即日起身先往包村去了。

未知后事如何，且听下回分解。

第七回　得古今盆完婚淑女　收公孙策密访奸人

且说包兴奉了包公之命，寄信回家，后又到隐逸村。这日包兴回来，叩见包公，呈上书信，言："太老爷太夫人甚是康健，听见老爷得了府尹，欢喜非常，赏了小人五十两银子。小人又见大老爷大夫人，欢喜自不必说，也赏了小人三十两银子。惟有大夫人给小人带了个薄薄儿包袱，嘱咐小人好好收藏，到京时交付老爷。小人接在手中，虽然有些分两，不知是何物件，惟恐路上磕碰。还是大夫人见小人为难，方才说明，此包内是一面古镜，原是老爷井中捡的。因此镜光芒生亮，大夫人挂在屋内。有一日，二夫人使唤的秋香，走至大夫人门前滑了一交，头已跌破，进屋内就在挂镜处一照，谁知血滴镜面，忽然云翳开豁。秋香大叫一声，回头跑在二夫人屋内，冷不防按住二夫人，将右眼挖出；从此疯癫，至今锁禁，犹如活鬼一般。二夫人死去两三番，现在延医调治，尚未痊愈。小人见二老爷，他无精打彩的，也赏了小人二两银子。"说着话将包袱呈上。包公也不开看，吩咐好好收讫。包兴又回道："小人又见宁师老爷，他看了书信十分欢喜，说叫老爷好好办事，尽忠报国，还教导了小人好些话。小人在家住了一天，即到隐逸村报喜投书。李大人大喜，满口应承随后便送小姐来就亲。赏了小人一个元宝、两匹尺头，并回书一封。"即将书呈上。包公接着看毕，原来是张氏夫人同着小姐于月内便可来京。立刻吩咐预备住处，仍然派人前去迎接。便叫包兴暂且歇息，次日再商量办喜事一节。不多几日，果然张氏夫人带领小姐俱各到了。一切定日迎娶事务，俱是包兴尽心备办妥当。到了吉期，也有多少官员前来贺喜，不必细表。

包公自毕姻后，见李氏小姐幽娴贞静，体态端庄，果然是大家模范，满心欢喜。而且妆奁中有一宝物，名曰古今盆，上有阴阳二孔，堪称希世奇珍。包公却不介意。过了三朝满月，张氏夫人别女回家。临行又将自己得用的一个小厮名唤李才，留下服侍包公。

一日，包公放告坐堂。见有个乡民，年纪约有五旬上下，口称冤枉，立刻带至堂上。包公问道："你姓甚名谁，有何冤枉，诉上来。"那人向上叩头道："小人姓张名致仁，在七里村居住。有一族弟名叫张有道，以货郎为生，相离小人不过数里之遥。有一天，小人到族弟家中探望，谁知三日前竟自死了。问我小婶刘氏是何病症，为何连信也不送呢？刘氏回答是心疼病死的，因家中无人，故此未能送信。小人因有道死的不明，在祥符县申诉情由，情愿开棺检验。县太爷准了小人状子，及至开棺检验，谁知并无伤痕。刘氏他就放起刁来，说了许多诬赖的话。县太爷将小人责了二十大板，讨保回家。越想此事，实实张有道死的不明，无奈何投到大老爷台前，求青天与小人作主。”说罢,眼泪汪汪,匍匐在地。包公便问道:“你兄弟素来有病么?”张致仁道:“并无疾病。”包公又问道:“你几时没见张有道?”致仁道:“素来弟兄和睦,小人常到他家,他也常来小人家。五日前,尚在小人家中。小人因他五六天没来,因此小人找到他家,谁知三日前竟自死了。”包公闻听想到:五日前尚在他家,他第六天去探望,又是三日前死的,其中相隔一两天,必有缘故。包公想罢,准了状子,立刻出签传刘氏到案。暂且退了堂来至书房,细看呈子,好生纳闷。包兴与李才旁边侍立。忽听外边有脚步声响,包兴连忙迎出,却是外班手持书信一封,道:“外面有一儒流求见,此书乃了然和尚的。”包兴闻听,接过书信,进内回明,呈上书信。包公是极敬了然和尚的,急忙将书拆阅,原来是荐函,言此人学问品行。包公看罢,即命包兴去请。

包兴出来看时,只见那人穿戴的衣冠全是包公在庙时换下的衣服,又肥又长,勒里勒得的,并且帽子上面还捏着褶儿。包兴看罢,知是当初老爷的衣服,必是了然和尚与他穿戴的,也不说明,便向那人说道:“我家老爷有请。”只见那人斯斯文文,随着包兴进来。到了书房,包兴掀帘。只见包公立起身来,那人向前一揖,包公答了一揖,让坐。包公便问:“先生贵姓?”那人答道:“晚生复姓公孙名策,因久困场屋,屡落孙山,故流落在大相国寺。多承了然禅师优待,特具书信前来,望祈老公祖推情收录。”包公见他举止端庄,言语明晰,又问了些书籍典故,见他对答如流,学问渊博,竟是个不得第的才子,包公大喜。正谈之间,只见外班禀道:“刘氏现已传到。”包公吩咐:“伺候。”便叫李才陪侍公孙先生,自己带了包兴,立刻升堂。

入了公座,便叫带刘氏。应役之人接声喊道:“带刘氏,带刘氏!”只见从外角门进来一个妇人,年纪不过二十多岁,面上也无惧色,口中尚自言自语说道:“好端端的人,死了叫他翻尸倒骨的,不知前生作了什么孽了。如今又把我传到这里来,难道还生出什么巧招儿来哩。”一边说,一边上堂,也不东瞧西看,他便袅袅婷婷朝上跪倒,是一个久惯打官司的样儿。包公便问道:“你就是张刘氏么?”妇人答道:“小妇人刘氏,嫁与货郎张有道为妻。”包公又问道:“你丈夫是什么病死的?”刘氏道:“那一天晚上,我丈夫回家,吃了晚饭,一更之后便睡了。到了二更多天,忽然心里怪疼的。小妇人唬的了不得,急忙起来,便嚷疼的利害,谁知不多一会就死了,害的小妇人好不苦也。”说罢泪流满面。包公把惊堂木一拍,喝道:“你丈夫到底是什么病死的,说来!”站堂喝道:“快讲!”刘氏向前跪爬半步说道:“老爷,我丈夫实是害心疼病死的,小妇人焉敢撒谎。”包公喝道:“既是害病死的,你为何不给他哥哥张致仁送信?实对你说,现在张致仁在本府堂前已经首告,实实招来免得皮肉受苦。”刘氏道:“不给张致仁送信,一则小妇人烦不出人来,二则也不敢给他送信。”包公闻听道:“这是为何?”刘氏道:“因小妇人丈夫在日,他时常到小妇人家中,每每见无人,他言来语去,小妇人总不理他。就是前次他到小妇人家内,小妇人告诉他兄弟已死,不但不哭,反倒向小妇人胡说乱道,连小妇人如今直学不出口来。当时被小妇人连嚷带骂,他才走了。谁知他羞恼成怒,在县告了,说他兄弟死的不明,要开棺检验。后来太爷到底检验了,并无伤痕,才将他打了二十板。不想他不肯歇心，如今又告到老爷台前。可怜小妇人丈夫死后，受如此罪孽，小妇人又担如此丑名，实实冤枉。恳老青天与小妇人作主呵！”说着说着就哭起来了。包公见他口似悬河，牙如利剑，说的有情有理。暗自思道：“此妇听他言语，必非善良。若与张致仁质对，我看他那诚朴老实形景，必要输与妇人口角之下。须得查访实在情形，妇人方能服输。”想罢，向刘氏说道：“如此说来，你竟是无故被人诬赖了。张致仁着实可恶，我自有道理。你但下去，三日后听传罢了。”刘氏叩头下去，似有得色，包公更觉生疑。

退堂之后，来到书房，便将口供、呈词与公孙策观看。公孙策看毕，躬身说道：“据晚生看此口供，张致仁疑的不差。只是刘氏言语狡猾，必须采访明白，方能折服妇人。”不料包公心中所思主见，被公孙策一言道破，不觉欢喜，道：“似此如之奈何？”公孙策正欲作进见之礼，连忙立起身来道：“待我晚生改扮行装，暗里访查，如有机缘，再来禀复。”包公闻听道：“如此说，有劳先生了。”叫包兴将先生盘川并要何物件急忙预备，不可误了。包兴答应，跟随公孙策来至书房。公孙策告诉明白，包兴连忙办理去了。不多时，俱各齐整。原来一个小小药箱儿，一个招牌，还有道衣、丝绦、鞋袜等物。公孙策通身换了，背起药箱，连忙从角门暗暗溜出，到七里村查访。

谁知乘兴而来，败兴而返。闹了一天，并无机缘可寻。看看天晚，又觉得腹中饥饿，只得急忙且回开封府再做道理。不料慌不择路，原是往北，他却往东南岔下去了，多走数里之遥。好容易奔至镇店，问时，知是榆林镇，找了兴隆店投宿。又乏又饿，正要打算吃饭，只见来了一群人数匹马，内中有一黑矮之人，高声嚷道：“凭他是谁，快快与我腾出，若要惹恼了你老爷的性儿，连你这店俱给你拆了。”旁有一人说道：“四弟不可。凡事有个先来后到，就是叫人家腾挪，也要好说，不可如此啰唣。”又向店主人道：“东人，你去说说看，皆因我们人多，两下住着不便，奉托，奉托！”店东无奈，走到上房，向公孙策说道：“先生，没有什么说的，你老将就将就，我们说不得，屈尊你老在东间居住，把外间这两间让给我们罢。”说罢，深深一揖。公孙策道：“来时原不要住上房，是你们小二再三说，我才住此房内。如今来的客既是人多，我情愿将三间满让，店东给我个单房我住就是了。皆是行路，纵有大厦千间，不过占七尺眠，何必为此吵闹呢。”正说之间，只见进来了黑凛凛一条大汉，满面笑容道：“使不得，使不得，老先生请自尊便罢，这外边两间承情让与我等足以够了。我等从人，俱叫他们下房居住，再不敢劳动了。”公孙策再三谦逊，那大汉只是不肯，只得挪在东间去了。

那大汉叫从人搬下行李，揭下鞍辔，俱各安放妥协。又见上人却是四个，其馀五六个俱是从人。要净面水，唤开水壶，吵嚷个不了。又见黑矮之人先自呼酒要菜，店小二一阵好忙，闹的公孙策竟喝了一壶空酒，菜总没来，又不敢催。忽听黑矮人说道：“我不怕别的，明日到了开封府，恐他记念前仇，不肯收录，那却如何是好？”又听黑脸大汉道：“四弟放心。我看包公决不是那样之人。”公孙策听至此言，不由站起身来，出了东间，对着四人举手道：“四位原是上开封的，小弟不才，愿作引进之人。”四人听了连忙起身来。仍是那大汉道：“足下何人？请过来坐，方好讲话。”公孙策又谦逊再三，方才坐下，各通姓名，原来这四人正是土龙岗的王朝、马汉、张龙、赵虎四条好汉。听说包公作了府尹，当初原有弃暗投明之话，故将山上喽啰粮草金银俱各分散，只带了得用伴当五六人，前来开封府投效，以全信行。他们又问公孙策，公孙策答道：“小可现在开封府，因目下有件疑案，故此私行暗暗查访，不想在此得遇四位，实实三生有幸了。”彼此谈论多时，真是文武各尽其妙，大家欢喜非常。惟有赵四爷粗俗，却酒量颇豪。王朝恐怕他酒后失言，叫外人听之不雅，只得速速要饭。大家吃毕，闲谈饮茶，到二更以后。大家商议，今晚安歇后，明日可早早起来行路呢。这正是：只因清正声名远，致使英雄跋涉来。

未审明日王、马、张、赵投奔开封府如何，且听下回分解。

第八回 救义仆除凶铁仙观 访疑案得线七里村

且说四爷赵虎因多贪了几杯酒，大家闲谈，他也连一句话插不上，在旁前仰后合，不觉的磕睡起来，后来索性放倒头酣睡如雷。因打呼，方把大家提醒。王朝说：“只顾说话儿，天已三更多了，先生也乏了，请安歇罢。”大家方才睡下。谁知赵四爷心内惦着上开封府，睡的容易，醒的剪绝。外边天气不过四鼓之半，他便一咕噜身爬起来，乱嚷道：“天亮了，快些起来赶路！”又喊道叫从人备马，捎行李，把大家吵醒。谁知公孙策心中有事尚未睡着，也只得随大家起来，这老先生算烟袋铺铁丝儿——通了杆了。只见大爷将从人留下一个，腾出一匹马叫公孙策乘坐。叫那人将药箱儿、招牌俟天亮时背至开封府，不可违误。吩咐已毕，叫店小二开了门，大家乘马，趁着月色，迤逦而行。天气尚未五更，正走之间，过了一带林子，却是一座庙宇。猛见墙角边人影一晃，再细看时，却是一个女子，身穿红衣，到了庙门挨身而入。大家看的明白，口称奇怪。张龙说：“深夜之间，女子入庙，必非好事。天气尚早，我们何不到庙看看呢？”马汉说：“半夜三更，无故敲打山门，见了僧人，怎么说呢？”王朝道：“不妨就说贪赶路程，口渴之甚，讨杯茶吃，有何不可？”公孙策道：“既如此，就将马匹行李叫从人在树林等候，省得僧人见了兵刃生疑。”大家闻听，齐说有理，有理。于是大家下马，叫从人在树林看守，从人答应，五位老爷迈步竟奔山门而来。到了庙门，趁着月光看的明白，匾上大书“铁仙观”。公孙策道：“那女子挨身而入，未听见他插门，如何是关着呢？”赵虎上前，抡起拳头在山门上就是咚咚咚的三拳，口中嚷道：“道爷开门来！”口中嚷着，随手又是三拳，险些儿把山门砸掉。只听里面道：“是谁？是谁？半夜三更怎么说！”只听哗啦一声，山门开处见个道人。公孙策连忙上前施礼道：“道爷，多有惊动了。我们一行人贪赶路程，口渴舌干，欲借宝刹歇息歇息，讨杯茶吃，自有香资奉上，望祈方便方便。”那道人闻听，便道:"等我禀明白了院长,再来相请。"正说之间,只见走出一个浓眉大眼、膀阔腰粗、怪肉横生的道士来,说道:"既是众位要吃茶,何妨请进来。"王朝等闻听,一拥而入。来至大殿,只见灯烛辉煌,彼此逊坐。见道人凶恶非常,并且酒气喷人,已知是不良之辈。

张龙、赵虎二人悄地出来寻那女子,来至后面,并无踪迹。又到一后院,只见一口大钟,并无别物。行至钟边,只听有人呻吟之声。赵虎说:"在这里呢。"张龙说:"贤弟,你去掀钟,我拉人。"赵虎挽挽袖子,单手抓住钟上铁爪,用力向上一掀。张龙说:"贤弟,吃住劲,不可松手,等我把住底口。"往上一挺,就把钟内之人曳将出来。赵爷将手一松,仍将钟扣在那边。仔细看此人时,却不是女子,是个老者,捆做一堆,口内塞着棉花。急忙掏出,松了捆绑。那老者干呕做一团,定了定神,方才说:"啊呀,苦死我也。"张龙便问:"你是何人?因何被他们扣在钟下?"那老头儿道:"小人名唤田忠,乃陈州人氏。只因庞太师之子安乐侯庞昱奉旨前往赈济,不想庞昱到了那里,并不放赈,在彼盖造花园,抢掠民间女子。我主人田起元,主母金氏玉仙。因婆婆染病,割肉煎药,老太太病好,主母上庙还愿,被庞昱窥见,硬行抢去,又将我主人送县监禁。老太太一闻此信时,生生唬死。是我将老主母埋葬已毕,想此事一家被害,非上京控告不可。因此贪赶路程,过了宿头,于四更后投至此庙。原为歇息,谁知道人见我行李沉重,欲害小人。正在动手之时,忽听众位爷们敲门,便将小人扣在钟下,险些儿丧了性命。"正在说话间,只见那边有一道人探头缩脑。赵四爷急忙赶上,噔的一脚踢翻在地,将拳向面上一晃:"你嚷,我就是一拳。"那贼道看见柳斗大的皮锤,那里还有魂咧,赵四爷便将他按住在钟边。

不想这前边凶道名唤萧道智,在殿上张罗烹茶,不见了张、赵二人,叫道人去请,也不见回来,便知事有不妥,悄悄的退出殿来,到了自己屋内,将长衣卸去,手提一把明亮亮的朴刀,竟奔后院而来。恰入后门,就瞧见老者已放,赵虎按着道人,不由心头火起,手举朴刀便搠张龙。张爷手急眼快,斜刺里就是一腿。道人将身躲过,一刀照定张龙面门削来。张爷手无寸铁,全仗步法巧妙,身体灵便,头一偏,将刀躲过,顺手就是一掌,恶道惟恐是暗器,急待侧身时,张爷下边又是一扫腿。好恶道,金丝绕腕势躲过,回手反背又是一刀。究竟有兵刃的气壮,无家伙的胆虚,张龙支持了几个照面,看看不敌。正在危急之际,只见王朝、马汉二人见张龙受敌,王朝赶近前来,虚晃一掌,左腿飞起,直奔肋下。恶道闪身时,马汉后边又是一拳打在背后。恶道往前一扑,急转身,甩手就是一刀。亏得马汉眼快,歪身一闪,刚然躲过,恶道倒垂势又奔了王朝而来。三个人赤着手,刚刚敌的住——就是防他的刀便了。王朝见恶道奔了自己,他便推月势等刀临近将身一撇,恶道把身使空,身往旁边一闪,后面张龙照腰就是一脚。恶道觉得后面有人,趁着月影,也不回头,伏身将脚往后一登。张龙脚刚落地,恰被恶道在迎面骨上登了一脚,力大势猛,身子站立不住,不由的斗了个豆墩。赵虎在旁看见,即忙叫道:"三哥,你来挡住那个道人。"张龙连忙起来,挡住道人。只见赵虎站起来,竟奔东角门边去了。张龙以为四爷必是到树林取兵刃去了。

迟了不多时,却见赵虎从西角门进来。张龙想道:“他取兵刃不能这么快,他必是解了解手儿回来了。”眼瞧着他迎面扑了恶道,将左手一扬,是个虚晃架式,对准面门一摔,口中说:“恶道,看我的法宝取你。”只见白扑扑一股烟云打在恶道面上,登时二目难睁,鼻口倒噎,连气也喘不过来。马汉又在小肚上尽力的一脚,恶道站立不住,咕咚栽倒在地,将刀扔在一边。赵虎赶进步一跪腿,用磕膝盖按住胸膛,左手按膀背,将右袖从新向恶道脸上一路乱抖。原来赵虎绕到前殿,将香炉内香灰装在袖内。俗话说的好,“光棍眼内揉不下沙子去”,何况是一炉香灰,恶道如何禁得起?四个人一齐动手,将两个道人捆缚,预备送到祥符县去。此系祥符地面之事,由县解府,按劫掠杀命定案。四人复又搜寻,并无人烟。后又搜至旁院之中,却是菩萨殿三间,只见佛像身披红袍,大家方明白,红衣女子乃是菩萨现化。可见田忠有救,道人恶贯已满,报应不爽。此时,公孙策已将树林内伴当叫来拿获道人,便派从人四名,将恶道交送至县内,立刻祥符县申报到府。大家带了田忠,一同出庙。此时天已大亮,竟奔开封府而来,暂将四人寄在下处。

公孙策进内参见包公,言访查之事尚无确实,今有土龙岗王、马、张、赵四人投到,并铁仙观救了田忠,捉拿恶道交祥符县,不日解到的话说了一遍。复又立起身来说:“晚生还要访查刘氏案去。”当下辞了包公至茶房,此时药箱、招牌俱已送到。公孙策先生打扮停当,仍从角门去了。且说包公见公孙策去后,暗叫包兴将田忠带至书房,问他替主明冤一切情形;叫左右领至茶房居住,不可露面,恐走漏了风声,庞府知道。又吩咐包兴,将四勇士暂在班房居住,俟有差听用。

且说公孙策离了衙门,复至七里村沿途暗访,心下自思:“我公孙策时乖运蹇,屡试不第,幸赖了然和尚一封书函,荐至开封府,偏偏头一天到来,就遇见这一段公案,不知何日方能访出。总是我的运气不好,以致诸事不顺。”越思越想,心内越烦,不知不觉出了七里村。忽然想起,自己叫着自己说:“公孙策你好呆,你是作什么来了?就是这么走着,有谁知你是医生呢?既不知道你是医生,你又焉能打听出来事情呢?实实呆的可笑。”原来公孙策只顾思索,忘了摇串铃了。这时想起,连忙将铃儿摇起,口中说道:“有病早来治,莫要多延迟。养病如养虎,虎大伤人的。凡有疑难大症,管保手到病除。贫不计利。”正在念诵,可巧那一边一个老婆子唤道:“先生,这里来,这里来。”公孙策闻听,向前问道:“妈妈唤我么?”那婆子道:“可不是。只因我媳妇身体有病,求先生医治医治。”公孙策闻听,说:“既是如此,妈妈引路。”那婆子引进柴扉,掀起了蒿子杆的帘子,将先生请进。看时却是三间草房,一明两暗。婆子又掀起西里间单布帘子,请先生土炕上坐了。

公孙策放了药箱,倚了招牌,刚然坐下,只见婆子搬了个不带背的三条腿椅子,在地下相陪。婆子便说道:“我姓尤,丈夫早已去世,有个儿子名叫狗儿,在陈大户陈应杰家做长工。只因我的媳妇得病有了半月了,他的精神短少,饮食懒进,还有点午后发烧。求先生看看脉,吃点药儿。”公孙策道:“令媳现在那屋?”婆子道:“在东屋里呢,待我告诉他。”说着,站起往东屋里去了。只听说道:“媳妇,我给你请个先生来,求他老看看,管保就好咧!”只听妇人道:“母亲,不看也好,一来我没有什么大病，二来家无钱钞，何苦妄费钱文。”婆子道：“啊呀，媳妇啊！你听见先生说么，‘贫不计利’。再者，养病如养虎。好孩子，请先生瞧瞧罢。你早些好了，也省得老娘悬心。我就是倚靠你了，我那儿子也不指望他了。”说至此，妇人便道：“请先生过来看看就是了。”婆子闻听，说：“还是我这孩子听说，好个孝顺的媳妇。”一边说着，便来到西屋请公孙策。公孙策跟定婆子，来至东间，与妇人诊脉。

原来医生有望、闻、问、切四条，给右科看病，也不可不望，不过一目了然。又道“医者易也，易者移也”。故有移重就轻之法。假如给老年人看准脉息不好，必要安慰说道：“不要紧，立个方儿，吃与不吃均可。”后至出来，方向本家说道：“老人家脉息不好得很，赶紧预备后事罢。”本家问道：“先生，你为何方才不说？”医家道：“我若不开导着说，上年纪的人听说利害，痰向上一涌，那不登时交代了么！”此是移重就轻之法。闲言少叙。且说公孙策与妇人看病，虽是私访，他素来原有实学，所有医理先生尽皆知晓。诊完脉息，已知病源。站起身来，仍然来至西间坐下，说道：“我看令媳之脉，乃是双脉。”尤氏闻听，道：“啊呀，何尝不是！他大约有四五个月没见。”公孙策又道：“据我看来，病源因气恼所致，郁闷不舒，竟是个气裹胎了。若不早治，恐人痨症。必须将病源说明，方好用药。”婆子闻听，不由的吃惊：“先生真是神仙，谁说不是气恼上得的呢！待我细细告诉先生。只因我儿子在陈大户家做长工，素日多亏大户帮些银钱。那一天，忽然我儿子拿了两个元宝回来……”说至此处，只听东屋妇人道：“此事不必说了。”公孙策忙说道：“用药必须说明，我听的确，下药方能见效。”婆子说：“孩子，你养你的病，这怕什么？”又说道：“我见元宝不免生疑，便问这元宝从何而来。我儿子说，只因大户与七里村张有道之妻不大清楚，这一天陈大户到张家去了，可巧叫他男人撞见，因此大户要害他男人。给我儿两个元宝……”说至此，东屋妇人又道：“母亲不消说了，此事如何说得！”婆子道：“儿呀，先生也不是外人，说明了好用药呀！”公孙策道：“正是，正是。若不说明，药断不灵。”婆子接说：“交给我儿子两个元宝，是叫他找什么东西的。原是我媳妇劝他不依，后来跪在地下央求。谁知我不肖的儿子不但不听，反将媳妇踢了几脚，揣起元宝，赌气走了未回。后来果然听张有道死了，又听见说，接三的那日晚上，棺材里连响了三阵，仿佛乍尸的一般，连和尚都唬跑了。因此我媳妇更加忧闷，这便是得病的原由。”

公孙策听毕，提起笔来写了一方递与婆子。婆子接来一看，道：“先生，我看别人方子有许多的字，怎么先生的方儿只一行字呢？”公孙策答道：“药用当而通神，我这方乃是独用奇方。用红棉一张，阴阳瓦焙了，老酒冲服，最是安胎活血的。”婆子闻听记下。公孙策又道：“你儿子做成此事，难道大户也无谢礼么？”公孙策问及此层，他算定此案一明，尤狗儿必死，婆媳二人全无养赡，就势要给他婆媳二人想出个主意。这也是公孙策文人妙用。话已说明。且说婆子说道：“听说他许给我儿子六亩地。”先生道：“这六亩地可有字样么？”婆子道：“那有字样呢，还不定他给不给呢！”先生道：“这如何使得！给他办此大事，若无字据，将来你如何养赡呢？也罢，待我替你写张字儿，倘若到官时，以此字合他要地。”真是乡里人好哄，当时婆子乐了个事不有馀，说："多谢先生！只是没有纸可怎么好呢？"公孙策道："不妨，我这里有纸。"打开药箱，拿出一大张纸来，立刻写就，假画了中保，押了个花押，交给婆子。婆子深深谢了。

先生背起药箱，拿了招牌，起身便走。婆子道："有劳先生，又无谢礼，连杯茶也没吃，叫婆子好过意不去。"公孙策道："好说！好说！"出了柴扉，此时精神百倍，快乐非常。原是屡试不第，如今仿佛金榜标了名的似的，连乏带饿全忘了，两脚如飞，竟奔开封府而来。这正是：心欢访得希奇事，意快听来确实音。

未审后事如何，且听下回分解。

第九回　断奇冤奏参封学士　造御刑查赈赴陈州

且说公孙策回到开封府，仍从角门悄悄而入。来至茶房，放下药箱招牌，找着包兴回了包公。立刻请见。公孙策见礼已毕，便将密访的情由，如此如此，这般这般，细细述了一遍。包公闻听欢喜，暗想道："此人果有才学，实在难为他访查此事。"便叫包兴与公孙策更衣，预备酒饭，请先生歇息。又叫李才将外班传进，立刻出签，拿尤狗儿到案。外班答应。去不多时，前来回说："尤狗儿带到。"

老爷点鼓升堂，叫"带尤狗儿"，上堂跪倒。包公问道："你就是尤狗儿么？"回道："老爷，小人叫驴子。"包公一声断喝："哇，你明是狗儿，你为何叫驴子呢？"狗儿回道："老爷，小人原叫狗儿来着，只因他们说狗的个儿小，改叫驴子岂不大些儿呢，因此就改了叫驴子。老爷若不爱叫驴子，还叫狗儿就是了。"两旁喝道："少说，少说！"包公叫道："狗儿。"应道："有。""只因张有道的冤魂告到本府台前，说你与陈大户主仆定计，将他谋死。但此事皆是陈大户要图谋张有道的妻子刘氏，你不过是上人差遣，概不由己。虽然受了两个元宝，也是小事。你可要从实招来，自有本府与你作主，出脱你的罪名便了。你不必忙，慢慢的讲来。"狗儿听见冤魂告状，不由的心中害怕。后又见老爷和颜悦色的出脱他的罪名，与他作主，放了心了。即向上叩头道："老爷既施大恩与小人作主，小人只得实说。因小人当家的与张有道的女人有交情，可合张有道没有交情。那一天被张有道撞见了，他跑回来就病了，总想念刘氏。他又不敢去，因此想出一个法子来，须得将张有道害了，他或上刘氏家去，或将刘氏娶到家里来方才遂心。故此将小人叫到跟前：'我托付你一宗事情。'我说：'当家的，有什么事呢？'他说：'这宗事情不容易，你须用心搜寻才有。'我就问：'找什么呢？'他说：'这宗东西叫尸龟，仿佛金头虫儿，尾巴上发亮，有蝼虫大小。'我就问：'这宗东西出在那里呢？'他说：'须在坟里找，总要尸首肉都化了，独有脑子未干，才有这虫儿。'小人一听就为了难了，说：'这可怎么找法呢？'他见小人为难，他便给小人两个元宝，叫小人且自拿着，'事成之后，再给你六亩地。不论日子，总要找了来，白日也不做活，养着精神，夜里好找。’可是老爷说的，上人差遣，概不由己。又说，受人之托，当忠人之事。因此小人每夜出去刨坟，刨到第十七个上，好容易得了此虫。晒成干，研了末，或茶或饭洒上，必是心疼而死，并无伤痕。惟有眉攒中间有小小红点，便是此毒。后来听见张有道死了，大约就是这宗东西害的。求老爷与小人作主。”包公听罢此话，大约无什么虚假。书吏将供单呈上，包公看了，拿下去叫狗儿画了招。立刻出签，将陈应杰拿来。老爷又吩咐狗儿道：“少时陈大户到案，你可要当面质对，老爷好与你作主。”狗儿应允。包公点头，吩咐带下去。

只见差人当堂跪倒，禀道：“陈应杰拿到。”包公又吩咐，传刘氏并尤氏婆媳。先将陈大户带上堂来，当堂去了刑具。包公问道：“陈应杰，为何谋死张有道，从实招来。”陈大户闻听，唬得惊疑不止，连忙说道：“并无此事呀，青天老爷。”包公将惊堂木一拍，道：“你这大胆的奴才，在本府堂前还敢支吾么？左右，带狗儿。”立刻将狗儿带上堂来，与陈应杰当面对证。大户只唬得抖衣而战，半晌方说道：“小人与刘氏通奸实情，并无谋死有道之事。这都是狗儿一片虚词，老爷千万莫信。”包公大怒，吩咐看大刑伺候。左右一声喊，将三木往堂上一掼，把陈大户唬的胆裂魂飞，连忙说道：“愿招，愿招。”便将狗儿找寻尸龟，悄悄交与刘氏，叫或茶或饭洒上，立刻心疼而死。并告诉他放心，并无一点伤痕，连血迹也无有，从头至尾说了一遍。包公看了供单，叫他画了招。只见差役禀道：“刘氏与尤氏婆媳俱各传到。”包公吩咐先带刘氏。只见刘氏仍是洋洋得意，上得堂来，一眼瞧见陈大户，不觉朱颜更变，形色张皇，免不得向上跪倒。包公却不问他，便叫陈大户与妇人当面质对。陈大户对着刘氏哭道：“你我干此事，以为机密，再也无人知道。谁知张有道冤魂告到老爷台前，事已败露，不能不招。我已经画招，你也画了罢，免得皮肉受苦。”妇人闻听，骂了一声冤家，“想不到你竟如此脓包，没能为。你今既招承，我又如何推托呢？”只得向上叩首道：“谋死亲夫张有道情实，再无别词。就是张致仁调戏一节，也是诬赖他的。”包公也叫画了手印。又将尤氏婆媳带上堂来。婆子哭诉前情，并言毫无养赡，“只因陈大户曾许过几亩地，婆子恐他诬赖，托人写了一张字儿。”说着话，从袖中将字儿拿出呈上。包公一看，认得是公孙策的笔迹，心中暗笑道：“说不得这可要讹陈大户了。”便向陈大户道：“你许给他地亩，怎不拨给他呢？”陈大户无可奈何，并且当初原有此言，只得应许拨给几亩地与尤氏婆媳。包公便饬发该县办理。包公又问陈大户道：“你这尸龟的方子是如何知道的？”陈大户回道：“是我家教书的先生说的。”包公立刻将此先生传来，问他如何知道的，为何教他这法子。先生费士奇回道：“小人素来学习些医家，因知药性，或于完了功课之时，或刮风下雨之日，不时合东人谈谈论论。因提及此药不可乱用，其中有六脉八反，乃是最毒之物，才提到尸龟。小人是无心闲谈，谁知东家却是有心记忆，故此生出事来。求老爷详察。”包公点头道：“此语虽是你无心说出，只是不当对匪人言论。此事亦当薄薄有罪，以为妄谈之戒。”即行办理文书，将他递解还乡。刘氏定了凌迟，陈大户定了斩立决，狗儿定了绞监候。原告张致仁无事。

包公退了堂，来至书房，即打了摺底，叫公孙策誊清。公孙策刚然写完，包兴进来,手中另持一纸,向公孙策道:"老爷说咧,叫把这个誊清,夹在摺内,明早随着摺子一同具奏。"先生接过一看,不觉目瞪神痴,半晌方说道:"就照此样写么?"包兴道:"老爷亲自写的,叫先生誊清,焉有不照样写的理呢?"公孙策点头说:"放下,我写就是了。"心中好不自在。原来这个夹片,是为陈州放粮不该信用椒房宠信之人,直说圣上用人不当,一味顶撞言语。公孙策焉有不耽惊之理呢?"写只管写了,明日若递上去,恐怕是辞官表一道。总是我公孙策时运不顺,偏偏遇的都是这些事,只好明日听信儿再为打算罢。"

至次日五鼓,包公上朝。此日正是老公公陈伴伴接摺子,递上多时,就召见包公。原来圣上见了包公摺子,初时龙心甚为不悦,后来转又一想,此乃直言敢谏,正是忠心为国,故尔转怒为喜,立刻召见。包公奏对之下,明系陈州放赈恐有情弊。因此圣上加封包公为龙图阁大学士,仍兼开封府事务,前往陈州稽察放赈之事,并统理民情。包公并不谢恩,跪奏道:"臣无权柄,不能服众,难以奉诏。"圣上道:"再赏卿御札三道,谁敢不服!"包公谢恩,领旨出朝。

且说公孙策自包公入朝后,他便提心吊胆,坐立不安,满心要打点行李起身,又恐谣言惑众,只得忍耐。忽听一片声喊,以为事体不妥。正在惊惶之际,只见包兴先自进来告诉,老爷圣上加封龙图阁大学士,派往陈州查赈。公孙策闻听,这一乐真是喜出望外。包兴道:"特派我前来与先生商议,打发报喜人等,不准他们在此嘈杂。"公孙策欢欢喜喜与包兴斟酌妥协,赏了报喜的去后,不多时,包公下朝。大家叩喜已毕,便对公孙策道:"圣上赐我御札三道,先生不可大意。你须替我仔细参详,莫要辜负圣恩。"说罢进内去了。这句话把个公孙策打了闷葫芦,回至自己屋内,千思万想,猛然省悟说:"是了,这是逐客之法。欲要不用我,又赖不过了然的情面,故用这样难题目。我何不如此如此,鬼混一番,一来显显我胸中的抱负,二来也看看包公胆量。左右是散伙罢咧!"于是研墨蘸笔,先度量了尺寸,注写明白。后又写了做法,并分上中下三品,龙虎狗的式样。他用笔画成三把铡刀,故意的以"札"字做"铡"字,"三道"做"三刀",看包公有何话说。画毕来至书房,包兴回明了,包公请进。公孙策将画单呈上,以为包公必然大怒,彼此一拱手就完了。谁知包公不但不怒,将单一一看明,不由春风满面,口中急急称赞:"先生真天才也!"立刻叫包兴传唤木匠,"就烦先生指点,务必连夜荡出样子来,明早还要恭呈御览。"公孙策听了此话,愣柯柯的连话也说不出来。此事就要说"这是我画着顽的",也改不过口来了。又见包公连催外班快传匠役。公孙策见真要办理此事,只得退出,从新将单子细细的搜求,又添上如何包铜叶子,如何钉金钉子,如何安鬼王头,又添上许多样色。不多时,匠役人等来到。公孙策先叫看了样子,然后教他做法。众人不知有何用处,只得按着吩咐的样子荡起。一个个手忙脚乱,整整闹了一夜,方才荡得。包公临上朝时,俱各看了,吩咐用黄箱盛上,抬至朝中,预备御览。

包公坐轿来至朝中,三呼已毕,出班奏道:"臣包拯昨蒙圣恩,赐御铡三刀,臣谨遵旨,拟得式样,不敢擅用,谨呈御览。"说着话,黄箱已然抬到,摆在丹墀。圣上闪目观瞧,原来是三口铡刀的样子,分龙虎狗三品。包公又奏:"如有犯法者,各按品级行法。”圣上早已明白，包公用意是借“札”字之音教作“铡”字，做成三口铡刀，以为镇唬外官之用，不觉龙颜大喜，称赞包公奇才巧思，立刻准了所奏：“不必定日请训，俟御刑造成，急速起身。”包公谢恩，出朝上轿。

刚到街市之上，见有父老十名，一齐跪倒，手持呈词。包公在轿内看的分明，将脚一跺轿底，这是暗号，登时轿夫止步打杵。包兴连忙将轿帘微掀，将呈子递进。不多时，包公吩咐掀起轿帘，包兴连忙将轿帘掀起。只见包公嗤嗤将呈子撕了个粉碎，掷在地下，口中说道：“这些刁民，焉有此事！叫地方将他押去城外，惟恐在城内滋生是非。”说罢，起轿竟自去了。这些父老哭哭啼啼，报报怨怨说道：“我们不辞辛苦奔至京师，指望伸冤报恨，谁知这位老爷也是惧权势的，真是闻名不如见面，我等冤枉再也无处诉了。”说罢，又大哭起来。旁边地方催促道：“走罢，别叫我们受罪，大小是个差使。哭也无益，何处没有屈死的呢?”众人闻听，只得跟随地方出城。刚到城外，只见一骑马飞奔前来，告诉地方道：“送他们出城，你就不必管了，回去罢。”地方连忙答应，抽身便回去了。来人却是包兴，跟定父老到无人处，方告诉他们道：“老爷不是不准呈子，因市街上耳目过多，走漏风声，反为不美。老爷吩咐你们俱不可散去，且找幽僻之处藏身，暗暗打听老爷多咱起身时，叫你们一同随去。如今先叫两个有年纪的，悄悄跟我进城，到衙门有话问呢。”众人闻听，俱各欢喜。其中单叫两个父老，远远跟定包兴。到了开封府，包兴进去回明，方将两个父老带至书房。包公又细细问了一遍，原来是十三家，其中有收监的，有不能来的。包公吩咐他们：“在外不可声张，俟我起身时一同随行便了。”二老者叩头谢了，仍然出城去了。

且说包公自奏明御刑之后，便吩咐公孙策督工监造，务要威严赫耀，更要纯厚结实。便派王、马、张、赵四勇士伏侍御刑，王朝掌刀，马汉卷席捆人，张龙、赵虎抬人入铡。公孙策每日除监造之外，便与四勇士服侍御刑，操演规矩，定了章程礼法，不可紊乱。不数日光景，御刑打造已成。包公具摺请训，便有无数官员前来饯行。包公将御刑供奉堂上，只等众官员到齐，同至公堂之上验看御刑。众人以为新奇，正要看看是何治度。不时俱到公堂，只见三口御铡上面俱有黄龙袱套，四位勇士雄赳赳，气昂昂，上前抖出黄套，露出刑外之刑，法外之法。真是光闪闪，令人毛发皆竖；冷飕飕，使人心胆俱寒。正大君子看了，尚可支持；奸邪小人见了，魂魄应飞。真算从古至今未有之刑也。众人看毕，也有称赞的，也有说奇的，就有暗说过苛的，并有暗说多事的，纷纷议论不一。大家只得告别，包公送至仪门，回归后面。所有内外执事人等，忙忙乱乱打点起身。包公又暗暗吩咐，叫田忠跟随公孙策同行。到了起行之日，有许多同僚在十里长亭送别，亦不必细表。沿途上，叫告状的父老也暗暗跟随。

这日包公走至三星镇，见地面肃静，暗暗想道：地方官制度有方。正自思想，忽听喊冤之声，却不见人。包兴早已下马，顺着声音找去，原来在路旁空柳树里，及至露出身来，却又是个妇人，头顶呈词，双膝跪倒。包兴连忙接过呈子。此时轿已打杵，上前将状子递入轿内。包公看毕，对那妇人道：“你这呈子上言家中无人，此呈却是何人所写?”妇人答道:“从小熟读诗书,父兄皆是举贡,嫁得丈夫也是秀才,笔墨常不释手。”包公将轿内随行纸墨笔砚,叫包兴递与妇人,另写一张。只见不加思索,援笔立就呈上。包公接过一看,连连点头道:“那妇人,你且先行回去听传。待本阁到了公馆,必与你审问此事。”那妇人磕了一个头说:“多谢青天大人!”当下包公起轿,直投公馆去了。

未识后事如何,且听下回分解。

第十回 买猪首书生遭横祸 扮花子勇士获贼人

且说包公在三星镇,接了妇人的呈子。原来那妇人,娘家姓文,嫁与韩门为妻。自从丈夫去世,膝下只有一子,名唤瑞龙,年方一十六岁,在白家堡租房三间居住。韩文氏做些针凿,训教儿子读书。子在东间读书,母在西间做活,娘儿两个将就度日,并无仆妇下人。一日晚间,韩瑞龙在灯下念书,猛回头见西间帘子一动,有人进入西间,是葱绿衣衿,大红朱履,连忙立起身赶入西间,见他母亲正在灯下做活。见瑞龙进来,便问道:“吾儿晚上功课完了么?”瑞龙道:“孩儿偶然想起个典故,一时忘怀,故此进来找书查看查看。”一壁说着,奔了书箱。虽则找书,却暗暗留神,并不见有什么。只得拿一本书出来,好生纳闷。又怕有贼藏在暗处,又不敢声张,恐怕母亲害怕,一夜也未合眼。到了次日晚间,读书到了初更之后,一时恍惚,又见西间帘子一动,仍是那朱履绿衫之人进入屋内。韩生连忙赶至屋中,口叫“母亲”。只这一声,倒把个韩文氏唬了一跳,说道:“你不念书,为何大惊小怪的?”韩生见问,一时不能答对,只得实诉道:“孩儿方才见有一人进来,及至赶入屋内却不见了,昨晚也是如此。”韩文氏闻听不觉诧异:“倘有歹人窝藏,这还了得!我儿持灯照看照看便了。”韩生接过灯来在床下一照,说:“母亲,这床下土为何高起许多呢?”韩文氏连忙看时,果是浮土,便道:“且把床挪开细看。”娘儿两个抬起床来,将浮土略略扒开,却露出一只箱子,不觉心中一动,连忙找了铁器,将箱盖一开。不看则可,只因一看,便是时衰鬼弄人了。韩生见里面满满的一箱子黄白之物,不由满心欢喜,说道:“母亲,原来是一箱子金银,敢则是财来寻人。”文氏闻听,喝道:“胡说,焉有此事!总然是财,也是非义之财,不可混动。”无奈韩生年幼之人,见了许多金银,如何割舍得下;又因母子很窘,便对文氏道:“母亲,自古掘土得金的不可枚举,况此物非是私行窃取的,又不是别人遗失捡了来的,何以谓之不义呢?这必是上天怜我母子孤苦,故尔才有此财发现,望乞母亲详察。”文氏听了也觉有理,便道:“既如此,明早买些三牲祭礼,谢过神明之后,再做道理。”韩生闻听母亲应允,不胜欢喜,便将浮土仍然掩上,又将木床暂且安好,母子各自安寝。

韩生那里睡得着,翻来覆去,胡思乱想,好容易心血来潮入了梦乡,总是惦念此事。猛然惊醒，见天发亮，急忙起来禀明母亲，前去办买三牲祭礼。谁知出了门一看，只见月明如昼，天气尚早，只得慢慢行走。来至郑屠铺前，见里面却有灯光，连忙敲门要买猪头。忽然灯光不见了，半晌毫无人应，只得转身回来。刚走了几步，只听郑屠门响。回头看时，见灯光复明。又听郑屠道："谁买猪头？"韩生应道："是我赊个猪头。"郑屠道："原来是韩相公。既要猪头，为何不拿个家伙来？"韩生道："出门忙了就忘了，奈何？"郑屠道："不妨，拿一块垫布包了，明日再送来罢。"因此用垫布包好，交付韩生。韩生两手捧定，走不多时，便觉乏了，暂且放下歇息，然后又走。迎面恰遇巡更人来，见韩生两手捧定带血布包，又累的气喘吁吁，未免生疑，便问是何物件。韩生答道："是猪头。"说话气喘，字儿不真，巡更人更觉疑心。一人说话，一人弯腰打开布包验看。月明之下，又有灯光照的真切，只见里面是一颗血淋淋发髻蓬松女子人头。韩生一见，只唬的魂飞魄散。巡更人不容分说，即将韩生解至郧县，俟天亮禀报。

县官见是人命，立刻升堂。带上韩生一看，却是个懦弱书生，便问道："你叫何名？因何杀死人命？"韩生哭道："小人叫韩瑞龙，到郑屠铺内买猪首，忘拿家伙，是郑屠用布包好递与小人。后遇巡更之人追问，打开看时，不想是颗人头。"说罢，痛哭不止。县官闻听，立刻出签拿郑屠到案。谁知郑屠拿到，不但不应，他便说连买猪头之事也是没有的。又问他："垫布不是你的么？"他又说："垫布是三日前韩生借去的，不想他包了人头，移祸于小人。"可怜年幼的书生如何敌的过这狠心屠户，幸亏官府明白，见韩生不像行凶之辈，不肯加刑，连屠户暂且收监，设法再问。

不想韩文氏在三星镇递了呈词，包公准状。及至来到公馆，县尹已然迎接，在外伺候。包公略为歇息吃茶，便请县尹相见，即问韩瑞龙之案。县官答道："此案尚在审讯，未能结案。"包公吩咐，将此案人证俱各带至公馆听审。少刻带到，包公升堂入座。先带韩瑞龙上堂，见他满面泪痕，战战兢兢，跪倒堂前。包公叫道："韩瑞龙，因何谋杀人命，诉上来。"韩生泪涟涟道："只因小人在郑屠铺内买猪头，忘带家伙，是他用垫布包好递给小人，不想闹出这场官司。"包公道："住了。你买猪头遇见巡更之人是什么时候？"韩生道："天尚未亮。"包公道："天未亮你就去买猪头何用？讲。"韩生到了此时，不能不说，便一五一十回明堂前，放声大哭："求大人超生革命。"包公暗暗点头道："这小孩子家贫，贪财心胜。看此光景，必无谋杀人命之事。"吩咐带下去。便对县官道："贵县，你带人役到韩瑞龙家相验板箱，务要搜查明白。"县官答应，出了公馆，乘马带了人役去了。

这里包公又将郑屠提出，带上堂来。见他凶眉恶眼，知是不良之辈。问他时，与前供相同。包公大怒，打了二十个嘴巴，又责了三十大板。好恶贼，一言不发，真会挺刑。吩咐带下去。只见县官回来，上堂禀道："卑职奉命前去韩瑞龙家验看板箱，打开看时，里面虽是金银，却是冥资纸锭。又往下搜寻，谁知有一无头死尸，却是男子。"包公问道："可验明是何物之伤？"一句话把个县官问了个怔，只得禀道："卑职见是无头之尸，未及验看是何物所伤。"包公嗔道："既去查验，为何不验看明白？"县尹连忙道："卑职粗心，粗心。"包公吩咐："下去！"县尹连忙退出，唬了一身冷汗，暗自说："好一位利害钦差大人，以后诸事小心便了。"

再说包公吩咐再将韩瑞龙带上来，便问道："韩瑞龙，你住的房屋是祖积，还是自己盖造的呢？"韩生回道："俱不是，乃是租赁居住的，并且住了不久。"包公又问："先前是何人居住？"韩生道："小人不知。"包公听罢，叫将韩生并郑屠寄监。老爷退堂，心中好生忧闷。叫人请公孙先生来，彼此参详此事。一个女子头，一个男子身，这便如何处治？公孙先生又要私访。包公摇头道："得意不宜再往，待我细细思索便了。"公孙策退出，与王、马、张、赵大家参详此事，俱各无有定见。公孙先生自回下处。

四爷赵虎便对三位哥哥言道："你我投至开封府，并无寸箭之功。如今遇了为难的事，理应替老爷分忧，待小弟暗访一番。"三人听了不觉大笑说："四弟，此乃机密细事，岂是你粗鲁之人干得的？千万莫要留个话柄。"说罢复又大笑。四爷脸上有些下不来，搭搭讪讪的回到自己屋内，没好谤气的。倒是跟四爷的从人有机变，向前悄悄对四爷到耳边说："小人倒有个主意。"四爷说："你有什么主意？"从人道："他们三位不是笑话你老吗，你老倒要赌赌气，偏去私访，看是如何。然而必须乔妆打扮，叫人认不出来。那时若是访着了，固然是你老的功劳；就是访不着，悄悄儿回来也无人知觉，也不至于丢人。你老想好不好？"四爷闻听大喜，说："好小子，好主意。你就替我办理。"从人连忙去了，半晌回来道："四爷，为你这宗事，好不费事呢，好容易才找了来了，花了十六两五钱银子。"四爷说："什么多少，只要办的事情妥当就是了。"从人说："管保妥当。咱们找个僻静的地方，小人就把你老打扮起来好不好？"四爷闻听满心欢喜，跟着从人出了公馆，来至静处。打开包袱，叫四爷脱了衣衿。包袱内里面却是锅烟子，把四爷脸上一抹，身上手上俱各花花答答抹了，然后拿出一顶半零不落的开花儿的帽子与四爷戴上，又拿上一片滴零搭拉的破衣与四爷穿上，又叫四爷脱了裤子鞋袜，又拿条少腰没腿的破裤叉儿与四爷穿上，腿上给四爷贴了两个膏药，唾了几口吐沫，抹了些花红柳绿的，算是流的脓血，又有没脚跟的榨板鞋叫四爷趿拉上，馀外有个黄磁瓦罐，一根打狗棒，叫四爷拿定，登时把四爷打扮了个花铺盖相似。这一身行头，别说十六两五钱银子，连三十六个钱谁也不要他。只因四爷大秤分金，扒堆使银子，那里管他多少，况且又为的是官差私访，银子上更不打算盘了。临去时，从人说："小人于起更时仍在此处等候你老。"四爷答应。左手提罐，右手拿棒，竟奔前村而去。

走着，走着，觉得脚趾扎的生疼。来到小庙前石上坐下，将鞋拿起一看，原来是鞋底的钉子透了。抡起鞋来，在石上拍搭拍搭紧摔，好容易将钉子摔下去。不想惊动了庙内的和尚，只当有人敲门。及至开门一看，是个叫花子在那里摔鞋。四爷抬头一看，猛然问："和尚，你可知女子之身男子之头在于何处？"和尚闻听道："原来是个疯子。"并不答言，关了山门进去了。四爷忽然省悟，自己笑道："我原来是私访，为何顺口开河？好不是东西。快些走罢！"自己又想道："既扮做花子，应当叫化才是。这个我可没有学过，说不得到那里说那里，胡乱叫两声便了。"便道："可怜我一碗半碗，烧的黄的都好。"先前还高兴，以为我私访，到后来，见无人理他，自想道："似此如何打听得事出来？"未免心中着急。又见日色西斜，看看的黑了。幸喜是月望之后，天气虽然黑了，东方却早一轮明月。走至前村，也是事有凑巧，只见一家后墙有个人影往里一跳。四爷心中一动，暗说："才黑如何便有偷儿？不要管他，我也跟进去瞧瞧。那个要饭的有良心呢，非偷即摸。若有良心，也不要饭了。"思罢，放下瓦罐，丢了木棒，摔了破鞋，光着脚丫子，一伏身往上一纵，纵上墙头。看墙内有柴火垛一堆，就从柴垛顺溜下去。留神一看，见有一人趴伏在那里。愣爷上前伸手按住，只听那人"啊呀"一声。四爷说："你嚷我就捏死你。"那人道："我不嚷，我不嚷，求爷爷饶命。"四爷道："你叫什么名字？偷的什么包袱？放在那里？快说。"只听那人道："我叫叶阡儿，家有八十岁老母。因无养赡，我是头次干这营生呀！爷爷！"四爷说："你真没偷什么？"一面问，一面搜查细看。只见地下露着白绢条儿，四爷一拉，土却是松的，越拉越长，猛力一抖，见是一双小小金莲。复又将腿攥住，尽力一掀，原来是一个无头的女尸。四爷一见，道："好呀，你杀了人还合我闹这个腔儿呢。实对你说，我非别个，乃开封府包大人阁下赵虎的便是。因为此事，特来暗暗私访。"叶阡儿闻听，只唬的胆裂魂飞，口中哀告道："赵爷，赵爷！小人作贼情实，并没有杀人。"四爷说："谁管你，且捆上再说。"就拿白绢条子绑上，又恐他嚷，又将白绢条子撕下一块，将他口内塞满，方才说："小子，好好在这里，老爷去去就来。"四爷顺着柴垛跳出墙外，也不顾瓦罐木棒与那破鞋，光着脚奔走如飞，直向公馆而来。

此时天交初鼓，只见从人正在那里等候。瞧着像四爷，却听见脚底下呱咭呱咭的声响，连忙赶上去说："事干的如何？"四爷说："小子，好兴头得很！"说着话就往公馆飞跑。从人看此光景，必是闹出来了，一壁也就随着跟来。谁知公馆之内因钦差在此，各处俱有人把门，甚是严整。忽然见个花子从外面跑进，连忙上前拦阻，说道："你这人好生撒野，这是什么地方……"话未说完，四爷将手向左右一分，一个个一溜歪斜，几乎栽倒，四爷已然进去。众人才待再嚷，只见跟四爷的从人进来说道："别嚷，那是我们四老爷。"众人闻听，各皆发怔，不知什么原故。这位愣爷跑到里面，恰遇包兴，一伸手拉住说："来得甚好。"把个包兴唬了一跳，连忙问道："你是谁？"后面从人赶到说："是我们四爷。"包兴在黑影中看不明白，只听赵虎说："你替我回禀回禀大人，就说赵虎求见。"包兴方才听出声音来："啊呀，我的愣爷，你唬杀我咧！"一同来至灯下，一看，四爷好模样儿，真是难画难描，不由的好笑。四爷着急道："你且别笑，快回老爷！你就说我有要紧事求见。快着，快着！"包兴见他这般光景，必是有什么事，连忙带着赵爷到了包公书房。包兴进内回禀，包公立刻叫进来。见了赵虎这个样子，也觉好笑，便问："有什么事？"赵虎便将如何私访，如何遇着叶阡儿，如何见了无头女尸之话，从头至尾细述一回。包公正因此事没有头绪，今闻此言，不觉满心欢喜。

未知如何，且听下回分解。

第十一回 审叶阡儿包公断案 遇杨婆子侠客挥金

且说包公听赵虎拿住叶阡儿,立刻派差头四名,着两个看守尸首,派两人急将叶阡儿押来。吩咐去后,方叫赵虎后面更衣,又极力夸说他一番。赵虎洋洋得意,退出门来。从人将净面水衣服等,俱各预备妥协。四爷进了门,就赏了从人十两银子,说:"好小子,亏得你的主意,老爷方能立此功劳。"愣爷好生欢喜,慢慢的梳洗,安歇安歇。

且言差头去不多时,将叶阡儿带到,仍是捆着。大人立刻升堂,带上叶阡儿,当面松绑。包公问道:"你叫何名,为何故杀人,讲来。"叶阡儿回道:"小人名叫叶阡儿,家有老母,只因穷苦难当,方才做贼。不想头一次就被人拿住,望求老爷饶命。"包公道:"你做贼已属不法,为何又去杀人呢?"叶阡儿道:"小人做贼是真,并未杀人。"包公将惊堂木一拍:"好个刁恶奴才,束手问你,断不肯招。左右,拉下去打二十大板。"只这二十下子,把个叶阡儿打了个横迸,不由着急道:"我叶阡儿怎么这们时运不顺,上次是那们着,这次又这们着,真是冤枉冤哉!"包公闻听话里有话,便问道:"上次是那们着?快讲。"叶阡儿自知失言,便不言语。包公见他不语,吩咐:"掌嘴,着实的打!"叶阡儿着急道:"老爷不要动怒,我说,我说!只因白家堡有个白员外,名叫白熊,他的生日之时,小人便去张罗,为的是讨好儿,事完之后,得些赏钱,或得点子吃食。谁知他家管家白安,比员外更小气刻薄,事完之后,不但没有赏钱,连杂烩菜也没给我一点。因此小人一气,晚上便偷他去了。"包公说:"你方才说道是头次做贼,如今是第二次了。"叶阡儿回道:"偷白员外是头一次。"包公道:"偷了怎么?讲!"叶阡儿道:"他家道路小人是认得的,就从大门溜进去,竟奔东屋内隐藏。这东厢房便是员外的妾名玉蕊住的,小人知道他的箱柜东西多呢。正在隐藏之时,只听得有人弹槅扇响。只见玉蕊开门,进来一人,又把槅扇关上。小人在暗处一看,却是主管白安。见他二人笑嘻嘻的进了帐子。不多时,小人等他二人睡了,便悄悄的开柜子,一摸摸着木匣子,甚是沉重,便携出越墙回家。见上面有锁,旁边挂着钥匙,小人乐的了不得。及至打开一看,罢咧!谁知里面是个人头。这次又遇着这个死尸,故此小人说'上次是那们着,这次是这们着'。这不是小人时运不顺吗?"包公便问道:"匣内人头是男是女,讲来。"叶阡儿回道:"是个男头。"包公道:"你将此头是埋了,还是报了官了呢?"叶阡儿道:"也没有埋,也没有报官。"包公道:"既没埋,又没报官,你将这人头丢在何处了呢?讲来。"叶阡儿道:"只因小人村内有个邱老头子,名叫邱风。因小人偷他的倭瓜,被他拿住……"包公道:"偷倭瓜这是第三次了。"叶阡儿道:"偷倭瓜才是头一次呢。这邱老头子恨急了,将井绳蘸水,将小人打了个扁饱,才把小人放了。因此怀恨在心,将人头掷在他家了。”包公便立刻出签两枝，差役四名，二人拿白安，二人拿邱凤，俱于明日听审。将叶阡儿押下去寄监。

至次日，包公正在梳洗，尚未升堂。只见看守女尸差人回来一名，禀道：“小人昨晚奉命看守死尸。至今早查看，谁知这院子正是郑屠的后院，前门封锁，故此转来禀报。”包公闻听，心内明白，吩咐：“知道了。”那人仍然回去。包公立刻升堂，先带郑屠，问道：“你这该死的奴才，自己杀害人命，还要脱累他人。你既不知女子之头，如何你家后院埋着女子之尸？从实招来。讲！”两旁威喝：“快说，快说！”郑屠以为女子之尸，必是老爷派人到他铺中搜出来的，一时惊的木塑相似，半晌说道：“小人愿招。只因那天五鼓起来，刚要宰猪，听见有人扣门求救，小人连忙开门放人。又听得外面有追赶之声，口中说道：‘既然没有，明早细细搜查。大约必是在那里窝藏下了。’说着话，仍归旧路回去了。小人等人静后方才点灯，一看却是个年幼女子。小人问他因何黉夜逃出，他说名叫锦娘，只因身遭拐骗，卖人烟花，‘我是良家女子，不肯依从。后来有蒋太守之子，倚仗豪势，多许金帛，要买我为妾。我便假意殷勤，递酒戏媚，将太守之子灌得大醉，得便脱逃出来。’小人见他美貌，又是满头珠翠，不觉邪心顿起。谁知女子嚷叫不从。小人顺手提刀，原是威吓他，不想刀才到脖子上，头就掉了。小人见他已死，只得将外面衣服剥下，将尸埋在后院。回来正拔头上簪环，忽听有人叫门买猪头，小人连忙把灯吹灭了。后来一想，我何不将人头包了，叫他替我抛了呢。总是小人糊涂慌恐，也是冤魂缠绕，不知不觉就将人头用垫布包好，从新点上灯，开开门，将买猪头的叫回来，就是韩相公。可巧没拿家伙，因此将布包的人头递与他，他就走了。及至他走后，小人又后悔起来。此事如何叫人掷的呢？必要闹出事来。复又一想，他若替我掷了，也就没事；倘若闹出事来，总给他个不应就是了。不想老爷明断，竟把个尸首搜出来了。可怜小人杀了会子人，所有的衣服等物动也没动，就犯了事了。小人冤枉！”包公见他俱各招认，便叫他画招。

刚然带下去，只见差人禀道：“邱凤拿到。”包公吩咐带上来，问他何故私埋人头。邱老儿不敢隐瞒，只得说：“那夜听见外面咕咚一响，怕是歹人偷盗，连忙出屋看时，见是个人头，不由害怕，因叫长工刘三拿去掩埋。谁知刘三不肯，合小人要一百两银子。小人无奈，给了他五十两银子，他才肯埋了。”包公道：“埋在何处？”邱老说：“问刘三便知分晓。”包公又问：“刘三现在何处？”邱老儿说：“现在小人家内。”包公立刻吩咐县尹带领差役，押着邱老，找着刘三，即将人头刨来。

刚然去后，又有差役回来禀道：“白安拿到。”立刻带上堂。见他身穿华服，美貌少年。包公问道：“你就是白熊的主管白安么？”应道：“小人是。”“我且问你，你主人待你如何？”白安道：“小人主人待小人如同骨肉，实在是恩同再造。”包公将惊堂木一拍：“好一个乱伦的狗才！既如此说，为何与你主人侍妾通奸？讲。”白安闻听，不觉心惊，道：“小人素日奉公守法，并无此事吓。”包公吩咐带叶阡儿。叶阡儿来至堂上，见了白安，说：“大叔不用分辩了，应了罢！我已然替你回明了。你那晚弹槁扇与玉蕊同进了帐子，我就在那屋里来着。后来你们睡了，我开了柜，拿出木匣,以为发注财,谁知里面是个人脑袋。没什么说的,你们主仆做的事儿,你就从实招了罢。大约你不招也是不行的。”一席话说的白安张口结舌,面目变色。包公又在上面催促说:“那是谁的人头?从实说来。”白安无奈,爬半步道:“小人招就是了。那人头,乃是小人家主的表弟,名叫李克明。因家主当初穷时,借过他纹银五百两,总未还他。那一天,李克明到我们员外家,一来看望,二来讨取旧债。我主人相待酒饭。谁知李克明酒后失言,说他在路上遇一疯颠和尚,名叫陶然公,说他面上有晦气,给他一个游仙枕,叫他给与星主,他又不知星主是谁,问我主人。我主人也不知是谁,因此要借他游仙枕观看。他说,里面阆苑琼楼,奇花异草,奥妙非常。我主人一来贪看游仙枕,二来又省还他五百两银子,因此将他杀死,叫我将尸埋在堆货屋子里。我想,我与玉蕊相好,倘被主人识破,如何是好?莫若将割下的人头灌下水银,收在玉蕊的柜内,以为将来主人识破的把柄。谁知被他偷去此头,今日闹出事来。”说罢往上叩头。包公又问道:“你埋尸首之屋,在于何处?”白安道:“自埋之后闹起鬼来了,因此将这三间屋子另行打出,开了门,租与韩瑞龙居住。”包公闻听,心内明白,叫白安画了招,立刻出签拿白熊到案。

此时县尹已回,上堂来禀道:“卑职押解邱凤,先找着刘三,前去刨头,却在井边。刘三指地基时,里面却是个男子之尸。验过额角,是铁器所伤。因问刘三,刘三方说道:‘刨错了,这边才是埋人头的地方。’因此又刨,果有人头,系用水银灌过的男子头。卑职不敢自专,将刘三一干人证带到听审。”包公闻听县尹之言,又见他一番谨慎,不似先前的荒唐,心中暗喜,便道:“贵县辛苦,且歇息歇息去。”叫带刘三上堂,包公问道:“井边男子之尸,从何而来?讲。”两边威吓:“快说!”刘三连忙叩头,说:“老爷不必动怒,小人说就是了。回老爷,那男子之尸不是外人,是小人的叔伯兄弟刘四。只因小人得了当家的五十两银子,提了人头刚要去埋,谁知刘四跟在后面。他说：'私埋人头，应当何罪？'小人许了他十两银子，他还不依；又许他对半平分，他还不依。小人问他要多少呢，他说：'要四十五两。'小人一想，通共才五十两，小人才五两剩头。气他不过，小人于是假应，叫他帮着刨坑，要深深的。小人见他折腰撮土，小人就照着太阳上一锹头，就势儿先把他埋了。然后又刨一坑，才埋了人头。不想今日阴错阳差。"说罢，不住叩头。包公叫他画了招，且自带下去。此时白熊业已传到，所供与白安相符，并将游仙枕呈上。包公看了，交与包兴收好，即行断案：郑屠与女子抵命，白熊与李克明抵命，刘三与刘四抵命，俱各判斩；白安以小犯上，定了绞监候；叶阡儿充军；邱老儿私埋人头，畏罪行贿，定了徒罪；玉蕊官卖；韩瑞龙不听母训，贪财生事，理当责处，姑念年幼无知，释放回家，孝养孀母，上进攻书；韩文氏抚养课读，见财思义，教子有方，着县尹赏银二十两，以为旌表；县官理应奏参，念他勤劳，办事尚肯用心，照旧供职。包公断明此案，声名远振。歇息一天，再起身赴陈州便了。

且言常州府武进县遇杰村有侠客展昭，自从土龙岗与包公分手，独自遨游名山胜迹，到处玩赏。一日归家，见了老母甚好，多亏老家人展忠，料理家务井井有条，全不用主人操一点心。为人耿直，往往展爷常被他抢白几句。展爷念他是个义仆，又是有年纪的人，也不计较他。惟有在老母前，晨昏定省，克尽孝道。一日老母心内觉得不爽，展爷赶紧延医调治，衣不解带，昼夜侍奉。不想桑榆暮景，竟自一病不起，服药无效，一命归西去了。展爷呼天抢地，痛哭流血。所有丧仪，一切全是老仆展忠办理，风风光光将老太太殡葬了。展爷在家守制遵礼，到了百日服满，他仍是行侠作义，如何肯在家中。一切事体，俱交与展忠照管，他便只身出门，到处游山玩水。遇有不平之事，便与人分忧解难。

有一日，遇一群逃难之人，携男抱女，哭哭啼啼，好不伤心惨目。展爷便将钞包银两分散众人，又问他们从何处而来。众人同声回道："公子爷，再休提起。我等俱是陈州良民，只因庞太师之子安乐侯庞昱奉旨放赈，到陈州原是为救饥民，不想他倚仗太师之子，不但不放赈，他反将百姓中年轻力壮之人，挑去造盖花园，并且抢掠民间妇女，美貌的作为姬妾，蠢笨者充当服役。这些穷民本就不能活，这一荼毒，岂不是活活要命么？因此我等往他方逃难去，以延残喘。"说罢大哭去了。展爷闻听，气破英雄之胆，暗说道："我本无事，何妨往陈州走走。"主意已定，直奔陈州大路而来。

这日正走之间，看见一座坟茔，有个妇人在那里啼哭，甚是悲痛。暗暗想道："偌大年纪，有何心事如此悲哀，必有古怪。"欲待上前，又恐男女嫌疑。偶见那边有一张烧纸，连忙捡起作为因由，便上前道："老妈妈，不要啼哭，这里还有一张纸没烧呢。"那婆子止住悲声，接过纸去，归入堆中烧了。展爷便搭搭讪讪问道："妈妈贵姓？为何一人在此啼哭？"婆子流泪道："原是好好的人家，如今闹的剩了我一个，焉有不哭！"展爷道："难道妈妈家中俱遭了不幸了么？"婆子道："若都死了，也觉死心塌地了，惟有这不死不活的更觉难受。"说罢，又痛泪如梭。展爷见这婆子说话拉拢，不由心内着急，便道："妈妈，有甚为难之事，何不对我说说呢？"婆子拭拭眼泪，又瞧了展爷，见是武生打扮，知道不是歹人，便说道："我婆子姓杨，乃是田忠之妻。"便将主人田起元夫妻遇害之事，一行鼻涕两行泪，说了一遍。又说："丈夫田忠上京控告，至今杳无音信。现在小主人在监受罪，连饭俱不能送。"展爷闻听，这英雄又是凄惶，又是愤恨，便道："妈妈不必啼哭，田起元与我素日最相好。我因在外访友，不知他遭了此事。今既饔飧不济，我这里有白银十两，暂且拿去使用。"说罢，抛下银两，竟奔皇亲花园而来。

未知如何，且听下回分解。

第十二回 展义士巧换藏春酒 庞奸侯设计软红堂

且说展爷来至皇亲花园，只见一带簇新的粉墙，虽然不能看见，露出楼阁重重。用步丈量了一番，就在就近处租房住了。到了二更时分，英雄换上夜行的衣靠，将灯吹灭，听了片时，寓所已无动静，悄悄开门，回手带好，仍然放下软帘，飞上房，离了寓所，来到花园。白昼间已然丈量过了，约略远近，在百宝囊中掏出如意绦来，用力往上一抛，是练就准头，便落在墙头之上。用脚尖登住砖牙，飞身而上。到了墙头，将身趴伏，又在囊中取一块石子，轻轻抛下，侧耳细听。此名为投石问路，下面或是有沟，或是有水，就是落在实地，再没有听不出来的。又将钢抓转过，手搂丝绦，顺手而下。两脚落了实地，脊背贴墙，往前面与左右观看一回，方将五爪丝绦往上一抖，收下来装在百宝囊中。蹑足潜踪，脚尖儿着地，真有鹭浮鹤行之能。来至一处，见有灯光。细细看时，却是一明两暗，东间明亮，窗上透出人影，乃是一男一女二人饮酒。展爷悄立窗下。只听得男子说话，却是南方口音说道："此酒吓，娘子只管吃的，是无妨的；外间案上那一瓶，断断动弗得哉。"又听妇人道："那个酒叫什么名儿呢？"男子道："叫做藏春酒。若是妇人吃了，欲火烧身，无不依从。只因侯爷抢了金玉仙来，这妇人至死不从，侯爷急的没法。是我在旁说道：'可以配药造酒，管保随心所欲。'侯爷闻听，立刻叫吾配酒。吾说此酒大费周折，须用三百两银子。"那妇人便道："什么酒，费这许多银子？"男子道："娘子你弗晓得。侯爷他恨不能妇人一时到手，吾不趁此时赚他的银两，如何发财呢？吾告诉你说，配这酒不过高高花上十两头，这个财是发定了。"说毕哈哈大笑。又听妇人道："虽然发财，岂不损德呢。况且又是个贞烈之妇，你如何助纣为虐呢？"男子说道："吾是为穷乏所使，不得已而为之。"正在说话间，只听外面叫道："臧先生。"展爷回头，见树梢头露出一点灯光，便闪身进入屋内，隐在软帘之外。又听男子道："是那位？"一壁起身，一壁说："娘子，你还是躲在西间去，不要抛头露面的。"妇人往西间去了。臧先生走出门来。

这时展爷进入屋内，将酒壶提出。见外面案上放着一个小小的玉瓶，又见那边有个红瓶，忙将壶中之酒倒在红瓶之内，拿起玉瓶的藏春酒倒入壶中，又把红瓶内的好酒倾入玉瓶之内。提起酒壶，仍然放在屋内，悄地出来，盘柱而上，贴住房檐往下观看。原来外面来的是跟侯爷的家丁庞福，奉了主人之命，一来取藏春酒，二来为合臧先生讲帐。这先生名唤臧能，乃是个落第的穷儒，半路儿看了些医书，记了些偏方，投在安乐侯处做帮衬。当下出来见了庞福，问道："主管到此何事？"庞福说："侯爷叫我来取藏春酒。叫你亲手拿去，当面就兑银子。可是先生，白花花的三百两，难道你就独吞吗？我们辛辛苦苦白跑不成？多少不拘，总要染染手儿呀。先生，你说怎么样？"臧能道："当得，当得，再也白弗得的。倘若银子到手，必要请你吃酒的。"庞福道："先生真是明白响快人。好的，咱们要交交咧。先生，取酒去罢。"臧能回来，进屋拿了玉瓶，关上门随庞福去了，直奔软红堂。那知南侠见他二人去后，盘柱而下，暗暗的也就跟将下去了。

这里妇人从西间屋内出来，到了东间，仍然坐在旧处，暗自思道："丈夫如此伤天害理，作的都是不仁之事。"越思越想，好不愁烦。不由的拿起壶来斟了一杯，慢慢的独酌。谁知此酒入腹之后，药性发作，按纳不住。正在胡思乱想之际，只听有人叫门，连忙将门开放，却是庞禄，怀中抱定三百两银子送来。妇人让至屋内，庞禄将银子交代明白，回身要走。倒是妇人留住，叫他坐下，便七长八短的说。正在说时，只听外面咳嗽，却是臧能回来了。庞禄出来迎接着，张口结舌说道："这三、三百两银子已交付大嫂子了。"说完抽身就走。臧能见此光景，忙进屋内一看，只见他女人红扑扑的脸，仍是坐在炕上发怔，心中好生不乐："吾呀，这是怎么了？"说罢在对面坐了。这妇人因方才也是一惊，一时心内清醒，便道："你把别人的妻子设计陷害，自己老婆如此防范。你拍心想想，别人恨你不恨？"一句话，问的臧能闭口无言，便拿壶来斟上一杯，一饮而尽。不多时，坐立不安，心痒难抓。便道："弗好哉，奇怪的很。"拿起壶来一闻，忙道："了弗得，了弗得！快拿凉水来。"自己等不得，立起身来，急找凉水吃下。又叫妇人吃了一口，方问道："你才吃这酒来么？"妇人道："因你去后，我刚吃得一杯酒……"将下句咽回去了。又道："不想庞禄送银子来，才进屋内放下银子，你就回来了。"臧能道："还好，还好，佛天保佑，险些儿把个绿头巾戴上。只是这酒在小玉瓶内，为何跑在这酒壶里来了？好生蹊跷。"妇人方明白，才吃的是藏春酒，险些儿败了名节，不由的流泪道："全是你安心不善，用尽了机谋，害人不成，反害了自己。可见天理昭彰，报应不爽。"臧能道："弗用说了，我竟是个混帐东西。看此地也弗是久居之地。如今有了这三百两银子，待明早托个事故，回咱老家便了。"

再说展爷随至软红堂，见庞昱叫使女掌灯，自己手执白玉瓶，前往丽芳楼而去。南侠到了软红堂，见当中鼎内焚香，上前抓了一把香灰；又见花瓶内插着蝇刷，拿起来插在领后，穿香径，先至丽芳楼，隐在软帘后面。只听得那众姬妾正在那里劝慰金玉仙，说："我们抢来，当初也是不从。到后来弄的不死不活，无奈顺从了，倒得好吃好喝的……"金玉仙不等说完，口中大骂："你这一群无耻贱人，我金玉仙有死而已。"说罢放声大哭。这些侍妾被他骂的闭口无言，正在发怔，只见丫鬟二名引着庞昱上得楼来，笑容满面道："你等劝他从也不从？既然不从，我这里有酒一杯，叫他吃了便放他回去。"说罢执杯上前。金玉仙惟恐恶贼近身，劈手夺过掷于楼板之上。庞昱大怒，便要吩咐众姬妾一齐下手。只听楼梯上响，见使女杏花上楼喘吁吁禀道："才庞福叫回禀侯爷，太守蒋完有要紧话回禀，立刻求见，现在软红堂恭候着呢。"庞昱闻听太守黑夜而来，必有要紧之事。回头吩咐众姬妾："你们再将这贱人开导开导，再要扭性，我回来定然不饶。"说着话，站起身来直奔楼梯。刚下到一层，只见毛哄哄一拂，脑后灰尘飞扬，脚底下觉得一绊，站立不稳，咕噜噜滚下楼去；后面两个丫鬟也是如此。三个人滚到楼下，你拉我，我拉你，好容易才立起身来，奔至楼门。庞昱说道："吓杀我也，吓杀我也！什么东西毛哄哄的，好怕人也。"丫鬟执起灯一看，只见庞昱满头的香灰。庞昱见两个丫鬟也是如此，大叫道："不好了，不好了！必是狐仙见了怪了，快走罢！"两个丫鬟那里还有魂咧！三个人不管高低，深一步，浅一步，竟奔软红堂而来。迎头遇见庞福，便问道："有什么事？"庞福回道："太守蒋完说紧急之事，要立刻求见，在软红堂恭候。"庞昱连忙掸去香灰，整理衣衿，大摇大摆步入软红堂来。

太守参见已毕，在下座坐了。庞昱问道："太守深夜至此，有何要事？"太守回道："卑府今早接得文书，圣上特派龙图阁大学士包公前来查赈，算来五日内必到。卑府一闻此信，不胜惊惶。特来禀知侯爷，早为准备才好。"庞昱道："包黑子乃吾父门生，谅不敢不回避我。"蒋完道："侯爷休如此说。闻得包公秉正无私，不畏权势，又有钦差御赐御铡三口，甚属可畏。"又往前凑了一凑道："侯爷所做之事，难道包公不知道么？"庞昱听罢，虽有些发毛，便硬着嘴道："他知道便把我怎么样吗？"蒋完着急道："君子防未然，这事非同小可。除非是此时包公死了，万事皆休。"这一句话提醒了恶贼，便道："这有何难，现在我手下有一个勇士，名唤项福。他会飞檐走壁之能，即可派他前往两三站去路上行刺，岂不完了此事？"太守道："如此甚好，必须以速为妙。"庞昱连忙叫庞福去唤项福立刻来至堂上。恶奴去不多时，将项福带来。参过庞昱，又见了太守。此时南侠早在窗外窃听，一切定计话儿，俱各听的明白了。因不知项福是何等人物，便从窗外往里偷看。见果然身体魁梧，品貌雄壮，真是一条好汉，可惜错投门路。只听庞昱说："你敢去行刺么？"项福道："小人受侯爷大恩，别说行刺，就是赴汤投火也是情愿的。"南侠外边听了，不由骂道："瞧不得这么一条大汉，原来是一个谄谀的狗才，可惜他辜负了好胎骨！"正自暗想，又听庞昱说："太守，你将此人领去，应如何派往吩咐，务妥协机密为妙。"蒋完连连称是，告辞退出。太守在前，项福在后，走不几步，只听项福说："太守慢行，我的帽子掉了。"太守只得站住。只见项福走出好几步，将帽子拾起。太守道："帽子如何落得这们远呢？"项福道："想是树枝一刮，磞出去的。"说罢，又走几步，只听项福说："好奇怪，怎么又掉了。"回头看，又没人，太守也觉奇怪。一同来至门首，太守坐轿，项福骑马，一同回衙去了。

你道项福的帽子连落二次，是何原故？这是南侠试探项福学业何如。头次从树旁经过，即将帽子于项福头上提了抛去，隐在树后，见他毫不介意；二次走至太湖石畔，又将他帽子提了抛去，隐在石后。项福只回头观看，并不搜查左右。可见他粗心，学艺不精，就不把他放在心上，且回寓所歇息便了。

未识如何，且听下回分解。

第十三回　安平镇五鼠单行义　苗家集双侠对分金

且说展爷离了花园，暗暗回寓，天已五更，悄悄的进屋换下了夜行衣靠，包裹好了，放倒头便睡了。至次日，别了店主，即往太守衙门前私自窥探。影壁前拴着一匹黑马，鞍辔鲜明，后面梢绳上拴着一个小小包袱，又搭着个钱褡裢。有一个人，拿着鞭子席地而坐。便知项福尚未起身，即在对过酒楼之上，自己独酌眺望。不多一会，只见项福出了太守衙门。那人连忙站起，拉过马来，递了马鞭子。项福接过，认镫乘上，加了一鞭，便往前边去了。南侠下了酒楼，悄地跟随。到了安平镇地方，见路西也有一座酒楼，匾额上写着“潘家楼”。项福拴马，进去打尖，南侠跟了进去。见项福坐在南面座上，展爷便在北面拣了一个座头坐下。跑堂的擦抹桌面，问了酒菜。展爷随便要了，跑堂的传下楼去。展爷复又闲看，见西面有一老者，昂然而坐，仿佛是个乡宦，形景可恶，俗态不堪。不多时，跑堂的端了酒菜来，安放停当。展爷刚然饮酒，只听楼梯声响，又见一人上来，武生打扮，眉清目秀，年少焕然。展爷不由的放下酒杯，暗暗喝彩，又细细观看一番，好生的羡慕。那人才要拣个座头，只见南面项福连忙出席，向武生一揖，口中说道：“白兄，久违了！”那武生见了项福，还礼不迭，答道：“项兄，阔别多年，今日幸会。”说着话，彼此谦逊让至同席。项福将上座让了那人，那人不过略略推辞，即便坐了。展爷看了，心中好生不乐，暗想道：“可怜这样一个人，却认得他，真是天渊之别了。”一壁细听他二人说些什么。只听项福说道：“自别以来，今已三载有馀，久欲到尊府拜望，偏偏的小弟穷忙。令兄可好？”那武生听了，眉头一皱，叹口气道：“家兄已去世了。”项福惊讶道：“怎么，大恩人已故了？可惜，可惜！”又说了些欠情短礼没要紧的言语。

你道此人是谁？他乃陷空岛五义士，姓白名玉堂，绰号锦毛鼠的便是。当初项福原是要拳棒卖膏药的，因在街前卖艺，与人角持，误伤了人命。多亏了白玉堂之兄白金堂，见他像个汉子，离乡在外，遭此官司，甚是可怜。因此将他极力救出，又助了盘川，叫他上京求取功名。他原想进京寻个进身之阶，可巧路途之间遇见安乐侯上陈州放赈。他打听明白，先婉转结交庞福，然后方荐与庞昱。庞昱正要寻觅一个勇士助己为虐，把他收留在府内，他便以为荣耀已极。似此行为，便是下贱不堪之人了。

闲言少叙。且说项福正与玉堂叙话，见有个老者上得楼来，衣衫褴褛，形容枯瘦。见了西面老者，紧行几步，双膝跪倒，二目滔滔落泪，口中苦苦哀求。那老者仰面摇头，只是不允。展爷在那边看着好生不忍，正要问时，只见白玉堂过来，问着老者道："你如何向他如此？有何事体，何不对我说来？"那老者见白玉堂这番形景，料非常人，口称："公子爷有所不知。因小老儿欠了员外的私债，员外要将小女抵偿，故此哀求，员外只是不允。求公子爷与小老儿排解排解。"白玉堂闻听，瞅了老者一眼，便道："他欠你多少银两？"那老者回过头来，见白玉堂满面怒色，只得执手答道："原欠我纹银五两，三年未给利息，就是三十两，共欠银三十五两。"白玉堂听了，冷笑道："原来欠银五两。"复又向老者道："当初他借的时，至今三年，利息就是三十两？这利息未免太轻些。"一回身，便叫跟人平三十五两，向老者道："当初有借约没有？"老者闻听立刻还银子，不觉立起身来道："有借约。"忙从怀中掏出，递与玉堂，玉堂看了。从人将银子平来，玉堂接过递与老者道："今日当着大众，银约两交，却不该你的了。"老者接过银子，笑嘻嘻答道："不该了，不该了。"拱拱手儿，即刻下楼去了。玉堂将借约交付老者道："以后似此等利息银两，再也不可借他的了。"老者答道："不敢借了。"说罢叩下头去。玉堂拖起，仍然归座。那老者千恩万谢而去。刚走至展爷桌前，展爷说："老丈不要忙。这里有酒，请吃一杯，压压惊再走不迟。"那老者道："素不相识，怎好叨扰。"展爷笑道："别人费去银子，难道我连一杯水酒也花不起么？不要见外，请坐了。"那老者道："如此承蒙抬爱了。"便坐于下首。展爷与他要了一角酒吃着，便问："方才那老者姓甚名谁？在那里居住？"老儿说道："他住在苗家集，他名叫苗秀。只因他儿子苗恒义在太守衙门内当经承，他便成了封君了。每每的欺侮邻党，盘剥重利。非是小老儿受他的欺侮便说他这些忿恨之言，不信，爷上打听就知我的话不虚了。"展爷听在心里。老者吃了几杯酒，告别去了。

又见那边白玉堂问项福的近况如何，项福道："当初多蒙令兄抬爱，救出小弟，又赠银两，叫我上京求取功名。不想路遇安乐侯，蒙他另眼看待，收留在府。今特奉命前往天昌镇，专等要办宗紧要事件。"白玉堂闻听，便问道："那个安乐侯？"项福道："焉有两个呢。就是庞太师之子，安乐侯庞昱。"说罢，面有得色。玉堂不听则可，听了登时怒气嗔嗔，面红过耳，微微冷笑道："你敢则投在他门下了。好！"急唤从人会了帐，立起身来，回头就走，一直下楼去了。展爷看的明白，不由暗暗称赞道："这就是了。"又自忖道："方才听项福说，他在天昌镇专等。我曾打听，包公还得等几天到天昌镇。我何不趁此时，且至苗家集走走呢？"想罢，会钱下楼去了。真是行侠作义之人，到处随遇而安。非是他务必要拔树搜根，只因见了不平之事，他便放不下，仿佛与自己的事一般，因此才不愧那个"侠"字。

闲言少叙。到了晚间初鼓之后，改扮行装，潜入苗家集。来到苗秀之家，所有蹿房越脊自不必说。展爷在暗中见有待客厅三间，灯烛明亮，内有人说话。蹑足潜踪，悄立窗下细听。正是苗秀问他儿子苗恒义道："你如何弄了许多银子？我今日在潘家集也发了个小财，得了三十五两银子。"便将遇见了一个俊哥替还银子的话说了一遍，说罢大笑。苗恒义亦笑道："爹爹除了本银，得了三十两银子的利息。如今孩儿一文不费，白得了三百两银子。"苗秀笑嘻嘻的问道："这是什么缘故呢？"苗恒义道："昨日太守打发项福起身之后，又与侯爷商议一计，说项福此去成功便罢，倘不成功，叫侯爷改扮行装，私由东皋林悄悄入京，在太师府内藏躲。候包公查赈之后有何本章，再作道理。又打点细软箱笼并抢来女子金玉仙，叫他们由观音庵岔路上船，暗暗进京。因问本府：'沿途盘川所有船只，须用银两多少，我好打点。'本府太爷那里敢要侯爷的银子呢，反倒躬身说道：'些须小事，俱在卑府身上。'因此，回到衙内，立刻平了三百两银子交付孩儿，叫我办理此事。我想，侯爷所行之事，全是无法无天的。如今临走，还把抢来的妇人暗送入京，况他又有许多的箱笼。到了临期，孩儿传与船户，叫他只管装去，到了京中，费用多少合他那里要；他若不给，叫他把细软留下作押帐为当头。爹爹想，侯爷所作的，俱是暗昧之事，一来不敢声张，二来也难考查。这项银两，原是本府太爷应允，给与不给，侯爷如何知道？这三百两银子，难道不算白得吗？"展爷在窗外听至此，暗自说道："真是恶人自有恶人磨，再不错的。"猛回头，见那边又有一个人影儿一晃，及至细看，仿佛潘家楼遇见的武生，就是那替人还银子的俊哥儿，不由暗笑道："白日替人还银子，夜间就讨帐来了。"忽然远远的灯光一闪，展爷惟恐有人来，一伏身盘柱而上，贴住房檐往下观看，却又不见了那个人，暗道："他也躲了。何不也盘在那根柱子上，我们二人闹个二龙戏珠呢。"正自暗笑，忽见丫鬟慌慌张张跑至厅上说："员外，不好了，安人不见了！"苗秀父子闻听吃了一惊，连忙一齐往后面跑去了。南侠急忙盘柱而下，侧身进入屋内，见桌上放着六包银子，外有一小包。他便揣起了三包，心中说道："三包一小包，留下给那花银子的，叫他也得点利息。"抽身出来，暗暗到后边去了。

原来，那个人影儿果是白玉堂。先见有人在窗外窃听，后见他盘柱而上，贴住房檐，也自暗暗喝彩，说："此人本领不在我下。"因见灯光，他便迎将上来，恰是苗秀之妻同丫鬟执灯前来登厕。丫鬟将灯放下，回身取纸。玉堂趁空，抽刀向着安人一晃，说道："要嚷，我就一刀。"妇人吓的骨软筋酥，那里嚷的出来。玉堂伸手将那妇人提出了茅厕，先撕下一块裙子塞住妇人之口。好狠玉堂，又将妇人削去双耳，用手提起掷在厕旁粮食囤内，他却在暗处偷看。见丫鬟寻主母不见，奔至前厅报信。听得苗秀父子从西边奔入，他却从东边转至前厅。此时南侠已揣银走了。玉堂进了屋内一看，桌上只剩了三封银子另一小包，心内明知是盘柱之人拿了一半，留下一半给我。暗暗承他的情，将银子揣起也就走去了也。

这里，苗家父子赶至后面，一面追问丫鬟，一面执灯找寻。至粮囤旁，听见呻吟之声，却是妇人，连忙搀起细看，浑身是血，口内塞着东西，急急掏出。苏醒了半晌，方才嗳哟出来，便将遇害的情由说了一遍。这才瞧见两个耳朵没了。忙着丫鬟仆妇搀入屋内，喝了点糖水。苗恒义猛然想起，待客厅上还有三百两银子，连说："不好，中了贼人调虎离山之计了。"说罢向前飞跑。苗秀闻听，也就跟在后面。到了厅上一看，那里还有银子咧！父子二人怔了多时，无可如何，惟有心疼怨恨而已。

未知端底，且听下回分解。

第十四回　小包兴偷试游仙枕　勇熊飞助擒安乐侯

且说苗家父子丢了银子,因是暗昧之事,也不敢声张,竟吃了哑叭亏了。白玉堂揣着自奔前程,展爷是拿了银子一直奔天昌镇去了。这且不言。

单说包公在三星镇审完了案件歇马,正是无事之时。包兴记念着游仙枕,心中想道:"今晚我何不悄悄的睡睡游仙枕,岂不是好?"因此到晚间伺候包公安歇之后,便嘱咐李才说:"李哥,你今晚辛苦一夜,我连日未能歇息,今晚脱个空儿。你要惊醒些,老爷要茶水时,你就伺候。明日我再替你。"李才说:"你放心去罢,有我呢。彼此都是差使,何分你我。"包兴点头一笑,即回至自己屋内,又将游仙枕看了一番,不觉困倦,即将枕放倒。头刚着枕,便入梦乡。

出了屋门,见有一匹黑马,鞍辔俱是黑的。两边有两个青衣,不容分说,搀上马去。迅速非常,来到一个所在,似开封府大堂一般。下了马,心中纳闷:"我如何还在衙门里呢?"又见上面挂着一匾,写着"阴阳宝殿"。正在纳闷,又见来了一个判官,说道:"你是何人,擅敢假充星主前来鬼?昆!"喝声:"拿下!"便出来了一个金甲力士,一声断喝,将包兴吓醒,出了一身冷汗。暗自思道:"凡事皆有先成的造化,我连一个枕头都消受不了。判官说我假充星主,将来此枕想是星主才睡得呢,怨得李克明要送与星主。"左思右想,那里睡得着呢。赌气子起来,听了听,方交四鼓,急忙来至包公住的屋内。只见李才坐在椅子上,前仰后合在那里打盹。又见灯花结了个如意儿,烧了多长,连忙用剪烛剪了一剪。只见桌上有个字帖儿,拿起一看,不觉失声道:"这是那里来的?"一句话,将李才吓醒,连忙说道:"我没有睡呀!"包兴说:"没睡,这字帖儿打那里来的?"李才尚未答言,只听包公问道:"什么字帖,拿来我看。"包兴执灯,李才掀帘,将字帖呈上。包公接来一看,便问道:"天有什么时候了?"包兴举灯向表上一看,说:"才交寅刻。"包公道:"也该起来了。"二人服侍包公穿衣净面时,包公便叫李才去请公孙先生。不多时,公孙先生来到,包公便将字帖与他观看。公孙策接来,只见上面写道:"明日天昌镇,谨防刺客凶。分派众人役,分为两路行。一路东皋林,捉拿恶庞昱。一路观音庵,救活烈妇人。要紧,要紧。"旁有一行小字:"烈妇人即金玉仙"。公孙策道:"此字从何而来呢?"包公道:"何必管他的来历。明日到天昌镇严加防范;再派人役,先生吩咐他们在两路稽查便了。"公孙策连忙退出,与王、马、张、赵四勇士商议,大家俱各小心留神。你道此字从何而来?只因南侠离了苗家集,奔至天昌镇,见包公尚未到来,心中一想,恐包公促忙来至,不及提防,莫若我迎将上去,遇便泄漏机关,包公也好早作准备。好英雄,不辞辛苦,他便赶至三星镇。恰好三更,来至公馆,见李才睡着,也不去惊动他,便溜进去,将纸条儿放下,仍回天昌镇等候去了。

且说次日包公到了天昌镇,进了公馆,前后左右搜查明白。公孙策暗暗吩咐马快、步快两个头儿,一名耿春,一名郑平,二人分为左右,稽查出入之人。叫王、马、张、赵四人围住老爷的住所,前后巡逻。自己同定包兴、李才护持包公。倘有动静,大家知会,一齐动手。分派已定,看看到了掌灯之时,处处灯烛照如白昼。外面巡更之人,往来不断。别人以为是钦差大人在此居住,那里知道是暗防刺客呢。内里王、马、张、赵四人摩拳擦掌,暗藏兵器,百倍精神,准备捉拿刺客,真是防范的严谨。到了三更之后,并无动静。只见外面巡更的灯光明亮,照彻墙头;里面赵虎仰面各处里观瞧。顺着墙外灯光,走至一株大榆树下,赵虎忽然往上一看,便嚷道:“有人了!”只这一声,王、马、张三人亦皆赶到。外面巡更之人,也止住步了。掌灯一齐往树上观看,果然有个黑影儿。先前仍以为是树梃,后来树上之人见下面人声嘶喊,灯火辉煌,他便动手动脚的。大家一见,更觉鼎沸起来。只听外面人道:“跳下去了,里面防范着!”谁知树上之人趁着这一声,便攥住树杪,将身悠起,趁势落在耳房上面。一伏身,往起一纵,便到了大房前坡。赵虎嚷道:“好贼,那里走。”话未说完,迎面飞下一摞瓦来。楞爷急闪身,虽则躲过,他用力太猛,闹了个跟头。房上之人,趁势扬腿刚要迈脊,只听“嗳哟”一声,咕噜噜从房上滚将下来,恰落在四爷旁边。四爷一翻身,急将他按住。大家上前先拔去背上的单刀,方用绳子捆了,推推拥拥来见包公。

此时包公、公孙策便衣便帽,笑容满面。包公道:“好一个雄壮的勇士,堪称勇烈英雄。”回头对公孙策道:“先生,你替我松了绑。”公孙先生会意,假做吃惊道:“此人前来行刺,如何放得?”包公笑道:“我求贤若渴,见了此等勇士,焉有不爱之理。况我与壮士又无仇恨,他如何肯害我?这无非是受小人的捉弄。快些松绑。”公孙策对那人道:“你听见了,老爷待你如此大恩,你将何以为报?”说罢,吩咐张、赵二人与他松了绑。王朝见他腿上钉着一枝袖箭,赶紧替他拔出。包公又吩咐包兴看座。那人见包公如此光景,又见王、马、张、赵分立两旁,虎势昂昂,不由良心发现,暗暗夸道:“闻听人说包公正直,又目识英雄,果不虚传。”一翻身扑倒在地,口中说道:“小人冒犯钦差大人,实实小人该死。”包公连忙说道:“壮士请起,坐下好讲。”那人道:“钦差大人在此,小人焉敢就座。”包公道:“壮士只管坐了何妨。”那人只得鞠躬坐了。包公道:“壮士贵姓尊名,到此何干?”那人见包公如此看待,不因不由的就顺口说出来了,答道:“小人名唤项福。只因奉庞昱所差……”便一五一十说了一遍,“不想大人如此厚待,使小人愧怍无地。”包公笑道:“这却是圣上隆眷过重,使我声名远播于外,故此招忌,谤我者极多。就是将来与安乐侯对面时,壮士当面证明,庶不失我与太师师生之谊。”项福连忙称是。包公便吩咐公孙策与壮士好好调养箭伤。公孙策领项福去了。包公暗暗叫王朝来,叫他将项福明是疏放,暗地拘留。王朝又将袖箭呈上说:“此乃南侠展爷之箭。”包公闻听道:“原来展义士暗中帮助。前日三星镇留下字柬,必也是义士所为。”心中不胜感羡之至。王朝退出。此时公孙先生已分派妥当:叫马汉带领马步头目耿春、郑平前往观音庵,解救金玉仙;又派张龙、赵虎前往东皋林,捉拿庞昱。

单说马汉带着耿春、郑平竟奔观音庵而来，只见驼轿一乘，直扑庙前去了。马汉看见，飞也似的赶来。及至赶到，见旁有一人叫道："贤弟，为何来迟？"马汉细看，却是南侠，便道："兄，此轿何往？"展爷道："劣兄已将驼轿截取，将金玉仙安顿在观音庵内。贤弟来得正好，咱二人一同到彼。"说话间，耿春、郑平亦皆赶到，围绕着驼轿来至庙前。打开山门，里面出来一个年老的妈妈，一个尼姑。这妈妈却是田忠之妻杨氏。众人搭下驼轿，搀出金玉仙来。主仆见面，抱头痛哭。原来杨氏也是南侠送信，叫他在此等候。又将轿内细软俱行搬下。南侠对杨氏道："你主仆二人就在此处等候。候你家相公官司完了时，叫他到此寻你。"又对尼姑道："师父用心服侍，田相公来时必有重谢。"吩咐已毕，便对马汉道："贤弟回去，多多拜上老大人，就说展昭另日再为禀见，后会有期。将金玉仙下落禀复明白，他乃贞烈之妇，不必当堂对质。拜托，拜托。请了！"竟自扬长而去。马汉也不敢挽留，只得同耿春、郑平二人回归旧路去禀知包公。这且不言。

再说张、赵二人到了东皋林，毫不见一点动静。赵虎道："难道这厮先过去了不成？"张爷道："前面一望无际，并无人行，焉有过去之理。"正说间，只见远远有一伙人乘马而来。赵爷一见，说："来咧，来咧。哥，你我如此如此，庶不致于舛错。"张龙点头，带领差役隐在树后。众人催马刚到此地，赵虎从马前一过，栽倒在地。张爷从树后转出来，便乱喊道："不好了，不好了，撞死人了！"上前将庞昱马环揪住道："你撞了人，还往那里去？"众差役一齐拥上。众恶奴发话道："你这些好大胆的人，竟敢拦挡侯爷不放。"张龙道："谁管他侯爷公爷的，只要将我们的人救活了便罢。"众恶奴道："好生撒野。此乃安乐侯，太师之子，改扮行装出来私访。你们竟敢拦阻去路，真是反了天了！"赵爷在地下听准是安乐侯再无舛错，一咕噜身爬起来，先照着说话的劈面一掌，喊道："我们反了天了，我们净等着反了天的人呢！"说罢，先将庞昱拿下马来，差役掏出锁来套上。众恶奴见事不祥，个个加上一鞭，忽的一声俱各逃之夭夭了。张、赵追他不及，只顾庞昱，连追也不追。众人押解着奸侯，竟奔公馆而来。

要知端的，且听下回分解。

第十五回　斩庞昱初试龙头铡　遇国母晚宿天齐庙

且说张、赵二人押解庞昱到了公馆，即行将庞昱带上堂来。包公见他项带铁锁，连忙吩咐道："你等太不晓事，侯爷如何锁得。还不与我卸去！"差役连忙上前将锁卸下。庞昱到了此时，不觉就要屈膝。包公道："不要如此。虽则不可以私废公，然而我与太师有师生之谊，你我乃年家弟兄，有通家之好。不过因有此案要当面对质对质，务要实实说来，大家方有个计较，千万不要畏罪回避。"说毕，叫带上十父老并田忠、田起元及抢掠的妇女，立刻提到。包公按呈子一张一张讯问。庞昱因见包公方才言语，颇有护他的意思，又见和容悦色，一味的商量，必要设法救我。莫若我从实应了，求求包黑，或者看爹爹面上，往轻里改正改正，也就没了事了。想罢说道："钦差大人不必细问，这些事体，俱是犯官一时不明做成，此事后悔也是迟了。惟求大人笔下超生，犯官感恩不尽。"包公道："这些事既已招承，还有一事。项福是何人所差？"恶贼闻听，不由的一怔，半晌答道："项福乃太守蒋完差来，犯官不知。"包公吩咐："带项福。"只见项福走上堂来，仍是照常形色，并非囚禁的样子。包公道："项福，你与侯爷当面质对。"项福上前对恶贼道："侯爷不必隐瞒。一切事体，小人俱已回明大人了。侯爷只管实说了，大人自有主见。"恶贼见项福如此，也只得应了是自己派来的。包公便叫他画供。恶贼此时也不能不画了。

画招后，只见众人证俱到，包公便叫各家上前厮认。也有父认女的，也有兄认妹的，也有夫认妻的，也有婆认媳的，纷纷不一，嚎哭之声不忍入耳。包公吩咐，叫他们在堂阶两边听候判断；又派人去请太守速到。包公便对恶贼道："你今所为之事，理应解京。我想道途遥远，反受折磨。再者，到京必归三法司判断，那时难免皮肉受苦。倘若圣上大怒，必要从重治罪。那时如何辗转？莫若本阁在此发放了，倒觉得爽快。你想好不好？"庞昱道："但凭大人作主，犯官安敢不遵。"包公登时把黑脸放下，见虎目一瞪，吩咐："请御刑！"只这三个字，两边差役一声喊，堂威震赫。只见四名衙役将龙头铡抬至堂上，安放周正。王朝上前，抖开黄龙套，露出金煌煌、光闪闪、惊心落魄的新刑。恶贼一见，胆裂魂飞。才待开言，只见马汉早将他丢翻在地。四名差役过来，与他口内衔了木嚼，剥去衣服，将芦席铺放，恶贼那里还能挣扎，立刻卷起，用草绳束了三道。张龙、赵虎二人将他抬起，走至铡前，放入铡口，两头平均。此时，大汉王朝黑面向里，左手执定刀靶，右手按定刀背，直瞧座上。包公将袍袖一拂，虎项一扭，口说"行刑"二字。王朝将彪躯一纵，两膀用力，只听咣喳一声，将恶贼登时腰斩，分为两头一边齐的两段。四名差役，连忙跑上堂去，各各腰束白布裙，跑至铡前，有前有后，先将尸首往上一扶，抱将下去。张、赵二人又用白布擦抹铡口的血迹。堂阶之下，田起元主仆以及父老并田妇村姑，见铡了恶贼庞昱，方知老爷赤心为国，与民除害，有念佛的，有称愿的，就有胆小不敢看的。

包公上面吩咐："换了御刑，与我拿下。"听了一个"拿"字，左右一伸手，便将项福把住。此时，这厮见铡了庞昱，心内已然突突乱跳，今又见拿他，不由的骨软筋酥，高声说道："小人何罪？"包公一拍堂木，喝道："你这背反的奴才！本阁乃奉命钦差，你擅敢前来行刺。行刺钦差即是叛朝廷，还说无罪？尚敢求生么？"项福不能答言。左右上前，照旧剥了衣服，带上木嚼，拉过一领粗席卷好。此时狗头铡已安放停当，将这无义贼行刑过了，擦抹御铡，打扫血迹，收拾已毕。只见传知府之人上堂跪倒，禀道："小人奉命前去传唤知府，谁知蒋完畏罪自缢身死。"包公闻听道："便宜了这厮。"另行委员前去验看。又吩咐将田起元带上堂来，训诲一番：不该放妻子上庙烧香，以致生出此事，以后家门务要严肃，并叫他上观音庵接取妻子；老仆田忠替主鸣冤，务要好好看待他；从此努力攻书，以求上进；所有驼轿内细软必系私蓄，勿庸验看，俱着田忠领讫。又吩咐父老："各将妇女带回，好好安分度日。本阁还要按户稽查花名，秉公放赈，以抒民困，庶不负圣上体恤之鸿恩。"众人一齐叩头，欢欢喜喜而散。老爷立刻叫公孙策打了摺底看过，并将原呈招供一齐封妥，外附夹片一纸，请旨补放知府一缺。即日拜发，赍京启奏去了。一面出示委员稽查户口放赈。真是万民感仰，欢呼载道。

一日，批摺回来，包公恭接。叩拜毕，打开一看，见朱批甚属夸奖："至公无私，所办甚是。知府一缺，即着拣员补放。"包公暗自沉吟道："圣上总然隆眷优渥，现有老贼庞吉在京，见我铡了他的爱子，他焉有轻轻放过之理？这必是他别进谗言，安慰妥了，候我进京时他再摆布于我，一定是这个主意。老贼呀，老贼，我包某秉正无私，一心为国，焉怕你这鬼鬼祟祟！如今趁此权柄未失，放完赈后，偏要各处访查访查，要作几件惊天动地之事。一来不负朝廷，二来与民除害，三来也显显我包某胸中的抱负。"谁知老爷想到此地，下文就真生出一件惊天动地的事来。

你道是何事件？自从包公秉正放赈已完，立意要各处访查，便不肯从旧路回来，特特由新路而归。一日，来至一个所在，地名草州桥东，乘轿慢慢而行。猛然听的咯吱一阵乱响，连忙将轿落平。包兴下马，仔细看时，双杆皆有裂纹，幸喜落平实地，险些儿双杆齐折。禀明包公，吩咐带马。将马带过，老爷刚然扳鞍上去，那马"咴"的一声，往旁一闪。幸有李才在外首坠镫，连忙拢住。老爷从新搂搂扯手，翻身上马。虽然骑上，他却不走，尽在那里打旋转圈。老爷连加两鞭，那马鼻翅一扇，反到往后退了两步。老爷暗想："此马随我多年，他有三不走：遇歹人不走，见冤魂不走，有刺客不走。难道此处有事故不成？"将马带住，叫包兴唤地方。

不多时，地方来到马前跪倒。老爷闪目观瞧，见此人年有三旬上下，手提一根竹杆，口称："小人地方范宗华，与钦差大人叩头。"包公问道："此处是何地名？"范宗华道："不是河，名叫草州桥。虽然有个平桥，却没有桥，也无有草。不知当初是怎么起的这个名儿，连小人也闹的纳闷儿。"两旁吆喝："少说，少说！"老爷又问道："可有公馆没有？"范宗华道："此处虽是通衢大道，却不是镇店码头，也不过是荒凉幽僻的所在，如何能有公馆呢。再者，也不是站头……"包兴在马上着急道："没公馆你就说没公馆就完了，何必这许多的话。"老爷在马上用鞭指着问道："前面高大的房子是何所在？"范宗华回道："那是天齐庙。虽然是天齐庙，里面是菩萨殿、老爷殿、娘娘殿俱有，旁边跨所还有土地祠。就着老道看守，因没有什么香火，也不能多养活人。"包兴道："你太唠叨了，谁问你这些。"老爷吩咐："打道天齐庙。"两旁答应。老爷将马一带，驯驯顺顺的竟奔天齐庙，他也不闹了。马通灵性，真也奇怪。

包兴上马，一抖丝缰，先到天齐庙，撵开闲人，并告诉老道："钦差大人打此经过，一概茶水不用。你们伺候完了香，连忙躲开，我们大人是最爱清静的。"老道连连答应："是。"正说间，包公已到。包兴连忙接马。包公进得庙来，便吩咐李才在西殿廊下设了公座。老爷带包兴直奔正殿，老道已将香烛预备。伺候焚香已毕，包兴使个眼色，老道连忙回避。包公下殿来至西廊，入了公位，吩咐众人俱在庙外歇息，独留包兴在旁，暗将地方叫进来。包兴悄悄把范宗华叫到，他又给包兴打了个千儿。包兴道:“我瞧你很机灵,就是话太多了。方才大人问你,你就拣近的说就完咧,什么枝儿叶儿的,闹一大郎当作什么。”范宗华连忙笑着说:“小人惟恐话回的不明白,招大人嗔怪,故此要往清楚里说,谁知话又多了。没什么说的,求二太爷担待小人罢。”包兴道:“谁来怪你?不过告诉你,恐其话太多,反招大人嗔怪。如今大人又叫你呢,你见了大人,问什么答应什么就是了,不必唠叨了。”范宗华连连答应,跟包兴来至西廊,朝上跪倒。包公问道:“此处四面可有人家没有?”范宗华禀道:“南通大道,东有榆树林,西有黄土岗,北边是破窑,共有不足二十家人家。”老爷便着地方掮了高脚牌,上面写“放告”二字,叫他知会各家,如有冤枉前来天齐庙伸诉。范宗华应“是”,即掮了高脚牌奔至榆树林,见了张家便问:“张大哥,你打官司不打?”见了李家便问:“李老二,你冤枉不冤枉?”招的众人无不大骂:“你是地方,总盼人家打官司,你好讹钱。我们过的好好清静日子,你找上门来叫打官司。没有什么说的,要打官司儿就合你打。什么东西,趁早儿滚开!真他妈的丧气,你怎么配当地方呢?我告诉你,马二把打嘎,你给我走球罢!”范宗华无奈,又到黄土岗,也是如此被人通骂回来了。他却不怕骂,不辞辛苦,来到破窑地方,又嚷道:“今有包大人在天齐庙宿坛放告,有冤枉的没有,只管前去伸冤。”一言未了,只听有人应道:“我有冤枉,领我前去。”范宗华一看,说道:“啊呀,我的妈呀!你老人家有什么事情,也要打官司呢?”

谁知此位婆婆,范宗华他却认得,可不知底里,只知道是秦总管的亲戚,别的不知。这是什么缘故呢?只因当初余忠替了娘娘殉难,秦凤将娘娘顶了余忠之名抬出宫来,派亲信之人送到家中,吩咐与秦母一样侍奉。谁知娘娘终日思想储君,哭的二目失明。那时范宗华之父名唤范胜,当时众人俱叫他“剩饭”,正在秦府打杂,为人忠厚老实好善。娘娘因他爱行好事,时常周济赏赐他,故此范胜受恩极多。后来秦凤被害身死,秦母亦相继而亡。所有子孙,不知娘娘是何等人,所谓人在人情在,人亡两无交。娘娘在秦宅存身不住,故此离了秦宅,无处栖身。范胜欲留在他家,娘娘决意不肯。幸喜有一破窑,范胜收拾了收拾,搀扶娘娘居住。多亏他时常照拂,每遇阴天下雨,他便送了饭来。又恐别人欺侮他,叫儿子范宗华在窑外搭了个窝铺,坐冷子看守。虽是他答报受德受恩之心,那里知道此位就是落难的娘娘。后来范胜临危,还告诉范宗华道:“破窑内老婆婆你要好好侍奉,他当初是秦总管派人送到家中,此人是个有来历的,不可怠慢。”这也是他一生行好,竟得了一个孝顺的儿子。范宗华自父亡之后,真是遵依父训,侍奉不衰。平时即以老太太呼之,又叫妈妈。

现今娘娘要告状,故问:“你老人家有什么事情,也要告状呢?”娘娘道:“为我儿子不孝,故要告状。”范宗华道:“你老人家可是悖晦了。这些年也没见你老人家说有儿子,今儿虎拉巴的又告起儿子来了。”娘娘道:“我这儿子,非好官不能判断。我常听见人说,这包公老爷善于剖断阴阳,是个清正官儿,偏偏他总不从此经过,故此耽延了这些年。如今他既来了,我若不趁此时伸诉,还要等待何时呢?”范宗华听罢说:“既是如此,我领了你老人家去。到了那里,我将竹杖儿一拉,你可就跪下,好歹别叫我受热。”说着话，拉着竹杖，领到庙前。先进内回禀，然后将娘娘领进庙内。

到了公座之下，范宗华将竹杖一拉，娘娘连理也不理。他又连拉了几拉，娘娘反将竹杖往回里一抽。范宗华好生的着急。只听娘娘说道：“大人吩咐左右回避，我有话说。”包公闻听，便叫左右暂且退出，座上方说道：“左右无人，有什么冤枉，诉将上来。”娘娘不觉失声道：“啊呀包卿，苦煞哀家了！”只这一句，包公座上不胜惊讶。包兴在旁，急冷冷打了个冷战。登时，包公黑脸也黄了，包兴吓的也呆了，暗说：“我、我的妈呀，闹出‘哀家’来咧！我看这事怎么好呢。”

未识如何，且听下回分解。

第十六回 学士怀忠假言认母 夫人尽孝祈露医睛

且说包公见贫婆口呼包卿，自称哀家，平人如何有这样口气？只见娘娘眼中流泪，便将已往之事，滔滔不断述说一番。包公闻听，唬的惊疑不止，连忙立起身来问道：“言虽如此，不知有何证据？”娘娘从里衣内掏出一个油渍渍的包儿，包兴上前，不敢用手来接，撩起衣襟向前兜住，说道：“松手罢。”娘娘放手，包儿落在衣襟。包兴连忙呈上。千层万裹，里面露出黄缎袱子来。打开袱子一看，里面却是金丸一粒，上刻着玉宸宫字样，并娘娘名号。包公看罢，急忙包好，叫包兴递过，自己离了座位。包兴会意，双手捧定包儿，来至娘娘面前，双膝跪倒，将包儿顶在头上，递将过去，然后一拉竹杖，领至上座。入了座位，包公秉正参拜。娘娘吩咐：“卿家平身。哀家的冤枉，全仗卿家了。”包公奏道：“娘娘但请放心，臣敢不尽心竭力以报君乎？只是目下耳目众多，恐有泄漏，实属不便。望祈娘娘赦臣冒昧之罪，权且认为母子，庶免众口纷纷，不知凤意如何？”娘娘道：“既如此，但凭吾儿便了。”包公又望上叩头谢恩，连忙立起，暗暗吩咐包兴，如此如此。

包兴便跑至庙外，只见县官正在那里吆喝地方呢：“怪！钦差大人在此宿坛，你为何不早早禀我知道？”范宗华分辩道：“大人到此，问这个，又问那个，又派小人放告，多少差使，连一点空儿无有，难道小人还有什么分身法不成？”一句话惹恼了县官，一声断喝：“好奴才，你误了差使还敢强辩，就该打折了你的狗腿！”说至此，恰好包兴出来，便说道：“县太爷，算了罢。老爷自己误了，反倒怪他。他是张罗不过来吓！”县官听了笑道：“大人跟前，须是不好看。”包兴道：“大人也不嗔怪，不要如此了。大人吩咐咧，立刻叫贵县备新轿一乘，要伶俐丫鬟二名，并上好衣服簪环一份，急速办来。立等立等！再者，公馆要分内外预备。所有一切用度花费的银两，叫太爷务必开清，俟到京时再为奉还。”又向范宗华笑道：“你起来罢，不用跪着了。方才你带来的老婆婆，如今与大人母子相认了。老太太说你素日很照应，还要把你带进京去呢，你就是伺候老太太的人了。”范宗华闻听，犹如入云端的一般，乐的他不知怎么样才好。包兴又对县官道："贵县将他的差使止了罢。大人吩咐，叫他随着上京，沿途上伺候老太太。怎么把他也打扮打扮才好，这可打老爷个秋丰罢。"县官连连答应道："使得，使得。"包兴又道："方才分派的事，太爷赶紧就办了罢。并将他带去，就教他押解前来就是了。务必先将衣服、首饰、丫鬟速速办来。"县官闻听，赶忙去了。包兴进庙禀复了包公，又叫老道将云堂小院打扫干净。不多时，丫鬟二名并衣服首饰一齐来到，伏侍娘娘在云堂小院沐浴更衣不必细说。包公就在西殿内安歇，连忙写了书信，密密封好，叫包兴乘马先行进京，路上务要小心。包兴去后，范宗华进来与包公叩头，并回明轿马齐备，县官沿途预备公馆等事。包公见他通身换了服色，真是人仗衣帽，却不似先前光景。包公便吩咐他："一路小心伺候。老太太自有丫鬟伏侍，你无事不准入内。"范宗华答应退出。他却很知规矩，以为破窑内的婆婆如今作了钦差的母亲，自然非前可比。他那里知道，那婆婆便是天下的国母呢。

至次日，将轿抬至云堂小院的门首，丫鬟伏侍娘娘上轿。包公手扶轿杆，一同出庙。只见外面预备停当，拨了四名差役跟随老太太，范宗华随在轿后，也有匹马。县官又派了官兵四名护送。包公步行有一箭多地，便说道："母亲先进公馆，孩儿随后即行。"娘娘说道："吾儿，在路行程不必多礼，你也坐轿走罢。"包公连连称是，方才退下。众人见包公走后，一个个方才乘马，也就起了身了。这样一宗大事，别人可瞒过，惟有公孙先生心下好生疑惑，却又猜不出是什么底细。况且大人与包兴机密至甚，先差包兴入京送信去了，想来此事重大，不可泄漏的。因此更不敢问，亦不向王、马、张、赵提起，惟有心中纳闷而已。

单说包兴揣了密书，连夜赶到开封。所有在府看守之人，俱各相见。众人跪了老爷的钧安，马夫将马牵去喂养刷遛，不必细表。包兴来到内衙，敲响云牌。里面妇女出来问明，见是包兴，连忙告诉丫鬟禀明李氏诰命。诰命正因前次接了报摺，知道老爷已将庞昱铡死，惟恐太师怀恨，欲生奸计，每日提心吊胆。今日忽见包兴独自回来，不胜惊骇，急忙传进见面。夫人先问了老爷安好，包兴急忙请安，答道："老爷甚是平安，先打发小人送来密书一封。"说罢双手一呈。丫鬟接过，呈与夫人。夫人接来，先看皮面上写着"平安"二字，即将外皮拆去，里面却是小小封套，正中签上写着"夫人密启"。夫人忙用金簪挑开封套，抽出书来一看，上言在陈州认了太后李娘娘，假作母子。即将佛堂东间打扫洁净，预备娘娘住宿；夫人以婆媳礼相见，遮掩众人耳目，千万不可走漏风声。后写着"看后付丙"。诰命看完，便问包兴："你还回去么？"包兴回道："老爷吩咐小人，面递了书信，仍然迎着回去。"夫人道："正当如此。你回去迎着老爷，就说我按着书信内所云，俱已备办了，请老爷放心，这也不便写回信。"叫丫鬟拿二十两银子赏他。包兴连忙谢赏道："夫人没有什么吩咐，小人喂喂牲口也就赶回去了。"说罢，又请了一个禀辞的安。夫人点头说："去罢，好好的伺候老爷，你不用我嘱咐。告诉李才，不准懒惰，眼看差竣就回来了。"包兴连连应"是"。方才退出，自有相好众人约他吃饭。包兴一壁道谢，一壁擦面，然后大家坐下吃饭。未免提了些官事，路上怎么防刺客，怎么铡庞昱。说至此，包兴便问："朝内老庞，没有什么动静吓？"伙伴答道："可不是，他原参奏来着。上谕甚怒，将他儿子招供摔下来了。他瞧见，没有什么说的了，倒请了一回罪。皇上算是恩宽，也没有降不是。大约咱们老爷这个毒儿种得不小，将来总要提防便了。"包兴听罢，点了点头儿，又将陈州认母一节，略说大概，以安众心。惟恐娘娘轿来，大家盘诘之时不便。说罢，急忙吃毕，马夫拉过马来，包兴上去，拱拱手儿，加上一鞭，他便迎下包公去了。

这里诰命照书信预备停当，每日至至诚诚敬候凤驾。一日，只见前拨差役来了二名，进内衙敲响云牌，回道："太夫人已然进城，离府不远了。"诰命忙换了吉服，带领仆妇丫鬟，在三堂后恭候。不多时，大轿抬至三堂落平，差役轿夫退出，掩了仪门，诰命方至轿前，早有丫鬟掀起轿帘。夫人亲手去下扶手，双膝跪倒，口称："不孝媳妇李氏接见娘亲，望婆婆恕罪。"太后伸手，李氏诰命忙将双手递过，彼此一拉。娘娘说道："媳妇吾儿起来。"诰命将娘娘轻轻扶出轿外，搀至佛堂净室，娘娘入座。诰命递茶，回头吩咐丫鬟等，将跟老太太的丫鬟让至别室歇息。诰命见屋内无人，复又跪下，方称："臣妾李氏，愿娘娘千岁，千千岁。"太后伸手相搀，说道："吾儿千万不可如此，以后总以婆媳相称就是了。惟恐拘了国体，倘有泄漏，反为不美，俟包卿回来再作道理。况且哀家姓李，媳妇你也姓李，咱娘儿就是母女，你不是我媳妇，是我女儿了。"诰命连忙谢恩。娘娘又将当初遇害情由，悄悄述说一番，不觉昏花二目又落下泪来，自言："二目皆是思君想子哭坏了，到如今诸物莫睹，只能略透三光，这可怎么好？"说罢又哭起来。诰命在旁流泪，猛然想起一物善能治目，"我何不虔诚祷告，倘能天露将娘娘凤目治好，一来是尽我一点忠心，二来也不辜负了此宝。"欲要奏明，惟恐无效，若是不奏，又恐娘娘临期不肯洗目。想了多时，只得勉强奏道："臣妾有一古今盆，上有阴阳二孔，取接天露，便能医目重明。待今晚臣妾叩求天露便了。"娘娘闻听，暗暗说道："好一个贤德的夫人，他见我痛伤于心，就如此的宽慰于我，莫要负他的好意。"便道："我儿，既如此，你就叩天求露。倘有至诚格天，二目复明，岂不大妙呢。"诰命领了懿旨，又叙了一回闲话，伺候晚膳已毕，诸事分派妥协，方才退出。

看看掌灯以后，诰命洗净了手，方将古今盆拿出。吩咐丫鬟秉烛来至园中，至诚焚香祷告天地，然后捧定金盆叩求天露。真是忠心感动天地，一来是诰命至诚，二来是该国母的难满。起初盆内潮润，继而攒聚露珠，犹如哈气一般。后来渐渐大了，只见滴溜溜满盆乱转，仿佛滚盘珠相似，左旋右转，皆流入阴阳孔内便不动了。诰命满心欢喜，手捧金盆，擎至净室，只累的两膀酸麻，汗下如雨。恰好娘娘尚未安寝，诰命捧上金盆，娘娘伸玉腕蘸露洗目，只觉冷泠泠通澈心腑，香馥馥透入泥丸，登时两额角微微出了点香汗，二目中稍觉转动。闭目息神，不多时，忽然心花开朗，胸膈畅然。眼乃心之苗，不由的将二目一睁，那知道云翳早退，瞳子重生，已然黑白分明，依旧的盈盈秋水了。娘娘这一欢喜，真是非常之乐。诰命更觉欢喜。娘娘把手一拉诰命，方才细细看了一番。只见两旁有多少丫鬟，只得说道："亏我儿至诚感格，将老身二目医好，都是出于媳妇孝心。"说着说着，不由的一阵伤惨。诰命一见，连忙劝慰道："母亲此病原因伤心过度，如今初愈，只有欢喜的，不要悲伤。"娘娘点头道："此言甚是。我如今俱各看见了，再也不伤心了。我的儿，你也歇息去罢，有话咱们母女明日再说罢。可是你说的，我二目甫愈，也该闭目息神。"夫人见如此说，方才退出，叫丫鬟携了金盆，并嘱咐众人好生伏侍，又派两个得用的丫鬟前来帮替。吩咐已毕，慢慢回转卧室去了。次日，忽见包兴前来禀道："老爷已然在大相国寺住了，明日面了圣方能回署。"夫人说："知道了。"包兴退出。

未知如何，且听下回分解。

第十七回　开封府总管参包相　南清宫太后认狄妃

且说李太后自凤目重明之后，多亏了李诰命每日百般劝慰，诸事遂心，以致饮食起居无不合意，把个老太后哄的心儿里喜欢，已觉玉容焕发，精神倍长，不是破窑的形景了。惟有这包兴回来说："老爷在大相国寺住宿，明日面圣。"诰命不由的有些悬心，惟恐见了圣上，提起庞昱之事，奏对抗直，致干圣怒，心内好生放心不下。谁知次日包公入朝见驾，奏明一切，天子甚夸办事正直，深为嘉赏。钦赐五爪蟒袍一袭，攒珠宝带一条，四喜白玉扳指一个，珊瑚豆大荷包一对。包公谢恩。早朝已毕，方回至开封府，所有差役人等叩安。老爷连忙退入内衙，照旧穿着朝服。诰命迎将出来，彼此见礼后，老爷对夫人说道："欲要参见太后，有劳夫人代为启奏。"夫人领命。知道老爷必要参见，早将仆妇丫鬟吩咐不准跟随，引至佛堂净室。

夫人在前，包公在后，来至明间，包公便止步。夫人掀帘入内，跪奏："启上太后，今有龙图阁大学士兼理开封府臣夫包拯，差竣回京，前来参叩凤驾。"太后闻听，便问道："吾儿那里？"夫人奏道："现在外间屋内。"太后吩咐："快宣来。"夫人掀帘，早见包公跪倒尘埃，口称："臣包拯参见娘娘，愿娘娘千岁，千千岁。臣荜室狭隘，有屈凤驾，伏乞赦宥。"说罢，匍匐在地。太后吩咐："吾儿抬起头来。"包公秉正跪起。娘娘先前不过闻声，如今方才见面。见包公方面大耳，阔口微须，黑漆漆满面生光，闪灼灼双睛暴露，生成福相，长就威颜，跪在地下还有人高。真乃是丹心耿耿冲霄汉，黑面沉沉镇鬼神。太后看罢，心中大喜，以为仁宗有福，方能得这样能臣。又转想自己受此沉冤，不觉的滴下泪来，哭道："哀家多亏你夫妇这一番的尽心。哀家之事，全仗包卿了。"包公叩头奏道："娘娘且免圣虑，微臣见机而作，务要秉正除奸，以匡国典。"娘娘一壁拭泪，一壁点头说道："卿家平身，歇息去罢。"包公谢恩，鞠躬退出。诰命仍将软帘放下，又劝娘娘一番。外面丫鬟见包公退出，方敢进来伺候。娘娘又对诰命说："媳妇吓，你家老爷刚然回来，你也去罢，不必在此伺候了。"这原是娘娘一片爱惜之心，谁知反把个诰命说得不好意思，满面通红起来，招的娘娘也笑了。丫鬟掀帘，夫人只得退出，回转卧室。只见外边搬进行李，仆妇丫鬟正在那里接收。

诰命来至屋内，只见包公在那里吃茶，放下茶杯，立起身来笑道："有劳夫人，传宣官差完了？"夫人也笑了，道了鞍马劳乏，彼此寒暄一番，方才坐下。夫人便问一路光景，"为庞昱一事，妾身好生耽心。"又悄悄问如何认了娘娘。包公略略述说一番，夫人也不敢细问，便传饭，夫妻共桌而食。食罢，吃茶闲谈几句，包公到书房料理公事。包兴回道："草州桥的衙役回去，请示老爷有什么分派？"包公便问在天齐庙所要衣服簪环开了多少银子，就叫他带回，叫公孙先生写一封回书道谢。皆因老爷今日才下马，所有事件暂且未回。老爷也有些劳乏，便回后歇息去了。一宿不提。

至次日，老爷正在卧室梳洗，忽听包兴在廊下轻轻嗽了一声。包公便问："什么事？"包兴隔窗禀道："南清宫宁总管特来给老爷请安，说有话要面见。"包公素来从不接交内官，今见宁总管忽然亲身来到，未免将眉头一皱，说道："他要见我作什么？你回复他，就说我办理公事，不能接见。如有要事，候明日朝房再见罢。"包兴刚要转身，只听夫人说："且慢。"包兴只得站住，却又听不见里面说些什么。迟了多时，只听包公道："夫人说的也是。"便叫包兴将他让在书房待茶，"说我梳洗毕即便出迎。"包兴转身出去了。你道夫人适才与包公悄悄相商说些什么？正是为娘娘之事，说："南清宫现有狄娘娘，知道宁总管前来为着何事呢？老爷何不见他，问问来历。倘有机缘，娘娘若能与狄后见面，那时便好商量了。"包公方肯应允，连忙梳洗冠带，前往书房而来。

单说包兴奉命来请宁总管说："我们老爷正在梳洗，略为少待便来相见，请太辅书房少坐。"老宁听见"相见"二字，乐了个眉开眼笑，道："有劳管家引路。我说咱家既来了，没有不赏脸的。素来的交情，焉有不赏见之理呢。"说着说着，来至书房。李才连忙赶出掀帘。宁总管进入书房，见所有陈设，毫无奢华俗态，点缀而已，不觉的啧啧称羡。包兴连忙点茶让座，且在下首相陪。宁总管知道是大人的亲信，而且朝中时常见面，亦不敢小看于他。正在攀谈之际，忽听外面老爷问道："请进来没有？"李才回道："已然请至。"包兴连忙迎出，已将帘子掀起。

包公进屋，只见宁总管早已站立相迎，道："咱家特来给大人请安。一路劳乏，辛苦辛苦。原要昨日就来，因大人乏乏的身子，不敢起动，故此今早前来，惟恐大人饭后有事。大人可歇过乏来了？"说罢到地一揖。包公连忙还礼，道："多承太辅惦念。未能奉拜，反先劳驾，心实不安。"说罢让座，从新点茶。包公便道："太辅降临，不知有何见教？望祈明示。"宁总管嘻嘻笑道："咱家此来不是什么官事。只因六合王爷深敬大人忠正贤能，时常在狄娘娘跟前提及，娘娘听了甚为欢喜。新近大人为庞昱一事，先斩后奏，更显得赤心为国，不畏权奸。我们王爷下朝就把此事奏明娘娘，把个娘娘乐得了不得，说这才是匡扶社稷治世的贤臣呢。却又教导了王爷一番，说我们王爷年轻，总要跟着大人学习，作一个清心正直的贤王，庶不负圣上洪恩。我们王爷也是羡慕大人的很呢，只是无故的又不能亲近。咱家一想：目下就是娘娘千秋华诞，大人何不备一份水礼前去庆寿，彼此亲近亲近，一来不辜负娘娘一番爱喜之心，二来我们王爷也可以由此跟着大人学习些见识，岂不是件极好的事呢？故此今日我来特送此信。”包公闻听，暗自沉吟道：“我本不接交朝内权贵，奈因目下有太后之事。当今就知狄后是生母，那里知道生母受如此之冤。莫如将计就计，如此如此，倘有机缘，到省了许多曲折。再者，六合王亦是贤王，就是接交他也不玷辱于我。”想罢，便问道：“但不知娘娘圣诞在于何时？”宁总管道：“就是明日寿诞，后日生辰。不然，我们怎么赶獐的似的呢？只因事在临迩，故此特来送信。”包公道：“多承太辅指教挂心，敢不从命。还有一事，我想娘娘圣诞，我们外官是不能面叩的。现在家慈在署，明日先送礼，后日正期，家慈欲亲身一往，岂不更亲近么？未知可否？”宁总管闻听：“啊呀，怎么老太太到了？如此更好。咱家回去，就在娘娘前奏明。”包公致谢道：“又要劳动太辅了。”老宁道：“好说，好说。既如此，咱家就回去了，先替我在老太太前请安罢。等后日，我在宫内再接待他老人家便了。”包公又托付了一回：“家慈到宫时，还望照拂。”宁总管笑道：“这还用着大人吩咐？老人家前当尽心的，咱们的交情要紧。不用送，请留步罢。”包公送至仪门，宁总管再三拦阻，方才作别而去。

包公进内，见了夫人细述一番，就叫夫人将才事暗暗奏明太后。夫人领命往静室去了。包公又来到书房，吩咐包兴备一份寿礼，明日送往南清宫去。又嘱他好好看待范宗华，事毕自有道理，千万不可泄漏底里与他。包兴也深知此事重大，漫说范宗华，就是公孙先生、王、马、张、赵诸人，也被他瞒个结实。真是有其主必有其奴，所谓强将手下无弱兵也。

至次日，包兴已办成寿礼八色，与包公过了目，也无非是酒、烛、桃、面等物，先叫差役挑往南清宫。自己随后乘马来至南清官横街，已见人佚轿马，送礼物的，抬的抬，扛的扛，人声嘈杂，拥挤不开，只得下马，吩咐人役，俟这些人略散散时，再将马溜至王府，自己步行至府门。只见五间宫门，两边大炕上坐着多少官员。又见各处送礼的，俱是手捧名帖，低言回话。那些王府官们，还带理不理的。包兴见此光景，只得走上台阶，来至一位王官的跟前，从怀中掏出帖来，说道：“有劳老爷们替我回禀一声……”才说至此，只见那人将眼一翻，说：“你是那的？”包兴道：“我乃开封府……”才说了三个字，忽见那人站起来说：“必是包大人送礼来的。”包兴道：“正是。”那人将包兴一拉，说：“好兄弟，辛苦辛苦。今早总管爷就传谕出来，说大人那里今日必送礼来。我这里正等候着呢。请罢，咱们里面坐着。”回头又吩咐本府差役：“开封府包大人的礼物在那里？你们倒是张罗张罗呀！”只听见有人早已问下去：“那是包大人礼物？挑往这里来。”此时，那王府官已将包兴引至书房，点茶陪坐，说道：“我们王爷今早就吩咐了，提到大人若送礼来，赶紧回禀。兄弟既来了，还是要见王爷，还是不见呢？”包兴答道：“既来了，敢则是见见好。只是又要劳动大老爷了。”那人闻听道：“好兄弟，以后把‘老爷’收了，咱们都是好兄弟。我姓王行三，我比兄弟痴长几岁，你就叫我三哥。兄弟再来时，你问秃王三爷就是我。皆因我卸顶太早，人人皆叫我王三秃子。我可不会唱打童。”说罢一笑。只见礼物挑进，王三爷俱瞧过了，拿上帖，辞了包兴，进内回话去了。

不多时，王三爷出来，对包兴道："王爷叫在殿上等着呢。"包兴连忙跟随王三来至大殿，步上玉阶，绕走丹墀，至殿门以外。但见高卷帘栊，正面一张太师椅上坐着一位束发金冠、蟒袍玉带的王爷，两边有多少内辅伺候。包兴连忙叩头。只听上面说道："你回去上复你家老爷，说我问好。如此费心多礼，我却领了，改日朝中面见了再谢。"又吩咐内辅："将原帖璧回，给他谢帖，赏他五十两银子。"内辅忙忙交与王三。王三在旁悄悄说："谢赏。"包兴叩头站起，仍随王三爷才下银安殿，只见那旁宁总管笑嘻嘻迎来说道："主管，你来了么！昨日叫你受乏。回去见了大人，就提我已在娘娘前奏明了，明日请老太太只管来。老娘娘说了，不在拜寿，为是说说话儿。"包兴答应。宁总管说："恕我不陪了。"包兴回说："太辅请治事罢。"方随着王三爷出来，仍要让至书房，包兴不肯。王三爷将帖子银两交与包兴，包兴道了乏，直至宫门，请王三爷留步。王三爷务必瞅着包兴上马。包兴无奈，道："恕罪。"下了台阶，马已拉过，包兴认镫上马，口道："磕头了，磕头了。"加鞭前行。心内思想："我们八色水礼，才花了二十两银子，王爷到赏了五十两。真是待下恩宽。"

不多时，来至开封府，见了包公，将话一一回禀。包公点头。来在后面，便问："夫人见了太后，启奏的如何？"夫人道："妾身已然回明。先前听了，为难说：'我去穿何服色，行何礼节？'妾身道：'娘娘暂屈凤体，穿一品服色。到了那里，大约狄娘娘断没有居然受礼之理。事到临期，见景生情就混过去了。倘有机缘，泄漏实情，明是庆寿，暗里却是进宫之机会。不知凤意如何？'娘娘想了一想方才说：'事到临头，也不得不如此了，只好明日前往南清宫便了。'"包公听见太后已经应允，不胜欢喜，便告诉夫人，派两个伶俐丫鬟跟去，外面再派人护送。

至次日，仍将轿子搭至三堂之上上轿。轿夫退出，掩了仪门。此时，诰命已然伺候娘娘梳洗已毕，及至换了服色之时，娘娘不觉泪下。诰命又劝慰几句，总以大义为要，方才换了。收拾已完，夫人吩咐丫鬟等"俱在三堂伺候去罢"。众人散出，诰命从新叩拜。此一拜不甚紧要，漫说娘娘，连诰命夫人也止不住扑簌簌泪流满面。娘娘用手相搀，哽噎的连话也说不出来。还是诰命强忍悲痛，切嘱道："娘娘此去，关乎国典礼法，千万见景生情透了真实，不可因小节误了大事。"娘娘点头含泪道："哀家二十载沉冤，多亏了你夫妇二人。此去若能重人宫闱，那时宣召我儿，再叙心曲便了。"夫人道："臣妾理应朝贺，敢不奉召。"说罢搀扶娘娘出了门，慢慢步至三堂之上。诰命伺候娘娘上轿坐稳，安好扶手，丫鬟放下轿帘。只听太后说："媳妇我儿，回去罢，不必送了。"诰命答应，退入屏后。外面轿夫进来，将轿抬起，慢慢的出了仪门。却见包公鞠躬伺候，上前手扶轿杆，跟随出了衙署。娘娘看得明白，吩咐："我儿回去罢，不必远送了。"包公答应"是"，止住了步。看轿子落了台阶，又见那壁厢范宗华远远对着轿子磕了一个头。包公暗暗点首，道："他不但有造化，并且有规矩，真乃福至心灵，不错的。"只见包兴打着顶马，后面拥护多人，围随着去了。

包公回身进内，来到后面，见夫人眼睛哭的红红儿的，知是方才与娘娘作别未免伤心，也不肯细问，不过悄悄的又议论一番：娘娘此去，不知见了狄后是何光景，且自静听消息便了。妄拟多时，又与诰命谈了些闲话。夫人又言道："娘娘慈善，待人厚道，当初如何受此大害？这也是前生造定。"包公点头叹息，仍来至书房，料理官事。

不知娘娘此去如何，且听下回分解。

第十八回　奏沉疴仁宗认国母　宣密诏良相审郭槐

且说包兴跟随太后，在前打着顶马来到南清宫。今日比昨日更不相同，多半尽是关防轿。所有嫔妃、贵妃、王妃以及大员的命妇，往来不绝。包兴却懂规矩，预先催马来至王府门下马，将马拴在桩上，步上宫门。恰见秃王三爷在那里，忙执手上前道："三老爷，我们老太太到了。"王三爷闻听，飞跑进内。不多时，只见里面出来了两个内辅，对着门上众人说道："回事的老爷们听着：娘娘传谕，所有来的关防俱各道乏，一概回避，单请开封府老太太会面。"众人连声答应。包兴闻听，即催本府的轿夫抬至宫门，自有这两个内辅引进去了。然后王三爷出来张罗包兴，让至书房吃茶。今日见了，比昨日更觉亲热。

单说娘娘大轿抬至二门，早见出来了四个太监，将轿夫换出，又抬至三门，过了仪门，方才落平。早有宁总管来至轿前，揭起帘子，口中说道："请太夫人安。"忙去了扶手，自有跟来的丫鬟搀扶下轿。娘娘也瞧了瞧宁总管，也回问了一声："公公好。"宁总管便在前引路，来至寝宫。只见狄娘娘已在门外接待，远远的见了太夫人，吃了一惊，不觉心里思想，觉得面善，熟识得很，只是一时想不起来。娘娘来至跟前，欲行参拜之礼。狄后连忙用手拦住，说："免礼。"娘娘也就不谦让了。彼此携手，一同入座。娘娘看狄后，比当时面目苍老了许多。狄后此时对面细看，忽然想起好像李妃，因已赐死，再也想不到却是当今国母，只是心里总觉不安。献茶已毕，叙起话来，问答如流，气度从容，真是大家风范，把个狄后乐了个了不得，甚是投缘，便留太夫人在宫住宿，多盘桓几天。此一留，正合娘娘之心，即便应允。遂叫内辅传出："所有轿马人等，不必等候了，娘娘留太夫人多住几日呢。跟役人等俱各照例赏赐。"早有值事的内辅，应声答应，传出去了。

这里传膳。狄后务要与太夫人并肩坐了，为的是接谈便宜。娘娘也不过让，更显得直爽大方，狄后尤其欢喜非常。饮酒间，狄后盛称包公忠正贤良，这皆是夫人教训之德。娘娘略略谦逊。狄后又问："太夫人年庚？"娘娘答言："四十二岁。"又问："令郎年岁几何？"一句话，把个娘娘问的闭口无言，登时急的满面通红，再也答对不来。狄后看此光景，不便追问，即以酒的冷暖遮饰过去。娘娘也不肯饮酒了，便传饭吃毕，散坐闲谈，又到各处瞻仰一番，皆是狄后相陪。越瞧越像去世的李后，心中好生的犯疑，暗暗想道："方才问他儿子的岁数，他如何答不上来，竟会急的满面通红？世间那有母亲不记得儿子岁数之理呢？其中实有可疑。难道他竟敢欺哄我不成？也罢，既已将他留下，晚间叫他与我同眠，明是与他亲热，暗里再细细盘诘他便了。”心中却是这等犯想，眼睛却不住的看，见娘娘举止动作，益发是李后无疑，心内更自委决不下了。

到了晚间，吃毕晚膳，仍是散坐闲话。狄后吩咐：“将静室打扫干净，并将枕衾亦铺设在净室之中，我还要与夫人谈心，以消永夜。”娘娘见此光景，正合心意。及至归寝之时，所有承御之人，连娘娘丫鬟自有安排，非呼唤不敢擅入。狄后因惦念着盘问为何不知儿子的岁数，便从此追问。即言：“夫人有意欺哄，是何道理？”语语究的甚是紧急。娘娘不觉失声答道：“皇姐，你难道不认得哀家了么？”虽然说出此语，已然悲不泄音。狄后闻听，不觉大惊道：“难道夫人是李后娘娘么？”娘娘泪流满面，那里还说的出话来。狄后着急，催促道：“此时房内无人，何不细细言来？”娘娘止住悲声，方将当初受害，怎么余忠替死，怎么送往陈州，怎么遇包公假认为母，怎么在开封府净室居住，多亏李氏诰命叩天求露，洗目重明，今日来给皇姐祝寿，为是吐露真情的话细细说了一遍，险些儿没有放声哭出来。狄后听了目瞪痴呆，不觉也落下泪来，半晌说道：“不知有何证据？”娘娘即将金丸取出递将过去。狄后接在手中，灯下验明，连忙战兢兢将金丸递过，便双膝跪倒，口中说道：“臣妃不知凤驾降临，实属多有冒犯，望乞太后娘娘赦宥！”李太后连忙还礼相搀，口称：“皇姐不要如此。如何能叫圣上知道方好。”狄后谢道：“娘娘放心，臣妃自有道理。”便将当日刘后与郭槐定计，用狸猫换出太子，多亏承御寇珠抱出太子，交付陈林用提盒送至南清宫抚养，后来刘后之子病夭，方将太后太子补了东宫之缺。因太子游宫，在寒宫见了娘娘，母子天性，面带泪痕，刘后生疑，拷问寇珠。寇珠怀忠，触阶而死。因此刘后在先皇前进了谗言，方将娘娘赐死情由也说了一遍。李太后如梦方醒，不由伤心。狄后再三劝慰，太后方才止泪，问道：“皇姐，如何叫皇儿知道，使我母子重逢呢？”狄后道：“待臣妃装起病来，遣宁总管奏知当今，圣上必然亲来。那时，臣妃吐露真情便了。”娘娘称善，一宿不提。到了次日清晨，便派宁总管上朝奏明圣上，说狄后娘娘夜间偶然得病，甚是沉重。宁总管不知底里，不敢不去。只得遵懿旨，上朝去了。狄后又将此事告知六合王。

谁知圣上夜间得一奇梦，见彩凤一只，翎毛不全，望圣上哀叫三声。仁宗从梦中惊醒，心里纳闷，不知是何缘故。及至五鼓，刚要临朝，只见仁寿宫总管前来启奏，说：“太后夜间得病，一夜无眠。”天子闻听，以为应了梦兆，即先至仁寿宫请安。便悄悄吩咐，不可声张，恐惊了太后。轻轻迈步，进了寝殿，已听见了有呻吟之声。忽听见太后说：“寇宫人，你竟敢如此无理！”又听“啊呀”一声。此时宫人已将绣帘揭起，天子侧身进内，来至御榻之前。刘后猛然惊醒，见天子在旁，便说：“有劳皇儿挂念。哀家不过偶受风寒，没有什么大病。且请放心。”天子问安已毕，立刻传御医调治。惟恐太后心内不耐烦，略略安慰几句，即便退出。

才离了仁寿宫，刚至分宫楼，只见南清宫总管跪倒奏道：“狄后娘娘夜间得病甚重，奴婢特来启奏。”仁宗闻听，这一惊非同小可，立刻吩咐，亲临南清宫。只见六合王迎接，圣上先问了狄后得病的光景，六合王含糊奏对："娘娘夜间得病，此时略觉好些。"圣上心内稍觉安慰，便吩咐随侍的俱各在外伺候，单带陈林跟随。

此旨一下，暗合六合王之心，侧身前引来至寝宫以内。但见静悄悄寂寞无声，连个承御丫鬟一个也无有。又见御榻之上，锦帐高悬，狄后面里而卧。仁宗连忙上前问安。狄后翻转身来，猛然间问道："陛下，天下至重至大者，以何为先？"天子答道："莫过于孝。"狄后叹了一口气道："既是孝字为先，有为人子不知其母存亡的么？又有人子为君，而不知其母在外飘零的么？"这两句话问的个天子茫然不懂，犹以为是狄后病中谵语。狄后又道："此事臣妃尽知底蕴，惟恐陛下不信。"仁宗听狄后自称臣妃，不觉大惊，道："皇娘何出此言，望乞明白垂训。"狄后转身，从帐内拉出一个黄匣来，便道："陛下可知此物的来由么？"仁宗接过，打开一看，见是一块玉玺，龙袱上面有先皇的亲笔御记："镇压天狗冲犯，故此用上宝印。"仁宗看罢，连忙站起。

谁知老伴伴陈林在旁睹物伤情，想起当年，早已泪流满面。天子猛回头，见陈林啼哭，更觉诧异，便追问此袱的来由。狄后方将郭槐与刘后图谋正宫，设计陷害李后。其中多亏了两个忠义之人：一个是金华宫承御寇珠，一个是陈林。寇珠奉刘后之命，将太子抱出宫来，那时就用此袱包裹，暗暗交付陈林。仁宗听至此，又瞅了陈林一眼，此时陈林已哭的泪人一般。狄后又道："多亏陈林经了多少颠险，方将太子抱出，入南清宫内，在此抚养六年。陛下七岁时承嗣，与先皇补了东宫之缺。千不合，万不合，陛下见了寒宫母亲落泪，才惹起刘后疑忌，生生把个寇珠处死，又要赐死母后。其中又多亏了两个忠臣：一个小太监余忠，情愿替太后殉难，秦凤方将母后换出，送往陈州。后来秦凤死了，家中无主，母后不能存留，只落得破窑乞食。幸喜包卿在陈州放粮，由草桥认了母后，假称母子以掩耳目。昨日与臣妃作寿，方能与国母见面。"仁宗听罢，不胜惊骇，泪如雨下，道："如此说来，朕的皇娘现在何处？"只听得罩壁后悲声切切，出来了一位一品服色的夫人。仁宗见了发怔。太后恐天子生疑，连忙将金丸取出，付与仁宗。

天子接来一看，正与刘后金丸一般，只是上面刻的是玉宸宫，下书娘娘名号。仁宗抢行几步，双膝跪倒，道："孩儿不孝，苦煞皇娘了！"说至此，不由放声大哭。母子抱头悲痛不已。只见狄妃已然下床来，跪倒尘埃，匍匐请罪。连六合王及陈林俱各跪倒在旁，哀哀相劝。母子伤感多时，天子又叩谢了狄妃，搀扶起来。复又拉住陈林的手，哭道："若不亏你忠心为国，焉有朕躬！"陈林已然说不出话来，惟有流泪谢恩而已。大家平身。仁宗又向太后说道："皇娘如此受苦，孩儿枉为天子，何以对满朝文武，岂不得罪于天下乎？"说至此，又怨又愤。狄后在旁劝道："圣上还朝降旨，即着郭槐、陈林一同前往开封府宣读，包学士自有办法。"这却是包公之计，命李诰命奏明李太后的；太后告诉狄后，狄后才奏的。当下仁宗准奏，又安慰了太后许多言语，然后驾转回宫，立刻御笔草诏，密密封好，钦派郭槐、陈林往开封府宣读。郭槐以为必是加封包公，欣然同定陈林竟奔开封府而来。

且说包公自昨日伺候娘娘去后，迟不多时，包兴便押空轿回来说："狄后将太夫人留下，要多住几日，小人押空轿回来。那里赏了跟役人等二十两银子，赏了轿上二十吊钱。”包公点头吩咐道：“明日五鼓，你到朝房打听，要悄悄的。如有什么事，急忙回来禀我知道。”包兴领命。至次日黎明时便回来了，知道包公尚在卧室，连忙进内，在廊下轻轻咳嗽。包公便问：“你回来了，打听有什么事没有？”包兴禀道：“打听得刘后夜间欠安，圣上立刻驾至仁寿宫请安。后来又传旨，立刻亲临南清宫，说狄后娘娘也病了。大约此时圣驾还未还宫呢。”包公听毕，说：“知道了。”包兴退出。包公与夫人计议道：“这必是太后吐露真情，狄后设的机谋。”夫妻二人，暗暗欢喜。

才用完早饭，忽报圣旨到了。包公忙换朝服，接入公堂之上。只见郭槐在前，陈林在后，手捧圣旨。郭槐自以为是都堂，应宣读圣旨。展开御封，包公山呼已毕，郭槐便念道：“奉天承运皇帝诏曰：‘今有太监郭……’”刚念至此，他看见自己的名字，便不能向下念了。旁边陈林接过来，宣读道：“‘今有太监郭槐，谋逆不端，奸心叵测。先皇乏嗣，不思永祚之忠诚；太后怀胎，遽遭兴妖之暗算。怀抱龙袱，不遵凤诏，寇宫人之志可达天；离却北阙，竟赴南清，陈总管之忠堪贯日。因泪痕，生疑忌，将明朗朗初吐宝珠立毙杖下；假诅咒，进谗言，把气昂昂一点余忠替死梁间。致令堂堂国母，廿载沉冤，受尽了背井离乡之苦。若非耿耿包卿一腔忠赤，焉得有还珠返璧之期。似此灭伦悖理，宜当严审细推。按诏究出口供，依法剖其心腹。事关国典，理重君亲。钦交开封府严加审讯。上命钦哉！’望诏谢恩。”包公口呼万岁，立起身来接圣旨，吩咐一声：“拿下！”只见愣爷赵虎竟奔了贤伴伴陈林，伸手就要去拿。包公连忙喝住：“大胆，还不退下！”赵爷发怔。还是王朝、马汉将郭槐衣服冠履打去，提到当堂，向上跪倒。上面供奉圣旨，包公向左设了公座，旁边设一侧座，叫陈林坐了。当日，包公入了公位，向郭槐说道：“你快将已往之事从实招来。”

未识郭槐招与不招，且听下回分解。

第十九回　巧取供单郭槐受戮　明颁诏旨李后还宫

且说包公将郭槐拿下，喊了堂威，入了公座，旁边又设了个侧座，叫陈林坐了。包公便叫道：“郭槐，将当初陷害李后，怎生抵换太子，从实招来。”郭槐说：“大人何出此言？当初系李妃产生妖孽，先皇震怒，才贬冷宫。焉有抵换之理呢？”陈林接着说道：“既无有抵换，为何叫寇承御抱出太子，用裙绦勒死丢在金水桥下呢？”郭槐闻听道：“陈总管，你为何质证起咱家来？你我皆是进御之人，难道太后娘娘的性格，你是不知道的么？倘然回来太后懿旨到来，只怕你也吃罪不起。”包公闻听，微微冷笑道：“郭槐，你敢以刘后欺压本阁么？你不提刘后便罢，既已提出，说不得可要得罪了。”吩咐拉下去，重责二十板。左右答应，一声呐喊，将他翻倒在地，打了二

十。只打得皮开肉绽，呲牙咧嘴，哀声不绝。包公问道："郭槐，你还不招认么?"郭槐到了此时，岂不知事关重大，横了心，再也不招，说道："当日原是李妃产生妖孽，自招愆尤，与我郭槐什么相干。"包公道："既无抵换之事，为何又将寇承御处死?"郭槐道："那是因寇珠顶撞了太后，太后方才施刑。"陈林在旁又说道："此话你又说差了。当初拷问寇承御，还是我掌刑杖。刘后紧紧追问着他将太子抱出置于何地，你如何说是顶撞呢?"郭槐闻听，将双眼一瞪，道："既是你掌刑，生生是你下了毒手，将寇承御打的受刑不过，他才触阶而死。为何反来问我呢?"包公闻听道："好恶贼，竟敢如此的狡展。"吩咐左右，"与我拶起来。"左右又一声喊，将郭槐双手并齐，套上拶子，把绳往左右一分，只闻郭槐杀猪也似的喊起来。包公问道："郭槐，你还不招认么?"郭槐咬定牙根道："没有什么招的呀!"见他汗似蒸笼，面目更色。包公吩咐卸刑。松放拶子时，郭槐又是哀声不绝，神魂不定。只得暂且收监，明日再问。先叫陈林将今日审问的情由，暂且复旨。

包公退堂来至书室，便叫包兴请公孙先生。不多时，公孙策来到，已知此事的底里，参见包公已毕，在侧坐了。包公道："今日圣旨到来，宣读之时，先生想来已明白此事了，我也不用述说了。只是郭槐再不招认，我见拶他之时，头上出汗，面目更改，恐有他变。此乃奉旨的钦犯，他又搁不住大刑，这便如何是好?故此，请了先生来，设想一个法子，只伤皮肉，不动筋骨，要叫他招承方好。"公孙策道："待晚生思索了，画成式样，再为呈阅。"说罢退出。来到自己房内，筹思多时。偶然想起，急忙提笔画出,又拟了名儿,来到书房,回禀包公。包公接来一看,上面注明尺寸,仿佛大熨斗相似,却不是平面。上面皆是垂珠圆头钉儿,用铁打就。临用时,将炭烧红,把犯人肉厚处烫炙,再也不能损伤筋骨,止于皮肉受伤而已。包公看了问道:“此刑可有名号?”公孙策道:“名曰‘杏花雨’,取其落红点点之意。”包公笑道:“这样恶刑,却有这等雅名,先生真才人也。”即着公孙策立刻传铁匠打造。次日隔了一天,此刑业已打就。到了第三日,包公便升堂,提审郭槐。

且说郭槐在监牢之中,又是手疼,又是板疮,呻吟不绝,饮食懒进。两日光景,便觉形容憔悴。他心中却暗自思道:“我如今在此三日,为何太后懿旨还不见到来呢?”猛然又想起太后欠安,“想来此事尚未得知。我是咬定牙根,横了心,再不招承。既无口供,包黑他也难以定案。只是圣上忽然间为何想起此事来呢?真真令人不解。”正在犯想之际,忽然一提牢前来说道:“老爷升堂,请郭总管呢。”郭槐就知又要审讯了,不觉的心内突突的乱跳,随着差役上了公堂。只见红焰焰的一盆炭火,内里烧着一物,却不知是何作用,只得朝上跪倒。只听包公问道:“郭槐,当初因何定计害了李后,用物抵换太子,从实招来,免得皮肉受苦。”郭槐道:“实无此事,叫咱家从何招起?若果有此事,漫说迟滞这些年,管保早已败露了。望祈大人详察。”包公闻听,不由怒发冲冠,将惊堂木一拍,道:“恶贼,你的奸谋业已败露,连圣上皆知,尚敢推诿,其实可恶!”吩咐左右,“将他剥去衣服。”上来了四个差役,剥去衣服,露出脊背。左右二人把住,只见一人用个布帕连发将头按下去。那边一人从火盆内攥起木把,拿起“杏花雨”,站在恶贼背后。只听包公问道:“郭槐,你还不招么?”郭槐横了心,并不言语。包公吩咐:“用刑。”只见“杏花雨”往下一落,登时皮肤皆焦,臭味难闻。只疼得恶贼浑身乱抖,先前还有哀叫之声,后来只剩得发喘了。包公见此光景,只得吩咐住刑,容他喘息再问。左右将他扶住,郭槐那里还挣扎得来呢,早已瘫在地下。包公便叫搭下去。公孙策早已暗暗吩咐差役,叫搭在狱神庙内。

郭槐到了狱神庙,只见提牢手捧盖碗,笑容满面,到跟前悄悄的说道:“太辅老爷,多有受惊了。小人无物可敬,觅得定痛丸药一服,特备黄酒一杯,请太辅老爷用了,管保益气安神。”郭槐见他劝慰殷勤,话言温和,不由的接过来道:“生受你了。咱家倘有出头之日,再不忘你便了。”提牢道:“老爷何出此言?如若离了开封,那时求太辅老爷略一伸手,小人便受赐多多矣。”一句话,奉承的恶贼满心欢喜,将药并酒服下,立时觉得心神俱安,便问道:“此酒尚有否?”提牢道:“有,有,多着呢。”便叫人急速送酒来。自己接过,仍叫那人退了,又恭恭敬敬的给恶贼斟上。郭槐见他如此光景,又精细,又周到,不胜欢喜。一壁饮酒,一壁问道:“你这几日,可曾听见朝中有什么事情没有呢?”提牢道:“没有听见什么咧,听见说太后欠安,因寇宫人作祟,如今全愈了,圣上天天在仁寿宫请安。大约不过迟一二日,太后必然懿旨到来,那时太辅老爷必然无事,就是我们大人也不敢违背懿旨。”郭槐听至此,心内畅然,连吃了几杯。谁知前两日肚内未曾吃饭,今日一连喝了几碗空心酒,不觉的面赤心跳,二目朦胧,登时醉醺醺起来,有些前仰后合。

提牢见此光景，便将酒撤去，自己也就回避了。只落得恶贼一人，踽踽凉凉，虽然多饮，心内却牵挂此事，不能去怀，暗暗踌躇道："方才听提牢说太后欠安，却因寇宫人作祟，幸喜如今全愈了，太后懿旨不一日也就下来了。"又想："寇宫人死的本来冤枉，难怪他作祟。"正在胡思乱想，觉得一阵阵凉风习习，尘沙簌簌，落在窗棂之上，而且又在春暮之时，对此凄凄惨惨的光景。猛见前面似有人形，若近若远，咿咿唔唔声音。郭槐一见，不由的心中胆怯起来。才要唤人，只见那人影儿来至面前说道："郭槐，你不要害怕。奴非别人，乃寇承御，特来求太辅质对一言。昨日与太后已在森罗殿证明，太后说此事皆是太辅主裁，故此放太后回宫。并且查得太后与太辅尚有阳寿一纪，奴家不能久在幽冥，今日特来与太辅辨明当初之事，奴便超生去也。"郭槐闻听，毛骨悚然。又见面前之人，披发，满面血痕，惟闻得嗓声细气，已知是寇宫人显魂，正对了方才提牢之话。不由的答道："寇宫人，真正委屈死你了。当初原是我与尤婆定计，用剥皮狸猫换出太子，陷害李后。你彼时并不知情，竟自含冤而死。如今我既有阳寿一纪，倘能出狱，我请高僧高道超度你便了。"又听女鬼哭道："郭太辅，你既有此好心，奴家感谢不尽。少时到了森罗殿，只要太辅将当初之事说明，奴家便得超生，何用僧道超度？若忏悔不至诚，反生罪孽。"

刚言至此，忽听鬼语啾啾，出来了两个小鬼，手执追命索牌，说："阎罗天子升殿，立召郭槐的生魂随屈死的怨鬼前往质对。"说罢，拉了郭槐就走。恶贼到了此时，恍恍惚惚，不因不由跟着，弯弯曲曲来到一座殿上。只见黑凄凄，阴惨惨，也辨不出东南西北。忽听小鬼说道："跪下。"恶贼连忙跪倒。便听叫道："郭槐，你与刘后所作之事，册籍业已注明，理应堕入轮回。奈你阳寿未终，必当回生阳世。惟有寇珠冤魂，地府不便收此游荡女鬼，你须将当初之事诉说明白，他便从此超生。事已如此，不可隐瞒了。"郭槐闻听，连忙朝上叩头。便将当初刘后图谋正宫，用剥皮狸猫抵换太子，陷害了李妃的情由述说一遍。忽见灯光明亮，上面坐着的正是包公。两旁衙役罗列，真不亚如森罗殿一般。早有书吏将口供呈上，又有狱神庙内书吏一名，亦将郭槐与女鬼说的言语一并呈上。包公一同看了，吩咐拿下去，叫他画供。恶贼到了此时，无奈已落在圈套，只得把招画了。你道女鬼是谁？乃是公孙策暗差耿春、郑平，到勾栏院将妓女王三巧唤来。多亏公孙策谆谆教演，便假扮女鬼，套出真情。赏了他五十两银子，打发他回去了。

此时，包公仍将郭槐寄监，派人好生看守，等次日五鼓上朝，奏明仁宗，将供招谨呈御览。仁宗袖了供招，朝散回宫，便往仁寿宫而来。见刘后昏沉之间，手舞足蹈，似有招架之态。猛然醒来，见天子立在面前，便道："郭槐系先皇老臣，望皇儿格外赦宥。"仁宗闻听，也不答言，从袖中将郭槐的供招向刘后前一掷。刘后见此光景，拿起一看，登时胆裂魂飞，气堵咽喉。久病之人，如何禁得住罪犯天条。一吓，竟自呜呼哀哉了。仁宗吩咐，将刘后抬入偏殿，按妃礼殡殓了，草草奉移而已。传旨即刻打扫宫院。

次日升殿，群臣山呼已毕，圣上宣召包公，说道："刘后已惊惧而亡，就着包卿代朕草诏，颁行天下，匡正国典。"从此黎民、内外臣宰方知国母太后姓李，却不姓刘。

当时圣上着钦天监拣了吉日，斋戒沐浴，告祭各庙，然后排了銮舆，带领合朝文武，亲至南清宫迎请太后还宫。所有奉迎礼节仪注，不必细表。太后娘娘乘了御辇，狄后贤妃也乘了宝舆跟随入宫。仁宗天子请了太后之后，先行回銮，在宫内伺候。此时王妃命妇俱各入朝，排班迎接凤驾。太后入宫，升座受贺已毕，起身更衣。传旨宣召龙图阁大学士包拯之妻李氏夫人进宫。太后与狄后仍以姐妹之礼相见，重加赏赐。仁宗亦有酬报，不必细表。外面众臣朝贺已毕，天子传旨将郭槐立剐。此时尤婆已死，照例戮尸。又传旨在仁寿宫寿山福海地面，丈量妥协，左边敕建寇宫人祠堂，名曰忠烈祠。右边敕建秦凤、余忠祠堂，名曰双义祠。工竣，亲诣拈香。

一日，老丞相王芑递了一本，因年老力衰，情愿告老休致。圣上怜念元老，仍赏食全俸，准其养老。即将包公加封为首相。包公又奏明公孙策与四勇士累有参赞功绩，仁宗于是封公孙策为主簿，四勇士俱赏六品校尉，仍在开封府供职。又奉太后懿旨，封陈林为都堂，范宗华为承信郎，将破窑改为庙宇，钦赐白银千两，香火地十顷，就叫范宗华为庙官，春秋两祭，永垂不朽。

未知后事如何，且听下回分解。

第二十回　受魇魔忠良遭大难　杀妖道豪杰立奇功

且说包公自升为首相，每日勤劳王事，不畏权奸，秉正条陈，圣上无有不允。就是满朝文武，谁不钦仰。纵然素有仇隙之人，到了此时，也奈何他不得。一日，包公朝罢，来到开封，进了书房，亲自写了一封书信，叫包兴备厚礼一份，外带银三百两，选了个能干差役，前往常州府武进县遇杰村聘请南侠展熊飞；又写了家信，一并前去。

刚然去后，只见值班头目向上跪倒："启上相爷，外面有男女二人，口称冤枉，前来伸诉。"包公吩咐："点鼓升堂。"立刻带至堂上。包公见男女二人皆有五旬年纪，先叫将婆子带上来。婆子上前跪倒，诉说道："婆子杨氏，丈夫姓黄，久已去世。有两个女儿，长名金香，次名玉香。我这小女儿，原许与赵国盛之子为妻，昨日他家娶去。婆子因女儿出嫁，未免伤心。及至去了之后，谁知我的大女儿却不见了。婆子又忙到各处寻找，再也没有，急的婆子要死。老爷想，婆子一生就仗着女儿。我寡妇失业的，原打算将来两个女婿有半子之分，可以照看寡妇。如今把个大女儿丢了，竟自不知去向。婆子又是急，又是伤心。正在啼哭之时，不想我们亲家赵国盛找了我来，合我不依，说我把女儿抵换了。彼此分争不清，故此前来求老爷替我们判断判断，找找我的女儿才好。"包公听罢，问道："你家可有常来往的亲眷没有？"杨氏道："漫说亲眷，就是街坊邻舍，无事也是不常往来的，婆子孤苦的很呢。"说至此就哭起来了。包公吩咐把婆子带下去，将赵国盛带上来。赵国盛上前跪倒，诉道:“小人赵国盛,原与杨氏是亲家。他有两个女儿,大的丑陋,小的俊俏。小人与儿子定的是他小女儿,娶来一看,却是他大女儿。因此急急赶到他家与他分争为何抵换。不料杨氏他倒不依,说小人把他两个女儿都娶去了,欺侮他孀居寡妇了。因此到老爷台前,求老爷剖断剖断。”包公问道:“赵国盛,你可认明是他大女儿么?”赵国盛道:“怎么认得不明呢?当初有我们亲家在日,未作亲时,他两个女儿小人俱是见过的。大的极丑,小的甚俊。因小人爱他小女,才与小人儿子定了亲事。那个丑的,小人断不要的。”包公听罢,点了点头。便叫:“你二人且自回去听候传讯。”

老爷退堂,来至书房,将此事揣度。包兴倒过茶来,恭恭敬敬送至包公面前。只见包公坐在椅上,身体乱晃,两眼发直,也不言语,也不接茶。包兴见此光景,连忙放下茶杯,悄悄问道:“老爷怎么了?”包公忽然将身子一挺,说道:“好血腥气吓!”往后便倒,昏迷不醒。包兴急急扶着,口中乱叫:“老爷,老爷!”外面李才等一齐进来,彼此搀扶,抬至床榻之上。一时传到里面,李氏诰命闻听,唬得惊疑不止,连忙赶至书房看视,李才等急回避。只见包公躺在床上,双眉紧皱,二目难睁,四肢全然不动,一语也不发。夫人看毕,不知是何缘故。正在纳闷,包兴在窗外道:“启上夫人,公孙主簿前来与老爷诊脉。”夫人闻听,只得带领丫鬟回避。包兴同着公孙先生来至书房榻前,公孙策细细搜求病源。诊了左脉,连说“无妨”;又诊右脉,便道“怪事”。包兴在旁问道:“先生看相爷是何病症?”公孙策道:“据我看来,相爷六脉平和,并无病症。”又摸了摸头上并心上,再听气息亦顺,仿佛睡着的一般。包兴将方才的形景述说一遍,公孙策闻听便觉纳闷,并断不出病从何处起的。只得先叫包兴进内安慰夫人一番,并禀明须要启奏。自己便写了告病折子,来日五鼓上朝呈递。

天子闻奏,钦派御医到开封府诊脉,也断不出是何病症。一时,太后也知道了,又派老伴伴陈林前来看视。此时开封府内外上下人等,也有求神问卜的,也有说偏方的。无奈包公昏迷不省,人事不知,饮食不进,止于酣睡而已。幸亏公孙先生颇晓医理,不时在书房诊脉照料。至于包兴、李才,更不消说了,昼夜环绕,不离左右。就是李氏诰命,一日也是要到书房几次。惟有外面公孙策与四勇士,个个急的擦拳摩掌,短叹长吁,竟自无法可施。谁知一连就是五天,公孙策看包公脉息渐渐的微弱起来,大家不由的着急。独包兴与别人不同,他见老爷这般光景,因想当初罢职之时,曾在大相国寺得病,与此次相同,那时多亏了然和尚医治,偏偏他又云游去了。由此便想起当初经了多少颠险,受了多少奔波,好容易熬到如此地步,不想旧病复发,竟自不能医治。越想越愁,不由的泪流满面。正在哭泣之际,只见前次派去常州的差役回来,言:“展熊飞并未在家。老仆说:‘我家官人若能早晚回来,必然急急的赶赴开封,决不负相爷大恩。’”又说:“家信也送到了,现有带来的回信,老爷府上俱各平安。”差人说了许多的话,包兴也止于出神点头而已,把家信接过送进去了。信内无非是“平安”二字。

你道南侠那里去了?他乃行义之人,浪迹萍踪,原无定向。自截了驼轿,将金玉仙送至观音庵,与马汉分别之后,他便朝游名山,暮宿古庙。凡有不平之事,他不知又作了多少。每日闲游,偶闻得人人传说,处处讲论,说当今国母原来姓李,却不姓刘,多亏了包公访查出来。现今包公入阁,拜了首相。当作一件新闻处处传闻。南侠听在耳内,心中暗暗欢喜道:“我何不前往开封探望一番呢?”一日午间,来至榆林镇,上酒楼独坐饮酒。正在举杯要饮,忽见面前走过一个妇人来,年纪约有三旬上下,面黄肌瘦,憔悴形容,却有几分姿色。及至看他身上穿着,虽是粗布衣服,却又极其干净。见他欲言不言,迟疑半晌,羞的面红过耳,方才说道:“奴家王氏,丈夫名叫胡成,现在三宝村居住。因年荒岁旱,家无生理,不想婆婆与丈夫俱各病倒,万分出于无奈,故此小妇人出来抛头露面,沿街乞化,望乞贵君子周济一二。”说罢,深深万福,不觉落下泪来。展爷见他说的可怜,一回手在兜肚中摸出半锭银子,放在桌上道:“既是如此,将此银拿去,急急回家,赎帖药饵。馀者作为养病之资,不要沿街乞化了。”妇人见是一大半锭银子,约有三两多,却不敢受,便道:“贵客方便,赐我几文钱足矣。如此厚赐,小妇人实不敢领的。”展爷道:“岂有此理!我施舍于你,你为何拒而不纳呢?这却令人不解。”妇人道:“贵客有所不知,小妇人求乞,全是出于无奈。今一旦将此银拿回家去,惟恐婆婆丈夫反生疑忌,那时恐负贵客一番美意。”展爷听罢,甚为有理。谁知堂官在旁插言道:“你只管放心,这位既然施舍,你便拿回,若你婆婆丈夫嗔怪时,只管叫你丈夫前来见我,我便是个证见,难道你还不放心么?”展爷连忙称是,道:“你只管拿去罢,不必疑惑了。”妇人又向展爷深深万福,拿起银子下楼去了。跑堂又向展爷添酒要菜,也下楼去了。

不料那边有一人,他见展爷给了那妇人半锭银子,便微微的一笑。此人名唤季娄儿,为人谲诈多端,极是个不良之辈。他向展爷说道:“客官不当给这妇人许多银子。他乃故意作生理的。前次有个人赠银与他,后来被他丈夫讹诈,说调戏他女人了,逼索遮羞银一百两,方才完事。如今客官给他银两,惟恐少时他丈夫又来要讹诈呢。”展爷闻听,虽不介意,不由的心中辗转道:“若依此人所说,天下人还敢有行善的么?他要果真讹诈,我却不怕他,惟恐别人就要入了他的局骗了。细细想来,似这样人,也就好生可恶呢。也罢,我原是无事,何不到三宝村走走。若果有此事,将他处治一番,以戒下次。”想罢,吃了酒饭,会钱下楼,出门向人问明三宝村而来。相离不远,见天色甚早,路旁有一道士庙叫作通真观,展爷便在此庙作了下处。因老道邢吉有事拜坛去,观内只有两个小道士,名唤谈明、谈月。就在庙二门外西殿内住下。

天交初鼓,展爷换了夜行衣服,离了通真观,来到三宝村胡成家内。早已听见婆子唁声,男子恨怨,妇人啼哭,嘈嘈不休。忽听婆子道:“若非有外心,何以有许多银子呢?”男子接着说道:“母亲不必说了,明日叫他娘家领回就是了。”并听不见妇人折辩,惟有呜呜的哭泣而已。南侠听至此,想起白日妇人在酒楼之言,却有先见之明,叹息不止。猛抬头,忽见门外有一人影,又听得高声说道:“既拿我的银子,应了我的事,就该早些出来。如今既不出来,必须将银子早早还我。”南侠闻听,气冲斗牛。赶出篱门,一伸手把那人揪住。仔细看时,却是季娄儿。季娄儿害怕,哀告道:“大王爷饶命!”南侠也不答言,将他轻轻一提,扭至院内,也就高声说道:“吾乃夜游神是也。适遇日游神，曾言午间有贤孝节妇，因婆婆丈夫染病，含羞乞化，在酒楼上遇正直君子，怜念孝妇，赠银半锭。谁知被奸人看见，顿起不良之心，夜间前来讹诈。吾神在此，岂容奸人陷害。且随吾神到荒郊之外，免得连累良善之家。”说罢，提了季娄儿出篱门去了。胡家母子听了，方知媳妇得银之故，连忙安慰王氏一番，深感贤妇不题。

且说南侠将季娄儿提至旷野，拔剑斩讫。见斜刺里有一蚰蜒小路，以为从此可以奔至大路。信步行去，见面前一段高墙，细细看来，原来是通真观的后阁，不由的满心欢喜。自己暗暗道：“不想倒走近便了，我何不从后面而人，岂不省事？”将身子一纵，上了墙头，翻身躯轻轻落在里面。蹑步悄足行来，偶见跨所内灯光闪灼，心中想道：“此时已交三鼓之半，为何尚有灯光？我何不看看呢？”用手推门，却是关闭，只得飞身上了墙头。见人影照在窗上，仿佛小道士谈月光景。忽又听见妇人说道：“你我虽然定下此计，但不知我姐姐顶替去了，人家依与不依。”又听得小道士说：“他纵然不依，自有我那岳母答复他，怕他怎的？你休要多虑，趁此美景良宵，且自同赴阳台要紧。”说着，便立起身来。展爷听到此处，心中暗道：“原来小道士作此暗昧之事，也就不是出家的道理了。且待明日再作道理。”大凡夜行人，最忌的是采花，又忌的是听淫声。展爷刚转身，忽又听见妇人说道：“我问问你，你说庞太师暗害包公，此事到底是怎么样了？”展爷听了此句，连忙缩脚侧听。只听谈月道：“你不知道，我师父此法百发百中。现今在庞太师花园设坛，于今业已五日了，赶到七日，必然成功。那时得谢银一千两。我将此银偷出，咱们远走高飞，岂不是长久夫妻么。”

展爷听了，登时惊疑不止。连忙落下墙来，赶到前面殿内，束束包裹，并不换衣，也不告辞，竟奔汴梁城内而来。不过片时工夫，已至城下。见满天星斗，听了听，正打四更。展爷无奈何，绕过护城河，来至城下，将包袱打开，把爬城索取出，依法安好，一步一步上得城来；将爬城索取下，上面安好，缒城而下。脚落实地，将索抖下，收入包袱内，背在肩上，直奔庞太师府而来。来至花园墙外，找了棵小树，将包袱挂上，这才跳进花园。只见高结法台，点烛焚香，有一老道披着发在上面作法。展爷暗暗步上高台，在老道身后悄悄的抽出剑来。

不知老道性命如何，且听下回分解。

第二十一回　掷人头南侠惊佞党　除邪祟学士审虔婆

且说邢吉正在作法，忽觉得脑后寒光一缕，急将身体一闪，已然看见展爷目光炯炯，煞气腾腾，一道阳光直奔瓶上。所谓邪不侵正，只听得啪的一声响亮，将个瓶子炸为两半。老道见他法术已破，不觉“啊呀”了一声，栽下法台。展爷恐他逃走，翻身赶下台来。老道刚然爬起要跑，展爷抽后就是一脚。老道往前一扑，趴在地下。展爷即上前，从脑后手起剑落，已然身首异处。展爷斩了老道，从新上台来细看，见桌上污血狼籍，当中有一个木头人儿，连忙轻轻提出。低头一看，见有围桌，便扯了一块将木头人儿包裹好了，揣在怀内。下得台来，提了人头，竟奔书房而来，此时已有五鼓之半。

且说庞吉正与庞福在书房说道："今日天明已是六日，明日便可成功。虽然报了杀子之仇，只是便宜他全尸而死。"刚说至此，只听得哓嚓的一声，把窗户上大玻璃打破，掷进一个毛茸茸血淋淋的人头来。庞吉猛然吃这一吓，几乎在椅子上栽倒，旁边庞福吓得缩作一团。迟了半晌，并无动静，庞贼主仆方才仗着胆子，掌灯看时，却是老道邢吉的首级。庞吉忽然省悟：这必是开封府暗遣能人前来破了法术，杀了老道。即叫庞福传唤家人，四下里搜寻，那里有个人影。只得叫人打扫了花园，埋了老道尸首，撤去法台，忿忿悔恨而已。

且说南侠离了花园，来至墙外，树上将包裹取下，拿了大衫披在身上，直奔开封。只见内外灯烛辉煌，俱是守护相爷。连忙叫人通报。公孙先生闻声展爷到来，不胜欢喜，便同四勇士一并迎将出来。刚然见面，不及叙寒温，展爷便道："相爷身体欠安么?"公孙先生诧异道："吾兄何以知之?"展爷道："且到里面，再为细讲。"大家拱手来至公所，将包裹放下，彼此逊坐。献茶已毕，公孙策便问展爷："何以知道相爷染病？请道其详。"南侠道："说起来话长，众位贤弟且看此物便知分晓。"说罢，怀中掏出一物，连忙打开，却是一块围桌片儿，里面裹定一个木头人儿。公孙策接来，与众人在灯下仔细端详，不解其故。公孙策又细细看出上面有字，仿佛是包公的名字与年庚，不觉失声道："啊呀，这是使的魇魔法儿罢！"展爷道："还是老先生大才，猜的不错。"众人便问展爷此物从何处得来，展爷才待要说，只见包兴从里跑出来道："相爷已然醒来，今已坐起，现在书房喝粥呢！派我出来，说与展义士一同来的，叫我来请进书房一看。不知展爷来也不曾?"大家听了各各欢喜。原是灯下围绕着看木头人儿，包兴未看见展爷，到是展爷连忙站起，过来见了包兴。包兴只乐得心花开放，便道："果然展爷来了。请罢，我们相爷在书房恭候呢。"

此时公孙先生同定展爷，立刻来至书房，参见包公。包公连忙让座，展爷告坐，在对面椅子上坐下。公孙主簿在侧首下位相陪。只听包公道："本阁屡叨义士救护，何以酬报！即如今若非义士，我包某几乎一命休矣。从今后，务望义士常在开封，扶助一二，庶不负渴想之诚。"展爷连说："不敢，不敢。"公孙策在旁答道："前次相爷曾差人到尊府去聘请，吾兄恰值公出未回，不料吾兄今日才到。"展爷道："小弟萍踪无定，因闻得老爷拜了相，特来参贺。不想在通真观闻得老爷得病原由，故此连夜赶来。果然老爷病体痊愈，在下方能略尽微忱。这也是相爷洪福所致。"包公与公孙策闻听展爷之言，不甚明白，问："通真观在那里？如何在那里听得信呢?"展爷道："通真观离三宝庄不远。"便将夜间在跨所听见小道士与妇人的言语，因此急急赶到太师的花园，正见老道拜坛，瓶子炸了，将老道杀死，包了木人前来，滔滔不断述说了一遍。包公闻听，如梦方醒。公孙策在旁道："如此说来，黄寡妇一案也就好办了。”一句话提醒包公,说:“是呀,前次那婆子他说不见了女儿,莫非是小道士偷拐去了不成?”公孙策连忙称是,“相爷所见不差。”复站起身来,将递摺子告病,圣上钦派陈林前来看视,并赏御医诊视,一并禀明。包公点头道:“既如此,明日先生办一本参奏的摺子,一来恭请圣安,销假谢恩;二来参庞太师善用魇魔妖法,暗中谋害大臣,即以木人并杀死的老道邢吉为证。我于后日五鼓上朝呈递。”包公吩咐已毕,公孙策连忙称是。只见展爷起身告辞,因老爷初愈,惟恐劳了神思。包公便叫公孙策好生款待。二人作别,离了书房。

此时天已黎明,包公略为歇息,自有包兴、李才二人伺候。外面公所内,展爷与公孙先生、王、马、张、赵等各叙阔别之情。展爷又将新闻相爷欠安的情由述说一遍,大家闻听,方才省悟,不胜欢喜。虽然熬了几夜未能安眠,到了此时,各各精神焕发,把乏困俱各忘在九霄云外了。所谓人逢喜事精神爽,是再不能错的。彼此正在交谈,只见伴当人等安放杯筷,摆上酒肴,极其丰盛。却是四勇士于展爷见包公之时,便吩咐厨房赶办肴馔,一来与展爷接风掸尘,二来彼此大家庆贺。因这些日子相爷欠安,闹的上下沸腾,各各愁闷焦躁,谁还拿饭当事呢?不过是喝几杯闷酒而已。今日这一畅快,真是非常之乐。换盏传杯,高谈阔论。说到快活之时,投机之处,不由的哈哈大笑,欢呼震耳。惟有四爷赵虎比别人尤其放肆,杯杯净,盏盏干,乐的他手舞足蹈,未免的丑态毕露。包兴忽然从外面进来,大家彼此让座。包兴满面笑容道:“我奉相爷之命,出来派差,抽空特来敬展爷一二杯。”展爷忙道:“岂敢,岂敢。适才酒已过量,断难从命。”包兴那里肯依。赵虎在旁撺掇,定要叫展爷立饮三杯。还是王朝分解,叫包兴满满斟上了一盏敬展爷。展爷连忙接过,一饮而尽。大家又让包兴坐下。包兴道:“我是不得空儿的,还要复命相爷。”公孙策问道:“此时相爷又派出什么差使呢?”包兴道:“相爷方才睡醒,喝了粥,吃了点心,便立刻出签,叫往通真观捉拿谈明、谈月合那妇人,并传黄寡妇、赵国盛一齐到案。大约传到就要升堂办事,可见相爷为国为民,时刻在念,真不愧首相之位,实乃国家之大幸也。”包兴告辞,上书房回话去了。这里众人听见相爷升堂,大家不敢多饮,惟有赵虎已经醉了。连忙用饭已毕,公孙策便约了展爷来至自己屋内,一壁说话,一壁打算参奏的摺底。

此时已将谈明、谈月并金香、玉香以及黄寡妇、赵国盛俱各传到,包公立刻升堂。喊了堂,入了座,便吩咐先带谈明。即将谈明带上堂来,双膝跪倒。见他有三旬以上,形容枯瘦,举止端详,不像个做恶之人。包公问道:“你就是叫谈明的么?快将所做之事报上来。”谈明向上叩头道:“小道士谈明,师父邢吉,在通真观内出家。当初原是我师徒二人,我师父邢吉每每行些暗昧之事,是小道时常谏劝,不但不肯听劝,反加责处,因此小道忧思成病。不料后来小道有一族弟,他来看视小道。因他赌博蓄娼,无所不为,闹的甚是狼狈,原是探病为由前来借贷。小道如何肯理他呢?他便哀求啼哭。谁知被师父邢吉听见,将他叫去,不知怎么,三言两语也出了家了。登时换了衣服鞋袜,起名叫作谈月。啊呀,老爷呀!自谈月到了庙中,我师父如虎生翼。他二人做的不尬不尴之事,难以尽言。后来我师父被庞太师请去,却是谈月跟随,小道在庙看守。忽见一日夜间,有人敲门,小道连忙开了山门一看,只见谈月带了个少年小道士一同进来。小道以为是同道,不然,又不知是他师徒行的什么鬼祟,小道也不敢管,关了山门,便自睡了。至次日,小道因谈月带了同道之人,也应当见礼,小道便到跨所,进去一看,就把小道吓慌了。谁知不是道士,却是个少年女子在那里梳头呢。小道才要抽身,却见谈月小解回来,便道:'师兄既已看见,我也不必隐瞒。此女乃是我暗里带来,无事便罢,如要有事,自有我一人承当,惟求师兄不要声张就是了。'老爷想,小道素来受他的挟制,他如此说,小道还能管他么?只得诺诺退去,求其不加害于我便是万幸了。自那日为始,他每日又到庞太师府中去,他便将跨所封锁。回来时,便同那女子吃喝耍笑。不想今日他刚要走,就被老爷这里去了多人将我等拿获。这便是实在事迹,小道敢作证见,再不敢撒谎的。"老爷听罢,暗暗点头道:"看此道不是作恶之人,果然不出所料。"便吩咐带在一旁,便带谈月。

只见谈月上堂跪倒。老爷留神细看,见他约有二旬年岁,生的甚是俏丽,两个眼睛滴溜嘟噜的乱转,已露出是个不良之辈了。又见他满身华裳,更不是出家人的形景。老爷将惊堂木一拍,道:"奸人妇女,私行拐带,这也是你出家人作的么?讲!"谈月才待开言,只见谈明在旁厉声道:"谈月,今日到了公堂之上,你可要从实招上去,我方才将你所作所为俱各禀明了。"一句话把个谈月噎的倒抽了一口气,只得据实招道:"小道谈月,因从那黄寡妇门口经过,只见有两个女子,一个极丑,一个很俊,小道便留心。后来一来二去,渐渐的熟识。每日见那女子门前站立,彼此有眷恋之心,便暗定私约,悄从后门出入。不想被黄寡妇撞见,是小道多用金帛买嘱,黄寡妇便应允了。谁知后来赵家要迎娶,黄寡妇着了急了,便定了计策,就那日迎娶的夜里,趁着忙乱之际,小道算是俗家的亲戚,便将玉香改装,私行逃走。彼时已与金香说明,他原是长的丑陋,无人聘娶,莫若顶替去了,到了那里生米已成熟饭了,他也就反悔不来了。心想是个巧宗儿,谁知今日犯在当官。"说罢往上磕头。包公问道:"你用多少银子买嘱了黄寡妇?"谈月道:"纹银三百两。"包公问道:"你一个小道士,那里有许多银子呢?"谈月道:"是偷我师父的。"包公道:"你师父那里有许多银子呢?"谈月道:"我师父原有魇魔神法,百发百中。若要害人,只用桃木做个人儿,上面写着名姓年庚,用污血装在瓶内。我师父做起法来,只消七日,那人便气绝身亡。只因老包……"说至此,自己连忙啐了一口,"呸,呸!只因老爷有杀庞太师之子之仇,庞太师怀恨在心,将我师父请去,言明做成此事,谢银一千五百两。我师父先要五百两,下欠一千两,等候事成再给。"包公听罢,便道:"怪得你还要偷你师父一千两,与玉香远走高飞,作长久夫妻呢!这就是了。"谈月听了此言,吃惊不小:"此话是我与玉香说的,老爷如何知道呢?必是被谈明悄悄听去了。"他那里知道暗地里有个展爷与他泄了底呢。先将他二人带将下去,吩咐带黄寡妇母女上堂。

不知如何审办,且听下回分解。

第二十二回 金銮殿包相参太师 耀武楼南侠封护卫

且说包公审明谈月,吩咐将黄寡妇母女三人带上来。只见金香果然丑陋不堪,玉香虽则俏丽,甚是妖淫。包公便问黄寡妇:"你受了谈月三百两在于何处?"黄寡妇已知谈月招承,只得吐实,禀道:"现藏在家中柜底内。"包公立刻派人前去起赃。将他母女每人拶了一拶,发在教坊司,母为虔婆,暗合了贪财卖奸之意;女为娼妓,又遂了倚门卖俏之心。金香自惭貌陋,无人聘娶,情愿身入空门为尼。赃银起到,偿了赵国盛银五十两,着他另行择娶。谈明素行谨慎,即着他在通真观为观主。谈月定了个边远充军,候参奏下来,质对明白,再行起解。审判已明,包公退堂,来至书房。此时公孙先生已将揩底办妥请示。包公看了,又将谈月的口供叙上了几句,方叫公孙策缮写,预备明日五鼓参奏。

至次日,天子临轩。包公出班,俯伏金阶。仁宗一见包公,满心欢喜,便知他病体痊愈,急速宣上殿来。包公先谢了恩,然后将折子高捧,谨呈御览。圣上看毕,又有桃木人儿等作证,不觉心中辗转道:"怪道包卿得病不知从何而起,原来暗中有人陷害。"又一转想:"庞吉,你乃堂堂国戚,如何行此小人暗昧之事,岂有此理!"想至此,即将庞吉宣上殿来。仁宗便将参揩掷下。庞吉见龙颜带怒,连忙捧读,不由的面目更色,双膝跪倒,惟有俯首伏罪而已。圣上痛加申饬,念他是椒房之戚,着从宽罚俸三年。天子又安慰了包公一番,立时叫庞吉当面与包公赔罪。庞贼遵旨,不敢违背,只得向包公跟前谢过。包公亦知他是国戚,皇上眷顾,而且又将他罚俸,也就罢了。此事幸亏和事的天子,才化为乌有。二人从新谢了恩。大家朝散,天子还宫。

包公五六日未能上朝,便在内阁料理这几日公事。只见圣上亲派内辅出来宣旨,道圣上在修文殿宣召包公。包公闻听,即随内辅进内,来至修文殿,朝了圣驾。天子赐座,包公谢恩。天子便问道:"卿六日未朝,朕如失股肱,不胜郁闷。今日见了卿家,才觉畅然。"包公奏道:"臣猝然遘疾,有劳圣虑,臣何以克当。"天子又问道:"卿参揩上云义士展昭,不知他是何如人?"包公奏道:"此人是个侠士,臣屡蒙此人救护。"又说:"当初赶考时路过金龙寺,遇凶僧陷害,多亏了展昭将臣救出;后来奉旨陈州放赈,路过天昌镇擒拿刺客项福,也是此人;即如前日在庞吉花园破了妖魔,也是此人。"天子闻听,龙颜大悦,道:"如此说来,此人不独与卿有恩,他的武艺竟是超群的了。"包公奏道:"若论展昭武艺,他有三绝:第一,剑法精奥;第二,袖箭百发百中;第三,他的纵跃法,真有飞檐走壁之能。"天子听至此,不觉鼓掌大笑道:"朕久已要选武艺超群的,未得其人。今听卿家之言,甚合朕意。此人可现在否?"包公奏道:"此人现在臣的衙内。"天子道:"既如此,明日卿家将此人带领入朝，朕亲往耀武楼试艺。”包公遵旨，叩辞圣驾，出了修文殿，又来到内阁。料理官事已毕，乘轿回到开封，至公堂落轿，复将官事料理一番。退堂，进了书房。包兴递茶，包公叫请展爷。

不多时，展爷来到书房。包公便将今日圣上旨意一一述说，“明早就要随本阁入朝，参见圣驾。”展爷到了此时虽不愿意，无奈包公已遵旨，只得谦虚了几句：“惟恐艺不惊人，反要辜负了相爷一番美意。”彼此又叙谈了多少时，方才辞了包相，来到公所之内。此时，公孙策与四勇士俱已知道展爷明日引见，一个个见了未免就要道喜，大家又聚饮一番。

至次日五鼓，包公乘轿，展爷乘马，一同入朝伺候。驾幸耀武楼，合朝文武扈从。天子来至耀武楼，升了宝座。包公便将展昭带往丹墀，跪倒参驾。圣上见他有三旬以内年纪，气宇不凡，举止合宜，龙心大悦。略问了问家乡籍贯，展昭一一奏对，甚是明晰。天子便叫他舞剑，展爷谢恩下了丹墀，早有公孙策与四勇士俱各暗暗跟来，将宝剑递过。展爷抱在怀中，步上丹墀，朝上叩了头。将袍襟略为掖了一掖，先有个开门式。只见光闪闪，冷森森，一缕银光翻腾上下。起初时，身随剑转，还可以注目留神；到后来，竟使人眼花缭乱。其中的删砍劈剁、勾挑拨刺，无一不精。合朝文武以及丹墀之下众人，无不暗暗喝彩。惟有四勇士更为关心，仰首翘望，捏着一把汗，在那里替他用力。见他舞到妙处，不由的甘心佩服：“真不愧南侠二字！”展爷这里施展平生学艺，着着用意，处处留心。将剑舞完，仍是怀中抱月的架式收住，复又朝上磕头。见他面不更色，气不发喘。

天子大乐，便问包公道：“真好剑法，怨不得卿家夸奖。他的袖箭又如何试法？”包公奏道：“展昭曾言，夜间能打灭香头之火。如今白昼，只好用较射的木牌，上面糊上白纸，圣上随意点上三个朱点，试他的袖箭。不知圣意若何？”天子道：“甚合朕意。”谁知包公早已吩咐预备下了，自有执事人员将木牌拿来。天子验看，上面糊定白纸，连个黑星皱纹一概没有，由不得提起朱笔，随意点了三个大点，叫执事人员随展昭去，该立于何处任他自便。因袖箭乃自己练就的步数，远近与别人的兵刃不同。展昭深体圣意，随执事人员下了丹墀，斜行约二三十步远近，估量圣上必看得见，方叫人把木牌立稳。左右俱各退后。展昭又在木牌之前，对着耀武楼遥拜。拜毕立起身来，看准红点，翻身竟奔耀武楼跑来。约有二十步，只见他将左手一扬，右手便递将出去，只听木牌上啪的一声；他便立住脚，正对了木牌，又是一扬手，只听那边木牌上又是一声啪；展爷此时却改了一个卧虎势，将腰一弓，脖项一扭，从胳肢窝内将右手往外一推，只听得啪，将木牌打的乱晃。展爷一伏身，来到丹墀之下，望上叩头。此时，已有人将木牌拿来，请圣上验看。见三枝八寸长短的袖箭，俱各钉在朱红点上，惟有末一枝已将木牌钉透。天子看了，甚觉罕然，连声称道：“真绝技也！”

包公又奏：“启上吾主，展昭第三技乃纵跃法，非登高不可。须脱去长衣，方能灵便。就叫他上对面五间高阁，我主可以登楼一望，看的始能真切。”天子道：“卿言甚是。”圣上起身，刚登胡梯，便传旨：“所有大臣俱各随朕登楼，馀者俱在楼下。”

便有随侍内监回身传了圣旨。包公领班,慢慢登了高楼。天子凭栏入座,众臣环立左右。展昭此时已将袍服脱却,扎缚停当。四爷赵虎不知从何处暖了一杯酒来,说道:"大哥且饮一杯,助助兴,提提气。"展爷道:"多谢贤弟费心。"接过一饮而尽。赵爷还要斟时,见展爷已走出数步。愣爷却自己悄悄的饮了三杯,过来翘着脚儿,往对面阁上观看。单说展昭到了阁下,转身又向耀武楼上叩拜。立起来,他便在平地上鹭伏鹤行,徘徊了几步。忽见他身体一缩,腰背一弓,飕的一声,犹如云中飞燕一般,早已轻轻落在高阁之上。这边天子惊喜非常,道:"卿等看他如何一展眼间就上了高阁呢?"众臣宰齐声夸赞。此时展爷显弄本领,走到高阁柱下,双手将柱一搂,身体一飘,两腿一飞,嗤嗤嗤嗤,顺柱倒爬而上。到了柁头,用左手把住,左腿盘在柱上,将虎体一挺,右手一扬,做了个探海势。天子看了,连声赞好。群臣以及楼下人等无不喝彩。又见他右手抓住椽头,滴溜溜身体一转,把众人唬了一跳。他却转过左手,抓住椽头,脚尖儿登定檩方,上面两手倒把,下面两脚挠步。由东边蹿到西边,由西边又蹿到东边。蹿来蹿去,蹿到中间,忽然把双脚一蜷,用了个卷身势往上一翻,脚跟登定瓦垄,平平的将身子翻上房去。天子看至此,不由失声道:"奇哉,奇哉!这那里是个人,分明是朕的御猫一般。"谁知展爷在高处业已听见,便就在房上与圣上叩头。众人又是欢喜,又替他害怕。只因圣上金口说了"御猫"二字,南侠从此就得了这个绰号,人人称他为御猫。此号一传不大紧要,便惹起了多少英雄好汉,人人奇才,个个豪杰。也是大宋洪福齐天,若非这些异人出世,如何平定襄阳的大事。后文慢表。

当下仁宗天子亲试了展昭的三艺,当日驾转还宫,立刻传旨:"展昭为御前四品带刀护卫,就在开封府供职。"包公带领展昭望阙叩头谢恩。诸事已毕,回转府中。包公进了书房,立刻叫包兴备了四品武职服色送与展爷。展爷连忙穿起,随着包兴来到书房,与包公行礼。包公那里肯受,逊让多时,只受了半礼,展爷又叫包兴进内,在夫人跟前代言,就说展昭与夫人磕头。包兴去了多时,回来说道:"夫人说,老爷屡蒙展老爷救护,实实感谢不尽,日后还要求展老爷时时帮助相爷。给展老爷道喜,礼是不敢当的。"展爷恭恭敬敬连连称"是"。包公又告诉他:"明早具公服上朝,本阁替你代奏谢恩。"展爷谢道:"卑职谨依钧命。"说罢退出,来到公所。公孙策与四勇士俱各上前道喜,彼此逊让一番,大家入座。不多时,摆上丰盛酒肴,这是众人与展爷贺喜的。公孙策为首,便要安席敬酒。展爷那里肯依,便道:"你我皆知己弟兄,若如此,便是拿我当外人看了。"大家见展爷如此,公议共敬三杯。展爷领了,谢过众人,彼此就座。饮酒之间,又提起今日试艺,大家赞不绝口。展爷再三谦逊,毫无自满之意,大家更为佩服。

正在饮酒之际,只见包兴进来,大家让座。包兴道:"实实不能相陪,相爷叫我来请公孙先生来了。"众人便问何事,包兴道:"方才老爷进内吃了饭,出来便到书房叫请公孙先生,不知为着何事。"公孙暂向众人告辞,同包兴进内往书房去了。这里众人纳闷,再也测度不出是为什么事来。不多会,只见公孙策出来。大家便问:"相爷呼唤,有何台谕?"公孙策道:"不为别的,一来给展大哥办理谢恩折子;二来为前在修文殿召见之时,圣上说了一句几天没见咱家相爷,如失股肱。相爷因想起国家总以选拔人才为要,况有太后入宫大庆之典礼,宜加一科,为国求贤。叫我打个条陈摺底儿,请开恩科。"展爷道:"这也是一件极好的事。既如此,咱们吃饭罢,不可耽搁了贤弟正事。"公孙策道:"一个摺底也甚容易,何必太忙。"展爷道:"虽则如此,相爷既然吩咐,想来必是等着看呢。你我朝夕聚首,何争此一刻呢?"公孙策听展爷说得有理,只得要饭来,大家用毕,离席散坐吃茶。公孙先生得便来到自己屋内,略为思索,提笔一挥而就,交包兴请示相爷看过,即立刻缮写清楚,预备明日呈递。

至次日五鼓,包公带领展爷到了朝房,伺候谢恩。众人见了展爷,无不悄悄议论夸赞的。又见展爷穿着簇新的四品武职服色,越显得气宇昂昂,威风凛凛,真真令人羡慕之中可畏可亲。及至圣上升殿,展爷谢过恩后,包公便将加恩科的本章递上。天子看了甚喜,朱批依议。发到内阁,立刻出抄,颁行各省。所有各处,文书一下,人人皆知。

不识后文如何,且听下回分解。

第二十三回 洪义赠金夫妻遭变 白雄打虎甥舅相逢

且说恩科文书行至湖广,便惊动了一个饱学之人。你道此人姓甚名谁?他乃湖广武昌府江夏县南安善村居住,姓范名仲禹。妻子白氏玉莲,孩儿金哥年方七岁,一家三口度日。他虽是饱学名士,却是一介寒儒,家道艰难,止于餬口。一日会文回来,长吁短叹,闷闷不乐。白氏一见,不知丈夫为着何事,或者与人合了气了,便向前问道:"相公,今日会文回来,为何不悦呢?"范生道:"娘子有所不知。今日与同窗会文,却未作课。见他们一个个装束行李,张罗起身,我便问他,如此的忙迫,要往那里去?同窗朋友道:'怎么,范兄你还不知道么?如今圣上额外旷典,加了恩科,文书早已行到本省。我们尚要前去赴考,何况范兄呢?范兄若到京时,必是鳌头独占了。'是我听了此言,不觉扫兴而归。娘子,你看家中一贫如洗,我学生焉能到得京中赴考呢?"说罢,不觉长叹了一声。白氏道:"相公原来如此。据妾身想来,此事也是徒愁无益。妾身亦久有此意。我自别了母亲,今已数年之久,原打算相公进京赴考时,妾身意欲同相公一同起身,一来相公赴考,二来妾身亦可顺便探望母亲。无奈事不遂心,家道艰难,也只好置之度外罢了。"白氏又劝慰了丈夫许多言语。范生一想,原是徒愁无益之事,也就只好丢开。

至次日清晨,正在梳洗,忽听有人叩门。范生连忙出去,开门一看,却是个知己的老朋友刘洪义,不胜欢喜,二人携手进了茅屋。因刘洪义是个年老之人,而且为人忠梗,素来白氏娘子俱不回避的,便上前与伯伯见礼;金哥亦来拜揖。刘老者好生欢喜。逊坐烹茶,刘老者道:"我今来,特为一事与贤弟商议。当今额外旷典,加了恩科,贤弟可知道么?"范生道:"昨日会文去方知。"刘老者道:"贤弟既已知道,可有什么打算呢?"范生叹道:"别人可瞒,似老兄跟前,小弟焉敢撒谎。兄看室如悬磬,叫小弟如之奈何?"说罢,不觉惨然。刘老一见便道:"贤弟不要如此,但不知赴京费用须得多少呢?"范生道:"此事说来,尤其叫人为难。"便将昨日白氏欲要顺便探母的话说了一遍。刘老闻听,连连点头:"人生莫大于孝,这也是该当的。如此算来,约用几何?"范生答道:"昨日小弟细细盘算,若三口人一同赴京,一切用度,至少也得需七八十两。一时如何措办的来呢?也只好丢开罢了。"刘老闻听,沉吟了半晌,道:"既如此,待我与你筹画筹画去。倘得事成,岂不是件好事呢。"范生连连称谢。刘老者立起身来要走,范生断不肯放,是必留下吃饭。刘老者道:"吃饭是小事,惟恐耽误了正事。容我早早回去,张罗张罗事情要紧。"范生便不肯紧留,送出柴门。分别时,刘老者道:"就是明日罢,贤弟务必在家中听我的信息。"说罢执手,扬长而去。范生送了刘老者回来,心中又是欢喜又是浩叹,欢喜的是事有凑巧;浩叹的是自己艰难,却又赘累朋友。又与白氏娘子望空扑影的盘算了一回。

到了次日,范生如坐针毡一般,坐立不安,时刻盼望。好容易天将交午,只听有人叩门。范生忙将门开了,只见刘老者拉进一头黑驴,满面是汗,喘吁吁的进来说道:"好黑驴,许久不骑他,他就闹起手来了,一路上累的老汉通身是汗!"说着话,一同到屋内坐下,说道:"幸喜事已成就,竟是贤弟的机遇。"一壁说着,将驴上的钱叉儿从外面拿下来,放在屋内桌上,掏出两封银子,又放在床上,说道:"这是一百两银子。贤弟与弟妇带领侄儿可以进京了。"范生此时真是喜出望外,便道:"如何用的了这许多呢?再者,不知老兄如何借来,望乞明白指示。"刘老者笑道:"贤弟不必多虑。此银也是我相好借来的,并无利息;纵有利息,有我一面承管。再者银子虽多,贤弟只管拿去。俗语说的好:穷家富路。我又说句不吉祥的话儿,倘若贤弟落了孙山,就在京中居住,不必往返跋涉。到了明年,又是正科,岂不省事?总是敷馀些好。"范生听了此言有理,知道刘老为人豪爽,也不致谢,惟有铭感而已。刘老又道:"贤弟起身应用何物,亦当办理。"范生道:"如今有了银子便好办了。"刘老者道:"既如此,贤弟便计虑明白。我今日也不回去了,同你上街办理行装。明日极好的黄道日期,就要起身了。"范生便同刘老者牵了黑驴出柴门,竟奔街市制办行装。白氏在家中,亦收拾起身之物。到了晚间,刘老与范生回来,一同收拾行李,直闹到三鼓方歇。所有粗使的家伙以及房屋,俱托刘老者照管。刘老者上了年纪之人,如何睡的着。范生又惦念着明日行路,也是不能安睡。二人闲谈,刘老者便嘱咐了多少言语,范生一一谨记。

刚到黎明,车子便来,急将行李装好。白氏拜别了刘伯伯,不觉泪下。母子二人上车。刘老者便道:"贤弟,我有一言奉告。"指着黑驴道:"此驴乃我蓄养多年,因他是个孤蹄,恐妨主人。我今将此驴奉送贤弟,遇便将他卖了,另买一头骑上京去便了。"范生道:"既蒙兄赐,不敢推辞。卖是断断不卖的,人生穷通有命,显晦因时,皆有定数,岂在一畜?未闻有畜类而能妨人者,兄勿多疑。"刘老听了欢喜道:

"吾弟真达人也。"范生拉了黑驴出柴门,二人把握,难割难舍,不忍分离,范生哭的连话也说不出来。还是刘老者硬着心肠道:"贤弟,请乘骑,恕我不远送了。"说罢,竟自进了柴门,范生只得含悲去了。这里刘老者封锁门户,照看房屋,这且不表。

单言范生一路赴京,无非是晓行夜宿,饥餐渴饮,却是平平安安的到了京都。找了住所,安顿家小,范生就要到万全山寻找岳母去。倒是白氏拦住道:"相公不必太忙,原为的是科场而来,莫若场后诸事已毕再去不迟。一来别了数年,到了那里,未免有许多应酬,又要分心。目下且养心神,候场务完了,我母子与你同去。二来相别许久,何争此一时呢?"范生听白氏说的有理,只得且料理科考,投文投卷。到场期已近,却是奉旨钦派包公首相的主考,真是至正无私,诸弊全消。范生三场完竣,甚是得意。因想:"妻子同来,原为探望岳母。场前贤妻体谅于我,恐我分心劳神,迟到至今。我若不体谅贤妻,他母子分别数载之久,今离咫尺,不能使他母子相逢,岂不显得我过于情薄了么?"于是备上黑驴,觅了车辆,言明送至万全山即回。夫妻父子三人,锁了寓所的门,一直竟奔万全山而来。

到了万全山,将车辆打发回去,便同妻子入山寻找白氏娘家。以为来到便可以找着,谁知问了多少行人俱各不知。范生不由的烦躁起来,后悔不该将车打发回去。原打算既到了万全山,纵然再有几里路程,叫妻子乘驴抱了孩儿,自己也可以步行。他却如何料的到,竟会找不着呢。因此,便叫妻子带同孩儿在一块青石之上歇息,将黑驴放青啃草,自己便放开脚步一直出了东山口。逢人便问,并无有一个知道白家的,心中好生气闷,又记念着妻子,更搭着两腿酸疼,只得慢慢踱将回来。及至来到青石之处,白氏娘子与金哥俱各不见了。这一惊非同小可,只急得眼似銮铃,四下瞭望,那里有个人儿呢?到了此时,不觉高声呼唤。声音响处,山鸣谷应,却有谁来答应?唤够多时,声哑口干,也就没有劲了,他就坐在石上放声大哭。正在悲恐之际,只见那边来个年老的樵人,连忙上前问道:"老丈,你可曾见有一妇人带领个孩儿么?"樵人道:"见可见个妇人,并没有小孩子。"范生即问道:"这妇人在那里?"樵人摇首道:"说起来凶的很呢!足下你不晓得,离此山五里远,有一村名唤独虎庄,庄中有个威烈侯名叫葛登云。此人凶悍非常,抢掠民间妇女。方才见他射猎回来,见马上驼一个啼哭的妇人,竟奔他庄内去了。"范生闻听,忙忙问道:"此庄在山下何方?"樵人道:"就在东南方。你看那边远远一丛树林,那里就是。"范生听了一看,也不作别,竟飞跑下山,投庄中去了。

你道金哥为何不见?只因葛登云带了一群豪奴,进山搜寻野兽,不想从深草丛中赶起一只猛虎。虎见人多,各执兵刃,不敢扬威,他便跑下山来。恰恰从青石经过,他就一张口把金哥衔去,就将白氏吓的昏晕过去。正遇葛登云赶下虎来,一见这白氏,他便令人驼在马上回庄去了。那虎往西去了,连越两小峰。不防那边树上有一樵夫正在伐柯,忽见猛虎衔一小孩,也是急中见识,将手中板斧照定虎头抛击下去,正打在虎背之上。那虎猛然被斧击中,将腰一塌,口一张,便将小儿落在尘埃。樵夫见虎受伤,便跳下树来,手急眼快,拉起扁担,照着虎的后胯就是一下,力量不小,只听吼的一声,那虎撺过岭去。樵夫忙将小儿扶起,抱在怀中。见他还有气息，看了看，虽有伤痕，却不甚重，呼唤多时，渐渐的苏醒过来，不由的满心欢喜。又恐再遇野兽，不是当要的，急急搂定小儿，先寻着板斧掖在腰间，然后提扁担步下山来，一直竟奔西南，进了八宝村。走不多会，到了自己门首，便呼道："母亲开门，孩儿回来了。"只见里面走出一个半白头发的婆婆来，将门开放，不觉失声道："啊呀，你从何处抱了个小儿回来？"樵夫道："母亲，且到里面再为细述。"婆婆接过扁担，关了门户。

樵夫进屋，将小儿轻轻放在床上，自己拔去板斧，向婆婆道："母亲，可有热水取些来！"婆婆连忙拿过一盏。樵夫将小儿扶起，叫他喝了点热水，方才转过气来，"啊呀"一声道："吓死我了！"此时，那婆婆亦来看视。见他虽有尘垢，却是眉清目秀，心中疼爱的不知要怎么样才好。樵夫便将从虎口救出之话说了一回。那婆婆听了，又不胜惊骇，便抚摩着小儿道："你是虎口馀生，将来造化不小，富贵绵长。休要害怕，慢慢的将家乡住处告诉于我。"小儿道："我姓范，名叫金哥，年方七岁。"婆婆见他说话明白，又问他："可有父母没有？"金哥道："父母俱在。父名仲禹，母亲白氏。"婆婆听了，不觉诧异道："你家住那里？"金哥道："我不是京都人，乃是湖广武昌府江夏县安善村居住。"婆婆听了，连忙问道："你母亲莫非乳名叫玉莲么？"金哥道："正是。"婆婆闻听，将金哥一搂道："啊呀，我的乖乖呀，你可疼煞我也！"说罢，就哭起来了。金哥怔了，不知为何。旁边樵夫道："我告诉你，你不必发怔。我叫白雄，方才提的玉莲，乃是我的同胞姐姐，这婆婆便是我的母亲。"金哥道："如此说来，你是我的母舅，他是我的外祖母了。"说罢，将小手儿把婆婆一搂，也就痛哭起来。

要知如何，且听下回分解。

第二十四回　受乱棍范状元疯癫　贪多杯屈胡子丧命

且说金哥认了母舅，与外祖母搂着痛哭。白雄含泪劝慰多时，方才住声。白老安人道："既是你父母来京，为何不到我这里来？"金哥道："皆因为寻找外祖母，我才被虎衔去。"便将父亲来京赴考，母亲顺便探母的话说了一遍："是我父母商议，定于场后寻找外祖母，故此今日至万全山下。谁知问人俱各不知，因此我与母亲在青石之上等候，爹爹出东山口找寻去了。就在此时，猛然出来一个老虎，就把我衔着走了，我也不知道了，不想被母舅救到此间。只是我父母不知此时哭到什么地步，岂不伤感坏了呢！"说罢又哭起来了。白雄道："此处离万全山有数里之遥，地名八宝村。你等在东山口找寻，如何有人知道呢？外甥不必啼哭，今日天气已晚，待我明日前往东山口找寻你父母便了。"说罢，忙收拾饭食，又拿出刀伤药来，白老安人与他掸尘洗梳，将药敷了伤痕。又怕他小孩子家想念父母，百般的哄他。

到了次日黎明，白雄掖了板斧，提着扁担，竟奔万全山而来。到了青石之旁，左右顾盼，那里有个人影儿。正在陈望，忽见那边来了一人，头发蓬松，血渍满面，左手提着衣襟，右手执定一只朱履，慌慌张张竟奔前来。白雄一见，才待开言，只见那人举起鞋来，照着白雄就打，说道："好狗头呀，你打得老爷好！你杀得老爷好！"白雄急急闪过，仔细一看，却像姐丈范仲禹的模样。及至问时，却是疯癫的言语，并不明白。白雄忽然想起："我何不回家背了外甥来叫他认认呢。"因说道："那疯汉，你在此略等一等，我去去便来。"他就直奔八宝村去了。

你道那疯汉是谁？原来就是范仲禹。只因听了老樵人之言，急急赶到独虎庄，便向威烈侯门前要他的妻子。可恨葛贼，暗用稳军计留下范生，到了夜间，说他无故将他家人杀害，一声喝令，一顿乱棍将范生打的气闭而亡。他却叫人弄个箱子，把范生装在里面，于五鼓时抬至荒郊抛弃。不想路上遇见一群报录的人将此箱劫去。这些报录的，原是报范生点了头名状元的，因见下处无人，封锁着门，问人时，说范生合家俱探亲往万全山去了。因此，他等连夜赶来。偶见二人抬定一只箱子，以为必是黄夜窃来的，又在旷野之间，倚仗人多，便将箱子劫下，抬箱子人跑了。众人算发了一注外财，抽去绳杠，连忙开看。不料范生死而复苏，一挺身跳出箱来，拿定朱履就是一顿乱打。众人见他披发带血，情景可怕，也就一哄而散。他便踉踉跄跄，信步来至万全山，恰与白雄相遇。

再说白雄回到家中，对母亲说知，背了金哥急往万全山而来。及至来到，疯汉早已不知往那里去了。白雄无可如何，只得背了金哥回转家中。他却不辞辛苦，问明了金哥在城内何方居住，从八宝山村要到城中，也有四十多里，他那管远近，一直竟奔城中而来。到了范生下处一看，却是仍然封锁。真是乘兴而来，败兴而返。忽听街市之上，人人传说新科状元范仲禹不知去向。他一听见，满心欢喜，暗道："他既已中了状元，自然有在官人役访查找寻，必是要有下落的了。且自回家报了喜信，我再细细盘问外甥一番便了。"白雄自城内回家，见了母亲备述一切。金哥闻听父母不知去向，便痛哭起来。白老安人劝慰多时方才住声，白雄便细细盘问外甥。金哥便将母子如何坐车，父亲骑驴到了山下，如何把驴放青啃草，我母子如何在青石之上等候，我父亲如何出东山口打听，此时就被虎衔了去的话说了一遍。白雄都一一记在心间，等次日再去寻找便了。你说白雄这一天多辛苦，来回跑了足有一百四五十里，也真难为他。只顾说他这一边的辛苦，就落了那一边的正文。野史有云：一张口难说两家话。真是果然。就是他辛苦这一天，便有许多事故在内。你道何事？

原来城中鼓楼大街西边有座兴隆木厂，却是山西人开张。弟兄二人，哥哥名叫屈申，兄弟名唤屈良。屈申长的相貌不扬，又搭着一嘴巴扎煞胡子，人人皆称他为"屈胡子"。他最爱杯中之物，每日醺醺，因此又得了个外号儿叫"酒曲子"。他虽然好喝，却与正事不误，又加屈良帮助，把个买卖做了个铁桶相似，甚为兴旺。因万全山南便是木商的船厂，这一天屈申与屈良商议道："听说新货已到，乐(老)子要到那里看看，如若对劲儿，咱便批下些岂不便宜呢？"屈良也甚愿意，便拿褡裢钱叉子装上四百两纹银，备了一头酱色花白的叫驴。此驴最爱赶群，路上不见驴他不好生走，若见了驴他就追，也是惯了的毛病儿。屈申接过银子，褡裢搭在驴鞍上面，乘上驴竟奔万全山南。到了船厂，木商彼此相熟，看了多少木料，行市全然不对。买卖中的规矩，交易不成仁义在，虽然木料没批，酒肴是要预备的。屈申一见了酒，不觉钩起他的馋虫来。左一杯，右一杯，说也有，笑也有，竟自乐而忘归。猛然一抬头，看日色已然平西了，他便忙了，道："乐子含(还)要净(进)沉(城)呢，天万(晚)拉(咧)，天万拉。"说着话，便起身作揖拱腰儿，连忙拉了酱色花驴，竟奔万全山而来。

他越着急，驴越不走。左一鞭，右一鞭，骂道："洼(王)八日的臭屎蛋！养军千日，用在一朝。老阳儿眼看着没拉，你含(合)我闹哩哩呢！"话未说完，忽见那驴两耳一支楞，"吗"的一声就叫起来，四个蹄子乱蹿飞跑。屈申知道他的毛病，必是听见前面有叫驴唤，他必要追。因此拢住扯手，由他跑去，倒底比闹哩哩强。谁知跑来跑去，果见前面有一头驴。他这驴一见，便将前蹄扬起，连蹦带跳。屈申坐不住鞍心，顺着驴屁股掉将下来，连忙爬起，用鞭子乱打一回，只得揪住嚼子，将驴带转拴在那边一株小榆树上。过来一看，却是一头黑驴，鞍韂俱全。这便是昨日范生骑来的黑驴，放青啃草，迫促之际将他撇下。黑驴一夜未吃麸料，信步由缰出了东山口外，故在此处仍啃青。屈申看了多时，便嚷道："这是谁的黑驴？"连嚷几声，并无人应。自己说道："好一头黑驴！"又瞧了瞧口，才四个牙，膘满肉肥，而且鞍韂鲜明。暗暗想道："趁着无人，乐子何不换他娘的！"即将钱叉子拿过来，搭在黑驴身上，一扯扯手，翻身上去。只见黑驴迤逦迤逦却是飞快的好走儿。屈申心中欢喜，以为得了便宜。忽然见天气改变，狂风骤起，一阵黄沙打的二目难睁。此时已有掌灯时候，屈申心中踌躇道："这官(光)景城是进不去了，我还有四百两莹(银)子，这可咱(怎)的好？前面万全山，若遇见个打梦(闷)棍的，那才是早(糟)儿糕呢。只好找个仍(人)家借个休(宿)儿。"心里想着，只见前面有个褡裢坡儿，南上坡忽有灯光。屈申便下了黑驴，拉到上坡。

来到门前，忽听里面有妇人说道："嫁汉嫁汉，穿衣吃饭。有把老婆饿起来的么？"又听男子说话道："你饿着，谁又吃什么来呢？"妇人接着说道："你没吃什么，你到灌丧黄汤子了。"男子又道："谁又叫你不喝呢？"妇人道："我要会喝，我早喝了！既弄了来，不知籴柴米，你先张罗你的酒！"男子道："这难说，也是我的口头福儿。"妇人道："既爱吃现成儿的，索性明儿我挣了你吃爽利，叫你享享福儿。"男子道："你别胡说，我虽穷，可是好朋友。"妇人道："街市上那有你这样的好朋友呢？"屈申听至此，暗道："这个妇人才是薄哥儿们呢。"欲待不敲门，看了看四面黑，别处又无灯光，只得用鞭子敲户道："借官儿，寻个休儿。"里面却不言语了。屈申又叫了半天，方听妇人问道："找谁的？"屈申道："我是行路的，因天贺(黑)了，借官儿寻个休儿，明儿重礼相谢。"妇人道："你等等。"又迟了半天，方见有个男子出来，打着一个灯笼问道："做什么的？"屈申作个揖道："我是个走路儿的。因天万拉，难以行走，故此惊动，借个休儿。明儿重礼相谢。"男子道："原来如此，这有什么呢，请到家里坐。"屈申道:"我还有一头驴。"男子道:"只管拉进来。"将驴子拴在东边树上,便持灯引进来,让至屋内。屈申提了钱叉子随在后面。进来一看,却是两明一暗三间草房。屈申将叉子放在炕上,重新与那男子见礼。那男子还礼道:"茅屋草舍,掌柜的不要见笑。"屈申道:"好说,好说。"男子便问:"尊姓?在那里发财?"屈申道:"姓屈,名叫屈生(申),在沉(城)里故(鼓)楼大该(街)开个心(兴)伦(隆)木厂。我含没吝(领)教你老贵信(姓)?"男子道:"我姓李,名叫李保。"屈申道:"原来是李大过(哥),失敬,失敬!"李保道:"好说,好说。屈大哥,久仰!久仰!"你道这李保是谁?他就是李天官派了跟包公上京赴考的李保。后因包公罢职,他以为包公再没有出头之日,因此将行李银两拐去逃走。每日花街柳巷,花了不多的日子,便将行李银两用尽,流落至此,投在李老儿店中。李老儿夫妻见他勤谨小心,膝下又无儿子,只有一女,便将他招赘作了养老的女婿。谁知他旧性不改,仍是嫖赌吃喝,生生把李老儿夫妻气死,他便接过店来,更无忌惮,放荡自由。加着李氏也是个好吃懒做的女人,不上一二年,便把店关了。后来闹的实在无法,就将前面家伙等项典卖与人,又将房屋拆毁卖了,只剩了三间草房。到今日,落得一贫如洗。偏偏遇见倒运的屈申前来投宿。

当日,李保与他攀话,见灯内无油,立起身来,向东间掀起破布帘子进内取油。只见他女人悄悄问道:"方才他往炕上一放,咕咚一声,是什么?"李保道:"是个钱叉子。"妇人欢喜道:"活该咱家要发财。"李保道:"怎见得?"妇人道:"我把你这傻兔子!他单单一个钱叉子,而且沉重,那必是硬头货了。你如今问他会喝不会喝,他若会喝,此事便有八分了。有的是酒,你尽力的将他灌醉了,自有道理。"李保会意,连忙将油罐拿了出来,添上灯,拨的亮亮儿的,他便大哥长、大哥短的问话。说到热闹之间,便问:"屈大哥,你老会喝不会?"一句话问的个屈申口角流涎,馋不可解,答道:"这们半夜三更的,那里讨酒哈(喝)呢?"李保道:"现成有酒。实对大哥说,我是最爱喝的。"屈申道:"对净(劲)儿,我也是爱喝的,咱两个竟是知己的好盆(朋)友了。"李保说着话,便温起酒来,彼此对坐。一来屈申爱喝,二来李保有意,一让两让连三让,便把个屈申灌的酩酊大醉,连话也说不出来,前仰后合。他把钱叉子往里一推,将头刚然枕上,便呼呼酣睡。此时李氏已然出来,李保悄悄说道:"他醉是醉了,只是有何方法呢?"妇人道:"你找绳子来。"李保道:"要绳子做什么?"妇人道:"我把你这呆瓜日的!将他勒死就完了事咧。"李保摇头道:"人命关天不是顽的。"妇人发怒道:"既要发财,却又胆小。松忘八,难道老娘就跟着你挨饿不成?"李保到了此时,也顾不得天理昭彰,便将绳子拿来。妇人已将破炕桌儿挪开,见李保颤颤哆嗦,知道他不能下手,恶妇便将绳子夺过来,连忙上炕,绕到屈申里边,轻轻儿的从他枕的钱叉之下递过绳头,慢慢拴过来,紧了一扣。一点手,将李保叫上炕来,将一头递给李保,拢住了绳子,两个人往两下里一勒,妇人又将脚一登,只见屈申手脚扎煞。李保到了此时,虽然害怕,也不能不用力了。不多时屈申便不动了,李保也就瘫了。这恶妇连忙将钱叉子抽出,伸手掏时,见一封一封的却是八包,满心欢喜。

未知如何,且听下回分解。

第二十五回 白氏还魂阳差阴错 屈申附体醉死梦生

且说李保夫妇将屈申谋害,李氏将钱叉子抽出,伸手一封一封的掏出,携灯进屋,将炕面揭开,藏于里面。二人出来,李保便问:“尸首可怎么样呢?”妇人道:“趁此夜静无人,背至北上坡抛于庙后,又有谁人知晓。”李保无奈,叫妇人仍然上炕,将尸首扶起。李保背上才待起身,不想屈申的身体甚重,连李保俱各栽倒。复又站起来,尽力的背。妇人悄悄的开门,左右看了看,说道:“趁此无人,快背着走罢。”李保背定,竟奔北上坡而来。刚然走了不远,忽见那边个黑影儿一晃,李保觉得眼前金花乱迸,寒毛皆竖,身体一闪,将死尸掷于地上,他便不顾性命的往南上坡跑来。只听妇人道:“在这里呢,你往那里跑?”李保喘吁吁的道:“把我吓糊涂了。刚然到北上坡不远,谁知那边有个人。因此将尸首掷于地上,就跑回来了,不想跑过去了。”妇人道:“这是你疑心生暗鬼,你忘了北上坡那棵小柳树儿了,你必是拿他当作人了。”李保方才省悟,连忙道:“快关门罢。”妇人道:“门且别关,还没有完事呢。”李保问道:“还有什么事?”妇人道:“那头驴怎么样?留在家中岂不是个祸胎么?”李保道:“是呀,依你怎么样?”妇人道:“你连这么个主意也没有?把他轰出去就完了。”李保道:“岂不可惜了的?”妇人道:“你发了这么些财,还稀罕这个驴。”李保闻听,连忙到了院里,将偏缰解开,拉着往外就走。驴子到了门前,再不肯走。好狠妇人,提起门闩,照着驴子的后胯就是一下。驴子负痛,往外一蹿,李保顺手一撒,妇人又将门闩从后面一戳,那驴子便跑下坡去了。恶夫妇进门,这才将门关好。李保总是心跳不止,倒是妇人坦然自得,并教给李保:“明日依然照旧,只管井边汲水。倘若北上坡有人看见死尸,你只管前去看看,省得叫别人生疑心。候事情安静之后,咱们再慢慢受用。你说这件事情作的干净不干净?严密不严密?”妇人一片话,说的李保壮起胆来。

说着话,不觉的鸡已三唱,天光发晓,路上已有行人。有一人看见北上坡有一死尸首,便慢慢的积聚多人,就有好事的给地方送信。地方听见本段有了死尸,连忙跑来。见脖项有绳子一条,却是极松的,并未环扣。地方看了道:“原来是被勒死的。众位乡亲,大家照看些,好歹别叫野牲口嚼了。我找我们伙计去,叫他看着,我好报县。”地方嘱托了众人,他就往西去了。刚然走了数步,只听众人叫道:“苦头儿,苦头儿,回来,回来。活咧,活咧。”苦头儿回头道:“别顽笑吓,我是烧心的事,你们这是什么劲儿呢,还打我的糠登子。”众人道:“真的活咧,谁合你顽笑呢!”苦头听了只得回来,果见尸首蜷手蜷脚动弹,真是苏醒了。连忙将他扶起,盘上双腿。迟了半晌,只听得“啊呀”一声,气息甚是微弱。苦头在对面蹲下,便问道:“朋友,你苏醒苏醒，有什么话，只管对我说。”只见屈申微睁二目，看了看苦头儿，又瞧了瞧众人便道：“吓，你等是什么人，为何与奴家对面交谈？是何道理？还不与我退后些。”说罢，将袖子把面一遮，声音极其娇细。众人看了不觉笑将起来，说道：“好个奴家，好个奴家！”苦头儿忙拦道：“众位乡亲别笑，这是他刚然苏醒，神不守舍之故。众位压静，待我细细的问他。”众人方把笑声止住。苦头儿道：“朋友，你被何人谋害？是谁将你勒死的？只管对我说。”只见屈申羞羞惭惭的道：“奴家是自己悬梁自尽的，并不是被人勒死的。”众人听了乱说道：“这明是被人勒死的，如何说是吊死的？既是吊死，怎么能够项带绳子躺在这里呢？”苦头儿道：“众位不要多言，待我问他。”便道：“朋友，你为什么事上吊呢？”只听屈申道：“奴家与丈夫、儿子探望母亲，不想遇见什么威烈侯将奴家抢去，藏闭在后楼之上，欲行苟且。奴假意应允，支开了丫鬟，自尽而死。”苦头儿听了，向众人道：“众位听见了？”便伸个大拇指头来，“其中又有这个主儿，这个事情。怪呀，看他的外面，与他所说的话，有点底脸儿不对呀。”正在诧异，忽然脑后有人打了一下子。苦头儿将手一摸，“啊呀”道：“这是谁呀？”回头一看，见是个疯汉，拿着一只鞋，在那里赶打众人。苦头儿埋怨道：“大清早起，一个倒卧闹不清，又挨了一鞋底子，好生的晦气。”忽见屈申说道：“那拿鞋打人的，便是我的丈夫，求众位爷们将他拢住。”众人道：“好朋友，这个脑袋样儿，你还有丈夫呢？”

正在说笑，忽见有两个人扭结在一处，一同拉着花驴，高声乱喊：“地方，地方！我们是要打定官司了。”苦头发恨道：“真他妈的，我是什么时气儿，一宗不了又一宗。”只得上前说道：“二位松手，有话慢慢的说。”你道这二人是谁？一个是屈良，一个是白雄。只因白雄昨日回家，一到黎明，又到万全山，出东山口各处找寻范爷。忽见小榆树上拴着一头酱色花驴。白雄以为是他姐夫的驴子，只因金哥没说是黑驴，他也没问是什么毛片。有了驴子，便可找人，因此解了驴子牵着正走，恰恰的遇见屈良。屈良因哥哥一夜未回，又有四百两银子，甚不放心。因此等城门一开，急急的赶来，要到船厂询问。不想遇见白雄拉着花驴，正是他哥哥屈申骑坐的。他便上前一把揪住道：“你把我们的驴拉着到那里去？我哥哥呢？我们的银子呢？”白雄闻听，将眼一瞪道：“这是我亲戚的驴子，我还问你要我的姐夫、姐姐呢。”彼此扭结不放，是要找地方打官司呢。恰好巧遇地方，他只得上前说道：“二位松手，有话慢慢的说。”不料屈良他一眼瞧见他哥哥席地而坐，便嚷道：“好了，好了，这不是我哥哥么！”将手一松，连忙过来说道：“我哥哥，你怎的在此呢？脖子上怎的又拴着绳子呢？”忽听屈申道：“哇，你是甚等样人，竟敢如此无礼！还不与我退后。”屈良听他哥竟是妇人声音，也不是山西口气，不觉纳闷道：“你这是怎的了呢？咱们山西人是好朋友，你这个光景，以后怎的见人呢？”忽见屈申向着白雄道：“你不是我兄弟白雄么？啊呀，兄弟呀，你看姐姐好不苦也！”倒把个白雄听了一怔。忽然又听众人说道：“快闪开，快闪开！那疯汉又回来了。”白雄一看，正是前日山内遇见之人。又听见屈申高声说道：“兄弟，那边是你姐夫范仲禹，快些将他拢住。”白雄到了此时，也就顾不得了，将花驴偏缰递给地方，他便上前将疯汉揪了个结实，大家也就相帮才拢住。苦头儿便道:“这个事情我可闹不清。你们二位也不必分争,只好将你们一齐送到县里,你们那里说去罢。”

刚说至此,只见那边来人。苦头儿便道:“快来罢我的太爷,你还慢慢的蹭呢。”只听那人道:“我才听见说,赶着就跑了来咧。”苦头道:“牌头,你快快的找两辆车来。那个是被人谋害的,不能走;这个是个疯子。还有他们两个,俱是事中人。快快去罢。”那牌头听了,连忙转去。不多时,果然找了两辆车来,便叫屈申上车。屈申偏叫白雄搀扶,白雄却又不肯。还是大家说着,白雄无奈,只得将屈申搀起。见他两只大脚丫儿,仿佛是小小金莲一般,扭扭捏捏,一步挪不了四指儿的行走,招的众人大笑。屈良在旁看着,实在脸上磨不开,惟有嗐声叹气而已。屈申上了车,屈良要与哥哥同车,反被屈申叱下车来,却叫白雄坐上。屈良只得与疯汉同车,又被疯汉脑后打了一鞋底子,打下车来。及至要骑花驴,地方又不让。说此驴不定是你的不是你的,还是我骑着为是。屈良无可奈何,只得跟着车在地下跑,竟奔祥符县而来。正走中间,忽然来了个黑驴,花驴一见就追。地方在驴上紧勒扯手,那里勒得住。幸亏屈良步行,连忙上前将嚼子揪住,道:“你不知道这个驴子的毛病儿,他惯闻骚儿,见驴就追。”说着话,见后面有一黑矮之人,敞着衣襟,跟着一个伴当,紧跟那驴往前去了。

你道此人是谁?原来是四爷赵虎。只因包公为新科状元遗失,入朝奏明。天子即着开封府访查。刚然下朝,只听前面人声聒耳,包公便脚跺轿底,立刻打杵,问:“前面为何喧嚷?”包兴等俱各下马,连忙跑去问明。原来有个黑驴,鞍辔俱全,并无人骑着,竟奔大轿而来,板棍击打不开。包公听罢,暗暗道:“莫非此驴有些冤枉么?”吩咐不必拦阻,看他如何。两旁执事左右一分,只见黑驴奔至轿前。可煞作怪,他将两只前蹄一屈,望着轿将头点了三点,众人道怪。包公看的明白,便道:“那黑驴,你果有冤枉,你可头南尾北,本阁便派人跟你前去。”包公刚然说完,那驴便站起转过身来,果然头南尾北。包公心下明白,即唤了声:“来……”谁知道赵虎早已欠着脚儿静听,估量着相爷必要叫人,刚听个来字,他便赶至轿前。包公即吩咐:“跟随此驴前去查看,有何情形异处,禀我知道。”

赵爷奉命下来,那驴便在前引路,愣爷紧紧跟随。刚然出了城,赵爷已跑的吁吁带喘,只得找块石头坐在上面歇息。只见自己的伴当从后面追来,满头是汗,喘着说道:“四爷要巴结差使,也打算打算。两条腿跟着四条腿跑,如何赶的上呢?黑驴呢?”赵爷说:“他在前面跑,我在后面追,不知他往那里去了。”伴当道:“这是什么差使呢?没有驴子如何交差呢?”正说着,只见那黑驴又跑回来了。四爷便向黑驴道:“呀呀呀,你果有冤枉,你须慢着些儿走,我老赵方能赶的上。不然我骑你几步,再走几步如何?”那黑驴果然抿耳攒蹄的不动。四爷便将他骑上,走了几里,不知不觉就到万全山的褡裢坡,那驴一直奔了北上坡去了。四爷走热了,敞开衣襟,跟定黑驴,亦到万全山。见是庙的后墙,黑驴站着不动。此时伴当已来到了,四面观望,并无形迹可疑之处。主仆二人心中纳闷。

忽听见庙墙之内,喊叫救人。四爷听见,便叫伴当蹲伏着身子,四爷登定肩头。

伴当将身往上长，四爷把住墙头将身一纵，上了墙头。往里一看，只见有一口薄皮棺材，棺盖倒在一旁。那边有一个美貌妇人，按着老道厮打。四爷不管高低便跳下去，赶至跟前问道："你等男女授受不亲，如何混缠厮打？"只听妇人说道："乐子被人谋害，图了我的四百两银子。不知怎的，乐子就跑到这棺材里头来了。谁知老道他来打开棺材盖，不知他安着什么心，我不打他怎的呢？"赵虎道："既如此，你且放他起来，待我问他。"那妇人一松手，站在一旁。老道爬起向赵爷道："此庙乃是威烈侯的家庙，昨日抬了一口棺材来，说是主管葛寿之母病故，叫我即刻埋葬。只因目下禁土，暂且停于后院。今日早起，忽听棺内乱响，是小道连忙将棺盖撬开。谁知这妇人出来就将我一顿好打，不知是何原故？"赵虎听老道之言，又见那妇人虽是女形，却是像男子的口气，而且又是山西口音，说的都是图财害命之言。四爷听了不甚明白，心中有些不耐烦，便道："俺老赵不管你们这些闲事。我是奉包老爷差遣，前来寻踪觅迹，你们只好随我到开封府说去。"说罢，便将老道束腰丝绦解下，就将老道拴上，拉着就走；叫那妇人后面跟随。绕到庙的前门，拔去插闩，开了山门。此时伴当已然牵驴来到。

不知出得庙门有何事体，且听下回分解。

第二十六回　聆音察理贤愚立判　鉴貌辨色男女不分

且说四爷赵虎出了庙门，便将老道交与伴当，自己接过驴来。忽听后面妇人说道："那南上坡站立那人，仿佛是害我之人。"紧行数步，口中说道："何尝不是他！"一直跑至南上坡，在井边揪住那人，嚷道："好李保吓，你将乐子勒死，你把我的四百两银子藏在那里？乐子是贪财不要命的，你趁早儿还我就完了。"只听那人说道："你这妇人好生无理，我与你素不相识，谁又拿了你的银子咧？"妇人更发急道："你这个忘八日的！图财害命，你还合乐子闹这个腔儿呢！"赵爷听了，不容分说，便叫从人将拴老道的丝绦那一头儿，也把李保儿拴上，带着就走，竟奔开封府而来。

此时，祥符县因有状元范仲禹，他不敢质讯，亲将此案的人证解到开封府，略将大概情形回禀了包公。包公立刻升堂，先叫将范仲禹带上堂来。差役左右护持。只见范生到了公堂，嚷道："好狗头们吓，你们打得老爷好，你们杀得老爷好！"说罢，拿着鞋就要打人。却是作公人手快，冷不防将他的朱履夺了过来，范仲禹便胡言乱语说将起来。公孙主簿在旁看出，他是气迷疯痰之症，便回了包公，必须用药调理于他。包公点头应允，叫差役押送至公孙先生那里去了。

包公又叫带上白雄来。白雄朝上跪倒。包公问道："你是什么人？作何生理？"白雄禀道："小人白雄，在万全山西南八宝村居住，打猎为生。那日从虎口内救下小儿，细问姓名、家乡住处，才知是自己的外甥。因此细细盘问，说我姐夫乘驴而来，故此寻至东山口外，见小榆树上拴着一花驴，小人以为是我姐夫骑来的。不料路上遇见个山西人，说此驴是他的，还合小人要他哥哥并银子。因此我二人去找地方，却见众人围着一人，这山西人一见，说是他哥哥，向前相认。谁知他哥哥却是妇人的声音，不认他为兄弟，反将小人说是他的兄弟。求老爷与小人作主。”包公问道：“你姐夫叫甚么名字？”白雄道：“小人姐夫叫范仲禹，乃湖广武昌府江夏县人氏。”包公听了，正与新科状元籍贯相同，点了点头，叫他且自下去。带屈良上来。屈良跪下禀道：“小人叫作屈良，哥哥叫屈申，在鼓楼大街开一座兴隆木厂。只因我哥哥带了四百两银子上万全山南批木料，去了一夜没有回来。是小人不放心，等城门开了，赶到万全山东山口外，只见有个人拉着我哥哥的花驴。小人同他要驴，他不但不给驴，还合小人要他的什么姐夫。因此我二人去找地方，却见我哥哥坐在地下。不知他怎的改了形景，不认小人是他兄弟，反叫姓白的为兄弟。求老爷与我们明断明断。”包公问道：“你认明花驴是你的么？”屈良道：“怎的不认得呢？这个驴子有毛病儿，他最爱闻骚儿。”包公叫他也暂且下去。叫把屈申带上来。左右便道：“带屈申，带屈申！”只见屈胡子他却不动。差役只得近前说道：“大人叫你上堂呢。”只见他羞羞惭惭，扭扭捏捏走上堂来，临跪时，先用手扶地，仿佛袅娜的了不得。两边衙役看此光景，由不得要笑，又不敢笑。

只听包公问道：“你被何人谋害，诉上来。”只见屈申禀道：“小妇人白玉莲。丈夫范仲禹上京科考，小妇人同定丈夫来京，顺便探亲。就于场后，带领孩儿金哥，前往万全山寻问我母亲住处。我丈夫便进山访问去了，我母子在青石之上等候。忽然来了一只猛虎，将孩儿叼去。小妇人正在昏迷之际，只见一群人，内有一官长连忙说‘抢’，便将小妇人拉拽上马。到他家内，闭于楼中。是小妇人投缳自尽，恍惚之间，觉得凉风透体。睁眼看时，见围绕多人，小妇人改变了这般模样。”包公看他形景，听他言语，心中纳闷，便将屈良叫上堂来，问道：“你可认得他么？”屈良道：“是小人的哥哥。”又问屈申道：“你可认得他么？”屈申道：“小妇人并不认得他是什么人。”包公叫屈良下去，又将白雄叫上堂来，问道：“你可认得此人么？”白雄回道：“小人并不认得。”忽听屈申道：“我是你嫡亲姐姐，你如何不认得？岂有此理！”白雄惟有发怔而已。包公便知是魂错附了体了，只是如何办理呢？只得将他们俱各带下去。

只见愣爷赵虎上堂，便将跟了黑驴查看情形，述说了一遍，所有一干人犯俱各带到。包公便叫将道士带上来。道士上堂跪倒，禀道：“小道乃是给威烈侯看家庙的，姓业名苦修。只因昨日侯爷府中抬了口薄皮材来，说是主管葛寿的母亲病故，叫小道即刻埋葬。小道因目下禁土，故叫他们将此棺放在后院里。”包公听了道：“你这狗头，满口胡说。此时是什么节气，竟敢妄言禁土！左右，掌嘴。”道士忙了，道：“老爷不必动怒，小道实说，实说。因听见是主管的母亲，料他棺内必有首饰衣服。小道一时贪财心胜，故谎言禁土。以为撬开棺盖得些东西，不料刚将棺材起开，那妇人他就活了，把小道按住一顿好打。他却是一口的山西话，并且力量很大。小道又是怕，又是急，无奈喊叫救人。便见有人从墙外跳进来，就把小道拴了来了。”包公便叫他画了招，立刻出签拿葛寿到案。

道士带下去，叫带妇人。左右一叠连声道：“带妇人，带妇人！”那妇人却动也不动。还是差役上前说道：“那妇人，老爷叫你上堂呢！”只听妇人道：“乐子是好朋友，谁是妇人？你不要顽笑呀！”差役道：“你如今现在是个妇人，谁和你顽笑呢！你且上堂说去。”妇人听了，便大叉步儿走上堂来，咕咚一声跪倒。包公道：“那妇人，你有何冤枉，诉上来。”妇人道：“我不是妇人，我名叫屈申。只因带着四百两银子到万全山批木头去，不想买卖不成。因回来晚咧，在道儿上见个没主儿的黑驴，又是四个牙儿，因此我就把我的花驴拴在小榆树儿上，我就骑了黑驴，以为是个便宜。谁知刮起大风来了，天又晚了，就在南坡上一个人家寻宿儿。这个人名叫李保儿，他将我灌醉了，就把我勒死了。正在缓不过气儿来之时，忽见天光一亮，却是一个道士撬开棺盖。我也不知怎么跑到棺材里面去了。我又不见了四百两银子，因此我才把老道打了。不想刚出庙门，却见南坡上有个汲水的，就是害我的李保儿。我便将他揪住，一同拴了来了。我们山西人，千乡百里亦非容易，命却不要了，是要定了我的四百两银子咧。弄的我这个样儿，这是怎么说呢？”包公听了，叫把白雄带上来，道：“你可认的这个妇人么？”白雄一见，不觉失声道：“你不是我姐姐玉莲么？”刚要向前厮认，只听妇人道：“谁是你姐姐？乐子是好朋友哇。”白雄听了，反倒吓了一跳。包公叫他下去。把屈良叫上来，问妇人道：“你可认得他么？”此话尚未说完，只听妇人说道：“嗳呀，我的兄弟呀！你哥哥被人害了，千万想着咱们银子要紧。”屈良道：“这是咱的了，我多咱有这样儿的哥哥呢？”包公吩咐一齐带下去，心中早已明白，是男女二魂错附了体了，必无疑矣。又叫带李保上堂来。包公一见，正是逃走的恶奴。已往不究，单问他为何图财害命。李保到了此时，看见相爷的威严，又见身后包兴、李才，俱是七品郎官的服色，自己悔恨无地，惟求速死。也不推辞，他便从实招认。包公叫他画了招，即差人前去起赃，并带李氏前来。

刚然去后，差人禀道：“葛寿拿到。”包公立刻吩咐带上堂来，问道：“昨日抬到你家主的家庙内那一口棺材，死的是什么人？”葛寿一闻此言，登时惊慌失色，道：“是小人的母亲。”包公道：“你在侯爷府中当主管，自然是多年可靠之人。既是你母亲，为何用薄皮材盛殓？你即或不能，亦当求求家主赏赐，竟自忍心如此了草完事，你也太不孝了。来！”“有！”“拉下去，先打四十大板！”两旁一声答应，将葛寿重责四十，打的满地乱滚。包公又问道：“你今年多大岁数了？”葛寿道：“今年三十六岁。”包公又问道：“你母亲多大年纪了？”一句话问的他张口结舌，半天说道：“小人不、不记得了。”包公怒道：“满口胡说！天下那有人子不记得母亲岁数的道理。可见你心中无母，是个忤逆之子。来！”“有！”，“拉下去，再打四十大板！”葛寿听了忙道：“相爷不必动怒，小人实说，实说。”包公道：“讲！”左右公人催促：“快讲，快讲！”恶奴到了此时，无可如何，只得说道：“回老爷，棺材里那个死人，小人却不认得。只因前日，我们侯爷打围回来，在万全山看见一个妇人在那里啼哭，颇有姿色。旁边有个亲信之人，他叫刁三，就在侯爷跟前献勤，说了几句言语，便将那妇人抢到家中，闭于楼上，派了两仆妇劝慰于他。不想后来有个姓范的找他的妻子，也是刁三与侯爷定计,将姓范的请到书房,好好看待,又应许给他找寻妻子……”包公便问道:“这刁三现在何处?”葛寿道:“就是那天夜里死的。”包公道:“想是你与他有仇,将他谋害了。来!”“有!”“拉下去打!”葛寿着忙道:“小人不曾害他,是他自己死的。”包公道:“他如何自己死的呢?”葛寿道:“小人索性说了罢。因刁三与我们侯爷定计,将姓范的留在书房。到三更时分,刁三手持利刃,前往书房杀姓范的去。等到五更未回,我们侯爷又派人去查看。不料刁三自不小心,被门槛子绊了一跤,手中刀正中咽喉,穿透而死。我们侯爷便另着家丁,一同来到书房,说姓范的无故谋杀家人,一顿乱棍,就把他打死了。又用一个旧箱子,将尸首装好,趁着天未亮,就抬出去抛于山中了。”包公道:“这妇人如何又死了呢?”葛寿道:“这妇人被仆妇丫鬟劝慰的却应了。谁知他是假的,眼瞅不见他就上了吊咧。我们侯爷一想未能如意,枉自害了三条性命,因用棺木盛好女尸,假说是小人之母,抬往家庙埋葬。这是已往从前之事,小人不敢撒谎。”包公便叫他画了招。所有人犯,俱各寄监。惟白氏女身男魂,屈申男身女魂,只得在女牢分监,不准亵渎相戏。又派王朝、马汉前去带领差役捉拿葛登云,务于明日当堂听审。分派已毕,退了堂。大家也就陆续散去。

此时惟有地方苦头儿最苦。自天亮时整整儿闹了一天,不但挨饿,他又看着两头驴,谁也不理他。此时有人来,他便搭讪着给人道辛苦,问相爷退了堂了没有。那人应道:“退了堂了。”他刚要提那驴子,那人便走。一连问了多少人,谁也不理他,只急的抓耳挠腮,嗐声叹气。好容易等着跟四爷的人出来,他便上前央求。跟四爷的人见他可怜,才叫他拉了驴到马号里去。偏偏的花驴又有毛病儿不走,还是跟四爷的人帮着他拉到号中。见了管号的,交代明白,就在号里喂养,方叫地方回去,叫他明儿早早来听着。地方千恩万谢而去。

且说包公退堂用了饭,便在书房思想此案。明知是阴错阳差,却想不出如何办理的法子来。包兴见相爷双眉紧蹙,二目频翻,竟自出神,口中嘟哝嘟哝说道:“阴错阳差,阴错阳差,这怎么办呢?”包兴不由的跪下道:“此事据小人想来,非到阴阳宝殿查去不可。”包公问道:“这阴阳宝殿在于何处?”包兴道:“在阴司地府。”包公闻听,不由的大怒,断喝一声:“哇,好狗才,为何满口胡说?”

未知如何,且听下回分解。

第二十七回　仙枕示梦古镜还魂　仲禹抡元熊飞祭祖

且说包公听见包兴说在阴司地府,便厉声道:“你这狗才,竟敢胡说!”包兴道:“小人如何敢胡说。只因小人去过,才知道的。”包公问道:“你几时去过?”包兴便将白家堡为游仙枕害了他表弟李克明,后来将此枕当堂呈缴,“因相爷在三星镇歇马,小人就偷试此枕,到了阴阳宝殿,说小人冒充星主之名,被神赶了回来”的话说了一遍。包公听了“星主”二字,便想起:“当初审乌盆,后来又在玉宸宫审鬼,冤魂皆称我为星主。如此看来,竟有些意思。”便问:“此枕现在何处?”包兴道:“小人收藏。”连忙退出,不多时,将此枕捧来。包公见封固甚严,便叫:“打开我看。”包兴打开,双手捧至面前。包公细看了一回,仿佛一块朽木,上面有蝌蚪文字,却也不甚分明。包公看了,也不说用,也不说不用,只于点了点头。包兴早已心领神会,捧了仙枕来到里面屋内,将帐钩挂起,把仙枕安放周正。回身出来,又递了一杯茶。包公坐了多时,便立起身来,包兴连忙执灯引至屋内。包公见帐钩挂起,游仙枕已安放周正,暗暗合了心意,便上床和衣而卧。包兴放下帐子,将灯移出,寂寂无声,在外伺候。

包公虽然安歇,无奈心中有事,再也睡不着,不由翻身向里。头刚着枕,只觉自己在丹墀之上,见下面有二青衣牵着一匹黑马,鞍辔俱是黑的。忽听青衣说道:“请星主上马。”包公便上了马,一抖丝缰,谁知此马迅速如飞,耳内只听风响。又见所过之地,俱是昏昏惨惨,虽然黑暗,瞧的却又真切。只见前面有座城池,双门紧闭,那马竟奔城门而来。包公心内着急,说是不好,必要碰上。一转瞬间,城门已过,进了个极大的衙门。到了丹墀,那马便不动了。只见有两个红黑判官迎出来,说道:“星主升堂。”包公便下了马,步上丹墀。见大堂上有匾,大书“阴阳宝殿”四字,又见公位桌椅等项俱是黑的。包公不暇细看,便入公座。只听红判道:“星主必是为阴错阳差之事而来。”便递过一本册子。包公打开看时,上面却无一字。才待要问,只见黑判官将册子拿起,翻上数篇,便放在公案之上。包公仔细看时,只见上面写着工工整整八句粗话,起首云:“原是丑与寅,用了卯与辰。上司多误事,因此错还魂。若要明此事,井中古镜存。临时滴血照,磕破中指痕。”当下,包公看了,并无别的字迹。刚然要问,两判拿了册子而去,那黑马也没有了。包公一急,忽然惊醒,叫人,包兴连忙移灯近前。包公问道:“什么时候了?”包兴回道:“方交三鼓。”包公道:“取杯茶来。”忽见李才进来禀道:“公孙主簿求见。”包公便下了床,包兴打帘,来至外面。只见公孙策参见道:“范生之病,晚生已将他医好。”包公听了大悦,道:“先生用何方医治好的?”公孙回道:“用五木汤。”包公道:“何为五木汤?”公孙道:“用桑、榆、桃、槐、柳五木熬汤,放在浴盆之内。将他搭在盆上,趁热烫洗,然后用被盖严,上露着面目,通身见汗为度。他的积痰瘀血化开,心内便觉明白。现在惟有软弱而已。”包公听了,赞道:“先生真妙手奇方也!即烦先生好好将他调理便了。”公孙领命退出。包兴递上茶来,包公便叫他进内取那面古镜,又叫李才传外班在二堂伺候。

包兴将镜取来。包公升了二堂,立刻将屈申并白氏带至二堂。此时,包兴已将照胆镜悬挂起来。包公叫他二人分男左女右,将中指磕破,把血滴在镜上,叫他们自己来照。屈申听了,咬破右手中指,以为不是自己指头,也不心疼,将血滴在镜上。白氏到了此时,也无可如何,只得将左手中指咬破些须,把血也滴在镜上。只见血到镜面,滴溜溜乱转,将云翳俱各赶开。霎时光芒四射,照的二堂之上人人二目难睁，各各心胆俱冷。包公吩咐男女二人，对镜细看。二人及至看时，一个是上吊，一个是被勒，正是那气堵咽喉，万箭钻心之时，那一番的难受，不觉气闷神昏，登时一齐跌倒。但见宝镜光芒渐收，众人打了个冷战，却仍是古镜一面。包公吩咐将古镜、游仙枕并古今盆，俱各交包兴好好收藏。再看他二人时，屈申动手动脚的，猛然把眼一睁，说道："好李保吓，你把乐子勒死到是小事，偷我四百两银子到是大事。我合你要定咧！"说着话，他便自己上下瞧了瞧，想了多时，忽把自己下巴一摸，欢喜道："唔，是咧，是咧！这可是我咧。"便向上叩头："求大人与我判判，银子是四百两呢，不是顽的咧。"此时，白氏已然苏醒过来，便觉羞容凄惨。包公吩咐将屈申交与外班房，将白氏交内茶房婆子好生看待。包公退堂歇息。

至次日清晨起来，先叫包兴问问公孙先生，范生可以行动么。去不多时，公孙便带领范生慢慢而来。到了书房，向前参见，叩谢大人再造之恩。包公连忙拦阻道："不可，不可。"看他形容虽然憔悴，却不是先前疯癫之状。包公大喜，吩咐看座。公孙策与范生俱告了座。略述大概，又告诉他妻子无恙，只管放心调养。叫他无事时将场内文字抄录出来，"待本阁具本题奏，保你不失状元就是了。"范生听了，更加欢喜，深深的谢了。包公又嘱咐公孙好好将他调理。二人辞了包公，出外面去了。只见王朝、马汉进来禀道："葛登云今已拿到。"包公立刻升堂讯问。

葛登云仗着势力人情，自己又是侯爷，就是满招了，谅包公也无可如何。他便气昂昂的一一招认，毫无推辞。包公叫他画了招。相爷登时把黑脸沉下来，好不怕人，说一声："请御刑！"王、马、张、赵早已请示明白了，请到御刑，抖去龙袱，却是虎头铡。此铡乃初次用，想不到拿葛登云开了张了。此时，葛贼已经面如土色，后悔不来，竟死于铡下。又换狗头铡，将李保铡了。葛寿定了斩监候。李保之妻李氏，定了绞监候。业道士盗尸，发往陕西延安府充军。屈申、屈良当堂将银领去。因屈申贪便宜换驴，即将他的花驴入官。黑驴伸冤有功，奉官喂养。范生同白氏玉莲当堂叩谢了包公，同白雄一齐到八宝村居住，养息身体，再行听旨。至于范生与儿子相会，白氏与母亲见面，自有一番悲痛欢喜，不必细表。

且说包公完结此案，次日即具摺奏明：威烈侯葛登云作恶多端，已请御刑处死。并声明新科状元范仲禹，因场后探亲，遭此冤枉，现今病未痊愈，恳恩展限十日，着一体金殿传胪，恩赐琼林筵宴。仁宗天子看了摺子，甚是欢喜，深嘉包公秉正除奸，俱各批了依议。又有个夹片，乃是御前四品带刀护卫展昭因回籍祭祖，告假两个月。圣上亦准了他的假。凡是包公所奏的，圣上无有不依从。真是君正臣良，太平景象。

且说南侠展爷既已告下假来，他便要起身。公孙策等给他饯行，又留住几日，才束装就出了城门。到了幽僻之处，依然改作武生打扮，直奔常州府武进县遇杰村而来。到了门前，刚然击户，听得老仆在内说道："我这门从无人敲打的。我又不欠人家帐目，我又不与人通来往，是谁这等敲门呢？"及至将门开放，见了展爷，他又道："原来大官人回来了。一去就不想回来，也不管家中事体如何，只管叫老奴经理。将来老奴要来不及了，那可怎么样呢？嗳哟，又添了浇裹了。又是跟人，又是两匹马，要买去也得一百五六十两银子。连人带牲口，这一天也耗费好些呢。”唠唠叨叨，聒絮不休。南侠也不理他，一来念他是世仆老奴，二来爱他忠义持家，三来他说的句句皆是好话，又难以驳他。只得拿话岔他，说道：“房门可曾开着么？”老仆道：“自官人去后，又无人来，开着门预备谁呢？老奴怕的丢了东西，莫若把他锁上，老奴也好放心。如今官人回来了，说不得书房又要开了。”又向伴当道：“你年轻，腿脚灵便，随我进去取出钥匙，省得我奔奔波波的。”说着话，往里面去了。伴当随进，取出钥匙，开了书房。只见灰尘满案，积土多厚。伴当连忙打扫，安放行囊。

展爷刚然坐下，又见展忠端了一碗热茶来。展爷吩咐伴当接过来，口内说道：“你也歇歇去罢！”原是怕他说话的意思。谁知展忠说道：“老奴不乏。”又说道：“官人也该务些正事了。每日在外闲游，又无日期归来，耽误了多少事体。前月，开封府包大人那里打发人来请官人，又是礼物，又是聘金。老奴答言，官人不在家，不肯收礼。那人那里肯依，他将礼物放下，他就走了；还有书子一封。”说罢，从怀中掏出，递过去道：“官人看看，作何主意？俗语说的好：‘无功受禄，寝食不安。’也该奋志往上巴结才是。”南侠也不答言，接过书来，拆开看了一遍，道：“你如今放心罢，我已然在开封府作了四品的武职官了。”展忠道：“官人又来说谎了，做官如何还是这等服色呢？”展爷闻听，道：“你不信，看我包袱内的衣服就知道了。我告诉你说，只因我得了官，如今特特的告假回家祭祖。明日预备祭礼，到坟前一拜。”此时伴当已将包袱打开。展忠看了，果有四品武职服色，不觉欢喜非常，笑嘻嘻道：“大官人真个作了官了，待老奴与官人叩喜头。”展爷连忙搀住道：“你乃是有年纪之人，不要多礼。”展忠道：“官人既然作了官，总以接续香烟为重，从此要早毕婚姻，成立家业要紧。”南侠趁口道：“我也是如此想。前在杭州有个朋友，曾提过门亲事。过了明日，后日我还要往杭州前去联姻呢。”展忠听了道：“如此甚好，老奴且备办祭礼去。”他就欢天喜地去了。

到了次日，便有多少乡亲邻里前来贺喜，帮忙往坟上搬运祭礼。及至展爷换了四品服色，骑了高头大马到坟前，便见男女老少俱是看热闹的乡党。展爷连忙下马步行，伴当接鞭牵马，在后随行。这些人看见展爷衣冠鲜明，像貌雄壮，而且知礼，谁不羡慕，谁不欢喜。你道如何有许多人呢？只因昨日展忠办祭礼去，乐的他在路途上逢人便说，遇人便讲，说：“我们官人作了皇家四品带刀的御前护卫了，如今告假回家祭祖。”因此一传十，十传百，所以聚集多人。且说展爷到了坟上，礼拜已毕，又细细周围看视了一番。见坟冢树木俱各收拾齐整，益信老仆的忠义持家。留恋多时，方转身乘马回去，便吩咐伴当，帮着展忠张罗这些帮忙乡亲。展爷回家后，又出来与众人道乏。一个个张口结舌，竟有想不出说什么话来的。也有见过世面的，展老爷长，展老爷短，尊敬个不了。展爷在家一天，倒觉的分心劳神，定于次日起身上杭州，叫伴当收拾行李。到第二日，将马扣备停当，又嘱托了义仆一番，出门上马，竟奔杭州而来。

未知如何，且听下回分解。

第二十八回　许约期湖亭欣慨助　探底细酒肆巧相逢

且说展爷他那里是为联姻，皆因游过西湖一次，他时刻在念，不能去怀，因此谎言，特为赏玩西湖的景致，这也是他性之所爱。一日来至杭州，离西湖不远，将从者马匹寄在五柳居，他便慢慢步行至断桥亭上。徘徊瞻眺，真令人心旷神怡。正在畅快之际，忽见那边堤岸上有一老者，将衣搂起，把头一蒙，纵身跳入水内。展爷见了，不觉失声道："嗳哟，不好了，有人投了水了！"自己又不会水，急的他在亭子上搓手跺脚，无法可施。猛然见有一只小小渔舟，犹如弩箭一般，飞也似赶来。到了老儿落水之处，见个少年渔郎，把身体向水中一顺，仿佛把水刺开的一般，虽有声息却不咕咚。展爷看了，便知此人水势精通，不由的凝眸注视。不多时，见少年渔郎将老者托起，身子浮于水面，荡悠悠竟奔岸而来。展爷满心欢喜，下了亭子，绕在那边堤岸之上。见少年渔郎将老者两足高高提起，头向下，控出多少水来。展爷且不看老者性命如何，他细细端详渔郎。见他年纪不过二旬光景，英华满面，气度不凡，心中暗暗称羡。又见少年渔郎将老者扶起，盘上双膝，在对面慢慢唤道："老丈醒来，老丈醒来！"此时展爷方看老者。见他白发苍髯，形容枯瘦，半日方哼了一声，又吐了好些清水，"嗳哟"了一声苏醒过来。微微把眼一睁，道："你这好人生生多事，为何将我救活？我是活不得的人了。"

此时已聚集许多看热闹之人，听老者之言，俱各道："这老头子竟如此无礼，人家把他救活了他倒抱怨。"只见渔郎儿并不动气，反笑嘻嘻的道："老丈不要如此。蝼蚁尚且贪生，何况是人呢？有什么委屈何不对小可说明。倘若真不可活，不妨我再把你送下水去。"旁人听了，俱悄悄道："只怕难罢。你既将他救活，谁又眼睁睁的瞅着容你把他又淹死呢。"只听老者道："小老儿姓周名增，原在中天竺开了一座茶楼。只因三年前冬天大雪，忽然我铺子门口卧倒一人。是我慈心一动，叫伙计们将他抬至屋中，暖被盖好，又与他热姜汤一碗，他便苏醒过来。自言姓郑名新，父母俱亡，又无兄弟，因家业破落，前来投亲，偏又不遇。一来肚内无食，遭此大雪，故此卧倒。老汉见他说的可怜，便将他留在铺中，慢慢的将养好了。谁知他又会写，又会算，在柜上帮着我办理，颇颇的殷勤。也是老汉一时错了主意。老汉有个女儿，就将他招赘为婿，料理买卖颇好。不料去年我女儿死了，又续娶了王家姑娘，就不像先前光景，也还罢了。后来因为收拾门面，郑新便向我说：'女婿有半子之劳，惟恐将来别人不服，何不将周家改个郑字，将来也免得人家讹赖。'老汉一想，也可以使得，就将周家茶楼改为郑家茶楼。谁知自改了字号之后，他们便不把我看在眼内了。一来二去，言语中渐渐露出说老汉白吃他们了，他们倒得养活我了，是我赖他们了。一闻此言，便与他分争。无奈他夫妻二人口出不逊，就以周家卖给郑家为

题，说老汉讹了他了。因此老汉气忿不过，在本处仁和县将他告了一状。他又在县内打点通了，反将小老儿打了二十大板，逐出境外。渔哥你想，似此还有个活头儿么？不如死了，在阴司把他再告下来，出出这口气。”渔郎听罢笑了，道：“老丈，你错打了算盘了。一个人既断了气，可还能出出气呢？再者，他有钱使的鬼推磨，难道他阴司就不会打点么？依我倒有个主意，莫若活着合他赌气，你说好不好？”周老道：“怎么合他赌气呢？”渔郎说：“再开个周家茶楼气气他，岂不好么？”周老者闻听，把眼一瞪道：“你还是把我推下水去！老汉衣不遮体，食不充饥，如何还能够开茶楼呢？你还是让我死了好。”渔郎笑道：“老丈不要着急。我问你，若要开这茶楼，可要用多少银两呢？”周老道：“纵省俭，也要耗费三百多银子。”渔郎道：“这不打紧。多了不能，这三四百银子，小可还可以巴结的来。”

展爷见渔郎说了此话，不由心中暗暗点头道：“看这渔郎好大口气，竟能如此仗义疏财，真正难得。”连忙上前对老丈道：“周老丈，你不要狐疑。如今渔哥既说此话，决不食言。你若不信，在下情愿作保如何？”只见那渔郎将展爷上下打量了一番，便道：“老丈，你可曾听见了？这位公子爷谅也不是谎言的。咱们就定于明日午时，千万千万在那边断桥亭子上等我，断断不可过了午时。”说话之间，又从腰内掏出五两一锭银子来，托于掌上道：“老丈，这是银子一锭，你先拿去做为衣食之资。你身上衣服皆湿，难以行走。我那边船上有干净衣服，你且换下来。待等明日午刻，见了银两，再将衣服对换，岂不是好。”周老儿连连称谢不尽。那渔郎回身一点手，将小船唤至岸边，便取衣服叫周老换了，把湿衣服抛在船上，一拱手道：“老丈请了。千万明日午时不可错过。”将身一纵，跳上小船，荡荡悠悠摇向那边去了。周老攥定五两银子，向大众一揖道：“多承众位看顾，小老儿告别了。”说罢也就往北去了。展爷悄悄跟在后面，见无人时便叫道：“老丈，明日午时断断不可失信的，倘那渔哥无银时，有我一面承管，准准的叫你重开茶楼便了。”周老回身作谢道：“多承公子爷的错爱，明日小老儿再不敢失信的。”展爷道：“这便才是，请了。”急回身，竟奔五柳居而来。见了从人，叫他连马匹俱各回店安歇：“我因遇见知己邀请，今日不回去了。你明日午时，在断桥亭接我。”从人连声答应。

展爷回身，直往中天竺。租下客寓，问明郑家楼，便去踏看门户路径。走不多路，但见楼房高耸，茶幌飘扬。来至切近，见匾额上写一边是“兴隆斋”，一边是“郑家楼”，展爷便进了茶铺。只见柜堂竹椅上坐着一人，头带摺巾，身穿华氅，一手扶住磕膝，一手搭在柜上；又往脸上一看，却是形容瘦弱，尖嘴缩腮，一对眯缝眼，两个扎煞耳朵。他见展爷瞧他，他便连忙站起执手道：“爷上欲吃茶，或请登楼，又清净又豁亮。”展爷一执手道：“甚好，甚好。”便手扶栏杆，慢登楼梯。来至楼上一望，见一溜五间楼房，甚是宽敞，拣个座儿坐下。茶博士过来，用代手搽抹桌面。且不问茶问酒，先向那边端了一个方盘，上面蒙着纱罩。打开看时，却是四碟小巧茶果，四碟精致小菜，极其齐整干净。安放已毕，方问道：“爷是吃茶是饮酒，还是会客呢？”展爷道：“却不会客，是我要吃杯茶。”茶博士闻听，向那边摘下个水牌来，递给展爷道：“请爷吩咐吃什么茶？”展爷接过水牌，且不点茶名，先问茶博士何名。博士道：“小人名字，无非是三槐、四槐，若遇客官喜欢，七槐、八槐都使得。”展爷道：“少了不好，多了不好，我就叫你六槐罢。”博士道：“六槐极好，是最合乎中的。”展爷又问道：“你东家姓什么？”博士道：“姓郑。爷没看见门上匾额么？”展爷道：“我听见说，此楼原是姓周，为何姓郑呢？”博士道：“以先原是周家的，后来给了郑家了。”展爷道：“我听见说，周、郑二姓还是亲戚呢。”博士道：“爷上知道底细。他们是翁婿，只因周家的姑娘没了，如今又续娶了。”展爷道：“续娶的可是王家的姑娘么？”博士道：“何曾不是呢。”展爷道：“想是续娶的姑娘不好；但凡好么，如何他们翁婿会在仁和县打官司呢？”博士听至此，却不答言，惟有瞅着展爷而已。又听展爷道：“你们东家住于何处？”博士道：“就在这后面五间楼上。此楼原是钩连搭十间，自当中隔开。这面五间做客座，那面五间做住房。差不多的都知道离住房很近，承赐顾者到了楼上，皆不肯胡言乱道的。”展爷道：“这原是理当谨言的。但不知他家内还有何人？”博士暗想道：“此位是吃茶来咧，还是私访来咧？”只得答道：“家中并无多人，惟有东家夫妻二人，还有个丫鬟。”展爷道：“方才进门时，见柜前竹椅儿上坐的那人，就是你们东家么？”博士道：“正是，正是。”展爷道：“我看满面红光，准要发财。”博士道：“多谢老爷吉言。”展爷方看水牌，点了雨前茶。博士接过水牌，仍挂在原处。

方待下楼去泡一壶雨前茶来，忽听楼梯响处，又上来一位武生公子，衣服鲜艳，相貌英华，在那边拣一座，却与展爷斜对。博士不敢怠慢，显灵机，露熟识，便上前擦抹桌子，道：“公子爷，一向总没来，想是公忙。”只听那武生道：“我却无事，此楼我是初次才来。”茶博士见言语有些不相合，也不言语，便向那边也端了一方盘，也用纱罩儿蒙着，依旧是八碟，安放妥当。那武生道：“我茶酒尚未用着，你先弄这个做什么？”茶博士道：“这是小人一点敬意。公子爷爱用不用，休要介怀。请问公子爷是吃茶，是饮酒，还是会客呢？”那武生道：“且白吃杯茶，我是不会客的。”茶博士便向那边摘下水牌来,递将过去。忽听下边说道:“雨前茶泡好了。”茶博士道:“公子爷先请看水牌,小人与那位取茶去。”转身不多时,擎了一壶茶,一个杯子,拿至展爷那边。又应酬了几句,回身又仍到武生桌前,问道:“公子爷吃什么茶?”那武生道:“雨前罢。”茶博士便吆喝道:“再泡一壶雨前来!”

刚要下楼,只听那武生唤道:“你这里来。”茶博士连忙上前问道:“公子爷有什么吩咐?”那武生道:“我还没问你贵姓?”茶博士道:“承公子爷一问足已够了,如何耽的起‘贵’字? 小人姓李。”武生道:“大号呢?”茶博士道:“小人岂敢称大号呢?无非是三槐、四槐,或七槐、八槐,爷们随意呼唤便了。”那武生道:“少了不可,多了也不妥,莫若就叫你六槐罢。”茶博士道:“六槐就是六槐,总要公子爷合心。”说着话,他却回头望了望展爷。又听那武生道:“你们东家原先不是姓周么,为何又改姓郑呢?”茶博士听了,心中纳闷道:“怎么今日这二位吃茶,全是问这些的呢?”他先望了望展爷,方对武生说道:“本是周家的,如今给了郑家了。”那武生道:“周、郑两家原是亲戚,不拘谁给谁都使得。大约续娶的这位姑娘有些不好罢?”茶博士道:“公子爷如何知道这等详细?”那武生道:“我是测度。若是好的,他翁婿如何会打官司呢?”茶博士道:“这是公子爷的明鉴。”口中虽如此说,他却望了望展爷。那武生道:“你们东家住在那里?”茶博士暗道:“怪事! 我莫若告诉他,省得再问。”便将后面还有五间楼房,并家中无有多人,只有一个丫鬟,合盘的全说出来。说完了,他却望了望展爷。那武生道:“方才我进门时,见你们东家满面红光,准要发财。”茶博士听了此言,更觉诧异,只得含糊答应,搭讪着下楼取茶。他却回头,狠狠的望了望展爷。

未知后文如何,且听下回分解。

第二十九回 丁兆蕙茶铺偷郑新 展熊飞湖亭会周老

且说那边展爷,自从那武生一上楼时,看去便觉熟识。后又听他与茶博士说了许多话,恰与自己问答的一一相对。细听声音,再看面庞,恰就是救周老的渔郎。心中踌躇道:“他既是武生,为何又是渔郎呢?”一壁思想,一壁擎杯,不觉出神,独自呆呆的看着那武生。忽见那武生立起,向着展爷一拱手道:“尊兄请了!”展爷连忙放下茶杯,答礼道:“兄台请了! 若不弃嫌,何不屈驾这边一叙。”那武生道:“既承雅爱,敢不领教。”于是过来,彼此一揖。展爷将前首座儿让与武生坐了,自己在对面相陪。此时茶博士将茶取过来,见二人坐在一处,方才明白:“他两个敢是一路同来的,怨不得问的话语相同呢。”笑嘻嘻将他一壶雨前茶、一个茶杯也放在那边。那边八碟儿外敬,算他白安放了。刚然放下茶壶,只听武生道:“六槐,你将茶且放过一边,我们要上好的酒拿两角来。菜蔬不必吩咐,只要应时配口的拿来就是了。”

六槐连忙答应,下楼去了。

那武生便问展爷道:“尊兄贵姓?仙乡何处?”展爷道:“小弟常州府武进县,姓展名昭,字熊飞。”那武生道:“莫非新升四品带刀护卫钦赐‘御猫’,人称南侠展老爷么?”展爷道:“惶恐,惶恐。岂敢,岂敢。请问兄台贵姓?”那武生道:“小弟松江府茉花村姓丁名兆蕙。”展爷惊讶道:“莫非令兄名兆兰,人称为双侠丁二官人么?”丁二爷道:“惭愧,惭愧。贱名何足挂齿。”展爷道:“久仰尊昆仲名誉,屡欲拜访,不意今日邂逅,实为万幸。”丁二爷道:“家兄时常思念吾兄,原要上常州地面,未得其便。后来又听得吾兄荣升,因此不敢仰攀。不料今日在此幸遇,实慰渴想。”展爷道:“兄台再休提那封职,小弟其实不愿意。似乎你我弟兄疏散惯了,寻山觅水,何等的潇洒。今一旦为官羁绊,反觉心中不能畅快,实实出于不得已也。”丁二爷道:“大丈夫生于天地之间,理宜与国家出力报效。吾兄何出此言,莫非言与心违么?”展爷道:“小弟从不撒谎。其中若非关碍着包相爷一番情意,弟早已的挂冠远隐了。”说至此,茶博士将酒馔俱已摆上。丁二爷提壶斟酒,展爷回敬,彼此略为谦逊,饮酒畅叙。

展爷便问:“丁二兄如何有渔郎装束?”丁二爷笑道:“小弟奉母命上灵隐寺进香,行至湖畔,见此名山,对此名泉,一时技痒,因此改扮了渔郎。原为遣兴作耍,无意中救了周老,也是机缘凑巧,兄台休要见笑。”正说之间,忽见有个小童上得楼来便道:“小人打谅二官人必是在此,果然就在此间。”丁二爷道:“你来作什么?”小童道:“方才大官人打发人来,请二官人早些回去,现有书信一封。”丁二爷接过来看了道:“你回去告诉他说,我明日即回去。”略顿了一顿,又道:“你叫他暂且等等罢。”展爷见他有事,连忙道:“吾兄有事,何不请去。难道以小弟当外人看待么?”丁二爷道:“其实也无什么事,既如此,暂告别。请吾兄明日午刻千万到桥亭一会。”展爷道:“谨当从命。”丁二爷便将六槐叫过来道:“我们用了多少,俱在柜上算帐。”展爷也不谦逊,当面就作谢了。丁二爷执手告别,下楼去了。

展爷自已又独酌了一会,方慢慢下楼,在左近处找了寓所。歇至二更以后,他也不用夜行衣,就将衣襟拽了一拽,袖子卷了一卷,佩了宝剑,悄悄出寓所。至郑家后楼,见有墙角,纵身上去。绕至楼边,又一跃,到了楼檐之下。见窗上灯光有妇人影儿,又听杯箸声音。忽听妇人问道:“你请官人如何不来呢?”丫鬟道:“官人与茶行兑银两呢,兑完了也就来了。”又停一会,妇人道:“你再去看看,天已三更,如何还不来呢?丫鬟应答下楼。猛又听得楼梯乱响,只听有人唠叨道:“没有银子要银子,及至有了银子,他又说夤夜之间难拿,暂且寄存,明日再拿罢。可恶的很!上上下下,叫人费事。”说着话,只听唧叮咕咚一阵响,是将银子放在桌子上的光景。展爷便临窗牖偷看,见此人果是白昼在竹椅上坐的那人;又见桌上堆定八封银子,俱是西纸包妥,上面影影绰绰有花押。只见郑新一壁说话,一壁开那边的假门儿,口内说道:“我是为交易买卖,娘子又叫丫鬟屡次请我,不知有什么紧要事?”手中却一封一封将银收入格子里面,仍将假门儿扣好。只听妇人道:“我因想起一宗事来,故此请你。”郑新道:“什么事?”妇人道:“就是为那老厌物。虽则逐出境外,我细想来,他既敢在县里告下你来,就保不住他在别处告你,或府里,或京控,俱是不免的。那时怎么好呢?”郑新听了,半晌叹道:“若论当初,原受过他的大恩。如今将他闹到这步田地,我也就对不过我那亡妻了。”说至此,声音却甚惨切。

展爷在窗外听,暗道:“这小子尚有良心。”忽听有摔筷箸蹾酒杯之声,再细听时,又有抽抽噎噎之音,敢则是妇人哭了。只听郑新说道:“娘子不要生气,我不过是那么说。”妇人道:“你既惦着前妻,就不该叫他死吓,也不该又把我娶来吓。”郑新道:“这原是因话提话,人已死了,我还惦记作什么?再者,他要紧你要紧呢?”说着话,便凑过妇人那边去央告道:“娘子,是我的不是,你不要生气,明日再设法出脱那老厌物便了。”又叫丫鬟烫酒,“与你奶奶换酒。”一路紧央告,那妇人方不哭了。

大凡妇人晓得三从四德,不消说,那便是贤德的了;惟有这不贤之妇,他不晓三从为何物,四德为何事。他单有三个字的诀窍,是那三个字呢?乃惑、触、吓也。一进门时,尊敬丈夫,言语和气。丈夫说这个好,他便说妙不可言;丈夫说那个不好,他便说断不可用。真是百依百随,哄的丈夫心花俱开。趁着欢喜之际,他便暗下针砭,这就用着蛊惑了。说那个不当这么着,说这个不当那么着。看丈夫的光景,若是有主意的男子,迎头拦住,他这惑字便用不着,只好另打主意;若遇无主意的男子,听了那蛊惑之言,渐渐的心地就贴服了妇人。妇人便大施神威,处处全以惑字当先,管保叫丈夫再也逃不出这惑字圈儿去。此是第一诀窍,算用着了。将丈夫的心笼络住了,他便渐渐的放肆起来。稍有不合心意之处,不是蹾摔,就是嚷闹,故意的触动丈夫之怒,看丈夫能受不能受。若刚强的男子,便怒上加怒,不是喝骂,就是殴打。见他触字不能行,他便敛声息气,赶早收起来。偏有一等不做脸儿男子,本是自己生气来着,忽见妇人一闹,他不但没气,反倒笑了。只落得妇人聒絮不休,那男子竟会无言可对。从此后,再要想他不触而不可得。至于吓,又是从触中生出来的变格文字。今日也触,明日也触,触得丈夫全然不知不觉习惯成自然了,他又从触字之馀波,改成了吓字之机变。三行鼻涕,两行泪,无故的关门不语,呼之不应;平空的嘱托后事,仿佛是临别赠言。更有一等可恶者,寻刀觅剪,明说大卖,就犹如明火执仗的强盗相似。弄的男人抿耳攒蹄束手待毙,恨不得歃血盟誓。自朝至夕,但得承一时之欢颜,不亚如放赦的一般。家庭之间若真如此,虽则男子的乾刚不振,然而妇人之能为从此已毕矣。即如郑新之妇,便是用了三绝艺,已至于惑触之局中,尚未用吓字之变格。

且说丫鬟奉命温酒,刚然下楼,忽听“嗳哟”一声,转身就跑上楼来,只唬得他张口结舌,惊慌失措。郑新一见,便问道:“你是怎么样了?”丫鬟喘吁吁方说道:“了、了不得,楼、楼底下火、火球儿乱、乱滚。”妇人听了便接言道:“这也犯的上唬的这个样儿?这别是财罢?想来是那老厌物攒下的私蓄,埋藏在那里罢。我们何不下去瞧瞧,记明白了地方儿,明日慢慢的再刨。”一席话,说的郑新贪心顿起,忙叫丫鬟点灯笼。丫鬟他却不敢下楼取灯笼,就在蜡台上见有个蜡头儿,在灯上对着,手里拿着,在前引路。妇人后面跟随,郑新也随在后,同下楼来。此时,窗外展爷满心欢喜,暗道:“我何不趁此时撬窗而入,偷取他的银两呢?”刚要抽剑,忽见灯光一幌，却是个人影儿。连忙从窗牖孔中一望，只乐了个事不有馀。原来不是别人，却是救周老儿的渔郎到了。暗暗笑道："敢则他也是向这里挪借来了。只是他不知放银之处，这却如何能告诉他呢？"心中正自思想，眼睛却往里留神。只见丁二爷也不东瞧西望，他竟奔假门而来。将手一按，门已开放，只见他一封一封往怀里就揣。屋里在那里揣，展爷在外头记数儿，见他一连揣了九次，仍然将假门儿关上。展爷心中暗想："银子是八封，他却揣了九次，不知那一包是什么？"正自揣度，忽听楼梯一阵乱响。有人抱怨道："小孩子家，看不真切就这们大惊小怪的！"正是郑新夫妇同着丫鬟上楼来了。展爷在窗外不由的暗暗着急道："他们将楼门堵住，我这朋友他却如何脱身呢？他若是持刀威吓，那就不是侠客的行为了。"忽然眼前一黑，再一看时，屋内已将灯吹灭了。展爷大喜，暗暗称妙。忽听郑新嗳哟道："怎么楼上灯也灭了？你又把蜡头儿掷了，灯笼也忘了捡起来，这还得下楼取火去。"展爷在外听的明白，暗道："丁二官人真好灵机，并借着灭灯他就走了，真正的爽快。"忽又自己笑道："银两业已到手，我还在此做什么？难道人家偷驴，我还等着拔橛儿不成。"将身一顺，早已跳下楼来，复又上了墙角，落在外面，暗暗回到下处。真是神安梦稳，已然睡去了。再说郑新叫丫鬟取了火来，一看格子门仿佛有人开了。自己过去开了一看，里面的银子一封也没有了，忙嚷道："有了贼了！"他妻子便问："银子失了么？"郑新道："不但才拿来的八封不见了，连旧存的那一包二十两银子也不见了。"夫妻二人又下楼寻找了一番，那里有个人影儿。两口子就只齐声叫苦，这且不言。

展熊飞直睡至次日红日东升，方才起来梳洗，就在客寓吃了早饭，方慢慢往断桥亭而来。刚至亭上，只见周老儿坐在栏杆上打盹儿呢。展爷悄悄过去，将他扶住了方唤道："老丈醒来，老丈醒来。"周老猛然惊醒，见是展爷，连忙道："公子爷来了，老汉久等多时了。"展爷道："那渔哥还没来么？"周老道："尚未来呢。"展爷暗忖道："看他来时是何光景。"正犯想间，只见丁二爷带着仆从二人竟奔亭上而来。展爷道："送银子的来了。"周老儿看时，却不是渔郎，也是一位武生公子。及至来到切近细细看时，谁说不是渔郎呢？周老者怔了一怔，方才见礼。丁二爷道："展兄早来了么？真信人也。"又对周老道："老丈，银子已有在此。不知你可有地基么？"周老道："有地基。就在郑家楼有一箭之地，有座书画楼，乃是小老儿相好孟先生的。因他年老力衰，将买卖收了，临别时就将此楼托付我了。"丁二爷道："如此甚好。可有帮手么？"周老道："有帮手，就是我的外甥乌小乙。当初原是与我照应茶楼，后因郑新改了字号，就把他撵了。"丁二爷道："既如此，这茶楼是开定了，这口气也是要赌准了。如今我将我的仆人留下，帮着与你料理一切事体，此人是极可靠的。"说罢，叫小童将包袱打开。展爷在旁细细留神。

不知改换的如何，且听下回分解。

第三十回　济弱扶倾资助周老　交友投分邀请南侠

且说丁二爷叫小童打开包袱。仔细一看,却不是西纸,全换了桑皮纸,而且大小不同,仍旧是八包。丁二爷道:“此八包分两不同,有轻有重,通共是四百二十两。”展爷方明白,晚间揣了九次,原来是饶了二十两来。周老儿欢喜非常,千恩万谢。丁二爷道:“若有人问你银子从何而来,你就说镇守雄关总兵之子丁兆蕙给的,在松江府茉花村居住。”展爷也道:“老丈,若有人问谁是保人,你就说常州府武进县遇杰村姓展名昭的保人。”周老一一记了。又将昨日丁二爷给的那一锭银子拿出来,双手捧与丁二爷道:“这是昨日公子爷所赐,小老儿尚未敢动。今日奉还。”丁二爷笑道:“我晓得你的意思了。昨日我原是渔家打扮,给你银两,你恐使了被我讹诈。你如今放心罢。既然给你银两,再没有又收回来的道理。就是这四百多两银子,也不合你要利息。若后日有事,到了你这里,只要好好的预备一碗香茶,那便是利息了。”周老儿连声应道:“当得。当得。”丁二爷又叫小童将昨日的渔船唤了来,将周老的衣服业已洗净晒干,叫他将渔衣换了。又赏了渔船上二两银子。就叫仆从帮着周老儿拿着银两,随去料理。周老儿便要跪倒叩头,丁二爷与展爷连忙搀起,又嘱咐道:“倘若茶楼开了之后,再不要粗心改换字号。”周老儿连说:“再不改了,再不改了。”随着仆人欢欢喜喜去了。

此时展爷从人已到,拉着马匹在一边伺候。丁二爷问道:“那是展兄的尊骑么?”展爷道:“正是。”丁二爷道:“昨日家兄遣人来唤小弟,小弟叫来人带信回禀家兄,说与吾兄巧遇。家兄欲见吾兄,如渴想浆。弟要敦请展兄到敝庄盘桓几日,不知肯光顾否?”展爷想了一想,自己原是无事,况假满尚有日期,趁此何不会会知己,也是快事,便道:“小弟久已要到宝庄奉谒,未得其便。今既承雅爱,敢不从命。”便叫过从人来告诉道:“我上松江府茉花村丁大员外丁二员外那里去了。我们乘舟,你将马匹俱各带回家去罢。不过五六日,我也就回家了。”从人连连答应。刚要转身,展爷又唤住悄悄的道:“展忠问时,你就说为联姻之事去了。”从者奉命,拉着马匹各自回去不提。

且说展爷与丁二爷带领小童一同登舟,竟奔松江府。水路极近,丁二爷乘舟惯了,不甚理会;惟有展爷今日坐在船上,玩赏沿途景致,不觉的神清气爽,快乐非常,与丁二爷说说笑笑,情投意合。彼此方叙明年庚。丁二爷小,展爷大两岁,便以大哥呼之。展爷便称丁二爷为贤弟。因叙话间又提起周老儿一事,展爷问道:“贤弟奉伯母之命前来进香,如何带许多银两呢?”丁二爷道:“原是要买办东西的。”展爷道:“如今将此银赠了周老,又拿什么买办东西呢?”丁二爷道:“弟虽不才,还可以借得出来。”展爷笑道:“借得出来更好,他若不借,必然将灯吹灭,便可借来。”丁二爷听了,不觉诧异道:"展大哥,此话怎讲?"展爷笑道:"莫道人行早,还有早行人。"便将昨晚之事说明。二人鼓掌大笑。

说话间,舟已停泊,搭了跳板,二人弃舟登岸。丁二爷叫小童先由捷径送信,他却陪定展爷慢慢而行。展爷见一条路径,俱是三合土垒成,一半是天然,一半是人力,平平坦坦,干干净净。两边皆是密林,树木丛杂。中间单有引路树,树下各有一人,俱是浓眉大眼,阔腰厚背。头上无网巾,发挽高绺,戴定芦苇编的圈儿。身上各穿着背心,赤着双膊,青筋暴露,抄手而立。却赤着双足,也有穿着草鞋的,俱将裤腿卷在膝盖之上,不言不语。一对树下有两个人,展爷往那边一望,一对一对的实在不少。心中纳闷,便问丁二爷道:"贤弟,这些人俱是做什么的?"二爷道:"大哥有所不知,只因江中有船五百馀只,每每的械斗伤人。因在江中芦花荡分为交界,每人各管船二百馀只。十船一小头目,百船一大头目,又有一总首领。奉府内明文,芦花荡这边俱是我弟兄二人掌管。除了府内的官用鱼虾,其下定行市开秤,惟我弟兄命令是从。这些人俱是头目,特来站班朝面的。"展爷听罢,点了点头。

走过土基的树林,又有一片青石鱼鳞路,方是庄门。只见广梁大门,左右站立多少庄丁伴当。台阶之上,当中立着一人,后面又围随着多少小童执事之人。展爷临近,见那人降阶迎将上来,倒把展爷唬了一跳。原来兆兰弟兄乃是同胞双生,兆兰比兆蕙大一个时辰,因此面貌相同。从小儿兆蕙就淘气,庄前有卖吃食的来,他吃了不给钱,抽身就走。少时卖吃食的等急了,在门前乱嚷,他便同哥哥兆兰一齐出来,叫卖吃食的厮认,那卖吃食的竟会分不出来是谁吃的。再不然,他兄弟二人倒替着吃了,也竟分不出是谁多吃,是谁少吃。必须卖吃食的着急,央告他二人,方把钱文付给,以博一笑而已。如今展爷若非与丁二官人同来,也竟分不出是大爷来。彼此相见,欢喜非常。携手刚至门前,展爷便从腰间把宝剑摘下来,递给旁边一个小童。一来初到友家,不当腰悬宝剑;二来又知丁家弟兄有老伯母在堂,不宜携带利刃,这是展爷细心处。

三个人来至待客厅上,彼此又从新见礼。展爷与丁母太君请安。丁二爷正要进内请安去,便道:"大哥暂且请坐。小弟必替大哥在家母前禀明。"说罢进内去了。厅上丁大爷相陪,又嘱咐预备洗面水,烹茗献茶,彼此畅谈。丁二爷进内有二刻的工夫方才出来说:"家母先叫小弟问大哥好。让大哥歇息歇息,少时还要见面呢。"展爷连忙立起身来,恭敬答应。只见丁二爷改了面皮,不似路上的光景,嘻嘻笑笑,又是顽戏,又是刻薄,竟自放肆起来。展爷以为他到了家,在哥哥的面前娇痴惯了,也不介意。丁二爷便问展爷道:"可是吓大哥,包公待你甚厚,听说你救过他多少次,是怎么件事情呀?小弟要领教,何不对我说说呢。"展爷道:"其实也无要紧。"便将金龙寺遇凶僧,土龙岗逢劫夺,天昌镇拿刺客,以及庞太师花园冲破邪魔之事,滔滔说了一回。道:"此事皆是你我行侠之人当作之事,不足挂齿。"二爷道:"也倒有趣,听着怪热闹的。"又问道:"大哥又如何面君呢?听说耀武楼试三绝技,敕赐'御猫'的外号儿,这又是什么事情呢?"展爷道:"此事便是包相爷的情面了。"又说包公如何递摺,圣上如何见面:"至于演试武艺,言之实觉可愧。无奈皇恩浩荡，赏了'御猫'二字，又加封四品之职。原是个潇洒的身子，如今倒弄的被官拘束住了。"二爷道："大哥休出此言。想来是你的本事道的去，不然圣上如何加恩呢？大哥提舞剑，请宝剑一观。"展爷道："方才交付盛价了。"丁二爷回首道："你们谁接了展老爷的剑了？拿来我看。"只见一个小童将宝剑捧过来呈上。二爷接过来，先瞧了瞧剑鞘，然后拢住剑靶，将剑抽出，隐隐有钟磬之音。连说："好剑，好剑！但不知此剑何名？"展爷暗道："看他这半天言语嘻笑于我，我何不叫他认认此宝，试试他的目力如何。"便道："此剑乃先父手泽，劣兄虽然佩带，却不知是何名色，正要在贤弟跟前领教。"二爷暗道："这是难我来了。倒要细细看看。"瞧了一会道："据小弟看，此剑仿佛是'巨阙'。"说罢，递与展爷。展爷暗暗称奇道："真好眼力，不愧他是将门之子！"便道："贤弟说是'巨阙'，想来是'巨阙'无疑了。"便要将剑入鞘。

二爷道："好哥哥，方才听说舞剑，弟不胜钦仰。大哥何不试舞一番，小弟也长长学问。"展爷是断断不肯，二爷是苦苦相求。丁大爷在旁却不拦挡，止于说道："二弟不必太忙，让大哥喝杯酒助助兴，再舞不迟。"说罢，吩咐道："快摆酒来。"左右连声答应。展爷见此光景，不得不舞，再要推托，便是小家气了。只得站起身来，将袍襟掖了一掖，袖子挽了一挽，说道："劣兄剑法疏略，不到之处，望祈二位贤弟指教为幸。"大爷、二爷连说："岂敢，岂敢！"一齐出了大厅。在月台之上，展爷便舞起剑来。丁大爷在那边恭恭敬敬留神细看，丁二爷却靠着厅柱，跳着脚儿观瞧。见舞到妙处，他便连声叫好。展爷舞了多时，煞住脚步道："献丑，献丑！二位贤弟看着如何？"丁大爷连声道好称妙。二爷道："大哥剑法虽好，惜乎此剑有些押手。弟有一剑，管保合式。"说罢便叫过一个小童来，密密吩咐数语。小童去了。

此时，丁大爷已将展爷让进厅来，见桌前摆列酒肴，丁大爷便执壶斟酒，将展爷让至上面，弟兄左右相陪。刚饮了几杯，只见小童从后面捧了剑来。二爷接过来，噌楞一声将剑抽出，便递与展爷道："大哥请看。此剑也是先父遗留，弟等不知是何名色，请大哥看看，弟领教。"展爷暗道："丁二真正淘气，立刻他就报仇，也来难我来了。倒要看看。"接过来弹了弹，掂了掂，便道："好剑！此乃'湛卢'也。未知是与不是？"丁二爷道："大哥所言不差。但不知此剑舞起来又当何如？大哥尚肯赐教么？"展爷却瞧了瞧丁大爷，意思叫他拦阻。谁知大爷乃是个老实人，便道："大哥不要忙，先请饮酒助助兴，再舞未迟。"展爷听了道："莫若舞完了再饮罢。"出了席，来至月台，又舞一回。丁二爷接过来道："此剑大哥舞着吃力么？"展爷满心不乐，答道："此剑比劣兄的轻多了。"二爷道："大哥休要多言，轻剑即是轻人。此剑却另有个主儿，只怕大哥惹他不起。"一句话激恼了南侠，便道："老弟，你休要害怕。任凭是谁的，自有劣兄一面承管，怕他怎的！你且说出这个主儿来。"二爷道："大哥悄言，此剑乃小妹的。"展爷听了，瞅了二爷一眼，便不言语了。大爷连忙递酒。

忽见丫鬟出来说道："太君来了。"展爷闻听，连忙出席整衣，向前参拜。丁母只略略谦逊，便以子侄礼见毕。丁母坐下，展爷将座位往侧座挪了一挪，也就告坐坐了。此时，丁母又细细留神将展爷相看了一番，比屏后看的更真切了。见展爷一表人材，不觉满心欢喜，开口便以贤侄相称。这却是二爷与丁母商酌明白的：若老太太看了中意，就呼为贤侄；倘若不愿意，便以贵客呼之。再者男婚女配，两下愿意，也须暗暗通个消息，妹子愿意方好。二爷见母亲称呼展爷为贤侄，就知老太太是愿意了，他便悄悄儿溜出，竟往小姐绣户而来。

未知说些什么，且听下回分解。

第三十一回　展熊飞比剑定良姻　钻天鼠夺鱼甘赔罪

且说丁二爷到了院中，只见丫鬟抱着花瓶换水插花。见了二爷进来，丫鬟扬声道："二官人进来了。"屋内月华小姐答言："请二哥哥屋内坐。"丁二爷掀起绣帘来至屋内，见小姐正在炕上弄针黹呢。二爷问道："妹子做什么活计？"小姐说："锁镜边上头口儿呢。二哥，前厅有客，你怎么进了里面来了呢？"丁二爷佯问道："妹子如何知道前厅有客呢？"月华道："方才取剑，说有客要领教，故此方知。"丁二爷道："再休提剑。只因这人乃常州府武进县遇杰村姓展名昭，表字熊飞，人皆称他为南侠，如今现作皇家四品带刀的护卫。哥哥久已知道此人，但未会面。今日见了，果然好人品，好相貌，好本事，好武艺。未免才高必狂，艺高必傲，竟将咱们家的湛卢剑贬的不成样子。哥哥说此剑是另有个主儿的，他问是谁，哥哥就告诉他是妹子的。他便鼻孔里一笑道：'一个闺中弱秀，焉有本领！'"月华听至此，把脸一红，眉头一皱，便将活计放下了。丁二爷暗说："有因，待我再激他一激。"又说道："我就说：'我们将门中岂无虎女？'他就说：'虽是这么说哟，未必有真本领。'妹子，你真有胆量，何不与他较量较量呢？倘若胆怯，也只好由他说去罢。现在老太太也在厅上，故此我来对妹妹说说。"小姐听毕，怒容满面道："既如此，二哥先请，小妹随后就到。"

二爷得了这个口气，便急忙来到前厅，在丁母耳边悄悄说道："妹子要与展哥比武。"话刚然说完，只见丫鬟报道："小姐到！"丁母便叫过来与展爷见礼。展爷心中纳闷道："功勋世胄，如此家风？"只得立起身来一揖。小姐还了万福。展爷见小姐庄静秀美，却是一脸的怒气。又见丁二爷转身过来，悄悄的道："大哥，都是你褒贬人家剑，如今小妹出来不依来了。"展爷道："岂有此理！"二爷道："什么理不理的，我们将门虎女，焉有怕见人的理呢？"展爷听了，便觉不悦。丁二爷却又到小姐身后悄悄道："展大哥要与妹子较量呢。"小姐点头首肯。二爷又转到展爷身后道："小妹要领教大哥的武艺呢。"展爷此时更不耐烦了，便道："既如此，劣兄奉陪就是了。"谁知此时小姐已脱去外面衣服，穿着绣花大红小袄，系定素罗百摺单裙，头罩玉色绫帕，更显得妩媚娉婷。丁二爷已然回禀丁母，说不过是虚耍假试，请母亲在廊下观看。先挪出一张圈椅，丁母坐下。月华小姐怀抱宝剑，抢在东边上首站定。

展爷此时也无可奈何，只得勉强掖袍挽袖。二爷捧过宝剑，展爷接过，只得在西边下首站了。说了一声"请"，便各拉开架式。兆兰、兆蕙在丁母背后站立。才对了不多几个回合，丁母便道："算了罢。剑对剑俱是锋芒，不是顽的。"二爷道："母亲放心，且再看看，不妨事的。"

只见他二人比并多时，不分胜负。展爷先前不过搪塞虚架，后见小姐颇有门路，不由暗暗夸奖，反到高起兴来。凡有不到之处，俱各点到，点到却又抽回。来来往往，忽见展爷用了个垂华势，斜刺里将剑递进，即便抽回，就随着剑尖滴溜溜落下一物。又见小姐用了个风吹败叶势，展爷忙把头一低，将剑躲过。才要转身，不想小姐一翻玉腕，又使了个推窗撵月势，将展爷的头巾削落。南侠一伏身，跳出圈外声言道："我输了，我输了！"丁二爷过来拾起头巾，掸去尘土。丁大爷过来捡起先落的物件一看，却是小姐耳上之环。便上前对展爷道："是小妹输了，休要见怪。"二爷将头巾交过。展爷挽发整巾，连声赞道："令妹真好剑法也！"丁母差丫鬟即请展爷进厅，小姐自往后边去了。

丁母对展爷道："此女乃老身侄女，自叔叔婶婶亡后，老身视如亲生女儿一般。久已闻贤侄名望，就欲联姻，未得其便。不意贤侄今日降临寒舍，实乃彩丝系足，美满良缘。又知贤侄此处并无亲眷，又请谁来相看，必要推诿；故此将小女激诱出来比剑，彼此一会，令贤侄放心，非是我世胄人家毫无规范也。"丁大爷亦过来道："非是小弟在旁不肯拦阻，皆因弟等与家母已有定算，故此多有亵渎。"丁二爷亦赔罪道："全是小弟之过，惟恐吾兄推诿，故用此诡计诓哄仁兄，望乞恕罪。"展爷到此时方才明白。也是姻缘，更不推辞，慨然允许，便拜了丁母，又与兆兰、兆蕙彼此拜了。就将巨阙、湛卢二剑彼此换了，作为定礼。

二爷手托耳环，提了宝剑，一直来到小姐卧室。小姐正自纳闷："我的耳环何时削去，竟不知道，也就险的很呢。"忽见二爷笑嘻嘻的手托耳环道："妹子，耳环在这里。"掷在一边，又笑道："湛卢剑也被人家留下了。"小姐才待发话，二爷连忙说道："这都是太太的主意，妹子休要问我，少时问太太便知，大约妹子是大喜了。"说完，放下剑，笑嘻嘻的就跑了。小姐心下明白，也就不言语了。丁二爷来至前厅，此时丁母已然回后去了。他三人从新入座，彼此说明，仍论旧交，不论新亲。大爷、二爷仍呼展爷为兄，脱了俗套，更觉亲热。饮酒吃饭，对坐闲谈。

不觉展爷在茉花村住了三日，就要告别，丁氏昆仲那里肯放。展爷再三要行，丁二爷说："既如此，明日弟等在望海台设一席，你我弟兄赏玩江景，畅叙一日，后日大哥再去如何？"展爷应允。

到了次日早饭后，三人出了庄门。往西走了有一里之遥，弯弯曲曲绕到山岭之上，乃是极高的所在，便是丁家庄的后背。上面盖了高台五间，甚是宽阔。遥望江面一带，水势茫茫，犹如雪练一般。再看船只往来，络绎不绝。郎舅三人观望江景，实实畅怀。不多时，摆上酒肴，慢慢消饮。正在快乐之际，只见来一渔人在丁大爷旁边悄语数言。大爷吩咐："告诉头目办去罢。"丁二爷也不理会，展爷更难细问，仍然饮酒。迟不多时，又见来一渔人，甚是慌张，向大爷说了几句。此次二爷却留神,听了一半就道:“这还了得！若要如此,以后还有个规矩么?”对那渔人道:“你把他叫来我瞧瞧。”展爷见此光景,似乎有事,方问道:“二位贤弟,为着何事?”丁二爷道:“我这松江的渔船原分两处,以芦花荡为界。荡南有一个陷空岛,岛内有一个卢家庄。当初有卢太公在日,乐善好施,家中巨富。待至生了卢方,此人和睦乡党,人人钦敬。因他有爬杆之能,大家送了他个绰号叫做钻天鼠。他却结了四个朋友,共成五义。大爷就是卢方;二爷乃黄州人,名叫韩彰,是个行伍出身,会做地沟地雷,因此他的绰号儿叫做彻地鼠;三爷乃山西人,名叫徐庆,是个铁匠出身,能探山中十八孔,因此绰号叫穿山鼠;至于四爷,身材瘦小,形如病夫,为人机巧伶便,智谋甚好,是个大客商出身,乃金陵人,姓蒋名平字泽长,能在水中居住,开目视物,绰号人称翻江鼠;惟有五爷,少年华美,气宇不凡,为人阴险狠毒,却好行侠作义,就是行事刻毒,是个武生员,金华人氏,姓白名玉堂。因他形容秀美,文武双全,人呼他绰号为锦毛鼠。”展爷听说白玉堂,便道:“此人我却认得,愚兄正要访他。”丁二爷问道:“大哥如何认得他呢?”展爷便将苗家集之事述说一回。

正说时,只见来了一伙渔户,其中有一人怒目横眉,伸出掌来说道:“二位员外看见了?他们过来抢鱼,咱们拦阻,他就拒起捕来了。抢了鱼不算,还把我削去四指,光光的剩了一个大拇指头,这才是好朋友呢!”丁大爷连忙拦道:“不要多言。你等急唤船来,待我等亲身前往。”众人一听员外要去,嗯的一声俱各飞跑去了。展爷道:“劣兄无事,何不一同前往?”丁二爷道:“如此甚好。”三人下了高台,一同来至庄前。只见从人伴当伺候多人,各执器械。丁家兄弟、展爷俱各佩了宝剑,来至停泊之处。只见大船两只,是预备二位员外的。大爷独上了一只大船,二爷同展爷上了一只大船,其馀小船纷纷乱乱,不计其数,竟奔芦花荡而来。

才至荡边,见一队船皆是荡南的字号,便知是抢鱼的贼人。丁大爷催船前进,二爷紧紧相随。来至切近,见那边船上立着一人,凶恶非常,手托七股鱼叉,在那里尽候厮杀。大爷的大船先到,便说:“这人好不晓事。我们素有旧规,以芦花荡为交界,你如何擅敢过荡,抢了我们的鱼,还伤了我们的渔户,是何道理?”那边船上那人道:“什么交界不交界,咱全不管！只因我们那边鱼少,你们这边鱼多,今日暂且借用。你若不服,咱就比试比试。”丁大爷听了这话有些不说理,便问道:“你叫什么名字?”那人道:“咱叫分水兽邓彪,你问咱怎的?”丁大爷道:“你家员外那个在此?”邓彪道:“我家员外俱不在此,此一队船只就是咱管领的。你敢与咱合气么?”说着话就要托七股叉刺来。丁大爷才待拔剑,只见邓彪翻身落水。这边渔户立刻下水将邓彪擒住,托出水面,交到丁二爷船上。二爷却跳在大爷船上,前来帮助。

你道邓彪为何落水?原来丁大爷问答之际,二爷船已赶到,见他出言不逊,却用弹丸将他打落水中。你道什么弹丸?这是二爷自幼练就的。用竹板一块,长够一尺八寸,宽有二寸五分,厚五分,上面有个槽儿,用黄蜡掺铁渣子团成核桃大小,临用时安上,在数步中打出,百发百中。又不是弹弓,又不是弩弓,自己纂名儿叫做竹弹丸。这原是二爷小时顽耍的小顽艺儿,今日拿着偌大的一个分水兽,竟会叫英雄的一个小小铁丸打下水去咧！这才是真本领呢。且言邓彪虽然落水,他原是会水之人，虽被擒，不肯服气，连声喊道："好吓，好吓！你敢用暗器伤人，万不与你们干休！"展爷听至此句，说用暗器伤人，方才留神细看，见他眉攒里肿起一个大紫包来，便喝道："你既被擒，还喊什么！我且问你，你家五员外他可姓白么？"邓彪答道："姓白怎么样？他如今已下山了。"展爷问道："往那里去了？"邓彪道："数日之前，上东京找什么'御猫'去了。"展爷闻听，不由的心下着忙。

只听得那边一人嚷道："丁家贤弟呀，看我卢方之面，恕我失察之罪，我情愿认罚呀！"众人抬头，只见一只小船飞也似赶来，嚷的声音渐近了。展爷留神细看来人，见他一张紫面皮，一部好胡须，面皮光而生亮，胡须润而且长，身量魁梧，气宇轩昂。丁氏兄弟亦执手道："卢兄请了。"卢方道："邓彪乃新收头目，不遵约束，实是劣兄之过。违了成约，任凭二位贤弟吩咐。"丁大爷道："他既不知，也难谴责。此次乃无心之过也。"回头吩咐将邓彪放了。这边渔户便道："他们还抢了咱们好些鱼罟呢。"丁二爷连忙喝住："休要多言！"卢方听见，急急吩咐："快将那边鱼罟连咱们鱼罟俱给送过去。"这边送人，那边送罟。卢方立刻将邓彪革去头目，即差人送往府里究治。丁大爷吩咐："是咱们鱼罟收下，是那边的俱各退回。"两下里又说了多少谦让的言语，无非论交情，讲过节，彼此方执手各自归庄去了。

未知后事如何，且听下回分解。

第三十二回　夜救老仆颜生赴考　晚逢寒士金客扬言

且说丁氏兄弟同定展爷来至庄中，赏了削去四指的渔户拾两银子，叫他调养伤痕。展爷便提起："邓彪说白玉堂不在山中，已往东京找寻劣兄去了。刻下还望二位仁弟备只快船，我须急急回家，赶赴东京方好。"丁家兄弟听了展爷之言，再也难以阻留，只得应允。便于次日备了饯行之酒，殷勤送别，反觉得恋恋不舍。展爷又进内叩别了丁母。丁氏兄弟送至停泊之处，瞧着展爷上船，分手作别。

展爷真是归心似箭。这一日，天有二鼓，已到了武进县，以为连夜可以到家。刚走到一带榆树林中，忽听有人喊道："救人吓！了不得了，有了打扛子的了！"展爷顺着声音迎将上去，却是个老者背着包袱，喘的连嚷也嚷不出来。又听后面有人追着，却喊得洪亮道："了不得，有人抢了我的包袱去了！"展爷心下明白，便道："老者，你且隐藏。待我拦阻。"老者才往树后一隐，展爷便蹲下身去。后面赶的只顾往前，展爷将腿一伸，那人来的势猛，噗哧的一声闹了个嘴吃屎。展爷赶上前按住，解下他的腰间褡包，寒鸦儿凫水的将他捆了。见他还有一根木棍，就从腰间插入，斜担的支起来。将老者唤出问道："你姓甚名谁，家住那里，慢慢讲来。"老者从树后出来，先叩谢了。此时喘已定了，道："小人姓颜，名叫颜福，在榆林村居住。只因我家相公要上京投亲，差老奴到窗友金必正处借了衣服银两。多承金相公一番好意，留下小人吃饭,临走又交付老奴三十两银子,是赠我家相公作路费的。不想年老力衰,又加目力迟钝,因此来路晚了。刚走到榆树林之内,便遇见这人一声断喝,要什么'买路钱'。小人一听,那里还有魂咧,一路好跑,喘的气也换不上来了。幸亏大老爷相救,不然我这老命必丧于他手。"展爷听了便道:"榆林村乃我必由之路,我就送你到家如何?"颜福复又叩谢。展爷对那人道:"你这厮。黄夜劫人,你还嚷人家抢了你的包袱去了。幸遇某家,这也是你昭彰报应。我也不加害于你,你就在此歇歇罢,再等个人来救你便了。"说罢叫老者背了包袱,出了林子,竟奔榆林村。到了颜家门首,老者道:"此处便是。请老爷里面待茶。"一壁说话,用手叩门。只听里面道:"外面可是颜福回来了么?"展爷听的明白,便道:"我不吃茶了,还要赶路呢。"说毕迈开大步,竟奔遇杰村而来。

单说颜福听得是小主人的声音,便道:"老奴回来了。"门开处,颜福提包进来,仍然将门关好。你道这小主人是谁?乃是姓颜名查散,年方二十二岁。寡母郑氏,连老奴颜福,主仆三口度日。因颜老爷在日,为人正直,作了一任县尹,两袖清风,一贫如洗,清如秋水,严似寒霜。可惜一病身亡,家业零落。颜生素有大志,总要克绍书香,学得满腹经纶。屡欲赴京考试,无奈家道寒难,不能如愿。因明年就是考试的年头,还是郑氏安人想出个计较来,便对颜生道:"你姑母家道丰富,何不投托在彼。一来可以用功,二来可以就亲,岂不两全其美呢?"颜生道:"母亲想的虽是,但姑母处已有多年不通信息,父亲在日还时常寄信问候,自父亲亡后,遣人报信,并未见遣一人前来吊唁,至今音梗信杳。虽是老亲,又是姑舅结下新亲,奈目下孩儿功名未成,如今时势,恐到那里也是枉然。再者孩儿这一进京,母亲在家也无人侍奉。二来盘费短少,也是无可如何之事。"母子正在商议之间,恰恰的颜生窗友金生名必正特来探访。彼此相见,颜生就将母亲之意对金生说了。金生一力担当,慨然允许,便叫颜福跟了他去打点进京的用度。颜生好生欢喜,即禀明老人家。安人闻听,感之不尽。母子又计议了一番,郑氏安人亲笔写了一封书信,言言哀恳,大约姑母无有不收留孩儿之理。娘儿两个呆等颜福回来,天已二更,尚不见到。颜生劝老母安息,自己把卷独对青灯,等到四更。心中正自急躁,颜福方回来了。交了衣服银两,颜生大悦,叫老仆且去歇息。颜福一路劳乏,又受惊恐,已然支持不住,有话明日再说,也就告退了。

到了次日,颜生将衣服银两与母亲看了。正要商酌如何进京,只见老仆颜福进来说道:"相公进京,敢则是自己去么?"颜生道:"家内无人,你须好好侍奉老太太,我是要自己进京的。"老仆道:"相公若是一人赴京,是断断去不得的。"颜生道:"却是为何?"颜福便将昨晚遇劫之事说了一遍。郑氏安人听了颜福之言,说:"是吓,若要如此,老身是不放心的。莫若你主仆二人同去方好。"颜生道:"孩儿带了他去,家内无人,母亲叫谁侍奉?孩儿放心不下。"正在计算为难,忽听有人叩门。老仆答应。开门看时,见是一个小童,一见面就说道:"你老人家昨晚回来好吓,也就不早了罢。"颜福尚觑着眼儿瞧他,那小童道:"你老人家瞧什么,我是金相公那里的,昨日给你老人家斟酒不是我么?"颜福道:"哦,哦,是,是。我倒忘了,你到此何事?”小童道:“我们相公打发我见颜相公来了。”老仆听了,将他带至屋内见了颜生,又参拜了安人。颜生便问道:“你做什么来了?你叫什么?”小童答道:“小人叫雨墨。我们相公知道相公无人,惟恐上京路途遥远不便,叫小人特来伏侍相公进京。”又说:“这位老主管有了年纪,眼力不行,可以在家伺候老太太,照看门户,彼此都可以放心。又叫小人带来十两银子,惟恐路上盘川不足,是要敷馀些个好。”安人与颜生听了不胜欢喜,不胜感激,连颜福俱乐的了不得。安人又见雨墨说话伶俐明白,便问:“你今年多大了?”雨墨道:“小人十四岁了。”安人道:“你小儿家能够走路吗?”雨墨笑道:“回禀老太太得知,小人自八岁上,就跟着小人的父亲在外贸易,漫说走路,什么处儿的风俗,遇事眉高眼低,那算瞒不过小人的了。差不多的道儿,小人都认得。至于上京,更是熟路了,不然我们相公就派我来跟相公呢!”安人闻听,更觉欢喜放心。颜生便拜了老母。安人未免伤心落泪,将亲笔写的书信交与颜生道:“你到京中祥符县问双星巷,便知你姑父的居址了。”雨墨在旁道:“祥符县南有个双星巷,又名双星桥,小人认得的。”安人道:“如此甚好,你要好好伏侍相公。”雨墨道:“不用老太太嘱咐,小人知道。”颜生又吩咐老仆颜福一番,暗暗将十两银子交付颜福供养老母。雨墨已将小小包裹背起来,主仆二人出门上路。

颜生是从未出过门的,走了一二十里便觉两腿酸疼,问雨墨道:“咱们自离家门,如今走了也有五六十里路了罢?”雨墨道:“可见相公没有出过门。这才离家有多大工夫,就会走了五六十里,那不成飞腿了么?告诉相公说,共总走了没有三十里路。”颜生吃惊道:“如此说来,路途遥远,竟自难行的很呢。”雨墨道:“相公不要着急,走道儿有个法子,越不到越急越走不上来,必须心平气和,不紧不慢,仿佛游山玩景的一般。路上虽无景致,拿着一村一寺皆算是幽景奇观,遇着一石一木亦当做是点缀的美景。如此走来走去,心也宽了,眼也亮了,乏也就忘了,道儿也就走的多了。”颜生被雨墨说的高起兴来,真果沿途玩赏。不知不觉又走了一二十里,觉得腹中有些饥饿,便对雨墨道:“我此时虽不觉乏,只是腹中有点空空儿的,可怎么好?”雨墨用手一指说:“那边不是镇店么?到了那里,买些饭食吃了再走。”又走了多会,到了镇市。颜相公见个饭铺,就要进去。雨墨道:“这里吃不现成,相公随我来。”把颜生带了二荤铺里去了。一来为省事,二来为省钱,这才透出他是久惯出外的油子手儿来了呢。

主仆二人用了饭,再往前走了十多里,或树下,或道旁,随意歇息歇息再走。到了天晚,来到一个热闹地方,地名双义镇。雨墨道:“相公,咱们就在此处住了罢,再往前走就太远了。”颜生道:“既如此,就住了罢。”雨墨道:“住是住了,若是投店,相公千万不要多言,自有小人答复他。”颜生点头应允。及至来到店门,挡槽儿的便道:“有干净房屋,天气不早了,再要走可就太晚了。”雨墨便问道:“有单间厢房没有?或有耳房也使得。”挡槽儿的道:“请升进去看看就是了。”雨墨道:“若是有呢,我们好看哪;若没有,我们上那边住去。”挡槽儿的道:“请进去看看何妨,不如意再走如何?”颜生道:“咱们且看看就是了。”雨墨道:“相公不知,咱们若进去,他就不叫出来了。店里的脾气我是知道的。”正说着,又出来了一个小二道:“请进去,不用犹疑,讹不住你们二位。”颜生便向里走,雨墨只得跟随。只听店小二道:“相公请看,很好的正房三间,裱糊的又干净又豁亮。”雨墨道:“是不是?不进来,你们紧让,及至进来,就是上房三间。我们爷儿两个,又没有许多行李,住三间上房,你这还不讹了我们呢!告诉你,除了单厢房或耳房,别的我们不住。”说罢回身就要走。小二一把拉住道:“怎的了我的二爷!上房三间,两明一暗。你们二位住那暗间,我们算一间的房钱好不好?”颜生道:“就是这样罢。”雨墨道:“咱们先小人后君子,说明了,我可就给一间的房钱。”小二连连答应。

主仆二人来至上房,进了暗间,将包裹放下,小二便用手擦外间桌子道:“你们二位在外间用饭罢,不宽阔么!”雨墨道:“你不用诱。就是外间吃饭,也是住这暗间,我也是给你一间的房钱。况且我们不喝酒,早起吃的,这时候还饱着呢,我们不过找补点就是了。”小二听了,光景没有什么大来头,便道:“闷一壶高香片茶来罢?”雨墨道:“路上灌的凉水,这时候还满着呢,不喝。”小二道:“点个烛灯罢?”雨墨道:“怎么你们店里没有油灯吗?”小二道:“有呵,怕你们二位嫌油烟子气,又怕油了衣服。”雨墨道:“你只管拿来,我们不怕。”小二才回身,雨墨便道:“他倒会顽。我们花钱买烛,他却省油,敢则是里外里。”小二回头瞅了一眼,取灯取了半天方点了来,问道:“二位吃什么?”雨墨道:“说了找补吃点。不用别的,给我们一个烩锅炸,就带了饭来罢。”店小二估量着没有什么想头,抽身就走了,连影儿也不见了。等的急催他,他说没得。再催他,他说:“就得,已经下了杓了,就得,就得。”

正在等着,忽听外面嚷道:“你这地方就敢小看人么?小菜碟儿,一个大钱,吾是照顾你,赏你们脸哪!你不住我,还要凌辱斯文,这等可恶!吾将你这狗店用火烧了!”雨墨道:“该!这到替咱们出了气了。”又听店东道:“都住满了,真没有屋子了,难道为你现盖吗?”又听那人更高声道:“放狗屁不臭,满口胡说!你现盖?现盖也要吾等得吓!你就敢凌辱斯文?你打听打听,念书的人也是你敢欺侮得的吗?”颜生听至此,不由的出了门外。雨墨道:“相公,别管闲事。”刚然拦阻,只见院内那人向着颜生道:“老兄,你评评这个理。他不叫吾住使得,就将我这等一推,这不岂有此理么!还要与我现盖房去,这等可恶!”颜生答道:“兄台若不弃嫌,何不将就在这边屋内同住呢?”只听那人道:“萍水相逢,如何打搅呢?”雨墨一听,暗说:“此事不好,我们相公要上当。”连忙迎出,见相公与那人已携手登阶,来至屋内,就在明间彼此坐了。

未知如何,且听下回分解。

第三十三回　真名士初交白玉堂　美英雄三试颜查散

且说颜生同那人进屋坐下。雨墨在灯下一看,见他头戴一顶开花儒巾,身上穿一件零碎蓝衫,足下穿一双无根底破皂靴头儿,满脸尘土,实在不像念书之人,倒像个无赖子。正思想却他之法,又见店东亲来赔罪。那人道:"你不必如此。大人不记小人过,饶恕你便了。"店东去后,颜生便问道:"尊兄贵姓?"那人道:"吾姓金,名懋叔。"雨墨暗道:"他也配姓金!我主人才姓金呢,那是何等体面仗义。像他这个穷样子,连银也不配姓吓!常言说,姓金没有金,一定穷断筋。我们相公是要上他的当。"又听那人道:"没领教兄台贵姓。"颜生也通了姓名。金生道:"原来是颜兄,失敬,失敬。请问颜兄用过了饭了没有?"颜生道:"尚未,金兄可用过了?"金生道:"不曾,何不共桌而食呢?叫小二来。"此时,店小二拿了一壶香片茶来放在桌上。金生便问道:"你们这里有什么饭食?"小二道:"上等饮食八两,中等饭六两,下等饭……"刚说至此,金生拦道:"谁吃下等饭呢,就是上等饭罢。吾且问你,这上等饭是什么肴馔?"小二道:"两海碗,两镟子,六大碗,四中碗,还有八个碟儿。无非鸡鸭鱼肉翅子海参等类,调度的总要合心配口。"金生道:"这鱼是'包鱼'吓还是'漂儿'呢?"小二道:"是'漂儿'。"金生道:"你说是'漂儿',那就是'包鱼'。可有活鲤鱼么?"小二道:"要活鲤鱼,是大的,一两二钱银子一尾。"金生道:"既要吃,不怕花钱。吾告诉你,鲤鱼不过一斤的叫做'拐子',过了一斤的才是鲤鱼。不独要活的,还要尾巴像那胭脂瓣儿相似,那才是新鲜的呢。你拿来吾看。"又问酒是什么酒,小二道:"不过随便常行酒。"金生道:"不要那个,吾要喝陈年女贞陈绍。"小二道:"有十年蠲下的女贞陈绍,就是不零卖,那是四两银子一坛。"金生道:"你好贫哪!什么四两五两,不拘多少,你搭一坛来,当面开开吾尝就是了。吾告诉你说,吾要那金红颜色浓浓香,倒了碗内要挂碗,犹如琥珀一般,那才是好的呢。"小二道:"搭一坛来当面锥尝,不好不要钱,如何?"金生道:"那是自然的。"

说话间,已经掌上两枝灯烛。此时店小二欢喜非常,小心殷勤自不必说。少时端了一个腰子形儿的木盆来,里面欢蹦乱跳、足一斤多重的鲤鱼,说道:"爷上请看,这尾鲤鱼何如?"金生道:"鱼却是鲤鱼,你务必用这半盆水叫那鱼躺着,一来显大,二来水浅他必扑腾,算是活跳跳的,卖这个手法儿。你不要拿着走,就在此处开了膛,省得抵换。"店小二只得当面收拾。金生又道:"你收拾好了,把他鲜汆。可是你们加什么作料?"店小二道:"无非是香菌、口蘑,加些紫菜。"金生道:"吾是要'尖上尖'的。"小二却不明白。金生道:"怎么,你不晓得'尖上尖'?就是那青笋尖儿上头的尖儿,总要嫩,切成条儿,要吃那们咯吱咯吱的才好。"店小二答应。不多时又搭了一坛酒来,拿着锥子、倒流儿,并有个磁盆。当面锥透,下上倒流儿。撤出酒来,果然美味真香。先斟一杯递与金生尝了尝,道:"也还罢了。"又斟了一杯递与颜生尝了尝,自然也说好。便倒了一盆灌入壶内,略烫一烫,二人对面消饮。小二放下小菜,便一样一样端上来。金生连箸也不动,只于就佛手疙疸慢饮,尽等吃活鱼。二人饮酒闲谈,越说越投机,颜生欢喜非常。少时,大盘盛了鱼来,金生便拿起箸子来让颜生道:"鱼是要吃热的,冷了就要发腥了。"布了颜生一块,自己便将鱼脊背拿箸子一划,要了姜醋碟,吃一块鱼,喝一杯酒,连声称赞:"妙哉!妙哉!"将这面吃完,箸子往鱼腮里一插,一翻手就将鱼的那面翻过来。又布了颜生一块,仍用箸子一划，又是一块鱼一杯酒，将这面也吃了。然后要了一个中碗来，将蒸食双落一对掰在碗内，一连掰了四个，舀了鱼汤，泡了个稀糟，或喽或喽吃了。又将碟子扣上，将盘子那边支起，从这边舀了三匙汤喝了，便道："吾是饱了，颜兄自便，莫拘莫拘。"颜生也饱了，二人出席。金生吩咐："吾们就只一个小童，该蒸的该热的，不可与他冷吃。想来还有酒，他若喝时，只管给他。"店小二连连答应。说着话，他二人便进里间屋内去了。

雨墨此时见剩了许多东西全然不动，明日走路又拿不得，瞅着又是心疼，他那里吃得下去，止于喝了两杯闷酒就算了。连忙来到屋内，只见金生张牙欠口，前仰后合，已有困意。颜生道："金兄既已乏倦，何不安歇呢？"金生道："如此，吾就要告罪了。"说罢往床上一躺，呱哒一声，皂靴头儿掉了一只。他又将这条腿向膝盖一敲，又听噗哧一声，把那只皂靴头儿扣在地下。不一会，已然呼声震耳。颜生使眼色，叫雨墨将灯移出，自己也就悄悄睡了。雨墨移出灯来，坐在明间，心中发烦，那里睡得着。好容易睡着，忽听有脚步之声。睁眼看时，天已大亮。见相公悄悄从里间出来，低言道："取脸水去。"雨墨取来，颜生净了面。忽听屋内有咳嗽之声，雨墨连忙进来。见金生伸懒腰打哈声，两只脚却露着黑漆漆的底板儿，敢则是没袜底儿。忽听他口中念道："大梦谁先觉，平生我自知。草堂春睡足，窗外日迟迟。"念完，一咕噜爬起来道："略略歇息，天就亮了。"雨墨道："店家，给金相公打脸水。"金生道："吾是不洗脸的，怕伤水。叫店小二开开我们的帐，拿来吾看。"雨墨暗道："有意思，他竟要会帐。"只见店小二开了单来，上面共银十三两四钱八分。金生道："不多不多，外赏你们小二、灶上连打杂的二两。"店小二谢了。金生道："颜兄，我也不闹虚了，咱们京中再见，吾要先走了。"他拉他拉竟自出店去了。

这里颜生便唤："雨墨，雨墨！"叫了半天，雨墨才答应："有。"颜生道："会了银两走路。"雨墨又迟了多会，答应："哦。"赌气子拿了银子到了柜上，争争夺夺，连外赏给了十四两银子，方同相公出了店。来到村外，到无人之处，便说："相公看金相公是个什么人？"颜生道："是个念书的好人咧。"雨墨道："如何？相公还是没有出过门，不知路上有许多艰险呢。有诓嘴吃的，有拐东西的，甚至有设下圈套害人的，奇奇怪怪的样子多着呢。相公如今拿着姓金的当好人，将来必要上他的当。据小人看来，他也不过是个篾片之流。"颜生正色嗔怪道："休得胡说！小小的人，造这样的口过。我看金相公斯文中含着一股英雄的气概，将来必非等闲之人。你不要管，纵然他就是诓嘴，也无非多花几两银子，有甚要紧！你休再来管我。"雨墨听了相公之言，暗暗笑道："怪道人人常言书呆子，果然不错。我原来为好，倒嗔怪起来，只好暂且由他老人家，再做道理罢了。"

走不多时，已到打尖之所，雨墨赌气子要了个热闹锅炸。吃了早饭又走。到了天晚，来到兴隆镇又住宿了，仍是三间上房，言给一间的钱。这个店小二比昨日的却和气多了。刚然坐了未暖席，忽见店小二进来笑容满面问道："相公是姓颜么？"雨墨道："不错，你怎么知道？"小二道："外面有一位金相公找来了。"颜生闻听，说："快请，快请。"雨墨暗暗道："这个得了，他是吃着甜头儿了。但只一件，我们花钱，他出主意,未免太冤。今晚我何不如此如此呢?"想罢,迎出门来道:"金相公来了,很好。我们相公在这里恭候着呢。"金生道:"巧极,巧极!又遇见了。"颜生连忙执手相让,彼此就座,今日更比昨日亲热了。说了数语之后,雨墨在旁道:"我们相公尚未吃饭。金相公必是未曾,何不同桌而食?叫了小二来,先商议叫他备办去呢。"金生道:"是极,是极。"正说时,小二拿了茶来放在桌上。雨墨便问道:"你们是什么饭食?"小二道:"等次不同。上等是八两,中等饭是六两,下等……"刚说了一个"下"字,雨墨就说:"谁吃下等饭,就是上等罢。我也不问什么肴馔,无非鸡鸭鱼肉翅子海参等类。你们这鱼是'包鱼'吓,是'漂儿'呢?必然是'漂儿'。'漂儿'就是'包鱼'。我问你,有活鲤鱼没有呢?"小二道:"有,不过贵些。"雨墨道:"既要吃,还怕花钱吗?我告诉你,鲤鱼不过一斤叫'拐子',总得一斤多,那才是鲤鱼呢。必须尾巴要像胭脂瓣儿相似,那才新鲜呢。你拿来我瞧就是了。还有酒,我们可不要常行酒,要十年的女贞陈绍,管保是四两银子一坛。"店小二说:"是。要用多少?"雨墨道:"你好贫吓,什么多少,你搭一坛来当面尝。先说明,我可要金红颜色浓浓香的,倒了碗内要挂碗,犹如琥珀一般。错过了,我可不要。"小二答应。

不多时,点上灯来。小二端了鱼来,雨墨上前,便道:"鱼可却是鲤鱼。你务必用半盆水躺着,一来显大,二来水浅他必扑腾,算是欢蹦乱跳,卖这个手法儿。你就在此处开膛,省得抵换。把他鲜汆。看你们作料,不过香菌、口蘑、紫菜,可有'尖上尖'没有?你管保不明白。这'尖上尖'就是青笋尖儿上头的尖儿,可要切成嫩条儿,要吃那们咯吱咯吱的。"小二答应,又搭了酒来锥开。雨墨舀了一杯,递给金生,说道:"相公尝,管保喝的过。"金生尝了道:"满好个,满好个。"雨墨也就不叫颜生尝了,便灌入壶中,略烫烫拿来斟上。只见小二安放小菜,雨墨道:"你把佛手疙疸放在这边,这位相公爱吃。"金生瞅了雨墨一眼道:"你也该歇歇了。他这里上菜,你少时再来。"雨墨退出,单等鱼来。小二往来端菜,不一时,拿了鱼来,雨墨跟着进来道:"带姜醋碟儿。"小二道:"来了。"雨墨便将酒壶提起,站在金生旁边,满满斟了一杯,道:"金相公,拿起筷子来。鱼是要吃热的,冷了就要发腥了。"金生又瞅了他一眼。雨墨道:"先布我们相公一块?"金生道:"那是自然的。"果然布过一块。刚要用筷子再夹,雨墨道:"金相公还没有用筷子一划呢。"金生道:"吾倒忘了。"从新打鱼脊背上一划,方夹到醋碟一蘸,吃了。端起杯来,一饮而尽。雨墨道:"酒是我斟的,相公只管吃鱼。"金生道:"妙极,妙极!吾倒省了事了。"仍是一杯一块。雨墨道:"妙哉,妙哉!"金生道:"妙哉的很,妙哉的很!"雨墨道:"又该把筷子往腮里一插了。"金生道:"那是自然的了。将鱼翻过来,吾还是布你们相公一块,再用筷子一划,省得你又提拨吾。"雨墨见鱼剩了不多,便叫小二拿一个中碗来。小二将碗拿到。雨墨说:"金相公,还是将蒸食双落儿掰上四个泡上汤?"金生道:"是的,是的。"泡了汤,喊喽之时,雨墨便将碟子扣在那盘子上,那边支起来,道:"金相公,从这边舀三匙汤喝了也就饱了,也不用陪我们相公了。"又对小二道:"我们二位相公吃完了,你瞧该热的该蒸的捡下去,我可不吃凉的。酒是有,在那里我自己喝就是了。"小二答应,便往下捡。忽听金生道:"颜兄,这个小管家叫他跟吾倒好,我倒省话。”颜生也笑了。今日雨墨可想开了，到在外头盘膝稳坐，叫小二伏侍，吃了那个又吃这个，吃完了来到屋内，就在明间坐下，竟等呼声。少时，听呼声震耳，进里间将灯移出，也不愁烦，竟自睡了。

至次日天亮，仍是颜生先醒，来到明间，雨墨伺候净面水。忽听金生咳嗽，连忙来到里间。只见金生伸懒腰打哈声，雨墨急念道：“大梦谁先觉，平生我自知。草堂春睡足，窗外日迟迟。”金生睁眼道：“你真聪明，都记得。好的，好的。”雨墨道：“不用给相公打脸水了，怕伤了水。叫店小二开了单来算帐。”一时开上单来，共用银十四两六钱五分。雨墨道：“金相公，十四两六钱五分不多罢。外赏他们小二、灶上、打杂的二两罢。”金生道：“使得的，使得的。”雨墨道：“金相公管保不闹虚了，京中再见罢，有事只管先请罢。”金生道：“说的是，说的是，吾就先走了。”便对颜生执手告别，他拉他拉出店去了。雨墨暗道：“一斤肉包的饺子，好大皮子！我打算今个扰他呢，谁知反被他扰去。”正在发笑，忽听相公呼唤。

未知如何，且听下回分解。

第三十四回　定兰谱颜生识英雄　看鱼书柳老嫌寒士

且说颜生见金生去了，便叫雨墨会帐。雨墨道：“银子不够了，短的不足四两呢。我算给相公听：咱们出门时共剩了二十八两有零，两天两顿早尖连零用共费了一两二三钱，昨晚吃了十四两，再加今日的十六两六钱，共合银三十一两九钱零。岂不是短了不足四两么！”颜生道：“且将衣服典当几两银子，还了帐目，馀下的作盘费就是了。”雨墨道：“刚出门两天就当当。我看除了这几件衣服，今日当了，明日还有什么！”颜生也不理他。雨墨去了多时，回来道：“衣服共当了八两银子，除还饭帐，下剩四两有零。”颜生道：“咱们走路罢。”雨墨道：“不走还等什么呢？”出了店门，雨墨自言道：“轻松灵便，省得有包袱背着怪沉的。”颜生道：“你不要多说了。事已如此，不过多费去些银两，有甚要紧。今晚前途任凭你的主意就是了。”雨墨道：“这金相公也真真的奇怪。若说他是诓嘴吃的，怎么要了那些菜来，他连筷子也不动呢？就是爱喝好酒，也不犯上要一坛来，却又酒量不很大，一坛子喝不了一零儿，就全剩下了，白便宜了店家。就是爱吃活鱼，何不竟要活鱼呢？说他有意要冤咱们，却又素不相识，无仇无恨。饶白吃白喝，还要冤人，更无此理。小人测不出他是什么意思来。”颜生道：“据我看来，他是个潇洒儒流，总有些放浪形骸之外。”

主仆二人途次闲谈，仍是打了早尖，多歇息歇息，便一直赶到宿头。雨墨便出主意道：“相公，咱们今晚住小店，吃顿饭每人不过花上二钱银子，再也没的耗费了。”颜生道：“依你，依你。”主仆二人竟投小店。刚然就坐，只见小二进来道：“外面有位金相公找颜相公呢。”雨墨道：“很好，请进来。咱们多费上二钱银子，这个小店也没有什么出主意的了。"说话间,只见金生进来道:"吾与颜兄真是三生有幸,竟会到那里就遇得着。"颜生道:"实实小弟与兄台缘分不浅。"金生道:"这么样罢,咱们两个结盟拜把子罢。"雨墨暗道:"不好,他要出矿。"连忙上前道:"金相公要与我们相公结拜,这个小店备办不出祭礼来,只好改日再拜罢。"金生道:"无妨。隔壁太和店是个大店口,什么俱有,漫说是祭礼,就是酒饭回来也是那边要去。"雨墨暗暗顿足道:"活该,活该。算是吃定我们爷儿们了。"金生也不唤雨墨,就叫本店的小二将隔壁太和店的小二叫来,便吩咐如何先备猪头三牲祭礼,立等要用;又如何预备上等饭,要鲜汆活鱼;又如何搭一坛女贞陈绍,仍是按前两次一样。雨墨在旁惟有听着而已。又看见颜生与金生说说笑笑,真如异姓兄弟一般,毫不介意。雨墨暗道:"我们相公真是书呆子,看明早这个饥荒怎么打算。"不多时,三牲祭礼齐备,序齿烧香。谁知颜生比金生大两岁,理应先焚香。雨墨暗道:"这个定了,把弟吃准了把兄咧!"无奈何,在旁伏侍。结拜完了,焚化钱粮后,便是颜生在上首坐了,金生在下面相陪。你称仁兄,我称贤弟,更觉亲热。雨墨在旁听着好不耐烦。少时,酒至菜来,无非还是前两次的光景。雨墨也不多言,只等二人吃完,他便在外盘膝坐下道:"吃也是如此,不吃也是如此,且自乐一会儿是一会儿。"便叫:"小二,你把那酒抬过来。我有个主意,你把太和店的小二也叫了来,有的是酒,有的是菜,咱们大伙儿同吃,算是我一点敬意儿。你说好不好?"小二闻听,乐不可言,连忙把那边的小二叫了来。二人一壁伏侍着雨墨,一壁跟着吃喝,雨墨倒觉得畅快。吃喝完了,仍然进来等着移出灯来,也就睡了。

到了次日,颜生出来净面。雨墨悄悄道:"相公昨晚不该与金相公结义。不知道他家乡住处,知道他是什么人?倘若要是个篾片,相公的名头不坏了么!"颜生忙喝道:"你这奴才,休得胡说!我看金相公行止奇异,谈吐豪侠,绝不是那流人物。既已结拜,便是患难相扶的弟兄了。你何敢在此多言!别的罢了,这是你说的吗?"雨墨道:"非是小人多言,别的罢了,回来店里的酒饭银两,又当怎么样呢?"刚说至此,只见金生掀帘出来。雨墨忙迎上来道:"金相公,怎么今日伸了懒腰还没有念诗就起来呢?"金生笑道:"吾要念了你念什么?原是留着你念的,不想你也误了,竟把诗句两耽搁了。"说罢,便叫:"小二,开了单来吾看。"雨墨暗道:"不好,他要起翅。"只见小二开了单来,上面写着连祭礼共用银十八两三钱。雨墨递给金生,金生看了道:"不多,不多,也赏他二两。这边店里没用什么,赏他一两罢。"说完便对颜生道:"仁兄吓……"旁边雨墨吃这一惊不小,暗道:"不好,他要说'不闹虚了',这二十多两银子又往那里算去?"谁知金生今日却不说此句,他却问颜生道:"仁兄吓,你这上京投亲,就是这个样子,难道令亲那里就不憎嫌么?"颜生叹气道:"此事原是奉母命前来,愚兄却不愿意。况我姑父姑母又是多年不通音信的,恐到那里未免要费些唇舌呢。"金生道:"须要打算打算方好。"雨墨暗道:"真关心吓,结了盟就是另一个样儿了。"

正想着,只见外面走进一个人来。雨墨才待要问找谁的,话未说出,那人便与金生磕头,道:"家老爷打发小人前来,恐爷路上缺少盘费,特送四百两银子叫老爷将就用罢。”此时颜生听的明白，见来人身量高大，头戴鹰翅大帽，身穿皂布短袍，腰束皮鞓带，足下登一双大曳拔靸鞋，手里还提着个马鞭子。只听金生道：“吾行路焉用许多银两？既承你家老爷好意，也罢，留下二百银子，下剩仍然拿回去，替吾道谢。”那人听了，放下马鞭子，从褡裢叉子里一封一封掏出四封，摆在桌上。金生便打开一包，拿了两个锞子递与那人道：“难为你大远的来，赏你喝茶罢。”那人又趴在地下磕了个头，提了褡裢、马鞭子才要走时，忽听金生道：“你且慢着，你骑了牲口来了么？”那人道：“是。”金生道：“很好，索性一客不烦二主，吾还要烦你辛苦一趟。”那人道：“不知爷有何差遣？”金生便对颜生道：“仁兄，兴隆镇的当票子放在那里？”颜生暗想道：“我当衣服，他怎么知道了？”便问雨墨。雨墨此时看的都呆了，心中纳闷道：“这么个金相公，怎么会有人给他送银子来呢？果然我们相公眼力不差，从今我到长了多番见识。”正在呆想，忽听颜生问他当票子，他便从腰间掏出一个包儿来，连票子和那剩下的四两多银子俱搁在一处递将过来。金生将票子接在手中，又拿了两个锞子对那人道：“你拿此票到兴隆镇，把他赎回来。除了本利，下剩的你作盘费就是了。你将这个褡裢子放在这里，回来再拿。吾还告诉你，你回时不必到这里了，就在隔壁太和店，吾在那里等你。”那人连连答应，竟拿了马鞭子出店去了。

金生又从新拿了两锭银子，叫雨墨道：“你这两天多有辛苦，这银子赏你罢。吾可不是篾片了？”雨墨那里还敢言语呢，只得也磕头谢了。金生对颜生道：“仁兄呀，咱们上那边店里去罢。”颜生道：“但凭贤弟。”金生便叫雨墨抱着桌子上的银子。雨墨又腾出手来，还要提那褡裢。金生在旁道：“你还拿那个？你不傻了么！你拿的动么？叫这店小二拿着，跟咱们送过那边去呀。你都聪明，怎么此时又不聪明了？”说的雨墨也笑了。便叫了小二拿了褡裢，主仆一同出了小店，来到太和店，真正宽阔。雨墨也不用说，竟奔上房而来，先将抱着的银子放在桌上，又接了小二拿的褡裢。颜生与金生在迎门两边椅子上坐了，这边小二殷勤沏了茶来。金生便出主意，与颜生买马，治簇新的衣服靴帽，全是使他的银子。颜生也不谦让。到了晚间，那人回来，将当交明，提了褡裢去了。这一天，吃饭饮酒也不像先前那样，止于拣可吃的要来，吃剩的不过将够雨墨吃的。

到了次日，这二百两银子除了赏项、买马、赎当、治衣服等，并会了饭帐，共费去银八九十两，下仍有一百多两，金生便都赠了颜生。颜生那里肯受。金生道：“仁兄只管拿去，吾路上自有相知应付吾的盘费，吾是不用银子的。还是吾先走，咱们京都再会罢。”说罢执手告别，他拉他拉出店去了。颜生到觉得依恋不舍，眼巴巴的真真的目送出店。此时雨墨精神百倍，装束行囊，将银两收藏严密，止于将剩的四两有馀带在腰间。叫小二把行李搭在马上，扣备停当，请相公骑马，登时阔起来了。雨墨又把雨衣包了个小包袱背在肩头，以防天气不测。颜生也给他雇了一头驴，沿路盘脚。

一日来至祥符县，竟奔双星桥而来。到了双星桥，略问一问，柳家人人皆知，指引门户。主仆来到门前一看，果然气象不凡，是个殷实人家。原来颜生的姑父名叫柳洪,务农为业,为人固执,有个悭吝毛病,处处好打算盘,是个顾财不顾亲的人。他与颜老爷虽是郎舅,却有些水火不同炉。只因颜老爷是个堂堂的县尹,以为将来必有发迹,故将自己的女儿柳金蝉自幼儿就许配了颜查散。不意后来颜老爷病故,送了信来,他就有些后悔,还关碍着颜氏安人,不好意思。谁知三年前,颜氏安人又一病呜呼了。他就决意的要断了这门亲事,因此连信息也不通了。他却又续娶冯氏,又是个面善心毒之人,幸喜他很疼爱小姐。他疼爱小姐又有他的一番意思,只因员外柳洪每每提起颜生,便嗐声叹气,说当初不该定这门亲事,已露出有退婚之意,冯氏便暗怀着鬼胎。因他有个侄儿名唤冯君衡,与金蝉小姐年纪相仿。他打算着把自己的侄儿作为养老的女婿,就是将来柳洪亡后,这一份家私也逃不出冯家之手。因此他却疼爱小姐,又叫侄儿冯君衡时常在员外跟前献些殷勤。员外虽则喜欢,无奈冯君衡的相貌不扬,又是一个白丁,因此柳洪总未露出口吻来。

一日,柳洪正在书房,偶然想起女儿金蝉,年已及岁,颜生那里杳无音信,闻得他家道艰窘,难以度日,惟恐女儿过去受罪,怎么想个法子退了此亲方好。正在烦思,忽见家人进来禀道:"武进县的颜姑爷来了。"柳洪听了,吃了一惊不小,登时就会没了主意。半天说道:"你就回复他,说我不在家。"那家人刚然回身,他又叫住问道:"是什么形相来的?"家人道:"穿着鲜明的衣服,骑着高头大马,带着书童,甚是齐整。"柳洪暗道:"颜生必是发了财了,特来就亲。幸亏细心一问,险些儿误了大事。"忙叫家人快请,自己也就迎了出来。只见颜生穿着簇新大衫,又搭着俊俏的容貌,后面又跟着个伶俐小童,拉着一匹润白大马,不由的心中羡慕,连忙上前相见。颜生即以子侄之礼参拜,柳洪那里肯受,谦让至再至三才受半礼。彼此就座,叙了寒暄。家人献茶已毕,颜生便渐渐的说到家业零落,特奉母命投亲,在此攻书,预备明年考试,并有家母亲笔书信一封。说话之间,雨墨已将书信拿出来交与颜生。颜生呈与柳洪,又奉了一揖。此时柳洪却把那黑脸面放下来,不是先前那等欢喜。无奈何将书信拆阅已毕,更觉烦了,便吩咐家人,将颜相公送至花园幽斋居住。颜生还要拜见姑母,老狗才道:"拙妻这几日有些不爽快,改日再见。"颜生看此光景,只得跟随家人上花园去了。幸亏金生打算,替颜生治办衣服马匹,不然老狗才绝不肯纳,可见金生奇异。

特不知柳洪是何主意,且听下回分解。

第三十五回　柳老赖婚狼心难测　冯生联句狗屁不通

话说柳洪便袖了书信来到后面,忧容满面。冯氏问道:"员外为着何事如此的烦闷?"柳洪便将颜生投亲的原由说了一遍。冯氏初时听了也是一怔,后来便假意欢喜,给员外道喜,说道:"此乃一件好事,员外该当做的。"柳洪闻听,不由的怒道:

“什么好事！你往日明白，今日糊涂了。你且看书信，他上面写着，叫他在此读书，等到明年考试。这个用度须耗费多少？再者，若中了，还有许多的应酬；若不中，就叫我这里完婚。过一月后，叫我这里将他小两口儿送往武进县去。你白打算打算，这注财要耗费多少银子？归齐我落个人财两空。你如何还说做得呢？这不岂有此理么！”冯氏趁机便探柳洪的口气道：“若依员外，此事便怎么样呢？”柳洪道：“也没有什么主意，不过是想把婚姻退了，另找个财主女婿，省得女儿过去受罪，也免得我将来受累。”冯氏见柳洪吐出退婚的话来，他便随机应变，冒出坏包来了。对柳洪道：“员外既有此心，暂且将颜生在幽斋冷落几天。我保不出十日，管叫他自己退婚，叫他自去之计。”柳洪听了喜道：“安人果能如此，方去我心头大病。”

两个人在屋中计议，不防跟小姐的乳母田氏从窗外经过，这些话一一俱各听了去了。他急急的奔到后楼，来到香闺，见了小姐一五一十俱各说了，便道：“小姐不可为俗礼所拘，仍作闺门之态。一来解救颜姑爷，二来并救颜老母。此事关系非浅，不可因小节而坏大事，小姐早早拿个主意。”小姐道：“总是我那亲娘去世，叫我向谁伸诉呢？”田氏道：“我倒有个主意。他们商议原不出十天，咱们就在这三五日内，小姐与颜相公不论夫妻，仍论兄妹，写一字柬，叫绣红约他在内书房夜间相会。将原委告诉明白了颜相公，小姐将私蓄赠些与他，叫他另寻安身之处。俟科考后功名成就，那时再来就亲，大约员外无有不允之理。”小姐闻听，尚然不肯。还是田氏与绣红百般开导解劝，小姐无奈才应允了。

大凡为人各有私念。似乳母、丫鬟这一番私念，原是为顾惜颜生，疼爱小姐，是一片好心。这个私念，理应如此。竟有一等人，无故一心私念，闹的他自己亡魂失魄，仿佛热地蚂蚁一般，行踪无定，居止不安。就是冯君衡这小子，自从听见他姑妈有意将金蝉小姐许配于他，他便每日跑破了门，不时的往来。若遇见员外，他便卑躬下气，假作斯文。那一宗胁肩谄笑，便叫人宁耐不得。员外看了，总不大合心。若是员外不在跟前，他便合他姑妈讪皮讪脸，百般的央告，甚至于屈膝，只要求冯氏早晚在员外跟前玉成其事。偏偏的有一日，凑巧恰值金蝉小姐给冯氏问安。娘儿两个正在闲谈，这小子他就一步儿跑进来了。小姐躲闪不及，冯氏便道：“你们是表兄妹，皆是骨肉，是见得的，彼此见了。”小姐无奈，把袖子福了一福。他便作下一揖去，半天直不起腰来。那一双贼眼，直勾勾的瞧着小姐。旁边绣红看不上眼，拥簇着小姐回绣阁去了。他就呆了半晌。他这一瞧，直不是人，瞧人没有那么瞧的。往往书上多有眉目传情，又云眉来眼去，仔细想来，这个眉毛竟无用处。眼睛为的是瞧，眉毛跟在里头可搅什么呢？不是这么说嘛，要是没有他真砢碜。就犹如笑话上说的嘴合鼻说话：“哈，老鼻呀，你有什么本事，竟敢居在我的上头呢？”鼻子答道：“你若不亏我闻见，你如何分的出香臭来呢？”鼻子又合眼睛说话：“哈，老眼呀，你有什么本事，竟敢居在我的上头呢？”眼睛答道：“你若不亏我瞧见，你如何知道好歹呢？”眼睛又合眉毛说话：“哈，老眉呀，你有什么本事，竟敢居在我的上头呢？”眉毛答道：“我原没有什么本事，不过是你的配搭儿。你若不愿意在你上头，我就挪在你的底下去，看你得样儿不得样儿。”冯君衡他这一瞧，直是把眉毛错安了位了。自那一天见了小姐之后，他便谋求的狠了，恨不得立刻到手，天天来至柳家探望。

这一天刚进门来，见院内拴着一匹白马，便问家人道："此马从何而来？"家人回道："是武进县颜姑爷骑来的。"他一闻此言，就犹如平空的打了个焦雷，只惊得目瞪痴呆，魂飞天外，半晌方透过一口气来。暗想："此事却怎么处？"只得来到书房，见了柳洪。见员外愁眉不展，他知道必是为此事发愁："想来颜生必然穷苦至甚，我何不见他，看看他到是怎么的光景。如若真不像样，就当面奚落他一场，也出了我胸中恶气。"想罢，便对柳洪言明要见颜生。柳洪无奈，只得将他带入幽斋。他原打算奚落一场，谁知见了颜生，不但衣冠鲜明，而且像貌俊美，谈吐风雅，反觉得踽踏不安，自惭形秽，竟自无地可容，连一句整话也说不出来。柳洪在旁观瞧，也觉得妍媸自分，暗道："据颜生像貌才情，堪配吾女。可惜他家道贫寒，是一宗大病。"又看冯君衡，耸肩缩背，挤眉弄眼，竟不知如何是可。柳洪倒觉不好意思，搭讪着道："你二人在此攀话，我料理我的事去了。"说罢就走开了。冯君衡见柳洪去后，他便抓头不是尾，险些儿没急出毛病来。略坐一坐，便回书房去了。一进门来，自己便对穿衣镜一照，自己叫道："冯君衡吓，冯君衡，你瞧瞧人家是怎么长来着，你是怎么长来着！我也不怨别的，怨只怨我那爷娘，既要好儿子，为何不下上点好好的工夫呢？教导教导，调理调理，真是好好儿的，也不至于见了人说不出话来。"自己怨恨一番，忽又想道："颜生也是一个人，我也是一个人，我又何必怕他呢？这不是我自损志气么？明日倒要乍着胆子与他盘桓盘桓，看是如何。"想罢，就在书房睡了。

到了次日，吃毕早饭，依然犹疑了半天，后来发了一个狠儿，便上幽斋而来。见了颜生，彼此坐了。冯君衡便问道："请问你老高寿？"颜生道："念有二岁。"冯君衡听了不明白，便"念"呀"念"的尽着念。颜生便在桌上写出来。冯君衡见了道："哦，敢则是单写的二十呀。若是这们说，我敢则是念了。"颜生道："冯兄尊齿二十了么？"冯君衡道："我的牙却是二十八个，连槽牙。我的岁数却是二十。"颜生笑道："尊齿便是岁数。"冯君衡便知是自己答应错了，便道："颜大哥，我是个粗人，你和我总别闹文。"颜生又问道："冯兄在家作何功课？"冯君衡却明白"功课"二字，便道："我家也有个先生，可不是瞎子，也是睁眼儿先生。他教给我作什么诗，五个字一句，说四句是一首。还有什么韵不韵的，我那里弄的上来呢？后来作惯了，觉得顺溜了，就只能作半截儿，任凭怎么使劲儿，再也作不下去了。有一遭儿，先生出了个'鹅群'叫我作。我如何作的下去呢？好容易作了半截儿。"颜生道："可还记得么？"冯君衡道："记得的很呢。我好容易作的，焉有不记得呢。我记得是：'远看一群鹅，见人就下河。'"颜生道："底下呢？"冯君衡道："说过就作半截儿，如何能够满作了呢？"颜生道："待我与你续上半截如何？"冯君衡道："那敢则好。"颜生道："白毛分绿水，红掌荡清波。"冯君衡道："似乎是好，念着怪有个听头儿的。还有一遭，因我们书房院子里有棵枇杷，先生以此为题。我作的是：'一棵枇杷树，两个大楂桠。'"颜生道："我也与你续上罢：未结黄金果，先开白玉花。"

冯君衡见颜生又续上了，他却不讲诗，便道："我最爱对对子。怎么原故呢？作诗须得论平仄押韵，对对子就平空的想出来。若有上句，按着那边字儿一对就得了。颜大哥，你出个对子我对。”颜生暗道：“今日重阳，而且风鸣树吼。”便写了一联道：“九日重阳风落叶。”冯君衡看了半天，猛然想起，对道：“八月中秋月照台。颜大哥，你看我对的如何？你再出个我对。”颜生见他无甚行止，便写一联道：“立品修身，谁能效子游子夏。”冯君衡按着字儿扣了一会，便对道：“交朋结友，我敢比刘六刘七。”颜生便又写了一联，却是明褒暗贬之意。冯君衡接来一看，写的是：“三坟五典，你乃百宝箱。”便又想了对道：“一转两晃，我是万花筒。”他又磨着颜生出对。颜生实在不耐烦了，便道：“愿安承教你无门。”这明是说他请教不得其门。冯君衡他却呆想，忽然笑道：“可对上了。”便道：“不敢从命我有窗。”

他见颜生手中摇着扇子，上面有字，便道：“颜大哥，我瞧瞧扇子。”颜生递过来，他就连声夸道：“好字，好字，真写了个龙争虎斗。”又翻着那面，却是素纸，连声可惜道：“这一面如何不画上几个人儿呢？颜大哥，你瞧我的扇子却是画了一面，那一面却没有字，求颜大哥的大笔写上几个字儿罢。”颜生道：“我那扇子是相好朋友写了送我的，现有双款为证，不敢虚言。我那拙笔焉能奉命，惟恐有污尊摇。”冯君衡道：“说了不闹文么，什么‘尊摇’不‘尊摇’的呢！我那扇子也是朋友送我的，如今再求颜大哥一写，更成全起来了。颜大哥，你看看那画的神情儿颇好。”颜生一看，见有一只船，上面有一妇人摇桨，旁边跪着一个小伙拉着桨绳。冯君衡又道：“颜大哥，你看那边岸上，那一人拿着千里眼镜儿，哈着腰儿瞧的神情儿，真是活的一般。”颜生便问道：“这是什么名色？”冯君衡道：“怎么，颜大哥连‘次姑咙咚呛’也不知道吗？”颜生道：“这话我不明白。”冯君衡道：“本名儿就叫荡湖船。千万求颜大哥把那面与我写了。我先拿了颜大哥扇子去，俟写得时再换。”颜生无奈，将他的扇子插入笔筒之内。

冯君衡告辞转身，回了书房，暗暗想道：“颜生他将我两次诗不用思想开口就续上了，他的学问哪，比我强多咧。而且像貌又好，他若在此了呵，只怕我那表妹被他夺了去。这便如何是好呢？”他也不想想，人家原是许过的，他却是要图谋人家的，可见这恶贼利欲熏心，什么天理全不顾了。他便思前想后，总要把颜生害了才合心意。翻来覆去，一夜不曾合眼，再也想不出计策来。到了次日，吃毕早饭，又往花园而来。

不知后文如何，且听下回分解。

第三十六回　园内赠金丫鬟丧命　厅前盗尸恶仆忘恩

且说冯君衡来至花园，忽见迎头来了个女子，仔细看时，却是绣红，心中陡然疑惑起来，便问道：“你到花园来做什么？”绣红道：“小姐派我来掐花儿。”冯君衡道：

"掐的花儿在那里?"绣红道:"我到那边看了,花儿尚未开呢,因此空手回来。你查问我做什么?这是柳家花园,又不是你们冯家的花园,用你多管闲事!好没来由呀。"说罢扬长去了。气的个冯君衡直瞪瞪的一双贼眼,再也对答不出来。心中更加疑惑,急忙奔至幽斋。偏偏雨墨又进内烹茶去了,见颜生拿着个字帖儿,正要开看。猛抬头见了冯君衡,连忙让座,顺手将字帖儿掖在书内,彼此闲谈。冯君衡道:"颜大哥可有什么浅近的诗书借给我看看呢?"颜生因他借书,便立起身来,向书架上找书去了。冯君衡便留神,见方才掖在书内字帖儿露着个纸角儿,他便轻轻抽出,暗盗在袖里。及至颜生找了书来,急忙接过,执手告别,回转书房而来。

进了书房,将书放下,便从袖中掏出字儿一看,只吓的惊疑不止,暗道:"这还了得,险些儿坏了大事!"原来此字正是前次乳母与小姐商议的,定于今晚二鼓,在内角门相会,私赠银两,偏偏的被冯贼偷了来了。他便暗暗想道:"今晚他们若相会了,小姐一定身许颜生,我的姻缘岂不付之流水!这便如何是好?"忽又转念一想道:"无妨,无妨。如今字儿既落吾手,大约颜生恐我识破,他绝不敢前去。我何不于二鼓时假冒颜生,倘能到手,岂不仍是我的姻缘。即便露出马脚,他若不依,就拿着此字作个见证。就是姑爷知道,也是他开门揖盗,却也不能奈何于我。"心中越想此计越妙,不由的满心欢喜,恨不得立刻就交二鼓。

且说金蝉小姐虽则叫绣红寄柬与颜生,他便暗暗打点了私蓄银两并首饰衣服,到了临期,却派了绣红持了包袱银两去赠颜生。田氏在旁劝道:"何不小姐亲身一往?"小姐道:"此事已是越礼之举,再要亲身前去,更失了闺阁体统。我是断断不肯去的。"绣红无奈,提了包袱银两,刚来到角门以外,见个人伛偻而来,细看形色不是颜生,便问道:"你是谁?"只听那人道:"我是颜生。"细听语音却不对。忽见那人向前就要动手,绣红见不是势头,才嚷道"有贼"二字,冯君衡着忙,急伸手,本欲蒙嘴,不意蠢夫使的力莽,丫鬟人小软弱,往后仰面便倒。恶贼收手不及,扑跌在丫鬟身上,以至手按在绣红喉间一挤。及至强徒起来,丫鬟已气绝身亡,将包袱银两抛于地上。冯贼见丫鬟已死,急忙提了包袱,捡起银两包儿来,竟回书房去了。将颜生的扇子并字帖儿留于一旁。小姐与乳母在楼上提心吊胆,等绣红不见回来,好生着急。乳母便要到角门一看。谁知此时走更之人见丫鬟倒毙在角门之外,早已禀知员外、安人了。乳母听了此信,魂飞天外,回转绣阁给小姐送信。只见灯笼火把,仆夫、丫鬟同定员外、安人竟奔内角门而来。柳洪将灯一照,果是小绣红。见他旁边撂着一把扇子,又见那边地上有个字帖儿,连忙俱各捡起。打开扇子,却是颜生的,心中已然不悦。又将字帖儿一看,登时气冲牛斗。也不言语,竟奔小姐的绣阁。冯氏不知是何缘故,便随在后面。

柳洪见了小姐说:"干的好事!"将字帖儿就当面掷去。小姐此时已知绣红已死,又见爹爹如此,真是万箭攒心,一时难以分辩,惟有痛哭而已。亏得冯氏赶到,见此光景,忙将字帖儿拾起看了一遍,说道:"原来为着此事。员外你好糊涂,焉知不是绣红那丫头干的鬼呢?他素来笔迹原与女儿一样,女儿现在未出绣阁,他却死在角门以外,你如何不分皂白就埋怨女儿来呢?只是这颜姑爷,既已得了财物,为何又将丫鬟掐死呢？竟自不知是什么意思。”一句话提醒了柳洪，便把一天愁恨俱搁在颜生身上。他就连忙写一张呈子，说颜生无故杀害丫鬟，并不提私赠银两之事，惟恐与自己名声不好听，便把颜生送往祥符县内。可怜颜生睡在梦里，连个影儿也不知。幸喜雨墨机灵，暗暗打听明白，告诉了颜生。颜生听了，他便立了个百折不回的主意。且说冯氏安慰小姐，叫乳母好生看顾，他便回至后边，将机就计，在柳洪跟前竭力撺掇，务将颜生置之死地，恰恰又暗合柳洪之心。柳洪等候县尹来相验了，绣红实是扣喉而死，并无别的情形。柳洪便咬定牙说是颜生谋害的，总要颜生抵命。

县尹回至衙门，立刻升堂，将颜生带上堂来。仔细一看，却是个懦弱书生，不像那杀人的凶手，便有怜惜他的意思，问道："颜查散，你为何谋害绣红，从实招上来。"颜生禀道："只因绣红素来不服呼唤，屡屡逆命。昨又因他口出不逊，一时气愤难当，将他赶至后角门。不想刚然扣喉，他就倒毙而亡。这也是前世冤缠，做了今生的孽报。望祈老父母早早定案，犯人再也无怨的了。"说罢向上叩头。县宰见他满口应承，毫无推诿，而且情甘认罪，绝无异词，不由心下为难。暗暗思忖道："看此光景，绝非行凶行恶之人。难道他素有疯癫不成？或者其中别有情节，碍难吐露，他情愿就死亦未可知。此事本县倒要细细访查，再行定案。"想罢，吩咐将颜生带下去寄监。县官退入后堂，自然另有一番思索。你道颜生为何情甘认罪？只因他怜念小姐一番好心，不料自己粗心失去字帖儿，致令绣红遭此惨祸，已然对不过小姐了；若再当堂和盘托出，岂不败坏了小姐名节呢？莫若自己应承，省得小姐出头露面，有伤闺门的风范。这便是颜生的一番衷曲，他却那里知道暗中苦了一个雨墨呢。

且说雨墨从相公被人拿去之后，他便暗暗揣了银两，赶赴县前，悄悄打听。听说相公满口应承，当堂全认了，只吓得他胆裂魂飞，泪流满面。后来见颜生入监，他便上前苦苦哀求禁子，并言有薄敬奉上。禁子与牢头相商明白，容他在内伏侍相公。雨墨便将银子交付了牢头，嘱托一切俱要看顾。牢头见了白花花一包银子，满心欢喜，满口应承。雨墨见了颜生，又痛哭，又是抱怨说："相公不该应承了此事。"见颜生微微含笑，毫不介意，雨墨竟自不知是何缘故。

谁知此时柳洪那里俱各知道颜生当堂招认了，老贼乐的满心欢喜，仿佛去了一块大病的一般。苦只苦了金蝉小姐，一闻此言，只道颜生绝无生理。仔细想来，全是自己将他害了。"他既无命，我岂独生？莫若以死相酬。"将乳母支出去烹茶，他便倚了绣阁，投缳自尽身亡。及至乳母端了茶来，见门户关闭，就知不好，便高声呼唤，也不见应。再从门缝看时，见小姐高高的悬起，只吓得他骨软筋酥，踉踉跄跄报与员外安人。

柳洪一闻此言，也就顾不得了，先带领家人奔到楼上，打开绣户，上前便把小姐抱住，家人忙上前解了罗帕。此时冯氏已然赶到。夫妻二人打量还可以解救，谁知香魂已渺，不由的痛哭起来。更加着冯氏数数落落，一壁里哭小姐，一壁里骂柳洪道："都是你这老乌龟，老杀才，不分青红皂白，生生儿的要了你的女儿命了。那一个刚然送县，这一个就上了吊了。这个名声传扬出去才好听呢！”柳洪听了此言，格登的把泪收住道：“幸亏你提拨我，似此事如何办理？哭是小事，且先想个主意要紧。”冯氏道：“还有别的什么主意吗？只好说小姐得了个暴病，有些不妥。先着人悄悄抬个棺材来，算是预备后事，与小姐冲冲喜。却暗暗的将小姐盛殓了，浮厝在花园敞厅上。候过了三朝五日，便说小姐因病身亡，也就遮了外面的耳目，也省得人家谈论了。”柳洪听了，再也想不出别的高主意，只好依计而行。便嘱咐家人搭棺材去，倘有人问，就说小姐得病甚重，为的是冲冲喜。家人领命。去不多时，便搭了来了，悄悄抬至后楼。此时冯氏与乳母已将小姐穿戴齐备，所有小姐素日惜爱的簪环、首饰、衣服俱各盛殓了。且不下销，便叫家人等暗暗抬至花园敞厅停放。员外、安人又不敢放声大哭，惟有呜呜悲泣而已。停放已毕，惟恐有人看见，便将花园门倒锁起来。所有家人，每人赏了四两银子，以压口舌。

谁知家人之中，有一人姓牛名唤驴子。他爹爹牛三，原是柳家的老仆。只因双目失明，柳洪念他出力多年，便在花园后门外盖了三间草房，叫他与他儿子并媳妇马氏一同居住，又可以看守花园。这日，牛驴子拿了四两银子回来，马氏问道：“此银从何而来？”驴子便将小姐自尽，并员外、安人定计，暂且停放花园敞厅，并未下销的情由说了一遍，“这四两银子便是员外赏的，叫我们严密此事，不可声张。”说罢，又言小姐的盛殓的东西实在的是不少，什么凤头钗，又是什么珍珠花、翡翠环，这个那个说了一套。马氏闻听，便觉垂涎道：“可惜了儿的这些好东西。你就是没有胆子，你若有胆量，到了夜间，只隔着一段墙，偷偷儿的进去……”刚说至此，只听那屋牛三道：“媳妇，你说的这是什么话。咱家员外遭了此事，已是不幸，人人听见该当叹息，替他难受。怎么你还要就热窝儿去偷盗尸首的东西？人要天理良心，看昭彰报应要紧。驴儿呀驴儿，此事是断断做不得的。”老头儿说罢，恨恨不已。谁知牛三刚说话时，驴子便对着他女人摆手儿，后来又听见叫他不可做此事，驴子便赌气子道：“我知道，他不过是那们说，那里我就做了呢？”说着话，便打手势叫他女人预备饭，自己便打酒去。少时酒也有了，菜也得了。且不打发牛三吃，自己便先喝酒。女人一壁伏侍，一壁跟着吃，却不言语，尽打手势。到吃喝完了，两口子便将家伙归着起来。驴子便在院内找了一把板斧掖在腰间，等到将有二鼓，他直奔到花园后门，拣了个地势高耸之处，扳住墙头，纵将上去，他便往里一跳，直奔敞厅而来。

未知如何，且听下回分解。

第三十七回　小姐还魂牛儿遭报　幼童侍主侠士挥金

且说牛驴子于起更时来至花园，扳住墙头纵身上去，他便往里一跳，只听噗咚一声，自己把自己倒吓了一跳。但见树林中透出月色，满园中花影摇曳，仿佛都是人影儿一般。毛手毛脚,贼头贼脑,他却认得路径,一直竟奔敞厅而来。见棺材停放中间,猛然想起小姐入殓之时形景,不觉从脊梁骨上一阵发麻灌海,登时头发根根倒竖,害起怕来,又连打了几个寒噤。暗暗说:"不好,我别要不得。"身子觉软,就坐在敞厅栏杆踏板之上,略定了定神,回手拔出板斧,心里想道:"我此来原为发财,这一上去,打开棺盖,财帛便可到手,你却怕他怎的?这总是自己心虚之过。漫说无鬼,就是有鬼,也不过是闺中弱女,有什么大本事呢?"想至此,不觉的雄心陡起,提了板斧便来到敞厅之上。对了棺木,一时天良难昧,便双膝跪倒,暗暗祝道:"牛驴子实在是个苦小子,今日暂借小姐的簪环衣服一用,日后充足了,我再多多的给小姐烧些纸锞罢。"祝毕起来,将板斧放下,只用双手从前面托住棺盖,尽力往上一起,那棺盖就离了位了。他便往左边一跨,又绕到后边,也是用双手托住,往上一起,他却往右边一跨,那材盖便横斜在材上。才要动手,忽听"嗳哟"一声,便吓的他把脖子一缩,跑下厅来,格嗒嗒一个整颤,半晌还不过气来。又见小姐挣扎起来,口中说道:"多承公公指引。"便不言语了。

驴子喘息了喘息,想道:"小姐他会还了魂了?"又一转念:"他纵然还魂,正在气息微弱之时,我这上去将他掐住咽喉,他依然是死。我照旧发财,有何不可呢?"想至此,又煞神附体,立起身来,从老远的就将两手比着要掐的式样。尚未来到敞厅,忽有一物飞来,正打在左手之上。驴子又不敢嗳哟,只疼的他咬着牙摔着手,在厅下打转。只见从太湖石后来了一人,身穿夜行衣服,竟奔驴子而来。瞧着不好,刚然要跑,已被那人一个箭步赶上,就是一脚,驴子便跌倒在地,口中叫道:"爷爷饶命!"那人便将驴子按在地上,用刀一晃道:"我且问你,棺木内死的是谁?"驴子道:"是我家小姐,昨日吊死的。"那人吃惊道:"你家小姐如何吊死呢?"驴子道:"只因颜生当堂招认了,我家小姐就吊死了,不知是什么缘故。只求爷爷饶命!"那人道:"你初念贪财,还可饶恕,后来又生害人之心,便是可杀不可留了。"说到"可杀"二字,刀已落将下来,登时,驴子入了汤锅了。

你道此人是谁?他便是改名金懋叔的白玉堂。自从赠了颜生银两之后,他便先到祥符县,将柳洪打听明白,已知道此人悭吝,必然嫌贫爱富。后来打听颜生到此甚是相安,正在欢喜,忽听得颜生被祥符县拿去,甚觉诧异,故此夤夜到此,打听个水落石出。已知颜生负屈含冤,并不知小姐又有自缢之事。适才问了驴子方才明白,即将驴子杀了。又见小姐还魂,本欲上前搀扶,又要避盟嫂之嫌疑,猛然心生一计:"我何不如此如此呢?"想罢,便高声嚷道:"你们小姐还了魂了!快来救人吓!"又向那角门上瞠的一脚,连门带框俱各歪在一边。他却飞身上房,竟奔柳洪住房去了。

且说巡更之人原是四个,前后半夜倒换。这前半夜的二人正在巡更,猛听得有人说小姐还魂之事,又听得哓嚓一声响亮,二人吓了一跳。连忙顺着声音打着灯笼一照,见花园角门连门框俱各歪在一边。二人乍着胆子进了花园,趁着月色先往敞厅上一看,见棺材盖横在材上。连忙过去细看,见小姐坐在棺内,闭着双睛,口内尚在咕哝。二人见了悄悄说道:"谁说不是活了呢?快报员外、安人去。"刚然回身,只见那边有一块黑忽忽的，不知是什么，打过灯笼一照，却是一个人。内中有个眼尖的道："伙计，这不是牛驴子么？他如何躺在这里呢？难道昨日停放之后把他落在这里了？"又听那人道："这是什么，稀泞的踩了我一脚。啊呀，怎么他脖子上有个口子呢？敢则是被人杀了。快快报与员外，说小姐还魂了。"柳洪听了，即刻叫开角门。冯氏也连忙起来，唤齐仆妇丫鬟，俱往花园而来。谁知乳母田氏一闻此言，预先跑来扶着小姐呼唤。只听小姐咕哝道："多承公公指引，叫奴家何以报答？"柳洪、冯氏见小姐果然活了，不胜欢喜。大家搀扶出来，田氏转身背负着小姐，仆妇帮扶，左右围随，一直来到绣阁。安放妥协，又灌姜汤，少许渐渐的苏醒过来。容小姐静一静，定定神，止于乳母田氏与安人小丫鬟等在左右看顾，柳洪就慢慢的下楼去了。只见更夫仍在楼门之外伺候，柳洪便道："你二人还不巡更，在此作甚？"二人道："等着员外回话，还有一宗事呢！"柳洪道："还有什么事呢？不是要讨赏么？"二人道："讨赏忙什么呢，咱们花园躺着一个死人呢！"柳洪闻听大惊道："如何有死人呢？"二人道："员外随我们看看就知道了，不是生人，却是个熟人。"

柳洪跟定更夫进了花园，来至敞厅，更夫举起灯笼照着，柳洪见满地是血，战战兢兢看了多时，道："这不是牛驴子吗？他如何被人杀了呢？"又见棺盖横着，旁边又有一把板斧，猛然省悟道："别是他前来开棺盗尸罢？如何棺盖横过来呢？"更夫说道："员外爷想的不错，只是他被何人杀死呢？难道他见小姐活了，他自己抹了脖子？"柳洪无奈，只得派人看守，准备报官相验。先叫人找了地保来，告诉他此事。地保道："日前掐死了一个丫鬟尚未结案，如今又杀了一个家人，所有这些喜庆事情全出在尊府。此事就说不得了，只好员外爷辛苦辛苦同我走一趟。"柳洪知道是故意的拿捏，只得进内取些银两给他们就完了。不料来至套间屋内见银柜的锁头落地，柜盖已开，这一惊非同小可。连忙查对，散碎银两俱各未动，单单整封银两短了十封，心内这一阵难受，又不是疼，又不是痒，竟不知如何是好。发了会子怔，叫丫鬟去请安人。一面平了一两六钱有零的银，算是二两，央求地保呈报。地保得了银子，自己去了。

柳洪急回身来至屋内，不觉泪下。冯氏便问："叫我有什么事？女儿活了，应该喜欢，为何反倒哭起来了呢？莫不成牛驴子死了，你心疼他吗？"柳洪道："那盗尸贼，我心疼他做什么！"冯氏道："既不为此，你哭什么？"柳洪便将银子失去十封的话说了一遍，"因为心疼银子，不觉泪流。这如今意欲报官，故此请你来商议商议。"冯氏听了也觉一惊，后来听柳洪说要报官，连说："不可，不可。现在咱们家有两宗人命的大案尚未完结，如今为丢银子又去报官，别的都不遗失，单单的丢了十封银子，这不是提官府的醒儿吗？可见咱家积蓄多金。他若往歪里一问，只怕再花上十封也未必能结案。依我说，这十封银子只好忍个肚子疼，算是丢了罢。"柳洪听了此言深为有理，只得罢了。不过一时时揪着心系子怪疼的。

且说马氏撺掇丈夫前去盗尸，以为手到成功，不想呆呆的等了一夜，未见回来，看看的天已发晓，不由的埋怨道："这王八蛋好生可恶！他不亏我指引明路，教他发财，如今得了手，且不回家，又不知填还那个小妈儿去了。少时他瞎爹若问起来，又该无故唠叨。"正在自言自语埋怨,忽听有人敲门道:"牛三哥,牛三哥!"妇人答道:"是谁呀?这们早就来叫门。"说罢,将门开了一看,原来是捡粪的李二。李二一见马氏便道:"侄儿媳妇,你烦恼吓!"马氏听了啐道:"呸!大清早起的,也不嫌个丧气。这是怎么说呢。"李二说:"敢则是丧气。你们驴子叫人杀了,怎么不丧气!"牛三已在屋内听见,便接言道:"李老二,你进屋里来告诉明白了我,这是怎么一件事情。"李二便进屋内,见了牛三说:"告诉哥哥说,驴子侄儿不知为何被人杀死在那边花园子里了。你们员外报官了,少时就要来相验呢。"牛三道:"好吓,你们干的好事呀!有报应没有?昨日那们拦你们,你们不听,到底儿遭了报了。这不叫员外受累吗?李老二,你拉了我去。等着官府来了,我拦验就是了。这不是吗,我的儿子既死了,我那儿妇是断不能守的,莫若叫他回娘家去罢。这才应了俗语儿了:'驴的朝东,马的朝西。'"说着话,拿了明仗,叫李二拉着他竟奔员外宅里来。见了柳洪,便将要拦验的话说了。柳洪甚是欢喜,又教导了好些话,那个说的,那个说不的,怎么具结领尸。编派停当,又将装小姐的棺木挪在间屋,算是为他买的寿木。及至官府到来,牛三拦验,情愿具结领尸。官府细问情由,方准所呈,不必细表。

且说颜生在监,多亏了雨墨伏侍,不至受苦。自从那日过下堂来,至今并未提审,竟不知定了案不曾,反觉得心神不定。忽见牢头将雨墨叫将出来,在狱神庙前便发话道:"小伙子,你今儿得出去了,我不能只是替你耽惊儿。再者,你们相公今儿晚上也该叫他受用受用了。"雨墨见不是话头,便道:"贾大叔,可怜我家相公负屈含冤,望大叔将就将就。"贾牢头道:"我们早已可怜过了。我们若遇见都像你们这样打官司,我们都饿死了。你打量里里外外费用轻呢?就是你那点子银子,一哄儿就结了。俗语说:'衙门的钱,下水的船。'这总要现了现。你总得想个主意才好呢,难道你们相公就没个朋友吗?"雨墨哭道:"我们从远方投亲而来,这里如何有相知呢?没奈何,还是求大叔可怜我们相公才好。"贾牢头道:"你那是白说。我倒有个主意,你们相公有个亲戚,他不是财主吗,你为甚不弄他的钱呢?"雨墨流泪道:"那是我家相公对头,他如何肯资助呢?"贾牢头道:"不是那们说。你与相公商量商量,怎么想个法子,将他的亲戚咬出来,我们弄他的银钱,好照应你们相公吓。是这么个主意。"雨墨摇头道:"这个主意却难,只怕我家相公做不出来罢。"贾牢头道:"既如此,你今儿就出去,直不准你在这里。"雨墨见他如此神情,心中好生为难,急得泪流满面,痛哭不止,恨不得跪在地下哀求。

忽听监门口有人叫:"贾头儿,贾头儿,快来哟!"贾牢头道:"是了,我这里说话呢。"那人又道:"你快来,有话说。"贾牢头道:"什么事这们忙,难道弄出钱来我一人使吗?也是大家伙儿分。"那外面说话的乃是禁子吴头儿。他便问道:"你又驳办谁呢?"贾牢头道:"就是颜查散的小童儿。"吴头儿道:"啊呀我的太爷,你怎么惹他呢,人家的照应到了。此人姓白,刚才上衙门口,略一点染就是一百两呀!少时就进来了,你快快好好儿的预备着伺候着罢。"牢头听了,连忙回身。见雨墨还在那里哭呢,连忙上前道:"老雨呀,你怎么不禁呕呢?说说笑笑,嗷嗷呕呕,这有什么呢?你怎么就认起真来?我问问你,你家相公可有个姓白的朋友吗?"雨墨道:"并没有姓白的。"贾牢头道："你藏奸，你还恼着我呢？我告诉你，如今外面有个姓白的，瞧你们相公来了。"

说话间，只见该值的头目陪着一人进来，头带武生巾，身穿月白花氅，内衬一件桃红衬袍，足登官靴，另有一番英雄气概。雨墨看了，很像金相公，却不敢认。只听那武生叫道："雨墨，你敢则也在此么？好孩子，真正难为你。"雨墨听了此言，不觉的落下泪来，连忙上前参见道："谁说不是金相公呢！"暗暗忖道："如何连音也改了呢？"他却那里知道，金相公就是白玉堂呢？白五爷将雨墨扶起道："你家相公在那里？"

不知雨墨如何回答，且听下回分解。

第三十八回　替主鸣冤拦舆告状　因朋涉险寄柬留刀

且说白玉堂将雨墨扶起道："你家相公在那里？"贾牢头不容雨墨答言，他便说："颜相公在这单间屋内，都是小人们伺候。"白五爷道："好。你们用心伏侍，我

自有赏赐。"贾牢头连连答应几个"是"。此时雨墨已然告诉了颜生。白五爷来至屋内，见颜生蓬头垢面，虽无刑具加身，已然形容憔悴。连忙上前执手道："仁兄如何遭此冤枉？"说至此，声音有些惨切。谁知颜生他却毫不动念，便说道："嗐，愚兄愧见贤弟。贤弟到此何干？"那白五爷见颜生并无忧愁哭泣之状，惟有羞容满面，心中暗暗点头夸道："颜生真乃英雄也。"便问此事因何而起。颜生道："贤弟问他怎

么?”白玉堂道:“你我知己弟兄,非泛泛可比。难道仁兄还瞒着小弟不成?”颜生无奈,只得说道:“此事皆是愚兄之过。”便将绣红寄柬:“愚兄并未看明柬上是何言词,因有人来,便将柬儿放在书内,谁知此柬遗失,到了夜间就生出此事,柳洪便将愚兄呈送本县。后来亏得雨墨暗暗打听,方知是小姐一片苦心,全是为顾愚兄。愚兄自恨遗失柬约,酿成祸端。兄若不应承,难道还攀扯闺阁弱质,坏他的清白?愚兄惟有一死而已。”白玉堂听了颜生之言,颇觉有理。复转念一想道:“仁兄知恩报恩,舍己成人,原是大丈夫所为。独不念老伯母在家悬念乎?”一句话却把颜生的伤心招起,不由的泪如雨下。半晌说道:“事成不改。命中所造,大料难逃。这也是前世冤孽,今生报应。奈何,奈何!愚兄死后,望贤弟照看家母,兄在九泉之下亦得瞑目。”说罢痛哭不止,雨墨在旁亦落泪。白玉堂道:“何至如此。仁兄且自宽心,凡事还要再思。虽则为人,亦当为己。闻得开封府包相断事如神,何不到那里去伸诉呢?”颜生道:“贤弟此言差矣。此事非是官府屈打成招的,乃是兄自行承认的,又何必向包公那里分辩去呢?”白玉堂道:“仁兄虽如此说,小弟惟恐本县详文若到开封,只怕包相就不容仁兄招认了。那时又当如何?”颜生道:“书云:‘匹夫不可夺志也。’况愚兄乎?”

白玉堂见颜生毫无回转之心,他便另有个算计了。便叫雨墨将禁子牢头叫进来。雨墨刚然来到院中,只见禁子牢头正在那里喊喊喳喳,指手划脚。忽见雨墨出来,便有二人迎将上来道:“老雨呀,有什么吩咐的吗?”雨墨道:“白老爷请你二人呢。”二人听得此话,便狗颠屁股垂儿似的跑向前来。白五爷叫伴当拿出四封银子,对他二人说道:“这是银子四封,赏你二人一封,表散众人一封,馀下二封便是伺候颜相公的。从此后,颜相公一切事体全是你二人照管。倘有不到之处,我若闻知,却是不依你们的。”二人屈膝谢赏,满口应承。白五爷又对颜生道:“这里诸事妥协,小弟要借雨墨随我几日,不知仁兄叫他去否?”颜生道:“他也在此无事,况此处俱已安置妥协,愚兄也用他不着,贤弟只管将他带去。”谁知雨墨早已领会白五爷之意,便欣然叩辞了颜生,跟随白五爷出了监中。

到了无人之处,雨墨便问白五爷道:“老爷将小人带出监来,莫非叫小人瞒着我家相公,上开封府呈控么?”一句话问的白五爷满心欢喜,道:“怪哉,怪哉!你小小年纪,竟有如此聪明,真正罕有。我原有此意,但不知你敢去不敢去?”雨墨道:“小人若不敢去,也就不问了。自从那日我家相公招承之后,小人就要上京内开封府控告去。只因监内无人伺候,故此耽延至今。今日又见老爷话语之中提拨我家相公,我家相公毫不省悟。故此方才老爷一说要借小人跟随几天,小人就明白了是为着此事。”白五爷哈哈大笑道:“我的意思竟被你猜着了。我告诉你,你相公入了情魔了,一时也化解不开。须到开封府告去,方能打破迷关。你明日就到开封府,就把你家相公无故招承认罪原由伸诉一番,包公自有断法。我在暗中给你安置安置,大约你家相公就可脱了此灾了。”说罢便叫伴当给他十两银子。雨墨道:“老爷前次赏过两个锞子,小人还没使呢。老爷改日再赏罢。再者小人告状去,腰间也不好多带银子。”白五爷点头道:“你说的也是。你今日就往开封府去,在附近处住下,明日好去伸冤。”雨墨连连称是，竟奔开封府去了。

谁知就是此夜，开封府出了一件诧异的事。包公每日五更上朝，包兴、李才预备伺候，一切冠带、袍服、茶水、羹汤俱各停当，只等包公一呼唤便诸事齐整。二人正在静候，忽听包公咳嗽，包兴连忙执灯掀起帘子来至里屋内。刚要将灯往桌上一放，不觉骇目惊心，失声道：“哎呀！”包公在帐子内便问道：“什么事？”包兴道：“这是那里来的刀、刀、刀吓？”包公听见，急披衣坐起，撩起帐子一看，果见是明晃晃的一把钢刀横在桌上，刀下还压着柬帖儿。便叫包兴：“将柬帖拿来我看。”包兴将柬帖从刀下抽出，持着灯递给相爷一看，见上面有四个大字，写着：“颜查散冤。”包公忖度了一会，不解其意，只得净面穿衣，且自上朝，俟散朝后，再慢慢的访查。

到了朝中，诸事已完，便乘轿而回。刚至衙门，只见从人丛中跑出个小孩子来，在轿旁跪倒，口称冤枉。却好王朝走到，将他获住。包公轿至公堂，落下轿，立刻升堂，便叫带那小孩子。该班的传出。此时王朝正在角门外问雨墨的名姓，忽听叫带小孩子，王朝嘱咐道：“见了相爷，不要害怕，不可胡说。”雨墨道：“多承老爷教导。”王朝进了角门，将雨墨带上堂去，雨墨便跪倒向上叩头。包公问道：“那小孩子叫什么名字，为着何事，诉上来。”雨墨道：“小人名叫雨墨，乃武进县人。只因同我家主人到祥符县投亲……”包公道：“你主人叫什么名字？”雨墨道：“姓颜名查散。”包公听了“颜查散”三字，暗暗道：“原来果有颜查散。”便问道：“投在什么人家？”雨墨道：“就是双星桥柳员外家。这员外名叫柳洪，他是小主人的姑夫。谁知小主人的姑母三年前就死了，此时却是续娶的冯氏安人。只因柳洪膝下有个姑娘，名柳金蝉，是从小儿就许与我家相公为妻。小人的主人原奉母命前来投亲，一来在此读书，预备明年科考；二来又为的是完姻。谁知柳洪将我主仆二人留在花园居住，敢则是他不怀好意。住了才四天，那日清早，便有本县的衙役前来把我主人拿去了，说我主人无故的将小姐的丫鬟绣红掐死在内角门以外。回相爷，小人与小人的主人时刻不离左右，小人的主人并未出花园的书斋，如何会在内角门掐死了丫鬟呢？不想小人的主人被县里拿去，刚过头一堂，就满口应承，说是自己将丫鬟掐死，情愿抵命，不知是什么缘故。因此小人到相爷台前，恳求相爷与小人的主人作主。”说罢，复又叩头。

包公听了，沉吟半晌，便问道：“你家相公既与柳洪是亲戚，想来出入是不避的了？”雨墨道：“柳洪为人极其固执，漫说别人，就是这个续娶的冯氏，也未容我家主人相见。主仆在那里四五天，尽在花园书斋居住，所有饭食茶水，俱是小人进内自取，并未派人伏侍，很不像待亲戚的道理。菜里头连一点儿肉星也没有。”包公又问道：“你可知道小姐那里，除了绣红还有几个丫头呢？”雨墨道：“听得说小姐那里就只一个丫鬟绣红，还有个乳母田氏。这个乳母却是个好人。”包公忙问道：“怎见得？”雨墨道：“小人进内取茶饭时，他就向小人说：‘园子空落，你们主仆在那里居住须要小心，恐有不测之事。依我说，莫若过一两天，你们还是离了此处好。’不想果然就遭了此事了。”包公暗暗的踌躇道：“莫非乳母晓得其中原委呢？何不如此如此，看是如何。”想罢，便叫将雨墨带下去，就在班房听候。立刻吩咐差役，将柳洪并他家乳母田氏分别传来，不许串供。又吩咐到祥符县提颜查散到府听审。

包公暂退堂。用饭毕，正要歇息，只见传柳洪的差役回来禀道："柳洪到案。"老爷吩咐伺候升堂。将柳洪带上堂来问道："颜查散是你什么人？"柳洪道："是小老儿的内侄。"包公道："他来此作什么来了？"柳洪道："他在小老儿家读书，为的是明年科考。"包公道："闻听得他与你女儿自幼联姻，可是有的么？"柳洪暗暗的纳闷道："怨不得人说包公断事如神，我家里事他如何知道呢？"至此无奈，只得说道："是从小儿定下的婚姻。他此来一则为读书预备科考，二则为完姻。"包公道："你可曾将他留下？"柳洪道："留他在小老儿家居住。"包公道："你家丫头绣红，可是伏侍你女儿的么？"柳洪道："是从小儿跟随小女儿，极其聪明，又会写，又会算，实实死的可惜。"包公道："为何死的？"柳洪道："就是被颜查散扣喉而死。"包公道："什么时候死的？死于何处？"柳洪道："及至小老儿知道，已有二鼓之半，却是死在内角门以外。"包公听罢，将惊堂木一拍道："我把你这老狗，满口胡说。方才你说，及至你知道的时节已有二鼓之半，自然是你的家人报与你知道的。你并未亲眼看见是谁掐死的，如何就知是颜查散相害？这明明是你嫌贫爱富，将丫鬟掐死，有意诬赖颜生。你还敢在本阁跟前支吾么？"柳洪见包公动怒，连忙叩头道："相爷请息怒，容小老儿细细的说。丫鬟被人掐死，小老儿原也不知是谁掐死的，只因死尸之旁落下一把扇子，却是颜生的名款，因此才知道是颜生所害。"说罢，复又叩头。包公听了，思想了半晌："如此看来，定是颜生作下不才之事了。"

又见差役回道："乳母田氏传到。"包公叫把柳洪带下去，即将田氏带上堂来。田氏那里见过这样堂威，已然吓得魂不附体，浑身抖衣而战。包公问道："你就是柳金蝉的乳母么？"田氏道："婆、婆子便是。"包公道："丫鬟绣红为何死的，从实说来。"田氏到了此时，那敢撒谎，便把如何听见我家员外、安人私语要害颜生，自己如何与小姐商议要救颜生，如何叫绣红私赠颜生银两，"谁知颜姑爷得了财物，不知何故竟将绣红掐死了，偏偏的又落下一把扇子连那个字帖儿。我家员外见了，气的了不得，就把颜姑爷送了县了，谁知我家的小姐就上了吊了。"包公听至此，不觉愣然道："怎么柳金蝉竟自死了么？"田氏道："死了之后又活了。"包公又问道："如何又会活了呢？"田氏道："皆因我家员外、安人商量此事，说道颜姑爷是头一天进了监，第二天姑娘就吊死了，况且又是未过门之女。这要是吵嚷出去，这个名声儿不好听的。因此就说是小姐病的要死，买口棺材来冲一冲，却悄悄的把小姐装殓了，停放后花园内敞厅上。谁知半夜里有人嚷说：'你们小姐还了魂了！'大家伙儿听见了，连忙过去一看，谁说不是活了呢！棺材盖也横过来了，小姐在棺材里坐着呢。"包公道："棺材盖如何会横过来呢？"田氏道："听说是宅内的下人牛驴子偷偷儿盗尸去，他见小姐活了，不知怎么他又抹了脖子了。"

包公听毕，暗暗思想道："可惜金蝉一番节烈，竟被无义的颜生辜负了。可恨颜生既得财物，又将绣红掐死，其为人的品行就不问可知了。如何又有寄柬留刀之事，并有小童雨墨替他伸冤呢？"想至此，便叫带雨墨。左右即将雨墨带上堂来。包公把惊堂木一拍道："好狗才，你小小年纪竟敢大胆蒙混本阁，该当何罪？"雨墨见包公动怒,便向上叩头道:"小人句句是实话,焉敢蒙混相爷。"包公一声断喝:"你这狗才,就该掌嘴!你说你主人并未离书房,他的扇子如何又在内角门以外呢?讲!"

不知雨墨回答什么言语,且听下回分解。

第三十九回　铡斩君衡书生开罪　石惊赵虎侠客争锋

且说包公一声断喝:"哇,你这狗才,就该掌嘴!你说你主人并未离了书房,他的扇子如何又在内角门以外呢?"雨墨道:"相爷若说扇子,其中有个情节。只因柳洪内侄名叫冯君衡,就是现在冯氏安人的侄儿。那一天合我主人谈诗对对子,后来他要我主人扇子瞧,却把他的扇子求我主人写。我家主人不肯写,他不依,就把我主人的扇子拿去,他说写得了再换。相爷不信,打发人取来,现时仍在笔筒内插着。那把'次姑咙咚呛'的扇子,就是冯君衡的。小人断不敢撒谎。"忽见包公哈哈大笑,雨墨只当包公听见这"次姑咙咚呛"乐了呢,他那里知道包公因问出扇子的根由,心中早已明白此事,不由哈哈大笑,十分畅快。立刻出签,捉拿冯君衡到案。此时祥符县已将颜查散解到,包公便叫将田氏带下去,叫雨墨跪在一旁。将颜生的招状看了一遍,已然看出破绽,不由暗暗笑道:"一个情愿甘心抵命,一个以死相酬自尽,他二人也堪称为义夫节妇了。"便叫带颜查散。

颜生此时镯镣加身,来至堂上,一眼看见雨墨,心中纳闷道:"他到此何干?"左右上来去了刑具,颜生跪倒。包公道:"颜查散抬起头来。"颜生仰起面来。包公见他虽然蓬头垢面,却是形容秀美,良善之人,便问:"你如何将绣红掐死?"颜生便将在县内口供,一字不改,诉将上去。包公点了点头,道:"绣红也真正的可恶。你是柳洪的亲戚,又是客居他家,他竟敢不服呼唤,口出不逊,无怪你愤恨。我且问你,你是什么时候出了书斋?由何路径到内角门?什么时候掐死绣红?他死于何处?讲!"颜生听包公问到此处,竟不能答,暗暗的道:"好利害,好利害!我何尝掐死绣红,不过是恐金蝉出头露面,名节攸关,故此我才招认掐死绣红。如今相爷细细的审问,何时出了书斋,由何路径到内角门,我如何说得出来?"正在为难之际,忽听雨墨在旁哭道:"相公此时还不说明,真个就不念老安人在家悬念么?"颜生一闻此言,触动肝腑,又是着急又惭愧,不觉泪流满面,向上叩头道:"犯人实实罪该万死,惟求相爷笔下超生。"说罢,痛哭不止。包公道:"还有一事问你:柳金蝉既已寄柬与你,你为何不去?是何缘故?"颜生哭道:"嗳呀,相爷呀,千错万错,错在此处。那日绣红送柬之后,犯人刚然要看,恰值冯君衡前来借书,犯人便将此柬掖在案头书内。谁知冯君衡去后,遍寻不见,再也无有。犯人并不知柬中是何言词,如何知道有内角门之约呢?"包公听了,便觉了然。

只见差役回道："冯君衡拿到。"包公便叫颜生主仆下去，立刻带冯君衡上堂。包公见他兔耳鹰腮，蛇眉鼠眼，已知是不良之辈。把惊堂木一拍道："冯君衡，快将假名盗财，因奸致命，从实招来！"左右连声催吓："讲，讲，讲！"冯君衡道："没有什么招的。"包公道："请大刑！"左右将三根木往堂上一撂，冯君衡害怕，只得口吐实情，将如何换扇，如何盗柬，如何二更之时拿了扇柬冒名前去，只因绣红要嚷，如何将他扣喉而死，又如何撇下扇柬，提了包袱银两回转书房，从头至尾述说一遍。包公问明，叫他画了供，立刻请御刑。王、马、张、赵将狗头铡抬来，还是照旧章程，登时将冯君衡铡了。丹墀之下，只吓得柳洪、田氏以及颜生主仆谁敢仰视。

刚将尸首打扫完毕，御刑仍然安放堂上。忽听包公道："带柳洪！"这一声把个柳洪吓得胆裂魂飞，筋酥骨软，好容易挣扎爬至公堂之上。包公道："我把你这老狗！颜生受害，金蝉悬梁，绣红遭害，驴子被杀，以及冯君衡遭刑，全由你这老狗嫌贫爱富的起见，致令生者、死者、死而复生者受此大害。今将你废于铡下，大概不委屈你罢？"柳洪听了叩头碰地道："实在不屈。望相爷开天地之恩，饶恕小老儿改过自新，以赎前愆。"包公道："你既知要赎罪，听本阁吩咐：今将颜生交付与你，就在你家攻书，所有一切费用，你要好好看待。俟明年科考之后，中与不中，即便毕姻。倘颜查散稍有疏虞，我便把你拿来，仍然废于铡下。你敢应么？"柳洪道："小老儿愿意，小老儿愿意。"包公便将颜查散、雨墨叫上堂来道："你读书要明大义，为何失大义而全小节，便非志士，乃系腐儒。自今以后，必须改过。务要好好读书，按日期将窗课送来，本阁与你看视。倘得寸进，庶不负雨墨一片为主之心。就是平素之间，也要将他好好看待。"颜生向上叩头道："谨遵台命。"三个人又从新向上叩头。柳洪携了颜生的手，颜生携了雨墨手，又是欢喜，又是伤心，下了丹墀，同了田氏一齐回家去了。

此案已结，包公退堂来至书房，便叫包兴请展护卫。你道展爷几时回来的？他却来在颜查散、白玉堂之先，只因腾不出笔来，不能叙写。事有缓急，况颜生之案是一气的文字，再也间断不得，如何还有工夫提展爷呢？如今颜生之案已完，必须要说一番。

展爷自从救了老仆颜福之后，那夜便赶到家中。见了展忠，将茉花村比剑联姻之事述说一回。彼此换剑作了定礼，便将湛卢宝剑给他看了。展忠满心欢喜。展爷又告诉他，现在开封府有一件紧要之事，故此连夜赶回家中，必须早赴东京。展忠道："作皇家官，理应报效朝廷。家中之事，全有老奴照管，爷自请放心。"展爷便叫伴当收拾行李鞴马，立刻起程，竟奔开封府而来。

及至到了开封府，便先见了公孙先生与王、马、张、赵等，却不提白玉堂来京，不过略问了问一向有什么事故没有。大家俱言无事。又问展爷道："大哥原告两个月的假，如何恁早回来？"展爷道："回家祭扫完了，在家无事，莫若早些回来，省得临期匆忙。"也就遮掩过去。他却参见了相爷，暗暗将白玉堂之事回了。包公听了，吩咐严加防范，设法擒拿。展爷退回公所，自有众人与他接风掸尘，一连热闹了几天。展爷却每夜防范，并不见什么动静。

不想由颜查散案中，生出寄柬留刀之事。包公虽然疑心，尚未知虚实，如今此案已经断明，果系"颜查散冤"，应了柬上之言。包公想起留刀之人，退堂后来至书房，便请展爷。展爷随着包兴进了书房，参见包公。包公便提起寄柬留刀之人行踪诡密，令人可疑，"护卫须要严加防范才好。"展爷道："卑职前日听见主管包兴述说此事，也就有些疑心。这明是给颜查散辨冤，暗里却是透信。据卑职想，留刀之人恐是白玉堂了。卑职且与公孙策计议去。"包公点头。

展爷退出，来至公所，已然秉上灯烛。大家摆上酒饭，彼此就座。公孙先生便问展爷道："相爷请吾兄有何见谕？"展爷道："相爷为寄柬留刀之事，叫大家防范些。"王朝道："此事原为替颜查散明冤，如今既已断明，颜生已归柳家去了，此时又何必防什么呢？"展爷此时却不能不告诉众人白玉堂来京找寻之事。便将在茉花村比剑联姻，后至芦花荡方知白玉堂进京来找"御猫"，"故此劣兄一闻此言，就急急赶来。"张龙道："原来大哥定了亲了，还瞒着我们呢，恐怕兄弟们要吃大哥的喜酒。如今既已说出来，明日是要加倍罚的。"马汉道："吃酒是小事。但不知锦毛鼠是怎么个人？"展爷道："此人姓白名玉堂，乃五义中的朋友。"赵虎道："什么五义？小弟不明白。"展爷便将陷空岛的众人说出，又将绰号儿说与众人听了。公孙先生在旁听得明白，猛然省悟道："此人来找大哥，却是要与大哥合气的。"展爷道："他与我素无仇隙，与我合什么气呢？"公孙策道："大哥你自想想，他们五人号称'五鼠'，你却号称'御猫'，焉有猫儿不捕鼠之理？这明是嗔大哥号称'御猫'之故，所以知道他要与大哥合气。"展爷道："贤弟所说似乎有理。但我这'御猫'乃圣上所赐，非是劣兄立意称'猫'，要欺压朋友。他若真个为此事而来，劣兄甘拜下风，从此后不称'御猫'也未为不可。"众人尚未答言，惟赵虎正在豪饮之间，听见展爷说出此话，他却有些不服气，拿着酒杯，立起身来道："大哥，你老素昔胆量过人，今日何自馁如此。这'御猫'二字，乃圣上所赐，如何改得？倘若是那个什么白糖咧，黑糖咧，他不来便罢，他若来时，我烧一壶开开的水把他冲着喝了，也去去我的滞气。"展爷连忙摆手说："四弟悄言。岂不闻窗外有耳？"

刚说至此，只听拍的一声，从外面飞进一物，不偏不歪，正打在赵虎擎的那个酒杯之上，只听当啷啷一声，将酒杯打了个粉碎。赵爷吓了一跳，众人无不惊骇。只见展爷早已出席，将桶扇虚掩，回身复又将灯吹灭，便把外衣脱下，里面却是早已结束停当的。暗暗的将宝剑拿在手中，却把槅扇假做一开，只听拍的一声，又是一物打在桶扇上。展爷这才把槅扇一开，随着劲一伏身蹿将出去。只觉得迎面一股寒风，飕的就是一刀。展爷将剑扁着往上一迎，随招随架，用目在星光之下仔细观瞧。见来人穿着簇青的夜行衣靠，脚步伶俐，依稀是前在苗家集见的那人。二人也不言语，惟听刀剑之声叮当乱响。展爷不过招架，并不还手。见他刀刀逼紧，门路精奇，南侠暗暗喝彩。又想道："这朋友好不知进退。我让着你，不肯伤你，又何必赶尽杀绝？难道我还怕你不成？"暗道："也叫他知道知道。"便把宝剑一横，等刀临近，用个鹤唳长空势，用力往上一削，只听噌的一声，那人的刀已分为两段，不敢进步。只见他将身一纵，已上了墙头。展爷一跃身，也跟上去。那人却上了耳房，展爷又跃身而上。及至到了耳房,那人却上了大堂的房上。展爷赶至大堂房上,那人一伏身越过脊去。展爷不敢紧追,恐有暗器,却退了几步。从这边房脊刚要越过,瞥见眼前一道红光,忙说:"不好!"把头一低,刚躲过面门,却把头巾打落。那物落在房上,咕噜噜滚将下去,方知是个石子。

原来夜行人另有一番眼力,能暗中视物,虽不真切,却能分别。最怕猛然火光一亮,反觉眼前一黑。犹如黑天在灯光之下,乍从屋内来,必须略站片时方觉眼前光亮些。展爷方才觉眼前有火光亮一晃,已知那人必有暗器,赶紧把头一低,所以将头巾打落。要是些微力笨点的,不是打在面门之上,重点打下房来咧!此时展爷再往脊的那边一望,那人早已去了。此际公所之内,王、马、张、赵带领差役,灯笼火把,各执器械,俱从角门绕过,遍处搜查,那里有个人影儿呢?惟有愣爷赵虎怪叫吆喝,一路乱嚷。

展爷已从房上下来,找着头巾,同到公所,连忙穿了衣服与公孙先生来找包兴。恰遇包兴奉了相爷之命来请二人,二人即便随同包兴一同来至书房,参见了包公,便说方才与那人交手情形,"未能拿获,实卑职之过。"包公道:"黑夜之间,焉能一战成功?据我想来,惟恐他别生枝叶,那时更难拿获,倒要大费周折呢。"又嘱咐了一番,阖署务要小心。展爷与公孙先生连连答应。二人退出,来至公所,大家计议。惟有赵虎噘着嘴,再也不言语了。自此夜之后,却也无甚动静,惟有小心而已。

未知后事如何,且听下回分解。

第四十回　思寻盟弟遣使三雄　欲盗赃金纠合五义

且说陷空岛卢家庄,那钻天鼠卢方,自从白玉堂离庄,算来将有两月,未见回来,又无音信,甚是放心不下。每日里嗐声叹气,坐卧不安,连饮食俱各减了。虽有韩、徐、蒋三人劝慰,无奈卢方实心忠厚,再也解释不开。一日,兄弟四人同聚于待客厅上。卢方道:"自我弟兄结拜以来,朝夕相聚,何等快乐。偏是五弟少年心性,好事逞强,务必要与什么'御猫'较量。至今去了两月有馀,未见回来,劣兄好生放心不下。"四爷蒋平道:"五弟未免过于心高气傲,而且不服人劝。小弟前次略略说了几句,险些儿与我反目。据我看来,惟恐五弟将来要从这上头受害呢。"徐庆道:"四弟再休提起。那日要不是你说他,他如何会私自赌气走了呢?全是你多嘴的不好。那有你三哥也不会说话,也不劝他的好呢?"卢方见徐庆抱怨蒋平,惟恐他二人分争起来,便道:"事已至此,别的暂且不必提了。只是五弟此去倘有疏虞,那时怎了?劣兄意欲亲赴东京寻找寻找,不知众位贤弟以为如何?"蒋平道:"此事又何必大哥前往。既是小弟多言,他赌气去了,莫若小弟去寻他回来就是了。"韩彰道:"四弟是断然去不得的。"蒋平道:"却是为何?"韩彰道:"五弟这一去必要与姓展的分个上下，倘若得了上风，那还罢了；他若拜了下风，再想起你的前言，为何还肯回来？你是断去不得的。”徐庆接言道：“待小弟前去如何？”卢方听了却不言语，知道徐庆为人粗鲁，是个浑愣。他这一去，不但不能找回五弟，巧咧倒要闹出事来。韩彰见卢方不语，心中早已明白了，便道：“三弟要去，待劣兄与你同去如何？”卢方听韩彰要与徐庆同去，方答言道：“若得二弟同去，劣兄稍觉放心。”蒋平道：“此事因我起见，如何二哥、三哥辛苦，小弟倒安逸呢？莫若小弟也同去走一遭如何？”卢方也不等韩彰、徐庆说，便答言道：“若是四弟同去，劣兄更觉放心。明日就与三位贤弟饯行便了。”

忽见庄丁进来禀道：“外面有凤阳府柳家庄柳员外求见。”卢方听了，问道：“此系何人？”蒋平道：“弟知此人。他乃金头太岁甘豹的徒弟，姓柳名青，绰号白面判官。不知他来此为着何事。”卢方道：“三位贤弟且先回避，待劣兄见他，看是如何。”吩咐庄丁快请，卢方也就迎了出去。柳青同了庄丁进来。见他身量却不高大，衣服甚是鲜明；白馥馥一张面皮，暗含着恶态；叠暴着环睛，明露着诡计多端。彼此相见，各通姓名，卢方便执手让至待客厅上，就座献茶。卢爷便问道：“久仰芳名，未能奉谒。今蒙降临，有屈台驾。不知有何见教，敢乞明示。”柳青道：“小弟此来不为别事，只因仰慕卢兄行侠尚义，故此斗胆前来，殊觉冒昧。大约说出此事，决不见责。只因敝处太守孙珍，乃兵马司孙荣之子，却是太师庞吉之外孙。此人淫欲贪婪，剥削民脂，造恶多端，概难尽述。刻下，为与庞吉庆寿，他备得松景八盆，其中暗藏黄金千两，以为趋奉献媚之资。小弟打听得真实，意欲将此金劫下。非是小弟贪爱此金，因敝处连年荒旱，即以此金变了价，买粮米赈济，以抒民困。奈弟独力难成，故此不辞跋涉，仰望卢兄帮助是幸。”卢方听了，便道：“弟蜗居山庄，原是本分人家。虽有微名，并非要结而得。至行劫窃取之事，更不是我卢方所为。足下此来，竟自徒劳。本欲款留盘桓几日，惟恐有误足下正事，反为不美。莫若足下早早另为打算。”说罢，一执手道：“请了。”柳青听卢方之言，只羞的满面通红，把个白面判官竟成了红面判官了。暗道：“真乃闻名不如见面，原来卢方是这等人！如此看来，义在那里？我柳青来的不是路了。”站起身来，也说一个“请”字，头也不回竟出门去了。

谁知庄门却是两个相连，只见那边庄门出来了一个庄丁，迎头拦住道：“柳员外暂停贵步，我们三位员外到了。”柳青回头一看，只见三个人自那边过来。仔细留神，见三个人高矮不等，胖瘦不一，各具一种豪侠气概。柳青只得止步，问道：“你家大员外既已拒绝于我，三位又系何人？请言其详。”蒋平向前道：“柳兄不认得小弟了么？小弟蒋平。”指着二爷、三爷道：“此是我二哥韩彰，此是我三哥徐庆。”柳青道：“久仰，久仰！失敬，失敬！请了。”说罢回身就走。蒋平赶上前，说道：“柳兄不要如此。方才之事，弟等皆知。非是俺大哥见义不为，只因这些日子心绪不定，无暇及此，诚非有意拒绝尊兄，望乞海涵。弟等情愿替大哥赔罪！”说罢就是一揖。柳青见蒋平和容悦色，殷勤劝慰，只得止步，转身道：“小弟原是仰慕众兄的义气干云，故不辞跋涉而来。不料令兄竟如此固执，使小弟好生的抱愧。”二爷韩彰道：“实是大兄长心中有事，言语梗直，多有得罪，柳兄不要介怀。弟等请柳兄在这边一叙。”徐庆道：“有话不必在此叙谈，咱们且到那边再说不迟。”柳青只得转步。进了那边庄门，也有五间客厅。韩爷将柳青让至上面，三人陪坐，庄丁献茶。蒋平又问了一番凤阳太守贪赃受贿，剥削民膏的过恶。又问：“柳兄既有此举，但不知用何计策？”柳青道：“弟有师传的蒙汗药、断魂香，到了临期，只须如此如此，便可成功。”蒋爷、韩爷点了点头，惟有徐爷鼓掌大笑，连说：“好计，好计！”大家欢喜。

蒋爷又对韩、徐二位道：“二位哥哥在此陪着柳兄，小弟还要到大哥那边一看。此事须要瞒着大哥。如今你我俱在这边，惟恐工夫大了，大哥又要烦闷。莫若小弟去到那里，只说二哥、三哥在这里打点行装。小弟在那里陪着大哥，二位兄长在此陪着柳兄，庶乎两便。”韩爷道：“四弟所言甚是，你就过那边去罢。”徐庆道：“还是四弟有算计。快去，快去。”蒋爷别了柳青，与卢方解闷去了。这里柳青便问道：“卢兄为着何事烦恼？”韩爷道：“哎，说起此事来，全是五弟任性胡为。”柳青道：“可是呀，方才卢兄提白五兄进京去了，不知为着何事？”韩彰道：“听得东京有个号称‘御猫’姓展的，是老五气他不过，特前去会他。不想两月有馀，毫无信息。因此大哥又是思念，又是着急。”柳青听至此，叹道：“原来卢兄特为五弟不耐烦，这样爱友的朋友，小弟几乎错怪了。然而大哥与其徒思无益，何不前去找寻找寻呢？”徐庆道：“何尝不是呢，原是俺要去找老五，偏偏的二哥、四弟要与俺同去。若非他二人耽搁，此时俺也走了五六十里路了。”韩爷道：“虽则耽延程途，幸喜柳兄前来，明日正好同往。一来为寻五弟，二来又可暗办此事，岂不是两全其美么？”柳青道：“既如此，二位兄长就打点行装，小弟在前途恭候，省得卢兄看见又要生疑。”韩爷道：“到此焉有不待酒饭之理！”柳青笑道：“你我非酒肉朋友，吃喝是小事，还是在前途恭候的为是。”说罢立起身来。韩爷、徐庆也不强留，定准了时刻地方，执手告别。韩徐二人送了柳青去后，也到这边来见了卢方，却不提柳青之事。到了次日，卢方预备了送行的酒席，兄弟四人吃喝已毕，卢方又嘱咐了许多的言语，方将三人送出庄门，亲看他们去了，立了多时，才转身回去。他三人赶步向前，竟赴柳青的约会去了。

他等只顾讨取孙珍的寿礼，未免耽延时日。不想白玉堂此时在东京闹下出类拔萃的乱子来了。自从开封府夤夜与南侠比试之后，悄悄回到旅店，暗暗思忖道：“我看姓展的本领果然不差。当初我在苗家集曾遇夜行之人，至今耿耿在心。今见他步法形景，颇似当初所见之人，莫非苗家集遇见的就是此人？若真是他，则是我意中朋友。再者南侠称‘猫’之号，原不是他出于本心，乃是圣上所赐。圣上只知他的技艺巧于猫，如何能够知道我锦毛鼠的本领呢？我既到了东京，何不到皇宫内走走，倘有机缘，略略施展施展。一来使当今知道我白玉堂；二来也显显我们陷空岛的人物；三来我做的事圣上知道，必交开封府，既交到开封府，再没有不叫南侠出头的。那时我再设个计策，将他诓入陷空岛，奚落他一场：是猫儿捕了耗子，还是耗子咬了猫？纵然罪犯天条，斧钺加身，也不枉我白玉堂虚生一世。那怕从此倾生，也可以名传天下。但只一件，我在店中存身不大稳便。待我明日找个很好的去处隐了身体，那时叫他们望风捕影，也知道姓白的利害！”他既横了心立下此志，就不顾什么纪律了。

单说内苑万代寿山有总管姓郭名安，他乃郭槐之侄。自从郭槐遭诛之后，他也不想想所做之事该剐不该剐，他却自具一偏之见，每每暗想道：“当初咱叔叔谋害储君，偏偏的被陈林救出，以致久后事犯被戮。细细想来，全是陈林之过，必是有意与郭门作对。再者，当初我叔叔是都堂，他是总管，尚且被他治倒，置之死地。何况如今他是都堂，我是总管，倘或想起前仇，咱家如何逃出他的手心里呢？以大压小更是容易。怎么想个法子将他害了，一来与叔叔报仇，二来也免得每日耽心。”一日晚间，正然思想，只见小太监何常喜端了茶来，双手捧至郭安面前。郭安接茶慢饮。这何太监年纪不过十五六岁，极其伶俐，郭安素来最喜欢他。他见郭安默默不语，如有所思，便知必有心事，又不敢问，只得搭讪着说道：“前日雨前茶你老人家喝着没味儿，今日奴婢特向都堂那里合伙伴们寻一瓶上用的龙井茶来，给你老人家泡了一小壶儿。你老人家喝着这个如何？”郭安道：“也还罢了。只是以后你倒少要往都堂那边去，他那里黑心人多。你小孩子家懂的什么，万一叫他们害了，岂不白白把个小命送了么？”

何常喜听了，暗暗辗转道：“听他之言，话内有因。他别与都堂有什么拉拢罢？我何不就棍打腿探探呢？”便道：“敢则是这们着吗？若不是你老人家教导，奴婢那里知道呢？但只一件，他们是上司衙门，往往的捏个短儿，拿个错儿，你老人家还担的起，若是奴婢，那里搁的住呢！一来年轻，二来又不懂事，时常去到那里，叔叔长，大爷短，合他们鬼混。明是讨他们好儿，暗里却是打听他们的事情。就是他们安着坏心，也不过仗着都堂的威势欺人罢了。”郭安听了，猛然心内一动，便道：“你常去，可听见他们有什么事没有呢？”何常喜道：“却倒没有听见什么事。就是昨日奴婢寻茶去，见他们拿着一匣人参，说是圣上赏都堂的。因为都堂有了年纪，神虚气喘，嗽声不止，未免是当初操劳太过，如今百病趁虚而入。因此赏参，要加上别的药味，配什么药酒，每日早晚喝些，最是消除百病，益寿延年。”郭安闻听，不觉发恨道：“他还要益寿延年！恨不能他立刻倾生，方消我心头之恨！”

不知郭安怎生谋害陈林，且听下回分解。

第四十一回　忠烈题诗郭安丧命　开封奉旨赵虎乔装

且说何太监听了一怔，道：“奴婢瞧都堂为人行事却是极好的，而且待你老人家不错，怎么这样恨他呢？想来都堂是他跟的人不好，把你老人家闹寒了心咧。”郭安道：“你小人家不懂的圣人的道理。圣人说：‘父母之仇，不共戴天。’他害了我的叔叔，就如父母一般，我若不报此仇，岂不被人耻笑呢？我久怀此心，未得其便。如今他既用人参做酒，这是天赐其便。”何太监暗暗想道：“敢则与都堂原有仇隙，怨不得他每每的如有所思呢。但不知如何害法？我且问明白了，再做道理。”便道：“他用人参乃是补气养神的，你老人家怎么倒说天赐其便呢？”郭安道：“我且问你，我待你如何？”常喜道：“你老人家是最疼爱我的，真是吃虱子落不下大腿，不亚如父子一般，谁不知道呢？”郭安道：“既如此，我这一宗事也不瞒你。你若能帮着我办成了，我便另眼看待于你，咱们就认义为父子，你心下如何呢？”

何太监听了，暗忖道：“我若不应允，必与他人商议。那时不但我不能知道，反叫他记了我的仇了。”便连忙跪下道：“你老人家若不憎嫌，儿子与爹爹磕头。”郭安见他如此，真是乐的了不得，连忙扶起来道：“好孩子，真令人可疼！往后必要提拔于你。只是此事须要严密，千万不可泄漏。”何太监道：“那是自然，何用你老人家嘱咐呢。但不知用儿子做什么？”郭安道：“我有个漫毒散的方子，也是当初老太爷在日，与尤奶奶商议的，没有用着，我却记下这个方子。此乃最忌的是人参，若吃此药误用人参，犹如火上浇油，不出七天，必要命尽无常，这都是‘八反’里头的。如今将此药放在酒里，请他来吃。他若吃了，回去再一喝人参酒，毒气相攻，虽然不能七日身亡，大约他有年纪的人了，也就不能多延时日，又不露痕迹。你说好不好？”何太监说：“此事却用儿子做什么呢？”郭安道：“你小人家又不明白了。你想想，跟都堂的那一个不是鬼灵精儿似的，若请他吃酒，用两壶斟酒，将来有个好歹，他们必疑惑是酒里有了毒了，那还了得么？如今只用一把壶斟酒，这可就用着你了。”何太监道：“一个壶里怎么能装两样酒呢？这可闷杀人呢！”郭安道：“原是呀，为什么必得用你呢？你进屋里去，在博古阁子上把那把洋錾填金的银酒壶拿来。”

何常喜果然拿来在灯下一看：见此壶比平常酒壶略粗些，底儿上却有两个窟窿。打开盖一瞧，见里面中间却有一层隔膜圆桶儿，看了半天却不明白。郭安道：“你瞧不明白，我告诉你罢。这是人家送我的顽意儿，若要灌人的酒，叫他醉了，就用着这个了。此壶名叫转心壶，待我试给你看。”将方才喝的茶还有半碗，揭开盖灌入左边。又叫常喜舀了半碗凉水，顺着右边灌入，将盖盖好。递与何常喜，叫他斟。常喜接过，斟了半天也斟不出来。郭安哈哈大笑道：“傻孩子，你拿来罢，别呕我了。待我斟给你看。”常喜递过壶去，郭安接来道：“我先斟一杯水。”将壶一低，果然斟出水来。又道：“我再斟一杯茶。”将壶一低，果然斟出茶来。常喜看了纳闷，道：“这是什么缘故呢？好老爷子，你老细细告诉孩儿罢。”郭安笑道：“你执着壶把，用手托住壶底。要斟左边，你将右边窟窿堵住，要斟右边，将左边窟窿堵住，再没有斟不出来的，千万要记明白了。你可知道了？”何太监道：“话虽如此说，难道这壶嘴儿他也不过味么？”郭安道：“灯下难瞧。你明日细细看来，这壶嘴里面也是有隔膜的，不过灯下斟酒，再也看不出来的。不然，如何人家不能犯疑呢？一个壶里吃酒还有两样么？那里知道真是两样呢！这也是能人巧制想出这蹊跷法子来。且不要说这些，我就写个帖儿，你此时就请去。明日是十五，约他在此赏月。他若果来，你可抱定酒壶，千万记了左右窟窿，好歹别斟错了，那可不是顽的！”何常喜答应，拿了帖子，便奔都堂这边来了。

刚过太湖石畔，只见柳阴中蓦然出来一人，手中钢刀一晃，光华夺目。又听那人说道："你要嚷就是一刀！"何常喜唬的哆嗦做一团。那人悄悄道："俺将你捆缚好了，放在太湖石畔柳树之下，若明日将你交到三法司或开封府，你可要直言伸诉。倘若隐瞒，我明晚割你的首级！"何太监连连答应，束手就缚。那人一提，将他放在太湖石畔柳阴之下。又叫他张口，填了一块棉絮。执着明晃晃的刀，竟奔郭安屋中而来。

这里郭安呆等小太监何常喜，忽听脚步声响，以为是他回来，便问道："你回来了么？"外面答道："俺来也。"郭安一抬头，见一人手持利刃，只唬得嚷了一声："有贼！"谁知头已落地。外面巡更太监忽听嚷了一声，不见动静，赶来一看，但见郭安已然被人杀死在地。这一惊非同小可，急去回禀了执事太监，不敢耽延，回禀都堂陈公公，立刻派人查验。又在各处搜寻，于柳阴之下救了何常喜，松了绑背，掏出棉絮，容他喘息。问他，他却不敢说，止于说："捆我的那个人曾说来，叫我到三法司或开封府方敢直言实说，若说错了，他明晚还要取我的首级呢。"众人见他说的话内有因，也不敢追问，便先回禀了都堂。都堂添派人好生看守，待明早启奏便了。

次日五鼓，天子尚未临朝，陈公公进内请了安，便将万代寿山总管郭安不知被何人杀死，并将小太监何常喜被缚一切言语，俱各奏明。仁宗闻奏，不由的诧异道："朕之内苑，如何敢有动手行凶之人？此胆量也就不小呢。"就将何常喜交开封府审讯。陈公公领旨，才待转身，天子又道："今乃望日，朕要到忠烈祠拈香，老伴伴随朕一往。"陈林领旨出来，先传了将何常喜交开封府的旨意，然后又传圣上到忠烈祠拈香的旨意。

掌管忠烈祠太监知道圣上每逢朔望必来拈香，早已预备。圣上排驾到忠烈祠，只见杆上黄幡飘荡，两边鼓响钟鸣。圣上来至内殿，陈伴伴紧紧跟随。正面塑着忠烈寇承御之像，仍是宫妆打扮，却是站像。两边也塑着随侍四个配像。天子朝上默祝拈香，虽不下拜，那一番恭敬也就至诚的很呢。拈香已毕，仰观金像。惟有陈公公在旁，见塑像面貌如生，不觉的滴下泪来。又不敢哭，连忙拭去。谁知圣上早已看见，便不肯正视，反仰面瞧了瞧佛门宝幡。猛回头，见西山墙山花之内字迹淋漓，心中暗道："此处却有何人写字？"不觉移步近前仰视。老伴伴见圣上仰面看视，心中也自狐疑："此字是何人写的呢？"幸喜字体极大，看的真切，却是一首五言绝句诗。写的是："忠烈保君王，哀哉杖下亡。芳名垂不朽，博得一炉香。"词语虽然粗俗，笔气极其纵横，而且言简意深，包括不遗。圣上便问道："此诗何人所写？"陈林道："奴婢不知，待奴婢问来。"转身将管祠的太监唤来，问此诗的来由。这人听了，只唬得惊疑不止，跪奏道："奴婢等知道今日十五，圣上必要亲临。昨日带领多人细细掸扫，拂去浮尘，各处留神，并未见有此诗句。如何一夜之间竟有人擅敢题诗呢？奴婢实系不知。"仁宗猛然省悟道："老伴伴，你也不必问了，朕却明白此事。你看题诗之处，非有出奇的本领之人，再也不能题写；郭安之死，非有出奇的本领之人，再也不能杀死。据朕想来，题诗的即是杀人的，杀人的就是题诗的。且将首相包卿宣来见朕。"

不多时，包公来到，参见了圣驾。天子便将题诗杀命的原由说了一番。包公听了，正因白玉堂闹了开封之后，这些日子并无动静，不想他却来在禁苑来了。不好明言，只得启奏："待臣慢慢访查。"却又踏看了一番，并无形迹，便护从圣驾还宫，然后急急乘轿回衙。立刻升堂，将何常喜审问。何太监便将郭安定计如何要谋害陈林，现有转心壶，还有茶水为证。并将捆他那人如何形相、面貌、衣服，说的是何言语，一字不敢撒谎，从实诉将出来。包公听了，暂将何太监令人看守，便回转书房，请了展爷、公孙策来，大家商酌一番。二人也说："此事必是白玉堂所为无疑，须要细细访拿才好。"二人别了包公，来到官厅，又与四义士一同聚议。次日，包公入朝，将审何常喜的情由奏明。天子闻听，更觉欢喜，称赞道："此人虽是暗昧，他却秉公除奸，行侠作义，却也是个好人。卿家必须细细访查，不拘时日，务要将此人拿住，朕要亲览。"包公领旨，到了开封，又传与众人。谁不要建立此功？从此后，处处留神，人人小心，再也毫无影响。

不料愣爷赵虎，他又想起当初扮花子访得一案实然的兴头，如今何不照旧再走一遭呢？因此叫小子又备了行头。此次却不隐藏，改扮停当，他就从开封府角门内大摇大摆的出来，招的众人无不嘲笑。他却鼓着腮帮子，当正经事办，以为是查访，不可亵渎。其中就有好性儿的跟着他，三三两两在背后指指戳戳。后来这三两个人见跟的人多了，他们却煞住脚步，别人却跟着不离左右。赵虎一想："可恨这些人没有开过眼，连一个讨饭的也没看见过。真是可厌的很咧！"

要知端底，且听下回分解。

第四十二回　以假为真误拿要犯　将差就错巧讯赃金

且说赵虎扮做花子，见跟的人多了，一时性发，他便拽开大步飞也似的跑了二三里之遥。看了看左右无人，方将脚步放缓了往前慢走。谁知方才众人围绕着，自己以为得意，却不理会，及至剩了一人，他把一团高兴也过去了，就觉着一阵阵的风凉。先前还挣扎的住，后来便哈着腰儿，渐渐捂住胸脯。没奈何，又双手抱了肩头往前颠跑。偏偏的日色西斜，金风透体，那里还搁的住呢。两只眼睛好似鬣鸡，东瞧西望。见那壁厢有一破庙，山门倒坏，殿宇坍塌，东西山墙孤立，便奔到山墙之下，蹲下身体，以避北风。自己未免后悔，不该穿着这样单寒行头，理应穿一份破烂的棉衣才是，凡事不可粗心。

正在思想，只见那边来了一人，衣衫褴褛，与自己相同，却夹着一捆干草，竟奔到大柳树之下，扬手将草掷在里面。却见他扳住柳枝，将身一纵，钻在树窟窿里面去了。赵虎此时见那人，觉得比自己暖和多了，恨不得也钻在里面暖和暖和才好。暗暗想道："往往到了饱暖之时，便忘却了饥寒之苦。似我赵虎，每日在开封府饱食暖衣,何等快乐。今日为私访而来,遭此秋风,便觉得寒冷至甚。见他钻入树窟,又有干草铺垫,似这等看来,他那人就比我这六品校尉强多了。"心里如此想,身上更觉得打噤儿。忽见那边又来一人,也是褴褛不堪,却也抱着一捆干草,也奔了这棵枯柳而来。到了跟前,不容分说,将草往里一抛。只听里面人"啊呀"道:"这是怎么了?"探出头来一看,道:"你要留点神吓,为何闹了我一头干草呢?"外边那人道:"老兄恕我不知,敢则是你早来了。没奈何,匀便匀便,咱二人将就在一处,又暖和又不寂寞,我还有话合你说呢。"说着话,将树枝扳住,身子一纵,也钻入树窟之内。只听先前那人道:"我一人正好安眠,偏偏的你又来了,说不得只好打坐便了。"又听后来那人道:"大厦千间,不过身眠七尺。咱二人虽则穷苦,现有干草铺垫,又温又暖,也算罢了。此时管保就有不如你我的!"

赵虎听了,暗道:"好小子,这是说我呢。我何不也钻进去作个不速之客呢?"刚然走到树下,又听那人道:"就以开封府说吧,堂堂的首相,他竟会一夜一夜大瞪着眼睛,不能安睡。难道他老人家还短了暖床热被么?只因国事操心,日夜烦劳,把个大人愁的没有困了!"赵虎听了,暗暗点头。又听这个问道:"相爷为什么睡不着呢?"那人又道:"怎么,你不知道么?只因新近宫内不知什么人在忠烈祠题诗,又在万化寿山杀命,奉旨将此事交到开封府查问细访。你说这个无影无形的事情,往那里查去?"忽听这个道:"此事我虽知道,我可没那们大胆子上开封府。我怕惹乱子,不是顽的。"那人道:"这怕什么呢?你还丢什么吗?你告诉我,我帮着你好不好?"这人道:"既是如此,我告诉你。前日,咱们鼓楼大街路北,那不是吉升店么,来了一个人,年纪不大,好俊样儿,手下带着从人,骑着大马,将那们一个大店满占了。说要等他们伙伴,声势很阔。因此我暗暗打听,止于听说,此人姓孙,他与宫中有什么拉拢,这不是这件事么?"赵虎听见,不由的满心欢喜,把冷付于九霄云外,一口气便跑回开封府,立刻找了包兴回禀相爷,如此如此。

包公听了,不能不信,只得多派差役,跟随赵虎,又派马汉、张龙一同前往,竟奔吉升店门。将差役安放妥当,然后叫开店门。店里不知为着何事,连忙开门。只见愣爷赵虎当先便问道:"你这店内可有姓孙的么?"小二含笑道:"正是前日来的。"四爷道:"在那里?"小二道:"现在上房居住,业已安歇了。"愣爷道:"我们乃开封府,奉相爷钧谕,前来拿人。逃走了,惟你是问!"店小二听罢,忙了手脚。愣爷便唤差役人等,叫小二来将上房门口堵住,叫小二叫唤,说有同事人找呢。只听里面应道:"想是伙计赶到了,快请。"只见跟从之人开了桶扇,赵虎当先来到屋内。从人见不是来头,往旁边一闪。愣爷却将软帘向上一掀,只见那人刚才下地,衣服尚在掩着。赵爷急上前一把抓住,说道:"好贼呀,你的事犯了!"只听那人道:"足下何人?放手,有话好说。"赵虎道:"我若放手,你不跑了么?实对你说,我们乃开封府来的。"那人听了"开封府"三字,便知此事不妥。赵爷道:"奉相爷钧谕,特来拿你。若不访查明白,敢拿人么?有什么话,你只好上堂说去。"说罢将那人往外一拉,喝声:"捆了!"又吩咐各处搜寻,却无别物。惟查包袱内有书信一包,赵爷却不认得字,将书信撂在一边。此时马汉、张龙知道赵爷成功,连忙进来。正见赵爷将书信撂在一边,张龙忙拿起灯来一看,上写“内信二封”,中间写“平安家报”,后面有年月日,“凤阳府署密封”。张爷看了,就知此事有些舛错,当着大众不好明言,暗将书信揣起,押着此人且回衙门再作道理。店家也不知何故,难免提心吊胆。

单言众人来到开封府,急速禀了相爷。相爷立刻升堂。赵虎当堂交差,当面去缚。张龙却将书信呈上。包公看了,便知此事错了,只得问道:“你叫何名,因何来京,讲!”左右连声催喝。那人磕头在地有声,他却早已知道开封府非别的衙门可比,战兢兢回道:“小人乃、乃凤阳府太守孙、孙珍的家人,名唤松、松福。奉了我们老爷之命,押解寿礼给庞太师上寿。”包公道:“什么寿礼?现在那里?”松福道:“是八盆松景。小人有个同伴之人,名唤松寿,是他押着寿礼,尚在路上,还没到呢。小人是前站,故此在吉升店住着等候。”包公听了,已知此事错拿无疑。只是如何开放呢?此时,赵爷听了松福之言,好生难受。忽见包公将书皮往复看了,便问道:“你家寿礼内,你们老爷可有什么夹带,从实诉上来。”只此一问,把个松福唬的抖衣而战,形色仓皇。包公是何等样人,见他如此光景,把惊堂木一拍道:“好狗才,你还不快说么?”松福连连叩头道:“相爷不必动怒,小人实说,实说。”心中暗想道:“好利害!怨的人说开封府的官司难打,果不虚传。怪道方才拿我时说我事犯了,‘若不访查明白,如何敢拿人呢?’这些话明是知道,我如何隐瞒呢?不如实说了,省得皮肉受苦。”便道:“实系八盆松景内暗藏着万两黄金。惟恐路上被人识破,故此埋在花盆之内。不想相爷神目如电,早已明察秋毫,小人再不敢隐瞒。不信老爷看书信便知。”包公便道:“这里面书信二封,是给何人的?”松福道:“一封是小人的老爷给小人的太老爷的,一封是给庞太师的。我们老爷原是庞太师的外孙子。”包公听了点头,叫将松福带下去,好生看守。你道包公如何知道有夹带呢?只因书皮上有“密封”二字,必有怕人知觉之事,故此揣度必有夹带。这便是才略过人,心思活泼之处。

包公回转书房,便叫公孙先生急缮奏摺,连书信一并封入。次日,进朝奏明圣上。天子因是包公参奏之摺,不便交开封审讯,只得着大理寺文彦博讯问。包公便将原供并松福俱交大理寺。文彦博过了一堂,口供相符,便派差役人等前去,要截凤阳太守的礼物,不准落于别人之手。立刻抬至当堂,将八盆松景从板箱抬出一看,却是用松针扎成的“福如东海寿比南山”八个大字,却也做的新奇。此时也顾不的松景,先将“福”字拔出一看,里面并无黄金,却是空的。随即逐字看去,俱是空的,并无黄金。惟独“山”字盆内有一个象牙牌子,上面却有字迹,一面写着“无义之财”,一面写着“有意查收”。文大人看了,便知此事诧异,即将松寿带上堂来,问他路上却遇何人。松寿禀道:“路上曾遇四个人,带着五六个伴当,说是开封府六品校尉王、马、张、赵。我们一处住宿,彼此投机。同桌吃饭饮酒,不知怎么沉醉,人事不知,竟被这些人将金子盗去。”文大人问明此事,连牙牌子回奏圣上。仁宗天子又问包公。包公回奏:“四勇士天天随朝,并未远去,不知是何人托言诡计。”圣上又将此事交包公访查,并传旨内阁发抄,说:“凤阳府知府孙珍年幼无知,不称斯职,着立刻解职来京。松福、松寿即行释放,着无庸议。”庞太师与他女婿孙荣知道此事，不能不递摺请罪。圣上一概宽免。惟独包公又添上一宗为难事，暗暗访查，一时如何能得。就是赵虎听了旁言误拿了人，虽不是此案，幸喜究出赃金，也可以减去老庞的威势。

谁知庞吉果因此事一烦，到了生辰之日不肯见客，独自躲在花园先月楼中去了。所有客来，全托了他女婿孙荣照料。自己在园中也不观花，也不玩景，惟有思前想后，叹气嗐声。暗暗道："这包黑真是我的对头。好好一桩事，如今闹的黄金失去，还带累外孙解职。真也难为他，如何访查得来呢？实实令人气他不过！"正在暗恨，忽见小童上楼禀道："二位姨奶奶特来与太师爷上寿。"老贼闻听，不由的满面堆下笑来，问道："在那里？"小童道："小人方才在楼下看见，刚过莲花浦的小桥。"庞贼道："既如此，他们来时就叫他们上楼来罢。"小童下楼，自己却凭栏而望。果见两个爱妾姹紫、嫣红，俱有丫鬟搀扶。他二人打扮的袅袅娜娜，整整齐齐。又搭着满院中花红柳绿，更显得百媚千娇，把个老贼乐的姥姥家都忘了，在楼上手舞足蹈，登时心花大放，把一天的愁闷俱散在"哈蜜国"去了。

不多时二妾来到楼上，丫鬟搀扶步上胡梯。这个说，你踩了我的裙子咧；那个说，你碰了我的花儿了。一阵咭咭呱呱方才上楼来，一个个娇喘吁吁。先向太师万福，禀道："你老人家会乐呀！躲在这里来了，叫我们两个好找。让我们歇歇再行礼罢。"老贼哈哈笑道："你二人来了就是了，又何必行什么礼呢？"姹紫道："太师爷千秋，焉有不行礼的呢？"嫣红道："若不行礼，显得我们来的不志诚了。"说话间，丫鬟已将红毡铺下。二人行礼毕，立起身来又禀道："今晚妾身二人在水晶楼备下酒肴，特与太师爷祝寿。务求老人家赏个脸儿，千万不可辜负了我们一片志诚。"老贼道："又叫你二人费心，我是必去的。"二人见太师应允必去，方才在左右坐了。彼此嬉笑戏谑，弄的个老贼丑态百出，不一而足。正在欢乐之际，忽听小童楼下咳嗽，胡梯响亮。

不知小童又回何事，且听下回分解。

第四十三回　翡翠瓶污羊脂玉秽　太师口臭美妾身亡

且说老贼庞吉正在先月楼与二妾欢语，只见小童手持着一个手本，上得楼来递与丫鬟，口中说道："这是咱们本府十二位先生特与太师爷祝寿，并且求见，要亲身觌面行礼，还有寿礼面呈。"丫鬟接来，呈与庞吉。庞吉看了，便道："既是本府先生前来，不得不见。"对着二妾道："你二人只好下楼回避。"丫鬟便告诉小童先下楼去，叫先生们躲避躲避，让二位姨奶奶走后再进来。这里姹紫、嫣红立起身来，向庞吉道："倘若你老人家不去，我们是要狠狠的咒得你老人家心神也是不定的！"老贼听了，哈哈大笑。又叮嘱一回水晶楼之约，庞贼满口应承必要去的。看着二妾下楼去远，方叫小童去请师爷们，自己也不出去迎，在太师椅上端然而坐。

不多时，只见小童引路来至楼下，打起帘栊，众位先生衣冠齐楚，鞠躬而入，外面随进多少仆从虞候。庞吉慢慢立起身来，执手道："众位先生光降，使老夫心甚不安。千万不可行礼，只行常礼罢。"众先生又谦让一番，只得彼此一揖，复又各人递各人的寿礼：也有一画的，也有一对的，也有一字的，也有一扇的，无非俱是秀才人情而已。老庞一一谢了。此时仆从已将座位调开，仍是太师中间坐定，众师爷分列两旁。左右献茶，彼此叙话，无非高抬庞吉，说些寿言寿语，吉祥话头。谈不多时，仆从便放杯箸，摆上果品，众先生又要与庞吉安席敬寿酒。还是老庞拦阻道："今日乃因老夫贱辰，有劳众位台驾，理应老夫各敬一杯才是，莫若大家免了，也不用安席敬酒，彼此就座，开怀畅饮，倒觉爽快。"众人道："既是太师吩咐，晚生等便从命了。"说罢，各人朝上一躬，仍按次序入席。酒过三巡之后，未免脱帽露顶，舒手豁拳，呼幺喝六，壶倒杯干。

正饮在半酣之际，只见仆从抬进一个盆来，说是孙姑老爷孝敬太师爷的河豚鱼，极其新鲜，并且不少。众先生听说是新鲜河豚，一个个口角垂涎，俱各称赞道："妙哉，妙哉！河豚乃鱼中至味，鲜美异常。"庞太师见大家夸奖，又是自己女婿孝敬，当着众人颇有得色，吩咐搭下去，叫厨子急速做来，按桌俱要。众先生听了，个个喜欢，竟有立刻杯箸不动，单等吃河豚鱼的。不多时，只见从人各端了一个大盘，先从太师桌上放起，然后左右挨次放下。庞吉便举箸向众人让了一声："请呀。"众师爷答应如流，俱各道："请，请！"只听杯箸一阵乱响，风卷残云，立刻杯盘狼籍。众人舔嘴咂舌无不称妙。忽听那边咕咚一声响亮，大家看时，只见麴先生连椅儿栽倒在地，俱各诧异。又听那边米先生嚷道："哇呀，了弗得，了弗得！河豚有毒，河豚有毒！这是受了毒了。大家俱要栽倒的，俱要丧命呀！这还了得，怎么一时吾就忘了有毒呢？总是口头馋的弗好。"旁边便有插言的道："如此说来，吾们是没得救星的了。"米先生猛然想起道："还好，还好。有个方子可解，非金汁不可，如不然人中黄亦可，若要速快，便是粪汤更妙。"庞贼听了，立刻叫虞候仆从快快拿粪汤来。

一时间，下人手忙脚乱，抓头不是尾，拿拿这个不好，动动那个不妥。还是有个虞候有主意，叫了两个仆从，将大案上摆的翡翠碧玉闹龙瓶，两边兽面衔着金环，叫二人抬起；又从多宝格上拿下一个净白光亮的羊脂白玉荷叶式的碗，交付二人。叫他们到茅厕里即刻舀来，越多越好。二人问道："要多何用？"虞候道："你看人多吃的多，粪汤也必要多，少了是灌不过来的。二人来到粪窖之内，捂着鼻子闭着气，用羊脂白玉碗连屎带尿一碗一碗舀了，往翡翠碧玉瓶里灌。可惜这两样古玩落在权奸府第，也跟着遭此污秽，真也是劫数使然，无可如何。足足灌了个八分满，二人提住金环，直奔到先月楼而来。

虞候上前，先拿白玉碗盛了一碗，奉与太师爷。庞吉若要不喝，又恐毒发丧命；若要喝时，其臭难闻，实难下咽。正在犹豫，只见众先生各自动手，也有用酒杯的，也有用小菜碟的，儒雅些的却用羹匙，就有鲁莽的，扳倒瓶，嘴对嘴，紧赶一气用了个不少。庞吉看了，不因不由端起玉碗，一连也就饮了好几口。米先生又怜念同寅,将先倒的麴先生令人扶住,自己蹲在身旁,用羹匙也灌了几口,以尽他疾病扶持之谊。迟了不多时,只见麴先生苏醒过来,觉得口内臭味难当,只道是自己酒醉,出而哇之,那里知道别人用好东西灌了他呢？米先生便问道:“麴兄怎么样呢?”麴先生道:“不怎的。为何吾这口边粪臭得紧咧?”米先生道:“麴兄,你是受了河豚毒了。是小弟用粪汤灌活吾兄,以尽朋友之情的。”那知道,这位麴先生方才因有一块河豚被人抢去吃了,自己未能到口,心内一烦恼,犯了旧病,因此栽倒在地。今闻用粪汤灌了他,爬起来道:“哇呀,怪道,怪道！臭得很,臭得很！吾是羊角疯吓,为何用粪汤灌吾?”说罢呕吐不止。他这一吐不打紧,招的众人谁不恶心,一张口洋溢泛滥。吐不及的逆流而上,从鼻孔中也就开了闸了。登时之间,先月楼中异味扑鼻,连虞候、伴当、仆从,无不是喷呐、喇叭,齐吹出儿儿哇、哇哇儿的不止。好容易吐声渐止,这才用凉水嗽口,喷的满地汪洋。米先生不好意思,抽空儿他就溜之乎也了。闹的众人走又不是,坐又不是。老庞终是东人,碍不过脸去,只得吩咐:“往芍药轩敞厅去罢。大家快快离开此地,省得闻这臭味难当。”众人俱各来在敞厅,一时间心清目朗。又用上等雨前喝了许多,方觉的心中快活。庞贼便吩咐摆酒,索性大家痛饮,尽醉方休。众人谁敢不遵,不多时,秉上灯烛,摆下酒馔,大家又喝起来,依然是豁拳行令,直喝至二鼓方散。

庞贼醺醺酒醉,踏着明月,手扶小童,竟奔水晶楼而来。趔趔趄趄的问道:“天有几鼓了?”小童道:“已交二鼓。”庞吉道:“二位姨奶奶等急了,不知如何盼望呢。到了那里,不要声张,听他们说些什么。你看那边为何发亮?”小童道:“前面是莲花浦,那是月光照的水面。”说话间过了小桥,老贼又吃惊道:“那边好像一个人!”小童道:“太师爷忘了,那是补栽的河柳,衬着月色摇曳,仿佛人影儿一般。”谁知老庞疑心生暗鬼,竟是以邪招邪了。及至到了水晶楼,刚到楼下,见槅扇虚掩,不用窃听,已闻得里面有男女的声音,连忙止步。只听男子说道:“难得今日有此机会,方能遂你我之意。”又听女子说道:“趁老贼陪客,你我且到楼上欢乐片时,岂不美哉。”隐隐听的嘻嘻笑笑上楼去了。庞吉听至此,不由气冲牛斗,暗叫小童将主管庞福唤来,叫他带领虞候准备来拿人,自己却轻轻推开槅扇,竟奔楼梯。上得楼来,见满桌酒肴,杯中尚有馀酒。又见烛上结成花蕊,忙忙剪了蜡花。回头一看,见绣帐金钩挂起,里面却有男女二人相抱而卧。老贼看了,一把无明火往上一攻,见壁间悬挂宝剑,立刻抽出,对准男子用力一挥,头已落地。嫣红睡眼朦胧,才待起来,庞贼也挥了一剑。可怜两个献媚之人,无故遭此摧折。谁知男子之头落在楼板之上,将头巾脱落,却也是个女子。仔细看时,却是姹紫。老贼“啊呀”了一声,当啷啷宝剑落地。此时,楼的下面,庞福带领多人俱各到了。听得楼上又是“啊呀”,又是响亮,连忙跑上楼来一看,见太师杀了二妾,已然哀不成音了。

这老贼乐的也不像,叫他这里哭一会儿,腾出笔来说个理儿。姹紫、嫣红死的冤屈之中不很冤屈,庞吉气的糊涂之中却极糊涂。何以见得呢？原来二妾因老贼不来,心中十分怨恨,以酒杀气,你推我让。盼的没有遣兴的了,这姹紫与嫣红假扮男女,来至绣帐,将金钩挂起,同上牙床相抱而卧。姹紫又将庞吉的软巾戴上,彼此戏要,便自昏沉睡去。这便是招杀的由头。至于庞吉的糊涂,虽系酒后,亦不应如此冒失。你就要杀,也该想想,方才来到楼下,刚听见二人才上楼,如何就能够沉睡呢?不论情由,他便手起剑落,连伤二命,这岂不是他极其糊涂么?然而,千不怨万不怨,怨只怨这个行事的人真是促狭狠毒,又装什么像声儿呢,所谓贼出飞智也。是老贼的素日行为过于不堪,故惹的这行侠尚义之人单单的与他过不去,生生儿将他两个爱妾的性命断送。

庞吉哭够多时,又气又恼又后悔,便吩咐庞福将二妾收拾盛殓。立刻派人请他得意门生,乃乌台御史官名廖天成,急速前来商议此事。自已带了小童,离了水晶楼,来至前边大厅之上,等候门生。

及至廖天成来时,天已三鼓之半,见了庞吉,师生就座。庞吉便将误杀二妾的情由说了一遍。这廖天成原是个谄媚之人,立刻逢迎道:“若据门生想来,多半是开封府与老师作对。他那里能人极多,必是悄地差人探访,见二位姨奶奶酒后戏要酣眠,他便生出巧智,特装男女声音,使之闻之,叫老师听见焉有不怒之理!因此二位姨奶奶倾生。此计也就毒的狠呢,这明是搅乱太师家宅不安,暗里是与老师做对。”他这几句话说的个庞贼咬牙切齿,愤恨难当,气忿忿的问道:“似此如之奈何?怎么想个法子以消我心头之恨。”廖天成犯想多时,道:“依门生愚见,莫若写个折子,直说开封府遣人杀害二命,将包黑参倒,以警将来。不知老师钧意若何?”庞吉听了道:“若能参倒包黑,老夫生平之愿足矣。即求贤契大才,此处不方便,且到内书房去说罢。”师弟立起身来,小童持着灯引至书房。现成笔墨,廖天成便拈笔构思。难为他凭空立意,竟敢直陈,真是糊涂人对糊涂人,办得糊涂事。不多时,已脱草稿。老贼看了,连说:“妥当结实,就劳贤契大笔一挥。”廖天成又端端楷楷缮写已毕,后面又将同党之人派上五个,算是联衔参奏。庞吉一壁吩咐小童:“快给廖老爷倒茶。”

小童领命来至茶房,用茶盘托了两碗现烹的香茶。刚进了月亮门,只听竹声乱响,仔细看时,却见一人蹲伏在地,怀抱钢刀。这一唬非同小可,丢了茶盘,一叠连声嚷道:“有了贼了!”就望书房跑来,连声儿都嚷岔了。庞贼听了,连忙放下奏摺,赶出院内。廖天成也就跟了出来,便问小童:“贼在那里?”小童道:“在那边月亮门竹林之下。”庞吉与廖天成竟奔月亮门而来。此时,仆从人等已然听见,即同庞福各执棍棒赶来。一看,虽是一人,却是捆绑停当,前面腰间插着一把宰猪的尖刀,仿佛抱着相似。大家向前将他提出,再一看时,却是本府厨子刘三。问他不应,止于仰头张口。连忙松了绑缚,他便从口内掏出一块代手来,干呕了半天,方才转过气来。庞吉便问道:“却是何人将你捆绑在此?”刘三对着庞吉叩头道:“小人方才在厨房磕睡,忽见飕的进来一人,穿着一身青靠,年纪不过二十岁,眉清目朗,手持一把明晃晃的钢刀。他对小人说:‘你要嚷,我就是一刀!’因此小人不敢嚷。他便将小人捆了,又撕了一块搌布,给小人填在口内,把小人一提就来在此处。临走,他在小人胸前就把这把刀插上,不知是什么缘故。”庞贼听了,便问廖天成道:“你看此事,这明是水晶楼装男女声音之人了。”廖天成闻听,忽然心机一动,道:“老师且回书房要紧。”老贼不知何故，只得跟了回来。进了书房，廖天成先拿起奏折逐行逐字细细看了，笔画并未改讹，也未沾污。看罢说道：“还好，还好。幸喜折子未坏。”即放在黄匣之内。庞吉在旁夸奖道：“贤契细心，想的周到。”又叫各处搜查，那里有个人影。

不多时，天已五鼓，随便用了些点心羹汤，庞吉与廖天成一同入朝，敬候圣上临殿，将本呈上。仁宗一看就有些不悦。你道为何？圣上知道包、庞二人不对，偏偏今日此本又是参包公的，未免有些不耐烦。何故他二人冤仇再不解呢？心中虽然不乐，又不能不看。见开笔写着：“臣庞吉跪奏。为开封府遣人谋杀二命事。”后面叙着二妾如何被杀。仁宗看到杀妾二命，更觉诧异。因此反复翻阅，见背后忽露出个纸条儿来。

抽出看时，不知上面写着是何言语，且听下回分解。

第四十四回　花神庙英雄救难女　开封府众义露真名

且说仁宗天子细看纸条，上面写道：“可笑，可笑，误杀反诬告。胡闹，胡闹，老庞害老包。”共十八个字。天子看了，这明是自杀，反要陷害别人。又看笔迹有些熟识，猛然想起忠烈祠墙上的字体，却与此字相同。真是聪明不过帝王，暗道：“此帖又是那人写的了。他屡次做的俱是磊磊落落之事，又何为隐隐藏藏，再也不肯当面呢？实在令人不解。只好还是催促包卿便了。”想罢，便将折子连纸条儿俱各掷下，交大理寺审讯。庞贼见圣上从折内翻出个纸条儿来，已然唬得魂不附体；联衔之人俱各暗暗耽惊。一时散朝之后，庞贼悄向廖天成道：“这纸条儿从何而来？”廖乌台猛然醒悟道：“是了，是了。他捆刘三者，正为调出老师与门生来，他就于此时放在折背后的。实实门生粗心之过。”庞吉听了连连点首，道：“不错，不错。贤契不要多心，此事如何料的到呢？”及至到了大理寺，庞吉一力担当，从实说了，惟求文大人婉转复奏。文大人只得将他畏罪的情形，代为陈奏。圣上传旨：“庞吉着罚俸三年，不准抵销。联衔的罚俸一年，不准抵销。”圣上却暗暗传旨与包公，务必要题诗杀命之人，定限严拿。包公奉了此旨，回到开封，便与展爷、公孙先生计议。无法可施，只得连王、马、张、赵俱各天天出去到处访查，那里有个影响。偏又值隆冬年近，转瞬间又早新春。过了元宵佳节，看看到了二月光景，包公屡屡奉旨，总无影响。幸亏圣眷优渥，尚未嗔怪。

一日，王朝与马汉商议道：“咱们天天出去访查，大约无人不知。人既知道，更难探访。莫若咱二人悄悄出城，看个动静。贤弟以为何如？”马汉道：“出城虽好，但不知往何处去呢？”王朝道：“咱们信步行去，固然在热闹丛中踩访，难道反往幽僻之处去么？”二人说毕，脱去校尉服色，各穿便衣，离了衙门，竟往城外而来，沿路上细细赏玩艳阳景色。见了多少人，带着香袋的，执着花的，不知是往那里去的。及至问人时，原来花神庙开庙，热闹非常，正是开庙正期。二人满心欢喜，随着众人来至花神庙各处游玩。却见后面有块空地，甚是宽阔，搭着极大的芦棚，内中设摆着许多兵器架子。那边单有一座客棚，里面坐着许多人。内中有一少年公子，年纪约有三旬，横眉立目，旁若无人。王、马二人见了，便向人暗暗打听，方知此人姓严名奇，他乃是已故威烈侯葛登云的外甥，极其强梁霸道，无恶不作。只因他爱眠花宿柳，自己起了个外号叫花花太岁。又恐有人欺负他，便用多金请了无数的打手，自己也跟着学了些三角毛儿四门斗儿，以为天下无敌。因此庙期热闹非常，他在庙后便搭一芦棚，比试棒棍拳脚。谁知设了一连几日，并无人敢上前比试，他更心高气傲，自以为绝无对手。

二人正观望，只见外面多少恶奴推推拥拥，搀搀架架，却是一个女子哭哭啼啼被众人簇拥着过了芦棚，进了后面敞厅去了。王、马二人心中纳闷，不知为了何事。忽又见从外面进来一个婆子，嚷道："你们这伙强盗，青天白日就敢抢良家女子，是何道理？你们若将他好好还我便罢，你们若要不放，我这老命就合你们拚了！"众恶奴一面拦挡，一面吆喝。忽见从棚内又出来两个恶奴，说道："方才公子说了，这女子本是府中丫鬟，私行逃走，总未寻着，并且拐了好些东西。今日既然遇见，把他拿住，还要追问拐的东西呢。你这老婆子趁早儿走罢，倘若不依，公子说咧，就把你送县。"婆子闻听，只急的嚎啕痛哭。又被众恶奴往外面拖拽，这婆子如何支撑得住，便脚不沾地往外去了。

王朝见此光景，便与马汉送目。马汉会意，即便跟下去打听底细，二人随后也就出来。刚走到二层殿的夹道，只见外面进来一人，迎头拦住道："有话好说。这是什么意思？请道其详。"声音洪亮，汉仗高大，紫巍巍一张面皮，黑漆漆满部髭须，又是军官打扮，更显得威严壮健。王、马二人见了，便暗暗喝彩称羡。忽听恶奴说道："朋友，这个事你别管。我劝你有事治事，无事趁早儿请，别讨没趣儿。"那军官听了冷笑道："天下人管天下事，那有管不得的道理。你们不对我说，何不对着众人说说。你们如不肯说，何妨叫那妈妈自己说说呢。"众恶奴闻听道："伙计，你们听见了。这个光景他是管定了。"忽听婆子道："军官爷爷，快救婆子性命吓！"旁边恶奴顺手就要打那婆子。只见那军官把手一隔，恶奴倒退了好几步，呲牙咧嘴把胳膊乱甩。王、马二人看了，暗暗欢喜。又听军官道："妈妈不必害怕，慢慢讲来。"那婆子哭着道："我姓王，这女儿乃是我街坊。因他母亲病了，许在花神庙烧香。如今他母亲虽然好了，尚未复元，因此求我带了他来还愿，不想竟被他们抢去。求军官爷搭救搭救。"说罢痛哭。只见那军官听了，把眉一皱道："妈妈不必啼哭，我与你寻来就是了。"谁知众恶奴方才见那人把手略略一隔，他们伙计就呲牙咧嘴，便知这军汉手头儿凶。大约婆子必要说出根由，怕军官先拿他们出气，他们便一个个溜了。来到后面，一五一十俱告诉花花太岁。这严奇一听，便气冲牛斗。以为今日若不显显本领，以后别人怎肯甘心佩服呢。便一声断喝："引路！"众恶奴狐假虎威，来至前面，嚷道："公子来了，公子来了！"众人见严奇来到，一个个俱替那军官担心，以为太岁不是好惹的。

此时王、马二人看的明白，见恶霸前来，知道必有一番较量，惟恐军汉寡不敌众。若到为难之时，我二人助他一膀之力。那知那军汉早已看见，撇了婆子便迎将上去。众恶奴指手划脚道："就是他，就是他！"严奇一看，不由的暗暗吃惊道："好大身量！我别不是他的个儿罢。"便发话道："你这人好生无礼，谁叫你多管闲事？"只见那军汉抱拳赔笑道："非是在下多管闲事，因那婆子形色仓皇，哭的可怜。恻隐之心，人皆有之。望乞公子贵手高抬，开一线之恩，饶他们去罢。"说毕就是一揖。严奇若是有眼力的，就依了此人，从此做个相识，只怕还有个好处。谁知这恶贼恶贯已满，难以躲避。他见军官谦恭和蔼，又是外乡之人，以为可以欺侮，竟敢拿鸡蛋往鹅卵石上碰，登时把眼一翻道："好狗才，谁许你多管？"冷不防飕的就是一脚迎面踢来。这恶贼原想着是个暗算，趁着军汉作下揖去，不能防备，这一脚定然鼻青脸肿。那知那军汉不慌不忙，瞧着脚临切近，略一扬手，在脚面上一拂，口中说道："公子休得无礼！"此话未完，只见公子"啊呀"，半天挣扎不起。众恶奴一见，便嚷道："你这厮竟敢动手！"一拥齐上，以为好汉打不过人多。谁知那人只用手往左右一分，一个个便东倒西歪，那个还敢上前！

忽听那边有人喊了一声："闪开，俺来也！"手中木棍高扬，就照军汉劈面打来。军汉见来得势猛，将身往旁边一闪。不想严奇刚刚的站起，恰恰的太岁头就受了此棍，吧的一声，打了个脑浆迸裂。众恶奴发了一声喊，道："了不得了，公子被军汉打死了！快拿呀，快拿呀！"早有保甲、地方并本县官役，一齐将军汉围住。只听那军官道："众位不必动手，俺随你们到县就是了。"众人齐说道："好朋友，好朋友！敢作敢当，这才是汉子呢。"忽见那边走过两个人来，道："众位，事要公平。方才原是他用棍打人，误打在公子头上，难道他不随着赴县么？理应一同解县才是。"众人闻听讲得有理，就要拿那使棍之人。那人将眼一瞪道："俺史丹不是好惹的，你们谁敢前来？"众人唬的往后倒退。只见两个人之中有一人道："你慢说是史丹，就是屎蛋，也要推你一推。"说时迟那时快，顺手一掠，将那棍也就逼住，拢过来往怀里一带，又向外一推，真成了屎蛋咧，叽哩咕噜滚在一边。那人上前按住，对保甲道："将他锁了！"你道这二人是谁？原来是王朝、马汉。又听军汉说道："俺遭逢此事，所为何来？原为救那女子，如今为人不能为彻，这便如何是好？"王、马二人听了，满口应承："此事全在我二人身上，朋友，你只管放心。"军汉道："既如此，就仰仗二位了。"说罢执手，随众人赴县去了。

这里，王、马二人带领婆子到后面。此时众恶奴见公子已死，也就一哄而散，谁也不敢出头。王、马二人一直进了敞厅，将女子领出，交付婆子护送出庙。问明了住处姓名，恐有提问质对之事，方叫他们去了。二人不辞辛苦，即奔祥符县而来。到了县里，说明姓名。门上急忙回禀了县官，立刻请二位到书房坐了。王、马二人将始末情由说了一遍，"此事皆系我二人目睹，贵县不必过堂，立刻解往开封府便了。"正说间，外面拿进个略节来，却是此案的名姓。死的名严奇，军汉名张大，持棍的名史丹。县官将略节递与王、马二人，便吩咐将一干人犯多派衙役，立刻解往开封。

王、马二人先到了开封府,见了展爷、公孙先生,便将此事说明。公孙策尚未开言,展爷忙问道:“这军官是何形色?”王、马二人将脸盘儿、身体儿说了一番。展爷听了大喜,道:“如此说来,别是他罢?”对着公孙先生伸出大指。公孙策道:“既如此,少时此案解来,先在外班房等候,悄悄叫展兄看看。若要不是那人也就罢了,倘若是那人冒名,展兄不妨直呼其名,使他不好改口。”众人听了,俱各称善。王、马二人又找了包兴,来到书房,回禀了包公,深赞张大的品貌行事豪侠。包公听了,虽不是寄柬留刀之人,或者由这人身上也可以追出那人的下落,心中也自暗暗忖度。王、马又将公孙策先生叫南侠偷看,也回明了。包公点了点头,二人出来。

不多时,此案解到,俱在外班房等候。王、马二人先换了衣服,前往班房,现放下帘子。随后展爷已到,便掀起帘缝一瞧,不由的满心欢喜,对着王、马二人悄悄道:“果然是他。妙极,妙极!”王、马二人连忙问道:“此人是谁?”展爷道:“贤弟休问,等我进去呼出名姓,二位便知。二位贤弟即随我进来,劣兄给你们彼此一引见,他也不能改口了。”王、马二人领命。展爷一掀帘子进来,道:“小弟打量是谁?原来是卢方兄到了。久违吓,久违!”说着,王、马二人进来。展爷给引见道:“二位贤弟不认得么?这位便是陷空岛卢家庄号称钻天鼠名卢方的卢大员外。二位贤弟快来见礼。”王、马急速上前。展爷又向卢方道:“卢兄,这便是开封府四义士之中的王朝、马汉两位老弟。”三个人彼此执手作揖。卢方到了此时,也不能说我是张大,不是姓卢的。人家连家乡住处俱各说明,还隐瞒什么呢?卢方反倒问展爷道:“足下何人?为何知道卢方的贱名?”展爷道:“小弟名唤展昭,曾在茉花村芦花荡,为邓彪之事,小弟见过尊兄。终日渴想至甚,不想今日幸会。”卢方听了方才知道是南侠,便是号“御猫”的。他见展爷人品气度和蔼之甚,毫无自满之意,便想起五弟任意胡为,全是自寻苦恼,不觉暗暗感叹。面上却赔着笑道:“原来是展老爷。就是这二位老爷,方才在庙上多承垂青看顾,我卢方感之不尽。”三人听了不觉哈哈大笑道:“卢兄太外道了,何得以老爷相呼?显见得我等不堪为弟了。”卢方道:“三位老爷太言重了。一来三位现居皇家护卫之职,二来卢方刻下乃人命重犯,何敢以弟兄相称?岂不是太不知自量了么!”展爷道:“卢兄过于能言了。”王、马二人道:“此处不是讲话的所在,请卢兄到后面一叙。”卢方道:“犯人尚未过堂,如何敢蒙如此厚待!断难从命。”展爷道:“卢兄放心,全在小弟等身上。请到后面,还有众人等着要与老兄会面。”卢方不能推辞,只得随着三人来到后面公厅。早见张、赵、公孙三位降阶而迎,展爷便一一引见,欢若平生。

来到屋内,大家让卢方上座。卢方断断不肯,总以犯人自居,“理当侍立,能够不罚跪,足见高情。”大家那里肯依。还是愣爷赵虎道:“彼此见了,放着话不说,且自闹这些个虚套子。卢大哥,你是远来,你就上面坐。”说着把卢方拉至首座。卢方见此光景,只得从权坐下。王朝道:“还是四弟爽快。再者卢兄从此什么犯人咧、老爷咧,也要免免才好,省得闹的人怪肉麻的。”卢方道:“既是众位兄台抬爱,拿我卢某当个人看待,我卢方便从命了。”左右伴当献茶已毕,还是卢方先提起花神庙之事。王、马二人道:“我等俱在相爷台前回明,小弟二人便是证见。凡事有理,断不能难为我兄。”只见公孙先生和展爷彼此告过失陪,出了公所,往书房去了。

未知相爷如何,且听下回分解。

第四十五回　义释卢方史丹抵命　误伤马汉徐庆遭擒

且说公孙先生同展爷去不多时,转来道:“相爷此时已升二堂,特请卢兄一见。”卢方闻听只打量要过堂了,连忙立起身来,道:“卢方乃人命要犯,如何这样见得相爷?卢方岂是不知规矩的么?”展爷连声道“好”,一回头吩咐伴当快看刑具。众人无不点头称羡。少时,刑具拿到,连忙与卢方上好,大家围随来至二堂以下。王朝进内禀道:“卢方带到。”忽听包公说道:“请。”这一声,连卢方都听见了,自己登时反倒不得主意了。随着王朝来至公堂,双膝跪倒,匍匐在地。忽听包公一声断喝道:“本阁着你去请卢义士,如何用刑具拿到,是何道理?还不快快卸去!”左右连忙上前卸去刑具。包公道:“卢义士,有话起来慢慢讲。”卢方那里敢起来,连头也不敢抬,便道:“罪民卢方,身犯人命重案,望乞相爷从公判断,感恩不尽。”包公道:“卢义士休如此迂直。花神庙之事,本阁尽知。你乃行侠尚义,济弱扶倾。就是严奇丧命,自有史丹对抵,与你什么相干?他等强恶,助纣为虐,冤冤相报,暗有循环。本阁已有办法,即将史丹定了误伤的罪名,完结此案。卢义士理应释放无事。只管起来,本阁还有话讲。”展爷向前悄悄道:“卢兄休要辜负相爷一片爱慕之心,快些起来,莫要违悖钧谕。”那卢方到了此时,概不由己,朝上叩头。展爷顺手将他扶起,包公又吩咐看座。卢方那里敢坐,鞠躬侍立。偷眼向上观瞧,见包公端然正坐,不怒而威,那一派的严肃正气,实令人可畏而可敬,心中暗暗夸奖。

忽见包公含笑问道:“卢义士因何来京,请道其详。”一句话问的个卢方紫面上套着紫,半晌答道:“罪民因寻盟弟白玉堂,故此来京。”包公又道:“是义士一人前来,还有别人?”卢方道:“上年初冬之时,罪民已遣韩彰、徐庆、蒋平三个盟弟一同来京。不料自去冬至今,杳无音信。罪民因不放心,故此亲身来寻。今日方到花神庙。”包公听卢方直言无隐,便知此人忠厚笃实,遂道:“原来众义士俱各来了。义士既以实言相告,本阁也就不隐瞒了。令弟五义士在京中做了几件出类拔萃之事,连圣上俱各知道。并且圣上还夸奖他是个侠义之人,钦派本阁细细访查。如今义士既已来京,肯替本阁代为细细访查么?”卢方听至此,连忙跪倒道:“白玉堂年幼无知,惹下滔天大祸,致干圣怒,理应罪民寻找擒拿到案,任凭圣上天恩,相爷的垂照。”包公见他应了,便叫:“展护卫。”“有。”“同公孙先生好生款待,恕本阁不陪。留去但凭义士,不必拘束。”卢方听了,复又叩头,起来同定展爷出来。到了公所之内,只见酒肴早已齐备,却是公孙先生预先吩咐的。仍将卢方让至上座,众人左右相陪。饮酒之间，便提此事。卢爷是个豪爽忠诚之人，应了三日之内有与无必来复信，酒也不肯多饮，便告别了众人。众人送出衙外，也无赘话烦言，彼此一执手，卢方便扬长去了。

展爷等回至公所，又议论卢方一番：为人忠厚、老诚、豪爽。公孙策道："卢兄虽然诚实，惟恐别人却不似他。方才听卢方之言，说那三义已于客冬之时来京，想来也必在暗中探访。今日花神庙之事，人人皆知解到开封府，他们如何知道立刻就把卢兄释放了呢？必以为人命重案，寄监收禁。他们若因此事，夤夜前来淘气，却也不可不防。"众人听了，俱各称是，"似此如之奈何？"公孙策道："说不得大家辛苦些，出入巡逻，第一保护相爷要紧。"此时天已初鼓，展爷先将里衣扎缚停当，佩了宝剑，外面罩了长衣，同公孙先生竟进书房去了。这里四勇士也就各各防备，暗藏兵刃，俱各留神小心。

单言卢方离了开封府之时，已将掌灯，又不知伴当避于何处，有了寓所不曾，自己虽然应了找寻白玉堂，却又不知他落于何处。心内思索，竟自无处可归。忽见迎面来了一人，天气昏黑，看不真切。及至临近一看，却是自己伴当，满心欢喜。伴当见了卢方，反倒一怔，悄悄问道："员外如何能够回来？小人已知员外解到开封，故此急急进京，城内找了下处，安放了行李。带上银两，特要到开封府去与员外安置，不想员外竟会回来了。"卢方道："一言难尽，且到下处再讲。"伴当道："小人还有一事，也要告禀员外呢。"

说着话，伴当在前引路，主仆二人来到下处。卢方掸尘净面之时，酒饭已然齐备。卢方入座，一壁饮酒，一壁对伴当悄悄说道："开封府遇见南侠，给我引见了多少朋友，真是人人义气，个个豪杰。多亏了他们在相爷跟前竭力分晰，全推在那姓史的身上，我是一点事儿没有。"又言："包公相待甚好，义士长义士短的称呼，赐座说话。我便偷眼观瞧，相爷真好品貌，真好气度，实在是国家的栋梁，万民之福！后来问话之间，就提起五员外来了。相爷觌面吩咐，托我找寻。我焉有不应的呢？后来大家又在公所之内设了酒肴，众朋友方说出五员外许多的事来。敢则他做的事不少，什么寄柬留刀，与人辨冤，夜间大闹开封府，南侠比试，这还庶乎可以。谁知他又上皇宫内苑，题什么诗，又杀了总管太监。你说五员外胡闹不胡闹？并且还有奏摺内夹纸条儿，又是什么盗取黄金，我也说不了许多了。我应了三日之内，找的着找不着，必去覆信，故此我就回来了。你想，那知五员外下落？往那里去找呢？你方才说还有一事，是什么事呢？"伴当道："若依员外说来，要找五员外却甚容易。"卢方听了，欢喜道："在那里呢？"伴当道："就是小人寻找下处之时，遇见了跟二爷的人。小人便问他众位员外在那里居住。他便告诉小人说，在庞太师花园后楼，名叫文光楼，是个堆书籍之所，同五员外都在那里居住呢。小人已问明了，庞太师的府第却离此不远，出了下处，往西一片松林，高大的房子便是。"卢方听了，满心畅快，连忙用毕了饭。

此时天气已有初更，卢方便暗暗装束停当，穿上夜行衣靠，吩咐伴当看守行李，悄悄的竟奔了庞吉府的花园文光楼而来。到了墙外，他便施展飞檐走壁之能，上了文光楼。恰恰遇见白玉堂独自一人在那里，见面之时，不由的长者之心，落下几点忠厚泪来。白玉堂却毫不在意。卢方述说了许多思念之苦，方问道："你三个兄长往那里去了？"白玉堂道："因听见大哥遭了人命官司，解往开封府，他们哥儿三方才俱换了夜行衣服，上开封府了。"卢方听了大吃一惊，想道："他们这一去，必要生出事来，岂不辜负相爷一团美意？倘若有些差池，我卢某何以见开封众位朋友呢？"想至此，坐立不安，好生的着急。直盼到交了三鼓，还不见回来。

你道韩彰、徐庆、蒋平为何去许久？只因他等来到开封府，见内外防范甚严，便越墙从房上而入。刚到跨所大房之上，恰好包兴由茶房而来，猛一抬头，见有人影，不觉失声道："房上有人！"对面便是书房，展爷早已听见。脱去长衣，拔出宝剑，一伏身斜刺里一个健步。往房上一望，见一人已到檐前。展爷看的真切，从囊中一伸手，掏出袖箭，反背就是一箭。只见那人站不稳身体，一歪掉下房来。外面王、马、张、赵已然赶进来了，赵虎紧赶一步，按住那人，张龙上前帮助绑了。展爷正要纵身上房，忽见房上一人，把手一扬，向下一指。展爷见一缕寒光，竟奔面门，知是暗器，把头一低，刚刚躲过。不想身后是马汉，肩头之下已中了弩箭。展爷一飞身已到房上，竟奔了使暗器之人。那人用了个风扫败叶势，一顺手就是一朴刀。一片冷光奔了展爷的下三路。南侠忙用了个金鸡独立回身势，用剑往旁边一削，只听当的一声，朴刀却短了一段。只见那人，一转身越过房脊，又见金光一闪，却是三棱鹅眉刺，竟奔眉攒而来。展爷将身一闪，刚用宝剑一迎，谁知钢刺抽回，剑却使空。南侠身体一晃，几乎栽倒。忙一伏身，将宝剑一拄，脚下立住。用剑逼住面门，长起身来。再一看时，连个人影儿也不见了。展爷只得跳下房来，进了书房，参见包公。

此时已将捆缚之人带至屋内。包公问道："你是何人？为何黄夜至此？"只听那人道："俺乃穿山鼠徐庆，特为救俺大哥卢方而来，不想中了暗器遭擒。不用多言，只要叫俺见大哥一面，俺徐庆死也甘心瞑目。"包公道："原来三义士到了。"即命左右松了绑，看座。徐庆也不致谢，也不逊让，便一屁股坐下。将左脚一伸，顺手将袖箭拔出，道："是谁的暗器，拿了去。"展爷过来接去。徐庆道："你这袖箭不及俺二哥的弩箭。他那弩箭有毒，若是着上，药性一发，便不省人事。"正说间，只见王朝进来禀道："马汉中了弩箭，昏迷不醒。"徐庆道："如何？千万不可拔出，还可以多活一日。明日这时候，也就呜呼了。"包公听了，连忙问道："可有解药没有？"徐庆道："有呵。却是俺二哥带着，从不传人。受了此毒，总在十二个时辰之内用了解药，即刻回生。若过了十二个时辰，纵有解药也不能好了。这是俺二哥独得的奇方，再也不告诉人的。"包公见他说话虽然粗鲁，却是个直爽之人，堪与赵虎称为伯仲。徐庆忽又问道："俺大哥卢方在那里？"包公便道："昨晚已然释放，卢义士已不在此了。"徐庆听了，哈哈大笑道："怪道人称包老爷是个好相爷，忠正为民。如今果不虚传。俺徐庆倒要谢谢了！"说罢，噗通趴在地下就是一个头，招的众人不觉要笑。徐庆起来就要找卢方去。包公见他天真烂漫，不拘礼法，只要合了心就乐，便道："三义士，你看外面已交四鼓，黄夜之间，哪里寻找？暂且坐下，我还有话问你。"徐庆却又坐下。包公便问白玉堂所作之事。愣爷徐庆一一招承："惟有劫黄金一事，却是俺二哥、四弟并有柳青，假冒王、马、张、赵之名，用蒙汗药酒将那群人药倒，我们盗取了黄金。”众人听了，个个点头舒指。徐庆正在高谈阔论之时，只见差役进来禀道：“卢义士在外求见。”包公听了，急着展爷请来相见。

不知卢方来此为了何事，且听下回分解。

第四十六回　设谋诓药气走韩彰　遣兴济贫欣逢赵庆

且说卢方又到开封府求见，你道却为何事？只因他在文光楼上盼到三更之后，方见韩彰、蒋平。二人见了卢方，更觉诧异，忙问道：“大哥如何能在此呢？”卢方便将包相以恩相待，释放无事的情由说了一遍。蒋平听了，对着韩、白二人道：“我说不用去，三哥务必不依。这如今闹的到不成事了！”卢方道：“你三哥那里去了？”韩彰把到了开封，彼此对垒的话说了一遍。卢方听了，只急的搓手，半晌叹了口气道：“千不是，万不是，全是五弟不是。”蒋平道：“此事如何抱怨五弟呢？”卢方道：“他若不找什么姓展的，咱们如何来到这里？”韩彰听了却不言语。蒋平道：“事已如此，也不必抱怨了。难道五弟有了英名，你我作哥哥的岂不光彩么？只是如今依大哥怎么样呢？”卢方道：“再无别说，只好劣兄将五弟带至开封府，一来恳求相爷在圣驾前保奏，二来当与南侠赔个礼儿，也就没事了。”玉堂听了，登时气的双眉紧皱，二目圆睁，若非在文光楼上，早已怪叫吆喝起来。便怒道：“大哥，此话从何说起？小弟既来寻找南侠，便与他誓不两立。虽不能他死我活，总要叫他甘心拜服于我，方能出这口恶气。若非如此，小弟至死也是不从的！”蒋平听了，在旁赞道：“好兄弟，好志气！真与我们陷空岛争气！”韩彰在旁瞅了蒋平一眼，仍是不语。

卢方道：“据五弟说来，你与南侠有仇么？”玉堂道：“并无仇隙。”卢方道：“既无仇隙，你为何恨他到如此地步呢？”玉堂道：“小弟也不恨他，只恨这‘御猫’二字。我也不管他是有意，我也不管是圣上所赐，只是有个御猫，便觉五鼠减色，是必将他治倒方休。如不然，大哥就求包公回奏圣上，将南侠的‘御猫’二字去了，或改了，小弟也就情甘认罪。”卢方道：“五弟，你这不是为难劣兄么？劣兄受包相知遇之恩，应许寻找五弟。如今既已见着，我却回去求包公改‘御猫’二字，此话劣兄如何说的出口来？”玉堂听了，冷笑道：“哦，敢则大哥受了包公知遇之恩。既如此，就该拿了小弟去请功候赏吓！”

只这一句话，把个仁义的卢方噎的默默无言，站起身来，出了文光楼，跃身下去，便在后面大墙以外走来走去。暗道：“我卢方交结了四个兄弟，不想为此事，五弟竟如此与我翻脸。他还把我这长兄放在心里么？”又转想包公相待的那一番情义，自己对众人说的话，更觉心中难受。左思右想，心乱如麻。一时间浊气上攻，自己把脚一跺道：“嗳，莫若死了，由着五弟闹去，也省得我提心吊胆。”想罢一抬头，只见那边从墙上斜插一枝杈椏，甚是老干，自己暗暗点头道："不想我卢方竟自结果在此地了。"说罢，从腰间解下丝绦，往上一扔，搭在树上，将两头比齐，刚要结扣，只见这丝绦哧哧哧自己跑到树上去了。卢方怪道："可见时衰鬼弄人了。怎么丝绦也会活了呢？"正自思忖，忽见顺着枝干下来一人，却是蒋四爷，说道："五弟糊涂了，怎么大哥也背晦了呢？"卢方见了蒋平，不觉滴下泪来，道："四弟，你看适才五弟是何言语？叫劣兄有何面目生于天地之间？"蒋平道："五弟此时一味的心高气傲，难以治服。不然小弟如何肯随和他呢。须要另设别法，折服于他便了。"卢方道："此时你我往何方去好呢？"蒋平道："赶着上开封府。就算大哥方才听见我等到了，故此急急前来赔罪。再者，也打听打听三哥的下落。"卢方听了，只得接过丝绦，将腰束好，一同竟奔开封府而来。

见了差役，说明来历。差役去不多时，便见南侠迎了出来。彼此相见，又与蒋平引见。随即来到书房。刚一进门，见包公穿着便服，在上面端坐，连忙双膝跪倒，口中说道："卢方罪该万死，望乞恩相赦宥。"蒋平也就跪在一旁。徐庆正在那里坐着，见卢方与蒋平跪倒，他便顺着座儿一溜，也就跪下了。包公见他们这番光景，真是豪侠义气，连忙说道："卢义士，他等前来，原不知本阁已将义士释放，故此为义气而来。本阁也不见罪，只管起来，还有话说。"卢方等听了，只得向上叩头，立起身来。包公见蒋平骨瘦如柴，形如病夫，便问："此是何人？"卢方一一回禀。包公方知就是善会水的蒋泽长。忙命左右看座。连展爷与公孙策俱各坐了。包公便将马汉中了毒药弩箭，昏迷不醒的话说了一回。依卢方就要回去向韩彰取药。蒋平拦道："大哥若取药，惟恐二哥当着五弟总不肯给的；莫若小弟使个计策，将药诓来，再将二哥激发走了，剩了五弟一人，孤掌难鸣，也就好擒了。"卢方听说，便问："计将安出？"蒋平附耳道："如此如此。二哥焉有不走之理。"卢方听了道："这一来，你二哥与我岂不又分散了么？"蒋平道："目下虽然分别，日后自然团聚。现在外面已交五鼓，事不宜迟，且自取药要紧。"连忙向展爷要了纸笔墨砚，提笔一挥而就。折叠了，叫卢方打上花押，便回明包公，仍从房上回去，又近又快。包公应允，蒋平出了书房，将身一纵，上房越脊，登时不见。众人无不称羡。

单说蒋爷来至文光楼，还听见韩彰在那里劝慰白玉堂。原来玉堂的馀气还未消呢。蒋平见了二人道："我与大哥将三哥好容易救回，不想三哥中了毒药袖箭，大哥背负到前面树林，再也不能走了。小弟又背他不动，只得二哥与小弟同去走走。"韩爷听了，连忙离了文光楼。蒋平便问："二哥，药在何处？"韩彰从腰间摘下个小荷包来，递与蒋平。蒋平接过，摸了摸，却有两丸，急忙掏出。将衣边钮子咬下两个，咬去鼻儿，滴溜圆，又将方才写的字帖裹了裹，塞在荷包之内，仍递与韩彰。将身形略转了几转，他便抽身竞奔开封而来。

这里韩爷只顾奔前面树林，以为蒋平拿了药去，先解救徐庆去了，那里知道他是奔了开封呢？韩二爷来到树林，四下里寻觅，并不见大哥、三弟，不由心下纳闷。摸摸荷包，药仍二丸未动，更觉不解。四爷也不见了，只得仍回文光楼来。见了白玉堂，说了此事，未免彼此狐疑。韩爷回手又摸了摸荷包道："呀！这不像药。"连忙叫白玉堂敲着火种，隐着光亮一看，原来是字帖儿裹着钮子。忙将字儿打开观看，却有卢方花押，上面写着叫韩彰绊住白玉堂，作为内应，方好擒拿。白玉堂看了，不由的设疑，道："二哥，就把小弟绑了罢，交付开封就是了。"韩爷听了急道："五弟休出此言。这明是你四哥恐我帮助于你，故用此反间之计。好好好，这才是结义的好弟兄呢！我韩彰也不能作内应，也不能帮扶五弟，俺就此去也！"说罢，立起身来，出了文光楼，跃身去了。

这时，蒋平诓了药回转开封，已有五鼓之半。连忙将药研好，一丸灌将下去，不多时马汉回转过来，吐了许多毒水，心下方觉明白。大家也就放了心了，略略歇息，天已大亮。到了次日晚间，蒋平又暗暗到文光楼。谁知玉堂却不在彼，不知投何方去了。卢方又到下处，叫伴当将行李搬来。从此，开封府又添了陷空岛的三义，帮扶着访查此事。却分为两班：白日却是王、马、张、赵细细缉访，夜晚却是南侠同着三义暗暗搜寻。

不想这一日，赵虎因包公入闱，闲暇无事，想起王、马二人在花神庙巧遇卢方，暗自想道："我何不也出城走走呢？"因此，扮了个客人的模样，悄悄出城，信步行走。正走着觉得腹中饥饿，便在村头小饭馆内意欲独酌，吃些点心。刚然坐下，要了酒，随意自饮，只见那边桌上有一老头儿，却是外乡行景，满面愁容，眼泪汪汪，也不吃，也不喝，只是瞅着赵爷。赵爷见他可怜，便问道："你这老头儿，瞧俺则甚？"那老者见问，忙立起身来道："非是小老儿敢瞧客官，只因腹中饥饿，缺少钱钞。见客官这里饮酒，又不好启齿，望乞见怜。"赵虎听了哈哈大笑道："敢则是你饿了，这有何妨呢？你便过来，俺二人同桌而食，有何不可？"那老儿听了欢喜，未免脸上有些羞惭。及至过来，赵爷要了点心、馍馍叫他吃。他却一壁吃着，一壁落泪。赵爷看了，心中不悦，道："你这老头儿好不晓事。你说饿了，俺给你吃，你又哭什么呢？"老者道："小老儿有心事，难以告诉客官。"赵爷道："原来你有心事，这也罢了。我且问你，你姓什么？"老儿道："老儿姓赵。"赵虎道："嗳哟！原来是当家子。"老者又接着道："小老儿姓赵名庆，乃是仁和县的承差。只因包三公子太原进香……"

赵虎听了道:“什么包三公子?”老者道:“便是当朝宰相包相爷的侄儿。”赵虎道:“哦,哦。包三公子进香怎么样?”老者道:“他故意的绕走苏州,一来为游山玩景,二来为勒索州县的银两。”赵虎道:“竟有这等事?你讲,你讲。”老者道:“只因路过管城县,我家老爷派我预备酒饭,迎至公馆款待。谁想三公子说铺垫不好,预备的不佳,他要勒索程仪三百两。我家老爷乃是一个清官,并无许多银两。又说小人借水行舟,希图这三百两银子,将我打了二十板子。幸喜衙门上下,俱是相好,却未打着。后来见了包三公子,将我吊在马棚,这一顿马鞭子,打的却不轻。还是应了另改公馆,孝敬银两,方将我放出来。小老儿一时无法,因此脱逃,意欲到京,寻找一个亲戚。不想投亲不着,只落得有家难奔,有国难投。衣服典当已尽,看看不能餬口,将来难免饿死,作定他乡之鬼呀!”说罢痛哭。赵爷听至此,又是心疼赵庆,又是气恨包公子,恨不得立刻拿来出这口恶气。因对赵庆道:“老人家,你负此沉冤,何不写个诉呈,在上司处分晰呢?”

未知赵庆如何答对,且听下回分解。

第四十七回　错递呈权奸施毒计　巧结案公子辨奇冤

且说赵虎暗道:“我家相爷,赤心为国,谁知他的子侄如此不法。我何不将他指引到开封府,看我们相爷如何办理?是秉公呵,还是徇私呢?”想罢道:“你正该写个呈子分诉。”赵庆道:“小老儿上京投亲,正为递呈分诉。”赵虎道:“不知你想在何处去告呢?”赵庆道:“小老儿闻得大理寺文大人那里颇好。”赵爷道:“文大人虽好,总不如开封府包太师那里好。”赵庆道:“包太师虽好,惟恐这是他本家之人,未免要有些袒护,与事反为不美。”赵虎道:“你不知道,包太师办事极其公道,无论亲疏,总要秉正除奸。若在别人手里告了,他倒可托个人情,或者官府做个人情,那到有的。你若在他本人手里告了,他便得秉公办理,再也不能偏向的。”赵庆听了有理,便道:“既承指教,明日就在太师跟前告就是了。”赵虎道:“你且不要忙。如今相爷现在场内,约于十五日后,你再进城拦轿呈诉。”当下叫他吃饱了,却又在肚兜内摸出半锭银子来,道:“这还有五六天工夫呢,莫不成饿着吗?拿去做盘费用罢。”赵庆道:“小老儿既蒙赏吃点心,如何还敢受赐银两?”赵虎道:“这有什么要紧,你只管拿去。你若不要,俺就恼了。”赵庆只得接过来,千恩万谢的去了。

赵虎见赵庆去后,自己又饮了几杯,才出了饭铺,也不访查了,便往旧路归来。心中暗暗盘算,倒替相爷为难。此事要接了呈子,生气是不消说了,只是如何办法呢?自己又嘱咐:“赵虎吓赵虎,你今日回开封,可千万莫露风声,这可是要紧的吓!”他虽如此想,那里知道凡事不可预料。他若是将赵庆带至开封,倒不能错,谁知他又细起心来了,这才闹的错大发了呢。赵虎在开封府等了几天,却不见赵庆鸣冤，心中暗暗辗转道："那老儿说是必来，如何总未到呢？难道他是个诓嘴吃的？若是如此，我那半锭银子花的才冤呢！"

你道赵庆为何不来？只因他过了五天，这日一早赶进城来，正走到热闹丛中，忽见两旁人一分，嚷道："闪开，闪开！太师爷来了，太师爷来了！"赵庆听见"太师"二字，便煞住脚步，等着轿子临近，便高举呈词，双膝跪倒，口中喊道："冤枉吓，冤枉！"只见轿已打杵，有人下马接过呈子，递入轿内。不多时，只听轿内说道："将这人带至府中问去。"左右答应一声。轿夫抬起轿来，如飞的竟奔庞府去了。你道这轿内是谁？却是太师庞吉。这老奸贼得了这张呈子，如拾珍宝一般，立刻派人请女婿孙荣与门生廖天成。及至二人来到，老贼将呈子与他等看了，只乐得手舞足蹈，屁滚尿流，以为此次可将包黑参倒了。又将赵庆叫到书房，好言好语，细细的问了一番。便大家商议，缮起奏摺，预备明日呈递。又暗暗定计，如何行文搜查勒索的银两，又如何到了临期使他再不能更改。洋洋得意，乐不可言。

至次日，圣上临殿。庞吉出班，将呈子谨呈御览。圣上看了，心中有些不悦，立刻宣包公上殿，便问道："卿有几个侄儿？"包公不知圣意，只得奏道："臣有三个侄男。长次俱务农，惟有第三个却是生员，名叫包世荣。"圣上又问道："你这侄男可曾见过没有？"包公奏道："微臣自在京供职以来，并未回家。惟有臣的大侄见过，其馀二侄、三侄俱未见过。"仁宗天子点了点头，便叫陈伴伴："将此摺递与包卿看。"包公恭敬捧过一看，连忙跪倒奏道："臣子侄不肖，理应严拿，押解来京，严加审讯。臣有家教不严之罪，亦当从重究治。仰恳天恩依律施行。"奏罢，便匍匐在地。圣上见包公毫无遮饰之词，又见他惶愧至甚，圣心反觉不安，道："卿家日夜勤劳王事，并未回家，如何能够知道家中事体？卿且平身，俟押解来京时，朕自有道理。"包公叩头，平身归班。圣上即传旨意：立刻行文，着该府、州、县，无论包世荣行至何方，立即押解驰驿来京。

此钞一发，如星飞电转，迅速之极。不一日，便将包三公子押解来京。刚到城内热闹丛中，见那壁厢一骑马飞也似跑来。相离不远，将马收住，滚鞍下来，便在旁边屈膝禀道："小人包兴，奉相爷钧谕，求众押解老爷略留情面，容小人与公子微述一言，再不能久停。"押解的官员听是包太师差人前来，谁也不好意思的，只得将马勒住道："你就是包兴么？既是相爷有命，容你与公子见面就是了。但你主仆在那里说话呢？"那包兴道："就在这边饭铺罢，不过三言两语而已。"这官员便吩咐将闲人逐开。此时，看热闹的人山人海，谁不知包相爷的人情到了。又见这包三公子人品却也不俗，同定包兴进铺，自有差役暗暗跟随。不多会，便见出来。包兴又见了那位老爷，屈膝跪倒道："多承老爷厚情，容小人与公子一见。小人回去必对相爷细禀。"那官儿也只得说："给相爷请安。"包兴连声答应，退下来，抓鬃上马，如飞的去了。这里，押解三公子的先到兵马司挂号，然后便到大理寺听候纶音。谁知此时庞吉已奏明圣上，就交大理寺，额外添派兵马司、都察院三堂会审。圣上准奏。你道此贼又添此二处为何？只因兵马司是他女婿孙荣，都察院是他门生廖天成，全是老贼心腹。惟恐文彦博审的袒护，故此添派二处。他那里知道，文老大人忠正办事，毫无徇私呢？

不多时，孙荣、廖天成来到大理寺，与文大人相见。皆系钦命，难分主客，仍是文大人居了正位，孙、廖二人两旁侧坐。喊了堂威，便将包世荣带上堂来。便问他如何进香，如何勒索州县银两。包三公子因在饭铺听了包兴之言，说相爷已在各处托嘱明白，审讯之时，不必推诿，只管实说，相爷自有救公子之法。因此，三公子便道："生员奉祖母之命，太原进香。闻得苏杭名山秀水极多，莫若趁此进香，就便游玩。只因路上盘川缺少，先前原是在州县借用，谁知后来他们俱送程仪，并非有意勒索。"文大人道："既无勒索，那赵显谟如何休致？"包世荣道："生员乃一介儒生，何敢妄干国政？他休致不休致生员不得而知，想来是他才力不及罢了。"孙荣便道："你一路逢州遇县，到底勒索了多少银两？"包世荣道："随来随用，也记不清了。"

正问至此，只见进来一个虞候，却是庞太师寄了一封字儿，叫面交孙姑老爷的。孙荣接来看了，道："这还了得！竟有如此之多！"文大人便问道："孙大人，却是何事？"孙荣道："就是此子在外勒索的数目，家岳已令人暗暗查来。"文大人道："请借一观。"孙荣便道："请看。"递将过去。文大人见上面有各州县的销耗数目，后面又见有庞吉嘱托孙荣极力参奏包公的话头。看完了也不递给孙荣，便笼入袖内，望着来人说道："此系公堂之上，你如何擅敢妄传书信，是何道理？本当按照搅乱公堂办理，念你是太师的虞候，权且饶恕。左右，与我用棍打出去！"虞候唬了个心惊胆怕，左右一喊，连忙逐下堂去。文大人对孙荣道："令岳做事太率意了。此乃法堂，竟敢遣人送书，于理说不去罢？"孙荣连连称"是"，字柬儿也不敢往回要了。廖天成见孙荣理屈，他却搭讪着问包世荣道："方才押解官回禀：包太师曾命人拦住马头，要见你说话，可是有的？"包世荣道："有的。无非告诉生员不必推诿，总要实说，求众位大人庇佑之意。"廖天成道："那人他叫什么名字？"包世荣道："叫包兴。"廖天成立刻吩咐差役，传包兴到案，暂将包世荣带下去。

不多时，包兴传到。孙荣一肚子闷气无处发挥，如今见了包兴，却作起威来，道："好狗才，你如何擅敢拦住钦犯，传说信息，该当何罪。讲！"包兴道："小人只知伺候相爷，不离左右，何尝拦住钦犯，又擅敢私传信息？此事包兴实实不知。"孙荣一声断喝道："好狗才，还敢强辩。拉下去重打二十！"可怜包兴无故遭此惨毒，二十板打得死而复生，心中想道："我跟了相爷多年，从来没受过这等重责。相爷审过多少案件，也从来没有这般的乱打。今日活该，我包兴遇见对头了。"早已横了心，再不招认此事。孙荣又问道："包兴，快快招上来！"包兴道："实实没有此事，小人一概不知。"孙荣听了，怒上加怒，吩咐左右请大刑。只见左右将三根木往堂上一掼。包兴虽是懦弱身躯，他却是雄心豪气，早已把死付于度外。何况这样刑具，他是看惯了的了，全然不惧，反冷笑道："大人不必动怒。大人既说小人拦住钦犯，私传信息，似乎也该把我家公子带上堂来，质对质对才是。"孙荣道："那有工夫与你闲讲，左右，与我夹起来！"文大人在上，实实看不过，听不上，便叫左右把包世荣带上，当面对证。

包世荣上堂见了包兴，看了半天道："生员见的那人虽与他相仿，只是黑瘦些，却不是这等白胖。”孙荣听了，自觉着有些不妥。忽见差役禀道：“开封府差主簿公孙策，赍有文书，当堂投递。”文大人不知何事，便叫领进来。公孙策当下投了文书，在一旁站立。文大人当堂拆封，将来文一看，笑容满面，对公孙策道：“他三个俱在此么？”公孙策道：“是，现在外面。”文大人道：“着他们进来。”公孙策转身出去。文大人方将来文与孙、廖二人看了。两个贼登时就目瞪痴呆，面目更色，竟不知如何是好。

不多时，只见公孙策领进了三个少年，俱是英俊非常，独有第三个尤觉清秀。三个人向上打躬。文大人立起身来道：“三位公子免礼。”大公子包世恩、二公子包世勋却不言语，独有三公子包世荣道：“家叔多多上复文老伯，叫晚生亲至公堂，与假冒名的当堂质对。此事关系生员的声名，故敢冒昧直陈，望乞宽宥。”不料大公子一眼看见当堂跪的那人，便问道：“你不是武吉祥么？”谁知那人见了三位公子到来，已然唬的魂不附体，如今又听大爷一问，不觉的抖衣而战，那里还答应的出来呢。文大人听了，问道：“怎么，你认得此人么？”大公子道：“他是弟兄两个，他叫武吉祥，他兄弟叫武平安，原是晚生家的仆从。只因他二人不守本分，因此将他二人撵出去了。不知他为何又假冒我三弟之名前来。”文大人又看了看武吉祥，面貌果与三公子有些相仿，心中早已明白，便道：“三位公子请回衙署。”又向公孙策道：“主簿回去多多上复阁台，就说我这里即刻具本复奏，并将包兴带回，且听纶音便了。”三位公子又向上一躬，退下堂来。公孙策扶着包兴，一同回开封去了。

且说包公自那日被庞吉参了一本，始知三公子在外胡为。回到衙中，又气又恨又惭愧。气的是大老爷养子不教；恨的是三公子年少无知，在外闯此大祸，恨不能自己把他拿住，依法处治；所愧者，自己励精图治，为国忘家，不想后辈子侄不能恪守家范，以致生出事来，使我在大廷之上碰头请罪，真真令人羞死。从此后有何面目在相位忝居呢？越想越烦恼，这些日连饮食俱各减了。后来又听得三公子解到，圣上添了三堂会审，便觉心上难安。偏偏又把包兴传去，不知为着何事。正在踌躇不安之时，忽见差役带进一人，包公虽然认得，一时想不起来。只见那人朝上跪倒道：“小人包旺，与老爷叩头。”包公听了，方想起果是包旺，心中暗道：“他必是为三公子之事而来。”暂且按住心头之火，问道：“你来此何事？”包旺道：“小人奉了太老爷、太夫人、大老爷、大夫人之命，带领三位公子前来与相爷庆寿。”包公听了，不觉诧异道：“三位公子在那里？”包旺道：“少刻就到。”包公便叫李才同定包旺在外立等，三位公子到了，即刻领来。二人领命去了。包公此时早已料到此事有些蹊跷了。少时，只见李才领定三位公子进来。包公一见，满心欢喜。三位公子参见已毕，包公搀扶起来，请了父母的安好，候了兄嫂的起居。又见三人中，惟有三公子相貌清奇，更觉喜爱，便叫李才带领三位公子进内给夫人请安。包公既见了三位公子，便料定那个是假冒名的了。立刻请公孙先生来，告诉了此事，急办文书，带领三位公子到大理寺当面质对。

此时，展爷与卢义士、四勇士俱各听明了，惟有赵虎暗暗更加欢喜。展南侠便带领三义四勇，来到书房，与相爷称贺。包公此时把连日闷气登时消尽，见了众人进来,更觉欢喜畅快,便命大家坐了。就此,将此事测度了一番。然后又问了问这几日访查的光景,俱各回言并无下落。还是卢方忠厚的心肠,立了个主意道:“恩相为此事甚是焦心,而且钦限又紧,莫若恩相再遇圣上追问之时,且先将卢方等三人奏知圣上,一来且安圣心,二来理当请罪。如能够讨下限来,岂不又缓一步么?”包公道:“卢义士说的也是,且看机会便了。”正说间,公孙策带领三位公子回来,到了书房参见。

未知后事如何,且听下回分解。

第四十八回 访奸人假公子正法 贬佞党真义士面君

且说公孙策与三位公子回来,将文大人之言一一禀明。大公子又将认得冒名的武吉祥也回了。惟有包兴一瘸一拐,见了包公,将孙荣蛮打的情节述了一遍。包公安慰了他一番,叫他且自歇息将养。众人彼此见了三位公子,也就告别了。来至公厅,大家设席与包兴压惊。里面却是相爷与三位公子接风掸尘,就在后面同定夫人、三位公子叙天伦之乐。

单言文大人具了奏摺,连庞吉的书信与开封府的文书,俱各随摺奏闻。天子看了又喜又恼,喜的是包卿子侄并无此事,可见他传家有法,不愧诗书门第,将来总可以继绍簪缨。恼的是庞吉屡与包卿作对,总是他的理亏。如今索性与孙荣等竟成群党,全无顾忌,这不是有意要陷害大臣么?他真要如此,叫朕也难护庇了。便将文彦博原摺、案卷、人犯,俱交开封府问讯。

包公接到此旨,看了案卷,升堂略问了问赵庆。将武吉祥带上堂来,一鞫即服。又问他:“同事者多少人?”武吉祥道:“小人有个兄弟,名叫武平安,他原假充包旺,还有两个伴当。不想风声一露,他们就预先逃走了。”包公因有庞吉私书,上面有查来各处数目,不得不问。果然数目相符。又问他:“有个包兴曾给你送信,却在何处?说的是何言语?”武吉祥便将在饭铺内说的话一一回明。包公道:“若见了此人,你可认得么?”武吉祥道:“若见了面,自然认得。”包公叫他画招,暂且收监。包公问道:“今日当值的是谁?”只见下面上来二人,跪禀道:“是小人江樊、黄茂。”包公看了,又添派了马、步快头耿春、郑平二人,吩咐道:“你四人前往庞府左右细细访查,如有面貌与包兴相仿的只管拿来。”四个人领命去了。包公退堂来至书房,请了公孙先生来商议具摺复奏,并定罪名处分等事不表。

且言领了相谕的四人,暗暗来到庞府,分为两路细细访查。及至两下里四个人走个对头,俱各摇头。四人会意,这是没有的缘故。彼此纳闷,可往那里去寻呢?真真事有凑巧,只见那边来了个醉汉,旁边有一人用手相搀,恰恰的仿佛包兴。四人喜不自胜,就迎了上来。只听那醉汉道:“老二吓,你今儿请了我了,你算包兴兄弟了;你要是不请我呀,你可就是包兴的儿子了。"说罢哈哈大笑。又听那人道:"你满嘴里说的是些什么!喝点酒儿混闹。这叫人听见,是什么意思?"说话之间,四人已来到跟前,将二人一同获住,套上铁链,拉着就走。这人唬得面目焦黄,不知何事。那醉汉还胡言乱语的讲交情过节儿,四个人也不理他。及至来到开封府,着二人看守,二人回话。

包公正在书房与公孙先生商议奏摺,见江樊、耿春二人进来,便将如何拿的一一禀明。包公听了,立刻升堂。先将醉汉带上来问道:"你叫什么名字?"醉汉道:"小人叫庞明,在庞府帐房里写帐。"包公问道:"那一个,他叫什么?"庞明道:"他叫庞光,也在庞府帐房里。我们俩是同手儿伙计。"包公道:"他既叫庞光,为何你又叫他包兴呢?讲!"庞明说:"这个……那个……他是什么件事情。他……这……那么……这么件事情呢。"包公吩咐:"掌嘴!"庞明忙道:"我说,我说!他原当过包兴,得了十两银子。小人才呕着他,喝了他个酒儿。就是说兄弟咧,儿子咧,我们原本顽笑,并没有打架拌嘴,不知为什么就把我们拿来了。"包公吩咐将他带下去,把庞光带上堂来。包公看了,果然有些仿佛包兴,把惊堂木一拍道:"庞光,你把假冒包兴情由诉上来!"庞光道:"并无此事吓。庞明是喝醉了,满口里胡说。"包公叫提武吉祥上堂,当面认来。武吉祥见了庞光道:"合小人在饭铺说话的正是此人。"庞光听了,心下慌张。包公吩咐拉下去,重打二十大板。打的他叫苦连天,不能不说。便将庞吉与孙荣、廖天成在书房如何定计,"恐包三公子不应,故此叫小人假扮包兴,告诉三公子只管应承,自有相爷解救。别的,小人一概不知。"包公叫他画了供,同武吉祥一并寄监,俟参奏下来再行释放。庞明无事,叫他去了。

包公仍来至书房,将此事也叙入摺内。定了武吉祥御刑处死:"至于庞吉与孙荣、廖天成私定阴谋,拦截钦犯,传递私信,皆属挟私陷害,臣不敢妄拟罪名,仰乞圣聪明示,睿鉴施行。"此本一上,仁宗看毕,心中十分不悦。即明发上谕:"庞吉屡设奸谋,频施毒计,挟制首相,谗害大臣,理宜贬为庶民,以惩其罪。姑念其在朝有年,身为国戚,着仍加恩赏给太师衔,赏食全俸,不准入朝从政。倘再不知自励,暗生事端,即当从重治罪。孙荣、廖天成阿附庞吉,结成党类,实属不知自爱,俱着降三级调用。馀依议。钦此。"此旨一下,众人无不称快。包公奉旨,用狗头铡将武吉祥正法,庞光释放。赵庆亦着他回去,额外赏银十两。立刻行文到管城县,赵庆仍然在役当差。此事已结,包公便庆寿辰,圣上与太后俱有赏赉。至于众官祝贺,凡送礼者俱是璧回,众官亦多有不敢送者,因知相爷为人忠梗无私。不必细述。过了生辰,即叫三位公子回去。惟有三公子,包公甚是喜爱,叫他回去禀明了祖父、祖母与他父母,仍来开封府,在衙内读书,自己与他改正诗文,就是科考亦甚就近。打发他等去后,办下谢恩摺子,预备明日上朝呈递。

次日入内递摺请安。圣上召见,便问访查的那人如何。包公趁机奏道:"那人虽未拿获,现有他同伙三人自行投到。臣已讯明,他等是陷空岛内卢家庄的五鼠。"圣上听了问道:"何以谓之五鼠?"包公奏道:"是他五个人的绰号:第一盘桅鼠卢方,第二是彻地鼠韩彰,第三是穿山鼠徐庆,第四是混江鼠蒋平,第五是锦毛鼠白玉堂。”圣上听了，喜动天颜，道：“听他们这些绰号，想来就是他们本领了。”包公道：“正是。现今惟有韩彰、白玉堂不知去向，其馀三人俱在臣衙内。”仁宗道：“既如此，卿明日将此三人带进朝内，朕在寿山福海御审。”包公听了，心下早已明白。这是天子要看看他们的本领，故意的以御审为名。若果要御审，又何必单在寿山福海呢？再者，包公为何说盘桅鼠、混江鼠呢？包公为此筹画已久，恐说出“钻天”“翻江”，有犯圣忌，故此改了，这也是怜才的一番苦心。当日早朝已毕，回到开封，将事告诉了卢方等三人，并着展爷与公孙先生等明日俱随入朝，为照应他们三人。又嘱咐了他三人多少言语，无非是敬谨小心而已。

到了次日，卢方等绝早的就披上罪裙罪衣。包公见了，吩咐不必，俟圣旨召见时，再穿不迟。卢方道：“罪民等今日朝见天颜，理宜奉公守法。若临期再穿，未免简慢，不是敬君上之理。”包公点头道：“好，所论极是。若如此，本阁可以不必再嘱咐了。”便上轿入朝。展爷等一群英雄，跟随来至朝房，照应卢方等三人，不时的问问茶水等项。卢方到了此时，惟有低头不语，蒋平也是暗自沉吟，独有愣爷徐庆，东瞧西望，问了这里，又打听那边，连一点安顿气儿也是没有。忽见包兴从那边跑来，口内打哧，又点手儿。展爷已知是圣上过寿山福海那边去了，连忙同定卢方等随着包兴往内里而来。包兴又悄悄嘱咐卢方道：“卢员外不要害怕，圣上要问话时，总要据实陈奏。若问别的，自有相爷代奏。”卢方连连点头。

刚来至寿山福海，只见宫殿楼阁，金碧交辉；宝鼎香烟，氤氲结彩；丹墀之上，文武排班。忽听钟磬之音嘹亮，一对对提炉引着圣上升了宝殿，顷刻肃然寂静。却见包相牙笏上捧定一本，却是卢方等的名字，跪在丹墀。圣上宣至殿上，略问数语，出来了。老伴伴陈林来至丹墀之上道：“旨意带卢方、徐庆、蒋平。”此话刚完，早有御前侍卫，将卢方等一边一个架起胳膊，上了丹墀。任你英雄好汉，到了此时没有不动心的。慢说卢、蒋二人，连浑愣儿的徐庆，他也觉心中乱跳。两边的侍卫又将他等一按，悄悄说道：“跪下。”三人匍匐在地，侍卫往两边一闪。圣上见他等觳觫战栗，不敢抬头。叫卢方抬起头来。卢方秉正向上，仁宗看了，点了点头，暗道：“看他相貌出众，武艺必定超群。”因问道：“居住何方？结义几人？作何生理？”卢方一一奏罢。圣上又问他：“因何投到开封府？”卢方连忙叩首奏道：“罪民因白玉堂年幼无知，惹下滔天大祸，全是罪民素日不能规箴忠告善导，致令酿成此事。惟有仰恳天恩，将罪民重治其罪。”奏罢，叩头碰地。

仁宗见他情甘替白玉堂认罪，真不愧结盟的义气，圣心大悦。忽见那边忠烈祠旗杆上黄旗被风刮的嘟喇喇乱响，又见两旁的飘带有一根却裹住滑车。圣上却借题发挥道：“卢方，你为何叫作盘桅鼠？”卢方奏道：“只因罪民船上篷索断落，罪民曾爬桅结索，因此叫为盘桅鼠，实乃罪民末技。”圣上道：“你看，那旗杆上飘带缠绕不清，你可能够上去解开么？”卢方跪着，扭项一看，奏道：“罪民可以勉力巴结。”圣上命陈林将卢方领下丹墀，脱去罪衣罪裙，来到旗杆之下。他便挽掖衣袖，将身一纵，蹲在夹杆石上，只用手一扶旗杆，两膝一蜷，只听哧哧哧哧，犹如猿猴一般，迅速之极，早已到了挂旗之处。先将绕在旗杆上的解开，只见他用腿盘旗杆，将身形一探，却把滑车上的也就脱落下来。此时，圣上与群臣看的明白，无不喝彩。忽又见他伸开一腿，只用一腿盘住旗杆，将身体一平，双手一伸，却在黄旗一旁又添上了一个顺风旗。众人看了，谁不替他耽惊。忽又用了个拨云探月架式，将左手一甩，将那一条腿早离了杆。这一下，把众人唬了一跳。及至看时，他早用左手单挽旗杆，又使了个单展翅。下面自圣上以下，无不喝彩连声。猛见他把头一低，滴溜溜顺将下来，仿佛失手的一般。却把众人唬着了，齐说："不好！"再一看时，他却从夹杆石上跳将下来，众人方才放心。天子满心欢喜，连声赞道："真不愧'盘桅'二字。"陈林仍带卢方上了丹墀，跪在旁边。

看第二名的叫彻地鼠韩彰，不知去向。圣上即看第三的，名叫穿山鼠徐庆，便问道："徐庆。"徐庆抬起头来，道："有！"他这声答应的极其脆亮。天子把他一看，见他黑漆漆一张面皮，光闪闪两个环睛，卤莽非常，毫无畏惧。

不知仁宗看了问出什么话来，且听下回分解。

第四十九回　金殿试艺三鼠封官　佛门递呈双乌告状

话说天子见那徐庆卤莽非常，因问他如何穿山。徐庆道："只因我……"蒋平在后面悄悄拉他，提拨道："罪民，罪民！"徐庆听了，方说道："我——罪民在陷空岛连钻十八孔，故此人人叫我——罪民穿山鼠。"圣上道："朕这万寿山也有山窟，你可穿得过去么？"徐庆道："只要是通的就钻的过去。"圣上又派了陈林将徐庆领至万寿山下，徐庆脱去罪衣罪裙。陈林嘱咐他道："你只要穿山窟过去，应个景儿即便下来，不要耽延工夫。"徐庆只管答应，谁知他到了半山之间，见个山窟，把身子一顺就不见了，足有两盏茶时不见出来。陈林着急道："徐庆，你往那里去了？"忽见徐庆在南山尖之上应道："唔，俺在这里。"这一声，连圣上与群臣俱各听见了。卢方在一旁跪着暗暗着急，恐圣上见怪。谁知徐庆应了一声又不见了，陈林更自着急。等了多会，方见他从山窟内穿出。陈林连忙点手呼他下来。此时，徐庆已不成模样，浑身青苔，满头尘垢。陈林仍把他带在丹墀，跪在一旁。圣上连连夸奖："果真不愧'穿山'二字。"

又见单上第四名混江鼠蒋平。天子往下一看，见他身材渺小，再搭着匍匐在地，更显猥琐。及至叫他抬起头来，却是面黄肌瘦，形如病夫。仁宗有些不悦，暗想道："看他这光景，如何配称混江鼠呢？"无奈何问道："你既叫混江鼠，想是会水了？"蒋平道："罪民在水间能开目视物，能水中整个月住宿，颇识水性，因此唤作混江鼠。这不过是罪民小巧之技。"仁宗听说"颇识水性"四字，更不喜悦。立刻吩咐备船，叫陈林："进内取朕的金蟾来。"少时，陈伴伴取到。天子命包公细看，只见金漆木桶之中，内有一个三足蟾。宽有三寸按三才，长有五寸遵五行，两个眼睛如琥珀一般,一张大口恰似胭脂,碧绿的身子,雪白的肚儿,更趁着两个金睛圈儿,周身的金点儿,实实好看,真是稀奇之物。包公看了赞道:“真乃奇宝。”天子命陈林带着蒋平上一只小船。却命太监提了木桶,圣上带领首相及诸大臣登在大船之上。此时,陈林看蒋平光景,惟恐他不能捉蟾,悄悄告诉他道:“此蟾乃圣上心爱之物,你若不能捉时,趁早言语。我与你奏明圣上,省得吃罪不起。”蒋平笑道:“公公但请放心,不要多虑。有水靠求借一件。”陈林道:“有,有。”立刻叫小太监拿几件来。蒋平挑了一身极小的,脱了罪衣罪裙,穿上水靠,刚刚合体。只听圣上那边大船上太监手提木桶,道:“蒋平,咱家这就放蟾了。”说罢,将木桶口儿向下,底儿朝上,连蟾带水俱各倒在海内。只见那蟾在水皮之上发愣。陈林这边紧催蒋平:“下去,下去!”蒋平却不动。不多时,那蟾灵性清醒,三足一晃就不见了。蒋平方向船头将身一顺,连个声息也无,也不见了。

天子那边看的真切,暗道:“看他入水势颇有能为,只是金蟾惟恐遗失。”眼睁睁往水中观看,半天不见影响。天子暗说:“不好!朕看他懦弱身躯,如何禁的住在水中许久。别是他捉不住金蟾,畏罪自溺死了罢?这是怎么说!朕为一蟾,要人一命,岂是为君的道理。”正在着急,忽见水中咕嘟嘟翻起泡来。此泡一翻,连众人俱各猜疑了:这必是沉了底儿了。仁宗好生难受。君臣只顾远处观望,未想到船头以前,忽然水上起波,波纹往四下里一开,发了一个极大的圈儿。从当中露出人来,却是面向下,背朝上,真是河漂子一般。圣上看了,不由的一怔。猛见他将腰一拱,仰起头来。却是蒋平在水中跪着,两手上下合拢。将手一张,只听金蟾在掌中呱呱的乱叫。天子大喜道:“岂但颇识水性,竟是水势精通了!真是好混江鼠,不愧其称。”忙吩咐太监,将木桶另注新水。蒋平将金蟾放在里面,跪在水皮上,恭恭敬敬向上叩了三个头。圣上及众人无不夸赞。见他仍然踏水奔至小船,脱了衣靠。陈林更喜,仍把他带往金銮殿来。

此时圣上已回转殿内,宣包公进殿,道:“朕看他等技艺超群,豪侠尚义。国家总以鼓励人材为重,朕欲加封他等职衔,以后也令有本领的各怀向上之心。卿家以为何如?”包公原有此心,恐圣上设疑,不敢启奏,今一闻此旨,连忙跪倒奏道:“圣主神明,天恩浩荡。从此大开进贤之门,实国家之大幸也。”仁宗大悦,立刻传旨,赏了卢方等三人,也是六品校尉之职,俱在开封供职。又传旨,务必访查白玉堂、韩彰二人,不拘时日。包公带领卢方等谢恩。天子驾转回宫。

包公散朝来到衙署,卢方等三人从新又叩谢了包公。包公甚喜,却又谆谆嘱咐:“务要访查二义士、五义士,莫要辜负圣恩。”公孙策与展爷、王、马、张、赵俱各与三人贺喜,独有赵虎心中不乐,暗自思道:“我们辛苦了多年,方才挣得个校尉。如今他三人不发一刀一枪,便也是校尉,竟自与我等为伍。若论卢大哥,他的人品轩昂,为人忠厚,武艺超群,原是好的。就是徐三哥,直直爽爽,就合我赵虎的脾气似的,也还可以。独有那姓蒋的,三分不像人,七分不像鬼,瘦的那个样儿,眼看着成了干儿了,不是筋连着也就散了!他还说动话儿,闹雁儿孤,尖酸刻薄,怎么配与我老赵同堂办事呢?”心中老大不乐。因此,每每聚谈饮酒之间,赵虎独独与蒋平不对，蒋爷毫不介意。他等一壁里访查正事，一壁里彼此聚会，又耽延了一个月的光景。

这一天，包公下朝，忽见两个乌鸦随着轿呱呱乱叫，再不飞去。包公心中有些疑惑。又见有个和尚迎轿跪倒，双手举呈，口呼“冤枉”。包兴接了呈子，随轿进了衙门。包公立刻升堂，将诉呈看毕，把和尚带上来问了一堂。原来此僧名叫法明，为替他师兄法聪辨冤。即刻命将和尚暂带下去，忽听乌鸦又来乱叫。及至退堂来到书房，包兴递了一盏茶，刚然接过，那两个乌鸦又在檐前呱呱乱叫。包公放下茶杯，出书房一看，仍是那两个乌鸦。包公暗暗道：“这乌鸦必有事故。”吩咐李才将江樊、黄茂二人唤进来，李才答应。不多时，二人跟了李才进来，到书房门首。包公就差他二人跟随乌鸦前去，看有何动静。江、黄二人忙跪下禀道：“相爷叫小人跟随乌鸦往那里去？请即示下。”包公一声断喝道：“哇，好狗才，谁许你等多说？派你二人跟随，你便跟去。无论是何地方，但有形迹可疑的即便拿来见我。”说罢，转身进了书房。

江、黄二人彼此对瞧了瞧，不敢多言，只得站起，对乌鸦道：“往那里去？走吓！”可煞作怪，那乌鸦便展翅飞起，出衙去了。二人那敢怠慢，赶出了衙门。却见乌鸦在前，二人不管别的，低头看看脚底下，却又仰面瞧瞧乌鸦，不分高低，没有理会已到城外旷野之地。二人吁吁带喘。江樊道：“好差使眼儿，两条腿跟着带翅儿的跑。”黄茂道：“我可顾不开了。再要跑，我就要暴脱了。你瞧我这浑身汗，全透了。”忽见那边飞了一群乌鸦来，连这两个裹住。江樊道：“不好咧，完了，咱们这两个呀呀儿哟了，好汉打不过人多。”说着话，两个便坐在地下，仰面观瞧。只见左旋右舞，飞腾上下，如何分的出来呢？江、黄二人为难：“这可怎么样呢？”猛听得那边树上呱呱乱叫。江樊立起身来一看，道：“伙计，你在这里呢。好吓，他两个会顽吓，敢则躲在树里藏着呢。”黄茂道：“知道是不是？”江樊道：“咱们叫他一声儿。老鸦吓，该走咧！”只见两个乌鸦飞起，向着二人乱叫，又往南飞去了。江樊道：“真奇怪！”黄茂道：“别管他，咱们且跟他到那里。”二人赶步向前。刚然来至宝善庄，乌鸦却不见了，见有两个穿青衣的，一个大汉，一个后生。江樊猛然省悟道：“伙计，二青吓。”黄茂道：“不错，双皂吓。”

二人说完，尚在犹疑，只见那二人从小路上岔走。大汉在前；后生在后，赶不上大汉，一着急却跌倒了，把靴子脱落了一只，却露出尖尖的金莲来。那大汉看见，转回来身将他扶起，又把靴子拾起叫他穿上。黄茂早赶过来道：“你这汉子，要拐那妇人往那里去？”一伸手就要拿人。那知大汉眼快，反把黄茂腕子拢住往怀里一领，黄茂难以扎挣，便就顺水推舟的趴下了。江樊过来嚷道：“故意的女扮男装，必有事故，反将我们伙计摔倒，你这厮有多大胆？”说罢，才要动手，只见那大汉将手一晃，一展眼间，右胁下就是一拳。江樊往后倒退了几步，身不由己的也就仰面朝天的躺下了。他二人却好，虽则一个趴着，一个躺着，却骂不绝口，又不敢起来合他较量。只听那大汉对后生说：“你顺着小路过去，有一树林，过了树林，就看见庄门了。你告诉庄丁们，叫他等前来绑人。”那后生忙忙顺着小路去了。不多时，果见来了几个庄丁,短棍铁尺,口称:“主管,拿什么人?”大汉用手往地下一指道:“将他二人捆了,带至庄中见员外去。”庄丁听了,一齐上前,捆了就走。绕过树林,果见一个广梁大门。江、黄二人正要探听探听,一直进了庄门,大汉将他二人带至群房道:“我回员外去。”不多时,员外出来,见了公差江樊,只唬得惊疑不止。

不知为了何事,且听下回分解。

第五十回　彻地鼠恩救二公差　白玉堂智偷三件宝

且说那员外迎面见了两个公差,谁知他却认得江樊,连忙吩咐家丁快快松了绑缚,请到里面去坐。你道这员外却是何等样人?他姓林,单名一个春字,也是个不安本分的。当初同江樊他两个人,原是破落户出身,只因林春发了一注外财,便与江樊分手。江樊却又上了开封府当皂隶,暗暗的熬上了差役头目。林春久已听得江樊在开封府当差,就要仍然结识于他。谁知江樊见了相爷秉正除奸,又见展爷等英雄豪侠,心中羡慕,颇有向上之心。他竟改邪归正,将夙日所为之事一想,全然不是在规矩之中,以后总要做好事、当好人才是。不想今日被林春主管雷洪拿来,见了员外却是林春。林春连声“恕罪”,即刻将江樊、黄茂让至待客厅上。献茶已毕,林春欠身道:“实实不知是二位上差,多有得罪。望乞看当初的分上,务求遮盖一二。”江樊道:“你我原是同过患难的,这有什么要紧?但请放心。”说罢执手,别过头来,就要起身,这本是个脱身之计。不想林春更是奸滑油透的,忙拦道:“江贤弟,且不必忙。”便向小童一使眼色。小童连忙端出一个盘子,里面放定四封银子。林春笑道:“些须薄礼,望乞笑纳。”江樊道:“林兄,你这就错了。似这点事儿,有甚要紧,难道用这银子买嘱小弟不成?断难从命。”林春听了,登时放下脸来道:“江樊,你好不知时务。我好意念昔日之情,赏脸给你银两,你竟敢推托。想来你是仗着开封府,藐视于我。好,好!”回头叫声:“雷洪,将他二人吊起来,给我着实拷打。立刻叫他写下字样,再回我知道。”

雷洪即吩咐庄丁捆了二人,带至东院三间屋内。江樊、黄茂也不言语,被庄丁推至东院,甚是宽阔,却有三间屋子,是两明一暗。正中柁上有两个大环,环内有链,链上有钩。从背缚之处伸下钩来钩住腰间丝绦,往上一拉,吊的脚刚离地,前后并无倚靠。雷洪叫庄丁搬个座位坐下,又吩咐庄丁用皮鞭先抽江樊。江樊到了此时,便把当初的泼皮施展出来,骂不绝口。庄丁连抽数下,江樊谈笑自若道:“松小子,你们当家的惯会打算盘,一点荤腥儿也不给你们吃,尽与你们豆腐,吃的你们一点劲儿也没有。你这是打人呢,还是与我去痒痒呢?”雷洪闻听,接过鞭子来,一连抽了几下。江樊道:“还是大小子好。他到底儿给我抓抓痒痒,孝顺孝顺我呀。”雷洪也不理他,又抽了数下。又叫庄丁抽黄茂。黄茂也不言语,闭眼合睛,惟有咬牙忍疼而已。江樊见黄茂捱死打，惟恐他一哼出来就不是劲儿了。他却拿话往这边领着说："你们不必抽他了，他的困大，抽着抽着就睡着了。你们还是孝顺我来罢。"雷洪听了，不觉怒气填胸，向庄丁手内接过皮鞭子来，又打江樊。江樊却是嘻皮笑脸。闹的雷洪无法，只得歇息歇息。

此时日已衔山，将有掌灯时候，只听小童说道："雷大叔，员外叫你老吃饭呢。"雷洪叫庄丁等皆吃饭去，自己出来将门带上，扣了锅儿，同小童去了。这屋内江、黄二人听了听外面寂静无声，黄茂悄悄说道："江大哥，方才要不是你拿话儿领过去，我有点顽不开了。"江樊道："你等着罢，回来他来了，这顿打那才够耿的呢。"黄茂道："这可怎么好呢？"忽见里间屋内一人啼哭，却看不出是什么模样。江樊问道："你是什么人？"那人道："小老儿姓豆，只因同小女上汴梁投亲去，就在前面宝善庄打尖。不想这员外由庄上回来，看见小女，就要抢掠。多亏了一位义士姓韩名彰，救了小老儿父女二人，又赠了五两银子。不料不识路径，竟自走入庄内，却就是这员外庄里。因此被他仍然抢回，将我拘禁在此，尚不知我女儿性命如何？"说着说着就哭了。江、黄二人听了说是韩彰，满心欢喜道："咱们倘能脱了此难，要是找着韩彰，这才是一件美差呢。"

正说至此，忽听钌锅儿一响，将门闪开一缝，却进来了一人。火扇一晃，江、黄二人见他穿着夜行衣靠，一色是青。忽听豆老儿说道："原来是恩公到了。"江、黄听了此言，知是韩彰，忙道："二员外爷，你老快救我们才好。"韩彰道："不要忙。"从背后抽出刀来，将绳索割断，又把铁链钩子摘下，江、黄二人已觉痛快。又放了豆老儿。那豆老儿因捆他的工夫大了，又有了年纪，一时血脉不能周流。韩彰便将他等领出屋来，悄悄道："你们在何处等等，我将林春拿住，交付你二人好去请功。再找找豆老的女儿在何处。只是这院内并无藏身之所，你们在何处等呢？"忽见西墙下有个极大的马槽扣在那里，韩彰道："有了，你们就藏在马槽之下如何呢？"江樊道："叫他二人藏在里面罢，我是闷不惯的。我一人好找地方，另藏在别处罢。"说着就将马槽一头掀起，黄茂与豆老儿跑进去，仍然扣好。

二义士却从后面上房，见各屋内灯光明亮，他却伏在檐前往下细听。有一个婆子说道："安人，你这一片好心，每日烧香念佛的，只保佑员外平安无事罢。"安人道："但愿如此。只是再也劝不过来的，今日又抢了一个女子来，还锁在那边屋里呢，不知又是什么主意？"婆子道："今日不顾那女子了。"韩爷暗喜："幸而女子尚未失身。"又听婆子道："还有一宗事最恶呢！原来咱们庄南有个锡匠，叫什么季广，他的女人倪氏，合咱们员外不大清楚。只因锡匠病才好了，咱们员外就叫主管雷洪定下一计策，叫倪氏告诉他男人，说他病时曾许下在宝珠寺烧香。这寺中有个后院子，是一块空地，并丘着一口棺材，墙却倒塌不整。咱们雷洪就在那里等他。"安人问道："等他做什么？"婆子道："这就是他们定的计策。那倪氏烧完了香，就要上后院子小解，解下裙子来搭在丘子上，及至小解完了就不见了，因此他就回了家了。到了半夜，有人敲门嚷道：'送裙子来了。'倪氏叫他男人出去，就被人割了头去了。这倪氏就告到祥符县，说庙内昨日失去裙子，夜间夫主就被人杀了。县官听罢，就疑惑庙内和尚身上,即派人前去搜寻。却于庙内后院丘子旁边,见有浮土一堆,刨开看时,就是那条裙子包着季广的脑袋呢。差人就把本庙的和尚法聪拿了去了。用酷刑审问,他如何能招呢?谁知法聪有个师弟名叫法明,募化回来听见此事,他却在开封府告了。咱们员外听见此信,恐怕开封问事利害,万一露出马脚来不大稳便。因此,又叫雷洪拿了青衣小帽,叫倪氏改装藏在咱们家里,就在东跨所,听说今晚成亲。你老人家想想,这是什么事?平白无故的生出这等毒计!"

韩爷听毕,便绕至东跨所,轻轻落下。只听屋内说道:"那开封府断事如神,你若到了那里,三言两语包管露出马脚来,那还了得。如今这个法子,谁想的到你在这里呢?这才是万年无忧呢。"妇人说道:"就只一宗,我今日来时,遇见两个公差,偏偏的又把靴子掉了,露出脚来。喜的好在拿住了,千万别要把他们放走了。"林春道:"我已告诉雷洪,三更时把他们结果了就完了。"妇人道:"若如此,事情才得干净呢。"韩二爷听至此,不由气往上撞,暗道:"好恶贼!"却用手轻轻的掀起帘栊,来至堂屋之内。见那边放着软帘,走至跟前,猛然的将帘一掀,口中说道:"嚷就是一刀!"却把刀一晃,满屋明亮。林春这一唬不小,见来人身量高大,穿着一身青靠,手持明亮亮的刀,借灯光一照,更觉难看,便跪倒哀告道:"大王爷饶命!若用银两,我去取去。"韩彰道:"俺自会取,何用你去!且先把你捆了再说。"见他穿着短衣,一回头看见丝绦放在那里,就一伸手拿过来,将刀咬在口中,用手将他捆了个结实。又见有一条绢子,叫林春张开口,给他塞上。再看那妇人时,已经哆嗦在一堆。顺手提将过来,却把拴帐钩的绦子割下来,将妇人捆了。又割下一副飘带,将妇人的口也塞上。正要回身出来找江樊等,忽听一声嚷,却是雷洪到东院持刀杀人去了,不见江、黄、豆老,连忙呼唤庄丁搜寻,却在马槽下搜出黄茂、豆老,独独不见了江樊,只得来禀员外。韩爷早迎至院中,劈面就是一刀。雷洪眼快,用手中刀尽力一磕,几乎把韩爷的刀磕飞。韩爷暗道:"好力量!"二人往来多时,韩爷技艺虽强,吃亏了力软;雷洪的本领不济,便宜力大,所谓"一力降十会"。韩爷看看不敌,猛见一块石头飞来,正打在雷洪的脖项之上,不由的向前一栽。韩爷手快,反背就是一刀背,打在脊梁骨上。这两下才把小子闹了个嘴吃屎。韩爷刚要上前,忽听道:"二员外不必动手,待我来。"却是江樊,上前将雷洪捆了。

原来江樊见雷洪呼唤庄丁搜查,他却隐在黑暗之处。后见拿了黄茂、豆老,雷洪吩咐庄丁:"好生看守,待我回员外去。"雷洪前脚走,江樊却后边暗暗跟随。因无兵刃,走着随便拣了一块石头儿,在手内拿着。可巧遇韩爷同雷洪交手,他却暗打一石,不想就在此石上成功。韩爷又搜出豆女,交付与林春之妻,吩咐候案完结时,好叫豆老儿领去。复又放了黄茂、豆老。江樊等又求韩爷护送,便把窃听设计谋害季广,法聪含冤之事一一叙说明白。江樊又说:"求二员外亲至开封府去。"并言卢方等已然受职。韩爷听了却不言语,转眼之间就不见了。江、黄二人却无奈何,只得押解二人来到开封。把二义士解救,以及拿获林春、倪氏、雷洪,并韩彰说的谋害季广,法聪冤枉之事,俱各禀明了。

包公先差人到祥符县提法聪到案,然后立刻升堂带上林春、倪氏、雷洪等一干人犯，严加审讯。他三人皆知包公断事如神，俱各一一招认。包公命他们俱画招具结收禁，按例定罪。仍派江樊、黄茂带了豆老儿到宝善庄，将他女儿交代明白，投亲去罢。及至法聪提到，又把原告法明带上堂来，问他等乌鸦之事。二人发怔，想了多时，方才想起。原来这两个乌鸦是宝珠寺庙内槐树上的，因被风雨吹落，两个雏鸦将翎摔伤。多亏法聪好好装在筐箩内将养，任其飞腾自去，不意竟有鸣冤之事。包公听了点头，将他二人释放无事。

此案已结，包公来到书房，用毕晚饭，将有初鼓之际，江、黄二人从宝善庄回来，将带领豆老儿将他女儿交代明白的话回了一遍。包公念他二人勤劳辛苦，每人赏银二十两。二人叩谢，一齐立起。刚要转身，又听包公唤道："转来。"二人连忙止步，向上侍立。包公又细细询问韩彰，二人从新细禀一番，方才出来。包公细想："韩彰不肯来之事，是何缘故？并且告诉他卢方等圣上并不加罪，已皆受职。他听了此言，应当有向上之心，如何又隐密而不来呢？"猛然省悟道："哦，是了，是了。他因白玉堂未来，他是绝不肯先来的。"正在思索之际，忽听院内"拍"的一声，不知是何物落下。包兴连忙出去，却拾进一个纸包儿来，上写着"急速拆阅"四字。包公看了，以为必是匿名帖子，或是其中别有隐情。拆阅看时，里面包一个石子，有个字柬儿上面写着："我今特来借三宝，暂且携归陷空岛。南侠若到卢家庄，管叫'御猫'跑不了。"包公看罢，便叫包兴前去看视三宝，又令李才请展护卫来。不多时展爷来至书房，包公即将字柬与展爷看了。展爷忙问道："相爷可曾差人看三宝去了没有？"包公道："已差包兴看视去了。"展爷不胜惊骇道："相爷中了他拍门投石问路之计了。"包公问道："何以谓之投石问路呢？"展爷道："这来人本不知三宝在于何处，故写此字，令人设疑。若不使人看视，他却无法可施；如今已差人看视，这是领了他去了。此三宝必失无疑了。"正说至此，忽听那边一片声喧，展爷吃了一惊。

不知所嚷为何，且听下回分解。

第五十一回　寻猛虎双雄陷深坑　获凶徒三贼归平县

且说包公正与展爷议论石子来由，忽听一片声喧，乃是西耳房走了水了。展爷连忙赶至那里，早已听见有人嚷道："房上有人！"展爷借火光一看，果然房上站立一人。连忙用手一指，放出一枝袖箭。只听噗哧一声，展爷道："不好，又中了计了。"一眼却瞧见包兴在那里张罗救火，急忙问道："印官看视三宝如何？"包兴道："方才看了，丝毫没动。"展爷道："你再看看去。"正说间，三义、四勇俱各到了。此时，耳房之火已然扑灭。原是前面窗户纸引着，无甚要紧。只见包兴慌张跑来，说道："三宝真是失去不见了！"展爷即飞身上房。卢方等闻听，亦皆上房。四个人四下搜寻，并无影响。下面却是王、马、张、赵前后稽查，也无下落。展爷与卢爷等仍从房上回来，却见方才用箭射的乃是一个皮人子，脚上用鸡爪钉扣定瓦垄，原是吹膨了的，因用袖箭打透冒了风，也就摊在房上了。愣爷徐庆看了道："这是老五的。"蒋爷捏了他一把。展爷却不言语，卢方听了好生难受，暗道："五弟做事太阴毒了。你知我等现在开封府，你却盗去三宝，叫我等如何见相爷？如何对的起众位朋友？"他那里知道相爷处还有个知照帖儿呢。

四人下得房来，一同来至书房。此时，包兴已回禀包公，说三宝失去。包公叫他不用声张。却好见众人进来参见包公，俱各认罪。包公道："此事原是我派人瞧的不好了，况且三宝亦非急需之物，有甚稀罕。你等莫要声张，俟明日慢慢访查便了。"众英雄见相爷毫不介意，只得退出。来到公所之内，依卢方还要前去追赶，蒋平道："知道五弟向何方而去，不是望风扑影么？"展爷道："五弟回了陷空岛了。"卢方问道："何以知之？"展爷道："他回明了相爷，还要约小弟前去，故此知之。"便把方才字柬上的言语念出。卢方听了好不难受，惭愧满面，半晌道："五弟做事太任性了，这还了得！还是我等赶了他去为是。"展爷知道卢方乃是忠厚热肠，忙拦道："大哥是断断去不得的。"卢方道："却是为何？"展爷道："请问大哥，赶上五弟，合五弟要三宝不要？"卢方道："焉有不要之理。"展爷道："却又来。合他要，他给了便罢，他若不给，难道真个翻脸拒捕，从此就义断情绝了么？我想此事还是小弟去的是理。"蒋平道："展兄，你去了恐有些不妥，五弟他不是好惹的。"展爷听了不悦道："难道陷空岛是龙潭虎穴不成？"蒋平道："虽不是龙潭虎穴，只是五弟作事令人难测，阴毒得很。他这一去，必要设下埋伏。一来陷空岛大哥路径不熟，二来知道他设下什么圈套？莫若小弟明日回禀了相爷，先找我二哥。我二哥若来了，还是我等回至陷空岛将他稳住，做为内应，大哥再去，方是万全之策。"展爷听了，才待开言，只听公孙策道："四弟言之有理，展大哥莫要辜负四弟一番好意。"展爷见公孙先生如此说，只得将话咽住，不肯往下说了，惟有心中暗暗不平而已。

到了次日，蒋平见了相爷，回明要找韩彰去。并因赵虎每每有不合之意，要同张龙、赵虎同去。包公听说要找韩彰，甚合心意，因问向何方去找。蒋平回道："就在平县翠云峰。因韩彰的母亲坟墓在此峰下，年年韩彰必于此时拜扫，故此要到那里寻找一番。"包公甚喜，就叫张、赵二人同往。张龙却无可说，独有赵虎一路上合蒋平闹了好些闲话。蒋爷只是不理，张龙在中间劝阻。这一日打尖吃饭，刚然坐下，赵虎就说："咱们同桌儿吃饭，各自会钱，谁也不必扰谁。你道好么？"蒋爷笑道："很好，如此方无拘束。"因此各自要的各自吃，我也不吃你的，你也不吃我的。幸亏张龙惟恐蒋平脸上下不来，反在其中周旋打和儿。赵虎还要说闲话，蒋爷止于笑笑而已。及至吃完，堂官算帐，赵虎务必要分算。张龙道："且自算算，柜上再分去。"到柜上问时，柜上说蒋老爷已然都给了。却是跟蒋老爷的伴当，进门时就把银包交付柜上，说明了如有人问，就说蒋老爷给了。天天如此，张龙好觉过意不去。蒋平一路上听闲话，受作践，不一而足。

好容易到了翠云峰，半山之上有个灵佑寺。蒋爷却认得庙内和尚，因问道："韩爷来了没有？"和尚答道："却未到此扫墓。"蒋平听了满心欢喜，以为必遇韩彰无疑，就与张、赵二人商议在此庙内居住等候。赵虎前后看了一回，见云堂宽阔豁亮，就叫伴当将行李安放在云堂，同张龙住了。蒋平就在和尚屋内同居。偏偏的庙内和尚俱各吃素，赵虎他却耐不得，向庙内借了碗盏家伙，自己起灶，叫伴当打酒买肉，合心配口而食。

伴当这日提了竹筐，拿了银两下山去了。不多时，却又转来。赵虎见他空手回来，不觉发怒道："你这厮向何方去了多时，酒肉尚未买来？"抡拳就要打。伴当连忙往后一退，道："小人有事回爷。"张龙道："贤弟，且容他说。"赵虎掣回拳来道："快讲！说不是我再打。"伴当道："小人方才下山，走到松林之内，见一人在那里上吊。见了是救吓是不救呢？"赵虎说："那还用问吗？快些救去，救去！"伴当道："小人已救下来，将他带了来了。"赵虎笑道："好小子！这才是。快买酒肉去罢。"伴当道："小人还有话回呢。"赵虎道："好唠叨，还说什么？"张龙道："贤弟，且叫他说明再买不迟。"赵虎道："快，快，快。"伴当道："小人问他为何上吊，他就哭了。他说他叫包旺。"赵虎听了，连忙站起身来，急问道："叫什么？"伴当道："叫包旺。"赵虎道："包旺怎么样？讲，讲，讲！"伴当说："他奉了太老爷、太夫人、大老爷、大夫人之命，特送三公子上开封府衙内攻书，昨晚就在山下前面客店之中住下。因月色颇好，出来玩赏。行至松林，猛然出来了一只猛虎，就把他相公背了走了。"赵虎听至此，不由怪叫吆喝道："这还了得！这便怎么处？"张龙道："贤弟不必着急，其中似有可疑。既是猛虎，为何不用口衔呢，却背了他去了？这个光景必然有诈。"叫伴当将包旺快让进来。

不多时，伴当领进。赵虎一看，果是包旺。彼此见了，让座道受惊。包旺因前次在开封府见过张、赵二人，略为谦让，即便坐了。张、赵又细细盘问了一番，果是虎背了去了。此时包旺便道："自开封回家，一路平安。因相爷喜爱三公子，禀明太老爷、太夫人、大老爷、大夫人，就命我护送赴署。不想昨晚住在山下店里，公子要踏月。走至松林，出来一只猛虎，把公子背了去。我今日寻找一天，并无下落，因此要寻自尽。"说罢痛哭。张、赵二人听毕，果是虎会背人，事有可疑。他二人便商议，晚间在松林搜寻，倘然拿获，就可以问出公子的下落来了。此时，伴当已将酒肉买来，收拾妥当。叫包旺且免愁烦，他三人一处吃毕饭。赵虎喝的醉醺醺的就要走，张龙道："你我也须装束伶便，各带兵刃。倘然真有猛虎，也可除此一方之害。咱们这个样儿如何与虎斗呢？"说罢，脱去外面衣服，将褡包勒紧。赵虎也就扎缚停当，各持了利刀，叫包旺同伴当在此等候。

他二人下了山峰，来到松林之下。趁着月色，赵虎大呼小叫道："虎在那里？虎在那里？"左一刀，右一晃，乱砍乱晃。忽见那边树上跳下二人，咕噜噜的就往西飞跑。原来有二人在树上隐藏，远远见张、赵二人奔入林中，手持利刀，口中乱嚷虎在那里，又见明亮亮的钢刀在月光之下一闪一闪，光芒冷促。这两个人害怕，暗中计较道："莫若如此如此，这般这般。"因此跳下树来，往西飞跑。张、赵二人见了，紧紧追来。

却见前面有破屋二间，墙垣倒塌，二人奔入屋内去了。张、赵亦随后追来。愣爷不管好歹，也就进了屋内。又无门窗，户壁四角俱空，那里有个人影。赵虎道："怪呀，明明进了屋子，为何不见了呢？莫不是见了鬼咧！或者是什么妖怪？岂有此理！"东瞧西望，一步凑巧，忽听哗啷一声，蹲下身一摸，却是一个大铁环，钉在木板子上边。张龙亦进屋内，觉得脚下咕咚咕咚的响，就有些疑惑。忽听赵虎说："有了，他藏在这下边呢！"张龙说："贤弟如何知道？"赵虎说："我揪住铁环了。"张龙道："贤弟千万莫揭此板。你就在此看守，我回到庙内将伴当等唤来，多拿火亮，岂不拿个稳当的。"赵虎却耐烦不得道："两个毛贼，有什要紧？且自看看再做道理。"说罢一提铁环，将板掀起，里面黑洞洞任什么看不见。用刀往下一试探，却是土基台阶："哼，里面必有蹊跷，待俺下去。"张龙道："贤弟且慢。"此话未完，赵虎已然下去。张龙惟恐有失，也就跟将下去。谁知下面台阶狭窄而直，赵爷势猛，两脚收不住，咕碌碌竟自滚下去了。口内连说："不好！不好！"里面的二人早已备下绳索，见赵虎滚下来，那肯容情，两人伏侍一个人，登时捆了个结实。张爷在上面听见赵虎连说："不好不好"，不知何故，一时不得主意，心内一慌，脚下一跐，也就溜下去了。里面二人早已等候，又把张爷捆缚起来。

这且不言。再说包旺在庙内，自从张、赵二人去后，他方细细问明伴当，原来还有蒋平，他三人是奉相爷之命，前来访查韩二爷的。因问："蒋爷现在那里？"伴当便将赵爷与蒋爷不睦，一路上把蒋爷欺侮苦咧，到此还不肯同住。幸亏蒋爷有涵容，全不计较，故此自己在和尚屋内住了。包旺听了，心下明白。直等到天有三更，未见张、赵回来，不由满腹狐疑，对伴当说："你看已交半夜，张、赵二位还不回来，其中恐有差池。莫若你等随我同见蒋爷去。"伴当也因夜深不得主意，即领了包旺来见蒋爷。此时蒋平已然歇息，忽听说包旺来到，又听张、赵二人捉虎未回，连忙起来细问一番，方知他二人初鼓已去。自思："他二人此来，原是我在相爷跟前撺掇。如今他二人若有失闪，我却如何复命呢？"忙忙束缚伶便，背后插了三棱鹅眉刺，吩咐伴当等："好生看守行李，千万不准去寻我等。"

别了包旺，来至庙外，一纵身先步上高峰峻岭。见月光皎洁，山色晶莹，万籁无声，四围静寂。蒋爷侧耳留神，隐隐闻得西北上犬声乱吠，必有村庄。连忙下了山峰，按定方向奔去，果是小小村庄。自己蹑足潜踪，遮遮掩掩，留神细看。见一家门首站立二人，他却隐在一棵大树之后。忽听门开处，里面走出一人道："二位贤弟，黄夜至此何干？"只听那二人道："小弟等在地窖子里拿了二人，问他却是开封府的校尉。我等听了不得主意，是放好还是不放好呢？故此特来请示大哥。"又听那人说："嗳呀，竟有这等事！那是断断放不得的。莫若你二人回去将他等结果，急速回来，咱三人远走高飞，趁早儿离开此地要紧。"二人道："既如此，大哥就归着行李，我们先办了那宗事去。"说罢，回身竟奔东南，蒋泽长却暗暗跟随，二人慌慌张张的竟奔破房前来。

此时蒋爷从背后拔出钢刺，见前面的已进破墙，他却紧赶一步，照着后头走的这一个人的肩窝就是一刺，往怀里一带。那人站不稳，跌倒在地，一时挣扎不起。蒋爷却又蹿入墙内，只听前面的问道："外面什么咕咚一响？"话未说完，好蒋平，钢刺已到。躲不及，右胁上已然着重，"嗳"的一声翻斤斗栽倒。蒋爷赶上一步，就势按倒，解他腰带，三环五扣的捆了一回。又到墙外，见那一人方才起来就要跑。真好泽长！赶上前，窝里炮踢倒，也就捆缚好了，将他一提，提到破屋之内。事有凑巧，脚却扫着铁环。又听得空洞之中似有板盖，即用手提环掀起木板，先将这个往下一扔，侧耳一听，只听咕噜咕噜的落在里面，摔的"嗳呀"一声。蒋爷又听无什动静，方用钢刺试步而下。到了里面一看，却有一间屋子大小，是一个瓮洞窖儿，那壁厢点着一个灯挂子。再一看时，见张、赵二人捆在那里。张龙羞见，却一言不发。赵虎却嚷道："蒋四哥，你来的正好，快快救我二人吓！"蒋平却不理他。把那人一提，用钢刺一指问道："你叫何名，共有几人，快说！"那人道："小人叫刘豸，上面那个叫刘獬，方才邓家洼那一个叫武平安，原是我们三个。"蒋爷又问道："昨晚你等假扮猛虎背去的人呢？放在哪里？"刘豸道："那是武平安背去的，小人们不知。就知昨晚上他亲姐姐死了，我们帮着抬埋的。"蒋平问明此事，只听那边赵虎嚷道："蒋四哥，小弟从此知道你是个好的了。我们两个人没有拿住一个，你一个人拿住二名。四哥敢则真有本事，我老赵佩服你了。"蒋平就过来将他二人放起，张、赵二人谢了。蒋平道："莫谢，莫谢，还得上邓家洼呢，二位老弟随我来。"三人出了地窖，又将刘獬提起，也扔在地窖之内，将板盖又压上一块石头。

蒋平在前，张、赵在后，来至邓家洼。蒋平指与门户，悄悄说："我先进去，然后二位老弟叩门，两下一挤，没他的跑儿。"说着一纵身体，一股黑烟进了墙头，连个声息也无，赵虎暗暗夸奖。张龙此时在外叩门，只听里面应道："来了。"门未开时就问："二位可将那二人结果了？"及至开门时，赵虎道："结果了！"披胸就是一把，揪了个结实。武平安刚要挣扎，只觉背后一人揪住头发，他那里还能支持，立时缚住。三人又搜寻一遍，连个人影也无，惟有小小包裹放在那里。赵虎说："别管他，且拿他娘的。"蒋爷道："问他三公子现在何处？"武平安说："已逃走了。"赵虎就要用拳来打。蒋爷拦住道："贤弟，此处也不是审他的地方，先押着他走。"三人押定武平安到了破屋，又将刘豸、刘獬从地窖里提出，往回里便走。来至松林之内，天已微明，却见跟张、赵的伴当寻下山来，便叫他们好好押解，一同来至庙中，约了包旺，竟赴平县而来。

谁知县尹已坐早堂，为宋乡宦失盗之案。因有主管宋升，声言窝主是学究方善先生，因有金镯为证。正在那里审问方善一案，忽见门上进来禀道："今有开封府包相爷差人到了。"县尹不知何事，一面吩咐快请，一面先将方善收监。这里才吩咐，已见四人到了面前。县官刚然站起，只听有一矮胖之人说道："好县官吓！你为一方之主，竟敢纵虎伤人，并且伤的是包相爷的侄男。我看你这纱帽是要带不牢的了。"县官听了发怔，却不明白此话，只得道："众位既奉相爷钧谕前来，有话请坐下慢慢的讲。"吩咐看座。坐了，包旺先将奉命送公子赴开封，路上如何住宿，因步月如何遇虎，将公子背去的话说了一遍。蒋爷又将拿获武平安、刘豸、刘獬的话说了一遍，并言俱已解到。

县官听得已将凶犯拿获，暗暗欢喜，立刻吩咐带上堂来，先问武平安将三公子藏于何处。武平安道:"只因那晚无心中背了一个人来,回到邓家洼小人的姐姐家中,此人却是包相爷的三公子包世荣。小人与他有杀兄之仇,因包相审问假公子一案,将小人胞兄武吉祥用狗头铡铡死。小人意欲将三公子与胞兄祭灵……"赵虎听至此,站起来举手就要打,亏了蒋爷拦住。又听武平安道:"不想小人出去打酒买纸锞的工夫,小人姐姐就把三公子放他逃走了。"赵爷听至此,又哈哈的大笑说:"放得好!放得好!底下怎么样呢?"武平安道:"我姐姐叫我外甥邓九如找我说:'三公子逃走了。'小人一闻此言急急回家,谁知我姐姐竟自上了吊死咧。小人无奈,烦人将我姐姐掩埋了。偏偏的我外甥邓九如,他也就死了。"

未知如何,且听下回分解。

第五十二回 感恩情许婚方老丈 投书信多亏宁婆娘

且说蒋平等来至平县,县官立刻审问武平安。武平安说他姐姐因私放了三公子后,竟自自缢身死。众人听了,已觉可惜。忽又听说他外甥邓九如也死了,更觉诧异。县官问道:"邓九如多大了?"武平安说:"今年才交七岁。"县官说:"他小小年纪如何也死了呢?"武平安道:"只因埋了他母亲之后,他苦苦的合小人要他妈。小人一时性起,就将他踢了一顿脚,他就死在山洼子里咧。"赵虎听至此,登时怒气填胸,站将起来,就把武平安尽力踢了几脚,踢的他满地打滚。还是蒋、张二人劝住。又问了问刘豸、刘獬,也就招认因贫起见,就帮着武平安每夜行劫度日。俱供是实,一齐寄监。县官又向蒋平等商议了一番,惟有赶急访查三公子下落要紧。

你道这三公子逃脱何方去了?他却奔至一家,正是学究方善,乃是一个饱学的寒儒。家中并无多少房屋,只是上房三间,却是方先生同女儿玉芝小姐居住,外有厢房三间做书房。那包世荣投到他家,就在这屋内居住。只因他年幼书生,自小娇生惯养,那里受的这样辛苦,又如此惊唬,一时之间就染起病来。多亏了方先生精心调理,方觉好些。一日,方善上街给公子打药,在路上拾了一只金镯,看了看,拿至银铺内去瞧成色,恰被宋升看见,讹作窝家,扭至县内,已成讼案。即有人送了信来,玉芝小姐一听他爹爹遭了官司,那里还有主意咧,便哭哭啼啼。家中又无别人,幸喜有个老街坊,是个婆子,姓宁,为人正直爽快,爱说爱笑,人人皆称他为宁妈妈。这妈妈听见此事,有些不平,连忙来到方家。见玉芝已哭成泪人相似,宁妈妈好生不忍。玉芝一见如亲人一般,就央求他到监中看视。那妈妈满口应承,即到了平县。

谁知那些衙役快头俱与他熟识,众人一见,彼此顽顽笑笑,嗷嗷呕呕,便领他到监中看视。见了方先生,又向众人说些浮情照应的话,并问官府审的如何。方先生说:"自从到时,刚要过堂,不想为什么包相爷的侄儿一事,故此未审。此时县官竟为此事为难，无暇及此。"方善又问了问女儿玉芝，就从袖中取出一封字柬，递与宁妈妈道："我有一事相求。只因我家外厢房中住着个荣相公，名唤世宝。我见他相貌非凡，品行出众，而且又是读书之人，堪与我女儿配偶，求妈妈玉成其事。"宁婆道："先生现遇此事，何必忙在此一时呢？"方善道："妈妈不知，我家中并无多馀的房屋，而且又无仆妇丫鬟，使怨女旷夫未免有瓜田李下之嫌疑。莫若把此事说定了，他与我有翁婿之谊，玉芝与他有夫妻之分，他也可以照料我家中，别人也就无的说了。我的主意已定，只求妈妈将此封字柬与相公看了。倘若不允，就将我一番苦心向他说明，他再无不应之理。全仗妈妈玉成。"宁妈妈道："先生只管放心，谅我这张口，说了此事必应。"方善又嘱托家中照料，宁婆一一应允，急忙回来。

见了玉芝，先告诉他先生在监无事，又悄悄告诉他许婚之意，"现有书信在此，说这荣相公人品学问俱是好的，也活该是千里婚姻一线牵。"那玉芝小姐见有父命，也就不言语了。婆婆问道："这荣相公在书房里么？"玉芝无奈答道："现在书房。因染病才好，尚未痊愈。"妈妈说："待我看看去。"来到厢房门口，故意高声问道："荣相公在屋里么？"只听里面应道："小生在此，不知外面何人？请进屋内来坐。"妈妈来至屋内一看，见相公伏枕而卧，虽是病容，果然清秀，便道："老身姓宁，乃是方先生的近邻。因玉芝小姐求老身往监中探望他父亲，方先生却托我带了一个字柬给相公看看。"说罢，从袖中取出递过。三公子拆开看毕，说道："这如何使得？我受方恩公莫大之恩，尚未答报，如何赶他遇事，却又定他的女儿？这事难以从命。况且又无父母之命，如何敢做？"宁婆道："相公这话就说差了。此事原非相公本心，却是出于方先生之意。再者他因家下无人，男女不便，有瓜李之嫌，是以托老身多多致意。相公既说受他莫大之恩，何妨应允了此事，再商量着救方先生呢。"三公子一想："难得方老先生这番好心，而且又名分攸关，倒是应了的是。"

宁婆见三公子沉吟，知他有些允意，又道："相公不必犹疑，这玉芝小姐谅相公也未见过，真是生的端庄美貌，赛画是的，而且贤德过人。又兼诗词歌赋无不通晓，皆是跟他父亲学的，至于女工针黹，更是精巧非常。相公若是允了，真是天配良缘咧。"三公子道："多承妈妈劳心，小生应下就是了。"宁婆道："相公既然应允，大小有点聘定，老身明日也好回复先生去。"三公子道："聘礼尽有，只是遇难奔逃，不曾带在身边，这便怎么处？"宁婆婆道："相公不必为难，只要相公拿定主意，不可食言就是了。"三公子道："丈夫一言既出，如白染皂，何况受方夫子莫大之恩呢。"宁婆道："相公实在说的不错。俗语说的好：'知恩不报恩，枉为世上人。'再者女婿有半子之情，想个什么法子救救方先生才好呢？"三公子说："若要救方夫子，极其容易。只是小生病体甫愈，不能到县。若要寄一封书信，又怕无人敢递去，事在两难。"宁妈妈说："相公若肯寄信，待老身与你送去如何？就是怕你的信不中用。"三公子说："妈妈只管放心，你要敢送这书信，到了县内，叫他开中门，要见县官面为投递。他若不开中门，县官不见，千万不可将此书信落于别人之手。妈妈你可敢去么？"宁妈妈说："这有什么呢，只要相公的书信灵应，我可怕怎的？待我取笔砚来，相公就写起来。"说着话，便向那边桌上拿了笔砚，又在那书夹子里取了个封套笺纸，递与三公子。三公子拈笔在手，只觉得手颤，再也写不下去。宁妈妈说："相公素日喝冷酒吗？"三公子说："妈妈有所不知，我病了两天，水米不曾进，心内空虚，如何提的起笔来。必须要进些饮食方可写，不然我实实写不来的。"宁婆道："既如此，我做一碗汤来，喝了再写如何？"公子道："多谢妈妈。"

宁婆离了书房，来至玉芝小姐屋内，将话一一说了，"只是公子手颤，不能写字，须进些羹汤，喝了好写。"玉芝听了此话，暗道："要开中门，见官府亲手接信，必有来历。"忙与宁婆商议，又无荤腥，只得做碗素面汤，滴上点香油儿。宁婆端至书房，向公子道："汤来了。"公子挣扎起来，已觉香味扑鼻，连忙喝了两口说："很好！"及至将汤喝完，两鬓额角已见汗，登时神清气爽。略略歇息，提笔一挥而就。宁妈妈见三公子写信不加思索，迅速之极，满心欢喜，说道："相公写完了，念与我听。"三公子说："是念不得的，恐被人窃听了去，走漏风声，那还了得。"

宁妈妈是个精明老练之人，不戴头巾的男子，惟恐书中有了舛错，自己到了县内是要吃眼前亏的。他便搭讪着，袖了书信，悄悄的拿到玉芝屋内，叫小姐看了。不由暗暗欢喜，深服爹爹眼力不差。便把不是荣相公，却是包公子，他将名字颠倒瞒人耳目，以防被人陷害的话说了，"如今他这书上写着，奉相爷谕进京，不想行至松林，遭遇凶事，险些被害等情。妈妈只管前去投递，是不妨事的。这书上还要县官的轿子接他呢。"婆子听了，乐的两手拍不到一块，急急来至书房，先见了三公子，请罪道："婆子实在不知是贵公子，多有简慢，望乞公子爷恕罪。"三公子说："妈妈悄言，千万不要声张。"宁婆道："公子爷放心，这院子内一个外人没有，再也没人听见。求公子将书信封妥，待婆子好去投递。"三公子这里封信，宁妈妈他便出去了。不多时，只见他打扮的齐整，虽无绫罗缎匹，却也干净朴素。三公子将书信递与他，他仿佛奉圣旨的一般，打开衫子，揣在贴身胸前主腰子里。临行，又向公子福了一福，方才出门，竟奔平县而来。

刚进衙内，只见从班房里出来了一人，见宁婆道："呀，老宁，你这个样怎么来了？别是又要找个主儿罢？"宁婆道："你不要胡说，我问你，今儿个谁的班？"那人道："今个是魏头儿。"一壁说着，叫道："魏头儿，有人找你！这个可是熟人。"早见魏头儿出来，宁婆道："原来是老舅该班呢吗，辛苦咧！没有什么说的，好兄弟，姐姐劳动劳动你。"魏头儿说："又是什么事？昨日进监探老方，许了我们一个酒儿还没给我喝呢，今日又怎么来了？"宁婆道："口子大小总要缝，事情也要办。姐姐今儿来，特为此一封书信，可是要觌面见你们官府的。"魏头儿听了道："嗳呀，你越闹越大咧！衙门里递书信或者使得，我们官府也是你轻易见得的？你别给我闹乱儿了，这可比不得昨日是私情儿。"宁婆道："傻兄弟，姐姐是做什么的？当见的我才见呢，横竖不能叫你受热。"魏头儿道："你只管这们说，我总有点不放心。倘或闹出乱子，那可不是顽的。"旁边有一人说："老魏吓，你特胆小咧。他既这们说，想来有拿手，是当见的，你只管回去。老宁不是外人，回来可得喝你个酒儿。"宁婆道："有咧，姐姐请你二人。"

说话间，魏头儿已回禀了出来道："走罢，官府叫你呢。"宁婆道："老舅，你还得辛苦辛苦。这封信，本人交与我时，叫我告诉衙内，不开中门不许投递。”魏老儿听了，将头一摇，手一摆，说：“你这可胡闹！为你这封信要开中门，你这不是搅么？”宁妈说：“你既不开，我就回去。”说罢，转身就走。魏头儿忙拦住道：“你别走吓。如今已回明了，你若走了，官府岂不怪我，这是什么差事呢？你真这么着，我了不了吓！”宁婆见他着急，不由笑道：“好兄弟，你不要着急。你只管回去，就说我说的，此事要紧，不是寻常书信，必须开中门方肯投递。管保官府见了此书，不但不怪，巧咧咱们姐们还有点彩头儿呢。”孙书吏在旁听宁婆之话有因，又知道他素日为人再不干荒唐事，就明白书信必有来历，是不能不依着他，便道：“魏头儿，再与他回禀一声，就说他是这们说的。”魏头儿无奈，复又进去，到了当堂。

此时蒋、张、赵三位爷连包旺四个人，正与县官要主意呢。忽听差役回禀，有一婆子投书。依县官是免见，还是蒋爷机变，就怕是三公子的密信，便在旁说：“容他相见何妨。”去了半晌，差役回禀，又说那婆子要叫开中门方投此信，他说事有要紧。县官闻听此言，不觉沉吟，料在必有关系，吩咐道：“就与他开中门，看他是何等书信。”差役应声，开放中门，出来对宁婆道：“全是你缠不清，差一点我没吃上。快走罢！”宁婆不慌不忙，迈开尺半的花鞋，咯噔咯噔进了中门，直上大堂，手中高举书信，来至堂前。县官见婆子毫无惧色，手擎书信，县官吩咐差役将书接上来。差人刚要上前，只听婆子道：“此书须太爷亲接，有机密事在内，来人吩咐的明白。”县官闻听事有来历，也不问是谁，就站起来出了公座，将书接过。婆子退在一旁。拆阅已毕，又是惊骇，又是欢悦。

蒋平已然偷看明白，便向前道：“贵县理宜派轿前往。”县官道：“那是理当。”此时，包旺已知有了公子的下落，就要跟随前往。赵虎也要跟，蒋爷拦住道：“你我奉相爷命，各有专司，比不得包旺，他是当去的，咱们还是在此等候便了。”赵虎道：“四哥说的有理，咱们就在此等罢。”差役魏头儿听得明白，方才放心。只见宁婆道：“婆子回禀老爷，既叫婆子引路，他们轿夫腿快，如何跟的上？与其空轿抬着，莫若婆子坐上，又引了路，又不误事，又叫包公子看看，知是太老爷敬公子之意。”县官见他是个正直稳实的老婆儿，即吩咐：“既如此，你即押轿前往。”

未识后文如何，且听下回分解。

第五十三回　蒋义士二上翠云峰　展南侠初到陷空岛

且说县尹吩咐宁婆坐轿去接，那轿夫头儿悄悄说：“老宁吓，你太受用了。你坐过这个轿吗？”婆子说：“你夹着你那个嘴罢。就是这个轿子，告诉你说罢，姐姐连这回坐了三次了。”轿夫头儿听了也笑了，吩咐摘杆。宁婆迈进轿杆，身子往后一退，腰儿一哈，头儿一低，便坐上了。众轿夫俱各笑道：“瞧不起他真有门儿。”宁婆道:“唔,你打量妈妈是个怯条子呢。孩子们,给安上扶手。你们若走得好了,我还要赏你们稳轿钱呢。”此时,包旺已然乘马,又派四名衙役跟随,簇拥着去了。县官立刻升堂,将宋升带上,说他诬告良人,掌了十个嘴巴,逐出衙外,即吩咐带方善。方善上堂,太爷令去刑具,将话言明,又安慰了他几句。学究见县官如此看待,又想不到与贵公子联姻,心中快乐之极,满口应承:“见了公子,定当替老父台分解。”县官吩咐看座,大家俱各在公堂等候。

不多时,三公子来到。县官出迎,蒋、张、赵三位亦皆迎了出来。公子即要下轿,因是初愈,县官吩咐抬至当堂,蒋平等亦俱参见。三公子下轿,彼此各有多少谦逊的言词。公子向方善又说了多少感激的话头。县官将公子让至书房,备办酒席,大家逊坐。三公子与方善上座,蒋爷与张、赵左右相陪,县官坐了主位。包旺自有别人款待,饮酒叙话。县官道:“敝境出此恶事,幸将各犯拿获,惟邓九如不见尸身。武平安虽说他已死,此事还须细查。相爷跟前,还望公子善言。”公子满口应承,却又托付照应舍亲方夫子并宁妈妈。惟有蒋平等奉相谕访查韩彰之事,说明他三人还要到翠云峰探听探听,然后再与公子一同进京,就请公子暂在衙内将养。他等也不待席终,便先告辞去了。这里,方先生辞了公子,先回家看视女儿玉芝,又与宁妈妈道乏。他父女欢喜之至,自不必说。三公子处,自有包旺精心伏侍。县官除办公事,有闲暇之时,必来与公子闲谈,一切周旋,自不必细表。

且说蒋平等三人复又来至翠云峰灵佑寺庙内,见了和尚,先打听韩二爷来了不曾。和尚说道:“三位来的不巧,韩二爷昨日就来与老母祭扫坟墓,今早就走了。”三人听了,不由的一怔。蒋爷道:“我二哥可曾提往那里去么?”和尚说:“小僧已曾问过,韩爷说:‘丈夫以天地为家,焉有定踪。’信步行去,不知去向。”蒋爷听了,半晌叹了一口气道:“此事虽是我做的不好,然而皆因五弟而起,致令二哥飘蓬无定,如今闹的连一个居址之处也是无有。这便如何是好呢?”张龙说:“四兄不必为难。咱们且在这方近左右访查访查,再做理会。”蒋平无奈,只得说道:“小弟还要到韩老伯母坟前看看,莫若一同前往。”说罢,三人离了灵佑寺,慢慢来到墓前,果见有新化的纸灰。蒋平对着荒丘,又叹息了一番,将身跪倒,拜了四拜,真个是乘兴而来,败兴而返。赵虎说:“既找不着韩二哥,咱们还是早回平县为是。”蒋平道:“今日天气已晚,赶不及了,只好仍在庙中居住,明早回县便了。”三人复回至庙中,同住在云堂之内,次日即回平县而去。你道韩爷果真走了么?他却仍在庙内,故意告诉和尚,倘若他等找来,你就如此如此的答对他们。他却在和尚屋内住了。偏偏此次赵虎务叫蒋爷在云堂居住,因此失了机会。不必细述。

且言蒋爷三人回至平县,见了三公子,说明未遇韩彰,只得且回东京,定于明日同三公子起身。县官仍用轿子送公子进京,已将旅店行李取来,派了四名衙役。却先到了方先生家叙了翁婿之情,言明到了开封,禀明相爷,即行纳聘。又将宁妈妈请来道乏,那婆子乐了个事不有馀。然后大家方才动身,竟奔东京而来。

一日,来到京师。进城之时,蒋、张、赵三人一拍坐骑先到了开封,进署见过相爷,先回明未遇韩彰,后言公子遇难之事,从头至尾说了一遍。相爷叫他们俱各歇息去了。不多时三公子来到,参见了包公。包公问他如何遇害,三公子又将已往情由细述了一番。事虽凶险,包公见三公子面上毫不露遭凶逢险之态,惟独提到邓九如深加爱惜。包公察公子的神情气色,心地志向,甚是合心。公子又将方善被诬,情愿联姻,侄儿因受他大恩,擅定姻盟的事也说了一遍。包公疼爱公子,满应全在自己身上。三公子又赞平县县官,很为侄儿费心,不但备了轿子送来,又派四名衙役护送。包公听了,立刻吩咐赏随来的衙役轿夫银两,并写回信道乏道谢。

不几日间,平县将武平安、刘豸、刘獬一同解到。包公又审讯了一番,与原供相符,便将武平安也用狗头铡铡了,将刘豸、刘獬定了斩监候。此案结后,包公即派包兴赍了聘礼,即行接取方善父女,送至合肥县小包村,将玉芝小姐交付大夫人好生看待,候三公子考试之后,再行授室。自己具了禀帖,回明了太老爷、太夫人、大兄嫂、二兄嫂,联此婚姻皆是自己的主意,并不提及三公子私定一节。三公子又叫包兴暗暗访查邓九如的下落。方老先生自到了包家村,独独与宁老先生合的来,也是前生的缘分。包公又派人查买了一顷田,纹银百两,库缎四匹,赏给宁婆,以为养老之资。

且言蒋平自那日来到开封,到了公所,诸位英雄俱各见了,单单不见了南侠,心中就有些疑惑,连忙问道:“展大哥那里去了?”卢方说:“三日前起了路引,上松江去了。”蒋爷听了着急道:“这是谁叫展兄去的?大家为何不拦阻他呢?”公孙先生说:“劣兄拦至再三,展大哥断不依从。自己见了相爷,起了路引,他就走了。”蒋平听了,跌足道:“这又是小弟多话不是了。”王朝问道:“如何是四弟多话的不是呢?”蒋平说:“大哥想前次小弟说的言语,叫展大哥等我,等找了韩二哥回来做为内应,句句原是实话。不料展大哥错会了意了,当做激他的言语,竟自一人前去。众位兄弟有所不知,我那五弟做事有些诡诈。展大哥此去,若有差池,这岂不是小弟多说的不是了么?”王朝听了,便不言语。蒋平又说:“此次小弟没有找着二哥,昨在路上又想了个计较。原打算我与卢大哥、徐三哥约会着展兄同到茉花村,找着双侠丁家二弟兄,大家商量个主意,找着老五要了三宝,一同前来以了此案。不想展大哥竟自一人走了,此事倒要大费周折了。”公孙策说:“依四弟怎么样呢?”蒋爷道:“再无别的主意,只好我弟兄三人明日禀明相爷,且到茉花村见机行事便了。”大家闻听,深以为然。这且不言。

原来南侠忍心耐性等了蒋平几天,不见回来,自己暗想道:“蒋泽长话语带激,我若真个等他,显见我展某非他等不行。莫若回明恩相,起个路引,单人独骑前去。”于是,展爷就回明此事,带了路引,来至松江府投了文书,要见太守。太守连忙请至书房。展爷见这太守,年纪不过三旬,旁边站一老管家。正与太守谈话时,忽见一个婆子把展爷看了看,便向老管家招手儿。管家退出,二人咬耳。管家点头后,便进来向太守耳边说了几句,回身退出,太守即请展爷到后面书房叙话。展爷不解何意,只得来至后面。刚然坐下,只见丫鬟仆妇簇拥着一位夫人,见了展爷连忙纳头便拜,连太守等俱各跪下。展爷不知所措,连忙伏身还礼不迭,心中好生纳闷。忽听太守道:“恩人,我非别个,名唤田起元,贱内就是金玉仙。多蒙恩公搭救,脱离了大难后，因考试得中，即以外任擢用。不几年间，如今叨恩公福庇，已做太守，皆出于恩公所赐。”展爷听了，方才明白，即请夫人回避。连老管家田忠与妻杨氏俱各与展爷叩头。展爷并皆扶起。仍然至外书房，已备得酒席。

饮酒之间，田太守因问道：“恩公到陷空岛何事？”展爷便将奉命捉钦犯白玉堂一一说明。田太守吃惊道：“闻得陷空岛道路崎岖，山势险恶。恩公一人如何去得？况白玉堂又是极有本领之人，他既归入山中，难免埋伏圈套。恩公须熟思之方好。”展爷道：“我与白玉堂虽无深交，却是道义相通，平素又无仇隙。见了他时，也不过以‘义’字感化于他。他若省悟，同赴开封府，了结此案。并不是谆谆与他对垒，以死相拚的主意。”太守听了，略觉放心。展爷又道：“如今奉恳太守，倘得一人熟识路径，带我到卢家庄，足见厚情。”太守连连应允，“有，有。”即叫田忠将观察头领余彪唤来。不多时，余彪来到。见此人有五旬年纪，身量高大。参见了太守，又与展爷见了礼。便备办船只，约于初鼓起身。

展爷用毕饭，略为歇息，天已掌灯。急急扎束停当，别了太守，同余彪登舟，撑至卢家庄，到飞峰岭下将舟停住。展爷告诉余彪说：“你在此探听三日，如无音信，即刻回府禀告太守。候过旬日，我若不到府中，即刻详文到开封府便了。”余彪领命。展爷弃舟上岭，此时已有二鼓，趁着月色，来至卢家庄。只见一带高墙，极其坚固。见有哨门，是个大栅栏关闭，推了推却是锁着。弯腰捡了一块石片，敲着栅栏高声叫道：“里面有人么？”只听里面应道：“什么人？”展爷道：“俺姓展，特来拜访你家五员外。”里面道：“莫不是南侠称‘御猫’、护卫展老爷么？”展爷道：“正是。你家员外可在家么？”里面的道：“在家，在家，等了展老爷好些日了。略为少待，容我禀报。”展爷在外呆等多时，总不见出来，一时性发，又敲又叫。忽听从西边来了一个人，声音却是醉了的一般，嘟囔嘟囔道：“你是谁吓？半夜三更这们大呼小叫的，连点规矩也没有。你若等不得，你敢进来，算你是好的。”说罢，他却走了。

展爷不由的大怒，暗道：“可恶，这些庄丁们岂有此理！这明是白玉堂吩咐，故意激怒于我。谅他纵有埋伏，吾何惧哉？”想罢，将手扳住栅栏，一翻身两脚飘起，倒垂式用脚扣住，将手一松身体卷起，斜刺里抓住墙头，两脚一弓上了墙头。往下窥看，却是平地。恐有埋伏，却又投石问了一问，方才转身落下，竟奔广梁大门而来。仔细看时，却是封锁，从门缝里观时，黑漆漆诸物莫睹。又到两旁房里看了看，连个人影儿也无，只得复往西去。又见一个广梁大门，与这边的一样。上了台阶一看，双门大开，门洞底下天花板上高悬铁丝灯笼，上面有朱红的“大门”二字。迎面影壁上挂着一个绢灯，上写“迎祥”二字。展爷暗道：“姓白的必是在此了，待我进去看看如何。”一面迈步，一面留神，却用脚尖点地而行。转过影壁，早见垂花二门，迎面四扇屏风，上挂方角绢灯四个，也是红字，“元”“亨”“利”“贞”。这二门又觉比外面高了些。展爷只得上了台阶，进了二门，仍是滑步而行。正中五间厅房，却无灯光，只见东角门内，隐隐透出亮儿来，不知是何所在。展爷即来到东角门内，又有台阶，比二门又觉高些。展爷猛然省悟，暗道：“是了。他这房子一层高似一层，竟是随山势盖的。”

上了台阶，往里一看，见东面一溜五间平台轩子，俱是灯烛辉煌，门却开在尽北头。展爷暗说："这是什么样子，好好五间平台，如何不在正中间开门，在北间开门呢？可见山野与人家住房不同，只知任性，无论样式。"心中想着，早已来至游廊。到了北头，见开门处是一个子口风窗。将滑子拨开，往怀里一带，觉得甚紧，只听咯当当咯当当乱响，开门时，见迎面有桌，两边有椅，早见一人进里间屋去了，并且看见衣衿是松绿的花氅。展爷暗道："这必是白老五不肯见我，躲向里间去了。"连忙滑步跟入里间，掀起软帘，又见那人进了第三间，却露了半面，颇是玉堂形景，又有一个软帘相隔。展爷暗道："到了此时，你纵然羞愧见我，难道你还跑的出这五间轩子去不成？"赶紧一步，已到门口。掀起软帘一看，这三间却是通柁。灯光照耀真切，见他背面而立，头戴武生巾，身穿花氅，露着藕色衬袍，足下官靴，俨然白玉堂一般。展爷呼道："五贤弟请了，何妨相见。"呼之不应，及至向前一拉，那人转过身来，却是一个灯草做的假人。展爷说声："不好，吾中计也！"

未知如何，且听下回分解。

第五十四回　通天窟南侠逢郭老　芦花荡北岸获胡奇

且说展爷见了是假人，已知中计。才待转身，那知早将锁簧踏着，蹬翻了木板，落将下去。只听一阵锣声乱响，外面众人嚷道："得咧，得咧！"原来木板之下，半空中悬着一个皮兜子，四面皆是活套，只要掉在里面往下一沉，四面的网套儿往下一拢，有一根大绒绳总结扣住，再也不能扎挣。原来五间轩子犹如楼房一般，早有人从下面东明儿开了槅扇进来。无数庄丁将绒绳系下，先把宝剑摘下来，后把展爷捆缚住了。捆缚之时，说了无数的刻薄挖苦话儿。展爷到了此时，只好置若罔闻，一言不发。又听有个庄丁说："咱们员外同客饮酒，正入醉乡。此时天有三鼓，暂且不必回禀，且把他押在通天窟内收起来。我先去找着何头儿，将这宝剑交明，然后再去回话。"说罢，推推拥拥的往南而去。走不多时，只见有个石门，却是由山根开錾出来的。虽是双门，却是一扇活的，那一扇随石的假门。假门上有个大铜环，庄丁上前用力把铜环一拉，上面有消息，将那扇活门撑开，刚刚进去一人，便把展爷推进去。庄丁一松手，铜环住回里一拽，那扇门就关上了。此门非从外面拉环是再不能开的。

展爷到了里面，觉得冷森森一股寒气侵人。原来里面是个尜尜形儿，全无抓手，用油灰抹亮，惟独当中却有一缝，望时可以见天。展爷明白，叫通天窟。借着天光，又见有一小横匾，上写"气死猫"三个红字，匾是粉白地的。展爷到了此时，不觉长叹一声道："哎，我展熊飞枉自受了朝廷的四品护卫之职，不想今日误中奸谋，被擒在此。"刚然说完，只听有人叫苦，把个展爷倒唬了一跳，忙问道："你是何人，快说！”那人道：“小人姓郭名彰，乃镇江人氏。只因带了女儿上瓜州投亲，不想在渡船遇见头领胡烈，将我父女抢至庄上，却要将我女儿与什么五员外为妻。我说我女儿已有人家，今到瓜州投亲，就是为完此事。谁知胡烈听了，登时翻脸，说小人不识抬举，就把我捆起来监禁在此。”展爷听罢，怒冲牛斗，一声怪叫道：“好白玉堂吓，你作的好事！你还称什么义士，你只是绿林强寇一般。我展熊飞倘能出此陷阱，我与你誓不两立！”郭彰又问了问展爷因何至此，展爷便说了一遍。

忽听外面嚷道：“带刺客，带刺客！员外立等。”此时已交四鼓，早见忽噜噜石门已开。展爷正要见白玉堂，述他罪恶，替郭老辨冤，急忙出来问道：“你们员外可是白玉堂？我正要见他！”气忿忿的迈开大步，跟庄丁来至厅房以内。见灯烛光明，迎面设着酒筵，上面坐一人，白面微须，却是白面判官柳青，旁边陪坐的正是白玉堂。他明知展爷已到，故意的大言不惭，谈笑自若。展爷见此光景，如何按纳得住，双睛一瞪，一声吆喝道：“白玉堂，你将俺展某获住，便要怎么，讲！”白玉堂方才回过头来，佯作吃惊道：“嗳呀，原来是展兄。手下人如何回我说是刺客呢？实在不知。”连忙过来亲解其缚，又谢罪道：“小弟实实不知展兄驾到，只说擒住刺客，不料却是‘御猫’，真是意想不到之事。”又向柳青道：“柳兄不认得么？此位便是南侠展熊飞，现授四品护卫之职，好本领，好剑法，天子亲赐封号‘御猫’的便是。”

展爷听了冷笑道：“可见山野的绿林，无知的草寇，不知法纪。你非君上，亦非官长，何敢妄言‘刺客’二字，说的无伦无理。这也不用苛责于你。但只是我展某今日误坠于你等小巧奸术之中，遭擒被获。可惜我展某时乖运蹇，未能遇害于光明磊落之场，竟自葬送在山贼强徒之手，乃展某之大不幸也！”白玉堂听了此言，心中以为展爷是气忿的话头，他却嘻嘻笑道：“小弟白玉堂行侠尚义，从不打劫抢掠，展兄何故口口声声呼小弟为山贼盗寇？此言太过，小弟实实不解。”展爷恶唾一口道：“你此话哄谁？既不打劫抢掠，为何将郭老儿父女抢来，硬要霸占人家有婿之女？那老儿不允，你便把他囚禁在通天窟内。似此行为，非强寇而何？还敢大言不惭说‘侠义’二字，岂不令人活活羞死，活活笑死！”玉堂听了，惊骇非常道：“展兄此事从何说起？”展爷便将在通天窟遇郭老的话说了一遍。白玉堂道：“既有胡烈，此事便好办了。展兄请坐，待小弟立剖此事。”急令人将郭彰带来。

不多时郭彰来到，伴当对他指着白玉堂道：“这是我家五员外。”郭老连忙跪倒，向上叩头，口称：“大王爷爷饶命吓，饶命！”展爷在旁听了呼他大王，不由哈哈大笑，忿恨难当。白玉堂却笑着道：“那老儿不要害怕，我非山贼盗寇，不是什么大王、寨主。”伴当在旁道：“你称呼员外。”郭老道：“员外在上，听小老儿诉禀。”便将带领女儿上瓜州投亲，被胡烈截住，为给员外提亲：“因未允，将小老儿囚禁在山洞之内。”细细说了一遍。玉堂道：“你女儿现在何处？”郭彰道：“听胡烈说，将我女儿交在后面去，不知是何去处。”白玉堂立刻叫伴当近前道：“你去将胡烈好好唤来，不许提郭老者之事，倘有泄露，立追狗命。”伴当答应，即时奉命去了。

少时，同胡烈到来。胡烈面有得色，参见已毕。白玉堂已将郭老带在一边，笑容满面道：“胡头儿，你连日辛苦了。这几日船上可有什么事情没有？”胡烈道：“并无别事。小人正要回禀员外,只因昨日有父女二人乘舟过渡,小人见他女儿颇有姿色,却与员外年纪相仿。小人见员外无家室,意欲将此女留下,与员外成其美事,不知员外意下如何?"说罢,满面欣然,似乎得意。白玉堂听了胡烈一片言语,并不动气,反倒哈哈大笑道:"不想胡头儿你竟为我如此挂心。但只一件,你来的不多日期,如何深得我心呢?"原来胡烈他是弟兄两个,兄弟名叫胡奇,皆是柳青新近荐过来的。只听胡烈道:"小人既来伺候员外,必当尽心报效。倘若不秉天良,还敢望员外疼爱?"胡烈说至此,以为必合白玉堂之心。他那知玉堂狠毒至甚,耐着性儿道:"好好,真正难为你。此事可是我素来有这个意吓,还是别人告诉你的呢?还是你自己的主意呢?"胡烈此时惟恐别人争功,连忙道:"是小人自己巴结,一团美意,不用员外吩咐,也无别人告诉。"白玉堂回头向展爷道:"展兄可听明白了?"展爷已知胡烈所为,便不言语。

白玉堂又问:"此女现在何处?"胡烈道:"已交小人妻子好生看待。"白玉堂道:"很好。"喜笑颜开凑至胡烈跟前,冷不防用了个冲天炮泰山式,将胡烈踢倒,急掣宝剑将胡烈左膀砍伤,疼的个胡烈满地打滚。上面柳青看了,白脸上青一块,红一块,心中好生难受,又不敢劝解,又不敢拦阻。只听白玉堂吩咐伴当,将胡烈搭下去,明日交松江府办理。立刻唤伴当到后面,将郭老女儿增娇叫丫鬟领至厅上,当面交与郭彰。又问他还有什么东西。郭彰道:"还有两个棕箱。"白爷连忙命人即刻抬来,叫他当面点明。郭彰道:"钥匙现在小老儿身上,箱子是不用检点的。"白爷叫伴当取了二十两银子赏了郭老,又派了头领何寿,带领水手二名,用妥船将他父女二人连夜送至瓜州,不可有误。郭彰千恩万谢而去。

此时已交五鼓。这里白爷笑盈盈的道:"展兄,此事若非兄台被擒在山窟之内,小弟如何知道?胡烈所为,险些儿坏了小弟名头。但小弟的私事已结,只是展兄的官事如何呢?展兄此来,必是奉相谕,叫小弟跟随入都。但是我白某就这样随了兄台去么?"展爷道:"依你便怎么样呢?"玉堂道:"也无别的。小弟既将三宝盗来,如今展兄必须将三宝盗去。倘能如此,小弟甘拜下风,情愿跟随展兄上开封府去;如不能时,展兄也就不必再上陷空岛了。"此话说至此,明露着叫展爷从此后隐姓埋名,再也不必上开封府了。展爷听了,连声道:"很好,很好。我须要问明,在于何日盗宝?"白玉堂道:"日期近了、少了,显得为难展兄。如今定下十日限期;过了十日,展兄只可悄地回开封府罢。"展爷道:"谁与你斗口?俺展熊飞只定于三日内就要得回三宝,那时不要改口。"玉堂道:"如此很好。若要改口,岂是丈夫所为。"说罢,彼此击掌。白爷又叫伴当将展爷送到通天窟内。可怜南侠被禁在山洞之内,手中又无利刃,如何能够脱此陷阱。暂且不表。

再说郭彰父女跟随何寿来到船舱之内,何寿坐在船头,顺流而下。郭彰悄悄向女儿增娇道:"你被掠之后,在于何处?"增娇道:"是姓胡的将女儿交与他妻子,看承的颇好。"又问:"爹爹如何见的大王就能够释放呢?"郭老便将"在山洞内遇见开封府护卫展老爷号'御猫'的,多亏他见了员外,也不知是什么大王,分晰明白,才得释放。"增娇听了,感念展爷之至。正在谈论之际,忽听后面声言:"头里船,不要走了,五员外还有话呢。快些拢住吓!”何寿听了有些迟疑,道:“方才员外吩咐明白了,如何又有话说呢?难道此事反悔了不成?若真如此,不但对不过姓展的,连姓柳的也对不住了。慢说他等,就是我何寿,以后也就瞧不起他了。”只见那只船弩箭一般,及至切近,见一人噗的一声跳上船来。趁着月色看时,却是胡奇,手持利刃,怒目横眉道:“何头儿,且将他父女留下,俺要替哥哥报仇!”何寿道:“胡二哥此言差矣。此事原是令兄不是,与他父女何干?再者,我奉员外之命送他父女,如何私自留下与你?有什么话,你找员外去,莫要耽延我的事体。”胡奇听了,一瞪眼,一声怪叫道:“何寿,你敢不与我留下么?”何寿道:“不留便怎么样?”胡奇举起朴刀就砍将下来。何寿却未防备,不曾带得利刃,一哈腰提起一块船板,将刀迎住。此时,郭彰父女在舱内叠叠连声喊叫:“救人吓!救人!”胡奇与何寿动手,究竟跳板轮转太笨,何寿看看不敌,可巧脚下一跳,就势落下水去。两个水手一见,噗咚噗咚也跳在水内。胡奇满心得意,郭彰五内着急。

忽见上流头赶下一只快船,上有五六个人,已离此船不远,声声喝道:“你这厮不知规矩,俺这芦花荡从不害人。你是晚生后辈吓,如何擅敢害人,坏人名头?俺来也,你往那里跑。”将身一纵,要跳过船来。不想船离过远,脚刚踏着船边,胡奇用朴刀一搠,那人将身一闪,只听噗咚一声,也落下水去。船已临近,上面飕飕飕跳过三人,将胡奇裹住,各举兵刃。好胡奇,力敌三人,全无惧怯。谁知那个先落水的探出头来,偷看热闹。见三个伙伴逼住胡奇,看看离自己不远,他却用两手把胡奇的踝子骨揪住,往下一拢,只听噗咚掉在水内。那人却提定两脚不放,忙用钩篙搭住,拽上船来捆好,头向下,脚朝上,且自控水。众人七手八脚,连郭彰父女船只驾起,竟奔芦花荡而来。

原来此船乃丁家夜巡船,因听见有人呼救,急急向前,不料拿住胡奇,救了郭老父女。赶至泊岸,胡奇已醒,虽然喝了两口水,无甚要紧。大家将他扶在岸上,推拥进庄。又着一个年老之人背定郭增娇,着个少年有力的背了郭彰,一同到了茉花村。先着人通报大官人二官人去。此时天有五鼓之半,这也是兆兰、兆蕙素日吩咐的:倘有紧急之事,无论三更半夜,只管通报,绝不嗔怪。今日弟兄二人听见拿住个私行劫掠谋害人命的,却在南荡境内,幸喜擒来,救了父女二人,连忙来到待客厅上。先把增娇交在小姐月华处,然后将郭彰带上来细细追问情由。又将胡奇来历问明,方知他是新近来的,怨得不知规矩则例。正在讯问间,忽见丫鬟进来道:“太太叫二位官人呢。”

不知丁母为着何事,且听下回分解。

第五十五回 透消息遭困螺蛳轩 设机谋夜投蚯蚓岭

且说丁家弟兄听见丁母叫他二人说话,大爷道:"原叫将此女交在妹子处,惟恐夜深惊动老人家,为何太太却知道了呢?"二爷道:"不用犹疑,咱弟兄进去便知分晓了。"弟兄二人往后而来。原来郭增娇来到月华小姐处,众丫鬟围着他问。郭增娇便将为何被掠,如何遭逢姓展的搭救。刚说至此,跟小姐的亲近丫鬟就追问起姓展的是何等样人,郭增娇道:"听说是什么'御猫'儿,现在也被擒困住了。"丫鬟听至展爷被擒,就告诉了小姐。小姐暗暗吃惊,就叫他悄悄回太太去,自己带了郭增娇来至太太房内。太太又细细的问了一番,暗自思道:"展姑爷既来到松江,为何不到茉花村,反往陷空岛去呢?或者是兆兰、兆蕙明知此事,却暗暗的瞒着老身不成?"想至此,疼女婿的心盛,立刻叫他二人。

及至兆兰二人来至太太房中,见小姐躲出去了,丁母面上有些怒色,问道:"你妹夫展熊飞来至松江,如今已被人擒获,你二人可知道么?"兆兰道:"孩儿等实实不知。只因方才问那老头儿,方知展兄早已在陷空岛呢,他其实并未上茉花村来,孩儿等再不敢撒谎的。"丁母道:"我也不管你们知道不知道,那怕你们上陷空岛跪门去呢,我只要我的好好女婿便了。我算是将姓展的交给你二人了,倘有差池,我是不依的。"兆蕙道:"孩儿与哥哥明日急急访查就是了,请母亲安歇罢。"二人连忙退出。大爷道:"此事太太如何知道的这般快呢?"二爷道:"这明是妹子听了那女子言语,赶着回太太。此事全是妹子撺掇的,不然见了咱们进去,如何却躲开了呢?"大爷听了倒笑起来了。二人来到厅上,即派妥当伴当四名,另备船只,将棕箱抬过来,护送郭彰父女上瓜州,务要送到本处,叫他亲笔写回信来。郭彰父女千恩万谢的去了。

此时天已黎明,大爷便向二爷商议,以送胡奇为名,暗暗探访南侠的消息。丁二爷深以为然。次日便备了船只,带上两个伴当,押着胡奇并原来的船只,来至卢家庄内。早有人通知白玉堂。白玉堂已得了何寿从水内回庄说胡奇替兄报仇之信,后又听说胡奇被北荡的人拿去,将郭彰父女救了,料定茉花村必有人前来。如今听说丁大官人亲送胡奇而来,心中早已明白是为南侠,不是专专的为胡奇。略为忖度,便有了主意,连忙迎出门来。各道寒暄,执手让至厅房,又与柳青彼此见了。丁大爷先将胡奇交代。白玉堂自认失察之罪,又谢兆兰获送之情。谦逊了半晌,大家就座,便吩咐将胡奇、胡烈一同送往松江府究治。即留丁大爷饮酒畅叙。兆兰言语谨慎,毫不露于形色。

酒至半酣,丁大爷问起:"五弟一向在东京作何行止?"白玉堂便夸张起来:如何寄简留刀,如何忠烈祠题诗,如何万寿山杀命,又如何搅扰庞太师误杀二妾,渐渐说至盗三宝回庄，“不想目下展熊飞自投罗网，已被擒获。我念他是个侠义之人，以礼相待。谁知姓展的不懂交情，是我一怒，将他一刀……”刚说至此，只听丁大爷不由的失声道：“嗳呀！”虽然“嗳呀”出来，却连忙收神改口道：“贤弟你此事却闹大了。岂不知姓展的他乃朝廷家的命官，现奉相爷包公之命前来，你若真要伤了他的性命，便是背叛，怎肯与你甘休。事体不妥。此事岂不是你闹大了么？”白玉堂笑吟吟的道：“别说朝廷不肯甘休，包相爷那里不依，就是丁兄昆仲大约也不肯与小弟甘休罢？小弟虽然糊涂，也不至到如此田地。方才之言，特取笑耳。小弟已将展兄好好看承，候过几日，小弟将展兄交付仁兄便了。”丁大爷原是个厚道之人，叫白玉堂这一番奚落，也就无的话可说了。白玉堂却将丁大爷暗暗拘留在螺蛳轩内，左旋右转，再也不能出来。兆兰却也无可如何，又打听不出展爷在于何处，整整的闷了一天。

到了掌灯之后，将有初鼓，只见一老仆从轩后不知从何处过来，带领着小主约有八九岁，长的方面大耳，面庞儿颇似卢方。那老仆向前参见了丁大爷，又对小主说道：“此位便是茉花村丁大员外。”小主上前拜见。只见这小孩子深深打了一躬，口称：“丁叔父在上，侄儿卢珍拜见。奉母亲之命，特来与叔父送信。”丁兆兰已知是卢方之子，连忙还礼。便问老仆道：“你主仆到此何事？”老仆道：“小人名叫焦能，只因奉主母之命，惟恐员外不信，特命小主跟来。我的主母说道，自从五员外回庄以后，每日不过早间进内请安一次，并不面见，惟有传话而已。所有内外之事，任意而为，毫无商酌，我家主母也不计较与他。谁知上次五员外把护卫展老爷拘留在通天窟内，今闻得又把大员外拘留在螺蛳轩内，此处非本庄人不能出入。恐怕耽误日期，有伤护卫展老爷，故此特派小人送信。大员外须急急写信，小人即刻送至茉花村，交付二员外，早为计较方好。”又听卢珍道：“家母多多拜上丁叔父。此事须要找着我爹爹，大家共同计议方才妥当。叫侄儿告诉叔父千万不可迟疑，愈速愈妙。”丁大爷连连答应，立刻修起书来，交给焦能连夜赶至茉花村投递。焦能道：“小人须打听五员外安歇了，抽空方好到茉花村去，不然恐五员外犯疑。”丁大爷点头道：“既如此，随你的便罢了。”又对卢珍道：“贤侄回去替我给母亲请安，就说一切事体我已尽知。是必赶紧办理，再也不能耽延，勿庸挂念。”卢珍连连答应，同定焦能转向后面，绕了几个蜗角便不见了。

且说兆蕙在家直等了哥哥一天不见回来，至掌灯后，却见跟去的两个伴当回来说道：“大员外被白五爷留住了，要盘桓几日方回来。再者，大员外悄悄告诉小人说，展姑老爷尚然不知下落，须要细细访查。叫告诉二员外，太太跟前就说展爷在卢家庄颇好，并没什么大事。”丁二爷听了点了点头道：“是了，我知道了。你们歇着去罢。”两个伴当去后，二爷细揣此事，好生的犹疑，这一夜何曾合眼。天未黎明，忽见庄丁进来报道：“今有卢家庄一个老仆名叫焦能，说给咱们大员外送信来了。”二爷道：“将他带进来。”不多时，焦能进来，参见已毕，将丁大爷的书信呈上。二爷先看书皮，却是哥哥的亲笔，然后开看，方知白玉堂将自己的哥哥拘留在螺蛳轩内，不由的气闷。心中一转，又恐其中有诈，复又生起疑来：“别是他将我哥哥拘留住了，又来诓我来了罢？”

正在胡思，忽又见庄丁跑进来报道：“今有卢员外、徐员外、蒋员外俱各由东京而来，特来拜望，务祈一见。”二爷连声道：“快请。”自己也就迎了出来。彼此相见，各叙阔别之情，让至客厅。焦能早已上前参见。卢方便问道：“你如何在此？”焦能将投书前来一一回明。二爷又将救了郭彰父女，方知展兄在陷空岛被擒的话说了一遍。卢方刚要开言，只听蒋平说道：“此事只好众位哥哥们辛苦辛苦，小弟是要告病的。”二爷道：“四哥何出此言？”蒋平道：“咱们且到厅上再说。”大家也不谦逊，卢方在前，依次来至厅上。归座献茶毕，蒋平道：“不是小弟推诿，一来五弟与我不对劲儿，我要露了面，反为不美；二来我这几日肚腹不调，多半是痢疾，一路上大哥、三哥尽知。慢说我不当露面，就是众哥哥们去，也是暗暗去，不可叫老五知道。不过设着法子救出展兄，取了三宝。至于老五，不定拿的住他拿不住他，不定他归服不归服，巧咧他见事体不妥，他还会上开封府自行投首呢。要是那们一行，不但展大哥没趣儿，就是大家都对不起相爷。那才是一网打尽，把咱们全着吃了呢。”二爷道：“四哥说的不差，五弟的脾气竟是有的。”徐庆道：“他若真要如此，叫他先吃我一顿好拳头。”二爷笑道：“三哥又来了，你也要摸的着五弟呀。”卢方道：“似此如之奈何？”蒋平道：“小弟虽不去，真个的连个主意也不出么？此事全在丁二弟身上。”二爷道：“四哥派小弟差使，小弟焉敢违命。只是陷空岛的路径不熟，可怎么样呢？”蒋平道：“这到不妨。现有焦能在此，先叫他回去，省得叫老五设疑。叫他于二鼓时，在蚯蚓岭接待丁二弟，指引路径如何？”二爷道：“如此甚妙。但不知派我什么差使？”蒋平道：“二弟，你比大哥、三哥灵便，沉重就得你担。第一先救展大哥，其次取回三宝，你便同展大哥在五义厅的东竹林等候。大哥、三哥在五义厅的

西竹林等候。彼此会了齐，一拥而人，那时五弟也就难以脱身了。”大家听了，俱各欢喜。先打发焦能立刻回去，叫他知会丁大爷放心，务于二更时在蚯蚓岭等候丁二爷，不可有误。焦能领命去了。

这里众人饮酒吃饭，也有闲谈的，也有歇息的，惟有蒋平攒眉挤眼的，说肚腹不快，连酒饭也未曾好生吃。看看的天色已晚，大家饱餐一顿，俱各装束起来。卢大爷、徐三爷先行去了。丁二爷吩咐伴当：“务要精心伺候四老爷，倘有不到之处，我

要重责的。”蒋平道：“丁二贤弟，只管放心前去。劣兄偶染微疾，不过歇息两天就好了，贤弟治事要紧。”

丁二爷约有初鼓之后别了蒋平，来至泊岸，驾起小舟，竟奔蚯蚓岭而来。到了临期，辨了方向，与焦能所说无异。立刻弃舟上岭，叫水手将小船放至芦苇深处等候。兆蕙上得岭来，见蚰蜒小路崎岖难行，好容易上到高峰之处，却不见焦能在此。二爷心下纳闷，暗道：“此时已有二鼓，焦能如何不来呢？”就在平坦之地，趁着月色往前面一望，便见碧澄澄一片清波，光华荡漾，不觉诧异道：“原来此处还有如此的大水。”再细看时，汹涌异常，竟自无路可通。心中又是着急，又是懊悔道：“早知此处有水，就不该在此约会，理当乘舟而人。又不见焦能，难道他们另有什么诡计么？”

正在胡思乱想，忽见顺流而下，有一人竟奔前来。丁二爷留神一看，早听见那人道：“二员外早来了么？恕老奴来迟。”兆蕙道：“来的可是焦管家么？”彼此相迎，来至一处。兆蕙道：“你如何踏水前来？”焦能道：“那里的水？”丁二爷道：“这一带汪洋，岂不是水？”焦能笑道：“二员外看差了。前面乃青石潭，此是我们员外随着天然势修成的。漫说夜间看着是水，就是白昼之间远远望去，也是一片大水。但凡不知道的，早已绕着路往别处去了。惟独本庄俱各知道，只管前进，极其平坦，全是一片一片青石砌成。二爷请看，凡有波浪处，全有石纹，这也是一半天然，一半人力凑成的景致，故取名叫做青石潭。”说话间，已然步下岭来。到了潭边，丁二爷慢步试探而行，果然平坦无疑，心下暗暗称奇，口内连说：“有趣。有趣。”又听焦能道：“过了青石潭，那边有个立峰石。穿过松林，便是上五义厅的正路，此处比进庄门近多了。员外记明白了，老奴也就要告退了，省得俺家五爷犯想生疑。”兆蕙道：“有劳管家指引，请治事罢。”只见焦能往斜刺里小路而去。

丁二爷放心前进，果见前面有个立峰石。过了石峰，但见松柏参天，黑黯黯的一望无际。隐隐的见东北一点灯光，忽悠忽悠而来。转眼间，又见正西一点灯光，也奔这条路来。丁二爷便测度，必是巡更人，暗暗隐在树后。正在两灯对面，忽听东北来的说道：“六哥，你此时往那里去？”又听正西来的道：“什么差使呢，冤不冤咧！弄了个姓展的，圈在通天窟内。员外说，李三一天一天的醉而不醒，醒而不醉的，不放心，偏偏的派了我帮着他看守。方才员外派人送了一桌菜，一坛酒给姓展的，我想他一个人也吃不了这些，也喝不了这些。我合李三儿商量商量，莫若给姓展的送进一半去，咱们留一半受用。谁知那姓展的不知好歹，他说菜是剩的，酒是浑的，坛子也摔了，盘子碗也砸了，还骂了个河涸海干。老七，你说可气不可气？因此，我叫李三儿看着，他又醉的不能动了，我只得回员外一声儿。这个差使我真干不来，别的罢了，这个骂我真不能答应。老七，你这时候往那里去？”那东北来的道：“六哥，再休提起，如今咱们五员外也不知是怎么咧。你才说弄了个姓展的，你还没细打听呢，我们那里还有个姓柳的呢。如今又添上茉花村的丁大爷，天天一块吃喝。吃喝完了，把他们送往咱们那个瞒心昧已的窟儿里一圈，也不叫人家出来，又不叫人家走，仿佛怕泄了什么天机似的。六哥，你说咱们五员外脾气儿改的还了得么？目下又合姓柳的姓丁的喝呢。偏偏那姓柳的要瞧什么三宝，故此我奉员外之命，特上连环窟去。六哥，你不用抱怨了，此时差使只好当到那儿是那儿罢，等着咱们大员外来了再说罢。”正西的道：“可不是这么呢，只好混罢咧。”说罢，二人各执灯笼，分手散去。

不知他二人是谁，且听下回分解。

第五十六回 救妹夫巧离通天窟 获三宝惊走白玉堂

且说那正西来的姓姚行六，外号儿摇晃山；那东北来的姓费行七，外号儿叫爬山蛇。他二人路上说话，不提防树后有人窃听。姚六走的远了，这里费七被丁二爷追上，从后面一伸手，将脖项掐住，按倒在地道：“费七，你可认得我么？”费七细细一看道：“丁二爷，为何将小人擒住？”丁二爷道：“我且问你，通天窟在于何处？”费七道：“从此往西去不远，往南一稍头，便看见随山势的石门，那就是通天窟。”二爷道：“既如此，我合你借宗东西，将你的衣服腰牌借我一用。”费七连忙从腰间递过腰牌道：“二员外，你老让我起来，我好脱衣裳吓。”丁二爷将他一提，拢住发绺道：“快脱。”费七无奈，将衣裳脱下。丁二爷拿了他的褡包，又将他拉到背眼的去处，拣了一棵合抱的松树，叫他将树抱住，就用褡包捆缚结实。费七暗暗着急道：“不好，我别要栽了罢。”忽听丁二爷道：“张开口！”早把一块衣襟塞住道：“小子，你在此等到天亮，横竖有人前来救你。”费七哼了一声，口中不能说，心里却道：“好德行！亏了这个天不甚凉，要是冬天，饶冻死了，别人远远的瞧着，拿着我还当做旱魃呢。”

丁二爷此时已将腰牌掖起，披了衣服，竟奔通天窟而来。果然随山石门，那边又有草团瓢三间，已听见有人唱：“有一个柳迎春哪，他在那个井呵，井呵唔边哪，汲呦、汲呦水哟……”丁二爷高声叫道：“李三哥，李三哥！”只听醉李道：“谁吓？让我把这个巧腔儿唱完了啊。”早见他趔趄趔趄的出来，将二爷一看道：“哎呀，少会吓。尊驾是谁吓？”二爷道：“我姓费，行七，是五员外新挑来的。”说话间，已将腰牌取出给他看了。醉李道：“老七，休怪哥哥说，你这个小模样子伺候五员外，叫哥哥有点不放心吓。”丁二爷连忙喝道：“休得胡说！我奉员外之命，因姚六回了员外，说姓展的挑眼，将酒饭摔砸了，员外不信，叫我将姓展的带去，与姚六质对质对。”醉李听了道：“好兄弟，你快将这姓展的带了去罢。他没有一顿不闹的，把姚六骂的不吐核儿，却没有骂我。什么原故呢？我是不敢上前的。再者，那个门我也拉不动他。”丁二爷道：“员外立等，你不开门怎么样呢？”醉李道：“七兄弟，劳你的驾罢，你把这边假门的铜环拿住了往怀里一带，那边的活门就开了。哥哥喝的成了个醉泡儿，那里有这样的力气呢？你拉门，哥哥叫姓展的好不好？”丁二爷道：“就是如此。”上前拢住铜环,往怀里一拉,轻轻的门就开了。醉李道:“老七好兄弟,你的手头儿可以,怨得五员外把你挑上呢!”他又扒着石门道:“展老爷,展老爷,我们员外请你老呢。”只见里面出来一人道:“夤夜之间,你们员外又请我做什么?难道我怕他有什么埋伏么?快走,快走!”

丁二爷见展爷出来,将手一松,那石门已然关闭。向前引路,走不多远,便煞住脚步悄悄的道:“展兄,可认得小弟么?”展爷猛然听见,方细细留神,认出是兆蕙,不胜欢喜道:“贤弟从何而来?”二爷便将众兄弟俱各来了的话说了。又见迎面有灯光来了,他二人急闪入林。后见二人抬定一坛酒,前面是姚六,口中抱怨道:“真真的咱们员外也不知是安着什么心,好酒好菜的供养着他,还讨不出好来。也没见这姓展的,太不知好歹,成日价骂不绝口。”刚说至此,恰恰离丁二爷不远。二爷暗暗将脚一钩,姚六往前一扑,口中“啊呀”道:“不好!”咕咚——哓嚓——噗哧。“咕咚”是姚六趴下了,“哓嚓”是酒坛子砸了,“噗哧”是后面的人躺在撒的酒上了。丁二爷已将姚六按住,展爷早把那人提起。姚六认得丁二爷,道:“二员外,不干小人之事。”又见揪住那人的是展爷,连忙央告道:“展老爷,也没有他的事情,求二位爷饶恕。”展爷道:“你等不要害怕,断不伤害你等。”二爷道:“虽然如此,却放不得他们。”于是将他二人也捆缚在树上,塞住了口。然后,展爷与丁二爷悄悄来至五义厅东竹林内。听见白玉堂又派了亲信伴当白福快到连环窟催取三宝,展爷便悄悄的跟了白福而来。到了竹林冲要之地,展爷便煞住脚步,竟等截取三宝。

不多时,只见白福提着灯笼,托着包袱,嘴里哼哼着唱滦州影,又形容几句猓猓腔,末了儿改唱了一只西皮二簧。他可一壁唱着,一壁回头往后瞧,越唱越瞧的利害,心中有些害怕,觉得身后次拉次拉的响。将灯往身后一照,仔细一看,却是枳荆扎在衣襟之上,口中嘟嚷道:“我说是什么响呢,怪害怕的,原来是他呀!”连忙撂下灯笼,放下包袱,回身摘去枳荆。转脸儿一看,灯笼灭了,包袱也不见了。这一惊非小,刚要找寻,早有人从背后抓住道:“白福,你可认得我么?”白福仔细看时,却是展爷,连忙央告道:“展老爷,小人白福不敢得罪你老,这是何苦呢?”展爷道:“好小子,你放心,我断不伤害于你。须在此歇息歇息再去不迟。”说话间,已将他双手背剪。白福道:“怎么,我这么歇息吗?”展爷道:“你这么着不舒服,莫若趴下。”将他两腿往后一撩,手却往前一按。白福如何站得住,早已趴伏在地。展爷见旁边有一块石头,端起来道:“我与你盖上些儿,看夜静了着了凉。”白福道:“啊呀,展老爷,这个被儿太沉,小人不冷,不劳展老爷疼爱我。”展爷道:“动一动我瞧瞧,如若嫌轻,我再给你盖上一个。”白福忙接言道:“展老爷,小人就只盖一个被的命,若是再盖上一块,小人就折受死了。”展爷料他也不能动了,便奔树根之下来取包袱,谁知包袱却不见了。展爷吃这一惊,可也不小。

正在诧异间,只见那边人影儿一晃。展爷赶步上前,只听“噗哧”一声,那人笑了。展爷倒唬了一跳,忙问道:“谁?”一壁问,一壁看,原来是三爷徐庆。展爷便问:“三弟几时来的?”徐爷道:“小弟见展兄跟下他来,惟恐三宝有失,特来帮扶。不想展兄只顾给白福盖被,却把包袱抛露在此。若非小弟收藏,这包袱又不知落于何人之手了。"说话间,便从那边一块石下将包袱掏出,递给展爷。展爷道:"三弟如何知道此石之下可以藏得包袱呢?"徐爷道:"告诉大哥说,我把这陷空岛大小去处,凡有石块之处,或通或塞,别人皆不能知,小弟没有不知道的。"展爷点头道:"三弟真不愧穿山鼠了。"

二人离了松林,竟奔五义厅而来。只见大厅之上,中间桌上设着酒席,丁大爷坐在上首,柳青坐在东边,白玉堂坐在西边,左胁下佩着展爷的宝剑。见他前仰后合,也不知是真醉呀,也不知是假醉,信口开言道:"小弟告诉二位兄长说,总要叫姓展的服输到地儿,或将他革了职,连包相也得处分,那时节,小弟心满意足,方才出这口恶气。我只看将来我那些哥哥们怎么见我?怎么对的过开封府?"说罢,哈哈大笑。上面丁兆兰却不言语,柳青在旁,连声夸赞。

外面众人俱各听见,惟独徐爷心中按捺不住,一时性起,手持利刃,竟奔厅上而来。进得门来,口中说道:"姓白的,先吃我一刀!"白玉堂正在那里谈的得意,忽见进来一人,手举钢刀,竟奔上来了,忙取腰间宝剑,罢咧,不知何时失去。谁知丁大爷见徐爷进来,白五爷正在出神之际,已将宝剑窃到手中。白玉堂因无宝剑,又见刀临切近,将身向旁边一闪,将椅子举起往上一迎。只听拍的一声,将椅背砍得粉碎。徐爷又抡刀砍来,白玉堂闪在一旁说道:"姓徐的,你先住手,我有话说。"徐爷听了道:"你说!你说!"白玉堂道:"我知你的来意。知道拿住展昭,你会合丁家弟兄前来救他。但我有言在先,已向展昭言明,不拘时日,他如能盗回三宝,我必随他到开封府去。他说只用三天即刻盗回,如今虽未满限,他尚未将三宝盗回。你明知他断不能盗回三宝,恐伤他的脸面,今仗着人多,欲将他救出。三宝也不要了,也不管姓展的怎么回复开封府,怎么舰颜见我。你们不要脸,难道姓展的也不要脸么?"徐爷闻听哈哈大笑道:"姓白的,你还做梦呢!"即回身大叫:"展大哥,快将三宝拿来!"早见展爷托定三宝进了厅内,笑吟吟的道:"五弟,劣兄幸不辱命,果然未出三日,已将三宝取回,特来呈阅。"

白玉堂忽然见了展爷,心中纳闷,暗道:"他如何能出来呢?"又见他手托三宝,外面包的包袱还是自己亲手封的,一点也不差,更觉诧异。又见卢大爷、丁二爷在厅外站立,心中暗想道:"我如今要随他们上开封府,又灭了我的锐气;若不同他们前往,又失却前言。"正在为难之际,忽听徐爷嚷道:"姓白的,事到如今,你又有何说?"白玉堂正无计脱身,听见徐爷之言,他便拿起砍伤了的椅子向徐爷打去。徐爷急忙闪过,持刀砍来。白玉堂手无寸铁,便将葱绿氅脱下,从后身脊缝撕为两片,双手抡起,挡开利刃,急忙出了五义厅,竟奔西边竹林而去。卢方向前说道:"五弟且慢,愚兄有话与你相商。"白玉堂并不答言,直往西去。丁二爷见卢大爷不肯相强,也就不好追赶。只见徐爷持刀紧紧跟随,白玉堂恐他赶上,到了竹林密处,即将一片葱绿氅搭在竹子之上。徐爷见了,以为白玉堂在此歇息,蹑足潜踪赶将上去,将身子往前一蹿,往下一按,一把抓住道:"老五呀,你还跑到那里去?"用手一提,却是一片绿氅,玉堂不知去向。此时,白玉堂已出竹林,竟往后山而去。看见立峰石,又将那片绿氅搭在石峰之上,他便越过山去。这里徐爷明知中计,又往后山追来。

远远见玉堂在那里站立,连忙上前仔细一看,却是立峰石上搭着半片绿氅。已知玉堂去远,追赶不及。暂且不表。

且说柳青正与白五爷饮酒,忽见徐庆等进来,徐爷就与白五爷交手。见他二人出了大厅就不见了,自己一想:"我若偷偷儿的溜了,对不住众人;若与他等交手,断不能取胜。到了此时,说不得乍着胆子只好充一充朋友。"想罢将桌腿子卸下来,拿在手中嚷道:"你等既与白五弟在神前结盟,生死共之。既有今日,何必当初?真乃叫我柳某好笑!"说罢,抡起桌腿向卢方就打。卢方一肚子的好气正无处可出,见柳青打来,正好拿他出出气。见他临近,并不招架,将身一闪躲过,却使了个扫堂腿,只听噗通一声,柳青仰面跌倒。卢爷叫庄丁将他绑了,庄丁上前将柳青绑好。柳青白馥馥一张面皮,只羞得紫巍巍满面通红,好生难看。

卢方进了大厅,坐在上面。庄丁将柳青带至厅上,柳青便将二目圆睁,嚷道:"卢方,敢将柳某怎么样?"卢爷道:"我若将你伤害,岂是我行侠尚义所为。所怪你者,实系过于多事耳。至我五弟所为之事,无须与你细谈。"叫庄丁:"将他放了去罢!"柳青到了此时,走也不好,不走也不好。卢方道:"既放了你,你还不走,意欲何为?"柳青道:"走。可不走吗,难道说我还等着吃早饭么?"说着话,搭搭讪讪的就溜之乎也。

卢爷便向展爷、丁家弟兄说道:"你我仍须到竹林里寻找五弟去。"展爷等说道:"大哥所言甚是。"正要前往,只见徐爷回来说道:"五弟业已过了后山,去的踪影不见了。"卢爷跌足道:"众位贤弟不知,我这后山之下乃松江的江岔子,越过水面,那边松江,极是捷径之路,外人皆不能到。五弟在山时,他自己练就的独龙桥,时常飞越往来,行如平地。"大家听了,同声道:"既有此桥,咱们何不追了他去呢?"卢方摇头道:"去不得!去不得!名虽叫独龙桥,却不是桥,乃是一根大铁链。有桩二根,一根在山根之下,一根在那泊岸之上,当中就是铁链。五弟他因不知水性,他就生心暗练此桥,以为自己能够在水上飞腾越过。也是五弟好胜之心,不想他闲时治下,竟为今日忙时用了。"众人听了,俱各发怔。

忽听丁二爷道:"这可要应了蒋四哥的话了。"大家忙问什么话。丁二爷道:"蒋四哥早已说过,五弟不是没有心机之人,巧咧他要自行投到,把众弟兄们一网打尽。看他这个光景,当真的他要上开封府呢。"卢爷、展爷听了更觉为难,道:"似此如之奈何?我们岂不白费了心么?怎么去见相爷呢?"丁二爷道:"这倒不妨。还好,幸亏将三宝盗回,二位兄长亦可以交差,盖的过脸儿去。"丁大爷道:"天已亮了,莫若俱到舍下,与蒋四哥共同商量个主意才好。"卢爷吩咐水手预备船只,同上茉花村。又派人到蚯蚓湾芦苇深处告诉丁二爷昨晚坐的小船,也就回庄,不必在那里等了;又派人到松江将姚六、费七、白福等松放回来。丁二爷仍将湛卢宝剑交付展爷佩带。卢爷进内略为安置,便一同上船,竟奔茉花村去了。

且说白玉堂越过后墙,竟奔后山而来。到了山根之下,以为飞身越过,可到松江。仔细看时,这一惊非小。原来铁链已断,沉落水底。玉堂又是着急,又是为难,又恐后面有人追来。忽听芦苇之中,咿呀咿呀摇出一只小小渔船。玉堂满心欢喜,连忙唤道:"那渔船,快向这边来,将俺渡到那边,自有重谢。"只见那船上摇橹的却是个年老之人,对着白玉堂道:"老汉以捕鱼为生,清早利市,不定得多少大鱼。如今渡了客官,耽延工夫,岂不误了生理?"玉堂道:"老丈,你只管渡我过去。到了那边,我加倍赏你如何?"渔翁道:"既如此,千万不可食言,老汉渡你就是了。"说罢将船摇至山根。

不知白玉堂上船不曾,且听下回分解。

第五十七回 独龙桥盟兄擒义弟 开封府恩相保贤豪

且说白玉堂纵身上船,那船就是一晃,渔翁连忙用篙点住道:"客官好不晓事。此船乃捕渔小船,俗名划子,你如何用猛力一趁?幸亏我用篙撑住,不然连我也就翻下水去了。好生的荒唐吓!"白玉堂原有心事,恐被人追上难以脱身,幸得此船肯渡他,虽然叨叨数落,却也毫不介意。那渔翁慢慢的摇起船来,撑至江心,却不动了,便发话道:"大清早起的,总要发个利市。再者俗语说的是,'船家不打过河钱'。客官有酒资拿出来,老汉方好渡你过去。"白玉堂道:"老丈,你只管渡我过去,我是从不失信的。"渔翁道:"难,难,难,难!口说无凭,多少总要信行的。"白玉堂暗道:"叵耐这厮可恶!偏我来的仓猝,并未带得银两。也罢,且将我这件衬袄脱下给他。幸得里面还有一件旧衬袄,尚可遮体。疾渡到那面,再作道理。"想罢,只得脱下衬袄道:"老丈,此衣足可典当几贯钱钞,难道你还不凭信么?"渔翁接过,抖起来看道:"这件衣服若是典当了,可以比捕渔有些利息了。客官休怪,这是我们船家的规矩。"正说间,忽见那边飞也似的赶了一只渔船来,有人嚷道:"好吓,清早发利市,见者有份,须要沽酒请我的。"说话间,船已临近。这边的渔翁道:"什么大利市,不过是件衣服。你看看,可典多少钱钞?"说罢,便将衣服掷过。那渔人将衣服抖开一看道:"别管典当多少,足够你我喝酒的了。老兄,你还不口头馋么?"渔翁道:"我正在思饮,咱们且吃酒去。"只听飕的一声,已然跳到那边船上。那边渔人将篙一支,登时飞也似的去了。

白玉堂见他们去了,白白的失去衣服,无奈何,自己将篙拿起来撑船。可煞作怪,那船不往前走,止于在江心打转儿。不多会,白玉堂累的通身是汗,喘吁不止。自己发恨道:"当初与其练那独龙桥的,何不下工夫练这渔船呢,今日也不至于受他的气了。"正在抱怨,忽见小小舱内出来一人,头戴斗笠。猛将斗笠摘下道:"五弟久违了。世上无有十全的人,也没有十全的事,你抱怨怎的?"白玉堂一看,却是蒋平,穿着水靠,不由的气冲霄汉,一声怪叫道:"啊呀,好病夫,那个是你五弟?"蒋爷道:"哥哥是病夫,好称呼呀!这也罢了。当初叫你练练船只,你总以为这没要紧,必要练那出奇的顽意儿。到如今,你那独龙桥那里去了?"白玉堂顺手就是一篙,蒋平他就顺手落下水去。白玉堂猛然省悟道："不好，不好，他善识水性，我白玉堂必是被他暗算。"两眼尽往水中注视。再将篙拨船时，动也不动，只急得他两手扎煞。忽见蒋平露出头来，把住船边道："老五吓，你喝水不喝？"白玉堂未及答言，那船已然底儿朝天，把个锦毛鼠弄成水老鼠了。蒋平恐他过于喝多了水不是当耍的，又恐他不喝一点儿水也是难缠的，莫若叫他喝两三口水，趁他昏迷之际，将就着到了茉花村就好说了。他左手揪住发绺，右手托定腿洼，两足踏水，不多时，即到北岸。见有小船三四只在那里等候，这是蒋平临过河拆桥时就吩咐下的。船上共有十数人，见蒋爷托定白玉堂，大家便嚷道："来了，来了，四老爷成了功了！上这里来。"蒋爷来至切近，将白玉堂往上一举，众水手接过，便要控水。蒋爷道："不消，不消。你们大家把五爷寒鸦凫水的背剪了，头面朝下，用木杠即刻抬至茉花村。赶到那里，大约五爷的水也控净了，就苏醒过来了。"众水手只得依命而行，七手八脚的捆了，用杠穿起，扯连扯连抬着个水淋淋的白玉堂，竟奔茉花村而来。

且说展熊飞同定卢方、徐庆，兆兰、兆蕙相陪来至茉花村内。刚一进门，二爷便问伴当道："蒋四爷可好些了？"伴当道："蒋四爷于昨晚二员外起身之后，也就走了。"众人诧异道："往那里去了？"伴当道："小人也曾问来，说：'四爷病着，往何方去呢？'四爷说：'你不知道，我这病是没要紧的。皆因有个约会，等个人，却是极要紧的。'小人也不敢深问，因此四爷就走了。"众人听了，心中纳闷。惟独卢爷着急道："他的约会，我焉有不知的？从来没有提起，好生令人不解。"丁大爷道："大哥不用着急，且到厅上坐下，大家再作商量。"说话间，来至厅上。丁大爷先要去见丁母，众人俱言："代为叱名请安。"展爷说："俟事体消停，再去面见老母。"丁大爷一一领命，进内去了。丁二爷吩咐伴当："快快去预备酒饭，我们俱是闹了一夜的了，又渴又饿。快些，快些！"伴当忙忙的传往厨房去了。少时，丁大爷出来，又一一的替老母问了众人的好。又向展爷道："家母听见兄长来了，好生欢喜，言事情完了，还要见兄长呢。"展爷连连答应。早见伴当调开桌椅，安放杯箸。上面是卢方，其次展昭、徐庆，兆兰、兆蕙在主位相陪。刚然入座，才待斟酒，忽见庄丁跑进来禀道："蒋老爷回来了，把白五爷抬来了。"众人听了，又是惊骇，又是欢喜，连忙离座出厅，俱各迎将出来。

到了庄门，果见蒋四爷在那里，吩咐把五爷放下，抽杠解缚。此时白玉堂已然吐出水来，虽然苏醒，尚不明白。卢方见他面目焦黄，浑身犹如水鸡儿一般，不觉泪下。展爷早赶步上前，将白玉堂扶着坐起，慢慢唤道："五弟醒来，醒来。"不多时，只见白玉堂微睁二目，看了看展爷，复又闭上，半晌方嘟嚷道："好病夫吓，淹得我好，淹得我好！"说罢，哇的一声，又吐出许多清水，心内方才明白了。睁睛往左右一看，见展爷蹲在身旁，见卢方在那里拭泪，惟独徐庆、蒋平二人，一个是怒目横眉，一个是嬉皮笑脸。白玉堂看蒋爷，便要挣扎起来，道："好病夫吓，我是不能与你干休的！"展爷连忙扶住道："五弟，且看愚兄薄面。此事始终皆由展昭而起，五弟如有责备，你就责备展昭就是了。"丁家弟兄连忙上前扶起玉堂，说道："五弟，且到厅上去，沐浴更衣后，有什么话再说不迟。"白玉堂低头一看，见浑身连泥带水，好生难看,又搭着处处皆湿,遍体难受的很。到此时也役了法子了,只得说:“小弟从命。”

大家步入庄门,进了厅房。丁二爷叫小童掀起套间软帘,请白五爷进内。只见澡盆、浴布、香肥皂、胰子、香豆面俱已放好。床上放着洋布汗禢、中衣、月白洋绉套裤、靴袜、绿花氅、月白衬袄、丝绦、大红绣花武生头巾,样样俱是新的。又见小童端了一磁盆热水来,放在盆架之上。请白老爷坐了,打开发纂,先将发内泥土洗去,又换水添上香豆面洗了一回,然后用木梳通开,将发纂挽好,扎好网巾。又见进来一个小童,提着一桶热水,注在澡盆之内,请五老爷沐浴,两个小童就出来了。白玉堂即将湿衣脱去,坐在矮凳之上,周身洗了,用浴布擦干,穿了中衣等件。又见小童进来,换了热水,请五老爷净面。然后穿了衣服,戴了武生巾,其衣服靴帽尺寸长短,如同自己的一样,心中甚为感激丁氏弟兄。只是恼恨蒋平,心中忿忿。

只见丁二爷进来道:“五弟沐浴已毕,请到堂屋中谈话饮酒。”白玉堂只得随出。见他仍是怒容满面,卢方等立起身来说:“五弟,这边坐叙话。”玉堂也不言语。见方才之人皆在,惟不见蒋爷,心中纳闷。只见丁二爷吩咐伴当摆酒,片时工夫,已摆得齐整,皆是美味佳肴。丁大爷擎杯,丁二爷执壶道:“五弟想已饿了,且吃一杯,暖一暖寒气。”说罢斟上酒来,向玉堂说:“五弟请用。”玉堂此时欲不饮此酒,怎奈腹中饥饿,不作脸的肚子咕噜噜的乱响,只得接杯一饮而尽。又斟了门杯,又给卢爷、展爷、徐爷斟了酒,大家入座。卢爷道:“五弟,已往之事,一概不必提了。无论谁的不是,皆是愚兄的不是。惟求五弟同到开封府,就是给为兄的作了脸了。”白玉堂闻听,气冲斗牛,不好向卢方发作,只得说:“叫我上开封府万万不能。”展爷在旁插言道:“五弟不要如此,凡事必须三思而行,还是大哥所言不差。”玉堂道:“我管什么三思、四思,横竖我不上开封府去。”

展爷听了玉堂之言,有许多的话要问他,又恐他有不顺情理之言,还是与他闹是不闹呢?正在思想之际,忽见蒋爷进来说:“姓白的,你别过于任性了。当初你向展兄言明,盗回三宝,你就同他到开封府去。如今三宝取回,就该同他前往才是;即或你不肯同他前往,也该以情理相求,为何竟自逃走?不想又遇见我,救了你的性命,又亏丁兄给你换了衣服,如此看待,为的是成全朋友的义气。你如今不到开封府,不但失信于展兄,而且对不住丁家弟兄,你义气何在?”白玉堂听了,气的喊叫如雷,说:“好病夫呀,我与你势不两立了!”站起来就奔蒋爷拚命。丁家弟兄连忙上前揽住道:“五弟不可,有话慢说。”蒋爷笑道:“老五吓,我不与你打架,就是你打我,我也不还手。打死我,你给我偿命。我早已知道你是没见过大世面的,如今听你所说之言,真是没见过大世面。”白玉堂道:“你说我没见过大世面,你倒要说说我听。”

蒋爷笑道:“你愿听,我就说与你听。你说你到过皇宫内苑,忠义祠题诗,万代寿山前杀命,奏折内夹带字条,大闹庞府,杀了侍妾。你说这都是人所不能的。这原算不了奇特,这不过是你仗着有飞檐走壁之能,黑夜里无人看见,就遇见了,皆是没本领之人。这如何算的是大能干呢?如何算得见过大世面呢?如若是见过世面,必须在光天化日之中,瞻仰过天子升殿:先是金钟声响,后见左右宫门一开,带刀护卫一对一对的按次序而出，雁翼排班侍立，一个个真似天神一般。然后文武臣工步上丹墀，分文东武西而立。丹墀下，御林军俱佩带绿皮鞘腰刀，一个个雄赳赳、气昂昂，按班而立。又听金鞭三下响，正宫门开处，先是提炉数对，见八人肩舆，上坐天子，后面龙凤扇二柄，紧紧相随。再后是御前太监，蜂拥跟随天子升殿。真是鸦雀无声，那一番严肃齐整，令人悚然。就是有不服王法的，到了此时，也就骨软筋酥。且慢说天子升殿，就是包相爷升堂问事，那一番的威严，也令人可畏。未升堂之时，先是有名头的皂班、各项捕快、各项的刑具、各班的皂役，也是一班一班的由角门而进，将铁链夹棍各样刑具往堂上一放，便阴风惨惨。又有王、马、张、赵，将御铡请出，喊了堂威，左右排班侍立。相爷从屏风后步入公座，那一番赤胆忠心为国为民一派的正气，姓白的，你见了虽不至骨软筋酥，也就威风顿灭。这些话仿佛我薄你，皆因你所为之事，都是黑夜之间，人皆睡着，由着你的性儿，该杀的就杀，该偷的就偷拿了走了。若在白昼之间，这样事全是不能行的。我说你没见过大世面，所以不敢上开封去，就是这个缘故。"

白玉堂不知蒋爷用的是激将法，气的他三尸神暴出，五陵豪气飞空，说："好病夫，你把白某看作何等样人？漫说是开封府，就是刀山箭林，也是要走走的！"蒋爷笑嘻嘻道："老五哇，这是你的真话呀，还是乍着胆子说的呢？"玉堂嚷道："这也算不了什么大事，也不便与你撒谎！"蒋爷道："你既愿意去，我还有话问你。这一起身，虽则同行，你万一故意落在后头，我们可不能等你。你若从屎遁里逃了，我们可不能找你。还有一件事更要说明：你在皇宫大内干的事情，这个罪名非同小可。到了开封府，见了相爷，必须小心谨慎，听包相爷的钧谕，才是大丈夫所为。若是你仗着自己有飞檐走壁之能，血气之勇，不知规矩，口出胡言大话，就算不了行侠尚义，英雄好汉，就是个浑小子，也就不必上开封府去了。你就请罢，再也不必出头露面了。"白玉堂是个心高气傲之人，如何能受得这些激发之言，说："病夫，如今我也不合你论长论短，俟到了开封府，叫你看看白某是见过大世面还是没有见过大世面，那时再与你算帐便了。"蒋爷笑道："结咧，看你的好好劲儿了。好小子，敢做敢当才是好汉呢！"兆兰等恐他二人说翻了，连忙说道："放着酒不吃，说这些不要紧的话作什么呢？"丁大爷斟了一杯酒递给玉堂，丁二爷斟了一杯酒递与蒋平，二人一饮而尽。然后大家归座，又说了些闲话。

白玉堂向着蒋爷道："我与你有何仇何恨，将我翻下水去，是何缘故？"蒋爷道："五弟，你说话太不公道。你想想，你作的事，那一样儿不利害？那一样儿留情分？甚至说话都叫人磨不开。就是今日，难道不是你先将我一篙打下水去么？幸亏我识水性，不然我就淹死了。怎么你倒恼我？我不冤死了么？"说的众人都笑起来了。丁二爷道："既往之事，不必再说。莫若大家喝一回，吃了饭也该歇息歇息了。"说罢才要斟酒，展爷道："二位贤弟且慢，愚兄有个道理。"说罢，接过杯来，斟了一杯向玉堂道："五弟，此事皆因愚兄而起，其中却有区别。今日当着众位仁兄贤弟俱各在此，小弟说一句公平话。这件事实系五弟性傲之故，所以生出这些事来。如今五弟既愿到开封府去，无论何事，我展昭与五弟荣辱共之。五弟信的及，就饮此一杯。”大家俱称赞道：“展兄言简意深，真正痛快。”白玉堂接杯一饮而尽，道：“展大哥，小弟与兄台本无仇隙，原是义气相投的。诚然是小弟少年无知，不服气的起见。如到开封府，自有小弟招承，断不累及吾兄。再者，小弟屡屡唐突冒昧，蒙兄长的海涵，小弟也要敬一杯，赔个礼才是。”说罢，斟了一杯，递将过来。大家说道：“理当如此。”展爷连忙接过，一饮而尽，复又斟上一杯道：“五弟既不挂怀劣兄，五弟与蒋四兄也要对敬一杯。”蒋爷道：“甚是，甚是。”二人站起来，对敬了一杯。众人俱各大乐不止。然后归座，依然是兆兰、兆蕙斟了门杯，彼此畅饮，又说了一回本地风光的事体，到了开封府应当如何的光景。

酒饭已毕，外面已备办停当，展爷进内与丁母请安禀辞。临别时，留下一封谢柬，是给松江府知府的，求丁家弟兄派人投递。丁大爷、丁二爷送至庄外，眼看着五位英雄带领着伴当数人，蜂拥去了。一路无话。

及至到了开封府，展爷便先见公孙策，商议求包相保奏白玉堂；然后又与王、马、张、赵彼此见了。众人见白玉堂少年英雄，无不羡爱。白玉堂到此时也就循规蹈矩，诸事仗卢大爷提拨。展爷与公孙先生来到书房，见了包相，行参已毕，将三宝呈上。包公便吩咐李才送至后面收了。展爷便将如何自己被擒，多亏茉花村双侠搭救，又如何蒋平装病，悄地里拿获白玉堂的话说了一遍，惟求相爷在圣上面前递摺保奏。包公一一应允，也不升堂，便叫将白玉堂带至书房一见。展爷忙至公所道：“相爷请五弟书房相见。”白玉堂站起身来就要走，蒋平上前拦住道：“五弟且慢。你与相爷是亲戚是朋友？”玉堂道：“俱各不是。”蒋爷道：“既无亲故，你身犯何罪？就是这样见相爷，恐于理上说不去。”白玉堂猛然省悟道：“亏得四哥提拔，险些儿误了大事。”

未知如何，且听下回分解。

第五十八回 锦毛鼠龙楼封护卫 邓九如饭店遇恩星

且说白玉堂听蒋平之言，猛然省悟道：“是呀，亏得四哥提拔，不然我白玉堂岂不成了叛逆了么？展兄快拿刑具来。”展爷道：“暂且屈尊五弟。”吩咐伴当快拿刑具来。不多时，不但刑具拿来，连罪衣罪裙俱有，立刻将白玉堂打扮起来。此时，卢方同着众人，连王、马、张、赵俱随在后面。展爷先至书房，掀起帘栊，进内回禀。不多时，李才打起帘子，口中说道：“相爷请白义士。”只一句，弄得白玉堂欲前不前，要退难退，心中反倒不得主意。只见卢方在那里打手势，叫他屈膝。他便来至帘前，屈膝肘进，口内低低说道：“罪民白玉堂，有犯天条，恳祈相爷笔下超生。”说罢，匍匐在地。包相笑容满面道：“五义士不要如此，本阁自有保本。”回头吩咐展爷去了刑具，换上衣服看座。白玉堂那里肯坐。包相把白玉堂仔细一看，不由的满心欢喜。白玉堂看了包公，不觉的凛然敬畏。包相却将梗概略为盘诘，白玉堂再无推诿，满口应承。包相点了点头道："圣上屡屡问本阁要五义士者，并非有意加罪，却是求贤若渴之意。五义士只管放心，明日本阁保奏，必有好处。"

外面卢方等听了，连忙进来，一齐跪倒。白玉堂早已的跪下。卢方道："卑职等仰赖相爷的鸿慈，明日圣上倘不见怪，实属万幸；如若加罪时，卢方等情愿纳还职衔，以赎弟罪，从此做个安善良民，再也不敢妄为了。"包公笑道："卢校尉不要如此，全在本阁身上，包管五义士无事。你等不知，圣上此时励精图治，惟恐野有遗贤，时常的训示本阁，叫细细访查贤豪俊义，焉有见怪之理？只要你等以后与国家出力报效，不负圣恩就是了。"说罢，吩咐众人起来。又对展爷道："展护卫与公孙主簿，你二人替本阁好好看待五义士。"展爷与公孙先生一一领命，同定众人退了出来。

到了公厅之内，大家就座。只听蒋爷说道："五弟，你看相爷如何？"白玉堂道："好一位为国为民的恩相。"蒋爷笑道："你也知是恩相了。可见大哥堪称是我的兄长，眼力不差，说个'知遇之恩'，诚不愧也。"几句话，说的个白玉堂脸红过耳，瞅了蒋平一眼，再也不言语了。旁边公孙先生知道蒋爷打趣白玉堂，惟恐白玉堂年幼脸急，连忙说道："今日我等虽奉相谕款待五弟，又算是我与五弟预为贺喜。候明日保奏下来，我们还要吃五弟喜酒呢。"白玉堂道："只恐小弟命小福薄，无福消受皇恩。倘能无事，弟亦当备酒与众位兄长酬劳。"徐庆道："不必套话，大家也该喝一杯了。"赵虎道："我刚要说，三哥说了。还是三哥爽快。"回头叫伴当，快快摆桌子端酒席。登时进来几个伴当，调开桌椅，安放杯箸。展爷与公孙先生还要让白玉堂上座，却是马汉、王朝二人拦住说："住了，卢大哥在此，五弟焉肯上座？依弟等愚见，莫若还是卢大哥的首座，其下挨次而坐到觉爽快。"徐庆道："好，还是王、马二兄吩咐的是！我是挨着赵四弟一处坐。"赵虎道："三哥咱两个就在这边坐，不要管他们。来，来，来，且喝一杯。"说罢，一个提壶，一个执盏，二人就对喝起来。众人见他二人如此，不觉大笑，也不谦让了，彼此就座，饮酒畅谈，无不倾心。

及至酒饭已毕，公孙策便回至自己屋内写保奏摺底。开首先叙展护卫一人前往陷空岛拿获白玉堂，皆是展昭之功。次说白玉堂所作之事，虽暗昧小巧之行，却是光明正大之事，仰恳天恩赦宥封职，广开进贤之门等语。请示包相看了，缮写清楚，预备明日五鼓谨呈御览。

至次日，包公派展爷、卢大爷、王爷、马爷随同白玉堂入朝。白五爷依然是罪衣罪裙，预备召见。到了朝房，包相进内递摺。仁宗看了，龙心大悦，立刻召见包相。包相又密密保奏一番。天子即传言，派老伴伴陈林晓示白玉堂，不必罪衣罪裙，只于平人服色，带领引见。陈公公念他杀郭安，有暗救自己之恩，见了白玉堂，又致谢了一番。然后明发上谕，叫白玉堂换了一身簇新的衣服，更显得少年英俊。及至天子临朝，陈公公将白玉堂领至丹墀之上。仁宗见白玉堂一表人物，再想见他所作之事，真有人所不能的本领，人所不能的胆量，圣心欢喜非常，就依着包卿的密奏，立刻传旨："加封展昭实受四品护卫之职。其所遗四品护卫之衔，即着白玉堂补授，与展昭同在开封府供职,以为辅弼。"白玉堂到了此时,心平气和,惟有俯首谢恩。下了丹墀,见了众人,大家道喜,惟卢方更觉欢喜。

至散朝之后,随到开封府。此时早有报录之人报到,大家俱知白五爷得了护卫,无不快乐。白玉堂换了服色,展爷带到书房,与相爷行参。包公又勉励了多少言语,仍叫公孙先生替白护卫具谢恩摺子,预备明早入朝,代奏谢恩。一切事宜完毕,白玉堂果然设了丰盛酒席,酬谢知己。这一日,群雄豪聚:上面是卢方,左有公孙先生,右有展爷,这壁厢王、马、张,那壁厢赵、徐、蒋,白玉堂却在下面相陪。大家开怀畅饮,独有卢爷有些愀然不乐之状。王朝道:"卢大哥,今日兄弟相聚,而且五弟封职,理当快乐,为何大哥郁郁不乐呢?"蒋平道:"大哥不乐,小弟知道。"马汉道:"四弟,大哥端的为着何事?"蒋平道:"二哥,你不晓得,我弟兄原是五人,如今四个人俱各受职,惟有我二哥不在座中。大哥焉有不想念的呢?"蒋平这里说着,谁知卢爷那里早已落下泪来,白玉堂便低下头去了。众人见此光景,登时的都默默无言。半晌,只听蒋平叹道:"大哥不用为难。此事原是小弟作的,我明日便找二哥去如何?"白玉堂忙插言道:"小弟与四哥同去。"卢方道:"这到不消。你乃新受皇恩,不可远出。况且找你二哥,又不是私访缉捕,要去多人何用? 只你四哥一人足矣。"白玉堂说:"就依大哥吩咐。"公孙先生与展爷又用言语劝慰了一番,卢方才把愁眉展放。大家豁拳行令,快乐非常。到了次日,蒋平回明相爷去找韩彰,自己却扮了个道士行装,仍奔丹凤岭翠云峰而来。

且说韩彰自扫墓之后,打听得蒋平等由平县已然起身,他便离了灵佑寺,竟奔杭州而来,意欲游赏西湖。一日,来到仁和县,天气已晚,便在镇店找了客寓住了。吃毕晚饭后,刚要歇息,忽听隔壁房中有小孩子啼哭之声,又有个山西人唠哩唠叨不知说什么。心中委决不下,只得出房来到这边,悄悄张望。见那山西人左一掌,右一掌,打那小孩子,叫那小孩子叫他父亲,偏偏的那小孩子却又不肯。韩二爷看了,心中纳闷。又见那小孩子挨打可怜,不由的迈步上前劝道:"朋友,这是为何?他一个小孩子家,如何禁的住你打呢?"那山西人道:"客官,你不晓得。这怀(坏)小娃娃是哦(我)前途花了五两银子买来作干儿的。一炉(路)上哄着他迟(吃),哄着他哈(喝),他总叫哦大收(叔)。哦就说他:'你不要叫哦大收,你叫哦乐子。大收与乐子没有什么分别,不过是一蹭儿拔(罢)咧。'可奈这娃娃到了店里,他不但不叫哦乐子,连大收也不叫了,竟管着哦叫一蹭儿。客官,你想想,这一蹭儿是个什么敦希(东西)呢?"韩爷听了不由的要笑。又见那小孩子眉目清秀,瞅着韩爷,颇有望救之意。韩爷更觉不忍,连忙说道:"人生各有缘分。我看这小孩子,很爱惜他。你若将他转卖于我,我便将原价奉还。"那山西人道:"既如此,微赠些利息,哦便卖给客官。"韩二爷道:"这也有限之事。"即向兜肚内摸出五六两一锭,额外又有一块不足二两,托于掌上道:"这是五两一锭,添上这块,算作利息。你道如何?"那山西人看着银子眼中出火,道:"求(就)是折(这)样罢。哦没有娃娃累赘,哦还要赶炉(路)呢。咱蒙(们)仍蝇(人银)两交,各无反悔。"说罢,他将小孩子领过来交与韩爷,韩爷却将银子递过。

这山西人接银在手，头也不回，扬长出店去了。韩爷反生疑忌。只听小孩子道："真便宜他，也难为他。"韩爷问道："此话怎讲？"小孩子道："请问伯伯住于何处？"韩爷道："就在间壁房内。"小孩子道："既如此，请到那边再为细述。"韩爷见小孩子说话灵变，满心欢喜，携着手来到自己屋内。先问他吃什么，小孩子道："前途已然用过，不吃什么了。"韩爷又给他斟了半盏茶，叫他喝了，方慢慢问道："你姓甚名谁？家住那里？因何卖与山西人为子？"小孩子未语先流泪道："伯伯听禀：我姓邓名叫九如，在平县邓家洼居住。只因父亲丧后，我与母亲娘儿两个度日。我有一个二舅，名叫武平安，为人甚实不端。一日，背负一人寄居我们家中，说是他的仇人，要与我大舅活活祭灵。不想此人是开封府包相爷的侄儿。我母亲私行将他释放，叫我找我二舅去，趁空儿我母亲就悬梁自尽了。"说至此，痛哭起来。韩爷闻听，亦觉惨然，将他劝慰多时，又问以后的情节。邓九如道："只因我二舅所作之事无法无天，况我们又在山环居住，也不报官，便用棺材盛殓，于次日烦了几个无赖之人，帮着抬在山洼掩埋。是我一时思念母亲死的苦情，向我二舅啼哭。谁知我二舅不加怜悯，反生怨恨，将我踢打一顿，我就气闷在地，不知魂归何处。不料后来苏醒过来，觉得在人身上，就是方才那个山西人。一路上多亏他照应吃喝，来到此店。这是难为他。所便宜他的原故，他何尝花费五两银子，他不过在山洼将我捡来，折磨我叫他父亲，也不过是转卖之意。幸亏伯伯搭救，白白的叫他诈去银两。"韩爷听了，方知此子就是邓九如。见他伶俐非常，不由的满心欢喜，又是叹息。当初在灵佑寺居住时，听的不甚的确，如今听九如一说，心内方才明白。只见九如问道："请问伯伯贵姓？因何到旅店之中？却要往何处去？"韩爷道："我姓韩名彰，要往杭州有些公干。只是道路上带你不便，待我明日将你安置个妥当地方，候我回来，再带你上东京便了。"九如道："但凭韩伯伯处置。使小侄不至漂泊，那便是伯父再生之德了。"说罢，流下泪来。韩爷听了好生不忍，道："贤侄放心，休要忧虑。"又安慰了好些言语，哄着他睡了，自己也便和衣而卧。

到次日天明，算还了饭钱，出了店门。惟恐九如小孩子家吃惯点心，便向街头看了看，见路西有个汤圆铺，携了九如来到铺内，拣了个座头坐了，道："盛一碗汤圆来。"只见有个老者端了一碗汤圆，外有四碟点心，无非是糖耳朵、蜜麻花、蜂糕等类，放在桌上。手持空盘，却不动身，两只眼睛直勾勾的瞅着九如，半晌叹了一口气，眼中几几乎落下泪来。韩二爷见此光景，不由的问道："你这老儿，为何瞅着我侄儿？难道你认得他么？"那老者道："小老儿认却不认得，只是这位小相公有些厮像……"韩爷道："他像谁？"那老儿却不言语，眼泪早已滴下。韩爷更觉犯疑，连忙道："他到底像谁，何不说来？"那老者拭了泪道："军官爷若不怪时，小老儿便说了。只因小老儿半生乏嗣，好容易生了一子，活到六岁上，不幸老伴死了，撂下此子，因思娘也就呜呼哀哉了。今日看见小相公的面庞儿，颇颇的像我那……"说到这里，却又咽住不言语了。

韩爷听了，暗暗忖度道："我看此老颇觉诚实，而且老来思子，若九如留在此间，他必加倍疼爱，小孩子断不至于受苦。"想罢便道："老丈，你贵姓？"那老者道："小老儿姓张，乃嘉兴府人氏，在此开汤圆铺多年。铺中也无多人，只有个伙计看火，所有座头俱是小老儿自己张罗。”韩爷道：“原来如此。我告诉你，他姓邓，名叫九如，乃是我侄儿。只因目下我到杭州有些公干，带着他行路甚属不便。我意欲将这侄儿寄居在此，老丈你可愿意么？”张老儿听了，眉开目笑道：“军官既有公事，请将小相公留居在此。只管放心，小老儿是会看承的。”韩爷又问九如道：“侄儿，你的意下如何？我到了杭州，完了公事，即便前来接你。”九如道：“伯伯既有此意，就是这样罢，又何必问我呢？”韩爷听了，知他愿意，又见老者欢喜无限，真是两下情愿，事最好办。韩爷也想不到如此的爽快，回手在兜肚内掏出五两一锭银子来，递与老者道：“老丈，这是些须薄礼，聊算我侄儿的茶饭之资，请收了罢。”张老者那里肯受。

不知说些什么话来，且听下回分解。

第五十九回　倪生偿银包兴进县　金令赠马九如来京

且说张老见韩爷给了一锭银子，连忙道：“军官爷太多心了。就是小相公每日所费无几，何用许多银两呢？如怕小相公受屈，留下些须银两也就够了。”韩爷道：“老丈若要推辞，便是嫌轻了。”张老道：“既如此说，小老儿就从命了。”连忙将银接过。韩爷又说道：“我这侄儿，烦老丈务要分心的。”又对九如道：“侄儿耐性在此，我完了公事，即便回来。”九如道：“伯父只管放心料理公事，我在此与张老伯盘桓是不妨事的。”韩爷见九如居然大方，全无小孩子情态，不但韩二爷放心，而且张老者听见邓九如称他为张老伯，乐得他心花俱开，连称：“不敢，不敢！军官爷只管放心，小相公交付小老儿，理当分心，不劳吩咐的。”韩二爷执了执手，邓九如又打了一躬，韩爷便出了汤圆铺，回头屡屡，颇有不舍之意。从此，韩二爷直奔杭州，邓九如便在汤圆铺安身不表。

且说包兴自奉相谕，送方善与玉芝小姐到合肥县小包村，诸事已毕。在太老爷、太夫人前请安叩辞，赏银五十两；又在大老爷、大夫人前请安禀辞，也赏了三十两；然后又替二老爷、二夫人请安禀辞，无奈何赏了五两银子；又到宁老先生处禀了辞，便吩咐伴当扣备鞍马，牢拴行李，出了合肥县，迤逦行来。

一日，路过一庄，但见树木丛杂，房屋高大，极其凶险。包兴暗暗想道：“此是何等样人家，竟有如此的楼阁大厦？又非世胄，又非乡宦，到底是个什么人呢？”正在思索，不提防咕咚的响了一枪。坐下马是极怕响的，忽的一声往前一蹿。包兴也未防备，身不由己掉下马来，那马咆哮着跑入庄中去了。幸喜包兴却未跌着，伴当连忙下马搀扶。包兴道：“不妨事，并未跌着。你快去进庄将马追来，我在此看守行李。”伴当领命进庄去了。不多时，喘吁吁跑了回来道：“了不得，了不得，好利害，世间竟有如此不讲理的！”包兴问道：“怎么样了？”伴当道：“小人追入庄中，见一人肩上担着一杆枪，拉着咱的马。小人上前讨取，他将眼一瞪道：‘你这厮如何的可恶，俺打的好好树头鸟，被你的马来，将俺的树头鸟俱各惊飞了。你还敢来要马！如若要马时，须要还俺满树的鸟儿，让俺打的尽了，那时方还你的马。’小人打量他取笑儿，向前赔礼，央告道：‘此马乃我主人所乘，只因闻枪怕响，所以惊蹿起来，将我主人闪落，跑入贵庄。爷爷休要取笑，乞赐见还是恳。’谁知那人道：‘什么恳不恳，俺全不管。你打听打听，俺太岁庄有空过的么？你去回复你主人，如要此马，叫他拿五十两银子来此取赎。’说罢，他将马就拉进去了。想世间那有如此不讲理的呢？”包兴听了也觉可气，便问：“此处系何处所辖？”伴当道：“小人不知。”包兴道：“打听明白了，再作道理。”说罢，伴当牵了行李马匹先行，包兴慢慢在后步行。走不多路，伴当复道：“小人才已问明，此处乃仁和县地面，离街有四里之遥。县官姓金，名必正。”你道此人是谁？他便是颜查散的好友。自服阕之后，归部铨选，选了此处的知县。他已曾查访，此处有此等恶霸，屡屡要剪除他。无奈吏役舞弊欺瞒，尚未发觉。不想包兴今日为失马，特特的要拜会他。

且说包兴暂时骑了伴当所乘之马，叫伴当牵着马垛子，随后慢慢来到县衙相见。果然走了三里来路，便到镇市之上，虽不繁华，却也热闹。只见路东巷内路南便是县衙，包兴一抻马进了巷口，到了衙前下马。早有该值的差役，见有人在县前下马，迎将上去，说了几句。只听那差役唤号里接马，恭恭敬敬将包兴让进，暂在科房略坐，急速进内回禀。不多时，请至书房相见。只见那位县爷有三旬年纪，见了包兴，先述未得迎接之罪，然后彼此就座。献茶已毕，包兴便将路过太岁庄，将马遗失，本庄勒措不还的话说了一遍。金令听了先赔罪道：“本县接任未久，地方竟有如此恶霸，欺侮上差，实乃下官之罪。”说罢一揖，包兴还礼。金令急忙唤书吏，派马快前去要马，书吏答应下来。金令却与包兴提起颜查散是他好友，包兴道：“原来如此。颜相公乃是相爷得意门生，此时虽居翰苑，大约不久就要提升。”金令又要托包兴寄信一封，包兴一一应允。

正说话间，只见书吏去不多时，复又转来，悄悄的请老爷说话。金令只得暂且告罪失陪。不多时，金爷回来，不等包兴再问，便开口道：“我已派人去了，诚恐到了那里，有些耽搁，贻误公事，下官实实吃罪不起。如今已吩咐将下官自己乘用之马备来，上差暂骑了去，俟将尊骑要来，下官再派人送去。”说罢，只见差役已将马拉进来，请包兴看视。包兴见此马比自己骑的马胜强百倍，而且鞍韂鲜明，便道：“既承贵县美意，实不敢辞。只是太岁庄在贵县地面，容留恶霸，恐于太爷官声是不相宜的。”金令听了，连连称是道：“多承指教，下官必设法处治。恳求上差到了开封，在相爷跟前代下官善为说辞。”包兴满口应承。又见差役进来回道：“跟老爷的伴当，牵着行李垛子，现在衙外。”包兴立起身来辞了金令，差役将马牵至二堂之上。金令送至仪门，包兴拦住不许外送。到了二堂之上，包兴伴当接过马来，出了县衙，便乘上马，后面伴当拉着垛子。刚出巷口，伴当赶上一步回道：“此处极热闹的镇店，从清早直到此时，爷还不饿么？”包兴道：“我也有些心里发空，咱们就在此找个饭铺打尖罢。”伴当道：“往北去，路西里会仙楼是好的。”包兴道：“既如此，咱们就到那里去。"

不一时,到了酒楼门前。包兴下马,伴当接过去拴好。伴当却不上楼,就在门前走桌上吃饭。包兴独步登楼一看,见当门一张桌空闲,便坐在那里。抬头看时,见那边靠窗有二人坐在那里,另具一番英雄气概。一个是碧睛紫髯,一个是少年英俊,真是气度不凡,令人好生的羡慕。你道此二人是谁?那碧睛紫髯的便是北侠,复姓欧阳名春,因是紫巍巍一部长髯,人人皆称他为紫髯伯。那少年英俊的便是双侠的大官人丁兆兰,只因奉母命与南侠展爷修理房屋,以为来春毕姻。丁大官人与北侠,原是素来闻名未曾见面的朋友,不期途中相遇,今约在酒楼吃酒。包兴看了堂官过来,问了酒菜,传下去了。又见上来了主仆二人,相公有二十年纪,老仆却有五旬上下,与那二人对面坐了。因行路难以拘礼,也就叫老仆打横儿坐了。不多时,堂官端上酒来,包兴慢慢的消饮。

忽听楼梯声响,上来一人,携着一个小儿。却见小儿眼泪汪汪,那汉子怒气昂昂,就在包兴坐的座头斜对面坐了。小儿也不坐下,在那里拭泪。包兴看了,又是不忍又觉纳闷。早已听见楼梯响处,上来了一个老头儿,眼似銮铃,一眼看见那汉子,连忙上前跪倒,哭诉道:"求大叔千万不要动怒。小老儿虽然短欠银两,慢慢的必要还清,分文不敢少的。只是这孩子,大叔带他去不得的。他小小年纪,又不晓事,又不能干,大叔带去怎么样呢?"那汉子端坐,昂然不理。半晌说道:"俺将此子带去作个当头,俟你将帐目还清,方许你将他领回。"那老头儿着急道:"此子非是小老儿亲故,乃是一个客人的侄儿,寄在小老儿铺中的。倘若此人回来,小老儿拿什么还他的侄儿?望大叔开一线之恩,容小老儿将此子领回。缓至三日,小老儿将铺内折变,归还大叔的银子就是了。"说罢,连连叩头。只见那汉子将眼一瞪道:"谁耐烦这些。你只管折变你的去,等三日后到庄取赎此子。"

忽见那边老仆过来,对着那汉子道:"尊客,我家相公要来领教。"那汉子将眼皮儿一撩道:"你家相公是谁?素不相识,见我则甚?"说至此,早有位相公来到面前道:"尊公请了,学生姓倪名叫继祖。你与老丈为着何事,请道其详。"那汉子道:"他拖欠我的银两,总未归还。如今要将此子带去见我们庄主,作个当头。相公,你不要管这闲事。"倪继祖道:"如此说来,主管是替主索帐了。但不知老丈欠你庄主多少银两?"那汉子道:"他原借过银子五两,三年未还,每年应加利息银五两,共欠纹银二十两。"那老者道:"小老儿曾归还过二两银,如何欠的了许多?"那汉子道:"你总然归还过二两银,利息是照旧的。岂不闻'归本不抽利'么?"只这一句话,早惹起那边两个英雄豪侠,连忙过来,道:"他除归还过的,还欠你多少?"那汉子道:"尚欠十八两。"倪继祖见他二人满面怒气,惟恐生出事来,急忙拦道:"些须小事,二兄不要计较于他。"回头向老仆道:"倪忠,取纹银十八两来。"只见老仆向那边桌上打开包裹,拿出银来,连整带碎,约有十八两之数,递与相公。倪继祖接来才待要递给恶奴,却是丁兆兰问道:"且慢。当初借银两时,可有借券?"恶奴道:"有,在这里。"回手掏出,递给相公。相公将银两付给,那人接了银两下楼去了。

此时,包兴见相公代还银两,料着恶奴不能带去小儿,便过来将小儿带至自己桌上,哄着吃点心去了。这边老者起来,又给倪继祖叩头。倪继祖连忙搀起问道:“老丈贵姓?”老者道:“小老儿姓张,在这镇市之上开个汤圆铺生理。三年前曾借这太岁庄马二员外银五两,是托此人的说合,他名叫马禄。当初不多几月就归还他二两,谁知他仍按五两算了利息,生生的诈去许多,反累的相公妄费去银两,小老儿何以答报。请问相公意欲何往?”倪相公道:“些须小事,何足挂齿。学生原是欲上东京预备明年科考,路过此处打尖,不想遇见此事,这也是事之偶然耳。”又见丁兆兰道:“老丈你不吃酒么?相公既已耗去银两,难道我二人连个东道也不能么?”说罢大家执手道了个“请”字,各自归座。张老儿已瞧见邓九如在包兴那边吃点心呢,他也放了心了,就在这边同定欧阳春三人坐了。

丁大爷一壁吃酒,一壁盘问太岁庄。张老儿便说起马刚如何倚仗总管马朝贤的威势,强梁霸道,无所不为,每每竟有造反之心。丁大爷只管盘诘,北侠却毫不介意,置若罔闻。此时倪继祖主仆业已用毕酒饭,会了钱钞,又过来谦让。北侠二人各不相扰,彼此执手,主仆下楼去了。这里张老儿也就辞了二人,向包兴这张桌上而来。谁知包兴早已问明了邓九如的原委,只乐得心花俱开,暗道:“我临起身时,三公子谆谆嘱咐于我,叫我在邓家洼访查邓九如,务必带至京师,偏偏的再也访不着,不想却在此处相逢。若非失马,焉能到了这里?可见凡事自有一定的。”正思想时,见张老过来道谢。包兴连忙让座。一同吃毕饭,会钞下楼,随至汤圆铺内。包兴悄悄将来历说明,“如今要把邓九如带往开封,意欲叫老人家同去,不知你意下如何?”

要知张老儿说些什么,且听下回分解。

第六十回 紫髯伯有意除马刚 丁兆兰无心遇莽汉

且说包兴在汤圆铺内问张老儿:“你这买卖一年有多大的来头?”张老道:“除伙食人工,遇见好年头,一年不过剩上四五十吊钱。”包兴道:“莫若跟随邓九如上东京,见了三公子,那时邓九如必是我家公子的义儿,你就照看他,吃碗现成的饭如何?”张老儿听了满心欢喜,又将韩爷将此子寄居于此的原由说了,“因他留下五两银子,小老儿一时宽裕,卸了一口袋面,被恶奴马禄看在眼里,立刻追索欠债。再也想不到有如此的奇遇。”包兴连连称是。又暗想道:“原来韩爷也来到此处了。”一转想道:“莫若仍找县令,叫他把邓九如打扮打扮,岂不省事么?”因对张老道:“你收拾你起身的行李,我到县里去去就来。”说罢,出了汤圆铺上马,带着伴当竟奔县衙去了。

这里张老儿与伙计合计,做为两股生理,年齐算帐。一个本钱,一个人工,却很公道。自己将积蓄打点起来。不多时,只见包兴带领衙役四名,赶来的车辆,从车上拿下包袱一个。打开看时，却是簇新的小衣服，大衫衬衫无不全备——是金公子的小衣服。因说是三公子的义儿，焉有不尽心的呢？何况又有太岁庄留马一事，借此更要求包兴在相爷前遮盖遮盖。登时将九如打扮起来，真是人仗衣帽，更显他粉妆玉琢，齿白唇红。把张老儿乐的手舞足蹈。伙计帮着把行李装好，然后叫九如坐好，张老儿却在车边。临别又谆嘱了伙计一番："倘若韩二爷到来，就说在开封府恭候。"包兴乘马，伴当跟随，外有衙役护送，好不威势热闹，一直往开封去了。

且说欧阳爷与丁大爷在会仙楼上吃酒，自张老儿去后，丁大爷便向北侠道："方才眼看恶奴的形景，又耳听恶霸的强梁，兄台心下以为何如？"北侠道："善有善报，恶有恶报。贤弟，咱们且吃酒，莫管他人的闲事。"丁大爷听了暗道："闻得北侠武艺超群，豪侠无比。如今听他的口气，竟是置而不论了。或者他不知我的心迹，今日初遇，未免的含糊其词也是有的。待我索性说明了，看是如何。"想罢又道："似你我行侠尚义，理当济困扶危，剪恶除奸。若要依小弟的主意，莫若将他除却，方是正理。"北侠听了连忙摆手道："贤弟休得如此，岂不闻窗外有耳，倘漏风闻，不大稳便。难道贤弟醉了么？"丁大爷听了，便暗笑道："好一个北侠，何胆小到如此田地！真是'闻名不如见面'！惜乎我身边未带利刃，如有利刃，今晚马到成功，也叫他知道知道我双侠的本领人物。"又转念道："有了。今晚何不与他一同住宿，我暗暗盗了他的刀儿去行事。俟成功后，回来奚落他一场，岂不是件快事么？"主意已定，便道："果然小弟力不胜酒，有些儿醉了。兄台还不用饭么？"北侠道："劣兄早就饿了，特为陪着贤弟。"丁大爷暗道："我何用你陪呢？"便回头唤堂官，要了饭菜点心来。不多时，堂官端来，二人用毕，会钞下楼，天刚正午。

丁大爷便假装醉态，道："小弟今日懒怠行路，意欲在此住宿一宵。不知兄台意下如何？"北侠道："久仰贤弟，未获一见，今日幸会，焉有骤然就别之理。理当多盘桓几日为是，劣兄惟命是听。"丁大爷听了，暗合心意，道："我岂愿意与你同住，不过要借你的刀一用耳。"正走间，来到一座庙宇门前。二人进内，见有个跛足道人，说明暂住一宵，明日多谢香资。道人连声答应，即引至一小院，三间小房，极其僻静。二人俱道："甚好，甚好。"放下行李，北侠将宝刀带着皮鞘子挂在小墙之上。丁大爷用目注视了一番，便坐下对面闲谈。

丁大爷暗想道："方才在酒楼上，惟恐耳目众多，或者他不肯吐实。这如今在庙内，又极僻静，待我再试探他一回，看是如何？"因又提起马刚的过恶，并怀造反之心，"你若举此义，不但与民除害，而且也算与国除害，岂不是件美事？"北侠笑道："贤弟虽如此说，马刚既有此心，他岂不加意防备呢？俗言'知己知彼，百战百胜'。岂可唐突？倘机不密，反为不美。"丁大爷听了更不耐烦，暗道："这明是他胆怯，反说这些，以败吾兴。不要管他，俟夜间人静，叫他瞧瞧俺的手段。"到了晚饭时，那瘸道人端了几碗素菜，馒首米饭，二人灯下囫囵吃完，道人撤去。彼此也不谦让，丁大爷因瞧不起北侠，有些怠慢，所谓"话不投机半句多"了。谁知北侠更有讨厌处。他闹了个吃饱了食困，刚然喝了点茶，他就张牙咧嘴的哈欠起来。丁大爷看了，更不如意。暗道："这样的酒囊饭袋之人，也敢称个'侠'字，真真令人可笑。"却顺口儿道:“兄台既有些困倦,何不请先安歇呢?”北侠道:“贤弟若不见怪,劣兄就告罪了。”说罢,枕了包裹,不多时便呼声震耳。丁大爷不觉暗笑,自己也就盘膝打坐,闭目养神。

及至交了二鼓,丁大爷悄悄束缚,将大衫脱下来。未出屋子,先显了个手段,偷了宝刀,背在背后。只听北侠的呼声益发大了。却暗笑道:“无用之人,只好给我看衣服。少时事完成功,看他如何见我?”连忙出了屋门,越过墙头,竟奔太岁庄而来。一二里路,少刻就到。看了看墙垣极高,也不用软梯,便飞身跃上墙头。看时,原来此墙是外围墙,里面才是院墙。落下大墙,又上里面院墙。这院墙却是用瓦摆就的古老钱,丁大爷窄步而行。到了耳房,贴墙甚近,意欲由房上进去,岂不省事。两手扳住耳房的边砖,刚要纵身,觉得脚下砖一跐。低头看时,见登的砖已离位,若一抬脚,此砖必落。心中暗想,此砖一落,其声必响,那时惊动了人,反为不美。若要松手,却又赶不及了。只得用脚尖轻轻的碾力,慢慢的转动,好容易将那块砖稳住了,这才两手用力,身体一长,便上了耳房。又到大房,在后坡里略为喘息。只见仆妇、丫鬟往来行走,要酒要菜,彼此传唤。丁大爷趁此空儿,到了前坡,趴伏在房檐窃听。

只听众姬妾买俏争宠,道:“千岁爷,为何喝了捏捏红的酒,不喝我们挨挨酥的酒呢?奴婢是不依的。”又听有男子哈哈笑道:“你放心,你们八个人的酒,孤家挨次儿都要喝一杯。只是慢着些儿饮,孤家是喝不惯急酒的。”丁大爷听了,暗道:“怨不得张老儿说他有造反之心,果然他竟敢称孤道寡起来。这不除却,如何使得?”即用倒垂势,把住椽头,将身体贴在前檐之下。却用两手捏住椽头,倒把两脚撑住檩空,换步到了檐柱。用脚登定,将手一撒,身子向下一顺,便抱住大柱。两腿一抽,盘在柱上。头朝下,脚向上,哧哧哧顺流而下,手已扶地。转身站起,瞧了瞧此时无人,隔帘往里偷看。见上面坐着一个人,年纪不过三旬向外,众姬妾围绕着胡言乱语。丁大爷一见,不由怒从心上起,恶向胆边生,回手抽刀。罢咧!竟不知宝刀于何时失去,只剩下皮鞘。猛然想起,要上耳房之时,脚下一跐,身体往前一栽,想是将刀甩出去了。自己在廊下手无寸铁,难以站立。又见灯光照耀,只得退下。见迎面有块太湖石,暂且藏于后面,往这边偷看。

只见厅上一时寂静。见众姬妾从帘下一个一个爬出来,方嚷道:“了不得了,千岁爷的头被妖精取了去了!”一时间,鼎沸起来。丁大爷在石后听的明白,暗道:“这个妖精有趣,想是此贼恶贯已满,遭此凶报。倒是北侠说着了,恶有恶报,丝毫不爽。我也不必在此了,且自回庙,再作道理。”想罢,从石后绕出,临墙将身一纵,出了院墙。又纵身上了外围墙,轻轻落下。脚刚着地,只见有个大汉奔过来飕的就是一棍,丁大爷忙闪身躲过。谁知大汉一连就是几棍,亏得丁大爷眼快,虽然躲过,然而也就吃力的很。正在危急,只见墙头坐着一人,掷下一物,将大汉打倒,丁大爷赶上一步按住。只见墙上那人飞身下来,将刀往大汉面前一晃,道:“你是何人,快说!”丁大爷细瞧飞下这人,不是别个,却是那胆小无能的北侠欧阳春,手内刀就是他的宝刀。心中早已明白,又是欢喜,又是佩服。只听大汉道:“罢了,罢了!花蝶呀,咱们是前生的冤孽,不想俺弟兄皆丧于你手。”丁大爷道:“这大汉好生无礼,那个是什么花蝶?”大汉道:“难道你不是花冲么?”丁大爷道:“我叫兆兰,却不姓花。”大汉道:“如此说来,是俺错认了。”丁大爷也就将他放起。大汉立起,掸了尘土,见衣服上一片血迹,道:“这是那里的血呀?”丁大爷一眼瞧见那边一颗首级,便知是北侠取的马刚之首,方才打倒大汉,就是此物。连忙道:“俺们且离此处,在那边说去。”

三人一壁走着,大爷丁兆兰问大汉道:“足下何人?”大汉道:“俺姓龙名涛。只因花蝴蝶花冲将俺哥哥龙渊杀害,是俺怀仇在心,时刻要替兄报仇。无奈这花冲形踪诡秘,谲诈多端,再也拿他不着。方才是我们伙计夜星子冯七告诉于我,说有人进马刚家内。俺想马刚家中姬妾众多,必是花冲又相中了那一个,因此持棍前来,不想遇见二位。才尊驾提兆兰二字,莫非是茉花村丁大员外么?”兆兰道:“我便是丁兆兰。”龙涛道:“俺久要拜访,未得其便,不想今日相遇,又险些儿误伤了好人。”又问:“此位是谁?”丁大爷道:“此位复姓欧阳,名春。”龙涛道:“啊呀,莫非是北侠紫髯伯么?”丁大爷道:“正是。”龙涛道:“妙极!俺要报杀兄之仇,屡欲拜访,恳求帮助,不期今日幸遇二位。无什么说的,恳求二位帮助小人则个。”说罢,纳头便拜。丁大爷连忙扶起道:“何必如此。”龙涛道:“大官人不知,小人在本县当个捕快差使,昨日奉县尊之命,要捉捕马刚。小人昨奉此差,一来查访马刚的破绽,二来暗踩花蝶的形踪,与兄报仇。无奈自己本领不济,恐不是他的对手。故此求二位官人帮助帮助。”北侠道:“既是这等,马刚他已遭天报,你也不必管了。只是这花冲,我们不认得他,怎么样呢?”龙涛道:“若论花冲的形景,也是少年公子模样,却是武艺高强。因他最爱采花,每逢夜间出入,鬓边必簪一枝蝴蝶,因此人皆唤他是花蝴蝶。每逢热闹场中,必要去游玩。若见了美貌妇女,他必要下工夫,到了人家采花。这厮造孽多端,作恶无数。前日还闻得他要上灶君祠去呢,小人还要上那里去访他。”北侠道:“灶君祠在那里?”龙涛道:“在此县的东南三十里,也是个热闹去处。”丁大爷道:“既如此,这时离开庙的日期尚有半个月的光景,我们还要到家中去。倘到临期,咱们俱在灶君祠会齐。如若他要往别处去,你可派人到茉花村给我们送个信,我们好帮助于你。”龙涛道:“大官人说得极是。小人就此告别。冯七还在那里等我听信呢!”

龙涛去后,二人离庙不远,仍然从后面越墙而入。来到屋中,宽了衣服。丁大爷将皮鞘交付北侠道:“原物奉还。仁兄何时将刀抽去?”北侠笑道:“就是贤弟用脚稳砖之时,此刀已归吾手。”丁大爷笑道:“仁兄真乃英雄,弟弗如也。”北侠道:“岂敢,岂敢。”丁大爷又问道:“姬妾何以声言妖精取了千岁之头?此言何故,小弟不解。”北侠道:“凡你我侠义作事,不要声张,总要机密。能够隐讳,宁可不露本来面目,只要剪恶除强,扶危济困就是了,又何必谆谆叫人知道呢?就是昨夕酒楼所谈,及庙内说的那些话,以后劝贤弟再不可如此。所谓‘临事而惧,好谋而成’,方于事有裨益。”丁兆兰听了,深为有理,连声道:“仁兄所言最是。”又见北侠从怀中掏出三个软搭搭的东西,递给丁大爷道:“贤弟请看妖怪。”兆兰接来一看,原是三个皮套做成鬼脸儿。不觉笑道："小弟从今方知仁兄是两面人了。"北侠亦笑道："劣兄虽有两面，也不过逢场作戏，幸喜不失本来面目。"丁大爷道："嗳呀！仁兄虽是作戏然呀，而逢着的也不是当要的呢！"北侠听罢，笑了一笑，又将刀归鞘搁起。开言道："贤弟有所不知，劣兄虽逢场做戏杀了马刚，其中还有一个好处。"丁大爷道："其中还有什么好处呢？小弟请教，望乞说明，以开茅塞。"

未知北侠说出什么话来，且听下回分解。

第六十一回 大夫居饮酒逢土棍 卞家疃偷银惊恶徒

且说欧阳爷、丁大爷在庙中彼此闲谈，北侠说逢场作戏其中还有好处。丁大爷问道："其中有何好处？请教。"北侠道："那马刚他既称孤道寡，不是没有权势之人。你若明明把他杀了，他若报官，说他家员外被盗寇持械戕命，这地方官怎样办法？何况又有他叔叔马朝贤在朝，再连催几套文书，这不是要地方官纱帽么？如今改了面目将他除却，这些姬妾妇人之见，他岂不又有枝添叶儿，必说这妖怪青脸红发，来去无踪，将马刚之头取去。况还有个胖妾唬倒，他的痰向上来，十胖九虚，必也丧命。人家不说他是痰，必说是被妖怪吸了魂魄去了。他纵然报官，你家出了妖怪，叫地方官也是没法的事。贤弟想想，这不是好处么？"丁大爷听了，越想越是，不由的赞不绝口。二人闲谈多时，略为歇息，天已大亮。与了瘸道香资，二人出庙。丁大爷务必请北侠同上茉花村暂住几日，俟临期再同上灶君祠会齐，访拿花冲。北侠原是无牵无挂之人，不能推辞，同上茉花村去了。这且不言。

单说二员外韩彰自离了汤圆铺，竟奔杭州而来。沿路行去，闻的往来行人尽皆笑说，以花蝶设誓当做骂话。韩二爷听不明白，又不知花蝶为谁。一时腹中饥饿，见前面松林内酒幌儿高悬一个小小红葫芦，因此步入林中。见周围芦苇的花幛，满架的扁豆秧儿，正当秋令，豆花盛开。地下又种着些儿草花，颇颇有趣。来到门前，上悬一匾，写着"大夫居"三字。韩爷进了门，前院中有两张高桌，却又铺着几领芦席，设着矮座。那边草房三间，有个老者在那里打盹。韩爷看了一番光景，正惬心怀，便咳嗽一声。那老者猛然惊醒，拿了代手前来问道："客官吃酒么？"韩爷道："你这里有什么酒？"老者笑道："乡居野况，无甚好酒，不过是白干烧酒。"韩爷道："且暖一壶来。"老者去不多时，暖了一壶酒，外有四碟：一碟盐水豆儿，一碟豆腐干，一碟吹甬麻花，一碟薄脆。韩爷道："还有什么吃食？"老者道："没有别的，还有卤煮斜尖豆腐合热鸡蛋。"韩爷吩咐："再暖一角酒来，一碟热鸡蛋，带点盐水儿来。"老者答应。刚要转身，见外面进来一人，年纪不过三旬，口中道："豆老丈，快暖一角酒来，还有事呢。"老者道："吓，庄大爷，往那里去这等忙？"那人叹道："嗳，从那里说起！我的外甥女巧姐不见了。我姐姐哭哭啼啼叫我给姐夫送信去。”

韩爷听了，便立起身来让座。那人也让了三言两语，韩爷便把那人让至一处。那人甚是直爽，见老儿拿了酒来，他却道：“豆老丈，我有一事。适才见幛外有几只雏鸡在那里刨食吃，我与你商量，你肯卖一只与我们下酒么？”豆老笑道：“那有什么呢？只要大爷多给几钱银就是。”那人道：“只管弄去，做成了，我给你二钱银子如何？”老者听说二钱银子，好生欢喜的去了。韩爷拦道：“兄台却又何必宰鸡呢？”那人道：“彼此有缘相遇，实是三生有幸；况我也当尽地主之谊。”说毕彼此就座，各展姓字。原来此人姓庄名致和，就在村前居住。韩爷道：“方才庄兄说还有要紧事，不是要给令亲送信呢么？不可因在下耽搁了工夫。”庄致和道：“韩兄放心，我还要在就近处访查访查呢。就是今日赶急送信与舍亲，他也是没法子，莫若我先细细访访。”正说至此，只见外面进来了一人，口中嚷道：“老豆吓！咱弄一壶热热的。”他却一溜歪斜坐在那边桌上，脚登板凳，立楞着眼，瞅着这边。韩爷见他这样形景，也不理他。

豆老儿拧着眉毛，端过酒去。那人摸了一摸，道：“不热呀，我要热热的。”豆老儿道：“很热了吃不到嘴里，又该抱怨小老儿了。”那人道：“没事，没事，你只管烫去。”豆老儿只得重新烫了来，道：“这可热的很了。”那人道：“热热的很好，你给我斟上凉着。”豆老儿道：“这是图什么呢？”那人道：“别管，大爷是这们个脾气儿。我且问你，有什么荤腥儿拿一点我吃。”豆老儿道：“我这里是大爷知道的，乡村铺儿那里讨荤腥来？无奈何，大爷将就些儿罢。”那人把醉眼一瞪，道：“大爷花钱，为什么将就呢？”说着话就举起手来。豆老儿见势头不好，便躲开了。那人却趔趄趔趄的来至草房门前，一嗅，觉得一股香味扑鼻，便进了屋内。一看，见柴锅内煮着一只小鸡儿，又肥又嫩。他却说道：“好吓，现放着荤菜，你说没有。老豆，你可是猴儿拉稀，坏了肠子咧。”豆老忙道：“这是那二位客官花了二钱银子煮着自用的。大爷若要吃时，也花二钱银子，小老儿再与你煮一只就是了。”那人道：“什么二钱银子！大爷先吃了，你再给他们煮去。”说罢，拿过方盘来，将鸡从锅内捞出，端着往外就走。豆老儿在后面说道：“大爷不要如此，凡事有个先来后到。这如何使得！”那人道：“大爷是嘴急的等不得，叫他们等着去罢。”

他在这里说，韩爷在外面已听明白，登时怒气填胸，立起身来，走至那人跟前，抬腿将木盘一踢，连鸡带盘全合在那人脸上。鸡是刚出锅的，又搭着一肚子滚汤，只听那人“嗳呀”一声，撒了手，栽倒在地，登时满脸上犹如尿泡里串气儿，立刻开了一个果子铺，满脸鼓起来了。韩爷还要上前，庄致和连忙拦住。韩爷气忿忿的坐下。那人却也知趣，这一烫，酒也醒了，自己想了一想，也不是理；又见韩爷的形景，估量着他不是介儿，站起身来就走，连说：“结咧，结咧，咱们再说再议。等着，等着！”搭讪着走了。这里庄致和将酒并鸡的银子会过，饶没吃成，反多与了豆老儿几分银子，劝着韩爷，一同出了大夫居。

这里，豆老儿将鸡捡起来，用清水将泥土洗了去，从新放在锅里煮了一个开，用冰盘捞出端在桌上，自己暖了一角酒，自言自语："一饮一啄，各有分定。好好一只肥嫩小鸡儿，那二位不吃，却便宜老汉开斋。这是从那里说起！"才待要吃，只见韩爷从外面又进来。豆老儿一见，连忙说道："客官，鸡已熟了，酒已热了，好好放在这里，小老儿却没敢动，请客官自用罢。"韩爷笑道："俺不吃了。俺且问你：方才那厮他叫什么名字？在那里居住？"豆老儿道："客官问他则甚？好鞋不粘臭狗屎，何必与他呕气呢！"韩爷道："我不过知道他罢了，谁有工夫与他呕气呢。"豆老道："客官不知，他父子家道殷实，极其悭吝，最是强梁。离此五里之遥，有一个卞家疃，就是他家。他爹爹名叫卞龙，自称是铁公鸡，乃刻薄成家，真是一毛儿不拔。若非怕自己饿死，连饭也是不吃的。谁知他养的儿子更狠，就是方才那人，名叫卞虎。他自称外号癞皮象。他为什么起这个外号儿呢？一来是无毛可拔，二来他说当初他爹没来由，起手立起家业来，故此外号止于'鸡'；他是生成的胎里红，外号儿必得大大的壮门面，故此称'象'。又恐人家拿他当了秧子手儿，因此又加上'癞皮'二字，言其他是家传的啬吝，也不是好惹的。自从他父子如此，人人把个卞家疃改成'扁加团'了。就是他来此吃酒，也是白吃白喝，尽赊帐，从来不知还钱。老汉又惹他不起，只好白填嗓他罢了。"韩爷又问道："他那疃里可有店房么？"豆老儿道："他那里也不过是个村庄，那有店房。离他那里不足三里之遥，有个桑花镇却有客寓。

韩爷问明底细，执手别了豆老，竟奔桑花镇而来，找了寓所。到了晚间，夜阑人静，悄悄离了店房，来至卞家疃。到了卞龙门前，跃墙而入，施展他飞檐走壁之能，趴伏在大房之上，偷睛往下观看。见个尖嘴缩腮的老头子，手托天平在那里平银子。左平右平，却不嫌费事，必要银子比砝码微低些方罢。共平了二百两，然后用纸包了四封，用绳子结好，又在上面打了花押，方命小童抱定，提着灯笼往后面送去。他在那里收拾天平。

韩爷趁此机会，却溜下房来，在卡子门垛子边隐藏。小童刚迈门槛，韩爷将腿一伸，小童往前一扑，唧哩咕咚栽倒在地，灯笼也灭了。老头子在屋内声言道："怎么了？栽倒咧？"只见小童提着灭灯笼来对着了，说道："刚迈门槛，不防就一跤倒了。"老头子道："小孩子家，你到底留神吓！这一栽，管保把包儿栽破，撒了银渣儿如何找寻呢？我不管，拿回来再平，倘若短少分两，我是要扣你的工钱的。"说着话，同小童来至卡子门，用灯一照，罢咧，连个纸包儿的影儿也不见了。老头子急的两眼冒火，小童儿慌的二目如灯，泪流满面。老头子暴躁道："你将我的银子藏于何处了？快快拿出来！如不然，就活活要了你的命！"正说着，只见卞虎从后面出来，问明此事。小童哭诉一番，卞虎那里肯信，将眼一瞪道："好囚囊的，人小鬼大，你竟敢弄这样的戏法！咱们且向前面说来。"说罢，拉了小童，卞龙反打灯笼在前引路，来至大房屋内。早见桌上用砝码压着个字帖儿，上面字有核桃大小，写道："爷爷今夕路过汝家，知道你刻薄成家，广有金银，又兼俺盘费短少，暂借银四封，改日再还，不可诬赖好人。如不遵命，爷爷时常夜行此路，请自试爷爷的宝刀。免生后悔！"卞龙见了此帖，登时浑身乱抖。卞虎将小童放了，也就发起怔来。父子二人无可如何，只得忍着肚子疼，还是要性命要紧，不敢声张，惟有小心而已。

要知后文如何，且听下回分解。

第六十二回 遇拐带松林救巧姐 寻奸淫铁岭战花冲

且说韩二爷揣了四封银子，回归旧路，远远听见江西小车吱吱扭扭的奔了松林而来。韩爷急中生智，拣了一株大树爬将上去，隐住身形。不意小车子到了树下，咯噔的歇住。听见一人说道："白昼将货物闷了一天，此时趁着无人，何不将他过过风呢？"又听有人说道："我也是如此想，不然闷坏了，岂不白费了工夫呢！"答言的却是妇人声音。只见他二人从小车上开开箱子，搭出一个小小人来，叫他靠在树身之上。韩爷见了，知他等不是好人，暗暗的把银两放在槎枒之上，将朴刀拿在手中，从树上一跃而下。那男子猛见树上跳下一人，撒腿往东就跑。韩爷那里肯舍，赶上一步，从后将刀一搠，那人"嗳呀"了一声，早已着了利刃，栽倒在地。韩爷撤步回身，看那妇人时，见他哆嗦在一堆儿，自己打的牙山响，犹如寒战一般。韩爷用刀一指道："你等所做何事，快快实说！倘有虚言，立追狗命。讲！"那妇人道："爷爷不必动怒，待小妇人实说。我们是拐带儿女的。"韩爷问道："拐去男女置于何地？"妇人道："爷爷有所不知。只因襄阳王爷那里要排演优伶歌妓，收录幼童弱女，凡有姿色的，总要赏五六百两。我夫妻因穷所迫，无奈做此暗昧之事，不想今日遇见爷爷识破。这也是天理昭彰，只求爷爷饶命！"

韩爷又细看那孩儿，原来是个女孩儿。见他愣愣怔怔的，便知道其中有诈。又问道："你等用何物迷了他的本性，讲！"妇人道："他那泥丸宫有个药饼儿，揭下来，少刻就可苏醒。"韩爷听罢，伸手向女子头上一摸，果有药饼。连忙揭下，抛在道旁。又对妇人道："你这恶妇，快将裙绦解下来。"妇人不敢不依，连忙解下，递给韩爷。韩爷将妇人发髻一提，拣了一棵小小的树身，把妇人捆了个结实。翻身蹿上树去，揣了银子，一跃而下。才待举步，只听那女孩儿"嗳哟"了一声，哭出来了。韩爷上前问道："你此时可明白了？你叫什么？"女子道："我叫巧姐。"韩爷听了，惊骇道："你母舅可是庄致和么？"女子道："正是。伯伯如何知道？"韩爷听了，暗暗念佛："无心中救了巧姐，省我一番事。"又见天光闪亮，惟恐有些不便，连忙说道："我姓韩，与你母舅认识。少时若有人来，你就喊救人，叫本处地方送你回家就完了。拐你的男女，我已俱拿住了。"说罢，竟奔桑花镇去了。

果然，不多时路上已有行人，见了如此光景，问了备细，知是拐带，立刻找着地方保甲，放下妇人，用铁锁锁了，带领女子同赴县衙。县官升堂，一鞫即服。男子已死，着地方掩埋，妇人定案寄监。此信早已传开了。庄致和闻知，急急赴县，当堂将巧姐领回。路过大夫居,见了豆老,便将巧姐已有的话说了。又道:“是姓韩的救的,难道就是昨日的韩客官么?”豆老听见,好生欢喜,又给庄爷暖酒作贺。因又提起:“韩爷昨日复又回来,问卞家的底里。谁知今早闻听人说,卞家丢了许多的银两。庄大爷,你想这事诧异不诧异?老汉再也猜摸不出这位韩爷是个什么人来。”

他两个只顾高谈阔论,讲究此事。不想那边坐着一个道人,立起身来,打个稽首,问道:“请问庄施主,这位韩客官可是高大身躯,金黄面皮,微微的有点黄须么?”庄致和见那道人骨瘦如柴,仿佛才病起来的模样,却又目光如电,炯炯有神,声音洪亮,另有一番别样的精神,不由的起敬道:“正是。道爷何以知之?”那道人道:“小道素识。此人极其侠义,正要访他。但不知他向何方去了?”豆老儿听至此,有些不耐烦,暗道:“这道人从早晨要了一角酒,直耐到此时,占了我一张座儿,仿佛等主顾的一般。如今听我二人说话,他便插言,想是个安心哄嘴吃的。”便没有好气的答道:“我这里过往客人极多,谁耐烦打听他往那里去呢?你既认得他,你就趁早儿找他去。”那道人见豆老儿说的话倔强,也不理他,索性就棍打腿,便对庄致和道:“小道与施主相遇,也是缘分,不知施主可肯布施小道两角酒么?”庄致和道:“这有什么!道爷请过来,只管用,俱在小可身上。”那道人便凑过来。庄致和又叫豆老暖了两角酒来。豆老无可奈何,瞅了道人一眼道:“明明是个骗酒吃的,这可等着主顾了。”嘟嘟囔囔的温酒去了。

原来这道人就是四爷蒋平。只因回明包相,访查韩彰,扮做云游道人模样,由丹凤岭慢慢访查至此。好容易听见此事,焉肯轻易放过。一壁喝酒,一壁细问昨日之事,越听越是韩爷无疑。吃毕酒,蒋平道了叨扰。庄致和会了钱钞,领着巧姐去了。蒋平也就出了大夫居,逢村遇店,细细访查,毫无下落。看看天晚,日色西斜,来至一座庙宇前,匾上写着“铁岭观”三字,知是道士庙宇,便上前。才待击门,只见山门放开,出来一个老道,手内提定酒葫芦。再往脸上看时,已然喝的红扑扑的,似有醉态。蒋平上前稽首道:“无量寿佛,小道行路天晚,意欲在仙观借宿一宵,不知仙长肯容纳否?”那老道乜斜着眼,看了看蒋平道:“我看你人小瘦弱,到是个不生事的。也罢,你在此略等一等,我到前面沽了酒回来,自有道理。”蒋平接口道:“不瞒仙长说,小道也爱杯中之物,这酒原是咱们玄门中当用的。乞将酒器付与小道,待我沽来奉敬仙长如何?”那老道听了,满面堆下笑来,道:“道友初来,如何倒要叨扰?”说着话,却将一个酒葫芦递给四爷。四爷接过葫芦,又把自己的渔鼓、简板以及算命招子交付老道。老道又告诉他卖酒之家,蒋平答应。回身去不多时,提了满满的一葫芦酒,额外又买了许多的酒菜。老道见了,好生欢喜,道:“道兄初来,却破许多钱钞,使我不安。”蒋平道:“这有甚要紧,你我皆是同门,小弟特敬老兄。”

那老道更觉欢喜,回身在前引路,将蒋平让进,关了山门。转过影壁,便看见三间东厢房。二人来至屋内,进门却是悬龛供着吕祖,也有桌椅等物。蒋爷倚了招子,放下渔鼓、简板,向上行了礼。老道掀起布帘,让蒋平北间屋内坐。蒋平见有个炕桌,上面放着杯壶,还有两色残肴。老道开柜拿了家伙,把蒋平新买的酒菜摆了,然后暖酒添杯,彼此对面而坐。蒋爷自称姓张,又问老道名姓。原来姓胡名和。观内当家的叫做吴道成,生的黑面大腹,自称绰号铁罗汉。一身好武艺,惯会趋炎附势。这胡和见了酒如命的一般,连饮了数杯,却是酒上加酒,已然醺醺。他却顺口开河道:"张道兄,我有一句话告诉你。少时当家的来时,你可不要言语,让他们到后面去,别管他们作什么。咱们俩就在前边,给他个痛喝;喝醉了,就给他个闷睡,什么全不管他。你道如何?"蒋爷道:"多承胡大哥指示。但不知当家的所做何事?何不对我说说呢?"胡和道:"其实告诉你也不妨事。我们这当家的,他乃响马出身,畏罪出家。新近有他个朋友找他来,名叫花蝶,更是个不尴不尬之人,鬼鬼祟祟不知干些什么。昨晚有人追下来了,竟被他们拿住锁在后院塔内,至今没放。你说他们的事管得么?"蒋爷听了心中一动,问道:"他们拿住是什么人呢?"胡和道:"昨晚不到三更,他们拿住人了。"是如此如彼,这般这样。蒋爷闻听,唬了个魂不附体,不由惊骇非常。

你道胡和说什么如此如彼,这般这样?原来韩二爷于前日夜救了巧姐之后,来至桑花镇,到了寓所,便听见有人谈论花蝶。细细打听,方才知道,敢则是个最爱采花的恶贼,是从东京脱案逃走的大案贼。怨不得人人以花蝶起誓!暗暗的忖度了一番。到了晚间,托言玩月,离了店房。夜行打扮,悄悄的访查。偶步到一处,有座小小的庙宇,借着月光初上,见匾上金字乃"观音庵"三字,便知是尼僧。刚然转到那边,只见墙头一股黑烟落将下去。韩爷将身一伏,暗道:"这事奇怪,一个尼庵,我们夜行人到此做什么?必非好事,待我跟进去。"一飞身跃上墙头,往里一望,却无动静,便落下平地。过了大殿,见角门以外路西,单有个门儿虚掩,挨身而入,却是三间茅屋,惟有东间明亮。早见窗上影儿是个男子,巧在鬓边插的蝴蝶颤巍巍的在窗上摇舞。韩爷看在眼里,暗道:"竟有如此的巧事,要找寻他,就遇见他。且听听动静,再做道理。"稳定脚尖,悄悄蹲伏窗外。只听花蝶道:"仙姑,我如此哀恳,你竟不从,休要惹恼我的性儿,还是依了好。"又听有一女子声音道:"不依你便怎样?"又听花蝶道:"凡妇女入了花蝶之眼,再也逃不出去,何况你这女尼!我不过是爱你的容颜,不忍加害于你。再若不识抬举,你可怨我不得了。"又听女尼道:"我也是好人家的女儿,只因自幼多灾多病,父母无奈,将我舍入空门。自己也要忏悔,今生修个来世。不想今日遇见你这邪魔,想是我的劫数到了。好,好,好!惟有求其速死而已。"说着说着就哭起来了。忽听花蝶道:"你这贱人,竟敢以死吓我,我就杀了你!"韩爷听至此,见灯光一晃,花蝶立起身来,起手一晃,想是抽刀。韩爷一声高叫道:"花蝶休得无礼,俺来擒你!"

屋内花冲猛听外面有人叫他,吃惊不小。噗的一声,将灯吹灭,掀软帘奔至堂屋,刀挑帘栊,身体往斜刺里一纵。只听拍,早有一枝弩箭钉在窗棂之上。花蝶暗道:"幸喜不曾中了暗器。"二人动起手来。因院子窄小,不能十分施展,只于彼此招架。正在支持,忽见从墙头跳下一人,咕咚一声,其声甚重。又见他身形一长,是条大汉,举朴刀照花蝶劈来。花蝶立住脚,望大汉虚搠一刀。大汉将身一闪,险些儿栽倒。花蝶抽空跃上墙头。韩爷一飞身,跟将出去。花蝶已落墙外,往北飞跑。韩爷落下墙头,追将下去。这里大汉出角门,绕大殿,自己开了山门,也就顺着墙往北追下去了。

韩爷追花蝶有三里之遥,又见有座庙宇。花蝶跃身跳进,韩爷也就飞过墙去。见花蝶又飞过里墙,韩爷紧紧跟随。追至后院一看,见有香炉角三座小塔,惟独当中的大些。花蝶便往塔后隐藏,韩爷步步跟随。花蝶左旋右转,韩爷前赶后拦。二人绕塔多时,方见那大汉由东边角门赶将进来,一声喊叫:"花蝶,你往那里走!"花蝶扭头一看,故意脚下一跳,身体往前一栽。韩爷急赶一步,刚然伸出一手,只见花蝶将身一翻,手一撒,韩爷肩头已然着了一下,虽不甚疼,觉得有些麻木。暗说:"不好,必是药镖。"急转身跃出墙外,竟奔回桑花镇去了。这里花蝶闪身计打了韩彰,精神倍长,迎了大汉,才待举手,又见那壁厢来了个雄伟胖大之人,却是吴道成。因听见有人喊叫,连忙赶来,帮着花蝶将大汉拿住,锁在后院塔内。

胡和不知详细,他将大概略述一番,已然把个蒋爷惊的目瞪痴呆。

未知如何,且听下回分解。

第六十三回 救莽汉暗刺吴道成 寻盟兄巧逢桑花镇

且说蒋四爷听胡和之言,暗暗说道:"怨不得我找不着我二哥呢,原来被他们擒住了。"正在思索,忽听外面叫门。胡和答应着,却向蒋平摆手,随后将灯吹灭,方趔趔趄趄出来开放山门。只听有人问道:"今日可有什么事么?"胡和道:"什么事也没有。横竖也没有人找,我也没有吃酒。"又听一人道:"他已醉了,还说没吃酒呢。你将山门好好的关了罢。"说着,二人向后边去了。胡和关了山门,重新点上灯来,道:"兄弟,这可没了事咧!咱们喝罢,喝醉了给他个睡,什么事全不管他。"蒋爷道:"很好。"却暗暗算计胡和。不多时,将老道灌了个烂醉,人事不知。

蒋爷脱了道袍,扎缚停当,来至外间,将招子拿起,抽出三棱鹅眉刺,熄灭了灯,悄悄出了东厢房,竟奔后院而来。果见有三座砖塔,见中间的极大。刚然走至跟前,忽听嚷道:"好吓,你们将老爷捆缚在此,不言不语,到底是怎么样呵?快快给老爷一个爽利呀!"蒋爷听了,不是韩爷的声音,悄悄道:"你是谁?不要嚷,我来救你。"说罢,走至跟前,把绳索挑去,轻轻将他二臂舒回。那大汉定了定神,方说道:"你是什么人?"蒋爷道:"我姓蒋名平。"大汉失声道:"嗳哟,莫不是翻江鼠蒋四爷么?"蒋平道:"正是,你不要高声。"大汉道:"幸会幸会。小人龙涛,自仁和县灶君祠跟下花蝶来到此处。原要与家兄报仇,不想反被他们拿住。以为再无生理,谁知又蒙四爷知道搭救。"蒋爷听了便问道:"我二哥在那里?"龙涛道:"并不曾遇见什么二爷。就是昨晚也是夜星子冯七给小人送的信,因此得信到观音庵访拿花蝶。爬进墙去,却见个细条身子的与花蝶动手,是我跳下墙去帮助。后来花蝶跳墙,那人比我高多了,也就飞身跃墙,把花蝶追至此处。及至我爬进墙来帮助,不知那人为什么反倒越墙走了。我本不是花蝶对手,又搭上个黑胖老道,如何敌得住?因此就被他们拿住了。"

蒋爷听罢,暗想道:"据他说来,这细条身子的到像我二哥。只是因何又越墙走了呢?走了又往何处去呢?"又问龙涛道:"你方才可见二人进来么?往那里去了?"龙涛道:"往西一片竹林之后,有一段粉墙,想来有门,他们往那里去了。"蒋爷道:"你在此略等一等,我去去就来。"转身来至竹林边一望,但见粉壁光华,乱筛竹影。借着月光浅淡,翠荫萧森,碧沉沉竟无门可人。蒋爷暗忖道:"看此光景,似乎是板墙,里面必是个幽僻之所,且到临近看看。"绕过竹林,来到墙根,仔细留神,踱来踱去。结构斗榫处,果然有些活动。伸手一摸,似乎活的。摸了多时,可巧手指一按,只听咯磴一声,将消息滑开,却是个转身门儿。蒋爷暗暗欢喜,挨身而入。早见三间正房,对面三间敞厅,两旁有抄手游廊。院内安设着白玉石盆,并有几色上样的新菊花,甚觉清雅。正房西间内,灯烛明亮,有人对谈。

泽长蹑足潜踪,悄立窗外。只听有人嗐声叹气,旁有一人劝慰道:"贤弟,你好生想不开,一个尼姑有什么要紧。你再要如此,未免叫愚兄笑话你了。"这说话的却是吴道成。又听花蝶道:"大哥,你不晓得。自从我见了他之后,神魂不定,废寝忘餐。偏偏的他那古怪性儿,绝不依从。若是别人,我花冲也不知杀却了多少。惟独他,小弟不但舍不得杀他,竟会不忍逼他。这却如何是好呢?"说罢,复又长叹。吴道成听了,哈哈笑道:"我看你竟自着了迷了。兄弟既如此,你请我一请,包管此事必成。"花蝶道:"大哥果有妙计成全此事,漫说请你,就是叫我给你磕头,我都甘心情愿的。"说着话,咕咚一声就跪下了。蒋爷在外听了,暗笑道:"人家为媳妇拜丈母,这小子为尼姑拜老道,真是无耻,也就可笑呢!"只听吴道成说:"贤弟请起,不要太急,我早已想下一计了。"花蝶问道:"有何妙计?"吴道成道:"我明日叫我们那个主儿假做游庙,到他那里烧香。我将蒙汗药叫他带上些,到了那里,无论饮食之间下上些,须将他迷倒,那时任凭贤弟所为。你道如何?"花冲失声大笑道:"好妙计,好妙计!大哥你真要如此,方不愧你我是生死之交。"又听吴道成道:"可有一宗,到了临期,你要留些情分,千万不可连我们那个主儿清浊不分,那就不成事体了。"花蝶也笑道:"大哥放心,小弟不但不敢,从今后,小弟竟把他当嫂子看待。"说罢,二人大笑。

蒋爷在外听了,暗暗切齿咬牙,道:"这两个无耻无羞、无伦无礼的贼徒,又在这里设谋定计,陷害好人。"就要进去。心中一转想:"不可,须要用计。"想罢,转身躯来到门前,高声叫道:"无量寿佛!"便抽身出来,往南赶行了几步,在竹林转身形隐在密处。此时屋内早已听见,吴道成便立起身,来到了院中,问道:"是那个?"并无人应。却见转身门已开,便知有人,连忙出了板墙,左右一看,何尝有个人影。心中转省道:“是了,这是胡和醉了,不知来此做些什么,看见此门已开,故此知会我们,也未见得。”心中如此想,腿下不因不由的往南走去。也是这恶道恶贯已满,可巧正在蒋爷隐藏之处,撩开衣服,抻着大肚在那里小解。蒋爷在暗处看的真切,暗道:“活该小子前来送死!”右手攥定钢刺,复用左手按住手腕,说时迟,那时快,只听噗哧一声,吴道成腹上已着了钢刺,小水淋淋漓漓。蒋爷也不管他,却将手腕一翻,钢刺在肚子里转了一个身。吴道成那里受得,“嗳哟”一声,翻斤斗栽倒在地。蒋爷趁势赶步,把钢刺一阵乱捣,吴道成这才成了道了。蒋爷抽出钢刺,就在恶道身上搽抹血渍,交付左手别在背上,仍奔板墙门而来。

到了院内,只听花蝶问道:“大哥,是什么人?”蒋爷一言不发,好大胆,竟奔正屋。到了屋内软帘北首,右手二指轻轻掀起一缝,往里偷看。却见花蝶立起身来,走至软帘前一掀。蒋爷就势儿接着左手腕一翻,明晃晃的钢刺,竟奔花蝶后心刺将下来。只听哧的一声响,把背后衣服划开,从腰间至背,便着了钢刺。花蝶负痛难禁,往前一挣,登时跳至院内。也是这厮不该命尽,是蒋爷把钢刺别在背后,又是左手,且是翻起手腕,虽然刺着,却不甚重,只于划伤皮肉。蒋爷展步跟将出来,花蝶已出板墙。蒋爷紧紧追赶,花蝶却绕竹林穿人深密之处。蒋爷有心要赶上,猛见花蝶跳出竹林,将手一扬。蒋四爷暗说:“不好!”把头一扭,觉的冷嗖嗖从耳边过去,板墙上拍的一声响。蒋爷便不肯追赶,眼见花蝶飞过墙去了。

蒋爷转身来至中间塔前,见龙涛血脉已周,伸腰舒背,身上已觉如常,便将方才之事说了一遍。龙涛不胜称羡。蒋爷道:“咱们此时往何处去方好?”龙涛道:“我与冯七约定在桑花镇相见,四爷何不一同前往呢?”蒋爷道:“也罢,我就同你前去。且到前面取了我的东西再走不迟。”二人来至东厢房内,见胡和横躺在炕上,人事不知。蒋爷穿上道袍,在外边桌上拿了渔鼓、简板,旁边拿起算命招子,装了钢刺。也不管胡和明日如何报官,如何结案,二人离了铁岭观,一直竟奔桑花镇而来。

及至到时,红日已经东升。龙涛道:“四爷辛苦了一夜,此时也不觉饿吗?”蒋爷听了,知他这两日未曾吃饭,随答道:“很好,正要吃些东西。”说着话,正走到饭店门前,二人进去,拣了一个座头。刚然坐下,只见堂官从水盆中提了一尾欢跳的活鱼来。蒋爷见了连夸道:“好新鲜鱼!堂官,你给我们一尾。”走堂的摇手道:“这鱼不是卖的。”蒋爷道:“却是为何?”堂官道:“这是一位军官爷病在我们店里,昨日交付小人的银两,好容易寻了数尾,预备将养他病的,因此我不敢卖。”蒋爷听了,心内辗转道:“此事有些蹊跷。鲤鱼乃极热之物,如何反用他将养病呢?再者,我二哥与老五最爱吃鲤鱼,在陷空岛时,往往心中不快,吃东西不香,就用鲤鱼氽汤,拿他开胃。难道这军官就是我二哥不成?但只是我二哥如何扮做军官呢?又如何病了呢?”蒋爷只顾犯想,旁边的龙涛也不管三七二十一,他先要了点心来,一上口就是五六碟,然后才问:“四爷,吃酒要什么菜?”蒋爷随便要了,毫不介意,总在得病的军官身上。

少时见堂官端着一盘热腾腾、香喷喷的鲤鱼,往后面去了。蒋爷他却悄悄跟在后面。去了多时，转身回来，不由笑容满面。龙涛问道：“四爷酒也不喝，饭也不吃，如何这等发笑？”蒋爷道：“少时你自然知道。”便把那堂官唤进前来问道：“这军官来了几日了？”堂官道：“连今日四天了。”蒋爷道：“他来时可曾有病么？”堂官道：“来时却是好好的。只因前日晚上出店赏月，于四鼓方才回来，便得了病了。立刻叫我们伙计三两个到三处打药，惟恐一个药铺赶办不来。我们想着军官爷必是紧要的症候，因此挡槽儿的、更夫，连小人分为三下里，把药抓了来了。小人要与军官爷煎，他却不用。小人见他把那三包药中拣了几味先噙在口内，说道：‘你们去罢。有了药，我就无妨碍了。明早再来，我还有话说呢。’到了次日早起，小人过去一看，见那军官爷病就好了。赏了小人二两银子买酒吃外，又交付小人一个锞子，叫小人务必的多找几尾活鲤鱼来，说：‘我这病，非吃活鲤鱼不可。’因此，昨日出去了二十多里路，方找了几尾鱼来。军官爷说：‘每日早饭只用一尾，过了七天后，便隔两三天再吃也就无妨了。’也不知这军官爷得的什么病。”

蒋爷听了，点了点头，叫堂官且温酒去，自己暗暗踌躇道：“据堂官说来，我二哥前日夜间得病。不消说了，这是在铁岭观受了暗器了，赶紧跑回来了。怨得龙涛他说刚赶到，那人不知如何越墙走了。只是叫人两三处打药，难道这暗器也是毒药煨的么？不然如何叫人两三处打药？这明是秘不传方之意。二哥吓二哥，你过于多心了。一个方儿什么要紧，自己性命也是当要的？当初大哥劝了多少言语，说：‘为人不可过毒了。似乎这些小家伙称为暗器，已然有个暗字，又用毒药煨饱，岂不是狠上加狠呢，如何使得！’谁知二哥再也不听，连解药儿也不传人。不想今日临到自己头上，还要细心，不肯露全方儿。如此看来，二哥也太深心了。”又一转想，暗说：“不好。当初在文光楼上我诓药之时，原是两丸全被我盗去。如今二哥想起来，叫他这般费事，未尝不恨我、骂我，也就未必肯认我罢。”想至此，只急的汗流满面。

龙涛在旁，见四爷先前欢喜，到后来沉吟纳闷，此时竟自手足失措，便问道：“四爷不吃不喝，到底为着何事？何不对我说说呢？”蒋爷叹气道：“不为别的，就只为我二哥。”龙涛道：“二爷在那里？”蒋爷道：“便在这店里后面呢。”龙涛忙道：“四爷大喜！这一见了二爷，又完官差，又全朋友义气，还犹豫什么呢？”说着话堂官又过来，蒋爷唤住道：“伙计，这得病的军官可容人见么？”堂官开言说道：“爷若不问，小人也不说。这位军官爷一进门就嘱咐了，他说：‘如有人来找，须问姓名。独有个姓蒋的，他若找来，就回复他说我不在这店里。’”四爷听了，便对龙涛道：“如何？”龙涛闻听，便不言语了。蒋爷又对堂官道：“此时军官的鲤鱼大约也吃完了。你作为取家伙去，我悄悄的跟了你去。到了那里，你合军官说话儿，我作个不期而遇。倘若见了，你便溜去，我自有道理。”堂官不能不应。蒋爷别了龙涛，跟着堂官，来至后面院子之内。

不知二人见了如何，且听下回分解。

第六十四回　论前情感化彻地鼠　观古迹游赏诛龙桥

且说蒋爷跟了堂官来到院子之内，只听堂官说道："爷上吃着这鱼可配口么？如若短什么调和，只管吩咐，明早叫灶上的多用点心。"韩爷道："很好。不用吩咐了，调和的甚好。俟我好了，再谢你们罢。"堂官道："小人们理应伺候，如何当的起

谢字呢！"刚说至此，只听院内说道："嗳哟，二哥呀，你想死小弟了！"堂官听罢，端起盘子往外就走。蒋四爷便进了屋内，双膝跪倒。韩爷一见，翻转身面向里而卧，理也不理。蒋爷哭道："二哥，你恼小弟，小弟深知。只是小弟委屈也要诉说明白了，就死也甘心的。当初五弟所做之事，自己逞强逞能，不顾国家法纪，急的大哥无地自容。若非小弟看破，大哥早已缢死在庞府墙外了。二哥，你老知道么？就是小弟离间二哥，也有一番深心。凡事皆是老五作成，人人皆知是锦毛鼠的能为，并不知有姓韩的在内。到了归齐，二哥却跟在里头打这不明不白的官司，岂不弱了彻地鼠之名呢？再者，小弟附和着大哥，务必要拿获五弟，并非忘了结义之情，这正是救护五弟之意。二哥难道不知他做的事么？若非遇见包恩相与诸相好，焉能保的住他毫无伤损，并且得官授职，又何尝委屈了他呢！你我弟兄五人，自陷空岛结义以来，朝夕聚首，原想不到今日。既有今日，我四人都受皇恩，相爷提拔，难道就忘却了二哥么？我弟兄四人在一处已经哭了好几场，大哥尤为伤怀，想会二哥。实对二哥说罢，小弟此番前来，一来奉着钦命，二来包相钧谕，三来大哥的分派，故此装模作样，扮成这番光景，遍处找寻二哥。小弟原有一番存心，若是找着了二哥固好；若

是寻不着时,小弟从此也就出家,做个负屈含冤的老道罢了。”说至此,抽抽噎噎的哭起来了,他却偷着眼看韩彰。见韩爷用巾帕抹脸,知是伤了心了,暗道:“有点活动了。”后又说道:“天从人愿,不想今日在此遇见二哥。二哥反恼小弟,岂不把小弟一番好心倒埋没了?总而言之,好人难作。小弟既见了二哥,把曲折衷肠诉明,小弟也不想活着了,隐迹山林,找个无人之处自己痛哭一场,寻个自尽罢了。”说至此,声咽音哑,就要放声。

韩爷那里受得,由不得转过身来道:“你的心,我都知道了。你言我行事太毒,你想想你做的事,未尝不狠。”蒋爷见韩爷转过身来,知他心意已回,听说他“做事太狠”,便急忙问道:“不知小弟做什么狠事了,求二哥说明。”韩爷道:“你诓我药,为何将两丸俱各拿去,致令我昨日险些儿丧了性命,这不是做事太狠么?”蒋爷听了,“噗哧”一声笑了,道:“二哥若为此事恼我恨我,这可错怪了小弟了。你老自想想,一个小荷包儿有多大地方,当初若不将两丸药掏出,如何装的下那封字柬呢?再者,小弟又不是未卜先知,能够知道于某年某月某日某时我二哥受药镖,必要用此解药;若早知道,小弟偷时也要留个后手儿,预备给二哥救急儿,也省的你老恨我咧!”韩爷听了也笑了,伸手将蒋爷拉起来,问道:“大哥、三弟、五弟可好?”蒋爷道:“均好。”说毕,就在炕边上坐了。彼此提起前情,又伤感了一回。韩爷便说:“与花蝶比较,他用闪身计,是我一时忽略,故此受了他的毒镖。幸喜不重,赶回店来急忙配药,方能保得无事。”蒋爷听了念佛道:“这是吉人天相。”也将铁岭观遇见胡道泄机,“小弟只当是二哥被擒,谁知解救的却是龙涛”,如何刺死吴道成,又如何反手刺伤了花蝶,他在钢刺下逃脱的话,说了一遍。韩爷听了,欢喜无限,道:“你这一刺,虽未伤他的性命,然而多少划他一下,一来惊他一惊,二来也算报了一镖之仇了。”二人正在谈论,忽见外面进来一人,扑翻身就给韩爷叩头,倒把韩爷唬了一跳。蒋爷连忙扶起,道:“二哥,此位便是捕快头目龙涛龙二哥。”韩二爷道:“久仰,久仰。恕我有贱恙,不能还礼。”龙涛道:“小人今日得遇二员外,实小人之万幸。务恳你老人家早早养好了贵体,与小人报了杀兄之仇,这便是爱惜龙涛了。”说罢,泪如雨下。蒋爷道:“龙二哥,你只管放心。俟我二哥好了,身体强健,必拿花贼与令兄报仇。我蒋平也是要助拿此贼的。”龙涛感谢不已。从此,蒋爷伏侍韩爷,又有龙涛帮着,更觉周到。闹了不多几日,韩爷伤痕已愈,精神复元。

一日,三人正在吃饭之时,却见夜星子冯七满头是汗,进来说道:“方才打二十里堡赶到此间,已然打听明白。姓花的因吃了大亏,又兼本县出票捕缉甚急,到处有线,难以居住,他竟逃往信阳,投奔郑家堡去了。”龙涛道:“既然如此,只好赶到信阳再作道理。”便叫冯七参见了二位员外,也就打横儿坐了。一同吃毕饭,韩爷问蒋爷道:“四弟,此事如何区处?”蒋爷道:“花蝶这厮万恶已极,断难容留。莫若二哥与小弟同上信阳,将花蝶拿获。一来除了恶患,二来与龙兄报了大仇,三来二哥到开封府也觉有些光彩。不知意下如何?”韩爷点头道:“你说的有理。只是如何去法呢?”蒋泽长道:“二哥仍是军官打扮,小弟照常道士形容。”龙涛道:“我与冯七做个小生意，临期看势作事。还有一事，我与欧阳爷、丁大官人原有旧约，如今既上信阳，须叫冯七到茉花村送信才是，省得他们二位徒往灶君祠奔驰。”夜星子听了满口应承，定准在诛龙桥西河神庙相见。龙涛又对韩、蒋二人道：“冯七这一去，尚有几天工夫，明日我先赶赴信阳，请二员外多将养几日。就是你们二位去时，一位军官，一位道者，也不便同行，只好俱在河神庙会齐便了。”蒋爷深以为是。计议已定，夜星子收拾收拾立刻起身，竟奔茉花村而来。

且言北侠与丁大爷来至茉花村，盘桓几日，真是义气相投，言语投机。一日提及花蝶，三人便要赴灶君祠之约。兆兰、兆蕙进内禀明了老母，丁母关碍着北侠，不好推托，老太太便立了一个主意，连忙吩咐厨房预备送行的酒席，明日好打发他等起身。北侠与丁氏弟兄欢天喜地，收拾行李，分派人跟随，忙乱了一天。到了掌灯时，饮酒吃饭直至二鼓。刚然用完了饭，忽见丫鬟来报道：“老太太方才说身体不爽，此时已然歇下了。”丁氏弟兄闻听，连忙跑到里面看视。见老太太在帐子内面向里和衣而卧，问之不应，半晌方说：“我这是无妨的，你们干你们的去。”丁氏弟兄那里敢挪寸步，伺候到四鼓之半，老太太方解衣安寝，二人才暗暗出来。来至待客厅，谁知北侠听说丁母欠安，也不敢就睡，独自在那里呆等听信。见了丁家弟兄出来，便问：“老伯母因何欠安？”大爷道：“家母有年岁之人，往往如此，反累吾兄挂心，不得安眠。”北侠道：“你我知己弟兄，非比外人家，这有什么呢？”丁二爷道：“此时家母业已安歇，吾兄可以安置罢，明日还要走路呢！”北侠道：“劣兄方才细想，此事也没甚要紧，二位贤弟原可以不必去，何况老伯母今日身体不爽呢。就是再迟三两日，也不为晚，总是老人家要紧。”丁氏昆仲连连称是，且到明日再看。彼此问了安置，弟兄二人仍上老太太那里去了。

到了次日，丁大爷先来至厅上，见北侠刚然梳洗。欧阳爷先问道：“伯母后半夜可安眠否？”兆兰道：“托赖兄长庇荫，老母后半夜颇好。”正说话间，兆蕙亦到，便问北侠：“今日可起身么？”北侠道：“尚在未定。俟伯母醒时，看老人家的光景再做道理。”忽见门上庄丁进来禀道：“外面有个姓冯的要求见欧阳爷、丁大爷。”北侠道：“他来的很好，将他叫进来。”庄丁回身，不多时，见一人跟庄丁进来，自说道：“小人夜星子冯七参见。”丁大爷问道：“你从何处而来？”冯七便将龙涛追下花蝶，观中遭擒，如何遇蒋爷搭救，刺死吴道成，惊走花蝶。又如何遇见韩二爷，现今打听明白花冲逃往信阳，大家俱定准在诛龙桥西河神庙相见的话，述说了一回。北侠道：“你几时回去？”冯七道：“小人特特前来送信，还要即刻赶到信阳，同龙二爷探听花蝶的下落呢。”丁大爷道：“既如此，也不便留你。”回头吩咐庄丁，取二两银子来赏与冯七。冯七叩谢，道：“小人还有盘费，大官人如何又赏许多？如若没有什么分派，小人也就要走了。”又对北侠道：“爷们去时，就在诛龙桥西河神庙相见。”北侠道：“是了，我知道了。那庙里方丈慧海我是认得的，手谈是极高明的。”冯七听了笑了一笑，告别去了。

谁知他们这里说话，兆蕙已然进内看视老太太出来。北侠问道：“二弟，今日伯母如何？"丁二爷道："方才也替吾兄请了安了，家母说多承挂念。老人家虽比昨晚好些，只是精神稍减。"北侠道："莫怪劣兄说，老人家既然欠安，二位贤弟断断不可远离，况此事也没甚要紧。依我的主意，竟是我一人去到信阳，一来不至失约，二来我会同韩、蒋二人，再加上龙涛帮助，也可以敌的住姓花的了。二位贤弟以为何如？"兆兰、兆蕙原因老母欠安不敢远离，今听北侠如此说来，连忙答道："多承仁兄指教，我二人惟命是从。俟老母大愈后，我二人再赶赴信阳就是了。"北侠道："那也不必。即便去时，也不过去一人足矣，总要一位在家伺候伯母要紧。"丁家弟兄点头称是。早见伴当擦抹桌椅，调开座位，安放杯箸，摆上丰盛的酒席，这便是丁母吩咐预备饯行的。酒饭已毕，北侠提了包裹，彼此珍重了一番，送出庄外，执手分别。

不言丁氏昆仲回庄，在家奉母。单说北侠出了茉花村，上了大路，竟奔信阳而来，沿途观览山水。一日，来至信阳境界，猛然想起："人人却说诛龙桥下有诛龙剑，我虽然来过，并未赏玩。今日何不顺便看看，也不枉再游此地一番。"想罢，来至河边泊船之处雇船。船家迎将上来，道："客官要上诛龙桥看古迹的么？待小子伺候爷上赏玩一番何如？"北侠道："很好。但不知要多少船价？须要说明。"船家道："有甚要紧。只要客官畅快喜欢了，多赏些就是了。请问爷上，是独游还是要会客呢？可要伙食不要呢？"北侠道："也不会客，也不要伙食，独自一人，要游玩游玩。把我渡过桥西，河神庙下船便完了事了。"船家听了没有什么想头，登时怠儿慢儿的道："如此说来，是要单座儿了。我们从早晨到此时并没开张，爷上一人，说不得走这一遭儿罢。多了也不敢说，破费爷赏四两银子罢。"俗语说的，"车船店脚牙"，极是难缠的，他以为拿大价儿把欧阳爷难住，就拉了倒了。

不知北侠如何，且听下回分解。

第六十五回　北侠探奇毫无情趣　花蝶隐迹别有心机

且说北侠他乃挥金似土之人，既要遣兴赏奇，慢说是四两，就是四十两也是肯花的。想不到这个船家要价儿，竟会要在圈儿里头了。北侠道："四两银子有甚要紧，只要俺看了诛龙剑，俺便照数赏你。"船家听了，又立刻精神百倍，满面堆下笑来奉承道："小人看爷上是个慷慨怜下的，只要看看古迹儿，那在我们穷小子身上打算盘呢。伙计快搭跳板，搀爷上船。——到底灵便着些儿呀，吃饱了就发呆。"北侠道："不用忙，也不用搀，俺自己会上船。"看跳板搭平稳了，略一垫步，轻轻来到船上。船家又嘱咐道："爷上坐稳了，小人就要开船了。"北侠道："俺晓得。只是纤绳要拉的慢着些儿，俺还要沿路观看江景呢。"船家道："爷上放心。原为的是游玩，忙什么呢？"说罢，一篙撑开，顺流而下。奔至北岸，纤夫套上纤板，慢慢牵曳。船家掌舵,北侠坐在舟中。清波荡漾,芦花飘扬,衬着远山耸翠,古木撑青,一处处野店乡村,炊烟直上;一行行白鸥秋雁,掠水频翻。北侠对此三秋之景,虽则心旷神怡,难免几番浩叹,想人生光阴迅速,几辈英雄,而今何在?

正在观览叹息之际,忽听船家说道:“爷上请看,那边影影绰绰便是河神庙的旗杆,此处离诛龙桥不远了。”北侠听了,便要看古人的遗迹,“不知此剑是何宝物,不料我今日又得瞻仰瞻仰。”早见船家将篙一撑荡开,悠悠扬扬竟奔诛龙桥而来。到此水势急溜,毫不费力,已从桥孔过去。北侠两眼左顾右盼,竟不见宝剑悬于何处。刚然要问,只见船已拢住,便要拉纤上河神庙去。北侠道:“你等且慢。俺原为游赏诛龙剑而来,如今并没看见剑在那里,如何就上河神庙呢?”船家道:“爷上才从桥下过,宝剑就在桥的下面,如何不玩赏呢?”北侠道:“方才左瞧右瞧,两旁并没有悬挂宝剑,你叫我玩赏什么呢?”船家听了,不觉笑道:“原来客官不知古迹所存之处,难道也没听见人说过么?”北侠道:“实实没有听见过,到了此时,倒要请教。”船家道:“人人皆知:‘诛龙桥,诛龙剑;若要看,须仰面。’爷上为何不往上看呢?”北侠猛省,也笑道:“俺倒忘了,竟没仰面观看。没奈何,你等还将船拨转,俺既到此,再没有不看看之理。”船家便有些作难,道:“此处水急溜,而且回去是逆水,我二人又得出一身汗,岂不费工夫呢?”北侠心下明白,便道:“没甚要紧,俺回来加倍赏你们就是了。”船家听了,好生欢喜,便叫:“伙计,多费些气力罢,爷上有加倍赏呢!”二人踊跃非常,对篙将船往回撑起。

果然逆水难行,多大工夫方到了桥下。北侠也不左右顾盼,惟有仰面细细观瞧。不看则可,看了时,未免大扫其兴。你道什么诛龙剑?原来就在桥下石头上面刻的一把宝剑,上面有模模糊糊几个蝌蚪篆字。真是耳闻不如眼见,往往以讹传讹,说的奇特而又奇特,再遇个探奇好古的人,恨不得就要看看。及至身临其境,只落得“原来如此”四个大字,毫无一点的情趣。即如京师玉蝀金鳌,真是天造地设的美景,四时春夏秋冬各有佳景,岂是三言两语说得尽的呢。比如春日绿波初泛,碧柳依依,白鹭群飞,黄鹂对对;夏日则荷花馥郁,莲叶亭亭;秋日则鸥影翩翻,蝉声嘒嘒;冬日则池水结冰,再遇着瑞雪缤纷,真个是银妆世界一般。况且楼台阁殿,亭榭桥梁,无一不佳。然而每日走着,时常看着,习以为常,也就不理会了。就是北侠,他乃行侠作义之人,南北奔驰,什么美景没有看过,今日为个诛龙剑,白白的花了八两头,他算开了眼了,可瞧见石头上刻的暗八仙了。你说可笑不可笑?又遇船家纤夫不懂眼,使着劲儿撑住了船,动也不动。北侠问道:“为何不走?”船家道:“爷上赏玩尽兴,小人听吩咐方好开船。”北侠道:“此剑不过一目了然,俺已尽兴了。快开船罢,咱们上河神庙去罢。”他二人复又拨转船头,一直来到河神庙下船。北侠在兜肚内掏出一个锞子,又加上多半个,合了八两之数,赏给船家去了。

北侠来到庙内,见有几个人围绕着一个大汉。这大汉地下放着一个笸箩,口中说道:“俺这煎饼是真正黄米面的,又有葱,又有酱,咬一口喷鼻香。赶热吓,赶热!”满嘴的怯话儿。旁边也有买着吃的。再细看大汉时,却是龙涛。北侠暗道:

"他敢则早来了。"便上前故意的问道:"伙计,借光问一声。"龙涛抬头见是北侠,他却笑嘻嘻的说道:"客官爷问什么?"北侠道:"这庙内可有闲房?俺要等一个相知的朋友。"龙涛道:"巧咧,对劲儿。俺也是等乡亲的,就在这庙内落脚儿。俺是知道的,这庙内闲房多着咧!好体面屋子,雪洞儿似的,俺就是住不起。俺合庙内的老道在厨房里打通腿儿。没有什么营生,就在柴锅里熚上了几张煎饼,作个小买卖。你老趁热也闹一张尝尝,包管喷鼻香。"北侠笑道:"不用,少时你在庙内熚几张新鲜的我吃。"龙涛道:"是咧。俺卖完了这个,再给你老熚几张去。你老要找这庙内当家的,他叫慧海,是个一等一的人儿,好多着咧。"北侠道:"承指教了。"转身进庙,见了慧海,彼此叙了阔情。本来素识,就在东厢房住下。到了下晚,北侠却暗暗与龙涛相会。言花蝶并未见来,就是韩、蒋二位也该来了。俟他们到来,再做道理。

这日北侠与和尚在方丈里下棋,忽见外面进来一位贵公子,衣服华美,品貌风流,手内提定马鞭子,向和尚执手。慧海连忙问讯。小和尚献茶,说起话来。原是个武生,姓胡,特来暂租寓所,访探相知的。北侠在旁细看,此人面上一团英气,只是二目光芒甚是不佳。暗道:"可惜这样人物,被这一双眼带累坏了,而且印堂带煞,必是不良之辈。"正在思索,忽听外面嚷道:"王第二的,王第二的!"说着话,扒着门往里瞧了瞧北侠,看了看公子。北侠早已看见是夜星子冯七。小和尚迎出来道:"你找谁?"冯七道:"俺姓张行三,找俺乡亲王第二的。"小和尚说:"你找卖煎饼的王二呀,他在后面厨房里呢,你从东角门进去就瞧见厨房了。"冯七道:"没狗吓?"小和尚道:"有狗也不怕,锁着呢。"冯七抽身往后去了。这里贵公子已然说明,就在西厢房暂住,留下五两定银,回身走了,说迟会儿再来。慧海送了公子回来,仍与北侠终局。北侠因记念着冯七,要问他花蝶的下落,胡乱下完那盘棋,却输与慧海七子。站起身来,回转东厢房,却见龙涛与冯七说着话出庙去了。

北侠连忙做散步的形景,慢慢的来到庙外。见他二人在那边大树下说话,北侠一见,暗暗送目,便往东走,二人紧紧跟随。到了无人之处,方问冯七道:"你为何此时才来?"冯七道:"小人自离了茉花村,第三日就遇见了花蝶。谁知这厮并不按站走路,二十里也是一天,三十里也是一天,他到处拉拢,所以迟至今日。他也上这庙里来了。"北侠道:"难道方才那公子就是他么?"冯七道:"正是。"北侠说:"怨不的,我说那样一个人,怎么会有那样的眼光呢?原来就是他呀。怨不的说姓胡,其中暗指着蝴蝶呢。只是他也到此何事?"冯七道:"这却不知。就是昨晚在店内,他合店小二打听小丹村来着,不知他是什么意思。"北侠又问韩、蒋二位。冯七道:"路上却未遇见,想来也就该到了。"龙涛道:"今日这厮既来至此,欧阳爷想着如何呢?"北侠道:"不知他是什么意思,大家防备着就是了。"说罢,三人分散,仍然归到庙中。

到了晚间,北侠屋内却不点灯,从暗处见西厢房内灯光明亮。后来忽见灯影一晃,仿佛蝴蝶儿一般。又见噗的一声,把灯吹灭了。北侠暗道:"这厮又要闹鬼了,倒要留神。"迟不多会,见槅扇略起一缝,一条黑线相似出了门,背立片时,原来是带门呢。见他脚尖滑地,好门道,好灵便,突突往后面去了。北侠暗暗夸奖:“可惜这样好本事,为何不学好?”连忙出了东厢房,由东角门轻轻来到后面。见花蝶已上墙头,略一转身,落下去了。北侠赶到,飞身上墙,往下一望,却不见人。连忙纵下墙来,四下留神,毫无踪迹。暗道:“这厮好快腿,果然本领不错。”忽见那边树上落下一人,奔向前来。北侠一见,却是冯七。又见龙涛来道:“小子好快腿,好快腿!”三人聚在一处,再也测度不出花蝶往那里去了。北侠道:“莫若你我仍然埋伏在此,等他回来。就怕他回来不从此走。”冯七道:“此乃必由之地,白昼已瞧明白了。不然,我与龙二爷专在此处等他呢!”北侠道:“既如此,你仍然上树。龙头领,你就在桥根之下。我在墙内等他。里外夹攻,再无不成功之理。”冯七听了说:“很好,就是如此。我在树上瞭高,如他来时,抛砖为号。”三人计议已定,内外埋伏。谁知等了一夜,却不见花冲回来。

天已发晓,北侠来至前面开了山门。见龙涛与冯七来了,彼此相见,道:“这厮那里去了?”于是同到西厢房,见槅扇虚掩。到了屋内一看,见北间床上有个小小包裹,打开看时,里面只一件花氅、官靴与公子巾。北侠叫冯七拿着,奔方丈而来。早见慧海出来,迎门问道:“你们三位如何起的这般早?”北侠道:“你丢了人了,你还不晓得吗?”和尚笑道:“我出家人吃斋念佛,恪守清规,如何会丢人?别是你们三位有了什么故典了罢?”龙涛道:“真是师父,丢了人咧。我三人都替师父找了一夜。”慧海道:“王二,你的口音如何会改了呢?”冯七道:“他也不姓王,我也不姓张。”和尚听了,好生诧异。北侠道:“师父不要惊疑,且到方丈细谈。”

大家来至屋内,彼此就座。北侠方将龙涛、冯七名姓说出,“昨日租西厢房那人也不姓胡,他乃作孽的恶贼花冲,外号花蝴蝶,我们俱是为访拿此人到你这里。”就将夜间如何埋伏,他自从二更去后,至今并未回来的话说了一遍。慧海闻听吃了一惊,连忙接过包裹,打开一看,内有花氅一件、官靴、公子巾,别无他物。又到西厢房内一看,床边有马鞭子一把,心中惊异非常,道:“似此如之奈何?”

未知后文,且听下回分解。

第六十六回 盗珠灯花蝶遭擒获 救恶贼张华窃负逃

且说紫髯伯听和尚之言,答道:“这却无妨,他绝不肯回来了,只管收起来罢。我且问你,闻得此处有个小丹村,离此多远?”慧海道:“不过三四里之遥。”北侠道:“那里有乡绅富户,以及庵观娼妓无有呢?”和尚道:“有庵观,并无娼妓。那里不过是个庄村,并非镇店。若论乡绅,却有个勾乡宦。因告终养在家,极其孝母,家道殷实。因为老母吃斋念佛,他便盖造了一座佛楼,画栋雕梁,壮观之甚。漫说别的,就只他那宝珠海灯，便是无价之宝。上面用珍珠攒成缨络，排穗俱有宝石镶嵌。不用说点起来照彻明亮，就是平空看去，也是金碧交辉，耀人二目。那勾员外只要讨老母的喜欢，自己好善乐施，连我们庙里一年四季皆是有香资布施的。”北侠听了，便对龙涛道：“听师父之言，却有可疑。莫若冯七你到小丹村暗暗探听一番，看是如何。”冯七领命，飞也似的去了。龙涛便到厨房收拾饭食，北侠与和尚闲谈。

忽见外面进来一人，军官打扮，金黄面皮，细条身子，另有一番英雄气概，别具一番豪杰精神。和尚连忙站起相迎。那军官一眼看见北侠，道：“足下莫非欧阳兄么？”北侠道：“小弟欧阳春。尊兄贵姓？”那军官道：“小弟韩彰，久仰仁兄，恨不一见，今日幸会。仁兄几时到此？”北侠道：“弟来三日了。”韩爷道：“如此说来，龙头领与冯七他二人也早到了？”北侠道：“龙头领来在小弟之先，冯七是昨日才来。”韩爷道：“弟因有小恙，多将养了几日，故尔来迟，叫吾兄在此耐等，多多有罪。”说着话，彼此就座。却见龙涛从后面出来，见了韩爷便问：“四爷如何不来？”韩爷道：“随后也就到了。因他道士打扮，故在后走，不便同行。”正说之间，只见夜星子笑吟吟回来，见了韩彰道：“二员外来了么，来的正好，此事必须大家商议。”北侠问道：“你打听的如何？”冯七道：“欧阳爷料事如见。小人到了那里，细细探听，原来这小子昨晚真个到小丹村去了。不知如何被人拿住，又不知因何连伤二命，他又逃脱走了。早间勾乡宦业已呈报到官，还未出签缉捕呢。”大家听了，测摸不出，只得等蒋爷来再做道理。

你道花蝶因何上小丹村？只因他要投奔神手大圣邓车，猛然想起邓车生辰已近，素手前去，难以相见。早已闻得小丹村勾乡宦家有宝珠灯，价值连城。莫若盗了此灯，献与邓车，一来祝寿，二来有些光彩。这全是以小人待小人的形景，他那里知道此灯有许多的蹊跷。二更离了河神庙，一直奔到小丹村，以为马到成功，伸手就可拿来。谁知到了佛楼之上，见宝灯高悬，内注清油，明晃晃明如白昼。却有一根锁链，上边檩上有环，穿过去将这一头儿压在鼎炉的腿下。细细端详，须将香炉挪开，方能提住锁链，系下宝灯。他便挽袖掖衣，来至供桌之前，舒开双手，攥住炉耳，运动气力，往上一举。只听吱的一声，这鼎炉竟跑进佛龛去了。炉下桌子上却露出一个窟窿，系宝灯的链子也跑上房柁去了。花蝶暗说：“奇怪！”正在发呆，从桌上窟窿之内，探出两把挠钩，周周正正将两膀扣住。花蝶一见，不由的着急。两膀才待挣扎，又听下面吱吱吱吱连声响亮，觉的挠钩约有千斤沉重。往下一勒，花贼再也不能支持，两手一松，把两膀扣了个结实。他此时是手儿扶着，脖儿伸着，嘴儿拱着，身儿探着，腰儿哈着，臂儿弯着，头上蝴蝶儿颤着，腿儿弓着，脚后跟儿跷着，膝盖儿合着，眼子是撅着，真是福相样儿。谁知花蝶心中正在着急，只听下面哗啷哗啷铃铛乱响，早有人嚷道：“佛楼上有了贼了！”从胡梯上来了五六个人，手提绳索，先把花蝶拢住。然后主管拿着钥匙，从佛桌旁边入了鐄，吱噔吱噔一拧，随拧随松，将挠钩解下。七手八脚把花蝶捆住了，推拥下楼。主管吩咐道：“夜已深了，明早再回员外罢。你等拿贼有功，俱各有赏。方才是谁的更班儿？”却见二人说道：

"是我们俩的。"主管一看,是汪明、吴升,便道:"很好。就把此贼押在更楼之上,你们好好看守。明早我单回员外,加倍赏你们两个。"又吩咐帮拿之人道:"你们一同送至更楼,仍按次序走更巡逻,务要小心。"众人答应,俱奔东北更楼上,安置妥当,各自按拨走更去了。

原来勾乡宦庄院极大,四角俱有更楼。每楼上更夫四名,轮流巡更,周而复始。如今汪明、吴升拿贼有功,免其坐更,叫他二人看贼。他二人兴兴头头,欢喜无限,看着花蝶道:"看他年轻轻的,什么干不得,偏要做贼,还要偷宝灯。那个灯也是你偷的？为那个灯,我们员外费了多少心机,好容易安上消息,你就想偷去咧!"正在说话,忽听下面叫道:"主管叫你们去一个人呢!"吴升道:"这必是先赏咱们点酒儿吃食。好兄弟,你辛苦辛苦,去一趟罢。"汪明道:"我去,你好生看着他。"回身便下楼去了。吴升在上面,忽听噗咚一声,便问道:"怎么咧？栽倒咧？没喝就醉……"话未说完,却见上来一人,凹面金腮,穿着一身皂衣,手持钢刀。吴升要嚷,只听咣嚓,头已落地。那人忽的一声跳上炕来,道:"朋友,俺乃病太岁张华。奉了邓大哥之命,原为珠灯而来。不想你已入圈套,待俺来救你。"说罢,挑开绳索,将花蝶背在身上,逃往邓家堡邓车那里去了。

及至走更人巡逻至此,见更楼下面躺着一人,执灯一照,却是汪明被人杀死。这一惊非小,连忙报与主管前来看视,便问:"吴升呢?"更夫说:"想是在更楼上面呢。"一叠连声唤道:"吴升! 吴升!"那里有人答应。大家说:"且上去看看。"一看,罢咧! 见吴升真是"无生"了:头在一处,尸在一处。炕上挑的绳索不少,贼已不知去向。主管看了这番光景,才着了慌了,也顾不的夜深了,连忙报与员外去了。员外闻听,急起来看,又细问了一番,方知道已先在佛楼上拿住一贼,因夜深未敢禀报。员外痛加申饬,言此事焉得不报。纵然不报,也该派人四下搜寻一回,更楼上多添人看守,不当如此粗心误事。主管后悔无及,惟有伏首认罪而已。勾乡宦无奈,只得据实禀报:如何拿获鬓边有蝴蝶的大盗,如何派人看守,如何更夫被杀,大盗逃脱的情节,一一写明,报到县内。此事一吵嚷,谁人不知,那个不晓。因此冯七来到小丹村,容容易易把此事打听回来。

大家听了说:"等四爷蒋平来时再做道理。"果然是日晚间蒋爷赶到,大家彼此相见了,就把花蝶之事述说一番。蒋泽长道:"水从源流树从根,这厮既然有投邓车之说,还须上邓家堡去找寻。谁叫小弟来迟,明日小弟就到邓家堡探访一番。可有一层,如若掌灯时小弟不回来,说不得众位哥哥们辛苦辛苦,赶到邓家堡方妥。"众人俱各应允。饮酒叙话,吃毕晚饭,大家安息。一宿不提。

到了次日,蒋平仍是道家打扮,提了算命招子,拿上渔鼓、简板,竟奔邓家堡而来。谁知这日正是邓车生日,蒋爷来到门前,踱来踱去。恰好邓车送出一人来,却是病太岁张华。因昨夜救了花蝶,听花蝶说,近来霸王庄马强与襄阳王交好,极其亲密,意欲邀同邓车前去。邓车听了,满心欢喜,就叫花冲写了一封书信,特差张华前去投递。不想花蝶也送出来,一眼瞧见蒋平,兜的心内一动,便道:"邓大哥,把那唱道情的叫进来，我有话说。”邓车即吩咐家人，把那道者带进来。蒋四爷便跟定家丁进了门，见厅上邓车、花冲二人上坐。花冲不等邓车吩咐，便叫家人快把那老道带来。邓车不知何意。

少时蒋爷步上台阶，进入屋内，放下招子、渔鼓、板儿，从从容容的稽首道：“小道有礼了，不知施主唤进小道有何吩咐？”花冲说：“我且问你，你姓什么？”蒋平道：“小道姓张。”花冲说：“你是自小儿出家，还是半路儿呢？还是故意儿假扮出道家的样子要访什么事呢？要实实说来。快讲，快讲！”邓车在旁听了，甚不明白，便道：“贤弟，你此问却是为何？”花冲道：“大哥有所不知，只因在铁岭观小弟被人暗算，险些儿丧了性命。后来在月光之下，虽然看不真切，见他身材瘦小，脚步伶便，与这道士颇颇相仿。故此小弟倒要盘问盘问他。”说毕，回头对蒋平道：“你到底说呀，为何迟疑呢？”蒋爷见花蝶说出真病，暗道：“小子真好眼力，果然不错。倒要留神！”方说道：“二位施主攀话，小道如何敢插言说话呢？小道原因家寒，毫无养赡，实实半路出家，仗着算命弄几个钱吃饭。”花蝶道：“你可认得我么？”蒋爷假意笑道：“小道刚到宝庄，如何认得施主？”花冲冷笑道：“俺的性命险些儿被你暗算，你还说不认得呢！大约束手问你，你也不应。”站起身来进屋内，不多时，手内提着一把枯藤鞭子来，凑至蒋平身边，道：“你敢不说实话么？”蒋爷知他必要拷打，暗道：“小子，你这皮鞭谅也打不动四太爷。瞧不的你四爷一身干肉，你觌面来试，够你小子啃个酒儿的。”这正是艺高人胆大，蒋爷竟不慌不忙的答道：“实是半路出家的，何必施主追问呢？”花冲听了，不由气往上撞，将手一扬，唰唰唰唰就是几下子。蒋四爷故意的“嗳哟”道：“施主这是为何？平空把小道叫进宅来，不分青红皂白就把小道乱打起来。我乃出家之人，这是什么道理？嗳哟，嗳哟！这是从那里说起。”邓车在旁看不过眼，向前拦住道：“贤弟，不可，不可！”

不知邓车说什么话来，且听下回分解。

第六十七回　紫髯伯庭前敌邓车　蒋泽长桥下擒花蝶

且说邓车拦住花冲道：“贤弟不可。天下人面貌相同的极多，你知他就是那刺你之人吗？且看为兄分上，不可误赖好人。”花蝶气冲冲的坐在那里，邓车便叫家人带道士出去。蒋平道：“无缘无故将我抽打一顿，这是那里晦气！”花蝶听说“晦气”二字，站起身来又要打他，多亏了邓车拦住。旁边家人也向蒋平劝道：“道爷你少说一句罢，随我快走罢。”蒋爷说：“叫我走，到底拿我东西来，难道硬留下不成！”家人道：“你有什么东西？”蒋爷道：“我的鼓板、招子。”家人回身，刚要拿起渔鼓、简板，只听花冲道：“不用给他，看他怎么样？”邓车站起笑道：“贤弟，既叫他去，又何必留他的东西，倒叫他出去说混话，闹的好说不好听的做什么！”一壁说着，一壁将招子拿起。

邓车原想不到招子有分量的，刚一拿，手一脱落，将招子摔在地下。心下转想道：“吓，他这招子如何恁般沉重？”又拿起仔细一看，谁知摔在地下时，就把钢刺露出一寸有馀。邓车看了，顺手往外一抽，原来是一把极锋芒的三棱鹅眉钢刺。一声“嗳呀”，“好恶道吓，快与我绑了！”花蝶早已看见邓车手内擎着钢刺，连忙过来道：“大哥，我说如何？明明是刺我之人，大约就是这个家伙。且不要性急，须慢慢的拷打他，问他到底是谁，何人主使，为何与我等作对？”邓车听了，吩咐家人们拿皮鞭来。蒋爷到了此时，只得横了心预备挨打。花冲把椅子挪出，先叫家人乱抽一顿，只不要打他致命之处，慢慢的拷打他。打了多时，蒋爷浑身伤痕已然不少。花蝶问道：“你还不实说么？”蒋爷道：“出家人没有什么说的。”邓车道：“我且问你，你既出家，要这钢刺何用？”蒋爷道：“出家人随遇而安，并无庵观寺院，随方居住。若是行路迟了，或起身早了，难道就无个防身的家伙么？我这钢刺是防范歹人的，为何施主便迟疑了呢？”邓车暗道：“是呀，自古吕祖尚有宝剑防身，他是个云游道人，毫无定止，难道就不准他带个防身的家伙么？此事我未免莽撞了。”

花蝶见邓车沉吟，惟恐又有反悔，连忙上前道：“大哥请歇息去，待小弟慢慢的拷他。”回头吩咐家人，将他抬到前面空房内，高高吊起。自己打了，又叫家人打。蒋爷先前还折辩，到后来知道不免，索性不言语了。花蝶见他不言语，暗自思道：“我与家人打的工夫也不小了，他却毫不承认。若非有本领的，如何禁的起这一顿打？”他只顾思索，谁知早有人悄悄的告诉邓车，说那道士打的不言语了。邓车听了，心中好生难安，想道：“花冲也太不留情了，这又不是他家，何苦把个道士活活的治死。虽为出气，难道我也不嫌个忌讳么？我若十分拦他，又恐他笑我，说我不担事，胆特小了。也罢，我须如此，他大约再也没有说的。”想罢，来到前面，只见花冲还在那里打呢。再看道士时，浑身抽的衣服狼籍不堪，身无完肤。邓车笑吟吟上前道：“贤弟，你该歇息歇息了。自早晨吃了些寿面，到了此时，可也饿了。酒筵已然摆妥，非是劣兄给他讨情，今日原是贱辰，难道为他耽误了咱们的寿酒吗？”一番话把个花冲提醒，忙放下皮鞭道：“望大哥恕小弟忘神，皆因一时气忿，就把大哥的千秋忘了。”转身随邓车出来，却又吩咐家人：“好好看守，不许躲懒贪酒，候明日再细细的拷问。若有差错，我可不依你们，惟你们几个人是问。”二人一同往后面去了。

这里家人也有抱怨花蝶的，说他无缘无故不知那里的邪气；也有说给我们添差使，还要充二号主子；又有可怜道士的，自午间揉搓到这时，浑身打了个稀烂，也不知是那葫芦药。便有人上前悄悄的问道：“道爷，你喝点儿罢！”蒋爷哼了一声。旁边又有人道：“别给他凉水喝，不是顽的。与其给他水喝，现放着酒热热的给他温一碗，不比水强么？”那个说：“真个的，你看着他，我就给他温酒去。”不多时，端了一碗热腾腾的酒。二人偷偷的把蒋爷系下来，却不敢松去了绳绑，一个在后面轻轻的扶起，一个在前面端着酒喂他。蒋爷一连呷了几口，觉得心神已定，略喘息喘息，便把馀酒一气饮干。

此时天已渐渐的黑上来了,蒋爷暗想道:“大约欧阳兄与我二哥差不多的也该来了。”忽听家人说道:“二兄弟,你我从早晨闹到这咱晚了,我饿的受不得了。”那人答道:“大哥,我早就饿了。怎么他们也不来替换替换呢?”这人道:“老二,你想想咱们共总多少人。如今他们在上头打发饭,还有空儿替换咱们吗?”蒋爷听了便插言道:“你们二位只管吃饭。我四肢捆绑,又是一身伤痕,还跑的了我么?”两个家人听了,道:“漫说你跑不了,你就是真跑了,这也不是我们正宗差使,也没甚要紧。你且养着精神,咱们回来再见。”说罢,二人出了空房,将门倒扣,往后面去了。

谁知欧阳春与韩彰早已来了。二人在房上瞭望,不知蒋爷在于何处。欧阳春便递了暗号,叫韩彰在房上瞭望,自己却也找寻蒋平。找到前面空房之外,正听见二人嚷饿。后来听他二人往后面去了,北侠便进屋内,蒋爷知道救兵到了。北侠将绳绑挑开,蒋爷悄悄道:“我这浑身伤痕却没要紧,只是四肢捆的麻了,一时血脉不能周流,须把我夹着,安置个去处方好。”北侠道:“放心,随我来。”一伸臂膀,将四爷夹起,往东就走。过了夹道,出了角门,却是花园。四下一望,并无可以安身的去处。走了几步,见那边有一架葡萄架,幸喜不甚过高。北侠悄悄道:“且屈四弟在这架上罢。”说罢左手一顺,将蒋爷双手托起,如举小孩子一般,轻轻放在架上,转身从背后皮鞘内将七宝刀抽出,竟奔前厅而来。

谁知看守蒋爷的二人吃饭回来,见空房子门已开了,道士也不见了,一时惊慌无措,忙跑到厅上报与花蝶、邓车。他二人听了就知不好,也无暇细问。花蝶提了利刃,邓车摘下铁靶弓,跨上铁弹子袋,手内拿了三个弹子。刚出厅房,早见北侠持刀已到。邓车扣上弹子,把手一扬,飕的就是一弹。北侠知他弹子有功夫,早已防备。见他把手一扬,却把宝刀扁着一迎,只听当的一声,弹子落地。邓车见打不着来人,一连就是三弹。只听当当当响了三声,俱各打落在地。邓车暗暗吃惊说:“这人技艺超群!”便顺手在袋内掏出数枚,连珠发出。只听叮当叮当犹如打铁一般。旁边花蝶看的明白,见对面这一个人并不介意,他却脚下使劲,一个箭步,以为帮虎吃食,可以成功。不想忽觉脑后生风,觉着有人。一回头,见明晃晃的钢刀劈将下来,说声“不好”,将身一闪,翻手往上一迎。那里知道韩爷势猛刀沉,他是翻腕迎的不得力,刀对刀只听咯当一声,他的刀早已飞起数步,当啷啷落在尘埃。花蝶那里还有魂咧!一伏身奔了角门,往后花园去了。慌不择路,无处藏身,他便到葡萄架根下将身一蹲,以为他算是葡萄老根儿。他如何想的到架上头还有个人呢。

蒋爷在架上四肢刚然活动,猛听脚步声响,定睛细看,见一人奔到此处不动,隐隐头上有黑影儿乱晃,正是花蝶。蒋爷暗道:“我的钢刺被他们拿去,手无寸铁,难道眼瞅着小子藏在此处就罢了不成?有了,我何不砸他一下子,也出一出拷打的恶气!”想罢,轻蜷两腿,紧抱双肩,往下一翻身,噗哧的一声,正砸在花蝶的身上。把花蝶砸的往前一扑,险些儿嘴按地,幸亏两手扶住。只觉两耳嘤的一声,双睛金星乱迸,说声:“不好,此处有了埋伏了。”一挺身,踉里踉跄奔那边墙根去了。

此时韩彰赶到，蒋爷爬起来道："二哥，那厮往北跑了！"韩彰嚷道："奸贼，往那里走？"紧紧赶来。看看追上，花蝶将身一纵，上了墙头。韩爷将刀一搠，花蝶业已跃下，咕嘟咕嘟往东飞跑。跑过墙角，忽见有人嚷道："那里走，龙涛在此。"飕的就是一棍。好花蝶，身体灵便，转身复往西跑。谁知早有韩爷拦住。南面是墙，北面是护庄河，花蝶往来奔驰许久，心神已乱，眼光迷离，只得奔板桥而来。刚刚到了桥的中间，却被一人劈胸抱住，道："小子，你不洗澡吗？"二人便滚下桥去。花蝶不识水性，那里还能挣扎。原来抱花蝶的就是蒋平。他同韩彰跃出墙来，便在此桥埋伏。到了水中，虽然不深，他却掐住花蝶的脖项，往水中一浸，连浸了几口水，花蝶已然人事不知了。此时韩爷与龙涛、冯七俱各赶上。蒋爷托起花蝶，龙涛提上木桥，与冯七将他绑好。蒋爷蹿将上来，道："好冷！"韩爷道："你等绕到前面，我接应欧阳兄去。"说罢，一跃身跳入墙内。

且说北侠刀磕铁弹，邓车心慌，已将三十二子打完，敌人不退，正在着急，韩爷赶到，嚷道："花蝶已然被擒，谅你有多大本领？俺来也！"邓车闻听，不敢抵敌，将身一纵，从房上逃走去了。北侠也不追赶，见了韩彰，言花蝶已擒，现在庄外。说话间，龙涛背花蝶，蒋爷与冯七在后，来至厅前，放下花蝶。蒋爷道："好冷，好冷！"韩爷道："我有道理。"持着刀往后面去了。不多时，提了一包衣服来，道："原来姓邓的并无家小，家人们也藏躲了，四弟来换衣服。"蒋平更换衣服之时，谁知冯七听韩爷说后面无人，便去到厨房，将柴炭抱了许多，登时点着烘起来。蒋平换了衣服出来，道："趁着这厮昏迷之际，且松了绑。那里还有衣服，也与他换了。天气寒冷，若把他噤死了反为不美。"龙涛、冯七听说有理，急忙与花蝶换妥，仍然绑缚。一壁控他的水，一壁向着火，小子闹了个"水火既济"。

韩爷又见厅上摆着盛筵，大家也都饿了，彼此就座，快吃痛饮。蒋爷一眼瞧见钢刺，急忙佩在身边。只听花蝶呻吟道："淹死我也。"冯七出来将他搀进屋内。花蝶在灯光之下一看，见上面一人，碧睛紫髯；左首一人，金黄面皮；右首一人，形容枯瘦，正是那个道士；下面还有个黑脸大汉，又是铁岭观被擒之人。看了半日，不解是何缘故。只见蒋爷斟了一杯热酒，来到花蝶面前，道："姓花的，事已如此，不必迟疑。你且喝杯热酒，暖暖寒。"花蝶问道："你到底是谁？为何与俺作对？"蒋爷道："你作的事你还不知道么？玷污妇女名节，造孽多端，人人切齿，个个含冤。因此，我等抱不平之气，才特特前来拿你。若问我，我便是陷空岛四鼠蒋平。"花蝶道："你莫非称翻江鼠的蒋泽长么？"蒋爷道："正是。"花蝶道："好，好，名不虚传。俺花冲被你拿住，也不受辱于我。快拿酒来！"蒋爷端到他唇边，花冲一饮而尽。又问道："那上边的又是何人？"蒋爷道："那是北侠欧阳春。那边是我二哥韩彰。这边是捕快头目龙涛。"花蝶道："罢了，罢了。也是我花冲所行不正，所以惹得你等的义气。今日被擒，正是我自作自受。你们意欲将我置于何地？"蒋爷道："大丈夫敢作敢当方是男子。明早将你解到县内，完结了勾乡宦家杀死更夫一案，便将你解赴东京，任凭开封府发落。"花冲听了，便低头不语。此时天已微明，先叫冯七到县内呈报去了。北侠道:“劣兄有言奉告:如今此事完结,我还要回茉花村去。一来你们官事我不便混在里面;二来因双侠之令妹于冬底还要与展南侠毕姻,面恳至再,是以我必须回去。”韩、蒋二人难以强留,只得应允。

不多时,县内派了差役跟随冯七前来,起解花冲到县。北侠与韩、蒋二人同出了邓家堡,彼此执手分别。北侠仍回茉花村,韩、蒋二人同到县衙。惟有邓车悄悄回家,听说花冲被擒,他恐官司连累,忙忙收拾收拾,竟奔霸王庄去了,后文再表。

不知花冲到县如何,且听下回分解。

第六十八回 花蝶正法展昭完姻 双侠饯行静修测字

且说蒋、韩二位来到县前,蒋爷先将开封的印票拿出,投递进去。县官看了,连忙请至书房款待。问明底细,立刻升堂。花冲并无推诿,甘心承认。县官急速办了详文,派差跟随韩、蒋、龙涛等押解花冲起身。一路上小心防范,逢州过县,皆是添役护送。

一日,来至东京,蒋爷先至公厅,见了众位英雄,彼此问了寒暄。卢方先问:“我的二弟如何?”蒋平便将始末述说了一遍,“现今押解着花冲,随后就到。”大家欢喜无限。卢方、徐庆、白玉堂,展昭相陪,迎接韩彰。蒋爷连忙换了服色,来到书房回禀包公。包公甚喜,即命包兴传出话来:“如若韩义士到来,请到书房相见。”

此时卢方等已迎着韩彰,结义弟兄彼此相见了,自是悲喜交集。南侠见了韩爷,更觉亲热。暂将花冲押在班房,大家同定韩爷来至公所,各通姓名相见。独到了马汉,徐庆道:“二哥,你老弩箭误伤的就是此人。”韩爷听了不好意思,连连谢罪。马汉道:“三弟,如今俱是一家人了,你何必又提此事!”赵虎道:“不知者不作罪,不打不成相与。以后谁要忌妒谁,他就不是好汉,就是个小人了。”大众俱各大笑。公孙先生道:“方才相爷传出话来,如若韩兄到来,即请书房相见。韩兄就同小弟先到书房要紧。”韩彰便随公孙先生去了。

这里南侠吩咐备办酒席,与韩、蒋二位接风。不多时,公孙策等出来,刚至茶房门前,见张老儿带定邓九如在那里恭候。九如见了韩爷,向前深深一揖,口称:“韩伯伯在上,小侄有礼。”韩爷见是个宦家公子,连忙还礼,一时忘怀,再也想不起是谁来。张老儿道:“军官爷,难道把汤圆铺的张老儿忘了么?”韩爷猛然想起,道:“你二人为何在此?”包兴便将在酒楼相遇,带至开封,我家三公子奉相谕,将公子认为义子的话说了一遍。韩爷听了,欢喜道:“真是福随貌转,我如何认得。如此说,公子请了!”大家笑着来至公所之内。见酒筵业已齐备,大家谦逊,彼此就座。卢方便问:“见了相爷如何?”公孙策道:“相爷见了韩兄,甚是欢喜,说了好些渴想之言。

已吩咐小弟速办摺子，就以拿获花冲，韩兄押解到京为题，明早启奏。大约此摺一上，韩兄必有好处。”卢方道：“全仗贤弟扶持。”韩爷又叫伴当将龙涛请进来，大家见了。韩爷道：“多承龙兄一路勤劳，方才已回禀相爷，俟事毕之后，回去不迟。所有护送差役，俱各有赏。”龙涛道：“小人仰赖二爷、四爷拿获花冲，只要报仇雪恨，龙涛生平之愿足矣。”话刚至此，只见包兴传出话来，道：“相爷吩咐，立刻带花冲二堂听审。”公孙先生、王、马、张、赵等听了，连忙到二堂伺候去了。

这里无执事的，暂且饮酒叙说。南侠便问花蝶事体，韩爷便述说一番。又深赞他人物本领，惜乎一宗大毛病，把个人带累坏了。正说之间，王、马、张、赵等俱各出来。赵虎连声夸道：“好人物，好胆量！就是他所作之事不端，可惜了！”众人便问相爷审的如何。王朝、马汉道：“何用审问，他自己俱各通说了。实实罪在不赦，招已画了。此时相爷与公孙先生拟他的罪名，明日启奏。”不多时，公孙策出来道：“若论他杀害人命，实在不少，惟独玷污妇女一节较重，理应凌迟处死。相爷从轻，改了个斩立决。”龙涛听了，心内畅快。大家从新饮酒，喜悦非常。饮毕各自安歇。

到了次日，包公上朝摺递。圣心大悦，立刻召见韩彰，也封了校尉之职。花冲罪名依议。包相就派祥符县监斩，仍是龙涛、冯七带领衙役押赴市曹行刑。回来到了开封，见众英雄正与韩彰贺喜，龙涛又谢了韩、蒋二人，他要回去。韩爷、蒋爷二位赠了龙涛百金，所有差役俱各赏赐，各回本县去了。龙涛从此也不在县内当差了。这里众英雄欢喜聚在一处，快乐非常，除了料理官事之外，便是饮酒作乐。卢方等又在衙门就近处置了寓所，仍是五人同居。自闹东京弟兄分手，至此方能团聚。除了卢方一年回家两次，收取地租，其馀四人就在此处居住，当差供职，甚是方便。南侠原是丁大爷给盖的房屋，预备毕姻。因日期近了，也就张罗起来。不多几日，丁大爷同老母、妹子来京，南侠早已预备了下处。众朋友俱各前来看望，都要会会北侠。谁知欧阳春再也不肯上东京，同丁二爷在家看家，众人也只得罢了。到了临期，所有迎妆嫁娶之事，也不必细说。

南侠毕姻之后，就将丁母请来同居，每日与丁大爷会同众朋友欢聚。刚然过了新年，丁母便要回去。众英雄与丁大爷义气相投，恋恋难舍。今日你请，明日我邀，这个送行，那个饯别，聚了多少日期，好容易方才起身。

丁兆兰随着丁母回到家中，见了北侠，说起：“开封府的朋友，人人羡慕大哥，恨不得见面，抱怨小弟不了。”北侠道：“多承众位朋友的惜爱，实是劣兄不惯应酬。如今贤弟回来，诸事已毕，劣兄也就要告辞了。”丁大爷听了诧异道：“仁兄却是为何？难道小弟不在家时，舍弟有什么不到之处么？”北侠笑道：“你我岂是那样的朋友？贤弟不要多心。劣兄有个贱恙：若要闲的日子多了，便要生病，所谓劳人不可多逸，逸则便不消受了。这些日子贤弟不来，已觉焦心烦躁，如今既来了，必须放我前去，庶免灾缠病绕。”兆兰道：“既如此，小弟与仁兄同去。”北侠道：“那如何使得！你非劣兄可比。现在老伯母在堂，而且妹子新嫁，更要二位贤弟不时的在膝下承欢，省得老人家寂寞。再者劣兄出去闲游，毫无定所。难道贤弟就忘了‘游必有方'吗?"兆兰、兆蕙听见北侠之言,是决意要去的,只得说道:"既如此,再屈留仁兄两日,俟后日起身如何?"北侠只得应允。这两日的欢聚,自不必说。到了第三日,兆兰、兆蕙备了酒席,与北侠饯行,并问现欲何往。北侠道:"还是上杭州一游。"饮酒后,提了包裹,双侠送至庄外,各道珍重,彼此分手。

北侠上了大路,散步逍遥,逢山玩山,遇水赏水,凡有古人遗迹,再没有不游览的。一日,来至仁和县境内,见一带松树稠密,远远见旗杆高出青霄。北侠想道:"这必是个大寺院,何不瞻仰瞻仰。"来到庙前一看,见匾额上镌着"盘古寺"三字,殿宇墙垣极其齐整。北侠放下包裹,拂去尘垢,端正衣襟,方携了包裹步入庙中。上了大殿,瞻仰圣像,却是"三皇"。才礼拜毕,只见出来一个和尚,年纪不足三旬,见了北侠问讯。北侠连忙还礼,问道:"令师可在庙中么?"和尚道:"在后面。施主敢是找师父么?"北侠道:"我因路过宝刹,一来拜访令师,二来讨杯茶吃。"和尚道:"请到客堂待茶。"说罢,在前引路,来到客堂。真是窗明几净,朴而不俗。和尚张罗煮茶,不多一会,茶已烹到。早见出来个老和尚,年纪约有七旬,面如童颜,精神百倍。见了北侠,问了姓名,北侠一一答对。又问:"吾师上下?"和尚答道:"上静下修。"二人一问一答,谈了多时,彼此敬爱。看看天已晚了,和尚献斋。北侠也不推辞,随喜吃了。和尚更觉欢喜,便留北侠多盘桓几日。北侠甚合心意,便住了。晚间无事,因提起手谈,谁知静修更是酷好。二人就在灯下下了一局,不相上下。萍水相逢,遂成莫逆。北侠一连住了几日。

这日早晨,北侠拿出一锭银来交与静修,作为房金。和尚那里肯受,道:"我这庙内香火极多,客官就是住上一年半载,这点薪水之用,足以供的起。千万莫要多心。"北侠道:"虽然如此,我心甚是不安。权作香资,莫要推辞。"静修只得收了。北侠道:"吾师无事,还要领一局,肯赐教否?"静修道:"争奈老僧力弱,恐非敌手。"北侠道:"不吝教足矣,何必太谦。"二人放下棋枰,对弈多时。忽见外面进来一个儒者,衣衫褴褛,形容枯瘦,手内持定几幅对联,望着二人一揖。北侠连忙还礼,道:"有何见教?"儒者道:"学生贫困无资,写得几幅对联,望祈居士资助一二。"和尚听了,便立起身来,接过对联,打开一看,不由的失声叫好。

未知静修说出什么话来,且听下回分解。

第六十九回 杜雍课读侍妾调奸 秦昌赔罪丫鬟丧命

且说静修和尚打开对联一看,见写的笔法雄健,字体遒劲,不由的连声赞道:"好书法,好书法!"又往儒者脸上一望,见他虽然穷苦,颇含秀气,而且气度不凡。不由的慈悲心一动,便叫儒者将字放下,吩咐小和尚带到后面,梳洗净面,款待斋饭。儒者听了,深深一揖,随着和尚后面去了。北侠道:“我见此人颇颇有些正气,绝非假冒斯文。”静修道:“正是。老僧方才看他骨格清奇,更非久居人下之客。”说罢,复又下棋。

刚然终局,只见进来一人,年约四旬以外,和尚却认得是秦家庄员外秦昌。连忙让座,道:“施主何来,这等高兴?”秦员外道:“无事不敢擅造宝刹。只因我这几日心神有些不安,特来恳求吾师一卜。”和尚笑道:“此话从何说起。老僧是不会占卜的,员外听谁说来?”秦昌道:“出家人不该打诓语。曾记那年,敝庄有个王老儿,为孙子得病愁烦。是吾师问他因何愁烦,他说出缘故。吾师道:‘你说一个字来,我与你测一测。’他因常看古人词上有简笔字,他就写了个**夗**央的‘**夗**’字。刚然写完,吾师正在测度之际,忽然一阵风将纸条吹起。他忙用镇纸一押,不偏不正押在‘夗’字头上。吾师就长叹了一声,道:‘你这小孙儿是不能活的了,你快回去罢。’老王听了即刻回家,谁知他那孙子就死了。因此他就传扬开了,说吾师神卜。谁人不知,如何单单的瞒我呢?”静修笑道:“这原是一时的灵机,不过测测字,如何算得会卜呢?”秦昌道:“吾师既能测字,何妨给我测个字呢。”静修没法儿,只得说道:“既如此,这到容易。员外就说一个字,待老僧测测看。说的是了,员外别喜欢;说的不是了,员外也别恼。”秦昌道:“君子问祸不问福。方才吾师说‘容易’,就是这个‘容’字罢。”静修写出来,端详了多时,道:“此字无偏无倚,却是个端正字体。按字意说来,有容德乃大,无欺心自安。员外作事光明,毫无欺心,这是好处。然凡事须有涵容,不可急躁,未免急则生变,与事就不相宜了。员外以后总要涵容,遇事存在心里,管保遇难成祥,转祸为福。老僧为何说这个话呢?只因此字拆开看有些不妙。员外请看,此字若拆看,是个穴下有人口,若要不涵容,惟恐人口不利。这也是老僧妄说,员外休要见怪。”员外道:“多承吾师指教,焉有见怪之理。”

北侠在旁听了,颇有意思,连忙说道:“吾师也替我测一字。”静修道:“善哉,善哉!今日老僧如何造起口孽来了。快请说字罢。”北侠道:“就是‘善’字罢。”静修思索了一番,道:“此字也是端正字体。善乃人之本性,作善降之百祥,作不善降之百殃。善是随在皆有,处处存心为善,济困扶危,剪恶除强,瞧着行事狠毒,细细想来,却是一片好心,这方是真善。再按此字拆开,居士平生多义气,廿载入空门。将来二十年后,也不过老僧而已。”北侠听了,连连称是,“承教,承教!佩服,佩服!”

谁知说话间,秦昌屡盼桌上的对联。见静修将字测完,方立起身来,把对联拉开一看,连声夸赞:“好字,好字!这是吾师的大笔么?”静修道:“老僧如何写的来!这是方才一儒者卖的。”秦昌道:“此人姓甚名谁,现在何处?”静修道:“现在后面。他原是求资助的,并未问他姓名。”秦昌道:“如此说来,是个寒儒了。我为小儿,屡欲延师训诲,未得其人。如今既有儒者,吾师何不代为聘请,岂不两便么?”静修笑道:“延师之道,理宜恭敬,不可因他是寒士,便藐视于他。似如此草率,非待读书人之礼。”秦昌立起身来道:“吾师责备的甚是。但弟子惟恐错过机会,不得其人,故此觉得草率了。”连忙将外面家童唤进来,吩咐道:“你速速到家将衣帽靴衫取来,并将马快快备两匹来。"静修见他延师心胜,只得将儒者请来。谁知儒者到了后面,用热水洗去尘垢,更觉满面光华,秀色可餐。秦昌一见,欢喜非常,连忙延至上座,自己在下面相陪。

原来此人姓杜名雍,是个饱学儒流,一生性气刚直,又是个落落寡合之人。静修便将秦昌延请之意说了,杜雍却甚愿意,秦昌乐不可言。少时家童将衣衫靴帽取来,秦昌恭恭敬敬奉与杜雍。杜雍却不推辞,将通身换了,更觉落落大方。秦昌别了静修、北侠,便与杜雍同行。出了山门,秦昌便要坠镫,杜雍不肯,谦让多时。二人乘马,来至庄前下马,家童引路来到书房。献茶已毕,即叫家人将学生唤出。

原来秦昌之子名叫国璧,年方十一岁。安人郑氏,三旬以外年纪。有一妾,名叫碧蟾。丫鬟、仆妇不少,其中有个大丫鬟名叫彩凤,服侍郑氏的;小丫鬟名叫彩霞,服侍碧蟾的。外面有执事四人:进宝、进财、进禄、进喜。秦昌虽然四旬年纪,还有自小儿的乳母白氏,年已七旬将近。人丁算来也有三四十口,家道饶馀。员外因一生未能读书,深以为憾,故此为国璧谆谆延师,也为改换门庭之意。

自拜了先生之后,一切肴馔甚是精美。秦昌虽未读过书,却深知敬先生,也就难为他。往往有那不读书的人,以为先生的饭食随便俱可,漫不经心的很多,那似这秦员外拿着先生当敬天神的一般。每逢自己讨取帐目之时,便嘱咐郑氏安人,先生饭食要紧,不可草率,务要小心。即或安人不得暇,就叫彩凤照料,习以为常,谁知早已惹起侍妾的疑忌来了。一日,员外又去讨帐,临行嘱咐安人与大丫头:先生处务要留神,好好款待。员外去后,彩凤照料了饭食,叫人送至书房。碧蟾也便悄悄随至书房,在窗外偷看。见先生眉清目秀,三旬年纪,儒雅之甚。不看则已,看了时,邪心顿起。

也是活该有事。这日,偏偏员外与国璧告了半天假,带他去探亲。碧蟾听了此信,暗道:"许他们给先生做菜,难道我就不许么?"便亲手做了几样菜,用个小盒盛了,叫小丫头彩霞送至书房。不多时回来了,他便问:"先生做什么呢?"彩霞道:"在那里看书呢。"碧蟾道:"说什么没有?"丫鬟道:"他说:'往日俱是家童送饭,今日为何你来?快回去罢。'将盒放在那里,我就来了。"碧蟾暗道:"奇怪,为何不吃呢?"便叫彩霞看了屋子,他就三步两步来到书房,撕破窗纸往里窥看。见盒子依然未动,他便轻轻咳嗽。杜先生听了,抬头看时,见窗上撕了一个窟窿,有人往里偷看,却是年轻妇女,连忙问道:"什么人?"窗外答道:"你猜是谁?"杜先生听这声音有些不雅,忙说道:"这是书房,还不退了。"窗外答道:"谅你也猜不着。我告诉你:我比安人小,比丫鬟大。今日因员外出门,家下无人,特来相会。"先生听了,发话道:"不要唠叨,快回避了!"外面说道:"你为何如此不知趣?莫要辜负我一片好心。这里有表记送你。"杜雍听了,登时紫涨面皮,气往上撞,嚷道:"满口胡说!再不退,我就要喊叫起来!"一壁嚷,一壁拍案大叫。正在愤怒,忽见窗外影儿不见了。先生仍气忿忿的坐在椅子上面,暗想道:"这是何说!可惜秦公待我这番光景,竟被这贱人带累坏了。我须随便点醒了他,庶不负他待我之知遇。"你道碧蟾为何退了?

原来他听见员外已回来了,故此急忙退去。

且言秦昌进内更换衣服,便来到书房。见先生气忿忿坐在那里,也不为礼。回头见那边放着一个小小元盒,里面酒菜极精,纹丝儿没动。刚要坐下问话,见地下黄澄澄一物,连忙毛腰捡起,却是妇女带的戒指。一声儿没言语,转身出了书房。仔细一看,却是安人之物,不由的气冲霄汉,直奔卧室去了。

你道这戒指从何而来?正是碧蟾隔窗抛入的表记。杜雍正在气忿喊叫之时,不但没看见,连听见也没有。秦昌来到卧室之内,见郑氏与乳母正在叙话,不容分说,开口大骂道:"你这贱人,干的好事!"乳母不知为何,连忙上前解劝,彩凤也上来拦阻。郑氏安人看此光景,不知是那一葫芦药。秦昌坐在椅上,半晌方说道:"我叫你款待先生,不过是饮馔精心,谁叫你跑到书房?叫先生瞧不起我,连理也不理。这还有个闺范么?"安人道:"那个上书房来?是谁说的?"秦昌道:"现有对证。"便把戒指一扔。郑氏看时,果是自己之物,连忙说道:"此物虽是我的,却是两个,一个留着自带,一个赏了碧蟾了。"秦昌听毕,立刻叫彩凤去唤碧蟾。不多时,只见碧蟾披头散发,彩凤哭哭啼啼,一同来见员外。一个说:"彩凤偷了我的戒指,去到书房,陷害于我。"一个说:"我何尝到姨娘屋内?这明是姨娘去到书房,如今反来讹我。"两个你言我语,分争不休,秦昌反倒不得主意,竟自分解不清。自己却后悔,不该不分青红皂白,把安人辱骂一顿,特莽撞了。倒是郑氏有主意,将彩凤唬呼住了,叫乳母把碧蟾劝回屋内。秦昌不能分晰此事,坐在那里发呆生暗气。少时乳母过来,安人与乳母悄悄商议:此事须如此如此,方能明白。乳母道:"此计甚妙。如此行来,可也试出先生心地如何了。"乳母便一一告诉秦昌,秦昌深以为是。

到了晚间,天到二鼓之后,秦昌同了乳母来到书房。只见里面尚有灯光,杜雍业已安歇。乳母叩门,道:"先生睡了么?"杜雍答道:"睡了。做什么?"乳母道:"我是姨娘房内的婆子。因员外已在上房安歇了,姨娘派我前来,请先生到里面有话说。"杜雍道:"这是什么道理?白日在窗外聒絮了多时,怪道他说比安人小,比丫鬟大,原来是个姨娘。你回去告诉他,若要如此的闹法,我是要辞馆的了。岂有此理吓,岂有此理!"外面秦昌听了,心下明白,便把白氏一拉,他二人抽身回到卧室。秦昌道:"再也不消说了,也不用再往下问了。只这'比安人小,比丫鬟大'一语,却是碧蟾贱人无疑了。我还留他何用!若不急早杀却他,难去心头之火。"乳母道:"凡事不可急躁。你若将他杀死,一来人命关天,二来丑声传扬,反为不美。"员外道:"似此如之奈何呢?"乳母道:"莫若将他锁禁在花园空房之内,或将他饿死,或将他囚死,也就完了事了。"秦昌深以为是。次日黎明,便吩咐进宝,将后花园收拾出了三间空房,就把碧蟾锁禁。吩咐不准给他饭食,要将他活活饿死。

不知碧蟾如何,且听下回分解。

第七十回 秦员外无辞甘认罪 金琴堂有计立明冤

且说碧蟾素日原与家人进宝有染,今将他锁禁在后花园空房,不但不能捱饿,反倒遂了二人私欲。他二人却暗暗商量计策,碧蟾说:“员外与安人虽则居在上房,却是分寝。员外在东间,安人在西间。莫若你黹夜持刀将员外杀死,就说安人怀恨,将员外谋害。告到当官,那时安人与员外抵了命,我掌了家园,咱们二人一生快乐不尽,强如我为妾,你是奴呢。”说的进宝心活,也不管天理昭彰,半夜里持刀来杀秦昌。

且说员外自那日错骂了安人,至今静中一想,原是自己莽撞。如今既将碧蟾锁禁,安人前如何不赔罪呢?到了夜静更深,自持灯来至西间。见郑氏刚然歇下,他便进去。彩凤见员外来了,不便在跟前,只得溜出来。他却进了东间,摸了摸卧具,铺设停当,暗自思道:“姨奶奶碧蟾,他从前原与我一样丫头,员外拣了他收作二房。我曾拟陪一次。如今碧蟾既被员外锁禁,此缺已出,不消说了,理应是我坐补。”妄想得缺,不觉神魂迷乱,一歪身躺在员外枕上,竟自睡去。他却那里知道进宝持刀前来,轻轻的撬门而入,黑暗之中,摸着脖项狠命一刀。可怜把个要即补缺的彩凤,竟被恶奴杀死。

进宝以为得意,回到本屋之中,见一身的血迹,刚然脱下要换,只听员外那里一叠连声叫“进宝”。进宝听了,吃惊不小,方知员外未死。一壁答应,一壁穿衣,来到上房。只因员外由西间赔罪回来,见彩凤已被杀在卧具之上,故此连连呼唤。见了进宝,便告诉他彩凤被杀一节,进宝方知把彩凤误杀了。此时安人已知,连忙起来。大家商议,郑氏道:“事已如此,莫若将彩凤之母马氏唤来,告诉他,多多给他银两,将他女儿好好殡殓就是了。”秦昌并无主意,立刻叫进宝告诉马氏去。谁知进宝见马氏挑唆:女儿是秦昌因奸不遂,愤怒杀死,叫马氏连夜到仁和县报官。

金必正金大老爷因是人命重案,立刻前来相验。秦昌出其不意,只得迎接官府。就在住房廊下,设了公案。金令亲到东屋看了,问道:“这铺盖是何人的?”秦昌道:“就是小民在此居住。”金令道:“这丫头他叫什么?”秦昌道:“叫彩凤。”金令道:“他在这屋里住么?”秦昌道:“他原是伏侍小民妻子,在西屋居住的。”金令道:“如此说来,你妻子住在西间了。”秦昌答应:“是。”金令便叫仵作前来相验,果系刀伤。金令吩咐将秦昌带到衙中听审,暂将彩凤盛殓。

转到衙中,先将马氏细问了一番。马氏也供出秦昌久已分寝,东西居住,他女儿原是伏侍郑氏的。金令问明,才带上秦昌来,问他为何将彩凤杀死。谁知秦昌别的事没主意,他遇这件事倒有了主意,回道:“小民将彩凤诱至屋内,因奸不遂,一时忿恨,将他杀死。"你道他如何恁般承认?他道:我因向与妻子东西分住,如何又说出与妻子赔罪呢?一来说不出口来,二来惟恐官府追问因何赔罪,又叨顿出碧蟾之事。那时闹出妻妾当堂出丑,其中再连累上一个先生,这个声名传扬出去,我还有个活头么?莫若我把此事应起,还有个辗转。大约为买的丫头因奸致死,也不至抵偿。纵然抵偿,也是前世冤孽。总而言之,前次不该和安人急躁,这是我没有涵容处。彼时若有涵容,慢慢访查,也不必赔罪,就没有这些事了。可见静修和尚是个高僧,怨得他说人口不利,果应其言。他虽如此想,也不思索思索,若不赔罪,他如何还有命呢?

金令见他满口应承,反倒疑心,便问他凶器藏在何处。秦昌道:"因一时忙乱,忘却掷于何地。"其词更觉浑含。金令暗想道:"看他这光景,又无凶器,其中必有缘故,须要慢慢访查。"暂且悬案寄监。此时郑氏已派进喜暗里安置,秦昌在监不至受苦。因他家下无人,仆从难以托靠,仔细想来,惟有杜先生为人正直刚强,便暗暗写信托付杜雍照管外边事体,一切内务全是郑氏料理。监中叫进宝四人轮流值宿伏侍。

一日,静修和尚到秦员外家取香火银两,顺便探访杜雍。刚然来到秦家庄,迎头遇见进宝。和尚见了,问道:"员外在家么?杜先生可好?"进宝正因外面事务如今是杜先生料理,比员外在家加倍严紧,一肚没好气无处发泄,听静修和尚问先生,他便进谗言道:"师父还提杜先生呢。原来他不是好人,因与主母调奸,秦员外知觉,大闹了一场。杜先生怀恨在心,不知何时,暗暗与主母定计,将丫头彩凤杀死,反告了员外因奸致命,将员外陷在南牢。我此时便上县内瞧我们员外去。"说罢,扬长去了。

和尚听了,不胜惊骇诧异,大骂杜雍不止。回转寺中,见了北侠道:"世间竟有这样得鱼忘筌,人面兽心之人,实实可恶。"北侠道:"吾师为何生嗔?"静修和尚便将听了进宝之言一一叙明。北侠道:"我看杜雍绝不是这样人,惟恐秦员外别有隐情。"静修听了好生不乐,道:"秦员外为人,老僧素日所知。一生原无大过,何得遭此报应?可恨这姓杜的,竟自如此不堪,实实可恶!"北侠道:"我师还要三思。既有今日,何必当初。难道不是吾师荐的么?"这一句话,问得个静修和尚面红过耳。所谓"话不投机半句多",一言不发,站起来向后面去了。北侠暗想道:"据我看来,杜雍去了不多日期,何得骤与安人调奸?此事有些荒唐,今晚倒要去探听探听。"又想:"老和尚偌大年纪,还有如此火性,可见贪嗔痴爱的关头是难跳的出的。他大约因我拿话堵塞于他,今晚绝不肯出来,我正好行事。"想罢,暗暗装束,将灯吹灭,虚掩门户,仿佛是早已安眠,再也想不到他往秦家庄来。

到了门前,天已初鼓。先往书房探访,见有两个更夫要蜡,书童回道:"先生上后边去了。"北侠听了,又暗暗来到正室房上。忽听乳母白氏道:"你等莫躲懒,好好烹下茶,少时奶奶回来还要喝呢。"北侠听了,暗想:事有可疑,为何两个人俱不在屋内?且到后面看看再作道理。刚然来到后面,见有三间花厅,槅扇虚掩。忽听里面说道："我好容易得此机会，千万莫误良宵。我这里跪下了。"又听妇人道："真正便宜了你，你可莫要忘了我的好处吓。"北侠听至此，杀人心陡起。暗道："果有此事，且自打发他二人上路。"背后抽出七宝刀，说时迟那时快，推开槅扇，手起刀落。可怜男女二人刚得片时欢娱，双魂已归地府。北侠将二人之头挽在一处，挂在槅扇屈戌之上。满腔恶气全消，仍回盘古寺。他以为是杜雍与郑氏无疑，那里知道他也是误杀了呢。

你道方才书童答应更夫说"先生往后边去了"，是那个"后边"？就是书房的后边。原来是杜先生出恭呢！杜雍出恭回来，问道："你方才合谁说话？"书童道："更夫要蜡来了。"杜雍道："你们如何这么早就要蜡？昨夜五更时拿去的蜡，算来不过点了半枝，应当还有半枝，难道点不到二更么？员外不在家，我是不能叫他们赚。如要赚，等员外回来，爱怎么赚我是全不管的。"正说时，只见更夫跑了来，道："师老爷，师老爷，不好了！"杜雍道："不是蜡不够了？犯不上这等大惊小怪的！"更夫道："不是，不是。方才我们上后院巡更，见花厅上有两人，扒着槅扇往内瞧。我们怕是歹人，拿灯笼一照，谁知是两个人头。"杜先生道："是活的，是死的？"更夫道："师老爷可吓糊涂了！既是人头，如何会有活的呢？"杜雍道："我不是害怕，我是心里有点发怯。我问的是男的是女的？"更夫道："我们没有细瞧。"杜先生道："既如此，你们打着灯笼在前引路，待我看看去。"更夫道："师老爷既要去看，须得与我换蜡了，这灯笼里剩了个蜡头儿了。"杜先生吩咐书童拿几枝蜡，交与更夫换好了，方打着灯笼往后面花厅而来。到了花厅，更夫将灯笼高高举起。杜先生战战哆嗦看时，一个耳上有环，道："喂呀，是个妇人。你们细看是谁？"更夫看了半晌，道："好像姨奶奶。"杜雍便叫更夫："你们把那个头往外转转，看是谁？"更夫乍着胆子将头扭一扭，一看，这个说："这不是进禄儿吗？"那个道："是，不错。是他，是他。"杜先生道："你们要认明白了。"更夫道："我认的不差。"杜先生道："且不要动。"更夫道："谁动他做什么呢？"杜先生道："你们不晓得，这是要报官的。你们找找四个管家，今日是谁在家？"更夫道："昨日是进宝在监该班，今日应当进财该班。因进财有事去了，才进禄给进宝送信去，叫他连一班。不知进禄如何被人杀了，此时就剩进喜在家。"杜先生道："你们把他叫来，我在书房等他。"更夫答应，一个去叫进喜，一个引着先生来到书房。

不多时，进喜到来。杜先生将此事告诉明白，叫他进内启知主母。进喜急忙进去，禀明了郑氏。郑氏正从各处检点回来，吓的没了主意，叫问先生此事当如何办理。杜先生道："此事隐瞒不得的，须得报官。你们就找地方去。"进喜立刻派人找了地方，来到后园花厅看了，也不动，道："这要即刻报官，耽延不得了。只好管家你随我同去。"进喜吓的半晌无言。还是杜先生有见识，知是地方勒索，只得叫进喜从内要出二两银子来，给了地方，他才一人去了。

至次日，地方回来道："少时太爷就来，你们好好预备了。"不多时，金令来到，进喜同至后园。金令先问了大概情形，然后相验。记了姓名，叫人将头摘下。又进屋内去，看见男女二尸，下体赤露，知是私情。又见床榻上有一字柬，金令拿起细看，拢在袖中。又在床下搜出一件血衣裹着鞋袜。问进喜道："你可认得此衣与鞋袜是谁的？"进喜瞧了瞧，回道："这是进宝的。"金令暗道："如此看来，此案全在进宝身上。我须如此如此，方能了结此事。"吩咐暂将男女盛殓，即将进喜带入衙中，立刻升堂。且不问进喜，也不问秦昌，吩咐带进宝。两旁衙役答应一声，去提进宝。

此时进宝正在监中伏侍员外秦昌，忽然听见衙役来说："太爷现在堂上，呼唤你上堂，有话吩咐。"进宝不知何事，连忙跟随衙役上了大堂。只见金令坐在上面，和颜悦色问道："进宝，你家员外之事，本县现在业已访查明白。你既是他家的主管，你须要亲笔写上一张诉呈来，本县看了，方好从中设法，如何出脱你家员外的罪名。"进宝听了，有些不愿意，原打算将秦昌谋死。如今听县官如此说，想是受了贿赂，无奈何说道："既蒙太爷恩典，小人下去写诉呈就是了。"金令道："就要递上来，本县立等。"回头吩咐书吏："你同他去，给他立个稿儿，叫他亲笔誊写，速速拿来。"书吏领命下堂。不多时，进宝拿了诉呈当堂呈递。金令问道："可是你自己写的？"进宝道："是。求先生打的底儿，小人誊写的。"金令接来细细一看，果与那字柬笔迹相同。将惊堂木一拍，道："好奴才，你与碧蟾通奸，设计将彩凤杀死，如何陷害你家员外？还不从实招上来！"进宝一闻此言，顶梁骨上嘤的一声，魂已离壳，惊慌失色道："此、此、此事小、小、小人不知。"金令吩咐掌嘴。刚然一边打了十个，进宝便嚷道："我说呀，我说！"两边衙役道："快招，快招！"进宝便将碧蟾如何留表记，被员外捡着，错疑在安人身上；又如何试探先生，方知是碧蟾，将他锁禁花园，"原是小人素与姨娘有染，因此暗暗定计要杀员外。不想秦昌那日偏偏的上西间去了，这才误杀了彩凤。"一五一十述了一遍。金令道："如此说来，碧蟾与进禄昨夜被人杀死，想是你愤奸不平，将他二人杀了。"进宝碰头道："此事小人实实不知。昨夜小人在监内伏侍员外，并未回家，如何会杀人呢？老爷详情。"金令暗暗点头道："他这话却与字柬相符，只是碧蟾、进禄却被何人所杀呢？"

你道是何字柬？原来进禄与进宝送信，叫他多连一夜。进宝恐其负了碧蟾之约，因此悄悄写了一柬，托进禄暗暗送与碧蟾。谁知进禄久有垂涎之意，不能得手，趁此机会，方才入港。恰被北侠听见，错疑在杜雍、郑氏身上，故此将二人杀死。也是天网恢恢，疏而不漏。至于床下抽出血衫鞋袜，金令如何知道就在床下呢？皆因进宝字柬上，前面写今日不能回来之故，后面又嘱咐：千万前次污血之物，恐床下露人眼目，须改别处隐藏方妥。有此一语，故而搜出，叫进喜识认，说出进宝。金令已知是进宝所为，又恐进禄栽赃陷害别人，故叫进宝写诉呈，对了笔迹，然后方问此事。以为他必狡展，再用字柬、衣衫、鞋袜质证。谁知小子不禁打，十个嘴巴他就通说了，却倒省事。

不知金令如何定罪，且听下回分解。

第七十一回　杨芳怀忠彼此见礼　继祖尽孝母子相逢

且说金公审明进宝，将他立时收监，与彩凤抵命。把秦昌当堂释放。惟有杀奸之人，再行访查缉获另结，暂且悬案。论碧蟾早就该死，进禄既有淫邪之行，便有杀身之报。他二人死所当死，也就不必深究。且说秦昌回家，感谢杜雍不尽，二人遂成莫逆。又想起静修之言，杜雍也要探望，因此二人同来至盘古寺。静修与北侠见了，彼此惊骇。还是秦昌直爽，毫无隐讳，将此事叙明。静修、北侠方才释疑，始悟进宝之言尽是虚假。四人这一番亲爱快乐，自不必言。盘桓了几日，秦昌与杜雍仍然回庄。北侠也就别了静修，上杭州去了。沿路上闻人传说道："好了，杭州太守可换了，我们的冤枉可该伸了。"仔细打听，北侠却晓得此人。

你道此人是谁？听我慢慢叙来。只因春闱考试，钦命包大人主考。到了三场已毕，见中卷内并无包公侄儿，天子便问："包卿，世荣为何不中？"包公奏道："臣因钦命点为主考，臣侄理应回避，因此并未入场。"天子道："朕原为拣选人材，明经取士，为国求贤。若要如此，岂不叫包世荣抱屈么？"即行传旨，着世荣一体殿试。此旨一下，包世荣好生快乐。到了殿试之期，钦点包世荣的传胪，用为翰林院庶吉士。包公叔侄碰头谢恩。赴琼林宴之后，包公递了一本，给包世荣告假，还乡毕姻，三个月后，仍然回京供职。圣上准奏，赏赉了多少东西。包世荣别了叔父，带了邓九如荣耀还乡。至于与玉芝毕姻一节，也不必细述。

只因杭州太守出缺，圣上钦派了新中榜眼用为编修的倪继祖。倪继祖奉了圣旨，不敢迟延。先拜老师，包公勉励了多少言语，倪继祖一一谨记。然后告假还乡祭祖，奉旨着祭祖毕，即赴新任。你道倪继祖可是倪太公之子么？就是。仆人可是倪忠么？其中尚有许多的原委，直仿佛白罗衫的故事，此处不能不叙出。

且说扬州甘泉县有一饱学儒流，名唤倪仁，自幼将同乡李太公之女定为妻室。什么聘礼呢？有祖传遗留的一枝并梗玉莲花，晶莹光润无比，拆开却是两枝，合起来便成一朵。倪仁视为珍宝，与妻子各配一枝。只因要上泰州探亲，便雇了船只。这船户一名陶宗，一名贺豹，外有一个雇工帮闲的名叫杨芳。不料这陶宗、贺豹乃是水面上作生涯的，但凡客人行李辎重露在他眼里，再没有放过去的。如今见倪仁雇了他的船，虽无沉重行李，却见李氏生的美貌，淫心陡起。贺豹暗暗的与陶宗商量，意欲劫掠了这宗买卖。他别的一概不要，全给陶宗，他单要李氏做个妻房。二人计议停当，又悄悄的知会了杨芳。杨芳原是雇工人，不敢多言。

一日，来在扬子江，到幽僻之处，将倪仁抛向水中淹死，贺豹便逼勒李氏。李氏哭诉道："因怀孕临迩，俟分娩后再行成亲。"多亏杨芳在旁解劝道："他丈夫已死，难道还怕他飞上天去不成?”贺豹只得罢了。杨芳暗暗想道:“他等作没天良之事,将来事犯,难免扳拉于我。再者,看这妇人哭的可怜,我何不如此如此呢。”想罢,他便沽酒买肉,与他二人贺一个得妻,一个发财。二人见他殷勤,一齐说道:“何苦要叫你费心呢,你以后真要好时,我等按三七与你股分,你道好么?”杨芳暗暗道:“似你等这样行为,漫说三七股分,就是全给老杨,我也是不稀罕的。”他却故意答道:“如若二位肯提携于我,敢则是好。”便殷勤劝酒,不多时把二人灌的酩酊大醉,横卧在船头之上。杨芳便悄悄的告诉了李氏,叫他上岸一直往东,过了树林,有个白衣庵,“我姑母在这庙出家,那里可以安身。”此时天已五鼓,李氏上岸,不顾高低,拚命往前奔驰。忽然一阵肚痛,暗说:“不好。我是临月身体,若要分娩可怎么好?”正思索时,一阵疼如一阵,只得勉强奔至树林,暗暗祝告道:“我李氏仅存倪氏一脉,倘蒙皇天怜念,生得一男,也可以继续香烟。”祝罢,存身树下。不多时果分娩了,喜得是个男儿。连忙脱下内衫,将孩儿包好,胸前就别了那半枝莲花。不敢留恋,难免悲戚,急将小儿放在树本之下,自己恐贼人追来,忙忙往东奔,逃上庙中去了。

且说杨芳放了李氏,心下畅快,一歪身也就睡了。刚然睡下,觉得耳畔有人唤道:“你还不走,等待何时?”杨芳从梦中醒来,看了看四下无人,但见残月西斜,疏星几点。自己想道:“方才明明有人呼唤,为何竟自无人呢?”再看陶、贺二人,酣睡如雷。又转念道:“不好!他二人若是醒来,不见了妇人,难道就罢了不成?不是埋怨于我,就是四下搜寻。那时将妇人访查出来反为不美。有了,莫若我与他个溜之乎也。及至他二人醒来,必说我拐了妇人远走高飞,也免得他等搜查。”主意已定,东西一概不动,只身上岸,一直竟往白衣庵而来。到了庵前,天已微明。向前叩门,出来了个老尼,隔门问道:“是那个?”杨芳道:“姑母请开门,是侄儿杨芳。”老尼开了山门,杨芳来至客堂。尚未就座,便悄悄问道:“姑母,可有一个妇人投在庵中么?”老尼道:“你如何知道?”杨芳便将灌醉二贼,私放李氏的话说了一遍。老尼念一声“阿弥陀佛”道:“救人一命,胜造七级浮屠。惜乎你为人不能为彻,错舛你也没什么错舛,只是他一点血脉失于路上,恐将来断绝了他祖上的香烟。”杨芳追问情由,老尼便道:“那妇人已投在庙中,言于树林内分娩一子。若被人捡去,尚有生路。倘若遭害,便绝了香烟,深为痛惜。是我劝慰再三,应许与他找寻,他方止了悲啼,在后面小院内将息。”杨芳道:“既如此,我就找寻去。”老尼道:“你要找寻,有个表记。他胸前有枝白玉莲花,那就是此子。”杨芳谨记在心,离了白衣庵,到了树林,看了一番,并无踪迹。杨芳访查了三日,方才得了实信。

离白衣庵有数里之遥,有一倪家庄。庄中有个倪太公。因五更赶集,骑着个小驴儿来至树林,那驴便不走了。倪太公诧异,忽听小儿啼哭,连忙下驴一看,见是个小儿放在树本之下,身上别有一枝白玉莲花。这老半生无儿,见了此子,好生欢喜。连忙打开衣襟,将小儿揣好,也顾不得赶集,连忙乘驴转回家中。安人梁氏见了此子,问了情由。夫妻二人欢喜非常,就起名叫倪继祖。他那里知道小儿的本姓却也姓倪呢？这也是天缘凑巧，姓倪的根芽就被姓倪的捡去。

俗言："若要人不知，除非己莫为。"那日倪太公得了此子，早已就有人知道，道喜的不离门，又有荐乳母的，今日你来，明日我往，俱要给太公作贺。太公难以推辞，只得备了酒席，请乡党父老。这些乡党父老也备了些须薄礼，前来作贺。正在应酬之际，只见又来了两个乡亲，领一人约有三旬年纪，倪太公却不认得。问道："此位是谁？"二乡老道："此人是我们素来熟识的。因他无处安身，闻得太公得了小相公，他情愿与太公作仆人。就是小相公大了，他也好照看。他为人最是朴实忠厚的，老乡亲看我二人分上，将他留下罢。"倪太公道："他一人所费无几，何况又有二位老乡亲美意，留下就是了。"二乡老道："还是乡亲爽快，过来见了太公。太公就给他起个名儿。"倪太公道："仆从总要忠诚，就叫他倪忠罢。"原来此人就是杨芳。因同他姑母商量，要照应此子，故要投到倪宅。因认识此庄上的二人，就托他们趁着贺喜，顺便举荐。

杨芳听见倪太公不但留下，而且起名倪忠，便上前叩头，道："小人倪忠与太老爷叩头道喜。"倪太公甚是欢喜。倪忠便殷勤张罗，诸事不用吩咐，这日倪太公就省了好些心。从此倪忠就在倪太公庄上，更加小心留神。倪太公见他忠正朴实，诸事俱各托付于他，无有不尽心竭力的，倪太公倒得了个好帮手。一日，倪忠对太公道："小人见小官人年已七岁，资性聪明，何不叫他读书呢？"太公道："我正有此意。前次见东村有个老学究，学问颇好。你就拣个日期，我好带去入学。"于是定了日期，倪继祖入学读书，每日俱是倪忠护持接送。倪忠却时常到庵中看望，就只瞒过倪继祖。

刚念了有二三年光景，老学究便转荐了一个儒流秀士，却是济南人，姓程名建才。老学究对太公道："令郎乃国家大器，非是老汉可以造就的。若是从我敝友训导训导，将来必有可成。"倪太公尚有些犹疑，倒是倪忠撺掇道："小官人颇能读书，既承老先生一番美意，荐了这位先生，何不叫小官人跟着学学呢？"太公听了，只得应允，便请程先生训诲倪继祖。继祖聪明绝顶，过目不忘，把个先生乐的了不得。光阴荏苒，日月如梭。转眼间，倪继祖已然十六岁。程先生对太公说，叫倪继祖科考。太公总是乡下人形景，不敢妄想成人。倒是先生着了急了，也不知会太公，就叫倪继祖递名去赴考，高高的中了生员。太公甚喜，酬谢程先生。自然又是贺喜，应接不暇。

一日，先生出门，倪继祖也要出门闲游闲游，禀明了太公，就叫倪忠跟随。信步行来，路过白衣庵。倪忠道："小官人，此庵有小人的姑母在此出家，请进去歇歇吃茶，小人顺便探望探望。"倪继祖道："从不出门，今日走了许多的路，也觉乏了，正要歇息歇息。"倪忠向前叩门。老尼出来迎接，道："不知小官人到此，未能迎接，多多有罪！"连让至客堂待茶。原来倪忠当初访着时，已然与他姑母送信。老尼便告诉了李氏，李氏暗暗念佛。自弥月后，便拜了老尼为师，每日在大士前虔心忏悔，无事再也不出佛院之门。这一日正从大士前礼拜回来，忘记了关小院之门。恰好倪继祖歇息了片时，便到各处闲游。只见这院内甚是清雅，信步来至院中。李氏听得院内有脚步声响，连忙出来一看。不看时则已，看了时不由的一阵痛彻心髓，登时的落下泪来。他因见了倪继祖的面貌举止，俨然与倪仁一般。谁知倪继祖见了李氏落泪，可煞作怪，他只觉的眼眶儿发酸，扑簌簌也就泪流满面，不能自解。正在拭泪，只见倪忠与他姑母到了。倪忠道："官人，你为何啼哭？"倪继祖道："我何尝哭来？"嘴内虽如此说，声音尚带悲哽。倪忠又见李氏在那里呆呆落泪。看了这番光景，他也不言不语，拂袖拭起泪来。

只听老尼道："善哉，善哉！此乃天性，岂是偶然。"倪继祖听了此言，诧异道："此话怎讲？"只见倪忠跪倒道："望乞小主人赦宥老奴隐瞒之罪，小人方敢诉说。"那倪继祖见他如此，惊的目瞪痴呆。又听李氏悲切切道："恩公快些请起，休要折受了他。不然，我也就跪了。"倪继祖好生纳闷，连忙将倪忠拉起，问道："此事端的如何，快些讲来！"倪忠便把怎么长、怎么短述说了一遍。他这里说，那里李氏已然哭了个声哽气噎。倪继祖听了，半晌还过一口气来，道："我倪继祖生了十六岁，不知生身父母受如此苦处。"连忙向前抱住李氏，放声大哭。老尼与倪忠劝慰多时，母子二人方才止住悲声。李氏道："自蒙恩公搭救之后，在此庵中一十五载，不想孩儿今日长成。只是今日相见，为娘的如同睡里梦里，自己反倒不能深信。问吾儿你可知当初表记是何物？"倪继祖听了此言，惟恐母亲生疑，连忙向那贴身里衣之中掏出白玉莲花，双手奉上。李氏一见莲花，"啊呀"一声，身体往后一仰。

未知如何，且听下回分解。

第七十二回 认明师学艺招贤馆 查恶棍私访霸王庄

且说李氏一见了莲花，睹物伤情，复又大哭起来。倪继祖与倪忠商议，就要接李氏一同上庄。李氏连忙止悲说道："吾儿休生妄想，为娘的再也不染红尘了。原想着你爹爹的冤仇今生再世也不能报了，不料苍天有眼，倪氏门中有你这根芽。只要吾儿好好攻书，得了一官半职，能够与你爹爹报仇雪恨，为娘的平生之愿足矣。"倪继祖见李氏不肯上庄，便哭倒跪下，道："孩儿不知亲娘便罢，如今既已知道，也容孩儿略尽孝心。就是孩儿养身的父母不依时，自有孩儿恳求哀告。何况我那父母也是好善之家，如何不能容留亲娘呢？"李氏道："言虽如此，但我自知罪孽深重，一生忏悔不来。倘若再堕俗缘，惟恐不能消受，反要生出灾殃，那时吾儿岂不后悔？"倪继祖听李氏之言，心坚如石，毫无回转，便放声大哭道："母亲既然如此，孩儿也不回去了，就在此处侍奉母亲。"李氏道："你既然知道读书要明理，俗言'顺者为孝'，为娘的虽未抚养于你，难道你不念劬劳之恩，竟敢违背么？再者，你那父母哺乳三年，好容易养的你长大成人，你未能报答于万一，又肯作此负心之人么？”一席话说的倪继祖一言不发，惟有低头哭泣。

李氏心下为难，猛然想起一计来，“须如此如此，这冤家方能回去。”想罢，说道：“孩儿不要啼哭。我有三件，你若依从，诸事办妥，为娘的必随你去，如何？”倪继祖连忙问道：“那三件？请母亲说明。”李氏道：“第一件，你从今后须要好好攻书，务须要得了一官半职；第二件，你须将仇家拿获，与你爹爹雪恨；第三件，这白玉莲花乃祖上遗留，原是两个合成一枝，如今你将此枝仍然带去，须把那一枝找寻回来。三事齐备，为娘的必随儿去。三事之中若缺一件，为娘的再也不能随你去。”说罢又嘱咐倪忠道：“恩公一生全仗忠义，我也不用饶舌。全赖恩公始终如一，便是我倪氏门中不幸之大幸了。你们速速回去罢，省得你那父母在家盼望。”李氏将话说完，一摔手回后去了。

这里倪继祖如何肯走，还是倪忠连搀带劝，直是一步九回头，好容易搀出院子门来。老尼后面相送，倪继祖又谆嘱了一番，方离了白衣庵，竟奔倪家庄而来。主仆在路途之中，一个是短叹长吁，一个是婉言相劝。倪继祖道：“方才听母亲吩咐三件，仔细想来，做官不难，报仇容易，只是那白玉莲花却在何处找寻？”倪忠道：“据老奴看来，物之隐现自有定数，却倒不难。还是做官难，总要官人以后好好攻书要紧。”倪继祖道：“我有海样深的仇，焉有自己不上进呢？老人家休要忧虑。”倪忠道：“官人如何这等呼唤？惟恐折了老奴的草料。”倪继祖道：“你甘屈人下，全是为我而起。你的恩重如山，我如何以仆从相待！”倪忠道：“言虽如此，官人若当着外人还要照常，不可露了形迹。”倪继祖道：“逢场作戏，我是晓得的。还有一宗，今日之事你我回去千万莫要泄漏。俟功名成就之后，大家再为言明，庶乎彼此有益。”倪忠道：“这不用官人嘱咐，老奴十五年光景皆未泄露，难道此时倒隐瞒不住么？”二人说话之间，来至庄前。倪继祖见了太公、梁氏，俱各照常。自此，倪继祖一心想着报仇，奋志攻书。迟了二年，又举于乡，益发高兴，每日里讨论研求。看看的又过了二年，明春是会试之年，倪继祖与先生商议，打点行装，一同上京考试。太公跟前俱已禀明。谁知到了临期，程先生病倒，竟自呜呼哀哉了。因此，倪继祖带了倪忠，悄悄到白衣庵别了亲娘，又与老尼留下银两，主仆一同进京。这才有会仙楼遇见了欧阳春、丁兆兰一节。

自接济了张老儿之后，在路行程非止一日，来至东京，租了寓所，静等明春赴考。及至考场已毕，倪继祖中了第九名进士。到了殿试，又钦点了榜眼，用为编修。可巧杭州太守出缺，奉旨又放了他。主仆二人好生欢喜，拜别包公。包公又嘱咐了好些话，主仆衣锦还乡，拜了父母，禀明认母之事。太公、梁氏本是好善之家，听了甚喜，一同来至白衣庵，欲接李氏在庄中居住。李氏因孩儿即刻赴任，一来庄中住着不便，二来自己心愿不遂，决意不肯，因此仍在白衣庵与老尼同住。倪继祖无法，只得安置妥协，且去上任。俟接任后，倘能二事如愿，那时再来迎接，大约母亲也就无可推托了。即叫倪忠束装就道。来至杭州，刚一接任，就收了无数的词状。细细看来,全是告霸王庄马强的。

你道这马强是谁?原来就是太岁庄马刚之宗弟。他倚仗朝中总管马朝贤是他叔父,他便无所不为。他霸田占产,抢掠妇女。家中盖了个招贤馆,接纳各处英雄豪杰。因此无赖光棍投奔他家的不少。其中也有一二豪杰,因无处可去,暂且栖身,看他的动静。现时有名的便是黑妖狐智化、小诸葛沈仲元、神手大圣邓车、病太岁张华、赛方朔方貂,其馀的无名小辈,不计其数。每日里舞剑抡枪,比刀对棒,鱼龙混杂,闹个不了。一来一去声气大了,连襄阳王赵爵都与他交结往来。

独独有一个小英雄,心志高傲,气度不俗,年十四岁,姓艾名虎,就在招贤馆内做个馆童。他见众人之中,惟独智化是个豪杰,而且本领高出人上,便时刻小心,诸事留神,敬奉智化为师。真感得黑妖狐欢喜非常,便把他暗暗的收作徒弟,悄悄传他武艺。谁知他心机活变,一教便会,一点就醒,不上一年光景,学了一身武艺。他却时常悄悄的对智化道:"你老人家以后不要劝我们员外,不但白费唇舌,他不肯听,反倒招的那些人背地里抱怨,说你老人家特胆小了,'抢几个妇女什么要紧,要是这们害怕起来,将来还能干大事么?'你老人家白想想,这一群人都不成了亡命之徒吗?"智化道:"你莫多言,我自有道理。"他师徒只顾背地里闲谈,谁知招贤馆早又生出事来。

原来马强打发恶奴马勇前去讨帐回来,说债主翟九成家道艰难,分文皆无。马强将眼一瞪,道:"没有就罢了不成?急速将他送县官追。"马勇道:"员外不必生气,其中却有个极好的事情。方才小人去到他家,将小人让进去苦苦的哀求。不想炕上坐着个如花似玉的女子,小人问他是何人,翟九成说是他外孙女,名叫锦娘。只因他女儿女婿亡故,留下女儿毫无倚靠,因此他自小儿抚养,今年已交十七岁。这翟九成全仗着他做些针线,将就度日。员外曾吩咐过小人,叫小人细细留神打听,如有美貌妇女,立刻回禀。据小人今日看见这女子,真算是少一无二的了。"一句话说的马强心痒难挠,登时乐的两眼连个缝儿也没有了。立刻派恶奴八名,跟随马勇,到翟九成家将锦娘抢来,抵销欠帐。

这恶贼在招贤馆立等,便向众人夸耀道:"今日我又大喜了。你等只说前次那女子生的美貌,那里知道比他还有强的呢。少时来了,叫你众人开开眼咧。"众人听了,便有几个奉承道:"这都是员外福田造化,我们如何敢比?这喜酒是喝定了。"其中就有听不上的,用话打趣他:"好虽好,只怕叫后面知道了,那又不好了。"马强哈哈笑道:"你们吃酒时作个雅趣,不要吵嚷了。"说话间,马勇回来禀道:"锦娘已到。"马强吩咐:"快快带上来!"果然是袅袅婷婷女子,身穿朴素衣服,头上也无珠翠,哭哭啼啼来至厅前。马强见他虽然啼哭,那一番娇柔妩媚,真令人见了生怜,不由的笑逐颜开道:"那女子不要啼哭,你若好好依从于我,享不尽荣华,受不尽富贵。你只管向前些,不要害羞。"忽听见锦娘娇滴滴道:"你这强贼,无故的抢掠良家女子,是何道理?奴今到此,惟有一死而已,还讲什么荣华富贵!我就向前些。"谁知锦娘暗暗携来剪子一把,将手一扬,竟奔恶贼而来。马强见势不好,把身子往旁一闪,刷的一声,把剪子扎在椅背上。马强"嗳哟"一声,"好不识抬举的贱人!"吩咐恶奴将他掐在地牢。恶贼的一团高兴,登时扫尽,无可释闷,且与众人饮酒作乐。

且说翟九成因护庇锦娘,被恶奴们拳打脚踢乱打一顿,仍将锦娘抢去,只急得跺脚捶胸,嚎啕不止。哭够多时,检点了检点,独独不见了剪子,暗道:"不消说了,这是外孙女去到那里一死相拚了。"忙到那里探望了一番,并无消息。又恐被人看见,自己倒要吃苦,只得垂头丧气的回来。见路旁边有柳树,他便席地而坐,一壁歇息,一壁想道:"自我女儿女婿亡故,留下这条孽根。我原打算将他抚养大了,将他聘嫁,了却一生之愿。谁知平地生波,竟有这无法无天之事。再者,锦娘他一去,不是将恶贼一剪扎死,他也必自戕其生。他若死了,不消说了,我这抚养勤劳付于东流。他若将恶贼扎死,难道他等就饶了老汉不成?"越思越想,又是着急,又是害怕。忽然把心一横,道:"哎,眼不见,心不烦,莫若死了干净!"站起身来,找了一株柳树,解下丝绦,就要自缢而死。

忽听有人说道:"老丈休要如此,有什么事何不对我说呢?"翟九成回头一看,见一条大汉,碧睛紫髯,连忙上前,哭诉情由,口口声声说自己无路可活,难以对去世的女儿女婿。北侠欧阳春听了,道:"他如此恶霸,你为何不告他去?"翟九成道:"我的爷,谈何容易。他有钱有势,而且声名在外,谁人不知,那个不晓。纵有呈子,县里也是不准的。"北侠道:"不是这里告他,是叫你上东京开封府去告他。"翟九成道:"哎呀呀,更不容易了。我这里到开封府,路途遥远,如何有许多的盘费呢?"北侠道:"这倒不难。我这里有白银十两相送,如何?"翟九成道:"萍水相逢,如何敢受许多银两。"北侠道:"这有什么要紧呢?只要你拿定主意。若到开封,包管此恨必消。"说罢,从皮兜内摸出两个银锞,递与翟九成。翟九成便扑翻身拜倒,北侠搀起。

只见那边过来一人,手提马鞭,道:"你何必舍近而求远呢?新升太守极其清廉,你何不到那里去告呢?"北侠细看此人,有些面善,一时想不起来。又听这人道:"你如若要告时,我家东人与衙门中相熟,颇颇的可托。你不信,请看那边林下坐的就是他。"北侠先挺身往那边一望,见一儒士坐在那里,旁边有马一匹。不看则可,看了时倒抽了口气,暗暗说道:"不好,他如何这般形景?霸王庄能人极多,倘然识破,那时连性命不保。我又不好劝阻,只好暗中助他一臂之力。"想罢,即对翟九成道:"既是新升太守清廉,你就托他东人便了。"说罢,回身往东去了。你道那儒士与老仆是谁?原来就是倪继祖主仆。北侠因看见倪继祖,方想起老仆倪忠来。认明后,他却躲开。倪忠带了翟九成见了倪继祖,太守细细的问了一番,并给他写了一张呈子。翟九成欢天喜地回家,五更天预备起身赴府告状。

谁知冤家路儿窄,马强因锦娘不从,掐在地牢。饮酒之后,又带了恶奴出来,骑着高头大马,迎头便撞见了翟九成。翟九成一见,胆裂魂飞,回身就跑。马强一叠连声叫"拿恶贼",抖起威风,追将下去。翟九成上了年纪之人,能跑多远,早被恶奴揪住,连拉带扯,来至马强的马前。马强问道:"我把你这老狗,你叫你外孙女用剪子刺我，我已将他掐在地牢，正要找人寻你。见了我不知请罪，反倒要跑，你也就可恶的很呢！”恶贼原打算拿话威吓威吓翟九成，要他赔罪，好叫他劝他外孙女依从之意。不想翟九成喘吁吁道：“你这恶贼，硬抢良家之女。还要与你请罪，我恨不能立时青天报仇雪恨，方遂我心头之愿！”马强听了，圆瞪怪眼，一声呵叱：“嗳哟，好老狗，你既要青天，必有上告之心，想来必有冤状。”只听说了一声“搜”，恶奴等上前扯开衣襟，便露出一张纸来，连忙呈与马强。恶贼看了一遍，一言不发，暗道：“好利害状子！这是何人与他写的，倒要留神访查访查。”吩咐恶奴二名，将翟九成送至县内，立刻严追欠债。正然吩咐，只见那边过来了一个也是乘马之人，后面跟定老仆。恶贼一见，心内一动，眉一皱，计上心来。

未知如何，且听下回分解。

第七十三回　恶姚成识破旧伙计　美绛贞私放新黄堂

且说马强将翟九成送县，正要搜寻写状之人，只见那边来了个乘马的相公，后面跟定老仆。看他等形景，有些疑惑，便想出个计较来，将丝缰一抖，迎了上来，双手拱道：“尊兄请了。可是上天竺进香的么？”原来乘马的就是倪继祖，顺着恶贼的

口气答道：“正是。请问足下何人，如何知道学生进香呢？”恶贼道：“小弟姓马，在前面庄中居住。小弟有个心愿，但凡有进香的，必要请到庄中待茶，也是一片施舍

好善之心。”说着话，目视恶奴。众家人会意，不管倪继祖依与不依，便上前牵住嚼环，拉着就走。倪忠见此光景，知道有些不妥，只得在后面紧紧跟随。不多时，来至庄前，过了护庄桥，便是庄门。马强下了马，也不谦让，回头吩咐道：“把他们带进来！”恶奴答应一声，把主仆蜂拥而入。倪继祖暗道：“我正要探访，不想就遇见他。看他这般权势，惟恐不怀好意。且进去看他端的怎样。”

马强此时坐在招贤馆，两旁罗列坐着许多豪杰光棍。马强便道：“遇见翟九成，搜出一张呈子，写的甚实利害。我立刻派人将他送县。正要搜查写状之人，可巧来了个斯文秀才公，我想此状必是他写的，因此把他诓来。”说罢将状子拿出，递与沈仲元。沈仲元看了道：“果然写的好，但不知是这秀才不是。”马强道：“管他是不是，把他吊起拷打就完了。”沈仲元道：“员外不可如此。他既是读书之人，须要以礼相待，用言语套问他。如若不应，再行拷打不迟，所谓‘先礼而后兵’也。”马强道：“贤弟所论甚是。”吩咐请那秀士。此时恶奴等俱在外面候信，听见说请秀士，连忙对倪继祖道：“我们员外请你呢，你见了要小心些。”倪继祖来至厅房，见中间廊下悬一匾额，写着“招贤馆”三字，暗暗道：“他是何等样人，竟敢设立招贤馆，可见是不法之徒。”及至进了厅房，见马强坐在上位，昂不为礼。两旁坐着许多人物，看了去俱非善类。却有两个人站起，执手让道：“请坐。”倪继祖也只得执手回答道：“恕坐。”便在下首坐了。

众人把倪继祖留神细看，见他面庞丰满，气度安详，身上虽不华美，却也齐整。背后立定一个年老仆人。只听东边一人问道：“请问尊姓大名？”继祖答道：“姓李名世清。”西边一人问道：“到此何事？”继祖答道：“奉母命前往天竺进香。”马强听了哈哈笑道：“俺要不提进香，你如何肯说进香呢？我且问你：既要进香，所有香袋钱粮为何不带呢？”继祖道：“已先派人挑往天竺去了，故此单带个老仆，赏玩途中风景。”马强听了，似乎有理。忽听沈仲元在东边问道：“赏玩风景原是读书人所为，至于调词告状，岂是读书人干得的呢？”倪继祖道：“此话从何说起？学生几时与人调词告状来？”又听智化在西边问道：“翟九成足下可认得么？”倪继祖道：“学生并不认得姓翟的。”智化道：“既不认得，且请到书房少坐。”便有恶奴带领主仆出厅房，要上书房。刚刚的下了大厅，只见迎头来一人，头戴沿毡大帽，身穿青布箭袖，腰束皮带，足登薄底靴子，手提着马鞭，满脸灰尘。他将倪继祖略略的瞧了一瞧，却将倪忠狠狠的瞅了又瞅。谁知倪忠见了他，登时面目变色，暗说：“不好，这是冤家来了。”

你道此人是谁？他姓姚名成，原来又不是姚成，却是陶宗。只因与贺豹醉后醒来，不见了杨芳与李氏，以为杨芳拐了李氏去了。过些时，方知杨芳在倪家庄做仆人，改名倪忠，却打听不出李氏的下落。后来他二人又劫掠一伙客商，被人告到甘泉县内，追捕甚急。他二人便收什了收什，连夜逃至杭州。花费那无义之财，犹如粪土，不多几时精精光光。二人又干起旧营生来，劫了些资财，贺豹便娶了个再婚老婆度日。陶宗却认得病太岁张华，托他在马强跟前说了，改名姚成，他便趋炎附势的，不多几日，把个马强哄的心花俱开，便把他当做心腹之人，做了主管。因阅朝中邸报，见有奉旨钦派杭州太守，乃是中榜眼用为编修的倪继祖，又是当朝首相的门生。马强心里就有些不得主意，特派姚成扮作行路之人，前往省城，细细打听明白了回来，好做准备。因此姚成行路模样回来，偏偏的刚进门，迎头就撞见倪忠。

且说姚成到了厅上，参拜了马强，又与众人见了。马强便问打听的事体如何，姚成道："小人到了省城，细细打听，果是钦派榜眼倪继祖作了太守。自到任后，接了许多状子，皆与员外有些关碍。"马强听了，暗暗着慌，道："既有许多状子，为何这些日并没有传我到案呢？"姚成道："只因官府一路风霜，感冒风寒，现今病了，连各官禀见俱各不会。小人原要等个水落石出，谁知再也没有信息，因此小人就回来了。"马强道："这就是了。我说呢，一天可以打两个来回儿，你如何去了四五天呢？敢则是你要等个水落石出。那如何等得呢？你且歇歇儿去罢。"姚成道："方才那个斯文主仆是谁？"马强道："那是我遇见诓了来的。"便把翟九成之事说了一遍，"我原疑惑是他写的呈子，谁知我们大伙盘问了一回，并不是他。"姚成道："虽不是他，却别放他。"马强道："你有什么主意？"姚成道："员外不知，那个仆人我认得。他本名叫做杨芳，只因投在倪家庄作了仆人，改名叫做倪忠。"

沈仲元在旁听了，忙问道："他投在倪家有多少年了？"姚成道："算来也有二十多年了。"沈仲元道："不好了，员外你把太守诓了来了。"马强听罢此言，只唬得双睛直瞪，阔口一张，呵呵了半晌，方问道："贤、贤、贤弟，你如何知、知、知道？"小诸葛道："姚主管既认明老仆是倪忠，他主人焉有不是倪继祖的？再者，问他姓名，说姓李名世清。这明明自已说'我办理事情要清'之意，这还有什么难解的？"马强听了如梦方觉，毛骨悚然，道："可怎么好？贤弟你想个主意方好。"沈仲元道："此事须要员外拿定主意。既已诓来，便难放出。暂将他等锁在空房之内，俟夜静更深，把他请至厅上，大家以礼恳求。就说明知是府尊太守，故意的请府尊大老爷到庄，为分晰案中情节。他若应了人情，说不得员外破些家私，将他买嘱，要张印信甘结，将他荣荣耀耀送到衙署。外人闻知，只道府尊接交员外，不但无人再敢告状，只怕以后还有些照应呢。他若不应时，说不得只好将他处死，暗暗知会襄阳王举事便了。"智化在旁听了，连声夸道："好计，好计！"马强听了，只好如此。便吩咐将他主仆锁在空房。

虽然锁了，他却踢蹐不安，坐立不宁。出了大厅，来至卧室，见了郭氏安人，嗐声叹气。原来他的娘子，就是郭槐的侄女。见丈夫愁眉不展，便问："又有什么事了，这等烦恼？"马强见问，便把以往情由述说一遍。郭氏听了道："益发闹的好了，竟把钦命的黄堂太守弄在家内来了。我说你结交的全是狐朋狗友，你再不信。我还听见说，你又抢了个女孩儿来，名叫锦娘，险些儿没被人家扎一剪子，你把这女子掐在地窖里了。这如今，又把个知府圈在家里，可怎么样呢？"口里虽如此说，心里却也着急。马强又将沈仲元之计说了，郭氏方不言语了。此时天已初鼓，郭氏知丈夫忧心，未进饮食，便吩咐丫鬟摆饭。夫妻二人，对面坐了饮酒。

谁知这些话竟被伏侍郭氏心腹丫鬟听了去了。此女名唤绛贞,年方一十九岁,乃举人朱焕章之女。他父女原籍扬州府仪征县人氏,只因朱先生妻亡之后,家业凋零,便带了女儿上杭州投亲。偏偏的投亲不遇,就在孤山西泠桥租了几间茅屋,一半与女儿居住,一半立塾课读。只因朱先生有端砚一方,爱如至宝,每逢惠风和畅之际,窗明几净之时,他必亲自捧出,赏玩一番,习以为常。不料半年前有一个馆童,因先生养赡不起,将他辞出,他却投在马强家中,无心中将端砚说出。登时的萧墙祸起,恶贼立刻派人前去,拍门硬买。遇见先生迂阔性情,不但不卖,反倒大骂一场。恶奴等回来,枝儿上添叶儿,激得马强气冲牛斗,立刻将先生交前任太守,说他欠银五百两,并有借券为证。这太守明知朱先生被屈,而且又是举人,不能因帐目加刑。因受了恶贼重贿,只得交付县内管押。马强趁此时便到先生家内,不但搜出端砚,并将朱绛贞抢来,意欲收纳为妾。谁知做事不密,被郭氏安人知觉,将陈醋发出大闹了一阵,把朱绛贞要去作为身边贴己的丫鬟。马强无可如何,不知暗暗赔了多少不是,方才讨得安人欢喜。自那日起,马强见了朱绛贞,漫说交口接谈,就是拿正眼瞧他一瞧却也是不敢的。朱绛贞暗暗感激郭氏,他原是聪明不过的女子,便把郭氏哄的犹如母女一般,所有簪环、首饰、衣服、古玩,并锁钥全是交他掌管。

今日因是马强到了,他便隐在一边,将此事俱各窃听去了。暗自思道:“我爹爹遭屈已及半年,何日是个出头之日?如今我何不悄悄将太守放了,叫他救我爹爹。他焉有不以恩报恩的!”想罢,打了灯笼,一直来到空房门前,可巧竟自无人看守。原来恶奴等以为是斯文秀士与老仆人,有甚本领,全不放在心上,因此无人看守。也是吉人天相,暗中自有默佑。朱绛贞见屈戌倒锁,连忙将灯一照,认了锁门,向腰间掏出许多钥匙,拣了个,恰恰投簧,锁已开落。倪太守正与倪忠毫无主意,忽见开门,以为恶奴前来陷害,不由的惊慌失色。忽见进来个女子,将灯一照,恰恰与倪太守对面,彼此觑视,各自惊讶。朱绛贞又将倪忠一照,悄悄道:“快随我来!”一伸手便拉了倪继祖往外就走,倪忠后面紧紧跟随。不多时过了角门,却是花园。往东走了多时,见个随墙门儿,上面有锁并有横闩。朱绛贞放下灯笼,用钥匙开锁。谁知钥匙投进去,锁尚未开,钥匙再也拔不出来。倪太守在旁着急,叫倪忠寻了一块石头猛然一砸,方才开了。忙忙去闩开门。朱绛贞方说道:“你们就此逃了去罢。奴有一言奉问:你们到底是进香的,还是真正太守呢?如若果是太守,奴有冤枉。”

好一个聪明女子!他不早问,到了此时方问,全是一片灵机。何以见得?若在空房之中问时,他主仆必以为恶贼用软局套问来了,焉肯说出实话呢?再者,朱绛贞他又惟恐不能救出太守。幸喜一路奔至花园,并未遇人,暗暗念佛。及至将门放开,这已救人彻了,他方才问此句,你道是聪明不聪明?是灵机不是?倪太守到了此时,不得不说了。忙忙答道:“小生便是新任的太守倪继祖。姐姐有何冤枉,快些说来!”朱绛贞连忙跪倒,口称:“大老爷在上,贱妾朱绛贞叩头。”倪继祖连忙还礼,道:“姐姐不要多礼,快说冤枉!”朱绛贞道:“我爹爹名唤朱焕章,被恶贼诬赖欠他纹银五百两,在本县看管已然半载。又将奴家抢来,幸而马强惧内,奴家现在随他的妻子郭氏，所以未遭他手。求大老爷到衙后，务必搭救我爹爹要紧。别不多言，你等快些去罢！”倪忠道：“姐姐放心，我主仆俱各记下了。”朱绛贞道：“你们出了此门，直往西北便是大路。”主仆二人才待举步，朱绛贞又唤道：“转来，转来。”

不知有何言语，且听下回分解。

第七十四回　淫方貂误救朱烈女　贪贺豹狭逢紫髯伯

且说倪继祖又听朱烈女唤“转来”，连忙说道：“姐姐还有什么吩咐？”朱绛贞道：“一时忙乱，忘了一事。奴有一个信物，是自幼佩带不离身的。倘若救出我爹爹之时，就将此物交付我爹爹，如同见女儿一般。就说奴誓以贞洁自守，虽死不辱。千万叫我爹爹不必挂念。”说罢递与倪继祖，又道：“大老爷务要珍重。”倪继祖接来，就着灯笼一看，不由的失声道：“哎哟，这莲花……”刚说至此，只见倪忠忙跑回来，道：“快些走罢！”将手往胳肢窝里一夹，拉着就走。倪继祖回头看来，后门已关，灯光已远。

且说朱绛贞从花园回来，芳心乱跳。猛然想起，暗暗道：“一不做，二不休。趁此时，我何不到地牢将锦娘也救了，岂不妙哉！”连忙到了地牢。恶贼因这是个女子，不用人看守。朱小姐也是配了钥匙，开了牢门。便问锦娘有投靠之处没有，锦娘道：“我有一姑母离此不远。”朱绛贞道：“我如今将你放了，你可认得么？”锦娘道：“我外祖时常带我往来，奴是认得的。”朱绛贞道：“既如此，你随我来。”两个人仍然来至花园后门。锦娘感恩不尽，也就逃命去了。朱小姐回来静静一想，暗说：“不好，我这事闹的不小。”又转想：“自己伏侍郭氏，他虽然嫉妒，也是水性杨花。倘若他被恶贼哄转，要讨丈夫欢喜，那时我难保不受污辱。嗳！人生百岁，终须一死。何况我爹爹冤枉，已有太守搭救。心愿已完，莫若自尽了，省得耽惊受怕。但死于何地才好呢？有了，我索性缢死在地牢，他们以为是锦娘悬梁，及至细瞧，却晓得是我，也叫他们知道是我放的锦娘，由锦娘又可以知道那主仆也是我放的。我这一死，也就有了名了。”主意已定，来到地牢之中，将绢巾解下，拴好套儿，一伸脖颈，觉得香魂缥渺，悠悠荡荡，落在一人身上。渐渐苏醒，耳内只听说道：“似你这样毛贼，也敢打闷棍，岂不令人可笑。”这话说的是谁？朱绛贞如何又在他身上？到底是上了吊了不是？是死了没死？说的好不明白，其中必有缘故，待我慢慢叙明。

朱绛贞原是自缢来着。只因马强白昼间在招贤馆将锦娘抢来，众目所睹，早就引动了一人，暗自想道：“看此女美貌非常，惜乎便宜了老马。不然时，我若得此女，一生快乐，岂不胜似神仙。”后来见锦娘要刺马强，马强一怒，将他掐在地牢，却又暗暗欢喜，道：“活该这是我的姻缘。我何不如此如此呢？”你道此人是谁？乃是赛方朔方貂。这个人,且不问他出身行为,只他这个绰号儿,便知是个不通的了。他不知听谁说过,东方朔偷桃是个神贼,他便起了绰号叫赛方朔。他又何尝知道复姓东方名朔呢?如果知道,他必将"东"字添上,叫赛东方朔。不但念着不受听,而且拗口。莫若是赛方朔罢,管他通不通,不过是贼罢了。这方貂因到二更之半,不见马强出来,他便悄悄离了招贤馆,暗暗到了地牢,黑影中正碰在吊死鬼身上,暗说"不好",也不管是锦娘不是,他却右手揽定,听了听喉间尚然作响,忙用左手顺着身体摸至项下,把巾帕解开,轻轻放在床上。他却在对面将左手拉住右手,右手拉住左手,往上一扬,把头一低,自己一翻身,便把女子两胳膊搭在肩头,然后一长身,回手把两腿一拢,往上一颠,把女子背负起来,迈开大步,往后就走。谁知他也是奔花园后门,皆因素来瞧在眼里的。及至来到门前,却是双扇虚掩。暗暗道:"此门如何会开了呢?不要管他,且自走路要紧。"一气走了三四里之遥,刚然背至夹沟,不想遇见个打闷棍的。只道他背着包袱行李,冷不防就是一棍。方貂早已留神,见棍临近,一侧身,把手一扬,夺住闷棍往怀里一带,又往外一耸,只见那打闷棍的将手一撒,咕咚一声,栽倒在地,爬起来就跑。因此方貂说道:"似你这毛贼,也来打闷棍,岂不令人可笑。"可巧朱绛贞就在此苏醒,听见此话。

谁知那毛贼正然跑时,只见迎面来了一条大汉,拦住问道:"你是做甚么的,快讲!"真是贼起飞智,他就连忙跪倒,道:"爷爷救命吓!后面有个打闷棍的,抢了小人的包袱去了。"原来此人却是北侠。一闻此言,便问道:"贼在那里?"贼说:"贼在后面。"北侠回手抽出七宝钢刀,迎将上来。这里方貂背着朱绛贞往前正然走着,迎面来了个高大汉子,口中吆喝着:"快将包袱留下!"方貂以为是方才那贼的伙计,便在树下将身体一纵,往后一仰,将朱绛贞放下,就举那贼的闷棍打来。北侠将刀只用一磕,棍已削去半截。方貂道:"好家伙!"撒了那半截木棍,回手即抽出朴刀斜刺里砍来。北侠一顺手,只听噌的一声,朴刀分为两段。方貂"嗳呀"一声,不敢恋战,回身逃命去了。北侠也不追赶。谁知这毛贼在旁边看热闹儿,见北侠把那贼战跑了,他早已看见树下黖黖一堆,他以为是包袱,便道:"多亏爷爷搭救!幸喜他包袱撂在树下。"北侠道:"既如此,随我来,你就拿去。"那贼满心欢喜,刚刚走至跟前,不防包袱活了,连北侠唬了一跳,连忙问道:"你是什么人?"只听道:"奴家是遇难之人,被歹人背至此处,不想遇见此人,他也是个打闷棍的。"北侠听了,一伸手将贼人抓住,道:"好贼,你竟敢哄我不成?"贼人央告道:"小人实实出于无奈,家中现有八旬老母,求爷爷饶命。"北侠道:"这女子从何而来,快说!"贼人道:"小人不知,你老问他。"

北侠揪着贼人,问女子道:"你因何遇难?"朱绛贞将以往情由述了一遍:"原是自己上吊,不知如何被那人背出。如今无路可投,求老爷搭救搭救!"北侠听了,心中为难,如何带着女子黑夜而行呢?猛然省道:"有了,何不如此如此。"回头对贼人道:"你果有老母么?"贼人道:"小人再不敢撒谎。"北侠道:"你家住在那里?"贼人道:"离此不远,不过二里之遥,有一小村,北上坡就是。"北侠道:"我对你说,我放了你,你要依我一件事。”贼人道:“任凭爷爷吩咐。”北侠道:“你将此女背到你家中,我自有道理。”贼人听了,便不言语。北侠道:“你怎么不愿意?”将手一拢劲,贼人道:“嗳呀!我愿意,我愿意。我背,我背!”北侠道:“将他好好背起,不许回首。背的好了,我还要赏你。如若不好生背时,难道你这头颅比方才那人朴刀还结实么?”贼人道:“爷爷放心,我管保背的好好的。”便背起来。北侠紧紧跟随,竟奔贼人家中而来。一时来在高坡之上,向前叩门。暂且不表。

再说太守被倪忠夹着胳膊拉了就走,太守回头看时,门已关闭,灯光已远,只得没命的奔驰。一个懦弱书生,一个年老苍头,又是黑夜之间,瞧的是忙,脚底下迈步却不能大。刚走一二里地,倪太守道:“容我歇息歇息。”倪忠道:“老奴也发了喘了。与其歇息,莫若款款而行。”倪太守道:“老人家说的真是。只是这莲花从何而来?为何到了这女子手内?”倪忠道:“老爷说什么莲花?”倪太守道:“方才那救命姐姐说他父亲有冤枉,恐不凭信,他给了我这一枝白玉莲花,作为信物。彼时就着灯光一看,合我那枝一样颜色,一样光润。我才待要问,就被你夹着胳膊跑了。我心中好生纳闷!”倪忠道:“这也没有什么可闷的,物件相同的颇多。且自收好了,再作理会。只是这位小姐搭救我主仆,此乃莫大之恩。而且老奴在灯下看这小姐,生的十分端庄美貌。老爷嗳,为人总要知恩报恩,莫若因门楣辜负了他这番好意。”倪太守听了此话,叹道:“嗐,你我逃命尚且顾不来,还说什么门楣不门楣,报恩不报恩呢!”谁知他主仆絮絮叨叨,奔奔波波,慌不择路,原是往西北,却忙忙误走了正西。忽听后面人马声嘶,猛回头,见一片火光燎亮。倪忠着急道:“不好了,有人追了来了。老爷且自逃生。待老奴迎上前去,以死相拚便了。”说罢,他也不顾太守,一直往东,竟奔火光而来。刚刚的迎了有半里之遥,见火光往西北去了。原来这火光走的是正路,可见方才他主仆走的岔了。

倪忠喘息了喘息,道:“敢则不是追我们的!”何尝不是追你们的!若是走大路,也追上了。他定了定神,仍然往西来寻太守。又不好明明呼唤,他也会想法子,口呼:“同人,同人,同人在那里?同人在那里?”只见迎面来了一人,答道:“那个唤同人?”却也是个老者声音。倪忠来至切近,道:“我因有个同行之人失散,故此呼唤。”那老者道:“既是同人失散,待我帮你呼唤。”于是也就“同人”“同人”呼唤多时,并无人影。倪忠道:“请问老丈是往何方去的?”那老者叹道:“嗐,只因我老伴儿有个侄女,被人陷害,是我前去探听,并无消息,因此回来晚了。又听人说,前面夹沟子有打闷棍的,这怎么处呢?”倪忠道:“我与同人也是受了颠险的,偏偏的到此失散。如今我这两腿酸疼,再也不能走了,如何是好?我还没问老丈贵姓?”那老者道:“小老儿姓王名凤山,动问老兄贵姓?”倪忠道:“我姓李,咱们找个地方歇息歇息方好。”王凤山道:“你看那边有个灯光,咱们且到那里。”

二人来至高坡之上,向前叩门。只听里面有妇人问道:“什么人叩门?”外面答道:“我们是遇见打闷棍的了,望乞方便方便。”里面答道:“等一等。”不多时门已开放,却是一个妇人,将二人让进,仍然把门闭好。来至屋中,却是三间草屋,两明一暗。将二人让至床上坐了,倪忠道:"有热水讨杯吃。"妇人道:"水却没有,到有村醪酒。"王凤山道:"有酒更妙了,求大嫂温的热热的,我们全是受了惊恐的了。"不一时妇人暖了酒来,拿两个茶碗斟上。二人端起就喝,每人三口两气就是一碗。还要喝时,只见王凤山说:"不好了,我为何天旋地转?"倪忠说:"我也有些头迷眼昏。"说话时,二人栽倒床上,口内流涎。妇人笑道:"老娘也是伏侍你们的?这等受用,还叫老娘温的热热的。你们下床去罢,让老娘歇息歇息!"说罢,拉拉拽拽,拉下床来。他便坐在床上,暗想道:"好天杀忘八,看他回来如何见我!"他这样害人的妇人,比那救人的女子,真有天渊之别。

妇人正自暗想,忽听外面叫道:"快开门来,快开门来!"妇人在屋内答道:"你将就着等等儿罢!来了就是这时候,要忙早些儿来呀。不要脸的忘八!"北侠在外听了,问道:"这是你母亲么?"贼人道:"不是,不是。这是小人的女人。"忽又听妇人来至院内,埋怨道:"这是你出去打杠子呢?好吗,把行路的赶到家里来。若不亏老娘用药将他二人迷倒,孩儿吓,明日打不了的官司呢!"北侠外面听了有气,道:"明是他母亲,怎么说是他女人呢?"贼人听了着急,恨道:"快开开门罢,爷爷来了。"北侠已听见药倒二人,就知这妇人也是个不良之辈。开开门时,妇人将灯一照,只见丈夫背了个女子。妇人大怒道:"好吓,你敢则闹这个儿呢,还说爷爷来了。"刚说至此,忽然瞧见北侠身量高大,手内拿着明晃晃的钢刀,便不敢言语了。北侠进了门,顺手将门关好,叫妇人前面引路。妇人战战兢兢引至屋内,早见地下躺着二人。北侠叫妇人将朱绛贞放在床上。只见贼夫贼妇俱各跪下,说道:"只求爷爷开一线之路,饶我二人性命。"北侠道:"我且问你,此二人何药迷倒?"妇人道:"有解法,只用凉水灌下,立刻苏醒。"北侠道:"既如此,凉水在那里?"贼人道:"那边坛子里就是。"北侠伸手拿过碗来,舀了一碗,递与贼人道:"快将他二人救醒。"贼人接过去灌了。

北侠见他夫妇俱不是善类,已定了主意,道:"这蒙汗酒只可迷倒他二人,若是我喝了绝不能迷倒。不信,你等就对一碗来试试看如何?"妇人听了先自欢喜,连忙取出酒与药来,加料的合了一碗,温了个热。北侠对贼妇说道:"与人方便,自己方便。你等既可药人,自己也当尝尝。"贼人听了,慌张道:"别人吃了,用凉水解。我们吃了,谁给凉水呢?"北侠道:"不妨事,有我呢。纵然不用凉水,难道药性走了,便不能苏醒么?"贼人道:"虽则苏醒,是迟的。须等药性发散尽了,总不如凉水醒的快。"

正说间,只见地下二人苏醒过来。一个道:"李兄,何得一碗酒就醉了?"一个道:"王兄,这酒别有些不妥当罢。"说罢,俱各坐起来揉眼。北侠一眼望去,忙问道:"你不是倪忠么?"倪忠道:"我正是倪忠。"一回头看见了贼人,忙问道:"你不是贺豹么?"贼人道:"我正是贺豹。杨伙计,你因何至此?"王凤山便问倪忠道:"李兄,你到底姓什么?如何又姓杨呢?"北侠听了,且不追问,立刻催逼他夫妇将药酒喝了,二人登时迷倒在地。方问倪忠:"太守那里去了?"倪忠就把诓到霸王庄,被陶宗识破，多亏一个被抢的女人名唤朱绛贞，这位小姐搭救我主仆逃生，不想见了火光，只道是有人追来，却又失散的话说了一遍。北侠尚未答言，只听床上的朱绛贞说道："如此说来，奴是枉用了心机了。"倪忠听此话，往床上一看，道："嗳呀，小姐如何也到这里？"朱绛贞便把地牢又释放了锦娘，自己自缢的话也说了一遍。王凤山道："这锦娘可是翟九成的外孙女么？"倪忠道："正是。"王凤山道："这锦娘就是小老儿的侄女儿。小老儿方才说打听遇难之女，正是锦娘，不料已被这位小姐搭救。此恩此德何以答报！"北侠在旁听明此事，便道："为今之计，太守要紧。事不宜迟，我还要上霸王庄去呢。等候天明，务必雇一乘小轿，将朱小姐就送在王老丈家中。倪主管，你须安置妥协了，即刻赶到本府，那时自有太守的下落。"倪忠与王凤山一一答应。北侠又将贺豹夫妇提至里间屋内。惟恐他们苏醒过来，他二人又要难为倪忠等，那边有现成的绳子，将他二人捆绑了结实。倪忠等更觉放心。北侠临别又谆谆嘱咐了一番，竟奔了霸王庄而来。

要知后文如何，且听下回分解。

第七十五回　倪太守途中重遇难　黑妖狐牢内暗杀奸

且说北侠与倪忠等分别之后，竟奔霸王庄而来。

再表前文。倪太守因见火光，倪忠情愿以死相拚，已然迎将上去，自己只得找路逃生。谁知黑暗之中，见有白亮亮一条蚰蜒小路儿，他便顺路行去。出了小路，却正是大路。见道旁地中有一窝棚，内有灯光，他却慌忙奔至跟前，意欲借宿。谁知看窝棚之人不敢存留，道："我们是有家主天天要来稽查的。似你黄夜至此，知道是什么人呢？你且歇息歇息，另投别处去罢，省得叫我们跟着担不是。"倪太守元可如何，只得出了窝棚，另寻去处。刚刚才走了几步，只见那边一片火光，有许多人直奔前来。倪太守心中一急，不分高低，却被道埂绊倒，再也扎挣不起来了。此时火光业已临近，原来正是马强。

只因恶贼等到三鼓之时，从内出来到了招贤馆，意欲请太守过来。只见恶奴慌慌张张走来报道："空房之中门已开了，那主仆二人竟自不知何处去了。"马强闻听，这一惊不小。独有黑妖狐智化与小诸葛沈仲元暗暗欢喜，却又纳闷，竟不知何人所为，竟将他二人就放走了。马强呆了半晌，问道："似此如之奈何？"其中就有些光棍各逞能为，说道："大约他主仆二人也逃走不远，莫若大家骑马分头去赶，赶上拿回再作道理。"马强听了，立刻吩咐鞴马。一面打着灯笼火把，从家内搜查一番。却见花园后门已开，方知道由内逃走。连忙带了恶奴光棍等，打着灯笼火把乘马追赶，竟奔西北大路去了。追了多时，不见踪影，只得勒马回来。不想在道旁土坡之上，有人躺卧，连忙用灯笼一照，恶奴道："有了，有了，在这里呢。"伸手轻轻慢慢提在马强的马前。马贼问道："你如何竟敢开了花园后门私自逃脱了？"倪太守听了，心中暗想："若说出朱绛贞来，岂不又害了难女，恩将仇报么？"只得厉声答道："你问我如何逃脱么？皆因是你家娘子怜我，放了我的。"恶贼听了，不由的暗暗切齿，骂道："好个无知贱人，险些儿误了大事。"吩咐带到庄上去。众恶奴拥护而行。

不多时到了庄中，即将太守掐在地牢。吩咐众恶奴："你们好好看着，不可再有失误，不是当耍的。"且不到招贤馆去，气忿忿的一直来到后面。见了郭氏，暴躁如雷的道："好吓，你这贱人，不管事轻重，竟敢擅放太守，是何道理？"只见郭氏坐在床上，肘打磕膝，手内拿着耳挖剔着牙儿，连理也不理。半晌方问道："什么太守，你合我嚷？"马强道："就是那斯文秀士与那老苍头。"郭氏啐道："瞎扯臊，满嘴里喷屁！方才不是我合你一同吃饭吗？谁又动了一动儿，你见我离了这个窝儿了吗？"马强听了，猛然省道："是吓，自初鼓吃饭直到三更，他何尝出去了呢？"只得回嗔作喜道："是我错怪了你了。"回身就走。郭氏道："你回来！你就这胡吹乱嚷的闹了一阵就走吓，还说点子什么？"马强笑道："是我暴躁了。等我们商量妥了，回来再给你赔不是。"郭氏道："你不用合我闹米汤。我且问你，你方才说放了太守，难道他们跑了么？"马强拍拍手道："何尝不是呢！是我们骑马四下追寻，好容易单单的把太守拿回来了。"郭氏听了冷笑道："好嘛！哥哥儿，你提防着官司罢。"马强问道："什么官司？"郭氏道："你要拿，就该把主仆同拿回来呀，你为什么把苍头放跑了？他这一去，不是上告，就是调兵。那些巡检、守备、千把总听说太守被咱们拿了来，他们不合咱们要人呀？这个乱子才不小呢。"马强听了，急的搓搓手道："不好，不好！我须和他们商量去。"说罢，竟奔招贤馆去了。郭氏这里叫朱绛贞拿东西，竟不见了朱绛贞，连所有箱柜上钥匙都不见了，方知是朱绛贞把太守放走。他还不知连锦娘都放了。

且说马强到了招贤馆，便将郭氏话对众说了。沈仲元听了并不答言。智化佯为不理，仿佛惊呆了的样子。只听众光棍道："兵来将挡，事到头来，说不得了。莫若将太守杀之，以灭其口。明日纵有兵来，只说并无此事。只要牙关咬的紧紧的，毫不应承，也是没有法儿的。员外，你老要把这场官司滚出来，那才算一条英雄好汉。即不然，还有我等众人，齐心努力，将你老救出来，咱们一同上襄阳举事，岂不妙哉！"马强听了，登时豪气冲空，威风迭起，立刻唤马勇，付与钢刀一把，前到地牢将太守杀死，把尸骸撂于后园井内。黑妖狐听了，道："我帮着马勇前去。"马强道："贤弟若去更好。"

二人离了招贤馆，来至地牢。智化见有人看守，对着众恶奴道："你们只管歇息去罢。我们奉员外之命，来此看守。再有失闪，有我二人一面承管。"众人听了，乐得歇息，一哄而散。马勇道："智爷为何叫他们散了？"智化道："杀太守这是机密事，如何叫众人知得的呢？"马勇道："倒是你老想的到。"进了地牢，智化在前，马勇在后。智化回身道："刀来。"马勇将刀递过。智化接刀，一顺手先将马勇杀了。回头对倪太守道："略等一等，我来救你。"说罢，提了马勇尸首，来至后园，撂入井内。急忙忙转到地牢一看，罢咧，太守不见了。智化这一急非小，猛然省悟道："是了，这是沈仲元见我随了马勇前来，暗暗猜破，他必救出太守去了。"后又一转想道："不好。人心难测，焉知他不又献功去了？且去看个端的。"即跃身上房，犹如猿猴一般，轻巧非常。来至招贤馆房上，偷偷儿看了，并无动静，而且沈仲元正与马强说话呢。黑妖狐道："这太守往那里去了？且去庄外看看。"即抽身离了招贤馆，蹿身越墙来至庄外。留神细看，却见有一个影儿奔人树林中去了。智化一伏身，追入树林之中。只听有人叫道："智贤弟，劣兄在此。"黑妖狐仔细一看，欢喜道："原来是欧阳兄么？"北侠道："正是。"黑妖狐道："好了，有了帮手了。太守在那里？"北侠道："那树木之下就是。"智化见了，三人计议，于明日二更拿马强，叫智化作为内应。倪太守道："多承二位义士搭救。只是学生昨日起直至五更，昼夜辛勤，实实的骨软筋酥，而且不知道路，这可怎么好？"

正说时，只听得嗒嗒马蹄声响。来至林前，蹿下一个人来，悄悄说道："师父，弟子将太守马盗得来在此。"智化听了是艾虎的声音，说道："你来的正好！快将马拉过来。"北侠问道："这小孩子是何人？如何有此本领？"智化道："是小弟的徒弟，胆量颇好。过来见过欧阳伯父。"艾虎唱了一个喏。北侠道："你师徒急速回去，省得别人犯疑。我将太守送至衙署便了。"说罢，执手分别。

智化与小爷艾虎回庄，便问艾虎道："你如何盗了马来？"艾虎道："我因暗地里跟你老到地牢前，见你老把马勇杀了，就知要救太守。弟子惟恐太守胆怯力软，逃脱不了，故此偷偷的备了马来。原打算在树林等候，不想太守与师父来的这般快。"智化道："你还不知道呢，太守还是你欧阳伯父救的呢。"艾虎道："这欧阳伯父，不是师父常提的紫髯伯呀？"智化道："正是。"艾虎跌足道："可惜黑暗之中，未能瞧见他老的模样儿。"智化悄悄道："你别忙，明日晚二更，他还来呢。"艾虎听了，心下明白，也不往下追问。说话间已到庄前。智化道："自寻门路，不要同行。"艾虎道："我还打那边进去。"说罢飕的一声，上了高墙，一转眼就不见了。智化暗暗欢喜，也就跃墙来至地牢，从新往招贤馆而来，说马勇送尸骸往后花园井内去了。

且说北侠护送倪太守，在路上已将朱绛贞、倪忠遇见了的话说了一遍。一个马上，一个步下，走了个均平。看看天亮，已离府衙不远，北侠道："大老爷，前面就是贵衙了，我不便前去。"倪继祖连忙下马，"多承恩公搭救。为何不到敝衙，略申酬谢？"北侠道："我若随到衙门，恐生别议。大老爷只想着派人，切莫误了大事。"倪太守道："定于何地相会？"北侠道："离霸王庄南二里有个瘟神庙，我在那里专等。至迟，掌灯总要会齐。"倪太守谨记在心。北侠转身就不见了。

太守复又扳鞍上马，迤逦行来，已至衙前。门上等连忙接了马匹，引至书房。有书房小童余庆参见。倪太守问："倪忠来了不曾？"余庆禀道："尚未回来。"伺候太守净面更衣。吃茶时，余庆请示老爷在那里摆饭。太守道："饭略等等，候倪忠回来再吃。”余庆道：“老爷先用些点心，喝点汤儿罢。”倪太守点了点头。余庆去不多时，捧了大红漆盒，摆上小菜，极热的点心，美味的羹汤。太守吃毕，在书房歇息，盼望倪忠，见他不回来，心内有些焦躁。好容易到了午刻，倪忠方才回来。已知主人先自到署，心中欢喜。及至见面时，虽则别离不久，然而皆从难中脱逃出来，未免彼此伤心，各诉失散之后的情由。倪忠便道：“送朱绛贞到王凤山家中，谁知锦娘先已到他姑母那里。娘儿两个见了朱绛贞，千恩万谢，就叫朱小姐与锦娘同居一室。王老者有个儿子，极其儒雅。那老儿恐他在家不便，却打发他上县。一来与翟九成送信，二来就叫他在那里照应。老奴见诸事安置停当，方才回来。偏偏雇的骡儿又慢，要早到是再不能的，所以来迟，叫老爷悬心。”太守又将与北侠定于今晚捉拿马强的话也说了，倪忠快乐非常。

此时余庆也不等吩咐，便传了饭来，安放停当。太守就叫倪忠同桌儿吃。饭毕，然后倪忠出来问：“今日该值头目是谁？”上来二人答道：“差役王恺、张雄。”倪忠道：“随我来，老爷有话交派。”倪忠带领二人来至书房，差役跪倒报名。太守吩咐道：“特派你二人带领二十名捕快，暗藏利刃，不准同行，陆续散走，全在霸王庄南二里之遥，有个瘟神庙那里聚齐。只等掌灯时，有个碧睛紫髯的大汉来时，你等须要听他调遣。如有敢违背者，回来我必重责。此系机密之事，不可声张，倘有泄露，惟你二人是问。”王恺、张雄领命出来，挑选精壮捕快二十名，悄悄的预备了。

且说马强虽则一时听了众光棍之言，把太守杀了，却不见马勇回来，暗想道：“他必是杀了太守，心中害怕逃走了，或者失了脚也掉在井里了。”胡思乱想，总觉不安。惟恐官兵前来捉捕要人，这个乱子实在闹的不小，未免短叹长吁，提心吊胆。无奈叫家人备了酒席，在招贤馆大家聚饮。众光棍见马强无精打彩的，知道为着此事。便把那作光棍闯世路的话头各各提起：什么“生而何欢，死而何惧”咧；又是什么“敢做敢当，才是英雄好汉”咧；又是什么“砍了脑袋去，不过碗大疤子”咧；又是什么“不受苦中苦，焉能为人上人”咧；“但是受了刑，咬牙不招，方算好的，称的起人上人”。说的马强漏了气的干尿泡似的，那么一臌一臌的，却长不起腔儿来。

正说着，只见恶奴前来道：“回员外……”马强打了个冷战，“怎么，官兵来了？”恶奴道：“不是。南庄头儿交粮来了。”马强听了，将眼一瞪道：“收了就是了。这也值的大惊小怪！”复又喝酒。偏偏今儿事情多，正在讲交情，论过节，猛抬头，见一个恶奴在那边站着，嘴儿一拱一拱的，意思要说话。马强道：“你不用说，可是官兵到了不是？”那家人道：“是小人才上东庄取了银子回来。”马强道：“瞎，好烦吓！交到帐房里去就结了，这也犯的上挤眉弄眼的。”这一天，似此光景，不一而足。

不知到底如何，且听下回分解。

第七十六回　割帐绦北侠擒恶霸　对莲瓣太守定良缘

且说马强担了一天惊怕，到了晚间，见毫无动静，心里稍觉宽慰，对众人说道："今日白等了一天，并没见有个人来，别是那老苍头也死了罢？"众光棍道："员外说的是，一个老头子有多大气脉，连唬带累，准死无疑。你老可放心罢！"众人只顾奉承恶贼欢喜，也不想想朝廷家平空的丢了一个太守，也就不闻不问，焉有此理？其中独有两个人明白：一个是黑妖狐智化，心内早知就里，却不言语；一个是小诸葛沈仲元，瞧着事情不妥，说肚腹不调，在一边躲了。剩下些浑虫糊涂糨子，浑吃浑喝，不说理，顺着马强的竿儿往上爬，一味的抱粗腿，说的恶贼一天愁闷都抛于九霄云外，端起大杯来哈哈大笑。左一巡，右一盏，不觉醺醺，便起身往后边去了。见了郭氏，未免讪讪的，没说强说，没笑强笑，哄的郭氏脸上下不来，只得也说些安慰的话儿。又提拔着叫他寄信与叔父马朝贤暗里照应。马强更觉欢喜，喝茶谈话。

不多时已交二鼓。马强将大衫脱去，郭氏也把簪环卸了，脱去裙衫。二人刚要进帐安歇，忽见软帘唿的一响，进来一人，光闪闪碧睛暴露，冷森森宝刀生辉。恶贼一见，骨软筋酥，双膝跪倒，口中哀求："爷爷饶命！"北侠道："不许高声！"恶贼便不敢言语。北侠将帐子上丝绦割下来，将他夫妇捆了，用衣襟塞口。回身出了卧室，来至花园，将双手啪啪啪一阵乱拍，见王恺、张雄带了捕快俱各出来。他等众人皆是在瘟神庙会齐，见了北侠。北侠引着王恺、张雄认了花园后门，叫他们一更之后俱在花园藏躲，听拍掌为号。一个个雄赳赳，气昂昂，跟了北侠来至卧室。北侠吩咐道："你等好生看守凶犯，待我退了众贼，咱们方好走路。"说话间，只听前面一片人声鼎沸。原来有个丫鬟从窗下经过，见屋内毫无声响，撕破窗纸一看，见马强、郭氏俱各捆绑在地，只唬的胆裂魂飞，忙忙的告诉了众丫鬟，方叫主管姚成到招贤馆请众寇。神手大圣邓车、病太岁张华听了，带领众光棍，各持兵刃，打着亮子，跟随姚成往后面而来。

此时北侠在仪门那里，持定宝刀专等退贼。众人见了，谁也不敢向前。这个说："好大身量。"那个说："瞧那刀有多亮，必是锋霜儿快。"这个叫："贤弟，我一个儿不是他的对手，你帮帮哥哥一把儿。"那个唤："仁兄，你在前面虚招架，我绕到后面给他个冷不防。"邓车道："你等不要如此，待我来。"伸手向弹囊中掏出弹子，扣上弦，拽开铁靶弓。北侠早已看见，把刀扁着。只见发一弹来，北侠用刀往回里一磕，只听当啷一声，那边众贼之中，有个先"啊呀"了一声，道："打了我了。"邓车连发，北侠连磕。此次非邓家堡可比，那是黑暗之中，这是灯光之下，北侠看的尤其真切。左一刀，右一刀，磕的弹子就犹如打嘎的一般，也有打在众贼身上的，也有磕丢了的。病太岁张华以为北侠一人，可以欺侮，他从旁边溜步过去，飕的就是一刀。

北侠早已提防,见刀临近,用刀往对面一削,噌的一声,张华的刀飞起去半截。可巧落在一个贼人头上,外号儿叫做铁头浑子徐勇,这一下也把小子戳了一个窟窿。众贼见了,乱嚷道:“了不得了,祭起飞刀来了。这可不是顽的呀!我可了不了,不是他的个儿,趁早儿躲开罢,别叫他做了活。”七言八语只顾乱嚷,谁肯上前。哄的一声,俱各跑回招贤馆,将门窗户壁关了个结实,连个大气儿也不敢出,要咳嗽俱用袖子捂着嘴,嗓子里憋着。不敢点灯,全在黑影儿里坐着。

此时黑妖狐智化已叫艾虎将行李收拾妥当了,师徒两个暗地里瞭高,瞧到热闹之处,不由暗暗叫好。艾虎见北侠用宝刀磕那弹子,迅速之极,只乐得他抓耳挠腮,暗暗夸道:“好本事,好目力!”后来见宝刀削了张华的利刃,又乐的他手舞脚蹈,险些儿没从房上掉下来,多亏智化将他揪住了。见众人一哄而散,他师徒方从房上跃下,与北侠见了。问马强如何,北侠道:“已将他夫妻拿获。”智爷道:“郭氏无甚大罪,可以免其到府,单拿恶贼去就是了。”北侠道:“吾弟所论甚是。”即吩咐王恺、张雄等单将马强押解到府。智化又找着姚成,叫他备快马一匹与员外乘坐。姚成不敢违拗,急忙备来。艾虎背上行李,跟定智化、欧阳春一同出庄,仿佛护送员外一般。

此时天已五鼓,离府尚有二十五六里之遥。北侠见艾虎甚是伶俐,且少年一团英气,一路上与他说话,他又乖滑的很,把个北侠爱了个使不得。而且艾虎说他无父无母,孤苦之极,幸亏拜了师父,蒙他老人家疼爱,方习学了些武艺,这也是小孩子的造化。北侠听了此话,更觉可怜。他回头便对智爷道:“令徒很好,劣兄甚是爱惜。我意欲将他认为义子螟蛉,贤弟以为何如?”智化尚未答言,只见艾虎扑翻身拜倒,道:“艾虎原有此意,如今伯父既有这此心,更是孩儿的造化了。爹爹就请上,受孩儿一拜。”说罢,连连叩首在地。北侠道:“就是认为父子,也不是这等草率的。”艾虎道:“什么草率不草率,只要心真意真,比那虚文套礼强多了。”说的北侠、智爷二人都乐了。艾虎爬起来,快乐非常。智化道:“只顾你磕头认父,如今被他们落远了,快些赶上要紧。”艾虎道:“这值什么呢?”只见他一伏身,喉喉喉喉,登时不见了。北侠、智化又是欢喜,又是赞美,二人也往就前趱步。

看看天色将晓,马强背剪在马上,塞着口,又不能言语,心中暗暗打算:“所做之事,俱是犯款的情由,说不得只好舍去性命,咬定牙根,全给他不应,那时也不能把我怎样。”急的眼似銮铃,左观右看。就见智化跟随在后,还有艾虎随来,肩头背定包裹。马强心内叹道:“招贤馆许多宾朋,如今事到临头,一个个畏首畏尾,全不想念交情。只有智贤弟一人相送,可见知己朋友是难得的。可怜艾虎小孩子天真烂漫,他也跟了来,还背着包袱,想是我应换的衣服。若能够回去,倒要多疼他一番。”他那里知道他师徒另存一番心呢。

北侠见离府衙不远,便与智爷、艾虎煞住脚步。北侠道:“贤弟,你师徒意欲何往?”智爷道:“我等要上松江府茉花村去。”北侠道:“见了丁氏昆仲,务必代劣兄致意。”智爷道:“欧阳兄何不一同前往呢?”北侠道:“刚从那里来的不久,原为到杭州游玩一番,谁知遇见此事。今既将恶人拿获,尚有招贤馆的馀党,恐其滋事,劣兄只得在此耽延几时，俟结案无事，我还要在此处游览一回，也不负我跋涉之劳。后会有期，请了！”智化也执手告别。艾虎从新又与北侠行礼叩别，恋恋不舍，几乎落下泪来。北侠从此就在杭州。

再言招贤馆的众寇，听了些时，毫无动静，方敢掌灯。彼此查看，独不见了智化。又呼馆童艾虎，也不见了。大家暗暗商量，就有出主意：“莫若上襄阳王赵爵那里去。”又有说：“上襄阳去，缺少盘费如何是好？”又有说：“向郭氏嫂嫂借贷去。”又有说：“他丈夫被人拿去，还肯借给咱们盘川，叫奔别处去么？”又有说阴功话的：“依我，咱们如此如此，抢上前去。”众人听了俱各欢喜，一个个登时抖起威风，出了招贤馆，到了仪门，呐一声喊道：“我等乃北侠带领在官人役，因马强陷害平民，刻薄成家，理无久享，先抢了他的家私泄众恨。”说到“抢”字，一拥齐入。

此时郭氏多亏了丫鬟们松了绑缚，哭够多时，刚入帐内安歇。忽听此言，那里还敢出声，只用被蒙头，乱抖在一处。过一会儿，不听见声响，方探出头来一看，好苦！箱柜抛翻在地。自己慢慢起来，因床下有两个丫鬟藏躲，将他二人唤出，战战兢兢方将仆妇婆子寻来。到了天明，仔细查看，所丢的全是金银、簪环、首饰、衣服，别样一概没动。立刻唤进姚成。那知姚成从半夜里逃在外边巡风，见没什么动静，等到天明方敢出头，仍然溜进来。恰巧唤他，他便见了郭氏，商议写了失单，并声明贼寇自称北侠带领官役，明火执杖。姚成急急报呈县内。郭氏暗想丈夫事体吉少凶多，须早早禀知叔父马朝贤，商议个主意。便细细写了书信一封，连被抢一节并失单俱各封妥，就派姚成连夜赴京去了。

且说王恺、张雄将马强解到，倪太守立刻升堂，先追问翟九成、朱焕章两案。恶贼皆言他二人欠债不还，自己情愿以女为质，并无抢掠之事。又问他：“为何将本府诓到家中，掐在地牢内？”马强道：“大老爷乃四品黄堂，如何能到小人庄内？既是大老爷被小民诓去，又说掐在地牢，如何今日大老爷仍在公堂问事呢？似此以大压小的问法，小人实实吃罪不起。”倪太守大怒，吩咐打这恶贼。一边掌了二十嘴巴，鲜血直流。问他不招，又吩咐拉下去，打了四十大板。他是横了心，再也不招。又调翟九成、朱焕章到案，与马强当面对质。这恶贼一口咬定，是他等自愿以女为质，并无抢掠的情节。

正在审问之间，忽见县里详文呈报马强家中被劫，乃北侠带领差役明火执杖，抢去各物，现有原递失单呈阅。太守看了，心中纳闷：“我看义士欧阳春绝不至于如此，其中或有别项情弊。”吩咐暂将马强收监，翟九成回家听传，原案朱焕章留在衙中，叫倪忠传唤王恺、张雄问话。不多时，二人来至书房。太守问道：“你等如何拿的马强？”他二人便从头至尾述说一遍。太守又问道：“他那屋内东西物件你等可曾混动？”王恺、张雄道：“小人们当差多年，是知规矩的。他那里一草一木，小人们是断不敢动的。”太守道：“你等固然不动，惟恐跟去之人有些不妥。”王、张二人道：“大老爷只管放心，就是跟随小人们当差之人，俱是小人们训练出来的。但凡有点毛手毛脚的，小人绝不用他。”太守点头道：“只因马强家内失盗，如今县内呈报前来。你二人暗暗访查访查，回来禀我知道。”王、张领命去了。

太守又叫倪忠请朱先生。不多时,朱焕章来到书房。太守以宾客相待,先谢了朱绛贞救命之恩,然后把那枝玉莲花拿出。朱焕章见了,不由的泪流满面。太守将朱绛贞誓以贞洁自守的话说了,朱焕章更觉伤心。太守又将朱绛贞脱离了仇家,现在王凤山家中居住的话说了一回,朱焕章反悲为喜。太守便慢慢问那玉莲花的来由,朱焕章道:"此事已有二十馀年。当初在仪征居住之时,舍间后门便临着扬子江的江岔。一日,见漂来一男子死尸,约有三旬年纪,是我心中不忍,惟恐暴露,因此备了棺木,打捞上来。临殡葬时,学生给他整理衣服,见他胸前有玉莲花一枝。心中一想,何不将此物留下,以为将来认尸之证。因此解下,交付贱荆收藏。后来小女见了,爱惜不已,随身佩带,如同至宝。太守何故问此?"倪太守听了,已然落下泪来。朱焕章不解其意。只见倪忠上前道:"老爷何不将那枝对对,看是如何?"太守一边哭,一边将里衣解开,把那枝玉莲花拿出。两枝合来,恰恰成为一朵,而且精润光华一丝也是不差。太守再也忍耐不住,手捧莲花,放声痛哭。朱焕章到底不解是何缘故。倪忠将玉莲花的原委,略说大概。朱先生方才明白,连忙劝慰太守道:"此乃珠还璧返,大喜之兆。且无心中又得了先大人的归结下落,虽则可悲,其实可喜。"太守闻言,才止悲痛,复又深深谢了,就留下朱先生在衙内居住。

倪忠暗暗一力撺掇说:"朱小姐有救命之恩,而且又有玉莲花为媒,真是千里婚姻一线牵定。"太守亦甚愿意,因此倪忠就托王凤山为冰人,向朱先生说了。朱公乐从,慨然许允。王凤山又托了倪忠,向翟九成说锦娘与儿子联姻,亲上作亲。翟九成亦欣然应允。霎时间都成了亲眷,更觉亲热。太守又打点行装,派倪忠接取家眷,把玉莲花一对交老仆好好收藏,到白衣庵见了娘亲,就言二事俱已齐备,专等母亲到任所,即便迁葬父亲灵柩,拿获仇家报仇雪恨。俟诸事已毕,再与绛贞完姻。

未知后文如何,且听下回分解。

第七十七回 倪太守解任赴京师 白护卫乔装逢侠客

且说倪忠接取家眷去后,又生出无限风波,险些儿叫太守含冤。你道如何?只因由京发下一套文书,言有马强家人姚成进京上告太守倪继祖私行出游,诈害良民,结连大盗,明火执杖。今奉旨马强提解来京,交大理寺严讯。太守倪继祖,暂行解任,一同来京归案备质。倪太守遵奉来文,将印信事件交代委署官员,即派差役押解马强赴京。倪太守将众人递的状子案卷俱各带好,止于派长班二人跟随来京。

一日来至京中,也不到开封府,因包公有师生之谊,理应回避,就在大理寺报到。文老大人见此案人证到齐,便带马强过了一堂。马强已得马朝贤之信,上堂时一味口刁,说太守不理民词,残害百姓,又结连大盗,黉夜打抢,现有失单报县,尚未弋获等词。文大人将马强带在一边。又问倪太守此案的端倪原委。倪太守一一将前事说明,如何接状,如何私访被拿两次,多亏难女朱绛贞、义士欧阳春搭救,又如何捉拿马强恶贼,他家有招贤馆窝藏众寇,至五更将马强拿获立刻解到,如何升堂审讯,恶贼狡展不应:"如今他暗暗使家人赴京呈控,望乞大人明鉴详查,卑府不胜感幸。"文彦博听了,说:"请太守且自歇息。"倪太守退下堂来。老大人又将众人递的冤呈看了一番,立刻又叫带马强。逐件问去,皆有强辞狡展。文大人暗暗道:"这厮明仗着总管马朝贤与他作主,才横了心不肯招承。惟有北侠打劫一事,真假难辨。须叫此人到案作个硬证,这厮方能服输。"吩咐将马强带去收禁。又叫人请太守,细细问道:"这北侠又是何人?"太守道:"北侠欧阳春,因他行侠尚义,人皆称他为北侠。就如展护卫有南侠之称一样。"文彦博道:"如此说来,这北侠绝非打劫大盗可比。此案若结,须此人到案方妥,他现在那里?"倪继祖道:"大约还在杭州。"文彦博道:"既如此,我明日先将大概情形复奏,看圣意如何。"就叫人将太守带至岳神庙,好好看待。

次日,文大人递摺之后,圣旨即下:钦派四品带刀护卫白玉堂访拿欧阳春,解京归案审讯。锦毛鼠参见包公,包公吩咐了许多言语,白玉堂一一领命。辞别出来,到了公所,大家与玉堂饯行。饮酒之间,四爷蒋平道:"五弟,此一去见了北侠,意欲如何?"白玉堂道:"小弟奉旨拿人,见了北侠,自然是秉公办理,焉敢徇情?"蒋平道:"遵奉钦命,理之当然。但北侠乃尚义之人,五弟若见了他,公然以钦命自居,惟恐欧阳春不受欺侮,反倒费了周折。"白玉堂听了,有些不耐烦,没奈何问道:"依四哥怎么样呢?"蒋爷道:"依劣兄的主意,五弟到了杭州,见署事的太守,将奉旨拿人的情节与他说了,却叫他出张告示,将此事前后叙明。后面就提五弟虽则是奉旨,然因道义相通,不肯拿解,特来访请。北侠若果在杭州,见了告示,他必自己投到。五弟见了他,以情理相感,也必安安稳稳随你来京,绝不费事。若非如此,惟恐北侠不肯来京,到费了事了。"五爷听了,暗笑蒋爷软弱,嘴里却说道:"承四哥指教,小弟遵命。"饮酒已毕,叫伴当白福备了马匹,拴好行李,告别众人。卢方又谆谆嘱咐:"路上小心。到了杭州,就按你四哥主意办理。"五爷只得答应。展爷与王、马、张、赵等俱各送出府门。白五爷执手道:"请!"慢慢步履而行。出了城门,主仆二人方扳鞍上马,竟奔杭州而来。在路行程,无非"晓行夜宿,渴饮饥餐"八个大字,沿途无事可记。

这一日来至杭州,租了寓所,也不投文,也不见官,止于报到。一来奉旨,二来相谕要访拿钦犯,不准声张。每日叫伴当出去暗暗访查,一连三四日不见消耗。只得自己乔装改扮了一位斯文秀才模样,头戴方巾,身穿花氅,足下登一双厚底大红朱履,手中轻摇泥金摺扇,摇摇摆摆,出了店门。

时值残春,刚交初夏,但见农人耕于绿野,游客步于红桥。又见往来之人不断,仔细打听,原来离此二三里之遥,新开一座茶社名曰玉兰坊,此坊乃是官宦的花园,亭榭桥梁,花草树木,颇可玩赏。白五爷听了,暗随众人前往。到了那里,果然景致可观。有个亭子上面设着座位,四面点缀些巉岩怪石,又有新篁围绕。白玉堂到此,心旷神怡,便在亭子上泡了一壶茶,慢慢消饮,意欲喝点茶再沽酒。忽听竹丛中淅沥有声，出了亭子一看，霎时天阴，淋淋下起雨来。因有绿树撑空，阴晴难辨。白五爷以为在上面亭子内对此景致，颇可赏雨。谁知越下越大，游人俱已散尽。天色已晚，自己一想，离店尚有二三里，又无雨具，倘然再大起来，地下泥泞，未免难行，莫若冒雨回去为是。急急会钞下亭，过了板桥，用大袖将头巾一遮，顺着树阴之下，冒雨急行。猛见红墙一段，却是整齐的庙宇，忙到山门下避雨。见匾额上题着"慧海妙莲庵"，低头一看，朱履已然踏的泥污，只得脱下。才要收拾收拾，只见有个小童，手内托着笔砚，口呼"相公，相公"，往东去了。忽然见庙的角门开放，有一年少的尼姑悄悄答道："你家相公在这里。"白五爷一见，心中纳闷。谁知小童往东，只顾呼唤相公，并没听见。这幼尼见他去了，就关上角门进去。

五爷见此光景，暗暗忖道："他家相公在他庙内，又何必悄悄唤那小童呢？其中必有暗昧，待我看看。"站起身，将朱履后跟一倒，趿拉脚儿穿上，来到东角门，敲户道："里面有人么？我乃行路之人，因遇雨，天晚道路难行，欲借宝庵避避雨，务乞方便。"只听里面答道："我们这庙乃尼庵，天晚不便容留男客，请往别处去罢。"说完也不言语，连门也不开放。白玉堂听了，暗道："好呀，他庙内现有相公，难道不是男客么？既可容得他，如何不容我呢？这其中必有缘故了，我倒要进去看看。"转身来到山门，索性把一双朱履脱下，光着袜底，用手一搂衣襟，飞身上墙，轻轻跳将下去。在黑影中细细留神。见有个道姑，一手托定方盘，里面热腾腾的菜蔬，一手提定酒壶，进了角门。有一段粉油的板墙，也是随墙的板门，轻轻进去。白玉堂也就暗暗随来，挨身而人。见屋内灯光闪闪，影射幽窗，五爷却悄悄立于窗外。

只听屋内道："天已不早了，相公多少用些酒饭，少时也好安歇。"又听男子道："甚的酒饭，甚的安歇！你们到底是何居心？将吾拉进庙来，又不放我出去，成个什么规矩，像个什么体统！还不与我站远些。"又听女音说道："相公不要固执，这也是天缘凑合，难得今日'油然作云，沛然下雨'。上天尚有云行雨施，难道相公倒忘了云情雨意么？"男子道："你既知'油然作云，沛然下雨'，为何忘了'男女授受不亲'呢？吾对你说，'读书人持躬如圭璧'，又道'心正而后身修'。似这无行之事，吾是'大旱之云霓'，想降时雨是不能的。"白五爷窗外听了暗笑："此公也是书痴，遇见这等人，还合他讲什么书，论什么文呢？"又听一个女尼道："云霓也罢，时雨也罢，且请吃这杯酒。"男子道："唔呀，你要怎么样？"只听当啷一声，酒杯落地砸了。尼姑嗔道："我好意敬你酒，你为何不识抬举？你休要咬文咂字的，实告诉你说，想走不能，不信给你个对证看。现在我们后面，还有一个卧病在床的，那不是榜样么？"男子听了，着急道："如此说来，你们这里是要害人的，吾要嚷了呢！"尼姑道："你要嚷，只要有人听的见。"男子便喊道："了弗得了，他们这里要害人呢。救人吓，救人！"

白玉堂趁着喊叫，连忙闯入，一掀软帘道："兄台为何如此喉急？想是他们奇货自居，物抬高价了？"把两个女尼吓了一跳。那人道："兄台请坐，他们这里不正经，了弗得的。"白五爷道："这有何妨，人生及时行乐，亦是快事。他二人如此多情，兄台何如此之拘泥？请问尊姓？"那人道："小弟姓汤，名梦兰，乃扬州青叶村人氏。

只因探亲来到这里，就在前村居住。可巧今日无事，要到玉兰坊闲步闲步，恐有题咏，一时忘记了笔砚，因此叫小童回庄去取。不想落下雨来，正在踌躇，承他一番好意，让吾庙中避雨。吾还不肯，他们便再三拉吾到这里，不放吾动身，什的云咧雨咧，说了许多的混话。”白玉堂道：“这就是吾兄之过了。”汤生道：“如何是吾之过？”白玉堂道：“你我读书人，接物待人理宜从权达变，不过随遇而安，行云流水。过犹不及，其病一也。兄台岂不失于中道乎？”汤生摇头道：“否，否。吾宁失于中道，似这样随遇而安，吾是断断乎不能为也。请问足下安乎？”白玉堂道：“安。”汤生嗔怒道：“汝安则为之，吾虽死不能相从。”白玉堂暗暗赞道：“我再三以言试探，看他颇颇正气，须当搭救此人。”

谁知尼姑见玉堂比汤生强多了，又见责备汤生，以为玉堂是个惯家，登时就把柔情都移在玉堂身上。他也不想想，玉堂从何处进来的，可见邪念迷心，竟忘其所以。白玉堂再看那两个尼姑，一个有三旬，一个不过二旬上下，皆有几分姿色。只见那三旬的连忙执壶，满斟了一杯，笑容可掬，捧至白五爷跟前道：“多情的相公，请吃这杯合欢酒。”玉堂并不推辞，接过来一饮而尽，却哈哈大笑。那二旬的见了，也斟一杯，近前道：“相公喝了我师兄的，也得喝我的。”白玉堂也便在他手中喝了。汤生一旁看了道：“岂有此理呀，岂有此理！”二尼一边一个伺候玉堂。玉堂问他二人却叫何名，三旬的说：“我叫明心。”二旬的说：“我叫慧性。”玉堂道：“明心，明心，心不明则迷；慧性，慧性，性不慧则昏。你二人迷迷昏昏，何时是了？”说着话，将二尼每人握住一手，却问汤生道：“汤兄，我批的是与不是？”汤生见白五爷合二尼拉手，已气的低了头，正在烦恼，如今听玉堂一问，便道：“谁呀？呀，你还问吾，吾看你也是心迷智昏了。这还了得？放肆，岂有此理呀！”此话未说完，只见两个尼姑口吐悲声，道：“啊呀呀，疼死我也！放手，放手，禁不起了。”只听白玉堂一声断喝，道：“我把你这两个淫尼，无端引诱人家子弟，残害好人，该当何罪？你等害了几条性命，还有几个淫尼，快快讲来！”二尼跪倒，央告道：“庵中就是我师兄弟两个，还有两个道婆，一个小徒。小尼等实实不曾害人性命，就是后面的周生，也是他自己不好，以致得了弱症。若都似汤相公这等正直，又焉敢相犯？望乞老爷饶恕。”

汤生先前以为玉堂是那风流尴尬之人，毫不介意，如今见他如此，方知也是个正人君子，连忙敛容起敬。又见二尼哀声不止，疼的两泪交流。汤生一见，心中不忍，却又替他讨饶。白玉堂道：“似这等的贼尼，理应治死。”汤生道：“恻隐之心，人皆有之，请放手罢了。”玉堂暗道：“此公《孟子》真熟，开口不离书。”便道：“明日务要问明周生家住那里，现有何人，急急给他家中送信，叫他速速回去，我便饶你。”二尼道：“情愿，情愿，再也不敢阻留了。老爷快些放手，小尼的骨节都碎了。”五爷道：“便宜了你等。后日俺再来打听，如不送回，俺必将你等送官究办。”说罢一松手，两个尼姑扎煞两只手，犹如卸了挼子的一般，踉踉跄跄跑到后面藏躲去了。汤生又重新给玉堂作揖，二人复又坐下攀话。

忽见软帘一动，进来一条大汉，后面跟着一个小童，小童手内提着一双朱履。大汉对小童道：“那个是你家相公？”小童对着汤生道：“相公为何来至此处，叫我好找。若非遇见这位老爷，我如何进得来呢？”大汉道：“既认着了，你主仆快些回去罢。”小童道：“相公穿上鞋走罢。”汤生一抬腿道：“吾这里穿着鞋呢。”小童道：“这双鞋是那里来的呢，怎么合相公脚上穿着的那双一样呢？”白玉堂道：“不用犹疑，那双鞋是我的，不信你看。”说毕将脚一抬，果然光着袜底儿呢。小童只得将鞋放下。汤生告别，主仆去了。

未知大汉是谁，且听下回分解。

第七十八回　紫髯伯艺高服五鼠　白玉堂气短拜双雄

且说白玉堂见汤生主仆已然出庙去了，对那大汉执手道：“尊兄请了。”大汉道：“请了，请问尊兄贵姓？”白玉堂道：“不敢，小弟姓白名玉堂。”大汉道：“阿呀，莫非大闹东京锦毛鼠的白五弟么？”玉堂道：“小弟草号锦毛鼠，不知兄台尊姓？”大汉道：“劣兄复姓欧阳名春。”白玉堂登时双睛一瞪，看了多时方问道：“如此说来，人称北侠号为紫髯伯的就是足下了！请问到此何事？”北侠道：“只因路过此庙，见那小童啼哭，问明方知他相公不见了，因此我悄悄进来一看。原来五弟在这里窃听，我也听了多时。后来五弟进了屋子，劣兄就在五弟站的那里。又听五弟发落两个贼尼，劣兄方回身开了庙门，将小童领进，使他主仆相认。”玉堂听了暗道：“他也听了多时，我如何不知道呢？再者我原为访他而来，如今既见了他，焉肯放过！须要离了此庙，再行拿他不迟。”想罢答言：“原来如此。此处也不便说话，何不到我下处一叙。”北侠道：“很好，正要领教。”

二人出了板墙院，来至角门。白玉堂暗使促狭，假作逊让，托着北侠的肘后，口内道：“请了。”用力往上一托，以为将北侠搡出。谁知犹如蜻蜓撼石柱一般，再也不动分毫。北侠却未介意，转一回手，也托着玉堂肘后道：“五弟请。”白玉堂不因不由就随着手儿出来了。暗暗道：“果然力量不小。”二人离了慧海妙莲庵，此时雨过天晴，月明如洗，星光朗朗，时有初鼓之半。北侠问道：“五弟到杭州何事？”玉堂道：“特为足下而来。”北侠便住步问道：“为劣兄何事？”白玉堂就将倪太守与马强在大理寺审讯，供出北侠，“是我奉旨前来访拿足下。”北侠听玉堂之言这样口气，心中好生不乐，道：“如此说来，白五老爷是钦命了？欧阳春妄自高攀，多多有罪。请问钦命老爷，欧阳春当如何进京，望乞明白指示。”北侠这一问，原是试探白爷懂交情不懂交情。白玉堂若从此拉回来说些交情话，两下里合而为一，商量商量，也就完了事了。不想白玉堂心高气傲，又是奉旨，又是相谕，多大的威风，多大的胆量！本来又仗着自己的武艺，他便目中无人，答道：“此乃奉旨之事，既然今日邂逅相逢，只好屈尊足下，随着白某赴京便了，何用多言。”欧阳春微微冷笑道：“紫髯伯乃堂堂男子，就是这等随你去，未免贻笑于人。尊驾还要三思。”北侠这个话虽是有气，还是耐着性儿提拨白玉堂的意思。谁知五爷不辨轻重，反倒气往上撞，说道："大约合你好说，你绝不肯随俺前去，必须较量个上下。那时被擒获，休怪俺不留情分了。"北侠听毕，也就按捺不住，连连说道："好，好，好，正要领教领教。"

白玉堂急将花氅脱却，摘了儒巾，脱下朱履，仍然光着袜底儿，抢到上首，拉开架式。北侠从容不迫，也不赶步，也不退步，却将四肢略为腾挪，止于招架而已。白五爷抖擞精神，左一拳，右一脚，一步紧如一步。北侠暗道："我尽力让他，他尽力的逼勒，说不得叫他知道知道。"只见玉堂拉了个回马式，北侠故意的跟了一步。白爷见北侠来的切近，回身劈面就是一掌。北侠将身一侧，只用二指，看准胁下轻轻的一点。白玉堂倒抽了一口气，登时经络闭塞，呼吸不通，手儿扬着落不下来，腿儿迈着抽不回去，腰儿哈着挺不起身躯，嘴儿张着说不出话语，犹如木雕泥塑一般，眼前金星乱滚，耳内蝉鸣，不由的心中一阵恶心迷乱，实实难受得很。那二尼禁不住白玉堂两手，白玉堂禁不住欧阳春两指。这比的虽是贬玉堂，然而玉堂与北侠的本领究有上下之分。北侠惟恐工夫大了必要受伤，就在后心陡然击了一掌。白玉堂经此一震，方转过这口气来。北侠道："恕劣兄莽撞，五弟休要见怪。"白玉堂一语不发，光着袜底，呱咭呱咭竟自扬长而去。

白玉堂来至寓所，他却不走前门，悄悄越墙而入。来至屋中，白福儿见此光景，不知为着何事，连忙递过一杯茶来。五爷道："你去给我烹一碗新茶来。"他将白福支开，把软帘放下，进了里间，暗暗道："罢了，罢了。俺白玉堂有何面目回转东京？悔不听我四哥之言。"说罢从腰间解下丝绦，登着椅子，就在横楣之上拴了个套儿。刚要脖项一伸，见结的扣儿已开，丝绦落下。复又结好，依然又开，如是者三次。暗道："哼，这是何故？莫非我白玉堂不当死于此地？"话尚未完，只觉后面一人手拍肩头道："五弟，你太拙了。"只这一句，倒把白爷唬了一跳。忙回身一看，见是北侠，手中托定花氅，却是平平正正。上面放着一双朱履，惟恐泥污沾了衣服，又是底儿朝上。玉堂见了，羞的面红过耳。又自忖道："他何时进来，我竟不知不觉，可见此人艺业比我高了。"也不言语，便存身坐在椅凳之上。

原来北侠算计玉堂少年气傲，回来必行短见，他就在后跟下来了。及至玉堂进了屋子，他却在窗外悄立。后听玉堂将白福支出去烹茶，北侠就进了屋内。见玉堂要行拙志，正在他仰面拴套之时，北侠就从椅旁挨入，却在玉堂身后隐住。就是丝绦连开三次，也是北侠解的。连白玉堂久惯飞檐走壁之人，竟未知觉，于此可见北侠的本领。

当下北侠放下衣服道："五弟，你要怎么样？难道为此事就要寻死？岂不是要劣兄的命么！只好你要上吊，咱们俩就搭连吊罢。"白玉堂道："我死我的，与你何干？此话我不明白。"北侠道："老弟，你可真糊涂了。你想想，你若死了，欧阳春如何对的起你四位兄长？又如何去见南侠与开封府的众朋友？也只好随着你死了罢。岂不是你要了劣兄的命了么？"玉堂听了，低头不语。北侠急将丝绦拉下，就在玉堂旁边坐下，低低说道："五弟，你我今日之事，不过游戏而已，有谁见来？何至于轻生。就是叫劣兄随你去，也该商量商量。你只顾你脸上有了光彩，也不想想把劣兄置于何地？五弟岂不闻‘己所不欲，勿施于人’。又道‘我不欲人之加诸我者，吾亦欲无加诸人’。五弟不愿意的，别人他就愿意么？”玉堂道：“依兄台怎么样呢？”北侠道：“劣兄倒有两全其美的主意。五弟明日何不到茉花村叫丁氏昆仲出头，算是给咱二人说合的。五弟也不落无能之名，劣兄也免了被获之丑，彼此有益。五弟以为如何？”白玉堂本是聪明特达之人，听了此言，登时豁然，连忙深深一揖道：“多承吾兄指教，实是小弟年幼无知，望乞吾兄海涵。”北侠道：“话已言明，劣兄不便久留，也要回去了。”说罢出了里间，来至堂屋。白五爷道：“仁兄请了，茉花村再见。”北侠点了点头，又悄悄道：“那顶头巾合泥金摺扇，俱在衣服内夹着呢。”玉堂也点了点头。刚一转眼，已不见北侠的踪影。白爷暗暗夸奖：“此人本领，胜吾十倍，真不如也。”

谁知二人说话之间，白福烹了一杯茶来，听见屋内悄悄有人说话，打帘缝一看，见一人与白五爷悄语低言。白福以为是家主途中遇见的夜行朋友，恐一杯茶难递，只得回身又添一盏，用茶盘托着两杯茶来至里间。抬头看时，却仍是玉堂一人。白福端着茶纳闷道：“这是什么朋友呢？给他端了茶来，他又走了。我这是什么差使呢？”白玉堂已会其意，便道：“将茶放下，取个灯笼来。”白福放下茶托，回身取了灯笼。白玉堂接过，又把衣服朱履夹起出了屋门。纵身上房，仍从后面出去。

不多时，只听前边打的店门山响。白福迎了出去叫道：“店家快开门，我们家主回来了。”小二连忙取了钥匙，开了店门。只见玉堂仍是斯文打扮，摇摇摆摆进来。小二道：“相公怎么这会才回来？”玉堂道：“因在相好处避雨，又承他待酒，所以来迟。”白福早已上前接过灯笼，引至屋内。茶尚未寒，玉堂喝了一杯，又吃了点饮食，吩咐白福于五鼓鞴马起身，上松江茉花村去。自己歇息，暗想：“北侠的本领，那一番的和蔼气度，实然别人不能的。而且方才说的这个主意，更觉周到。比四哥说的出告示访请，又高一筹。那出告示，众目所观，既有‘访请’二字，已然自馁，那如何对人呢？如今欧阳兄出的这个主意，方是万全之策。怨的展大哥与我大哥背地里常说他好，我还不信，谁知果然真好。仔细想来，全是我自作聪明的不是了。”他翻来覆去，如何睡的着！到了五鼓，白福起来，收拾行李马匹，到了柜上算清了店帐，主仆二人上茉花村而来。

话休烦絮。到了茉花村，先叫白福去回禀，自己乘马随后。离庄门不远，见多少庄丁伴当分为左右，丁氏弟兄在台阶上面立等。玉堂连忙下马，伴当接过，丁大爷已迎接上来。玉堂抢步，口称：“大哥，久违了，久违了。”兆兰道：“贤弟一向可好？”彼此执手。兆蕙却在那边垂手恭敬侍立，也不执手，口称：“白五老爷到了，恕我等未能远迎虎驾，多多有罪。请老爷到寒舍待茶。”玉堂笑道：“二哥真是好顽，小弟如何担的起。”连忙也执了手，三人携手来至待客厅上。玉堂先与丁母请了安，然后归座。献茶已毕，丁大爷问了开封众朋友好，又谢在京时叨扰盛情。丁二爷却道：“今日那阵香风儿将护卫老爷吹来，真是蓬荜生辉，柴门有庆。然而老爷此来还是专专的探望我们来了，还是有别的事呢？”一席话，说的玉堂脸红。

丁大爷恐玉堂脸上下不来，连忙瞅了二爷一眼道：“老二，弟兄们许久不见，先不说说正经的，只是嗷呕做什么？”玉堂道：“大哥不要替二哥遮饰，本是小弟理短，无怪二哥恼我。自从去岁被擒，连衣服都穿的是二哥的，后来到京受职，就要告假前来。谁知我大哥因小弟新受职衔，再也不准动身。”丁二爷道：“到底是作了官的人，真长了见识了，惟恐我们说，老爷先自说了。我问五弟，你纵然不能来，也该写封信、差个人来，我们听见也喜欢喜欢。为什么连一纸书也没有呢？”玉堂笑道：“这又有一说。小弟原要写信来着，后来因接了大哥之信，说大哥与伯母送妹子上京与展大哥完姻，我想迟不多日就可见面，又写什么信呢？彼时若真写了信来，管保二哥又说白老五尽闹虚文假套了，左右都是不是。无论二哥怎么怪小弟，小弟惟有伏首认罪而已。”丁二爷听了暗道：“白老五他竟长了学问了，比先前乖滑多多了，且看他目下这宗事怎么说法。”回头吩咐摆酒。玉堂也不推辞，也不谦让，就在上面坐了。丁氏昆仲左右相陪。

饮酒中间，问玉堂道：“五弟此次果是官差，还是私事呢？”玉堂道：“不瞒二位仁兄，实是官差。然而其中有许多原委，此事非仁兄贤昆玉不可。”丁大爷便道：“如何用我二人之处？请道其详。”玉堂便道：“倪太守、马强一案供出北侠，小弟奉旨特为此事而来。”丁二爷问道：“可见过北侠没有？”玉堂道：“见过了。”兆蕙道：“既见过，便好说了。谅北侠有多大本领，如何是五弟对手。”玉堂道：“二哥差矣。小弟在先原也是如此想，谁知事到头来不自由，方知人家之末技俱是自己之绝技，惭愧的很，小弟输与他了。”丁二爷故意诧异道：“岂有此理！五弟焉能输与他呢？这话愚兄不信。”玉堂便将与北侠比试，直言无隐，俱各说了，“如今求二位兄台将欧阳兄请来，那怕小弟央求他呢，只要随小弟赴京，便叨爱多多矣。”丁兆蕙道：“如此说来，五弟竟不是北侠对手了。”玉堂道：“诚然。”丁二爷道：“你可佩服呢？”玉堂道：“不但佩服，而且感激。就是小弟此来，也是欧阳兄教导的。”丁二爷听了，连声赞扬叫好道：“好兄弟，丁兆蕙今日也佩服你了。”便高声叫道：“欧阳兄，你也不必藏着了，请过来相见。”

只见从屏后转出三人来。玉堂一看，前面走的就是北侠，后面一个三旬之人，一个年幼小儿。连忙出座道：“欧阳兄几时来到？”北侠道：“昨晚方到。”玉堂暗道：“幸亏我实说了，不然这才丢人呢。”又问：“此二位是谁？”丁二爷道：“此位智化，绰号黑妖狐，与劣兄世交，通家相好。”原来智爷之父，与丁总镇是同僚，最相契的。智爷道：“此是小徒艾虎，过来见过白五叔。”艾虎上前见礼，玉堂拉了他的手，细看一番，连声夸奖。彼此叙坐，北侠坐了首座，其次是智爷、白爷，又其次是丁氏弟兄，下首是艾虎，大家欢饮。玉堂又提请北侠到京，北侠慨然应允。丁大爷、丁二爷又嘱咐白玉堂照应北侠。大家畅谈，彼此以义气相关，真是披肝沥胆，各明心志。惟有小爷艾虎与北侠有父子之情，更觉关切。酒饭已毕，谈至更深，各自安寝。到了天明，北侠与白爷一同赴京去了。

未知后文如何，且听下回分解。

第七十九回　智公子定计盗珠冠　裴老仆改装扮难叟

且说智化、兆兰、兆蕙与小爷艾虎送了北侠、玉堂回来，在厅上闲坐，彼此闷闷不乐。艾虎一旁短叹长吁。只听智化道："我想此事关系非浅，倪太守乃是为国为民，如今反遭诬害；欧阳兄又是济困扶危，遇了贼扳。似这样的忠臣义士负屈含冤，仔细想来，全是马强叔侄过恶。除非设法先将马朝贤害倒，剩了马强，也就不难除了。"丁二爷道："与其费两番事，何不一网打尽呢？"智化道："若要一网打尽，说不得却要作一件欺心的事，生生的讹在他叔侄身上，使他赃证俱明，有口难分诉。所谓'奸臣贼子人人得而诛之'。我虽想定计策，只是题目太大，有些难作。"丁大爷道："大哥何不说出，大家计较计较呢？"智化道："当初劣兄上霸王庄者，原为看马强的举动，因他结交襄阳王，常怀不轨之心。如今既为此事闹到这步田地，何不借题发挥，一来与国家除害，二来剪却襄阳王的羽翼。话虽如此说，然而其中有四件难事。"

丁二爷道："那四件？"智爷道："第一要皇家的紧要之物，这也不必推诿，全在我的身上。第二要一个有年纪之人，一个或童男或童女随我前去，诓取紧要之物回来。又要有胆量，又要有机变，又要受得苦。第三件，我等盗了紧要之物，还得将此物送在马强家，藏在佛楼之内，以为将来的真赃实犯。"丁二爷听了，不由的插言道："此事小弟却能够，只要有了东西，小弟便能送去。这第三件算是小弟的了。第四件又是什么呢？"智化道："惟有第四件最难，必须知根知底之人前去出首。不但出首，还要单上开封府出首去。别的事情俱好说，惟独这第四件是最要紧的，成败全在此一举。此一着若是错了，满盘俱空。这个人竟难得的很。"口里说着，眼睛却瞟着艾虎。艾虎道："这第四件莫若徒弟去罢。"智化将眼一瞪道："你小孩家懂得什么，如何干得这样大事！"艾虎道："据徒弟想来，此事非徒弟不可。徒弟去了有三益。"

丁二爷先前听艾虎要去，以为小孩子不知轻重。此时又见他说出"三益"，颇有意思，连忙说道："智大哥不要拦他。"便问艾虎道："你把'三益'说给我听听。"艾虎道："第一，小侄自幼在霸王庄，所有马强之事，小侄尽知。而且三年前马朝贤告假回家一次，那时我师父尚未到霸王庄呢。如今盗了紧要东西来，就说三年前马朝贤带来的，与事更觉有益。这是第一益。第二，别人出首，不如小侄出首。什么缘故呢？俗语说的好，'小孩儿嘴里讨实话'。小侄若到开封府举出来，叫别人再想不到这样一宗大事却是个小孩子作个硬证，此事方是千真万真，的确无疑。这是第二益。第三益却没有什么，一来为小侄的义父，二来也不枉师父教训一场。小侄儿若借着这件事也出场出场，大小留个名儿，岂不是三益么？"丁大爷、丁二爷听了，拍手大笑道："好！想不到他竟有如此的志向。"

智化道："二位贤弟且慢夸他，他因不知开封府的利害，他此时只管说，到了身临其境，见了那样的威风，又搭着问事如神的包丞相，他小孩子家有多大胆量，有多大志略？何况又有御赐铜铡，倘若话不投机，白白的送了性命，那时岂不耽误了大事。"艾虎听了，不由的双眉倒竖，二目圆翻，道："师父特把弟子看轻了！难道开封府是森罗殿不成？他纵然是森罗殿，徒弟就是上剑树，登刀山，再也不能改口，是必把忠臣义士搭救出来。又焉肯怕那个御赐的铜铡呢？"兆兰、兆蕙听了，点头咂嘴，啧啧称羡。智化道："且别说你到开封府，就是此时我问你一句，你如果答应的出来，此事便听你去；如若答应不来，你只好隐姓埋名，从此再别想出头了。"艾虎嘻嘻笑道："待徒弟跪下，你老就审，看是如何。"说罢，他就直挺挺的跪在当地。

兆兰、兆蕙见他这般光景，又是好笑，又是爱惜。只听智爷道："你员外家中犯禁之物，可是你太老爷亲身带来的么？"艾虎道："回老爷，只因三年前小的太老爷告假还乡，亲手将此物交给小人的主人。小人的主人叫小人托着收在佛楼之上，是小人亲眼见的。"智爷道："如此说来，此物在你员外家中三年了？"艾虎道："是三年多了。"智爷用手在桌上一拍，道："既是三年，你如何今日才来出首，讲！"丁家弟兄听了这一问，登时发怔，暗想道："这当如何对答呢？"只见艾虎从从容容道："回老爷，小人今年才十五岁。三年前小人十二岁，毫无知觉，并不知道知情不举的罪名。皆因我们员外犯罪在案，别人向小人说：'你提防着罢，多半要究出三年前的事来，你就是个隐匿不报的，罪要加等的；若出首了，罪还轻些。'因此小人害怕，急急赶来出首在老爷台下。"兆蕙听了，只乐得跳起来道："好对答，好对答！贤侄你起来罢，第四件是要你去定了。"丁大爷也夸道："果然的好。智大哥，你也可以放心了。"智爷道："言虽如此，且到临期再写两封信，给他也安置安置，方保无虞。如今算起来，就只第二件事不齐备，贤弟且开出个单儿来。"

丁二爷拿过笔砚，铺纸提笔。智爷念道："木车子一辆，大席篓子一个，旧布被褥大小两份，铁锅杓、黄磁大碗、粗碟家伙俱全。老头儿一名，或幼童幼女俱可，一名。外有随身旧布衣服行头三份。"丁大爷在旁看了问道："智大哥，要这些东西何用？"智爷道："实对二位贤弟说，劣兄要到东京盗取圣上的九龙珍珠冠呢。只因马朝贤他乃四执库的总管，此冠正是他管理。再者，此冠乃皇家世代相传之物，轻是动不着的。为什么又要老头儿、幼孩儿合这些东西呢？我们要扮做逃荒的模样，到东京安准了所在，劣兄探明白了四执库，盗此冠须连冠并包袱等全行盗来。似此黄澄澄的东西，如何满路上背着走呢？这就用着席篓子了。一边装上此物，上用被褥遮盖，一边叫幼女坐着，人不知不觉就回来了。故此必要有胆量，能受苦的。老头儿合那幼女，二位贤弟想想，这二人可能有么？"丁大爷已然听得呆了，丁二爷道："却有个老头儿，名叫裴福。他乃随着先父在镇时，多亏了他，又有胆量，又能受苦。只因他为人直性正气，而且当初出过力，到如今给弟等管理家务。如有不周不备，连弟等都要让他三分。此人颇可去得。"智爷道："伺候过老人家，理应容让他几分。如此说来，这老管家却使得。"丁二爷道："但有一件，若见了他，切不可提出盗冠。须将马强过恶述说一番，然后再说倪太守、欧阳兄被害，他必愤恨，那时再说出此计来，他方没有什么说的，也就乐从了。”智爷听了，满心欢喜，即吩咐伴当将裴福叫来。

不多时，见裴福来到，虽则六旬年纪，却是精神百倍。先见了智爷，后又见了大官人，又见二官人。智爷叫伴当在下首预备个座儿，务必叫他坐了。裴福谢座，便问：“呼唤老奴，有何见谕？”智爷说起马强作恶多端，欺压良善，如何霸占田地，如何抢掠妇女。裴福听了，气的他擦拳摩掌。智爷又说出倪太守私访遭害，欧阳春因搭救太守，如今被马强京控，打了挂误官司，不定性命如何。裴福听至此，便按捺不住，立起身来，对丁氏弟兄道：“二位官人终朝行侠尚义，难道侠义竟是嘴里空说的么？似这样的恶贼，何不早早除却？”二爷道：“老人家不要着急。如今智大爷定了一计，要烦老人家上东京走遭，不知可肯去否？”裴福道：“老奴也是闲在这里，何况为救忠臣义士，老奴更当效劳了。”智爷道：“必须要扮作个逃荒的样子，咱二人权作父子，还得要个小女孩儿，咱们父子祖孙三辈儿逃荒，你道如何？”裴福道：“此计虽好，只是大爷受屈，老奴不敢当。”智爷道：“这有什么呢，逢场作戏罢咧！”裴福道：“这个小女儿却也现成，就是老奴的孙女儿，名叫英姐，今年九岁，极其伶俐。久已磨着老奴要上东京逛去，莫若就带了他去。”智爷道：“很好，就是如此罢。”商议已定，定日起身。丁大爷已按着单子预备停当，俱各放在船上。待客厅备了饯行酒席，连裴福、英姐不分主仆，同桌而食。吃毕，智爷起身，丁氏弟兄送出庄外，瞧着上了船，方同艾虎回来。

智爷不辞劳苦，由松江奔至镇江，再往江宁，到了安徽，过了长江，至河南境界。弃舟登岸，找了个幽僻去处，换了行头。英姐伶俐非常，一教便会，坐在席篓之中。那边篓内装着行李卧具，挨着把的横小筐内装着家伙，额外又将铁锅扣在席篓旁边，用绳子拴好。裴福跨绊推车，智爷背绳拉纤，一路行来。到了热闹丛中，镇店集场，便将小车儿放下，智爷赶着人要钱，口内还说：“老的老，小的小，年景儿不济，实在的没有营生，你老帮帮啵。”裴福却在车子旁边一蹲，也说道：“众位爷们，可怜啵。俺们不是久惯要钱的，那不是行好呢！”英姐在车上也不闲着，故意揉着眼儿道：“怪饿的，俺两天没吃嘛儿呢。”口里虽然说着，他却偷着眼儿瞧热闹儿。真正三个人装了个活脱儿。

在路也不敢耽搁，一日到了东京。白昼间仍然乞讨，到了日落西山，便有地面上官人对裴福道：“老头子，你这车子这里搁不住吓，趁早儿推开。”裴福道：“请问太爷，俺往那里推吓？”官人道：“我管你吓，你爱往那里推就往那里推。”旁边一人道：“何苦吓，那不是行好呢！叫他推到黄亭上去罢，那里也僻静，也不碍事。”便对裴福道：“老头子，你瞧那不是鼓楼么，过了鼓楼，有个琉璃瓦的黄亭子，那里去好。”裴福谢了。智爷此时还赶着要钱，裴福叫道：“俺的儿吓，你不用跑了，咱走罢。”智爷止步问道：“爹爹吓，咱往那去？”裴福道：“没有听见那位太爷说呀，咱上黄亭子那行行儿去。”智爷听了，将纤绳背在肩头，拉着往北而来。走不多时，到了鼓楼，果见那边有个黄亭子，便将车子放下。将英姐抱下来，也教他跑跑，活动活动。此时天已昏黑,又将被褥拿下来,就在黄亭子台阶上铺下。英姐困了,叫他先睡。智爷与裴福那里睡的着,一个是心中有事,一个有了年纪。到了夜静更深,裴福悄悄问道:"大爷,今已来至此地,可有什么主意?"智爷道:"今日且过一夜,明日看个机会,晚间俺就探听一番。"正说着,只听那边当当当锣声响亮,原来是巡更的二人,智爷与裴福便不言语。只听巡更的道:"那边是什么?那里来的小车子?"又听有人说道:"你忘了,这就是昨日那个逃荒的,地面上张头儿叫他们在这里。"说着话,打着锣往那边去了。智爷见他们去了,又在席篓里面揭开底屉,拿出些细软饮食,与裴福二人吃了,方和衣而卧。

到了次日,红日尚未东升,见一群人肩头担着铁锨、锄头,又有抬着大筐、绳杠,说说笑笑顺着黄亭子而来。他便迎了上去道:"行个好罢,太爷们舍个钱罢。"其中就有人发话道:"大清早起,也不睁开眼瞧瞧,我们是有钱的吗?我们还不知合谁要钱呢。"又有人说:"这样一个小伙子,什么干不得,却手背朝下合人要钱,也是个没出息的。"又听有人说道:"倒不是没出息儿,只因他叫老的老小的小累赘了。你瞧他这个身量儿,管保有一膀子好活。等我和他商量商量。"

你道这个说话的是谁?且听下回分解。

第八十回 假做工御河挖泥土 认方向高树捉猴狲

话说智爷正向众人讨钱,有人向他说话,乃是个工头。此人姓王,行大。因前日他曾见过有逃难的小车,恰好做活的人不够用,抓一个是一个,便对智爷道:"伙计,你姓什么?"智爷道:"俺姓王,行二。你老贵姓?"王大道:"好,咱们是当家子,我也姓王。有一句话对你说,如今紫禁城内挖御河,我瞧你这个样儿怪可怜的,何不跟了我去做活呢?一天三顿饭,额外还有六十钱。有一天,算一天。你愿意不愿意?"智爷心中暗喜,尚未答言,只见裴福过来道:"敢则好,什么钱不钱的,只要叫俺的儿吃饱了就完了。"王大把裴福瞧了瞧,问智爷道:"这是谁?"智爷道:"俺爹。"王大道:"算了罢,算了罢。你不用说了,我的怯哥哥。"对着裴福道:"告诉你,皇上家不使白头工,这六十钱必是有的。你若愿意,叫你儿子去。"智爷道:"爹吓,你老怎么样呢?"裴福道:"你只管干你的去,身去口去,俺与小孙女哀求哀求,也就够吃的了。"王大道:"你只管放心。大约你吃饱了,把那六十钱拿回来,买点子饽饽、饼子,也就够他们爷儿俩吃的了。"智爷道:"就是这们着。咱就走。"王大便带了他,奔紫禁城而来。

一路上,这些做工的人欺侮他是怯坎儿,这个叫:"王第二的!"智爷道:"怎么?"这个说:"你替我扛着这六把锹。"智爷道:"使得。"接过来,扛在肩头。那个叫:"王第二的!"智爷道:"怎么?"那个说:"你替我扛着这五把镢头。"智爷道:"使得。”接过来也扛在肩头。大家捉呆子,你也叫扛,我也叫扛,不多时,智爷的两肩头犹如铁锹镢头山一般。王大猛然回头一看,发话道:“你们这是怎么说呢?我好容易找了个人来,你们就欺侮。赶到明儿你们挤跑了他,这图什么呢?也没见王第二的你这么傻,这堆的把脑袋都夹起来了,这是什么样儿呢?”智爷道:“扛扛罢咧,怕咱的!”说的众人都笑了,才各自把各自的家伙拿去。

一时来到紫禁门,王头儿递了腰牌,注了人数,按名点进。到了御河,大家按档儿做活。智爷拿了一把铁锹,撮的比人多,掷的比人远,而且又快。旁边做活的道:“王第二的!”智爷道:“什么?”旁边人道:“你这活计不是这么做。”智爷道:“怎么?挖的浅咧?做的慢咧?”旁边人道:“这还浅?你一锹,我两锹也不能那样深。你瞧你挖了多大一片,我才挖了这一点儿。俗语说的:‘皇上家的工,慢慢儿的蹭。’你要这们做,还能吃的长么?”智爷道:“做的慢了,他们给饭吃吗?”旁边人道:“都是一样,慢了,他能不给谁吃呢?”智爷道:“既是这样,俺就慢慢的。”旁边人道:“是了。来罢,你先帮着我撮撮啵。”智爷道:“俺就替你撮撮。”哈下腰,替那人正撮时,只见王头儿叫道:“王第二的!”智爷道:“怎么?”王大道:“上来罢,吃饭了。你难道没听见梆子响吗?”智爷道:“没大理会,怎么刚做活就吃饭咧?”王大道:“我告诉你,每逢梆子响,是吃饭;若吃完了,一筛锣,就该做活了。天天如此,顿顿如此。”智爷道:“是了,俺知道了。”王大带到吃饭的所在,叫他拿碗盛饭。智爷果然盛了饭,大口小口的吃了个喷鼻儿香。细想,智爷他乃公子出身,如何吃过这样的粗粝淡饭,做过这样的辛苦活计?只因他为了忠臣义士乔装至此,也就说不得了。再者,有造化之人,自有另外的福气。虽然是粗粝淡饭,他吃着也如同珍馐美味。王大在旁见他尽吃空饭,便告诉他道:“王第二的,你怎么不吃咸菜呢?”智爷道:“怎么还吃那行行儿,不刨工钱吓?”王大道:“你只管吃,那不是卖的。”智爷道:“俺知不道呢,敢则也是白吃的,哼!”有咸菜吃的更香,一天三顿,皆是如此。

到晚散工时,王头儿在紫禁门按名点数出来,一人给钱一份。智化随着众人回到黄亭子,拿着六十钱见了裴福道:“爹吓,俺回来了。给你这个,短三天就是二百钱。”裴福道:“吃了三顿饭,还得钱,真是造化咧。”王头道:“明早我还从此过,你仍跟了我去。”智爷道:“是咧。”裴福道:“叫你老分心,你老行好得好罢。”王头道:“好说,好说。”回身去了。智爷又问道:“今日如何乞讨?”裴福告诉他:“今日比昨日容易多了。见你不在跟前,都可怜我们,施舍的多。”彼此欢喜。到了无人之时,又悄悄计议说:“这一做工,倒合了机会。只要探明了四执库,便可动手了。”

一宿晚景已过,到了次日,又随着进内做活。到了吃晌饭时,吃完了,略略歇息。只听人声一阵一阵的喧哗,智化不知为着何事,左右留神。只见那边有一群人,都仰面望上观瞧。智爷也凑了过去,仰面一看,原来树上有个小猴儿,项带锁链,在树上跳跃。又见有两个内相公公,急的只是搓手道:“可怎么好。算了罢,不用只是笑了。你们只顾大声小气的嚷,嚷的里头听见了,叫咱家担不是,叫主子瞧见了,那才是个大乱儿呢。这可怎么好呢?”智爷瞧着,不由的顺口儿说道:“那值嘛呢,上去就拿下来了。”内相听了,刚要说话,只见王头儿道:“王第二的,你别呀。

你就只做你的活就完咧,多管什么闲事呢!你上去万一拿跑了呢,再者倘或摔了那里呢,全不是顽的。”刚说至此,只听内相道:“王头儿,你也别呀。咱家待你洒好儿的。这个伙计他既说能上去拿下来,这有什么呢,难道咱家还难为他不成!你要是这么着,你这头儿也就提防着罢。”王头儿道:“老爷别怪我。我惟恐他不能拿下来,那时拿跑了,倒耽误事。”内相道:“跑了就跑了,也不与你相干。”王头儿道:“是了老爷,你老只管支使他罢,我不管了。”内相对智化道:“伙计,咱家托付你,上树给咱家拿下来罢。”智爷道:“俺不会上树吓。”内相回头对王头儿道:“如何?全是你闹的,他立刻不会上树咧!今晚上散工时,你这些家伙别想拿出去咧!”王头儿听了着急,连忙对智爷道:“王第二的,你能上树你上去给他老拿拿罢,不然晚上我的铁锹、镢头不定丢多少,我怎么交的下去呢!”智爷道:“俺先说下,上去不定拿的住拿不住,你老不要见怪。”内相说:“你只管上去,跑了也不怪你。”

智爷原因挖河,光着脚儿穿着双大曳拔靸鞋。来到树下,将靸鞋脱下,光着脚儿,双手一搂树本,把两腿一蜷,哧哧哧,犹如上面的猴子一般。谁知树上的猴子见有人上来,他连蹿带跳已到树杪之上。智爷且不管他,找了个大杈桠坐下,明是歇息,却暗暗的四下里看了方向。众人不知用意,却说道:“这可难拿了,那猴儿蹲的树枝儿多细儿,如何禁得住人呢?”王头儿捏着两把汗,又怕拿不住猴儿,又怕王第二的有失闪,连忙拦说:“众位瞧就是了,莫乱说,越说他在上头越不得劲儿。”拦之再三,众人方哑静了。智爷在上面见猴子蹲在树梢,他却端详,见有个斜槎桠,他便奔到斜枝上面。那树枝儿连身子乱晃,众人下面瞧着个个耽惊。只见智爷喘息了喘息,等树枝儿稳住,他将脚丫儿慢慢的一抬,够着搭拉的锁链儿,将趾头一扎煞,拢住锁链。又把头上的毡帽摘下来,做个兜儿。脚趾一蜷,往下一沉,猴子在上面蹲不住,咭噌咭噌一阵乱叫,掉将下来。他把毡帽一接,猴儿正掉在毡帽里面。连忙将毡帽檐儿一摺,就用锁链捆好,衔在口内,两手倒把顺流而下,毫不费力。众人无不喝彩。

智爷将猴儿交与内相,内相眉开眼笑道:“叫你受乏了,你贵姓吓?”智爷道:“俺姓王,行二。”内相回手在兜肚内掏出两个一两重的小元宝儿,递与智爷道:“给你这个,你别嫌轻,喝碗茶罢。”智爷接过来一看,道:“这是嘛行行儿?”王头道:“这是银锞儿。”智爷道:“要他干嘛耶?”王头儿道:“这个换得出钱来。”智爷道:“怎么,这铅块块儿也换的出钱来?”内相听了笑道:“真是怯条子。那不是铅,是银子,那值好儿吊钱呢。”又对王头儿道:“咱家看他真诚实,明日头儿给他找个轻松档儿,咱家还要单敬你一杯呢。”王头儿道:“老爷吩咐,小人焉敢不遵,何用赏酒呢。”内相道:“说给你酒喝,咱家再不撒谎。你可不许分他的。”王头道:“小人不至于那么下作,他登高爬梯,耽惊受怕的得的赏,小人也忍得分他的?”内相点了点头,抱着猴子去了。这里众人仍然做活。

到了散工,王头同他到了黄亭子,把得银之事对裴福说了。裴福欢天喜地,千恩万谢。智化又装傻道:“爹吓,咱有了银子咧,治他二亩地,盖他几间房子,买他两只牛咧。”王头儿忙拦住道:“够了,够了。算了罢,你这二两来的银子,干不了这些事。怎么好呢,没见过世面。治二亩地、几间房子,还要买牛咧、买驴的,统共拢儿够买个草驴旦子的。尽搅么!明日我还是一早来找你。"智爷道:"是了,俺在这里恭候。"王头道:"是不是,刚吃了两天饱饭,有了二两银子的家当儿,立刻就撇起京腔来了,你又恭候咧!"说笑着就去了。

到了次日,一同进城。智爷仍然拿了铁锹,要做活去。王头道:"王第二的,你且搁下那个。"智爷道:"怎么,你不叫俺弄了?"王头道:"这是什么话,谁不叫你弄了?连前儿个,我吃了你两三个乌涂的了。你这里来看堆儿罢。"智爷道:"俺看着这个不做活,也给饭吃耶?"王头道:"照旧吃饭,仍然给钱。"智爷道:"这倒好了,任嘛儿不干,吃饱了竟蹲膘,还给钱儿。这倒是钟鼓楼上雀儿,成了乐鸽子了。"王头道:"是不是,又闹起怯燕儿孤来了。我告诉你说,这是轻松档儿,省得内相老爷来了……"刚说至此,只见他又悄悄的道:"来了,来了。"早见那边来的恰是昨日的小内相,捧着一个金丝累就、上面嵌着宝石蟠桃式的小盒子,笑嘻嘻的道:"王老二,你来了吗?"智爷道:"早就来了。"内相道:"今日什么档儿?"智爷道:"叫俺看看堆儿。"内相道:"这就是了。我们老爷怕你还做活,一来叫我瞧瞧,二来给你送点心,你自尝尝。"智爷接过盒子道:"这挺硬的,怎么吃耶?"内相哈哈笑道:"你真呕人!你到底打开呀,谁叫你吃盒子呢?"智爷方打开盒子,见里面皆是细巧炸食。拿起来掂了掂,又闻了闻,仍然放在盒内,动也不动,将盒盖儿盖上。内相道:"你为什么不吃呢?"智爷道:"咱有爹,这样好东西,俺拿回去给咱爹吃去。"内相此时听了,笑着点头儿道:"咱爹不咱爹的,倒不挑你。你是好的,倒有孝心。既是这样,连盒子先搁着,少时咱家再来取。"

到了午间,只见昨日丢猴儿的内相带着送吃食的小内相,二人一同前来。王头看见,连忙迎上来。内相道:"王头儿,难为你。咱家听说你叫王第二的看堆儿,很好。来,给你这个。"王头儿接来一看,也是两个小元宝儿。王头儿道:"这有什么呢,又叫老爷费心。"连忙谢了。内相道:"什么话呢,说给你喝,焉有空口说白话的呢。王第二的呢?"王头儿道:"他在那里看堆儿呢。"连忙叫道:"王第二的!"智爷道:"做嘛耶,俺这里看堆儿呢。"王头儿道:"你这里来罢,那些东西不用看着,丢不了。"智爷过来,内相道:"听说你很有孝心,早起那个盒子呢?"智爷道:"在那里放着没动呢。"内相道:"你拿来,跟了我去。"

智爷到那里拿了盒子,随着内相到了金水桥上。只听内相道:"咱家姓张。见你洒好的,咱家给你装了一匣子小炸食,你拿回去给你爹吃。你把盒子里的吃了罢。"小内相打开盒子,叫他拿衣襟兜着吃。智爷一壁吃,一壁说道:"好个大庙,盖的虽好,就只门口儿短个戏台。"内相听了,笑的前仰后合道:"你呀,怯的都不怯了。难道你在乡下,就没听见说过皇宫内院吗?竟会拿着这个当大庙?要是大庙,岂止短戏台,难道门口儿就不立旗杆吗?"智爷道:"那边不是旗杆吗?"内相笑道:"那是忠烈祠合双义祠的旗杆。"智爷道:"这个大殿呢?"内相道:"那是修文殿。"智爷道:"那后稿阁呢?"内相笑道:"什么后稿阁呢,那是耀武楼。"智爷道:"那边又是嘛去处呢?"内相道:"我告诉你,那边是宝藏库,这是四执库。"智爷道:"这是四直库?”内相说:“哦。”智爷道:“俺瞧着这房子全是盖的四直吓,并无有歪的呀,怎么单说他四直呢?”内相笑道:“那是库的名儿,不是盖的四直。你瞧,那边是缎匹库,这边是筹备库。”智爷暗暗将方向记明,又故意的说道:“这些房子盖的虽好,就只短了一样儿。”内相道:“短什么?”智爷道:“各房上全没有烟筒,是不是?”内相听了,笑了个不了,道:“你真呕死人,笑的我肚肠子都断了。你快拿了匣子去罢,咱家也要进宫去了。”智爷见内相去后,他细细的端详了一番,方携了匣子回来。

到了晚间散工,来至黄亭子,见了裴福,又是欢喜,又是担惊。及至天交二鼓,智爷扎缚停当,带了百宝囊,别了裴福,一直竟奔内苑而来。

不知后文如何,且听下回分解。

第八十一回 盗御冠交托丁兆蕙 拦相轿出首马朝贤

且说黑妖狐来至皇城,用如意绦越过皇墙,已至内围。他便施展生平武艺,走壁飞檐。此非寻常房舍墙垣可比:墙呢是高的,房子是大的,到处一层层皆是殿阁,琉璃瓦盖成,脚下是滑的。并且各所在皆有上值之人,要略有响动,那是顽的吗?好智化,轻移健步,跃脊蹿房,所过处皆留暗记,以便归路熟识。飕飕飕,一直来到四执库的后坡。数了数瓦垄,便将瓦揭开,按次序排好;把灰土扒在旁边。到了锡被,四围用利刃划开,望板也是照旧排好,早已露出了椽子来。又在百宝囊中取出连环锯,斜岔儿锯了两根,将锯收起。用如意绦上的如意钩搭住,手握丝绦,刚捯了两三把,到了天花板。揭起一块,顺流而下。脚踏实地,用脚尖滑步而行,惟恐看出脚印儿来。

刚要动手,只见墙那边墙头露出灯光,跳下人来道:“在这里,有了。”智爷暗说不好,急奔前面坎墙,贴伏身体,留神细听。外边却又说道:“有了三个了。”智化暗道:“这是找什么呢?”忽又听说道:“六个都有了。”复又上了墙头,越墙去了。原来是隔壁值宿之人,大家掷骰子,耍急了,隔墙儿把骰子扔过来了。后来说合了,大家圆场儿,故此打了灯笼跳过墙来找。“有了三个”,又“六个全有了”,说的是骰子。

且言智爷见那人上墙过去了,方引着火扇一照,见一溜朱红槅子上面有门儿,俱各粘贴封皮,锁着镀金锁头。每门上俱有号头,写着“天字一号”就是九龙冠。即伸手掏出一个小皮壶儿,里面盛着烧酒,将封皮洇湿了,慢慢揭下。又摸着锁头儿,锁门是个工字儿的,即从囊中取出一都噜配好的钥匙,将锁轻轻开开。轻启朱门,见有黄包袱包定冠盒,上面还有象牙牌子,写着“天字第一号九龙冠一顶”,并有“臣某跪进”。也不细看,智爷兢兢业业请出,将包袱挽手打开,把盒子顶在头上,两边挽手往自己下巴底下一勒,紧了个结实。然后将朱门闭好,上了锁。恐有手印,又用袖子擦擦。回手百宝囊中取出油纸包儿里面糨子,仍把封皮粘妥,用手按按。复用火扇照了一照，再无形迹。脚下却又滑了几步，弥缝脚踪，方拢了如意绦，倒扒而上。到了天花板上，单手拢绦，脚下绊住，探身将天花板放下安稳。翻身上了后坡，立住脚步，将如意绦收起。安放斜岔儿椽子，抹了油腻子，丝毫不错；搭了望板，盖上锡被，将灰土俱各按垄堆好，挨次儿稳了瓦。又从怀中取出小条帚扫了一扫灰土，纹丝儿也是不露。收什已毕，离了四执库，按旧路归来，到处取了暗记儿。此时已五鼓天了。

他只顾在这里盗冠，把个裴福急的坐立不安，心内胡思乱想。由三更盼到四更，自四更盼到五更，盼的老眼欲花。好容易见那边影影绰绰似有人影，忽听锣声震耳，偏偏巡更的来了。裴福唬的胆裂魂飞。只见那边黑影一蹲，却不动了。巡更的问道："那是什么人？"裴福忙插口道："那是俺的儿子出恭呢，你老歇歇去罢。"更夫道："巡逻要紧，不得工夫。"当当当打着五更，往北去了。裴福赶上一步，智爷过来道："巧极了，巡更的又来了，险些儿误了大事！"说罢，急急解下冠盒。裴福将席篓子底屉儿揭开，智化安放妥当，盖好了屉子。自己脱了夜行衣，包裹好了，收藏起来，上面用棉被褥盖严。此时，英姐尚在睡熟未醒。裴福悄悄问道："如何盗冠？"智化一一说了，把个裴福唬的半天做声不得。智爷道："功已成了，你老人家该装病了！"到了天明，王头儿来时，智化假意悲啼，说："俺爹昨夜偶然得病，闹了一夜，不省人事，俺只得急急回去。"王头儿无奈，只得由他。英姐不知就里，只当他祖父是真病呢，他却当真哭起来了。智爷推着车子，英姐跟步而行，哭哭啼啼，一路上有知道他们是逃荒的，无不嗟叹。出了城门，到了无人之处，智化将裴福唤起，把英姐抱上车去，背起绳绊，急急赶路。离了河南，到了长江，乘上船一帆风顺。

一日来到镇江口，正要换船之时，只见那边有一只大船，出来了三人，却是兆兰、兆蕙、艾虎。彼此见了俱各欢喜，连忙将小车搭跳上船，智爷等也上了大船。到了舱中，换了衣服，大家就座。双侠便问："事体如何？"智爷说明原委，甚是畅快。趁着顺风，一日到了本府。在停泊之处下船，自有庄丁、伴当接待，推小车一同进庄。来至待客厅，将席篓搭下来安放妥当，自然是饮酒接风。智化又问丁二爷如何将冠送去，兆蕙道："小弟已备下钱粮筐了，一头是冠，一头是香烛、钱粮，又洁净，又灵便，就说奉母命天竺进香。兄长以为何如？"智爷道："好。但不知在何处居住？"二爷道："现有周老儿名叫周增，他就在天竺开设茶楼，小弟素来与他熟识，且待他有好处。他那里楼上极其幽雅，颇可安身。"智爷听了，甚为放心。饮酒吃饭之后，到了夜静更深，左右无人，方将九龙珍珠冠请出供上，大家行了礼，才打开瞻仰了瞻仰。此冠乃赤金累龙，明珠镶嵌。上面有九条金龙，前后卧龙，左右行龙，顶上有四条搅尾龙捧着一个团龙。周围珍珠不计其数，单有九颗大珠，晶莹焕发，光芒四射。再衬着赤金明亮，闪闪灼灼，令人不能注目。大家无不赞扬，真乃稀奇之宝。好好包裹了，放在钱粮筐内，遮盖严密。到了五鼓，丁二爷带了伴当，离了茉花村，竟奔中天竺而去。

迟不几日回来，大家迎至厅上，细问其详。丁二爷道："到了中天竺，就在周老茶楼居住。白日进了香，到了晚间托言身体乏困，早早上楼安歇。周老惟恐惊醒于我，再也不敢上楼，因此趁空儿到了马强家中。佛楼之上果有极大的佛龛三座，我将宝冠放在中间佛龛左边槅扇的后面，仍然放下黄缎佛帘，人人不能理会。安放妥当，回到周家楼上，已交五鼓。我便假装起病来，叫伴当收拾起身。周老那里肯放，务必赶作羹汤、暖酒。他又拿出四百两银子来，要归还原银，我也没要，急急的赶回来了。"大家听了，欢喜非常。惟有智爷瞅着艾虎，一语不发。

但见小爷从从容容说道："丁二叔既将宝冠放妥，侄儿就要起身了。"兆兰、兆蕙听了此言，倒替艾虎为难，也就一语不发。只听智化道："艾虎吓，我的儿！此事全为忠臣义士起见，我与你丁二叔方涉深行险，好容易将此事做成。你若到了东京，口齿中稍有含糊，不但前功尽弃，只怕忠臣义士的性命也就难保了。"丁氏弟兄极口答道："智大哥此话是极，贤侄你要斟酌。"艾虎道："师父与二位叔父但请放心。小侄此去，此头可断，此志不可回！此事再无不成之理。"智爷道："但愿你如此。这有书信一封，你拿去找着你白五叔，自有安置照应。"小侠接了书信，揣在里衣之内，提了包裹，拜别智爷与丁大爷、丁二爷。他三人见他小小孩童干此关系重大之事，又是耽心，又是爱惜，不由的送出庄外。艾虎道："师父与二位叔父不必远送，艾虎就此拜别了。"智化又嘱咐道："御冠在佛龛中间左边槅扇的后面，要记明了。"艾虎答应，背上包裹，头也不回，扬长去了。请看艾虎如此的光景，岂是十五岁的小儿？差不多有年纪的，也就甘拜下风！他人儿虽小，胆子极大，而且机变、谋略俱有。这正是"有智不在年高，无智空活百岁"。

这艾虎在路行程，不过是饥餐渴饮。一日来到开封府，进了城门，且不去找白玉堂，他却先奔开封府署，要瞧瞧是什么样儿。不想刚到衙门前，只见那边喝道之声，驱逐闲人，说太师来了。艾虎暗道："巧咧，我何不迎将上去呢？"趁着忙乱之际，见头踏已过，大轿看看切近，他却从人丛中钻出来，迎轿跪倒，口呼："冤枉吓，相爷，冤枉！"包公在轿内见一个小孩子拦轿鸣冤，吩咐带进衙门。"哦。"左右答应一声，上来了四名差役，将艾虎拢住，道："你这小孩子淘气的很，开封府也是你戏耍的么？"艾虎道："众位别说这个话。我不是顽来了，我真要告状。"张龙上前道："不要惊唬于他。"问艾虎道："你姓什么？今年多大了？"艾虎一一说了。张龙道："你状告何人？为着何事？"艾虎道："大叔，你老不必深问。只求你老带我见了相爷，我自有话回禀。"张龙听了此言，暗道："这小孩子竟有些意思。"

忽听里面传出话来："带那小孩子。"张龙道："快些走罢，相爷升了堂了。"艾虎随着张龙到了角门，报了名，将他带至丹墀上，当堂跪倒。艾虎偷眼往上观瞧，见包公端然正座，不怒自威；两旁罗列衙役，甚是严肃，真如森罗殿一般。只听包公问道："那小孩子姓甚名谁，状告何人，诉上来。"艾虎道："小人名叫艾虎，今年十五岁，乃马员外马强的家奴。"包公听说马强的家奴，便问道："你到此何事？"艾虎道："小人特为出首一件事。小人却不知道什么叫出首。只因这宗事小人知情，听见人说知情不举，罪加一等。故此小人前来，在相爷跟前言语一声儿，就完了小人的事了。"包公道："慢慢讲来。"艾虎道："只因三年前我们太老爷告假还乡……"包公道："你家太老爷是谁？"艾虎伸出四指道："就是四指库的总管马朝贤，他是我们员外的叔叔。”包公听了暗想道：“必是四执库总管马朝贤了，小孩子不懂得四执，拿着当了四指库。”又问道：“告假还乡，怎么样了？”艾虎道：“小人的太老爷坐着轿，到了家中，抬至大厅之上，下了轿就叫左右回避了。那时小人跟着员外，以为是个小孩子，却不避讳。只见我们太老爷从轿内捧出个黄龙包袱来，对着小人的员外悄悄说道：‘这是圣上九龙冠，咱家顺便带来，你好好的供在佛楼之上。将来襄阳王爷举事，就把此冠呈献。千万不可泄露。’我家员外就接过来了，叫小人托着。小人端着沉甸甸的，跟了员外上了佛楼。我们员外就放在中间佛龛的左边槅扇后面了。”包公听了暗暗吃惊，连两旁的衙役无不骇然。

只听包公问道：“后来便怎么样？”艾虎道：“后来也不怎么样。一来二去，我也大些了，常听见人说‘知情不举，罪加一等’，小人也不理会。后来又有人知道了，却向小人打听，小人也就告诉他们。他们都说：‘没事便罢，若有了事，你就是知情不举！’到了新近，小人的员外拿进京来，就有人和小人说：‘你提防着罢，员外这一到京，若把三年前的事儿叨登出来，你就是隐匿不报的罪名！’小人听了害怕，比不得三年前人事不知、天日不懂的，如今也觉明白些了。越想越不是顽的，因此小人赶至京中。小人却不是出首，止于把此事说明了，就与小人不相干了。”包公听毕，忖度了一番，猛然将惊堂木一拍，道：“我把你这狗才，你受了何人主使，竟敢在本阁跟前陷害朝中总管与你家主人，是何道理？还不与我从实招上来！”左右齐声吆喝道：“快说，快说！”

未知艾虎如何答对，且听下回分解。

第八十二回 试御刑小侠经初审 遵钦命内宦会五堂

且说艾虎听包公问他是何人主使，心中暗道：“好利害！怪道人人说包相爷断事如神，果然不差。”他却故意惊慌道：“没有什么说的。这倒为了难了：不报罢，又怕罪加一等；报了罢，又说被人主使。要不就算没有这宗事，等着我们员外说了，我再呈报如何？”说罢站起身来就要下堂。两边衙役见他小孩子不懂官事，连忙喝道：“转来，转来！跪下，跪下！”艾虎复又跪倒。包公冷笑道：“我看你虽是年幼顽童，眼光却是诡诈。你可晓得本阁的规矩么？”艾虎听了，暗暗打个冷战道：“小人不知什么规矩。”包公道：“本阁有条例，每逢以下犯上者，俱要将四肢铡去。如今你既出首你家主人，犯了本阁的规矩，理宜铡去四肢。来哦，请御刑。”只听两旁发一声喊，王、马、张、赵将狗头铡抬来，撂在当堂，抖去龙袱。只见黄澄澄、冷森森一口铜铡，放在艾虎面前。小侠看了，虽则心惊，暗暗自己叫着自己：“艾虎吓，艾虎，你为救忠臣义士而来，慢说铡去四肢，纵然腰断两截，只要成了名，千万不可露出马脚来！”忽听包公问道：“你还不说实话么？”艾虎故意颤巍巍的道：“小人实实害怕，惟

恐罪加一等,不得已呈诉吓。相爷呀!"包公命去鞋袜。张龙、赵虎上前,左右一声呐喊,将艾虎丢翻在地,脱去鞋袜。张、赵将艾虎托起,双足入了铡口。王朝掌住铡刀,手拢鬼头靶,面对包公,只等相爷一摆手,刀往下落,不过咯吱一声,艾虎的脚丫儿就结了。张龙、赵虎一边一个架着艾虎,马汉提了艾虎的头发,面向包公。包公问道:"艾虎,你受何人主使,还不快招么?"艾虎故意哀哀的道:"小人就知害怕,实实没有什么主使的。相爷不信,差人去取珠冠,如若没有,小人情甘认罪。"包公点头道:"且将他放下来。"马汉松了头发,张、赵二人连忙将他往前一搭,双足离了铡口。王朝、马汉将御刑抬过一边。此时慢说艾虎心内落实,就是四义士等无不替艾虎徼幸的。

包公又问道:"艾虎,现今这顶御冠还在你家主佛楼之上么?"艾虎道:"现在佛楼之上。回相爷,不是玉冠,小人的太老爷说是九龙珍珠冠。"包公问实了,便吩咐将艾虎带下去。该值的听了,即将艾虎带下堂来。早有禁子郝头儿接下差使,领艾虎到了监中单间屋里,道:"少爷,你老这里坐罢,待我取茶去。"少时,取了新泡的盖碗茶来。艾虎暗道:"他们这等光景,别是要想钱罢?怎么打着官司的称呼少爷,还喝这样的好茶?这是什么意思呢?"只见郝头儿悄悄与伙计说了几句话,登时摆上菜蔬,又是酒,又是点心,并且亲自殷勤斟酒,闹的艾虎反倒不得主意了。忽听外面有人嗤嗤的声音,郝头儿连忙迎了出来,请安道:"小人已安置了少爷,又孝敬了一桌酒饭。"又听那位官长说道:"好,难为你了。赏你十两银子,明日到我下处去取。"郝头儿叩头谢了赏。只听那位官长吩咐道:"你在外面照看,我合你少爷有句话说,呼唤时方许进来。"郝禁子连连答应,转身在监口拦人。凡有来的,他将五指一伸,努努嘴,摆摆手,那人见了,急急退去。

你道此位官长是谁?就是玉堂白五爷。只因听说有个小孩子告状,他便连忙跑到公堂之上,细细一看,认得是艾虎,暗暗道:"他到此何事?"后来听他说出原由,惊骇非常。又暗暗揣度了一番,竟是为倪太守、欧阳兄而来,不由的心中踌躇道："这样一宗大事，如何搁在小孩子身上呢？"忽听公座上包公发怒说："请御刑。"白五爷只急的搓手，暗道："完了，完了！这可怎么好？"自己又不敢上前，惟有两眼直勾勾瞅着艾虎。及至艾虎一口咬定，毫无更改，白五爷又暗暗夸奖道："好孩子，真是强将手下无弱兵。这要是从铡口里爬出来，方是男儿。"后来见包公放下艾虎，准了词状，只乐得心花俱开，便从堂上溜了下来。见了郝禁子，嘱咐道："堂上鸣冤的是我的侄儿，少时下来，你要好好照应。"郝禁子那敢怠慢，故此以"少爷"称呼，伺候茶水酒饭，知道白五爷必来探监，为的是当好差使，又可于中取利。果然，白五爷来了就赏了十两银子，叫他在外瞭望，五爷便进了单屋。

艾虎抬头见是白玉堂，连忙上前参见。五爷悄悄道："贤侄，你好大胆，竟敢在开封府弄玄虚，这还了得！我且问你，这是何人主意？因何贤侄不先来见我呢？"艾虎见问，将始末情由述了一遍，道："侄儿临来时，我师父原给了一封信，叫侄儿找白五叔。侄儿一想，一来恐事不密，露了形迹；二来可巧遇见相爷下朝，因此侄儿就喊了冤了。"说着话，将书信从里衣内取出递与玉堂。玉堂接来拆看，无非托他暗中调停，不叫艾虎吃亏之意。将书看毕，暗自忖道："这明是艾虎自逞胆量，不肯先投书信，可见高傲，将来竟自不可限量呢。"便对艾虎道："如今紧要关隘已过，也就可以放心了。方才我听说你的口供打了摺底，相爷明早就要启奏了，且看旨意如何再做道理。你吃了饭不曾？"艾虎道："饭倒不消，就只酒……"说至此便不言语。白五爷问道："怎么，没有酒？"艾虎道："有酒。那点点儿，刚喝了五六碗就没了。"白玉堂听了，暗道："这孩子敢则爱喝，其实五六碗也不为少。"便唤道："郝头儿呢？"只听外面答应，连忙进来。五爷道："再取一瓶酒来。"郝禁子答应去了。白五爷又嘱咐道："少时酒来，撙节而饮，不可过于贪杯。知道明日是什么旨意呢？你也要留神提防着。"艾虎道："五叔说的是，侄儿再喝这一瓶就不喝了。"白玉堂也笑了。郝头儿取了酒来，白五爷又嘱咐了一番方才去了。

果然，次日包相将此事递了奏摺。仁宗看了，将摺留住细细揣度。偶然想起："兵部尚书金辉曾具摺二次，说朕的皇叔有谋反之意，是朕一时之怒，将他贬谪。如何今日包卿摺内又有此说呢？事有可疑。"即宣都堂陈林，密旨派往稽查四执库。老伴伴领旨，带令手下人等，传了马朝贤，宣了圣旨。马朝贤不知为着何事，见是都堂奉钦命而来，敢不懔遵？只得随往，一同上库验了封，开了库门，就从朱槅"天字一号"查起。揭开封皮，开了锁，拉开朱门一看：罢咧，却是空的！陈公公问道："这九龙珍珠冠那里去了？"谁知马朝贤见没了此冠，已然唬的面目焦黄，如今见都堂一问，那里还答应的上来，张着嘴，瞪着眼，半晌说了一句："不、不、不知道。"陈公公见他神色惊慌，便道："本堂奉旨查库者，就是为查此冠。如今此冠既已不见，本堂只好回奏，且听旨意便了。"回头吩咐道："孩儿们，把马总管好好看起来。"陈公公即时复奏。圣上大怒，即将总管马朝贤拿问，就派都堂审讯。陈公公奏道："现有马朝贤之侄马强在大理寺审讯，马朝贤既然监守自盗，他侄儿马强必然知情，理应归大理寺质对。"天子准奏，将原摺并马朝贤俱交大理寺。天子传旨之后，恐其中另有情弊，又特派刑部尚书杜文辉、都察院总宪范仲禹、枢密院掌院颜查散，会同大理寺文彦博，隔别严加审讯。

此旨一下，各部院堂官俱赴大理寺，惟有枢密院颜查散颜大人刚要上轿，只见虞候手内拿一字柬回道："白五老爷派人送来，请大人即开。"颜查散接过拆阅，原来是白玉堂托付照应艾虎。颜大人道："是了，我知道了，叫来人回去罢。"虞候传出话去。颜大人暗暗想道："此系奉旨交审的案件，难以徇情，只好临期看机会便了。"上轿来至大理寺。众位堂官会了齐，大家俱看了原摺，方知马朝贤监守白盗，其中有襄阳王谋为不轨的话头，个个骇目惊心。彼此计议，范仲禹道："少时都堂到来，固然先问这小孩子。真伪莫辨，莫若如此如此，先试探他一番如何？"大家深以为然。又都向文大人问了问马强一案审的如何，文大人道："这马强强梁霸道，俱已招承，惟独一口咬定倪太守结连大盗，抢掠他的家私一节。已将北侠欧阳春拿到，原来是个侠客义士，倪太守多亏他救出。至于抢掠之事，概不知情，坚不承认。下官问过几堂，见他为人正直，言语豪爽，绝非劫掠大盗。下官已派人暗暗访查去了。如今既有艾虎，他是马强家奴，他家被劫，他自然知道的，此事也可以问他。"大家称是。

忽见禀道："都堂到了。"众大人迎至丹墀，只见陈公公下轿抢行几步，与众位大人见了，说道："众位大人早到了，恕咱家来迟。只因圣上为此震怒，懒进饮食，还是我宛转进谏，圣上方才进膳。咱家伺候膳毕，急急赶到，所以来迟。"彼此到了公堂之上，见设着五堂公位，大家挨次而坐。陈公公道："众位大人还没有问问吗？"众人道："专等都堂到来，我等已计议了一番。"便将方才商酌的话说了。陈公公道："众位大人高见不差。很好，就是如此罢。"吩咐先带艾虎。左右一声喊，接连不断："带艾虎！带艾虎！"小爷在开封府经过那样风波，如今到了大理寺，虽则是五堂会审，他却毫不介意。上得堂来，双膝跪倒，两只眼睛滴溜都噜，东瞧西看。陈公公先就说道："啊吓，咱家只道什么艾虎呢，原来是个小孩子。看他浑浑实实，却倒伶伶俐俐的。你今年多大？"艾虎道："小人十五岁了。"陈公公道："你小小年纪，有什么冤屈，竟敢告状呢？大着点声儿，说给众位大人听。"艾虎将昨日在开封府的口供说了一遍，又说道："包相爷要将小人四肢铡去，小人实在是畏罪之故，并不敢陷害主人。因此蒙相爷施恩，方准了小人的状子。"说罢，向上叩头。

陈公公听了，对着众人说道："众位大人俱各听明了，有什么问的，只管问。咱家虽是奉旨钦派，然而咱家只知进御当差，这案子上头甚不明白。"只听杜大人问道："艾虎，你在马强家几年了？"艾虎道："小人自幼儿就在那里。"杜大人道："三年前，你家太老爷交给你主人的九龙冠，是你亲眼见的么？"艾虎道："亲眼见的。小人的太老爷先给小人的主人，小人的主人就叫小人捧着，一同到了佛楼，收在中间佛龛的槅扇后面。"杜大人道："既是三年前之事，你为何今日才来出首？讲！"陈公公道："是呀，三年前马总管告假，咱家还依稀记得，大约是为修理坟茔，告了三个月的假，我们这里还有底帐可考。既是那时候的事情，为何这时才叨登出来呢？你说。"艾虎道："小人三年前方交十二岁，天日不懂，人事不知。今年小人十五岁，到底明白点了。又因小人主人目下遭了官事，惟恐说出这件事情来，小人如何担的起

'知情不举，隐匿不报'的罪名呢？"范大人道："这也罢了。我且问你：当初你太老爷交付你主人九龙冠时，说些什么？"艾虎道："小人就听见我太老爷说：'此冠好好收藏，等着襄阳王举事时，就把此冠献上，必得大大的爵位。'小人也不知举什么事。"范大人道："如此说来，你家太老爷你自然是认得的了？"一句话，问得艾虎张口结舌。

未知如何，且听下回分解。

第八十三回　矢口不移心灵性巧　真赃实犯理短情屈

且说艾虎听范大人问他可认得你家太老爷这一句话，艾虎暗暗道："这可罢了我咧！当初虽见过马朝贤，我并未曾留心，何况又别了三年呢。然而又说不得我不认得。但这位大人如何单问我认得不认得，必有什么缘故罢？"想罢答道："小人的太老爷小人是认得的。"范大人听了，便吩咐带马朝贤。左右答应一声，朝外就走。

此时，颜大人旁观者清，见艾虎沉吟后方才答应认得，就知艾虎有些恍惚，暗暗着急担惊，惟恐年幼，一时认错了那还了得。急中生智，便将手一指，大袍袖一遮道："艾虎，少时马朝贤来时，你要当面对明，休得袒护！"嘴里说着话，眼睛却递眼色，虽不至摇头，然而纱帽翅儿也略动了一动。艾虎本因范大人问他认得不认得，心中有些疑心，如今见颜大人这番光景，心内更觉明白。只听外面锁镣之声，他却跪着偷眼往外观看，见有个年老的太监，虽然项带刑具，到了丹墀之上，面上尚微有笑容。及至到了公堂，他才敛容息气，而且见了大人们也不下跪报名，直挺挺站在那里，一语不发。小爷更觉省悟。

只听范大人问道："艾虎，你与马朝贤当面对来。"艾虎故意的抬头望了一望那人，道："他不是我家太老爷，我家太老爷小人是认得的。"陈公公在堂上笑道："好个孩子，真好眼力。"又望着范大人道："似这等光景，这孩子真认得马总管无疑了。来呀，你们把他带下去，就把马朝贤带上来罢。"左右将假马朝贤带下。

不多时，只见带上了个欺心背反，蓄意谋奸，三角眼含痛泪，一片心术不端的总管马朝贤来。左右当堂打去刑具，朝上跪倒。陈公公见这番光景，未免心生恻隐，无奈说道："马朝贤，今有人告你三年前告假回乡时，你把圣上九龙珍珠冠擅敢私携至家，你要从实招上来。"马朝贤唬的胆裂魂飞，道："此冠实是库内遗失，犯人概不知情吓。"只听文大人道："艾虎，你与他当面对来。"艾虎便将口供述了一回道："太老爷，事已如此，也就不用推诿了。"马朝贤道："你这小厮着实可恶，咱家何尝认得你来。"艾虎道："太老爷如何不认得小人呢？小人那时才十二岁，伺候了你老人家多少日子。太老爷还时常夸我很伶俐，将来必有出息。难道太老爷就忘了么？可见是贵人多忘事。"马朝贤道："我纵然认得你，我几时将御冠交给马强了呢？"文大人道："马总管，你不必抵赖。事已如此，你好好招了，免得皮肉受苦。倘若不招，此乃奉旨之件，我们就要动大刑了。"马朝贤道："犯人实无此事，大人如若赏刑，或夹或打，任凭吩咐。"颜大人道："大约束手问他，决不肯招。左右，请大刑来。"两旁发一声喊，刚要请刑，只见艾虎哭着道："小人不告了，小人不告了！"陈公公便问道："你为何不告了？"艾虎道："小人只为害怕，怕担罪名，方来出首。不想如今害得我太老爷偌大年纪，受如此苦楚，还要用大刑审问，这不是小人活活的把太老爷害了么？小人实实不忍，小人情愿不告了。"陈公公听了，点了点头道："傻孩子，此事已经奉旨，如何由的你呢？"只见杜大人道："暂且不必用刑。左右，将马总管带下去，艾虎也下去，不可叫他们对面交谈。""哦！"左右分别带下。

颜大人道："下官方才说请刑者，不过威吓而已。他有了年纪之人，如何禁的起大刑呢？"杜大人道："方才见马总管不认得艾虎，下官有些疑心。焉知艾虎不是被人主使出来的呢？"颜大人听了，暗道："此言利害。但是白五弟托我照应艾虎，我岂可坐视呢？"连忙说道："大人虑的虽是，但艾虎是个小孩子，如何耽的起这样大事呢？且包太师已然测至此处，因此要用御刑铡他的四肢。他若果真被人主使，焉有舍去性命不肯实说的道理呢？"杜大人道："言虽如此，下官又有一个计较。莫若将马强带上堂来，如此如此追问一番，如何？"众人齐声说是。吩咐带马强，不许与马朝贤对面。左右答应。

不多时，将马强带到。杜大人道："马强，如今有人替你鸣冤，你认得他么？"马强道："但不知是何人。"杜大人道："带那鸣冤的当面认来。"只见艾虎上前跪倒。马强一看，暗道："原来是艾虎！这孩子倒有为主之心，真是好。"连忙禀道："他是小人的家奴，名叫艾虎。"杜大人道："他有多大岁数了？"马强道："他十五岁了。"杜大人道："他是你家世仆么？"马强道："他自幼儿就在小人家里。"恶贼只顾说出此话，堂上众位大人无不点头，疑心尽释。杜大人道："既是你家世仆，你且听他替你鸣的冤。艾虎，快将口供诉上来。"艾虎便将口供诉完，道："员外休怪小人，实实担不起罪名。"马强喝道："我把你这狗才。满口里胡说，太老爷何尝交给我什么冠来！"陈公公喝道："此乃公堂之上，岂是你吓呼家奴的所在！好不懂好歹，就该掌嘴。"马强跪爬了半步道："回大人，三年前小人的叔父回家，并未交付小人九龙冠。这都是艾虎的谎言。"颜大人道："你说你叔父并未交付于你，如今艾虎说你把此冠供在佛楼之上，倘若搜出来时，你还抵赖么？"马强道："如果从小人家中搜出此冠，小人情甘认罪，再也不敢抵赖。"颜大人道："既如此，具结上来。"马强以为断无此事，欣然具结。众位大人传递看了，叫把马强仍然带下去。又把马朝贤带上堂来，将结念与他听，问道："如今你侄儿已然供明，你还不实说么？"马朝贤道："犯人实无此事，如果从犯人侄儿家中搜出此冠，犯人情甘认罪，再无抵赖。"也具了一张结，将他带下去，吩咐寄监。

文大人又问艾虎道："你家主人被劫一事，你可知道么？"艾虎道："小人在招贤馆伏侍我们主人的朋友……"文大人道："什么招贤馆？"艾虎道："小人的员外家大厅就叫招贤馆。有好些人在那里住着，每日里要枪弄棒，对刀比武，都是好本事。

那日因我们员外诓了个儒流秀士，带着一个老仆人，后来说是新太守，就把他主仆锁在空房之内。不知什么工夫，他们主仆跑了。小人的员外知道了，立刻骑马赶去，又把那秀士一人拿回来，就掐在地牢里了……”文大人道：“什么地牢？”艾虎道：“是个地窖子，凡有紧要事情都在地牢。回大人，这个地牢之中不知害了多少人命。”陈公公冷笑道：“他家竟敢有地牢，这还了得吗！这秀士必被你家员外害了。”艾虎道：“原要害来着，不知什么工夫那秀士又被人救了去了。小人的员外就害起怕来。那些人劝我们员外说没事，如有事时大伙儿一同上襄阳去就是。那天晚上，有二更多天，忽然来了个大汉，带领官兵，把我们员外合安人在卧室内就捆了。招贤馆众人听见，一齐赶到仪门前救小人的主人。谁知那些人全不是大汉的对手，俱各跑回了招贤馆藏了。小人害怕，也就躲避了，不知如何被劫。”

文大人道：“你可知道什么时候将你家员外起解到府？”艾虎道：“小人听姚成说，有五更多天。”文大人听了，对众人道：“如此看来，这打劫之事与欧阳春不相干了。”众大人问道：“何以见得？”文大人道：“他原失单上报的是黎明被劫。五更天，大汉随着官役押解马强赴府，如何黎明又打劫了呢？”众位大人道：“大人高见不差。”陈公公道：“大人且别问此事，先将马朝贤之事复旨要紧。”文大人道：“此案与御冠相连，必须问明，一并复旨，明日方好搜查提人。”说罢，吩咐带原告姚成。谁知姚成听见有九龙冠之事，知道此案大了，他却逃之夭夭了。差役去了多时，回来禀道：“姚成惧罪，业已脱逃，不知去向。”文大人道：“原告脱逃，显有情弊。这九龙冠之事益发真了，只好将大概情形复奏圣上便了。”大家共同拟了摺底，交付陈公公先行陈奏。

到了次日，奉旨立刻行文到杭州，捉拿招贤馆的众寇，并搜查九龙冠，即刻赴京归案备质。过了数日，署事太守用黄亭子抬定龙冠，派役护送进京，连郭氏一并解到。你道郭氏如何解来？只因文书到了杭州，立刻知会巡检守备带领兵弁，以为捉拿招贤馆的众寇必要厮杀，谁知到了那里，连个人影儿也不见了，只得追问郭氏。郭氏道：“就于那夜俱各逃走了。”署事官先查了招贤馆，搜出许多书信，俱是与襄阳王谋为不轨的话头。又叫郭氏随同来到佛楼之上，果在中间龛的左边槅扇后面，搜出御冠帽盒来。署事官连忙打开验明，依然封好妥当。立刻备了黄亭子，请了御冠。因郭氏是个要犯硬证，故此将他一同解京。

众位大人来至大理寺，先将御冠请出，大家验明，供在上面。把郭氏带上堂来，问他：“御冠因何在你家中？”郭氏道：“小妇人实在不知。”范大人道：“此冠从何处搜出来的？”郭氏道：“从佛楼中间龛内搜出。”杜大人道：“是你亲眼见的么？”郭氏道：“是小妇人亲眼见的。”杜大人叫他画招画供，吩咐带马强。马强刚至堂上，一眼瞧见郭氏，吃了一惊，暗说：“不好，他如何来到这里？”只得向上跪倒。范大人道：“马强，你妻子已然供出九龙冠来，你还敢抵赖么？快与郭氏当面对来。”马强听了，战战兢兢问郭氏道：“此冠从何处搜出？”郭氏道：“佛楼之上中间龛内。”马强道：“果是那里搜出来的？”郭氏道：“你为何反来问我？你不放在那里，他们就能从那里搜出来么？”文大人不容他再辩，大喝一声道：“好逆贼！连你妻子都如此说，你还不快招么?"马强只唬的目瞪痴呆,叩头碰地道:"冤孽!罢了,小人情愿画招。"左右叫他画了招。颜大人吩咐将马强夫妻带在一旁,立刻带马朝贤上堂,叫他认明此冠并郭氏口供,连马强画的招,俱各与他看了,只唬得他魂飞魄散。又当面问了郭氏一番,说道:"罢了,罢了。事已如此,叫我有口难分诉,犯人画招就是了。"左右叫他画了招,众位大人相传看了,把他叔侄分别带下去,文大人又问郭氏被劫一事。

忽听外面嘈杂,有人喊冤。只见衙役跪倒禀道:"外面有一老头子,手持冤状,前来伸诉。众人将他拦住,他那里喊声不止,小人不敢不回。"颜大人道:"我们是奉旨审问要犯,何人胆大,擅敢在此喊冤?"差役禀道:"那老头子口口声声说是替倪太守鸣冤的。"陈公公道:"巧极了。既是替倪太守鸣冤的,何妨将老头儿带上来,众位大人问问呢。"吩咐带老头儿。不多时,见一老者上堂跪倒,手举呈词,泪流满面,口呼冤枉。颜大人吩咐将呈子接上来,从头至尾看了一遍,道:"原来果是为倪太守一案。"将此呈转递众位大人看了,齐道:"此状正是奉旨应讯案件,如今虽将马朝贤监守自盗审明,尚有倪太守与马强一案未能质讯。今既有倪忠补呈伸诉,理应将全案人证提到,当堂审问明白,明日一并复旨。"陈公公道:"正当如此。"便往下问道:"你就叫倪忠么?"倪忠道:"是。小人叫倪忠,特为小人主人倪继祖前来伸冤。"陈公公道:"你不必啼哭,慢慢的诉上来。"

未识说些什么,且听下回分解。

第八十四回 复原职倪继祖成亲 观水灾白玉堂捉怪

且说倪忠在公堂之上,便将奉旨上杭州接太守之任,如何暗暗私访,如何被马强拿去两次,"头一次多亏了一个难女,名叫朱绛贞,乃朱举人之女,被恶霸抢了去的,是他将我主仆放走。慌忙之际,一时失散。小人遇见个义士欧阳春,将此事说明,义士即到马强家中打听小人的主人下落。谁知小人的主人又被马强拿去,下在地牢,多亏义士欧阳春搭救出来。就定于次日义士帮助捉拿马强,护送到府。我家主人审了马强几次,无奈恶霸总不招承。不想恶霸家中被劫,他就一口咬定说小人的主人'结连大盗,明火执仗',差遣恶奴进京呈控。可怜小人的主人堂堂太守,因此解任,遭这不明不白的冤枉。望乞众位大人明镜高悬,细细详查是幸。"范大人道:"你主人既有此冤枉,你如何此时方来伸诉呢?"倪忠道:"只因小人奉家主之命,前往扬州接取家眷,及至到了任所,方知此事。因此急急赶赴京师,替主鸣冤。"说罢痛哭不止。陈公公点头道:"难为这老头儿。众位大人当怎么办呢?"文大人道:"倪忠的呈词,正与太守倪继祖、义士欧阳春、小童艾虎所供俱各相符,惟有被劫一案尚不知何人,须问倪继祖、欧阳春,便见明白。"吩咐带倪太守与欧阳春。

不多时，二人上堂。文大人问太守道："你与欧阳春定于何时捉拿马强？又于何时解到本府？"倪继祖道："定于二更带领差役捉拿马强，于次日黎明方才到府。"文大人又问欧阳春道："既是二更捉拿马强，为何于次日黎明方到府呢？"欧阳春道："原是二更就把马强拿住，只因他家招募了许多勇士，与小人对垒，小人好容易将他等杀退，于五更时方将马强驮在马上；因霸王庄离府衙二十五六里之遥，小人护送到府时，天已黎明。"

文大人又叫带郭氏上来，问道："你丈夫被何人拿住，你可知道么？"郭氏道："被个紫髯大汉拿住，连小妇人一同捆缚的。"文大人道："你丈夫几时离家的？"郭氏道："天已五鼓。"文大人道："你家被劫是什么时候？"郭氏道："天尚未亮。"文大人道："我看失单内劫去许多物件，非止一人，你可曾看见么？"郭氏道："来的人不少，小妇人唬的以被蒙头，那里还敢瞧呢！后来就听贼人说：'我们乃北侠欧阳春，带领官役前来抢掠。'因此小妇人失单上有北侠的名字。"文大人道："你丈夫结交招贤馆的朋友，如何不见？"郭氏道："就是那一夜的早起，小妇人因查点东西，不但招贤馆内无人，连那里的东西也短了许多。回大人，我丈夫交的这些朋友，全不是好朋友。"文大人听了，笑对众人道："列位听见了，这明是众寇打劫，声言北侠与官役，移害于人之意无疑了。"众人道："大人高见不差。欧阳春五鼓护送马强，焉有黎明从新带领人役打劫之理？此是众寇打劫无疑了。"又把马强带上来，与倪忠当面质对。马强到了此时，再无折辩，就一一招了。文大人吩咐将太守主仆、北侠、艾虎另在一处候旨，其馀案内之人分别收监。公同将复奏摺子拟定，连招供并往来书信，预备明早谨呈御览。

天子看了大怒，却将摺子留下。你道为何？皆因仁宗为君，以孝治天下，其中关碍着皇叔赵爵，不肯深究。止于明发上谕说：马朝贤监守自盗，理应处斩；马强抢掠妇女，私害太守，也定了斩立决；郭氏着毋庸议。所有襄阳王之事一概不提。倪继祖官复原职，欧阳春义举无事，艾虎虽以下犯上，薄有罪名，因为御冠出首，着宽免。倪继祖具摺谢恩。旨意问朱绛贞释放一节，倪继祖一一陈奏；又随了一个夹片，是叙说倪仁被害，李氏含冤，贼首陶宗、贺豹，义仆杨芳即倪忠，并有祖传并梗玉莲花如何失而复得的情由，细细陈奏。天子看了，圣心大悦，道："卿家有许多的原委，可称一段佳话。"即追封倪仁五品官衔，李氏诰封随之。倪太公倪老儿也赏了六品职衔，随任养老。义仆倪忠赏了七品承义郎，仍随任服役。朱绛贞有玉莲花联姻之谊，奉旨毕姻。朱焕章恩赐进士。陶宗、贺豹严缉拿获，即行正法。倪继祖磕头谢恩，复又请训，定日回任。又到开封府拜见包公。

此时，北侠父子却被南侠请去，众英雄俱各欢聚一处。倪太守又到展爷寓所，一来拜望，二来敦请北侠、小侠务必随同到任。北侠难以推辞，只得同艾虎到了杭州。倪太守重新接了任后，即拜见了李氏夫人与太公夫妇。李氏夫人依然持斋，另在静室居住。倪太守又派倪忠随了朱焕章，同去迁了倪仁之柩，立刻提出贺豹正法。祭灵后，念经破土安葬立茔。白事已完，又办红事，即与朱老先生定了吉日，方与朱绛贞完姻。自然是热闹繁华，也不必细述。北侠父子在任，太守敬如上宾，俟诸事已毕，他父子便上茉花村去了。

且说仁宗天子自从将马朝贤正法之后，每每想起襄阳王来，圣心忧虑。偏偏的洪泽湖水灾连年为患，屡接奏摺，不是这里淹了百姓，就是那里伤了禾苗，尽为河工消耗国课无数，枉自劳而无功。这日单单召见包相商酌此事，包相便举保颜查散才识谙练，有守有为，堪胜此任。圣上即升颜查散为巡按，稽查水灾，兼理河工民情。颜大人谢恩后，即到开封府，一来叩辞，二来讨教治水之法。包公说了些治水之法，"虽有成章，务必随地势之高低，总要堵泄合宜，方能成功。"颜查散又向包公要公孙策、白玉堂："同门生前往，帮办一切。"包公应允。次日早朝，包公奏明了主簿公孙策、护卫白玉堂随颜查散前去治水，圣上久已知道公孙策颇有才能，即封六品职衔，白玉堂的本领更是圣上素所深知，准其二人随往。颜巡按谢恩请训，即刻起程。

一日来至泗水城，早有知府邹嘉迎接大人。颜大人问了问水势的光景，忽听衙外百姓喧哗，原来是赤堤墩的百姓控告水怪。颜大人吩咐把难民中有年纪的唤几个来问话。不多时，带进四名乡老。但见他等形容憔悴，衣衫褴褛，苦不可言，向上叩头道："救命吓大人！"颜大人问道："你们到此何事？"乡老道："小民连年遭了水灾，已是不幸，不想近来水中生了水怪，时常出来现形伤人。如遇腿快的跑了，他便将窝铺拆毁，东西掠尽，害得小民等时刻不能聊生，望乞大人捉拿水怪要紧。"颜大人道："你等且去，本院自有道理。"众乡老叩头出衙去了，知会了众人，大家散去。颜大人与知府说了多时，定于明日登西虚山观水。知府退后，颜大人又与公孙先生、白五爷计议了一番。

到了次日，乘轿至西虚山下，知府早已伺候。换了马匹上至半山，连马也不能骑了，只得下马步行，好容易到了山头。但见一片白茫茫，沸腾澎湃，由赤堤湾浩浩荡荡漫至赤堤墩，顺流而下，过了横塘，归于杨家庙，一路冲浸之处，不可胜数。漫说房屋四分五落，连树木也是七歪八扭。又见赤堤墩的百姓全在水浸之处搭了窝铺栖身，自命名曰舍命村。他等本应移在横塘，因路途遥远，难以就食，故此舍命在此居住。那一番惨淡形景，令人不堪注目。

旁边的白五爷早动了恻隐之心，暗想道："黎民遭此苦楚，连个好窝铺没有，还有水怪侵扰，可见是祸不单行。但只一件，他既不伤人，如何拆毁窝铺抢掠东西呢？事有可疑，俺今日夜间倒要看个动静。"他却悄悄的知会了颜巡按，带领四名差役，暗暗来至赤堤墩，假作奉命查验的光景，众百姓俱各上前叩头诉苦。白玉堂叫他们腾出一个窝棚，进去坐下。又叫几个老民，大家席地而坐，细细问了水怪的来踪去迹，可有什么声息没有。众百姓道："也没有什么声息，不过呕呕乱叫。"白玉堂道："你们仍在各窝铺内隐藏，我就在这窝棚内存身，夜间好与你们捉拿水怪。你们切不可声张，惟恐水怪通灵，你们嚷嚷的他要知道了，他就不肯出来了。"众百姓听了，登时连个大气儿也不敢出，立刻悄语低言，努嘴打手势。白玉堂看了，又要笑，又可怜，想是被水怪唬的胆都破了。白玉堂回手在兜肚内摸出两个锞子道："你们将此银拿去备些酒来，馀下的你们粜米买柴。大家饱吃了，夜间务必警醒。倘若水怪来时，你们千万不可乱跑，只要高声一嚷，就在窝铺内稳坐，不要动身，我自有道理。"

众百姓听了，欢天喜地。选腿快的寻找酒食去，腿慢的整理现成的鱼虾，七手八脚，登时的你拿这个，我拿那个。白五爷看了也觉有趣，仍叫这几个有年纪的同自己吃酒，并问他水怪凶猛的情形，问他如何埽坝再也打叠不起。众乡老道："惟有山根之下水势逆，到了那里是个漩涡，那点儿地方不知伤害了多少性命。虽有行舟来往，到了那里没有不小心留神的。"白五爷道："漩涡那边是什么地方？"众乡老道："过了漩涡那边二三里之遥，便是三皇庙了。"白五爷暗记在心。

吃毕酒饭，早见一轮明月涌出，清光皎洁，衬着这满湖荡漾，碧浪茫茫，清波浩浩，真是月光如水水如天。大家闭气息声，锦毛鼠五爷踱来踱去，细细在水内留神。约有二鼓之半，只听水面忽喇喇一声响。白玉堂将身躯一伏，回手将石子掏出。见一物跳上岸来，是披头散发，面目不分，见他竟奔窝棚而去。白五爷好大胆，也不管妖怪不妖怪，有何本领，会什么法术，他便悄悄尾在后面。忽听窝棚内嚷了一声道："妖怪来了！"白玉堂在那物的后面吼了一声，道："妖怪往那里走！"飕的一声就是一石子，正打在那物后心之上。只听噗哧一声，那物往前一栽。猛见那物一回头，白五爷又是一石子飞来，不偏不歪又打在那物面门之上。只听拍的一声响，那怪"啊呀"了一声，咕咚栽倒在地。白五爷急赶向前，将那妖怪按住，早有差役从窝棚出来，一拥齐上，将妖怪拿住。抬在窝棚一看，见他哼哼不止，原来是个人，外穿皮套。急将皮套扯去，见他血流满面，口吐悲声道："求爷爷饶命！"刚说至此，只听那边窝棚嚷道："水怪来了！"白玉堂连忙出来嚷道："在那里？一并拿来审问！"只听那边喊道："跑了，跑了！"这里白五爷咤叱道："速速追上拿来，莫要叫他跑了！"早已听见水面上噗通噗通跳下水去了。

众乡老聚在一处来看水怪，方知是人假扮水怪抢掠，一个个摩拳擦掌，全要打水怪，以消忿恨。白五爷拦道："你等不要如此，俺还要将他带到衙门，按院大人要亲审呢。你等既知是假水怪，以后见了务必齐心努力捉拿，押解到按院衙门，自有赏赉。"众乡民道："什么赏不赏的，只要大人与民除害，难民等就感恩不浅了。今日若非老爷前来识破，我等焉知他是假的呢？如今既知他是假的，还怕他什么！倒要盼他上来，拿他几个。"说到高兴，一个个精神百倍，就有沿岸搜寻水怪的，那里有个影儿呢？安安静静过了一夜。到了天明，众乡民又与白五爷叩头："多亏老爷前来除害，众百姓难忘大恩。"白五爷又安慰了众人一番，方带领差役，押解水贼，竟奔按院衙门而来。

未知后文审办如何，且听下回分解。

第八十五回　公孙策探水遇毛生　蒋泽长沿湖逢邬寇

且说白玉堂到了巡按衙门，请见大人。颜大人自西虚山回来，甚是耽心，一夜未能好生安寝。如今听说白五爷回来,心中大喜,连忙请进相见。白玉堂将水怪说明,颜大人立刻升堂,审问了一番。原来是十三名水寇,聚集在三皇庙内,白日以劫掠客船为生,夜间假装水怪,要将赤堤墩的众民赶散,他等方好施为作事。偏偏这些难民惟恐赤堤墩的堤岸有失,故此虽无房屋,情愿在窝棚居住,死守此堤,再也不肯远离。白玉堂又将乡老说的漩涡说了,公孙策听了暗想道:"这必是别处有壅塞之处,发泄不通,将水攻激于此,洋溢泛滥,埽坝不能垒成。必须详查根源,疏浚开了,水势流通,自无灾害。"想罢回明按院,他要明日亲去探水,颜大人应允。玉堂道:"既有水寇,我想水内本领非我四哥前来不可。必须急速具摺写信,一面启奏,一面禀知包相,方保无虞。"颜大人连忙称是,即叫公孙策先生写了奏摺,具了禀帖,立刻拜发起身。

到了次日,颜大人派了两名千总,一名黄开,一名清平,带了八名水手,两只快船,随了公孙先生前去探水。知府又来禀见颜大人,请至书房相见,商议河工之事。忽见清平惊惶失色回来禀道:"卑职跟随公孙先生前去探水,刚至漩涡,卑职拦阻不可前进,不想船头一低,顺水一转,将公孙先生与千总黄开俱各落水不见了。卑职难以救援,特来在大人跟前请罪。"颜大人听了,心里着忙,便问道:"这漩涡可有往来船只么?"清平道:"先前本有船只往来,如今此处成了汇水之所,船只再也不从此处走了。"颜大人道:"难道黄开他不知此处么?为何不极力的拦阻先生呢?"清平道:"黄开也曾拦阻至再,无奈先生执意不听,卑职等也是无法的。"颜大人无奈,叱退了清平,吩咐知府多派水手前去打捞尸首。知府回去派人去了,半天再也不见踪影,回来禀知。按院颜大人只急得嗐声叹气,白玉堂道:"此必是水寇所为,只可等蒋四哥来了再做道理。"颜大人无法,只好静听消息罢了。

过了几天,果然蒋平到了,见了按院颜大人,颜大人便将公孙策先生与千总黄开溺水之事说了一遍。白玉堂将捉拿水怪一名,供出还有十二名水寇,在漩涡那里三皇庙内聚集,作了窝巢的话也一一说了。蒋平道:"据我看来,公孙先生断不至死。此事须要访查个水落石出,得了实迹,方好具摺启奏。"即吩咐预备快船一只,仍叫清平带到漩涡。蒋爷上了船,清平见他身躯瘦小,形如病夫,心中暗道:"这样人从京中特特调了来,有何用处?他也敢去探水?若遇见水寇,白白送了性命。"正在胡思,只见蒋爷穿了水靠,手提鹅眉钢刺,对清平道:"千总将我送至漩涡,我若落水,你们只管在平坦之处远远等候,纵然工夫大了,不要慌张。"清平不敢多言,惟有诺诺而已。水手摇橹摆桨,不多时看看到了漩涡,清平道:"前面就是漩涡了。"蒋爷立起身来,站在船头上,道:"千总站稳了。"他将身体往前一扑,双脚把船往后一蹬,看他身虽弱小,力气却大。又见蒋爷侧身入水,仿佛将水穿刺了一个窟窿一般,连个大声气儿也没有,更觉罕然。

且说蒋平到了水中,运动精神,睁开二目。忽见那边来了一人,穿着皮套,一手提着铁锥,一手乱摸而来。蒋爷便知他在水中不能睁目,急将钢刺对准了那人的胸前,哧的一下,可怜那人在水中连个"嗳哟"也不能嚷,便就哑叭呜呼了。蒋爷把钢刺望回里一抽,一缕鲜血顺着钢刺流出,咕嘟一股水泡翻出水面,尸首也就随波浪去也。话不重叙,蒋爷一连杀了三个,顺着他等来路搜寻下去。约有二三里之遥便是堤岸。

蒋平上得堤岸来,脱了水靠,拣了一棵大树,放在槎椏之上。迈步向前,果见一座庙宇,匾上题有"三皇庙"。蒋爷悄悄进来一看,连个人影儿也是没有。左寻右寻,又找到了厨下,只听里面呻吟之声。蒋爷向前一看,是个年老有病僧人。那僧人一见蒋爷,连忙说道:"不干我事,这都是我徒弟将那先生与千总放走,他却也逃走了,移害于我。望乞老爷见怜。"蒋爷听了话内有因,连忙问道:"俺正为搭救先生而来,他等端的如何,你要细细说来。"老和尚道:"既是为搭救先生与千总的,想来是位官长了,恕老僧不能为礼了。只因数日前有二人在漩涡落水,众水寇捞来,将他二人控水救活。其中有个千总黄大老爷,不但僧人认得,连水寇俱各认得。追问那人,方知是公孙策老爷,原来是按院奉旨查验水灾,修理河工的。水寇听了着忙,大家商量私拿官长不是当要的,便将二位老爷交与我徒弟看守,留下三人仍然劫掠行船,其下的俱各上襄阳王那里报信,或将二位官长杀害,或将二位官长解到军山,交给飞叉太保钟雄。自他等去后,老僧与徒弟商议,莫若将二位老爷放了,叫徒弟也逃走了,拼着僧家这条老命,又是疾病的身体,不能脱逃,该杀该剐任凭他们,虽死无怨。"蒋平连连点头:"难得这僧人一片好心。"连忙问道:"这头目叫什么名字?"老僧道:"他自称镇海蛟邬泽。"蒋爷又问道:"你可知那先生合千总往那里去了?"老僧道:"我们这里极荒凉幽僻,一边临水,一边靠山,单有一条路崎岖难行,约有数里之遥,地名螺蛳湾。到了那里,便有人家。"蒋爷道:"若从水路到螺蛳湾,可能去得么?"老僧道:"不但去得,而且极近,不过二三里之遥。"蒋平道:"你可晓得水寇几时回来?"老僧道:"大约一二日间就回来了。"蒋平问明来历,道:"和尚,你只管放心,包管你无事。明日即有官兵到来,捉拿水寇,你却不要害怕。俺就去也。"说罢,回身出庙,来到大树之下,穿了水靠,蹿入水中。

不多时,过了漩涡,挺身出水。见清平在那边船上等候,连忙上了船,悄悄对清平道:"千总,急速回去,禀见大人,你明日带领官兵五十名,乘舟到三皇庙,暗暗埋伏。如有水寇进庙,你等将庙团团围住,声声呐喊,不要进庙。俟他等从庙内出来,你们从后杀进。倘若他等入水,你等只管换班巡查,俺在水中自有道理。"清平道:"只恐漩涡难过,如何能到得三皇庙呢?"蒋爷道:"不妨事了。先前难以过去,只因水内有贼用铁锥凿船。目下我将贼人杀了三名,平安无事了。"清平听了,暗暗称奇。又问道:"蒋老爷此时往何方去呢?"蒋平道:"我已打听明白,公孙先生与黄千总俱有下落,趁此时我去探访一番。"清平听说公孙先生与黄千总有了下落,心中大喜。只见蒋爷复又蹿入水内,将头一扎,水面上瞧,只一溜风波,水纹分左右,直奔西北去了。清平这才心服口服,再也不敢瞧不起蒋爷了。吩咐水手拨转船头,连忙回转按院衙门不表。

再说蒋爷在水内欲奔螺蛳湾,连换了几口气,正行之间,觉得水面上唰的一声,连忙挺身一望,见一人站在筏子上撒网捕鱼。那人只顾留神在网上面,反把那人唬了一跳。回头见蒋爷穿着水靠,身体瘦小,就如猴子一般,不由的笑道:"你这个模样,也敢在水内为贼作寇,岂不见笑于人?我对你说,似你这些毛贼,俺是不怕的,何况你这点点儿东西。俺不肯加害于你,还不与我快滚么?倘再延挨,恼了我性儿,只怕你性命难保!"蒋爷道:"我看你不像在水面上作生涯的,俺也不是那在水内为贼作寇的。请问贵姓?俺是特来问路的。"那人道:"你既不是贼寇,为何穿着这样东西?"蒋爷道:"俺素来深识水性,因要到螺蛳湾访查一人,故此穿了水靠,走这捷径路儿,为的是近而且快。"那人道:"你姓甚名谁?要访何人?细细讲来。"蒋爷道:"俺姓蒋名平。"那人道:"你莫非翻江鼠蒋泽长么?"蒋爷道:"正是。足下如何知道贱号呢?"那人哈哈大笑道:"怪道,怪道。失敬,失敬!"连忙将网拢起,从新见礼,道:"恕小人无知,休要见怪!小人姓毛名秀,就在螺蛳庄居住。只因有二位官长现在舍下居住,曾提尊号,说不日就到,命我捕鱼时留心访问,不想今日巧遇,曷胜幸甚!请到寒舍领教。"蒋爷道:"正要拜访,惟命是从。"毛秀撑篙,将筏子摆岸拴好,肩担鱼网,手提鱼篮。蒋爷将水靠脱下,用钢刺也挑在肩头,随着毛秀来到螺蛳庄中。举目看时,村子不大,人家不多。一概是草舍篱墙,柴扉竹牖,家家晒着鱼网,很觉幽雅之甚。

毛秀来到门前,高声唤道:"爹爹开门,孩儿回来了。有贵客在此!"只见从里面出来一位老者,须发半白,不足六旬光景,开了柴扉问道:"贵客那里?"蒋爷连忙放下挑的水靠,敛手躬身道:"蒋平特来拜望老丈,恕我造次不恭。"老者道:"小老儿不知大驾降临,有失远迎,多多有罪!请到寒舍待茶。"他二人在此谦逊说话,里面早已听见,公孙策与黄开就迎出来,大家彼此相见,甚是欢喜,一同来至茅屋。毛秀后面已将蒋爷的钢刺水靠带来,大家彼此叙坐,各诉前后情由,蒋平又谢老丈收留之德。公孙先生代为叙明:老丈名九锡,是位高明隐士,而且颇晓治水之法。蒋平听了,心中甚觉畅快。不多时,拢上酒席,虽非珍馐,却也整理的精美。团团围坐,聚饮谈心。毛家父子高雅非常,令人欣羡。蒋平也在此住了一宿。

次日,蒋平惦记着捉拿水寇,提了钢刺,仍然挑着水靠,别了众人,言明剿除水寇之后,再来迎接先生与千总,并请毛家父子。说毕,出了庄门。仍是毛秀引至湖边,要用筏子渡过蒋爷去。蒋爷拦阻道:"那边水势汹涌,就是大船尚且难行,何况筏子。"说罢跳上筏子,穿好水靠,提着钢刺,一执手道:"请了。"身体一侧,将水面刺开,登时不见了。毛秀暗暗称奇道:"怪不得人称翻江鼠,果然水势精通,名不虚传。"赞羡了一番,也就回庄中去了。

再说这里蒋四爷水中行走,直奔了漩涡而来。约着离漩涡将近,要往三皇庙中去打听打听清平水寇来否,再作道理。心中正然思想主意,只见迎面来了二人,看他身上并未穿着皮套,手中也未拿那钢锥,却各人手中俱拿着钢刀。再看他两个穿的衣服,知是水寇,心中暗道:"我要寻找他们,他们赶着前来送命。"手把钢刺照着前一人心窝刺来,说时迟那时快,这一个已经是倾生丧命;抽出钢刺,又向后来的那人一下,那一个也就呜呼哀哉了。可怜这两个水寇,连个手儿也没动,糊里糊涂的都被蒋爷刺死,尸首顺流去了。蒋爷一连杀了二贼之后,刚要往前行走,猛然一枪顺水刺来。蒋爷看见,也不磕迎拨挑,却把身体往斜刺里一闪,便躲过了这一枪。

原来水内交战不比船上交战，就是兵刃来往也无声息，而且水内俱是短兵刃来往，再没有长枪的。这也有个缘故。原来迎面之人就是镇海蛟邬泽，只因带了水寇八名仍回三皇庙，奉命把公孙先生与黄千总送至军山。进得庙来，坐未暖席，忽听外面声声呐喊："拿水寇吓，拿水寇吓！好歹别放走一个吓！务要大家齐心努力！"众贼听了，那里还有魂咧，也没个商量计较，各持利刃，一拥的往外奔逃。清平原命兵弁不许把住山门，容他们跑出来大家追杀。清平却在树林等候，见众人出来，迎头接住。倒是邬泽还有些本领，就与清平交起手来。众兵一拥上前，先擒了四个，杀却两个。那两个瞧着不好，便持了利刃奔至湖边，跳下水去。蒋爷才杀的就是这两个。后来邬泽见帮手全无，单单的自己一人，恐有失闪，虚点一枪，抽身就跑到湖边，也就跳下水去。故此提着长枪，竟奔漩涡。

他虽能够水中开目视物，却是偶然见蒋爷从那边而来，顺手就是一枪。蒋爷侧身躲过，仔细看时，他的服色不比别个，而且身体雄壮，暗道："看他这样光景，别是邬泽罢？倒要留神，休叫他逃走了。"邬泽一枪刺空，心下着忙，手中不能磨转长枪，立起从新端平方能再刺。只这点工夫，蒋爷已贴立身后，扬起左手拢住网巾，右手将钢刺往邬泽腕上一点。邬泽水中不能"啊吓"，觉得手腕上疼痛难忍，端不住长枪，将手一撒，枪沉水底。蒋爷水势精通，深知诀窍，原在他身后拢住网巾，却用磕膝盖猛在他腰眼上一拱。他的气往上一凑，不由的口儿一张。水流线道，何况他张着一个大乖乖呢，焉有不进去点水儿的呢。只听咕嘟儿的一声，蒋爷知道他呛了水了。连连的咕嘟儿咕嘟儿几声，登时把个邬泽呛的迷了，两手扎煞，乱抓乱挠，不知所以。蒋爷索性一翻手，身子一闪，把他的头往水内连浸了几口。这邬泽活该遭了报了，每日里淹人当事，今日遇见硬对儿，也合他顽笑顽笑。谁知他不禁顽儿，不大的工夫，小子也就灌成水车一般，蒋爷知他没了能为，要留活口，不肯再让他喝了。将网巾一提，两足踏水出了水面，邬泽嘴还吸留滑拉往外流水。忽听岸上嚷道："在这里呢。"蒋爷见清平带领兵弁，果是沿岸排开。蒋爷道："船在那里？"清平道："那边两只大船就是。"蒋爷道："且到船上接人。"清平带领兵弁数人，将邬泽用挠钩搭在船上，即刻控水。

蒋爷便问擒拿的贼人如何。清平道："已然擒了四名，杀了二名，往水内跑了二名。"蒋爷道："水内二名俺已了却，但不知拿获这人是邬泽不是？"便叫被擒之人前来识认，果是头目邬泽。蒋爷满心欢喜道："不肯叫千总在庙内动手者，一来恐污佛地，二来惟恐玉石俱焚，若都杀死，那是对证呢？再者，他既是头目，必然他与众不同，故留一条活路叫他等脱逃。除了水路就近无路可去，俺在水内等个正着。俺们水旱皆兵，令他等难测。"清平深为佩服，夸赞不已。吩咐兵弁押解贼寇，一同上船，俱回按院衙门而来。

要知详细，且听下回分解。

第八十六回　按图治水父子加封　好酒贪杯叔侄会面

且说蒋四爷与千总清平押解水寇上船,直奔按院衙门而来。此刻颜大人与白五爷俱各知道蒋四爷如此调度,必然成功,早已派了差人在湖边等候瞭望。见他等船只过了漩涡,荡荡洋洋回来,连忙跑回衙门禀报。白五爷迎了出来,与蒋爷、清平千总见了,方知水寇已平,不胜大喜。同至书房,早见颜大人阶前立候。蒋爷上前见了,同至屋中坐下,将拿获水寇之事叙明,并提螺蛳庄毛家父子极其高雅,颇晓治水之道,公孙先生叫回禀大人,务要备礼聘请出来,帮同治水。颜大人听见了甚喜,即备上等礼物,就派千总清平带领兵弁二十名,押解礼物前到螺蛳庄,一来接取公孙先生,即请毛家父子同来。清平领命,带领兵弁二十名,押解礼物,只用一只大船,竟奔螺蛳湾而去。

这里颜大人立刻升堂,将镇海蛟邬泽带上堂来审问。邬泽不敢隐瞒,据实说了。原来是襄阳王因他会水,就派他在洪泽湖搅扰。所有拆埽毁坝俱是有意为之,一来残害百姓,二来消耗国帑。复又假装水怪,用铁锥凿漏船只,为的是乡民不敢在此居住,行旅不敢从此经过,那时再派人来占住了洪泽湖,也算是一个咽喉要地。可笑襄阳王无人,既有此意,岂是邬泽一人带领几个水寇就要成功?可见将来不能成其大事。

且说颜大人立时取了邬泽的口供,又问了水寇众人。水寇四名虽然不知详细,大约所言相同,也取了口供。将邬泽等交县寄监严押,候河工竣时一同解送京中,归部审讯。刚将邬泽等带下,只见清平回来禀道:“公孙先生已然聘请得毛家父子,少刻就到。”颜大人吩咐鞴马,同定蒋四爷、白五爷迎至湖边。不多时,船已拢岸。公孙先生上前参见,未免有才不胜任的话头。颜大人一概不提,反倒慰劳了数语。公孙策又说:“毛九锡因大人备送厚礼,心甚不安。”早有备用马数匹,大家乘骑一同来到衙署。进了书房,颜大人又要以宾客礼相待。毛九锡逊让至再至三,仍是钦命大人上面坐了,其次是九锡,以下是公孙先生、蒋爷、白爷,末座方是毛秀。千总黄开又进来请安请罪,颜大人不但不罪,并勉励了许多言语,“候河工报竣,连你等俱要叙功的。”黄开闻听叩谢了,仍在外面听差。颜大人便问毛九锡治水之道。毛九锡不慌不忙,从怀中掏出一幅地理图来,双手呈献。颜大人接来一看,见上面山势参差,水光荡漾,一处处崎岖周折,一行行字迹分明,地址关隘远近不同,水面宽窄深浅各异,何方可用埽坝,那里应小发泄,界画极清,宛然在目。颜大人看了心中大喜,不胜夸赞。又递与公孙先生看了,更觉心清目朗,如获珠宝一般。就将毛家父子留在衙署帮同治水,等候纶音。公孙先生与黄开千总又到了三皇庙与老和尚道谢,布施了百金,令人将他徒弟找回,酬报他释放之恩。

不多几日，圣旨已下，即刻动工。按着图样，当泄当坝，果无差谬。不但国帑不至妄消，就是工程也觉省事。算来不过四个月光景，水平土平，告厥成功。颜大人工完回京，将镇海蛟邬泽并四名水寇俱交刑部审问。颜大人递摺请安，额外有个夹片，声明毛九锡、毛秀并黄开、清平功绩。圣上召见颜大人，面奏叙功。仁宗甚喜，赏了毛九锡五品顶戴，毛秀六品职衔，黄开、清平俟有守备缺出，尽先补用。刑部尚书欧阳修审明邬泽果系襄阳王主使，启奏当今。原来颜查散升了巡按之后，枢密院的掌院就补放刑部尚书杜文辉；所遗刑部尚书之缺，就着欧阳修补授。

天子见了欧阳修的奏章，立刻召见包相计议：襄阳王已露形迹，须要早为剿除。包相又密奏道："若要发兵，彰明较著，惟恐将他激起，反为不美。莫若派人暗暗访查，须剪了他的羽翼，然后一鼓擒之，方保无虞。"天子准奏，即加封颜查散为文渊阁大学士，特旨巡按襄阳。仍着公孙策、白玉堂随往。加封公孙策为主事，白玉堂实授四品护卫之职。所遗四品护卫之衔，即着蒋平补授。立即驰驿前往。谁知襄阳王此时已然暗里防备，左有黑狼山金面神蓝骁督率旱路，右有飞叉太保钟雄督率水寨，与襄阳成了鼎足之势，以为羽翼，严密守汛。

且说圣上因见欧阳修的本章，由欧阳二字猛然想起北侠欧阳春，便召见包相问及北侠。包相将北侠为人正直豪爽，行侠尚义，一一奏明。天子甚为称羡。包公见此光景，下朝回衙来到书房，叫包兴请展护卫来告诉此事。南侠回至公所对众英雄述了一番，只见四爷蒋平说道："要访北侠，还是小弟走一趟，庶不负此差。什么缘故呢？现今开封府内王、马、张、赵四位，是再不能离了左右的；公孙兄与白五弟上了襄阳了，这开封府必须展大哥在此料理一切事务。如有不到之处，还有俺大哥可以帮同协办。至于小弟，原是清闲无事之人，与其闲着，何不讨了此差，一来访查欧阳兄，二来小弟也可以疏散疏散，岂不是两便么？"大家计议停当，一同回了相爷。包公心中甚喜，即时付与了开封府的龙边信票，交付蒋爷用油纸包妥，贴身带好，别了众人，意欲到松江府茉花村。

行了几日，不过是饥餐渴饮。一日天色将晚，到了来峰镇悦来店，住了西耳房单间。歇息片时，饮酒吃饭毕，又泡了一壶茶，觉得味香水甜，未免多喝了几碗。到了半夜，不由的要小解。起来刚刚的来至院内，只见那边有人以指弹门，却不声唤。蒋爷将身一影，暗里偷瞧。见门开处，那人挨身而入，仍将门儿掩闭。蒋爷暗道："事有可疑，倒要看看。"也不顾小解，飞身上墙，轻轻跃下，原来是店东居住之所。

只听有人说道："小弟求大哥帮助帮助。方才在东耳房我已认明，正是我们员外的对头，如何放得他过！"又听一人答道："言虽如此，怎么替你报仇呢？"那人道："小弟已见他喝了个大醉，莫若趁醉将他勒死，撇在荒郊，岂不省事？"又听答道："索性等他睡熟了，再动不迟。"蒋爷听至此，抽身越墙而来，悄悄奔到东耳房。见挂着软布帘儿，屋内尚有灯光。从帘缝儿往里一看，见灯花结蕊，有一人头向里面而卧，身量却不甚大。蒋爷侧身来至屋内，剪了灯花仔细看时，吓了一跳，原来是小侠艾虎。见他烂醉如泥，呼声震耳，暗道："这样小小年纪，贪杯误事。若非我今日下在此店，险些儿把个小命儿丧了。但不知那要害他的是何人。不要管他，俺且在这里等他便了。”噗，将灯吹灭，屏息而坐。偏偏的小解又来了，再也支持不住。无可如何，将单扇门儿一掩，就在门后小解起来。因工夫等的大了，他就小解了个不少，流了一地。刚然解完，只听外面有些个声息。他却站在门后，只见进来一人，脚下一跳，往前一扑，后面那人紧步跟到，正撞在前面身上。蒋爷将门一掩，从后转出，也就压在二人身上，却高声先嚷道："别打我，我是蒋平。底下的他俩才是贼呢。"艾虎此时已醒，听是蒋爷，连忙起身。蒋爷抬身，叫艾虎按住了二人。此时店小二听见有人嚷贼，连忙打着灯笼前来。蒋爷就叫他将灯点上一照：一个是店东，一个是店东朋友。蒋爷就把他拿的绳子捆了他二人。底下的那人衣服湿了好些，却是蒋爷撒的溺。

蒋爷坐下，便问店东道："你为何听信奸人的言语，要害我侄儿，是何道理？讲！"店东道："老爷不要生气。小人名叫曹标，只因我这个朋友名叫陶宗，因他家员外被人害却，事不遂心，投奔我来。皆因这位小客人下在我店内，左一壶右一壶，喝了许多的酒，是陶宗心内犯疑：'一个小客官，为何喝了许多的酒呢？况且又在年幼之间呢。'他就悄悄的前来偷看，不想被他认出，说是他家员外的仇人。因此央烦小人，陪了他来作个帮手。"蒋爷道："作帮手是叫你帮着来勒人，你就应他？"曹标道："并无此事，不过叫小人帮着拿住他。"蒋爷道："你们的事如何瞒得过我呢？你二人商议明白，将他勒死，撇在荒郊；你还说，等他睡了再动不迟。你岂是尽为做帮手呢？"一句话说的曹标再也不敢言语，惟有心中纳闷而已。蒋爷道："我看你决非良善之辈，包管也害的人命不少。"说着话，叫艾虎："把那个拉过来，我也问问。"

艾虎上前将那人提起一看："嗳呀，原来是你么？"便对蒋爷道："四叔，他不叫陶宗，他就是马强告状脱了案的姚成。"蒋爷听了，连忙问道："你既是姚成，如何又叫陶宗呢？"陶宗道："我起初名叫陶宗，只因投在马员外家，就改名叫姚成。后来知道员外的事情闹大了，惟恐连累于我，因此脱逃，又复了本名，仍叫陶宗。"蒋爷道："可见你反复不定，连自己姓名都没有准主意。既是如此，我也不必问了。"回头对店小二道："你快去把地方保甲叫了来。我告诉你，此乃是脱了案的要犯，你家店东却没有什么要紧。你就说我是开封府差来拿人，叫他们快些来见，我这里急等。"店小二听了，那敢怠慢。

不多时，进来了二人，朝上打了个千儿道："小人不知上差老爷到来，实在眼瞎，望乞老爷恕罪。"蒋爷道："你们俩谁是地方？"只听一人道："小人王大是地方。他是保甲，叫李二。"蒋爷道："你们这里属那里管？"王大道："此处地面皆属唐县管。"蒋爷道："你们官姓什么？"王大道："我们太爷姓何官名至贤。请问老爷贵姓？"蒋爷道："我姓蒋，奉开封府包太师的钧谕，访查要犯，可巧就在这店内擒获。我已捆缚好了在这里，说不得你们辛苦辛苦，看守看守，明早我与你们一同送县。见了你们官儿，是要即刻起解的。"二人同声说道："蒋老爷只管放心，请歇息去罢。就交给小人们，是再不敢错的。别说是脱案要犯，无论什么事情，小人们断不敢徇私的。"蒋爷道："很好。"说罢，立起身携着艾虎的手，就上西耳房去了。

要知后文如何，且听下回分解。

第八十七回　为知己三雄访沙龙　因救人四义撇艾虎

且说蒋爷咐吩地方保甲好好看守，二人连声答应，说了许多的小心话。蒋爷立起身来，携着艾虎的手，一步步就上西耳房而来。爷儿两个坐下，蒋爷方问道："贤侄，你如何来到这里？你师父往那里去了？"艾虎道："说起来话长。只因我同着我义父在杭州倪太守那里住了许久，后来义父屡次要走，倪太守断不肯放。好容易等他完了婚之后，方才离了杭州。到茉花村，给丁家二位叔父并我师父道乏道谢，就在那里住下了。不想丁家叔父那里，早已派人上襄阳打听事情去了，不多几日，回来说道：'襄阳王已知朝廷有些知觉，惟恐派兵征剿，他那里预为防备。左有黑狼山，安排下金面神蓝骁把守旱路；右有军山，安排下飞叉太保钟雄把守水路。这水旱两路皆是咽喉紧要之地，倘若朝廷有什么动静，即刻传檄飞报。'因此，我师父与我义父听见此信，甚是惊骇。什么缘故呢？因有个至好的朋友，姓沙名龙，绰号铁面金刚，在卧虎沟居住。这卧虎沟离黑狼山不远，一来恐沙伯父被贼人侵害，二来又怕沙伯父被贼人诓去入伙。大家商量，我师父与义父，还有丁二叔，他们三位俱各上卧虎沟去了，就把我交与丁大叔了。侄儿一想：这样的热闹不叫侄儿开开眼，反到圈在家里，我如何受得来呢？一连闷了好几日，偏偏的丁大叔时刻不离左右，急的侄儿没有法儿。无奈何，悄悄的偷了丁大叔五两银子做了盘费，我要上卧虎沟看个热闹去。不想今日住在此店，又遇见了对头。"

蒋爷听了，暗暗点头道："好小子！拿着厮杀对垒当热闹儿，真好胆量，好心胸！但只一件，欧阳兄、智贤弟既将他交给丁贤弟，想来是他去不得。若去得时，为什么不把他带了去呢？其中必有个缘故。如今我既遇见他，岂可使他单人独往呢？"正在思索，只听艾虎问道："蒋叔父今日此来，是为拿要犯还是有什么别的事呢？"蒋爷道："我岂为要犯而来，原是为奉相谕，派我找寻你义父。只因圣上想起，相爷惟恐一时要人没个着落，如何回奏呢？因此派我前来，不想在此先拿了姚成。"艾虎道："蒋叔父如今意欲何往呢？"蒋爷道："我原要上茉花村来着，如今既知你义父上了卧虎沟，明日只好将姚成送县，起解之后，我也上卧虎沟走走。"

艾虎听了欢喜，道："好叔叔，千万把侄儿带了去。若见了我师父与义父，就说叔父把侄儿带了去的，也省得他二位老人家嗔怪。"蒋平听了笑道："你倒会推干净儿，难道久后你丁大叔也不告诉他们二人么？"艾虎道："赶到日子多了，谁还记得这些事呢？即便丁大叔告诉了，事已如此，我师父与义父也就没有什么怪的了。"蒋爷暗想道："我看艾虎年幼贪酒，而且又是私逃出来的，莫若我带了他去，一来尽了人情，二来又可找欧阳兄。只是他这样，必须如此如此。"想罢，对艾虎道："我带虽把你带去，你只要依我一件事。"艾虎听说带他去，好生欢喜，便问道："四叔，你老只管说是什么事，侄儿无有不应的。”蒋爷道：“就是你的酒，每顿只准你喝三角，多喝一角都是不能的。你可愿意么？”艾虎听了，半晌方说道：“三角就是三角，吃荤强如吃素，到底有三角，可以解解馋也就是了。”叔侄两个整整的谈了半夜。不一时到东耳房照看，惟听见曹标抱怨姚成不了，姚成到了此时一言不发，不过垂头叹气而已。

到了天色将晓，蒋爷与艾虎梳洗已毕，打了包裹。艾虎不用蒋爷吩咐，他就背起行李，叫地方、保甲押着曹标、姚成，竟奔唐县而来。到了县衙，蒋爷投了龙边信票。不多时，请到书房相见。蒋爷面见何县令，将始末说明。因还要访查北侠，就着县内派差役押解赴京。县官即刻办了文书，并申明护卫蒋爷上卧虎沟，带了一笔。蒋爷辞了县官，将龙票仍用油纸包好，带在贴身，与艾虎竟自起身。

这里文书办妥，起解到京。来至开封，投了文书，包公升堂，用刑具威唬的姚成一一供招：原是水贼，曾害过倪仁夫妇。又追问马强交通襄阳之事，姚成供出：马强之兄马刚，曾在襄阳交通信息。取了招供，即将姚成毙于铡下。曹贼定罪充军。此案完结不表。

再说蒋平、艾虎自离了唐县，往湖广进发，果然艾虎每顿三角酒。一日来至濡口雇船，船家富三，水手二名。蒋爷在船上赏玩风景，心旷神怡，颇觉有趣。只见艾虎两眼朦胧，不似坐船，仿佛小孩子上了摇车儿，睡魔就来了。先前还前仰后合，扎挣着坐着打盹，到后来放倒头便睡。惟独到喝酒之时精神百倍，又是说又是笑，只要三角酒一完，咯噔的就打起哈气来了，饭也不能好生吃。蒋爷看了这番光景，又怕他生出病来，想了想在船上无妨，也只好见一半不见一半，由他去便了。

这日刚交申时光景，正行之间，忽见富三说道：“快些撑船，找个避风的所在，风暴来了。”水手不敢怠慢，连忙将船撑在鹅头矶下。此处却是珍玉口，极其幽僻。将船湾住，下了铁锚。整饭食吃毕，已有掌灯之时，却是平风静浪，毫无动静。蒋爷暗道：“并无风暴，为何船家他说有风呢？哦，是了，想是他心怀不善，别是有什么意思罢，倒要留神。”只听呼噜噜呼声震耳，原来是艾虎饮后食困，他又睡着了。蒋爷暗道：“他这样贪杯好睡，焉有不误事的呢。”正在犯想，又听忽喇喇一阵乱响，连船都摆起来，万籁皆鸣。果然大风骤起，波涛汹涌，浪打船头，蒋爷方信富三之言不为虚谬。幸喜乱刮了一阵，不大工夫，天开月霁。衬着清平，波浪荡漾，夜色益发皎洁，不肯就睡，独坐船头赏玩多时。约有二鼓，刚要歇息，觉得耳畔有人声唤：“救人吓，救人！”顺着声音细看，眼往西北一观，隐隐有个灯光闪闪灼灼。蒋爷暗道：“此必有人暗算，我何不救他一救呢。”忙迫之中，也不顾自己衣服，将鞋脱在船头，跳在水内踏水面而行。忽见一人忽上忽下，从西北顺流漂来。蒋爷奔到跟前，让他过去，从后将发揪住，往上一提。那人两手乱抓乱挠，蒋爷却不叫他揪住。这就是水中救人的绝妙好法子。但凡人落了溺水，漫说道是无心落水，就是自己情愿淹死，到了临危之际，再无有不望人救之理。他两手扎煞，见物就抓，若被抓住却是死劲，再也不得开的。往往从水中救人反被溺死的，带累倾生，皆是救的不得门道之故。再者，凡溺水的，两手必抓两把淤泥，那就是挣命之时乱抓的。如今蒋爷提住那人，容他乱抓之后,方一手提住头发,一手把住腰带,慢慢踏水奔到崖岸之上。幸喜工夫不大,略略控水,即便苏醒,哼哼出来。蒋爷方问他名姓。

原来此人是个五旬以外的老者,姓雷名震。蒋爷听了便问道:"现今襄阳王殿前站堂官雷英,可是本家么?"雷震道:"那就是小老儿的儿子,恩公如何知道?"蒋爷道:"我是闻名,有人常提,却未见过。请问老丈家住那里,竟欲何往?"雷震道:"小老儿就在襄阳王的府衙后面,有二里半之远,在八宝村居住。因女儿家内贫寒,是我备了衣服簪环,前往陵县探望,因此雇了船只。谁知水手是弟兄二人,一个米三,一个米七。他二人不怀好意,见我有这衣服箱笼,他说有风暴,船不可行,便藏在此处。他先把我跟的人杀了,小老儿喊叫救人,他却又来杀我。是我一急,将船窗撞开,跳在水中,自己也就不觉了。多亏恩公搭救!"蒋爷道:"大约船尚未开,老丈在此略等,我给你瞧瞧箱笼去。"雷震听了,焉有不愿意的呢?连忙说道:"敢则是好,只是又要劳动恩公。"蒋爷道:"不打紧。你在此略等,俺去去就来。"

说罢,跳在水内,一个猛子来至有灯光船边。只听二贼说道:"且打开箱笼看看,包管兴头的。"蒋爷把住船边,身体一跃道:"好贼!只顾你们兴头,却不管别人晦气了!"说着话到船上。米七猛听见一人答言,提了刀钻出舱来,尚未立稳,蒋爷抬腿就是一脚。虽然未穿鞋,这一脚儿踢了个正着,恰恰踢在米七的腮颊之上,如何禁得起,身体一歪,栽在船上,手松刀落。蒋爷跟步抢刀在手,照着米七一搠,登时了帐。米三在船上看的明白,说声"不好",就从雷老者破窗之处蹿入水内去了。蒋爷如何肯放,纵身下水,捉住贼的双脚往上一提,出了水面,犹如捣碓一般,立刻将米三串了个老满儿。然后提到船上,进舱找着绳子,捆缚好了,将他脸面向下控起水来。蒋爷复又跳在水内,来至崖岸,背了雷震,送上船去,告诉他道:"此贼如若醒来,老丈只管持刀威唬他,不要害怕,已然捆缚好好的了。俟天亮时,另雇船只便了。"说罢,翻身入水,来到自己湾船之处一看,罢了,踪影全无!敢则是富三见得了顺风,早已开船去了。

蒋爷无奈,只得仍然踏水面到雷震那里船上。正听雷老者颤巍巍的声音道:"你动一动,我就是一刀!"蒋爷知道他是害怕,远远就答言道:"雷老者,俺又回来了。"雷震听了,一抬头见蒋爷已然上船,心中好生欢喜,道:"恩公为何去而复返?"蒋爷道:"只因我的船只不见,想是开船走了。莫若我送了老丈去如何?"雷震道:"有劳恩公,何以答报。"蒋爷道:"老丈有衣服借一件换换。"雷震应道:"有,有,有。"却是四垂八挂的,蒋爷用丝绦束腰,将衣襟拽起。等到天明,用篙撑开,一脚将米三踢入水中,到把老者吓了一跳,道:"人命关天,这还了得!"蒋爷笑道:"这厮在水中做生涯,不知劫了多少客商,害了多少性命。如今遇见蒋某,算是他的恶贯已满,理应除却,还心疼他怎的?"雷震嗟叹不已。

且不言蒋爷送雷震上陵县,再说小爷艾虎整整的睡了一夜,猛然惊醒,不见了蒋平,连忙出舱问道:"我叔叔往那里去了?"富三道:"你二人同舱居住,如何问我?"艾虎听了,慌忙出舱看视。见船头有鞋一双,不觉失声道:"嗳呀,四叔掉在水内了。别是你等有意将他害了罢?"富三道:"你这小客官说话好不晓事!昨晚风暴将船湾住，我们俱是在后梢安歇的，前舱就是你二人。想是那位客官夜间出来小解，失足落水或者有的，如何是我们害了他呢？”水手也说道：“我们既有心谋害，何不将小客官一同谋害，为何单单害那客官一人呢？”又一水手道：“别是你这小客官见那客官行李沉重，把他害了，反倒诬赖我们罢？”小爷听了，将眼一瞪道：“岂有此理，满口胡说！那是我叔父，俺如何肯害他！”水手道：“那可难说。现在包裹行李都在你手内，你还赖谁呢？”小爷听了，揎拳掠袖，就要打他们水手。富三忙拦道：“不要如此。据我看来，那位客官也不是被人谋害的，也不是失脚落水的，竟是自投在水内的。大家想想，若是被人谋害，或者失足落水，焉有两只鞋好好放在一边之理呢？”一句话说的众人省悟。水手也不言语了，艾虎也不生气，连忙回转舱内。只见包裹未动，打开时衣服依然如故，连龙票也在其内；又把兜肚内看了一看，尚有不足百金，只得仍然包好。心中纳闷道：“蒋四叔往何处去了呢？难道黉夜之间摸鱼去了？”正在思索，只听富三道：“小客官，已到了停泊之处了。”艾虎无奈，束兜肚，背了包裹，搭跳上岸，迈步向前去了。船价是开船付给了，所谓船家不打过河钱。

不知后文如何，且听下回分解。

第八十八回　抢鱼夺酒少弟拜兄　谈文论诗老翁择婿

且说艾虎下船之后，一路上想起：“蒋爷在悦来店救了自己，蒙他一番好意带我上卧虎沟，不想竟自落水，如今弄得我一人踽踽凉凉。”不由的凄惨落泪。正在哭泣，猛然想起蒋爷颇识水性，绰号翻江鼠，焉有淹死的呢？想至此，又不禁大乐起来。走着走着，又转想道：“不好，不好！俗语说的好：惯骑马的惯跌跤，河里淹死是会水的。焉知他不是艺高人胆大，阳沟里会翻船，也是有的。可怜一世英名，却在此处倾生。”想至此，不由的又痛哭起来。哭了多时，忽又想起那双鞋来：“别是真个的下水摸鱼去了罢？若果如此，还有相逢之日。”想至此，不禁又狂笑起来。他哭一阵，笑一阵，旁人看着，皆以为他有疯魔之症，远远的躲开，谁敢招惹于他？

艾虎此时千端万绪萦绕于心，竟自忘饥，因此过了宿头。看着天色已晚，方觉得饥饿，欲觅饭食，无处可求。忽见灯光一闪，急忙奔至。临近一看，原来是个窝铺。见有二人对面而坐，并听有豁拳之声。他却走至跟前，一人刚叫了个“八马”，艾虎他却把手一伸道：“三元。”谁知豁拳的却是两个渔人，猛见艾虎进来，不分青红皂白硬要豁拳，便发话道：“你这后生好生无理！我们在此饮酒作乐，你如何前来混搅？”艾虎道：“实不相瞒，俺是行路的，只因过了宿头，一是肚中饥饿，没奈何，将就将就，留个相与罢。”说着话，他就要端酒碗。那渔人忙拦道：“你要吃食，也等我们吃剩下了，方好周济于你。”艾虎道：“俺又不是乞儿花子，如何要你周济？俺有银两，买你几碗酒，你可肯卖么？”渔人道：“俺这里又不是酒市，你要买前途买去，我这里是不卖的。”说罢，二人又脑袋摘巾儿豁起拳来。一人刚叫了个“对手”，艾虎又伸一拳道：“元宝！”一渔人大怒道：“你这小厮好生惫懒！说过不卖，你却歪厮缠则甚？”艾虎道：“不卖，俺就要抢了！”渔人冷笑道：“你说别的罢了，你说要抢，只怕我们此处不容你放抢。”说罢站起身来，出了窝铺，揎拳掠袖道：“小厮，你抢个样儿我看！”艾虎将包袱放下，笑哈哈的道：“你不要忙，俺先与你说明：俺若输了，任凭你等；俺若赢了，不消说了，不但酒要够，还要管俺一饱。”那渔人也不答应，扬手就是一拳。艾虎也不躲闪，将手接住往旁边一领，那渔人不知不觉趴伏在地。这渔人一见，气忿忿的道：“好小厮，竟敢动手！”抽后就是一脚。艾虎回身将脚后跟往上一托，那渔人仰巴叉栽倒在地。二人爬起来一拥齐上，小侠只用两手左右一分，二人复又跌倒。一连三次，渔人知道不是对手，抱头鼠窜而去。

艾虎见他等去了，进了窝铺，先端起一碗饮干，又要端那碗酒时，方看中间大盘内是一尾鲜汆鲤鱼，刚吃了不多，满心欢喜。又饮了这碗酒，也不用筷箸，抓了一块鱼放在口内。又拿起酒瓶来斟酒，一碗酒一块鱼，霎时间杯盘狼籍。正吃的高兴，酒却没了。他便端起大盘来，囫囵吞的连汤都喝了。虽未尽兴，也可搪饥。回首见有现成的鱼网，将手擦抹了擦抹，站起身来刚要走时，觉有一物将头碰了一下。回头看时，原来是个大酒葫芦，不由的满心欢喜。摘将下来，复又回身就灯一看，却是个锡盖。艾虎不知是转螺蛳的，左打不开，右打不开，一时性起，用力一掰，将葫芦嘴撅下来。他就嘴对嘴匀了四五气。饮干一松手，拍叉的一声，葫芦正落在大盘子上，砸了个粉碎。艾虎也不管他，提了包裹，出了窝铺，也不管东南西北，信步行去。谁知冷酒后犯，一来是吃的空心酒，二来吃的太急，又着风儿一吹，不觉的酒涌上来。晃里晃荡才走了二三里的路，再也扎挣不来。见路旁有个破亭子，也不顾尘垢，将包袱放下做了枕头，放倒身躯，呼噜噜酣睡如雷。真是一觉放开心地稳，不知日出已多时。

正在睡浓之际，觉的身上一阵乱响，似乎有些疼痛。慢闪二目，天已大亮，见五六个人各持木棒，将自己围绕。猛然省悟，暗道：“这是那两个渔人调了兵来了。”再一回想，原是自己的不是，莫若叫他们打几下子出出气，也就完了事了。谁知这些人俱是鱼行生理，因那两个渔人被艾虎打跑，他俩便知会了众渔人，各各擎木棒奔了窝铺而来。大家看时，不独鱼酒皆无，而且葫芦掰了，盘子砸了，一个个气冲两胁，分头去赶。只顾奔了大路，那知小侠醉后混走，倒岔在小路去了。众人追了多时不见踪影，俱说便宜他，只得大家漫散了。

谁知有从小路回家的，走至破亭子，忽听呼声震耳。此时天已黎明，看不真切，似乎是个年幼之人。急忙令人看守，复又知会就近的，凑了五六个人。其中便有窝铺中的渔人，看了道：“就是他！”众人就要动手，有个年老的道：“众位不要混打，惟恐伤了他的致命之处，不大稳便。须要将他肉厚处打，止于戒他下次就是了。”因此一阵乱响，又是打艾虎，又是棒磕棒。打了几下，见艾虎不动，大家犹疑，恐其伤了性命。那知艾虎故意的不语，叫他打几下子出气呢。迟了半天，见他们不打了，方睁开眼道：“你们为什么不打了？”一翻身爬起，提了包裹，掸了掸尘垢，拱了拱手道:“请了,请了。”众人围绕着,那里肯放。艾虎道:“你们为何拦我?”众人道:“你抢了我们的鱼酒,难道就罢了不成?”艾虎道:“你们不打了我吗?打几下子出了气,也就是了,还要怎么?”渔人道:“你掰了我的葫芦,砸了我的大盘,好好的还我,不然想走不能!”艾虎道:“原来坏了你的葫芦、盘子。不要紧,俺给你银,另买一份罢。”渔人道:“只要我的原旧东西,要银子做什么?”艾虎道:“这就难了。人有生死,物有毁坏。业已破了,还能整的上么?你不要银子,莫若再打几下,与你那东西报报仇,也就完了事了。”说罢,放下包裹,复又躺在地下,闹顽皮子,俗语谓之皮子,又谓之魇驼子。闹的众人生气不是,要笑不是,再打也不是。年老的道:“真这后生实在呕人,他倒闹起魔来了!”渔人道:“他竟敢闹魔,我把他打死,给他抵命!”年老的道:“休出此言,难道我们众人瞅着你在此害人不成!”

正说间,只见那边来了个少年的书生,向着众人道:“列位请了。不知此人犯了何罪,你等俱要打他?望乞看小生薄面,饶了他罢。”说罢就是一揖。众人见是个斯文相公,连忙还礼,道:“叵耐这厮饶抢了嘴吃,还把我们的家伙毁坏,实实可恶!既是相公给他讨情,我们认个晦气罢了。”说罢,大家散去。

年少后生见众人散去,再看时,见他用袖子遮了面,仍然躺着不肯起来。向前将袖子一拉,艾虎此时臊的满面通红,无可搭讪,“噗哧”的一声,大笑不止。书生道:“不要发笑。端的为何,有话起来讲。”艾虎无奈,站起掸去尘垢,向前一揖,道:“惭愧,惭愧!实在是俺的不是。”便将抢酒吃鱼,以及毁坏家伙的话毫无粉饰,合盘托出,说罢又大笑不止。书生听了,暗暗道:“听他之言,倒是个率真豪爽之人。”又看了看他的相貌,满面英雄,气度不凡,不由的倾心羡慕,问道:“请问尊兄贵姓?”艾虎道:“小弟姓艾名虎。尊兄贵姓?”那书生道:“小弟施俊。”艾虎道:“原来是施相公。俺这不堪的形景,休要见笑。”施俊道:“岂敢,岂敢!四海之内皆兄弟也,焉有见笑之理。”艾虎听了“皆兄弟也”,以“皆”字当作“结”字,答道:“俺乃粗鄙之人,焉敢与斯文贵客结为兄弟。既蒙不弃,俺就拜你为兄。”施俊听了甚喜,知他是错会意了,以为他鲠直可交,便问:“尊兄青春几何?”艾虎道:“小弟今年十六岁了。哥哥你今年多大了?”施俊道:“比你长一岁,今年十七岁了。”艾虎道:“俺说是兄长,果然不差。如此,哥哥请上,受小弟一拜。”说罢,趴在地下就磕头。施俊连忙还礼,二人彼此搀扶。小侠提了包裹,施俊一伸手携了艾虎,离了破亭,竟奔树林而来。早见一小童,拉定两匹马在那里瞭望。

施俊来至小童跟前,唤道:“锦笺过来,见过你二爷。”小童锦笺先前见二人说话,后来又见二人对磕头,早就心中纳闷,如今听见相公如此说,不敢怠慢,上前跪倒,道:“小人锦笺与二爷叩头。”艾虎从来没受过人的头,没听见人称呼过二爷,今见锦笺如此,喜出望外,不知如何是好,连忙说道:“起来,起来。”回身在兜肚内掏出两个锞子,递与锦笺道:“拿去买果子吃。”锦笺却不敢受,两眼瞅着施俊。施俊道:“二爷既赏你,你收了就是了。”锦笺接过,复又叩头谢赏。艾虎心中暗道:“为何他又叩头?哦,是了,想是不够用的,还和我再讨些。”回手又向兜肚内要掏。艾虎当初也是馆童,皆因在霸王庄上并没受过这些排场礼节,所以不懂,非前后文不对。施俊道："二弟赏他一锭足矣，何必赏他许多呢。请问二弟，意欲何往？"一句话方把艾虎岔开。答道："小弟要上卧虎沟，寻找师父与义父。请问兄长意欲何往呢？"施俊道："愚兄要上襄阳县金伯父那里。一来看文章，二来就在那里用功。你我二人不能盘桓畅叙，如何是好？"艾虎道："既然彼此有事，莫若各奔前程，后会有期。兄长请乘骑，待小弟送你一程。"施俊道："贤弟不要远送。我是骑马，你是步下，如何赶的上？不如就此拜别了罢。"说罢，二人彼此又对拜了。锦笺拉过马来，施俊谦让多时，扳鞍上马。锦笺因艾虎在步下，他不肯骑马，拉着步行。艾虎不依，务必叫他骑上马跟了前去。目送他主仆已远，自己方扛起包裹，迈开大步，竟奔大路去了。

且说施俊父名施乔，字必昌，曾作过一任知县，因害目疾失明，告假还乡。生平有两个结义的朋友：头一个便是兵部尚书金辉，因参襄阳王遭贬在家；第二个便是新调长沙太守邵邦杰。三个人虽是结义的朋友，却是情同骨肉。施老爷知道金老爷有一位千金小姐，自幼儿见过好几次，虽有联姻之说，却未纳聘。如今施俊年已长成，莫若叫施俊去到那里，明是托金公看文章，暗暗却是为结婚姻。

这日施俊来至襄阳县九云山下九仙桥边，问着金老爷的家，投递书信。金老爷即刻请至书房，见施俊品貌轩昂，学问渊博，那一派谦让和蔼，令人羡慕，金公好生欢喜，而且看了来书，已知施乔之意，便问施俊道："令尊目力可觉好些，不然如何能写书信呢？"施俊鞠躬答道："家严止于通彻三光，别样皆不能视。此信乃家严谆嘱小侄代笔，望伯父海涵勿哂。"金辉道："如此看来，贤侄的书法是极妙的了。这上面还要叫老拙改正文章，如何当的起。学业久已荒疏，拈笔犹如马棰，还讲什么改正？只好贤侄在此用功，闲时谈谈讲讲，彼此教正，大家有益罢了。"说至此，早见家人禀道："饭已齐备，请示在那里摆。"金公道："在此摆，我同施相公一处用，也好说话。"饮酒之间，金公盘问了多少书籍，施俊一一对答如流，把个金辉乐的了不得。吃毕饭，就把施俊安置在书房下榻，自己洋洋得意，往后面而来。

不知见了夫人有何话讲，且听下回分解。

第八十九回　憨锦笺暗藏白玉钗　痴佳蕙遗失紫金坠

且说金辉见了夫人何氏，盛夸施俊的人品学问。夫人听了，也觉欢喜。原来何氏夫人就是唐县何至贤之妹，膝下生得两个儿女：女名牡丹，今年十六岁；儿名金章，年方七岁。老爷还有一妾，名唤巧娘。且说夫人见老爷夸施俊不绝口，知有许婚之意，便问："施贤侄到此何事？"金老爷道："施公双目失明，如今写信前来，叫施俊在此读书，从我看文章。虽是如此，书中却有求婚之意。"何氏道："老爷意下如何呢？"金公道："当初，施贤弟也曾提过，因女儿尚幼，并未聘定。不想如今施贤侄年纪长成，不但品貌端好，而且学问渊博，堪与我女儿匹配。”何氏道：“既如此，老爷何不就许了这头亲事呢？”金公道：“且不要忙。他既在此居住，我还要细细看看他的行止如何。如果真好，慢慢再提亲不迟。”

老爷、夫人只顾讲论此事，谁知有跟小姐的亲信丫头，名唤佳蕙，是自幼儿伏侍小姐的，因他聪明伶俐，而且模样儿生的俏丽，又跟着小姐读书习字，文理颇通，故此起名用个“蕙”字，上面又加上个“佳”字，言他是香而且美。佳蕙既然如此，小姐的容颜学问可想而知了。这日他正到夫人卧室，忽听见老夫妻讲论施俊才貌双全，有许婚之意，他便回转绣户，嘻嘻笑笑道：“小姐，大喜了。”牡丹小姐道：“你道的什么喜？”佳蕙道：“方才我从太太那里来，老爷正然讲究，原来施老爷打发小官人来在我们这里读书，从着老爷看文章。老爷说他不但学问好，而且品貌极美，老爷、太太乐得了不得，有意将小姐许配于他。难道小姐不是大喜么？”牡丹正看书，听说至此，把书一放，嗔道：“你这丫头益发愚顽了。这些事也是大惊小怪对我说的么？越大越没出息了！还不与我退了。”

佳蕙一团的高兴，被小姐申饬了一顿，脸上觉的讪讪的，羞答答回转自己屋内，细细思索道：“我与小姐虽是主仆，却是情同骨肉，为何今日听了此话不但不喜，反倒嗔怪呢？哦，是了，往往有才的必不能有貌，有貌的必不能有才，如何能够才貌兼全呢？小姐想来不能深信。仔细想来，倒是我莽撞了。理应替他探了水落石出，方不负小姐待我的深情。”想至此，踟蹰不安，他便悄悄偷到书房，把施俊看了个十分仔细。回来暗道：“怨得老爷夸他，果然生的不错。据我看来，他既有如此的容貌，必有出奇的才情。小姐不知，若要固执起来，岂不把这样的好事耽搁了么？嗳，我何不如此如此，替他们成全成全，岂不是好？”想罢，连忙回到自己屋内，拿出一方芙蓉手帕。暗道：“这也是小姐给我的，我就拿他做个引线。”立刻提笔就在手帕上写了“关关雎鸠，在河之洲”二句，摺叠了摺叠，藏在一边。

到了次日，午间无事，抽空儿袖了手帕，来到书房。可巧施俊手倦抛书，午梦正长，锦笺也不在跟前。佳蕙悄悄的临近桌边，把手帕一丢，转身时又将桌子一靠。施俊惊醒，朦胧二目，翻身又复睡了。谁知锦笺从外面回来，见相公在外面磕睡，腕下却露着手帕，慢慢抽出，抖开一看，异香扑鼻，上面还有字迹，却是两句《诗经》，心中纳闷道：“这是什么意思？此帕从何来呢？不要管他，我且藏起来。相公如问我时，我再问相公便知分晓。”及至施俊睡醒，也不找手帕，也不问锦笺。锦笺心中暗道：“看此光景，这手帕必不是我们相公的。若是我们相公的，焉有不找不问之理呢？但只一件，既不是我们相公的，这手帕从何而来呢？倒要留神查看查看。”

到了次日，锦笺不时的出入来往，暗里窥探。果然佳蕙从后面出来，到了书房，见相公正在那里开箱找书，不便惊动，抽身回来。刚要入后，只见一人迎面拦道：“好吓！你跑到书房做什么来了？快说！不然我就嚷了。”佳蕙见是个小童，问道：“你是谁？”小童道：“我乃自幼伏侍相公，时刻不离左右，说一是一，说二是二，言听计从的锦笺。你是谁？”佳蕙笑道：“原来是锦兄弟么？你问我，我便是自幼伏侍小姐，时刻不离左右，说一是一，说二是二，言听计从的佳蕙。”锦笺道：“原来是佳姐姐么?”佳蕙道:“什么锦咧佳咧,叫着怪不好听的。莫若我叫你兄弟,你叫我姐姐。咱们把锦、佳二字去了好不好?我问兄弟,昨日有块手帕,你家相公可曾瞧见了没有?”锦笺想道:“原来手帕是他的,可见他人大心大,我何不嘲笑他几句。”想罢说道:“姐姐不要性急,事宽则圆,姐姐终久总要有女婿的,何必这们忙呢?”佳蕙红了脸道:“兄弟休要胡说。只因我家小姐待我恩深意重,又有老爷、太太愿意联婚之意,故此我才拿了手帕来,知会你家相公,叫他早早求婚,莫要耽误了大事。难道《诗经》二句诗在手帕上写的,你还不明白么?那明是韫玉待价之意。”锦笺道:“姐姐原来为此,我倒错会了意了。姐姐还不知道呢,我们相公此来,原是奉老爷之命到此求婚。惟恐这里老爷不愿意,故此恳恳切切写了一封信,叫我们相公在此读书,是叫这里老爷知道知道我们相公的人品学问。如今姐姐既要知恩报恩,那手帕是不中用的,何不弄了真实著见的表记来。我们相公那里,有我一面承管。”坏事在此一句,所谓一言丧邦。佳蕙听了道:“兄弟放心,我们小姐那里,有我一面承管。咱二人务必将此事作成,庶不负主仆的情意一场。”说罢,佳蕙往后面去了,锦笺也就回转书房。

凡事有一定的道理,不是强求的,不是混谋的。事不当成,你纵然强求、混谋,冥冥中自有舛错,终久不成。若是事有可成,只用略为谋求,用不着“强”“混”二字,不因不由的便成了。至于婚姻一节,更不是强求混谋的。俗话说的“千里姻缘一线牵”,又云是“婚姻棒打不散”,原是有一定的道理。谁知遇见了佳蕙、锦笺两个,不能听其自然,无心中生出波澜,闹了个天翻地覆,险些儿性命难保。非是他二人安着坏心,有意陷害,却是一派天真烂漫,不知事体轻重。一个为感情,一个为逞能,及至事情叨登出来,他二人谁也不敢吐实,只落的后悔而已。

且说佳蕙自与锦笺说明之后,处处留神,时刻在念。不料事有凑巧,牡丹小姐叫他收什镜妆,他见有精巧玉钗一对,暗暗袖了一枝,悄悄递与锦笺。锦笺回转书房,得便开了书箱,瞧瞧无物可拿,见有一把扇子,拴的个紫金鱼的扇坠,连忙解下来,就势儿将玉钗放在箱内。却把前次的芙蓉手帕打开,刚要包上紫金鱼,见帕上字迹分明,他又展起才来,急忙提笔写上“窈窕淑女,君子好逑”二句,然后将扇坠包裹,得意洋洋来见佳蕙,道:“我说事成在我,姐姐不信,你看如何?”说罢,打开给佳蕙看了。佳蕙等的工夫大了,已然着急,见有个回礼,忙忙碌碌接了过来:“兄弟改日听信罢。”回手向衣襟一掖,转身就去了。

刚走了不多时,只见巧娘的杏花儿,年方十二岁,极其聪明,见了佳蕙问道:“姐姐那里去了?”佳蕙道:“我到花园掐花儿去来。”杏花道:“掐的花在那里?给我几朵儿。”佳蕙道:“花尚未开,因此空手而回。”杏花儿道:“我不信,可巧一朵儿没有吗?我要搜搜。”说罢,拉住佳蕙不放。佳蕙藏藏躲躲,道:“你这丫头,岂有此理!漫说没花儿,就是有花儿,也犯不上给你。难道你怕走大了脚,不会自己掐去么?拉拉扯扯什么意思!”说罢,将衣服一顿,扬长去了。杏花儿觉得不好意思,红涨了脸,发话道:“这有什么呢,明儿我们也掐去,单希罕你的咧!”说着话往地下一看,见有一个包儿,连忙捡起。恰正是芙蓉手帕包着紫金鱼儿,急忙拢在袖内,气忿忿回转姨娘房内而来。巧娘问道："你往那里去来？又合谁呕了气了？因为什么撅着嘴？"杏花儿道："可恶佳蕙，他掐了花来，我和他要一两朵，饶不给还捽打我。姨娘白想想，可气不可气！偏偏的他掉了一个包儿，我是再也不给他的了！"巧娘闻了，忙问道："你捡了什么了？拿来我看。"杏花儿将包儿递将过来。不想巧娘一看，便生出许多的是非来了。

你道为何？只因金辉自从遭贬之后，将宦途看淡了，每日间以诗酒自娱。但凡有可以消遣处，不是十天，就是半月，乐而忘返。家中多亏了何氏夫人，调度的井井有条。惟有巧娘水性杨花，终朝尽盼老爷回来。谁知金公是放浪形骸之外，又不在妇人身上用工夫的。他便急的犹如热地蚂蚁一般，如何忍耐得住，未免有些饥不择食，悄地里就与幕宾先生刮拉上了。俗话说，色胆大来难保机关不泄。一日，正与幕宾在花园厅上刚然入港，恰值小姐与佳蕙上花园烧香，将好事冲散。偏这幕宾是个胆小的，惟恐事要发觉，第二日收拾收拾竟自逃走了。巧娘失了心上之人，他不思己过，反把小姐与佳蕙恨入骨髓，每每要将他二人陷害，又是无隙可乘。

如今见了手帕，又有紫金鱼，正中心怀，便哄杏花儿道："这个包儿既是捡的，你给我罢。我不白要你的，我给你做件衫子如何？"杏花儿道："罢哟！姨娘前次叫我给先生送礼送信，来回跑了多少次，应许给我做衫子，到如今何尝做了呢？还提衫子呢，没的尽叫我们耽个名儿罢了！"巧娘道："往事休提。此次一定要与你做衫子的，并且两次合起来，我给你做件夹衫子如何？"杏花道："果真那样敢则是好，我这里先谢谢姨娘。"巧娘道："不要谢。我还告诉你，此事也不可对别人说，只等老爷回来，你千万不要在跟前。我往后还要另眼看待于你。"杏花儿听了欢喜，满口应承。

一日，金公因与人会酒，回来过晚，何氏夫人业已安歇。老爷怜念夫人为家计操劳，不忍惊动，便来到巧娘屋内。巧娘迎接就座，殷勤献茶毕，他便双膝跪倒道："贱妾有一事禀老爷得知。"金公道："你有何事，只管说来。"巧娘道："只因贱妾捡了一宗东西，事关重大。虽然老爷知道，必须访查明白，切不可声张。"说着话，便把手帕拿出，双手呈上。金公接过来一看，见里面包着紫金鱼扇坠儿，又见手帕上字迹分明，写着《诗经》四句，笔迹却不相同，前二句写的轻巧妩媚，后二句写的雄健草率。金辉看毕，心中一动，便问："此物从何处拾来？"巧娘道："贱妾不敢说。"金辉道："你只管说来，我自有道理。"巧娘道："老爷千万不要生气。只因贱妾给太太请安回来，路过小姐那里，拾得此物。"金辉听了，登时苍颜改变，无名火起，暗道："好贱人，竟敢做出这样事来。这还了得！"即将手帕金鱼包好，拢在袖内。巧娘又加言道："老爷，此事与门楣有关，千万不要声张，必须访查明白。据妾看来，小姐绝无此事，或者是佳蕙那丫头，也未可知。"老爷听了点了点头，一语不发，便上内书房安歇去了。

不知后来金公如何办理，且听下回分解。

第九十回　避严亲牡丹投何令　充小姐佳蕙拜邵公

且说金辉听了巧娘的言语,明是开通小姐,暗里却是葬送佳蕙。佳蕙既有污行,小姐焉能清白呢?真是君子可欺以其方。那知后来金公见了玉钗,便把佳蕙抛开,竟自追问小姐,生生的把个千金小姐弄成布裙荆钗,险些儿丧了性命,可见他的机谋狠毒。言虽如此,巧娘说"焉知不是佳蕙那丫头"这句话,说的何尝不是呢?他却有个心思,以为要害小姐,必先剪除了佳蕙。佳蕙既除,然后再害小姐就容易了。偏偏的遇见个心急性拗的金辉,不容分说,又搭着个纯孝的小姐不敢强辩,因此这件事倒闹的朦混了。

且说金辉到了内书房安歇,一夜不曾合眼。到了次日,悄悄到了外书房一看,可巧施俊今日又会文去了。金公便在书房搜查,就在书箱内搜出一枝玉钗。仔细留神,正是给女儿的东西。这一气非同小可,转身来至正室,见了何氏,问道:"我曾给过牡丹一对玉钗,现在那里?"何氏道:"既然给了女儿,必是女儿收着。"金辉道:"要来我看。"何氏便叫丫鬟到小姐那里去取。去了多时,只见丫鬟拿了一枝玉钗回来,禀道:"奴婢方才到小姐那里取钗,小姐找了半天,在镜箱内找了一枝。问佳蕙时,佳蕙病的昏昏沉沉,也不知那一枝那里去了。小姐说,俟找着那一支,即刻送来。"金辉听了,哼了一声,将丫鬟叱退,对夫人道:"你养的好女儿,岂有此理!"何氏道:"女儿丢了玉钗,容他慢慢找去,老爷何必生气?"金公冷笑道:"再要找时,除非把这一枝送在书房内便了!"何氏听了诧异道:"老爷何出此言?"金公便将手帕、扇坠掷与何氏,道:"这都是你养的好女儿作的。"便在袖内把那一枝玉钗取出,道:"现有对证,还有何言支吾?"何氏见了此钗,问道:"此钗老爷从何得来?"金辉便将施生书箱内搜出的话说了,又道:"我看父女之情,给他三日限期,叫他寻个自尽,休来见我!"说罢,气忿忿的上外面书房去了。

何氏见此光景,又是着急,又是伤心,忙忙来到小姐卧室,见了牡丹放声大哭。牡丹不知其详,问道:"母亲,这是为何?"夫人哭哭啼啼,将始末原由述了一遍。牡丹听毕,只唬的粉面焦黄,娇音软颤,也就哭将起来。哭了多时,道:"此事从何说起,女儿一概不知。"叫乳母梁氏追问佳蕙去。谁知佳蕙自那日遗失手帕、扇坠,心中一急,登时病了,就在那日告假,躺在自己屋内将养。此时正在昏愦之际,如何答应上来。梁氏无奈,回转绣房道:"问了佳蕙,他也不知。"何氏夫人道:"这便如何是好!"复又痛哭起来。牡丹强止泪痕,说道:"爹爹既然吩咐孩儿自尽,孩儿也不敢违拗。只是母亲养了孩儿一场,未能答报,孩儿虽死也不瞑目。"夫人听至此,上前抱住牡丹道:"我的儿吓,你既要死,莫若为娘的也同你死了罢。"牡丹哭道:"母亲休要顾惜女儿。现在我兄弟方交七岁,母亲若死了,叫兄弟倚靠何人,岂不绝了金门香烟么?"说罢,也抱住夫人痛哭不止。

旁边乳母梁氏猛然想起一计,将母女劝住,道:"老奴倒有一事回禀。我家小姐自幼稳重,闺门不出,老奴敢保断无此事。未免是佳蕙那丫头干的也未可知,偏偏他又病的人事不知。若是等他好了再问,惟恐老爷性急,是再不能的。若依着老爷逼勒小姐,又恐日后事明,后悔也就迟了。"夫人道:"依你怎么样呢?"梁氏道:"莫若叫我男人悄悄雇上船一只,两口子同着小姐,带佳蕙,投到唐县舅老爷那里暂住几时。俟佳蕙好了,求舅太太将此事访查,以明事之真假。一来暂避老爷的盛怒,二来也免得小姐倾生。只是太太担些干系,遇便再求老爷便了。"夫人道:"老爷跟前我再慢慢说明,只是你等一路上叫我好不放心。"梁氏道:"事已如此,无可如何,听命由天罢了。"牡丹道:"乳娘此计虽妙,但只一件,我自幼从未离了母亲,一来抛头露面,我甚不惯;二来违背父命,我心不安,还是死了干净。"何氏夫人道:"儿吓,此计乃乳母从权之道。你果真死了,此事岂不是越发真了么?"牡丹哭道:"只是孩儿舍不得母亲奈何?"乳娘道:"此不过燃眉之意。日久事明,依然团聚,有何不可?小姐如若怕出头露面,我更有一计在此。就将佳蕙穿了小姐的衣服,一路上说小姐卧病,往舅老爷那里就医养病。小姐却扮作丫鬟模样,谁又晓得呢?"何氏夫人听了,道:"如此很好,你们就急急的办理去罢,我且安置安置老爷去。"牡丹此时心绪如麻,纵有千言万语,一字却也道不出来,止于说道:"孩儿去了。母亲保重要紧。"说罢大哭不止。夫人痛彻心怀,无奈何,狠着心去了。

这里梁氏将他男子汉找来,名叫吴能。既称男子汉,可又叫吴能,这明说是无能的男子汉。他但凡有点能为,如何会叫老婆做了奶子呢?可惜此事交给他,这才把事办坏了。他不及他哥吴燕能有本事,打的很好的刀。到了河边,不论好歹,雇了船只,然后又雇了小轿三乘,来至花园后门。奶娘梁氏带领小姐与佳蕙,乘轿至河边上船。一篙撑开,飘然而去。

且说金辉气忿忿离了上房,来到了书房内。此时,施生已回,见了金公,上前施礼。金辉洋洋不睬。施俊暗道:"他如何这等慢待与我?哦,是了,想是嗔我在这里搅他了。可见人情险恶,世道浇薄。我又非倚靠他的门楣觅生活,如何受他的厌气?"想罢便道:"告禀大人得知,小人离家日久,惟恐父母悬望,我要回去了。"金辉道:"很好。你早就该回去!"施俊听了这样口气,登时羞的满面红涨,立刻唤锦笺鞴马。锦笺问道:"相公往那里去?"施俊道:"扯臊,自有去处,你鞴马就是了,谁许你问?狗才,你仔细,休要讨打!"锦笺见相公动怒,一声儿也不敢言语,急忙鞴了马来。施生立起身来,将手一拱,也不拜揖,说声:"请了。"金辉暗道:"这畜生如此无礼,真正可恶!"又听施生发话道:"可恶吓,可恶,真正岂有此理!"金辉明明听见,索性不理他了,以为他少年无状。又想起施老爷来,他如何会生出这样子弟,未免叹息了一番。然后将书籍看了看,依然照旧。又将书籍打开看了看,除了诗文之外,止有一把扇儿是施生落下的,别无他物。可惜施生忙中有错,说时原是孤然一身,所有书籍典章全是借用这里的,他只顾生气,却忘了扇儿放在书籍之内。彼时若是想起,由扇子追问扇坠,锦笺如何隐瞒?何况当着金辉再加以质证,大约此冤立刻即明。偏偏的施生忘了此扇,竟遗落在书籍之内。扇儿虽小,事关重大。凡事当隐当现,自有一定之理。若是此时就明白此事,如何又生出下文多少的事来呢!

且说金辉见施俊赌气走了,便回至内室。见何氏夫人哭了个泪人一般,甚是凄惨。金辉一语不发,坐在椅上叹气。忽见何氏夫人双膝跪倒,口口声声"妾身在老爷跟前请罪",老爷连忙问道:"端的为何?"夫人将女儿上唐县情由述了一遍,又道:"老爷只当女儿已死,看妾身薄面,不必深究了。"说罢哭瘫在地。金辉先前听了急的跺脚,惟恐丑声播扬,后来见夫人匍匐不起,究竟是老夫老妻,情分上过意不去,只得将夫人搀起来道:"你也不必哭了。事已如此,我只好置之度外便了。"

金辉这里不究,那知小姐那里生出事来。只因吴能忙迫雇船,也不留神,却雇了一只贼船。船家弟兄二人,乃是翁大、翁二,还有一个帮手王三。他等见仆妇男女二人带领着两个俊俏女子,而且又有细软包袱,便起了不良之意,暗暗打号儿。走不多时,翁大忽然说道:"不好了,风暴来了。"急急将船撑到幽僻之处。先对奶公道:"咱们须要祭赛祭赛方好。"吴能道:"这里那讨香蜡纸马去?"翁二道:"无妨,我们船上皆有,保管预备的齐整,只要客官出钱就是了。"吴能道:"但不知用多少钱?"翁二道:"不多,不多,只要一千二百钱足以够了。"吴能道:"用什么要许多钱?"翁二道:"鸡、鱼、羊头三牲,再加香蜡纸锞,这还多吗?敬神佛的事儿,不要打算盘。"吴能无奈,给了一千二百钱。不多时,翁大请上香。奶公出船一看,见船头上面放的三个盘子,中间是个少皮无毛的羊脑袋,左边是只折脖缺膀的鸡嫁妆,右边是一尾飞鳞凹目的鲤鱼干,再搭上四露五落的一挂元宝,还配着滴溜搭拉的几片千张,更可笑的是少颜无色三张黄钱,最可怜的七长八短的一束高香,还有那一高一矮的一对瓦灯台上,插的不红不白的两个蜡头儿。吴能一见,不由的气往上撞,道:"这就是一千二百钱办的么?"翁二道:"诸事齐备,额外还得酒钱三百。"吴能听了,发急道:"你们不是要讹吓?"翁大道:"你这人祭赛不虔,神灵见怪,理应赴水,以保平安。"说罢将吴能一推,噗咚一声落下水去。

乳母船内听着不是话头,刚要出来,正见他男子汉被翁大推下水去,心中一急,连嚷道:"救人吓,救人!"王三奔过来就是一拳。乳母站立不稳,摔倒船内,又嚷道:"救人吓,救人吓!"牡丹此时在船内知道不好,极力将竹窗撞下,随身跳入水中去了。翁大赶进舱来,见那女子跳入水内,一手将佳蕙拉住道:"美人不要害怕,俺和你有话商量。"佳蕙此时要死不能死,要脱不能脱,只急的通身是汗,觉的心内一阵清凉,病倒好了多一半。外面翁二合王三每人一枝篙,将船撑开。佳蕙在船内被翁大拉着,急的他高声叫喊:"救人吓,救人!"

忽见那边飞也似来了一只快船,上面站着许多人,道:"这船上害人呢,快上船进舱搜来。"翁二、王三见不是势头,将篙往水内一拄,飕的一声跳下水去。翁大在舱内见有人上船,说进舱搜来,他惟恐被人捉住,便从窗户蹿出,赴水逃生去了。可恨他三人贪财好色,枉用心机,白白的害了奶公并小姐落水,也只得赤手空拳,赴水而去。

且言众人上船,其中有个年老之人道:"你等莫忙,大约贼人赴水脱逃,且看船内是什么人。"说罢,进舱看时,谁知梁氏藏在床下,此时听见有人,方才从床下爬出。见有人进来,他便急中生智道:"众位救我主仆一命。可怜我的男人被贼人陷害,推在水内淹死,丫鬟着急,蹿出船窗投水也死了。小姐又是疾病在身,难以动转。望乞众位见怜。"说罢泪流满面。这人听了,连说道:"不要啼哭,待我回那老爷去。"转身去了。梁氏悄悄告诉佳蕙,就此假充小姐,不可露了马脚,佳蕙点头会意。

那人去不多时,只见来了仆妇丫鬟四五个,搀扶假小姐,叫梁氏提了包裹,纷纷乱乱一阵,将祭赛的礼物踏了个稀烂,来到官船之上。只见有一位老爷坐在大圈椅上面,问道:"那女子家住那里?姓什么?慢慢的讲来。"假小姐向前万福,道:"奴家金牡丹,乃金辉之女。"那老爷问道:"那个金辉?"假小姐道:"就是作过兵部尚书的。只因家父连参过襄阳王二次,圣上震怒,将我父亲休致在家。"只见那老爷立起身来,笑吟吟的道:"原来是侄女到了,幸哉,幸哉。何如此之巧耶!"假小姐连忙问道:"不知老大人为谁,因何以侄女呼之?请道其详。"那老爷笑道:"老夫乃邵邦杰,与令尊有金兰之谊。因奉旨改调长沙太守,故此急急带了家眷前去赴任,今日恰好在此停泊,不想救了侄女,真是天缘凑巧。"假小姐听了,复又拜倒,口称"叔父"。邵老爷命丫鬟搀起,设座坐了,方问道:"侄女为何乘舟,意欲何往?"

不知假小姐说出什么话来,且听下回分解。

第九十一回　死里生千金认张立　苦中乐小侠服史云

且说假小姐闻听邵公此问,便回答道:"侄女身体多病,奉父母之命,前往唐县就医养病。"邵老爷道:"这就是令尊的不是了。你一个闺中弱质,如何就叫奶公、奶母带领去赴唐县呢?"假小姐连忙答道:"平素时常往来。不想此次船家不良,也是侄女命运不济。"邵老爷道:"理宜将侄女送回,奈因钦限紧急,难以迟缓。与其上唐县,何不随老夫到长沙,现有老荆同你几个姊妹,颇不寂寞。俟你病体好时,我再写信与你令尊。不知侄女意下何如?"假小姐道:"既承叔父怜爱,侄女敢不从命。但不知婶母在于何处,待侄女拜见。"邵老爷满心欢喜,连忙叫仆妇丫鬟,搀着小姐送至夫人船上。原来邵老爷有三个小姐,见了假小姐无不欢喜。从此佳蕙就在邵老爷处将养身体,他原没有什么大病,不多几日也就好了。夫人也曾背地里问过他有了婆家没有,他便答道:"自幼与施生结亲。"夫人也悄悄告诉了老爷。

自那日开船,行至梅花湾的双岔口,此处却是两条路:一股往东南,却是上长沙;一股往东北,却是绿鸭滩。且说绿鸭滩内有渔户十三家,内中有一人,年纪四旬开外,姓张名立,是个极其本分的,有个老伴儿李氏。老两口儿无儿无女,每日捕鱼为生。这日,张老儿夜间撒下网去,往上一拉,觉得沉重,以为得了大鱼,连唤:"妈妈快来，快来！”李氏听了，出来问道：“大哥唤我做什么？”这老两口子素来就是这等称呼：男人管着女人叫妈妈，女人管着男人叫大哥。当初不知是怎么论的，如今惯了，习以为常。张立道：“妈妈帮我一帮，这个行货子可不小。”李氏上前帮着拉上船来，将网打开看时，却是一个女尸，还有竹窗一扇托定。张立连连啐道：“晦气，晦气！快些掷下水去。”李氏忙拦道：“大哥不要性急，待我摸摸还有气息没有。岂不闻救人一命，胜造七级浮屠吗？”果然摸了摸，胸前兀的乱跳，说道：“还有气息，快些控水。”李氏又舒掌揉胸。不多时清水流出不少，方才渐渐苏醒，哼哼出来。婆子又扶他坐起，略定定神，方慢慢呼唤，细细问明来历。

原来此女就是牡丹小姐。自落水之后，亏了竹窗托定，顺水而下，不计里数，漂流至此。自己心内明白，不肯说出真情。答言是唐县宰的丫鬟，因要接金小姐去，手扶竹窗，贪看水面，不想竹窗掉落，自己随窗落水，不知不觉漂流至此，“请问妈妈贵姓？”李氏一一告诉明白，又悄悄合张立商量道：“你我半生无儿无女，我今看见此女生的十分俏丽，言语聪明，咱们何不将他认为女儿，将来岂不有靠么？”张立道：“但凭妈妈区处。”李氏便对牡丹说了。牡丹自叹命运乖蹇，情愿做田妇村姑，连声应允。李氏见牡丹应了，欢喜非常。登时疼女儿的心盛，也不顾捕鱼，急急催大哥快快回庄，好与女儿换衣服。

张立撑开船，来至庄内。李氏搀着牡丹进了茅屋，找了一身干净衣服叫小姐换了。本是珠围翠绕，如今改了荆钗布裙。李氏又寻找茶叶，烧了开水，将茶叶放在锅内，然后用瓢和弄个不了，方拿过碗来，擦抹净了，吹开沫子，舀了半碗，擦了碗边，递与牡丹道：“我儿喝点热水，暖暖寒气。”牡丹见他殷勤，不忍违却，连忙接过来喝了几口。又见他将茶淘出，从新刷了锅，舀上一瓢水，找出小米面，做了一碗热腾腾的白水小米面的咯哒汤，端到小姐面前，放下一双黄油四楞竹箸，一个白沙碟儿腌萝卜条儿。牡丹过意不去，端起碗来喝了点儿，尝着有些甜津津的，倒没有别的味儿，于是就喝了半碗，咬了一点萝卜条儿，觉着扎口的咸，连忙放下了。他因喝了半碗热汤，登时将寒气散出，满面香汗如沈。婆子在旁看见，连忙掀起衣襟轻轻给牡丹拂拭，更露出本来面目，鲜妍非常。婆子越瞧越爱，越爱越瞧，如获至宝一般。又见张立进来问道:“闺女这时好些了?”牡丹道:“请爹爹放心。”张立听小姐的声音改换,不像先前微弱,而且活了不足五十岁,从来没听见有人叫他“爹爹”二字,如今听了这一声,仿佛成仙了道,醍醐灌顶,从心窝里发出一股至性达天的乐来,哈哈大笑道:“妈妈,好一个闺女呀!”李氏道:“正是,正是。”说罢二人大笑不止。

此时天已发晓。李氏便合张立商议说:“女儿在县宰处,必是珍馐美味惯了,千万不要委屈了他。你卖鱼回来时,千万买些好吃食回来。”张立道:“既如此,我秤些肥肉,再带些豆腐白菜,你道好不好?”李氏道:“很好,就是如此。”乡下人不懂的珍馐,就知肥肉是好东西,若动了豆腐白菜,便是开斋,这都是轻易不动的东西。其实又费几何?他却另有个算盘。他道有了好菜,必要多吃;既多吃,不但费菜,连饭也是费的。仔细算来,还是不吃好菜的好。如今他夫妻乍得了女儿,一来怕女儿受屈,二来又怕女儿笑话瞧不起,因又发着狠儿,才买肉买菜。调着样儿收拾出来,牡丹不过星星点点的吃些就完了。

一来二去,人人纳罕儿,说张老者老两口儿想开了,无儿无女,天天弄嘴吃。就有搭讪过来闻闻香味的,意思遇巧就要尝尝。谁知到了屋内一看,见床上坐着一位花枝招展,犹如月殿嫦娥、瑶池仙女是的一位姑娘。这一惊不小,各各追问起来,方知老夫妻得了义女,谁不欢喜,谁敢怠慢,登时传扬开了。十二家渔户俱各要前来贺喜。其中有一人姓史名云,会些武艺,且胆量过人,是个见义敢为男子。因此这些渔人们皆器重他,凡遇大小事儿,或是他出头,或是与他相商。他若定了主意,这些渔户们没有不依的。如今要与张老儿贺喜,这十一家,三一群,五一伙,陆陆续续俱各找了他去,告诉他张老儿得女儿的情由。

史云听了,拍手大笑道:“张大哥为人诚实,忠厚有馀,如今得了女儿,将来必有好报,这是他老夫妻一片至诚所感。列位到此何事?”众人道:“因要与他贺喜,故此我等特来计较计较。”史云道:“很好,咱们庄中有了喜事,理应作贺。但只一件,你我俱是贫苦之人,家无隔宿之粮,谁是充足的呢?大家这一去,人也不少,岂不叫张大哥为难么?既要与他贺喜,总要大家真乐方好。依我倒有个主意,咱们原是鱼行生理,乃是本地风光。大家以三日为期,全要辛苦辛苦,奋勇捕了鱼来,俱各交在我这里出脱。该留下咱们吃的留下吃,该卖的卖了钱,买调和沽酒,全有我呢。”又对一人道:“老弟,你这两天要常来。你到底认得几个字,也拿的起笔来,有可以写的,须要帮着我记记方好。”原来这人姓李,满口应承道:“我天天早来就是了。”史云道:“更有一宗要紧的,是日大家去时,务必连桌凳俱要携了去方好,不然张大哥那里如何有这些凳子、桌子、家伙呢?咱们到了那里,大家动手,索性不用张大哥张罗,叫他夫妻安安稳稳乐一天。只算大家凑在一处,热热闹闹的吃喝一天就完了。别的送礼送物,皆是虚文,一概不用。众位以为何如?”众人听罢,俱各欢喜道:“好极,好极,就是这样罢。但只一件,其中有人口多的,有少的,这怎么样呢?”史云道:“全有我呢,包管平允,谁也不能吃亏,谁也不能占便宜。其实乡里乡亲,何在乎这上头呢?然而办事必得要公。大家就辛苦辛苦罢!我到张大哥那里给他送信去。”

众人散了,史云便到了张立的家中,将此事说明。又见了牡丹,果真是如花似玉的女子,快乐非常。张立便要张罗起事来。史云道:“大哥不用操心,我已俱各办妥。老兄就张罗下烧柴就是了,别的一概不用。”张立道:“我的贤弟,这个事不容易,如何张罗下烧柴就是了呢?”史云道:“我都替老兄打算下了,样样俱全,就短柴火,别的全有了,我是再不撒谎的。”张立仍是半疑半信的,只得深深谢了。史云执手,回家去了。

众渔人果然齐心努力,办事容易的很。真是争强赌胜,竟有出去二三十里地捕鱼去的,也有带了老婆孩儿去的,也有带了弟男子侄去的。刚到了第二天,交至史云处的鱼虾真就不少。史云裁夺着,各家平匀了,估量着够用的,便告诉他等,道某人某人交的多,明日不必交了;某人某人交的少,明日再找补些来。他立刻找着行头,公平交易,换了钱钞,沽酒买菜,全送至张立家中。张立见了这些东西,又是欢喜,又是着急。欢喜的是,得了女儿,如此风光体面;着急的是,这些东西可怎么措置呢?史云笑道:“这有何难。我只问你,烧柴预备下了没有?”张立道:“预备下了。你看靠着篱笆那两垛可够了么?”史云瞧了瞧,道:“够了,够了,还用不了呢。烧柴既有,老兄你就不必管了。今夜五鼓,咱们乡亲都来这里,全是自己动手,你不用张心,静等着喝喜酒罢。”张立听了,哈哈大笑道:“全仗贤弟分心,劣兄如何当得起!”史云笑道:“有甚要紧,一来给老兄贺喜,二来大家凑个热闹,畅快畅快,也算是咱们渔家乐了。”

正说间,只见有许多人,扛着桌凳的,挑着家伙的,背着大锅的,又有倒换挑着调和的,还有合伙挑着菜蔬的,纷纷攘攘送来。老儿接迎不暇,登时丫丫叉叉的一院子。也就是绿鸭滩,若到别处,似这样行人情的也就少少儿的。全是史云张罗帮忙,却好李第老的也来了,将东西点明记帐,一一收下。张老儿惟恐错了,还要自己记了暗记儿。来一个,史云嘱咐一个道:“乡亲明日早到,不要迟了,千万千万。”至黄昏时俱收齐了,史云方同李第老的回去了。

次日四鼓时,史云与李第老的就来了。果是五鼓时众乡亲俱各来到。张老儿迎着道谢。史云便分开脚色,谁挖灶烧火,谁做菜蔬,谁调座位,谁抱柴挑水,俱不用张立操一点心。乐的个老头儿出来进去,这里瞧瞧,那里看看,犹如跳圈猴儿一般。一会儿又进屋内问妈妈道:“闺女吃了什么没有?”李氏道:“大哥不用你张罗,我与女儿自会调停。”张立猛见李氏,笑道:“嗳呀,妈妈今日也高了兴了,竟自洗了脸,梳了头了。”李氏笑道:“什么话呢!众乡亲贺喜,我若黑摸乌嘴的,如何见人呢?你看我这头,还是女儿给我梳的呢。”张立道:“显见得你有了女儿,就支使我那孩子梳头。再过几时,你吃饭还得女儿喂你呢!”李氏听了,啐道:“呸!没的瞎说白道的了。”张立笑吟吟的出去了。

不多时,天已大亮,陆陆续续田妇村姑俱各来了。李氏连忙迎出,彼此拂袖道喜道谢,又见了牡丹,一个个咂嘴吐舌,无不惊讶。牡丹到了此时,也只好入乡随乡,接待应酬,略为施展,便哄的这些人挤眉弄眼,拱肩缩背,不知如何是好,真是丑态百出。到了饭得之时,座儿业已调好:屋内是女眷,所有桌凳俱是齐全的,就是家伙也是挑秀气的;外面院子内是男客,也有高桌,也有矮座,大盘小碗一概不拘。这全是史云的调停,真真也难为他。大家不论亲疏,以齿为序,我拿凳子,你拿家伙,彼此嘻嘻哈哈,团团围住,真是爽快。霎时杯盘狼籍,虽非嘉肴美味,却是鲜鱼活虾,荤素俱有,左添右换,以多为盛。大家先前慢饮,后来有些酒意,便呼幺喝六豁起拳来。

张立叫了个"七巧",史云叫了个"全来",忽听外面接声道:"可巧俺也来了,可不是全来吗。"史云便仰面往外侧听,张立道:"听他则甚,咱们且豁拳。"史云道:"老兄且慢,你我十三家俱各在此,外面谁敢答言?待我出去看来。"说罢立起身来,启柴扉一看,见是个年幼之人,背着包裹,正在那里张望。史云"咄"的一声,道:"你这后生窥探怎的?方才答言的敢则是你么?"年幼的道:"不敢,就是在下。因见你们饮酒热闹,不觉口内流涎,俺也要沽饮几杯。"史云道:"此处又非酒肆饭铺,如何说'沽饮'二字?你妄自答言,俺也不计较于你,快些去罢。"说毕刚要转身,只见少年人一伸手将史云拉住,道:"你说不是酒肆,如何有这些人聚饮?敢是你欺侮我外乡人么?"史云听了,登时喝道:"你这小厮好生无礼!俺饶放你去,你反拉我不放。说欺侮你,俺就欺侮你,待怎么?"说着扬手就是一掌打来,年幼之人微微一笑,将掌接住,往怀里一拉,又往外一搡,只听咕咚,史云仰面栽倒在地。心中暗道:"好大力量!倒要留神。"急忙起来,复又动手。只见张立出来劝道:"不要如此,有话慢说。"问了原由,便对年幼的道:"老弟,休要错会了意,这真不是酒肆饭铺,这些乡亲俱是给老汉贺喜来的。老弟如要吃酒,何妨请进,待老汉奉敬三杯。"年幼的听见了酒,便喜笑颜开的道:"请问老丈贵姓?"张立答了姓名。他又问史云,史云答道:"俺史云,你待怎么?"年幼的道:"史大哥恕小弟莽撞,休要见怪。"说罢一揖到地。

未知如何,且听下回分解。

第九十二回　小侠挥金贪杯大醉　老葛抢雉惹祸着伤

且说史云见年幼之人如此,闹的倒不好意思的了,连忙问道:"足下贵姓?"年幼的道:"小弟艾虎。只因要上卧虎沟,从此经过,见众位在此饮酒作乐,不觉口渴。既蒙赐酒,感领厚情。请了!"说罢,迈步就进了柴门。

你道艾虎如何来到此处?只因他与施俊结拜之后,每日行程,五里也是一天,十里也算一站。若遇见好酒,不定住三天五天,喝醉了就睡,睡醒了又喝。左右是蒋平不心疼的银子,由着他的性儿花罢了。当下众渔户见张立、史云同了个年幼之人进来,大家都不认得,止于一拱手而已。史云便将艾虎让在自己一处,张立拿起壶来满满斟了一杯递与艾虎。艾虎也不谦让,连忙接过来一饮而尽。史云接过来也斟了一杯,艾虎也就喝了。他又复与二人各斟一杯,自己也陪了一杯。然后慢慢问道:“方才老丈说府上贺喜,不知为着何事?”史云代为说明。艾虎哈哈大笑,道:“原来如此,理当贺的。”说罢,向兜肚内掏出两锭银子,递与张立道:“些须薄礼,望乞收纳。”张立如何肯接,艾虎强扭强捏的揣在他怀内。

张立无奈,谢了又谢,转身来到屋内,叫声:“妈妈,这是方才一位小客官给女儿的贺礼,好好收了。”李氏接来一看,见是两锭五两的锞子,不由吃惊道:“嗳哟,如何有这样的重礼呢?”正说间,牡丹过来,问道:“母亲,什么事?”张立便将客官送贺礼的事说了。牡丹道:“此人可是爹爹素来认得的么?”张立道:“并不认得。”牡丹道:“既不认得,萍水相逢,就受他如此厚礼,此人就令人难测,焉知他不是恶人暴客呢?据孩儿想来,还是不受他的为是。”李氏道:“女儿说的是,大哥趁早儿还他去。”张立道:“真是闺女想的周到,我就还他去。”仍将银子接过,出外面去了。

此时,那些田妇村姑已皆看得呆了,一个个黑漆漆的眼珠儿,瞅着那白花花的银子,觉得心里扑腾扑腾乱跳,脸上嘭哒嘭哒的冒火,暗想道:“这张老夫妻何等造化,又得女儿,又发财,谁能赶的上他呢?”后见牡丹说了几句,他老两口子连连称是,竟把那们大的两锭银子,滴溜圆的好东西,又还回人家去了,都说可惜了儿的。也有说找上门来送礼,竟会不收;也有说张老夫妻乍得女儿,太由性了,大家纷纷议论不休。张立当下拿回银子,见了艾虎说道:“方才老汉与我老伴并女儿一同言明,他母女说客官远道而来,我等理宜尽地主之情,酒食是现成的,如何敢受如此厚礼。仍将原银奉还,客官休要见怪。”艾虎道:“这有甚要紧。难道今日此举,老丈就不耗费资财么?权当做薪水之资就是了。”张立道:“好叫客官得知,今日此举,全是破费众乡亲的。不信只管问我们史乡亲。”史云在旁答道:“此话千真万真,绝不欺哄。”艾虎道:“俺的银子已经拿出,如何又收回呢?也罢,俺就烦史大哥拿此银两,明日照旧预备。今日是俺扰了众乡亲,明日是俺作东,回请众位乡亲。如若少了一位,俺是不依史大哥的。”史云见此光景,连忙说道:“我看艾客官是个豪爽痛快人,莫若张大哥从实收了罢,省得叫客官为难。”张立只得又谢了。史云便陪着艾虎,左一碗,右一碗,把个史云也喝的愣了,暗道:“这样小小年纪,却有如此大量。”就是别人,也往这边瞅着。喝来喝去,小侠渐渐醉了,前仰后合,身体乱晃,就靠着桌子垂眉闭眼。史云知他酒深,也不惊动他。不多时,只听呼声震耳,已入梦乡。艾虎既是如此,众渔人也就醺醺。独有张立、史云喝的不多。张立是素来不能多饮的,史云酒量却豪,只因与张老儿张罗办事,也就不肯多喝了。张立仍是按座张罗。忽听外面有人唤道:“张老儿在家么?”张立忙出来一看,不由的吃了一惊,道:“二位请了,到此何事?”二人道:“怎么你倒问我们?今日是谁的班儿了?”

你道此二人是谁?原来是黑狼山的喽啰。自从蓝骁占据了此山,知道绿鸭滩有十三家渔户,定了规矩,每日着一人值日,所有山上用的鱼虾,皆出在值日的身上。这日正是张立值日,他只顾贺喜,就把此事忘了。今日喽啰来了,方才想起,连忙告罪道:“是老汉一时忽略,望乞二位在头领跟前方便方便。明日我多备鱼虾补还上就是了。”二喽啰道:“你这话竟是胡说!明日补还,今日大王先空一顿吗?我们全不管,你今日只好跟了我们去见头领,有什么说的,你自己去说罢。”此时史云已然出来,连忙插言道:“二位不要如此,委是张伙计今日有事,务求包容包容。”就把他得女儿贺喜的话说了一遍。二喽啰听了道:“既是如此,我们瞧瞧你这闺女,回去见了头领也好回话。”说罢,不容张立依不依,硬往里走。到了屋内,见了牡丹,暗暗喝彩。转身出来,一眼瞧见了艾虎在那里端坐不动。原来众人见喽啰进来,知有事故,胆大的站起来在一旁听着,胆小的怕有连累也就溜了,独有艾虎坐在那里。这喽啰如何知道他是沉醉酣睡呢,大声嗔喝道:“他是什么人?竟敢见了我昂不为礼,这等可恶!快快与我绑了,解上山去。”张立忙上前分解道:“他不是本庄之人,而且沉醉了,求爷们宽恕。”史云在旁也帮着说话,二喽啰方气忿忿的去了。

众人见喽啰去了,嘈嘈杂杂,议论不休。史云便合张立商议,莫若将这客官唤醒,叫他早些去罢,省得连累了他。张立听了,急急将艾虎唤醒,说明原由。艾虎不听则可,听了时一声怪叫,道:“嗳哟哟,好山贼野寇!俺艾虎正要寻他,他反来捋虎须。待他来,有俺自对付他!”张立着急,只好苦劝。

忽听得人喊马嘶,早有渔户跑的张口结舌,道:“不、不好了,葛头领带领人马入庄了。”张立听了,只唬得浑身乱抖。艾虎道:“老丈不要害怕,有俺在此。”说罢将包袱递与张立,回头叫道:“史大哥,随俺来。”刚然出了柴扉,只见有三二十名喽啰,簇拥着一个贼头骑在马上,声声叫道:“张老儿,闻得你有个如花似玉的女儿,正好与俺匹配,俺如今特来求亲。”艾虎听了,一声咤叱道:“你这厮叫什么,快些说来!”马上的道:“谁不晓得俺葛瑶明,绰号蛤蜊蚌子吗?你是何人,竟敢前来多事。”艾虎道:“我只当是蓝骁那厮,原来是个无名的小辈。俺艾虎爷爷在此,你敢怎么?”葛瑶明听了,喝道:“好小厮,满口胡说!”吩咐喽啰将他绑了。嗯的上来了四五个。艾虎不忙不慌,两只膀臂往左右一分,先打倒了两个,一转身,抬腿又踢倒了一个。众喽啰见小爷猛勇,又上来了十数个,心想以多为胜。那知小侠指东打西,蹿南跃北,犹如虎荡羊群,不大的工夫打了个落花流水。史云在旁见小爷英勇非常,不由喝彩,自己早托定五股鱼叉,猛然喊了一声,一个箭步竟奔葛瑶明而来。原来这些喽啰以为渔户好欺侮,并未防备,皆是赤手而来。独葛瑶明腰间系着一把顺刀,见众喽啰不是艾虎对手,刚然拔刀要上前相助,史云鱼叉已到,连忙用刀一迎。史云把叉往回里一抽,谁知叉上有倒须钩儿,早把顺刀拢住。史云力猛,葛瑶明在马上一晃,手不吃劲,当啷啷顺刀落地,说声“不好”,将马一带,哧溜的往庄外就跑。众喽啰见头领已跑,大家也抱头鼠窜而去。

艾虎打的高兴,那里肯放。上前将葛瑶明的刀捡起就追。史云也便大喊“赶吓”,手内托定五股鱼叉,也追下去了。艾虎追出庄外,见贼人前面乱跑,他便撒腿紧紧追赶。俗云“归师勿掩,穷寇莫追”,如今小侠真是初生的犊儿不怕虎,又仗自己的本领,那把这一群山贼放在眼里。又搭着史云也是一勇之夫,随后紧赶,看看来至山环之内,只见艾虎平空的栽倒在地,两边跑出多少喽啰,将艾虎按住,捆绑起来。史云见了,说声“不好”,急转身往回里就跑,给庄中送信去了。你道艾虎如何栽倒?只因葛贼骑马跑的快,先进了山环,便有把守的喽兵,他就吩咐暗暗埋伏绊脚绳。小侠那里理会，他是跑开了，冷不防，焉有不栽倒之理呢？众喽啰拿了艾虎，葛瑶明业已看见，忙将喽兵分为两路，着十五人押着艾虎，同着自己上山。十五人回转庄中，到张老儿家抢亲。葛贼洋洋得意，将马驮了艾虎，忙忙的入山。

正走之间，只见一只野鸡打空中落下。葛瑶明上前捡起一看，见鸡胸流血，知是有人打的。复往前面一看，早见有人嚷道："快些将山鸡放下，那是我们打的。"葛贼仔细一看，原来是个极丑的女子，约有十五六岁。葛瑶明道："这鸡是你的么？"丑女子道："是我的。"葛贼道："你休要哄我。既是你的，你手无寸铁，如何会打下野鸡来？"丑女子道："原是我姐姐打的，不信你看那树下站的不是？"葛贼转脸一看，见一女子生的美貌非常，果然手握弹弓，在那里站立。葛贼暗暗欢喜，道："我老葛真是红鸾星照命！张老儿那里有了一个，如今又遇见一个，这才是双喜临门呢！"想罢，对丑女子道："你说你姐姐打的，我不信。叫你姐姐跟了我去，我们山后头有鸡，叫他打一个我看看。"说罢，两只眼睛直勾勾的瞅着那边女子。女子大怒，道："你若不还，只怕你姑娘不容你过去。"说毕，拉开架式，就便动手。只听葛瑶明"嗳哟"一声，仰面栽倒在地，扎挣着爬起来，早见两眉攒中流下血来。丑女子已知是姐姐用铁丸打的，不容他站稳，飕的一声，飞起二七的金莲，照后心当的就是一脚。葛瑶明他倒听教训，噗哧的一声，嘴吃屎又躺下了。众喽啰一拥齐上。丑女子微微冷笑，抬了抬手，一个个东倒西歪；动了动脚，一个个呲牙咧嘴。此时，葛贼知道女子利害，不敢抵敌，爬起来就跑。众人见头领跑了，谁还敢怠慢，也就唧噜咕噜的一齐跑了。丑女子正在赶打喽卒，忽听有人高声喝彩叫好。

不知后文如何，且听下回分解。

第九十三回　辞绿鸭渔猎同合伙　归卧虎姊妹共谈心

且说丑女子将众喽卒打散，单单剩下了捆绑的艾虎在马上驮着，又高阔，又得瞧。见那丑女子打这些人犹如捕蝶捉蜂，轻巧至甚，看到痛快处，不由的高声叫好喝彩，扯开嗓子哈哈大笑道："打的好，打的妙！"正在快乐，忽听丑女子问道："你是什么人？"艾虎方住笑，说道："俺叫艾虎，是被他们暗算拿住的。"丑女子道："有个黑妖狐与北侠你可认得么？"艾虎道："智化是我师父，欧阳春是我义父。"丑女子道："如此说来，是艾虎哥哥到了。"连忙上前，解了绳缚。艾虎下马深深一揖，道："请问姐姐贵姓？"丑女子道："我名秋葵，沙龙是我义父。"艾虎道："方才用弹弓打贼人的那是何人？"秋葵道："那就是我姐姐凤仙，乃我义父的亲女儿。"说话间，便招手道："姐姐，这里来。"凤仙在树下见秋葵给艾虎解缚，心甚不乐，暗暗怪道："妹子好不晓事，一个女儿家不当近于男子，这是什么意思！"后来见秋葵招手，方慢慢过来，道："什么事？"秋葵道："艾虎哥哥到了。"凤仙听了艾虎二字，不由的将艾虎看了一看，满心欢喜，连忙向前万福。艾虎还了一揖。忽听半山中一声咤叱道："好两个无耻的丫头，如何擅敢与男子见礼？"凤仙、秋葵抬头一看，见山腰里有三人，正是铁面金刚沙龙与两个义弟，一名孟杰，一名焦赤。秋葵便高声唤道："爹爹与二位叔父这里来，艾虎哥哥在此。"右边的焦赤听了道："嗳呀，艾虎侄儿到了！大哥快快下山吓。"说着话，他就突突突突跑下山来，嚷道："那个是艾虎侄儿？想煞俺也！"

你道焦赤为何说此言语？只因北侠与智公子、丁二官人到了卧虎沟，叙话说至盗冠拿马朝贤一节，其中多亏了艾虎，如何少年英勇，如何胆量过人，如何开封首告，亲身试铡，五堂会审，救了忠臣义士，从此得了个小侠之名。说得个孟杰、焦赤一壁听着，一壁乐了个手舞足蹈。惟有焦赤性急，恨不得立刻要见艾虎。自那日起，心里时刻在念。如今听说到了，他如何等得？立时要会，先跑下山来，乱喊乱唤，说"想煞俺也"。艾虎听了，也觉纳闷，道："此人是谁呢？我从来未见过他，想我作什么？"及至来到切近，焦赤扔了钢叉，双关子抱住艾虎，右瞧左看，左观右瞧。艾虎不知为何，挺着身躯纹丝儿不动。只听焦赤哈哈大笑道："好吓，果然不错！这亲事做定了"。说着话，沙龙、孟杰俱各到了。焦赤便嚷道："大哥，你看看相貌，好个人品！不要错了主意，这门亲事做定了。"沙龙忙拦道："贤弟太莽撞了，此事也是乱嚷的么？"

原来北侠与智公子听见沙员外有个女儿名叫凤仙，一身的武艺，更有绝技，是金背弹弓，打出铁丸百发百中。因此一个为义儿，一个为徒弟，转托丁二爷在沙员外跟前求亲。沙龙想了一想，既是黑妖狐的徒弟，又是北侠的义儿，大约此子不错，也就有些愿意了。彼时对丁二爷说道："既承欧阳兄与智贤弟愿结秦晋，劣兄无不允从。但我有个心愿，秋葵乃劣兄受了托孤重任，认为义女，我疼他比凤仙尤甚。一来怜念他无父无母孤苦伶仃，二来爱惜他两膀有五六百斤的膂力，不过生的丑陋些。须将秋葵之事完结后，方能聘嫁凤仙，求贤弟与他二人说明方好。"丁二爷就将此事暗暗告诉了北侠、智爷。二人听了，深为器重沙龙，说："你我做事理应如此。"又道："艾虎年纪尚小，再过几年也不为晚。"便满口应承了。谁知后来孟、焦二人听见有求亲之说，他俩便极力撺掇沙龙道："有这样好事，为何不早早的应允？"沙龙因他二人粗鲁，不便细说，随意答道："愚兄从来没有见过艾虎，知他品貌如何？儿女大事也有这样就应得的么？"孟、焦二人无的可说，也就罢了。故此，今日焦赤见了艾虎，先端详了品貌，他就嚷"这亲事做定了"。他只顾如此说，旁边把个凤仙羞的满面通红，背转身去了。秋葵方对艾虎道："这是我爹爹，这是孟叔父与焦叔父。"艾虎一一见了。沙龙见艾虎年少英勇，满心欢喜，便问道："贤侄为何来到此处？"艾虎一一说了。又道："他等又派人仍去抢亲，小侄还得回去搭救张老者的女儿。"焦赤听了，舒出大指道："好的，正当如此。待俺同你走走，"从那边拾起钢叉。沙龙见艾虎赤着双手，便把自己的齐眉棍递与小爷。他二人迈开大步，转身迎来。

方到山环，只见抢牡丹的喽啰抬定一个四方的东西，周围裹着布单，上面盖着一块似红非红的袱子，敢则是个没顶儿的轿子，里面隐隐有哭泣之声。艾虎见了，抡开大棍，吼了一声，一路好打。焦赤托定钢叉，左右一晃，叉环乱响。喽啰等那里还有魂咧，赶着放下轿子，四散的逃命去了。艾虎过来，扯去红袱一看，原来是张桌子，腿儿朝上。再细看时，见里面绑着个女子，已然唬的人事不省，呼之不应。正在为难，只见山口外哭进一个婆子来，口中嚷道："天杀的吓，好好的还我女儿！如若不然，我也不活着了，我这老命和你们拚了罢！"正是李氏。艾虎唤道："妈妈不要啼哭，我已将你女儿截下了。"又见张立从那边踉里踉跄来了，彼此见了好生欢喜。此时，李氏将牡丹的绳绑松了，苏醒过来。

恰好沙龙父女与孟杰不放心，大家迎了上来。见将女子截下，喽啰逃脱。艾虎又带了张立见过沙龙，李氏带了牡丹见过凤仙、秋葵。也是前生缘法，彼此倾心爱慕。凤仙道："姐姐何不随我们上卧虎沟呢？大料山贼绝不死心，倘若再来，怎生是好？"牡丹听了，甚是害怕。秋葵心直口快，转身去见沙龙，将此事说了。沙龙道："我也正为此事踌躕。"便问张立道："闻得绿鸭滩有渔户十三家，约有多少人口？"张立道："算来男妇老幼不足五六十口。"沙龙道："既是如此，老丈，你急急回去告诉众人，陈说利害，叫他等暗暗收什收什，俱各上卧虎沟便了。"艾虎道："小侄同张老丈回去，我还有个包袱要紧。"孟杰道："俺也随了去。"焦赤也要去，被沙龙拦住道："贤弟随我回庄，且商议安置众人之处。"便向秋葵道："这母女二人就交给你姐儿两个，我们先回庄去了。"

谁知牡丹受了惊恐，又绑了一绳，如何转动得来。秋葵道："无妨，我背着姐姐。"凤仙道："妹子如何背的了这么远呢？"秋葵道："姐姐忘了，前面树上还拴着驮姐夫的马呢。"说罢"噗哧"的一声笑了。凤仙将脸一红，一声儿也不言语了。秋葵背起牡丹去了。走不多时，见那马仍拴在那里。秋葵放下牡丹，牡丹却不会骑马。凤仙过去将马拉过来，认镫乘上，走了几步，却无毛病，说道："姐姐只管骑上，我在旁边照拂着，包管无事。"还是秋葵将牡丹抱上马去，凤仙拢住嚼环慢慢步行，牡丹心甚不安。只听秋葵道："妈妈走不动，我背你几步儿。"李氏笑道："婆子如何敢当？告诉姑娘说，我那一天不走一二十里路呢。全是方才这些天杀的乱抢混夺，我又是急，又是气，所以跑的两条腿软了。走了几步儿，溜开了就好了。姑娘放心，我是走的动的。"一路上说着话儿，竟奔卧虎沟而来。

你道卧虎沟的沙龙为何不怕黑狼山的蓝骁呢？其中有个缘故。卧虎沟内原是十一家猎户，算来就是沙龙的年长，武艺超群，为人正直，因此这十家皆听他的调度。自蓝骁占据了黑狼山，他便将众猎户叫来，传授武艺，以防不测。后来又交结了孟杰、焦赤，更有了帮手。暗暗打听，知道绿鸭滩众渔户已然轮流上山，供给鱼虾，"焉知那贼不来向我们要野兽呢？俺卧虎沟既有沙龙，断断不准此例。众位入山，大家留神。倘有信息，自有俺应候他，你等不要惊慌。"众人遵命，谁也不肯献兽与山贼。不料蓝骁那里已知卧虎沟有个铁面金刚沙龙，他却亲身来至卧虎沟，明是索取常例，暗里要会会沙龙。及至见面，蓝骁责备为何不上山纳兽。沙龙破口大骂，所有十一家猎户俱是他一人承当。蓝骁听了大怒，彼此翻脸动起手来。一个步下，一个马上，走了几合，只听哓哧一声，沙龙一刀砍在蓝骁的马镫之上。沙龙道：

“俺手下留情，山贼你要明白！”蓝骁回马一执手道：“沙员外，你的本领蓝骁晓得了。”说毕竟自回山去了。暗暗写信与襄阳王说，沙龙本领高强，将来可做先锋。他有意要结交沙龙，所有猎户入山，一提卧虎沟三字，喽啰再也不敢惹，因此沙龙声名远振。如今又把绿鸭滩十三家渔户也归卧虎沟来，从此黑狼山交鱼虾的例也就免了。

再说沙龙同焦赤先到庄中，将西院数间房屋腾出，安顿男子，又将里间跨所安顿妇女，俱是暂且存身。即日鸠工，随庄修盖房屋。俟告成时，再按各家分住。不多时，牡丹母女与凤仙姐妹一同来到，听说在里间跨所安顿妇女，姐儿两个大喜。秋葵道：“这等住法很好，咱们可热闹了。”凤仙道：“就是将来房屋盖成，别人俱各搬出使得，惟独张家的姐姐不许搬出去，就同张老伯仍住跨所。一来他是个年老之人，二来咱们姊妹也不寂寞，你说好不好？”牡丹道：“只是搅扰府上，心甚不安。”凤仙道：“姐姐以后千万不要说这些客套话，只求姐姐诸事包涵就完了。”秋葵听了，一扭头道：“瞧你们这个俗气法，叫我听着怪牙碜的！走罢，咱们先见见爹爹去。”

说着话，俱各来至厅上，见了沙龙。沙龙正然吩咐杀猪宰羊，预备饭食。只见他姐妹前来，后边跟定李氏、牡丹，上前从新见礼，沙龙还揖不迭。仔细瞧了牡丹：举止安详，礼数周到，而且与凤仙比并起来，尤觉秀美。心中暗忖道：“看此女气度体态，绝非渔家女子，必是大家的小姐。”笑盈盈说道：“侄女到此，千万莫要见外。如若有应用的，只管和小女说声，千万不必拘束。”秋葵也将房屋盖好，不许张家姐姐搬出去的话说了。沙龙一一应允。李氏也上前致谢了，凤仙方将他母女领至后边去了。原来沙员外并无妻室，就只凤仙姐妹同居。如今同定牡丹，且不到跨所，就在正室闲谈叙话。

未识后文如何，且听下回分解。

第九十四回　赤子居心寻师觅父　小人得志断义绝情

且说艾虎同了孟杰、张立回到庄中，史云正在那里与众商议，忽见艾虎等回来了，便问事体如何。张立一一说了，艾虎又将大家上卧虎沟避兵的话说了一遍。众渔户听了，谁不愿躲了是非，一个个忙忙碌碌，俱各收什衣服细软，所有粗重家伙都抛弃了，携男抱女，搀老扶少，全都在张立家会齐。此时张立已然收什妥协。艾虎跨上包裹，提了齐眉棍，在前开路，孟杰与史云做了合后，保护众渔户家口，竟奔卧虎沟而来。可怜热热闹闹的渔家乐，如今弄成冷冷清清的绿鸭滩。可见凡事难以预料，若不如此，后来如何有渔家兵呢？一路上嘈嘈杂杂，纷纷乱乱，好容易才到了卧虎沟。沙员外迎至庄门，焦赤相陪。艾虎赶步上前相见，先交代了齐眉棍，沙员外叫庄丁收起，然后对着众渔户道：“只因房屋窄狭，不能按户居住，暂且屈尊众位乡亲。男客俱在西院居住，所有堂客俱在后面与小女同居。俟房屋造完时，再为分住。”众人同声道谢。

沙龙让艾虎同张立、史云、孟、焦等俱各来至厅上。艾虎先就开言问道：“小侄师父、义父、丁二叔在于何处？”沙员外道：“贤侄来晚了些，三日前他三人已上襄阳去了。”艾虎听了，不由的顿足道：“这是怎么说？”提了包裹就要趱路。沙龙拦道：“贤侄不要如此。他三人已走了三日，你此时即便去了，追不上了，何必忙在一时呢？”艾虎无可如何，只得将包裹仍然放下。原是兴兴头头而来，如今垂头丧气。自己又一想，全是贪酒的不好，路上若不耽延工夫，岂不早到了？这里暗暗好生后悔。

大家就座献茶。不多时调开座位，放了杯箸，上首便是艾虎，其次是张立、史云，孟、焦二人左右相陪，沙员外在主位打横儿。饮酒之间叙起话来，焦赤便先问盗冠情由。艾虎述了一回，乐的个焦赤狂呼叫好。然后沙员外又问：“贤侄如何来到这里？”艾虎止于答言：“特为寻找师父、义父。”又将路上遇了蒋平，不意半路失散的话说了一遍。只听史云道：“艾爷为何只顾说话，却不饮酒？”沙龙道：“可是呀，贤侄为何不饮酒呢？”艾虎道：“小侄酒量不佳，望伯父包容。”史云道：“昨日在庄上喝的何等痛快，今日为何吃不下呢？”艾虎道：“酒有一日之长。皆因昨日喝的多了，今日有些害酒，所以吃不下。”史云方不言语了。这便是艾虎的灵机巧辩，三五语就遮掩过去。你道艾虎为何的忽然不喝酒了呢？他皆因方才转想之时，全是贪酒误事，自己后悔不迭，此其一也；其次，他又有存心，皆因焦赤声言“这亲事做定了”，他惟恐新来乍到，若再贪杯喝醉了，岂不被人耻笑么？因此他宁心耐性，忍而又忍，暂且断他两天儿再做道理。

酒饭已毕，沙龙便叫庄丁将众猎户找来，吩咐道：“你等明日人山，要细细打听蓝骁有什么动静，急急回来禀我知道。”又叫庄丁将器械预备手下，惟恐山贼知道绿鸭滩渔户俱归在卧虎沟，必要前来厮闹。等了一日不见动静，到了第二日，猎户回来说道：“蓝骁那里并无动静，我等细细探听，原来抢亲一节皆是葛瑶明所为，蓝骁一概不知。现今葛瑶明禀报山中，说绿鸭滩的渔户不知为何俱各逃匿了，蓝骁也不介意。”沙龙听了，也就不防备了。独有艾虎一连两日不曾吃酒，憋的他委实难受，决意要上襄阳。沙龙阻留不住，只得定于明日饯行起身。至次日，艾虎打开包裹，将龙票拿出交给沙龙道：“小侄上襄阳，不便带此，恐有遗失。此票乃蒋叔父的，奉了相谕，专为寻找义父而来。倘小侄去后，我那蒋叔父若来时，求伯父将此票交给蒋叔父便了。”沙龙接了，命人拿至后面，交凤仙好好收起。这里众人与艾虎饯行，艾虎今日却放大了胆，可要喝酒了。从沙龙起，每人各敬一杯，全是杯到酒干，把个焦赤乐的拍手大笑道：“怨得史乡亲说贤侄酒量颇豪，果然，果然。来，来，来，咱爷儿两个单喝三杯。”孟杰道：“我陪着。”执起壶来，俱各溜溜斟上酒。这酒到唇边，吱的一声，将杯一照——干！沙龙在旁，不好拦阻。三杯饮毕，艾虎却提了包裹，与众人执手拜别。大家一齐送出庄来。史云、张立还要远送，艾虎不肯，阻之再三，彼此执手，目送艾虎去远了，大家方才回庄。

艾虎上襄阳，算是书中节目，交代明白。然而仔细想来，其中落了笔。是那一笔呢？焦赤刚见艾虎就嚷“这亲事做定了”，为何到了庄中，艾虎一连住了三日，焦赤却又一字不提？列位不知书中有明点，有暗过，请看前文便知。艾虎同张立回庄取包裹，孟杰随去，沙龙独把焦赤拦住道：“贤弟随我回庄。”此便是沙龙的用意。知道焦赤性急，惟恐他再提此事，故此叫他一同回庄。在路上就和他说明，亲事是定了，只等北侠等回来，觌面一说就结了。所以焦赤他才一字不提了，非是编书的落笔忘事。这也罢了，既说不忘事，为何蒋平总不提了？这又有一说。书中有缓急，有先后。叙事难，斗榫尤难。必须将通身理清，那里接着这里，是丝毫错不得的。稍一疏神，便说的驴唇不对马口，那还有什么趣味呢？编书的用心最苦，手里写着这边，眼光却注着下文。不但蒋平之事未提，就是颜大人巡按襄阳，何尝又提了一字呢？只好是按部就班，慢慢叙下去，自然有个归结。

如今既提蒋平，咱们就把蒋平叙说一番。蒋平自救了雷震，同他到了陵县。雷老丈心内感激不尽，给蒋平做了合体衣服，又赠了二十两银子盘费。蒋平致谢了，方告别起身。临别时，又谆谆嘱问雷英好，彼此将手一拱，道：“后会有期！请了。”蒋平便奔了大路趱行。这日，天色已晚，忽然下起雨来，又非镇店，又无村庄，无奈何冒雨而行。好容易道旁有个破庙，便奔到跟前。天已昏黑，也看不出是何神圣，也顾不得至诚行礼，只要有个避雨之所。谁知殿宇颓朽，仰面可以见天，处处皆是渗漏。转至神圣背后，看了看尚可容身，他便席地而坐，屏气歇息。到了初鼓之后，雨也住了，天也晴了，一轮明月照如白昼。

刚要动身看看是何神圣，忽听脚步响，有二人说话。一个道：“此处可以避雨，咱们就在这里说话罢。”一个道：“我们亲弟兄有什么讲究呢？不过他那话说的太绝情了。”一个道：“老二，这就是你错了。俗语说的好，‘久赌无胜家’。大哥劝你的好话，你还不听说，拿话堵他，所以他才着急，说出那绝情的话来。你如何怨的他呢？”一人道：“丢了急的说快的，如今三哥是什么主意？该怎么样就怎么样，兄弟无不从命。”一人道：“皆因大哥应了个买卖，颇有油水，叫我来找你来，请兄弟过去。前头勾了，后头抹了，任什么不用说，哈哈儿一笑就结了，张罗买卖要紧。”一人道：“什么买卖，这么要紧？”一人道：“只因东头儿玄月观的老道找了大哥来，说他庙内住着个先生，姓李，名唤平山，要上湘阴县九仙桥去。托付老道雇船，额外还要找个跟役，为的是路上伏侍伏侍。大哥听了，不但应了船，连跟役也应了。”一人道：“大哥也就胡闹。咱们张罗咱们的船就完了，那有那们大工夫替他雇人呢？”一人道：“老二，你到底不中用，没有大哥有算计。大哥早已想到了，明儿就将我算做跟役人，叫老道带了去。他若中了意，不消说了，咱们三人合了把儿更好；倘若不中意，难道老哥俩连个先生也伏侍不住么？故此大哥叫我来找你。去罢，打虎还得亲兄弟。老二，你别傻咧。”说罢哈哈大笑的去了。你道此二人是谁？就是害牡丹的翁二与王三，所提的大哥就是翁大。只因那日害了奶公，未能得手，俱各赴水逃脱。但逃在此处，恶心未改，仍要害人，那知被蒋四爷听了个不亦乐乎。

到了黎明，出了破庙，访至玄月观中，口呼：“平山兄在那里？平山兄在那里？”李先生听了道：“那个唤吾吓？”说着话，迎了出来，道：“那位？那位？”见是个身量矮小，骨瘦如柴，年纪不过四旬之人，连忙彼此一揖，道："请问尊兄贵姓？有何见教？"蒋爷听了是浙江口音，他也打着乡谈道："小弟姓蒋。无事不敢造次，请借一步如何？"说话间，李先生便让至屋内，对面坐了。蒋爷道："闻得尊兄要到九仙桥公干，兄弟是要到湘阴县找个相知，正好一路同行，特来附骥。望乞尊兄携带如何？"李先生道："满好个。吾这里正愁一人寂寞，得尊兄来到，你我二子乘舟，是极妙的了。"蒋爷听了，暗道："开口就丧气！什么说不的，单说二子乘舟呢？他算是朔，我可不是寿，我到是长寿儿。"二人正议论之间，只见老道带了船户来见。说明船价，极其便宜。老道又说："有一人颇颇能干老成，堪以伏侍先生。"李平山道："带来吾看。"蒋爷答道："李兄，你我乘舟，何必用人？到了湘阴县，那里还短了人么？"李平山道："也罢，如今有了尊兄，咱二人路上相帮，可以行得，到了那里再雇人也不为晚。"便告诉老道，服役之人不用了。蒋爷暗暗欢喜道："少去了一个，我蒋某少费些气力。"言明于明日急速开船，蒋爷就在李先生处住了。李先生收什行李，蒋爷帮着捆缚，甚是妥当。李先生大乐，以为这个伙计搭着了。

到了次日黎明，搬运行李下船，全亏蒋爷。李先生心内甚是不安，连连道乏称谢。诸事已毕，翁大兄弟撑起船来，往前进发。沿路上蒋爷说说笑笑，把个李先生乐的前仰后合，赞扬不绝，不住的摇头儿，咂嘴儿，拿脚画圈儿，酸不可奈。忽听哗喇喇连声响亮，翁大道："风来了，风来了。快找避风所在呀！"蒋爷立起身来，就往舱门一看，只当翁大等说谎，谁知果起大风。便急急的拢船，藏在山环的去处，甚是幽僻。李平山看了，惊疑不止，悄悄对蒋爷说道："蒋兄，你看这个所在，好不怕人的瞻！"蒋爷道："遇此大风，也是无法的，只好听天由命罢了。"忽听外面噹噹噹锣声大响，李平山唬了一跳，同蒋爷出舱看时，见几只官船从此经过，因风大难行，也就停泊在此。蒋爷看了，道："好了，有官船在这里，咱们是无妨碍的了。"果然，二贼见有官船，不敢动手，自在船后安歇了。李平山同蒋爷在这边瞭望，猛见从那边官船内出来了一人，按船吩咐道："老爷说了，叫你等将铁锚下的稳稳的，不可摇动。"众水手齐声答应。李平山见了此人，不由的满心欢喜，高声呼道："那边可是金大爷么？"那人抬头往这里一看，道："那边可是李先生么？"李平山急答道："正是，正是。请大爷往这边些。请问这位老爷是那个？"那人道："怎么，先生不知道么？老爷奉旨升了襄阳太守了。"李平山听了，道："嗳呀，有这等事，好极，好极！奉求大爷在老爷跟前回禀一声，说我求见。"那人道："既如此——"回头吩咐水手搭跳板，把李平山接过大船去了。蒋爷看了心中纳闷，不知此官是李平山的何人。

原来此官非别个，却正是遭过贬的正直无私的兵部尚书金辉。因包公奏明圣上，先剪去襄阳王的羽翼，这襄阳太守是极紧要的，必须用个赤胆忠心之人方好。包公因金辉连上过两次奏章，参劾襄阳王，在驾前极力的保奏。仁宗天子也念金辉正直，故此放了襄阳太守。那主管便是金福禄。

蒋爷正在纳闷，只见李平山从跳板过来，扬着脸儿，瞰着腮儿，摇着膀儿，扭着腰儿，见了蒋平也不理，竟进舱内去了。蒋爷暗道："这小子是什么东西，怎么这等的酸！"只得随后也进舱，问道："那边官船李兄可认得么？"李平山半晌将眼一翻，道:“怎么不认得？那是吾的好友。”蒋爷暗道:“这酸是当酸的。”又问道:“是那位呢?”李平山道:“当初作过兵部尚书,如今放了襄阳太守,金辉金大人,那个不晓的呢？吾对你说,吾如今要随他上任,也不上九仙桥了。明早就搬行李到那边船上,你只好独自上湘阴去罢。”小人得志,立刻改样,就你我相称,把兄弟二字免了。蒋爷道:“既如此,这船价怎么样呢?”李平山道:“你坐船,自然你给钱了,如何问吾呢?”蒋爷道:“原说是帮伙,彼此公摊。我一人如何拿得出呢?”李平山道:“那白和吾说,吾是不管的。”蒋爷道:“也罢,无奈何,借给我几两银子就是了。”李平山将眼一翻道:“萍水相逢,吾和你啥个交情,一借就是几两头？你不要闹魔好不好？现有太守在这里,吾把你送官究治,那时休生后悔。”蒋爷听了,暗道:“好小子,翻脸无情,这等可恶!”忽听走的跳板响,李平山迎了出来。蒋爷却隐在舱门槅扇后面,侧耳细听。

不知说些什么,且听下回分解。

第九十五回 暗昧人偏遭暗昧害 豪侠客每动豪侠心

却说蒋爷在舱门侧耳细听,原来是小童,就是当初伏侍他的,手中拿的个字柬道:“奉姨奶奶之命,叫先生即刻拆看。”李平山接过,映着月光看了,悄悄道:“吾知道了。你回去上复姨奶奶,说夜阑人静吾就过去。”原来巧娘与幕宾相好,就是他。蒋爷听在耳内,暗道:“敢则这小子还有这等行为呢!”又听见跳板响,知道是小童过去。他却回身歪在床上,假装睡着。李平山唤了两声不应,他却贼眉贼眼在灯下将字柬又看了一番,乐的他抓耳挠腮,坐立不安。无奈何也歪在床上装睡,那里睡得着,呼吸之气不知怎样才好。蒋爷听了,不由的暗笑,自已却呼吸出人极其平匀,令人听着直是真睡一般。

李平山奈了多时,悄悄的起来,奔到舱门,又回头瞧了瞧蒋爷,犹疑了半晌,方才出了舱门,只听跳板咯噔咯噔乱响。蒋爷这里翻身起来,脱了长衣,出了舱门。只听跳板咯噔一响跳上去,知平山已到了大船之上,便将跳板轻轻扶起,往水内一顺,他方到三船上窗板外细听。果然听见有男女淫欲之声,悄悄说:“先生,你可想煞我也!”蒋爷却不性急,高高的嚷了两声:“三船上有了贼了,有了贼了!”他便刺开水面,下水去了。

金福禄立刻带领多人,各船搜查。到了第三船,正见李平山在那边着急,因没了跳板,不能够过在小船之上。金福禄见他慌张形景,不容分说将他带至头船,回禀老爷。金公即叫带进来。李平山战战哆嗦,哈着腰儿过了舱门,见了金公,张口结舌,立刻形景难画难描。金公见他哈着腰儿,不住的将衣襟儿遮掩,又用手紧捏着开褉儿。仔细看时,原来他赤着双脚。

金公已然会意，忖度了半晌，主意已定，叫福禄等看着平山。自己出舱，提了灯笼，先到二船，见灯光已息。即往三船一看，却有灯光，忽然灭了。金公更觉明白，连忙来到三船，唤道："巧娘睡了么？"唤了两声，里面答道："敢则是老爷么？"仿佛是睡梦初醒之声。金公将舱门一推，进来用灯一照，见巧娘云鬓蓬松，桃腮带赤，问道："老爷为何不睡？"金公道："原要睡来，忽听有贼，只得查看查看。"随手把灯笼一放，却好床前有双朱履。巧娘见了，只唬得心内乱跳，暗说："不好！怎么会把他忘了？"原来巧娘已知将平山拿到船上，就怕有人搜查，他忙忙碌碌将平山的裤袜护膝等，俱各收藏。真是忙中有错，他再也想不到平山是光着脚跑的，独独的把双鞋儿忘了。如今见金公照着鞋，好生害怕。谁知金公视而不见，置而不闻，转说道："你如何独自孤眠？杏花儿那里去了？"巧娘略定了定神，随机献媚，搭讪过来说道："贱妾惟恐老爷回来不便，因此叫他后舱去了。"上面说着话，下面却用金莲把鞋儿向床下一踢。金公明明知道，却也不问，反言一句道："难为你细心，想的到。我同你到夫人那边，方才说嚷有贼，你理应问问安。回来，我也就在这里睡了。"说罢，携了巧娘的手，一同出舱。来到船头，金公猛然将巧娘往下一挤，噗咚的一声，落在水内，然后咕嘟嘟冒了几个泡儿。金公等他沉底，方才嚷道："不好了，姨娘落在水内了！"众人俱各前来，叫水手救已无及。金公来到头船，见了平山，道："我这里人多，用你不着，你回去罢。"叫福禄："带他去罢。"带到三船，谁知水手正为跳板遗失，在那里找寻，后来见水中漂浮，方从水中捞起，仍然搭好，叫平山过去，即将跳板撤了。

金公如何不处治平山，就这等放了平山呢？这才透出金公"忖度半晌，主意拿定"的八个字。他想平山黄夜过船，非奸即盗。若真是盗却倒好办，看他光景，赤着下部，明露着是奸。因此独自提了灯笼，亲身查看。见三船灯明复灭，已然明白。不想又看见那一双朱履，又瞧见巧娘手足失措的形景，此事已真，巧娘如何留得？故诓出舱来，溺于水中。转想平山倒难处治，惟恐他据实说出，丑声播扬，脸面何在？莫若含糊其词，说我这里人多，用你不着，你回去罢。虽然便宜他，其中省却多少口舌，免得众人知觉，倒是正理。

且说李平山就如放赦一般回到本船之上，进舱一看，见蒋平床上只有衣服，却不见人，暗道："姓蒋的那里去了？难道他也有什么外遇么？"忽听后面嚷道："谁，谁，谁？怎么掉在水里头了？到底留点神吓！这是船上，比不得下店，这是顽的么？来罢，我搀你一把儿。这是怎么说呢？"然后，方听战战哆嗦的声音，进了舱来。平山一看，见蒋平水淋淋的一个整战儿，问道："蒋兄怎么样了？"蒋爷道："我上后面去小解，不想失足落水。多亏把住了后舵，不然险些儿丧了性命。"平山见他哆嗦乱战，自己也觉发起噤来了。猛然想起，暗暗道："怪道，怪道！吾下半截是光着的，焉有不冷的呢？"连忙站起，拿过包袱来，找出裤袜等件。又捡出了一份旧的给蒋平，叫他换下湿的来，"晾干了，然后换了还吾。"他却拿出一双新鞋来。二人彼此穿的穿，换的换。蒋爷却将湿衣拧了，抖了抖晾起来，只顾自己收拾衣服。猛回头见平山愣愣柯柯坐在那里，一会儿搓手，一会儿摇头，一会儿拿起巾帕来拭泪。蒋平知他为那葫芦子药,也不理他。

原来李平山在那里得命思财,又是害怕,又是可惜,又是后悔,又是伤心。害怕者,方才那个样儿见金公,他要翻起脸来,吾将何言答对?不定闹出什么事来!幸而还好,他竟会善为我辞焉。可惜者,难得这样好机会,而且觌面见了应许带吾上任,吾这一去,焉知发多少财,不定弄到什么田地。至没能耐,也可以捐个从九品未入流。后悔者,姨奶奶打发人来,吾不该就去。何妨写个字儿回复他,俟我到了那边船上,慢慢的觑便再会佳期;即不然,就应他明日晚上也好,吾到底到了他那边船上,有何不可的呢?偏偏的一时性急,按纳不住,如今闹的这个样儿,可怎么好呢?伤心者,细想巧娘的模样儿,恩情儿,只落的溺于水中,果于鱼腹,生生儿一朵鲜花被吾糟蹋了,岂不令人伤心么?想到此,不由的又落下泪来。

蒋爷晾完了衣服,在床上坐下,见他这番光景,明知故问道:"先生为着何事伤心呢?"平山道:"吾有吾的心事,难以告诉别人。吾问蒋兄,到湘阴县什么公干?"蒋爷道:"原先说过,吾到湘阴县找个相知的先生,为何忘了呢?"平山道:"吾此时精神恍惚,都记不得了。蒋兄既到湘阴县找相知,吾也到湘阴找个相知。"蒋爷道:"先生昨晚说不是跟了金太守上任么?为何又上湘阴呢?"平山道:"蒋兄为何先生、先生称起来呢?你吾还是弟兄,不要见外的。吾对你说,他那里人,吾看着有些不相宜。所以昨晚上吾又见了金主管,叫他告诉太守,回复了他,吾不去了。"蒋爷暗笑道:"好小子,他还和我撇大腔儿呢。似他这样反复小人,真正可杀不可留的。"复又说道:"如此说来,这船价怎么样呢?"平山道:"自然是公摊的了。"蒋爷道:"很好,吾这才放了心了。天已不早了,咱们歇息歇息罢。"平山道:"蒋兄只管睡,吾略略坐坐,也就睡了。"蒋爷说了一声:"有罪了。"放倒头,不多时竟自睡去。平山坐了多时,躺在床上,那里睡得着,翻来复去正正的一夜不曾合眼。后来又听见官船上鸣锣开船,心里更觉难受。蒋爷也就惊醒,即唤船家收什收什,这里也就开船了。

这一日,平山在船上唁声叹气,无精打彩,也不吃不喝,只是呆了的一般。到了日暮之际,翁大等将船藏在芦苇深处。蒋爷夸道:"好所在,这才避风呢。"翁大等不觉暗笑。平山道:"吾昨夜不曾合眼,今日有些困倦,吾要先睡了。"蒋爷道:"尊兄就请安置罢,包管今夜睡的安稳了。"平山也不答言,竟自放倒头睡了。蒋平暗道:"按理应当救他。奈因他这样行为,无故的置巧娘于死地,我要救了他,叫巧娘也含冤于地下。莫若叫翁家弟兄把他杀了,与巧娘报仇。我再杀了翁家弟兄,与他报仇,岂不两全其美。"

正在思索,只听翁大道:"兄弟,你了我了?"翁二道:"有什么要紧!两个脓包,不管谁了,都使得。"蒋平暗道:"好了,来咧。"他便悄地出来,趴伏在舱房之上。见有一物,风吹摆动,原来是根竹杆上面晾着件棉袄。蒋爷慢慢的抽下来,拢在怀内,往下偷瞧。见翁二持刀进舱,翁大也持刀把守舱门。忽听舱内竹床一阵乱响,蒋爷已知平山了结了。他却一长身将棉袄一抖,照着翁大头上放下来。翁大出其不意,不知何物,连忙一路混撕,也是活该,偏偏的将头裹住。蒋爷挺身下来,夺刀在手。

翁大刚然露出头来,已着了利刃。蒋爷复又一刀,翁大栽下水去。翁二尚在舱内找寻瘦人,听得舱门外有响动,连忙回身出来,说:“大哥,那瘦蛮子不见了。”话未说完,蒋爷道:“吾在这里。”哧就将刀一颤,正戳在翁二咽喉之上。翁二“嗳哟”了一声,他就两手一扎煞,一半栽在舱内,一半栽在舱外。蒋爷哈腰将发绺一揪,拉到船头一看,谁知翁二不禁戳,一下儿就死了。蒋爷将手一松,放在船头,便进舱内将灯剔亮,见平山扎手舞脚于竹床之上。蒋平暗暗的叹息了一番,便将平山的箱笼拧开,仔细搜寻,却有白银一百六十两。蒋平道声“惭愧”,叫道:“平山吓,平山!这银子我却不是白使了你的,我到底给你报了仇了,你也应当谢我!”说罢,将银放在兜肚之内。算来蒋爷颇不折本,艾虎拿了他的一百两,他如今得了一百六十两,再加上雷震赠了二十两,利外利,倒多了八十两,这才算是好利息呢。

且说蒋爷从新将灯照了,通身并无血迹。他又将雷老儿给做的大衫摺叠了,又把自己的湿衣——也早干了——摺好,将平山的包袱拿过来,拣可用的打了包裹,收什停当出舱,用篙撑起船来。出了芦苇深处,奔至岸边,连忙提了包裹,套上大衫,一脚踏定泊岸,这一脚往后尽力一蹬,只见那船哧的滴溜一声,离岸有数步多远,飘飘荡荡,顺着水面去了。

蒋爷迈开大步,竟奔大路而行。此时天光已亮,忽然刮起风来,扬土飞沙,难睁二目。又搭着蒋爷一夜不曾合眼,也觉得乏了,便要找个去处歇息歇息。又无村庄,见前面有片树林,及至赶到跟前一看,原来是座坟头,院墙有倒塌之处。蒋爷心内想着:“进了围墙可以避风。”刚刚转过来,往里一望,只见有个小童,面黄肌瘦,满脸泪痕,正在那小树上拴套儿呢。蒋平看了,嚷道:“你是谁家小厮,跑到我坟地里上吊来,这还了得吗!”那小童道:“我是小童,可怕什么呢?”蒋爷听了,不觉好笑道:“你是小童,原来不怕,要是小童上吊,也就可怕了。”小童道:“若是这们说,我可上那树上死去才好呢?”说罢,将丝绦解下,转身要走。蒋平道:“那小童,你不要走。”小童道:“你这茔地不叫上吊,你又叫我做什么?”蒋爷道:“你转身来,我有话问你。你小小年纪,为何寻自尽?来来来,在这边墙根之上说与我听。”小童道:“我皆因活不得了,我才寻死呀。你要问,我告诉你。若是当死,你把这棵树让给我,我好上吊。”蒋爷道:“就是这等。你且说来我听。”

小童未语先就落下泪来,把以往情由滔滔不断述了一遍,说罢大哭。蒋爷听了,暗道:“看他小小年纪,到是个有志气的。”便道:“你原来如此,我如今赠你盘费,你还死做什么呢?你有了盘费,还死不死呢?”小童道:“若有了盘费,我还死?我就不死了。真个的,我这小命儿是盐换来的吗?”蒋爷回手在兜肚内摸出两个锞子,道:“这些可以够了么?”小童道:“足以够了,只有使不了的。”连忙接过来,趴在地下磕头,道:“多谢恩公搭救,望乞留下姓名。”蒋平道:“你不要多问,及早快赴长沙要紧。”小童去后,蒋爷竟奔卧虎沟去了。

不知小童是谁,且听下回分解。

第九十六回 连升店差役拿书生 翠芳塘县官验醉鬼

且说蒋爷救了小童，竟奔卧虎沟而来。这是什么原故？小童到底说的什么？蒋爷如何就给银子呢？列位不知，此回书是为交代蒋平，这回把蒋平交代完了，再说小童的正文，又省得后来再为叙写。

蒋爷到了卧虎沟，见了沙员外，彼此言明，蒋爷已知北侠等上了襄阳。自己一想："颜巡按同了五弟前赴襄阳，我正愁五弟没有帮手。如今北侠等既上襄阳，焉有不帮五弟之理呢？莫若我且回转开封，将北侠现在襄阳的话回禀相爷，叫相爷再为打算。"沙龙又将艾虎留下的龙票当面交明白，蒋爷便回转东京，见了包相，将一切说明。包公即行奏明圣上，说欧阳春已上襄阳，必有帮助巡按颜查散之意。圣上听了大喜道："他行侠尚义，实为可嘉。"又钦派南侠展昭同卢方等四人，陆续前赴襄阳，俱在巡按衙门供职，俟襄阳平定后，务必邀北侠等一同赴京，再为升赏。此是后话，慢慢再表。

蒋平既已交代明白，翻回头来再说小童之事。你道这小童是谁？原来就是锦笺。自施公子赌气离了金员外之门，乘在马上越想越有气，一连三日饮食不进，便病倒旅店之中。小童锦笺见相公病势沉重，即托店家请医生调治。诊了脉息，系郁闷不舒，受了外感，竟是夹气伤寒之症，开方用药。锦笺衣不解带，昼夜伏侍。见相公昏昏沉沉，好生难受。又知相公没多馀盘费，他又把艾虎赏的两锭银子换了，请医生抓药。好容易把施俊调治的好些了，又要病后的将养。偏偏的马又倒了一匹，正是锦笺骑的。他小孩子家心疼那马，不肯售卖，就托店家雇人掩埋。谁知店家悄悄的将马出脱了，还要合锦笺要工饭钱，这明是欺侮小孩子。再加这些店用房钱、草料麸子，七折八扣，除了两锭银子之外，倒该下了五六两的帐。锦笺连急带气，他也病了。先前还扎挣着伏侍相公，后来施俊见他那个形景，竟是中了大病，慢慢的问他，他不肯实说。问的急了，他就哭了。施俊心中好生不忍，自己便扎挣起来，诸事不用他伏侍，得便倒要伏侍锦笺。一来二去，锦笺竟自伏头不起。施俊又托店家请医生。医生道："他这虽系传染，却比相公沉重，而且症候耽误了，必须赶紧调治方好。"开了方子，却不走，等着马钱。施俊向柜上借，店东道："相公帐上欠了五六两，如何还借呢？很多了我们垫不起。"施俊没奈何，将衣服典当了，开发了马钱并抓药。到了无事，自己到柜上从新算帐，方知锦笺已然给了两锭银子，就知是他的那两锭赏银。又是感激，又是着急。因瞧见马工饭银，便想起那马来了，就和店东商量，要卖马还帐。店东乐得的赚几两银子呢，立刻会了主儿，将马卖了。除了还帐，刚刚的剩了一两头。施俊也不计较，且调治锦笺要紧。

这日，自己拿了药方，出来抓药。正要回店，却是集场之日，可巧遇见了卖粮之人，姓李名存，同着一人姓郑名申，正在那里吃酒。李存却认识施俊，连声唤道："施公子那里去？为何形容消减了？"施俊道："一言难尽。"李存道："请坐，请坐。这是我的伙计郑申，不是外人，请道其详。"施俊无奈，也就入了座，将前后情由述了一番。李存听了道："原来公子主仆都病了。却在那个店里？"施俊道："在西边连升店。"李存道："公子初愈，不必着急。我这里现有十两银子，且先拿去。一来调治尊管，二来公子也须好生将养。如不够了，赶到下集我再到店中送些银两去。"施生见李存一片至诚，赶忙站起，将银接过来，深深谢了一礼，也就提起药包要走。

谁知郑申贪酒，有些醉了。李存道："郑兄少喝些也好，这又醉了！别的罢了，你这银褡裢怎么好呢？"郑申醉言醉语道："怕什么，醉了人，醉不了心，就是这一头二百两银子算了事了？我还拿的动，何况离家不远儿呢。"施生问道："在那里住？"李存道："远却不远，往西去不足二里之遥，地名翠芳塘就是。"施生道："既然不远，我却也无事，我就送送他何妨。"李存道："怎敢劳动公子。偏偏的我要到粮行算帐，莫若还是我送了他回去，再来算帐。"郑申道："李贤弟，你胡闹么，真个的我就醉了么？瞧瞧我能走不能走？"说着话，一溜歪斜往西去了。李存见他如此，便托付施生道："我就烦公子送送他罢，务必，务必。俟下集，我到店中再道乏去。"施生道："有甚要紧，只管放心，俱在我的身上。"说罢，赶上郑申，搭扶着郑申一同去了。真是"是非只为多开口，烦恼皆因强出头"。千不该，万不该，施生不应当送郑申。只顾觌面应了李存，后来便脱不了干系。

且说郑申见施生赶来，说道："相公，你干你的去，我是不相干的。"施生道："那如何使得。我既受李伙计之托，焉有不送去之理呢？"郑申道："我告诉相公说，我虽醉了，心里却明白，还带着都记得。相公，你不是与人家抓药呢吗？请问病人等着吃药，要紧不要紧？你只顾送我，你想想那个病人受得受不得？这是一。再者，我家又不远，常来常去，是走惯了的。还有一说，我那一天不醉？天天要醉，天天得人送，那得用多少人呢？到咧，这不是连升店吗，相公请。你要不进店，我也不走了。"正说间，忽见小二说道："相公，你家小主管找你呢。"郑申道："巧咧，相公就请罢。"施生应允。郑申道："结咧，我也走咧！"

施生进了店门，问锦笺，心内略觉好些。施生急忙煎了药，伏侍锦笺吃了。果然夜间见了点汗，到了次日清爽好些。施生忙又托付店家请医生去。锦笺道："业已好了，还请医生做什么？那有这些钱呢？"施生悄悄的告诉他道："你放心，不用发愁，又有了银两了。"便将李存之赠说了一遍，锦笺方不言语。不多时，医生来看脉开方，道："不妨事了，再服两剂也就好了。"施生方才放心，仍然按方抓药，给锦笺吃了，果然见好。

过了两日，忽见店家带了两个公人，进来道："这位就是施相公。"两个公人道："施相公，我们奉太爷之命，特来请相公说话。"施生道："你们太爷请我做什么呢？"公人道："我们知道吗，相公到了那里就知道了。"施生还要说话，只见公人哗啷一声掏出锁来，拴上了施生，拉着就走了。把个锦笺只唬的抖衣而战。细想相公为着何事竟被官人拿去，说不得只好扎挣起来，到县打听打听。

原来郑申之妻王氏,因丈夫两日并未回家,遣人去到李存家内探问。李存说:"自那日集上散了,郑申拿了二百两银子,已然回去了。"王氏听了,不胜诧异,连忙亲自到了李存家,面问明白。现今人银皆无,事有可疑。他便写了一张状子。此处攸县所管,就在县内击鼓鸣冤,说李存图财害命,不知把他丈夫置于何地。县官即把李存拿在衙内,细细追问。李存方说出原是郑申喝醉了,他烦施相公送了去了。因此派役前来,将施生拿去。到了衙内,县官方九成立刻升堂。把施生带上来一看,却是个懦弱书生,不像害人的形景。便问道:"李存曾烦你送郑申么?"施生道:"是。因郑申醉了,李存不放心,烦我送他。我却没送。"方令道:"他既烦你送去,你为何又不送呢?"施生道:"皆因郑申拦阻再三,他说他醉也是常醉,路也是常走,断断不叫送。因此我就回了店了。"方令道:"郑申拿的是什么?"施生道:"有个大褡裢,肩头搭着,里面不知是什么。李存见他醉了,曾说道:'你这银褡裢要紧。'郑申还说:'怕什么,就是这一头二百两银子算了事了?'其实并没看见褡裢内是什么。"方令见施生说话诚实,问什么说什么,毫无狡展推诿,不肯加刑,吩咐寄监,再行听审。

众衙役散去。锦笺上前问道:"拿我们相公,为什么事?"衙役见他是个带病的小孩子,谁有工夫与他细讲,止于回答道:"为他图财害命。"锦笺唬了一跳,又问道:"如今怎么样呢?"衙役道:"好唠叨呵!怎么样呢,如今寄了监了。"锦笺听了寄监,以为断无生理,急急跑回店内,大哭了一场。仔细想来,必是县官断事不明,"前次我听见店东说,长沙新升来一位太守,甚是清廉,断事如神,我何不去到那里替主鸣冤呢?"想罢,看了看又无可典当的,只得空身出了店,一直竟奔长沙。不料自己病体初愈,无力行走,又兼缺少盘费,偏偏的又遇了大风,因此进退两难。一时越想越窄,要在坟茔上吊。可巧遇见了蒋平,赠他白银两锭。真是钱为人之胆,他有了银子,立刻精神百倍。好容易赶赴长沙,写了一张状子,便告到邵老爷台下。

邵老爷见呈子上面有施俊的姓名,而且叙事明白清顺,立刻升堂,将锦笺带上来细问,果是盟弟施乔之子。又问:"此状是何人所写?"锦笺回道是自己写的。邵老爷命他背了一遍,一字不差,暗暗欢喜,便准了此状。即刻行文到攸县,将全案调来,就过了一堂,与原供相符。县宰方令随后乘马来到禀见。邵老爷面问:"贵县审的如何?"方九成道:"卑职因见施俊不是行凶之人,不肯加刑,暂且寄监。"邵太守道:"贵县此案当如何办理呢?"方令道:"卑职意欲到翠芳塘查看查看,回来再为禀复。"邵老爷点头道:"如此甚好。"即派差役、仵作跟随方令到攸县。

来至翠芳塘,传唤地方。方令先看了一切地势,见南面是山,东面是道,西面有人家,便问:"有几家人家?"地方道:"八家。"方令道:"郑申住在那里?"地方道:"就是西头那一家。"方公指着芦苇道:"这北面就是翠芳塘了?"地方道:"正是。"方公忽见芦苇深处乌鸦飞起复落下去,方令沉吟良久,吩咐地方:"下芦苇去看来。"地方拉了鞋袜,进了芦苇。不多时,出来禀道:"芦苇塘之内有一尸首,小人一人弄他不动。"方令又派差役二名下去,一同拉上来,叫仵作相验。仵作回道:"尸首系死后入水,脖项有手扣的伤痕。"方令即传郑王氏厮认,果是他丈夫郑申。方令暗道:

"此事须当如此。"吩咐地方将那七家主人,不准推诿,即刻同赴长沙候审。方令先就乘马到府,将郑申尸首事禀明,并将七家邻舍带来俱各回了。邵太守道:"贵县且请歇息。候七家到齐,我自有道理。"邵老爷将此事揣度一番,忽然计上心来。

这一日,七家到齐,邵老爷升堂入座。方公将七家人名单呈上。邵老爷叫带上来,不准乱跪,一溜排开,按着名单跪下。邵老爷从头一个看起,挨次看完,点了点头道:"这就是了,怨得他说,果然不差!"便对众人道:"你等就在翠芳塘居住么?"众人道:"是。"邵老爷道:"昨夜有冤魂告到本府案下,名姓已然说明。今既有单在此,本府只用朱笔一点,便是此人。"说罢,提起朱笔,将手高扬,往下一落,虚点一笔,道:"就是他,再无疑了。无罪的只管起去,有罪的仍然跪着。"众人俱各起去,独有西边一人,起来复又跪下,自己犯疑,神色仓皇。邵老爷将惊堂木一拍,道:"吴玉,你既害了郑申,还想逃脱么?本府纵然宽你,那冤魂断然不放你的!快些据实招上来。"左右齐声喝道:"快招,快招!"

不知吴玉招出什么话来,且听下回分解。

第九十七回 长沙府施俊纳丫鬟 黑狼山金辉逢盗寇

话说邵老爷当堂叫吴玉据实招上来。吴玉道:"小、小、小人没有招、招的。"邵老爷吩咐:"拉下去打。"左右呐了一声喊,将吴玉掭翻在地,竹板高扬,打了十数板。吴玉嚷道:"我招吓,我招!"左右放他起来,道:"快说,快说!"吴玉道:"小人原无生理,以赌为事。偏偏的时运不好,屡赌屡输。不用说别的,拿着打十湖说罢,我圆湖,会抓过张子满不了,倒中了别人碰漂湖。掷骰子,明明坐住了三幺两六,那一个骰子乱转,我赶着叫六,可巧来了个六,却把幺碰了个二,倒成个黑鼻子了。总说罢,东干东不着,西干西不着,要帐堆了门,小人白日不敢出门来。那日天色将晚,小人刚然出来,就瞧着郑申晃里晃荡由东而来。我就追上前去,见他肩头扛着个褡裢,里面鼓鼓囊囊的。小人就合他借贷,谁知郑申不是个酒后开包的,他饶不借,还骂小人。小人一时气忿,将他尽力一推,噗哧、咕咚就栽倒了。一个人栽倒了,怎么两声儿呢?敢则郑申喝成醉泡儿了,栽在地下噗哧的一声,倒是那大褡裢,摔在地下咕咚的一声。小人听的声音甚是沉重,知道里面必是资财,我就一屁股坐在郑申胸脯之上。郑申才待要嚷,我将两手向他咽喉一扣,使劲在地下一按,不大的工夫,郑申就不动了。小人把他拉人苇塘深处,以为此财是发定了,再也无人知晓。不想冤魂告到老爷台前。回老爷,郑申醉魔咕咚的,说的全是醉话,听不的呢。小人冤枉吓!"邵老爷问道:"你将银褡裢放在何处?"吴玉道:"那是二百两银子。小人将褡裢埋好,埋在缸后头了,分文没动。"邵老爷命吴玉画了招,带下去。即请县宰方公,将招供给他看了。叫方公派人将赃银起来,果然未动。即叫尸亲郑王氏收领。

李存与翠芳塘住的众街坊释放回家，独有施生留在本府。吴玉定了秋后处决，派役押赴县内监收。方公一一领命，即刻禀辞回本县去了。

邵老爷退堂，来至书房，将锦笺唤进来问道："锦笺，你在施宅是世仆吓，还是新去的呢？"锦笺道："小人自幼就在施老爷家。我们相公念书，就是小人伴读。"邵老爷道："既如此，你家老爷相知朋友有几位，你可知道么？"锦笺道："小人老爷有两位盟兄，是知己莫逆的朋友。"邵老爷道："是那两位？"锦笺道："一位是做过兵部尚书的金辉金老爷，一位是现任太守邵邦杰邵老爷。"旁边书童将锦笺衣襟一拉，悄悄道："大老爷的官讳，你如何混说？"锦笺连忙跪倒："小人实实不知，求大老爷饶恕。"邵老爷哈哈笑道："老夫便是新调长沙太守的邵邦杰，金老爷如今已升了襄阳太守。"锦笺复又磕头。邵老爷吩咐："起来。本府原是问你，岂又怪你。"即叫书童拿了衣巾，同锦笺到外面与施俊更换。锦笺悄悄告诉施俊说："这位太守就是邵老爷。方才小人已听邵老爷说，金老爷也升了襄阳府太守。相公如若见了邵老爷，不必提与金老爷呕气一事，省的彼此疑忌。"施生道："我提那些做什么？你只管放心。"就随了书童来至书房，锦笺跟随在后。

施生见了邵公，上前行礼参见。邵公站起相搀。施生又谢为案件多蒙庇佑。邵公吩咐看座，施生告坐。邵公便问已往情由，施生从头述了一遍。说至与金公呕气一节，改说："因金公赴任不便在那里，因此小侄就要回家。不想行至攸县，我主仆便病了，生出这节事来。"邵公点了点头。说话间，饭已摆妥，邵公让施生用饭，施生不便推辞。饮酒之间，邵公盘诘施生学问，甚是渊博，满心欢喜，就将施生留在衙门居住，无事就在书房谈讲。因提起亲事一节，施生言："家父与金老伯提过，因彼此年幼，尚未纳聘。"此句暗暗与佳蕙之言相符。邵公听了大乐，便将路上救了牡丹的话一一说了，"如今有老夫作主，一个盟兄之女，一个盟弟之子，可巧侄男侄女皆在老夫这里，正好成其美事。"施俊到了此时也就难以推辞。

邵公大高其兴，来到后面与夫人商量，叫夫人办理牡丹的内务，算是女家那边。邵公办理施生的外事，算是男家那边的。夫人也自欢喜，连三位小姐也替假小姐忙个不了。惟有佳蕙暗暗伤感，到了无人时，想起小姐溺水之苦，不由的泪流满面。夫人等以为他父母不在跟前，他伤心也是情理当然，倒可怜他，劝慰了多少言语，并嘱咐三位小姐不准要笑打趣他。

到了佳期已近，本府阖署官员皆知太守有此义举，无不钦敬，俱各备了礼来贺喜。邵公难以推辞，只得斟酌收礼，当受的受，当璧的璧。是日却大排筵宴，请众官员吃喜酒，热闹非常。把个施生打扮的花团锦簇，众官员见了无不称赞。就在衙门的东跨所做了新房，到了吉时，将二人双双送了过去，成就百年之好。诸事已毕之后，邵老爷亲笔写了两封书信，差两人送信：一名丁雄，送金公之信，一名吕庆，送施老爷之信，务必觌面投递。二人分头送信去了。

这日，施生正在书房看书，叫锦笺去后面取东西。锦笺来至后面，心中暗道："自那日随着众人磕头道喜，我却没瞧见新奶奶什么模样，今日到要留神瞧瞧。"谁知丫鬟正给新娘子烹茶去了，锦笺唤了一声无人，他便来在院内。可巧佳蕙却在廊下用扇儿斗鹦鹉呢，猛见了锦笺，他把扇子一遮，连忙要转回屋内。那知锦笺眼快，早认出是佳蕙来，暗道："好呀，敢则是他呀！见了我，竟把扇子算个小围幕，他如今有了官诰了。"便高声说了一个"佳"字，新娘已将扇子撤下，连连摆手道："兄弟不要高声！"锦笺便问："你如何来到这里？"佳蕙便将做事不密，叫老爷知道了，如何逼勒小姐自尽，如何奶母定计上唐县，如何遇了贼船生生的把个小姐投水死了，自己如何被邵老爷搭救，就冒了小姐之名，"如今闹的事已做成，求兄弟千万不要泄漏。只要你暗暗打听，倘或小姐投水未死，作姐姐的必要成全他二人之事，绝不负主仆的情肠。我如今虽居此位，心实不安，也不过虚左以待之意。"锦笺见他如此，笑道："言虽如此，如今名分攸关，况且与你磕头见礼，你就觍然受之，未免太过！"佳蕙道："事已如此，叫我无可如何。再者，你是兄弟，我是姐姐，难道受不起你一拜么？你若不依，我再给你拜上两拜。"就福了两福。锦笺再也没的说了。又见丫鬟烹茶而来，佳蕙连忙进屋内去了。锦笺向丫鬟要了东西，回到书房。见了施生，他却一字不提。从此知道新娘是假小姐，他就暗暗访查真小姐的下落。

且说丁雄与金公送信，从水面迎来，已见有官船预备。问时，果是迎接襄阳太守的。丁雄打听了打听，说金太守由枯梅岭起旱而来。他便弃舟乘马，急急赶至枯梅岭。先见有驮轿行李过去，知是金太守的家眷，后面方是太守乘马而来。丁雄下马，抢步上前请安，禀道："小人丁雄，奉家主邵老爷之命，前来投书。"说罢，将书信高高举起。金太守将马拉住，问了邵老爷起居。丁雄站起，一一答毕，将书信递过。金太守伸手接书，却问道："你家太太好？小姐们可好？"丁雄一一回答。金公道："管家乘上马罢，俟我到驿再答回信。"丁雄退后，一抖丝缰上了马，就在金公后面跟随。见了金福禄等，彼此道辛苦。套叙言语，俱不必细表。

且说金公因是邵老爷的书信，非比寻常，就在马上拆看。见前面无非请安想念话头，看到后面有施俊与牡丹完婚一节，心中一时好生不乐，暗道："邵贤弟做事荒唐！儿女大事，如何硬作主张？倒遂了施俊那畜生的私欲。此事太欠斟酌！"却又无可如何，将书信摺叠摺叠，揣在怀内。丁雄虽在后面跟随，却留神瞧，以为金公见了书信，必有话面问，谁知金公不但不问，反觉得有些不乐的光景，丁雄暗暗纳闷。

正走之间，离赤石崖不远，见无数的喽啰排开，当中有个黄面金睛，浓眉凹脸，颔下满部绕丝的黄须，无怪绰号金面神，坐下骑着一匹黄骠马，手中拿着两根狼牙棒，雄赳赳，气昂昂，在那里等候。金公早已看见，不知山贼是何主意。猛见丁雄伏身撒马过去，话语不多，山贼将棒一举，连晃两晃，上来了一群喽啰，鹰拿燕雀，将丁雄拖翻下马捆了。金公一见，暗说"不好"！才待拨转马头，只见山贼忽喇喇马跑过来，一声咤叱道："俺蓝骁特来请太守上山叙话。"说罢将棒往后一摆，喽啰蜂拥上前，拉住金公坐下嚼环，不容分说，竟奔山中去了。金福禄等见了，谁敢上前，嗯的一声，大家没命的好跑。

且说蓝骁邀截了金公，正然回山，只见葛瑶明飞马近前来禀道："启大王：小人奉命劫掠驮轿，已然到手。不想山凹蹿出一只白狼，后面有三人追赶，却是卧虎沟的沙员外带领孟杰、焦赤。三人见小人劫掠驮轿，心中不忿，急急上前，将喽啰赶散，仍将驮轿夺去，押赴庄中去了。"蓝骁听了大怒道："沙龙欺吾太甚！"吩咐葛瑶明押解金公上山，安置妥协，急急带喽啰前来接应。葛瑶明领命，只带数名喽啰，押解金公、丁雄上山，其馀俱随蓝骁来至赤石崖下。

早见沙龙与孟杰二人迎将上来。蓝骁道："沙员外，俺待你不薄，你如何管俺的闲事？"沙龙道："非是俺管你的闲事，只因听见驮轿内哭的惨切，母子登时全要自尽，俺岂有不救死之理？"蓝骁道："员外不知，俺与金太守素有仇隙，知他从此经过，特特前来邀截。方才已然擒获上山，忽听葛瑶明说员外将他家眷抢夺回庄，不知是何主意？"沙龙道："这就是你的不是了。金太守乃国家四品黄堂，你如何擅敢邀截？再者，你与太守有仇，却与他家眷何干？依俺说，莫若你将太守放下山来，交付与俺，俺与你在太守跟前说个分上，置而不理，免得你吃罪不起。"蓝骁听了，一声怪叫："嗳呀，好沙龙，你真欺俺太甚！俺如今和你誓不两立。"说罢，催马抡棒打来。沙龙扯开架式抵敌，孟杰帮助相攻。蓝骁见沙、孟二人步下蹿跃，英勇非常，他便使个暗令，将棒往后一摆，众喽啰围裹上来。沙龙毫不介意，孟杰漠不关心，一个东指西杀，一个南击北搠。二人杀够多时，谁知喽啰益发多了，筐箩圈将沙龙、孟杰困在当中，二人渐渐的觉得乏了。

原来葛瑶明将金公解入山中，招呼众多喽啰下山。他却指拨喽啰层层叠叠的围裹，所以人益发多了。正在分派，只见那边来了个女子。仔细打量，却是前次打野鸡的。他一见了，邪念陡起，一催马迎将上来，道："娇娘往那里走？"这句话刚然说完，只听弓弦响处，这边葛瑶明眼睛内咕唧的一声，一个铁丸打入眼眶之内，生生把个眼珠儿挤出。葛瑶明"哎哟"的一声，栽下马来。

原来焦赤押解驮轿到庄，叫凤仙、秋葵迎接进去，告诉明白，说蓝骁现领喽啰在山中截战。凤仙姐妹听了甚不放心，就托张妈妈在里头照料，他等随焦赤前来救应沙龙。在路上言明，焦赤从东杀进，凤仙姐妹从西杀进。不料，刚然上山就被葛瑶明看见，抻马迎来。秋葵眼快嘴急，叫声："姐姐，前日抢野鸡的那厮又来了。"凤仙道："妹妹不要忙，待我打发他。前次手下留情，打在他眉攒中间，是个二龙戏珠。如今这厮又来，可要给他个'换虎出洞'了。"列位白想想：葛瑶明眉目之间有多大的地方，搁的住闹个龙虎斗么？这也是他贪淫好色之报，从马上栽了下来，秋葵赶上，将铁棒一扬，只听拍的一声，葛瑶明登时了帐，琉璃珠儿砸碎了。

未知他姐妹如何，且听下回分解。

第九十八回　沙龙遭困母女重逢　智化运筹弟兄奋勇

且说凤仙、秋葵从西杀来。只见秋葵抡开铁棒，乒乒梆梆一阵乱响，打的喽啰四分五落。凤仙拽开弹弓，连珠打出，打的喽啰东躲西藏。忽又听东边呐喊，却是焦赤杀来,手托钢叉,连嚷带骂。里面沙龙、孟杰见喽啰一时乱散,他二人奋勇往外冲突。里外夹攻,喽啰如何抵挡得住,往左右一分,让开一条大路。却好凤仙、秋葵接住沙龙,焦赤却也赶到,彼此相见。沙龙道:"凤仙,你姐妹到此做甚?"秋葵道:"闻得爹爹被山贼截战,我二人特来帮助。"沙龙才要说话,只听山冈上咕噜噜鼓声如雷,所有山口外噹噹噹锣声震耳,又听人声呐喊:"拿吓,别放走了沙龙吓!大王说咧,不准放冷箭吓,务要生擒吓!姓沙的,你可跑不了吓!各处俱有埋伏吓,快些早些投降!"沙龙等听了,不由的骇目惊心。

你道如何?原来蓝骁暗令喽啰围困沙龙,只要诱敌,不准交锋。心想把他奈何乏了,一鼓而擒之,将他制伏,作为自己的膀臂。故此他在高山冈上瞭望,见沙龙二人有些乏了,满心欢喜。惟恐有失,又叫喽啰上山,调四哨头领,按山口埋伏。如听鼓响,四面锣声齐鸣,一齐呐喊,惊吓于他。那时再为劝说,断无不归降之理。猛又见东西一阵披靡,喽啰往左右一分,已知是沙龙的接应。他便擂起鼓来,果然各山口响应,呐喊扬威,声声要拿沙龙。他在高岗之上挥动令旗,沙龙投东他便指东,沙龙投西他便指西。沙龙父女、孟焦二人跑够多时,不是石如骤雨,就是箭似飞蝗,毫无一个对手厮杀之人,跑来跑去并无出路,只得五人团聚一处,歇息商酌。

且不言沙龙等被困。再说卧虎庄上自焦赤押了驮轿进庄,所有渔猎众家的妻女皆知救了官儿娘子来,谁不要瞧瞧官儿娘子是什么模样,全当做希希罕儿一般。你来我去,只管频频往来,却不敢上前,止于偷偷摸摸,扒扒窗户,或又掀掀帘子。及到人家瞧见他,他又将身一撤,直似偷油吃的耗子一般。倒是张立之妻李氏,受了凤仙之托,极力的张罗,却又一人张罗不过来,应酬了何夫人,又应酬小相公金章,额外还要应酬丫鬟仆妇,觉得累的很。出来便向众妇人道:"众位大妈、婶子,你们与其在这里张的望的,怎的不进去看看呢?陪着说说话儿,我也有个替换儿。"众人也不答言,也有摆手儿的,也有摇头儿的,又有扭扭捏捏躲了的,又有咭咭咕咕笑了的。李氏见了这番光景,赌气子转身进了角门。

原来角门以内就是跨所,当初凤仙、秋葵曾说过,如若房屋盖成,也不准张家姐姐搬出。故此张立夫妇带同牡丹,仍在跨所居住。李氏见了牡丹道:"女儿,今有员外救了官儿娘子前来。妈妈一人张罗不过来,别人都不敢上前,女儿敢去也不敢呀?你若敢去,妈妈将你带过去,咱娘儿两个也有个替换。你不愿意就罢。"牡丹道:"母亲,这有什么呢,孩儿就过去。"李氏欢喜道:"还是女儿大方。你把那头儿抿抿,把大褂子罩上。我这里烹茶,你就端过去。"牡丹果然将头儿整理整理,换衣系裙。

不多时,李氏将茶烹好,用茶盘托来,递与牡丹。见牡丹抿的头儿光光油油的,衬着脸儿红红白白的,穿着件翠森森的衫儿,系着条青簇簇裙儿,真是娇娇娜娜,袅袅婷婷。虽是布裙荆钗,胜过珠围翠绕。李氏看了,乐的他眉花眼笑,随着出了角门。众妇女见了,一个个低言悄语,接耳交头,这个道:"大妗子,你看呀,张奶奶又显摆他闺女呢。"那个道:"二娘儿,你听罢,看他见了官儿娘子说些嘛耶,咱们也学些见识。"说话间,李氏上前将帘掀起,牡丹端定茶盘,轻移莲步,至屋内慢闪秋波一看，觉得肝连胆一阵心酸。忽听小金章说道："嗳呀，你不是我牡丹姐姐么？想煞兄弟了！"跑过来抱膝跪倒。牡丹到了此时，手颤腕软，当啷啷茶杯落地，将金章抱住，瘫软在地。何氏夫人早已向前搂住牡丹，儿一声，肉一声，叫了半日，哇的一声方哭出来了，真是悲从中心出。慢说他三人泪流满面，连仆妇、丫鬟无不拭泪在旁劝慰。窗外的田妇、村姑不知为着何事，俱各纳闷。独有李氏张妈愣柯柯的，劝又不是，好容易将他母女三人搀起。

何氏夫人一手拉住牡丹，一手拉住了金章，哀哀切切的一同坐了，方问与奶公奶母赴唐县如何。牡丹哭诉遇难情由，刚说至张公夫妇捞救，猛听的李氏放声哭道："嗳呀，可坑了我了！"他这一哭，比方才他母女姐弟相识犹觉惨切。他想："没有儿女的，怎生这样的苦法？索性没有也倒罢了，好容易认着一个，如今又被本家认去。这以后可怎么好？"越想越哭，越哭越痛，张着瓢大的嘴，扯着喇叭似的嗓子，好一场大哭。何氏夫人感念他救女儿之情，将他搀了过来，一同坐了，劝慰多时。牡丹又说："妈妈只管放心，绝不辜负厚恩。"李氏方住了声。

金章见他姐姐穿的是粗布衣服，立刻磨着何氏夫人要他姐姐的衣服。一句话提醒了李氏，即到跨所取衣服。见张立拿茶叶要上外边去，李氏道："大哥，那是给人家的女儿预备的茶叶，你如何拿出去？"张立道："外面来了多少二爷们，连杯茶也没有，说不得只好将这茶叶拿出。你如何又说人家女儿的话呢？"李氏便将方才母女相认的话说了。张立听了也无可如何，且先到外面张罗。张立来至厅房，众仆役等见了道谢。张立急忙烹茶。

忽见庄客进来说道："你等众位在此厅上坐不得了，且至西厢房吃茶罢。我们员外三位至厚的朋友到了。"众仆役听了，俱各出来躲避。只见外面进来了三人，却是欧阳春、智化、丁兆蕙。原来他三人到了襄阳，探听明白。赵爵立了盟书，恐有人盗取关系非浅，因此盖了一座冲霄楼，将此书悬于梁间，下面设了八卦铜网阵，处处设了消息，时时有人看守。原打算进去探访一番，后来听说圣上钦派颜大人巡按襄阳，又是白玉堂随任供职，大家计议，莫若仍回卧虎沟与沙龙说明，同去辅佐巡按，帮助玉堂，又为国家，又尽友情，岂不两全其美。因此急急赶回来了。

来至庄中，不见沙龙，智化连忙问道："员外那里去了？"张立将救了太守的家眷，蓝骁劫战赤石崖，不但员外与孟、焦二位去了，连两位小姐也去了，打算救应，至今未回的话说了。智化听了，说道："不好！此事必有舛错，不可迟疑。欧阳兄与丁贤弟务要辛苦辛苦。"丁二爷道："叫我们上何方去呢？"智化道："就解赤石崖之围。"丁二爷道："我与欧阳兄都不认得，如何是好？"张立道："无妨，现有史云，他却认得。"丁二爷道："如此快唤他来。"张立去不多时，只见来了七人，听说要上赤石崖，同史云全要去的。智化道："很好。你等随了二位去罢，不许逞强好勇，只听吩咐就是了。欧阳兄专要擒获蓝骁，丁贤弟保护沙兄父女，我在庄中防备贼人分兵抢夺家属。"北侠与丁二官人急急带领史云七人，直奔赤石崖去了。这里，智化叫张立进内，安慰众女眷人等，不必惊怕，惟恐有着急欲寻自尽等情。又吩咐众庄客："前后左右探听防守，倘有贼寇来时，不要声张，暗暗报我知道，我自有道理。"登时把个卧虎庄主张的井井有条,可见他料事如神,机谋严密。

且说北侠等来至赤石崖的西山口,见有许多喽啰把守。这北侠招呼众人道:“守汛喽啰听真:俺欧阳春前来解围,快快报与你家山主知道。”西山口的头领不敢怠慢,连忙报与蓝骁。蓝骁问道:“来有多少人?”头领道:“来了二人,带领庄丁七人。”蓝骁暗道:“共有九人,不打紧。好便好,如不好时,连他等也困在山内,索性一网打尽。”想罢,传与头领,叫把他等放进山口。早见沙龙等正在那里歇息,彼此相见,不及叙语。北侠道:“俺见蓝骁去,丁贤弟小心吓!”说罢,带了七人奔至山岗。蓝骁迎了下来,问道:“来者何人?”北侠道:“俺欧阳春,特来请问山主,今日此举是为金太守吓,还是为沙员外呢?”蓝骁道:“俺原是为擒拿太守金辉,却不与沙员外相干。谁知沙员外从我们头领手内将金辉的家眷抢去不算,额外还要和我要金辉。这不是沙员外欺我太甚么!所以将他困住,务要他归附方罢。”北侠笑道:“沙员外何等之人,如何肯归附于你?再者,你无故的截了皇家的四品黄堂,这不成了反叛了么?”蓝骁听了大怒道:“欧阳春,你今此来,端的为何?”北侠道:“俺今特来拿你!”说罢,抡开七宝刀,照腿砍来。蓝骁急将铁棒一迎。北侠将手往外一削,噌的一声,将铁棒狼牙削去。蓝骁暗说“不好”,又将左手铁棒打来。北侠尽力往外一磕,又往外一削,迎的力猛,蓝骁觉的从手内夺的一般,飕的一声连磕带削,棒已飞出数步以外。蓝骁身形晃了两晃。北侠赶步纵身上了蓝骁的马后,一伸左手攥住他的皮鞓带,将他往上一提,蓝骁已离鞍心。北侠将身一转,连背带扛,往地下一跳,右肘把马胯一捣,那马咴的一声往前一蹿。北侠提着蓝骁,一松手,咕咚一声栽倒尘埃。史云等连忙上前擒住,登时捆缚起来。此一段北侠擒蓝骁,迥与别书不同,交手别致,迎逢各异,至于擒法更觉新奇。虽则是失了征战的规矩,却正是侠客的行藏,一味的巧妙灵活,绝不是卤莽灭裂、好勇斗狠那一番的行为。

且说丁兆蕙等早望见高岗之上动手,趁他不能挥动令旗,失却眼目,大家奋勇杀奔西山口来。头领率领喽啰,如何抵挡的住一群猛虎。吵发了一声喊,各自逃出去了。丁兆蕙独自一人擎刀把住山口,先着凤仙、秋葵回庄,然后沙龙与兆蕙复又来到高岗。此时,北侠已追问蓝骁金太守在于何处。蓝骁只得说出已解山中,即着喽啰将金辉、丁雄放下山来。北侠就着史云带同金太守先行回庄。至西山口,叫孟、焦二人也来押解蓝骁,上山剿灭巢穴去了。

要知后文如何,且听下回分解。

第九十九回 见牡丹金辉深后悔 提艾虎焦赤践前言

且说史云引着金辉、丁雄来到庄中,庄丁报与智化,智化同张立迎到大厅之上。金太守并不问妻子下落如何,惟有致谢搭救自己之恩。智化却先言夫人、公子无恙，使太守放心。略略吃茶，歇息歇息，即着张立引太守来到后面，见了夫人、公子。此时凤仙姊妹已知母女相认，正在庆贺。忽听太守进来，便同牡丹上跨所去了。这些田妇村姑，谁不要瞧瞧大老爷的威严。不多时，见张立带进一位戴纱帽的，翅儿缺少一个；穿着红袍，襟子搭拉半边；玉带系腰，因揪折闹的里出外进；皂靴裹足不合脚，弄的底绽帮垂；一部苍髯，揉得上头扎煞下头卷；满面尘垢，抹的左边漆黑右边黄。初见时，只当做走会的扛箱官；细瞧来，方知是新印的金太守。众妇女见了这狼狈的形状，一个个捂着嘴儿嘻笑。

夫人、公子迎出屋来，见了这般光景，好不伤惨。金章上前请安，金公拉起，携手来至屋内。金公略述山王邀截的情由，何氏又说恩公搭救的备细。夫妻二人又是嗟叹，又是感激。忽听金章道："爹爹，如今却有喜中之喜了。"太守问道："此话怎讲？"何氏安人便将母女相认的事说出。太守诧异道："岂有此理，难道有两个牡丹不成？"说罢，从怀中将邵老爷书信拿出，递给夫人看了。何氏道："其中另有别情。当初女儿不肯离却闺阁，是乳母定计，将佳蕙扮做女儿，女儿改了丫鬟。不想遇了贼船，女儿赴水倾生，多亏了张公夫妇捞救，认为义女。老爷不信，请看那两件衣服。方才张妈妈拿来，是当初女儿投水穿的。"金公拿起一看，果是两件丫鬟服色，暗暗忖度道："如此看来，牡丹不但清洁，而且有智，竟能保金门的脸面，实属难得。"再一转想："当初手帕、金鱼原从巧娘手内得来，焉知不是那贱人作弄的呢？就是书箱翻出玉钗，我看施生也并不惧怕，仍然一团傲气。仔细想来，其中必有情弊。是我一时着了气恼，不辨青红皂白，竟把他二人委屈了。"再想起逼勒牡丹自尽一节，未免太狠，心中愧悔难禁。便问何氏道："女儿今在那里？"何氏道："方才在这里，听说老爷来了，他就上他干娘那边去了。"金公道："金章，你同丫鬟将你姐姐请来。"

金章去后，何氏道："据我想来，老爷不见女儿倒也罢了。惟恐见了时，老爷又要生气。"金公知夫人话内有讥诮之意，也不答言，止于付之一笑。只见金章哭着回来道："我姐姐断不来见爹爹，说惟恐爹爹见了又要生气。"金公哈哈笑道："有其母，必有其女。无奈何，烦夫人同我走走如何？"何氏见金公如此，只得叫张妈妈引路，老夫妻同进了角门，来到跨所之内。凤仙姐妹知道太守必来，早已躲避。只见三间房屋，两明一暗，所有摆设颇颇的雅而不俗。这俱是凤仙在这里替牡丹调停的。张李氏将软帘掀起，道："女儿，老爷亲身看你。"金公便进屋内。见牡丹面里背外，一言不答。金公见女儿的梳妆打扮，居然的布裙荆钗，回想当初珠围翠绕，不由的痛彻肺腑，道："牡丹我儿，是为父的委屈了你了！皆由当初一时气恼，不加思索，无怪女儿着恼。难道你还嗔怪爹爹不成？你母亲也在此，快些见了罢！"张妈妈见牡丹端然不动，连忙上前，道："女儿，你乃明理之人，似此非礼，如何使得？老爷、太太是你生身父母，尚且如此，若是我夫妻得罪了你，那时岂不更难乎为情了么？快些下来叩拜老爷罢。"

此时牡丹已然泪流满面，无奈下床，双膝跪倒，口称："爹爹，儿有一言告禀。孩儿不知犯了何罪，致令爹爹逼孩儿自尽。如今现为皇家太守，倘若遇见孩儿之事，爹爹断理不清，逼死女子是小事，岂不与德行有亏？孩儿无知顶撞，望乞爹爹宽宥。”金公听了，羞的面红过耳，只得赔笑将牡丹搀起，道：“我儿说的是，以后爹爹诸事细心了。以前之事，全是爹爹不是，再休提起了。”又向何氏道：“夫人，快些与女儿将衣服换了。我到前面致谢致谢恩公去。”说罢，抽身就走。张立仍然引至大厅，智化对金公道：“方才主管带领众役们来央求于我，惟恐大人见责，望乞大人容谅。”金公道：“非是他等无能，皆因山贼凶恶，老夫怪他们则甚？”智化便将金福禄等唤来，与老爷磕头。众人又谢了智爷。智爷叫将太守衣服换来。

只见庄丁进来报道：“我家员外同众位爷们到了。”智化与张立迎到庄门。刚到厅前，见金公在那里立等，见了众人，连忙上前致谢。沙龙见了，便请太守与北侠进厅就座。智化问剿灭巢穴如何，北侠道：“我等押了蓝骁人山，将锱重俱散与喽啰，所有寨栅全行放火烧了。现时把蓝骁押来，交在西院，叫众人看守，特请太守老爷发落。”太守道：“多承众位恩公的威力，既将贼首擒获，下官也不敢擅专。俟到任所，即行具摺，连贼首押赴东京，交到开封府包相爷那里，自有定见。”智化道：“既如此，这蓝骁倒要严加防范，好好看守，将来是襄阳的硬证。”复又道：“弟等三人去而复返者，因听见颜大人巡按襄阳，钦派白五弟随任供职。弟等急急赶回来，原欲会同兄长，齐赴襄阳，帮助五弟共襄此事。如今既有要犯在此，说不得必须耽迟几日工夫。沙兄长、欧阳兄、丁贤弟，大家俱各在庄，留神照料蓝骁，惟恐襄阳王暗里遣人来盗取，却是要紧的。就是太守赴任，路上也要仔细。若要小弟保护，随同前往，一到任所，急急具摺。俟摺子到时，即行将蓝骁押赴开封。诸事已毕，再行赶到襄阳，庶乎与事有益。不知众位兄长以为何如？”众人齐声道：“好，就是如此。”金公道：“只是又要劳动恩公，下官心甚不安。”说话间，酒筵设摆齐备，大家入座饮酒。

只见张立悄悄与沙龙附耳。沙龙出席，来至后面，见了凤仙、秋葵，将牡丹之事一一叙明。沙龙道：“如何？我看那女子举止端方，绝不是村庄的气度，果然不错。”秋葵道：“如今牡丹姐姐不知还在咱们这里居住，还是要随任呢？”沙龙道：“自然是要随任，跟了他父母去。岂有单单把他留在这里之理呢？”秋葵道：“我看牡丹姐姐他不愿意去，如今连衣服也不换，仿佛有什么委屈是的，擦眼抹泪的。莫若爹爹问问太守，到底带了他去不带他去，早定个主意为是。”沙龙道：“何必多此一问。那有他父母既认着了，不带了去，还把女儿留在人家的道理。这都是你们贪恋难舍，心生妄想之故，我不管。你牡丹姐姐如若不换衣服，我惟你二人是问。少时，我同太守还要进来看呢！”说罢，转身上厅去了。

凤仙听了，低头不语。惟有秋葵将嘴一咧，哇的一声，哭着奔到后面。见了牡丹，一把拉住道：“嗳呀姐姐吓，你可快走了，我们可怎么好吓！”说罢放声痛哭，牡丹也就陪哭起来了，众人不知为着何故。随后凤仙也就来了，将此事说明，大家这才放了心了。何氏夫人过来，拉着秋葵道：“我的儿，你不要啼哭。你舍不得你的姐姐，那知我心里还舍不得你呢。等着我们到了任所，急急遣人来接你。实对你说，我很爱你这实心眼儿，为人憨厚。你若不憎嫌，我就认你为干女儿，你可愿意么？”

秋葵听了,登时止住泪道:“这话果真么?”何氏道:“有什么不真呢?”秋葵便立起身来道:“如此,母亲请上,待孩儿拜见。”说罢,立时拜下去。何氏夫人连忙搀起。凤仙道:“牡丹姐姐,你不要哭了,如今有了傻妹子了。”牡丹“噗哧”的一声也笑了。凤仙道:“妹子,你只顾了认母亲,方才我爹爹说的话,难道你就忘了么?”秋葵道:“我何尝忘了呢!”便对牡丹道:“姐姐,你将衣服换了罢。我爹爹说了,如若不换衣服,要不依我们俩呢!你若拿着我当亲妹妹,你就换了;你若瞧不起我,你就不换。”张妈妈也来相劝。凤仙便吩咐丫鬟道:“快拿你家小姐的簪环衣服来。”彼此撺掇,牡丹碍不过脸去,只得从新梳洗起来。凤仙、秋葵在两边,一边一个观妆。见丫鬟仆妇伏侍的全有规矩款式,暗暗的羡慕。不多时梳妆已毕,换了衣服,更觉鲜艳非常。牡丹又将簪珥赠了凤仙姊妹许多,二人深谢了。

且说沙龙来到厅上,复又执壶斟酒。刚然坐下,只见焦赤道:“沙大哥,今日欧阳兄、智大哥俱在这里,前次说的亲事,今日还不定规么?”一句话说的也有笑的,也有怔的。怔的因不知其中之事体,此话从何说起;笑的是笑他性急,粗莽之甚。沙龙道:“焦贤弟,你忙什么,为儿女之事,何必在此一时呢?”焦赤道:“非是俺性急,明日智大哥又要随太守赴任,岂不又是耽搁呢?还是早些定规了的是。”丁二爷道:“众位不知,焦二哥为的是早些定了,他还等着吃喜酒呢!”焦赤道:“俺单等吃喜酒?这里现放着酒,来来来,咱们且吃一杯。”说罢,端起来一饮而尽,大家欢笑快饮。酒饭已毕,金公便要了笔砚来,给邵邦杰细细写了一信,连手帕并金鱼、玉钗,俱各封固停当,觌面交与丁雄,叫他回去就托邵邦杰将此事细细访查明白。赏了丁雄二十两银子,即刻起身赶赴长沙去了。

沙龙此时已到后面,秋葵将何氏夫人认为干女儿之事说了,又说牡丹小姐已然换了衣服,还要请太守与爹爹一同拜见。沙龙便来到厅上请了金公,来到后面。牡丹出来先拜谢了沙龙。沙龙见牡丹花团锦簇,真不愧千金的态度,满心欢喜。牡丹又与金公见礼,金公连忙搀起,见牡丹依然是闺阁妆扮,虽然欢喜,未免有些凄惨。牡丹又带了秋葵与义父见礼,金公连忙叫牡丹搀扶。沙龙也就叫凤仙见了。金公又致谢沙龙:“小女在此打搅,多蒙兄长与二位侄女照拂。”沙龙连说“不敢”。他等只管亲的干的,见父认女,旁边把个张妈妈瞅的眼儿热了,眼眶里不由的流下泪来,用绢帕左擦右擦。早被牡丹看见,便对金公道:“孩儿还有一事告禀。”金公道:“我儿有话只管说来。”牡丹道:“孩儿性命多亏了干爹、干娘搭救,才有今日。而且老夫妻无男无女,孤苦只身,求爹爹务必将他老夫妻带到任上,孩儿也可以稍为报答。”金公道:“正当如此。我儿放心,就叫他老夫妻收拾收拾,明日随行便了。”张妈妈听了,这才破涕为笑。

沙龙又同金公来到厅上,金公见设筵丰盛,未免心甚不安。沙龙道:“今日此筵,可谓四喜俱备。大家坐了,待我说来。”仍然太守首座,其次北侠、智公子、丁二官人、孟杰、焦赤,下首却是沙龙与张立。焦赤先道:“大哥快说四喜。若说是了,有一喜俺喝一碗如何?”沙龙道:“第一,太守今日一家团聚,又认了小姐,这个喜如何?”焦赤道:“好,可喜可贺!俺喝这一碗。快说第二。”沙龙道:“这第二,就是贤弟说的了,今日凑着欧阳兄、智贤弟在此,就把女儿大事定规了。从此咱三人便是亲家了,一言为定,所有纳聘的礼节再说。”焦赤道:“好吓,这才痛快呢!这二喜,俺要喝两碗:一碗陪欧阳兄、智大哥,一碗陪沙兄长。你三人也要换杯儿才是。”说的大家笑了。果然北侠、智公子与沙员外彼此换杯。焦赤已然喝了两碗。沙龙道:“三喜是明日太守荣任高升,这就算饯行的酒席如何?”焦赤道:“沙兄长会打算盘,一打两副成,也倒罢了。俺也喝一碗。”孟杰道:“这第四喜不知是什么,倒要听听。”沙龙道:“太守认了小女为女,是干亲家,欧阳兄与智贤弟定了小女为媳,是新亲家,张老丈认了太守的小姐为女,是新亲家。通盘算来,今日乃我们三门亲家大会齐儿,难道算不得一喜么?”焦赤听了,却不言语,也不饮酒。丁二爷道:“焦二哥,这碗酒为何不喝?”焦赤道:“他们亲家闹他们的亲家,管俺什么相干?这酒俺不喝他。”丁二爷道:“焦二哥,你莫要打不开算盘。将来这里的侄女儿过了门时,他们亲家爹对亲家爷,咱们还是亲家叔叔呢。”说的大家全笑了,彼此欢饮。饭毕之后,大家歇息。

到了次日,金太守起身,智化随任。独有凤仙、秋葵与牡丹三人痛哭,不忍分别,好容易方才劝止。智化又谆谆嘱咐,好生看守蓝骁,俟摺子到时,即行押解进京。北侠又提拨智化,一路小心。大家珍重,执手分别。上任的上任,回庄的回庄,俱各不表。

要知后文何事,且听下回分解。

第一百回　探行踪王府遣刺客　赶道路酒楼问书童

且说小侠艾虎自离了卧虎沟,要奔襄阳。他因在庄三日未曾饮酒,头天就饮了个过量之酒,走了半天就住了。次日也是如此,到了第三日,猛然省悟,道:“不好,若要如此,岂不又像上卧虎沟一样么?倘然再要误事,那就不成事了。从今后酒要检点才好。”自己劝了自己一番。因心里惦着走路,偏偏的起得早了,不辨路径,只顾往前进发。及至天亮,遇见行人问时,谁知把路走错了。理应往东,却岔到东北,有五六十里之遥。幸喜此人老成,的的确确告诉他,由何处到何镇,再由何镇到何堡,过了何堡几里方是襄阳大路。艾虎听了,躬身道谢,执手告别。自己暗道:“这是怎么说!起了个五更,赶了个晚集,这半夜的工夫白走了。”仔细想来,全是前两日贪酒之过。若不是那两天醉了,何至有今日之忙?何至有如此之错呢?可见酒之误事不小,自己悔恨无及。那知他就在此一错上,便把北侠等让过去了。所以直到襄阳,全未遇见。

这日,好容易到了襄阳,各处店寓询问,俱各不知。他那知道,北侠等三人再不住旅店,惟恐怕招人的疑忌,全是在野寺古庙存身。小侠寻找多时,心内烦躁,只得找个店寓住了。次日，便在各处访查，酒也不敢多吃了。到处听人传说，新升来一位巡按大人，姓颜，是包丞相的门生，为人精明，办事梗直。倘若来时，大家可要把冤枉伸诉伸诉。又有悄悄低言讲论的，他却听不真切。他便暗暗生智，坐在那里仿佛磕睡，前仰后合，却是闭目合睛侧耳细听。渐渐的听在耳内，原来是讲究如何是立盟书，如何是盖冲霄楼，如何设铜网阵。一连探访了三日，到处讲究的全是这些，心内早得了些主意。因知铜网阵的利害，不敢擅入。他却每日在襄阳王府左右暗暗窥觑，或在对过酒楼瞭望。

这日，正在酒楼之上饮酒，却眼巴巴的瞧着对过。见府内往来行人出入，也不介意。忽然来了二人，乘着马，到了府前下马，将马拴在桩上，进府去了。有顿饭的工夫，二人出来，各解偏缰，一人扳鞍上马，一人刚才认镫。只见跑出一人，一点手，那人赶到跟前，附耳说了几句，形色甚是仓皇。小侠见了心中有些疑惑，连忙会钞下楼，暗暗跟定二人。来至双岔路口，只听一人道："咱们定准在长沙府关外十里堡镇上会齐。请了！"各自加上一鞭，往东西而去。他二人只顾在马上交谈，执手告别，早被艾虎一眼看出，暗道："敢则是他两个呀！"

你道他二人是谁？原来俱是招贤馆的旧相识。一个是陡起邪念的赛方朔方貂。自从在夹沟被北侠削了他的刀，他便脱逃，也不敢回招贤馆，他却直奔襄阳，投在奸王府内。那一个是机谋百出的小诸葛沈仲元。只因捉拿马强之时，他却装病不肯出头。后来见他等生心抢劫，不由的暗笑这些没天良之人，什么事都干的出来。又听见大家计议投奔襄阳，自己转想："赵爵久怀异心，将来国法必不赦宥。就是这些乌合之众，也不能成其大事。我何不将计就计，也上襄阳，投在奸王那里，看个动静。倘有事关重大的，我在其中调停，暗暗给他破法。一来与朝廷出力报效，二来为百姓剪恶除奸，岂不大妙。

但凡侠客义士，行止不同，若是沈仲元尤难。自己先担个从奸助恶之名，而且在奸王面前还要随声附和，迎逢献媚，屈己从人，何以见他的侠义呢？殊不知他仗着自己聪明，智略过人，他把事体看透，犹如掌上观文，仿佛逢场作戏。从游戏中生出侠义来，这才是真正侠义。即如南侠、北侠、双侠，甚至小侠，处处济困扶危，谁不知是行侠尚义呢？这明是露的侠义，却倒容易。若沈仲元，绝非他等可比，他却在暗中调停，毫不露一点声色，随机应变，谲诈多端。到了归齐，恰在侠义之中。岂不是个极难事呢！他的这一番慧心灵机真不愧“小诸葛”三字。

他这一次随了方貂同来，却有一件重大之事。只因蓝骁被人擒拿之后，将锱重分散喽啰，其中就有无赖之徒，恶心不改，急急赶赴襄阳，禀报奸王。奸王听了，暗暗想道：“事尚未举，先折了一只膀臂，这便如何是好？”便来至集贤堂，与大众商议道：“孤家原写信一封与蓝骁，叫他将金辉邀截上山，说他归附。如不依从，即行杀害，免得来至襄阳又要费手。不想蓝骁被北侠擒获。事到如今，列位可有什么主意？”其中却有明公说道：“纵然害了金辉，也不济事。现今圣上钦派颜查散巡按襄阳，而且长沙又改调了邵邦杰。这些人，皆有虎视眈眈之意。若欲加害，索性全然害了，方为稳便。如今却有一计害三贤的妙策。”奸王听了满心欢喜，问道：“何为一计害三贤，请道其详。”这明公道：“金辉必由长沙经过。长沙关外十里堡是个迎接官员的去处，只要派个有本领的去到那里，夤夜之间将金辉刺死。倘若成功，邵邦杰的太守也就作不牢了。金辉原是在他那里住宿，既被人刺死了，焉有本地太守无罪之理？咱们把行刺之人深藏府内，却办一套文书，迎着颜巡按呈递。他做襄阳巡按，襄阳太守被人刺死了，他如何不管呢？既要管，又无处缉拿行刺之人，事要因循起来，圣上必要见怪，说他办理不善。那时漫说他是包公的门生，就是包公，也就难以回护了。”奸王听毕，哈哈大笑道：“妙极，妙极！就派方貂前往。”

旁边早惊动了一个大明公沈仲元，见这明公说的得意洋洋，全不管行得行不得，不由的心中暗笑。惟恐万一事成，岂不害一忠良，莫若我亦走走。因此上前说道：“启上千岁，此事重大，方貂一人惟恐不能成功。待微臣帮他同去何如？”奸王更加欢喜。方貂道：“为日有限，必须乘马方不误事。”奸王道：“你等去到孤家御厩中，自己拣选马匹去。”二人领命，就到御厩选了好马，备办停当。又到府内见奸王禀辞。奸王嘱咐了许多言语。二人告别出来，刚要上马，奸王又派亲随之人出来，吩咐道：“此去成功不成功，务要早早回来。”二人答应，骑上马，各要到下处收什行李，所以来至双岔口，言明会齐儿的所在，这才分东西各回下处去了。所以艾虎听了个明白，看了个真切，急急回到店中，算还了房钱，直奔长沙关外十里堡而来。一路上酒也不喝，恨不得一步迈到长沙。心内想着：“他们是马，我是步行，如何赶的过马去呢？”又转想道：“他二人分东西而走，必然要带行李，再无有不图安逸的。图安逸的，必是夜宿晓行。我不管他，我给他个昼夜兼行，难道还赶不上他么？”真是“有志者事竟成”，却是艾虎预先到了。歇息了一夜，次日必要访查那二人的下落。出了旅店，在街市闲游，果然见个镇店之所，热闹非常。自己散步，见路东有接官厅，悬花结彩。仔细打听，原来是本处太守邵老爷与襄阳太守金老爷是至相好，皆因太守上襄阳赴任，从此经过，故此邵老爷预备的这样整齐。艾虎打听这金老爷几时方能到此，敢则是后日才到公馆。艾虎听在心里，猛然省悟道：“是了，大约那两个人必要在公馆闹什么玄虚。后日，我倒要早早的伺候他。”

正在揣度之间，忽听耳畔有人叫道：“二爷那里去？”艾虎回头一看，瞧着认得，一时想不起来，连忙问道："你是何人？"那人道："怎么二爷连小人也认不得了呢？小人就是锦笺。二爷与我家爷结拜，二爷还赏了小人两锭银子。"艾虎道："不错，不错。是我一时忘记了。你今到此何事？"锦笺道："嗳，说起来话长。二爷无事，请二爷到酒楼，小人再慢慢细禀。"艾虎即同锦笺上了路西的酒楼，拣个僻静的桌儿坐了。锦笺还不肯坐，艾虎道："酒楼之上，何须论礼？你只管坐了，才好讲话。"锦笺告座，便在横头儿坐了。博士过来，要了酒菜。艾虎便问施公子。锦笺道："好。现在邵老爷太守衙门居住。"艾虎道："你主仆不是上九仙桥金老爷那里，为何又到这里呢？"锦笺道："正因如此，所以话长。"便将投奔九仙桥始末原由，说了一遍。后来如何病在攸县，"若不亏二爷赏的两个锞子，我家相公如何养病呢？"艾虎说："些须小事，何必提他。你且说后来怎么样。"

锦笺初见面，何以就提赏了小人两锭银子？只因艾虎给的银两恰恰与锦笺救了急儿，所以他深深感激，时刻在念。俗语说的好："宁给饥人一口，不送富人一斗。"是再不错的。锦笺又将遇了官司，如何要寻自尽，"却好遇见一位蒋爷，赏了两锭银子，方能奔到长沙。"艾虎听至此，便问："这姓蒋的是什么模样？"锦笺说了形状，艾虎不胜大喜，暗道："蒋叔父也有了下落了。"又听锦笺说邵老爷如何"与我家爷完婚"一节，艾虎不由的拍手，笑道："好！这位邵老爷办事爽快，如今俺有了盟嫂了。"锦笺道："二爷不知这其中又有了事了！"艾虎道："还有什么事？"锦笺又讲如何派丁雄送信，昨因丁雄回来，金老爷那里写了一封信来，说他小姐因病上唐县就医，乘舟玩月，误堕水中，现时小人的这位主母是个假的。艾虎听了，诧异道："这假的又是那个呢？"锦笺又将以前自己同佳蕙做的事，一五一十的说了。艾虎摇头道："你们这事做的不好了。难道邵老爷见了此书就不问么？"锦笺道："焉有不问的呢？将我家爷叫了过去，把书信给他看了，额外还有一包东西。我家爷便到卧室，见了假主母，将这东西给他看了。这假主母才哭了个哽气倒噎。"

艾虎道："见了什么东西，就这等哭？"锦笺道："就是芙蓉帕、金鱼和玉钗。我家爷因见帕上有字，便问是谁人写的。假主母方说道，这前面是他写的。"艾虎道："他到底是谁？"锦笺笑道："二爷你道这假主母是谁？敢则就是佳蕙！"艾虎问道："佳蕙如何冒称小姐呢？"锦笺又将对换衣服说了。艾虎说："这就是了。后来怎么样呢？"锦笺道："这佳蕙说：'前面字是妾写的，这后边字不是老爷写的么？'一句话倒把我家爷提醒了。仔细一看，认出是小人笔迹，立刻将小人叫进去。三曹对案，这才都说了，全是佳蕙与小人彼此对偷的，我家爷与金小姐一概不知。我家爷将我责备一番，便回明了邵老爷。邵老爷倒乐了，说小人与佳蕙两小无猜，全是一片为主之心，倒是有良心的，只可惜小姐薄命倾生。谁知佳蕙自那日起，痛念小姐，饮食俱废。我家爷也是伤感，因此叫小人备办祭礼，趁着明日邵老爷迎接金老爷去，他二人要对着江边遥祭。"艾虎听了，不胜悼叹。他那知道，绿鸭滩给张公贺得义女之喜，那就是牡丹呢。锦笺说毕，又问小侠意欲何往。艾虎不肯明言，托言往卧虎沟去，又转口道："俺既知你主仆在此，俺倒要见见盟嫂。你先去备办祭礼，我在此等你一路同往。"锦笺下楼，去不多时回来。艾虎会了钱钞，下楼竟奔衙署。相离不远,锦笺先跑去了,报知施生。施生欢喜非常,连忙来至衙外,将艾虎让至东跨所之书房内。彼此欢叙,自不必说。

到了次日,打听邵老爷走后,施生见了艾虎,告过罪,暂且失陪。艾虎已知为遥祭之事,也不细问。施生同定佳蕙、锦笺,坐轿的坐轿,骑马的骑马,来至江边,设摆祭礼。这一番痛哭,不想却又生出巧事来了。

欲知端的如何,且听下回分解。

第一百一回　两个千金真假已辨　一双刺客妍媸自分

且说施生同锦笺乘马,佳蕙坐了一乘小轿,私自来到江边,摆下祭礼,换了素服。施生与佳蕙拜奠,锦笺只得跟在相公后面行礼。佳蕙此时哀哀戚戚的痛哭,甚至施生也是惨惨凄凄泪流不止。锦笺在旁恳恳切切百般劝慰。痛哭之后,复又拈香。候香烬的工夫,大家观望江景。只见那边来了一帮官船,却是家眷行囊。船头上舱门口,一边坐着一个丫鬟,里面影影绰绰有个半老的夫人,同着一位及笄的小姐,还有一个年少的相公。船临江近,不由的都往岸边隙望。见施生背着手儿远眺江景,瞧佳蕙手持罗帕,仍然拭泪。小姐看了多时,搭讪着对相公说道:"兄弟,你看那夫人的面貌好似佳蕙。"小相公尚未答言,夫人道:"我儿悄言。世间面貌相同者颇多,他若是佳蕙,那厢必是施生了。"小姐方不言语,惟有秋水凝眸而已。原来此船正是金太守的家眷何氏夫人带着牡丹小姐、金章公子。何氏夫人早已看见岸边有素服祭奠之人,仔细看来,正是施生与佳蕙。施生是自幼儿常见的,佳蕙更不消说了,心中已觉惨切之至。一来惟恐小姐伤心,现有施生,不大稳便;二来又因金公脾气,不敢造次相认。所以说了一句"世间面貌相同者颇多"。

船已过去。到了停泊之处,早有丁雄、吕庆在那里伺候迎接。吕庆已从施公处回来,知是金公家眷到了,连忙伺候。仆妇丫鬟上前搀扶着,弃舟乘轿,直奔长沙府衙门去了。不多时,金老爷亦到。丁雄、吕庆上前请安,说:"家老爷备的马匹在此,请老爷乘用。"金公笑吟吟的道:"你家老爷在那里呢?"丁雄道:"在公馆恭候老爷。"金公忙接丝缰,吕庆坠镫,上了坐骑。丁雄、吕庆也上了马。吕庆在前引路,丁雄策着马在金公旁边。金公问他:"几时到的长沙?你家老爷见了书信说些什么?"丁雄道:"小人回来时极其迅速,不多几日就到了。家老爷见了老爷的书信,小人不甚明白,俟老爷见了家老爷再为细述。"金公点了点头。说话间,丁雄一伏身,叭喇喇马已跑开。又走了不多会,只见邵太守同定阖署官员,俱在那里等候。此时吕庆已然下马,急忙过来伺候金公下马。二位太守彼此相见,欢喜不尽。同到公厅之上,众官员又从新参见金公,一一应酬了几句,即请安歇去罢。众官员散后,二位太守先叙了些彼此渴想的话头,然后摆上酒肴,方问及完婚一节。邵老爷将锦笺、佳蕙始末原由述了一遍，金公方才大悟，全与施生、小姐毫无相干。二人畅饮阔叙，酒饭毕后，金老爷请邵老爷回署。邵老爷又陪坐多时，方才告别，坐轿回衙。

此时施生早已回来了，独独不见了艾虎，好生着急，忙问书童。书童说："艾爷并未言语，不知向何方去了。"施生心中懊悔，暗自揣度道："想是贤弟见我把他一人丢在此处，他赌气的走了。明日却又往何方找寻去呢？"无奈何，回身来至卧室，却又不见了佳蕙。不多时，丫鬟来回道："奶奶叫回老爷知道，方才接得金太守家眷，谁知金小姐依然无恙，奶奶在那里伺候小姐呢。俟诸事已毕，回来再为细禀。"施生听了不觉诧异，却又暗暗欢喜。

忽听邵老爷回衙，连忙迎接。相见毕，邵老爷也不进内，便来至东跨所之内安歇，施生陪坐。邵老爷道："我今日面见金兄，俱已说明。你金老伯不但不怪你，反倒后悔。还说明日叫贤侄随到任上，与牡丹完婚。明日必到衙署回拜于我，贤侄理应见见为是。"施生喏喏连声，又与邵公拜揖，深深谢了。叙话多时，方才回转卧室。却好佳蕙回来，施生便问牡丹小姐如何死而复生。佳蕙一一说了，又言："夫人视如儿女，小姐情同姊妹，贱妾受如此大恩，实实不忍分离。今日回明老爷，明日贱妾就要随赴任所。俟完婚之日，再为伺候老爷。"说罢，磕下头去。施生连忙搀起道："理应如此。适才邵老爷已然向我说，明日金老爷还要叫我随赴任上完婚。我想离别父母日久，我还想到家中探望探望，俟禀明父母再赴任所也不为迟。"佳蕙道："正是。"收什行囊已毕，伏侍施生安寝不提。

且说金公在公馆大厅之内，请了智公子来谈了许久。智化惟恐金公劳乏，便告退了。原来智化随金公前来，处处留神。每夜人静，改换行装，不定内外巡查几次。此时天已二鼓，智爷扎抹停当，从公馆后面悄悄的往前巡来。刚至卡子门旁，猛抬头见倒厅有个人影往前张望。智爷一声儿也不言语，反将身形一矮，两个脚尖儿沾地，突突突顺着墙根直奔倒座东耳房而来。到了东耳房，将身一躬，脚尖儿垫劲儿，飕，便上了东耳房。抬头见倒座北耳房高着许多，也不惊动倒座上的人，且往对面观瞧。见厅上有一人趴伏，两手把住椽头，两脚撑住瓦垄，倒垂势往下观瞧。智爷暗道："此人来的有些蹊跷，倒要看着。"忽见脊后又过来一人，短小身材，极其伶便。见他将趴伏那人的左脚登的砖一抽，那人脚下一松，猛然一跳，急将身形一长，从新将脚按了一按，复又趴伏，本人却不理会。这边智化看的明白，见他将身一长，背的利刃已被那人儿抽去。智爷暗暗放心，止于防着对面那人而已。转眼之间，见趴伏那人从正房上翻转下来，赶步进前，回手刚欲抽刀，谁知剩了皮鞘，暗说"不好"！转身才待要走，只见迎面一刀砍来，急将脑袋一歪，身体一侧，噗哧左膀着刀，"啊呀"一声，栽倒在地。艾虎高声嚷道："有刺客！"早又听见有人接声说道："对面上房还有一个呢。"

艾虎转身竟奔倒座，却见倒座上的人跳到西耳房，身形一晃，已然越过墙去。艾虎却不上房，就从这边一伏身蹿上墙头，随即落下。脚底尚未站稳，觉的耳边凉风一股。他却一转身，将刀往上一迎，只听咯当一声，刀对刀，火星乱迸。只听对面人道："好，真正伶便。改日再会，请了。"一个箭步，脚不沾地，直奔树林去了。艾虎如何肯舍,随后紧紧追来。到了树林,左顾右盼,毫不见个人形。忽听有人问道:“来的可是艾虎儿么?有我在此。”艾虎惊喜道:“正是。可是师父么?贼人那里去呢?”智爷道:“贼已被擒。”艾虎尚未答言,只听贼人道:“智大哥,小弟若是贼,大哥你呢?”智爷连忙追问,原来正是小诸葛沈仲元,即行释放。便问一问现在那里,沈仲元将在襄阳王处说了。

艾虎早已过来,见了智爷,转身又见了沈仲元。沈仲元道:“此是何人?”智化道:“怎么,贤弟忘了么,他就是馆童艾虎。”沈爷道:“嗳呀,敢则是令徒吗?怪道,怪道,所谓强将手下无弱兵,好个伶俐身段!只他那抽刀的轻快,与越墙的躲闪,真正灵通之至。”智化道:“好是好,未免还有些卤莽,欠些思虑。幸而树林之内是劣兄在此,倘若贤弟令人在此埋伏,小徒岂不吃了大亏呢?”说的沈爷也笑了。艾虎却暗暗佩服。智爷又问道:“贤弟,你何必单单在襄阳王那里作什么?”沈爷道:“有的,没的,几个好去处都被众位哥哥兄弟们占了,就剩了个襄阳王,说不得小弟任劳任怨罢了。再者,他那里一举一动,若无小弟在那里,外面如何知道呢?”智化听了,叹道:“似贤弟这番用心,又在我等之上了。”沈爷道:“分什么上下。你我不能致君泽民,止于借侠义二字,了却终身而已,有甚讲究!”智爷连忙点头称是。又托沈爷:“倘有事关重大,务祈帮助。”沈爷满口应承,彼此分手,小诸葛却回襄阳去了。

智化与艾虎一同来至公馆。此时已将方貂捆缚,金公正在那里盘问。方貂仗着血气之勇,毫无畏惧,一一据实说来。金公录了口供,将他带下去,令人看守。然后,智爷带了小侠拜见了金公,将来历说明。金公感激不尽。

等到了次日,回拜邵老爷,人了衙署,二位相见就座。金公先把昨夜智化、艾虎拿住刺客的话说了。邵老爷立刻带上方貂,略问了一问,果然口供相符,即行文到首县寄监,将养伤痕,严加防范,以备押解东京。邵老爷叫请智化、艾虎相见,金老爷请施俊来见。不多时,施生先到,拜见金公。金公甚觉赧颜,认过不已。施生也就谦逊了几句。刚然说完,只见智爷同着小侠进来,参见邵老爷。邵公以客礼相待。施生见了小侠,欢喜非常,道:“贤弟,你往那里去来,叫劣兄好生着急!”大家便问:“你二位如何认得?”施生先将结拜的情由说了一遍,然后小侠道:“小弟此来,非是要上卧虎沟,是为捉拿刺客而来。”大家骇异,问道:“如何就知有刺客呢?”小侠将私探襄阳府,遇见二人说的话,因此急急赶来,“惟恐预先说了,走漏风声。再者,又恐兄长耽心,故此不告辞而去,望祈兄长莫怪。”大家听了,漫说金公感激,连邵老爷与施生俱各佩服。

饮酒之际,金公就请施生随任完婚。施生道:“只因小婿离家日久,还要到家中探望双亲。俟禀明父母后,再赴任所。今日且叫佳蕙先随到任,不知岳父大人以为何如?”金公点点头,也倒罢了。智化道:“公子回去,难道独行么?”施生道:“有锦笺跟随。”智化道:“虽有锦笺,也不济事。我想,公子回家固然无事,若禀明令尊令堂之后赶赴襄阳,这几日的路程恐有些不便。”一句话提醒了金公,他乃屡次受了惊恐之人,连连说道:“是吓,还是恩公想的周到。似此如之奈何?”智化道:“此事不难,就叫小侠保护前去,包管无事。”艾虎道:“弟子愿往。”施生道:“又要劳动贤弟,愚兄甚是不安。”艾虎道:“这劳什么?”大家计议已定,还是女眷先行起身,然后金公告别。邵老爷谆谆要送,金老爷苦苦拦住,只得罢了。

此时锦笺已备了马匹。施生送岳父送了几里,也就回去了。回到衙署的东院书房。邵老爷早吩咐丁雄备下行李盘费。交代明白,刚要转后,只见邵老爷出来,又与他二人饯别,谆谆嘱咐路上小心。施、艾二人深深谢了,临别叩拜。二人出了衙署,锦笺已将行李扣备停当,丁雄帮扶伺候。主仆三人乘马竟奔长洛县施家庄去了。

金牡丹事好容易收煞完了,后面虽有归结,也不过是施生到任完婚,牡丹、佳蕙一妻一妾,三人和美非常。再要叙说那些没要紧之事,未免耽误正文。如今就得由金太守提到巡按颜大人,说要紧关节为是。

想颜巡按起身在太守之先,金太守既然到任,颜巡按不消说了,固然是早到了。自颜查散到任,接了呈子无数,全是告襄阳王的:也有霸占地亩的,也有抢夺妻女的,甚至有稚子弱女之家无故搜罗入府,稚子排演优伶,弱女教习歌舞。黎民遭此残害,不一而足。颜大人将众人一一安置,叫他等俱各好好回去,“不要声张,也不用再递催呈,本院必要设法将襄阳王拿获,与尔等报仇雪恨。”众百姓叩头谢恩,俱各散去。谁知其中就有襄阳王那里暗暗派人前来,假作呈词告状,探听巡按言词动静。如今既有这样的口气,他等便回去启知了襄阳王。

不知奸王如何,且听下回分解。

第一百二回 锦毛鼠初探冲霄楼 黑妖狐重到铜网阵

且说奸王听了探报之言,只气得怪叫如雷道:“孤乃当今皇叔,颜查散他是何等样人,擅敢要捉拿孤家,与百姓报仇雪恨。此话说的太大了,实实令人可气!他仗着包黑子的门生,竟敢藐视孤家,孤家要是叫他好好在这里为官,如何能够成其大事?必须设计将他害了,一来出了这口恶气,二来也好举事。”因此转想起俗言捉奸要双,拿贼要赃,“必是孤家声势大了,朝廷有些知觉。孤家只用把盟书放好,严加防范,不落他人之手,无有对证,如何诬赖孤家呢?”想罢,便吩咐集贤堂众多豪杰光棍,每夜轮流看守冲霄楼,所有消息线索,俱各安放停当。额外又用弓箭手、长枪手,倘有动静,鸣锣为号。大家齐心努力,勿得稍为懈弛。奸王这里虽然防备,谁知早有一人暗暗探听了一番。你道是谁?就是那争强好胜不服气的白玉堂。自颜巡按接印到任以来,大人与公孙先生料理公事,忙忙碌碌,毫无暇晷,而且案件中多一半是襄阳王的,他却悄地里访查,已将八卦铜网阵听在耳内。到了夜间人静之时,改扮行装,出了衙署,直奔襄阳府而来。先将大概看了,然后越过墙去,处处留神。在集贤堂窃听了多时,夜静无声。从房上越了几处墙垣,早见那边有一高楼,直冲霄汉。心中暗道:“怪道起名冲霄楼,果然巍耸。且自下去看看。”回手掏出小小石子轻轻问路,细细听去却是实地,连忙飞身跃下,蹑足潜踪,滑步而行。来至切近,一立身,他却摸着木城板做的围城,下有石基,上有垛口,垛口上面全有锋芒。中有三门紧闭,用手按了一按,里面关的纹丝儿不能动。只得又走了一面,依然三个门户,也是双扇紧闭。一连走了四面,皆是如此。自己暗道:“我已去了四面,大约那四面亦不过如此。他这八面,每面三门,想是从这门上分出八卦来。闻得奇门上有个八门逢阖,三奇入木。惜乎我不晓得今日是什么日子,看此光景,必是逢阖之期,所以俱各紧紧关闭。我今日来的不巧了,莫若暂且回去,改日再来打探,看是如何。”想罢,刚要转身,只听那边有锣声,又是梆响,知是巡更的来了。他却留神一看,见那边有座小小更棚,连忙隐至更棚的后面,侧耳细听。

不多时,只听得锣梆齐鸣,到了更棚歇了。一人说道:“老王吓,你该当走走了,让我们也歇歇。”一人答道:“你们只管进来歇着罢,今日没事。你忘了咱们上次该班,不是遇见了这么一天么,各处门全关着,怕什么呢?今儿又是如此,咱们仿佛是个歇班日子,偷点懒儿很使得。”又一人道:“虽然如此,上头传行的紧,锣梆不响工夫大了,头儿又要问下来了,何苦呢?说不得王第八的你二位辛苦辛苦,回来我们再换你。”又一人道:“你别顽笑闹巧话儿。他姓王,行三。我姓李,行八。你要称姓,索性都称姓,要叫排行,都叫排行。方才你叫他老王,叫我老八,已然不受听了,这时候叫起王第八来了,你怎么想来着!你们俩凑起来更不够一句呢。你的小名叫小儿,他的小名叫大头。我也把你两人掐到一块儿,叫你们两人小脑袋瓜儿,咱们看谁便宜谁吃亏。”说罢笑着巡更去了。白玉堂趁着锣梆声音,暗暗离了更棚,蹿房跃墙,回到署中。天已五鼓,悄悄进屋安歇。

到了次日,便接了金辉的手本,颜大人即刻相见。金辉就把赤石崖提了盗首蓝骁,现在卧虎沟看守;十里堡拿了刺客方貂,交到长沙府监禁,此二人系赵爵的硬证,必须解赴东京的话说了。颜大人吩咐赶紧办了奏摺,写了禀帖,派妥当差官先到长沙起了方貂,沿途州县俱要派役护送。后到卧虎沟押了蓝骁,不但官役护送,还有欧阳春、丁兆蕙暗暗防备。丁二爷因要到家中探看,所以约了北侠,俟诸事已毕,仍要同赴襄阳。后文再表。

且说黑妖狐智化自从随金公到任,他乃无事之人,同张立出府闲步。见西北有一去处,山势巉岩,树木葱郁,二人慢慢顺步行去。询之土人,此山古名方山。及至临近细细赏玩,山上有庙,朱垣碧瓦,宫殿巍峨。山下有潭,曲折回环,清水涟漪。水曲之隈有座汉皋台,石径之畔又有解珮亭,乃是郑交甫遇仙之处。这汉皋就是方山的别名。而且房屋楼阁不少,虽则倾倒,不过略为修补即可居住。似此妙境,却不知当初是何人的名园。智化端详了多时,暗暗想道:“好个藏风避气的所在。闻得圣上为襄阳之事,不肯彰明较著,要暗暗削去他的羽翼。将来必有乡勇义士归附,想来聚集人必不少,难道俱在府衙居住么?莫若回明金公,将此处修理修理,以备不虞,岂不大妙。”想罢,同张立回来,见了太守,回明此事。金公深以为然,又禀明按院,便动工修理。智化见金公办事鲠直,昼夜勤劳,心中暗暗称羡不已。

这日，猛然想起："奸王盖造冲霄楼，设立铜网阵。我与北侠、丁二弟前次来时未能探访，如今我却闲在这里，何不悄地前去走走。"主意已定，便告诉了张立："我找个相知，今夜惟恐不能回来。"暗暗带了夜行衣、百宝囊，出了衙署，直奔襄阳王的府第而来。找了寓所安歇，到二鼓之时，出了寓所，施展飞檐走壁之能，来至木城之下。留神细看，见每面三门，有洞开的，有关闭的；有中间开两边闭的，有两边开中间闭的；有两门连开，单闭一头的，又有一头单开，连闭两门的；其中还有开着一扇掩着一扇的。八面开闭，全然不同，与白玉堂探访时全不相同。智化略定了定神，辨了方向，心中豁然明白。暗道："是了，他这是按乾、坤、艮、震、坎、离、巽、兑的卦象排成。我且由正门进去，看是如何。"及至来到门内，里面又是木板墙，斜正不一，大小不同。门更多了，曲折弯转，左右往来。本欲投东，却是向西，及要往南，反倒朝北。而且门户之内，真的假的，开的闭的，迥不相同。就是夹道之中，通的塞的，明的暗的，不一而足。智化暗道："好利害法子！幸亏这里无人隐藏，倘有埋伏，就是要跑，却从何处出去呢？"正在思索，忽听拍的一声，打在木板之上，呱哒又落在地下。仿佛有人掷砖瓦，却是在木板子那边。这边左右留神细看，又不见人。智化纳闷，不敢停步。随弯就弯，转了多时。刚到一个门前，只见飕的一下，连忙一转身，那边木板之上拍的一响，一物落地。智化连忙捡起一看，却是一块石子，暗暗道："这石子乃五弟白玉堂的技艺，难道他也来了么？且进此门看看去。"一伏身，进门往旁一闪，是提防他的石子，抬头看时，见一人东张西望，形色仓皇，连忙悄悄唤道："五弟，五弟，劣兄智化在此。"只见那人往前一凑，道："小弟正是白玉堂，智兄几时到来？"智化道："劣兄来了许久，叵耐这些门户闹的人眼迷心乱，再也看不出方向来。贤弟何时到此？"白玉堂道："小弟也来了许久了。果然的门户曲折，令人难测。你我从何处出去方好？"智化道："劣兄进来时，心内明明白白。如今左旋右转，闹的糊里糊涂，竟不知方向了。这便怎么处？"

只听木板那边有人接言道："不用忙，有我呢。"智化与白玉堂转身往门外一看，见一人迎面而来。智化细细留神，满心欢喜道："原来是沈贤弟么？"沈仲元道："正是。二位既来至此——那位是谁？"智化道："不是外人，乃五弟白玉堂。"彼此见了。沈仲元道："索性随小弟看个水落石出。"二人道："好。"沈仲元在前引路，二人随后跟来。又过了好些门户，方到了冲霄楼。只见此楼也是八面，朱窗玲珑，周围玉石栅栏，前面丹墀之上，一边一个石象驮定宝瓶，别无他物。沈仲元道："咱们就在此打坐。此地可远观，不可近玩。"说罢，就在台基之上拂拭了拂拭，三人坐下。

沈爷道："今日乃小弟值日之期，方才听得有物击木板之声，便知是兄弟们来了，所以才迎了出来。亏得是小弟，若是别位，难免声张起来。"白玉堂道："小弟因一时性急，故此飞了两个石子，探探路径。"沈爷道："二位兄长莫怪小弟说，以后众家弟兄千万不要到此。这楼中消息索线利害非常，奸王惟恐有人盗去盟书，所以严加防范，每日派人看守楼梯，最为要紧。"智化道："这楼梯却在何处？"沈爷道："就在楼底后面，犹如马道一般。梯底下面有一铁门，里面仅可存身。如有人来，只用将索簧上妥，尽等拿人。这制造的底细，一言难尽。二位兄长回去见了众家弟兄，谆嘱一番，千万不要到此。倘若入了圈套，惟恐性命难保。休怪小弟言之不早也。”白玉堂道：“他既设此机关，难道就罢了不成？”沈仲元道：“如何就罢了呢，不过暂待时日，俟有机缘，小弟探准了诀窍，设法破了索簧。只要消息不动，那时就好处治了。”智化道：“全仗贤弟帮助。”沈仲元道：“小弟当得效劳，兄长只管放心。”智化道：“我等从何处出去呢？”沈仲元道：“随我来。”三人立起身来，下了台基。沈仲元道：“今日乃戊午日干，震为长男，兑为少阴。内卦八，兑为泽，左转行去，便到了外边；震为雷，若往右边走错，门户皆闭，是再出不去的。他这制造的外有八卦，内分六十四爻，所以有六十四门。这其中按着奇门休、生、伤、杜、景、死、惊、开的部位安置，一爻一个样儿，周而复始，剥复往来，是再不能错的。”说着话，已然过了无数的门户，果然俱是从左转。不多时，已看见外边的木城。沈仲元道：“二位兄长出了此门便无事了，以后千万不要到此！恕小弟不送了。”智化二人谢了沈仲元，暗暗离了襄阳王府。智化又向白玉堂谆嘱了一番，方才分手。白玉堂回转按院衙门。智化悄地里到了寓所，至次日，方回太守衙门。见了张立，无非托言找个相知未遇，私探一节，毫不提起。

且说白玉堂自从二探铜网阵，心中郁郁不乐，茶饭无心。这日，颜大人请至书房，与公孙先生静坐闲谈，雨墨烹茶伺候。说到襄阳王，所有收的呈词至今并未办理，奸王目下严加防范，无隙可乘。颜大人道：“办理民词，却是极易之事。只是如何使奸王到案呢？”公孙策道：“言虽如此，惟恐他暗里使人探听，又恐他别生枝叶搅扰。他那里既然严加防范，我这里时刻小心。”白玉堂道：“先生之言甚是。第一，做官以印为主。”便吩咐雨墨道：“大人印信要紧。从今后你要好好护持，不可忽略。”雨墨领命，才待转身，白玉堂唤住道：“你往那里去？”雨墨道：“小人护印去。”白玉堂笑道：“你别要性急，提起印来，你就护印去，方才若不提起，你也就想不起印来了。何必忙在此时呢？再者还有一说，隔墙须有耳，窗外岂无人。焉知此时奸王那里不有人来窥探？你这一去，提拔他了。曾记当初俺在开封盗取三宝之时，原不知三宝放于何处，因此用了个拍手投石问路之计。多亏郎官包兴把俺领了去，俺才知三宝所在。你今若一去，岂不是前车之鉴么？不过以后留神就是了。”雨墨连连称是。白玉堂又将诓诱南侠入岛，暗设线网，拿住展昭的往事述了一番。彼此谈笑至二鼓之半，白玉堂辞了颜大人，出了书房，前后巡查。又吩咐更夫等务要殷勤，回转屋内去了。

不知后来如何，且听下回分解。

第一百三回　巡按府气走白玉堂　逆水泉搜求黄金印

且说白五爷回到屋内，总觉心神不定，坐立不安。自己暗暗诧异道：“今日如何眼跳耳鸣起来?”只得将软靠扎缚停当,跨上石袋,仿佛预备厮杀的一般。一夜之间惊惊恐恐,未能好生安眠。到了次日,觉的精神倦怠,饮食懒餐,而且短叹长吁,不时的摩拳擦掌。及至到了晚间,自己却要早些就寝,谁知躺在床上,千思万虑一时攒在心头,翻来覆去,反倒焦急不宁。索性赌气子起来,穿好衣服,跨上石袋,佩了利刃,来至院中,前后巡逻。由西边转到东边,猛听得人声嘈杂,嚷道:“不好了,西厢房失了火了!”白玉堂急急从东边赶回来。抬头时,见火光一片,照见正堂之上有一人站立。回手从袋内取出石子,扬手打去。只听噗哧一声,倒而复立。白玉堂暗说:“不好!”此时,众差役俱各看见,又嚷有贼,又要救火。白玉堂一眼看见雨墨在那里指手画脚,分派众人,连忙赶向前来,道:“雨墨,你不护印,张罗这些做什么?”一句话提醒了雨墨,跑至大堂里面一看,哎呀道:“不好了,印匣失去了!”

白玉堂不暇细问,转身出了衙署,一直追赶下去。早见前面有二人飞跑。白玉堂一壁赶,一壁掏出石子,随手掷去。却好打在后面那人身上,只听咯当一声,却是木器声音。那人往前一扑,可巧跑的脚急,收煞不住,噗咚,嘴吃屎趴在尘埃。白玉堂早已赶至跟前,照着脑后连脖子当的一下,跺了一脚。忽然前面那人抽身回来,将手一扬,弓弦一响。白玉堂跺脚伏身,眼光早已注定前面,那人回身扬手弦响,知有暗器,身体一蹲,那人也就凑近一步。好白玉堂,急中生智,故意的将左手一捂脸。前面那人只打量白玉堂着伤,急奔前来。白玉堂觑定,将右手石子飞出。那人忙中有错,忘了打人一拳,防人一脚,只听拍,面上早已着了石子,“嗳呀”了一声,顾不得救他的伙计,负痛逃命去了。白玉堂也不追赶,就将趴伏那人按住,摸了摸脊背上却是印匣,满心欢喜。随即背后灯笼火把,来了多少差役。因听雨墨说白五爷赶贼人,故此随后赶来帮助。见白五爷按住贼人,大家上前解下印匣,将贼人绑缚起来。只见这贼人满脸血渍,鼻口皆肿,却是连栽带跺的。差役捧着印匣,押了贼人,白五爷跟随在后,回到衙署。

此时西厢房火已扑灭,颜大人与公孙策俱在大堂之上,雨墨在旁乱抖。房上之人已然拿下,却是个吹气的皮人儿。差役先将印匣安放公堂之上,雨墨一眼看见,咯噔的他也不抖了。然后又见众人推拥着一个满脸血渍矮胖之人到了公堂之上。颜大人便问:“你叫什么名字?”那人也不下跪,声音洪亮答道:“俺号钻云燕子,又叫坐地炮申虎。那个高大汉子,他叫神手大圣邓车。”公孙策听了,忙问道:“怎么,你们是两个同来的么?”申虎道:“何尝不是。他偷的印匣,却叫我背着的。”公孙策叫将申虎带将下去。

说话间白五爷已到,将追贼情形,如何将申虎打倒,又如何用石子把邓车打跑的话说了。公孙策摇头道:“如此说来,这印匣须要打开看看方才放心。”白五爷听了,眉头一皱,暗道:“念书人这等腐气!共总有多大的工夫,难道他打开印匣,单把印拿了去么?若真拿去,印匣也就轻了,如何还能够沉重呢!就是细心,也到不了如此的田地。且叫他打开看了,我再奚落他一番。”即说道:“俺是粗莽人,没有先生这样细心,想的周到。倒要大家看看。”回头吩咐雨墨将印匣打开。雨墨上前解开黄袱,揭起匣盖,只见雨墨又乱抖起来,道:“不、不好咧,这、这是什么?”白玉堂见此光景，连忙近前一看，见黑漆漆一块东西，伸手拿起，沉甸甸的，却是一块废铁。登时连急带气，不由的面目变色，暗暗叫着自己："白玉堂吓，白玉堂，你枉自聪明，如今也被人家暗算了。可见公孙策比你高了一筹，你岂不愧死?"颜查散惟恐白玉堂脸上下不来，急向前道："事已如此，不必为难。慢慢访查，自有下落。"公孙策在旁也将好言安慰。无奈白玉堂心中委实难安，到了此时一语不发，惟有愧愤而已。公孙策请大人同白玉堂且上书房，"待我慢慢诱问申虎。"颜大人会意，携了白玉堂的手转后面去了。公孙策又叫雨墨将印匣暂且包起，悄悄告诉他："第一白五爷要紧，你与大人好好看守，不可叫他离了左右。"雨墨领命，也就上后面去了。

公孙策吩咐差役带着申虎，到了自己屋内。却将申虎松了绑缚，换上了手镯脚镣，却叫他坐下，以朋友之礼相待。先论交情，后讲大义，嗣后便替申虎抱屈说："可惜你这样一个人，竟受了人的欺哄了！"申虎道："此差原是奉王爷的钧谕而来，如何是欺哄呢?"公孙先生笑道："你真是诚实豪爽人，我不说明，你也不信。你想想，同是一样差使，如何他盗印，你背印匣呢？果然真有印也倒罢了，人家把印早已拿去请功，却叫你背着一块废铁遭了擒获。难道你不是被人欺哄了么?"申虎道："怎么，印匣内不是印么?"公孙策道："何尝是印呢。方才公同开看，止于一块废铁，印信早被邓车拿了去了。所以你遭擒时，他连救也不救，他乐得一个人去请功呢。"几句话说的申虎如梦方醒，登时咬牙切齿，恨起邓车来。公孙先生又叫人备了酒肴，陪着申虎饮酒，慢慢探问盗印的情由。

申虎深恨邓车，便吐实说道："此事原是襄阳王在集贤堂与大家商议，要害按院大人非盗印不可。邓车自逞其能，就讨了此差，却叫我陪了他来。我以为是大家之事，理应帮助。谁知他不怀好意，竟将我陷害。我等昨晚就来了，只因不知印信放在何处。后来听见白五爷说，叫雨墨防守印信，我等听了甚是欢喜。不想白五爷又吩咐雨墨，不必忙在一时，惟恐隔墙有耳，我等深服白五爷精细。就把雨墨认准了，我们就回去了，故此今晚才来。可巧雨墨正与人讲究护印之事，他在大堂的里间，我们揣度印匣必在其中。邓车就安设皮人，叫我在西厢房放火，为的是惑乱众心，匆忙之际方好下手。果然不出所料，众人只顾张罗救火，又看见房上有那皮人，登时鼎沸起来。趁此时，邓车到了里间，提了印匣，越过墙垣。我随后也出了衙署，寻觅了多时，方见邓车，他就把印匣交付于我。想来就在这个工夫，他把印拿出去了，才放上废铁。可恨他为什么不告诉我呢？我若早知是块废铁，久已的就掷了，背着他做什么？也不至于遭擒了。越想越是他有意捉弄我了，实实令人可气可恨！"

公孙策又问道："他们将印盗去，意欲何为?"申虎道："我索性告诉先生罢。襄阳王已然商议明白，如若盗了印去，要丢在逆水泉内。"公孙策暗暗吃惊，急问道："这逆水泉在那里?"申虎道："在洞庭湖的山环之内，单有一泉，水势逆流，深不可测。若把印丢下去，是再也不能取出来的。"公孙策探问明白，饮酒已毕，叫人看守申虎，自己即来到书房。见了颜大人，一五一十将申虎的话说了。颜大人听了，虽则惊疑，却也无可如何。

公孙策左右一看，不见了白玉堂，便问："五弟那里去了?"颜大人道："刚才出去,他说到屋中换换衣服就来。”公孙策道:“嗐,不该叫他一人出去。”急唤雨墨:“你到白五爷屋中,说我与大人有紧要事相商,请他快来。”雨墨去不多时,回来禀道:“小人问白五爷伴当,说五爷换了衣服就出去了,说上书房来了。”公孙策摇头道:“不好了,白五爷走了。他这一去,除非有了印方肯回来,若是无印,只怕要生出别的事来。”颜大人着急道:“适才很该叫雨墨跟了他去。”公孙策道:“他决意要去,就是派雨墨跟了去,他也要把他支开。我原打算问明了印的下落,将五弟极力的开导一番,再设法将印找回,不想他竟走了!此时徒急无益,只好暗暗访查,慢慢等他便了。”自此日为始,颜大人行坐不安,茶饭无心。白日盼到昏黑,昏黑盼到天亮,一连就是五天,毫无影响。急的颜大人叹气瞎声,语言颠倒。多亏公孙策百般劝慰,又要料理官务。

这日,只见外班进来禀道:“外面有五位官长到了,现有手本呈上。”公孙先生接过一看,满心欢喜。原来是南侠同卢方四弟兄来了,连忙回了颜大人,立刻请至书房相见。外班转身出去,公孙策迎了出来,彼此各道寒暄。独蒋平不见玉堂迎接,心中暗暗辗转。及至来到书房,颜大人也出公座见礼。展爷道:“卑职等一来奉旨,二来相谕,特来在大人衙门供职。”要行属员之礼,颜大人那里肯受,道:“五位乃是钦命,而且是敝老师的衙署人员,本院如何能以属员相待?”吩咐看座,只行常礼罢了。五人谢了座。只见颜大人愁眉不展,面带赧颜。

卢方先问:“五弟那里去了?”颜大人听此一问,不但垂头不语,更觉满面通红。公孙策在旁答道:“提起话长。”就将五日前邓车盗印情由述了一遍,“五弟自那日不告而去,至今总未回来。”卢方等不觉大惊失色道:“如此说来,五弟这一去别有些不妥罢?”蒋平忙拦道:“有什么不妥的呢。不过五弟因印信丢了,脸上有些下不来,暂且躲避几时。俟有了印,也就回来了。大哥不要多虑。请问先生,这印信可有些下落?”公孙策道:“虽有些下落,只是难以求取。”蒋平道:“端的如何?”公孙又将申虎说出逆水泉的情节说了。蒋平道:“既有下落,咱们先取印要紧。堂堂按院,如何没得印信?但只一件,襄阳王那里既来盗印,他必仍然暗里使人探听。又恐他别生事端,须要严加防备方妥。明日,我同大哥、二哥上逆水泉取印,展大哥同三哥在衙署守护。白昼间还好,独有夜间更要留神。”计议已定,即刻排宴饮酒。无非讲论这节事体,大家喝的也不畅快,囫囵吃毕,饭后大家安歇。展爷单住了一间,卢方四人另有三间一所,带着伴当居住。

展爷晚间无事,来到公孙先生屋内闲谈。忽见蒋爷进来,彼此就座。蒋爷悄悄道:“据小弟想来,五弟这一去凶多吉少。弟因大哥忠厚,心路儿窄,三哥又是卤莽,性子儿太急,所以小弟用言语儿岔开。明日弟等取印去后,大人前公孙先生须要善为解释。到了夜间,展兄务要留神,我三哥是靠不得的。再者,五弟吉凶,千万不要对二哥说明。五弟倘若回来,就求公孙先生与展兄将他绊住,断不可再叫他走了。如若仍不回来,只好等我们从逆水泉回来再做道理。”公孙先生与展爷连连点头应允,蒋平也就回转屋内安歇。

到了次日,卢方等别了众人,蒋爷带了水靠,一直竟奔洞庭而来。到了金山庙,蒋爷惟恐卢方跟到逆水泉瞅着害怕着急，便对卢方道："大哥，此处离逆水泉不远了，小弟就在此改装。大哥在此专等，又可照看了衣服包裹。"说着话，将大衣服脱下，摺了摺包在包裹之内，即把水靠穿妥，同定韩彰前往逆水泉而去。这里，卢爷提了包裹，进庙瞻仰了一番，原来是五显财神。将包裹放在供桌上，转身出来，坐在门槛之上观看山景。

不知后文如何，且听下回分解。

第一百四回　救村妇刘立保泄机　遇豪杰陈起望探信

且说卢方出庙观看山景，忽见那边来了个妇人，慌慌张张，见了卢方说道："救人吓，救人吓！"说着话，迈步跑进庙去了。卢方才待要问，又见后面有一人穿着军卒服色，口内胡言乱道，追赶前来。卢方听了，不由的气往上撞，迎面将掌一晃，脚下一踢，那军卒栽倒在地。卢方赶步脚踏胸膛，喝道："你这厮擅自追赶良家妇女，意欲何为，讲！"说罢，扬拳要打，那军卒道："你老爷不必动怒，小人实说。小人名叫刘立保，在飞叉太保钟大王爷寨内做了四等的小头目。只因前日襄阳王爷派人送了一个坛子，里面装定一位英雄的骨殖，说此人姓白名叫玉堂。襄阳王爷恐人把骨殖盗去，因此交给我们大王。我们大王说，这位姓白的是个义士好朋友，就把他埋在九截松五峰岭下。今日又派我带领一十六个喽啰，抬了祭礼，前来与姓白的上坟。小人因出恭落在后面，恰好遇见这个妇人。小人以为幽山荒僻，欺侮他是个孤行的妇女，也不过是臊皮打哈哈儿，并非诚心要把他怎么样。就是这么一件事情，你老听明白了？"刘立保一壁说话，一壁偷眼瞧卢方。见卢方愣愣柯柯，不言不语，仿佛出神，忘其所以，后面说的话大约全没听见。刘立保暗道："这位别有什么症候罢？我不趁此时逃走，还等什么。"轻轻从卢方的脚下滚出，爬起来就往前追赶喽啰去了。

到了那里，见众人将祭礼摆妥，单等刘立保。刘立保也不说长，也不道短，走到祭桌跟前，双膝跪倒。众人同声道："一来奉上命差遣，二来闻听说死者是个好汉子，来来来，大家行个礼儿也是应当的。"众人跪倒，刚磕下头去，只听刘立保"哇"的一声，放声大哭。众人觉的诧异，道："行礼使得，哭他何益？"刘立保不但哭，嘴里还数数落落的道："白五爷吓，我的白五爷！今日奉大王之命前来与你老上坟，差一点儿没叫人把我毁了。焉知不是你老人家的默佑保护，小人方才得脱。若非你老的阴灵显应，大约我这刘立保保不住叫人家凑了活了。嗳呀，我那有灵有圣的白五爷吓！"众人听了，不觉要笑，只得上前相劝，好容易方才住声。众人原打算祭奠完了，大家团团围住一吃一喝。不想刘立保馀恸尚在，众人见头儿如此，只得仍将祭礼装在食盒里面，大家抬起。也有抱怨的："辛苦了这半天，连个祭馀也没尝着。”也有纳闷的：“刘立保今儿受了谁的气，来到这里借此发泄呢？”俱各猜不出是什么原故。

刘立保眼尖，见那边来了几个猎户，各持兵刃，知道不好，他便从小路儿溜之乎也。这里喽啰抬着食盒，冷不防劈叉拍叉一阵乱响，将食盒家伙砸了个稀烂。其中有两个猎户，一个使棍，一个托叉，问道：“刘立保那里去了？”众喽啰中有认的二人的，便说道：“陆大爷，鲁二爷，这是怎么说，我等并没敢得罪尊驾，为何将家伙俱各打碎？我们如何回去销差呢？”只听使棍的道：“你等休来问俺。俺只问你刘立保在那里？”喽啰道：“他早已从小路逃走。大爷找他则甚？”使棍的冷笑道：“好吓，他竟逃走了。便宜这厮！你等回去上复你家大王，问他这洞庭之内可有无故劫掠良家妇女的规矩么？而且他竟敢邀截俺的妻小，是何道理？”众喽啰听了，方明白刘立保所做之事。大约方才恸哭，想来是已然受了委屈了。便向前央告道：“大爷、二爷不要动怒，我们回去必禀知大王将他重处，实实不干小人们之事。”使叉的还要抡叉动手，使棍的拦住道：“贤弟休要伤害他等，且看钟大王素日情面。”又对众喽啰道：“俺若不看你家大王的分上，将你等一个也是不留。你等回去，务必将刘立保所做之恶说明，也叫你家大王知道，俺等并非无故厮闹。且饶恕尔等去罢。”众喽啰抱头鼠窜而去。

原来此二人乃是郎舅，使棍的姓陆名彬，使叉的姓鲁名英。方才那妇人便是陆彬之妻，鲁英之姊，一身好武艺，时常进山搜罗禽兽。因在山上就看见一群喽啰上山，他急急藏躲，惟恐叫人看见不甚雅像。俟众喽啰过去了，才慢慢下山，意欲归家，可巧迎头遇见刘立保胡言乱语。这鲁氏故意的惊慌，将他诱下，原要用袖箭打他，以戒下次。不想来至五显庙前，一眼看见卢方，倒不好意思，只得嚷道：“救人吓，救人吓！”卢大爷方把刘立保踢倒。这妇人也就回家，告诉陆、鲁二人。所以二人提了利刃，带了四个猎户，前来要拿刘立保出气。谁知他早已脱逃，只得找寻那紫面大汉。先到庙中寻了一遍，见供桌上有个包裹，却不见人。又吩咐猎户四下搜寻，只听那边猎户道：“在这里呢。”陆、鲁二人急急赶至树后，见卢方一张紫面，满部髭髯，身材凛凛，气概昂昂，不由暗暗羡慕，连忙上前致谢道：“多蒙恩公救拔，我等感激不尽！请问尊姓大名？”谁知卢方自从听了刘立保之言，一时恸彻心髓，迷了本性，信步出庙，来至树林之内，全然不觉。如今听陆、鲁二人之言，猛然还过一口气来，方才清醒。不肯说出姓名，含糊答道：“些须小事，何足挂齿。请了。”陆、鲁二人见卢方不肯说出名姓，也不便再问，欲邀到庄上酬谢。卢方答道：“因有同人在这里相等，碍难久停，改日再为拜访。”说罢，将手一拱，转身竟奔逆水泉而来。

此时已有昏暮之际。正走之间，只见前面一片火光，旁有一人往下注视。及至切近，却是韩彰。便悄悄问道：“四弟怎么样了？”韩彰道：“四弟已然下去二次，言下面极深，极冷，寒气彻骨，不能多延时刻。所以用干柴烘着，一来上来时可以向火暖寒，二来借火光，水中以作眼目。大哥脚下立稳着再往下看。”卢方登住顽石，往泉下一看，但见碧澄澄回环来往，浪滚滚上下翻腾，那一股冷飕飕寒气侵人的肌骨。卢方不由的连打几个寒噤，道：“了不得，了不得，这样寒泉逆水，四弟如何受得？寻不成印信，性命却是要紧！怎么好，怎么好。四弟吓，四弟，摸的着摸不着，快些上来罢！你若再不上来，劣兄先就禁不起了。"嘴里说着，身体已然打起战来，连牙齿咯咯咯抖的乱响。韩彰见卢方这番光景，惟恐有失，连忙过来搀住道："大哥且在那边向火去，四弟不久也就上来了。"卢方那里肯动，两只眼睛直勾勾的往水里紧瞅。半晌只听忽喇喇水面一翻，见蒋平刚然一冒，被逆水一滚打将下去。转来转去，一连几次，好容易扒着沿石，将身体一长，出了水面。韩彰伸手接住，将身往后一仰，用力一提，这才把蒋平拉将上来，搀到火堆烘烤暖寒。迟了一会，蒋平方说出话来，道："好利害，好利害！若非火光，险些儿心头迷乱了。小弟被水滚的已然力尽筋疲了。"卢方道："四弟吓，印信虽然要紧，再不要下去了。"蒋平道："小弟也不下去了。"回手在水靠内掏出印来，道："有了此物，我还下去做什么？"

忽听那边有人答道："三位功已成了，可喜可贺！"卢方抬头一看，不是别人，正是陆、鲁二位弟兄，连忙执手道："为何去而复返？"陆彬道："我等因恩公竟奔逆水泉而来，甚不放心，故此悄悄跟随。谁知三位特为此事到此，果然这位本领高强。这泉内没有人敢下去的。"韩彰便问此二位是何人，卢方就把庙前之事说了一遍。蒋平此时却将水靠脱下，问道："大哥，小弟很冷，我的衣服呢？"卢方道："哟，放在五显庙内了。这便怎么？贤弟且穿劣兄的。"说罢就要脱下。蒋平拦道："大哥不要脱，你老的衣服小弟如何穿的起来？莫若将就到五显庙再穿不迟。"只见鲁英早已脱下衣服来道："四爷且穿上这件罢。那包袱弟等已然叫庄丁拿回庄去了。"陆彬道："再者天色已晚，请三位同到敝庄略为歇息，明早再行如何呢？"卢方等只得从命。蒋平问道："贵庄在那里？"陆彬道："离此不过二里之遥，名叫陈起望，便是舍下。"说罢，五人离了逆水泉，一直来到陈起望。

相离不远，早见有多少灯笼火把迎将上来。火光之下看去，好一座庄院，甚是广阔齐整，而且庄丁人烟不少。进了庄门，来在待客厅上，极其宏敞煊赫。陆彬先叫庄丁把包袱取出，与蒋平换了衣服。转眼间，已摆上酒肴，大家叙座，方才细问姓名，彼此一一说了。陆、鲁二人本久已闻名，不能亲近，如今见了，曷胜敬仰。陆彬道："此事我弟兄早已知之。因五日前来了个襄阳王府的站堂官，此人姓雷，他把盗印之事述说一番。弟等不胜惊骇，本要拦阻，不想他已将印信撂在逆水泉内，才到敝庄。我等将他埋怨不已，陈说利害，他也觉的后悔。惜乎事已做成，不能更改。自他去后，弟等好生的替按院大人忧心。谁知蒋四兄有这样的本领，弟等真不胜拜服之至。"蒋爷道："岂敢，岂敢。请问这姓雷的，不是单名一个英字，在府衙之后二里半地八宝庄居住，可是么？"陆彬道："正是，正是。四兄如何认得？"蒋平道："小弟也是闻名，却未会面。"

卢方道："请问陆兄，这里可有个九截松五峰岭么？"陆彬道："有，就在正南之上。卢兄何故问他？"卢方听见，不由的落下泪来，就将刘立保说的言语叙明，说罢痛哭。韩、蒋二人听了，惊疑不止。蒋平惟恐卢方心路儿窄，连忙遮掩道："此事恐是讹传，未必是真。若果有此事，按院那里如何连个风声也没有呢？据小弟看来，其中有诈。俟明日回去，小弟细细探访就明白了。"陆、鲁二人见蒋爷如此说，也就劝卢方道："大哥不要伤心。此一节事，我弟兄就不知道，焉知不是讹传呢？俟四兄打听明白，自然有个水落石出。"卢方听了，也就无可如何。而且新到初交的朋友家内，也不便痛哭流涕的，只得止住泪痕。蒋平就将此事岔开，问陆、鲁如何生理。陆彬道："小弟在此庄内以渔猎为生。我这乡邻，有捕鱼的，有打猎的，皆是小弟二人评论市价。"三人听了，知他二人是丁家弟兄一流人物，甚是称羡。酒饭已毕，大家歇息。

三人心内有事，如何睡的着。到了五鼓便起身，别了陆、鲁弟兄，离了陈起望，那敢耽延，急急赶到按院衙门。见了颜大人，将印呈上。不但颜大人欢喜感激，连公孙策也是夸奖佩服。更有个雨墨，暗暗念佛，殷殷勤勤，尽心伏侍。卢方便问："这几日五弟可有信息么？"公孙策道："仍是毫无影响。"卢方连声叹气道："如此看来，五弟死矣！"又将听见刘立保之言说了一遍。颜大人尚未听完，先就哭了。蒋平道："不必犹疑，我此时就去细细打听一番，看是如何。"

要知白玉堂的下落，且听下回分解。

第一百五回　三探冲霄玉堂遭害　一封印信赵爵耽惊

且说蒋平要去打听白玉堂下落，急急奔到八宝庄，找着了雷震，恰好雷英在家。听说蒋爷到了，父子一同出迎。雷英先叩谢了救父之恩，雷震连忙请蒋爷到书房，献茶寒暄。叙罢，蒋爷便问白玉堂的下落。雷英叹道："说来实在可惨，可伤。"便一长一短说出。蒋爷听了，哭了个哽气倒噎，连雷震也为之掉泪。这段情节不好说，不忍说，又不能不说。

你道白玉堂端的如何？自那日改了行装，私离衙署，找了个小庙存身，却是个小天齐庙。自己暗暗思索道："白玉堂英名一世，归齐却遭了别人的暗算，岂不可气可耻。按院的印信别人敢盗，难道奸王的盟书我就不敢盗么？前次，沈仲元虽说铜网阵的利害，他也不过说个大概，并不知其中的底细，大约也是少所见而多所怪的意思，如何能够处处有线索，步步有消息呢？但有存身站脚之处，我白玉堂仗着一身武艺，也可以支持得来。倘能盟书到手，那时一本奏上当今，将奸王参倒，还愁印信没有么？"越思越想，甚是得意。

到了夜间二鼓之时，便到了木城之下。来过两次，门户已然看惯，毫不介意，端详了端详就由坎门而入。转了几个门户，心中不耐烦，在百宝囊中掏出如意绦来。凡有不通闭塞之处，也不寻门，也不找户，将如意绦抛上去，用手理定绒绳便过去。一连几处，皆是如此，更觉爽快无阻。心中畅快，暗道："他虽然设了疑阵，其奈我白玉堂何！"越过多少板墙，便看见冲霄楼。仍在石基之上歇息了歇息，自己犯想道："前次沈仲元说过，楼梯在正北，我且到楼梯看看。"顺着台基绕到楼梯一看，果与马道相似。才待要上,只见有人说道:“什么人?病太岁张华在此!”飕的一刀砍来。白玉堂也不招架,将身一闪,刀却砍空。张华往前一扑,白玉堂就势一脚。张华站不稳,栽将下来,刀已落地。白玉堂赶上一步,将刀一拿,觉着甚是沉重压手,暗道:“这小子好大力气,不然如何使这样的笨物呢?”他那知道,张华自从被北侠将刀削折,他却另打了一把厚背的利刃,分量极大。他只顾图了结实,却忘了自己拿他不动。自从打了此刀之后,从未对垒厮杀,不知兵刃累手。今日猛见有人上梯,出其不意,他尽力的砍来。却好白爷灵便,一闪身,他的刀砍空。力猛刀沉,是刀把他累的,往前一扑,再加上白爷一脚,他焉有不撒手掷刀栽下去的理呢?

且说白爷提着笨刀,随后赶下,照着张华的哽嗓将刀不过往下一按。真是兵刃沉重的好处,不用费力,只听噗哧的一声,刀会自己把张华杀了。白玉堂暗道:“兵刃沉了也有趣儿,杀人真能省劲儿。”

谁知马道之上,铁门那里还有一人,却是小瘟癀徐敞。见张华丧命,他将身一闪,进了铁门,暗暗将索簧上妥,专等拿人。白玉堂那里知道,见楼梯无人拦挡,携着笨刀就到了冲霄楼上。从栏杆往下观瞧,其高非常。又见楼却无门,依然的八面窗棂,左寻右找,无门可入。一时性起,将笨刀顺着窗缝,往上一撬一撬,不多的工夫,窗户已然离槽。白爷满心欢喜,将左手把住窗棂,右手再一用力,窗户已然落下一扇。顺手轻轻的一放,楼内已然看见,却甚明亮,不知光从何生。回手掏出一块小小石子,往楼内一掷。侧耳一听,咕噜噜石子滚到那边不响了,一派木板之声。白爷听了,放心将身一纵,上了窗户台儿。将笨刀往下一探,果是实在的木板。轻轻跳下,来至楼内,脚尖滑步,却甚平稳。往亮处奔来一看,又是八面小小窗棂,里面更觉光亮,暗道:“大约其中必有埋伏。我既来到此处,焉有不看之理。”又用笨刀将小窗略略的一撬,谁知小窗随手放开。白玉堂举目留神,原来是从下面一缕灯光,照彻上面一个灯球,此光直射至中梁之上,见有绒线系定一个小小的锦匣。暗道:“原来盟书在此。”这句话尚未出口,觉得脚下一动。才待转步,不由将笨刀一扔,只听咕噜一声,滚板一翻。白爷说声:“不好!”身体往下一沉,觉得痛彻心髓。登时从头上至脚下,无处不是利刃,周身已无完肤。

只听一阵锣声乱响,人声嘈杂,道:“铜网有了人了!”其中有一人高声道:“放箭!”耳内如闻飞蝗骤雨,铜网之上犹如刺猬一般,早已不动的了。这人又吩咐:“住箭!”弓箭手下去,长枪手上来,打着火把照看。见铜网之内血渍淋漓,漫说面目,连四肢俱各不分了。小瘟癀徐敞满心得意,吩咐拔箭。血肉狼籍难以注目。将箭拔完之后,徐敞仰面觑视。不防有人把滑车一拉,铜网往上一起,那把笨刀就落将下来,不歪不斜,正砍在徐敞的头上,把个脑袋平分两半,一张嘴往两下里一咧,一边是“嗳”,一边是“呀”,连“乖乖”也给了他了,身体往后一倒,也就呜呼哀哉了。

众人见了,不敢怠慢,急忙来到集贤堂。此时奸王已知铜网有人,大家正在议论。只见来人禀道:“铜网不知打住何人。从网内落下一把笨刀来,将徐敞砍死。”奸王道:“虽然铜网打住一人,不想倒反伤了孤家两条好汉。又不知此人是谁,孤家倒要看看去。”众人来至铜网之下,吩咐将尸骸抖下来。已然是块血饼,如何认得出来。旁边早有一人看见石袋,道:"这是什么物件?"伸手拿起,里面尚有石子。这石袋未伤,是笨刀挡住之故。沈仲元骇目惊心,暗道:"五弟吓,五弟,你为何不听我的言语,竟自遭此惨毒?好不伤感人也!"只听邓车道:"千岁爷万千之喜!此人非别个,他乃大闹东京的锦毛鼠白玉堂。除他并无第二个用石子的,这正是颜查散的帮手。"奸王听了,心中欢喜。因此用坛子盛了尸首,次日送到军山,交给钟雄掩埋看守。

前次刘立保说的原非讹传。如今蒋爷又听雷英说的伤心惨目,不由的痛哭。雷震在旁拭泪。劝慰多时,蒋爷止住伤心,又问道:"贤弟,现今奸王那里作何计较?务求明以告我,幸勿吝教。"雷英道:"奸王虽然谋为不轨,每日以歌童舞女为事,也是个声色货利之徒。他此时刻刻不忘的,惟有按院大人,总要设法将大人陷害了,方合心意。恩公回去禀明大人,务要昼夜留神方好。再者,恩公如有用着小可之时,小可当效犬马之劳,绝不食言。"蒋爷听了,深深致谢。辞了雷英父子,往按院衙门而来。暗暗忖道:"我这回去见了我大哥,必须如此如此,索性叫他们死心塌地的痛哭一场,省得悬想出病来,反为不美。就是这个主意!"

不多时,到了衙中。刚到大堂,见雨墨从那边出来,便忙问道:"大人在那里?"雨墨道:"大人同众位俱在书房,正盼望四爷呢。"蒋爷点头。转过二堂,便看见了书房,他就先自放声大哭,道:"哎呀,不好了,五弟叫人害了,死的好不惨苦吓!"一壁嚷着,一壁进了书房。见了卢方,伸手拉住道:"大哥,五弟真个死了也。"卢方闻听,登时昏晕过去。韩彰、徐庆连忙扶住,哭着呼唤。展爷在旁又是伤心,又是劝慰。不料颜查散那里瞪着双睛,口中叫了一声:"贤弟呀!"将眼一翻,往后便仰,多亏公孙先生扶住。却好雨墨赶到,急急上前,也是乱叫。此时书房就如孝棚一般,哭的、叫的忙在一处。好容易卢大爷哭了出来,蒋四爷等放心。展爷又过来照看颜大人,幸喜也还过气来。这一阵悲哭,不堪入耳。展爷与公孙先生虽则伤心,到了此时,反要百般的解劝。卢大爷痛定之后,方问蒋平道:"五弟如何死的?"蒋平道:"说起咱五弟来,实在可怜。这也是他素日阴毒刻薄,所以遭此惨亡。"便将误落铜网阵遭害的缘由,说了又哭,哭了又说,分外的比别人闹的利害。后来索性要不活着了,要跟了老五去。急的个实心的卢方倒把他劝解了多时。徐庆粗豪直爽人,如何禁的住揉磨,连说带嚷道:"四弟,你好胡闹!人死不能复生,也是五弟命短,只是哭他也是无益。与其哭他,何不与他报仇呢!"众人道:"还是三弟想的开。"此时,颜大人已被雨墨搀进后面歇息去了。

忽见外班拿了一角文书,是襄阳王那里来的官务。公孙先生接来拆开看毕道:"你叫差官略等一等,我这里即有回文答复。"外班回身出去传说。公孙策对众人道:"他这文书不是为官务而来。"众人道:"不为官事,却是为何?"公孙策道:"他因这些日不见咱们衙门有什么动静,故此行了文书来,我这里必须答复他。明是移文,暗里却打听印信消息而来。"展爷道:"这有何妨。如今有了印信,还愁什么答复么?"蒋平道:"虽则如此,他若看见有了印信,只怕又要生别的事端了。"公孙策点头道:"四弟虑的是极。如今且自答了回文,我这里严加防备就是了。"说罢,按着原文答复明白，叫雨墨请出印来用上，外面又打了封口，交付外班，即叫原差领回。

官务完毕之后，大家摆上酒饭。仍是卢方首座，也不谦逊，大家团团围坐。只见卢方无精打彩，短叹长吁，连酒也不沾唇，却一汪眼泪泡着眼珠儿，何曾是个干！大家见此光景，俱各闷闷不乐。惟独徐庆一言不发，自己把着一壶酒，左一杯，右一盏，仿佛拿酒杀气的一般。不多会，他就醉了，先自离席，在一边躺着去了。众人因卢方不喝不吃，也就说道："大哥如不耐烦，何不歇息歇息呢？"卢方顺口说道："既然如此，众位贤弟，恕劣兄不陪了。"也就回到自己屋内去了。

这里公孙策、展昭、韩彰、蒋平四人，饮酒之间商议事体。蒋平又将雷英说奸王刻刻不忘要害大人的话说了。公孙策道："我也正为此事踌躇，我想今日这套文书回去，奸王见了必是惊疑诧异，他如何肯善罢干休呢？咱们如今有个道理：第一，大人处要个精细有本领的，不消说了是展大哥的责任。什么事展兄全不用管，就只保护大人要紧。第二，卢大哥身体欠爽，一来要人伏侍，二来又要照看，此差交给四弟。我与韩二兄、徐三弟今晚在书房，如此如此，倘有意外之事，随机应变，管保诸事不至遗漏。众位弟兄想想如何呢？"展爷等听了道："很好，就是如此料理罢。"酒饭已毕，展爷便到后面看了看颜大人，又到前面瞧了瞧卢大爷。两下里无非俱是伤心，不必细表。

且说襄阳王的差官领了回文，来至衙中。问了问奸王正同众人在集贤堂内，即刻来至厅前。进了厅房，将回文呈上。奸王接来一看，道："嗳呀，按院印信既叫孤家盗来，他那里如何仍有印信？岂有此理，事有可疑！"说罢将回文递与邓车。邓车接来一看，不觉的满面通红道："启上千岁，小臣为此印原非容易。难道送印之人有弊么？"一句话提醒了奸王，立刻吩咐："快拿雷英来！"

未知如何，且听下回分解。

第一百六回　公孙先生假扮按院　神手大圣暗中机谋

且说襄阳王赵爵因见回文上有了印信，追问邓车，邓车说必是送印之人舞弊。奸王立刻将雷英唤来，问道："前次将印好好交代托付于你，你送往那里去了？"雷英道："小臣奉千岁密旨，将印信小心在意撂在逆水泉内；并见此泉水势汹涌，寒气凛冽。王爷因何追问？"奸王道："你既将印信撂在泉内，为何今日回文仍有印信？"说罢将回文掷下。雷英无奈，从地下拾起一看，果见印信光明，毫无错谬，惊的无言可答。奸王大怒道："如今有人扳你送印作弊，快快与我据实说来。"雷英道："小臣实实将印送至逆水泉内，如何擅敢作弊？请问千岁，是谁说来？"奸王道："方才邓车说来。"雷英听了，暗暗发恨，心内一动，妙计即生，不由的冷笑道："小臣只道那个说的，原来是邓车！小臣启上千岁，小臣正为此事心中犯疑。我想按院乃包相的门生，智略过人，而且他那衙门里能人不少，如何能够轻易的印信叫人盗去？必是将真印藏过，故意的设一方假印，被邓车盗来。他为干了一件少一无二的奇功，谁知今日真印现出，不但使小臣徒劳无益，额外还耽个不白之冤，兀的不委屈死人了。”一席话说的个奸王点头不语。邓车羞愧难当，真是羞恼变成怒，一声怪叫道：“啊哟，好颜查散，你竟敢欺侮俺么？俺和你誓不两立！”雷英道：“邓大哥不要着急。小弟是据理而论，你既能以废铁倒换印信，难道不准人家提出真的，换上假的么？事已如此，须要大家一同商议商议方好。”邓车道：“商议什么！俺如今惟有杀了按院，以泄欺侮之恨，别无他言。有胆量的随俺走走吓！”只见沈仲元道：“小弟情愿奉陪。”奸王闻听，满心欢喜，就在集贤堂摆上酒肴，大家畅饮。

到了初鼓之后，邓车与沈仲元俱各改扮停当，辞了奸王，竟往按院衙门而来。路途之间计议明白，邓车下手，沈仲元观风。及至到了按院衙门，邓车往左右一看，不见了沈仲元，并不知他何时去的，心中暗道：“他方才还和我说话，怎么转眼间就不见了呢？哦，是了，想来他也是个畏首畏尾之人，瞧不得素常夸口，事到头来也不自由了。且看邓车的能为！俟成功之后，再将他极力的奚落一场。”想罢，纵身越墙，进了衙门。急转过二堂，见书房东首那一间灯烛明亮。蹑足潜踪，悄到窗下，湿破窗纸，觑眼偷看。见大人手执案卷，细细观看，而且时常掩卷犯想。虽然穿着便服，却是端然正坐，旁边连雨墨也不伺候。邓车暗道：“看他这番光景，却像个与国家办事的良臣，原不应将他杀却。奈俺老邓要急于成功，就说不得了。”便奔到中间门边，一看却是四扇桶扇，边槅有锁锁着，中间两扇关闭。用手轻轻一撼，却是竖着立栓。回手从背后抽出刀来，顺着门缝将刀伸进，右腕一挺劲，刀尖就扎在立栓之上，然后左手按住刀背，右手只用将腕子往上一拱，立栓的底下已然出槽；右手又往旁边一摆，左手往下一按，只听咯当的一声，立栓落地。轻轻把刀抽出，用口衔住。左右手把住了槅扇，一边往怀里一带，一边往外一推，微微有些声息，吱溜溜便开开了一扇。邓车回手拢往刀靶，先伸刀，后伏身，斜跨而入。即奔东间的软帘，用刀将帘一挑，呼的一声，脚下迈步，手举钢刀，只听咯当一声。邓车口说：“不好！”磨转身往外就跑。早已听见哗啷一声，又听见有人道：“三弟放手，是我！”噗哧的一声，随后就追出来了。

你道邓车如何刚进来就跑了呢？只因他撬栓之时，韩二爷已然谆谆注视，见他将门推开，便持刀下来。尚未立稳，邓车就进来了。韩二爷知他必奔东间，却抢步先进东间。及至邓车掀帘、迈步、举刀，韩二爷的刀已落下。邓车借灯光一照，即用刀架开，咯当，转身出来，迫忙中将桌上的蜡灯哗啷砸在地下。此时三爷徐庆赤着双足，仰卧在床上酣睡不醒。觉得脚下后跟上有人咬了一口，猛然惊醒，跳下地来就把韩二爷抱住。韩二爷说：“是我！”一摔身。恰好徐三爷脚踏着落下蜡灯的蜡头儿，一滑，脚下不稳，趴伏噗哧在地。谁知看案卷的不是大人，却是公孙先生。韩爷未进东间之先，他已溜了出来，却推徐爷。又恐徐爷将他抱住，见他赤着双足，没奈何才咬了他一口，徐爷这才醒了。因韩二爷摔脱追将出去，他却跌倒的快当，爬起来的剪绝，随后也就呱咭呱咭追了出来。

且说韩二爷跟定邓车，蹿房越墙，紧紧跟随。忽然不见了，左顾右盼，东张西望，正然纳闷。猛听有人叫道："邓大哥，邓大哥，榆树后头藏不住，你藏在松树后头罢。"韩二爷听了，细细往那边观瞧，果然有一棵榆树，一棵松树，暗暗道："这是何人呢？明是告诉我这贼在榆树后面，我还发呆么？"想罢，竟奔榆树而来。真果邓车离了榆树，又往前跑。韩二爷急急垫步紧赶，追了个嘴尾相连，差不了两步，再也赶不上。又听见有人叫道："邓大哥，邓大哥，你跑只管跑，小心着暗器呀！"这句话，却是沈仲元告诉韩彰，防着邓车的铁弹。不想提醒了韩彰，暗道："是呀，我已离他不远，何不用暗器打他呢？这个朋友真是旁观者清！"想罢，左手一撑，将弩箭上上。把头一低，手往前一点，这边噌，那边拍，又听"嗳呀"，韩二爷已知贼人着伤，更不肯舍。谁知邓车肩头之上中了弩箭，觉得背肩发麻，忽然心内一阵恶心，暗说："不好！此物必是有毒。"又跑了有一二里之遥，心内发乱，头晕眼花，翻斤斗栽倒在地。韩二爷已知药性发作，贼人昏晕过去，脚下也就慢慢的走了。

只听背后呱咭呱咭的乱响，口内叫道："二哥，二哥，你老在前面么？"韩二爷听声音是徐三爷，连忙答道："三弟，劣兄在此。"说话间，徐庆已到，说："怪道那人告诉小弟说，二哥往东北追下来了，果然不差。贼人在那里？"韩爷道："已中劣兄的暗器栽倒了。但不知暗中帮助的却是何人，方才劣兄也亏了此人。"二人来至邓车跟前，见他四肢扎然躺在地下。徐爷道："二哥将他扶起，小弟背着他。"韩爷依言扶起邓车，徐庆背上，转回衙门而来。走不多几步，见有灯光明亮，却是差役人等前来接应，大家上前帮同将邓车抬回衙去。

此时公孙策同定卢方、蒋平俱在大堂之上立等，见韩彰回来，问明了备细，大家欢喜。不多时，把邓车抬来。韩二爷取出一丸解药，一半用水研开灌下，一半拔出箭来敷上伤口。公孙先生即吩咐差役，拿了手镯脚镣给邓车上好，容他慢慢苏醒。迟了半晌，只听邓车口内嘟囔道："姓沈的，你如何是来帮俺，你直是害俺来了。好吓，气死俺也！"哎呀了一声，睁开二目，往上一看，上面坐着四五个人，明灯亮烛，照如白昼。即要转动，觉着甚不得力。低头看时，腕上有镯，脚下有镣。自己又一犯想，还记得中了暗器，心中一阵迷乱，必是被他们擒获了。想至此，不由的五内往上一翻，咽喉内按捺不住，将口一张，哇的一声，吐了许多绿水涎痰。胸膈虽觉乱跳，却是明白清爽。他却闭目一语不发。

忽听耳畔有人唤道："邓朋友，你这时好些了？你我作好汉的，决无儿女情态，到了那里说那里的话。你若有胆量，将这杯暖酒喝了，如若疑忌害怕，俺也不强让你。"邓车听了，将眼一睁开看时，见一人身形瘦弱，蹲在身旁，手擎着一杯热腾腾的黄酒。便问道："足下何人？"那人答道："俺蒋平，特来敬你一杯。你敢喝么？"邓车笑道："原来是翻江鼠。你这话欺俺太甚！既被你擒来，刀斧尚且不怕，何况是酒。纵然是砒霜毒药，俺也要喝的，何惧之有！"蒋平道："好朋友，真正爽快！"说罢，将酒杯送至唇边。邓车张开口一饮而尽。又见过来一人道："邓朋友，你我虽有嫌隙，却是道义相同，各为其主。何不请过来大家坐谈呢？"邓车仰面看时，这人不是别人,就是在灯下看案卷的假按院。心内辗转道:“敢则他不是颜按院。如此看来,竟是遭了他们圈套了。”便问道:“尊驾何人?”那人道:“在下公孙策。”回手又指卢方道:“这是钻天鼠卢方卢大哥,这是彻地鼠韩彰韩二哥,那边是穿山鼠徐庆徐三哥,还有御猫展大哥在后面保护大人,已命人请去了,少刻就到。”邓车听了道:“这些朋友俺都知道,久仰,久仰。既承抬爱,俺倒要随喜随喜了。”蒋爷在旁伸手将他搀起,唧嘤哗啷蹭到桌边,也不谦逊,刚要坐下,只见展爷从外面进来,一执手道:“邓朋友,久违了!”邓车久已知道展昭,无可回答,止于说道:“请了。”展爷与大众见了,彼此就座,伴当添杯换酒。邓车到了此时,讲不得砢碜,只好两手捧杯,缩头而饮。

只听公孙先生问道:“大人今夜睡得安稳么?”展爷道:“略觉好些,只是思念五弟,每每从梦中哭醒。”卢方听了,登时落下泪来。忽见徐庆瞪起双睛,擦摩两掌,立起身来,道:“姓邓的,你把俺五弟如何害了,快快说来!”公孙策连忙说道:“三弟,此事不关邓朋友相干,休要错怪了人。”蒋平道:“三哥,那全是奸王设下圈套,五弟争强好胜,自投罗网。如何抱怨得别人呢?”韩爷也在旁拦阻。展爷知道公孙先生要探问邓车,惟恐徐庆搅乱了事体,不得实信,只得张罗换酒,用言语岔开。徐庆无可如何,仍然坐在那里,气忿忿的一语不发。

展爷换酒斟毕,方慢慢与公孙策你一言我一语套问邓车,打听襄阳王的事件。邓车原是个卑鄙之人,见大家把他朋友相待,他便口不应心的说出实话来。言襄阳王所仗的是飞叉太保钟雄为保障,若将此人收伏,破襄阳王便不难矣。公孙策套问明白,天已大亮,便派人将邓车押至班房,好好看守。大家也就各归屋内,略为歇息。

且说卢方回至屋内,与三个义弟说道:“愚兄有一事与三位贤弟商议。想五弟不幸遭此荼毒,难道他的骨殖就搁在九截松五峰岭不成?劣兄意欲将他骨殖取来送回原籍,不知众位贤弟意下如何?”三人听了同声道:“正当如此,我等也是这等想。”只见徐庆道:“小弟告辞了。”卢方道:“三弟那里去?”徐庆道:“小弟盗老五的骨殖去。”卢方连忙摇头道:“三弟去不得。”韩彰道:“三弟太莽撞了。就去,也要大家商议明白,当如何去法。”蒋平道:“据小弟想来,襄阳王既将骨殖交付钟雄,钟雄必是加意防守。事情若不预料,恐到了临期,有了疏虞,反为不美。”卢方点头道:“四弟所论甚是。当如何去法呢?”蒋平道:“大哥身体有些不爽,可以不去,叫二哥替你老去。三哥心急性躁,此事非冲锋打仗可比,莫若小弟替三哥去,大哥在家也不寂寞。就是我与二哥同去,也有帮助。大哥想想如何?”卢方道:“很好,就这样罢。”徐庆瞅了蒋平一眼,也不言语。只见伴当拿了杯箸放下,弟兄四人就座。卢方又问:“二位贤弟几时起身?”蒋平道:“此事不必太忙,后日起身也不为迟。”商议已毕,饮酒用饭。

不知他等如何盗骨,且听下回分解。

第一百七回 愣徐庆拜求展熊飞 病蒋平指引陈起望

且说卢方自白玉堂亡后，每日茶饭无心，不过应个景儿而已。不多时，酒饭已毕，四人闲坐。卢方因一夜不曾合眼，便有些困倦，在一旁和衣而卧。韩彰与蒋平二人，计议如何盗取骨殖，又张罗行李马匹，独独把个愣爷撇在一边，不瞅不睬，好生气闷。心内辗转道："同是结义弟兄，如何他们去得，我就去不得呢？难道他们尽弟兄的情长，单不许我尽点心么？岂有此理！我看他们商量的得意，实实令人可气！"站起身来，出了房屋，便奔展爷的单间而来。刚然进屋，见展爷方才睡醒，在那里搽脸。他也不管事之轻重，扑翻身跪倒道："嗳呀展大哥呀，委屈煞小弟了，求你老帮扶帮扶吓！"说罢痛哭。倒把展爷唬了一跳，连忙拉起他道："三弟，这是为何？有话起来说。"徐庆更会撒泼，一壁抽着，一壁说道："大哥，你老若应了帮扶小弟，小弟方才起来；你老若不应，小弟就死在这里了。"展爷道："是了，劣兄帮扶你就是了。三弟快些起来讲。"徐庆又磕了一个头道："大哥应了，再无翻悔。"方立起身来，拭去泪痕，坐下道："小弟非为别事，求大哥同小弟到五峰岭走走。"展爷道："到底为着何事？"徐庆便将卢方要盗白玉堂的骨殖说了一遍，"他们三个怎么拿着我不当人，都说我不好。我如今偏要赌赌这口气。没奈何，求大哥帮扶小弟走走。"展爷听了，暗暗思忖道："原来为着此事。我想蒋四弟是个极其精细之人，必有一番见解。而且盗骨是哑密之事，似他这卤莽性烈，如何使得呢？若要不去，已然应了他，又不好意思，而且为此事屈体下礼，说不得了，好歹只得同他走走。"便问道："三弟几时起身？"徐庆道："就在今晚。"展爷道："如何恁般忙呢？"徐庆道："大哥不晓得，我二哥与四弟定于后日起身。我既要赌这口气，须早两天。及至他们到时，咱们功已成了，那时方出这口恶气。还有一宗，大哥千万不可叫二哥、四弟知道。晚间，我与大哥悄悄的一溜儿，急急赶向前去方妙。"展爷无奈何，只得应了。徐庆立起身来道："小弟还到那边照应去。大哥暗暗收什行李、器械、马匹，起身以前在衙门后墙专等。"展爷点头。

徐庆去后，展爷又好笑，又后悔。笑是笑他粗鲁，悔是不该应他。事已如此，无可如何，只得叫过伴当来，将此事悄悄告诉他，叫他收什行李马匹。又取过笔砚来，写了两封字儿藏好。然后到按院那里看了一番，又同众人吃过了晚饭。看天已昏黑，便转回屋中，问伴当道："行李、马匹俱有了？"伴当道："方才跟徐爷伴当来了，说他家爷在衙门后头等着呢，将爷的行李、马匹也拢在一处了。"展爷点了点头，回手从怀中掏出两个字柬来，道："此柬是给公孙老爷的，此柬是给蒋四爷的。你在此屋等着，候初更之后再将此字送去，就交与跟爷们的从人，不必面递。交代明白，急急赶赴前去，我们在途中慢慢等你。这是怕他们追赶之意，省得徐三爷抱怨于我。"

伴当一一答应。展爷却从从容容出了衙门,来至后墙,果见徐庆与伴当拉着马匹,在那里张望。上前见了,徐庆问道:“跟大哥的人呢?”展爷道:“我叫他随后来,惟恐同行叫人犯疑。”徐庆道:“很好。小弟还忘了一事,大哥只管同我的伴当慢慢前行,小弟去去就来。”说罢,回身去了。

且说跟展爷的伴当在屋内候至起更,方将字柬送去。蒋爷的伴当接过字柬,来到屋内一看,只见卢方仍是和衣而卧,韩彰在那里吃茶,却不见四爷蒋平。只得问了问同伴,人说在公孙先生那里。伴当即来至公孙策屋内,见公孙策拿着字柬,正在那里讲论道:“展大哥嘱咐小心奸细刺客,此论甚是,然而不当跟随徐三弟同去。”蒋平道:“这必是我三哥磨着展大哥去的。”刚说着,又见自己的伴当前来,便问道:“什么事件?”伴当道:“方才跟展老爷的人给老爷送了个字柬来。”说罢呈上。蒋爷接来,打开看毕,笑道:“如何?我说是我三哥磨着展大哥去的,果然不错。”即将字柬递与公孙策。公孙策从头至尾看去,上面写着“徐庆跪求,央及劣兄,断难推辞,只得暂时随去。贤弟见字,务于明日急速就道,共同帮助。千万不要追赶,惟恐识破了,三弟面上不好看”云云。公孙策道:“言虽如此,明日二位再要起身,岂不剩了卢大哥一人,内外如何照应呢?”蒋平道:“小弟回去与大哥、二哥商量,既是展大哥与三哥先行,明日小弟一人足已够了。留下二哥如何?”公孙策道:“甚好,甚好!”

正说间,只见看班房的差人慌慌张张进来道:“公孙老爷,不好了!方才徐老爷到了班房,吩咐道:‘你等歇息,俺要与姓邓的说句机密话。’独留小人伺候。徐老爷进屋,尚未坐稳,就叫小人看茶去。谁知小人烹了茶来,只见屋内漆黑。急急唤人掌灯看时,哎呀老爷呀,只见邓车仰卧在床上,昏迷不醒,满床血渍。原来邓车的双睛被徐老爷剜了去了。现时不知邓车的生死,特来回禀二位老爷知道。”公孙策与蒋平二人听了,惊骇非常,急叫从人掌灯。来至外面班房看时,多少差役将邓车扶起,已然苏醒过来,大骂徐庆不止。公孙策见此惨然形景,不忍注目。蒋平吩咐差役好生伏侍将养,便同公孙策转身来见卢方,说了详细,不胜骇然。大家计议了一夜。至次日天明,只见门上的进来,拿着禀帖递与公孙先生,一看,欢喜道:“好,好,好,快请,快请!”

原来是北侠欧阳春、双侠丁兆蕙,自从解押金面神蓝骁、赛方朔方貂之后,同到茉花村。本欲约会了兆兰同赴襄阳,无奈丁母欠安,只得在家侍奉。北侠告辞,丁家弟兄苦苦相留。北侠也是无事之人,权且住下。后来丁母痊愈,双侠商议,老母是有了年岁之人,为人子者不可远离膝下,又恐北侠踽踽凉凉一人上襄阳,不好意思;而且因老母染病,晨昏问安,耽搁了多少日期,左右为难。只得仍叫丁二爷随着北侠同赴襄阳,留下丁大爷在家奉亲,又可以照料家务。因此北侠与丁二爷起身。

在路行程,非止一日。来到襄阳太守衙门,可巧门上正是金福禄,上前参见,急急回禀了老爷。金辉立刻请至书房,暂为少待。此时黑妖狐智化早已接出来,彼此相见,快乐非常。不多时,金太守更衣出来,北侠与丁二官人要以官长见礼,金公那里肯受,口口声声以“恩公”呼之。大家谦让多时,仍是以宾客相待。左右献茶已毕，寒温叙过，便提起按院衙门近来事体如何。黑妖狐智化连声叹气道："一言难尽！好叫仁兄、贤弟得知，玉堂白五弟遭了害了。"北侠听了，好生诧异，丁二爷不胜惊骇，同声说道："竟有这等事，请道其详。"智化便从访探冲霄楼说起，如何遇见白玉堂，将他劝回，后来又听得按院失去印信，想来自五弟就因此事拚了性命，误落在铜网阵中倾生丧命，滔滔不断说了一遍。北侠与丁二爷听毕，不由的俱各落泪叹息。所谓"人以类聚，物以群分"，原是声应气求的弟兄，焉有不伤心的道理。因此也不在太守衙门耽搁，便约会了智化，急急赶至按院衙门而来。

早见公孙策在前，卢方等随在后面，彼此相见。虽未与卢方道恼，见他眼圈儿红红的，面庞儿比先前瘦了好些，大家未免欷歔一番。独有丁兆蕙拉着卢方的手，由不得泪如雨下。想起当初陷空岛与茉花村，不过隔着芦花荡，彼此义气相投，何等的亲密。想不到五弟却在襄阳丧命，而且又在少年英勇之时，竟自如此早夭，尤为可伤。二人哭泣多时，还亏了智化用言语劝慰，北侠亦拦住丁二爷，道："二弟，卢大哥全仗你我开导解劝，你如何反招大哥伤起心来呢？"说罢，大家来至卢方的屋内，就座献茶。北侠等三人又问候颜大人的起居。公孙策将颜大人得病的情由述了一番，三人方知大人也是为念五弟欠安，不胜浩叹。

智化便问衙门近来事体如何。公孙策将已往之事一一叙说，渐渐说到拿住邓车。蒋平又接言道："不想从此又生出事来。"丁二爷问道："又有何事？"蒋平便将"要盗五弟的骨殖，谁知俺三哥暗求展大哥帮助，昨晚已然起身。起身也罢了，临走时俺三哥又把邓车二目剜去。"北侠听了皱眉道："这是何意？"智化道："三哥不能报仇，暂且拿邓车出气，邓车也就冤的很了。"丁二爷道："若论邓车的行为，害天伤理，失去二目也就不算冤。"公孙策道："只是展大哥与徐三弟此去，小弟好生放心不下。"蒋平道："如今欧阳兄、智大哥、丁二弟俱各来了，妥当的很。明日我等一同起身，衙中留下我二哥伏侍大哥，照应内外。小弟仍是为盗五弟骨殖之事。欧阳兄三位另有一宗紧要之事。"智化问道："还有什么事？"蒋平道："只因前次拿获邓车之时，公孙先生与展大哥探访明白，原来襄阳王所仗者飞叉太保钟雄，若能收伏此人，则襄阳不难破矣。如今就将此事托付三位弟兄，不知肯应否？"智化、丁兆蕙同声说道："既来之则安之。四兄不必问我等应与不应，到了那里，看势做事就是了，何能预为定准。"公孙先生在旁称赞道："是极，是极！"说话间，酒席早已排开，大家略为谦逊，即便入席。却是欧阳春的首座，其次智化、丁兆蕙，又其次公孙策、卢方，下首是韩彰、蒋平。七位爷把酒谈心，不必细表。

到了次日，北侠等四人别了公孙策与卢、韩二人，四人在路行程。偏偏的蒋平肚泄起来，先前还可扎挣，到后来连连泄了几次，觉得精神倦怠，身体劳乏。北侠道："四弟既有贵恙，莫若找个寓所暂为歇息，明日再作道理，有何不可呢？"蒋平道："不要如此。你三位有要紧之事，如何因我一人耽搁。小弟想起来了，有个去处颇可为聚会之所。离洞庭湖不远，有个陈起望，庄上有郎舅二人，一人姓陆名彬，一人姓鲁名英，颇尚侠义。三位到了那里，只要提出小弟，他二人再无不扫榻相迎之理。咱们就在那里相会罢。"说着拧眉攒目，又要肚泄起来。北侠等三人见此光景，只得依从。蒋平又叫伴当随去,沿途好生伏侍,不可怠慢。伴当连连答应,跟随去了。

蒋爷这里左一次右一次泄个不了。看看的天色晚了,心内好生着急,只得勉强认镫上了坐骑,往前进发。心急嫌马慢,又不敢极力的催他,恐自己气力不加,乘控不住,只得缓辔而行。此时天已昏黑,满天星斗,好容易来至一个村庄。见一家篱墙之上高高挑出一个白纸灯笼,及至到了门前,又见柴门之旁挂着个小小笊篱,知是村庄小店,满心欢喜,犹如到了家里一般。连忙下马,高声唤道:"里面有人么?"只听里面颤巍巍的声音答应。

不知果是何人,且听下回分解。

第一百八回 图财害命旅店营生 相女配夫闺阁本分

且说蒋平听得里面问道:"什么人,敢则是投店的么?"蒋平道:"正是。"又听里面答道:"少待。"不多时,灯光显露,将柴扉开放,道:"客官请进。"蒋平道:"我还有鞍马在此。"店主人道:"客官自己拉进来罢,婆子不知尊骑的毛病,恐有失闪。"蒋平这才留神一看,原来是个店妈妈,只得自己拉进了柴扉。见是正房三间,西厢房两间,除此并无别的房屋。蒋平问道:"我这牲口在那里喂呢?"婆子道:"我这里原是村庄小店,并无槽头马棚。那边有个碾子,就在那碾台儿上就可以喂了。"蒋平道:"也倒罢了,只是我这牲口就在露天地里了。好在夜间还不甚凉,尚可以将就。"说罢,将坐骑拴在碾台子桩柱上。将镫扣好,打去嚼子,打去后靴,把皮钻拢起,用梢绳捆好,然后解了肚带,轻轻将鞍子揭下,屉却不动,恐鞍心有汗。

此时店婆已将上房掸扫,安放灯烛。蒋爷抱着鞍子,到了上房,放在门后。抬头一看,却是两明一暗。掀起旧布单帘,来至暗间,从腰间解下包囊,连马鞭子俱放在桌子上面,掸了掸身上灰尘。只听店妈妈道:"客官是先净面后吃茶,是先吃茶后净面呢?"蒋平这才把店妈妈细看,却有五旬年纪,甚是干净利便,答道:"脸也不净,茶也不吃。请问妈妈贵姓?"店婆道:"婆子姓甘。请问客官尊姓?"蒋爷道:"我姓蒋。请问此处是何地名?"甘婆子道:"此处名叫神树岗。"蒋爷道:"离陈起望尚有多远?"婆子道:"陈起望在正西,此处却是西北。从此算起,要到陈起望,足有四五十里之遥。客官敢则是走差了路了。"蒋爷道:"只因身体欠爽,又在昏黑之际,不料把道路走错了。请问妈妈,你这里可有酒么?"甘婆子道:"酒是有的。就只得村醪,并无上样名酒。"蒋爷道:"村醪也好,你与我热热的暖一角来。"甘婆子答应,回身去了。

多时,果然暖了一壶来,倾在碗内。蒋爷因肚泄口燥,那管好歹,端起来一饮而尽。真真是沟里翻船。想蒋平何等人物,何等精明,一生所作何事!不想他在妈妈店竟会上了一大当，可见为人艺高是胆大不得的。此酒入腹之后，觉得头眩目转。蒋平说声："不好！"尚未说出口，身体一晃，咕咚栽倒尘埃。甘婆子笑道："我看他身材瘦弱，是个不禁酒的，果然。"伸手向桌子上拿起包囊一摸，笑容可掬，正在欢喜，忽听外面叫门道："里面有人么？"这一叫，不由的心里一动，暗道："忙中有错。方才既住这个客官，就该将门前灯笼挑了。一时忘记，所以又有上门的买卖来了。既来了，再没有往外推之理。且喜还有两间厢房，莫若让到那屋里去。"心里如此想，口内却应道："来了，来了。"执了灯笼来开柴扉，一看却是主仆二人。只听那仆人问道："此间可是村店么？"甘婆道："是便是，却是乡村小店，惟恐客官不甚合心。再者并无上房，止有厢房两间，不知可肯将就么？"又听那相公道："既有两间房屋，足以够了，何必务要正房呢。"甘婆道："客官说的是，如此请进来罢。"主仆二人刚然进来，甘婆子却又出去，将那白纸灯笼系下来，然后关了柴扉，就往厢房导引。忽听仆人说道："店妈妈，你方才说没有上房，那不是上房么？"甘婆子道："客官不知，这店并无店东主人，就是婆子带着女儿过活。这上房是婆子住家，止于厢房住客，所以方才说过恐其客官不甚合心呢。"这婆子随机应变，对答的一些儿马脚不露。这主仆那里知道，上房之内现时迷倒一个呢。

说话间来至厢房，婆子将灯对上。这主仆看了看，倒也罢了，干干净净，可以住得。那仆人将包裹放下，这相公却用大袖掸去灰尘。甘婆子见相公形容俏丽，肌肤凝脂，妩媚之甚，便问道："相公用什么，趁早吩咐。"相公尚未答言，仆人道："你这里有什么，只管做来，不必问。"甘婆道："可用酒么？"相公道："酒倒罢了。"仆人道："如有好酒，拿些来也可以使得。"甘婆听了，笑了笑转身出来。执着灯笼进了上房，将桌子上包裹拿起，出了上房，却进了东边角门。原来角门以内仍是正房、厢房以及耳房，共有数间。只听屋内有人问："母亲，前面又是何人来了？"婆子道："我儿休问。且将这包裹收起，快快收什饭食，又有主仆二人到了。老娘看这两个也是雏儿，少时将酒预备下就是了。"忽听女子道："母亲，方才的言语难道就忘了么？"甘婆子道："我的儿吓，为娘的如何忘了呢？原说过就做这一次，下次再也不做了。偏他主仆又找上门来，叫为娘的如何推出去呢？说不得，这叫做一不做二不休。好孩子，你帮着为娘的再把这买卖做成了，从此后为娘的再也不干这营生了。可是你说的咧，伤天害理做什么。好孩子，快着些儿罢，为娘的安放小菜去。"说着话又出去了。

原来这女子就是甘婆之女，名叫玉兰，不但女工针黹出众，而且有一身好武艺，年纪已有二旬，尚未受聘。只因甘婆作事暗昧，玉兰每每规谏，甘婆也有些回转。就是方才取酒药蒋平时，也央及了个再三，说过就做这一次，不想又有主仆二人前来。玉兰无奈何，将菜蔬做妥。甘婆往来搬运，又称赞这相公极其俊美。玉兰心下踌躇。后来甘婆拿了酒去，玉兰就在后面跟来，在窗外偷看。见这相公面如傅粉，白而生光；唇似涂朱，红而带润；惟有双眉紧蹙，二目含悲，长吁短叹，似有无限的愁烦。玉兰暗道："看此人不是俗子村夫，必是贵家公子。"再看那仆人坐在横头，粗眉大眼，虽则丑陋，却也有一番娇媚之态。只听说道："相公早间打尖，也不曾吃些什么。此时这些菜蔬虽则清淡，却甚精美，相公何不少用些呢？”又听相公呖呖莺声说道：“酒肴虽美，无奈我吃不下咽。”说罢，又长叹了一声。忽听甘婆道：“相公既懒进饮食，何不少用些暖酒，开开胃口，管保就想吃东西了。”玉兰听至此，不由的发恨道：“人家愁到这步田地，还要将酒害人，我母亲太狠心了！”忿忿回转房中去了。

不多时，忽听甘婆从外角门过来，拿着包裹，笑嘻嘻的道：“我的儿吓，活该我母女要发财了！这包裹比方才那包裹尤觉沉重。快快收起来，帮着为娘的打发他们上路。”口内说着，眼儿却把玉兰一看。只见玉兰面向里，背朝外，也不答言，也不接包裹。甘婆连忙将包裹放下，赶过来将玉兰一拉道：“我的儿，你又怎么了？”谁知玉兰已然哭的泪人儿一般。婆子见了，这一惊非小，道：“哎呀，我的肉儿心儿，你哭的为何？快快说与为娘的知道。不是心里又不自在了？”说罢，又用巾帕与玉兰拭泪。玉兰将婆子的手一推，悲切切的道：“谁不自在了呢？”婆子道：“既如此，为何啼哭呢？”玉兰方说道：“孩儿想，爹爹留下的家业够咱们娘儿两个过的了，母亲务要做这伤天害理的事做什么？况且爹爹在日，还有三不取：僧道不取，囚犯不取，急难之人不取。如今母亲一概不分，只以财帛为重。倘若事发，如何是好？叫孩儿怎不伤心呢？”说罢，复又哭了。婆子道：“我的儿原来为此，你不知道为娘的也有一番苦心。想你爹爹留下家业，这几年间坐吃山空，已然消耗了一半，再过一二年也就难以度日了。再者你也不小了，将来赔嫁妆奁，那不用钱呢。何况我偌大年纪，也不弄下个棺材本儿么？”玉兰道：“妈妈也是多虑。有说有的话，没说没的话。似这样损人利己，断难永享。而且人命关天的，如何使得？”婆子道：“为娘的就做这一次，下次再也不做了。好孩子，你帮了妈妈去。”玉兰道：“母亲休要多言。孩儿就知恪遵父命，那相公是急难之人，这样财帛是断取不得的。”甘婆听了犯想道：“闹了半天，敢则是为相公，可见他人大心大了。”便问道：“我儿，你如何知那相公是急难之人呢？”玉兰道：“实对妈妈说知，方才孩儿已然悄到窗下看了，见他愁容满面，饮食不进，他是有急难之事的，孩儿实实不忍害他。孩儿问母亲，将来倚靠何人？”甘婆道：“嗳呀，为娘的又无多馀儿女，就只生养了你一个，自然靠着你了。难道叫娘靠着别人不成么？”玉兰道：“虽然不靠别人，难道就忘了半子之劳么？”

一句话提醒了甘婆，心中恍然大悟，暗道：“是呀，我正愁女儿没有人家，如今这相公生的十分美俊，正可与女儿匹配。我何不把他做个养老女婿，又完了女儿终身大事，我也有个倚靠，岂不美哉？可见利令智昏，只顾贪财，却忘了正事。”便嘻嘻笑道：“亏了女儿提拨，我险些儿错了机会。如此说来，快快把他救醒，待为娘的与他慢慢商酌。只是不好启齿。”玉兰道：“这也不难，莫若将上房的客官也救醒了，只认做和他戏耍，就烦那人替说，也免得母亲碍口，岂不两全其美么？”甘婆哈哈笑道：“还是女儿有算计。快些走罢，天已三鼓了。”玉兰道：“母亲还得将包裹拿着，先还了他们。不然他们醒来时不见了包裹，那不是有意图谋了么？”甘婆道：“正是，正是。”便将两个包裹抱着，执了灯笼，玉兰提了凉水，母女二人出了角门。

来至前院，先奔西厢房，将包裹放下。见相公伏几而卧，却是饮的酒少之故。甘婆上前，轻轻扶起。玉兰端过水来，慢慢灌下。暗将相公着实的看了一番，满心欢喜。然后见仆人已然卧倒在地,也将凉水灌下。甘婆依然执灯笼,又提了包囊,玉兰拿着凉水,将灯剔亮了。临出门时,还回头望了一望,见相公已然动转。连忙奔到上房,将蒋平也灌了凉水。玉兰欢欢喜喜回转后面去了。

且说蒋平饮的药酒工夫大了,已然发散,又加灌了凉水,登时苏醒。蜷手伸腿,揉了揉眼,睁开一看,见自己躺在地下;再看桌上灯光明亮,旁边坐着个甘妈妈嘻嘻的笑。蒋平猛然省悟,爬起来道:"好吓!你这婆子不是好人,竟敢在俺跟前弄玄虚,也就好大胆呢!"婆子"噗哧"的一声笑道:"你这人好没良心!饶把你救活了,你反来嗔我。请问,你既知玄虚,为何入了圈套呢?你且坐了,待我细细告诉你。老身的丈夫名唤甘豹,去世已三年了。膝下无儿,只生一女。"蒋平道:"且住,你提甘豹,可是金头太岁甘豹么?"甘婆道:"正是。"蒋平连忙站起,深深一揖道:"原来是嫂嫂,失敬了!"甘婆道:"客官为何如此相称?请道其详。"蒋平道:"小弟翻江鼠蒋平,甘大哥曾在敝庄盘桓过数日。后来又与白面判官柳青劫掠生辰黄金,用的就是蒙汗药酒。他说还有五鼓鸡鸣断魂香,皆是甘大哥的传授。不想大哥竟自仙逝,有失吊唁,望乞恕罪。"说罢,又打一躬。甘婆连忙福了一福道:"惭愧,惭愧。原来是蒋叔叔到了,恕嫂嫂无知,休要见怪。亡夫在日,曾说过陷空岛的五义,实实令人称羡不尽。方才叔叔提的柳青,他是亡夫的徒弟。自从亡夫去世,多亏他殡殓发送,如今还时常的资助银两。"

蒋平道:"方才提膝下无儿,只生一女,侄女有多大了?"甘婆道:"今年十九岁,名唤玉兰。"蒋平道:"可有婆家没有?"甘婆道:"并无婆家。嫂嫂意欲求叔叔做个媒妁,不知可肯否?"蒋平道:"但不知要许何等样人家?"甘婆道:"好叫叔叔得知,远在天涯,近在咫尺。"就将投宿主仆已然迷倒,"是女儿不依,劝我救醒。看这相公甚是俊美,女儿年纪相仿,嫂嫂不好启齿,求叔叔做个保山如何?"蒋平道:"好吓,若不亏侄女劝阻,大约我等性命休矣。如今看着侄女的分上,且去说说看。但只一件,小弟自进门来,蒙嫂嫂赐了一杯闷酒,到了此时也觉饿了。可还有什么吃的没有呢?"甘婆道:"有有有,待我给你收什饭食去。"蒋平道:"且住。方才说的事,成与不成事在两可,好歹别因不成了,嫂嫂又把那法子使出来了,那可不是顽的!"甘婆哈哈笑道:"岂有此理,叔叔只管放心罢。"甘婆子上后面收什饭去了。

不知亲事说成与否,且听下回分解。

第一百九回 骗豪杰贪婪一万两 作媒妁识认二千金

且说甘婆去后,谁知他二人只顾在上房说话,早被厢房内主仆二人听了去了,又是欢喜,又是愁烦。欢喜的是认得蒋平,愁烦的是机关泄露。你道此二人是谁?原来是凤仙、秋葵姊妹两个女扮男妆来至此处。

自从沙龙沙员外拿住金面神蓝骁,后来起解了,也就无事了。每日与孟杰、焦赤、史云等游田射猎,甚是清闲。一日,本县令尹忽然来拜,声言为访贤而来,襄阳王特请沙龙做个领袖,督帅乡勇操演军务。沙员外以为也是好事,只得应允。到了县内,令尹待为上宾,优隆至甚。隔三日设一小宴,十日必是一大宴。漫说是沙员外自以为得意,连孟杰、焦赤俱是望之垂涎,真是"君子可欺以其方"。

那知这令尹是个极其奸滑的小人。皆因襄阳王知道沙龙本领高强,情愿破万两黄金拿获沙龙,与蓝骁报仇。偏偏的遇见了这贪婪的赃官,他道:"拿沙龙不难,只要金银凑手,包管事成。"奸王果然如数交割,他便设计将沙龙诓上圈套。这日,正是大宴之期,他又暗设牢笼,以殷勤劝酒为题,你来敬三杯,我来敬三杯,不多的工夫把个沙龙喝的酩酊大醉,步履皆难。便叫伴当回去,说:"你家员外多吃了几杯,就在本县堂斋安歇,明日还要操演军务。"又赏了伴当几两银子,伴当欢欢喜喜回去。就是焦、孟二人也皆以为常,全不在意。他却暗暗将沙龙交付来人,连夜押解襄阳去了。

后来孟、焦二人见沙龙许多日期不见回来,便着史云前去探望几次,不见信息,好生设疑。一时惹恼了焦赤性儿,便带了史云猎户人等,闯至公堂厮闹。谁知人人皆知县宰因亲老告假还乡,已于三日前起了身了。又问沙龙时,早已解到襄阳去了。焦赤听了,急得两手扎煞,毫无主意。纵要闹,正头乡主已走,别人全不管事的。只得急急回庄,将此情节告诉孟杰,孟杰也是暴跳如雷。登时传扬,里面皆知,凤仙、秋葵姊妹哭个不了。幸亏凤仙有主意,先将孟杰、焦赤二人安置,恐他二人粗鲁,生出别的事来,便对二人说道:"二位叔父不要着急。襄阳王既与我父作对,他必暗暗差人到卧虎沟前来图害,此庄却是要紧的。我父亲既不在家,全仗二位叔父支持,说不得二位叔父操劳,昼夜巡察,务要加意的防范,不可疏懈。"孟、焦二人满口应承,只知昼夜保护此庄,再也不生妄想了。

后来凤仙却暗暗使得用之人到襄阳打听,幸喜襄阳王爱沙龙是一条好汉,有意收伏,不肯加害,惟有囚禁而已。差人回来将此情节说了,凤仙姊妹心内稍觉安慰,复又思忖道:"襄阳王作事这等机密,大约欧阳伯父与智叔父未必尽知其详。莫若我与妹子亲往襄阳走走,倘能见了欧阳伯父与智叔父,那时大家商议,搭救父亲便了。"主意已定,暗暗与秋葵商议。秋葵更是乐从,便说道:"很好,咱们把正事办完了,顺便到太守衙门,再看看牡丹姐姐,我还要与干娘请请安呢。"凤仙道:"只要到了那里,那就好说了。但咱如何走法呢?"秋葵道:"这有何难呢?姐姐扮作相公,充作姐夫,就算艾虎。待妹妹扮作个仆人,跟着你,岂不妥当么?"凤仙道:"好是好,只是妹妹要受些屈了。"秋葵道:"这有什么呢,为救父亲,受些屈也是应当的,何况是逢场作戏呢?"二人商议明白,便请了孟、焦二位,一五一十俱各说明,托他二人好好保守庄园。又派史云急急赶到茉花村,惟恐欧阳伯父还在那里尚未起身,约在襄阳会齐。诸事分派停妥,他二人改扮起来。也不乘马,惟恐犯人疑忌,仿佛是闲游一般。亏得姐妹二人虽是女流,却是在山中行围射猎惯的,不至于鞋弓袜小,寸步难挪。在路行程,非止一日。这天恰恰行路迟了,在妈妈店内。虽被甘婆用药酒迷倒，多亏玉兰劝阻搭救。

且说凤仙饮水之后，即刻苏醒。睁眼看时，见灯光明亮，桌上菜蔬犹存，包裹照旧。自己纳闷道："我喝了两三日酒，如何就喝醉了不成？"正在思索，只见秋葵张牙欠口，翻身起来道："姐姐，我如何醉倒了呢？"凤仙摆手道："你满口说的是什么？"秋葵方才省悟，手把嘴一捂，悄悄道："幸亏没人。"凤仙将头一点，秋葵凑至跟前。凤仙低言道："我醉的有些奇怪，别是这酒有什么缘故罢？"秋葵道："不错。如此说来，这不是贼店吗？"凤仙道："你听，上房有人说话，咱们悄地听了再做道理。"因此姊妹二人来至窗下，将蒋平与甘婆说的话听了个不亦乐乎。急急回转厢房，又是欢喜，又是愁烦。忽听窗外脚步声响，是蒋爷与马添草料奔了碾台儿去了。凤仙道："俟蒋叔父回来便唤住，即速请进。"秋葵即倚门而待。

少时，蒋平添草回来，便唤道："蒋叔，请进内屋坐。"只这一句，把个蒋平唬了一跳，只得进屋。又见一个后生，迎头拜揖道："侄儿艾虎拜见。"蒋爷借灯光一看，虽不是艾虎，却也面善，更觉发起怔来了。秋葵在旁道："他是凤仙，我是秋葵，在道上冒了艾虎的名儿来的。"蒋爷在卧虎沟住过，俱是认得的，不觉诧异道："你二人如何来至此处呢？"说罢回身往外望一望。凤仙叫秋葵在门前站立，如有人来时咳嗽一声。方对蒋爷将父亲被获情节略说梗概，未免的泪随语下。蒋平道："你且不必啼哭，侄女仍以艾虎为名，同我到上房。"来到上房，就在明间坐下。

秋葵一同来到上房。忽见甘婆从后面端了小菜、杯箸来，见蒋爷已将那厢房主仆让至上屋明间，知道为提亲一事，便嘻嘻笑道："怎么，叔叔在明间坐么？"蒋爷道："明间宽阔豁亮。嫂嫂且将小菜放下，过来见了。这是我侄儿艾虎，他乃紫髯伯的义儿，黑妖狐的徒弟。"甘婆道："呀，真是大水冲了龙王庙，一家人不认得一家人！就是欧阳爷、智公子，亡夫俱是好相识。原来是他二位义儿、高徒，怪道这样的英俊呢。相公休要见怪，恕我无知失敬了。"说罢，福了一福。凤仙只得还了一揖，连称："好说，不敢！"秋葵过来，将桌子帮着往前搭了一搭。甘婆安放了小菜，却是两份杯箸，原来是蒋爷一份，自己陪的一份。如今见这相公过来，转身还要取去。蒋爷说："嫂嫂不用取了，厢房中还有两份，拿过来岂不省事。不过是嫂嫂将酒杯洗净了，就不妨事了。"甘婆瞅了蒋平一眼，道："多嘴，讨人嫌吓！"蒋平道："嫂嫂嫌我多嘴，回来我就一句话也不说了。"甘婆笑道："好叔叔，你说罢，嫂嫂多嘴不是了。"笑着端菜去了。这里蒋爷悄悄的问了一番。

不多时，甘婆端了菜来，果然带了两份杯箸，俱各安放好了。蒋爷道："贤侄，你这尊管，何不也就叫他一同坐了呢？"甘婆道："真个的，又没有外人，何妨呢。就在这里打横儿，岂不省了一番事呢。"于是蒋平上座，凤仙次座，甘婆主座相陪，秋葵在下首打横。甘婆先与蒋爷斟了酒，然后挨次斟上，自己也斟上一杯。蒋平道："这酒喝了大约没有事了。"甘婆笑道："你喝罢，只怪人家说你多嘴。你不信，看嫂嫂喝个样儿你看。"说着，端起来吱的一声就是半杯子。蒋平笑道："嫂嫂，你不要喉急，小弟情愿奉陪。"又让那主仆二人，端起杯来，一饮而尽；凤仙、秋葵俱各喝了一口。甘婆复又斟上。这婆子一壁殷勤，一壁注意在相公面上，把个凤仙倒瞧的不好意思了。蒋平道:“嫂嫂,我与艾虎侄儿相别已久,还有许多言语细谈一番。嫂嫂不必拘泥,有事请自尊便。”甘婆听了,心下明白,顺口说道:“既是叔叔要与令侄攀话,嫂嫂在此反倒搅乱清谈。我那里还吩咐你侄女做的点心、羹汤,少时拿来,外再烹上一壶新茶如何?”蒋平道:“很好。”甘婆又向凤仙道:“相公,夜深了,随意用些酒饭,休要作客。老身不陪了。”凤仙道:“妈妈请便,明日再为面谢。”甘婆道:“好说,好说,请坐罢。”秋葵送出屋门。甘婆道:“管家,让你相公多少吃些,不要饿坏了。”秋葵答应,回身笑道:“这婆子竟有许多唠叨。”蒋爷道:“你二人可知他的意思么?”秋葵道:“不用细言,我二人早已俱听明白了。”凤仙努嘴道:“悄言,不要高声。”蒋平道:“既然听明,我也不必絮说。侄女的意下如何呢?”凤仙道:“但凭叔父作主。”蒋平道:“不是这等说,此事总要侄女自己拿主意。若论此女,我知道的。当初甘大哥在日,我们时常盘桓。提起此女来,不但品貌出众,而且家传的一口飞刀,甚是了得。原要与卢大哥攀亲,无奈卢珍侄儿岁数太小,因此也就罢了。如今他将此事谆谆的托我,侄女若要是个男子倒好说了,似此我倒为了难了!”秋葵插言道:“依我说,此事颇可做的。人家三房四妾的多着呢,我姐姐也不是争大论小的人,再者将来过门时多了一位新人,难道艾虎哥哥还抱怨不成?我乐得的多一个姐姐,又热闹些。”说的蒋平、凤仙也笑了。

正在谈论,果然甘婆端了羹汤、点心来,又是现烹的一壶新茶,还问要什么不要。蒋爷道:“足以够了,嫂嫂歇歇罢。”甘婆方转身回到后面去了。蒋爷又将此事斟酌了一番,凤仙也是愿意。因问蒋平因何到此,蒋爷将往事说了一遍,又言:“与侄女在此遇的很巧,明日同赴陈起望,你欧阳伯父、智叔父、丁二叔父等俱在那里。大家商议,搭救你父亲便了。”凤仙、秋葵深深谢了。真是事多话长,整整说了一夜。

天光发晓,甘婆早已出来张罗。蒋平却与凤仙商议明白,俟到陈起望禀过欧阳春、智化,即来纳聘。甘婆听见事成,不胜欣喜。又见蒋爷打开包裹,取出了二十两银,道:“大哥仙逝,未能吊唁,些须薄意,聊以代楮。”甘婆不能推辞,欣然受了。凤仙叫秋葵拿出白银一封,道:“岳母将此银收下,做为日用薪水之资,以后千万不要做此暗昧之事了。”一句话说的甘婆满面通红,无言可答,止于说道:“贤婿放心。如此厚贶,却之不恭,受之有愧,权且存留就是了。”说罢,就福了一福。此时,蒋平已将坐骑备妥,连凤仙的包裹俱各扣备停当,拉出柴扉。彼此叮咛一番,甘婆又指引路径,蒋平等谨记在心,执手告别,直奔陈起望的大路而来。

未知后文如何,且听下回分解。

第一百十回 陷御猫削城入水面 救三鼠盗骨上峰头

且说蒋平因他姊妹没有坐骑,只得拉着马一同步行。刚走了数里之遥,究竟凤仙柔弱,已然香汗津津,有些娇喘吁吁。秋葵却好,依然行有馀力。蒋平劝着凤仙骑马歇息,凤仙也就不肯推辞,捋过丝缰上马,缓辔而行。蒋爷与秋葵慢慢随后步履。又走了数里之遥,秋葵步下也觉慢了。蒋爷是昨日泄了一天肚,又熬了一夜,未免也就报了扎达汗了。因此找了个荒村野店,一壁打尖,一壁歇息。问了问陈起望,尚有二十多里。随意吃了些饮食,喂了坐骑,歇息足了,天将挂午,复又起身,仍是凤仙骑马。及至到了陈起望,日已西斜。来到庄门,便有庄丁问了备细,连忙禀报。

只见陆彬、鲁英迎接出来,见了蒋平,彼此见礼。鲁英便问道:"此位何人?"蒋爷道:"不必问,且到里面自然明白。"于是大家进了庄门,早见北侠等正在大厅的月台之上恭候。丁二爷问道:"四哥如何此时才来?"蒋爷道:"一言难尽。"北侠道:"这后面是谁?"蒋爷道:"兄试认来。"只见智化失声道:"嗳呀,侄女儿为何如此装束?"丁二爷又说道:"这后面的也不是仆人,那不是秋葵侄女儿么?"大家诧异,陆、鲁二人更觉愕然。蒋爷道:"且到厅上,大家坐了好讲。"进了厅房,且不叙座。凤仙就说父亲被获,现在襄阳王那里囚禁,"侄女等特特改装来寻伯父、叔父,早早搭救我的爹爹要紧。"说罢,痛哭不止。大家惊骇非常,劝慰了一番。陆彬急急到了后面,告诉鲁氏,叫他预备簪环衣服,又叫仆妇丫鬟将凤仙姊妹请至后面,梳洗更衣。

这里,众人方问蒋爷如何此时方到。蒋平笑道:"更有可笑事,小弟却上了个大当。"大家问道:"又是什么事?"蒋爷便将妈妈店之事述说一番,众人听了,笑个不了。其中多有认得甘豹的,听说亡故了,未免又叹息一番。蒋爷往左右一看,问道:"展大哥与我三哥怎么还没到么?"智化道:"并未曾来。"正说之间,只见庄丁进来禀道:"外面有二人,说是找众位爷们的。"大家说道:"他二人如何此时方到呢?快请。"庄丁转身去不多时,众人才要迎接,谁知是跟展爷、徐爷的伴当,形色仓皇。蒋爷见了就知不妥,连忙问道:"你家爷为何不来?"伴当道:"四爷,不好了,我家爷们被钟雄拿了去了!"众人问道:"如何会拿了去呢?"展爷的伴当道:"只因昨晚徐三爷要到五峰岭去,是我家爷拦之再三。徐三爷不听,要一人单去。无奈何我家爷跟随去了,却暗暗吩咐,叫小人二人暗暗瞧望:'倘能将五爷骨殖盗出,事出万幸;如有失错之事,你二人收什马匹行李,急急奔陈起望便了。'谁知到了那里,徐三爷不管高低便往上闯,我家爷再也拦挡不住。刚然到了五峰岭上,徐三爷往前一跑,不防落在堑坑里面。是我家爷心中一急,原要上前解救,不料脚上一跐,也就落下去了,原来是梅花堑坑。登时出来了多少喽兵,用挠钩、套索将二位搭将上来,立刻绑缚了。众喽兵声言必有馀党,快些搜查。我二人听了急跑回寓所,将行李马匹收什收什,急急来至此处。众位爷们早早设法搭救二位爷方好。”众人听了,俱各没有主意。智化道:“你二人且自歇息去罢。”二人退了下来。

此时厅上已然调下桌椅,摆上酒饭。大家入座,一壁饮酒,一壁计议。智化问陆彬道:“贤弟,这洞庭水寨,广狭可有几里?”陆彬道:“这水寨在军山内,方圆有五里之遥。虽称水寨,其中又有旱寨,可以屯积粮草,似这九截松五峰岭,俱是水寨之外的去处。”智化又问道:“这水寨周围,可有什么防备呢?”陆彬道:“防备的甚是坚固。每逢通衢之处,俱有碗口粗细的大竹栅,似一座竹城。此竹见水永无损坏,纵有枪炮,却也不怕。倒是有纯钢利刃可削的折,馀无别法。”蒋平道:“如此说来,丁二弟的宝剑却是用着了。”智化点了点头道:“此事须要偷进水寨,探个消息方好。”蒋平道:“小弟同丁二弟走走。”陆彬道:“弟与鲁二弟情愿奉陪。”智化道:“好极。就是二位贤弟不去,劣兄还要劳烦。什么缘故呢?因你二位地势熟识。”陆彬道:“当得,当得。”回头吩咐伴当,预备小船一只,水手四名,于二鼓起身。伴当领命,传话去了。蒋平又道:“还有一事,沙员外又当怎么样呢?”智化道:“据我想来,奸王囚禁沙大哥,无非使他归附之意,绝无陷害之心。我明日写封书信,暗暗差人知会沈仲元,叫他暗中照料。俟有机缘,得便救出,也就完了事了。”大家计议已定,饮酒吃饭已毕,时已初鼓之半。丁、蒋、鲁、陆四位收什停当,别了众人,乘上小船。水手摇桨,荡开水面,竟奔竹城而来。此时正在中秋,淡云笼月,影映清波,寂静至甚。越走越觉幽僻,水面更觉宽了。陆彬吩咐水手往前摇,来到了竹城之下。陆彬道:“住桨。”水手四面撑住。陆彬道:“蒋四兄,这外面水势宽阔,竹城以内却甚狭隘,不远即可到岸,登岸便是旱寨的境界了。”鲁英向丁二爷要过剑来,对着竹城抡开就劈,只听哓嚓一声,鲁二爷连声称:“好剑,好剑!”蒋爷看时,但见大竹斜岔儿已然开了数根。丁二爷道:“好是好,但这一声真是爆竹相似,难道里面就无人知觉么?”陆彬笑道:“放心,放心。此处极其幽僻的所在,里面之人轻容易不得到此的。”蒋平道:“此竹虽然砍开,只是如何拆法呢?”鲁二爷道:“何用拆呢,待小弟来。”过去伸手将大竹攥住,往上一挺,一挺,上面的竹梢儿就比别的竹梢儿高有三尺,底下却露出一个大洞来。鲁英道:“四兄,请看如何?”蒋平道:“虽则开了便门,只是上下斜尖锋芒,有些不好过。又恐要过时,再落下一根来,扎上一下也就不轻呢。”陆彬道:“不妨事。此竹落不下来,竹梢之上有竹枝彼此攀绕,是再也不能动的。实对四兄说,我们渔户往往要进内偷鱼就用此法,是万无一失的。”

蒋爷听了,急急穿了水靠,又将丁二爷的宝剑掖在背后,说声“失陪了”,一伏身,飕的一声,只见那边噗通的一声,就是一个猛子。不用换气,便抬起头来一看,已然离岸不远,果然水面窄狭。急忙奔到岸上,顺堤行去。只见那边隐隐有个灯光忽忽悠悠而来。蒋爷急急奔至树林,跃身上树,坐在槎枒之上,往下觑视。

可巧那灯也从此条路经过,却是两个人。一个道:“咱们且商量商量。刚才回了大王,叫咱们把那黑小子带了去。你想想他那个样子,咱们伏侍的住吗?告诉你说，我先不了贺儿。”那一个道：“你站站，别推干净吓！你要不了贺儿，谁又了贺儿呢？就是回，不是你要回的吗？怎么如今叫带了去，你就不管了呢？这是什么话呢？”这一个道：“我原想着：他要酒要菜闹的不像，回回大王，或者赏下些酒菜来，咱们也可以润润喉，抹抹嘴头子。不想要带了去，要收什。早知叫带了去，我也就不回了。”那人道：“我不管。你既回了你就带了去，我全不管。”这一个道：“好兄弟，你别着急，我到有个主意，你得帮着我说。见了黑小子，咱们就说替他回了，可巧大王正在吃酒，听说他要喝酒，甚是欢喜，立刻请他去，要与他较较酒量。他听见这话，包管欢欢喜喜跟着咱们走。只要诓到水寨，咱们把差事交代了，管他是怎么着呢。你想好不好？”那人道：“这到使得，咱们快着去罢。”二人竟奔旱寨去了。

蒋爷见他们去远，方从树上下来，暗暗跟在后面。见路旁有一块顽石，颇可藏身，便隐住身体。等候不多时，见灯光闪烁而来。蒋爷从背后抽出剑来，侧身而立。见灯光刚到跟前，只将脚一伸，打灯笼的不防，栽倒在地。蒋爷回手一剑，已然斩讫。后面那人还说：“大哥，走的好好的，怎么躺下了？”话未说完，钢锋已到，也就呜呼哀哉了。此时徐庆却认出是四爷蒋平，连声唤道：“四弟，四弟！”蒋爷见徐爷锁铐加身，急急用剑砍断。徐庆道：“展大哥现在水寨，我与四弟救他去。”蒋平闻听，心内辗转，暗道：“水寨现有钟雄，如何能够救的出来？若说不去救，知道徐爷的脾气，他是绝意不肯一人出去的。何况又是他请来的呢？”只得扯谎道：“展大哥已然救出，先往陈起望去了。还是听见展大哥说三哥押在旱寨，所以小弟特特前来。”徐庆道：“你我从何处出去？”蒋爷道：“三哥随我来。”他仍然绕到河堤。可巧那边有个小小的划子，并且有个招子，是个打鱼小船。蒋爷道：“三哥少待。”他便跳下水去，上了划子，摇起棹子，来至堤下，叫徐庆坐好，奔到竹洞之下。先叫徐庆蹿出，自己随后也就出来，却用脚将划子登开。陆彬且不开船，叫鲁英仍将大竹一根一根按斜岔儿对好。收什已毕，方才开船回庄。此时已有五鼓之半了。大家相见，徐庆独独不见展熊飞，便问道：“展大哥在那里？”蒋爷已悄悄的告诉丁二爷了。丁二爷见问，即接口道：“因听见沙员外之事，急急回转襄阳去了。”真是粗鲁之人好哄，他听了此话信以为真，也就不往下问了。

到了次日，智爷又嘱陆、鲁二人，派精细渔户数名，以打鱼为由，前到湖中探听。这里，众人便商量如何收伏钟雄之计。智化道：“怎么能够身临其境，将水寨内探访明白方好行事。似这等望风捕影，实在难以预料。如今且商量盗五弟的骨殖要紧。”正在议论，只见数名渔户回来禀道：“探得钟雄那里因不见了徐爷，各处搜查，方知杀死喽兵二名，已知有人暗到湖中。如今各处添兵防守，并且将五峰岭的喽兵俱各调回去了。”智化听了，满心欢喜道：“如此说来，盗取五弟的骨殖不难了。”便仍嘱丁、蒋、鲁、陆四位道：“今晚务将骨殖取回。”四人欣然愿往。智化又与北侠等商议，备下灵幡、祭礼，俟取回骨殖，大家公同祭奠一番，以尽朋友之谊。众人见智化处事合宜，无不乐从。

且说蒋、丁、陆、鲁四人，到了晚间初鼓之后便上了船，却不是昨日晚间去的径路。丁二爷道：“陆兄为何又往南去呢？”陆彬道：“丁二哥却又不知。小弟原说过，这九截松五峰岭原不在水寨之内。昨日偷进水寨，故从那里去；今晚要上五峰岭，须向这边来。再者，他虽然将喽兵撤去，那梅花堑坑必是依然埋伏。咱们与其涉险，莫若绕远。俗语说的好：‘宁走十步远，不走一步险。’小弟意欲从五峰岭的山后上去，大约再无妨碍。”丁、蒋二人听了，深为佩服。

一时来至五峰岭山后，四位爷弃舟登岸。陆彬吩咐水手，留下两名看守船只，叫那两名水手扛了锹镢，后面跟随。大家攀藤附葛，来至山头。原来此山有五个峰头，左右一边两个，俱各矮小，独独这个山头高而大。趁着这月朗星稀，站在峰头往对面一看，恰对着青簇簇、翠森森的九株松树。丁二爷道：“怪道唤做九截松五峰岭，真是天然生成的佳景。”蒋平到了此时，也不顾细看景致，且向地基寻找埋玉堂之所。才下了峻岭，走未数步，已然看见一座荒丘高出地上。蒋平由不得痛彻肺腑，泪如雨下，却又不敢放声，惟有悲泣而已。陆、鲁二人便吩咐水手动手，片刻工夫，已然露出一个磁坛。蒋平却亲身扶出土来，丁二爷即叫水手小心运至船上。才待转身，却见一人在那边啼哭。

不知此人是谁，且听下回分解。

第一百十一回　定日盗簪逢场作戏　先期祝寿改扮乔装

且说丁、蒋、鲁、陆四位将白玉堂骨殖盗出，又将埋藏之处仍然堆起土丘。收什已毕，才待回身，只听那边有人啼哭。蒋爷这里也哭道：“敢则是五弟含冤前来显魂么？”说着话往前一凑，仔细看来，是个樵夫。虽则明月之下，面庞儿却有些个熟识。一时想不起来，心中思忖道：“五弟在日，并未结交樵夫，何得黄夜来此啼哭呢？”再细看时，只见那人哭道：“白五兄为人英名一世，志略过人。惜乎你这一片血心竟被那忘恩负义之人欺哄了。什么叫结义？什么叫立盟？不过是虚名具文而已。何能似我柳青，三日一次乔装哭奠于你？啊呀，白五兄吓，你的那阴灵有知，大约妍媸也就自明了。”蒋爷听说，猛然想起果是白面判官柳青，连忙上前劝道：“柳贤弟，少要悲痛。一向久违了！”柳青登时住声，将眼一瞪道：“谁是你的贤弟！也不过是陌路罢了。”蒋爷道：“是，是，柳员外责备的甚是。但不知我蒋平有什么不到处，倒要说说。”鲁英在旁，见柳青出言无状，蒋平却低声下气，心甚不平。刚要上前，陆彬将他一拉，丁二爷又暗暗送目，鲁英只得忍住。又听柳青道：“你还问我！我先问你：你们既结了生死之交，为何白五兄死了许多日期，你们连个仇也不报，是何道理？”蒋平笑道：“员外原来为此。这报仇二字，岂是性急的呢。大丈夫作事当行则行，当止则止。我五弟已然自作聪明，轻身丧命。他已自误，我等岂肯再误？故此今夜前来，先将五弟骨殖取回，使他魂归原籍，然后再与他慢慢的报仇，何晚之有？若不分事之轻重，不知先后，一味的邀虚名儿，毫无实惠，那又是徒劳无益了。所谓‘运筹帷幄，决胜千里'，员外何得怪我之深耶？"

柳青听了此言大怒，而且听说白玉堂自作聪明，枉自轻生，更加不悦，道："俺哭奠白五兄是尽俺朋友之谊，要那虚名何用？俺也不合你巧辩饶舌。想白五兄生平作了多少惊天动地之事，谁人不知，那个不晓。似你这畏首畏尾，躲躲藏藏，不过作鼠窃狗盗之事，也算得'运筹'与'决胜'，可笑吓，可笑吓！"旁边鲁英听至此，又要上前。陆彬拦道："贤弟，人家说话，又非拒捕，你上前作甚？"丁二爷亦道："且听四兄说什么？"鲁英只得又忍住了。蒋爷道："我蒋平原无经济学问，只这鼠窃狗盗，也就令人难测！"柳青冷笑道："一技之能，何至难测呢。你不过行险，一时侥幸耳。若遇我柳青，只怕你讨不出公道。"蒋平暗想道："若论柳青，原是正直好人，我何不将他制伏，将来以为我用，岂不是个帮手。"想罢，说道："员外如不相信，你我何不戏赌一番，看是如何。"柳青道："这倒有趣。"即回手向头上拔下一枝簪来，道："就是此物，你果能盗了去，俺便服你。"蒋爷接来，对月光细细看了一番，却是玳瑁别簪，光润无比，仍递与柳青，道："请问员外，定于何时，又在何地呢？"柳青道："我为白五兄设灵遥祭，尚有七日的经忏。诸事已毕，须得十日工夫。过了十日后，我在庄上等你。但只一件，以三日为期。倘你若不能，以后再休要向柳某夸口，你也要甘拜下风了。"蒋平笑道："好极，好极！过了十日后，俺再到庄问候员外便了。请！"彼此略一执手，柳青转身下岭而去。这里，陆彬、鲁英道："蒋四兄如何就应了他，知他设下什么埋伏呢？"蒋平道："无妨。我与他原无仇隙，不过同五弟生死一片热心。他若设了埋伏，岂不怕别人笑话他么？"陆彬又道："他头上的簪儿，吾兄如何盗得呢？"蒋平道："事难预料到他那里还有什么刁难呢，且到临期再做道理。"说罢，四人转身下岭。此时，水手已将骨殖坛安放好了。四人上船，摇起桨来。

不多一会，来至庄中，时已四鼓。从北侠为首，挨次祭奠，也有垂泪的，也有叹息的。因在陆彬家中，不便放声举哀。惟有徐庆，张着个大嘴痛哭，蒋平哽咽悲泣不止。众人奠毕，徐庆、蒋平二人深深谢了大家。从新又饮了一番酒，吃夜饭，方才安歇。

到了次日，蒋爷与大众商议，即着徐庆押着坛子先回衙署，并派两名伴当沿途保护而去。这里，众人调开桌椅饮酒。丁二爷先说起柳青与蒋爷赌戏，智化问道："这柳青如何？"蒋爷就将当日劫掠黄金述说一番，"因他是金头太岁甘豹的徒弟，惯用蒙汗药酒、五鼓鸡鸣断魂香。"智化道："他既有这样东西，只怕将来到用的着。"正说之间，只见庄丁拿着一封字柬，向陆大爷低言说了几句。陆彬即将字柬接过，拆开细看。陆彬道："是了，我知道了。告诉他修书不及，代为问好。这些日如有大鱼，我必好好收存。俟到临期，不但我亲身送去，还要拜寿呢。"庄丁答应刚要转身，智化问道："陆贤弟，是何事？我们可以共闻否？"陆彬道："无甚大事，就是钟雄那里差人要鱼。"说着话，将字柬递与智化。智化看毕，笑道："正要到水寨探访，不想来了此柬，真好机会也。请问陆贤弟，此时可有大鱼？"陆彬道："早间渔户报到，昨夜捕了几尾大鱼，尚未开篓。"智化道："妙极！贤弟吩咐管家，叫他告诉来人，就说大王既然用鱼，我们明日先送几尾，看看以为如何。如果使得，我们再照样捕鱼就是了。"陆彬向庄丁道:"你听明白了?就照着智老爷的话告诉来人罢。"庄丁领命,回复那人去了。这里众人便问智化有何妙策,智化道:"少时饭毕,陆贤弟先去到船上拣大鱼数尾,另行装篓。俟明日,我与丁二弟改扮渔户二名,陆贤弟与鲁二弟仍是照常,算是送鱼,额外带水手二名,只用一只小船足矣。咱们直入水寨,由正门而入,劣兄好看他的布置如何。到了那里,二位贤弟只说:'闻得大王不日千秋,要用大鱼。昨接华函,今日捕得几尾,特请大王验看。如果用得,我等回去告诉渔户照样搜捕。大约有数日工夫,再无有不敷之理。'不过说这冠冕言语,又尽人情,又叫他不怀疑忌,劣兄也就可以知道水寨大概情形了。"众人听了,欢喜无限,饮酒用饭。陆、鲁二人下船拣鱼,这里众人又细细谈论了一番,当日无事。

到了次日,智爷叫陆爷问渔户要了两身衣服,不要好的,却叫陆、鲁二人打扮齐整,定于船上相见。智爷与丁二爷惟恐众人瞧着发笑,他二人带了伴当,携着衣服出了庄门,找了个幽僻之处,改扮起来。脱了华衣,抹了面目,带了斗笠,穿上渔服,拉去鞋袜将裤腿卷到磕膝之上;然后穿上裤叉儿,系上破裙,登上芒鞋,腿上抹了污泥。丁二爷更别致,鬓边还插了一枝野花。二人收什已毕,各人的伴当已将二位爷的衣服、鞋袜包好。问明下船所在,到了那里,却见陆、鲁二人远远而来,见他二人如此装束,不由的哈哈大笑。鲁英道:"猛然看来,真仿佛怯王二与俏皮李四。"智化道:"很好。俺就是王二,丁二弟就是俏皮李四,你们叫着也顺口。"吩咐水手就以王二、李四相称。陆、鲁二人先到船上,智、丁二人随后上船,却守着渔篓,一边一个,真是卖艺应行,干何事司何事,是再不错的。陆、鲁二人只得在船头坐下,依然是当家的一般。水手开船,直奔水寨而来。

一叶小舟,悠悠荡荡。一时过了五孔大桥,却离水寨不远。但见旌旗密布,剑戟森严。又至切近看时,全是大竹扎缚。上面敌楼,下面瓮门,也是竹子做成的水寨。小船来至寨门,只听里面隔着竹寨问道:"小船上是何人?快快说明,不然就要放箭了!"智化挺身来至船头,道:"住搭拉罢,你做嘛放箭吓?俺们陈起望的,俺当家的弟兄斗(都)来了,特特给你家大王送鱼来了。官儿还不打送礼的呢,你又放箭做嘛呢?"里面的道:"原来是陆大爷、鲁二爷么?请少待,待我回禀。"说罢,乘着小船不见了。

这里智化细细观看寨门。见那边挂着个木牌,字有碗口大小。用目力觑视,却是一张招募贤豪的榜文。智化暗暗道:"早知有此榜文,我等进水寨多时矣,又何必费此周折。"正在犯想,忽听鼓楼咕噜咕噜的一阵鼓响,下面接着噹噹噹几棒锣鸣,立刻落锁抬栓,吱喽喽门分两扇,从里面冲出一只小船,上面有个头目,躬身道:"我家大王请二位爷进寨。"说罢将船一拨,让出正路。只见左右两边却有无数船只一字儿排开,每船上有二人带刀侍立,后面隐隐又有弓箭手埋伏。船行未到数步,只见路北有接官厅一座,设摆无数的兵器利刃。早有两个头目迎接上来道:"请二位爷到厅上坐。"陆、鲁二人只得下船,到厅上逊座献茶。头目道:"二位到此何事?"陆彬道:"只因昨日大王差人到了敝庄,寄去华函一封,言不日就是大王寿诞之期,要用大鱼。我二人既承钧命,连夜叫渔户照样搜捕。难道头领不知,大王也没传行么?”那头目道:“大王业已传行。这是我们规矩,不得不问。再者,也好给跟从人的腰牌。二位休要见怪。”原来此厅是钟雄设立,盘查往来行人的。虽是至亲好友,进了水寨必要到此厅上。虽不能挂号,他们也要暗暗记上门簿,记上年月日时,进寨为着何事,总要写个略节。今日陆、鲁之来,钟雄已然传令知会了。他们非是不知道,却故意盘查盘查,一来好登门簿,二来查看随从来几名,每人给腰牌一个。俟事完回来时,路过此处再将腰牌缴回。一个水贼竟有如此这样规矩。

且说头目问明了来历,此时渔户、水手已然给了腰牌。又有一个头目陪着陆、鲁二人,从新上了船,这才一同来至钟雄住居之所。好大一所宅子,甚是煊赫,犹如府第一般。竟敢设立三间宫门,有多少带刀虞候两旁侍立。头目先跑上台阶,进内回禀。陆、鲁二人在阶下恭候。智爷与丁二爷抬着鱼篓,远远而立,却是暗暗往四下偷看。见周围水绕住宅,惟中间一条直路,却甚平坦。正南面一座大山,正是军山,正对宫门。其馀峰岭不少,高低不同。原来这水寨在军山山环之间,真是山水汇源之地。再往那边看去,但见树木丛杂,隐隐的旗幡招展,想来那就是旱寨了。

此时却听见传梆击点,已将陆、鲁弟兄请进。迟不时会,只见跑出三四人来,站在台阶上点手道:“将鱼抬到这里来。”智爷听见,只得与丁二爷抬过来。就要上台阶儿,早有一人跑过来道:“站住!你们是进不去的。”智化道:“怎么,难(俺)们是嘛行子进不去呢?”有一人道:“朋友,别顽笑。告诉你,这个地方大王传行的紧,闲杂人等是进不去的了。”智化道:“怎么着,难们是闲杂人,你们是干嘛的呢?”那人道:“我们是跟着头目当散差使,俗名叫做打杂儿的。”智爷道:“哦,这就是了。这们说起来,你们是不闲尽杂了。”那人听了道:“好呀,真正怯快!”又有一个道:“你本来胡闹,张口就说人家闲杂人,怎么怨得人家说呢?快着罢,忙忙接过来,抬着走罢。”说罢,二人接过来,将鱼篓抬进去了。

不知后文如何,且听下回分解。

第一百十二回　招贤纳士准其投诚　合意同心何妨结拜

且说智爷、丁爷见他等将鱼篓抬进去了,得便又往里面望了一望。见楼台殿阁,画栋雕梁,壮丽非常,暗道:“这钟雄也就僭越的很呢。”二人在台基之上等候。又见方才抬鱼那人出来叫:“怯哥哥,怯哥哥在那里呢?”智爷道:“怎么?难姓王不姓怯,你别合难闹巧法儿。”那人笑道:“我是爱顽儿呀。”智爷道:“你顽儿叫人家笑话。”那人道:“好的,你真会吃个巧儿。俺告诉你,这是两包银子,每包二两,大王赏你们俩的。”智爷接过道:“回去替难俩谢赏。”又将包儿掂了一掂。那人道:“你掂他做什么?”智爷道:“这是嘛平呀,难掂着好嘛有一两。你可别打难们的脖子拐呀。”那人笑道:“岂有此理!你也太知道的多了。你看你们伙计怎么不言语呢?”

智爷道:“你还知不道他呢,他叫俏皮李四。他要闹起俏皮来,只怕你是二姑娘顽老雕,你更架不住。”刚说至此,只见陆、鲁二人从内出来,两旁人俱各垂手侍立。仍是那头目跟随,下了台阶。智、丁二人也就一同来至船边,乘舟摇桨,依然由旧路回来。到了接官厅,将船拢住。那头目还让厅上待茶,陆、鲁二人不肯,那人纵身登岸,复又执手。此时,早有人将智、丁与水手的腰牌要去。水手摇桨,离寨门不远,只见方才迎接的那只小船,有个头目将旗一展,又是一声锣鼓齐鸣,开了竹栅。小船上的头目送出陆、鲁的船来,即拨转船头,进了竹栅。依然锣鼓齐鸣,寨门已闭。真是法令森严,甚是齐整,智化等深加称赞。

及至过了五孔桥,忽听丁二爷“噗嗤”的一笑,然后又大笑起来。陆、鲁二人连忙问道:“丁二哥笑什么?”兆蕙道:“实实憋的我受不的了!这智大哥装什么像什么,真真呕人。”便将方才的那些言语述了一遍,招的陆、鲁二人也笑了。丁二爷道:“我彼时如何敢答言呢?就只自己忍了又忍,后来智大哥还告诉那人说我俏皮,那知我俏皮的都不俏皮了。”说罢复又大笑。智化道:“贤弟不知,凡事到了身临其境,就得搜索枯肠,费些心思。稍一疏神,马脚毕露。假如平日,原是你为你,我为我。若到今日,你我之外,又有王二、李四,他二人原不是你我;既不是你我,必须将你之为你、我之为我俱各抛开,应是他之为他。既是他之为他,他之中绝不可有你,亦不可有我。能够如此设身处地的做去,断无不像之理。”丁二爷等听了点头称是,佩服之至。

说话间已至庄中,只见北侠等俱在庄门瞭望。见陆、鲁等回来,彼此相见。忽见智化、兆蕙这样形景,大家不觉大笑。智化却不介意,回手从怀中掏出两包儿银子,赏了两个水手,叫他不可对人言讲。众人说说笑笑,来至客厅上。智爷与丁爷先梳洗改装,然后大家就座,方问探的水寨如何。智爷将寨内光景说了,又道:“钟雄是个有用之才,惜乎缺少辅佐,竟是用而不当了。再者,他那里已有招贤的榜文,明日我与欧阳兄先去投诚,看是如何。”蒋平失惊道:“你二位如何去得!现今展大哥尚且不知下落,你二人再若去了,岂不是自投罗网呢?”智化道:“无妨。既有招贤的榜,绝无有陷害之心。他若怀了歹意,就不怕阻了贤路么?而且不入虎穴,焉能伏得钟雄。众位弟兄放心,成功直在此一举。料得定的是真知。”计议已定,大家饮酒吃饭。是日无话。

到了次日,北侠扮作个赳赳的武夫,智化扮作个翩翩公子,各自佩了利刃一把,找了个买卖渡船,从上流头慢慢的摇曳到了五孔桥下。船家道:“二位爷往那里去?”智爷道:“从桥下过去。”船家道:“那里到了水寨了。”智爷道:“我等正要到水寨。”船家慌道:“他那里如何去得?小人不敢去的。”北侠道:“无妨,有我们呢,只管前去。”船家尚在犹疑,智化道:“你放心。那里有我的亲戚朋友,是不妨事的。”船家无奈何,战战哆嗦撑起篙来,贼眉鼠眼过了桥,更觉的害起怕来。好容易刚到寨门,只听里面吱的一声,船家就堆缩了一块。又听得里面道:“什么人到此?快说,不然就要放箭了!”智化道:“里面听真,我们因闻得大王招募贤豪,我等特来投诚。若果有此事,烦劳通禀一声。如若挂榜是个虚文,你也不必通报,我们也就回去了。"里面的答道:"我家大王求贤若渴,岂是虚文。请少待,我们与你通禀去。"不多时,只听敌楼一阵鼓响,又是三棒锣鸣,水寨竹栅已开。从里面冲出一只小船,上面有个头目道:"既来投诚,请过此船,那只船是进去不得的。"这船家听了,犹如放赦一般,连忙催道:"二位快些过去罢。"智化道:"你不要船价么?"船家道:"爷改日再赏罢,何必忙在一时呢。"智爷笑了一笑,向兜肚中摸出一块银子,道:"赏你吃杯酒罢。"船家喜出望外。二位爷跳在那边船上。这船家不顾性命的连撑几篙,直奔五孔桥去了。

且说北侠、黑妖狐进了水寨,门就闭了。一时来至接官厅,下来两个头目,智化看时,却不是昨日那两个头目。而且昨日自己未到厅上,今日见他等迎了上来,连忙弃舟登岸,彼此执手。到了厅上,逊座献茶。这头目谦恭和蔼的问了姓名以及来历备细,着一人陪坐,一人通报。不多时,那头目出来,笑容满面道:"适才禀过大王。大王闻得二位到来,不胜欢喜,并且问欧阳爷可是碧眼紫髯的紫髯伯么?"智化代答道:"正是。我这兄长就是北侠紫髯伯。"头目道:"我家大王言,欧阳爷乃当今名士,如何肯临贱地,总有些疑似之心。忽然想起欧阳爷有七宝刀一口,堪作实验,意欲借宝刀一观,不知可肯赐教否?"北侠道:"这有何难。刀在这里,即请拿去。"说罢,从衣里取下宝刀,递与头目。头目双手捧定,恭恭敬敬的去了。迟不多时,那头目转来道:"我家大王奉请二位爷相见。"智化听头目之言,二位下面添了个"爷"字,就知有些意思,便同北侠下船来至泊岸。到了宫门,北侠袒腹挺胸,气昂昂,英风满面;智化却是一步三扭,文绉绉,酸态周身。

进了宫门,但见中间一溜花石甬路,两旁嵌着石子,直达月台。再往左右一看,俱有配房五间,衬殿七间,俱是画栋雕梁,金碧交辉。而且有一块闹龙金匾,填着洋蓝青字,写着"银安殿"三字。刚至廊下,早有虞候高挑帘栊。只见有一人,身高七尺,面如獬豸,头戴一顶闹龙软翅绣盖巾,身穿一件闹龙宽袖团花紫氅,腰系一条香色垂穗如意丝绦,足登一双元青素缎时款官靴。钟雄略一执手,道:"请了。"吩咐看座献茶。北侠也就执了一执手,智爷却打一躬,彼此就座。钟雄又将二人看了一番,便对北侠道:"此位想是欧阳公了。"北侠道:"岂敢。仆欧阳春闻得寨主招贤纳士,特来竭诚奉谒。素昧平生,殊深冒渎。"钟雄道:"久仰英名,未能面晤,曷胜怅望。今日幸会,实慰鄙怀。适才瞻仰宝刀,真是稀世之物。可羡吓,可羡!"

智化见他二人说话,却无一语道及自己,未免有些不自在。因钟雄称羡宝刀,便说道:"此刀虽然是宝,然非至宝也。"钟雄方对智化道:"此位想是智公了。如此说来,智公必有至宝。"智化道:"仆孑然一身之外,并无他物,何至宝之有?"钟雄道:"请问至宝安在?"智爷道:"至宝在在皆有,处处皆是。为善以为宝,仁亲以为宝,土地、人民、政事,又是三宝。寨主何得舍正路而不由,但以刀为宝乎?再者,仆等今日之来,原是投诚,并非献刀。寨主只顾称羡此刀,未免重物轻人。惟望寨主贱货而贵德,庶不负招贤的那篇文字。"钟雄听智化咬文咂字的背书,不由的冷哂道:"智公所论虽是,然而未免过于腐气了。"智化道:"何以见得腐气?"钟雄道:"智公所说的,全是治国为民的道理。我钟雄原非三台卿相,又非世胄功勋,要这些道理何用?”智化也就微微冷哂道:“寨主既知非三台卿相,又非世胄功勋,何得穿闹龙服色,坐银安宝殿?此又智化所不解也。”一句话说的钟雄哑口无言,半晌,忽然向智化一揖道:“智兄大开茅塞,钟雄领教多多矣。”从新复又施礼,将北侠、智化让至客位,分宾主坐了。即唤虞候等看酒宴伺候,又悄悄吩咐了几句。虞候转身,不多时拿了一个包袱来,连忙打开,钟雄便脱了闹龙紫氅,换了一件大领天蓝花氅,除去闹龙头巾,戴一顶碎花武生头巾。北侠道:“寨主何必忙在一时呢?”钟雄道:“适才听智兄之言,觉得背生芒刺,是早些换了的好。”

此时酒宴已设摆齐备,钟雄逊让再三,仍是智爷、北侠上座,自己下位相陪。饮酒之间,钟雄又道:“既承智兄指教,我这殿上……”刚说至此,自己不由的笑了,道:“还敢忝颜称‘殿’?我这厅上匾额应当换个名色方好。”智爷道:“若论匾额,名色极多,若是晦了不好,不贴切也不好,总要雅俗共赏,使人一见即明,方觉恰当。”仰面想了一想,道:“却倒有个名色,正对寨主招募贤豪之意。”钟雄道:“是何名色?”智化道:“就是‘思齐堂’三字。虽则俗些,却倒现成,‘见贤思齐焉’。此处原是待贤之所,寨主却又求贤若渴。既日思齐,是已见了贤了,必思与贤齐,然后不负所见。正是说寨主已得贤豪之意。然而这‘贤’字,弟等却担不起。”钟雄道:“智兄太谦了。今日初会,就教导弟归于正道,非贤而何?我正当思齐,好极,好极!清而且醒,容易明白。”立刻吩咐虞候,即到船场取木料,换去匾额。

三人传杯换盏,互相议论,无非是行侠尚义,把个钟雄乐的手舞足蹈,深恨相见之晚,情愿与北侠、智化结为异姓兄弟。智化因见钟雄英爽,而且有意收伏他,只得应允。那知钟雄是个性急人,登时叫虞候备了香烛,叙了年庚,就在神前立盟。北侠居长,钟雄次之,智化第三。结拜之后,复又入席。你兄我弟,这一番畅快,乐不可言。钟雄又派人到后面把世子唤出来。原来钟雄有一男一女,女名亚男,年方十四岁;子名钟麟,年方七岁。不多时钟麟来至厅上,钟雄道:“过来拜了欧阳伯父。”北侠躬身还礼,钟雄断断不依。然后又道:“这是你智叔父。”钟麟也拜了。智化拉着钟麟细看,见他方面大耳,目秀眉清,头戴束发金冠,身穿立水蟒袍。问了几句言语,钟麟应答如流。智化暗道:“此子相貌非凡,我今既受了此子之拜,将来若负此拜,如何对的过他呢?”便叫虞候送人后面去了。钟雄道:“智贤弟看此子如何?”智化道:“好则好矣,小弟又要直言了。方才侄儿出来,唬了小弟一跳,真不像吾兄的儿郎,竟仿佛守缺的太子。似此如何使得?再者,世子之称亦属越礼,总宜改称公子为是。”钟雄拍手大乐道:“贤弟见教,是极,是极,劣兄从命。”回头便吩咐虞候人等,从此改称公子。

你道钟雄既能言听计从,说什么就改什么,智化何不劝他弃邪归正呢,岂不省事,又何必后文费许多周折呢?这又有个缘故。钟雄据占军山,非止一日,那一派骄侈倨傲,同流合污,已然习惯性成,如何一时能够改的来呢?即或悛改,稍不如意,必至依然照旧,那不成了反复小人了么?就是智化今日劝他换了闹龙服色,除了银安匾额,改了世子名号,也是试探钟雄服善不服善。他要不服善,情愿以贼寇逆叛终其身,那就另有一番剿灭的谋略。谁知钟雄不但服善,而且勇于改悔。知时务者呼为俊杰,他既是好人,智化焉有不劝他之理。所以后文智化委曲婉转,务必叫钟雄归于正道,方见为朋友的一番苦心。

是日三人饮酒谈心,至更深夜静方散。北侠与智爷同居一处,智爷又与北侠商议如何搭救沙龙、展昭,便定计策,必须如此如此方妥。商议已毕,方才安歇。

不知如何救他二人,且听下回分解。

第一百十三回 钟太保贻书招贤士 蒋泽长冒雨访宾朋

且说北侠、智化二人商议已毕,方才安歇。到了次日,钟雄将军务料理完时,便请北侠、智爷在书房相会。今日比昨日更觉亲热了,闲话之间,又提起当今之世谁是豪杰,那个是英雄。北侠道:“劣兄却知一个人,惜乎他为宦途羁绊,再也不能到此。”钟雄道:“是何样人物?姓甚名谁?”北侠道:“就是开封府的四品带刀护卫展昭,字熊飞,为人行侠尚义,济困扶危,人人都称他为南侠,敕封号为御猫,他乃当世之豪杰也。”钟雄听了,哈哈大笑道:“此人现在小弟寨中,兄长如何说他不能到此?”北侠故意吃惊道:“南侠如何能够到此地呢?劣兄再也不信。”钟雄道:“说起来话长。襄阳王送了一个坛子来,说是大闹东京锦毛鼠白玉堂的骨殖,交到小弟处。小弟念他是个英雄,将他葬在五峰岭上,小弟还亲身祭奠一回。惟恐有人盗去此坛,就在那坟冢前刨了个梅花堑坑,派人看守,以防不虞。不料迟不多日,就拿了二人,一个是徐庆,一个是展昭。那徐庆已然脱逃。展昭弟也素所深知,原要叫他做个帮手,不想他执意不肯,因此把他囚在碧云崖下。”北侠暗暗欢喜,道:“此人颇与劣兄相得,待明日作个说客,看是如何。”

智化接言道:“大哥既能说南侠,小弟还有一人,亦可叫他投诚。”钟雄道:“贤弟所说之人是谁呢?”智化道:“说起此人,也是有名的豪杰。他就在卧虎沟居住,姓沙名龙。”钟雄道:“不是拿蓝骁的沙员外么?”智化道:“正是。兄何以知道?”钟雄道:“劣兄想此人久矣,也曾差人去请过,谁知他不肯来。后来闻得黑狼山有失,劣兄还写一信与襄阳王,叫他把此人收伏,就叫他把守黑狼山,却是人地相宜。至今未见回音,不知事体如何。”智化道:“既是兄长知道此人,小弟明日就往卧虎沟便了。大约小弟去了,他没有不来之理。”钟雄听了大乐。三个人就在书房饮酒用饭,不必细表。

至次日,智化先要上卧虎沟。钟雄立刻传令开了寨门,用小船送出竹栅。过了五孔桥,他却不奔卧虎沟,竟奔陈起望而来。进了庄中,庄丁即刻通报。众人正在厅上,便问投诚事体如何。智爷将始末原由说了一遍,深赞钟雄是个豪杰,惜乎错走了路头,必须设法将这朋友提出苦海方好。又将与欧阳兄定计,搭救展大哥与沙大哥之事说了。蒋平道:“事有凑巧,昨晚史云到了。他说因找欧阳兄,到了茉花村，说与丁二爷起身。他又赶到襄阳，见了张立，方知欧阳兄、丁二弟与智大哥俱在按院那里。他又急急赶到按院衙门，卢大哥才告诉他说，咱们都上陈起望了。他从新又到这里来，所以昨晚才到。”智化听了，即将史云叫来，问他按院衙门可有什么事。史云道：“我也曾问了。卢大爷叫问众位爷们好，说衙门中甚是平安，颜大人也好了，徐三爷也回去了。诸事妥当，请诸位爷们放心。”智化道：“你来得正好，歇息两日急速回卧虎沟，告诉孟、焦二人，叫他将家务派妥当人管理，所有渔户、猎户人等，凡有本领的齐赴襄阳太守衙门。”丁二爷道：“金老爷那里如何住得许多人呢？”智化笑道：“劣兄早已预料，已在汉皋那里修葺下些房屋。”陆彬道：“汉皋就是方山，在府的正北上。”智化道：“正是此处，张立尽知。到了那里见了张立，便有住居之处了。”说罢，大家入席饮酒。

蒋平问道：“钟雄到底是几时生日？”智化道：“前者结拜时已叙过了，还早呢，尚有半月的工夫。我想要制伏他，就在那生日。趁在忙乱之时，须要设法把他请至此处，你我众弟兄以大义开导他，一来使他信服，二来把圣旨、相谕说明，他焉有不倾心向善之理。”丁二爷道：“如此说来，不用再设别法，只要四哥到柳员外庄上，赢了柳青，就请带了断魂香来。临期如此如此，岂不大妙？”智化点头道：“此言甚善。不知四弟几时才去？”蒋平道：“原定于十日后，今刚三日，再等四五天，小弟再去不迟。”智化道：“很好。我明日回去，先将沙大哥救出。然后暗暗探他的事件，掌他的权衡，那时就好说了。”这一日大家聚饮欢呼，至三鼓方散。

第二日，智化别了众人，驾一小舟，回至水寨见了钟雄。钟雄问道：“贤弟回来的这等快？”智化道：“事有凑巧，小弟正往卧虎沟进发，恰好途中遇见卧虎沟来人。问及沙员外，原来早被襄阳王拿去囚在王府了。因此急急赶回，与兄长商议。”钟雄道：“似此如之奈何？”智化道：“据小弟想来，襄阳王既囚沙龙，必是他不肯顺从。莫若兄长写书一封，就说咱们这里招募了贤豪，其中颇有与沙龙至厚的，若要将他押至水寨，叫这些人劝他归降，他断无不依的。不知兄长意下如何？”钟雄道：“此言甚善，就求贤弟写封书信罢。”智化立刻写了封恳切书信，派人去了。智化又问：“欧阳兄说的南侠如何？”钟雄道：“昨日去说，已有些意思，今日又去了。”正说间，虞候报：“欧阳老爷回来了。”钟雄、智化连忙迎出来，问道：“南侠如何不来？”北侠道：“劣兄说至再三，南侠方才应允，务必叫亲身去请，一来见贤弟诚心，二来他脸上觉得光彩。”智化在旁帮衬道：“兄长既要招募贤豪，理应折节下士，此行断不可少。”钟雄慨然应允，于是大家乘马到了碧云崖。这原是北侠做就活局，从新给他二人见了，彼此谦逊了一番，方一同回转思齐堂。四个人聚饮谈心，欢若平生。

再说那奉命送信之人到了襄阳王那里，将信投递府内。谁知襄阳王看了此书，暗暗合了自己心意，恨不得沙龙立时归降自己，好做帮手。急急派人押了沙龙，送至军山。送信人先赶回来，报了回信。智化便对钟雄道：“沙员外既来了，待小弟先去迎接。仗小弟舌上钝锋，先与他陈说利害，再以交谊规劝，然后述说兄长礼贤下士。如此谆谆劝勉，包管投诚无疑矣。”钟雄听了大悦，即刻派人备了船只，开了竹寨。他只知智化迎接沙龙递信，那知他们将圈套细说明白。一同进了水寨，把沙龙安置在接官厅上,他却先来见了钟雄,道:"小弟见了沙员外,说至再三,沙员外道他在卧虎沟虽非簪缨,却乃清白的门楣,只因误遭了赃官局骗,以致被获遭擒,已将生死置于度外,既不肯归降襄阳王,如何肯投诚钟太保呢。"钟雄道:"如此说来,这沙员外是断难收伏的了。"智化道:"亏了小弟百般的苦劝,又述说兄长的大德,他方说道:'为人要知恩报恩,既承寨主将俺救出囹圄之中,如何敢忘大德。话要说明了,俺若到了那里,情愿以客自居,所有军务之事概不与闻,止于是相好朋友而已。倘有急难之处用着俺时,必效犬马之劳,以报今日之德。'小弟听他这番言语,他是怕堕了家声,有些留恋故乡之意。然而既肯以朋友相许,这是他不肯归伏之归伏了。若再谆谆,又恐他不肯投诚。因此安置他在接官厅上,特来告禀兄长得知。"北侠在旁答道:"只要肯来便好说了,什么客不客呢,全是好朋友罢了。"钟雄笑道:"诚哉是言也!还是大哥说的是。"南侠道:"咱们还迎他不迎呢?"智化道:"可以不必远迎,止于在宫门接接就是了。小弟是要先告辞了。"

不多时智化同沙龙到来,上了泊岸,望宫门一看,见多少虞候侍立,宫门之下钟太保与南、北二侠等候。智化导引在前,沙龙在后,登台阶,两下彼此迎凑。智化先与钟雄引见。沙龙道:"某一介鲁夫,承寨主错爱,实实叨恩不浅。"钟雄道:"久慕英名,未能一见。今日幸会,何乐如之!"智化道:"此位是欧阳兄,此位是展大哥。"沙龙一一见了,又道:"难得南、北二侠俱各在此,这是寨主威德所致。我沙龙今得附骥,幸甚吓,幸甚!"钟雄听了,甚为得意。彼此来至思齐堂,分宾主坐定。钟雄又问沙龙如何到了襄阳那里。沙龙便将县宰的局骗说了:"若不亏寨主救出囹圄,俺沙某不复见天。实实受惠良多,改日自当酬报。"钟雄道:"你我作豪杰的乃是常事,何足挂齿。"沙龙又故意的问了问南、北二侠,彼此攀话,酒宴已设摆下了。钟雄让沙龙,沙龙谦让再三,寨主长,寨主短。钟雄是个豪杰,索性叙明年庚,即以兄长呼之,真是英雄的本色。沙龙也就磊磊落落,不闹那些虚文。

饮酒之间,钟雄道:"难得今日沙兄长到此,足慰平生。方才智贤弟已将兄长的豪志大度说明,沙兄长只管在此居住,千万莫要拘束,小弟绝不有费清心。惟有欧阳兄、展兄小弟还要奉托,替小弟操劳。从今后,水寨之事求欧阳兄代为管理;旱寨之事原有妻弟姜铠料理,恐他一人照应不来,求展兄协同经理;智贤弟作个统辖,所有两寨事务全要贤弟稽查。众位弟兄如此分劳,小弟就可以清闲自在,每日与沙大哥安安静静的盘桓些时,庶不负今日之欢聚,素日之渴想。"智化听了,正合心意,也不管南、北二侠应与不应,他就满口应承。是日,四人尽欢而散。到了次日,钟雄传谕大小头目:所有水寨事务俱回北侠知道,旱寨事务俱回南侠与姜爷知道;倘有两寨不合宜之事,俱各会同智化参酌。不上五日工夫,把个军山料理得益发整齐严肃,所有大小头目、兵丁无不欢呼颂扬。钟雄得意洋洋,以为得了帮手,乐不可言。那知这些人全是算计他的呢!

且说蒋平在陈起望,到了日期应当起身,早别了丁二爷与陆、鲁二人,竟奔柳家庄而来。此时正在深秋之际,一路上黄花铺地,落叶飘飘,偏偏的阴云密布,淅淅泠泠下起雨来。蒋爷以为深秋没有什么大雨,因此冒雨前行。谁知细雨濛濛,连绵不断,刮来金风瑟瑟,遍体清凉。低头看时,浑身皆湿。再看天光,已然垂暮。又算计柳家庄尚有四十五里之遥,今日断不能到。幸亏今日是十日之期,就是明日到也不为迟。因此要找个安身之处,且歇息避雨。往前又赶行了几里,好容易见那边有座庙宇,急急奔到山门,敲打声唤,再无人应。心内甚是踌躇,更兼浑身皆湿,秋风飕来,冷不可当。自己说道:"利害!真是一场秋雨一场寒。这可怎么好呢?"只见那边柴扉开处,出来一老者,打着一把半零不落的破伞。见蒋平瘦弱身躯,犹如水鸡儿一般,唏唏呵呵的,心中不忍,便问道:"客官想是走路远了,途中遇雨。如不憎嫌,何不到我豆腐房略为避避呢。"蒋平道:"难得老丈大发慈悲,只是小可素不相识,怎好搅扰。"老丈道:"有甚要紧。但得方便地,何处不为人。休要拘泥,请呀!"蒋平见老丈诚实,只得随老丈进了柴扉。

不知老丈是谁,且听下回分解。

第一百十四回　忍饥挨饿进庙杀僧　少水无茶开门揖盗

且说蒋平进了柴扉,一看却是三间茅屋,两明间有磨与屉板、罗桶等物,果然是个豆腐房。蒋平先将湿衣脱下,拧了一拧,然后抖晾。这老丈先烧了一碗热水,递与蒋平。蒋平喝了几口,方问道:"老丈贵姓?"老丈道:"小老儿姓尹,以卖豆腐为生。膝下并无儿女,有个老伴儿,就在这里居住。请问客官贵姓?要往何处去呢?"蒋平道:"小可姓蒋,要上柳家庄找个相知,不知此处离那里还有多远?"老丈道:"算来不足四十里之遥。"说话间,将壁灯点上。见蒋平抖晾衣服,即回身取了一捆柴草来,道:"客官,就在那边空地上将柴草引着,又向火,又烘衣,只是小心些就是了。"蒋平深深谢了,道:"老丈放心,小可是晓得的。"尹老儿道:"老汉动转一天,也觉乏了。客官烘干衣服,也就歇息罢,恕老汉不陪了。"蒋平道:"老丈但请尊便。"尹老儿便向里屋去了。蒋平这里向火烘衣,及至衣服烘干,身体暖和,心里却透出饿来了。暗道:"自我打尖后只顾走路,途中再加上雨淋,竟把饿忘了,说不得只好忍一夜罢了。"便将破床掸了掸,倒下头,心里想着要睡。那知肚子不做劲儿,一阵阵咕噜噜的乱响,闹的心里不得主意,唿唿唿的乱跳起来。自己暗道:"不好,索性不睡的好。"将壁灯剔了一剔,悄悄开了屋门,来到院内。仰面一看,见满天星斗,原来雨住天晴。

正在仰望之间,耳内只听兵兵梆梆犹如打铁一般。再细听时,却是兵刃交加的声音。心内不由的一动,思忖道:"这样荒僻去处,如何黉夜比武呢?倒要看看。"登时把饿也忘了,纵身跳出土墙,顺着声音一听,恰好就在那边庙内。急急紧行几步,从庙后越墙而过。见那边屋内灯光明亮,有个妇人啼哭,连忙挨身而入。妇人一见,唬的惊惶失色。蒋爷道:"那妇人休要害怕,快些说明为何事来,俺好救你。"

那妇人道："小妇人姚王氏，只因为与兄弟回娘家探望，途中遇雨，在这庙外山门下避雨，被僧人开门看见，将我等让至前面禅堂。刚然坐下，又有人击户，也是前来避雨的。僧人道前面禅堂男女不便，就将我等让在这里。谁知这僧人不怀好意，到了一更之后，提了利刃进来时，先将我兄弟踢倒，捆缚起来，就要逼勒于我。是小妇人着急喊叫。僧人道：'你别嚷！俺先结果了前面那人，回来再合你算帐。'因此提了利刃，他就与前面那人杀起来了。望乞爷爷搭救搭救。"

蒋爷道："你不必害怕，待俺帮那人去。"说罢，回身见那边立着一根门闩，拿在手中，赶至跟前。见一大汉左右躲闪，已不抵敌。再看和尚上下翻腾，堪称对手。蒋爷不慌不忙，将门闩端了个四平，仿佛使枪一般，对准那僧人的胁下，一言不发尽力的一戳。那僧人只顾赶杀那人，那知他身后有人戳他呢，冷不防觉得左胁痛彻心髓，翻斤斗栽倒尘埃。前面那人见僧人栽倒，赶上一步，抬脚往下一跺，只听的拍的一声，僧人的脸上已然着重。这僧人好苦，临死之时，先挨一戳，后挨一跺，"嗳哟"一声，手一扎煞，刀已落地。蒋爷撇了门闩，赶上前来，抢刀在手，往下一落，这和尚登时了帐。叹他身入空门，只因一念之差，枉自送了性命。

且说那人见蒋平杀了和尚，连忙过来施礼，道："若不亏恩公搭救，某险些儿丧在僧人之手。请问尊姓大名？"蒋平道："俺姓蒋名平。足下何人？"那人道："阿呀，原来是四老爷么！小人龙涛。"说罢拜将下去。蒋四爷连忙搀起问道："龙兄为何到此？"龙涛道："自从拿了花蝶与兄长报仇，后来回转本县缴了回批，便将捕快告退不当。躲了官人的辖制，自己务了农业，甚是清闲。只因小人有个姑母，别了三年，今日特来探望。不料途中遇雨，就到此庙投宿，忽听后面声嚷救人，正欲看视，不想这个恶僧反来寻我。小人与他对垒，不料将刀磕飞。可恶僧人好狠，连搠几刀，皆被我躲过。正在危急，若不亏四老爷前来，性命必然难保，实属再生之德。"蒋平道："原来如此，你我且到后面救那男女二人要紧。"

蒋平提了那僧人的刀在前，龙涛在后跟随，来到后面，先将那男人释放，姚王氏也就出来叩谢。龙涛问道："这男女二人是谁？"蒋爷道："他是姊弟二人，原要回娘家探望，也因避雨，误被恶僧诓进。方才我已问过，乃是姚王氏。"龙涛道："俺且问你，你丈夫他可叫姚猛么？"妇人道："正是。"龙涛道："你婆婆可是龙氏么？"妇人道："益发是了，不幸婆婆已于去年亡故了。"龙涛听说他婆婆亡故了，不觉放声大哭，道："啊呀，我那姑母吓！何得一别三年就做了故人了。"姚王氏听如此说，方细看了一番，猛然想起道："你敢是龙涛表兄哥哥么？"龙涛此时哭的说不上话来，止于点头而已。姚王氏也就哭了。蒋爷见他等认了亲戚，便劝龙涛止住哭声。龙涛便问道："表弟近来可好？"叙了多少话语。龙涛又对蒋爷谢了，道："不料四老爷救了小人，并且救了小人的亲眷。如此恩德，何以答报？"蒋爷道："你我至契好友，何出此言？龙兄，你且同我来。"龙涛不知何事，跟着蒋爷。左寻右找，到了厨房，现成的灯烛，仔细看时，不但有菜蔬馒首，并有一瓶好烧酒。蒋爷道："妙极，妙极。我是实对龙兄说罢，我还没吃饭呢。"龙涛道："我也觉得饿了。"蒋爷道："来罢，来罢，咱们搬着走，大约他姐儿两个也未必吃饭呢。"龙涛见那边有个方盘，就拿出那当日卖煎饼的本事来了，端了一方盘。蒋爷提了酒瓶，拿了酒杯、碗、碟、筷子等，一同来到后面来。姐儿两个果然未进饮食。却不喝酒，就拿了菜蔬点心在屋内吃。蒋爷与龙涛在外间一壁饮酒，一壁叙话。龙涛便问蒋爷何往。蒋爷便叙述已往情由，如今要收伏钟雄，特到柳家庄，找柳青要断魂香的话说了一遍。龙涛道："如此说来，众位爷们俱在陈起望。不知有用小人处没有？"蒋爷道："你不必问哪！明日送了令亲去，你就到陈起望去就是了。"龙涛道："既如此，我还有个主意。我这个表弟姚猛，身量魁梧，与我不差上下，他不过年轻些。明日我与他同去如何？"蒋平道："那更好了。到了那里，丁二爷你是认得的，就说咱们遇着了。还有一宗，你告诉丁二爷，就求陆大爷写一封荐书，你二人直奔水寨，投在水寨之内。现有南、北二侠，再无有不收录的。"龙涛听了，甚是欢喜。

二人饮酒多时，听了听已有鸡鸣，蒋平道："你们在此等候我，我去去就来。"说罢，出了屋子，仍然越过后墙，到了尹老儿家内，又越了土墙，悄悄来至屋内。见那壁上灯点的半明不灭的，从新剔了一剔，故意的咳嗽。尹老儿惊醒，伸腰欠口道："天是时候了，该磨豆腐了。"说罢，起来出了里屋，见蒋爷在床上坐着，便问道："客官起来的恁早，想是夜静有些寒凉。"蒋平道："此屋还暖和，多承老丈挂心。天已不早了，小可要赶路了。"尹老儿道："何必忙呢，等着热热的喝碗浆，暖暖寒，再去不迟。"蒋爷道："多承美意，改日叨扰罢。小可还有要紧事呢。"说着话，披上衣服，从兜肚中摸了一块银子，足有二两重，道："老丈，些须薄礼，望乞笑纳。"老丈道："这如何使得。客官在此屈尊一夜，费了老汉什么，如何破费许多呢？小老儿是不敢受的。"蒋爷道："老丈休要过谦，难得你一片好心。再要推让，反觉得不诚实了。"说着话便塞在尹老儿袖内。尹老儿还要说话，蒋爷已走到院内。只得谢了又谢，送出柴扉，彼此执手。那尹老儿还要说话，见蒋爷已走出数步，只得回去，掩上柴扉。

蒋爷仍然越墙进庙。龙涛便问："上何方去了？"蒋爷将尹老儿留住的话说了一遍。龙涛点头道："四老爷做事真个周到。"蒋平道："咱们也该走了。龙兄送了令亲之后，便与令表弟同赴陈起望便了。"龙涛答应。四人来至山门，蒋爷轻轻开了山门，往外望了一望，悄悄道："你三人快些去罢。我还要关好山门，仍从后墙而去。"龙涛点头，带领着姊弟二人扬长去了。蒋爷仍将山门闭妥，又到后面检点了一番，就撂下这没头脑的事儿，叫地面官办去罢了。他仍从后墙跳出，溜之乎也。一路观看清景，走了二十馀里，打了早尖。及至到了柳家庄，日将西斜。自已暗暗道："这们早到那里做什么，且找个僻静的酒肆，沽饮儿杯，知他那里如何款待呢？别像昨晚饿的抓耳挠腮，若不亏那该死的和尚预备下，我如何能够吃到十二分。"心里想着，早见有个村店酒市，仿佛当初大夫居一般，便进去拣了座头坐下。酒保儿却是个少年人，暖了酒，蒋爷慢慢消饮。暗听别的座上三三两两讲论，柳员外这七天的经忏费用不少，也有说他为朋友尽情真正难得的；也有说他家内充足，耗财买脸儿的；又有那穷小子苦混混儿说："可惜了儿的，交朋友已经过世就是了，人在人情在，那里犯的上呢？若把这七天费用帮了苦哈哈，包管够过一辈子的。"蒋爷听了暗笑。

酒饮够了，又吃了些饭。看看天色已晚，会了钱钞，离了村店，来到柳青门首，已然掌灯，连忙击户。

只见里面出来了个苍头，问道："什么人？"蒋爷道："是我。你家员外可在家么？"苍头将蒋爷上下打量一番，道："俺家员外在家等贼呢！请问尊驾贵姓？"蒋爷听了苍头之言，有些语辣，只得答道："我姓蒋，特来拜望。"苍头道："原来是贼爷到了，请少待。"转身进去了。蒋爷知道，这是柳青吩咐过了，毫不介意，只得等候。不多时，只见柳青便衣、便帽出来，执手道："姓蒋的，你竟来了，也就好大胆呢！"蒋平道："劣兄既与贤弟定准日期，劣兄若不来，岂不叫贤弟呆等么？"柳青说："且不要论弟兄，你未免过于不自量了。你既来了，只好叫你进来说罢。"也不谦让，自己却先进来。蒋爷听了此话，见此光景，只得忍耐。刚要举步，只见柳青转身，奉了一揖，道："我这一揖，你可明白？"蒋爷笑道："你不过是开门揖盗罢了，有甚难解。"柳青道："你知道就好。"说着便引到西厢房内。蒋爷进了西厢房一看，好样儿，三间一通连，除了一盏孤灯，一无所有，止于迎门一张床，别无他物。蒋爷暗道："这是什么意思？"只听柳青道："姓蒋的，今日你既来了，我要把话说明了。你就在这屋内居住，我在对面东屋内等你。除了你我，再无第三人，所有我的仆妇人等，早已吩咐过了，全叫他们回避。就是前次那枝簪子，你要偷到手内，你便隔窗儿叫一声说：'姓柳的，你的簪子我偷了来了。'我在那屋里，在头上一摸果然不见了，这是你的能为。不但偷了来，还要送回去。再迟一会你能够送去，还是隔窗叫一声：'姓柳的，你的簪子我还了你了。'我在屋内，向头上一摸，果然又有了。若是能够如此，不但你我还是照旧的弟兄，而且甘心佩服，就是叫我赴汤蹈火，我也是情愿的。"蒋爷点头笑道："就是如此。贤弟到了那时，别又后悔。"柳青道："大丈夫说话那有改悔！"蒋爷道："很好，很好！贤弟请了。"

不知果能否，且听下回分解。

第一百十五回　随意戏耍智服柳青　有心提防结交姜铠

且说柳青出了西厢房，高声问道："东厢房炭烛、茶水、酒食等物俱预备妥当了没有？"只听仆从应道："俱已齐备了。"柳青道："你们俱各回避了，不准无故的出入。"又听妇人声音说道："婆子丫鬟，你们惊醒些。今晚把贼关在家里，知道他净偷簪子，还偷首饰呢？"早有个快嘴丫鬟接言道："奶奶请放心罢，奴婢将裤腿带子都收什过了，外头任嘛儿也没有了。"妇人嗔道："多嘴的丫头子！进来罢，不要混说了！"这说话的，原来是柳娘子。蒋爷听在心内，明知是说自己，置若罔闻。

此时已有二鼓，柳青来至东厢房内，抱怨道："这是从那里说起！好好的美寝不能安歇，偏偏的这盆炭火也不旺了，茶也冷了，这还要自己动转。也不知是什么时候才偷,真叫人等的不耐烦。”忽听外面他拉他拉的声响,猛见帘儿一动,蒋爷从外面进来,道:“贤弟不要抱怨。你想你这屋内又有火盆,又有茶水,而且糊裱的严紧,铺设的齐整。你瞧瞧我那屋子,犹如冰窖一般,八下里冒风,连个铺垫也没有。方才躺了一躺,实在难受。我且在这屋子里暖和暖和。”柳青听了此话,再看蒋爷头上止有网巾,并无头巾,脚下趿拉着两只鞋,是躺着来着,便说道:“你既嚷冷,为什么连帽子也不带?”蒋爷道:“那屋里什么全没有,是我刚才摘下头巾枕着来,一时寒冷,只顾往这里来,就忘了戴了。”柳青道:“你坐坐也该过去了。你有你的公事,早些完了,我也好歇息。”蒋爷道:“贤弟,你真个不讲交情了。你当初到我们陷空岛,我们是何等待你。我如今到了这里,你不款待也罢了,怎么连碗茶也没有呢?”柳青笑道:“你这话说得可笑!你今日原是来偷我来了,既是来偷我,我如何肯给你预备茶水呢?你见世界上有给贼预备妥当了,再等他来偷的道理么?”蒋平也笑道:“贤弟说的也是。但只一件,世界上有这们明灯蜡烛等贼来偷的吗?你这不是开门揖盗,竟是对面审贼了。”柳青将眼一瞪道:“姓蒋的,你不要强辩饶舌。你纵能说,也不能说了我的簪子去。你趁早儿打主意便了。”蒋爷道:“若论盗这簪子,原不难,我只怕你不戴在头上,那就难了。”柳青登时生起气来,道:“那岂是大丈夫所为?”便摘下头巾,拔下簪子,往桌上一掷,道:“这不是簪子,谁还哄你不成?你若有本事就拿去。”蒋平老着脸儿,伸手拿起,揣在怀内道:“多谢贤弟。”站起来就要走。柳青微微冷哂道:“好个翻江鼠蒋平!俺只当有什么深韬广略,敢则是猥琐惫赖。可笑吓,可笑!”蒋平听了,将小眼一瞪,瘦脸儿一红,道:“姓柳的,你不要信口胡说。俺蒋平堂堂男子,惫赖则甚?”回手将簪子掏出,也往桌上一掷,道:“你提防着,待我来偷你!”说罢,转身往厢房去了。

柳青自言自语道:“这可要偷了,须当防备。”连忙将簪子别在头上,却不曾戴上头巾,两只眼睛睁睁的往屋门瞅着,以为看他如何进来,怎么偷法。忽听蒋爷在西厢房说道:“姓柳的,你的簪子我偷了来了。”柳青唬了一跳,急将网巾摘下,摸了一摸,簪子仍在头上,由不的哈哈大笑道:“姓蒋的,你是想簪子想疯了心了。我这簪子好好还在头上,如何被你偷去?”蒋平接言道:“那枝簪子是假的,真的在我这里。你不信,请看那枝簪子背后没有暗‘寿’字儿。”柳青听了,拔下来仔细一看,宽窄长短分毫不错,就只背后缺少“寿”字儿。柳青看了,暗暗吃惊,连说“不好”,只得高声嚷道:“姓蒋的,偷算你偷去。看你如何送来?”蒋爷也不答言。

柳青在灯下赏玩那枝假簪,越看越像自己的,心中暗暗罕然,道:“此簪自从在五峰岭上,他不过月下看了一看,如何就记得这般真切?可见他聪明至甚。而且方才他那安安详详的样儿,行所无事,想不到他抵换如此之快。只他这临事好谋,也就令人可羡。”复又一转念,猛然想起:“方才是我不好了。绝不该合他生气,理应参悟他的机谋,看他如何设法儿才是。只顾暴躁,竟自人了他的术中。总而言之,是我量小之故。且看他将簪子如何送回,千万再不要动气了。”等了些时不见动静,便将火盆拨开,温暖了酒,自斟自饮,怡然自得。

忽听蒋爷在那屋张牙欠口,打哈欠道:“好冷!夜静了,更觉凉了。”说着话,他拉他拉又过来了,恰是刚睡醒了的样子,依然没戴帽子。柳青拿定主意,再也不动气,却也不理蒋爷。蒋爷道:"好吓,贤弟会乐吓!屋子又和暖,又喝着酒儿,敢则好吓。劣兄也喝杯儿,使得使不得呢?"柳青道:"这有什么呢。酒在这里,只管请用。你可别忘了送簪子。"蒋爷道:"实对贤弟说,我只会偷,不会送。"说罢,端起酒杯一饮而尽,复又斟上,道:"我今日此举不过游戏而已。劣兄却有紧要之事奉请贤弟。"柳青道:"只要送回簪子来,叫我那里去我都跟了去。"蒋爷道:"咱们且说正经事。"他将大家如何在陈起望聚义,欧阳春与智化如何进的水寨,怎么假说展昭,智诓沙龙,又怎么定计在他生辰之日收伏钟雄,特着我来请贤弟用断魂香的话,哩哩啰啰说个不了。柳青听了,唯唯喏喏,毫不答言。蒋爷又道:"此乃国家大事,我等钦奉圣旨,谨遵相谕,捉拿襄阳王。必须收伏了钟雄,奸王便好说了。说不得贤弟随劣兄走走。"柳青听了这一番言语,明是提出圣旨相谕押派着,叫我跟了他去,不由的气往上撞。忽然转念道:"不可,不可。这是他故意的招我生气,他好于中取事,行他的谲诈。我有道理。"便嘻嘻笑道:"这些事都是你们为官做的,与我这平民何干?不要多言,还我的簪子要紧。"蒋爷见说他不动,赌气子带上桌上头巾,他拉他拉出门去了。柳青这里又奚落他道:"那帽子当不了被褥,也搪不了寒冷。原来是个抓帽子贼,好体面哪!"蒋爷回身进来道:"姓柳的,你不要嘲笑刻薄,谁没个无心中呢,这也值得说这些没来由的话。"说罢,将他的帽子劈面摔来。柳青笑嘻嘻双手接过,戴在头上道:"我对你说,我再也不生气的。漫说将我的帽子摔来,就是觌面唾我,我也是容他白干,绝不生气。看你有什么法子?"蒋爷听了此言,无奈何的样儿,转回西厢房内去了。

柳青暗暗欢喜,以为不动声色是绝妙的主意了。又将酒温了一温,斟上刚要喝时,只听蒋爷在西厢房内说道:"姓柳的,你的簪子我还回去了。"柳青连忙放下酒杯,摘去头巾,摸了一摸,并无簪子,又见那枝假的仍在桌上放着。又听蒋爷在那屋内说道:"你不必犹疑,将帽子里儿看看就明白了。"柳青听了,即将帽子翻过看时,那枝簪子恰好别在上面,不由的倒抽了一口气道:"好吓,真真令人不测!"再细想时,更省悟了:"敢则他初次光头过来,就为二次还簪地步。这人的智略机变,把我的喜怒全叫他体谅透了,我还和他闹什么?"

正在思索,只见蒋爷进来,头巾也戴上了,鞋也不趿拉着了,早见他一躬到地。柳青连忙站起,还礼不迭。只听蒋爷道:"贤弟,诸事休要挂怀。恳请贤弟跟随劣兄走走,成全朋友要紧。"柳青道:"四兄放心,小弟情愿前往。"于是把蒋爷让至上位,自己对面坐了。蒋爷道:"钟雄为人豪侠,是个男子,因众弟兄计议,务要把他劝化回头方是正理。"柳青道:"他既是好朋友,原当如此。但不知几时起身?"蒋爷道:"事不宜迟,总要在他生日之前赶到方好。"柳青道:"既如此,明早起身。"蒋平道:"妙极!贤弟就此进内收什去,劣兄还要歇息歇息。实对贤弟说,劣兄昨日一夜不曾合眼,此时也觉乏的很了。"柳青道:"兄长只管歇着,天还早呢,足可以睡一觉。恕小弟不陪了。"柳青便进内去了。到了天亮,柳青背了包裹出来,又预备羹汤、点心吃了,二人便离了柳家庄,竟奔陈起望而来。

且说智化作了军山的统辖，所有水旱二寨之事，俱各料理的清清楚楚。这日忽见水寨头目来报道："今有陈起望陆大爷那里来了二人，投书信一封。"说罢，将书呈上。智爷接来，拆阅毕，吩咐道："将他二人放进来。"头目去不多时，早见两个大汉晃里晃荡而来。见了智爷参见道："小人龙涛、姚猛，望乞统辖老爷收录！"智爷见他二人循规蹈矩，颇有礼数，便知是丁二爷教的。不然他两个卤莽之人，如何懂得"统辖"与"收录"呢？心内甚是欢喜。却又故意问了几句，二人应答的颇好。智爷更觉放心，便将二人带至思齐堂。智爷将书呈上，说明来历，钟雄便要看看来人。智化即唤龙涛、姚猛。二人答应，声若巨雷。及至到了厅上参见大王，那一番腾腾煞气，凛凛威风，真个是方相一般。钟雄看了大乐，道："难得他二人的身材体态竟能一样。很好，我这厅上正缺两个领班头目，就叫他二人充当此差，妙不可言。"龙涛、姚猛听了，连忙叩谢，甚是恭谨。旁边北侠早已认得龙涛，见他举止端详，语言的当，心内也就明白了。是日，沙龙等同钟雄把酒谈心，尽一日之长，到晚方散。智化、北侠暗暗与龙涛打听，如何能够到此。龙涛将避雨遇见蒋爷一节说了，又道："蒋爷不日也就要回来了。自从小人送了表弟妹之后，即刻同着姚猛上路，前日赶到陈起望。丁二爷告诉我等备细，教导了言语，陆大爷写了荐书，所以今日就来了。"智爷道："你二人来的正好，而且又在厅上，更就近了。到了临期，自有用处。千万不要多言，惟有小心谨慎而已。"龙涛道："我等晓得。倘有用我等之处，自当效力。"智化点头，叫他二人去了。然后又与北侠计议一番，方才安歇。

到了次日，他又不惮勤劳，各处稽查。但有不明不知的，必要细细询问。因此这军山之内，由那里到何处，至何方，俱已晓得。他见大小头目虽有多人，皆没甚要紧。惟有姜夫人之弟姜铠，甚是了得，极其梗直。生得凹面金腮，两道浓眉，一张阔口，微微有些髭须，绰号小二郎。他单会使一般器械，名曰三截棍，中间有五尺长短，两头俱有铁叶打就，铁环包定，两根短棒足有二尺多。每逢对垒，施展起来，远近皆可打得，英勇非常。智化把他看在眼里，又因他是钟雄的亲戚，因此待他甚好，极其亲近。这二郎见智化志广才高，料事精详，更加喜悦。除了姜铠之外，还有钟雄两个亲信之人，却是同族弟兄武伯南、武伯北，此二人专管料理家务，智化也时常的与他等亲密。他又算计，钟雄生日不过三日就到了，他便托言查阅，悄悄的又到陈起望。恰好蒋爷正与柳青刚到，彼此见了，各生羡慕，喜爱非常。蒋爷便问："龙涛、姚猛到了不曾？"丁二爷道："不但到了，谨遵兄命，已然进了水寨门了。"智化道："昨日他二人去了，我甚忧心。后来见他等的光景甚是合宜，就知是我二弟的传授了。"智化又问蒋爷道："四弟前次所论之事，想柳兄俱已备妥了。今日我就同柳兄进水寨。"柳青道："小弟惟命是从，但不知如何进水寨法。"智化道："我自有道理。"

不知用何计策，且听下回分解。

第一百十六回 计出万全极其容易 算失一着事甚为难

且说智化要将柳青带入水寨，柳青因问如何去法，智化便问柳青可会风鉴。柳青道："小弟风鉴不甚明白，却会谈命。"智化道："也可以使得。柳兄就扮作谈命的先生，到了那里，不过奉承几句，只要混到他的生辰，便完了事了。"柳青依允。智化又向陆、鲁二人道："二位贤弟，大鱼可捕妥了？"陆彬道："早已齐备，俱各养在那里。"智化道："很好，明日就给他送去。只用大船一只，带了渔户去。到那里二位贤弟自然是住下的，却将船只泊在幽僻之处，到了临期，如此如此。"又对丁二爷、蒋四爷说道："二位贤弟务于后日夜间要快船二只，每船水手四名，就在前次砍断竹城之处专等，千万莫误。"

计议已定，智化与柳青来至水寨，见了钟雄，言柳青系算命先生，笔法甚好，"小弟因一人事繁，难以记载，故此带了他来，帮着小弟作个记室。"钟雄见柳青人物轩昂，意甚欢喜。至次日，陆彬、鲁英来至水寨送鱼。钟雄迎至思齐堂，深深谢了。陆彬、鲁英又提写信荐龙涛、姚猛二人。钟雄笑道："难得他二人身体一般，雄壮一样，我已把他二人派了领班头目。"陆彬道："多蒙大王收录。"也就谢了。陆、鲁二人又与沙龙、北侠、南侠、智化见了，彼此欢悦。就将他二人款留住下，为的明日好一同庆寿。

到了次日，智爷早已办的妥协，各处结彩悬花，点缀灯烛，又有笙箫鼓乐，杂剧卢歌，较比往年生辰不但热闹，而且整齐。所有头目、兵丁俱有赏赐，并传令今日概不禁酒，纵有饮醉者亦不犯禁。因此人人踊跃，个个欢欣，无有不称羡统辖之德的。思齐堂上排开华筵，摆设寿礼。大家衣冠鲜明，独有展爷却是四品服色，更觉出众。及至钟雄来到，见众人如此，不觉大乐道："今日小弟贱辰，敢承诸位兄弟如此的错爱，如此的费心，我钟雄何以克当！"说话间，阶下奏起乐来，就从沙龙让起，不肯受礼，彼此一揖。次及欧阳春，也是如此。再又次就是展熊飞，务要行礼。钟雄道："贤弟乃皇家栋梁，相府的辅弼，劣兄如何敢当？还是从权行个常礼罢了。"说罢，先奉下揖去。展爷依旧从命，连揖而已。只见陆彬、鲁英二人上前相让，钟雄道："二位贤弟是客，劣兄更不敢当！"也是常礼，彼此奉揖不迭。此时智化谆谆要行礼，钟雄托住道："若论你我弟兄，劣兄原当受礼，但贤弟代劣兄操劳，已然费心，竟把这礼免了罢。"智化只得行个半礼，钟雄连忙搀起。忽见外面进来一人，扑翻身跪下，向上叩头，原来是钟雄的妻弟姜铠。钟雄急急搀起，还揖不迭。姜铠又与众人一一见了。然后是武伯南、武伯北与龙涛、姚猛，率领大小头目等，一起一起，拜寿已毕。复又安席入座，乐声顿止。堂上觥筹交错，阶前彩戏俱陈。智爷吩咐放了赏钱。早饭已毕，也有静坐闲谈的，也有料理事务的，独有小二郎姜铠却到后面与姜夫人谈了多时,便回旱寨去了。

到了午酒之时,大家俱要敬起寿星酒来。从沙龙起,每人三杯。钟雄难以推却,只得杯到酒干,真是大将必有大量。除了姜铠不在座,现时座中六人俱各敬毕,然后团团围住,刚要坐下,只见白面判官柳青从外面进来,手持一卷纸札道:“小可不知大王千秋华诞,未能备礼。仓促之间,无物可敬,方才将诸事记载已毕,特特写得条幅对联,望乞大王笑纳。”说罢,高高奉上。钟雄道:“先生初到,如何叨扰厚赐!”连忙接过,打开看时,是七言的对联,乃“惟大英雄能本色,是真名士自风流”,写的颇好,满口称赞道:“先生真好书法也。”说罢,奉了一揖。柳青还要拜寿,钟雄断断不肯。智化在旁道:“先生礼倒不消,莫若敬酒三杯,岂不大妙?”柳青道:“统辖吩咐极是。但只一件,小可理应早间拜祝,因事务冗繁,须要记载,早间是不得闲的,而且条幅、对联俱未能写就。及至得暇写出,偏又不干,所以迟至此时,未免太不恭敬。若要敬酒,必须加倍,方见诚心。小可意欲恭敬三斗,未知大王肯垂鉴否?”钟雄道:“适才诸位兄弟俱已赐过,饮的不少了,先生赐一斗罢。”柳青道:“酒不喝单,小可奉敬两斗如何?”沙龙道:“这却合中,就是如此罢。”欧阳春命取大斗来。柳青斟酒,双手奉上。钟雄匀了三气饮毕,复又斟上,钟雄接过来也就饮了。大家方才入座,彼此传壶告干。七个人算计一个人,钟雄如何敌的住?天未二鼓,钟雄已然酩酊大醉。先前还可支持,次后便坐不住了。

智化见此光景,先与柳青送目。柳青会意去了。此时展爷急将衣服、头巾脱下,转眼间,出了思齐堂便不见了。智化命龙涛、姚猛两个人,将太保钟雄搀至书房安歇。两个大汉一边一个将钟雄架起,毫不费力,搀至书房榻上。此时虽有虞候、伴当,也有饮酒过量的,也有故意偷闲的。柳青暗藏了药物来至思齐堂一看,见座中只有沙龙、欧阳春,连陆、鲁二人也不见了。刚要问时,只见智化从后边而来,看了看左右无人,便叫沙龙、欧阳春道:“二位兄长少待,千万不可叫人过去。”即拿起南侠的衣服、头巾,便同柳青来至书房。叫龙涛、姚猛把守门口,就说统辖吩咐,不准闲人出入。柳青又给了每人两丸药塞住鼻孔。然后进了书房,二人也用药塞住鼻孔,柳青便点起香来。

你道此香是何用法?原来是香面子。却有一个小小古铜造就的仙鹤,将这香面装在仙鹤腹内,从背后下面有个火门,上有螺蛳转的活盖,拧开点着,将盖盖好。俟腹内香烟涨足,无处发泄,只见一缕游丝从仙鹤口内喷出。人若闻见此烟,香透脑髓,散于四肢,登时体软如绵,不能动转。须到五鼓鸡鸣之时方能渐渐苏醒,所以叫做鸡鸣五鼓断魂香。彼时柳青点了此香,正对钟雄鼻孔。酒后之人呼吸之气是粗的,呼的一声已然吸进,连打两个喷嚏,钟雄的气息便微弱了。柳青连忙将鹤嘴捏住,带在身边。立刻同智化将展昭衣服与钟雄换了,龙涛背起,姚猛紧紧跟随,来至大厅。智化、柳青也就出来,会同沙龙、北侠,护送至宫门。智化高声说道:“展护卫醉了,你等送至旱寨,不可有误。”沙龙道:“待我随了他们去。”北侠道:“莫若大家走走,也可以散酒。”说罢,下了台阶。这些虞候人等,一来是黑暗之中不辨真假,二来是大家也有些酒意,三来白日看见展昭的服色,他们如何知道飞叉太保竟被窃负而逃呢。

且说南侠原与智化定了计策，特特的穿了护卫服色，炫人眼目，为的是临期人人皆知，不能细查。自脱了衣巾之后，出了厅房，早已踏看了地方，按方向从房上跃出，竟奔东南犄角。正走之间，猛听得树后悄声道："展兄这里来，鲁英在此。"展爷问道："陆贤弟呢？"鲁二爷道："已在船上等候。"展爷急急下了泊岸。陆彬接住，叫水手摇起船来，却留鲁英在此等候众人。水手摇至砍断竹城之处，击掌为号，外面应了，只听大竹嗤嗤嗤全然挺起。丁二爷先问道："事体如何？"陆爷道："功已成了。今先送展兄出去，少时众位也就到了。"外面的即将展爷接出。陆彬吩咐将船摇回，刚到泊岸之处，只见姚猛背了钟雄前来。自从书房到此，皆是龙涛、姚猛替换背来。欧阳春、沙龙先跳在船上，接下钟雄。然后柳青、龙涛、姚猛俱各上船。鲁英也要上船，智化拉住道："二弟，咱们仍在此等。"鲁英道："众弟兄俱在此，还等何人？"智化道："不是等人，是等船回来，你我同陆贤弟，还是出水寨为是。"鲁英只得煞住脚步。不多工夫，船回来了。鲁二爷与智化跳到船上，也不细问，便招动令旗，开了竹栅，出了水寨，竟奔陈起望而来。

及至到了庄门，那两只船早已到了。三个人下船进庄，早见沙龙等迎出来，道："方才何不一同来呢，务必绕了远道则甚？"智化道："小弟若不出水寨，少时如何进水寨呢？岂不自相矛盾么？"丁二爷道："智大哥还回去做什么？"智化道："二弟极聪明之人，如何一时忘起神来。我等只顾将钟太保诓来，他们那里如何不找呢？别人罢了，现有钟家嫂嫂，两个侄儿、侄女，难道他们不找么？若是知道被咱们诓来，这一惊骇，不定要生出什么事来。咱们原为收伏钟太保，若叫妻子儿女有了差池，只怕他也就难乎为情了。"众人深以为然。智化来到厅上，见把钟雄安放在榻上，却将展爷衣服脱下，又换了一身簇新的渔家服色。智爷点头。见诸事已妥，便对沙龙、北侠道："如到五更，大哥苏醒之后，全仗二位兄长极力的劝谏，以大义开导，保管他倾心佩服。天已不早了，小弟要急急回去。"又对众人嘱咐一番，务必帮衬着说降了钟雄要紧。智爷转身出庄，陆彬送至船上。智爷催着水手赶进水寨时，已三鼓之半。

这一回去不甚紧要，智爷险些儿性命难保。你道为何？只因姜氏夫人带领着儿女，在后堂备了酒筵，也是要与钟雄庆寿。及至天已二鼓，不见大王回后，便差武伯南到前厅看视，得便请来。武伯南领命，来至大厅一看，静悄悄寂无人声。好容易找着虞候等，将他们唤醒，问："大王那里去了？"这虞候酒醉醺醺，睡眼朦胧道："不在厅上，就在书房，难道还丢了不成。"武伯南也不答言，急急来至书房。但见大王的衣冠在那里，却不见人。这一惊非同小可，连忙拿了衣冠，来至后堂禀报。姜夫人听了，惊的目瞪痴呆。这亚男、钟麟听说父亲不见了，登时哭起来了。姜夫人定了定神，又叫武伯南到宫门问问，众位爷们出来不曾。武伯南到了宫门，方知展护卫醉了，俱各送入旱寨。武伯南立刻派人到旱寨迎接，转身进内回禀。姜夫人心中稍安。迟不多时，只见上旱寨的回来说道："不但众位爷们不见，连展爷也未到旱寨。现时姜舅爷已带领兵丁各处搜查去了。"姜夫人已然明白了八九，暗道："南侠他乃皇家四品官员，如何肯归服大王？如此看来，不但南侠，大约北侠等都也故意前来，安心设计要捉拿我夫主的。我丈夫既被拿去，岂不绝了钟门之后！”思忖至此，不由的胆战心惊。

正在害怕，忽见姜铠赶来，说道：“不好了！兄弟方才到东南角上，见竹城砍断，大约姐夫被他等拿获，从此逃走的。这便如何是好？”谁知姜铠是一勇之夫，毫无一点儿主意。姜夫人听了正合自己心思，想了想再无别策，只好先将儿女打发他们逃走了，然后自己再寻个自尽罢。就叫姜铠把守宫门，立刻将武伯南、武伯北弟兄唤来，道：“你等乃大王亲信之人。如今大王遭此大变，我也无可托付，惟有这双儿女交给你二人，趁早逃生去罢。”亚男、钟麟听了放声大哭，道：“孩儿舍不得娘亲吓！莫若死在一处罢！”姜夫人狠着心道：“你们不要如此。事已急紧，快些去罢。若到天亮，官兵到来围困，想逃生也不能了。”武伯南急叫武伯北鞴一匹马。姜夫人问道：“你们从何处逃走？”武伯南道：“前面走着路远费事，莫若从后寨门逃去，不过荒僻些儿。”姜夫人道：“事已如此，说不得了。快去，快去！”武伯南即将亚男搀扶上马，叫武伯北保护，自己背了钟麟，奔至后寨门，开了封锁，主仆四人竟奔山后逃生去了。

未知后来如何，且听下回分解。

第一百十七回　智公子负伤追儿女　武伯南逃难遇豺狼

且说姜铠把守宫门，他派人到接官厅上，打听有何人出去。不多时，回来说道：“就只二鼓之半，智统辖送出陆、鲁二人去未回。”姜铠心内思忖道：“当初投诚时，原是欧阳春、智化一同来的，为何他们做此勾当，他不在其内呢？事有可疑。”正在思忖，忽有人报道：“智统辖回来了。”姜铠听了，不分好歹，手提三截棍迎了上来。智化刚上台阶，不容分说，“哗啷”的一声他就是一棍。智爷连忙将身闪开。刚刚躲过，尚未立稳，姜铠的棍梢落地，也不抽回，顺势横着一扫。智化腾开右脚，这左脚略慢了些，已被棍上的短棒撩了一下。这一棍错过智爷伶便，几几乎丧了性命。智化连声嚷道：“姜贤弟不要动手，我是报紧急军情的。”姜铠听了“军情”二字，方将三截棍收住，道：“报何军情，快说！”智化道：“此事机密，须要面见夫人方好说得。”姜铠听说要见夫人，这必是大王有了下落，他这才把棍放下，过来拉着智化道：“可是大王有了信息了么？”智化道：“正是。为何贤弟见面就是一棍？幸亏是我，若是别人，岂不登时毙于棍下。”姜铠道：“我只道大哥也是他们一党，不料是个好人。恕小弟卤莽，莫怪，莫怪！可打着那里了？”智化道：“无妨，幸喜不重。快见夫人要紧。”二人开了宫门，来至后面。姜铠先进去通报。

姜夫人正在思念儿女落泪，自己横了心，要悬梁自缢。听说智化求见，必是丈夫有了信息,连忙请进,以叔嫂之礼相见。智化到了此时,不肯隐瞒,便将始末原由据实说出:"原为大哥是个豪杰,惟恐一身淹埋,污了英名,因此特特定计,救大哥脱离了苦海。全是一番好意,并无陷害之心。倘有欺侮,负了结拜,天地不容。请嫂嫂放心!"姜夫人道:"请问叔叔,此时我丈夫现在何处?"智化道:"现在陈起望。所有众相好全在那里,务要大哥早早回头,方不负我等一番苦心。"姜夫人听了如梦方醒,却又后悔起来,不该打发儿女起身。便对智化道:"叔叔,是嫂嫂一时不明,已将你侄儿侄女交付武伯南、武伯北带往逃生去了。"智化听了,急的跌足道:"这可怎么好?这全是我智化失于检点,我若早给嫂嫂送信,如何会有这些事!请问嫂嫂,可知武家兄弟领侄儿侄女往何方去了呢?"姜夫人道:"他们是出后寨门,由后山去的。"智化道:"既如此,待我将他等追赶回来。"便对姜铠道:"贤弟送我出寨。"站起身来,一瘸一点别了姜氏,一直到了后寨门。又嘱咐姜铠:"好好照看嫂嫂。"

好智化,真是为朋友尽心,不辞劳苦,出了后寨门,竟奔后山而来。走了五六里之遥,并不见个人影,只急的抓耳挠腮。猛听得有小孩子说话道:"伯南哥,你我往那里去呢?"又听有人答道:"公子不要着急害怕,这沟是通着水路的,待我歇息歇息再走。"智化听的真切,顺着声音找去,原来是个山沟,音出于下。连忙问道:"下面可是公子钟麟么?"只听有人应道:"正是。上面却是何人?"智化应道:"我是智化,特来寻找你等。为何落在山沟之内?"钟麟道:"上面可是智叔父么?快些救我姐姐去要紧。"智化道:"你姐姐往何处去了?"又听应道:"小人武伯南背着公子,武伯北保护小姐。不想伯北陡起不良之心,欲害公子、小姐,我痛加谴责。不料正走之间,他说沟内有人说话,仿佛大王声音。是我探身觑视,他却将我主仆推落沟中,驱着马往西去了。"智化问道:"你主仆可曾跌伤没有?"武伯南道:"幸亏苍天怜念,这沟中腐草败叶极厚,绵软非常,我主仆毫无损伤。"钟麟又说道:"智叔父不必多问了,快些搭救我姐姐去罢。"

智爷此时把脚疼付于度外,急急向西而去。又走三五里,迎头遇见二个采药的,从那边愤恨而来。智化执手向前问道:"二位因何不平?"采药的人道:"实实可恶!方才见那边有一人,将马拴在树上,却用鞭子狠狠的打那女子。是我二人劝阻,他不但不依,反要拔刀杀那女子。天下竟有这样狠毒人,岂有此理!"智化连忙问道:"现在那里?待我前去。"采药的人听了甚喜,道:"我二人情愿导引。相离不远,快走,快走。"智化手无利刃,随路拣了几块石头拿着。只听采药人道:"那边不是么?"智化用目力留神,却见武伯北手内执刀,在那里威唬亚男,不由的杀人心陡起。赶行几步,来的切近,把手一扬,喊了一声。武伯北刚要回头,拍的一声,这块石头不歪不偏,正打在脸上。武伯北"嗳哟"一声,往后便倒。智化赶上一步,夺过刀来连搠了几下。采药人在旁看见是个便宜,二人抽出药锄,就帮着一阵好刨。可怜武伯北天良泯灭,竟遭报应。搠了几刀不奇,最是药锄刨的新鲜。

智化连忙扶起亚男,叫道:"侄女儿苏醒苏醒!"半晌,亚男方哭了出来。智爷这才放心了,便问:"伯北毒打为何?"亚男道:"他要叫我认他为父亲,前去进献襄阳王。侄女一闻此言,刚要嗔责,他便打起来了。除了头脸,已无完肤。侄女拚着一死，再也不应，便拔刀要杀。不想叔父赶到，救了性命。侄女好不苦也！”说罢，又哭。智化劝慰多时，便问：“侄女还可以乘马不能呢？”亚男说道：“请问叔父往那里去？”智化道：“往陈起望去。”即便将大家为谏劝你父亲，今日此举皆是计策的话说了。亚男听见爹爹有了下落，便道：“侄女方才将死付于度外，何况身子疼痛，没甚要紧，而且又得了爹爹信息，此时颇可扎挣骑马。”采药人听了，在旁赞叹，称羡不已。智化将亚男慢慢托在马上，便问采药二人道：“你二人意欲何往？”采药人道：“我等虽则采药为生，如今见这姑娘受这苦楚，心实不忍，情愿帮着爷上送至陈起望，心里方觉安贴。”智爷点头，暗道：“山野之处，竟有这样好人！”连忙说道：“有劳二位了！但不知从何方而去？”采药人道：“这山中僻径我们却是晓得的，爷上放心，有我二人呢。”智爷牵住马，拉着嚼环，放慢步履，跟着采药人弯弯曲曲，下下高高，走了多少路程，方到陈起望。智爷将亚男抱下马来，取出两锭银来谢了采药人。两个感谢不尽，欢欢喜喜而去。智爷来至庄中，暗暗叫庄丁请出陆彬，嘱将亚男带至后面，与鲁氏、凤仙、秋葵相见，俟找着钟麟时，再叫他姊弟与钟太保相会。慢慢再表。

且说武伯南在沟内歇息了歇息，背上公子，顺沟行去。好容易出了山沟，已然力尽筋出。耐过了小溪桥，见有一只小船上有二人捕鱼。一轮明月，照彻光华。连忙呼唤，要到神树岗。船家摆过舟来。船家一眼看见钟麟，好生欢喜，也不计较船资，便叫他主仆上船。偏偏钟麟觉得腹中饥饿，要吃点心。船家便拿出个干馒首，钟麟接过，啃了半天方咬下一块来。不吃是饿，吃罢咬不动。眼泪汪汪，囫囵吞的呷了一口，噎的半晌还不过气来。武伯南在旁观瞧，好生难受，却又没法。只见钟麟将馒首一掷，嘴儿一咧。武伯南只当他要哭，连忙站起。刚要赶过来，冷不防的被船家用篙一拨，武伯南站立不稳，噗通一声落下水去。船家急急将篙撑开，奔到停泊之处，一人抱起钟麟，一人前去叩门。只见里面出来了个妇人，将他二人接进，仍把双扇紧闭。

你道此家是谁？原来船上二人，一人姓怀名宝，一人姓殷名显。这殷显孤身一口，并无家小，吃喝嫖赌无所不为。却与怀宝脾气相合，往往二人搭帮赚人，设局诓骗。弄了钱来，不干些正经事体，不过是胡抡混闹，不三不二的花了。其中怀宝又有个毛病，处处爱打个小算盘，每逢弄了钱来，他总要绕着弯子多使个三十五十一百八十的。偏偏殷显又是个哈拉哈张的人，这些小算盘上全不理会，因此二人甚是相好，他们也就拜了把子了。怀宝是兄，殷显是弟。这怀宝却有个女人陶氏，就在这小西桥西北娃娃谷居住。自从结拜之后，怀宝便将殷显让至家中，拜了嫂嫂，见了叔叔。怀陶氏见殷显为人虽则谲诈，幸银钱上不甚悭吝，他就献出百般殷勤的愚哄。不多几日工夫，就把个殷显刮搭上了，三个人便一心一计的过起日子来了。可巧的这夜捕鱼，遇见倒运的武伯南背了钟麟，坐在他们船上。殷显见了钟麟，眼中冒火，直仿佛见了元宝一般，暗暗与怀宝递了暗号。先用馒头迷了钟麟，顺手将武伯南拨下水去，急急赶到家中。怀陶氏迎接进去，先用凉水灌了钟麟，然后摆上酒肴。怀宝、殷显对坐，怀陶氏打横儿，三人慢慢消饮家中随便现成的酒席。

不多时,钟麟醒来,睁眼看见男女三人在那里饮酒,连忙起来问道:“我伯南哥在那里?”殷显道:“给你买点心去了。你姓什么?”钟麟道:“我姓钟,名叫钟麟。”怀宝道:“你在那里住?”钟麟道:“我在军山居住。”殷显听了,登时唬的面目焦黄,暗暗与怀宝送目,叫陶氏哄着钟麟吃饮食,两个人来至外间。殷显悄悄的道:“大哥,可不好了!你才听见了他姓钟,在军山居住。不消说了,这必是山大王钟雄儿郎。多半是被那人拐带出来,故此他夤夜逃走。”怀宝道:“贤弟,你害怕做什么?这是老虎嘴里落下来叫狼吃了,咱们得了个狼葬儿,岂不大便宜呢!明日你我将他好好送入水寨,就说夤夜捕鱼,遇见歹人背出世子,是我二人把世子救下,那人急了,跳在河内不知去向,因此我二人特特将世子送来。难道不是一件奇功?岂不得一份重赏?”殷显摇头道:“不好,不好。他那山贼形景,翻脸无情,倘若他合咱们要那拐带之人,咱们往何处去找呢?那时无人,他再说是咱们拐带的,只怕有性命之忧。依我说个主意,与其等着铸钟,莫若打现钟,现成的手到拿银子,何不就把他背到襄阳王那里,这样一个银娃娃似的孩子,还怕卖不出一二百银子么?就是他赏,也赏不了这些。”怀宝道:“贤弟的主意甚是有理。”殷显道:“可有一宗,咱们此处却离军山甚近,若要上襄阳,必须要趁这夜静就起身,省得白日招人眼目。”怀宝道:“既如此,咱们就走。”便将陶氏叫出,一一告诉明白。

陶氏听说卖娃娃,虽则欢喜,无奈他二人都去,却又不乐,便悄悄儿的将殷显拉了一把。殷显会意,立刻攒眉挤眼道:“了不得,了不得,肚子疼的很。这可怎么好?”怀宝道:“既是贤弟肚腹疼痛,我背了娃娃先走。贤弟且歇息,等明日慢慢再去。咱们在襄阳会齐儿。”殷显故意哼哼道:“既如此,大哥多辛苦辛苦罢。”怀宝道:“这有什么呢,大家饭,大家吃。”说罢进了里屋,对钟麟道:“走吓,咱们找伯南哥去。怎么他一去就不来了呢?”转身将钟麟背起,陶氏跟随在后,送出门外去了。,

不知后来如何,且听下回分解。

第一百十八回 除奸淫错投大木场 救急困赶奔神树岗

且说陶氏送他男人去后,瞧着殷显笑道:“你瞧这好不好?”殷显笑嘻嘻的道:“好的。你真是个行家。我也不愿意去,乐得的在家陪着你呢。”陶氏道:“你既愿陪着我,你能够常常儿陪着我么?”殷显道:“那有何难。我正要与你商量,如今这宗买卖要成了,至少也有一百两。我想有这一百两银子,还不够你我快活的吗?咱们设个法儿远走高飞如何?”陶氏道:“你不用合我含着骨头露着肉的。你既有心,我也有意。咱们索性把他害了,你我做个长久夫妻,岂不死心塌地呢?”世上最狠是妇人心。这殷显已然就阴险了,谁知这妇人比他尤甚。似这样的人,留在世上何用？莫若设法早早儿先把他们开发了，省得令人看至此间生气。闲言少叙。

两个狗男女正在说的得意之时，只见帘子一掀，进来一人，伸手将殷显一提，摔倒在地，即用裤腰带捆了个结实。殷显还百般哀告："求爷爷饶命！"此时，陶氏已然唬的哆嗦在一处。那人也将妇人绑了，却用那衣襟塞了口，方问殷显道："这陈起望却在何处？"殷显道："陈起望离此有三四十里。"那人道："从何处而去？"殷显道："出了此门往东，过了小溪桥，到了神树岗，往南就可以到了陈起望。爷爷若不得去，待小人领路。"那人道："既有方向，何用你领俺。再问你，此处却叫什么地名？"殷显道："此处名唤娃娃谷。"那人笑道："怨得你等要卖娃娃，原来地名就叫娃娃谷。"说罢，回手扯了一块衣襟，也将殷显口塞了。一手执灯，一手提了殷显，到了外间。一看见那边放着一盘石磨，将灯放下，把殷显安放在地，端起磨来，那管死活，就压在殷显身上。回手进屋将妇人提出，也就照样的压好。那人执灯看了一看，见那边桌上放着个酒瓶，提起来复进屋内，拿大碗斟上酒，也不坐下，端起来一饮而尽。见桌上放着菜蔬，拣可口的就大吃起来了。

你道此人是谁？真真令人想拟不到，原来正是小侠艾虎。自从送了施俊回家探望父母，幸喜施老爷、施安人俱各安康。施老爷问："金伯父那里可许联姻了？"施俊道："姻虽联了，只是好些原委。"便将始末情由述了一番，又将如何与艾虎结义的话俱各说了。施老爷立刻将艾虎请进来相见。施老爷虽则失明，看不见艾虎，施安人却见艾虎虽然年幼，英风满面，甚是欢喜。施老爷又告诉施俊道："你若不来，我还叫你回家，只因本县已有考期，我已然给你报过名。你如今来的正好，不日也就要考试了。"施生听了，正合心意，便同艾虎在书房居住。迟不多日，到了考期之日，施生高高中了案首，好生欢喜，连艾虎也觉高兴。本要赴襄阳去，无奈施生总要过了考试，或中或不中，那时再定夺起身。艾虎没法儿，只得依从。每日无事，如何闲得住呢？施生只好派锦笺跟随艾虎出处游玩。这小爷不吃酒时还好，喝起酒来总是尽醉方休。锦笺不知跟着受了多少怕。好容易盼望府考，艾虎不肯独自在家，因此随了主仆到府考试。及至揭晓，施俊却中了第三名的生员，满心欢喜。拜了老师，会了同年，然后急急回来，祭了祖先，拜过父母。又是亲友贺喜，应接不暇。诸事已毕，方商议起身赶赴襄阳，俟毕姻之后再行赴京应试，因此耽误日期。及至到了襄阳，金公已知施生得中，欢喜无限，便张罗施生与牡丹完婚。

艾虎这些事他全不管，已问明了师父智化在按院衙门，他便别了施俊，急急奔到按院那里，方知白玉堂已死。此时卢方已将白玉堂骨殖安置妥协，设了灵位，俟平定襄阳后，再将骨殖送回原籍。艾虎到灵前大哭一场，然后参见大人与公孙先生、卢大爷、徐三爷。问起义父合师父来，始知俱已上了陈起望了。他是生成的血性，如何耐的。便别了卢方等，不管远近，竟奔陈起望而来。只顾贪赶路程，把个道儿走差了。原是往西南，他却走到正西，越走越远，越走越无人烟。自己也觉乏了，便找了个大树之下歇息。因一时困倦，枕了包裹，放倒头便睡。及至一觉睡醒，恰好皓月当空，亮如白昼。自己定了定神，只觉的满腹咕噜噜乱响，方想起昨日不曾吃饭。一时饥渴难当，又在夜阑人静之时，那里寻找饮食去呢。无奈何站起身来，掸了掸土，提了包裹，一步挨一步慢慢行来。猛见那边灯光一晃，却是陶氏接进怀、殷二人去了。艾虎道："好了，有了人家就好说了。"趱行几步，来至跟前，却见双扉紧闭。侧耳听时，里面有人说话。艾虎才待击户，又自忖道："不好，半夜三更，我孤身一人，他们如何肯收留呢？且自悄悄进去看来再做道理。"将包裹斜扎在背上，飞身上墙，轻轻落下。来至窗前，他就听了个不亦乐乎。后来见怀宝走了，又听殷显与陶氏定计要害丈夫，不由的气往上撞，因此将外屋门撬开，他便掀帘硬进屋内。这才把狗男女捆了，用石磨压好，他就吃喝起来了。酒饭已毕，虽不足兴，颇可充饥。执灯转身出来，见那男女已然翻了白眼，他也不管，开门直往正东而来。

走了多时，不见小溪桥，心中纳闷道："那厮说有桥，如何不见呢？"趁月色往北一望，见那边一堆一堆，不知何物。自己道："且到那边看看。"那知他又把路走差了，若往南来便是小溪桥，如今他往北去，却是船场堆木料之所。艾虎暗道："这是什么所在？如何有这些木料？要他做甚？"正在纳闷，只见那边有个窝铺，灯光明亮。艾虎道："有窝铺必有人，且自问问。"连忙来到跟前。只听里面有人道："你这人好没道理！好意叫你向火，你如何磨我要起衣服来？我一个看窝铺的，那里有敷馀衣服呢？"艾虎轻轻掀起席缝一看，见一人犹如水鸡儿一般，战兢兢说道："不是俺合你起磨，只因浑身皆湿，总然向火，也解不过这个冷来。俺打量你有衣服，那怕破的、烂的，只要俺将湿衣服换下拧一拧再向火，俺缓过这口气来，即便还你。那不是行好呢！"看窝铺的道："谁耐烦这些。你好好的便罢，再要多说时，连火也不给你向了。搅的我连觉也不得睡，这是从那里说起！"艾虎在外面却答言道："你既看窝铺，如何又要睡觉呢？你真睡了，俺就偷你。"说着话，忽的一声将席帘掀起。

看窝铺的唬了一跳，抬头看时，见是个年少之人，胸前斜绊着一个包袱，甚是雄壮。便问道："你是何人？黉夜到此何事？"艾虎也不答言，一存身将包袱解下打开，拿出几件衣服来，对着那水鸡儿一般的人道："朋友，你把湿衣脱下来，换上这衣服。俺有话问你。"那人连连称谢，急忙脱去湿衣，换了干衣。又与艾虎执手道："多谢恩公一片好心。请略坐坐，待小可稍为缓缓，即将衣服奉还。"艾虎道："不打紧，不打紧。"说着话，席地而坐。方问道："朋友，你为何闹的浑身皆湿？"那人叹口气道："一言难尽。实对恩公说，小可乃保护小主人逃难的，不想遇见两个狠心的船户，将小可一篙拨在水内。幸喜小可素习水性，好容易奔出清波，来至此处。但不知我那小主落于何方，好不苦也！"艾虎忙问道："你莫非就是什么伯南哥哥么？"那人失惊道："恩公如何知道小可的贱名？"艾虎便将在怀宝家中偷听的话，一五一十的说了一遍。武伯南道："如此说来，我家小主人有了下落了。倘若被他们卖了，那还了得！须要急急赶上方好。"他二人只顾说话，不料那看窝铺的浑身乱抖，仿佛他也落在水内一般，战兢兢的就势儿跪下来，道："我的头领武大老爷，实是小人瞎眼，不知是头领老爷，望乞饶恕。"说罢连连叩首。武伯南道："你不要如此。咱们原没见过，不知者不做罪，俺也不怪你。"便对艾虎道："小可意欲与恩公同去追赶小主，不知恩公肯慨允否？"艾虎道："好好好，俺正要同你去。但不知由何处追赶？"武伯南道："从此斜奔东南，便是神树岗。那是一条总路，再也飞不过去的。"艾虎道：

“既如此,快走,快走。”只见看窝铺的端了一碗热腾腾的水来,请头领老爷喝了赶一赶寒气。武伯南接过来呷了两口,道:“俺此时不冷了。”放下黄沙碗,对着艾虎道:“恩公,咱们快走罢。”二人立起,躬着腰儿出了窝铺。看窝铺的也就随了出来。武伯南回头道:“那湿衣服暂且放在你这里,改日再取。”看窝铺的道:“头领老爷放心,小人明日晒晾干了,收什好好的,即当送去。”他二人迈开大步,往前奔走。

此时,武伯南方问艾虎贵姓大名,意欲何往。艾虎也不隐瞒,说了名姓,便将如何要上陈起望寻找义父、师父,如何贪赶路途迷失路径,方听见怀宝家中一切的言语说了一遍。因问武伯南:“你为何保护小主私逃?”武伯南便将如何与钟太保庆寿,如何大王不见了,“俺主母惟恐绝了钟门之后,因此叫小可同着族弟武伯北,保护着小姐、公子私行逃走。不想武伯北天良泯灭,他将我推入山沟,幸喜小可背着公子,并无伤损。从山沟内奔至小溪桥,偏偏的就遇见他娘的怀宝了,所以落在水内。”艾虎问道:“你家小姐呢?”武伯南道:“已有智统辖追赶搭救去了。”艾虎道:“什么智统辖?”武伯南道:“此人姓智名化,号称黑妖狐,与我家大王八拜之交。还有个北侠欧阳春,人皆称他为紫髯伯。他三人结义之后,欧阳爷管了水寨,智爷便作了统辖。”艾虎听了,暗暗思忖道:“这话语之中大有文章。”因又问道:“山寨还有何人?”武伯南道:“还有管理旱寨的展熊飞,又有个贵客是卧虎沟的沙龙沙员外,这些人俱是我们大王的好朋友。”艾虎听至此,猛然醒悟,哈哈大笑道:“果然是好朋友!这些人俺全认的。俺实对你说了罢,俺寻找义父、师父,就是北侠欧阳爷与统辖智爷。他们既都在山寨之内,必要搭救你家大王脱离苦海,这是一番好心,必无歹意。倘有不测之时,有我艾虎一面承管。你只管放心。”武伯南连连称谢。

他二人说着话儿,不知不觉就到了神树岗。武伯南道:“恩公暂停贵步。小可这里有个熟识之家,一来打听打听小主的下落,二来略略歇息,吃些饮食再走不迟。”艾虎点头应道:“很好,很好。”武伯南便奔到柴扉之下,高声叫道:“老甘开门来!甘妈妈开门来!”里面应道:“什么人叫门?来了,来了。”柴门开处,出来个店妈妈,这是已故甘豹之妻。见了武伯南,满脸赔笑道:“武大爷一向少会。今日为何黄夜到此呢?”武伯南道:“妈妈快掌灯去,我还有个同人在此呢。”甘妈妈连忙转身掌灯。这里武伯南将艾虎让至上房。甘妈妈执灯将艾虎打量一番,见他年少轩昂,英风满面,便问道:"此位贵姓?"武伯南道:"这是俺的恩公,名叫艾虎。"甘妈妈听了"艾虎"二字,由不的一愣,不觉的顺口失声道:"怎么也叫艾虎呢?"艾虎听了诧异,暗道:"这婆子失惊有因,俺倒要问问。"才待开言,只听外面又有人叫道:"甘妈妈开门来。"婆子应道:"来了,来了。"

不知叫门者谁,且听下回分解。

第一百十九回 神树岗小侠救幼子 陈起望众义服英雄

且说甘妈妈刚要转身,武伯南将他拉住,悄悄道:"倘若有人背着个小孩子,你可千万将他留下。"婆子点头会意,连忙出来。开了柴扉一看,谁说不是怀宝呢?他因背着钟麟,甚是吃力。而且钟麟一路哭哭喊喊,和他要定了伯南哥哥咧。这怀宝百般的哄诱,惟恐他啼哭被人听见。背不动时,放下来哄着走。这钟麟自幼儿娇生惯养,如何禽夜之间走过荒郊旷野呢?又是害怕,又是啼哭,总是要他伯南哥哥。把个怀宝磨了个吐天哇地,又不敢高声,又不敢嗔唬,因此耽延了工夫。所以武伯南、艾虎后动身的倒先到了,他先动身的却后到了。这也是天网恢恢,疏而不漏,冥冥之中,自有道理。甘婆道:"你又干这营生?"怀宝道:"妈妈不要胡说。这是我亲戚的小厮,被人拐去,是我将他救下,送还他家里去。我是连夜走的乏了,在妈妈这里歇息歇息,天明就走。可有地方么?"甘婆道:"上房有客,业已歇下。现有厢房闲着,你可要安安顿顿的,休要招的客人犯疑。"怀宝道:"妈妈说的是。"说罢,将钟麟背进院来。甘婆闭了柴扉,开了厢房,道:"我给你们取灯去。"怀宝来至屋内,将钟麟放下。甘婆掌上了灯。只听钟麟道:"这是那里?我不在这里,我要我的伯南哥哥呢!"说罢"哇"的一声又哭了。急的怀宝连忙悄悄哄道:"好相公,好公子,你别哭,你伯南哥哥少时就来。你若困了,只管睡,管保醒了你伯南哥哥就来了。"真是小孩子好哄,他这句话倒说着了,登时钟麟张牙欠口,打起哈欠来。怀宝道:"如何,我说困了不是。"连忙将衣服脱下,铺垫好了。钟麟也是闹了一夜,又搭着哭了几场,此时也真就乏了,歪倒身便呼呼睡去。甘婆道:"老儿,你还吃什么不吃?"怀宝道:"我不吃什么了。背着他,累了个骨软筋酥,我也要歇歇儿了。求妈妈黎明时就叫我,千万不要过晚了。"甘婆道:"是了,我知道了。你挺尸罢。"息了灯,转身出了厢房。将门倒扣好了,他悄悄的又来到上房。

谁知艾虎与武伯南在上房悄悄静坐,侧耳留神,早已听了个明白。先听见钟麟要伯南哥哥,武伯南一时心如刀搅,不觉的落下泪来。艾虎连忙摆手,悄悄道:"武兄不要如此。他既来到这里,俺们遇见,还怕他飞上天去不成?"后来又听见他们睡了,更觉放心。只见甘婆笑嘻嘻的进来,悄悄道:"武大爷恭喜,果是那话儿。"武伯南问道："他是谁？"甘婆道："怎么，大爷不认得？他就是怀宝呀。认了一个干兄弟，名叫殷显，更是个混帐行子，和他女人不干不净的。三个人搭帮过日子，专干这些营生。大爷怎么上了他的贼船呢？"武伯南道："俺也是一时粗心，失于检点。"复又笑道："俺刚脱了他的贼船，谁知却又来到你这贼店，这才是躲一棒槌换一榔头呢。"甘婆听了也笑道："大爷到此，婆子如何敢使那把戏儿？休要凑趣儿。请问二位还歇息不歇息呢？"艾虎道："我们救公子要紧，不睡了。妈妈，这里可有酒么？"甘婆道："有，有，有。"艾虎道："如此很好。妈妈取了酒来，安放杯箸，还有话请教呢。"甘婆转身去了多时，端了酒来。艾虎上座，武伯南与甘婆左右相陪。

艾虎先饮了三杯，方问道："适才妈妈说什么'也叫艾虎'，这话内有因，倒要说个明白。"甘婆道："艾爷若不问，婆子还要请教呢。艾爷可认得欧阳春与智化么？"艾虎道："北侠是俺义父，黑妖狐是俺师父，如何不认得呢？"甘婆道："这又奇了，怎么与前次一样呢？艾爷可有兄弟么？"艾虎道："俺只身一人，并无手足。这是何人冒了俺的名儿，请道其详。"甘婆便将有主仆二人投店，蒋四爷为媒的话，滔滔不断说了一遍。艾虎更觉诧异，道："既有蒋四爷为媒，此事再也不能舛错。这个人却是谁呢？真真令人纳闷。"甘婆道："纳闷不纳闷，只是我的女儿怎么样呢？那个艾虎曾说，到了陈起望，禀明了义父、师父，即来纳聘。至今也无影响，这是什么事呢？"说罢，瞧着艾虎。武伯南道："俺倒有个主意。那个艾虎既无影响，现放着这个艾爷，莫若就许了这个艾爷，岂不省事么？"艾虎道："武兄这是什么说话，那有一个女儿许两家的道理？何况小弟已经定了亲呢。"甘婆听了，又是一愣。你道为何？原来甘婆早已把个艾虎看中了意了，他心里另有一番意思。他道："那个艾虎虽然俊美，未免过于腼腆懦弱，不似这个艾虎英风满面，豪气迎人，是个男子汉样儿。仔细看来，这个艾虎比那个艾虎强多了。"忽然听见艾虎说出已然定了亲了，打了他的念头，所以为之一愣。半晌发恨道："嗐，这全是蒋平做事不明，无故叫人打这样闷葫芦，岂不误了我女儿的终身么？我若见了病鬼，决不依他！"艾虎道："妈妈不要发恨着急，俺们明日就到陈起望。蒋四叔现在那里，妈妈何不写一信去，问问到底是怎么样，也就有个水落石出了。如不能写信，俺二人也可以带个信去，觌面问明了，或给妈妈寄信来，或俺们再到这里，此事也就明白了。"甘婆道："写信倒容易，不瞒二位说，女儿笔下颇能。待我和他商议去。"说罢起身去了。

这里，武伯南便问艾虎道："恩公，厢房之人，咱们是这里下手，还是拦路邀截呢？"艾虎道："这里不好。他原是村店，若玷污了，以后他的买卖怎么做呢？莫若邀截为是。"武伯南笑道："恩公还不知道呢，这老婆子也是个杀人不展眼的母老虎。当初有他男人在世，这店内不知杀害了多少呢。"刚说至此，只见甘婆手持书信，笑嘻嘻进来说道："书已有了。就劳动艾爷，千万见了蒋四爷当面交付，婆子这里着急等回信！"说罢，福了一福。艾爷接过书来，揣在怀中，也还了一揖。甘婆问道："厢房那人怎么样？"武伯南道："方才俺们业已计议，艾爷惟恐连累了你这里，我们到途中邀截去。"甘婆道："也倒罢了，待我将他唤醒。"立时来至厢房，开了门，对上灯，才待要叫，只听钟麟说道："我要我伯南哥哥呀！"却从梦中哭醒。怀宝是贼人胆虚,也就惊醒了。先唤钟麟,然后穿上衣服,将钟麟背上,给甘婆道了谢,说:"俟回来再补复罢。"甘婆道:"你去你的罢,谁望你的补复呢,但愿你这一去永远别来了,我就念了佛了。"一壁说,一壁开了柴扉,送至门外,见他由正路而去。甘婆急转身来至上房,道:"他走的是正路,你二位从小路而去便迎着了。"武伯南道:"不劳费心。这些路途,我都是认得的,恩公随我来。"武伯南在前,艾虎随后,别了甘婆,出了柴扉,竟奔小路而来。二人复又商议,叫武伯南抢钟麟,好好保护;艾虎却动手了结怀宝。说话间,已到要路。武伯南道:"不必迎了上去,就在此处等他罢。"

不多时,只听钟麟哭哭啼啼,远远而来。武伯南先迎了去,也不扬威,也不呐喊,惟恐唬着小主,只叫了一声:"公子,武伯南在此,快跟我来!"怀宝听了,咯噔的一声打了个冷战儿。刚要问是谁,武伯南已到身后,将公子扶住。钟麟哭着说道:"伯南哥哥,你想煞我了!"一挺身,早已离了怀宝的背上,到了伯南的怀中。这恶贼一见,说声"不好",往前就跑。刚要迈步,不防脚下一扫,噗哧,嘴按地趴倒尘埃。只听当的一声,脊背上早已着了一脚。怀宝"嗳哟"了一声,已然昏过去了。艾虎对着伯南道:"武兄抱着公子先走,俺好下手收什这厮。"武伯南也恐小主害怕,便抱着往回里去了。艾虎背后拔刀在手,口说:"我把你这恶贼!"一刀斩去,怀宝了帐。小爷不敢久停,将刀入鞘,佩在身边,赶上武伯南,一同直奔陈起望而来。

且说钟雄到了五鼓鸡鸣时,渐渐有些转动声息,却不醒,因昨日用的酒多了的缘故。此时,欧阳春、沙龙、展昭,带领着丁兆蕙、蒋平、柳青,与本家陆彬、鲁英,以及龙涛、姚猛等,大家环绕左右,惟有黑妖狐智化就在卧榻旁边静候。这厅上点的明灯蜡烛,照如白昼。虽有多人,一个个鸦雀无声。又迟了多会,忽听钟雄嘟囔道:"口燥得紧,快拿茶来。"早已有人答应,伴当将浓浓的温茶捧到。智爷接过来,低声道:"茶来了。"钟雄朦胧二目,伏枕而饮。又道:"再喝些。"伴当急又取来,钟雄照旧饮毕。略定了定神,猛然睁开二目,看见智化在旁边坐着,便笑道:"贤弟为何不安寝?劣兄昨日酒深,不觉的沉沉睡去,想是贤弟不放心。"说着话,复又往左右一看,见许多英雄环绕,心中诧异。一骨碌身爬起来看时,却不是水寨的书房。再一低头,见自家穿着一身渔家服色,不觉失声道:"嗳哟,这是那里?"欧阳春道:"贤弟不要纳闷,我等众弟兄特请你到此。"沙龙道:"此乃陈起望,陆贤弟的大厅。"陆彬向前道:"草舍不堪驻足,有屈大驾。"钟雄道:"俺如何来到这里?此话好不明白。"智化方慢慢的道:"大哥,事已如此,小弟不得不说了。我们俱是钦奉圣旨,谨遵相谕,特为平定襄阳,访拿奸王赵爵而来。若论捉拿奸王,易如反掌;因有仁兄在内,惟恐到了临期,玉石俱焚,实实不忍。故此我等设计投诚水寨,费了许多周折,方将仁兄请至此处。皆因仁兄是个英雄豪杰,试问,天下至重的莫若君父,大丈夫作事,焉有弃正道愿归邪党的道理?然而人非圣贤,孰能无过。也是仁兄雄心过豪,不肯下气,所以我等略施诡计,将仁兄诓到此地。一来为匡扶社稷,二来为成全朋友,三来不愧你我结拜一场。此事皆是小弟的主意,望乞仁兄恕宥。"说罢,便屈膝跪于床下。展爷带着众人,谁不抢先,嗯的一声全都跪了。这就是为朋友的义气。

钟雄见此光景，连忙翻身下床，也就跪下，说道："俺钟雄有何德能，敢劳众位弟兄的过爱，费如此的心机？实在担当不起！钟雄乃一鲁夫，皆因闻得众位仁兄、贤弟英名贯耳，原有些不服气，以为是恃力欺人，不想是重义如山。俺钟雄渺视贤豪，真真愧死！如今既承众位弟兄的训诲，若不洗心改悔，便非男子。"众位英雄见钟雄豪爽梗直，倾心向善，无不欢喜之至。彼此一同站起，大家再细细谈心。

未知后文如何，且听下回分解。

第一百二十回　安定军山同归大道　功成湖北别有收缘

且说钟雄听智化之言，恍然大悟，又见众英雄义重如山，欣然向善。所谓"同声相应，同气相求"者也。世间君子与小人，原是冰炭不同炉的。君子可以立小人之队，小人再不能入君子之群。什么缘故呢？是气味不能相投，品行不能同道。即如钟雄，他原是豪杰朋友，皆因一时心高气傲，所以差了念头。如今被众人略略规箴，登时清浊立辨，邪正分明，立刻就离了小人之队，入了君子之群。何等畅快，何等大方。他既说出洗心改悔，便是心悦诚服，绝不是那等反复小人，今日说了，明日不算；再不然闹矫强，斗经济，怎么没来由怎么好，那是何等行为。又有一比：君子如油，小人如水。假如一锅水坐在火上，开了时滚上滚下，毫无停止。比着就是小人胡闹混搅，你来我往，自称是正人君子。及至见了君子，他又百般的欺侮，说人家酸，说人家大，不肯容留。那知道那君子更不把他们放在眼里，理也不理，善善的躲开，由着他们闹去。仿佛一锅开水滴上一点油儿，那油止于在水的浮皮儿，绝不淆混。那水开的利害了，这油不过往锅边一溜儿，坐观成败而已。这是君子可以立小人之队。若小人人了君子之群则不然。假如一锅油，虽然不显，平平无奇，正是君子修品立行的高贵处。无声无臭，和蔼至甚，小人看见以为可以附和，不管好歹，飞身跳入。他那知那正气利害，真是如见其肺肝然，自己觉得跼蹐不安，坐立难定，熬煎的受不得了，只落得他逃之夭夭。仿佛油已热了，滴了一点儿水，这水到了油内，见他们俱是正道油，自已瞧自己不知是那一道，实在的不合群儿，只得壁哩巴拉一阵混爆，连个渣儿皆不容留。多咱爆完了，依然一锅清油，照旧的和平宁静而已。所以君子、小人犹如冰炭，再不能同炉的。如今钟雄倾心归服，他原是油，止于是未化之油，加上众英雄陶镕陶镕，将他煅炼的也成了清油。油见油自然混合一处，焉有不合式的道理呢？闲话休题。

再说众英雄立起身来，其中还有二人不认得。及至问明，一个是茉花村的双侠丁兆蕙，一个是那陷空岛四义蒋泽长。钟雄也是素日闻名，彼此各相见了。此时，陆彬早已备下酒筵，调开桌椅，安放杯箸，大家团团围住。上首是钟雄，左首是欧'阳春，右首沙龙，以下是展昭、蒋平、丁兆蕙、柳青，连龙涛、姚猛、陆彬、鲁英，共十一筹好汉。陆彬执壶，鲁英把盏，先递与钟雄。钟雄笑道："怎么，又喝酒么？劣兄再要醉了，又把劣兄弄到那里去？"众人听了，不觉大笑。陆彬笑着道："仁兄再要醉了，不消说了，一定是送回军山去了。"钟雄一壁笑，一壁接酒道："承情，承情！多谢，多谢！"陆彬挨次斟毕，大家就座。钟雄道："话虽如此说，俺钟雄到底如何？到了这里，务要请教。"智化便道："起初展兄与徐三弟落在堑坑，被仁兄拿去，是蒋四兄砍断竹城，将徐三弟救出。"说至此，钟雄看了蒋四爷一眼，暗道："这样瘦弱，竟有如此本领。"智爷又道："皆因仁兄要鱼，是小弟与丁二弟扮作渔户，混进水寨，才瞧了招贤榜文。"钟雄又瞧了丁二爷一眼，暗暗佩服。智化又道："次是小弟与欧阳春兄进寨投诚。那时已知沙大哥被襄阳王拿去，因仁兄爱慕沙大哥，所以小弟假奔卧虎沟，却叫欧阳兄诈说展大哥，并向襄阳王将沙大哥要来。这全是小弟的计策，哄诱仁兄。"钟雄连连点头，又问道："只是劣兄如何来到此呢？"智化道："皆因仁兄的千秋，我等计议，一来庆寿，二来奉请，所以预先叫蒋四弟聘请柳贤弟去。因柳贤弟有师父留下的断魂香。"钟雄听至此，已然明白，暗暗道："敢则俺着了此道了！"不由的又瞧了一瞧柳青。智化接着道："不料蒋四爷聘请柳贤弟时，路上又遇见了龙、姚二位小弟。因他二位身高力大，背负仁兄断元失闪，故此把仁兄请至此地。"钟雄道："原来如此。但只一件，既把劣兄背出来，难道就无人盘问么？"智化道："仁兄忘了么？可记得昨日展大哥穿的服色，人人皆知，个个看见。临时给仁兄更换穿了，口口声声展大哥醉了，谁又问呢？"钟雄听毕，鼓掌大笑道："妙吓！想的周到，做的机密。俺钟雄真是醉里梦里，这些事俺全然不觉。亏了众仁兄、贤弟成全了钟雄，不致叫钟雄出丑。钟雄敢不佩服，能不铭感！如今众位仁兄、贤弟欢聚一堂，把往事一想，不觉的可耻又可笑了。"众人见钟雄自怨自艾，悔过自新，无不称羡好汉子，好朋友！各各快乐非常。惟有智化，半点不乐。钟雄问道："贤弟，今日大家欢聚，你为何有些闷闷呢？"智化半晌道："方才仁兄说小弟想的周到，做的机密，那知竟有不周到之处。"钟雄问道："还有何事不周到呢？"智化叹道："皆因小弟一时忽略，忘记知会嫂嫂。嫂嫂只当有官兵捕缉，立刻将侄儿、侄女着人带领逃走了。"真是英雄气短，儿女情长。钟雄听了此句话，惊骇非常，忙问道："交与何人领去？"智化道："就交与武伯南、武伯北了。"钟雄听见交与武氏弟兄，心中觉得安慰点了，点头道："还好，他二人可以靠得。"智化道："好什么！是小弟见了嫂嫂之后，急忙从山后赶去。忽听山沟之内有人言语。问时却是武伯南背负着侄儿，落将下去。又问明了，幸喜他主仆并无损伤。仁兄你道他主仆如何落在山沟之内？"钟雄道："想是黄夜逃走，心忙意乱，误落在山沟。"智化摇头道："那里是误落，却是武伯北将他主仆推下去的。他便驱着马上侄女往西去了。"

钟雄忽然改变面皮，道："这厮意欲何为？"众人听了，也为之一惊。智化道："是小弟急急赶去，又遇见两个采药的，将小弟领去。谁知武伯北正在那里持刀威唬侄女。"钟雄听至此，急的咬牙搓手。鲁英在旁高声嚷道："反了！反了！"龙涛、姚猛早已立起身来。智化忙拦道："不要如此，不要如此，听我往下讲。"钟雄道："贤弟快说，快说。"智化道："偏偏的小弟手无寸铁，止于拣了几个石子。也是天公照应,第一石子就把那厮打倒,赶步抢过刀来,连连搠了几下。两个采药人又用药锄刨了个不亦乐乎。”鲁英、龙涛、姚猛哈哈大笑,道:“好吓,这才爽快呢!”众人也就欢喜非常。钟雄脸上颜色略为转过来。智化道:“彼时侄女已然昏迷过去,小弟上前唤醒。谁知这厮用马鞭子将侄女周身抽的已然体无完肤。亏得侄女勇烈,扎挣乘马,也就来到此处。”钟雄道:“亚男现在此处么?”陆彬道:“现在后面,贱内与沙员外两位姑娘照料着呢。”钟雄便不言语了。智化道:“小弟忧愁者,正为不知侄儿下落如何。”钟雄道:“大约武伯南不至负心,只好等天亮时再为打听便了。只是为小女,又叫贤弟受了多少奔波多少惊险,劣兄不胜感激之至!”智化见钟雄说出此话,心内更觉难受,惟有盼望钟麟而已。大家也有喝酒的,也有喝汤的,也有静坐闲谈的。

不多时,天已光亮。忽见庄丁进来禀道:“外面有一位少爷,名叫艾虎,同着一个姓武的,带着公子回来了。”智化听了,这一乐非同小可,连声说道:“快请,快请!”智化同定陆彬、鲁英,连龙涛、姚猛,俱各迎了出来。只见外面进来了,艾虎在前,武伯南抱着公子在后。艾虎连忙参见智化。智化伸手搀起来道:“你从何处而来?”艾虎道:“特为寻找你老人家,不想遇见武兄,救了公子。”此时,武伯南也过来见了,先问道:“统辖老爷,俺家小姐怎么样了?”智化道:“已救回在此。”钟麟听见姐姐也在这里,更喜欢了,便下来与智化作揖见礼。智化连忙扶住,用手拉着钟麟,进了大厅。钟麟一眼就看见爹爹坐在上面,不由的跪倒跟前,“哇”的一声哭了。钟雄到此时也就落下几点英雄泪来了,便忙说道:“不要哭,不要哭!且到后面看看姐姐去。”陆彬过来,哄着进内去了。

此时,艾虎已然参见了欧阳春与沙龙。北侠指引道:“此是你钟叔父,过来见了。”钟雄连忙问道:“此位何人?”北侠道:“他名艾虎,乃劣兄之义子,沙大哥之爱婿,智贤弟之高徒也。”钟雄道:“莫非常提‘小侠’就是这位贤侄么?好吓,真是少年英俊,果不虚传。”艾虎又与展爷、丁二爷、蒋四爷一一见了。就只柳青、姚猛不认得,智化也指引了。大家归座。智化便问艾虎如何来到这里。艾虎从保护施俊说起,直说到遇见武伯南救了公子,杀了怀宝,始末原由说了一遍。钟雄听到后面,连忙立起身来,过来谢了艾虎。

此时武伯南从外面进来,双膝跪倒,匍匐尘埃,口称:“小人该死!”钟雄见武伯南如此,反倒伤起心来,长叹一声道:“俺待你弟兄犹如子侄一般,不料武伯北竟如此的忘恩负义!他已处死,俺也不计较了。你为吾儿险些儿丧了性命,如今保全回来,不绝俺钟门之后,这全是你一片忠心所致,何罪之有?”说罢,伸手将武伯南拉起。众位英雄见钟太保如此,各各夸奖说:“他恩怨分明,所行甚是。”钟雄复又叹一口气道:“好叫众位贤弟得知,仔细想来,都是俺钟雄的罪孽,几几乎报应在儿女身上。若非急早回头,将来祸几不测。从此打破迷关,这身衣正合心意,俺钟雄直欲与渔樵过此生了。”众人听钟雄大有灰退之意,才待要劝,只见沙龙将钟雄拉住道:“贤弟,你我同病相怜。不要如此,劣兄若非囚禁,你两个侄女如何也能够来到此处呢?可见人生聚散,冥冥中自有道理。千万不要灰了壮志,妄打迷关,将来是要入魔呢。"众人听了不觉大笑，钟雄也就笑了。于是复又入座。

智化道："事不宜迟，就叫武头领急回军山，报与嫂嫂知道，好叫嫂嫂放心。"钟雄道："莫若将贱内悄悄接来。劣兄既脱离了苦海，还回去做甚?"智化道："仁兄又失于算计了。仁兄若不回军山，难免走漏风声，奸王又生别策。莫若仁兄仍然占住军山，按兵不动，以观襄阳的动静如何。再者，小弟等也要同回襄阳去。"便将方山居址说明，现有卧虎沟的好汉俱在那里。钟雄听了欢喜道："既如此，劣兄就派姜铠保护家小，也赴襄阳。劣兄一人在此虚守寨栅，方无挂碍。"智化连连称善。依然叫武伯南先回军山送信，到傍晚钟雄方才回去。

此时，艾虎已将妈妈的书信给蒋四爷看了。蒋平便将凤仙情愿联姻的话说了，又与欧阳春、智化、沙龙三门亲家说明。大家欢喜，俱各说道："俟回襄阳时，就烦姜氏嫂嫂将此事做成。就叫玉兰母女收什收什，同赴襄阳方山居住，更为妥当。"这一日，大家欢聚，快乐非常。又计议定了女眷先行起身，就求姜氏夫人带领着凤仙、秋葵、亚男、钟麟，却派姜铠、龙涛、姚猛跟随护送；其馀大家随后起身。到了晚间，用两只大船，除了陆彬、鲁英在家料理，所有众英雄俱到军山。钟雄见了姜氏，悲喜交集，说明了缘故，即刻收什细软，乘船到陈起望，暗暗起身。这里，众英雄欢聚了两日，告别了钟太保，也就同赴襄阳去了。这便是《七侠五义传》收缘。

要知群雄战襄阳，众虎遭魔难，小侠至陷空岛、茉花村、柳家庄三处飞报信，柳家五虎奔襄阳，艾虎过山收服三寇，柳龙赶路结拜双雄，卢珍单刀独闯阵，丁蛟、丁凤双探山，小弟兄襄阳大聚会，设计救群雄；直至众虎豪杰脱离难，大家共议破襄阳，设圈套捉拿奸王，施妙计扫除众寇，押解奸王，夜赶开封府，肃清襄阳郡，铡斩襄阳王，包公保众虎，小英雄金殿同封官，紫髯伯辞官出家，白玉堂灵魂救按院，颜查散奏事封五鼠，包太师闻报哭双侠，众英雄开封大聚首，群侠义公厅同结拜，多少热闹节目，不能一一尽述。也有不足百回，俱在《小五义》书上便见分明。

词曰：日日深杯酒满，朝朝小圃花开。自歌自舞自开怀，且喜无拘无碍。青史几番春梦，红尘多少奇才。不须计较与安排，领取而今现在。

国学经典文库

中国侠义小说

千古豪侠如一梦　痴狂笑傲泯恩仇

图文珍藏版

刘凯◎主编

侠义小说

线装书局

目　录

国学经典文库

中国侠义小说

图文珍藏本

小五义

[清] 石玉昆 著

导读

《小五义》作者为清代文人石玉昆，该书全称《忠烈小五义传》，又称《续忠烈侠义传》。作为侠义小说的代表作之一，它深受民众的喜爱，流传极为广泛。在书中《小五义》的中心人物已由《三侠五义》中的包公转为包公门生颜查散，而重要的侠义人物，除了前辈“七侠五义”之外，增加了几个晚辈义士，即钻天鼠卢方之子粉面子都卢珍、彻地鼠韩彰义子霹雳鬼韩天锦、穿山鼠徐庆之子山西雁徐良、锦毛鼠白玉堂之侄玉面专诸白芸生，这四个小义士加上《三侠五义》中原有的人物小义士艾虎，便是“小五义”。《小五义》并不是紧接着《三侠五义》的结尾续写的，它实际上是从《三侠五义》一百回后开始写起，部分内容与前书重出。小说以襄阳王赵珏图谋叛乱为线索，历叙颜查散奉旨巡按襄阳，大印被盗；白玉堂坠铜网而死；众侠义云集襄阳，蒋平找回大印；智化用计，里应外合，收降襄阳王党羽钟雄；破铜网时，颜查散被沈中元劫持，众义士分头寻找，沿路行侠仗义；“小五义”不期而遇，结拜为兄弟；继而沈中元归附颜查散；众义士参悟阵图，分工破阵，不幸误落铜网。故事至此戛然而止，留下无尽悬念，待《续小五义》叙说。

小五义序

《小五义》一书，何为而刻也？只以采访《龙图阁公案》底稿，历数年之久，未曾到手。适有友人，与石玉昆门徒素相往来，偶在铺中闲谈，言及此书，余即托之搜寻。友人去不多日，即将石先生原稿携来，共三百余回，计七八十本，三千多篇，分上、中、下三部，总名《忠烈侠义传》。原无大、小之说，因上部《七侠五义》为创始之人，故谓之“大五义”，中、下二部《五义》，即其后人出世，故谓之“小五义”。余翻阅一遍，前后一气，脉络贯通，与坊刻前部略有异同。此书虽系小说，所言皆忠烈侠义之事，最易感发人之正气，非若淫词艳曲，有害纲常；志怪传奇，无关名教。自诩天生峻笔，才子文章，又何足多哉！余故不惜重资，购求到手。本拟全刻，奈资财不足，一时难以并成；因有前刻《七侠五义》，不便再为重刊，兹特将中部急付之剞劂，以公世之同好云。光绪庚寅仲夏，文光楼主人谨识。

知非子序

自来异书新出，大都不喜人翻刻，势所必至，比比皆然。惟我友文光楼主人新刊《小五义》则不然。书既成，即告余曰："此《小五义》一书，皆忠烈侠义之事，并附以节孝、戒淫、戒赌诸则，原为劝人，非专网利。现刷印五千余部，难免字迹模糊，鲁鱼亥豕，校雠多疏。有乐意翻刻者则幸甚。祈及早翻刻，庶广传一世，岂非一大快事哉！"余喜其言之大公无私，善念无穷，爰书之简端，以志欣慕。时光绪庚寅仲夏，知非子书于都门文光楼。

庆森宝书氏序

闻之:有志者事竟成。观诸予友则益信。予友振之石君,为文光楼主,生平尚气节,重然诺,每见书中侠烈之人,必欣然向慕之。尝阅《忠烈侠义传》,知有《小五义》一书,而未见诸世。由是随在物色,不知几经寒暑,今春竟于无意中得之。因不惜重资,延请名手择录而剞劂之。稿中凡有忠义者存之,淫邪者汰之,间附己说,不尽原稿也。盖于醒心悦目之中,而寓劝人励俗之意,岂仅为利哉?梓成而问序于予,予知予之友用心苦矣。然有志竟成,亦不负予友之苦心也。是为序。光绪十六年岁次庚寅中吕月,庆森宝书氏志于卧游轩。

小五义辨

或问于余曰:《小五义》一书,宜紧接君山续刻,君独于颜按院查办荆襄起首,何哉?余曰:似子之说,余讵不谓然。但前套《忠烈侠义传》,与余所得石玉昆原稿,详略不同,人名稍异,知非出于一人之手。向使从前套收伏钟雄后接续《小五义》,挨次刊刻,下文破铜网阵各处节目,必是突如其来。破铜网阵各色人才,亦是陡然而至。不但此套书矛盾自戕,并使下套牙关相错,文无线索,笔无埋伏,未免上下两截,前后不符。必须将八卦连环,原原本本分晰明白,用作根基,使众人出载,条条段段解说精详,以清来历,乃不至气脉隔膜,篇法断绝。言之者庶免无稽,读之者尚觉有味。以视蝮下添足、额上安头者,不大相径庭乎?或闻言诺诺而退。余即援笔书之,亦望识者之深谅尔。(再者,提纲原来诗词数首,不暇纠正,姑仍其旧。)时维光绪十六年岁次庚寅,风迷道人又识。

第一回　颜按院奉旨上任　襄阳王兴心害人

诗曰：

清晨早起一炉香，谢天谢地谢三光。

国有贤臣扶社稷，家无逆子恼爷娘。

惟求处处田禾熟，但愿人人寿命长。

八方宁静干戈息，我遇贫时亦无妨。

话说襄阳王赵珏赵千岁，乃天子之皇叔，因何谋反？皆因上辈有不白之冤由。宋太祖乾德皇帝，乃兄弟三人：赵匡胤、赵光义、赵光美。惟宋室乃弟受兄业，烛影摇红，太宗即位；久后光美应即太宗之位。不想宁夏国作乱，光美奉旨前去征伐，得胜回朝。太宗与群臣曰："朕三弟日后即位，比孤盛强百倍，可称马上皇帝。"内有老臣赵普谏奏："自夏传子，家天下，子袭父业，焉有弟受兄业之说？一误不可再误。"人人皆有私心，愿传于子，不愿传于弟。得胜之人，并不犒赏，加级纪录。光美见驾，请旨犒赏。天子震怒："迨等尔登基后，由尔传旨，今且得由朕。"光美含羞回府，悬梁自尽。赵珏乃光美之子，抱恨前仇，在京招军买马。有九卿共议，王苞老大人奏闻，万岁降旨，将赵珏封为外藩，留守襄阳作镇，以免反意。不想更得其手，招聚四方勇士，宠幸镇八方王官雷英，设摆铜网阵，招聚山林盗寇、海岛水贼，即暗约君山飞

叉太保钟雄，当住洞庭湖水旱八百里；黑狼山金面神栾肖、黑煞帅葛明、花面太岁葛亮等，当住旱路。水路有洪泽湖高家晏镇湖蛟吴泽。水旱路塞断太宗的气脉，南北不能通商，东西不能畅行。并有王府招来群寇：金鞭将盛子川、三手将曹得玉、赛玄坛崔平、小灵官张保、李虎、夏侯雄、金枪将王善、银枪将王保。并有邓家堡群寇：青

脸虎李集、双枪将祖茂、通背猿猴姚镇、赛白猿杜亮、飞天夜叉柴温、插翅彪王录、一枝花苗天禄、柳叶杨春、神火将军韩奇、神偷皇甫轩、出洞虎王彦桂、小魔王郭进、钻云燕申虎、过度流星灵光、小瘟皇徐畅、赛方朔方雕、圣手秀士冯渊、小诸葛沈中元、神手大圣邓车，辅佐王爷共成大事。焉能知晓京都拿了金面神栾肖，破了黑狼山，灭了高家晏，拿了吴泽，解往京都，招供王爷谋反之事。天子诏九卿共议。开封府府尹、龙图阁大学士包公跪奏"彻水拿鱼"之法，天子旨准，派来代天巡守天使钦差颜按院大人，察办荆襄九郡。在金殿讨下开封府一文一武：文臣主簿先生公孙策，武将御前带刀四品右护卫锦毛鼠白玉堂。御赐上方宝剑，先斩后奏，一路上代理民词。

是日请训出都，浩浩荡荡，扑奔襄阳而来。一路无话。至襄阳，文武官员俱各免见。上院衙投递手本，单叫襄阳太守轿前回话。见金辉，大人单问襄阳王之事，点染回明，上院衙伺候。襄阳城军民人等纷纷瞧看。不料黑妖狐带领小义士艾虎，也在人丛之内偷瞧。智化因在暗地保护金大人上任，巧遇小义士艾虎活瓦盗刀，追杀赛方朔方雕，病太岁张华泄机，智爷深知襄阳王府内铜网阵之虚实，放走病太岁。师徒会在一处问艾虎君州的来历，听店中人员言道按院大人到省，师徒在十字街前人丛中矮身而瞧。但见开道锣鸣，龙旗牌棍，金锁提炉，彩亭内供奉万岁圣旨、上方宝剑，如君亲临。金牌后边厢大人的大轿，轿前的引马，乃系御前四品带刀右护卫。单他戴一顶粉绫色六瓣壮帽，上绣三色串枝莲，花朵烂熳，银抹额，二龙斗宝，两朵素绒桃顶门上秃秃的乱颤，穿一件粉绫色箭袖袍，周身宽片锦边，五彩丝鸾带束腰，套玉环，佩玉珮，内衬葱心绿夹衬袄，青缎压云根薄底鹰脑窄腰快靴，天青色的跨马服，锦簇花团。肋下佩带一口轧把峭尖雁翎势钢刀，绿沙鱼皮鞘子，金什件，金吞口，蓝挽手，绒绳飘摆，悬于左肋。看品貌，真是面如美玉，白中透亮，亮中透紫，紫中透光，光中透润，润中单透出一种粉爱爱的颜色，如同是出水的桃花吹弹得破。黑真真两道眉斜入天仓，二眸子皂白分明，黑若点漆，白如粉锭，神情足满。鼻如玉柱，口赛涂硃，牙排碎玉，大耳垂轮，细腰窄臂，双肩抱拢，一团足壮，天生神威。跨下一匹白马，鞍韂鲜明，项带双踢胸，乃大人的官座。五爷与大人是生死弟兄，故此要这个威严。右手拿定打马藤鞭，进襄阳城旁若无人，哼哼的冷笑，把襄阳看作弹丸之地。智爷与艾虎言道："看你五叔多大威严，今非昔比，福随貌转。"艾虎道："师傅，你教的我的，不是常说'将相本无种，男儿当自强'。"智爷暗喜：此子日后必成大器。观看轿马车辆等，俱都入上院衙。顷刻间，文武官员壅壅塞塞，入上院衙投递手本。

智爷与艾虎回店用晚饭。智爷只身奔上院衙与五弟送信，言讲襄阳王府铜网阵之事。不想至上院衙，轿马围门，不能往里带信。自思无非听张华所言，倘若不实，岂不是妄说，不如自己今夜晚亲身至王府探探虚实，明日再来送信。想罢，自己转身回店。晚间，派艾虎至金知府署内，保护金大人不死，防备刺客。艾虎去后，自己等二鼓之半，将灯移在前窗户台——换夜行衣靠时，怕外边人看见，故将灯移在窗台上——脱去长大衣襟，头上戴软包巾、绢帕拧头、斜拉茨菇叶，三叉通口。夜行衣靠，寸排骨头钮，周身钮襻，钮扣俱已扣齐。青缎裩裤，青缎子袜，大叶搬尖鱼鳞靸，倒纳千层底。青绑腿，青护膝，青绉绢束腰，勒系百宝囊装应用的物件：钢铁家伙，千里火筒，飞抓百练索。将刀由沙鱼皮鞘内抽出，插入牛皮软鞘之中；牛皮鞘上有罗汉股类丝绦。胸前双系蝴蝶扣，脊背后走穗飘垂，伸手掖于肋下，为的是蹿房越脊俐落。拾夺妥协，将灯吹灭，移于案上。起单窗观看外面无人，将双门倒带，由窗棂纸伸手将插管拉上，怕有店中人前来看破，故此将门倒带，不露痕迹。越身出店墙之外，直奔王府探看铜网的虚实。若问铜网如何摆法，且听下回分解。

第二回 智化夜探铜网阵 玉堂涉险盗盟单

且说智化行至王府后身，将百宝囊中飞抓百练索取出，如意钩搭住墙头，揪绳而上，至墙头，起飞抓，绕绒绳，收入囊内。取问路石打于地上，一无人声，二无犬吠，飘身脚站实地看了看，黑夜之间、星斗之下，空落落杳无人声。垫双人字步，弓胴膝盖，鹿伏鹤行，瞻前顾后，瞧左看右，不住频频回头。忽然间抬头一看，黑威威、高耸耸木板连环八卦连环堡。智爷一瞧，西北方向木板墙极其高大，听张华所言，不能依墙头而入，上有冲天弩，若依墙头而入，被毒弩射着溃烂身死。下有大门两扇，按八方八门。大门内各套七个小门，按的是八八六十四卦，三百八十四爻，内分凶卦吉卦，六合六冲，归魂游魂。走吉卦则吉，无忧利涉大川；走凶卦内有翻板，从地道中出人，使进阵人首尾不能相顾，使招架人的兵刃。足下斜万字势，总要踏在当中，如若一歪，登在滚板之上坠落下去，坑内有犁刀、窝刀、毒弩、药箭，立刻倾生。故此智爷到木板连环八卦连环堡外瞧了又瞧，看了又看，心中转侧。回手拉刀，点于大门之上，里面并无横闩立锁，一点即开。果然内有连环七个小门，斜棱掉角。自己寻思，大门乃乾为天；天风垢、天山遯、天地否、风地观、山地剥、火地晋、火天大有。智爷看的明白，未敢进去，扑奔正北，也是两扇大门，用刀点开，也是小门。智爷一瞧，大门乃是北方坎为水；七个小门是：水泽节、水雷屯、水火既济、泽火革、雷火丰、地火明夷、地水师。智爷乃是精细之人，仍然扑奔东北，刀点双门，乃艮为山；小门：山火贲、山天大畜、山泽损、火泽睽、天泽履、风泽中孚、风山渐。智爷仍不肯进去，行至正东，刀点双门，大门乃震为雷；小门：雷地豫、雷水解、雷风恒、地风升、水风井、泽风大过、泽雷随。智爷行至东南，不用开门，知是巽为风；风天小畜、风火家人、风雷益、天雷无妄、火雷噬嗑、山雷颐、山风蛊。正南，离为火；火山旅、火风鼎、火水未济、山水蒙、风水涣、天水讼、天火同人。西南，坤为地；地雷复、地泽临、地天泰、雷天大壮、泽天央、水天需、水地比。智爷行至正西，刀点双门，用意细看，乃兑为泽；泽水困、泽地萃、泽山咸、水山蹇、地山谦、雷山小过、雷泽归妹。心中忖度，由地山谦而入。

按卦爻说，逢谦而吉，遇泰而昌。入地山谦，数了又数，算了又算，可见智爷是胆愈大而心愈小，智愈圆而行愈方。智爷来到此处，皆是生发着自己。由西方而入，西方庚辛金，金能生水；智爷穿一身夜行衣靠，尽是黑色，属水；北方壬癸水，金能生水，生发着自己。又入的是地山谦吉卦，又是生发着自己，故此吉祥。脚著万字势当中，心神念看定，不偏也不歪。行至当中，见正北高耸耸冲霄楼三层。下有五行栏杆，左有石象，上驼宝瓶；右有石犼，上驼聚宝盆。宝瓶、聚宝盆两物当中，有两条毛连铁链，当中交搭十字架，两边挂于三层楼瓦檐之上。此楼三层，按三才；下面栏杆，按五行；外有八卦连环堡，位列上中下，才分天地人。五行，生父子；八卦，定君臣。前有两个圆亭，左为日升，右为月恒。铜网阵在于楼下。智爷看明，意欲扑奔楼去。尽三层的上面，现有王爷大众的盟单。吾今既然到此，何不将盟单盗将下来，明日见了五弟之时，说王府的利害，他倘若不信，现有盟单为证。智爷意欲向前，忽然听东南飕的一声，由风火家人进来一条黑影。智爷吃惊，伏身细看，原来是一人也奔中央而来，一身夜行衣靠，白脸面，背插单刀，行似猿猴，脚着万字势当中，轻而且快，疑是五弟到了。智爷收刀击掌两下。对面言二哥因何到此，智爷方知果是白五弟。智爷知晓陷空岛弟兄五人的暗令，每遇黑夜见面，大爷击一下，二爷击两下，按次序击掌，故此假充二义士韩章。

原来五爷跟随大人入上院衙，大人升堂，五爷与公孙先生站班，所有襄阳的文武鱼贯而入，细细盘察为官的来历，再问襄阳王的好歹。若有王爷的保举，不是削去前程，就是明升暗降。故此耽延时刻，夤夜方散。五爷抽身告便，换便服出上院衙，至王府前后踩道，以备晚间至王府窥探虚实。回至上院衙，与大人同桌而食。颜大人再三嘱咐，不许只身夜晚入襄阳王府。五爷遂满口应承，心中早有准备，劝大人安歇后，自己换好夜行衣靠，嘱咐手下从人张祥儿："大人若问，不许说出。"自己施展夜行术，出上院衙，至王府，飞抓百练索搭墙，掏问路石问路，并无人声犬吠。下墙至木板连环八卦连环堡，一看乾、坎、艮、震四大门皆开，各套七个小门，自己早已明白，就知道乾为天；天风垢、天山遯、天地否、风地观、山地剥、火地晋、火天大有。坎为水；水泽节、水雷屯、水火既济、泽火革、雷火丰、地火明夷、地水师。艮为山；山火贲、山天大畜、山泽损、火泽睽、天泽履、风泽中孚、风山渐。震为雷；雷地豫、雷水解、雷风恒、地风升、水风井、泽风大过、泽雷随。行至东南，巽为风，五爷一笑，刀点双门，心中忖度："可惜襄阳王不知听了甚么人的蛊惑，作此无用之物，难道说还是个阵势不成么？据我一看，除非是三岁的顽童不晓，但要稍知生尅治化之理，如踏平地一般。"此乃巽为风，吉卦，走风火家人，脚踏万字势当中。

忽然听前边击掌两下，知是二哥在此，倒觉吃惊：二哥不懂的消息。身临切近，原是智兄在此。见礼，智爷搀住。智爷言道："你好大胆量！"五爷勃然大怒："智兄！怎么说小弟好大胆量？你莫非比小弟胆量还大不成？"智爷深知五爷的性情，好高骛远，妄自尊大，只知有己，不知有人，藐视天下的能人。智爷满脸陪笑说："五弟莫怒,劣兄非是胆大到此,因有王府人泄机,方敢前来。五弟听何人所说此阵?"五爷大笑:"小小的八卦,何足道哉!不是小弟说句大话,我们陷空岛七窟四岛,三峰六岭,三窍二十五孔,各处全都是西洋八宝螺丝转弦的法子,全是小弟所造。这个小小的连环堡,玩艺一般。"智爷吃惊不小:"五弟既然你明白,我问问你:这个楼,叫甚么楼?这个栏杆,怎么讲?这两个亭子,何用外头的木板?咱们走的道路,是甚么消息?"五爷大笑说:"智兄你好愚!这个楼,他喜叫甚么楼,就是甚么楼,横竖我知道他的用意。三层,必是三才;栏杆,必是五行;好合外面的木板,是八卦;两个圆亭,必是阵眼;脚下所走之地,明显万字势,走当中,两边必是滚板,坠落下去,轻者带伤,重者废命;八卦者,走吉卦则吉,走凶卦则凶,不是有人,就是弩箭齐发。"话言未了,智爷连连点头,甘心佩服,名不虚传,也就不必往下再问。焉知晓净说了上头,没说底下铜网阵之事。智爷言道:"你我二人既入宝山,焉肯空返,何不将冲霄楼上王爷的盟单盗来,拿获王爷时以作干证。"五爷点头:"待小弟上楼,兄与小弟巡风。"将至楼下,二人说话声音太高,早被看阵人听见,在石象、石犼两旁边地板一起,上来二人,形如怪鬼,手持利刃,杀奔前来。要问二位的生死,且听下回分解。

第三回　青脸虎看阵遇害　白玉堂失印追贼

且说二人正奔冲霄楼，石象、石犰两边地板一起，上来二人：左边宝蓝缎子六瓣壮帽，绢帕拧头，宝蓝缎子绑身小袄，宝蓝褪裤，薄底靴子；蓝生生的脸面，红眉金眼，一口钢刀，此人乃青脸虎李吉。右边一人，穿黑挂皂短衣襟，黑挖挖脸面，一口钢刀，此人乃双枪将祖茂。叱吼声音："好生大胆，敢前来探阵！"冲着五爷，摆刀就剁。智爷在后着急，两个人首尾不能相顾：五爷在前，智爷在后。智爷耳中听见磕叹匐，原来是青脸虎李吉，早被五老爷一刀杀死；匐，双枪将祖茂头巾被五爷一刀砍掉。祖茂奔命翻身扎入地板中去了。追智爷赶到，死的死，逃的逃。五爷一阵哈哈狂笑："智兄！想襄阳王府有几个鼠寇毛贼，又有多大本领，半合未走，结果了一个性命，砍去了一个头巾。哈哈哈哈，岂不教人可发一笑。智兄与小弟巡风，待小弟上楼去盗盟单。"智爷说："且慢。五弟请想，两个逃走一人，岂不前去送信？襄阳王府手下余党岂在少处，倘若前来，你我若在平坦之地，还不足为虑；你我若在高楼之上，那还了得。以劣兄愚见，暂且出府再计较。"五爷明知智化的胆小，又不肯违背智兄的言语，只得转身向前。智爷仍然落后，出正西地山谦小门，仍由兑为泽大门而出，扑奔王府北墙，蹿出墙之外，寻树林而入，暂歇片刻。智爷言道："得意不可再往，等欧阳兄、丁二弟，大家奋勇捉拿王爷。"五爷闻说，笑而回答："小弟在德安府与欧阳兄、丁二爷言道，说你们三位各有专责，他们二位押解金面神栾肖入都，兄台护金大人上任，各无所失，定准俱在卧虎沟相会。兄台明日起身上卧虎沟，会同欧阳兄、丁二爷，一同奔襄阳，在上院衙相会。"智爷言："我走，金大人有事，如何对得起欧阳兄、丁二弟？"五爷言道："无妨，全在小弟身上。晚间保护大人，至金大人衙内走走，料也无妨。"智爷说："我嘱咐你的言语，也要牢牢谨记。"说罢，分手。智爷不住回头，心中发惨，总要落泪。焉知晓这一分手，想要相会，势比登天还难。

五爷回到上院衙，蹿墙进去，回到自己屋内，问张祥儿："大人可曾呼唤于我？"回道："大人已睡熟了。"五爷更换衣巾，换了白昼的服色，去到公孙先生的屋内。先生尚未安歇，让五老爷请坐。五爷就将上王府，与智化进木板连环，欲要盗盟单，杀了一人话细说了一遍。先生一闻此言，吓了一跳，颜色更变，说："大人再三拦阻于你，怎么还是走了？"五爷大笑："先生不知，王府纵有几个毛贼，俱是无能之辈，何足挂齿。先生，此话明日千万不可对大人言讲。"先生略略的点头，待承五爷吃酒。五爷言道："夜已深了，请先生安歇。"

五爷告辞，回到自己屋内，盘膝而坐，闭目合睛，吸气养神；不时的还要到外头前后巡逻，以防刺客。不料天交五鼓，正遇打更之人，五爷微喝："从此上院衙内不许打更。"更夫跪言："奉头目所差。"五爷道："有你们坏事。若有刺客要将你们捆起，用刀微喝，你们怕死，就说出大人的下落、大人现在那里。若无你们更夫，他倒找寻不着大人的所在。"更夫连连叩头而出，回禀他们上司去了。一夜晚景不题。

次日早间，大人办毕公事，仍与五老爷、公孙先生同桌而食。酒过三巡，先生就将昨日晚间五老爷上王府的事说了一遍。大人一闻此言，吃惊非小。五老爷在旁，狠狠瞪了先生两眼，哼了一声。大人叫道："五弟！劣兄再三不教你上王府，仍是这般的任性。"五爷道："从今小弟再不上王府去了。"大人言道："去也在你，不去也在你。倘若再上王府，愚兄立刻寻一自尽，吾弟归回，悔之晚矣。"遂将印信交与五老爷，派他护印的专责。五老爷当面谢过差使。大人虽是一番美意，缚住五老爷的身子，不想要了五老爷的性命。早饭吃毕，大人仍然着五老爷在此谈话，直至晚餐仍不放走。天交三鼓，五爷告便，回自己屋中。稍歇，外面一阵大乱。五爷叫张祥儿外面看来，祥儿回头言道："马棚失火。"五爷一惊，就知道是调虎离山计，总怕大人有失，解磨额，脱马褂衣襟，挽袖袂，勒刀，并不往外看失火之事，竟往大人屋中观看。行至穿堂，遇公孙先生，言道："五老爷大势不好，印所失火。"五老爷点头，蹿房过去，见大人在院内抖衣而战，玉墨搀架。五爷在房上言道："大人请放宽心，小弟来也。"大人战战兢兢言道："吾…吾…吾弟，大…大…大事不好了，印所失火。"五爷说："大人放心。"飞身下房，纵身蹿于屋内，至印所荷叶板门，由门缝内早见火光满地，就知道是夜行人的法子，其名就叫"硫火移光法"。一抬腿，铛啷一声，双门粉碎，抖身蹿入屋中，伸手桌案一摸，印信踪迹不见。若问印被何人盗去，且听下回分解。

第四回　颜大人哭劝锦毛鼠　公孙策智骗盗印贼

且说见印信丢失，五爷暗暗的叫苦。回头一看，贼人由后窗棂进来，撒下硫光火，虽是遍地的火光，有烟有火，绝不能烧甚么物件，也不烫手，乃夜行人的鬼计。五爷返身而出，言道："大人，印信丢失，谅他去之不远，待小弟追赶下去，将印信夺回。"大人言："五弟，印信丢失不要了，只要有五弟在，印信丢失不妨。"五爷那里肯听，早就踊身蹿上房去。一看东厢房北山墙有一黑影一晃，五爷用飞蝗石子打去，訇一声响亮，虽然打在身上，此人未能坠落下去。五爷纵在东房之上，赶上前去就是一刀，只听见哧的一声，原来不是个真人。——也是夜行人用计。——乃是江鱼皮作成的，有四肢、一个头颅。无用时将他折叠起来，赛一个包袱；若要用时，腿上有个窟窿，用气将他吹开，用法螺丝将他捻住，不能走气；脑后有皮套一个，挂于墙壁之上，被风一摆，来回的乱晃，其名叫做"映身"。五爷上当，刀剁皮人，转向扑奔正西。大人连叫不可追赶，五爷那里肯听，出上院衙，往西追赶，见一人在前施展夜行术，细看肩头上高耸耸背定印匣。五爷赶上前来一刀，正中腿上，哎哟一声，红光崩现，满地乱滚。五爷御膝盖点住后腰，先拔贼人背后之刀，抛弃远方；解贼人的丝条，四马倒攒蹄，寒鸭浮水势，将贼捆好；解胸前麻花扣，将印匣解将下来，双手捧定，在耳边先一摇，只听见桄珰珰的乱响，就知道印信在于里面。五爷暗暗欢喜，猛然抬头一看，前边还有一个夜行人。五爷意欲追赶那人，自思印已到手，便宜那厮去罢。后边厢灯火齐明，原是上院衙官人赶到。本是公孙先生至马棚救火，一浸而灭。先生进里边见大人，诉言其事。大人命先生派官人追赶白护卫，故此前来。远远问道："前边甚么人？"五老爷答道："是吾。追贼人不上半里之遥，将贼拿获，尔等们来的甚巧，将他抬至上院衙，以备大人审讯。"众人答言："五老爷先请，我等随后就到。"

五爷提印匣，按旧路而归，仍是蹿房越脊，不由大门而入。至大人屋中，见公孙先生在旁解劝，大人呆嗑嗑发怔。五爷捧定印匣说道："大人印信丢失，小弟追出上院衙，不上半里之遥，将贼捉获，将印信得回，请大人过目。"将印信放于桌案之上。大人欢喜非常，言道："到底是我五弟呀，到底是我五弟！倘若印所门户已坏，将印匣暂放先生屋内。"先生点头，不肯去收，自忖道："印已到贼人之手，不知印信可在里面无有？倘若不在，糊里糊涂将印收讫，倘若用印之时，里面若无印信，岂不是交接不清,一人之罪么?”故此问五爷说是怎样将印信得回。五爷道:“行不到半里之遥,一刀将贼砍倒,将印信得回。”先生说:“就是这样得回?”五爷说:“正是。”先生道:“印信已到贼人之手,没有甚么舛错?”五爷冷笑道:“先生若怕有甚么舛错,当着大人面前,大家一观,也省了日后有交接不清之患。”大人道:“先生收起去。虽然印信丢失,片刻的光景,依然追回,还有甚么舛错?”大人论的是这个人,五爷不能办错事;先生论的是公事。五爷得了印匣之时,晃了两晃,知道印依然在内,本就是狂傲的性分,那时也没让过人,先生一问,就觉得气哼哼的冷笑,说道:“先生,咱在一处当差,念书的人实属利害。既然这样,更得当着大人面前看明方好。先生不可收印,小弟虽把印信得回,不知里面印信在与不在,在大人面前务必看明方好。”先生无奈,将包袱打开一看,就知道事头不好,印匣上锁头不在了,说:“不必打开看了。”五爷按住印匣,一定要看。大人言道:“就打开看看何妨。”将印匣盖打开一看,那一颗黄灯灯的角端印踪迹不见,有一块黑脏脏的铅饼子在内。大人看见一急,将包袱望上一搭,吩咐收起去,料着五爷未看见。岂不想夜行人的眼快,早已看见,言道:“他们盗印的原是二人,小弟捉着一人,走脱一人。印匣既是空的,印信必在那人身上带定,谅那厮去之不远,待小弟将他捉获回来,自然就有了大人印信。”大人用手一揪,死也不放,叫道:“五弟呀,五弟!想你我当初在镇江相会,你也无官,我也无官。事到如今,你身居护卫,我特旨出都,丢了国家印信,不至于死,无非罢职丢官。你我回到原籍,野鹤闲云,浪迹萍纵,游山玩水,乐伴渔樵,清闲自在,无忧无虑,胜似在朝内为官。朝臣待漏,伴君如伴虎,一点不到,身家性命难保,五弟不至于不明此理。印信丢失不要了。”大人揪住五老爷死也不放,并有那边主管玉墨挡住,也是苦苦的将五爷解劝。五爷干着急,不能出去,又不敢与大人动粗鲁,只可坐在那里,低着头哼哼的生气。

大人合五老爷说起私话来了,讲论当初三吃鱼的故事。公孙先生一听大人与五老爷说起私话来了,转身出得房外,观见外头有许多人对面站定,公孙先生至前一问,原来是看定盗印之贼。看此人夜行衣靠,腿上血痕,黄渐渐的脸面,倒捆四肢,是个昏人。吩咐官人:“搭在我屋里去。”先生跟定,至屋中取止痛散与他敷上,便问:“朋友,我看你堂堂一表人才,为何作出这样事来,岂不把自己的性命饶上?若肯改邪归正,我保你在大宋为官。”贼言:“我今前来盗印,万死犹轻,焉有做官之理,休来哄我。”先生道:“我们开封府众校尉与护卫等,那一个不是夜行人?何况你有说词。”贼言:“我说甚么?”先生道:“你们来几个?”回答:“两个。”先生说:“少时见大人,你说他盗印,你巡风,本要将他拿住,以作进见之功,不料他已跑远。”贼人说:“此言错矣。我现背定印匣,怎么说是他盗印哩。”先生笑道:“你好糊涂!印是他早已拿着报功去了，你的印匣是空的，此人陷害于你，你还不省悟。”贼言：“此话当真？”“焉能与你撒谎。”“哈哈哈哈，好邓车，原来是兴心害我。先生若肯引荐于我，愿与大人牵马坠蹬，泄王府之机，说印信的来历。”先生道：“兄弟，你先把话对我说明，我好在大人面前与你禀报。”贼言：“我乃襄阳王府与王爷换帖弟兄，姓申名虎，匪号人称钻云雁。皆因是昨天大人手下不知是谁，前去至王爷府探阵，杀府内一人。我们那里有一个镇八方王官雷英出主意，令王爷差派人来盗印，就是神手大圣邓车。教我与他巡风，命我马棚放火，他去盗印。事毕，树林相会，将印匣教我背定，见王爷报功。我只当是一番美意，不想插刀死狗娘养的，害的我好苦。”先生问：“得印回去，放在甚么地方？”申虎言：“雷英的主意，放在冲霄楼三天，以作打鱼的香饵；第四天，抛弃君山后身逆水寒潭。此处凶猛，鹅毛沈底，就是神仙也不能捞上来。”先生随问，早记在心中，说：“大人已然睡觉，明天再见。”叫官人与申虎解开绦子，上了锁子，交知府衙门收监。申虎次日方知是诓他的清供，也就无法了。

先生交申虎去后，细写清供，入内见大人。大人劝五老爷，将今比古，好容易有点回嗔作喜模样，不想先生把口供一递，大人一瞧，恶狠狠瞪了先生一眼，先生也觉着无趣，喏喏而退。大人颇知五爷的性情，他若不知印的下落还好，他若一知下落，破着性命也要去找寻回来。此时五爷倒不是满脸愁容了，反倒笑嘻嘻的言道：“夜已深了，请大人安歇睡觉罢。”大人泪汪汪的言道：“我安歇倒是一宗小事，只怕吾弟要追印去。”五爷道：“小弟谨遵大人的言语，焉敢前往。”大人道：“去也在你，不去也在你。你若要一走，随后我就寻了自尽，纵然将印信得回，若想见吾一面，势比登天还难，那时节只怕悔之晚矣。天已不早，你也往外面歇息去罢。”五爷告辞，这才是：满怀心腹事，尽在不言中，任凭大人说破舌尖，自己的主意已定。回到自己屋中，更换衣巾，上王府找印。若问白玉堂的生死，且听下回分解。

第五回 王爷府二贼废命 白义士坠网亡身

且说五老爷与大人分手回归自己屋内，五鼓意欲上王府，天已大晚，明日再去。叫张祥儿备酒，再亦吞吃不下，如坐针毡，如芒刺背。唤张祥儿取笔来书写字柬，折叠停妥，交与祥儿言道："今夜晚间不归，明日早晨交与先生，叫他一看便知分晓。少刻天亮，我就出去，大人、先生若问，你就说你老爷出去时未曾留话，不知去向。傥若一时之间说将出来，大人将我追回，你也知道你老爷的性情，一刀将你杀死，然后再走。"张祥一闻此言，脑袋直出了一股凉气，焉敢回答甚么言语，只是吓的浑身乱抖，泪汪汪道："大人不是不教你去么？"五爷说："你休管闲事。"

天已大亮，五爷怕大人起来，换了一身湛湛新的衣服，武生相公的打扮。张祥说："老爷你可早点回来。"五爷哼了一声，扬长而去。衙门口许多官人问道："老爷为何出门甚早？"并不理睬大众，自己出上院衙，不敢走大街，净走小巷，总怕大人将他追赶回去。以至吃饭吃茶，尽找小铺面的茶馆饭店，也是怕大人将他追赶回去。整游了一天，晚饭吃毕，天已初鼓之后，人家要上门咧，将自己跨马服寄在饭店，如数给了饭钱酒钱。天到二鼓，出饭店，直奔王府后而来。未带夜行衣靠，也没有飞抓百练索，揾衣襟、挽袖袂，倒退数十步，往前一跑，蹿上墙去。并不打问路石，飞身而下，看了看，黑夜之间并无人声犬吠。奔木板连环，行至西方，并不周围细看，就从西方而入。自己说过，拿此处看作玩艺一样，又来过一次，公然就是轻车熟路一般。亮刀点开双门，用眼一看，乃西方兑为泽，泽水困、泽地萃、泽山咸、水山蹇、地山谦、雷山小过、雷泽归妹。自己想必须入地山谦方好。里边本是七个小门，逞聪明并不细数，总是艺高人胆大。五爷一生的性情，凭爷是谁，也难相劝。这就是俗言：河里淹死会水的。智爷来的时节，俱是生发自己；五爷这次来，是尅着自己。西方本是一层白虎；本人又穿白缎衣襟，又是白虎；又叫白玉堂，又一个白，岂不是又一层白虎：犯三层白虎。抖身蹿入小门，本欲进地山谦，不想错入七门中，乃雷泽归妹。五爷一瞧说："不好！"按说雷泽归妹可也是吉卦，可看甚么事情，若要儿女定婚，乃大吉之卦。有批语就是不利于出征。虽不是出征，也要分剖优劣、强存弱死，真在假亡。五爷一瞧卦爻不吉，抽身欲回，焉得能够，早有两边底板叭嗒一响，上来了两个全都是短衣襟，六瓣帽，薄底靴，手持利刀，怒目横眉，声音叱吼说："怎生大胆，前来探阵！"五爷未能出去，两个人已到，立刻交手，未走半合，就把过度流星灵光、小瘟瘟徐昌两个人杀了。五爷一笑:“哈哈哈,王府的毛贼,就是这样无能之辈,就不必反身回去咧。凶卦中的贼人已死,又何必多虑,不如早早上冲霄楼,大人印信得回,省得大人在衙中提心吊胆。”脚着万字势当中,尽是如走平地一样,并不格外仔细留神。过日升亭,走月恒亭,奔石象、石犼,看见黑巍巍、高耸耸,位列上中下,才分天地人,好一座冲霄楼!五爷暗暗欢喜,想大人印信必在头层楼上,细想上楼之法。见石象、石犼、宝瓶与聚宝盆内,当中出两条毛连铁链,当中交搭十字架,上边挂于头层瓦檐之上。五爷想掐铁链而上,行至中间,将刀反倒插入鞘内,归身一纵,伸双手揪铁链,随摇随上。掐至中间,耳轮中但听见哔喇喇喇喇往下一松,说声:“不好!三环套索。”五爷深知那个利害:上身躲过,腰腿难躲;腰腿躲过,上身难躲;若要稍慢,上中下三路,尽被铁链绕住。五爷在陷空岛拾夺过此物,焉有不认识的道理,有个躲法,除非是撒手抛身。说的可迟,那时可快,声音响,早就撒手抛身,不敢脚站于地,怕落于万字势旁滚板之上,那还了得。故此拧身踹腿,脚站于石象的后胯。谁知那石象全都是假作,乃用藤木铁丝箍缚,架子上用布纸糊成。淡淡的蓝色,夜间看与汉白玉一般,腹中却是空的,乃三环套索的消息。底下是木板托定,有铁横条、铁轴子,也是返板,前后一站就翻。五爷不知是害,登上此物一翻,这才知晓中计,说“不好”,已然坠落下去。仗自己身体灵变,半空中翻身冲下,脚站实地,还要纵身上来。焉知晓不行,登在了天宫网上。此石象、石犼乃是两个阵眼,上是三环索,下面是天宫网同地宫网。若要有人登上,就是往下一拍、一扇、一动,十八扇全动。五爷同智爷双探铜网时,不容智爷说,自逞奇能,故此前文表过,净说了上头,没说下头,智爷以为五爷全知,就不必往下再说了。看此也是个定数,非人力所为。

五爷一登,翻身坠落盆底坑中,挺身拉刀,见四面八方哗喇喇、哗喇喇的,类若钟表开闸的声音。五爷早被十八扇铜网罩在当中。若问十八扇铜网的形势,二指宽铜匾条打成,高够一丈二尺,上头是尖的,两旁是平的,下有一根横铁条,两边有两个大石轮子,按的是阴阳八卦,共十六扇,连天宫网、地宫网共十八扇。匾铜条造就有胡椒眼的窟窿,上带倒须钩。十八扇网俱在盆底坑上倒放着,单有十八把大辘轳,黄绒绳绕定,挂住钩环,下边并有总弦副弦十八条,小弦绕于消息之上。盆底坑何为?盆底上宽下窄,消息一动,网起一立,往下一拍,石轮走动,由高往下,比箭还疾。顷刻间,就把五爷罩在当中。四面八方缘丝合缝,铜网罩紧,就类似回回的帽子一样。网一罩齐,下面金钟响亮,咚咚咚咚咚……五爷一瞧把自己罩在铜网的当中,却看铜网的形势,吓了一跳。你道这铜网阵在冲霄楼的底下,怎么会看的这么真切?皆因是冲霄楼头层,搁的是盟单、兵符、印信、旗纛、认标等物;二层是王爷的议事庭,议论君国大事的所在;末层下面有铁方篦子,四角有四个大灯,昼夜不灭。故此五爷在下面看得明白,用手中刀一支铜网,纹封不动;用力一砍,单臂发痛。盆底坑上,四面八方一乱。东西南北四面,有四个更道地沟小门。有一面弓弩手,一面二十五人,每人一个匣弩,一匣十支竹箭,俱有毒药喂成,着身一支,毒气归心准死。内中有一个头目,如今就是神手大圣邓车。因盗印有功,王爷赏给弓弩手的头目。听金钟一响,由更道而入,手拿梆子,一阵梆响,众人齐出;二回梆响,众人将坑围满;三阵梆子响,乱弩齐发。五爷在内,刀砍不动铜网,就知不好,横刀自叹,想起:"大人衙中无人保护,自己亦死如蒿草一般。大人有失,自己死后阴魂也对不起大人。再包相爷待我恩重如山,想不到一旦之间性命休矣,不能报答恩相提拔之恩。是吾闹东京,开封府寄柬留刀,御花园题诗杀命,奏折搀夹带,万岁爷不加罪于我,反倒褒封。万岁爷隆天重地之恩,粉身难报。再有陷空岛弟兄五人,惟我年幼,大哥、二爷、三爷、四爷纵有得罪他们的地方,并不嗔怪于我,可见得哥哥们俱有容人的志量。"五爷想:"从此再要弟兄们重逢,除非是鼓打三更魂梦之中相会。"五爷只顾想起了满腹的牢骚,不提防浑身上下弩箭钉了不少。那见得?有赞为证。赞曰:

白五义,瞪双睛,落坑中。挺身行,单臂起动。刀支铜网,毫无楞缝。直觉得膀背疼,直闻得咯嘣嘣。在耳边不好听,似钟表开闸的声。哗唠唠,喇喇喇,隐隐的鸣,金钟响,嗡嗡嗡。锦毛鼠,吃一惊,这其间,有牢笼。无片刻,忽寂静,哧哧哧,嘣嘣嘣。飞蝗走,往上钉。似这般百步的威严,好像那无把的流星。纵有刀,怎避锋?着身上,冒鲜红。五义士,瞪双睛。可怜他,众雕翎,这一种的暗器,另一番的情形。立彪躯,难转动。不怕死,岂畏疼?任凭你穿皮透肉赴幽冥,还有这一腔热血苦尽愚忠。白护卫,二目红,思想起:不加罪,反褒封。身临绝地,难把礼行。报君恩,是这条命,看不得,而今虽死,以后留名。难割舍,拜弟兄,如手足,骨肉同。永别了,众宾朋。恨塞满,寰宇中。干云霄,豪气冲。群贼子,等一等,若要是等他恶贯满盈之时,将汝等杀个净,五老爷纵死在黄泉,也闭睛!若问五老爷的生死如何,且听下回分解。

第六回 襄阳王帅众观义士 白护卫死尸斩张华

且说五爷在铜网之内，被乱弩攒身，横冲竖撞，难以出网，磕哧哧咬碎钢牙，浑身是箭，恨不得把双睛瞪破。横着刀，弩箭毒气心中一攻，就觉着迷迷离离的咧，后脊背早被铜网钩挂住，霎时间万事攻心，甚么万岁、包公、朋友、拜兄弟，也就顾不得遮挡毒箭了，霎时间射成大刺猬相仿。众弓弩手想：怎们还不死哩？神手大圣邓车将弓弩手的弓弩接在手中，对着铜网胡椒眼的窟窿，一搬弩弓，一双弩箭对着窟窿射将进去，正中五老爷的面门。五爷就觉着眼前一黑，渺渺茫茫神归那世去了。

只听更道地沟小门中一阵大乱，灯火齐明。原来是王爷带领着镇八方王官雷英、通臂猿猴姚锁、赛白猿杜亮、飞天夜叉柴温、插翅彪王禄、一枝花苗天禄、柳叶杨春、神火将军韩奇、神偷皇甫轩、出洞虎王彦桂、小魔王郭进、小诸葛沈中元、金鞭将盛子川、三手将曹德玉、赛玄坛崔平、小灵官周通、张宝、李虎、夏侯雄、金枪将王善、银枪将王保，还有许多的文官围护着。王爷由西边地沟门而入。王爷言道："银安殿听金钟所响，必是网内拿住人了。"邓车见王爷言道："网内拿住一人，已被乱弩射死。死尸不倒，王爷请看。"王爷言："怪道，怪道！甚么人敢入孤家的铜网。众位卿家，可有认识此人的无有？"病太岁张华言道："上回小臣约智化前来投效王爷，据小臣一看，此人大半是智化到此。"王爷一听，言道："若是智化，可惜呀，可惜！"命张华去看，若是智化，死后追封。命一百弓弩手放下弓弩，奔大辘轳将十八扇铜网绞起，惟有五爷挂在铜网之上。绞上盆底坑，弓弩手将辘轳搬住。张华在对面细瞧，皆因浑身是箭，拿着刀，龇着牙，瞪着眼，令人可畏。张华细看，不是智爷，倒要细细瞧瞧。往前一趋，只见五爷的五官乱动，耳轮中只听见磕叹一声，绒绳崩断，铜网往下一落，五爷的这口刀正中张华胸间。只听见噗哧一声，张华仰面朝天，红光崩现，连五爷带铜网全压在张华身上。那两名弓弩手也教辘轳把打了个跟头。群贼一乱，连王爷都吃一大惊，令人将铜网揭起，将五爷摘拢下来。王爷叹息了一回："可惜孤家的活人，教死人扎死。到底看看，果是何人。"众人多不认识，惟有小诸葛沈中元微微一笑："王驾千岁，也不用小臣过去细看，大略必是此人。"王爷问道："你既知晓，倒是何人？"小诸葛言道："乃是御前带刀四品右护卫白玉堂。"王爷一听，连连赞叹："耳闻他闹过东京，盗过三宝，在龙图阁和过诗，丧在孤家铜网，可惜呀，可惜！也罢，孤家将他尸首埋在盆底坑，封他个镇楼大将军，与他烧钱挂纸。"

旁边有一人言道："千万使不得！千万使不得！"王爷回头一看，是相面的先生。此人姓魏名昌，人称他赛管辂魏昌。请他与王爷相面，王爷问他："看看孤有九五之尊没有？"魏昌道："王驾千岁，不可胡思乱想，若要胡思乱想，怕不能落于正寝。"王爷大怒，将魏昌推出砍了。连连喊冤，说："人有内五行取贵，有外五行取贵。"王爷说："何以看来？"魏昌言："我看着王爷三天吃、喝、拉、撒、睡，可有取贵之处。"果然看了三天，辨别言道："王爷有九五之尊。"王爷道："分明你怕杀，奉承于我。"魏昌言："不然。相书上有云：口能容拳，目能顾耳，定是君王之相。"王爷本不懂的相书，反倒欢喜，说："孤家坐殿之后，封你个护国大军师。"魏昌言："谢主龙恩。"由此不让魏昌出府。

此时魏昌一想：我是大宋的子民，今现有白护卫死在此处，若要埋在盆底坑，永世不能翻身，也不能合五太太并骨，后辈儿孙也不能烧钱挂纸。我既在王府，我明里向着王爷，暗里向着白五爷。言道："王驾千岁，万不可将此人埋在盆底坑中。又是两国的仇敌，他又在廿载的光景，要将他埋在此处，岂不要终朝作祟，使我君臣终朝不安？"王爷言："依你之见如何？""依臣之见，将他用铁箱子用火焚化尸身，装在坛子里，送往君山，交于飞叉太保钟雄，平地起坟，立个石碣，镌上他的名姓，前挖下战壕，必有侠义前来祭墓，来一个拿一个，来两个拿一双。"王爷连连点头，说："此计甚妙。"命人将张华、灵光、徐昌尸首搭将出去，次日用棺木成殓，与他们烧钱挂纸。五老爷的尸身用火焚化，装在古磁坛内，送往君山。君臣等出地道，暂且不表。

且说自从五爷去后，日色将红，大人起来梳洗整衣，请五弟讲话。公孙先生道："五老爷出衙去了。"大人一听，如高楼失脚，大海覆舟，嗳哟一声，半晌无言，不觉得泫然泪下，言道："吾弟此去凶多吉少。"先生在傍劝解。不时的着先生出去打听，总无音信。大人立志滴水不下，茶饭不餐，要活活饿死。日已垂西，大人要叫张祥儿细问。先生出来威吓张祥："你家主人出去，你不至于不知，必然有话。你不肯说，大人要把你叫将进去，责罚了你。"祥儿又不敢见大人，又不敢现出字柬，直是要哭的样子。先生苦苦的追问，这才说出："我要说出，先生救我之命。"先生说："全有我一面承当。怎么个缘故罢？"祥儿说："我家老爷临行，留下一个字柬。我家老爷今天不回，叫我明天献于先生。今日若献大人，将我家老爷追回，先杀了我，日后还走。"先生道："你把字柬拿来。你家老爷杀你，有我哩。"这才把字柬拿出，交与先生。先生入后见大人，就将前事说了一遍，把字柬呈上。大人打开一看，上写着字：

奉大人得知，小弟玉堂今晚到襄阳王府冲霄楼探探印信虚实，有印则回，无印也回。大人一看，嗳哟扑倒，躺于地上，四肢直挺，浑身冰冷。不知大人生死如何，且听下回分解。

第七回 卧虎沟蒋平定丑女 上院衙猫鼠见钦差

且说大人一见字柬，摔倒在地，众人忙乱，将大人双腿盘上，耳边喊叫："大人醒来，大人醒来！"大人悠悠气转，哭道："五弟呀！五弟！狠心的五弟，不管愚兄了。"先生在旁劝解："五老爷既然往王府去过，轻车熟路，此去到王府也无甚么妨碍。大人若提名道姓，哭哭涕涕，五老爷反觉肉身不安。"大人那里肯听。众人搀大人至里间屋内，仍是哭泣。先生出来，至自己屋内着急："今上院衙五爷一走，倘若王府差人前来行刺，我乃是文人，如何敌挡？大人有失，我万死犹轻。"上院衙中更夫又被五爷赶出，只是为难，也是无法。

一连两日无信，大人类若疯迷一般，先生提心吊胆。外面官人报道："蒋护卫到。"先生一闻喜信，连忙迎出。蒋爷从卧虎沟来，皆因水面救了雷振，丢了艾虎，不知下落，上卧虎沟打听。到卧虎沟见铁背熊沙龙，见礼让至家中，问艾虎可到。沙员外将艾虎之事如此恁般，恁般如此。蒋爷这才放心，知艾虎没死。又提欧阳爷的事，沙员外也就将大破黑狼山事，细说了一番。蒋爷一听，原来将沙老爷家大姑娘给了艾虎。问到二姑娘可给择婿，沙员外道："不成，不成，丑陋不堪，没人要。"蒋爷说："我给说个人家。"沙爷道："愔浊粗鲁，膂力胜似男子。"蒋爷说："何不请来一见。"老员外吩咐婆子请二位小姐。不多时，听外面喊一声，如巨雷一般，起帘栊进来二位姑娘。蒋爷一瞧，先走的如天仙一样，后走的如夜叉一般。怎见的？有赞为证。赞曰：

沙员外，叫女儿，快过来，行个礼儿。蒋爷瞧，一咧嘴儿。大姑娘，叫凤仙姐儿；似天仙，生的美儿。二姑娘，叫秋葵儿；蒋爷一瞧，差点没吓吊了魂儿。虽是个女子，气死个男人儿；高九尺，有神威儿。头上发像金丝儿，罩着块青绢子儿，并未带甚么花朵儿。漆黑的脸，赛过乌金纸儿；扫帚眉，入鬓根儿；大环眼，更有神儿；高鼻梁，大鼻翅儿；生一张，火盆嘴儿；大板牙，乌牙根儿；耳朵上，虎头坠儿；顶宽的肩膀，顶壮的胳膊根儿。穿一件，男子的衣儿；叫箭袖，青缎地儿；不长不短正可，身躯不瘦又不肥儿。皮挺带，系腰内儿；宽了下，够四指儿；夹衬袄，黑色灰儿；绿绸裤，花裤腿儿；蓝带子，箍了个紧儿；小金莲，真有趣儿；横了下，够三寸儿；大红鞋，没花朵儿；扁哈哈，像鲇鱼儿；扑叉扑叉，登山越岭如平地儿；常入山，去打围儿；拿猛兽，如玩艺儿。走向前，施了个礼儿；一个揖作半截，往旁边，一闪身儿。蒋爷一见，把舌头一伸，缩不回儿。

二位姑娘见礼已毕，员外说回避了。蒋爷说："我给二侄女说门亲事。"老员外说："四弟何必取笑，甚么人要我那丑丫头。"蒋爷说："是我二哥之子，准是门当户对，品貌也相当，膂力也合式。哥哥也不用见人，我告诉你这个外号就知道了。外号人称他霹雳鬼。"老员外一听反觉大笑。蒋爷取一块玉珮以作定礼。住两日，四爷自觉心神不安，惦念五弟，告辞上襄阳。

一路无话。至上院衙，叫官人回禀。不多时，见先生出来，四爷就知五弟不好，他若在，不能叫先生迎我，连忙问："先生，我五弟怎样？"先生道："里面再说。"四爷知道更不好了。至里面先生屋中落坐，先生就将大人到任、丢印拿盗贼、五爷走细说一遍。四爷道："嗳哟，五弟休矣！"四爷落泪，言道："大人哩？"先生说："大人滴水不下，非见五老爷不吃饭，要活活饿死。"蒋爷说："我去，大人就吃饭了。"先生带领蒋四爷见大人，叫玉墨回明蒋护卫到。大人正在哭涕之时，一闻护卫二字，只道是五爷到来："快请。"蒋爷见大人道："大人在上，卑职蒋平行礼。"大人只想着五爷，忽道："呀！我细看却是蒋护卫。"不觉泪下，叫蒋护卫："你我的五弟死了！"蒋爷说："大人何出此言。方才卑职遇见五弟，他说大人丢印，他上王府找印，他瞧冲霄楼实系利害，他不敢上去。他想今日乃是第四天了，他们必定将印抛弃逆水寒潭，他在逆水潭卧牛青石之上等候他们掷印，擘手夺来，岂不胜似在冲霄楼上涉险？他是个精细人，为甚么办那样险事？大人疑他死咧，岂不是多虑？并且卑职还劝他，上院衙没人，你这一走，岂不教大人提心吊胆？他说你见了大人替我说明，教大人放心，我在此等印。我说我在此替你等印，你先见见大人为是。他说大人派我护印，将印信丢去，无脸面见大人，非得印不能见大人。故此卑职准知他的下落。"大人说："既然知道他的下落，烦劳蒋护卫辛苦一遭，将他找来一见。"蒋爷连连点头，说："这有何难，卑职替他等印，将他换回来。"蒋爷意欲要走，故装腹中饥饿，言道："卑职由五鼓起身，至此时茶饭未进，在大人跟前讨顿饭吃，然后再去。"大人说："使得，使得。"吩咐摆饭，叫先生作陪。饭已摆好，蒋爷叫给大人预备坐位。大人道："不见我那五弟，立志滴水不进。四老爷不必让了。"四爷道："大人赏饭，大人不用，卑职也就不敢吃了。我是立刻就去与大人办事，哪怕就是饿死也不要紧。大人立志不吃，是不知道五弟的生死；如今五弟有了下落，大人何必一定不吃。就是这时不吃，片刻间五弟来了，难道大人不吃吗？"大人被蒋爷一套言语，说的倒觉难过。大人说："我陪着就是了。"四爷叫给大人斟酒。大人说："我几日未餐，酒可吞吃不下。"蒋爷说："预备羹汤馒首。"蒋爷苦劝，自己端起酒杯，大吃大喝，连说带笑。大人见这个景况，是见着五弟了；如其不然，他不能这样的欢喜，招惹的自己也就吃了点东西。蒋爷暗喜,吃毕道:“谢谢大人赏饭。”大人说:“务必将我五弟早早找来。”蒋爷回答:“今天不到,明天也就来到了。”大人知道蒋爷说话无准,受了他的骗了。

蒋爷告辞,同先生出来。先生也信以为实,说:“你遇见五老爷了?”蒋爷说:“谁遇见咧?不是这样,大人焉肯吃饭。”先生说:“你吃的通快,好像真遇见了。”蒋爷说:“我吃的都打脊梁骨下去了。今已四天,我去捞印要紧。”先生说:“莫走,你若一走,有刺客前来,甚么人保护大人?”蒋爷道:“嗳哟!保大人也要紧,捞印也要紧,除非我会分身法才成哩。也罢,先生快写告病的禀帖,开封府求救。”正要写信,官人报道:“现有开封府展护卫老爷、卢老爷、韩老爷、徐老爷到,外边求见。”若问几位来意,且听下回分解。

第八回 穿山鼠小店摔酒盏 蒋泽长捞印奔寒泉

且说展、卢、韩、徐，在开封府自从拿获了栾肖、水路的吴泽，两个人口供一样，共招作反之事，将他们收监，待拿了王爷对辞。就将他们的口供奏闻万岁，天子降旨，着开封府派点护卫上襄阳帮大人办事。几位爷各带从人，乘跨坐骑，赶奔襄阳。

晓行夜宿，饥餐渴饮。那日离襄阳不远，忽然天气不好，前边又不是个镇店，紧紧催马到了一个所在，没有大店，就是一个小店，嘱咐下马进店。徐三爷嚷道："店小子打脸水烹茶。"店小二说："不成，不成，我们是小店，那些事不管。"徐庆骂道："小子，不要脑袋了！"展爷一拦："三哥使不得，此处比不得大店。伙计莫听他的。"店小二说："你们众位老爷们，要吃甚么，须先拿出钱来。是你们自已作，是我们作可作不好。"展爷随即拿银子，连喂马带酒肉，一齐预备。饭熟放桌子，端酒茶。徐庆喝道："小子没长着眼睛么？"小二说："怎么了？"三爷说："四位老爷，为何三个酒盏子？"小二说："还是现借来的，再多没有了。"三爷说："没有，将脑袋拧下来。"要打，小二跑了。不多时，双手捧定一个大酒杯，言道："错过你们老爷们，我们掌柜的也不给使，这是我们掌柜的至爱的物件，我借来要是摔了，我这命就得跟了他去。"卢大爷说："怎么这么好？"小二说："我们这里的隔房都知道，这玩艺小名叫白玉堂。"卢爷骂道："小辈还要说些甚么！"小二说："我说白玉堂。"展爷拦道："莫说了，重了老爷的名字了。"小二道："这个酒盏子是粉锭的地儿，一点别的花样没有，底儿上有五个蓝字，是玉堂金富贵，故此人称叫白白白白……"三爷一瞪，他就不敢往下说了。三爷接来一看，果有几个字，展爷念念，展爷说："不错，不错，是玉堂金富贵。"三爷说："人物同名，实在少有。我与五爷对近，就使他喝酒。"小二说："黑爷爷，你可莫给摔了。"大家饮酒，三爷随喝随瞧，忽然一滑，摔了个粉碎。店小二哭嚷道："毁了白玉堂了！做了白玉堂了！"三爷抓住要打。展爷解劝，方才罢手。小二哭泣。展爷说："我赔你们就是。"小二说："一者，买不出来；二则，掌柜的要……要我的命。"展爷说："我见你们掌柜的，没有你的事就是了。"回头一看，卢爷一傍落泪，饭也就不吃了。展爷亲身见店东说明。人家也不教赔钱，言道："人有生死，物有毁坏。"卢爷更哭起来了。店钱连摔酒杯，共给了二十两银子。

天已二鼓，大家睡觉，惟有大爷净是想念老五，直到三鼓，忽觉灯光一暗，五弟从外进来，叫道："大哥，你们到襄阳，多多拜上大人，小弟回去了。单等拿了王爷，回都之时多多照应你那弟妇侄男。你我弟兄不能一处长聚了。”卢爷一惊:“你死了不成?你是怎样死的?快些说来!”五爷说:“小弟仇人就是他。”从外进来了一个大马猴,前爪往五爷身上一抓,再看五爷浑身血人一样。卢爷意欲向前,马猴早被徐三爷揪住,探一双手,把马猴的双睛挖将出来,鲜血淋淋。大爷把五爷一抱,哭叫道:“五弟呀,五弟!”焉知晓把展护卫抱住了。展爷说:“大哥,是我!”卢爷这才睁眼一看,却是南柯一梦,放声大哭,把二爷惊醒,言讲梦里之事,大家凄惨。展爷劝说:“大丈夫梦寐之事,何可为论,无非大哥想念五弟而已。”

次日,起身出店上马,奔襄阳而来。到了襄阳入城,上院衙外下马,叫官人进去回禀。卢大爷目不转睛,净看着五弟出来。四爷出来行礼,并未看见。四爷叫:“大哥。”卢爷抬头看见,言道:“五弟死了罢?”四爷言:“丧不丧,好好的人,因何说他死了?”大爷说:“因何不出来见我?”四爷说:“出差去了,有话里面说去。”大家入衙,至先生屋内。大爷要见大人,蒋爷使眼色。先生说:“大人歇了觉了。”展爷就知不好。四爷叫看酒,说:“三哥喜大杯饮酒,看大杯。”三爷与大家吃酒。四爷问大众的来历。展爷将奉旨的事细说一遍。三爷大醉,说:“我醉了,如何见大人。”四爷说:“你先睡觉,回头再见。”三爷点头,真就睡了。不多时,呼声振振。大爷便问:“五弟倒是如何?”四爷言:“先把三哥灌醉,就好说了。”大爷言:“快说。”四爷就提大人丢印事五爷追印未回。大爷哭道:“五弟死了。”四爷问:“何出此言?”大爷将摔盏、梦中事细言。四爷心惨,又把哄大人的话哄了大爷。大爷半信。四爷说:“好了,你们来得巧,我将要上寒潭,无人保大人,众位一来,有看家的了。二哥同我去,与我巡风。”大爷也要去,四爷道:“逆水潭在君山之后,你老人家爱哭,倘若被君山喽兵看见,岂不是祸患不小?”大爷说:“我不哭,我可得去。”四爷说:“你看家罢,家里头也要紧。”大爷说:“不教去,我就寻死。”四爷说:“你说话就不吉利。”二爷说:“去就教大哥去。”三爷怪叫了一声,由梦中起来,说:“我也去。”蒋爷说:“又醒了一位。三哥要那里去?”三爷说:“那里去,我就上那里去。可是你们上那里去呢?”蒋爷说:“三哥我告诉你,你可莫着急,大人到任把印丢了,教襄阳王府的人盗去。”三爷说:“我走。”蒋爷说:“三哥上那里去?”三爷说:“我找襄阳王要印去。”蒋爷说:“咳,没在王府,他们撂在逆水寒潭了。又不是在山上,水里头是我去,山上才该你去呢。”徐庆说:“对,你是翻江鼠,我是穿山鼠,我给你巡风去,还不行么?”四爷说:“大哥、二哥都给我巡风,何用全去。看家要紧。”三爷说:“看家有展护卫。”蒋爷说:“不行,展爷的本领不如你。”三爷说:“怎们我比展护卫的本领还大?是我比你的本领还大么?”展爷说:“大多咧。”蒋爷说:“你那个本领有考校呀。要是此刻前来,慢说动手拿贼,就是大喊一声穿山鼠徐三老爷在此,就能够诸神退位。”三爷大笑："那不成了姜太公了吗？既然如此，我就看家。我睡觉可死啊，要是刺客前来，你可叫醒了我，我好嚷诸神退位。"可见得蒋平一辈子不能长肉，自己哥们他还阴他呢。四爷带上水湿衣靠，大爷、二爷各带夜行衣的包袱。四爷嘱咐展爷："保大人全在你一人，别指望我们三哥。"说罢，三人起身，出上院衙，走襄阳西门。一路无话。

日已垂西，遇一樵夫，打听寒潭所在。樵夫说："过北边一段山梁，过山梁平坦之地有一村，名叫晨起望。东西穿村而过，出东村口，有个涧，叫鹰愁涧；有个崖，叫锦绣崖。往东北有个小山口，千万可别进去。小山口通君山后身，如若进山口，教喽兵看见，立刻就绑押解见大寨主，问你的来历。虽不至于死，可不吓一大跳。过了小山口，往北路东有个岭，叫蟠龙岭，上有五棵大松树，密密杂杂，枝叶接连，年深日远，其名叫五接松。树下有新坟地。由蟠龙岭前往北，有个大三神山；再往北，有小三神山。大三神山有山，小三神山无山有庙。由庙东山墙往北，地名叫上天梯。先前下不去，如今有钟寨主找石匠镌出一蹬一蹬的台阶来，其名就叫上天梯。站在上天梯的上头往下一看，在东北有一个大水池子，方圆够三里地。此水寒则透骨，鹅毛沉底，一味的乱转，其名就叫逆水寒潭。听见说是当初禹王治水的一个海眼。公然就是一个大水池子，有甚么看头。遇见喽兵就要涉险，我可是多说。"蒋爷陪笑说："借光，借光。"樵夫担柴扬长而去。

三位爷过山梁，穿晨起望，走鹰愁涧，过锦绣崖，远远看见小山口，往里一瞧：山连山，山套山，也不知道套出多远去。往北奔大三神山，正东蟠龙岭上有五棵大松树，树下新起的一个大坟头儿，前面有石头祭桌，上有石头五供。傍边有石碣子一个，上头刻着字，字是"皇宋京都御前带刀三品护卫大将军讳玉堂白公之墓。"卢爷看见哭道："原来五弟死去，坟墓却在此处，待我向前哭奠他一番便了。"二爷哭道："正是。"四爷一见说："不好！坟前一哭，被喽兵看见，即是杀身之祸。"不知三位的生死，且听下回分解。

第九回　逆水潭中不见大人印　山神庙内巧遇恶喽兵

且说卢爷、韩二义要奔坟前痛哭，被蒋四爷揪住，言道："二位哥哥，你们是看见坟，以为是五弟的坟，要过去哭去，是也不是？"大爷哭哭涕涕的言道："见着五弟的坟墓，焉有不恸之理。"蒋爷说："要真是五弟的坟，哭死也应当。无奈五弟没死，我实对二位哥哥说罢，五弟追印教王爷拿住了，王爷爱他，劝他降王爷，他焉肯降。君山钟雄因是王爷的一党，他文中过进士，武中过探花，有些个韬略。他出的主意，把老五幽囚起来，假作坟墓，立上石碣，以作打鱼的香饵。他知道五弟交的都是侠义的朋友，知晓坟墓在此，必要前来祭墓，岂不是来一个拿一个？"卢爷问："怎见得？"四爷说："你看前面明堂那里，明显着埋伏，不是战壑，就是陷坑。"大爷问："怎么看出？"四爷说："你瞧，祭桌前亮亮的一块黄土地，山上那里有平平的黄土地，下面必有埋伏，过去被捉，死到不怕，幽囚起来全归降他们，求生不得，求死不得，那还了得。"卢爷一看，果然山上各处皆是石头，惟有坟前一块土地，可见得是有假，只可半信半疑，被蒋爷拉住。往北走小三神山、山神庙、东山墙，至上天梯，就听见水声大作，类如牛吼。再瞧上天梯，一蹬一蹬的石阶，直上直下，如梯子一样。果然东北有一个大水潭，水势乱转，哗喇哗喇的声如鼎沸。卢爷说："此潭利害。"四爷道："固然是利害。我看过天下的水图，真是个水眼，寒则透骨。"大爷道："不好就别下去。"四爷说："谁教印信在潭中，就是开水锅，我也得下去。"卢爷大哭："下去就够活的。"四爷说："多么丧气。你别下去了，在此巡风，遇喽兵辨别辨别。你可也别哭，教人看见，全走不了。"卢爷无奈点头，只瞧着二爷、四爷下去。

至寒潭，四爷换了水湿衣靠，下潭工夫甚大，不见上来。又知道四爷身体软，若水又凉，工夫又大，准死。大爷叫："四爷阴魂在前，少等片刻，愚兄在五爷坟上哭他一场。"就也不管巡风了。转头至山神庙前，在一旁有块卧牛青石上一坐，把夜行衣包袱一丢，就听见庙内呼救说："救人哪！救人！"大爷生来是侠肝义胆，专爱管人间不平之事，听妇女呼救，站起来到庙门口，门隔扇半掩，由缝内一看，有一男子喽兵的打扮，面向西北。有一妇女，年近三旬，面向东南。虽是乡间妇女，倒也素净。眼含痛泪，口中嚷道："救人哪！杀了人了！"正被卢爷看见。那喽兵笑嘻嘻的言道："嫂嫂不用嚷，左右无人，天气已晚，你要喊了我们伙计来，更不好了。不如就是你我二人在此，倒也无人知晓。"卢爷连瞧带听，喽兵说了好些不是人行的话，把肺都气炸了。一抬腿，嗑叹的一声，那隔扇上纂踹折，恰巧的往下一拍，正把喽兵压在底下，闹了个嘴扎地。卢爷蹿进来，用足一踢，将隔扇踢开，解喽兵的腰带，将二臂捆起。再看妇人，由那边半开隔扇斜身跑出去了，并未给卢爷道谢。大爷也不嗔怪。

喽兵教隔扇压了一下，又将二臂捆起，只当是一块的伙伴，说："别玩笑，有这么着玩的么？"抬头一瞧卢大爷，吓了一跳，只见他头上戴紫缎子六瓣壮帽，绢帕拧头，斜拉茨菇叶，紫缎子箭袖袍，鹅黄丝鸾带，墨灰色的衬衫，青缎压云根薄底鹰脑窄腰快靴。胁下佩带一口轧把峭尖雁翎势钢刀，绿沙鱼皮鞘子，金什件，金吞口，紫挽手绒绳飘摆，悬于左胁之下。涀荡荡身高九尺，紫巍巍一张脸面，类如紫玉一般。两道箭眉斜入天仓，一双虎目圆翻，皂白分明。面形丰满，大耳垂轮。五绺长髯根根见肉，故此未做官人，称为美髯员外。这位爷秉性刚直诚笃，仁人君子之风，排难解忿，济困扶危，有求必应，喜忠正，憎奸佞，爱的孝子贤孙，义夫节妇；恨的贪官污吏，土豪恶棍，到处专管不平之事。可巧遇见他老人家，喽兵吓的真魂出壳，连连往上叩头，说道："爷爷你打那里来？"卢爷哼了一声，把刀拉出约有三寸有余，言道："你与那妇方才讲些甚么？作此伤天害理之事，当在刀下作鬼。"喽兵说："爷爷慢着，方才那是我盟嫂，嫂子、小叔有个离戏，我合他闹着玩，他就急了，可巧教爷爷瞧见。你别生气，叔嫂玩笑，古之常理。"卢爷唾了他一口："呸！呸！甚吗东西！问你叫甚么名字？那里的喽兵？""爷爷要问，我是君山旱八寨头一寨，是巡捕寨的喽兵，姓毛，叫毛嘎嘎。"大爷说："听你这个名，就不是好人。我且问你，前边五接松这坟地是甚么人的？"毛嘎嘎道："这个人提起来，英名贯宇宙。你横竖也听见说过，是金华府人氏，后在陷空岛五人结拜，人称五义，号曰五鼠。有个锦毛鼠白玉堂，身居护卫之职，闹过东京，龙图阁和诗，万岁一喜封官。如今跟随颜按院大人，至襄阳查办事件。不料王爷派人去，将按院大人的印盗来。此人一怒，追至王府，进八卦连环堡，上冲霄楼拿印，一旦失脚，由天宫网坠落下去，教十八扇网罩住。更道地沟内有一百弓弩手，围住铜网乱弩齐发。"卢大爷说："可射在致命处没有？你…你…你…你…你…快些说来！"毛嘎嘎说："岂止射在致命处，射成大刺猬一般。弩箭上全有毒药，毒气归心，可怜老爷子一命呜呼！称的起是为国尽忠。死后还拉了个垫背的，把个张华拿刀扎死。依王爷埋在盆底坑，封他个镇楼将军与王爷镇楼。有个魏先生出的主意，送往君山交给我们寨主爷，平地起坟，前头挖下战壑，招侠义前来祭墓，好拿人。我们寨主接着这个古磁罈，念起他是个英雄，常言说的是'好汉爱好汉，惺惺喜惺惺'，找了一块风水所在，可着我们君山的人，一晚晌的工夫修得了一块坟地。每天派我们祭奠一次，烧钱挂纸，还得真哭，不哭回去还是挨打。皆因我带着小童，一个叫三多，一个叫九如，担着食盒。可巧我遇见路大嫂子，挤在庙中，二人说笑两句，被爷爷看见，这就是已往从前……。"毛嘎嘎跪在那里，低着头说了半天，一抬脸看卢爷靠着那扇隔扇，按着刀，瞪着眼，一语不发。"呀！爷爷睡着了。"那知道卢爷听在射成大刺猬那句话时，心里一疼，就死过去了，耳边听见嘞噜嘞噜的，就不知说些甚么。你道为何不倒？有那扇隔扇靠住身子。嘎嘎看大爷不言语，就起身跑出去了。卢爷被一阵风一飕，醒过来了，叫嘎嘎，再找不见。出庙随叫随找。那边有人在五接松松树之下，两个小童儿将盒打开，摆上祭礼，烧钱纸，叩头大哭："五爷呀！"大爷一见，心中一疼，咕咚一声，躺于地上死过去了。若问卢大爷的生死，且听下回分解。

第十回 卢方自缢蟠龙岭 路彬指告鹅头峰

且说两个小童儿奉寨主令,跟嘎嘎前来上祭,半路一晃,不知嘎嘎那里去了。天气不早,只可两人去祭奠。摆祭礼,奠茶酒,烧钱纸,叩头,诸所完毕,将家伙撤下来,抬在食盒之内,抬将起来,由坟后头土山子过去,不等嘎嘎回寨,交令去了。

却说卢爷瞧着小童儿哭的甚恸,自己就把这口气挽住了。冷风一飕,悠悠气转,抬头一看,童儿等踪迹不见,自思:"五弟准是死咧,四弟也活不了。我们当初有言在先,不能同生,情愿同死,到而今我可就等不的三弟、二弟了。"一瞧对面有棵大树,正对着五爷之坟。自己奔到树下,将刀解将下来,放在地下,将丝鸾带解将下来。可巧此树正有一个斜曲股叉,一纵身将带子搭好,挽了一个死扣。跪祷神祇,向着都京地面拜谢万岁爵禄之恩,谢过包相提拔之恩;向着逆水潭叫了两声四弟,向着坟前叫了两声五弟;向着陷空岛又叫了两声夫人,又叫道:"娇儿啊!卢方今生今世不能相见了。"用手将带子一分,两泪汪汪说道:"苍天哪,苍天!我命休矣!"大义士把脖颈一套,身子往下一沉,耳内生风,心似油烹,眼一发黑,手足乱动乱踹,渺渺茫茫。

忽然耳内有人呼唤,微睁二眸,看见两个人在面前蹲着:一个是蓝布裤袄腰紧,蓝布钞包靸鞋;一个是青布裤袄,青布钞包靸鞋。一个是白脸面,细条身材;一个是黑脸面,粗眉大眼。全都未戴头巾,高挽发结。黑脸面的手中一条木棍,眼前又放着一个包袱。卢爷自思:方才上吊,怎么这时节我坐在这里?必是两个人将我救下。连忙问道:"二位,方才我在此树上自缢,可是二位将我救下?"二人说:"是。你若大年纪,又不是穷苦之状,因何行此拙志?"大爷说:"嗳哟!二位若要救人一命,胜造七级浮图。奈因阳世间没有我脚踏之地,是生不如死。"黑脸的说:"你瞧,这个不是他吗?"白脸面的说:"对对,是罢,老人家方才山神庙可救了妇人吗?"卢爷道:"不错,也是出其不意。听见庙里有人呼救,是吾将毛嘎嘎捆上。那位大嫂跑了,是二位的甚么人?"两个人说:"这个袍袱可是你的吗?"卢爷说:"是我的。"卢爷在石头上坐着。进庙救人,追出毛嘎嘎,见小童儿上祭,然后上吊,那里还顾袍袱,被二位拾来。

你道二位是谁?居住晨起望,打柴为生。一位姓路叫路彬,一位姓鲁叫鲁英,是姐夫郎舅。皆因路鲁氏险些被毛嘎嘎污染,遇卢爷解围,逃回家去,正遇路、鲁卖柴回家，一闻路鲁氏之言——路彬是个聪明人，能牙利齿；舅爷是粗莽庸愚——鲁英提了一条木棍，同路彬至山神庙找寻了一回，并没遇见毛大。石头旁边撂着个袍袱，拾将起来，正要回家，遇卢爷上吊。鲁爷过去，将卢爷解将下来，盘腿耳边呼唤，卢爷悠悠气转。鲁爷听姐姐所言，救他之人，与卢爷面貌无差，连袍袱俱都不错。两人与卢爷行礼，称卢爷为恩公。卢爷问："二位贵姓？"一人说："我叫路彬。"一人说："我叫鲁英。"卢爷问："那位大嫂是你们甚么人？"路爷说："是我贱内。"鲁爷说："是我的姐姐。"二人问卢爷说："恩公贵姓？"大爷不肯说。路爷明白，言道："恩公有话请说，我们虽与君山甚近，可是大宋的子民，有甚么请说，绝无妨碍。到底恩公贵姓？"大爷说："我姓卢，单名一个方字。"路爷说："莫非是陷空岛的卢大老爷么？"大爷说："正是。"路爷说："到此何事？"卢爷说："方才你们说是大宋的子民，我方敢告诉你们，皆因按院大人丢失印信，教贼人抛弃逆水潭中，我特前来捞印。"鲁英说："甚么？是你捞！"卢爷说："不是。我们来了三个人呢，有我二弟、四弟捞印，是我四弟下去。"鲁爷说："下去了没有？"大爷说："下去了。"鲁爷说："淹死了。"卢爷说："嗳哟！"只听磅叹一声，路爷打了鲁爷一掌，说："你胡说！"鲁爷说："下去就死。上回六月间，我们十几个人，就是我水性好，拿绳子把我腰系上，他们几个人揪着绳子，我往水里一扎，教浪头一打，我就喝了两口水。幸亏他们拉的快，不然我就淹死了。"路爷说："四老爷那个水性像你吗？御河里头捎过蟾，高家沿治过水，拿过吴泽。江海湖河沟壑池淀溪坑涧，无论多大水，不足为虑，何况此潭。"问卢爷从那方下去的。卢爷说："从正西。"路爷说："不行。活该凑巧，今天早晨，他们将印抛将下去，正是我们在上天梯下打柴，瞧他们在鹅头峰抛下一样东西。恰是日色将出的时候，黄蹬蹬系着一块红绸子，抛将下去。我们只是纳闷，你老人家说出，我才省悟是印。你老人家收拾，一路前往，我指告四老爷的方位。"卢爷点头，由树上将带子解下来，系在腰中，将刀跨将起来，袍袱拿起来，奔小神山。一边走着，路爷、鲁爷问卢爷，因为何故在此自尽。卢爷又问路爷、鲁爷说："方才这个坟，可是我五弟坟吗？"鲁爷刚要答言，路爷怕他说出来，言道："这个坟不是五老爷的坟，我听说五老爷被捉，劝降君山，五老爷不降，假作一个坟，暗地里有人。若有人前去祭墓，那是准被他们拿住。五老爷不降，被捉的人若降了，那就像五老爷降的一样。这是钟雄用意，你老可莫认真。"会撒谎人真说的圆全。蒋爷说的，卢爷还不深信；路爷的谎，卢爷信以为真。你道路彬何故撒谎？是聪明人一见而明。他想卢爷上吊，必是为他五弟之事。鲁爷在旁发怔，他也不知他姐丈是甚么意见，又不教他说话。走到上天梯上，鲁英说："小猴，小猴。"卢爷说："不是小猴，是我们老四。"路爷又打了鲁爷一下。路爷叫卢爷嚷，莫下去。

焉知晓四爷头次下水，自己穿上鱼皮靰，摘去头巾，拿尿脬皮儿罩住脑袋，藤子箍儿上有活螺丝，拧上两把牛耳尖刀，把自己的衣服包袱盖好，叫二爷给巡风。四爷扎入水中，被浪头一打，自觉着昏头转向，不能随水乱转，逆着水力往下坐水，寒则透骨，霎时间力尽筋出。前文说逆水潭鹅毛沉底，难道说蒋平比这鹅毛还轻么？不然，有个情理：这水是乱转，不是鹅毛到水就沈下去，是转来转去，转在当中，往下一旋，即旋入海眼去了，故此鹅毛沉底。蒋爷下水，是活人，讲究下水，就得知道水性，凭他怎么的转，也不顺着他去；若要顺他到当中，也就旋入海眼去了。只是一件，寒则透骨，蒋爷禁受不得，坐了五六气水，在水中看大人印信影色皆无。大略着再坐两气水，冷就冷死了。往上一翻上岸来，浑身乱抖。叫二哥拉出刀来，砍些柴薪，拿自来火筒，捏火出，点出柴薪。四爷前后的乱烘，方觉着身体发暖，说道："利害呀！利害！"二爷问："可见着印没有？"四爷说："没有，没有。再看这回。"二爷说："不好，莫下去了。"四爷说："不下去，焉能行的了。"听大爷嚷道："莫下去！"四爷说："大哥一来，又该絮絮叨叨的呀。"一跃身，扎入水中去了。大爷又嚷："不行了，四爷又入水中去了。"

三人下上天梯，至逆水潭涯，叫道："二弟！我与你荐两个朋友。"二爷猛回头，倒吓了一跳，问："此二位是谁？"卢爷将自己事说了一遍，也把路、鲁二位的事学说了一回。二爷反倒与路、鲁二位道劳。卢爷问二爷四弟捞印之事，二爷也把四弟捞印毫无影色说了一回。等够多时，四爷上来仍去烤火，暖了半天。卢爷与路、鲁见四弟，说鹅头峰抛印之事。说了一回。蒋爷一听，说："这可是天假其便。"要奔鹅头峰捞印。捞得上来，捞不上来，且听下回分解。

第十一回 樵夫巧言哄寨主 大人见印哭宾朋

且说蒋爷一听路、鲁之言，今日早晨看见把印系着一块红绸，由鹅头峰抛下。四爷听说就要前去下水。路爷一把拉住，说："且慢，我有个主意。水性太凉，如何禁得住。叫我们鲁爷取些酒来，我再打下点柴薪。四老爷外面烤透了，腹中有酒，准保在水中半个时辰不冷。"就叫鲁英去家中取酒。路爷自己借韩二爷的刀，砍了些柴薪搁在火上，叫蒋爷过来烘烤。不多时，鲁爷到来，拿着个大皮酒葫芦，拔去了塞儿，蒋爷都都都都的喝了一气。又喝又烤，顿时间浑身发热，内里发烧，酒也不喝了，火也不烤了，直奔东南到鹅头峰下。卢爷嚷："到了。"蒋爷高声嚷道说："大哥、二哥听着，多蒙路、鲁二位指告我的所在，托赖天子之福，大人的造化，才能捞将上来。再若见不着印信，我可就不上来了。"大家一闻此言，惊魂失色。卢爷就要大哭，被大家劝住。

单说蒋四爷扎入水中，坐了两三气水，觉着不似先前那般冷法，总是腹中有酒的好处。又坐了几气水，睁眼一看，前边红赤赤的一溜红绸子，唰喇喇喇的被浪头打的乱摆。蒋爷就知道是印，迎着水力往前一扑，探手一揪红绸，一丝也不动。蒋爷吃一大惊。你道印信拿不过来是甚么缘故？这个印要扔在潭中，不用打算上来。前文说过，此潭水势乱转，鹅毛转在当中都要沉了海底，何况是印。总有个巧机会，又道是不巧不成书。一者大宋洪福齐天，二则大人造化不小，三来蒋爷的水性无比，四来又是路、鲁二位的指告。活该蒋四爷作脸，这印被山石缝儿夹住，若不是这个石头缝儿夹住，也就被水旋入当中海眼去了。蒋爷尽力往上一提，提出石缝。蒋爷往上一翻，钻出水来。路、鲁、卢、韩四人在鹅头峰下，眼把把的看着，听水中呼泷一声，四爷上身露出，手捧金印，举了个过顶。卢爷过去要拉，被二爷揪住，说："失脚下去，性命休矣。"蒋爷上来，路、鲁二位与大众道喜。四爷将印交与大爷，仍奔正西前去烤火。路、鲁二人催道："天晚了，换衣裳快走罢。不然，君山撒下巡山喽兵，可不是当要的。"蒋爷点头，又喝了些酒，拔了刀子，去了尿胞皮，摘了藤箍，脱了鱼皮靴，换了白昼的服色，包起鱼皮靴。大爷解了印上的红绸子，收了印信。鲁爷提携着酒葫芦。路爷紧催道："不早了，快走，快走。"

大家上上天梯，走到山神庙。卢爷一指说："我就在这遇见路大嫂。"蒋爷道："若不遇见路大嫂，你也就早死多时了。"说毕，大家反倒笑了一回。

忽然间，听见前边铜锣振振，呛啷啷声音乱响，满山遍野灯笼火把、亮子油松，照彻前来。喽兵嚷道："拿奸细呀！"叹啷啷叉盘乱响，大喊一声说："拿奸细！"此人乃是君山巡山大都督，外号人称亚都鬼，名叫闻华。蒋爷一看，此人身高九尺，蓬头勒金额子二龙斗宝，两朵红绒桃顶门上秃秃的乱颤。紫缎子绑身小袄，寸排骨头钮，紫钞包大红中衣，薄底靴子，虎皮的披肩，虎皮的战裙。黑挖挖的脸面，粗眉大眼，半部刚髯。蒋爷叫："大爷把印给我罢，你们迎上前去。"路爷低声说："不可，我二人迎上去，不行你们再出。"蒋爷点头，暗道："两个人本领还不错呢！"蒋爷三人暗暗隐避身去。路、鲁迎到上面，喽兵嚷道："甚么人？"路爷言道："是我们两个。"喽兵报道："前面有晨起望卖柴的路彬、鲁英挡住去路，禀寨主爷的侍下。"闻华道："列开旗门。"喽兵一字儿排开。路、鲁二人施礼道："寨主爷意欲何往？"闻华说："方才喽兵报道，上天梯下逆水潭旁火光大作，怕有奸细，是我看看虚实。"路彬说："没有。我二人方才在上天梯下边打柴，天气太晚，潭中寒气逼人，点了些柴薪烤了一烤，刚打下边上来，并无别人。若有面生之人，我们还不急急的报与寨主知道？寨主若不凭信，就自己去看。"闻华一听此言，说："火是二人点的，我就不必去看了。"说罢，将手中三股叉一摆，众喽兵尾作头，头作尾，别处巡山去了。蒋四爷暗地听明，说："好一个路彬！此人大大的有用，乃吾之膀臂也。"待喽兵等去后，与路、鲁会在一处，走小路穿山道，至路爷门首，要告辞。路爷问："上那里去？"四爷说："回上院衙。"路爷说："走不的，此时巡山人多多了，若遇上可不好办了，明日起身，我有万全之计。今日且在我的家中住下，明日再走。"四爷点头，至路爷家，到里面上房屋中坐下。有路鲁氏过来见卢大爷叩头行礼。卢爷言："不敢当。"行礼毕，入后去了。大家用饭。

次日，路爷与大众换了樵夫的衣巾，担着几担柴，连路、鲁二人共五个樵夫，有像的，有不像的。二爷就像；大爷不很像，长髯的樵夫很少；四爷更不像了，痨病鬼的樵夫那里有。过南山梁，幸而没遇见一名喽兵。到树林内换衣服，仍是本来的面目。大爷拿印，施礼作别。四爷说："我们见了大人，必说二位的好处。印可是我捞的，功劳实是二位的。你们从此也不必打柴了，大人正在用人之时，保二位大小总可以有个官职就是了。"路爷连说："不行，我们焉有那样造化。"四爷说："还有用二位之处。"那五担柴改作两担，又挑回去了。

再说大爷三位走旧路而回。进襄阳城，四爷叫大爷、二爷揣印由后门而入，自己由前门而进。到了上院门首，官人见四爷归回，个个垂手侍立。到里边，见公孙先生满脸愁容，四爷说："何故如此不高兴么？"先生说："可了不得，你早回来也好。王府人来，一个个如狼似虎一般，衙前乱嚷乱闹，拿着文书，请定了大人的印了，怎么说也不行。好容易天晚了,把他们央及走了。今日虽走了,明日还来呢。要定了用印的日子,我焉敢应承多暂用呢。"蒋爷言:"你说明天用。"先生道:"无印,明日拿甚么用?"蒋爷笑说:"得回来了。"先生说:"得回来了?嗳呀!万幸!万幸!现在那里?"四爷说:"我大哥拿着呢。"随说随往后走,见着大爷、二爷、展爷正讲论印信之事。四爷问:"我三哥呢?"展老爷说:"早就吃醉了。"蒋爷说:"好,趁着他睡觉,咱们先见大人。"卢大爷将印交与蒋平,先生回话,连玉墨也是欢喜。

不多时,里面传话,说有请众位。大家进去,蒋爷见大人行礼道喜。大人泪汪汪的说道:"众位见着五弟了么?"蒋爷回禀大人道:"未曾见着五弟,将大人的印信由逆水潭中捞将出来,岂不是一喜。"四爷将印往上一献。大人不看印还倒罢了,一见印信,睹物思人,想起五弟就为此印至今未见,大概早死多时。大人哭道:"不见我那苦命的五弟,要此印信何用!我五弟为我无印而死,我还若坦然做官,居心不安。你们大众外面歇息去罢。"含泪道:"五弟呀,五弟!"

大众出来。蒋爷说:"可好!自己舍死忘生,费了多大的事,在逆水潭中三次才把印信捞出,指望着见大人望上一呈,大人必是欢喜,那知反倒落了个无趣。"蒋爷可也不嗔怪大人,大人与五弟义气太重,这也难嗔怪于他。蒋爷与展南侠道:"我可不敢派你差使。这个护印专责,非你不可。"展南侠点头道:"小弟情甘意愿。可有一件,我可一人不当二差,我只管护印,外面甚么事我都不管。"蒋爷说:"就是。"只顾交付展爷印信。不大要紧,外边一阵大乱,喝喊的音声甚众。不知甚么缘故,且听下回分解。

第十二回　王官仗势催用印　蒋平定计哄贼人

诗曰：

开卷闲将历代评，褒忠贬佞最分明。

稗官也秉春秋笔，野史犹知好恶情。

忠佞各异，褒贬不同。史笔昭然若揭：有褒于一时，而即褒于万世者；亦有贬于一时，而不贬于万世者。这套书褒忠贬佞，往往引古来证据：

西汉时，高帝既定天下，置酒宴群臣于洛阳之南宫，因问群臣说："尔通侯、诸侯、诸将等，试说我所以得天下者何故？项羽所以失天下者何故？"高起、王陵二人齐对说："陛下使人攻打城池，略取土地，既得地就封那有功之人，与天下同其利，因此人人尽力战争，以图功赏。此陛下之所得天下也。项羽则不然，妒贤嫉能，虽战胜而不录人之功，虽得地而不与人同利，因此人人怨望，不肯替他出力，此项羽所以失天下也。"高帝说："公等但知其一，不知其二。夫运筹策、定计谋于帷幄之中，而决胜于千里之外，这事我不如张良。镇定国家，抚安百姓，供给军饷，不至乏绝，这事我不如萧何。统百万之兵，以战则必胜，以攻则必取，这事我不如韩信。张良、萧何、韩信都是人中的豪杰，我能一一信用他。得此三人之助，此所以取天下者也。项羽只有一个谋臣范增，而每事疑猜不能信用，是无一人之助矣，此所以终被我擒获也。"群臣闻高帝之说，无不欣悦敬服。夫用人者恒有余，自用者恒不足。汉高之在当时，若用勇猛善战，地广兵强，不及项羽远甚，而终能胜之者，但以其能用人故耳。故智者为之谋，勇者尽其力，而天下归功焉。汉高自谓不如其臣，所以能驭驾一时之雄杰也。闲言少叙，书归正传。

且说蒋爷把印交给展爷，展爷实心任事，叫公孙先生装了印匣，包在包袱，交了。展爷将印所打扫干净，将印放在桌上。展爷在旁一坐，佩定宝剑，目不转睛，净看着印匣，似此护印，万无一失。

外面一乱，蒋四爷出去一瞧，原来是两个王官，带定王府兵丁二十余人。这两个王官全都是六瓣甜瓜巾，青铜的磨额，箭袖袍，丝鸾带，薄底靴，跨马服，肋下佩刀。一个是黄脸面，一个是白银面，全都是粗眉大眼，半部刚髯，托着个黄包袱。兵丁给他拉着马匹，直是喊叫，要请大人用印。蒋爷到面前与他们道了个辛苦，冲着两个王官一龇牙。两个王官一瞧蒋爷这长短，戴一顶枣红的六瓣壮帽，枣红的箭袖

袍，丝鸾带，薄底靴子。身不满五尺，四尺多高，形同鸡肋，瘦小枯干，软弱弱病夫一般，骨瘦如柴，青白面目，两道眉远瞧是两道高岗，近瞧稀稀的几根眉毛。尖鼻子，尖峰棱头骨。薄片的嘴，芝麻牙，圆眼睛，单眼皮，黄眼珠。窄脑门，小下巴颏。两腮无肉，瘪太阳，高颧骨。细脖脡，大咳啦嗉溜肩膀，小脚吧鸦。正像是走着跳着是活，倒卧能吃能喝的枯髅骨。紧七慢八，痨病够了月分了，小名叫“对付着活着”。一阵风来了，迎风而仆，附风而僵。里头没有骨头架子支着，还能往里瘦，外头没有人皮包着，能把人散了。王官如何瞧的起蒋爷这个样儿，对着蒋爷拿着小架子。蒋爷抱拳笑嘻嘻的问道：“二位老爷贵姓？”王官说：“我叫金枪将王善，他是我兄弟叫银枪将王保。奉王驾之旨，特来请印。昨日有位先生告诉我们，说大人病了，不能用印。可也倒使的。人吃五谷杂粮，能不生病吗？到底给我们个准信，是几时用印，我们也好回覆王爷。”蒋爷说：“明天二位再辛苦一次。”王官说：“慢说明天，就是下月明天，也不要紧。倒是有个准日子。别像昨日那个先生，说完了不能用印就跑了。明天用印，你作的了主吗？”四爷说：“我作不了主，是我们大人的吩咐。”王官说：“你贵姓？”四爷说：“我姓蒋。”王官回头叫带马，连兵丁俱回王府去了。

蒋爷入内求见大人，见大人提说王府差官请印之事。“明天正午，大人必要亲身升堂用印，使奸王他们就死了心了。”大人无奈点头。蒋爷出来见先生说：“明日王府请印，你把用印差使让与我罢。”先生连连点头说：“使得，使得，等明日用印。”一夜无话。

到第二天巳牌时候，外边一阵喧哗，王府的差官前来请印。蒋爷吩咐将官人传到，大人正午升堂用印。王府众人纳闷，一个个交头接耳。兵丁暗禀差官说：“上院衙能人甚多，可莫教他们拿在里头，用上个假印。老爷们用印时，必须要亲身瞧看才好。”王官说：“那是自然的。”天色正午，大人升堂，传话出来，教差官报门而入。王善、王保至堂前报名行礼，将文书呈上。先生接过文书，展开放在公案。大人看了看，是行兵马钱粮的文书。大人吩咐用印。蒋爷打开了包袱，请钥匙开锁，从印匣请出宝印，冲着王府二位差官，特意显显，叫他们看的清清楚楚、明明白白。王善、王保二人一看宝印，把舌一伸，浑身是汗，暗说：“怪道呀，怪道！”将印用完，交与王府二位差官。出得衙外，将文书包好，吩咐带马。兵丁过来听见，说：“印文没用上罢？”王官正在气恼之间，喝道少说话，催马回王府去了。

再说上院衙大人办理些公事退堂。先生将印信包好收拾起来，仍交与展南侠护印。先生同着蒋四爷说：“嗳呀！这可就没有事了。”蒋爷道：“嗳呀！这可就有了事了。”先生说：“这可有甚么事？”蒋爷说：“这事更多。不用印，王爷还不想害人；这一用印，他必是害怕，今日晚间必遣人来行刺。”先生说：“遣人前来行刺，还是没我的事，用你们武将拿人。”蒋爷说：“虽是我们武夫拿人，还得用先生。甚么缘故呢？今日晚间，把大人安附后楼睡觉。你同着主管玉墨，你假扮大人坐在前庭，等候着刺客前来。”先生说：“嗳呀！嗳呀！我可不能，不能。”蒋爷说：“你不能也不行。你愿意把大人杀了吗？”先生说：“嗳呀！你愿意把我杀了？”蒋爷说：“有我呀。”先生说：“有你可就没了我了。”四爷说：“无妨。要是你有好歹，我们该当何罪，连管家玉墨还得辛苦呢。大人平安，大家全好。”先生道：“你同管家说去罢，他点头就行。”四爷到后面见大人，叫大人晚间在后楼睡觉。大人道：“不用，我情愿早早的死了，方遂吾意。”四爷说：“卑职等身该何罪？”大人道：“既然这样，玉墨同四老爷去前面听差。”玉墨吓了一身冷汗，说：“四老爷，我那炷香儿没烧到，怎么找在我身上来了。别的可以，当刺客囮子，准是热决。”四爷笑道：“不怕，有我呢。”玉墨说：“有你准没我。”四爷说：“你要死了，我们剐罪。”童儿无法，出来见先生。先生说：“你愿意么？”玉墨说：“愿意？也是命该如此。”蒋爷说：“不怕。二位不放心，先充样充样。”先生说：“好。”四爷说：“我当刺客，拿着个小棍当刀。先生坐在当中，叫玉墨看茶来。”管家答应。四爷说：“我进来一砍，只要跑的快，就行了。”二人点头，四爷出去，二人将门对上，玉墨在傍，先生当中。四爷往里一看，二人直勾勾的四只眼睛，直瞪着外面。蒋爷笑道："那如何行的了。你们二位直看着外头，那里行得了。"玉墨说："闭着眼睛等死？"四爷说："贼看见，不下来了。"玉墨说："下来，你有甚么便宜？"四爷说："下来好拿，不下来难拿。"二人又低头不看，听门一响，玉墨站着，回身跑的快，先生坐着，衣服又长，一下踹住，往前一扑，倒于地上。先生说："我不行，我不行，贼来准死。"四爷把衣服撩起，用手一拢，自然下身就利便了，要跑就快了。蒋爷出去，仍把隔扇带上，往里一瞧，先生受了蒋爷的指教，将衣服撩起，用手一拢，先把一条腿迈出半步。蒋爷再进来，一蹿，两个人早跑在东西屋中去了。蒋爷说："行了，行了。"又演习了几次，大家放心。

可巧正遇穿山鼠睡醒，打听蒋爷甚么事情，蒋爷说："三哥来得甚巧，今日晚间必有刺客前来。"三爷说："你怎么猜着？"蒋爷说："不是我猜着，是我逆料着来。安排着教先生假扮大人，你我大家分前后夜，好好保护着先生。若伤着先生，你我吃罪不起。"徐庆说："是。我可就是爱睏。"随手将韩二义、卢爷俱都请到了，谁前夜，谁后夜。卢爷说："不管前后夜，我不合三爷在一处。"四爷说："我同大哥在一处。"大爷点头说："好。"二爷说："必是我同三爷在一处了。"三爷说："二哥，咱们在一处倒好。"二爷百依百随，三爷占了前夜。四爷说："四更天换更。前夜有事，前夜人承当。"三爷说："那是自然。"

吃毕晚饭，掌灯后，韩二爷、徐三爷带着刀，在里间屋住。二爷把隔扇戳出梅花孔，搬了一张椅子一坐，一语不发。徐庆是性如烈火的人，声音宏亮，说："少时刺客前来，二哥莫动，我出去嚷，徐三老爷在此，诸神退位！"二爷说："你休胡说。那是四弟冤你呢，莫嚷了，等刺客罢。"天交二鼓，三爷性急，恨不的一时刺客来才好，说："怎么还不来？不来我要睏了。"玉墨说："你可莫睡觉。"焉知三爷的性情与侠义不同，睡觉总脱了大睡。这还算好，不肯全脱光，把袜子脱了，一歪身躺在床上，不多时打起呼来了，齁声如雷。玉墨说："可好，睡着了一位了。二老爷可莫睡。"二爷说："莫说话咧，要来可是时候了。"先生叫管家罢。玉墨把隔扇对上，把腿叉开，手扶着桌子。先生把衣裳撩好，叫玉墨看茶来。正打三更，忽然间吻喇一声，隔扇一开，闯进一人，摆刀就砍。不知二人生死如何，且听下回分解。

第十三回　神手圣奋勇行刺　沈中元弃暗投明

且说上院衙防备刺客,果不出蒋爷之料。打用印后,王府的王官回去,王爷等正在银安殿与大家议论:王善、王保是白跑一番,再去一次还不用印,专折本人都奏闻万岁,就说他半路途中,将国家印信丢失,赃官必要罢职。趁此行兵,杀奔东京。正说间,两个王官归回,将文书呈上,雷英道:“大半又是白跑一次。”两个王官说:“早已用上了,请王驾千岁一看。”王爷说:“你们可看着用印来着。”二人说:“大堂上用印,我们是亲眼所见,并且还看的清楚。”王爷说:“必是假的。”王官说:“据小臣看,可不假。”王爷回头问雷英:“你可认识真假么?”雷英说:“认识。”雷英去不多时,取来三张,往文书上一对,分毫不差。王爷问:“这三张是印么?”雷英道:“正是。皆因邓勇士盗了印来,我就印下了三张,恐怕日后有这件事。如今一对不差,必是当初邓车盗来的是假的。”邓车一听急了,来到王爷面前说:“回禀王驾千岁得知,小臣盗来是真的。雷王官送往君山抛弃逆水潭时,在半路途中卖与上院衙的人了。”雷英说:“分明你盗来是假,你怎么讹是我卖了呢?”邓车说:“分明你是卖了,如不然,那里又有真印用来?”两个人口角分争。旁边一人微微的冷笑,说道:“小事不明,焉能办起大事?”又道是:“圣人有云,‘不患人之不己知,患不知人也’。”王爷一看,原来小诸葛沈中元说话。问:“甚么叫不患人之不己知?”圣手秀士冯渊说:“这两句话王爷不懂?就是炕大,睡觉人少,不挤着。”沈中元说:“你胡说!”冯渊说:“谁要转文,谁是混帐东西。”雷英说:“沈爷分派分派,到底这印是我卖了,是他盗来的假的?”沈中元说:“盗来的是真印,抛于潭中的也是真的,用来的更是真的了。”冯渊说:“那不成了三块真印了么?”沈中元说:“你知道甚么?”雷英说:“倒要分析明白。”沈中元说:“邓爷盗来,你抛在潭中,就不许人家捞出来吗?”雷英说:“他们怎么知道在潭中?”沈爷说:“邓兄盗印,几个人去的?”雷英说:“两个人。”沈爷说:“回来了几个?”雷英说:“一个。”沈爷说:“那一个被捉,又不是哑巴。申虎的性分,杀剐他倒不怕,就怕人家拿住,好话合他一说,有甚么就告诉人家甚么。”雷英说:“就是告诉人家,逆水潭鹅毛沉底,也是捞不上来。”沈爷道:“曾闻兵书有云:‘知己知彼,百战百胜。知己不知彼,百战百败。’岂不闻上院衙能人甚多,有个翻江鼠蒋平,治过水,捕过蟾,天子钦封水旱带刀四品护卫。捞印必是此人。”王爷说:“这印出水可不好,赃官一恨,必要专折本人都,我孤大大的不便。”雷英说:“无妨。

一不作,二不休,今晚派人前去,将贼官杀死,以除后患。”王爷说:“哪位御弟愿往?”邓车说:“上院衙我是轻车熟路,今夜晚小臣前往。”王爷一听大喜。沈中元说:“邓大哥一人前去势孤,小弟与大哥巡风。”邓车一听,更觉欢喜,说:“沈贤弟前往,大事准成。”焉知沈中元没安着好心。皆因为白五爷死在阵中以后,王爷的气色一日不似一日。沈中元与申虎又是个至亲,他拿话套邓车的实话,才知道申虎被邓车哄骗被捉,只惦念与申虎报仇。今日逢着这个机会,自己拿了邓车,投在大人那里,求取大宋的功名,胜似在王府,早晚势败,玉石俱焚。又与申虎报仇,又是自己一条道路。邓车焉能猜得出他的心思。

用晚饭时,王爷与二位亲身递酒,吃毕。天交二鼓之半,各自更换衣巾,邓车换了夜行衣靠;沈中元就是自己原来的衣服,背着条口袋。邓车问:“怎么不换衣服呢?”沈中元说:“杀人是你去砍下头来,我好背着。”邓车欢喜,说:“是我时运来了。聪明人都糊涂了,他背脑袋,人家不追便罢,倘若追来,总是捉拿背脑袋的。沈中元不换衣服,来见大人,准是成心投大人来的;若穿夜行衣,怕大人反想。别了王爷,二人出府,到上院衙蹿房进去,见里面并无动静。沈爷想:不好,莫是大人无福了。因何连看着大人的都没有,全睡了?我先慎重慎重,若杀了大人,我还是保王爷罢。”邓车上房听屋中呼声甚大,里面叫玉墨看茶来。邓车想:大人睡觉,可待到几更时候?又是一个文人,不如早早的下手行事。由窗外一看,大人正坐,主管一傍立定,双门未关。亮刀往里一跃,举刀就砍。大人往东屋一跑,主管往西屋便去,一刀未砍着。早有一人出来,手持利刀,前来交手。邓车方知不好,一刀先把灯烛台砍落在地上。屋中一黑,二人再交手。杀在一处。先生进屋中,叫三爷不醒,打也不醒。先生着急,咬了三爷大腿一下,三爷才醒。先生说:“有了刺客了!”三爷问:“在哪里?”先生说:“现在外间屋中动手。”三爷问:“我的刀呢?我的刀呢?”寻着了刀,光着脚,往外一踊,脚踹在蜡上一滑,险些摔倒,大嚷道:“好刺客!那里走!”二爷看三爷出来,两个人拿贼,不费事了,别看三爷粗鲁,武艺甚好。邓车与二爷动手就不行,又来了个穿山鼠,如何行的了,不如卖个破绽,蹿出房外。三爷嚷:“好小子!跑了!”至院内,二爷追出,院内动手。三爷出来时,邓车蹿上西厢房去了,跃脊至后房坡,出上院衙飞跑。二爷随后上房追出。三爷上房,脚心上有蜡油一滑,由房上咕咚一声掉下来了,噔唧噔唧,舒手丢刀。立起身来,将脚心的蜡油用手抠出,在土地下蹲了一蹲,然后蹿上房,也就追出,随后赶来。看看临近,嚷道:“二哥,可别放走了这小子!”二爷回头一看,三爷追来。再扭身细看邓车,踪迹全无,吓了一跳。只见前边有一片蓬蒿乱草,二爷想刺客必然在内。三爷来问:“二哥,刺客在哪?”二爷说:“追至此间就不见了,你看怪不怪。我看必在乱草之中。”三爷说:“我进去找他。”二爷说：“且慢，他在暗处，咱们是明处，进去就要吃亏。”三爷说：“怎么样？”二爷说：“等着天亮就瞧见他了。”三爷说：“咱们等着。”

就听西面树林内有人说道：“邓大哥！邓大哥！破桥底下藏不住你。”二爷一看，西边果有一个破桥。邓车心里说：“人家没有瞧见我，你何必嚷。”撒腿就跑。二爷看见，追下来了。三爷在后，也就追赶。赶来追去，又不见了。西南上有人叫：“邓大哥！邓大哥！那个坟后头藏不住你。”二爷一瞧，又追。追来追去，又不见了。西南嚷：“邓大哥！邓大哥！庙后头藏不住你。”邓车心内说：“人家没瞧见我，你替我担甚么心。嗳呀！是了，怪不得上回他问我申虎之事，想起来了，申虎与他系亲戚，这是与申虎报仇。沈中元！沈中元！我若有三寸气在，不杀你誓不为人！”沈中元巡风，本欲投大人，又怕无福，两相犹豫。有意保大人，又想无有进身之功，只可跟下来，屡屡指告，心中说：“邓车也明白了，你怎么害申虎来着，我也怎么害你。”这就叫，临崖勒马收缰晚，船到江心补漏迟。又嚷道：“邓大哥！邓大哥！小心人家拿那砖头石子打你。”一句话把二爷提省，自说当局者迷，何用石子，现有袖箭。回手把袖箭一装，只听见噗哧一声，嗳呀，噗咚，邓车中箭躺在地上，扔手中刀。二爷过去，拔袖箭，搭肐膊，拧腿，四马倒攒蹄捆将起来。三爷说：“我拿那个说话的去。”二爷说：“算了罢。没有说话的，咱们还拿不住他呢。”对面沈爷听见他们拿了邓车，必然前来请我，等了半晌，并无音信，只得往对面问：“二位拿住刺客了？”二爷说：“拿住了。”沈爷说：“二位贵姓？”二爷说：“姓韩，单名章字，人称彻地鼠。”沈爷问：“那位呢？”说：“姓徐，我叫徐庆，外号人称穿山鼠，开封府站堂听差，铁岭卫带刀六品校尉、穿山鼠徐三老爷就是我。”沈中元指望他们回问，连一个说话的也没有。沈爷无奈，说：“小可叫中元，匪号人称小诸葛。我乃王爷府之人，特地前来泄机，弃暗投明，改邪归正。”说了半天，无人答言。沈爷明白了：自己要是投大人，这个功劳岂不是我的么？这两个人不肯引见，怕我占了他们的功劳，一笑：“哈哈哈，好个五鼠义，名不虚传，你们拿住刺客，报功去罢，咱们后会有期。”三爷同着二爷，正说往回抗刺客之事，沈中元说了好些个话，他们全没听见。正要搭刺客回衙，忽然前边来些灯笼亮子油松，照彻前来。要问来者何意，且听下回分解。

第十四回 树林气走巡风客 当堂哭死忠义人

且说徐、韩二位拿住刺客,正要回衙,前面一派灯光,看看临近,原来是蒋四爷同大爷后夜坐更,听里面嚷喝的声音,一同到后面来。至庭房叫人点起灯火,一腿将蜡台也踹扁了。东西两屋内一看,一张桌子底下有一个人,东屋内是先生,西屋内是玉墨。将他们拉出来,仍还是战战兢兢的说:“他们追出刺客去了。”

四爷叫大爷看着先生,自己出得衙外,正遇打更之人,又有下夜的官兵掌灯火追来,远远看见有人,原来是三爷、二爷。问他们的缘故,二爷就将有人泄机,拿住刺客细述一遍。蒋爷咳了一声,说:“这个机会哪里去找。那个说话的人哪里去了?”三爷说:“就在这对面树林子里。”蒋爷往树林找了一遍,气哼哼的回来:“方才有我,就没有这个机会了。”三爷说:“不要紧,咱们把邓大哥搭回去。”四爷问:“哪个邓大哥?”三爷说:“就是这个。”蒋爷低头细细一看,说:“原来是他,搭回去。”官人过来,抬回衙署。蒋爷说:“抬在我屋内去。”蒋爷跟将进去,叫官人外边伺候。

蒋爷把邓车的头往上一搬,说:“邓寨主,你可认识于我?”邓车说:“不认识。”蒋爷说:“你是贵人多忘事。可记得在邓家堡,我去拿花蝴蝶时,与你相过面,你可记得?”邓车说:“嗳!可相过面,是个老道。”蒋爷说:“我学一声,你就想起来了。无量佛!”邓车说:“对对对,你还了俗了。”四爷说:“我不是还俗。我当初为拿花蝴蝶巧扮私行,你不认识我。我姓蒋名平,字是泽长,小小的外号翻江鼠。”邓车说:“印是你捞出来的?四老爷你救我罢。”蒋爷说:“知恩不报,非为君子。当时花蝴蝶杀我,没有你,我早死多时了。我先给你敷点止疼散。”说毕,转身取来,给邓车敷在伤处,果然不疼了。又把他的腿撒开,就绑着两臂说:“你降了我们大人,立点功劳,做官准比我的官大。连我还是护卫呢。”邓车一听,甚喜非常,说:“只怕大人忌恨我前来行刺,我就得死。”蒋爷说:“无妨。有我替你说话,你就说他行刺,你巡风,特意前来泄机。可有一样,大人问你王府之事,你可得说。”邓车说:“那是自然。王府之事,我是尽知。”蒋爷说:“我可不给你解绑,等着大人亲解,岂不体面。”邓车点头。蒋爷说:“你先在此等候,我去回禀大人。”

蒋爷出来,告诉外面官人,仍是在此看守。到后面,大人早下楼,在庭房坐定。蒋爷就将拿住刺客话回禀一遍。大人吩咐,将刺客带来,本院亲身审问。蒋爷出来,正遇见展爷抱着印匣也来,在大人跟前听差。蒋爷归自己屋中,带邓车听审。

刚走在院内，就遇见徐三爷，也要听大人审事。蒋爷知道叫他去听不好，就说道："你这个样儿，你也不看看，成甚么体统。大人是钦差官，你这么光着脚，短衣裳，也不带帽子，像甚么官事？穿带去罢。"三爷果然走了。

四爷带着刺客进屋中，叫官人把午门挡住，莫教三老爷进来。蒋爷把刺客带到桌前跪下，大人说："下面可是刺客？"刺客说："罪民是邓车。"大人说："抬起头来。"邓车说："有罪，不敢抬头。"大人说："赦你无罪。"邓车抬头一看，叫："蒋老爷，这不是大人。"四爷说："怎么？"邓车说："我方才看见大人不是这个模样。"四爷说："你方才瞧的那位大人，就是旁边站的那位。"刺客说："这是甚么缘故？"蒋爷说："算计你们今天前来，故此安下招刺客人。那位是先生，这位才是大人呢。"大人一看，刺客戴一顶马尾透风巾，绢帕拧头，穿一身夜行裤袄，靸鞋，面赛油粉，粗眉大眼，半部刚髯，凶恶之甚。大人问道："邓车，本院可有甚么不到之处？"邓车说："大人乃大大忠臣，焉有不到之处。罪民久住王府，深知王府的来历，今夜前来，不为伤害大人，情愿弃暗投明，改邪归正。大人恩施格外，小人愿效犬马之劳。"大人问："王府之事，你可知晓？"四爷在旁说："问你王府之事，你可说罢。"邓车道："说，说，说。"大人问道："白护卫之事，你可知晓？"邓车说："更知晓了。就皆因追大人印，坠落天宫网，掉在盆底坑，被十八扇铜网罩在当中，一百弓弩手乱弩齐发。"大人站起来，扶着桌子，问道："乱弩齐发，五老爷怎样？你……你……你……你快些说来。"蒋爷暗地与邓车摆手，邓车错会了意，说："我说，我全说。一阵弩箭，把五老爷射成大刺猬一般，可叹他老人家那个岁数，为国忘身。"底下的话未曾说完，大人嗳呀一声，咕咚，咕咚，咕咚，一句话躺下了三个：大人、卢方、韩二义一闻此言，三个人一齐都死过去了。邓车一怔，蒋爷真急了，说："你这个人真糊涂，我这里直摆手，使眼色，你老不明白。你看这可好了，死过去了三口。"邓车说："你叫我把王府事说出，问甚么，说甚么。"蒋爷说："去罢，先向我屋中等我去罢。"叫官人带邓车送在四老爷屋中去，复返，将大爷、二爷搀起。大人那里，早有人把大人唤醒过来了。大人放声大哭，数数落落的净哭五弟。大爷、二爷大放悲声，也是哭起五弟来了。蒋爷一瞧真热闹，赶紧搀将出去，说："人死不能复生，咱们应劝解着大人才是，怎么咱们哭的比大人还恸。"大爷说："谁像你是铁打的心肠。"蒋爷说："净哭，要哭得活五弟，哭死我都愿意，就怕哭不活。"大爷说："你劝大人去罢。"蒋爷说："别哭了，咱们大家想主意，与五弟报仇才是正理。"

蒋爷进屋中，口称："大人，到如今五弟事也就隐瞒不住了。五弟是早死了，大人可得想开些。大人要有舛错，我们大众甚么事也就不能办了。若有大人在，我们大众打听铜网阵甚么人摆的，五弟的尸骨在甚么地方，去盗五弟的尸骨，拿摆阵的人活活祭灵，捉王爷，大人入都覆命，这叫三全齐美，又尽了忠，又全了义。那时节，无事时，我与大人说句私语，咱们全与五弟是拜兄弟，磕头时不是说过不愿同生，情愿同死，完了事，咱们全是搭连吊。大人请想如何？”大人被蒋爷说了几句话，反觉甚喜，说：“护卫言之有理，我是文官，与五弟报仇，全在你们众人身上。”蒋爷说：“亏了我三哥未来。他若听见，他是非上铜网那里去不可。”

焉知晓三爷穿了箭袖袍，登了靴子，戴了帽子，带子没有系好，也没有带刀，往外就跑。到窗外有许多官人挤住，自己就在窗外撕了个窟窿，往里一看，正是邓车说到“为国忘身”那句话，大家都死了。三爷纳闷说：“五弟死了？他死了，我也不活着了。我向谁打听打听才好。嗳呀！他们谁也不肯告诉我。有了，我去问邓大哥去。”又见官人拥护着邓车，上四爷屋内去了，自己也来到四爷屋中，把官人喝将出去，到屋中把两个小童儿也喝出去：“你们若在外面听着，把你们脑袋拧下。”把人全都喝退，三爷这才坐在邓车一旁说：“邓大哥，你好呀！”三爷打听刺客姓邓名叫大哥，他错会了意。邓车打算是称呼他呢。邓车说：“好。”二人就一问一答的说。三爷说：“你才说是五老爷死了？”邓车道：“是五老爷死了。”三爷说：“邓大哥，你知道是怎么死的？”邓车说：“掉在铜网内乱弩攒身，尚且没死；我接过弩匣，一下儿就死了。”三爷说：“邓大哥，你好本势！”邓车说：“本不错。”三爷说：“五老爷埋在哪里了？”邓车说：“火化尸身，装在古磁坛子内，送在君山后身，地名五接松盘龙岭。”三爷说：“很好。”邓车见三爷满屋中乱转，不知找甚么物件，问道：“你找甚么哪？”三爷说：“找刀。”邓车说：“何用？”三爷说：“杀你！”邓车打算取笑。焉知三老爷真是找刀，可巧四爷屋内没有刀。三爷要上自己屋中拿刀，又怕有人来了不好办事，不由气往上一冲，有了，把脑袋拧下来罢。往上一扑，将邓车按到，一捏脖子，一手就拧。邓车仰面捆着二臂，躺在炕上不能动转，又不能嚷，瞪着二目看着徐庆。三爷拧了多时，拧不下来。皆因邓车也是一身的工夫，再说脖子又粗，如何拧的动。三爷大怒，嚷道：“你还瞪着我哪？有了，把眼睛挖出来便了。”只听见噬的一声，三爷二指尖挑定两个血淋淋的一对眼珠子，蹿下炕来。邓车嗳呀，疼痛难忍，咕咚一声，摔于地下，满地乱滚。眼是心之苗，焉有不疼的道理。若问邓车的生死，且听下回分解。

第十五回 挖双睛邓车吸呼死 祭拜弟侠义坐牢笼

且说徐三爷提了邓车的眼珠子，要奔五接松祭墓。正走在厨房门口，自己一想，打屋里找一张油纸，将眼珠包上。不然，到坟前岂不干了？启帘来至厨房，正有一个厨役王三在那里喝酒，见三老爷进去，嚷道："老爷喝酒。"三老爷说不喝，叫道："王三，你知道不知道五老爷死了呀？"王三问怎么死的，三爷说："在王府着人乱弩射死了。"王三听说大哭道："可惜老爷那个岁数。但不知埋在那里。"三爷说："在五接松，我这就是去祭墓。"王三说："我在厨房与老爷备点祭礼。"三爷说："有了。"王三说："甚么祭礼？"三爷道："是脑眼。"王三问："是猪的、羊的？"三爷说："人的。"王三说："嗳呀！我的妈呀！哪个人的？"三爷说："你看，是邓大哥的。你拿点油纸来，我包上。"王三说："你老自己去取罢，吓的我腿转了筋了。就在那箱子底下呢。"三爷自己去拿，也有绳子，也有油纸。三爷将眼珠包好要走，又怕厨子与四爷送信，不容分说，就把个厨子四马攒蹄捆上，拿过一块抹布把嘴塞上，说："暂且屈尊屈尊你。"出门去了。

走在夹道，听屋中有人说笑，到里面，是展爷的两个小童。小童一瞧，说："三老爷请坐。"三爷说："找你们老爷去，我在这里等。"那个小童跑去送信展爷。正在大家劝解大人之时，小童进来回话说："三老爷在咱们屋中，请老爷说话。"展爷说："我无有工夫。"四爷说："幸亏我三哥没来请，大弟你就去罢，将他伴住，千万别叫他上来。"展爷点头说："印可先交给你看着。"四爷说："是了，你去罢。"

展爷回到自己屋中，见三爷落坐。三爷说："大弟，我们老五死了。"展爷一惊，心中说："他怎么知道咧？"遂问说："三哥听谁说的？"三爷说："邓大哥说的。"展爷说："你知怎么死的？"三爷说："乱弩箭射死的。"展爷方知徐三爷知道了，不觉泪下，哭道："五弟呀，五弟！"三爷说："你别闹这个猫儿哭耗子了。"展爷着急道："三哥，这时候还说戏言。"三爷说："本来你是个猫，他是个鼠，岂不是猫哭耗子呢？"展爷说："五弟一死，焉能不恸。"三爷说："你要真恸，上坟上哭一场去。"展爷说："就是五接松坟上么？"三爷说："是。"展爷说："去不的，听四哥捞印回来说，坟上有埋伏。若教人拿住，大丈夫死倒不怕，就怕囚起来，求生不得，求死不行，可不是玩的。"三爷说："我知道你不去。你听见他死，你更愿意了。当初在陷空岛将你囚在通天窟，改名叫闭死猫，差点把你的猫尿没闭出来。你听他死了，更趁了你的愿了，说可死了小短命儿,是不是啊?”展爷气忿忿的说道:“是那个人对你说的?”三爷笑说:“我想着是这样,没有人说,你别着急呀!”展爷听了说:“这就是了,我二人左右护卫,焉有不恸的道理。”三爷说:“同我上坟去,我方信是真交情。”展爷被个浑人说的无法,只可点头,暗想:“得便与四爷送信去,四爷若知道,准不叫去了。”展爷道:“我备些祭礼前往。”三爷说:“有了。”展爷说:“甚么祭礼?”三爷说:“脑眼。”展爷问:“是猪的、羊的?”三爷说:“人的。”展爷问:“谁的?”三爷道:“邓大哥的。”展爷说:“就是刺客邓车的眼睛?”三爷说:“就是他的。”展爷说:“三哥,你太粗鲁了,四哥还要问他襄阳的事情,你怎么把他的眼睛挖出来了?他还肯说吗?”三爷说:“我这就要死了,谁管襄阳不襄阳的哪。”展爷问:“你去死去呀,不回来了?”三爷说:“我不回来了。”展爷说:“我哪?”三爷说:“你别不回来呀,你回来好送信。”展爷说:“使得。”展爷用了一个眼色说,叫童儿好好的看家。小童儿答言说:“是,老爷放心罢。”三爷说:“你二人看家?”童儿说:“是,我们看家。”三爷说:“先捆起来,口中塞物,不然你们与四老爷去送信。”小童儿说:“不敢送信。三老爷捆我们,可受不的。”三爷说:“便宜你们罢,跟我们前去祭墓。”小童儿只得点头答应,想着三老爷一个不留神,就暗地与四老爷送信。焉能知晓,三老爷素常是个浑人,一点细微地方没有,这天他偏留上神咧:他叫小童儿、展老爷在前,他在后面跟着。小童儿不敢抽身,直奔马号,叫马号人备上四匹马。大家乘跨坐骑,仍是徐庆在后,直到城叫开城门。

主仆出城,天气尚早,城门仍然关闭。三爷放了心了,准知童儿不能回去送信。逢人打听道路,直到晨起望,穿村而过,走锦绣崖、鹰愁涧,到小山口往北,就看见了正东上蟠龙岭,怪石嵯峨,上边有五棵大松树,密密苍苍,枝叶接连。树下有土山子一个,土山子前一个大坟,坟前有石头祭桌。石头五供,有石碣子一个。徐庆不认识字。展爷远远望见石碣上边刻的是“皇宋京都带刀三品护卫大将军讳玉堂白公之墓”。展爷一见,不觉凄然泪下。徐庆说:“别哭,等到坟前再哭不迟。”从盘道上山,道路越走越窄,小童说:“请二位老爷下马,马不能前进了。”大家下马,这小童儿拉定在此等候二位上山。这蟠龙岭是得绕着弯儿上去,此山就是蟠着一条龙的形象,好个风水所在。行至上边,展爷肝胆欲裂。徐三爷回说:“等我摆祭礼。”由怀中取出眼珠儿来,随掏随走。两个人并肩而行,未走到坟前,就觉着足下一软,嗳呀不好,呼泷一声,两个人一齐坠落下去。你道展南侠听蒋四爷说过,怎么会忘了?皆因是一见玉堂之墓,肝肠恸断,一旦间把埋伏就忘了,故此坠落下去。从高处往下一沉,二位爷把双睛一闭,只觉得噗哧的一下,类若陷土坑内一般。睁眼一看,嗳呀不好了,将二目迷失。

原来是钟雄接着古磁坛，有王爷的话，平地起坟，前头安下埋伏，以作打鱼香饵。钟寨主爱惜五老爷是名扬天下第一条好汉，故此与他找了一块风水的所在，就是五接松下。正巧前面有个山沟，准知必有人前来祭墓，把山沟下面将石灰用水泼了泼，成矿子灰垫在底下，摔不死人。上面蒲席盖好，撒上黄土，行家看得出来。不想展、徐二人坠下去，一抨将矿子灰抨起，迷失二目。幸是矿子灰，若是白石灰，就能把展、徐二位的双睛损坏。只听见上边呛啷啷一阵锣鸣，来了些挠钩手，把挠钩往下一伸，就将徐庆钩住，一齐用力，就把徐三爷搭将上来，立刻将二臂牢缚。坐在地下，闭目合睛，哇呀哇呀的直嚷。回手又把展南侠搭将上来，也是如此。这一个不能睁开眼睛，托天的本事也就完了。人凭的是手眼为活，总得眼泪把矿子灰冲出，方能睁开二眸。待了多时，睁眼一看，展南侠的宝剑早教人解下去了。展爷暗暗的叫苦。徐庆也就睁开眼了。面前有二十多喽兵，瞧着他们两个人直笑说："可惜这么大的英雄，被捉了净哭。"有一个喽兵过来说话道："朋友别哭了，我告诉你一套言语，我家寨主爷是个大仁大义，不爱杀人，见了他央及央及，多磕几个头，就能把你们放了。"徐庆骂道："放你娘的屁！小子过来，快给我们解开，好多着的呢。如其不然，可晓的你们的罪名。"喽兵说："你是谁？"三爷说："你看那位，是常州府武进县玉杰村的人氏，姓展名昭，字是熊飞，号为南侠，万岁爷赐的御号是御猫，乃是御前带刀四品护卫之职。我乃铁岭卫带刀六品校尉之职，姓徐名庆，外号人称穿山鼠，徐三老爷就是我老人家。你们还不撒开吗？"喽兵听言道："我当你们是无名小辈，原来是有名人焉，伙计们报与寨主去。"展爷瞪了徐庆一眼，说："被捉求死就截了，何必道名。"徐庆说："他们要是惧官，就许把咱们放了。"展爷说："怎么你又怕死了？"徐庆说："我倒不怕死，怕幽囚起来。"展爷说："就不该来。"三爷说："谁有早知道。"展爷一听，他是怕死的言语，跟他饶上真冤。见几个喽兵往前飞跑说："寨主有令，将他们带到山上，结果他们的性命。"若问二位生死如何，且听下回分解。

第十六回 山内钟雄谦恭和蔼 寨中徐庆酒后反桌

且说展、徐二位被捉，喽兵把宝剑解将下来。又有徐庆一说两个人的名字，喽兵听了，拿着宝剑，穿边山，走小路，奔飞云关上巡捕寨见闻寨主、黄寨主、贺寨主、杨寨主，报："启禀众位寨主得知，五接松拿住人了。"闻寨主问："拿住的甚么人？""拿住了两个祭墓的，一个叫展昭，一个叫徐庆，还有一口宝剑，众位寨主请看。"闻华说："报与大寨主去罢。"少刻回来，喽兵说："大寨主叫把二人带上山去。"

闻华带几名喽兵，就至五接松，见众喽兵押解二人，相貌堂堂：一个是宝蓝缎武生公子巾，宝蓝缎箭袖袍，鹅黄丝鸾带，月白色衬衫，青缎压云根薄底雁脑窄腰快靴；七尺身躯，面如美玉，顶额阔，两道剑眉，一双长目，面形丰隆，双腮带傲，方海口，大耳垂轮。一个是青缎六瓣壮帽，青箭袖，丝鸾带，薄底靴；黑挖挖的脸面，两道浓眉，一双金睛暴露，狮子鼻翻卷，四字口见棱见角，一部胡须，一寸多长，扎扎蓬蓬糊刷一样，胸宽背厚，臂膀宽堆，叠威风，叠抱煞气。闻华一见，暗暗的夸奖："侠义的英雄，名不虚传。"抱拳带笑说："不知二位老爷大驾光临，有失远迎。望乞二位贵客恕罪。"展爷说："请了。"徐庆一见闻华，哈哈的大笑说："好呀，黑小子！"闻华瞪了三爷一眼，哼了一声，说："我家大寨主有请二位，中军帐待茶。"展爷说："我们被捉，速求一死，何必又见大寨主。"闻华说："岂敢。二位驾临，三生有幸，请二位至寨，另有别谈。"

喽兵们带路，行至飞云关下，往上一走，但见此山赫巍巍，高耸耸，密森森，叠翠翠，上看峰漫漫，下看岭叠叠。一行行杨柳榆槐松，上边有白云片片，下边有绿水涓涓。真有四时不谢之花，八节长春之草。山连山，山套山，不知套出有多远。洞庭水旱八百，可称是一座名山胜景。当中有一座大牌楼，上书金字是"飞云关"。进飞云关，路南有木板房三间，山墙上有一大大牌，高够八尺，宽有丈二，八字横头，横着三个大字，是"招贤榜"。展爷草草的念了念：

管理君山洞庭湖水旱二十四寨，招讨大元帅钟，为晓谕天下事：天下隐匿英雄壮士过多。古云"寒门生贵子，白屋出公卿。盐车困良骥，田野埋麒麟。高山藏虎豹，深泽隐蛟龙。"余钟雄一介寒儒，得中文武进士之职。皆因奸臣当道，贪婪无厌，悬秤卖官，非亲不取，非财不用。……后面许多言语，待等北侠、智化双诈降时再表。

展爷被后面人督催，不能往下再念，心中暗暗夸奖钟雄进士出身，到底心胸不小。来到旱寨头一寨，其名就叫巡捕寨，二百名喽兵一字排开，各持利刃，全都是高一头，大一膀的，俱在二十以上、三十以下，衣帽光鲜，军刃顺利，并有三家寨主，一个穿黑，一个着紫，一个是宝蓝的衣巾。展爷早就问了亚都鬼闻华名姓。闻华又与三家寨主一见，说："这位姓展，这位姓徐。这是我们巡捕寨主：这位寨主叫神刀手黄受，这位叫花刀杨泰，这位叫铁刀大都督贺昆。"说了些谦虚客套，说："我大寨主有请二位，中军内待茶。"二位往上又走，行至二寨，其名叫彻水寨，两边鹅头峰，相隔有九丈，当中是一个山涧，其名叫碧溪涧，上面搭着个木板桥，就是大柏树一解两半，拿大铁箍把他箍将起来，一面有个铁横头儿，上缚黄绒绳两根，缚在那边有两把大花辘轳、绒绳绕于上面；若有不测，将辘轳一绞，尽把这个木板桥绞将起去，要想出入，除肋生双翅。展爷等上木板桥往下一看，只听水声大作；往西南一看，碧盈盈的一带竹城。下木板桥，有二百多喽兵，一家寨主。闻华引见："这是徐、展二位；这是我们彻水寨的寨主，人称金棍将于清。"又走至箭锐寨，二百喽兵，一家寨主穿皂袍。先见展爷，后说："这是我们箭锐寨的寨主，外号人称赛翼德朱标。"见毕，至章兴寨，金锤将于畅与展爷见过。又到武定寨，这寨主身高一丈开外，黄袍，面似淡金，凶眉怪眼，猛若瘟神，凶若太岁，膂力过人，天真烂漫，外号人称金镋无敌大将军于赊，也与展爷见过。又到闻华寨，一家寨主，二百喽兵。展爷一见，吓了一跳，品貌与白玉堂五弟一般不二，故此把展爷吓了一跳，略险些没叫出五弟来。闻华也引见此人，叫金枪将于义，排行也是在五，称为于五将军。又来到五福寨，一家寨主，二百喽兵，人称八臂勇哪吒王鍄。丰胜寨，一家寨主，二百喽兵，这家寨主金刀将于艾。丹凤岭寨主赛尉迟祝英。丹凤桥一家寨主，削刀手毛保。棚栅门两家寨主：云里手穆顺，铁棍唐彪。所有众人俱都与徐、展见过。

到了里边，至豹貔庭前，这就是大寨。抱柱上有副对子，上联是：山收珠履三千客，寨纳貔貅百万兵。展爷暗道：好大口气！启帘栊到得屋中，抬头一看，这家寨主方翅乌纱，大红圆领，腰束玉带，粉底官靴，七尺身躯，面如白玉，五官清秀，三绺胡须，乍瞧就是一位知府的打扮。展爷暗道："君山八百地，水旱二十四寨，要为这个寨主，总得是红胡子，蓝靛脸，说话哇呀哇呀的，才管得住山中的群寇，似这个人文质彬彬斯文模样，如何管得住山中众人？此人必然大有来历。"俗言人不可貌相，别看钟雄的打扮，文武全才。论文，三坟五典，八索九丘，无一不知，无一不晓，诸子百家，通古达今；讲武，马上步下，长拳短打，十八盘兵刃，件件皆能。上阵全凭一条枪，勇将不走半合。怎么就不走半合呢？使枪为甚么又叫个飞叉太保？皆因是若与人动手，穿戴盔铠，背后有八柄小叉，上缚着红绸子，若要交手，二马相凑，枪未到时，飞叉必然先到，准使敌人落马，这就是勇将不走半合，因此人称为飞叉太保。无事时，永远文官的打扮。

今见展南侠一到，二人仪表非俗，因此离正位出迎说："不知二位老爷驾到，未能远迎，望乞恕罪。"展爷说："岂敢。我二人被捉，速求一死，何必寨主这般的谦恭称呼。"徐庆说："好小子，你倒是个乐子。"钟雄哼了一声，知徐庆是个浑人，与南侠讲话，说："二位大驾光临，草寨生辉，若非坦机应巧，用八人大轿请二位也不肯下顾。"展爷笑道："明知山有虎，故作砍樵人。为朋友者生，为朋友者死，寨主何必多言。"钟雄说："小可方才说过，请二位还请不至，焉敢有别意见。"徐庆说："认的我们么？"寨主说："久仰大名，如雷贯耳，皓月当空，二位光临，是小可的万幸。"徐庆说："你别转这个臊文了。既然认的，不给我们解绑？"寨主吩咐与二位解绑。解绑后，三爷说："拿点漱口水来。你这个招儿真损，闹了一嘴石灰。"漱毕，说："给我们倒茶来。"落坐，钟雄说："看茶。"三爷拿起来就喝。展爷也不漱口，也不喝茶。徐庆叫摆酒，展爷瞪了徐庆一眼。寨主吩咐摆酒。真乃是侠义的朋友，与众不同，慷慨之甚。展爷说道："咳，我二人区区之辈，直是教寨主嗤笑。"钟雄说："那里话来。"钟雄与闻华执壶把盏，斟酒落坐。钟雄说："请饭。"展爷把酒杯一端，然后放下。徐三爷正在饥饿之时，大吃大喝，不时的有喽兵与三爷斟酒。展爷说："我看寨主堂堂仪表非俗，又是文武全才，为何不归降大宋，争一个封妻荫子，岂不胜似山中一位寨主？"钟雄说："早已有意归降，只怕天子不肯容留。"展爷说："寨主若肯弃暗投明，我破着合家的性命，保寨主一官。寨主若要居官，必在我展昭之肩左。"徐庆在旁说道："我们展爷这话不虚。他若求求我们包相爷，相爷在万岁跟前说一不二。"钟雄闻说，当面谢过二位，"我有句话不好出唇。"展爷说："有话请讲。"钟雄说："我意与二位结拜为友，不知二位肯否？"展爷一翻眼，就明白了，依他意见，想着把子也拜咧，也不降咧，那时怎处？说："寨主先弃高山，后结拜。"钟雄说："先结拜，然后弃山。"展爷道："我说寨主可别恼，我们大小是个现任官职，若与寨主结拜，京都言官御史知道，奏参我们，担当不起。"徐庆也喝够了，也吃饱了，嚷道："展大弟，别听他的，他是诓咱们呢！不弃山，还是山贼。咱们合山贼拜把子，担当的住么？钟雄，你拿着桌酒席诓我们拜把子，你打算谁无吃过哪？反了罢。"这一反桌，就是杀身之祸。若问二位生死，且听下回分解。

第十七回　二侠义巧会钟寨主　三英雄求见蒋泽长

且说徐庆天然的性气，一冲的性情，永不思前想后，一时不顺他就变脸，把桌子一反，哗喇一声，碗盏皆碎。钟雄是泥人还有个土性情，拿住二人款待，吃饱了反桌，气往上一壮，说："你这是怎样了？"三爷说："这是好的哪。"寨主说："不好便当怎样？"三爷说："打你。"话言未了，就是一拳。钟雄就用二指尖往三爷肋下一点，哎哟噗咚，三爷就躺于地下。钟雄说："你这厮好生无礼！"焉知晓钟寨主用的是十二支讲关法，又叫闭血法，俗语就叫点穴。三爷心里明白，不能动转。钟雄拿脚一踢，吩咐绑起来。三爷周身这才活动，又教人捆上了五花大绑。展南侠自己把二臂往后一背，说："你们把我捆上。"众人有些不肯，又不能不捆。钟雄传令，推在丹凤桥枭首。内中有人嚷道："刀下留人！"猛一看，是亚都鬼闻华，说："寨主爷，这两个人杀不得。外面挂定招贤榜，若要杀了这两个人，外面必说寨主不仁，还有个甚么人敢前来投山？"钟雄说："依你之见怎样？"闻华说："不如把两个人幽囚在山，一个幽囚鬼眼川，一个幽囚竹林坞，慢慢再劝，必然降顺。"钟雄依计而行。不说二位被捆。

单说蒋四爷，天光大亮，劝大人少歇，不见展爷回来，就把印匣交与大哥，自己出来看看。归到自己屋中，见两个小童儿在那里打转，四爷问："你们在此作甚？不在屋中，不在屋看着。"小童将三爷要拧脑袋的话说了一遍。蒋爷就吃了一惊，连忙进在屋中，血迹满地，惟有邓车躺在地上。蒋爷将他搀起来，哎哟哎哟的连声乱嚷。蒋爷一瞧，眼睛是两个大红窟窿。蒋爷问："邓大哥，你这是怎么了？"邓车说："这又是谁叫我邓大哥呢？稳住了害我。"蒋爷说："是小弟蒋平，怎么是害你哪？"邓车说："蒋老爷，你可实在的害苦了我了。"就把三爷挖他的眼睛事，如此恁般细说一遍。蒋爷一跺脚说："咳！三哥净作这个事。"叫道："邓大哥，你瞧我罢。"邓车说："我也得瞧的见哪。"蒋爷叫小童着官人将邓车解到知府衙门，收入监中。

蒋爷上展爷屋中去，由夹道一过，听厨房里有人哽哧，往里一瞧，王三被捆。蒋爷过去解开，把口中搌布掏出，王三呕吐了半天。蒋爷问："谁捆你的？"王三说："除非你们老爷们，谁作的出这个事来。"把三爷捆他事细述一遍。蒋爷说："你瞧我罢。"王三也就无法了。蒋爷出来，到展爷屋中一看，连一个人影儿无有。蒋爷说不好了，到马号里一问，号军说备四匹马出城去了。蒋爷想："那三哥浑，使得，怎么展老爷跟他涉险去？走了，就得被捉，这还了得！”四爷进里面告诉大爷、二爷：“连印带大人，交与你们二位，我追他们去。”拿上自己袍袱，奔晨起望。走在半路，见四匹马，两个小童呆立。小童哭着，就将三老爷激发展老爷同去祭墓，怎么掉在坑中之事，细述一遍。蒋爷一听，说：“也难怪展老爷了，都是三哥的不好。”告诉小童：“回衙见大老爷、二老爷说明此事，提我上晨起望打听去了，有要紧事到鲁、路家中与我送信。”说毕，小童儿上马，拉着两匹去了。

四爷到晨起望路爷门首，家内人出来。蒋爷并不说话，往里面走，见路、鲁迎接行礼，问印的事。四爷学说了一遍，又把徐、展祭坟的事问二位可知。路爷说：“方才有人提五老爷墓前有人掉下去了，拿往山中，不知是谁。”四爷说：“死活可知？”鲁爷说：“我去打听打听便知。”去不多时，回来说：“我见着喽兵没问他，他自己说出来了。我让他喝酒去，他说无工夫，山中点名甚紧，因拿住二人。我问是谁，他说不是无名之人，一个展南侠，一个徐义士。我问他杀了罢，他说没杀，要论我们寨主，真是好人，一见二人就爱两个，净说好话与姓展的。姓展的也说好话。惟有姓徐的净玩笑,开口叫人小子,叫解绑,要茶要酒,吃完了把桌子推了,打人,被钟雄点穴法,三老爷就倒下了,要杀,姓展的自己把双手一背叫捆,二人同来同死。人家说真是好朋友哇。闻华讲情,把二人幽囚在鬼眼川、竹林坞两个水寨之内。君山这两天甚紧,不时的点名。这就是我打听来的。"蒋爷一听,说:"好办,只要没死就不怕。"问路爷:"水寨在君山那一方?"路爷说:"由此往东南水面,往东直到竹城,又叫幽篁城。这竹子由石块上长出,半靠着山水,周围一百多地。地南面有一个水寨门,周围圈起来,十六水寨就在这幽篁城里面,坚固之极。"蒋爷说:"无妨,只要在水里头,我就进的去。"路彬说:"不行,不行!别看逆水潭印倒好捞,这水寨可不容易的很咧。听老人家说,此山由尧舜时就有。尧帝有两个女儿,给了舜帝为妻,一个叫娥皇,一个叫女英。舜死后,湘君二妃就在此山恸哭舜帝,眼中哭出血来,滴于竹上,以后竹子上生出一身的斑痕,后人起名就叫湘妃竹,年深日远。自从钟雄到了山上,历年间拿铜铁条把竹子穿了,年分已多,连竹子带铜铁全都锈在一处了,如同铜墙铁壁一般。四老爷要从底下进去,铜铁竹子锈在一处,进不去;若打上头进去,竹梢儿太软;若打小门进去,一碰,串铃一响,合水寨人尽都知道了;若碰在滚刀之上,准死无疑。这水寨类似铜墙铁壁一般,如何能进的去!"蒋爷一听路彬之言,直是怔柯柯的半晌无语,叹了一口气,说:"这也就是命该如此了。"正为难之际,家人进来说道:"四老爷,外头有人找你老人家哪。我们可没有说你老在这里没在这里,见不见随你。"蒋爷问姓甚么,家人说:"一位说姓欧阳,一位姓智,一位姓丁。四老爷是见不见?"蒋爷说:"是这三位,我请还请不至哪!"四爷同路、鲁二位出迎,见着是北侠、智化、丁二爷。大家见礼,与路、鲁也都见过。路、鲁二位一看,三个人相貌堂堂,气宇轩昂,品貌非俗。一个是军官的打扮,碧目虬髯,紫面目,紫衣巾,类着神判钟馗一般不二;一个是壮士打扮,一身青缎衣巾,肋下佩刀,黄白的面目,就是智化;一位是武生相公的打扮,肋佩湛卢剑,就是丁二爷。让到家中,落坐献茶。蒋四爷一看这几位来,救我三哥与展老爷不费吹灰之力。若问怎么救法,且听下回分解。

第十八回 徐三爷鬼眼川发燥 无鳞鳌在水寨追人

且说北侠、智化、丁兆蕙。智爷双探铜网后，把艾虎打发上墨花村去了，自己上卧虎沟等了几日。北侠、丁二爷解栾肖到开封府内交差之后，辞了开封众人，回奔卧虎沟，与智爷见沙龙、孟凯、焦赤。北侠、智爷、丁二爷会在一处，各言其事，讲论了一天一夜。次日起身，本说同着沙、焦、孟三位一齐上襄阳，可巧沙爷身上不爽，未能前来，就是北侠、智爷、丁爷三位同行。一路无话。

到了襄阳城，奔上院衙，叫官人进去禀报。不多时，卢爷、韩二义出来迎接北侠、智化、丁二爷。三位与卢爷、韩二义见礼。礼毕，卢爷眼泪汪汪道："怎么三位贤弟这时才到？"北侠问："五弟可好？"卢爷说："死了。"北侠三位一听，说："此话当真？"韩二爷说："这事焉能撒谎！"大家都哭起来了。遂走到卢爷屋中，大家哭的把坐下都忘了。北侠、丁二爷说："早知五弟要死，打德安府跟了五弟来罢。"智爷说："人要有早知道，我们探铜网之时，我还不走呢。五弟倒是怎么死的？"大爷哭哭涕涕、数数落落的就把五弟之事，一五一十的说了一遍，大家这才知道。智爷说："不用说了，大家想着给五弟报仇罢。也不枉弟兄们相好一场。"话言未了，两个小童儿跑将进来。卢爷说："你们两个从何而至？"小童儿就把展老爷、徐老爷半路遇蒋老爷，连蒋老爷带回来的言语，也就细说了一遍。智化说："事要急处办，咱们先救活的，后顾死的。还是咱们弟兄三人走上晨起望，打听三哥、展老爷的生死，若要死了，一同报仇；若要活着，想法去救。"北侠说："正是。"丁二爷说："我们也不见大人了，若见大人，替我们说一声儿罢。"大爷点头说："你们多辛苦些罢。"说毕出衙。一路无词。

到了晨起望，打听路、鲁的门首，至门前叫门。家人出来，三位通了姓氏，叫家下人进去请蒋老爷出来答话。四爷出来，大家见礼，进去入屋中，落坐献茶。蒋爷才问："你们几位从哪里来？"智爷说："由上院衙来。"四爷说："由上院衙来，我们老五的事必然知道。"智爷说："这二位……"蒋爷说："这二位不用避讳，所有之事，没有他们不知道的。再说捞印之事，若非二位指教，也不能捞得出来。这是咱们自己人。"智爷说："五弟的事，我们是知道了。展老爷、三哥事情怎么样？"蒋爷说："也听见喜信了。"就将鲁爷打听来的言语，述说了一遍。智爷说："好办，就在今天晚间入水寨救人。"蒋爷说："路、鲁二位可以与我们雇一只船。"路爷问："要船何用？"

蒋爷说："上水寨救人。"路爷说："方才说过不行。"蒋爷说："方才不行，这时行了。"路爷问："甚么缘故？"四爷说："有欧阳哥哥、丁二兄弟的宝刀宝剑，切金断玉，无论甚么样铜铁之物，一挥而断。不怕是金子城，都能砍得开。挖个洞儿，我就进去救人。"路爷说："这个可算真巧，船只咱们就有现成的，在青石崖下靠着哪。"四爷说："更好了，晚间二位就辛苦一次罢。"路爷点头："这有何难。"

用毕晚饭，路、鲁带路，走小道，穿无人的地方。至青石崖下，鲁爷解缆，拿竹篙撑船，靠近河沿，大家上船。众人入舱，路彬撑船，鲁爷掌舵，走到二更时分，至幽篁城西面。舟靠竹城，请众人出来。大家出舱，看见水天一色，半靠山水，这座竹城一眼望不到边，实在的坚固。蒋爷说："是欧阳兄，是丁二弟，无论刀剑，把竹子挖一个方洞儿，我进得去就行。"丁二爷说："我砍去。"回手把剑拉出，只听得呛啷啷啷的一声响，寒光烁烁，冷气森森。光闪闪遮人面，冷飕飕逼人寒，耀眼争光，夺人的二目。好一口宝剑，称得起世间罕有，价值连城。路、鲁二人平生未睹，连连夸赞。二爷往前趋身，只听得哓吃、哓吃、哓吃、哓吃的挖了一个四方洞儿。丁二爷叫："四哥，看看小不小？"蒋爷说行了，叫道："众位，我若进得竹城水寨，我可不熟，也不认的竹林坞，也不晓的那是鬼眼川。我若进去，没偏没向，碰着谁救谁，但愿救出两个。倘若救出一个，可碰他们的造化。我可没亲没厚，把话说明，我再进去。"北侠说："四弟多此一举。"智爷暗道："四哥真机灵，里面两个人，一个拜兄弟，一个是相好，万一救出一个来呢？是展爷，还没话；若是徐三哥，他就落了包涵了。先把话说明，以后没有可怨的了。"智爷说："不必交代了，趁早进去罢。"蒋爷说："欧阳哥哥，你的眼神好，往里瞧着点。我们若来了，你在外招着点。"北侠点头："四弟去罢，小心了。"四爷换了水湿衣靠，头上蒙了尿胞皮儿，用藤子箍儿箍好，将活螺丝拧住。四爷说："我进去了。"将身一跃，蹿入方洞去了。

蒋爷往水中一扎，往上一翻身，踩水法把上身露出。看对面一只只麻阳战船排开，船连船，船靠船，把水寨围在当中。也按的五行八卦的形势，四面八方十分的威武。桅杆上晚间时五色号灯，白昼就换了五色的旗子。看号灯，正南方丙丁火，是红色号灯；正西方庚辛金，是白色的号灯；正北方壬癸水，可不是黑色的号灯，白纸的灯笼上面有个黑腰节；正东方甲乙木，是绿灯；中央戊己土，是黄纸糊出来的灯笼。众船接连，上面有喽兵坐更，传着口号。两个人当中，有一个灯笼。蒋爷看毕，暗说道：好个君山的水寨，这可是大宋的大患。四爷倒不足为虑，这个君山非除不可。听见船上的喽兵讲话，听不见他们说些甚么，非身临切近不行。分波踏浪，横踹几脚水，直奔船来。横着身子，微把脸往上一露。船上有人说："好大鱼。"鱼叉就在船上放着，一回手，冲着蒋爷就是一叉；若不是蒋爷那样水性，也就教他们叉住了。四爷瞧见他们拿叉时，横着一踹水，就多远出去了，微把身子往上一露，听见他们那里说："好大鱼，可惜没叉着，顶好的酒菜跑了。"那人说："是你先嚷好大鱼，不嚷，得着了。"蒋爷暗道："得着了，你们可好，我可就坏了。"由那边来了一只小船，船头上格着个灯笼，马扎上坐着个喽兵，卷檐蓝毡帽，青袍套半褂，前后的白月光，上头描写着彻水寨，当中一个"勇"字，青布靴子，黄面目，手拿一枝令箭。四爷分水向前，知道这个船上没叉，把耳朵眼睛露将出来，听他们说道："寨主爷也不知是看上他那点了。要上竹林坞，有多省事，也不用过大关；上鬼眼川请他，还得过大关，寨主喜欢他那个浑哪，是爱他骂人哪！"坐着的喽兵说："你如何知道寨主爷的用意性情？姓展的不行，人家有主意，不像他。少时将他请在大寨，拿酒苦苦灌他，他一醉，拿好话一说，他就应了。一拜把兄弟，他算降了。姓展的二人同来，他降，那个不能不降。寨主爷是这个主意，你焉能知晓。"那二人说话，早令四爷听见。谁说三爷不是那样性情？可好，三爷来了半日，性情令喽兵都猜着了。来到大关，对面有人嚷道："甚么人？要开弓放箭了！"船上人说："不可，我们奉寨主爷的令过关，上鬼眼川请徐庆去。现有令箭，拿去看了。"临近，有人接过去，与水军都督看了，回来将令箭交与船上人，吩咐开关。将大船解缆开关，大船撑出，小船过关。小船将到，大船上人嚷道："小船好大胆子，船底下私自带过人去。左右拿捞网子捞人！"四爷在底下一听，吓的魂飞海外，若叫人捞上去，准死无疑。若问蒋爷的生死，且听下回分解。

第十九回　入水寨吸呼废命　到大关受险担惊

且说蒋爷在水中，一手抠定了船底，一手分水，叫小船带着他走，更不费力。他耳朵出来凡船上所说话，他俱都听见。行至大关，听船上人讨关，也是不教过去，看了令箭，方才开关。可见得君山的令，实在是森严。你道甚么是大关？就是大船排在一处，开关时节，将大船的缆解下来，撑出一只去，让小船过去，这就叫开关。他若不开关，别处无有道路可过。好容易盼到开关时候，又被人家看破，自己将要扎下水去。小船上人说道："不用拿捞网子捞人，我们是打中军大寨领来的令箭，彻水寨要的船，众位放心罢，没有奸细。"大船上人说："既然如此，放他们过去罢。"蒋爷暗暗说道："是三哥活该有救。"仍然贴着船底过去了。你道大关上是为甚么嚷要拿捞网子捞人？难道他们还看见不成？那眼睛也就太尖了。此乃是君山大关的一个诈语，是晚间，每遇有船之时，大众必要七手八脚乱嚷一回，说有奸细，乃是个君山的诈语。日子长咧，也就不以为是了。那知道今天把个奸细就带过来了。

一过大关，蒋爷就不跟小船走了，自己在水中浮着水，跟着小船走了二里多地，小船就奔鬼眼川去了。远远的看见三哥在那边暴跳如雷的乱嚷呢。这个地方，蒋爷一看，就知道要把三哥急撮坏了。在水中生出一个大圆山孤钉来，山上有房子，山上有竹子。拿竹子编出个院墙来，门外有一蹬蹬的台阶，曲曲弯弯的，又是盘道。就见三哥绑着二臂，在上乱跑乱骂。你道人家展爷在竹林坞，也不绑，也不捆，单有两个人扶侍他。徐三爷也是如此，有人扶侍，也不捆着。奈因他与人要酒喝，人家与他预备，还是上等的酒饭，喝醉了反桌打人。人家就跑，他在后面就追。山上那里有他跑的快，他是穿山鼠吗。追至河沿，一脚把人踢下河去。再找山上，没人了，只可生会子闷气，躺在屋中睡了。睁眼一瞧，依然二臂牢缚。缘故是他踢下水去的喽兵，上了中军大寨，见了大寨主，说了三爷的行为。大寨主吩咐："叫亚都鬼把他捆上，你们就好看着了。"喽兵说："不用，既有大寨主爷的令，我们等他睡着的时候，就把他捆上了。"钟雄吩咐去罢。喽兵回来看他睡熟了，用绳子就把他绑起来了。三爷睁眼一瞧，二臂牢缚，喽兵在院子里说话："三老爷，咱家爷两个说了明白，可不是我捆的你老人家，是我们头儿捆的你。你还要追我，我就跳河跑了，你也不能吃，也不能喝，岂不是活活的饿死。你要不要我的命，我好服侍你吃喝。"三爷说："你倒是好小子，我要你的命，我不是东西。"喽兵半信半疑。后来服侍三爷，果然他不要他的命。就是不与他松。

吃完了晚饭，睡了一觉，天已三鼓，三爷出来满山上乱跑，想起自己的事来，一急，故此就骂起来了。远远望见小船上头有个灯亮儿，荡悠悠的前来。徐三爷站在山上，往下瞧着小船靠岸，打着个灯上盘道，向着三爷把手中令箭往上一举说："我家寨主有令，请三老爷中军大寨待酒。""你家寨主要请我吃酒？"喽兵说："正是。"三爷问："请了展护卫了没有？"喽兵说："早就请了，先请的展护卫，后才请你老人家来。展老爷在大寨久候多时了。"三老爷说："他去了，我也去；倘他要没去，我可不去。"喽兵说："去了。"蒋爷暗道："这个喽兵真会讲，怎么他就把三哥的性情拿准了？"就听见三爷说："松绑，松绑！"喽兵说："三老爷，我可不能给你松绑。"三老爷说："你有这么请客的么？绑着手，我怎么端酒杯子？"喽兵说："我的老爷，你好明白呀！能够捆着喝酒？到那里就给你解开了。"徐庆说："不行，不解不去。"喽兵说："我的老爷，你老人家没有不圣明的。我们寨主派出来请你来了，没有吩咐解绑不解绑。我若私自把绑给你老人家解开，我们寨主一有气，说你甚么东西，怎么配与三老爷解绑。我也担了罪名了，于你脸上也不好看。暂受一时之屈，见我们寨主，下位亲手解其缚，可不体面吗？"徐庆说："有理，有理！"蒋爷暗笑："这小子冤苦了三哥了。"

喽兵引路下山，弃岸登舟，三爷也不用谦让，就在马扎之上一坐。船家摇橹，扑奔大关而来。到关口叫开关，仍把令箭递将上去。不多时，喽兵将令箭交回，吩咐开关。大船撑将出来，小船将要过关，大船上又是一阵乱嚷："小船底下带着人哪，看捞网子伺候。"小船人说："列位不用费事了，刚打鬼眼川来，路上没有甚么别的动静，不必费事了。"四爷方知是君山的诈语。蒋爷跟船底过来，行至一里多地，船要往东。蒋爷由水内往上一蹿，呼楞一声，犹如一个水獭一般，把喽兵吓了一跳。四爷上船，用足一踢，那名喽兵坠在水中去了，摇橹的也踢下去了，掌舵的也踢下去了。三爷也一惊，细看是四兄弟。三爷笑道："我算计你该来了。"四爷说："你好妙算哪！我与你解绑罢。"三爷问："展老爷你救了没救？"蒋爷一想："喽兵都能冤他，难道我就不会哄他么？"四爷说："我先救展护卫，后来救你。"三爷说："可别冤我。"四爷说："自己哥们，焉有此理。"三爷说："人家是我把他蛊惑来的，一同坠坑中被捉，先救我出去，对不住人家。"四爷说："先救的他。"三爷说："还丢了点东西哪。"四爷问："甚么物件？"三爷说："脑眼儿。"四爷说："我还要诓他的实话哪，你把人家的眼睛挖出来了。"三爷说："我想五弟一死，我不活着了。"四爷说："能可与五弟报仇，那才是交友的义气哪！完了事，大家全死，不死还不是朋友哪！"三爷说："先报仇。"四爷说："对了，先报仇，后死。你可先别死哪！"三爷说："俺们一同的死。可全都是谁来了?”四爷说:“欧阳哥哥、智贤弟、丁二爷全到了。”三爷问:“都在那里等着呢?”蒋爷说:“在幽篁城外船上等着呢。你看,到了。”

蒋爷说:“众位,我们到了。欧阳哥哥招着点。”北侠在外早就看见了,说:“列位瞧罢,四弟撑着小船来了,不知是那里的船,会到他手里了。”智爷说:“他那鬼计多端,什么招儿全有。”大家笑了。丁二爷问:“欧阳哥哥,你老人家看看四哥救出几个人来?”北侠说:“船上就是徐三弟一人,并没有展大弟。”丁二爷一阵狂笑:“哈哈哈哈,我早已就算着了,必是如此。”智爷一听:“说不得,二爷要挑眼。”蒋四爷在里面嚷道:“接迎着点,我三哥出去了。”徐三爷往外一蹿,嗖的一声,三爷出来,双手扶船,脚冲天,仿佛是拿了一个大顶相似。把腰儿一躬,手沾船板,立起身来,对众人讲话:“有劳众位前来救我。”大家说:“岂敢,你多有受惊。”蒋爷说:“众位别说话,我出去了。”大家一闪,蒋爷也就蹿出来了,挺身站起,过来将要与大众说话,不想被丁二爷揪住问道,说:“四哥,你把三哥救出来了,我们舍亲怎样?”蒋爷说:“休要提起,误打误撞,碰上我三哥。我真不知道竹林坞在甚么地方。”丁二爷冷笑道:“那是你不能知道展护卫的下落,你不想想,三哥是你甚么人哪?谁教我合姓展的系亲呢!我少知水性,只可破着我这条命,若不把展护卫救将出来,总死在水寨,情其愿意。”说罢,就要往方洞里头一蹿。北侠用手抱住说:“二弟!那可不行,你进去如何行得了,慢慢商议商议。”蒋爷说:“二弟,你还是这个脾气。我进去险些没教人家拿鱼叉把我叉了。可巧有个小船请我三哥去,我跟着小船混过大关,差点没有教人拿捞网子把我捞了。涉了这些险,才把我三哥救出。二弟,你可别恼,你那个水性,进去多少死多少。我就怕你挑眼,先把话说明,没偏没向。你容我救出一个,再救那个,我还能说不管吗?”北侠说:“对了,我可不是替四弟说话,人家有言在先,能救一个救一个,能救两个岂不更好呢!他绝不是有私的人。”智爷说:“二弟放心,我同欧阳兄明天由旱寨进去救出,你还不放心吗?”徐庆说:“展大弟没出来呀,他比我人缘甚厚,准死不了。他若死了,我不抹脖子,我是狗娘养的!”说的二爷这才不进去了。路爷说:“天不早了,快走罢!咱们船小,不会水的人多,要教人家大船追下来,可是合船的性命。”北侠说:“有理,快开船。”那船走不到一里,后面锣声震耳,除麻阳大战船一只,数十只小巡船赶下来了。若问大众如何,且听下回分解。

第二十回 蒋爷一人镌船底 北侠大众盗骨坛

且说蒋爷救了徐庆，路、鲁催着开船。行不到一里之遥，后面锣声乱响，乃是蒋爷救徐庆，把小船人踢下水去，惟有使船的没一个不会水的，虽然三个喽兵坠水，全都扑奔水寨大关去了。惟有那个拿令箭的，他叫于保，虽然坠水，就死也不肯把那枝令箭撒手。三个人一到大关，将往上一露身，人家大关上人是手疾眼快，拿捞网子一捞，就把三个人抄上去了，说："有奸细。"于保说："是我们自己人。"大家一看，有相熟的问道："是怎么咧？"于保就把前言说了一遍，把身上水往下拧了一拧，就带着他们见二位水军都督：一个叫水底藏身侯建，一个是无鳞鳌蒋熊。于保见二位都督，就把前言细说了一遍。侯建传令，命喽兵驾小船，四下哨探往那边去了。不多时，报由正西竹城挖了一个方孔，出寨去了。二都督蒋熊说："小弟追赶。"传令齐队。蒋熊脱长大衣襟，利落紧衬，提刀飞身出水寨门，跳上船去，嚷喝催军。呛啷啷锣声振振，哗啷啷、哗啷啷拉起水寨门，一只大船，后面十几只小船。麻阳战船走动，似箭如飞。你道如何恁般快法？此船前有两把大橹，就得八个人摇，共十六把棹，一面八把，故此走起来甚快。小船正走一里之遥，路、鲁二人惊魂失色，说："四老爷可了不得了，后面麻阳船出来，片刻就要赶上咱们这小船。二船一碰，咱们这只船就是一河的碎板子。"北侠、智化、徐庆说："快靠船罢，别教我们都喂鱼。"路彬说："不能靠，离岸甚远。"蒋爷说："别慌，不怕，有我呢。漫说这么几只船，再多也不怕。"原来预先他就防备下了，预备两分锛头钻子，趁着没脱水衣，叫路爷摇船慢慢走着。"不用忙，待我打发他们回去。"哧的一声，蹿入水中去了。不多时，再看后面船上火灭灯消。原来是四爷下去，踹了几脚水，上身露出，看见船头立定一人，青缎短衣巾，六瓣壮帽，薄底靴子，面似瓦灰，手持一口鬼头刀，嚷喝催军。蒋爷暗笑，又往水中一沉。无鳞鳌正催水军，忽听见咚咚咚三声，再听嘫嘫嘫嘫的乱响。蒋熊说："不好，是漏了，漏了，都漏了。"个个船上都是听见咚咚咚三声，再听嘫嘫嘫嘫的水响，煞时间全乱成一处。漫说前进，就是一味的净沉。四爷在水内，与他们各船上每只船三钻子，那些船只不能前进。蒋爷就放了心了，复反又由水底下踹水而回，赶上了自己的船只，呼泷往上一冒，把北侠等吓了一跳。蒋爷一扶船帮上来，大众问："怎么把他们打发回去咧？"蒋爷说："就是这个玩艺，教路爷给预备了两分。他们来的船少，若是再多点，这两分也就够用的了。"北侠说："你就可以称的起来的个万夫不挡之勇。”蒋爷说:“勇在那里?”北侠说:“一万人坐着船,你把船做漏了,谁能挡你?”蒋爷说:“哥哥,你冤苦了我了。”大众笑了一阵,惟有丁二爷总是不乐。

蒋爷把水衣等脱将下来,白昼的服色穿好,天已快亮。至青石崖下船,鲁英将船上的缆挂好。大众回晨起望,仍是路彬带路,拐山湾、抹山角、走山路、绕松棵,道不平,曲折折。就见徐三老爷用手一指说:“众位,到了五弟坟了。嗳哟!五弟呀,五弟!”三爷就哭起来了,哭的还是很恸,大家也觉伤心。智爷说:“既然如此,咱们都与五弟相好,何不大家到坟上哭他一场。若要四顾无人,没有喽兵看着,咱们就把他的尸骨盗将回去,日后五弟妹也好与他并骨,后辈儿孙也好与他烧钱化纸。”大家点头说:“原当如此。”仍是路爷在前。

行至蟠龙岭上,北侠说:“别往前去,你看那埋伏?”徐庆说:“我们就打这吊下去了,脑眼还在里头。”智爷说:“这就没有埋伏呢。”丁二爷说:“明明这排着呢,怎么说没有埋伏呢!”智爷一笑说:“明煌煌露着这一段山沟,钟太保总是个好人。他若不是好人哪,他就把这段山沟从新再拿席子盖上,撒上黄土,先拿了两个,再等拿别人。这个他露着山沟,他就无意拿人,就不是明排个理儿,何必多虑。”众人佩服智爷那个心眼真快,故此大家往前,绕着那段山沟,奔坟而去。大家见坟,由不的一阵心酸,俱各放声哭起来了,连路彬、鲁英都远远跪在那里磕了几个头。大家数数落落的哭了一回。先是智爷止泪,劝了这个,再劝那个:“人死不能复生,与他报仇倒是正事。”北侠与丁二爷也就收泪。忽听见土山子后有哭泣之声,细声细气,哭的是:“五弟呀,五弟!”智爷一拉蒋四爷说:“别哭了,四弟,你听土山子后细声细气,哭的是五弟呀,五弟!别是大人来了罢。”蒋爷止泪细听,可不是,蒋爷说:“我去看去。”奔到土山子,一跃身蹿过土山去。果见一人扶定土山子,放声大哭,看不出是谁来。头上戴着一顶草轮巾,身穿着蓝布短袄,蓝布裤,花绷腿,蓝布靴鞋,看不见脸面,有草轮巾遮盖。旁边立着一根扁担,裹着一条口袋,拿绳子捆着一个药锄儿。蒋爷纳闷:“怎么他也哭五弟呢?”过来将草轮巾揪住,往上一掀。你道这草轮巾是甚么帽子?就是樵夫戴的草帽圈。蒋爷将草帽圈揭下来,一看此人面似银盆,两道浓眉,一双阔目,皂白分明,黑若点漆,白如粉锭,准头丰隆,四方海口,大耳垂轮,相貌堂堂,仪表非俗。蒋爷说:“原来是你。”

此人乃是凤阳府五柳沟的人氏,姓柳名青,外号人称为白面判官。先本是绿林出身,自己一看绿林中没有庆八十的,自己弃了绿林,在凤阳府柴行中打点了一个经纪头儿,以恕自己前罪。到处里挥金似土,仗义疏财。近来有许多人尊敬他,都称为柳员外。此人与白玉堂至厚,后来与五爷结拜兄弟。这晨起望有他一个表兄,叫蔡和,也是打柴为生。皆因柳员外前来看望他的表兄来了,吃完晚饭,蔡和问他说:“你吃的东西行化了无有?”柳爷说:“行化多时了。”蔡爷说:“告诉你一件事,你可别哭。”柳爷说:“我不哭。”蔡和道:“你死了一个朋友。”柳爷问:“是谁?”蔡爷说:“万想不到。”柳爷问:“到底是谁?”蔡和道:“是你结拜兄弟白五老爷死了。”柳爷一听,忙问道:“可是当真?”蔡爷说:“这事焉能有假。”就把五老爷如何死的细述了一遍。话还没完,柳爷早死过去了。叫转还阳,柳爷又哭。蔡爷说:“不必这里哭,我告诉你上坟上哭去,得不得?”柳爷哭问:“坟在哪里?”蔡爷指告明白。次日五更后,与柳爷换了一身衣服,樵夫的打扮,又说道:“你若要叫君山上人拿去,不可害怕,提与我系亲,他必来打听,我去能把你救出来了。”

柳爷与表兄要了一根扁担,一条口袋、二个药锄儿,将绳子捆好,打算得便将尸骨盗回五柳沟去,叫他们那些拜兄弟背着篙子赶船。赶紧出蔡和家中,来到五接松蟠龙岭,至坟地后身。见坟前有一个大窟窿,不敢由前而入,怕有埋伏,就在土山子后头。一见这个大坟,就摔倒在地。工刻甚大,冷风一飕,这才悠悠的气转,耳轮中听见有人哭喊的声音,站起身来,把着土山子一看,原来他们大众,把自己的眼泪招出来了,放声大哭。自觉草轮巾被蒋爷揪下去,这才见是翻江鼠,说道:“病夫呀,病夫!那都不是你把五弟的性命要了?”蒋爷说:“老柳,你不对,怎么是我把五弟的命要了?”柳青说:“你若不在陷空岛将他拿住,他若不出来作官,焉有今日之祸?”蒋爷说:“我叫他出来作官,为的显亲扬名,光前裕后,荫子封妻,争一个紫袍金带,你怎么说我把他害了?你还不知道他那个脾气:眼空四海,目中无人,犯傲无知,酸骄美大自足。若不是他那道性分,如何死的了。来罢!老柳,我给你见几个朋友来罢。”拿着他的草帽圈,拿着他的扁担,与大众见礼。蒋爷说:“这是凤阳府五柳人氏,姓柳名青,人称白面判官,与老五把兄弟。这位辽东人氏,复姓欧阳,单名一个春字,人称北侠,号为紫髯伯。这位黄州府黄安县人氏,姓智,单名一个化字,人称黑妖狐。这位墨化村……”丁二爷说:“不必见,柳爷我们认识。”“这二位是晨起望人,一位姓路名彬,一位姓鲁名英,打柴为生。那个哭的不用与你们见了,你必认识。”柳爷说:“不用见,我们认识。”智爷对蒋爷说:“四哥,这个不是个绿林底吗?”蒋爷说:“谁说不是。”智爷说:“听说鸡鸣五鼓返魂,我想咱们何不把他请将出来,拔刀相助。”蒋爷说:“可以,哪有何难,教给我咧。”蒋爷说:“老柳,老五是死了,咱们都是连盟把兄弟,你还用我给你下帖去吗?咱们大家商量与老五报仇,大概你也不能不愿意罢。”柳青说:“住了,病夫!实对你说了罢,若有老五在,百依百随;五弟不在,天下别无朋友了。”丁二爷天生的好挑眼,专有小性儿,他一听这句话,说:“列位听见了没有?他说除了老五,天下没有朋友了,你我都不是朋友了。”北侠说:“不是老四给见过?他想不出费事。”智爷说:“有我呢,我有主意。”叫道:“三哥还哭哪!”三爷说:“我不哭了。”智爷道:“有人骂你哪,说你不是朋友。”三爷问:“谁骂哪?”智爷说:“就是他。”三爷说:“柳青好贼根子!”劈胸一把抓住,扬拳就打。若问两个人怎样打法,且听下回分解。

第二十一回 徐庆独自挡山寇 智化二番假投降

且说徐庆听了一气，抓住就打，蒋爷、智爷把徐三爷劝开。智爷说道："三哥，何必生这么大气呢！谁是朋友，谁不是朋友，还用人说，我准知道。欧阳哥哥，辽东守备，辞官不作；丁二爷，外任官的少爷；徐三爷上辈开铁铺，又道是一品官，二品客，本人有官，根底是好的；四哥上辈是飘洋的客人，本人有官底子，更是好的了；路、鲁二位没有多大交情，也说不着；我父信阳州的刺史，人所共知。这些人谁是朋友，谁不是朋友？横竖不能上也是贼，下也是贼：上有贼父贼母，下有贼子贼孙，中有贼妻，一窝子净贼，这还论朋友？这样人同咱们呼兄论弟，怎么配哪！"柳青一听，黑狐狸精更损，骂的柳爷又不好急。大众净笑。蒋爷说："老柳，你了的了那位，你说罢。依我说，你应了罢。"柳爷应了，是个跟头，不应，又走不了，实在无法，说："病夫，你叫我出来不难，除非应我三件事。"蒋爷说："那三件事？可应就应，你说罢。"柳爷本无打算那三件事，蒋爷苦苦的逼着他说，当时想不起说甚么好，顺口说："要我出来，我冲着众位，我可不见大人，是个私情儿行了。"蒋爷说："使得，第二件？"柳爷想这件不要紧。四爷又催："你说呀，说呀！"柳爷本是正直的人，花言巧语一概不会，说："二件，我帮着使得，我可不作官。"四爷说："行了，三件。"柳爷一想更不要紧了。四爷知道柳爷没准主意，紧催："三件、三件、三件，说呀！我好点头。"急的柳爷抓脑袋，忽然想起一件难人的事来了，说："病夫，这三件怕你不能应了。"四爷说："你说呀！"柳爷说："我头上有个别发簪子，你若能打我头上盗下来，我就出去；如若不能，你可另请高明。"大众一听，就知是成心难人。四爷说："那有何难。你是不知我受过异人的传授，慢说盗簪，就是呼风唤雨，也不为难。你把簪子拔下来，我看看就行了。"柳爷听了好笑，说："病夫不要冤我。"四爷说："不行，你别出来，准拿手在你那里。"柳爷拔下簪子来，交与四爷一看，是个水磨竹子的，湾湾的样式，头儿上一面有个燕蝙蝠儿，一面有元寿字，光溜溜的好看。四爷看了半天，说道："我要盗下来，你不出去当怎样？"柳爷说："盗下来，我不出去是个妇人。"四爷说："我若盗不下来，请你出去，我就脸上搽粉。"柳爷说："咱们一言为定。"蒋爷说："咱们两个人击掌，各无反悔。"两个人真就击了掌。蒋爷说："咱们到底说下个时候。"柳爷说："限你三昼夜的工夫，行不行？"蒋爷说："多了。"柳爷说："两昼夜。"蒋爷说："多了。""那么一天一夜。""多了。""一夜多了，半夜。""多了。"柳爷说："你说罢。"

蒋爷说："老柳，我给你一个便宜，要盗下簪子来，不算本领，给你再还上。"柳爷更不信了，说："到底是多大工夫？"蒋爷说："连盗带还，一个时辰多不多？"柳爷说："不多。"蒋爷道："你我说话这么半天，有一个时辰没有？"柳爷说："没有。"蒋爷把手中簪子往上一举，说："你看这不是盗下来了吗？"柳爷说："嗐！别不害羞了！"蒋爷将簪子交与柳青，说："咱二人在你家里见。家中去盗去，这也不是盗簪的所在。"柳爷说："方才我说你来着，险些没教别人挑了眼，我天胆也不敢说别位。"蒋爷说："便宜你。不是四哥，此山只要下得去。"智爷说："叫这位等等走。这位有条口袋，一个药锄，咱们借过来把坟刨开，把老五的骨殖起出来，日后也好埋葬。不然教别人起了去，搁在他们家里，当他们的祖先供着，咱们就该背着篙竿赶船了。"柳青恶恨恨瞪了他一眼，无奈将药锄、口袋交与蒋爷，说："我可就要走了。"蒋爷说："你请罢，咱们家里见。"柳爷一肚子的暗气，带了草轮巾，抗了扁担，下蟠龙岭去了。

大众将坟刨开，将古磁坛请出来，装在口袋，拿绳子捆上。三爷说："我抱着它。老五在生的时候，我们两个人对近。我抱着他，我们两个人亲近亲近。"丁二爷说："三哥，你也不晓的起灵的规矩。"三爷说："甚么规矩？"丁二爷说："你得叫着他点。你不叫他，纵然把骨殖起去，他魂灵仍在此处。"果然，三爷就叫喊起来了，说："老五老五，跟着我走；五兄弟，跟着我走；五弟呀！你可跟着我走。"正然叫着五弟光景，就听见后面有人说道："三哥，小弟玉堂来也。"徐三爷连大众吓了一跳，人人扭项，个个回头。众人以为是白玉堂显圣，焉知晓是丁二爷取笑。智爷说："二弟，那有这么闹着玩的。"丁二爷说："我听着三哥叫的这么亲近，老没有人答言。"徐三爷说："你这一声，真吓着了我了。"路彬、鲁英说："千万可别说话了，天已大亮，还不快走呢！"下蟠龙岭，就听见呛啷啷一阵锣响，原来是巡山大都督亚都鬼闻华，带领着喽兵赶下来了。皆因水寨损坏了船只，幸而好一个人也没死，立时飞报巡捕。一面是神刀手黄寿、花刀杨泰、铁刀大都督贺昆，飞报大寨主。一面是闻华带领着喽兵追赶下来，手提三股叉，竟奔小山口而来。锣声振振，喊声大作，出小山口就把大众追上了。智爷一瞧，黑压压一片，往前追赶，口中嚷："拿奸细呀，拿奸细！"智爷说："我们几个人露不的面，你把坛子交给我，你上去把他们打发回去。"三爷说："我是打君山跑的人，人家见了面骂我几句，可怎么好。"智爷说："你就跟他犯浑，可别杀人。"三爷说："这些人里边必有寨主，这些个喽兵，你不叫我杀人，怎么打发他们回去？"智爷说："我自有道理。"回头叫："欧阳哥哥，把你老人家那个刀，借给三哥用用。"三爷一听就欢喜了，有了这七宝刀，自然就容易了。北侠将刀交与穿山鼠。这些喽兵看看临近，三爷就撞上来了，大喝了一声："小子们那去！"喽兵禀报大寨，前面有人当路。亚都鬼吩咐列开旗门，喽兵列开一字长蛇阵。闻华提叉向前说道："前面甚么人?"徐爷说："是你三老爷。"闻华说："原来是徐三老爷。我家寨主派我追赶于你，请你回山。"徐庆说："放你娘的屁!"把手中刀亮将出来，往前一纵。闻华就知道这人不通情理，对准了三爷颈嗓咽喉就是一叉。徐三爷把身子往旁边一闪，用七宝刀往上一迎，呛啷一声，镗啷啷，就把个叉头砍落在地下。闻华这可好了，剩了个叉杆，抗起来就跑。徐三爷一阵撒风，就听见哓叹哓叹一阵乱响，丁丁当当又是一阵乱响。缘故哓叹哓叹?是把人家兵刃削折了的声音；丁丁当当，是那半截折兵器坠落在地上的声音。喽兵四散。三爷也并不追赶，拿着刀交与北侠，自己带起大众。同回晨起望路上去了。三爷夸奖这七宝刀的好处。

来到路、鲁的家中，日色将红，将古磁坛放于桌案之上，大家又参拜了一回。路爷预备早饭。饭毕，蒋爷说："昨天把我三哥救将出来，我今天晚间务必再把展护卫救将出来，也不用去多少人，就有两个人就行了。"智爷说："且慢，你要今天晚间再去，大大的不妥。按兵书上说，得意不可再往。"蒋爷说："今天我不去救展大弟，那可就透出有偏有向来了。我今晚夜入君山，总然死在那里，清心涂胆，甘心情愿。"智爷说："不行。大丈夫总然不怕死，也不可尽愚忠愚义。四哥，你请想，那飞叉太保钟雄文中过进士，武中过探花，文武全才。文的不必说。论武，书读《孙武》十三篇，广览武侯《兵书》；善讲攻杀战守，称的起运筹帷幄之中，决胜千里之外；鬼神莫测之机，济世安民之策，强不能比成汤的伊尹、渭水的子牙，我耳闻着很够看的。他昨日伤了船只，今日又杀败了个亚都鬼，他今夜晚间焉有不严禁之理。你若前去，岂不是要受险?"蒋爷说："咱们那里头有个人，难道说还能不救他去么?"智爷道："救是救，咱们总得想个法子。"蒋爷说："我先领领教甚么法子。"智爷说："我在五接松蟠龙岭，就想出招儿来了。常言'一人不过二人智'，我说出来，你得删改删改。"蒋爷说："你说罢，那点不好，咱们大家议论议论。"智爷就把会同着北侠诈降君山的事，细述了一遍。毕竟不知是怎样降法，且听下回分解。

第二十二回　晨起望群雄设计　洞庭湖二友观山

诗曰：

善处家庭善自全，从来惟有舜为然。

屡遭奇变终无祸，半赖宫中女圣贤。

古来处家庭之变者，莫如舜；善处家之变者，亦莫如舜。舜有个异母兄弟叫象，脾气骄傲无比，累次要害舜，舜却终无祸患，并且使父子兄弟终归和睦。舜固是生来的孝友，也是半赖内助之贤，仗着二妃常常指告。后来帝舜南巡，二妃从之。舜崩，葬于苍梧之野，二妃哭泣不止，泪点滴在竹上，遂成斑竹。就此三日不食，沉江而死，即葬在湘江之旁，为湘江神灵，管着湘江水府。二妃乃是帝尧之二女：一个叫娥皇，为湘君；一个叫女英，为湘夫人。给他在山上立了一个庙宇，四时大祭。后人就叫此山为君山，庙叫作湘君庙。故此将他的故典引来，述说一遍：

昔唐尧在位之时，天下大治。因见其子丹朱为人不肖，不可君临天下以治万民。因命臣子四处访求贤人，以传大位。访求多时，四岳乃奏道："臣等细细访求，今得一人，其名曰舜，颇有圣德，可以佐理天下。"尧问道："舜乃何人？汝等何以见他有德？"四岳回答："凡人能治国者，必先能齐家。这舜乃历山农夫，常耕于野。他的父亲叫作瞽瞍，为人最是愚顽；他的母亲又最嚣蠢；他的兄弟叫作象，又最傲慢。一家人皆不知道理。因见舜仁以存心，义以行事，且举动必以礼，言语必以正，故父母皆不喜欢他，惟溺爱于象。故家中凡有勤劳之事，皆叫他去，象则听其嬉游。

这舜毫不动心,事父母则惟知尽孝,待兄弟则惟知友爱。任父母百般折磨,他只逆来顺受。所以臣等见他有德。”尧听了肃然起敬,道:“舜能如此,诚为难得。但不知可有妻子没有?”四岳对道:“因父母不爱,尚是有鳏在下。”尧喜道:“如此却好。吾想人谁不孝,每每孝衰于妻子。他既无妻,朕有二女,朕甚爱之,要他出类拔萃,作个娥中之皇,女中之英。故长女取名娥皇,次女取名女英。二人德性颇贤,朕不配与凡流。今舜既孝弟如此,朕就将二女同嫁于他。一来使二女得嫁贤人,有所仰望终身;二来就可试他待父母何如;又可看他有了二女,又待父母何如,便可知他的才德了。”四岳道:“圣帝之言,最为有理。”尧说:“既是有理,就可举行。”

四岳领命,就使人到历山与舜说知此事。瞽瞍听了大惊道:“畎亩匹夫,怎敢娶天子宫壸中的淑女。”就叫舜去辞。舜因说道:“天子之命犹天也,钦承犹惧不恭,谁人敢辞?况娶妻乃嗣续大事,天子之女不娶,更娶何人?”瞽瞍道:“若不辞,娶了家来,他倚着天子贵女,将公婆也要管着,却将奈何?”舜道:“圣王淑女既肯下嫁,焉能骄傲。既知夫妇之礼,必无上陵之事。”遂承命不辞。四岳报尧帝,尧帝大喜,遂与娥皇、女英说知。到临行又再三嘱咐道:“钦哉,必敬!必戒!”二女领命,遂由河直下降到沩汭,与大舜为配。

二女果贤,自归舜之后,上事公姑,克尽妇道,全无一毫骄贵之气。夫妻之间情意和谐,甚是相得。舜虽仍旧耕田,到了此时贵为天子之婿,却家有仓廪,野有牛羊,室悬琴瑟,壁倚干戈,朝夕间幽闲静好。象看在眼里,便心怀妒忌,因与父母商量,要谋害舜,道:“若能害了兄舜,我只要他的干戈、琴瑟,并教二嫂收拾床铺足矣。其余仓廪牛羊,尽归父母。”瞽瞍道:“若要害他,他又孝顺,怎好明明杀他?只好唤他来饮酒,将他灌醉,便好动手。”象喜,因治下醇酒,传父母之命,叫舜来饮。舜闻命,知其蓄意不善,因告二女。二女道:“父母命饮,安敢不往。妾有药一丸,秘含于口,虽饮千杯,不至沉醉。”舜受药而往。父母命饮,舜饮一朝。父母问:“醉乎?”舜曰:“不醉。”又饮一昼。父母问:“醉乎?”舜曰:“不醉。”又饮一夕。父母问:“醉乎?”舜曰:“不醉。”父母以为奇,因放之还。复与象算计道:“酒不能醉,后面廪屋最高,上多缺漏,明日叫他上去涂盖,汝在下面撤阶梯,举火焚烧,彼自不能逃死。”象又大喜,又传父母之命,叫他去完廪。舜闻命,知其来意不善,又告二女。二女道:“父母命完廪,安敢不往。”因取一斗笠,叫舜戴在头上,以为遮日之具。舜因戴笠而往,升到廪屋顶上,方涂盖将完,忽下面火发,将廪屋烧着。舜急欲下来,而升廪之阶梯已为象移去。正无可奈何,忽闻二女在廪下作歌道:“鸟之飞兮,翼之力。人而不飞,为无羽翼。为无羽翼,何殊乎斗笠!”大舜听见,忽然有悟,因除下斗笠,平抱在怀中,涌身往下一跳。原来斗笠张开,鼓满了风气,便将身子都带住了,竟悠悠扬扬落在地下,毫无损伤。

象看见甚是不悦,报知父母道:“舜已将焚,却被二嫂在下面作歌,叫他除下斗笠做翅飞下,故未烧死。”瞽瞍听了大怒,因又寻思道:“廪上可以飞下,前面老井最深,明日用绳系他下去淘井,待他下去,你可将绳取去,任二女有智计,也救他不出。”象听了大喜,又传父母之命,叫他去淘井。舜闻命,知其来意不善,又告知二女。二女道:“父母命淘井,安敢不往。”因取一柄短锤,并数十长钉,叫他藏在腰间,以为浚井之用。舜因藏钉而往。到了井边,用绳系了下去,刚系下去,象就收了绳子,去报父母矣。二女在上面看见,因抚井作歌道:“滑滑深深,虽曰无路;寸铁分层,便可容步;入穴升天,神就之度。”大舜在井中听了,又忽有悟,因腰间取出钉锤,下钉一个立脚,上钉一个攀手,一步步钉了上来。二女接着,忙忙逃了回宫。象收了绳子,去报父母道:“今日功成矣。”瞽瞍道:“舜虽在井,却未曾死。”象道:“这个不难。”因复到井边,用土将井口填满。象大喜,遂走入舜宫,要来占他的宫中所有。及走在舜宫,忽看见舜坐拥着娥皇、女英二妃,在那里鼓琴作乐,吃了一惊,又甚觉无趣,心中十分忸怩,便脚下趑趑趄趄,进不是,退不是。大舜看见,忙欢欢喜喜迎他坐下,道:“贤弟何来?”象此时没法,只得说道:“因郁陶思君尔。”舜听见说个“思君”,便大喜不胜道:“感吾弟友爱之情,直至如此。”因命二妃出酒食款之,尽欢方送他别去。象归报知父母,以为舜有神助,便再不敢设谋陷害于他。

尧见舜有许多圣德事迹,又见二女相安,心下大喜,遂与四岳商量,竟将天子之位让他坐了。舜知尧帝倦勤是实意,遂受之不辞。既为天子,因立娥皇为后,女英为妃,封象于有痹,尽孝以事瞽瞍。舜见天下已为唐尧治得雍熙于变,十分太平,不敢更作聪明,每日只恭己无为;完了朝政,就在宫中被袗衣鼓琴以为乐。二女裸侍于旁,十分恭敬和悦,深得舜心。舜凡有所行,皆谋于二女。二女聪明贞仁,所言所行,皆合礼道,并无偏私妒刻。后舜巡方死于苍梧,二妃不能从,望而痛哭,亦死于江湘之间,世因号为湘君。古今颂贤后妃,尽以二妃为首。

闲言少叙,书归正传。且说智化与蒋爷议论救展南侠之事,水路不能进去,怕人家多有防备。由旱路进去,一者为救展南侠,二则君山是大宋个大患,智爷的主意是先把君山破了,以后再定襄阳,就将这个主意与蒋爷一商议。蒋爷说:“这个主意固然是好,怎么进去法?”智爷用手一指北侠说:“我同他。我们两个人诈降,只要哄信钟太保,岂不把展老爷救出来了?”蒋爷摇着头说:“不容易呀,不容易!”智爷说:“易固然是不易,除了这个主意,别无方法。凭着我这一张嘴,凭着欧阳哥哥这一口刀,倘若被人识破机关,打里往外一杀,让丁二弟往里一杀,凭着咱们的宝刀合宝剑,纵然万马千军,也拦挡不住。此计如何?”蒋爷说:“我们都外头听信,倘有凶信,我们大众一齐都杀将进去。”智爷说:“不用。你同三哥将古磁坛送往上院衙去,你然后上五柳沟,总得要将柳青请来才好呢。”蒋爷说:“据我看来,有他也不多,没他也不少。”智爷说:“倒不用他人,用他鸡鸣五鼓返魂香要紧。”蒋爷说:“不难,这件事全在我的身上,横竖准有这个人就是了。”智爷又对北侠说:“欧阳哥哥,方才这些话,你可听见没有?”北侠道:“我俱已听见了。”智爷说:“你老人家可愿意?”北侠说:“为朋友万死不辞,焉有不愿意的。既然这样,咱们就一言为定,吉凶祸福,凭命由天。”说毕,蒋四爷同徐三爷送古磁坛往上院衙去了。

一路无话。到了上院衙,也不用官人回禀,二人自己进去,见了卢大爷与韩二爷,连忙的将口袋放下,两个人与大爷、二爷行礼。大爷问被捉的情形。三爷就将怎么被捉,怎么出来的话,细说了一遍。大爷一闻此言,原来展南侠还在寨内幽囚着呢,说道:“可别不管人家呀!”蒋爷说:“主意已然定好了。这就是老五的骨殖,现在这里。”卢、韩二义士放声大哭。公孙先生出来打听,也就哭了一番。有蒋四爷劝解,然后将骨殖坛请到里面,面见大人。大人一见,恸倒在地,哭的是死去活来,连主管也哭了个不了。大众好容易才将大人劝住。大人吩咐将古磁坛放在大人的卧寝,每遇大人早晚吃茶吃酒用饭,必要在古磁坛前边供献供献,并且早晚间还要烧钱化纸。若论朋友之交,也就是了;就是亲胞兄弟,还怕不能如此。大人见了古磁坛之后,与先生商议:“五老爷虽死,王爷尚未拿获,这个摺本先不必入都。”先生说:“正当如此。”蒋爷又把定君山救南侠的事,回禀了大人一回。大人说:“但凭你们诸位办理就是了。”蒋爷告辞出来,见了三位哥哥说:“我上五柳沟去了,早晚之时,你们可要多加小心才好。”卢爷说:“上院衙的事,你不用管,自有我们几个人料理。你们要有用人之处,我们再往那里拨人。”蒋爷说:“你们在此,我走了。”蒋爷出上院衙,奔五柳沟,暂且不表。

且说晨起望众人,惟有智化踌躇了两日,这才把这一个诈降的主意拿好,就将路爷请将过来,问道:“咱们这里可以找一只小船,撑船的可要面生之人,又是得咱们自己人才行,不然不好说私话。”路彬说:“有,我有个亲戚,离此四十里,终日在渡口撑船。此人姓王,名叫王顺,他要到了这里,并没人认的。若把他找来,有甚么私话皆都可说。”智爷说:“既有此人,就烦路大爷将他请来。”路爷点头,立刻就叫鲁英请王大哥去。鲁爷点头,就此起身,到了次日早晨方到。路爷带了那人,与大家见礼。智爷一看王顺,三十多岁,穿了一身蓝布的衣服,白袜青鞋,黑黄的脸面,细条身材,很透着机灵。智爷一看准行,说:“王大爷,我教的你几句话,你可说的上来?”王顺说:“你老人家可别称呼我大爷大爷的呀!我叫王顺,你要教的我甚么言语,我全行,还不用你费事,教甚么会甚么,可就是不能生发。”智爷说:“那就行了。"就把设计诈降君山、怎么救展老爷的话,说了一遍,说:"你明天撑着船,去送我们去。我们要是上了山,倘有喽兵下来问你怎么雇的船,你可把我这话记住了,你就说:我们雇了一年的船。若问你上那去,你告诉没准。"王顺说:"世间那有那样事情,撒谎可要圆全,小人我可是多说。"智爷笑道:"你别管他,若问你的时节,你再说。"王顺说:"他要问我雇这一年的船,可上那里去,我怎么回答?"智爷说:"他若问你这一年哪,你就说:'他们雇这一年的船,为的是游山望景,那里有好山水,就往那里去。若见名山胜境,也许住一年半载,也许住个月起程。若要山水不好,转头就走,连舟就不停。净在两湖、两广、山、陕、浙、闽普天盖下的地方,只要那里有山水就去。一年是四百两银子,酒钱在外。给了二百两,下欠二百两。'若是把二百两给你,把我们的东西搬下去,你撑船就走,就没有你的事了。"王顺连连答应说:"是了,是了。"路彬过来问道:"智大爷,还要甚么东西?"智爷说:"还得合你借几分铺盖被褥。"北侠说:"跑到船上睡觉去么?"智爷说:"想咱们花四百两银子,雇一年的船,连分铺盖没有,这可称的起是个穷乐。"北侠说:"没有你想不到的事。"智爷说:"咱们哥两个,也得商量明白了才好呢。这一进君山,可是见几而作,随机应变,指东而说西,指南而说北,一句真话没有。"北侠说:"罢了,我是一辈子不会撒谎。"智爷说:"无妨。看着我眼色行事,设若我指着正东,我说这不是正西么,你就说正是西方庚辛金。我指着正南说是北,你就说不错,正是北方壬癸水。你横竖捧着我说就行了。"北侠说:"我若接不住,那可怎么好?"智爷说:"无妨。我看得出来,你若接不住,我就接着说下去。"北侠说:"我是准不行,若要叫人看出破绽来,可别怨我。"智爷说:"我也不准行,看展爷的造化,看国家洪福就是了。"果到次日,吃了早饭,将行李搬在船上,二位穿好了衣服。丁二爷说:"二位哥哥多辛苦了,我听信,若有不便,我急去。"路爷道:"有我哪!我在外面听信,若闻凶信,必然回来报信。"

智爷与北侠出门,有路爷带道。行至地名叫马保峰,路爷一指正北说:"我可不往那边去了,遇见熟人不便。"智爷说:"你往那里去?"路爷道:"我在飞云关底下,地名叫蚰蜒小路听信去了。"说毕便走。智爷来到河沿一看,船只不少,有人嚷道:"在这里!那二位?"智爷二人由跳板上船,跳板拉在船上开船。二人舱中一看,外面水天一色,这就看见了君山。只见山上树木森森,满山的花朵,并且山上还有庙宇,也是远远的钟声,好一座名山胜境。怎见得?有赞为证:

有二人,用目观,瞧山景,真好看,还有一个古庙却在上边。山水如画,画里深山,未免得引动了二位英雄往四下观:山连水,水依山,山水出,瀑布泉,水影之中照出了一座君山。水秀丽,把山缠,水与山连,山与水连。山中寺,寺依山,山在寺前,寺在山湾,山寺的钟声到耳边,高僧隐在山洞边。寺内的僧人望景观山,又在水,又在山寺前。山花开放,花儿满山;山里花香,花映山岚;花发山岭,山岭花鲜。山花清妙,花长深山;山花迭放,花又似山;花倚山峰,山峰花遍。赏花人,登山看,山中沽酒,沽酒在山。松在山上,山上松连;松和琴韵,流水高山。山儿叠,松林伛,松如云水,山寺之间。花上松枝,重上高山;山松花寺,共与水连。好一个清幽景物,天然妙,真能够,令人观瞧,十分的爽然。

且听下回分解。

第二十三回　读招贤榜有人偷看　改豹貔庭自显奇能

且说北侠、智化在船中，观看山景，好不巍峨。常言一句说的好："望山跑死马。"自打上船就看见君山，行了三十余里路，方到飞云关下，船不能前进，此处地名叫独龙口。王顺说："有请二位出舱观山。"北侠同着智化出得船舱，站在船头观看君山前面的形势，就见赫巍巍、高耸耸、密森森、叠翠翠一带高山阻路。上边有大牌楼，横着一块大匾的相似，筛青的地，大赤金的字，上写着"飞云关"三个字。打飞云关底下往里，可就不知套出多远去了。北侠低声告诉智爷说："山上有人看着咱们呢！"再瞧智爷，撒起风来了，指手画脚，摇头晃脑，似疯颠一般。北侠说："智贤弟，这是怎么了？"说："我这是夸山哪！"北侠说："你这是怎么夸山呢？设若是到了里头，我这怎么给你捧得住？你这是怎么个意见呢？"智爷说："我这是夸奖怎么山清水秀。"北侠说："你不言语，谁知道？"智爷说："你打算我说给谁听呢？"北侠说："你不拘冲着谁说，也得说出来呀！"智爷说："我冲着山贼说呢。"北侠说："听得见哪？不是白费气力么！"智爷说："我这指手画脚，特意叫山贼瞧见，使他们纳闷疑心，为的是少时入得君山，好办咱们的大事。"北侠说："你打哑谜，我如何猜得着你的心事哪！这又该怎么样了？"智爷说："该下船，进他们的大牌楼看看去罢。"北侠说："使得。"叫船家搭跳板，二位下船，摇摇摆摆，东瞧西看，直奔飞云关来了。走到大牌楼底下，智爷指着牌楼高声说道："欧阳兄你看，这是飞云关。"北侠说："正是飞云关。"二人说着，往前直走，过了飞云关，离巡捕寨不远，路南有一木板房，山墙上挂着大木牌，牌上有大字横头，横着三个大字，是"招贤榜"。智爷高声朗诵，念道：

管理君山洞庭湖水旱二十四寨招讨大元帅钟，为晓谕天下事：天下各省隐匿英雄壮士过多。古云"寒门生贵子，白屋出公卿。盐车困良骥，田野埋麒麟。高山藏虎豹，深泽掩蛟龙。"余钟雄一介寒儒，得中文武进士之职。皆因奸臣当道，贪婪无厌，悬秤卖官，非亲不取，非财不用。余退归林下，隐于君山，以文武会友，要学当年黄金台之故事。若有乐毅之能者，余钟雄情愿北面事之。无论士农工商，若有一技一能者，入君山皆有大用。非为反叛朝廷，以待天子招安，急急率宾归降，以争封妻荫子，显耀门庭。为此特示，须至榜者。

智爷念毕招贤榜文，后面还有许多条例，俱按军规营规的例则，并有十七条禁律，五十四斩。复又高声念道：

特示君山寨主、喽兵谨守，毋犯禁令：

其一：闻鼓不进，闻金不止，旗举不起，旗按不伏，此谓悖军，犯者斩之。

其二：呼名不应，点时不到，违期不至，动乖师律，此谓慢军，犯者斩之。

其三：夜传刁斗，怠而不报，更筹违慢，声号不明，此谓懈军，犯者斩之。

其四：多出怨言，怒其主将，不听约束，更教难制，此谓构军，犯者斩之。

其五：扬声笑语，蔑视禁约，驰突军门，此谓轻军，犯者斩之。

其六：所用兵器，弓弩绝弦，箭无羽镞，剑戟不利，旗帜凋弊，此谓欺军，犯者斩之。

其七：谣言诡语，捏造鬼神，假托梦寐，大肆邪说，蛊惑军士，此谓淫军，犯者斩之。

其八：奸舌利齿，妄为是非，调拨军士，令其不和，此谓谤军，犯者斩之。

其九：所到之地，凌虐其民，如有逼淫妇女，此谓奸军，犯者斩之。

其十：窃人财物，以为己利，夺人首级，以为己功，此谓盗军，犯者斩之。

其十一：军民聚众议事，私进帐下，探听军机，此谓探军，犯者斩之。

其十二：或闻所谋，及闻号令，漏泄于外，使敌人知之，此谓背军，犯者斩之。

其十三：调用之际，结舌不应，低眉俯首，面有难色，此谓狠军，犯者斩之。

其十四：出越行伍，搀前越后，言语喧哗，不遵禁训，此谓乱军，犯者斩之。

其十五：托伤作病，以避征伐，捏伤假死，因而逃避，此谓诈军，犯者斩之。

其十六：主掌钱粮，给赏之时阿私所亲，使士卒结怨，此谓弊军，犯者斩之。

其十七：观寇不审，探贼不详，到不言到，多则言少，少则言多，此谓误军，犯者斩之。

智爷又念毕，不觉哈哈大笑道，"可惜呀，可惜！"叫道："欧阳兄，可叹这个寨主把心机用尽，挂这招贤榜。只是有一点不到之处，总是山内缺少能人之过，短一个谋士将他提省。"北侠心内说："他教我捧着，他指东说西，自然是他说话我就得捧他。"问道："你看他怎么短个谋士，那点不到？"智爷说："据小弟看来，此榜得用千里马骨的故事。"北侠说："何为千里马骨的故事？"智爷说："你不晓得，当初有一家员外，要买千里马，总未买着；派人出去四乡八镇，总未买着。有一人在乡村之内，见人剥了一匹死马，此人抱马恸哭，众人不解其意，问甚么缘故。此人说：'这匹马乃是千里马。'给了数两白金，买了一块马骨而回，献于买马之人。买马人言道：'我要的千里活马，要这马骨何用？'买马骨人说：'虽花数两白金买了一块马骨，不久千里马必至。'果然，日限不久，千里马到了，还不止一匹。缘故是买马骨之时，就说出要买千里马之人姓氏住处，借众人口里传出某人要买千里马，若有千里马去，可获多金，连一块死马骨还肯买去，要有活千里马至，焉有不多卖之理？后来才有千里马到。这招贤榜必须仿这个而行。"北侠说："这也花十两银子买块马骨？"智爷说："咳！不是我说的，是个比喻。"北侠说："依你怎么样呢？"智爷说："依我，多用些伶牙俐齿的文人，带上银两，到四乡八镇城乡村庄店道，传扬这位寨主怎么样的敬贤，怎么样的爱士。常言道：'英雄生于四野，好汉长在八方。'若是依我这个主意，准能够文人武将，望风归顺君山。欧阳兄请想，是也不是？"北侠连连点头称善。焉知晓二位在此说话，早被喽兵报去巡捕寨四家寨主，说："报四家寨主得知，山下来了一只船，船上有两个人，奔到咱们飞云关里头看招贤榜来了。"亚都鬼摆手说："去罢。三位在此，待小弟出去看看来。"在巡捕寨外喽兵正要吆喝，亚都鬼将他们拦住，自己偷看着二位，暗道："真是世间罕有的英雄，堂堂的相貌，凛凛的威风。"怎见得，有赞为证：

闻华看，二好汉。仔细瞧，真希罕。壮士的样，可是文不浅，天生的气宇轩昂，品貌不凡。那个人在左边，还有个右边站。一个是紫箭袖，称体穿，头上的帽，分六瓣，绢帕拧着一个茨菇叶儿在上边安。皮挺带，系腰间，镶宝石，珍珠嵌，耀眼明，光灿烂。左胁下，宝刀悬，这利刃，世间罕。但要离匣，邪魔外祟，鬼怪精灵，不敢向前。墨色灰，是衬衫，足下靴，是青缎。底儿薄，云根燕。真乃是中道而行，那险路不到前。生一张，重枣面，五官端正，碧目虬髯。右边的人，更好看：青缎袍，穿一件，丝鸾带，系腰间，鹅黄色，四指宽；夹衬袄，是天蓝；足下靴，虎头尖，能登高，能涉险，蹿房跃脊，如同是平地一般。腰儿细，臂膀宽，足壮壮，精神满，另一番的气象，稳重端然。跨着刀，左胁悬，但离匣，光闪闪，爱管人间报不平，杀了些恶霸赃官。跨马服，穿一件，天青色，颜色鲜，绣着些花朵，暗隐着瓜瓞绵绵，六瓣帽，是青缎。看面目，黄白的脸；二眉长，入鬓边；皂白明，一双眼；方海口，面形端；两耳大，要垂肩，这位爷天然的骨格相貌非凡。这二人，有天大的胆，杀恶霸，斩权奸，忠者的兴，逆者的剪，爱杀人，更慈善，为救展南侠，舍死忘生，才到了君山。

第二十四回 飞云关念榜谈故典 彻水寨吊起独木桥

且说亚都鬼闻华看了北侠、智化的相貌，暗地吃惊："看这两个人仪表非俗，并且那个人是文武全才，难测两个人的来历，我向前问句，可就晓的他们的肺腑了。"听见智爷念招贤榜，说千里马骨的故事，暗暗的佩服。等智爷念毕，连忙说："二位壮士请了，小可有礼。"北侠早就看见他在那边树后偷看，如今过来行礼，北侠也就一躬到地说："寨主请了。"智爷仍然是倒背着手儿，在那里看招贤榜，嘴里咕咕哝哝，不知说了些甚么。北侠道："人家寨主与咱们行礼哪！"智爷这才回头深施一礼，说："我一时的荒疏，未能看见寨主，得罪，得罪。"闻华说："岂敢，未能领教二位贵姓高名，仙乡何处？"智爷说："这是我盟兄，他乃辽东人氏，复姓欧阳，单名春字，人称北侠。我乃云南宁国府人氏，姓智单名一个化字，匪号人称黑妖狐。"闻华一听，哈哈大笑，说："二位，一位云南宁国府，一位是边北辽东的人，万里相交，还是义兄弟，这可算世间罕有，难得呀，难得！"北侠心中一想："说这还诈降哪！头一句话教人问住了。你就说是原籍黄州府就截了，怎么搬到云南去了？这还没见大寨主哪。这要见了大寨主，更不定怎么样了罢。"智爷说有："寨主爷！这一问，我哥哥在辽东，我在云南，普天盖下也找不出这么远交朋友的来。有个缘故，我哥哥在辽东作官，我是随任。我天伦是辽东的刺史，我因随任，我才见着我欧阳哥哥。我们两个人结拜之后，我天伦故在任上，扶灵柩又归原籍，我哥哥不忍兄弟分离了，自己辞了官，跟我回南。是我二人看破功名道路，利锁名缰，倒不如淡泊滋味，长雇了一只小舟，遍游天下名山胜境。闻说此处有座君山，特地前来瞻仰瞻仰。到得此山一看，名不虚传，皆因贪看山景，多走了。过了飞云关，看见招贤榜，贪看招贤榜的言语，不料被寨主看见。误踏宝山，多有得罪。"闻华说："这就是了。"北侠心里说："黑狐狸精真会对付。"闻华说："既然二位大驾光临，称得起草寨生辉。请临敝寨待茶。"智爷说："不敢。我二人又不投山，又不入伙，误踏宝山就是得罪，焉敢在寨中讨茶。"闻华说："也不是请二位投山，也不是请二位入伙，请二位吃杯清茶，然后再去不晚。"智爷说："我们不入伙，可不敢讨寨主的茶吃。"闻华说："不一定是请二位入伙，才能到寨中；就是不入伙，到寨中吃杯茶也没甚么妨碍。常言道：'同船过渡，皆是有缘。'二位到寨中吃杯茶，然后再走，日后见面，倒有个茶水之交。"北侠说："智贤弟，这寨主苦苦相让，不然咱就到寨中讨杯茶吃，然后再走也不算晚。别辜负了这位寨主的美意。”北侠是天然生就的忠厚朴实，与智爷的聪明差的多，心内想着是诈降来了，怎么往里让又不进去哪，这是甚么缘故？口中不言，心里说：“可别崩老了。”因叫智爷在寨中讨茶。智爷说：“既然欧阳兄这般言讲，你我就在寨中讨杯茶吃，然后再走。寨主爷，我们可不入伙呀！”闻华说：“没请二位入伙，无非吃杯茶，谈谈就是了。”将喽兵叫将过来，附耳低言说了几句话，那名喽兵转身去了。北侠问道：“这位寨主贵姓高名，未曾领教。”闻华说：“小可姓闻名华，匪号人称亚都鬼。”智爷说：“久仰，久仰。”

走到巡捕寨，见前面二百名喽兵两边站定，每人一把双手带，又叫拦马，刀尖对刀尖，架定刀门，要入巡捕寨，非从刀下过去不行。智爷明知他们这是个主意，设若钻刀而入，上边刀尖一碰，必是呛啷呛啷的乱响；若要是杀人，必然是变颜变色的，他们好就看出破绽来了。走在刀门以前，智爷就问：“寨主是请我们吃茶，是叫我们钻刀涉险哪？”闻华连忙陪笑说：“这是我们山中的规矩。”又见他把手往上扬，众人把刀就撤下了。这才三个人来到巡捕寨前，就见早有三个人在那里等候，一字挑开，垂手侍立。闻华说：“这是我们这三位寨主。”用手指定说：“这位是神刀手黄寿，那位花刀杨泰，那位铁刀大都督贺昆。这二位：这位辽东人，复姓欧阳，人称北侠。这位姓智，人称黑妖狐。”彼此对施一礼。智爷看这三家寨主，全都是六瓣帽，箭袖袍，丝带跨刀，薄底靴子；一个穿青，一个穿蓝，一个豆青色；二个白脸面，一个黑脸，全都是虎视昂昂彪形的大汉。智爷暗道：“怪不的君山帮着王爷要反，那里挑选来的这些人？真是怪道！”见毕，让到屋中落坐，喽兵献上茶来，一边吃着茶，一边神刀手盘问了二位一回。智爷又将前言说了一遍，是一字儿也不差。忽然间进来了个喽兵，曲单膝说：“报启禀众位寨主得知，大寨主闻听来了二位游山的壮士，请在中军大寨待茶。”闻华一摆手，那名喽兵退去。智爷站起身来告辞，闻华拦住说：“我家大寨主有请二位至中军大寨待茶。”智爷故作惊慌之色，说：“不敢，我二人在此讨杯茶，就多有骚扰，何敢再去见大寨主。”闻华死也不放，智爷非走不可。北侠说：“盟弟，既是这家寨主苦苦相让，咱们就见大寨主何妨。”北侠是真急，恨不得一时就见大寨主才好，只恐怕崩老了。智爷的意见，猜出这个情理来了，若是寨主要见这两个人，他们天大胆量也不敢将两人放走。寨主要问，说我们见着人哪。他们说，人家要走，何不就叫他们走了吗？这以上制下交派，焉能下得去。就是要了他们的命，他们也不敢放走，故此没有崩老了。智爷说：“既是欧阳兄这么说，咱们就见见大寨主去。哪位前边带路？”闻华说：“小可前边带路。”

出了巡捕寨，到了彻水寨，也是二百喽兵，使的是长枪，枪尖对着枪尖。智爷还未及说话，闻华一摆手，两枪尖撤下。有一家寨主，穿大红的衣巾，面如重枣，此人是金棍将于青。智爷与他们见了。智爷、北侠上了木板桥,看两边鹅头峰相隔着有八九丈,上有木板搭定,往下面一看,水声甚大。西南上有竹城的竹子,一望甚远。智爷想救徐三爷的时候,由西方进去,今日在这边看见,这有多远!下了桥往上再走,把二位英雄吓了一惊。耳内听见嘎吒嘎吒吒的一阵响。二位回头一看,喽兵把辘轳一绞,就把一座木板桥绞起去了。北侠暗说:“不好!想得倒不错。教人看破,我们打里往外杀,他们打外往里杀。这一起,肋生双翅,也过不去了!只有入去的道路,没有出去的地方了,只可看自己的命运如何了。”智爷把此事毫不放在心上。行到三寨,是箭锐寨,有家寨主赛尉迟祝英,穿黑褂皂袍。闻华也与见过。到四寨,章兴寨,一家寨主,金锤将于畅,蓝脸红眉;武定寨,金挡无敌大将于赊;文华寨,二寨主,金枪将于义。北侠与智爷一见于义,险些要哭,缘因相貌与五老爷一般无二。五福寨寨主,人称八臂勇哪吒王京。丰盛寨的寨主,金刀将于艾。单凤岭的寨主,赛翼德朱彪。单凤桥的寨主,削刀手毛保。寨栅门两家寨主:云里手穆顺、铁棍唐彪。各寨皆是二百名喽兵。各寨的寨主,俱都与北侠、智化全然见过,书不重叙。若论各寨的寨主,一个一个的怎么穿带、打扮、脸膛,带着甚么兵刃,说半天的工夫也说不全,不如一气俱都连串说出,免得絮烦。大众等见了二人,俱都跟在后面进来。到了大厅的前头,闻华说:“二位暂且在此等候,我回禀我家大寨主去。二位在此听请。”闻华进了大厅,智爷、北侠在外等着。就听见里面细声细气的说:“闻贤弟,你焉能知道两个人的来意?这是为御猫而来。”说罢大笑,哈哈大笑。北侠一听,吃惊非小。若问二人的生死,且听下回分解。

第二十五回 识破机关仗着糊拉混扯 哄信寨主全凭口巧舌能

且说北侠、智化在院落之中听请，不料钟雄看破机关，说为御猫而来，把北侠吓了一跳，暗说："不好！"就要拉刀杀将出去。智爷用肩头一抗，智爷说："欧阳兄，你冤苦了我了。"北侠心内说："我冤苦你咧？你别是冤苦了我了罢！"北侠说："怎么冤苦你了？"智爷说："我不进来，你偏要进来。你瞧，进来有甚么好处？遇这不开眼的寨主，把你我看作了小贼，要偷他的玉猫，他说咱们为玉猫而来。小弟家内你是去过的，玉房里头有翡翠狮子、玛瑙老虎、白玉马，有多少古董玩器。那位朋友去，我也没留过神，他把咱们看作小偷儿，咱们还见他作甚么？早出去，小心人家丢了东西！"说罢，转身就走。北侠心内说："黑狐狸真会打差。"北侠说："对了，他瞧不起咱们，咱们走罢！"焉能走的了，后面许多的寨主壅壅塞塞，早就有神刀手黄寿挡住去路，说："二位，没有我家寨主的令，二位可不能出寨。"

屋内钟雄见闻华进来，说："把两个请到。"寨主往外一看，早已耳闻，知道有个北侠，大略此人不能投山。智化可不知是谁？现在山中有个南侠，别有两个人来的，其中有诈，故此戳了他们一句，且看他们两个人的动作。听了智爷一套言语，就去些个疑心。又有亚都鬼在旁说："寨主，这两个人一个是云南，一个是辽东，他们焉晓的是咱们寨主的御猫？他当作是玉作的猫哪！"钟雄说："既然这样，将二位请回。"闻华说："得令！"出得庭来说："二位请回，我家大寨主有请。"智爷说："我们不回去了，叫你们寨主小心着玉猫罢！"闻华说："我们说我们寨中事情，不与二位相干。"北侠瞧也走不了，不如回去倒好，说道："贤弟，人家又不是冲着咱们说，咱们还是回去的是，别辜负了寨主的美意。"智爷说："可见见寨主，又有何妨？只是一宗，这位寨主外面挂定招贤榜，榜上的言语可倒不错，写的甚么要学当年黄金台之故事，若有一技一能者，入君山也有大用。他只知道写，他可不懂的行。当初燕太子得乐毅，金台拜师，连下七十二城，那才叫敬贤之道。敬贤士如同敬父母的一般，方称的起爱贤礼士。似乎这位寨主焉能懂的敬贤哪！你我二人可称不起是贤士，他坐在庭中昂然不动，这还讲究招贤，招点子绿豆蝇来，横竖行了。"北侠心说："你骂人罢，早晚有咱们两个人的命赔着哪！"就是那钟雄也古怪，教智爷这么一骂，倒骂出来了。

出了庭外，下阶台石，一躬到地说："原来是二位贤士，小可有失远迎，望乞恕罪。"北侠答礼说:"岂敢。"细看钟雄,乌纱圆领,大红袍,束玉带,粉底官靴;面白如玉,五官清秀,三绺短髯。北侠一看,暗自惊讶。智爷并不还礼,说:"欧阳哥哥,你看上边的这个大匾,是'豹貔庭'三个字。据小弟想来,这位寨主不至于不明此理,似乎此寨,这'豹貔庭'三个字断断用不得。"北侠问:"怎么用不的?"智爷说:"这是当初文人弄笔,骂那个不认的字的山王寨主哪!若论这个字意,是大大使不的。常说是'三虎出一豹',其实不是。虎不下豹,虎彪配在一处,下出来三个彪,内中有一个豹,其利害无比,漫说是人,就是山中的猛兽,无不惧怕于他。狮子配了狻猊,下出来就是貔貅。言其这两宗物件,全不是正种类。不然,怎么说是骂人?别者的山王寨主,他也称孤道寡,他又不是储君殿下,他又不是守阙的太子,怎么当称孤道寡哪!就骂的是他不是正种类。自己又不认得字,以为是利害就得了意了。这样寨主,通古达今,文武全才,外面挂着招贤榜,里头又有'豹貔庭',大大的不符。"亚都鬼在旁边告诉寨主:"说千里马骨的就是他。"寨主往前趋了一趋说:"这位壮士所说的不差。只是一件,有小可到得山中,山中事情实系太多,小可总无闲暇的工夫,故此因循到如今未改,恳求尊兄与小弟删改删改。"智爷说:"原来是寨主,我只顾与我哥哥说话,一时的荒疏,望寨主爷千万别见责小可。"寨主说:"奉求这位尊兄,与小弟删改删改'豹貔庭'三个字。"智爷说:"不敢,不敢,小可才疏学浅,倘若改将出来,还不似原先,岂不贻笑于大方。"智爷并不理论寨主,转过头来又与欧阳爷讲话,说:"哥哥,请看他这副对,也不大合体。"北侠暗道人家寨主在那里伺候着,他净糊拉混扯,也不知道怎么个意见,只可以捧着他,说:"智贤弟,这副对子怎么不好?"智爷说:"你看这是'山收珠履三千客,寨纳貔貅百万兵'。"北侠说:"是怎么不好呢?"智爷说:"山大寨小,似这山水旱八百里,这个山上要收三千客,固然装得下。'寨纳貔貅百万兵',一百万兵,怕寨里头装不下一百万人,岂不是不妥。"当北侠问怎样方好,智爷说:"论我的主意,'山纳貔貅兵百万,寨收珠履客三千'。寨纵然是小,三千人足行,平仄准合。"钟雄一听,点头称善,刻下就叫人来将对联摘下,按着智爷所改的改了,找书手写了另挂。寨主复又过来,求恳改"豹貔庭"。智爷一定说不行,怕有人嗤笑。

只见寨主将智爷、北侠往里一让,北侠同智爷上阶台,复又让入庭中。进门来,智爷抬头一看,正北的上面横着一块大纸匾,书黑字,写的是"岂为有心"四个大字。智爷说:"欧阳兄,你可曾看见?"北侠心中说我是两只夜眼,有斗大的黑字我再看不见就得了,说道:"我看见了。"智爷说:"这是'岂为有心'。你老人家可晓得这个意思?"北侠说:"我不知。"智爷说:"别看寨主管领水旱二十四寨,在众人之上还不足兴,此处无非暂居之所。此人心怀大志,日后得地之时,就得面南背北,故此是‘岂为有心’居此地，无非随处乐吾天。”这句话不要紧，就把钟雄的心打动，缘故这个横匾是钟雄自己的亲笔。自打挂上这个横匾，钟雄自己立愿，可着君山水旱二十四寨寨主、头目、喽兵等，猜破他这个机关，参透他的肺腑，就用谁以为谋士。他的意见是受了襄阳王的聘请，王爷许下的，他若是择日行师的时节，他是封他招讨大元帅、前部正印先锋官。若得了江山的时节，与他平分疆上，列土分茅。他早看出襄阳王不能成其大事，他的意见：若得了江山时节，他把襄阳王推倒，他就面南背北；倘若大事不成，他就隐于山中，永不出世。今日智爷倒就把他的肺腑点破，说的种种的情形，就知道智爷才学不小，此人若留在山中作一个谋士，可算自己一个大大的膀臂。随即请北侠、智爷落坐。喽兵献上茶来。钟雄就把亚都鬼叫来，附耳低言说了几句，回头便问说：“听闻贤弟之言，你们二位是金兰之好。”智爷指北侠说：“这是我盟兄。”钟雄说：“二位大驾光临，实在是小可的万幸。”智侠说：“岂敢，我们两个误踏宝山，被寨主不嫌我等两个，还赏赐茶羹，当面谢过。”钟雄离位，深施一礼说：“还是奉恳阁下，与小可删改删改这个‘豹貔庭’。”北侠遂说：“智贤弟，你若能改，就给人家改一改，若是不能改，就给人家一个痛快话儿。”智爷说：“焉有不能改的道理。改出来又恐怕不好。”钟雄说：“阁下不必太谦了。”智爷无奈，说道：“这个庭，改个‘殿’字如何？”钟雄说：“好，但不知甚么殿？”智爷说：“用个‘承运’二字如何？大哉，尧之为君，惟天为大。”钟雄一听，鼓掌大笑，连连点头夸好，叫人将“豹貔庭”改为“承运殿。”钟雄道：“一事不烦二主，我还有个书斋，是‘英锐堂’，恳为删改。”智爷说：“不好。堂者，明也，亮也，总是用个小小‘轩’字，‘五云轩’如何？”钟雄更觉欢喜，立刻叫人改了，吩咐摆酒。智爷一听摆酒，就知诈降计妥了。“总想个主意，教欧阳哥哥显显才能方好。”忽然心生一计。毕竟不知想出甚么主意来了，且听下回分解。

第二十六回 削刚刀毛保甘受苦 论宝剑智化暗骂人

且说智爷一听摆酒，站起身来告辞。寨主伸手拦住说："依然摆下酒了。"智爷说："不能，我们入山讨茶就不敢当的很，焉敢又要讨酒？我们又不投山入伙，焉敢屡领寨主的赏赐？"钟雄说："实对二位说罢，船只已然打发了。"智爷说："寨主不必哄我们，怎么能把船只打发了？"闻华说："我家寨主打发喽兵下去问明，船上人说所欠他二百两银子，给了他二百两银子，还赏了他二十两银子酒钱。你们二位就有两分行李，别无他物，对不对？"智爷一听，假意着急："怎么把我们船支开了？"钟雄说："我为的留二位在山上多住几日，走的时节再与二位另雇。酒已摆齐，请二位上坐。"北侠说："就坐下罢。"钟雄与闻华亲自把盏斟酒。酒过三巡，慢慢谈话。智爷说："我欧阳哥哥与我就是相反，我是文的上略知一二，我兄长是武的上可不敢说好，比我强的多。就说他有一万胜刀，我至今也没学会。"钟雄说："这位尊兄会万胜刀？这趟刀一百二十八手，可会的全？"北侠说："倒也全都记得。"钟雄惊讶道："这趟刀全会的可是少，无论那趟刀全由万胜刀摘下来的。奉恳奉恳，赏赐我们一观。"北侠说："小可武艺不佳，不敢在寨主爷跟前出丑。"寨主说："兄台不必太谦，赐教赐教。"智爷说："兄长，你就施展施展，又有何妨。"北侠点头，遂将刀摘将下来。智爷伸手接将过来，胸中忖度："闻名寨主文武全才，我今何不试试他，到底学问怎样？"说："寨主，请看我哥哥这把刀怎样？"说罢，将刀递将过去。

寨主欲待不接，然递过来了，一看此刀墨沙鱼皮鞘，金什件，金吞口，紫挽手绒绳飘摆，双垂灯笼穗。将刀亮将出来，呛啷啷声音乱响，光闪闪遮人面，冷飕飕逼人寒，霞光灼灼，冷气侵人，一身龟纹。钟雄一看，暗暗惊羡，想此刀无价之宝，世间罕有，价值连城。此人若有这口利刃，必然准是出色的英雄，不然这个刀他佩带不了。每遇宝刀宝剑，有德者居之，无德者失之。钟太保可称的是懂物之人，看毕，哈哈大笑说："好刀哇，好刀！"智爷问："寨主爷连连夸赞此刀，小可领教领教，此刀何名？"钟雄道："此刀名叫作灵宝，出于魏文帝曹丕所造。三口哪，一口叫灵宝，一口叫含璋，一口叫素质。"智爷问说："怎么我哥哥说叫七宝刀？"钟雄暗道："这个人实在的利害，刚到山上，初逢乍见，他就要探探我的学问深浅，才干如何。"便笑道："若问这个七宝名字，是俗呼谓之七宝，皆因他是有四绝三益之妙：一决胜负，二防贼盗，三诛刺客，四避精邪，谓之四绝。切金，断玉，吹毛发，谓之三益。何谓一决胜负？

每遇出征之时，跨上此刀，伐梆点名，掌号起队，此刀由鞘中自己出来寸许光景，今日出征必是大获全胜。倘若此刀仍在鞘中不出，那就急急的彻队；倘若一定要出征，非交锋不可，必是伤兵损将。这就是一决胜负。这第二是，有贼人前来偷盗窃取，此物若在墙壁之上，或在床头，自己就能坠落于地，难道说还不惊醒？这就是二防贼盗。这第三是，若有仇人夜晚之间藏在黑暗之处，或桥梁之下，无论他在甚么地方，此刀必在鞘中铮铮作响，难道自己还不留神？这就叫三诛刺客。这第四，无论白昼黑夜，行在那里，若有邪魔鬼怪，此刀能在鞘中出一道白光，邪魔远避不能向前。这就是四避精邪。共谓之四绝。三益是：切金，拿过块金子来，能用刀把他切碎；断玉，是将玉断成一片一片的，如同上了砣子的一般，这就谓之断玉；吹毛发，是将发拿着一绺，冲着刀刃上一吹，这发俱都齐齐的断了，这就谓之吹毛发，可称为三益。这四绝三益，俗呼谓之七宝。"智爷连连称赞说："罢了！寨主爷名不虚传，称的起是博古通今。"大家笑了一番，又把刀交与北侠。智爷拿着刀鞘，北侠早就把衣襟吊好，袖袂挽好，把刀接将过来，冲着寨主一躬到地说："我要在寨主面前出丑。"钟雄说："岂敢！尊兄赐教。"

北侠回头一看，承运殿外有许多人把承运殿都围满了。皆因大众没寨主爷的令，不敢私自进殿，自可就在外边，把窗户纸通了许多的窟窿，往里观瞧。就见北侠转回身来，往外又是一躬到地说："众位寨主，可别见笑，倘若我有那手不到，求寨主指教一二。"说毕，把刀手一擎，就听见飕飕飕，飕飕飕，就是金刃劈风的声音。先前看不大很起眼，嗣后来一刀快似一刀，一刀紧似一刀。这口利刃，按的是揊砍劈剁，折吸拦挂，蹿迸跳跃，闪辗腾挪，绵软矮速，小腕跨肘膝肩，手眼身法步，心神、意念足，真称得起手似流星眼似电，腰似蛇行腿如钻。蹿高纵矮，脚底下一点声音皆无。北侠这一趟万胜刀，把寨主爷看的乐了个事不有余，又是夸赞，又是连连的叫好，说道："此人若非幼年的工夫，焉能到的了这个部位？"说毕，又是连连的大笑。北侠这一趟万胜刀，用了八十余回就收住势了，把刀一背说："献丑，献丑，教寨主见笑。"钟雄说："赐教，赐教，实在高明。"寨主看他气不涌出，面不改色，就知道这人的工夫甚纯。

将要谈话，就见承运殿蹿进一人嚷道："毛保来也！"智爷暗道："欧阳哥哥这一趟刀练的怪好的，怎么又来了一个毛保？"你道毛保因何进殿？此人性情与大众不同，专好抬扛，你说东，他偏要说西；人要说他不行，他偏行定了。皆因在外面，众家寨主看北侠施展刀法，人人夸好，个个说强。其实好几位使刀的哪，神刀手黄寿，花刀杨泰，铁刀大都督贺昆，金刀将于艾，云里手穆顺，这几个人都是使刀的，全说好，惟有削刀手毛保不服，说："你们别长他人的志气，灭自己的威风。据我看着，很不要紧。”大家全知道他的性情,素常合这君山连喽兵都不欢喜他。大众弄了一个眼色,说:“毛寨主,瞧他的刀不好,你有些不服?”毛保说:“我为甚么不服?”大众成心要冤他,说:“你服哇?你不能不服,你不服也得服啊!”毛保说:“如此说,我偏不服!”众人说:“你服了罢!”毛保说:“我不服!”众人说:“你不服,可敢进去合人家较量?”大众说:“没有寨主号令。”毛保说:“我不晓的甚么叫令不令。”言还未了,他就蹿入庭中去了。钟雄一看,问道:“毛贤弟,为何无令进庭?”毛保说:“外面大众夸奖这个紫面的本领高强,小弟与他较量较量。”钟雄说:“毛贤弟,你的武艺如何是这位英雄的对手。”毛保一听,哇呀呀的喊叫,说:“我这命不要了!我们两个要见个上下高低。”钟雄说:“既然这样,欧阳兄,你就教训教训我这个毛贤弟。”北侠说:“小可不敢。”智爷说:“既有寨主的话,哥哥你就陪着这位寨主,走个三合两趟的就是了。”北侠说:“这位寨主爷,咱们无仇无恨,可是点到为是。”毛保说:“格杀无论。”言语未了,飕的一声,刀就到了。北侠一闪,净仗着自己的身法,就赢了他了。两个人交手,北侠总不还着。钟雄净笑,说道:“尊公不必戏耍我毛贤弟了,还招罢。”智爷说:“哥哥还招罢。”北侠暗道:“这可是你们叫我还招,真杀了他倒不要紧,误了我们的大事了。”就将刀一碰刀,呛啷啷一声,珰啷啷,毛保刀头坠地,说道:“不是我的人不行,是我的刀不行。我有好兵器,我去取来,咱们两个人总得较量较量。”说毕,转身出去。北侠在大寨主面前请罪说:“我一时的不留神,把那位寨主的刀削断,得罪了那位寨主。”钟雄说:“是我毛贤弟不知自爱,阁下何罪之有?”又见毛保打外边闯将进来,手中一口明晃晃的宝剑,要与北侠较量。钟雄打毛保手中把剑要将过来,要试试智爷眼力如何,叫道:“这位尊兄,看看小可这口宝剑如何?”智爷看了暗惊:这是我展大哥的宝剑。有了,我骂他两句,说:“寨主,这可是一口好剑,我猜着了,必是你们祖上的,传在寨主手中。”钟雄一听,颜色更变。不知到底如何,且听下回分解。

第二十七回　论本领刀削佞性汉　发誓愿结拜假意人

且说毛保把剑拿来，怎么会把展老爷的剑拿来？皆因展爷被捉，钟寨主就把宝剑挂于后面五云轩内，单有两个小童看守，凭他是谁不准拿将出来。今有毛保把刀一削，想起展爷的宝剑来了，去到五云轩把宝剑摘将下来，将剑出匣，剑匣抛弃于地，转身就跑。小童就追，见毛保竟蹿入里边去了，进来就要与北侠动手，宝剑教寨主要将过去，叫智爷观看。智爷这才骂了他一句，明知是展爷的，楞说是他们祖宗的。北侠暗笑，黑狐狸多损。这就叫骂人不带脏字。钟雄一听智爷说是他祖宗的剑，脸上发赤说："不是，此剑乃朋友所赠。"智爷连忙告罪说："我可太楞。"寨主说："无碍，不知者不作罪。"智爷说："该打，该打！按此剑可称无价之宝。论出处乃战国时欧冶子所铸，共是五口剑：大形三，小形二。头口是湛卢，纯钩、盘郢，共是三口；小形二，是巨阙、鱼肠两口，前后五口。此剑乃巨阙，剑价值连城，世间罕有，也是切金、断玉、吹毛发。论当初，铸剑以天地之气，用五山之精，方能成此宝物。送与寨主爷宝剑的这个朋友，交情可谓不小。愚下糊批了几句，可也不定是与不是，寨主千万别嗤笑于我。"钟雄说："是说的一点不差。"说毕，将剑交与毛保，说道："贤弟，不必再较量了。"毛保不服，总要找一找脸，复又过来与北侠交手。

欧阳爷为难，宝刀遇宝剑，二宝一碰，总有一伤：伤了自己的刀犯不上，伤了展大弟的剑，日后如何对的起兄弟哪。北侠拿了一个主意，与毛保动手，刀不见剑，万不能伤损一物。二人动手，犹大人逗小孩子玩耍的一样。毛保使剑本不行，又对上了北侠一戏耍他，工夫不大，毛保眼花了，不是好几个北侠，就是一个没有。缘故北侠抱着自己的刀，或前或后，把自己陆地飞腾之术施展出来。那毛保一看，左边一个，右边又是一个，前后好几个。其实北侠一人。讲身法，如刮风的一般那样快法。毛保眼睛一花，怎么会不像看着是好几个人的一般。不然北侠老在他的身后随东就西，身形乱转，总不教他看见自己的身子。工夫不大，毛保通身是汗。他打算的好，拿宝剑砍刀，剑要坏了，他不心疼；刀要坏了，他算赢了。焉知晓老看不见人，一点方法没有。不然就是好几个，砍那个那个空了，就是这样，急也要把他急坏了。钟雄笑道说："毛贤弟，我把你好有一比，比作个伏鱼入海。欧阳兄，不必戏耍我毛贤弟了，还招罢。"北侠听了寨主的言语，心中暗道："有你话，我可就给他留一个记号了。"把刀往上一递，冷飕飕正在毛保的脖子之上。毛保一歪脑袋，嗳哟了一声，把眼睛一闭,牙关一咬,觉着冰凉挺硬,贴着左边的脸,一蹭儿鲜血直蹿。瞠啷啷把剑一丢,撒腿就跑,拿手一摸,短了一个耳朵。原来刀虽临于脖颈,不肯杀他,把手往上一翻,连点脸子带耳朵,哧一声,血淋淋的一个耳朵就坠在了地上。毛保一跑,北侠仍在大寨主跟前请罪。寨主说:"兄台何罪之有,这还是阁下手下留情,不然他岂不早死多时了。"叫人将剑拾起,然后归座。北侠也就将刀带起,从新另换杯盘。有喽兵捡起了耳朵,追毛保去,叫他趁着热血沾上。看剑的小童儿进来,诉说毛保抢剑之事。寨主并不往下追求,将剑交与小童儿,仍收在五云轩之内。

三位畅饮,酒至半酣,钟雄说:"二位,我有一言,在二位跟前不知当讲不当讲?"智爷说:"寨主爷有话请说。"钟雄说:"我意欲要与二位结为生死的弟兄,不知二位可肯否?"智爷说:"我二人区区之辈,焉敢与寨主结为生死弟兄。"钟雄说:"若要弃嫌我是个山贼,二位身价甚重,就不必了。"智爷说:"我们是不敢高攀,要论我们是求之不得。只是一件,咱们既要结义为友,要学一学古人喝血酒,发洪誓大愿,方觉妥当。"钟雄一听,更觉着愿意了。智爷说:"序序齿,谁大谁小。论岁数,也就是你们二位,论我小多着呢!"钟雄说:"我今年四十岁。"智爷说:"我欧阳哥哥也是四十岁,这单看生日是谁大了。我欧阳哥是腊月二十五的日子。"北侠暗说:"你怎么混给我改起生日岁数来了。"你道智爷是为甚么缘故?总为的是比钟雄小才好办事。钟雄说:"还是欧阳兄弟哪!我是冬至月十五的生日。"险些智爷说腊月二十五这个日子,再往前说几天,还比钟雄大了哪!智爷说:"我是三十二岁,三月三的生日。咱们沐浴沐浴,才好烧香。"钟雄叫喽兵带着上沐浴房。

喽兵带定北侠、智爷上沐浴房中,喽兵远远的等着。北侠见无人,说:"贤弟,你的言多语失,怎么拜把子?你还出主意教喝血酒,发愿?咱们本是假事,若起誓,我可怕应誓。"智爷说道:"我问你不是没成家么?"北侠说:"不但没成家,日后我还出家哪!"智爷说:"你也没儿子。"北侠说:"我没成家,那里的儿子?"智爷说:"艾虎是你的义子,又不姓你这个欧阳的姓儿。少时要起誓的时候,就说:'我要有三心二意,教我断子绝孙。'你瞧这个誓起的大不大?你横是应不了。"北侠大笑:"你怎么想来着,我这个好办,你哪?"智爷说:"我呀,若是起誓时候,甚么誓重,我就起甚么誓,甚么天打呀,雷劈呀,五雷呀,轰顶哪。"北侠说:"要应了誓,那可怎么好?"智爷说:"不怕,我嘴里起……誓,脚底下画不字。起誓的时节,是不字当头,是不叫天打雷劈,不叫五雷轰。"北侠说:"你可别写慢了。"智爷说:"不能,我写慢了,那还了得么!"北侠这才放心。沐浴完了,穿上衣服,叫喽兵带路,直奔承运殿而来。

行至承运殿外,早把香案预备妥协,水旱二十四寨各寨主,俱在殿外伺候。派了四个扶香的:亚都鬼闻华,神刀手黄寿,八臂勇哪吒王径,金枪将于义。钟雄沐浴,先从后面出来。智爷说:“寨主哥哥,你就烧香罢,不必谦让了。”钟雄点头。亚都鬼将香点上,交与钟雄。钟雄往上一举,闻华接将过去,插于香斗之内。钟雄双膝跪倒,叩头已毕,说:“过往神祇在上,弟子钟雄与北侠、智化结义为友,有官同作,有马同乘,祸福共之,始终如一,义同生死。若有三心二意,天厌之!天厌之!”说毕,站起身来。香案上有一碗酒,将自己左手中指刺破,将血滴于酒内。有神刀手黄寿将香点着,递与北侠。北侠接将过来,往上一举,仍有黄寿接将过去,插在香斗之内。北侠跪倒,叩头已毕,说:“过往神祇在上,弟子欧阳春与钟雄、智化结义为友,有官同作,有马同乘,不能同生,情愿同死。倘有三心二意,叫我断子绝孙。”钟雄说:“嗳!太言重了!”北侠暗笑:一点不重。也是刺破中指,血滴酒内。该智爷了。于义点香,与前皆是一样,惟独他跪的那里话可就多了,说:“过往神祇在上,弟子智化与钟雄、欧阳春结义为友,有官同作,有马同乘,义同生死。如有三心二意,天打雷劈,五雷轰顶,不得善终,必丧在乱刃之下。死后入十八层地狱,上刀山,下油锅,碓捣磨研。”嘴里起誓,脚底下不、不、不、不、不、不、不,就画开“不”字了。那宋时年间起誓应誓,不像如今大清国起誓,当白玩的一般。古来一个牙疼咒儿,还要应誓。缘故那时有监察神专管人间起誓,那里若有起誓的,监察神就在云端里看见,有慧眼遥观,就知道这个人日后改变心肠不改。不改,也就不记了;若要改变,就将这人记上,到时好叫他应誓。正是君山烧香,监察神全在云端站定,头一个心肠不改,不用记了;第二个也不用记了,他应誓不应誓皆是一样;第三个不实着,与他记上,拿笔写了许多,那个神仙说不用写了,你是净听见他的嘴,没看见他的脚,不教天打,不教雷劈,不教五雷轰顶,不教这个那个的。神仙一有气,把笔一丢,从此再不管了。不然怎么以后起誓不灵了哪?大家结拜后不知怎样,且听下回分解。

第二十八回　在后寨见侄夸相貌　狮子林老仆暗偷听

且说钟雄与北侠、智化三个人烧香发愿，都与盟兄叩了头，饮了血酒，撤了香案，俱归承运殿内。众家寨主与三家寨主贺喜。钟雄吩咐承运殿摆酒，请众家寨主到承运殿一同吃酒。水旱寨的喽兵俱有赏赐。智爷说："我嫂夫人现在哪里？"钟雄说："现在后宅。"智化说："我们二人拜见嫂夫人，然后再饮酒。"

钟雄点头，头前引路，来至后宅，吩咐人传报。不多时，有婆子出来，喽兵告诉明白。智爷暗暗夸道："虽然是山王寨主，不失官宦的风俗。"里边点声一响，喽兵说："请。"三人往里就走，穿宅越院，来至夫人院中。早见婆子排班站立。进了屋内，见钟雄之妻姜氏站在屋中。钟雄就指引说："这是欧阳贤弟，这是智贤弟。这是你嫂嫂。"姜氏道了一个万福："原来是二位叔叔。"智爷、北侠一看，这姜氏夫人稳重端然，并无半点轻狂之态，是一团的正气。二人双膝跪地，口称："嫂嫂，小弟二人有礼。"钟雄说："二位贤弟请起。"二人站起身来。后寨也没有许多的说的，意欲要走。钟雄说："且慢，见过你的侄男女。"长女叫亚男，有婆子搀出来。智爷一看，不过十四五岁，珠翠满头，鲜色的衣服，艳丽无双，姿颜貌美，深深道了一个万福。又见婆子拉着公子出来。寨主说："见过二位叔父。"就见公子头上紫金冠，红缎子，袍儿上绣着三蓝色的花朵，青缎小靴子；前发齐眉，后发披肩扇颈；面白如玉，五官清秀，天然的福相。双膝跪地，将要叩头，就被智爷抱将起来，说："我的侄子，不必行礼了。你叫甚么名字？"说道："叔父问我，我叫钟麟。"智爷说："你多大岁数咧？"说："我今年十一岁了。"智爷说："哎哟！好侄子，你爱煞我了！"钟雄说："你爱，把他给你罢。"智爷说："我有那么大的造化吗？哥哥，日后这孩子必成大用。"钟雄说："怎么？日后还成大用么？看他的造化罢。"说毕，将公子放下，大家出来，至承运殿吃酒。日已坠西，大家散去。众家寨主各自回寨。

钟雄吩咐另整杯盘，从新落座，可剩了钟雄、北侠、智爷，说兄弟三人倾谈肺腑。钟雄说："智贤弟，我有心腹话实对你说了罢。若不结义为友，我也不能对你全说。我这里有一点心事对你说说。是怎样的办法？"智爷说："哥哥说罢。"钟雄说："我呀，是降了王爷的人了。"智爷故装不知，说："那位王爷？"钟雄说："就是襄阳王爷。我上头挂的'岂为有心'这个匾，就是我的誓愿。这是我的亲笔所写，可着君山无论寨主喽兵，谁要猜破我的机关，就用谁为谋士。可着君山众人，连一个猜着的没有。不料贤弟今日头天入山,就猜着了我的肺腑。方才不说此话,为甚么缘故?皆因咱们这君山用度甚大,就是降了王爷以后,君山的钱粮,全是王府往这里拨给。王爷可派了亲信一个人来,在咱们君山,公然的就是王爷的耳目,当着此人不好讲话。不然,为甚么大家去后,方才倾谈肺腑?"智爷问道:"此人是谁?"钟雄说:"就是赛尉迟祝英。"智爷说:"这就是了,日后说话总要留神。你还有甚么心腹事?"钟雄说:"方才你猜着我这个'岂为有心',我可是保着王爷。我可看王爷无福,讲论文武才干,相貌品行,无一处可取的地方,焉能有九五之尊?明年若得了宋家江山,我也是把他推倒,我就面南背北。如果大宋福大,王爷不能成其大事,我就隐于山中,永不出世了。"智爷说:"主意甚好。倘若是事要不成,不必隐于山中,若隐于山中,草木同凋,一生不能显姓扬名,岂不可惜!事若不成,将王爷拿住,献于大宋,哥哥可不是高官得作,归于正途,梦稳神安。"钟雄说:"那不是反复的小人么?岂你我弟兄所为!"智爷也就不往下深论了:"这就是你的心事?"钟雄说:"不然,我还有心事,就是你早晨看的那口剑的剑主儿,此人姓展,号为南侠,因祭坟被捉。还有个徐庆,把二人幽囚起来,教人家救出一个去了。这口剑就是姓展的东西。我甚喜爱此人,他就是不能降山。"智爷问:"劝过他无有?"寨主说:"劝过他,他不降这山中。若得此人,何愁大事不成。"智爷说:"不难,凭我三寸舌,准管一说就行。"寨主说:"如能说降此人,贤弟可以记功一次。"智爷说:"大哥,不是小弟说句大话,不管甚么大事,哥哥看看小弟行不行。"寨主更觉大乐。天到三鼓,大家各散。寨主大醉。

钟雄早已安排在狮子林安歇。有小童儿在前打着羊角灯,头前引路。北侠、智爷在后跟随。拐山湾,来到了狮子林。进了院子,全是山石头缝儿里长出来的竹子,编成墙的样子,上有古轮钱的花样。三间南房屋里,糊裱的干净,名人的字画,桌椅条凳。里间屋子内,满窗的玻璃,有窗户档儿。南边一张床,床上有一小饭桌儿,有茶壶茶盏,果盒儿点心,无一不备办齐备的。智爷打发小童儿:"歇着去罢。"小童说:"明天早晨,再伺候二位寨主爷来。"北侠说:"去罢。"小童跳跳蹿蹿去了。

智爷把屋门关上。北侠把刀摘将下来,挂在墙上。北侠叹了一口气说:"咳哟!这一天真把我拘泥透了。好个飞叉太保,被你我二人……"智爷一听,吓了一跳,猜着北侠的意见,是要说飞叉太保被你我二人哄信了。准是这个话语。他也不想想,在人家这个地方说的说不的?倘若说出,就是杀身之祸。将说到被你我二人那个地方,就拿肩头一靠北侠,就接着说道:"不错,飞叉太保钟寨主,把你我二人看作亲同骨肉的一般,这才是前世的夙缘,可称的是一见如故哇。"哈哈哈哈的一笑。就听见外面飕的一声,由玻璃那里往外一看,有一个黑影儿一晃。智爷过来,把窗户档儿一拉,将玻璃挡上,然后将灯挪在小饭桌上,拿了一碗茶叫北侠。二人在床上对面坐定，拿手指头蘸着茶水，往桌子上写字，叫北侠瞧写的："是你要说哄信了，对不对？"北侠也就拿着指头蘸着茶，写的是："谁说不是。"智爷又写："后边有人跟着你，看见没看见？一句话说出，就是杀身之祸。"北侠又写："谁能像你机灵。"智爷写："不机灵，能向这边诈降来吗？明天咱们说沙大哥是你的师兄，咱们把他请来，就说是你师哥。"北侠又写："我去说也行了。"智爷写："你去不跟我去好。"北侠写："就是，就是，睡觉罢。"二人把饭桌挪下去，就在此处抵足而眠。

你道外边黑影儿是谁？就是君山钟寨主的心腹家人。此人姓谢叫谢宽，合大家在前面议论了半天。是机灵人聚在一处：神刀手黄寿、花刀杨泰、亚都鬼闻华、金枪于义、八臂勇哪吒王径，还有他两个儿子谢充、谢勇。大家一议论投降君山这两个人。谢宽说："北侠这个人，我是知道的，万不能降山。"闻华说："不能降，现在降了呢？"谢宽说："人心隔肚皮。"于义问说："老哥哥有甚么主意？"谢宽说："要知心腹事，但听口中言。少时，等他们酒散，寨主吩咐叫他们在狮子林睡觉，我暗地跟将下去，听他们说些甚么。"众人说："老哥哥，你上了年岁，我们这有的是人。"谢充、谢勇他这两个儿说："我们去罢。"谢宽说："你们少说话。"说毕，叫喽兵说道："他们酒散之时，报与我知道。"不多时候酒散，喽兵报道大寨主酒已散了。谢宽辞了众人，背插单刀，来到狮子林，正遇见小童拿着灯笼出去。他正听见北侠说："飞叉钟太保被你我二人……"再听是智爷接过来说："是不错，飞叉钟太保被你我二人看作亲同骨肉一般，这才是一见如故，真乃是前世的夙缘。"谢宽自己纵身而去。飕的一声跃上房去，伸手把住房檐瓦口，用双足找着阴阳瓦陇，身子往下一探，整在房上等了半夜。可倒好，连二句话也没说，白等了半夜。飘身下来，由窗棂纸往里一看，原来二人早已睡熟。谢宽不觉气往上一壮说："我白来等了半天，这两个人其中有诈降，回去与众人商议，见大寨主荐言，说这两个人来意不正。"若要见大寨主说出不知怎样办法，且听下回分解。

第二十九回 众人议论舍命劝寨主 彼此商量备帖请沙龙

且说老家人谢宽就听了一句，房上待了半夜，后来一看两个人睡了，复返回在王福寨，大家议论，就把北侠说的话，智爷怎么接续说的学了一遍。就有说要见大寨主的，就有说破着命要去说的，就有说不可说的。王经说："寨主爷刚拜把子，正是初逢乍见对近的时候，谁说他们不好，谁落无趣儿。"众人说："依你之见？"王经说："依我意见，只管让寨主爷实心任事的交友，只管让寨主交去。咱们大众也不用对人说，暗地里访察，若察出他的劣迹来，禀与寨主爷知道。"众人说："那可就行了。"大家定好主意，暂且不表。

单提北侠与智爷早早起来，发包巾，正要吃茶，小童儿来说："有请二位新寨主。"说毕，小童头前带路，出了狮子林，奔了中军大寨，面见钟太保请了安好，然后让坐。钟雄吩咐摆酒。智爷说："等等，天气尚早，也得吃得下去。"钟雄说："为的是说话。"摆酒，罗列杯盘。寨主首座，北侠二座，智爷三座。从此就是这样坐法。酒过三巡，慢慢的谈话，这就论起展南侠的事了。智爷说："我本不饿，我去先望看望看此公去。"钟雄说："你吃完了再去罢。"智爷说："不是敬其事而后其食吗？"钟雄大笑说："真乃吾之膀臂！"叫喽兵头前引路。智爷一听，吓了一跳，暗道："这两个喽兵坏事，这要到了那里，见了展大哥，他是必要嚷我；他要一叫我智贤弟，岂不漏了机关，前功尽弃？又不能不叫喽兵跟着，只可到那见儿而作。"问道："寨主哥哥，此人还囚在原先所在？"钟雄说："不是先前一个鬼眼川。一个竹林坞教人家救出了，一个此刻幽囚在引列长虹。"智爷说："小弟去了。"

辞别寨主，转身离了承运殿，走在水面，叫喽兵撑过船来。智爷上船，至东岸下船，不多时到了引列长虹。这个地方是一带小山沟，两边的山石是一道一道的分出五色石的形相来，犹若天上雨后出的那个长虹一般，故此这地名叫"引列长虹"。向东往上一走，盘道而上，到得上面，也是由山石缝出来竹子，编成墙的一样；墙头上编出来许多的花活玩艺。直到门前，叫喽兵禀报展爷，就说新寨主拜望展老爷来了。智爷一听，展大哥在里边气哼哼的说话。是怎么个缘故？皆因是同定徐三爷祭坟，寨主把两个人幽囚起来，把展老爷幽囚在竹林坞，每日有两个喽兵伺候，也不捆着，吃的是上等酒席。忽然间往这边一挪，拿话一问喽兵，喽兵也就把实话对他说了。刚把早饭摆好，请老爷用饭。展爷一气，一伸腿把桌子一翻，哗喇一声，全摔了个粉碎。喽兵说："我老爷，你教三老爷附下来了，素常你老人家可不是这脾气。"展爷说："少说！"展爷越想越有气：二人一同被捉，救出去一个，可见是亲者的厚，展爷焉能没气？正在有气之间，喽兵报道："我家新寨主拜望你老人家来了。"展爷说："你家寨主拜望，难道说还叫我迎接他不成？叫他进来！"喽兵出来说："请。"智爷咳嗽一声，其实早就听见展爷的话了，气哼哼的说话哪。智爷暗喜，越是气哼哼的合我说话才好哪，慢慢的往里走。

里面展爷听见咳嗽的声音耳熟，回头往外一看，好生惊讶："怎么智兄弟来到此处？方才报是寨主到，他怎么作了寨主？智爷乃官门公子出身，入了贼的伙里，他断断不能。嗳哟！是了，别是为救我前来行诈罢？若要为我前来，我一嚷，他可就坏了他的事了。我且慎重慎重，设若为我前来，必装不认的我；他若真作了寨主，不但认的我，必劝我降山。进来时便知分晓。"喽兵引路，给两下里一见，说："这是我们新寨主，这是展老爷。"展爷扭着脸不瞧智爷。智爷暗喜说："我的肺腑，他准猜着，这个伙计搭着了。"智爷道："这位就是展老爷么？"展爷暗道："准是为我来的，不然怎么连我他都不认的了？我可别坏了他的事，我也装不认的他。"展爷说道："这位就是寨主吗？"智爷暗想：这所漏不了咧。说道："展老爷在上，小可有礼。"展爷说："寨主请了。"智爷落坐，喽兵献上两盏茶来。展爷问道："这位寨主贵姓高名，仙乡何处？"智爷说："小可乃贵州府人氏，姓智，单名一个化字，匪号人称黑妖狐。"展爷说："久仰，久仰。"暗说：我今日趁着他当寨主，我骂他两句，他都不能还言。说："我看寨主堂堂仪表非俗，必是文武全才，为甚么不思报效朝廷，在山寨之上以为山王寨主？上也贼、下也贼、中也贼，似乎你这样人物，随在他们队内，可惜呀，可惜！"智爷暗道："老展，咱们可过不着这个，怎么为救你，你倒骂起我来了？"智爷说："本欲归降大宋天子，不纳也是罔然。请问展老爷，在我们山上住了多少日子了？"展爷说："住了好几日了。"智爷说："我们寨主可曾与展老爷预备没有？"展爷说："每日预备的三餐，倒也丰盛。"智爷问："吃了没有？"展爷说："若要不吃，岂不辜负寨主的美意？"智爷一笑道："听说展老爷来的时节，身体瘦弱，如今身体胖大的很？"展爷问："甚么缘故？"智爷说："你吃了我们贼饭，长了一身贼肉。"彼此大笑。展爷暗道："我绕不过这个黑狐狸精。"智爷使了个眼色，将喽兵支将出来，从新拿指蘸着茶，在桌子上写字，就将已往从前都写清楚。展爷也写上在这里来的缘故。智爷又写钟雄派他顺说展老爷的话写完，展爷又写："钟雄再三劝我归降，我不降。你一趟就降了，怕的是他生疑心。"智爷写："我再来一两趟再说。"两人把主意论好，连嘴没张。智爷就叫喽兵过来，自己告辞。展爷送出，彼此一躬在地。

喽兵头前引路，下了山坡，穿过夹沟子，至水面上船，正北下船，直奔承运殿。

到在屋中,见了寨主。寨主就问:“贤弟,顺说那人怎样?大略他是不降。”智爷说:“降可便降,这次没降,我听出他的言语来了。他的家眷现在京都,他怕降了咱们君山,京都御史将他奏参。再去两次准行。”寨主闻听,欢喜非常,立刻摆酒。智爷等说:“怎么净欲喝起酒来了?常言道‘酒要少吃,事要多知’,议论咱们的大事。”寨主问:“甚么事?”智爷说:“据我看,咱们山中的人少,欲成大事,非得人多不可,益多益善。”寨主说:“固是益多益善,那里请去呢?”智爷说:“有的是。刻下就有一位老英雄,人马无敌,称的起是员虎将。刻下在家中纳福,不肯出头,并且不是外人,一请就到。”钟雄说:“到底是谁?”智爷说:“是我欧阳哥哥的师兄。此人姓沙名龙,外号人称铁臂熊,作过一任辽东的副总镇。皆因那时节奸臣当道,自己退居林下。若把此人请将出来,可以为前部正印先锋爵位。”话言未了,钟雄赞叹,咳了一声:“原来这位沙员外,是二弟的师兄呀!”北侠说:“不错,是我的师兄。”其实不是他的师兄,是智爷的主意,说是师兄,为的是透着亲近。北侠说:“提此人,大哥为甚么赞叹?”钟雄说:“这个朋友,咱们也不能往山上请,大概早晚就有性命之忧。”智爷一听,吓了一跳,问道:“哥哥是甚么缘故?”钟雄说:“这人得罪了王爷。皆因黑狼山有一个金面神栾肖,被这位老朋友——也不知是拿去了,也不知是结果了性命。王爷恨此人恨如切骨。王爷险些没派君山人去拿他。咱们要把这位朋友请到君山,王爷若是要他,可是给与不给?若给王爷送去,岂不是断送这位老哥哥的性命;若不送去,不是得罪王爷么?再说咱们君山的钱粮,都是王爷供给。”智爷说:“无妨,全有我哪,设若王爷那里要人,我亲身去见王爷。先顾咱们这里,又得一员虎将。”钟雄说:“贤弟,你可准行的了吗?”智爷说:“我若不行,岂不教沙大哥的性命断送了?”钟雄一听欢喜,写信备帖,就是智爷亲去请。这一去不知如何,且听下回分解。

第三十回　一个英雄中计遭凶险　二位姑娘奋勇闹公堂

且说前文论的是智化请沙龙的节目，沙员外在家中果遭凶险。

君州的刺史姓魏叫子英，他本是王爷手下之人，就由黑狼山一破，魏刺史就通知了王爷。栾肖本是王爷的拜弟，王爷一闻此信，就立志拿沙龙与栾肖报仇。皆因按院到任，没有工夫，这可得便来谕，着魏子英拿沙龙，用囚车解往襄阳。刺史接着王爷谕后，就要派马快班头前去拿人。旁边有位先生姓臧的，拦住老爷说："不可，这个沙龙不是好拿的。要把他拿了，他有两个女儿，大的还好，这个次女实不通情理。再说沙龙老儿一反脸，去几十号人也拿他不住。"魏老爷问："依你之见？"臧先生说："要依书班愚见，拿老爷的帖，把老头子请来吃饭，暗把官人藏于屏风后，老爷丢金杯为号，使他不防，将他上囚车就走。"老爷点头。先生说："要请沙龙，非李洪不可。"赃官说："不行，先生不知李洪与他是结拜兄弟。上次有媒人去说沙龙的女儿与我儿为妻，媒人教沙龙骂出来了。我正要找寻沙龙，李洪求情，一定要他的女儿，他可以去说。我一气不要了。今要叫他去，岂不将沙龙放走？"臧先生说："老爷无妨。一面派人叫李洪，一面将李洪家口收在狱中。老爷与他说明，沙龙不到，不放你的家口。"老爷一听，说："此计甚妙。"一面派人拿李洪家口，一面去叫李洪。李洪进来，见老爷行礼。老爷说："拿我名帖到卧虎沟将沙龙请来闲谈，提你老爷衙中立等。"李洪拿了赃官名片，将才要走，赃官说："回来，我是立等。要是请不了来，你的家眷可在狱中，不用打算出来。"

李洪点头出衙，正遇上一伙人拥着自己家眷，连老娘也在其内。有自己的伙计同来告诉，总是早把沙员外请来才好。李洪就知赃官不是好意请客，又不能泄漏，自己的家眷要紧。自出城至卧虎沟，门上有人回进话去。沙员外请入见礼，问兄弟的来意。李洪就把名片拿出，交与员外一看，说："我们老爷说请老哥畅谈。"沙员外一笑说："贤弟不要哄我。吾自知之，又是为你的侄女之事。我去见他，这不怕了，全是有了人家了，受了人家聘礼。你大侄女是智大弟为的媒，给了艾虎了。次女给了韩天锦了，蒋四老爷为的媒。我去见他，你叫他另说别人家之女罢。"

原来是魏子英有一个儿子，小名叫狗儿，大名字送生。这小子仗着他父是地方的现官，由着他的性儿乱闹，卧柳眠花。又有他一个小童儿，是臧先生之子，小名叫马儿。全是马儿出的主意，捧着魏狗乱闹，越闹越大，就要抢人。可巧那天遇见沙凤仙、秋葵二位姑娘入山打鸟。凤仙拿着弹弓子，秋葵拿着棍。魏狗儿见着凤仙，他就二目发直。马儿说："可别闯出祸来，这姑娘不好了哇。"狗儿说："我道怪爱他的。"马儿的主意，回家告诉老爷，找人提亲。真教沙员外骂出来了："我的女儿，焉能配那狗子！"媒人回去，搬了许多事非没搬动，如今李洪一来，员外就知又是为女儿事情来了。"两个女儿全给了人家了，我这还怕他么？"换了衣服，带了一名从人，同着李头出了卧虎沟的东梢门，进了城，到了刺史衙，有执帖门房进内回禀。不多时，正门大开，有人说："请老员外。"直到花庭，赃官迎接出来。老员外欲行大礼，赃官拦住，落坐献茶。老员外说："不知大人呼唤小民，有何见谕？"魏子英说："岂敢！老兄台，我是久有此心，请老兄台到敝衙畅谈。"随就吩咐摆酒，让老员外上座。沙员外推辞了半天，方才落坐。酒过三巡，这才谈话说："老员外前番拿了黑狼山的山贼，可算帮着我清理地面，你总算有功之人。我令人去要差使，你怎么不给？"沙爷说："非是小民不给，有开封府的蒋四老爷，那日与大人的差役口角分争。大人如果不信，请大人问着差役，便知分晓。"赃官立时诈喊道："好一大胆沙龙！你这般光景，目无官长，藐视你老爷！"别看沙员外可是个武夫，处处总讲情理二字，撩衣双膝点地，说："老大人暂息雷霆，小民不敢。"赃官早就把手中金杯当啷啷丢在地上，由屏风后马步班卒有三十号人，往上一拥，不容分说，把沙员外捆将起来。沙员外破口大骂："你敢是反叛的一党！"魏子英吩咐官人将沙员外上了囚车，复又吩咐将李洪家眷放出。先生叫官人出去，看沙龙带来多少从人，立时拘拿进来。少时官人回话，沙龙带来从人依然跑去了。先生说："不好了！他这从人跑去，必然家中送信。倘若他的女儿前来，老爷早作准备才好。"赃官一笑："难道还敢反了不成？先生不必多虑。此事多亏先生妙策。这里有的是酒，请来一同相饮。"有人过去将杯拾将起来，重整杯盘。

酒饮不到一个时辰，忽听外边一阵大乱。官人飞跑进来说："老爷大事不好了，卧虎沟沙员外家两个姑娘杀奔来了。老爷快逃走罢！"赃官吩咐叫官人好生用心，与我拿住。官人回禀老爷："谁敢拿？"又有三四个官人跑进来说："快逃罢！不走就是性命之忧。还得打后门逃跑，前门还是走不的。"话言未了，就往后门逃命去了。先生说："吾要走了。"老爷说："等等，你背着我罢，我腿肚子转了筋了。"先生早跑出多远去了。老爷把纱帽一丢，靴子一脱，拆了玉带，扯了红袍，呱唧呱唧就跑。怎么呱唧呱唧的？那是光着袜底的声音。到后门正遇见太太，披头散发的逃命。他拉着太太逃在民房中躲避去了。前面是沙员外被捆上囚车，从人一见撒腿就跑。

到了卧虎沟，正遇见大汉史云，外号又叫楞史，艾虎的徒弟，渔翁张立、史氏妈妈的内侄,就皆因大战黑狼山,父女巧相认之后,金大人带张立、史妈妈夫妻上襄阳上任去了,就把史云留在家中,常上卧虎沟来。今日正遇着老员外的从人,嚷道:"史大爷不好了!"史云问:"甚么事?"从人说:"老员外叫赃官请吃饭,把老员外诳去捆上,用囚车解了上襄阳去了!我回家送信。"史云说:"快给大姑娘他们送信去罢!"史云正入大门内,可巧正遇着二姑娘秋葵。史云说:"二姑娘,我沙爷爷教赃官解往襄阳去了。"秋葵闻听,急入内告诉姐姐,一同出来。二位姑娘全换了短衣服,凤仙拿了弹弓,跨了双刀;秋葵是一条铁棍;楞史拿一根门栓。外面街坊聚了多人,全是受过沙员外的好处的。众人全拿长短兵器,全本是各户都愿意把员外救回。秋葵出村一蹬,将凤仙背在他的身上,不多时就进了城。到了衙门口,丑姑娘把他大姐姐放下,自己一晃铁棍,嚷了一声,如同打了一个劈雷相似一样。谁想打进去,连一个人也无有了,三班六房全跑远了。故远远望见尘沙荡漾,土雨翻飞,一则惧怕二位姑娘,二则间全都受过老员外的好处,故此全都跑了。丑姑娘由大堂上打起,吸嚁哗喇打进去,把大堂横楣子、公案桌、后屏风、鸣冤鼓,一齐俱都粉碎。直打到后面一层一层的房屋,大大小小的卧室,古铜玩器等,一概全完。丑丫头如同疯魔的一样,打了三个来回,连一个人影儿也没见。

忽然间由西月亮门出来一人,冷笑道:"哈哈,我猜着了,姑娘你是找你大爷来了。"你道这个人是谁?送生来了。皆因臧马陪着大爷练武,皆因他不好念书,楞说他没带学堂来,改了练武了。其实就担个练武的名气。正在西花园里,听见外边一阵大乱,撞出来一瞧,这人东西乱跑,回去诉魏狗说:"大势不好了!眼见卧虎沟的姑娘打了来了,连太太都跑了,咱们逃命罢!"魏狗一听说:"不是上回咱们瞧的那姑娘罢?"臧马说:"就是他。"魏狗说:"他许是找大爷来了,我得出去见见他去。"马儿说:"可拿上兵器。"送生提了一条枪,蹿出西院,与二位姑娘撞成一处。若论胜负输赢,且听下回分解。

第三十一回　姑娘扮男妆行路　智化讨书信求情

且说二位姑娘打了个够，也没见着一个人，好容易出来一个人：六尺多高的身躯，鹦哥绿的武生公子巾，墨绿的箭袖袍，鹅黄的丝鸾带，薄底靴子。看面上黄酱的颜色，一双斗鸡眉，一对母狗眼，尖鼻子，尖小耳朵，薄片嘴，芝麻牙，高颧骨，瘦腮帮，拱弓肩，鸡胸，膜圆脊梁盖，红花子骨，提着一条枪，笑着就说道："小妞儿找我来了！上回见着一回，必是想你大爷。"这个爷字儿还未说出，咕唧的一声，弹子就打进了左眼睛里头去了，闹了个换虎出洞。何为换虎出洞？眼珠子是圆的，弹子也是圆的，眼眶子里头只许一个圆的，不许两个。弹子进，眼珠儿出来了。送生眼睛一瞎，焉能动手，将身一倒，正在秋葵的眼前，就着一棍，正在头上，一声响，打了个万朵桃花，鲜血淋淋，死尸躺在地下。并无别人，就遇见了这么一个，凤仙一弹子，秋葵的一棍，结果他的性命。迎面来了一人，秋葵轮棍便打。凤仙说："使不的，这是李叔父。"就听李洪说道："二位姑娘快走罢，你们二人打死了送生衙内，其罪不小。少时若有武营官兵，你们可就走不了哩！你们顺着大路追你们天伦，打碎囚车，救了你们天伦。此处不可多待，即速回去办事。我在这里与你们讲话，我被别人看见，我就是杀身之祸。"凤仙点头："多蒙叔父的指教。"

二位姑娘、史云，连卧虎沟的众人，一并回去。出城门，下关乡，走到旷野，这内中有聪明人——这位上了点年纪，够五旬多岁，姓邹，说："别忙，点点咱们的人数，若要不是我们卧虎沟的听真：你们若是跟下来，非杀了不可。"先是有好些个瞧热闹的，后来出城就没有了，下了关乡更没了。焉知道刺史衙内地方跟着哪，共是三个人，听见这里说要杀，立时不走了，对着。楞史拿顶门闩，就往回里一追，地方三人撒脚就跑，依然去远。转回头来，在众人队里一看，并无别的眼生之人。大众回卧虎沟，东门上安上人，要有面生之人速速的拿住。众人答应。

二位姑娘回到家中，将兵刃放下，思量李洪之言，趁早追赶天伦。女儿之身大大不便，他们二人换上男子衣服，走在道路之上，免着人盘查细问。想毕，将秋葵叫来说："咱们换上男子打扮。"他这有一个表兄，父母双亡，就跟着沙员外。他们这里早晚教给他本事，没到一百天，小痨病鬼死了。练大法了，督催的太紧，一百天的病就死了。这个衣服就锁在箱子之内。这要女扮男妆，凤仙这有现成的衣服，是他死鬼表兄的，穿带起来就是。秋葵容易，就把沙员外这身穿戴起来就得。事不宜迟，换上衣服。秋葵就把员外六瓣壮帽拿来，勒上网子，戴上帽子，摘了耳朵上虎头坠，穿上箭袖，蹬上员外的靴子，还有点挤脚呢。凤仙也就打扮起来，先把满脸的脂粉洗了又洗，这才洗将下去。头上勒上网子，戴上武生公子巾，穿上衬衫，脚底下把一双靴子拿将过来，衬了绵花，拿布合绸子将脚缠好，穿上靴子，穿了箭袖袍，系上了丝带，佩上了刀。找了一点白蜡，将耳朵眼捻上。自己从新看了又看，自己连自己也认不出是谁来了。包袱打开，将自己所用的衣服连秋葵的衣服，细软金珠，值钱物件，钗环镯串，连自己的弓鞋包在包袱之内，叫秋葵系在马梢绳之上。秋葵就将自己的棍，也就绞在虾蟆口上。姑娘出来，也就顾不得家了，叫婆子看家，外头叫史云照应，托付了隔房。这二位姑娘上马，出西梢门，直奔襄阳去了。

且说卧虎沟老员外被捉，姑娘大闹公堂，打死少爷，立刻传言出去，就惊动了双杰村中的孟凯、焦赤，一闻此信，两个人会在一处，直奔卧虎沟而来。到了东梢门，人都满了，过去一问，方才知道。二人一想："老哥哥活不了，二位姑娘有了人家了，这便如何是好？咱们两个人追赶下去，见着姑娘，好救姑娘；见着沙大哥，好救沙大哥。"二人就在沙家，带上了点盘缠起身，直奔襄阳的大路。天气已晚，到了一个镇店，找店住下三间上房，传酒要菜；空把酒菜摆好，吞吃不下，放声哭起老哥哥来了。忽然进来一人，正是黑妖狐智化。这智爷由君山起身，拿着请帖到了晨起望，见了路彬、鲁英、丁二爷，就把自己诈降的事说了一遍。大家欢喜。又说："我上卧虎沟请沙大哥去，也叫他上君山，人还少哪。若想定君山，还得进去人哪。人少不行。"大家听了，由晨起望起身。天气不早，智爷也下店住西厢房，烹茶打脸水。未能传唤酒菜，就听上房有人哭老哥哥，耳音甚熟，立刻到上房屋中去看。将到石台阶，听屋中人说："你不用哭了，到了襄阳，见了智贤弟就得了。"智爷一听是孟凯、焦赤的声音。智爷掀起帘栊进上房，问道："二位哥哥，因何在此涕哭？请来见礼。"孟凯一见，焦赤也过来一拉，说道："老哥哥有杀身之祸。"智爷说："不要着急，全有我哪！"孟凯说："你管得了么？"智爷说："自然是管得了。"孟凯就把沙员外囚车，解往襄阳王府的话，细说了一遍。"不料二位侄女赶下他父亲去了，我们二人知道，也顺着大路追下来了，一路并无见着。天气已晚，住在店中，不料遇见贤弟，想个主意才好。"智爷说："无妨。"附耳低言说了几句话，就把诈降的话说了一番。"老哥哥我倒能救，只是二位姑娘要紧。"孟爷说："我们正没主意哪，遇着你就得了。你说怎么办法？"智爷说："先吃饭，吃完了饭的时候，不用住店，连夜找人。"二位依计而行。

饭毕，打发了酒饭店钱，三人先奔卧虎沟打听，姑娘没有回去，把史云带着奔晨起望，一路并没见着姑娘合沙龙。到晨起望，与路彬、鲁英、丁二爷、孟、焦二位、史云大家相见，就将路、鲁、史云寄在晨起望。智爷自己奔君山，由旱路走飞云关，进旱八寨，至寨栅栏门，进承运殿。钟雄一见说："怎么这样快就回来了？"智爷说："寨主哥不好了！应了你老人家话了！沙大哥被王爷府内要去了！"言还未尽，冲着北侠使了个眼色，连北侠带智化双膝点地说："求寨主哥哥救我沙大哥！"寨主爷一皱眉说："二位贤弟请起，你们的哥哥，还不是我的哥哥。只是一件，我在王爷跟前说一不二，这时王爷既拿了这位哥哥，必定是给栾肖报仇。我要讲情，这时王爷倘若不准，大事就不好办了。"智爷说："寨主哥哥只管放心，只要有你讲情的一封信去，我亲身自去见了王爷，全凭我三寸不烂舌，两行伶俐齿，准保能说的王爷信了。"钟雄说："既然如此，我就写信。"将信封好，交与智爷。

智爷告辞出山，直奔襄阳而来。一路无话，到了襄阳，直奔王府。到了府门首，望里一看，西边有一所房屋，门上一块白匾，写着"回事处"三个字。智爷到了门房，见了回事的，说道："我乃是由君山而来，现有寨主的书信，面见王驾千岁投递，奉恳那位将雷王官请来一见。"有人问道："你叫甚么名字？"说："小可我叫智化。"众人一听说："你就是黑妖狐？"智爷说："不错，匪号人称黑妖狐。"众人说："你是君山的新寨主哇！"你道王府怎么知道哪？前文说过，赛尉迟祝英是王府的耳目，三朝两日不断来信，君山无论大小的事情，全都禀与王爷知道，故此智化是君山的新寨主，王府的人皆都知晓。立刻让坐献茶。一边有人请王官去了。不多时，里面出来的人说："智贤弟来了吗？怪不得不上我们这里来哪！你只记着作寨主哪。"智爷看是圣手秀士冯渊、双枪将祖茂、通臂猿猴姚锁、赛白猿杜亮、飞天夜叉柴温、插翅彪王禄、一枝花苗天禄、柳叶杨春、神火将军韩奇、神偷皇甫轩、出洞虎王彦贵、小魔王郭进，同定雷英，与智爷一见，带到里边面见王爷。毕竟不知怎样，且听下回分解。

第三十二回　王爷府苦求释老将　山谷中二女坠牢笼

诗曰：

害民蠹国几时休，致使人间日日愁。

那得常能留侠义，斩他奸党佞臣头。

乱臣贼子人人得而诛之，使侠义常留，岂肯容他在朝。可惜侠义不在，人无法以制之耳。后来宋朝有段故事，余细细述说一遍：

宋史徽宗时，承祖宗累世太平，仓库钱粮充盈满溢。那时奸臣蔡京为相，只要保位固宠，乃倡为丰亨豫大之说，劝徽宗趁此太平欢娱作乐。一日，大宴群臣，将所用的玉琖、玉卮示辅臣说："此器似太苹美。"蔡京奏说："陛下贵为天子，当享天下的供奉。区区玉器，何足计较。"徽宗又说："先帝尝造一座小台，言官谏者甚众。"蔡京又奏说："凡事只管自己该做的，便是人言，何足畏乎？"徽宗因此志意日侈，不听人言。蔡京又另外设法，搜求羡余钱粮，以助供应；广造宫室，以备徽宗游观。起延福宫，凿景龙江，筑艮岳假山，皆穷极壮丽，所费以亿万计，天下百姓困苦无聊，纷纷思乱。而徽宗不知，恣意游乐。宠任蔡京之心愈固，于是京之威权震于海内矣。那时又有梁师成、李彦因聚敛货财得宠，朱勔因访求花石得宠，王黼、童贯因与金人夹攻辽人，开拓边境得宠。这些不好的事，都是蔡京引诱开端，所以天下叫这六个人为六贼。而蔡京实六贼之首，因此海内穷苦百姓离心。到靖康年间，金人入寇，京师不守，徽宗父子举家被虏北去，实宠任六贼之所致也。

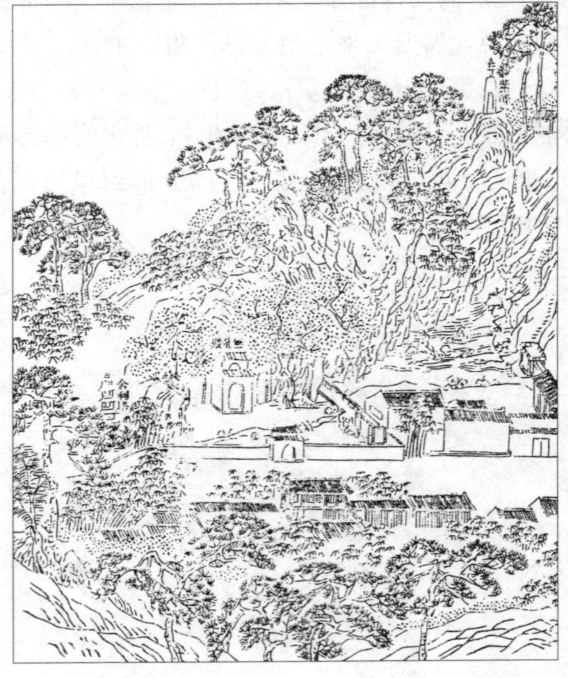

自古奸臣要蔽主擅权，必先导其君以逸豫游乐之事，使其心志蛊惑，聪明壅蔽，

然后可以盗窃威福，遂己之私。观徽宗以玉器为苹，是犹有戒奢畏谏之意，一闻蔡京之言，遂恣欲穷侈，酿祸基乱。嗟乎！此孔子所谓一言而丧邦者欤！大抵勉其君恭俭纳谏者，必忠臣也。言虽逆耳，而实利于行；导其君侈靡自是者，必奸臣也，言虽顺意，而其害无穷。人主能察于此，则太平可以长保矣。闲言少叙，书归正传。

且说智爷看见霸王庄这伙贼人，还算自己的故友，见面很觉亲热。初会雷英，戴一顶蓝缎子六瓣壮帽，赤金的摩额，二龙斗宝，两朵红绒桃在顶门乱颤，翠蓝箭袖袍，鹅黄丝鸾带，月白衬衫，薄底靴子；身高八尺，膀阔三停，面如油粉，剑眉三角目，直鼻，菱角口，胡须不长，肋下佩刀，倒是个英雄的样子。群贼与智爷一见说："这就是我们雷王官。"智爷向前要行大礼，雷英用手搀住说："不敢当！先听见张华张贤弟言过，又听见说兄台为了寨主，今日一见，果然的不俗，可称的起朝野皆知，远近皆闻，名垂宇宙，贯满乾坤。"智爷说："岂敢！小可久闻你老人家的大名，轰雷贯耳，皓月当空，今日得见尊颜，实为小可的万幸。再小可归了君山，日后公同辅佐王驾千岁之大事，我们若有不到之处，只求王官老爷在王驾千岁驾前美言一二。"雷英说："贤弟不要太谦。"遂往里边一让，直奔集贤堂。少时到阶台之下，王官进去回话，转头说道："王爷有谕，着智化进见。"

智爷来到屋中，鞠躬尽礼，匍匐于地，口称："小臣智化，与王驾千岁叩头，愿王驾圣寿无疆，千岁，千岁，千千岁！"王爷久闻此人之名，见此人来到集贤堂，不觉的欢喜，在上面说："智化平身赐座。"智爷说："王驾千岁在此，焉有小臣座位。"王爷说："有话叙谈。"智爷说："谢坐。小臣奉我家大寨主之命，有一封书信献与王爷千岁，请看。"王爷说："呈上来。"智爷递与雷英，雷英递与王爷，王爷拆开一看。智爷偷瞧王爷，见他戴一顶五龙盘珠冠，嵌明珠，镶异宝，光华灿烂；穿一件锦簇簇，荣耀耀，蟒翻身，龙探爪，下绣海水江涯，杏黄颜色圆领，阔袖蟒龙服，腰横玉带，八宝攒成，粉底官靴；面若银盆，浓眉三角目，直鼻阔口，一部花白的胡须尺半多长，搧满前胸。智爷看罢奸王，就知道他没有九五的福分。王爷说道："智寨主，你家大寨主无论甚么事情，孤无有不应之理，惟独此事，我孤不能点头。拿了沙龙，所为与栾肖抵命，万不能将他释放。"智爷跪倒说："小臣冒奏王驾之前，千岁不久就要行师，正是用人之际。虽伤了栾寨主，人死不能复生，也不怪得沙龙，乃是'桀犬吠尧，各为其主'。沙龙不作大宋之官，尚且报效大宋，平黑狼山，清理地面，总是向着大宋。王爷将他拿住，如今他也知道了身该万死。王爷恩施格外，不要他的性命，他若降了王驾千岁，有罪不加，反倒赏他个官职，岂不是破着死命报效王爷？王驾虽失栾寨主，又得来了一个沙龙。小臣把他二人好有一比：栾肖比一只犬，沙龙比一只虎，失了一犬，得来了一员虎将，岂不是王驾千岁的万幸？"王爷说："你说得虽然有理，那沙龙作过大宋官，怕他不归降我孤，也是枉然。”智爷说：“他纵然不降，小臣把他带回君山，我们大众苦劝，无有不降之理。”王爷说：“降也是降你们君山。”智爷说：“就是降我们君山，也是大家辅佐王驾千岁，共成大事。欲要兴师之时，我们在前逢山开路，遇水叠桥，见城得城，见镇得镇。托王驾之福，旗开得胜，马到成功，攻无不取，战无不胜，早早推倒宋朝天子，王驾千岁岂不就登基坐殿？”王爷听奉承了他几句，不觉大乐说：“怪不得有人夸奖你的本领，今日一见果然高强。不用走了，就将你留在府中，与我孤作一个谋士罢。”这句话把智爷吓了一跳，暗想：“在君山诈降计已成，不久的破君山，救南侠，拿钟太保。我若在王府，甚么人办理那边的大事？”心生一计，跪倒叩头说：“王驾千岁驾前有雷王官，就是谋士。此人文武全才，运筹帷幄之中，决胜千里之外；鬼神莫测之机，治国安民之策；熟读《孙武》十三篇，广览武侯的兵书。攻杀战守，排兵布阵，斗引埋伏，精于攻战。王驾千岁手下有此人，何必用小臣在此。君山上五日一大操，三日一小操，十日一总操，每遇操演水旱的喽兵，非小臣在旁不行。如今新演了几个阵势，都是小臣的主意，若在府内伺候王驾，岂不误了君山演阵？”王爷这才准奏。又有雷英说：“智寨主所言不差，不如教他回君山的为是。”雷英也怕有了智爷，显不出他来。王爷说：“既然这样，你就将沙龙带回君山去罢。”智爷叩头谢恩。王爷要赏赐酒饭，智爷再三叩头不领。王爷派人带着智化到囚牢中，把沙龙带将出来，打去了肘枷，交与智爷。

智爷与沙爷道惊。智爷取了点银子，贿赂了官人，同着沙爷到了店中，给他现买的衣服。智爷一边到了金知府衙门里打听了打听，凤仙、秋葵并没到知府衙门里头来，自己心中纳闷，告辞出来，也不敢对着沙大哥说。“这二位姑娘就是老员外的掌上明珠，若对他说，他必要忧心，反为不美，此事不必对他提。”遂即回店，同着沙老员外。次日，给了店饭钱，回君山，一路无词。

到了君山，见了大寨主，与沙大哥见礼。老员外当面谢过救命之恩，要行大礼。钟雄再三拦住，让老员外在当中坐，沙爷不肯。其实沙爷见智爷时，智爷一五一十的全说明白了。不然，也不用劝，就降了山，焉能这么容易？智爷回头一看，展爷也在那礼坐着，就知道自己出山的时节，必然是把人情重在钟雄的身上，过来见礼。钟雄出令，水旱寨的寨主俱到承运殿，与沙爷、展爷大家见礼；留众位寨主在承运殿大家同饮，与沙员外压惊。初鼓方散。惟有北侠、智化、沙龙、展昭大家另整杯盘，复又再饮，直吃到四更方散。钟太保大醉。早就安置了沙龙、展爷的住处。智爷晚间到他们屋中商议破君山，拿钟雄的计策，暂且不表。

且说二位姑娘行路，天晚，凤仙着急，秋葵不怕。凤仙说：“你可别叫我姐姐呀！”秋葵问：“叫你甚么？”大姑娘说：“你叫我相公，我可叫你是沙葵。论说应叫你是兄弟,你的相貌与我不同,不像弟兄。曲尊曲尊你罢。”秋葵说:“那算甚么要紧的。”越走天气越晚,进了山路,忽见前面有灯光射出。凤仙说:“这可好了!有了住户人家,可就好打听了。”看看临近,见人家院内中墙里头有一高竿,竿上挂着个灯笼来,在墙外白灰墙上书黑字。凤仙一看是婆婆店,暗自欢喜:“婆婆店就是妈妈开的,我们是两个女儿之身,实在凑巧。”下马前去打店,只听见咕噜噜噜一响,原来是把个灯笼系下来了。姑娘叫门,里边婆子答应:“哟!干甚么的?”外边答道:“住店的。”婆子说:“我们这有个规矩,灯笼不下,多少人都住;灯笼一下,没有地方了,别处打店去罢。”秋葵说:“不行!不开门就要砸了。”婆子说:“你砸罢!”就听见铛啷一声。婆子说:“哟,反了!小子你别忙,我去开门看看。你知道,我们这里无人欺负我们娘们。”把门一开,婆子打着个灯笼一照,瞧秋葵那个样,吓了一跳说;“楞小子拿着棍子,冲妈妈脑袋打三下子,算你是好的。”秋葵真要打,被凤仙拦住,转身与婆婆行礼说:“是我的一个丑小厮,妈妈不要与他一般见识。我们是没出过门的人,不敢前进,怕遇见歹人。没有房屋,我们在院子里站一夜,也是如数的给钱。”妈妈一见凤仙说话恭敬,人品又端方,说:“我这个人吃顺不吃强,似乎你这个话,那怕把我的屋子让与你,我都愿意。”进了店门,拿下物件,解下马上的包袱来。婆子带路,过了映壁三间上房,三间东房,三间西房。可是两间一门,一间一门。奔到西边两间的屋中,点灯住下。婆子说:“我有房子,彻灯笼不住人,我是怕错了我的规矩。相公贵姓?府上在那里?”凤仙说:“我居住卧虎沟,我叫艾虎。”妈妈说:“我给你们预备饭罢。”回答:“很好。”把酒菜端来,二位姑娘吃了三杯,反身摔倒在地,口漾白沫。不知生死如何,且听下回分解。

第三十三回 假艾虎受害悲后喜 真蒋平游戏死中活

且说姑娘为甚么说他叫艾虎？皆因说出他住卧虎沟，不敢说姓沙，周围三五百地，没有不知沙员外无儿的。自己一想，不如提出艾虎哥哥的名字倒好。将饮到三杯酒，就晕倒在地。妈妈进来一笑："上了妈妈的道儿，就是该妈妈的钱。"进来冲着秋葵一看说："好小子，你不哼了！"过去把包袱打开，净是红绿的衣服，钗环镯串，连弓鞋都有。妈妈说："这是我女儿的造化。"正瞧之间，院子里问："妈呀，又作这伤天无理的事哪罢！"妈妈说："上了我的道，那前辈子该我的钱，你进来瞧来罢。"姑娘进来说："瞧甚么？"妈妈说："顶好的个相公，教他这个丑小子要了他的命了。"姑娘乳名叫兰娘儿，一身的本事，会高来高去之能，蹿房跃脊的工夫，是九头狮子甘茂之女。此处地名叫娃娃谷。

列公，你们看书的，众位看此书，也是《七侠五义》的后尾，可与他们先前的不同。他们那前套还倒可以，一到五义士坠铜网，净是糊说。铜网阵口称是八卦，连卦爻都不能说得明白，故此余下此书，由铜网阵说起。列公，请看书中的"情理"二字。他那个书上也有君山，这书上也是君山。君山与君山不同，众公千万不可一体看待。闲言少叙。

就说这娃娃谷婆婆店这头，倒还有一到、二到、三到，一回与一回不同。兰娘听了"相公"二字，一看凤仙，不觉的心一动，想自己终身无靠，看此人不俗，终身配了此人，平生情愿，便问："妈呀！看这个相公怪可怜的，你拿水来灌活了他罢。"妈妈不肯，兰姑娘苦求。婆子有气："他要活了，问我因何害他又救他，我说甚么？"兰娘说："你就说是亲戚。"婆子问："他问甚么亲戚，我何言答对？"姑娘说："我的妈妈好糊涂——"这个"妈妈好糊涂"，是打宋朝兴的。婆子说："呀！我明白了。怪不得人说'女大不留，留来留去反成愁'。孩子，我灌活了他，他要是娶过亲事，难道说你还给他作个二房不成？"姑娘说："那里赶的那么巧呢！""那么姑娘，你就取水去罢。"取了水来，用筷子把凤仙的牙关撬开，把凉水灌将下去。不多时，苏醒过来，问道："妈妈，方才我这一阵是怎么了？"妈妈说："相公，我先问你件事，你定了亲了没有？"凤仙一怔，暗道："我是女儿之身，定甚么亲事？"说："尚未定下亲事。"妈妈说："阿弥陀佛。"凤仙说："我没定亲，他怎么念佛呢？"妈妈说："你没定下亲事很好，我有件事情合你商量商量。"凤仙说："妈妈有话请说。"妈妈说："我有女儿在那边站着哪，颇不粗陋，情愿许你为妻，大概料无推辞。”凤仙一瞅，那边站着个姑娘，鹅黄绢帕罩着乌云，玫瑰紫小袄，葱心绿的汗巾，双桃红的中衣，窄窄的金莲一点红猩相似，就是没有看见桃花粉面。凤仙暗想：“他们这是个贼店，给我蒙混药酒喝，必是被这姑娘瞧见，是姑娘主意，将我灌活。丫头，你错瞧了，咱们两个人一个样，怎么好？”推辞说：“有了。妈妈快些住口，想你少爷乃是宦门的公子，岂肯要你这开黑店的女儿。还不快些住口！”妈妈说：“如何？你瞧，他有这手没有？他骂咱们娘们哪！”姑娘说：“好野男子。妈呀，我将他捆上，交与老娘就是了。”袖子一挽，一跃身躯，过来将打。凤仙一见，也就一闪。二人交手，干妈妈在傍看定，连连喝彩。不多时，凤仙要败。缘故白昼打上衙门，又骑了一天的马，又劳乏又受了蒙混药，灌过来功夫不大，四肢不随和，又是小脚穿着男子的靴子，很不利落，怎么会不输。一失招，就教兰娘儿一脚踢躺下，咕咚一声，倒于地上。干妈妈过来拿了绳子，四马攒蹄捆将起来。兰娘一笑：“凭你有多大的本领，也敢同姑娘动手。妈呀！你杀？我杀？”妈妈说：“我杀。”就把凤仙的刀拿起来要杀。兰娘儿道：“妈呀！你杀他，可问他，别教他后了悔。”妈妈说：“好丫头，你瞧瞧，你这个还了得么？”来在凤仙面前说：“生死路两条，可要你想明白点。”凤仙自忖：“我若一死，轻如蒿草，我们的天伦甚么人去救？再说秋葵也就活不了咧。不如暂且应了此事，连自己的性命也都保住了。我虽是女儿之身，乃提的是艾虎哥哥的名字，我这事应承，只当是与艾虎哥哥定下门亲事。”说道：“妈妈不用杀我，我这事应承了。”妈妈说：“这不是明白的吗？”兰娘说：“妈呀！可教他留下点东西。”妈妈说：“哟，孩子，你去罢，我比你懂的。”遂解开绑。凤仙抽了抽身上的尘土，过来与妈妈见礼。妈妈说：“哟！姑老爷！歇着罢。可不是我说哪，咱们这亲事是妥了，你多少得留下点东西。”凤仙点头，随即过来一看，自己包袱依然打开了。算好没有丢东西，拿出一块碧玉珮，交与妈妈作为定礼。可巧这宗物是北侠给他的，焉知暗里是定他的定礼，凤仙自己不知。

列位，前文说过，此书与他们不同。他们是凤仙走路时节，假充未过门的女婿。众公想情，他是千金之体，他若知道配了艾虎，他岂肯充艾虎的名字？此事乃是北侠与沙龙暗地说明，放定时就是这块碧玉佩。还是北侠当面给的，作为是初会见面的礼儿。秋葵背地里还不愿意哪，抱怨北侠说：“给姐姐，不给我。”如今就将这玉珮，又定了兰娘儿。妈妈接了定礼，凤仙问道：“岳母到底是姓甚么？”妈妈说：“姑老爷，有你岳父的时节，姓甘叫甘茂，外号人称九头狮子。有本事着的哪！我的女儿就是跟他学的。”凤仙问岳母：“我这个从人怎样？”妈妈说：“这里有半碗凉水，灌下去就好。姑老爷，你灌他，我去备办点好酒饭来你用。”凤仙说：“很好。”妈妈出去。兰娘没走,在院子里哪,说:"妈呀！一不作,二不休,把上房屋内那个瘦鬼也救了他罢。今日将瘦鬼杀了,血迹漂蓬,大为不利。"妈妈说:"我恨他合我玩笑。"兰娘说:"得,你行点好罢。"凤仙将秋葵灌活。秋葵一问怎么个缘故。凤仙就把自己从前细述了一遍。秋葵先有气,后来一听给艾虎哥哥定下亲事,也就罢了。

忽听上房屋中溯撑溯撑的声音,好似擂牛的一样,嗳哟嗳哟的乱嚷说:"姑爷,快过来劝劝罢。"又听到说:"哈哈！你四老爷终日打雁,教雁啄了眼。"仍然又打。你道蒋四爷因何到此？上院衙安放古磁坛之后,奔晨起望。至晨起望问明大众,智爷诈降君山已成,自己奔五柳沟。天气太晚,误走婆婆店。至娃娃谷,婆子往里一让:"天气不早,别越过住宿。"蒋爷问:"有上房吗?"婆子说:"有。"蒋爷到里面,进上房落坐,说:"妈妈贵姓?"说:"我们姓甘。"蒋爷说:"原是甘妈。咳,你是谁的甘妈呀?"婆子说:"本是姓甘,你愿意叫我甘妈?"蒋爷说:"我这个岁数叫你甘妈？巧咧,我也姓甘。"婆子说:"怎么你也姓甘呢？尊字怎称呼?"蒋爷说:"我小名老儿。"婆子说:"原来是甘老儿。哟,你是谁的甘老儿?"蒋爷说:"你愿意叫我甘老儿,怎么你张罗呢？去罢,你们当家的哪?"婆子说:"去了世了。"蒋爷说:"你守了寡了,我也守了寡了。"婆子说:"你是爷们,守甚么寡?"蒋爷说:"我们内人死了。我守的是男寡,你守的是女寡,何苦这么彼此守寡？有那们着,咱们两个人作一个。"婆子说:"瘦鬼,你要老成着些才好。你还要说甚么?"蒋爷笑嘻嘻的说道:"作了亲家,你的岁数比我小,你是个小亲家子。小亲家呀！我也不喝茶,给我摆酒,你陪着我喝。"羞的婆子脸红。他本不能玩笑。蒋爷是专好玩笑,这一玩笑不大要紧,自己几乎性命之优。婆子把酒端来,把灯点上。蒋爷让婆子吃酒,婆子连理也没有理,就出去了。蒋爷笑道:"小亲家,你别急呀!"蒋爷端起酒来,细细的察看,怕有缘故。又闻了一闻酒,无异味,酒无异色,方才敢喝。妈妈知晓甘茂在生时节,独门的能耐,会配返魂香,自己造熏香盒子、蒙汗药酒。别人的蒙汗药酒发挥,有味气,斟出来乱转;他这个无有,也无异味,也无异色,也不乱转。蒋爷喝下去,翻身扑倒,躺在地上,不省人事。婆子进来说:"瘦鬼不玩笑了罢?"正要结果性命,自己先将大门关上,可巧正是凤仙、秋葵到。这时作了亲戚,兰娘讲情,婆子拿水灌活,反倒教蒋爷赐倒,骑上婆子乱打。婆子嚷叫:"姑老爷!"蒋爷知道必有余党。

凤仙进门一瞧,讶道:"哟,原来是四叔,侄男有礼。"秋葵也说:"侄男有礼。"蒋爷一怔,住手起来说:"你们怎么到这里来?"婆子嗳哟了半天,说:"你认的我们姑老爷吗?"蒋爷说:"怎么会不认的呢。他是你甚么人?"回答:"我们姑爷。"蒋爷说:"他怎么是你们姑爷呢？他叫甚么?"凤仙使了眼色,婆子说:"你叫艾虎。啊,不是吗?"蒋爷说:"是,对对,是。艾虎,冲着你们亲戚,便宜你罢！你也冲着你们亲戚,给我们点好酒喝罢。”婆子说：“便宜你。”随即去取好酒。蒋爷问：“二位侄女是甚么缘故这般打扮？”二位姑娘就把天伦被捉，打在囚车，闹公堂，追赶天伦，误入婆婆店受蒙汗酒招亲，说了一遍。蒋爷说：“你天伦不怕，你智叔父如今假降君山，他必知道，他就献了。你们明日奔金知府那里，找你们干姊妹去。”凤仙点头。婆子到，把酒摆上，大家同饮。婆子问：“你到底是谁？”蒋爷说出自己的名姓，婆子方知他是蒋平。姑娘问：“四叔往那里去？”蒋爷说：“上五柳沟请柳青。”婆子问：“就是白面判官吗？你们怎么认识？”蒋爷说：“是我盟弟。”婆子说：“呀，你可是我把侄了。”蒋爷说：“你是我把孙。你可找我玩笑哇！”婆子说：“他是我徒弟，还是小徒弟呢。大徒弟云中鹤魏真，是个老道；二徒弟是我娘家的内侄，小诸葛沈中元；三徒弟是柳青。”蒋爷说：“九头狮子甘茂，是你甚么人？”妈妈说：“是我去世的亡夫。”蒋爷说：“这就是了！”婆子说：“提起都不是外人，奉恳与我们作个媒人罢。”外边有人叫门。不知来的是那个，且听下回分解。

第三十四回 魏昌小店逢义士 蒋平古庙遇龙滔

且说婆子叫蒋爷作了媒人、保人。蒋爷说:“净作媒人,不作保人。”婆子说:“媒、保一样。”蒋爷说:“作媒不作保。”蒋爷作保得保人,他是个姑娘,怎么保法呢?日后也对不起柳青。作媒可以,准有个艾虎,不算冤他。婆子亦就点头。外边有人叫门投宿。婆子说:“不住人了。”那人苦苦哀怜。蒋爷要出去,婆子与蒋爷一个灯笼。蒋爷开门一看,那人是文人打扮,南边口音。蒋爷将他让进,至西房一间独屋内住下。蒋爷问:“贵姓?”那人一瞅蒋爷面目,说:“你是现任的职官?”蒋爷说:“怎么看出来了?”那人说:“你是五短身材,又是木形的格局。”蒋爷暗惊:“好相法!”细一瞧他说:“你净瞧我,未看自己印堂发暗,当时就有祸。”那人说:“我倒遇见敌手了。你到底是谁?”蒋爷说:“我叫蒋平,四品护卫。你到底是谁?”那人跪倒,央求救命,说:“姓魏叫魏昌,人称为赛管辂。因与王爷相面,冲撞王爷,后来是我巧辩,没杀我,留在府中。就打五老爷死后,我看王爷祸不远矣。今夜晚逃跑,走在这里,巧遇四老爷。恳求你老救我。”蒋爷搀起道:“听说我们老五多亏是你,不然尸骨不能出府。你只管放心,我指你一条明路。”

言还未毕,外边有人叫门说:“开门来!”魏昌说:“这就是王府的王官追我来了。”蒋爷说:“先生放心,有我哪!”将灯吹灭,不可高声。蒋爷提着自己灯笼出来,开门一看,两个人是王官的打扮,骑着两匹马,说:“店小儿,你们这里可住下了一个穿蓝袍的没有?这人可拐了王爷府许多陈设,住的这里,可要说呀!”蒋爷说:“这人不是姓魏呀,南边的口音?住在这里了。”二王官下马进来拿人。蒋爷说:“我们开店知道规矩,跑了人有我呢。还用二位老爷去拿,我给二位先备点酒。我们把他捆上,人已然是睡了。你们喝着酒,明日早晨再走,岂不省事。”二人听了欢喜。蒋爷把马系在马棚,将门关上,把二人让在三间东房,将灯对上,说:“我取酒去。”到了上房见婆子,就把给凤仙连给自己的药酒连菜端来,与两个王官吃用。酒不到四杯,二人便倒于地上转头。婆子将两个王官拉在后面现成刨出来的大坑,连酒菜全都倒于坑内。

蒋爷劝婆子说:“从此不必作这个买卖了。你这个女儿给着了这个艾虎,他是智化门人、北侠的义子,外号人称小义士。我见了他的师傅、义父,无论是谁,都可以给你带个三五百银,就有了姑娘的嫁妆了。我见了你们徒弟,我再说一说。他这时大发财源,他也得算着,你还作这伤天害理的买卖何用?"一边里说话,一边里埋人。二个王官才真冤哪,糊里糊涂的就呜呼哀哉。婆子说:"真累着了我了,这可没事了。"蒋爷说:"还得累累你哪。"婆子说:"病鬼!当着我们新亲,你可别玩笑,教人家看不起我。"蒋爷说:"咱们两个不过背地里偷偷摸摸的。"婆子说:"你更是胡说了!甚么事罢?"蒋爷说:"还有两匹马哪,你帮着我赶出去。"开了门,将马赶出,把东屋里灯熄灭。婆子奔上房。蒋爷上西屋里来,与魏昌谈话,复又将灯点上。外边事情魏昌都听见,与蒋爷道劳,谢过救命之恩。蒋爷一笑,将先生搀起。魏昌问:"四老爷指的我这条明路,是投奔那方?"蒋爷说:"上院衙正在用人之际,你就投奔上院衙,就是一条道路。"魏昌说:"去不的,看着襄阳大小人多有识认于我的,被他们看见,王府得信,我就是杀身之祸。"蒋爷说:"无妨,我把你妆扮起来,连你自己都不认的自己。"魏昌不信。蒋爷说:"临期你就知道了。"天光大亮,先打发凤仙、秋葵起身,将包袱包好了,捎在马上,蛤蟆口咬上铁棍,告辞出门。妈妈要送,蒋爷拦下。房饭钱不必细表,定然是不给了。蒋爷嘱咐,叫上知府衙。二人点头上马。

蒋爷回来,叫干妈拿槐子熬些水来。妈妈备妥拿来。蒋爷把自己的包袱打开,拿出五个斑毛虫来,先教先生用槐子水洗了脸,后用斑毛虫往面上一楂。取镜子一照,魏先吓了一惊,面目黄肿的难看,说:"怎么好?"蒋爷笑道:"见了上院衙的公孙先生,能治。"言罢起身。四爷也不教给店钱,送出门外作别。蒋爷回,婆子说:"我请请你罢!"四爷说:"那倒是小事。我见见姑娘。"婆子答应,入内。不多时,姑娘出来见过四叔,道了个万福。蒋爷看了果然真好,别看可是开黑店的,姑娘倒也稳重,总是艾虎的造化。四爷问了声好,兰娘回头去了。婆子待饭毕,蒋爷告辞。婆子送出,看着蒋爷去远方回。

蒋爷奔五柳沟,非只一日,晓行夜宿。那日到了五柳沟,天已二鼓,自己想着见了柳贤弟,难道还无住处不成吗?故此天晚进了东村口。路北头一个黑油漆门高台阶,双门关闭,自己上前打门,里面人开门问:"那位?"蒋爷说:"是我。"老家人细看说:"蒋四老爷么?"蒋爷道:"还认得我呀?"老家人说:"四老爷,恕老奴眼瞎,老奴有礼了。"四爷问:"你们员外在家么?"回道:"我家员外上白棚去了。"四爷问:"行人情去了?"家人说:"不是,在庙中设上五老爷的牌位,与五老爷念经哪。"蒋爷问:"在哪庙中?"回道:"在玉皇阁。"蒋爷问:"庙在哪里?"家人说:"由此往东,直走到双岔路口,路北有一颗龙爪槐树,别往正东,走东北的小岔,直到庙门。"蒋爷说:"我上庙中找他去。"家人让四老爷家里等罢,四爷一定要走。家人进去关门。

四爷出东口往东不到一里之路,看不见龙爪槐。可巧起了一阵大风,风沙迷目,不能睁眼。仍是向前,未能看见槐树。直走了七八里路,也没走到玉皇阁,心中纳闷:"别是柳安儿冤我罢?"直听见有人嚷:"好恶僧人!秃头!那里走,着刀!"四爷顺音而去,一看前边有一庙宇,门儿半开。蒋爷矮身而入,进了山门,西屋里有妇人涕哭。蒋爷来到屋中一间,妇人说:"家住深石岗,我丈夫叫姚猛,人称飞锤大将军,又叫铁锤将。我娘家姓王,居住王家陀。我由娘家回婆家去,带着兄弟王叩钟,走在庙前,风沙迷眼,不能前进。这个庙叫弥陀寺,里面的恶僧人名叫普陀。他有四个徒弟,叫月接、月长、月截、月短,素常知道不是好人。看见我在庙门前避风,他让至客堂待茶。依我不进来,我兄弟说里边避避也好。将到客堂,我兄弟教和尚捆出去了,不知生死。普陀过来,要与我行无礼之事,我一喊叫,进来一个大汉,将恶僧人叫出去,两个人在后边动手哪。小妇人怕僧人回来,早行拙志,不料遇见爷台。这就是一往从前。"蒋爷听了,就知道他丈夫是个英雄,说:"你自管放心,我去帮大汉捉拿凶僧。我与你找一个地方,暂且隐藏身躯,千万别行拙志。"妇人叩头。蒋爷带路,直奔头层大殿,开了隔扇,教妇人在殿中躲避一回。转头,那边捆定一人,口中塞物。蒋爷过去解了绳子,拉出口绢帕,原来就是叩钟,给蒋爷叩头,蒋爷叫他在这看守他姐姐。蒋爷出去,随带隔扇,到于后面,原来是五个和尚围定一人,那人正是大汉龙滔。蒋爷蹿上房的后披,揭了两块瓦,对准了普陀的秃头,噗哧的一声,躺倒在地。龙爷在凶僧腿上砍了一刀。蒋爷飞身下来,给了大和尚一棍。一阵乱打,月长、月接、月截、月短死了两个,带伤的两个,把带伤的捆起来。龙滔过来见礼,问:"四老爷从何而至?"蒋爷把已往从前,说了一遍,问龙滔:"你打哪来?"龙滔说:"我把差使给了冯七。我听说老爷们跟大人在襄阳,我也要上襄阳,求老爷们给我说说,跟大人当当差使。我想大人正是用人之际,我有一个姨兄住在深石岗,叫姚猛,把他找上。走在庙前,听妇人呼救,进得庙来,见秃驴实在可恶,我把他叫出来与他较量。我正不是他的对手的时节,你老人家到了,救了我的性命。"蒋爷问:"那个妇人你可认识?"龙爷说:"没有看明白。"蒋爷说:"那就是你的嫂嫂。"带了龙滔,到前边见了王氏,叔嫂相认。蒋爷说:"明日把凶僧交在当官,你同你姨兄奔晨起望,打听打柴的路彬、鲁英,在他们的家中相会。"龙爷点头。

直到次日,蒋爷起身,见着人打听玉皇阁在那里,有人指告。原来昨日乱风的时节,未能看见那棵槐树,多走了六七里地。次日到庙,果然经声佛号,山门关闭。向前打门,有人出来。蒋爷一问,说柳员外回家去了。蒋爷并未进庙,转身又回五柳沟去了。到了家中,有人出来告诉员外上庙去了。蒋爷复又回庙,庙内人说又回家去了。走了四趟整,是八个来回。蒋爷一翻眼,明白了:"分明是老柳不见我,告诉家人来回的乱支,作就了的活局子。必是我一嫌烦,扬长而走,他这算不出世了。我自有主意。"这回又到家中,家人出来,没容他说话,蒋爷就走进去了,直奔书房屋中落坐，气哼哼的吩咐："给我看茶来。"家人答应，献上茶来。问柳安："这是你们员外的主意，成心不见我？你知道我找你们员外是甚么事情？"家人说："不知。"蒋爷说："他在五接松说错了话了，人家不让他走，我给他讲的情，说下了盗簪还簪。设若你不定下，这还可以；定下又不见我，我远路而来，来净支我，我整跑了八趟。用着我们哥们时候，百依百随，盗三千叶子黄金，拿到他家里来了，他说买粮粜赈济贫民，谁又瞅见了？这时候用着他了，不是我用他呀！老五死了，大伙与老五报仇，教他沾个名，不怕他不出来。别冤我呀，打早到晚我还水米没打牙哪！给我看酒。"老家人吩咐摆酒，点上灯烛摆酒。四爷喝的大醉，说："老柳，这日子你不用过了，过我罢！"拿灯一烧窗户。家人往外跑，嚷："四老爷放了火了！"柳青由垂花门出来，被蒋爷抓住盗簪，且听下回分解。

第三十五回 盗发簪柳员外受哄 舞宝剑钟太保添欢

且说蒋四爷借着点酒，把脸一盖，故意妆醉，拿灯烛将窗棂纸点着。老家人没看明白，往里就跑，嚷道："四老爷放火！"有何缘故呢？是乡下最怕失火。柳青出来，蒋爷把他一把揪住说："姓柳的，我们哥们帮着你盗金子，绝不含糊。如今我远路而来，你来回的冤我，一百使不得，二百下不去，三百不够朋友。说话不算，你就揸粉。"柳青说："你真要盗？"四爷说："我作甚么来咧？"柳爷说："屋里来。"厨役把家伙撤去，蒋爷坐在东边，柳爷坐在西边。柳青说："盗哇！"蒋爷说："有言在先，连盗带还，一个时辰。你把帽子摘下来，你把簪子拔下来，教我的小搬运童儿瞧一瞧。"柳爷摘了帽子，拔了簪子，递过来说："甚么搬运童儿？"蒋爷瞧簪，仍是那个水磨竹的，一边有个燕蝙蝠，那边一个圆寿字。柳爷说："搬运童儿可受过异人的传授？"蒋爷说："还能呼风唤雨，撒豆成兵。"柳爷说："谁教的你？"蒋爷说："黎山老母。"柳爷说："你别糊云了。"蒋爷说："你把簪子别好了，你叫大家出去，别在这里瞧着。"家内二十多人全挤着要看。柳爷将大众喝出，众人在窗外观瞧。蒋爷说："我要盗，盗个手明眼亮。你把两只手搁在桌子上，我把两只手搭在桌上，净教搬运童去盗。"柳青半信半疑，就将手放于桌上。蒋爷两只手压住柳青两只手，说："小搬运童儿，去把他那簪子拔下来。咱们作个脸，慢慢走，上了腿了，上肩膀儿了。"闹的柳爷毛毛咕咕的，说："怎么看不见？"蒋爷说："三寸高，你是肉眼凡胎，如何看的见？"柳青说："你哪？"四爷说："我是慧眼。"柳爷连肩膀带腿脑袋乱摇乱晃。蒋爷说："你摔了我童儿的腰哪！"柳爷说："别瞎说了。"蒋爷说："瞎说？盗下来了。"柳爷不信。蒋爷抬起一只手来，往上一翻，仍然拿手背还是压着柳青的手，一舒掌说："你看簪子。"柳爷一怔，果然盗下来了。一合手，变与他的左手。柳青接来灯下一看："呀！病夫，你真有些鬼鬼祟祟的。"蒋爷劈手夺来，仍又拿自己的右手压住他的左手说："净盗不算为奇，还要与你还上。"柳爷说："不还，我也不出去。"蒋爷说："还上，你可别矫情了。"柳爷说："只要还上，就算你赢。"蒋爷说："连盗带还，没有一个时辰罢。"柳爷说："这时就还上，可没一个时辰。工夫一大，可就过了时刻了。"蒋爷说："你净矫情，早还上了。"柳爷不信。蒋爷将双手往下一撒，说："你摸去。"柳爷回手一摸，果然还上了，说："怪道哇，怪道！"蒋爷说："你说话罢，是出去不出去？"柳青说："教我出去不难，还得依我一件事情。"蒋爷说："你不出去就罢，别为难我了。怎么还得依你一件事情呢?”柳爷说:“只要依我这件事情,我就出去。怕你不应。”蒋爷说:“你说罢。”柳爷说:“你把这盗簪的法子教给我,就随你出去。”蒋爷道:“不难,等着得便之时再教。”柳爷说。“不成,立刻就教。”蒋爷说:“净持授桃木人得一年。”柳爷说:“我就等一年。”蒋爷说:“你等一年,我可等不了一年。也罢,我当时就把你教会,你便怎样?”柳爷说:“我再不去,我是个畜类!这个咒不能一时就会。”蒋爷说:“行七字灵文八字咒,一教就会。”柳爷大乐说:“来罢,老师你教给我罢。”蒋爷说:“你方才看着盗的快不快?”柳爷说:“快。”蒋爷说:“不快,还能快,你看又盗下来了?”柳爷惊疑不止,连说:“好快!好快!”四爷说:“又还上了。”柳爷一摸,果然还上了。连着五六次,柳爷总未省悟。这回柳爷摸着还未回手,蒋爷说:“又盗下来了。”柳爷一把揪住说:“好病夫,你冤苦了我了!”列位,这本是蒋爷玩的个戏法。说书总讲情理二字。蒋爷自打五接松瞧了他这只簪子,花样尺寸就记在心里,照样买了一个。宋时年间,拢发包巾,满街上都是卖簪子的,故此买的容易。未盗簪时,叫柳爷摘下来看,怕不是那个。论柳爷家内,甚么簪子无有,可巧还是那个。不教众人在眼前,怕他们看出来。叫柳爷双手放桌上,他拿手压着柳爷的手,怕他回手一摸,就不行了。哄信了他之后,所以是左盗右还的,那时摸出算完了。蒋爷教柳爷抓住,说:“是两个。”四爷说:“可不是两个。我实无别法,想了这个招儿,你出去呢,咱们大家报仇;你不出去,我就死在你的眼前。”说罢,跪下哭道:“你怎么样了?”闹的柳爷无法,也就哭了,说:“四哥,不是我不出去。”四爷说:“你不必说了,我大哥得罪于你,必教我大哥与你大大的赔一个不是就完了。”柳爷说:“也不用。”随戴上头巾饮酒。

次日起身,蒋爷教多带熏香,直奔晨起望,非只一日,到了路、鲁的门首,直入里面,见大众行礼,连焦、孟、史云全都见过。有人进来说,外面有二人,口称龙滔、姚猛。二位请入见礼。蒋爷一见姚猛,好人物样儿。智爷也打外面进来,大家全见个面,将自己的事细说一遍。蒋爷说:“智贤弟出主意罢。”智爷说:“里头人少,让他们二位去。”蒋爷说:“龙、姚二位,你们看可行啊?太粗鲁些。”智爷说:“可以,这样更好。我告诉蒋四哥一套话,你慢慢的教他们。丁二爷、柳爷,你们二位算表兄弟。柳爷算送二弟去,你不降,苦劝再降。二爷你别说真名姓,就说叫赵兰弟。”二爷说:“为何教我改姓?”智爷说:“你不算改姓,本是赵兰的兄弟,故此是赵兰弟。”二爷一笑说:“你真可以,就是了。”智爷安排好了,说:“我在君山等去。”说毕,起身回君山去了。

智爷回君山,走旱八寨回承运殿,可巧这日就剩钟雄一人在承运殿独坐。正然寂寞,忽然智爷进来。智爷问:“他们都上那里去了?”钟雄说:“他们大众同沙大哥闲游去了。沙大哥总觉心中有些不快,大众陪着沙大哥去游山,教他散散心去。"智爷说:"这个展护卫,我又没在家,是怎么降得?"钟雄说:"并未准降。我那日到引列长虹,他说了许多的好话,甚么是死有余罪的人,身该万死的人,寨主还有这般优待。我说既然这样,何不请到承运殿一叙。他虽来,不知归降不归降。"智爷说:"好办,交给我了。只是还有件事。"寨主问:"甚么事情?请说。"智爷说:"来这些日了,我把山中众位寨主们连前带后,连喽兵全算上,有贤有愚,有奸有忠,惟独有一个人我看着奇怪。"寨主说:"是谁呀?"智爷说:"武国南、武国北。这两个人可是亲弟兄不是?"钟雄说:"不是,那是我们这老家人武成之子,长子,也是三十岁了。他捡来这么个孩子,拿蒲包儿包着,还是一身的胎练,小毛衫上写着生辰八字。抱回来现找的奶娘,可着家人谁也不许说是抱的,就说是亲生自养的。他的父亲在我天伦手里出过力,死后还是我发送的。"智爷说:"此人早把他赶下山去,万般要不的。他相貌是兔头蛇眼,鼠耳鹰腮,其意不端,万要不的。"寨主说:"有贤弟这一论,有我在,他不敢怎样。"智爷说:"岂不闻'大福不在,必生祸乱?'"钟雄说:"诚哉是言也!"话言未了,大众归回,一同吃酒。

次日早饭用毕,喽兵报道:"虎头崖下来了两个投山的。"钟雄一摆手,喽兵撤身出去。钟雄说:"智贤弟,你出去看看,若看出破绽,不用与我商议,立刻结果性命。"智爷点头出去。去够多时,进承运殿说:"外面两个投山的,小弟带来,哥哥再过过目。"说:"将二位请将进来,说我家寨主有请二位。"先启帘栊进来,钟雄一瞧,二位堂堂的仪表:一个是银红色武生巾,银红箭袖,鹅黄丝鸾带,薄底快靴,天青色的跨马服,腰悬宝剑,翠蓝挽手飘垂;面似傅粉,细眉朗目,形相端正,唇似涂朱,牙排碎玉,大耳垂轮,好一位面如少女的英才。一个是蓝缎六瓣壮帽,蓝缎箭袖,皂缎靴,杏黄丝鸾带,肋下佩刀;面若银盆,粗眉大眼,虎视昂昂。钟雄看罢,喜之不尽。见二人欲行大礼,钟雄离位搀住说:"不敢,未曾领教。二位贵姓高名?"说:"寨主在上,小可姓柳名青,匪号人称白面判官,居住凤阳府五柳沟。这是我个表弟,他叫赵兰弟,皆因他父母双亡,有点本事,性情骄傲,我怕他入在匪人的队内。岁数年轻,一步走错,恐怕对不住我去世的姑母。听见寨主这里挂榜招贤,特地将他送来,早早晚晚跟寨主学些本事,不知寨主可肯收纳?"钟雄说:"我这里招贤挂榜,聘请还恐不至,焉有不收之理!"柳青说:"如此说来,我当面谢过,我就要告辞。"钟雄说:"不是说,你们二位,怎么兄台要走哪!"柳青说:"小可家中事烦,又是买卖,又是地亩,全凭小可一人照管,实在不能投山入伙。"连智爷在旁苦劝,这才点头。智爷与大家见过,钟雄摆酒,顷刻杯盘齐备。酒过三巡,智爷问道:"赵兰弟肋佩双锋,必然是好剑法。"二爷说:"才学,漫说是好,连会也不敢说。"智爷说:"你这是太谦。

你们二位投山,咱们都是前世的夙缘,称得起是一见如故,酒席眼前无以为乐,烦劳施展剑法,我们瞻仰瞻仰!”回答:“本领不佳,不敢当着大寨主出丑。”智爷说:“不必太谦了,施展施展罢。”柳青说:“既是众位说着,你就舞一趟,那点不到,好跟众位领教。”二爷点头,把剑匣摘将下来,放在桌上,袖袂一挽,衣襟一吊,呛啷一声,宝剑出匣。众人一看此剑,寒光灼灼,夺人耳目,冷气森森。钟雄一瞧,暗暗惊讶,睹物知人,就知道二爷的本领不错。再看二爷将身一跃,手中这口剑上下翻飞,撺高纵矮,一点声音无有。人人贺彩,个个生欢,好剑法!好剑法!收住势子,气不蹇出,面不更色。钟雄就知道平素谙练的工夫纯熟。钟雄亲递三杯酒道劳。智爷说:“可不是,我这个人没够,还要奉恳一趟,我们这里还有一位陪着你走一趟。”丁二爷说:“使得,使得。”冲着展爷又是一躬到地,说:“展大哥,我是深知你的剑法高明,故此奉恳。”展爷点头。这双舞剑的节目,且听下回分解。

第三十六回 为诓宝剑丁展双舞剑 设局诈降龙姚假投降

且说智爷说："寨主爷爱双舞剑，山中会剑的甚少，这位赵兰弟与大哥，你们二位可称的是棋逢对手。你们二位要双舞这一趟，那可就可观的无比了。借着我们大哥光，我们也开开眼。"展爷说："使得，这有何难？没有宝剑。"智爷说："有的是。来呀！去到后边五云轩，提大寨主的令下，把剑取来。"钟雄一听，吓的面貌更色，暗说："不好，智贤弟假聪明，你不想展昭投降未妥，要将宝剑拿出来，他得到手中，若要不降了，可也不好与他要。这就叫纵虎归山。再若劝降，他要不降还好；他要一翻脸，他那口剑谁能敌挡？智贤弟，你错大发了。"暗暗使了个眼色，使声音咳嗽，他总不回头，干着急，并无方法，又不好叫他明说。不多时，将剑取来，智爷叫把剑给了。展爷也就明白了，暗道："好个黑狐狸精，给我诓剑哪！"连北侠大众等全明白了。智爷涎着脸说："终日大哥爱看双舞剑，今日看罢，准对意味。"钟雄有气，暗说："谁爱瞧双舞剑，是你爱瞧罢。"因此总老不看他们。智爷又道："彼此二位可没有冤仇，无非点到为活，谁可不许伤着谁。我这里有礼了。"随就一躬到地。二人齐说："不敢。"二人一齐捧剑，垂首下坐。文武本领全讲情礼二字，展爷论先在山上，丁二爷是新来的，又岁数儿小，又是亲戚礼道的，这是何苦哇！丁二爷说："寨主手下留情。"展爷心中不乐，暗说："二舅爷，你可不当这么着，怎么指实了叫起我寨主来了？你可别怨我，我也闹你一句。"说："赵爷手下留情。"二爷瞪了他一眼，委曲着说："岂敢！"北侠等大众暗笑，他们亲戚礼道的，倒凑合了个圆全。说毕，二人动手。好一双英雄，要是看了这次舞剑，再也不必看了。二人留出行门过步，半个过河。二人施展平生的武艺，手眼身法步，心神意念足，蹿进跳跃，闪辗腾挪，轻若猫鼠，捷恰猿猴，滴溜溜身躯乱转，蹿高纵矮，足下一点声音皆无，类若走马灯儿相仿。全讲的是猫蹿、狗闪、兔滚、鹰拿、燕飞、挂画六巧之能。虽然这般的比试，鼻吸口气的声音皆无，就听见飕飕飕，剖剖剖。飕飕飕，是剑刃劈风的声音；剖剖剖，是衣襟刮风的声音。忽前就后，忽左就右，这才叫棋逢对手，将遇良材，把大家看的眼都花了。不是一样好哇，人的品貌、衣服、器械全好，真算是世间罕有。钟雄虽然不高兴，究属他是个行家，先前不爱瞧，他就是低着头生气，未免得也就偷着瞧一两眼。除非你不瞧，你若一瞧，管保你把别的都忘了。他把两眼一直，比别人看的更入彀了。待两个人收住势子，彼此的对说："承让，承让！"一转身，当着寨主说："献丑，献丑!”寨主爷说:“实在高明。”眼睁睁的,展南侠搭理搭讪的,把宝剑跨起来了。钟雄又烦起来了。智爷摆酒与二位道劳,这才冲着寨主说:“哥哥,你看看二位剑法实在是好,果然的妙,准保寨主哥哥爱看。”寨主说:“你是准知道我,不然怎么说知性可以同居呢。”随即使了个眼色,把智爷调出,说:“众位告便。”智爷随后也说:“众位我且告便。”也由后边出来。

至于院内一看,钟雄在那里等候。智爷问:“寨主哥哥,甚么事将我调出?”钟雄说:“你错作了件事情,言多语失,你知道不知道?”智爷说:“我不知。”钟雄说:“这个姓展的,他降意不准,这宝剑到了他手里,岂不是纵虎归山。还不是错?你错大发了!”智爷说:“就是为这个事?这宝剑我成心诳出来给他的。”钟雄说:“贤弟,错过是喝过血酒,你这一句话不要紧哪,我就错疑了。”智爷说:“我出正无私,不怕人疑惑。”钟雄说:“你怎么成心给他?”“寨主哥哥若问,我把这段细情由,给你说了罢。这个宝剑不能不给他。我假意着说是哥哥爱看,借这么个因由好教他物归本主。”钟雄说:“你可知道那剑的利害?”智爷说:“我怎么不知,把宝剑给他,露出寨主爷的大仁大义来了。请人家降山,又不给人家宝剑,人家岂不小看于你?”寨主说:“依你之见?”智爷说:“他在这里一坐,咱们该说的也不敢说,该讲的也不敢讲。降不降就在今朝了。”钟雄问:“怎么讲哪?”智爷说:“小弟少时进去,我就说哥哥叫我出来商量一件事,所有在坐的诸位,有拜过一盟的,可也没拜过的,有一得一,今天全续同盟,有不愿意的,趁早说明。”钟雄说:“他若不拜?”智爷说:“他若不拜,那就是不降,晚晌用酒灌醉,结果了他性命,宝剑落在哥哥手中;他若结拜,就是降了,有甚么话也好对他说,就不用避讳了。”钟雄说:“罢了,贤弟比我盛强百倍。”

说毕,二人回席,仍然落坐。智爷说:“寨主爷将我叫出去,说咱们在位人,续一回盟,拜过的再重复一回。可有一件,那位不愿意,趁早说明,这也不是强为的事情。”惟有展南侠一怔,说:“我本是该死之人,蒙寨主这般错爱,如今又要结盟,焉有不愿意之理?无奈何一宗,我的家眷现在都京,倘若风声透漏,万岁降旨,封门抄家,我担架不住。”智爷说:“无妨,怕你不愿意。倘若愿意,将宝眷接在山上,那还怕他甚么?”随说道:“你不用忧虑了!寨主哥哥预备香案。”把个钟雄乐的是手舞足蹈。也是他时运领的,拿着丧门吊客当喜神。大家沐浴更衣,序齿结拜。沙老员外居长,依次钟雄、北侠、展爷、智化、柳青、赵兰弟七人结拜,也没发愿,也没喝血酒。书不可重叙,水旱寨众寨主,大家相见道喜,留在承运殿吃酒,整整乐了一天,日落席散。当日钟太保喝了个大醉,安置柳爷、赵兰弟的住处。

又待了三日,早饭毕,喽兵进殿,报山下虎头崖下来了两个投山的,特来报知。钟雄一摆手,喽兵退去,叫:“智贤弟,还是你去看明来意,如要有诈,结果了他的性命，别着他脱逃去了。”智爷出去。去了多时，转头回来，启帘栊进来说道：“有二个人叫在承运殿外，以候寨主的令下。”钟雄说：“敬贤之道，下个请字，怎么这个你说是叫呢？”智爷说：“你看甚么人，甚么人说甚么话。”到承运殿外说：“我家寨主叫你们进去。”只听见唯的一声，如同半空中打了一个巨雷一般，进得承运殿。一个是身高八尺，那一个比他还高一尺。全是一身青缎衣襟，六瓣壮帽，绢帕拧头，青缎箭袖袍，丝鸾带，薄底缎靴，闪披着英雄氅。一个肋下佩刀；一个是长把鸭圆大铁锤，腰中系着鼓鼓囊囊的大皮囊。一个白方面黑髯；一个是面如刃铁，半部胡须。一个是胸膛厚，臂膀宽；一个是肚大腰粗，脯肉翻着，翅子肉横着。一个是堆垒锐锋叠，抱着杀气；一个是威风凛凛，虎视昂昂。全都是皴粗愚鲁，闷愣溷浊。钟雄一见，喜不自禁，问道：“贵姓高名？仙乡何处？尊字怎样称呼？”两个投山的冲着智爷：“嘿，我说，那个他……”这个也说：“嘿，我说，那个他……”这个说：“别合我们转文玩笑咧。”智爷说：“过来给寨主叩头。”两个人倒身便拜，咕咚咕咚也不知磕了几个头，起来旁边一站。智爷问：“叫甚么名字？”那人说：“我叫大汉龙滔。”这人说：“我叫姚猛，人称铁锤将，又叫飞錾大将军。我们居住深石岗，因在家好管不平之事，故此打死人了。有咱们董二大爷告诉说，君山有个寨主，叫飞叉太保钟雄，他那里招贤。我们说没有盘费，二大爷给了一吊钱，我们奔这里来。到了山下，打听明白才进来。你们要我们不要？若是留下，情愿牵马坠镫。可得管饭，我们可吃的多。”钟太保笑道：“智贤弟，你可通六国之语。”智爷说：“人有人言，兽有兽语。哥哥看看有诈否？”钟雄道：“这样人焉能有诈？”岂不想傻人专冤机灵鬼，问：“智贤弟，这两个还是结拜？还是怎样？”智爷说：“这样结甚么拜哪！只要哥哥愿意留下，大小给点差使就得。”钟雄说：“把他们拨往那寨哪？”智爷说：“这样给不的脸哪，也办不了大事，可准诚实。有了，哥哥睡觉的屋子穿堂，不是有十名健将上夜？我每见他们偷闲多懒，我要拨换他们。这就不用了，把这两个人派为健将的头目，两个人管十个人，准其他们鞭处。似乎这两个人，要教他们睁着眼睛瞪一夜，决不敢少闭。就是这个缺分，他们两个就以为到了天堂了。哥哥请想如何？”寨主说：“可有点难为他们。”智爷说：“甚么人，甚么待承。”遂把龙、姚叫过来说：“寨主赏你们一个健将的头儿，你们爱分前后夜，是爱分一对一天，随你们带十个人商议。官中有饭，每月一人十两银，穿衣服。”谢过寨主，叫喽兵带着去见十名健将去了。钟雄说：“贤弟实能见机而作。”大众也就夸奖了一番。当日无事，无非叙了些个闲言。

到了两三日，这日智爷见钟太保欢喜，说道：“寨主哥哥，这个巡山的差使，闻寨主当了多少日子了？”寨主说：“闻寨主那是投山的头一个拜弟，到寨就是巡山的差使。”智爷说：“我看闻寨主昼夜操劳，要把他累大发了；明年行兵之时，人一疲乏，如何打仗？不如将此差使换与小弟，替他当个三两个月，然后再换与闻寨主；再要两三个月，再换与小弟。不知寨主意下如何？”寨主说：“贤弟，你帮着我料理白昼之事，很就是了；再要操劳夜间之事，使劣兄心中不安。”智爷说：“这是小事，哥哥做了皇上，我还不是‘一’字并肩王么？”钟雄听了欢喜，随即传令，将巡山大都督的缺，换与智寨主；闻寨主拨与小飞云崖口镇守，不得违令。闻华一闻此言，吓了个真魂出壳。智爷得了巡山的差使，任其出入，找蒋四爷商量。破君山的节目，且听下回分解。

第三十七回 承运殿大醉因贪酒 五云轩梦里受毒香

且说智爷讨了这个巡山差使，亚都鬼闻华约会了黄寿、于义、王经、谢宽，俱在小飞云崖口相会，大家议论此事：这巡山差使非寻常可比，寨主派了别人，倘有一点舛错，可着君山玉石皆焚，万万生灵涂炭。不若咱们大家破着性命见大寨主荐言，就提这个差使给不得别人。于义说："不行，你们曾记得'令出山摇动，严法鬼神惊'？倘若不行，大家死倒不怕，闹一个没面目，又没有拿住他犯款的大病。"闻华说："依你主意怎么样？"答道："咱们大众暗地细访，如查出他的劣迹来时，咱们大众破着死命，一下就把他搬倒。如其不然，因为小事，大寨主又不能治他之罪，这不是往返么？"大家一听合乎这情理，就悄悄的暗地里访查。焉能知晓智爷手大遮不过天来，以为是把寨主哄信，把大家更哄信了。强中还有强中手，能人背后有能人。

自从智爷得了这巡山大都督，这一百巡山的喽兵，俱听智爷调遣。这一个早早晚晚，不分昼夜，没有一点松神的地方。可有一宗，出入方便，上晨起望，也不用避讳这喽兵了。这时节就是上院衙，也不要紧了，不怕遇见寨主喽兵，问他，他都有说的，就说是访听事情去了。这天到了晨起望，见了大众、蒋四爷。见礼毕，蒋四爷就问："诈降的人怎么了？"智爷就把已往从前，细话说了一遍。大家笑了一回。复又说道："四哥，我们里头的人也够了，拿钟雄的日子也有了。冬至月十五，趁他生日，这天后寨有三千坛酿酒，搭出来散于大众，把寨主灌醉，用返魂香把他熏将过去，盗出君山。你们在外头接应着我们。"蒋爷说："是了，里头事在你，外头事在我。"智爷说："我们可不走旱八寨。"路彬说："可别走水寨呀！会水人少；水寨喽兵恶烈，又有水寨出不来，又有大关挡着。"智爷说："不走水寨，我瞧了小飞云崖口一条道路，过了小飞云崖口，就是荻子坡、龙背陀、前引山、前引洞，就出来了。"路彬说："对！要打那出来，咱们这船可以在那里等着。那点山是极高，乃连云峰的下坎儿。是日，我们二更就到。"智爷说："可别忘了。还有件事，到了十五拿钟雄，山中必是一乱。他们又不知钟雄的下落，山中也有高来高去的能人，倘若他们吃疑，追至上院衙，上院衙空虚无人，大人有失，那还了得！又道是：未思进先思退，君子防未然。"蒋爷连连点头："言之甚善。我倒有个主意，先请大人上武昌府，叫我二哥保护，让我们大哥、三爷全上我们这里来。"智爷说："更好，不怕他，去也是扑个空。还有一件，四哥给运三枝信火来，是日我们把他盗出来，到承运殿头枝信火，寨栅栏门是二枝信火，上了小飞云崖口是三枝信火腾空，你们也就知道了，外边接应。”蒋爷说：“是日我们把晨起望的住户约上，见你们信火一起，我们在外头乱嚷助阵，借着山音说：‘天兵天将好几百万人，四面八方共破君山。’嚷杀呀，杀呀！里边他们不战自乱，助你们一臂之力。”智爷说：“此计甚善。”蒋爷说：“贤弟，我还有句话，龙滔身上带着一个药饼儿，他没告诉你罢？”智爷说：“没有，甚么药饼儿？”四爷说：“当初我二哥初见花蝴蝶时候，拿了一个串珠花的婆子，他是拐子手，拐了一个巧姐，巧姐是货郎儿庄致和的外甥女。我二哥白日里在大夫居喝酒，没了钱了，庄致和素不相识，会了酒钱，就提他丢外甥女儿的事情。可巧晚间遇上了，从巧姐头上起下来一个药饼儿。这种东西按在顶门上，人事不省，闭住了七窍；若要还省人事，起下药饼，后脊背拍三掌，迎面吹口冷气，立刻就明白了。后来拿住花蝴蝶，就用的是此物。剐完了花蝴蝶，龙滔再三央及我二哥借这种东西，不好意思驳他的回，作为暂借的。龙滔昨日一问，他尚有此物，要用时节你找他要去。”智爷说：“这是宝贝呀！这可大大的有用。”蒋爷说：“你也该走了。”智爷说：“我如今是巡山的，早早晚晚全不怕了。我告诉你的话，你可办理。”蒋爷说：“外头事交给我了，你不用挂心。”两个人将事情商量停妥，随即起身回山。这座君山如铜墙铁壁一般，万马千军也不能破。两个人的主意，里面八个人，外面八个人，就给国家除了大患。

且说智爷回山，等了两日，交到十一月初旬，说：“寨主哥寿诞之日可就到了，今年得大大的热闹热闹。”钟雄屡年的规矩，众寨主在承运殿吃早饭，晚晌每人一桌酒席；喽兵各自有份，赏他们的酒肉，年中的旧例。智爷说：“今年不比往年，得大大的热闹。我看后寨存着三千坛酿酒，散于大众，全把他喝了。”寨主传下一道令去。这天无令，也不用传梆、发口号、点名、当差，放他们一天假，叫他们欢呼畅饮，豁拳行令，弹唱歌舞，听其自便。这日无有军规，第二日整齐严肃。钟雄说：“使不得，贤弟，难道说不知军中不可一日无令？倘有差事，那还了的！”智爷哈哈大笑，说：“寨主哥无用多虑，小弟主意没错。难道你就过这一个生日了？”钟雄听了一惊，这是不利的言语，说道：“贤弟，我就过这么一个生日，过年我就死了不成？”智爷说：“哥哥，你又想差了，我说你就这一个生日。”钟雄说：“我就过这一个生日，再不能过生日，可不就是死了么？”智爷说：“不是，今年过完了，过年行上军了，在军营里头枕戈待旦，卧露眠霜，渴喝刀头血，睡卧马鞍心，万马营中度日，刀剑队里为家，知道几年才把江山得在手内。若要是登基之后，前三后四，那就叫办万寿，就不叫生日了。这生日可不就是这一个，还想过甚么生日？”智爷胡拉乱扯，把个钟雄说的立刻传令，着书手写了告示，教喽兵在水旱寨各寨粘贴。合山中一乱，声音甚大，浑人大乐，聪明着急，暗有议论，不表。

且说定准十五无令，智爷慢慢的将信火带进寨来，暗地把他们诈降的全派好了谁办甚么事情。智爷要了迷魂药饼儿，自己带定，自己与柳青用香熏寨主，龙滔背人；姚猛跟着北侠承运殿外头枝信火；南侠在寨栅栏门第二信火；丁二爷在小飞云崖口三枝信火；沙员外在后宅门拦人断后。

冬至月十三日，即将后面酒坛搬出算好，每人该有多少，杀猪宰羊，下山制买干鲜水菜，多添厨役，忙了三天。到了十五日早晨，钟雄穿上百福百寿袍、百福百寿巾，挂上老寿星，上了供献。承运殿摆开桌椅，先有后寨婆子扶着姑娘，抱着公子，至殿下来与寨主叩头拜寿，齐说："愿天伦圣寿无疆。"钟雄看了一对儿女，十分欢喜。婆子也来拜寿。寨主吩咐后面领赏，仍扶小姐与公子入内去了。众家寨主都与钟雄拜寿。钟雄先要与沙大哥叩头，让了半天方才对行一礼。然后俱与寨主拜寿，齐说："愿寨主圣寿无疆。"钟雄傍立，打一躬，言道："劣兄有何德何能，历年间讨礼。"全都叩毕，落座献茶。外面各寨喽兵头目到来，在殿外拜寿。寨主也还了一礼，人人俱都有赏。众人出去。合寨的喽兵在寨栅栏门外拜寿。寨主迎出，也是还礼："有劳你们。"可见得寨主何等的恭威。也是俱都有赏。然后进来席前，单短智化，寨主心中不乐。闻华过来说道："众家寨主俱已到齐，请寨主吩咐摆酒。"钟雄意见要等智化，被闻华一催，也只可吩咐摆酒。顷刻摆列杯盘，大众一口同音说道："今天是寨主哥哥的寿诞，我们每人敬献三杯。"钟雄说："不可，你们每人敬我三杯，三四一百二十盅，我不用再喝就醉了。今天又衬着山无令，何不细水长流，慢慢的大家同饮，豁拳行令，热闹热闹。"黄寿说："沙寨主就是年长，你就作个领袖罢。你递三杯酒，我们大家行个令。"沙老员外点头，斟了三杯酒，递与钟寨主。寨主连饮了三杯。大众一躬到地，寨主也就还了个礼儿。寨主复又敬大众三杯，大众再三不肯受，这才拦住。然后归座，各斟上门盅儿。

将要饮酒，智爷慌慌张张打外边进来，立刻就双膝点地，跪倒就磕说："我愿寨主哥哥千秋永业，万寿无疆。"钟雄离席，大家站立。钟雄一躬到地说："劣兄有甚么好处，敢讨兄弟之礼？你这样分心操劳，实实我过意不去，我敬你三杯。"智爷说："那有反礼而行，总是我敬你老人家才是。"说毕，先敬钟雄三杯，寨主也回敬了三杯。彼此落坐，大家端酒，智爷说："等等，就这么喝么？我算出令官，看大杯来！"喽兵答应。又说："今天寨主哥哥寿诞，要大家献个寿词，要一个顶针续芒儿，句句都要吉祥的言语，不然罚酒三巨觥。"这里头许多人说："我们不懂的，说不上来。"智爷说："不怕，那位说不上来，先罚这么三杯。"沙老员外说道："咱们这里就属我的年长，我倘若接不下去，大家大笑，我也得喝，不如我先受罚。"一连叫了三杯。然后受罚的人多了，你也受罚，我也受罚。君山上的人，有说的上来的，人家不说，情愿受罚,就剩了个南侠、北侠、双侠、智化。智爷说:“我是出令官,打我这先说。”众人一乐。借着众人一乐,便说道:“大家一阵欢笑,与寨主爷上寿。”北侠说:“寿比南山不老松。”南侠说:“松柏之荣有余庆。”双侠说:“庆有余年福寿增。”智爷说:“增福寿。”北侠说:“寿长生。”南侠说:“生贵子。”双侠说:“子孙荣。”智爷说:“荣万代。”北侠说:“代君封。”南侠说:“封显爵。”双侠说:“爵位正。”智爷说:“正下了与国同休的一位老寿星。”北侠说:“兴家业。”南侠说:“业兴隆。”双侠说:“隆恩重。”智爷说:“重公卿。”北侠说:“卿且吉。”南侠说:“吉有庆。”双侠说:“庆寿人。”智爷说:“人贵奉,奉的是巧比丹青一轴寿容。”北侠说:“容富贵。”南侠说:“贵尊荣。”双侠说:“荣庆寿。”智爷说:“寿且永。”北侠说:“永平安。”南侠说:“安然静。”双侠说:“敬寿酒。”智爷说:“酒满瓶,凭着寨主爷的大德,寿活八百有余零。”寨主一听,哈哈大笑说:“我寨中文武全才,何愁大事不成!”不知怎样成法,且听下回分解。

第三十八回　庆生辰钟雄被获　闯大寨智化遭擒

诗曰：

二月二日江上行，东风日暖闻吹笙。
花须柳眼俱无赖，紫燕黄蜂各有情。
万里忆归元亮井，三年从事亚夫营。
新滩莫悟游人意，更作风檐夜雨声。

且说钟雄一见作的这寿词，更觉欢喜，寨中人一个个文武全才，何愁大事不成。说："我给众位兄弟挂红。"自己也就端起大杯来。正饮之间，只听外边声如鼎沸，唱的、乐的、嚷的、闹的、豁拳的、行令的、猜三的、叫五的，热闹非常。智爷说："哥哥，你看这个欢喜不欢喜？咱们也该豁拳了。"豁了一阵拳，日已垂西，众家寨主告辞各自回寨。钟雄恨不得大家一时出去，与这几个知心的好朋友一处再饮才好。另整杯盘，点上灯火，点的都是通宵的寿烛。天到初鼓，智爷说："今日山中虽然无令，我可得出去照料照料。"钟雄说："总是你得多受累。"

智爷随即出来，要到旱八寨瞧瞧。将到丰盛寨，众喽兵排班站立。智爷一看，就吓了一跳，到里边隐在喽兵身后，问了问缘故："你们为甚么不吃酒？"喽兵说："我们三寨主有令，不叫吃酒，吃酒者立斩。还叫我们今天防备，预备兵器。"智爷说："你们爱饮酒不爱饮？"早有酒头答言："我们都馋出涎沫来了。"智爷说："先教五十人别处去喝，再等回来换这五十人去喝。来回更换，大家全喝着了。可别说是我说的。"大家欢喜。智爷去后，先走五十人，喝上不回来了；又走五十人，也不回来了。大家一议论，法不责众，全走了。寨主一瞧全走了，他也喝起来了。列位，怎么他也喝起来了？总归是"天命"二字。此人不醉，不用打算盗寨主出山。智爷又到一寨，是文华寨，二百人也没喝酒。又教他们一个招儿，一百人告假撒尿，由尿遁里喝酒去，喝完再换，那一百人再撒，先一百人一去不回，后一百人改了告假拉屎闹的。于义无法，自己到底不曾吃酒。余者的寨主喽兵，尽都东倒西歪。

智爷归回承运殿，一使眼色，大家苦一劝酒，就把钟雄灌醉。小童儿搀到五云轩，把头巾摘下去，大衣服脱了，放在床上，放下半边的帐帘，叫四个童儿警醒着听差。智爷出来，看龙、姚二人在穿堂里坐着，一问十名健将俱都醉了。智爷说："你们预备纱包。"二人说齐备了。到承运殿，碗盏俱都撤将下去，灯火熄灭，就留了一双寿烛，教看殿的人：“你们吃酒去罢，我今夜在此处安歇。”看殿人欢欢喜喜的去了。智爷叫大众预备，智爷单同柳青奔五云轩。智爷预先就告诉明白了：“大众盗钟雄时，但得能不杀人，千万可别杀人。”来到五云轩，柳爷先拿了布卷，龙、姚、智三人连自己俱把鼻子堵上，把熏香盒子拿出来。这盒子乃红铜作成，类如大清国仙鹤腿的水烟袋一样；仙鹤的脖子是活螺丝一节一节的，一拧螺丝，一拉多长，仙鹤腹上有个瓶盖，拿指甲一撣，瓶盖一起，半个月牙盒里取出香来，用千里火筒一拍，将香点着，放在仙鹤腹内，捏上瓶盖，收起千里火筒，将铜仙鹤戳在窗棂纸窟窿之内，后手一拉仙鹤的尾巴，尾巴有个消息通着两个翅膀，翅膀一呼扇，腹上有个透眼，一呼扇，往里一透风儿，由嘴内一条线相似，先把四个小童熏倒；然后一转，冲着那边挂起来的半幅帘子里，又是一拉仙鹤的尾巴，将钟雄熏将过去。收了香盒子，四人进去，先把那半边帘子挂起，拿迷魂药饼儿先按在钟雄顶门心上，然后把他的膀子勒紧，往起一抽，爬在龙滔身上，拿纱包兜住了他的两臂，来回的绕住，系了个扣儿，转头出去，把堵鼻子的东西扔了。到承运殿，北侠问：“怎样？”回答说：“得了。”一点信火，哧的一声，信火腾空，后面呛啷啷锣声乱响。

有老家人谢宽，带着谢充、谢勇一百名飞腿短刀手，俱都点酒没闻。信火一起，大家说不好了，杀奔前来。正到后宅门，沙老员外横叉不许进去，说：“寨主大醉，今日晚间凭爷是谁，不许进去。”谢宽说：“我奉夫人之命，有要事见寨主回禀。”沙爷说：“不行，明日再见。寨主已睡，有话也不能说。”见二枝火起，家人急了，说：“老寨主不教我进去，可不行了。误了我的事情，可要得罪寨主了。”沙爷说：“你还敢怎样？”一抖手中叉。家人举刀，两个儿说：“爹爹躲开。”二人一低头，暗器出来了。一个是低头锤，一个是花妆弩。仗着沙爷躲的快，不然中了暗器了。自己随退，大众并不追赶，俱奔五云轩去看寨主。沙爷出来，众人已到小飞云崖口，听后面赶来，嚷喝：“快将寨主留下！好一群狼心狗肺之人！”大家往上一围，锣声乱响，后面人陆续都来了，连武国南、武国北、金枪将于义、铁棍唐彪——旱八寨内总有不吃酒的人，也不有甚醉的。飞云口上是闻华镇守。小五寨内人全没喝酒，此山口上石头是直上直下，如镜子面儿一样；山口不宽，横着滚木，两边有绒绳兜住，有四名喽兵拿着刀，听吩咐；刀剁绒绳，滚木往下一滚，就把人轧的骨肉如泥。北侠是两只夜眼，看的分明。上面闻华听锣声一响，自己就齐队，二百人全是长拘钩。若要头根滚木放下去，用拘钩往前一推，就不能用绒绳兜了，就拿拘钩搭住，要放的时候，一摘拘钩，就放下去了。北侠把着刀往上一跑，跑到七成，还有三成就到了上面了。闻华叫：“放滚木！”刀剁绒绳，铛的一声，咕噜、咕噜、咕噜、咕噜滚下山去。一看北侠已到后面，喽兵用长拘钩一推，北侠就势用宝刀一划，呵叹呵叹一阵乱响，拘钩一折，人人往前一扑。北侠不忍杀人,反与闻华交手。你道北侠怎样上来的哪?跑到半山,看见放滚木,黑忽忽的奔自己而来,并无躲闪之处。一看傍边山石上,可巧有一块石头鼓出来许多,又有由石缝中出来一棵小树儿,自己一蹬那块石头,单手一搬那棵小树,容滚木过去,再往当中一蹿,两三个箭步就到了上头,拿刀一剁,各喽兵往前一爬。随即闻华的叉就到了,一反手,呛啷的一声,叉头坠地。也是闻华命中所犯,还剩一棍,撒腿就跑。众喽兵势如破竹,北侠就在山口上大叫:"众位!如今已得了飞云崖口,咱们的救兵也到,攻破了君山!"南侠、双侠保护着龙滔、姚猛,往上就跑,随后就是沙老员外,紧跟着就是柳青。

到小飞云崖口,上面就听见哎哟一声,焉知晓是智爷被捉。智爷倒是一分好意,瞧见他们得了飞云崖口,自己先挡住大众,容他们上头再得一寨,自己再上去不迟。凭手中这口刀遮前挡后,工夫不小了,虚砍一刀,往上就跑。众人意欲要追,于义不教往上追。智爷这才放心,刚一回头,噗哧嗳哟,咕噜噜。噗哧是中了于义一镖,嗳哟是嚷了一声,咕噜噜是滚下山来。智爷把双睛一闭,净等着刀枪乱扎乱剁。可怜北侠大众连个影儿也不知,他们自顾往前闯,就见君山外面火光冲天,杀声振耳,必是蒋四爷外面助阵。前面喽兵挡路,一齐嚷叫:"快把寨主留下!"二百喽兵列开一字长蛇阵,当中有一家寨主,姓廖叫廖方,挡住去路说:"快把寨主留下!牙崩半个不字,休想活命!"丁二爷蹿上,廖方的双锏往下一劈,剑往上一迎,呛啷一声,双锏皆折;溯的一声,头巾坠地。过了荻子坡,就是龙背陀。二百喽兵,一家寨主,廖圆手中燕翅镗。展南侠并不答话,呛啷镗啷啷。呛啷,是把铛削折;镗啷啷,铛头落地。回头就跑,喽兵四散。到了前引山,二百喽兵,一家寨主,北侠一露面,寨主回头就跑,喽兵一乱。你道这家是谁?毛保见北侠,焉有不怕之理。过了前引山,到了前引洞,过不去了。二百喽兵,也没有兵器,寨主是赛尉迟祝英。看见前边的山洞极深,非得进洞内不能开开石门。上面是山,下边是洞,上边拿石头垒起一堵墙来,若有人奔洞,二百喽兵拿石头乱打。一人一块,就是二百块,越近石头越大,故此谁也不能向前。几个人过去,几个人都跑回来了,多少身上还带点伤儿。这回是北侠往前,喽兵不但不打,还是乱嚷乱跑。北侠蹿入洞中开门。你道甚么缘故?是蒋四爷办理外头之事,大人上了武昌府,二爷、先生保护,带了大爷、三爷上了晨起望。十五晚间约会合村老叟、顽童、中年汉,由旱路而来。卢、徐、蒋、焦、孟、史、路、鲁,大众乘三只船,在连云峰下坎等候。见了两枝信火,不见三枝,叫大众嚷喝:"天兵天将到了,四面八方攻破君山了!"就在山外放起一把火来,满山遍野烈火飞腾。借着火光,徐庆独自一人别着一口刀,自爬上山去。常言一句,"不巧不成书",要没徐庆,这山万万闯不出来。三爷到了上面,看见祝英抽后就是一刀,幸而祝英一闪躲过,吓的撒腿就跑。徐庆并不追赶,为的是瞧看下面大众。上边问道:“你们可拿了钟雄?”大众告诉:“已然拿获了,山下见罢。”众人出洞,蒋四爷迎住,暂且不表。

单提的是北侠,抢上了飞云崖口。武国北一拉武国南退下,找了个避净所在,说:“哥哥,大势不在了,咱们疾速护夫人逃难罢。”武国南打算是一番好意,连连点头,到于后面求见夫人。婆子带将进去,来见夫人。见了夫人,双膝点地说:“夫人,大事不好了,我家寨主教他们盗出君山,天兵天将杀将进来,玉石皆焚。夫人,早作准备才好。”姜氏夫人一听,眼含痛泪说:“早知道寨主的祸不远矣,苦劝不听。我活着是君山人,死了是君山鬼,我是万不能出山。”武国南说:“夫人不出君山,可以使得。我们把公子、小姐保将出去,若是有祸患,日后倒有报仇之人。”夫人无奈,说:“你们倒是一番的美意。”就叫婆子、丫鬟,与公子、小姐多穿几件衣服,打点细软金珠,包裹停当。这一逃难,就有性命之忧,且听下回分解。

第三十九回　逃难遇难亲姐弟　起誓应誓同胞人

诗曰：

养身不亚似生身，寨主何曾负仆人？
姐弟岂知同遇难，家奴反欲逼成亲。
竞迷暗室怀中宝，几丧明珠掌上珍。
若使未能逢智化，终难重聚乐天伦。

且说武国南、武国北虽系兄弟，是两样心肠。武国北瞧寨主势败，失了小飞云崖口，就知道君山不保，自己会同着哥哥到后寨，劝解着夫人逃难。他们两人全没成过家，这一逃难，教他哥哥就把夫人收了，他把小姐占了，就是为这个主意而来。欲先说出，他怕他哥哥不点头。怪不得智爷与钟太保议论武国北，此人万不可用，如今就应了智爷的言语。见了夫人一说，夫人就把一双儿女交与他们。姑娘那里肯走，总是大了几岁，说："娘呀！你死在君山，我合你一块死。"姜氏肝胆欲裂，一手拉着钟麟，一手拉着亚男说："儿哩！女儿！难道说为娘就舍的你们？倘若老天垂念，还有相逢之日。这都是你天伦忠言逆耳，才害的咱们娘们好苦。你们就跟随你武大哥、武二哥逃难去罢。国南、国北，我就把我这一对儿女交与你们了。"国南说："夫人请放宽心。"说着话，双膝点地，对天盟誓："过往神祇在上，保着我家公子小姐逃难，如改变心肠，天诛地灭！"说："国北起誓，不管夫人怎样，咱们先明明心。"国北说："哥哥，你起了就得了，还教我起誓？"武国北无奈，跪在地上说："过往神祇在上，保着我家公子小姐逃难，如若改变心肠，我哥哥怎么样，我也怎么样。"武国南说："不像话，你各人单起你的誓。"武国北说："我若改变心肠，教我死后肝花肠子，教狼吃了。"武国南说："不成，没有那么起誓的，从新另起。"夫人说："不必了。"外面把红沙马备好，包袱细软之物，一切全系在马上。国南劝解夫人不必挂心。武国北搀着小姐，武国南背着钟麟，一出门犹如送殡的一样，就哭起来了。

小姐上马，武国南背着钟麟。武国北拉着红沙马，出了后寨门，把门人俱都醉倒，慢慢过了摩云岭，绕过白云涧，到了蓼花岗，由西往下就是蓼花滩，叫："哥哥，咱们往那里走？"武国南说："咱们走蓼花岗，那滩中不好走，净荆条绊人。"走着路，武国北问："哥哥，圣人说不孝有三，无后为大。你也不想成家了罢，我怎么样呢？"武国南说："我这岁数还成甚么家。就是你了，以后给你说上门亲事，接续香烟。"国北说:“那得多暂。”国南说:“到了岳州府,若寨主大势不好,给小姐择婿,必定门当户对。把小姐事情办完,再给你说亲。”国北说:“与其那么着,省件事好不好?也不用给小姐择婿,也不用给我说亲,这就是顶好的件事:小姐也出了阁了,我也成了家了。”国南说:“你也得说着才能成家哪!”国北说:“把小姐给我。”国南一听说:“好天杀的!你还要说些甚么?”国北说:“哥哥,我试探试探你呀。你要顺着我说,我就把你杀了。”国南说:“你说这句话虽系试探,我就损寿二十年。”钟麟说:“武大哥,我害怕。”国南一回头,黑忽忽的万丈的深潭,令人可怕,说道:“少主人闭着点眼睛罢,过了这点窄狭的道路就好了。”话言未了,就听见溯的一声,早被国北一脚踹在国南的腿上,一歪身,嗳呀呀一声,连国南带公子就坠下深潭去了。姑娘一见国北的光景,也要蹿下潭去,早被恶贼一把扭住,想动不能,拉着马扑奔正北去了。暂且不表。

列位,这一段定君山本是极大的个节目,不能略草而已。事情也多,头绪也乱,必得说的清清楚楚的。事情虽多,就在十五、十六、十七三日全完,时候不许说差,请看书的众公留心细记。固然是说书一张嘴,难说两家话。单提的是智化受标滚下山来,大众枪刀乱扎乱砍,早教金枪将于义一把手拦住说:“把他绑起来,解往承运殿。”正要追赶寨主,火光冲天,杀声贯耳,人家救兵到了,眼瞧着小五寨人陆续败回,连祝英俱到,说:“不用赶了,教人接迎到水面上船去了。”一个个面面相觑,意欲打水寨追赶,明知他们会镑船底,慢慢再作计较。聚会承运殿,吩咐把智化绑上来。不多时,智化进承运殿,一阵哈哈的狂笑,面上并无惧色。大家一瞧,见了罪之魁、恶之首,各各咬牙,人人愤恨,俱找兵器,要将智爷乱刀分尸。智爷又是嗤嗤的冷笑。若是净糊涂人,智爷就死了,可巧有明白人,偏要问问。那愚人说:“可别让他说话呀!他能花言巧语。”于义说:“让他有话说完。难道说还把他放了不成?姓智的,你乐的是甚么?”智爷说:“我乐的是你们大众空有这些人,连一个有能耐的没有,全是些个衣冠禽兽。我们虽把寨主盗出君山,可不是有意杀害寨主,劝寨主改邪归正,作大宋的官,梦稳身安,可得有我的三寸舌在。不料我今被捉,可不是我怕死,我怕死还不敢诈降呢。纵然一死,落个千古声名。就拿姓智的到得君山,准占几个好字,占的是忠、勇、仁、义、礼、智、信。”于义大笑说:“你是人面兽心,这几个字你连半个字也不能占。”智爷说道:“我身无寸职,你们君山是国家一大患,我定了君山,先占个‘忠’字。君山如铜墙铁壁一样,万马千军到此,破不了君山。我们八个人把君山破了,可占个‘勇’字。自我姓智的到山,无论寨主喽兵头目犯罪,我去讲情,大事化小,小事化无,占个‘仁’字。用酒将尔等们灌醉,俱都杀死,岂不省事?连一名喽兵不伤,我占个‘义’字。难道说我们不会四下里放火,教你首尾不能相顾，出去岂不省事？不放火烧山，占个‘礼’字。种种的主意，条条的计策，我全把寨主哄信，占个‘智’字。当初结拜说过，有官同作。寨主帮着王府作反，我不忍坐观成败，我劝他归降大宋，我占个‘信’字。我把六个字占全，交友之心大略如此。尔今见大寨主被捉，倒遂了你们的心愿，或是轮流作寨主，或是抓阄儿作寨主。寨主刚一被捉，你们就改变心肠。按说寨主多大，夫人多大。我今被捉，就没一个问问夫人去是杀是剐，你们就私自作主。我笑的就是这个。”说毕又笑。浑人说：“杀了罢。”于义、谢宽说：“不可，他讲的有理。”就命谢充、谢勇解到后寨见夫人，教杀就杀，教放可别放，仍把他解回承运殿，也是剁了他。

说毕，解智爷至后寨，叫出婆子言明此事。婆子进去，少时出来说：“夫人要见他哪！你们这等着罢。要教剐，我们也会做活儿。”将智爷往里一推，拍的拍，拧的拧，骂的骂，推的推。到了里边，面见夫人端然正坐，即便双膝跪倒说：“嫂嫂，小弟智化与你老人家叩头。”夫人不看智爷，低着头说：“智五弟，今天你哥哥的生日，不在前庭饮酒，面见为嫂有甚么事情？”智爷瞧这个景况，羞的面红过耳，说：“嫂嫂不必明知故问了，小弟惭愧无地。”夫人一抬头问：“五弟为甚么倒绑着二臂？”智爷就将怎么诈降，为救展南侠，弟兄结拜，盗钟寨主出山，一五一十，细说一遍。夫人问：“寨主本领比你如何？”智爷说：“我哥哥如天边皓月，我如灯火之光。”夫人问：“君山坚固不坚固？”智爷说：“如铜墙铁壁。”夫人说：“国家伐兵，一时破的了君山破不了？”智爷说：“千军万马，一时也不能就破此君山。”夫人说：“却由来你们几个人把君山破了，把寨主拿了，一者是大宋之福；二来你们都是佛使天差，个个不凡。你今被捉，我一句话，你就是碎尸万断。我何故逆天行事？总怨是寨主爷的不好，我苦苦相劝，忠言逆耳，总是个定数。来呀！你们把智五爷的绑松了。”婆子丫鬟说：“智五爷的绑松不的，仇人总是杀了他，给寨主爷报仇。”夫人说：“你们那知道。松绑！”婆子无奈，才把智爷绑解开。夫人说：“五弟，我放你出山，等着你寨主剐的时节，预备一口薄木的棺椁，将你寨主哥哥的尸骸成殓起来，就算尽了你们结拜的义气了。”智化说：“嫂嫂可别行拙志，三五日必见佳音。”夫人说：“五弟，你出山去罢。”智爷说：“嗳呀！嫂嫂，我那一对侄男女那里去了？”夫人说：“国南、国北带着他们逃难去了。”将要说往那里去，婆子把嘴一按说：“可别说了，他是要斩草除根。你别损了，留点德行罢。”智爷说：“国北非系好人，我侄女倘有差错，那还了得！”夫人说：“凭他们的造化罢。五弟，快些出山去罢！”

婆子往外一推。智爷无奈出来，不敢往前去，由西越墙而出。一蹶一点，出后寨门，过摩云岭，绕白云涧，走蓼花岗，听见钟麟喊叫：“智五叔！”天色微明，这就到了十六日了。智爷往下一看，黑暗暗的深滩。钟麟叫智五叔，智爷答应说：“侄男不必惊慌，你五叔来了。”你道万丈深滩，钟麟为何没死？皆因是主仆往下一扑，离着三二丈深，由山石缝儿里长出一棵柏树，年深日远，上面的松枝蟠了顶大，上边又有几棵藤萝，历年间把松枝蟠成一个大饼子相仿，主仆坠落在上面。主仆苏醒了半天，国南劝解公子不要害怕，骂道：“国北天杀的，真狠！”钟麟说：“不好下去。”国南说：“天亮有打柴的，就把咱们系下去了。”钟麟说：“有我五叔到，就救了咱们了。”国南说：“别叫他，不要他来。”公子偏叫。智爷看见，又惊又喜，问他们的缘故。国南无奈，就把已往从前说了一遍。想了个主意，复返回到蓼花岗的南头，下蓼花滩，走到树下，教国南把刀扔下来。拿着刀，把葛条砍下无数，接在一处.蟠了一蟠，拉着了上蓼花岗，扔将下来，将钟麟的腰拴上往下放葛条多些，公子脚站实地。拴完叫他解开，复又拉将上来，将国南腰拴好：“把你们系将下去，你们投奔何方？”国南说：“上岳州府。”智爷叫他们上晨起望路、鲁家中去。武国南应允。智爷说：“你要不去，你可得起誓。”国南恨着心起誓：“我要不去，教我淹死，上吊死！这还不行么？”智爷方肯把他放将下去，扔了葛条，提刀扑奔正北。不到三里路，看见小松林树上捆着小姐，国北提刀威吓，拴着红沙马。智爷蹿入树林，一刀正中胸腔，生吃了恶奴的心肝，救小姐回晨起望。且听下回分解。

第四十回 甘婆药酒害艾虎 智化苦口劝钟雄

诗曰：

青龙华盖及蓬星，明星地户太阳临。
天岳天门天牢固，阴阳孤宿合天庭。
十二辰宫真有幸，凡事依之验如神。
行兵能知其中妙，一箭天山定太平。

且说国北丧了良心，将哥哥踢下山去，拉马到小树林，拴马捆小姐，拿刀威逼小姐从他。小姐大骂。智爷一到看见，用手抓住国北，随用刀开了膛，吃了他的心，也不消心头之恨。急解开小姐，百般的劝解安慰，哄着他上马，直奔晨起望来了。他们走后，来了个饿狼，过去把国北肝肺肠肚吃净才走，这就是起誓应誓。

漫说是他，连国南还得应誓。国南到了蓼花滩，解开葛条，背起公子，天已大亮了。一想若奔晨起望，活活的送了公子性命，不怕自己应了誓，也是投奔岳州府。走到中饭时候，公子嚷饿，哄着他说出了山，就有卖吃的了。冬令的时节，天气甚短，整走了一天，日落方才出山。走不到半里，一道长河拦路，那边来了一只小船，说："船家渡我们到西岸。"船家说："你们要上那里去？"国南说："要上岳州府。"船家说："我们是岳州府船，索兴带你们上岳州府。"问船价多少，船家说："无非带脚，你看着给罢。"靠岸上船，将钟麟放在舱内，由后舱出来一大汉，九尺身躯，短裤袄，蹬着双大草鞋，脸生横肉，到前头问："公子叫甚么？把帽子给我罢。"抓了帽子，直奔船头。公子一哭，国南说："没有这们逗孩子的。"随即爬出船舱，要奔船头，早受了一锹，噗通一声，打下水去。自己喝了一口水，水势又硬，被浪头打出多远。好容易这才上来，通身是水，也看不见船只，也找不着公子。冬天的景况，冷风一飕，飘飘飖飖，雪花飞下来了。那位就说了，下雪怎么河还不冻哪？这是南边地方，雪倒可以下一半点，河可不冻。国南一见是身逢绝地，前边有一树林，就把带子解将下来，搭在树上，系了个扣儿，泪汪汪叫了两声苍天，把脖子往上一套，眼前一黑，渺渺茫茫；少刻又觉苏醒，依然坐在地上。旁边站定一人，青衣小帽，四十多岁，问道："你为何上吊？"国南又不敢说真话，只可说："我活不的了！"那人问："你上吊，我救下你来，你有何事说出来，万一能管，我就管管；不能，你再死。"国南说："我带着我家少主人上岳州府，上船教水手将我打下水去，失去少爷，我焉能活着？"那人说：

"是两个水手,一高一矮?"国南说:"对了。"那人说:"我姓胡,排七,在酸枣坡开酒铺。跟我上铺子,我有主意。"国南听了欢喜,拿了带子,拧了拧衣服的水。胡七问:"贵姓?"回说:"姓武,排大。"

到了酒铺,有个伙计让至柜房。胡七拿出干衣服与他穿上,暖了些酒,叫国南吃了。将要上门,进来一人问可买酒,回说卖酒。落坐要酒。来者的是艾虎,在墨花村听见信,冬至月十五日定君山,自己偷跑来的。到此已然十六日了,又下起雪来。要喝酒,入铺内,把酒摆上,自己吃用。忽听里面说:"得慢慢的办,谁敢得罪他?"艾爷就知必是恶霸,自奔到屋中问:"甚么事?要有恶人,你们怕,我不怕!我可爱管闲事。"胡七说:"这位行了。"国南要与艾虎叩头,小爷拦住。武国南将丢公子的话,说一遍。艾虎问:"掌柜的,你可知道?"胡七说:"有八成是他们。"艾爷说:"你说罢,不是也无妨。"胡七说:"他们二人,一个叫狼讨儿,一个叫车云,是把兄弟,狼讨儿有个妻子,是赶氏,暗与车云私通。二人摆渡为生,忽穷忽阔。武大哥所说就是他们,住在狼窝屯。"艾虎说:"我酒也不喝了,我同武大哥上狼窝屯。"给了酒钱,同武国南出来。

胡七同着到了摆渡口,说:"由此往西,他们住村外路北。"胡七说:"我回去了。"雪也住了,到了村外,看见墙内屋中灯光射出,教国南外等。进去时刻太大,方才出来,拿着公子的衣服头巾与国南看。国南问了缘故,小爷说:"我到里面杀了奸夫淫妇的性命,就是车云、赶氏。狼讨儿背着你家公子,上岳州府卖去了,把衣服留下。剩这两个狗男女议论,要害亲夫,教我遇上杀了。男的问明,女的也就杀了,放了把火。咱们走罢,上岳州找去。"国南拿着衣服,又要叩头。艾爷不许,直奔西南。走有二里路,国南说:"有了。"艾爷问:"哪里?"国南看这脚印子是他。艾爷问:"因何看的准?"国南说:"他穿的是大草鞋。"艾爷乐了。顺印儿找下来了。走着才问艾虎的姓。艾虎告诉他姓艾。找到一个门首无有了,细看进去了,院内挂着灯笼,艾爷问:"武大哥,这墙上是甚么字?"国南说:"婆婆店。"

艾爷上前打店,里面婆子出来,开门进去,问:"二位客官住西屋两间如何?"小爷说:"好。"将到院内,就听东屋内人说:"我找我武大哥。"国南一听,一着急,便拉了艾爷一下说:"艾恩公听见没有?"艾虎说:"你别管,有我哪!"婆子问:"你们作甚么哪,拉拉扯扯的。"小爷说:"你别管,说我们的话哪。"来到西屋,国南出房外,听东屋的公子说甚么。艾爷叫点上灯,问:"妈妈贵姓?"婆子说:"姓甘。"艾爷说:"原来是甘妈。哟,你是谁的甘妈?"甘婆说:"你愿意,叫我甘妈。"艾爷说:"你那岁数,我叫你甘妈不要紧。"婆子说:"那可不敢当。客官贵姓?""我姓艾,我叫艾虎。"婆子说:"你叫甚么?"又说:"我叫艾虎哇!""你再说。""我本叫艾虎么!"婆子想其间有同名同姓的，问："你在哪里住？"艾虎说："卧虎沟。"一听，眼都气直，气哼哼的问："你们一沟有多少艾虎？"说："全叫艾虎。"也是气，说一沟都是艾虎。婆子明知是买他的便宜，假充他们姑爷，问道："客官用酒饭罢。"艾虎说："拿去。"婆子出去，国南进来。国南说："恩公，那屋里打我们公子哪！"小爷一听，钟麟说："找我武大哥。"回答："咱们这就找你武大哥去了。"遂将孩子叭叭的乱打。孩子直哭，婆子问："你打这孩子是谁？"回答："是我儿子。"婆子又问："他武大哥哪？"回答："是我们大小子。"艾虎说："武大哥，他说你是他大儿子。"国南说："他是我重孙子！"婆子进来，摆上酒菜，复又出去，说："你别在这里管孩子，你一打，他一哭，人家还睡甚么觉哇。"那人说："我们走。"婆子说："正好，我给你们开门去。"国南说："他们要走。"艾虎说："走才好哪！你这等着，我追他们去。"听着婆子给他们开门，等他们出去又关上门，读读念念往后去了。艾虎出院子，一拧身蹿出墙外，跟下狼讨儿来了。过了一射之地，前头有道山沟。书不可重絮，他先着狼讨儿搁下公子，过去一刀，结果了狼讨儿性命，扔在山沟，背着公子说："我带着找你武大哥去。"回到店外，蹿过墙去，进了屋中一看，武国南倒于地上，口漾白沫。将钟麟放下，说："你看，这不是武大哥？"钟麟说："是我武大哥，睡着了。"艾虎说："你叫甚么？"说："我叫钟麟。"艾虎说："这是你们使唤人么？"回答："是我们家人武大哥。"艾虎说："你们哪住？"答道："我们在君山，我父亲叫飞叉太保，着人家拿了。我跟着我武大哥逃难哪。"艾虎暗暗欢喜，说："你武大哥受了蒙魂药了。这是贼店，我把他拿了，交在当官。"公子说："我懂贼店害人。"艾虎说："我拿他们，你可别言语，在这边躲着，小心着他们杀了你。"二番又把国南拉开，为的是地下宽阔，好动手。往当地一蹲，单等人来。妈妈进来，艾虎往当地一爬。妈妈过来一看说："这你就不叫艾虎了。""罢"这个字没说出来，腿腕子早教艾虎抓住，往怀中一带，婆子爬伏于地。艾虎起来骑上，扬拳便打，溯溯溯擂牛的声音一般。婆子嚷道："姑娘快来！"兰娘进来，艾虎看见短打扮，绢帕罩住乌云，左手一晃，右手就是一拳。艾虎并没起来，还是骑着婆子，伸手一刁兰娘的腕子，刁住了腕子，一拢寸关尺，往怀里一带。兰娘往怀里一夺，艾虎往外一耸，摔倒在地，鲤鱼打挺飞起来，就是一腿。艾虎单手一挂，就把腿腕用手钩住，往起一挂，兰娘复又摔倒，爬起往外就跑。婆子苦苦央求。艾虎方才起来，没过门的女婿打丈母娘，就打这留下的。妈妈说："我们有眼如盲，你要不假充我们亲戚，我们也不能这样。"艾虎说："你们亲戚是谁？"婆子说："卧虎沟艾虎，是我们姑老爷。"艾虎一笑说："怨不得哪！你见过你们姑爷没有？"婆子说："怎么没见过哪！长的雪白粉嫩。"艾虎说："冤苦了我了。有媒人没有？"婆子说："有蒋四老爷。"小爷说："呀，我四叔哇！这就好了。你只管打听，卧虎沟艾虎没两个。外号人称小义士,北侠是我义父,智化是我师傅。错了,我输脑袋。”婆子听了一怔,暗道:“这要是真的,比那个还好。结实足壮,本领强多,但这时难论真假,见了蒋四老爷再说。”艾爷说:“我们这个人如何?”婆子说:“容易。”随取了水来灌了国南。小爷叫取些好酒来用。妈妈去取。国南问公子的事,艾虎叫公子过来。公子见了国南,一扑大哭,连国南也就哭了。收泪与艾爷道劳。婆子拿了酒来,一看惊问:“这孩子因何在这里?”艾爷告诉了一遍。婆子方才明白,与公子穿了衣服。钟麟就将已往从前,说了一遍。一同吃酒,到次日起身,婆子店饭钱一概不要,有话见蒋四爷再说。

这就到了十七日了。国南说:“艾恩公,咱们要分手了。”艾虎说:“上哪里去?”国南说:“我们上岳州府。”艾虎说:“你陪着我多绕两步罢,上晨起望。”国南说:“就是不上晨起望!”艾虎说:“不去不行,我奉我师傅、义父之命,特意请你们来了。”国南说:“你师傅、义父是谁?”艾虎说:“北侠是我义父,智化是我师傅。”国南一听:“嗳哟! 害苦了我了!”艾虎说:“要去,你背着公子。你要不去,我把你杀了,我背着公子。”国南说:“这是我们主仆命该如此,跟我们寨主大家死在一处就是了。”言毕,一同起身。

再说展南侠大众出君山上船,大家给展爷道惊道喜。蒋爷一点人数,少了个智化,谁也不知。惟独柳青说:“上小飞云崖口,听见‘嗳哟’一声,大概是被捉了。”丁、展爷要回君山去救智爷,被蒋爷拦住,遂说:“他合我只要嘴能动,就死不了,不必挂心。”晨起望助威的人,由旱路而归,弃船登岸,背钟雄至路、鲁家中。到了次日申牌时候,智爷到,大家迎接进去,道惊道喜,将小姐搀下马来,把马拴在院内。把小姐带着,看看沙龙、南侠、北侠等。智爷问:“他天伦现在哪里?”沙龙说:“现在西屋内,吃醉了酒,那里睡。”智爷明知,带着姑娘去看看,启帘来在屋中。姑娘一看天伦躺卧一张床上,眼含着痛泪,叫道:“天伦!”叫了两声不答应,就要放声大哭。智爷劝住说:“你还不知道,你天伦那酒性喝醉了就睡觉,一叫他就打人,等他醒了再见罢。”叫路爷带姑娘到后边见路鲁氏,让鲁氏劝解。姑娘往后边去不提。

大众到上房落坐,智爷就把自己被捉,已往从前说了一遍,问:“武国南可曾来到?”大众说:“没来。”智爷说:“他不来可不好办!”蒋爷说:“等一半日不来,我有主意。”到了十七日晌午,忽有人进来说:“外面有个叫艾虎的,找众位爷们呢。”智爷说:“教他进来。”不多一时,带武国南、公子一齐到屋中。艾虎给大众行礼,徒弟史云给他行礼。武国南把公子放下,与大众行礼。智爷说:“你今天才到,应了誓了没有?”国南说:“全应到了,活该死在这里。”智爷随即说:“叫路爷带公子到后边姐弟相见。”也叫国南到后边去。进来众人将钟雄搭至庭房,起了迷魂药饼,后脊背拍了三掌,迎面吹了一口冷气。钟雄悠悠气转,睁眼一看,七长八短,高矮不等,也有识认的,有不识认的,仍是问智化:“贤弟,这是怎么个缘故?”智爷双膝跪倒,就把已往从前诈降,救南侠,结拜,暗往里诱人,过生日无令,灌醉寨主、喽兵,用熏香,自己被捉,夫人释放,误走蓼花岗,救钟麟、武国南,杀武国北救小姐,武国南落水丢公子,国南上吊遇胡七解救,艾虎捉奸,娃娃谷杀狼讨儿,这些事细说了一遍。“哥哥,你在梦中,大宋洪福齐天,王爷如何能成其大事?你是聪明反被聪明误,大势一坏,玉石皆焚。小弟等不忍坐观成败。你若降了大宋,小弟等的万幸,你若不降,小弟等一头碰死在你这面前,尽了交朋友义气,以后任凭你自为。我们口眼一闭,大事全不管了。”旁边连公子小姐同说:“爹爹降了罢。”钟雄点头,降了大宋。不知如何,且听下回分解。

第四十一回　寨主回山重整军务　英雄听劝骨肉团圆

且说钟雄听智爷滔滔不断的言语，这才知道三天的工夫连儿带女受了无限的苦处，寨中也是大乱。这时要是自己一人在山，万不至如此。自己回头一想，如同一场春梦，糊糊涂涂的。难得智贤弟这般诚实，大众全跪下，一口同音劝降。钟雄说："智贤弟，你为我可不是容易，心机使碎，昼夜的勤劳，可见你是钟氏门中大大的恩人了。头一件，祖父坟茔保守住了，祖父尸骨不能抛弃于外。第二件，大宋的洪福齐天，君山一破，玉石皆焚。第三件，救了你这一对侄男女。他们本是绝处逢生，多蒙贤弟保住钟氏门中一条根苗，铭刻肺腑，永不敢忘。"随说着话，钟雄早已跪下了，说："众位老爷们也有识认的，也有不识认的，我一介草民，叛君反国，身居大寨，已该万死，万死犹轻。如今众位必是看在我智贤弟的分上，不肯将我凌迟处死，怎么反与我罪人行礼，我如何担当的起。我今降了大宋，倘若口是心非，我必死在乱刀之下。"大众一口同音说："言重了。"大家同起，哈哈一笑。蒋四爷说："知时务者，呼为俊杰。"智爷说："给你们见见，这是蒋四老爷，这是我盟兄。"对施一礼。钟雄说："多蒙大人恩施格外。"蒋爷说："有过能改，就是英雄。"所有没见过者，挨次都给见了一回。武国南过来给寨主磕头。智爷说："不宜迟，早些回山，省的我嫂嫂提心吊胆。"智爷说："咱们谁送回山？"卢爷、徐爷、蒋爷、展爷、智爷、艾虎、北侠、双侠都愿意送寨主回山。钟雄说："我已是降了，怎么还叫我寨主哥哥呢？"智爷说："你虽然是降了，君山的钱粮浩大，你此时虽降

了大宋,大人也不能供山上的用度,总得听旨后由那里拨粮饷。暂且回山,仍称寨主,千万别教王府知晓;他若知晓,岂肯再供粮饷?哥哥,你若回山,不教寨主、喽兵扬言此事,你可压令得住,压令不住?压不住,公然不提。"钟雄说:"压令的住。我若不说,不瞒昧贤弟的好意。"智爷说:"既然这样,咱们急早回山。"钟雄说:"咱们回山,把你侄男女留在此处,然后再接他们来。"智爷说:"哥哥多此一举,你不是那反复无常的小人。你把侄男女寄在这里,以作押帐,这是何苦?若是怕你,还不叫你回山哪!教我嫂嫂早见儿女,早欢喜欢喜。"说毕,叫武国南背了公子、小姐到后面辞了路鲁氏,仍是上马。不去的,送出门来;送寨主的,一同前往。

智爷用手一指说:"哥哥,可别叫他赵兰弟了。"钟雄说:"怎么?"智爷说:"此人松江府茉花村,姓丁双名兆蕙。"钟雄说:"是双侠呀!怎么不说真名姓哪?"智爷说:"诚心冤你。南侠、北侠、双侠皆投降,你不吃疑么?那时被你看破,就没有今日了。"寨主说:"你真乃高才。"随说随走,就到了飞云关下。钟雄说道:"喽兵听真,疾速报与众寨主得知,如今被我智贤弟劝说归降大宋。"智爷说:"哥哥有甚么话,到里边承运殿再说不迟。"少刻间,压山探海,全山的寨主、喽兵,俱都前来迎接寨主,跪了一片,给寨主道惊道喜。然后如众星捧月一般,围护着寨主,走旱八寨进寨栅门,奔承运殿。寨主走了三天,山中乱了三天。谢充、谢勇在后寨,等到红日东升,才见婆子出来,疾忙过来一问,才知道夫人早将智爷放走。二人吓了一跳,自己把自己绑上,到承运殿请罪。众人也不肯结果他的性命,只可与他松绑。浑人们说:"不教他说话好不好?他也不能走了。寨主尽都教他哄信了,何况夫人。"你言我语,整乱了三天。这天报寨主回山,大家迎接入承运殿。

智爷拉马奔后寨,至后宅门,叫国南放下公子,搀了小姐,拴了马匹。不多时,里面婆子出来,请智爷同国南带公子小姐进去。来到阶台石下,早见夫人出来迎接。智爷行礼说:"小弟智化,与嫂嫂叩头。"夫人说:"智五弟免礼。"智爷说:"小弟蒙嫂嫂不肯杀害,恩施格外,总算嫂嫂有容人的识量。若不是小弟逃走,我这一对侄男女也是身逢横祸。如今将我寨主哥哥劝说降了大宋,送回君山;我将侄男女交与嫂嫂,我还得同我寨主哥哥,办承运殿中大事哪!"姜氏说:"智贤弟,也不枉你寨主哥哥喜爱交友。交遍天下友,知心有几人?你是钟氏门中大大的恩人。请上,应受为嫂一礼才是。"智爷说:"不敢!折罪死小弟了。"姜氏叫亚男、钟麟,与智爷叩了头。智爷告辞出来。姜氏许持百日之斋,满斗焚香,大谢上苍,暂且不表。

单提的是智爷,来到承运殿,寨主说:"正然等候智贤弟一同吃酒。"智爷说:"别忙,你可对大众说明降宋之事。"钟雄说:"被你一拦,我也不敢往下再说了。"智爷说:"这可说罢。众位,我替寨主说。寨主如今教我姓智的同众校护卫老爷们,劝说归降大宋。你们大众连喽兵等,若要愿降,一并归降大宋;如不愿降,请为一言,或投亲,或投故,或归原籍,或投王府,给你们预备盘缠,请早离君山。”言还未毕,见徐庆、艾虎每人抗顶一人,倒捆二臂进门来,摔于就地。三爷说:“拿来了两个。”大众一瞅,原来是赛尉迟祝英,还有他个从人。你道甚么缘故?是智爷在飞云关说出归降的言语,就知此话说早了,准知祝英不降,他是王爷的眼目,因走在蚰蜒小路口,就把三爷、艾虎留下,说:“要有个黑脸大身躯使鞭的见着,就拿奔承运殿。”果然是祝英一听寨主降宋,带了他的从人,提了鞭,从丹凤桥北穿蚰蜒小路出山,给王府送信。将进蚰蜒路不到半里,遇一人要他的买路金银。祝英说:“好大胆!在这里断道。”就是一鞭:艾虎一闪,祝英早教三爷由石后蹿将出来,一脚踢了个跟斗。艾虎过来就捆;从人一跑,也教三爷一脚踢了个跟斗,倒牢缚二臂,每人抗起一人,直奔承运殿。路上喽兵谁敢拦阻?到承运殿摔于就地。

智爷过来解开祝英,说:“我家寨主降了大宋,不怕你不降,不犯偷跑。”祝英说:“我受王爷的厚恩,我就知报效,我不知甚么叫大宋。‘忠臣不事二主,烈女岂嫁二夫。’如今被捉,速求一死。你们还是杀了我;若是放了我,我就去上王府送信。”智爷微微的冷笑,说:“原要借你口中言语,教奸王知道。疾速去罢!”把个钟雄吓了二目发直,直彀彀的瞅着智爷,又不敢说话,又猜不着智爷是甚么主意,自思:“祝英上王府一送信,大事全坏。”祝英说:“这可是你的主意,不杀我呀!我可要走了。”智爷说:“请罢!”刚一转脸,智爷瞅着北侠的刀,一扭嘴。北侠就领会了他的意见,把刀一亮,嗖的一声,一个箭步赶到祝英背后,磕叹一声,把祝英劈为两瓣,咕咚咕咚扑于地上,红光崩现。大号一声说:“那位不愿意降,快些说来!”大伙一口同音,齐说:“愿降!”又听见噗哧一声,原来是艾虎把那个从人杀了。蒋爷暗道:“黑狐狸真坏,假手杀人。”钟雄说:“智贤弟,这是甚么意见?既把他放了,怎么又把他杀了?”智爷说:“他是个浑人,要是传令丹凤桥下枭首,他明知他活不了,他要破口大骂,咱们也是白白的听着,不如这们打发他回去省事。”钟雄说:“我不及贤弟多矣。将死尸搭将出去。”将尸搭出,用灰土掩埋血迹,然后大排宴筵。喽兵各有赏赐。酒过三巡,智爷说:“哥哥,君山的花名写清,好给大人送去。”卢大爷说:“我去送去。我正想二弟哪!”三爷说:“我同哥哥一路前往。”卢爷点头。寨主派书手抄写花名。智爷说:“这可得了。把哥哥你的事办完,我们要破铜网了。”钟雄说:“甚么?谁破铜网?”智爷说:“我们大众。”寨主摇着头说:“不易呀!不容易!你知道总弦在那里,副弦在那里?就是有宝刀宝剑,也不易破。你们知道甚么人摆的?”蒋爷说:“是雷英。”钟雄说:“不是。”毕竟不知他说出是谁来,且听下回分解。

第四十二回　蒋泽长八宝巷探路　老雷振在家中泄机

诗曰：

款款衷情仔细陈，愿将一死代天伦。

可怜一段豪雄志，不作男身作女身。

赵津女娟者，赵河津吏之女，赵简子之夫人也。初，赵简子欲南击楚，道必由津，因下令与津吏，期以某日渡津。至期，简子驾至欲渡，而津吏已醉如死人，不能渡矣。简子大怒，因下令欲杀之。津吏有个女儿叫女娟，听见简子下令欲杀其父，不胜恐惧，因持了渡津之楫，而左右乱走。简子看见，因问道："汝女子而持楫左右走，何为也？"女娟忙再拜以对，道："妾乃津吏息女，欲有言上渎，不敢直达，意乱心慌，故左右走耳。"简子道："汝女子而有何言？"女娟道："妾父闻主君欲渡此不测之津，窃恐水神恃势，风波不宁，有惊帆樯，故敬陈酒醴，祷祠于九江三淮之神，以祈福庇。祭毕，而风恬浪静，以为神飨，欢饮余沥，是以大醉。闻君以其醉而不能供渡津之役，将欲杀之，彼昏昏不知，妾愿以代父死。"简子道："此非汝女子之罪也。"女娟道："凡杀有罪者，欲其身受痛而心知罪也。想妾父醉如死人，主君若此时杀之，妾恐其身不知痛而心不知罪也。不知罪而杀之，是杀不辜也。愿主君醒而杀之，使其知罪未晚也。"简子听了道："此言甚善。"且缓其诛，津吏因得不死。既而简子将渡，操楫者少一人。女娟操臂操楫前请："妾愿代父以满持楫之数。"简子道："吾此行，所从皆士大夫，且斋戒沐浴以从事，岂可与妇人同舟哉？"女娟道："妾闻昔日汤王伐夏，左骖牝骊，右骖牝麋，而遂放桀至于有巢之下。武王伐殷，左骖牝骥，右骖牝骐，而遂克纣至于华山之阳。胜负在德，岂在牝牡哉。主君不欲渡则已，诚欲渡津，与妾同舟，又何伤乎？"简子闻言大悦，遂许其渡。渡至中流，女娟见风恬浪静，水波不兴，因对简子说道："妾有河激之歌，敢为主君歌之。"因朗歌道：

升彼阿兮而观清，水扬波兮杳冥冥，祷求福兮醉不醒，诛将加兮妾心惊，罚既释兮渎乃清。

歌已，又歌道：

妾持楫兮操其维，蛟龙助兮主将归，呼来棹兮行勿疑。

简子听了大悦道："此贤女也！吾昔梦娶一贤妻良母，即此女乎？"即欲使人祝祓以夫人。女娟乃再拜而辞道："妇人之道，非媒不嫁。家有严亲，不敢闻命。"遂辞而去。简子击楚归,乃纳币于父母,而立为夫人。君子谓女娟通达而有辞。

闲言少叙,书归正传。且说蒋爷问钟雄:“我们都知道这铜网阵是雷英摆的,你怎么说不是?”钟雄说:“我先前也知道是他。王爷请我上府里住了三天,合王爷谈了两天的话。末天与雷英叙了口盟的盟兄弟;他后来又在我们君山住了三天,无非是讲论些个文武的技艺。那人很露着浅薄,就提铜网这节不行。又讲论些八卦、五行、三才。问到准消息的地方,他就说不出来了。我说你是藏私,我就不问了。后来他说你我若非生死之交,我可不能吐露实言。我说你我辅佐王爷,共成大事,难道说我还能泄露于外不成? 这他才说出实话。他有个义父,此人姓彭叫彭启,先在大海船上瞧罗盘,遇暴风刮到西洋国去了十二年。遇天朝的船,北风一起,又刮回来了。本来人就能干,又学了些西洋的法子,奇巧古怪的消息。雷英认成义父,是他出的主意。雷英称的名。据我想,非得着这个人不行。”蒋爷说:“不知此人在哪里居住?”钟雄说:“就在雷英家中居住。听说这个人精于道学,寿已老耄,面目如童子一般,早晚必成地仙。”蒋爷说:“恰巧若在雷英家,要见此人不难。”南侠问道:“怎么见此人不难?”蒋爷说:“我在丹江口救过雷英的父亲,名叫雷振。救了他,问了名姓,知道他是反叛,要把他推下水去;一想此人有用,万一办王府之事,可以往他打听王府的虚实。我没告诉他真名真姓,我说我叫蒋似水。有这个活命之恩,到了他家,要说见这个彭启,大概容易。”智爷说:“这倒是很好的个机会。雷振他若念活命之恩更好,若是不念活命之恩,用熏香盗也把他盗出来。”蒋爷说:“我是贩药材的客人,咱们仍打扮成贩药材的客人。都是谁去?”智爷说:“我去把柳爷请来。”蒋爷说:“我去拿咱们大众的所用的东西去。”言毕,起身上晨起望邀了柳青,同到君山。寨主将山中的草药,用荆条筐儿装上他们的兵器包袱等件,上面堆上药材,用绳子捆住,全换了青衣小帽,先教喽兵推下山去。

四位辞了寨主,到了山下,推着车子,路上无话。直到襄阳,进城到王爷府后身,有个小药王庙,庙里面出来一个小和尚,智爷说:“小和尚。”蒋爷说:“小师傅,我们是办药材的,今晚在此借宿,等三两日起身,多备香灯助敬。”小和尚去不多时,出来说:“请众人推车进庙西屋内。”老僧接出来说:“众位施主,请屋中坐。”大家入内落坐,问:“师傅贵姓?”和尚回答:“小僧净林。未领教几位贵姓?”智爷说:“那位姓展,那位姓柳,那位姓蒋,弟子姓智。”和尚说:“阿弥陀佛。”就在庙中用饭,住在南院西厢房内,小车搭到屋里。一夜不提。

次日早饭毕,蒋爷说:“我去了,听我的喜信。”出了庙门,见一老人问道:“哪里叫真珠八宝巷? 有个明远堂雷家在哪里?”那人说:“路东口内,尽东头,路北第一门就是。”蒋爷与人家道了劳驾,自己走到东口内,路北黑油漆门,两傍有两块蓝牌子金字,是"明远堂雷"。蒋爷上前叫门。门内有人出来,开门一看,问蒋爷找谁,回答找雷员外。家人问:"找老员外呀!"四爷说:"正是。"家人问:"贵姓?"四爷说:"我叫蒋似水。"那人听了说:"你怎么才来?我们员外想你都想疯了,快进来罢。"蒋爷说:"你先回禀去。"那人进去。不多时,雷振出来说:"蒋老恩公,想死我了。"见面就要叩头。蒋爷拦住说:"使不的,若大年纪。"二人携手,往里走进了。路西四扇屏风门,是油绿撒金,四块斗方写着"斋庄中正"四个字。路东也是四扇屏门关闭。进了西院,一带南房,路北垂花门。进了门内,四爷一看一怔:好怪!五间上房,两耳房,东两道长墙,平墙头东面两个黑门,无门槛,门上左边有个八楞铜轕韃;西边两个黑门无门槛,门上有个八楞铜轕韃。并无别的房屋,好奇怪。上了石台阶,到了屋中,蒋爷暗道:"以为雷家哄了王爷些个银子,没见过势面,盖的房屋不合样式。"焉知晓到了屋中一看,很有大家的排场,糊裱的干净,名人字画,古铜玩器,桌案几凳,幽雅沉静,很是庭房的样式,颇有大家风气。蒋爷落坐。雷振又拜了一回,随即献茶,跟着就摆酒。顷刻摆齐,蒋爷上座,雷振旁陪,亲斟三杯酒,一饮而干,然后各斟门盅。雷振说:"恩公从何而至?"蒋爷说:"就打你我分手,上了趟河南,由河南上山东,由山东又上陕西。我今打陕西而来,忽然想起老兄来,特意到此望看望看。"雷振说:"恩公到此就不必走了。"蒋爷说:"不行,帐没算清。回头算清帐目再来,我就不走了。有件事情,老哥哥我问问你。"雷振说:"甚么事?"蒋爷说:"怎们这院子内也没有东西厢房,四个小门也没门槛,甚么缘故?"雷振说:"咳!无怪你瞅着纳闷。这是你侄子的主意,孝顺我。"蒋爷说:"甚么缘故哪?"雷振说:"我有个毛病,吃完饭就困,非睡一觉不可。你侄子怕我把食存在心里头,作了一辆小铁车,是个自行的车子。我坐在上边,两边有两个铁拐子,当中有一个铜别子,别着一个轮子,把这别子往外一抽,自来轮子一转,这车子就走起来了。要往里首转弯,一搬左边的铁拐子,他就往里拐;要往外首转弯,一搬右边的铁拐子,他就往外拐。东边的这两个门,靠着耳房的这个,进去是小东花园子,南边的那个黑门,进去从东夹道,奔北花园子。西边挨着耳房的那个小黑门,进去是你侄妇的院子。西边南头的那个门进去,由西夹道奔北花园子。我要上了车子,吩咐开那个门,他们就把八楞铜轕韃一拧,门就开了;把别子一抽,车就往里走。来回转腾几趟,食也消了,也就不困了。这是你侄子的主意。"蒋爷说:"老贤侄还有这个能耐呢!我也求老贤侄给我做一个。"雷振说:"不行,就把这个给你罢。"蒋爷说:"我不要,君子不夺人之所好。"雷振说:"恩公,你要我这个命都给你,何况一个玩物。"蒋爷说:"不要,我是一定求他给我做一个。"雷振说:"恩公不知,这不是他做的。"蒋爷问:"是谁做的哪?"雷振说:"若非恩公,我实在不能对你提起。是我们干亲家——他的干老儿做的。”蒋爷说：“这人贵姓？是哪里的人氏？”雷振说：“这位是南边人，姓彭叫彭启，字是焰光，在海船上瞧罗盘。就是此人所做。”蒋爷说：“此人现在哪里？”雷振说：“就在咱们家里居住。”蒋爷说：“好极了！请过来，咱们一同饮酒。”雷振说：“不行！此人与人不同，凭爷是谁，他也看不起。我儿认他为义父，我们两人见过一次，他不愿意理我，他瞧着我是个粗鲁人，不配与他交谈。我想着咱们儿子跟人家学本事，摆了一桌上等海味官席，他连坐下都没坐下，道了个扰就走了。就是待你侄儿好，瞧不起我，我也瞧不起他。你侄也真孝敬他，每逢回家，见完了我就去见他义父去。我也想的开，任他怎么瞧不起我，我儿子总是亲生自养的。把他请过来，也是得罪了恩公。”蒋爷说：“这个人是古直，不随世道。”蒋爷暗想：只要知道他的地方，夜间就能把他盗出。

忽然间，瞧帘儿一启，打外边进来一个人：蓝六瓣壮帽，蓝箭袖，蓝英雄氅，薄底靴；肋下刀，身高八尺，膀阔三停；面赛油粉，粗眉大眼，半部胡须。蒋爷将要站起，雷振把他拦住说：“这就是你侄子雷英。”着过来行礼。说：“蒋叔父救了我天伦，要知恩叔居住何处，早就造府道劳去。你老人家恕过。”说罢，又叩了三个头，起来给蒋爷斟了三杯酒。蒋爷也并不推辞，一饮而干。蒋爷说：“管家预备杯箸，给你少爷斟酒。”雷英说：“侄男少时奉陪叔父。”雷振问：“何事回家？”雷英将要低声说，雷振说：“不用，蒋恩公不是外人，不用避讳他。”雷英说：“王爷见信，君山降了大宋。”这一句话不要紧，把蒋爷吓的真魂出窍。若问以后说些甚么，且听下回分解。

第四十三回 蒋平见铁车套实话 展昭遇黑影暗追贼

诗曰：

挥金买笑逞豪英，自愧当年欠老成。
脂粉两般迷眼药，笙歌一派败家声。
风吹柳絮狂心性，镜里桃花假面情。
识破这条真线索，等闲趯倒戏儿棚。

且说雷英道："王爷知道君山降了大宋，可不知是真是假；王爷以防不测，派我上长沙府郭家营，聘请双锤将郭宗德。"蒋爷暗忖："君山信，还是王爷知道了。"雷英说："我到那院里，少时过来。"当时别了蒋爷出去了。蒋爷明知道是上东院里去了。蒋爷搭讪着，东瞧西看，出了屋子，看见雷英过去将铜八楞鞲鞑一拧，双门自开，蹿将进来。蒋爷随后跟来，暗道："院内必有埋伏，不然自己的院子，何用连蹿带进？"蒋爷看的明白。东院里地脚甚矮，门内用砖砌起高台，门虽无有门槛，与门下面一般高，东西却有五层台阶。见雷英越身登在三罗砖上，并不从东面台阶下去，直奔正北，纵身脚站实地。蒋爷想定："他走那里，我跟在那里，不错脚印，万无一失。"蒋爷也就纵在三罗砖上，往北下去，东西一段长墙，有四扇屏风门，五层台阶。雷英走的一三五，不走正门，把西边屏风推开，进了里院。蒋爷也照旧跟随进了。西边屏风里院，当中虽有甬路，雷英却走土地。蒋爷知是花园，并无山石花草。当地一个大玻璃亭子，正北有座房子，是明三暗五，也是五层台阶；就由地下往上一蹿，不走当中的隔扇，从西边的隔扇蹿将进去。蒋爷照样上来，往东一歪身，把窗棂纸用手指戳了一个月牙口，往里偷看，有个后虎座，东边放着个单帘，西边落地墨花牙子，雕刻冰乍梅的花朵，当中放一张桌子；桌子上摆列着两三套钵盂净水，黄纸朱笔，一个量天尺，珍珠算盘，一个天地盘摆在当中。有一张硬木罗圈椅，坐定一人，不问而知就是彭焰光。穿着一件古铜色的袍服，盘膝而坐。光头挽发，别簪未戴帽，头如雪，鬓如霜，面似少年，得内养可称得起返老还童的。满部的银髯，闭目合睛，吸气养神。蒋爷一瞅，就透着有些古怪。雷英一跪，上边说话是南方的口音，说："吾儿起来，不在王府，干甚么来了？"雷英说："王爷派我上长沙府，聘请郭宗德。风闻着君山降了大宋，不知是真是假，请你老人家占算占算。果然是真，好作准备，也就不给他们供粮供饷了。如果要假，净是一派讹言，亦未可知。"彭启说：

“这有何难。”随即拿过宪书来一看,把天地盘一转:“嗳哟!不好!”又把天地盘一转:“嗳哟!嗳哟!”连说不好,问雷英:“你把甚么人带进来了?”雷英说:“就是孩儿一人进来。”说:“不能,外面有人,出去看了。”把蒋爷吓的毛骨竦然,必有些妖术邪法,跑罢,不好,不走罢,不好,总是不走为是。

雷英出来,万不信外头有人,这院内没人敢来。蒋爷过去要推隔扇,雷英说:“恩公打哪里来?”回答说:“游花园来了。”雷英说:“这不是花园,你怎们会走的这里来了呢?”蒋爷说:“我拿腿走的这里来的。”雷英说:“万幸!万幸!你真是好人就活了;不然轻者带伤,重者得死。”蒋爷一听,故装浑身乱抖,颜色改变,说:“这还了得?你得救我!”雷英说:“打这头一层台阶,你跳在底下去。”蒋爷说:“我跳不了那么远,我一蹬一蹬的下罢。”雷英说:“不行,那就摔死了。”蒋爷说:“我就那么上来的。”雷英说:“不能。”蒋爷说:“你抱下我去罢。”雷英搀着一蹿,奔到土地,说:“恩公别动,若动,死了我可不管;等我回来,再带你出去。”蒋爷就在那里蹲着。

雷英回到屋中,蒋爷复又上来,外面听着说些甚么。彭启问:“外面有人没有?”雷英说:“是蒋恩公。”又问:“蒋恩公是谁?”雷英说:“丹江口救过我天伦,此人叫似水。”彭启把天地盘子一推,说:“唔呀!他是水,我是火;他人旺相,我本人休咎,我受他人克制。我问你,是他近,是我近?要是他近,我早早的趋吉避凶;若是我近,把他生辰八字拿来,我自有道理。”雷英一听,连连点头说:“义父请放宽心,出去即将他生辰八字诳来。”说毕出去。蒋四爷听真,暗自心中忖度:“好利害!如若诳了我的生辰八字,准死无疑。”仍又回在土地上蹲着。

雷英出来,同着蒋爷扑奔正南,到了屏风门,蒋爷要奔甬路,被雷英一把揪住说:“走不的!”同蒋爷上高台。蒋爷装着战战兢兢,雷英心中纳闷:“这么个不要紧的人,我义父值的要他性命。”说:“恩公走这个台阶,要走一三五,二层合四层走不的。”其实蒋爷心中早暗暗记住。蒋爷说:“我来的时节一蹬一蹬的走的,那有那么长腿哪。”雷英说:“恩公记错了,除非这么来不成。”蒋爷说:“我害怕。”雷英说:“还是我搀着你,跟西边小门里,离门还有三路砖就不着走了,由此处得一下迸出门外。”

老雷振正在那里寻找呢,遇见蒋爷说:“嗳哟!我的恩公,你上哪去来呀?”蒋爷说:“我游花园去来。”雷英说:“不好,恩公上东院我义父那去来。”雷振说:“可了不得,你怎么上那院去?那院可去不得,你怎么进去的?”蒋爷说:“我也不知道我怎么进去的,糊糊涂涂的就去了。”雷振说:“请来喝酒罢。”蒋爷到屋中落坐。雷英说:“恩公自己少待,请我天伦说句话。”蒋爷明知是为生辰八字。“他若问我,明是六月内,我也说是腊月内;明是十五,我也说是初一。”自己纵身在窗棂里头,窥听他们说些甚么。雷英就将他义父的言语，告诉他天伦一遍。雷振说："不用去诳，我记得，连时辰我都知道，是六月二十三正子时。"蒋爷先前很有些害怕，难道说还说出生日来？他怎么记的？嗣后来一听，暗笑："这个老头子交着了，他替我撒谎。"雷英一怔，说："这不是你老人家生辰八字吗？"雷振说："可不是我的，要人家的不能。世间上恩将恩报，没有恩将仇报的。只可拿着我的生辰八字，先把我害了，我一死全不管。"雷英说："我怎么回覆我义父哪？"雷振说："两全齐美，此事落个三全齐美。"雷英问："怎么？"雷振说："你打这上长沙府，我说王爷派人来催逼走了，不许在家停留，我的也省下了。我多活二年，同恩公明天我们在家里住都不住，我们就开药铺去了。"雷英依计而行，说："我也不上里头见恩公去了。"

雷振到了屋中，仍然落坐吃酒。蒋爷就要套他的实话了："你才说那是个小花园，我才进去，敢情这么险哪！"雷振说："那么险？看怎么险了。若错过好人，有五个也死了。"蒋爷说："我到底打听打听怎么险。"雷振说："错非你老人家，怎么我也不肯说。"蒋爷说："你告诉我怕甚么呢？"雷振说："这就是刚才提咱们小子的干老儿，他在那居住，一院子净埋伏。就拿一进门说，他共总四路方砖，就是台阶要登着。这进门头一块方砖，双门一闭，打门内出来的牛刀尖刀，噗的一下，正扎在人的身上，连划带扎，焉能有命。在登在二路砖，打墙头里出弩箭，正中后脊背；这种箭毒药喂成，中上就死。非登三路砖，才是好地。对面就是台阶，可登不的，乃是一个木头作成，有铁轴活穿钉，一登就翻过，底下是大坑，坑中有刀，刀尖冲上。必得要由正北跳在土地上，奔正北屏风门台阶，得走一三五；若要登着四层儿，三层上就出来弩箭；若要登二层儿，头层必定出来弩箭，中在腿腕子，都是毒药喂成，钉上就不了；若奔屏风门走正门，净是透甲锤迎面射来。或走东，或走西，进里面必须要由土道，可别走甬路。走到正北五层台阶，由末层往上一蹿，那三层是翻板。若由当中隔扇进去，尽是方砖漫地，头一路砖，上面横着吊下一个大铁梁来；二路砖，由东屋帘子里头，进来一个大钟馗，拿宝剑乱砍；东屋里一进帘子，除了钟馗，那个地方全是大坑，后虎座木床上一坐，就教铁叉子叉住，落地罩上净弩箭。往西屋去，他睡觉的床。在北面西屋里头，是方砖漫地，当中夹着一溜条砖，往西屋里去必得由条砖上走。走在床前，又是三路方砖，登在三路上，从棚上吊下一个大圆铅饼来，把人打个肉饼子一般。若登在二路砖上，床帷子里头出来全是长枪，三指宽，鸭子嘴的枪头。要到头一路砖，那就尽挨着床了。床面子当中出来半拇车轮相似，上头都有鳣鱼头的刀头，正在人下头，滴溜一转，性命休矣。"蒋爷说："你别说了，他睡觉不睡觉？"雷振说："睡觉。"蒋爷说："睡觉他得上床去，他不受了消息了么？"雷振说："不能，他未曾进屋的时节，也靠着北边落地罩。底下有个铜环子，他一拧铜环子，卸个消息，就打床上下来一个木台阶，正落在三路头里。这台阶是一层一层的木板银钉，如咬出来。一层一层台阶，往起一拉，就是一罗板子。他上的床来，拉起板子，放下一个大铜罩子，把他罩在当中。”蒋爷说：“这为甚么？”说：“他总怕有人进去拿他，弩箭乱发。有这罩子罩着他，弩箭射不进去。罩子这个样式，全是拿铜丝拧出来，小灯笼锦，故此弩箭射不进去。”蒋爷说：“就完了罢。”雷振说：“还有哪！倘若人家把罩子撬开，墙上有块铁，他往铁板上一歪，就进墙里头进去。墙是夹壁墙，倒下台阶，复又上来，也是梯子一样。后院有眼大井相似，上有木头盖，打外开不开。”蒋爷说：“干甚么要这些东西？”雷振说：“着哇！你我不作亏心事，也不怕；他老怕有人拿他，故此设下这些消息。他老怕死，早晚就吃半茶碗粳米饭，半碗白水。他说吃这个就成了，我说就死了。”蒋爷听了告辞，定下回去算帐，晚晌还来。雷振送出。

蒋爷回庙，来到南院，见了大众，将前言细说一遍。智爷说：“四哥出主意，怎么办呢？”蒋爷就在展爷耳边说了一套话。展爷收了自己的东西，辞别了和尚，出庙扑奔上院衙而来。直到里边见了大人的从人，问了大人的事情，吃了晚饭，晚间出门小便，见一条黑影一晃，展爷赶下来了。赶的是谁，且听下回分解。

第四十四回 伏熏香捉拿彭启 假害怕哄信雷英

诗曰：

不知何处问原因，破阵须寻摆阵人。
捉虎先来探虎穴，降龙且去觅龙津。
五行消息深深秘，八卦机缄簇簇新。
终属熏香为奥妙，拿他当作蠢愚身。

且说展爷领了蒋爷的分派，在上院衙吃的晚饭，叫管家到西门，教城上留门，预备太平车一辆，可要心腹人。晚间出来小便，看见一黑影，拉剑追下来了。至于后面，地下躺着一人。展爷上前看，那人倒捆四肢，口中塞物。展爷不顾追人，收了宝剑，解开这人，拉出口中之物。一问，这人叫李成。"正在后面解手，来了个夜行人，把我绑上了，问我大人的下落。"展爷说："你必告诉他了。"李成说："没有。拿刀蹭我的脑袋，我死也不说。"展爷说："你没说很好，若说可了不得。"

展爷找了半天，并没下落。换上利落的衣服，出了上院衙，扑奔八宝巷来。在东口，早瞧见有几个黑影儿乱晃，就知道是蒋四爷。听见对面击掌的声音，凑在一处，见他们都是夜行衣靠。展爷就把上院衙遇刺客，没追上，说了一遍。蒋爷说："无妨，大人不在上院衙，怕他甚么。"智爷说："少时进去，各有专责。"蒋爷说："我带路。"柳爷说："我使熏香。"展爷说："我背。"智爷说："我给你们巡风。"蒋爷说："随我来。"智爷说："把消息记妥当。"蒋爷说："不劳嘱咐。"嗖一声，就上了墙头，原来这就是那个东夹道。飘身下去，大家又上了那个墙头，往西一看，蒋爷低声说："省事了，不走西边那个门，少遇好几道消息。咱们就奔正北的屏风门进去就是了。"大家下来，柳爷就把塞鼻子布卷，给了每人一付。蒋爷在前，鱼贯而行，全是垫双人字步，弓胴膝盖，鹿伏鹤行，瞻前顾后，直奔台阶。回头打着手式一三五，后面点头。上了台阶，奔西边的那扇屏风，下了土道，直奔正北。蒋爷等暗喜，彭启尚未歇睡。上台阶，由五层蹿在头层之上。四个人分开，全拿指甲戳窗棂纸，戳出小月牙孔，凑一目，眇一目，望里窥探，见着彭启仍在那里打坐。智爷暗叹："此人道学的工夫不在小处，就应当隐于高山无人的所在，日久何愁工夫不成。又不为名，又不贪利，这要盗将出去，就是个剐罪。"

忽然间，听见他唔呀了一声，说："好雷英，叫他去问生辰八字，也不见回来了。

我这一阵心惊肉跳，莫不是祸事临头？待我占算占算。”把天地盘子一转，又唔呀了一声。蒋爷深知他的算法实灵，拿胳膊一拐柳青，叫他点香。听屋中又说：“你们好大胆，全来了，全是似水钩来的，这可说不得了！我不忍行这样损事。常言道：‘人无害虎心，虎有伤人意。’可就讲不起，要伤德了。”连南侠带智爷吓了，都是面面相觑，紧催柳爷。柳爷也是浑身乱颤，把香点着铜仙鹤嘴，戳在窗棂纸上，紧拉仙鹤尾，双翅乱抖，由透眼进风，一股烟直奔彭启。彭启已然用朱笔把符画成，将要往灯上一点，他就闻见香气，说：“这是甚么气味？”往里一吸，翻身便倒，磕叹的一声，连人带椅子全都倒于地上。智爷哈哈哈大笑起来了。蒋爷说：“你这么大的声音，再教人听见，当是在你们家里头呢。”智爷说：“是可笑么。他要一烧那个符，大家不要活的了。他能算，他没有算出点熏香来。蒋爷！那不是神仙了么？这个能耐就不在小处。他会算出是似水拿钩子，把你们钩来的。”说罢又笑。这才推开当中的隔扇。智爷说：“咱们试试他消息灵不灵。”展爷说：“使得。”随即拿宝剑蹲在门槛上，向着二路砖一戳，只听见咕噜噜的一响，从东屋里出来一个假人，合北侠一样判官巾，紫袍靴子，全是真真的傀儡头。藤子胎当中有消息，底下有轮子，方砖一动，这假人就到，手中是一口真宝剑，冲着展爷嗖就是一剑。展爷把剑往上一迎，正削在假人的胳膊上，当啷啷一声，连半截胳膊带宝剑坠于地上，剩了那半截胳膊，还咯噔咯噔的剁了半天。智爷又笑说：“可见消息极灵，剩了半截，他还真剁哪！剁完仍然回去。把头一路砖也给他点了罢，省得咱们进去担心。”展爷又用宝剑一戳，如地裂天崩的声音一般，打上面黑压压一根大铁梁坠落尘埃，当啷一声，把大家吓了一跳。容尘土落了一落，大家才进去。智爷先把迷魂药饼与彭启按在顶上，用网子勒住，然后搭起，爬在展爷脊背，用大钞包兜住后臀，来回十字绊绊住，系了个麻花扣儿，大家出来。

原来智爷把桌子上天地盘、量天尺、书一切物件，包在包袱，背将出来。蒋爷说：“这作甚么？”智爷说：“我是贼，不空回。”仍然按着旧路出来。蹿下五层台阶，出西边屏风门下，外头的台阶是一三五。蒋爷说：“这得了，把塞鼻子布卷全都不要。”奔东墙，展爷蹿上墙头，飘身下来，脚站实地。原来贴墙根出来一个人，拿着长拘钩就搭，展爷一闪身，拘钩搭空了。智爷往东墙一蹿，出墙外去了。那人一回头，墙上又露出来两个，过来四五把拘钩，也没搭住，也就出那段墙外头去了。惟独蒋爷将要飘身下去，一下就教拘钩搭住了，往下一拉，噗咚摔倒在地，搭胳膊拧腿，四马攒蹄捆起来了。你道这些人，也不是看家护院的，全是些个更夫，预先就安排好，万一家里要是闹贼，就叫他们拿着长拘钩；万一若有动静，就叫他往墙根底下等着，把灯笼点起，拿半个柳罐片罩着灯笼，用的时节一揭就得。先是智爷大笑，人家就听见了;后来又听见落铁梁的声音,人家就准备好了。全没拿住,单把蒋爷捉住,四马倒攒蹄。拿灯笼一照,大家乱嚷:“是恩公,给员外送信去罢。”

少刻,雷振到,说:“怎么着,是我恩公作贼?”早有人把灯火掌起来,把头一搬,何尝不是哪!问道:“恩公,你这是怎么了?”蒋爷说:“你先撒开,我有话,回头再说。”立刻吩咐解开绳子。蒋爷起来掸了掸身上的土,跟着雷振直奔上房来了,落坐献茶。雷振又打听。蒋爷说:“你屏退左右。”雷振即教家人俱都出去:“恩公有话请说罢。”蒋爷说:“我不是蒋似水,我姓蒋名平,字是泽长,匪号人称翻江鼠。我是来救你们全家性命来了!我白日来是来试探你来了。瞧你念当初活命之恩不念,不但你念起活命之恩,并且你格外还有点好处,我这才救你们满门的性命。刻下王爷府铜网阵打死白护卫大人,一者是奉旨拿王爷;二者是与五老爷报仇,不久的就要破铜网阵,王爷的祸不远矣。若是拿住摆铜网阵之人,你算算该当甚么罪过?就是剁成肉泥,也不消大人心头之恨。明明的是彭启摆的,怎么但愿意教你儿子应声呢?若要事败,那还了得!白昼我来测道,见你这个人实在诚实,我回去合我众尉护卫大人说明。方才将彭启盗将出去,罪归一人,不怕以后拿了王爷,也没有你们父子之事。可有一件,你儿子要是回来的时节,可就别教他再上王爷那里去了。仍然助纣为虐,漫说是我,连我们大人都救不了你了。”雷振一听,双膝跪倒:“多蒙四老爷的恩施,我这可就明白了。”蒋爷说:“我这可就要走了。”雷振说:“我这预备下酒饭了。”蒋爷说:“改日再扰罢,公事在身,不敢久站。”说罢,出了屋子。雷振吩咐开门。蒋爷说:“向例我是不爱走门。”蹿房跃脊,登时间踪迹不见了。

再说展南侠背着彭启,到了上院衙门口,解开麻花扣,把彭启放下了。那里早有一辆太平车,连车夫带从人在那伺候着呢。展爷就把彭启四马倒攒蹄捆好,装在车上,放下车帘。到里面各人换好了衣服,仍然出来,跨上车辕,连从人跨在那里,车夫赶着,直奔城门。到了城边,叫开城门,车辆出城,仍然又把城门关闭。到了下关,直奔西南,地名叫杨树林,直等到红日东生的时节,方见小车儿来到。大家会在一处,奔晨起望。着彭启泄机破铜网,且听下回分解。

第四十五回　见大人见刑具魂飞魄散　看油锅看刀山胆战心惊

且说智爷、柳青出来时，听见蒋爷被拿。柳爷要回去救去，智爷说："不用，我教君山拿住，尚且无妨，何况他是人家的恩公。我们两个人嘴一转动，就不怕。咱们回去。"二人回庙，蹿墙下去，开门点灯，换衣服。到五鼓，蒋爷回来。智爷说："怎样？我说不怕。"蒋爷换上衣服，就把被捉的事说了一遍。柳青说："咱们歇歇罢。"次日天明，收拾小车，给了庙中的香资，搭出小车，和尚送出："阿弥陀佛！再会罢。"奔城门而来。出了城，奔下关，到了杨树林，早见展爷在那里等着。会在一处，展爷打听蒋四爷的事情。蒋爷又学说一回。展爷暗笑，叫上院衙的从人回去，把小车上东西全搬在太平车上。几位爷换迭着坐，坐车归晨起望路上而来。每遇早晚，给彭启一点米汤饮，就不至于死。一路无词。

到了晨起望，正是飞叉太钟钟雄在晨起望，就把彭启搭将下来，车上的东西尽都拿将下来，把车夫打发回襄阳，赏了些银子。所有的众人见礼，打听盗彭启的缘故，把一五一十的从头到尾，学说了一遍。沙员外把他迷魂药饼起下来，问他铜网阵的消息。钟雄说："且慢。逢强智取，遇弱活擒。遇文王说礼义，遇桀纣动干戈。此人若起了迷魂药饼儿，问他一个不说，他把死置之于度外，他一个不肯说，那时节可就不好办了。总要先把主意拿好。"蒋爷说："诚哉，是言也。就让寨主哥哥，你给出个主意罢。"钟雄说："总是四老爷与我智贤弟，你们高见，我如何行得了。"智爷说："不用太谦了。咱们一人不过二人智，三人一块定好计，谁也不用推辞。"本来智爷与蒋四爷到一处就可以，这又添上了个飞叉太保，这三个人你出一个主意，我说一个道儿，他使一个招儿，这就算铁桶相似。

彭启就由受熏香，本是鸡鸣五鼓返魂，这个魂灵老返不回来，是有迷魂药饼儿闭住七窍，也不知道有多少日限了。这日忽然气脉通畅，睁开二眸，旁边站着两个青衣人，上面坐着瘦弱枯干的一位老爷，身不满五尺，箭袖袍，丝鸾带，薄底靴子，青铜磨额，其貌不扬。彭启纳闷甚么所在，这是甚么人？自己回思在屋中打坐，教雷英诳蒋似水的生日，没见回信；晚间又一占算，来了许多人，可不知是谁；后来闻见一阵香气，就渺渺茫茫，这也不知是甚么所在。对面那人一笑说："彭老先生，你认的我不认的？"彭启说："不认识。"说："我就是蒋似水。我可不叫似水，我实对你说罢，我叫蒋平，匪号人称翻江鼠，奉按院大人之谕拿你。我就是原办的差官，头次探道,教你算出来了;二次办你,同着众位老爷们,也教你算出来了。你有托天的本事,可惜先生你用错了。你既打算修道,当找一个山谷幽密的所在,人烟罕到的地方。似你这个能耐,不至于不懂天道循环,国家的气运兴衰,为甚么助纣为虐,帮着襄阳王,摆铜网阵,打死白护卫?大人要拿摆铜网阵的人,与五爷报仇,我才将你拿在此处。咱两个说句私话,你只要把铜网阵里边的消息说明,我们大家去破了铜网阵,这就算是你的奇功一件。你要愿意为官,我给你求求大人,奏闻万岁,保你为官,凭你这个能耐,称的起国家栋梁之材。如若不愿为官,找仙山,觅古洞,作一个隐士,虽不能成佛作祖,修一个寿与天齐。"彭启听了这套言语,自己暗忖:"自己所作之事,焉有不知之理。"问道:"四老爷,实在我不明,我怎么会到了这里头?我怎么昏昏沉沉的,是甚么缘故?"蒋爷说:"我明人不作暗事,我是用熏香把你熏过去了。我劝你是好意,我照实说罢,你今年九十几了?"彭启说:"今年九十二岁了。"心中暗忖:说出来就是剐罪,任凭怎么夹打,三推六问,我也不肯吐露实言。问道:"蒋四老爷,我是老而无能的人,方才怎么说铜网阵是我摆的?但不知大人听何人所说?"蒋爷笑道:"我无非是多说,我就管把你办了来,别的事也不应例我管。我无非看着你那点道学,怪可惜的,一时半时那里就能炼到。先一见就明了,可别耽误了自己的正事。"外边有人嚷道:"大人升了堂咧!带彭启!"蒋爷说:"就到。怎么样?你要一点头,可就不用带你见大人去了。"彭启说:"我一概不知,一概不晓。"说:"来呀!把他锁上见大人去。"官人往前一趋,索练往脖颈一带,头上击了一掌,就觉渺渺茫茫,睁开二目一看,已到大堂。

大人升了虎位,居中落坐,两边官人伺候。蒋平手中拉定铁练,即回道:"禀大人得知,将彭启带到,面见大人叩头,请大人审讯。"大人吩咐叫挑去铁练,问道:"彭启摆铜网阵,害死我五弟,快些招来,免得三推六问。"彭启说:"大人冤枉冤哉。甚么叫铜网阵?我是一概不知,一概不晓。"大人说:"那怕你是铜打铁链,用上刑你也得吐露实言。"彭启说:"实在不知,实在不晓。"大人说:"拉下去,重打四十。"官人过来,往下一拉,褪去中衣,把大板往上一扬。彭启吓的是浑身乱抖。大人问:"快些招将出来,免动刑具。"彭启说:"冤枉冤哉。"说:"打!"大人复又问道:"我看你若大年纪,我劝你不如招了罢。"彭启说:"无招。"大人微微冷笑:"四十板你不至于禁受不住,看夹棍!"官人答应,将三根无情木恍榔一声,放在堂口。彭启将中衣提上,爬伏在地,脊背上骑着个人,头颅上用五尺白布拧住,怕头晕死过去。夹棍套在连接骨上,有两个官人背着两根皮绳,两下里一拉,听大人吩咐用几分刑,拉到甚么地方。已把刑具套上教招,仍是不招。蒋爷在旁劝解:"大人暂息雷霆,彭启寿已老耄,倘若刑下毙命,无有清供,难以破阵。不如卑职把他带将下去,苦苦相劝他,倒可以吐露实言。”大人说：“倘若不说，岂不往返无益？”蒋爷说：“他倘若不说，拿卑职是问。”大人说：“你敢承当此事？若要问不出来，听参。松刑！”官人将刑具撤下，带上铁练，往下带的时节，头颅击了一掌，睁开二眸，已然拉到屋门口了。

进了屋子，蒋爷说：“彭先生请坐。方才在堂口之上，你可曾听见了？我方才若不劝解大人，你这阵也就早死多时了。我这个人心最软，我老可怜人，老没人可怜我；你只当可怜可怜我，把铜网阵这个事，咱两个袖里来袖里去，我绝不告诉别人。再不行，我给你下一跪磕个头，这还不行么？”彭启道：“要是我摆的，绝不支持到这时候。四老爷一定说是我摆的，甚么人说是我摆的，教他质对于你。”蒋爷说：“质对你的人固然是有，若实在挤的我没了路，我可就把质对人带来了。我且问你，方才堂口我在大人跟前说下了大话，问不出你的清供，请大人奏参，你可听见了没有？”彭启说：“我俱都听明白了。”蒋四爷说：“你这是好歹全不说。阳世三间，咱们两个说不清；到阴曹，我把老五找着，教质对你。我们当初一拜之时，说过同生同死，我这活着，就是余余。为破铜网阵多活几日，你不泄机，铜网阵不能破，我活着无味，咱们阎王殿前办理。”彭启说：“唔呀！我不去。”再瞧蒋爷，已然把带子拴在窗棂，磴上，叫：“彭启！你这里等着！”脖子一套。彭启嚷：“不好！四老爷上了吊了！”官人进来，在彭启头上一掌，再睁眼看，众人围着蒋爷的死尸，说：“活不了哩！”众人走，说：“回大人去，剩两个人看着他。”

到三鼓时，二人全睡了，灯光发暗，听见风声响，满地火球乱滚，进来四个鬼：一个吊客，一个地里鬼，一个地方鬼，一个大鬼，说：“吾乃五路都鬼魂是也。奉阎罗天子钧旨，捉拿彭启的阳魂，阎罗天子台前听审。兄弟们！”小鬼答应“呜！”“带了他走！”小鬼答应“呜”，在他头上击了一掌。自觉一个冷战，再一睁眼，进了鬼门关，见一个大牌楼，看见森罗殿有刀山，有油锅，吓的他心惊肉跳。不知怎样对词，且听下回分解。

第四十六回 地君府听审鬼可怕 阎王殿招清供画图

且说彭启被五路都鬼魂带着一走，睁开二目，黑暗暗看不很真，一到了枉死城内，前面有个牌楼，有两盏绿灯，看见上面有块横匾，是"地君府"；两边有两块匾，是"群灵托命。"还有付对联，是"胎生卵生湿生化生，生生不已"；下联"佛道仙道人道鬼道，道道无穷"。将进牌楼，就看见森罗殿，彭启方知是自己的魂灵出壳，这可就看的明白了。殿里头有张桌子，前头桌子上摆着供献、香炉、蜡签、五供，点着两盏绿灯。后头桌子上有张椅子，椅子上坐着阎王爷：头戴冕旒冠，珍珠倒挂，穿一件杏黄的蟒袍，上绣金龙，张牙舞爪；下绣三蓝色海水翻波，腰横玉带，粉底官靴。面如紫玉，箭眉虎目，垂准头，方海口，大耳垂轮。一部胡须白多黑少，须满心胸，尺半多长。根根见肉。原来是个阎王爷，手执七星圭。左右有两个判官：一个是蓝袍，一个是紫袍，全是判官巾，朝天如意翅，腰束玉带，粉底官靴。一个是面如赤炭，吹去蒙灰；一个是碧目虬髯，紫脸堂。高放着许多帐簿，有黑红砚台，三山笔架架着黑红笔。两旁边有牛头，有马面，有小鬼，有大鬼，高矮不等，一个个狰狞怪状，在阶台石头两边。左边是个刀山，右边是个油锅。两边有两个大鬼，全都是蓬着头，赤着臂，虎皮的披肩，虎皮的战裙，紫纱袍，大红的中衣，薄底靴子。一个是面如菜色，一个是黑白的面目，是黑地长了一脸的白癣。一个是拿着牛头镋，一个是拄着三股叉。那边是个刀山，全都是牛耳尖刀，刀尖冲上。这边是个油锅，底下架着劈柴，真是烧的锅内油乱滚。两旁边跪着十几个小鬼，全是蓬头垢面，俱是男鬼，没有女鬼。只听风中带砂的声音，呼呼乱响，铁练乱抖，悲哀惨切，类若鬼哭神号。

鼓启见此景况，身躯乱颤，体似筛糠。再听上边阎王爷说："湛湛清天不可欺，未从作事吾先知。善恶到头终有报，只争来早与来迟。来！先将头一案带上来。"就将油锅跪着的小鬼，带上来一个，跪在阎罗天子面前。叫注录官看他阳世三间作了些个甚么事情。就见那红脸的判官把生死簿打开，查了半天说："此人在阳世三间作恶多端，不孝父母，不敬天地，咒风骂雨。"阎罗天子问道："当下甚么地狱?"判官说："当下油锅地狱。"阎罗天子吩咐叉出去，发往油锅地狱。鼓启早就教他们威喝的在月台前边跪下，正看着要把这个鬼叉往油锅地狱，被地方鬼头上击了一掌："别瞧热闹！"再要睁眼之时，早见那个大鬼把小鬼叉下月台，往油锅里一放，就听见滋喇的一声，叉往上一挑，就成了一块红炭相似，往油锅旁边爬叹一掷。又教第二案。又带上去一个小鬼，跪在供桌之前。阎罗天子叫注录官，查看他在阳世三间作了些甚么事情。注录官说：“此人在阳世三间作恶多端，泼撒净水，作践五谷，平人祖墓，折算人口。”阎罗问：“发往甚么地狱？”判官说：“发往刀山地狱？”阎罗说：“来！叉出去。”看刀山的鬼答应一声，就见牛头马面往上一拥，把那个小鬼叉在叉头，摔在刀子山上。彭启瞧着，也是怪怕。刀尖全都缩在刀山里边去了，那小鬼一摔，刀尖全又出来，那个小鬼通身是血。又把第三案带将上来。书不可重叙，无非是强掳少妇长女，拐骗人口，哄人的财帛，引良为盗。一案一案，是发往碓倒的、磨研的、睡铁床、拿锯锯的，俱都带将下去。

发放完毕，问：“彭启阳魂可曾带到？”注录官回说：“早已带到，以候钧旨。”阎罗天子吩咐带上来。五路都鬼魂答应，就将彭启带到供桌之前，双膝点地。阎罗天子唱道：“好生大胆！在阳世三间作恶多端，摆铜网阵害死白虎星君，应入十八层地狱。来！叉下去，先将他叉入油锅。”彭启说：“唔呀！有报！有报！”阎罗说：“快些报来！”彭启说：“方才阎罗天子所说摆铜网阵害死白虎星君，是一概不知，一概不晓。”阎罗大怒说：“哇！你打算阳世三间准你鬼混，我这冥司无私。现有蒋平缢死之魂，你还敢在此强辩？将他叉出去！”脑后叹唧一声。回道：“且慢，我也知晓冥司无私，这个铜网阵我招认了就是。可有一件，方才阎罗天子所说白虎星君，大概就是白护卫了。”阎王说：“白虎星君奉玉帝敕旨降世，辅佐大宋国朝，阳寿未终，被你设法害死，你难道说还不与他抵命？”彭启说：“我虽设摆铜网阵，不是请他前去的，又不是我将他诱进阵。上院衙能人甚多，怎么单他一人坠网？总是他性傲之过。”阎罗说：“你阳世就是个舌辩之徒，你的魂灵儿仍是个说客。蒋平可是你逼的他自缢身死？”彭启说：“唔呀！那更怨不上我来了。”阎罗大怒说：“来！把蒋平冤魂带到对词。”

不多时，蒋平来到，相貌本就难看，这更难瞧了，七孔血出，有根绳子勒着脖项，来到跪倒说：“就求阎罗天子作主，教彭启给我们两个人抵命。”一回头，看见彭启抓住要打，被鬼卒拦住揪扭着。彭启教阎罗天子作主。彭启说：“蒋四老爷，当着阎罗天子面前，不许矫情。是我把你勒死的？是你自缢死的？”蒋爷说：“虽是我自己死的，你要在阳世报出铜网阵，我何必寻死。”彭启说：“我阳世报出，我也就剐了。这阴曹焉能鬼混的过去。”蒋爷说：“你任凭怎么说，也得给我们哥们抵命。”阎王说：“我查看查看你们的阳寿，我自有道理。”注录官查彭启的阳寿，查了半天，说：“此人根基甚厚，应活二百年，还可修成地仙，就不属咱们管了。”看白虎星君与蒋平的阳寿，回说：“白虎星当活六十岁，二十八岁归天，还有三十二年。蒋平七十二寿终。”阎王说：“罢了，有仇可解不可结。彭启，我放你们大家还阳，你把铜网阵消息说明，从那里进去，说的清清楚楚、明明白白的，教他们好破铜网阵。也是王爷气脉微败，大宋洪福齐天。这也是个定数，你不该逆天行事，早把机关一泄，各人及早回头，别耽误了自己的正事，修一个无声无色、寿与天齐不坏的金身，享清净之福，免的落于沉沦苦海。”彭启一听，无限的欢喜，暗忖道：“我也不用净护庇着我的义子，早知王爷不能成其大事，也是自作聪明，反倒耽误了自己的正果。不如说了罢，脱身早觅仙山，隐遁的为是。”并有注录官说：“阎罗天子在上，白虎星君尸骸化成飞灰，不能还阳。再者已然回归仙府，享清净之福去了，不肯临凡。”阎罗说：“既然这样，也罢。就将白虎星君三十二年阳寿也归彭启，彭启可曾听见了？”彭启说：“听见了。”蒋爷又说：“我不是还有三十二年的阳寿么？我是活恶心了，我再活十年足以够了，把我那二十二年阳寿也给彭启。只求阎罗天子作主，可得他把铜网阵的事情说的清楚。倘若他要藏私说不明白，铜网阵不能破，闹一个半途而废，就得多少条性命饶上。那时节还得求阎罗天子作主，我可就不上吊了，我可就抹脖子一死了；他得给我抵命，拿他那个寿数配我这个寿数，我瞧瞧到底谁合算，谁不合算。”彭启说：“我为甚么合你一般见识。我正分还有一百一十多年的阳寿，我要不说，就不说；我要说，必是清清楚楚，教你们一去就破。可得有宝刀宝剑。”蒋爷说：“宝刀宝剑有的是，你就当着阎罗天子说明罢。”阎王爷说：“对了，你就当着我说明罢。你那点说的不到，我也听的出来。”原来这位阎罗也是个行伍。彭启说：“这么说可不行，放我们还阳，找一个净室屋中，一个人不要，画出图样，写上字，按着卦爻方位、总弦副弦的所在，那才行的了。就这么一说，也记不清楚，破不了反来怨我。”阎罗瞧了蒋爷一眼，方才点头。彭启暗想：“不好！阎王神色不对，别受了他们的冤。有了，我把指头一咬，要是疼，就是假的；若要不冬，就是真的。”这一咬指头不大要紧，把个假扮阴曹机关泄漏。不知怎样，且听下回分解。

第四十七回 阵图画全商量破网 大人一丢议论悬梁

且说这个阴曹地府本是假的，连大人审问动刑，一概全是假的。列公请想，大人现在武昌府，就是在衙中也不能把彭启又解回襄阳，都是蒋平、智化、钟雄三个人的主意。要冤聪明人，冤出来得像，不然就肯信？是钟雄说的，开封府不是假扮阴曹审过郭槐？咱们先将他文劝，文劝不行刑劝，刑劝不行死劝。文劝就是蒋爷。刑劝就是飞叉太保扮的大人，山神庙作为是公堂，众人扮作出兵丁衙役，只管是要打要夹，早是安排好了的不打不夹。若要夹打，怕的是假钩他魂时，腿一作痛，他就省悟了，焉有魂魄知疼痛的道理。要拿他时，头上击一掌，就是按上药饼儿了，搭着他上山神庙。到了大家安排好了，才起下药饼，吹一口冷气，他就明白了。每日皆是如此，不抬不搭，回去也是按上药。这里假扮阴曹，与戏班子里头借来的砌模子，可巧正是岳州府戏班里新排的一出《游地府》，可不是如今的八本《铡判官》，这出戏还没有哪。却是唐王游地狱、刘全进瓜的故事。正是新彩新砌借来。把山神庙拿席搭成胡同，里面用锅烟子抹了。山神庙的横匾拿纸糊了，写上“森罗殿”。山神爷拿席子挡了。东边摆上刀山，西边摆上油锅。是真的真油，真劈柴，等他到来，席墙外头有人抖铁练，装鬼号。摆上牌楼，拉上布城，把供桌往前一搭，又摆一张桌子，上头摆上椅子。阎王爷是沙龙，判官是孟凯跟北侠，五路都鬼魂是亚都鬼闻华，吊客是史云，地里鬼是艾虎，地方鬼是路彬，看油锅的鬼是焦赤，看刀山的鬼是于赊。所有牛头马面，全是大众套上那个套儿，穿上行头。外面的风中带砂，是扇车子里头装上谷秕子，有人一搅扇车子，就是刮风，谷秕子打在席子上，就是风中带砂的声音。这才把彭启哄信。你道那彭启不是傻子，有先见之明，怎么这一个假扮阴曹，他就会没算计出来？又道是“欲善其事，必先利其器”。若有他的天地盘子、珍珠算盘，早就算出来了。可惜没有此物，可就算不出来了。就是没有此物，他也要算计算计，说是放他还阳画图样。阎王爷不敢作主意，瞧着蒋四爷。彭启心中吃疑，把手指一咬，便见真假。把手刚往回里一卷，阎王说：“送转还阳。”往头上一击，把药饼按上，大家都笑起来了。阎王爷也下来。

先有人把彭启搭在路彬家里。蒋四爷说：“先去装活的去。你们大家拾夺罢。”这两个看差的是谢充、谢勇，先教躺在床上，他们把灯拾夺的半明不暗，把迷魂药起将下来，脊背拍三掌，迎面吹口冷气。彭启“唔呀”一声，睁开了眼睛，自己一看，仍在那里坐着。两个灯儿是半明不暗，两个看差的是俱都睡着。忽然打外边进来一人，说："呵，你们好大困哪！这差使要是跑了呢，你们担架的住么？"这两个说："好意思，我们方才打了个盹。"那人说："大人这就要升堂了，不管他有口供没口供，先着他给四老爷抵偿。答应咱，这就是了。"彭启说："我有了口供了，也不用给四老爷抵偿了，四老爷少时就活过来了。"那人说："你这老头别胡说八道了，人死不能复生。"把蜡花一剪，嚷道："不好了！四老爷乍了尸了！"彭启说："不是，不是，还了阳了。我们方才分说，我岂有不知道的。"官人往外就跑，刚到门口，听蒋四爷说："回来！"这官人才回来，问道："四老爷，你真活了？"蒋爷说："你们去给大人送个喜信去罢。"冲着彭启说："彭先生，方才咱们两个人的事情，你还记的不记的呢？"彭启说："这么一会，我就忘了么？"蒋爷说："怎么样？你要是那里说的这里不算，我就抹脖子。"彭启说："不能不算。君子一言既出，驷马难追。"蒋爷说："好朋友，识时务者呼为俊杰。"彭启说："我单要这间屋子，谁也不许进来。预备一张桌子，一张大纸，笔墨砚台，晚晌的灯烛。辰刻，我要半茶碗粳米饭，外撒雪花糖，申刻，半茶碗白开水。除此之外，甚么也不要。可有一样，拜托四老爷，大人要是怪罪的时节，全仗着四老爷救我。"蒋爷说："全有我一面承当。"说毕天亮，就按着他所说的办理。仍派人在外头看守，也是怕他跑了。飞叉太保带领大众回山，将行头与戏房送去，赏他们的银两。拆棚等项诸事完毕，净等阵图一得，议论请大人去。大家欢欢喜喜议论是谁去。大爷送花名也早当回来了，怎么还不回来？

说书一张嘴难说两句话。单说是大人到了武昌府，有武昌府知府池天禄预备公馆，武昌府文武官员投递手本。大人深知池天禄是个清官，给大人预备了公馆，二义士韩彰晚间坐更，直顶到第二天早晨方去歇觉。一连三五日的光景，先生不忍，意欲替韩二义士代劳，说："韩二老爷，你昼夜的不睡，那可不好，要长长如此，日子一多，人一疲乏，也许成疾，也许误事。我们替代替代你如何？"韩彰说："不行，你二位俱是文人，没事很好；倘若有王爷差来刺客，知道大人的下落，现叫我就不行了。"先生说："不是那样主意。常听见展老爷说，每遇夜行人，有时候二鼓吃饭，三鼓到四更以后可就不出来了。我同魏先生陪着大人说话，你吃完了晚饭就睡觉；到了三更天，我们去睡去，你坐到五更以后，我们五更以后再来换你；你睡到红日东升时节，大人也起来了，彼此都不至于疲乏。"韩二义士又不好不应，应了罢，又怕有险，无可如何，就点了头。就打当日就是如此，到二更后来换先生。大人在东里间屋内睡觉，韩二义士就在里间屋门口搬了张椅，端然正坐。听外面四鼓之后，公孙先生就来了。如此的是五六天工夫。这日早晨，太阳已经是出来了，韩二义士弄发包巾，启帘去到大人住的屋里一看，吓了一跳：魏先生在那边，公孙先生在这边，两个人伏几而眠。玉墨在北边床上呼呼的正睡呢。蜡还点着,那蜡花有二寸多长。过来轻轻的拍了先生一把,先生由梦中惊醒,说:“我没睡觉,我心里一糊涂。”韩二义士说:“你看蜡花,是才睡着的么?”玉墨也就醒了。魏先生说:“我当你醒着哪!我刚才闭眼睛。”公孙先生说:“我当你醒着,也是刚闭眼睛。”玉墨说:“算了,别说了,只要大人没醒就得了。”把着大人屋中门帘一看,见大人帐帘放着,就知道大人没醒。各人洗脸吃茶毕。仍然未醒。二义士有点吃疑,再命主管进去看看。玉墨到了里间嚷起来了,说:“大人没在里面,你们快来罢!”众人一听,面如土色,大家进去把帐帘用金钩吊起,大人踪迹不见。众人又往外跑,前前后后连中厕俱都找到,并不见大人踪迹。玉墨哇的一声,就哭了。大家复又回头到屋中,二义士一抬头,看见墙壁上留一首诗,叫:“先生你来看。”见字写的不甚大好,歪而且正,断而复连,半真、半草、半行书,写的是丰彩之甚。诗曰:

审问刺客未能明,中间改路保朝廷。

原有素仇相残踏,盗去大人为谁情?

念了半天,不知是怎样情由,也讲不上来。这时武昌府知府池天禄要过来与大人请安,先生迎接出去,就将丢大人之事细说了一遍。池天禄也知道代天巡狩按院丢在这里,必是灭门之祸,也到里间屋中看了一看,把脚一跺,叫了两声:“苍天哪!苍天!比不得上院衙丢了大人还有推诿,此处丢了大人是一人之罪,不如寻一个自尽。”说毕,把刀拉将出来,立刻要自刎,被大家拉住说:“不可,要死大家在一处。”池天禄说:“死,我是上吊。”公孙先生说:“我也是上吊。”魏先生说:“咱们一同自缢。”将要上吊,打外面蹿进两个人来。若问是谁,且听下回分解。

第四十八回 观诗文参破其中意 定计策分路找大人

且说大家正要悬梁自尽,打外头进来二人,就是卢方、徐庆,拿了君山的花名,离了君山,跨着两匹坐骑,直奔武昌府而来。进城到了公馆,下了坐骑,到门上教人往禀。官人告诉说:"不好,先生、大人都在那里上吊哪!"三爷就急了,往里就跑。大爷也跟进来了。三爷说:"有我,有我,那个吊就上不成了。"卢爷一见,都是眼泪汪汪。卢爷一问:"二弟,怎么一段事情?"二义士说:"把大人丢了。"徐庆说:"你是管甚么的?怪不的寻死!死罢,咱们两个一堆死。"卢爷把他们拦住,问:"倒是怎么丢的?"韩彰就将丢大人之事说了一遍。卢爷说:"好大胆!还敢留下诗句,待我看看。"卢爷看毕说:"先生可解得开?"先生说:"解不开。"卢爷说:"不要紧,我有主意,能人全在晨起望哪。咱们教他们解解,解解。他们若解得开更好,他们若解不开再死未晚。"大家依计而行。公孙先生专会套写人家笔迹,就将诗句抄将下来,交与卢爷、徐庆。临行再三嘱咐,千万别行拙志。大家送出,乘跨坐骑,回奔晨起望。晓行夜宿,饥餐渴饮,一路无话。

书要剪断为妙。到了晨起望路彬、鲁英门口,下了坐骑,把马拉将进来,拴在院内树上,直往里奔来,到屋中见了大众。众人过来,都给卢爷行礼。卢爷把蒋四爷一拉说:"四弟,可了不得了!"徐庆过来一拉说:"四弟,可了不得了!"蒋爷说:"你们别拉,再拉我就散了,有甚么话只管慢慢说。"徐庆说:"把大人丢了。"蒋爷说:"怎么?把大人丢了。怎么丢的?"徐庆说:"教卢大哥说你听。"卢爷说:"我们到了武昌驿馆,池天禄、公孙先生、魏先生、二弟韩彰,他们上搭连吊,我们进去才不上了。先前是二弟一个人守着,后来是先生与二弟二、五更换,是先生的美意。赶到第二天,太阳多高,二弟过去,见先生跟主管三个人还没醒哪。现把他们叫醒,屋中一看,大人已经丢失了,并且还敢留下诗句。公孙先生将字的原本套下,我今带来,你们大家琢磨琢磨。"所有众人一个个面面相觑,齐声说:"此贼好生大胆!"卢爷就将字迹拿将出来,放于桌案之上。北侠说:"定是襄阳王府的。"大家围住桌子乱念诗句。智爷说:"你们往后,你们又不认的字,也挤着瞧;正经认的字,倒瞧不见了。"艾虎、史云诺诺而退。蒋爷念了半天,不解其意。智爷看了,也是解不开。有一个人显然易见,往前趋身看了一眼,抽身便往。智爷瞧了他一眼,就明白了。就在那诗句上拿指头横着画了一道,又瞧了那人一眼。蒋爷把小圆眼睛一翻,连连点头说："哦，哦，哦哦，是了。"你道那人是谁？就是白面判官柳青，与沈中元他们是师兄弟，虽然不在一处，见了笔墨，焉有不认的之理。瞧见是他的笔迹，赶着抽身往回就走，早被机灵鬼看出破绽来了，横着一画，瞧了一眼，蒋爷就明白了，一把揪住柳青说："好老柳！你们哥们作的好事！你趁早说出来罢，大人现在哪里？"柳青这阵不叫白面判官了，叫紫面判官了，冬令时候，打脸上往外津津的向外出汗，说："四哥，可没有这么闹着玩的，我可真急了。这个事怎么也血口喷人？"北侠劝解说："这个事可别误赖好人。"蒋爷说："怎么误赖好人呢？必必真真，是他知道。"智爷说："不错，是他知道。"柳青气的浑身乱抖。北侠说："你们一口同音，看出那点来了？"蒋爷说："这诗句，哥哥你多少横竖懂的点。诗合词不同，有古风诗、《西江月》《满江红》《一段桥》《驻云飞》、打油歌、贯顶诗、藏头诗、回文锦，都叫诗词。他这首诗叫贯顶诗，横着念，'审问刺客未能明'，念个'沈'字；'中间改路保朝廷'，念个'中'字；'原有素仇相残踏'，念个'元'字；'盗去大人为谁情'，念个'盗'字。横念是'沈中元盗'。沈中元是他师兄弟，焉有不认识的道理，不合他要合谁要？"北侠是个诚实人，劝四爷把他撒开："四弟也不用着急，柳贤弟也不用害怕。儿作的儿当，爷作的爷当，慢说是师兄弟，就是亲兄弟也无法。大概此人没有杀人之意。"蒋爷说："他就是为三哥合我二哥得罪了他了。"北侠说："是甚么缘故哪？"蒋爷说："你还没有来哪，他同邓车行刺，屡次泄机，前来弃暗投明，是我两个哥哥没有理人家。人家哈哈一笑，说：'我走了，你们投功去罢，咱们后会有期。'待到我赶到了的时候，就晚了。我还上树林子里叫了他半天，他也总没言语，焉知晓他怀恨在心。他这是成心要斗斗我们哥们。谅他没有杀害大人之意；若有杀害之心，可不在衙门中砍了？他必是把大人搭个避静的所在，他央求去。他不想想丢失了大人，我们哥们甚么罪过？一计害三贤，这叫一计害五贤。"北侠说："四弟不用着急。柳贤弟你要知道点影色，你可就说将出来。"柳青说："我们不见面有十五六年，我焉能知道下落。我知道不说，教我死无葬身之地，万不得善终。"北侠说："算了罢，人家起了誓了。"蒋爷说："算了罢，我的错，你帮着找找，横是行了。"柳青说："那行了。不但帮着找，如要见面，我还能够合他反目。"蒋爷说："既然这样，咱们大家分头去找。"把路爷请过来："打这上武昌府有几股道路？"路爷说："有两股道，当中有个夹峰山。两山夹一峰，或走夹峰山前，或走夹峰山后，两股全是上武昌府的道路。"一议论谁去，有一得一，这些人全去。蒋爷说："不行，这些人全去，就让逢见他，你们也不认的他，总得有作眼的才行。"北侠说："我认的。他在邓家堡，我没认准他；后来到霸王庄，二次宝刀惊群寇时节，有智贤弟指告我，我才认准了他。那人瞅着就是的。"

列位，前文说过，此书与他们那《忠烈侠义传》不同，他们那所说北侠与沈中元是师兄弟，似乎北侠这样英雄，岂肯教师弟入于贼队之中？这是一。二则间沈中元在霸王庄出主意，教邓车涂抹脸面，假充北侠，在马强的家中明火。若是师兄弟，此理如何说的下去？这乃是当初石玉昆石先生的原本，不敢画蛇添足。原本两个人，一个是侠客，一个是贼。如果真若是师兄弟，北侠也得惊心。

欧阳爷说："认的他了。"南侠说："我不识认，咱们一路走了。"二爷说："我也不认的，我也同你一路走。"卢爷说："我放心不下，我还得回去哪。谁同着我走？"三爷说："我同着你回去。还有谁一路走？"龙滔、姚猛说："我同走。"史云过来说："我也走。"柳青说："你们几位不认的，我作眼。"蒋爷说："不可，咱们两个一块走。"卢爷说："我们这些人全不认得，谁给我作眼？"蒋爷说："教艾虎去，他认的。"大家遍找艾虎，踪迹不见，连他的刀带包袱全都没有了。智爷就知道偷跑了，自己找沈中元、大人去了。永远他是那种性情。蒋爷说："智贤弟，你同他们去罢，除了你，他们谁也不认的沈中元。"智爷说："四哥，你派的好差使么。你看这些个人，有多明白呀？"蒋爷说："有你就得了罢。"智爷说："咱们商量谁走夹峰前山，谁走夹峰后山。"北侠说："随你们。"徐庆说："我们走夹峰前山。"北侠说："你们走夹峰前山，我们就走夹峰后山。"蒋爷说："我们上娃娃谷。老柳，你不是想你师母，我带你去找你师母去。我算着沈中元必找他姑母去；必在娃娃谷。"智爷说："你这个算哪，真算着了。我猜着也许是有的。是可就是，不知艾虎往哪去了。"

焉知晓艾虎听见说明此事，自己偷偷的就把自己的东西拿上，也不辞别大众，自己就溜出来了。原来是打婆婆店回来，同着武国南、钟麟回了晨起望，见了蒋四爷，书中可没明说呀，就是暗表。他问了他四叔娃娃谷的事情，对着艾虎说了一遍凤仙怎么给招的亲事。艾虎先前不愿意，嗔怪是开黑店的女儿。蒋四爷又说："别看开黑店，有名人焉，人家徒弟都可以，谁，谁，谁。"艾虎在心中，如今要上娃娃谷找去。离了晨起望，走了一天多，看见树林内一宗咤事。不知甚么缘故，且听下回分解。

第四十九回 小义士偷跑寻按院 勇金刚遭打找门人

诗曰：

人欲天从竟不疑，莫言圆盖便无私。

秦中久已乌头白，却是君王未备知。

且说艾虎岁数虽小，心情高傲，自己总要出乎其类的立功，听见蒋四爷说沈中元是甘妈妈的内侄，又是二徒弟，自己一算："他盗了大人准上娃娃谷，我何不到娃娃谷看看。有定下姻亲一节，白昼可不好去，只可等到晚间蹿房跃脊的进去。沈中元与大人若要在那里，自己是全都认的，就下去拿沈中元，救大人，那就说不的甚么姻亲不姻亲了。"主意拿好，可巧路走错了，是岳州府的大道。见着前面树林内有些人，自己也就进去看看。分众人到里边一看，是打把式的，地下放着全是假兵器、竹板刀，山檀木棍算长家伙；二三十个人全在二十多岁，都是身量高大，仪仗魁梧；有练拳的，有砍刀的，连一个会的没有。小爷暗忖道："全是跟师妈学的。"有意要进去，又想找大人要紧，转头便走。

前面有酒铺儿，自己想着喝点去。外有花犬儿，进去到里面，坐北向南；入屋内，靠西南是长条儿的桌子，东边有一个柜，柜上有酒坛子。过卖过来问："要酒哇？"艾爷说："要酒。"过卖说："可是村白酒？此酒就是如今的烧酒，论壶算的。"艾爷说："要十壶。"那人说："一个人喝呀？"艾虎说："对，一个人。你卖酒，还怕喝的多吗？"那人说："不怕，越多越好，财神爷吗！"说毕，取来四个碟子，菜有熟鸡子、豆腐干、两碟咸菜。艾虎问："还有甚么菜？"那人说："没有。"又问："有肉腥无有？"回答："无有。"小爷说："没肉不喜喝了。"又听后面刀勺乱响，自己站起，到后门往外一看，大怒。又坐下，把过卖叫来说："我吃完了，给钱不给？"那人说："焉有不给钱的道理。"小爷说："给钱不卖给我，甚么缘故？"过卖说："没有甚么可卖的。"艾爷说："你再说，我要打你了。后面刀勺乱响，我都看见了，你还说鬼话。"那人说："你说后头那个呀？那可不敢卖，那是我们掌柜的请客。"艾爷问："你们掌柜姓甚么？"回答："姓马叫马龙，有个外号教双刀将。"艾虎问："作买卖又有外号，别是不法罢。"过卖说："不是。你只管打听打听去，在左近的地方没有不知道的。爱了事，勿论谁家有点事，大事化小，小事化没。上辈作官人，人管着他称马大官人。"艾爷又问："后面作菜请谁？"回答："与人家道劳。"又问："道甚么劳？"回答："与人打架来着。”又问：“有人欺压他来着？”回答：“没有，谁敢哪！打闹的不是外人。”又问：“是谁？”过卖说：“你太爱打听事了。”艾爷说：“无非是闲谈。”回答：“不如我细细的对你说了罢。南头儿有个张家庄儿，有位张老员外，大财主，人称为叫张百万。他有个儿子叫张豹，外号人称叫勇金刚。此人浑浊闷愣。他们是干哥们，老员外临死，把我们掌柜的找了去了，说：‘我要死了，马贤侄，全仗你照应他。不然早晚遇上事，就得给人家偿命。’把张爷叫过来说：‘我死后，这就是你的父母哥哥一般，他说甚么，可就得听他说甚么，如同我说你一样，我在地府也瞑目，总死如生。不听他的话，就是不孝。’说毕，叫张爷又给叩了回头，将拐杖给了我们掌柜的。员外死后，张爷闹了几回事，我们掌柜的出去就完了。惟有前日，他们村中两口子打架，可巧遇上了他，一打人家的爷们。那人说：‘我管我们女人哪，二太爷别管。’他们本庄儿上全都称呼他是二太爷。他说：‘不许男打女，好朋友男对男打。’人家说：‘这是我女人。’他说：‘不懂的，就是不准男打女。’我们掌柜的走在那里看见，一听是他无礼，一威喝，他也就完了。这日他变了性情了，他说：‘你别管我，你姓马，我姓张，你休来管我。’我们掌柜的有了气了，打了他一顿，由此绝交。昨天许多街坊出来了事，叫他与我们掌柜的叩个头就完了。他也省悟过来了，今日见面。我一句没剩下全说了，省得你刨底儿。”艾爷笑了：“此人浑的太利害。”

正说之间，外面一乱，过卖说：“来了。”众人说：“二太爷走罢，二太爷走罢。”艾虎往外一看，众人一闪，当中一人身高八尺，膀阔三停，头上高挽发髻。身穿短汗衫，青绸裤子，薄底靴子。肋下夹着青绉绢大氅，面如锅底，黑中透暗，剑眉阔目，狮子鼻，火盆口，大耳垂轮，连鬓落腮胡须不甚长，烟熏的灶王一样，声音洪亮。大众一让说：“走，走！”将入屋中，一眼就看见了艾虎，站住不走了，净瞪着艾虎。本来艾爷也是个英雄的样儿，摘下了头巾，穿着短袄，系着纱包，青裤子，靴子，脱了衣服，连刀全放在桌子上。小爷四方身躯，精神足满。

列公，这可是过了年，到二月初旬了，书可是一段跟着一段的说，日子可不少了。定君山是冬至月十五，连盗彭启，假扮阴曹画阵图，丢大人，就过了年。光阴荏苒，天气透热了，艾虎又是酒烧，故此更热，才脱了衣服。两下对瞧，众人就怕要打起来，往里让说：“走罢，上楼罢。”张豹成心到小爷桌头儿这里一碰，酒壶倒了几把。艾小爷立起身来，问道：“这是怎么了？”张豹答道：“二太爷没瞧见。”艾虎问：“你是谁的二太爷？”张豹听问，本看见艾虎心中就有点不服，成心找事，说：“你问我呀？巧哩！是你的二太爷！”艾虎说：“谁的？”张豹说：“你问，就是你的二——”把那个“太爷”二字没出来，就听见哵的一声，脑袋就见了鲜血了。原来是艾虎手脚是真快，侠义的性情是一个样，别的还可，就是不教骂。他说了一个“二太爷”，又问的时候，那酒壶就到了手里头啦。“太爷”没说出来，哪一下打上了，红光一现。二太爷就急了，骂道：“好小子！咱们外头说来！”艾小爷说：“使得。”随后就蹿出去了。虽有众人，焉能拉的住。二人交手，张豹力大，皮粗肉厚，脑袋破了不知道疼痛；又一交手，本领差的多多了。小爷暗笑，转了几个弯，一横身子，使了个靠闪。张豹嗳哟，咕咚，倒了半壁山墙相似，爬起来又打。艾虎得便，飞起一腿，分手剁了脚。张爷又咕咚倒于地上，起来又打。张爷用了个双风灌耳。艾爷使了个白鹤亮翅，双手一分，又一矮身，扫荡腿扫上了。张爷又倒，这回不起来了。艾爷站着说：“你起来呀！”张爷说：“我不起来了。”又问：“怎么不起来了？”张豹说：“费事，起来还得躺下，这不是费事么？”艾爷说：“我不打躺着的。”张爷说：“可是你不打，我可起去了。”艾爷说：“对！你起来再打。”张豹说：“不打了，输与你了。”艾爷说：“你甚么法子使去。”张爷起来说：“你是好的，在此等等。”艾虎笑道：“我在此等你三年。”

张豹跑了，众人才过来。艾爷说：“谁往前来，我可打谁。你们全是本乡本土，稳住了我，拉躺下打我。”过来二位老者说：“壮士！有你这一想，人心隔肚皮。你瞧瞧，我们两个人像打架的不像？我七十八，他八十七。”艾虎说：“怎么样？”老者说：“方才这位姓张，他是个浑人，拿着你这个样，何苦合他一般见识。”艾爷说：“你看看，是我们两个，是谁招了谁了？”老者说：“你若有事办事罢，不用合他争气。”艾虎说：“我说我等他么。”有一位老者说：“我们这块，这位二太爷，他要来了，你是准赢他。他必要带了打手来。他的徒弟好几十号人哪，那一个都是年力精壮。可就是有一样，师傅不明弟子浊，连他还不行呢，何况徒弟？再要来了，你把他先扔一个跟头，骑上他说：‘谁要向前，要你师傅的命。’他们就不敢向前了。你别瞧他那么大身量，就是打他、砍他，拿刀剁他，他全不怕。他就怕一样，就怕拧。你要一拧他，甚么大，他叫甚么。”艾虎一听，嗤的一笑，说：“好乡亲！你老人家贵姓？”老者说：“我姓阴。”艾虎说：“教给人拧人，够不阴的了。如此说来，你是阴二大爷。”

张豹回到树林叫徒弟。原来艾虎看的那打把式的，就是张豹的徒弟。张豹喊叫：“徒弟们！跟着我去打架去！”众徒弟答应，拿家伙。张豹提了一根木棍，直奔马家酒铺而来。必是一场好打，且听下回分解。

第五十回　张家庄三人重结拜　华容县二友问牧童

且说张豹上树林找徒弟，他本来没本事，谁还肯拜他为师哪。皆因有个便宜，拜他为师，跟他学本事，一家无论有多少口人，娶儿嫁妇，红白大事，吃喝穿带，全是师傅供给，这个徒弟就挤破了门了。可有一样，得他如意才收，他不如意不要。总得像他那么浑，他才要哪。拜了师傅，家内就有了饭了，故此他的徒弟连一个会本事的没有。如今用着徒弟了，拿了家伙，直奔马家酒铺。

原来艾虎受了阴二大爷的指教。少刻来了一人，蓝壮帽，蓝箭袖，薄底靴子，丝带围腰，白脸面，细条身子。来到跟前，众人说："掌柜的来了。"抱拳带笑说："众位乡亲们，为我们两个人的点小事，劳累众位，实在使小可居心不安。方才在家中等候听信，家中人回去送信，说是那村夫又不知得罪了哪位。"众人指道："就是这位壮士。"过来与艾虎身施一礼，说："方才那个村夫，是我个把弟，得罪了壮士，小可特来替他陪礼。"艾虎说："岂敢！尊公就是马大官人？"回答："不敢，小可叫马龙。"艾虎说："久仰双刀将的名气。"马爷说："不敢，没有领教这壮士爷的贵姓？"艾虎说："姓艾叫艾虎，匪号人称小义士。"马爷说："这就怪不得了。此处不是讲话之处，请到楼上一叙。"艾虎一笑说："无论你铺中摆的甚么样的刀枪阵式，姓艾的不敢进去，不算英雄。"马爷说："不必多疑，我天胆也不敢。"艾虎哈哈一笑，公然往里就走，问道："打哪里上楼？"马爷说："打这柜后头。"仍然还是艾虎当前，马爷在后。劝架的可没上楼，外边等着。马爷叫过卖献上茶来，就说："方才听家人说，尊公拳脚高明，不知合师是哪一位？"艾虎说："黄州府黄安县的人氏，姓智，单名一个化字，匪号人称黑妖狐，那就是我的恩师。辽东人，复姓欧阳，单名一个春字，人称北侠，号为紫髯伯，那是我的义父。"马爷一听，说："原是侠义的门人。这时意欲何往？"艾爷说："我如今跟随按院大人当差，奉差而出，去到娃娃谷。"马爷说："这时由何处而来？"艾爷说："由晨起望。"马爷说："要是由晨起望，道路走错了，这就是岳州府了。这位老兄，我那拜弟来了，别合他一般见识。我必要带他过来，与你老磕头。"

言还未了，只听见说："打！打！打！他多半跑了罢。"双刀将马爷一拦说："我好好带上他来，与你老赔不是，千万可别下去动手。"双手把楼门一挡，不教艾虎下去。焉知晓艾虎早有主意，就把前面楼的小隔扇一开，往下一纵。正是打手围着骂的高兴,打半悬空中飞下一人,手中并不拿东西。大伙一害怕,往半壁一闪,艾虎脚踏实地。二太爷用木棍就打,说:“好小子!”艾虎往旁边一闪,跟着打手瞧出便宜来了,嗖的就是一棍。艾虎一翻身,伸手接棍,往怀里一带,把棍刁着,说:“你躺下!”那人说:“使得!”艾虎也不肯结果他的性命,复返又合张豹交手。张豹本没多大本事,说:“好小子!”艾虎也不答言,冲着后脊背吧叹就是一棍。张豹往前退出好几步远去。艾虎往前一奔,一矮身扫荡棍,嘣的一声,噗咚摔倒在地。艾虎过去用髁膝盖点住,众打手往上一趟,艾虎说:“你们谁不怕死,谁就往前来!”大伙嚷道:“撒开我师傅哇!撒开我师傅!”正此,双刀将马龙过来说:“大家不许动手。”没肯就着过来,为的是教艾虎打他几下出出气。原来艾虎受了高人的指教,并不打他,就在肋下拧了他几把。再瞧张豹威风一点也没有了,一味的净嚷:“嗳哟!嗳哟!使不的!使不得!你真损,哥哥过来劝劝来罢。”这马爷才过去说:“尊兄饶了他罢,看在小可面上。”艾虎这才起去,说:“便宜你这厮。”张豹直嗳哟,说:“谁教的你这法子,怎么你会知道?哥哥,你认的吗?”马爷说:“固然是认识。”张豹说:“认识,你不早来劝架。”马爷说:“给你们见见,这是勇金刚张豹,是我的把弟,是个浑人。这是艾壮士爷,人家是侠义的门徒,你就行的了。”艾虎说:“我姓艾叫艾虎,匪号人称小义士。方才得罪,得罪。”彼此对施一礼。张豹说:“我说我不行呢。你敢情是侠义的门徒,咱们得交交,不打不相与。”马龙说:“咱们大家还是上楼。走,走,走。”进铺内上楼,这些个徒弟暗暗得慢散了;了事的人一看不用了事,没有给见面,自然两个人就和美了,也就慢散了。

三个人上楼,马爷吩咐将请客的酒席摆将上来,让艾虎上坐,马、张陪定。艾虎本就好喝,这就对了他的势了。酒过三巡,张豹这才慢慢一打听。艾虎看看这两个人也不错,也没隐瞒,低声悄语,就将办理襄阳的事情,丢大人各处寻找,细说了一遍。张豹答言说:“我说哥哥,咱们哥两个还用人家给见面吗?咱们爹爹死的时节,不是托付你管着我吗?我是个浑小子,你还不知道?我给你磕几个头,你别生气。”马龙说:“别说了,你我的事,教这位艾兄耻笑。”艾虎说:“这个朋友倒是可交,准有一个亲兄弟,不能如此,也是无法。”张豹说:“呔!你说我可交,你爱我罢?咱们交一交罢。我可是爱你。”马爷说:“住了,你不会讲话。艾兄,你要不弃嫌,我们哥两个——咱们三个人结义为友。”艾虎说:“只要你们哥两个不弃嫌小弟,我是情甘愿意。”张豹说:“少时咱们家里拜把子去,咱们家里宽绰:”马龙说:“就是。”

书不可重絮,这酒食吃到日暮沾山的时候方才撤去。艾虎穿了长大的衣服,拿了自己的东西,同着张、马二位出了马家酒铺,直奔张家庄。到了那里一看,广亮大门,原来是众徒弟都在那里等候着师傅呢。张爷把他们叫过来,都给艾虎见了,说:

"你们要练把式，跟着你二太爷练罢。他是侠义的门徒，会的都是打人的招儿，不像我教的你们都是挨打的招儿。"艾虎说："算了罢，哥哥。"往里就走。果然是张百万，家里是阔庭房。落坐献茶，吩咐预备香儿，后花园结义为友。弟兄三人一序齿，马龙岁数大，居长；张爷行二；艾虎行三。烧香结义，立誓愿有官同作，有马同乘，生死共之。烧完了香，挨次着磕头。弟兄们整整的就吃了一夜的酒，第二天又留住了一日。艾虎惦念着寻找大人，不能久待，要奔娃娃谷。二爷约会马龙，三人一同前往。马龙推辞，又是买卖，又是家物，总得自己照应，不能同他们前去。张爷与艾虎一同的奔娃娃谷。马爷嘱咐千万的不可闯祸。就此辞别了马龙。

张豹带了银两，直奔娃娃谷。路过华容县，即是古郡安南地面。远看山峰叠翠，天气已晚，道路不大分明，看见山坡上来了个牧牛童子作歌而来。怎见？有赞为证：

但见那晚烟垂照，更显得山峰叠翠，晚景之中牧童遥。吹短笛，那有宫商无腔调。映着那，新柳林，曲折径，风送声音调儿高。山水清幽成佳趣，变态风云难画描。宛转转，胜玉箫，方显出清中妙；片刻间，那笛音杳。牛背上唱起山歌呀，好叫人心动神摇。他说道：名也好，利也好，世人忙，忘却老。奔忙路，人怎逃，苦苦被名缰利锁何时了？多少英雄难弃难抛。一年一度，离离荒草；古往今来，乱乱蓬蒿；争争战战，血溅荒郊；劳劳碌碌，颜色枯焦；浓浓艳艳，镜里花妖。休贪恋，粉骷髅，早作个计较。急寻个欢乐，百万觞，三千套，隐隐逸逸友渔樵。饮山泉，山歌好；食黄齑，淡中饱；居篱墙，茅屋小，又何须，防贼盗。闷来看，山儿高，月儿小，一阵阵清风香馥绕绕。春游那，柳与桃；横牛背，踏芳草；夏时节，莲舟好；更有耐寒菊，秋霜傲。向红炉，把枝木儿烧；一边唱，手擎鞭儿不肯抽，爱他的牛，空把鞭儿慢摇。二位爷往前忙施礼，向着那牧子跟前问个根苗。

并且不知牧子说些甚么言语，且听下回分解。

第五十一回　复盛店店东暗用计　绮春园园内看游人

且说艾虎合张豹听见牧牛童儿唱着山歌，看看临近，艾虎一抱拳说："借光了！我们上娃娃谷，走哪呢？"牧牛童儿用手一指正东，说："那就是华容县。可别进城，偏着荒奔南关。到南关直奔东南，南大东小，瞧见山，进山口再打听罢。"艾虎点头，道了个"借光"，二人直奔南关。

天气向晚，商量就在此处打店。路西有一个大店，叫复盛店。店中伙计让道："住了罢，天气不早了，别越过了宿头。我这房屋干净，吃食便宜。"张豹问："有上房么？没上房不住。"伙计说："西跨院上房三间。"艾虎说："二哥，咱们住了罢。瓦房千间，夜眠七尺，又不是自己的屋房。"张爷点头，便着伙计带路。到了西跨院，来到屋中，屋中也倒干净。打洗脸水点茶，二人净了面，吃茶。伙计问道："二位客官贵姓？"说："姓艾。"伙计说："那位客官呢？"艾虎说："我家二太爷。"伙计说："我们是买卖生意，怎么玩笑哇。"张豹说："你甚么东西，合你玩笑！你只管打听打听，岳州府张家庄儿，谁不称我二太爷。"伙计说："你安顿着点，在你们那里，你二太爷，在我这里，不能称二太爷。我们是买卖生意。”张豹气往上壮，就骂起来了。艾虎劝解。就有本店中少掌柜的，带着五六个人进了跨院，奔到屋中说：“二位客官为甚么缘故，想来是伙计得罪着了。我替伙计前来陪礼。二位气若是不出，今晚晌散他。”艾虎瞧了这人，黄渐渐脸皮，细条身材，青衣小帽，作买卖的人样儿，说话有点尖酸的气象。艾虎说：“不可，千万可别散他。情实是我二哥的不好，他一点不好也没有。”少掌柜的说：“若非这位客人讲情，我一定不用你了，好好伺候二位客官。我方才听见是那位姓张？”张豹说：“我姓张。”店东问：“官印是张豹罢。”张豹说：“是。你怎么知道我呢？”店东说：“有老员外的时候，是专好行善，离着三五百地，谁不知道他老人家。我们上辈还受过老员外的好处，以后正要报答，他老人家归西去了。但不知这位客官贵姓？”小爷说：“我姓艾，没领教掌柜的贵姓？”店东说：“我姓贾，我叫贾和，字是文辉。”小爷说：“原是贾掌柜的。”彼此对施一礼。店东说：“二位意欲何往？”答道：“上娃娃谷。”店东说着话，两眼睛不住的瞧着张豹、艾虎，遂说：“我晚间可没有工夫，不能奉陪二位。明天早起暂屈二位尊驾，我有一杯薄酒奉敬，只求二位赏脸，千万不可推辞。”艾虎说“我这事可是紧要，实在不敢领赏。”张豹说：“人家是个美意，不可孤负于他，吃了酒再走，也不算晚。”店东出去少刻，人家就给预备过酒饭来了，掌上灯火。用毕晚饭，撤将下去，开发饭钱店钱，人家一概不要，只可明天早起再说。

一夜无话，清晨起来要走，店东伙计拦住说：“我们店东有话说，教二位吃了早饭再走。”二位也就无法，只得等着。直等到巳正的时候，艾虎也是想酒饭，张豹也是觉着饿了，店东方才过来，吩咐一声备酒，顷刻间，摆列杯盘，饮酒之间无非闲谈，讲论了些个买卖的事情。书中须要剪绝，不可重絮。用完了这顿饭，就晌午时候了，撤将下去，端上茶来，说：“二位天气不早了，明天再起身罢。我们这里有个可观的所在，同着二位咱们去逍散逍散去。”张豹问：“叫甚么所在？”店东说：“离此不远，叫松萝镇，有人家一个大花园子。本家姓窦，叫窦家花园。先前作官，后人穷了，花园子也败落了，度日还艰难哪，那有钱拾夺花园子。我们这南边有个地名，叫新立店，有个财主，姓崔叫崔龙，外号人称并铁塔崔龙。这个人先前保标，挣得家成业就。又且此人钻干营谋，精明强干，他通知了窦家，把花园子典过来了，各处的点缀焕然一新。各处内用人卖茶、卖酒、卖饭，包办酒席，带卖南北的碗菜。可有一样，进门有一个拦柜，有人先问你是游园哪，你是吃酒。若要用酒，先给银子后喝酒，吃完了就走。他起一个名儿，叫‘绮春园’。每日游园请客，携妓带娼，弹唱歌舞的男女多多了。咱们今日到那里看看，吃些酒去，倒也可趣。”艾小爷不愿意去，张二爷愿往。说毕起身。

艾爷将自己银平了二十两，三人同行。走到绮春园不远，游园人甚多。将到门外，就见横着一块大匾，蓝匾金字“绮春园”三个字。也有茶酒的幌子，东边墙上有块竖匾，是包办酒席，带卖南北的碗菜，上等海味官席。三人将要进门，后面追来一人说：“掌柜的，有人找来了，立等着回去，少刻再来罢。”贾掌柜的说：“二位先在里面等我，我少刻就来。”依艾虎不进去了，张二爷一定要里面看看去，艾虎无法。店东去了。张、艾二位进大门。路西屏风门，将进屏风门，路南有个拦柜，柜后有一个大胖子看着，每遇有人进去，就问：“是游园哪？是吃酒？”艾爷告诉说：“我们吃酒。”胖子姓廖叫廖廷贵，有人管着他叫廖货，是店东。掌柜的为何事请二位游园来？有个原故。此处开花园的这个姓崔的，是一个贼，现今不偷了，想作这个买卖。又有这个廖货，他出的主意，先银后酒，天平是加一平。若要交的银多，吃不了，要找回去银子，内中准有一块假银，出门不换。贾掌柜的上回交的银子不够了，苦苦的求跟一个人去取，廖货再三不行，非留下了一件衣服方才叫走，回去要找人出出气。若说官面上办的熟贯，没姓崔的熟贯；论打，他的人多。可巧遇上张、艾二位。他又知道张豹有本领，还不知艾虎的能耐。这是个主意，邀来游园，早定好了。后面有人跟着他，为的是他不漏面，怕连累他，故此假告辞回去了。张、艾二位将到门内，廖货要银，艾爷就把平的二十两拿出来。廖廷贵一平，平完说：“这是十八两。”艾爷说：“二十两。”回答：“十八两。”张爷骂道：“胖小子！那是二十两。”廖货说“十八两”二字还没出口哪，早被张二爷揪住，要把脑袋给拧下来。艾虎说：“别动粗鲁，我使了二两，是十八两。”张豹说：“别着他讹咱们哪。”艾虎说：“为甚么叫他讹咱们呢？本是十八两。”张豹说：“胖小子！便宜你。”廖廷贵瞅着张豹就害怕，整个像烧皂一样，问：“二位贵姓？好给你们吆喝下去。”艾虎说：“我姓艾。”廖货说：“艾爷，那位哪？”张爷说：“二太爷。”廖货说：“就是这一位艾爷罢。那个不好吆喝。”

二位离了柜台，往北一看，只见人烟稠密，游园的甚多，也有亭馆楼榭，树木丛杂，太湖山石，竹塘，荼蘼架，月牙河，抱月小桥，蜂腰桥，四方亭，抄手式的游廊，过廊，过庭，平台万字亭。二人看了多时，真有四时不谢之花，八节长春之草。画栋雕梁，别有洞天。正是桃柳争春的时候。可惜二位也不懂的诗文，也不认识个字儿，就奔了流风阁来了。就听见管弦乱奏，弹唱歌舞，猜拳行令，乱乱哄哄，闹热非常。他们进了流风阁，就听见那边嚷道：“艾爷交银十八两，在流风阁请客。”流风阁的过卖答应：“知道了。二位哪位姓艾？”艾虎说：“我姓艾。”又问：“那位哪？”张豹说：“我叫二太爷。”过卖说：“我不问了。二位用茶用酒？”艾爷说：“要酒。”过卖答应说：“甚么酒？”小爷说：“女贞陈绍上等酒席一桌。”过卖吆喝过去，不多一时，摆列上酒席。二位斟酒，开杯畅饮。二人还等着贾掌柜的来哪。忽然间打屏风外蹿进一人，挽着发髻，穿着蓝汗衫、蓝纱袍、蓝中衣、薄底靴子，肋下夹着一件蓝大氅，里面裹着一口明晃晃的利刃。看不见脸面，皆因是他向正南。柜上的问："这位还是游园哪？还是吃酒？"那人说："我在这里等人，行不行？"柜上说："等人焉有不行之理。"那人一指，扑奔正西，侧转脸来，见细眉长目，一脸的煞气。扑奔赏雪亭，进得屋中，就把大氅往桌上一放。从外边又蹿进来了一个，手中提着一个小黄口袋，拿着一口刀，把口袋往柜上一放，拿着刀直奔廖廷贵。若问来者何人，且听下回分解。

第五十二回　赏雪亭乔宾奋勇　流风阁张豹助拳

赞曰：

愿为大义捐生，不使名节败坏。

一时玉碎珠沈，留作千秋佳话。

绿珠者，晋石崇之妾也。绿珠姓梁，白州博白县人，生双角山下，容色美而艳。石崇为交趾采访使，闻绿珠美，以真珠三斛换了回来，置之金谷园中。绿珠能吹笛，又善舞《明君》。石崇自制《明君歌》以教之，宠爱无比。晋赵王伦作乱，奸党孙秀正在骄横之时，访知绿珠为石崇爱妾，竟使人向石崇求之。石崇方晏乐，使者至，述其来意。石崇道："孙将军不过欲得美人耳，何必绿珠？"因尽出姬妾数百人，皆熏兰麝披罗绮，秾艳异常，听使者选择。使者看了道："美俱美矣，但受命欲得绿珠，此非所欲得也。"石崇听了，因毅然作色道："此辈则可，绿珠吾所爱，不可得也。"使者道："君侯博古通今，察远见迩，岂不闻明哲保身？何惜一女子而致家门之祸耶！"石崇道："但知保身，独不为保心计乎？可速去！"使者既去，而又复返道："今日之事，毫厘千里，愿公三思。"石崇竟不许。使者报秀；秀大怒，乃谮崇于伦，伦命族之。崇正与绿珠在楼上作乐，贼兵忽至，崇因顾谓绿珠道："我今为汝获罪矣！子将奈何？"绿珠因大哭道："君既为妾获罪，妾敢负君？请先效死于君前。"石崇道："效死固快事，但吾不忍耳。"绿珠道："忍不过一时耳，快在千古！"遂涌身往楼外一跳，竟坠楼而死。石崇看见，含笑赴东市受诛矣。君子谓绿珠情近于义。崇死后不十数日，赵王伦败，将军赵泉斩孙秀于中书。闲言少叙，书归正传。

诗曰：

此去三泾远，今来万里携。

西施因网得，秦客被花迷。

所在青鸚鹉，非关碧野鸡。

豹眉怜翠羽，刮目想金篦。

且说瞧见先蹿进来的是一脸的煞气，后又蹿进来的这一个猛若瘟神，凶如太岁，喊一声如巨雷一般，手中提着把刀，拿着个小黄布口袋往柜上一蹲。廖廷贵问："游园哪？是吃酒？"那人说："吃酒。"廖廷贵说："先银后酒。"那人说："口袋里就是银子。"廖货说："打开瞧瞧成色。"大汉说："不懂的。"廖货说："也得平一平。"大汉说："不懂的。"廖货说："金银不比别的物件，不教看，不教平，怎么样呢？"大汉说："不教看，不教平。"廖货说："到底多大分两？"大汉说："一百两。"廖货说："你说一百两，就是一百两吗？难道说瞧瞧还不行吗？"大汉说："你要瞧瞧，我先给你一刀，然后再瞧。"廖货说："不瞧了。你老贵姓？我好给你吆喝下去。"大汉说："祖宗！"廖货说："别玩笑，到底你姓甚么？"大汉说："告诉你了你又问，我是祖宗！你若再问，就给你一刀。"廖货说："祖宗祖宗罢。你找地方喝酒罢。"艾虎一瞧这大汉，一转脸好生的凶恶，蓝生生一张脸面，两道红眉，一双金眼，狮子鼻，火盆嘴，一嘴的牙七颠八倒，生于唇外，连鬓落腮的胡须，红胡子乱乍，胸宽背厚，肚大腰圆，说话的声音太大，嚷声如巨雷一般。一转身满园子找人，就听先进来那一位说："贤弟在这里呢。"张豹说："你看这小子倒有个玩艺。"艾虎说："教人听见那还了得。你还看不出来，这是拚命的样式。"张豹说："不要紧。"口中嚷道说："小子！你合人家拚命么？"那人站住不动身，瞅着张豹。艾虎就知道不好，是要闯祸。那人说道："你问谁哪？小子！"张豹说："我问你哪，蓝大脑袋小子！"那人说："好说呀，黑大脑袋小子！瞧着我们拚命罢，小子！"张豹说："打不过人家，二太爷帮着你。"那人说："祖宗一生不用人助拳。"张豹说："你这边喝罢，小子！"那人说："你那边喝罢，小子！"艾虎问："张爷，你认的人家吗？"张豹说："我不认的他。"艾虎暗道："这可是人有人言，兽有兽语，难得二人全不急。"就见那边柜上吆喝下来："祖宗交银一百两，是碎铜烂铁。"那人走后，廖货打开一看，是碎铜烂铁，就知道这人是成心找晦气来了，派人疾速给东家送信；又派人给各屋送信说："所有你们在这饮酒的，你们还瞧不出来吗，西屋内那位是找着拚命来了，掌柜的一来就打起来了，不定是多少人命呢。可有一条，今天全是我们掌柜的候了，全不要钱。所有柜上存的你们那银子，明天再来取来。"各屋送信。

你道这两个人是谁？先进来的那个，就是华容县鱼行里掌秤的经纪头儿，此人姓胡叫胡小记，外号叫闹海云龙。皆因上次同着卖鱼的上绮春园吃酒，交了十两银子，一平就是九两，当着些个卖鱼的，他们又是粗人，饭量又大，他们这酒饭又贵，吃秃露了，自己亲身到柜上见廖货写帐，碰了说："你们常买鱼，我天天在鱼市上掌秤，难道说还不认的我么？"廖货说："不行。掌柜的有话，不论是谁，一概不赊。"教跟人取去，说柜上无人，要留东西。因为这个打起来了，连卖鱼的全动手，把绮春园人全打跑了。东家掌柜的并铁塔，带着四个教师，是独爪龙赵盛、没牙虎孙青、赖皮象薛昆、病麒麟李霸，四五十打手。众人一到，一场混打，胡小记等全输了，甘拜下风，各各带伤，并且还着人家留下衣服。归到自己家中，第二天就没起炕，夹气伤寒，又重劳了两三回，好容易才好了。自己就想着，宁教名在人不在，这心一恒，打算要找崔龙拚命,还有一篓油廖廷贵。可巧今早来了个朋友,把臂为交,生死弟兄。此人湘阴县的人,姓乔叫乔宾,外号人称叫开路鬼。到这望着胡小记来了。一问哥哥因为何物这般形容憔悴,胡小记把自己事说了一遍。乔宾一听,忿忿不平,气的转身就走,被胡小记拦住说:"你上哪里去?"乔宾说:"我找他去,给哥哥报仇。"胡小记说:"不行,人家人多。有意替我报仇,咱们两个人一同前往,你帮着我杀几人,你就一走,甚么你也别管,我出头打官司。"乔宾说:"我打官司,我与他抵偿。我死了,家里有兄弟,还有上坟烧纸的哪。"胡小记说:"我惹的祸,怎么教你出去偿命。助我一臂之力,就很是尽心了。"乔宾说:"咱们先去罢。"一晃,乔宾就不见了。胡爷拿大氅裹上刀,望绮春园就赶,并未赶上。

原来是乔爷走到街上,遇见一个老头儿,地下摆着些铜片、铁圈、铅饼儿、钉子等物,旁边搁着一个抽口小黄布口袋。乔爷说:"包元要多少银子?"老头儿看乔爷就害怕,听问的又古怪,说:"你瞧着给罢。"乔爷就把那些个东西装在口袋里了。老头说:"就是这么包元么?我一身一口,就指着这点东西倒本度日,你这么包元,我就饿死了。"乔爷说:"焉有那样道理。"摸了一锭银子,扔在地下,扬长就走。老头拾起,不知真假,教换金铺看去了。乔爷拿着碎铜烂铁,到绮春园,硬说百两白金,焉知晓这是成心找事。将奔赏雪亭,瞧见张豹,也打心中爱惜,对骂不急。少时见了胡小记,彼此坐下,将刀镗的一声,插的桌上。那里吆喝下来了:"赏雪亭祖宗交银一百两。"他是各处单有各处的过卖,谁也不管谁的事情。活该这过卖倒运,姓吴,他叫吴常,派他管这个地方,他看见这刀桌上一插,真魂就吓冒了,听见叫:"滚进来!"就见那个过卖往地下一爬。乔宾说:"这是干甚么?"过卖说:"不是叫我滚进去吗?"乔宾说:"你甚么东西?走进来,四桌上等酒席一块摆。"过卖答应一声,往外就跑,说:"祖宗,摆不下呀!"乔爷说:"把四张桌子并的一块。"答应:"使得。"一齐摆上,顷刻之间,摆列杯盘。乔宾让张豹说:"黑小子!这边喝来呀。"张二爷说:"不用让了,喝罢,小子。"再看这园内的吃酒、喝茶、连游园的,净往外走,没有人往里走。各屋中一送信,这还不全走吗?全是上这里买乐来的,谁肯跟着付浑水,故此全走。惟有到张、艾这里一说,张二爷就骂:"我们找着这个热闹还找不着哪!你远着点,不然我们先拿你乐乐手。"过卖一听跑了。再听外面一阵大乱,嚷:"打!打!打!"艾爷就知道是不好,说:"二哥,咱们走罢。"张二爷说:"不行,我应下人家了吗。他不行,我还帮忙哪。"艾小爷说:"咱们又不认得,没交情,管那些闲事。倘若有人命,如何是好。"张爷说:"没交情,帮个忙儿,就有了交情了。"艾爷说:"插手就有祸,准有人命。依我说,别管的好。"张爷不听。

众人就进来了,头一个就是并铁塔崔龙,赵盛、孙青、薛昆、李霸,带着三十多人,都是短衣巾靴子,人人拿着长短兵刃。崔龙问:“在哪里哪?”廖廷贵说:“在赏雪亭哪!”胡、乔二人早听见来了,乔宾一手先把过卖抓来,举起头朝下爬叹的一声,头碰柱脑髓迸流。张二爷叫好儿,说:“真好!摔的好!”艾爷说:“死了一个人,你老叫好儿,这是何苦。”又见那亭中的二人出来,每人一口刀,往上一撞,乔爷骂道:“好狗男女!今日祖宗要你们的命!”崔龙说:“丑汉有多大的本领,较量较量。”原来崔龙与赵、孙、薛、李全是贼,养着许多打手,也怕有人搅闹花园。你道甚么缘故?连加一平,带找顶银,又不赊账,东西又贵,也怕有人不答应,他不然怎么衙门中上下全熟识?三节两寿,人情分往,永远当先。今日在家中坐定,有人报信去说:“不好了,东家掌柜的快上花园子去罢,有人搅闹来了,得多带人哪,人家来的可不善哪!”崔龙五个人连打手全来了,进门将一问,人家就摔死了过卖。二人提刀出来交手。五人一围胡、乔,又叫:“打手上呀!”众打手一齐全上。张二爷骂:“好小子!你们有多少人?”一脚把桌子翻了过来,碗盏全碎,拉刀出去。艾爷也出去。不知如何,且听下回分解。

第五十三回 到花园为朋友舍命 在苇塘表兄弟相逢

且说崔龙五个人就与胡小记、乔宾动手。本来艾虎与张豹就议论："你看，你与他玩笑的那个是输是赢？"张爷说："准是他们两个输，他们人少。"艾虎说："不在他们几个人，是夜行人，故此这二位不行，不是黑门学的工夫。嗳哟！更不行了，打手上去了。"张豹说："可了不得了，完了我这小子了！疼死人，想死人。"只听哗喇一声，桌子就翻过来了。张豹拿刀出去，喊一声："小子们闪开，二太爷到了！"叱叹喀叹的乱砍，杀将进去，冲开一条道路，随后大伙仍然又裹上来。刚一围裹，就听见嗖的一声，打半空中飞下一个人来，大伙一瞧，一怔，身量不大甚高，虎头燕颔，手中这口刀上下翻飞，就是崔龙可以敌住艾虎，余者的全不行，也不敢向前。你道艾虎为何打半空中下来？皆因是张二爷翻桌往外一跑，他就跟出来了，为的是卖弄卖弄这手工夫，教他们瞧瞧。往上一耸，在大众头上蹿将进去。这手叫"旱地拔松，燕子飞云中"。嗖的一声，脚站实地，把刀亮将出来，直扑奔了崔龙。张豹看见老兄弟进来，心中十分欢喜，见人家有一个对一个的，有两个对一个的：是胡小记敌住了赵盛、孙青，乔宾敌住了薛昆、李霸，张豹他与这些打手就交了手。常言一句俗说："矬子里选将军。"就属他的能耐有限，与这些打手打起来，他的本领比打手胜强百倍。顷刻间，也有带伤的，也有废命的，也有逃跑的，把打手打的不敢向前，直往后退。这厂子可就宽绰了。张豹只顾与打手交手，在他的背后嗖的一声，就是一刀。他如何躲闪的急，又不能招架，可见得是傻好傻好，要是错过心地忠厚，这也就死了。艾虎虽然动着手，明知道二哥的本事有限，自己的心神念一半在崔龙身上，一半在二哥身上，看这件事实在不平，心中暗暗的有气。他看着乔宾动着手跑啦。薛昆一转身，对着二哥身后就是一刀，早被艾虎一抬腿，就踩在薛昆肋下，嗳哟一声，噗咚躺倒在地，哨唧唧舒手扔刀。张豹这才看见，倒觉吓了一跳，摆刀就剁。薛昆使了鲤鱼打挺，闪开这一刀，分开打手，自己逃命去了。二爷要追，早教李霸截住，二人动手。

原来乔宾不是跑了，杀开一条道路出去。他看出来了，有艾虎一人，这些群贼哪个也不能逃命。他找仇人来了，直奔南边拦柜。柜里头伙计瞧着事头不好，就都跑了，净剩了廖货一个人了。也是造就了的，这小子恶贯满盈，两个眼睛直直的瞧着东家动手呢。旁边喝彩，他舍不得走，知道柜内有银子；又知掌柜的人多，不能够甘拜下风，大肚子往前里一坦，正靠着柜往那边瞧。乔宾到他眼前，他会没看见。乔宾用自己的刀，顺着柜面对准了他的肚子，就听见噗哧的一声，就正中在肚腹之上，说："我给你放了泡罢！"噗咚，死尸腔躺倒。乔爷一扶柜，就蹿将进去，见"一篓油"大开膛，心肝肠肺流将出来，又剁了他几刀。也是他出主意，用加一平、使顶银种种的恶事，这算报应临头。乔爷给哥哥报了仇，一转脸把天平桌的抽屉拉开，里头许多的银子。看见自己小黄口袋倒在地下扔着，把口袋拿起，把里头的碎铜烂铁，俱都倒将出来，把天平桌里头一包一包的银子，俱都装在口袋里头。自己把纱包解下来，把口袋嘴儿抽上裹在纱包之内，从新紧捆好，提了刀蹿出柜外，正遇见打手，往两旁一闪。胡大爷追杀赵盛、孙青，乔二爷挡住正要截杀，两个人一歪身，听嗖的全都蹿上房去。连胡小记带乔二爷，全都不会蹿房跳脊，干着急，无法施。转身回来，复又动手，乔宾与张豹两个人围裹的李霸动手。胡小记帮着艾虎拿崔龙。李霸一瞧事头不好，三十六招，走为上策，虚砍一刀，撒腿就跑。后边追赶，见他一跺脚，贼人已然上房去了。二人也不能追赶，二人对叫："小子咱们拿那个去。"二人反回来，崔龙不容二人动手，早就跑了，也就蹿上房去。除非艾虎一人会高来高去。张豹说："老兄弟，除非你会上房，别人都不会，你去追罢。"艾虎本不愿意追，想着又不是自己的事，何苦与他们作对，并且又有了几条人命，早走的为是，被张二爷一说，又不能不追，只得蹿上房去。追了不多时，复反归回，蹿下房来，大叫一声："住手！看你们这些打手，俱是安善良民、雇工人氏，如今恶人一跑，我们也不跟你们一般见识，你们扔了兵器，才算安善良民。那一个不服，来来来，咱们较量较量。"众人俱都抛了兵器，跪了一片，苦苦的哀求说："我们俱是雇工人氏，谁敢违背他们的言语。"艾虎说："既然这样，饶恕尔等去逃命去罢。"打手听见此言，如同见了赦旨一般，大家一哄而散。满地上也有带轻伤的，也有带重伤的，也有死于非命的，横躺竖卧，哼咳不止。

胡小记过来说："我们两个不是他们的对手，看看落于下风，若非二位恩公前来助拳，我们二人就有性命之忧。请问二位贵姓高名？仙乡何处？"意欲跪下磕头。艾虎一把拉住说："此地不是讲话之处，有话随我来说。"艾虎在前，三人在后，走够多时，只见后边有几个跟下来了。你道是谁？原来是绮春园的伙计，瞧着事情不好，预先就出了绮春园，远远的望着，见掌柜的出来告诉说："他们若是出来，蓦地里跟着，看他往哪里去，逃在何处，回头好告诉我。我先上县衙门里去告，你们去找地方。"故此艾虎出来，他们就跟下来，又被艾虎看见，说："你们前头走着，我在后边断后。"即把刀亮将出来，说："呔！你们这些人们，打算不要命了？谁跟着我们，一个不留，全杀你们。"大家回头就跑。大家跑，屡次回头看着。艾虎仍在那里看着。

这个意思难以跟着看他下落。连地方也不敢跟着了。当个小差使，谁肯卖命？艾虎看不见他们，这才前来追赶大众。

天色已晚，前面黑忽忽一片苇塘，艾虎说："瞧瞧，这是旱苇呀水苇？"胡小记说："旱苇。"艾虎说："咱们里边讲话，倒是个幽密的所在。"众人分苇塘，到得里面，大家用脚踹平一片地方。胡小记过来与艾虎、张豹行礼；乔宾也过来与艾虎行礼，冲着张豹说："小子！方才难为你，爷爷给你行个礼罢。"张豹说："起来罢，好小子，不用与爷爷磕头了。方才要不是二太爷，你早就没了命了。"艾虎瞪了二爷一眼。胡小记说："未曾领教二位恩公尊姓大名？仙乡何处？"艾虎说："小可姓艾，单名一个虎字，匪号人称小义士。这是我盟兄，行二，姓张名豹，匪号人称勇金刚。"胡小记说："贤弟，你原籍莫非杭州？"艾虎说："你怎么知道？我正是杭州霸王庄人氏。"列公，你道艾虎就打开封府出首，六堂会审，认真假马朝贤，发配大名府之后，无论谁问，总不爱说出他是杭州的人氏来。自打到了卧虎沟，见沙伯父之后，再有人问，就说卧虎沟人氏。不然怎么到了娃娃谷，说是卧虎沟的？艾虎险些没教甘妈妈要了性命。如今教人指实了杭州，也不能不说了，点头说："是。尊公怎么知道小可？"胡小记说："我说个人，你可认识？"艾虎说："看是谁咧。"胡小记说："卖茶糖的胡老。"艾虎说："那是我舅舅。"胡小记说："那是我天伦。嗳哟！表弟呀。"不觉大哭起来了。艾虎说："你就是小记哥哥么？"原来艾虎四岁父母相继而亡，跟着舅舅度日。那时表兄过继他舅舅家，为是日后不丢鱼行秤上的经纪买卖。胡老故去，艾虎年方六岁，又在叔伯舅舅之家。长到十三岁，在霸王庄当茶童，知道有小记哥哥，就是不识认。如今一见，彼此全都伤心，复又与表兄行礼。将要问他们缘由，就见外边灯火齐明，人喊马嘶，说："在苇塘里哪！"这一进苇塘搜寻几位，毕竟不知怎样，且听下回分解。

第五十四回 众好汉分手岔路 小英雄自奔西东

且说胡小记与艾虎认着表亲，悲喜交加。两个浑人听着发怔，张爷说："人家是亲戚，咱们也算亲戚。"乔爷说："算甚么亲戚。"张爷说："你算我的小子。"答道："你算我的小子。"胡、艾二位一拦说："使不得了，都不是外人，别玩笑了。"艾虎问："与他们花园子里有甚么仇？"胡小记将自己的事学说了一回，就将乔爷叫将过来，与艾虎、张豹见礼，说了名姓住处。艾虎又将张豹叫将过来，也就将名姓住处说了。就听外边一阵大乱，俱都操家伙出，被艾虎拦住："等他们进来时节，再与他们动手。"就听外边说："准在里头哪，进去找去。"内中有人说："不能。六条人命，十二个带伤的。他们在此处不定跑出多远去了。"那人说："依我说，进去瞧瞧的为是。"那人说："你们要愿意进去，你们就进去。依我说，咱们往下赶赶罢。"大家竟自去了。

四位又等了半天，外面没有声音，方才说话。艾虎说："你们意欲何往？"胡小记说："我在此处也住不了啦。"乔宾说："上我们湘阴县罢。"张豹说："我哪？"说："你回家，离着不远。可有一件，夜间走，白日住店。这本地面好几条人命，必要派人四下里拿凶手。白日走，倘若遇上拿回来，就得与他们抵偿。我若知道还好，我若不知道，与他们抵了偿，实在太冤。"张豹点头说："我多加小心。可有一件，我舍不得咱们大家分手，这得何日才能见面呢？"乔宾说："我也是舍不得。不然，咱们大家拜回把子，然后分手，日后见面也多亲近。可就他们又是亲戚，也不好拜。"艾虎说："这也无妨，就是亲戚，再拜回把子，古人也是常有的。"胡小记说："咱们就拜。"说毕序齿：胡小记是大爷，乔宾行二，张豹居三，艾虎是老兄弟。插了三根苇子当香，冲北磕了头，又大家按着次序磕了头。胡大爷问："老兄弟，你意欲何往？"艾虎说："我上娃娃谷。"大爷说："甚么事？"艾虎就如此这般，这般如此，细说了一遍。乔宾说："要不然，咱们一路走，遇不见官人便罢；倘若遇见，就说不上不算了，大家拒捕。"艾虎说："不好办。若是一两位还可；若是三四个人同行，久讲究办案的，他就疑心。单走着，留点神就有了。是公门应役的，难道咱们看不出他的打扮来？出了他这个境界，就好办制了。连我上娃娃谷，还得绕路哪。"乔宾说："既是单走，我给你们盘缠。"张豹说："我的银子在复盛店，也不好回去取去了。"乔宾说："我这有的是银子。"就将钞包解开，口袋拿出。张豹说："那个银子我们不要，净是碎铜烂铁。"艾虎也笑说："除非是二哥你要，我们不使那个。"乔宾说："你当还是碎铜烂铁哪？早换了。”打开一瞧，果然是一包一包好银。说起来怎么开了廖廷贵的膛，怎么拿的银子。艾虎说：“既然是这样，咱们大家带点。”说毕分手。作别之时，再三嘱咐。乔宾说：“老兄弟，你上娃娃谷也得绕路，何妨先在一路走呢。”小爷点头。

再说张豹单走，到了第二日天明，找店住下，吃用早饭，吃饮了个沉醉东风；晚间又用了晚饭，给了店钱，起身就走。晚间走路，都得多加小心。倒好，倒未有遇上甚么祸患。那日到家，先找的是马龙。见着马爷，就将绮春园的事细说一番。这马爷一听，说：“你看看，够多么险。你先在家里多待几日，别出门，小心外边有甚么风声。”张爷也就依着他的主意。焉知晓欲要人不知，除非己莫为。这个风声就到了岳州府了。岳州府的知府是个贪官，姓沈名叫沈洁，人给他起外号叫审不清。他有个妻弟姓怀，叫怀忠，叫白了，都管他叫坏种，倚仗着他姐夫是个知府，如同他坐着一样。在外边养着许多闲汉，任意胡为，抢掳人家少妇长女，重利盘剥，折算人口，占人家田地，夺人买卖。讲文的打官司，不是他的对手；讲武的打架，没他人多。打一年前，他上张家庄去，就看上了这处宅子：前后瓦房够五六百间，后花园借进去外头的活水，一言难尽这个好法子。当时就要讹他，手下人告诉他：“这家可不好办，银钱、势力、人情全有，可不是当玩的。”这如今有一个坏鬼与他出主意，说：“现时华容县绮春园六条命案，四个弃凶逃走。内中有两个有姓的，有两个无姓的，一个黑脸，一个蓝脸。明天大爷去拜他去，先合他讲好，借他的房子一住，教他搬家，这教明借暗要。他必不肯给，可就说绮春园黑脸的就是他，他必害怕，就算得了。他若不答应，就把他锁来，就说是他房子内存贼。这房可垂手而得。”坏种一听大喜，说：“此计甚妙，明天去拜。”可巧坏种家有个家人姓张，叫张有益，家里不宽容，两三辈子都受过张百万家里的好处。他听见这件事，赶紧着上张家庄，往张豹家中送信。张豹给了来人二两银子，嘱咐千万秘密。来人走了，派人与马爷送信，立刻把马爷请到，如此如彼，合马爷说了一遍。马爷说：“坏种来了，我见他。说翻了，就给这一方除了害，就了结他的性命。”张爷说：“我见他。”马爷说：“不用你见他，你太粗鲁。”主意定妥，净等次日。

到了第二天晌午的光景，坏种果然的带许多人来，有人进来回话。马爷说：“请！”家人出去，不多一时，坏种进来。马爷往外迎接，彼此两人见面。马爷细看此人的面目，实为可恼。怎见得？有赞为证：

马大爷，到外边儿，见恶霸，至门前儿，勉强着身施一礼，长笑颜儿：有失远迎，大爷海涵儿。这奸贼，便开言儿：我是特意前来问好，请请安儿。看品貌，讨人嫌儿：带一顶软梁巾儿，是蓝倭缎儿，金线边，莲花瓣儿，镶美玉，是豆腐块儿；脑袋后，飘绣带儿。真是一团的奸诈，更有些个难看儿。穿一件，大领衫儿；看颜色，是天蓝儿。袖儿宽，皂锦边儿；上边镶，绣牡丹儿。湛湛新，颜色鲜儿。又不长，又不短，正可身躯，别名叫雨过天晴玉色蓝儿。葱心绿，是衬衫儿，系丝绦，在腰间儿；蝴蝶扣，风飘摆儿。足下鞋，是大红缎儿；窄后跟，宽脑盖儿；露着些，白袜脸儿；一寸底，青缎边儿，正在那福字履的傍边，有些个串枝莲儿。瞧面上，骨拐脸儿；生就的黄酱色儿。两道眉，不大点儿。是一对，迷缝眼儿，断山根，鼻子尖儿。见了人，就乍八眼儿。极薄的嘴，露牙尖儿；天生就，黄牙板儿：一张口就由如放屁一般，臭气烘烘讨人嫌。两个耳，像锤把儿。黄胡子，八根半儿。细脖子，小脑袋儿。未从说话先就一嗞牙，外带拱拱肩儿。惯害礼，惯伤天儿。抢妇女，只当是玩儿。甚么叫王法，那又叫官儿，依势仗势，就爱的是银钱儿。

马爷勉强着身打一躬，说："怀大爷，小可有礼。"坏种说："罢了。"请到书房，落坐献茶。坏种问道："尊公贵姓？"马爷答道："小可正是马龙。"坏种说："咱们两个素不相识，你把姓张的给我叫出来。"马龙说："不敢相瞒，姓张的是我个拜弟，实没在家。"坏种说："不见我不行，见我倒好办。"马爷说："有甚么话，只管你留下，回来我对他学说。"坏种说："简直的告诉你说罢，他的事犯了。他要出来见我呀，俺两个相好，我还可以给你拨弄拨弄；要是不出来见我呢，他祸至临头，悔之晚矣。还有一节，他住的这房子是我的，我两个人相好，从前也不好意思的说。他已经住了二十多年了，我家里房子窄狭，住不开，该叫他还我房子了。"马爷说："他这房子，我准知道他是祖遗。依我相劝，你要打算生事，你可要把眼睛长住了；你要讹人，你要打听打听。你若欺负到我们这里来了，坏种，你不打算出去了？"坏种说："咱们说不着。"往外就跑。跑到门外，叫打手上。马龙将他一把抓住，举起来头朝下往下一摔。若问生死，且听下回分解。

第五十五回 空有银钱难买命 寻找拜弟救残生

且说坏种一瞧马龙神色不好，掰了个智儿，往外就跑，马爷追出，叫打手上呀。马爷抓住胸膛，一手操腿，举将起来，头颅冲下，只听坏种杀猪的相似，苦苦的求饶。马爷说："要打，尔等们一齐上。"俱拿着些短棍铁尺，冲着马爷就打。马爷也会就举着人迎接他们的兵器，急的坏种说："别打！别打！马大哥，你饶了我罢。"众人谁敢向前，一齐说道："你撒开我们大爷罢。"马爷问："坏种！你还要我们的房子不要？"回答："不要了。"又问："当真不要？绮春园的事，你还讹我兄弟不讹？"回答："不讹了。"马爷说："空口无凭，写给我一张字样。"恶贼说："我甘愿意写给你们一张字样，永远无事。"马爷说："既然如此，叫家人取纸笔墨砚来。你会写字吗？"回答："会写。"马爷就把坏种溯一声摔在地上，又溯的一声往他身上一坐。又兼着坏种朝朝暮暮眠花宿柳，气脉虚弱，马爷往他身上一坐，身子又沉，又用了点气力，这小子如何禁受的住，就呜呼哀哉了。马爷还不知道哪。打手看见坏种唇如靛叶，嗞着牙，翻着眼，一丝儿不动，就知是死了。大众也就溜之乎也了。马爷等着取纸笔墨砚来，叫道："坏种！你可写的清清楚楚的。坏种说话呀！说话呀，你别是又要反覆罢。"又一叫："坏种！"这才低头一看，见他四肢直挺，浑身冰冷，用手一摸，胸膛一丝柔气皆无，这才知道他是死了。自己心中暗暗忖度："我结果人家的性命，待二弟出来，准是他不教我出首。我结果的性命，怎么好叫他偿命。有了，我抗着尸首去报官去。"将坏种往肩背上一抗，直奔岳州府而来。

这一路上，幼童老叟全围拥来看，说："可好了，给咱们除了害了。"一个传十个，十个传百个，百个传千个，登时间城里关外全嚷遍了。将进城门，离衙门不远，就听见后边嚷道："哥哥！给我坏种。"马爷一听不好了，说："张贤弟，你回去罢，不必前来。"张爷并不言语，身临切近，伸手把坏种的腿往下一拉，噗咚摔倒在地。马爷转头往肋一挟，说："这是我坐死的，你抢的甚么？"张爷把双腿抱住，往肋下一挟，说："这是我坐死的，你抢甚么呀？"两人彼此对着争论。也对着二位那个膂力也真大，也对着坏种也真糟，因他平日间把身子全空透啦，就听见溯的一声，把坏种折为两段，肝肺肠肚全流将出来。马龙、张豹也全爬在地下，皆因用力太猛。移时二人爬起来，一人拉着半截就走。满道跟着许多的狗。你道这是甚么缘故？是在生的时候伤害了天理，死后这是报应循环。旁人替他们赞叹："既然这样，是一人出首，怎么二人全来，这不是白白饶上一个吗？”到了衙门口，认的他们二位的甚多：马爷是个外面人，常给人了事；张豹是个大浑财主，故此二位衙门口全熟。就有两个头儿出来说：“二位把这个先扔下，请班房内坐下。”两个人扔在大堂之前，就进了班房。马爷说：“二弟，没你的事，你回去罢。”张豹说：“马大哥，没你的事，你回去罢。”有一位先生进来说：“原来是张员外，请在我屋里坐下罢，快过来，快过来。”焉知晓是他们的坏处。他们明镜知道把官亲要了命了，这两个人前来出首，要教他们走脱一个，老爷焉能干休。还比不得是民间事呢，故此怕的是睡多了梦长，省悟过来就不好办了，才将他们让在屋中。一壁说着话，一壁代书先生就将他们的供底取了去了。

其实老爷早已知道了，太太也知道了。太太对着老爷哭了半天：“我娘家就是这一个兄弟。”沈老爷说：“他真闹的不像了，我在书房内常常劝他说：‘你若事情闹大了哇，就有人恨上，合着给你抵命，你就许有杀身之祸。不然，就把我这顶纱帽闹丢了。你是老不听说。’如今果然是杀身之祸，中了我的话了。”太太说：“我娘家就这一个兄弟，纵然有点不是，也不当这样，他们这不是反了罢。王子犯法，还得一例同罪，何况是你的子民。我听见说，是两个人哪。求老爷作主，把两个人都给我问成死罪。就是两个人给我兄弟抵偿，他们都不配。”说罢，又哭将起来。这位老爷有宗病，一者是耳软，二则是惧内。今天这还算好哪，倒是央求。老爷每回的官事，俱是由内吩咐出来，教怎么办理就怎么办理，老爷不敢拨回。有人进来回话，把两个人全看起来了。

老爷吩咐升二堂伺候。整上官服，升了二堂，吩咐带了忤作验勘尸身。沈知府直不忍观瞧。忤作回话：“此人被用力摔于地上，绝气身亡，并无别伤。死后两个人一挣，挣为两段。”沈不清又是惨忍，又是气愤，填了尸格，然后问了一声：“两个人可在外边看押？”答应一声“是，已在外面看押房里。”先生把两个人的草供呈在堂上，老爷吩咐先带马龙。来到堂口，双膝点地。说：“马龙好大胆子！无故要了怀忠的性命，快些招将上来。”马龙也并不推辞，说：“要他的命是情真。”就将他怎么讹诈房子，怎么带多少打手，有种种不法的情由，我怎么把他摔死的话诉说了一遍。“小人情甘认罪。”老爷说：“分明是你们两个人打死，后又将他尸身扯为两段。我且问你，你愿意两个人与他抵偿呀，还是一个人与他抵偿？”马龙说：“小人自愿意我一个人与他抵偿，没有我那个朋友的事。一人作的事一人当。”知府说：“要愿意一人与他抵偿，你就说路遇将他摔死，素没挟仇，就叫你一个人与他抵偿，释了你的朋友。”马爷暗道：“怎么也是死，不如怎么应了罢，到底把二弟释出去。”“并无挟仇，路遇将他摔死，没有我朋友的事，小人情甘愿意与他抵偿。”上头吩咐叫他画供。

马爷随即就画了。谁知上了他的圈套,立刻钉肘收监,拿收监牌标了名字,叫押牢带下去。又把张豹带将上来,书不可重叙,也是照样问,也是照样招承,教他认了这个死罪,开了朋友之罪。张豹更浑了,一个字也不认的,怎么说,怎么是。立刻叫他画供,他画了个十字,也是照样钉肘收监。立刻上司申文详报,暂且不表。

且说此时岳州府绅缙富户,举监生员,大小的买卖,住户人家,连庵观寺院,有几位出头的,有几位卖力气的壮汉,搭着二人相识的,及岳州府城里关外,集厂镇店,各处花银子花钱,要与张、马二位打点官司。连赌博场,带烟花院,听其自己的心愿,攒簇银钱。“除了你们眼中钉,肉中刺,从此没人讹诈,愿给多少给多少。”不上三两日的工夫,银钱凑了无数,向着岳州府衙门里外花银钱,打点仓印门号厨,连内里头丫鬟婆子,连监牢狱解记,押牢院长班头,观察总领,牢头狱卒,快壮皂,六房里先生,俱用银钱买到:然后托人见知府,许白银五千两,买二位不死。赃官有意应承此事,奈因夫人不许。老爷本来惧内,夫人不许,也是无法,所有管事的人束手无策。可有一样,二位虽收在死囚,是项上一条铁链,别的都是出水的家伙。一天两顿酒饭,无论甚么人瞧看二位,在狱门上说句话,自然就有人带将进去,指告明白死囚牢的地方。官人还躲的远远的。列公就有说的,难道说也不怕他们串供?此时是当差的,全都愿意有个明白人进来串套口供,保住他们性命,两个人不死。此时岳州府衙门里头外头,除了太太合老爷不愿意,剩下都皆愿意。此时早就把怀忠的尸骸装殓起来,请高僧高道超度,这都是太太的主意。可巧张豹有个一家族弟叫张英,此人性烈,粗莽身矮,有个外号,人称他“矮脚虎”。他来探监,又约会些个朋友,截牢反狱,被马爷拦住,叫上武昌府找艾虎送信。此人领了这句话,回到家中,拿了盘缠,直奔武昌府。送信的事情,且听下回分解。

第五十六回 徐良上襄阳献铁 艾虎奔贼店救人

双调《西江月》：

盖世英雄，山西地面甚有名。行至乌龙岗，误入贼店中。猜破就里情，反把贼哄。李、刘、唐、奚枉把机关弄。若不然，大环宝刀得不成。

且说艾虎同着闹海云龙胡小记、开路鬼乔宾，三个人整走了一夜，第二日早晨找店住下，吃了饭，整睡了一日。如此的三昼夜，出了岳州府的境界了。艾虎着急说："准误了我的事情了。"与店中人打听奔娃娃谷打那门走，店中人说："问娃娃谷，岔着一百多里路哪。前边有个乌龙岗，由乌龙岗直奔西北。"再问上湘阴县往那里奔，人家指告的是直奔正南。打店中吃了早饭，这白昼走也就无妨了。给了店饭钱起身，直奔乌龙岗。

正走间，过了一个村子，出了村口，看见村外一伙人压山探海瞧看热闹。三位爷也就直奔前来，分开众人，看看甚么缘故。见里边有一个妇人，约有三十多岁，穿着蓝布衫、青布裙，头上有一个白纸的箍儿，那妇人眼含痛泪，在那里跪着。有两个年近七旬，手中拿着两根的绳儿，两边绳儿上穿着二三百钱。妇人面前地下铺着一张白纸，上面书写黑字。艾虎、乔宾俱不认识，叫大爷念念听听。胡大爷念道：

告白四方亲友得知，小妇人张门李氏，因婆母身死，无钱制买衣衾棺椁，尸骸暴露。丈夫染病在床，病体沉重，命在旦夕。小妇人不顾抛头露脸，恩求过往仁人君子、大众爷台，以助资斧。一者制买衣衾棺椁，二则请医调治丈夫之病。永感再生之德，弃世的永感于九泉之下。

念到此处，不由的几位爷心中一动。这几位本来都是生就侠肝义胆，仗义疏财，见人之得，如己之得，见人之失，如己之失。那边一个文生秀士叫声："童儿，打包袱取银。"取出两锭白金，交与二位老者说："我有白金二锭，助于这位大嫂办事就是了。"二位老者接将过来说："大奶奶，都是你这一点孝心，感动天地，这才遇见这样的好人。冲上磕头罢。请问——请问相公贵姓高名？仙乡何处？"这位相公说："些须几两银子，不必问了。我乃是无名氏。"老者说："不能，我们回去好交代这位大奶奶的丈夫。"倒是小童儿说出："我们不是此处人氏，我们是信阳州，居住苏家桥。我们相公姓苏叫苏元庆，上岳州府寻亲，打此经过。我们相公这是路上盘缠不多，在家里头三五百两常常周济人，永远不说名姓。"此人在此处说出，到了

《续小五义》上，三盗鱼肠剑，瞧破藏珍楼，请刘押司先生画楼图，周济义侠太保刘士杰的时节再叙说，此是后话。总论好人总有好处。艾虎等就暗暗的夸奖："虽是念书的书生，会知道大丈夫施恩不求报。"

此处原来靠着乌龙岗，那里有座黑店，开黑店的外号人称"飞毛腿"，姓高叫高解，是个大贼，结交着绿林中的五判官：第一是黑面判官姓姚叫姚郝文，花面判官姚郝武，玉面判官周凯，风火判官周龙，病判官周瑞；金头活太岁王刚，墨金刚柳飞熊，急三枪陈正，菜花蛇秦叶；南阳府的浮地君王东方亮，紫面天王东方清，汝宁府太岁坊的浮地太岁东方明，陕西朝天岭王继先、王断祖；金弓小二郎王新玉，金龙、金虎，黄面狼朱英，神拳太保赛展雄王兴祖等，都是把拜为交的弟兄。他在乌龙岗这里开着座黑店，手下硒盘子的小贼有一百号人。大家出去，东西南北分四路往店中勾人。也无论仕宦行台，来往客商，见了人就夸奖这店房屋干净，吃食便宜。进了这店，就不用打算出去。那个小贼勾了来的，结果了性命，银钱财物有他一成帐，寻常的时候也没工钱月钱，店中饭食现成，吃完了出去勾买卖去。

这天可巧四个人在一处，也是瞧这个张门李氏来着，正遇上苏公子给这妇人银两。苏公子也是没出过门的人，童儿又呆，他把包袱打开，又把银符子打开，这就算露了白了；并且银符子也没裹上，就说开了话了。内中就有一个小贼看出便宜来了，那个就调坎儿说："把合拘迷子伸托。"那个小贼就打书童裆底下要捏银子，早被旁边一人看见，说："你干甚么的？他是个贼，找地方把他锁上。"小贼撒腿就跑。那人就追，被小贼的伙计拦住。老头说："大奶奶，咱们走罢。"拿着银子，笑嘻嘻的去了。旁边有人说："相公，把银包起来罢。"胡小记就问艾虎说："他们所说的是甚么言语，我怎么一概不懂？"艾虎说："你自然是不知道，那是贼坎儿，你能知道？他说'把合'，是瞧一瞧；'抱迷子'，是银子；'伸托'，是伸手。"胡小记说："哦，就是了，他们是贼。不好了，相公要吃苦，咱们跟下去罢。"

猛然间，就听见吱吽吽，吱吱吽吽，河南小车响，一转身看见一宗岔事：小车上两边有两个箱子，是黑油漆漆的；铜什件，也用黑油漆漆了；铜锁头，也用黑油漆漆了；小车连毂轮，全是黑油漆漆的；前头有人拉着个牵绳，也是黑的；后头有人推着小车，也是黑的。后头跟个人，身高七尺，青缎壮帽，青绢帕拧头，正当中面门上映出来一个茨菇叶儿。穿一件皂青缎的箭袖袍，青丝鸾带，黑色灰的衬衫，青缎窄腰快靴，往脸上看，黑紫的脸膛，两道白眉毛，一双虎目，垂大准头，四字口见棱见角，大片牙，乌牙根，大耳垂轮，未长髭须，正在年少。细腰窄臂，双肩抱拢，一团足壮，闪披青缎英雄氅，腰间跨刀，绿沙鱼皮鞘，金什件，皂色挽手，绒绳搭甩，明显着威风，暗隐着煞气。一看此人好生古怪。原来此人是山西祁县的人氏，徐庆之子，名叫徐良,字世常,外号人称山西雁,又叫多臂雄,云中鹤魏真的徒弟。天然生就侠肝义胆,好管不平之事。文武全才,十八般兵刃件件皆能,高来高去,蹿房跃脊,夜行术的工夫,来无踪迹,去无影响,会打暗器,双手会打,双手会接,双手会打镖,双手会打袖箭,会打飞蝗石,会打紧臂低头花装弩,百发百中,百无一失。故此人称为叫多臂雄。山西雁的外号可不是山西的大雁,是当初列国时,跟随晋重耳走国的那些文臣武将,有称为叫山西雁,故此他这个山西雁比的当初古人。此人虽是徐庆之子,父子的性情大岔天渊。徐三爷憨傻了一辈子,济了这么一个精明强干的后人。徐良性情,出世以来,无论行甚么样的事情,务要在心中盘算十几回才办。圣人云:“三思而后行”,他够“十思而后行”。他出世以来不懂的吃亏,甚么叫上当。抬头一个见识,低头一个见识。临机作变,指东而说西,指南而说北,遇见正人绝无半字虚言。先前徐三爷在家开着一座铁铺,因为打伤人命逃出在外。如今荫出十座铁铺,得了点斯孩儿铁,打了些刀枪的胚子。有徐三爷信到家,三太太叫徐良上襄阳,一者跟随大人当当差,也是出头之日,也见见他的天伦——活二十多岁没见过天伦,徐庆走后才生的。徐良他是奉母命离了山西地面。一路上推着刀枪的胚子,所过津关渡口,一句实话也没有。可巧走在此处被艾虎看见,三个人对说,这个人古怪。胡大爷问艾虎:“你瞧他们又说甚么呢?”就听见小贼们说:“喳喳刚儿,肘托挑窑。”艾虎说:“‘喳喳刚儿’,是过去与那个相公说话;‘肘托挑窑’,是让在他们店里住去。此处必有贼店,我出主意,咱们一边戏要戏要他们,一边保护着这位相公,毁坏了他们这个贼店,也就给这一方除了害了。”胡爷问:“怎么戏要呢?”艾虎说:“如此这般,这等这样。”毕竟不知说出些甚么言语,且听下回分解。

第五十七回　小义士戏耍高家店　山西雁药酒灌贼人

且说艾虎他们定好了主意。原来他们这四个小贼贴上苏相公了，答讪着苏相公说话，今天宿在那里。苏相公说："走路看天气说话。"小贼说："天也不早了，就宿在头里罢。这里有个高家店，房屋干净，吃食便当；按你又是个念书的人，走也多走不了几里地，又没脚力。"苏相公说："承你们几位指教，这是个高家店？"小贼说："拐过湾就看见，就是这一座店。"就听见那边小河南车吱吱吽吽响，跟车的说话。按说徐良说话可是山西的口音，这要写在书上就不能按山西口音了。要论山西的口音，盆朋不分，敦东不分。不信，诸位与山西人说话，就说棚底下有一个大盆，到东边敦一敦；要教山西人说，盆底阿有一怀大棚，到敦边东一东。要是打油，他告诉妈恼；要是买蜡，他就说妈油。再说前套《七侠五义》，有段男女错还魂的节目，屈良、屈申两个人说话，下面都要缀上山西的字音，这可不能，是何缘故？正续的《小五义》二百余回，尽是徐良的事多，若要徐良说话，字字缀上山西的口音，看的反觉不明白，听的也觉发乱，倒不如还是《洪武正韵》，倒觉爽快。

闲话少叙。单提徐良，嚷道："你们两个人实为可恼，还慢腾腾走呢，天气不早了。若要是赶不上道路，那还了得！比不得不要紧的东西，这个东西若不留神，要有点失闪，甚么人担架的住。自然没你们的事，我要卖个家产尽绝，连我的命饶上，也不值人家这一箱子东西。打算是闹着玩的，还不快走呢！"可巧又被小贼听见，又调坎儿说："合字，招老儿把合，念奚决闷字，直咳拘迷子。"说的是伙计用眼睛瞧一瞧。"念奚"，是山西人；"直咳拘迷子"，是值好些个银子。小贼就顾不得跟着苏相公了，一转身就奔了小车来了，搭讪着徐良说话："掌柜的，你这是上那里去？"徐良说："你瞧我头上戴的像掌柜的呀？身上穿的像掌柜的？"小贼说："听你说话是山西人。山西爷们做买卖的多，你那行发财？"徐良说："小买卖，教你们几位耻笑，保镖。"小贼说："原来是达官爷，贵姓？"徐良说："姓揍，叫揍人。"小贼说："玩笑哇。你要揍谁？"徐良说："戚谢邹俞的邹，仁义礼智信的仁。你们几位大哥贵姓？"一个说："姓李，姓唐，姓刘的，姓奚的。"徐良说："原来是李、刘、唐、奚四位大哥，外不流糖溪。"小贼说："咱们四个人怎么凑合来着，你别这么叫我们了。你保的是甚么镖？"回答："红货。"又问："甚么红货？"回答："这箱子里头有映青、映红、珍珠、玛瑙、碧玺、翡翠、猫儿眼、鬃晶、发晶、茶晶、墨晶、水晶、妖精。"小贼说："你别混闹了。那么妖精呢?”徐良说:“真有拳头大的猫儿眼,盆子大的子母绿,两丈多长的珊瑚树。”小贼说:“你顺嘴开河了,别的都可以,你要说是两丈多长的珊瑚树,这箱子共有多长,里头盛的下么?”徐良说:“你不知道,珊瑚子树是两丈多长,人家把他锯的一彀铲一彀铲的,装在箱子里头。”小贼说:“你今住那个店里?”徐良说:“老西正没主意呢,道又不熟。”小贼说:“前边有个高家店,这个是顶好了,你这里头有要紧的东西,是更稳当。”徐良说:“李、刘、唐、奚四位大哥,你们住那里?”小贼说:“我们就住那里。”徐良说:“你们几位不弃嫌,咱们都住在一处。”小贼说:“敢情好了。”徐良说:“就是那么办了,咱们到那里拜个把子。”小贼说:“我瞧着你们这位,推车子也推不动了,我们替你搭着罢。”他们暗地里议论议论说,这个人说话可没准,咱们替他搭车,较量较量这个分两,真是好东西必有分两。故此这才要替他搭车。徐良说:“那可不敢劳动。”小贼说:“些须小事,那算甚么。更不用推着,我们搭着就得了。”随即接将过来,往起一颠,分两不小。这几个小贼喜之不尽,以为是真正的好东西,搭起来就走。山西雁后边跟随。

拐了一个弯儿,就到高家店,大门上头有块横匾,没有字号,就写着高家老店。两边板凳上坐着十几个伙计。内中有两三个叫了一个王字,姓刘的就一使眼色,山西雁就明白了八九,复又说:“你们几位打那里来?”小贼说:“我们上岳州府去。”店中伙计问:“这位是谁?”小贼说:“这是达官爷。”伙计问:“达官爷贵姓?”徐良说:“姓揍,叫揍人。”伙计说:“别玩笑。”小贼说:“姓邹名叫邹仁。是邹达官爷。”伙计说:“有三间东房。”他们就把小车搭到东房门口,徐良就把箱子解下来搭到屋里。是何缘故?徐良是怕他们撬开瞧瞧,说是红货,怎么成了黑货了。到了屋内,也不洗脸,也不喝茶,就要饭吃,要一桌酒席,五瓶陈绍。酒席摆齐,李、刘、唐、奚说:“我们可是点酒不闻。”山西雁说:“序齿是李大哥当先喝,第二盅才是我喝。”姓李的说:“我是点酒不闻,实在不能从命。”山西雁说:“你不喝,我也不喝,咱们这酒就不用喝了。”姓李的说:“我这酒喝了就躺下。”徐良说:“对劲,我也是如此。”就把酒递过去。姓李的说:“你可喝二盅。”回答:“大哥喝罢。”小贼咬着牙,一喝而干,一歪身躺在坑上。姓刘的说:“我给达官爷斟上。”徐良说:“对了,你斟的你喝,连我女人给我斟酒,我还不喝呢。”强逼着叫这姓刘的亦喝了,也就躺下了。让唐大哥饮,任凭怎么让,也是不喝。山西雁一回手,嗖的一声,把刀亮出来,咚的一声把刀往桌子上插,一瞪眼睛说:“老西将酒待人,并无歹意,若不喝,今日有死有活。要是序齿,你比我大,老兄弟,我绝不让他喝。”姓奚说:“哥哥,你喝了罢。”唐姓一饮而干,也就躺倒了。姓奚的说:“我可不给你斟了,你自斟自饮。”山西雁说:“我自斟自饮。”把酒斟上一看,此酒发浑,酒盅儿里头乱转,明知若是喝将下去,准是人事不省，说：“奚大哥，你替我喝了罢。”姓奚的说：“杀了我也不喝。”山西雁说：“你瞧我喝。”往前凑了一凑，一伸手把姓奚的腮帮子捏住，拿起酒来往嘴里硬灌。哽的一声，还晃摇了一晃，一撒手，翻身便倒。把刀起下来要杀，就听见外面咳哟咳哟。

徐良一看窗檽纸破损的地方，往外一看，见外面来了个病人。就是胡小记教乔宾搀着装病，全是艾虎的主意：艾虎教大爷、二爷远远等着，他跟着苏相公。见他们进店，伙计问他：“就是二位？”回说：“不错，可有上房？”伙计乐了，没有小贼跟着，他们多分一成帐。跟到上房，打洗脸水烹茶。少时问了问来历，问要甚么酒饭。童儿说：“我们相公爷吃素。我的饭量小，我们吃这饭就是点染而已。”伙计说：“是进我们店里来，都是财神爷。相公吃素也容易，烙炸豆腐软筋。”童儿说：“我们一概不要。”伙计说：“吃甚么呢？”童儿说：“有豆腐汤么？”伙计说：“不好吃，就是老汤烩豆腐。”童儿说：“就是我吃两口就得了。拿馒首，有点好咸菜就行了。你可别看我们吃得少，先说明白了，两吊钱酒钱。”伙计说：“照顾一个大，我们也不敢慢怠。不喝酒么？”童儿说：“不喝，先取馒首出来。”到了灶上，嚷道：“要碗豆腐汤，咳咳的迷字，先检两碟馒首。”早被艾虎听见，回去教给了两个人。胡小记躬着腰，乔宾搀着，哎哟嗳哟的就进了店里。伙计问：“作甚么？”回答说：“这是我哥哥，有病才好了，见了我一喜欢，要出来走走，走了一里多地，我教他回去，他说还要走走，又走了一里多地，他还要走走，把个病也重劳了。我先同着他到店里歇歇，能走就走，不能走就住下，借你个地方坐坐。”大影壁前头有张桌子，两条板凳，胡小记在东边哼不断声，乔宾在西边，看看上房。就问：“我们的菜得了没有？”答应：“就得。”伙计催着快作。不多一时，炒杓一响，伙计拿着个托盘，把一大碗豆腐汤放在盘内，伙计单手一托，肐膊上搭着块代手，出了厨房。正走到胡大爷眼前，大爷嗳哟嗳哟一歪身，往地下一倒，绊在过卖伙计腿上，爬叹哗喇，盘也扔了，碗也碎了。徐良看得明白。说话之间，嗖的一声，打房上蹿下一人。若问来者何人，且听下回分解。

第五十八回 到黑店胡乔装病 乌龙岗徐艾追贼

且说胡小记往下一倒，把店小儿腿一绊，往前一扑，撒手将盘子碗全碎了。一怔说："这是怎么了？"乔宾过来说："得了，瞧我这个哥哥，净给我惹事，该多少钱，连碗带菜，我给。"伙计说："有你给就行，可误了人家吃饭子。"乔宾说："好人谁能够，人家不答应，我去见见去。"伙计瞧着乔宾，就有三分的害怕，已然是摔了，也就无法了，说："真是我的时运背就结了。"乔爷把胡爷搀起来，说："你怎么会躺下，惹的人家叨叨念念的。"大爷说："嗳哟，嗳哟，我眼前一黑，就躺下了。谁叨叨我，合他拚命。"乔爷说："算了罢，你上里边去罢，别又碰了人。"乔爷上东边坐着去了，胡爷换在西边。上房问："汤得了没有？"伙计说："得了，教人家给碰了。"上房说："要没得就不要了。"伙计说："得了，这就得了。"他也是愿意早早的喝了躺下，买卖就妥当了。复又告诉柜上说："照样再作一碗豆腐汤。"豆腐汤作好，搁上老汤，合上团粉，撒上蒙汗药，倒在碗内，搁在托盘，灶上嘱咐小心点。伙计说病鬼挪在里头去了，难道好人还掉下凳子来么？出门的时节，两手把着托盘，眼瞅着病人，走过了桌头，仍是单撒手托着盘子。他想着不怕了，那知道就听见溯爬叹、噗通、哗喇、嗷儿的一声，明是乔宾掉下板凳来，一声是溯爬叹，是把盘子扔了；噗通，是伙计躺下了；哗喇，是碗摔碎了，嗷儿一声，是先前摔的那碗豆腐汤，正有个狗在那里吃哪。伙计正爬的他身上，故此嗷儿的一声。那位就说了，这个事情太巧了。有句俗言："不巧不成书。"闲话少叙。伙计起来说："哈哈，你们这可是成心，瞧见我这身油了没有？病人躺下，我倒不恼，好人怎么也吊下板凳来，分明你是给我个躲子脚。不然，我也躺不下。"过去轮拳就要打。你看乔宾爬在地下，纹丝不动。胡大爷过来陪礼，哼哼不止的说："你看我罢。"伙计说："我看你，谁看我呀？"胡大爷说："我兄弟他有个毛病，本是个浊人，禁不住着急，一急就犯羊角疯，这是为我又犯了羊角疯了。"伙计说："那有那么巧，这是羊角疯，你别冤我，也别说，我过去瞧瞧去。"胡小记说："哎哟！哎哟！我这个兄弟病犯上来，不怕前头是眼井，是道河，是火坑，他也就躺下了。"伙计说："羊角疯我摸的出来。要是羊角疯合死了的一样，浑身发挺，不过就是不凉。"过去一摸："这是羊角疯，真是羊角疯。"甚么缘故呢？他这腿搬也搬不回来，拍也拍不动，比直。伙计信了。其实全是假的，都是艾虎商量着合他们闹着玩。他听见要碗豆腐汤，"咳咳的迷子"，就知道是要下蒙汗药，回去告诉："他要下蒙汗药，他端过豆腐汤去，大哥在车子外边装病躺下，把他豆腐汤碰撒。他要再作呀，二哥装羊角疯，仍然碰躺下。他要是三回再作，我就进去。”伙计连拍带搬，一丝不动。乔二爷一按力，他如何搬的动。又一按力，他更拍不动了。其实扒的那个竟笑，老不敢抬脸。伙计信以为实，说：“今天这个买卖真来的邪。”行灶上问：“又摔了？”伙计说：“可不是，再作一个罢。你瞧，这倒真是羊角疯，这不是搀起来了，又坐下了。”再看更好了，先前是一个人哼哼，这才是两个人哼哼了。这个“嗳哟”，那个“哼咳”，这个“哼咳”，那个“嗳哟”。“你们跑到这喊号来了，这不打人夯。”上房屋里问：“豆腐汤得了没有？”回答：“得了，又教病人碰了，这就得。”上房屋里说：“我们不要了，得了，你们喝罢。我们明天开发钱，相公爷歇了睡了。”伙计说：“得了，你多少喝点罢。”“我们不喝了，关门睡觉了。”“瞧瞧，都是你们两个，耽误我们买卖。”

又听见后院有人叫，说：“你们店里有人没有？”走过一个来。这个伙计抱怨那个伙计：“你们是干甚么的？进来人也瞧不见。”门上说：“没有人。”那个又说：“没有人，后院喊叫。”门上说：“没有人，怎么后院喊哪？我进去瞧瞧去。”这个何三拐过映壁来，听后院耳房里头嚷哪。到耳房一看，见一个壮士岁数不大，穿一身青缎衣巾，壮士打扮，拿着皮酒葫芦蹲着喝酒哪。何三问：“你打那来？”艾爷说：“打我们那里来。”又问：“上那去？”回答：“没准。”又问：“你怎么进来的？”告诉：“走进来的。”说：“我们怎么没瞅见？”回说：“你们眼神有限。”“喝茶呀？”“不渴。”“洗脸哪？”“永远不洗脸。”“吃饭哪？”“前途用过了酒。”“你是不喝呀？”“不喝，我这干甚么哪？”“你是作甚么来了？”“上你们店内睡觉来了。”“我真没见过你这和气人。”“你是少见多怪。”“那么叫我们干甚么？”“我这有酒无菜，你给我预备点菜。”伙计暗乐，只要你吃东西就行。“你要甚么菜蔬？”“要豆腐汤。”“还要甚么？”“我就剩这个大钱了。”伙计说：“可以。”出去嚷豆腐汤：“咳咳的迷子。”艾爷叫：“走回来。”伙计回来问：“甚么事？”艾爷说：“要个豆腐汤，咳咳的迷子。”伙计就知道是黑道的人，说：“你是个‘河’字？”说：“我是‘海’字。”又问：“甚么‘海’字？”回说：“比‘河’大。”我说：“你线上的？”回说：“是绳上的。”又问：“甚么绳上？”回说：“比线憨。”伙计就知道他不懂，说：“你方才说甚么叫‘咳咳的迷子’？”艾爷说：“你讲理不讲理？”回答：“怎么会不讲理。你不讲理倒是有之。”艾爷说：“谁不讲，谁是个畜类。‘咳咳的迷子’是你说的，是我说的？你说完了，我跟着你学的。我还要问问你，甚么叫‘咳咳的迷子’？”伙计一想：“对呀，是我说得，倒教他问住了。告诉你罢，‘迷子’就是多招胡椒面。”艾虎说：“巧了，我就是好吃胡椒面。”厨房里勺上一响，说：“得了，我给你取去了。”

不多时，拿来交与艾虎。伙计出去，走了五六步，就知道他准得躺下。又听屋里叫转头回来，看他在那里舔碗哪。伙计满屋找，并无踪迹，以为是灶上忘了搁蒙汗药了。艾爷说："'好迷子'，'好迷子'，给我再要一碗，多搁'迷子'，越咳越好。"伙计抱怨灶上一顿，灶上说："我搁的不少，这回你瞧着他喝。他若不当着你喝，他必是泼了。"伙计也会领了这个主意，就把豆腐送来。艾虎说："这回可咳呀？"伙计说："咳咳的很了。"艾虎故装着拿起来就喝，伙计就在对面站着，又装作怕烫，问："你干甚么呢？"回答："没事，伺候你哪。"艾爷说："你瞅着，我喝不下去。"伙计说："是了，我走了。"把帘子一摞，走的没两步，一翻身回来，往里一探头，说："哈哈，你真鬼呀！"原来是一掀席子，往坑洞里倒哪；倒完了，又装着舔碗，没容倒碗，又教伙计看破了。伙计说："你倒是甚么事？"艾虎噗嗤一笑，说："实对你说了罢，是个'河'字。我是好闹着玩。"伙计倒不得主意了，盘问盘问他罢，说："真是'河'字？"艾虎说："可不是'河'字。'河'字线上的朋客，觅你们飘把子来了。景子外有号买卖，阻倒黏值，咳拘迷子，留丁留儿势孤，先搬点山，然后兑盘儿。"这是贼坎儿话："伙计，咱们是一个道上的朋友，寻你们头来了，这号买卖，银子多啦，在城外头东南上，我一个人势孤，我喝点酒儿，再见你们头儿。"伙计说："我就知道你是个行中人，你算寃苦了我了。我给你言语声儿去罢。"艾虎说："不用，我还有句话，你先给我带了去。你们寨主是甚么万儿万儿？可就是问姓。"伙计说："你不认的呀！"艾爷说："闻名。"回答："外号人称毛腿，叫高解。你要是初会呀，给拉号买卖，就不用提我们掌柜的。那人有多少买卖到手，你给多少是多少。你可想着我们点。你教我带甚么话？"艾爷说："附耳上来。"这小子把脖子一伸，艾虎的刀就出来，往上一翻手，噗哧的一声，就结果了性命。艾爷又叫："店里头有人？倒是过来一个呀！"前面又来一人，进门就杀。又叫："倒是来个人哪！"一连三个全杀了。第四个跑了，嚷："耳房里杀了好几个人了！"艾爷追出西院，连前头十五六个人拿着家伙，一围艾虎。徐良也出来了。艾虎一转身，就倒了三四个，众人往后跑，叫："寨主快出来罢！扎手！"艾虎、徐良跟着追杀，迎面高解带群贼挡住。动手的节目，且听下回分解。

第五十九回　徐良得刀精神倍长　高解丢店丧气垂头

且说艾虎出来一动手,所有的事情徐良全都看见,就打着主意助拳,倒不管李、刘、唐、奚了。自己蹿出屋外,也就拉刀帮助。艾虎往后就追。病人也好了,也就拉刀往后就追。到了后面,飞毛腿高解正在后边同着小贼们排练哪。前头有人嚷:"寨主！快快出来罢!"他就提大环刀,把刀鞘放下,说:"尔等们跟着我动手。"往上一撞,就看见艾虎、徐良两个壮士的打扮。单看徐良,难看,黑紫脸,两道白眉。喝道:"你们两个人好大胆,敢在太岁头上动土!"二位一瞧高解,七尺多高,高挽发髻,宝蓝小袄,蓝裩裤,青绉纱包,薄底靴;面似瓦灰,两道直眉,一双小三角眼,高鼻梁,紫嘴唇,燕尾髭须,大耳垂轮,细条身材。手中这口刀古怪,轧把峭尖雁翎式,冷飕飕夺人的耳目;刀后头有一个铜环子,哗啷啷乱响。这口刀瞅着就透各别,乃是一口宝物,出于大晋赫连波老丞相所造。三口刀:一口叫大环,一口叫龙壳,一口叫龙鳞。专能切金断玉,无论金银铜铁一齐削。这样的宝物,总得有德者受之,德薄者失之。

那日有一位武进士公,骑着一匹马,挎着这口刀,住在高家店,用蒙混药酒药倒,结果了性命,高解得了这口刀。有个老踹盘子的,姓毛叫毛顺,外号儿叫百事通,有能耐,无运气,老看不起人。他告诉高解刀的出处,怎么样的好法。为得这宝刀,高解立了回大会,聘请天下水旱的绿林山林盗寇,海岛的水贼,定的是四月初八。是日来了五六十号人,高解很扫兴。凭高解的声气不行,请不动天下绿林。毛二出的主意,教他那省爷台,就把那省大头目名字写上,自己名字列于下首,人家关系两下的情面,不能不来。这个主意定好,抓了个错处,他把毛二辞了,怕的是毛二会外边卖弄宝刀,故此把他辞了。这就是丧尽天良,他这口刀如何保守的住。刀一露面,就被徐良看中意了。

前面胡小记、乔宾赶来,艾虎说:"好贼人！大概你各处有案,不定害死过多少人了,今天是你恶贯满盈,快些过来受死。"言还未尽,乔宾说道:"你还同他叙话哪!"摆刀就砍,高解眼瞅着宝刀砍到,把大环刀往上一迎,就听见呛啷镗啷啷,把刀削为两段;跟着就是一个顺水推舟的架式,就奔了乔宾的脖颈。乔爷缩颈藏头,一弓腰躲过了,没躲过帽子。把艾虎吓了一跳,摆刀就剁。高解一翻手,冲着艾虎刀迎来,要削艾虎的利刃。艾虎可不受这手,他遇着好些位使宝刀宝剑的,他专能逢避躲闪,总不叫宝刀碰在他的刀上,不求有功,先求无过。自己这口刀上下翻飞,神出鬼入。徐良暗暗夸奖:"好俊身法,真受过名人的指教,工夫实在到家。"把自己紧臂花妆弩拾夺好了,净等得便好打。高解吩咐手下人杀,众人往上一裹。胡小记亦就蹿将上来,艾虎说:"大哥合群贼交手罢,这个交给我了。"乔宾遇一个小贼,拿着一根大棍,迎面打将下来。乔宾用单臂膀一搪,溯的一声,虽然打上,乔二爷生来的骨壮筋足,竟不觉着疼痛,往外一挽手,就把根棍夹在肋下,往怀中一带,那个小贼噗通栽倒在地。二爷夺过棍来,冲着小贼脑袋一触,爬叹一声,脑浆崩裂。他就抡起这根棍来,望着众贼乱打,越打地方越宽。高解始终削不了艾虎的刀,心中一发急燥,眼瞧着他手下这些个人东倒西歪,横躺竖卧,也有带重伤的,也有死于非命的。瞧着艾虎这一刀砍空,他把他刀往上一举,盖着艾虎的刀往下就剁。只听见噗哧的一声,一枝暗器正钉在高解右手上,一疼一撒手,铛啷一声,宝刀坠地。艾虎要过来捡刀,乔宾也看出便宜来了,也要过来捡刀。那知道打半悬空中飞下一人来,不偏不歪,正踹在他的脚底下,蜻蜓点水,弯腰捡将起来,就追高解。艾虎纳闷,方才在前院里帮着自己动手,到了后院里就不见了;如今又来了,打头好认,他就是这两道白眉毛,可不知是谁。原来是徐良看见他这口宝刀,心中就爱上了。他站在高耸耸一块石头上,把紧臂低头花妆弩拾夺好了,净等打他手背。比了又比,老没打出去。他是来回的蹿进,恐怕打了别人。这回对准,靶的一声,正钉在高解右手背上。自己施展燕子飞云纵的工夫,类若打半悬空中飞下来相似。高解就跑。徐良得了宝刀,心内不尽喜欢。艾虎也追下来了,叫:"大哥!你开发了他们这群人罢。"胡小记说:"尔等们听真,方才这位是跟随按院大人办差的委员,我们都是奉大人谕出来拿贼;如今你们的头目教委员老爷追下去,你们要知时务,把手中兵器一扔,你们就是安善的良民。那一个仍然不服,来来来,较量较量。"答道:"我们都是好人。"大家跪下,苦苦一齐哀告。胡小记说:"你们可别走哪,等艾老爷回来,再听他吩咐。"也有暗暗的溜了的,也有假装着受伤的,一蹶一拐出门去了。

单提艾虎、徐良直赶飞毛腿。高解手背上钉着大枣核钉子,咬着牙,拔将下来,仍然是跑。论腿底下真快,徐、艾二人绝赶不上。赶来赶去,瞧着头里有个大土岗子,就是乌龙岗,指着这个地方起的名字。追的过了这乌龙岗,头里还有一道小土岗,直奔土岗。艾虎在徐良后,徐良说:"这位大哥,咱们不要这么追,这是我追他,你追我,追一天也追不上。你打那边追,我打这边抄进;或是你打这边抄,我打那边追,可就追上了。"艾虎一听,好个主意,果然,艾虎由北边一抄,徐良打这边一跟,绕过这一段小土岗儿去。一碰头,艾虎一瞧是徐良,徐良一瞧是艾虎,高解踪迹不见。二人纳闷。这是甚么缘故?艾虎说:"这位大哥,你追的人哪?"徐良说:"真个是瓮里走了鳖了,怎么把他追丢了。”徐良说:“这位大哥,随我来,倒要细细找找。”艾虎跟着,也是目不转睛的四下张望,就见徐良拿手中刀,往土坡上噗哧一扎,往上一撩,里头是个黑忽忽的一个大洞,原来是贼洞呀。各人都有个便道,在乌龙岗的头里。他这个小土岗,是拿砖砌的,留出一个洞门来,横担上一根过木,过木上钉上一领席子——洞门多大,席子多大——熬一锅小米粥,倒在席子上,为是趁着黏糊把黄土撒上。这个土岗也是用黄土堆起来的,是人打外边一看,一点痕迹不露。高解自来他有他的暗记,两边可是相通的,教他们追的无法,钻在洞里,反由西边出来,逃蹿性命。

徐良看出一点破绽,就是扎席子,看见这黑洞说:“这小子钻了狗洞了。”艾虎说:“待我进去捉拿。”徐良一把抓住说:“这位大哥,你好粗鲁。他在暗处,咱们在明处,他要打那边走了还好,倘若就在里边,咱们是甘受其苦。”艾虎点头说:“大哥言之有理。”二人复从西边一看,也是一个大洞,方才知道高解已逃命去了,这才彼此对问。艾虎说:“这位大哥贵姓高名?仙乡何处?”书不可重絮。徐良说了自己名姓籍贯,艾虎赶紧过来磕头说:“原来是大哥。”徐良又问艾虎,艾虎也把自己名姓事情说了一回。彼此说起,可不是外人。艾虎又问徐良的来意,徐爷就把推铁找天伦事细说一番;又问了天伦近来的事情。艾爷也就告诉了一遍,二人就回来了。到了店中,与胡、乔彼此都见了,叫开了上房门,见苏相公言讲,暗地保护他的话说了一遍。苏相公致谢众位。徐良找了刀鞘儿,此时店中小贼全都跑的干干净净。随即找了地方,就提他们几个俱是跟随大人当差的,奉谕拿贼。所有活着的,死的,着他交地方官办理,连李、刘、唐、奚一并交官。几位议论,一路走问地方:“由此处奔武昌府,上湘阴县,打那里分手?”回答:“前边有个黄花镇,东南是武昌,正南是湘阴。”艾虎说:“徐大哥,你在黄花镇等我,我到娃娃谷得信回头找你。倘遇不见那位老人家,咱们一同上武昌。”言毕,次日艾虎起身找大人。且听下回分解。

第六十回 朋友初逢一见如故 好汉无钱寸步难行

且说小爷大众把乌龙岗事办完，苏相公与众位道劳。艾虎上娃娃谷，胡、乔、徐推着小车上黄花镇。本地面官审事验尸抬埋，将店抄产入官，暂且不表。

且说未定君山之先，跟大人的众位侠义俱有书信回家。卢爷的信到陷空岛，丁二爷的信到茉花村。陷空岛卢珍接着天伦的信，回明了母亲。老太太将卢珍叫过去问话，说："你天伦的信，倒没提你五叔的生死么？怎么家人们都说五叔死了哪。你天伦如今年迈，你五叔要是一死，你天伦必要想念你五叔。这破铜网阵，你天伦要有些差池，那还了得！意欲差派吾儿急奔襄阳，为娘放心不下。"卢珍说："差派孩儿去上襄阳，娘亲放心不下，我到茉花村找找我大叔，问问我大叔去不去。我大叔要去，我们爷两个一同前往，娘亲意下如何？"老太太说："好，我儿急速前去，为娘在家听信。"随即辞了娘亲，到了茉花村，见了丁大爷。原来丁大爷也见着二爷的书信，正欲前往。卢珍提了自己的事情，大爷很愿意，就教他回到家中，对老太太说明，拿着自己应用的东西，辞别了娘亲，到茉花村与大爷一路起身。大爷把自己的东西带上，由此起身。

爷两个上路走了八里，忽然看见前面有个镇店，进了镇店一看，路北有许多的围着瞧看热闹。这爷两个也就分着众人，到里边看看。内中有人说："这可好了，茉花村大爷到了，别打了，了事的人来了。"一看，原来是一个饭铺，却是新开张，挂着大红的彩绸，有许多人拿着木棍，在那里打人。看这个挨打的是个穷汉，穿着条破裤子，连打带撕，扯成粉碎。瞧这个大汉站起来，足有一丈一二，头发长的挽起来一个鬏鬏揪儿，短的扎扎蓬蓬，两道浓眉，一双怪眼，可是闭着哪！狮子鼻，翻鼻孔，火盆口，栗子腮额，一嘴的歪牙，七颠八倒，生于唇外；通身到下，就合地皮一样黑而且暗。卢珍一瞅，就知道是个落难的英雄。你道是谁？这就是彻地鼠韩彰的螟蛉义子，姓韩叫天锦，外号人称霹雳鬼。他乃是黄州府黄安县的人，皆因是韩二爷书信到家，此人天生的烂熳，忠厚朴实，生就膂力过人，食嗓太大。他原本是万泉山的人，打柴的韩老跟前的，皆因父母一死，有几亩地也教他吃完了；瞧见谁家烟筒一冒烟，进去就吃人家饭去，不怕人家要打他，他吃他的。后来合村人冤他，教他出去打扛子去，遇见官人把他办住发边军，有人说合就完了。

这天又出去打扛子，打着公孙先生。先生瞧他是好汉子，给了他一条明路，教他上白鹤寺。到了白鹤寺，遇见韩彰、蒋平，打了无数的僧人。蒋平出主意，教韩彰认为义子。韩彰作了官，打发他回家。到家也无人缘，头一样，说话就得罪人；二则饭量太大。又打发他上襄阳，带了许多银子，始终没找到襄阳府去。忽然想起问路来了，见一人说："站住，小子！"人家一瞧他这个样子，夜叉相似，说："你要拦路打抢？"他说："老子上襄阳，往那里走？"人家说："往西。"他一撒手，把人摔倒。他也不认的那是西，走着走着，他想起来了又问，见着人抓住："小子，站住！"把那人吓一跳，说："我不欠你的。"他说："老子要上襄阳，往那么走？"那人说："往北。"一撒手，又把那人摔倒，爬起来就跑。照这样问路，走一辈子也到不了襄阳。银子花完了，帽子卖了，靴子换了鞋，衬衫、带子全完了，直落的剩下一条裤子。三四天任甚么没吃。大丈夫万死敢当，一饿难挨。两眼一发黑，肚子里乱叫，举目无亲，一想还是打扛子去罢，又怕坏了爹爹的名姓。"嗳哟，有了，这个顶新的门面，我进去吃一顿饭，吃的饱饱的，没有钱他必打我，合着教他打我一顿。我不说名姓，也坏不了爹爹的名气。"主意已定，进了饭铺。新开张的买卖，人烟稠密，出入人太多，过卖就哄："要讨吃也没眼力，你在外头等着去罢。"他就坐在板凳上了。过卖说："咳，你是干甚么的？"他说："你们这是干甚么的？"过卖说："我们是卖饭的。"韩爷说："我是吃饭的。"过卖一瞧他这个样儿，那有钱哪，说："你吃饭有钱哪？"韩爷说："钱多着的哪！"过卖问："在那里？"回说："咱们爹爹那里有银子。"过卖不敢担这个沉重，过去问了问柜上。柜上说："只管教他吃饭。东家有话，每遇没钱的强要写帐，打他两三个子就好了。这就叫敲山镇虎。"过卖得了这句话，回来问他："吃甚么呀？"回说："吃饼。"过卖说："喝酒？"回说："不喝。"又问："要甚么菜？"回说："墩肉。"又问："要多少饼？"回说："十五斤。"过卖说："几个人吃？"韩爷说："一个人，不够再要。"过卖说："有饿眼没饿心，你几天没吃饭了？"韩爷说："三天了。"过卖说："要多少墩肉？"回说："十五斤。"回说："这燉肉不论斤，论碗。你要十五斤么，我给你一碗一碗的往上端，多暂够了算完。""饼可要十五斤，烙一个饼。"过卖说："我们这不行，没那们大饼鏊。"又问："多大一张？""半斤一张。"说："那么烙他三十张罢。还是十五斤，你怎么算来呀？""我给你往上端罢，几时饱了，几时算帐。"往上一端饼合墩肉。各饭坐上不顾吃饭了，连楼上都下来了，瞧看那个吃饭。四张饼一卷，嘴又大，吃四五口，剩一块往里一填，一瞪眼，一嗞牙，二斤饼就入了肚了。一大碗墩肉拿箸子一合弄，也不管肥瘦，一爬拉就完了，净剩汤。虽说吃了没十五斤饼，没十五斤肉，也差不许多的。过卖说："你饱哩？"韩爷说："将就了罢。""给你算算帐。"说："不用算，给你十两银子罢。"过卖暗说："别瞧穷，真开道。""你把银子拿来罢。"这会没有，你看我身上那有银子？"过卖说："你打算怎么样哪？""告诉过你，咱们爹爹那里有银子,去取去呀。""那里取去?""上襄阳。""我们不能上那么远去。""你说不能上那么远去,可没法子了。没有怎么办哪?"过卖说:"你说怎么办,咱就怎么办,横竖你没钱不行。"韩爷说:"非跟了去取去,没钱,不用说你们是要打呀?"过卖说:"你成心卖打来了。"早有掌柜的过来,说:"买卖冲你不作了,上门,上门,打他。"韩爷往外就走,噗通躺在门的外头。伙计说:"他没走,躺在外头了。"掌柜的吩咐打他,净是木棍,没有铁器。早就吩咐好了的了,净打下身。打的是一语不发,打着教他央求,教他叫。瞧热闹的人如压山探海围上了。掌柜的是要个台阶就完了。这么个时刻,正南上一乱,大官人、卢珍打外面进来。卢珍过去瞧韩天锦,大官人问掌柜的来历。韩天锦睁眼一瞧公子卢珍,品貌不凡,粉融融的脸面,一身银红色的衣巾,胁下佩刀,武生相公的样,笑嘻嘻问道:"这位大哥为甚么在此挨打?"韩天锦说:"我吃完饭没钱,他们就打我,他们说打完了,就不要钱了。"卢爷说:"大哥,你姓甚么?那里住?"韩天锦说:"我住在黄州黄安县,姓韩叫猛儿。"卢爷问:"我提个人,你认的不认的?姓韩,单名一个彰字,人称彻地鼠。"韩天锦说:"嗳哟!那是咱们爹爹。"卢珍说:"我再提个人,你认的不认的,陷空岛卢大爷?"韩爷说:"那是我大大爷。"卢珍说:"原来是大哥,转上受我一拜。你怎么落到这般光景?"韩爷说:"一言难尽。你是谁呀?"卢爷说:"方才提陷空岛姓卢的,是我天伦。你不是韩二叔跟前的大哥吗?"韩爷说:"嗳哟!你是兄弟。"卢爷说:"我给你荐个人,茉花村姓丁的,你听见说过没有?"韩爷说:"我的丁大叔,我的丁二叔。"卢爷说:"这就好办了。过来你见见。这就是茉花村丁大叔。"丁大爷一瞧,嘿,好样子,怪不得他们说长得凶猛,今日一见果然是威风。这还没有衣服呢,要有了衣服,更是英雄的气象了。冲着丁大爷磕了几个头。丁大爷把他搀起来。卢爷说:"这就是我韩二叔跟前的,我韩大哥。"大官人拿出银子来,给了柜上钱;柜上再三不要,就给了伙计们酒钱了。

带着韩天锦回家,更换衣服,一同上襄阳,且听下回分解。

第六十一回　因打虎巧遇展国栋　为吃肉染病猛烈人

且说韩天锦到了茉花村丁大官人家中，在外面等着，给他拿出衣服来换上，虽然不合身体，暂且将就穿上。现教人出去买办，买了合身体的衣服、头巾、靴子、带子，洗了脸，穿戴起来，更是英雄的样子了。带着到里边见了见女眷，择日起身，书不可重絮。起身的时节多带银两，道路之上为了难了，韩天锦睡觉不起来，叫不醒，怎么打他也不醒，故此就耽延了日期。这日往前正走，忽然间进了山口，到了山里头一看，怪石嵯峨，山连山，山套山，不知套出多远去。算尽在山里头走路，倒也没甚坑坎，一路平坦。大官人说："此山我看着眼热，好像百花岭。要是百花岭，咱们这块儿还有一们亲戚呢。"卢珍问道："大叔，甚么亲戚？"丁大爷说："就是你展三叔的两个哥哥，一位叫展辉，一位叫展耀。二位皆作过官，只因奸臣当道，如今退归林下，守着祖茔。他们祖茔就在百花岭，此处可不定是与不是。"正说话间，忽然一阵风起——这风来的真怪，冷飕飕的透体，并且里头带着些毛腥气。卢珍说："大叔，别是有甚么猛兽罢？"丁大爷说："我正要说呢。大家留神，各处仔细瞧看。"韩天锦说："哈，你们瞧，好大猫，大猫！大猫！你们这里瞧来罢，好大猫！"卢珍说："大哥哥，那不是猫，是个老虎。"卢珍、丁大爷都看见在山峰缺处一只斑斓猛兽，每遇着要行走之时，把身子往后一坐，将尾巴乱搅——尾巴一动，自来的就有风起，不然怎么虎行有风呢。久入山的人——或采樵、或打猎，都会看风势，不然卢珍、丁大爷见风起的怪，又有毛腥气，就疑有猛兽。真是：

风过处，有声鸣；转山湾，现身形。他若到，百兽惊；靠山王，威名胜。蹿深涧，越山峰。八面威，张巨口。将身纵，吐舌尖，眼如灯，呲刚牙，烈而猛。真个是云从龙来，虎从风去。

卢珍说："哥哥，会上树不会？"天锦说："小时打柴，甚么树不会上？"卢珍说："急速快些找树，不然山王一到，就没处躲避了。"天锦说："我为甚么躲避？还要把他抱住呢。抱回家去，教他们瞧大猫去。"正说话间，就见那只猛兽走动，蹿山跳涧，直奔前来了。大爷、卢珍早就藏于树后，隐避身躯，亮出兵刃，总怕猛兽前来，就顾不得韩天锦了。焉知韩天锦迎着猛兽前来，乍扎着两臂，笑哈哈的嚷道："这来，大猫！大猫，这来！"头里有段山沟隔住，天锦蹿不过去，只可就在东边等着这只老虎。那知这虎纵身就蹿过山沟，又蹿起一丈多高，对着韩天锦往下一扑。卢珍就知道大哥这个祸患不小。焉知天锦也算粗中有细,见虎冲着他往前一扑,自己一躬腰,也就冲着他往前一扑。老虎扑空了,老虎的前爪一空,天锦就把老虎的后爪攒住,用平生之力抡起这只虎来,望山石一摔,只听见爬叹一声响亮,那虎呜的一声吼叫。再瞧韩天锦把虎脑袋上皮毛抓住,一手把尾巴揪住,连踢带打,那虎呜呜的乱叫。踢了半天,索性他把虎骑上,一只手抓住了脑门,一只手把老虎眼噗哧的一声,打瞎了一只,一换手,又把那只虎眼也打瞎了。那虎呜的一声,就成了一只瞎虎。又打了半天,竟把那只猛兽打的绝气身亡。这虎可也不大,并且已然是带过伤咧。也是天锦的神力,这才将他打死。可把大官人与卢珍瞧了半天,连话都说不出来,暗道:"天锦有多大的膂力!"霹雳鬼见虎不动,说:"这个大猫不动了,我该抱去教他们瞧去了。"卢珍说:"不要,谁也不瞧那个。"

正说话间,就见西边山坡上有一人嚷道说:"那是我们的猫!"卢珍说:"我打着,就是这韩大哥管他那叫猫哇,还有叫猫的哪。"瞧这个人身量不甚高,头上高挽发髻,身穿青缎短袄,腰紧纱包,青缎裮裤,薄底靴子;黑挖挖的脸面,四方身躯,粗眉大眼,声音宏亮。他说是他的大猫,随即跑下山来,走山路如踏平地一般。看看走到这段山沟,喊道:"那个大小子!还我猫!"卢珍说:"哥哥给他罢。"韩天锦说:"便宜他。黑小子!过来取来!"那人说:"大小子!你给扔过来。"天锦就把这只虎抓起来。卢珍说:"哥哥扔不过去,山沟太宽,教他过来取罢。"韩爷偏不听,一定要扔将过去。卢珍怕的是扔不过去,吊在山沟里头不好去捡,又教他人耻笑。韩爷那里肯听,离山沟不远,提着这只虎悠了几悠,往前一跑,嗖的一声,竟自扔过去了。卢珍与大官人更觉着吃惊。那人说:"呔!我那是个活猫,这是个死猫,我不要,要我的活猫。"天锦说:"就是死猫,没有活猫。"那个说:"我要定了活的了。"天锦说:"要活的,你扔过来。"那人说:"使得。"爬叹一声,照样又扔过来了。天锦提起来说:"就是这个。嗳!要不要?"嗖的一声,又扔过去。那人复又扔过来说:"没有活猫,你就别走了。"韩天锦随说:"你过来,黑小子!"那人说:"使得,你那里等着罢,大小子!"就见他顺着山沟,往南就跑。

不多一时,就在沟的东边,由南跑来。丁大爷看见两个人撞在一处,伸手要打。就见西北上有人嚷道:"少大爷,又合人打架哪,员外爷来了。"那人说:"别打了!别打了!咱们员外来了!"一伙人看看临近,内中有一个员外的打扮,高声嚷道:"原来是丁大弟到了。"大官人一告诉卢珍说:"这是百花岭,我们亲戚来了。"看看来到山沟,说:"大弟从何而至?你在那边略等,待我过去。"往南原有一个搭石桥儿,不多时来到面前。大官人过去行礼,早被展员外搀住说:"怎么过门不入,甚么缘故?"丁大爷说:"我们连一人没遇见。我看着像百花岭,正同我侄子这里说哪。

给大哥见见，这就是卢大哥之子，他叫卢珍。这是你二叔。”卢珍说：“二叔父在上，侄男有礼。”展员外说：“贤侄请起。怪不得说将门之后，名不虚传。”大官人说：“呔！你也过来见见。”天锦说：“见谁呀？”大官人说：“这是你二伯父。这就是韩二哥的义子，他叫韩天锦。”韩爷就跪下磕头。展二爷说：“这真是英雄的气象。我空有儿子，真不好给见。国栋过来见见，这是你丁大舅，过去磕头。”国栋给丁大爷磕头。展爷又说：“再给你卢大哥、韩大哥见见。”彼此对施一礼。展二爷往家中一让，大家一同前往，拐了一个山湾，就到了一所庄窠。进了大门、二门，到庭房落座献茶。员外问：“你们爷几个，意欲何往？”大官人就把始末根由细说一遍。又问卢珍文才武技，皆都是应答如流。展二老爷叹息了一声，说：“大弟，你看人家儿子，甚么气象；看你那个外甥，方才你也见过，连一句人话都不会说。”大官人更觉叹息，说：“我倒想要那么一个，还没有哪。哥哥别不知足了，有子万事足。”员外吩咐摆酒。虽在山中居住，倒也是便当，把酒摆好，吩咐请韩公子：“那里去了？”家人说：“同着少大爷在西花园里吃烤虎肉哪。”展员外说：“快把韩公子请来，人家比不得咱们家里大爷，吃那个东西克化不动，请他这里喝酒。”来去不多时，回来说：“韩公子合少大爷吃烤虎肉吃的对劲，商量着要拜把子哪。我们一定要请，要把我们的脑袋拧下来。”大官人说：“既然那样，也就不叫他来了，他们二人对劲，到很好。”然后大家用酒。书要剪断，直吃到二鼓方散，在西书房安歇，预备的衾枕是齐齐整整。霹雳鬼与打虎将，他们是一见如故。原来回来的时候，他们就岔了路了，把虎抗回来，他们就吃开了烤虎肉了。天锦本没吃过，起先吃着过不得滋味，嗣后来是越吃越香，吃了个十成饱。人家与他预备茶，他都不喝，非喝凉水不可，把凉水喝了无数。大官人叫本家家人，把他找到书房，进门就睡。展员外也陪着在书房安歇。天到三鼓后，大家安歇。天到五鼓，霹雳鬼大吼了一声。众人惊醒一看，天锦把眼睛一翻，四肢直挺。若问甚么缘故，且听下回分解。

第六十二回 打虎将有心结拜 卢公子无意联姻

且说人看不得怎么坚壮,都架不住生病。天锦天然生就了得,皮糙肉厚,天然神力,虽生贫苦人家,究竟日后造化不小。烤虎肉就凉水,焉有不病之理。睡梦中就觉着内里头着火的一般,大吼了一声,眼前一发黑,头颅一晕,复反躺于床上,把大家惊醒。灯烛未息,大家一看,见天锦眼睛往上一翻,四肢直挺,呼唤了半天,一语不发。众人一怔,展二老爷叫家人赶紧去请大夫。不多时请来,进书房与天锦诊脉。大夫说:"就是停食。"开了个方儿。大夫去后,天光已亮,抓了药来,煎好教他吃将下去,拿被窝一盖,见了身透汗,立刻全愈。就是一件,好的快,重劳的快,甚么缘故?病将一好,还是大吃大喝,谁人拦挡不住,一顿就重劳。又请大夫,又是一剂药就好。一连重劳了六七次,可急坏了打虎将了,每天进来瞧看。卢珍也是着急,惦念着襄阳天伦的事情,心中烦闷:"天锦哥哥病势老不能愈,又不能将他扔下走了。"可巧国栋进来说:"我大哥哥还没好哪?"卢珍说:"没有呢。"国栋说:"好容易交了个朋友,又要死。卢哥哥,你会本事不会?"卢珍说:"不会。"国栋说:"你怎么不教我丁大舅教教你。"卢珍说:"我笨吗。"国栋说:"你要爱学,我教教你。"卢珍说:"可以,等候着有工夫的时候,跟你学学。"国栋说:"咱们这就走,上花园子,我教教你去。"卢珍虽不愿意,也是无法,教国栋揪着就走,无奈之何,跟着到了花园子。卢珍一想,也是闲暇无事,一半拿着他开开心。

那个国栋本是个傻人,就把两根木棍拿来,说:"我先教给你泼风十八打。"卢珍接过棍来,说:"我可不会,咱们混抡一回,谁打着可不许急。"国栋说:"那是我净打你。"卢珍说:"你打死我都白打。你要打着我,我倒跟你学;你打不着我,我倒不跟你学。"国栋说:"那么就打。"卢珍拿起棍来,见他也不懂得甚么叫行门过步,劈山棍打将下来。卢珍用棍一支,国栋换手一点,卢珍斜行要步,往外一磕,撒左手反右臂,使了一个凤凰单展翅,又叫反臂倒劈丝,听见爬的一声,正中在国栋的后脊背上,爬爬爬削出好几步去,几乎没栽倒。国栋说:"唔呀!你别是会罢。"卢珍说:"我不会。先就说明白了,我不会。"国栋说:"再来。"卢珍说:"咱们就再来。"又是照样两三个弯,仍然照样受了一个扫荡腿,噗通一声,摔倒在地。卢珍微微的一笑说:"兄弟起来。"国栋说:"我不用起来了,我给你磕头,你教教我罢。"卢珍说:"不会,我教给你甚么?"国栋跪下不动,说非教不行。他闹得卢珍无法,说:"是了,等着有工夫我教你。”国栋说:“咱们两个人拜把子,你愿意不愿意?”卢珍本不愿意,又一思想:“倘若闹的到展二叔耳朵里去,凭人家这个待承,要不与人结义为友,也对不住人家。再说国栋也是个好人,这个把子也可以拜的。”随即点头。国栋说:“就在这里拜。”折了三个树枝插在土上,两个人冲北磕头。卢珍大,就跪在太湖石前。卢珍说:“过往神祇在上,弟子卢珍与展国栋结义为友,从此往后有官同作,有马同乘,祸福共之,始终如一,倘有三心二意,天厌之!天厌之!”磕了头。国栋跪下说:“过往神祇在上,弟子展国栋与卢珍结义为友,有官同作,有打同挨。”卢珍说:“不对,有马同乘。”国栋说:“有官同作,有马同乘,这才是有打同挨呢。”卢珍说:“不对,没有个有打同挨,该当是祸福共之。”国栋说:“这才是有打同挨呢。”卢珍说:“没有这么句话。”国栋磕了几个头,转过来又与卢珍磕头。国栋说:“咱们这可就是把兄弟了,有官同作呀。就是你作官,我也作官;你骑马,我也骑马;你吃好的,穿好的,我也吃好的,穿好的。”卢珍说:“对了,就是这么个讲儿。”国栋说:“倘若是我,要有人见面就打我、骂我,你当怎么样哪?”卢珍说:“你我生死之交,我的命不要了,必然要与你出气。”国栋说:“此话当真吗?”卢珍说:“要是假的,你别叫我哥哥了。你果有这样人欺负你,我不与你出气,我是畜生!甚么人欺负你?说罢。”国栋说:“这个人就在咱们院里住。”卢珍说:“必是恶霸,你带我找去,要死的,要活的,就听你一句话。若要将他要了命,还是我出去偿命,与你无干。倒是姓甚么呀?”国栋说:“就是我姐姐。”卢爷一听,说:“唾!你胡说!我当是谁,原来是你姐姐,亏了你是与我说,要与别人说,教人家把牙都笑掉了。你邀人打你姐姐,你还算了人了。趁早别往下说了,你再往下说,我就不认得你了,你我断义绝交。”国栋说:“你打算我这个姐姐,像别人家的姐姐哪!他与别人不同,力气大、棍法精、拳脚快、刀法熟,我们动手,我总得跑,不跑就得受他的打,并且不放走,给他跪着叫姐姐、亲姐姐饶了我罢,再也不敢了,这才叫走哪。见头打头,见尾打尾,我实无法了,各处找人帮着我打他,总没有能人。我看着我天锦哥哥可以,他又病了。想不到哥哥你准能打他,有言在先,有人欺负我,你管,这你又不管我了。也罢,你爱管不管罢,你不管,我一辈子也逃不出来了,不如我死了,倒比那活着强。”卢珍知道他是浑人,倘若真行了短见识,更不对了,无奈劝劝他罢,说:“兄弟你想,姐姐是外姓人,在家还能有多少日子,你再忍几年就得了。”国栋说:“你别管我了,我这就碰死,你去你的罢。”说毕,又哭起来了。卢珍为难,心中想:“有了,我冤他一回倒行了。我应着帮打,叫他把他诓来,我在山子后面蹲着,他叫我不出去,等他姐姐走了,我再见他,我说我睡着了。只要哄他过了一日半日,我们一走就完了。”想妥了这个主意,说:“兄弟别哭了,我应了,帮着你打还不行吗?”国栋听说道:“你管了?”卢公子说:“我

管了。”国栋说:“我也不哭了,你真是我的好朋友。我去诓他去,你在山石后等着。我将他诓到此处之时,我叫救兵何在,你在山子石后面出来说:‘好大胆!欺负我的拜弟,我打你这个东西!’你打他,叫他叫,不叫还打;我也叫他叫,不叫再打,就给我出了气了。”卢珍说:“你快去呀!”国栋说:“你可得言要应典哪!不然我走了,你跑了,我救兵不在,那可害苦了我了——那可是他打的,明天去,他还打哪,我可得死与他瞧。你要走了,我是个王八,我可不敢骂你。”卢珍无法,只可等着。

国栋的姐姐乳名教小侠,本是展辉之女。展耀就有一子是国栋。大太太先死的,大员外后死的,病到十分,叫姑娘过来与叔父婶母叩头,说:“从今后,不许叫叔父婶母,就叫爷爷娘亲。你们夫妻可要另眼看待这苦命的孩儿。”二员外夫妻说:“哥哥放心,我们待他要与国栋两样心肠,我们不得善终。大爷,姑娘给甚么人家?”大员外说:“一要世代簪缨之后,二要人家单净,三要文有文才,四要武有武工夫,五要品貌端方,六要本人有官职。”二员外一听,就知道太难了,说:“大哥,若有一件不全,给不给?”大员外嗽的一声,咽了气了,大家恸哭。发丧办事将完,二太太又死了。也把事办完。姑娘带着两个小丫鬟,习学针指,描鸾刺绣,早晚的舞剑,打袖箭,全是展家家传。国栋可不会,每遇姐俩交手的时节,国栋必败,姑娘比他强的多多。力气可没他大,用的巧妙,国栋输了,姑娘叫他求饶。每遇动手,回回如此。国栋忌上了小姐。本要邀天锦,天锦又病了。如今见卢珍又强多了,定好了计,自己到姑娘的院内叫阵。姑娘出来,短衣襟,手拿木棍,说:“你这几日没受打之过罢,又来了。”国栋说:“我拜了老师了,你不行了,快给我磕个头罢,我就饶了你。”姑娘大怒,二人交手不到十个回合,小爷就跑奔西花园子而来。姑娘在后,进了花园与卢珍见面,且听下回分解。

第六十三回　小爷败走西花园内　公子助拳太湖石前

诗曰：

城头叠鼓声，城下暮江清。

欲向渔阳掺，时无祢正平。

且说展国栋去到姑娘香闺秀户，以比棍为名，把小姐诓将出来，先比试了几下，败走西花园内，进月样门，直奔太湖山石。姑娘在后面追赶。国栋冲着太湖石嚷喝，说："呔！救兵何在，救兵何在！"姑娘一听，不敢前去，心中暗道："这孩子不是外边勾了人来，倘若外边勾进人来，自己抛头露脸，没穿着长大衣服，就是这样打扮，漫说见男子，连妇女们都不见。倘若叫叔叔知道，数说自己几句，那时怎了。国栋本是一个浑孩子，他真许外头勾进人来，不如早早回避为是。"国栋连叫救兵，回头又叫："姐姐，你怕了我了？是好的回来，我这有救兵，你敢来么？从此你就永不用合我夸嘴了。"姑娘听他这一套话，不觉的气往上一壮，又见国栋冲着太湖石叫了半天，并没人答应，自己忖度："别叫这个傻小子诓我，一句话就把我吓跑了。国栋是个傻人，他在外面一嘲笑，我岂不被外人耻笑？"这是姑娘都是骄傲的性情，何况这姑娘是一身的工夫，那性情未免的更显着骄傲了。自己一反身，又追下国栋来了，说："你这孩子，这个打今天是没挨够哪！你叫甚么救兵？你若不叫救兵，我倒饶了你。今天冲着你这个救兵，连你带你这个救兵给我跪下，我都不饶。"随说随追，国栋就跑，冲着太湖山石又嚷："救兵何在？救兵快些出来，不然我要不好。嗳哟！救兵跑了，你可害苦了我了。"姑娘听着喊救兵喊的紧，又收住步了。姑娘看太湖山石后并无一人，又追。追到身临切近，国栋真急了，说："救兵再不出来，我可要糊骂你了。"姑娘说："今天你倒不要紧，我倒看看你这救兵是顶长三头，肩生六臂？"国栋又说："你不出来，连我姐姐都要骂你啦。"

卢珍实忍不住了，本是装瞌睡，一听要骂可就忍不住了；再听姑娘说话又太大了点，连救兵带国栋给他跪着他都不饶，本来无心与这姑娘交手，被这两句话一挤兑，把卢公子的火挤兑的就发燥起来了。单手提那根齐眉棍，往上一抬身躯，往对面一看，原来是一个十七八岁的姑娘，追赶国栋。短打扮，头上乌云有一块鹅黄绢帕罩住，并没戴定花朵，也没有钗环镯钏；穿一件玫瑰紫的小袄，葱心绿的汗巾系腰，双桃红的中衣；三寸窄小的金莲，一点红猩相似，粉面桃腮，十分的俊丽；手中提一根齐眉木棍。卢公子故意断喝一声,说:"呔!甚么人大胆,敢欺负我的拜弟!来,来,来,与公子爷较量三合。"姑娘猛然间,见太湖山石后显露一人,小姐立住脚步。但见这位相公头戴银红色武生巾,银红色箭袖,香色的丝带,靴子、衬衫俱被太湖石挡住。往脸面上看,粉融融一张脸,两道细眉,一双长目,皂白分明,鼻如悬胆,口赛涂朱,牙排碎玉,大耳垂轮,细腰窄臂,双肩抱拢。姑娘一瞧,羞了个面红过耳,拉棍回头就走。国栋在旁边说:"救兵!打,打,打,别教他跑了。追打。姐姐,你可栽了跟头了。就会欺负我,今天可教人家追跑了,明日再别合我说嘴了。"姑娘出花园,回自己香闺绣户。国栋仍是后面追来,说:"你敢上后花园里去吗?"姑娘回头叫:"兄弟,到我屋里来,我与你讲话。"国栋不敢进去,就在院里站着,拿根棍子说:"我就在这里等着你。你几时也给我跪下,我才饶你。"早有丫头接了棍进去,问:"小姐,怎么今天大爷得了胜了?"姑娘说:"你少说话,请大爷进屋里来。你告他,只管进来,不是诓着打他,有话合他说。"国栋方敢进来,说:"姐姐,你不是诓到屋里打我去?"姑娘说:"你只管进来,我有话合你说。"国栋到了里面,说:"姐姐,甚么事?"姑娘说:"兄弟,那边坐下。"国栋说:"甚么事?姐姐你说罢。"姑娘说:"你我姐弟,有甚么仇恨?"国栋说:"咱们没有甚么仇恨。"姑娘说:"既没有甚么仇恨,你为甚叫了外人打姐姐来?"国栋说:"就为你屡次三番打的我实在难受,我老不能赢你,故此我才找了一个助拳的。他也不是外人,他是我盟兄。"姑娘说:"你我姐弟,是亲姐们,你打了我也不要紧,我打你也不要紧。谁道你竟把姐姐恨上了。好兄弟,你真不错,我真疼着了你了,我就是告诉爹爹去,我问问爹爹,你是那里约来的人,我就是教爹爹打你,我也打不了你。"说罢就哭。把国栋吓了个胆裂魂飞,就与姑娘跪下说:"好姐姐,千万可别教爹爹知道,我再也不敢了。"他也明知要教他天伦知道,必把他打个死去活来,故此苦苦央求姐姐。其实姑娘是怕他告诉,故此拿利害话把他威吓住,就省的爹爹知道了。倘若员外知道,数说自己一顿,是死是活,叔叔比不得婶母,婶母数说一顿不要紧。想着把傻小子安置住了就得了,不想外头还有人泄漏。那卢珍虽然见着姑娘,见姑娘脸一发赤,回头就跑,国栋就追。卢珍那里肯追。见他们姐弟跑了,把棍子一扔,奔东院来了。

回到屋中,看韩天锦病势已然好到八九成。重劳了好几次,都由食上重劳。这也知道喝点粥了,看看全愈,正对看大官人与二员外在里头讲话。少刻大官人出来,进了书房,卢珍站起身来说:"大叔那里去来?"大官人说:"上里边合你展二叔谈了会子话,看了会子闲书,要合我着棋,那里我有闲心与他对弈。不然你上里边去,与你展二叔着两盘棋倒也罢了。"卢珍说:"叔父既无闲心着棋,难道说侄男就有那样闲心。侄男恨不得这时就到襄阳,见着我天伦才好。"丁大爷这也就不便去了。丁大爷又过来看了看天锦，就见卢珍在那里坐着，忽然嗤的一声笑了。大官人问卢珍说："你方才笑甚么来着？"卢珍回答："侄男并没笑。"丁大爷说："莫非你有甚么心事吗？怎么连笑你都不知道哪！"卢珍说："侄男情实的没笑，必是叔父听错了。"大官人随即也就说："大概是我听错了。"慢慢的察言观色，净看着卢珍仍是如有所思的样子，待了半天又嗤的声一笑。大官人说："这你可就不必隐瞒了，有甚么心事快讲上。"卢珍情知隐瞒不住了，就将拜把子，见着人家姑娘，一字不曾隐瞒，就细述了一遍。丁大爷一听一笑，问："你看见这个姑娘品貌如何？"就把卢珍羞的是双颊带赤，一语不发，就是低着头害羞。究竟总是古时年间的人，这要到了如今——我国大清，不用叔伯父问，自己就要讲论讲论，再说是甚么样的英雄。大官人忽然心想：顶好的一门亲事，我何不与他们两下里作个媒人？想罢，复又到里边面，见展二员外仍是落坐献茶。大官人说："我自从到了家中，这些日了，未曾见着姑娘，倒是把甥女请过来见见。"二员外点头，立刻把姑娘请到。启帘而入，一看姑娘，怎见得？有赞为证：

丁大爷，观对面，但只见，一启帘，进来了一位姑娘，貌似天仙。艳丽无双多俊俏，闺阁的女子稳重端然，透出了，正色颜。绿鬓垂，珠翠鲜，麻姑髻，乌云挽，别着个，碧玉簪。趁着那，珠儿又圆圆，翠儿又鲜鲜，花朵儿颤颤。穿一件，对领衫，衬衫上，绣牡丹，百褶裙，遮盖严；准定那，裙儿之下是丢秀的小小金莲。梨花貌，芙蓉面，桃蕊的腮，似把笑含。土形正，如悬胆，配着那，耳上环，樱桃口，真是一点，不点胭脂，红里透鲜。两道眉，似春山，皂白分，星眸显。

见了那丁大爷，道了一个万福，欲前不前。丁大爷看见了甥女小霞，方与展二员外说道："姑娘几载不见，长成人了。"二员外道："姑娘，你也不认的你大舅了罢？"姑娘回答不认识了。深深道了一个万福，归后去了。大官人复又问："姑娘可曾许配人家？"展二员外说："我哥哥的遗言，六件事全方才许配，差一件事不给，故此耽误。"丁大爷问："那六件事？"回答一要世代簪缨之后，二要人口单净，三要文才，四要武技，五要品貌端方，六要本人有官。丁大爷说："我作个媒人就是。卢珍可称世代簪缨，家里就是三口人，文才武技你是问过的，品貌你是瞧见了。这一到襄阳，跟着大人拿王爷回来，何愁无有官作。"展二老爷一听，喜之不尽，说："大弟，我见面就有意，可不知定过姻亲没有，今天大弟一提，焉有不愿意之理。"就此定妥。丁大爷身边带定一块玉珮，作为定礼。二员外收将起去。丁大爷对卢珍说明，就把卢珍带将进来，与二员外行了礼，就以岳父呼之。合家人皆知此事，都与员外爷道喜。万事皆是个定数，非人力所为。此事若非天锦染病，断断也成不了此事。亲事定妥，韩天锦的病体全愈，告辞起身，直奔襄阳去了。全珍馆闯祸，俱在下回分解。

第六十四回　黄花镇小五义聚会　全珍馆众英雄相逢

且说卢珍定了亲事，韩天锦病体全愈，爷三个起身直扑奔襄阳，暂且不表。且说的是山西雁徐良，同着闹海云龙胡小记、开路鬼乔宾，与艾虎分手，定下在黄花镇相会。徐良叫人推着小车，直奔黄花镇而来。一路之上，晓行夜宿，饥餐渴饮。这日到了黄花镇，进了东镇口道，这里有座饭铺，字号是全珍馆。门口有长条桌子，长条板凳。开路鬼叫道："哥哥兄弟，咱们在此吃会子酒罢，肚内觉着饿了。"徐良点头，就将小车放在门外，教他们就在这桌子上要吃食物件。迎着门摆着个三角架子，上头搭着块木板，板上搭着个帘子，帘子上摆着馒首、面、粽儿、包子、花卷，为的是卖力气的苦人担挑推车的到了，就有现成吃食物件。并且那边靠着门旁有个绿瓷缸子，上头搭着块木板，板上有几个粗碗，缸内是茶。里面人吃饭喝茶走了，把茶叶倒在缸内，兑上许多开水，其名叫总茶。每有苦人在外头吃东西，就喝缸内的总茶，白喝不用给钱。三人进了全珍馆，直往后走。到了尽后面，后堂迎面一张桌子，三位谦让了半天，胡小记迎面坐了。过卖过来问："要甚么酒菜？"要了一盆子醋。然后胡小记、乔宾要酒，要上等的酒席一桌。不多一时，罗列杯盘，酒已摆齐，三位畅饮。

正在吃酒之间，忽然有一骑马的来到，见那人下了坐骑，有铺中人将马匹拉将过去。此人下马直奔里边来，问铺中人："可有雅座？"掌柜的说："没有雅座。"又问："可有后堂？"回答："有后堂，教人家占了。"说："可能够教他们腾一腾？"铺中人说："那可不行，全都有个先来后到。"又问："就是一个后堂吗？"回道："有个腰闩。"那人说："待我看看。"隔着一层栏杆，那人说："这也倒可以。"出去打马上取出一个绿布口袋来，叫他们涮了一把茶壶，抓上茶叶，把开水倒上，拿了四个小茶缸儿，就在腰闩靠着西边那张八仙桌上，叫过卖净了桌面，西面放了一张椅子。不多一时，听外面一阵大乱，一个个撇蹬离鞍，有铺中人把马匹接将过去，就在铺面前来回的溜马。有一位相公，许多从人伴当，真是众星捧月的一般。但见这位相公，戴一顶白缎子一字卧云武生公子巾，走金边，卡金线，绣的是串枝莲；两颗珍珠，穿着鹅黄灯笼穗，在两肩头上乱摆；白缎箭袖袍，绣的三蓝色的大朵团花，五彩丝鸾带束腰，套玉环，佩玉珮，葱心绿衬衫，青缎靴子；肋下佩刀，金什件，金吞口，轧把峭尖雁翅势钢刀悬于左肋。细条身材，面如美玉，白中透亮，亮中透润，仿然是出水的桃花一般;两道细眉,一双长目,皂白分明,鼻如悬胆,口赛涂朱,牙排碎玉,大耳垂轮,细腰窄臂,双肩抱拢,暗隐着一团威风杀气。众从人拥护着来到后边,问道:“在那里烹茶哪?”先进来的那从人说:“茶已烹好,现在此处。”那位武生相公也往后看了一看,就在西边八仙桌上落坐,吩咐快些拿茶来,好生燥渴。那人赶紧的答言“是”,就斟出四半缸儿茶来,由靴桶儿里掏出一把扇子来,就把这茶用扇乱揊,把茶揊的可口,说:“请相公爷吃茶。”徐良与胡小记说:“大概此人家中不俗,这是行上路还有这么大的款式呢!”胡小记说:“看看这样,定然是不俗。”将把茶要往上一端,听着外边大吼了一声,进来一人。这一声喊,半悬空中打了雷相似,好咤异。进来一人,身高一丈开外,一身皂青缎的衣服,面似地皮,进门来扑奔后面说:“我渴哪!渴哪!”冲着山西雁而来。徐良告诉过卖说:“你先张罗这一个料半的身量去。”过卖迎出去说:“你是干甚么的?”你道此人是谁?原来就是霹雳鬼韩天锦,同着大官人、卢珍正走黄花镇东镇口外,说:“我渴了。”卢珍说:“这是个镇店,里面必有卖茶的,咱们到里边去找茶铺。”韩天锦一人先就进来。公子就怕他闯祸,谁想还是闯祸。将进镇店,他就看见全珍馆了,直往里走,嚷渴。过卖迎住问他,他说:“渴了,我要饮水。”过卖说:“门口外头有现成儿的,你要事忙,拿起来就饮,也不用给钱。”韩天锦听见,一扭头,他就看见那个武生相公人家那里的茶了,他只当那个茶,拿起来就饮哪。过卖说:“是门口儿那个缸里的茶。”是天锦听错,也是过卖没说明白,事从两来,莫怪一人。韩天锦拿起人家的茶来就饮,一连四碗,人家焉能答应。毕竟不知怎样闹法,且听下回分解。

第六十五回 楞汉子吃茶夸好 莽男儿喝汤喷人

诗曰：

真人塞其内，夫子入於机。
未肯投竿起，惟欢负米归。
雪中东郭履，堂上老莱衣。
读遍夫贺倚，如君弟者稀。

且说韩天锦问过卖，他说外头有现成的茶，拿起就喝。天锦一看北边是里头，隔着一段栏杆，这必是外头了。他一看四个小茶缸四半碗茶，从人才把他搧凉了，他过去伸着大手就要端茶。从人一拦说："你好生无礼！"这句话未曾说完，就被武生相公拦住，打算着大个把茶喝完，道个致谢也就完了。就见大个嘴又大，碗又小，茶又少，端起来噶的一声，几碗茶就没了，一叭砸嘴，都咽下去。大个说好吗，又端起来一碗，一连就是四碗，喝完了又说好吗，转脸要走。被武生伸手拉住说："呔！你这厮好生无礼。"天锦问："怎么无礼？"武生说："你方才喝这茶好不好？"天锦说："我直说好吗！"武生说："好便怎样？"天锦说："喝好了给柜上传名。"武生说："是我的茶，怎么喝好了给柜上传名？"大个说："好小子！"武生回答："骂我哪？"大个说："我没骂你，我骂这小子哪。你说外头有现成的，拿起来就喝，教人家损我一顿。我就是打你个狗娘养的！"过卖吓的是浑身乱抖，说："大太爷等等，咱们可不许矫情。我说外头是门口，外头西边有个绿瓷缸，瓷缸上有块板，板上头有个黄砂碗，拿起来就喝，也不用给钱。谁叫你拿起人家的茶来喝？人家岂有不说的道理？"天锦说："到底是你没说明白。"言还未尽，抓起过卖要打。武生说："大个，我看你有些不说礼。不用欺负他，来，来，来，咱们较量较量。"正说话间，卢珍打外边闯将进来，随后大官人也到。

原来是他们见韩天锦到黄花镇踪迹不见，真找到西头，又打西头找回，方才找到全珍馆。高声嚷道："哥哥要合人打架，千万可别动手。"连大官人也到，一问怎么个缘故。过卖就将所有的情由述了一遍。卢珍拿好话安慰了过卖几句说："你看我罢。"转头又问了问天锦。天锦说："他说的不明。他说外头，也没说是那个外头，教人家损了我一顿。"卢珍说："到处里就是哥哥你闯祸。坐着罢，我过去给人赔礼去。""这位大哥在上，小弟有礼。方才是我无知的哥哥得罪了兄台，看在小弟分上,把尊公的茶全都喝了,我们也不敢说是赔了,我再给阁下斟出几碗来凉着就是了。”武生连连陪笑说:“岂敢!岂敢!我倒透着小器了。”彼此对施一礼。卢珍告退,归到东边,紧着武生相公那张桌子落坐,数说了天锦几句。然后过卖过来,倒给天锦陪了个礼,然后要茶。天锦说:“甚么也敌不住人家那茶好喝。”卢珍一笑说:“哥哥还会品茶哪!”天锦说:“甚么话哪,真好喝吗!”山西雁徐良说:“你看这个人那么大个,他会没喝过茶。”乔宾说:“看看他有多时开过眼。”胡小记说:“听见怎么样?别看他料半的身量,我一低脑袋,他就得躺下。那个武生相公倒是个朋友,说话也真通情理,可就是不知道姓字名谁。”再听那边说的话,更奇怪了,就说这喝茶,天锦直夸这茶好。卢珍说:“怎么个好法?”天锦说:“喝的嘴里呀,他那么喷喷香的,苦因因的,沉都噜的,甜深深的。”“你是净喝过凉水,没有喝过好茶。过卖过来,把你们里头那顶高的雨前,照着那边的样子烹一壶来。”不多时烹了一壶来。卢珍把三碗斟上过去,又让了让。那边武生相公头碗递给大官人,二碗递给天锦,然后自己端起一碗,说:“哥哥,尝尝这个茶怎么样。”天锦把茶端起来噶的一声,一叭咂嘴,又一裂嘴说:“差多,差多。”卢珍问:“怎么差多呢?”天锦说:“喝的嘴里不那么香喷喷的,不那么苦因因的。”卢珍说:“别说了,教人家听见耻笑。”大官人说:“这茶就很好。”不多一时来了一个人,提着一壶茶,放在桌案之上,说道:“我家主人听着这位爷夸奖我们个茶好,原本是打我家乡带来的茶叶;固然此处买的茶叶,敌不住我们带来的茶叶好。这是我家主人孝敬你们爷们的。些须小事,望乞笑纳。”卢珍说:“素不相识,这如何使得。净是韩大哥夸好,教那位尊兄送过来,这怎么答人家的情哪。回去见你家主人,替我们道谢。”说毕,复又冲着相公桌上一谢。大官人也就谢了一谢。韩天锦就先把茶斟起来一喝,说:“大叔,兄弟,尝尝这茶。到底是真好!”卢珍也就点头。大官人也说:“好!怪不得他夸奖。”少刻,那边武生相公过来说:“饭已要齐,请诸位在那边一同着吃一杯酒罢。”大官人、卢珍都说:“不陪,不陪,少时我们饭也就要来了,大家两便罢。尊兄先请。”不多一时,叫过卖来,也要了一桌上等酒席,摆列杯盘。卢珍与大官人俱到武生相公面前,让了一让,复反落坐,大家吃酒。卢珍虽是这边吃酒,不住的净看着那边武生相公。但见那相公端起酒来,长叹一声,复又放下,心中如有所思。从人们劝解说:“相公总得吃饭,怎么连酒也不喝了。”勉强着要了两碟馒首,让相公吃。刚吃了半个,也就放下。又给要汤,相公言不要了,从人一定叫过卖强要了一碗汤——是木樨汤。不多时汤到,相公叫看茶来漱口。

忽然由外面进来一人,背着个包袱,一身墨绿的衣服,壮帽,肋下悬刀;面如熟蟹盖一般,粗眉大眼,直往里跑,进门来就嚷:“饿了,饿了,我饿了!”正是过卖张罗着卢珍,那边摆齐,又到后堂张罗着胡小记的酒饭。徐良说:"你看打外头来了个饿的。方才来了个渴的,这又来了个饿的,瞧他去罢。"过卖将出来,那人已经到了后堂,说:"饿了,饿了,瞧有甚么吃的,快些拿来。"过卖说:"要现成的这里没有,外头有现成的,拿起来就吃,有忙事吃了就走。"可巧过卖又没说明,始终又没提门口的外头,又遇见了个浑人。那人一想那栏杆里头是里面,栏杆外头是外面,转身又看见武生相公那桌酒席,直奔前来。到桌案之前,他也不管好歹,就把方才端来的那碗热汤,端起来就要喝。又是碗清汤,也没有油,也不冒热气,这人端起来就喝。头一口咕噜一声咽将下去,烫的心腹生疼。似乎这二口汤就不用喝了,嘴急,又把二口汤喝在嘴内,烫的噗哧一声,一口汤喷出,正喷在武生相公脸上、头巾、衣服等处,无一不有。人家是新开剪,头次上身,湛湛新的衣服,全给油了。武生相公气往上一壮,用手一指说:"那丑汉这是怎样了!"那人哎哟半天,说:"你说怎样?"武生相公说:"你赔我。"那人说:"你还得赔我。"武生相公说:"我赔你甚么?"那人说:"赔我舌头。"武生相公说:"我的菜谁叫你端起就喝?"那人说:"那小子他叫我喝的。"过卖早就吓的抖衣而战,过来分证这个理说:"我叫你在门口外头有个三角架子,上头有个木板,木板上有馒首、面、粽儿,拿起来就吃,谁叫你喝人家这个来。"那人一听,羞恼便成怒,抓起过卖就要打。里面的三位英雄不服了,开路鬼乔宾就要出来,被胡小记拦住,山西雁说:"该这位相公倒运,喝茶犯小人,吃饭又犯小人。"韩天锦也有了气了,怎么人家的东西他拿起来就要吃?卢珍说:"哥哥你别说了,只许你拿起来就喝,不许人家拿起来就吃么?"那武生相公就是泥人,也有土性儿。喝道:"那个小辈,不用合过卖发横,你就是赔我的衣服。"那人说:"你就赔我舌头。衣服有价,舌头没价,索性我也不冲着过卖,说了赔舌头罢!"小子随说着,上头一晃,就是一拳。武生相公一伸手,接住腕子,底下一腿,那人便倒,复又起来。里外众人哈哈一笑。那人羞恼成怒,亮出刀来。不知两个人怎样计较,且听下回分解。

第六十六回 卢珍假充小义士 张英被哄错磕头

且说那人羞愧难当，摔了个跟斗，大家一笑，不由气往上一壮，把刀亮将出来，往前一趟，对着那位武生相公就剁将下来。武生相公往旁边一闪，正要拉刀，那人早噗通躺在地上。原来是卢珍赶奔前来，抽后把腕子接住，底下一脚，那人便倒。卢珍将他搀将起来，说："朋友，你在这边坐。"那人说："甚么事，你把我荡个跟斗？给我刀来。"那刀早被卢珍拿将过去，递与大官人了。卢珍说："朋友，你别着急。人将礼义为先，树将枝叶为坚。咱们都是素不相识，你们两下里我俱不认的。天下人管天下人的事，世间人管世间人的事，那有袖手旁观，瞧着你们动刀的道理，故此将你让到这边。论错，是哥哥你错了，也搭着过卖没说明白。你也该想一想，你也该看一看，就有现成的，那里有成桌的酒席给你预备着？你也当问问，再吃再喝才是。知错认错，是好朋友。哥哥是你错了不是？"那人说："我皆因有火烧心的事，我两哥哥在监牢狱中，看看待死，上武昌府找人去。慢了，我两个哥哥有性命之忧。故此听那小子说外边有现成的东西，我拿起来就吃。那个人，既是他的东西，他就应当拦我才是，为何等我喝到口中，他方说是他的？他还叫我赔他衣服，他就是赔我舌头。"卢珍说："你就是不论怎么急，吃东西总要慢慢的，不然吃下去，也不受用。别管怎么，看在小弟的分上，你过去给他赔个不是。"那人说："你不用管了，他与我赔不是，我还不能答应呢。"卢珍说："事情无论闹在那里，总有个了局。你方才说有要紧的事情，此事不了，你也不能走。依我相劝，你先过去与他赔个不是，别误了你的大事。"那人说："你住口罢，趁早别说了。我这人是个浑人，任凭甚么人劝解，我也不听。此时除非有一人到了，他说教我怎么办，我就怎么办。"卢珍问："是谁？"那人说："除非是我艾虎哥哥到了，别者之人，免开尊口。"卢珍暗笑，自思："冤他一冤。此人既认的艾虎，必不是外人。"复又问道："你怎么认的艾虎？"那人说："我不认的，我哥哥认的。"卢珍更得了主意了，说："你不认的艾虎，你贵姓？"那人说："我姓张，我叫张英，上武昌府找艾虎哥哥，与我们托情。"卢珍说："你不用去了。这才是恰巧哪，我就是艾虎，匪号人称小义士，将打武昌府往这里来。你要上武昌府，还要扑空了哪。"那人一听，赶紧双膝跪地，说："哎哟！艾虎哥哥，可了不得了，咱们家祸从天降。"卢珍说："咱们无论有甚么事情，全有小弟一面承当。咱们先把这件事完了，再办咱们的家务。"张英说："此事怎么办法？我可不能给他赔不是。”卢珍说:“论近,是咱们近。你要栽了跟斗了,如同我抢了脸的一般。”张英说:“除非是艾虎哥哥,你派着我,别人谁也不行。你教我磕一百头,我还磕哪。”卢珍说:“好朋友,你这少待。”原来大官人劝解那位武生相公,人家是百依百随,连身上喷的那些油汤,尽都搽去;又打来的脸水,也把脸上洗净。卢珍过去说:“看在小可分上,我将他说了几句,带将过来与尊公陪礼。”武生说:“屡屡净教兄台分心,不必教他过来了。”卢珍随即将他带将过去。张英说:“除非我哥哥教我给你磕头,不然你给我磕头,我还不答应呢。”气忿忿跪在地下,磕了几个头。人家武生相公更通情理,也就屈膝把张英搀将起来,说:“朋友,不可计较于我。”卢珍也就给武生相公作了个揖,拉着张英往他们这坐位来了。大官人也就给武生相公施了个礼,就奔自己的座位了。

卢珍听见后面有人说:“此事办的好。”有个山西人说:“好可是好,就是有点假充字号。”卢珍瞅了他们一眼,暗道:“这几个人莫非是认的艾虎。”自己从新又与张英说话:“你先坐坐,咱们有现成的东西,你先吃点。”张英说:“艾虎哥哥,我吞食不下。”卢珍说:“你不可叫我艾虎哥哥,我不姓艾,我与艾虎是盟兄弟,我带着你去找他去,我有地方找他。”张英一听,大吼了一声,劈胸一把揪住卢珍,说:“你冤苦了我了。你就是赔我舌头,赔我舌头!”卢珍说:“你这厮好不达时务!”用手把他腕子刁住一翻,张英噗通就跪在地下,被卢公子拧住他的胳膊,问他怎么这么不通情理。忽听见后面山西人说:“不用打了,真正艾虎来了。”大官人说:“好,卢珍撒开他罢。艾虎来了。”就见艾虎慌慌张张往里就走,说:“我看见小车,我就知道你们在这里哪!”一回头,看见了大官人、卢珍,艾虎一怔说:“大叔从何而至?”大官人说:“我们的事,少时再告诉你。你先见见你这个朋友。”艾虎过来与卢珍行礼。卢珍说:“你不认的这是谁罢?”艾虎说:“不认识。”卢珍说:“这是韩二叔跟前的韩大哥。”艾虎说:“不是天锦大哥?”卢珍说:“是。”艾虎说:“只听见说过,没见过。”随即过来磕头说:“小弟艾虎与哥哥磕头。”天锦说:“起来罢,小子。”艾虎说:“呀!怎么哥们见面就玩笑。”卢珍说:“韩大哥,不可,这是欧阳叔叔的义子,智叔叔的徒弟。”韩天锦说:“艾兄弟,别恼我呀!这是我的口头语。”艾虎暗说:“好口头语。”复又问:“卢大哥,里边那位白眉毛的,你不认识?那是徐三叔跟前的,名叫徐良,外号人称多臂熊,又叫山西雁。”回头把里头几位叫过来,与大众见见。先给徐良见:“这是茉花村的丁大叔。”徐良过来磕头。大官人问了,才知是徐三哥之子。又与韩天锦、卢珍相见,又把胡小记、乔宾与丁大爷见了,复又与卢珍、韩天锦见了。徐良问艾虎娃娃谷的事。艾虎说:“全搬了家了,白跑了一趟。”艾虎又问卢珍:“怎么同韩大哥走到一块了?”卢珍就把奉母命,会同了大叔,半路遇天锦打虎、养病,方才抢人家茶喝的事情,细说了一遍。艾虎一听净笑。

大官人说:“我们这到襄阳也就晚了罢。艾虎你必然知道。”艾虎说:“甚么事?”大官人说:“你五叔到底是死了,是没死?”艾虎说:“你老人家还不知道哪?死了,没有半年,也有几个月了。并且死的苦,尸骨无存。”这句话还未说完,卢珍就哎哟,我的五叔哇,就把气挽住了。大官人放声大哭说:“我的五弟呀!五弟呀!想不到你一旦间身归那世去了。”徐良在旁边也是落泪,艾虎也是凄惨。就见那边武生相公嗳哟噗通一声,摔倒在地。众家人忙成一处,呼唤了半天,武生相公方才悠悠气转。大家这才把他搀将起来,坐在椅子上,哭的死去活来好几次。你道这是谁?这是白玉堂的侄儿,白金堂之子,名叫芸生,外号人称玉面小专诸。因为他事母至孝,玉堂的那身工夫,是金堂所传;芸生这身工夫,是玉堂所传。马上步下,长拳短打,十八般兵刃件件皆能。高来高去,蹿房跃脊,来无踪迹,去无影响。别创一格的能耐,会打暗器,就是飞蝗石,百发百中,百无一失。就是一桩,五爷会摆的西洋八宝螺丝转弦的法子,奇巧古怪的消息,没教过芸生。芸生要学,五爷说:“惟独这个艺业,我已然是会了,就算无法了。古人会甚么,就死在甚么底下的甚多,故此不教。”何尝不是。会消息,就死在会消息的底下。芸生奉母命上襄阳,带着些从人,到了此处,听艾虎说,方知叔叔凶信,不然怎么死过去了。搌了眼泪,过来见大官人说:“原来是丁叔父。”跪倒磕头,自通了名姓。大官人一听,说:“这可不是外人。”大家见了一回礼。艾虎问:“这位是谁?”张英说了自己的事情。艾虎就要辞别大众,上岳州府救两个哥哥。这段节目,且听下回分解。

第六十七回　结金兰五人同心合意　在破庙艾虎搭救宾朋

诗曰：

英雄结拜聚黄花，话尽生平日已斜。
五义小名垂宇宙，三纲大礼贯云霞。
凭歌不属荆卿子，谈吐何须剧孟家。
自此匡王扶社稷，宋皇依旧整中华。

且说张英在旁边又是气，又是恨，瞧他们大家见礼，方知道这才是真正的艾虎哪。直等到白芸生见礼已毕，回到他那边换衣服去了。原来芸生大爷来的时节，就听见人说，他二叔在襄阳地面故去了，故此就打家中把素服带来；如今这可知道叔叔已然故去，家人把包袱解将下来，到全珍馆把包袱解开，拿出一顶青布武生巾，迎面嵌白骨。摘了那顶头巾，戴上这顶；脱了白缎子箭袖，换上青布箭袖；套上灰布衬衫，紧了青线线带换了青布靴子。那口刀是绿沙鱼皮鞘，孝家不应例带，有个青布套儿把他套上，复反过来与大众说话。再看芸生公子，更觉着好看了。俗言：男要俏，一身皂。这品貌与五爷相似。说书的一张嘴，难说两句话。那边芸生换衣服；这边是张英告诉艾虎，就把绮春园分手到家，坏种讹房子，坐死坏种，马大哥合我哥哥收监，众绅士敛钱买他二人不死，赃官有意点头，太太的口紧，马大哥教我找你上武昌府，一五一十细说了一遍。艾虎一听，肺都气炸，把脚一跺，咬着牙说："好赃官！我不杀你，誓不为人！"胡小记、乔宾也觉挂心，过来打听说："这就是三兄弟的胞弟吗？"张英说："不是，张豹是我叔伯哥哥。"艾虎带着张英与大众见了见。艾虎说："我可不能陪着上武昌府了，我先救我两个哥哥要紧。"大官人说："不可，艾虎去不的，现在监牢里收着，你怎么去救？"艾虎说："全凭我这一身能耐，进了监中，开了狱门，有一得一，凡是打官司的全放将出来，给他个净牢大赦。然后我奔知府衙，把赃官满门家眷，杀他个干干净净，方消我心头之恨。"徐良说："算了，兄弟你别往下说了，那不是反了吗？"大官人说："事缓而别图。你这孩子老是一冲的性儿，我给你出个主意，准保万全。咱们大家去罢，见了大人苦苦央求，就说这岳州府的知府，是怎么样宠信官亲，苦害黎民，你两个盟兄怎么样的不白之冤。若是论私，大人去封书，或是来二指宽的帖，管保无事。论官，行套文书，连知府都坏。"徐良在旁说："兄弟，大叔这个主意很是。再说监牢也不易进去。古人云：'事要三思，免了后悔。'一冲的性儿，到了那里救不出来，岂不是徒劳往反。"卢珍在旁称善，说：

"贤弟,这是个好主意,你就依计而行罢。"艾虎心中虽不愿意,有大官人的话,也是敢怒而不敢言,只可委曲着答应,自己内里单有打算。就是张英心中不愿意。卢珍旁边说:"哥哥,你自管放心吃你的东西,这就不用着急了,监中二位哥哥准保无事。"张英也就无可奈何,只得勉强坐下,叫过卖把后边那一桌搬在前面,换了一个圆桌面,大家团团围住,添换了许多酒菜。就是芸生闷闷不乐。他们那桌酒席,那些从人吃用。从人也都换了缟素衣服。这边大官人打听襄阳的事情,又问了问丢大人的情节,又提胡小记、乔宾,"你们也不必回湘阴县了,咱们一同回见大人去。再说破铜网也得用人,今天暂且住在此处,明日起身。"芸生不能一路走,他们有马;徐良单走,他们有小车,走的慢,教张英回去先送信,好教监中人放心。安排妥协。芸生叫从人出去,在黄花镇打店,丁大爷一瞧,他们这小弟兄们,芸生、徐良、天锦、卢珍、艾虎虽则是高矮不等,都是将门之后,俱各虎视昂昂。丁大爷说:"我的主意,你们五个人正当结义为友。上辈是陷空岛的五义,你们若拜了盟兄弟,可称为是小五义。"这几个人无不乐从。书要剪断为妙。

大家饱餐一顿,就有芸生、大爷的从人前来回话,说店已打妥,由此往西路北字号是悦来店。随即这里就把残席撤去,四张归一连。外头推小车的饭钱,也算在一处。给了饭钱酒钱,大家出来,一直扑奔悦来店。马匹拉在马棚,小车推在上房的门口。众人进了上房,伙计打脸水烹茶,复又告诉伙计,预备香案。张英告辞,先辞别了大官人,复又辞别众人。众人要往外相送,都被艾虎拦住,一人送出。张英出了店外,就在店门东墙垛子旁讲话。张英叫道:"艾虎哥哥,你可务必要催着他们点才好哪!倘若大人文书去晚,我们那里臭文一到,两个哥哥性命休矣。"艾虎道:"二哥你好糊涂,他们事不关心,谁能等得去见大人。再说大人还不知下落哪。你在前边等我,咱们定一个地方相见。可不准甚么时候,等他们睡熟,瞒了大众,我追赶于你,你说明在那里等我。"张英一听,欢喜非常道:"出此东镇口一箭地,正北有个双阳岔路,可走西北的那条路,别奔东北。过一个村,又是正南正北的大路,路东有个破庙,庙墙全都坍塌。此庙好认,对着庙门有一棵大杨树,我在那破庙中等你。"说毕分手,张英欢欢喜喜去了。

艾虎回店,香案已给摆齐,大家一序年庚,芸生大爷,霹雳鬼二爷,徐良三爷,卢珍行四,艾虎是大老兄弟。大爷头一个烧香,香点着,插于香斗之内,跪倒身躯,磕头已毕,说:"过往神祇在上,弟子白芸生与韩天锦、徐良、卢珍、艾虎结义为友,愿为生死之交,倘有三心二意,天厌之!天厌之!"二爷韩天锦也是照样将香点着,插在香斗之内,跪下磕了几响头,说:"过往神佛,记着我叫霹雳鬼。"大官人说:"没有那么说的,说你的名字。"韩天锦又说:"不算,这说的不算。过往神佛记着,我叫韩天锦,小名儿叫猛儿,外号人称霹雳鬼。如今与他、他、他、他",随说着拿手指着大爷、三爷、四爷、五爷说："我们拜把子，我要有狼心狗肺，我是狗狼养的！"大官人在旁说："这都是甚么话？他可真是个浑人！"三爷、四爷、五爷三个人论次序，烧香磕头，说的言语都与大爷一样。论排行，又磕了一回头，众人给道喜。是大是小又行了礼，从新打店中要了酒饭，大家畅饮了一番。吃到二鼓，艾虎头一个告辞。大官人一想：这孩子是个酒头鬼，怎么他会告了辞了呢？那里知道他有他的心事。大家喝毕，撤下残席，内中也有过了量的，也是不喝的。

艾虎早就躺在东房内装醉。山西雁把艾虎拉起来往外就走。艾虎说："三哥你撒我，今天这酒已过量，你着我躺一会就好了。"徐良仍是拉着就走。至院落之中，找了个避静所在，徐良说："五弟，你有甚么心事，对我说来。"艾虎说："我没有甚么心事。"徐良说："老兄弟，咱们如今可就比不得先前了。咱们一个头磕在地下了，有官同作、祸福共之，你要有甚么心事不对我说明，就亏负了方才一拜之情。不是你看着那位张二哥一走，你心中不快。"艾虎说："不是。"徐良说："别者之人不告诉还可以，你可得告诉三哥，我好助你一臂之力。"艾虎终是怕他把话套出去，告诉大官人，故此咬定牙关不说。徐良说："我问到是理，你不说，我可就没法了。"随即来到屋中，当着众人，徐良也不提这事情，张罗大家安歇睡觉。

艾虎仍然还是醒着，听大家的动作，直到天有四鼓，看看大家都已睡熟，搭讪着出去走动，下地先把灯烛吹灭，少刻自己拿了自己的兵刃、包袱，系在腰间，把刀必上。出得门外，一看四顾无人，蹿上墙头，飘身下来，这可就出来店外了，一直的扑奔正东。出了黄花镇的东镇口，施展夜行术的工夫，鹿伏鹤行，一直的扑奔正东大路，走来走去，果然有个双阳岔路：一条是奔东北，一条是奔西北。直奔西北而来，前面有个村子，不肯进村，恐惊村中犬吠，绕村而走，仍然又归了正北的大路。走不上一里路，就见大道，远远就望见了这棵大杨树。临近之时，在大道的东边有一破庙，周围的墙都塌陷了，山门没有了，砌出的旋门瓮洞儿仍然还在。自己打算从这个瓮洞而入，又想打墙这进去，心中一犹疑；又听里边有人说话，一伏身躯，见两个贼人拿着张英的包裹利刃。艾虎一见，肺都气炸，亮刀向前。要知张英的死活，且听下回分解。

第六十八回 三贼丧命恶贯满 二人连夜奔家乡

诗曰：

为人百艺好随身，赌博场内莫去亲。

能使英雄为下贱，敢教富贵作饥贫。

衣衫褴褛宾朋笑，田地消磨骨肉分。

不信但看乡党内，眼前败过几多人。

且说艾虎到了破庙，打算会同张英，连夜赶岳州府救人。不料走在此处，见两个小贼由庙中出来。这两个人一调坎儿，艾虎懂的，听他们："咱们越吊码，头一天到瓢把子这来。"说的就是他们两个人，头一天到他们贼头家混事。"遇孤雁儿脱条"，说的就是遇见一个人在庙里睡觉；"得了他的青字福字"，说的就是得了他的刀合包袱；"留了他的张年儿，不知道瓢把子攒儿里如何，总是听瓢把子一刚再篢不迟"，说的就是留了他的性命没伤，见他们这贼头儿，听他们贼儿一句话，再杀不晚。两个人说着扑奔正西。艾虎晓的，知道张英没死，进里头看看去，又怕这两个小贼去远。"谅这两个小贼生出多大事来，他们必有贼头。二哥现在此处，一旦之间不能就死，跟下两个小贼，找他们'瓢把子'。"在后边蹑足潜踪。两个小贼连一点形色不知。

你道张英因为何故几几乎没教他们杀了？是与艾虎定妥破庙相见，张英先来到破庙，看了看神像不整，供桌上就有一个泥香炉，往里一推，自己蹿上供桌，把包袱、刀摘下来，枕在头颅之下。看着上边的神像，暗暗的赞叹，人也有不在时运中的，神佛也有不在时运中的。看此神像不整，心内惨凄，自己叹息着，就渺渺茫茫况况睡去。猛然间一睁眼，看见已然被人拿住，二臂牢拴，苦苦央求。那两个人执意不听，就把他的衣襟水裙撕去，扯了两半，塞在口中，把佛柜撬起一头儿，将他压在底下。两个人商量着才走，被艾虎听着。原来这西边有个耿家屯，村口外头住着一个坐地分赃的小贼头儿，此人姓马，叫马二混，外号叫草地蛇。可巧打头天来了两个小贼，这两个小贼投奔在这里给他作买卖，也就是打扛子、套白狼这等买卖。高来高去，一概不会。一个姓曹，叫曹五。一个姓姚，叫姚智。两个人头天到，这天到二鼓才出去作买卖去了。可巧绕了个够，走了五六里地，全没遇见一个孤行客，这才寻找二郎庙内，遇见张英，这叫打睡虎子。也皆因张英困的实系难受了，教人捆上，还没睁眼睛哪。然后口中塞物，压在佛柜底下，教人拿着包袱刀走了。

直奔耿家屯的村口，见路北黑油漆门，上去叫门。里头有人答应，出来开门，把门开开，二人一同进去，后又关闭。艾虎在于后边容他们进去，这才蹿上墙头，见他们一直上里头院去了，才飘身下来，直奔二门，见他们一去已进上房屋中去了。自己站在窗帘之前，用吐津蘸在指尖之上，截了个月牙孔曲，一目眇，一目往里窥探。见他们这个贼头儿长的也不威风，不到四十岁，黄脸面，细条身子，小名叫该死的，又叫倒运。把包袱打开，刀献上去，问了来历。姚智说："我们今天刚到，也不知你这甚么规矩。人可拿住了，没有结果性命，听你个吩咐。"马二混说："我这向例，要死的，不留活口。既是在破庙里，好极了，东南上有一个大土井，极深，上面有个石板盖儿，是三半儿品成。把他杀了，揭开一块儿，扔在里头，极严密的个地方。天气尚早，你们哥们再辛苦一趟，结果了他的性命，也许再有买卖。今天这就是很吉祥的事情。"说毕，两个人又走。艾虎早就蹿出墙外，暗地里等着。曹五拿着张英的刀，同着姚智出去，两个人以为是一趟美差。二人低言悄语，说着笑着，直奔破庙。刚进庙门，就觉着脚底一绊，嗳哟噗通铛啷。一个是教髁膝盖点住他的后腰；一个是腿肚子上教艾虎钉了一刀背。先把这个搭胳膊拧腿，四马倒攒蹄捆起，口中一个紧求绕。艾虎那里肯听，撕他的衣襟，把他的口塞住。那一个嗳哟嗳哟的满地乱滚，就是站不起来。艾虎也把他捆上，撕衣襟，口中塞物，把两个人提在南边塌了的墙根底下。两个人俱都头冲着北，胸腔贴地，口中塞物，言语不出。艾虎拿着张英刀进庙里头去，把张英在佛柜底下拉出来，口中塞物拉出，解了绳子。张英作呕了半天，细一看是艾虎，双膝点地说："艾虎哥哥救命之恩，我是两世为人了。只顾等你。"艾虎说："你不用说了，我尽已知晓。把捆你的那两人，我业已将他捆上，你要出出气，拿刀把他剁了。"张英说："在那里？"艾虎说："在台阶底下南边塌墙那里。"张英提着一口刀出去。"嗳哟！艾虎哥哥，你冤苦了我了。你杀完了，你又教我杀。"艾虎说："我没杀，我把他们捆上放在那里了。"张英说："你来瞧来。"艾虎出去一看，一怔说："这是甚么人杀的？"又一看说："他们的脑袋那里去了？"张英说："你怎么倒来问我呢？"艾虎瞧见东南有个黑影儿一晃，说："不好，有人！随我追来。"张英跟着艾虎，直奔东南追。那条黑影好快，从后面又绕到前面，整整追了两个弯儿，始终未追上。艾虎心中纳闷："这是个人，怎么会追不上呢？"再看那两个尸首踪迹不见。艾虎吓了一跳，拉着便走，出了庙外，奔了大道，直奔马二混家中来了。艾虎总思想着这个事，实在古怪。就到了贼头的门首，艾虎蹿上墙去，飘身下来，开了街门，让张英进来，在二门那里等候。艾虎直奔里头院，仍然到窗棂之外，戳小孔往里观看，也不知那贼头往那里去了。屋里连一个人影儿皆无，就见包袱仍然在那里放着。艾虎进来把包袱拿上，转头出来，将到屋门，就见打房上掉下一宗物件，把艾虎吓了一跳。艾爷往后一抽身，细细一看，原来是打房上摔下一个人来。艾虎细一瞧，原来是那个贼头儿。艾虎一拧身，蹿在院落之中，先往房上一看；再一低头细看，马二混周身并无别伤，惟有脖颈之下津津的冒血。艾虎说"奇怪"，走到二门，把包袱交给张英，说："急速快走罢，此处有高人。"随即出了街门，二人直奔正北。张英问："院子里面方才噗通一声响，是甚么缘故？"艾虎说："此处必有高明人，你是不懂。方才就是庙里这个事，就奇怪的很，并且上贼的家里去，那个死贼打房上掉下来，又不知是怎么个缘故。绝不是鬼，必有高明人看见咱们，咱们没有看见人家。我是没有工夫，我要有工夫，必在此处访访这个人。可惜有一点不到，这个死尸扔在院子里，本地面官担架的住么？"张英说："依你怎样？"艾虎说："依我离村口又远，又是孤零零的一处房子，放把火给他一烧，就算没了事了。"张英说："你说的后头了。你看那火起来了。"艾虎回头一看，果然烈焰腾空，火光大作。艾虎说："这更是行家了。"

随说随走，到了第二天，用了早饭晚饭，直到二鼓才到张家庄，直奔张豹的家中。张英叫门，里面有人出来，见了艾虎俱都欢喜，随往走着。艾虎打听张、马的官司，家人告诉全好，这里有众绅士、财主、铺户攒凑的银钱甚多，就是不能买二位的活命。艾虎说："我来就得了。"家人给预备酒饭。家人也都知道艾虎的脾气，就是好饮，有张英陪着，整整饮了大半夜。次日吃了早饭，自己只身一人，教本家给借来了一套买卖人的衣服穿戴起来，辞了张英，有家人告诉明白道路。艾小爷离了张家庄的门首，进了城门，打听着监牢的地方，就在知府衙门的西边，看见缧绁的所在，直到监门，见横担着一条铁链，那门儿是半掩半开。艾虎直到门前，把着门往里一看，不料被人一把抓住。小爷一惊。不知怎样，且听下回分解。

第六十九回　因朋友舍命盗朋友　为金兰奋勇救金兰

且说来到监牢狱的门首，往里一看，被人揪住了，说："甚么人？找谁？"艾虎本穿着一身买卖人的衣服，就装出那害怕的样式来，说："我在这找人。"那个说："这个所在，也是找人的地方？"艾虎说："有个姓马、有个姓张的打死人了。我在姓马的铺子里头作过买卖，我打算来瞧看瞧看。我又不敢进去。"那人一听说："原来是瞧马龙、张豹的，早点言语。"艾虎说："可以见的着见不着？"那人说："你要瞧别人可不行，你要是瞧他们二位，现成。有我们这块的绅衿富户，见好了我们头儿了，凭那位来瞧不认的，我们还管带着。见完了出来，还不用你花甚么。"艾虎也会就此一躬到地，说："奉恳你老人家罢。"那人一回头，叫过一个小伙计来说："带他瞧瞧张、马二位去。"小伙计说："随我来。"

艾虎跟着一躬腰，钻了锁链子，往里一走，奔正西有个虎头门，上头画着个虎头，底下是栅子门，正字叫作貔犴门。虽画着虎头，乃是龙种。这就在一龙生九种之内，其性好守，吞尽乾坤。恶人要能悔悟的，或者是吞屈了，仍然吞还出来。不然怎么在监牢狱中，不是打官司。进了貔犴门，尽都问成死罪，或有悔悟的，或有情屈的，仍然无事，可就应在貔犴这个性情上。靠着外边大门的两旁边，一边五间东房。在貔秆门北边有个狱神庙，约有半间屋子大小。那位伙计叫开了貔犴门的栅子，进了貔犴门，两边一边有三间东房，里面有人当差。再听里面铁链声响，悲哀惨切，真是鬼哭神号，声音惨不忍闻。顺着北边有个夹道，直奔正西，走到西头，并无别者的房屋，净是一溜西房，一间一个栅子门，没有窗户。那官人指告："尽北头那间是姓马的，尽南头那间是姓张的，你自己去看罢，我在外边等。"你道甚么缘故？别人瞧人，他必随随步步跟他，怕是串供。到了这案，他怕不能得的，进来一位高明人，串供救了他二位的活命，大家全都愿意，故此教艾虎一人自己过去。把着栅子门往里一瞅，就觉一阵心酸。只见他蓬头垢面，脖颈上有铁链，当地有根柱子，穿在柱子上。柱子靠着一个小窄坑儿，这根铁链由坑沿上拉过来锁在坑沿之上，靠着那边，堆着上下手的刑具，每要过堂之时，就把那上下手的刑具套上；每遇收监的时节，把上下手卸下来往那里一堆，又把这一根脖链套住锁上。这是有钱有情，见了头儿说好了。若不然，把他锁在炕沿上，站也站不起来，蹲也蹲不下，为是好挤钱，不花不行。这个不用十分刑具挤，对众人攒钱，早经打点妥了。然马龙心中总是不乐，要找着艾虎还好，找不着艾虎也是一死，自己坐在坑上正想此事呢。忽听有人低声叫他说："哥哥，小弟来也。"马爷抬头一瞅是艾虎，说："嗳哟！原来是我的艾虎。"字未曾说出，艾虎一摆手，低声说："悄言。"马爷说："你从何而至？可见着张英了？"艾虎低声说："一言难尽。你今天晚间等着，三鼓时分我来救你，有话出去再说。"马龙点头说："你可要看事作事，要不行，就把你连上了。"艾虎说："你多点耐烦，等着罢。"说毕，艾虎出来，奔了南边一听，那屋铁链声响，把着栅子门一瞅，原是张豹一个人抖着铁链子玩耍呢，竟没把这件事放在心。小爷暗道："这才是无心无肺哪。"低声叫道："二哥，千万别嚷，小弟来也。"张豹抬头一瞧，艾虎又说："别嚷，别嚷，小弟艾虎。"张豹低声说："我算计你该来了。"艾虎说："你到是好算计。"张豹说："可想主意救我出去。"艾虎说："白昼如何行得了。今日夜静三更，我来救你，不可高声。"张豹说："那些个难友听见也不要紧，我一骂，他们全不敢言语了。"又嘱咐："你可早些来。"艾虎点头，撤身下来，又叫那人带将出来。一路把各处地方全都看明，晚间打那里来，打那里走。又与那人说："朋友，我送你一杯茶资罢。"那人说："咱们后会有期。你给我万两黄金，我也不敢收。"艾虎深深的作了一个揖，扬长而去，一直奔城门，往张家庄来了。

未到门前，早有家下人迎接。进了大门，入了庭房，从人献茶，更换了衣服。张英吩咐叫摆酒，正对了艾虎的意了。饮着酒，这才说怎么见了两位哥哥，说明此事，今晚夜至三更搭救他们二位。张英问："今夜晚间可用甚么东西？艾虎哥哥早早的吩咐下来。"艾虎说："别物件一概不用，只用两床被窝，可要里外粗布的。你们是怎么个打算？"张英说："等他们出来，让他们议论。"艾虎说："不行，早为打算。"张英说："我这不怕他，绝不能把我拿去。"艾虎说："也不行，他们在狱中无妨，差使要一丢，狗官必要找寻你们当族来了。倘若被他拿去，打了带执，那还了得。你通知你们大族个信息，都要躲避躲避才好哪。再说连你们这些个家下人都得躲避，不然也许把你拿了去。"家下人大家点头。"所有的这些个东西，粗中的物件，就一概都不要了，你们大家分散罢。等着我们来的时节，见见你们大爷、二爷，你们大家就走罢。"众人说："事不宜迟，拾夺东西要紧。"张英听了他这套言语，就往同族送信去了。书不可重絮。

交到二鼓之半，艾虎的酒已过量。张英说："艾虎哥哥，回头再喝罢。"艾虎就把自己包袱拿将出来，把白昼衣服脱下来，换了夜行衣靠：头上软包巾，绢帕拧头，搓打拱手，三叉通口夜行衣，寸排骨头钮，青绉绢纱包，青绉绢裩裤，青缎袜子，青缎鱼鳞靸，青绷腿，青护膝。把刀亮将出来，插入牛皮软鞘；鞘上自来裹着罗汉股装丝绦，把刀背于背后。胸膛双系蝴蝶扣，脊背后走穗飘垂，伸手拉过来，掖于肋下，为的是蹿房跃脊利落。一抬胳膊，纱包抱腰，虽系了个顶紧，一点皱扭地方没有。一回手就把被窝两床一卷，卷了个小席卷相似。要了一根小细长绳儿，在被窝上一捆，余者的绳儿往上一绕，往肩头上一抗，说："我告诉的你们那事，可要记着，我要走了。"张英又给跪下。艾虎说："二哥，你这是何苦？"随即出去。出了庭房，有机灵的从人往外就跑。艾虎说："你干甚么？"从人说："给你老人家开门。"艾虎说："我向来不走门。"嗖的一声，踪迹不见。

蹿房跃脊，出了张家的院落，直奔城门而来。天已三鼓了。过了吊桥，已然路静人稀，直奔城墙而来。找了个城墙的拐弯，把被窝放下，把绳子放长，系在腰间，由这拐弯登着城墙上去，爬着上头城垛，使了个鹞子翻身上去。到里面下去，把被窝抗起来，看了看，四顾无人，直奔监牢狱而来。到了狱门之外，静悄悄、空落落，比不得白昼了。两扇黑门一关，瞅着就有些个发忐忑。自己把被窝绳子一解，一床被窝折成四褶，把两床垛在一处，对着上头的棘针。往后退了数十步，使了个旱地拔葱，往上一蹿，把被窝搭在棘针之上，就便把身子往上一扑，把那一床接将下去，脚站实地，抗着那个被窝，搭在二道墙上。就见那门旁的一溜房子，靠着北边的并无灯火；靠着南边五间房子有人说话。自己奔到房子那里，把窗棂纸戳了个窟窿，一看里边是四个人说话哪。有个年老的说："咱们吃的是阳间饭，当的是阴间差使。"那人说："此话怎么讲？"老者说："白日里无事，到了晚晌，上夜没事便罢，要有事，就有性命之忧。再说他们外头打更的算甚么差使，单会欺负咱们，总嗔着咱们，接锣接晚了，必要拿这个立脸。我但有一线路，再不干这个。"正说着，四更锣到。艾虎上了房，看着暗说："我来的甚巧，还有个接锣之说哪。我要不知道这件事，就误了差使了。他们外头的一嚷，我怎么救人？少时，总得把这几个人俱都捆上。再有锣到，我还得替他们接锣。"果然外面的锣到，镗镗的打了四更。里面由屋中出来，打了四下。二人将要回屋，早被艾虎踢倒捆上，口中塞物。又进屋中，把那两个照样捆好。出来奔二道墙。眼前一条黑影，不知是谁，且听下回分解。

第七十回 艾虎求狱神实有灵应 徐良显手段弄假成真

诗曰：

莫逞凶顽胆气豪，身拘缧绁岂能逃。

棘针排列千层密，墙壁周围数仞高。

房设囹圄为禁狱，门涂貔犴作囚牢。

请看枷锁收监者，因犯王家律一条。

且说艾虎把四个人捆好，口中塞物，把锣立在门旁，将外面的两个人提在屋中，放在坑上，四人彼此瞧看，就是话不能说。艾虎出来，就见眼前一阵的黑风相似，自己爬伏地上再瞧，踪迹不见，心中好生纳闷。只可奔貔犴门而来，由北屋那里蹿将上去，飘身下来，也是六间屋子，那三间有人，那三间没人。有人的是两个人，艾虎进去，也把他们俱都捆上，口中塞物。复又出来，由北边夹道直奔正西，听见各处铁练声响，并有哭泣之声，凄惨之极。艾虎救哥哥的心盛，直奔死囚牢而来。到了马龙这里，听见咳声叹气。小爷说："哥哥不要忧心，小弟到了。"马龙低声叫道："贤弟纵然到了，我怎么能够出去。"艾虎说："这有何难！"话言未了，抬头一看，怔了半天，话都说不出来了。甚么缘故？看见那个栅子门上的锁头，又大又沈重，自己又没带着投簧匙，这便如何是好？夜行人百宝囊中，应有投簧匙。前套智化盗冠，全仗着投簧匙，无论大小铜铁洋广的锁头都行。艾虎的夜行衣靠，是卢珍给作的。上辈的老人，本不教他们小哥们偷盗，故此百宝囊中没有投簧匙。一着急，搬拧了半天，又拉出刀来，撬了半天，一点动静没有。又拍的那锁哗啷啷乱响。隔壁屋中难友听见，问道："嗳哟！你们那边甚么事呀？怎么外头有人晃锁，必有缘故罢？难友儿有救星，想着我们哪。"马龙说："贤弟不行了，你也就算尽到了心了。"艾虎说："不能救得出哥哥去，我绝不出这个监牢狱。"艾虎暗自着急，越想越不好："临来的时候，三哥再三的问我，我执意的不说；这如今要有他来，他的那口刀断这锁头，不费吹灰之力。再说自己来这里踩道，竟自没看明这把锁头。莫非两个哥哥不应有救？我救不了我两个哥哥，有甚么脸面出这个地方，只可以刀横项上。"正在为难之处，忽然想起一件事来，每遇打官司的说，狱神庙最灵。自己也在开封府打过官司，应坐四十日监。监牢中一日也没待过，净在校尉所内，临起解发配大名之时，在狱神庙磕过一回头。如今何不哀告哀告狱神爷去。倘若狱神爷有灵有圣，也许有之。

自己主意拿定，告诉马大哥："小弟去去就来。"

自己仍然扑奔正东，到了貔犴门的北边，找着搭被窝的地方，纵身蹿将上去，飘身下来，到了狱神庙，双膝点地说："狱神爷在上，弟子艾虎在下，如今我有两个哥哥，一个叫马龙，一个叫张豹，两个人因给本地除害，结果了恶霸的性命，问成死罪。弟子前来要把他们救将出去，不想栅子门甚紧，不能搭救两个人出监。弟子叩求狱神爷有灵有圣，暗助弟子一臂之力，将他们救将去，重修狱神庙，另塑金身。"祷告完了，又磕了一路头。又冲空中过往的神灵，正要往下许愿，只听见镗镗的锣声响亮，正是四更。二趟自己赶紧奔到门那里，把锣拿起来等着。外边更夫冲着门缝打了四下，艾虎也镗镗打了四下。外头人说："这还不差甚么，你们醒着点，别等着我们到了这里打完了，你们现爬起来。"艾虎也不言语，恐怕人家听出语声来。听着他们打更的去远，自己把锣仍然放下，复又到狱神庙又祝告祝告："若无灵应，就是一死。"

自己仍打墙上蹿将进去，直奔死囚牢。没有到马爷那里，就见马龙在院子里站着哪。艾虎赶奔前来问道："哥哥是怎么件事情？"马龙低声说："兄弟，我这里找你哪，你往那里去了？"艾虎说："我给你许愿去了。你是怎样出来的？"马龙说："听见外头锁子哗喇一响，栅子门就开了，进来三尺多高的一个黑影儿，我叫了一声贤弟。眼前打了一道白闪相似，听哗喇一响。我一展眼，你来看，我项上这个锁练子就断去了一半。我料着是贤弟，再找踪迹不见。又想你必是在张贤弟那里去了，我上那边看了看，也是静悄悄的，一点声音皆无。故此我在这纳闷。你是怎样除去外去的锁头？"艾虎说："我怎么配哪。我是给你们二位大大的许了个心愿，你们出去以后得便之时，重修狱神庙，另塑金身，这方才狱神爷显圣。"马龙连连点头说："使得，使得，这个使得。"艾虎说："你在此少等，我看看二哥怎么样。"去了一时，回来说："狱神爷没听明白。绝不能净管你，不管他。咱们哥两个暂且出去，再在狱神爷跟前把话说明，自然二哥也就出来了。"说毕，两个人扑奔正东，来到墙下，将飞抓百练索掏出，把马爷便拴上。马爷仍然还带着脖圈，上头还有三尺多长铁练，暂且无法，只可先教他那么带着，等出去再说。艾虎先蹿上墙头，往上一导绒绳，导来导去，就把马爷提在墙头之上，由外墙皮翻将下来。艾虎也就蹿下墙头。马爷将腰中绳子解开，艾虎绕好，收在囊中。待到狱神庙前，教马爷磕头。艾虎复又祝告狱神爷，又把张二哥的事情述说了一遍，仍是重修庙宇，另塑金身。复又望空祝告了祝告。然后站起，带着马爷到了那五间无人的屋子，把风门拉开，带着马爷到了里边。艾虎自己取出千里火来一晃，照见那边有一大坑。教马爷自己在坑上等着。艾虎说："我把二哥救出，咱们一同出外头监墙，你可在这里等着。千万别溜，离开此处！"

马爷连连点头说："你只管放心，我绝不能离此处。"艾虎随即出来，到了狱神庙，又磕了路子头，祝告了祝告，复又蹿进墙来。还没有到死囚牢哪，就听见二哥在那里嚷道："你们谁要再嚷，我要把你们脑袋拧下来了。"艾虎一见，欢喜非常，立刻来到身旁，低声说道："二哥，千万不可高声。"张二爷一见艾虎，问道："你把我救出来，你上那里去了？"艾虎说："你往这里来，我告诉你。"把他拉在东边墙下，离那些难友们甚远。艾虎问："二哥，你是怎样出来？"张豹说："你怎么倒来问我？你这不是明知故问？"艾虎说："你告诉我罢，我还有话说。"张豹说："听外面的锁头一响，栅子门一开，进来了三尺多高的一个黑影儿。我一问是谁，嗖的一声，就在眼前打了一道白闪。我一展眼的工夫，我这条索链子就断下去半截。你来看，这不是我这个脖圈，还有三尺多长的铁链？我就出来找你。我一叫，那些打官司的人听见了，他们一嚷，不要紧，要教看差的听见，就不好办了。"艾虎听罢一笑，说："哥哥，不是我救的你，连大哥带你，都是狱神爷显圣。我给你们两个人许了一个愿心，重修狱神庙，另塑金身。出去之后，务必可想着还愿。错过狱神爷显圣，那么大的锁头，这么粗的铁锁，焉能断得了。"张豹说："真灵，我明儿务必重修狱神庙。另塑金身。"又问："大哥现在那里？"艾虎说："现在这墙的外头，在五间屋子内等着你我呢。"张豹说："我可不会上墙，这怎么出去？"艾虎就把绒绳掏出，张豹系上腰。艾虎上墙，把张豹提在外头。把绒绳解开，交与艾虎。到狱神庙磕了一路头，到屋子里头找马龙，踪迹不见。若问马龙去处，且听下回分解。

第七十一回 丢马龙艾虎寻踪迹 失张豹义士又为难

诗曰：

无论龙韬与豹韬，徐良真不愧英豪。
众声况是称多臂，百战何曾损一毛。
斩铁岂须三尺剑，削金直借大环刀。
若非暗地来相助，怎得同盟脱虎牢。

且说艾虎带着张豹，到了屋中，寻找踪迹不见，急得艾虎跺脚，暗暗的叫苦。张豹问道："大哥到是上那里去了？"艾虎想："大哥不是粗鲁人，我紧嘱咐千万可别离开此处，到底还是出去了，岂不教小弟着急。"张豹说："你瞧我是个浑人，我都行不出那个事来，不怕拉屎撒尿也不离这个地方。"艾虎说："我去找他去。找了他，你可别走了哇。"张豹说："我死都不出这屋子。"

艾虎出去，一直的往南，过了那五间东房，知道那里头捆着五个人，马大哥不能上那屋里；又顺着南夹道一直的往西，到了西面，又是死囚牢的后身，盖着五间木板房儿，靠里屋内有灯火半明不暗。艾虎把窗棂纸戳了一个窟窿，往里一瞧，见了一宗差事：就见四个人在坑上，四马倒攒蹄捆着，嘴里鼓鼓昂昂，必然是塞着口哪。都翻着眼睛，彼此看着，就是说不出话来。艾虎纳闷："这是谁干的事情？莫不成是马大哥？看见这有人，他怕嚷嚷。"艾虎看毕，只可又奔了北边夹道，从新再奔貔犴门，绕了一个四方的弯儿，马龙的一点影色皆无。只可到屋中来，告诉张豹，焉知晓张豹也不知去向了。艾虎一着急，叫道："二哥那里去了？"一晃千里火筒，屋中何尝有人。无奈收了火筒，转身出来，心想着到那屋中问问那人，是甚么人捆的，便知分晓。刚到西头死囚牢的后头，将要进屋子去，就听外面已交五鼓，打更的到来。自己想着回来接锣，刚走在半路，就听见里面锣镗镗响了五声。艾虎吃了一大惊，这是甚么人打锣哪？恨不得一时到了跟前，看看才好。来到门前，远远的就看见了镗啷把锣一扔，一个黑影一晃。艾虎就跟下来了。真快，艾虎追着追着，就不知追在那里去了。自己站在那里发怔："两个哥哥好容易救将出来，俱都丢了。"一想天已不早了，自己怎么办法，也就是一死，决不能自己一人出去。就哼了一声。

忽听身后哈了一声，艾虎回头一看，身后立定一人。艾虎将要拉刀，那人噗嗤一笑，原来是三哥到了。艾虎羞的面红过耳，赶紧过来叩头说："你可吓着我了。不用说,种种事都是三哥办得。”徐良说:“我在店中同你说甚么来着?你执意不肯告诉我实话。我劝你未思进先思退,你偏是一冲的性儿。我打算你有多大本事,原来就是求狱神爷的能耐。你们在店外说话,我就全都听明白了。你前脚出来,我后脚就跟出来了。你走的东边,我走的西边,还是我先到破庙。你打前头进贼家里去,我在后窗户那里瞧着。你到庙里头捆人,我在墙外头等着你救张二哥去。我这里杀的人,我特意一晃悠,你追了我两个弯。我把两个死尸扔在土井。我就到了贼的家里,站在他们房上一笑。贼人出来,他望房上一瞅,在哽嗓上我给了他一袖箭。我拿绒绳拴上,我把他系上房去。你打屋中出来,我把他扔下房去,教你纳闷。你们走在那里,我跟在那里。可惜你还踩了一回,倒扮作个买卖样儿,你连锁头都没瞧见。要不是我跟来,老兄弟!你这条命还在不在?你这一走,人所共知,都知道你救他们来了。你要救不出去,头一件你先对不住我——我再三要跟你来,你偏不肯告诉我。要没有我这口刀,也是不行。我要不来,两个哥哥也救不出去,你也死了。从此往后行事,总要思寻思寻,胆要大,心要小,行要方,智要圆。”数说的艾虎脸似大红布一般,言道:“哥哥,小弟比你大差,天渊相隔,不必说了。那贼头家里火,也是你放的?这后头四个人,也是你捆的?”徐良点头说:“贼家里放火,省得教地面官存案。后头四个人不但是我捆的,我还帮着在外面接锣哪。”艾虎说:“哥哥,你真乃奇人也!”徐良说:“算了罢,我是白菜畦的畦。”艾虎说:“你把两个哥哥藏在那里去了?”徐良说:“那个我可不知道。”艾虎说:“你别教我着急,够我受的了。”徐良说:“随我来罢。”带着艾虎,直奔门的南边那五间东房来了。

徐良在外边一叫,双刀将同着勇金刚在里出来。艾虎一看,两个人脖子上的铁链俱都不在了,就知道是徐三哥用刀砍断。艾虎一问:“我的哥哥,你们真把我急着了。”张、马二位一口同音说:“这位徐三哥说,是你们两个一块来的,他在外头巡风,你在里救我们。我说有查监的头儿过来了,暗查不点灯的屋子,必是看差偷闲多懒,吹灯睡了觉了。他要进来翻着,这还了得。他带着我们找了个有灯的屋子,外头若有查监的问,教我们只管答应,说我们这四个人全醒着哪,他倒不进来。”张豹说:“见了我也是这个话。我说我怕老兄弟着急,他说他给老兄弟送信去。把我们两个人项上铁链俱都挑去。”复又给他们引见了一番。徐良说:“天气不早了,咱们早些出去罢。”

到了外头,找着被窝地方。艾虎把飞抓百练索解开,徐良蹿上墙去,拿着绒绳,这边把马爷的腰拴好。徐良往外一看,并无行走之人,骑马式蹲在墙头,往上导绒绳。艾爷在底下一托,便上墙头,由外边系将下来。马爷解开绳子。徐爷又扔在里边,把张爷拴上系上去,也是打外面系下来。张豹也把绒绳解开。徐良说:“老兄弟,你不用绒绳可上得来?”艾虎说:“别取笑了。”徐良说:“我把被窝带着走了。”艾虎说:“三哥不可,那我怎么上去。”徐良先下去,艾虎随后上去,就着蹿下来,脚站实地。接过绒绳来,四个人鱼贯而行,直奔城墙的马道。来到马道,是个栅栏门,用锁锁住。徐良把大环刀拉出来,把锁头砍落,开了栅栏门,大家上去,奔了外皮的城墙。艾虎又把飞抓百练索扣在城墙砖缝之内,拿手按结实了,先教徐良下去。揪着绒绳,打了千斤坠,慢慢的松绒绳,松来松去,脚站实地。马龙、张豹连艾虎,一个跟着一个下去。艾虎把绒绳一绷,绷足了往上一抖,自来的抓头儿就离了砖缝,拉将下来裹好,收在囊中。徐良说:“我去取衣服去了。咱们家中相见。”原来是他白昼的衣服,在树林里树丫枝上夹着哪。艾虎说:“他们单走。”到了张家庄,张家的家人远远的望着哪,见了主人都过来道惊。艾虎说:“有话家里说去罢。”连张英也迎接出来,给艾虎道劳。艾虎问:“给我预备的怎么样了?”家人把酒菜端上来。艾虎已把衣服换好。马龙、张豹也就更换衣巾,落坐吃酒。艾虎问:“你们往那里投奔?”张豹说:“上古城我们姑姑那里去。”教家下人把东西分散,粗中物件俱都不要。把家中细软、金珠,包了几个包袱。所有文契帐目,都教与张英。马爷告诉张英说:“你明早告诉管事的,好好照应买卖地亩,我不定几年回来。”原来马龙家中无人,并且孤门独户,无所挂碍。少刻,就见徐良打房上蹿下来,进得屋中说:“老兄弟,你还饮哪!你看天到甚么时了?天光一亮,官人一来,谁也不用走了。”张英、张豹、马龙全过来给徐良道劳。徐良把他们搀将起来,说:“你们还不快拾夺!”张豹答言:“我们细软东西已经包好,下余教家人分散。文书交与我兄弟收讫。我同着我马大哥,上古城县找我姑母去躲避。我们当族人,等明天俱都躲避躲避。”徐良说:“好。马大哥的家务哪?”回答俱已料理好了。艾虎说:“咱们大众起身,放火烧房。”徐爷方说:“且慢,这是谁的主意?”艾虎说:“我的主意。咱们走,房子不是还便宜他们么?偏不能落在他们手里头。”家人跑进来说:“官人来了。”大家一惊,不知如何,且听下回分解。

第七十二回　大家分手官兵到　弟兄走路遇凶僧

诗曰

古城迢递费追寻，颠沛流离苦不禁。

亲属此时相别面，故人何日再谈心。

皆因逃狱辞同里，急觅安巢隐密林。

待到南霄鸿脱网，依然云路寄回音。

且说艾虎要烧房，徐爷拦住说："这官司不一定打，别说不回来了。这见着大人，人情托好，教知府官一坏，你们哥们仍是回家。这时烧了，那时再想制可就费了事了。不如此时暂且将门锁上，将来回家总是咱们自己的房子。"马爷点头说："此计甚善。"正说着，家人跑进来说："远远有马步队灯笼火把，奔了这里来了。"徐良说："快锁门！"一抬腿，哗喇，艾虎的那张桌子就翻了过了。艾虎说："这是怎么了？"徐良说："官兵都到了，你还慢慢的喝酒哪！官人到来，你我不怕呀，别人怎么走呢？"这就各自背上包袱，出了屋中，把门锁上，大家出去。艾虎将大门锁上，自己跳墙出去，就看见西北灯笼火把，马上步下的扑奔前来。大家撒腿就跑，各奔东西。临分手，对嘱咐都要小心了。惟有徐良跑得甚快。仗着有一样好，连官带兵一到，先围大门，他们这些人就有了跑得工夫了。张豹、马龙奔古城，暂且不表。

单提艾虎与徐良，奔武昌府的大路，又是白昼不走路，找店住下；晚间起身。走了两天，仍然是白昼走路。这天正走到了未刻光景，远远看见一道红墙，听见里面有喊喝的声音说："好秃头！反了！反了！"艾虎说："三哥等等，你听里面有人动手哪！"徐良也就止住步了。果然又听见喊喝说："好僧人！"徐良说："不错，是动手哪！"艾虎说："我听出来了，是熟人。"两个人纵上墙去一看，原来是江樊。

因何江樊到了此处？有个缘故。前套二义韩彰收得义子螟蛉，名叫邓九如，救过包三公子。石羊镇会贤楼遇见包兴，将他带到开封府。念及他救过三侄男，他母亲又是为三公子废命，请先生连三公子带邓九如在一处读书，戊辰科得中。早晚净教他在堂口听着问案，为是升出来的时节，堂口必然清楚。日限也多了，总央求着包公要在外头作作有司。包公知道他年幼，怕他不行。又苦苦的哀求，包公保举他石门县知县。为是守着颜按院甚近，先给按院去了一封信。究竟不放心，总要派个人保护他才好。开封府此时无人，就派了江樊保护他上任。包公深知江樊口巧舌能，临机作变最快，又有点武技学本事。他本是韩彰的徒弟，私下管着江樊叫江大哥，同桌而食。升了堂，站堂听差，可算快壮班的总头儿。领凭上任之时，包公嘱咐邓九如："文的不好办，到大人那里请公孙先生；武的不好办，大人那里有校护卫，可以往那里借去，有疑难案件，打发江樊与我前来送信。你到任的名气好歹贤愚，我必然知晓。倘若不行，我急急把你撤回。"嘱咐已毕，邓九如辞行起身，领凭上任，所有一路上应用的俱是包公预备，一路无话。

到任交接印信，查点仓廒府库，行香拜庙，点名放告，要学开封府势派。别处有司衙门鸣冤鼓都在大堂，怕有人挝鼓，还把鼓面扣上个簿箩盖子。他这不是。他把鸣冤鼓搭将出来，放在映壁头里，鼓槌挂在鼓上，每日派两个值班的看鼓，若有人挝鼓，一概不许拦阻。再者永远升大堂办事，无论举监生员，作买作卖，贫富不等，准其瞧看。这一到任，那日升堂，就把所有的陈案尽都发放清楚。打的打了，罚的罚了，该定罪名的定了。当堂立听传人，该责放的放，整办了一天，这才办完。要按说才十九岁的人，有若大的才干？究竟是"鸟随鸾凤飞腾远，人伴贤良品格高"。共总不到一个月的光景，奇巧古怪的案件断了不少。巧断过乌鸡案，审过黄狗替主鸣冤。就把这一个清廉的名儿传扬出去了，给县太爷起了个外号，叫作玉面小包公。

这天正是出差迎官接诏，带着江樊众人役等把公事办完，自己换了一身便服，教江樊扮作个壮士的模样，教别者之人回衙听差，教江樊带上散碎的银两，留下两匹马。江樊拦阻了太爷几句，说是太爷升大堂理事，见过的甚多；倘若被他破识，大大的不便。邓九如不听，江樊也就不敢往下讲了。看着天气不好，就游玩了两三个村子，到处人家都夸奖这位太爷实在是一位清官。江樊催着回衙门。太爷趁着天气不好，要在外头住下。果然见前边树木丛杂，到近处一瞧，原来是个镇店。进了镇店，是东西大街，南北的铺户，很丰富的所在。就是一件，是铺户字号，匾上四个角上四个小字，是朱家老铺。十家到有八家皆是如此。走到东头路北，有个朱家老店，教江樊前去打店。江樊下马，不多时回来说："各房全都有人住了。就有尽后面，有一连八间正房，有两个两间，四个一间，没人住下。"九如说："倒也可以。"下了马，把马上包袱拿下去，交给店内，伙计遛马。伙计带着，直到后边，就住那两间屋。打洗脸水、烹茶，俱都净了面。江樊给斟出茶来，传酒要菜，喝的是女贞陈绍。饭还未曾吃完，就把灯烛点上，嗣后来要的馒首汤碗，餐一顿。将残席撤去，连店钱饭钱俱都算清，格外赏的酒钱。伙计当面谢过，又烹来的茶。

外面有人说话："到底是那屋内？"伙计出去说："就是你们二位么？"回答："不错，就是我们两个。"伙计说："住一间，住两间？"那人说："住两间。"伙计说："就在这隔壁，这是两间。"随即把门推开，点上灯烛，二位进去，放下褥套行李，打脸水烹茶。这两个人刚一进屋子,就打了个冷战。原来这两个是亲弟兄,姓杨,一个叫杨得福,一个叫杨得禄。两个是乡下人,在京都作买卖,这是回家,住在这里。前头先说有房子,后又说没房子,这才把他们支在后边来了。伙计过来问:“要甚么酒饭?”那两个人随便要了点菜,要的是村薄酒,要了二斤饼,两碟馒首。乡下人能吃,饱餐了一顿,撤将下去,开发了店钱饭钱。天到二鼓时分,嚷起来了,说:“你们这个贼店,我们要搬家了,还给我们店钱罢。”店里伙计过来说:“客官别嚷。”住店的说:“你们这个贼店。”伙计说:“你怎么看着是个贼店?要是教官人听见,我们这买卖就不用作了。”那人说:“你就是给我房钱罢,我们不住了。”连邓九如带江樊都听见此事,也就出了屋子。伙计说:“要找给你们钱不难,你得说说,是怎么件事情。”那人说:“你们这贼店,如今闹鬼哪,必是你们害的人太多了。”伙计说:“你这更是胡说了。你只管打听打听,我们这个店里不死人,每遇有有病的,病体已沉,必教人或推着,或搭着,道路甚远的,也必要推着、搭着,送回家去。或左右邻近的,有亲戚朋友,必派人给他亲朋送信。我们这店内,总没搭过棺材。”那人说:“你说不闹鬼,你去屋里,去瞧瞧去。”伙计说:“这时还闹哪!”那人说:“不信,你进去瞧,去瞧去。我们刚吃完了饭,一歪身,就见这蜡苗忽然烘烘的有一尺多高,并且蜡苗全是蓝的;不多时,蜡苗越缩越小,缩到枣核相似,我们可就歪不住了。我一瞧,也是害怕;我兄弟一瞧,也是害怕。忽然又打八仙桌底下,出来了一个黑忽忽的物件,高够三尺,脑袋有车轮子大小,也看不见胳膊,也看不见腿,出来冲着我们一扑,我们就跑出来了。亏了我们跑的快,要是跑的慢,就戳了。”伙计说:“这都是没有的事。”那人说:“你不信,你进去把我的东西拿出来。你一进去,那个鬼就在那里对着。”伙计又胆小,起先就毛骨竦然;又听这一说,如何还敢进去。邓九如说:“伙计不要为难,教那二位搬在我们屋里去,我们搬在那屋里去。”换房屋审鬼,俱在下回分解。

第七十三回 朱仙镇邓九如审鬼 在公堂二秃子受刑

诗曰：

正直廉明又且聪，无惭玉面小包公。
秉心不作贪污吏，举首常怀建白功。
断案能教禽兽服，伸冤常与鬼神通。
虚堂何幸悬金鉴，老幼腾欢万户同。

且说邓九如听了姓杨的那两个人的话，必然不虚。既要有鬼，准有屈情之事。所以出来私访，为的是要见着点甚么事情才好，故此告诉他们两下里换房，连伙计带那两个人全都愿意，惟有江樊不乐，若真要有鬼，惊吓着太爷，那还了得，过去谏言。他也不听，叫江樊拿了自己的东西，搬在西屋里去。邓九如在前，先进了那两间屋中，看见两间屋子当中有个隔断，外间有张桌子，两张柳木椅子；里间屋挂着个单布帘子，里屋顺前檐的坑，坑上有个饭桌，对面一张八仙桌，两张椅子，并没有甚么岔异的事情。连伙计带江樊，俱都进来。伙计把他们东西抗出去，说："相公爷，你看那里有鬼？"九如说："有，我也不怕。"伙计出去说："你们二位看看，人家怎么没看见甚么。你们必是眼离了。"那二人说："别忙，少刻再听。"太爷又叫伙计烹茶，找一本书来看看。伙计说："并没有甚么闲书。"拿了一本《论语》来。伙计出去。

见江樊就靠着里间屋子门站着，不住的瞧着八仙桌底下。九如说："江大哥坐下，这出外来，这么立规矩还行？不然，你就在那边椅子上坐下。"江樊说："唔哟！我可不敢，我更不敢了！我净瞧着这桌子底下，我觉着总有点不对，我还敢在那椅子上坐着。"邓太爷一笑，说："江大哥，你好胆小哇！心中无鬼，自然无鬼。既然不愿在那边，你在我这对面来坐。"江樊答应了一声，过来给邓太爷斟上了一碗茶。九如就把那书翻开，一看正翻在"务民之义，敬鬼神而远之"这一节上，忽听外面咯吱咯吱的直响。江樊说："不好，来了！"往外一迎，说："甚么东西？"就听嗳哟噗通，有一个人打外间屋里，摔到里屋里来了。江樊吓的往邓九如这里一蹿，把刀就亮将出来要砍，细瞧原来就是那个姓杨的。邓九如拦住问："你上我们屋里作甚么来了？"杨得禄说："吓着了我了。"爬起来战战兢兢的道："我同我哥哥眼睁睁看着闹鬼，似你这个人造化真不小，这么大个岁数，总是你的福田大，就连一点动静没有。我过来，一者要合你老说说话，二则间我倒要看看。这鬼透着有点欺负人，我在外头瞧着，这蜡也不变颜色，不闹故事。我将往里一走，教他老这么一嚷，就吓了我一个跟斗，可真把我吓着了。”江樊说：“你是把我吓着了哇，我是把你吓着了？”邓九如说：“不用分争那个。你先坐下，你看见就是这个八仙桌底下出来了么？”那人说：“可不是么。来了，来了，你看这就来了！”就见他用手一指这个灯，大呼小叫说：“你看看，看看这个灯！”连江樊带邓太爷一瞧，这蜡苗烘烘烘烘的高下，足有一尺开外；慢慢往回缩小，小来小去，真仿佛个枣核一般，蓝挖挖的颜色，这屋中就发了暗了。江樊目不转睛的瞧着桌子底下，忽然间，就听见桌子爬叹一声响亮，如同是桌底下墙里出来，黑忽忽的一宗物件。江樊一瞧，嗳哟噗通，摔倒在地。那个姓杨的也是照样嗳哟噗通，摔倒在地。邓九如虽然不怕，也是瞧着有些诧异，见灯光一起，忽然一暗，只见打八仙桌底下，滴溜溜的起了一个旋风，就把两个人吓倒，那旋风往姓杨的身上一扑。邓九如就下去把两个人搀架起来。就见那个姓杨的慢慢的苏醒，一歪身就跪在了平地了，说道：“太爷在上，屈死冤魂与太爷叩头。”邓九如一怔：“怎么展眼之间，他就说是屈死的冤魂哪？这必有情由。”随即问道：“有甚么冤屈之事，只管说来。”那人跪在那里，哭哭涕涕的说：“冤魂姓朱，我叫朱起龙，死的不明，净等太爷到此，我好伸冤告状。”邓九如问：“你是那里人氏，死的怎么不明，只管说来，全有太爷与你作主。”回答道：“我是这小朱仙镇的人，此店就是我的。死后我的阴灵儿无处投奔，也没人替我鸣冤；今恰逢巧太爷的贵驾光临，到了冤魂出头之日了。”说毕，又哭哭涕涕。邓九如又问：“难道你就没亲族人等么？”冤魂说：“回禀太爷得知，我有个兄弟，名叫朱起凤。不提他还在罢了，提起他来令人

可恨。本待细说，天已不早，我有几句话，太爷牢牢紧记：自是兄弟，然非同气，害人谋妻，死无居地。只求大爷与死去的冤魂作主就是了。”说毕，往前一爬，又是纹丝儿不动。邓九如自己思想了半天，不甚明白。就见江樊慢慢起来，翻眼一瞧，桌子底下甚么也看不见了。再看太爷端然正坐，问了问邓九如，可曾见鬼。邓太爷说鬼我倒不曾见，就把姓杨的说的甚么言语连诗句，告诉了他一番。江樊当时也解将不开。就见那个姓杨的复又起来，口音也就改变了，说：“相公，你横竖看见咧。”问他方才事，他一概不知，抹头他就跑了。邓九如与江樊商量了个主意，明日问他们伙计，他必知晓，就浑衣而卧。

到了次日，店中的伙计过来，打了脸水，烹了茶。江樊说：“我们在这打早饯。”伙计答应，少时过来，问要甚么酒饭。知县说：“天气还早些，你要没有事，咱们谈谈。”回答：“早起我们倒没有事。”又问：“你贵姓？”回答：“姓李，行三。”又问：“你们掌柜的姓朱，尊字怎么称呼？”回答：“叫朱起凤。”又问：“朱起龙是谁？”回答：“是我们大掌柜的，死了。”又问：“得何病症而死？”回答：“是急心疼。”又问：“可曾请医调治？”回答：“头天晚好好的人，半夜里就病，大夫刚到，人就死了。”又问：“可曾有妻有子？”答道：“没儿子，净有我们内掌柜的。”太爷问：“妻室多大岁数了？”伙计说：“你这个人怎么问的这么细微，直是审事哪。”九如说：“咱们是闲谈。”伙计说：“二十二岁。”又问：“必是继娶罢。”答道：“我们掌柜的五十六没成过家，初婚娶的可是再醮。”又问：“死鬼尸身埋在甚么地方？”伙计说：“亏了你是问我，别者之人也不知道这细微。我们这有这么个规矩，每遇人要死在五六月内，总说这人生前没干好事；死后尸骸一臭，众人抱怨，故此火化其尸，把骨殖装在口袋里，办事不至有气味。我们掌柜的就是这么办的，就埋在村后。”又问：“你们二掌柜的多大岁数？”回说：“今年三十岁。”又问：“与你们大掌柜的不是亲的罢？”回说：“你这个人问事实在了不得。是一父两母。”又问：“他也在店中？”回答：“我索性告诉你细细微微罢。你多一半许没安着好心眼。我们二掌柜的在隔壁开着一个楠木作，作着那边的买卖。我们大掌柜的一死，他得照料这边的事情。这边又有我们内掌柜的。他们虽是叔嫂，究属俱都是年轻，不怕五更天算完了帐，他也是过那边睡觉。他是个外面的人，总怕外头有人谈论我们内掌柜的，就住在这后头。这里头隔上了一段墙，后头开了一个门出入，不许打前边走。还想着不好，我们内掌柜的又不往前走。我们二掌柜的给了他一千两银子，教他跟娘家守节去了。这也都说完了，你也没有甚么可问的了罢？”把话说完。邓太爷已明白了八九。又问：“你们二掌柜的是楠木作，我家里有些个楠木家伙俱都损坏了，教他亲身去看看怎么拾夺。”伙计答应，说：“很好，很好，我这就给你找。”随即就要饭。将把饭吃完，朱二秃子就来。伙计带着见了见,说:“这我们二掌柜的。就是这位相公爷教瞧活。”九如一见秃子脸生横肉,就知道不是良善之辈。秃子与太爷行了个礼,问:“相公爷贵姓?”回答:“姓邓。”又问:“在那里瞧活?”回说:“在县衙旁。”秃子说:“你们二位有马,我有匹驴,已然备好,听你们信那时起身。”邓太爷说:“这就走。”遂给了店饭钱,备上马,一齐起身,离了朱仙镇,直奔县口下马,教起凤在此少等。江樊使了个眼色。太爷入内换衣服,审秃子,下回分解。

第七十四回　白昼用刑拷打朱二　夜晚升堂闯入飞贼

诗曰：

犹是前宵旅邸身，一朝冠带焕然新。

升堂忽作威严象，判案还同正直神。

任使奸谋能自诈，讵愁冤屈不能伸。

清廉顷刻传宣遍，百姓欢虞颂祷频。

且说到县衙口，三人下驴下马。太爷说："掌柜在这等等，我里头瞧个朋友，少刻就来。"秃子说："去罢，我这也有个朋友，在班房里当差使，正要排班伺候太爷。"大家退去，有几个头儿都让朱起风说："二掌柜的屋里坐，饮茶。"朱起风说："众位哥们辛苦了。"自己到了那班房，驴教小伙计接过来，自己去里边待茶。问："二掌柜的甚么事，往这里来？"起风说："这瞧点活。"又问："在那里瞧活？"回答："跟着那位相公瞧点活。"又问："就是方才进去的那位相公？"回答："正是。"头儿说："这号不错，等着出来听信罢。"

少刻，里边梆点齐发，太爷升堂。朱二秃子忽听里面说："带秃子！"就有一个头儿过来说："太爷升堂了，带你进去。"就把铁链搭于脖颈之上。二秃子一怔，问说："这是甚么缘故？"头儿说："我们不知，你到了堂上，你就知道了。"往上就带。喊喝的声音，将秃子带到堂口，往上磕头。邓九如教："抬起头来，你可认识本县？"朱起风吓了个胆裂魂飞。原来是教瞧活的相公，是本县知县。自己心中有亏心的事情，自来的胆怯。又对着太爷又问到病上，说："朱起风，你把哥哥怎么害死，谋了你嫂嫂，从实招来，免得三推六问。"叫官人挑去铁链。秃子复又往上磕头，说："太爷在上，小的哥哥死了二年的光景，至今我这眼泪珠儿还不断呢。再说我们一奶同胞，我怎么敢作那逆理之事。就求太爷口下留德，一辈为官，辈辈为官。这话要传扬出去，小的难以在外头交友。"邓九如把惊堂木一拍，说："哇！好生大胆。我且问你，你哥哥得何病症而死？"秃子说："乃是急心疼的病症。人要得急心疼必死。我哥哥得病不到半个时辰，大夫来到门前，我哥哥已然气绝，就打发医生回去了。"又问："你是怎样谋你嫂嫂，从实招来！"秃子说："太爷这句话，更是要小的命了。我嫂嫂立志守节，在店中我就怕有人谈论，故此给了他一千两白银；回到娘家，欲守欲嫁，听其自便，永不许他在店中找我。太爷如或不信，问我们近邻便知分晓。"太爷又问："你嫂嫂他娘家姓甚么？"答道："姓吴。"又问："他那里人氏？"回说："是吴桥镇的人。"又问："给了你嫂嫂一千两银子，教他回娘家，是甚么人送去的。"这一句话，把个朱二秃子问的张口结舌。旁边作威皂班在旁边么喝着，教："说！快说！"朱二秃子说："小的送去的。"太爷立刻出签票，分付拿吴氏。朱二秃子一拦说："听人说，他已改嫁别人去了。若要派人去，岂不是白跑一趟。"邓九如说："你好生大胆！难道说他就没亲族人等么？"秃子说："他们家都死绝了。"太爷叫道："朱起凤，实对你说，昨日晚间住在你们的店中，有你哥哥的鬼魂告在本县的面前，故此深知此事。你若不招出清供，岂能容你在此鬼混。不打你也不肯招认，拉下去，重打四十板！"早有官人按倒揪翻，把他中衣腿去，重打了四十板。复又问道："朱起凤，快些招将上来！"秃子仍然不招。仍然又吩咐，又打了四十板。复又问道："快把害你哥哥的情招将上来！"秃子仍然不招。吩咐一声，将夹棍抬上来，当啷一声，放在堂口。秃子一见夹棍，就吓了个真魂出壳。这夹棍乃是五刑之祖，若要用十分刑，骨断筋折。却是三根无情木，一长两短，上有两根皮绳。当时不招，就把两腿套上，当中有一人按住当中那根长的，两个官人背着那两根皮绳，往左右一分。上面叫招。秃子情知招出来就剐，回道无招。就听见噶吡吡一响，好利害，怎见得？有赞为证：

邓九如，要清供，打完了板，又动刑；夹夹棍，拢皮绳，两边当下不容情。真是官差不由己，一个背来一个拢。萧何法，共五宗；刑之首，威风耸。壮堂威，差人勇，为的是分明邪正镇口供。噶吱吱响三木攒，一处共。穿皮肤，实在痛，筋也疼，骨也疼，血攻心，浑身冷，麻酥酥的一阵眼前冒了金星。铜金刚，也磨明；铁罗汉，也闭睛。人心似铁，官法无情。好一个朱二秃子，咬定牙关总是不招承。太爷叫招，他怎肯应，又言是敲，浑身大痛。太阳要破，脑髓欲崩，哎哟一声昏过去，秃子当时走了魂灵。

把夹棍套在腿上，仍是不招。吩咐一声，收用了五分刑，用了七分，用了八分，仍是不招。吩咐叫滑扛，就滑三下。朱二秃子心中一阵迷迷离离，眼前一黑，就昏过去了。你道是这夹棍乃是五刑之祖，若要用刑之时，先看老爷的眼色行事——吩咐动刑，老爷必有暗会儿，瞧老爷伸几个指头，那就是用几分。十分刑到头。这一滑扛，可就了不得了。用一三五六的扛子在夹板棱儿上，通上到下一滑，哗喇喇喇就这么三下，无论那受刑的人有多么坚壮，也得晕将过去。朱二秃子一晕，差人回话说："气绝了。"吩咐说："凉水喷！"过来官人，拿着一碗凉水，含在口中，冲着朱二秃子噗的一喷。朱二秃子就悠悠气转。上头问："教他招！"差人说："他不招。"上头说："再滑扛。"江樊说："且慢。老爷暂息雷霆，朱二秃子身带重伤了，不堪再用刑具拷问;倘若刑下毙命,老爷的考程要紧。"上头问:"依你之见?"江樊说:"依我之见,把他先钉肘收监,明日提出再问。打了夹,夹了打,必有清供。今日不招有明日,明日不招有后日。想开封府相爷,作定远县审乌盆,刑下毙命,就是这么罢的职。老爷的天才——"邓九如点头道:"说的是。"吩咐松刑。当堂钉肘,就标了收监牌,收在监牢。吩咐掩门退堂。

归书斋,把江樊叫过去议论:"昨夜说的话,自是兄弟,然非同气。他们是兄弟,又不是亲的,这话对了。害人谋妻,死无居地,把他尸骨化灰,即是死无居地。这个害人谋妻,不是明显着是朱起凤谋了嫂嫂,害了哥哥的性命,怎么他一定挺刑不招,莫非这里头还有甚么情节?据我想着,夹打他不屈,江大哥替我想想。"江樊说:"鬼所说的那四句话,据我想着,与老爷参悟的不差。不然,明日将他那个伙计传来,再把那伙计拷问拷问,说出清供,也许有之。再不然,有三两日的工夫,每日带朱二秃子上堂夹打,一个受刑不过,说出清供,也许有之。"邓九如点头,用了晚饭。邓太爷在书房中坐卧不宁,想起朱二秃子挺刑不招,不由的无名火往上一壮,吩咐一声,坐夜堂审问。顷刻传出话去,教外头三班六房衙役人等,在二堂伺候升堂。

立刻,外面将灯火公案预备齐备。老爷整上官服,带着江樊,升了座位,拿提监牌标了名字。官人把朱二秃子提倒堂口,跪于公案之前。太爷复又问道:"朱起凤,快些招来!不然还要动刑夹打于你。那怕你铜打铁炼,也定要你的那清供。"朱二哼咳不止,说:"太爷,小的冤枉!"旁边衙役作威教"说!"忽然由房上蹿下一人,一身夜行衣靠,手中拿着一宗物件,嘞喇一抖,堂外人俱倒于地;进屋中一抖,众人迷失二目,睁眼看时,差使已丢。若问来历,下回分解。

第七十五回　丢差使太爷心急躁　比衙役解开就里情

诗曰：

身居县令非等闲，即是民间父母官。

一点忠心扶社稷，全凭烈胆报君前。

污吏闻名心惊怕，恶霸听说胆战寒。

如今断明奇巧案，留下芳名万古传。

且说太爷升夜堂审问，指望要他的清供，谁知晓打房上蹿下一个贼来，手中拿定一宗物件，使一个细长冷布的口袋，把白灰泼成矿子灰细面，用细罗过成极细的灰面子，装在冷布口袋里，用时一抖，专能迷失人的二目。江樊瞧着他进来，就要拉刀，被他一抖口袋，二目难睁，还要护庇老爷，焉得能够。先把自己双睛一按，净等着眼泪把矿子灰冲出，这才能够睁开眼睛；再瞅，连老爷也是双袖遮着脸面，不能睁眼，也是眼泪冲出矿子灰，这才把袖子撤下。大家睁眼一看，当堂的差使，大概是被贼人盗去了。江樊暗暗的叫苦。太爷吩咐教掌灯火拿贼。大众点了灯笼火把，江樊拉出利刃，一同的捉贼，叫人保护着太爷人书斋去。

江樊带领大众，前前后后寻找一遍，并无踪迹，复又至书斋面见老爷。邓九如把大众叫将进去，问众人可曾看见贼的模样。大家一口同音说："小的们被他的白灰迷失了二目，俱都未能看见。"内中有一个眼尖的说："小的可不敢妄说，微须看出一点情形来。"江樊说："你既然看出一点情形来，只管说来，大家参悟。"那人说："这个贼不是秃子，定是个和尚。"太爷问："怎么见得?"那人说："小的在二堂的外头，贼一下房，我往后一闪，他先把那些人眼睛一迷，我正待要跑，他又一抖手，小的眼就迷了。看见他戴着软包巾，鬓间不见头发，想来不是秃子，就是个和尚。别人鬓边必要看出头发来，此人没有，小的就疑惑他不是个秃子，就是和尚。"江樊说："不错，你这句话把我也提醒了。我也看着也有那么一点意思。"知县就赏了一天的限期，教他们拿贼——拿秃子、和尚。

到第二天出去，连秃子带和尚，把那素常不法的就拿了不少，升堂审讯，俱都不是，把那些个人俱都放了。又赏了一天的限，教他们拿贼，仍然是无影无形。整整的就是数十天的光景，一点影色皆无。那些差人比较的实系也是太苦。索性不出去访拿去了。每天上堂一比。这天打完了那个班头，将往堂下一走，一蹶一颠的还没下堂哪，就有他们一个伙伴说："老爷一点宽恩的地方没有，明天仍然还是得照样。"那个受比的班头就说："九天庙的和尚，那是自然。"邓太爷又把他叫回去问他："你方才走到堂口，说甚么来着？"就把那个班头吓了胆裂魂飞，战战兢兢说："小的没敢说些甚么。"太爷说："我不是责备于你。你把方才说的话，照样学说上来。"那名班头说："乃是外面的一句匪言，不敢在老爷跟前回禀。"太爷说："我教你说的，与你无干。"班头复又说："这是外面一句歇后语，说了前头的一句，后半句人就知道了，故此谓之歇后语。小的说的是九天庙的和尚，他们就知道是自然。缘故是离咱们这石门县西门十里路，有个庙叫九天庙，里头的方丈叫自然和尚，很阔，是个外面结交官府，认的许多绅衿富户；穷苦难窄的，他也是一体相待，有求必应，故此高矮不等的人，皆都认识于他。就是前任的太爷，与他还有来往哪。"邓太爷听了这句话，沉吟半晌，教他下去，从此也不往下比较班头了。吩咐掩门，一抖袍袖退堂。

归后书斋内，小厮献上茶来。江樊总不离邓太爷的左右。邓九如又把江大哥叫来，说："那个鬼所说的那四句，明显着情理，暗中还有点事情，我方才明白了。横着要念哪，就是'自然害死'。方才那个班头说，九天庙和尚叫自然，此事难辨真假，咱换上便服去，到九天庙见了和尚，察言观色，就可以看出他的虚实。"江樊说："老爷使不得。老爷万金之躯，倘若被他人看出破绽，那还了得。不然，我一人前去，查看查看他的虚实，回来再作道理。"邓九如不听，一定要去，两个人前往。江樊也不敢往下拦阻，只可就换了便服。太爷扮作个文生秀士的模样，随教人开了后门。

二人行路，出了城门，扑奔正西，逢人打听九天庙的道路。原来是必由之路，直到九天庙前，只见当中朱红庙门，两边两个角门，尽都关闭。教江樊到西边角门扣打，少刻有两个小和尚开了角门，往外一看，问道："你们二位有甚么事情，扣打庙门？"邓九如说："我们是还愿来了。"小和尚说："甚么愿？"邓九如说："我奉母命，前来还愿烧香。"那个小和尚问这小和尚说："奉母命前来还愿，母亲许的是甚么愿？"那个小和尚答言说："嗳哟！是了，老太太许的是吃雷斋，这方才上雷神庙还愿。"说毕，两个小和尚哈哈一笑。邓九如也觉着脸上发赤。本来这是九天应元普化天尊雷神庙，那有母亲许这个愿心的。也就憨着脸往里就走，叫和尚带路，佛殿烧香。见那个小和尚一壁里关门，一壁里往后就跑。太爷带着江樊到了佛殿。小和尚开了隔扇，把香划开。江樊给点着，太爷烧香。小和尚打磬。太爷跪倒身躯，暗暗祝告神佛，暗助一臂之力，办明此案，每逢朔望日，庙中拈香。烧香已毕，在殿中看了看神像，出了佛殿，直奔客堂。正走着，就听见西北上有妇女猜拳行令，猜三叫五的声音。邓九如就瞅了江樊一眼,江樊就暗暗会意。来到了客堂,小和尚献茶。江樊出去,意欲要奔正北。由北边来了一个小和尚,慌慌张张把江爷拦住,说:“你别往后去,我们这里比不得别的庙,有许多的官府中的官太太小姐;倘若走错了院子,一时撞上人家,我们师傅也不答应我们,人家也不答应你。”江樊说:“走,我管甚么官府太太不官府太太呢。他若怕见人,上他们家里充官太太去。庙宇是爷们游玩的所在,不应使妇女们在庙中。”一定要往后去。那个小和尚那肯教他往后去。

两个正在口角、互相分争之间,有一个胖大的和尚,有三十多岁,问道:“甚么事情?”那个小和尚就把江樊要往后去的话说了一遍。那个僧人就说:“你怎么发横,你别是有点势力罢,你姓甚么?”江樊说:“你管我姓甚么?”那个僧人说:“拿着你这个堂堂的汉子,连名姓都不敢说出。”那个和尚说:“你就是不说,光景我也看出个八九,你必是在县衙里当差的。”江樊一听,就知道事要不好,无奈就先忍了这口气,此时要教他们识破机关,老爷有险,那还了得。自己说:“似乎你这出家人说话,可也就太强暴了,谁与你一般见识,我就是不往后去,也不大要紧。我还要看看我们朋友,大概也要走啦。”那个和尚一笑,说:“走,大概够走的了罢!”江樊一听,更觉着不得劲了,急忙得回来,奔了客堂,与邓九如使了一个眼色。邓九如就明白八九的光景,正要打算起身,就听外边如巨雷一般,念了一声阿弥陀佛。忽然间打外边进来了一个和尚,身量威武,高大魁巍,面如喷血,合掌当胸,说:“阿弥陀佛,原来县太爷到此,小僧未能远迎,望乞恕罪。”邓九如说:“师傅是错认人了,那里来的太爷?”和尚微微的一笑,说:“实不相瞒,那日晚间盗出我那个朋友来,就是小僧。我就知道太爷早晚必要前来寻找小僧,小僧久候多时了。”太爷将要折辨,僧人一阵狂笑,说:“我不去找你,你自来找我,分明是‘天堂有路你不去,地府无门闯进来’”。吩咐一声:“左右绑了!”打外面来了许多小和尚,围裹上来,不容分说,过来就揪太爷。江樊一瞧地方窄狭,先就蹿在院内落丛中,把刀亮将出来。早有人给和尚拿了一条齐眉棍,就与江樊动起手来,要问胜负输赢,且听下回分解。

第七十六回 知县临险地遇救 江樊到绝处逢生

《西江月》：

世上诸般皆好，惟有赌博不该。掷骰押宝斗纸牌，最易将人闹坏。大小生意买卖，何事不可发财。败家皆由赌钱来，奉劝回头宜快。

我为何道这首《西江月》呢？只因那年在王府说《小五义》，见有一人愁眉不展，长吁短叹，问其缘故，他说从前因赌钱将家产全输了，落得身贫如洗，来到京中，才找碗饭吃。今又犯了旧病，将衣服铺盖全都卖了，主人也不要我了，焉得不愁呢。我便说道：老兄若肯回头，从今不赌，自然就好了。我还记得戒赌十则，请老兄一听便知分晓。破家之道不一，而赌居最。每见富厚之子，一入赌场，家资旋即荡散，甚至酿为盗贼，流为乞丐，卖妻鬻子，败祖宗成业，辱父母家声，诚可痛恨。彼惛然无知之徒，不思赌之为害，败家甚速，反曰手谈消遣。夫世间何事不可以消遣，而必欲为此乞丐之事，甘心落魄哉？在赌者意欲有钱，殊不知赌无常胜之理，即使胜多负少，而一出一入，钱归窝家，是输者固输，赢者亦终是输。况赌博之人，心最刻薄，有钱则甜言蜜语，茶酒叠承，万般款洽，惟恐其不来。迨至囊空，不独茶酒俱无，甚且恶言詈辱，并不容其近前。似此同一人也，始令人敬，终令人贱，能无悔乎？吾以为与其悔之于后，毋宁戒之于先。戒赌十则：

一坏国法 朝廷禁民于赌博尤严，地方文武官长不行查拿，均干议处；父母姑息，邻甲隐赌，俱有责惩。君子怀刑，虽安居无事，尚恐有无妄之灾，时时省惕。彼赌博场中有何趣味，而陷身于国法宪纲？以身试法，纵死谁怜？

一坏家教 父母爱子成立，叮咛告诫，志何苦也。为人子者，不能承命养志，而且假捏事端，眠宿赌钱，作此下贱之事，不知省悟，良可痛悼！故为子之道，凡事要视于无形，听于无声。若乃于父母教悔谆谆，全不悛改，背亲之训，不孝之罪，又孰甚焉。

一坏人品 人一赌博，便忘却祖宗门地，父兄指望，随处懒散，坐不择器，睡不择方，交不择人，衣冠不整，言语支离；视其神情，魂迷魄落，露尾藏头，绝类驿中乞丐，牢内囚徒。

一坏行业 士、农、工、商，各有专业，赌则抛弃，惟以此事为性命。每见父母临危呼之，不肯稍释者，何况其他。迨至资本亏折，借贷无门，流为乞丐，悔之晚矣。

夫乞丐，人犹怜而舍之；赌至乞丐，谁复见怜？则是赌博，视乞丐又下一层矣。

一坏心术大凡赌钱者，必求手快眼快。赢则恐出注之小，输则窃筹偷码。至于开场诱赌，如蛛结网，或药骰密施坐六箱红之计；或纸牌巧作连环心照之奸。天地莫容，尚有上进之日哉！

一坏行止 赌场银钱，赢者耗散一空，全无实惠；输家毫厘不让，逼勒清还。输极心忙，妻女衣饰，转眼即去，亲朋财物，入手成灰，多方拐骗，渐成窃盗。从来有赌博盗贼之称，良非虚语。

一坏身命赌博场中，大半系凶顽狠恶辈，盗贼剪拐之流，输则已不悦，赢则他不服，势必争斗打骂，损衣伤体。若与盗贼为伙，或彼当场同获，或遭他日指扳，囚杆夹梭，身命难保。即或衣冠士类，不至若此，而年宵累月，暗耗精神，受冻忍饥，积伤肌髓，轻则致疾，重则丧身。揆厥由来，皆由自取。

一坏信义 好赌之人，机变百出，不论事之大小缓急，随口支吾，全无实意，以虚假为饮食，以哄脱作生涯，一切言行，虽妻子亦不相信。夫人至妻子不相信，是枉着人皮，尚可谓之人乎？他日虽有真正要紧之事，呕肝沥血之言，谁复信之。

一坏伦谊 亲戚邻友见此赌徒，惟恐绝之不远，而彼且自谓输赢由我，与他何涉。正言说论，反遭仇憾。以赌伴为骨肉，以窝家为祖居。三党尽恶，五伦全无，与禽兽何异。

一坏家声开场之辈，均属下流。嗜赌之子，无非污贱。旁人见之，必暗指曰：此某子也，某孙也。门楣败坏至此。毕竟祖父有何隐恶以致孽报，是生而既招众人鄙贱，死后何颜见祖宗泉下。

一坏闺门 窝赌之家，那论乞丐、盗贼，有钱便是养生父母，甚至妻妾献媚，子女趋承，与淫院何异？好赌则不顾家室，日夜在外。平日必引一班匪棍往来，以成心腹。往来既熟，渐入闺阁，两无忌惮。所以好赌之人，妻不免于外议者，本自招之也。况彼既不顾其家室，青年水性；兼又有饮食财物诱之者，日夜不离其室，能免失身之患乎？

一坏子弟 大凡开赌、好赌之家，子弟习以为常。此中流弊无所不有，虽欲禁之，不可得也。故开赌、好赌之子弟，未有不赌博者，平日之习使然也。夫既习于赌博，又焉望子弟之向上乎？且好赌之人，未有不贪酒肉而怠行业。故即其居室之中，尘埃堆积，椅桌倾斜，毫不整顿。抽头赢钱，尽具吃，吃之既惯，日后输去，难煞清淡，便不顾其廉耻，不恤其礼义，邪说污行，无所不为——男为盗，女为娼，不能免矣。戒之！戒之！

戒赌十则说完，奉劝诸公谨记，仍是书归正传。

诗曰：

特来暗访效包拯，清正廉明得未曾。

消息谁知今已漏，机谋在是此多能。

况无众役为心腹，空有一人作股肱。

不遇徐良兼艾虎，几遭毒手与凶僧。

且说和尚出来认的邓九如，倒是怎么个缘故？情而必真，朱起龙死的是屈。因为五十多岁，娶了一房妻子。他这妻子娘家姓吴，名叫吴月娘，过门之后，两口子就有些个不对劲。何故？是老夫少妻。吴家贪着朱家有钱，才肯作的此事。夫妻最不对劲，他倒看着小叔子有些喜欢。又搭着秃子能说会道，又不到三十的年纪。叔嫂说笑，有个小离戏，久而久之，可就不好，作出不坚不洁的事情来了。两个人议论，到六月间，二人想出狠毒之意。那晚间，就把朱起龙害死。连秃子帮着，用了半口袋糠。朱起龙仰面睡熟，把糠口袋往脸上一压，两个人往两边一坐，按住了四肢，工夫不大，朱起龙一命呜呼。把口袋撤下，此人的口中微然有点血沫子浸出。吴月娘儿拿水给他洗了脸，一壁里就装裹起来，一壁里教童子去请大夫。大夫将至门首，妇人就哭起来了，随即就将大夫打发回去。朱家一姓，当族的人甚多，人家到了的时节，恶妇早把衾单盖在死人的脸上。议论天气炎热，用火焚化情真。他们那块倒是有这个规矩。有人问起，就说是急心疼病症死的。这个又比不得死后搁几天才发殡，怕有甚么妨碍，犯火期日，与甚么重丧回煞等项，总得请阴阳择选日子。这个不用，自要一家当族长辈、晚辈商量明白就得。就是本家人将死尸搭出去，抬到村后有那么一个所在，架上劈柴一烧，等三天把骨灰装在口袋之内，亲人抱将回来，复反开吊办事。诸事已完，葬埋了骨灰。他们想着大事全完了，吴月娘穿重孝守节。二秃子接了店中的买卖，绝不在店中睡觉，不怕天交五鼓，或赶上天气，总要回到他铺中安歇。岂不想他的铺子与店一墙之隔，柜房与店的尽后头相连，吴月娘安歇的屋子也只隔着一段短墙。只管打前头过去，可又由后头过来；天交五鼓，仍然复又过去。朝朝如此，外面连店铺中并无一人知晓。以后还嫌不妥，教人在店后垒起一段长墙，后面开了一个小门，为的是月娘儿买个针线等类方便。外人无不夸奖秃子的正派。

岂知坏了事了。这日正对着月娘儿买绒线，正遇着九天庙的和尚打后门一过，可巧被月娘看了他一眼。列公，这个和尚非系吃斋念佛、跪捧皇经的僧人，他本是高来高去的飞贼，还是久讲究采花的花和尚。白昼之期，大街小巷各处游玩，那里有少妇长女，被他一眼看中，夜晚换了夜行衣，背插单刀，前来采花。他也看那个妇女的情形，若是正派人，他也看不中意，也不白费那个徒劳，满想来了，人家也是求死,别的是休想。那日看见月娘瞟了他一眼,早就透出几分的妖气;又对着月娘本生的貌美,穿着一身缟素,恶僧人看在眼内。到晚间换了衣服,背着刀,拨门撬户进来,正对着秃子也在这里。可倒好,并未费事,三人倒商量了个同心合意,自此常来。白昼,秃子也往庙里头去,两个人交的很密。后来和尚给出了个主意:终久没有不透风的墙,倘若机关一泄,祸患不小,不如把月娘送在庙中,就说把他送往娘家去了,给了他一千两白银作为店价,遮盖外面的眼目。其实送在庙中,那秃子喜欢来就来,和尚绝不嗔怪。

这日正是和尚进城,走在县衙门口,就见朱二秃子的大葱白驴在县衙门口拴着。和尚一瞅就认的,心中有些疑惑。他是秃子常骑着上庙,故此和尚认的。正对着太爷升堂,又是坐大堂,并且不拦阻闲人瞧看,和尚也就跟着在堂下看了个明白。见秃子受刑,和尚心中实在的不忍,赶紧撤身出来,找了个酒铺,自己喝了会子酒,自己想着:"回庙见着吴月娘儿,可是提起此事好哇?是不提此事好哪?再者,这个知县比不得前任知县,两个人相好,自己就可以见县太爷,给托付托付。这个知县一者脸酸,二来毫丝不得过门,倘若秃子一个受刑不过,连我都是性命之优。"自己踌躇了半天,无计可施,只可会了酒钱,出了酒肆,直奔城外,比及来到庙中,到了里面。他这庙中妇女,不是吴月娘一个人,也有粉头妓者,也有用银钱买来的,也有夜晚之间抗来的,也有私奔找了他来的,等等不一,约有二十余人,俱在庙内。

这日他回来,奔西跨院,众妇女迎接。他单把吴月娘儿叫到了一个避静所在,就把朱二秃子已往从前之事,一五一十细细说了一遍。月娘儿一听,不觉的就哭起来,复又与和尚跪下,说秃子待他是怎么样好法,苦苦的哀求僧人救秃子的性命。又说:"怕秃子一个挺不住刑,我倒不要紧,还怕要连累了师傅。只要师傅施恩,救了他的性命,他若出来,我准保他这一辈子忘不了你的好处。"说毕,复又大哭。和尚一者心软,二来也怕连累了自己。正然犹疑,徒弟报道:"师爷爷到了。"僧人迎出,原来是他的师叔。这个和尚是南阳府的人,外号人称粉面儒僧法都,前来瞧看师侄。叔侄见面,行礼已毕,让至禅堂,献上茶来,问了会子买卖如何。列公,怎么出家人问买卖?本来全是绿林的飞贼,岂不是问买卖。其实净卖不买,偷了来就卖。几时又买过哪?回答:"南边买卖不好,我们师兄弟四人,俱都各奔他方,早晚你师傅还要上你这里来哪。"自然和尚他叫悟明,他有师弟叫悟真,他师傅叫赤面达摩法玉。还有两个师叔,一个叫铁拐罗汉法宝,一个叫花面胜佛法净。这些人们都在《续套小五义》上再表。悟明见师叔来了,他就把朱二秃子这些事情,对着他师叔面前述了一遍。晚间用完了晚饭,就约了他师叔与他巡风,法都也就点头。彼此换了夜行衣靠,悟明带上灰口袋。本打算前去盗狱,不想到三更时分进了城,到了狱门，当差的人甚多，都在那里讲究这位太爷性烈，夜晚间还坐堂审秃子哪。悟明听了，轻轻的回来告诉粉面儒僧。两个人就进了衙门，施展飞檐走壁之能，到了二堂，自然和尚下来抖口袋，迷众人的眼睛，就把秃子背出去了。法都帮着出城，拿飞抓百练索绒绳拴上秃子，系上系下，到了城外，找了个避净的所在，扭断了手镯脚拷，连项索尽都扭坏，换替背到庙中。秃子也不能与二人磕头道劳。法都拿出药来敷上，慢慢将养。月娘儿替秃子与二僧道劳。从此吩咐小和尚，小心衙门的公差，留神赃官前来私访，说了知县的象貌。不然，怎么邓九如一来，他们就知道是知县？那个关门的小和尚，就是给悟明他们送信去了。少刻出来，后面即给他预备着兵器哪。见面先说好话，后来叫小和尚拿人。江樊把刀与自然和尚交手，他如何是凶僧的对手。他虽是二义韩彰徒弟，没学甚么能耐，三五个弯，就对不住和尚那条棍了，急的乱嚷乱骂说："好凶僧呀！反了！"并有些个小和尚也往上一围。江樊情知是死，忽然间打墙上蹿下两个人来。艾虎、徐良捉拿和尚，且听下回分解。

第七十七回　粉面儒僧逃命　自然和尚被捉

诗曰：

不信豪雄报不平，请看暗里助刀兵。
只因县令灾星退，也是凶僧恶贯盈。
贪乐焉能归极乐，悟明还算欠分明。
到头有报非虚语，莫向空门负此生。

且说庙中僧人正在得意之间，江樊看看不行，自己就知道敌不住僧人准死。自己若死，如蒿草一般；保不住老爷，辜负包丞相之重托。到底是好心人，逢凶化吉，可巧来了个小义士、多臂熊。二人听出庙里声音，艾虎认得江樊，随即两个人蹿下墙来。艾虎道："江大哥放心罢，小弟还同了一个朋友来哪。"江樊一看，是艾虎到了，还同着一个紫黑的脸，两道白眉毛，手中一口刀，后头有个环子，跳下墙来，就骂"好秃驴，倭八日的"！是山西的口音。艾虎见对面凶僧，青缎小袄，青绉绢纱包，酱紫的中衣，高腰袜子，开口的僧鞋，花绷腿；面如喷血，粗眉大眼，脸生横肉，凶恶之极。恶僧人一看艾虎、徐良，倒提劈山棍，对着艾虎往下就打。艾虎一闪，拿刀往外一磕。僧人往下一蹲，就是扫堂棍，艾虎往上一蹿，凶僧撒左手，反右臂，其名叫反臂刀劈丝。艾虎缩颈藏头，大虾腰，方才躲过。徐良看着暗笑："老兄弟就是这个本事。"自己蹿将上去，说："老兄弟，这个秃驴交给老西了。"和尚一看此人古怪，拿棍就打。山西雁用刀一迎，呛的一声呲啷，那半截棍就坠落于地，把和尚吓了个真魂出壳，抹头就跑。早被徐良飞起来一脚，正踢在和尚胁下。嗳哟一声，和尚栽倒在地。艾虎过来，躹膝盖点住后腰，搭胳膊拧腿，就把凶僧捆上。凶僧大喊，叫人救他。徐良一回手，在他脊梁上吧的一声，钉了他一刀背。小和尚风卷残云一般，俱都逃命。依着艾虎要追，徐良把他拦住说："他们都是出家人，便宜他们罢。"

再见小和尚复又返转回来，围着一个胖大和尚，就是粉面儒僧法都。皆因他在西跨院，同着那些妇女正自欢乐，见悟明出去不见回来。有小和尚慌慌张张跑将进来，说："师爷，大事不好了！我们师傅拿了知县，他还有一个跟人，与我们师傅那里交手，打外头又蹿进来两个，全是他们一伙的，我师傅教他们拿住了，你快去罢！"凶僧脱了长大衣服，提了一口刀，直奔艾虎他们来了。小和尚本是跑了，见法都来，复又跟着法都，又要围裹上来。徐良一瞧，这个和尚虽然胖大，倒是粉白的脸面，往前扑奔。徐良说："好师傅，你是出家人，不应动气，本当除去贪嗔痴爱，万虑皆空，没有酒色财气，这才是和尚的规矩。又何必拿着刀来，要与我们拚命，我们如何是你的对手。你要不出气，我给你磕个头。"和尚将要说"磕头也不行"，他焉知是计。岂不想老西这个头可不好受，就见他两肩头一耸，一低脑袋，哧的一声。和尚嗳哟，还仗他眼快，瞧见一点动星由徐良脑后出来，一闪身，虽然躲过颈嗓咽喉，噗哧一声，正中肩头之上，抹头就跑。这些小和尚就跟着跑下去了。粉面儒僧蹿上墙头，徐良并不追赶，抹头寻找艾虎来了。满地上小和尚横躺竖卧，也有死了的，也有带着重伤的。两个人会同寻找江樊，不知去向。

原来是江樊瞧见艾虎、徐良进来，把那无能的小和尚砍倒几个，自己就跑出来了。明知道有艾虎一人足能将那和尚杀败，自己出来寻找老爷要紧。找来找去，并没见着。遇见一个小和尚，过去飞起一脚，就踢了个跟斗，摆刀要砍，说道："你说出那位老爷现在那里，就饶你不死。"和尚说："我告诉你，饶了我呀。"江樊说："我岂肯失信于你。你说出来，我就饶了你。你快些说来！"答道："在西跨院庭柱上捆着哪。"江樊果然没有结果他的性命，一直奔西跨院，一看老爷果然在柱子上那里捆着。三四个小和尚在那里看守，看见江樊进去，恶狠狠的拿着刀扑他们去了，小和尚撒腿就跑。江樊也并不追赶，救老爷要紧。江樊过来，解开了绳子，跪倒尘埃，给老爷道惊。邓九如用手搀起，说："这是我的主意，纵死不恨，与你何干？我还怕连累了你的性命。你是怎么上这里来了？那和尚怎么样了？"江樊说："有小义士艾爷，还同着他一个朋友前来解围。要不是他们两个人，我就早死多时了。"邓九如问："莫不是开封府告状的那个艾虎？"江樊说："正是。"邓九如说："我们两个人还怪好的哪。他坐监，我打书房出来散游散游，正遇见他在校尉所我义父那里，我们两个人一同吃的饭。他不认的字，他说还要跟我学一学。怎么把眼前的字认的几个才好。很诚实的一个人。他是北侠的门徒，智化的干儿子。"江樊说："不是，老爷记错了，是智化的徒弟，北侠的义子。老爷看，来了。"

艾虎与徐良也是问了小和尚，找到西跨院。江樊要跪下给艾虎道劳，早教艾虎一把拉住，对施了一礼；又与徐良见了见江大哥。艾虎说："这是我徐三叔跟前的，我三哥，名叫徐良。"与江樊彼此见了礼。江樊又要与徐良道劳，也教徐良搀住。邓九如过来说："若非是二位到来搭救，我们两个早死多时。活命之恩，应当请上受我一拜。"艾虎一怔，搀住说："你不是我韩二叔的义子吗？姓甚么来着？"邓九如一笑，说："艾大哥，你是贵人多忘事，我叫邓九如。"艾虎说："是了，你们二位怎么游玩的这里来了？"江樊就把怎么上任，怎么私访、审鬼、坐堂、丢差使，解开歇后语，到庙中来遇见凶僧的事，细述了一遍。艾虎听了说："三哥，你看还是文的好，似乎你我别说作不了官，即作了官也算不了甚么；看人家这个，出任就是知县。”江樊说：“少叙那个，和尚怎么样了？”艾虎说：“拿住捆好了。”徐良说：“我把他抗过来看看，是那个自然和尚不是？”邓太爷问艾虎从何处来，艾虎就把自己的事说了一遍。邓九如说：“还有件怪事。方才他们大家把我捆上，推到这里来拴在庭柱上。这屋里头有许多的妇女，陪着那个白脸的和尚喝酒，还猜拳行令哪。就皆因那个和尚出去动手去了，这屋中许多妇女没见出门，他们全往甚么地方去了？”艾虎说：“何不到屋里找找他们去。”

同着江樊，带老爷一齐到屋中，也没有后门，眼睁睁那酒席还在那里摆着，就是不见一个人影儿，连老爷也纳闷。江樊那样机灵，也看不出破绽来。还是艾虎看见那边有一张床，那个床帏子乱动。艾虎用刀把床帏子往上一挑，见里面有两个人，将要把他们提将出来。一看是两个妇人，他就不肯去拉了，叫：“江大哥，你把这两个提出来。”江樊就将他们随即捆上，带过来说：“这就是太爷，跪下磕头。”邓九如一看，两个人俱在二十多岁、三十以内。太爷问：“你们都是干甚么的？说了实话便罢，如若不然，即将你们定成死罪。”两个妇人往上磕头，说：“我们都是好人家的子女，半夜间凶僧去了，把我们抗到庙内；本欲不从，怎奈他的人多，落了秃贼的圈套。”太爷说：“你们既是好人，本县放你们归家。可有一件，有个朱二秃子，他在庙中没有？”两个人连连答应，说：“有，不但有朱二秃子，连吴月娘儿俱在此处哪。”太爷问：“现在那里？”妇人说：“你看那边有一张条扇，是个富贵图，那却是一个小门。开开那个小门，里头是个夹壁墙儿。他们听见事头不好，俱都钻在那里头去了。我们也要钻的里头去，他们说没有地方了，故此我们才藏在床下。里头男女混杂好些个人哪。”老爷听了，随即叫江樊过去瞧。那一张画，是一张牡丹花，旁边有个环子，虽是个门，可开不开。正要问那个妇人，就见徐良抗着和尚进来，把他地上一摔，噗通的一声。徐良随即说：“我全问明白了，他们这里头有个夹壁墙，连朱二秃子他们那一案都在这里哪。”忽然外面一阵大乱，进来许多人，各持兵刃。若问来者何人，且听下回分解。

第七十八回 小爷思念杯中物 老者指告卖酒人

诗曰：

悟明作事太冬烘，淫妇收藏夹壁中。

自谓是空原是色，岂知即色即成空。

其二：

谋命图奸太不明，最阴究属妇人情。

奇冤自此从头洗，败坏闺中一世名。

且说徐良在外边问自然和尚，不说；拿刀威吓带伤的小和尚，倒是有一得一，将实话全都说出来了，故此徐良连那个假门他都知道。抗了自然和尚进来，正要献功，人家这里也都知道了。将要进去，外头一阵大乱，进来了无数的人，各持单刀铁尺。大众以为是僧人的余党，原来不是，是由衙门中来了一伙子马快班头。有老爷的内厮，一瞧天气不早，老爷无信归回。主管一着急，暗暗的就把马步班的头目叫将进来，就把老爷上九天庙的话说了一遍，教他们带着伙计去迎接老爷要紧。头目一听，也怕老爷有舛错，赶着带了伙计们急速出城，俱带着单刀铁尺。到了九天庙，远远的就望见打里头跑出许多的和尚们来，焉敢怠慢，就叫伙计们向众人往前一闯，一看有许多的僧人们，也有死于非命的，也有带着重伤的。问那个带伤的人："县太爷现在那里，你们可知晓？"那人回答道："现在西跨院。"大众就奔西跨院而来。江樊、艾虎、徐良大家往外一迎，见是马快班头，江樊这才放心。大众都过来见了太爷，给太爷道惊。他们请罪。太爷说："于你们无干，我的主意。"复又过去，在那张画轴那里，把那个铜环子拧了半天，果然一转，那个门儿一开，这才看见夹壁墙。江樊使了一个诈语，说："里面众妇女们听真，今日本处的太爷到此，所以就为的是朱二秃子、吴月娘一案，于你们众妇女无干。你们谁要将他两个献将出来，就将你们放去；倘若不献，拿到衙门里是一概同罪。"这句话不大要紧，就听见里面妇女们乱嚷。不多一时，出来了二十多人，连伺候他们的婆子，内中揪扭着一个妇人，就是吴月娘。大家一齐说："这就是吴月娘。那个秃子，可得你们爷们进去，我们拉不动他。"艾虎就进了夹壁墙，不多时，就见艾虎拉着他一条腿，就提拉出来了。班头过来，将秃子锁上，也就把吴月娘儿锁上；又把两个人的二臂倒绑，待等回衙再问。将那些个妇女尽行释放，并且准他们把和尚那些东西，量自己的力气，能拿多少拿多少，不许再拿二趟。大家磕头，分散物件出门去了。

少刻，地方进来，叩见太爷。江樊叫道："地方出去，或马或车，找来教太爷骑坐。"地方出去、太爷叫把那些带伤和尚，听其自己逃命；受重伤不能动转的，少刻回衙，打发人来给他调治；死了的，就在庙后埋葬；就罪归一人。跑了的和尚法都，案后访拿。叫官人把悟明带回衙署审问。地方把车辆套来，请艾虎、徐良到衙中待酒。徐良说："老兄弟！索性咱们作事作个全始全终，一半押解差使，一半保着老爷。咱们要是一走，路上倘有舛错，岂不是前功尽弃了么？"艾虎点头道："所有庙中东西，叫地方看守；倘若短少，拿地方是问。"押解着秃子、吴月娘、悟明和尚起身。出了庙门，直奔县衙。叫艾虎、徐良一并上车，二人不肯，连江樊俱都地下走。一路之上，瞧看热闹之人不在少处。书不重絮。

到了衙署，老爷下车，三班六房伺候，进了衙署，连艾虎、徐良让到书斋待茶。太爷立刻升堂，用刑，拷问三个人，一字的不招，只可夹打了一回，把他们钉肘收监。太爷一抖袍袖，退堂掩门，归书斋陪着徐良、艾虎谈话，然后摆酒吃饭。用完了饭，直谈论了一夜，无非讲论些个襄阳故事，怎么丢了大人，至今尚无音信的说了一番。直等第二天早晨，二人告辞。他们还是上武昌的心盛。邓九如送的盘费银两，二人执意的不要，让之再四，也就无法。邓九如、江樊送出作别。

二人也就不上黄花镇去了，顺着大路，直奔武昌，逢人打听路途，晓行夜住，渴饮饥餐，无话不讲。这天正然往前走着路，一瞧前边是个山口，原来是穿山而过。进了山口，越走道路越窄。忽然抬头一看，正是桃花开放，满山遍野，一味尽是桃花香气扑鼻。艾虎说："三哥，你看这个地方有多么可观，可惜是不会作诗；这要是会作诗，更有了趣味了。"徐良说："那个诗也是那么容易作的，那里能文武兼全？要闹个艺多不精，还不如不会哪。"随说着，越走越往上去。到了上边极平坦的个地方，往四面无一处看不到。放眼往四面一看，粉融融俱是桃花，真似桃花山一般。这时桃花还稍微开过去了点哪。看着遍地都是桃花，仿佛把这座山，遮盖了个挺严的相似对着。二人上山走的有些发燥，找了一块卧牛青石，暂且先歇息歇息。徐良说："老弟，咱们歇着这个地方可不好。"艾虎说："怎么不好？"徐良说："四面全是沟，惟有这个地方孤孤零零的一个山头，专藏歹人的所在。我师傅对我说过，老兄弟不至于不知道罢。"艾虎哈哈一阵狂笑，道："三哥说什么歹人，要无歹人便罢，若有歹人，小弟正然闷倦，拿着歹人开开心才好哪。"徐良听了，把舌头一伸，说："兄弟好大话呀！咱们歇歇走罢，我是怕事的。"

正说话之间，听见有人说："哈！这个地方才好看哪，胜似西湖景。"艾虎说。"我二哥来了。"徐良说。"可不是么，他打那里来？"艾虎答言："此处不是西湖，那里来的西湖景?”原来是胡小记、乔宾。黄花镇第二天丢了徐良、艾虎,大官人就明知道他们两个人的事情了。对大众一说,也就不便等着了。告诉推小车的:“你们只管推着奔武昌路上,倘若要有人劫夺丢失了,找地面官往他要。不然,上武昌告诉大人去。”芸生骑马单走。胡小记、乔宾不放心,告诉大官人,竟奔岳州府,找下来了。二次到岳州,大街小巷一上,就把丢差使事情嘲嚷遍了。二人不敢停留,又不敢走华容县,绕着石门县,奔武昌走。在这里正然遇见大众,彼此见礼,对问,对说自己的心事,不可重叙。

忽然由西边上来了一位老者,拉着个驴,还是个叫驴,老头年到六旬,穿着土绢大氅,回头把草纶巾摘下来当作扇子。那驴乱叫,老头说:“这种东西也是怪,每逢走在这里,你也歇歇来。我就教你歇歇,要不,你心里也是不愿意。”把驴身上的口袋抽下来,那驴又是乱叫。艾虎说:“众位哥哥看看,好不好?”胡小记说:“真好。”艾虎说:“有点缺典。”胡小记说:“缺甚么典?”艾虎说:“我常听见我五叔爱说这句:‘有花无酒少精神,有酒无花俗了人。’可惜咱们这里就是有花无酒。这个地方要是有个酒摊,可就对了事了。”乔爷说:“对,可就是短那么一个。”徐良说:“你是过于爱饮酒了。这个地方,你瞧瞧,要是有酒摊能喝的么?”艾虎说:“只要有酒摊,也不管他喝的喝不的,我就要喝。要都像你,那就不用走路了。我还是过去打听打听去。”徐良说:“你打听,我也不教你喝。你怎么这样不知进退?”艾虎真就过来,与那位老者打听说:“你这个老人家,咱们这里那有酒铺?”老头说:“你要喝酒么?”艾虎说:“正是。”那老头说:“嗳呀!那可远了,离此约有四里多地,来回八九里地哪。我们这有个卖酒的,穿着乡村卖,挑着个高挑儿,上头也有酒,也有烧饼麻花。”正说话间,西边一阵乱嚷,不知是甚么缘故,且听下回分解。

第七十九回　为饮酒众人受害　论宝刀毛二被杀

诗曰：

对酒观花总一般，赏花饮酒尽开颜。

不知误食盘中菜，犹当寻常作等闲。

其二：

客路前途望转赊，缘何乐酒又贪花？

个中幸有山西雁，假作迷离入贼家。

且说艾虎正与老者打听那个卖酒的，忽然西边一阵乱嚷，上来了许多人。山西雁一怔，原来是些个行路的，也有七八个人，也有卖带子的，也有赶集的，也有抗着铺盖卷儿回家的。大家一齐说："好热天气！"说道："咱们歇息歇息。"对着艾虎他们那边的那块石头就坐下了，把东西放在石块之上。也有本地人，也有山西人，也有乡下人，等等不一。就听那个山西人说："怎么这个地方，有这么些个桃花？"就有本地人说："没往这边来过罢。此处叫作桃花沟，故此这里的桃花甚多。"那人说："怎么这里也没个卖酒的哪？"本地人说："有卖酒的，此时可不知道他过去了没有哪。我给打听打听。"那人说："敢情好。"就问那个老头儿说："咱们这里那个仁义小王三过去了没有？"老头说："没有过去。"那人说："给你打听了，还没过去哪。横竖不差甚么，也就快来了。"那人说："怎么叫个仁义小王三哪？"那人答道："皆因是这个人作卖买公道，故此人叫他仁义小王三。卖酒，也有烧饼、馃子，还是货郎儿。少刻就过来，你再少等等罢。"正说之间，就听见摇鼓声音。老头说："得了，来了。那不是他摇鼓呢？"果然听见摇鼓的声音。徐良早把艾虎叫将过来，不教艾虎打听卖酒的，此处的酒是万万喝不的。小爷虽然不愿意，也无可如何，净瞧着人家打听。自己想着："卖酒的来了。看他们喝不喝。他们要喝了没事，自己喝了也就没事，那时再问三哥不迟。"

不多一时，就见山坡底下来了一个高挑卖酒的。老头说："这就是卖酒的王三来了。王三掌柜的，今天来的晚了，搁的这里卖罢，好些个人等着喝酒呢。"瞧这人卖酒的三十多岁，蓝布裤褂，白袜青鞋，花裤腿，高挽发髻，腰中蓝搭包，黄白脸面，粗眉大眼；挑着一付圆笼，两边共是六层，扁担头有个钉儿，上来时节把个长把鼓就挂在那钉儿上。老头告诉他把圆笼放下，那边的众人就都过去了，乱说喝酒。这个说给我打二两，那个说给我打三两。就有问酒价的。王三说："别忙，别忙，等我打开圆笼。酒是五个钱二两，烧饼、馃子是五个钱两个，趸来的卖三个钱一个。你们这些人我可记不清楚，谁吃多少喝多少，可是自己记着。你们也不能吃三个说两个，全是靠天吃饭的人，谁也不能瞒心昧己，你们可是自己记。"那个本地人说："错不了，我们都打集上来，全是买卖人儿。"这个说我打四两，那个说我打六两。王三说："不行，没有那么大家伙，二两的壶，一两的碗，喝了再打。"大家乱抢一回，就有拿烧饼的，也有拿馃子的。就有在这喝的，就有在石头上喝的，有喝完了又来打的。艾虎馋的直流涎沫，说："三哥，你瞧见了没有？"徐良说："少时在店内有多少喝不了，何必单在这里喝呢？"艾虎说："哥哥，我可不是不听你的话，这个景况难过。"徐良说："我劝的在你爱听不听。"艾虎说："死了我都愿意。你们还有不怕死的没有？"乔宾说："我不怕死来着，咱们哥两个喝去。"胡小记说："我也不怕死。三哥怎样？"艾虎说："不用问，他是向例不喝酒的。"

艾虎过去说："掌柜的，给我们打一斤。"王三说："谁喝酒哇？你喝酒不卖。"艾虎说："怎么？我不给你钱么？"王三说："你凭甚么不给我钱？"艾虎说："我既给你钱，为甚么不卖给我？"王三说："我这个卖买，曲心不卖，曲心不买。"艾虎说："为甚么说起哪？"王三说："你们那个伙计刚才说，我听见了，说我这酒里头有东西，故此我就不卖给你。你们喝了这酒，万一要死了呢，我再跟着你们打人命官司去？"艾虎说："谁说的？"王三说："你们那个伙计。"艾虎说："酒是我喝，他又不喝酒，我死而无怨。"王三说："你可准不怕死。打多少？"艾虎说："打一斤。"王三答道："没有那么大家伙。"艾虎说："有多大家伙？"王三说："一两的碗，二两的壶，还是全叫人家占了，等着他们喝完了再说。"艾虎说："那我可等不得。"王三说："你等不得可没法。有了，我这有个搁酒漏子的坛，你拿那个打罢。也装的下一斤酒，拿过去，拿两个小碗匀兑着喝去。"艾虎说："很好。"王三就把那个漏子拿起来，用燉子打酒，整打了十六墩。徐良在旁说："老兄弟，你可要小心，别人不拿这个坛子打酒，独你拿这个坛子打酒，预先把药下在坛子里，喝下去就悔之晚矣。"艾虎一听，想这个情理不差，瞪了卖酒的一眼，说："哈哈！好，这酒我不要了。"卖酒的说："不要不行，卖定了你了。"艾虎说："你还要讲强梁吗？"卖酒的说："我们小本经营，焉敢强梁，横竖你总得要。"艾虎说："我偏不要，你便当怎样？"卖酒的说："我自有主意教你要。"说罢，他把酒燉子倒过来，拿那头竹柄下在坛子里，呼喽呼喽的搅合了半天，那酒是乱转，复倒过来，打一燉在碗里，他自己喝了；又打一燉，又喝了，说道："你看看，我这酒里有甚么没有？要有甚么，难道说我喝了还不死么？我这个人一生不作亏心事，你要屈我的心不行，非把他洗明白了不可。酒里头要是有毒药，说话这半天也就发作了罢？"艾虎一见，连连的告错，说："是我错了，是我们这个朋友说的，我心里也乱猜起来了。是了,我少时多给你几个钱罢。"王三说:"你多给我一文钱,直顶到万两,我都不要。"随说着,又添了两墩酒。艾虎暗暗倒佩服这个人。就见有人过来说:"你不是有菜么?卖给我们点菜吃。"王三说:"菜可有,先不能卖呢。你看看这个乱。"那人说:"我们自己拿去。"王三说:"又不是成件的东西。"艾虎这里随即拿了些烧饼、锞子,说道:"你看看我拿了几个?"王三说:"你这个人,白给你一百个,你都不吃。"就见把后头的圆笼揭开,给那人拨菜。艾虎也就瞧了瞧,原来是一盘子炒咸食;一盘子青黄豆,招了点红萝菔丁儿,勾了点团粉,就叫豆儿酱。若论寻常,白给艾虎都不吃;如今见着这个山景儿,有了酒,对着这个菜,倒是个野趣。问道:"这个菜你卖几百钱一碟?"王三一笑,说:"三个钱、两个钱、一文钱的全卖。"

艾虎就拨了两碟,有乔宾帮着拿过去。再瞧那边人,他也买菜,我也买菜,也有打酒的。艾虎问:"三哥喝不喝?"徐良回答:"不喝。"艾爷说:"吃烧饼不吃呢?烧饼、锞子、菜,这横竖可以。"徐良说:"这还可以,我吃点。"把烧饼掰开,把豆儿酱、咸食夹的里头,拿着烧饼转着身,面向北观花,说道:"你们饮酒赏花,老西吃烧饼赏花。我总看着这花是瞧一会,少一会。"艾虎说:"你又不喝酒,你疑甚么心?"徐良说:"你别理我,你只当我这里闹汗呢。"艾虎说:"三位哥哥,我怎直晕哪。"胡爷说:"别真是不好罢。"乔爷嚷:"嗳哟!"噗咚摔倒在地。艾虎也就身立不住了。胡爷他一个三哥没叫出来,也就躺倒在地。徐良说:"我又没喝酒,这是怎么了。"也爬在地下。老头一笑说:"老三,念西真仓啊!大家拾夺。"王三收家伙。老头把口袋里的抖了,搭在驴上,把三位的包袱系上,也就搭在驴上,把四位的刀他都摘下去,单把徐良的那口利刀拉出来,看了一看,复又插入鞘中,笑嘻嘻说:"好卖买!这号卖买作着了。"大众说:"怎见得?"老头说:"少时你们就知道了。"两个人搭一个,搭在家里去。老头先下了西山坡,拉着驴出了西沟口,往南,他们起的名叫桃花村,进了篱笆门,将驴拴在桃树上,说:"有请瓢把子。"少时寨主出来,叫病判官周瑞,出来问道:"毛二哥,作了好卖买吗?有点油水吗?"毛二说:"你看看这个青子罢。"周瑞把大环刀拉出来一看,寒光灼灼,冷气侵人。毛二问:"此刀何名?"回答说:"不知。"毛二一论这口刀,就是杀身之祸。不知怎样,且听下回分解。

第八十回　杀故友良心丧尽　遇英雄吓落真魂

诗曰：

尤物招灾自古来，愚人迷色又贪财。

谁知丑妇闺中宝，更是齐王治国才。

这四句诗因何说起？皆因古往今来，佳人艳色不是使人争夺，就是使人劫掠，看起来不如丑陋的好了。有句常言说的好："丑陋夫人闺中宝，美貌佳人惹祸端。"曾记得战国时齐无盐还有一段故事，请列公细听，余下述说一遍：

钟离春者，齐无盐邑之女，齐宣王之正后也。生得白头深目，长肚大节，印鼻结喉，肥项少发，折腰出胸，皮肤若漆。无盐一邑，莫不知有丑女之名。欲嫁于人，而媒妁恐人嗔责，不敢通言。偶有见者，皆远远避去，人相传说，莫不以为笑谈。年至四十，尚未适人。有人戏之道："姑何不嫁耶？岂有待于富贵者耶？"钟离春道："不嫁则已，嫁则非大富贵不可也。"其人哂其妄言，复戏之道："大富贵人诚欲娶姑，但恐无媒耳。"钟离春道："自为媒，未为不可也。"其人又戏之道："自为媒，不几越礼乎？"钟离春道："礼不过为众人而设，岂能拘贤者耶？"遂将自穿的短褐脱下来抖一抖，去了灰尘，重新穿在身上；又用溪水将黑铁般一个面孔，洗得干干净净，又将几根稀稀的黄发，挽作盘龙髻，竟轻折着数围宽的柳树之腰，摇摇摆摆走到齐宣王宫之前，竟要入去。守宫的谒者看见着实惊慌，忙拦住道："汝是何人，怎敢乱闯宫门？"钟离春回说道："妾乃齐国四十嫁不去之女也。"谒者因戏问道："汝四十年嫁不去，皆因汝之容貌太美也。吾闻女子迟归终吉，汝宜家去静坐以待之，到此何为？"钟离春道："妾闻君王之圣德如日当空，无物不照，何独遗妾？故愿自献于王，欲以备后宫除扫。乞大夫为妾进传一声。"谒者听了，不觉大笑道："岂王之后宫，独少汝一美人耶？吾不敢传。"钟离春道："王教你在此传命，妾欲见王，而子不传，是子之罪也。传而王见与不见，则是王与妾之事也。子若必不传，妾则谨身顿首，伏于司马门外以待命；倘有他人见而报知于王，则子罪恐不辞。"谒者听说，不得已，因报知宣王道："宫门外有一奇丑女子，自言愿献于王，以备后宫之选。臣再三斥之不肯去，故敢上闻。"此时宣王正置酒于渐台之上，左右侍者甚众，听见谒者报之言，皆知是无盐丑女，莫不掩口而大笑道："此女胡强颜至此。"惟宣王听了转沉吟，暗想道："此女闾阎市井中也没人娶他，敢来自献于寡人，必有奇异之处。"因教人召他入去。因问之道："寡人已蒙先王娶立妃配，备于位者不少矣，何敢复误天下之贤淑。汝女子乃欲自献于寡人。且闻女子久矣，不嫁于乡里之布衣，忽欲于万乘之主，必有奇能也，幸以告我。"钟离春道："妾无能，但窃慕大王之高义耳。大王妃匹虽多，皆备色以事大王，未闻备义以事大王。故妾愿入后宫，以备大王义之所不足。"宣王道："备义固寡人之所深愿，但善补之，不知汝有何善？"钟离春道："妾善隐。"宣王道："隐尤寡人之所喜，试即一行。"钟离春因起立殿下，扬目露齿而上视，复举手附膝道："殆哉！殆哉！"如是者四遍。宣王看了不解其意，因问道："隐固妙矣，寡人愚昧不能深测，还乞明教。"钟离春乃对道："所谓隐者，不敢明言也。大王既欲明言，妾何敢终隐。所谓四殆者，盖谓君王之国有此四殆也。君王之国，西有强秦之患，南有楚之仇，大廷无一贤人，而所聚者皆奸臣，王独立于上，而众人不附。且春秋已四十，而壮男不立，又不务众子而务众妇。所尊者皆所好之人，所忽者皆所恃之人。今君王幸无恙耳，设一旦山陵崩弛，社稷不可知也。此非一殆耶？渐台五重，所聚者，黄金也，白玉也；所设者，琅玕也，笼疏也；所积者，翠翡也，珠玑也，而不知万民已罢极矣。此非二殆耶？国所倚者，贤良也，而贤良匿于山陵；国所憎者，谄谀也，而谄谀满于左右。虽有谏者，而为邪伪所阻。此非三殆耶？饮酒聊以乐性情耳，乃沉酒于中，以夜继日，致使女乐徘优，纵横大笑。外不能修诸侯之礼，内又不能秉国家之治。此非四殆耶？故妾隐指四殆者此也。"宣王听了，不觉骇然，惊惕然悟。乃喟然长叹，道："寡人奈何一迷至此哉！非无盐君之言，不几丧国乎！"因急命拆渐台，罢女乐，退谄谀，去雕琢；选兵马，实府库；四辟公门，招进直言，延及侧陋；卜择吉日，立太子，进慈母，拜无盐君为后。而齐国大治，皆丑女之力也。君子谓钟离春，正而有辞。

闲言少叙，书归正传。

诗曰：

自古英雄爱宝刀，销金切玉逞情豪。

流星闪闪光侵目，秋水泠泠冷挂腰。

壮士得来真可喜，奸徒遇此岂能逃。

物原有主何须强，显得奇人手段高。

且说桃花沟的寨主，就是五判官之中病判官周瑞，就在此处坐地分赃。这个桃花沟地势太僻，晚晌没人敢走，冬天连白昼人都少。官人往这里查得又紧，买卖又萧条。可巧毛顺由飞毛腿高解那里崩出来，到了桃花沟，见了周瑞诉说："给高解出了个主意，他们掰了个智，把我崩出来。我不犯赖衣求食，我才投在你这来了。多蒙寨主宽宏大量，不嫌我老而无用，收留于我。若非寨主待我这番的好处，我也不能把我掏心窝子的主意施展出来。"原来这个主意是他出的。这王三不叫仁义小王三,他叫机灵鬼王三。余者的小贼扮作走道的。王三酒里头没有蒙汗药,却是菜里头有两大盘子,膨膨满满的。一边有蒙汗药,一边没蒙汗药。他们吃的菜,没有蒙汗药。外人要吃,把盘子一转,吃人也难以猜透,不但他们这几位小爷上当,受害的人多了。寻常撒出小贼四个沟口看着,只要有人来,就给他们送信。毛二拉驴,王三挑酒,众小贼妆扮行路赶集、作小买卖的。不但净是沟内,在左近的地方,也敢办这个勾当。不怕你不喝酒。老头子就问他了:"你走过这里没有?"别人说:"没走过这里。"他就说:"这里有宗土产,叫桃花酒;若走桃花沟,必得尝尝桃花酒。桃花沟不喝桃花酒,枉在桃花沟中走一走。是人就要尝一尝桃花酒甚么滋味。"只要一饮,就上了当了——上当的人不记其数。故此今天也是他们的恶贯满盈,遇见他们几位。艾虎又是个爱喝的。毛二预先倒不以为然是好买卖,嗣后来见了这口刀,他知道价值连城的东西,要在周瑞的面前卖弄卖弄,故此才问道:"寨主爷,可认识这口刀吗?"周瑞本不认的,教他一发笑,说:"寨主,这口利刃价值连城,世间罕有;若非寨主的德厚,万万不能遇见此物。"周瑞说:"这么一口刀,怎么教二哥夸的这么好呢!"毛二说,"把你那个刀拉出来比一比。"周瑞就将自己的刀亮出来。毛二说:"你再剁一剁试试。"周瑞就着大环刀,将自己的刀背一剁,呛啷一声,啮啷啷,自己的刀头落地,倒把周瑞吓了一跳。然后哈哈一笑,夸道:"好刀哇,好刀!"毛二说:"不知道出处罢。"周瑞说:"不知。二哥知道,我领教领教。"毛二说:"出于大晋赫连播老丞相所作三口刀:一口大环、一口龙壳、一口龙鳞,全能切金断玉。实对你说,我就为这口刀,弃了乌龙岗。寨主,难道说高寨主立宝刀会,你不知道吗?"周瑞说:"那我怎么不知。"又问道:"你去了没去?"周瑞说:"我正病着来着。我还直急呢。一者是连盟,二者我要开开眼。就是未能去赴宝刀会。就是这口物件吗?"毛二说:"正是此物。"周瑞说:"咱们可要立宝刀会了。"毛二说:"怎么落在这老西手里了?莫不成高寨主有祸。怎么也没见蹦盘子的伙计报信哪。"

正讲论此事,大家回来,把四位小爷全扔在篱笆墙那里。王三把酒担放下,也过来瞧刀,大家无不夸奖。寨主说:"今天这个买卖,不拘有多少东西,我都不要了,你们大家分散,我就要这口刀就得了。"毛二就有些个不愿意,说道:"怎么样,寨主就要这口刀?"周瑞说:"正是,我就要这口刀。"毛二说:"设若是你见着这口刀,你肯花多少银钱买?"周瑞说:"我要见着这口刀哇,花二千银子,我都是情甘愿意的。"毛二说:"既然那样,就算你二千银子,把那些东西照着寻常算计明白,该当合算银价值多少,照样分派你的成帐,这口刀就算你二千两银子。"周瑞说:"那是何必呢,我不要你们的就是了。"毛二说:"不行。常言说的好:'不能正己,焉能化人。'你看着这口刀好,你就留下。设若是伙计们以后出去作买卖,看见好东西不往回里拿,就坏了你的事情了。我这个说话,永远不为我自己,以公为公。设若你要不愿意,我拿出去,就可以给你卖二千两银子,出去就能把他卖了。"这句话一说,就把病判官说了个红头涨脸。周瑞说:"二哥,你可太认真了。"毛二说:"我办事认真,可全不为己事。我也明知,我这一生得罪人的地方,全在这个认真的上头。"周瑞说:"你看是谁?"毛二说:"我要看是谁,自己有分寸,那就不算认真了。"周瑞说:"今天我偏要合二哥讨这个脸。"毛二说:"不行,或者折价,或者我去卖刀。"周瑞说:"也不用折价,也不用卖去,只当是你的,我要合二哥讨这口刀。"毛二说:"不行,皆因众伙计有份。要是我的,我可就送与寨主了。"周瑞说:"二哥真罢了。小弟说了半天,你也教我落不下台来。"毛二说:"那个我可不管。你是或要,或不要,速速说明。"也搭着旁人没人解劝,毛二素日间就不得人;也对着周瑞往日就强梁,周瑞又搭着,也是气恼之间。有句俗言:"一个不摘鞍,一个不下马。"周瑞倚仗着得了一口宝刀,又想着这个劫夺人的主意,毛二已经给他出好了。一不作,二不休,除去了这个后患罢。毛二扭着个脸,也是气的浑身乱抖,就被周瑞磕叹一刀,结果了毛二的性命。

当时间,众人一乱。周瑞借着这个因由,说:"这可是他找死,休来怨我。我与众位讨这口刀,众位想一想怎样?"大家说:"这是一件小事,寨主何必这般的动怒呢?"周瑞说:"那一位不愿意,咱们就较量较量。"说话中间,把刀一扬,就听见噗哧,手背上中了一暗器,膛啷啷,舒手扔刀;吧叹一声,面门上中了一块石头子儿。又听说:"好乌八儿的!"是山西口音骂人。众人一乱,徐良就蹿过来了。你道徐良为何醒的这么快当?原来起先就没受着蒙汗药。他心神念全在那个卖酒的身上,一点破绽也没看出来;嗣后瞧他们一拨菜,可就明白了,那时就要动手拿他们。又想凭着这几个小贼,作不出这样事来,必有为首的高明人。似乎这个主意是人人得受,这个道儿,不定害死过多少人了。满想把这几个拿住,为首的跑了,以后仍然是患:"不如我也装着受了蒙汗药的一般,他们为首的必然出来,那时再拿未为不可。"明知道菜里有药,特意说夹上烧饼,故意脸冲着外吃;若要面冲里,怕他们看出来是没吃。只是一件,瞧见艾虎他们躺下,都是漾白沫,自己要躺下嘴里没有沫子,又怕教他们瞧出破绽来。这也不管甚么干净,将自己口中涎沫咕哝咕哝了半天,就是一嘴的白沫子,连喷带吐,往那里一爬,迷封着眼睛瞧着。就是他们过来摘刀,自己犹疑了犹疑:"刀要教人摘了去,那可不是耍的。"总而言之,艺高人胆大,真不把这几个小贼瞧在眼内;且又上着紧臂低头花妆弩哪。又搭着那几个小贼知道受了蒙汗药了,谁还把他搁在心上,两个人搭着他就到了桃花村。可巧把他扔在尽靠着东边篱笆墙,他们都去看刀去了。索性就把眼睛睁开,瞧着他们。自打得了刀,今天这才知道刀的出处,暗暗的欢喜。他早看出来,周瑞要杀毛二,心里说:“这个老头子要死,也没那么大工夫救他。等他死了,我给他报仇。”果然杀了毛二。自己一低头,弩箭正打周瑞,过去捡刀拿贼。不知如何,且听下回分解。

第八十一回 徐良用暗器惊走群寇 寨主受重伤不肯回头

诗曰：

未剿丑类恨如何，且住贼窠作睡窠。
旧系花装经再整，新铏利刃看初磨。
支更正可巡长夜，待旦还须枕短戈。
谁似徐良筹妙策，独操胜算益多多。

且说徐良对准了他的手背，一低头，弩箭出去，正中手背上。用了个鲤鱼打挺，往起一蹿，可巧手按着一块石头子儿。徐良一骂，周瑞一瞧，他吧的一声，正中周瑞面门之上。说时迟，那时陕，徐良早就纵过去了，把刀就踹住了。周瑞把手甩着就跑了。有一个手快的贪便宜，他打算要捡刀去，早被徐良镗的一声，一脚踢出多远去了，爬起来就跑。徐良说："追！"腾腾腾腾，一步也没追，净是干跺脚。怎么个缘故呢？他怕要追他们，这三个人就教人家杀了，永不作那宗悬虚之事。自己想主意，怎么救那三个人。忽然又打后边跑过几个人来，周瑞拿着一对双锏。缘故他岂肯就白白的丢了他这个窝巢？把手背上的弩箭拔出来；把英雄衣上的水裙绸子，撕了一条子裹上手背；拿了一对双锏，复又过来拚命，说："好！山西人，我与你势不两立！"徐良一笑，说："很好！老西在此等候。过来，咱们两个闹着玩。"就把周瑞肺都气炸，说："你这厮，是那里来的？"徐良说："老西还要问问你姓甚么，叫甚么哪。"回答："你寨主爷姓周，叫周瑞，人称为病判官。"徐良一笑，说："你就是那病判官？"周瑞说："然也。"徐良说："你没有打听打听老西，我叫阎王爷。"周瑞说："你怎么叫阎王哪？"徐良说："我专揍的是判官。"周瑞气往上一攻，抡锏就打。徐良将大环刀往上一迎，只听呛啷啷，把锏削为两段。周瑞抹头就跑。徐良说："追！"腾腾的乱响，仍是不追，连那些个小贼全都跑了。

容他们去远，徐良把胡小记夹起来，往北就走，走不远放下；又夹乔宾，又夹艾虎，就这么一步一步倒来倒去，就把他们倒在后头院里去了。一看后头院里，五间上房，三间东房，三间西房。三间西房是兵器房，三间东房是厨房。徐良进去看了看，挂着整片子的牛肉，堆着整口袋的米面，一大罈子酒，还有许多干鲜水菜、作料等等，无一不全。徐三爷打水缸里取了一瓢凉水，拿了一根筷子，把他三个都是用筷子把牙关撬开，凉水灌下去。少刻苏醒过来，人人睁眼，个个抬头，齐说道："好酒呀,好酒!”老西说:“几希乎没废了命,还好酒哪!”艾虎问:“这是甚么所在?”徐良就把已往从前之事细说了一遍。艾虎说:“三哥也没将他拿住吗?”徐良说:“他逃跑了。”艾虎说:“这个东西,怎么不把他追上呢?”徐良说:“我要追他,你们三个人谁管?倘若进来一个人,你们就废了命了。”胡小记说:“咱们这些人,都不及三哥的算计。”艾虎说:“咱们趁早打算起身罢。”徐良问:“上那去?”艾虎说:“起身,咱们得找镇店,去住店去。”徐良说:“天已将晚,道路又不熟,准知那里有镇店,离此多远路程。此处就是顶好的一个店房,也有米面,也有肉,干鲜水菜全有。”艾虎说:“当怕的,你又不怕了。这是贼的窝巢,倘若他们夜间来了,睡觉如小死,岂不遭他们的毒手。”徐良说:“教我吓破了胆子了,他们还敢来!只管放心,敞着门他们也不敢来。”连胡小记想着都有些不放心,又不敢多言。徐良说:“把外头的包袱拿进来。”乔宾出去,把驴上包袱拿下来,搬在上房屋里。徐良说:“咱们大家煮饭。”大家乱抱柴的抱柴,烧火的烧火。乔宾说:“我抱柴。”到后头院里一个大柴货砐,夹了四捆秫秸。胡小记找着菜,就把牛肉割了一大块去切。徐良找了缸盆,倒上了有五六斤白面。艾虎就把大瓢,哗喇哗喇的倒了六七瓢水,还要倒哪。徐良说:“这是要吃甚么?”艾虎说:“我知道要吃甚么呀!”徐良说:“不拘吃甚么,你倒那么些个水?”艾虎说:“哟!坏了。”徐良说:“我打算你要打浆子哪。”艾虎一笑,说:“我没作过饭。”徐良说:“你等着吃罢,瞧我的。你说是吃甚么罢。切条,赶条,拉条;揪馎飥,削馎飥,把拉馎飥;把鱼子,溜鱼子,贴把谷溜溜饯,鱼儿钻沙,你们说甚么,老西全会作。”大众全笑了。艾虎说:“这些个样儿,我们全没吃过。”胡小记说:“你爱作甚么,就作甚么罢。”乔宾说:“你倒别瞧我这个样儿,我倒会。”艾虎说:“你会作甚么?”回答:“会吃。”大家又笑,真是徐良作饭。艾虎看见有一大罈子酒,说:“这可是有福不在忙,我可该喝点了。”这就找碗要喝。徐良气往上一壮,把酒罈子抱起来往下一摔,噗哧一声,摔了个粉碎。艾虎把嘴一撅,呼哧呼哧的生气。徐良说:“方才为喝酒,差一点没死了。瞧见酒又想要喝,总不怕死。实在馋的慌,爬的地下去喝。”艾虎瞅了他一眼,敢怒而不敢言。胡爷催着吃饭。

大家饱餐了一顿,俱归上房屋中去了,就把他们灯烛掌上。艾虎说:“我是吃饱了就睏,我要先歇着了。”徐良说:“睡觉,这个地方如何睡得?睡着了就是个热决。”艾虎说:“全依着你老人家说。我说住不得,你说住得了;我说睡觉,你又说睡着了是个热决。到底是怎么办才好哪!”徐良说:“我说在这住着,叫舍身诓骗,他们晚晌必来。咱们少刻四个人睡觉,东南西北占住四面:一个头朝北,一个头冲东,枕着头朝北的脚;一个头冲南,脑袋枕着头朝东的脚;一个头朝西,枕着冲南的脚;头朝北,又枕着头冲西的脚。这叫罗圈睡。自己都别着刀。咱们的包袱搁在当中间,全别睡觉,装着打呼,往这么招贼,不怕;要是有睡着了的,把脚往上一抬,那个人也就醒了。贼要来了,慢慢的起去,下去就可以把贼捉住了。你瞧这个主意好不好?”胡小记说:“此计甚妙。”艾虎说:“三哥,你怎么想这个招儿来?就依着你这个主意。”果然,就把门一关,把插管拉上。先前,艾虎是净笑;嗣后,四个人装着一打呼,声音还真是不小,呼噜呼噜的。艾虎说:“这贼三更天来了还好;要是一个不来,把咱们这鼻孔都要抽干了。”大家笑成一片。徐良说:“要是这么笑,可就把贼笑跑了。”艾虎说:“还是一个打了,一个打罢,不然是准干。”真是一对一声,接连着打了。

始终不出徐良之所料。周瑞一跑,二次把锏削折,逃蹿性命到桃花沟西沟口,躲在山洞里头,一捏嘴乱打呼哨。呼哨本是贼的暗令,慢慢的又聚在一处。王三也来了,说:“寨主,刀也不要了罢!”周瑞苦苦的告错,说:“众位兄弟,还得助帮我一臂之力。”王三说:“谁还敢助你一臂之力,毛二哥就是我们的前车之鉴,谁还能辅佐于你。”周瑞说:“从此往后,不分甚么叫寨主,甚么叫伙计,作了买卖平分秋色。”这才把大众说的心软。还是王三给出的主意。周瑞亲身探了一探,正对着徐良在厨房那里说哪,贼教他吓破了胆子了,敞着门睡觉都不怕。周瑞回去,把这话对王三说了一遍,还求王三给出个主意。王三说:“量小非君子,无毒不丈夫。夜至三鼓,大众凑齐,咱们大家前去,讲武不是他们的对手。咱们把后院柴薪搬过去堵门烧,烧他们个焦头烂面之鬼,风火中的亡魂。”大家说:“还是王三这个主意甚妙。”这个桃花沟离镇店甚远,要找住户人家讨顿饭吃,没人肯给,只可把他们烧死,得回桃花村再打主意吃饭。可怜他们要放火,连石钢火种都没有,现找左近的住户人家借来的石钢火,在山湾后等到三鼓,好去放火。将到二鼓之半,奔了桃花村来,由后篱笆墙蹿入,大众搬柴运草,未能放火,众人蹿拿病判官周瑞。这段节目,且听下回分解。

第八十二回 追周瑞苇塘用计 杀小寇放火烧房

且说周瑞等不死心，二次前来放火烧。大众蹿进篱笆墙，来搬柴运草。周瑞堵着门口，把秫秸将磔到四尺多高。焉知人家大众里头就防备着。究属柴薪，一搬挪总有响动。几位小爷在里头本是装打呼，听见外头一响，就吓了一跳，彼此把脚乱抬。徐良先就蹿下坑去，直奔屋门口，插管一拉，开门一看，秫秸磔了四尺多高，被徐良一脚踢散，拉刀迸将出去。周瑞那里敢交手，抹头就跑，直蹿出后篱笆墙去。徐良咬牙切齿，想着把他拿住，才解心头之恨，后面紧紧追赶。暂且不提。

且说艾虎、胡小记、乔宾三个人，把窗户一踩，蹿将出来，拉刀就剁。这些小贼谁敢与他们爷们动手。再说"人无头不行，鸟无翅不腾"，没有周瑞，谁肯那么舍命，故此净想着是要跑，也得跑得开。这几位如同削瓜切菜一般，霎时间杀的干干净净。原来遭劫的难躲，在数的难逃，别瞧杀的干净，还有漏网之人。艾虎等大家一看没有人了，回到屋中等着三哥，暂且不提。

单说徐良追下周瑞，紧赶紧追，始终不舍，恨不得一时把他追上，结果性命，以与一方除害。焉知周瑞进西沟口，顺着边山直出北沟口。你道徐良为甚么追不上他？皆因是周瑞道路熟，跑得果然是快；徐良道路又生，疑心又大，恐怕的是山贼把他带到埋伏里去，留神找着周瑞的脚踪迹，果然显慢，未能将他追上。出了北沟口，徐良着急，要是有了村庄，他扎将进去，这就不好找了。倒没有进村庄，前头黑忽忽的一片苇塘，眼瞅着病判官扎入苇塘。徐良骂道："好乌八日的！进苇塘你打算老西就看不见你了？你往西北去了。"周瑞纳闷："这么高的苇子，我又蹲着身走，又是黑夜之间，他怎么瞧得见我哪？"徐良又嚷："你往西北去，咱们两个在西北见。判官你直是浑蛋，你不论东南西北，我都看的见。你走在那里，上头那苇叶就动在那里。咱们两个人西北见面。"周瑞就听见腾腾腾的脚步的声音，绕着苇塘，直奔西北去了。周瑞暗笑："你说我是浑蛋，你比我更是浑蛋。我本来没留神上头的苇叶子，你虽看见，你也不该说出来。你说出来，就是把我提省。你在西北等，我可就不往西北去了。总是我命不当绝，他若看出来，一语不发在西北一等，我若出去，准死无疑。"自己一转身，用脚尖找着地，慢慢的分着苇子，一步一步提着气，慢慢扑奔东南。列公就有说的，桃花开放的时节，那有这么高的苇塘。此处可是南边的地方，桃花开放，那苇子就够一丈多高；若要是水苇，还高哪。闲言少叙。病判官出了东南，他本伤弓之鸟，出苇塘眼似鸾铃一样，就见前边黑忽忽似乎蹲着一个人相仿。周瑞又不敢前去，他本看不很真，心想必是自己眼花。等了半天并无动静，别是个土堆儿罢，仗着胆子往前就走。看看临近，忽然站起来一蹿，说："判官，你才来呀，老西久候多时了，咱们是死约会，不见不散，过来闹着玩罢。"这一下，可把周瑞的真魂吓掉，这才知道是上了当了。徐良那个聪明无比，遇事一见而明，他如果真往西北追，他岂肯说将出来。他特意的说："往西北去，咱们往西北见。"他明知说出在西北见，周瑞绝不肯往西北去。他往西北跑，故意的跺脚；往东南来，一点声音皆无。往这里一蹲，净等着周瑞。果然不出他的所料。见着周瑞，他还不肯起去哪；容他往前一来，蹿起来抡刀就剁。周瑞焉敢还手，抹头就跑，复又扎入苇塘去了。徐良说："追！"眼瞅着苇梢乱动，徐良虽然跺脚，并不进去。缘故他在暗处，自己在明处，进去总怕吃亏，又怕里头有水。徐良就是不会水，目不转睛，到底瞧着那苇叶往那么晃悠。看了半天，那苇叶一丝也不动。自己心中纳闷，一翻眼明白了，必然是周瑞藏在苇塘里面，不敢奔东南西北，怕的是苇叶一动，外边瞧见。徐良说："周瑞里边等着，我在外边看着，咱们两个看谁耗的过谁？"周瑞果然是进在里边不敢走啦，就蹲在里面，自己心中纳闷，说："怎么他那样好眼睛，我在里头蹲着，他会看见。且合他耗一会再说。那人鬼计多端，别听他这一套言语。"忽然间，就听见外边说："净这么耗着无意思，揭石头子儿啦。"吧叹吧叹，打进苇塘，冲着周瑞来了。周瑞一低脑袋躲过去，复又瞧见一块一块直往里打。原来是徐良不准知道他往那里蹲着，打了半天，也不知道是打中了没打中。谁有些个心肠在此要他，我还是找众兄弟去要紧。临走还说了一句话："我净合你耗着就完了。"其实自己轻轻的就走了，按旧路而回。

就见前边有一个人影儿乱晃，徐良须微一停步，前边那里叫徐三哥。山西雁方知道是艾虎，回答："老兄弟，有甚么事？"艾虎说："呵，三哥你上那里去了？我们等急了你了。那几个贼，我们全打发他上他姥姥家去了。你这一个，可拿住了没有？"徐良就把追周瑞进苇塘——往西北追在东北等，使了甚么诈语，拿石头子儿投，一五一十说了一遍。艾虎说："可惜！要有我就追进去了。"二人回到篱笆墙里头，会定胡小记、乔宾，把那些个死尸，连毛二都把他堆在屋内，把自己的包袱俱都拿上。依着乔宾说，把那个驴拉上，教他驼着行李。徐良不教驼说："你知道他那驴是那里抢来的？有本驴主瞧见，那还了得！咱们把他解开，教他逃命去罢。"就用那小贼搬来的柴货，用火点着。小贼打算烧人家没有烧成，人家倒把自己死后尸首烧了，也是他们恶贯满盈。顷刻间，烈焰飞腾，火光大作。几位一看，天色微明，正好走路，也就不穿着桃花沟走了，未免也就绕了点道路，整走了一天，打尖用饭，也就不细表了。

到了晚间,走到一个镇店住店,稍微透早,艾虎奔武昌府的心胜,恨不得要连夜下去才好。依着徐良就要在这个镇店住下才好。艾虎净说:“天早,再走几里。”也没打听打听那里有店,公然就一直的往正南走下来了。走到天已昏黑,又无月色,几位觉着腹中饥饿,乔宾就说:“都是老兄弟你的主意,方才要住了店好不好。你看这赶不上镇店,昏黑夜晚,怎么个走法?”艾虎说:“你别抱怨我呀！我还想酒喝哪。”好容易这才遇见了一个人,跟人家打听打听那里有店。那人说:“离此不远有一个小山坡,上头孤零零有一颗大梓树,参天拔地,过去有一个小镇店,就叫孤树店。东西大街尽东头有一个大小店,穷富都可住。阔人单有房屋,穷人作小买卖、推车、挑担,在外头。对着厨房,有一溜南房,大炕上住人,就是起火小店。”几位打听明白,直奔孤树店而来。

到了那个小山坡,果然看见那棵大树。过了山坡,穿那个孤树店,到了东头路北,有一个大店,字号是兴隆老店。门口两条板凳,店中人大概也都住满了的时候了。伙计问:“几位投宿吗?”徐良回答:“正是。可有上房?”伙计说:“没有上房了,有三间东房。”徐良说:“可以。”伙计带路拐过映壁,伙计说:“掌柜的是山西罢?贵姓?”徐良说:“老西姓徐。”说到此处,就见上房的帘子一启,有个人往外一探头,把着往外一瞅,复又撤身回去。几位也没很留神,这就奔了东房去了。进了屋子,点灯烹茶,打洗脸水。徐良看了看这个屋子,就有些咤异,就与艾虎、胡小记、乔宾说:“这屋子可透着有点奇怪,别是贼店罢。”艾虎说:“教三哥一说,全成了贼了。”徐良说:“咱们方才进来,上房有一个人往外一瞅,看着可有些个奇怪。我自顾与伙计说话,没瞧见甚么模样。这个地方可空落,留些神才好。”忽然一瞅,有一宗差事。甚么缘故,且听下回分解。

第八十三回　二强寇定计伤好汉　四豪杰设法战群贼

明明在上，顾畏民岩。民之父母，民具尔瞻。

知县官职虽不大，却为民之上司，若要作威，不能爱民如子，一方甘受其苦，所以圣帝明王于此独加小心。曾记唐史有段故事，听我慢慢讲来：

唐玄宗时，以县令系亲民之官，县令不好，则一方之人皆受其害，故常加意此官。是时，有吏部新选的县令二百余人，玄宗都召至殿前，亲自出题考试，问他以治民之策。那县令所对的策，惟有经济词理都好，取居第一，拔为京畿醴泉县令。其余二百人，文不中策，考居中等，姑令赴任，以观其政绩何如。又四十五人考居下等，放回原籍学问，以其不堪作令，恐为民害，也不敕令。在京五品以上的官及外面的刺史，各举所知的好县令一人奏闻于上，既用之后，遂考察那县令的贤否，以为举主的赏罚。所举的贤，与之同赏；所举的不肖，与之同罚。所以那时县令多是称职，而百姓皆受其惠，以成开元之治。今之知县即是古之县令，欲天下治安，不可不慎重此官也。

闲言少叙，书归正传。

诗曰：

世事人情太不平，绿林豪客各知名。

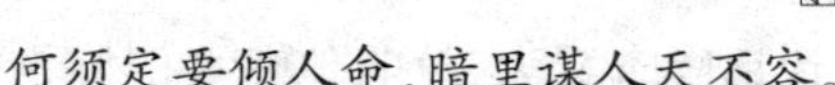

何须定要倾人命，暗里谋人天不容。

且说徐良到了屋中各处细瞧，但见西屋里有张八仙桌子，桌子底下扣着一口铁锅，两边有两张椅子。徐良叫大众瞧说：“你们看，这有些奇怪。”三位过来一瞅，艾虎说：“人家无用的破锅，你也起疑也。”徐良说：“你看看，这是新锅。”艾虎说：“新买来的，要换旧锅还没换哪，也不足为虑。”徐良说：“老兄弟，搬开瞧瞧。”艾虎过去一搬,用平生之力,一丝也不动。艾虎复又将刀拉出来,欲要将刀插在锅沿底下,往起一撬,便知分晓。徐三爷不教,说道:“使不得!待我来用大环刀一剁,岂不省事。”艾虎说:“哥哥的主意怎样?”徐良说:“谁也不准知是贼店,无非看着这事情诧异。就是少时要来吃食,别吃菜,净吃他的馒首,那发面物件,绝没有甚么毒药与蒙汗药。”胡小记说:“既然不吃,就告诉咱们大家吃素,不要酒菜了。”徐良说:“吃素,催着他要素菜,公然就说大家全吃白斋。”

众人议论了会子,伙计进来问:“几位爷要甚么酒饭?”徐良说:“我们要多着的哪。你再给烹一壶茶来。”伙计去烹茶。徐良说:“咱们要不用他的酒菜,再烹茶,也许给使上蒙汗药。”大家说:“有理。”少刻,把茶烹了来,问道:“几位爷们要甚么酒饭,快吩咐,天不早了。”徐良说:“你们这有馒首?”回答说:“有。”徐良说:“先端上五六斤来,我们先瞧瞧面好哇不好。面要不好,我们吃饼。”伙计说:“咱们这里是玉面馒首。”胡爷说:“你取去,我们瞧瞧。”不多时,伙计端了一提馒首,热气腾腾,就放在当中,教他留下。伙计又问:“要甚么菜?”徐良说:“我们甚么也不要了。”伙计说:“怎么不要菜呢。”徐良说:“你看不出我们来,我们都是吃斋。”伙计说:“吃斋,咱们也有素菜。这里素菜还更好哪。”徐良说:“是吃白斋。”伙计说:“吃白斋连咸菜都不要?我给作点汤来。”徐良说:“汤也不要。”伙计说:“吃白斋的也有,怎么可巧四位全吃白斋?"徐良说:“我们因得痨病,许的吃白斋。吃百日就好了。”伙计说:“你们几位这个身子,还是痨病哪?”徐爷说:“你可别瞧这个样儿,这都吃白斋吃好了。前一个月,连道都走不上来。”伙计说:“既然这样,甚么都不要。少刻,烹茶时候言语。”徐良说:“你张罗别的屋内买卖去罢。”大家吃完,有的是这壶茶喝了。把门一关,大家就在炕上安歇,也不脱衣裳,就有睡着了的,就有醒着的,也有盘膝而坐,闭目合睛,养精神的。伙计净过来问烹茶,就有五六趟。后来索性把灯烛吹灭,再来就说睡了觉啦。天交二鼓,店中也就没有甚么动静了。

直到三鼓时候,徐良就把艾虎、胡小记叫醒。胡小记并未睡着。艾虎将一沉昏,徐良低声说:“有了人了。”胡小记说:“我也听见了。”艾虎说:“现在那里?”徐良说:“锅响哪。”三人慢腾腾的下来,直奔西屋内。八仙桌子底下,就听见那个铁锅哗喇的一响。三位爷轻轻的就把八仙桌子挪开,椅子也就搬开。慢慢的往那里一蹲。你道为甚么不叫醒乔宾?皆因他粗鲁,说话嗓音又大,故叫他睡去倒好。待了半天,就见那锅呼的往上一起。徐良是听见说过;艾虎是守着绿林的人,懂的;胡小记几时见过这个事情,就吓了一跳,几乎没有坐下。三个人暗笑。就见那锅左一起,右一起,起了好几次,嗣后索性起来就不落下去了,打里头出来一个脑袋,黑忽忽的。胡小记过去就要抓,被艾虎拦住。出来进去好几次,后来有一个真人打里头钻出来,早被山西雁一把揪住,借力使力往上一揪,刀到处人头已落,把尸往旁边一丢。底下那个问:“哥哥上去了?”上面三位爷不敢答言,怕他听出语音来。又低声问:“哥哥上去了?看你这道人,这么问你,连言语也不言语。”又一打哧,说:“哧,他们睡了没有?”自己一笃气子上来,被艾虎抓住,往上一揪,一刀杀死。第三个上来,徐良一揪没揪住,就听见里头咕噜咕噜的滚下去了。徐良说:“不行了,开门罢,叫乔二哥。”

你道这个贼店是甚么人开的?这个人姓崔,叫崔豹,外号人称叫显道神。他这个黑店与别人不同,不是进来就死,看人行事。不怕住满店的客人,他总看着那个有钱得值当的,用蒙汗药把他蒙将过去杀了。第二天众客人都走了,然后就在后院掩埋。已经有几载的工夫,一点的风声没有,极其严密。可巧有绮春园的并铁塔崔龙到来,皆因绮春园事败,六条人命,十几个带重伤的,教艾虎追跑。又与赵盛、薛昆、孙青、李霸俱都失散,未能见面,自己舍了绮春园,又不敢回家,怕的是凶手跑了,他得打官司。故此连着夜走,也是白日住店,找了他兄弟崔豹来,说了自己的事情。崔豹不教他出门,就教他在店后,一半张罗着店中的买卖。可巧这天,正然在上房屋中与他兄弟说话,听见伙计说:“你是山西人?”他可就看见徐良。徐良他虽不认的,他可认的艾虎、胡小记、乔宾。赶着把身子抽将回去,就与他兄弟把此事说明:“这是鬼使神差,该当我报仇,也是他们自投罗网。”苦苦央求他兄弟。崔豹说:“你我乃是同胞的弟兄,你的仇人即是我的仇人。到了咱们店中,他们就是笼中之鸟,釜内之鱼,就让他们肋生双翅,也不用打算逃脱罗网。”吩咐把犹三叫来。不多时,犹三来到面前,见二位掌柜的。每遇店中要是杀人用蒙汗药,由地道进屋子,全是此人。他是管黑买卖的头儿,姓犹,叫犹福,行三,外号叫小耗子。崔豹把小耗子叫过来,告诉明白了大掌柜的事情,叫他嘱咐伙计用蒙汗药,晚晌要他们四个人的脑袋。犹三连连点头,说:“这个事情交给我了。”转头就走。天到初鼓,复又回来说:“掌柜的,这四个人可不好办哪。”崔龙问:“怎么?”犹三就把他们先要两壶茶,又叫端馒首瞧瞧,不要菜蔬,吃白斋,竟把馒首留下,连咸菜全不要,后来再想给他烹点茶都不要了。“这个光景,怕有点扎手哇。”崔龙说:“他总得睡觉。等他睡熟之时,由地道进去,无非是多加点小心,不怕不行。打令子全有我们呢!”犹三领了话出去,带了三个伙计,后院单有两间平台,打着灯笼,每人拿着一把刀。犹三拿着一个纸裥子作的脑袋,上头戴着一顶蓝毡帽头,一根棍子上一个青包袱,插上这个脑袋,进了平台,打开地板,倒下台阶,走地沟。原来这是个总地道,要往那屋里去,就往那屋里去。可是各屋里头全有一口铁锅,铁锅底上钉着一个铁环,一根铁链,上面有个铁钩勾住铁环,底下有橛子钉在地下,打外面万不能将锅揭开。不怕要是有人问下来，就说新买的铁锅。他们走在东屋那个铁锅的所在，教他们拿着替身上去，摘了铁钩，把锅掀了几掀，支住锅，晃替身，一点动静没有，后来人才上去。上去一个杀一个，第三个心里头就有点害怕，将一露头，徐爷一揪没揪住，他拚着命往下一仰，正打上头滚下来了。犹三也不问甚么缘故，抹头就跑，直奔平台上来，奔柜房找掌柜的说："掌柜的不好了！我们伙计连死了两个，人家有防备。"崔龙、崔豹两个人正在那里吃茶哪，一闻此言，甩去长大衣服，壁上摘刀，叫犹三齐人，捡家伙往前院去。预备灯笼火把，捡长短的家伙，大伙嚷喝拿人。崔龙将到前院，就见徐良他们大众出来了。四个人连乔宾，也就拿着利刃在那里骂哪："好！你们是贼店哪！快出来受死罢！"刚一见面，胡小记、艾虎、乔宾就都认识崔龙，可不认的崔豹。见崔豹头上挽发髻，蓝绉绢小袄，蓝绉绢裾裤，青绉绢纱包，薄底靴；面似纸灰，白眉，小三角眼，尖鼻子，薄嘴唇，细长身子，手中拿着一口刀，撞将上来。大家动手。拿贼的节目，且听下回分解。

第八十四回 崔龙崔豹双双逃命 义兄义弟个个施威

《西江月》曰：

可恨崔龙崔豹，终日设谋害人。投宿入店命难存，多少银钱劫尽。也是合该倒运，来了弟兄四人。看破机关怒生心，欲把贼人杀尽。

且说徐良、艾虎、胡小记叫醒了乔宾，吊衣襟，挽袖袂，刀鞘全别在带子里，把刀亮出来，开门蹿在院内，喊喝声音："原来这里是个贼店，贼人快些出来受死！住店的，大家听真，他们是个贼店。"店中就是大乱。仗着这天住店的不大很多，前头起火小店的人倒不少，前头小店里住的俱是些个穷人，更乱了。山东、山西、本地的人全有，俱是作小买卖的人。这个说："我丢了东西了，是个贼店。"那个说："不错，是贼店，我把裤子没了。"这个说："我裤子丢了，得赔我裤子。你们找去，我出去找地保去，就是赔我裤子。"旁边那个人说："你赤着身，怎么出去找地保去。"这个人复又一笑，说："不用找了，我穿着哪。"这就有开店门的，还有乘乱拿着人家东西跑了的。

店中人顾不得这些事情，都帮掌柜的动手来了。伙计也有四五十人，也有拿兵器的，也有拿叉耙、扫帚、大铁锨、棍子、杠子、切菜刀。众人一围裹四位小英雄。艾虎抵住崔龙，胡小记抵住崔豹，乔宾打围，徐良打围。就听一阵叱叹磕叹，就把店中伙计手中的家伙削为两段，丁丁当当，那半截折兵器坠落于地。大众嚷："利害呀，利害！"就顾不得动手了，就打算逃蹿性命。算好，连一个也没死。再少刻间，那些个伙计就连踪迹也不见了，就剩了六个人交手。内中单有个小耗子儿在暗地里，此时正对着明亮亮的月色，他在那黑影儿里藏着，捡了一块砖头，对准了徐良，吧叹就是一砖。只听见噗通一声响，红光崩现，死尸腔栽倒。列公听明白了，可不是徐良躺下了，就是犹三躺倒死了。山西雁瞧着周围那些人全逃跑了，就剩下崔龙、崔豹，自己掏出一只镖来要打崔龙。一眼看见犹三在暗处躬着腰，蹲着捡砖头要打。徐良暗说："这只镖照顾了你。"容他砖头出来，自己一闪，一反手，噗哧正中咽喉，噗通躺倒在地。崔龙、崔豹一惊，看见犹三一死，手下人俱跑了，就知今天事败。两人抵住两人，就不能取胜，何况他们四个人一齐而上。又不肯败阵，若要一败，这店就得算人家的了。徐良嚷道："你们两个人还不过来受死！"崔龙拔刀就剁，徐良用刀往上一迎，呛啷一声，削为两段。仍是镗啷啷，刀头坠地，吓了个胆裂魂惊。早被艾虎一刀剁将下来。崔龙缩颈藏头，大虾腰躲过了脖颈，躲不过头巾，只听见嗤的一声，把头巾砍去了一半。此时也顾不得兄弟了，抹头就跑。崔豹一人慌成一处，那有心肠还与大众动手，虚砍一刀，抹头就跑。将一转脸，𠺕的一声，面门上中了飞蝗石子，"哎哟"一声，疼痛难忍，噗哧，肩头上又中了一枝袖箭，恨不能胁生双翅，逃出店外。可是蹿在房上，跃脊而走。徐良、艾虎也是由房上紧紧追赶。胡小记、乔宾由门内追出，紧跑紧追。一直的奔东南逃跑。论脚底下，两个还是真真的不慢。徐良、艾虎竟自追他不上。

前边黑忽忽一片树林，两个人直奔树林而跑。按着规矩说，逢林而入，遇灯而吹，这是夜行人的规矩。若是行家追人，你只要进了树林，他就不追赶了。这叫穷敌莫追。这两个人就这么点想头，要按规矩，他们就活了；不按规矩，他们就死了。将才蹿进树林，后边四个人陆续着就到了。老西说："人家可就不应例追赶了，这叫穷敌莫追。按说这就不应例追赶了。无奈一件，这时我要想着杀人了，我就不按情理不情理了。"嗖，往上一蹿。崔龙、崔豹听见说他不追了，稍微的放了点心，刚一缓气，就见他嗖的一声，蹿进来了，把两个人吓的又跑。就听见崔豹说："咱们扯花神凑子儿罢。"徐良不懂，穿树林紧追赶。远远看一段红墙，"檐前铁阵阵，频摇惊鹊铃"，就知道是个庙宇。追到庙前，踪迹不见。徐良一伏身爬在地下，周围细看。艾虎赶到，说："三哥作甚么哪？"徐良说："我把贼追丢了。"艾虎说："我知道地方。"徐良说："你怎么知道地方？"艾虎说："三哥，你可缺典，他们调坎儿，你不懂的。他说扯花，就是走奔；神凑子，是庙。他们奔了庙去了。"徐良说："我怎么没瞧明白。咱们等等胡大哥。他既然上庙内，庙里就有他们同伙的贼。胡大哥他们来了时节，咱们进庙里去看看。"

不多一时，乔宾、胡小记赶到，两个人跑的喘息不止。他们本来不会夜行术的工夫，跑了这么远，怎们会不喘？艾虎就把怎么调坎儿，三哥追到此处，怎么不见的话，说了一遍。胡小记问："老兄弟，你打算怎么样？"艾虎说："我同三哥进去瞧瞧。庙中要有同类之人，我们一并拿获。你们二人不能蹿房跃脊，先在外边等候，我们打里头追出来，你们在外头截杀。"徐良说："奔在头里去就是等候，也在庙头里等候。咱们也看看是个甚么庙。"四个绕在前边一看，硃红的大门，密摆金钉，石头上镌着字是蓝地金字："敕建古迹云霞观。"两边有两个角门，俱都关闭。胡小记问徐良，说："不然叫开他的庙门，我们也就进去，帮着你们一同搜寻去。"徐良说："不好，深更半夜，又得惊动人开门。若要庙中有他们同类的人，一开门有声音，岂不惊动跑了呢。"庙前有两颗大树，大树旁有两块石头，就教胡小记、乔宾在石头上等候。

徐良与艾虎蹿上墙来，一看好大个庙宇，头里有三条神路，内有三座石桥，有些个松柏树林。钟鼓二楼,就是二道山门。两个人奔了二道山门,蹿上卡子墙去。往里一看,三四层佛殿,尽都是黑洞洞的,惟独看着西北有灯光闪亮。艾虎就同山西雁,两个人一前一后,就奔了灯光来了。看看临近,徐良低语与艾虎说:"这个庙这样的宽大,地面宽阔,房屋甚多,大略这两个贼不容易找了。"艾虎说:"咱们奔那个灯亮。那刚才你不是念的甚么观,观,必是老道。他们要是合老道同类,必在老道那里躲避。如今和尚老道不法的甚多。"徐良说:"老兄弟,你别说,我师傅可就是老道。"说毕,两个人一笑,直奔西北。到来,原是个跨院,三间西房。两个人就由南边那个墙头蹿上房去,奔前坡,把身子一伏,爬在房上,手搬瓦口,双足踹住阴阳瓦,陇身子往下一探,看里边灯光闪烁,并无一点声音。

忽然见帘子一启,出来了一个小道童儿,头上挽着道冠,蓝布袍,白袜青鞋,面白如玉,五官清秀。见他说:"我们祖师爷打发我出来,问你们是那里来的,下来罢。"当时就把艾虎、徐良吓了一跳,自己觉着脚底下轻巧,又并无踹破瓦,他怎么会听出来了。两个人暂且先不言语。小童儿又说:"你们到底是打那里来的?祖师爷算出来了,知道你们来。下来罢,也不害你们。"徐良就答言说:"下去就下去罢。老兄弟,咱们就下去见见祖师爷去。"这两个人飘身下来。小童说:"就是你们二位罢?"徐良说:"不错,就是我们两个人。"问:"祖师爷现在那里?"小童指告说:"就在这鹤轩里边。"就教童儿头前引路:可见得真是艺高人胆大,启帘而入。到了里边,迎面有张八仙桌子,上头有个四方乌木盘子,里头摆着个金钱卦盒,有一个十二元辰的盘子。有几个木头棋子儿,上头刻着字:父母、兄弟、子孙、官鬼、妻财这些个言语。还有几个长条木头上画着单拆交重。再见屋中,摆列着许多经卷。由里间屋中出来一位老道,黄杨木道冠,横别着金簪,穿一件豆青色的道服,斜领阔袖,通身到下绣的是三蓝色的百蝠百蝶,周身镶宽片锦边,白袜青鞋,上背着一口宝剑,豆青挽手绒绳飘摆,鹅黄丝绦拴住了剑匣,背于背后,胸前十字绊系蝴蝶扣,走穗飘垂;生就一张东瓜脸,两道宝剑眉,一对大三角眼,蒜头鼻子,四字口,一部花白胡须,大耳垂轮,身高八尺,脸生横肉,不像道家仙风的形色。见了艾虎、徐良,单手打稽首,念声无量佛说:"原来是二位施主。"徐良、艾虎也就一躬到地,说:"原来是道长仙翁,弟子二人有礼。"老道说:"二位贵客请坐。小老道献茶。"就见他过去把金钱盒一摇,哼了一声,说:"二位施主贵姓?"徐良说:"弟子姓徐。"艾虎说:"弟子姓艾。未曾领教道长仙爷的贵姓?"老道说:"贫道姓梁,叫梁道兴,匪号人称先知子。"徐良说:"原来是位高人。"老道说:"贫道何敢称高人。方才略占一数,你们不是四位吗,怎么来了两位呢?"艾虎看着徐良,只是发怔,暗说:"遇见神仙了。"直是不住的瞅着徐良。徐良答道:"不错,我们正是四个人,庙外坐着两个人呢。"老道吩咐一声，叫小童把外二位请进来。不多时，就把二位请进来了。老道单手打稽首，口念声"无量佛"，说："未领教二位贵姓?"二人回答："弟子姓胡，弟子姓乔。"徐良说："仙爷既是先见之明，我们也不必隐瞒，是我们住在店中，那是个贼店。如今我们追下贼人来了，见他进到庙中，我们这才赶到庙内，被道爷算出。索性恳求道爷占算占算，指引着我们将他拿住，与一方除害，岂不是妙。"那老道说："不难。"就把金钱卦盒一摇。毕竟不知怎样指引，且听下回分解。

第八十五回 贪功人庙身遭险 巧言难哄有心人

诗曰：

乘车策马比如何，御者洋洋得意过。

不是其妻深激发，焉知羞耻自今多。

甚么缘故？圣贤云："羞恶之心，义之端也，人皆有之。"人有一时自昏，偶然昧却羞恶之心，或因人激发愧悔，自修做出义来的。这套书虽是小说，可是以忠烈侠义为主，所以将今比古，往往隔几回搜讨故典，作为榜样。此段又引出一个赶车的来：

春秋时齐国晏婴为齐相，有一赶车的不知其姓名，其妻号为命妇。一日，给晏子赶车入朝，适到自己门前，其妻从门隙窥之，见其夫为晏子赶车，拥盖策马，意气洋洋，甚自得也。到晚，即速而归。其妻求去。赶车的惊而问之道："吾与汝夫妇相安久矣，何忽求去？"其妻回答："始，妾以子今暂为卑贱，异日或贵显，故安之久。今见子之卑贱之日，倒自足自满，得意洋洋，也似乎卑贱无期之日。"赶车道："何以知之？"其妻道："妾观晏子身长不满三尺，若论其身为齐相，名显诸侯，不知当何如骄傲，何如满盈。乃妾观之志气，恂恂自下，若不知有富贵者，则其意念深矣。若子身长八尺，伟然一男子，乃为仆御，若汝有大志，不知何如愧悔，何如悲思。乃妾观子之志气，则洋洋自足；洋洋自足，是以卑贱自安也，他何复望，是以求去。"御者听了，不觉羞惭满面，深深谢过，道："请从此改悔何如？"其妻道："晏子之过于人，亦此改悔，谦冲之智耳。子信能改悔，则是能怀晏子之志，而又加以八尺之长，若再躬行仁义，出事明主，其名必扬矣。"御者甚喜。御者致谢其妻，道："蒙贤妻教戒，始知进修有路。"其妻道："妾又闻，贱虽不可居，若背于义，则又宁居之。贵虽可为，若虚骄而贵，则又不可也。"御者感谢，自此之后，遂自改悔，学道谦逊，常若不足。虽仍出为晏子赶车，而气象从容，大非昔比。晏子见之，甚是惊异，因诘问道："汝昔纠纠是一匹夫，今忽雍和近于贤者，斯必有故。"御者不能隐，遂以其妻之言实对。晏子听了，大加叹赏道："汝妻能匡夫以道，固为贤妇。汝一改悔，便能力行，亦非常人。"因见景公，荐以为大夫，显其妻以为命妇。君子谓：命妇不独匡夫，自成者远矣。

闲言少叙，书归正传。

诗曰：

道士须知结善缘，害人害己理由天。

佛门反作贼徒穴，口说慈悲是枉然。

且说胡小记、乔宾进来，俱都问了姓氏，彼此落坐，复献上茶来。徐良索性就把这个说了，求老道给占算占算贼的下落。老道满口应承，并不推辞，就把金钱卦盒一摇，说："还有一件。几位施主，我要把他占将出来，保你们一去就能将他拿住。可有一件事，我出家人慈悲为本，善念为缘，你们要拿住他的时，必须要劝他改邪归正，千万不可杀害他们的性命。你们要结果他的性命，岂不是贫道损了德了吗?"徐良说："既是有道爷这么说着，我们绝不杀害他的性命。要是劝解他不听，我们也把他放了，也不结果他们性命。"老道说："你们要是得着他，也是打庙内得着他。"徐三爷说："你得指告在那地方？是那个庙内?"老道说："我这句话说出来，就怕不妥。"徐良说："你只管说罢。你要怕我们把他杀了哇，我们起个誓。"这句话未曾说完，就见艾虎"哎哟"一声，噗通栽倒在地。徐良就知道是中了计了。再看胡小记、乔宾过去一搀，徐良说："老兄弟，这是怎么了?"焉知晓借着搀艾虎的这个光景，也就眼前一发黑，觉着腿一软，噗通也栽倒在地。徐良一回手，拉刀掏镖，梁道兴手中的卦盒，冲着徐良面门打来。徐良一闪，回手就是一镖，也没打着老道。老道蹿出屋门之外，喊叫："二位贤侄快来!"徐良并不追赶，他净看着这几个人。

你道这个是甚么缘故？这个老道本是与崔龙、崔豹叔侄相称，他外号人称妙手真人，绿林的大手，与吴道成、萧道志、黄道安皆是师兄弟。他有两个徒弟，一个叫风流羽士张鼎臣，一个叫莲花仙子纪小全。崔龙、崔豹与张鼎臣换帖，没事也常往庙中来。这个老道虽是绿林，如今不出去偷盗窃取，就在庙中一半算卦相面，画符镇宅，若有在庙中投宿的官府客人，仍是结果他们的性命，尽其所有作了一号买卖。一年之中，也不定作着这么三号两号的，作不着也不定。可巧这日晚间，崔家兄弟前来见了老道，就把自己的事情学了一遍。老道就教他们在北边屋里去，说："不可声张，他们要是追将进来，我自有道理。"他们出去，就听见房瓦微然一响，暗把小童教好，教他如此如此的说法。徐、艾二人进来，假说卦爻，说算出来是四个人，其实是崔龙说的。见了他们，净是一派的好话，其实茶中早下上蒙汗药了。追了半天贼，那一个不渴，就是徐良单单的没喝。怎么个缘故？他一见这个老道脸生横肉，说话声音宏亮，虽然上了点年岁，究属不像善良之辈。徐良总疑著那个贼在庙中哪，可又不能指实，瞧艾虎他们喝茶，就怕他要上当；到如今一看，还是不出他的所料。见艾虎一倒，他就亮刀，就掏镖。给了一镖，如何能打着他，一回手，腾一声，正打在隔扇之上。老道出去叫人，崔龙、崔豹两个人过来。

徐良不敢出来，怕艾虎他们三人有伤性命，倒把他大环刀插入鞘中，把紧臂低头花妆弩拾夺好了，预备了飞蝗石子，镖囊袖箭。三个人叫他出去。老道也脱了身穿长大的衣，利落紧衫，手中提了一口宝剑，外边就骂："山西人快些出来受死！"徐良说："得了，道爷你饶了我罢！出家人慈悲为本，善念为缘，是你说的不是？你慈悲我罢，不然我给你磕个头。"梁道兴焉知是计，说："我本要饶恕于你，我两个把侄的机关已漏。也是活该，你们的大数已到，休要怨我，出来受死罢。"将说到"死"字，这个"罢"字还没说出来，见他一矮身，像是要磕头的样子，一低脑袋，噗哧的一声，正中在妙手真人的颈嗓咽喉。也是因为他受这一个头，把这一条性命就断送了。噗通，死尸腔栽倒在地。又与崔龙、崔豹说："还有你们二位，我也给你们二位磕个头罢。"这两个人眼瞅着一个头磕死了一个，如何还敢受他那个，也不敢与他交手，明知他那口刀的利害，撒腿扑奔正南就跑。徐良也不肯轻饶这两个人，二指尖一点，左手一指，右手一指，两枝袖箭噗哧噗哧，尽都钉在崔龙、崔豹的身上。仗着一样好，打的不是致命的地方，两个人连蹿带迸，逃蹿了性命。徐良说："便宜你个乌八入的。"

徐良总是为难，不敢离开这个所在，明知有凉水就把三个人救活，又不敢离开此处；自己离开此处，过来一个人，就把三个人性命结果。左思右想，一点方法没有。忽然间。看见对面黑忽忽有宗物件，对着天井的西院。看看天光快亮，出去一瞅欢喜非常，原来是有一个养鱼的鱼缸。进来取了茶碗，拿老道的衣服搽了个干干净净的，出来往鱼缸里舀了一碗凉水，也顾不得脏净，回到屋中，见木盘子里现有竹签子，拿了一根，先把艾虎牙关撬开，将水灌下去；复又舀了一碗，灌了胡小记，又灌了乔宾。不多一时，三个人腹中咕噜噜一阵乱响，俱都爬将起来，呕吐了半天，转眼一瞅，齐说："是怪道哇，怪道！"徐良说："你们都起来罢，不怪。"艾虎说："这个牛鼻子那里去了？"徐良说："不用说了，咱们是上了老道的当了。你就是别骂老道。"胡小记说："咱们也真不害羞，累次三番，咱们要不亏三哥，早死多时了。"艾虎说："到底是怎么件事情？"徐良说："茶里有东西。我是一点没喝。我看着那个老道脸生横肉，不像良善之辈，故此我没喝茶。"艾虎问："他们那里去了？"徐良说："我把老道打发回去。崔龙、崔豹给了他们两枝袖箭。"如此如彼说了一遍。艾虎说："我们已经醒过来，咱们庙中各处搜寻搜寻，还有别人没有？"

乔宾同三位英雄出去，各处寻找了一番，对艾虎说道："厨房之内有两个人在那里睡觉，俱都教我捆上了。"艾虎说："这两个人俱有六十多岁了，看著他们也是老而无用的人。"徐良说："那必是两个香火居士。若要是和尚庙中，与和尚使唤的，就叫老道；要是老道庙中，与老道使唤的，就叫香火居士。那必是与他们使唤着的人,把他两个提溜过来。"艾虎答应一声,出去不多时,就把两个老头提溜过来,扔于地上。徐良一问,这两个也不敢隐瞒,就提他们胡作非为,每遇到庙中投宿的,结果人家的性命,尸首埋在后院,他还有两个徒弟没在庙中,把这些个事细说了一遍。徐良说:"少刻把地方找来,你就将这个言语只管对你们太爷说明,准保没有你们的事情。不要害怕,我们是按院大人那里办差的。"两个人情甘愿意。天光大亮,就叫胡小记出去,把本地地方找来。不多时,将地方找来,见了徐良、艾虎等,俱都行礼。少刻,就将跟随大人办差,怎么知晓这里有贼情,奉命办差的话说了一遍。地方一听,吓的胆裂魂飞,就知道他这个祸患不小。徐良说:"我们也没工夫,还得办事去呢。就把此事交与你们本地面官就是了。这里还有在案脱逃的。若问赃证,就问这两个香火居士,他们俱都知晓。"地方俱都听明白。又说:"还有崔豹、崔龙之兴隆店,教你们本地面官锁店拿贼。"徐良说毕,他们大家起身。地方交给当官审案办差,就不细表了。

徐良与艾虎等大家起身,直奔武昌府的大路。走了几日,归了大道,晓行夜宿,饥餐渴饮,亦不多表。这日正走,打听说归了武昌府的管辖地面。打完了早饯,将出饭店,有人在艾虎背后叫道:"艾五爷上那去?遇见你老人家,这可就好了。"艾虎一瞧,不认识,二十多岁的年纪,大叶披巾,翠蓝箭袖,丝鸾带,薄底靴子,干伴的模样。艾虎说:"你是谁?我不认的你。"那人跪下磕头道:"五爷连小的都不认的了?我叫白福。"说着话,眼泪直往下落。"我家相公爷,是你老人家的大盟兄。"艾虎说:"哎哟!是了。"说:"起去。"白福起来,又与徐良、胡小记、乔宾磕头。徐良问道:"你们骑着马,怎么今日才走到这里?"从人说:"你们几位爷们别走了,到店里我有要紧话告诉你们爷们。"几位跟着白福到了店中,奔到五间上房,许多从人迎出来说:"你们爷们到了,可就好了。"挨着次序磕头。俱都教他们"起去"。进屋中,大家坐下,立刻叫店中烹茶。徐良这才打听说:"有甚么话说?你家主人那里去了?"白福说:"我家主人丢了好几天了,无影无形,不知去向。你

们众位爷们,看看奇怪不奇怪。”徐良问:“倒是怎么丢的哪?”从人说:“这个话也就长了。头一天住在这个顺兴店,这个镇店叫鱼鳞镇。第二天早晨起来要起身,天气不好,濛濛的小雨,打了坐地尖,自然就落程了。我家相公究属心中烦琐,吃完了饭,睡了一觉,自己睡醒,就觉身上倦懒。我们劝着他老人家散游散游。自己出去的时候,连我们谁也没带。每遇出去,没有不带从人的时候;单单这天,就是自己一人出去的。再说腰间带着一二两银子,一二百钱,就打那天出去,至今未回。我们大家出去四下打听,一点影色皆无。”徐良说:“你家主人有甚么外务没有?”回答:“一点外务没有,在家中不是习文,就是习武,永不只身一人出门。”艾虎说:“既然这样,咱们大家出去找找,谁要听见甚么信息,咱们俱在店中会齐。”胡小记点头。大家吃了茶,复又出来。单提艾虎,他是爱喝,找了个小酒铺进去要酒。忽然进来一个醉鬼,把白大爷的事说出。若问原由,且听下回分解。

第八十六回　鱼鳞镇家人说凶信　三义居醉鬼报佳音

诗曰：

美酒从来不可贪，醉中偏爱吐真言。

无心说要有心听，话里妙寓巧机关。

且说艾虎到了小酒铺，他也不认的字。书中暗交三义居是个小酒铺，不卖菜。艾虎随便坐下，要了两壶酒：酒菜就是腌豆儿、豆腐干。酒坐不多，就有七八个人。艾虎为的是打听事情，出在茶馆酒肆中，暗暗听他们说些甚么言语。就有说庄稼的，就有说买卖的。

忽然打外头进来一个醉鬼，身上的衣服蓝缕，高挽着发髻，没带头巾，抗着一件大氅，白袜青鞋，酒糟脸，斗鸡眉，小眼睛，断山根翻鼻孔，小耳朵，耗子嘴，两腮无肉，细脖颈，躬躬肩，鸡胸脯，圆脊梁盖，红滑子脚，面赛姜黄，黄中透紫，借着酒的那个颜色，更紫的难看。进门来身躯乱晃，舌头是短的，说："哥们都有了酒了？这边再喝罢，过卖拿两壶。"过卖说："大爷，你可别恼，柜上有话，你还不明白吗？上回就告诉你了，不赊。你说你有钱，喝完了没钱，我拿出钱来给你垫上。一共才几十个钱，可算不了甚么。你说第二天给我，至今天一个多月了，又来喝酒。是有钱，是没钱，我可没钱垫了，别叫我跟着受恼。"醉鬼说："今天不但有钱，到晚半天还有银子呢。你先给我记一记，晚晌连柜上的前帐都清了。"过卖说："那可不行！你上柜上说去，我担不住。"醉鬼说："二哥，庙里那个事，我是准知道的。我下了好几天工夫哩，我全知底。不但那个事情，他们还掯着一个人呢！晚上我去了，不给我银子，我合他们弄场官司。别看他们有银钱势力，我有条命。"过卖说："你说下天文表来也不行。"艾虎听了，暗说："掯着一个人，内中有因，不如我请这个人喝两壶酒，问他一问。倘若有了哥哥的下落，可也难定。"遂说道："那个朋友，你喝酒，咱们哥两个一同的喝。来，我请你喝两壶。"那人听了，笑嘻嘻的说："哥哥，咱们素不相识，我又不能作个东道，如何讨扰。"过卖说："你不用拘着。"随即过来，就给艾虎作了一个揖，就坐在对面。

艾虎又叫拿两壶酒来，便问："这位大哥贵姓？"回答："姓刘，我叫刘光华，有个外号，叫作酒罈子。不瞒大哥说，我就是好喝两杯。"拿过酒来，他要给艾虎斟。艾爷不教斟，这才自己斟上，喝了几盅。艾虎叫："刘大哥。"那人说："不敢，你是大哥。你老的贵姓?”艾爷说:“姓艾。我方才听见你说晚上就有了银子了,叫他记记,他们都不记,他们可真来的死象。”刘光华说:“我可真是该他们的。”艾虎说:“你晚上怎么就会有了银子了?”回答说:“艾大哥,你不知道,此话说出来可有些个犯禁。在咱们这西边有个庙,叫云翠庵,是个尼姑庙。里头有个尼姑,叫妙修——妙师傅。老尼姑死了,剩下这个小尼姑,掌管云翠庵。他还收了两个小徒弟,叫甚么我可记不清楚了。就不用问他们那个长像,长的有多么好哩!净交我们这里绅衿、富户、大财主的少爷。庙也大,也乱腾的利害,每天晚上,总有好些个人住的庙内各处。各处地方也大,房子也多,连他带他徒弟应酬这些人,连这里官府还有去的哪。不但这个呀,那个尼僧还有本事呢,高来高去,走房如踏平地一般。按说这话可说不的呀,他是个女贼,大案贼还常住在庙内哪。”艾虎说:“你怎么知道呢?”刘光华说:“我有堂叔伯姥姥在庙内佣工,庙里头每天得点子吃的,就给我们家里拿的去。到我们家说住了话,就懒怠走哩。也是不愿意在庙里,怕早晚遭了官司,受连累,因挣的钱多,又舍不得。”艾虎道:“你方才说捐住人,是甚么事?”刘光华说:“那更说不得。”连连摆手摇头。艾虎又要了几壶酒,明知道他不肯说,多要几壶酒,灌醉了他,他就必然说出来了。左一杯,右一盏,苦苦的一让。刘光华本来就在别处已经喝够了几成了,这里又叫艾虎苦苦一灌,舌头更短哩,两个眼睛发直,心里总想着过意不去,怎么答报答报艾爷才好。艾虎看出这个光景来了,复又问道:“庙里头捐人,到底是男是女?”醉鬼说:“女人也有,男人也有。女人可说不得,是我们本地有名人焉。这里头还有人命哪!男人也不知是那里来的,咱们疑惑着是上那找便宜去了。原来不是,是管闲事去哩,给便宜不要。那个尼姑情愿将他留在庙中,他偏不肯,如今幽囚起来了。也有他的吃喝,就是出不来,非从了妙修不行。这个人长的本来也好看,大姑娘都没他长的好看。”艾虎想着必是大爷,又问道:“刘大哥是亲眼得见的?”回答:“不是,我姥姥说的。”又问:“是个文人?是个武人?”回答说:“是个武的,能耐大着的哪。”艾虎一想,更是大爷了。

正然问话,忽然见外边有许多人哗一笑,有宗奇事。见一个人:身躯不到五尺,极其瘦弱。青布四方巾,迎面嵌白骨,飘带剩了根半。青绸子袍儿,上面着些个补丁,黄蓝绿甚么颜色都有。一根旧丝绦看不出什么颜色来了,穗子全秃了,还接着好几节。青绸子中衣也是破烂,高腰袜子,袜腰唏噜到核桃骨儿上,一双大红厚底云履鞋。看脸膛如重枣一般,一双短眉,一对圆眼,黄眼珠自来的放光,准头小,嘴唇薄,两腮无肉,大颧骨,尖头顶,元宝耳朵。手拿着苍蝇拴,倒骑着一匹黑驴。大家瞧看以为稀罕之事,故此大家笑他。到了酒铺,往里瞧了一眼。大家伙都瞧他,这才看出来都有了胡须了。他这胡子合他脸一个颜色,红不红,黄不黄的。瞧他这个下驴各别：倒骑着，一扶驴，嗖的一声就下来了。艾虎那么快的眼睛，直没瞧见他怎么下的驴。可也不拴着。他说话是南方的口音，说："唔呀！站住。"驴就四足牢扎。他就进了屋子喝酒，叫过卖要酒。过卖说要多少，回答两壶。过卖先给他摆上咸菜碟，复又拿过两壶酒来，问道："这驴不拴上点，要跑了呢？"回答说："唔呀！除非你安着心偷。"过卖说："我告诉你是好话，这街上乱。"那人说："我这就喝完。"见他把酒拿起，他一口就是一壶。艾虎瞧着这个人各别；再瞧同他喝酒的那醉鬼，爬着桌子就睡觉了。自己就知道这个骑驴的多一半准是个贼，就先把过卖叫来，会了酒钞，也不叫那个醉鬼。他净等着这个骑驴的出去，他跟将出去，看他奔什么所在。果然见这个骑驴的喝了两壶，又要了两壶，就是吃了一块豆腐干。他叫过卖算帐。过卖要算，他又拦住说："我算出来了，四四一十六，搭两个钱，一共十八个钱，明天带来罢。"过卖说："今天怎么都是这个事呢，全是一个老钱没有就敢喝酒。那个刘光华倒是认的，这个素不知识，又不知他家乡住处。"这个骑驴的恼哩，说："太不认街坊了！教你记上，你不记上，我驴丢了，赔我驴罢。"过卖说："你的驴丢了，怎么教我赔驴呢？"骑驴的说："在你这里喝酒，万两黄金，你都该给照应着。"过卖说："我明白你这意思了，我们这酒钱不要了，管把你也不要驴了罢。"那人说："我敢情那么好，要不咱们两便了罢。"艾虎过来说："你们两个人不用争斗了，这个酒钱我会了罢。"过卖说："得了，以后人家不敢在我们这里喝酒来了。一个是请喝的，一个是抄酒帐。"那个人说："你不用放闲话。"艾虎说："酒钱我会了，这个驴怎么找呢？"那人说："我这个驴不怕的，丢不了。我是出来骗点酒喝。那驴到人家有牲口的地方槽头上，骗点草吃就得了。"只见他一捏嘴，一声呼哨。艾虎知道他九成是贼了。不多一时，就见他那驴连蹿带进回来了。过卖说："难为你。怎么排练来着？"就见他一抱拳，也并不道个谢，也并不问名姓，说了声再见。艾虎也要一抱拳，一瞧那个人已经上驴去了，在驴上骑着呢。艾虎到了外头，过卖也到了外头。过卖成心戏耍他，这回这个驴呀，情而必真是骑正了。过卖成心要笑他，说："你骑倒哩。"那人道："皆因我多贪了两壶酒，我醉了。我就是好喝一盅，我在家里喝醉的时候倒骑了驴，是我儿子告诉我的。"过卖道："好说呀！孙子。对了，原是这么骑着的是。"艾虎见他买了过卖一个便宜，他又把双腿往上一起，在半悬空中打了一个旋风，仿然是摔那个一字转环岔的相似，好身法，好快，就把身子转过去了，仍是倒骑着驴。那驴也真快。艾虎追下去了。

出了鱼鳞镇，西口路北有座庙，见那个骑驴的下了驴，在门口那里自言自语的瞧着山门上头说："这就是云翠庵。"艾虎心中一动，原来云翠庵就在这里。见那人拉着驴往庙后去了。艾虎遂即瞧了瞧庙门，也就跟到后边来了。到了庙后，见有一片小树林。过这一个小树林,正北是一个大苇塘,找那个人,可就踪迹不见了。艾虎一阵发怔纳闷:“又没有别的道路,他往那里去了?”直到苇塘边上,看见那小驴蹄儿的印了,看着奔了苇子那里去了。离着苇子越近,地势越陷,驴蹄子印儿越看的真。顺着驴蹄子印,倒要找找他奔甚么地方去了。一件怪事,这个驴蹄子印,就到这苇塘边上;再往里找,一个印也没有了;往回去的印也没有,往别处的印也没有。艾虎纳了半天的闷,说:“这个人实在的怪道。”找了半天,也就无法了,按旧路而回,从新又到庙前踩踩道俱都看明,转头回店。回到顺兴店中,徐良已然回来了,皱眉皱眼在那里生气呢。艾虎进去说:“三哥早回来了吗?′,答道:“回来了半天了。”艾虎说:“三哥出去见着甚么信息没有?”答道:“甚么也没打听出来。老兄弟!你见着甚么信息?”艾虎还未回言,胡小记打外边进来。艾虎说:“又来了一个。”进门就问:“大哥打听着甚么信息没有?”胡小记说:“出去了半天,甚么事我也没打听出来。”徐良说:“必然是老兄弟打听着了,面上有喜色。必是打听着了。”艾虎把方才在酒铺遇见醉鬼泄机,看见骑驴的诧异的话,说了一遍。徐良欢喜,议论大家晚晌上云翠庵找芸生。不知怎样,且听下回分解。

第八十七回　白公子酒楼逢难女　小尼僧庙外会英才

诗曰：

英雄仗义更疏财，不是英雄作不来。

一生惯打不平事，救难扶危逞壮怀。

且说艾虎说了醉鬼泄机言语，又提起了骑驴的那般怪异，那身工夫，那驴怎么听话，怎么到了苇塘不见驴蹄子印。"三哥，你是个聪明人，你想想这是何许人物？据我看着，他不像个贼。"徐良说："不是个贼——万一是个贼呢？可惜我没遇见。老兄弟，你既给他会了酒帐，怎么不问问他的姓名呢？"艾虎说："也得容工夫问哪。会了酒钱，他连个'谢'字也没道，就上了驴，闹了个故事就走了。我跟到庙前，他那里念了声'云翠庵'，到庙后就找不着了。"随说话之间，预备晚饭。乔爷也打外边进来，大众又问了问乔爷。乔爷说："甚么也没打听着，就看见了个倒骑驴的。"艾虎说："可听见说了些什么言语？"回答道："众人都说他是个疯子，并没听他说话。"徐良说："咱们大家吃饭罢。指望着乔二哥打听事，那不是白说。"大家饱餐了一顿。候到初鼓之后，乔宾、胡小记看家，徐良、艾虎预备了兵刃，换了夜行衣靠，蹿房跃脊出去，直奔云翠庵而来。

一路无话。到了云翠庵。二位看了地势，随即蹿将进去。一看里头地面宽阔，也不准知道是在那里。过了二层殿，见正北上灯光闪烁，西北上也有灯亮。两个人施展夜行术，奔了西北，却是一个花园。进了月亮门，见有两个小尼：一个打着灯笼，一个托着盘子，就听他们两个人低声说话。二位好汉就暗暗的随在了背后，就听他们说："咱们师傅太死心眼了，人家执意的不允，偏要叫人家依他，就在今天了。似乎这样男子也少。今天再不点头，就要废他的性命了。"前边一个太湖山石堆起来的一个山洞，穿那个山洞而过，到了一所房屋。外边看着灯光闪烁，人影摇摇。小尼启帘进去。二位好汉用指尖戳破窗棂纸，往里窥探明白。原来见芸生大爷倒绺着二臂，在灯光之下闭目合睛，低着脑袋在那里发烦。旁边坐着一个尼姑，约在二十多的光景，身上的衣服华丽，百种的风流，透着就是妖淫的气象。桌案上摆列些个酒菜，那个意思要劝大爷吃酒，大爷是一语不发。外边二位看这般光景，心中好凄惨，依着艾虎就要进去，徐爷拉住，不教他行事莽撞。

列公，你道这芸生大爷何故到此？就皆因那日未带从人，出了店门，自己游玩了半天，就在鱼鳞镇西口内路南找了一座酒楼，就靠着北边楼上落坐吃酒。要了些酒菜，把北边的楼窗开开，正看街上的来往行人，就见有个二人小轿，后面跟着一个小尼姑儿，就有些个人们瞧看，七言八语的说话。楼上可也就讲究起来了，过卖就拦说："众位爷们喝酒，可别谈论这些事情。"众人被过卖一拦，虽不高声谈论，也是低声悄语的讲究。可巧芸生同桌一个人，也是在那里吃酒，连连的叹息。芸生借此为由，就打听了打听。那人先叹了一口气，说："世间不平的事甚多了。"大爷就问："怎么不平的事？"那人说："方才那轿子里头是位姑娘，姓焦叫玉姐，人家识文断字，是我们这的教官跟前的姑娘。教官死哩，剩下他们哥三个，一个老姑娘。这两个哥哥，一个叫焦文丑，一个叫焦文俊。焦文丑进学之后，家中寒苦，顾不得用工念书了，就教学。文法又好，学生又太多，把个人累死了。剩了焦文俊，从小的时节就有心胸，他说他哥哥一死，不能养活老娘合妹子，他说非得发了财才回来呢。打十五岁出去，今年整五年未归。他们这有前任的守备，姓高，他有个儿子叫作高保，外号人称叫地土蛇。倚势陵人，家内又有银钱。有那位焦教官的时节，高守备亲自到他家求婚。焦教官知道他儿子不能成器，故尔亲事未许。到后来焦教官一死，焦文丑又一死，焦文俊又走了，知道他母女无有钱，给他送了些个银钱去，作为是通家之好。怕他母女度日艰难，又送些个资斧。久而后可以再去说亲，就不能不给了；如若不给，就得还钱。明知他母女使着容易还着难，这亲事就不能不作了。焉知晓他母女更有主意，所有送去的银钱俱都璧回，执意的不受。又去提亲，仍是不给。可巧高守备死去了，过了百日的孝服，听说他们要抢人家这个姑娘。又怕不行，如今这个高保私通了云翠庵尼姑，他们定下的主意，要诓这个姑娘上庙。尼姑设计，教高保强污染人家姑娘。此话可是个传言，不实。方才你可曾见那轿子里头，就是姑娘。到了庙内，准坠落他们的圈套。"芸生大爷不听则可，一听无名火按纳不住，天然生就的侠肝义胆，最见不得人有含冤被屈之事。复又打听这个庙现在那里。那人说："就离西镇口，不大甚远，坐北向南。"芸生又说："这要真污染了人家这姑娘，难道就不会去告状去？"那人说："要是真要如此，也短不了词讼。再说人家教官还有好些个门生哪。你看来了，这就是那个地土蛇。"见有数十匹马，犹如众星捧月一般，都是从人的打扮。当中有一位相公服色，带一顶墨绿绣花文生公子巾，迎面嵌美玉，双垂青缎飘带，穿一件大红百花袍，斜领阔袖，虚拢着一根丝绦；白袜朱履，手中拿定打马丝鞭；黄白脸面，两道半截眉，一双猪眼，尖鼻子，吹火口，耳小无轮，印堂发暗，直奔正西去了。大家又是一阵乱嚷乱说。众人说："去了，去了！此时没多事的人，若有多事的人，这小子吃不了兜着走。"芸生大爷立时把过卖叫将过来，会了酒帐；又要会同桌的那人，那人再三不肯。共总吃了几百钱，给了一两银子。过卖谢了芸生大爷。大爷复又与同桌那人说："尊兄，咱们再见了。"自己下楼去了。

出离了酒楼，一直的奔正西，走到庙前，抬头一看，朱红的庙门，密排金钉，两边两个角门俱都关闭。看正当中门上头石块上，刻着阴文的字，是"古迹云翠庵"。忽然见东边角门一开，出来了许多人合马匹，原来就是高相公手下从人，他们大众回家。就见有两个小尼姑送出，说："明天也不用很早来接。"大家笑嘻嘻的乘跨坐骑走了。小尼姑一眼看见白芸生。芸生大爷也瞧看小尼姑子，见他说："众位，你们勒勒马罢，师傅出来了，有话合你们说哪。"那几个人一人也没有听见，竟自扬长去了。那个小尼姑一回头说："师傅，你瞧这个人。"见里面又一个把着门槛，往外一探头，二目发直——看那个神思，就像真魂离了壳的一般——目不转睛净瞧着芸生。大爷本来好看，一身青布衣巾，青布武生巾嵌白骨，青布箭袖袍，灰衬衫，青棉线带子，青布官靴；面似美玉，细眉长目，皂白分明，垂准头，唇似涂朱，牙排碎玉，大耳垂轮；十七八岁，好似未出闺的幼女，都没他长的体面、俊秀、清雅。那妙修本是个淫尼，几时见着过芸生这个男子，看了半天，早就神驰意荡。芸生可也看见淫尼咧，见他这么一瞧，芸生也有些个害羞意思，抹头要走。尼姑不肯教他就走，说道："阿弥陀佛，这位施主相公别走，请到庙中坐坐，小僧有件事情奉恳。"芸生的心内，打算回到店中，夜晚再来，为的是那位姑娘，怕遭他们的毒手，倒是要解救女子。他反让我到他庙中，何不趁此机会，去到庙中走走。"但不知道师傅有甚么事，请快些说来。"尼姑说："你先请到庙中。"芸生说："倒是什么事情，先要说明，然后进去。"尼姑说："尊公可认识字么？"芸生说："我略知一二。"尼姑说："我扶了一个乩语，请相公爷给批一批。"芸生说："我不会乩语。"尼姑说："念念就得了。"芸生说："那还可以。"随着尼姑进了云翠庵，一直往后，直到西跨院单一所房屋。启帘进去，到里面献茶。见那屋中糊裱干净，摆列些古董玩器，幽雅沉静。芸生说："把乩语拿上来我瞧。"尼姑说："我现去请乩。"叫小尼姑预备晚饭。果然，晚问预备的丰盛席面，不必细表。大爷饱餐了一顿，预备好杀尼姑。直等到二鼓，并没见一人进来。芸生一看，原来是把跨院门已然锁上了，四下一看，忽见墙头上刷的一声，一个人影，不知何故。若问是谁，且听下回分解。

第八十八回　芸生为救人受困　高保定奸计捐生

诗曰：

自古尼僧不可交，淫盗之媒理久昭。

诡托扶乩诓幼女，谁知偏遇小英豪。

且说芸生自打吃完了饭，烹过茶来，点上灯，就不见有人进来。天有二鼓，自己出去一看，原来西跨院门已然用锁锁了。芸生暗道："这淫尼把我锁在这里，必没安着好意。就是这样的墙壁，如何当得住你公子爷！"将要纵身蹿出墙去，忽见墙头刷一个黑影，随即蹿上墙头，再找踪迹不见。你道那尼姑，非是出去扶乩，他本与高保商量下的主意，是欲与焦家的姑娘成亲。皆因是玉姐儿是个孝女，老娘染病，尼姑早与高保定好这个主意，那时遇在机会上将他诓在庙中，强逼成了亲，他们也就不能不给了。可巧这天甯氏老太太染病，尼姑得信，立时亲身到了焦家，假说给老太太看病，说了些利害言语，非得扶乩求药才行。"可惜少大爷没在家，在家才行呢。"旁边焦小姐问道："怎么得他在家里才行？"尼姑说："总得天交正子时，在净室之中烧上香，设上坛，把神请下来，将药方开好，方许点灯。这求方的人，得在那里跪着。"玉姐说："就这个事，怎么单得我哥哥在家呢？"尼姑说："自然，要是小姐去也可。我怕你胆小害怕。"玉姐说："只要求着我老娘病好了，就是赴死去也不怕。恳求老师父慈悲，咱们是几时扶乩求药？"尼姑说："姑娘果有这样的胆量，那可就在今朝。"玉姐连连点头。尼姑也没在焦家吃饭，定下在庙内等他，就起身去了。回到庙中，与高家送信。少时姑娘到，他把姑娘安置在东院，陪着说了会子话，叫小尼姑预备晚饭。少时高相公到。他把高相公安置在北院。高相公家人走，他追出来，是教从人往这里带银子，没赶上。可巧他遇见芸生大爷了，他把芸生大爷安置在西北跨院，先嘱咐好了，预备完了晚饭。他算着先把高保安置楼上，再把小姐带上楼去，他的大事已完，再找芸生大爷来。其实尽后院还有他两个相好的呢！皆是绿林的好汉，一个叫作碧目神鹰施守志，一个叫铁头狸子苗锡麟。又是久已相好，又在他这里住着。今日一见芸生，论品貌，固然比他们强到万分，他打算白大爷是寻花问柳之人哪。闲言少叙。

到了天交二鼓，先见了高保，就问道："你吃过饭了？"高保说："吃过多时了。"又说："这件事可是我的中人哪，没有我可不行罢。事毕之时，是怎么样谢赏于我？”高保道：“我给你修庙。”尼姑说：“不行。”高保说：“给你白银三千两。”尼姑说：“银子倒是小事，还可往我屋中走走。大概没有得陇望蜀之心了罢？”高保说：“妙师傅，我要忘了你，必不得善终。”尼姑一笑：“一句戏言，何故你起这么重的誓。”回说道：“我不是丧良心，又把良心丧的人。”妙修说：“天已不早，我把你先送上楼去，可是不点灯。我冤那姑娘就说是请神，必要神仙走了，方许点灯。你就算是神仙，可不定是甚么神仙。我把你带上楼去，趁着黑暗，我一躲避，你将他揪住，我就不管了。你可要紧记这个言语。事不宜迟，我同你前往。”二人说着，出了房门，打着灯笼，直奔西院。到了西花园，走入西楼，上了楼梯，将高保安放在楼的后炕上。尼姑告诉他你可别动，自己提灯下楼，又到东院，见了小姐，问道：“可吃过饭了？”小姐回答：“吃过了。”尼僧说：“天已不早，你我去罢。”姑娘点头，暗暗祝告神祇，但愿母亲病体痊愈，再来庙中还愿。跟着到了西院，直奔楼来。离楼不远，说：“到楼上，可就得将灯吹灭，上边把坛俱都设好。”小姐答应。将到楼下，忽听上面嗳呀一声，噗哧，像是杀人的声音。妙修说：“什么？”姑娘吓的金莲倒退，战兢兢的问道：“上面甚么声音？”尼姑说：“别慌，你先在此等等，我去先看看去，多一半是神仙先到了罢。”小姐无法，只可点头。尼姑入内，由护梯上楼，剩了五六层儿，不堤防一宗物件冲着自己打来，意欲躲闪，焉得能够，溯噗咚，正撞在自己身上。噗咚，是摔倒，咕噜咕噜滚下楼来了，连灯笼扑灭。尼姑是一身的工夫，要除非是冷不防，断不至于滚下楼来。自己一挺身，蹿将起来，也就不敢上楼了，那个灭灯笼也就不要了，跑出楼来，那知道一找姑娘，是踪迹不见，心中纳闷：“这是怎么个缘故？”将一发怔，耳后生风，嗖就是一刀。尼姑总是大行家，听得金刃劈风的声音来，尼姑一闪身闪过，抹头就跑，大声喊叫说：“后头人快来罢，有了仇家了！”芸生那里肯放。尼姑一想自己主意错了，本来是喜爱芸生相貌，谁知是引狼入室，随跑随喊，不多一时，从后面来了两个贼，一个叫碧目神鹰施守志，一个叫铁头狸子苗锡麟。两个人提着两口利刃，蹿将上来，让过尼姑，就把芸生挡住。大爷一看这两个人，一个穿黑挂皂，一个紫缎衣巾，俱都是细条身材；一个是面如镔铁黑中蓝，一个是灰色脸膛；一个是粗眉大眼，一个是一双眼睛绿盈盈的颜色，故此人称叫作碧目神鹰。前文表过，二人俱与尼姑通好，就在这里住着。正要打算上陕西朝天岭，与金弓小二郎王欣玉是盟兄弟。忽听前边一阵乱嚷，两个人亮刀出来，截住芸生大爷动手。三个人，两口利刃，交手二十多回合，不分胜负。这两个贼焉能是芸生大爷的对手。大爷往下一个败式，一回手，拍，就是一飞蝗石，正中苗锡麟的面门，抹头就跑。净剩一个人更不行了。大爷虚砍一刀，蹿出圈外。施守志不知是计，抱刀就扎。白大爷一反手，拍，一块飞蝗石正中额角，鲜血直蹿，抹头就跑。大爷后边就追。

正要赶上，摆刀要剁，就听见嗖的一声，大爷见一点寒星直奔面门，往旁一闪，镗啷一声，那支金镖落地。原来是尼姑赶奔前来交手。未到跟前，遇施守志、苗锡麟脸上带伤，将他们让将过去，回手掏出一支亮银镖来，对着白芸生就是一下。白芸生正要追赶二人，嗖，眼前来了暗器，往旁边一闪身，那支银镖哨啷啷落地。尼姑说："嗳呀！好负义郎，咱们两个人素不相识，把你让将进来，待你酒饭，却是一番的美意。谁教你管我庙中的闲事！靠着你有多大本事，来来来，咱们二人较量，胜得了我手中这个兵器，不枉你也。张罗会子动手，也算可以。"往上一蹿，摆刀就剁。芸生往旁边一躲，拿自己刀往上一托，一敛腕，尼姑把刀往怀里一抽，芸生使了个劈山式刀剁。尼姑左手还有件兵器，其名叫轮，就是一个扁钢圈子，里外的有刃。在圈子里头手拿之处，又有一个小月牙护手。芸生刀到，尼姑用单轮要锁芸生这口刀，芸生那里肯叫他锁住。芸生受过明人的指教，乃是白五爷亲手所教，倾囊尽赠。家里又是富家，习文的时节，书籍甚多；习武的时节，兵器甚多，除了大十八般兵刃之外，还有些个意外的军刃，有宗日月凤凰轮，可是双的。今天一见尼姑，使得是一柄左手的刀，右手的轮。人家兵刃一到，他先用左手的轮，或是往外一磕，或是把人家兵刃套上。要是大枪、梅花枪等套上了枪杆，顺着枪杆往上一滑，他这一轮是里外锋芒的刃子，往上一滑，人家就得撒手扔枪，他的右手刀就跟上去了。若要把单刀套住，要想拿刀剁他的手，他这轮内有个小铁月牙的护手，就有这个护手挡住，也是剁不着手，故此这宗兵刃极其得力。可巧遇见芸生，知道这兵刃招数。有句俗言："单刀见轮莫要扎。"大爷与尼姑交手，总没叫他得刀，也就在十几个回合，就不是白相公的对手了。尼姑终是个女流，到底力软，霎时间，鼻洼鬓角热汗直流，就知道难以取胜，意欲要走；复见芸生剁了一刀，抹头就走。尼姑方才要追，芸生一反手，拍，就是一飞蝗石。尼姑会打暗器，也会躲暗器，微一缩头，石子蹭着头皮过去。尼姑就跑，芸生就追。尼姑越过房去，芸生也就上房，到了后坡，见他在院中站着说："这条命不要了！"芸生下房，噗咚坠落坑中。若要知生死如何，且听下回分解。

第八十九回　文俊归家救胞妹　徐艾庵内见盟兄

光绪四年二月间，正在王府说《小五义》，有人专要听听《孝顺歌》。余下自可顺口开合，自纂一段添在《小五义》内，另起口调，将柳真人所传之敬孝焚香说起，曰：

众人们，焚起香，侧耳静听。柳真人，有些话，吩咐你们。谈甚今，论甚古，都是无益，有件事，最要紧，你们奉行。各自想，你身子，来从何处；那一个，不是你，爹娘所生？你的身，爹娘身，原是一块：一团肉，一口气，一点血精。分下来，与了你，成个身子。你如何，两样看，隔了一层？且说那，爹和娘，如何养你：十个月，怀着胎，吊胆提心；在腹时，担荷着，千斤万两；临盆时，受尽了，万苦千辛；生下来，母亲命，一生九死；三年中，怀抱你，样样辛勤；冷和暖，饱和饥，不敢失错；有点病，自埋怨，未曾小心；恨不得，将身子，替你灾痛；那一刻，敢松手，稍放宽心；顾儿食，顾儿衣，自受冻饿。盼得长，请先生，教读书文。到成人，请媒妁，定亲婚娶。指望你，兴家业，光耀门庭。有几分，像个人，欢天喜地。不长进，自羞愧，暗地泪零。就到死，眼不闭，挂念儿子。这就是，爹和娘，待你心情。看起来，你的身，爹娘枝叶；爹和娘，那身子，是你本根。有性命，有福气，爹娘培植；有聪明，有能干，爹娘教成。那一点，那一件，爹娘不管。为甚么，把爹娘，看做别人？你细算，你身子，长了一日；你爹娘，那身体，老了一层。若不是，急急的，趁早孝养；那时节，爹娘死，追悔不能。可叹的，世上人，全不省悟。只缘他，婚配他，恰似当行。却不想，乌反哺，羔羊跪乳。你是人，倒不及，走兽飞禽。不孝处，也尽多，我难细述。且把那，眼前的，指与你听。你爹娘，要东西，甚么要紧。偏吝惜，不肯送，财重亲轻；你爹娘，要办事，甚么难做；偏推诿，不肯去，只说不能。你见了，富贵人，百般奉承；就骂你，就打你，也像甘心。你爹娘，骂一句，斗口回舌；你爹娘，打一下，怒眼瞪睛。只爱你，妻与妾，如花似玉；只爱你，儿和女，似宝如珍。妻妾亡，儿女死，肝肠哭断；爹娘死，没眼泪，哭也不真。这样人，何不把，儿女妻妾，并富贵，与爹娘，比较一论。天不容，地不载，生遭刑祸；到死时，坐地狱，受尽极刑。锯来解，火来烧，磨捱碓捣；罚变禽，罚变兽，难转人身。我劝你，快快孝，许多好处。生也好，死也好，鬼敬神钦。在生时，人称赞，官来旌奖。发大财，享大寿，又有儿孙。到死时，童男女，持幡拥盖；接你去，阎罗王，也要出迎。功行大，便可得，成仙成佛。功行小，再转世，禄位高升。劝你们，孝爹娘，只有两件。这两件，也不是，难做难行。第一件，要安你，爹娘心意；第二件，要养你，爹娘老身。做好人，行好事，休要惹祸；教妻妾，教儿女，家道兴隆。上面的，祖父母，一般孝养；下边的，小弟妹，好生看成。你爹娘，在一日，宽怀一日；吃口水，吃口饭，也是欢心。尽力量，尽家私，不使冻饿；扶出入，扶坐立，莫使孤伶。有呼唤，一听得，连忙答应；有吩咐，话一完，即使起身。倘爹娘，有不是，婉转细说；莫粗言，莫盛气，激恼双亲；好亲戚，好朋友，请来劝解；你爹娘，自悔悟，转意回心。到不幸，爹娘老，百年归世；好棺木，好衣被，坚固坟茔。尽心力，图永久，不必好看；只哀痛，这一生，何处追寻？遇时节，遇亡辰，以礼祭奠；痛爹娘，永去了，不见回程。这都是，为人子，孝顺的事。切莫把，我的话，漠不关心。叹世人，不孝的，有个通病：说爹娘，不爱我，孝也无情。这句话，便差了，解说不去。你如何，与爹娘，较论输赢。譬如那，天生的，一茎茅草；春雨润，秋霜打，谁敢怨嗔。爹娘养，就要杀，也该顺受；天下无，不是的，父亲母亲。人愚蠢，也知道，敬神敬佛。那晓得，你爹娘，就是尊神。敬得他，仙佛们，方才欢喜。虚空中，保佑你，福禄加增。你有儿，要他孝，须做榜样。孝报孝，逆报逆，点滴归根。

《训女孝歌》：

宏教真君曰：妇女们，最爱听，谈今论古；又有的，最爱听，说鬼道神。我今日，有一段，极大故事；细讲来，与你们，各各听闻。我本是，一棵树，长条细叶。是当初，天和地，精气生成。这地下，植立起，一棵柳树；那天上，高悬着，一个柳星。过了个，几万年，凝神聚气；到唐朝，得遇见，孚佑帝君。我帝君，怜念我，诚心学道；就把我，度脱去，做个仙人。一棵树，如何有，这样造化？只缘我，心性灵，不昧本根。我无父，又无母，将谁孝养？早朝天，晚拜地，报答深恩；心思专，志向定，奉持原本。全凭我，一点诚，动了圣神。有师傅，我就当，严父慈母；几千年，力孝敬，无点懈心。成仙后，师傅教，多积功果。只要你，劝世人，孝奉双亲。有一人，能尽孝，将他度脱。不论男，不论女，许做仙人。我劝了，男和女，几千百个；都现在，蓬莱里，快乐长春。读书人，也有的，高官显职。女人们，都做了，一品夫人。我做下，劝孝的，这些功果。所以得，受封个，宏教真君。到而今，奉帝敕，宣扬大化。降鸾笔，演订就，一部《孝经》。读书人，明白的，讲求奥旨；俗人们，也有歌，唱与他听。只有你，妇女们，未曾专训。说起来，你们想，最好伤情。你虽然，是一个，女人身子。你爹娘，养育你，一样苦辛。怀着胎，在腹中，谁辨男女？临盆时，一般样，受痛挨疼。怀抱你，何曾说，女不要紧。乳哺你，何曾的，减却一分。莫说你，女人家，无力孝养；你爹娘，待女儿，更费苦心；替梳头，替缠脚，不辞琐碎；教茶饭，教针指，多少殷勤。严肃些，又念你，不久是客；娇养些，又怕你，嫁后受瞋。离一刻，恐怕你，闺房失事；缺一件,恐怕你,暗地多心。选高郎,要才貌,与你匹配;选门户,看家资,恐你受贫。聘定过,便思量,如何陪嫁;到婚期,尽力量,总不慊心;舍不得,留不住,好生难过;割肝肠,含眼泪,送你出门。到人家,夫妇和,公婆欢喜。你爹娘,脸面上,许多光荣。有些错,一听见,自生烦恼。又增添,一世的,不了忧心。你生来,嫁谁家,都是定数。你如何,不遂意,便怨双亲。好过日,便说是,你的命好;难度日,骂爹娘,瞎了眼睛。待公婆,说他是,别人父母;待爹娘,又说我,已嫁出门。倒是你,女人家,两不着地;把孝字,推干净,全不粘心。那晓得,女人家,两层父母。都要你,尽孝顺,至敬至诚。你身子,前半世,爹娘养育;后半世,靠丈夫,过活终身。你公婆,养丈夫,就如养你。天排定,夫与妻,只算一人。你原是,公婆的,儿子媳妇;却将你,寄娘家,生长成人。嫁过来,方才是,人归本宅;这公婆,正是你,养命双亲。既行茶,交过礼,多少费用;请媒妁,待宾客,几番辛勤。爱儿子,爱媳妇,无分轻重;原望你,夫和妇,供养老身。为甚的,好儿郎,本是孝敬;娶了你,把爹娘,疏了一层。纵不是,你言语,离他骨肉;也缘他,钟爱你,志气昏沉。你就该,向丈夫,将言细说;公与婆,娶我来,辅相夫君。第一件,为的是,帮你奉养;你如何,反因我,缺了孝心。这才是,妇人们,当说的话;这才是,爱丈夫,相助为人。为甚么,乘着势,大家怠玩。渐渐的,把公婆,不放在心。他儿子,挣得钱,你偏藏起;私自穿,私自吃,不令知闻。怕公婆,得些去,与了姑子;怕公婆,得些去,伯叔平分。只说你,肯把家,为向男子。那知道,你便是,起祸妖精。薄待了,公与婆,一丝半粒;你夫妇,现成福,减了几成。受穷苦,受病痛,由你唆出;犯王法,绝子嗣,是你撮成。你看那,庙中的,拔舌地狱;多半是,妇女们,受这苦刑。更有的,放泼赖,胁制男子;使公婆,每日里,不得安停。公婆骂,才一句,就还十句;打一下,你便要,溺水悬绳。这样人,自尽了,阴司受罪。就不死,也必定,命丧雷霆。我劝你,闺女们,听从父母;说一件,依一件,莫逞性情。起要早,睡要晚,伺候父母;奉茶水,听使唤,时时尽心。在家中,无多日,还不爱敬;到那时,嫁出去,追悔不能。我劝你,媳妇们,认清题目。方才说,你原是,公婆家人。你丈夫,常在外,做他生理。公婆老,要望你,替他奉承。老年人,饭不多,菜要可口。旧衣服,勤浆洗,补缀停匀。莫听信,俗人说,不见公面;为儿媳,当他女,不比别人。不时的,茶和汤,亲手奉上;难走动,又何妨,扶起行行。有东西,买进来,思量养老;向公婆,送过去,不得稍停。只要你,公与婆,心中欢喜;那管他,接过去,送与何人。敬伯叔,爱姑娘,和睦妯娌;公婆喜,这媳妇,光我门庭。孝公婆,你爹娘,也是欢喜;这便是,嫁出来,还孝生身。况且你,替丈夫,孝顺父母;你丈夫,也敬奉,丈母丈人。况且你,尽了孝,作下榜样;你儿媳,也学着,孝顺你们。说不尽,妇女们,孝顺的事。望你们,照这样,体贴奉行。昨日里,《女孝经》,才演一半;那喜气，就传到，南海观音。宣我去，奖赏了，加个佛号；又教把，菩萨事，劝化你们。这菩萨，原做过，妙庄王女。生下来，便晓得，立意修行。菩萨父，见女儿，一心好道；百般的，教导他，要做俗人。谁知道，我菩萨，心坚似铁；只思想，一得道，度脱双亲。到后来，父王病，十分沉重；我菩萨，日共夜，备极辛勤：叩天地，祷神明，不惜身体。因此上，感动了，玉帝天尊。霎时间，坐莲台，金光照耀；居普陀，施法力，亿万化身。千只眼，广照着，十方三界；千只手，掌握着，日月星辰。佛门中，这菩萨，神通广大；历万古，发慈悲，救度世人。有妇女，能行孝，不消礼忏；到老去，便许他，进得佛门。岂不是，极简便，一件好事。劝你们，莫错过，这样良因。

诗曰：

孝义由来世所钦，同心兄妹善承亲。

山穷水尽疑无路，柳暗花明又一村。

且说尼姑明知不是芸生的对手，除非智取不行。在他的西北房后，有一个陷坑，坑的上面暗有他的记认。芸生可那里知道，自可就飘身下房，正坠落坑中。大行家要是从高处往低处一摔，会找那个落劲，不能摔个头破血出。慢慢往起再爬，爬起往上再蹿，那就费了事了。这一摔下去，一挺身，一跺脚，自己就可以蹿将上来。芸生捡刀往上一跃，脚站坑沿，早教碧目神鹰一把揪住底下一腿。大爷蹿上来脚尚且未稳，教人揪住一腿，焉有不倒之理？铁头狸子过来摆刀就剁。芸生明知是死，把双睛一闭。等了半天没事，睁眼一看，原来是被尼姑拦住。妙修说：“别杀他，我还有话问他呢。”瞧着芸生道：“你这个东西，敢情这么扎手哪。咱们这个事情，多一半是闹个阴错阳差。那个高相公，多一半是教你给结果了罢。”随说着话，碧目神鹰就把芸生倒绺了二臂。芸生说：“我并不知甚么高相公不高相公，一概不知。”铁头狸子问尼姑，倒是怎么件事情。尼姑就把焦小姐与高相公始末原由的事说了一遍。施守志说：“既然这样，咱们就一同去瞧瞧去。”尼姑吩咐把陷坑盖好，将芸生四马倒攒蹄捆上，抗将起来。直奔西院。叫人掌起灯火来，一找那个姑娘，不知去向。前前后后各处搜寻，并没影相；复又进楼，拿着灯笼，奔到护梯，见高相公被杀死，尸腔横躺在护梯之上。淫尼又觉着心疼，又觉着害怕：怕的是人命关天，又得经官动府。再说，他的从人明明把他送在庙中，明天早晨还要来接人。有了，我先把他埋在后院，明早从人来接时节，我就说他早晨已然出去了。这焦玉姐的事不好办，人家明知上庙求乩，人家要问我，何言答对？人家是女流，又不能说他自己走了。有了，我问问这个相公。“可是相公，你贵姓？”芸生说：“我既然被捉，速求一死，何必多言。”尼姑说：“难道说你不敢说你的名姓？你那心眼儿放宽着点，且不杀你哪。倒底姓甚么，我也好称呼你。”芸生说：“某家姓白。”尼姑说：“白相公，你倒底是怎么件事，这个高相公是你杀的不是？焦小姐你知道下落不知？你只管说出，我绝不杀害于你。”芸生说：“你既然这样，我实对你说。我在酒楼吃酒，旁边有人告诉我，焦家姑娘，高家的相公，被你这尼姑用计，要污染人家的姑娘。我实实不平，要救这个姑娘。正要庙前观看地势，晚间再来，不料被你将我诓进庙来，假说瞧乩，将我锁在西院之内。晚间我正要蹿墙出来，有一个人影儿一晃，我就跟将下去。你们在屋中说话，连那个人带我俱都听的明白。你送那个姓高的上楼，他随后就跟进去了。我在外边看着，你带着那姑娘，看看的临近，他就把姓高的杀了。你上楼的时节，他可就蹿下楼来了，他过去就背那个姑娘。我以为他也不是好人，原来他是姑娘的哥哥，叫焦文俊，他把他妹子背着回家去了。”尼姑一听，怔了半天：“焦文俊这孩子，怎么就会练了这一身的本事？这可也就奇怪了。”

书中暗交。原来这个焦文俊自十五岁离家出去，又没带钱，遇见南方三老的一个小师弟。这三老，一位是古稀左耳，一位是仓九公，一位是苗九锡。这是南方三老。仓九公有个师弟，外号人称神行无影，叫谷云飞。他见着焦文俊，就收文俊作了个徒弟。五年的工夫，练了一身出色的本事。寻常在他师傅跟前，说他是怎么样的孝心，不在家中，怎么不能尽孝，时时刻刻怎么样惦念老娘。他师傅才打发他回来，给了他二百两银子，教他到家看看，仍然还教他回去，工夫还未成。可巧这日到家，正遇见他的老娘染病，见妹子又没在家里，母子见面大哭。问他妹子的原由，老娘就把扶乩的事情说了一遍。他有些个不信，就换了衣裳，晚间直奔尼姑庵来了。到了庙中，就遇见这个事情。他起先以为芸生不是好人。嗣后来方知芸生是好人，并未答话，就把他妹子救回去了。

单提的是庙中之事。芸生说出这段事情，尼姑倒觉着害怕，就教两个贼人帮着他，把高相公的尸首埋在后院，到了次日再议论怎么个办法。他单把芸生幽囚在西院，是死也不放。芸生吃喝等项，是一概不短，全是他给预备。芸生那是甚么样的英雄，一味净是求死。光阴荏苒，一晃就是好几天的工夫。芸生实在出于无奈，求生不得，求死不得。这日晚间，又预备晚饭，尼姑也在那里，随即说：“就在今日晚间，可要再不从，就说不得了，可就要结果了你的性命。”芸生仍是低着头，一语不发。又叫小尼姑从新添换菜，要与白大爷同桌而喝。白大爷那肯与他同饮。小尼姑端来的各样菜蔬，复又摆好。尼姑把酒斟上，说道：“白相公，你这个人怎么这样痴迷，不省悟？我为你把高相公的性命断送了，我都没有工夫与他报仇去。他家下人来找了几次，我就推诿说不知道他那里去了。人家焦家姑娘教人救回去。人家吃了这么一个亏，怎为不肯声张此事？早晚必是有祸你我。咱们两个人是前世宿缘，我这样央求于你，你就连一点恻隐之心尽都没有？可见你这个人心比铁还坚，世间可也真就少有。”芸生说：“哇！胡言乱语。休在你公子爷跟前絮絮叨叨，你公子爷岂肯与你淫尼作这苟且之事。”尼姑一听，气往上一壮，说：“你这厮好不达时务！”将要往前凑，就听外边说：“好淫尼！还不出来受死！等到何时？”尼姑一听，就知道事情不好，又不准知道外头有多少人。一着急，把后边窗户一踹，就逃蹿去了。

山西雁徐良合着小义士艾虎，来了半天的工夫，净听着芸生大爷到底怎样。听了半天，真是一点劣迹也是没有，外边二人暗暗夸奖，也不枉这一拜之情。早把小尼姑吓的钻入床底下去了。徐良、艾虎蹿入屋中，先过来与大爷解了绑搀起。芸生溜了一溜，自己觉着脸上有个发消。艾虎他们也顾不得行礼，先拿这个淫尼要紧。芸生也跟着蹿将出来。当时没有兵器，可巧旁边立着一个顶门的杠子，芸生抄将起来，一直扑后边。就见尼姑换短衣襟，同着两个贼人各持利刃，扑奔前来。当时大家就撞成一处。徐良说：“这个尼姑交给老兄弟了，这几个交给我了。”艾虎点头，闯将上去。艾虎暗道：“三哥真机灵，他不愿意合尼姑交手，教我合尼姑交手。我净管应着，我可不合尼姑交手。”随答应着，他可就奔了碧目神鹰来了。白芸生手中拿了顶门杠，就奔了铁头狸子苗锡麟。苗锡麟摆手中刀，就往下剁。芸生这根顶门杠子本来是沉，用平生的膂力，往上一迎，只听见镗啷一声，把刀磕飞；往下一拍，爬叹一声，就结果了苗锡麟的性命。尼姑一急，冲着山西雁，嗖就是一镖。徐良说：“嗳呀！了不得了！”没打着。又说：“老西不白受出家人的东西，来而不往非为礼也。”嗖的一声，将他那只原镖照样打回，把尼姑吓了个胆裂魂飞，仗着躲闪的快；倘若不然，也就教自己的原镖结果了自己的性命。原来是尼姑打徐良，教徐良接住，复又打将回来。尼姑就没有心肠动手了，举刀就剁。两个人绕了两三个弯，不堤防教徐良的刀剁在他的刀上，呛啷一声，削的两段；镗啷，刀头坠地。尼姑转身就跑，徐良就追。越过房去，徐良跟着到了后坡，往下一蹿，坠落坑中。尼姑搬大石头就砸，爬叹一声，砸了个脑浆迸裂。要知端底，且听下回分解。

第九十回　三侠客同走劝架　二亲家相打成词

诗曰：

侠骨生成甚可夸，同心仗义走天涯。

救人自遇人来救，暗里循环理不差。

且说艾虎正与施守志交手，两口利刃上下翻飞，未分胜负。白芸生捡了铁头狸子的那口刀，也就蹿将上来，两个人并力与施守志较量。论碧目神鹰，艾虎一人他就抵敌不过。何况又上了一个，他焉能行得了，自己就要打算逃蹿性命；奈因一宗，二个人围住他，蹿不出圈去，闹了个脚忙手乱，当时刀法也就乱了。好容易这才虚砍了一刀，撒腿就跑，一直扑奔正西。过了一段界墙，前边两堆太湖山石，眼瞧着他就在太湖山石当中蹿将过来。艾虎在前，芸生在后，自然也得在太湖山石当中过去。艾虎刚往西一蹿，只听东北有人嚷道："别追！有埋伏。"这句话未曾说完，艾虎已然掉下去了。芸生几乎也就掉将下去。回头一看，并不见人，也不知是甚么人在那里说话。大爷往里一看，原来是个陷坑。艾虎坠落坑中，站起身来，往上一瞧。芸生上面答言："难道老兄弟上不来吗？"艾爷说："行了。"自己往上一蹿，脚蹬坑沿上，问："大哥，那贼何方去了？"回答："早已跑远了。"艾爷大怒道："便宜这厮！咱们找我二哥、三哥去。"复又回来，遍找不见，忽然由墙上下来，说："你们二位可好，我两世为人了。"艾虎、芸生问："什么原故？"回答："我自顾追尼姑，一时慌张，没看明白，坠落坑中。那尼姑真狠，举起一块大石头要砸我。坑沿上有一个人，也不知是谁，由尼姑身后将尼姑踢倒，自然那石头正砸在尼姑的脑袋上，头颅粉碎。我上来时节，那人不见了。我也没看见人家，也没与人家道道劳，我就奔这里来了。你们将那两个贼可都杀了无有？"二人道："我们打死了一个，追跑了一个。"又提艾虎如何坠在坑中的话，说了一遍。

列位就有说的，原来徐良没死，他若死了，如何还算小五义？再说尼姑，倒是谁人将他要命？可就是艾虎看见倒骑驴的那个人。他又是谁人哪？就是前文表过的神行无影谷云飞。因他徒弟回家，自己暗地跟下来了，看他到家是真孝顺，是假孝顺。暗地一瞧，是真孝顺，又有救他妹子这一节。自己并没见徒弟之面，去到庙中要把尼姑杀了。白昼见着街上酒铺中有个醉鬼先在那边，就没赊出帐来，他就把尼姑庵中的事听了一遍。又到这边酒铺中来，自己见着艾虎，一瞧就奇怪，故意又喝两壶酒，细看艾爷的情性，方知不是贼。会了酒钱，并不道谢。晚间到庙中，净在一旁看着他们动手。徐良掉下坑去，自己过去用“闭血法”把尼姑一点，淫尼一倒，石头砸在自己脑袋上，脑髓迸流。自己仍然又扑奔前院，见艾虎他们追下贼去。自己也远远的跟着，见贼过太湖山石，拿胳膊一跨太湖石，往南一飘身，蹿在正西等着艾虎。他就看出破绽来了，自己想着提拔艾虎，报答他这两壶酒钱，嚷道：“前头有埋伏！别过去。”说迟了一些。谷云飞见尼姑一死，自己就算没有事了，由此起身。下套《小五义》上金鳞桥办明奇巧案，救白芸生、范仲淹，误打朝天岭的内应，巧得貘皮铠，皆是后话，暂且不表。

且说的是徐良、艾虎、白芸生他们弟兄三位，不知施守志的去向，就把庙中的婆子、小尼姑找在一处，告诉他们一套言语。小尼姑连婆子等都跪在地下，求饶他们的性命。芸生说：“我教给你们一套言语，就不杀害尔等。”大家一口同音，都嚷愿意。芸生说：“明日你们报到当官，就提你们这里的庙主结交贼匪，暗地害死高保。苗锡麟与尼姑通奸，施守志因气奸砸死尼姑，杀死苗锡麟，此贼弃凶逃走。当官不信你们，就把埋葬高保的地方指点告诉明白。按着这套言语回禀当官，自然就保住了你们的残生。如若不依着我们的言语，明晚我们大众前来结果你们的性命。”大家点头.情甘愿意。“所有尼姑的东西，你们大家分散；当官要是问着你们，就说俱被施守志盗去。”大家千恩万谢，都感几位爷的好处。

白芸生、徐良、艾虎三个人一看天气不早，就此起身，回到店中，仍是蹿房跃墙下来。手下的从人俱都在店中等候。来到房中，大家见礼、道惊、打听。芸生把自己的事情俱都说出，连胡、乔二位都赞叹说：“这样公子，都受了这样苦处。”徐良说：“明天五更就起身，不管他们此处的事情了。”书不可重絮。到了次日，给了店饭钱，有骑马的，有步下的，直奔武昌府而来。众人奔武昌，暂且不表。

说书的一张嘴，难说两家的话。这一丢大人，蒋平、智化解开了沈中元的贯顶诗，各路分散着寻找大人。先说可就是艾虎的事情，这才引出小五义结拜、盗狱等项，也不在少处。丢大人，就有走夹峰前山的，就有走夹峰后山的，就有上娃娃谷的。在路上俱各有事，可是说完了一段再表一段。这个日限相隔差不了多远。

先提北侠、南侠、双侠离了晨起望，晓行夜宿，饥餐渴饮，无话不说。这日正往前走着，前边黑忽忽一片树林，树乃庄之威，庄乃树之胆，倒是很好的个村庄。三位爷就穿村而过，是东西的个街道。他们是由西向东，正走在东村口，围绕着多人。虽然三位寻找大人的心盛，究属总是天然生就侠客的肝胆，遇事就要瞧看瞧看。众人进去一看，原来是两位老者揪扭着相打。二位老者俱过六旬开外，并且全是头破血出；还有几个年轻的，俱都掠胳膊、挽袖子，在旁边气哼哼的，欲要打罢又不敢。

旁边有几位老者说:“你们亲家两个还有甚么不好说的事情,打会子也当不了办事。”虽说,也不过去拉去。丁二爷平生最是好事,说:“欧阳哥哥,咱们去劝劝罢。”北侠说:“二弟,知道是甚么事情,咱们过去劝劝去。”丁二爷说:“我过去问问去。”北侠一揪没揪住。二爷就过去,在两个老头当中伸单胳膊一揸,又把这只手打底下伸进去往上一起,就见两个老头自然就撒开了;两只手又揝住两个老头儿的腕子,往两下里一撑,老头儿一丝儿也不能动转了。两个老头直是气的浑身乱抖。那个老头就说:“尊公!你是干甚么的?”二爷说:“我们是走路的。”老头说:“你是走路的,走你的路。你揪着我们为甚么事情?”二爷说:“我生平好管闲事。我问问你们,因为何故?我给你们分析分析。”老头说:“我们这个事情不好分析,非得到当官去不成。”二爷说:“我非要领教领教不可。”那个老头说:“你撒开我,慢慢告诉你。”南侠、北侠也就过来说:“二弟,你撒开人家,有甚么话再说。”二爷这才撒开。大众一瞧这三位爷这个样儿:一个像判官,一位傲骨英风,一位少女一般。旁边人们说:“得了,你们亲家两个告诉告诉人家罢。”二爷说:“贵姓?”那位老头说:“我姓杨,叫大成。我有个儿子叫杨秀。这个是我们的亲家,他姓王,叫王太。他有个女儿,给了我的儿子,我们作了亲家。前番接他女儿住娘家去,我就不教他接。众位你们听听,咱们俱都是养儿女的人,还有姑娘出阁,不许往娘家来往的道理吗?可有一个情理,我们这个儿妇,他的母亲死了,我们亲家翁净剩了光棍子一个人。我说他想他女儿,教他上我这瞧瞧来,他一定接的家去,又便当怎么样呢?他要接定了,不接不行;我也不能深拦,就让他接回去了。可也不知道,他又将他女儿又给了人家了,或是他又卖了,他反倒找在我家来,不答应我。”北侠一听,就知道不好,要是不伸手,可也就过去了;要一伸手,得给人家办出个样子来。那个姓王的说:“这位爷台贵姓?”二爷说:“我姓丁,排行在二。”老头说:“丁二相公爷,你想我的女儿,我焉能行出那样事来。我接,他就不愿意。我接到家里住了十二天,就把他送回来了。我这几日事忙,总未能来。今天我才有工夫,我来瞧看瞧看我这女儿,不想到此,他胡赖。是他把我女儿卖了,倒是有之,不然就是给你要了命了,还是尸骨无存。我难道说,我还活这么大的岁数?这条老命不要了,我与他拚了罢。”丁二爷此时就没有主意了,净瞧着北侠。欧阳爷暗笑:“你既然要管,又没有能耐了。”北侠上前说:“王老者,你们两亲家我可谁也不认识,我可是一块石头往平处放。你说你送你女儿,可是送到你们亲家家里来了吗?”杨大成说:“没有,没有。”王太说:“我这女儿不是我送来的,是我女儿的表兄姓姚,叫姚三虎,素常赶脚为生。他有个驴,我女儿骑着他表兄这个驴来的。”北侠说:“那就好办了,找他这个表兄就得了。”王太道:“不瞒你们几位说,我女儿这个表兄,就是一身一口,跟着我过。自从送他表妹去后，直到如今没回家。”北侠问：“他把他表妹送去没送去，你知道不知道？”王太说：“焉有不送去之理。”北侠说：“那就不对了。你总是得见着他这表兄才行呢。倘若他们半路有甚么缘故，那可也难定。”一句话就把王太问住。杨大成说：“是他们爷们商量妥当，半路途中把我们儿妇给卖了。”说毕，二位又要揪扭。北侠拦住，说：“我有个主意，你们这叫甚么村？”杨大成说：“我们这叫杨家店子。”又问：“姓王的，你们那里叫甚么村？”王太说：“我们那村叫王家陀。”北侠说：“隔多远路？”王太说：“八里地。”北侠说：“隔着几个村庄？”王太说：“一股直路，并没村庄。半路就有一个庙。”北侠说：“你们二位不用打架，两下撒下人去遍找，十天限期为度。找不着，我们在武昌府，等你们上颜按院那里递呈字去，上我们大人那里告去。我们就是随大人当差的，到那里准能与你们断明。”两家也就依了这个主意。三位便走，连本村人都给三位道劳。

三人离了杨家店，一直的正东走了三里多路，天上一块乌云遮住碧空，要下雨。紧走几步，路北有座大庙，前去投宿避雨。这一进庙，要闹个地覆天翻，且听下回分解。

第九十一回 在庙中初会凶和尚 清净林巧遇恶姚三

义婢从来绝世无，葵枝竟自与人殊。
全忠全烈全名节，真是闺中女丈夫。

或有人问于余曰：此书前套号《忠烈侠义传》，皆是生就的侠肝义胆，天地英灵，何其独钟斯人？余曰：忠义之事，不但男子独有，即名门闺秀，亦不乏其人。又不但名门闺秀有之，就是下而求之奴婢，亦间或有之。昔周有天下时，卫国义婢葵枝有段传序，因采人《小五义》中：

卫国有一官人，叫作主父，娶妻巫氏。夫妻原也相好，只因主父是周朝的大夫，要到周朝去作官，故别了巫氏，一去三载，王事羁身，不得还家。这巫氏独处闺中，殊觉寂寞，遂与邻家子相通，暗暗往来。忽一日，有信报主父已给假还家，只在旬日便到。巫氏与邻家子正在私欢之际，闻知此信，十分惊慌。邻家子忧道："吾与汝往来甚密，多有知者；倘主父归而访知消息，则祸非小，将何解救？"巫氏道："子不须忧，妾已算有一计在此。妾夫爱饮，可将毒药制酒一樽，等他到家，取出与他迎风；他自欢饮，饮而身毙，便可遮瞒。"邻家子喜，因买毒药，付与巫氏。巫氏因命一个从嫁来的心腹侍妾，名唤葵枝，叫他将毒药浸酒一壶藏下，又悄悄吩咐他："等主人到时，我叫你取酒与他迎风，你可好好取出，斟了奉他。倘能事成，我自另眼看待。"葵枝口虽答应，心下却暗暗吃惊道："这事怎了！此事关两人性命，我若好好取出药酒，从了主母之言，劝主人吃了药酒，岂不害了主人之命？我若悄悄说破，救了主人之命，事体败露，岂不又害了主母之命？细细想来，主人养我一场，用药害他，不可谓义；主母托我一番，说破害他，不可谓忠。怎生区处？"忽然想出一计，道："莫若挤着自身受些苦处，既可救主人之命，又不至害主母之命。"算计定了。

过不数日，主父果然回到家中。巫氏欢欢喜喜接入内室，略问问朝中的正事，就说："夫君一路风霜，妾闻知归信，就酿下一樽美酒在此，与君拂尘。"主父是个好饮之人，听见他说有美酒，便欣然道："贤妻有美意，可快取来。"巫氏忙摆出几品佳肴，因叫葵枝吩咐道："可将前日藏下的那壶好酒烫来，与相公接风。"葵枝领命而去。去不多时，果然双手捧了一把酒壶，远远而来。主父看见，早已流涎欲饮。不期葵枝刚走到屋门首，"嗳呀"的一声，忽然跌倒在地，将酒泼了一地，连酒壶都跌扁了。葵枝跌在地下，只是叫苦。主父听见巫氏说特为他酿下的美酒，不知是怎生馨香甘美，思量要吃，忽被葵枝跌倒泼了，满心大怒，先踢了两脚；又取出荆条来，将葵枝擎倒，打了二十，犹气个不了。巫氏心虽深恨，此时又怕打急了说将出来，转忍耐住了，又取别酒奉劝主父，方才瞒过。过了些时，因不得与邻家子畅意，追恨葵枝误事，往往寻些事故打他。这葵枝甘心忍受，绝不多言。偶一日，主父问葵枝闲话。巫氏看见，怕葵枝走消息。因撺掇主父道："这奴才甚是不良，前日因你打他几下，他便背后咒你；又屡屡窃我妆奁之物。"主父听说，愈加大怒，道："这样奴才，还留他作甚！"因唤出葵枝，尽力毒打，只打得皮开肉绽，痛苦不胜。葵枝只是哭泣哀求，绝不说出一字。

不料主父一个小兄弟尽知其事，本意不欲说破，因见葵枝打得无故，负屈有冤，不敢明诉，愤愤不服，只得将巫氏之私，一一与主父说了。主父方大惊，道："原来如此！"再细细访问，得其真确，又惭又恨，不便明言，竟暗暗将巫氏处死，再叫葵枝道："你又不痴，我那等责打你，你为何一字也不提？倘若被我打死，岂不屈死与你。"葵枝道："非婢不言。婢若言之，则杀主母矣。以求自免，则与从主母之命，而杀主人何异？何况既杀主母，又要加主人以污辱之名，岂为婢义所敢出。故宁甘一死，不敢说明。"主人听了，大加感叹，敬重道："汝非婢也，竟是古今之义侠女子也。淫妇既已处死，吾当立汝为妻，一以报汝之德，一以成汝之名。"就叫人扶他去妆饰。葵枝伏拜于地，苦辞道："婢子，主之媵妾也。主母辱死，婢子当从死。今不从死而偷生，已为非礼；又欲因主母之死，竟进而代处主母之位，则其逆礼又为何如。非礼逆礼之人，实无颜生于世上。"因欲自杀。主父叹息道："汝能重义若此，吾岂强汝。但没个再辱以婢妾之理。"因遣媒议嫁之，不惜厚妆。诗书之家闻葵枝义侠，皆羡慕之，而争来娶去，以为正室。

由此观之，女子为贞为淫，岂在贵贱，要在自立名节耳。闲言少叙，书归正传。

诗曰：

佛门清净理当然，念念慈悲结善缘。

不守禅规寻苦恼，焉能得道上西天。

且说三侠离了村口，走了三里多路，天气不好。恰巧路北有个庙宇，行至山门，前去叩打。不多一时，里面有人把插管一拉，门分左右，出来了两个和尚。和尚打稽首道："阿弥陀佛，施主有甚么事情？"北侠说："天气不好，我们今天在庙中借宿一夜，明天早走，多备香灯祝敬。"那和尚道："请进。"把山门关上。同着三位进来，一直的奔至客堂屋中，落坐献茶。又来了一个和尚，咳嗽了一声，念道"阿弥陀佛"，启帘进来。三位站起身来一看，这个和尚说道："原来是三位施主。小僧未曾远迎，望乞恕罪。阿弥陀佛。"北侠说："天气不好，欲在宝刹借宿一夜，明日早走，多备香灯祝敬。"大和尚说："哪里话来。庙里工程，十方来，十方去，十方工程十方施，这全都是施主们舍的。"北侠一看这个和尚就有点诧异，看着他不是个良善之辈。晃晃荡荡，身高八尺有余。香色僧袍，青缎大领，白袜青鞋，可不是个落发的和尚。满头发髻，擘开日月金箍，箍住了发髻。原来是个陀头和尚。面赛油粉，印堂发赤，两道扫帚眉，一双阔目，狮子鼻翻卷，火盆口，大耳垂轮，胸腔厚，臂膀宽，腹大腰粗。有了胡须了，可是一寸多长，连鬓落腮大胡子圈后，人给他起名儿叫罗汉髯。那位罗汉长的这样的胡子来？

闲言少叙。单说和尚问道："三位施主贵姓？"三位回答了姓氏，惟独展南侠这里说："吾常州府武进县玉杰村人氏，姓展名昭，字熊飞。"和尚上下紧瞧了展南侠几眼，然后问道："原来是展护卫老爷。"熊飞说："岂敢，微末的前程。"和尚说："小僧打听一位施主，你们三位必然知晓。姓蒋，蒋护卫。"展南侠说："不错，那是我们四哥。"北侠说："那是我们盟弟。"丁二爷说："我们全都是至契相交。"和尚说："但不知这位施主，如今现在那里？"北侠一翻眼皮，说道："此人大概早晚还要到这里来呢。"和尚哈哈哈一笑，说："要上这里来，可是小僧的万幸。"北侠说："怎们认识蒋四哥？"和尚说："听别人所言，此公是文武全才，足智多谋之人。若要小僧会面之时，亦可领教领教。"北侠说："原来如此。"问道："未曾领教师傅的法名上下？"和尚说："小僧名法印。"大家一齐说："原来是法师傅，失敬了。皆因天气不好，进来的慌张，未曾看见是甚么庙。"和尚答道："敝刹是清净禅林。但不知三位施主用荤是吃素？"北侠一听，就知道这个庙宇势力不小，说："师傅，这里要是不吃酒，不茹荤，我们也不敢错乱佛门的规矩；要是有荤的，我们就吃荤的。"和尚说："既是这样，我即吩咐徒弟，告诉荤厨预备上等的一桌酒席。"和尚又道："我这东院里还有几位施主，我过去照应照应，少刻过来奉陪。"大家一口同音说："请便。"和尚出去，直奔东院去了。

少刻，小和尚端过菜来，七手八脚，乱成一处。摆列妥当，小和尚说："若要添换酒菜,施主只管言语声。"随即把酒斟上。这时天气也就晚了,即刻把灯掌上,他们就出去了。北侠一看见那个小和尚出去,复又往回里一转身,看了他们一眼,透着有些神色不正。见他们毛毛腾腾,北侠看着有点诧异;又见杯中酒发浑,说:"二位贤弟慢饮,你们看看这酒怎么这样发浑?"二爷说:"多一半这是酒底子了。"北侠说:"千万可别喝,我到外头去看看。头一件事,我见这个和尚长的凶恶,怕是心中不正;二则小和尚出去,又回头一看,透着诡异;三则酒色发浑,其中必有缘故。"丁二爷还有些个不服。到底是北侠久经大敌,见事则明。展爷说:"你出去看看,我们这等着你回来一同的吃酒。"北侠出去。

这客堂是个西院,由此往北有一个小夹道;小夹道往西,单有一个院子,三间南房,一个大后窗户。见里头灯光闪烁,有和尚影儿来回的乱晃,北侠也不以为然。忽听前边屋内帘板一响,听见有一个醉醺醺的人说话,舌头都短了,说:"众位师兄们,我学着念个弥陀佛。"众小和尚说:"快快走出去,你腥气烘烘的,别管着我们叫师兄。"那人说:"我腥烘烘的,难道说比不过你们这一群葫芦头么?"小和尚说:"我们是生葫芦头,你再瞧瞧,你不是葫芦头?你干甚么还去干甚么去罢,你还是去放脚去罢。"北侠听到此处一怔,想起杨家店子来了。两亲家打架说,那王太的女儿是他表兄送往婆家去了,至今音信皆无,说可就是个赶脚的。这些和尚说他是赶脚的,别是那个姚三虎罢?北侠就把窗户纸戳了个窟窿,往里一看,见这个人有三十多岁,穿着一件旧布僧袍,将搭胳膝盖上,短白袜,青布鞋;黄中透青的脸膛,斗鸡眉,小眼睛,薄片嘴,锤子把耳朵,其貌甚是不堪。倒是剃的光光溜溜的头,喝的醉醺醺的,脸都喝紫了,合那小和尚们玩笑说:"我是新来的人,摸不着你们的门。"小和尚说:"那是摸不着你的门。"醉汉说:"我要拉屎,那里有茅房?"小和尚说:"你别挨骂了,快走罢,就在这后头,往西南有两间空房,后身就是茅厕。"那人说:"我方才听见说,有开封府的,宰了没宰呢?"小和尚说:"快滚罢!你不想想这是甚么话,满嘴里喷屁。"连推带搡,那个人一溜歪邪,真就扑奔了后院。北侠暗道:"这个和尚,准是没安着好意了。我先把这个拿住,然后再去办那个和尚。"

先前奔庙的工夫,阴云密布,此时倒是天气大开。北侠奔了西南,果然有两间空房,关闭着双门。北侠用宝刀先把锁头砍落,推开门往里一看,屋中堆着些个桌几椅凳。北侠撤身出来,见那人看看临近,北侠过去,把他脖子一掐,往起一提溜,脚一离地,手足乱蹬乱踹。北侠就把他夹在空房里头,慢慢又将他放下,解他的腰带,四马倒攒蹄,寒鸭浮水式把他捆上。北侠把刀拉出,就在他脑门子上蹭蹭蹭一就这么蹭了他三下。那小子可倒好,不用找茅房,自来就出了恭了。北侠说:"你要是高声喊叫,立时追了你的性命。我且问你,你可是姚三虎吗?"那人说:"我正是姚三虎。你老人家既认识我，就饶了我罢。”北侠说：“你既是姚三虎，这个事情可就好办了。我此时也没工夫问你。”随即撕他的僧袍，把他的嘴堵上。

北侠就出来把屋门倒带，复反回来，直扑奔客堂。来到之时，启帘进去一看，展爷正在那里为难，丁二爷躺倒在地，受了蒙汗药酒。北侠一怔，问道：“展大弟呀！二弟这是怎么了？”展爷说：“自从兄长去后，我劝他不用喝；他说他腹中饥饿，要先喝杯。头一杯喝下去没事，又连喝了两杯，他就昏倒在地，人事不省。我也不敢离开此处。哥哥怎么去了这么半天？”北侠就把遇见姚三虎的话说了一遍。展爷一听，说：“这可真是想不到。可不知道这个姑娘怎么样？在那呢？”北侠说：“我没工夫问他，恐怕你们等急了。咱们先办和尚的事情。”展爷说：“有凉水才好把丁二爷灌活了。”北侠说：“这不是一碗凉茶？把这个凉茶灌下去可就行了。”展爷用筷子把丁二爷牙关撬开，将冷水灌下去。顷刻之间，腹内一阵作响，就坐起来了，呕吐了半天，站起身来，问：“大哥、二哥，是怎么个事？”南侠就把他受蒙汗药的话说了一遍。北侠也把遇见姚三虎的事也学说了一番。依二爷的主意，立刻就要找和尚去。北侠把他拦住，说：“他既用蒙汗药，少刻必来杀咱们来。来的时节再把他拿住，细问情由。大概他是到处有案，不定害死过多少人了。先拿住和尚，去了一方之害，然后再办王太女儿之事。”展南侠点头说：“此计甚妙。”就把灯烛吹灭了，等着和尚。不多一时，就听外边有脚步的声音。北侠把两扇隔扇一关，两个小和尚进门，跌倒被捉。不知小和尚说出些甚么言语，且听下回分解。

第九十二回　丁二爷独受蒙汗药　邓飞熊逃命奔他方

诗曰：

酒中下药害群豪，欲报前仇在此遭。

谁识机关先看破，凶僧又向远方逃。

且说这个和尚在庙中，不一定是见人来就结果了性命，皆因是他听见是展南侠，才起了杀人的念头。甚么缘故呢？此僧姓邓，叫邓飞熊，外号人称金箍头陀。他师傅叫铁扇仙吴道成，与梁道兴等是师兄弟。在前套上拿花蝴蝶的时节，铁仙观被蒋四爷一刺扎死，就是邓飞熊师父。本找的是蒋平，与他师傅报仇。如今见不着蒋平，知道这是蒋平的至友盟兄，杀了他们也算给师傅报仇。故此教小和尚备酒之时，就下了蒙汗药，把三位蒙将过去，他好下手。工夫不大，他就派了两个小和尚，拿着刀来结果他那三位的性命。不料就是一人误受蒙汗药，还灌过来了。两个小和尚一到，启帘见两扇隔扇关闭，用力一推。北侠一闪，整个的二人爬倒在地。北侠过去，同双侠就把捆将起来，用刀一蹭脑门子。这两个小和尚将要嚷，北侠说："要嚷，立刻结果你们二人。要说出实话来，就饶你不死。"两个小和尚说："若要饶了我们二人的性命，问甚么就说甚么。"北侠说："你们那个大和尚害死过有多少人？"小和尚说："没害过多少人。用不着我们师傅害人，庙周围香火地甚多，足够用度。你们与我师傅有仇。"北侠说："素不相识，怎么来的仇？"小和尚说："我们师爷爷死在那位蒋四老爷之手。"北侠问："你们师爷是那个？"小和尚说："就是铁仙观的铁扇仙吴道成。"北侠说："是了。我再问你，那个姚三虎是怎么件事情？"小和尚说："他是个赶脚的，我们师傅嘱咐过他，若有少妇长女长的体面的，教他驮到庙里来，他总也没有给驮来过。那日驮着一个少妇，教我们师傅在庙外看见了，把他叫住，说是他的表妹。我们师傅把他诓进庙来，不想那个少妇自己一着急，一头碰死在佛殿的台阶上了。他也出不去了，把他那个驴，我们师傅的主意，也煮着吃了。他也不敢出庙，我们师傅给他落了发，他也算当了一个和尚。"北侠一听，暗暗欢喜，随即撕他衣襟，将他口塞上了，说道："我也不杀害于你，待等事毕之时，留你们当官对词。"就把两个人提起来，放在里间屋中床下。

二爷说："咱们找和尚去。"北侠说："依我等着他来。"二爷说："那可等到几时。"展南侠也愿意找去。北侠只得同着两个人出了客堂，就见东院内灯火齐明，一听有妇女的声音。到了东院，南边有一段长墙，靠着南边有一个小门。三位爷蹿上墙头，就见院内五间上房，窗棂纸上看得明白，有许多妇女俱都在里边划拳行令，猜五叫六的。二爷受了蒙汗药，这肚子气无处消散去，见了这般光景，气往上一壮，飘身下去，大骂："奸贼和尚！还不早些出来，等到何时？"金箍头陀邓飞熊听见就是一怔，立刻甩了长大衣襟，里头利落紧衬，把他那对开口僧鞋登了一登，墙壁上摘下护手钩来，大喊了一声说："你们在外边等等！"靠着西边墙上挂着一个大木鱼，上边挂着个木鱼棰，就将那个木鱼棰梆梆梆的敲了一阵，他才蹿将出来。

北侠、南侠、双侠已经下了墙头，在院中等候。先听屋内梆子乱响，然后将帘子一启，忽听见磕叹的一声，原来是先扔出一个小饭桌子来。这就是贼人胆虚，他怕人在门的两旁等着他，他若一启帘子就出来，岂不怕受人家的暗算了？故此先扔出一个小桌子来，听听人在那里，他方敢出来。等他蹿在院中，他焉知道这几位全是正大光明、光天化日的英雄，岂能暗算于他。他到院中，看见三位正东、正西、正南，明晃晃两口宝剑、一口刀都亮将出来，在那里等着交手呢。金箍头陀一个箭步，先奔了丁二爷那里去了。他以为他手中这对护手钩无敌，可情实他的本领也好，并且这个双钩是军刃里头最利害的兵器，不管你是甚么样长短家伙，讲的是勾、挂、劈、砸、扎、缩、斜、拿八个字。护手钩所惧者，双单梢子虎尾、三节棍、九节鞭、十三节鞭。除此之外的兵器，见钩就得八分输，可惜如今遇见这三位宝刀宝剑也是活该，他奔了丁二爷去了。二爷本就是一腔的怒气，还没地方消散去呢，破口骂道："好凶僧，往哪走！"和尚用单钩往上一迎，二爷把宝剑往上一扬，只听见呛啷一下，把邓飞熊真魂都吓走了。亏得好，是他先递得钩；他要容二爷把宝刀先剁下来，他必拿钩一锁，连人都劈为两半。这柄钩不像样儿了，真是峨眉枝子上带着口小宝剑。丁二爷用了一个白蛇吐信。凶僧不敢拿他的钩勾了，他又往展爷那里一蹿闪开了，这才躲过这一宝剑。他想拿着半截钩一晃展爷，然后再拿那柄好钩往上一递。焉知晓展南侠用巨阙剑往上一迎，呛的一声，把这半截钩又削去了一段，就势一坐腕子，奔了他的脖颈。邓飞熊那里敢还招呢？大闪腰，一低头，躲过脖颈，未曾躲过金箍，呛的一声，连日月金箍带这些发髻都砍下来了。又把凶僧唬的魂不附体，暗暗想道："他们都是那里找来的这些兵器？"

外边一阵大乱，原来庙中小和尚听见木鱼一响，这是他们清净禅林里头的暗号。十方大院里头若有事，才砸这个木鱼呢。木鱼一响，就拿着兵刃，预备打架动手，一齐而上，这才大家陆续前来，直奔着东院紧走。方到小门这里，只听众和尚一嚷说："拿、拿、拿呀！拿呀！"往前一闯，就把大众围上。邓飞熊净想着要跑，他弃了南侠，就奔了北侠。又大杀了一阵，想道北侠使的是口刀，他想着这口刀不至像宝剑那样的利害，打算要从北侠这里逃蹿。北侠使了个野战八方藏刀式，恶僧剩了一柄钩撞着，往上一递，北侠使了一个托鸡式，往上一迎，就听见呛的一声，就把钩连峨眉枝子削去了半截。邓飞熊暗道："他们那里找来的这些兵器?"急中生巧，说声："招家伙!"北侠以为是暗器，原来是他把半截峨眉枝子扔将过来。北侠微须一闪身，他就从北侠旁边蹿过去了。北侠是心慈之人，他不忍杀害小和尚，他打算日后也出家当和尚，微一耽误工夫，邓飞熊业已跑远。北侠说："闪路!"只听磕叹磕叹一阵乱削，随就追下凶僧来了。直奔后边，见凶僧奔后院，有五间上房，五层高台阶，蹿入屋中去了。北侠不肯往屋内追，怕有埋伏，自己蹿上房去，到了后坡。原来那凶僧屋中有后门，由后门出去直奔后墙，有堆乱草蓬蒿，他由乱草蒿那里蹿上后墙。北侠并不追赶，教他去罢。也是活该他的命不当绝，此人应当后套《小五义》，丧在徐良的手内。

北侠回来，见展南侠已经开发了这些小和尚。皆因北侠去后，展爷说："你们这些个好不达时务，把兵器还不快些扔了。仍然不扔军刃，你们一个也不用打算逃生。"小和尚听见此话，一个个全将兵器扔下，一齐跪倒求饶。展爷说："我恕了你们罪名，可不许逃蹿，就在此处等候。"众小和尚应允一声，情甘愿意。就有那机灵的，暗暗逃走；有那些痴愚的，仍然就在此处等候，一步儿也不敢挪。大概逃走的极多，待北侠回来，已然开发了这些小和尚。小和尚他们大伙又给北侠磕了阵子头。北侠又问小和尚："你们可知道姚三虎驮来的少妇，碰死台阶石上，尸骸现埋在那里?"内中有一个人说："埋在后头院大松树底下。"北侠说："你们出去找地方去。"又叫人把姚三虎搭过来。可巧一个小和尚没死，就有几个带伤的，只当姚三虎死了呢。又叫人去把客堂里边床底下两个小和尚搭来。北侠教把两个小和尚口中塞的物件拉出来，绑他们的带子解开，说："你们也不必害怕，也不用跑，无非另请住持，你们仍然在庙内。"众小和尚无不欢喜。又把屋中那些妇女尽都放了。北侠说："俱是良民家的妇女，无非被和尚抢来，你们大家有亲戚的投亲，有故的奔故。你们自己的东西，仍然还是自己拿着。"这一句话呀，积了大德了。这些妇女们磕了一路头，打点他们的行囊包裹，大家拾夺利落，就此起身。不多一时，地方进来，他也俱都不认识。有人给他引见了，说："这是颜按院那里展护卫大人，奉大人谕出差："就把庙中已往从前之事细说了一遍。又说："你派你们伙计，一边上杨家店子，一边上王家陀，把杨大成、王太找来。"又把姚三虎的事情说了一遍。地方一瞅认的，说："姚三！你作的好事。"展爷问地方："你叫什么?"回答道："小的叫王福儿。"立刻大众到了松树底下，看了看，果有个埋人的土印。复又回来。地方找伙计给王、杨两家送信。那天的晚饭，就是小和尚给预备的。天交二鼓，王、杨两家全到。路上把这个事早已听明白了,进门来先给北侠等磕了一路子头。带着他们到了后边,看了看埋人的所在,两家恸哭了一场。书不可重絮。

到了次日,展南侠说:“为人为到底,我同着他们上衙门走一趟。”北侠说:“展大弟,只是你多辛苦了。”展爷说:“这有何妨。”押解着姚三虎,带着几个年老的和尚。整去了两天,展爷才回来。北侠问道:“怎么样了?”展爷说:“见了县台,说明此事。县台另派住持僧人,将姚三虎定了绞监候的罪名。庙中小和尚仍然不动,不追前罪。庙中香火地二十顷变卖,立节烈坊,埋葬杨王氏。准其杨家再娶。杨、王两家不许断亲,无论甚么人家女儿,过门后认为义女。当堂批断金箍头陀邓飞熊,案后访拿。”北侠听了大乐。少刻,本县的县太爷派四衙前来,奉县太爷谕,带着本庙的方丈,查看庙中有多少物件,多少香火地的文书。查看明白,见县太爷回说。三位爷见他们一来,告辞起身,大家送出庙来。又走了一天,猛然间,尘沙荡漾,土雨翻飞,一宗诧异之事。若问甚么缘故,且听下回分解。

第九十三回　夹峰山施俊被掠　小酒馆锦笺求情

诗曰：

到处为人抱不平，方知三侠是英雄。

数杯薄酒堪消渴，山望夹峰足暂停。

且说众位离了清净禅林，晓行夜住。那日正走之间，见前面黑巍巍、高耸耸、密森森、叠翠翠一带高山阻路。北侠问道："二位贤弟，这不知是甚么山？"丁二爷说："别是夹峰山罢。"北侠说："能这么快就到了夹峰山？"他们说到夹峰山，就离武昌府不远了。忽然打那边树林中出来了一位樵夫，挑了一担柴薪，头戴草纶巾，高挽发髻，穿蓝布裤褂，白袜靸鞋，花绷腿；黑黄脸面，粗眉大眼，年过三旬。展爷过去抱拳说："这位樵哥请了。"那人把柴担放下，说："请了。"展爷说："借问一声，这山叫甚么山？"樵夫说："这叫夹峰山。"展爷说："这可是奔武昌府的大路？"樵夫说："正是。"展爷说："借光了。"那樵夫担起柴担，扬长而去。他门三位就看见前面有一伙驮轿车辆，驮子马匹走的尘土多高，绕山而行。又走了不远，丁二爷看见道北里一个小酒馆，说道："二位想喝酒不想？要想酒喝，咱们在此处吃些酒再走。"北侠百依百随。展爷也愿意歇息歇息。北侠说："很好，咱们吃杯酒再走。"就奔酒铺而来。

到了铺中，原来是个一条龙的酒铺。直奔到里，靠着尽北头，一张桌子，三条板凳，三人坐了。伙计过来说："你们三位吗？"丁二爷说："不错，我们三个人。"伙计说："我们这可是村薄酒。"二官人说："村薄酒就村薄酒，可是论壶。"伙计说："不错，论壶。"丁二爷说："先要三壶。"伙计答应，拿过四碟菜来：一碟咸豆儿，一碟豆腐干，一碟麻花，一碟白煮鸡子儿，外带盐花儿。二爷说："就是这个菜蔬？"伙计说："就是这个菜蔬。"二爷说："没有别的菜蔬？"伙计说："没有别的菜蔬。本是乡下的酒馆，就是这个菜蔬。"北侠说："就吃这个罢。要吃荤的，上店内吃去。"二爷说："就是罢。"少刻，把酒烫来，每位一连喝了三壶，终是没有甚么菜蔬，商量着也就不喝了。

打算会了酒钞就要起身，忽然慌慌张张打外头跑进一个人来，三位一看那个人，手拿着头巾，岁数不大，二十上下的光景，面有惊慌之色，身穿蓝袍，白袜青鞋，面白如玉，五官清秀，眼含痛泪，进了酒铺，二目如铃，口说道："我渴了！那里有凉水，我喝点，快着！快着！"过卖说："在家伙隔子后头有大白口缸，缸内有一个瓢子,拿瓢子舀了水,自己喝去。”说毕,用手一指。那人直奔缸去,将要舀水。北侠见他神色忙迫,必然是远路跑来,倘若跑的心血上攻,肺是炸炸的;若要喝下冷水去,炸了肺,这一辈子就是废人了。北侠用手揪住说:“你别喝冷水,我们这里有茶。”那人说:“不行,热茶喝不下去,我渴的难受。我喝水还得报官去哪!我们相公爷,连少奶奶带姨奶奶,连婆子丫鬟,驮子马匹,金银财宝,全教他们抢了去了。”北侠问:“甚么人抢去?”回答说:“是山贼。”又问:“山贼在那里?”回答:“就是这个夹峰山,有山大王连喽兵,把我家少主人掠去。”北侠又问:“你上那里去?”回答说:“我去告状。”北侠说:“你上那里告去?”又回答:“我打听属那里管,我找他们这里州县官去。他得好好的与我拿贼。不然,他这官不用打算着作了。”北侠笑道:“你们有多大势力,本地州县官给你们家作哪。”那人说:“我可不是说句大话,襄阳太守是我们少爷的岳父,长沙太守是我们少爷二叔父。”北侠说:“你家相公是施俊施相公么?”那人瞧着北侠道:“不错,我少主人是施俊施相公。你怎么认得?”北侠一惊,说:“有个艾虎,你听见说过没有?”那人说:“那是我们艾二相公爷,此时要有他老人家,可就好了。你老人家知道在那里不知?”北侠说:“你放心,有我哪。艾虎是我的义子,我听他说过,与你家少主人结拜。你叫甚么?”书童儿说:“我也听见我们施相公说过,艾二相公爷的义父是北侠爷爷。”

原来书童就是锦笺,因在长沙遇难,有知府办明无头案。假金小姐丫鬟,邵二老爷的主意,就与公子成亲。后来才与金大人那里去信。正是父女母女在黑狼山下相认。以后到任,王夫人带着金牡丹,与老爷说明,要上长沙见见那金小姐是谁。金知府也就点了头,叫他母女带了婆子、丫鬟等到长沙。佳蕙就上了吊了,多亏锦笺报与相公爷知道,方才解将下来。也对着金小姐宽宏大量,倒是苦苦的解劝。又是邵二老爷的主意,真的也在此处完婚。有百日的光景,施大老爷来信,病体沉重,急急的回家,若要来晚,大老爷命就不保,故此施俊、金小姐、佳蕙一同起身。好在小姐与佳蕙不分大小;佳蕙也好,不忘小姐待他这个好处,三个人十分和美。驮子上许多的黄白之物。驼轿上是金牡丹,那个驼轿是佳蕙,马上是施俊,引马是书童儿锦笺。将到山口,有锣声响,不多一时,寨主、喽兵全出来了。一家寨主大王,三四十喽兵出山口,就把书童儿吓的坠马,装死不动。见喽兵赶驮子上山,连相公俱都被捉。锦笺就跑,跑不甚远,口干舌燥,奔了酒铺,求口水喝,被北侠揪住一问方知。

书童儿也知道北侠,急忙跪下与欧阳爷叩头。又问:“那二位是谁呀?爷爷。”北侠笑道,说:“这孩子真聪明。也罢,与你见见。这是茉花村的丁二爷,这是常州府展护卫老爷。”锦笺又与二位叩头,说:“三位爷爷,求你们三位搭救我主人,不知行与不行？你们三位若宠着我们艾相公爷，能格外恩施，要全将我们相公、少奶奶救出山来，不但我，就是我们家的老爷，一辈子也忘不了几位爷爷的好处。”丁二爷先说：“你也不用去报官。我也不是说句大话，勿论那山贼寇，顶生三头，肩生六臂，有姓丁的一到，准能把他那山寨碎为齑粉。”立刻就把过卖叫来算帐，遂急给了酒钱，就催着南侠、北侠起身。欧阳爷拦住说：“不可。”随叫过卖问道：“伙计，我问你，这座山可是夹峰山不是？”过卖说：“是夹峰山。”北侠问：“此山有多少山贼？”伙计说：“这座山先前一个山贼也没有，如今日子不多，有了山寇。听人说，有三个山王寨主，喽兵共有四五十人。可也不伤害过往的行人，也不抢男掠女，也不放火杀人，也不下山借粮。山上可是有贼，这一方没报过案。”丁二爷说：“你们别是一手儿事罢。这里现有他家的相公、少奶奶，连婆子、丫鬟都抢上山去了，你还说不劫夺人？”过卖说：“爷台，你真会说。我们这小铺多了没有，正开了三四十年，与山贼同类，早就教官人办了，能到如今？”北侠说：“你不用听我们二爷的。我问你，这山上寨主姓甚么，你知道不知道？”过卖说：“我们要说出来，更是一手儿事了。”北侠说：“你不必多心，我与你打听打听。”伙计说：“我们这里是个酒铺，在此喝酒的常提他们。听人家说，大寨主叫玉猫展熊飞。”这三人听了大笑，问说：“叫甚么玉猫展熊飞？这二寨主哪？”回答说：“叫彻地鼠韩彰。”三人听说叫彻地鼠韩彰，问：“三寨主哪？”回答道：“三寨主不大记得了。”丁二爷说：“这可不能不管这个事了。”展爷说：“你们不管，我也要得管。不然这事到了京都，我应当奏参。”给完了酒钱，多给了些伙计的零钱。

三位出来，带着锦笺。书童暗喜，想着相公有了救星了，水也没喝——也不渴了，跟着就走。拐了两山弯，北侠叫他带路找山口，书童答应。正走之间，见太阳西垂，东边一片松柏树，对着日色将落的时候，照定松树，碧英英的好看。耳边忽然有人念声“无量佛，原来是三位施主，贫道稽首”，过去了。三人回顾，是一段红墙，有个硃红的庙门，高台阶上站定一位老道。看看有些奇怪，穿一件银灰色的道服，银灰色的丝绦，银灰色的九梁纯阳巾，迎面嵌白玉，双垂银灰色飘带，蹬一对双脸银灰道鞋，白布袜子；手拿拂尘，面如美玉，两道细眉，一双长目，皂白分明，五形端正，唇似涂硃，牙排碎玉，大耳垂轮，三绺短髯，细腰阔背，精神足满，透出了一派的仙风道骨，念了声“无量佛”。北侠一见，暗暗的就有几分喜爱，见他念了一声佛，说：“三位侠义施主，焉有过门不入之理，请在小观吃杯茶。”北侠听那人称三位侠义，只当认得丁、展二位；丁、展二位以为老道认的北侠哪，三人对猜，故此全是一口同音说：“道爷请了。”老道再三苦让，三位也就点头进了庙门，直奔鹤轩，连锦笺也进了屋子。

三间西房，迎门一张佛桌，悬着一轴纸像，是一位纯阳老祖；桌上有五供，铜香炉内有白檀。三位落坐。道爷在对面相陪，言道："未能领教三位施主贵姓高名？仙乡何处？"欧阳爷自思："原来老道全不认得，假冲熟识。"北侠说："道长仙爷，若问弟子，我乃辽东人氏，复姓欧阳，单名一个春字，人称北侠，号为紫髯伯。"道爷一听，又念声："无量佛！原来是欧阳施主，小道久闻大名，如雷贯耳，皓月当空，自恨无福相见；今日得会尊容，实是小道的万幸。无量佛，这位哪？"展爷说："小可常州府武进县玉杰村人氏，姓展名昭，字是熊飞。"老道大笑，说："原来是展护卫老爷，可称得起朝野皆知，远近皆闻，名昭宇宙，贯满乾坤；今日光临小观，蓬荜生辉。无量佛！这位呢？"丁二爷说："我乃松江府华亭县茉花村的人氏，姓丁双名兆蕙。"道爷说："原来是双侠。贵昆仲之大名，谁人不知，那人不晓，名传天下，四海皆闻。今日三位大驾光临，真是小道之万幸。无量佛！"遂唤小老道献茶。北侠问道："弟子未能领教道长仙爷的贵姓？"老道说："小道姓魏，单名一个'真'字。"北侠说："莫不是人称云中鹤魏道爷，就是尊驾？"老道回答说："正是小道的匪号。"北侠说："原来是魏道爷，弟子也是久闻大名，只恨无福相会。今日在宝观相逢，是我等不幸中之大幸矣。"说毕大笑，暗看展、丁二位一眼就知道沈中元与他是师兄弟，他在此处，不必说沈中元定在他的庙内，掩藏着了大人的下落。可不知如何，且听下回分解。

第九十四回　夹峰山锦笺求侠客　三清观魏真恼山王

《西江月》：

双侠性情太傲，南北二侠相交。扶危救困不辞劳，全仗夜行术妙。今日偏逢老道，亦是当世英豪。夜行术比众人高，鹤在云中甚肖。

且说北侠听了是云中鹤，不觉的暗暗欢喜，知道沈中元与他是师兄弟，他寄居在此庙，沈中元必在庙中；纵然他不在此处，老道必知他师弟的下落，可就好找了。暗与二位弄了一个眼色。丁、展二位也想在这里了。北侠又问道爷说："我久闻你们贵师兄弟是三位哪。"老道叹了一声，说："施主何以知之？"北侠说："你们三师弟与我们弟兄们都有交情，与我们蒋四弟、白五弟偏厚，故此久闻大名。方才说过，今日见着道爷是我们的万幸，我等正有一件大事为难哪！今见着道爷，可就好办了。"云中鹤说："我可先拦欧阳施主的清谈。我就为我们这两个师弟，我才云游往山西去了一次，整整的住了十几年的功夫，收了个徒弟，并且不是外人。"北侠问："甚么人？"回说："就是陷空岛穿山鼠徐三老爷的公子。我见着他在铁铺门外，此人生的古怪，黑紫脸膛，两道白眉毛，连名字都是贫道与他起的，叫徐良，字是世常。我想当初马氏五常，白眉的最良，故此与他起的名字连字。如今武艺不敢说行了，十八般兵刃与高来高去，夜行术的工夫与暗器，又对着他天然生就的伶俐，又跟着学了些暗器，现今在山西地面很有些个名声，人送了一个外号，叫山西雁，又叫多臂熊。自己生来挥金似土，仗义疏财，倒有些个侠义肝胆。"北侠等三位听了大喜，说："徐三爷一生天真烂漫，血心热胆，忠厚了一辈子，积了这么一个精明强干的后人。"

南侠问："道爷由山西几时到此？"道爷说："到此三清观半载的光景，住了这座小观。我是总不出门，方才心中一动，到得庙外，正遇三位，实是有缘。"丁二爷问道："你虽不出门，你师弟你必知晓在于何处；要在你的庙中，这也都不是外人，你自说出也无妨碍。"魏道爷说："是我方才说过，所为我两个师弟走的。如今可不是我推干净，自打我到庙中，并没见着我的师弟。慢说在庙中，就是连面也没见；若有半字诓言，必遭五雷之下。"北侠急忙拦住，说："道爷不可往下再讲了。"魏真说："我倒要与众位打听打听，我们那下流的师弟作的是甚么事情？"北侠说："看你这个人不是不诚实人，又与我们徐三弟是亲家，若非如此，可是不能告诉与你。"魏真说："我师弟若要作出大不仁的事来，我必要当着众位之面将他处治，诸位可就知晓，我这个人性如何。"说毕，北侠就将沈中元之事，一五一十的细述了一遍。云中鹤一听，怔了半天说："他罪犯天庭，早晚将他拿住，准是剐罪。"又问说："我们三师弟近来如何？"北侠说："他倒好了。"一提如今改邪归正的事情，魏老道点头，说："这还算知时务的哪。"

北侠又说："别者不提。魏道爷，你在此庙也不是一半个月。"回答："半载有余。"欧阳说："常言一句说的好，大丈夫床下，焉许小人酣呼？"魏真说："欧阳施主，何出此言？"北侠说："你在庙中闭门不出，你也不曾听见有人说，你这个对面山上的贼人吗？"云中鹤道："施主此话差矣！对面山上虽然有贼，并不杀人放火，不下山借粮，不劫夺人。"北侠听了大笑，说："好个不劫夺人！大约着是没钱的不劫。"魏真说："贫道敢画押，他们要敢劫人，我愿输三位一个东道。"北侠说"好"，就把锦笺叫过来，说道："爷问他。"魏真便问书童，书童就把已往从前细说了一遍。魏老道觉着面上发赤，三位侠客净笑。道爷说："三位不必笑贫道言语不实，少刻我到山上看看，如有此事，若不杀了这三人，贫道誓不为人！"北侠说："他们是个山寇，道爷你如何管的了哪。不劫人，山中吃喝甚么？"老道说："你们三位不知，就是那个大寨主，是我的拜弟，我教他们占在山上，等着遇机会之时，入营中吃粮当差，也是好的。将相本无种，男儿当自强。"北侠问："大寨主与你是拜兄弟？"老道回答："正是。二、三寨主不是一拜，他们三人一拜。"北侠问："道爷，你与玉猫展熊飞是一盟？"魏真说："欧阳施主何出此言？"北侠说："大寨主不是展熊飞吗？"老道说："这是甚么人说的？"北侠说："我们听着酒铺中的传言。"老道说："这就是了。"丁二爷问："他倒是姓甚么？"回答："姓熊，叫熊威，外号人称玉面猫。"丁二爷说："玉面猫熊威，玉猫展熊飞，这个音声不差甚么，必是外头的人以讹传讹。"南侠说："那个彻地鼠大概也不是韩彰了。"回答："不是，叫赛地鼠韩良。"北侠说："这也是以讹传讹。彻地鼠韩彰，赛地鼠韩良，音声不差甚么，故此传误。"又问："那三寨主叫甚么？"道爷说："叫过云雕朋玉。他们大爷，我们一拜。原故山中先有一个贼头，有三十多人，劫他们三个人来着，教熊威杀了贼头，那些个小贼跪着，求三位为寨主。熊威不肯，朋玉愿意，三人就为了寨主。我那日知道，贫道要将他们哄开此处，不想见面苦苦的在我跟前央求。我看着此人倒是一派的正气，应了我几件事情：不借粮，不劫人等事。可是我管他们山中的用度，故不敢违我的言语。我许下他们三个，倘若有机会，教他们与国家出力。"北侠说："如今劫人，必有情由。"老道说："今日必要看看此事，要真，必杀了三个小辈。"北侠暗想："老道自己去，上山没人见着他们，知道蓦地里说些什么。要去，自己同他去方妥。"想毕，说道："爷要上山，我与道爷一路前往如何？"老道听了，说："甚好。贫道与欧阳施主一同的上山。"锦笺在旁说:“三位爷爷,天已不早了,工夫一大,可怕寨主把我家的相公杀了,纵然就是到了山上,人死不能复生,岂不悔之晚矣。”老道说:“童儿放心,他们要敢杀了你家相公,我杀他们三个人,与你家相公偿命,绝不能在你跟前失言。”锦笺也不敢往下再说了。

就在庙中,道爷备的晚饭,吃毕之时,点上了灯火。童儿又说:“天不早了。”丁二爷说:“欧阳兄同着道爷去。”北侠点头。丁二爷说:“既是兄长同着道爷去,我们哥俩个在庙中等候也没甚么意思,不如一同前往。”北侠就有些不愿意,怕的是与老道初逢乍见,闻名这个云中鹤夜行术工夫很好。倘若要走上路,老道兴许较量较量脚底下的工夫如何,倘若赢了他便罢;要是输给他,一世英名付于流水,所以踌躇的就是这个,不愿意教丁二爷一同前去。说道:“二弟与展大弟,你们二位就不必去了。”展爷本就不愿意去,听着北侠一拦,正合本意。丁二爷不答应,一定要走。他倒非是要去,他惦记着与老道比试比试脚底下夜行术的工夫如何。北侠也就不能深拦了,对着老道在一旁说:“有他们二位一同前往,岂不更妙。”老道的意见,也是愿意与他们三位比试比试夜行术的工夫,故此紧催趱着他们二位一同前往。说毕,大家拾夺。

老道回到里间,屋中更换衣巾。少刻出来,北侠一看,暗暗吃惊。甚么缘故?是老道换了一身夜行衣靠,这身夜行衣靠与众不同,是夜行衣靠皆是黑的,惟独魏真这身夜行衣靠是银灰的颜色。身背宝剑。怎么老道是银灰的衣靠?就是他这个云中鹤的意思。在他这衣服袖子底下,有两幅儿银灰的绸子,不用的时节,将他叠起来,用寸排骨头钮将他扣住,若用之时,将两幅绸子打开,用手将绸子措住,从山上往下一蹿,借绸子兜风之力,也摔不着,也击不着。要有一万丈高可不行,无非是人蹿不下来的,他就可以蹿的下来。说他这双手一抖,两片绸子一搧,类若是两个翅膀儿相仿;对着他银灰的颜色,类若是一只仙鹤相仿,因此就送了他这么一个外号。北侠见人家是夜行衣靠,自己是箭袖袍,薄底靴子,论利落就输给人家了。二爷一瞧老道也背着宝剑,他就有些个不愿意。他也并不知老道那是一口甚么宝剑,他也不知道天外有天,人外有人,自己就知道各人祖传的那口宝剑,横竖天下少有。就把自己的那口宝剑拉将出来,说:“道爷,你也是使剑,我也是使剑,你看看我这口剑,比你那剑如何?”说毕,就将自己那口剑递将过去,教老道一看。北侠就瞪了丁二爷一眼。南侠也觉着心中不愿意,人家一个出家人,这何苦考较人家作甚么。云中鹤更觉着不悦了,心中暗道:“你我彼此初逢乍见,我那点待你们也不错,因为甚么拿宝剑考较我?甚么缘故?”微微的冷笑,用手接过来一看,冷森森的寒光,灼灼夺人的眼目。并不用问,老道就说出来了,说:“此剑出在战国的时节,有个欧冶子所铸。大形三,小形二,五口剑。此乃是头一口,其名湛卢,切金断玉,好剑哪,好剑!”二爷说:“魏道爷可以。”魏真说:“不定是与不是?”似乎一口剑没盘住人家,不必往下再问了。接过自己的剑来,又把展南侠的拉将出来,递与老道去看。道爷接剑一笑,说:“怪不得二位成名,这两口宝剑世间罕有的东西,称得起是无价之宝。此剑与方才阁下的那口剑是一人所造。这是小形二第一口,其名巨阙,也是善能断玉切金。”二爷见人家说出剑的来历,叫出名色,觉着脸上发赤,把宝剑接来,交与了展爷。二爷暗想:“这个老道善能识剑,我把欧阳哥哥的拿来,大概就把他考问住了。”随即就将北侠的刀亮将出来,交与老道。北侠大大不乐。又说:“道爷,你看看这把刀怎样?”魏真说:“此刀出后汉魏文帝曹丕所造,共是三口:这口刀纹似灵龟,其名就叫灵宝;还有一口刃似冰霜,其名叫素质;还有一口彩似丹霞,其名叫含章。这口刀俗呼又叫七宝。小道无知乱谈,不知是与不是?”北侠连连点头,说:“道爷真乃广览多读,博学切记,名不虚传。”老道微微一笑,就把自己的那一口剑从背后拉将出来。这一亮剑不大要紧,就把下回书白菊花故事引出来了。要问如何,且听下回分解。

第九十五回　出庙外四人平试艺　到山上北侠显奇才

《西江月》：

自古能人不少，个个皆要虚心。能人背后有能人，到处自当谨慎。谈剑几乎被困，夜行又不如人。幸有北侠技艺深，才使老道相信。

且说老道遂把自己宝剑拉将出来，说道："无量佛！丁施主请看，小道这里有口宝剑。"丁二爷一瞅，老道的这口宝剑也是光华夺目，冷气侵人，寒光灼灼。二爷一瞧，吃惊非小，就知道老道这口宝剑也是无价之宝，自己连刀带剑考问了人家半天，老道一一应答如流，说的是一丝儿也不差。不料老道又有这么一口宝剑，若要接将过来说不出剑名，岂不被他人耻笑，暗暗的一急，就鼻洼鬓角见汗，无奈只可叫道："欧阳哥哥，你看这口宝剑如何？"北侠心中暗道："这都是你招出人家来了。你若不考问人家，人家必不考问于你。这就叫打人一拳，防人一脚。此时若有智贤弟在此，无论他甚么刀、剑，他俱都识认；如今你把老道招将出来，我可实实不行。"丁二爷一瞧北侠摇头，即知道是不好，又向展爷说："你看此口剑如何？"展爷并没用手接将过去，只是微微的冷笑，说："好剑哪，好剑哪，好剑！此可真是宝物。"老道说："请问，此剑虽微末之物，可有个名色没有？小道在施主跟前领教领教。"丁二爷此时急的站立不住，张口结舌，这时候恨不得有一个地缝儿都钻了。展爷看他这般光景，心中不忍，连忙说："道爷，此剑在道爷手中，是一口哇是两口？"老道一听，就知是大行家。老道说："就在小道手中一口。"展爷说："此剑乃雌雄二剑，此是一口雄剑，其名叫皤虹；还有一口雌剑，其名叫紫电。既不在道爷手，可曾见过没有？"老道说："虽然不在小道手，见可是见过。提起来话长。当初那时节，相爷上陈州放粮的时候，在陈州看过一次。这天白昼之时，铡了安乐侯庞坤。到了夜晚三更时分，我亲身去到公馆，到底要看看这位阴阳学士怎么样的忠臣。将一到里面，看见东房上一个，上房上一个，见包公在屋中端然正坐，另一番的气象。就听上房上的那人说：'好清官！'转头就走。我随后就追，追来追去，追至一个树林，他蹿将进去。我在后面跟随进去，原来是一个坟地。那人扭转身躯，问道：'甚么缘故追赶于我？'后来我们两个谈论起来，他可是个绿林，这人极其好的人，姓燕叫燕子拖，就是陈州人。他有口紫电剑。"展爷说："这么些个年的事情，想不到说到一家来了。那日晚晌，东房上爬着的就是我。我在暗地里保护着包大人。就听见正房上头说道：'好清官！'西房一人追赶下去，不知是谁，直到如今还纳闷呢。但不知这个燕子拖，此人还有没有？"云中鹤说："此人早就故去了。"展爷问："他的后人如何？"老道说："他的后人，大大的不肖。此人叫燕飞，有个外号，人称叫烛影儿，又叫白菊花。一身的好工夫，双手会打镖，会水；在绿林之中任意纵横，到处采花——不拘那里采花作案，必要留下他这个白菊花的记认。"展爷听毕，说："道爷，这剑早晚必要归你的手中。这乃是宝物，总得有德者居之，德薄者失之。似燕飞这样不肖之子，如何在他手中长久的了。"老道一听，说："贫道也不能有那样的福分。"

列公，这一段论剑的节目，一者为显出云中鹤之能，二则间为引出白菊花，为下文的伏笔。还是闲言少叙。

丁二爷此时也觉着心中好过了，他想着我们三个人横竖没有都着你考问住，他倒把老道恨上了，说："天气不早了。"催趱着起身。老道把宝剑收入匣内。锦笺给大家磕头，教众位搭救他家主人。教小老道看家。并不用开山门，几位都是越墙而出。到了外边，看见山了。其实可是"望山跑死马。"走了不多的一时，丁二爷就急了，上前道："咱们这么走，得几时到了山？不如咱们平平的画上一个道，谁也不许过去，全是施展夜行术。"拉齐了，吧一跺脚，一齐按力走。不上二里，已经就把丁二爷、展南侠丢的后头。北侠就觉着脸上发烧，暗说道："不教你们两个人来，一定要来，输给人家老道了。"北侠只管心中难受，脚底下仍然是不让，可又不把老道丢下多远，总赢着了他一步——也不多也不少。老道想着："已然赢着那两个，就算赢北侠了。他们净仗着狐假虎威，以多为胜。"一看一步，一按劲就过了。无奈一件，可就是过不去。他见北侠一慢，他这里气往下一砸，脚底下一按劲，心想着就要过了北侠。焉知道北侠是久经大敌之人，已然三个输了人家两个，自己怎么也是不肯教他越过去。这一气跑了四里地，再回头瞧看展南侠，看不真切了。北侠假装着歇歇气喘，说："道爷，我可不行了。我这肉大身沉，论跑实在不是你们对手，输了输了，实在不行了。"云中鹤说："欧阳施主算了罢，还是我输。"道爷见他嘴中嚷输了，脚底下不止，仍然是跑。老道也跑的歇歇气喘，这才把步止住，说："欧阳施主，我不行了。"北侠见他收住步，自己这才收住步，说："不行了，可把我累坏了。道爷，咱们在这里歇息歇息。"云中鹤搌了搌脸上汗，缓了半天，这才缓过这口气来，暗暗的佩服北侠。待等丁二爷、展南侠到，展爷说："道爷，好精工夫，我弟兄二人实在惭愧，惭愧。"老道说："那里话来，要论工夫，还是欧阳施主。"北侠说："道爷不要过奖了。"老道说："这是夹峰后山，若要是走头里，奔寨栅栏门甚远；若要由此处登山而上，极其省路。可不知欧阳施主，你走山路如何？"北侠说："我就是怕山。"说的个云中鹤欢喜非常，暗道："平坦之地虽然输给北侠，设若山路赢将回来，也转转面目。”北侠一看说：“没有道路，如何上得去？”云中鹤说：“无妨，我在前边带路。”北侠只可点头，说：“道爷，你可慢慢的走。”老道指了南侠他们道路，顺着边山扑奔寨栅栏门。暂且不表。

单说是北侠、云中鹤。老道在前，北侠在后，见云中鹤嗖的一下，蹿上约有八尺多高，回头叫着：“欧阳施主！”北侠慢慢的一步一步往上爬，说：“这还了得，又没个道路，没有安脚的地方，如何上的去？”云中鹤一听，更觉着喜悦了，随走随叫，后来直听不见声音了，云中鹤就知道将北侠离远，自己蹭蹭的直往上爬。十程爬了约有七程了，他料着北侠爬了连二程没有，又大声音叫道：“欧阳施主！”忽听见他脑门子上头有人答话，说：“魏道爷！我在这呢！你怎么倒在底下，我反倒走到你头里了呢？”云中鹤翻眼往上一瞧，就见北侠离着他总有十丈开外，暗暗忖道：“他怎么上去的呢？嗳呀！我上了他的当了！别人说过，他是两只夜眼；他如果生就两只夜眼，我如何是他的对手！”北侠那里说：“都是魏道爷你出这个主意，咱们走山，走得我口干舌燥。这个酸枣树上有干酸枣儿，我在这里吃哪，甚是解渴。道爷，你上这里来也吃点儿解解渴。”云中鹤说：“我不行。”论走山，云中鹤没有个敌手，可巧遇见北侠了。北侠这个爬山，是在辽东地面练的。那里的贼聚众就抢，一遇官人就跑，就往大山大岭上跑，一过山岭就是好人。北侠作守备的时候，衙门后头有座大山，每天早晚净练跑山，练的跑山如踏平地一般，官也不作了。如今魏真拿跑山赢北侠，如何行得了。再说北侠是三宝护身：一世童男，宝刀，夜眼；云中鹤是二宝护身：一世童男，一口皤虹剑，不是夜眼。两个人到了一处，一同的再往上走。北侠又告诉：“道爷，叫着我点儿。”魏真不信了。到了山顶，北侠特意叫魏真瞧瞧他这个眼力如何，手搭凉棚，往对面一看，说：“那边黄琉璃瓦，那是甚么所在？”老道说：“你把黄琉璃瓦都看出了，真是夜眼。那个就是玉面猫熊威的后寨，就是他妻子住的所在。”北侠一听，一皱眉说：“既是玉皇阁，怎么又说是他妻子住的所在？”魏道爷说：“这件事情，那个兄弟实在的办错了。就皆因熊贤弟上庙中去，一日没回山。赛地鼠韩良他想着，有喽兵，又有他嫂嫂在前寨，男女混杂，实在不便。他就将玉皇阁的神像派人搬出去，扔在山涧，就把玉皇阁拾夺了一个后寨，教他嫂嫂那里居住。待我送我盟弟回山，他已然把那事都办妥当了。待我看见之时，我说你这是一个大错处，我劝我盟弟断不可教我弟妹居住。据我看着，他们日后要遭横报。”北侠说：“这个人也就太浑了。”不然，怎么后文书二盗鱼肠剑时候，在团城子里头先死了个玉面猫熊威，又死了个赛地鼠韩良。此是后话，暂且不表。

说的是二位随说随走，过了一道小山梁，就到了后寨。云中鹤说：“咱们不可打此处进去，缘故这里有弟妹居住。”北侠说：“你在前边引路。你说从何处走，我就跟着你何处走。”两个人贴着西边的长墙，一直的正南走了半天。云中鹤说：“由此处进去。”两个人蹿上墙头，往里一看，并无行走之人，飘身下来。云中鹤在前，北侠在后，直到了聚义分赃庭的后身。云中鹤用手一指，低声说：“到了，就是此处。”两个人蹿上房去，一跃脊，蹿在前坡。二位爬伏在房上，伸手把住了瓦口檐头，双足一踹，两脚找着了阴阳瓦陇。往下探身一看，天气已热，正看见屋内三家寨主：正居中的是玉面猫熊威，七尺身躯，一身素缎衣襟，面若银盆，细眉长目，鼻直口阔，正居中落座，倒有一团的威风；上首一人，青缎衣襟，身长六尺，面赛姜黄，立眉圆眼，面形小，菱角嘴，已然酒到十分，赛地鼠大醉；再瞧过云雕朋玉，身材矮小，可是横宽，一身墨灰的衣裳，面似新砖，粗眉大眼，狮子鼻，火盆口。他那里嚷说：“二哥！你作的都是甚么事情，要教老道知道，咱们全都得死。再说这里头有妇女，咱们哥们也不要这个名器。”赛地鼠说：“又没难为妇女，交给嫂嫂了。要爱他们，就留下使唤；要不爱他们，就将他们放下山去。”正说间，由后边跑过两个人来，嚷说：“寨主爷！可别杀那个相公，是咱们的恩人。”若问是甚么恩人，且听下回分解。

第九十六回　熊威受恩不忘旧　施俊绝处又逢生

诗曰：

曾见当年鲁母师，能无失信与诸姬。

拘拘小节成名节，免得终身大德亏。

凡人立节立义，全在起初。些须一点正念，紧紧牢守，从此一念之微，然后作出大节大义来，使人钦敬佩服，皆有所矜式。不信，引出一位母师来。列位请听。

母师者，鲁九子之寡母也。腊日岁祀礼毕，欲归私家，看看父母的幼稚，因与九子说知。九子俱顿首从母之命。母师又叫诸姬，嘱之道："谨守房户，吾夕即返。"诸妇受命。又叫幼子相伴而归。既归，阅视私家事毕。不期这日天色阴晦，还家早了。走至闾门之外，便止不行；直等到天色傍晚，方才归家。不期有一鲁国大夫，在对门台上看见，大以为奇。叫母师问道："汝既已还家，即当入室；为何直捱至傍晚方才归家？此中必有缘故。"母师答道："妾不幸夫君早卒，独与九子寡居。今腊日礼毕事闲，因往私家一视。临行曾与诸妇有约，至夕而返；今不意归早，因思醉饱娱乐人之常情，诸子诸妇在家，恐亦未能免此。妾若突然入室，使他们迎侍不及，坐失礼仪，虽是他罪；然思致罪之由，则是妾误之也。故止于闾外，待夕而入。妾既全信，诸妇又不致失礼，不亦美乎？"鲁大夫听了，大加叹赏。因言鲁穆公，赐母尊号，曰"母师"，使国中夫人、诸姬皆师之。君子谓母师能以身教。

闲言少叙，书归正传。

诗曰：

熊威不枉负英声，遇得恩情尚报情。

纵作山王为叛逆，亦知德怨要分明。

其二：

大仁大义说施昌，贿买亡徒不死亡。

始识救人人救我，好心肠换好心肠。

且说劫夺了施俊的驮轿车辆等，不是熊威与朋玉的主意，都是韩良一人的主意。皆因酒吃的过量，无事之时，常有喽兵蛊惑：为山王寨主，应当论秤的分金，论斗的分银，寨主讲究吃人心麻辣汤。韩良就记在心里了。他们三位得了山寨之时，山中原有些财帛，熊威的主意大家都分散了，又遇着老道不教他们下山借粮，两气夹攻,山中就苦了。老道往山上供日用,也是三四十人吃饭,固然很丰富,纵有些个银钱,慢慢的也就垫办了。这日韩良大醉,就把施俊劫上山来。可有一样好处,不许喽兵污辱人家的妇女,就把女眷交与后寨,服事夫人,由他们大家作一个使唤人,听后寨使唤。所有男子,都捆将起来,等着挖心吃麻辣汤。皆因后寨夫人吴氏,见着金氏娘子品貌端庄,是一团的正气,问明了家乡、姓氏、籍贯,赶着就把金氏娘子搀于上坐,自己倒身下拜。把金氏娘子吓了一跳。又细问他的情由。

原来是玉面猫熊威,他先前作的是镖行买卖,皆因是与本行人闹了口气,立志永不吃镖行。后来自己落魄,病在店中,衣不遮体,食不充饥。店中伙计与他出了个主意,在武昌府卖艺,每天总剩十几串钱。就在三四天的工夫,也换上衣服了,也存下钱了。那日又出去卖艺,本处的地方与他要钱,他给二成帐,地方不答应,要平分一半,还不是净分当日的,并且要平分那前几天的钱。彼此口角分争,三拳两脚把他的那条小性命归西去了。这一结果了地方的性命,如何是好,又走不了。可巧遇见兰陵府的知府施昌施大老爷卸任坐轿正走在那里,看见熊威的体态,问了从人,当时没管,教他们交县;晚间教老家人重贿了狱卒,打点了上下手,自己越狱出来。临行,老家人还赠了他十两银。他又问了老家人的名姓,问了老爷的原籍,并且问老爷跟前几位公子都叫甚么名字,日后好报答活命之恩。自己冲着老爷那里磕头谢了恩,又给老家人磕了头,自己方逃命了。到后来居住此山,他的家小焉能不知。

可巧这日问起金氏来。金氏看着这个压寨夫人也是一团的正气,金氏就将自己婆家、娘家姓氏籍贯说将出来。吴氏一听,方知是恩人到了,自己参拜了一回,复打发婆子急与寨主爷送信。婆子急忙出来,找着喽兵告诉明白。喽兵飞雁相似的往头里跑,喊道:“寨主爷!别杀那位公子,那是恩人。”总论万般皆由命,半点不由人。其实论施俊被捉,直到天有二鼓,有多少都死了。就皆因韩良要杀,朋玉劝了一回,熊威又劝了一回,打算着二寨主醉,躺下了,大寨主与三寨主要把那些人俱都放下山去。不意喽兵报道是恩公,当时熊威也不知道是甚么恩公,把喽兵叫到跟前细问。喽兵就将后寨夫人的话学说了一遍。熊威一听,“嗳哟”一声,把手一摆,喽兵退出。

自己站起身来,出了聚义分赃庭,奔到捆人的那里,喝叫喽兵把从人解开,自己与施公子亲解其缚,请入庭中,让于上座。倒把施公子吓了一愣,不知甚么缘故,说道:“我本该死的人,为何寨主优待?”熊威说:“我惊吓着恩公,我就该万死。”施俊终是不明白,倒要细问。熊威就将在兰陵府受了施老爷的活命之恩,诉说了一遍。施俊这才明白。可见是“但得一步地,何须不为人”。施俊又问自己的妻子现在何处,熊威说现在后寨。赛地鼠韩良、过云雕朋玉也就过来见礼。韩良又与施公子赔礼,身躯晃晃悠悠的叩头说:“但要知是恩公,天胆也不敢,求恩公格外施恩恕罪。”施俊赶紧用手搀将起来,说:“那里话来!若非是尊公,咱们大家还不能见面呢。”又叫人从新另整杯盘。

房上的二人俱都听得明白,蹿身下来,找了个避静的所在。云中鹤说道:“欧阳施主,你可曾听见了?”北侠说:“我俱都听见。”老道说:“咱们这就不必打房上下去了。”北侠说:“怎么着?”老道说:“咱们也打前头寨栅门过去。”云中鹤带路,二人直奔寨栅门而来,暂且不表。

单说的是庭中大家饮酒,张罗施公子合从人的酒饭。赛地鼠韩良喝的是沉醉。东方此时正是天色微明,忽然进来一个喽兵说:“报!山下来了一伙人,破口大骂,伤了我们三个伙计,持来报知寨主。”赛地鼠韩良说:“待我出去看看,这是那里人,好生大胆。”熊威说:“不行,贤弟你酒已过量了。”过云雕朋玉要出去,熊威说:“贤弟千万小心着。”朋玉说:“不劳大哥嘱咐。”随即壁上摘了一口刀,带了十几名喽兵,出了寨栅门。呛啷啷的一阵锣响,到了山口平坦之地,一瞧前边,果然有许多人破口大骂。朋玉将到,那人抹头就跑,细听全是山西人的口音。朋玉纳闷:“那里来的这些人骂人的?”忽然显出有本领的来了。头一个紫缎六瓣壮帽,紫缎箭袖袍,薄底靴子,面如紫玉,箭眉长目,三绺长髯,提着一口刀,扑奔前来。身背后又闪出一人,青缎箭袖袍,青缎箍巾,薄底靴子;黑挖挖的脸面,半部胡须,手中提着一口刀。还有一个白方面,一部短黑髯,粗眉大眼,也有一口利刃。还有一人未长髭须,三十多岁,带着一口刀,可没亮将出来,也是一身青缎衣巾,黄白脸面,两道细眉,一双长目,垂准头,薄嘴唇,细腰窄臂,双肩抱拢,一团足壮。还有一个大身量的,九尺开外,腰圆背厚,肚大胸宽,青缎六瓣壮帽,青箭袖袍,皮挺带,并铁搭钩,三环套月,系着一个大皮囊,里面明显着十几只铁錾,别着一个亚圆长把大铁锤,面赛乌金纸,黑中透亮,粗眉大眼,半部刚髯。还有一个大黄脸儿,也提着一口刀。还有一个人面赛淡金,一身墨绿的衣巾,也拿着一口利刃。原来是钻天鼠卢方,穿山鼠徐庆,黑妖狐智化,大汉龙滔,铁锤将姚猛,愣大汉史云、胡列,大众前来。若问众位怎么个来历,且听下回分解。

第九十七回 钻天鼠恰逢开山豹 黑妖狐巧遇花面狼

《西江月》：

凡事不可大意，饮酒更要留心。低声下气假殷勤，一片虚情难认。粗人不知是假，智者亦信为真。一朝中计毒更深，何不早为思忖。

且说卢方、徐庆、智化等，这日由晨起望与北侠等分手，一路之上寻找大人，武昌府会齐，前文说过。说书的一张嘴，难说两家话，何况好几路事。再说各路找大人的这些人，路上俱都有事。单说他们走夹峰前山的卢方、徐庆、黑妖狐智化、龙滔、姚猛、史云共六个人，离了晨起望，扑奔夹峰前山。走了两日，这日正往前走，忽见前面一个山嘴子，忽听见锣声一响，呛啷啷啷。大众等立住身躯，观看山寇，约有四五十号喽兵，青布短衣襟，腰系纱包，青布裤子，有靸靴，有薄底靴子的，高矮胖瘦不等。当中有两杆皂色的纛旗，上有白字，用白绸子包出字绷在旗子之上，如同书写的一般。一个是开山大王，一个是立山二大王。两杆旗下，闪出两匹马来。瞧这两家大王好看：垂手青铜盔，青铜甲，绿罗袍，狮蛮带，青铜搭钩，三环套月，胁佩纯钢，两扇绿缎征裙，五彩花战靴牢扎，青铜鞋鱼踏尾，三折吊挂。前后护心镜，鞶甲绦九股攒成，背后护旗，双插雉鸡翎，胸前搭用一对狐裘；面如生蟹盖，红双眉，金眼，翻鼻孔，火盆口，暴长胡须不大甚长，如同赤线相仿；提一口岣嵝古月象鼻刀，跨下一匹艾叶青骢兽，鞍韂鲜明，倒挂威武铃，鬃尾乱乍，蹄跳咆哮，尾巴倒撒，嘶溜溜的吼叫。再看这个，镔铁盔，镔铁甲，皂罗袍，狮蛮带，跨下一匹黑马，手擎三股托天叉，往脸上一看，面赛烟薰，长了一脸的白癣，骑一匹坐骑，闯将上来，说："此山是我开，此树是我栽，要打山前过，留下买路财。"智爷接过来说："管保是牙崩半个说不字，一刀一个不管哩。我告诉你，咱们都是线上的合字。"徐庆大吼了一声，说："没有那么大工夫，与这小子说这些闲话！"蹿将上去，就要动手。两个贼一个横刀，一个托叉，大吼了一声说："黑汉少往前进，通上名来。好在寨主爷的刀下殒命。"徐庆说："小寇听真，你老爷山西祁县人氏，铁岭卫带刀六品校尉之职，穿山鼠徐三老爷就是我老人家。莫不成你们两个鼠辈也有个名姓吗？"两个山贼一听说："原来你就是穿山鼠徐庆。"徐三爷说："然也！"贼又说："你们这里可有钻天鼠姓卢的？"卢爷闻听，一个箭步蹿将上来，说："某家就姓卢。两个鼠寇可认的你卢大老爷？"两个贼人又问："你们这里可有翻江鼠姓蒋的？"徐庆说："你四老爷未来，上别处去了。”贼人又问：“可有彻地鼠姓韩的？”徐庆说：“你不用絮絮叨叨，过来受死罢！”贼人说：“徐三老爷不必如此，我们问明白言语，还有好心献上。”依着徐庆要动手，智爷把他拦住，说：“三哥不必如此，问问他还有甚么好心献上。”随即说：“二位寨主，你们还有甚么好心献上，快些说来。”山贼问：“尊公的贵姓？”智爷说：“也不用絮絮叨叨，我都告诉你们。那个黑脸的，人称铁锤将飞錾大将军，他叫姚猛。那个白方面、短黑髯的，他叫大汉龙滔。那个黄脸的，叫愣大汉史云。我姓智，单名一个化字，匪号人称黑妖狐。”就见两个山贼彼此一瞧，这个山贼彼此一瞧，这个说：“我的哥哥。”那个说：“我的兄弟，你我可等着了。”见两个人镗啷啷，扔刀的扔刀，扔叉的扔叉，全都是滚鞍下马，一撩开甲，双膝点地，冲着六位磕头说：“小寇二人在山中，等候众位老爷们的大驾。”

智爷一瞧，就是一怔，事情来的古怪。徐庆那管青黄皂白，说：“起来罢！两个小子，你不劫夺我们了，我们也不杀你。”智爷说：“等等，三哥，有话问他们。”三爷说：“对，你问问这两个小子罢。”智爷问：“二位寨主贵姓高名？”一个说：“小寇姓冯，叫冯天相，匪号人称开山豹，这是我拜弟，他姓侯，他叫侯俊杰，他有外号，叫花面狼。”智爷说：“你们有甚么好心献上？”那贼说：“你们几位不是寻找大人？我们连大人带沈中元的下落，俱都知晓。说将出来，求几位老爷作个引线之人，我们情愿弃了高山，归降大宋。就是与众位老爷们牵马坠蹬，也是情甘愿意。”智爷说：“你既知晓我们的来历，我们也不必隐瞒于你，正是各处寻找大人。你要说出大人的下落，你要弃暗投明，我们焉有不作引线之人的道理。你们就说，眼下沈中元现在那里？”两个人一口同音，说道：“此处不是讲话之处，请众位老爷们到山上，我们备一杯薄酒，慢慢再讲。”徐庆说：“好啊！咱们到山上喝他们个酒儿，这有了大人的下落，咱们也就不忙了。”智爷说：“且慢。人心隔肚皮，就凭这么一句话，咱们就上山去？咱们地理不熟，倘若中了他们的诡计，那还了得！”徐庆说：“凭这两个小子，他们敢吗？除非是他们不要脑袋了。”智爷说：“你可别说呀，等我问问。”

随叫道：“冯寨主，这座山叫甚么山？”冯天相说：“叫豹花岭。”智爷说：“我且问你们二位，丢大人你们怎么会知道？这里头必有情节。”冯天相、侯俊杰一同说道：“有情节没有情节，我们焉能知晓。实不瞒众位，我们先前就在王府，皆因王爷宠幸着镇八方王官雷英，别人是谁他也没看到眼内。他净瞧上镇八方雷英了，可就待别人有限。我们弟兄二人这个性情如烈火一般，自己就暗暗的不辞而别，离了王府，就到了这个豹花岭。我们也是怕遇见大宋的官人。我们要是不住此山，遇王府人也是祸，遇大宋人也是祸，无奈之何，暂居豹花岭。忽然这日沈中元到，是我们旧日的朋友，焉有不让上山来的道理。我们以为他还在王府呢，原来他也不在王府了。

他提怎么害了邓车,弃暗投明没投上,这么一口气,他把大人盗将出来,显显他的手段。他把地方安置妥当,连大人带他姑母,然后用车一并接来。先前一听,我们是浑人,怕是有祸,说我们这山狭小,教他上夹峰山去。后来一想,不如就此机会,拿了沈中元,救了大人,我们岂不是进献之功呢。后来就告诉他,只管把你姑母、大人接在此处,有你这足智多谋的人料亦无妨,他也就点了头了。如今他去接大人与他姑母去了,我们正要往官府去送信,怕赶不及,可巧你们众位老爷们到了,这是活该大人的福分不小。这是已往从前,我们不敢隐瞒你们众位老爷们。”徐庆说:“智贤弟,你看这里头还有甚么假造吗?”智爷说:“据我看来不妥。”冯天相说:“你们几位不必疑心,本来素不相识,有你们老爷们这一想:人心隔肚皮。你们几位要不愿上山,我们也不深让,你们就在这临近地方找一店住下。他几时把大人接到,我们就把他捆上,连大人一并送去,可就显出我们的真心来了。可别离此甚远。我们请着大人,押了沈中元,倘若教官人遇见,就把我们办了,我们吃罪不起。”徐庆说:“智贤弟,也不必多疑了,你要不去,我就去了。有不怕死的随我来,一同的上山。”智爷说:“谁也不怕死,没有怕死的人。咱们就一同上山。”徐庆说:“我看他们也没甚么诡计,纵让他们有甚么诡计,谅也无妨。要在山上,我叫穿山鼠,也没他们甚么大便宜。”智爷说:“既是三哥这么说,咱们就上山。”开山豹、花面狼两个人一齐说道:“众位老爷们要犯疑猜,可就不必上山了。”徐庆说:“我们没有疑猜之处,你们就前边带路罢。”

两个山贼把马交与喽兵,捡了兵刃,前边带路。进了寨栅栏门,直奔分赃庭。到了里面,大家落坐,两个寨主一旁侍立。智爷说:“你们还不卸了甲胄吗?”两个答应一声,出去卸了甲胄,换了一身便服,复又前来伺候。喽兵献上茶来。智爷让他们坐下,两个谦让了半天,方才落坐。徐三爷不管三七二十一,拿上茶来就喝。龙滔、姚猛、史云,也就端起了茶盏。智爷冲着徐庆使了个眼色,徐三爷他那里懂的。智爷不好当面明拦,又怕错疑了人家寨主,岂不叫人家耻笑吗?又一想:“他们几个人,不怕教山贼蒙将过去。有自己同卢大哥,足是他们两个山贼的对手。”想毕,也就不拦他们了。看他们喝了又要,一点咤异的地方没有,卢爷也就喝了一碗。徐庆说:“你们有酒没有?”山王说:“酒倒是现成,我们不敢预备。”徐庆说:“有菜呀?”侯俊杰说:“菜也有,恐怕众位老爷们疑心,不敢预备。”徐庆说:“我不怕,我看得出人来,你们两个行不出那个狗娘养的事来。谁不怕死,谁跟着我喝酒;谁疑心,教谁饿着。”冯天相说:“徐三老爷真称得起是侠义肝胆,格外的慷慨。”随即叫喽兵摆酒。不费吹灰之力,顷刻间罗列杯盘。徐庆就问:“谁喝?谁不喝?大哥喝不喝?”卢大爷心中也是有些犯疑,说道:“三弟既然要喝,咱们就喝。”卢爷知道智贤弟足智多谋,回头问了问:“智贤弟,你喝不喝?”智爷说:“既然是三哥说喝,咱们就大家同喝。”龙滔、姚猛也就说喝。徐庆总还算粗中有点细,说:“两个寨主,你们喝不喝?”两个人说:“喝,我们焉有不喝之理。”徐庆一想,他们喝,就更不怕了。冯天相、侯俊杰两个人执壶把盏,先给卢大爷把酒斟好,然后慢慢的都把酒斟起。两个山贼侧坐旁陪,端起酒杯一让道:“两个人可是斗胆说,众位还是有些疑心。”徐庆见他们面面相观,不端酒杯,连自己也不敢喝了。两个山寇一笑说:“世间可没有这个情理,那有我们先喝的道理。我们要是不喝,众位终是疑猜。”徐庆说:“对了,你们要是一派的好意,酒里头没有甚么缘故,你们就先喝。”瞧这两个人一喝,大家俱都欢喜,全都把酒端将起来。智化总是不喝,瞧着菜蔬。两个山寇复又把各样的菜蔬俱都尝了一尝。大家更觉放心。每遇上来的酒菜,必是山寇先吃。二人大乐说:“你我这可算脚踏了实地了。两个人先醉,别人也就没有疑心了。”连智爷也就答讪着喝起来了,独他喝不到四五杯酒,六位英雄一齐翻身栽倒。若问甚么缘故,且听下回分解。

第九十八回　二贼见面嘴甜心苦　大众受骗信假为真

诗曰：

淑女何妨赘宿瘤，采桑不自妄贪求。

闵王特遣人迎聘，致使齐宫粉黛羞。

人负天地之气以生，妍媸各异，万有不齐。无论男女，不可以貌取人，总以忠孝节义为是。闺阁之中，具忠孝节义者，有一采桑之宿瘤女，因并列之：

且说齐国有一宿瘤女者，齐东郭采桑之女，闵王之后也。生来项有一大瘤，故人皆叫作他宿瘤。这宿瘤为女子时，父母叫他去采桑，忽遇齐闵王出游于东郭，车马甚盛，百姓皆拥于道旁观看；独宿瘤女采桑如故，头也不抬，眼也不看一看。闵王在车上看见，甚以为奇怪，因使人将宿瘤女叫到车前，问道："寡人今日出游，侍从仪仗缤纷于路，百姓无少无长，皆停弃了所作之事，拥挤于道旁观看。汝这女子难道没有眼睛，怎么只是采桑，略不回头一看，此何意也？"宿瘤女答道："妾无他意，但妾此来是受父母之命，叫妾采桑，未尝受父母之命，叫妾观看大王也。"闵王道："虽受父母之命采桑，但汝一个贫家女子，见寡人车骑这样盛美，独不动心而私偷一视乎？"宿瘤女道："妾虽贫，妾心安之久矣。大王虽贵，千乘万骑，于妾何加，而敢以私视动其心乎？"闵王听了大喜，道："此奇女也。"又熟视其瘤而曰："惜哉！"宿瘤女道："大王叹息，不过憎妾之瘤也。妾闻婢妾之职，在于中心，属之不二，予之不忘。大王亦念妾中心之谓何，虽宿瘤，何伤乎？"王听了，一发大喜，道："此贤女也，不可失也。"遂欲后车载之。宿瘤女因辞道："大王不遗葑菲，固是盛心。但父母在内，使妾不受父母之教，而竟随大王以去，则是奔女也。大王宫中，粉白黛绿者何限，又安用此奔女为哉！"闵王大惭，道："是寡人之失也。"因遣归。复使使持金百镒，往家聘迎之。父母惊慌一团，就要瘤女洗沐而加衣饰。瘤女道："已如此见王矣。再要变容更服，王不识也。请仍如此以往。"竟随使者登车而去。闵王既归，先夸于诸夫人，道："寡人今日出游得一圣女，已遣使往迎，顷刻即至矣。一至，即尽斥汝等矣。"诸夫人听了皆惊怪，以为这个女子美丽异常，众皆盛饰，惶惶等候。及使者迎至，则一敝衣垢面之宿瘤女子也。诸夫人不禁掩口而笑，左右绝倒，失貌不能自止。闵王亦觉不堪，因回护道："汝辈无笑，此特不曾加饰。夫饰与不饰，相去固十百也。"宿瘤女因乘机说道："大王何轻言饰也。夫饰与不饰，国之兴亡皆系焉，相去千万犹不足言,何止十百耶!"闵王笑道:"恐亦不至此,汝可试言之。"宿瘤女道:"大王岂不闻'性相近,习相远乎?'昔者,尧舜与桀纣,皆天子也。能饰以仁义,虽为天子,却安于节俭,茅茨不剪,采椽不斫,后宫妃妾衣不重采,食不重味,至今数千岁,天下归善焉。桀纣不能饰以仁义,习于骄奢,造高台深池,后宫妃妾蹈绮縠,弄珠玉,意犹不足,身死国亡,为天下笑,至今千余岁,天下归恶焉。由此观之,饰与不饰,关乎兴亡,相去千万,尚不足言,何独十百,王何轻言饰也。"诸夫人听了,皆大惭愧。闵王因而感悟,立瘤女以为后,令卑宫室,填池泽,损膳减乐,命后宫不得重采。不期月之间,化行邻国诸侯来朝,宿瘤女有力焉。及女死之后,燕遂屠齐,闵王逃亡而被弑死于外。君子谓宿瘤女通而有礼。

闲言少叙,书归正传。

《西江月》:

愚人最易诓骗,英雄偶尔糊涂。三杯两盏入迷途,最怕嘴甜心苦。幸有人来解救,不至废命呜呼。诸公且莫恨贼徒,总是一时粗鲁。

且说两个山贼一派的假意,哄信了大众。惟有智化精明强干,诸事留神,明知山贼降意不实,仍是坠落他们圈套之中。若论两个山寇相貌,生的是外拙而内秀。到底是怎么个缘故呢?这两个人,情实与小诸葛相好。再说自打丢去大人,直到如今也没说明沈中元是怎样盗去。列公,有句常言是:坐稳了听书,别看甚么节目。说了一个头绪,就不提了。相隔三日五日,十天八天,再要提起之时,必要清清楚楚分解的明白。事情虽是假,理却不虚。沈中元就为的是同神手大圣邓车行刺泄机,徐庆、韩彰不能作引见之人,自此一阵狂笑,说:"咱们后会有期。"一跺脚扬长而去,把此事怀恨在心,自己就上了信阳州。他有个盟兄姓刘,叫刘志奇,是信阳州的押厮先生,他们两人一拜,与他盟兄讨一个迷魂药饼儿。这位先生的迷魂药饼从何而得?也是韩彰救巧姐,拿卖穿珠花的婆子,当官搜出七个迷魂药饼,被刘押厮作了三个假的,合着四个真的,当着官府一齐入的库。沈中元知晓此事,与他盟兄借了一个迷魂药饼,还应许着还他,自己又到了姑母那里,与他姑母借了一个薰香盒子,自己就奔了襄阳那里。晚间换了夜行衣靠,奔到上院衙,捆了大人跟班的,问大人的下落。这可就是展南侠他们盗彭启那日晚晌。跟班的教贼捆上,展爷没追上的就是他。其实早已问明,知道大人在武昌府哪。次日,就打襄阳奔了武昌府,到公馆去了两次,没能下去。那日公孙先生看着大人,可出了规矩了。天有五更,他把大人盗将出去,用了迷魂药饼按住大人的顶心,迷迷糊糊盗将出去,就奔了娃娃谷,到他姑母那里,连他姑母一齐的起身。把大人用车辆装上,按住迷魂药饼。大人人事不省,早晚给点米汤灌将下去,度住了三关,不至于死。甘妈妈不答应,教他把大人送回去。他说,明了他的冤屈,就送回去。就到了豹花岭,遇见两家山寇,本要上山。甘妈妈不教，皆因是有甘兰娘儿已经许配人家了，乃是有夫之妇，若要教人家知道，人家不要了，故此没上山。侯俊杰他们可知道沈中元盗大人一切事情。可也是沈中元说的，说不住此处，上长沙府朱家庄，还到夹峰山瞧看玉面猫熊威。这两个山贼就应下沈中元了："他们五鼠、五义必要找大人，若从此经过，我们必把他们拿住与你报仇。"这么说下走的。

可巧冯天相听喽兵一报，就疑惑是找大人的人，下山一见，果然不差。他们早把计策定好了，拿他们假话诓他的实话，就约上山来。先前喝酒的时节，酒菜之中并没有蒙汗药。原定的计策，等着第二顿酒内，才下蒙汗药。后来一看连机灵人都不疑心了，不如早早的把他们制了就截了。两家寨主一装醉，再上来的酒就有蒙汗药了。智爷也是终日打雁，教雁啄了眼睛。这叫智者千得，必有一失；愚者千失，必有一得。冯天相说："这六个人一齐全躺下了，咱们是把他们结果了好哇，还是与沈大哥送个信，教他自己报仇好哪？"侯俊杰说："咱们山中有的是地方，把他们几人捆起来，派人赶紧追沈大哥去。他要走的慢，还许在夹峰山呢；他要走的快，到了朱家庄，咱们这里奔长沙也不甚远。此时若把六个人一杀，日后见了他，说是给他报了仇了，那是凭据？你告诉他说，六个人怎么扎手，怕他不能深信。依我说，总是与他送信的为是。"大寨主点头说："贤弟言之有理。"立刻叫人把六位二臂牢拴，押在后面的五间西房，放在屋中。侯俊杰说："净捆二臂不行，这点药力一散，他们对克了绳子，岂不都跑了吗？"大寨主说："对，还是你想的到。"随即派人，就把六位都是四马倒攒蹄，寒鸭浮水式捆将起来，搭在后面，放在五间西厢房内，把房门倒带。到了前边，见二位寨主回话。打外进来了一个喽兵的头目，说是："二位寨主爷在上，小的可是多言。就是他们四马倒攒蹄那么捆着，也许克断了绳子。咱们这里有的是人，何不派两个人看守他们，岂不更妙。"寨主一听，也倒有理，有的是人，说："就命你再带上一个人，你们两个人看守，难道说还不行吗？"喽兵点头。这人出去，自己挑人去看守着六位，暂且不表。

单说聚义分赃庭，从新另整杯盘，两个人畅饮，越想越是得意之间。直吃到天交二鼓，二人酒已过量，越想这个主意越高兴。焉知晓乐极生悲，忽听外面大吼一声，骂道："山贼！人面兽心！"侯俊杰、冯天相两个人一听，吓了个胆裂魂飞，回手壁上抓刀。好一个愣徐庆，蹿将过来，摆刀就剁。你道这徐庆因为甚么事出来？六位本是人事不省，忽然一睁眼睛，全都是四马倒攒蹄捆着。前边有一个人给道惊说："大老爷、三老爷请放宽心，小的在此。"徐庆说："你是谁？怎么我听不出来？"那人说："我是胡列。"卢爷说："嗳哟！你是胡列，在此作甚？"那人说："小的实出无奈，在此当了一名喽兵的头儿。"这个人可就是在前套《七侠五义》上，白玉堂盗三宝回陷空岛，展爷上卢家庄拿他去，展爷吊在陷险窟，又打陷险窟把展爷扔在通天窟,改名叫唰死猫。在通天窟里头见着郭章,郭章说他的女儿教白五员外抢来了。到次日,展爷见白玉堂,想着辱骂他一顿。白五爷不知道抢姑娘之事,一追问是胡列、胡奇办的。五爷把胡奇叫进去杀了,放了郭曾姣——郭章之女。胡列赶下去了,又被茉花村的人把他拿住,大官人押解着他交于五员外。五员外拿自己的名帖,把他交松江府边远充军。自己逃回,不敢归陷空岛,就在此处当了一名喽兵,如今熬上了一个头儿。可巧今天见着他家大老爷、三老爷教人诓上山来,自己又不能泄机。可巧把他们六位幽囚起来,自己得了手了,上去一回话,明向着寨主,暗里要搭救六位。又给他派了一个伙计,他先把伙计杀了,然后把六位的兵器暗暗的偷出去,仗着山贼喝的大醉,也就不管他拿甚么东西,他想着都是自己人还怕甚么。胡列暗暗扤了一壶凉水,拿了一根筷子,撬开了牙关,俱都把凉水灌将下去。不多一时,俱都还醒过来。徐三爷一问胡列,说了自己的事情。卢爷很嗔怪他在此当了喽兵。智爷在旁劝解说:“不是当了喽兵,咱们几个焉有命在。”随即把绳尽都解开,一个个俱都站起身来。胡列说:“我也都不认的众位。”智爷说:“也不用见了,这时也没有那工夫。你给我们找点家伙来。”胡列说:“全都在这里呢。”大家把兵器拿将起来。智爷本打算大家商议商议,三爷那个脾气如何等得,撒脚往前就跑。来到聚义分赃庭,大吼了一声就骂,蹿进庭去,摆刀就剁。冯天相一抬腿,就把那桌酒席冲着徐三爷一踢,只听见哗喇的一声,全翻于地上,碗盏家伙全摔了个粉碎。徐三爷一刀剁在桌子上,溅了一身油汤酒菜;也搭着自己使的力猛,刀教桌子夹住,一时抽不出来,眼瞅着侯俊杰把刀摘将下来,奔了徐庆。三爷一急,急中生巧,一抬腿,一踢桌子,这才把刀抽出来。眼睁睁侯俊杰的刀到了,徐爷将要躲闪,就听见爬叹一声,就打外边进来了一只飞錾。原来是飞錾大将军随后赶到,给了一飞錾,躲过了颈嗓咽喉,没躲过肩头。只听见匍一声,正中侯俊杰肩头,哎哟一声,转头就跑。冯天相摘下刀来,往外一闯,早被三爷拦住。当时黑妖狐智化、卢大爷等俱堵住门了,不用打算出去。若问二贼的生死如何,且听下回分解。

第九十九回 豹花岭胡列救主 分赃庭二寇被擒

诗曰：

乳母不忘旧主人，携持公子窃逃身。

堂堂大节昭千古，愧煞当年魏国臣。

魏乳母一妇人，竟知大义，不至见利忘恩。以魏之故臣较之，乳母胜强万万，不啻有天渊之隔，皆因天性使然，非强制而能。势利之徒，一见应当羞死，真妇人中之义士也。余广为搜罗，因并录之：

魏节乳母者，魏公子之乳母也。秦破魏，杀魏主，恐存魏子孙以为后患，因使人尽求而杀之，欲以绝其根。已杀尽矣，止有一公子，遍求不得，因下令于魏国道："有能得魏公子，赐金千镒。若藏匿者，罪灭其族。"不期这个公子，乃乳母抱之而逃，已逃出宫而藏匿矣。忽一日，遇见一个魏之故臣，认得乳母，因呼之道："汝乳母也，诸公子俱已尽杀，汝尚无恙乎？"乳母道："妾虽无恙，但受命乳养公子，而公子不能无恙，为之奈何？"故臣道："吾闻秦王有令，得公子者赐千金，匿之者罪灭族。今公子安在？乳母倘要知道，献之，可得千金；若知而不言，恐身家不能保也。"乳母道："吾逃免一身足矣，焉知公子之处。"故臣道："我听得人皆传说，此公子旧日实系乳母保养，今日又实系乳母窃逃，母安得辞为不知。"乳母听了，不禁唏嘘泣下道："妾既受养，无论妾实不知；妾虽知，亦终不敢言也。"故臣道："凡为此者，皆有可图也。使魏尚有可图，秘而不言可也。今魏国已破亡矣，族已灭矣，公子已尽诛矣，汝匿之尚为谁乎？况且失大利，而蒙大害，何其愚也。"乳母听了，唏嘘泣下，因哽咽而说道："夫为人在世，见利而反上者，逆也；畏死而弃义者，乱也。持逆乱以求利，岂有人心者之所忍为？且受人之子而养之者，求生之也，非求杀之也。岂可贪其赏，畏其诛，遂废正义，而行逆节哉！妾日夜忧心者，惟恐不能生公子；岂至今日乃贪利，而令公子死耶！大夫，魏臣也，胡为而出此言？"遂舍之而去。因念城市不能隐，遂抱公子逃于深泽。故臣使人尾之，因以告秦军。秦军追及，争而射之。乳母以身蔽公子，身着数十矢，遂与公子俱死。报知秦王，秦王嘉其守志死义，乃以卿礼葬之，祀以太牢。宠其兄为五大夫，赐金百镒。君子谓乳母慈惠有节，因称之曰"节乳母"。

闲言少叙，书归正传。

《西江月》：

才把贼人杀却，行行又入贼窝。绿林豪客何太多，偏是今时甚夥。也有生来贼命，也有图的吃喝。也有事出无奈何，到底不如不做。

且说二贼，一个是带伤，一个是出不去，在屋中乱转。屋内又有愣史、徐庆，嘴里是骂骂咧咧的，手中这口刀是神出鬼入。别看人浑，蹿进跳跃，身体灵便，这两个山贼如何行得了。他们两个是占山为王的，要讲动手，跨上马，掌中长兵器，那可行了；若论蹿房跃脊，一概不会。侯俊杰一着急，上椅子一脚，哗喇一声，把后窗户踹了，就打里头往外一蹿，噗通一声，就摔倒在地。甚么缘故？是在后窗台上，有两个人在那里等着呢。一个是胡列，一个是愣史。胡列准知道他们这山贼有多大能耐，料着他抵敌不住，必打后窗户逃跑。他就拉着史云，往后一拐，问道："大哥，你贵姓？"史云说："我姓史，叫愣史。"胡列也瞧着他没有甚么多大本事，身量可不小，说："咱们哥两个在这等他，他一个不能打前门出去，必打这走。"史云拉出刀来，在窗台这一蹲；胡列抓了两把土，也在窗台这一蹲。果然侯俊杰磕叹把窗户一踹，往外一蹿。胡列刷喇就是一把土。侯俊杰把眼睛一眯，整个的摔倒在地。史云来匃的一声，打了他一刀背。贼人哎哟一声，搭胳膊拧腿，就把他四马攒蹄捆上。又在这一等，再等第二个贼人出来。冯天相也打算要打后窗户出来，听见外头嗳哟一声噗通，他就料着后边必是有人，他就不敢打后窗户出来。要打前门走，又走不了。自顾两下一犹疑，步法就错了，早被穿山鼠徐三老爷一腿踢了个跟斗，噗通一声，摔倒在地，镗啷啷舒手扔刀。智爷说："留活的。"徐三爷过去，餇膝盖点住后腰，放下自己的刀，搭胳膊拧腿，四马倒攒蹄捆将起来。徐三爷说："捆上了，你们大家进来罢。"众人这才进来。外边胡列说："我们这还拿了一个哪！"智爷叫提溜进来。史云就打踢碎的窗户那里，将他提溜进来。一撒手，噗通一声，往里一摔。他也由窗台那里进来，胡列也打那里进来。

智爷叫道："胡庄客，他们这山中那些喽兵，各安汛地。虽与二家寨主动手，两个寨主也未能出屋子，未能传令，故此也未能前来帮着他们动手。"此时与胡列一说："这些喽兵便当怎样？"胡列说："我们大老爷、三老爷肯施恩不肯？"卢爷说："施恩怎么样？"胡列说："大老爷饶了他们大家的性命，就是施恩；若要不施恩，我把他们聚在一处，结果他们大家性命。"卢爷还未答言，智爷就接过来说："胡庄客，你还不知道你们大老爷那个性情吗？挥金似土，仗义疏财，最是宽宏大量，不忍杀人。你把他们聚积了来，你就出去把他们找来罢，我有套话说。"胡列说："出去要找他们，就费了事了。"随即拿了一面铜锣，呛啷，呛啷，呛啷啷的打了三遍。就听一阵乱嚷："大庭的号令啊，大庭的号令！"不多一时，喽兵俱已到齐。胡列说："咱们这里寨主，已经被我们开封府的众护卫老爷们拿住了。”众喽兵一听，一个个面面相觑。智爷过来说：“你们众喽兵，大家听真。我们都是开封府的，特旨擒拿山贼，拿住了你们头目，打算着要开活你们大众。要是不服的，找死的，你们只管抄家伙，咱们较量较量。”众喽兵一听，这才噗通通全跪下，一口同音求饶。智爷说：“你们可不许撒谎，我说出几件事情来，任凭你们大众来挑。你们是愿意回家务农？是愿意在山当喽兵？是愿意投营当差？回家务农，我指引你们回家务农的道路；在山当喽兵，我指引你们在山当喽兵的道路；投营当差，我指引你们投营当差的道路。”大家一口同音说：“愿意当差。我们梦稳神安，比喽兵胜强百倍，祖坟不至于给刨了。”卢爷说：“智贤弟，把他们打发的那里去？”智爷说：“我先把他们打发在君山去。”随即叫着喽兵说：“我写一封书信，把你们荐在君山，教飞叉太保钟寨主收留下你们。”众喽兵说：“我们不愿当喽兵了，情愿入营，吃粮当差。”智爷说：“你们焉知这里的事，君山已然降了大宋。但等襄阳大事办毕，可着君山寨主皆是作官，君山喽兵皆是吃粮当差。”大家喽兵一听，各各欢喜。就在山中居住，喽兵预备饭食。

把两个山贼，到次日也不结果他们的性命，也不把他们交在当官，就把他们在豹花岭的后头有个极深的山涧，搭在那里咕噜噜扔将下去，那是准死无活。然后回来，叫胡列拿了文房四宝，取八行书连皮子，浓墨填笔，一挥而就。写毕封固停妥，皮面上又写了锺寨主亲拆的言语，然后交给喽兵一个头儿。所有豹花岭里面的东西物件，金银财宝，给喽兵大家分散。又算整整的拾夺了一天，只得第二日起程。到了次日，也有找来小车子的，也有找来扁担的，也有背上包裹的。顷刻间，大家告辞起身，推车挑担，肩扛背负，离了豹花岭，履履行行，直奔君山去了。暂且不表。

且说卢爷大众。智爷道：“这个所在，直不给后来的贼人留着这个窠巢。此处离着住户人家甚远，大哥，依小弟主意，放把火给他烧了罢。”卢爷说：“贤弟言之甚善。”将才出厝，大汉龙滔、姚猛、愣史、胡列，这几个就忙成一处，抱了柴薪，点着了火,前前后后一烧。穿山鼠徐三爷可换了山贼的一套衣服。因为甚么独他换了山贼一套衣服呢?皆因是他那身衣服,教山贼一踢桌子,撒了一身油菜的汤,故此他才换了山贼一套衣服。闲言不必多叙。自己拿了自己本人的物件,大众出了寨栅门,前后的火就勾上了。可巧来了一阵大风,这火越发大了,火借风力,风助火威。霎时间,磕叹叹,砖飞瓦碎;割崩崩,柱断梁折。好利害,万道金蛇乱串,火光大作。常言说的好“水火无情”,一丝儿不差。

几位爷就不管山中的火了,直奔武昌府的道路。晓行夜住。那日天气已晚,看见黑巍巍、高耸耸、山连山、山套山,不知套出有多远。前边有个小小的镇店,进了西镇店口,见人一打听,原来这就是夹峰山。找店住下,用了晚饭,头天就打发了店钱饭钱,第二天为的起来就走。将到四更多天,徐三爷就睡不着了,他要是睡不着,谁也不用打算睡。他一醒,就嚷嚷叫人说:“起来!天又不早了,该走了。”谁要同他住店,他仿佛是个王爷,说走就走,说住就住,说吃甚么就吃甚么。这天四更多天起来,大家拾夺起身,店钱头天已然开发清楚,叫开店门,伙计不开。问:“怎么不开?”回答:“太爷有谕不教开。”徐三爷说:“告诉你们太爷,说祖宗到了,一定要开。”伙计说道:“店里紧。”徐三爷说:“放你娘的屁!如若再不开,把你脑袋拧下来。”伙计说:“这个事不好惹,给他开开罢。”徐三爷这才欢喜,大家出来,一直扑奔武昌府的大路。可是得绕着夹峰山前山道路走。一听更鼓的声音,起早了。同着智爷说:“智贤弟,你看店里这个小子不开门,他说有贼,咱们要是遇见贼,不是贼倒运吗?”走在边山,三爷有点自负。智爷说:“三哥,别把话说满了,老虎还有打盹时候呢!设若咱们走在树林,有个闷棍手,抽后就是一棍,你敢准说躲闪的开吗?”徐三爷说:“也不敢说躲闪的开,横竖他打着有点费事。”智爷说:“走罢,别忙,同三哥说话实在难说。人家常言说的好,明枪容易躲,暗箭最难防。”这一个防没说出来,被徐三爷一把揪住,低声说:“有贼!你可念道出来了。”智爷一瞧树林之中,黑忽忽一片。智爷一分派,教鱼贯而行,大家小心。徐庆这高兴,他要在前头。卢爷等一个跟着一个。看看临近,徐庆这才看得明白。总是夜行人眼光足,看着他们在树林内,一个个探头缩脑,呼啦往外一闯。徐三爷一看是件咤事,实在的奇怪。若要问有甚么奇异之事,且听下回分解。

第一百回 智化放火烧大寨 喽兵得命上君山

《西江月》：

常言道的甚好，穷寇不可深追。追来追去惹是非，落得一时后悔。明枪尚能躲闪，暗箭容易吃亏。慢凭技艺逞雄威，前路埋伏可畏。

且说智爷与徐三爷正讲论着起早了，怕遇见贼。正说之间，遇见了。徐庆说："我在前头，我打发他们。"看看临近，见他们呼啦打树林蹿将出来。徐三爷把刀一拉，那伙人撒腿就跑，一口同音嚷道："好山贼！意狠心毒，稳住了我们，又来杀我们来了。"徐庆一听山西的口音，徐庆有个偏心眼，遇见山西人有难，他念同乡的分上，就要解救，故此往前一跑，大吼了一声说："你们是干甚么的？怎么说我们是山寇？我们可不是山寇。你们到底是甚么人？"那伙人说："我们可也不是山寇，我们是被山寇害的。"徐庆说："你们是怎么被山寇害的？咱们是同乡，我救你们。我叫徐庆，铁岭卫带刀六品校尉，徐三老爷就是我。"那伙人说："我们打长沙府驮来的少公子，教山贼劫上山去了。我们合他要我们的那头活车辆驮子。你们劫人我不恼，横竖是把我们的牲口给我们啊。他们赶着牲口上山，还要杀我们。同他们说好话，央求他们，还不行呢。"徐庆说："呔！咱们山西人不央求人，央求人家挫了三老爷的锐气。"驮夫说："后来我们就骂上了。"徐庆说："对了。"驮夫又说："我们一骂，他们拿刀就追。"徐庆说："你们呢？"驮夫说："我们就跑。"徐庆说："跑甚么？"驮夫说："不跑不是热决了吗？"大众一看，徐三爷话出来的利害，又闻名，全都跪下求徐三爷救命，给他们望山贼要牲口驮子车辆。智爷过来一问，说："方才你们说那个少公子？"驮夫一提始末根由。"人教贼劫上山去，他们不给车辆，驮夫想着当官去告。走在此处，天晚不敢前进，又怕遇见歹人，在这树林中待一夜，天亮再走。不料遇见众位爷爷们，救命罢。"智爷一听说："三哥、大哥，劫的这不是外人哪！这是咱们艾虎的把兄弟。一者冲着艾虎得救他；二则间，我想此处离武昌不远，沈中元许在山上。"卢爷说："有理。"智爷又冲着驮夫说："你们大众不用净磕头，你们前头带路，把我们带到山口，你们堵着山口乱骂。"驮夫说："不行，我们堵着山口一骂，他们全下来杀我们。"智爷说："不碍，有我们呢。"驮夫说："有你们，可就没有我们了。"徐庆说："你们只管这么办罢。你们去诱阵，我们杀贼。"驮夫说："我们把他骂出来，你们可出去呀！要不出去，就把老西害苦了。"徐庆说："我们不能行出那样事来。

走罢。”一个个往山口乱跑。

不多一时，到了山口，大家都会在一处，教驮夫骂。驮夫跳着脚大骂。驮夫一骂，喽兵就听见了，说：“还是昨日那一伙驮夫。”下来了十几个喽兵，揝着刀一威吓，驮夫转身就跑，说：“可了不得，又来了，我的太爷！”往两边里一分。徐庆蹿上去了，直是闹着玩一样，叱叹磕叹，仿佛削瓜切菜一般，杀了几个。那几个回头就跑。徐三爷就追，说：“鼠寇毛贼慢走，你徐三老爷，今天务必把山寨击成齑粉。”智爷嚷：“别追了，别追了！”徐三爷回来，仍是教驮夫乱骂：“好乌八儿的！该死的山贼，好好的把车辆牲口送下来，不然老爷杀上山去，杀你们个鸡狗不留！你们就打算着会欺负老西，以为老西无能为。老西有能为……”正骂之间，忽听山上呛啷啷一阵锣响，没等山贼喽兵下来，老西就跑起来了。看看临近，来了一家寨主，带着数十名喽兵，喽兵一字排开，每人拿着兵器，有双刀的，有单刀的。看这家寨主，身量不大甚高，横宽丝鸾带，薄底靴，提着一口刀，身临切近，大吼一声：“你们是那里来的这些小辈，前来受死！”徐三爷未能上去，早教龙滔蹿将上去，刷的一声，就是一刀。山贼躲过。紧跟着又是两刀，又是一脚。从此往后，他把老招儿又施展出来了。三刀夹一腿，三刀一左腿，三刀一右腿，老是三刀一腿，不换样式。漫说是个山贼，就是前套上花蝴蝶，教他砍的也是手忙脚乱。两个人没分胜败。姚猛在旁瞧着，说：“拿这小子不用两个人，你退下来交给我。”龙滔往下一退，姚猛往上一蹿，亚圆大铁锤双手一揝，骑马式一蹲，在那边一等，纹缝不动。过云雕也不敢过去，不认的他这个招儿。按说锤打有式。他这不是，他这是两手揝着锤把，那边一等。朋玉想着叫他过来先动手。按着武技学说，见招使招，见式使式，他不认的人家这个招术，他就不敢先动手。这个使锤的永远不会先动手，两个人对耗着。耗急了，姚猛说：“你过来呀，小子！”朋玉说：“你过来罢，小子！”姚猛说：“你过来罢，我永远不会先过去。”朋玉一瞧，他就是个笨家子，也许甚么不会，自己先给他一下试试。把刀一剁，瞧着不好，往回再抽，变换招式。焉知道刀离顶门不远，竟自不躲，自来一坐腕子，用平生之力，要把姚猛劈个两半。焉知姚猛胆有天来大，小眼光也真足，刀离着顶门有一寸多远，双手把锤往上一撩，就听见镗啷，那口刀嘤的一声，就腾空而起，待半天的工夫才坠落下来。震的朋玉单臂疼痛，撒腿就跑。连姚猛带龙滔追赶下去。智爷喊叫别追。这两个人那里肯听，苦苦的追赶，总打算着把他拿将回来。

姚猛在前，龙滔在后。朋玉不敢往山上跑，他要往山上跑，怕的是把两个人带上山去，只可顺着边山扑奔正北去了。真如同伤弓之鸟一般，带了箭的獐麃相似，恨不得胁生双翅。紧跑紧追，朋玉会夜行术的工夫，这两大个身量高腿长过步大，可也追不上，可也离的不大甚远。究属这两大个气量真足，跑上连喘都不喘。朋玉知道要不好,想了想,量小非君子,无毒不丈夫。姚猛就瞧着他往前跑的好好的,往前一栽。姚猛往前一蹿,抡锤就砸,那知道他一缓腰,说着"宝贝",就见黑忽忽一宗物件奔了面门,意欲躲闪,焉能那么快。只听见嘣叹一声,正中面门,把姚猛吓了一跳,也不知是甚么物件打在脸上,又不甚疼。后头的龙滔收不住脚了,前头的姚猛手捂着脸一蹲,龙滔正打身上折过去了。朋玉是甚么法宝?是脱下一只靴子来扔出来了,正中姚猛的面门。不然,怎么瞧着黑忽忽的一块,打的不疼。可把姚猛吓了一跳,又对着龙滔打他身上折了一个猫儿跟斗。朋玉回身瞧见龙滔躺下,又没有刀,不能剁他,只可抹头还是跑。姚猛说:"你索性把那只靴子也祭出来罢!"站起来就追。龙滔也就随后赶下来了。又瞧着朋玉往前一栽,这回姚猛也就透着大意了,见他一回手,嗖一件暗器打将出来。仗着姚猛身足眼快,一歪身,原来是只镖。姚猛虽然躲过,嘣的一声,正中龙滔肩头。仗着一宗好,冲着姚猛打的,姚猛身躯比龙滔高一尺,冲着姚猛脖颈打去,姚爷一闪,龙滔在后,又离着远些,镖也没有那么大力气了,虽中在肩头,也不甚要紧。遂将镖抛弃于地,按了按伤处,说:"哥哥在前头,我在后,你瞧的见,我瞧不见;你躲的开,我躲不开。咱们两个并肩追赶罢,别这么一前一后了。"二人复又追赶。原来是个浑人,他竟会打暗器。他这暗器是自己出的主意,先扔靴子,使人无疑;后打镖,十中者八九。想不到靴子打着姚猛,镖倒没打着。想着要再往外发暗器,又怕劳而无功。焉知晓他这一镖惹出祸来了,姚猛骂道:"山贼!狗娘养的!打算着就是你会暗器。你瞧瞧二太爷的这个錾子!"说毕,冲着朋玉镗啷啷打将出来,没打着。打着人就不是这个声音了,这镗啷啷是在山石上头出来的声音。再说暗器是打暗中来,他这是直嚷:"我这里有铁錾子!"再者前番说过,他的錾子有准头,如今连打了五六錾,也没打着朋玉。此时是动手,寻常是打着玩儿。那个坦然不动心,这个越慌越打不着人,故此白打了几只。二人追贼,一拐山湾,噗通一声,两个人一齐坠落下去。二人掉在坑中,不知生死,且听下回分解。

第一百一回 龙姚追朋玉贪功受险 智化遇魏真奋勇伤刀

诗曰：

豪情一见便开怀，谈吐生风实壮哉。

滚滚词源如倒峡，须知老道是雄才。

其二：

初逢乍会即相亲，旷世豪情属魏真。

论剑论刀河倒泻，更知道学有原因。

且说这龙滔、姚猛两个本是浑人，对着山贼也不明白。前头已经说过，是贼都有他得力的地方，怕是遇见扎手的，或是官人，或是达官，或是真有能耐的人，他们抵敌不过，就把人带的埋伏地方去了。埋伏之地总在树林深处，预备犁刀、窝刀、绊腿绳、扫堂棍、梅花坑、战壕等。自要刨得深，上头搭上蒲席，盖上黄土，留下记认。不留下记认，带路的就掉下去了。过云雕朋玉怎么没上山，顺着边山而跑呢？就为把他带到埋伏里头去。镖虽打出去了，打的人也不重，自己几希乎没有中了人家的錾子，咬牙切齿，愤恨之极，把他们带入埋伏里头来了。两个人自顾贪功心盛，一拐山环，足下一软，噗咚咚就坠落下去了。两个人生就的皮粗肉厚，骨壮筋足，虽摔了一下，不大要紧，爬起来拿刀的拿刀，拿锤的拿锤，就往上迸。至大迸了三尺多高，照样脚踏实地，他们在底下乱骂。上头过云雕也是乱骂，说："你们两个人上来！"姚猛说："你下来！"朋玉是没有兵器，忽然想了个主意，拿石头往下砸。这两个人就要吃苦。

还是这句话，说书的一张嘴，难说两家话。自从朋玉那兵器一飞，喽兵早就飞也相似报到上边分赃庭去。正是赛地鼠韩良爬的桌子上睡觉，玉面猫熊威陪着恩公说话。忽然打外边进来一个喽兵说报："启禀大寨主得知，大事不好了！山下原来是那些驮夫勾来了许多人，实在扎手，头一个与我家三寨主未分胜负；又过来一个使锤的，与我家三寨主刚一交手，就把三寨主刀磕飞，特来报知。"大寨主一摆手，喽兵未即退出，忽又进来一个喽兵说报："三寨主败阵。"熊威又一摆手，说："恩公在此替我看守山寨，待小弟出去看看是甚么人。"早把施俊吓的浑身乱战。他本是官宦公子出身，几时又给贼看过大寨？又怕有官人进来把他拿去，浑身是口难以分辨，玉石皆焚。

单说玉面猫熊威掖衣襟,挽袖袂,拉出一口刀来。大寨主下山,又透着比三寨主有点威风了,锣声阵阵,出了寨栅门。到了平坦之地,正听着"乌八儿的!乌八儿的!"老西在那里大骂呢。驮夫见喽兵一露面,往两边一分,就跑下去了。头一个就是卢爷撞将上来,先把自己的胡须挽起来,抖搂了精神,摆刀就剁。智爷在旁边暗暗的夸奖这家寨主,与展南侠的品貌相似,再瞧这路刀上下翻飞。本来卢爷的刀法就好,两下并未答话,就战在一处。穿山鼠徐三爷怕大哥上点年岁,战不过这家寨主。合山贼交手也不论甚么"情理"二字,按说可没有两个打一个的,这是拿贼,那里还论那些个。徐庆上去,熊威也不惧,这口刀封避躲闪得快,便往上就递刀,还是紧手招儿。卢、徐要是含糊一点,也就输给他了。智爷是真爱熊威,自己又想着正是用人之际,不如将他拿住,劝解他归降,岂不又多添一个人。想毕,也就蹿上去了,将刀一亮,说:"山贼休走!"

忽然打半山腰中飞下一个人来,智爷以为就是他们的伙计,也就不奔熊威去了。他也并没看明白是甚么人,他就瞧着穿一身白亮亮的短衣襟,又是空着手儿。刚一脚踏实地,见智爷用了个劈山式,这刀就砍下去了。见那人往旁边一闪,回手就把二刃双锋宝剑亮将出来,盖着智爷的刀,就听见呛啷的一声,就把智爷的刀削为两段,把智爷唬的是胆裂魂飞。紧跟着用了个白蛇吐信,直奔智爷的脖颈而来。智爷焉能躲闪,就把双睛一闭等死。就听半悬空中说:"魏道爷使不得,是自家,是自家!"说得迟,那时可快呀,魏道爷就把宝剑一抬,智爷就得了活命。原来云中鹤、北侠绕边山扑奔寨栅门而来,只见离寨栅门不远,听锣声阵阵,望见是玉面猫熊威出来,下面有山西人叫骂。云中鹤同着北侠就不奔寨栅门了,找着山边的道路要下去,未能到下面,就看着他们交手。先一人,后两个,又上来了一个,共是三个人与一个人交手,难以为情。云中鹤急了,也并没有合北侠商量,自己就蹿将下来,削了智爷的刀,把宝剑跟将进去要杀。听北侠言,道爷把剑往回一抽,念了声"无量佛"!北侠也就蹿将下来,那边的玉面猫教徐三爷踢了个跟斗,也教北侠拦住说:"自家人,休得如此!"卢爷阻住徐庆,不教杀他。

彼此凑在一处,惟独智爷扔了自己的刀,把他上下打量了打量,智爷听他念了声"无量佛",见他是个老道,自己暗暗一忖度:"别是云中鹤罢?要是他,我这个跟斗可不小。"北侠叫道:"大家见见。"又与魏真见见卢大爷。又说:"徐三爷,你们二位不认得么?"徐三爷说:"没见过。这位道爷是谁?"北侠笑道:"三弟,你们要不认得,可就叫人耻笑了。这就是徐贤侄的师傅,就是此人。三弟,你还没见过面哪。"徐三爷一听,说:"原来你就是魏道爷呀!我可疏忽了。见过家信言道,我也知道小子与道爷学本领。听说小子与你一样,一点儿也不差,你也一点儿没藏私。好小子，真有你的！难得你们都一个样。”北侠说：“三弟！你说的是什么话呀？全连了宗了。”魏道爷一听：“真不错，我们都成了你的儿子了。”智爷说：“道爷，你别听他的，我三哥梦着什么说什么。”徐三爷与老道行了一个礼，说：“亲家，你别怪我，我说话一点准头没有，我是个浑人。”魏道爷又是气，又是笑，“怪不得他们家里说过，三爷是个浑人。”又有大家在旁说了徐三爷一顿。三爷就此与魏道爷玩笑。魏道爷与北侠，与智爷、卢爷、史云等众人见了一番礼。卢爷又把胡列叫来，给大众行礼。道爷又与熊威合北侠、智爷等大家见了见礼。熊威问道：“兄长怎么认得列位？”道爷回答：“也是路遇，提起来才知不是外人。”熊爷说：“既不是外人，请到山上，有什么话慢慢的细讲。”智爷说：“这也都不是外人，我们那里两个人，追下你们一个人去了。你们派一个人，我这派一个人，好与他们送个信。”熊威点头，叫来了一个喽兵头目。卢爷也把胡列叫过来，说道：“你二人快去，迎接追下去的二人，叫他们千万不可动手，言说都是自家人。”两个人答应而去。

众人上山，看了看已到寨栅门，就过见南侠、双侠二人。云中鹤与玉面熊威与他们三位见过了礼，对叙了些言语，不可细表。丁二爷说：“这个后山，敢是不近哪。”一找徐庆，不知去向。原来是叫那些驮夫把他截住了，说道：“三老爷，你给我们要头活车辆怎么样？”三爷说：“跟着我上山去，跟他们要去。”驮夫说：“我们不敢上山。”徐庆说：“有我呢。”驮夫不敢来，三爷又把熊威叫住：“你作件好事罢，把他们那驮子车辆给他们罢。”熊威说：“那个驮子车辆，我不能不给他们。再说那是我的恩人的东西，焉有不给之礼。”徐庆说：“你们还怕甚么？”驮夫方敢上来，还是半信半疑，仗着胆子上来。到了上边，熊爷吩咐喽兵，待承驮夫酒饭。驮夫这才将心放下来了，信以为实，准知道并没害他们的意了。少刻间，进了分赃庭，施俊正在那里害怕呢。一见他们回来，这才放心。又见进来许多的人，智爷先过来见施俊，先把自己的事情说明。施俊敢着行了礼，说：“是智叔父么？”智爷与北侠等都见过了礼，这才彼此大家谦让坐位。施爷再也不肯上坐，却是何故？只因都是盟弟的叔叔、伯父，他如何敢坐上坐。让了半天，大家按次序而坐。残席撤去，从新另换了一桌。大家彼此正要用酒，忽然间大汉龙滔、姚猛、过云雕朋玉进来，连胡列一同进来了，喽兵归汛地去了。

原来龙滔、姚猛正在坑中，朋玉拿石头乱砸倒不要紧，他们也好在里头躲闪，似乎姚猛皮糙肉厚的地方，打上几下也不要紧。朋玉在外头打不死这两个人很着急，一点法子没有。忽然急中生巧，想起一个主意来了。浑人原来也有个浑法子，自己到了南边，挑了一块石头，约有三四百斤重，用平生之力，把一块石头运过来了。运到坑沿，答讪着说话，想着把他们二个人诓在坑沿这边来，纵然砸不死两个，也砸死一个，那可就好办了。他把石头放下，奔到坑沿，答讪着与他二人说话，叫道："两个小子，我劝你们一件事情，你们愿意不愿意？"龙滔说："好矮小子，你劝我们什么事？"朋玉说："你过来，我告诉你。"龙滔说："你把我诓过去，要拿石头打我们。"朋玉一拍把掌，说："你看我有石头没有？我劝你们归了我们夹峰山罢。我是喜欢你们两个，如不然，山上喽兵一到，就要了你们两个的命了。"龙滔听出便宜来，说："你教我们降你，得把我们拉上去。"朋玉说："你二人准降，我就把你们拉上去。"龙滔说："我们准降，拉上我们去罢。"朋玉说："等着，我解带子。"朋玉一转脸，将石头搬起来，照他二人头顶上正要打下。也是活该龙滔、姚猛两个人命不该绝，五行有救，要是胡列与喽兵晚来一步，纵然不死，也得砸个骨断筋折。忽听背后喊声振耳，回头一看，只见胡列与喽兵急急跑到，口内叫说："寨主爷！休伤他二人的性命，是一家之人。大寨主有令，不教动手。"到了跟前，叫胡列与朋玉见了一见，喽兵对着朋玉学说他们大寨主的事情。胡列对着坑内学说了一遍。然后胡列将带子解下来，先把龙滔救将上来；又扔下带子去，龙滔与胡列两个人把姚猛提将上来。胡列叫龙滔、姚猛与朋玉见了见礼以后，三人说道："不打不相交。"这三个人真相亲近，不必细表。

一路上捡刀拾枪，依旧路而回。来至寨门，进了寨栅门，到了分赃庭。熊威与众位见过，彼此对施一礼，也就落坐。智爷叫龙滔、姚猛与魏真见礼，又与大寨主见了一见。见毕，云中鹤说："你们几位在此更好，贫道有件事情奉恳众位。"智爷说："有话请讲。"魏真说："我这三个盟弟，情愿弃暗投明，改邪归正，求你们几位作个引见之人。"大家连连点头说："使得，使得。"智爷说："我们大众与白五老爷报仇，打算请道爷出去一力相助，不知道爷肯从不肯？"魏真道："无量佛！"徐庆说："不用念佛了。亲家，你总得出去，没有你不行。"忽听打外面蹿进一人，扑咚摔倒在地。众人一看，好不咤异。若问来者是何人，且听下回分解。

第一百二回　北侠请老道破网　韩良泄大人机关

《西江月》：

最喜快人快语，说话全无隐藏。待人一片热心肠，不会当面撒谎。三国桓侯第一，梁山李逵最强。夹峰山上遇韩良，真是直截了当。

且说大家正在各说其事的时节，北侠说他们路上看见的甚么事情，智爷说他们路上见的甚么事情，一问施俊的来历根由，施俊就把他家里天伦染病，携眷归固始县的话说了一遍。施俊又打听了打听艾虎。正说话之间，忽然打外边进来一人，噗通爬倒在地。众人一瞧一怔。南侠、智化等皆不认得。见喽兵过去，赶紧将此人扶将起来，掸了掸身上的尘垢，也就在这边坐了。再瞧玉面猫熊威、过云雕朋玉羞的面红过耳。就见他说："哥哥，新来了这些人，也不给我见一见，都是谁呀？"后来玉面猫说："贤弟，你今天多贪了几杯，明天早起再见罢，你仍然在外面歇息去罢。"赛地鼠韩良那里肯听，虽然他坐在那里，还是身躯乱晃，他总说他无醉。一回头，瞧挨着他就是龙滔、姚猛、史云，随即问："你们几位大哥是打那里上那里去呀？"这浑人不管那些个，有甚么说甚么。龙滔等说："打襄阳，上武昌。"赛地鼠韩良哈哈一笑，说："你们上武昌干甚么？"回答说："我们上大人那里去，给大人请安去。"醉鬼一笑说："你们说别的还可以，要说给大人请安去，这话我不信。大人准……"说到这"准"字着，往下没说出来，就教熊威接过去了，说："你糊糊涂涂的，还不外头睡觉去，还要说些甚么！"过云雕朋玉说："你睡觉去罢，二哥，别糊啧了。"智爷早已听出十有八九内中有事，说："寨主不必拦他，我们倒对脾气，我要同着这位哥哥谈谈。"一回头，叫龙滔这边坐着，他倒奔了那里去了。玉面猫熊威说："千万可别听他的话，他是个疯子，不用听他的。"智爷说："不用管我们的闲事。"冲着韩良又说："兄弟，你没有我岁数大。"韩良说："差多着的呢，你是哥哥。"智爷说："这咱们就在一块作官了。"韩良说："甚么？"智爷说："已说明白了，你们弃暗投明，改邪归正，有开封府的护卫老爷们保举你们作官。"韩良说："教甚么人去提说？"智爷说："见大人。"韩良说："大人在那里？"智爷说："在武昌府。"韩良说："武昌府有大人吗？"就见玉面猫颜色都变了，说："可别听他的，他喝的大醉，又是个疯子。"又说："二爷还要说些甚么？"智爷说："我这越说你不用管呢，任凭他说出甚么话来，与他无干。方才这位贤弟说的话有因。我索性说罢，我们把大人丢了，我们各处寻找大人呢。

既是这位贤弟他知道的确，只管说出来，知情举者，可免一身无祸，你只管说罢。”云中鹤在旁说：“这个事怎么连我都不知呢？”北侠暗想：“黑狐狸精真有道儿。”大家催着说。赛地鼠韩良可就说：“你们丢了大人，知道甚么人盗去不知？”智爷说：“我们知道是沈中元。”韩良说：“对了。”智爷说：“我们可不知他把大人盗在甚么地方去了。”韩良说：“在我们这住了一夜，他姑母、他表妹都在后头跟我嫂嫂这住着。车上拉着大人，他们如今上长沙府朱家庄。那有弟兄二人，一个叫朱文，一个叫朱德。不就你们说见大人，哪有大人，哪有？我们知底。”玉面猫说：“好！你知道的真不错。众位老爷们，我们都该着甚么罪过，与盗大人的结交来往。”智爷说：“大宋的规矩，家无全犯，儿作的儿当，爷作的爷当。除非你们帮着动手，那就没的说了。这既然有了下落，咱们谁去迎请大人？”北侠说：“我去。”南侠说：“我也去。”双侠、智爷全去。过云雕朋玉说：“你们认的吗？”智爷说：“我们到那里现打听罢。”过云雕朋玉说：“我跟你们去，我带路。”卢爷说：“我也还要去呢。”智爷说：“你们不用去，去这些人干甚么？”卢爷说：“我们在武昌府等。”智爷说：“对了，你们在武昌府候等。”智爷又冲着寨主说：“这些个喽兵，熊爷问问他们怎么样？”随即叫到，问明众人，一口同音说：“全都愿意弃了高山，跟随大人当差。恳求老爷们指一条明路。”智爷告诉熊威说：“君山如今受了招安了，把喽兵打发那里去，等着万岁爷有旨的时节，俱是吃粮当差。”熊威大喜。智爷叫拿文房四宝，写了书信，交与熊威说：“你们二位拿着书信，携着宝眷，扑奔君山。君山后面也有女眷，叫钟大哥把你宝眷安置妥当，你们就在那里听我们的信息。我们要到了襄阳之时，必要去请你们去。魏道爷的事，咱们是一言为定了。”道爷说：“白日之时，穿着这一身衣服也实在是难。你们打发个人，在我庙内把我道袍取来。”熊威打发喽兵往三清观去取道袍，随即把锦笺带来，等取道袍穿上，就不细表了。

施公子也等第二天，还是教驮夫拾夺车辆驮子起身。金氏辞别了后寨的夫人，送了许多的东西物件，赏了后寨婆子、丫鬟。后寨夫人亦送了金氏些个物件，也赏了金氏的婆子、丫鬟银两。二人拜为干姊妹，从此洒泪而别。到外边上了驮轿车辆。施俊在前边辞别大众。熊威瞅着施俊走，总有些个放心不下，对大众说：“我恩公这一走，前面还有几座山，如今都有许多强人，万一有失，如何是好？”智爷说：“不然，熊贤弟你就送他去，教韩贤弟他们同喽兵保着嫂嫂，亦未为不可。”熊威说：“我二弟糊涂，倘若到了君山说的不明，又怕教钟寨主挑眼。”赛地鼠韩良说：“不然，我保着恩公去，你嫌我说不明白。”云中鹤说：“这倒使得。”智爷也说：“使得。”韩良自己拢了刀，拿了银两，辞别大众，保着施公子一同起身。然后云中鹤说：“咱们到武昌府再会，我要先走了。”钻天鼠卢方，穿山鼠徐庆、大汉龙滔、姚猛、史云、胡列一同起身，辞别大众，说："到武昌府见。"众人并不往外相送。喽兵、头目，大家拾夺包裹等等，用骡马驴牛驮着。也是雇来的驮轿，教夫人坐上，先打发喽兵、头目，侣侣行行下山去了。粗糙东西一概不要。大家一议论，放火烧山。顷刻间，烈焰飞腾。北侠、智化、南侠、双侠、过云雕朋玉扑奔长沙府。熊爷保护着家眷上君山。

再说赛地鼠韩良保护着施俊上固始县。走不甚远，就见前面一带树林，穿林而过，有几人打树林里出来。还是书童眼快，说："相公爷！那不是艾二相公吗？"施俊一瞧，何尝不是，头一个就是艾虎，还有徐良、胡小记、乔宾。他们办完了尼姑庵的事情，晓行夜住，正走在此处。忽见前面来了些个驮子驮轿马匹，见马上的相公下了坐骑。艾虎一瞧是施大哥，告诉徐良、胡小记、乔宾说："是我盟兄。"过来与施俊磕头问好。遂说："我有几个朋友，来给见一见。这是陷空岛我徐三叔跟前的，也是行三，叫徐良，外号人称山西雁，是我们盟兄。这是施公子，叫施俊，也是我盟兄。你们二位见见。"彼此对说了些谦虚话。"这是我盟兄胡小记、乔宾。"彼此一见。施公子又把韩良叫过来，与艾虎四人等也见了一见。艾爷又过去，打驮轿上见了见嫂嫂。前边有个镇店，彼此俱在此处住下。到店中住了五间上房，五间南房。五间上房，住了金氏、丫鬟等；五间南房，施公子与小爷居住；配房从人居住；驮夫等俱住外边。在店中打脸水洗脸，烹茶用晚饭。艾虎问施俊从何而至。施俊就把家中天伦染病，打长沙府回家，路过夹峰山被掠，又遇见大众谁谁说了一遍。徐良一听，原来自己师傅住三清观，离此不远，要往三清观见他师傅去，施俊说："也起身上武昌府去了。"徐良说："大人有了下落，也就好办了。大概我师傅也是找大人去。"施俊说："却来也是。"徐良说："咱们大家也上武昌府罢。"施俊冲着艾虎说："艾贤弟，有件事我打算奉恳。"艾虎说："咱们哥两个，怎么说出'奉恳'二字来了。甚么事？哥哥说罢。"施俊说："韩兄他们大众本是奔君山，又怕我道路上有失。贤弟若要无事，你同着我们走上一趟何如？"艾虎连连点头："使得，使得！"一夜晚景不提。次日给了店钱饭钱，徐良、胡爷、乔爷奔武昌；韩良追熊威，奔君山；艾虎保着施俊，路过卧牛山。一段热闹节目，且听下回分解。

第一百三回　力举双兽世间少有　为抢一驴遭打人多

《西江月》：

为人居在乡里，第一和睦为先。谦恭下气好周旋，何至落人恨怨。才与东邻争气，又同西舍挥拳。强梁霸道恶冲天，到底必遭灾难。

且说艾虎保着施俊，扑奔固始县，暂且不表。

单说蒋四爷同着柳青找大人，扑奔娃娃谷，一者找大人，二来找他师娘。离了晨起望，直奔娃娃谷。离晨起望不远，还是君山的边山呢。就见山坡上有一个小孩子，长的古怪，身不满五尺，一脑袋的黄头发，身上穿着蓝布袄，蓝布裤子，赤着双足，穿着两只蓝鞡鞋；生的面黄肌瘦，两道立眉，一双圆目，两颧高，双腮洼，鹰鼻尖嘴，梳着双抓髻，腰中别着个打牛的皮鞭子。山坡上约有数十只牛，黑白黄颜色不等，也有花的。只见这两头牛哅的一声，往一处一撞。原来是二牛相争，头碰头，嘣嘣的乱响；角搅角，也是嘎楞嘎楞乱响。蒋爷说："老柳不好哩！那个病孩子要死。"柳青一看，这个小孩子过去，往两个牛当中一插，双手揪着两个牛角，说："算了罢，两小厮瞧我罢。"蒋爷看着瘦小枯干的一个瘦弱的孩子，那牛有多大膂力。常说牛大的力量，别说这个病孩子，就是自己夹在当中，也不是要的。好奇怪，这孩子揪住了牛角，那牛眼睛瞪圆，哅哅的乱叫，干用力，撞不到一处。这孩子就说："你们要不听话，我要打你们了。"蒋爷说："这个孩子的膂力，可实无考较了。老柳哇，你看，似乎这两个牛，你能支持的住么！"柳青说："不行，我可没有那么大膂力。这孩子真怪道，怎么这么大膂力呢？"蒋爷说："可不知此子是甚么人家的。此子日后必然不凡。如果真要是像韩天锦那个样子，也不足为奇。这是真瘦真有力气，这可是神力。我要有工夫，我真问问这孩子去在那里居住，叫何名姓。"柳爷说："谁管那些事情，走咱们的罢。"蒋爷随即点头，两个人也就走了。

走不甚远，穿了一个镇店过去。此地方却是南北的大街，东西的铺户。正走在北头，见一个人骑着马，有十八九岁，歪戴着翠蓝武生巾，闪披着翠蓝英雄氅，薄底快靴；手中拿定打马藤鞭；面赛窗户纸，青中套白，白中套青，五官略透着清秀。后头有几个从人，都是歪带着箍巾，闪披着衣裳，俱在二十来岁，跟着马乱跑，迎面吆喝走路之人，说："别撞着我们少爷来了，都闪一闪！"可巧由小巷口出来了一个小孩子，拉着一匹大黑驴，粉嘴粉眼，四个银蹄子。一眼就被这个武生相公看见了，回过头来叫了一声："孩子们，好一个驴呀，给大爷抢过来。"答应一声，许多从人过去拦住路口，说："小子站住，把我们这驴还我们罢。"那个孩子说："凭甚么给你们？"这许多的恶奴过去，并不容分说，伸手就将驴拉过来了。那个小孩子说："抢我呀！"豪奴说："我们的驴丢了一个多月了，你还敢拉出来。我们大爷积德，不然就拿你送到官府内当贼治你了。"那个孩子那能肯给，架不住。这边人多，上去就是一个嘴巴。又过来几个恶奴，就有拉腿的，就有拧胳膊的，七手八脚，打了一顿。这孩子是直哭直嚷，说："众位行路的救人哪！"蒋爷将要过去。再说蒋爷行侠作义的，天然生就侠肝义胆，如何见得这个光景。

忽见由南往北来了数十头牛，哒哒咧咧的赶着牛，牛上骑着三个小孩子，内中就有那个瘦孩子。这个拉驴的一眼看见了，说："少大爷，有人抢咱们的驴哪！"那个孩子就下牛背来说话，还是个大舌头，说："谁敢抢咱们的驴？他可不要脑袋了！"那孩子说："你快来罢，他们要抢着跑了！"蒋爷就知道，夺驴的这个苦子吃上了就不小哇。他回头瞧着那人赶着牛走过去了，一把拉住，就听见噗咚噗咚的躺下了好几个。他叫着那个拉驴的孩子，说："你拉着回家，不要告诉爹爹。"那几个躺下的爬起来，就告诉那个骑马的去了，说："大爷看见了没有，那楞小子来了，敢是他们家的驴。"马上那个人说："他们的驴，教他们家拉去了罢。这可不好意思的要了，上辈都有交情，怎么好意思为一个毛团变脸，走罢，走罢！"为是当着瞧热闹的，弄个智儿好走。焉知晓那个瘦孩子不答应，过来把马一横，说："小子！你为甚么讹我们的驴？"马上的人说："兄弟，咱们过的着。"瘦孩子说："谁是你兄弟，我是你爷爷！"那人说："别玩笑，咱们上辈真有交情。"瘦孩子说："今天你不叫我爷爷，不教你过去。"马上的那人真急了，一横心想着要了他的命罢，用力一抽马，那马往前一蹿，就冲着这个傻孩子去了。蒋爷一瞅，就知道他躲闪不开。就听吧的一声，蒋爷倒乐了。原来是冲着他一蹿，他用左手冲着马的眼睛一触，马往外一拨头；他右手冲着马脖子吧的一声，那马嘶溜溜一叫唤，马脖子教他打歪了；冲着马的膝寸子，横着踹了他一脚，马噗通栽倒，就把那人的腿压住了。这个过去一抓，蒋爷知道那个小孩子的力量不小，过去一拳，准打死他。怎奈这马上摔下来的那个人倒不生气，反苦苦哀告，一味的求饶，兄弟长，哥哥短，说了无数的好话。那个孩子说："非得叫我爷爷，我方饶恕与你。"这个也好，就叫了他两声"爷爷"，才撒开手说："便宜你，以后别讹爷爷的驴了。"从人过来，揪着马的脖鬃，把那人腿才抽出来，一蹶一颠走到铺子门首，找了个坐物坐下，只在那里生气。那个马也是不能走哩。又见瞧热闹的围着，纷纷议论。柳爷说："咱们是走？咱们或是住在这里？"蒋爷说："我要住在这里，我要管这个闲事，依我料此事，绝不能善罢干休，必有后患，咱们又没有工夫。"柳爷说："咱们走罢，天气可不好哇，大雨来了。"

果然，二人行不到二里之遥，天就阴云密布。蒋爷说："快走罢！天不好。"又走了不远，点点滴滴雨就落下来了。只见道北有一座广梁大门，暂庇一庇，打算着要不住雨时节，就在这家借宿一宵。正在此处盘算，猛见打里头出来一位老者，年纪六旬开外，头戴杏黄员外方巾，身穿土绢大氅；面如紫玉，花白胡须，后面跟着两个从人。却说蒋爷性情，到处是和气的，问道："老员外爷在家里哪。我们是走路，天气不好，暂且在此庇一庇。"员外一笑，说："这算甚么要紧的事呢。里边有的是房屋，请二位到里边庇一庇罢。"蒋爷说："我们不敢打搅。"员外一定往里让。蒋爷合柳青就搭讪着，谢了一谢，随着员外就进来了。一拐四扇屏风，一溜南房。启帘来到屋中，叫从人献上茶来。蒋爷心内暗道："别看人家可是乡村居住，很有点样式。"又有个外书房，屋里头幽雅沉静，架儿上书史成林。分宾主落坐。员外问："二位贵姓高名？尊乡何处？"柳爷说："在下凤阳府五柳沟人氏，姓柳，单名一个青字。"蒋爷说："小可姓蒋名平，字是泽长。"那员外一听，慌忙站起身来，说："原来是贵客临门，失敬！失敬！此处不是讲话之所，请二位到里边坐。"又从新谦恭一会，随着又到了里边庭房，叫从人献茶。蒋爷就问："员外贵姓？"员外说："小可姓鲁，单名一个递字。"蒋爷说："怎么认识小可？"员外说："久仰大名，只恨无缘相会。我提个朋友，二位俱都认识。"蒋爷说："那一位？"鲁员外说："此人在辽东作过一任副总镇，均州卧虎沟的人氏，人称铁臂熊。"蒋爷说："那是我沙大哥。员外认识？"员外说："我们一同辞的官。"蒋爷说："我再提两位，大概你也认识。"鲁员外说："是谁呢？"蒋爷说："石万魁、尚均义。"鲁员外说："那是我两个盟兄，俱已辞官了，到如今直不知道他们飘流在何处？"吩咐一声摆酒。蒋爷说："来此不当讨扰。"员外说："酒饭俱以现成，这有何妨。还有大事相求呢。"真是个富家，不多一时，摆列杯盘，不必细表。酒过三巡，慢慢谈话。

蒋爷说："方才大哥说有用小弟的所在，不知是何事相派？"鲁员外说："四老爷有几位门人？"蒋爷说："一位没有。"鲁员外说："我有个小儿，实在愚昧不堪，恳求四老爷教导于他。"四爷说："那有何难。只是一件，我的本领不佳。"员外说："你不必太谦了。"蒋爷说："何不请来一见。"员外吩咐从人说："把公子叫来。"从人答应一声。不多一时，从外边走进一人。蒋爷一瞅，就是一怔。却是何故？这就是方才力分双牛的那个小孩子。员外叫过来说："给你蒋四叔行礼。"见他作了一个揖。员外大怒，说："你连磕头都不会了！"这才复又跪下磕头。蒋爷用手一搀，说："贤侄请起。"鲁员外又教他与柳爷行礼，说："是你柳叔父。"柳爷用手扶起。蒋爷说："贤侄叫甚么名字？"就见他特特了半天，也没有说清楚了。蒋爷暗笑："我要收这么一个徒弟,可教人说我把机灵占绝了。”员外在旁见他说话嗐吧,只气的要打他。蒋爷把他拦住。还是员外说:“他叫鲁士杰。”到后套《小五义》上,小四杰出世,四个人各有所长的本事,下文再表。

单言蒋爷见他站在一傍,又却把衣服更换了,不像那放牛的打扮了。蒋爷说:“方才我这个贤侄,在外头闯了个祸,大哥可知道么?”这一句话不大要紧,鲁士杰一傍听见,颜色改变,吓的浑身乱抖。员外问:“士杰,你外边闯下甚么祸了?”士杰那里肯说。蒋爷一想很觉着后悔,说:“大哥别责备他,一责备他,小弟脸上不好看了。”员外说:“到底是甚么事,要教他说明,我绝不责备他。”蒋爷说:“可不怨他的过错,代我替他说明罢。”士杰说:“四叔叔你不用说,说了我就要挨打。”蒋爷说:“我给你说,焉能教你挨打。”蒋爷就把夺驴之事,对着鲁员外细说了一遍。员外一怔,说:“可不好,这个人家可不是好惹的。既然惹着他们少爷,大概不能干休善罢。”蒋爷说:“他们是何许人物?”员外说:“大概是个贼。”蒋爷说:“那还怕他倚官倚私。倚官,我是皇家御前水旱带刀四品护卫之职,这是倚官办。倚私办,别看我没有文书,护卫之职应当捕盗拿贼。这个人姓甚么?叫甚么?他是怎么回事?哥哥你说罢。”员外说:“此人就住在我这东边。我们这村子就叫鲁家林,我们这姓的甚多。他们住东鲁家林,我们这住的叫西鲁家林。”蒋爷说:“他们也姓鲁?”鲁爷说:“不姓鲁,他们姓范,叫范天保,外号人称叫闪电手。”蒋爷说:“他这外号就是贼。难道他还敢任意胡为不成?”员外说:“他倒不任意胡为,他这两个妻子可恶。”蒋爷问:“他这两个妻子也有本事?别是女贼罢?”员外说:“是两个跑马解的,大姑娘叫喜鸾。皆因范天保有钱,人家本不卖,指着他挣钱。他给人家金银财宝,应着名媒正娶,这才娶过来了。过门之后,就养了一个儿子,叫范荣华,小名叫大狼儿。又十数年,跑马卖艺的又教了一个女儿,他又看上了,这个可是二房。这个叫喜凤,花费多少银子金子,应着老头、老婆养老送终。也在他们家里住着,也出去卖艺去。大狼儿到了十六七岁,就戏弄邻家的妇女,就叫人苦打了一顿。当日晚间,那家被杀一二个人。左近的地方,无头的案不少哪。官人在他门口栽桩,总没破过案。对着他父亲,衙门里头又熟。今日咱们家的孩子,打了他们家的孩子,他岂肯善罢干休,今晚间必来。”一回首,叫着士杰说:“我年过六旬,就是你一个。你倘若被他们暗算了,你叫为父是怎样过法?”士杰说:“特…特…爹哇,他们来,我拧…拧…拧他们的脑…脑…脑袋。”蒋爷说:“他们今夜晚要是不来,是他们的造化。他们要是今夜晚来的时节,有我同我柳贤弟,将他拿住,或是结果他的性命,以去后患,也给此一方除害。”柳爷答言说:“连我都听着不服。真要有此事,咱们还不如找他家里去呢。”蒋爷说:“那事也不妥。他不找咱们来便罢,他若是找了咱们来,那可就说不得了,结果了他的性命。”鲁员外又问:“这个徒弟你要不要哇?”蒋爷说:“怎么不要呢？好意思不要哇!”员外叫:“士杰,还不过去磕头。”士杰真就立刻爬的地下,咕咚咕咚磕了一路头,也不知道磕了多少头。员外说:“四弟,这可是你的徒弟了。”蒋爷说:“我这个徒弟,你要打算着教的他像我这么机灵不成啊。”员外说:“还用像你？只要你教他稍微明白点就得了。”这也是闲言,书中不必多表。说话之间,天已不早,就在庭房内安歇。员外要陪着二位,也在庭房内作伴。蒋爷不教,说:“你今天先在后面罢,万一后面有点动声呢,也好给我二人送一信。”鲁员外也就点头,后边去了,嘱咐了女眷们把门户关闭严紧。“若有甚么动静,急速喊叫,不可错误。”书不重絮。天交三鼓,外边一响,蒋、柳二位出来拿贼。要知怎样拿法,且听下回分解。

第一百四回　翻江鼠奋勇拿喜鸾　白面判努力追喜凤

《西江月》：

自来治家有道，不可纵子为凶。妇人之言不可听，劝着吃亏为正。日日为非作歹，朝朝任意欺凌。不思天理学公平，难保一家性命。

且说鲁员外归后安歇，保护着他的家眷；那屋里要有甚么动静，就教他们嚷嚷，不可出来。把家人也都嘱咐好了，都预备下灯火兵器。蒋爷打洪泽湖丢了分水峨眉刺，永不带兵器。无论那里用着时候，现借十八般兵刃，那样都行。今夜晚间，与员外借了一口刀，一问士杰，甚么也不会。问他："难道说没有跟着家里学过吗？"他说："学过了，五天挨了十一顿打，就不教了。缘故是头天学了，二天忘，二天白日学的，晚晌忘。一忘就打，末天晚晌挨了两顿打。员外一赌气，不教了。下文书蒋教了他八手锤，外号叫赛玄霸，成了一辈子名，这是后话，暂且不表。晚间嘱咐明白，别管有甚么事，不许他出去。也是浑孩子，初鼓后，躺下就睡了。

天有二鼓，蒋爷与柳青拾夺利落，别上刀，吹灭灯烛，闭上门，盘膝而坐，闭目合睛，吸气养静，等着捉贼。天到三鼓，忽听院落丛中噶啷一响，就知道是问路石的声音。两个人把窗櫺戳小月牙孔往外一瞅，由东边卡子墙，刷，下来了一条黑影。蒋爷拿胳膊一拐，柳爷悄悄的把门一开，把刀亮将出来，看准了是那女贼。蒋爷在柳爷耳边告诉他一套言语。柳爷点头，正对着女贼要奔窗户这里窥探，迎面蹿将上来，就是一刀。那个女贼真利便好快，直是折了个反跟斗相似，就到当院丛中了。虽是晚响，柳爷眼光儿也是看的顶明白，一块青绢帕把发髻箍了个挺紧，穿着一件绑身的青小袄，青汗巾子束腰，青中衣，窄窄的金莲，蹬着软底的弓鞋，并没戴着钗环；粉白的脸面，必是蛾眉杏眼；背后勒刀，腰间鼓鼓囊囊有个囊，可又不是镖囊。一个反跟头蹿在当院。柳爷一个箭步跟上，又是一刀。女贼也把刀拉将出来，由此交手。此时天已不下雨了，满天星斗。柳爷暗暗夸奖女贼，三寸金莲，蹿进的真块，刀刀近手，神出鬼入。柳爷本领也不弱。女贼终是胆怯，怕柳爷叫人，人要一多，他走着就费事了；虚砍一刀，往下就败，直奔东墙而来。柳爷一追，女贼一回手，矶一流星锤。柳爷看见是暗器，一闪身躲开，嘣一声，正中肩头。柳爷"嗳哟"，把身子往下一蹲。女贼把流星往回一收，用手抓住，蹿上墙头，往下一飘身子，匍就是一刀。女贼"嗳哟"，噗通一声，由墙上摔将下来。原来是蒋四爷与柳爷耳边说了几句话，就是这个言语，不然怎么柳爷动手，蒋四爷不见呢？蒋爷预先蹿出墙外，在那里蹲着，等着他必由之路。而且知道打那里进去，必是打那里出来，预先就在那女贼进去的地方一等，等他往墙头一蹿，蒋爷就看见了。他往下一飘身，蒋爷往上一起，一反手，矶就是一刀背。刀背正打在迎面骨上，慢说是个女贼，就是男贼也禁受不住。这还是蒋爷有恩典，拿刀背钉的；要是拿刀刃一砍，双腿皆折。把他钉下墙来，蒋爷嚷："拿住了！"柳爷也蹿出来了，虽然肩头上受了他一流星锤，打的不重，又是左肩头。柳青飘身下墙，问："四哥，怎么还不捆？"蒋爷总是行侠义的，最不爱捆妇女；再说要是四马攒蹄，总得搭胳膊拧腿。四爷这是把他钉下墙来，用脚将他刀踢飞，在旁边蹲着看着。一者女贼没刀，就不要紧了。二来腿带重伤，往起来一站，噗通一躺；往起来一站，噗通一躺。不多时，柳爷就出来了。蒋爷就教他捆人。柳爷恨他恨入切骨，搭胳膊拧腿，就把他捆将起来，提溜着由垂花门而入——那日晚间，蒋爷的主意不教关垂花门——直奔上房。柳爷把他提溜在屋中，他是苦苦求饶。柳爷索性撕衣襟，把他口中塞住，仍然把门闭上。柳青说："四哥，我还受了他的伤了哪。"蒋爷说："你受了甚么伤了？"柳爷说："他一败，我一追，受了他一流星锤。"蒋爷说："在甚么地方？"柳爷说："在左肩头上。"

听着院里咳嗽一声，原来是鲁员外交三鼓之后，那里睡的着，自己拾夺利落衣襟，预备下刀索。没甚么动静，自己出来，走到院中，咳嗽了一声，试试蒋爷睡了没有。一咳嗽，里头一答言，把员外让将进去，把千里火一晃，教员外看看这个女贼，低声就把如此如彼的话说了一遍。蒋爷说："你不是说他们家里连男带女都是贼吗？少刻还有来的，你先在后边等着，要是来一个，拿一个；来一对，拿一双。"员外点头归后。他们仍是又把门关上，就是虚掩。两人复又坐下，静听外边。天有五鼓，听问路石吧哒一响，蒋爷拿胳膊一拐柳爷。忽听由后夹道蹬蹬有脚步的声音。蒋、柳二人开门出去，原来是前头跑着个女贼，后头追的是鲁员外。

你道这两个女贼，可是鲁员外说的不是？正是，分毫不差。就皆因闪电手范天保作了些好买卖，挣了家成业就，可也没算弃了绿林，就在此处居住。果然是先娶的喜鸾，又买的喜凤。喜鸾又给他生了一个儿子，爱如掌上明珠一般，娇生惯养。这溜街房邻舍，从小儿、小孩们，谁要打了范大狼，范天保倒不出去，不是他娘出去，就是他妈出去——他管着喜凤叫妈，必与邻居吵闹，就是男子也打不过天保这两个女人，男子常有带伤的。打遍了街巷，谁也不敢惹。大狼越大越不好了，街房有少妇长女的，直不教他进门。也有闹出事来，与他告诉的，晚晌家中就是无头案。也有告状的，他们永远没破过案。这天可巧大狼为抢驴，被鲁士杰将家人也打了，马也打坏了，算央求着他没挨着打。回到家中，与他娘、妈一哭，饭也不吃了，教给他报仇,不然他活不的了。他娘说:“教你练,你老不练。你若要练会了本事,如何当面吃苦。”大狼给他娘、妈磕了一路头,求他娘、妈断送士杰的性命。喜鸾、喜凤俱都应承了,哄着教他吃饭,不然这个……养儿再不可溺疼,这就是溺疼之过。也是他们恶贯满盈,把此话可就告诉了范天保。天保犹疑说:“鲁家可不是好惹的呀!再说咱们与鲁家素常怪好的,他们那是傻小子,必是咱们这个招了人家了。不然,我去见见众贤去,教他责备责备他那儿子,何苦动这么大参差。”原来鲁递号叫众贤。喜鸾把脸一沉,说:“我的儿子不能出去教人家欺负去,为死为活,都是为的我那儿子。命不要了都使得,也不能教我那儿子出去栽跟斗。现在咱们的马教他们打坏了,现在咱们家人带伤,倒给他赔不是去,你怕他呀!我今天晚晌去,我要不把他这个孩子剁成肉酱,誓不为人!”说毕,气的浑身乱抖。不然怎么说家有贤妻,男儿不作横事。范天保又是惧内,可巧喜凤在旁说:“这事不用你管,有我们姐两个,绝给你惹不出祸来。”又是激发的言语。究属总是善有善报,恶有恶报。鲁家要没有蒋平、柳青在那里,鲁家满门有性命之忧。

天交二鼓之半,先是喜鸾去,天保与喜凤喝着酒等着,左等不来,右等也不来。天交五鼓,喜凤放心不下,说是:“大爷,我去看看我姐姐去罢。天气太晚,鲁老头子也会点本事,别是与我姐姐交了手了罢。”天保说:“不然我去。”喜凤说:“不用,还是妾身前往。”说毕,脱去长大衣服,摘了簪环首饰,绢帕蒙头,汗巾束腰,换了弓鞋,背后勒刀,跨上流星囊,蹿房跃出去,直奔鲁家而来。蹿上了东墙,吧哒,问路石往下一扔,一无人声,二无犬吠,飘身下来,不先奔房屋,先找他姐姐。顺着东墙根,施展夜行术往前。早见打腰房之中蹿出一个人来,提着一口刀,扑奔喜凤。就是鲁员外,回到他的屋中,那里能睡,不时把着窗户往外瞧,看见贴着东墙一条黑影,提刀追出。喜凤转头就走。老头子追了个首尾相连,喜凤一扭身,撒手流星,䂬叹一声。鲁递嗳哟,噗通栽倒在地。喜凤回身,抽刀就剁。若问鲁员外生死,且听下回分解。

第一百五回 鲁员外被伤呕血 范天保弃家逃生

《西江月》：

放目苍崖万丈，拂头红树千枝。云深猛虎出无时，也避人间弓矢。建业城啼夜鬼，维扬井贮秋尸。樵夫剩得命如丝，满肚南唐野史。

且说喜凤本是卖艺出身，专会打流星，百发百中。一根绒绳上头，拴着个铁甜瓜头儿，打将出去，往回里一收，又接在手中，百发百中。鲁递出来一追。论本领，鲁员外本会的是在马上使长家伙，冲锋打仗，对垒厮杀；要论平地高来高去的能耐，本不甚佳。再说又是夜晚之间，眼光不大很足。对着喜凤一跑，他打算是喜凤不敢合他交手了。追到前院，将要叫蒋爷帮着拿贼，只见喜凤一扭身。他本是弓着腰追，亏他把身子往上一挺，不然正中面门，这算正中胸膛之上，嗳哟一声，撒手扔刀，噗咚躺在地下。喜凤抽刀将要剁下，就听见他身背后嗖的一声，一阵冷风相似。别瞧喜凤是个女流之辈，工夫也算到家，没有回头就看见了，往前一弯腰，就闪开了蒋爷的这一刀，然后两个人交手。此时柳爷也蹿上来了，两个人围住了喜凤。真难为他，一口刀遮前挡后，究属不是柳爷、蒋爷二人的对手。看看天色微明，喜凤一想："天已将亮，难以逃走。"又想："姐姐大概凶多吉少。不料鲁家竟有防范，这个人是谁呢？"卖了个破绽，蹿出圈外，直奔垂花门跑。蒋爷就追。女贼蹿出门外，蒋爷到门内吧一躲脚，打算追将过去，凤凤嗖就是一流星。可巧遇见机灵鬼了，蒋爷早就知道他要发暗器，将身往门旁一躲，流星打出，蒋爷用刀一绕，往怀中一带，噶嘣一声，就把绒绳拉折，把喜凤吓了个胆裂魂飞，撒腿就跑。柳青往下就追。蒋爷反身回来，先看了看鲁员外，来到跟前一瞧，见他闭目合睛，哼哼不止。蒋爷把他搀起来了。鲁员外负着痛，眼前一阵发黑，又觉口中发甜，哇声就是一口鲜血吐将出来。蒋爷喊叫他们的家人快来呀，这才有人出来。众人一路乱喊，叫拿贼。蒋爷说："你们不用嚷，有人拿贼。把你们老爷搀在屋中，我去给你们拿贼。"

蒋爷可就追去柳青来了。工夫虽然不算大，竟自不知他们往那方去了。忽然听见东边有犬吠的声音，就往正东追赶。追来追去，就瞧见前边有点影色，尽力一追，就追在一处了。喜凤实无法了，往家中就跑，由西边墙儿进去。柳爷跟将进去。蒋爷说："小心点！"柳爷见蒋爷一来，更把胆子壮起来了。女贼进了他们院子，把嘴一捏，一声呼哨，嚷道："风紧！"忽然间，打上房屋中出来一人，手提着一口刀，迎将上来,挡住柳青。蒋爷也就上来,男女四人交手。闪电手说:“好生大胆,黄夜人宅,是‘合字’么?”蒋爷说:“鹰爪。”范天保就知道大事不好了。自己问了一声“合字”,问的是贼不是。蒋爷说“鹰爪”,是办案的官人。每是贼遇见官人,自来就惧怕三分。范天保要准知道蒋爷合柳青两个人,还不至于十分的害怕,料着要是官人,绝不能就是两个,必有他们伙计。一来天色已然大亮,想走,可怕有些费事,自己一想,三十六招,走为上策,告诉他妻子说:“扯滑。”喜风也说“扯滑”。蒋爷追喜凤,柳爷追范天保。出了他们的院子,不敢由平地跑,遇有住户人家的地方,蹿着房,越着墙,打算要逃蹿性命。自己跑着,回头一看,柳爷是紧紧的追赶,死也不放。看看红日东升,就见前边白茫茫一带是水。柳爷一看蒋四爷不在,暗暗的着急,自己一想:“又不会水,他必然奔水去。这一奔水,白白将他放走,岂不可惜。”追着就有些谢了劲了,可又不能不追。追到河边,见范天保也是顺着河沿直跑,心中暗一忖度:“莫不成他也不会水,也许有之的。要是他不会水,那可是活该了。”又自己一高兴,把足下平生之力施展出来,紧紧一跟,死也不放。果然他不奔着水走,柳爷就得了主意了。

忽然打芦苇当中出来一只小船,他高声嚷道:“那只小船,快把我渡过去罢,后边有人追我哪!快快把我渡过去!”柳青嚷叫:“别渡他,千万可别渡他!他是个贼,我们这里正拿他呢。”范天保说:“我是个好人,他是个歹人,他抢了我的东西去,他还要结果我的性命。”船家也并不理论,冲着前来。离码头不远,范天保蹭一个箭步,就蹿上船去。柳爷干着急,又嚷说:“船家,千万可别渡他!要渡他,连你都是一例同罪。”船家说:“我们为的是钱,不管甚么贼不贼,只要有钱给我们,就渡他。”柳爷也就没了主意了,站在岸上发怔。见那只船到河心不走了,说:“有句俗言,你可知道?船家不打过河钱,拿船钱来。”范天保说:“船钱是有,到那边还能短的下你的?你只管把我渡过去,短不下你的船钱。”船家说:“你不给钱,我把你渡回去。”范天保说:“可别渡回我去。到了那边,我要没有钱,把我这衣服都给你,难道还不值吗?”船户说:“你这等等。”放下竹篙,进了船舱。少刻出来说:“怪不得岸上有人说你是贼呢!过河你都不给钱。到了那边,你准把我们杀了,你自己一跑。活该!这可是到了你的地方了。大概你久处有案,你不定害过多少人呢。我打发了你罢。”见船家一抬腿,一兜范天保的腿,噗通一声,范天保就躺在船上。船家并没费事,打腰间取出一根绳子来。原来进船舱里,就是取绳子去了。这范天保也不急忙的起来与船家交手。船家不慌不忙,把他捆了个四马倒攒蹄,拿起他的刀来就要杀。天保苦苦的央求。柳爷看了个挺真,高声嚷道:“船家,你别杀他,把他给我罢。我把他交在当官,也省得你杀他,也给本地原原案。”船家说:“我不管那些事。

你若是要他，你替他给我船钱。”柳青说：“你太小气了。我不但给你钱，还是给你银子呢。”船家往回就撑船。柳爷在码头这等着。船临切近，柳爷上船，见船家拿竹篙一点，嗤的一声，这就出去了多远。柳爷说：“你往那里去？”船户并不答言，将船直往西撑。柳爷说：“你是要怎么着哇！”只顾跟船家说话。范天保把柳爷连节骨揩住，往怀里一带。柳爷不堤防，噗通一声，摔倒船头。就用那根绳子，把柳爷四马倒攒蹄捆上。柳爷方知中他们计了。

原来这个船家是范天保的族弟，叫范天佑。皆因他生了一脑袋的黄头发，他本是个水贼，也不是海岛中的江洋大盗，冲着他这个头发，外号人称他金毛海犬。就在这里安着个摆渡，遇着有倒运的，或早或晚，也作些零星散碎的买卖。不能糊口，又好吃喝嫖赌，无所不为，常常净找范天保去。本范天保来的财也不正，倒是常常周济他兄弟。今日自己一想无处可跑，就直奔这道河来了。看看快到芦苇之处，范天佑早就看见。这作贼的两只眼睛鸾铃相仿，早已瞧见范天保教人追赶，故此把船就撑出来了，把他哥哥接上船来。虽然高声的说话，低声的调坎儿，这个叫作舍身诓骗。不然，怎么说拿绳子捆，并没费事？他也没起来与船家较量，就老老实实的教捆上了？其实他爬在船头，把手脚凑在一处，拿手揩着绳头，并没系扣，净等着把柳爷诓上来好拿他。果然直把柳爷诓上去了，船家直撑船。柳爷合船家说话，就是那根绳子预备捆柳青的，把柳爷拉倒，范天保把柳爷四马倒攒蹄捆上。范天佑这才问范天保，是怎么个情由，教他追的这般光景。范天保就将大狼儿教鲁士杰打了，喜鸾怎么去的，喜凤怎么找的，鲁家有防备，教人追下来，从头至尾把话学说了一遍。范天佑不听则可，一听气往上一壮，说：“我大嫂嫂准教他们祸害了。先拿他给我大嫂嫂抵偿！”说毕，就将柳爷的刀拿起来要剁。范天保说：“兄弟略等片刻，问问他你嫂嫂的下落再杀。我问你是何人？”柳爷说：“我也不必隐瞒，我姓柳名青，人称白面判官。你妻子如今被捉，现在鲁家。你要肯放了我，我去与你妻子讲情，两罢干戈。你若不肯，就速求一死。”天佑说：“谁听你这一套。”摆刀就剁，嘣的一声，红光崩现。若问柳爷生死如何，且听下回分解。

第一百六回 娃娃谷柳青寻师母 婆婆店蒋平遇胡七

诗曰：

年年垂钓鬓如银，爱此江山胜富春。

歌舞丛中征战里，渔翁都是过来人。

且说柳爷还想着说出喜鸾的事情来，打算人家把他放了，那知道天佑非杀了他不可，刚一举刀，在他的腿上崩就是一刀，哎哟一声，噗通掉在水中去了。呼泷的一声，蒋爷一扶船板，就着往上一跃身躯，冲着天保嗖的一声，刀就砍下来了。范天保瞧着打水中蹿上一个人来，对着天佑掉下水去，再看蒋爷已蹿上船来，迎面用刀砍来。天保一歪身，噗通也就沉落水中去了。蒋爷这才过来把刀放下，给柳青解了绳子，说："柳贤弟受惊！你怎么到船上了？"柳爷把他自己事说了一番，就着问："四哥，你从何处而来？你要不来，我命休矣！"蒋爷说："我追那个妇人来着，我看着你们往这里来了，走在此处就瞧不见你们了，我也顾不得追那个女的了。后来我看见你在船上教人家把你捆上，我有心下水，又怕教他们瞧见，我打那边蹿下水去，慢慢到了这里。我贴着船帮上来，给了那厮一刀，便宜那两个东西罢。有心要追他们去，你在船上比不得旱地，怕你吃了他们苦子，故此便宜他去罢。"柳爷说："别追他们，这三面朝水，一面朝天的地方，我可是真怕。"说毕，蒋爷撑船仍然又回码头。

下了船，蒋爷把身上的水拧了一拧，也就不管那只船飘在何处，听他自去罢。两个人回奔鲁家，看看的临近，有鲁府上家人远远的招呼说："我们在这里寻找你老人家哪！你老人家怎么落了这么一身水？"蒋爷把自己的事说了一遍。到了鲁员外家中，来至庭房。鲁爷先拿出衣服来教蒋爷换上，不合身躯，衣服太长，先将就而已，打脸水献茶，分付摆酒。酒过三巡，鲁员外与蒋爷讲论这个女贼怎么个办法。蒋爷教了鲁爷一套主意，先摆布他，把地方找来，教他们把女贼押解送在当官，然后自己亲身到衙署把他告将下来，必要拿人。"索性到他家中，先把他儿子连家人一并拿住，以为见证。左近地面既有无头案，这赃证必在他的家中，只要找着一个人头，这算行了。你要不行，我替你去办。"鲁员外说："四弟，稍在我这里住三五日，我要办不了的时节，四弟还得帮着办理。"蒋爷点头。比及找了地方的伙计，约了乡长，找了里长，派人去先拿了大狼儿，拿了几个家人，送在当官。

说到此处,就不再重絮了。

县官升堂审讯,派人下来抄家,后院搜出六个人头。家宅作为抄产,抄出来的物件入库,六颗人头传报苦主前来识认。重刑拷问喜鸾。重责大狼儿八十板,一夹棍全招了。质对他母亲。喜鸾无法,全推在闪电手范天保、喜凤身上。教他们画供,大狼儿、喜鸾暂为待质。出签票,赏限期,捉拿范天保、喜凤,连拿范天佑,待等拿获之时,一并按例治罪。家人雇工人氏,当堂责罚。鲁员外拿女寇有功,暂且回家。后来本县县太爷赏赐鲁家一块匾额"急公好义"四个字。本县留鲁员外住了一宿,次日回家,见蒋四爷一一告明此事。蒋爷说:"还有要事,意欲告辞,我又放心不下。"鲁员外说:"所为何事放心不下?"蒋四爷说:"我们走后,怕范天保去而复转。"鲁员外说:"四弟公事在身,我这里自有主意,多派家下人晚间打更;晚间教你侄子跟着我那里睡觉,若有动静,我把他叫将起来。"蒋爷说:"等着我们襄阳之事办完,我再把我这个徒弟带去。"员外说:"我是难为四弟一件事,这孩子可是不好教哇。"蒋爷说:"我能教,交给我罢,你别管。"用完早饭,告辞起身。鲁员外送路仪,再三不受,连徒弟都送将出来。由此作别,与鲁员外打听道路,那里是奔武昌府的道路,那里是奔娃娃谷的道路。鲁员外一一指告明白。傻小子与蒋、柳二位又磕了一路头,这才分手。

蒋、柳二位直奔娃娃谷来了,路上无话。至娃娃谷,直到甘婆店,柳爷一瞧,果然墙上写着"婆婆店"三个字。蒋爷说:"走哇。"柳爷说:"不可,你先把我师母找出来,我才进去呢。"蒋爷说:"老柳,你这个人性实在少有,你师母开的店,你还拘泥不进去。瞧我叫他亲家呀,小亲家子!"随说随往里就走,随叫小亲家子。柳青瞧了个挺真,打旁边来了个人,拿着长把条帚在那里扫地,听着蒋爷叫小亲家子,未免得无明火起,把条帚冲上,拿着那个条帚把,望着蒋爷后脊背就是一条帚把皂。亏了蒋爷是个大行家,就听见后脊背矶一声,往旁边一闪身,一低头,嗖嗖的就是几条帚把儿,蒋爷左右闪躲。柳爷说:"该!幸亏我没进去。"蒋爷连连的说:"等等打我,有话说。"看那人的样儿,青衣小帽,四十多岁,是个买卖人的打扮,气得脸是焦黄,仍是追着蒋爷打,他一下也没打着。蒋爷这里紧说别打了,那人终是有气。蒋爷蹿出院子来了,问道:"因为何故打我?"那人说:"你反来问我?你是野人哪!"蒋爷说:"你才是野人呢!"那人说:"你不是野人,为甚么跑的我们院子里撒野来?"蒋爷说:"怎么上你们院内撒野?"那人说:"你认的我们是谁,跑的我们院子里叫小亲家子?"蒋爷说:"谁的院子?你再说。"那人说:"我们的院子。这算你们的院子?"蒋爷说:"谁的院子?你们的院子,凭甚么是你们的院子?"那人说:"你们亲家姓甚么?"蒋爷说:"我们亲家姓甘。"那人说:"姓甘,姓甘的是你们亲家,姓甘的早不在这住了。我们住着就是我们的地方,你不是上我们这撒野吗?"蒋爷说:"你说的可倒有理。无奈可有一件,你们要搬将过来,为甚么不贴房帖?再说你是个爷们,为甚么还写甘婆店?"那人说:"我们刚过来拾夺房子哪,还没有用灰将他抹上呢。"蒋爷说:"也有你们这一说。就不会先拿点青灰把他涂沫了吗?倒是嘴强争一半,没有理倒有了理了。"那人气的是乱战。柳爷实瞧不过眼了,过来一劝说:"这位尊兄不用理他,他是个疯子。"连连给那人作揖。那人终是气的乱战,说:"他又不是孩子,过于矫诈。"柳爷说:"瞧我罢,我还有件事跟你打听打听,到底这个姓甘的是搬了家了?"那人说:"实是搬了家了。"柳青说:"请问你老人家,他们搬在甚么所在?"那人说:"那我可是不知。"柳爷复反又给他行礼,深深一躬到地,说:"合你老人家讨教讨教,实不相瞒,那是我的师母,我找了几年的工夫也没找着。你老人家要知道,行一个方便。"那人说:"我要但知分晓,我绝不能不告诉你。我是实系不知。"柳青听说不知,柳青也就无法了。又问了问:"他们因为何故搬家,尊公可知?"那人说:"那我倒知晓。因为他们在这住着闹鬼,本来就是母女二人,胆子小,也是有之的。"柳爷暗道:"他们娘两个胆小,没有胆大之人了。"柳爷说:"尊公贵姓?"那人说:"我姓胡,行七。"那人也并没问柳爷的姓氏。柳爷与他拱了拱手,同蒋四爷起身。胡七瞧着蒋四爷终是愤愤不乐,也就进门去了。

柳爷见不着师母,心中也是难过。蒋爷见不着甘妈妈,心中也是不乐,又闹了一肚子气。正走之间,遇见一位老者,蒋爷过去一躬到地,说:"请问你老人家,上武昌府走那股道路?"那人说:"两股路,别走正东走正南的道路,直到水面,一水之隔,就是武昌府。"蒋爷抱拳给人家道劳。那人扬长而去。柳青就着也告辞。蒋爷说:"你往那里去?"柳爷说:"彭启是拿了,君山是定了,就单等与五爷报仇了。"蒋爷揪着死也不放,说:"那可不行,你一个人情索性作到底。你等着把大人找着,给五弟报完仇,我绝不拦你。"柳爷说:"我暂且回去,大人有了下落,我再来。只要去信,我就来。"蒋爷说:"那可不行。"揪住柳爷死也不放。柳爷无法,随到了水面,一看人烟甚稠,船只不少,蒋爷说:"那只船是上武昌府的?"立刻就有人答言,有个老者在那只船上说:"我们就是武昌府的船,是搭船哪?是单雇?"蒋爷说:"我们单雇,上去就走。"那人向后舱叫了一声:"小子出来!"忽听后面大吼一声出来,看此人凶恶之极。上船到黑水湖,就是杀身之祸。要知端的,且听下回分解。

第一百七回　蒋泽长误入黑水湖　白面判被捉蟠蛇岭

《西江月》：

凡事当皆仔细，不可过于粗心。眉来眼去要留神，主意还须拿稳。莫看甜言蜜语，大半皆是哄人。入人圈套被人擒，休把机关错认。

且说蒋爷雇船是行家，一问上武昌府的船，自然有顺便的就答言了。见这位老者可善静，出来这位年轻的可是凶恶。说："二位上武昌府，请上来瞧船。"蒋爷说："我们瞧船干甚么？"那人说："船与船不同，这不是那破烂船只，上船就担心。"蒋爷说："到武昌府多少钱罢？"那人说："管饭不管菜，二位，五两银子。"蒋爷说："不多，不多！你们要遇见顶头风，可就赔了；遇见顺风，还剩几个钱。"老者说："原来你是个行家，请上船罢。"柳爷瞧着这个船家发怔，暗暗与蒋爷说："这个船家可不好哇。"蒋爷嗤的一笑，说："老柳，你这是多此一举，黑船不敢与他们这船贴帮。你且记：雇船，离码头或上或下，有一两只，此是黑船，万不可雇。"也不在话下。二位搭跳板上船，老者问："二位贵姓？"蒋爷说："我姓蒋，这是盟弟姓柳。船老板贵姓？"老者说："姓李，我叫李洪。"蒋爷说："那个是伙计呀，是甚么人？"管船的说："那是我侄子，他叫李有能。"遂说道："二位客官，方才已经言明，我们管饭不管菜，趁着此处是个码头，或买肉买酒，快去买，少刻要开船了。"蒋爷说："你们给我们买去。"老者说："咱们这有人。"柳爷把包袱打开，内中有一个银幅子。打开银幅子，哗啷一声，露出许多银子来，也有整的，也有碎的。蒋爷瞪了他一眼，拿了点碎的，教有能去买。李洪拾夺船上船篷桅绳索，不多一时，有能买了回来。蒋爷说："剩下的钱文，也不用交给我们了。"少刻间，把锚索提将上来，撤了跳板，用篙一点，船往后一倒，顺于水面，这且不提。

单言蒋爷与柳青在舱中说："柳贤弟，你是个精明强干的人，怎么这么点事情你会不懂的？"柳青说："甚么事？"蒋爷说："水旱路一样，你把银子一露，这就算露了白了。穷人他有个见财起意，今天晚晌睡觉就得加分小心。"柳爷说："咱们给他那银子，不要了，咱们下船罢。"蒋爷说："我是多虑呀！"柳爷说："你是多虑，我是害怕。三面朝水，一面朝天，你敢情不怕。咱们下船罢。"蒋爷说："无妨，有我哪。"柳爷说："没事便罢，有事就是我吃苦。"焉知晓他这一回苦子更吃大了。柳爷说："你瞧，他们这是干甚么呢？"连蒋爷一瞧，就是一怔："是何缘故呢？"他们两个水手在那里嘀嘀咕咕的，两个人交头接耳，不知议论甚么事情。”柳青说：“咱们这还不下船？”蒋爷说：“下船干甚么？这两个小厮真个要起不良之意，就是活该他们恶贯满盈了，可怨不上咱们。”柳青说：“你看他们又嘀咕甚么呢？”蒋爷一看，果然是又嘀嘀咕咕的。见那个年幼的皱眉皱眼，咬牙切齿，意思是要一定这么办；又见那个老头儿摇头摆手，那意思是不教他办。遂说：“柳贤弟不怕，有我哪。他们不生别念便罢，他们要生别念头，就有前案，结果他的性命，也不算委屈他们。晚晌睡觉，多留点神。”柳青终是不愿意，也是无法。正走之间，忽然见前边由水中生出两座大山，当中类若一个山口相似；再看好诧异，见那水立时改变了颜色，类若墨汤儿一般。蒋爷一瞧一怔，叫道：“船家，这到了甚么所在了？”船家说：“这是黑水湖。”蒋爷说：“把船靠岸罢。”船家说：“甚么缘故？”蒋爷说：“我们不走黑水湖。”船家说：“因为甚么不走黑水湖？”蒋爷说：“你不用问我们！我们不走黑水湖。黑水湖惯出强人。”船家说：“若要是道路不安静，我们也不敢走。只管放心罢，不像前几年了。”蒋爷说：“不管像不像，我们不走。”船家说：“已经到了这了，不走不行了。”蒋爷说：“你绕远都使得，多走个一天半天的不要紧。”说话之间，已到了黑水湖口了。船家说：“二位客官，只管放心罢，这就进湖口了。”蒋爷也就不拿这事很搁在心上，总是艺高人胆大。柳青也就无法子了。若论使船上水橹，下水舵，至黑水湖抢上水，才能进得了湖口。抢上水是最难摇橹的，总得有力气。水都归在湖口，往外一流，水力甚猛，摇橹的得一口气摇进去才行，不然若摇在半路，力气不加，船就顺下流又出了湖。不然，怎么说抢上水最难？若是有能行的，正在二十五六岁的光景，哗哗哗的尽力抢着上水，往湖口里一摇。

这只小船将进了湖口，就听见东山头呛啷啷一阵锣响，打上头吧哒吧哒扔下许多软硬拘钩来，搭住了船头。众喽兵一叫号儿，往里就带。蒋、柳二位看了个挺真，见这些喽兵一个个蓬头垢面，衣不遮身，满脸的污泥，漫说靴子，连利落的鞋袜都没有，真是一群乞丐花子，三分像人，七分像鬼。何为叫软硬的拘钩？就是铁拘钩。可是五个，上头挂六尺长的铁链，铁链那边是极长的绒绳，好打山上往下扔；若要瞧见船只进了湖口，他们就用软硬拘钩往下一扔，拘钩尖扎住船板，众喽兵一叫号儿，往近一拉，拉着一跑，直奔东山边去。蒋爷看着这个景况，早就蹿出舱了来。蒋爷懂的这个事情，一出世十四岁，净守着水贼水面的事情，无一不晓，无一不知。他们这船家叫送礼合贼勾串，每遇载上有钱财的客人，必得要送到他们这里来。水贼作了买卖，还分给他们成帐，船家又不担不是。蒋爷一生恨透了这个人了，蒋爷往外一蹿，就奔了有能去了。有能吓的也不敢摇橹了，被蒋四爷拦腰一抱，说：“我恨透了你们这种东西了，咱们水里说去罢！”只听噗通一声，两个人俱都坠落水中去了。

把后头那搬舵的吓的是身不摇自战,体不热汗流。蒋爷说他们送礼,说屈了他们了,他们也不是贼船。皆因李有能所为的此事,省二百多里地的路程,依着李有能主意,要抢湖穿湖而过,李洪不教。李洪说:“近来湖中走不得,我听见人说,连客人带船、带船家都走不了。”李有能说:“不怕,到底近二三百里地呢。设若抢过湖口去,岂不省些路程?就是抢不过去,船只也不碍,近来抢湖口的甚多,都没有遇见甚么事情。”那老者是执一的不教穿湖,后来才点了头。他们那嘀嘀咕咕的,就是为这件事情。进得湖口,搭住船只,李洪焉有不害怕的。柳青一见这个景况,也是害怕,要是在旱路也就不要紧了。蒋爷一瞧,把个使船的抱入湖中去了。自己把衣裳一掖,袖子一挽,亮出刀来,蹿出船舱,刀剁铁链,呱喇喇的声音,一丝也不动,又够不着绒绳。不然,怎么说是软硬拘钩呢?硬拘钩,净是铁链,多少丈长未免分两太重,要是软拘钩,净是绒绳,遇刀就断,故此用的是软硬拘钩。刀剁铁链剁不动,剁绒绳胳膊够不着,急的柳爷在船上跺脚,骂道:“病夫哇,病夫!你可害苦了我了!”见喽兵往东山边上拉着一跑,哗唧一声,那船一歪,在水中一半,在山坡上一半,把柳爷几希乎没摔下水去。借力使力,就着往岸上一蹿,这可得了手了,吡叹磕叹乱砍。喽兵本来就有几天连饭都没吃,又没有兵器,岂不是甘受其苦,挨着就死,碰着就亡,扔下拘钩,南北乱蹿。柳爷追上,就要了他的性命。

不多时,打山上跑下一个人来,身高六尺,头挽发髻,没有头巾,身穿破袄破裤,直看不出甚么颜色来,足下的靴子绑着象钱串,面赛地皮,拿着一口刀,说话饿的连点气都没有了。柳青看见他肺都气炸了,骂道:“山贼!过来受死!”那山寇摆刀就剁,觉着眼前一黑,往前一栽。柳爷倒省力,就结果了他的性命。你道这山中为甚么这么穷呢?有个缘故,常说“一将无谋,累死千军;一帅无谋,挫丧万师”。山中大寨主是个浑人,众人跟着他受累。若论此人身高丈一,膂力过人,使一双三棱青铜节肘刺,天真烂熳,人事不通,名叫吴源,外号人称闹湖蛟。他不晓的绿林的规矩,他把船家伤了。论说水贼不伤船家,旱贼不伤驮夫,这才是规矩呢。他一伤船家,船家要一通信,他就没有买卖了。饿了几天,连寨主皆是一体。好容易报有船到,喽兵下去,又报扎手,教四寨主聂凯出去,又报聂凯被杀。吴源亲身出来到湖,此湖叫黑水湖,岭叫蟠蛇岭。吴源下了蟠蛇岭,柳青一见山贼来得凶恶,摆刀迎头一剁。吴源看见一闪身,一脚就把柳青踢倒,吩咐喽兵连船家一并绑上,将他们煮了,大家饱餐一顿。若问柳青生死如何,且听下回分解。

第一百八回 蟠蛇岭要煮柳员外 柴货厂捉拿李有能

《西江月》：

自古英雄受困，后来自有救星。人到难处想宾朋，方信交友有用。当时救人性命，一世难忘恩情。衔环结草志偏诚，也是前生造定。

且说柳爷活该运气有限，到黑水湖，现在这种饿贼半合未走，教人踢了个跟斗，教喽兵连船家一并捆上，要大煮活人。柳爷暗暗的净恨蒋平："要不是病夫，怎么也到不了这里。人活百岁终须死，大丈夫生而何欢，死而何惧。真个要教人煮死，作了甚么无法的事了？自己出世的时节，在绿林日子不久，也没作过伤天理的事，至刻下到了冬令，舍绵袄，舍粥饭。再说修桥、铺路、建塔、盖庙宇，绝不啬吝银钱，为的是以赎前愆，怎么落了这么一个收缘结果？"遂教人搭上山去，抱柴烧火。还有的说："把他的衣裳脱下来，给大寨主穿。"此刻也不知道蒋四爷那里去了。焉知蒋四爷把水手抱下水去，一翻一滚的出了黑水湖口。蒋爷一撒手，那水手打算要往起里一翻，那知道在水里头更不是蒋爷的对手。蒋爷顺着后脊背往上一伸手，把他脖子一捏，要把他浸在水底；右手闭住了自己的面门，怕水手一回手把他抓住。那水手头颅朝下，闭着嘴死也不肯张口，一张嘴那水就灌在肚子里来了，非淹死不可。蒋爷非教他饮水不可，蒋爷真有招儿，左手捏住了脖子，右手用力一勾水手的肋条。水手一难受，一张口水就灌进去了。这一下就把他灌了八成死，才把他提溜上来，解他的带子，把他四马倒攒蹄捆上，将他放在阻坡的地方，脑袋冲下，自来他哇哇的往外吐水。

蒋爷就知道他死不了哩，遂喊叫地方，就听见那里远远的有人答言，说："来了！来了！"看看临近，蒋爷一看，此人身量不高，四旬开外，说："你就是此处地方？"回答说："正是。"蒋爷说："你们这是甚么地名？"回答说："叫柴货厂。"蒋爷说："你叫甚么名字？"地方说："我叫李二愣。"蒋爷说："我们雇船上武昌府，船家与贼人勾串，把我们送进黑水湖来。还有个朋友，此时尚不知道生死呢？我把这个船家在水中拿住，大概久处有案，你把他先送在当官。"地方说："你在那里将他拿住的？"蒋爷说："在水中拿住的。"地方说："在水中拿的我管不着。"蒋爷说："你管不着，连你一同送下来。"地方一听，吓了一跳，就知道蒋四爷口气不小，必有点势力，回道："你老人家先别动气，我们这是差使，水有水地方，旱有旱地方，各有专责，谁不错当谁的差使。”蒋爷说：“我偏教你送。”地方说：“你老贵姓？”蒋爷说：“姓蒋名平，字泽长，外号人称翻江鼠，御前带刀水旱四品护卫。”地方爬下就磕头，说：“原来是蒋四大人，你拿过花蝴蝶。”蒋爷说：“你怎么知道？”地方又说：“还有北侠、二义士爷、龙滔、夜星子冯七。”蒋爷说：“你怎么知道？”地方说：“那我可全知道。”蒋爷说：“你怎么知道的？”地方又说：“实不相瞒，我实实告诉你老说罢。四老爷，我们这里到了夏天，搬出张桌子来，在柳荫之下说这个拿花蝴蝶，你老怎么相面，怎么教他们识破了机关，怎么你老挨打，北侠同二义士爷来，大众群贼怎么甘拜下风，你老在水内怎么拿的花蝴蝶，说的热闹着的哪。”蒋爷问：“谁说的？”地方说：“是你的一个朋友。”蒋爷问：“我那个朋友？”地方说：“庄致和。”蒋爷说：“庄先生他这时在那呢？”地方说：“就在这北边胡家店。”蒋爷说：“伙计，你把庄先生找着，你说我在这呢。”地方说：“西边就是我的屋子，四老爷到我家去罢。”地方就要抗着水手，蒋爷说：“我抗着他罢。”遂抗将起来。地方头前引路，到了他那房前，也没院墙，共是两间，钩连搭，启帘进去。蒋爷把他往地下一摔，噗通摔在地下。正在黄昏之时，地方点上灯。蒋爷说：“你去找去罢，可教庄先生给我带衣服来。”

地方去不多时，就听外边咳嗽一声，说：“原来是蒋四老爷贵驾光临。”启帘进来，就要行大礼。蒋爷把他搀住，说：“庄先生不可。”庄致和问：“四老爷一向差使可好？”蒋爷说：“托福，托福。”庄致和说：“恩公先换上衣服，有甚么话然后再说。”蒋爷脱湿的换干的。这个庄致和可就是《七侠五义》上，二义士“大夫居”与他会酒钞的那个庄致和，白日会的酒钞，晚间救的他外甥女。不然，怎么见蒋爷以恩公呼之？湿衣服地方应着给烘干。庄致和说：“此处不是讲话之所，咱们上店里去说话。”蒋爷点头，把地方叫过来，蒋爷在他耳边如此恁般恁般如此说了一遍。地方连连点头。庄致和说：“走哇！咱们上店里去。”蒋爷一同起身，出了屋子，直奔胡家店。走着路，庄致和说：“四老爷到这有甚么事？”蒋爷就把已往从前说了一遍。庄致和说：“这位姓柳的还在黑水湖哪？”蒋爷说：“这个时候不出来，还怕他凶多吉少哪。”庄致和说：“不怕！你这个朋友活着更好，要是死了报仇准行。”蒋爷说：“哟，这个仇怎么个报法呀？”庄致和说：“我们亲家是十八庄村连庄会的会头。”蒋爷说：“你们甚么亲家？”庄致和说：“我这话提起来长。我姐姐死了，我姐夫也死了。我那个甥女韩二恩公救的，那个也出了阁了，给的就是这个开店的胡从善之子，名叫胡成，如今跟前都有一个小女儿了。”蒋爷听着，赞叹说：“真是光阴荏苒。”庄致和说：“我再告诉恩公说罢，我们这个胡亲家店中没人写帐，把我找来与他写帐。他的地亩甚多，我帮着他照料照料地亩。后来商量着，我们亲家给我这说了分家，我也不想着回原籍作买卖了。我如今跟前有个小女儿了，整整的两生日，三岁了。”蒋爷一听，连连点头，说：“人有甚么意思，长江后浪催前浪，一辈新人趱旧人。”

随说着，就到了胡家店门首了。早有胡掌柜的出来迎接，旁边点着灯火。见面之时，有庄致和给两下一见。胡掌柜的要行大礼，蒋爷赶紧把他拦住，携手揽腕，往里一让，来在柜房落坐，献茶。蒋爷打听了打听买卖发财，掌柜的说：“岂敢。”胡掌柜的问了蒋爷的差使，吩咐摆酒。蒋爷说：“来此就要讨扰。”蒋四爷上坐，庄先生相陪，胡掌柜的坐在主位。酒过三巡，然后谈话。胡掌柜问：“听说四老爷的朋友，怎么还在黑水湖中哪？”蒋爷就把上武昌的话，船家怎么送礼细说了一遍。掌柜的说：“我们这叫柴货厂，共有十八个村子，地方极其宽大，买卖住户甚多，烧锅、当铺、估衣店。黑水湖中的贼，先前常出来借粮，我们外头被害不少，后来我们十八个村子立了个连庄大会，按着地亩往外拿钱，制买刀枪器械，他们出来，就合他们拼命。”蒋爷问：“他们出来没有？”回答：“出来过，连合他打了三仗，把他们杀败了三回，再也不敢出来了。”蒋爷说：“他们怎么那么穷？”店东说：“他们把船家伤透了，是船家都不敢走黑水湖。二者他们不敢出黑水湖，一出来，我们这里就打。他们单行人出来不打，净有上咱们这买东西的，两下里公公平平的，咱们也不欺负他们，他们也不敢发横，故此他们山中连衣食都没有了。我到庙上撞起钟来，约十八庄的会头，有你老人家挑哨，咱们大家进去，要你老这个朋友，给了便罢；要是不给，就合他讲武，索性把他平了。”蒋爷说：“不可，不可！掌柜的有这番美意，足感盛情。只是一件，倘若交手，刀枪上无眼，伤损一条性命，我担架不住。”胡从善说：“无妨。我们这里立下了规矩，与贼交手，要是废了命，看家里有多少口人，或有儿或无儿，有兄弟没兄弟，父母在不在，按条例给养廉，死多少人也不怕。”蒋爷说：“不行！你们是本村，我是外人，论私，伤一条命，我担架不起；论官，更不应例了。有一件事，求求掌柜的就得了。”胡从善问：“甚么事？”蒋爷说：“你给预备一匹好马，找个年轻力壮二十多岁的人，我写封信，教他连夜投奔武昌府，能人全在武昌府呢。”胡从善说：“在武昌那个地方？"蒋爷说："在颜按院那里呢。"胡从善说："颜按院在那里？"蒋爷说："在武昌府。"胡从善哈哈大笑，说："好一个在武昌府！随蒋四老爷吩咐罢，在武昌府更好。"

蒋爷说："等等，这里头有事，我听出了，怎么个情由，你告诉告诉我罢。"胡从善说："四老爷不告诉我实话，我们就告诉四老爷实话？"蒋爷说："大人丢了，你必知道下落。"胡从善说："这不奇了。教甚么人盗去，知道不知？"蒋四爷说："知道，教沈中元盗去。"胡从善说："知道他盗的那去？"蒋爷说："可不知道盗的那去，你必知道情由。"胡从善说："沈中元有姑母在娃娃谷开甘婆店，母女娘儿两个，忽然间店中闹鬼，急卖房子。我兄弟胡从喜贪便宜要买他这房子，自己银子不够，教我给他添几十两银子。我不教他买，咱们不与妇女办事，除非他有男子出来写字才办呢。后来他说有男子，有他娘家的内侄，姓沈叫沈中元，他出来写的字，我们才把这事办了。我兄弟把这房子买过去。"蒋爷心中说也不必言语了。随问："怎么样呢？"胡掌柜的说："这有写字的，这么一面之交。前日晚间，忽然有三更多天了，外面叫门住店，咱们这里说：'没有房屋，全住满了。'那人说：'与掌柜的相好。'问他姓字名谁，回答：'叫沈中元。你们把门开开罢，实没地方，我们在院子里头待一夜都行了。我们车上有女眷，夜深不好往前走了，谁教合掌柜的有交情呢？'伙计可就合我商量。本没交情，若要见面，店钱不好要了。我没见他，就教他住了西跨院三间西房。不但店钱饭钱给了，还给了许多的酒钱。这都不要紧，我晚晌取夜壶去，可把我吓糊涂了，正是姑母娘两个口角分争呢。他就说起来了，车上拉着大人，他要住在豹花岭。他姑母不教，说他表妹给了人家了，人家知道就不要了。始终还是在夹峰山住了一夜，如今上长沙府朱家庄朱文、朱德那里去了。我过去一摸大人，正在车上躺着哪！夜壶没顾得拿，官人要在我店内把他拿住，我也就剐了。好容易盼到五更天，他才起了身，我方放心。"蒋爷一听大人有了下落，欢喜非常。忽然想起一条妙计。不知甚么主意，且听下回分解。

第一百九回　地方寻找庄致和　店中初会胡从善

诗曰：

人生如梦春复秋，半是欢娱半是愁。

入画云烟空著相，穿梭日月快如流。

才看少妇夸红粉，又见儿童叹白头。

惟有及时行善好，莫教作恶枉遗羞。

且说蒋四爷听了胡掌柜的一套言语，不意之中得着大人的下落。老柳虽然生死未定，大人要紧。仍然还与店中掌柜的借笔砚写书信，求胡掌柜的找一匹马，找一个年轻之人上武昌府送信，书不可重絮。这时已然天亮，撤去残席，打上脸水，烹上茶来。忽听外头一阵大乱，外头伙计赶紧往里头就跑，说："掌柜的，大事不好了！有人搅闹咱们的饭铺。他们几个人进门要吃东西，咱们将挑出幌子去；他们就要菜蔬，回答没得哪。他们说先要酒喝，刚把酒给他们端上去，又要咸菜，也不坐下，走动着喝，左要右要，一连要了五六遍了。他们就有醉了的，他把伙计抓住说：'还没有喝呢！怎么就打这个模糊眼哪！'"掌柜的一听，气的肺都炸了，说："我出去。"蒋爷一拦："不可，人非圣贤，谁能无过。也许你们错了，也许他们错了。"伙计说："我们不能错，这是早晨头一次卖酒，那能伙计们错了呢？每天晚晌，酒壶上架子，酒壶底朝上，壶嘴朝下，里头一点酒也没有；打架子上拿下壶来，头一次打酒，他说是个空壶。"蒋爷说："这个不用打架，问短了比打短了强。"伙计说："怎么问呢？"蒋爷说："我教的你们个法子，拿一根筷子，撕一块纸沾在筷子头上，往酒壶底上一戳，纸要湿了，就是他们错记；纸要不湿，就是拿的空壶，是你们的差错。知错认错，是好朋友。"伙计一听，说："这个是好主意。"往外就跑。待了半天的工夫，带着满脸血痕进来了。蒋爷说："你这是怎么了？"那人说："这伙人不说理！"蒋爷说："我那个主意没使吗？"伙计说："使了，不但是纸湿了，壶里还可倒出酒来。那人羞恼便成怒，给了我个嘴巴，这血是我在墙上撞破的。前头可不好，大伙要拆这铺子哪。还算有一个上年岁的好，在那里劝解呢。"蒋爷说："待我出去看看，甚么人欺负到咱们这里了。我去。"掌柜的说："咱们一同前往。"店中还有好些个伙计，都搓胳膊，挽袖子。原来他是店外头有个饭铺，前头有门面，里头卖饭座，这半边通着店里。教伙计带着路，伙计高兴，暗暗欢喜："净掌柜的还是不行，有翻江鼠蒋四老爷在这里,这可不怕他们了。"

大家跟随出来,单有一个带路的,说:"往这里来。"蒋爷还未到门口,就听见骂骂咧咧。伙计有好事爱打架的,紧紧跟着蒋四爷,想着见面就是打;赶他见着也真作脸,瞧见人家就给人家跪下了,伙计们也谢了劲了。闹了半天,原来不是别人,是钻天鼠大义士卢大爷,穿山鼠徐庆,大汉龙滔、姚猛、史云、胡列。这几个人由夹峰山起身,走柴货厂,也打算着穿湖而过,打半夜里听着徐庆的主意就起了身了,走在此处,又饥又渴,要吃的又没有。这几个人除了卢爷,那一个人都不说理。到了这喝酒,他们记错了,拿了人家个错,愣说人家拿上来的空壶;对着伙计,又拿着筷子往壶里一蘸,纸条全湿,更羞恼便成怒了,伸手就打,把伙计头也撞破了,桌子也翻过了。史云抱着柱子要拔,把椅子也摔碎了,过去要拆人家铺子。那个要拉家伙搁子,才被卢爷拦住。蒋爷一瞧是他们,说:"自家,自家!别动手。"蒋爷给卢爷行礼,又给三爷行礼。然后他们过来给蒋爷行礼,史云过来给四爷爷磕头。蒋爷一瞧胡列也在其内,蒋爷说:"你是个充军人,你怎么也来了?"胡列与蒋爷磕了头,就把自己的事说了一遍。蒋爷一翻眼睛,想了一想:"此人有这番好处,正在用人之际,正好留下。"他回头就把胡掌柜和庄致和,与他们大家见了一见。掌柜的说:"此处不是讲话之所,先到柜房说话。"伙计们带伤的,算甘受其苦了。

大众来到柜房,落坐献茶。蒋爷说:"你们几位来的凑巧。"就把自己的事情说了一番,又把黑水湖柳爷的事提了一提,"还有件喜事。"卢爷问:"甚么喜事?"蒋爷说:"大人有了下落了。"徐庆说:"早知道,你还知道的晚了呢。"蒋爷说:"三哥,你们怎么知道?"卢爷就把他们一路上夹峰山各等事情,细说了一遍。蒋爷这才知道,北侠、智化等迎请大人去了。在豹花岭亏了胡列救了他们性命,把云中鹤也请出来。蒋爷说:"这下可好了,有人请大人去了。咱们大家出去救老柳去。"卢爷说:"那是总得去的。老柳是咱们请出来的,设若有性命之忧,对不起侄男弟妇。"胡掌柜说:"你们几位吩咐罢,要有用着我的地方,兵刃器械人们都有。"蒋爷说:"非兄台还不行哪。"

正说之间,忽然打外面拿进两个人来,地方那里吩咐,教给四大人跪下。蒋爷一瞧,原来是那船家:一个李洪,一个李有能。见了蒋四爷,苦苦求饶说:"我们有眼如蒙,实不知道是大人,我们身该万死。"蒋爷说:"可恨你们与山贼勾串,不知害过有多少人,从实说来,饶恕于你。"李洪说:"回禀大人,我们要是与山贼勾串,为甚么山贼把我们煮了?"蒋爷说:"你们在船上嘀咕的是甚么?"李洪说:"这不是!我侄在这,所怨的是他,他贪图着少走路程,一定要走黑水湖,我再三拦他不听,我这条性命几乎没丧在他手内。"蒋爷翻眼想了想:这个情理一点不错。随说："我们那个朋友呢？生死怎样？"李洪说："如今作了大王了，若不是他老人家，我还不能得逃活命。这可是叫我出来揽卖买进黑水湖，不但不伤我们的人口船只，要抢了坐船的客人，还分的我们二成帐。焉知道我刚一出黑水湖，他们就要雇船，将我诓下来，问明白了我们姓名，就把我绑起来。"原来蒋四爷同着庄致和往这么来的时节，与地方说了几句话，就是这个言语，教地方找伙计在水面那里看着，如要打黑水湖里面出来船只，问明白了，只要是李洪，就绑了他，故此才将他拿到。蒋爷说："这也是柳贤弟的主意，他必然知道我在外头。咱们就给他个计上加计。"庄致和说："何为叫计上加计？"蒋爷说："胡掌柜的，你给我们找两只船来，我们这有一只，一共三只船。你教你们十八村连庄会，聚点子人来，教他们在外头嚷，助我们一臂之力。给我借口刀来，给我预备十几条口袋，里头装上虚拢物件，放在船头作为是米面。他们山上没吃的，见了米面必来劫夺，教李洪就说载进米面客来了，他必信以为真，那就好办了。"李洪点头。胡掌柜的说："我这就去约会人拿刀，预备口袋去。"蒋爷说："就手给借几身买卖人的衣服来。"胡从善说："有的是衣服，我一齐办去。"徐庆说："这么点事还用费那么大事？咱们大家上山还不行？"蒋爷说："三哥，你就别管了。"胡从善去不多时，就把衣服取来，船只也到，人也约会了，刀也拿来，口袋也装在船上，把那些买卖人的衣服披在身上。把李洪、李有能解开，放了，教他们拾夺船只去。李有能的衣服，一日一夜自己也就干了。蒋爷衣服也干，换上自己衣服。大家出来上船，有许多人，胡掌柜的都给见了见，这就是十八村的会头。见黑水湖外，压山探海一片，俱是十八庄的人在那里嚷哪。大家上了船只，直奔黑水湖。

本离黑水湖不远，紧摇橹，头一只船将进黑水湖口，李洪嚷："山上大王听真，今现有米面客人进了黑水湖口了。"就听东山头一阵锣鸣，把软硬拘钩扔将下来，搭住船只，往里就拉。那两只船也不用拘钩搭，自己就进来了，也奔东山坡。头一只船一到，二只、三只一齐全到。船上人把衣服一甩，全都拉刀，噗通噗通跳下船来，叱叹磕叹乱砍喽兵。喽兵东西乱蹿，早就报上山去。依着徐庆要往山上追，蒋爷把他拦住。不多一时，就听见蟠蛇岭上如同半悬空中打了个霹雳相似，山王大众，三分像人，七分像鬼。卢爷头一个就蹿上去了，摆刀就砍。就见吴源用双刺往外一崩，镗啷一声，震的卢爷单臂疼痛，手心发烫，撒手扔刀。吴源单刺一跟，只听见崩的一声，鲜血直蹿。若问卢爷生死，且听下回分解。

第一百十回 定计妆扮米面客 故意假作大山王

《西江月》：

几见花开花谢？频惊云去云来。误人最是酒色财，气更将人弄坏。看破红尘世界，快快回转头来。一心积善却非呆，乐得心无挂碍。

且说柳爷怎么会作了大寨主，总论命不当绝。已然连船家捆好，搭在分赃庭头里，教喽兵坐锅，已然要煮了。寨主说："你我三四天的工夫，甚么也没吃。今天连喽兵，大家虽不能饱餐一顿，也到底吃点东西。"喽兵大家欢喜，抱柴烧火。柳爷倒不恨寨主，恨的是蒋平，大声嚷骂："病夫泽长，我就是把你告在阎王殿前！我这条命断送在你手里了。"喽兵过来将要动手，听屋中有家寨主说道："且慢动手。我听着像是熟人的声音。"那人蹿将出来，柳爷一看，就知道死不了哩。

此人是谁呢？原来就是邓彪，外号人称分水兽，就是前套劫江夺鱼的那人。展南侠比剑联姻之后，他把茉花村的鱼夺了，大官人来与他办理，他给大官人一叉。丁二爷在后头把他拿住了，交给卢员外。卢爷拿自己的名片子，交松江府，把他充了军了。到本地不到半年，逃跑回家，走到凤阳府，病在招商店中，看看待死，银钱衣服一概尽行没有了。人家店中问他："有个亲人没有？要是离此不远，店中给送信，倒是有人瞧看瞧看。"邓彪说："我这里倒有个人，不定他照应我不照应我。"店中问："姓甚么罢，我们听听。"邓彪说："五柳沟，姓柳，柴行的经纪头。"店中说："你认的柳员外？"邓彪说："我不认的，就说了吗！"店中说："你只要见面认的他就行。那个人挥金似土，仗义疏财。"店中送信，柳员外亲身来到，请大夫，还店帐，雇人服事他的病。直等到病好，还给了几十两银子的路费。受了柳员外的活命之恩。嗣后到了黑水湖，遇见闹湖蛟吴源、混水泥鳅聂宽、浪里虾聂凯，他们就凑在一处了。吴源大寨主，他是二寨主，聂宽三寨主，聂凯四寨主。如今听见是柳员外的声音，他这个活命之恩怎能不报？过来亲解其缚，搀起来，邓彪纳头便拜。柳爷把他搀住，说："因为何故，在此山中？"邓彪就把已往从前之事细述了一遍。

请到聚义分赃庭，与吴源一见，又与聂宽见，聂宽过来给柳爷磕头，柳爷赶紧扶住。吴源一问邓彪与柳爷甚么交情，邓彪就将前者怎么救我活命之恩说了一遍。又提柳爷也是绿林的人，夸张柳爷甚么本领，与吴源一商量，就请柳爷为大寨主。柳爷不肯。邓彪说："柳员外不用推脱了，你救这些个生灵罢。"柳爷说："此话从何说起？”邓彪说：“我们这一山的俱是浑人，连一个认识字的没有。你老人家足智多谋，只要调动着这山上有吃的，有穿的，岂不是救了这一山的性命？”吴源揪着柳爷，按于上位说：“柳大哥大寨主，我们大家参拜你。”柳爷说：“要教我为大寨主不难，可着山上喽兵连众寨主，都得听号令，如要违者立斩。我要为了大寨主，总得教这山上丰衣足食，论秤分金，论斗分银，也不枉作了这场寨主。”喽兵、吴源说：“我们俱是个浑人，我先打听打听，怎么教这山上丰衣足食？”柳青说：“妙法多极了。像你们这是给山王现眼呢。”吴源一笑，说：“来，把船家杀了，请新寨主。”柳青说：“使不得。就这一件事，你们就错大发了。水路上作买卖，万不可伤船家。伤了船家，使船的与使船的俱都通气，大家一传言，就全不敢走这了。一不走这，就断绝了买卖了。一断绝买卖，大家岂不就苦了吗？”吴源说：“怎样办法？”柳青说：“解开船家，带上来。”船家上来跪下。柳青说：“你别害怕，明天放你下山。只管去揽买卖，揽进买卖来，分给你们二成帐。”船家千恩万谢，天光一亮，就下山去了。柳爷明知蒋四爷在外头，那里是放船家，分明是教他与蒋四爷送信。

忽然第二天喽兵进来报道：“启禀众位寨主得知，前边来了三只大船，船上头放着许多口袋，大概是米面。”吴源说：“这是新寨主的造化。”柳爷说：“出去细细查看，快些回报。”又进来一名喽兵说报：“前者放的船家，渡进来了米面客人。”分水兽邓彪说：“还是新寨主哇，饭进来了。”柳爷一摆手，那个还未能出去，又进来一个说报：“启禀众位得知，那些个米面客人是假扮的，客人甩了他们那衣服，杀了我们伙计，好几个人要杀上山来哪！寨主早作准备才好。”柳爷说：“吴贤弟，把那些人俱都给我拿上山来。”吴源答应“得令”，就摘他这一对青铜刺，喽兵早已退出。吴源也就随后绕蟠蛇岭而下，见大众高矮不等：头一个就是钻天鼠卢方，见他紫面长髯，摆刀就砍。怎么卢爷先过来呢？皆因卢爷见山贼过于凶猛，一丈一二的身躯，赤着背，穿着破裤子，赤着足，形如鬼怪一般。刀一到，就教青铜刺往外一磕，卢爷刀就拿不住，镗啷一声，把刀磕飞，青铜刺往上一跟。卢爷就闭了眼啦，知道躲闪不开。噗哧一声，红光崩现，吴源大吼了一声，如巨雷一般。那位说了，多一半是卢方死了。卢方要是一死，《续小五义·渔樵猎三枪一刀》破铜网是甚么人去？那么噗哧一声，红光崩现，是谁呢？是吴源受了伤哩。皆因是卢爷刀一飞，大伙一怔，倒是浑人手快，飞錾大将军一飞錾，正中吴源右肩头之上。吴源也真皮糙肉厚，大吼了一声，将左手那柄青铜刺往右肋下一夹，伸手把右肩头那錾子拔将出来，抛弃于地，用手按了一按，那血也就不流了，从新又把那柄青铜刺一提。徐庆就蹿将过来劈山式刀往下就剁，吴源用双刺搭十字架，往上一接徐三爷那口刀，镗啷一声，用双刺的钩儿一咬，徐三爷的刀背用力往下一压，徐三爷的刀被人家锁住；往回里一抽，力气不敌吴源，拉不回来，就知道不好。吴源用力往上一崩，徐三爷也就撒了手了，一个箭步蹿开。吴源不追，怕的是又受飞鏊。

龙滔过去，三刀夹一腿，倒把吴源的气壮上来了，手忙脚乱。三刀一腿，吴源直没见过这个招儿，一赌气，双刺一挂，镗啷，龙滔舒手，扔刀，转头就跑。姚猛过去，仍是不会先动手打人，双手揝着长把铁锤，净等人家兵器到，他才还手。吴源瞅见姚猛就像半截黑塔相仿，瞧着他又不上来动手，在那里等着，是甚么缘故？等了会子，姚猛急了，说："大小子！还不过来受死！"吴源只得过来，用双刺往上一点，是个虚招儿。姚猛那里懂的用锤，往外一磕，人家把双刺往回里一抽，复又一扎。蒋爷在旁边瞅着，一闭眼，就知道姚猛没有命了。焉知道姚猛造化不小，锤虽则一空，总是他的胆大眼快，见吴源刺又到，一着急，急中生巧，使了个来回，往前一抡，又往回里一抡，可就抡到刺上了，镗啷一声，吴源就觉出锤沉力猛来了。吴源说："黑大汉！我真爱惜你，不忍断送你这条性命，依我相劝，你降了寨主罢。不然，就悔之晚矣了。"姚猛就说："放你娘的屁！"又一交手。吴源使了个丹凤朝阳架式，把那柄刺搁在姚猛的脖子上，可把大众真吓着了，把姚猛也吓着了。吴源说："饶你不死，降不降？"姚猛一虾腰，蹿开说："再来，小子！"吴源说："你这厮太不知时务，寨主爷饶了你，你知道不知道？"说毕，往上要蹿。胡列、史云直不敢上去。

蒋爷蹭一个箭步，蹿将上去。本是借的一口刀，份量尺寸全不合式。他教姚猛下去，用手中刀一指吴源，说："山寇！我看你堂堂一表人才，为甚么作山寇？你若弃暗投明，我保你上大宋为官，岂不光前裕后，显亲扬名？"山贼大虾腰，这才瞧见了蒋平，一瞅哈哈的大笑，说："你也出朗朗的狂言，你是甚么人？通上名来，我先听听。"蒋爷说："姓蒋名平，字泽长，小小外号是翻江鼠。"山寇一听，说："嗳呀！你就是翻江鼠蒋平吗？"蒋爷说："不错！大丈夫行不更名，坐不改姓。"山寇说："好蒋平！正是寻找你这些日子，怎么也没找着。今日你可想走不能了，父兄之仇不共戴天。"蒋爷说："你先等等动手，你姓字名谁？咱们两个人素不相识，怎么会有父兄之仇？"回答道："我姓吴，我叫吴源，外号人称闹湖蛟。我哥哥坐镇洪泽湖，人称镇湖蛟吴泽，辖管天下水中的绿林，教你结果了性命。各处寻你，今天才相逢，可是冤家的路窄，非生食了你的心肝，绝不独生于世！"话言未了，一个箭步蹿将上来，使了个孤雁出群的架式。蒋爷明知与他走个三合两合的，绝不是他的对手，不如与他水中较量。见吴源往上一蹿，自己抽身就跑，说道："贼人要讲较量，咱们是水中较量，我看看你水中的本领如何？"吴源说："你是翻江鼠，我正要会会你水中的本领如何？"蒋爷一听，就有点暗暗吃惊："他要合他哥哥本领一样，我就非死不可。"是甚么缘故？是洪泽湖遇吴泽的时节，蒋爷不是他的对手，多亏苗九锡父子。苗九锡之子名叫苗正旺，外号人称玉面小龙神，到下套《小五义》五打朝天岭的时节，非此人不行，这是后话，暂且不提。

且说蒋四爷到了水面，哧的一声，扎入水中去了，呼泷往上一翻。再瞧吴源也就到了湖边，也就往下一纵，呼泷往上一翻，踹水法露出上身，双手一顺三棱刺，一踹水，哧的一声，就奔了蒋四爷来了。蒋爷一个坐水法，往水底下一沉，睁开二目，看着吴源，心中暗道："看他能睁眼睛不能？他要在水中能睁眼视物，我占八成得死；他在水中不能睁眼视物，我就可以结果他的性命。"蒋爷把一双小眼瞪圆，净瞅着山贼，就见他也是一个坐水法，往下一沉，双手一捧青铜刺，把一双怪眼一翻，在水中一找蒋四爷。蒋爷瞅得见他。他原来一翻眼，也瞅得见蒋四爷，只见他一踹水，直扑奔蒋四爷来了。蒋四爷直不敢与他交手，深知道他那个膂力过于太猛，就是在水中分水，东冲西撞，一味净是逃命的架式。吴源那里肯放，蒋爷走在那里，他追在那里。蒋爷一想：不敢合他交手，净跑会子，也是无益于事。常言一句说的好："逢强智取，遇弱活擒。"忽然想起一个主意来了。要问是甚么主意，且听下回分解。

第一百十一回 柳青倒取蟠蛇岭 蒋平大战黑水湖

《西江月》：

世上般般皆盗，何必独怪绿林。盗名盗节盗金银，心比大盗更狠。为子偏思盗父，为臣偏要盗君。人前一派假斯文，不及绿林身分。

且说蒋四爷与吴源水中交战，岸上的胡列、楞史他们追杀喽兵，把那些饿喽兵追的东西乱蹿。大汉龙滔、卢爷、徐三爷捡刀。败残的喽兵跑上山去："报与众位得知，我家大寨主与那些人交手，把他们兵器俱都磕飞。"柳爷说："聂贤弟下山，把这些人给我拿上山来。"聂宽就不敢答言。分水兽邓彪说道："大寨主不知聂贤弟旱路的本领有限，若要捉拿这些人，我愿前往。"柳爷把眉一皱，说："靠着米面客人有多大本领？再说也都把他们的兵器磕飞了，如赤手空拳一样，聂贤弟还拿不了来？我不愿为寨主就为这个。难道说我还不如你们的韬略？还是你当大寨主罢，我不管这山上事了。"说的分水兽邓彪羞的是面红过耳，赶紧一躬到地说："从此再也不敢了。"混水泥鳅说："寨主不必动气，待我出去。"随即提了一口刀出去。不然，这个节目怎么叫倒取蟠蛇岭？是柳爷在里头以为内应，他们在外往里杀。柳爷在里头使招儿，这就为倒取。明知这米面客人是蒋爷，不知道那些人是从何处搬来的助拳的，怎么搬来的这么快呢？混水泥鳅出去的忙，倒死的快。当有一喽兵进来报："聂寨主被他们杀死。"邓彪说："如何？他也是陆地本领。待小弟出去与他报仇。"柳青说："不用。我一句话要了聂贤弟的性命，还是我与他报仇。"邓彪也就不敢往下再说了。柳青他那个刀已然是有人给他抢进来了，如今还是拿着他自己的兵器。邓彪也拿着自己兵器。柳爷问："干甚么拿兵器？"邓彪说："跟着寨主爷去。"柳爷说："贤弟，是你与他报仇，还是我与他报仇呢？"邓彪说："还是寨主与他报仇，兵器我不得不拿。"柳爷说："这么几个米面客人，还值得两个人出去？我也不是说大话，今天索性教你瞧瞧我这本领，你不用拿刀。"邓彪暗想："近来寨主怎么这么大脾气呢？"却也无法，受过他活命之恩，只可就不拿兵器。

柳青吩咐一声，齐队下山。那队那能齐呢？只可绕着蟠蛇岭往下一走，到了平川地，就看见众位。分水兽邓彪想不到有陷空岛人，一瞧类若是胡列。胡列叫道："那不是邓大哥吗？"这句话未曾说完，噗通一声，分水兽就躺在地下了。原来是柳青在前，邓彪在后走着。走着，柳青一回手，就在邓彪的前胸上使了一个靠山，只听噗通一声,分水兽邓彪就躺在尘埃。柳爷搭胳膊拧腿,先把他捆上,纹丝不能动;然后拿刀威吓众喽兵:"来,来,来,那个不服,咱们就较量较量。"话言未了,那些喽兵跪倒蟠蛇岭下,苦苦的求饶。柳爷随即开发说:"那边是开封府的老爷们,过去就饶恕你们。"众喽兵过去,跪倒尘埃,往上磕头,一齐说:"我们都是安善的良民,被他们裹来,不随就杀,贪图性命。今见众位老爷,求施恩就是了,我们都不是当喽兵的。"说毕,大家磕头,直是一群乞丐花子。卢爷瞧着也不忍,说:"便宜尔等,饶恕你们性命,仍是各归汛地去罢。"少刻拿着闹湖蛟,在分赃庭相见。

卢爷一瞧,有一个人在旁边跪着,一瞧是胡列。卢爷明明知道他是给分水兽邓彪讲情,竟不理论于他,过来与柳爷说:"贤弟受惊了。"柳爷过去行礼,说:"众位解救我活命之恩。"徐庆说:"自己哥们,那说的着!"柳爷问:"我们山中那个大呢?"卢爷说:"在湖中与老四交手呢。""后出来那个小呢?"徐庆说:"教我宰了。"说的可就是混水泥鳅聂宽。不然,怎么说出去的忙,倒死的快?一见面,就教徐三爷结果了他的性命。似乎此就不细表,一句话就说过去。有话即长,无话则短。再说柳爷问卢爷:"怎么来的这巧?"卢爷把自己事,将长将短对着柳爷说了一遍。又说:"柳爷在山中怎么得脱的活命?"柳爷这才一回手,指着分水兽邓彪说:"大爷,难道不认的他吗?"卢爷一看,说:"好!他也作了山贼了,今天就是非要他的性命不可。"柳爷说:"大哥别要他的性命,要非此人,我焉有命在。你要了他的性命,我不算是负义之人吗?"分水兽说:"大老爷、三老爷,我实出于无奈,才在山上。柳员外知道我的事情,不敢回家,怕教老爷们生气。我走在黑水湖,教他们截上山来,吴源爱惜我,要与我结义为友。'明知不是伴,无奈且相随。'占住此山,得便之时,再想个脱身之计。不料山中清苦,连饭都没有,我劝他早晚之间散夥。可巧柳爷来到。就求大老爷、三老爷格外施恩,饶恕于我。"卢爷旁边还跪一个人呢,可就是胡列,早在旁边跪着呢,说道:"大老爷、三老爷也知晓我们两个人是盟兄弟,我二人皆是一招之错。二位老爷既肯恩施格外,饶恕于我;还求二位老爷开天地之恩,饶恕我盟兄。"又有柳爷在旁边苦苦解劝,卢爷这才点头,连徐三爷也说饶了他们罢。柳爷教胡列去把邓彪解开,过来与卢爷、徐三爷磕头。徐三爷给邓彪与大众见了见。邓彪又过来给柳爷道劳,又奔到卢爷跟前说:"我家四老爷与贼交手吗?"卢爷说:"正是,在水中交手呢。"分水兽说:"我四老爷力气敌不住那个人的膂力,此处现有我与胡列,何不下水中去帮着四爷,不然,悔之晚矣了。"卢爷说:"不用。你还不知道你四老爷那个水性,还用你们帮着?就在此处瞭望罢。"邓彪一听,诺诺而退,静看着水面。

吴源往上一翻,哇呀呀的吼叫,忽又往水中一沉;再看他往水中一扎,滑的一声,那水就是一片血水相似,只见吴源在水中扎下去了。卢爷以为是蒋四爷在水中没有命了,就见吴源再往下一扎,又往上一翻,嘴里头骂骂咧咧,东瞧西看,找不着蒋四爷,复又扎在水内。卢爷也瞧不见蒋四爷上来,以为必是死在水里头了;再见吴源复又上来,吼叫的声音各别。卢爷见他上来整整的三次,蒋四爷一面未露;再瞧黑水湖如红水一般。你道甚么缘故?蒋爷要死在水中,还是那话,就不用破铜网了。蒋爷因在水中一瞧贼人的水性甚好,又能在水中睁眼,蒋爷直不敢合他交手。若是教他拿青铜刺挂住自己,就得撒手;要是再抛了兵器,更不是他的对手了。忽然想起个主意来,就是这么一招儿,行就行咧,不行就完哩。净瞧他这眼力,要比自己看的远,就输给他了;要比自己看的近,就赢了他了。怎么就会试出他的眼睛远近?蒋爷合他绕湾,就围着他绕圆圈,越绕越大,先离七八尺。吴源抱着青铜刺,瞪着两只眼睛看他,他绕在那里,拿眼光跟在那里。蒋爷一踹水,哧的一声,出去了两丈开外,吴源还瞧着他。蒋爷暗暗的心里着急,若要三丈开外,自己就瞧不见。焉知晓就在两丈四五,吴源就不行了。蒋爷就知道行了,赢了他了。吴源还心中纳闷哪,暗道:"你合我绕弯,难道说你还跑的了?你跑的那里,我老瞧着你往那里去。"他可忘了,远啦瞧不见了。他见蒋爷一踹水,往南去了,他可就瞧不见了,他也踹水往南。蒋爷望着西北出去了三丈,他往上一翻,他以为蒋爷必是翻上去了。趁着他往上翻的时节,蒋爷一踹水扑奔前去,就打他脚底下往上一钻,抱着刀往上一扎,扎在那里,噗哧一声,正扎在脚心上。对着山贼往下一蹬水,蒋爷往上又一扎,两下里一凑,蒋爷往回里一抽刀,又一踹水,哧的一声,就是三丈的光景。吴源露出上身,怎么会不嚷呢?又往水中一扎,水面上就是一道子红。吴源到水中仍是不见人,再往上一翻,整整的三次。吴源虽勇,也是禁受不住,复又上来,将把身子露出水来。蒋爷的刀冲着肚脐之上噗哧一声,扎将进去。要问吴源的生死如何,且听下回分解。

第一百十二回　闹湖蛟报兄仇废命　小诸葛为己事伸冤

诗曰：

枫叶萧萧芦荻村，绿林豪客夜知闻。

相逢何必相回避，世上如今半是君。

且说蒋四爷屡次扎了吴源几刀，贼人本是一勇之夫，扎了几刀，也就没有多大力气了。蒋爷瞧着行了，容他上来，自己一踹水也就上来，刀由他肚腹之中扎将进去，噗哧一声，大开膛，哗喇一声，肠肚尽都出来。自己口中含住了手中这个刀背，腾出两只手来，过去把吴源手中一对青铜刺夺来。可叹吴源顺水漂流下来。蒋爷一见吴源就爱上了，可不是爱上他这人，是爱上他这一对青铜刺，如今得将过来，心满意足，为是好应他这节目：洪泽湖丢刺，黑水湖得刺。岸上众人瞧见，这才放心。

蒋爷到岸，给柳爷道惊。柳爷抱怨了他几句，说："我这条命又几希乎没丧在你手。"蒋爷直给柳爷陪礼。邓彪过来与蒋爷磕头。邓彪又把他的事情学说了一回。蒋爷也不十分让责他。一听黑水湖外大家吵嚷的声音甚众，原来黑水湖外大家助阵吵嚷的声音，里头听不甚真切。蒋爷立刻将三只船叫将过来，教他们出黑水湖，将十八庄会头连庄致和俱都请将进来。蒋爷把自己身上衣服拧了一拧，说："此处不是讲话的所在，咱们上山去。"众人点头。

大家一齐上蟠蛇岭，所有喽兵俱都跪在一处，跪接众人。蒋爷说："你们大家俱都不愿当喽兵？"喽兵一口同音说："全不愿意了。"蒋爷说："你们暂且先在此处，事毕都安置你们一个去处。"喽兵一齐磕头。蒋爷直奔分赃庭，进了屋中一看，一无所有，穷苦之极。蒋爷冲着邓彪说："你们这个寨主倒作了个丰衣足食。"邓彪说："四老爷别骂人了。"不多一时，喽兵进来报道："现有柴货厂众位会头老爷们到。"蒋爷说："请！"不多一时，进来尽是些绅衿富户、买卖读书之人，大家相见，都与蒋四老爷道劳。彼此落坐。惟有胡从善、庄致和见蒋四爷身上衣服水淋淋的，心中不忍，教人取衣服与蒋四爷换上。蒋四爷说："等等，净我这一身衣服可不行，我要与你们化个缘。从此山贼一没，你们十八庄连庄会一撤，历年中打地亩里少抛费多少银钱。我这一次化你们几个钱，也不要紧。"大家一口同音说："行得，你是作甚么用？"蒋四爷说："你们出去，可着这里的喽兵多少人，预备多少套衣服、头巾、鞋袜、中衣，免得这一群花子的形象。再说米面、肉腥、菜蔬够我们吃两天的，就得再给喽兵预备点路费，够他们上岳州的盘缠就得。”众人连连点头，这就去办理，择对了五六人，查点喽兵数目，起身出去。蒋爷借的那口刀，也教他们带去。众人出去，仗着此处有的是估衣铺。前文表过，连当铺等项凑兑头巾、衣裳、鞋袜，用船载了米、面、酒、吃食等项，又用船只载了银钱，直进黑水湖，喽兵看见无不欢喜，大家搬运下去，衣服等项俱都堆在分赃庭前，先给蒋爷换上，次与邓彪换上，然后大家穿戴起来。也是机灵的先抢新鲜好点的穿上，些微痴傻的也就落后。落后也是知足的，到底是有衣服，有饭吃。这就抱柴烧火，连会头带蒋爷等俱在分赃庭吃酒。整整一天的光景，次日可就商量着起身了。

忽然喽兵进来回报：“我们有三个远探夥计如今回来了，老爷们赏给他们衣服穿不赏？”蒋爷问：“他们也愿意不当喽兵？”喽兵回话：“他们都愿意改邪归正，就求老爷们一并施恩罢。”蒋爷说：“把他们叫进来。”把三个人叫将进来，在当中往上一跪，蒋爷说：“你们是远探的喽兵么？”回答：“正是。”蒋爷说：“探得甚么事情？”回答：“没探出别的事情来，就知道大人回武昌府穿湖而过。”蒋爷说：“那个大人？”回答：“是颜按院大人。”众人一怔。卢爷问：“老四这是怎么件事？”蒋爷说：“没有怎么件事，这必是欧阳哥哥把大人请回来了。”卢爷说：“这要是大人在此处经过，可就省了事了，咱们就着见见大人。”蒋爷说：“你们打听的准吗？”喽兵说：“准也不大很准，横竖大人回武昌，准准是大人罢。”蒋爷说：“你们吃了饭，换上衣裳，带着盘费，倒是打听大人带着甚么人，从何而至，为甚么缘故，打听明白，再来回话。”喽兵说：“是。”随即出去，换上衣裳，吃了饭，拿上盘费，再去打听。不多一时，就回来了，又进来报道：“我们打听明白来了，是大人带着公孙先生上武昌府私访，如今归回，有武昌府的知府护送，离黑水湖不远了，看看就要进黑水湖口。”蒋爷说：“还有甚么人？”喽兵说：“并无别者之人。”卢爷说：“这事又奇怪了。”蒋爷一翻眼，说：“啊！是了，我明白了。”卢爷说：“你明白了甚么？”蒋爷说：“这个不是公孙先生。”卢爷说：“不是公孙先生是谁呢？”蒋爷说：“这个是沈中元。”卢爷说：“怎么见得是沈中元呢？”蒋爷说：“准是沈中元，这是他合大人说明白了，大人饶了他了，他以为是没了事了。大人饶了他，咱们不饶他，以为硬人情托好了。”卢爷说：“你打算怎么样？”蒋爷说：“少时来了的时节，我先把他扔的水里，涮他一涮。”卢爷说：“小心大人见罪呀。”蒋爷说：“甚么罪呀？此时正在用人之际，咱们把他杀了，大人绝不能把咱们杀了。我也不怕教他师弟听着恼，他太不是了，枉教小诸葛了。”柳青说：“你把他杀了，也不与我相干。病夫你不用混拉扯人。”蒋爷将分水兽邓彪、胡列叫来，就把自得来的铜刺每人一柄，附耳低言如此这般，教他们出去办事。后又把远探喽兵叫过来，说：“你们在黑水湖看着，大人一到，疾速报与我知。”复又把那些喽兵的头目叫过来，说："你们查点查点，那软硬拘钩还够数目不够数目？"喽兵说："回禀四老爷得知，自有富余的，我们夥计不够数目了。"蒋爷说："怎么不够数目？"回答："教老爷们杀了几个；又有饿了几天，刚一吃饭，撑坏了几个。"蒋爷说："他们死去，那尸身怎么样了？"回答："俱已把他们掩埋在蟠蛇岭下。"蒋爷说："好。"胡从善、庄致和说："大人看看将到，我们是怎么样？"蒋爷说："你们瞧个热闹，有我哥哥他们几位迎接大人。你们瞧瞧涮人的。你们瞧见说过涮人的？没有瞧见过，这回教你们瞧瞧罢。"卢爷说："老四，你可慎重着点。"蒋爷说："无妨。大哥，你瞧热闹罢。"喽兵进来报："大人船已到黑水湖口。"蒋爷说："大家出去迎接大人。"

蒋爷这一料，料的实在是不差。沈中元就打把大人盗将出去，全仗着刘志奇的迷魂药饼儿。卖了娃娃谷的房子，三辆车奔长沙府，一辆车是大人，一辆车是他表妹，一辆车是沈中元与他姑母。路过豹花岭，甘妈妈不教住山贼那里。夹峰山住一晚晌，一者玉面猫是师侄，又有家眷，这才在那里住了一晚晌。次日起身，过胡家店还可以的，倒是个店口哇。奔长沙府，到了朱文、朱德家里，可巧哥两个都没在家，仗着是真有交情，就在朱家住下。甘妈妈说："再要不把大人唤醒过来，我就要出首了，把你送将下来。"沈中元应着，晚间就把大人还醒过来了，甘妈妈这才点头。到了次日，吃完早饭，在书房里给大人起了迷魂药饼儿，后脊背拍了三把掌，迎面吹了一口冷气。大人还醒过来了。一看是个书房景象，旁边跪着一人。大人一瞅一怔，见他翠蓝头巾，翠蓝袍，丝鸾带，薄底靴子，没有佩着刀；白面无须，五官清秀。大人问："这位壮士是谁，请起来。有话慢慢的讲来。"沈中元跪而不起，说："罪民身该万死！万死犹轻。有天大的冤屈无处伸诉，夜晚间施展匪计，将大人盗在此处，为鸣罪民不白之冤。见大人天颜，如拨云见日，说明罪民之冤屈，虽死也瞑目。"大人说："无论你有甚么罪名，我一概赦免，有话起来说。"沈中元磕了头起来，旁边一站。大人教他坐下，再三不肯。大人问他的姓氏，"为甚么屈情？慢慢说来。"沈中元说："罪民姓沈，叫沈中元，匪号人称小诸葛。先在王爷府，非是跟着王爷叛反。罪民料着大宋必然派人捉拿王驾千岁，罪民在府中好得他的消息。不料大人特旨出京，不想白五老爷一旦之间失于检点，误中他们的诡计，为国捐躯，丧于铜网。可惜他老人家那样年岁，竟自丧在王府。罪民只恨无有帮手，那时节但有一个心腹之人，也就刺杀了王爷，也就与五老爷报了仇恨。可恨罪民一人独力难成，可巧王爷派邓车行刺，罪民明与他巡风，暗地保护着大人，一者拿住刺客，以作进身之计。不料大人那里徐、韩二位老爷，把他追将出来，追来追去，不知他的去向了。那时罪民在暗地跟随，罪民在旁边嚷道：'邓大哥，桥底下可藏不住你。'竟有如此者好几次。罪民明是向着邓车，暗是向着徐、韩二位老爷。又说：'邓大哥，小心人家拿暗器打你。'这才把韩二老爷提省,用拍箭将他打倒,将他拿住。罪民料着必要问问罪民泄机的缘故。不想他怕罪民投在大人跟前,必要说拿邓车的来历,岂不露出二位老爷无能了吗?岂不想罪民非为功劳,自要与五老爷报了仇,免了罪民与叛逆同党名气,罪民保住合家灭门之祸,罪民就是平生的志愿。不想二位老爷忌妒,不肯引进罪民得见大人之面。这一来不要紧,耽误了与五爷报仇之事,可全在徐、韩二位老爷身上。实系无法,不能得见大人天颜,这才夜晚间施展匪计,将大人大驾请在长沙府。"这就是已往从前。他怎么叫小诸葛呢?直冲着大人心眼:谁要说五老爷这个年岁死的可怜,无非一时的慌疏,坠在铜网之内,大人就把谁喜欢透了;谁要说五老爷情性总是眼空四海,目中无人,他去是自找的,他就把谁恨透了。小诸葛类若知道大人的心思,不就大人恕了他的罪名,教他假扮公孙先生,知会了长沙府,作为大人巧扮私行,访查恶霸来了。邵邦宁闻知大人现在此处,会同总镇大人、合城文武官员,预备轿马,见大人投递手本,送大人回武昌府。到水路换船,进黑水湖,喽兵拿拘钩搭船,沈中元出舱,蒋爷把沈中元抱下水去。若问生死如何,且听下回分解。

第一百十三回　众喽兵拨云见日　分水兽弃暗投明

诗曰

规谏从来属魏徵，太宗何竟望昭陵？

自兹台观全拆毁，感念高皇不复登。

或有问于余曰：《小五义》一书，纯讲忠孝节义，以忠冠首，大概直言敢谏，谓之忠；委曲从事，则不谓之忠。余曰：不然。直谏固谓之忠，或有事不便直谏明言，必委曲以寓规谏，终使君心悔悟，顿改前非，此不谏之谏，更有胜于直谏者。不忠直焉能作出此事来？唐时有一魏徵可为证据：

唐太宗贞观十年，皇后长孙氏崩，谥为文德皇后，葬于昭陵。太宗因后有贤德，思念不已，乃于禁苑中起一极高的台观，时常登之，以望昭陵，用释其思念之意。一日引宰相魏徵，同登这层观，使他观看昭陵。魏徵思太宗此举欠当。他的父皇高祖葬于献陵，未闻哀慕；今乃思念不已，至于作台观以望之，是厚于后，而薄于父也。欲进规谏，不就明言，先故意仔细观看良久，对说："臣年老，眼目昏花，看不能见。"太宗因指所在，教魏徵看。魏徵乃对说："臣只道陛下思慕太上皇，故作为此观以望献陵；若是皇后的昭陵，早已看见了。"太宗一闻魏徵说起父皇，心里感动，不觉泣下，自知举动差错，遂命拆毁此观，不复登焉。太宗本是英明之君，事高祖素尽孝道，偶有此一事之失，赖有直臣魏徵婉曲以进善言，太宗即时感悟，改过不吝，真盛德事也。又唐史上记太宗时的大臣，只有个魏徵能尽忠直谏，太宗也极敬重他。一日，闻魏徵所住私宅，止有傍室，没有厅堂。那时正要盖一所小殿，材料已具，遂命撤去，与魏徵起盖厅堂，只五日就完成了。又以徵性好俭朴，复赐以素屏褥几杖等物，以遂所好尚。徵上表称谢。太宗手诏答曰："朕待卿至此，盖谓社稷与百姓计，何过谢焉？夫以君之于臣有能听其言、行其道、而不能致敬尽礼者，则失之薄；亦有待之厚礼之隆，而不能谏行言听者，则失之虚；又有赏赐及于匪人，而无益于黎元国家者，则失之滥。"而人不以为重，今观太宗之所以待魏徵者，可谓情与文之兼至固宜。徵之尽忠图报，而史书之以为美谈也。

闲言少叙，书归正传。

《西江月》：

五义皆为好汉，蒋平真是能员。水里制伏沈中元，莫把病夫错看。任尔诸葛能算，猛然擒你下船。腹内满饮山下泉，才显翻江手段。

且说大人到了弃岸登船的时节，坐了三号太平船，知府总镇在第二只船上，文武的小官在第三只船上，护送大人的兵丁们就在旱岸上行走。进黑水湖，谁也想不到贼人有这么大胆子，敢劫夺钦差大人。刚进湖口，就听见呛啷啷一阵锣鸣，矶哒哒就把软硬拘钩搭住船只，往近里就拉。小诸葛一着急，打官舱里就蹿将出来，喝道："好山贼！现有钦差大人在此。"回手就要拉刀，一瞧没有，错了，自己扮的是文人模样，那里来的刀呢？正一着急，就见打船傍呼泷一声，由水中蹿出来如水獭相似，把住船沿，把沈中元腰一抱，说："咱们两个人水里说去罢。"大人看了个必真，见蒋护卫，大人高声嚷道："护卫千万不可与沈壮士无礼！"话言未了，早就听见噗通一声，打水漂相似。

蒋爷把人都安置好了，他自己都换了短衣襟，也没拿刀，就到了蟠蛇岭下，看见了大人那只三号太平船进了黑水湖口，桅杆上面有一个大黄旗子，被风飘摆，行舒行卷，上面是朱书的"钦命"两个字，墨书的"代天巡狩按院大人颜"。蒋爷一吩咐喽兵，他就蹿下水去，容他们拘钩搭住就走。蒋爷蹿上船头，拦腰一抱，就蹿下水去。到了水中，蒋爷把手一撒，沈中元就是罈子浮，灌满了为止，净剩了喝水了。蒋爷把他往肋下一夹，拢住了他的手，踹着水，绕过了一个山湾。蒋爷知道把他灌满了，提溜上来，大人也看不见了，有甚么话慢慢再合他说。沈中元水喝的有八成光景，眼前发黑，心似油烹，耳内如同打阵雷的一般。蒋爷解他的丝绦，把他捆上。蒋爷骑马式将他骑上，伸双手打他两肋下，往上一拥，哇哇的往外一吐，吐的干干净净。蒋爷一撒手，把自己身上水拧了一拧，对着沈中元一蹬，叫道："武侯诸葛亮卧龙先生，可惜了你这个外号你怎么配呢？你冤苦了人家卧龙先生了，你怎么配？"沈中元说："我本不配，是大家抬爱，我早就说过不配。"蒋爷说："你所为我二哥、三哥有一点不到之处，得罪于你，怀恨在心，你就行了这么一个法子，五条性命几希乎没有断送在你手中。一计害三贤就够受的了，你这叫一计害五贤：武昌府的知府池天禄，在他地面上丢个大人，他得死；我二哥保大人是他的专责，得死；玉墨丢了老爷，得死；两位先生得死。这是立刻得死的，余者沾衔的还不定死多少呢。你挑礼，你得挑明白了，那才是英雄呢。再说我听见我哥哥说，你道了姓名，我赶着就上树林找你，沈壮士长，沈壮士短，可也不知你听见哪，也不知你是去远咧，可也不知是成心不理我。你不想想，你把大人盗走了，显显你的能耐，不想我们担的住、担不住。你这是把大人说合了，央求的大人点了头。你必是能说呀。你又是王府的人，你必是说能破铜网，能拿王爷。再说我们老五死的怎么苦，你怎么给他报仇，拣着我们大人爱听的说一说，这个就把你赦了。你那知道大人赦了，蒋四老爷不赦。趁着在这大人瞅不见,我先把他宰了,给我二哥报仇。我宰了你,你们大人绝不能把我宰了。”小诸葛一听,心中说:“我早就算计下,这个病鬼不好了,如今遇上他了,这也无法。”想到此间,双睛一闭,一语不发,就是等死。

正说之间,听见蹬蹬蹬的跑过两个人来,是卢方、徐庆。徐三爷嚷道:“大人有话,老四可千万别杀他!”蒋爷说:“谁说的?”三爷说:“大人。”蒋爷说:“你才实心眼哪!这会大人瞧着呢吗?他害咱们二哥,几希乎没死了。他央求了大人,大人饶了他,咱们不能饶他。咱们先把他杀了,我去见大人去,就说你们来送信来,我已然把他杀了,我去上大人那里请罪去。三哥,你带着刀呢?是你杀呀,是我杀?’’徐三爷说:“我杀。”徐庆他本是个浑人,蒋四爷说甚么,他就听甚么,摆刀就剁。蒋爷可又把他拦住,说:“咱们要杀他,也教他死个心服口服,别教他死的不服。姓沈的,生死路两条,你是要死,你是要活?”沈中元说:“大丈夫生而何欢,死而何惧?”蒋爷说:“你到底是愿意死?愿意活?我有意救你。”沈中元说:“我愿意死,我还不弃暗投明呢。”蒋爷说:“你要是愿意活,依我个主意,你就活了。”沈中元问:“甚么主意?”蒋爷说:“你见了我二哥,我给你说情,也不枉你弃暗投明。也别管真假,你总是给我们老五报仇,也不辜负你这点好意。就是有一样,知错认错,是好朋友。你见了我二哥,给我二哥磕个头,一天云雾全散,打这谁也别计较谁。我二哥这个脾气,非教他顺过这口气去,凭爷是谁说也不行。有这一个头怎么好?怎么好?你赶常了,你就知道了。”沈中元说:“你快些住口,若要给别人磕头还在罢了;要是给你们五鼠、五义磕头,这是我一辈子短处。二义韩彰,他还不到了有人的去处讦调于我。再说我无论作了是甚么样的官职,也洗不下这个羞惭去了。”四爷说:“甚么羞惭?你这个头贵重,我这个头贱,我给你磕一百,你给我二哥磕一个。一百折一个,还不行吗?我可是为息事罢词,打这就给你磕头了。”说毕,蒋爷也真拉的下脸来,就双膝点地。沈中元说:“等着,等着,这么磕了可不算。”蒋爷也就站将起来了。沈中元说:“你还捆着我。再说你这给我磕头,谁瞧见了?我给他磕的时节,是众目之下。怪不得人说你足智多谋,这又是你的主意。”蒋爷噗哧一笑,说:“你过于疑心太大。咱们这么办,等那时你给我二哥磕的时候,我再给你磕头,你看着,管保行了罢?”沈中元说:“肯那么着吗?”蒋爷说:“来,我先给你解开。君子一言既出,驷马难追,这话以后绝不提了。”随即给他解开绳子,彼此把身上水拧了拧。蒋爷说:“过来给你们见见。这是我大哥;这是我们三哥,你是认识的。”徐庆说:“老四,他不给我磕头。”蒋爷说:“凭甚么给你磕头?你还应当给人家磕头呢。”徐庆说:“嗳哟!我还应当给他磕头,我们两个人折了罢。”

又见打那边来了人了,一拐山环就到了,这个人说:“千万可别杀沈壮士,教我送信来了。”原来是大人船进黑水湖，看见是蒋四爷把沈中元提溜下去了，大人叫蒋护卫没有拦住，早就下去了。少刻，后头文武官员的船只俱到，船上水手忙成一处，大夥找家伙保护大人要紧。此时由东岸上也有船只到了，大家都上官船找大人的。主管回话大人，亲身手把官舱，卢爷大众过去请罪。大人说：“于你们何罪之有？这沈壮士已然赦过他了。卢校尉、徐校尉，千万告诉蒋护卫，可别杀沈壮士。”得大人谕，下船直奔东南去了。文武官员上船给大人道惊。大人说：“何惊之有？”复又派人前去，教本地面武职官去追赶下去，“千万别杀沈壮士，大人已经赦过了”。那人去不多时，同着蒋四爷回来，等那人到时，蒋爷已经把话说好了。蒋爷也应着，当着大众给沈中元磕头；沈中元也应着，当大众给韩彰磕头。蒋爷给他解了绑缚，跟这里来的时节，那人也就到了。一提大人说，不教杀沈壮士。蒋爷说：“没有杀。既然有大人谕，我们焉敢杀他？大人谕要下来晚一点，可就不好了。”沈中元心里说：“我就知道他们这五鼠、五义里头，这个瘦鬼不好了，这才叫雨后送伞。”蒋爷说：“这位老爷贵姓？甚么前程？”那人说：“我是守备，姓王叫殿魁。”蒋爷说：“王老爷。”那人说：“好说。老爷贵姓？”蒋爷说：“姓蒋名平，字是泽长，派行居四。”那人说：“原来是蒋四老爷，失敬，失敬！”蒋爷说：“岂敢，岂敢！”随说着随走，将一拐这个山环，就看见大人的船只了，正是那些个喽兵打船上摘软硬拘钩呢。蒋爷说：“不好！有了刺客了！”忽见打西山头上嗖蹿下一个人来，回手拉兵器，准是要行刺。要问来者何人，且听下回分解。

第一百十四回　蒋泽长水灌沈中元　众乡绅奉请颜按院

《西江月》：

矫若云中白鹤，羡他绝妙飞行。忽然落下半虚空，能不令人发怔？宝剑肩头带定，人前念佛一声。热肠侠骨是英雄，到处人皆钦敬。

且说蒋爷同着那人刚一拐山环，就瞧见山半腰内一个人蹿将下来，蹿在大人船上。蒋爷一嚷："刺客！"卢爷撒腿往前就跑。徐三爷眼快，说："站住罢！大哥，不是外人。"卢爷也就噗哧一笑："可吓着了我了，敢情是他把大人也吓着了。"你瞧，无缘无故打半悬空中飞下一个人来，银灰九梁巾，道袍、丝绦、鞋皆是银灰颜色，除了袜子是白的；背插二刃双锋宝剑，面如满月相似，五官清秀，三绺短髯，回手拉宝剑，念声"无量佛"！大人也不知道老道从何而至，一瞧那意思不是个行刺的，见他一回手，就要拉双锋宝剑，说："尔等们这些喽兵，好生大胆！"将摆剑要剁，船舱之中说道："师兄，你且慢，大人现在此处，你要作甚么？"赶着出来，双膝点地，给云中鹤魏道爷磕头。

你道云中鹤从何而至？自打夹峰山说明了，帮着大众破铜网定襄阳，回到庙中，把自己应用物件全都带好，将庙中事安置妥当，离了三清观，直奔武昌府。正走在柴货厂，看见湖口里面浩荡荡的大黄旗子飘摆，上写着"钦命代天巡狩按院"，被山头遮挡，往下就看不见了，自己心中一忖度："必是颜按院大人罢。"忽听里面呛啷一阵锣响，意欲奔黑水湖，没有船只又进不去；上黑水湖西边那座山，看看又没山道。仗着老道常走山路，山头却又不高，把衣裳一掖，袖子一挽，竟自走到上面去了，往下一看，正是喽兵那里导绒绳哪。东岸上站着好些个人，看又不像山贼的样儿，看那旗子可不是颜按院大人吗？自己一着急，飞身蹿将下去，念了一声"佛"，拉宝剑要断软硬拘钩。此时白面判官柳员外打里边出来，说："给师兄叩头。"魏道爷一问："师弟因为何故到此？"弟兄约有十七八年没有见面，见面觉着有些凄惨。柳青说明了自己的来历，魏道爷点头。

正说话之间，就听见岸上有人叫："亲家！"原是穿山鼠徐三到。魏道爷一瞧沈中元，水鸡儿一般，还有一个也是水淋淋的衣服，可就是蒋四爷。大家上船，云中鹤俱一一的单手打稽首，念声"无量佛"。徐庆给见的蒋四爷，见礼已毕。蒋爷复又给魏道爷行了一个礼，说："我听我三哥说，请出魏道爷来帮着我们大众与我五弟报仇，慢说我们感念道爷的这一番好处；就是死去的我们五弟，在阴曹地府也感念道爷的功德。"徐三在旁说："你瞧你这絮絮叨叨的，也不知是作甚么。自己哥们，那用那些话说。"云中鹤念声"无量佛！"说："贫道既然点头，敢不尽心竭力。"沈中元在旁双膝跪倒，说："师兄，你老人家一向可好？小弟沈中元与兄长叩头。"云中鹤念声"无量佛"，说："你今年岁数也不小了，比不得二十上下的年纪了，也应当奔奔正途才是。你想想，你所为的都是甚么事情？我为你们两师弟远走他方，云游天下，皆因有这个师兄弟的情分。一人增光，大家长脸；一人惭愧，大家惭愧。按说弟兄们廿载光景未能相逢，弟兄们见面，怎么我就数说你一顿？皆因你作事不周，连劣兄脸上也是无光。"沈中元说："小弟早有弃暗投明之心，不得其门而入。事到如今，改邪归正，不必兄长惦念了。"

正在他们说话之间，里边传出话来，说："大人有请蒋护卫。"卢爷教蒋爷换上衣服。蒋爷就此进去面见大人，见大人给大人行礼，给大人道惊，在大人跟前请罪。大人又把沈中元的缘由说了一遍。大人深知蒋爷是能牙利齿，派蒋爷与沈中元、韩彰两家解和。蒋爷点头。然后又问打半山腰中飞下来的那个老道是谁？徐三爷回话如何回得明白，向来又不懂的说官话，一张口就不成文："回禀大人得知，他是我小子，是我儿子的师傅。我们是亲家。"大人瞪了他一眼，话就更说不上来了。又说："我回话大人听不明白，问我哥哥罢。"他也想着说的不是滋味了，推在卢爷身上。卢爷接过来，这才把始末缘由说了一遍，大人方才听明白。原来是沈中元、柳青的师兄，被众人请出来帮着定襄阳、破铜网，与五弟报仇。方才看见有些道骨仙风的气象，自己一忖度：此人是请出来的，不可慢待，又是徐校尉的亲家。立刻吩咐有请魏道爷。魏真进了船舱，与大人行礼。大人赶紧站起身来，抱拳带笑说："魏道爷请坐。"上下一打量魏真，好一番的气象。怎见得？有赞为证：

颜大人，用目瞧。见此人，好相貌。入玄门，当老道。看身材，七尺高。九梁巾，把头皮罩。素带儿，脑后飘。迎面上，有一块无瑕美玉吐放光毫。穿一件灰布的袍。系一根细丝绦，在腰间来回绕。蝴蝶扣，系得牢。相衬着灯笼穗儿被风摆摇。白布袜，腰儿高。银灰的鞋，底儿薄。行不偏，走正道。背后背，无价宝，二刃双锋是一口利刃吹毛。看先天，根基妙；看后天，栽培的好。地角圆，天庭饱。二眉长，入鬓角。看双睛，神光好。面形正，双腮傲。耳轮厚，福不小。唇似涂朱，还有那三绺胡须相配着。这老道，真奇妙。不修仙，不了道。不爱钱，不贪钞。暗隐着威，面带着笑。喜管不平事，专杀土棍豪。每遇那污吏赃官，奸夫淫妇，不肯饶。

大人看毕，暗暗夸奖，叫人与道爷预备一个坐位。魏道爷那里肯坐，让至再四，方才落坐。与众位打了个稽首，念了一声"无量佛"！大人说："本院久闻魏道爷之名，方才又听卢校尉等所说，魏道爷肯出来拔刀相助。待事毕之时，本院奏闻万岁，必然要声明魏道爷之功。”云中鹤说：“小道无能，无非听着言讲五老爷死在铜网，被奸王所害，实在可惨。小道也是一腔不平之气，焉敢称为拔刀相助？无非众位老爷们前去破铜网，小道有何德何能？不过巡风而已。”大人说：“魏道爷不必太谦了。”

正说话间，一宗咤事，就见那船忽悠忽悠直奔东山边而来，把大众吓了一跳。怎么这船自己走起来了呢？大人问：“甚么缘故？”蒋爷知道底下有人，转身蹿入水中，才把胡列、邓彪叫将出来。原来是蒋爷预先叫他们两个拿着青铜刺，容拘钩搭住船只往里拉的时节，教他们用刺钩挂住船底往里就带。两个人扎在水中用刺挂船，嗣后怎么也挂不动了。缘故是拘钩不拉了，两个人如何挂的动？这才用尽平生之力，慢慢忽悠忽悠的也就奔了东山边了。有蒋爷进去把他拉上来，到了上面，才能告诉可不能在水里头说话。蒋爷就把水灌沈中元、大人到了的话说了一遍，随后带着两个人到了船上，放下青铜刺，与大人叩头，说明了他们来历。大人收留下，教他们跟着当差。大人又问：“你们大众如何到的此处？”蒋爷就把寻找大人，误入黑水湖，杀了山寇，饶恕了喽兵的话说了一遍。“岸上那些人，那都是十八庄的会首。”大人说：“既然他们献了些个衣服，又预备的吃食，也俱是为国有益的好百姓，应当请来一见。”蒋爷这才下去，把那些乡绅们请将上来，俱与大人叩头。大人倒说了些谦虚的言语。那些人请大人上柴货厂暂且歇马，明日起身。大人不肯，众人跪着不起来。大人出了个主意，就在山上聚义庭中住一夜，明日再走。大众只可点头，就此请大人下船上聚义庭。众乡绅派人出去，治办上等海味官席几桌，也皆因柴货厂地势宽阔繁华，要是背乡也不能这么便当。蒋爷、沈中元、邓彪、胡列俱都换上衣服，众喽兵跪接大人。

众人到了聚义分赃庭中，晚间由外边厢酒席备到，连知府带总镇大人，连文武的大小官，以至外边兵丁等。蒋四爷等连众会头，带喽兵大家饱餐一顿。也就把君山归降大宋，回禀了大人一遍。又把盗彭启，假扮阴曹，画阵图，回了大人一遍。大人问：“阵图有些个日子，大概也就画齐备了罢？”蒋爷说：“这日限也不少了，大约也画齐备了。”就此回明白了大人，把喽兵也打发他们上君山去，待等襄阳用人之际，再调他们上襄阳。大人也就依着蒋爷的主意。蒋爷叫分水兽邓彪，叫他取纸笔墨砚去。分水兽说：“四老爷怎么又来取笑我们，这那有纸笔墨砚呢！”这才有知府来的文案，教他们预备。蒋爷亲笔写了书信，封固停妥。一夜晚景不提，次日清晨，大人打发文武官员俱都免送，回衙理事。大家一定要送，说至再四，这才不送了，连兵丁们俱都教他回去。早饭又是十八庄会头预备。早饭用毕，山中也没有甚么物件，喽兵也不用分散。蒋爷仍穿上自己的衣服，带上一对青铜刺，请大人下山。余者众人保护，放火烧山，为的是贼要再来了，没有住处，自然也就存留不住了。顷刻间，烈焰飞腾，万道金蛇乱窜。喽兵带着书信盘费银两，投奔君山，暂且不表。

十八庄会头要送大人一程，大人拦住，大人谢了谢他们。后来大人上京交旨，奏闻万岁，天子一喜，还赐了一块匾额，赞美他们村庄的义气。大家上船。大人在官舱中见火光大作，点头叹息：烧毁房屋，伤害多少生灵。蒋爷早派听差的前去给武昌府送信。内中单有柳青要见他师母去。蒋爷不愿意，说："待等破完了铜网，索性你把这一个整人情作完了，再见不迟。"柳爷说："趁着此处长沙府不远，我实在是想我师母。你只管放心，你绝不能半途而废。我不是这样人物，你们先走，随后我奔襄阳，绝不能误事。"这一说，云中鹤也要去，沈中元带路。蒋爷一想："不得他们师兄弟凑在一处，睡多了梦长，万一不奔襄阳，便把他们怎么样呢？有了，我同着他们一处去就无妨了。"就此回明白大人，四位一同起身，奔长沙府。这一到长沙府，火焚郭家营，且听下回分解。

第一百十五回　双锤将欺压良善　温员外惧怕凶徒

《西江月》：

世上豪杰不少，巾帼亦有须眉。救人急难扶人危，竟出闺阁之内。不是姻缘匹配，强求必定吃亏。要擒恶霸将双锤，女中英雄可畏。

且说大人回武昌不表，蒋爷上长沙亦不提。单说的是南侠、北侠、双侠、智化、过云雕朋玉直奔长沙府，到了郭家营，过云雕朋玉认的。总是不巧不成书。自从小诸葛沈中元他们走后，本家有事是前文表过。王官雷英上长沙府郭家营，聘请双锤将郭宗德。这双锤将可就在长沙府，皆因此人膂力过人，受了襄阳王的聘请。这人生就的膂力真大，虽不能说万夫不当之勇，要论这一对双锤，实在是力猛锤沉。可惜他这样的本领，只是一件，教他妻子误了一世的英名。这就是那句话，大丈夫难免妻奸子不孝。

他娶妻花氏，实在的不是个东西。郭宗德家中一贫如洗，他是个武夫，饭量最大。他交了一个朋友，叫崔德成。这个崔德成家大业大，就是孤身一人，尚未婚娶；就皆因这个花氏不是东西，那崔德成又有银钱，这宗德又穷，贪图了人家银钱，就把丑事作出来了。崔德成拿着银钱，教郭宗德作买卖。这个买卖一多了，郭宗德也就作不过来了，又找的领东的开了许多铺户，拾夺了自己的房舍，前后东西共是四个大院子。后院拾夺的花园子，盖了一座大楼，花氏起的名字，叫合欢楼。后花园中有些个奇花异草、太湖山石、竹塘等项。家业一大，双锤将的名器也传扬出去了。双锤将不叫双锤将了，改送了他一个外号，叫了个赖头鼋。大人还不好意思的叫他，小孩子可不管那个。他在前边走着，小孩子就在后边叫他："咳咳咳，赖头鼋哪，上那去呀？吃了饭了没有？"他瞧了那孩子一眼，也无非是干鼓肚子生气。那孩子更讨人嫌，又说："赖头鼋，你发了财了，你不是上我们家里讨饼子吃的时候了。"这个人一想："再要是孩子凑多了，更不好办了。"真是那些孩子俱在一处唱起来了："赖头鼋，赖头鼋，丢了人，有了钱。"他就要追赶着打他们，他们就跑了。自己一想："不是事，不久的要跟着王爷打军需去了，又不能携眷。自己要把家眷搬在襄阳去，又舍不得这片事业。再说崔德成公然就在他们家里住着，也不回崔家庄了，总想一个法子，怎么把他推出去才好呢？"忽然这天生出一个主意来，把崔德成请到书房内，两个人喝着茶闲谈。赖头鼋说："兄弟，你这不是事。凭你这个家当，这样的事业，打这么一辈子光棍子，算怎么个事情？圣贤说过：'不孝有三，无后为大。'非得说一个不行，早晚我给你为媒，说一个，非说一个不行。"崔德成说："不要。别辜负了哥哥的心。"郭宗德说："你为甚么不要？"崔德成说："媒人叫我赶出去的许多，缘故再醮的不要。谁坐家女，教对相对看？非品貌好了我不要。"郭宗德说："难道这一方，就没一个品貌好的么？你要甚么样的？"崔德成说："非得像我嫂嫂那品貌不行。还有一个不行了。"郭宗德问："是谁？怎么不行了？只要你看得中意，我就能给你去说。"崔德成说："那日清明上坟，插柳的时节，看见温家庄温员外家有个女儿，叫温暖玉，称得起美貌双全。我见了他一面，神魂恍惚，直到如今，我总有些个思念。可惜人家是有夫之妇了。"双锤将说："只要你看着如意，有夫之妇，他也得给咱们。"崔德成说："他要是给的无能之辈，还有你这一说。他给的朱家庄朱德家，那如何行得了？"双锤将说："你只管放心罢，后天咱们就办事。要是不给，咱们还会抢哪。妥了，兄弟你在那办？"崔德成说："要是妥了，我就在这办。"赖头鼋听了，虽不愿意，也是无法。有句俗言："宁借停丧，不借人成双。"无奈可有一件，吃了人家的口软，使了人家的手软，自盖房屋不敢说不行。崔德成虽说此话，也没有搁在心上，仍然告辞上合欢楼去了。

双锤将把家人叫将过来，自己教人备办了八盘子花红彩礼，教人备上马匹，自己换了新衣服佩上，出了自己房门，乘跨坐骑，带上从人，直奔温家庄。到了温员外门首，双锤将撇镫离鞍，下了坐骑，从人前去叫门。里边有人答言："甚么人叫门？"从人说："开开罢，我们大爷来了。"正是温员外出来开门，一看就是一怔，知道双锤将是一恶霸，素无来往，到门必没有好事。只可满脸陪笑，一躬到地。双锤将要行大礼，说："老伯在上，侄男有礼。"温员外说："岂敢。好兄弟，请到寒舍待茶。"说毕，往里一让，庭房落坐。温员外问道："有甚贵干，驾临寒舍？"双锤将说："侄男闻听老伯有一千金令爱，我有个盟弟，此人大大有名，提起来大约老伯也知道，就是崔家庄崔德成。侄男作个冰人，可称得起是门当户对。"温员外连连摇手，说："辜负贤弟一番美意，我的小女已然许配人家了。"双锤将说："老儿，你太不知进退，好意前来说亲，你竟自拿这般言语推托于我。后天前来迎娶，孩子们，把定礼放下。"温员外把双锤将一拦，说："且慢，我的女儿许配朱家庄朱德为妻，倘若不实，小老儿情愿认罚。"双锤将把手一抖，温员外扑咚摔倒在地，他竟自扬长而去。温员外放声大哭，皆因是安人已然故去了，就是自己带着女儿度日，已然给了朱德，郭宗德硬下花红彩礼。不从罢，人家势力真大，从了罢，也得朱家答应。乡村有点事情，街坊邻舍尽都知道，早有邻居过来探问。温员外就把始末根由对着大众说了一遍。众人七言八语，就有说打官司的；就有说攒人打架，打完了合他打官司；就有说把姑娘藏起来的;就有说给朱家送信的。温员外就依了这个主意。邻居散去,温员外到了后面,就把此事对着女儿学说一遍。姑娘是个孝女,跟随天伦温习儒业,熟读《列女传》,广览圣贤文。口尊"天伦,是女儿累及你老人家了。他明天一来,女儿我就速求一死。"温员外说:"女儿先别行拙志,为父去到朱家送信。要是死,也是破着我这一条老命,先与他们拚了,我儿可千万别行拙志!"暖玉说:"孩儿死也不这么死,我还有个主意。"说毕,姑娘痛哭。员外劝解了一番,出来找了邻家二位老太太伴着姑娘,怕小姐行了拙志。员外复又出来,离了自己门首,直奔朱家庄而来。

到了朱家庄上,直奔了朱德家中。家下人等见了老员外来,说:"老员外爷两眼发直,莫非有甚么事情哪?"温员外说:"祸从天降,请你们大爷来了。"说着话,往里就走。从人说:"我们大爷没在家。"员外也并没听见,直到庭房落坐。温员外说:"请你们大爷。"从人说:"方才回禀过员外爷,我们大爷没在家。"员外说:"请你们二爷。"从人说:"我们二爷没在家。"那边从人也说:"我们大爷、二爷都没有在家。"两边从人一口同音齐说:"没在家。"温员外放声大哭,说道:"苍天哪,苍天哪!"从人问道:"老员外何故这么恨天怨地?"老员外说:"咳,我们闭门家中坐,祸从天上来哪!"从人一个个瞧着纳闷,说:"老员外,到底是什么事情呢?"温员外对着朱家从人,一五一十细说了一遍。从人说:"员外爷来的不巧,前三两天还行呢!我们大爷、二爷,把兄弟沈大爷在这里的时候,这样的恶霸有一千也拾夺了。"老员外说:"怎么这么不巧,你们大爷、二爷到底上那去了?"从人说:"上南乡取租子去了。"老员外说:"要给送信,明天晚上回的来回不来?"从人说:"回不来,要是连夜赶骑着快马可行咧。"温员外说:"烦劳你们那位辛苦一趟,总是大爷来才好哪!我们姑老爷尚未过门,说话有点不便。"

正说话之间,见老太太从外边进来。甘妈妈一生是个直率的脾气,皆因朱文、朱德没在家,沈中元保着大人走了,娘两个还在这里住着,净听沈中元的信息,搬在那里,好奔那里。忽然听见前边哭哭涕涕,甘妈妈在后窗户那里听着,有听见的,有听不见的。就听见说:"硬下花红彩礼,无论怎么样后天搭人。"就听见这两句话,自己亲身就过来了,进了庭房。从人说:"这就是我们这里住的甘老太太到了。"员外问:"那位甘老太太?"从人说:"这是我们大爷、二爷、沈大爷的姑母,眼下在我们这住着呢,要不怎么说前几天来好呢?沈大爷是有本事的,要论势力人情,我们这里有按院大人,可惜如今都走了。此时就是给我们大爷送信,也是无益。"温员外也是无法。此刻甘妈妈进来,员外与甘妈妈行了个礼,甘妈妈与员外道了个"万福",让温员外坐下。甘妈妈也就落坐,问:"老员外,到底有甚么事情?咱们大家议论议论。谁教我在我们老贤侄这住着呢?"温员外又把自己的事学说了一遍。甘妈妈咳了一声，说："这个事，要是我们侄儿在，这就好办了。等等，我给你算计算计，是我们侄子容易呀，是找本家大爷、二爷容易。我们侄子是上武昌府，本家大爷、二爷是上南乡。"正说话之间，忽听外面有人。甘妈妈一回头，听见后窗户那里有人叫，说："妈呀妈，你老人家这里来。"甘妈妈说："老员外暂且请坐，我女儿叫我哪。"说毕，转头出来。温员外仍与从人讲话，说："你们家大爷、二爷上南乡去，离这有多远哪？"从人说："远倒不远，离这一百多里地，大概也就在这一半日回来，凑巧今天就许回来。"温员外那个意见，就打算给大爷、二爷送信为是。正说话间，甘妈妈从后面过来，也是皱眉皱眼，甘妈妈也添了烦了。员外说："甘妈妈请坐。"妈妈说："员外请坐。"从人问："妈妈到后面作甚么去来？"甘妈妈咳了一声，说："员外，方才是我女儿将我叫到后面去了。我女儿一生好管不平之事，他要见着不平事，他就要伸手去管。老员外，这件事情他要替你们出气。"员外说："姑娘小姐，怎么能够替我们出气？"甘妈妈说："实不相瞒，我养活的娇纵，练了一身本事，明天教你的女儿躲避躲避，他去替当新人。待下轿之时，亮出刀来，杀他们个干干净净。"温员外说："那可使不得。"话言未了，忽见朱文打外边跑将进来。此人一来，不知端的如何，且听下回分解。

第一百十六回　朱文朱德逢恶霸　有侠有义救姑娘

且说姑娘叫过甘妈妈去，同他娘一说，他要替人家暖玉小姐去。暗带短刀一把，下轿之时杀个干干净净的。妈妈一拦他，不教他去，他就要行拙志。妈妈也是无法，故此到前面与温员外说这套言语来了。温员外也是为难，甘妈妈也是着急。温员外说："那如何使的！"忽然朱文慌慌张张，手中拿定打马藤鞭，打外边跑将进来。从人赶着给大爷跪下，磕头，说："大爷从哪里来？"大爷也不理论那些从人，过来先给温员外行了个礼。从人冲着甘妈妈说："这就是我们家大爷。""大爷，这就是沈大爷的姑母。"朱文过来与甘妈妈行礼，说："姑母，你老人家到得孩儿家中，可巧我们哥儿两个没在家，慢待你老人家。"甘妈妈说："哟！我们在这骚扰你们。"朱文心中有事，不能净白陪着甘妈妈，一回头，奔了温员外来。温员外伸手一拉朱文手，放声大哭，说："贤戚，我们祸……"那个祸字底下的言语尚未说出，朱文接过来说："你老人家不用说了，侄男从你老人家那里来，听见赶集说，我赶紧到了你老人家家里，才听见隔房两位老太太说，你老人家上我们这里来了。"温员外说："好恶霸！欺我太甚了。"朱文说："老伯只管放心，我这就写呈字。并且长沙县还不行，我知道长沙县与赖头鼋换帖，告他往返徒劳，非长沙府不行。你老人家不必忧心，我们两家较量较量，我搬不倒郭宗德，我誓不为人！"甘妈妈说："哟！贤侄且慢，适才我女儿听见此事，他一定要替他温大姐姐坐这一次轿子，暗藏短刀一把，待等下轿之时，杀他们个干干净净。"朱文连连摆手，说："姑母，这件可万万使不得。我这个表妹，可许配人家没有？"甘妈妈说："早已许配人家了，还是侠义的门徒。"朱文说："倘若要教人家那头知晓，姑娘可就担了不是了。再说为我们家的事情，我天胆也不敢，实系担架不住。"甘妈妈也就没法了。朱文立刻写呈字，说："老伯暂且在我家听信，我前去递呈字，听信息。"员外点头。

朱文本是文秀才，朱德是武秀才。写了呈字，朱文不费吹口之力，外头备了两匹马，带着一名从人，直奔长沙府。事逢可巧，长沙府知府没在衙署，送按院大人去了。一打听，回来的日限不准。这个事等不得，后天就要抢人，如何等得了。只可转头回来，再作主意。人，这无名火是霸道火性，往上一壮，举家性命都顾不得了。离了长沙府，正走长沙县。到了长沙县衙署的门首，心中一动，想着："自己这个事是理直气壮，他们虽然是把兄弟，难道说他就把这门亲事断与赖头鼋不成？再说我先在他这里递了呈字，他与我办不好此事，我再打府衙门去后，我也不算是越诉。”想毕，就下了坐骑。从人说：“大爷，这里告他可不好哇，难道说你老人家不知道他们是把兄弟吗？”朱文说：“你知道甚么！少说话。”从人也就不敢多言了。所带的呈字是知府那里递的呈词，到县衙也就用不着了。自己一直扑奔大堂，正对着这位太爷升二堂理事呢。朱文打算要挝鼓，忽见打里边出来两个青衣，刚一见朱文，笑嘻嘻赶奔前来，说：“这不是朱相公吗？”朱文点头，说：“不错。”青衣说：“很好，倒省了我们的事了。”朱文问：“甚么事？”青衣说：“我们太爷派我们去请你老人家去。”朱文说：“好，我正要见见你们太爷呢，你就给我回禀一声。”当即就同着朱相公进去。知县姓吴，名字叫天良。原来有双锤将的片子早就到了，随着五百银子，托付吴天良买一个贼，攀告朱文、朱德的窝主。吴天良暗地里叫官人通知犯罪的贼人，一口将朱文、朱德攀将出来，说：“他们是窝主，与贼人消赃。”暗地办好，知县升二堂，带贼上来审讯，贼人就把朱文、朱德招将出来，教他画了供。出签票拿朱文、朱德。官人领签票刚出去，正遇上了，故此就把他带将进来。面见知县，身施一礼，说：“学生朱文，与父母太爷行礼。”知县把公案一拍，说：“好个大胆朱文！枉是圣人的门徒，聚贼窝贼，现有人将你供招出来。”会同教官革去了他的秀才，暂将钉肘收监。朱文在堂口，百般叫骂狗官长，狗官短，知县把耳朵一捂，退堂归后去了。把天良一灭，就得了纹银五百两，这可真算是无天良了。

外边的从人一瞅主人钉肘收监，自己把马拉过来，骑着一匹，拉着一匹，回朱家庄去了。一路无话，到了自己的门首下马，进了院子，往里就走，一直扑奔庭房，正对着温员外在那里等信呢。甘妈妈先瞧见，这从人就把已往从前的事情，对着甘妈妈学说了一遍。温员外一见还是不行，倒把朱文饶上了。忽然又从外边跑进一个人来，说：“大爷在家里没有？”从人说：“怎么件事？”那人说：“可不好了，咱们二爷教郭宗德诓得他们家里去了，收在空房里头了。”众人一听，又是一阵发怔。原来赖头鼋抢人这个事传扬遍了，这朱德刚打南乡回来，也是带着一名从人。他是武夫，好走路。正遇见有人讲论呢，可巧教他遇上了，过去一打听，人家说明天瞧抢人的，就教朱德听见了。又过去细细的一打听，可巧人家不认得朱德，一五一十就把这个事告诉朱德了。朱德立刻带着从人，就奔了郭家营，不用说，见了郭宗德就破口的大骂：“好赖头鼋！你敢抢二爷没过门的妻子！”见着他们的从人，说：“你快把赖头鼋叫出来！”从人哪里敢怠慢，立刻往家就跑，就把赖头鼋叫将出来。不多一时，赖头鼋出来，满脸陪笑说：“原来是朱贤弟。”朱德大骂，说：“你甚么东西？你合我呼兄唤弟！”郭宗德说：“兄弟，你今天是带了酒了。不然我一还言，伤了咱们的好交情了。”朱德说：“赖头鼋！你要再说合我有交情，我要胡骂了。”赖头鼋说：“我就问你一句话，你是怎么了？"朱德说："你反来问我是怎么了？凭甚么在温家庄硬下花红彩礼？"赖头鼋说："你听谁说，我在温家庄硬下花红彩礼？"朱德说："这是人所共知。"赖头鼋说："咱们可千万别受了人家的煽惑呀！你是听谁说的？你把这人拉来咱们对对。不然咱们一同到温家庄问问此事。再说温家庄住户人家甚多，把花红彩礼下在甚么人家了？"朱德说："就是温宏温员外他们家里。"赖头鼋说："这可就更好了。你先把气消消，我换上衣服，咱们一同去问问，要果有此事。你要怎么罚我，就怎么罚我。再说温员外家姑娘给了兄弟你，你也知道，放定的时节，我还去道喜去哪，怎么我能行的出那样事来！再说我也有家小，我还能再娶一个不成？"朱德被他这一套话，说的自己倒觉着有些个舛错，必是自己没把事情听明白，大料着他也不敢。双锤将说："你先到我家里喝碗茶，把气消一消，咱们访听访听这个话是谁说的。你要饶了这个人，我也是不饶。"往进一让。朱德说："这倒是我莽撞了，亏了是你宽宏量大。不然，咱们得出人命。"郭宗德说："我要与你一般见识，我对的起大哥吗？"二人往里一走，进了广梁大门，往西一拐，四扇屏风，刚一进去，两边有人蹲着拉着绳子，往起里一站，兜住了朱德的脚面，朱德往起一蹿，躺下的更高。从人过来，五花大绑。朱德破口大骂，说："好小辈！暗使阴谋，不敢合你二太爷一刀一枪的较量较量。"双锤将说："朱德，今天把你拿住，为的是教你瞧着明天把你这个妻子给我把弟娶来，都教你瞧着拜天地，入了洞房，合卺交杯。到次日生米作成熟饭。也不要你的性命，把你一放，你们哥们有法，净管使去，或讲文，或讲武，随你们的便。"朱德大骂。赖头鼋说："把他嘴塞上。"朱德一急，一抬腿，叭的一声，就把家人踹出多远去，嗳哟，噗通，爬伏在地，还醒了半天，才缓过这一口气来，几希乎没有死了。郭宗德说："这不得不把他四马攒蹄捆上。"从人把他按倒，口中塞好了物，叫人把他搭在后边，扔在空房子里头，也不用看着，把门锁了。双锤将这里搭棚办事，衙门里信也到了，朱文收了监了，暂且不表。

单说跟朱德的这名从人，飞也相似往家就跑，到了家中，见甘妈妈连温员外带伙伴们，就把二爷的事对他们学说了一遍。众人目瞪痴呆一般，一点方法无有。温员外净哭。甘妈妈劝解，也是无法。只可就是按姑娘那个法子，除了那个法子，别无主意。正在束手无策之间，忽然从外边蹭蹭蹭蹿进几个人来，头一个青缎衣巾，黄白脸，细条身材；第二个碧目虬髯，紫衣巾；又两个宝蓝色的衣服；还有个身材矮小的，五个人倒有四个拉兵器的，往庭房里头就跑。温员外以为是双锤将他们人到了，吓的整个儿掉下椅子来，爬起往桌子底下就钻。倒是甘妈妈，别瞧是个女流之辈，总是开过黑店，胆量不小，说："你们这是那里来的一伙人哪？清平世界，朗朗乾坤，白昼入人家的宅舍，难道说反了不成？"原来是南侠、北侠、双侠、智化、过云雕朋玉大众前来。甚么事情往进就跑？有个缘故，皆因是众人走着，遇见天气了，耽误了三两日的光景。看着快到朱家庄，智爷就问明了朋玉，朱文、朱德他们家进庄第几个门居住，都有朋玉告诉明白。到了门首，智爷一扭嘴，使了个眼色，连朋玉也不知是怎么个意见，大家拉兵器乱往进蹿。

原来是智爷怕沈中元得信跑了，故此进来的即速，连朋玉也就跟将进来，直进庭房，并没一点影色。对着甘妈妈一问，朋玉说："这就是那位甘妈妈。"智爷把刀插入鞘中，说："亲家，我且问你，你内侄那里去了？快些说将出来，好保你们母女没事；如其不然，连你都大大的不便。"甘妈妈说："你是甚么人？管我叫亲家。"智爷说："我不说，大约你也不知，我姓智，单名一个化字，匪号人称黑妖狐。这是你们干亲家，这就是北侠。"甘妈妈说："可了不得了，原来是二位亲家到了。二位亲家恕我未能远迎，望乞恕罪。"北侠说："岂敢。"朋玉过来与甘妈妈磕头。缘故他与沈中元联盟把兄弟，不能不过来磕头。甘妈妈说："你们来的凑巧，我正有点为难事。"智爷说："别的话等等再说，我们是请大人来了。你先说，你内侄在那呢？"甘妈妈说："你们请大人来晚了；大人，我内侄早送回去了。"智爷说："这不是当要的呀！"甘妈妈说："这焉能撒谎。我要撒谎，我婆子也担当不住。"智爷细细的一问，他就把大人怎么吩咐文武官员，怎么护送的细述了一遍。北侠还有些不相信，智爷听着里边没有甚么假潮。甘妈妈又问，说："蒋四老爷没来？"智爷说："没来。"甘妈妈说："病鬼可把我冤苦了。今天你们这二位亲家，咱们可是初会，一见就不像病鬼他那个诙诙谐谐的。"智爷说："怎么？"甘妈妈说："我倒是合你们打听打听，我们这位姑老爷，到底那个是真正的艾虎？你见有自己的女儿给了人，到底不准知那个是真正姑老爷？"智爷说："你先见的那不是，后见那个才对呢。你先见的那个是个大姑娘，女扮男妆，卧虎沟沙大哥的女儿。"甘妈妈说："等着见了病鬼再说。"智爷说："你没瞧明白，你女儿还是个二房。"甘妈妈说："那可不行！"智爷说："这是人间的大事，有个日期管着，先定的就是头一个，后定的就是二房。先定的就是假艾虎，那是我欧阳哥哥下的定礼，他又拿着那块玉珮定了你的女儿，你算算谁先谁后？”甘妈妈把脸一沉，一语不发。智爷说：“给你见见，这是展护卫老爷，这是丁二爷。”甘妈妈道了个万福。甘妈妈回头把温员外打桌子底下叫出来，与大家见了礼，就把温员外的事对大众一说。忽见打外头闯进一伙人来，众人一怔。要问来者是何人，且听下回分解。

第一百十七回 甘兰娘改扮温小姐 众英雄假作送亲人

《西江月》：

世事无非是假，谁知弄假成真。本是沙家女钗裙，巧把兰娘眼混。自从结为秦晋，无暇着意追寻。今朝才遇做媒人，能不一一访问。

且说甘妈妈对着南侠、北侠、双侠、智化、过云雕朋玉，一提郭家营的这个恶霸双锤将郭宗德，先前怎么穷，后来大阔，全是崔德成的银钱；怎么硬下花红彩礼，要抢温员外家女儿。这里本家朱文、朱德弟兄两个，一个是收了监了，一个是在郭家营捐的空房子里头幽囚起来了。大众一听，头一个就是丁二爷好事，说："这不是要反吗？你告诉我他的门户，我去找他去。"北侠说："你先坐坐，你等着我们亲家说完了，咱们大家议论个主意，还能不去吗？"丁二爷这才落坐。甘妈妈说："不然我怎么说你几位来的真巧呢？"北侠说："智贤弟，你出主意罢。"智化还没有说话呢，温宏冲着大众双膝点地，说："众位老爷们大驾光临，实在是我小老儿的万幸。"智爷说："老翁你先请起，有话咱们大家计议。"

老头将要起来，忽然闯进几个人来。智爷一拍巴掌，说："咳！我的膀臂来了。"又把温员外吓了一跳。原来是云中鹤魏真、小诸葛沈中元、白面判官柳青，三个人过来与甘妈妈磕头，说："师母，你老人家一向可好？想死孩儿们了。"甘妈妈见三个人给他磕头，魏真、柳青两个人问好。甘妈妈说："你们起去。"就觉着心中一惨，不禁凄然泪下，就想起自己没儿，还有这么两个徒弟，一个内侄。回思旧景，又想起九头狮子甘茂来了，那样健壮的身体倒故去了，更觉着心中凄惨。魏真与柳青看着师母有廿载的光景不见，如今相貌也透着老了，也觉着凄惨。按说见面当是一喜，此时倒是悲喜交加。甘妈妈问："两个孩儿，你们在外这几年可好？"两个人一口同音说："托师母之福，倒也平平。"蒋四爷单单过来说："小亲家子，这一向可好？"甘妈妈说："病鬼！别挨骂了。"云中鹤作作实实的瞪了他一眼。甘妈妈说："今天人们都在此处，咱们三头对案的说一说。病鬼你冤苦了我了。"蒋爷说："你先等等，我先见见礼，有话然后再说。"过来与大众见礼，先见北侠，然后智爷与他行礼，过云雕朋玉不认识，南侠、北侠给指引，连温员外都见了一见。北侠问蒋四爷见大人的事，蒋爷就把黑水湖的事学说了一遍。北侠他们这才放心。智爷就把这温家庄的事，如此如彼告诉了蒋爷一遍。蒋爷说："怎么办呢？"甘妈妈说："瘦鬼，说完了话了没有?"蒋爷说:"完了。"甘妈妈说:"你给说的媒,这是怎么件事?倒是那个是真的,那个是假的?"蒋爷说:"当着你徒弟在,这我要冤你对不起你徒弟。"甘妈妈说:"你还不冤我哪!拿大姑娘楞算爷们。"蒋爷说:"是你自己瞧的呀!是我一定教你给的。你教我作个媒人保人,我那时说过,作媒不作保,准有一个艾虎,那就不算冤你。头一件,我得对的起柳贤弟,对不起人的事我不作。这准对的起你们娘们。怎么如今你倒合我找起后帐来了?"北侠说:"你们就不必分争了,大概这也是夙世的姻缘,月下老人配就的,非人力所为。"甘妈妈说:"算了罢,你长肉去罢。咱们管管人家朱家横事,行了罢?"蒋爷说:"那焉有不行之理。智贤弟,你打算怎么办?"甘妈妈说:"还有件事哪,我这个女儿他还要去哪。"就把兰娘儿的话学了一番。蒋爷说:"就不用姑娘去了,比不得先前没人,这已经有了人了,还教姑娘出头露面的干甚么。"就听见后窗户那叫:"妈呀,妈!"甘妈妈出去,不多时回来说:"方才还是我女儿把我叫出去,还是愿意替人家姑娘去。这一趟不教他去,他就行拙志。不瞒众位老爷们说,我那女儿养得太娇,这可是怎么好?我合二位亲家商议商议,这事情是怎么办法?我那姑娘是太浊,若要是不浊,教他去他都不去。谁家有姑娘替人家当新人去?他可不是傻是甚么?"智爷说:"欧阳哥哥,说句话罢。这以后过了门,两口子性情可不差甚么。"北侠说:"智贤弟,你出个主意罢。我是艾虎的义父,我不敢作主意,久后一日艾虎要不答应,我担不住。"智爷说:"欧阳哥哥,你可会推干净。"北侠说:"不是推干净,我这义父不敌你这师傅。"蒋爷说:"智贤弟,你为难欧阳哥哥干甚么?依我说,你们哥两个无论谁出个主意,艾虎也不能不答应,这是一。二则间,姑娘不会本事,性情还骄傲呢;况说会点本事,脾气更骄傲咧。他有这一身的工夫,大家再保护着,大约也没有甚么舛错,不如教他去就截了。我这可是多说。"智爷说:"去就去罢。"大家点头。甘妈妈也就乐了。蒋爷说:"咱们就把这个主意商量停当。温员外先把他的女儿藏起来,咱们可各有个专责:欧阳哥哥去救人;展大弟等事完,上县衙里去要人;魏道爷、柳贤弟,你们哥俩个前后巡风;沈贤弟,你表妹、你姑母,千斤重担全交给你一个人。瞧着那时事要不顺,就亮刀杀人。咱们有个暗令,击掌为号。亲家,你可看着姑娘,别教他拜天地,作为姑娘的奶母,随随步步别离开姑娘。再说上轿之时不教点灯火,说教人家瞧了,今天日子不好。余者的人,作为送亲的。"蒋爷这么一分派,公然就把这一件大事派妥当了。温员外先给大众行了一个礼,"待等事毕之时,一齐给大众道劳。"蒋爷先教温员外回家,早早先教姑娘放心,也好教姑娘拾夺拾夺,明天好上亲戚家躲避着去。

头天不提,到次日,北侠、南侠单走,魏真、柳青单走,问明白了郭家营的道路,前去上郭宗德家门口踩道。甘妈妈与兰娘早有蒋爷分派着,叫朱家的家人雇了二人小轿两乘，送甘妈妈、姑娘上温家庄。到温家庄停轿，去扶手下轿，温员外迎接出来，一躬到地，往里一让。轿钱外边已然是开发了。将到里面，暖玉迎接出来，要行大礼磕头。甘妈妈拦住，说："嗳哟！我的干女儿。"从此认甘妈妈为干娘，与兰娘儿为干姊妹。让到温小姐的香闺绣户，从新与甘妈妈、兰娘儿行礼。兰娘儿搀住说："你净磕头也是无益于事。"温员外进来，说："外边轿子到了。"温小姐与甘妈妈、兰娘儿洒泪分别。

小姐去后，外面有人进来说："沈爷大众到。"甘妈妈出去迎接，让到前庭，落坐先献茶后摆酒，都是甘妈妈张罗。蒋爷说："亲家，你怎么张罗我们哪？咱们都是帮忙。"甘妈妈随道："如今本家姑娘我认为干女儿了。"蒋爷说："应当道个喜儿才是。"不多一时，温员外进来，张罗大家酒饭。蒋爷问："把姑娘送下了？"员外说："正是。"后面与甘妈妈、兰娘儿预备酒饭。用毕之时，蒋爷教给找衣服，或买卖人的，或长工的，预备好了，净等第二天晚间，暂且不表。

且说的是朱家庄，北侠等分头踩道，到了双锤将家门首，好恶霸，悬灯结彩，听里面刀勺乱响，瞧看明白，几位使了个眼色，归奔朱家庄来。到朱家门口，进了朱文家庭房，从新落坐，大家议论怎么个办法。云中鹤说："他这有的是从人，教从人暗里探望。再说郭家营离这不远，打听着那时有信发轿，咱们大家再去不迟。"果然派从人探望，天到初鼓，从人回来，大家起身，一直扑奔郭家营。到了郭宗德门首，北头东墙脚蹿将进去。北侠、南侠、双侠一直扑奔正西，云中鹤、白面判官扑奔西北。

单提北侠前去救人，也不知朱德现在甚么所在。仗着自己是两只夜眼，走到太湖山石四下观瞧，忽见那边破房子里有一个灯笼儿一晃，两个人打着灯笼往前去，嘴里头抱抱怨怨的说："拿住他杀了就截了，何用又给他吃的。再说明日事完，他出去一准是有事。"那个说："你知道甚么？这叫成心羞辱他。少时拜堂的时节，还提溜出来教他瞧着哪。明日赶事毕，把他一放。这人要出去，不能像咱们出去了，苟延岁月，还活着。这个人火性是大的，出去就得死。不然咱们给他甚么？连吃都不吃。"随说着，扑奔正南去了。北侠以为必是在这个屋中，遂击掌，南侠、双侠也到。南侠回手拉七宝刀，把锁头一点，哗啷一声，锁头脱落，把门一开，内中果有一个人在那里，四马倒攒蹄捆着。北侠一看，就知道是朱德，过去解了绳子，口中塞物拉出来，见朱德爬在地上，一丝儿也不动。丁二爷问："怎么了？必是受了伤了罢？交手来没交手哇？"朱德摇头。北侠说："二哥，他这是捆了两天，捆的浑身麻木，搀起来走走就好了。一点别的伤症没有。"丁二爷说："我搀起来溜溜他。"北侠说："没有那个工夫，你背他走罢。"展爷听了这句话，一伸手把朱德背将起来，拿纱包兜住他的下身。展爷在自己胸前系了一个麻花扣儿，哪怕就是撒手，他也掉不下去。朱德双手又拢住展爷的肩头，说："众位恩公，我也都不知道是谁？"展爷说："全上你家去再说罢，此处没有讲话的工夫。"北侠说："二弟走哇。"丁二爷说："我不去了，我在这还瞧热闹哪。"北侠嘱咐："二弟小心着。"竟自出东墙去了，一直奔朱家庄，暂且不表。

单说云中鹤、柳青奔在后面，瞧见有一座高楼，里面灯光闪烁，用飞抓百练索搭住了上面，二人导绒绳而上。到了上面，起下飞抓百练索来，直奔西边房屋。到了窗前，用舌尖吐津，把窗棂纸戳了个小孔，往里一看，是一男一女。书中暗交代，男的就是崔德成，女的就是郭宗德之妻。摆着一桌酒席，两个人对面吃酒。男的是文生公子打扮，女的是妖淫气象。郭宗德之妻说话，惨悲悲的声音，说："兄弟这就好了，今夜洞房花烛，燕尔新婚，这就得了。今夜这酒是离别酒，从此个月期程一年半载，还能到为嫂这里来一次不能？"崔德成说："嫂嫂只管放心，要忘了嫂嫂，必遭横报。"妇人说："你们这男子说话专能够随机应变，说的时节实在好听，转过面去就是两样的心肠。"崔德成说："嫂嫂待我这一番的好处，铭刻肺腑，永不敢忘。别看这时，这是我哥哥苦苦相逼，教我成家办事，挤兑的实在无法了。我这才指出温家的姑娘来了。我本是推托的言语，不想他竟作出这么一件事来。"妇人说："轿子是走哩，少时就搭到。既不愿意，早些说明才是。这明明的你在我跟前撒谎。"崔德成说："嫂子，教你看着，搭到了我也不下去拜堂。"妇人说："你准口能应心吗？"崔德成说："我要是有半句虚言，教天打雷劈，五雷轰顶。"妇人说："这你就是不下去拜堂也不行，人已然是搭在家来了。你早有这个心思对我说明，我也就把肺腑话说出，咱们两个就作个长久的夫妻了。你不肯说出来，我也就不肯说出来。"崔德成说："咱们这个长久的夫妻，你不用打算，就是朝朝暮暮的在这个楼上，我都放心不下。"花氏说："你叫多此一举。"崔德成说："多此一举？好罢，一下要教他撞上，那可不是当要的呀！"花氏说："我告诉你说罢，我要没有那个拿手哇，那个乌龟忘八小子，早就找上咱们门来了。若非是有拿手，他就能这样不闻不问的吗？"崔德成

说:“甚么拿手哇？拿手甚么？拿手也不行。”花氏说:“这个意思,你是怕他?”崔德成说:“我怕他。你先把这个拿手告诉我,我就不怕他了。”花氏说:“我有意要告诉你,怕的是咱们不能长久,这是何苦哪。”崔德成说:“好嫂子,你告诉我听听。你要不放心,我对天盟誓。”花氏说:“我要说出这个话来,可有干系呀。他那条命在我手心里揝着哪,我要教他活,他就活;我要教他死,他就得死。”崔德成说:“你说说,是甚么拿手?”妇人说:“你真要瞧,给你看看。”就见打箱子里头拿出一件东西来,交与了崔德成。那厮拿过来一看,说:“可惜,可惜！我要早知道有这物件哪,咱们两个人长久夫妻就准了。”魏道爷与柳爷听外边一阵大乱,大吹大擂,鼓乐喧天,声若鼎沸。大闹郭家营不知如何,且听下回分解。

第一百十八回　合欢楼叔嫂被杀　郭家营宗德废命

诗曰：

可笑奸淫太不羞，时时同伴合欢楼。

风流那晓成冤债，花貌空言赋好逑。

梦入巫山终是幻，魂销春色合添愁。

任他百媚千娇态，露水夫妻岂到头！

《西江月》：

害人即是害己，不外天理人情。众侠一听气不平，要了恶霸性命。大家计议已定，分头各自潜行。一时火起满堂红，烧个干干净净。

且说云中鹤、魏真同着柳爷在楼上看见奸夫淫妇所说的这套言语，有一宗物件就能要他性命。甚么东西这么要紧？也要看看虚实。就见打箱子里头拿出来是极微小的东西，见崔德成接过去在灯光之下一瞅，如同珍宝一般，俱没有看明是甚么东西。再说他又是藏着妇人净乐。此时可就听见外头大吹大擂，必是他们到了。云中鹤一指，柳爷就把熏香盒掏出来，把堵鼻子的布卷给了云中鹤，两个自己堵上了。两个拿千里火把熏香点着，把铜仙鹤脖拉开，将熏香放在仙鹤的肚内，等香烟微丝多一浓，把仙鹤嘴对准了窗棂纸的窟窿，把仙鹤的尾巴来回的一拉，那烟一条线相仿直奔了。花氏忽然闻见一股异味清香，就往鼻孔里头一吸，不吸还要躺下哪，何况往里一吸，说："兄弟你闻闻，这是甚么味气？"崔德成也就一体的闻见，也就纳闷说："这是甚么味气？"言还未毕，两个人一齐噗通噗通，摔倒在楼上。两个人一倒，柳爷收了熏香盒子，把窗棂推开，进来先拿崔德成看的那东西是甚么。魏道爷拿起来一看，说："无量佛。"柳爷说："师兄，那是甚么物件？"魏真说："这可是活该，今日咱们这里无论杀多少人是自杀，连地面官都不担疑忌。"你道这是甚么物件？原来就是襄阳王打发雷英送来的那封信，约他作反。原来花氏得着这封书信，如同珍宝一般收藏起来。他与崔德成两个人暗地之事，他也知道不定那时要教郭宗德撞上，就是杀身之祸，并且郭宗德常拿言语点缀花氏。花氏预先就有些个害怕，嗣后来就由得了这封书信，花氏常拿言语点缀双锤将，说："无瑕者可以治人。"郭宗德累次合他讨这个书信不给，故此双锤将也就不敢深分的与他们较量这个事了。如今把这个书信老道得着了，今天郭家营无拘杀多少人，那就全算是王爷的一觉了。忽听外边杀声振耳，就知方才有大吹大擂的声音，必然是到了，这时也就该动手了。云中鹤将书信带好，说："师弟杀那个，我杀这个。"果然磕叹的一声，就把淫妇的性命结果。老道杀了崔德成，猛一抬头，见窗棂纸照的大亮，就知道是前边火起了。他们这里也就拿灯，把可以引火的地方点着，两个人蹿出了楼窗之外。合欢楼一着，楼下头的丫鬟、婆子就慌成一处了。

再说前头娶亲去，应是新郎官自己亲身迎娶。惟独这个娶亲的事情——各处各乡俗，一处一个规矩——到了他们那里，新郎官迎接新人。双锤将打发人，连他自己请崔德成数十余趟竟不下楼，说他有点身子不爽，只可就是郭宗德替他迎娶。这不是本人，也不能十字披红、双插金花。马上挂上他两柄锤，带了三四十打手，远远瞧着，以防不测。要是没动静，就不教他们露面。带了四个婆子，跟着轿子到了温家庄，温员外家那里并没甚么动静，吹打了半天，方才开了门。温员外出来迎接。郭宗德下马，与温员外行礼道喜，众亲友彼此的行礼道喜，往进一让，让进庭房落座。温员外故意把事再问："到底是甚么人娶我的女儿？"双锤将说："是我的把弟崔德成。"员外说："今天不来，是甚么缘故？"双锤将说："皆因今天早晨起来身体不爽，不能前来迎娶。本当改期，又怕误了今天这个好日子，故此侄男替他迎娶。待等回门之日，再与老伯叩头。"温员外也就点头，说："还有一件事情，今天这个日子，我也瞧了，好可是好，就是不宜掌灯火，少刻上轿之时，我屋里不掌灯火。到了你们那里，洞房里还能不点灯吗？就是那一盏长命灯。灯火千万不要多，多了与他们无益。"双锤将那里把这些个事放在心上，也猜疑不到有别的事情。他还说："那多承老伯的指教。"吩咐一声，把轿子搭进来，搭在后面，请新人上轿。不多时，婆子慌慌张张跑出来了，说："大爷，他们这里新人上轿的屋里，连个火亮也没有，别是不得罢。"双锤将说："甚么不得呀？"婆子说："不是个瞎子，就是秃子；不是个驼背，定是个蹶子，准是个残废人罢。不然，不能不点灯。"双锤将说："你们知道甚么？少说话，预备去罢。"婆子答应，诺诺而退。不多时，轿子搭出。双锤将告辞，大吹大擂，轿子直奔郭家营。送亲的累累行行，也就跟下来了，其实都是暗藏兵器。来到自己的门首，双锤将下马，进了自己院中，轿子搭将进来，请崔德成拜堂。有从人说："二爷不拜堂，吩咐新人先入喜房。"蒋爷一听，这下对了劲了，有容工夫的时候了，更好了。甘妈妈把轿帘打开，仗着盖着盖头，穿着大红的衣服，甘妈妈搀着他，为的是当着他那个刀，怕人家瞧见，直奔喜房。

送亲的俱在棚里落坐，摆上酒席，大吃大喝。酒过三巡，就豁拳行令，都是智爷、蒋爷的主意。智爷装的乡下人，仍像前套上盗冠的时节，学了一口的河间府话，滑拳净叫"满堂红"。有陪座的客问："他怎么净叫'满堂红'？"回答："你老连'满堂红’都不知道吗？少刻间，拿着个蜡往席棚上一触，火一起来，就是‘满堂红’。”那人说：“别说这个丧气话。”智爷说：“可有个瞧头。”那人说：“可别教本家听见哪。”智爷说：“听见怕甚么？我这就点了，冲着喜房。怎么还不点哪？我这就点哪！”行情的亲友以为他醉了，也不理他。那边蒋爷也嚷上了，说：“点哪！是时候了，点罢。”

喜房里头就打姑娘进了屋子，妈妈把里间屋帘一放，拉了条板凳迎着门一坐，凭爷是谁也不准进去。姑娘自己把盖头揭了，拉出刀来，绑了绑莲足，蹬了蹬弓鞋，自己拧绢帕把乌云拢住，把耳环子摘将下来，把刀往旁边一放，就听婆子合甘妈妈分争，说：“我奉我们大爷的命，教我们伺候新人，你这么横拦着不教我们见，是怎么件事？”甘妈妈说：“我们姑娘怕生人，让他定定神，然后再见也不晚。你们还能见不着？”婆子说：“我先进去张罗张罗茶水去。”甘妈妈说：“要你进去，你一个人进去，换替着进去倒可。”婆子说：“我给姑娘张罗茶去。”甘妈妈就把板凳一撤，帘子一启，那人进去，嚷道：“嗳哟了……”这个“了”字未说完，就听见噗哧，又跟着噗通一声。甘妈妈就知道结果了一个性命。外头的婆子也有听着诧异的，也要进去瞧去。甘妈妈问：“姑娘得了没有？”兰娘儿说：“得了。”这个婆子将要进喜房，甘妈妈一抬腿，踹了婆子一脚，婆子就整个的爬在喜房里头去了。兰娘儿手中刀往下一落，又死了一个。本家婆子的伙伴就急了，说：“这位老太太，你是怎么了？怎么把我们伙伴踢一个大跟斗？”甘妈妈说：“我告诉你，这还是好的哪。”婆子说：“不好便当怎么样？”甘妈妈抄起板凳来，冲着那个婆子叭就是一板凳，嗳哟噗通，摔倒在地，纹丝不动。新人蹿将出来，手拿着一把刀，把门口一堵，谁也不用打算出去。甘妈妈脱了长大衣服，原来的时候，腰内就掖上了两把榜锤，本来任甚么本事也不会。兰娘儿这本事，都是甘茂教的。甘妈妈虽上了年纪，就仗着有笨力气，拿榜锤冲着婆子矶一下，脑浆迸流，对着里外一乱，这么一嚷，屋中的顷刻间尽都杀死。

外边人一乱，送亲的甩了长大衣服，拉兵刃、把桌子一反，哗喇哗喇碗盏家伙摔成粉碎，拿起灯来往席棚上一触。蒋爷就嚷：“姑娘快出来，别教火截的里头。”这几个陪客也有死了的，也有爬下的。厨役端着一盘子菜，冲着他们头儿的脑袋就倒了去了，烫的头儿直嚷嚷，说：“教你拿去救火，你怎么跟我脑袋上倒呢？”还是头儿明白，端起一盆子油，往火上就浇，烘的一声，厨师傅全都是焦头烂面。姑娘出喜房，东西两个院子都嚷成了一处。这西院里是厨房、喜房、席棚，可巧双锤将在东院里，听见西院里乱嚷，出来一看，烈焰飞腾，听见人说：“连新人带送亲的乱杀人哪！”郭宗德才知道中了他们计了，赶着拿锤往西院就跑。没有到西院里，撞上就交手。头一个过云雕朋玉，刀往下一剁，单锤往上一迎，就听见镗啷的一声，就把那口刀磕飞，跟着那柄锤就下来了。朋玉仗着手快，早预备下了，矶就是一镖；双锤将拿那柄锤往下一压，镗啷一响，那只镖磕落在地，腾出工夫来，也就躲开了。紧跟着就是兰娘到，甘妈妈在后头，沈中元紧跟着甘妈妈。双锤将大吼了一声："好丫头！你们定的好诡计。别走，今天务必要你的性命！"沈中元就知道兰娘儿不是他的对手，沈中元蹿过去就是一刀。双锤将一挂，沈中元如何吃那个苦子，始终没有教他把刀振飞了。五六个弯，已然火就大了。沈中元无心动手，甘妈妈、兰娘儿已然出去了。这边是智爷蹿上来一刀，蒋爷也蹿上来了。火是直扑，行情的这些人死了无数了，又没有兵器，又是害怕，就有迷昏了的，扎的火堂里去的；也有出去找不着门，又回来的。总而言之，遭劫好躲，在数的难逃。蒋爷说："老沈，出拨扯活火。都看看快烤的慌了。"忽见迎面上来一人，双锤将上下一打量，三十来岁，一身的缟素，面白如玉，五官清秀，手中二刃双锋宝剑。郭宗德用锤一指，说："好小辈！你们都是那里来的这些强人？"丁二爷哈哈一笑："我们倒是强人？你清平世界抢人家的姑娘。别走，受我一剑！"双锤将那里瞧得起丁二爷，身量又不高，长相又不恶，叉兵器又不沉，见他那口剑菲薄。二爷并没告诉他名姓，就往前一蹿，双锤将单锤已然举起来了，对着丁二爷顶门往下就砸。丁二爷往旁边一闪身子，用剑一找他的锤把，就听见呛嗵呛一声，是把锤柄削折；嗵一声，是锤头落地。双锤将就成了单锤将了，吓的抹头就跑，不敢往西，有火；东院火也起来，一直扑奔正北，迎面上听见说："无量佛！"这一遇见老道，生死如何，且听下回分解。

第一百十九回　卧牛山小英雄聚会　上院衙沙员外献图

《西江月》：

侠义勤劳恐后，武夫踊跃争先。画成卦象几何天？特把阵图来献。勉励同心合意，商量执锐披坚。大家聚会院衙前，演出英雄列传。

且说双锤将郭宗德出世以来，没有见过这个样的宝物，那么壮的锤把，呛啷一声，锤头落地。不敢往西，直奔正北。一看正北合欢楼烈焰飞腾，火光大作。他一瞧大楼一烧，这可真动了心了。本是一个穷汉出身，全仗着他女人挣了个家成业就，连铺子带买卖这一下子全完了，怎么会不疼？可巧迎面之上站着一个白人，细瞧是个老道，念声“无量佛”，也是拿着一口二刃双锋宝剑，也是耀眼争光，夺人眼目，心中暗忖道：“将才遇见那么一口宝剑，难道这口合他那个一样？不能罢。”自己使了个单凤朝阳的架式，锤打悠式往下一拍。老道往旁边一闪身子，宝剑往上一托，就听见呛啷，合前番一个样：呛，削折了锤柄；啷，是锤头落地。丁二爷到脑后摘巾，嗖就是一宝剑。双锤将大虾腰，真是鼻子看看沾地，这才躲过去了。刚往上一起，叭，腮额骨上钉了一镖。过云雕两镖未能结果他的性命。赖头鼋仗着皮糙肉厚，锤脑袋是没有了，净剩了两根铁擀面杖了，舍不得扔。他把两锤柄并在一只手中，一只手往外拔镖，往南一跑，不行，有丁二爷等堵着哪；往北又跑，有云中鹤、柳爷堵着哪。东西两边是墙，他又不会高来高去，这才叫身逢了绝地。并且还有过云雕朋玉，也不管打的着，打不着，他还得留神暗器。地方又窄狭，一着急，拿着手中的铁把打将出去。蒋四爷说：“好了，撒手锏扔出来了。”如何打的着。魏道爷往旁边一跃身躯，几希乎没打着柳爷。柳爷也往旁边一闪，可就闪出道路来了。赖头鼋从这个空儿里蹿出去了。蒋爷说：“要跑！”魏真说：“跑不了！还是拿镖镖他。”过云雕朋玉真就拿镖打他，自然是郭宗德听见说“暗器”二字，总得留神。他净留神过云雕朋玉的暗器，没想到云中鹤一回头，早就把镖打手中一托，等着赖头鼋一回头，噗哧一声，正中颈嗓咽喉，噗通死尸腔栽倒在地。众人一喜，蒋爷说：“咱们也快走哇！不然，前后火勾在一处，咱们也跑不出去，也就成了焦头烂面之鬼，烽火中的亡魂。”众人说：“有理，就此快走罢。”

一个个扑奔正东。到了正东，一个个越墙出去，眼瞅着是火光大作。智爷说：“今天晚间这个人命不少哇。”柳青说：“智爷这么有能耐，今夜死了这些人，教本地面官不背案?”智化说:“我可没那个能耐,你有那个能耐吗?”柳青说:“我就能够,再多些也无妨。”智爷说:“我领教领教。”柳青说:“我们这得了点东西,也是活该。”就把得了这封书信的言语学了一遍。智爷说:“这可是活该。书信现在哪?”云中鹤说:“现在我这里。”智爷说:“那就得了。”云中鹤说:“你瞧瞧不瞧?”智爷说:“回头有多少瞧不了,何必这时候瞧。走罢!”随说随走。就听见后面乱嚷,又是起的火,又是救火的人。救火的人抬着救火的物,敲着锣,到这一瞅说:“他们家还用咱们救火,赖头鼋行阵雨就得了。”大家一半取着笑,一半各自归家去了。云中鹤魏真、白面判官柳青、黑妖狐智化、蒋四爷、丁二爷、过云雕朋玉等,大家归奔朱家庄。看看来至门首,早有许多人在门前张望,连温员外俱到门首。

朱德教南侠、北侠背将回来,到了家中庭房之内,展爷解开了搭包。朱德细问名姓,展爷把已往从前细述了一遍。朱德跪倒,磕头道劳。少刻,甘妈妈亦到了,两乘轿子,沈中元保护回到朱家庄下轿。朱德跪下,与母女两个磕头道劳。兰娘道个万福,将要说话,甘妈妈说:“有话里头说去。”又与沈爷道劳,沈中元说:“自家哥们,如何提着道劳呢。”往里一走。温员外倒要给甘妈妈、兰娘儿磕头。甘妈妈说:“你的女儿是我干女儿,我的女儿也是你的干女儿,他如何担架的住呢?”算施了个常礼。又与沈中元道劳。到了里边,见南侠、北侠行礼。就有一件,兰娘儿回来就得归后面去,可不能见北侠,都有甘妈妈与北侠说明白了,等着过门以后再见,此话暂且不表。

家下人进来报道:“众位老爷到了。”连温员外俱都迎接出去,看见由西边奔出门首来,有家下人指引了,朱德冲着大众一跪,温员外也就在一旁跪下。内中有蒋四爷说:“此处不是讲话之所。”智爷道:“里边去罢,有甚么话,里边大家再议。”进来更换衣巾。朱德、温员外挨着次序道劳,一回吩咐摆酒,大众落坐。朱德、温员外每人敬三杯酒,然后叙话。云中鹤就把书信拿出来,教大伙瞧看一回。内有智爷、蒋四爷给展爷出了个主意,也不用上县衙那里去,公然就上知府衙去。展爷说:“知府送大人尚未回来,此刻不在衙中,去也是往返徒劳。”蒋爷说:“我教你去,你只管去,我们合知府一同分的手。大人吩咐文武官员回衙,不必护送;我们到了此处,难说他还到不了衙署?”智爷说:“行了,明天早起就是这么办。”天气不早,残席撤去,甘妈妈归后安歇;温员外也在此处,大家盹睡。

天交大亮,大家净面吃茶。展爷就拿了书信,带本家一名从人,也没有马匹,辞别了大众,投奔知府衙门,书到此处,就不细表。看看快到铜网阵的节目,焉有工夫净叙这个闲言。到知府衙门,见知府说明来历,随即将王爷书信交与知府。知府立刻行文,调朱文一案,带信去教知县听参。随即将朱文带回知府衙门见知府。展爷当面谢过知府。知府命展爷将朱文带回朱家庄,见大众,给大众磕头道劳。智爷教甘妈妈上襄阳,到金知府衙门找沙凤仙、秋葵,一同回卧虎沟。甘妈妈点头。大众起身,让朱文、朱德一同前往。蒋爷说:“大人正在用人之际,岂不是后来出头之日?”朱文、朱德自愧无能,执意不去。兄弟二人给众位拿出许多银两,以作路费,大众再三的不受。大众一走,然后甘妈妈、兰娘儿一同上襄阳,温员外回家,也把女儿接将回来;知县被参,另换新知县;郭家营郭宗德家房屋地亩,以作抄产;所有的死尸掩埋;崔德成家内无人,并无哭主。诸事已毕。

单提大人有众多人保护,上了太平船,文武官员,大人摆手,个个教回衙署,护送兵丁一概不用,就是大众保护大人到武昌府。北侠、南侠俱都赶上大人的船,又上船见大人请罪。早有人与池天禄送信。武昌府知府池天禄闻报,会同着二义韩彰、公孙先生、魏昌、卢大爷、徐庆、龙滔、姚猛、史云、徐良、韩天锦、白芸生,卢珍大官人、胡小记、乔宾。原来他们这些人是芸生先到的,骑着马,马快先到了武昌府,见二义韩彰。后来的是大官人、韩天锦、卢珍,带着一车子铁器,二义韩彰把铁暂且入库。随后又到徐良、胡小记、乔宾,见二义韩彰,各说来历,就不细表了。

这日远探来报,大人归武昌,一个个整官服迎接大人。知府带领同城文武官员,出了武昌府府城门外,一同来到水面,迎接大人,请大人下船。二义韩彰、公孙先生、赛管辂魏昌、池天禄、玉墨见大人道惊请罪。大人就把沈中元的事说了一遍道:“众位何罪之有?”然后再见大官人带领着白芸生、韩天锦、卢珍、徐良、闹海云龙胡小记、乔宾见大人。大人连大官人都不认的。有二义韩彰挨着次序,一一的把他们体身之事说了一遍。大人一见这些人,高高矮矮,相貌不同,也有白面书生,也有丑陋的豪杰。见他们虎视昂昂,搓拳摩掌,各各全有不平之气,恨不得此时与襄阳王打仗才好。大人一见这番光景,不由的欢喜赞叹,与老五报仇,正在用人之际。岸上预备着轿马,大人弃舟登岸,后面众人是拥拥塞塞,直奔上院衙门。

大人轿子一走,玉墨的引马,后边就打起来了。甚么缘故?认得的都见礼,不认得的,或韩彰,或智爷,或蒋爷给见见。单单的有韩彰与徐良见他父亲,令人看着难过。未见之先,徐良就紧打量他天伦,自己听着娘亲说过是怎么个样式,并且早托付下韩二伯父了,天伦要是来了,教他给见见。韩二爷说:“三弟,给你们爷们两个见见,这是你儿子,你不认的?”徐三爷一听一怔。徐良过去说:“天伦在上,不孝的孩儿与你老人家磕头。”徐庆说:“起来罢,小子。”用手一拉徐良,上下紧这么一瞅。卢爷说:“三弟好造化。”徐庆说:“小子,给你与众位见见,这是你大大爷。”徐良过去说:“伯父在上,侄男有礼。”卢爷用手一搀:“贤侄请起。”徐庆说:“给你二大爷见过了。”徐良说:“见过了。”徐庆说:“这是你蒋四叔。”蒋爷说:“你们哥几个瞧瞧，三哥憨傻了一辈子，积下了这么一个好儿子，真不愧是将门之后。”徐庆说：“教你哥们耻笑我。”蒋爷说：“怎么？”徐爷说：“人家的孩子都水葱儿是的，瞧我们这孩子这个相貌，看他这个样子就没造化。”蒋爷道：“据我瞧着更有造化。”徐三爷说：“你们哥们瞧着这孩子，像我的儿子不像？可是我打家里出来的时候，他娘身怀有孕，今年算起来整是二十余年，正应这孩子的岁数。我瞧他这个相貌，可不像我的长相，这么两道不得人心的眉毛有点不像！可就是这嘴像我的四字口。”蒋爷说：“三哥，你还要说甚么？胡说八道。”卢爷说：“你再胡说，我就给你嘴巴了。”

语言未了，就听那边就嚷起来了，二义韩彰一脚将小诸葛沈中元踢倒，上前去用手一揪胸膛，回手就要拉刀。云中鹤扭项一看，念了声“无量佛”，说：“这是怎么样了？”蒋爷看见，叫大爷、三爷把二爷拉开。蒋爷亲身过去，劝沈中元小诸葛。沈中元微微的冷笑，说：“你就是这个能耐，姓沈的不惧。”韩二义说：“你把大人盗去，要我们大家的性命，你如今还敢把大人送回来？韩某与你誓不两立！”说毕，也是哼哼的冷笑。蒋爷劝沈中元说：“沈贤弟，咱们可是君子一言既出，如白染皂。先前咱们是怎么说的？今日可到了，将才只顾见我们徐侄男，还没容我说话哪，你们就闹起来了。还是看我。”徐良也不知是甚么事，先给师傅磕头，给师叔磕头。蒋爷一套话安置住了小诸葛，再劝二义韩彰，说：“二哥，你不是了。沈爷把大人盗走，可是他的不是。你合三哥，你们不是在先，他的错处在后。我这个人，一块石头往平处里端，没亲没厚。拿邓车，准是你们哥两个拿的吗？人家弃暗投明，说出来王府人，特来泄机，你们不理人家，故此他才一跺脚走的，他才把大人盗将出去，诉他不白之冤。其错，这可是他的错处。把大人盗出去，诉明了他的冤，他可不管咱们担架的住，担架不住。再说起来，他弃暗投明，口口声声说的是与咱们老五报仇，冲着这一手也不该合人家相打。再说起来了，问短了比打短了强。”韩彰说：“我不能像你那两片子嘴翻来复去，我们两个人誓不两立，有他没我！”蒋爷说：“二哥，你可想，人家师兄弟都是请出来的，给咱们老五报仇，得罪了一个，那个也就不管了。二哥！杀人不过头点地，我横竖教你过的去就完了。”韩二义说：“怎么教我过的去？你说我听听。”蒋爷说：“我把他带过来给你磕个头，这就是杀人不过头点地，他磕头也是头颅点地，把脑袋砍下来也是头颅点地。”韩彰说：“他肯磕吗？”蒋爷说：“人家那肯磕，我央求人家去罢。”韩二义说：“只要他磕，我就点头。”蒋爷复又转身与沈中元说：“将才我二哥得罪你，就是我得罪你。咱们在黑水湖说的言语，到如今还算不算？”沈中元说：“你算我就算。”蒋爷说：“我没有甚么不算的。磕头哇，我先给你磕一百，换你一个。我先说给你磕头，是在山湾呢，你不愿意；你要在众目之下，这可是众目所观。”沈中元说：“你真给我磕吗？”蒋爷说：“要是说了不算，除非是脸搽红粉。我这个人是个实心的人,人家说甚么,我也当永远不假。”随说着,他就屈膝跪倒,嘴里仍然还说着:“我这个人是个实心眼,磕一百,你们可计数。”刚要一磕,小诸葛想着:“他不能给磕,那知道真磕。”沈爷也是一半过意不去,就说了一句谦虚话,说:“算了罢,不用磕了。”蒋爷就站起身来,说:“这可是你说的,我这个人是实心认事,说的那就应的那,人家合我说,我也信以为实。说了不算,就是个妇人。你可是不教我磕,该你给我二哥磕了。”沈爷心里说:“这个病鬼真坏透了,我说了句谦虚话,他就不磕了。”问蒋爷说:“你这算完了?”蒋爷说:“不是你不教我磕了吗?我这个人实心认事,说了不算,脸上就搽红粉。”沈中元说:“你真利害透了,就戳了我,索性给你二哥磕罢。”蒋爷带着过来,说:“二哥,可别的话没有,我把沈爷带过来给你赔个不是。错可是你在先哪,人家可不是怕咱们哥们,人家是净念着死鬼老五,为是给老五报仇。”沈中元一屈膝,说:“别怪乎小可了,前番盗大人是我的不是。”说毕,将要磕头。蒋爷在旁说:“就这么受人家的头,咱们还怎么称得起是侠义。”韩二义也就觉着不对,又有蒋爷在旁一说,也就一屈膝,说:“事从两来,莫怪一人,先前是韩某的不是。”蒋爷说:“从此谁也不许计较谁。”一天云雾全散,众人俱是哈哈一笑。就见对面慌张张跑来一人,说:“众位老爷们,大人有请。”众人这才回奔公馆。

到了公馆见大人,把君山的花名呈上去,教大人阅看。大人看毕,择日上襄阳。池天禄又把武昌的公事回了一回。书不可净自重絮。到了第三日,预备轿马起身,文武官员护送。到了奔岸登舟的时节,教他们文武官员回衙理事,众文武官辞别了大人。大人的船只奔襄阳,路上无话。直到襄阳,弃舟登岸,早有预备的轿马,金知府预备的。文武官员俱各免见,上院衙投递手本。独见金知府,问了问襄阳王的动静如何。金知府说:“这几日王府倒消停,不见甚么动静。”问毕,知府退下,暂且不表。

单说大人到上院衙,下轿入内,主管二爷迎接大人。将到屋中,更换衣巾。忽然有众侠义围绕着一人,原来是铁臂熊沙老员外背着一宗物件,有人带着见大人行礼,回明大人阵图画得清楚,请大人过目。观看阵图,破铜网,且听下回分解。

第一百二十回 看图样群雄明地势 晓机关众位抖威风

诗曰：

看明图样问如何，陡觉威风比昔多。

况有君山来助阵，管教叛逆倒干戈。

且说大人回衙，众英雄保护，忽然沙老员外背图而入。大众见沙大哥见礼，解下包袱来，回禀了大人，带着沙员外要见大人。孟凯、焦赤也进来了。皆因三位由晨起望起身，乘跨坐骑而来。焦、孟二人在外边拴马，马已拴好，随后进来与大众见礼，也带着一同见大人。来到屋中，沙、焦、孟一同与大人叩头。大人问说："阵图怎样？"回答："阵图画齐，请大人过目。"沙、焦、孟站起身来，出里间屋子，来到中庭，把包袱打开。一看阵图，见是一张大纸，所画的阵图连形象，俱写的是蝇头小楷，按着是木板连环八卦连环堡，按八面八方，八八六十四卦，三百八十四爻，每面一个大门，内里套着七个小门。靠北有一个楼，叫冲霄楼，三层儿，按三才；底下有五行栏杆，外有八卦连环堡。各门俱有小字写着，是甚么卦，甚么卦，吉卦、凶卦俱写的明白。冲霄楼前有两个阵眼：一个纸象，一个纸

犼，是一个天宫网，一个地宫网。冲霄楼下面盆底坑，盆底坑上面十八把大辘轳挂住了十八扇铜网，按东南西北，有四个更道。地沟内有一百弓弩手，俱是毒弩；十八扇网，单有十八根小弦，有一根总弦，两根副弦，直通到木板连环之外。正南有一火德星君殿，在火德星君殿的拜垫底下，就是总弦的所在。乍看，谁也看不明白。大人看了半天，也看不明白。大人说："众位都与我五弟报仇。本院实在看不明白，你

们众位请看罢，定到那时要破铜网，备一桌酒席，本院论次序每位奉敬三杯。”大人说毕退下，大人归大人屋子。

众人都要争看阵图。蒋爷说：“咱们认的字的往前，不认的字的往后。”公孙先生说：“我可不行，我虽认的字，不懂铜网之事，你们请看。”赛管辂也要退下。蒋爷说：“你别走，你是王府的人，你帮着我们参悟参悟。”魏昌这就不能走了。智爷是进去过的，小诸葛是进去过的，直参悟了一天，这才明白了。对成卷起来，用晚饭。这才细问沙老员外：“彭启怎么样了？”沙爷说：“仍把迷魂药饼儿给他按上，路、鲁二位看着他，早晚还是给他米汤喝。”智爷说：“很好，千万留他这个活口。”

当日晚景不提。到了次日，将要拿阵图瞧看，忽有官人进来说：“回禀众位老爷们得知，外面现在君山飞叉太保钟雄求见。”大众就着往外迎接，到了门外，一见飞叉太保，大家见礼。还有亚都鬼闻华、神刀手黄寿、金镋无敌大将军于赊、金枪将于义、玉面猫熊威、赛地鼠韩良，大家又见了礼。有认得的，有不认得的，不认得的，有智爷给挨着次序一见。问大人的事，智爷就把大人事如此恁般的说了一遍。又问钟雄：“你们这是由君山来吗？”钟雄说：“正是。有黑水湖的喽兵、夹峰山的寨主到我那里，我一算这个日限，大人必到襄阳，近来家人谢宽训练了二百名喽兵，我把他们俱都带来；带来四家贤弟，连熊贤弟他们二位。我嫌几百人进襄阳城怕的是招摇，有谢宽带领着他们扎了一个小行营，在小孤山的山内候信，要用他们的时节，去信就来。”

蒋爷带着他们先见见大人，带着进去，见大人回明，大人下了个请字，把钟雄带将进来。钟雄见大人双膝点地，大人欠身，吩咐搀住。可见的是念书的尊贵，再者他又是一个山王寨主，又知道他文中过进士，故此赏了他个脸面。大人也以为钟雄管理水旱二十四寨的大寨主，必是五官凶恶，谁知晓他竟是个文人的打扮，青四棱巾，迎面嵌白玉，皆因是身无寸职，例不应冠嵌白玉，故钉了一块白骨双垂青缎带，飘于脊背之后；翠蓝袍，斜领阔袖，白袜朱履；面白如玉，五官清秀，三绺短髯。大人一瞅，暗道：“说他文中过进士，倒像，说他武中过探花，不像。”慢腾腾的起来，大人赏了他个坐位。再叫神刀手黄寿、金枪将于义、亚都鬼闻华、金镋无敌大将军于赊，大人一见，眼泪几乎没落将下来。缘故呢？是金枪将于义，与白玉堂相貌不差。大人回思旧景，想起五弟来。玉面猫熊威、赛地鼠韩良刚要磕头，大人一摆手，蒋爷就把他们带出来。钟雄问甚么缘故。蒋爷就把于义相貌合五爷一样，大人瞧见于义，就想起白五弟来了的话说了一遍。钟太保说：“这就是了。”然后献上茶来。大家仍然还是看阵图。蒋爷说："咱们大家打算着几时去破网？"智爷说："方才我看了看历日，明日就好，趁着艾虎没来。艾虎要来了，那孩子脾气不好，一准要去，要不教他去，不是偷跑，就是行拙志。我的徒弟，我还不知道？"蒋爷说："要是那样，咱们可就早破铜网，他来了赶不上，他可也没法了。"

正说话间就听见哈哈一笑，说："一步来迟，就赶不上了。我五叔疼了会子我，我杀王府一个贼，就是给我五叔报了仇了。"大伙一瞧，是艾虎进来。这一进门，艾虎这头真是磕头虫儿一样，给大伙这么一磕；回头一看，全在这里呢，就是短他了。磕完了，有不认得的，给他们见了一见，对施礼完毕。也有人给他磕头的，就是大汉史云。行完礼，就奔了阵图去了，也不顾说话，他也不问人家；人家要问他，瞧他两眼发直，也不敢问。智爷说："你这孩子，又不认的字，怎么净往前凑呢？你认的字吗？"艾虎说："我不认的字，我瞧一瞧图样，明天好去。"

蒋爷问他："外头站的两人是谁？是跟一块来的不是？"艾虎说："我忘了。哥哥进来见见，不是外人。"这两个一个是勇金刚张豹，一个是双刀将马龙，皆因艾虎保着施俊，路过卧牛山，艾虎些微落点后，施俊教山寇拿上山去了。艾虎一追，驮子拐山口，听不见驮子那个钟儿响了。刚到山口，又有喽兵下来了，要劫艾虎，教艾爷一怒，倒追了他们一个跑。正追之间，寨主下来了。艾虎一瞧是熟人，若问是谁，且听下回分解。

第一百二十一回　卧牛山下巧逢故友　药王庙前忽遇狂徒

诗曰：

卧牛山下罢干戈，一路凭他保护多。

更遇东方凶太岁，英雄到处有风波。

且说艾虎一看山王，认的是熟人，不由的就有了气了，冲着山王说："二哥，你怎么干这个呢？"勇金刚张豹一瞧，是老兄弟艾虎，过去行礼。行礼已毕，跟着上山。到了分赃庭，见双刀将马爷，艾虎过去行礼。马爷把他搀住，说："想不到老兄弟你来，你怎么走到这呢？我们正要找你去呢。"艾虎说："我这话说起来就长了，你先把施大哥放了。"回答："那个施大哥？"艾虎说："就是固始县的施大哥，是我盟兄，联盟的把兄弟。"马爷说："兄弟，我不教劫，你一定要劫。你瞧瞧，劫出祸来了没有？解开去。"赶紧就把施俊解开。艾虎过去给哥哥道惊。施俊又受一大险。进分赃庭，大家一见。双刀将说："后边现有闲房，教嫂嫂就在后边闲房里住罢。"施俊就在前面，张爷请罪，把施俊让在上首，正居中落坐，叫摆酒。后门这里教喽兵扎住，凭爷是谁，不准往后去。施俊就在前面与大众各自讲究各自之事。艾虎把自己的事学说了一遍。

艾虎问张爷、马爷："你们想起甚么来了，占山为王？"马爷说："你们一走，我们的事发作了，几乎没有教官人拿了去，还亏的是些个喽兵，把我们救下了；没有这些个喽兵，此时我们大概也就截了。此时占住栖身之所，等着找你。"艾虎说："找我怎么样呢？"马爷说："找你见大人给求一求。"艾虎说："就得了，咱们一同前往，大哥弃了山寨罢。"大家整饮了一夜，方才席散。第二天早晨，教喽兵收拾，装驮子下山；教马爷写了一封书信，教喽兵奔君山；所有的东西，大家一分。金氏上了驮轿，小义士、马龙、张豹护送施俊上固始县。这一路上并没有甚么舛错。到了固始县，回汝宁村，到家中。金氏下驮轿，车辆，仆从丫鬟搀架，先见公爹。施俊也进来见天伦。本来施大人病体沉重，忽然一报少爷、少奶奶到了，施大人一高兴，已经卧床不起，叫家人搀将起来。见施俊带着金氏、佳蕙，三个人给老爷磕头。老爷一喜欢，病类若好了一半。其实通俗说叫"抖机灵"，正字叫"回光返照"。甚么都有个"回光返照”，人要是病的卧床不起，忽然爬起来了要点水喝，或是要点吃的，眼睛也睁开了，舌头说话也利落了，留神罢，那可就快了。还有一宗比方：家内点的油灯，看看要灭，屋里也发了暗了，灯苗也小了，必然就叫快添油，说：“快着点罢，没有油哩！”拿油的还没到，那必是紧催。忽灯一亮，拿油的还说：“那里头还有油呢，瞧这不是顶亮吗？”话犹未了，灭了，这也叫“回光返照”。太阳落的时节，已然落将下去，东边反倒一亮，这也叫“回光返照”。闲言少叙。再说施俊在天伦跟前，所有自己的事情回禀了一番，遇凶险的事情一概没提。后来把艾虎带将进去，给见了一见。

到了次日，金氏往家中婆子们打听说：“左近的地方有个太岁坊，紧对着就是小药王庙，甚灵。”就自己秉虔心，与公爹讨一灵签。全凭着自己的虔心，公爹病体痊愈，也是有之。对施俊一说，施俊不教去。究竟是大人家的气象，不教妇女们上庙烧香还愿，最是一件无益之事。金氏苦苦的一说，施俊又想着他妻子是一点的诚心，又怕烧香惹出祸来，就与艾虎、张豹、马龙一说此事。艾虎说：“哥哥，我可是多言，这是我嫂嫂的一片孝心，要能感动神佛，也是有的。我可是听见说，开封府包相爷的夫人，为太后老佛爷三乞天露，把香案设上，自己一想不行了，已经露结为霜了。李氏夫人立志，求不下天露来，就死在香案之前。后来果然这一点诚心惊动天地，古今盆中竟把露水求下来。后来凤目重明，那时可也是一点诚心。这番要感动神灵，也是有之。要是怕我嫂子遇见匪人，现有我弟兄三人跟随，还怕他何来？”被艾虎这一套言语，说的施俊心中愿意。张豹说：“要有人瞧我嫂嫂一眼，我把他脑袋拧下来。”施峻说：“既然这样，用完早饭之后，三位就辛苦一趟。”

果然用完早饭，里头传出信来，三位爷预备跟随轿子。金氏换了一身布衣荆钗上轿，明知后面有三位爷跟着。到小药王庙月台之前下轿。艾虎等就在角门那边一站，果然西边有一溜西房廊子，底下有张八仙桌，坐着一个恶霸，跟着也有个二十多打手。看那个恶霸，戴一顶红青缎子，员外巾大红袍，上下三蓝色的牡丹花，看不见靴子，有桌帷遮着；面如油粉，浓眉怪跟，暴长胡须，不大甚长，在那里坐定。他一见金氏下轿，一眼就瞧见了，告诉他手下的从人说：“过去抢他。”有个从人叫王虎儿，内外的都管。说：“使不得，二太爷，这个人要是一动，可就是蚂蜂窝。”你道这个人是谁？这就是太岁坊伏地太岁东方明，仗着他手下人多，各处里传言，说“小药王庙甚灵”，故此这方就传开了这个灵了。其实他净要看烧香还愿的少妇长女，只要有几分姿色，被他看上，他就要抢。可巧今天他瞧上金氏了，也打算要抢，早被王虎儿拦住了，说：“二太爷抢不得，这是金徽金知府的女儿，邵邦杰邵知府的媒人，施昌施大老爷的儿妇。你想想抢的吗？这还是一件小事。你看那角门口站着那三个老虎哇。是的，那都是跟来的。跟着的那三个，就是不好惹的。”伏地太岁翻眼一瞧，就吓了一跳，并且张豹那里还直骂，说：“再要近瞧，二太爷过去可就要把你两眼睛挖出来了。”东方明一扭头，说：“孩子们，我这两天耳朵有点上火，甚么都听不见。”从人说：“好哇，上点火，少闹点闲气。”马龙也是直拦张豹，不教他惹事，等着金氏求完了签，拿了签帖，给了香钱，赏了缘簿，婆子搀着上轿，放轿帘，搭起来就走。张豹大嚷道：“便宜这小子！”这才走了。

艾虎上襄阳的心急，恨不得立时就走了才好，到家中见施俊，第二天告辞。施俊不教走，教多住几日。艾虎不肯，一定要走。施俊拿出二百银子的路费来。艾虎不肯受，说：“我们这盘费甚多，要没有，还不拿哥哥的吗？”就此告辞起身，直奔襄阳，赶着去破铜网。不知到襄阳怎样，且听下回分解。

第一百二十二回 小义士起身离固始 旧宾朋聚首上襄阳

诗曰：

匆匆别去为谁忙，顷刻天涯各一方。

不是英雄留不住，心中惟计上襄阳。

且说艾虎同着马龙、张豹把施俊护送到家，住了两日，艾虎一定要起身告辞，施峻也并不远送。几位爷起身，路上也就无话了。晓行夜住，饥餐渴饮，到了襄阳。至上院衙，艾虎叫他们进去，他们不肯。艾虎一定要教他们进去，在大庭之外等着。哪知道艾虎进去不出来了，一问外边两个人是谁，艾虎这才教他们进来。到了里边，给大众一见，说明了来历。艾虎说："几时去破铜网？"智爷说："几时你也别打听，不许你去。"艾虎说："师傅，我五叔疼了我会子，好师傅，你教我去罢。"蒋爷说："明天再说罢，不用忙。"仍然又把阵图参悟了半天。到了次日早晨，大人亲身给预备着酒饭，所有破铜网的人无论大小老少，每人面前三杯酒，都是大人亲身给斟。大众说："吾等何德何能，敢劳大人给斟酒？"大人说："不必太谦了。"又预备一桌酒席，把白五老爷古磁坛请出来，供了一桌酒席，烧钱化纸，奠茶奠酒，暗暗的祝告："但愿吾弟阴灵有感，早助大众成功。"众人也过来磕了一路头，俱都是暗暗落泪。然后大家落坐吃酒。大人说："你们众位吃酒，本院不久陪了。"大人归到里间屋内去了。

饮酒议论，蒋四爷说："咱们商量商量，今天晚晌都是谁去？"这句话未曾说完，就听见："我去！我去！我去！我去！"除非智爷没要去，剩下的全都要去。蒋爷嗤得一笑，说："这些个人全去，上院衙净剩下大人一个人。咱们去破铜网，王府里倘若差一个人来，不利于大人。咱们纵然把铜网破了，大人也没了，谁担架的住？总得留看家的要紧。按《武侯兵书》说'未思进，先思退。'从新再商量罢，谁去谁不去。"飞叉太保说："吾等由君山到此，也不敢造次讨差，不敢说办起大事。些须小事，我等万死不辞。若要用兵，我们由君山带了二百名喽兵，现在小孤山扎定。若要用他们时节，大人早吩咐，好把他们调来助阵。"蒋爷一听，便道："钟兄，我们这里破铜网之人绰绰有余，只怕晚间一动手，杀的王府人东西乱蹿，怕他们逃出城外，烦劳寨主哥哥带着二百名喽兵,过了海河吊桥,把襄阳城四面围住,就是西面要紧。倘若有越城而过者,务必要将他们拿获。"飞叉太保一听,微微的一笑,说:"四大人将才吩咐我们在城外头等贼,小可钟雄带领喽兵在城外等候拿人。城内若有用人之处,还有我四个兄弟;城内若没有甚么事情,我们就一并出城去了。"蒋爷说:"寨主哥哥,可不必多心,城里城外皆是一样。"钟雄说:"既然这样,我们就出城去了。"钟雄笑嘻嘻的说:"我们这就要告辞了。"蒋爷吩咐教拿上盘缠,欢欢喜喜而走。大家送将出去,由此抱拳作别。

出离了上院衙,直奔小孤山。走在路上,于义、闻华、黄寿皆不愿意,说:"寨主哥哥,你可全明这个道理?"钟雄说:"甚么道理?"回答:"这分明是怕咱们降意不实。咱们何苦在他们这里赖衣求食?还是回咱们山中,作咱们的大王去罢。"钟雄把脸一沉,说:"五弟!你还要说些甚么?要在山寨上当着喽兵说出此话,就叫惑乱军心。"于义也就诺诺而退,不敢多言。他们奔小孤山,暂且不表。

单说上院衙,钟雄走后,北侠责备蒋爷行的不是。蒋爷说:"那人宽宏大量,绝不能挑眼。"蒋爷说:"谁去谁不去,早些商量明白。"云中鹤念声"无量佛",说:"小道不但是去,还要在四老爷跟前讨点差使。"蒋四爷道:"你说罢。"魏道爷云中鹤说:"我情愿去至王府,到火德星君殿破总弦,不知行不行?"蒋爷说:"破总弦还非你不行哪!得了,破总弦是魏道爷的事。"卢爷说:"我可去。"韩彰说:"我可去。"徐庆说:"我去。"南侠、北侠、双侠、沙老员外、孟凯、焦赤、白芸生、卢珍、徐良、韩天锦都说也去。艾虎说:"我也去。"蒋爷说:"不行。徐良有他父亲关心,得去。卢珍为他天伦上几岁年纪,白贤侄与他叔父报仇,也正应当去。韩天锦也不用,头件不会高来高去,不该去。再说,艾虎,你师傅、你义父去,你还有甚么不放心的地方?讲武艺,讲韬略,还用你挂心?就是徐良、卢珍、芸生他们虽去,也不教他们身临大敌,也就是在木板连环之外,各把占一个方位;若有王府之贼打那方逃蹿,就把那方把守之人,按例治罪。"智爷说:"连我还不去哪,看家要紧。"蒋爷说:"对了,连我还不去哪。"北侠又说:"艾虎小小的孩子,此处有你多少叔伯父,你单单的往前抢,你准有甚么能耐?"艾虎敢怒而不敢言,诺诺而退。自此一说艾虎,大家也不敢往前抢了。白面判官柳爷说:"我……"下句没说出来,教蒋爷用胳膊一拐,他也不敢往下说了,说:"我也看家。"小诸葛沈中元说:"我下句也没说出来,教智爷也是拿胳膊一拐,不敢往下说了。"余者的众人更不敢往下说了。蒋爷、智爷说:"我们看家,看家是要紧。"艾虎心内难受,酒也懒怠喝了,觉着一阵肚腹疼,自己出去走动去。

到了西房有个月亮门,北边一片乱草蓬蒿,走动了半天,将要出乱草蓬蒿,忽见打外头蹿进一个人来。艾虎一瞧,是师傅进了西院,东瞧西看,也不知是看甚么。瞧了半天,忽然对着外头一击掌,打外头进来一个人,一瞧不是别人,是沈中元,自己心中一动:"他们甚么事情?"艾虎就在乱草蓬蒿里一蹬,倒要听听他们说些甚么。沈中元问:"甚么事情,你把我搭出?"智爷说:"论有交情,就是咱们两个厚。我听见说,你要合他们一同破铜网,我故此把你拉了一下。我问你,有宝刀没有?"沈中元说:"我没有宝刀。"智爷又说:"有宝剑没有?"沈中元说:"更没有了。"智爷说:"咱们哥两个对劲,一人增光,大家长脸;一人惭愧,大家惭愧。不立功便罢,立就是立惊天动地的功。"沈爷说:"甚么惊天动地之功?"智爷说:"我问问你王府的道路熟哇不熟?"沈中元说道:"那是熟。"智爷说:"咱们进王府去,奔冲霄楼三层上,把盟单盗下来。可是你给我巡风,盗可是我盗,我可不要功劳。见大人时候,可是说你盗的。我若要一点功劳,教我死无葬身之地。"沈爷说:"怎么你起起誓来咧?"智爷说:"我把话说明,咱们彼此都好办。我是早已合你师兄说明白了,拜他为师哥,我是出家当老道。咱们把盟单盗回去,一睡觉,等着明天他们把铜网破了,王爷拿了,问他们王爷作反有甚么凭据,当时咱们把盟单往上一献,岂不是压倒群芳,出乎其类,拔乎其萃?这比跟着他们破铜网不强吗?要奏事,总得把咱们这个奏得头呢。可千万法不传六耳。"焉知道已传了六耳了。说毕,两个人一走。

艾虎在那里净生气,心里说:"好师傅!有好事约人家,自己又不要功劳。净知道说我,你们盗盟单,瞧我的罢,不容你们去,我先去。"将要分乱草蓬蒿出来,又打外头蹭蹿进来一个,赶着又把身子一蹭,见是蒋四爷,往里张望了半天;一回头,又进来一个是白面判官柳青。艾虎心里说:"都是这约会。"柳青问:"蒋四爷,我说要跟着破铜网,怎么你不教去?是甚么缘故?"蒋爷说:"你是我请出来的,我要不教你立点惊天动地的功劳,我对不起你。"柳青说:"我又不愿作官,我要甚么功劳。"蒋爷说:"你不要利,难道说你还不要名?你跟着破铜网,不过随众而已,奏事的时候,必是宝刀宝剑破铜网,不能单把你的名字列上。我拉扯你立一件大功。"柳青说:"我要同你一处走,又该我吃苦了。"蒋爷说:"这可不能咧。他们破他们的铜网,咱们去咱们的。我知道王爷睡觉的地方,叫卧龙居室。咱们去到卧龙居室,仗着你的熏香,咱们把王爷盗出来,你瞧瞧是奇巧一件不是?可千万法不传六耳。"柳青还不愿意?两个人定妥了主意。二人一走,艾虎越想越有气:"他们净会说我,有好事全不找我,我自有主意。"不知甚么主意,且听下回分解。

第一百二十三回 小义士偷听破铜网 黑妖狐暗算盗盟单

《西江月》：

背后窃听实话，心中才释疑团。多谋纵有计千端，难免门徒偷阚。计议私探消息，商量独盗盟单。立功何事把人瞒？竟自楼头受难。

且说艾虎在蓬蒿乱草之间，听见他们说偷着破铜网，心中暗想："师傅是与沈中元盗盟单，四叔是约柳青盗王爷。这两件事我一个人全办了，我办完了回上院衙睡觉，等着明天早起，我问问他们这盗盟单、盗王爷的事怎么着，法不传六耳，先教我听见，看你们有甚么脸面。"自己主意已定，又等了半天，这可没有人了，自己出来，到了前庭。刚一到前庭，智爷一怔，说："艾虎上那去来呀"艾虎说："我走动去来。"智爷一翻眼，说："啊，你走动，你上西院去走动去来？"艾虎说："我没上西院。"智爷说："你不能没上西院，你必是上西院去来。"艾虎说："我这个拉屎，没上西院，一定说我上西院。你要不信，你跟着去瞧瞧去。"蒋爷说："你是上西院里拉屎去来？"艾虎说："这个拉屎怎么也犯起私来了？"缘故人怕有亏心的事情。智爷、蒋爷见艾虎先前是皱眉皱眼，这趟进来是喜笑颜开，二人就猜着八九的光景。

等着吃毕了晚饭，二鼓之半，大众换衣裳，有夜行衣的全换夜行衣靠；没有夜行衣的全是随便衣服。这一套书，北侠换过两回夜行衣靠：头一次是拿花蝴蝶，这一次是破铜网。智爷告诉沙老员外连焦、孟二位，把住王府门口。白芸生、卢珍在王府的东墙儿，墙里墙外一个，一见王府之人或拿或杀，不许私离汛地。徐良在王府的正北北墙外头。北侠、南侠、双侠、卢方、韩彰、徐庆、云中鹤魏真、智爷，都在耳边告诉了几句言语，大众依计而行。大人亲身出来，给破网的人一躬到地。所有不走的人倒多，智化、蒋爷、柳青、沈中元、大官人、艾虎、大汉龙滔、姚猛、史云、分水兽邓彪、胡列、韩天锦、马龙、张豹、胡小记、乔宾、过云雕朋玉、熊威、韩良，这都是不走的人。

单提北侠等来至王府后身，一个个蹿上墙头，飘身下去，直走木板连环。到木板连环外头，云中鹤说："我可要往南去了，你们可别忙着进去，不是别的，我那里总弦断不了，你们要进去，岂不涉险？离此处有半里地远哪，千万可别忙。"北侠说：

"是了,道爷你多辛苦罢。"道爷点头,一直扑奔正南。走了真有半里之遥,才到火德星君殿,东边五间东房,并无灯火,西面五间西房,灯光闪烁。戳窗棂纸往里窥探,两个王官,十名兵在此上夜。魏真撤身下来,直奔佛殿。到了佛殿,宝剑亮将出来,一点锁头,微然有点声音,把锁斩落,推隔扇进去。佛龛里边神像看不真切,有前头的黄云缎幔帐。正当中有一个海灯,照彻的大亮。佛柜上古铜五供。佛柜前有一个四方的拜垫,拿黄云缎包着。魏真将隔扇闭好,把拜垫搬开,下面有四块大板,把四块大板搬开,放在四面。怕他们有人进来,把板盖上,故此放于四面。拿自来火桶一照,类若井桶子一般。又是一磴一磴的台阶。云中鹤拿剑点一点,迈一步;点一点,迈一步,走来走去,直到平地。一晃千里火,地面宽阔:南至北足够五丈,东至西足够五丈。正当中一根铁柱,两旁两根副柱,共有三个大轮子,俱比车轮还大。每个轮子有两个拨轮,一个管轮,两边有个大皮条,东边有九个小轮子,西边有九个小轮子,就是挂十八扇铜网的小弦。总柱上有一个铁拨拢子,上头四个铁滑子,有一个钢搭钩。这根总弦就在铁滑子铁拨拢子上,绕着这一根弦绕回去,类若两根弦一般。还有两根副弦在半腰中挂定,单有柱子、轮子、滑子挂定;单有一个法条相似,在正当中,有个塔子上绕着。魏道爷拿着双锋宝剑,对着那总弦一剁,呛啷一声,呱哒呱哒哒,那根总弦断下去了。还要断那副弦,就听上面口把井桶子围满,众人一口同音说拿、说拿。魏道爷顾不得了,回身上去。上面的人全是长枪,把枪尖扎将下来,嚷:"拿人!"魏道爷不慌不忙,上台阶用宝剑一转,枪尖全折;自己往上一蹿,那些个兵丁挨着就死,撞着就亡,连两个王官都未能逃命,先结果了神头皇甫暄,后结果了神火将军韩奇。魏道爷一想:"总弦一断,就不必再下去了。"再把上头的海灯用宝剑挑碎。仗着这二十二人俱死在火德星君殿内,自己出殿,仍把隔扇关闭,直奔木板连环而来。走的是正南离为火,把两扇大门用剑点开,里头套着七个小门:火山旅、火风鼎、火水未济、山水蒙、风水涣、天水讼、天火同人。蹭一个箭步,就蹿进天火同人一个门去了。两边地板一起,上来两个人,一个叫出洞虎王彦贵,一个叫小魔王郭进,与老道动手。先杀了一个,后杀了一个。老道蹿万字式当中,念了声"无量佛",说:"原来是王府作反的人,就是这样本领。"脚踏万字式,一直扑奔正北,直奔冲霄楼。

北侠、卢爷早到了。这六个人分开,一个宝刀,后头带一个人;一口宝剑,后头带一个人。北侠与卢方由正西兑为泽进来的。卢爷知道老五误入的是雷泽归妹,卢爷也要打雷泽归妹走。大门一开，看的是泽水困、泽地萃、泽山咸、水山蹇、地山谦、雷山小过、雷泽归妹，进七个门。北侠先蹿将进去，随后卢爷措着把刀也就进来。刚一进小门，就见两地板一起，蹭蹭蹿出两个人来，口中嚷道："甚么人！敢前来探阵？"原来这两个，一个是一枝花苗天禄，一个是柳叶杨春。苗天禄拿刀，北侠往上一迎。杨春乘虚而入，就是一刀，北侠闪躲不开了，飞起来一腿，正中杨春肋下，噗通躺在卢爷面前。卢爷摆刀就剁，自听磕叹一声，劈为两段。又听噗哧，也把苗天禄扎死。北侠说："大哥走罢。"卢爷这才走，一直扑奔正北。奔了两个圆亭，一个叫日升，一个叫月恒。远远的就看见一个石象，一个石犼，将要扑奔正北，正南离为火，老道闯将进来，会在一处。

就听正东方骂骂咧咧，是徐三爷同定展南侠。展爷是一语不发，净听着徐三爷这一个人，你瞧这个骂。正北上丁二爷、韩二义由坎为水进来，走水火既济卦。展南侠进的是震为雷，走的雷风恒，大众会在一处。原来看阵的就是四个人，被卢爷、北侠、云中鹤所杀。大众直奔冲霄楼，脚着万字式当中，跳着黄瓜架样式走，一看两边石象、石犼，当中两根铁链搭在冲霄楼上。卢爷用手一指那个石犼说："我五弟就从此处吊将下去，我也由此处下去。"北侠说："那倒可以。可别打一处下去，两处里分着。"徐庆说："我也打那边下去。"展爷说："我也打那边下去。"这边是云中鹤、北侠、二官人，两下里彼此全把兵器扎上，击掌为号。

矾一拍巴掌，蹭蹭蹭大众往上一蹿，两边的石象、石犼呱喇喇上头的铁练往下一落，翻板自来往下一翻。大众急拿脚一找网，二反网，往下一翻，众位仍然是半悬空中翻身，脚找盆底坑儿。七位全有智爷教明白的，抱刀往下，脸朝外。三鼠在使宝刀宝剑的身后，也是面向着外，手中都拿着兵刃，净瞧更道地沟里头往外出入。天宫网、地宫网一起，类若钟表开闸的声音，哗喇喇喇喇。十八扇铜网，按说一齐都起来,这把总弦一破可就不行了,起落的不齐了,可也有起来的,可也就有不起来的,可也有起来矶达往后一仰,又躺下了的。皆因是断总弦,没断十八根小弦、两根副弦。若要一齐全断,十八扇网,连一扇网都不能起来;这虽起来,就不能齐了。下面的金钟一响,声音也是不齐。每时咚咚直响三阵,此时行打三下,又打两下;再不然等半天,他又响一阵,参差不齐。铜网的样式,前文说过,二指宽铜扁条上,有胡椒眼儿窟窿,全有倒取钩,上尖下方的式样。底下的横铁条上,挂石轮子两个,由盆底坑上往下一滚,石轮极其快速。如今所有滚下来的网,吡叹磕叹,遇宝刀宝剑削成好几段,是下来的全碎了。不动的网,他们也就不管了。北侠大伙蹿上盆底坑儿,把更道地沟东西南北,俱是两个人把守;地沟门惟独正南,北侠一人把守。忽然一宗咤事,要问甚么缘故,且听下回分解。

第一百二十四回　众豪杰坠落铜网阵　黑妖狐涉险冲霄楼

《西江月》：

弹指几朝几代，到头谁弱谁强？人间战斗迭兴亡，直似弈棋模样。说甚英雄豪杰，谈何节烈纲常。天生侠义热心肠，尽入襄阳铜网。

且说北侠听金钟一响，是一百弓弩手，有一个头儿，是圣手秀士冯渊，拿着梆子，提着一条长枪，听见金钟一响，就由更道地沟上边下去。大众听梆子的号令，刚出正南上更道地沟门，正遇着北侠，拔刀就剁。冯渊听见刀声，往前一蹿，扭头一瞧是北侠。他是认得的，立刻双膝点地，苦苦求饶，甚么大爷、甚么爷爷、太爷、祖宗、师傅、大叔、二大爷、义父、爸爸全叫到了。北侠空有刀，剁不下去。冯渊又叫："你老人家肯饶了我，我就算计着你们老爷们该来了，小子在这正等着呢，别看你们老爷们净管把铜网削碎，你们也不知道王爷在甚么地方，盟单在甚么所在，我愿作向导。你愿收我个徒弟，就是徒弟；愿收我个干儿子，就是干儿子；愿收我个孙子，就是孙子。"北侠一想也是，正短这么一个向导，说："起去，我饶恕于你。"冯渊说："你老倒是认我个徒弟，是儿子，是孙子？我好称呼你老人家。"北侠说："你可是真心吗？"冯渊就跪在那里起誓，说："过往神祇在上，我要有虚情假意，教我死无葬身之地。"北侠说："起去罢。"冯渊说："我倒是称呼甚么？"北侠说："我已然有了义子，我收你为徒弟。"冯渊复又就地给北侠拜了四拜，叫了两声师傅。北侠答应，教冯渊起去。冯渊答应，乐的是手舞足蹈，说："师傅，我先献点功劳，我一打梆子，弓弩手全出来，你可就杀人。可别教箭钉在身上，钉在身上就死。"他在这里梆梆梆一打，一百弓弩手听见梆子一阵乱响，大家出来。这个更道地沟最窄，并肩占不下两个人，只可一个跟着一个走，门儿又矮，出来一个，再出来一个。出来一个杀一个，出来两个宰一双，第三的被杀，第四、第五的回去不敢出来了。东西北共杀了九个。南面的听见冯渊投了降，连一个也没出来。谁要把着一瞧，弩箭就射。上头一阵大乱，是王官雷英、金鞭将盛子川、三手将曹德、赛玄坛崔平、小灵官周通、张保、李虎、夏侯雄，带了些王府的兵丁，辞别了王爷，到此瞧看。进了木板连环，奔冲霄楼末层，进了五行的栏杆，到冲霄楼里头，脚蹬着大铁篦子，往下瞧看。雷英一瞧铜网尽都损坏，跺足捶胸，暗暗的叫苦。按说在冲霄楼铁篦子上头，往底下瞅，瞧不见底下的事情，在前文可就表过。再者铁篦子上四个犄角，单有四个大灯，昼夜不息，故此看得明白。雷英看见冯渊投降，雷英咬牙切齿大骂。底下冯渊听见，也是破口的大骂。他本是个南边人，未说话先叫唔呀唔呀的，骂道："唔呀，混帐忘八羔子，吾跟着我师傅，拿你们这些叛逆之贼来了，还不快些下来受缚。"金鞭将等大家问雷英主意，怎么办。雷英说："略展小计，管教他死无葬身之地。"吩咐兵丁："先把一百弓弩手撤回，后搬柴运草，拿火把他们烧死，破着这座冲霄楼不要了。"顷刻间，王府柴草甚多，全把柴草运将进来，把软柴薪在灯上点着，顺铁篦子的窟窿往下一扔。这一下可了不得了，下面人全吃了苦了。这火全冲着头颅就下来了，个个用手中的刀把拉，连躲带闪，用脚把拉，工夫甚大，足下的软底靴鞋全要烧着，大众乱嚷。冯渊偷着往地沟里一看，说："这可好了，他们走了，咱们出地沟罢。"教冯渊带路。冯渊在前，一个个都跟随着，奔南边这个地沟。走到南头，一看不好了，把大板子盖上了，这还不算，上头压上石头，弓弩手在上头坐着。赶着出来，又奔正东，也是不行。照样四面全绕到了，全是不行。这火就更大了。徐庆嚷道："死鬼，活着的时候机灵，我们都为你前来报仇，你下阵雨也好哇！"冯渊说："下阵雨也流不到这里来。"丁二爷说："这可好了，他们不往下扔火了，这还有点恩典。他们往下扔生柴货呢。"老道说："更不好了，底下这都是火，扔下来的是生柴货，全勾在一处，一阵风一鼓，大众全都是焦头烂面之鬼。这眼睛全睁不开，尽是黑烟。"大众在此受困，暂且不表。

单说的蒋爷，容他们破网的人走后，拉了柳青一把，两个人出上院衙，奔王府后身，正遇徐良。蒋爷就说："怕里头人少，我们看一看动作。"徐良也不能管，二人直奔王府后墙蹿将下去，绕木板连环，直奔西南。柳爷问："蒋爷，你们怎么知道王爷住处？"蒋爷说："我是听见魏昌说，有个月亮门，进月亮门，内有北上房，屋中有灯火，赶奔前来戳窗檽纸。见王爷在后虎座里半躺半坐，手中托着一本书，当住面门，就见露着花白的胡须。两个王官面向里靠着，落地罩花牙子站着。教柳青使熏香，拿了堵鼻子的布卷把鼻子堵上，把熏香掏出来，把香点着，将仙鹤嘴截在窗户窟窿里头一拉，仙鹤尾把紧一拉，屋中香烟都满了。蒋爷说："你因为甚么还不收起来？"柳爷说："没熏过去呢。"蒋爷说："那么些烟还熏不过去？难道咱们外边说话他听不见?”柳爷说:“怎么不躺下呢?”蒋爷说:“两个王官靠住搁子了。”柳爷说:“王爷怎么不扔书?”蒋爷说:“你不用疑心,跟我进去罢。”蒋爷掀帘笼,就往里走。柳爷将熏香盒子收了,在后跟着,蒋爷进去,往前一扑抓王爷,把王爷的胡髭抓掉了,这才瞧见王爷是假的,傀儡头,衣帽靴子都是真的。再回头一看,两个王官也是如此。原来是雷英的用意,自打长沙府回来,他父亲提了蒋爷的事情,不教他保王爷了,从此与他父亲反脸,愤愤而出,保定了王爷了。有消息地方加上消息,没消息地方安上消息,故此蒋爷上当。脚底下呼喇喇一响,赶着撤身回来,早就登的翻板上了,噗通噗通,两个人坠落下去。原来底下有四个王官,把他们四马攒蹄捆上。柳青怨恨蒋平,闭目合睛等死。王官拉刀要杀,暂且不表。

且说智爷拉小诸葛出上院衙,直奔王府后身,看看临近,由树林蹿出一个人来,原是山西雁,说:“智叔父、师叔,你们也是打接应去罢?”智爷说:“你怎么知道?”回答:“我蒋四叔刚过去。”智爷说:“同着柳爷罢?”回答:“正是。”智爷说:“咱们准是要走到一处。”沈爷说:“不行,他们去也是白去,上不去楼。”徐良要跟着进来,智爷把他拦住。二人奔将进去,直奔木板连环,走坎为水,进的水火既济,脚着万字式,直奔冲霄楼,进五行栏杆,都是沈中元带路。智爷要掏飞抓百练索,沈爷把他拦住。沈爷奔到柱子后头,把一尺二寸长的一个大铁些子一搬,自然打上头呱喇喇放下一个软梯来,二人这才上去。到了上面,又把软梯卷上去。又上三层,也是照样。往正南上一看,王爷兵丁如蚂蚁盘窝一般。智爷说:“咱们不管他们的闲事。”直奔隔扇,连锁头都没锁,一推就开。晃千里火一照,上面有个悬龛,下面一个佛柜。晃着火,看着柜上有古铜五供,柜面子上有一大道横缝。智爷问沈爷:“这里怎么有个缝子?”沈爷说:“那是乾裂。”智爷说:“添漆的东西那有乾裂,别有消息罢。”沈爷说:“没有。”智爷教沈爷巡风,自己蹿将上去,将要直奔悬龛的底梁,就从那缝子出来了两个扁枪头子,噗哧一声。智爷一摸肚子,咕咚摔在楼板乱滚,说:“我的肠子教他们扎出来了,在外搭拉着呢。”沈爷一急进来。原来里头有两个上夜的,一个金枪将王善,一个银枪将王保,开佛柜后门蹿出来。王善叫:“兄弟杀那个。”沈爷一急,与王善交手,就听那边磕叹一声,沈爷就知道智爷被杀。王善一喜,说:“兄弟得了罢。”智爷答言说:“得了,就剩了你哩!我学那古人托肠大战。”王善没躲闪开,早被智爷一刀杀死。沈爷问智爷:“怎么样?”智爷说:“没有扎着我,把我百宝皮囊扎了两个窟窿。”沈爷说:“吓着了我了。”智爷把百宝皮囊解下来,问沈爷:“还有消息

国学经典文库

国文珍藏版

中国侠义小说

千古豪侠如一梦 都在笑傲沉思忆

刘凯 主编

线装书局

目　录

国学经典文库

中国侠义小说

图文珍藏本

儿女英雄传

[清] 文康 ◎ 著

导读

《儿女英雄传》是由清代满族文学家文康所著,又名《金玉缘》《日下新书》是我国小说史上最早出现的一部熔侠义与言情于一炉的社会小说,小说长达40回,《儿女英雄传》描写的是清朝副将何杞被纪献唐陷害,死于狱中,其女何玉凤改名十三妹,出入江湖,立志为父报仇。淮阴县令安学海获罪,其子安骥筹银千两前去营救。安骥和民女张金凤遇险于能仁寺,幸亏玉凤及时相救,始免于难。事后,玉凤做媒,将张金凤许配给安骥,并解囊赠金、借弓退寇,使安骥一行人平安到达淮阴。后来纪献唐为朝廷所杀,玉凤见仇已报,打算出家,为人劝阻,也嫁给安骥。金凤、玉凤相处亲如姊妹。全书描绘了整个社会特别是官场的腐败和黑暗。

序

《儿女英雄传》一书，文铁仙先生康所作也。先生为故大学士勒文襄公保次孙，以赀为理藩院郎中，出为郡守，洊擢观察，丁忧旋里，特起为驻藏大臣，以疾不果行，遂卒于家。

先生少席家世余荫，门第之盛，无有伦比。晚年诸子不肖，家道中落，先时遗物斥卖略尽。先生块处一室，笔墨之外无长物，故著此书以自遣。其书虽托于稗官家言，而国家典故，先世旧闻，往往而在。且先生一身亲历乎盛衰升降之际，故于世运之变迁，人情之反覆，三致意焉。先生殆悔其已往之过，而抒其未遂之志欤？

余馆于先生家最久，宦游南北，遂不相闻。昨来都门，知先生已归道山。访其故宅，久已易主。生平所著，无从收拾，仅于友人处得此一编，亟付剞劂，以存先生著作。嗟乎！富贵不可长保，如先生者，可谓贵显，而乃垂白之年，重遭穷饿。读是书者，其亦当有所感也。

书故五十三回，回为一卷，蠹蚀之余，仅有四十卷可读。其余十三卷，残缺零落，不能缀缉，且笔墨弇陋，疑为夫己氏所续，故竟从刊削。书中所指，皆有其人，余知之而不欲明言之，悉先生家世者，自为寻绎可耳。

时光绪戊寅阳月，古辽阆圃马从善偶述。

弁言

是书吾得之春明市上，其卷端颜曰《正法眼藏五十三参》。初以为释家言，而不谓稗史也。展而读之，见为燕北闲人撰，为新安毕公同参，为我斋观鉴序，均不知为何许人。其事则日下旧闻，其文则忽谐忽庄，若明若昧，莫得而究其意旨。一笑投之庋阁间，亦同近出诸说部例视之矣。久之，虑遂果蟫腹，捡出偶一翻阅，乃觉稍稍可解。又研读数四，更于没字处求之，始知其所以忽谐忽庄若明若昧者，言非无所为而发也。噫，伤已！惜原稿半残阙失次，爰不辞固陋，为之点金以铁，补缀成书，易其名曰《儿女英雄传评话》，且弁数言于首卷云。

时乾隆甲寅暮春望前三日，东海吾了翁识。

儿女英雄传评话原载序文

上古结绳而治，后世圣人易之以书契。书契之兴，经尚矣。作经，非圣人初意也，皆有所为而作，不得已于言也。故《易》之作，为阐天心之微也；《书》之作，为观天道之变也；《诗》之作，为通人心之和也；《礼》之作，为大人道之防也；《春秋》之作，为合天心人事以诛心维道，使天下后世之乱臣贼子惧，上绍历圣作经之心，下开百世作史之例者也。

嗣是经变为史，龙门子长、司马温公、晦翁诸人皆因之。此外代有作者，顾已得失参半。时至五代，世无达人，正史而外，稗史出焉。

稗史亦史也。其有所为而作与不得已于言也何独不然？然世之稗史充栋折轴，惬心贵当者盖寡。自王新城喜读说部，其书始寖寖盛；而求其旨少远、词近微、文可观、事足鉴者，亦不过世行之《西游记》《水浒传》《金瓶梅》《红楼梦》数种。

盖《西游记》为自治之书。丘真人见元门之不竞，借释教以警元门，意在使之明心性，全躯命，本诚正以立言也。《水浒传》《金瓶梅》《红楼梦》同为治人之书。一则施耐庵见元臣之失臣道，予盗贼以愧朝臣，意在教忠，本平治以立言也；一则王凤州痛亲之死冤且惨，义图复仇雪耻，又不得手仇人而刃之，不护已，影射仇家名姓，设为秽言，投厥所好，更鸩其篇页，思有以中伤之，其苦心苦于卧薪吞炭，是则意在教孝，本修身以立言也；一则曹雪芹见簪缨钜族、乔木世臣之不知修德载福，承恩衍庆，托假言以谈真事，意在教之以礼与义，本齐家以立言也。是皆所谓有所为而作与不得已于言者也。

闲尝窃计之：顾安得有人焉，于诚正修齐平治而外，补出格致一书，令我先睹为快哉。继复熟思之：数书者，虽立旨在诚正修齐平治，实托词于怪力乱神。《西游记》，其神也怪也；《水浒传》，其力也；《金瓶梅》，其乱也；《红楼梦》，其显托言情，隐欲弥盖，其怪力乱神者也。格局备矣，然则更何从着笔别于诚正、修齐、平治而外，补一格致之书哉？用是曾曾在抱者久之。

吾有友一人焉，无他嗜好，但好读说部，所见且甚夥。吾一日以前说质之，吾友曰："有是哉！《大学》'格致'一章，'而今亡矣'，诚未易言。然即怪力乱神反而正之，不有所谓曰常与德与治与人者，不又一格局乎？近有燕北闲人所撰《正法眼藏五十三参》一书，厥旨颇不谬是，特惜语近齐东之野。还以质之吾子，子其云何？"

吾受而读之。其书以天道为纲，以人道为纪，以性情为意旨，以儿女英雄为文章。其言天道也，不作元谈；其言人道也，不离庸行；其写英雄也，务摹英雄本色；其写儿女也，不及儿女之私。本性为情，援情入性。有时诙词谐趣，无非借褒弹为鉴影而指点迷津；有时名理清言，何异寓唱叹于铎声而商量正学。是殆亦有所为而作与不得已于言者也。吾不图吾无意中果得于诚正、修齐、平治而外，快睹此格致一书也。

吾友以为妄，曰："子真有嗜痂癖者矣！试即以子之言证之。《西游记》诚为自治之书，不与余三书等。余三书者：《水浒传》以横逆而终于草菅，《金瓶梅》以斫丧而终于溃败，《红楼梦》以恣纵而终于困穷。是皆托微词伸庄论，假风月寓雷霆，其有裨世道人心，良非鲜浅。以视是书之游谈掉弄，距足与之上下床哉？且人不幸而无学铸经，无福修史，退而从事于稗史，亦云陋矣。更假名壶芦提禅语，以文其陋，予以为每况愈下，但供喷饭也，何格致之足云！"

吾正告之曰："君言左矣，是殆不然。夫《大学》之所谓格致者，非仅萍实商羊之谓。谓致吾之知，即物而穷其理也。人为万物之灵，穷理必从人始。彼《水浒》诸书，以皮里阳秋为旨趣，其说理也隐而微；是书以眼前粟布为文章，其说理也显而现。修道之谓教，与其隐教以‘不善降殃’为背面敷粉，曷若显教，以‘作善降祥’为当头喝棒乎？且如《西游记》《水浒传》《金瓶梅》，亦幸遇悟一子、圣叹、竹坡诸人读而批之，中人以下，乃获领解耳。《红楼梦》至今不得其人一批，世遂多信为谈情，乃致误人不少。何况怪力乱神，圣人不语，忠孝节义，万古同归。以是为游谈，游谈何害？且如太史公，良史也，不讳挥金杀人；孟子，亚圣也，其罕譬焉引人入胜者，立言尤多诙诡，何有于燕北闲人，而顾斤斤厚彼薄此哉？”吾友闻之，始辗然而笑，愀然以思，默然不语。

嗟乎！近俳近优，都堪惹厌；谈空谈色，半是宣淫。醒世者恒堕狐禅，说理者辄归腐障。自非苦口，可能唤醒痴人；不有婆心，何以维持名教？至借笔墨而代哭，志亦堪悲。果通呼吸于太空，天应欲泣。君真健者，尚一声长啸，谱成几叠清商。仆本恨人，早三叹废书，洒落满襟热泪。爰伸纸削牍而为之序焉。

雍正阏逢摄提格，上巳后十日，观鉴我斋甫拜手谨序。

缘起首回　开宗明义闲评儿女英雄　引古证今演说人情天理

侠烈英雄本色，温柔儿女家风。两般若说不相同，除是痴人说梦。儿女无非天性，英雄不外人情。最怜儿女最英雄，才是人中龙凤。

八句提纲道罢。这部评话原是不登大雅之堂的一种小说，初名《金玉缘》；因所传的是，首善京都一桩公案，又名《日下新书》。篇中立旨立言，虽然无当于文，却还一洗秽语淫词，不乖于正，因又名《正眼法藏五十三参》，初非释家言也。后经东海吾了翁重订，题曰《儿女英雄传评话》。相传是，太平盛世一个燕北闲人所作。

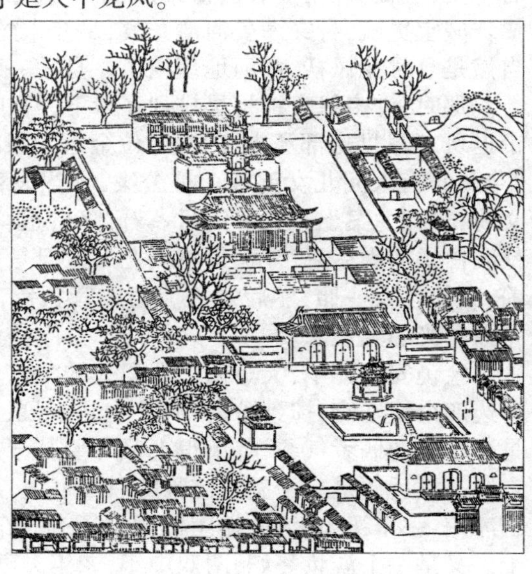

据这燕北闲人自己说，他幼年在塾读书，适逢一日，先生不在馆里，他读到“宰予昼寝”一章，偶然有些困倦，便把书丢过一边，也学那圣门高弟，隐几而卧。才得睡着，便恍惚间出了书房，来到街头。只见憧憧扰扰，眼前换了一番新世界：两旁歧途曲巷中，有无数的车马辐辏，冠盖飞扬，人往人来，十分热闹。当中却有一条无偏无颇的荡平大路，这条路上，只有一个瘦骨锐头、鬓发根根上指的，在前面挺然直立的走了去。闲人一时正不知自己走那条路好，想要向前面那个问问修途，苦于自己在他背后，等闲望不着他的面目。就待一步一趋的赶上借问一声，不想他愈走愈远，那条路愈走愈高，眼前忽然一闪，不见了他，不知不觉，竟走到云端里来了。没奈何，一个人踽踽凉凉，站在云端里一望，才看出云外那座天。原来虽说万变万应，却也只得一纵一横。纵里看去，便是宗动天、日天、月天、水天、火天、金天、木天、土天、二十八宿天，共是九天；横里看去，便是无上天、四人天、忉利天、坚首天、持鬘天、常桥天、福生天、福受天、广来天、大梵天、梵辅天、梵众天、少光天、光音天、无量光天、少净天、遍净天、无量净天、善见天、善现天、无想天、无烦天、无热天、无边空处天、无边识处天、无所有处天、非想天、非非想天、色究竟天、须欲摩天、兜率陀天、乐变化天，还有一座他化自在天，共是三十三天。他到的那个所在，正是他化自在天的天界。

却说这座天，乃是帝释天尊、悦意夫人所掌，掌的是古往今来忠臣、孝子、义夫、节妇的后果前因。这日恰遇见天尊同了夫人升殿，那燕北闲人，便隐在一个僻静去处，一同瞻仰。只见那天宫现彩，宝殿生云，仙乐悠扬，香烟缭绕。左一行，排一层紫袍银带的仙官；右一行，列几名翠袖霓裳的宫嫔。阶下列着是白旄黄钺，彩节朱幡。金盖、银盖、紫芝盖，映日飞扬；龙旗、凤旗、月华旗、随风招展。雕弓羽箭，飞鱼袋画着飞鱼；玉辇金根，驯象官牵着驯象。飞电马、追风马，跨上时电卷风驰；龙骧军、虎贲军，用着他龙拿虎跳。一个个，一层层，都齐臻臻、静悄悄的分列两边。殿上龙案头设着文房四宝，旁边摆着一个朱红描金架子，架上插着四面朱红绣旗，旗上分列着“忠”“孝”“节”“义”四个大字。一时仙乐数声，画阁开处，左有金童，右有玉女，手提宝炉，焚着白檀紫降，引了那帝释天尊、悦意夫人出来。那天尊，头戴攒珠嵌宝冕旒，身穿海晏河清龙衮，足登朱丝履，腰系白玉鞓；那悦意夫人，不消说，自然是日月龙凤袄、山河地理裙了。身后一双日月宫扇，簇拥着出来。

那时，许多星官神将早排列在阶下。只听殿头官喝道：“有事出班早奏，无事卷帘退班。”只见班部丛中，闪出四位金冠朱黻的天官，各各手捧文册一卷，上殿奏道：“今日正有人问儿女英雄一桩公案，该当发落，请旨定夺。”早有殿上宫官，接过那文册，呈到龙案上。天尊闪目一看，降旨道：“这班儿发落他阎浮人世去，须得先叫他明白了前因后果，才免得怨天尤人。但是天机不可预泄，可将那天人宝镜放在案前，叫他各人一照，然后发落。”值殿官领旨，早有一簇人，抬过一座金镶玉琢、凤舞龙盘的光明宝镜来。

宝镜安顿完毕，天尊便把那架上的“忠”“孝”“节”“义”四面旗儿发下来，交付旁边四个值殿官，捧到阶前，向空中只一展，但见凭空里就现出许多人来。为首的是个半老的儒者气象，装束得七品琴堂样子，同着一个半老婆婆，面上一团的慈祥忠厚。次后便是一个温文儒雅的白面书生，又是两个绝代女子。一个艳如桃李，凛若冰霜；一个裙布钗荆，端庄俏丽。还有一个朱缨花衮的长官，一个赤面白髯的壮士。又是一个淡妆嫠妇，两双中年、老年夫妻。还有个六七分姿色的青衣侍婢。后面随着许多男的、女的，老的、少的，村的、俏的，都俯伏在殿外。

天尊发落道：“尔等此番人世，务要认定自己行藏，莫忘本来面目。可抬头向天人宝镜一照者。”众人抬起头来一看，只见那宝镜里初照是各人的本来面目，次后便见镜里大放光明，从那片光里，现出许多离合悲欢、荣枯休咎的因缘来。大众看了，也有喜的，也有怒的，也有哀的，也有乐的；这个扬眉吐气，那个掩目垂头，鼓舞一番，叹息一番。看够多时，只见那宝镜中金光一闪，结成了一片祥云瑞霭，现出了

“忠孝节义”四个大字。众人看了，一齐向上叩首，口中齐祝“圣寿无疆”。那殿头官又把旗儿一展，那些人，依然凭空而去，愈去愈远，堕入云中，不见踪影。

悦意夫人向天尊道：“今天日尊的这番发落，可谓‘欢喜慈悲’。只是这班忠臣孝子，义夫节妇，虽然各人因果不同，天尊何不大施法力，暗中呵护，使他不离而合，不悲而欢.有荣无枯，有休无咎？也显得天尊的造化.更可以培养无限天和。天尊意下何如？”

天尊道：“夫人，你不见那后边的许多人，便都是这班儿牵引的线索，护卫的爪牙。至于他各人到头来的成败，还要看他入世后怎的个造因，才知他没世时怎的个结果。况这气数有个一定，就是作天的，也不过奉着气运而行，又岂能合那气运相扭？你我乐得高坐他化自在天，看这桩儿女英雄公案，霎时好耍子也！”悦意夫人道：“请问天尊：要作到怎的个地步，才算得个‘儿女英雄？’”

天尊道：“这‘儿女英雄’四个字，如今，世上人大半把他看成两种人、两桩事：误把些使气角力、好勇斗狠的认作英雄，又把些调脂弄粉、断袖余桃的认作儿女。所以一开口便道是‘某某英雄志短，儿女情长’，‘某某儿女情薄，英雄气壮’。殊不知，有了英雄至性，才成就得儿女心肠；有了儿女真情，才作得出英雄事业。譬如世上的人，立志要作个忠臣，这就是个英雄心，忠臣断无不爱君的，爱君这便是个儿女心；立志要作个孝子，这就是个英雄心，孝子断无不爱亲的，爱亲这便是个儿女心。至于‘节义’两个字，从君亲推到兄弟、夫妇、朋友的相处，同此一心，理无二致。必是先有了这个心，才有古往今来那无数忠臣、烈士的文死谏、武死战，才有大舜的完廪浚井，泰伯、仲雍的逃至荆蛮，才有郯祁弟兄的问答，才有冀缺夫妻的相敬，才有汉光武、严子陵的忘形。这纯是一团天理人情.没得一毫矫揉造作。浅言之，不过英雄儿女常谈。细按去，便是大圣大贤身分。”

“但是要作到这个地步，却也颇不容易。只我从开辟以来，掌了这座天关，至今纵横九万里，上下五千年，求其儿女英雄、英雄儿女一身兼备的，也只见得两个：一个是，上古的女娲氏。只因他一时感动了一点儿女心，不忍见那青天的缺陷，人面的不同，炼成三百六十五块半五色石，补好了青天，便完成了浩劫一十二万九千六百年的覆载；拈了一撮黄土，端正了人面，便画一了寅会至酉会八万六千四百年的人形。从儿女里作出这番英雄事业来，所以世人才号他作‘神媒’。一个是，掌释教的释迦牟尼佛。只因他一时奋起一片英雄心，不许波斯匿国，那些婆罗门外道扰害众生，妄干国事，自己割舍了储君的尊严、富贵，立地削发出家，明心见性，修成个无声无色、无臭无味、无触无法的不坏金身。任那些外道邪魔，惹不动他一毫的烦恼忧思恐怖，把那些外道普化得皈依正道。波斯匿国国王才落得个国治身尊，波斯匿国众生才落得个安居乐业。到后来，父母同升佛果，元配得证法华，善侣都转法轮，子弟并登无上。从英雄上透出这种儿女心肠来，所以众生都尊他为‘大雄氏’。”

“此外三代以下，秦不足道也。讲英雄，第一个大略雄才的，莫如汉高祖。他当那秦始皇并吞六国、统一四海，全盛的时候，只小小一个泗上亭长，手提三尺剑，从芒砀斩蛇起义，便赤手创成了，汉家四百年江山，似乎称得起个‘英雄气壮’了，究竟称不起，何也？”

“暴秦无道，群雄并起，逐鹿中原，那汉王，与西楚霸王项羽，连合攻秦，约先入关者王之。汉王乘那项王火咸阳、弑义帝、降子婴、东荡西驰的时候，早暗地里间道入关，进位称王。那项王是个‘力拔山气盖世’的脚色，枉费一番气力，如何肯休？便把汉王的太公俘了去，举火待烹，却特特的着人知会他，作个挟制。替汉王设想：此时正该重视太公，轻视天下，学那‘窃父而逃，遵海滨而处，终身欣然.乐而忘天下’的故事，岂不是从儿女中作出来的一个‘英雄’？即不然，也是低首下心，先保全了太公，然后布告天下，问罪兴师，合项王大作一场，成败在所不计，也还不失为能屈能伸的大丈夫本色。怎生公然说‘我翁即而翁，而欲烹而翁，请分我一杯羹’？幸而项王无谋，被他这几句话牢笼住了，不曾作出来。傥然万有一失，他果的谨遵台命，把太公烹了，分杯羹来，事将奈何？要说汉王料定项王有勇无谋，断然不敢下手，‘兵不厌诈’，即以君之矛，还置君之盾，那项王是个杀人不眨眼的魔君，汉王岂不深知？岂有以父子天亲这等赌气斗智的？所以祸不旋踵，天假吕后，变起家庭，赵王如意死于鸩毒，戚夫人惨极人彘，以致孝惠不禄。这都因汉高祖没有儿女真情，枉作了英雄事业，才遗笑千古英雄。”

“再要讲到儿女，第一个情深义重的，莫如唐明皇。为了一个杨贵妃，焚香密誓，私语告天，道是：‘在天愿为比翼鸟，在地愿为连理枝’。这番恩爱，似乎算得是个‘儿女情长’了，究竟算不得，何也？”

“当玄宗天宝改元以后，把个杨贵妃宠得迭荡骄纵，帏薄不修。那杨贵妃的来历，倒也不消提起，致伤忠厚。独怪他既有个梅妃，又想着杨妃；及至得了杨妃，便弃了梅妃；又不能终弃梅妃，以至惹下杨妃。自己左右的两个人，尚且调停不转，又丢下六宫佳丽，私通三国夫人。除了选色徵歌之外，一概付之不闻不问。任着那五王交横，奸相当权，激反胡奴，渔阳兵起。他却有贼不讨，转把个不稳的天下丢开不问，带上个受累的贵妃，避祸而行。及至弄到兵变马嵬，六军抗命，却又束手无策，不知究奸相、责骄帅、斩乱兵，眼睁睁的看着人，把个平日爱如性命的得宝子，生生逼死。息壤在彼，‘七月七日长生殿’的话，岂忘之乎？况且《春秋》通例，法在诛心。安禄山之来，为杨贵妃而来，不是合唐家有甚的不共戴天之仇。唐明皇之走，也明知安禄山为着杨贵妃而来，合唐家没甚不共戴天之仇，所以才不辞蜀道艰难，护着贵妃远避。及至贵妃既死，还瞻顾何来？自然就该‘王赫斯怒’，拨转马头，馘安禄山之首，悬之太白，也还博得个‘失之东隅，收之桑榆’，给天下儿女子吐一口气。何以又‘三郎郎当，三郎郎当’，愈走愈远？固无怪肃宗即位灵武，不候成命。日后的南内西内，左迁右迁，父子之间，愈弄愈弄出一番不好处的局面来。就便杨贵妃以有限欢娱，无多受享，也使他落了一生笑柄，万古羞名。这都因唐明皇没有英雄至性，空谈些儿女情肠，才哭坏世间儿女。”

可见，“‘英雄儿女’四个字，除了神媒、大雄之外，一个有名的大度赤帝子、风流李三郎，尚且消受不得，勉力不来，怎的能向平等众生身上.求全责备？方今正值天上日午中天，人间尧舜在上，仁风化雨所被，不知将来成全得多少儿女英雄。正好发落这班儿入世，作一场儿女英雄公案，成一篇人情天理文章，点缀太平盛事。这便是，今日绣旗齐展，宝镜高悬，发落这桩公案的本意也。”

悦意夫人听了，一一领会。一切人天皆大欢喜。只见天尊把龙袖一摆，殿头官才喝得声“退班”。那燕北闲人耳轮中,只听得一片喧哗,喊道:“捉!捉!捉!”随着便是地坼山崩价一声响亮。吓得他一步踏空云脚,一个立足不稳,早从云端里落将下来,一跤跌醒,却是一场大梦!睁开眼来看看,但见院子里,一班逃学的孩子,正在那里捉迷藏耍子,口里只嚷道:“捉!捉!捉!”面前却立着,合他同砚的一个新安毕生,手里拿着一方界尺,拍得那桌子乱响,笑嘻嘻的,叫道:“醒来!醒来!清天白日,却怎的这等酣睡?”

他道:“我正梦着一段新奇文章,不曾听得完,却被你们这般人来打断了。”说着便把他梦中所闻所见,云端里的情节,详细告诉了那毕生一遍。毕生道:“先生不在馆,你看他大家在那里捉迷藏,捉得好不热闹!我正要拉你去一同作耍,你倒捉住我说这云端里的梦话。快来捉迷藏去!”说着拉了他便走。

那闲人也就信步随了他去,一时,早把梦中的话忘了一半。不因他这番一个迷藏一捉,一生也不曾作得一个好梦。只着了半世昏迷,迷而不觉,也就变成“不可圬也”的一堵“粪土之墙”,“不可雕也”的一块“朽木”,便落得作了个“燕北闲人”。

列公牢记话头:只此正是那个燕北闲人的来历,并他所以作那部《正法眼藏五十三参》的原因,便是吾了翁重订这部《儿女英雄传评话》的缘起。这正是:

云外人传云外事,梦中话与梦中听。

要知这部书传的是班甚么人,这班人作的是桩甚么事,怎的个人情天理,又怎的个儿女英雄,这回书,才得是全部的一个楔子,但请参观,便见分晓。

第一回　隐西山闭门课骥子　捷南宫垂老占龙头

《儿女英雄传》的大意,都在“缘起首回”交代明白,不再重叙。这部书,究竟传的是些甚么事?一班甚么人?出在那朝那代?列公压静,听说书的,慢慢道来。

这部书,近不说残唐、五代,远不讲汉、魏、六朝,就是我朝大清康熙末年、雍正初年的一桩公案。我们清朝的制度不比前代,龙飞东海,建都燕京,万水朝宗,一统天下。就这座京城地面,聚会着天下无数的人才。真个是冠盖飞扬,车马辐辏。与国同休的,先数近支远派的宗室觉罗,再就是随龙进关的满洲、蒙古、汉军八旗,内务府三旗,连上那十七省的文武大小汉官,何止千门万户。说不尽的“九天阊阖开宫殿,万国冠衣拜冕旒”!这都不在话下。

如今,单讲那正黄旗汉军,有一家人家,这家姓安,是个汉军世族旧家。这位安老爷本是弟兄两个,大哥早年去世,止剩他一人,双名学海,表字水心,人都称他安二老爷。论他的祖上,也曾跟着太汗老佛爷,征过高丽,平过察哈尔,仗着汗马功劳上头,挣了一个世职。进关以后,累代相传,京官、外任都做过。到了这安二老爷身上,世职袭次完结,便靠着读书上进。所喜他天性高明,又肯留心学业,因此上见识广有,学问超群,二十岁上,就进学中举。怎奈他“文齐福不至”,会试了几次,任凭是篇篇锦绣,字字珠玑,会不上一名进士,到了四十岁开外,还依然是个老孝廉。孺人佟氏,也是汉军世家的一位闺秀,性情贤慧,相貌端庄,针黹女工不用讲,就那操持家务,支应门庭,真算得起安老爷的一位贤内助。只是他家人丁不旺,安老爷夫妻二位子息又迟，孺人以前生过几胎，都不曾存下，直到三十以后，才得了一位公子。

这公子生得天庭饱满，地格方圆，伶俐聪明，粉妆玉琢，安老爷、佟儒人十分疼爱。因他生得白净，乳名儿就叫作玉格，单名一个骥字，表字千里，别号龙媒，也不过望他将来如"天马云龙，高飞远到"的意思。小的时候，关煞、花苗都过，交了五岁，安老爷就教他认字号儿，写顺朱儿；十三岁上，就把《四书》《五经》念完，开笔作文章、作诗，都粗粗的通顺。安老爷自是欢喜。过了两年，正逢科考，就给他送了名字。接着院考，竟中了个本旗批首。安老爷、安太太的喜欢，自不必说。连日忙着，叫他去拜老师，会同案，夸官拜客。诸事已毕，就埋头作起举业的工夫来。

那时候，公子的身量，也渐渐的长成，出落得目秀眉清，温文儒雅。只因养活得尊贵，还是乳母、丫鬟围随着服侍。慢说外头的戏馆、饭庄、东西两庙不肯教他混跑，就连自己的大门，也从不曾无故的出去站站、望望。偶然到亲戚一家儿走走，也是里头嬷嬷妈、外头嬷嬷爹的跟着。因此上，把个小爷养活得十分腼腆。听见人说句外话，他都不懂；再见人举动野调些，言谈粗鲁些，他便有气，说是下流没出息；就连见个外来的、生眼些的妇女，也就会臊的小脸儿通红，竟比个女孩儿来得还尊重。

那安老爷家的日子，虽比不得在先老辈手里的宽裕，也还有祖遗的几处房庄，几户家人。虽然安老爷不善经理家计，仗着这位太太的操持，也还可勉强安稳度日。他家的旧宅子，本在后门东不压桥地方，原是祖上蒙恩赏的赐第，内外也有百十间房子。自从安老爷的老太爷手里，因晚年好静，更兼家里人口稀少，住不了许多房间，又不肯轻弃祖业，倒把房子，让给远房几家族人来住，留了两户家人，随同看守，为的是，房子既不空落，那些穷苦本家人等，也得省些房租，他自家却搬到坟园上去居住。

他家这坟园，又与别家不同，就在靠近西山一带，这地方叫作双凤村。相传说，从前有人见两只彩凤，落在这地方山头上，百鸟围随，因此上得了这个村名。

这地原是安家的老圈地，到了安老爷的老太爷手里，就在这地里踹了一块吉地，作了坟园，盖了阴阳两宅。又在东南上，盖了一座小小庄子，虽然算不得大园庭，那亭台楼阁，树木山石，却也点缀结构得幽雅不俗。附近又有几座名山大刹。围着庄子，都是自己的田园，佃户承种交租。那安老爷的老太爷，临终遗言，曾嘱咐安老爷，说："我平生在此养静，一片心神都在这个地方。将来我百年以后，不但坟园立在这里，连祠堂也要立在这里。一则，我们的宗祠里，本来没有地方了；二则，这园子北面、土山以后、界墙以前，正有一块空地，你就在这地方正中，给我盖起三间小小祠堂，立主供奉。你们既可以就近照应，便是将来的子孙，有命作官固好，不然守着这点地方，也还可以耕种读书，不至冻饿。"后来，安老爷便谨遵父命，一一的照办。此是前话不提。

传到安老爷手里，这位老爷天性本就恬淡，更兼功名蹭蹬，未免有些意懒心灰，就守定了这座庄园，课子读书，自己也理理旧业。又有几家亲友子弟，因他的学问高深，都送文章请他批评改正，一天却也没些空闲。偶然闲来，不过饮酒看花，消遣岁月，等闲不肯进城。安太太，又是个勤俭当家的人，每日带了仆妇侍婢，料理针线，调停米盐。公子，更是早晚用功，指望一举成名，不干外事。外头，自有几个老成家人,支应门户。又有公子的一个嬷嬷爹,这人姓华名忠,年纪五十岁光景,一生耿直,赤胆忠心,不但在公子身上,十分尽心,就连安老爷的一应大小家事,但是交给他的,他无不尽心竭力,一草一木都不肯糟塌,真算得"奶公子里的一个圣人"。因此,老爷、太太待他格外加恩,不肯当一个寻常奶公子看待。这安老爷家.通共算起来,内外、上下也有三二十口人,虽然算不得簪缨门第,钟鼎人家.却倒过得亲亲热热,安安静静,与人无患,与世无争,也算得个人生乐境了。

这年正逢会试大比之年。新年下,安老爷、安太太把家中年事一过,便带了公子进城。拜过宗祠,到至来本家几处,拜望了拜望,仍旧回家。

匆匆的过了灯节,那太太,便将安老爷下场的考篮、号帘、装吃食的口袋盒子、衣帽等物,打点出来。安老爷一见,便问说:"太太,你此时忙着打点这些东西作甚么?"太太说:"这离三月里也快了,拿出来看看,该洗的缝的、添的置的,早些收拾停当了,省得临时忙乱。"那安老爷,拈着几根小胡子儿,含笑说:"太太,你难道还指望我去会试不成?你算,我自二十岁上中举,如今将及五十岁,考也考了三十年了,头发都考白了,'功名有福,文字无缘',也可以不必再作此痴想。况你我如今有了玉格,这个孩子,看去还可以望他成人.倒不如,留我这点精神心血,用在他身上,把他成就起来,倒是正理。太太,你道如何?"

太太还没及答话,公子正在那里检点那些考具的东西,听见老爷的话,便过来规规矩矩、慢条斯理的说道:"这话还得请父亲斟酌。要论父亲的品行学业,慢道中一个进士,就便进那座翰林院,坐那间内阁大堂,也不是甚么难事。但是功名迟早,自有一定。天生应吃的苦,也要吃的。就算父亲无意功名,也要把这进士中了,才算得作完了读书的一件大事。"安老爷听了,笑了一笑,说道:"孩子话!"那太太便在旁说道:"老爷,玉格这话狠是,我也是这个意思。这些话我心里也有,就是不能象他说的这么文诌诌的。老爷竟是依他的话,打起高兴来。管他呢,中了,好极了;就算是不中,再白辛苦这一荡,也不要紧,也是尝过的滋味儿罢咧!"

列公,这科甲功名的一途,与异路功名,却是大不相同。这是件合天下人较学问见经济的勾当,从古至今,也不知牢笼了多少英雄,埋没了多少才学。所以,这些人宁可考到老,不得这个"中"字,此心不死。

安老爷用了半生的心血,难道果真就肯半途而废不成?原是见了这些考具,一时的牢骚话。及至听见公子小小年纪说了这一番大道理,心中暗暗欢喜,又恐怕小人儿高兴,只得笑着说是小孩子话。及至太太又加上一番相劝,不觉得就鼓起高兴来,说道:"既如此,就依你们娘儿们的话,左右是家里白坐着,再走这一荡就是了。"

说着,看看到了三月初间,太太把老爷的衣帽、铺盖、吃食等件,打点清楚,公子也忙着拣笔墨、洗砚台、包草稿纸,诸事停当。这安老爷便坐车进城,也不租小寓,就在自己家里住下。这房子,虽说有几家本家住着,正所儿没占,原备安老爷、太太、公子有事进城住的,平日,自有留下的家人看守。这家人们知道老爷回家,前几天就收拾铺设,扫地焚香的预备停妥。

到了三月初六日,太太打发公子,带了虽侍家丁,跟随老爷进城。进场出场,又按着日子,打发家人接送,预备酒饭,打点吃食。公子也来请安问候,都不必细说。

三场已毕,这老爷出了场,也不回家,从场门口坐上车,便一直的回庄园来。太太、公子接着，问好请安，预备酒饭，问了一番场里光景。一时，饭罢，公子收捡笔砚，便在卷袋里，找那三场的文章草稿。寻了半日，只寻不着，便来问安老爷，说："文章稿子放在那里了？等我把头场的诗文抄出来，好预备着亲友们要看。"安老爷说："我三场都没存稿子，这些事情，也实在作腻了。便有人要看，也不过加上几个密圈，写上几句通套批语，赞扬一番，说这次必要高中了；究竟到了出榜，还是个依然故我，也无味的狠，所以，我今年没存稿子。不但不必抄给人看，连你也不必看。这一出场，我就算中了。"说毕，拈须而笑。公子听了无法，只得罢了。

日月迅速，转眼就是四月。到了放榜的头一天晚上，这太太弄了几样果子、酒菜，预备老爷候榜，好听那高中的喜信。安老爷坐下，就笑着说道："这大概是等榜的意思了。听我告诉你们：外头只知道是明日出榜，其实，场里今日早半天就拆弥封，填起榜来了。规矩是拆一名，唱一名，填一名。就有那班会想钱的人，从门缝儿里传出信来，外头报喜的接着分头去报。如今，到了这时候，不见动静，大约早报完了，不必再等。你们既弄了这些吃的，我乐得吃个河落海干，睡觉。"说着，吃了几杯闷酒，又说了会闲话，真个就倒头酣呼大睡。

那太太同公子，并内外家人，不肯就睡，还在那里，左盼右盼。看看等到亮钟以后无信，大家也觉得是无望了，又乏又困，兴致索然，只得打点要睡。上房将然关了房门，忽听得大门打得山响，一片人声，报说："头二三报！报安老爷中了第三名进士！"

列公，你道安老爷既中得这样高，为甚么直到此时才报？原来，填榜的规矩，从第六名填起，前五名叫作"五魁"，直等把榜填完，就是半夜的光景了，然后倒填五魁。到了填五魁的时候，那场里，办场的委员，以至书吏、衙役、厨子、火夫，都许买几斤蜡烛，用钉子钉的大木盘插着，托在手里，轮流围绕，照耀如同白昼，叫作"闹五魁"。那点过的蜡烛，拿出来送人，还算一件取吉利的人情礼物。因此上，填到安老爷的名字，已是四更天的光景。那报喜的，谁不想这个五魁的头报？一得了信，便随着起早下圆明园的车马，从西直门连夜飞奔而来，所以，到这里，天还没亮。

闲话休提。这太太，因等不见喜信，正在卸妆要睡。听得外面喧嚷，忙叫人开了房门，出去打听。那门上的家人，早把报条接了进来，给老爷、太太、公子叩喜。这一番吵吵，安老爷也醒了，连忙披衣起来，公子呈上报条看了，满心欢喜。一时想起来，自己半生辛苦，黄卷青灯，直到须发苍然，才了得这桩心愿，不觉喜极生悲，倒落了几点泪。太太也觉心中颇有所感，忍泪含笑劝解，说："老爷，这正该喜劝，怎么倒伤起心来呢？"

定了一会，大家才喜逐颜开，菏脸堆下笑来。公子便去打点写手本、拜帖职名，以及拜见老师的贽见、门包、封套。家人们在外边开发喜钱。紧接着，就有内城各家亲友，看了榜先遣人来道喜，把位安太太忙得，头脸也不曾好生梳洗得。正是"人逢喜事精神爽"，乏也忘了，困也没了，忙忙的带着丫鬟、仆妇，一面打点帽子衣服，又去平兑银两，找红毡，拿拜匣。所喜都是自己平日勤谨的好处，一件一件的预先弄妥，还不费事。安老爷看着太太忙得连袋烟也没工夫吃，便说道："太太不必忙，今日没事，有一天的工夫呢。我后半天进城不迟，歇歇再收拾罢。"说着自己梳洗已毕，忙穿好了衣服，先设了香案，在天地前上香磕头，又到佛堂、祠堂，行过了礼，然后，内外家人都来叩喜。这些情节，都不必细讲。

安老爷一面料理了些，自己随手用的东西，便催着早些吃饭。吃饭中间，公子便说："虽然多辛苦了几次，如今，却高高的中了个第三，可谓'上天不负苦心，文章自有定论'，将来殿试，那一甲一名，也不敢必，也中个第三就好了！"安老爷笑说："这又是孩子话了。那一甲三名的状元、榜眼、探花，咱们旗人是没分的。也不是旗人必不配点那状元、榜眼、探花。本朝的定例，觉得旗人可以吃钱粮，可以考繙译，可以挑侍卫，宦途比汉人宽些，所以，把这一甲三名，留给天下的读书人，大家巴结去。这是本朝珍重名器、培植人材的意思。况且'探花'两个字，你可知道他怎么讲？那状元，自然要选一个才、貌、品、学四项兼备的，不用讲了；就是探花，也须得个美少年去配他，为的是，琼林宴的这一天，叫他去折取杏花，大家簪在头上，作一段琼林佳话。这是唐代的故事。你看，我虽然不至于老迈不堪，也是望五的人了，世上那有这样白头蹀躞的探花？岂不被杏花笑人！果然那样，那不叫作'探花'，倒叫作'笑话儿'了！"公子道："便不得探花，翰林也是稳的。"老爷说："那又不然。在常情论，那名心重的，自然想点个翰林院的庶常；利心重的，自然想作个榜下知县；有才气的，自然想用分部主事；到了中书，就不大有人想了；归班更不必讲。我的见识却与人不同：我第一怕的是知县，不拿出天良来作，我心里过不去；拿出天良来作，世路上行不去。那一条儿路、可断断走不得！至于那入金马、登玉堂，是少年朋友的事业，我过了景了。就便用个部属，作呢还作得来，但是这个年纪，还靴桶儿里掖着一把子稿，满道四处去找堂官，也就露着无趣。我倒想用个冰冷的中书，三年分内外用——难道我还就外用不成？那时，一纸呈儿，挂冠林下，倒是一桩乐事。不然，索性归了班，十年后，才选得着。且不问这十年后如何。就这十年里，我便课子读书，成就出一个儿子来，也算不虚度此生了！"公子自是不敢答言。安太太听了说道："老爷也忒虑得远。我只说，万事都是尽人事，听天命，自有个一定。"老爷说："太太这话却倒不错。"

说话间，一时，吃罢了饭，便有几家拜从看文章的门生学生，赶来道喜。人来人往，应酬了一番，那天就不早了，安老爷才得进城。到了住宅，早有部里长班送信，告知老爷中在第几房，并房师的官衔、姓名、科分、住处。从次日起，便去拜房师，拜座师，认前辈，会同年，会同门，公请老师，赴老师请，刻齿录，刻朱卷。那房师、座师见了，都说："一见你这本卷子，便知为老手宿儒，晚成大器，如今果然。可见，文有定评。"说着十分叹赏。

这安老爷，一连忙了数日，不曾得闲。直等谢恩领宴，诸事完毕，才得略略安静。五十岁的老头儿，也得伏案埋头作起楷来。

转眼覆试朝考已过，紧接着殿试。那老爷的策文，虽比不得董仲舒的《天人三策》，却颇颇的有些经济议论，与那抄策料填对句的不同。那些同年见了，都道："定入高选。"怎奈老爷是个走方步的人，凡那些送字样子、送诗篇儿这些门路，都不晓得去作。自已又年届五旬，那殿试卷子，作的虽然议论恢宏，写的却不能精神饱满，因此上，殿了一个三甲。

及至引见，到了老爷这排，奏完履历，圣人往下一看，见他正是服官政的年纪，脸上一团正气，胸中自然是一片至诚，这要作一个地方官，断无不爱惜民命的理，就在排单里“安学海”三个字头上，点了一个朱点，用了榜下知县。

少时，引见一散，传下这旨意来。安老爷一听，心里说道：“完了！正是我怕走的一条路，恰恰的走到这条路上来！”登时倒抽了一口气，凉了半截。心里的那番懊恼，不但后悔此番不该会试，一直悔到当年不该读书，在人群儿里险些儿不曾哭了出来。便有一班少年新进凑来，携手作贺。有的说：“班生此去，何异登仙！”又有的说：“当年是‘拥书权拜小诸侯’，而今真个‘百里侯’矣。”又有一班外行朋友说是：“这榜下即用，是‘老虎班’，一到就补好缺的。”又有的说：“‘在京的和尚，出外的官’，这就得了。”一面就答讪着荐幕友，荐长随。落后还是几位老师认真关切，走来问道：“外用了？不必介意。文章、政事，都是报国，况这宦途如海，那有一定的？且回去歇歇再谈罢。”

这老爷也只得一一的应酬一番。又有那些拜从看文章的门生，跟着送引见；见老爷走了这途，转觉得依依不舍。安老爷从上头下来，应酬了大家几句，回到下处，吃了点东西，向应到的几处，勉强转了一转，便回庄园上来。

那时，早有报子报知，家人们听见老爷得了外任，个个喜出望外。只有太太合公子，见老爷进门来愁眉不展，面带忧容，便知是因为外用的原故。一时且不好安慰，倒提着精神，谈了些没要紧的闲话。老爷也强为欢笑，说：“闹了这许多天了，实在也乏了，且让我歇一歇儿，慢慢的再计议罢。”

谁想有了年纪的人，外面受了这一向的辛苦劳碌，心里又加上这一番的烦恼忧思，次日，便觉得有些鼻塞声重，胸闷头晕，恹恹的就成了一个外感内伤的病。安太太急急的请医调治，好容易出了汗，寒热往来，又转了疟疾；疟疾才止，又得了秋后痢疾。无法，只得在吏部，递了呈子，告假养病。每日价医不离门，药不离口，把个安太太急得，烧子时香，吃白斋，求签许愿，闹得寝食不安。连公子的学业功课，也因侍奉汤药，渐渐的荒废下来。

直到秋尽冬初，安老爷才得病退身安，起居如旧。依安老爷的心里，早就打了个再不出山的主意了，怎奈那些关切一边的师友亲戚骨肉，都以天恩祖德、报国勤民的大义劝勉，老爷又是位循规蹈矩、听天任命、不肯苟且的人，只得呈报销假投供。可巧，正遇着南河高家堰一带黄河决口，俗语说：“倒了高家堰，淮扬不见面。”这一个水灾，也不知伤了多少民田民命！地方大吏、飞章入奏请帑，并请拣发知县十二员、到工差遣委用。这一下子，又把这老爷打在候补、候选的里头挑上了。

列公，安老爷这样一个有经济、有学问的人，难道连一个知县作不来？何至于就愁病交加到这步天地？有个原故。只因这老爷的天性恬淡，见识高明，广读诗书，阅尽世态。见世上那些州县官儿，不知感化民风，不知爱惜民命，讲得是，走动声气，好弄银钱，巴结上司，好谋升转。甚么叫钱谷刑名，一概委之幕友、官亲、家丁、书吏，不去过问，且图一个旗锣伞扇的豪华，酒肉牌摊的乐事。就便有等稍知自爱的，又苦于众人皆醉，不容一人独醒，得了百姓的心，又不能合上司的式，动辄不是给他加上个“难膺民社”，就是给他加上个“不甚相宜”，轻轻的就端掉了，依然有始无终，求荣反辱。因此上，自己一中进士，就把这知县，看作了一个畏途。如今，索性挑了个河工！这河工，更是个有名的虚报工段、侵冒钱粮、逢迎奔走、吃喝揽扰的地方，比地方官尤其难作。自己一想，可见宦海无定，食路有方。天命早已安排在那里了，倒不如听命由天的闯着作去，或者就这条路上立起一番事业，上不负国恩，下不负所学，也不见得。

老爷存了这个念头，倒打起精神，次第的过堂引见，拜客辞行，一切琐屑事情都已完毕，才回到庄园。略歇息了歇息，便有那些家人回说：钦限紧急，请示商量怎的起行？那些家人，也有说该坐长船的，也有说该走旱路的，也有说行李另走的，也有说家眷同行的。安老爷说："你们大家且不必议论纷纷，我早有了一个牢不可破的主见在此。"这正是：

得意人逢失意事，一番欢喜一番愁。

要知那安老爷，此番起行赴官怎的个主见，下回书交代。

第二回 沐皇恩特授河工令 忤大宪冤陷县监牢

这回书，紧接前回，讲的是，那安老爷拣发了河工知县，把外面的公私应酬，料理已毕，便在家打点起上路的事来。

这日，饭罢无事，想要先把家务交代一番，因传进了家中几个中用些的家人。内中也有积伶些的，也有糊涂些的，谁不想献个殷勤，讨老爷喜欢，好图一个门印的重用？那知老爷早打了个"雇来回车"的主意，便开口先望着太太说道："太太，如今咱们要作外任了，我想，我此番到外任去，慢讲补缺的话，就这候补知县，也不知天准我作不准我作，还不知我准我作不准我作。"

说到这里，大家就先怔了一怔，太太只得答应了一声。又听老爷往下说道："我的怕作外官，太太是知道的，此番偏偏的走了这条路。在官场上讲，实在是天恩，我有个不感激报效的吗？但是，我的素性，是个拘泥人，不喜繁华，不善应酬，到了经手钱粮的事，我更怕。如今，到外头去作官，自然非家居可比，得学些圆通。但那圆通得来的地方好说，到了圆通不来，我还只得是笨作。行得去行不去，我可就不知道了。所以，我的主意，打算暂且不带家眷，我一个人带上几个家人，轻骑减从的先去看看路数。如果处得下去，到了明秋，我再打发人来接家眷不迟。家里的事，向来我就不大管，都是太太操心，不用我嘱咐。我的盘缠，现有的尽可敷衍，也不用打算。我所虑者，家里虽有两个可靠的家人，实在懂事的少。玉格又年轻，万一，有个紧要些的事儿，以至寄家信、带东西这些事情，我都托了乌明阿乌老大了。他虽合咱们满洲汉军隔旗，却是我第一个得意门生，他待我也实在亲热。那个人将来不可限量，太太白看着，几天儿就上去了。我起身后他必常来，来时，太太总见见他，玉格也可以合他时常亲近，那是个正经人。此外，第一件心事，明年八月乡试，玉格务必教他去观观场。"因向公子说："你的文章，我已经托莫友士先生合吴侍郎，给你批阅，可按期取了题目来，作了，分头送去。"公子一一答应。

说到这里，太太才要说话，只见老爷又说道："哦，还有件事。前日，我在上头，遇见咱们旗的卜德成卜三爷，赶着给玉格提亲。"太太听见，有人给公子提亲，连忙问道："说得是谁家？"老爷道："太太不必忙着问，这门亲不好作，大约太太也未必愿意。他说的是，隆府上的姑娘。你算，我家虽不是查不出号儿来的人家，现在，通共就是我这样一个七品大员，无端的去合这等阔人家儿，去作亲家，已经不必；况且，我打听得姑娘脾气娇纵，相貌也很平常。我走后，傥然他再托人来说，就回复说，我没留下话就是了。至于玉格，今年才十七岁，这事也还不忙。我的意思，总等他进一步功名成就，才给他提亲呢。”太太说：“这家子听了去，敢是不大合式。拿着我们这么一个好孩子，再要中了，也不怕没那富室豪门找上门来，只怕两三家子赶着提来还定不得呢！”

老爷说：“倒也不在乎富室豪门，只要得个相貌端正、性情贤慧、持得家、吃得苦的孩子，那怕他是南山里、北村里，都使得。”太太说：“教老爷说的，真个的，我们孩子怎么了，就娶个南山里、北村里的？这时候，且说不到这些事。倒是老爷才说的一个人儿先去的话，还得商量商量。老爷虽说是能吃苦，也五十岁的人了，况且，又是一场大病才好，平日，这几个丫头们服侍、老婆子们伺候，我还怕他们不能周到，都得我自己调停；如今，就靠这几个小子们，如何使得呢？再说，万一得了缺，或者署事有了衙门，老爷难道天天在家不成？别的慢讲，这颗印是个要紧的，衙门里要不分出个内外来，断乎使不得！老爷自想想。”老爷说：“何尝不是呢！我也不是没想到这里。但是玉格此番乡试，是断不能不留京的；既留下他，不能不留下太太照管他，这是相因而至的事情。可有甚么法儿呢？”

那公子在一旁，正因父亲无法不起身赴官，自己无法不留京乡试，父子的一番离别，心里十分难过。就以父亲的身子、年纪讲，沿路的风霜，异乡的水土，没个着己的人照料，也真不放心。如今，又听父母的这番为难，是因自己起见，他便说道：“我有一句糊涂话，不敢说，只怕父母不准。据我的糊涂见识，请父母只管同去，把我留在家里。”

老爷、太太还没等说完，齐说道：“那如何使得！”公子说：“请听我回明白了。要讲应酬世路，料理当家，我自然不中用。但我向来的胆儿小，不出头，受父母的教导，不敢胡行乱走的，这层还可以自信。至于外边的事，现在已经安顿妥当了。家里再留下两个中用些的家人，支应门户，我不过查查问问，便一意的用起功来。等乡试之后，中与不中，就赶紧起身，后赶了去，也不过半年多的光景。一举三得，可不知使得使不得？”

太太听了只是摇头，老爷也似乎不以为可。但是左归右归，总归不出个道理来。还是老爷明决，料着自己一人前去，有多少不便，大家又彼此都不放心，听了公子的这番话，想了一想，便向太太道：“玉格这番话，虽说的是孩子话，却也有些儿见识。我一个人去，你们娘儿两个都不放心；太太既同去，太太便没有甚么不放心的了；有了太太同去，玉格又没甚么不放心的了；可又添上了个玉格在家，我同太太的不放心。这本是桩天生不能两全的事。譬如咱们早在外任，如今，从外任打发他进京乡试，难到我合太太，还能跟着他不成？况且，他也这么样大了，历练历练也好。他既有这志向，只好就照他这话说定了罢。太太想着怎样？”

那太太听了自然是左右为难，但事到其间，实在无法。便向老爷说道：“老爷见的自然不错，就这样定规了罢。但是，老爷前日不是说带了华忠去么？如今，既是这样说定了，把华忠给玉格留下。那个老头子也勤谨，也嘴碎，跟着他，里里外外的，又放一点儿心。”老爷连说有理：“我要带了华忠去，原为他张罗张罗我的洗汕汕这些零星事情,看个屋子。如今把他留下,就该派戴勤去也使得。戴勤手里的事,有宋官儿一个人也照料过来了。"

当日,计议已定,便连日的派定家人收拾行李。安老爷一面又把自己,从前拜从过一位业师跟前的世弟兄程师爷请来,留在家中,照料公子温习举业,帮着支应外客。

那程师爷单名一个式字,他也有个儿子,名叫程代弼,虽不能文,却写得一笔好字,便求安老爷带去,不计修金,帮着写写来往书信。外边去的,是门上家人晋升,签押家人叶通,料理家务家人梁材,还有戴勤并华忠的儿子随缘儿,大小跟班的三、四个人,外荐长随两、三个人,以至厨子、火夫人等;内里带的是晋升家的、梁材家的、戴勤家的、随缘儿媳妇——这随缘儿媳妇便是戴勤的女孩儿,并其余的婆子丫鬟,共有二十余人。老爷一辆太平车,太太一辆河南棚车,其余家人都是半装半坐的大车。

诸事安排已毕,这老爷、太太辞过亲友,拜别祠堂,便择了个长行吉日,带领里外一行人等起身南下。这日公子送到普济堂,老爷便不教往下再送。当下,爷儿、娘儿们,依依不舍,公子只是垂泪,太太也是千叮万嘱,沾眼抹泪的说个不了。老爷便忍着泪,说道:"几天的离别,转眼便得聚会,何必如此!"说着,又吩咐了公子几句安静度日、奋勉读书的话,竟自合太太各各上车去了。

公子送了老爷、太太动身,眼望着那车去得远了,还在那里呆呆的呆望。那老爷、太太在车上,也不由得几次的回头远望,只是恋恋不舍。这正是古人说的:

世上伤心无限事,最难死别与生离。

这公子一直等一行车辆人马都已走了,又让那些送行的亲友先行,然后才带华忠并一应家人回到庄园。真个的,他就一纳头的杜门不出,每日攻书,按期作文起来。这且不表。

且说那安老爷同了家眷,自普济堂长行,当日住了常新店。沿路无非是晓行夜住,渴饮饥餐。不则一日,到了王家营子。渡过黄河,便到南河河道总督驻扎的所在,正是淮安地方。早有本地长班预先给找下公馆,沿河接见。上下一行人,便搬运行李,暂在公馆住下。安老爷草草的安顿已毕,便去拜过首县山阳县各厅同寅,见过府道,然后才上院投递手本,禀到禀见。

那河台,本是个从河工佐杂微员出身,靠那逢迎钻干的上头,弄了几个钱,却又把皇上家的有用钱粮,作了他致送当道的进身献纳,不上几年,就巴结到河工道员。又加他在工多年,讲到那些裹头挑坝、下埽加堤的工程,怎样购料、怎样作工、怎样省事、怎样赚钱,那一件也瞒他不过。因此上,历署两河事务,就得了南河河道总督。待人傲慢骄奢,居心忮刻阴险。那时,同安老爷一班儿拣发的十二人,早有一大半各自找了门路,要了书信,先赶到河工,为的是,好抢着钻营个差委。及至安老爷到来,投递了手本,河台看了,便觉他怠慢来迟;又见京中,不曾有一个当道大老,写信前来托照应他,便疑心安老爷,仗着是个世家旗人,有心傲上。随吩咐说:"教他等见官的日子,随众参见。"

安老爷是个坦白正路人,那里留心这些事?一般也随众打点些京里的土仪,给河台送去。及至送到院上,巡捕传了进去,交给门上。那门上家人看了看礼单,见上面写着，不过是些京靴、《缙绅》、杏仁、冬菜等件，便向巡捕官发话道："这个官儿来得古怪呀！你在这院上当巡捕也不是一年咧，大凡到工的官儿们送礼，谁不是绛绣呢羽、绸缎皮张，还有玉玩金器、朝珠洋表的，怎么这位爷送起这个来了？他还是河员送礼，还是'看坟的打抽丰'来了？这不是搅吗！没法儿，也得给他回上去。"说着回了进去，又从中说了些懈怠话。那河台心里，更觉得是安老爷瞧他不起，又加上了三分不受用。当时吩咐出来，说："大人向不收礼，这样的费心费事，教安太爷留着送人罢。"

次日，正是见官日子，安老爷也随众投了手本。少时，传见，那河台先算定了，安老爷是个不通世路、没有能干的人，及至见面，递上履历，才知这老爷是由进士出身；又见他举止安详，言词慷慨，心里说："这人既是如此通达谙练，岂有连个送礼的轻重过节儿，他也不明白的理？这分明看我是个佐杂出身，他自己又是两榜，轻慢我的意思。倒得先拿他一拿！"因又动了个忌才之意。淡淡的问了几句话，就起身让走，送出来了。那安老爷，也只道新官见面之常，不过如此，也不在意。从此，就在淮安地方候补听差，除了三八上院，朔望行香，倒也落得安闲无事。安老爷本是个雅量，遇着那些同寅宴会，却也去走走，但是，一有了歌儿舞女，再遇见打牌摇摊，可就弄不来了。久之，那些同寅也觉得他一人向隅，满座不欢，渐渐的，就有些声气不通起来。这且不在话下。

却说河台，一日接得邳州禀报，禀称邳州管河州判病故出缺。这缺，本是个工段最简的冷静地方，又恰巧轮到安老爷署事到班。便下札悬牌，委了安老爷前往署事。

安老爷接了委牌，禀辞出来，又到府里禀辞。淮安府见面先谈了几句官话，便问："吾兄，你请定了幕中的朋友了没有？"安老爷说："卑职到此不久，人地生疏，正要合大人讨人呢。"知府说："狠好！那前任请的朋友钱公，就狠妥当，你就请他蝉联下去罢。"说着从靴掖儿里掏出一个名条。安老爷连忙的接过来，见上面写着"钱如甫"三个字，当下收了。

这天，便是山阳县请吃晚饭。饮酒中间，安老爷也请教了一番到工如何办事的话。那首县便说："办工首在得人，兄弟这里却有一个千妥万当的人，他从前就在邳州衙门，如今，在兄弟这里。只是兄弟这里人浮于事，实在用不开。二哥，你带了他去，大可助你一臂之力。"说着便叫了那人来叩见。安老爷一看，见那人生得大鼻子，高颧骨，一双鼠目，几根黄须，看去，就不象个安分之徒。因是首县荐的，便先问了问他的名姓，那人回称姓霍，名叫士端。那首县便道："明日，就到安太老爷公馆伺候去罢。"那人谢了一谢，便退下去。一时酒散。

安老爷次日便拜客辞行，带了家眷，奔邳州而来。于路无话。到了那里，自有一班的书吏、衙役迎接，并那到任堂规，以至同城官员如何接风宴会，都不必烦琐。

安老爷到任后，所喜工轻政简，公事无多，老夫妻二人，就照平日在家一般的，过起勤俭日子来，心中只是记挂着公子。所喜接得几封家信，知道家中安静，公子照常读书，也就无可惦念了。

一日，安老爷接着邳州直河巡检的禀报，报称沿河碎石坦坡一段被水冲刷，土岸蛰陷，禀请兴修。安老爷接了禀帖，亲自带了工书人等，到工查看。不过有十来丈工程，偶因木桩脱落，以致碎石倒塌散漫，却都不曾冲去，仅可捞用。那土工也蛰陷得无多。自己虽不懂，看了去，大约也不过百十金的事。回来，便吩咐该房书役办稿，就在岁修银两项下，动支赶办。

次日，房里送进稿来，先送师爷点定，签押呈上老爷标画。见那稿倒还办得明白，只那工段的尺丈、购料的堆垛、钱粮的多少，却空着没填，傍边粘着一个小小红签儿，上写着："请内批"三个字。那核办的师爷，也不曾填写。老爷当下叫签押，说："你去问问师爷，这数目怎么没填写？想是漏了。"少停，签押回称说："问过师爷，师爷说，候老爷把钱粮数目批定，再核料物尺丈。向来是这等办的！"老爷说："这怎么讲？难道我自己会销算不成？你大约没听清楚，等我自己问去罢。"说着便起身来到书房。

那师爷听得东家过来了，连忙换上了帽子，作揖迎接，脚底下可还是两只鞋。送茶让坐已毕，老爷就问起这句话来。只见那师爷咬文嚼字的说道："规矩是这等的，要东家批定了报多少钱粮，晚生才好照着那钱粮的数目，核算工料的。"老爷说："那丈尺是勘明白了，既有了丈尺，自然是核着丈尺算工料，核着工料算钱粮。怎么倒先定钱粮数目呢？况且，叫我批定，又怎样个约略核计多少呢？譬如就照前日现勘的丈尺，据先生你看，应用多少钱粮？"那师爷说："要照现勘的丈尺，多也不过百十金罢了。"老爷说："可又来，就着这数目，据实报出去就是了。"那师爷连连摇头说："这是作不来的！"老爷便问："这又怎么讲呢？"

那师爷道："承东家不弃，请晚生在这衙门帮办公事，可不敢不倾心吐胆的奉告：我们这些河工衙门，这'据实'两个字是用不着、行不去的。哪即如东家从北京到此，盘费日用，府上衙门，内外上下，那一处不是用钱的？况且，京中各当大老，合本省的层层上司，以致同寅相好，都要应酬的到，尤其不容易。这也在东家自己，晚生也不敢冒昧多说。但是，就我们这衙门讲，晚生是有也可，没有也可，倒也不计较。只这内而门印跟班，以至厨子火夫，外而六房三班，以至散役，那一个不是指望着开个口子，弄些工程吃饭的？此犹其小焉者也。再加一个工程出来，府里要费，道里要费，到了院费，更是个大宗。这之后，委员勘工要费，收工要费；以至将来的科费、部费，层层面面，那里不要若干的钱？东家是位高明不过的，请想想，可是'据实'两个字行得去的？"

老爷听了这话，心下一想："要是这样的顽法，这岂不是拿着国家有用的帑项钱粮，来供大家的养家肥己、胡作非为么？这我可就有点子弄不来了。"因向那师爷说道："据先生你讲起来，这外费是没法的了。至于我的家人，断乎不必，我的这层更不消提起。"那师爷见不是路，固然不愿意，但是"三分匠人，七分主人"，也无法，只得含含糊糊的核了二三百金的钱粮，报了出去。

从此衙门内外，人人抱怨，不说老爷清廉，倒道老爷呆气，都盼老爷高升，说："再要作下去，大家可就都扎上口袋嘴儿了！"

且不说众人的七言八语。却说一日，忽然院上发下了一角公文，老爷拆开一看，原来是自己调署了高堰外河通判。老爷看毕，正在心里纳闷，说："我到这里不久，又调署高堰，这是何意？"早见那长随霍士端，兴匆匆的走上来道喜，说："这实在是件想不到的事！这缺要算一个美缺，差不多的求也求不到手。如今调署了老爷,这是上头看承得老爷重。再不然,就是老爷京里的有甚么硬人情儿到了。这番调动,老爷可必得像模像样答上头的情,才使得呢!"老爷便说:"我也不过是尽心竭力,事事从实,慎重皇上家的钱粮,爱惜小民的性命,就是答了上司的情了。难道还有个甚么别的法子不成?"霍士端说:"这个,全不在此。只这眼前便有一个机会,小的正要回老爷:这下月便是河台的正寿,可不知老爷打算怎么样个行法?"老爷道:"那早已办妥当了。我上次在淮安,首县就说过,每人备银五十两,公办寿屏寿礼,我已经交给首县了。"霍士端笑道:"难道老爷打算这样就完了不成?"老爷说:"依你还要怎样呢?"霍士端回说:"小的可敢说'怎么样'呢,不过是老爷待小的恩重,见不到就罢了;既见到了,要不拿出血心来提补老爷,那小的就丧尽天良了。就小的知道的说:那淮徐道是绸缎纱罗;淮扬道办的秀气,是四方砚台,外面看着是,一色的紫檀匣子盛着端石砚台,里面却用赤金铸成,再用漆罩上一层,这分礼可就不菲;淮海道是一串珍珠手串,八两辽参;河库道办的更巧,是专人到大人原籍置一顷地,把庄头佃户兑给本宅的少爷.却把契纸装了一个小匣儿,带到院上,当面送的;就是那二十四厅,也各有各的路数,各有各的巧妙。老爷如今就这五十两公分,如何下得去?何况,老爷现在调署这样一个美缺呢!"老爷说:"这可就罢了我了!漫说我没有这样家当,便有,我也不肯这样作法!"霍士端说:"这事老爷有甚么不肯的?这是有去有来的买卖,不过是拿国家库里钱捣库里的眼,弄得好,巧了还是个对合子的利儿呢!不然的时候.可惜这样个好缺,只怕咱每站不稳。"老爷听到这里,便说:"你不必往下讲了,去罢!去罢!"那霍士端看这光景,料是说不进去,便趔趔的退了下来,另作他自己的打算去了。

话休絮烦。安老爷自从接了调署的札文。便一面打发家眷,到高堰通判衙门任所,自己一面打点,上院谢委,就便拜河台的大寿。不日到了淮安,正遇河台寿期将近,预先摆酒唱戏,公请那些个河员。众人的礼物都是你赌我赛,不亚如那临潼斗宝一般;独安老爷除了五十两公分之外,就是磕了三个头,吃了一碗面,便匆匆的谢委禀辞,上任而去。

不则一日,到了新任。只见那里人烟辐辏,地道繁华,便是衙门的气概,吏役的整齐,也与那冷清清的邳州小衙门不同。更兼工段绵长,钱粮浩大,公事纷繁,一连几日,接交代,点垛料,核库册,又加上安顿家眷,把个安老爷忙得茶饭无心,坐卧不定,这才料理清楚。

列公,你道那河台,既是合安老爷那等不合式,安老爷又是个古板的人,在他跟前没有一毫的趋奉,此外,又不曾有个致意托情的,他忽然把安老爷调了这样一个美缺,到底是个甚么意思?列公有所不知,这从中有个原故。那高堰外河地方,正是高家堰的下游,受水的地方。这前任的通判官儿又是个精明鬼儿,他见上次高家堰开了口子之后,虽然赶紧的合了龙,这下游一带的工程,都是偷工减料作的,断靠不住。他好容易耗过了三月桃汛,吃是吃饱了,掳是掳够了,算没他的事了,想着趁这个当儿躲一躲,另找个把稳道儿走走。因此,谋了一个留省销算的差使,倒让出缺来给别人署事。

那河台,本是河工上的一个虫儿,他有甚么不懂的?只是收了人家的厚礼,不能不应,看了看这个立刻出乱子的地方,若另委别人,谁也都给过个三千二千、一千八百的,怎好意思呢?没法儿,可就想起安老爷来了。偏看了看收礼的帐,轻重不等,大家都格外有些尽心,独安老爷只有寿屏上一个空名字,他已是十分的着恼;又见这安老爷的才情见识,远出自己之上,可就用着他当日说的那个"拿他一拿"的主意了。想着如此把他一调,既压一压外边的口舌,他果然经历伏汛,保得无事,倒好保他一保,不怕他不格外尽心;傥然他办不来,索性把他参了,他也没的可说。因此上,才有这番调署。

那安老爷睡里梦里,也算不到此。不想"皇天不佑好心人",偏是安老爷到任之后,正是春尽夏初长水的时候。那洪泽糊连日连夜长水,高家堰口子又冲开一百余丈,那水直奔了高家堰外河下游而来。不但两岸冲刷,连那民问的田园房舍,都冲得东倒西塌,七零八落。那安插难民,自有一班儿地方官料理。这段大工,正是安老爷的责成。一面集夫购料,一面通禀动帑兴修。那院上批将下来,批得是:

高堰下游工段,经前任河员修理完固,历经桃汛无虞。该署员到任,正应先事预防,设法保护。乃偶遇水势稍长,即至漫决冲刷,实属办理不善。着先行摘去顶戴,限一月修复,无得草率偷减,大干未便。

安老爷接着看了,便笑了一笑,向太太说道:"这是外官必有之事。况这穷通荣辱的关头,我还看得清楚,太太也不必介意。倒是这国帑民命是要紧的。"说着传出话去,即日上工。就驻在工上,会同营员督率那些吏役、兵丁、工夫,认真的修作起来。大家见老爷事事与人同甘同苦,众情跃踊,也仗着夫齐料足,果然在一月限内,便修筑得完工。虽说不能处处工归实用,比起那前任并各厅的工程,也就算加倍的工坚料实,大不相同了。一面完工,一面通报上去,禀请派员查收。

你道巧不巧,正应了俗语说的:"屋漏更遭连夜雨,船行又遇打头风。"偏偏从工完这日下雨起,一连倾盆价的下了半个月的大雨,又加着四川、湖北一带江水异涨。那水势建瓴而下,沿河陡长七八九尺丈余水势不等。那查收的委员,又是合安老爷不大联络的,约估着那查费也未必出手,便不肯刻日到工查收。这个当儿,越耗雨越不住,雨越不住水越加长,又从别人的上段工上,开了个小口子,那水直串到本工的土泊岸里,刷成了浪窝子,把个不曾奉宪查收的新工,排山也似价坍了下来!安老爷急得目瞪口呆,只得连夜禀报。那河台一见大怒,便批道是:

甫作新工,尚未验收,遽致倒塌,其为草率偷减可知。仰即候参。

一面委员摘印接署,一面委员提安老爷,到淮安候审。那委员取出文书给安老爷看,见那奏稿上参的是"革职拿问,带罪赔修"。安老爷的顶子本是摘了去的了,国家的王法不敢不领,立刻就是两个官役看了起来。

幸而,安老爷是个读书明理、阅历通达的人,毫无一点怨天尤人光景。但说:"邻省水涨,洪泽湖倒灌,上段口岸冲决,我可有甚么法子呢!断不敢说冤枉。总是我安学海无学无能,不通庶务。读书一场,落得这步田地,辜负天恩祖德,再无可说了。"只是安太太那里经过这些事情?只吓得他体似筛糠,泪流满面。老爷说:"太太,事已至此,怕也无益,哭也无用。我走后,你急急的也到淮安,找几间房子住下,再慢慢的商量个道理。"

话休絮烦。那安老爷同了委员起程,太太也在那衙门住不住了,便连夜的归着行李,拖泥带水的也奔淮安而来。安老爷到淮投到,本没有甚么可问的情节,便交在山阳县衙门收管,追取赔修银两。还亏那山阳县,因他是个清官,又是官犯,不曾下在监里,就安顿在监门里一个土地祠居住。

那太太到了淮安,还那里找甚么公馆去!暂且在东关饭店安身。那时,幕友是走了,长随是散了,便有几个孤身跟班的,养活不开,也荐出去了,只剩下程代弼程相公,并晋升、梁材、戴勤、随缘儿几个家人,并几个仆妇、丫鬟无处可去。

可怜安老爷从上年冬里出任外官,算到如今,不过半年光景,便作了一场黄粱大梦!这正是:

世事茫茫如大海,人生何处不风波?

要知那安老爷夫妻此后怎的个归着,下回书交代。

第三回 三千里孝子走风尘 一封书义仆托幼主

上回书交代的是,安老爷因本管的河工两次决口,那河道总督平日又合他不对,便借此参了一本,革职拿问,带罪赔修,将安老爷下在山阳县县监。虽说是安顿在土地祠,不至受苦,那庙里通共两间小房子,安老爷住了里间,外间白日见客,晚间家人们打铺,旁边的一间小灰棚,只可以作作饭菜,顿顿茶水。安太太租了几间饭店,暂且安身。幸而是个另院,还分得出个内外。

只是那赔修的官项,计须五千余金,后任工员催逼得又紧,老爷两袖清风,一时那里交得上?没奈何,只得写了家信,打发梁材进京将房地田园折变。且喜平日看文章的这些学生里头,颇有几个起来的,也只得分头写信,托他们张罗,好拼凑着交这赔项。一面就在家信里谕知公子:无论中与不中,不必出京,且等看此地官项交完,或是开复原官,或是如何,再作道理。梁材候老爷的信写完封妥,收拾了当,即便起身。那老爷、太太自有一番的嘱咐,不表。

列公你看,拿着安老爷这样一个厚道长者,辛苦半生,好容易中得一个进士,转弄到这个地步,难道果真是"皇天不佑好心人"不成?断无此理。大抵那运气循环,自有个消长盈虚的定数;就是天,也是给气运使唤着,定数所关,天也无从为力。

照这样讲起来,岂不是好人也不得好报,恶人也不得好报,天下人都不必苦苦的作好人了?这又不然。在那等伤天害理的,一纳头的作了去,便教作"自作孽,不可活",那是一定无可救药的了;果然有些善根,再知悔过,这人力定可以回天,便教作"天作孽,犹可违"。何况安老爷这位忠厚长者呢!看不得他飞的不高,跌的不重,须知他苦的不尽,甜的不来。这是一。再说,安老爷若榜下不用知县,不得到河工;不到河工,不至于获罪;不至获罪,安公子不得上路;安公子不上路,华苍头不必随行;华苍头不随行,不至途中患病;华苍头不患病,安公子不得落难;安公子不落难,好端端家里坐着,可就成不了这番"英雄儿女"的情节,"天理人情"的说部。列公,却莫怪说书的饶舌。

闲话休提。却说那河台,一面委员摘取安老爷的印信,一面拜发折子,由马上飞递而来。不过五、六天就得见面,当朝圣人爱民如子,一见河水冲决,民田受害,龙颜大怒,便照折一道旨意,将安学海革职拿问,带罪赔修。这个旨意,从内阁抄了出来，几天儿工夫，就上了京报，那报房里便挨门送看起来。安公子虽是闭门读书，不问外事，早有那些关切些的亲友得了信，遣人前来探听。也有说白来看看的，也有说打听任上一向有无家信的，却都不肯明说。

这日，有向来拜从安老爷看文章的一位梅公子（也是个世家），前来看望。见了安公子，便问："老师这一向有信么？"安公子说："便是许久没接着老人家的谕帖了。"梅公子又问说："也没听见甚么别的事呀？"安公子见他问的奇怪，连忙答说："无所闻。这话从何问起？"梅公子道："昨日听见个朋友讲起，说老师在河工上，有个小小的罣误，却也不知其详。要是吏部认得人，何不托人打听打听，见了原奏，就可知道详细了。"安公子听说，惊疑不定，要着人到乌宅打听。偏偏的乌大爷新近得了阁学钦差，往浙江查办事件去了。别处只怕打听得不确，转致误事。

当下，那程师爷在坐，便说道："吏部有我个同乡，正在功司，等我去找他问问，就便托他抄个原奏的底子来看看，就放心了。"说着连忙起身，进城去打听。随后，梅公子也就告辞。安公子急得热锅上蚂蚁一般，一夜也不曾好生得睡。直到次日晌午，那程师爷才赶回来。一见公子，便说："事体却不小，幸喜还不碍。"说着，从怀里把那抄来的原奏掏出来，递给公子阅看。只见上面的出语写的是："请旨革职拿问，带罪赔修，俟该参员果否能于限内照数赔缴，如式修齐，再行奏闻请旨。"公子看完，那程师爷又说道："据部里说，只要银子赔完，工程报竣，还可以送部引见。照这案情，大约没有个不开复的。只不晓得老翁任所打算得出许多银子来不能？"公子道："老人家带的盘缠本就无多，自己又是一文不要的，纵然有几两养廉，这几个月的日用，两三番的调任，大约也用完了。任上一时那里弄得出五六千银子来？家中又别无存项。偏乌克斋又上了浙江，如果他在京，大约弄个两三千金还容易。这便如何是好？"说着便急得泪流不止。程师爷连忙说："世兄，你且不要烦恼，等咱们大家慢慢计议出个道理来。"公子说："我的方寸已乱，断无道理可计议了！"

那时，安老爷留在家中照料家务的，还有个老家人，姓张，名叫进宝，原是累代陈人，年纪有七十余岁。他见公子十分的着急，便同华忠从旁说道："我的小爷，你别着急，傥然你要急出个好共歹来，我们作奴才的可就吃不住了！如今有个商量。"因向程师爷说道："我们小爷本就没主意，再经了这事，别为难他了！倒是程师老爷替想想，行得行不得。这如今，老爷是有了银子，就保住官儿了。没有银子，保不住官，还有不是。老爷任上没银子，家里又没银子，求亲靠友去呢，就让人家肯罢，谁家也不能存许多现的。"程师爷便道："不必定要如数，难道老爷在外头不作一点打算不成？如今，弄多少是多少，也只好是'集腋成裘'了。"

那张老头儿听了，说道："好哇，正是这话了！"因又向公子道："这话也不用远说，只这眼前，就有一个地方可以打算，华忠他也知道。咱们这西山里，不是有座宝珠洞吗？那庙里当家的不空和尚，他手里却有几两银子，向来知道他常放个三头五百的账，老爷常到他庙里下棋闲谈，合他认得，奴才们也常见。如今就找他去。那和尚可是个贪利的，大约合他空口说白话，也不得行。我们围着庄子的这几块地，年终不是有二百多银的租子吗？就把这个对给他，合他说明白了，按月计利，不论年分，银到归赎。合他借多少是多少，下余的再想法子。必得这样，那银子才打算得快。我们小爷是不懂这些事情的。程师老爷，你老白替想想，怎么样？"

那师老爷说道："岂但白替想想，我承老爷的相待，我们又从幼就在一处，同亲弟兄一样。如今托我在家照料，我虽不能为力，难道连一句话也不肯说不成？慢讲照这样办法没有差错，就便有些差错，老爷日后要怪，就算你我一同商量的都使得。那银子有处寄去，狠好，傥然没有妥便，就是我走一荡也使得。"

那张老头儿说道："怎么惊动起师老爷来了？你老人家别看我这七十来岁的老头子，托我们老爷的福，也还巴结着跑的动，何况是报答主儿呢！"华忠听了，便插嘴道："老大爷，你老人家算了罢，那可不是话！你要去，在你老人家，可算得忠心报主咧！不是我说句怎吗儿的话，这个年纪，傥然经不得辛苦，有点儿头疼脑热，可不误了大事了吗？你老人家弄妥当了，还是我跑罢。"那张进宝道："你更离不得了！你去了，这位小爷出来进去的交给谁呀？"

两个撅老头子，你一言我一语，抬个不了，却都为主人的事。公子怔了半天，说道："你们先不必吵吵，先打算银子去要紧。有了银子，我自己去，我已经想了半天了。你们想，老爷这番光景，太太不知急的怎么个样儿，再加上惦记着我，二位老人家心里更不知怎样难过。不如我去见见，倒得放心。如果有了银子，就是嬷嬷爹跟我去，至多再带上一个人，咱们明日就起身。"程师爷笑道："世兄，你可是不知世路之难了。那银子借得成否还不得知，就便可成，还有许多应商的事，如何就定得明日起身呢！况且，老翁把你留京，深望你这番乡试，一举成名。如今，场期将近，丢下出京，傥然到那里，老人家的公事已有头绪了，恐怕倒大不是老人家的意思。"公子说道："不见得我这一进场就中。满算着中了，老人家弄到如此光景，我还要这举人何用？"程师爷道："这是你的孝思不匮，原该如此！但此刻正是沿途大水，车断走不得，你难道还能骑长行牲口去不成？此事还得斟酌。"

那张进宝、华忠二人也是苦苦的相拦。怎奈公子主意已定，说："你们大家都不用说了，再说我就真急了！"华奶公见公子发急，只得哄他说道："且等借了银子来，咱们慢慢再讲去的话。"因向程师爷说："师老爷不知道，我们这位小爷，只管象个女孩儿似的，马上可巴图鲁，从小儿就爱马，老爷也常教他骑，就是劣蹶些儿的马，也骑得住。真要去，那常行牲口倒不必愁。"说着，又道："今日回回师傅，索兴别作那文章了罢，咱们回来带着小幺儿们，在这园子周围，散诞散诞。"程师爷道："正是，不要过于那个，畅一畅罢。"公子口里答应着，只是发怔。

说话间，外边拿进两个职名来，一个上写着"管曰枌"，一个上写着"何之润"。原来那管曰枌号叫子金，是个举人；何之润号传麦舟，由拔贡用了小京官，已经得了主事。都是安老爷造就出来的学生。也因晓得了安老爷的信息，齐来安慰公子。公子看了职名，即刻叫请。二人进来，安慰了一番，公子也把方才的话一一的告诉二人。那管子金便先说道："不想到老师如此的不顺。我们已写了知单，去知会各同窗的朋友，多少大家集个成数出来。但恐太仓一粟，无济于事。这里另备了百金，是兄弟的老人家同何老伯的。"何之润接着也说道："偏是这个当儿乌克斋不在家，昨日老人家已经恳切写了一封信，由提塘给他发了去了。他在外面登高而呼，只怕还容易些。况且，浙江离淮安甚近，寄去也甚便。老师这事情，大概也就可挽回了。龙媒，你不必过于惦记，把身子养得好好儿的，好去见老人家。"公子一一的答应致谢。

少刻,又有那些亲友们来看,人来人往,乱了半天。也有说是必该亲去的,也有说还得斟酌的,公子此时意乱如麻,只有答应的分儿,也不及合那些人置辩。众人谈了几句,不能久坐,一一的告辞。

公子才送了出去,又见门上的人跑进来,回道:"舅太太来了。"原来,这舅太太就是佟孺人娘家的嫂子,早年孀居,无儿无女。佟孺人起身时,曾托过他,常来家里照应照应,今日也是听见这个信息,前来看望。一进门,见了公子就说道:"你瞧,这是怎么说呢!"说着便掏小手巾儿擦眼泪。一路进来,又慢慢的细问了一番。自有家中留下的两个女人,并华嬷嬷支应,装烟倒茶。

正说话间,那张进宝从庙里回来,进门先给舅太太请了安。公子便赶着问道:"怎么样?"张进宝回道:"奴才到了那里,那不空和尚先前有些推托。后来听见老爷这事,他说:'既然如此,老爷是我庙里的护法,再没不出力的,却照你说的,怎么好怎么好。但是多了没有,我这里,只有二千银子,就全拿了去,——可得大少爷写个字据。'依奴才看,他倒不是怕奴才这个人靠不住,他是靠不住奴才这岁数了。大概再多几两,他也还拿得出来。如今,他只借给二千银子,他是扣着利钱说话呢!"公子更不问别的长短,便问:"银子呢?"张进宝说道:"那得明日兑了地,立了字儿,就可以拿来。"说着,便又将方才在外如何商量,并公子怎样要去的话,回了舅太太一遍。

舅太太听了,连忙说道:"嗳哟!好孩子,那可使不得!二、三千里地呢,这么大远的,你可不许胡闹!"公子本来生怕舅母拦他,听了这话,早急得满面通红,两眼含泪的说道:"好舅母,别拦我了。我听见这信,心里已经急的,恨不得立刻就飞到淮安,见着面才好!再要拦着我不教去,我必弊出一场大病来,那时死了……"这句话没说完,就放声大哭起来。把个舅太太慌的,拉着他的手,说道:"好孩子,好外外!你别着急,别委屈!咱们去,咱们去!有舅母呢!"这公子才不言语了。

列公,这安公子是那女孩儿一般百依百顺的人,怎么忽然的这等执性起来?从来说"父子至性",有了安老爷这样一个慈父,自然就养出安公子这样一个孝子。他这一段是从至性中来的,正所谓儿女中的英雄,一时便有个"富贵不能淫,贫贱不能移,威武不能屈"的意思。旁人只说是,慢慢的劝着就劝转来了,那知,他早打了个九牛拉不转的主意,一言抄百总,任是谁说,算是去定了。

话休絮烦。次日,张进宝便把外间的事情,分拨已定,请公子在那借约上画了押,把银子兑回来。内里多亏舅太太住下,带了华嬷嬷,并两三个仆妇,给他打点那路上应穿的衣服,随手所用的什物。一时商定华忠跟去,又派了一个粗使小子,名叫刘住儿的跟着,好帮着路上照应。雇了四头长行骡子,他主仆三个人骑了三头,一头驮载行李银两。连诸亲友帮的盘费,也凑了有二千四、五百金。那公子也不及各处辞行,也不等选择吉日,忙忙的把行李弄妥,他主仆三人,便从庄园上起身。两个骡夫跟着,顺着西南大路,奔长新店而来。到了长新店那天,已是日落时分。华忠、刘住儿服侍公子吃了饭,收拾已毕,大家睡下。一宿晚景不提。

次日起来,正待起身,只见家里的一个打杂的更夫,叫鲍老的,闯了进来,向着刘住儿,说道:"你快家去罢,你们老奶奶子不济事儿咧!"那刘住儿一怔,还没及答言,华忠便开口问道:"这是那里的话?我走的时候,他妈还来托付我说:'道儿上管着他些儿,别惹大爷生气。'怎么就会不济事儿了呢?"鲍老说:"谁知道哇!他摔了一个筋斗,就没了气儿了么!"华忠又问说:"谁叫你来告诉的?"鲍老说道:"他家亲戚儿。我来的时候,棺材还没有呢。"华忠说:"你难道没见张爷就来了么?"鲍老说:"我本是前儿合张爷告下假来,要回三河去,因为买了点东西儿,晚了,夜里个才走。他家亲戚儿,就教我顺便捎这个信来。来的时候,张爷进城,给舅太太道乏去了,没见着。"两个人这里说话,刘住儿已经爬在地下,哭着给安公子磕头,求着先放他回去,发送他妈。华忠就撅着胡子,说道:"你先别为难大爷。你听,我告诉你,咱们这个当奴才的,主子就是一层天,除了主子家的事,全得靠后。你妈是已经完了,你就飞回去,也见不着了。依我说,你倒不如一心的伺候大爷去,到了淮安,不愁老爷、太太不施恩。你白想想,我这话是不是?"那刘住儿倒也不敢多说。

公子听了,连忙说道:"嬷嬷爹,不是这样。他这一件事,我看着、听着,心里就不忍。再说,我原为老爷的事出来,他也是个给人家作儿子的,岂有他妈死了,不教他去发送的理?断乎使不得。倒是给他几两银子,放他回去,把赶露儿换了来罢。"

原来这赶露儿,也是个家生子儿,他本姓白,又是赶白露这天养的,原叫白露儿,后来安老爷嫌他这名字,白呀白呀的,不好叫,就叫他赶露儿,人也还勤谨老实。

华忠听公子这话,想了一想,因说道:"大爷这话倒也是。"便对刘住儿说:"你还不给大爷磕头吗?"那刘住儿连忙磕了一个头,起来,又给华忠磕头。华忠拿了五两银子,回明公子,赏了他,嘱咐说:"你这一回去,先见见张爷。告诉明白张爷,就说大爷的话:把赶露儿打发了来,教他跟了去。可告诉明白了他,我跟着大爷今日只走半站,在尖站上等他,教他连夜走,快些赶来。你赶紧把你的行李拿上,也就走罢。"

那刘住儿,一面哭,一面收拾,一面答应,忙忙的起身去了。随后,华忠又打发了鲍老,便一人跟着公子,起行上路。到了尖站,安公子从这晚上起,就盼望赶露儿来。左盼右盼,总不见到。华忠说:"今日赶不到的,他连夜走,也得明日早上来,大家睡罢。"谁想,到了次日早上,等到日出,也不见赶露儿来。华忠抱怨道:"这些小行子们,再靠不住!这又不知在那里顽儿住了。"因说:"咱们别耽误了路,给店家留下话,等他来了,教他后赶儿罢。"说着便告诉店里:我们那里尖,那里住,"我们后头走着个姓白的伙计,来了告诉他。"店主人说:"你老万安罢,这是走路的常事,等他来,说给他就完了,误不了事。"

华忠便同了公子,按程前进。不想,一连走了两站,那赶露儿也没赶来。把个公子急的不住的问:"嬷嬷爹,他不来可怎么好呢?"华忠说道:"他娘的!这点道儿赶不上,也出来当奴才!大爷不用着急,靠我一个人儿,挺着这把老骨头,也送你到淮安了。"

列公,你道那刘住儿回去,也不过一天的路程,那赶露儿连夜赶来,总该赶上安公子了,怎么他始终不曾赶上呢?有个原故:原来那刘住儿的妈,在宅外头住着,刘住儿回家,就奔着哭他妈去了。接连着买棺盛敛、送信接三,昏的把叫赶露儿这件事,忘的踪影全无。直等到三天以后,他才忽然想起,告知了张进宝。被张进宝着实的骂了一顿,才连忙打发了赶露儿起身。所以,一路上,左赶右赶,再赶不上公子。直等公子到了淮安,他才赶上。真成了个"白赶路儿"的了。此是后话,不提。

却说那华忠一人，服侍公子南来，格外的加倍小心，调停那公子的饥饱寒暖，又不时的催着两个骡夫，早走早住。世上最难缠的无过“车船店脚牙”，这两个骡夫再不说，他闲下一头骡子，他还是不住的左支脚钱、右讨酒钱，把个老头子呕的，嚷一阵，闹一阵，一路不曾有一天的清净。

一日，正走到茌平的上站。这日站道本大，公子也着实的乏了，打开铺盖要早些睡，怎奈那店里的臭虫，咬的再睡不着。只见华忠才得躺下，忽又起来开门出去，公子便问：“嬷嬷爹，你那里去？”华忠说：“走走就来。”一会儿才得回来，复又出去。公子又问：“你怎么了？”华忠说：“不怎么着，想是喝多了水了，有些水泻。”说着一连就是十来次。先前还出院子去，到后来，就在外间屋里走动。哼啊哼的，哼成一处；嗳哟啊嗳哟的，嗳哟成一团。公子连忙问：“你肚子疼呀？”那华忠应了一声，进来，只见他脸上发青，摸了摸，手足冰冷，连说话都没些气力。一会价，便手脚乱动，直着脖子，喊叫起来。公子吓得浑身乱抖，两泪直流，搓着手，只叫：“这可怎么好！这可怎么好！”

这一阵闹，那走更的听见了，快去告诉店主人，说：“店里有了病人了！”那店主人点了个灯笼，隔窗户叫公子开了门，进来一看，说：“不好！这是勾脚痧，转腿肚子！快些给他刮出来、打出来才好呢！”赶紧取了一个清铜钱，一把子麻秸，连刮带打，直弄的周身紫烂浑青，打出一身的黑紫包来，他的手脚，才渐渐的热了过来。

店主人说：“不相干儿了。可还靠不住，这痧子还怕回来。要得放心，得用针扎。”因向公子说：“这话可得问客人你老了。”公子说：“只要他好，只是这时候，可那里去找会扎针的代服去呢？”店主人说：“你老要作得主，我就会给他扎。”公子是急了，答应不上来，还是华忠拿手比着，叫他扎罢。他才到柜房里拿了针来，在“风门”“肝俞”“肾俞”“三里”四个穴道，扎了四针。只见华忠头上，微微出了一点儿汗，才说出话来。

公子连连给那店主人道谢，就要给他银子。店主人说：“客人，你别！咱一来，是为行好，二来，也怕脏了我的店。真要死了，那就累赘多了。”说着，提着那灯笼，照着去了，还说是：“客人，你可想着关门。”公子关了门，倒招呼了半夜的嬷嬷爹，这才沉沉睡去。一宿无话。

次日，只见那华忠睡了半夜，缓过来了。只是动弹不得，连那脸上也不成人样了。公子又慰问了他一番。跑堂儿的提着开水壶来，又给了他些汤水喝。公子才胡掳忙乱的，吃了一顿饭。那店主人不放心，惦着又来看，华忠便在炕上给他道谢。那店主人说：“那里的话，好了，就是天月二德！”公子就问：“你看着，明日上得路了罢？”店主人说：“好轻松话！别说上路，等过二十天起了炕，就算好的！”华忠说：“小爷，你只别着急，等我歇歇儿告诉你。”

店主人走后，他便向公子说：“大爷呀！真应了俗语说的：‘一人有福，托带满屋！’一家子本都仗着老爷，如今，老爷走了这步背运，带累的大爷你，受这样苦恼，偏又遇着刘住儿死妈。只可恨赶露儿这个东西，到今日也没赶来。原说满破着不用他们，我一个人也服侍你去了。谁想又害了这场大病，昨儿险些儿死了。在咱们主仆，作儿女、作奴才，都是该的。只是我假如昨日果然死了，在我，死这么一千个，也不过臭一块地；只是大爷你，前进不能，后退不能，那可怎么好？如今活过来了，这就是老天的慈悲！"

那华老头儿说到这里，安公子已就是哭得言不得语不得。他又说道："我的好小爷，你且莫伤心！让我说话要紧。"便接着说道："只是我虽活过来，要照那店主人说的，二十天后不能起炕的话，也是瞎话，大约也得个十天、八天，才扎挣得起来。傥然要把老爷的这项银子耽搁了，慢说我就锉骨扬灰，也抵不了这罪过。我的爷，你可是出来作甚么来了？我如今有个主意：这里过了茌平，从大路上岔道往南，二十里外有个地方，叫作二十八棵红柳树。那里有我一个妹夫子，这人姓褚，人称他是褚一官。他是一个保镖的，他在那地方邓家庄，跟着他师父住。我这妹妹、比我小十来多岁，我爹妈没了，是我们两口子，把他养大了聘的，所以，他们待我最好。如今，他跟着他师父，弄得家成业就，上年他还稍了书子来，教我们两口子，带了随缘儿，告假出去，脱了这个奴才坯子，他们养我的老。我想着受主子恩典，又招呼了你这么大，撂下走了，天良何在？那还想发生吗？我可就回复了他们了，说：'等求着你们的时候，再求你们去。'这书子我不还求大爷你，念给我听来着么！如今我求他去。大爷，你就照我这话，并现在的原故，结结实实的替我，给他写一封书子，就说我求他一直的把你送到淮安，老爷自然不亏负他的。你可不要转文儿，那字儿要深了，怕他不懂。你把这信写好了带上，等我托店家找一个妥当人，明日就同你起身。只走半站，到茌平那座悦来老店，落程住下。再给骡夫几百钱，叫他把这书子，送到二十八棵红柳树，叫褚老一找到悦来店来。他长的是个大身量，黄净子脸儿，两撇小胡子儿，左手是个六枝子。傥然他不在家，你这书子里写上，就叫我妹子到店里来。该当叫甚么人送了你去，这点事，他也分拨的开。我这妹子，右耳朵眼儿豁了一个。大爷，你可千千万万，见了这两个人的面，再商量走的话；不然，就在那店里、耽搁一半天倒使得。要紧，要紧！我只要扎挣的住了，随后就赶了来，——路上赶是赶不上了。算是辜负了老爷、太太的恩典，苦了大爷你了。只好等到任上，把这两条腿交给老爷罢！"说着也就呜呜咽咽的哭起来。

公子擦着眼泪，低头想了一想说："有那样的，就从这里打发人，去约他来，再见见你，不更妥当吗？"华忠说："我也想到这里了，一则，隔着一百多地，骡夫未必肯去；二则，如果褚老一不在家，我那妹子，他也不好跑出这样远来；三则，一去一来，又得耽误工夫，你明日起身，又可多走半站。我的爷，你依我这话，是万无一失的。"公子虽是不愿意，无如自己要见父母的心急，除了这样，也再无别法。就照着华忠的话，一边问着，替他给那褚一官，写了一封信。写完，又念给他听，这才封好。面上写了"褚宅家信"，又写上"内信送至：二十八棵红柳树邓九太爷宝庄问交舍亲褚一爷查收"，写明年月，用了图书，收好。

华忠便将店主人请来，合他说找人，送公子到茌平的话。那店主人说："巧了，才来了一起子从张家口，贩皮货，往南京去的客人，明日也打这路走。那都是有本钱的，同他们走，太保得重了，也不用再找人。"华忠说："你还是给我们找个人好，为的是把这位送到了，我好得个回信儿。"店主人说："有了，有了。那不值甚么，回来给他几个酒钱，就完了。"

公子见嬷嬷爹一一的布置的停当，他才略放下一分心。便拿了五十两一封银子出来，给嬷嬷爹盘费养病。华忠道："用不了这些，我留二十两就够使的了。还有一句话嘱咐你:这项银子,可关乎着老爷的大事,大爷的话,路上就有护送你的人,可也得加倍小心。这一路,是贼盗出没的地方。下了店不妨,那是店家的干系,走着须要小心;大道正路不妨,十里一墩,五里一堡,还有来往的行人,背道须要小心;白日里不妨,就让有歹人,他也没有大清白昼下手的,黑夜须要小心。就便下了店,你切记不可胡行乱走。这银子不可露出来。等闲的人、也不必叫他进屋门,为的是有一等人,往往的就办作讨吃的花子,串店的妓女,乔妆打扮的来给强盗,作跟线看道儿,不可不防。一言抄百语,你'逢人只说三分话,未可全抛一片心',切记!切记!"公子听了,一一的紧记在心。一时,彼此都觉得心里有多少话要说、要问,只是说不出,主仆二人好生的依依不舍。

话休絮烦,一宿无话。到了五更,华忠便叫了送公子去的店伙来,又张罗公子洗脸吃些东西,又嘱咐了两个骡夫一番,便催着公子,会着那一起客人同走。可怜那公子,娇生惯养,家里父母万般珍爱,乳母、丫鬟多少人围随,如今,落得跟着两个骡夫,戴月披星,冲风冒雨的上路去了。这正是:

青龙与白虎同行,吉凶事全然未保。

要知那安公子到了茌平,怎生叫人去寻褚一官,那褚一官,到底来也不来,都在下回书交代。

第四回 伤天害理预泄机谋 末路穷途幸逢侠女

上回书交待的是,安公子因安老爷"革职拿问,带罪赔修",下在监中,追缴赔项。他把家中的地亩折变,带上银子,同着他的奶公华忠南来。偏生的华忠又途中患病,还幸喜得就近百里之外,住着他一个妹丈褚一官,只得写信,求那褚一官设法伴送公子,就请公子先到茌平相候。

这日,公子别了华忠上路,那时,正是将近仲秋天气,金风飒飒,玉露泠泠,一天晓月残星,满耳蛩声雁阵。公子只随了一个店伙、两个骡夫,合那些客人,一路同行,好不凄惨!

他也无心看那沿途的景致,走了一程。那天,约莫有巳牌时分,就到了茌平。果然好一座大镇市!只见两旁烧锅当铺、客店栈房,不计其数。直走到那镇市中间,路北,便是那座悦来老店。

那店,一连也有十几间门面,正中,店门大开,左是柜房,右是厨灶,门前搭着一路罩棚,棚下摆着走桌条凳,棚口边,安着饮水马槽。那条凳上,坐着许多作买作卖单身客人,在那里打尖吃饭。旁边又歇着倒站驴子,二把手车子,以及肩挑的担子,背负的背子,乱乱哄哄,十分热闹。到了临近,那骡夫便问道:"少爷,咱们就在这里歇了?"公子点了点头。骡夫把骡子带了一把,街心里,早有那招呼那买卖的店家,迎头用手一拦,那长行骡子是走惯了的,便一抹头,一个跟一个的,走进店来。

进了店,公子一看,只见店门以内,左右两边都是马棚、更房,正北一带腰厅,中间也是一个穿堂大门,门里一座照壁,对着照壁,正中一带正房,东西两路配房。看了看,只有尽南头东西对面的两间,是个单间,他便在东边这间歇下。

那跟的店伙问说："行李卸不卸呀？"公子说："你先给我卸下来罢。"那店伙忙着松绳解扣，就要扛那被套。骡夫说："一个人儿不行，你瞧不得那件头小，分量够一百多斤呢！"说着，两个骡夫，帮着搭进房来，放在炕上；回手又把衣裳包袱、装钱的稍马子、吃食篓子、碗包等件拿进来。两个骡夫便拉了骡子出去。那跟来的店伙，惦着他店里的事，送下公子，忙忙的在店门口要了两张饼吃了，就要回去。公子给了他一串钱，又给嬷嬷爹写了一个字条儿，说已经到了在平的话。

打发店伙去后，早有跑堂儿的，拿了一个洗脸的木盆，装着热水，又是一大碗凉水，一壶茶，一根香火进来，随着就问了一声："客人吃饭哪，还等人啊？"公子说："不等人，就吃罢。"

却说那公子，虽然走了几程路，一路的梳洗，吃喝拉撒睡，都是嬷嬷爹经心用意服侍：不是煮块火腿，便是炒些果子酱带着。一到店，必是另外煮些饭，熬些粥；以至起早睡晚，无不调停的周到。所以，公子除一般的受些风霜之外，从不曾理会得，途中的渴饮饥餐那些苦楚。便是店里的洗脸木盆，也从不曾到过跟前。如今看了看那木盆，实在腌臜，自己又不耐烦，再去拿那脸盆饭碗的这些东西。怔着瞅了半天，直等把那盆水晾得凉了，也不曾洗。接着，饭来了，就用那店里的碗筷子，滳茶胡乱吃了半碗，就搁下了。一时间，那两个骡夫也吃完了饭，走了进来。

原来那两个骡夫，一个姓苟，生得傻头傻脑，只要给他几个钱，不论甚么事，他都肯去作，因此，人都叫他作"傻狗"；一个姓郎，是个极匪滑贼，长了一脸的白癜疯，因此，人都叫他"白脸儿狼"。

当下，他两个进来，便问公子说："少爷，昨日不说有封信要送吗？送到那里呀？"公子说："你们两个谁去？"傻狗说："我去！"公子便取出那封信来，又拿了一吊钱，向他道："你去，狠好！这东南大道上岔下去，有条小道儿，顺着道儿走，二十里外有个地方，叫二十八棵红柳树，你知道不知道？"傻狗说："知道哇，我到那邓家庄儿上，赶过买卖。"公子说："那更好了！那庄上有个褚家。"说着，又把那褚一官夫妇的长相儿，告诉了他一遍。又说："你把这信当面交给那姓褚的，请他务必快来。如果他不在家，你见见他的娘子，只说他们亲戚姓华的说的，请他的娘子来。"傻狗说："叫他娘子到这店里来，人家是个娘儿们，那不行罢？"公子说："你只告诉明白了他，他就来了。这是一封信，一吊钱是给你的，都收清了，就快去罢。"那白脸儿狼看见说："我合他一块儿去，少爷，你老也支给我两吊，我买双鞋，瞧这鞋，不跟脚了。"公子说："你们两个都走了，我怎么着？"白脸儿狼说："你老可要我作甚么呀？有跑堂儿的呢！店里还怕短人使吗？"公子扭他不过，只得拿了两吊钱给他，又嘱咐了一番，说："你们要不认得，宁可再到店里柜上问问，千万不要误事！"白脸儿狼说："你老万安！这点事儿了不了，不用说了。"

说着，二人一同出了店门，顺着大路，就奔了那岔道的小路而来。正走之间，见路旁一座大土山子，约有二十来丈高，上面是土石相搀的，长着些，高高矮矮的丛杂树木，却倒是极宽展的一个大山怀儿。原来这个地方，叫作岔道口，有两条道：从山前小道儿穿出去，奔二十八棵红柳树，还归山东的大道；从山后小道儿穿过去，也绕得到河南。他两个走到那里，那白脸儿狼便对傻狗说道："好个凉快地方儿！咱们歇歇儿再走。"傻狗说："才走了几步儿，你就乏了，这还有二十多里呢，走罢。"白脸儿狼道:“你坐下,听我告诉你个巧的儿。”傻狗只得站住。二人就摘下草帽子来,垫着打地摊儿。白脸儿狼道:“傻狗哇,你真个的给他把这书子,送去吗?”傻狗说:“好话哩! 接了人家两三吊钱,给人搁下,人家依吗?”白脸儿狼说:“这两三吊钱,你就打了饱咯儿了? 你瞧,咱们有本事,硬把他被套里的,那二三千银子搬运过来,还不领他的情呢!”

正说到这句话,只见一个人,骑着一头黑驴儿,从路南一步步、慢慢的走了过去。白脸儿狼一眼看见,便低声向傻狗说:“嘎! 你瞧,好一个小黑驴儿! 墨定儿似的东西,可是个白耳掖儿,白眼圈儿,白胸脯儿,白肚囊儿,白尾巴稍儿! 你瞧,外带着还是四个银蹄儿,脑袋上还有个玉顶儿,长了个全可,怪不怪! 这东西要搁在市上,碰见爱主儿,二百吊钱管保买不下来!”傻狗说:“你管人家呢! 你爱呀,还算得你的吗?”说着,只见驴上那人,把扯手往怀里一带,就转过山坡儿,过山后去了,不提。

那傻狗,接着问白脸儿狼:“你才说告诉我个甚么巧的儿?”白脸儿狼说:“这话可‘法不传六耳’。也不是我坏良心,来兜揽你,因为咱们俩是‘一条线儿拴俩蚂蚱——飞不了我,蹦不了你’的。讲到咱们这行啊,全仗的是,磨搅讹绷,涎皮赖脸,长支短欠,摸点儿赚点儿,才剩的下钱呢。到了这荡买卖,算你我倒了运了! 那雇骡子的本主儿,倒不怎么样,你瞧,跟他的那个姓华的老头子,真来的讨人嫌! 甚么事儿他全通精儿,还带着挺撅挺横,想沾他一个官板儿的便宜也不行。如今,他是病在店里了,这时候,又要到二十八棵红柳树,找甚么褚一官。你算,他的朋友,大概也不是甚么好惹的了。要照这么磨一道儿,到了淮安,不用说,骡子也干了,咱们俩也赔了!”

傻狗说:“依你这话,怎么样呢?”白脸儿狼说:“依我,这不是那个老头子,不在跟前吗? 可就是你我的时运来了。咱们这时候拿上这三吊钱,先找个地方儿,潦倒上半天儿,回来到店里,就说见着姓褚的了,他没空儿来,在家里等咱们。把那个文诌诌的雏儿,诳上了道儿,咱们可不往南奔二十八棵红柳树,往北奔黑风岗。那黑风岗是条背道,赶到那里,大约天也就是时候了。等走到岗上头,把那小幺儿诳下牲口来,往那没底儿的山涧里一推,这银子行李,可就属了你我哩。你说,这个主意高不高?”傻狗说:“好可是好,就是咱们驮着往回里这一走,碰见个不对眼的瞧出来呢,那不是活饥荒吗?”白脸儿狼说:“说你是傻狗,你真是个‘傻狗’。咱们有了这注银子,还往回里走吗? 顺着这条道儿,到那里快活不了这下半辈子呀!”那傻狗本是个见钱如命的糊涂东西,听了这话,便说:“有了,咱就是这么办啊!”

当下,二人商定,便站起身来,摇头晃脑的走了。他两个自己觉着,这事商量了一个停妥严密,再不想“人间私语,天闻若雷;暗室亏心,神目如电”。又道是“路上说话,草里有人听”。这话暂且不表。

且说那安公子,打发两个骡夫去后,正是店里早饭才摆上,热闹儿的时候。只听得这屋里浅斟低唱,那屋里呼六幺喝,满院子卖零星吃食的,卖杂货的,卖山东料的、山东布的,各店房出来进去的乱串。公子看了,说道:“我不懂,这些人走这样的长道儿,乏也乏不过来,怎么会有这等的高兴?”说着一时间闷上心来,又惦着嬷嬷爹,此时不知死活;两个骡夫去了半天,也不知究竟找的着找不着那褚一官;那褚一官也不知究竟能来不能来;自己又不敢离开这屋子,只急得他转磨儿的一般在屋里乱转。转了一会,想了想:"这等不是道理,等我静一静儿罢。"随把个马褥子,铺在炕沿上,盘腿坐好,闭上眼睛,把自家平日念过的文章,一篇篇的背诵起来。背到那得意的地方,只听他高声朗诵的念道,是:"罔极之深恩未报,而又徒留不肖肢体,遗父母以半生莫殚之愁。百年之岁月几何?而忍吾亲有限之精神,更消磨于生我劬劳之后!……"

正闭着眼睛背到这里,只觉得一个冰凉挺硬的东西,在嘴唇上哧留了一下子,吓了一跳。连忙睁眼,一看,只见一个人,站在当地,太阳上贴着两块青缎子膏药,打着一撒手儿大松的辫子,身上穿着件月白棉绸小夹袄儿,上头罩着件蓝布琵琶襟的单紧身儿,紧身儿外面系着条河南褡包,下边穿着条香色洋布夹裤,套着双青缎子套裤,磕膝盖那里都麻了花儿了,露着桃红布里儿,右大腿旁,拖露着一大堆纯泥的白绉绸汗巾儿,脚下包脚面的鱼白布袜子,一双大掖巴鱼鳞撒鞋,可是靸拉着。左手拿着,擦的镜亮、二尺多长的一根水烟袋,右手拿着一个火纸捻儿。

只见他"噗"的一声,吹着了火纸,就把那烟袋往嘴里给楞入。公子说:"我不吃水烟。"那小子说:"你老吃潮烟哪?"说着,就伸手在套裤里,掏出一根紫竹潮烟袋来。公子一看,原来是把那竹根子上,钻了一个窟窿,就算了烟袋锅儿,这一头儿不安嘴儿,那紫竹的竹皮儿,都被众人的牙磨白了。公子连忙说:"我也不吃潮烟,我就不会吃烟;我也没叫你装烟,想是你听错了。"那卖水烟的,一听这话,就知道这位爷,是个怯公子哥儿,便低了头出去了。这公子看他才出去,就有人叫住,在房檐底下站着,嘁嘈嘁嘈的吸了好几袋,把那烟从嘴里吸进去,却从鼻子里喷出来,卖水烟的把那水烟袋吹的,忒儿喽喽的山响。那人一时吃完,也不知腰里掏了几个钱给他。这公子才知道,这原来也是个生财大道,暗暗的称奇。

不多一会,只听得外面嚷将起来,他嚷的是:"听书罢?听段儿罢?《罗成卖绒线儿》《大破寿州城》《宁武关》《胡迪骂阎王》《婆子骂鸡》《小大姐儿骂他姥姥》!"公子说:"这怎么个讲法?"跟着,便听得弦子声儿,噔楞噔楞的弹着,走进院子来。

看了看,原来是一溜串儿瞎子。前面一个,拿着一担柴木弦子,中间儿那个,拿着个破八角鼓儿,后头的那个,身上背着一个洋琴,手里打着一付扎板儿,噔咚扎咶的就奔了东配房一带来。公子也不理他,由他在窗根儿底下闹去。好容易听他往北,弹了去了,早有人在那接着叫住。

这个当儿,恰好那跑堂儿的,提了开水壶来沏茶,公子便自己起来,倒了一碗,放在桌子上晾着。只倒茶的这个工夫儿,又进来了两个人。公子回头一看,竟认不透是两个甚么人:看去一个有二十来岁,一个有十来岁。前头那一个,打着个大长的辫子,穿着件旧青绉绸宽袖子夹袄,可是桃红袖子;那一个,梳着一个大歪抓髻,穿着件半截子的月自洋布衫儿,还套着件油脂模糊、破破烂烂的天青缎子绣三蓝花儿的紧身儿。底下都是,四寸多长的一对金莲儿,脸上抹着,一脸的和了泥的铅粉,嘴上周围一个黄嘴圈儿,胭脂是早吃了去了。前头那个抱着面琵琶。原来是两个大丫头。

公子一见,连忙说:"你们快出去!"那两个人也不答言,不容分说的,就坐下弹唱起来。公子一躲,躲在墙角落里。只听他唱的是甚么"青柳儿青,清晨早起丢了一枚针”。公子发急道：“我不听这个！”那穿青的道：“你不听这个，咱唱个好的。我唱个《小两口儿争被窝》你听。”公子说：“我都不听！”只见他捂着琵琶，直着脖子问道：“一个曲儿你听了大半拉咧，不听咧？”公子说：“不听了！”那丫头说：“不听，不听给钱哪！”公子此时，只望他快些出去，连忙拿出一吊钱，掳了几十给他。他便嘻皮笑脸的，把那一半也抢了去。那一个就说：“你把那一撇子给了我罢。”公子怕他上手，赶紧把那一百拿了下来，又给了那个。

他两个把钱数了一数，分作两分儿，掖在裤腰里。那个大些的走到桌子跟前，就把方才晾的那碗凉茶，端起来，咕嘟咕嘟的喝了。那小的也抱起茶壶来，嘴对嘴儿的灌了一起子，才撅着屁股，扭搭扭搭的走了。

且住！说书的，这话，有些言过其实。安公子虽然养得尊贵，不曾见过外面这些下流事情，难道上路走了许多日子，今日才下店不成？不然，有个原故。他虽说走了几站，那华奶公都是跟着他，破正站走.赶尖站住，尖站没有个不冷清的。再说每到下店，必是找个独门独院，即或在大面儿上，有那个撅老头子，这些闲杂人也到不了跟前。如今，短了这等一个人，安公子自然益发受累起来。这也算得“闻鼓鼙而思将士”了。

闲话休提。却说安公子，经了这番的糟扰，又是着急，又是生气，又是害臊，又是伤心。只有盼望两个骡夫，早些找了褚一官来，自己好有个倚靠，有个商量。正在盼望，只听得外面，踏踏踏踏的一阵牲口蹄儿响，心里说是：“好了，骡夫回来了！”他可也没算计算计，此地到二十八棵红柳树，有多远？一去一回，得走多大工夫？骡夫究竟是步行去的、骑了牲口去的？一概没管。只听得个牲口蹄儿响，便算定是骡夫回来了。忙忙的出了房门儿，站在台阶儿底下等着。只听得那牲口蹄儿的声儿，越走越近，一直的骑进穿堂门来，看了看，才知不是骡夫。

只见一个人，骑着匹乌云盖雪的小黑驴儿，走到当院里，把扯手一拢，那牲口站住，他就弃镫离鞍下来。这一下牲口，正是正西面东，恰恰的合安公子打了一个照面。公子重新留神一看，原来是一个绝色的轻年女子。

只见他生得：两条春山含翠的柳叶眉，一双秋水无尘的杏子眼；鼻如悬胆，唇似丹朱；莲脸生波，桃腮带靥；耳边厢带着两个硬红坠子，越显得红白分明。正是：不笑不说话，一笑两酒窝儿。说甚么出水洛神，还疑作散花天女。只是他那艳如桃李之中，却又凛如霜雪。对了光儿，好一似照着了那秦宫宝镜一般，晃得人胆气生寒，眼光不定。公子连忙退了两步，扭转身子要进房去，不觉得又回头一看。见他头上，罩着一幅元青绉纱包头，两个角儿搭在耳边，两个角儿，一直的盖在脑后燕尾儿上；身穿一件搭脚面长的佛青粗布衫儿，一封书儿的袖子不卷，盖着两只手；脚下穿一双，二蓝尖头绣碎花的弓鞋，那大小，只好二寸有零、不及三寸。

公子心里想道：“我从来怕见生眼的妇女，一见就不觉得脸红。但是亲友本家家里，我也见过许多的少年闺秀，从不曾见这等一个天人相貌！作怪的是，他怎么这样一副姿容，弄成恁般一个打扮？不尴不尬，是个甚么原故呢？”一面想着，就转身上了台阶儿，进了屋子，放下那半截蓝布帘儿来，巴着帘缝儿望外又看。只见那女子下了驴儿，把扯手，搭在鞍子的判官头儿上，把手里的鞭子，望鞍桥洞儿里一插。

这个当儿,那跑堂儿的从外头跑进来,就往西配房尽南头、正对着自己住的这间店房里让。又听跑堂儿的接了牲口,随即问了一声,说:"这牲口拉到槽上喂上罢?"那女子说:"不用!你就给我拴在这窗根儿底下。"那跑堂的拴好了牲口,回身也一般的拿了脸水、茶壶、香火来,放在桌儿上。那女子说:"把茶留下,别的一概不用,要饭要水,听我的信。我还等一个人。我不叫你,你不必来。"那跑堂儿的听一句应一句的,回身向外边去了。

跑堂儿的走后,那女子进房去,先将门上的布帘儿,高高的吊起来,然后把那张柳木圈椅,挪到当门,就在椅儿上坐定。他也不茶不烟,一言不发,呆呆的只向对面安公子这间客房瞅着。

安公子在帘缝儿边,被他看不过,自己倒躲开,在那巴掌大的地下,来回的走。走了一会,又到帘儿边望望,见那女子还在那里目不转睛的,向这边呆望,一连偷瞧了几次,都是如此。

安公子当下便有些狐疑起来,心里故敠道:"这女子好生作怪!独自一人,没个男伴,没些行李,进了店,又不是打尖,又不是投宿,呆呆的单向了我这间屋子望着,是何原故?"想了半日,忽然想起说:"是了,这一定就是我嬷嬷爹说的,那个给强盗作眼线看道路的,甚么婊子罢?他傥然要到我这屋里,看起道儿来,那可怎么好呢?"想到这里,心里就象小鹿儿一般,突突的乱跳。又想了想说:"等我把门关上,难道他还叫开门进来不成?"说着跑踏的一声,把那扇单扇门关上。谁知那门的插关儿掉了,门又走扇,才关好了,吱喽喽又开了。再去关时,从帘缝儿里,见那女子对着这边,不住的冷笑。公子说:"不好!他准是笑我呢!不要理他!只是这门关不住,如何是好?"

左思右想,一眼看见,那穿堂门的里边东首,靠南墙,放着碾粮食一个大石头碌碡,心里说:"把这东西弄进来,顶住这门,就牢靠了。万一褚一官今日不来,连夜间都可以放心。"一面想,一面要叫那跑堂儿的。无奈自己说话,向来是低声静气、慢条斯理的惯了,从不会直着脖子喊人。这里叫他,外边断听不见。为了半晌难,仗着胆子,低了头,掀开帘子,走到院子当中,对着穿堂门往外找那跑堂儿的。可巧,见他叼着一根小烟袋儿,交叉着手,靠着窗台儿,在那里歇腿儿呢。

公子见了,闹了个"点手换罗成",朝他点了一点手儿。那跑堂儿的瞧见,连忙的把烟袋杆,望巴掌上一拍,磕去烟火,把烟袋掖在油裙里,走来问公子道:"要开壶啊,你老?"公子说:"不是,我要另烦你一件事。"跑堂儿的陪笑,说道:"这是那儿的话!怎么'烦'起来咧?伺候你老!你老吩咐啵。"公子才要开口,未曾说话,脸又红了。

跑堂儿的见这个样子.说:"你老不用说了,我明白了。想来是将才串店的这儿个姑娘儿,不入你老的眼,要外叫两个。你老要有熟人,只管说,别管是谁,咱们都弯转的了来。你老要没熟人,我数给你老听:咱们这儿头把交椅,数东关里住的'晚香玉',那是个尖儿。要讲唱的好,叫'小良人儿',你老白听听那个嗓子,真是掉在地下摔三截儿!还有个'旗下金',北京城里下来的,开过大眼,讲桌面儿上,那得让他咧!还有个'烟袋疙瘩儿',还是个雏儿呢。你老说,叫那一个罢?"一套话,公子一字儿也不懂,听去大约不是甚么正经话。便羞得他要不的,连忙皱着眉、垂着头、摇着手，说道：“你这话都不在筋节上。”跑堂儿的道：“我猜的不是，那么着，你老说啵。”公子这才斯斯文文的，指着墙根底下那个石头碌碡，说道：“我烦你把这件东西，给我拿到屋里去。”

那跑堂儿的听了，一怔，把脑袋一歪，说道：“我的太爷！你老这可是搅我咧！跑堂儿的是说是勤行，讲的是提茶壶、端油盘、抹桌子、分板凳，人家掌柜的土木相连的东西，我可不敢动！再说，那东西少也有三百来斤，地下还埋着半截子，我就这么轻轻快快的，给你老拿到屋里去了？我要拿得动那个，我也端头号石头、考武举去了，我还在这儿跑堂儿吗？你老这是怎么说呢！”

正说话间，只见那女子叫了声：“店里的，拿开水来！”那跑堂儿的答应了一声，趄身就往外取壶去了，把个公子，就同泥塑一般，塑在那里。直等他从屋里兑了开水出来，公子又叫他说：“你别走，我同你商量。”那跑堂儿的说：“又是甚么？”公子道：“你们店里，不是都有打更的更夫么？烦你叫他们给我拿进来，我给他儿个酒钱。”那跑堂儿的听见钱了，提着壶站住，说道：“到不在钱不钱的，你老瞧，那家伙真有三百斤开外，怕未必弄得行啊！这么着啵，你老破多少钱啵？”公子说：“要几百就给他几百。”跑堂儿的摇头说：“几百不行，那得‘月干楮’。”说着又伸了两个指头。

这句话，公子可断断不得明白了！不但公子不得明白，就是听书的，也未必得明白，连我说书的，也不得明白。说书的，当日听人演说《儿女英雄传》这桩故事的时候，就考查过扬子《方言》那部书，那部书，竟没有载这句方言。后来，遇见一位市井通品，向他请教，他才注疏出来，道是：“‘月’之为言二也，以月字中藏着二字也。‘干’之为言千，千之为言吊也；干者千之替语也，吊者千之通称也。‘楮’之为言纸也，纸，钱也，即古之所为寓钱，喻制钱，一而二、二而一者也。合而言之，‘月干楮’者，两吊钱也。不仅惟是，如‘流干楮’‘玉干楮’，自一、二以至九、十，皆有之。”自从听了这番妙解，说书的才得明白，如今，公诸同好。

闲言少叙。那安公子问了半天，跑堂儿的才说明，是要两吊钱。公子说：“就是两吊，你叫他们快给我拿进来罢！”跑堂儿的搁下壶，叫了两个更夫来。那俩更夫，一个生的顶高细长，叫作“杉槁尖子张三”；一个生得壮大黑粗，叫作“压油墩子李四”。跑堂儿的告诉他二人说：“来！把这家伙，给这位客人挪进屋里去。”又悄说道：“喂！有四百钱的酒钱呢！”

这李四本是个浑虫，听了这话，先走到石头边，说：“这得先问他问。”上去向那石头楞子上，当的就是一脚，那石头风丝儿也没动，李四“嗳哟”了一声，先把腿蹲了。张三说：“你搁着啵！那非离了拿镢头把根子搜出来，行得吗？”说着便去取镢头。李四说：“咻，你把咱们的绳杠也带来，这得俩人抬呀！”少时，绳杠镢头来了。

这一阵嚷嚷，院子里住店的、串店的，已经围了一大圈子人了。安公子在一旁，看着那两个更夫脱衣裳，绾辫子，磨拳擦掌的，才要下镢头。

只见对门的那个女子，抬身迈步，款款的走到跟前，问着两个更夫说：“你们这是作甚么呀？”跑堂儿的接口，说道：“这位客人要使唤这块石头，给他弄进去。你老躲远着瞧，小心碰着！”那女子又说道：“弄这块石头，何至于闹的这等马仰人翻的呀？”张三手里拿着镢头，看了一眼，接口说：“怎么‘马仰人翻’呢？瞧这家伙，不这么弄，问得动他吗？打谅顽儿呢！"

那女子走到跟前，把那块石头端相了端相，见有二尺多高，径圆也不过一尺来往，约莫也有个二百四五十斤重，原是一个碾粮食的碌碡。上面靠边却有个凿通了的关眼儿，想是为拴拴牲口，再不插根杆儿，晾晾衣裳用的。他端相了一番，便向两个更夫说道："你们两个闪开！"李四说："闪开怎么着？让你老先坐下歇歇儿？"那女子更不答言，他先挽了挽袖子，把那佛青粗布衫子的衿子，往一旁一缅，两只小脚儿，往两下里一分，拿着桩儿，挺着腰板儿，身北面南，用两只手靠定了那石头，只一撼，又往前推了一推，往后拢了一拢，只见那石头脚根上周围的土儿，就拱起来了；重新转过身子去，身西面东，又一撼，就势儿用右手，轻轻的一撂，把那块石头就撂倒了。

看的众人，齐打夯儿的喝彩！就中也有"嘍"的一声的，也有"啃"的一声的，都悄悄的说道："这才是劲头儿呢！"当下，把个张三、李四吓得目瞪口呆，不由得叫了一声："我的佛爷桌子！"他才觉得，他方才那阵讨人嫌，闹的不够味儿。那跑堂儿的一旁看了，也吓得舌头伸了出来，半日收不回去。

独有安公子看着，心里反倒加上一层为难了。甚么原故呢？他心里的意思，本是怕那女子进这屋里来，才要关门；怕门关不牢，才要用石头顶；及至搬这块石头，倒把他招了来了。这个当儿，要说我不用这块石头了，断无此理；若说不用你给我搬，大约更不能行。况且，这等一块大石头，两个笨汉尚且弄他不转，他轻轻松松的，就把他拨弄躺下了，这个人的本领，也就可想而知。这不是我自已引水入墙、开门揖盗么？只急得他悔焰中烧，说不出口，在满院子里干转。

这且不言。且说那女子，把那石头撂倒在平地上，用右手推着一转，找着那个关眼儿，伸进两个指头去勾住了，往上只一悠，就把那二百多斤的石头碌碡，单撒手儿提了起来，向着张三、李四说道："你们两个也别闲着，把这石头上的土给我拂落净了。"两个人屁滚尿流，答应了一声，连忙用手拂落了一阵说："得了！"那女子才回过头来，满面含春的向安公子道："尊客，这石头放在那里？，'那安公子羞得面红过耳，眼观鼻、鼻观心的答应了一声说："有劳！就放在屋里罢。"那女子听了，便一手提着石头，款动一双小脚儿，上了台阶儿，那只手撩起了布帘，跨进门去，轻轻的把那块石头，放在屋里南墙根儿底下。回转头来，气不喘，面不红，心不跳。

众人伸头探脑的向屋里看了，无不诧异。不言看热闹的这些人，三三两两、你一言我一语的猜疑讲究。却说安公子见那女子进了屋子，便走向前去，把那门上的布帘儿挂起，自已倒闪在一旁，想着好让他出来。谁想那女子放下石头，把手上身上的土拍了拍，抖了抖，一回身，就在靠桌儿的那张椅子上，坐下了。安公子一见，心里说："这可怎么好？怕他进来，他进来了；盼他出来，他索性坐下了！"心里正在为难，只听得那女子反客为主，让着说道："尊客，请屋里坐！"这公子欲待不进去，行李、银子都在屋里，实在不放心；欲待进去，合他说些甚么？又怎生的打发他出去？俄延了半晌，忽然灵机一动，心中悟将过来："这是我粗心大意！我若不进去，他怎得出来？我如今进去，只要如此如此，恁般恁般，他难道还有甚么不走的道理不成？"这正是：

也知兰蕙非凡草，怎奈当门碍着人。

要知安公子怎生开发那女子,那去找褚一官的两个骡夫回来,到底怎生掇赚安公子,那安公子信也不信,从也不从,都在下回书交代。

第五回 小侠女重义更原情 怯书生避难翻遭祸

这回书紧接上回。讲得是,安公子一人,落在茌平旅店,遇见一个不知姓名的女子,花容月貌,荆钗布裙,本领惊人,行踪难辨,一时,错把他认作了,一个来历不明之人,加上一番防范。偏偏那女子又是有意而来,彼此阴错阳差,你越防他,他越近你,防着防着,索兴防到自己屋里来了。及至到了屋里,安公子是让那女子出来,自己好进去;那女子是让安公子进去,他可不出来。安公子女孩儿一般的人,那里经得起这等的磨法?不想这一磨,正应了俗语说"铁打房梁磨绣针",竟磨出个见识来了。

你道他有了个甚么见识?说来好笑.却也可怜。只见他一进屋子,便忍着羞,向那女子,恭恭敬敬的作了一个揖,算是道个致谢。那女子,也深深的还了个万福。二人见礼已罢,安公子便向那稍马子里.拿出两吊钱来,放在那女子跟前,却又说不出个所以然来。那女子忙问说:"这是甚么意思?"公子说:"我方才有言在先,拿进这石头来,有两串谢仪。"那女子笑了一笑说:"岂有此理!笑话儿了!"因把那跑堂儿的叫来,说:"这是这位客人赏你们的,三个人拿去分了罢。"

那两个更夫,正在那里平垫方才起出来的土,听见两吊钱,也跑了过来。那跑堂儿的先说:"这,我们怎么倒稳吃三注呢?"那女子说:"别累赘,拿了去!我还干正经的呢!"三个人谢了一谢,两个更夫就合他在窗外的分起来。那跑堂儿的只叫得苦。他原想着这是点外财儿,这头儿要了两吊,那头儿说了四百,一吊六百文是稳稳的下腰了;不料,给当面抖搂亮了,也只得"三一三十一",合那两个每人"六百六十六"的平分。分完了,他算多剩了一个大钱,掖在耳朵眼儿里,合两个更夫拿着镢头绳杠去了,不提。

公子见那女子这光景,自己也知道这两吊钱,又弄疑相了,才待趔趔儿的躲开。那女子让道:"尊客请坐,我有话请教。请问尊客上姓?仙乡那里?你此来自然是从上路来.到下路去,是往那方去?从何处来?看你既不是官员赴任,又不是买卖经商,更不是觅衣求食,究竟有甚么要紧的勾当?怎生的伴当也不带一个出来,就这等孤身上路呢?请教。"

公子听了头一句，就想起嬷嬷爹嘱咐的"逢人只说三分话，未可全抛一片心"的话来了。想了想："我这'安'字说三分，可怎么样的分法儿呢？难道我说我姓'宝头儿'，还是说我姓'女'不成？况且，祖宗传流的姓，如何假得？"便直捷了当的说："我姓安。"说了这句，自己可不会问人家的姓。紧接着，就把那家住北京改了个方向儿，前往南河掉了个过儿，说："我是保定府人，我从家乡来，到河南去，打算谋个馆地作幕。我本有个伙伴，在后面走着，大约早晚也就到。"

那女子笑了笑说："原来如此！只是我还要请教：这块石头又要他何用？"公子听了这句，口中不言，心里暗想，说："这可没的说的了！怎么好说'我怕你是个给强盗看道儿的，要顶上这门，不准你进来'呢？"只得说是："我见这店里串店的闲杂人过多，不耐这烦扰，要把这门顶上，便是夜里也严谨些。"自己说完了，觉着这话说了个周全，遮了个严密，这大概算得"逢人只说三分话，未可全抛一片心"了。

只见那女子未从说话，先冷笑了一声，说："你这人，怎生的这等枉读诗书，不明世事？你我萍水相逢，况且，男女有别，你与我无干，我管你不着。如今，我无端的多这番闲事，问这些闲话，自然有个原故。我既这等苦苦相问，你自然就该侃侃而谈。怎么问了半日，你一味的吞吞吐吐，支支吾吾？你把我作何等人看待？"

列公，若论安公子，长了这么大，大约除了受父母的教训，还没受过这等大马金刀儿的排楦呢。无奈人家的词严义正，自己胆怯心虚，只得陪着笑脸儿说："说那里话！我安某，从不会说谎，更不敢轻慢人。这个，还请原谅。"那女子道："这轻慢不轻慢，倒也不在我心上。我是天生这等一个多事的人：我不愿作的，你哀求会子，也是枉然；我一定要作的，你轻慢些儿，也不要紧。这且休提。你若说，你不是谎话，等我一桩桩的点破了给你听。你道你是保定府人，听你说话，分明是京都口吻，而且，满面的诗礼家风，一身的簪缨势派，怎的说得到是保定府人？你道你是往河南去，如果往河南去，从上路就该岔道，如今走的正是山东大路，奔江南江北的一条路程，若说你往南河淮安一带，还说得去，怎的说到是往河南去？你又道你是到河南作幕，你自己自然觉得你斯文一脉，象个幕宾的样子，只是你不曾自己想想，世间可有个行囊里装着两三千银子，去找馆地当师爷的么？"

公子听到这里，已经打了个寒噤，坐立不安。那女子又复一笑说："只有你说的，还有个伙伴在后的这句话，倒是句实话；只是可惜你那个老伙伴的病，又未必得早晚就好，来得恁快。你想，难道你这些话，都是肺腑里掏出来的真话不成？"一夕话，把个安公子吓得闭口无言，暗想道："怎么我的行藏，他知道得这等详细？据这样看起来，这人好生作怪！不止是甚么给强盗作眼线的，莫不竟是个大盗，从京里就跟了下来？果然如此，不但嬷嬷爹在跟前不中用，就褚一官来也未必中用！这便如何是好呢？"

不言公子自己肚里猜度。又听那女子说："再讲到你这块石头的情节，不但可笑可怜，尤其令人可恼！你道是为怕店里闲杂人搅扰，你今日既下了这座店，占了这间房，这块地方，今日就是你的产业了。这些串店的，固是讨厌，从来说'无君子不养小人'，这等人，喜欢的时节，付之行云流水也使得；烦恼的时节，狗一般的可以吆喝出去。你要这块石头何用？再要讲道夜间严谨门户，不怕你腰缠万贯，落了店，都是店家的干系，用不着客人自己费心。况且，在大路上大店里，大约也没有这样的笨贼,来做这等的笨事。纵说有铜墙铁壁,挡的是不来之贼;如果来了,岂是这块小小的石头挡得住的?如今,现身说法,就拿我讲,两个指头就轻轻儿的,给你提进来了,我白日既提得了来,夜间又有甚么提不开去的?你又要这块石头何用?你分明是误认了我的来意,妄动了一个疑团,不知把我认作一个何等人!故此我才略略的使些神通,作个榜样,先打破你这疑团,再说我的来意。怎么,你益发的左遮右掩、瞻前顾后起来?尊客,你不但负了我的一片热肠,只怕你还要前程自误!"

列公,大凡一个人,无论他怎样的理直气壮,足智多谋,只怕道着心病。如今,安公子正在个疑鬼疑神的时候,遇见了这等一个神出鬼没的脚色,一番话,说得言言逆耳,字字诛心,叫那安公子怎样的开口?只急得他满头是汗,万虑如麻,紫涨了面皮,倒抽口凉气,"乜"的一声,撇了酥儿了。

那女子见了,不觉呵呵大笑起来,说:"这更奇了!'钟不打不响,话不说不明',有话到底说呀!怎么哭起来了呢?再说,你也是大高的个汉子咧,方才若是小——就是小,有眼泪也不该向我们女孩儿流哇!"

这句话一愧,这位小爷,索兴呜呜咽咽的,痛哭起来。那女子道:"既这样,让你哭。哭完了,我到底要问,你到底得说。"公子一想:"我原为保护这几两银子,怕误了老人家的大事,所以,才苦苦的防范支吾。如今,他把我的行藏,说的来如亲眼见的一般,就连这银子的数目他都晓得,我还瞒些甚么来?况且,看他这本领心胸,慢说取我这几两银子,就要我的性命,大约也不费甚么事。或者他问我,果真有个道理,也未可知。"

左思右想,事到其间,也不得不说了。他便把他父亲怎的半生攻苦,才得了个榜下知县;才得了知县,怎的被那上司因不托人情、不送寿礼、忌才贪贿,便寻了个错缝子参了,革职拿问,下在监里,带罪赔修;自己怎的丢下功名,变了田产,去救父亲这场大难;怎的上了路,几个家人回去的回去,没来的没来,卧病的卧病,只剩了自己一人;那华奶公此时怎的不知生死;打发骡夫去找褚一官夫妇,怎的又不知来也不来。一五一十、从头至尾、本本源源,滔滔滚滚的,对那女子哭诉了一遍。

那女子不听犹可,听了这话,只见他柳眉倒竖,杏眼圆睁,腮边烘两朵红云,面上现一团煞气,口角儿一动,鼻翅儿一扇,那副热泪就在眼眶儿里,滴溜溜的乱转,只是不好意思哭出来。他便搭赸着理了理两鬓,用袖子把眼泪沾干,向安公子道:"你原来是位公子!公子,你这些话我却知道了,也都明白了。你如今是穷途末路,举目无依;便是你请的那褚家夫妇,我也晓得些消息,大约也绝不得来,你不必妄等。我既出来多了这件事,便在我身上,还你个人财无恙,父子团圆。我眼前还有些未了的小事,须得亲自走荡,回来你我短话长说着。此时,才不过午错时分,我早则三更、迟则五更必到。傥然不到,便等到明日,也不为迟。你须要步步留神。第一拿定主意,你那两个骡夫回来,无论他说褚家怎样的个回话,你总等见了我的面,再讲动身。要紧!要紧!"说着,叫了店家拉过那驴儿骑上,说了声:"公子保重,请了!"一阵电卷星飞,霎时不见踪影。半日,公子还站在那里呆望,怅怅如有所失。

却说那女子,搬那石头的时节,众人便都有些诧异。及至合公子攀谈了这番话,窗外便有许多人,走来走去的窃听。一时传到店主人耳中,那店主人本是个老经纪,他见那女子,行迹有些古怪,公子又年轻不知庶务,生恐弄出些甚么事来,店中受累，便走到公子房中，要问个端的。那公子正想着方才那女子的话，在那里纳闷，见店主人走进来，只得起身让坐。那店主人说了两句闲话，便问公子道："客官，方才走的那个娘儿们，是一路来的么？"公子答说："不是。"店主人又问："这样，一定是向来认识，在这里遇着了？"公子道："我连他的姓甚名谁、家乡住处都不知道，从那里认得起？"

店主人说："既如此，我可有句老实话说给你。客官，你要知我们开了这座店，将本图利，也不是容易。一天开开店门，凡是落我这店的，无论腰里有个一千八百、以至一吊两吊，都是店家的干系。保得无事，彼此都愿意；万一有个失闪，我店家推不上干净儿来。事情小，还不过费些精神唇舌；到了事情大了，跟着经官动府，听审随衙，也说不了。这咱们可讲得是各由天命。要是你自己各儿，招些邪魔外祟来，弄的受了累，那我可全不知道。据我看，方才这个娘儿们太不对眼，还沾着有点子邪道。慢说客官你，就连我们开店的，只管甚么人都经见过，直断不透这个人来。我们也得小心。客官，你自己也得小心！"公子着急，说："难道我不怕吗？他找了我来的，又不是我找了他来的。你叫我怎么个小心法儿呢？"

那店主人道："我到有个主意，客官你可别想左了！讲我们这些开店的，仗的是天下仕宦行台，那怕你进店来喝壶茶，吃张饼，都是我的财神爷，再没说拿着财神爷往外推的。依我说，难道客官你，真个的还等他三更半夜的回来不成？知道弄出个甚么事来？莫如趁天气还早，躲了他。等他晚上果然来的时候，我们店里，就好合他打饥荒了。你老白想想，我这话是为我、是为你？"公子说："你叫我一个人儿，躲到那里去呢？"

那店主人往外一指说："那不是他们脚上的伙计们回来了？"公子往外一看，只见自己的两个骡夫回来了。公子连忙问说："怎么样？见着他没有？"白脸儿狼说："好容易才找着了那个褚爷，给你老稍了个好儿来。他说家里的事情摘不开，不得来，请你老亲自去，今儿就在他家住，他在家老等。

公子听了犹疑。那店主人便说："这事情巧了。客官，你就借此避开了，岂不是好？"那两个骡夫都问："怎么回事？"店家便把方才的话说了一遍。骡夫一听，正中下怀，便一力的撺掇公子快走。公子固是十分不愿，一则，自己本有些害怕；二则，当不得骡夫、店家两下里七言八语；三则，想着相离也不过二十多里地，且到那里见着褚一官，也有个依傍；四则，也是他命中注定，合该有这场大难。心中一时忙乱，便把华奶公嘱咐的，走不得小路、合那女子说的，务必等他回来见了面再走的这些话，全忘在九霄云外。便忙忙的收拾行李，鞴上牲口，带了两个骡夫，竟自去了。

列公，说书的说了半日，这女子到底是个何等样人？他到此究竟为着些甚么事？他因何苦苦的，追问安公子的详细原委？又怎的知道安公子一路行藏？他既合安公子素昧平生，为甚么挺身出来，要揽这桩闲事？及至交代了一番话，又匆匆的那里去了？若不一一交代明白，听书的听着岂不气闷？

如今，且慢提他的姓名籍贯。原来，这人天生的英雄气壮，儿女情深，是个脂粉队里的豪杰，侠烈场中的领袖。他自己心中又有一腔的弥天恨事，透骨酸心，因此上，虽然是个女孩儿，激成了个抑强扶弱的性情，好作些杀人挥金的事业。路见不平，便要拔刀相助；一言相契，便肯沥胆订交。见个败类，纵然势焰熏天，他看着也同泥猪瓦狗;遇见正人,任是贫寒求乞,他爱的也同威凤祥麟。分明是——变化不测的神龙,好比那慈悲度人的菩萨!

那两个骡夫在岔道口土山前,先看见的那个骑驴儿的,便是这个人。他从山下经过,耳轮中正听得白脸儿狼说"咱们有本事,硬把他被套里的那二三千银子搬运过来,还不领他的情呢"的这句话,心中一动,说:"这不是一桩倚势图财的勾当么?"他便把驴儿一带,绕到山后,下了驴儿,从山后上去,隐在乱石丛树里,窃听多时。把白脸儿狼、傻狗二人商量的,伤天害理的这段阴谋,听了个详细。登时义愤填胸,便依着那两个骡夫说的路数儿,顺了大道一路寻来。要访着安公子,看看他怎生一个人,怎样一个来历。

及至到那悦来老店,访着了,见安公子那一番的举动,早知他是不通世路艰难、人情利害的一个公子哥儿,看着不由得心中又是好笑,又是可怜。想着这番情由,又不觉得着恼。因此借那块石头,作了一个见面答话的由头。谁想,安公子面嫩心虚,又吞吞吐吐的不肯道出实话;他便点破了疑团,一席话,激出公子的实话来,才晓得安公子是个孝子。又恰恰的碰上了他那一腔酸心恨事,动了个"同病相怜"的心,想救他这场大难。方才又明听得两个骡夫商量,不给褚一官送那封信去,便是安公子不受骡夫的赚,不肯动身,又叫他一人怎样的登程?因此,自己便轻轻儿的把这桩不相干、没头脑的事儿,一肩担了起来。想着先走这荡,把这事弄个澈底周全,也不值得问这两个骡夫,自己自然有个叫他好好的,送安公子稳到淮安的本领。故此临行谆谆的嘱咐公子,无论骡夫怎样个说法,务必等他回来,见面再行。

至于那老店主的一番好意,可巧成就了骡夫的一番阴谋,那女子如何算计得到?这又叫作"无巧不成书"。如今,说书的把这话交代清楚,不再絮烦,言归正传。

却说那两个骡夫引着安公子,出了店门,顺着大路,转了那条小路,一直的奔了岔道口的,那座大土山来。书里交代过的:从这山往南岔道,便是上二十八棵红柳树的路;往北岔道,便是上黑风岗的路。他两个不往南走,引了安公子,往北而行。

行了一程,安公子见那路渐渐的崎岖不平,乱石荒草,没些村落人烟,心中有些怕将起来,便说:"怎的走到这等荒僻地方来了?"白脸儿狼答说:"这是小道儿,那比得官塘大道呢。你老看,远远的不是有座大山岗子吗?过了那山岗子,不远儿就瞧见那二十八棵红柳树咧。"公子只得催着牲口趱向前去。

行了一程,来到黑风岗的山脚下,只见白脸儿狼向傻狗使了个眼色,说:"你可紧跟着些儿走,还得照应着行李合那个空骡子。我先上岗子去,看有对头来的牲口,好招呼他一声儿;不然,这等窄道儿,挤到一块子,可就不好开咧!"公子心下说:"不想这两个骡夫能如此尽心,到去倒得赏他一赏。"

那白脸儿狼说着,把骡子加上一鞭子,那骡子便凿着脑袋,使着劲奔上坡去,晃的脖子底下那个铃铛,稀啷哗啷山响。不想,上了不过一箭多远,那骡子忽然窝里发炮的一闪,把那白脸儿狼,从骡子上掀将下来。

你道这是甚么原故?这个书虽是小说评话,却没那些说鬼说神没对证的话。原来那白脸儿狼正走之间,路旁有棵多年的回乾老树,那老树上半截剩了一个杈儿活着,下半截都空了,里头住了一窝老枭。这老枭,大江以南叫作"猫头鸥",大江以北叫作"夜猫子",深山里面随处都有。这山里等闲无人行走,那夜猫子白日里又不出窝,忽然听得人声,只道有人掏他的崽儿来了,便横冲了出来。一翅膀,正掮在那骡子的眼睛上。那骡子护疼,把脑袋一拨甩,就把骑着的人掀了下来,连那脖子底下拴的铃铛,也甩掉了,落在地下。那骡子见那铃铛满地乱滚,又一眼岔,他便一踅头,顺着黑风岗的山根儿,跑了下去。那驮骡又是恋群的,一个一跑,那三个也跟了下来。

那白脸儿狼摔的草帽子也丢了,幸而不曾摔重。他见四头骡子都跑下去,一咕碌身爬起来,顾不得帽子,撒开腿就赶。这赶脚的营生,本来,两条腿跟着四条腿跑还赶不上,如今,要一个人跟着四头骡子跑,那里赶得上呢?一路紧赶紧走,慢赶慢行,一直的赶至一座大庙跟前。那庙门前有个饮马槽,那骡子奔了水去,这才一个站住,都站住了。傻狗先下了牲口,拢住那个骡子,骂道:"不填还人的东西!等着今儿晚上宰了你吃肉!"

安公子在牲口上定了定神,下来,口里叹道:"怎么又岔出这件事来!"抬头一看,只见那庙好一座大庙,只是破败的不成个模样。山门上是"能仁古刹"四个大字,还依稀、仿佛看得出来。正中,山门外面用乱砖砌着,左右两个角门,尽西头有个车门,也都关着。那东边角门墙上,却挂着一个木牌,上写"本庙安寓过往行客"。隔墙一望,里面塔影冲霄,松声满耳,香烟冷落,殿宇荒凉。庙外有合抱不交的几株大树,挨门一棵树下,放着一张桌子,一条板凳。桌上晾着几碗茶,一个钱笸箩。树上挂着一口钟,一个老和尚在那里坐着,卖茶化缘。

公子便问那老和尚道:"这里到二十八棵红柳树,还有多远?"那老和尚说:"你们上二十八棵红柳树,怎的走起这条路来?你们想是从大路来的呀?你们上二十八棵红柳树,自然该从岔道口往南去,才是呢。"公子一听:"这不又绕了远儿了吗?"

说着,只见那白脸儿狼,满头大汗的赶了来,公子问他道:"你看,如今又耽搁了这半天工夫,得甚么时候才到呢?"白脸儿狼气喘吁吁的说:"不值甚么,咱们再绕上岗子去,一下岗子就快到了。"公子向西一望,见那太阳已经衔山,看看的要落下去,便指着说道:"你看,这还赶的过这岗子去吗?"

两个骡夫未及答言,那老和尚便说:"你们这时候还要过岗子,可是不要命喝粥了?我告诉你们:这山上俩月头里出了一个山猫儿,几天儿的工夫伤了两三个人了。这往前去也没饭店人家。依我说,你们今晚且在庙里住下,明日早起,再过岗子去罢。"说着拿起钟锤子来,当当当的便把那钟,敲了三下。

只见左边的那座角门,哗拉一响,早走出两个和尚来:一个是个高身量,生得浑身精瘦,约有三十来岁;一个是个秃子,将就材料当了和尚,也有二十多岁。一齐向公子说:"施主寻宿儿呀?庙里现成的茶饭,干净房子,住一夜,随心布施,不争你的店钱。"

公子才点了点头,还没说出话来,那白脸儿狼忙着抢过来说:"你别搅局!我们还赶道儿呢。"那两个和尚发话道:"人家本主儿都答应了,你不答应!就是我们僧家剩个几百钱香钱,也化的是十方施主的,没化你的。"不由分说,就先把那驮行李的骡子,拉进门去。傻狗忙拦他说:"你也不打听打听,'谁买的胡琴儿,你就拉起来'啊!"白脸儿狼一见,生怕嘈嘈起来倒误了事,想了想,天也真不早了,就赶到岗上，天黑了也不好行事，又加着自己也跑乏了，索兴今晚在庙里住下，等明日早走，依旧如法炮制，也不怕他飞上天去。便拦傻狗说："不！咱们就住下罢！"他倒先轰着骡子，赶进门来。

公子进门一看，原来，里面是三间正殿，东西六间配殿，东北角上一个随墙门，里边一个拐角墙挡住，看不见院落。西南上，一个栅栏门，里面马棚槽道俱全。那佛殿门窗脱落，满地鸽翎蝠粪，败叶枯枝。只有三间西殿还糊着窗纸，可以住人。那和尚便引了公子，奔西配殿来。

公子站在台阶上，看着卸行李。两个和尚也帮着搭那驮子，搭下来往地下一放，觉得斤两沉重，那瘦的和尚向着那秃子，丢了个眼色，道："你告诉当家的一声儿，出来招呼客呀！"那秃子会意，应了一声。

去不多时，只见从那边随墙门儿里走出一个胖大和尚来。那和尚生得浓眉大眼，赤红脸，糟鼻子，一嘴巴子硬触触的胡子楂儿，脖子上带着两三道血口子，看那样子，像是抓伤的一般。他假作斯文一脉，走到跟前，打着问讯，说道："施主辛苦了！这里不洁净，一位罢咧，请到禅堂里歇罢。那里诸事方便，也严紧些。"

公子一面答礼，回头看了看，那配殿里，原来是三间通连，南北顺山，两条大炕，却也实在难住，便同了那和尚，往东院而来。一进门，见是极宽展的一个平正院落，正北三间出廊正房，东首院墙另有个月光门儿，望着里面像是个厨房样子。进了正房，东间有槽隔断，堂屋、西间一通连，西间靠窗南炕，通天排插。堂屋正中，一张方桌，两个杌子，左右靠壁子，两张春凳。东里间靠西壁子，一张木床，挨床靠窗，两个杌子。靠东墙正中，一张条桌。左右南北，摆着一对小平顶柜。北面却又隔断一层，一个小门，似乎是个堆零星的地方，屋里也放着脸盆架等物。那当家的和尚，让公子堂屋正面东首坐下，自己在下相陪。

这阵闹，那天就是上灯的时候儿了。那时正是八月初旬天气，一轮皓月，渐渐东升，照得院子里如同白昼。接着，那两个和尚把行李等件，送了进来，堆在西间炕上。当家的和尚咐咐说："那脚上的两个伙计，你们招呼罢。"两个和尚笑嘻嘻的，答应着去了。只听那胖和尚高声叫了一声："三儿，点灯来！，'便有一个十五六岁的小和尚，点了两个蜡灯来，又去给公子倒茶打脸水。门外化缘的那个老和尚，也来帮着穿梭也价服侍公子。公子心里，十分过意不去。

一时，茶罢。紧接着端上菜来，四碟两碗，无非豆腐、面筋、青菜之流。那油盘里又有两个盅子，一把酒壶。那老和尚随后又拿了一壶酒来，壶梁儿上拴着一根红头绳儿，说："当家的，这壶是你老的。"也放在桌儿上。那和尚陪着笑，向安公子道："施主，僧人这里是个苦地方，没甚么好吃的，就是一盅素酒，倒是咱们庙里自己淋的。"说着站起来，拿公子那把壶，满满的斟了一盅送过去。公子也连忙站起来，说："大师傅，不敢当。"和尚随后把自己的酒也斟上，端着盅儿让公子，说："施主，请！"公主端起盅子来，虚举了一举，就放下了。

让了两遍，公子总不肯沾唇。那和尚说："酒凉了，换一换罢！"说着，站起来把那盅倒在壶里，又斟上一盅，说道："喝一盅！僧人五荤都戒，就只喝口素酒。这个东西，冬天挡寒，夏天煞水，像走长道儿，还可以解乏。喝了这一盅，我再不让了。"

那和尚一面送酒，公子一面用手谦让，说："别斟了！我是天性不饮，抵死不敢从命!”一时匆忙,手里不曾接住,一失手,连盅子带酒掉在地下,把盅子砸了个粉碎,泼了一地酒。不料,这酒泼在地下,忽然间,嘭的一声,冒上一股火来。那和尚,登时翻转面皮,说道:“呀!我将酒敬人,并无恶意。怎么,你把我的酒也泼了,盅子也摔了!你这个人好不懂交情!”

说着伸过手来,把公子的手腕子拿住,往后一拧。公子“嗳哟”了一声,不由的就转过脸去,口里说道:“大师傅!我是失手,不要动怒!”那和尚更不答话,把他推推搡搡,推到廊下,只把这只胳膊往厅柱上一搭,又把那只胳膊也拉过来,交代在一只手里攥住,腾出自己那只手来,在僧衣里,抽出一根麻绳来,十字八道,把公子的手捆上。只吓得那公子魂不附体,战兢兢的哀求说:“大师傅!不要动怒!你看菩萨分上,怜我无知,放下我来,我喝酒就是了!”

那和尚尽他哀告,总不理他。怒轰轰的走进房去,把外面大衣甩了,又拿了一根大绳出来,往公子的胸前一搭,向后抄手绕了三四道,打了一个死扣儿,然后,拧成双股,往腿下一道道的盘起来,系紧了绳头。他便叫:“三儿,拿家伙来!”只见那三儿连连的答应说:“来了!来了!”手里端着一个红铜镟子,盛着半镟子凉水,镟子边上,搁着一把一尺来长泼风也似价的牛耳尖刀。

公子一见,吓的一身鸡皮疙瘩,顶门上轰的一声,只有两眼流泪气喘声嘶的分儿,也不知要怎样哀求才好,没口子只叫:“大师傅!可怜你杀我一个,便是杀我三个!”

那和尚睁了两只圆彪彪的眼睛,指着公子道:“呀!小小子儿,别说闲话!你听着,我也不是你的甚么大师傅,老爷是行不更名、坐不改姓、有名的赤面虎黑风大王的便是!因为看破红尘,削了头发。因见这座能仁古刹正对着黑风岗的中峰,有些风水,故此在这里出家,做这桩慈悲勾当。像你这个样儿的,我也不知宰过多少了。今日是你的天月二德。老爷家里,有一点摘不开的家务,故此不曾出去。你要哑默悄静的过去,我也不耐烦去请你来了。如今,是你肥猪拱门,我看你肥猪拱门的这片孝心,怪可怜见儿的,给你留个囫囵尸首,给你口药酒儿喝,叫你糊里糊涂的死了,就完了事了。怎么,露着你的鼻子儿尖、眼睛儿亮,睄出来了,抵死不喝。我如今也不用你喝了,你先抵回死我睄睄!我要看看,你这心有几个窟窿儿!你睄,那厨房院子里,有一眼没底儿的干井,那就是你的地方儿!这也不值的吓的这个嘴脸,二十年又是这么高的汉子。明年今日,是你抓周儿的日子,咱爷儿俩有缘,我还吃你一碗羊肉打卤过水面呢!再见罢!”

说着,两只手一层层的,把住公子的衣衿,哓喳一声,只一扯扯开,把大衿向后又掖了一掖,露出那个白嫩嫩的胸脯儿来。他便向铜镟子里,拿起那把尖刀,右手四指拢定了刀靶,大拇指按住了刀子的掩心,先把右胳膊往后一掣,竖起左手大指来,按了按公子的心窝儿。可怜公子,此时早已魄散魂飞,双眼紧闭。那凶僧描准了地方儿,从胳膊肘儿上,往前一冒劲,对着公子的心窝儿刺来!只听噗!“嗳呀!”咕咚!当啷啷!三个人里头,先倒了一个。这正是:

雀捕螳螂人捕雀,暗送无常死不知。

要知那安公子的性命何如,下回书交代。

第六回　雷轰电掣弹毙凶僧　冷月昏灯刀歼余寇

这回书紧接上回，不消多余交代。上回书表得是，那凶僧把安公子绑在厅柱上，剥开衣服，手执牛耳尖刀，分心就刺。只听得噗的一声，咕咚倒了一个。这话，听书的列公，再没有听不出来的。只怕有等不管书里节目，妄替古人担忧的，听到这里，先哭眼抹泪起来，说书的罪过可也不小！请放心，倒的不是安公子。怎见得不是安公子呢？他在厅柱上绑着，请想，怎的会咕咚一声倒了呢？然则这倒的是谁？是和尚。和尚倒了，就直捷痛快的说和尚倒了，就完了事了，何必闹这许多累赘呢？这可就是说书的一点儿鼓噪。

闲话休提。却说那凶僧手执尖刀，望定了安公子的心窝儿才要下手。只见斜刺里一道白光儿，闪烁烁从半空里，扑了来。他一见，就知道有了暗器了。

且住！一道白光儿，怎晓得就是有了暗器？书里交代过的，这和尚原是个滚了马的大强盗。大凡作个强盗，也得有强盗的本领。强盗的本领，讲得是"眼观六路，耳听八方"。慢讲白昼对面相持，那怕夜间脑后有人暗算，不必等听出脚步儿来，未从那兵器来到跟前，早觉得出个兆头来，转身就要招架个着，何况，这和尚动手的时节，正是月色东升，照的如同白昼，这白光儿，正迎着月光而来，有甚么照顾不到的？

他一见，连忙的就把刀子往回来一掣。待要躲闪，怎奈右手里便是窗户；左手里又站着一个三儿，端着一镟子凉水，在那里等着，接公子的心肝五脏；再没说反倒往前迎上去的理。往后，料想一时倒退不及。他便起了个贼智，把身子往下一蹲，心里想着：且躲开了颈嗓咽喉，让那白光儿，从头顶上扑空了过去，然后腾出身子来，再作道理。谁想，他的身子蹲得快，那白光儿来得更快，噗的一声，一个铁弹子正着在左眼上。那东西进了眼睛，敢是不住要站，一直的奔了后脑杓子的脑瓜骨，咯噔的一声，这才站住了。那凶僧虽然凶横，他也是个肉人，这肉人的眼珠子上，要着上这等一件东西，大概比揉进一个沙子去利害。只疼得他"哎哟"一声，咕咚往后便倒，当啷啷，手里的刀子也扔了。

那时，三儿在旁边，正呆呆的望着公子的胸脯子，要看这回刀尖出彩。只听咕咚一声，他师傅跌倒了，吓了一跳，说："你老人家怎么了？这准是使猛了劲，岔了气了。等我腾出手来扶起你老人家来啵。"才一转身，毛着腰要把那铜镟子放在地下，好去搀他师傅。这个当儿，又是照前噗的一声，一个弹子，从他左耳朵眼儿里打进去，打了个过膛儿，从右耳朵眼儿里钻出来，一直打到东边那个厅柱上，吧哒的一声，打了一寸来深进去，嵌在木头里边。那三儿只叫得一声"我的妈呀！"镗，把个铜镟子扔了，咕咭，也窝在那里了。那铜镟子里的水，泼了一台阶子，那镟子唏啷哗啷一阵乱响，便滚下台阶去了。

却说那安公子，此时已是魂飞魄散，背了过去，昏不知人，只剩得悠悠的一丝气儿，在喉间流连。那大小两个和尚，怎的一时就双双的肉体成圣，他全不得知。及至听得铜镟子掉在石头上镗的一声响亮，倒惊得苏醒过来。

你道这铜镟子，怎的就能治昏迷不省呢？果然这样，那点苏合丸、闻通关散、熏草纸、打醋炭这些方法都用不着；傥然遇着个背了气的人，只敲打一阵铜镟子就好了。列公，不是这等讲。人生在世，不过仗着“气”“血”两个字。五脏各有所司，心生血，肝藏血，脾统血。大凡人受了惊恐，胆先受伤；肝胆相连，胆一不安，肝叶子就张开了，便藏不住血；血不归经，一定的奔了心去；心是件空灵的东西，见了浑血，岂有不模糊的理？心一模糊，气血都滞住了，可就背过去了。

安公子此时，就是这个道理。及至猛然间听得那铜镟子，锵唧唧的一声响亮，心中吃那一吓，心系儿一定是往上一提，心一离血，血依然随气归经，心里自然就清楚了。这是个至理，不是说书的造谣言。

如今，却说安公子苏醒过来，一睁眼，见自己依然绑在柱上，两个和尚反倒横躺竖卧、血流满面的，倒在地下，丧了残生。他口里连称“怪事”，说：“我安骥此刻还是活着呢，还是死了？这地方还是阳世啊，还是阴司？我这眼前见的这光景，还是人境啊，还是……”他口里“还是鬼境”的这句话还不曾说完，只见半空里一片红光，唰，好似一朵彩霞一般，噗，一直的飞到面前。公子口里说声“不好！”，重又定睛一看，那里是甚么彩霞，原来是一个人！

只见那人头上，罩一方大红绉绸包头，从脑后燕窝边兜向前来，拧成双股儿，在额上扎一个蝴蝶扣儿；上身穿一件大红绉绸箭袖小袄，腰间系一条大红绉绸重穗子汗巾；下面穿一件大红绉绸甩裆中衣；脚下的裤腿儿看不清楚，原故是登着一双大红香羊皮挖云实纳的，平底小靴子；左肩上挂着一张弹弓，背上斜背着一个黄布包袱，一头搭在右肩上，那一头儿却向左胁下掏过来，系在胸前，那包袱里面是甚么东西，却看不出来。只见他芙蓉面上，挂一层威凛凛的严霜，杨柳腰间，带一团冷森森的杀气。雄赳赳、气昂昂的，一言不发，闯进房去。先打了一照，回身出来，就抬腿吧的一脚，把那小和尚的尸首，踢在那拐角墙边，然后用一只手，捉住那大和尚的领门儿，一只手揪住腰胯，提起来只一扔，合那小和尚扔在一处。他把脚下分拨得清楚，便蹲身下去，把那把刀子抢在手里，直奔了安公子来。安公子此时，吓得眼花撩乱，不敢出声。忽见他手执尖刀奔向前来，说：“我安骥这番性命休矣！”

说话间，那女子已走到面前，一伸手，先用四指，搭住安公子胸前横绑的，那一股儿大绳，向自己怀里一带，安公子“哼”了一声，他也不睬。便用手中尖刀，穿到绳套儿里，哧嚓的只一挑，那绳子就齐齐的断了。这一股儿一断，那上身绑的绳子，便一段段的松了下来。安公子这才明白：“他敢是救我来了。但是我在店里碰见了一个女子，害得我到这步田地；怎的此地又遇见一个女子？好不作怪！”

却说那女子，看了看公子那下半截的绳子，却是拧成双股，挽了结子，一层层绕在腿上的。他觉得不便去解，他把那尖刀背儿朝上，刃儿朝下，按定了分中，一刀到底的只一割，那绳子早一根变作两根，两根变作四根.四根变作八根，纷纷的落在脚下，堆了一地。他顺手便把刀子，咜嚓一声插在窗边金柱上，这才向安公子答话。这句话只得一个字，说道是：“走！”

安公子此时松了绑，浑身麻木过了，才觉出酸疼来。疼的他只是攒眉闭目，摇头不语。那女子挺胸扬眉的，又高声说了一句道：“快走！”安公子这才睁眼望着他，说：“你，你，你，你这人叫我走到那里去？”那女子指着屋门说：“走到屋里去！”安公子说：“哪，哪，我的手还捆在这里，怎的个走法？”不错，前回书原交代的，捆手另是一条绳子，这话要不亏安公子提补，不但这位姑娘不得知道，连说书的，还漏一个大缝子呢！

闲话休提。却说那女子听了安公子这话，转在柱子后面一看，果然有条小绳子捆了手，系着一个猪蹄扣儿。他便寻着绳头解开，向公子道："这可走罢！"公子松开两手，慢慢的拳将过来，放在嘴边，"咈咈"的吹着，说道："痛煞我也！"说着，顺着柱子把身子往下一溜，便坐在地下。那女子焦躁道："叫你走，怎的倒坐下来了呢？"安公子望着他，泪流满面的道："我是一步也走不动了！"

那女子听了，才要伸手去搀，一想，"男女授受不亲"，到底不便。他就把左肩的那张弹弓褪了下来，弓背向地，弓弦朝天，一手托住弓靶，一手按住弓稍，向公子道："你两手攀住这弓，就起来了。"公子说："我这样大的一个人，这小小弓儿如何擎得住？"那女子说："你不要管，且试试看。"公子果然用手攀住了那弓面子。只见那女子，左手把弓靶一托，右手将弓稍一按，钓鱼儿的一般，轻轻的就把个安公子钓了起来。从旁看着，倒像树枝儿上站着个，才出窝的小山喜鹊儿，前仰后合的站不住；又象明杖儿拉着个瞎子，两只脚就地儿靸拉。

却说那公子立起身来，站稳了，便把两只手倒转来，扶定那弓面子，跟了女子，一步步的踱进房来。进门行了两步，那女子意思，要把他扶到靠排插的这张春凳上歇下。还不曾到那里，他便双膝跪倒，向着那女子道："不敢动问：你可是过往神灵？不然，你定是这庙里的菩萨，来解我这场大难，救了残生，望你说个明白。我安骥果然不死，父子相见，那时，一定重修庙宇，再塑金身！"

那女子听了这话，笑了一声，道："你这人，越发难说话了！你方才同我在悦来店，对面谈了那半天，又不隔了十年八年，千里万里，怎的此时会不认得了？闹到甚么神灵、菩萨起来！"安公子听了这话，再留神一看，可不是店里遇见的那人么！他便跪在尘埃，说道："原来就是店中相遇的那位姑娘！姑娘，不是我不相认，一则，是灯前月下；二则，姑娘你这番装束，与店里见的时节，大不相同；三则，我也是吓昏了；四则，断不料姑娘你，就肯这等远路深更，赶来救我这条性命。你真真是我的重生父母，再养……"说到这里咽住，一想："不像话！人家才不过二十以内的个女孩儿，自已也是十七八岁的人了，怎生的说他是我父母爹娘，还要叫他重生再养？"一时，生怕惹恼了那位女子，又急得紫涨了面皮，说不出一个字来。

谁想，那女子不但不在这些闲话上留心，就连公子在那里磕头礼拜，他也不曾在意。只见他忙忙的把那张弹弓，挂在北墙一个钉儿上，便回手解下那黄布包袱来，两手从脖子后头绕着，往前一转，一手提了往炕上一掷，只听噗通一声，那声音觉得像是沉重。又见他转过脸去，两只手往短袄底下一抄。公子只道他是要整理整理衣裳，忽听得喀吧一声，就从衣襟底下，忒楞楞跳出一把背儿厚、刃儿薄、尖儿长、靶儿短、削铁无声、吹毛过刃、杀人不沾血的，缠钢折铁雁翎倭刀来。那刀跳将出来，映着那月色灯光，明闪闪、颤巍巍，冷气逼人，神光绕眼。

公子一见，又"阿嗳"了一声。那女子道："你这人怎生的这等糊涂？我如果要杀你，方才趁你绑在柱子上，现成的那把牛耳尖刀，杀着岂不省事些？"公子连连答说："是，是。只是如今和尚已死，姑娘你还拿出这刀来何用呢？"

那女子道："此时不是你我闲谈的时候。"因指定了炕上那黄布包袱，向他说道："我这包袱，万分的要紧！如今交给你，你扎挣起来，上炕去，给我紧紧的守着他。少刻，这院子里定有一场的大闹。你要爱看热闹儿，窗户上通个小窟窿，巴着睄睄使得，可不许出声儿！万一你出了声儿，招出事来，弄的我，两头儿照顾不来，你可没有两条命！小心！"说着"噗"的一口先把灯吹灭了，随手便把房门掩上。

公子一见，又急了，说："这是作甚么呀？"那女子说："不许说话！上炕看着那包袱要紧！"公子只得一步步的蹭上炕去，也想要把那包袱提起来。提了提，没问动，便两只手，拉到炕里边，一屁股坐在上头，谨遵台命，一声儿不哼，稳风儿不动的，听他怎生个作用。

却说那女子吹灭了灯，掩上了门，他却倚在门傍，不则一声的听那外边的动静。约莫也有半盏茶时，只听得远远的两个人，说说笑笑、唱唱咧咧的从墙外走来。唱道是："八月十五月儿照楼，两个鸦虎子去走筹。一根灯草嫌不亮，两根灯草又嫌费油。有心买上一枝羊油蜡，倒没我这脑袋光溜溜！"一个笑着说道："你是甚么头口，有这么打自得儿的没有？"一个答道："这就叫'秃子当和尚——将就裁料儿'，又叫'和尚跟着月亮走——也借他点光儿'。"那女子听了，心里说道："这一定是两个不成裁料的和尚！"他便吮破窗棂，望窗外一看，果见两个和尚，嘻嘻哈哈、醉眼模糊的走进院门。

只见一个是个瘦子，一个是个秃子。他两个才拐过那座拐角墙，就说道："咦！师傅今日，怎么这么早就吹了灯儿睡了？"那瘦子说："想是了了事了罢咧！"那秃子说："了了事，再没不知会咱们扛架桩的。不要是那事儿说合了盖儿了，老头子顾不得这个了罢？"那瘦子道："不能，就算说合了盖儿了，难道连寻宿儿的那一个，也盖在里头不成？"

二人你一言我一语的只顾口里说话，不妨脚底下镗的一声，踢在一件东西上，倒吓了一跳。低头一看，原来是个铜镟子。那秃子便说道："谁把这东西扔在这儿咧？这准是三儿干的。咱们给他带到厨房里去。"说着，毛下腰去，拣那镟子。起来一抬头，月光之下，只见拐角墙后躺着一个人。秃子说："你瞧，那不是架桩？可不了了事了吗！"那瘦子走到跟前一看，道："怎么俩呀！"弯腰再一看，他就嚷将起来，说："敢则是师傅！你瞧，三儿也干了！这是怎么说？"秃子连忙扔下镟子，赶过去看了，也诧异道："这可是邪的！难道那小子有这么大神煞不成？但是，他又那儿去了呢？"秃子说："别管那些，咱们踹开门，进去睄睄。"

说着，才要向前走。只听房门响处，嗖，早蹿出一个人来，站在当院子里。二人冷不防吓了一跳，一看，见是个女子，便不在意。那瘦子先说道："怪咧！怎么他又出来了？这不又象说合了盖儿了吗！既合了盖儿，怎么师傅倒干了呢？"秃子说："你别闹，你细瞧，这不是那一个！这倒得盘他一盘。"

因向前问道："你是谁？"那女子答道："我是我。"秃子道："是你，就问你咧。我们这屋里那个人呢？"女子道："这屋里那个人，你交给我了吗？"那瘦子道："先别讲那个。我师傅这是怎么了？"女子道："你师傅，这大概算死了罢。"瘦子道："知道是死了。谁弄死他的？"女子道："我呀！"瘦子道："你讲甚么情理弄死他？"女子道："准他弄死人，就准我弄死他。就是这么个情理！"

瘦子听了这话说野的，伸手就奔了那女子去。只见那女子不慌不忙，把右手从下往上一翻，用了个“叶底藏花”的架式，吧，只一个反巴掌，早打在他腕子上，拨了开去。那瘦子一见，说：“怎么着，手里有活？这打了我的叫儿了！你等等儿，咱们爷儿俩较量较量！你大概也不知道，你小大师傅的少林拳，有多么霸道！可别跑！”女子说：“有跑的不来了。等着请教。”

那瘦子说着，甩了外面的僧衣，交给秃子，说：“你闪开，看我打他个败火的红姑娘儿模样儿！”那女子也不合他斗口，便站在台阶前，看他怎生个下脚法。只见那瘦子紧了紧腰，转向南边，向着那女子吐了个门户，把左手拢住右拳头，往上一拱，说了声：“请。”

且住！难道两个人打起来了，还闹许多仪注不成？列公，打拳的这家武艺，却与厮杀械斗不同。有个家数，有个规矩，有个架式。讲家数，为头数武当拳、少林拳两家。武当拳，是明太祖洪武爷留下的，叫作内家；少林拳，是姚广孝姚少师留下的，叫作外家。大凡和尚学的都是少林拳。讲那打拳的规矩：各自站了地步，必是彼此把手一拱，先道一个“请”字，招呼一声。那拱手的时节，左手拢着右手，是让人先打进来；右手拢着左手，是自己要先打出去。那架式，拳打脚踢，拿法破法，各有不同。若谕这瘦和尚的少林拳，却颇颇的有些拿手，三五十人等闲近不得他。只因他不守僧规，各各庙存身不住，才跟了这个胖大强盗和尚，在此作些不公不法的事。如今，他见这女子方才的一个反巴掌，有些家数，不觉得技痒起来，又欺他是个女子，故此把左手拢着右拳，让他先打进来，自己再破出去。

那女子见他一拱手，也丢个门户，一个进步，便到了那和尚跟前。举起双拳，先在他面门前一晃，这叫作“开门见山”，却是个花着儿。破这个架式，是用右胳膊横着一搪，封住面门，顺着用右手往下一抹，拿住他的左腕子一拧，将他身子拧转过来，却用右手从他脖子右边，反插将去，把下巴一掐，叫作“黄莺搦膝”。那瘦和尚见那女子的双拳到来，就照式样一搪，不想他把拳头虚晃了一晃，踅回身去就走。那瘦子哈哈大笑说：“原来是个顽女筋斗的，不怎么样！”说着，一个进步跟下去，举拳向那女子的后心，就要下手，这一着，叫作“黑虎偷心”。他拳头已经打出去了，一眼看见那女子背上，明晃晃、直矗矗的掖着把刀，他就把拳头，往上偏左一提，照左哈扐巴打去。明看着是着上了，只见那女子左肩膀往前一扭，早打了个空。他自觉身子往前一扑，赶紧的拿了拿桩站住。只这拿桩的这个当儿，那女子就把身子一扭，甩开左脚，一回身，噔的一声，正踢在那和尚右肋上。和尚“哼”了一声，才待还手；那女子收回左脚，把脚跟向地下一碾，轮起右腿，甩了一个旋风脚。吧，那和尚左太阳上，早着了一脚，站脚不住，咕咚向后便倒。这一着叫作“连环进步鸳鸯拐”，是这姑娘的一桩看家的本领，真实的艺业！

却说那秃子看见，骂了声：“小撒粪的，这不反了吗！”一气跑到厨房，拿出一把三尺来长铁火剪来，轮得风车儿般，向那女子头上打来。那女子也不去搪他，连忙把身子闪在一旁，拔出刀来，单臂抡开，从上往下只一盖，听得噌的一声，把那火剪齐齐的从中腰里，砍作两段。

那秃和尚手里，只剩得一尺来长两根大镊头钉子似的东西，怎的个斗法？他说声“不好”，丢下回头就跑。那女子赶上一步，喝道：“狗男女，那里走！”在背后举起刀来，照他的右肩膀一刀，喀嚓，从左肋里砍将过来，把个和尚弄成了“黄瓜腌葱”——剩了个斜岔儿了。他回手又把那瘦和尚头，枭将下来，用刀指着两个尸首道：“贼秃驴！谅你这两个东西，也不值得劳你姑娘的手段！只是你两个满口唼的是些甚么！”

正说着，只见一个老和尚，用大袖子捂着脖子，从厨房里跑出来，溜了出去。那女子也不追赶，向他道：“不必跑，饶你的残生！谅你也不过是出去送信，再叫两个人来。索性让我一不作二不休，见一个杀一个，见两个杀一双，杀个爽快！”说着，把那两个尸首踢开，先清楚了脚下。

只听得外面果然闹闹吵吵的，一轰进来一群四五个，七长八短的和尚，手拿锹镢棍棒，拥将上来。女子见这般人浑头浑脑，都是些力巴，心里想道：“这倒不好合他交手。且打倒两个再说！”他就把刀尖虚按一按，托地一跳，跳上房去。揭了两片瓦，朝下打来。一瓦正打中拿枣木杠子的一个大汉的额角，噗的一声倒了，把杠子撂在一边。那女子一见，重新跳将下来，将那杠子抢到手里，掖上倭刀，一手抡开杠子，指东打西，指南打北，打了个落花流水，东倒西歪，一个个都打倒在东墙角跟前，翻着白眼拨气儿。那女子冷笑道：“这等不禁插打，也值的来送死！我且问你，你们庙里照这等没用的东西还有多少？”

言还未了，只听脑背后暴雷也似价一声道：“不多，还有一个！”那声音象是从半空里，飞将下来，紧接着，就见一条纯钢龙尾禅杖撒花盖顶的，从脑后直奔顶门。那女子眼明手快，连忙丢下杠子，拿出那把刀来，往上一架，棍沉刀软，将将的抵一个住。他单臂一攒劲，用刀挑开了那棍，回转身来。只见一个虎面行者，前发齐眉，后发盖颈，头上束一条日月渗金箍，浑身上穿一件元青缎排扣子滚身短袄，下穿一条元青缎兜裆鸡腿裤，腰紧双股鸾带，足登薄底快靴。好一似蒲东寺不抹脸的憨惠明，还疑是五台山没吃醉的花和尚！

那女子见他来势凶恶，先就单刀直入取那和尚，那和尚也举棍相迎。他两个，一个使雁翎宝刀，一个使龙尾禅杖。一个棍起处，似泰山压顶，打下来，举手无情；一个刀摆处，如大海扬波，触着他，抬头便死。刀光棍势，撒开万点寒星；棍竖刀横，聚作一团杀气。一个莽和尚，一个俏佳人，一个穿红，一个穿黑；彼此在那冷月昏灯之下，来来往往，吆吆喝喝。这场恶斗，斗得来十分好看！

那女子斗到难解难分之处，心中犯想，说：“这个和尚倒来得恁的了得！若合他这等油斗，斗到几时？”说着虚晃一刀，故意的让出一个空子来。那和尚一见，举棍便向他顶门打来。女子把身子只一闪，闪在一旁，那棍早打了个空。和尚见上路打他不着，掣回棍，便从下路，扫着他踝子骨打来。棍到处，只见那女子两只小脚儿拳回去，踢跶一跳，便跳过那棍去。那和尚见两棍打他不着，大吼一声，双手攒劲，轮开了棍，便取他中路，向左肋打来。

那女子这番不闪了，他把柳腰一摆，平身向右一折，那棍便擦着左肋奔了肋下去。他却扬起左胳膊，从那棍的上面向外一绰，往里一裹，早把棍绰在手里。和尚见他的兵器被人吃住了，咬着牙，撤着腰，往后一拽。那女子便把棍略松了一松，和尚险些儿不曾坐个倒蹲儿，连忙的插住两脚，挺起腰来，往前一挣。那女子趁势儿，把棍往怀里只一带，那和尚便跟了过来。女子举刀向他面前一闪，和尚只顾躲那刀，不妨那女子抬起右腿，用脚跟向胸脯上一登。噔，他立脚不稳，不由的撒了那纯铁禅杖,仰面朝天倒了。那女子笑道:“原来也不过如此!”

那和尚在地下还待扎挣,只听那女子说道:“不敢起动,我就把你这蒜锤子,砸你这头蒜!”说着,掖起那把刀来,手起一棍,打得他脑浆进裂,霎时间,青的、红的、白的、黑的都流了出来,呜呼哀哉,敢是死了。

那女子回过头来,见东墙边那五个,死了三个,两个扎挣起来,在那里把头碰的山响,口中不住讨饶。那女子道:“委屈你们几个,算填了馅了;只是饶你不得!”随手一棍一个,也结果了性命!

那女子片刻之间,弹打了一个当家的和尚,一个三儿;劈刀了一个瘦和尚,一个秃和尚;打倒了五个作工的僧人;结果了一个虎面行者:一共整十个人。他这才抬头,望着那一轮冷森森的月儿,长啸了一声,说:“这才杀得爽快!只不知屋里这位小爷吓得是死是活?”说着,提了那禅杖走到窗前。只见那窗棂儿上,果然的通了一个小窟窿,他把着往里一望,原来安公子还方寸不离,坐在那个地方,两个大拇指堵住了耳门,那八个指头捂着眼睛,在那里藏猫儿呢!

那女子叫道:“公子,如今,庙里的这般强盗,都被我断送了。你可好生的看着那包袱,等我把这门户给你关好,向各处打一照再来。”公子说:“姑娘,你别走!”那女子也不答言,走到房门跟前,看了看,那门上并无锁钥屈戌,只钉着两个大铁环子。他便把手里那纯钢禅杖,用手弯了转来,弯成两股,把两头插在铁环子里,只一拧,拧了个麻花儿。把那门关好,重新拔出刀来。

先到了厨房。只见三间正房,两间作厨房,屋里西北另有个小门,靠禅堂一间堆些柴炭。那厨房里墙上,挂着一盏油灯,案上鸡鸭鱼肉,以至米面俱全。他也无心细看,趄身就穿过那月光门,出了院门,奔了大殿而来。又见那大殿并没些香灯供养,连佛像也是暴土尘灰。顺路到了西配殿,一望,寂静无人。再往南,便是那座马圈的栅栏门。

进门一看,原来是正北三间正房,正西一带灰棚,正南三间马棚。那马棚里,卸着一辆糙席篷子大车。一头黄牛,一匹葱白叫驴,都在空槽边拴着。院子里四个骡子,守着个草帘子在那里啃。一带灰棚里不见些灯火,大约是那些做工的和尚住的。南头一间,堆着一地喂牲口的草,草堆里卧着两个人。从窗户映着月光一看,只见那俩人身上,止剩得两条裤子,上身剥的精光,胸前都是血迹模糊、碗大的一个窟窿,心肝五脏都掏去了。细认了认,却是在岔道口,看见的那两个骡夫。

那女子看了,点头道:“这还有些天理!”说着趄身奔了正房。那正房里面灯烛点得正亮,两扇房门虚掩。推门进去,只见方才溜了的那个老和尚,守着一堆炭火,旁边放着一把酒壶、一盅酒,正在那里烧两个骡夫的“狼心”“狗肺”吃呢。他一见女子进来,吓的才待要嚷。那女子连忙用手把他的头,往下一按,说,“不准高声!我有话问你。说的明白,饶你性命。”不想这一按,手重了些,按错了笋子,把个脖子按进腔子里去,“哼”的一声,也交代了。那女子笑了一声,说:“怎的这等不禁按!”

他随把桌子上的灯,拿起来,里外屋里一照,只见不过是些破箱、破笼、衣服、铺盖之流;又见那炕上,堆着两个骡夫的衣裳行李,行李堆上放着一封信,拿起那信来一看,上写着“褚宅家信”。那女子自语道:“原来这封信在这里。”回手揣在怀里。迈步出门,嗖的一声,纵上房去。又一纵,便上了那座大殿。站在殿脊上,四边一望,只见前是高山,后是旷野,左无村落,右无乡邻,止那天上一轮冷月,眼前一派寒烟。这地方好不冷静!又向庙里一望,四边寂静,万籁无声,再也望不见个人影儿,“端的是都被我杀尽了!”看毕,顺着大殿房脊,回到那禅堂东院,从房上跳将下来。

才待上台阶儿,觉得心里一动,耳边一热,脸上一红,不由得一阵四肢无力。连忙用那把刀拄在地上,说:“不好,我大错了!我千不合万不合,方才不合结果了那老和尚才是。如今,正是深更半夜,况又在这古庙荒山,我这一进屋子,见了他,正有万语千言,旁边要没个证明的人,幼女孤男,未免觉得……”想到这里,浑身益发摇摇无主起来。

呆了半晌,他忽然把眉儿一扬,胸脯儿一挺,拿那把刀上下一指,说道:“痴丫头!你看,这上面是甚么?下面是甚么?便是明里无人,岂得暗中无神?纵说暗中无神,难道他不是人不成?我不是人不成?何妨!”说着他就先到厨房,向灶边寻了一根秫秸,在灯盏里蘸了些油,点着出来。到了那禅堂门首,一只手扭开那锁门的禅杖,进房先点上了灯。

那安公子见他回来,说道:“姑娘,你可回来了!方才你走后,险些儿不曾把我吓死!”那女子忙问道:“难道又有甚么响动不成?”公子说:“岂止响动,直进屋里来了。”女子说:“不信门关得这样牢靠,他会进来?”公子道:“他何常用从门里走?从窗户里就进来了。”女子忙问:“进来便怎么样?”公子指天画地的说道:“进来他就跳上桌子,把那桌子上的菜舔了个干净。我这里拍着窗户,吆喝了两声,他才夹着尾巴跑了。”女子道:“这倒底是个甚么东西?”公子道:“是个挺大的大狸花猫!”女子含怒道:“你这人怎的这等没要紧!如今大事已完,我有万言相告,此时,才该你我闲谈的时候了。”

只见他靠了桌儿坐下,一只手按了那把倭刀,言无数句,话不一夕,才待开口还未开口,侧耳一听,只听得一片哭声,哭道是:“皇天菩萨!救命呀!”那哭声,哭得来十分悲惨。正是:

好似钱塘潮洒水,一波才退一波来。

要知那哭声是怎的个原由,那女子听了如何,下回书交代。

第七回　探地穴辛勤怜弱女　摘鬼脸谈笑馘淫娃

上回书表的是,那个不知姓名穿红的女子,在能仁寺扫荡了庙里的凶僧,救了安公子的性命,正待向安公子讲他前番在悦来店走的情由,此番到这庙里的原故。只听得一片哭声,口叫“皇天救命!”他便诧异道:“奇呀!这庙里的和尚被我杀得尽净,庙外又前是高山,后是旷野,远无村落,近无人家,况又是深更半夜,这哭声从何而来?”安公子说:“哭了这半日了,方才还像是拌嘴似的来着。我只道是街坊家呢。”女子说:“岂有此理!此处那有个街坊?事有蹊跷。”说着又听得哭起来。

那女子便走到当院里,顺着那声响听去,好似在厨房院里一般。他忙忙的掖好了刀,来到那月光门里。只听得哭声越近,竟是在堆柴炭的那一间房里。走到那破窗户跟前一看,只见堆着些柴炭,并无人迹。看了看那门,却是锁着。他便用手扭断了锁进去，只见挨北墙靠西，也有个小门关着，靠东柴垛后面，合着装煤的一个大荆条筐，上面扣着一口破钟，也有水缸般大小。他心里想道："这口钟放得好蹊跷！"因把那破钟揭起，放在一边；再掀开筐一看，果见一个人，黑魆魆的作一堆儿，蹲在那里喘气。

列公，你道这人为何在此？原来这庙里和尚作恶多端，平日不公不法的事.也不止安公子这一件。就筐子里这个人，也是这日午间来打尖的。那和尚把他关锁在屋里，扣在大筐底下，并说不许作声，但要高声，一定要他性命。就交给那个秃子合那瘦的和尚，换替照应。这人在筐里闷了半日，忽听得外面一阵喧闹，次后却听不见些声息，连那两个和尚也不来查看他。他一时急闷，饥渴难当，不由的一声哭喊，被这位好事的姑娘听见，就寻声救苦的搜寻出来。

那人还只道是和尚来了，吓得不敢作声。女子道："你这人不要害怕，我是来救你。你快些随我出来，到这月色灯光之下，我问你个端的。"说着，自己先走进了厨房。那人听得是个女子声音，才慢慢的站起来，战兢兢的随后跟了来。那女子正在那里拨那盏油灯，听他跟了来，回头一看，只见他年纪约莫五十余岁，是个乡下打扮。才待合他说话，不想那人奔向前来，叫了声："我的孩儿！我只道今生不能合你相见，原来你还好端端的在此！只是你妈妈怎么不见？"

女子一听，心里诧异，说："这是那里说起？"因说道："你想是闷糊涂了，认错了人。"那人揉了揉眼睛一看，才晓得是自己认差了，慌得他，连忙跪下，道："姑娘，是我小老儿眼瞎了。姑娘，你是何人，前来救我？"

女子说："你且莫问我，你且把你的姓名原故说来。"那人说："这话说来话长。姑娘，既承你救了我这条草命，怎的领我去见见我那女儿、老伴儿才好。"女子忙问道："你的妻女在那里？"那人说："那大师傅推推搡搡的，把我推出来，就锁我在这里。谁知道他弄到那里去了？"女子道："哟，既这等，我方才把这庙里走了个遍，怎的不曾见个人来？"那人听了，又哭起来道："天哪！这一定是没了命了！"女子道："你且莫哭，你耐性在这里歇歇儿等候，不可乱走，等我务必给你寻来才罢。"那人听了，又磕下头去。即至起来，那女子早一路刀光，出去了。

却说安公子正因女子寻那哭声，不见回来，心中在那里盼望。忽然听得女子进来，隔着排插说道："姑娘，你听，这隔壁又拌起来了。"女子侧耳凝神的听了一会，那声音竟是从里间屋里来。他便进到里间，留神向桌子底下、以至床下看了一番，连连的摇头纳闷。

列公，你道他为何在桌子、床下寻找起来？原来外间穷山僻壤，有等惯劫客商的黑店合不守清规的庙宇，多有在那卧床后边、供桌底下，设着地窨子，或是安着地道。往往遇着孤身客人，半夜出来劫他的资财，不就害人性命，甚至关藏妇女在内。外省的地平又多是用木板铺的，上面严丝合缝盖上，轻易看不出来。

这些勾当，大约一桩也瞒不过这女子。就便这能仁寺庙里的和尚，平日怎的不公不法，他也略知；只是与自己无干，不值得管这闲事。及至方才合那个瘦子、秃子两个和尚交手，听了那一段不三不四的，早料定这庙中除了劫财害命，定还有些伤天害理的勾当作出来，因急切要救安公子，且不能兼顾到此。如今，听了那个老头儿的一番话，早又动了他一个侠烈心肠，定要寻出那母女二人的所在，看是个甚么情由。满屋里寻了一会,不见个踪迹,急的怒气填胸,说道:“今日就上天入地,一定要寻着他才罢!”

说着满层里端相。一会,看着北面那一槽隔断,安的有些古怪。进了那小门一看,只见并无一物,止一条黑夹道子,从那间柴炭房北墙后面,直通到两间厨房的西北墙角那个门去。从那门缝里,便看得见厨房灯光,也不像有甚么原故。踅身回来再找,只见那屋里放着的两个平顶柜,北边一顶搭着锁,南边一顶柜门虚掩。顺手开了那柜门,见里面搁着一顶旧僧帽,合些茶碗茶盘,随手动用的东西,一层尘士,像是不大开的光景。看完,又到北边那顶柜子跟前,把锁头开开一看,心中大喜,说:“在这里了!”原来这顶柜子里面,中腰不安抽屉,下面也没槅板,那后面的背板,一扇到底,抹的油光水滑,像是常有人出入的样子。

那柜门一开,早听得隔着背板一个人说道:“我劝你的不是好话?张嘴就讲骂,动手就讲打。等大师傅回来,你睄我给你告诉、不给你告诉!告诉了,要不了你的小命儿,我见不得你!”又一个道:“那怕你这禽兽告诉!我此时视死如归,那个还要这性命!”又听得一个苍老声音说道:“事情到了这里,我们还是好生求他,别价破口。”

这女子听了,那里还按纳得住?一面把那把刀掖在背后,一面伸手就把那柜子背板一拍,拍的连声山响。只这一拍,听得里面,哗啷哗啷的一阵铃铛响,就有个人接声儿说:“来了!”又听他一面走着一面嘟囔道:“我告诉你,大师傅可是回来了,我看你可再骂罢!”外边听了,连连的又拍了两下。又听得里面说:“来了。你老人家别忙啊!这个夹道子还带是漆黑,也得一步儿一步儿的,慢慢儿的上啊。”说着,那声音便到了跟前。接着,听得扯的那关门的锁链子响,又一阵铃声,那扇背板,便从里边吱喽开了。

那女子对面一看,门里闪出一个中年妇人。只见他打半截子黑炭头也似价的鬓角子,擦一层石灰墙也似价的粉脸,点一张猪血盆也似价的嘴唇,一双肉胞眼,两道扫帚眉,鼻孔撩天,包牙外露;戴一头黄块块的簪子,穿一件元青扣绉的衣裳,卷着大宽的桃红袖子;妖气妖声、怪模怪样的,问了那女子一声,说:“我只当是我们大师傅呢!你是谁呀?”说着就要关那门。那女子探身子,轻轻的用指头把门点住。那妇人说:“你只不叫关门,你到底说明白了,你是谁呀?”那女子道:“你怎的连我也不认得了?我就是我么!”那妇人道:“可一个怎么你是你呢?”女子道:“你不叫我是我,难道叫我也是你不成?”妇人道:“我不懂得你这绕口令儿啊。你只说你作甚么来了?谁叫你来的?你怎么就知道有这个门儿?”

那女子原是个聪明绝顶的。他就借着那妇人方才的话音儿说道:“我是你们大师傅请我来的。你不容我进去,我就走!”妇人道:“我们大师傅请你来的,请你来作甚么?”女子道:“请我来帮着你劝他呀!”那妇人听了,这才裂着那大薄片子嘴,笑道:“你瞧,‘大水冲了龙王庙——一家人不认得一家人’咧!那么着,请屋里坐。”他这才把门开开。女子道:“你先走。”只见他一面先走,口里说道:“你瞧,大师傅可又找了个人儿,劝你来了。人家可比我漂亮,我看你还不答应!”

女子让他走后,一脚跨进门去,只见里面,原来是个夹墙地窨子。那门里一条夹道,约莫有二尺来宽,从北头砌就楼梯一般,一层层的台阶下去,靠西一带砖墙,靠东一层隔断板子，中间方窗，南头有个小门，从门里直透出灯光来。女子看了，先把那扇背板门摘下来，立在旁边，才一步步的下台阶来。

走到台阶尽处，进了那个小门.一眼就看见，一个十七八岁的女子在里面。他那形容，合自己生的一模一样，倒像照着了镜子一般，不觉心里暗惊道："奇怪！都道是'人心不同，各如其面'，怎生有这等相象的？"定了一定，把那地窨子里周遭一看：下面一样的方砖墁地，上面横着一尺来见方的通连大木.大木上，搪着一块一块的石板，料想这石板上便是那间堆柴炭的屋子。四围一看，西面板壁门窗，南、北、东三面却是砖墙，西北角留个进风出气的气眼。屋里正北，安一张大床，床东头直上，摆着三四个箱子，床西脚底下，挂着个帘儿；靠西壁，又是一张独睡床，靠东墙南首，一架衣裳隔子，北首，一桌两杌，靠南墙，一张春凳。那女子便坐在那条凳上，旁边坐着个老婆儿，想是他的母亲。那老婆儿，也是个村庄打扮，那女孩儿，穿一件旧月白宫绸夹袄，系一条青串绸夹裙，头上略略的有些钗环，下面被裙儿盖着，看不出那脚的大小。但见他虽则随常装束，却是红颜绿鬓，俏丽动人。虽是乡间女儿，露着慧性灵心，温柔不俗。只是哭得粉光惨淡，鬓影蓬松，低头坐在那里垂泪，看着好生令人不忍。

这穿红的女子看罢，走到他跟前，平平的道了一个万福，说道："这位姑娘，一个女孩儿人家，既把身子落在这等地方，自然要商量个长法儿。事款则圆，你且住啼哭，休得叫骂……。"

这句话还不曾说完，只见那穿月白的女子，站起身来，恶狠狠的向他面上，啐了一口，道："呀呸！放屁！这是甚么所在？甚的勾当？还有何商量？你怎么叫我不要啼哭叫骂？我看你也是人家一个女孩儿，你难道就能甘心忍受不成？你快快给我闭了那张口！再要多言，可莫怨我女孩儿家粗鲁！"那老婆儿忙拦道："儿啊，不要这样！这位姑娘说的是好话。"那女子又厉声道："甚么好话！他不过与强盗，通同一气。我倒可惜，他这等一个好模样儿，作这等的无耻不堪的行径，可不辱没了'女孩儿'三个字！"

列公，这《儿女英雄传》已演到第七回了，这位穿红的姑娘的谈锋、本领、性格儿，众位也都领教过了。大约他自出娘胎，不曾屈过心，服过气；如今，被这穿月白的女子这等辱骂，有个不翻脸的么？谁知儿女英雄作事，毕竟不同。

他见了这穿月白的女子这等的贞烈，心里越加敬爱，说："这才不枉长的合我一个模样儿呢！"随即向后退了一步，把脸上的唾沫星子擦了擦，笑着叹了一声道："姑娘，你受这等的委屈，自然该急怒交加，我不怪你。只是我要请教：难道只这等啼哭叫骂会子，就没事了不成？你再想想。"穿月白的女子道："还想些甚么？我不过是个死！"穿红的女子听了，笑道："蝼蚁尚且贪生，怎么轻轻儿的就说个'死'字？"穿月白的女子道："我不像你这等怕死贪生，甘心卑污苟贱，给那恶僧支使。亏你还有脸说来劝我！"

那个讨厌的女人见他一句一骂，看不过了，拿着根潮烟袋，指着那穿月白的女子，说道："格格儿，你可别拿着合我的那一铳子性儿，合人家闹！你瞧瞧，人家脊梁上可掖着把大刀呢！"

那穿月白的女子道："那怕他一把刀，就是剑树刀山，我也不怕！"穿红的女子，正要打叠起无限的低情屈意,安慰那穿月白的女子,又被这讨厌的妇人一岔,他便回头喝道:“这又与你何干?要你来多嘴!”那妇人道:“一个人鼻子底下长着嘴,谁还管着谁,不准说话吗?”穿红的女子道:“就是我管着你,不准说话!”说着,就回手身后摸那把刀。那妇人见这样子,便有些发毛,一扭头道:“不说就不说,你打谅我爱说话呢。我留着话还打点阎王爷呢!”

那女子才转身来向着那老婆儿道:“老人家,我看你这令爱姑娘,一团的烈性,万种的伤心,此时就有甚么样的话,大约也合他说不进去。老人家,你问他一声:我们且离了这个地方,外面见见天光,可好不好?”老婆儿听了,向他女儿道:“听见了,儿啊?这位姑娘敢是好意。”那穿月白的女子道:“甚么地方我不敢去?就走!看他又把我怎的!”说着站起来就走。那个妇人见了,扯住他道:“你站住!人家大师傅叫我在这儿劝你,可没说准你出这个门儿,你那儿走哇?‘守着钱粮儿过’啵,你又走罗!”

那穿红的女子听了,拔下那把刀来,用刀背把他的胳膊一拦,向那母女二人道:“你娘儿两个只顾走。”那母女见了也有些害怕,只得就走。那穿红的女子用刀指着那妇人,道:“你也出去!”那妇人道:“又要我作甚么呀?”口里只顾说,他却连忙拿了他的烟袋、潮烟、火纸,跟了出来。那穿红的女子,也随即拿了灯,紧跟着,出了那地窨子门。

他恐怕那妇人,到西间去看见安公子,又得费一番唇舌,便站在当门,让那母女二人,在那张木床上坐下,说道:“姑娘少坐,等我请个人来给你见见。”说着,便拉了那妇人,脚不沾地的进了北边那隔断门,正不知他那里去了。

那穿月白的女子纳闷道:“这个人来的好生作怪!方才我乍听了那混账女人的话,只道他果然是和尚找来劝我的。及至我那等拒绝他,他不着一些恼,还是和容悦色,宛转着说。看他竟是一片柔肠,一团侠气。怎的此时又把那混账东西,拉了去,难道是又去请那个和尚去了不成?果然如此,好叫人不得明白。”那老婆儿,也是呆呆的发闷。

正盼望,只见那女子同了那妇人,拿着个火亮儿,从夹道子里,领了一个人来,望着他母女,说道:“你娘儿们,且见见这个人再讲。”那穿月白的女子抬头一看,那里是和尚?原来是他父亲!他父女、夫妻一见,“呀”的一声,就携手大哭起来。那老头儿道:“儿啊,千亏万亏,亏了这位姑娘救了我的性命!不然此时早已闷死了!”

那穿月白的女子,此时才知那穿红的女子,全是一片屈己救人之心,正要下拜。只听他说道:“你们且不必繁文,大家坐好了,把你们的一往情由说明,我自有个道理。”他父女、夫妻就在木床上坐下。穿红的女子,便在靠窗户杌子上坐下。那妇人也要挨着他坐,他喝声道:“你另找地方坐去!”那妇人道:“这可是新样儿的!‘游僧撵住持’,我们的屋子,我倒没了座儿了。”说着,蹲下在那柜子底下,掏出一个小板凳儿来,塞在屁股底下坐了,一声儿不言语,噗哧噗哧只吃他的潮烟。

乱过了这一阵,那老头儿才望着穿红的女子说道:“姑娘,我小老儿姓张,名叫张乐世,乡亲叫顺了嘴,都叫我张老实。我是河南彰德府人,在东关外落乡居住。哥儿两个,兄弟张乐天,是学里的秀才,去年没了;剩了我一个人,同了我这老伴儿,带着女儿过日子。我这女儿,叫作张金凤,今年十八岁了,从小儿他叔叔教他念书认字,甚么书儿都念过,甚么字儿都认得,学得能写会算,又是一把的好活计。我这老婆子是京东人,他有个哥哥,在京东帮人作买卖。要讲我家,还算有碗粥喝。只因我们河南,一连三年旱涝不收,慌乱的了不得,这些乡亲不是这家借一斗高粱,就是那家要几升豆子,我那里供给得起?说声'没有',他们就讲强夺硬抢。我合老婆儿说,这个地方儿可住不住了。我们商量着,把几间房儿亩地典给村里的大户,又把家家伙伙的折变了,一共得了百十两银子,套上家里的大车,带上娘儿两个,想着到京东去投奔亲戚,找个小买卖作。不想,今早走岔了路,走到这条背道上来。走了半日,肚子里饿了,没处打尖,见这庙门上,挂着个饭幌子,就在这里歇下。这庙里的师傅们,把我们让到这禅堂来,吃了他一顿素饭,临走我拿了两挂儿东钱合六百六十六个京钱给他。他家当家的大和尚摆手说:'一顿饭,也值得收你的钱?我化你个善缘罢!'我说:'我一个乡老儿,你可化我个甚么呢?'他说:'不化你东,不化你西,只化你盘头大闺女!'我说:'这地方儿,我那里给你买木鱼子去呢?'他就指着女儿,说道:'你这不是现成的一个盘头大闺女么?'女儿听了,站起来就走。我们两口儿也抢白了他几句。待要出门,那大师傅就叉着门,不叫我们走。这大嫂也不知从那里来,把他娘儿两个拉住。那大师傅就把我推推搡搡,推到那间柴炭房里去,扣在大筐底下。往后的事情,我就不知道了。"说着,问他老婆儿道:"后来是怎的?你告诉这位姑娘。"

那老婆儿哭眼抹泪的说道:"我弥陀佛!说也不当家花拉的这位大嫂一拉,就把我们拉在那地窨子里。落后那大师傅也来了,要把我们留下。说了半日,女儿只是拾头撞脑要寻死。也是这位大嫂说着,让那大师出去,等他慢慢的劝我女儿。姑娘,你想想,这件事可怎么点得头呢!正闹得难解难分,姑娘你就进来了。"那穿红的女子道:"且住!你们是甚么时候进去的?那和尚是甚么时候出来的?你这令爱姑娘可曾受他的作践?"那妇人道:"月亮爷照着嗓膈眼子呢!人家大师傅甜言蜜语儿哄着他,还没说上三句话,他就把人家抓了个稀烂,还作践他呢!说得他那么软饽饽儿似的!"那穿红的女子也不理他。只见那老婆儿连连摇手说:"受他甚么作践,倒没有价。"

那穿红的女子,点了点头儿说:"这话我都明白了。既然如此,少时我见了那大师傅,央及央及他,叫他放你一家儿逃生如何?"那张金凤只是低头垂泪。那老两口儿听了,连连的作揖下拜,说道:"果然如此,我们来生来世,就变个驴变个马,报姑娘的好处!再不我们就给你吃一辈子的长斋,都使得。"

那穿红的女子说:"这话言重。"才回头要向那妇人搭话,只听他自己在那里咕囔道:"放啊?我们还留着祭灶呢!"那穿红的女子,见他这等的语言无味,面目可憎,那怒气已是按纳不住,无奈得问问他的来历,只得冷笑了一声,向他道:"就让你说,你把你是怎样一桩事情,也说来我听听。"

那妇人道:"我还说话吗?我只打量,你们把我当哑巴卖了呢!"说着,又伸着脖子,抽了两口潮烟,磕了烟袋,灭了火纸。他才站起来,满地张牙舞爪的说道:"说这不当着他们俩老的儿吗,你也不是外人,我讨个大,说咱们姐儿们,今儿碰在一块儿,算有缘。"那穿红的女子说:"你站住!别合我论'姐儿们'!我是我,他是他,你是你!"那妇人道:"亲香点儿倒不好?我今儿怎么碰见你们姐儿们,都是这么橛巴棍子似的呢!"

那穿红的女子催他,说道:"你说罢,别累赘!"他才接着说道:"我贱姓王。呸,我们死鬼当家儿的,他们哥儿八个,我们当家儿的是第老的。人家都知道挣钱养家,独他好吃懒做,喝酒耍钱,永远不知道顾顾我;我全仗着人家大师傅,一个月贴补个三吊五吊的。赶他死了,我说这还守个甚么劲儿呢?我可就跟了这庙里的大师傅来了。要提起人家大师傅来,忒好咧!真别辜负了人家的心!你们瞧,我这脑袋上都是镀金的,这件衣裳,是买了整匹的花儿洋绉现裁的,我这裤子汗塌儿,都是绸子的。总说了罢,算万道丝儿把我裹着呢!吃的更不用讲了,天天的肥鸡大鸭子。你想,咱们配么?"那女子说道:"别'咱们'!你!"妇人道:"哦,就是我。我到了这庙里没半年,人家大师傅花的那钱,打我这么个银人儿,都打出来了!就是一样儿,活重些儿。"

那女子问道:"你这样好吃好穿,还有甚么重活叫你作呀?"妇人道:"你不知道,我们这庙里爷儿五六个呢。大师傅是个当家的;二师傅是个带发儿修行,好本事,浑实着的哪;还有个小大师傅、小二师傅。小大师傅打的一都的好拳,小二师傅是个扫脑儿,也不搁;还有个三儿。你等回来大师傅来了,你都见的着的。他们爷儿五哇,洗洗汕汕,缝缝连连,都得我。我一个人儿张罗的过来吗?可巧,今儿个早起,他们娘儿们来了,我们大师傅就要把他们留下,我乐得甚么似的!谁知大师傅那们耐着烦儿俯给他,他还不愿意。人家拿出来的大红绸子,他也不要;还有五两的中锭,整个儿的大元宝,他也不要。末后,大师傅翻箱倒笼,找出小拇指头儿壮的,一支真金镯子来,想着要给他,带在手上呢,他伸手唍嚓的一下子,把人家的脖子,抓了个长血直流的!你瞧他歹毒不歹毒!"

那女子问道:"这之后便怎么样呢?"那妇人道:"怎么样?人家大师傅拔出刀来就要杀他呀!你打量怎么着?我好容易救月儿似的才拦住了。我说:'人生面不熟的,别忙,你老等我劝劝他。'谁知越劝倒把他劝翻了,张口娼妇,闭口蹄子!"说着,又对那穿月白的女子道:"你瞧,娼妇头上戴这个?身上也穿这个?你怎么说呢!"那穿红的女子问他道:"这等说,你还是不曾劝动他。少停,你们大师傅回来,你怎么对他呢?"那妇人笑嘻嘻的道:"你听啊,如今不是我们大师傅找了你来了么?我瞧你这嘴来乂得,你劝他,他没个不答应的。你算,我们庙里他们爷儿五哇,除了二师傅,他是在外头跑海走黑道儿的,三儿小呢,可巧剩他爷们三个、咱们姐儿三个,咱们闹个'刘海儿的金蟾垫香炉——各抱一条腿儿'。你瞧,这高不高?"

那穿红的女子,本就一腔子的忿气,听这妇人说的这等无耻不堪,那里还忍耐得住?只见他一言不发,回手拔出那把刀来,刀背向地,刀刃朝天,从那妇人的下巴底下,往上一掠,唰一声,早变了个血脸的人,不曾听他一声儿,咕咚往后便倒。这一倒,但见个东西翻在半空里,从半空打了一个滚儿,吧,掉在地下。大家一看,原来把那妇人的前脸子削下来了,落在平地,还是五官乱动。

那穿红的女子不禁持刀大笑,说:"这个东西,怪不得他如此不堪无耻,原来他带着个鬼脸儿呢!"那老两口儿见了,吓得体似筛糠的道:"姑娘,你咱的把他杀了?可不吓煞了人!"倒是那张金凤一见,十分痛快,说道:"杀得好!这等禽兽一般的人,留他在世上何用!"那老两口儿道:"儿啊,你那里知道,他是那大师傅的心上人。他回来见杀了他的人,你我都是没命的了。这越发不好了!"那穿红的女子,笑道:"我看你们说来说去,不过是怕那个大师傅。你们跟我见见那大师傅去。"

那张金凤听见要见和尚去,他便有些不愿意。穿红的女子笑道:"方才我听你刀山咧、剑树咧,死呀活呀的,倒象傻冲打的似的。怎么,此刻完了本事了?不妨,跟我来!"说着,拉了他的手就走。那老俩口儿,也只得跟出来。

乃至出了房门一看,只见那月光之下,满院横倒竖卧、七长八短的一地死和尚。把个老婆儿吓得,跌了一跤,幸喜窗户挡住,不曾跌倒,老头儿吓得,闭口无言。那张金凤怔了一会,说道:"呀!如今世上,那有这等的一个出众英雄,来作这等的惊人事业?"那穿红的女子听了他这话,酒窝儿一动,蛾眉儿一挑,用两个指头指着鼻子笑着,说道:"不敢欺,就是我!"当下,姑娘脸上的那番得意,漫说出将入相,八座三台,大约立刻叫他登基坐殿,成佛升天,他也不换!

闲话休提。却说他把话说完,便把那父女、夫妻三人让进房来。自己重新进屋里,一刀把那妇人的鬼脸儿,扎起来,往院子一丢,又把那尸首提起来,也向那西墙角一扔,说声:"跟了你大师傅去罢!"

那张金凤看了,定了会神,这才大悟转来,说:"哦!我晓得了。你那里是甚么劝我,竟是来救我一家儿的性命的,一位恩深义重的姐姐!姐姐请上,受我全家一拜!"连那老两口儿也跪在尘埃,拜个不住。忙得那穿红的女子说:"啊呀呀!你二位老人家快快请起,不可折了我的寿数!"他老两口儿起来,那女子又去拉张金凤。那张金凤跪着,不肯起来,说道:"请问姐姐姓甚名谁?家乡何处?住在那里?怎的就晓得,我在此地遭这场大难,前来搭救?望姐姐说个明白。我张金凤生必衔环,死当结草!"

那穿红的女子说道:"这话才叫作'说也话长'。"说着,便把张乐世张老头儿,让在堂屋西边春凳上,张老婆儿母女二人,让在东边春凳上。他自己却在北面靠桌上首杌子上坐下,把那把刀放在桌儿里边靠墙。大家这才侧耳凝神,听他说他的来历。只见他满脸堆欢,不慌不忙,未从开口,先将身子往西一探,向那西间的南炕叫了一声:"安公子!"这正是:

人生第一开心事,辛苦功成闲话时。

要知那姑娘说出些甚么言词,下回书交代。

第八回 十三妹故露尾藏头 一双人偏寻根觅究

这回书,说书的先有个交代。列公,你看书中说的,不知姓名的这个穿红的女子,不过是个过路儿的人,遇见桩不相干儿的事,得了骡夫的一句话,救了安公子;听得张老头儿的一声哭,救了张金凤,便救了他两家的性命。杀了一晚,讲了万言,讲得来满口生烟,杀得来浑身是汗。被那张金凤骂得眼泪往肚子里咽,被那"王八的奶奶儿"呕得肝火往顶门上攻,直到此时,方喘转这口气来,才落得张金凤明白他是片侠气柔肠。那排插后面,还寄放着一个说煞说不清的安公子,还得合他费无限的唇舌。若讲一个闺门女子,这叫作"不安本分,无故多事"。要讲他这种胸襟,这番举动，就让是个血性男子，也作不来。替他细想去，他是沽名？还是图利？难道谁求他作的？还是谁派他作的不成？总不过一个"不忍人之心"，才动得了这片儿女心肠，英雄肝胆。只是天地虽大，苦人甚多，那里找的着，许多的穿红女子来！

闲言少叙。却说这位姑娘见张金凤，问他的姓名来历，欲待不说，不但打不破张金凤这个疑团，就连安公子直到此时，也还不得知他是怎样一个人、怎生一桩事；若此刻先对张金凤讲一番，回来又向安公子说一遍，又恐听书的道是重絮。故此他未曾开口，先向西间排插后面，叫了声"安公子"。

这个当儿，张老夫妻两个，因方才险些儿性命不保，此时，忽然的骨肉团圆，惊喜交加，匆忙里，并不曾听得那姑娘叫"安公子"三个字。张金凤听得明白，心里诧异道："这里怎生的有个甚么'安公子'？况且，我看这人也是个黄花女儿，岂有远路深更，合位公子同行之理？就说是他的至亲兄弟，也该有个称呼，怎的称作'公子'？还称起他的姓来？此事好不明白！"

且不言张金凤在那里纳闷。却说安公子在排插后面炕里边，守着那个黄包袱，听得东间，忽而杀了一个人，忽而救了一个人，哭一阵，笑一阵，骂一阵，拜一阵，听得呆了。那位姑娘叫了他一声，他直不曾听见。姑娘见他不答应，又连叫道："安公子，睡着了？"他这才听得，连忙的答应了一声"嗻"，说："不曾睡。"姑娘说："既没睡，下炕来，有话合你说。"只听他又应了一声，只是止听得人声儿，不见个人影儿。

那姑娘急了，又催他说："怎么着？"只听他作难道："这怎么样个下炕法呢？"姑娘道："怎么又会下不来炕了呢？"听他道："一身的钮襻子，被那和尚撕了个稀烂，敞胸开怀，赤身露体，走到人前，成何体面！"姑娘道："这又奇了，你方才不是这个样儿见的我吗？难道我不是个人不成？"又听他慢条斯理的说道："呵，呵，呵！非也，非也！方才是性命吸呼之间，何暇及此；如今是患退身安哪。我是宁可失仪，不肯错步。"姑娘听了说道："我的少爷，你可酸死我了！这么着，我给你出个主意，你把那带子解开，衣裳一件一件的掩上，系上带子，套上你那件马褂儿，大约也就不至于赤身露体了罢？"只听他道："有理，有理！"紧接着，就象是在那里整理衣裳带子。

迟了一会，依然不见下来，但听他咳了一声说："了不得了！这更下不去了！"姑娘问说："这又是个甚么缘故呢？"只这一句，再也听不见他答应。此时把个姑娘，怄得冒火，合他嚷道："是怎么下不来？你到底说呀！凭他甚么为难的事，你自说，我有主意。"

他又俄延了半晌，才低声慢语的说道："我溺了。"姑娘一听，心里说道："这是怎么说呢！我这里又不曾冲锋打仗，又不曾放炮开山，不过是我用刀砍了几个不成材的和尚，何至于就把他，吓的溺了呢？"这姑娘心里只管是这等想，但是他已经溺了，凭是怎样的大本领，可怎么替他出这个主意呢？

想了半日，无法，只好作硬文章了，说："你就溺了，也得下炕来！"不想这句话一逼，人急智生，又逼出他一个见识来了。他见那姑娘催得紧急，便蹲在那排插的角落里，把裤子拧干，拉起衬衣裳的夹袄来，擦了擦手，跳下炕来。才一下炕，又朝着那位姑娘，跪下了。那姑娘大马金刀的坐在上面，把眉一皱，说："你怎么这么俗啊，起来！"

列公，话下且慢讲那位姑娘的话，百忙里，先把安公子合张金凤的情形，交代明白。在安公子，是个尊重诚实少年，此时，只望那穿红的姑娘说明来历，商个办法，早早的上路去见他父母，两只眼并不曾照到张金凤身上。在张金凤，此时幸而保得自己的身子、父母的性命，只知感激、依恋那位穿红的姑娘，一条心更送不到安公子身上。但是从炕上，跳下那样大一个人来，再没说看不见的。况且，他虽说是个乡村女子，外面生得一副月貌花容，心里藏着一副兰心蕙性。他平日见的，只不过是些俗子村夫，今日萍水相逢，忽然见这等一个，斯文一派的少年公子，自然不觉得眼光一闪；又见那公子跪在地下，把他羞得面起红云，抬身往里间就走。

那穿红的姑娘一把拉住说："不许跑，跟姐姐这里坐着。"便把他拉在自己身后坐下。这才向安公子道："我们方才作的这桩事、说的这段话，你都听明白了不曾？"安公子道："听明白了。"姑娘说："如此狠好，免得我重叙。"因指着张老夫妻二位向他道："你看，这二位老人家可是一介平民，你可是个贵家公子，他们就不应同你一处坐，何况叫你同他叙礼。但是圣人说的'素患难行乎患难'，如今，大家都在患难之中，这可讲不得你的门第。过去见个礼儿。"

安公子此时的感激姑娘、佩服姑娘，直同天人一样。假如姑娘说，日头从西出来，他都信得及，岂有个不谨遵台命的？忙答应了一声，一抖积伶儿，把作揖也忘了，左右开弓的请了俩安。张老实慌得抢过来，跪下，说："公子，你折煞我小老儿了！"那老婆儿也是拉着两只袖子，拜呀拜的，拜个不住，口里说道："我弥陀佛！不当家花拉的！公子，见礼罢。"那姑娘又指张金凤，向他道："这里还有个人儿呢。这是我妹子，也见个礼儿。"又赶着说："别请安了，作揖罢。"安公子转过身来，恭恭敬敬的作了一个揖，那张金凤，也羞答答的还了一个万福。

那姑娘先向张老说道："老人家，劳动你，先把这一桌子的酒菜家伙捡开，擦干净了桌子，大家好说话。"张老应了一声，便一件件的搬出门去，堆在廊下。安公子此时，经了那姑娘的这番琢磨，脸儿也闯老了，胆子也闯大了，也来帮着张老搬运。他一眼看见了那把酒壶，就发起恨来道："咦，这就是方才那贼秃灌我的那毒药酒！待我来！"说着，提了那把酒壶，站在檐下，向那和尚跟前一扔，说："如今我也回敬你一杯！"姑娘说："这还要怎么？没来由！"

一时，张老擦净了桌子，那姑娘便把张老同公子，让在西首春凳、张老婆儿，让在东首春凳坐下。他才回头向张金凤道："妹子，你方才问我的姓名、家乡、住处，还说怎的就晓得你在这里遭这场大难，前来搭救，不是这话吗？我是个不通世路、隐姓埋名的人。况且你我如浮萍暂聚，少一时'伯劳东去雁西飞'，我这残名贱姓，竟不消提起。至于我的家乡，离此甚远，即便说出个地名儿来，你们也不知道方向儿，也不必讲到。话下要问我的住处，说来却离此不远，也不过在四五十里之外，却是个上不在天、下不着地的地方儿。"安公子听了，说："这等，难道姑娘你，在云端里住不成？"姑娘答道："差也不多。"公子说："那有个在云端里住的理呢？"

那姑娘也不合他分辩，接着又向张金凤道："妹子，你想我在五十里地的那边，你在五十里地的这边，我就不知道这府、这县、这山、这庙有你这等一个人，怎的知道今年、今月、今日、今时有你遭难的这桩事，会前来搭救呢？"张金凤道："既这等，姐姐因何到此？"那姑娘道："我这个人虽是个多事的人，但事凡那下坡走马、顺风使船，以至买好名儿、戴高帽儿的那些营生，我都不会作。我今日可是为救一个人来了,却不是救你。"说着把脸一沉、手一指,指着安公子道:"我可是特来救安公子你来了!不知你知道不知道,明白不明白?"

安公子听了,连忙站起来道:"姑娘,人非草木,方才我安骥只为自己没眼力、没见识、误信人言,以致自投罗网,被那和尚绑上,要取我的心肝。那时,我的生死关头,不过只争一线。若不亏姑娘前来搭救,再有十个安骥,只怕此时,也到无何有之乡了。此恩终身难报。怎说得个不知?只是我知道姑娘前来救我,却不知姑娘因何前来救我?更不得知,姑娘因何一直赶到此地来救我?还求你说个明白,再求你留下姓名,待我安骥禀过父母,先给你写个长生禄位牌儿,香花供养。你的救命深恩,再容图报!"

那姑娘道:"幸而你明白,是我救你。不然,大约你有三条命也没了!你那图报不图报的话,不必提。我的姓名,你不必问。必要问,我就捏个假名姓告诉你,何妨?"那张金凤说道:"姐姐,不是如此。便是妹子这里,也一定要请问姐姐个姓名。就便是姐姐施恩不望报,也得给我们这受恩的,留些地步才好。姐姐要不说,妹妹只得又跪下了。"

那姑娘连忙一把拉住说:"快休这样!我纵然不说姓名,自然也得说明来历,不然,叫你们大家看着我这个样儿,还是《平妖传》的胡永儿?还是《锁云囊》的梅花娘?还真个的,照方才那秃孽障说的,我是个'女金斗'呢?我的姓名虽然可以不谈,有等知道我的、认识我的,都称我作'十三妹'。你们大家都叫我十三妹就是了。"大家听了,都称了声"十三妹姑娘"。这个地方儿,要让安公子积伶了。他听了这话,想了一想道:"姑娘,你这称呼,是九十的'十'字,还是金石的'石'字?十三妹道:"这随你,算那个字都使得。"

只见他不容再问,便长叹了口气,眼圈儿一红,说道:"你们要知我的来历,我也是个好人家的儿女,我父亲也坐过朝庭的二品大员。"张金凤听了,忙站起来,福了一福,道:"原来是位千金小姐!妹子不知,方才多多得罪!"

那姑娘笑道:"你这话更可不必。你我不幸托生个女孩儿,不能在世界上烈烈轰轰,作番事业,也得有个人味儿。有个人味儿,就是乞婆丐妇,也是天人;没些人味儿,让他紫诰金闺,也同狗彘。'小姐'又怎样,'大姐'又怎样?还说句笑话儿,你也见过一个千金小姐,合强盗撒对儿的么?"那张老道:"甚么话!那说书说古的,菩萨降妖捉怪的多着呢!"

安公子接着问道:"姑娘既是位大家闺秀,怎生来得到此?"十三妹道:"你听我说。我父亲曾任副将,只因遇着了个对头。这对头,是个天大地大无大不大的,一个大脚色,正是我父亲的上司。"说到这里,咽住,把脸一红,又说道:"却又因我身上的事,得罪了那厮。他就寻个缝子,参了一本,将我父亲革职拿问,下在监里。父亲一气身亡。那时要仗我这把刀、这张弹弓子,不是取不了那贼子的首级,要不了那贼子的性命。但是使不得。甚么原故呢?一则他是朝廷重臣,国家正在用他建功立业的时候,不可因我一人私仇,坏国家的大事;二则我父亲的冤枉、我的本领,阖省官员皆知,设若我作出件事来,簇簇新的冤冤相报,大家未必不疑心到我,纵然奈何我不得,我使父亲九泉之下,被一个不美之名,我断不肯;三则我上有老母,下无弟兄,父亲既死,就仗我一人奉养老母,万一机是不密,我有个短长,母亲无人养赡。因此上，忍了这口恶气。又恐那贼子，还放我孀母孤女不下，我叫我的乳母、丫鬟身穿重孝，扮作我母女模样，扶柩还乡。我自己却奉了母亲，避到此地五十里地开外的，一个地方，投奔一家英雄。这家英雄现年八十余岁，真算得个，不读诗书的圣贤，不怕势利的豪杰！不想，到了那里，正遇着他遭了桩不得意事情，几乎把前半世的英名歘尽。是我拔刀相助，不但保全了他的英名，还给他挣过一口大气来。他便情愿破业倾家，要把我母女请到他家奉养。只是我这人，与世人性情不同，恰恰的是曹操一个反面。曹操曾说：'宁使我负天下人，不使天下人负我。'我却是只愿天下人，受我的好处，不愿我受天下人的好处。当下，只收了他一匹驴儿，此外不曾受他一丝一粒。只叫他在这上不在天、下不着地的地方，给我结了几间茅屋，我同老母居住。又承他的推情，那里村中众人的仗义，每日倒有三五个村庄妇女，轮流服侍，老人家颇不寂寞。我才得腾出这条身子来，弄几文钱，供给老母的衣食。只是我一个女孩儿家，除了针黹女工，那是我生财之道？说来不怕你大家笑话，我活了十九岁，不知横针竖线。你就叫我钉个钮襻子，我不知从那头儿钉起。我只得靠着这把刀、这张弹弓，寻趁些没主儿的银钱用度。"

那安公子听到这里，问道："姑娘，世间那有个没主儿的银钱？"姑娘道："你是个纨袴膏粱，这也无怪你不知。听我告诉你：即如你这囊中的银钱，是自己折变了产业，去救你的令尊，交国家的官项，这便是'有主儿的钱'。再如，那清官能吏，勤俭自奉，剩些廉俸；那买卖经商，辛苦贩运，剩些资财；那庄农人家，耕种刨锄，剩些衣食，也叫作'有主儿的钱'。此外，有等贪官污吏，不顾官声，不惜民命，腰缠一满，十万八万的饱载而归；又有等劣幕豪奴，主人赚朝廷的，他便赚主人的，及至主人一败，他就远走高飞，卷囊囊而去；还有等刁民恶棍，结交官府，盘剥乡愚，仗着银钱.霸道横行，无恶不作，这等钱，都叫作'没主儿的钱'。凡是这等，我都要用他几文，不但不领他的情，还不愁他不双手奉送。这句话要说白了，就叫作'女强盗'了。"

公子说："姑娘言重。据这等听起来，虽那昆仑、古押衙、公孙大娘、线娘等辈，皆不足道也！'强盗'云乎哉！'强盗'云乎哉！"姑娘忙拦他道："算了，够酸的了！"那张金凤接着问道："我看姐姐，这等细条条的个身子，这等娇袅袅的个模样儿，况又是官宦人家的千金，怎生有这般的本领？倒要请教。"

那姑娘道："这也有个原故。我家原是历代书香，我自幼也曾读书识字。自从我祖父手里，就了武职，便讲究些兵法阵图，练习各般武备，因此，我父亲得了家学真传。那时，我在旁见了这些东西，便无般的不爱。我父亲膝下无儿，就把我当个男孩儿教养。见我性情，合这事相近.闲来也指点我些刀法枪法，久之，就渐渐晓得了些道理。及至看了那各种兵书，才知不但技艺可以练得精，就是膂力也可以练得到。若论十八般兵器，我都算拿得起来。只这刀法、枪法、弹弓、袖箭、拳脚，却是老人家口传心授。又得那位老英雄，赠我的这头驴儿。这驴儿日行五百里，但遇着歹人，或者异怪物事，他便咆哮不止，真真是个神物。因此，任我所为，就把个红粉的家风，作成个绿林的变相。这便是我的来历。我可不是上山学艺，跟着离山老母学来的。"

张金凤也嫣然一笑。张老夫妻在旁听了，只是点头咂嘴。安公子说道："方才，

我看那些和尚，都来得不弱，那个陀头，尤其凶横异常，怎的姑娘你轻描淡写的，就断送了他？今听如此说来，原来家学渊源。正所谓'惟大英雄能本色，是真名士自风流'了！"

十三妹道："你先慢讲这些闲话。如今，我的话是说完了，要请教你了。你我在悦来店怎的个遇见，怎的个情由，他三位无从晓得，也与他三位无干，此时不必饶舌。只是我临别的时节那等的嘱咐你，千万等我回来，见面在走。你到底不候着我回店，索性等不到明日，仓猝而行。这怎么讲？这也罢了，只是你又怎的会走到这庙里来？倒要请教。"

安公子听了这话，惭惶满面，说道："姑娘，你问到这里，我安骥诚惶诚恐，愧悔无地！如今，真人面前讲不得假话。我在店里听了姑娘你那番话，始终半信半疑。原想等请了褚一官来，见了他再作道理，不想，那去请褚一官的骡夫，还不曾回来，那店主人便来，说了许多的混账话，我益发怕将起来。正说着，两个骡夫回来，又备说那褚一官不能前来，请我今晚就在他家去住的话。那骡夫、店家又两下里，一齐在旁撺掇，是我一时慌乱，就匆匆而走。不想，将上那座高岭，又出桩岔事。连那不通人性的哑吧畜生，也欺负起人来，忽然的一惊，就跑到此地。要不亏两个骡夫沿途保护，他还不知跑到那里才止。偏偏的又投了这凶僧的一座恶庙，正所谓'飞蛾投火，自取焚身'。姑娘，我死不足惜，只是我读书一场，不得报父母的大恩，倒误了父母的大事，已经十死莫赎了！如今幸而不死，又把姑娘你一片侠肠，埋没得暧昧不明，我安龙媒真真的愧悔无地！"

十三妹道："你也晓得后悔？我索性叫你大悔一悔！你不但不曾认清我这番好意，你连那骡子的好意都辜负了。听我告诉你：你方才口口声声骂的那个，欺负你的畜生，正是你的救命恩人；你心心念念感激的那两个骡夫，倒是你的勾魂使者！"

安公子听了，吃惊道："姑娘，你此话怎讲？"那张老夫妻二人，合张金凤听了这话，更摸不着头脑。只听姑娘望着大家，说道："今日这场是非，也叫作'合当有事'。我今日因母亲的薪水不继，偶然出来走走。不想，走到岔道口的山前，遇见两个人，在那里说话。我骑着驴儿从旁边经过，只听得一个道：'咱们有本事，硬把他被套里的那二三千银子，搬运过来，还不领他的情呢！'我听了这话，一想，这岂不是一桩现成的事？与其等他搬运，我何不搬运来用用？因把牲口一带，绕到山后，要听听这桩事的方向来历。"

安公子便问道："究竟是两个甚么人呢？"十三妹笑道："好叫你得知，就是你感激不尽的那两个骡夫。"说着，便把他怎的抱怨，怎的商量、怎的说不到二十八棵红柳树送信，回来怎的赚安公子，出店上路，怎的到黑风岗，要把他推落山涧，拐了银子逃走的话，说了一遍。又把自己如何借搬弄那块石头搭话才得说明，临别又如何谆谆的嘱咐安公子，不可轻易动身，他到底怀疑不信，以致遭此大难，向张金凤，并张老夫妻诉了一番。

张金凤这才得明白，这姑娘的始末根由。就连安公子，也是此时才如梦方醒。只听他说道："姑娘，我安龙媒枉读诗书，在你覆载包罗之下，全然不解。如今，看了你这番雄心侠气，竟激动我的性儿了！我竟要借你这把钢刀一用！"说着伸手就拿那刀。十三妹一把按住，问他道："你这又作甚么？这个东西可不是顽儿的，一个不留神，把手指头，拉个挺大的大口子生疼，要流血的，你嬷嬷爹又没在跟前，谁给你吹呀？"

只见他满脸通红，说道："这也顾不及许多了！姑娘，你务必借我一用！"十三妹说："你要作甚么罢？"安公子道："我要寻着那两个骡夫，把这大胆的狗男女，碎尸万段，消我胸中之恨！"十三妹道："这桩事不劳费心，方才那位大师傅，不曾取你的心肝的时候，二师傅已就把他两个的心肝，取了去了。你若不信，给你件凭据看看。"说着，向怀里掏出那封信来，递给公子。安公子一看，果然是交骡夫送去的那封信，连说道："有天理呀，有天理！"十三妹说："少爷，你别怄我了！我还有许多话要讲呢！"安公子这才归坐。

只见那十三妹指着他，向张老夫妻并张金凤道："你们三位可别打量这位安公子合我是亲是故，我合他也是水米无交，今日才见。然则一个萍水相逢的人，我因何替他出这样的死力呢？我本来的意思，原是得了那骡夫口里一个信息，要擎这注现成银子。及至访着安公子，见他那番光景，知他是个正人，问起情由，又知他是个孝子，我心里先暗暗的钦敬，便不肯动手。后来，听到他令尊的那番委屈，又与我父亲所遭的冤枉，大略相同，因此，我从那任侠尚义之中，又动了个同病相怜之意，便想救他这场大难。"

说着，回头又向安公子道："俗语说的：'救火须救灭，救人须救彻。'我明明听得那骡夫说，不肯给你送这封信去请褚一官。况且，那褚一官，我也略晓得些消息，便去请他，他三五天里也来不了。到了他的娘子，你就等到一百年，也未必来的了，就让你在悦来店呆等，不致遭骡夫的毒手，你又怎生的到得淮安？所以，我才出去走那一荡，要把事情替你布置的周全、停妥，好叫你上路趱程，早早的图一个父子团圆，人财无恙。不想，我把事情弄妥了，赶回店来，你倒躲了我。问问店家，他合我言语支离，推说不知去向，及至问到他无话可支了，他才说是两个骡夫，请你到褚家住歇去了。我一听，这事不好了。他两个既不曾到褚家去，褚家这话从何而来？可不是他赚你上黑风岗去是那里去？这岂不是我不曾提你出火坑来，反沉你到海底去了么？我十三妹这场孽可也造得不浅！我就拨转头来，顺着黑风岗这条路，赶了下来。

"才上得黑风岗的山坡，月光之下，只见一个牲口脖子上拴的铃铛，合一个草帽子扔在路旁，我只说这一定是走这条路无疑了。不想前行了几步，转寻不出那牲口的脚踪儿来。眼前一片荒草，倒像人迹不到的一般。一直寻到岗子顶上，越不见个影儿。那月色照得，如同白昼，我便探身，往山涧下一望，也不得些情形，只得顺着牲口的脚踪，找了回来。见那牲口脚踪儿踹的散乱，直奔了这庙里来。至于这座庙里和尚的行径,我早已晓得。我一想:这事尤其不妙了。便算你幸而不曾遭那骡夫的暗算,依然脱不了强盗的明劫,这不是一样?我就一口气赶到庙前,还不曾见个端的,我那个驴儿先不住的打鼻儿,不肯往前走。我看了看庙门,又关得铁桶相似。我便下了牲口,拴在树上,一纵身上了山门。往庙里一望,只见正殿院落漆黑,只有那东西两院,看得见灯火。我就蹲身跳将下来。只是我虽会蹲纵,我那驴儿可不会蹲纵,我便悄悄的开了左边角门,把牲口拉进来。见那东配殿里,堆着些粮食,就先把牲口,寄顿在那屋里。然后出来,纵上房去。"

且住!列公,听说书的打个岔。你听这姑娘的话,就怪不得他方才把庙里走了个遍,就是不曾到东配殿了。原来他进庙来,就偷偷儿的进去,寄顿了一回驴儿了。你我不知。

闲话休提,言归正传。再讲那十三妹说道:"及至我上了房,隐在山脊后一看,正见那凶僧手执尖刀,合公子你说那段话。彼时我要跳下去,诚恐一个措手不及,那和尚先下手,伤了你的性命。因此,暗中连放了两个弹子,结果了两个僧人。至于后来的那般秃厮,都是经公子你眼见的。我原无心要他的性命,怎奈他一个个自来送死,也是他们恶贯满盈。莫如叫他早把这口气还了太空,早变个披毛戴角的畜生,倒也是法门的方便。再说,假如那时要留他一个,你未必不再受累,又费一番唇舌精神。所以,才斩草除根,不曾留得一个。安公子,如今你大约该信得及,我不是为打算你这几两银子而来了罢?"说到这里,回头又向着张金凤叫了声:"妹子,你听我这话,可是我特来救安公子,不是特来救一家性命,这就不消再讲了。"

此时,安公子被十三妹一番言语问得闭口无言,只有垂泪。半晌,叹了一口气道:"姑娘,我安龙媒真是百口无词!只是姑娘你,也有一些儿欠通之处。"十三妹听了,说道:"怎么,说了半天,我倒有了不是了呢?你倒说说,我倒听听。"

安公子说:"姑娘,你若在店里,就把那骡夫要谋资财害我性命的话,直捷了当的告诉了我,岂不省了你一番大事?"十三妹听了这话,倒不禁笑起来说:"这话我一点儿不欠通,到底是你作梦呢!假如你是个老练深沉、有胆有识的人,我说了这话,你自然就用些机关,加些防范。你只看我那等的剖白嘱咐,你还自寻苦恼,弄到这步田地!那时,再告诉你这话,不知又该吓成怎的个模样,甚而至于益发疑我,倒误把那个狼心狗肺的东西,当作好人,合他诉起衷肠来,可不更误了大事了么?"

安公子听了,连连拍腿点头,说:"不错的,不错的!姑娘,你如今就说我酸也罢,俗也罢,我安龙媒对了你这样的天人,只有五体投地了!"说着,又拜了下去。那十三妹,把身子闪在一旁,也不来拉,也不还拜,只说了一句:"这倒不敢当此大礼。"

张老也连忙站起来,道:"我小老儿倒有一句拙笨话:也不用讲这个那个,只我们两家,六条性命,都是姑娘你救的。安公子他为官作宦,怎么样也报了恩了;只是我们两口儿,是一对老朽无用的乡老儿,女儿又是个女孩儿家,你这样大恩,今生今世怎生答报的了!"那老婆儿也在一旁说:"嗳!真话的!"

十三妹把手一摆,说:"老人家,快休如此说!要说你两家性命,不是我十三妹救的,这话也是欺人。只是我方才说过的,安公子还得感激那头骡子,我这妹妹还得感激那个没脸的女人。这话怎么讲呢?要不亏那个骡子忽然一跑,安公子早已上了山岗,被那骡夫推落山涧,我便来救,也是迟了。我这妹子要不亏那没脸女人,从中多事,早已遭那凶僧作践,我便来救,也是晚了。难道这果真是一个两条腿的畜生、一个四条腿的畜生,作得来的不成?这是个天!难道谁又看见天那里怎的个支使,谁又听见天怎的个吩咐的不成?这便是你二人一个孝心、一个节烈所感,天才牵引了我来,正不是一桩偶然的事。如今,安公子的性命保住了,资财保住了,他的二位老人家可保无事了。我这妹子的性命保住了,身子保住了,你二位老人家可保无事了。我虽然句句的露尾藏头,被你二人层层的寻根觅究,话也大概说明白了。'千里搭长棚,没个不散的筵席'。你我'将军不下马,各自奔前程',恕我失陪。"说着,掖上那把刀,迈步出门,往外就走。这正是:

镜中花影波中月,假假真真辨不清。

要知那十三妹忙碌碌的又向那里去,下回书交代。

第九回　怜同病解橐赠黄金　识良缘横刀联嘉耦

这回书紧接上回,讲得是十三妹向安公子、张金凤并张老夫妻,把一往的原由来历,交代明白,迈步出门,朝外就走。安公子一见,慌了。只慌得手足无措,却又不好上前相拦。张老夫妻二人,更是没了主意,也只说得个"姑娘不要忙"。只有张金凤乖觉,他见十三妹才把话说完,掖上那把雁翎宝刀,头也不回,抬身就走。他便连忙抢了两步,抢到十三妹面前,回身迎头一跪,双手抱住十三妹两腿,说"姐姐那里去?你此时是去不得的了嘘!"

安公子同张老夫妻见了,便也一同上前围着不放。十三妹道:"这又奇了!你们的事是拨弄清楚了,我的话也交代明白了,你们如何还不放我去?"张金凤道:"我是断断不放姐姐去的!"十三妹道:"既如此,你且起来。"张金凤双关紧抱,把脸靠住了那姑娘的腿,赖住不动,说:"要姐姐说了不去,我才起来。"十三妹用手把他扶起,说:"你且起来,我才说去不去的话。"说着扶起张金凤,大家重复归坐。

只见十三妹笑向大家,指着张老夫妻道:"他二位老人家罢了,你们两个枉有这等个聪明样子,怎么也恁般呆气!你们道我真个要去么?你看,这等的深更半夜,古庙荒山,虽说救了你两家性命,这个所在被我闹得血溅长空,尸横遍地,请问,就这样撂下走了,叫你们两家四个无依无靠的人,怎么处?就便你们等到天亮,各自逃生,大路上也难免有人盘问。这岂不是没救成你们、倒害了你们了么?就算我是个冒失鬼,闹了个烟雾尘天,一概不管,甩手走了,你们想想,难道炕上那个黄布包袱,我就这等含含糊糊的,丢下不成?就算我也丢下不要了,你们只看墙上挂的我这张弹弓。我这张弹弓是铜胎铁背、镂银砑金、打一百二十步开外、不同寻常兵器,从我祖父手里传流到年,算个传家至宝,我从十二岁用起,至今不曾离手。难道我也肯丢下他不成?"

张金凤道:"既如此,姐姐为何忽然说要去呢?"十三妹道:"一则看看你二人的心思;二则试试你二人的胆量;三则我们今日这桩公案,情节过繁.话白过多.万一日后有人编起书来,这回书,找不着个结扣,回头儿太长。因此,我方才说完了话,便站起来要走,作个收场。好让那作书的借此歇歇笔墨,说书的借此润润喉咙。你们听听，有理无理？”十三妹说明这段话，不但当时在场的大家听了，把心放下，就连现在听书的，也都说“有理！”

却说安公子经了这一番喧闹，又听了这半日长谈，早把那黄布包袱，忘在九霄云外。如今，因十三妹提到，他才想起。连忙爬到炕上，双手抱起来，送到十三妹跟前，放在桌儿上，说：“姑娘，这是你交给我看守着的那个包袱。我听你说的要紧，方才闹得那等乱哄哄的，我只怕有些失闪。如今幸而无事，原包交还。姑娘，请收明了。”姑娘道：“借重费神，只是我不领情。这东西与我无干，却是你的。”安公子诧异道：“这分明是姑娘你方才交给我的，怎生说是我的东西起来？”

十三妹道：“你听我说。方才在店里的时候，你不说你令尊太爷的官项须得五千余金，才能无事么？如今，你囊中止得二千数百两，才有一半。听起来，老人家又是位一尘不染、两袖皆空的。世情如纸，只有锦上添花，谁肯雪中送炭？那一半，又向那里弄去？万一，一时不得措手，后任催得紧，上司逼得严，依然不得了事。那时，岂不连你这一半的万苦千辛，也前功尽弃？所以，今日晌午，我在悦来店出去走那一荡，就是为此。我从店中别后，便忙忙的先到家中，把今晚不得早回的原由，禀过母亲，一面换了行装，就到二十八棵红柳树，找着我提的那位老英雄，要暂借他三千金，了你这桩大事。若论这位英雄的家当，慢说三千金，就是三万金，他一时也还拿得出来；若论他同我的气义，莫讲三万金，便是三十万金，他也甘心情愿，我也用得他的。所以，他听见我说个‘借’字，就立刻照数的盘出来，问我送到那里。我说：‘不必遣人运送，给我捆载停妥，就稍在我驴儿上带去罢。’倒亏他的老成见识，说道：‘这三千金，通共也不过二百来斤，怕不带去了！但是东西狼犺，路上走着，也未免触眼。’因问我：‘还是本地用，远路用？如本地用，有现成的县城里字号票子；远路用，有现成的黄金，带着岂不简便些？’我听他说得有理，就用了他二百两足色黄金，大约也够三千银光景了。”说着，解开那包袱，又把两封纸包拆开，只见包着二百两同泰号朱印上色叶金。

安公子还不曾答话，那张老看了，说：“这样值钱的东西，二百二百的帮人，真可少见！又想的这样周到！姑娘，你不要真是个菩萨转世罢？”张老婆儿一旁看了，也不住的点头咂嘴，说道：“只听说金子是件宝贝，镀个冠簪儿啊、丁香儿啊，还得好些钱呢.敢是真有这么大包的。你看看，黄澄澄的，怪爱人儿。阿弥陀佛！”

那张金凤虽是个乡村女子，却天生得不落小家气象，且此时一心只有个十三妹姐姐，余事都不在心上，不过远远的看了一看，暗暗的敬服十三妹，略无多言。

只有安公子承这位十三妹姑娘，保了资财，救了性命，安了父母，已是喜出望外。如今，又见他这番深心厚意，宛转成全，又是欢忻，又是感激。想起自己一时的不达时务，还把他当作个歹人看待，又加上了一层懊悔，一层羞愧。只管满脸是笑，不觉得那两行眼泪，就如涌泉一般，流得满面啼痕。只听他抽抽噎噎的，向那姑娘道：“姑娘，我安骥真无话可说了！自古道‘大恩不谢’。此时，我倒不能说那些客套虚文，只是我安骥有数的七尺之躯，你叫我今世如何答报！”说着，便呜呜的哭将起来。张老夫妻看了，也不住的在一旁擦眼抹泪，连张金凤也不觉滴下泪来。

十三妹道：“大家不必如此。公子，你也且住悲啼，不须介意。要知天下的资财，原是天下公共的，不过有这口气在，替天地流通这桩东西。说这是你的，那是我的,到头来,究竟谁是谁的?只求个现在取之有名,用之得当就是了。用得当,万金也不算虚花;用得不当,一文也叫作枉费。即如这三千金,成全了你的一片孝心,老人家半世清名,这就不叫作虚花枉费。不但授者心安,受者心安,连那银子都算不枉生在天地间了。何况,这几两银子我原说一月必还,又不是白用他的。这一月之内,自有那'没主儿的钱'送上门来,替你还他。连我也不过作个知情底保的中人,这手来,那手去。你又何必这等较量锱铢?"安公子听了,只得领受,收好不提。

再讲那十三妹这番解橐赠金,又了却一桩心事,便要商议打发他两家男女上路的话。只是看看这四个人之中,一个是瘦怯怯的书生,一个是娇滴滴的女子;那张老夫妻虽然年纪大些,又是一对乡愚,经了这番大难,一个个吓得神魂不定,坐立不安。这上路的事情,一时从何商起?

想了一想,便对大家说道:"如今诸事已妥,就该计议到你们的上路了。但是,要计议大事,先得定了心神,才得周到细密。如今,我要不先把你们的心安了,神定了,就说万言,也是无益。大约此时,你们心里第一件,怕这一院子死和尚;第二件,怕有外人来,闯破这场人命官司,性命干连;第三件,惹了这场大祸便走了,日后破案,也难免挂误。我告诉你们:这三桩事都不要紧。人生在世,不过仗着天地的一口气;及至死了,是个忠臣孝子,义夫节妇,超出轮回,这口气便去成神;是个平人,这口气再入轮回,便去作鬼;到了这班混帐和尚,人死灯灭,就想作个鬼也不能。这是第一桩不必怕。再讲到这个地方,我方才表过的,前是高山,后是旷野,远无村,近无邻,这样深更半夜,绝没人来;就便这和尚再有些伙党,找了来,仗我这口刀,多了不能,有个三五百人儿还搪住了。这是第二桩不必怕。至于虑到日后的挂误官司,我若见不透日后的怎样收场,也不肯作眼前的这番事业。这是第三桩不必怕。这话不是空谈得的,少一时自然要还你们一个凭据。可不知你们四位,信得及信不及?"

张老听了先说道:"姑娘的话也有个不信的?可是说的咧!不过怕来个人儿闯见,闹饥荒。鬼可怕他作傣呀?我们作庄稼的,到了青苗在地的时候,那一夜不到地里守庄稼去,谁见有个鬼啷?"安公子接着说道:"是啊!鬼神者,二气之良能也。以二气言,则鬼者,阴之灵也;神者,阳之灵也。以一气言,则引而伸者为神,返而归者为鬼,其实一物而已。怕他则甚!怕他则甚!只是姑娘,到底怎样打发我们上路?"

十三妹也没工夫合他掉那酸文,说道:"你且不要忙。如今你们为难的事,是都结了,我此刻,却有件为难的事,要求你诸位……"话未说完,安公子先跳起来,道:"姑娘,你有甚么为难的事,只管说!慢讲'上山捉虎,下海擒龙',就便'赴汤蹈火,碎骨粉身',我安龙媒,此时都敢替你去作!"

那十三妹把眼皮儿挑了一挑,说道:"如此,好极了!你就先把这一院子死和尚,给我背开他。"安公子听了,皱着眉,裂着嘴,摇着头道:"这桩事却难。"十三妹道:"既这样,可诈甚么关儿呢!"因回头向张老夫妻道:"这事得求你二位老人家。"张老道:"这背死尸,小老儿却也来不得的呢。"姑娘笑道:"岂有此理,难道咱们还管给他打扫地面么!"那老婆儿问道:"到底作傣啷?"

姑娘道:"我从晌午起,闹到这时候儿了。这如今,便再有这等的五六十里地,我还赶得来;就再有那等的三二十和尚,我也送的了。但是,我从吃早饭后到此时,水米没沾唇,我可饿不起了。想来你们四位,也未必不饿。”那老婆儿道:“哎,这大半日,谁见个黄汤辣水来咧?就是这早晚那去买个馍馍饼子去呢?”姑娘道:“不用买。我方才到厨房里,见那里煮的现成的肉,现成的饭,想来,是那班和尚的夜消儿。咱们何不替他吃了,也算一场功德。”张老夫妻听了,道:“这敢是好。”说着,趁着月色,老两口儿连忙到厨房里去整顿。

到了厨房,见那灯也待暗了,火也待乏了,便去剔亮了灯,通开了火。果见那连二灶上,靠着一个钴子,里头煮着一蹄肘子,又是两只肥鸡。大沙锅里的饭因坐在膛罐口上,还是热腾腾的。笼屜里又盖着一屜馒头。那案子上调和作料,一应俱全。二人正在那里打点,只见安公子也跑来,帮着抓挠。张老儿道:“公子,你不能,小心看烫了手。你去等着吃去罢。”安公子看了看,却也没处下手,只得走开。才回到正房,十三妹便问道:“你又作甚么来了?”安公子道:“那里用不着我。”十三妹道:“你看人家,那样大年纪,都在那里张罗,你难到连剥个蒜也不会么?”安公子道:“剥蒜我会。”说着忙忙又跑了去,不提。

却说那十三妹见他三人,都往厨房去了,便拉了张金凤的手,来到西间南炕坐下。这才慢慢的问他,几岁上留的头,几岁上裹的脚,学过活计不成,有了婆家没有。问了半天,怎奈那十三妹,只管一长一短的问,那张金凤,只有口里勉强支应的分儿,却紧皱双眉,一句话也说不出来。

十三妹心中纳闷,说:“妹子,你如今祸退身安,正该欢喜,怎么倒发起怔来了?”这句话一问,那张金凤越发脸上青黄不定,索性坐也不是、站也不是起来。把个十三妹急得,拉着他问道:“你不是吓着了?气着了?心里不舒服呀?”张金凤只是摇头。

十三妹纳了半天的闷儿,忽然明白了,说:“我的姑奶奶!你不是要撒溺哇?”张金凤听了这句,才说道:“可不是!只是此刻,怎得那里有个净桶才好?”十三妹说道:“这么大人了,要撒溺倒底说呀,怎么鳖着不言语呢!还这么凿四方眼儿,一定要使个净桶。请问,一个和尚庙,可那里给你找马子去?快跟了我来罢!”说着,搀着张姑娘到东里间,替他四处一找,一时也找不出个撒溺的家伙来。一眼看见那和尚的洗脸盆在盆架儿上放着,里头还有半盆洗脸水。十三妹姑娘连忙拿到房门口儿,泼在当院子里。进来.便把那洗脸盆,放在靠床沿跟前,催着他小解。张金凤见了,这才忙忙的袖手进去,解下裙子,退了中衣,用外面长衣盖严。然后蹲下去,鸦雀无声的小解。

一时完事,因向十三妹道:“姐姐不方便方便么?”十三妹道:“真个的,我也撒一泡不咱。”因低头看了一看,见那脸盆里张姑娘的一泡溺,不差甚么就装满了。他便伸手端起来,也泼在院子里,重新拿进房来小解。这位姑娘的小解法,就与那金凤姑娘大不相同了。浑身上下,本就只一件短袄,一条裤子,莫说裙子,连件长衣也不曾穿着。只见他双手拉下中衣,还不曾蹲好,就哗拉拉、锵唧唧的,撒将起来。张金凤从旁看着,心里暗暗的说道:“看他俏生生的这两条腿儿,雪白粉嫩,同我一般,怎么会有这样的武艺,这样的气力?真也令人纳罕!”说话间,十三妹站起,整理中衣。张金凤便要去倒那盆子,十三妹道:“那还倒他作甚么呀?给他放在盆架儿上罢。”

且住！说书的，这十三妹，既是一位正气不过的侠女，你为何这等唐突他起来？列公，非唐突也。一则，是这位姑娘生性豪爽，一片天真，从不会学那小家女子，遮遮掩掩，扭扭捏捏；二则，两个女孩儿在一处，本没有甚么避讳；三则，姑娘的这泡溺大约也是弩急了，这叫作“风火事儿，斯文不来。”

闲话休提。且说那张金凤整好衣裙，仍同十三妹回到西间坐下。此时，气儿也缓过来了，脸儿也有红似白的了。两个人才掩上房门，一问一答的谈起心来。谈到婆家那里，张姑娘又低了头，含羞不语。十三妹道：“这男婚女嫁，是人生大礼。世上这些女孩儿，可臊的是甚么，我本就不懂！好妹妹，我是个急性子人，你有话爽爽快快的说，不许怄我。”张金凤只得红着脸说了一句：“还没有呢。”

十三妹道：“我问你一句话，可不怕你思量。我听见说，你们居乡的人儿，都是从小儿就说婆婆家，还有十一二岁，就给人家童养去的。怎么妹妹的大事还没定呢？”张金凤道：“这也有个缘故。只因我爹妈膝下无儿，想要招赘；又因我叔叔临危再三嘱咐说：‘一定要拣一个读书种子。’因此，还不曾定。”十三妹道：“嗳哟！这乡村地方儿，可那里去找个真读书种子呢？就有，也不过是个平等乡愚，如何消受得妹子你起？”说着，低头想了一想，又道：“妹妹，既如此，姐姐给你做媒，提一门亲，如何？”

张金凤听了，低下头去，又不言语。十三妹站起来，拍着他的肩膀儿说：“不许害羞，说话。”张金凤悄声道：“姐姐，你叫我怎样个说法？此时爹妈是甚么样的心绪？妹子是甚么样的时运？况这途路之中，那里还提得到此？”十三妹道：“你这话，我听出来了，想是不知我说的是个甚么人家儿，甚么人物儿。我索性明明白白的告诉你：我要给你提的，就是你方才你见的，这个安公子。你瞧瞧，门户儿、模样儿、人品儿、心地儿，大约也还配得上妹妹你罢？”

这张金凤再也想不到，十三妹提的就是眼前这个人，霎时间，羞得他面起红云，眉含春色，要住不好，要躲不好，只得扭过头去。怎当得十三妹，定要问他个牙白口清，急得无法，说道：“姐姐，这事要爹妈作主，怎生的只管问起妹子来？”十三妹道：“自然要他二位老人家作主，何消说得。只是我先要问你个愿意不愿意？”

那张金凤，此时被十三妹磨的，也不知嘴里是酸是甜，心里是悲是喜，只觉得胸口里象小鹿儿一般，突突的乱跳，紧咬着牙，始终一声儿不言语。倒把个十三妹怄的没法了，因说道：“我看这句话，大约是问不出你来了。你瞧，我也认得几个字儿。”说着走到堂屋里，把那桌子上茶壶里的茶，倒了半碗过来，蘸着那茶，在炕桌上写了两行字。张金凤偷眼一看，只见写的一行是“愿意”两个字，一行是“不愿意”三个字。只听十三妹笑道：“妹妹，来罢！你要愿意，就把那‘不愿意’三个字抹了去，留‘愿意’两个字；你要不愿意，就把那‘愿意’两个字抹了去，留‘不愿意’三个字。这没甚么为难的了罢？”说着，便去拉张金凤的手。

那张姑娘那里肯伸手，去抹那字？只是怎禁得十三妹的劲大。被拉不过，只得随手一阵乱抹，不想，可巧恰恰的把个“不”字抹了去。十三妹嘻嘻的笑道：“哦，单把个‘不’字儿抹去了，这的是‘愿意’‘愿意’！是不是？果然如此，好极了！这件事交给姐姐，保管你称心如意！”这张金凤姑娘，被十三妹缠磨了半日，脸上虽然十分的下不来，心上却是二十分的过不去。只在这“过不去”的上头，不免又生出一段疑惑来。

你道这是甚么缘故？这张金凤，原是个聪明绝顶的人，他心里想着：要论安公子的才貌、品学，自然不必讲，是个上等人物了。尤其难得的是，眼见他的相貌，耳听他的言谈，——见他相貌端庄，就可知他的性情；听他言谈儒雅，就可知他的学问，更与那传说风闻的不同。

然虽如此，一个人既作了个女孩儿，这条身子比精金、美玉还尊贵，纵然遇见潘安、子建一流人物，也只好“发乎情，止乎礼”。但是“止乎礼”是人人有法儿的。要说不准他“发乎情”，虽圣贤仙佛，也没法儿。所苦的是这“情”字儿，虽到海枯石烂，也只好搁在心里，断断说不出口来。便是女孩儿家不识羞，说出口来，这事也不是求得人的，也不是旁人包办得来的。不想今日，无端的萍水相逢，碰见了这个十三妹。第一件，先从泥里救了我的性命；第二件，便从意外算到我的终身。这等才貌双全的一个安公子，他还恐怕我有个不愿意，要问我个牙白口清，还不许不说。这个人心地的厚，肠子的热，也算到了头儿了。只是他也是个女孩儿，俗语说的：‘人同此心，心同此理。’若说照安公子这等的人物，他还看不入眼，这眼界也就太高了，不是情理；若说他既看得入眼，这心就同枯木死灰，丝毫不动，这心地也就太冷了，更不是情理；若说一样的动心，把这等终身要紧的大事，百年难遇的良缘，倒扔开自己，双手送给我这样一个初次见面、傍不相干的张金凤，尤其不是情理。这段缘故，叫人实在不能不疑。莫非他心里有这段姻缘，自己不好开口，却‘明修栈道，暗度陈仓’，先说定了我的事，然后好借重我爹妈，给他作个月下老人，联成一床三好，也定不得。若果如此，我不但不好辜负他这番美意，更得体贴他这片苦心，才报的过他来。只是我怎么个问法儿呢？

这张姑娘只管如此心问口、口问心的一番盘算，脸上那种为难的样子，比方才弩着那泡溺，还露着为难。忍不住，赶着十三妹叫了一声“姐姐”，说道：“姐姐，妹子虽则念了几年书，也知道了古往今来的几个人物，几桩公案。只是有一个故典，心里始终不得明白，要请教姐姐。”十三妹早听出他话里有话，笑问道：“你且说来我听。”

张金凤道：“记得那《大乘经》上讲的，我佛未成佛以前，在深山参修正果，见那虎饿了，便割下自己的肉来喂虎；见那鹰饥了，便刳出自己的肠子来喂鹰。果然如此，那我佛的慈悲，真算得爱及飞禽走兽了；只是他自己，不顾他自己的皮肉肝肠，这是个甚么意思？”

列公，这句话要问一个村姑蠢妇，那自然就一世也莫想明白了。这十三妹本是个玲珑剔透的人，他那聪明，正合张金凤针锋相对。听了这话，冷笑了一声，接着叹了一口气，说：“妹子，你可记得《汉书》有两句话道的最好，道是：‘可为知者道，难为俗人言。’你我虽是倾盖之交，你也算得我一个知己了。但是，作姐姐的心事更自不同，只可为自己道，难为知者言。总而言之，一句话：慢说跟前这样的美满良缘，大约这人世上的‘姻缘’二字，今生于我无分！”

张金凤听了这段话，更加狐疑，还要往下问。只听安公子在院子里说道：“嘎，嘎，好烫！快开门！”说着，只见他捧着一盘子热腾腾的馒头，推门放在桌子上。他姐妹两个，就连忙把话掩住，不提。

紧接着张老夫妻把煮的肘子、肥鸡，连饭锅、小菜、酱油、蒜片、饭碗、匙箸，分作两三荡，都搬运了来。分作两桌，安公子同张老，在堂屋地桌上，张金凤母女同十三妹，在西间炕桌上。张老又把菜刀、案板也拿来，把那肘子切作两盘分开。

十三妹道："那两只鸡不用切了，咱们撕了吃罢。"安公子听见，就要下手去撕。十三妹想起，他那两只手是方才拧溺裤裆的，连忙拦他道："你那两只手算了罢！"安公子听了，说："等我洗洗去。"说着，跑到东屋里，在那洗脸盆里就洗。十三妹嚷道："用不着你多事！你不用在那盆里洗手！"安公子说："不怕，水不凉，这是我才刚擦脸的，还温和呢！"把个张金凤急的，又是害羞，又是要笑，只得掉过头去。十三妹转毫不在意，如同没事人一般，只说了句："你就洗了手，我也不准你动！"

说话间，那张老婆儿已经把两只肥鸡，撕作两盘子放好。他老两口儿饿了一天，各各饱餐一顿。张姑娘、安公子也吃了些。只有十三妹姑娘风卷云残吃了七个馒头，还找补了四碗半饭，这才放下筷子道："得了，我这肚子里，是一点儿不为难了。咱们打仗啊，上路啊，商量罢。"张老道："等我把家伙先拣下去，归着归着。"十三妹道："还管他归着家伙吗！你老人家倒是沏壶茶来罢。"张老一面去沏茶，安公子帮着张老婆儿，忙着把家伙都撤去，都堆在廊下。

一时，茶来了。大家漱口喝茶。张姑娘同母亲这才在窗台儿上，各人找着自己的烟荷包、烟袋，吃了一袋烟。大家照旧在堂屋里，归坐已毕。十三妹对众人说道："饭儿是吃在肚子里了，上路的主意我也有了，就是得先合你两家商量。你两家四位里头，一边是到下路去的，一边是到上路去的，两头儿都得我护送。我纵有天大的本事，我可不会分身法儿。我先护送你们那一头儿好？"安公子道："姑娘先许的送我，自然是送了我去。"十三妹道："这是你的主意。人家爷儿三个呢？在这庙里饿着，等人命官司？"安公子道："不然，他有爷儿三个，还怕路上没照应不成？"十三妹道："梦话！这里弄了这样一个'大未完'，自然得趁天不亮走，半夜里难免不撞着歹人。即或幸而无事，你瞧，这爷儿三个，老的老，少的少，男的男，女的女，露头露脑，走到大路上，算一群逃难的，还是算一群拍花的呢？遇见个眼明手快作公的，有个不盘问的吗？一盘问，有个不出岔儿的吗？你算是没事了，你也想想，这句话说的出口呀！"说毕，也不合他再谈。回头问张老夫妻说："你二位老人家的意思，怎么样？"

二人还未及答言，张金凤是个有心事的，他可把正话儿反说着，便对十三妹道："姐姐原是为救安公子而来，如今，自然送佛送到西天。我爷儿三个，托安公子的一点福星，蒙姐姐救了性命，已经是万分之幸，不见得此去再有甚么意外的事；即或有事，这也是命中造定，真个的，叫姐姐管我们一辈子不成？"十三妹也不搭言，又回转头来，向着安公子，道："你听听人家，这才叫话。你听着脸上也下得来呀？心里也过的去呀？"把个安公子问的，诺诺连声，不敢回答。

只见十三妹欠身离坐，向张老夫妻道："这桩事，却得你二位老人家作主。要得安然无事，除非把你两家，合成一家，我一个人儿就好照顾了。"张老道："怎么合成一家呢？"十三妹道："如今且把上路的话搁起。我的意思，要先给我这妹妹提门亲，给你二位老人家，招赘个女婿，可不知你二位，愿意不愿意？"张金凤听了，站起来就走。十三妹离坐，一把拉住，按在身旁坐下，说："不许跑！"把个张姑娘羞的无地自容，坐又不是，走又不能。只得听他父亲说道："姑娘，我一家子的性命都是你给的，你说甚么有个不愿意的。只是这个地方，这个时候，那里去说亲去呀？"十三妹道："远不在千里，近只在目前。"因指着安公子，道："就是他。你二位相看相看，中意不中意？"张老跳起来道："姑娘，这是偺话！他是个官宦人家，我是个乡老儿，怎么攀配得起？罪过，罪过！"十三妹道："这话你们不用管，只说愿意不愿意？"张老听了，瞅着老婆儿，老婆儿瞅着女儿，一时，老两口儿大不得主意起来。

十三妹道："不用问你们姑娘，'在家从父，嫁从夫'，愿意不愿意，由不得他作主。"老婆儿道："好还怕不好喂！只是俺们拿偺赔送呢？"十三妹道："这话你们也不必管。就只成不成的一句话，不用犹疑。"张老心里战数了半日，说道："姑娘，这话这么说罢，我们公母俩，是千肯万肯的咧，可是倒蹈门儿的女婿，我们才敢应声儿呢。再这话，也得问问安公子。"十三妹道："这是在我。"因含笑先拍了张金凤一把，说："姑奶奶，我喝定了你的谢媒茶了！'，这才叫了声"安公子！"说道："你大概没甚么推辞罢？"

谁想安公子起初见这位姑娘且不商量上路，百忙里要给张金凤说亲，已经觉得离奇；及至听见说到自己身上，更加诧异。心里一想："这可又是件糟事！我从幼儿的毛病儿，见个生眼儿的娘儿们，就没说话先红脸；再要听见说媳妇儿，那更了不得了。今日同这二位混，混了半夜，好容易脸不红了，这时候，忽然又给说起媳妇来！就说媳妇儿也罢，也有这样'当面鼓，对面锣'的说亲的吗？这位媒人的脾气儿，还带着是不容人说话，这可怎么好？我看这事比方才那和尚让酒还累赘！"

这小爷正在那里心里为难，听十三妹如此一问，他赶紧站起，连连的摆手说："姑娘，这事断断不可！"十三妹道："哦，'不可'！想是你嫌我这妹妹丑？"安公子道："非也。从来'娶妻娶德，选妾选色'。那战国的齐宣王，也曾娶过无盐，蜀汉的诸葛武侯，也曾娶过黄承彦之女，都是奇丑无对的；究竟这二位淑女相夫，一个作了英主，一个作了贤相，丑又何妨！况且，这张家姑娘，是何等的天人相貌，那里还说得到个'丑'字？不为此！"

十三妹道："既不为此，想来是你嫌我这妹妹穷？"安公子道："更非也。自古'浊富莫如清贫'。我夫子也曾说过：'富贵贫贱皆须以道得之。'这'贫富'二字，原是市井小人的见识，岂是君子谈得的？穷又何妨！也不为此。"

十三妹道："也不为此，想来是你嫌我这妹妹，家里没根基？"安公子道："尤其非也。姑娘，你这等一位高明人，难道连那'瑶草无尘根'的这句话也不晓得？这'根基'两个字，不在门庭家世上讲，要在心地品行上讲的。你只看张家姑娘，这等的玉洁冰清，可是没根基的人做得来的？不为此，不为此！"

十三妹道："你这话我听出来了，一定是你已经定下亲事了。这又何妨！象你这等的世家，三妻四妾的尽有，也没有甚么'断断不可'的去处呀。"安公子急的摇头道："不曾，不曾，我并不曾定下亲事！"十三妹笑道："既不曾定亲，问着你，你这也'飞也'，那也'飞也'，尽着飞来飞去，可把我飞晕了。倒是你自己说说罢！"安公子才说道："姑娘，我安骥此番抛弃功名，折变产业，离乡背井，冒雨冲风，为着何来？为的是，父亲身在缧绁之中。我早到一日，老人家早安一日。不想，我在途中忽然的主仆分离，到此的，又险些儿性命不保。若不亏姑娘赶来搭救我，虽死也作个不孝之鬼。如今得了残生，又承姑娘的厚赠，恨不得立刻就飞到父亲跟前才好，那里还有闲工夫，作这等没要紧的勾当？况且，父亲的待我，虽然百般爱惜，教训起来却是十分严厉。今日这桩事，要不禀明而行，万一日后，父亲有个不然起来，我何以处张金凤姑娘？又何以对姑娘你？姑娘，这事断断不可！”

十三妹听安公子的话，说得有里有面，近情近理，待要驳他，一时却驳不倒。无如此时自己是“骑着老虎过海”——可真下不来了。只得勉强冷笑一声，说：“我的少爷，你这可是看鼓儿词看邪了，你大概就把这个叫作‘临阵收妻’。你听我告诉你：你要说为老人家的事，如今银子是有了。我既说过，保你个人财无恙，骨肉重逢，这话自然要说到那里，作到那里。你要说定亲这件事‘没要紧’，自古‘不孝有三，无后为大’，况且，俗语说的，‘过了这个村儿，没这个店儿’，你要在找我妹妹这么一个人儿，只怕你走遍天下，打着灯笼也没处找去。你要说虑到老人家日后有个不允，据我听你讲起你家太爷的光景来，一定是一位品学兼优、阅历通达的老辈，断不象你这样古执不通。慢说见了我妹妹，这等德言工貌的全才，就听见我这等的痴傻呆呆的作事，都没有个不允的理，你放心。况且，事情到了这个地步了，只有成的理，没有破的理。你以为可，也是这样定了；你以为不可，也是这样定了！你可知些进退！”

张老夫妻一旁看了，自然不好搭话。张金凤更是万分的作难。不想，死心眼儿的遇见死心眼儿的了！只见安公子气昂昂的高声说道：“姑娘，不可如此！‘三军可夺帅也，匹妇不可夺志也。’我安骥宁可负了姑娘，作个无义人；绝不敢背了父母，作个不孝子。这事断断不能从命！”

十三妹听了，登时把两道蛾眉一竖，说：“不信你就讲的这等决裂！狠好，你既不能从命，我也不敢承情，算我年轻好事，冒失糊涂。我是没得说了，只怕有个主儿，你倒未必合他讲的过去！”安公子道：“凭他甚么主儿，难道还好强人所难不成！便是这等，我也不妨合他去讲。”

十三妹听了这话，满脸怒容，更不答话，一伸手，从桌子上绰起那把雁翎宝刀来，在灯前一摆，说：“就是我这把刀！要问问你这事到底是‘可’哟，是‘不可’？还是‘断断不可’？”说话间，只见他单臂一扬，把刀往上一举，扑了安公子去，对准顶门，往下就砍。这正是：

信有云鬟称月老，何妨白刃代红丝？

要知安公子性命如何，下回书交代。

第十回 玩新词匆忙失宝砚 防暴客谆切付雕弓

上回书讲的是，十三妹仗义任侠，救了安龙媒、张金凤并张老夫妻二人，因见张姑娘是个聪明绝顶的佳人，安公子又是个才貌无双的子弟，自己便轻轻的，把一个月下老人的沉重耽在身上，要给他二人联成这段良缘。不想，合安公子一时话不投机，惹动他一冲的性儿，羞恼成怒，还不曾红丝暗系，先弄得白刃相加。

按这段评话的面子听起来，似乎纯是十三妹，一味的少不更事，生做蛮来。却是不然。书里一路表过的，这位十三妹姑娘，是天生的一个侠烈机警人，但遇着济困扶危的事，必先通盘打算一个水落石出，才肯下手。与那《西游记》上的罗刹女，《水浒传》里的顾大嫂的作事，却是大不相同。

即如这桩事，十三妹原因"侠义"两个字上起见，一心要救安、张两家四口的性命，才杀了僧俗若干人；即杀了若干人，其势必得打发两家，赶紧上路逃走，才得远祸；讲到上路，一边是一个瘦弱书生，载着黄金锱重，一边是两个乡愚老者，伴着红粉娇娃，就免不了路上不撞着歹人，其势必得有人护送；讲到护送，除了自己一身之外，责堪旁贷者，再无一人；讲到自己护送，无论家有老母不能分身远离，就便得分身，他两家一南一北，两路分程，不能兼顾，其势不得不把两家合成一路；讲到两家合成一路，又是一个孤男，一个幼女，非鸦非凤，不好同行，更兼二人年貌相当，天生就的一双嘉耦，使他当面错过，也是天地间的一桩恨事，莫若借此给他合成这段美满姻缘，不但张金凤此身得所，连他父母也不必再计及到招赘门婿，一同跟了女儿前去，倒可图个半生安饱。如此一转移间，就打算个护送他们的法儿也还不难，自己也算"救人救彻，救火救灭"，不枉费这番心力。此十三妹所以挺身出来，给安龙媒、张金凤二人，执柯作伐的一番苦心孤诣也。又因他自己是个女孩儿，看着世间的女孩儿，自然都是一般的尊贵，未免就把世间这些男子，贬低了一层。再兼这张金凤的模样、言谈、性情、行径都与自己相同，更存了个"惺惺惜惺惺"的意见。所以未从作这个媒，心里只有张金凤的愿不愿，张老夫妻的肯不肯，那安公子一边，直不曾着意，料他也断没个不愿不肯的理。谁想，安公子虽是个年少后生，却生来的老成端正，一口咬定了几句圣经贤传，断不放松。这其间，弄得个作媒的，在那一头儿，把弓儿拉满了，在这一头，可把钉子碰着了，自然就不能不闹到，扬眉裂眦、拔刀相向起来。这是情所必至、理有固然的一段文章。列公，莫认作十三妹生做蛮来，也莫怪道说书的胡诌硬扭。

话休絮烦，言归正传。却说安公子见十三妹，扬刀奔了他来，"嗳呀"了一声，双手捂着脖子，望门外就跑。张老婆儿是吓得浑身乱抖，不能出声。张老见了，一步抢到屋门，双手叉住门框，说："姑娘，这可使不得！有话好讲！"嘴里只管苦劝，却又不好上前用手相拦。

这个当儿，张金凤更比他父母着急。你道他为何更加着急？原来，当十三妹向他私下盘问的时候，他早已猜透，十三妹要把他两路合成一家，一举三得的用意，所以，一任十三妹调度，更不过问。料想安公子在十三妹跟前受恩深处，也断没个不应之理。不料，安公子倒再三的一推辞，他听着如坐针毡，正不知这事怎的个收场，只是不好开口。如今，见一直闹到拿刀动杖起来，便安公子被逼无奈应了，自己已经觉得无味。倘然他始终不应这句话，这十三妹雷厉风行一般的性子，果然闹出一个"大未完"来，不但想不出自己这条身子，何以自处，请问，这是一桩甚么事？成一回甚么书？莫若此时，趁事在成败未定之天，自己先留个地步：一则保了这没过门女婿的性命；二则全了这一相情愿媒人的脸面；三则也占了我女孩儿家自己的身份；四则如此一行，只怕这事，倒有个十拿九稳，也不见得。

想罢，他也顾不得那叫避嫌，那叫害羞，连忙上前，把十三妹擎刀的这只右胳膊,双手抱住,往下一坠,乘势跪下,叫声:“姐姐请息怒,听妹子一言告禀!”因说道:“姐姐,这话不是我女孩儿家不顾羞耻,事到其间,不说是断断不得明白的了。姐姐的初意,原是因我两家分途行走,兼顾不来,才要归作一路;归作一路,同行不便,才有这番作合。姐姐的深心,除了妹子体贴的到,不但爹妈不得明白,大约安公子也不得明白。若论安公子方才这番话,所虑也不为无理。只是我们作女孩的,被人这等当面拒绝,难消受些。在我,替我算计,此时惟有早早退避,才是个自全的道理,还有何话可说?所难的是姐姐,方才当面给我两家作合的这句话,不但爹妈应准的,连天地鬼神都听见的。我张金凤可只有这一条道儿可走,没第二句话可商量。如今,事情闹到这步田地,依我,竟把这‘婚姻’两字权且搁起,也不必问安公子到底可与不可的话,我就遵着姐姐的话,跟着爹妈,一直送安公子到淮安。一路行则分辙,住则异室,也没甚么不方便的去处。到了淮安,他家太爷、太太以为可,妹子就遵姐姐的话,作他安家的媳妇;以为不可,靠着我爹爹的耕种刨锄,我娘儿两个缝联补绽,到那里也吃了饭了,我依然作我张家的女儿。只是我虽作张家女儿,却得借重他家这个‘安’字儿,虚挂个招牌字号。那时,我便长斋绣佛,奉养爹妈一世,也算遵了姐姐的话,一天大事就完了。姐姐此时,何必合他惹这闲气?”

张姑娘这几句话,说得软中带硬,八面儿见光,包罗万象。把个铁铮铮的十三妹,倒寄放在那里,为起难来了。只得免强说道:“咻,岂有此理!难道咱们作女孩儿的活得不值了,倒去将就人家不成?你看我到底要问出他个‘可’‘不可’来再讲!”

再说安公子,若说不愿得这等一个绝代佳人,断无此理。只因他一团纯孝,此时,心中只有个父母,更不能再顾到第二层。再加十三妹心里作事,他又不是这位姑娘肚子里的蛔虫,如何能体贴得这样到呢?所以才有这场决裂,如今,听张金凤这几句话,说了个雪亮,这是桩一举三得的事,难道还有甚么扭捏的去处?那时,他正在窗外进退两难,听得十三妹说“到底要问他个可不可”,便从张老膈肢窝底下钻进来,跪下,向十三妹道:“姑娘,不必动气了!我方才是一时迂执,守经而不能达权。恰才听了张家姑娘这番话,心中豁然贯通。如今就求姑娘主婚,把我二人联成匹耦,一同上路。到了淮安,我把这段下情,先向母亲说明。父亲如果准行,却是天从人愿;傥然不准,我豁着受一场教训,挨一顿板子,也没的怨。到了万万无可挽回,张姑娘他说为我守贞,我便为他守义,情愿一世不娶。哪这话皇天后土,实所共鉴,有渝此盟,神明殛之!姑娘,你道如何啦阿?”

十三妹见安公子这个光景,知他这话不是被逼无奈,直是出于天良至诚,不觉变嗔为喜,这才把膀根儿一松,刀尖儿朝下一转,手里掂着那把刀,向安公子、张金凤道:“你二人媒都谢了,还合我闹的是甚么假惺惺儿呢!”说着,把张姑娘搀起,送到东间暂避。回身出来,便向张老夫妻道喜。张老道:“我的姑娘,你可真费大了心了!”张老婆儿道:“我的菩萨,没把我唬煞了!这如今可好咧!”姑娘道:“告诉你老人家罢,这就叫作‘不打不成相与’。”

说着回头又向安公子道:“妹夫,你可莫怪我卤莽,这是天生的一件成得破不得的事。大约不是我这等卤莽,这事也不得成。至于你方才拒婚的那段话,却也说得不错。婚姻大事,自然要听父母之命才是,但是父母也大不过天地。今夜正是圆月当空，三星在户。你看，这星月的光儿，一直照进门来了。你二人都在客边，想来彼此都没个红定，只是这大礼不可不行，就对着这月色星光，你二人在门里对天一拜，完成大礼。”说着，便请张老招护了安公子，张老婆儿招护了张姑娘，拜过天地。

十三妹又走到八仙桌子跟前，把那盏灯拿起来，弹了弹蜡花，放在桌子正中，说道：“你二人就向上磕三个头，妹夫就算拜告了父母，妹妹就算参见了公婆。”拜毕，十三妹又向张老夫妻道：“你二位老人家请上坐，好受女儿女婿的礼。”二人道：“我们罢了，闹了这半日，也该叫姑爷歇歇儿了。”十三妹道：“不然，这个礼可错不得。”说着，便自己过去扶了张姑娘，同安公子站齐了，双双磕下头去。张老道：“白头到老的，这都是恩人的好处。我老两口儿下半世，可就靠着姑爷了。”老婆儿道：“那还用说哩，他疼咱们闺女，有个不疼咱俩的！”

一时，大礼行罢，把个张老喜欢的无可不可，说：“等我沏壶热茶来，大家喝喝。”说着拿了茶壶，到厨房里沏茶去了。安公子此时是，怕也忘了，臊也忘了，乐的也不知该说那一句话是头一句，转觉得满脸周身的不得劲儿，在那里满地转转。

这个当儿，张姑娘还低着头，站在当地不动，他母亲道：“姑娘，你这边儿坐下，歇歇腿儿罢。”张姑娘只合他母亲努嘴、抬眼皮儿的使眼色，无奈这位老妈妈儿，总看不出来。急得个张姑娘没法儿，只好卖嚷儿了，他便往空说道：“啊，我们倒底该叩谢叩谢这位恩深义重的姐姐才是。”一句话把安公子提醒，连说：“有理，有理！”这才忙忙的跑过来，同张姑娘双双跪下，向上给十三妹磕头。

安公子这几个头，真是磕了个死心塌地的，只见他连起带拜的闹了一阵，大约连他自己也不记得，是磕了三个啊，还是磕了五个。十三妹也敛衽万福，还过了礼。便一把把张金凤拉到身旁坐下，看了他笑道：“啧，啧，啧，果然是一对美满姻缘！不想姐姐竟给你弄成了，这也不枉我这滴心血。”张姑娘听了，感极而泣，不觉掉下泪来。

正说着，张老沏了茶来。大家喝罢，十三妹道：“这咱们可就要归着行李了。”因对张老道：“你老人家带了你们姑爷，拿上灯，先到那地窨子里，把他那几个箱子打开，凡衣服、首饰以及零星有记认的东西，一概不要；但是有的金银，不论多少，都给我拿出来。”

二人听了，也不知甚么意思，只得拿灯前去。进了那个柜门，张老道：“姑爷，你让我拿着灯罢。”说着接过灯来，照了安公子，一步步从台阶儿下去。二人进了地窨子门，果见有几个箱子硌在床头上，一个个搬下来，打开，里头不过是些衣饰之类，也不细看。只见每个箱子里，整的也有碎的也有，都有两三包银子，一一的拿出来，堆在地下。回头看了看，床里边还放着个小包袱，提了提觉得沉重，打开一看，原来是他老婆儿合女孩儿的随身包袱，连家里带出来的那一百银子，都在里头，也提在地下。重复拿着灯，搬运出来，说明了原由。

十三妹略略的数了一数，通共也有个千把两银子。因先拣了一包碎的，约略不足百两，撂在一边，又把那小包袱仍交还他母女。然后指了那十几包银子，向安公子道：“我图个便宜，你把这一千来的银子拿去，换给我一百金使。”安公子听了，叫声“姑娘”，自己忙又改口道：“我怎么还是这等称呼？我自然也该称作姐姐才是。姐姐，这原是你的东西，怎说到‘换’起来？”十三妹道：“你不换，我不要了。”安公子连说:“换,换。”就拿了一包过来。

十三妹接在手里,向张金凤道:“妹妹,咱们可不是空身儿投到他家去了。这一百金子,算姐姐给你垫个箱底儿罢。”随把包儿递给张老婆儿手里。那老婆儿道:“姑娘,作吗呢?罢呀,你疼你妹子还疼的不够喂,还给他这东西!”嘴里说着,手里可接过去了。张老看了,也一旁道谢不迭。

十三妹交明了,就催安公子收那银子。安公子再三的不肯道:“姐姐,你难道不留些使?”十三妹道:“方才留的那一包碎的,尽够我同母亲过冬的了。即或不够,左右有那一项‘没主儿的钱’,我甚么时候用,甚么时候取。你别累赘,快些收去,大家好打点起身。”安公子听了,无法,只得收下。

十三妹出了一回神,问着张老道:“我方才在马圈里,看见一辆席棚儿车,想来就是他娘儿两个坐的,一定是你老人家赶了来的呀?”张老道:“可不是我,还有谁呢!”十三妹道:“这辆车连牲口,都好端端的在那里呢,你老人家这时候就去把他收拾妥当了,回来把你们姑爷的被套、行李、银两给他装在车上,把一应的东西装好,铺垫平了,叫他娘儿两个好坐。再把那个驴儿解下边套来,匀给你们姑爷骑。”说着,便问安公子道:“会骑驴呀?”安公子道:“马也会骑,何况于驴。难道我一路不是骑了包程骡子来的?只怕没有鞍子。”张老道:“有,我车上稍着个带马褥子的软屉鞍子呢。”十三妹道:“那就巧极了。牲口也有了,就叫你们姑爷骑上,跟着一伙同行。等都弄妥当了,咱们大家趁着天不亮,就动身。我一直送你们过了县东关,那里自然有人接着,护送下去,管保你们老少四口儿,一路安然无事,这算完了我的事了。你们爷儿三个就去收拾起来,我同我这妹妹,再多说一刻的话儿。”大家听了,自是个个欢喜。张老道:“等我去看看牲口,把草口袋拿出来,先喂上他,回来好走路。”安公子道:“我也去,我在这里闲着作甚么!”说着一同去了。

这工夫,张家母女二人把行李、金银,一一的包捆妥当。张老喂上牲口,同安公子进来,又叫上老婆儿帮着,三个搬运了几次,才得运完装好。只见张老又忙忙的回来,向十三妹道:“姑娘,我又想起件事情来了。咱们走后,万一天明进来一个人,这一院子的死和尚,可怎么好哇?”十三妹笑道:“这个都在我。只管放心走路,横竖不与你我相干。”张老道:“这样敢是好。我可招护车去了。你们娘儿们收拾收拾,也是时候儿了,上车罢。”

却说十三妹见诸事已毕,便叫安公子去屋里,找分笔砚来用。安公子道:“此时要笔砚何用?我这里现成。”说着,从怀里掏出一个小小的布包来,打开,只见里面包着一块圆式砚台,用檀木盒儿装着。那块石头细腻精纯,那砚台盒子上面,又密密的镌着铭跋字迹,端的是块宝砚。安公子又在靴掖里取出笔墨来,研好了墨,连笔递将过去。

那十三妹左手托了砚台,右手把笔蘸得饱了,跳上桌子,回头叫安公子,举灯照着,他便在那正中,对着房门的北墙上,笔墨淋漓,写了两行大字。安公子一面拿灯光照着,一面眼睛随着笔,一字字的往下看,接着口中念道:

贪嗔痴爱四重关,这阇黎重重都犯。他杀人污佛地,我救苦下云端,划恶除奸。觅我时,合你云中相见。

念完,乐的他咂嘴、摇头、拍腿、打掌的呵呵大笑,说道:“姐姐,我只见你舞刀弄棒,杀人如麻,以为奇忒;再不晓得你胸中,还埋没着如此的一段珠玑锦绣。只这书法也写得这等凤舞龙飞,真令人拜服!只是大家方才问姐姐你的住处,你只说在云端里住,如今这词儿里又是甚么'云中相见',莫非你真个在云端里不成?"十三妹笑道:"我这都是梦话,你不用问他。"安公子摇着头,道:"不然,不然。这里边定有个道理。"说毕,还在那里呆呆的细揣摩那"云中相见"的这句话。

那十三妹早下了桌子,把笔砚放下,便把那把宝刀依旧的围在腰间,又向墙上,取下那张弹弓来跨上,然后揣上那包银子,一口把灯吹灭,说道:"别耽延了,走罢。"迈步出门,朝外先走。张家母女合安公子见了,也只得忙忙的随了出来。

这十三妹出得院门,先到配殿把驴儿拉上,就一直的奔了马圈。见那车辆牲口都已妥当,随即打发张家母女上了车。安公子也拉了他的牲口。十三妹又把自己的驴儿,也交给他带着,开了门,让大家出去。张姑娘在车里问道:"姐姐不走,还等甚么"十三妹道:"我还有点事儿,你们在外边略等。"

说着,催了车辆牲口出门,自己从新把门关好。然后,他才就地托的一纵,纵上房去,从房外头跳将下来,便在驴儿上解下包袱,依然罩上那块青纱包头,穿上那件佛青布衫儿,重新跨上弹弓,骑上驴儿,趁着那斜月残星,护送着一行人,逍遥自在的竟自投东去了。

走了一程,到了岔道口,那天才东方闪亮,就从那里上了大道,一直的向茌平县的北门关厢,从城外一路绕向东门关厢而来。出了东关厢,十三妹见人烟渐渐稀少,向安公子道:"护送你们的那个人,我合他约在前面二十里外柳林里相候。我先走一步,招呼他去。你们随后赶来。"说着一磕牲口,如飞而去。

安公子同张老,随后趱着牲口赶来。走了约莫有一个时辰,早已远远的望着一带柳树林子。大家趱向前去,只见十三妹的那匹黑驴儿,拴在一棵树上。大家到了跟前,安公子下了牲口,张家母女也从车上下来,转进树林。十三妹早从里边迎了出来。

安公子一见,就先问道:"姐姐说的护送我们那位,在那里?请来相见。"十三妹道:"已经在此恭候多时。你不用忙,大家且在这树底下坐了,歇歇儿再说。"因对众人说道:"你们大家,自然都要见见这位护送你们去的人,是怎样一个英雄。如今我实对你们说罢,你们此去,经过牤牛山、癞象岭、雄鸡渡、野猪林,都是歹人出没的去处,慢讲一个人护送,就有三个五个、十个八个人护送,也不过没事的时候仗个胆子儿。果然到有了事,依然无用。要得千妥万当,还自有我亲身送了你们去。无奈我家有老母,不能远离。如今我看我这妹子面上,把我这张弹弓儿,借给妹夫你。"

说到这里,安公子道:"姐姐,只是我那里会打这弹弓儿,况且,姐姐这张弹弓我又如何拉得开、使得动?"十三妹道:"不用你使。你只把他背在身上,一路虽然抵不得万马千军,大约也算得一个开路的先锋,保标的壮士。"大家听了,将信将疑,面面相视。

十三妹道:"我这话,大家乍听,自然不能见信。你们试想,我岂有拿着你两家若干条性命,当儿戏的?你们今日走一站,明日就过牤牛山。那山上的头领,个个武艺来得,手下还集着百十个喽罗,这第一处就不好过。你们明日倒要趁着后半夜的月色早走。到了牤牛山跟前,这班人一定下山拦路,要借盘缠。你们千万不可合他动手,张老大爷你也不必搭话。只把车拢住,这算让他一步。他一看,就知是个走路的行家,便不动手了。这可就用着妹夫你了。你只管仗着胆子,不必害怕。天下的强盗只有打算劫财的,断没无故杀人的。那时,无论他是骑牲口是步行,你先下了牲口,只管上前合他搭话,切忌不可说车上没银子。他们的本领,大凡有起客人经过,有无金银、并那金银的数目多少,都料估的出来。你就道车上却带着三五千金,只是要给老人家,如何如何料理官司大事用的,不能匀出来奉送,其余随身行李所值无多。只有这张弹弓,还值得几两银子,就把来奉送。等他接过这弹弓去看了,不用你开口,他必先问我,那时,他不但不敢收这张弹弓,只怕还要备酒备饭帮助盘缠,也不可知。只是你们都不必领他的,也不必到他山上去。就说我的话:合他们借两个牲口,添上帮套,拉这辆车,再拨两个老作人,一直送你们到淮安界上,我日后见面,定自面谢。那时,人也够用的了,牲口也够使的了,你们路上也可以快走了,你家太爷的公事,也可以早完了。不但这样,再有了这两个人沿路护送,他们都是一气,不怕有一万个强盗,你们只管大摇大摆的走罢。这是我给你们打算的,万无一失的一条出路。大家只管放心前去,不必犹疑。"

说着,便从膀子上褪下那张弹弓来,双手递给安公子。又对着张金凤说道:"妹妹、妹夫,当着他二位老人家在此,你我今日这番相逢,并我今日这番相救,是我天生的好事惯了,你们倒都不必在意。只有这张弹弓,是我的家传至宝,我从幼儿用到今日,刻不可离。如今,因我这妹妹面上,借给妹夫你,千万不可损坏失落。你一到淮安,完了老人家的公事之后,第一件,是我妹妹的终身大事;第二件,就是我这张弹弓儿了。务必专差一个妥当人,送来还我,这就是你'以德报德'了。要紧,要紧!"安公子听一句应一句。

这其间,张姑娘心细,听了这话,便问十三妹道:"姐姐,你方才苦苦的不肯说个实在姓名、住处,将来给你送这弹弓来,便算人人知道,有个十三妹姑娘,到底向那里寻你,交代这件东西?"

十三妹听了,低头想了想,说:"有了。方才妹夫他不是说,褚一官合他奶公姓华的是至亲吗?将来等你家华奶公赶到任上,就专他送交褚一官,转交一位邓九公。这邓九公便是我说的,二十八棵红柳树住的那位老英雄,他还算我的师傅。褚一官正是他的亲戚,你家华奶公,又是褚一官的亲戚。这样一交代,断不会错。你我话尽于此。送君千里,终须一别。我也不往下送了,你老少四位夫妻前途保重,我们就此作别。"大家热剌剌的听了"作别"二字,受恩深处,都不觉滴下泪来。

那张金凤更哭的哽噎难言,忍泪向十三妹说道:"姐姐,你我此一别,不知几时再得见面?"十三妹道:"若论我,你今生见得着我也不定,见不着我也不定。但是,万事都有个定数,事由天定,岂在人为!"说着撒手说声:"你们请罢。"走到树跟前,解下那头驴儿,就待骑上要走。

忽见安公子"啊嗳"了一声,双手把两腿一拍,直跳起来说:"了不得了!这事可不好了!"大家吓了一跳。连十三妹也拉着驴儿问他:"这是为何?"安公子急得紫涨了脸,说道:"姐姐,且不要走,也不必细问,我们此时,且急急的赶回黑风岗那座能仁寺去,再讲!"十三妹道:"到底是怎么了?不是落下烟袋了?"安公子连连摇手道："不是，不是。"

张老夫妻也帮着问他，他才指手画脚的向大家说道："方才这十三妹姐姐不是在庙里墙上，题那两行《北新水令》的词儿吗？我因见那词儿的声调雄壮，更兼书法飞舞，又推敲'云中相见'的这句话，不觉出了神，正在那里细看。不妨姐姐就催着快走，我一时大意，就随着大家出来，不想，把那块砚台落在那庙里。这便如何是好？"

十三妹道："我只道甚么大不了事，原来就为这块砚台，能值几何？也值得这等失惊打怪！"安公子道："姐姐，你有所不知。我这块砚台，非寻常砚台可比，这是祖父留下的一块宝砚。祖父临终交付父亲。父亲半世苦功，都在这砚台上面。临起身，珍珍重重的赏给我说，叫我好好用功，对了这砚台，就如同对着老人家一般，不可违背平日教训。日后到任上，还要交还老人家。如今，失落在这庙里，叫我拿甚么回老人家的话？况且，那砚台上的铭跋，镌着老人家的名号，你我庙里又弄了这个'未完'，万一，被人勘破，追究起来，我当如何？走走走！我们快快回去！"大家听了，也道："这桩东西失落不得。"都没作理会处。

十三妹沉吟了半晌，说："这桩东西诚然不可失落，但是眼下，我们这一群人，断断没个回去的理。这件事，你也交给我。我此番回家，得了空儿，本也要看看、听听那庙里合地方上的动静。如今，我就立刻绕道先到那庙里，从庙后进去，把你这块砚台取了，拿到我家，给你好好的收着，断不至于失损。等你将来专人给我送弹弓来，就把那弹弓算个凭据，取这砚台。我这里见了弹弓，交还砚台。那时，两件东西各归本主，岂不是一桩大好事么？"

安公子还在那里犹疑，张金凤听了这句话，正打在心坎儿上，连忙说道："姐姐说的有理，就是这等一言为定，不可再改。"说着，倒催着十三妹快走。十三妹便一手带过那头驴儿，认镫扳鞍，飞身上去，加上一鞭，回头向大家说声："请了！"霎时间，电掣星驰，不见踪影。这正是：

神龙破壁腾空去，夭矫云中没处寻。

要知后事如何，下回书交代。

第十一回　糊县官糊涂销巨案　安公子安稳上长淮

上回书讲的是雕弓、宝砚自合而分，十三妹同安龙媒、张金凤并张老夫妻柳林话别，是这书中开场紧要关头。那十三妹别后，安公子一行人直望到望不见了，也就大家上了车辆牲口，投奔南河大路而去。这且不提。

折回来再讲那黑风岗的能仁寺。却说这能仁寺原是一座败落古庙，向来有两个游僧在内栖身抄化。自从赤面虎这个凶僧占了这地面，把两个游僧赶出庙去，借着卖茶卖饭为名，在此劫脱来往客人，那倒运的被他害了也不止一个。如今，天理昭彰，惹着了这位杀人如戏的十三妹，杀了个寸草不留，自在逍遥的走了。临走，又把庙门从里头关了个铁桶相似。这条道本是条背道，附近又等闲无人来拜佛烧香，就连本地的乡约地保也住的甚远，因此，庙里只管闹的那等马仰人翻，外人竟一点消息不得知道。

自来“无巧不成话”。不想,这茌平县的西北乡,偏偏出了一案,地保报到县里。这县官姓胡,原是个卖面茶的出身,到了正月节带卖卖元宵。不知怎的,无意中发了一注横财,忽然的官星发动,就捐了一个知县。选在茌平,地方上都叫他“糊太爷”。

这日,胡知县接了地保的禀报,问了问这西乡离县衙有三十多里,便传了次日下乡。那县衙的一班官役,巴不得地方上有事,好去吃地保,又可向事主勒索几文。到了次日,那些刑书、招房、仵作、捕快人等,一窝蜂的都跟了去。及至到了乡下,只见不过是两人口角,彼此揪扭,因伤致死的一桩寻常命案,照例相验,填了尸格回来。

那地保规矩是,送县官过了他管的地界,才敢回去。这能仁寺正在他的地界上,来回都从庙前经过。恰巧走到离庙不远,这位县官因早起着了些凉,忽然犯了疝气,要找个地方歇歇,弄口姜汤喝。跟班的便吩咐衙役,叫地保预备地方。

地保想了想,这一带都是旷野荒山,那有人家去寻热水?便想到这座能仁寺上,说:“前面不远有所古庙,就请太老爷的驾,到那里将就坐落罢。”便飞跑的赶到庙前。那正中山门,本是用乱砖从外面砌严了的,看了看,左右两个角门儿也关得结实,只得走到马圈门前叫门。一直叫了半日,也不听得有个人答应。正在叫不开,那些三班衙役,也有赶到前头来的,大家一顿乱推带踹,把个门插管儿弄折了,门才得开。

地保忙着推门,同了众人进去,叫和尚出来接太老爷。但见空落落的院子,静悄无人;只有马棚里撒着四个骡子,饿的在那里打晃儿;当院里两条大狗,因抢着一件血淋淋的东西,在那里打架。大家喝开了狗一看,原来是个和尚脑袋,吓了一跳。地保说:“不好!这不又出了案了吗?”连忙把那颗头抢在手里,奔了那三间正房来找和尚。一进门,就看见一个半老的和尚,躺在地下,叫了一声,不见答应,敢是死了。

这个当儿,听见喝道的声音,县官轿子早已到门。众人连忙跑出去,把上项事禀明。县官听了,打轿进门。下轿一看,心里纳闷说:“这可罢了我了!这一个和尚的脑袋好端端的在腔子上,那个脑袋可是那里来的呢?”旁边一个捕快班头,跪倒回话,说:“回太老爷的话:这得拿凶手。”县官问道:“凶手是谁?”众人只得说道:“在庙里搜一搜,就知道了。”县官说:“那么着,咱们就搜哇。”众人答应一声,便顺着那带灰棚搜去。搜到南头那间,见关着扇门,大家巴着窗户瞧了瞧,早瞧见草堆边露着两只脚,说:“得了,尸身有了!”连忙踹门进去,一看,又是两个尸身,肝花五脏,都被人掏了去了,却都有脑袋不算外,脑袋上还带着两条辫子。大家又来禀过县官。县官说:“这事更糟了,怎么和尚脑袋上,会长出辫子来呢?这不是野岔儿吗!”

当下,乱了一阵,便出了马圈门,从大殿配殿一路查去,只见都是些破落空房。一直乱着查到东院。进了角门,将转过拐角墙,一看,但见院子里,横七竖八躺着一地和尚,也有有脑袋的,也有没脑袋的,也有囫囵的,也有两截儿的,里头还有个没脸的,却是个妇人。

众人发声喊说:“了不得了!”把个县官唬得目瞪口呆,脸上青黄不定,疝气也唬回去了，口中只说："这是回甚么事！"那马步快手一个个乱着，腰间抽出铁尺，便去把住正房、厨房、院门，要想拿人。内中又有几个乍着胆子，闯将进去，里外屋里，甚地窨子里，搜了个遍，那有个凶手的影儿？乱了一阵，大家只得请县官进屋里，坐下再说。

这位县官一进门，就看见正面墙上，写着碗口来大的两行字。看了看，倒有一大半子不认得。只得叫过个书办来念了一遍。听了听，也猜不透怎么个意思。为难了一会，说："有了，好在咱们带着仵作呢，且相验相验就明白了。"

只见那书办使了个眼色，暗暗的合他摇手。原来，这书办是本衙门刑房的一个掌案的老吏，平日，无论有甚么疑难大事，到他手里没有完不了的案，这案里头也没有作不出来的弊。当下，县官见他如此，便回避了众人，问他道："方才我要叫仵作相验，你却摇手，这是怎么个意思？"那书办道："这一案断乎办不得。例上杀死一家三命，拿不着凶手，本官就是偌大的处分。如今，倒闹了十几条人命出来，倘然办出去，一时拿不着人，太老爷这考程，如何保得住？"

县官道："叽，你这么个人，难道连个'重赏之下，必有勇夫'也不知道吗？咱们只要多派几个人儿，再重重的悬上赏，还有个拿不住人的？"书办摇着头，说道："太老爷要拿这个人，只怕比海底捞针还难。据书办的风闻，这起子和尚，平日本就不是善男信女。至于这个杀人的，看起来也不是图财害命，也不是挟仇故杀，竟是一个奇才异能之辈，路见不平作出来的。"

县官道："这你又从那里瞧出来的？"书办道："太老爷只看他这两行字就知道了。头两句说：'贪嗔痴爱四重关，这阇黎重重都犯。'这分明说，是这班和尚平日劫人钱财，占人妇女，害人性命，伤天害理，无所不为。底下几句道：'他杀人污佛地，我仗剑下云端，划恶锄奸。'这几句分明说，他路见不平，替民除害，劈空而来，如同从云端里下来的一般，把这起子和尚屠了。末了一句道是：'觅我时，合你云中相见。'这个'你'字是谁？他分明指的是，太老爷的大驾。见得他虽然在地方上杀了许多人，却不是畏罪而逃。你们要来找我，就在云中等着见你们。看这光景，就让太老爷悬千金的赏，靠我们衙门这班捕役，怎能够到云端里拿人去？况且，看这几句话的口气，这人的胆量、智谋也就非同小可，就便见了他，又如何敢动他呢？那个时候，怎样的结这个案？所以，书办说这个案办不得。"

县官道："照你这样说起来，这一案敢只算糟透了膛了！你还有个甚么透鲜的主意没有？"书办道："据书办的主意，这一堆尸身只好拣出三个来：一个是那胖大和尚，一个是那带发陀头，那个就是那没脸的妇人。请太老爷吩咐地保，递上一张报单，就报说本庙僧人窝留妇女，彼此妒奸；那陀头一时气忿，把妇人用刀砍死；胖大和尚见砍了妇人，两下争竞，用棍将陀头囟门打伤，致命气绝，他自己畏罪，情急自戕。这等一办，把太老爷失察一家杀死三命的处分，也躲开了，凶手也不用拿了。其余的尸身，讲不起费些事，刨个坑儿，把他们一埋，眼前都是太老爷的牙爪，谁敢不尊？便是那地保，他地面上消弥了这等一个大案，也省得许多的拖累花消，他还有甚么不愿意的？再把庙里一应的细软粗重，分散给众人，作个赏号，只怕大家还乐而为之。请太爷的示，书办这主意如何？"

把个胡县官乐得满脸陪笑，说："先生，到底是你！我本来字儿也没你的深。主意也没你的巧妙。咱们就是这等办了!”书办道:“太老爷还得吩咐头儿一句。”说着,把那班头叫来,官吏二人言三语四,又告诉了他一遍。

班头想了想,说:“也只得如此。小的们遵太老爷的吩咐,就去办去。只是一时那里有这许多铁锹镢头刨那坑去?”低头为难了一会,忽然说:“有了,小的方才到厨房院里,见那里有口干井,如今把井面石撬起来,把这些个无用的死和尚,都搘下去。庙里有的是砖头瓦块,粪草炉灰,盖好了。照旧把井面石压上,索性把井口塞了.吩咐地保找两个泥水匠,在井面上给他砌起一座塔来,算个和尚坟。这场功德就完了。”县官听了,把手一拍,说:“这主意更高!少时批赏,你们俩是头分儿!’’二人先谢了出来,暗晴的告知众人。

大家听了,一来,是本官作主,二则,又得若干东西,就不分书吏、班头、散役、仵作,甚至连跟班、轿夫,大家动起手来。直闹了大半日,才弄停妥。留下地保,一面庙外找人掩埋那两个和尚、一个妇人的尸身,一面找泥水匠砌塔,一面补递报单。诸事料理完毕,大家趁此胡掳了些细软东西,只剩了四个张口兽的驮骡没人要,便入了太老爷的官马号。县官便打道回衙。

据地保那张报单,五路通详上去。奉到宪批,批了“如详办理”四个大字。把一桩惊风骇浪的大案,办得来云过天空!那地保另招了两个老实和尚,在庙募化焚修。不上几年,倒把座能仁寺募化的重修庙宇,再塑金身,这是后话不表。列公,你道十三妹这两行字儿,有多大神煞!

却说安公子一行人别了十三妹,迤逦行来,张老路上向他道:“姑爷,咱们今儿走半站罢,大家都得歇歇了。”安公子正在那里心里盘算,想着“十三妹此去,不知果然可去给我找那块砚台?他这张弹弓,不知果然可能照他说的那等中用?傥然两件事都无着,如何是好?”心中万绪千头,在牲口上闷闷不语。忽听得张老合他说话,便答道:“正是如此。”说话间,又走了一程,只见前面有几座客店,就拣了一座干净店面住下。大家忙着搬行李,洗脸吃饭,都不必烦琐。

一时,诸事完毕。张老陪了安公子在一间,他母女二人另在一间住下。那张老婆儿便催张金凤道:“姑娘,咱早些儿睡罢,昨儿闹了一夜了。”张姑娘道:“咱们娘儿两个车上睡了一道儿,你老人家这时候又困了?天还大亮的,那里就讲到睡觉了呢?咱们还有许多事没作呢。”张老婆儿道:“还有偺事呀?”张姑娘道:“你老人家知道哟,不要尽只怄人来了。”张老婆儿道:“可罢了我了,偺事儿呢?哦,你要溺尿啊,你那马桶我早给你拿进来咧。”他女儿急了,道:“瞧,谁倒是只是要撒溺呢!”张老婆儿道:“这可闷杀我了,你说罢。”

张姑娘这才低着头红着脸,说道:“你老人家瞧,他身上的那钮襻子都撕掉了,那条裤子湿漉漉的塌在身上,可叫人怎么受呢?”一句话,提醒了那老婆儿,说:“可是的了,你等我告诉他换下来,我拿咱那个木盆,给他把那个溺裤洗干净了,你给他把那钮襻子钉上。”说着往外就走。张姑娘连忙叫住道:“妈,你老人家先回来。”那老婆儿道:“还有甚么呀?”张姑娘道:“没甚么了,你老人家可不要说我说的。”

那老婆儿一面答应,一面走到那屋里,把前番话向安公子说了。这安公子才作了一天的女婿,又遇见这等一个不善词令的丈母娘,脸上有些下不来,说:“我换上了,钮襻儿将就着罢。”说了两次。那丈母娘可彆不住了,说:“姑爷,你换下来给我快拿去罢,不的时候,姑娘他也是着急。”张老又在旁边撺掇。这安公子才打发开丈母娘,换下那条塌干了的溺裤子,连衣服一并着张老送了过去。张姑娘见他母亲在那里忙着洗裤子,只得自己把那衣裳的钮襻子,一个个的钉好了。他母亲直等把那洗的裤子,收拾停妥,送了过去,娘儿两个才睡。

列公,这桩事却不可看作张姑娘不识羞,张老婆儿不辞劳。要知女婿有半子之亲,夫妻为人伦之始;有了这样天性,才有这样人情。不然,一个根儿里想不到,一个根儿里不耐烦,你叫他从那一头儿羞、那一头儿劳起?这却与那等“女儿娇得惯,老儿烧得惯”的大不相同。

闲话少说。却讲那张老一心记里着,十三妹嘱咐的“明日过牤牛山倒要早走”的这句话,那天才四更,便爬起来喂牲口、装车,便催着大家起来,收拾动身。又嘱咐安公子道:“姑爷你可记着十三妹姑娘的话,到跟前,千万莫要怕的说不出话来。”安公子笑道:“你老人家放心,莫打量小婿还是昨日的安骥。我只从昨日受了那和尚的一番折磨,又经了十三妹姐姐的一番教化,不觉得胆粗气壮起来。况且,死生有命,譬如昨日的事,可是怕得来的?今日不但性命无伤,而且姻缘成就,可见这事自有天作主。万事仗皇天,怕他怎的!只是我倒不信这张小小的弹弓儿,说得来这样的中用。”那张姑娘算感激定了那位姐姐,信定他的话了,见安公子如此说,恐怕他一时犹疑误事,待要合他说话,还是个没过门的媳妇,脸上未免下不来,只得搭赸着向父母说道:“爹,妈,我这姐姐断不会说假话赚人的。况且,他昨日不救我们,有甚么使不得?救了我们,他更不必顾我们路上的事,不借给这张弹弓,又有甚么使不得?他何必妄口说这大话?此理可信,我们断不可犹疑。”

三人听了,齐说:“有理。”张老便算清店钱,叫店家开了店门上路。此时,正是二十前后天气,后半夜,月色正亮。一行人,出了店门,趁着月色,行了一程,远远的,早望见那座牤牛山。只见黑压压的树木丛杂,烟雾弥漫,气象十分凶恶。张老道:“姑爷,留神,快到了。”一句话未完,只听得山腰里“吱”的一声骲头响箭,一直射在半空里去。

说书的,这强盗这枝箭放着人不射,他为何要射在半空里?他只要使一枝梅针箭,那人岂不应弦而倒?为何倒要用骲头箭?他还是射鹄子呢,还是射帽子呢?列公,不然。大凡作强盗的,敢于拦路劫财,了断不是三个五个,内中有瞭高的,把风的,动手的,接赃的,至少也有二三十个人,岂有大家挤擦在一块子的理?自然是三个一群,五个一伙,藏在那山坳树影之中瞭望。等到望见过往的客商到了,一只响箭,便算个号令,大家才不约而同的下山,这是一;二则,既作绿林大盗,便与那偷猫盗狗的不同,也断不肯悄悄儿的下来,放这枝响箭,就如同告诉那行人,说:“我可来打劫来了!”不然,为甚么叫作“响马”呢!

话休饶舌。却说那安公子一行人,正走之间,忽然听得一声箭响,箭响过处,早见一群人簇拥着三个骑马的强人,拍喇喇从半山里,跑将下来,一字儿摆开,拦住去路。只听为头的那个大声吆喝,他说的却不是“留下买路钱再走”的那句鼓儿词,他那话只得两个字,说:“站住!”张老是心里有了底儿的,听得一声“站住”,便把牲口拢住,鞭子往后鞦里一掖,抄着手靠了车辕,站住不动,也不答话。这个当儿,要说安公子,果然不怕,没这情理。一则是曾经和尚那等的性命相扑,合十三妹那等的电雷交作，觉得“曾经沧海难为水”；二则也仗着十三妹的这张弹弓是个护身符，料想无妨；三则事到其间，也无法了。只得把驴儿一磕，迎上前去。

那三个骑马的强人正拦着路，见一个少年身背弹弓迎来，早各各的把兵器掣在手里，闭住面门。当下安公子走到跟前，在驴儿上一拱手，说道：“众位好汉请了！我们正要赶路，列位拦路不放前行，却是为何？”那三个强人只认作，他是个才出马的保标的，答道：“咻，行家莫说力把话！你难道没带着眼睛，还要问‘却是为何’？所为的要合你借几两盘缠用用！”

安公子道：“列位且慢。盘缠却有几两，只是我费了万苦千辛弄来，要去救父亲性命的，因此不好奉送。但是列位，既入宝山，断无撒手空回的理。我这里有小小的一张弹弓，却还值得几文，这叫作‘宝剑赠与烈士’，拿去算发个利市，如何？”说着就把弹弓褪下来，递将过去。

那为头的强人道：“靠你这张弹弓又值得几何？也值文诌诌的费这些话白！我劝你把这些话收了，快把金银献出来，还有个佛眼相看；不然，太爷们就要动手了！”安公子道：“且请看看这弹弓，果然不值一笑，那时我再送金银不迟。”那为头的强人听了，把手中的那竹节虎尾钢鞭伸过来，把弹弓一挑，接在手中。先觉得分量沉重，重复在月光之下，翻覆一看，口中大叫，说：“了不得！险些儿不曾误了大事！”说着掖起钢鞭，拿了弹弓，滚鞍下马。左右两个强人见了，不知是何原故，也下了马，手下的带过马去。只听为头的那强人，向安公子问道：“尊客是从青云峰十三妹姑娘那里来么？”

安公子一听：“这‘十三妹’三个字，是烂熟的了；这‘青云峰’可是那里呢？况且，我又本不是从青云峰来。不用管他，且答应他半句。”因说道：“我正是从十三妹那里来。”强人道：“十三妹姑娘可有甚么交代？”安公子道：“我同他分手的时节，他道我此番载着金银行走，定从牤牛山经过，难保列位不下来借盘缠。所喜列位，都是些仗义疏财的豪客，与那寻常之辈不同，因此，付我这张弹弓，作一个讨关的凭据。他还说，请列位看他这张弹弓分上，借我两头牲口，还请两位壮士一直护送我们，到淮安地面。日后十三妹见了列位，定当面谢。”

那强人听了，哈哈大笑，道：“言重，言重！这个怎敢！这弹弓还请收好。十三妹姑娘吩咐的话，一一如命。”说着，回头向那两个头目道：“就是你们老弟兄俩，辛苦一趟罢。”二人领命，急忙回山打点行李、牲口去了。

这里众人才你一言我一语，问安公子的名姓。安公子道：“学生姓安，单名一个骥字。”只见内中一个小头目走过来问道：“尊客方才说到淮安，请问有位安太老爷，讳叫作学海的，同尊客可是一家？”安公子道：“那正是我的老人家。此番带了这项金银，就为了父亲的官事。”那小头目道：“原来是安少爷！那安太老爷，是淮安地方上一点福星，小人们的家堂佛一般，真真廉明公正。不想被河台大人参了一本，谁人不说冤枉！小人从前原也作些小道儿上的买卖，后来洗手不干，就在河工上充了一个夫头。因看了看作官的尚且这等有冤没处诉，何况我们百姓？想了想，还是当强盗的好。因投奔山上落草。如今，难得遇见我恩官的少爷.敢烦大哥把少爷请到寨里，用些酒饭，也见得我们的义气！”

安公子连连推谢，说：“本该奉扰，只是现同着家眷不便。”那头目还再三的尽让。倒是为头的强人说："这话使不得。慢讲你恩官面上，只看十三妹姑娘，我们合山的人，都该尽些人情。但是，公子是宦门，你我是绿林，隔着一道门槛儿呢，如何请到寨里去得？人情的事小，轻慢了公子的事大，竟可不必。"大家都说"有理"。那小头目也只索罢了。

说话间，山上去的两个人，早已拉了两头骡子，连他们的随身行李器械都带下来，随手就把那边套拴好，套上牲口。那为头的便吩咐道："你二位这荡可莫当儿戏。一来，要守十三妹姑娘的规矩，二则，要保山寨的脸面，讲不得辛苦。一路上逢山开路，遇水叠桥，甚至打店看车，都是你二位的事。到了地土，不可露盘儿，赶紧的回山要紧。"那二人诺诺连声，一一的领命。

说完，他又向安公子道："公子，你我今日相逢.三生有幸。只是叫'礼'字儿，管住了我们，连一杯水酒也不曾备得。如今有这两个人同去，路上不怕冲风破浪，万无一失，保你安稳无事，直到淮安。日后，傥然再见了十三妹姑娘，只说我海马周三同着截江獭李老、避水獥韩七三个人，凭着这张弹弓，巴结了些些小事，不足挂齿。这天也快亮了，我们不往前送，就此告别回山"说着，上了马，打声唿哨，一群人马先回山去了。

这里，李老、韩七早吆喝着车辆动身。安公子也上了牲口，仍旧背上弹弓同行。他一行人，这才把心放下。安公子在驴儿上，心中着实的感念十三妹，口中不言，心内暗想道："再不想那等一个小小女子，有许大的声名！偌大的神煞！只是我看那般人的汉仗气概，大约本领也不弱，为何如此的敬重这位十三妹姑娘？是何原故呢？"

且不表安公子一路心中猜度。却说李老、韩七两个一路上真个的是小心谨慎，不辞勤劳，不但安公子省了多少心神，连张老也省得多少辛苦。沿路上，并不是不曾遇见歹人，不是他俩人匀一个远远的先去看风，就是见了面说两句市语，彼此一笑过去。果然不见个风吹草动。

话休饶舌。不则一日，已近淮安地界。那截江獭、避水獥两个拢住牲口，向安公子道："前面再二十里，就是淮安府城东关里了，我们不好前进，见见公子，我们回去了。"安公子听说，先道了他二人的一路辛苦，又嘱吩上覆他家寨主，回手便向车上取下两封银子来，每人五十两，给他们作盘费。两人那里肯受？齐声道："这个断不敢领。一则呢，是十三妹姑娘的委派，再我们头领也有话在头里。只要公子日后见着十三妹姑娘，说我们两个这一荡还不算藏私偷懒，我们这脸上就沾了光了。"说着，一个认镫跨上骡子，那个把边套掳绳搭在骡子上，骑上那头划骡子，一直的向北去了。

安公子只得将银子收好，因向张老道："不想这强盗里边，也有如此轻财仗义的。"张老道："姑爷，俗语儿说的'行行出状元'，又说'好汉不怕出身低'，那一行没有好人哪！就是强盗里，也有不得已而落草的！"翁婿两个一路闲谈，已绕到东门关厢。

那府城的地面，本与小地方不同，又有河台大人驻扎在此，那繁华热闹，也就不减一个小省分的省城。只见两边铺面排山也似价开着，大小客店也是连二并三。张老同安公子便找了一座小店，安顿家眷行李。那张家母女二人，进店下车，先张罗着洗脸梳头，预备好去叩见新婆婆、会新亲家。安公子向张老道："泰山，你老人家张罗行李罢，我可要先打听母亲的公馆在那里去了。"张老说："这是要紧的，这里交给我。"

安公子随即出来，到了柜房里，只看那掌柜的，是个极善相的半老老头儿，正在柜房坐着，面前桌上摊着一本账，旁边搁着一面算盘，归着账目呢。见了安公子进来，起身道："客人要甚么？"安公子拱了拱手，道："借问一声：有位安太老爷家眷的公馆，在那条街上？"那掌柜的听了，把安公子上下一打量，问道："客人，你问的可是那承办高家堰堤工、冤枉被参的安太老爷的家眷么？"安公子点头道："正是。"

那老头儿未从说话，先咳了一声，道："你还要问他的甚么公馆！这话说来，真真叫人怒发冲冠，泪珠满面！"一句话，把个安公子吓得目瞪口呆，忙问："却是为何？"那老头儿才拍着板凳道："客人，你且坐了，等我慢慢的对你讲！"这正是：

不是雷轰随电掣，也教魄散共魂飞。

毕竟那掌柜的老头儿，对安公子说出些什么话来，下回书交代。

第十二回 安大令骨肉叙天伦 佟孺人姑媳祝侠女

这回书紧接上回，表的是安公子到了淮安府，安顿了家眷行李，便去打听安太太的公馆，急切里要想母子相见。不料，一问店家，见他那说话的神情，来得诧异，不觉先吃了一大惊，忙问端的。那老头儿让他坐下，才慢慢的说道："若讲我们这位安太老爷，真算得江北的第一位好官府。也不知怎么惹着这位河台大人了，把他革了职，下在监里，还追他的银子。这也罢了。到了这位官太太了，既是安太老爷遭了事，凭他怎样，我们这位山阳县也该看同寅的分上，张罗张罗他。谁家保的起常无事？也不要'前人撒土迷了后人的眼'哪！谁想他全不理会。如今，那位官太太落得自家找了个饭店住着。客人，你想可伤不可伤？你还问他的公馆在那条街呢！"

安公子听他絮絮叨叨，闹了半天，才说完了，敢则是这等样一套话，才得把心放下，心里说："这个人是怎么个说话法子！只是他天生的这样的滞碾人，也就无法。况且，听他的话倒是一片良心，不好怪他。"只得耐着烦又问他道："这饭店在那里？"那店家道："就在东边儿，隔一家门面，聚合店就是。"

安公子听得，辞了店家。出了这店门，走了不上一箭多路，果有个"聚合店"。问了问，说："安官府的家眷在尽后一层住着。"安公子也不等通报，一直往后走了去。

却说安老爷当日出京，家人本就无多，自从遭了事，中用些的长随，先散了，便有那班一时无处可走、且图现成茶饭的，因养不开多人，也都打发了。梁材是打发进了京了，安老爷只有戴勤同他女婿随缘儿，还有小程相公，在那里照料伺候。店中单剩下一个晋升带了两个粗笨杂使小子支应。偏值晋升又出去买东西去了。虽有两个打杂的在那里，他又不认得公子。因此，公子进了店，并不曾遇见自家一个人。一直走进后院，见戴勤媳妇背着脸，在墙根前洗衣服，公子也不及招呼他，忙忙的进了房门。只见窄巴巴的三间小屋子,掀起里间帘子进去,一眼就看见太太坐在挨窗户,在那里成裹帽头儿呢。

那安太太,正在低头作针线,一抬头,见个行装打扮的人进来,正不知是谁,一时间断不想到是公子。公子早已请下安去,太太定睛一看,才看出是公子来。及至看出来,倒唬了一跳,不觉口中“嗳哟”一声,说:“我的孩子!你从那里来?你可作甚么来了?”

说着,慌得顾不的穿鞋,光着袜底儿就下了地,一把拉住公子,那眼泪望下直流。公子也觉心中十分伤惨,哽咽难言。这个当儿,女人、丫头听得太太说话,都进来了。一看,才知是大爷来了。这个忙着给太太拿鞋,那个又去给大爷倒茶。太太一面提鞋,口里还连连的问:“谁跟了你来的?”公子生怕母亲猛然听见路上的情形,一定是异常的悲伤惊恐,只得说:“华忠合赶露儿跟出我来的。”太太听得,便叫华忠。公子只推“他那边店里看行李呢”。因请太太坐下,太太又催他快说来的原由。公子才慢慢的回道:“母亲且莫着忙,儿子先请示,我父亲这一向身子可安?应交的官项都有了不曾?”

太太听了,先叹了口气道:“咳,都是咱们家的家运!只说是出来作外官,谁想外官是这么个味儿。幸而你父亲的身子狠好,这也是自己素来的学问涵养,看得穿、把得定!说这几天脸面倒好了,也不是他们叫我宽心哟!只是这官项,这里才有了几百银子,给乌大爷带了信去,这些日子了,也没个回信儿。真叫人怎的不着急呢!”

公子道:“母亲不必着急了。如今,这项银子儿子已经如数带了来了,只怕还有余。况且,我父亲身子也狠好,母亲也见着儿子了,这正该喜欢才是。”安公子这话,原是先要把母亲安慰住了,然后好说路上的话。那安太太听了,果然又是畅快又是纳罕,说:“本可是的。只是,小子你一时那里去张罗得这些银子?”说着又问梁材,“他难道这样快就到了家了吗?”公子道:“并不曾见着梁材。儿子这荡出来,说也话长。若不亏上天的慈悲,父母的荫庇,儿子险些儿不得与父母相见,作了不孝之人!”

说到这里,自己掌不住,先哭了。太太见这光景,急得满面泪痕,忙又一把扯住他,道:“这是怎么说?你快说给我听!”公子勉强陪笑道:“母亲不要着急,儿子此刻是好好的见着母亲了,还有甚么急的?只是这段情节,不可不细细回禀父母知道。”安太太顺手就把他拉在挨炕一个杌凳上坐下,说:“你坐了说。”

这安公子斜金着坐下,才从头把他在家怎的听见父亲被事的信,一心悬念,不及下场;怎的赶紧措办银两,带了他嬷嬷爹华忠,并刘住儿出来;到了常新店,怎的刘住儿丁忧回去,叫赶露儿,赶露儿至今不曾赶到;到了茌平,华忠怎的一病几死,不能行路,只得打算找那褚一官来,送我到淮安。

太太直着眼,皱着眉,听一句,难过一句。听到这里,说:“哟,这姓褚的又是个甚么人儿啊?”公子连忙说明原故。太太又着急道:“难道就这等一个生人,就送了你来了吗?”公子道:“要得他送来,倒又没事了。”太太问道:“怎么,难道还有甚么岔儿么?”

公子又把到了店里,怎的打发骡夫去找褚一官;那个当儿,怎的来了个异样女子,并那女子的相貌、言谈、举止、装束,以至怎的个威风出众,神力异常;落后,怎的借搬那块石头进房,坐下便不肯走;怎的他见面便知我路上的底细;怎的开口便问我南来的原由;及至问明原由,他怎的变色含悲起身就走;临走,又怎的千叮万嘱,叫务必等合他见面然后动身;怎的许护送我到淮安保我父子团圆,人财无恙。

太太道:"这个女孩儿怎的这等的神道哇!就算他有本事罢,一个女孩儿家,可怎么合你同行同住呢?莫非不是个正道人罢?只是他怎么又有那样的大力量呢?这可闷煞人了!"公子道:"彼时儿子也是如此想。谁知大不然。他不但是个正道人,竟是一副儿女情肠,英雄本领,更兼一团的圣贤学问。若不亏此人,孩儿今日,也见不着母亲了。"

太太听如此说,忙问道:"他走了,可回来了没有?"公子道:"请母亲往下听。这可就怨儿子自己糊涂了。正是他走后,去找褚一官的两个骡夫,回来了。"太太道:"是啊,这里头还夹杂的个甚么褚一官儿呢。他来了也就好了,到底有个作伴儿的呀!"公子说:"他并不曾来。据那骡夫说,他有事不得分身,他家离店不远,就请我到他那里去住。那时,儿子一想,这女子虽然说得天花乱坠,只是他来的古怪,去的古怪,以至说话行事,无不古怪,心里有些信他不及。又加着骡夫、店家两下里撺掇,都说这人来的邪道,躲了他为是。儿子一时,慌不择路,就打算同了两个骡夫,奔到褚一官家去。那知两个骡夫不是好意,他并不曾到褚一官家去,要想把我赚到黑风岗,推落山涧,拐了银子逃走。"

太太听了,急得搓手道:"这是甚么话呀!"公子道:"母亲放心,不妨。总是天恩祖德,五行有救。"说着,又把那到了黑风岗,骡夫怎生落下牲口,牲口怎的惊得飞跑,一直跑到一所大庙才得站住的话,说了一遍。太太听到这里,不禁念了一声"阿弥陀佛!"说:"走到佛地上这可好了!"公子道:"母亲那知,这才闯进鬼门关去了!"当下,又把那自进庙门,直到被和尚绑在柱上,要剖取心肝的种种苦恼情形,详细说了一遍。

那安太太不听犹可,听了这话,等时急的满脸发青,唬得浑身乱抖,痛得两泪交流,"嗳哟"一声,抱住公子,只叫:"我的孩子,你可受了苦了!你可疼死我了!你可坑死我了!"说罢放声大哭。公子想起自己那番苦楚,痛定思痛,也不觉失声痛哭。两边仆妇、丫鬟看见,无不落泪,个个上前想劝。公子怕痛坏了老人家,只得忍泪劝道:"母亲请免伤心!儿子现在是好端端的见父母来了。母亲请想,假如那时候竟无救星,此时又当如何?"太太说:"这是甚么话呢!要那样,可叫我们怎么活着呀!"

说着,紧紧的拉住公子的手不放松,口里还说道:"咳!这都是气运领的,无端的弄出这样大事来。小子,在你吃这一场苦,送这银子来,可算你父亲没白养你。只是你叫我们作老家儿的,心里怎么受啊!”说着,抽抽噎噎的,又哭起来。旁边丫鬟忙着倒上茶来。吃了一口,又递过手纸去擤鼻涕。随缘儿媳妇便忙着去湿手巾,预备擦脸。梁材家的才要装烟,太太说:“我顾不得吃烟了!”因拉着公子问道:“你说说,到底又遇见个甚么救星儿呢?”

公子说:“这往后都是活路了,母亲可不要再着急伤心了。不然,儿子心里一乱,益发说不上来了。”因说道:“那日,正在性命呼吸之间,忽然,凭空里‘拍’‘拍’的两个弹子,把面前的两个和尚打倒,紧接着,就从半空飞下一个人来,松了绑绳,救了孩儿的性命。”太太问道:“这又是谁呀?我的天爷!”公子说:“母亲道是谁?就是那日,在店中相会的那个女子!”安太太此时也不及再说闲话,止有听一句,口中“叽”一句,又诵两声佛号而已。公子随即又把那女子怎的扫除了众僧,验明了骡夫,搜着了书信这些情节,一直说到赠金、送别、借弓的话,讲了一遍;就中只是张金凤这节,一时且说不出口。

太太见公子说到这里,胸中、脸上略为舒畅,才得腾出心来想事。想了想,便说道:“据你这样说,那个姓褚的自然是没见着,倒底是谁跟了你来的?”公子听了,连忙站起来,回道:“母亲问到这里,这其中还有一段隐情,儿子不敢不禀知母亲,不敢就禀明父亲。这桩事,儿子出于万分不得已,此时,实在作难,实在害怕。”太太说:“甚么事啊?你好歹的不要为难,我的孩子,你可搁不住再受委屈了!你如果有甚么不得主意的事,不敢告诉你父亲,有我呢,我给你宛转着说。”

公子才把那张金凤的一段始末因由,合那媒人怎样硬作,自己怎样苦辞,张家姑娘怎样俯就,所以然的原故,从头至尾、抹角转弯、本本源源、滔滔汩汩的,告诉母亲一遍。并说:“此来就亏这张老夫妻,同了张金凤送来的。请示母亲,这事该当怎样才好?儿子不得主意。”说罢,跪了下去。

太太一面拉起他来,一面心里沉因,暗说:“这桩事倒不好处。若听那个女孩儿的那番仗义,这个女孩儿的这番识体,都叫人可感可疼。至于亲家的怯不怯,合那贫富高低,倒不关紧要。但是,我原想给孩子娶一房十全的媳妇,如今听起来,这张姑娘的女孩儿,身分性情自然无可说了,我只愁他倒底是个乡间的孩子,万一,长的丑巴怪似的,可怎么配我这个好孩子呢!”想到这里,不禁便问了问那姑娘的岁数儿,身量儿,然后才问到模样儿。

安公子听得这一问,红了脸,半日答不出来。其实,安公子不是不会说官话的人,或者说相貌也还端正,或者说举止也还大方,都没甚么使不得。无奈他此时,又盼事成,又怕事不成,把害怕、为难、畅快、欢喜,一股脑子搅成一团,一时抓不着话头儿,又挨磨一会子,才讪不搭的说了三个字,说道是:“长的好。”

安太太听了这话,笑逐颜开,说:“等我瞧瞧去!”说着,也不等人搀,站起来往外就走。公子忙笑着拦道:“母亲那里去?自然是我过去告诉明白了,叫他来叩见母亲,岂有母亲倒去见他之理!”安太太道:“叫人家孩子委屈了一道儿,就是他父母照应你一场,我也得给人道个谢去!”公子又笑道:“讲行客拜坐客,也是等他二位来。难道母亲就这样跑到街上去不成?”太太这才想过来,说:“是呀,真真的,我也是叫你们唬糊涂了!”说着,便叫晋升家的、随缘儿媳妇,去请张太太合姑娘,又派晋升再同上一个粗使的小子，请那位张老爷，就连行李一并搬过来。列公，牢记话头：从此张老头儿、张老婆儿，可就“老爷”“太太”了。

闲话休提。安太太趁这个当儿，便收了活计，吩咐备饭腾挪屋子。一时，晋升家的、随缘儿媳妇，也换了件干净衣裳，知会了外面的人，跟了大爷过去。谁想，刚出了院门，大爷要出恭，又抓住晋升，细问老爷近日的起居脸面。

那两个仆妇惦记着去看新大奶奶，带上那个小子，便慢慢的先过去。将进得那边店门，早看见一个老头儿，在那里喂驴，那小子上前问了一句，说：“张太太住在那屋里？”那老头儿一时不知问的是谁。小子又说明原故，他才带了大家到店房门外，叫了声：“妈妈儿，安家有客看你娘儿们来了。”说完，他依然去喂驴去了。那小子再不晓得这位就是亲家老爷！

却说晋升家的进了那间店房，只见他母女二人都在一处，才待说话，张太太就问说：“你俩那个是安太太呀？”随缘儿媳妇到底是个小孩子，先忍不住要笑。晋升家的忙道：“太太，不是。我们是家下人，当奴才的。我们太太打发过来，请太太合姑娘那边坐。”说着就跪下请安。把个张太太慌的，两只手拜个不迭。二人转过身来，又给张姑娘请安。张姑娘知是婆婆的人，便不还礼，却也不十分羞涩，口中无言，双手拉了起来。

说话间，安公子也过来了，便把方才的话，告诉明白张老。张老自是欢喜，因说道：“既这样，姑爷，你先同了他娘儿两个过去，我在这里看着行李。别的不打紧，这银子可是你拿性命换来的，好容易到了地土了，咱们保重些好。”公子连说：“有理。”晋升早雇了两乘小官轿来，仆妇们便请张太太、张姑娘上轿，大家跟着，抬到聚合店里来。

安太太正在盼望。晋升进来回：“张太太同张姑娘过来了。”安太太连忙搀了人，迎将出去。张太太早进院门，只见他穿着一件簇簇新的红青布夹袄，左手攥着烟袋荷包，右手攥着一团蓝绸绢子。晋升家的跟着，生怕又弄错了，上前说道：“这是我们太太。”安太太赶着过去，双手拉手。

张太太是两只手都占着呢，只得把攥绢子的那只手，伸了两个指头，拉住了安太太的手，一面哆嗦着，口里说：“好哇，太太！”安太太道：“不要这样称呼，看光景比我岁数儿大，该叫我妹妹才是呢。”张太太道：“我小呢，属小龙儿的，到年五十二了。”

安太太口里虽合张太太说话，那一副眼光，早注到张姑娘跟前。只见他眉宇开展，气度幽娴，腮靥桃花，唇含樱颗；一双尖生生的手儿，一对小叮叮的脚儿；虽然是个家常装束，却是满面春风，周身大雅。随缘儿媳妇半扶半搀的拉着，随在他母亲身后。见了安太太，垂下手来，安安详详的，道了两个万福。安太太连忙拉住他，问了问一路风霜光景。听他说话虽带点外路水音儿，却不侉不怯，安太太心里先有几分愿意。这才回头让张太太走。一看，张太太早已豪着屁股上了台阶儿，进了屋子了。安太太又让张姑娘。他此时，见太太这等的温和慈厚，心里算早把这个婆婆认定了，那里肯先走？安太太便拉了他说：“咱们娘儿们一块儿走。”比及到门，他到底让太太先进去，才罢。

一时，安太太合张太太分宾主坐下。丫鬟倒上茶来。安太太便让张姑娘上炕去坐。只听他低声款语，答道：“这断不敢。我张金凤此番随了爹妈，护送公子到此，原说给太太作些针线，或者作个指使，才不是闲茶闲饭养闲人。日后名分所关，如何敢坐。”

一席话，把个安太太疼的，不由得赶着他叫了声：“我的儿，你千万不要如此！你在庙里合咱们两家那位恩人、媒人说的话，我都尽情的知道了，你听我告诉你，不但人家那番恩义不可辜负，就是平白的见了你这样一个人，这门亲我也愿意作。你放心罢。”

张姑娘听了这话，心里先“一块石头落了地”了。安太太说着，又叫：“玉格呢？”公子答应了一声进来。安太太道：“我细想这桩事，你媳妇方才的话，是因你那日在庙里辞婚，他得站住女孩儿的身分。你辞婚是因不曾禀过我同你父亲，不敢自主，你得循着人子的道理。如今，虽不曾回你父亲，见了我，我就可以作大半主意。甚么原故呢？第一，听着路上的情形，他这心地儿、性格儿，是无可讲了；就据这模样儿，只怕打着灯笼儿，也找不出这样一个媳妇儿来。至于那贫富高低的话，不是咱们书香人家讲的；我就见有多少人家，因较量贫富高低，又是甚么嫡庶，误了大事。这话不用合你商量，我看你的神情儿，也没甚么不愿意。我估量着你父亲，也必愿意。这又怎么见得呢？你还记得临出京的时候，你父亲说过：‘只要得个相貌端庄、性情贤慧、持得家、吃得苦的孩子，那怕南山里、北村里的，都使得。’看起今日的这局面来，这岂不是姻缘前定么！咱们今日就一言为定，不必再商。”张姑娘听到这里，心里早“两块石头落了地”了。

安太太回过头来，便向张太太道：“老姐姐，你想我这话是不是？”张太太道：“我们是个乡下人儿，攀高咧，没的怪臊的，可说个侔儿呢！俺这闺女可十个头儿的不弱，亲家太太，你老往后瞧着罢，听说着的呢！”安太太带笑答应着．又问公子道：“你们路上匆匆的，自然也不曾放个定。人家孩子可怪委屈的。我今日补着下个定礼罢。”说着，把自己头上带的一只累金点翠嵌宝衔珠的雁钗摘下来，给张姑娘插在鬓儿上，说：“第一件事，是劝你女婿读书上进，早早的雁塔题名。”回手又把腕上的一副金镯子，褪下来，给他带上，圈口大小恰好合式，说：“‘和合双全’的罢。”

张姑娘此时，心里可是“三块石头落了地”了，带好钗钏，才要下拜。安太太拦道：“这点东西，倒不要拜。今日是个好日子，你就先认了婆婆，咱们娘儿们好天天儿一处过日子，不然，你可叫我甚么呢！至于你们磕双头成大礼，那可得等你公公出来，择吉再办。这大节目是错不得的。”

当下，早有仆妇丫鬟铺下红毡子，仍是晋升家的、随缘儿媳妇扶着那张姑娘，便在红毡上，插烛也似价拜了四拜。安太太便坐着受了礼，说：“你们搀起大奶奶来，吉祥话儿留着磕双头的时候，再多说两句罢。”张姑娘磕头起来，便装了一袋烟，给婆婆递过去。把个张太太一旁乐的，张开嘴闭不上，说道：“亲家太太，我看你们这里都是这大盘头，大高的鞋底子。俺姑娘这打扮可不随溜儿。不咱也给他放了脚罢？”安太太连忙摆手，说：“不用，我们虽说是汉军旗人，那驻防的屯居的多有汉装，就连我们现在的本家亲戚里头，也有好几个裹脚的呢。”

原来张姑娘见婆婆这等束装，正恐自己也须改装，这一改，两只脚踏踏踏踏的，倒走不上来；今听如此说，自是放心。安公子却又是一个见识，以为上古原不缠足，自中古以后，也就相沿既久了，一时改了，转不及本来面目好看。听母亲如此说，更是欢喜。在外间屋里，端了一碗热茶喝着，呲着牙儿，不住的傻笑。晋升家的、梁材家的一班陈些的人，便来怄他道："真好俊一位大奶奶！大爷还记得小时候儿，见个小媳妇子先脸红？这时候怎么不羞了？"公子笑着，道："你们不用怄我了！正经倒碗热茶我喝罢。"晋升家的道："我的小爷，你手里端的那不叫热茶吗？咱的了？乐糊涂了？"说的大家大笑，公子也不禁笑将起来。

正热闹着，外边家人将银子、行李一起起的搬来，交代明白。那辆车并牲口，就交给店里照看喂养。晋升已在前层，收拾了两间洁净店房，预备张亲家老爷住。

一时，行李发完，张亲家老爷过来，安太太忙叫请。请了进来，只见他穿一件搭袜口的灰色粗布袄，套一件新石青细布马褂，系一条月白标布搭包，本是毡帽来的，借了店里掌柜的一顶高提梁儿秋帽儿。见了安太太，作了一个揖。安太太不会行汉礼，只得手摸头把儿，以旗礼答之。进房坐下。茶罢，安太太便道了一路照料的致谢，又把方才的话告诉一遍。那亲家老爷，到也本本分分的说了几句谦虚话，又嘱咐了女儿一番。虽说是个乡下风味儿，比那位亲家太太，就怯的有个样儿多了。

坐了一会，便告辞，外边坐去。安太太又说："你们亲家两个，索性等消停消停，再说话罢。"那老儿答应着，站起去了。安公子这才敢去见父亲，并讨了母亲的主意。安太太也把怎样说法，一一的教导他明白。这里便催着给亲家太太摆饭。

书中且不表这边的事。却说安老爷自从住在这土地祠里，转瞬将近一月。那银限日紧，手下凑了不足千金，寄乌学士告助的信，至今不见回音。梁材进京，往返总须两月，且不知究竟办的成否何如？眼前九月初旬已近，又正是放榜之期，不知公子三场诗文，可能望中？更奇的是，许久不接家信，不得家中近日情形，公子是出场就动身了啊，还是不曾上路呢？更加此地，虽有几个朋友可谈，在这县衙里又不得常见，只有程相公陪着谈谈，偏又是个不大通的。雨夕风晨，十分闷倦。这日饭后，正拿了一本《周易》，在那里破闷，只听墙外人声说话，象有客来的光景。正待要问，随缘儿慌张张的跑进来，说："奴才大爷来了。"老爷也不免唬了一跳。

说着公子早已进门，请下安去，起来赶了两步，跪在老爷膝前，扶了腿，失声要哭。安老爷正在不得意之中，父子异地相逢，也不免落泪。只是严父慈母，所处不同，便不似太太那番光景。一面点头，拉起公子来，说道："你可出来作甚么？"因大概问了问何人跟随，一路行色光景。随即问道："你难道没下场吗？"第一句公子就不好登答，只得敛神拭泪，答道："正在场前，听见父亲这个信息，方寸已乱，自问下场也作不出好文章来，便侥幸中了，父亲现在这个地方，儿子还何心顾及功名末节？所以，忙得不及下场，赶来见见父母。"

老爷叹息了一声，说："这却也难怪你。父子天性，你岂有漠然不动的理。不过，来也无济于事。我已经打发梁材进京去了。算这日期，你自然是在他到的已前就动身的。我早已料道，你听见这信必赶出来，所以，打发梁材兼程进京。一来，为止住你来，二来，也为将家里现有的产业折变几两银子，凑着交这赔项。你这事虽不在行，到底还算个作纛旗儿，如今，你又出来了，这怎么样呢？"说着，皱了眉，宛转思索。

公子见这光景，回道："这事已经遵父亲的主意，办妥当来了。"老爷道："你方才说不曾见着梁材，自然不曾见着我的谕帖，从那里遵起？”公子道：“儿子想，除此也别无办法，所以大胆就作主，这样办了。”老爷道：“这倒难为你长了。只是我计算，多也不过二千余金，终究还不足数。强如并此而无，且慢慢的凑罢了。”公子道：“据现有的数目，大约也敷衍着够了。”老爷说：“这又是不知物力艰难的孩子话了。如今，我这里才有不足千金，搭上这项，不过三千金；我虽致信乌克斋，他在差次，还不知有无，便有，充其量也不过千金；连上平色，还差千余金呢。你看着世上的银子就这等容易？”公子回道：“儿子此番带来，约有七千金上下光景，便不候乌克斋的信，想也足用了。”老爷听了这话，把脸一沉，问道：“阿哥！你在那里弄得许多银子？我平生于银钱一道，介介不苟，便是朋友有通财之谊，也须谊可通财的，才可作将伯之呼；你若借了这事，向亲友各家，不问交谊，一概的沿门托钵摇尾乞怜起来，就大不是我的意思了！”

公子此时，心下一想，事到其间，也不得不说了。况且，父母跟前，便是自己作错了事，岂容有一字欺隐？莫如直捷痛快的尽情一吐，便是有干严怒，也合受一场教训。便回道：“并不曾求着亲友。只是这桩事，说来头绪也乱，情节也多，先得求父亲不要吃惊、着急、生气，容儿子慢慢的细禀。”说着便跪了下去。

安老爷平日虽是方正严厉，见这等娇生惯养一个儿子，为了自己，远路跋涉而来，已是老大的心疼，只是有见于“爱之能勿劳乎”合那“玉不琢不成器”的这两句话，不肯骄纵了他。今又见他如此举动，满面惨惶，更加不忍，且料，其中必另有一段原故，却也断想不到，公子竟遭了这等一场大颠险。当下向公子道：“你不必慌，只管起来，明明白白的说。”公子这才站起身来，从家中得信起身，一直到今日，到店止，照方才回太太的话，应节省的节省，应加详的加详，并合张金凤联姻一段，一字不落，也都据实的禀了他父亲。

书中交代过的：严父慈母，其性则一，其情不同。况且，这位安老爷又是才、学、识三者兼备的人，当公子说的时节，便不肯用话打他的岔，默默凝神静气去听。但见他听着，忽而摇头，忽而点头，忽而抬头，忽而低头；那心里大约是惊一番，喜一番，感一番，痛一番；直等把话听完了，才透过这口气来。不由得一阵酸心，两行热泪。公子也呜咽、惶恐个不住。

安老爷定了一定，长出了一口气，才向公子道：“这桩事，我都听明白了。你想我听着怎能够不惊？到了此时，却急也无益，更无气可生，只是苦了你了。你如今不必害怕着忙，听我告诉你。你此番为我出来，这是天理人情，无所为错。况又受了这场掀天风浪，难道我还责备你不成？然而，这事却是都由你少不更事而起。你想，这条路带着若干的银子，便华忠跟着且难保无事，何况，你孤身一人？以致险遭不测。你想，傥然果遭不测，不但你成了罪人，连我也是个罪人了，比起你给我送银子来，孰轻孰重？及至你在店里遇见那个甚么十三妹女子，却纯是你不学无识了。方才听你说起那情景来，他句句话与你针锋相对，分明是豪客剑侠一流人物，岂为‘财色’两字而来？你千不合，万不合，不合那一走才是。这就叫作‘吉凶悔吝生乎动’了哇。再讲到那骡夫、和尚，原是天理人情之外的事，也难怪你见不及此。只是果然不走，这祸又从何而来呢？至于你受那十三妹的金银，允那张金凤的姻事，这两桩事你自己以为大错，我倒原谅你。何也？圣人说‘观过知仁’，原不尽在‘党’

字上讲。当那进退维谷的时候,便是个练达老成人,也只得如此,何况于你?又何况,你心里还多着为我的一层?倒是我作老家儿的。不曾荫庇到你,转叫你为我先受了累了。这是我心里难过的去处。如今,这项金银也还算得从义路而来,此时也无法不受。况且,我也正用得着,竟是用了他的,了成全那女子一番义举,合你一片孝心,我们再图后报。那张家姑娘,方才听你说来,竟是天作之合的一段姻缘,你可不准嫌他父母乡愚,嫌他鄙陋,稍存求全之见。如今,竟是以前言为定。却等我完了官事,出去给你们作合,想来你娘也没甚么不肯的。"

公子听一句应一句,紧记了母亲的话,说"且慢说方才放定"的一层。今听安老爷如此一问,乘势回道:"看母亲的光景,也以为必当作合。只是不得父亲的话,不好就定。还叫儿子请示。"老爷说:"那更好了。你略歇歇儿,就先过去,把这话说给你娘,并致意你岳父、岳母,叫他二位好放心,你也无可为难着急了。"

安公子听完这话,一切得了主意,心里一想,暗道:"我安骥修了几生,有多大的造化,得这样恩勤覆育的二位老人家!"想到这里,转不禁痛定思痛,感深而泣。安老爷道:"这又哭甚么?不必哭了,再哭,就叫'不着要'了。"公子这才收了泪痕,换出笑脸,详问父亲的起居眠食。老爷说:"你此时且不必絮叨,先把方才的话去说了,就换了衣裳来。跟我吃了饭,今日就在此住,我还有话说呢。你丈人那里,我请程相公替我陪去。"

公子领命退出。本是雇了乘小轿来的,仍坐了那小轿飞奔回店。见了安太太,也不及细说,笑嘻嘻的道:"我父亲没生气,都依了。"安太太道:"我早晓得了。我只管那等叫你去了,到底不放心,打发人跟了听去。回来回了我,都知道了。这好极了。你去陪你丈人,吃饭去罢。"公子又把父亲还叫回去,并请程相公陪着的话回明,忙忙的换衣回去。他父子才得说一番无限离情,叙一番天伦乐事。

这话暂且不暇多谈,趄回来再讲店里。却说那张老有程相公在那里陪着,一个讲的是抄誊缮写,一个讲的是耕种刨锄,说了一晚,也不曾说到一处。那张太太是提着精神,招护了一道儿女儿、女婿,到了这里,放了乏了,晚饭又多饮了一杯,更加村里的人儿不会熬夜,才点灯,就有些上眼皮儿找下眼皮儿,打了两个哈欠,说道:"要不咱睡罢?"张姑娘正要合婆婆多亲热一刻,说:"我还不困呢,妈先睡去罢。"那婆儿更无谦让,过西间去,脱了衣裳,躺下就着了。

这里,安太太叫张姑娘上了炕,才细细的问他家乡路上一切闲话。说到路上,那张姑娘不住的,十三妹姐姐长十三妹姐姐短,安太太这才知道,那位救命的姑娘叫作十三妹。张姑娘又把十三妹的形容举止,并定亲以前怎样先私下问他许多的话,都倾心吐胆的告诉了婆婆。安太太更是心感,因说道:"这位姑娘不要真是位菩萨转世罢!只是你们受了他的好处,还当面给他道了个谢,我可那里谢他一声去呢?我方才心里许了个愿,等十五日,在天地前上个满堂供,焚个满斗香,一来,答谢上天叫咱们父子婆媳完聚的天恩;二来,祝赞着那十三妹姑娘增福延寿,将来得个好婆婆、好女婿。我还打算另设张桌儿,望空遥拜他一拜。心里才过的去呢。"

张姑娘道:"这个只怕使不得。他合媳妇结了姐妹,在婆婆看着,也是孩子一样,这一拜,他断当不起。媳妇到有个见识,媳妇本也有个愿心,许下给他供个长生禄位,早晚礼拜,愿生生世世,合他托生一处。婆婆想着使得使不得?"安太太听了,说："狠好，就是这样。咱们娘儿们都是十五那天还愿。"婆媳二人又谈了许久。听了听，那天已交四更，才各归寝。

列公，听这回书，不觉得像是把上几回的事，又写了一番，有些烦絮拖沓么？却是不然。在我说书的，不过是照本演说；在作书的，却别有一段苦心孤诣。这野史稗官，虽不可与正史同日而语，其中伏应虚实的结构也不可少。不然，都照宋子京修史一般，大书一句了事，虽正史也成了笑柄了。至于听书的，又那能逐位都从开宗明义听起？非这番找足前文，不成文章片段。并不是他消磨工夫，浪费笔墨。也因这第十二回，是个小团圆，正是《儿女英雄传》的第一番结束也。这正是：

好向源头通曲水，再从天外看奇峰。

要知后事何如，下回书交代。

第十三回　敦古谊集腋报师门　感旧情挂冠寻孤女

这回书接着上回，表的是安公子回到店里，把安老爷的话回明母亲，并上覆岳父、岳母，大家自是异常欢喜。张姑娘心里益发佩服十三妹的料事不差。那张老自有程相公照料。安公子便忙忙的，换了家常衣服，赴县衙而来。

那些散了的长随，还有几个没找着饭主、满处里打游飞的，听见少爷来了，又带了若干银子给老爷完交官项。老爷指日就要开复原官，都赶了来，借着道喜，要想喝这碗旧锅的粥。老爷见这班人本无人味，又没天良，一个个善言辞去。内中只有个叶通，原是由京代出来的，虽也是个长随，因他从幼也读过几年书，读的有些呆气，自从跟了安老爷，他便说从来不曾遇见，这等一位高明浑厚的老爷，立誓不再投第二个主人。安老爷给他荐了几处地方，他都不肯去，甘受清苦。老爷见公子无人跟随，叫他且伺候公子。恰好赶露儿也赶到了。安老爷因他误事，正要责罚，吓的他长跪不起，只得把刘住儿到家一时痛亲昏瞶忘说，后才想起，随即赶来的话回明，老爷见其情由可原，仍派他跟随公子。

说着，摆上饭来，又有太太送来几样可吃的菜，并"下马面"。原来安老爷酒量颇豪，自己却不肯滥饮，每饭总以三五斤为度。因向公子道："我喝酒，你只管坐下先吃饭，不必等我。"公子便搬了个坐儿，坐在横头。

一时，吃饭漱盥已毕，安老爷便命他隅坐侍谈。这才问了问京中家里一切情形，因长吁道："我读书半世，兢兢业业，不敢有一步逾闲取败，就这'迂拙'两个字，是我的短处。不想，才入宦海，就因这两个字上误事，几乎弄得身名俱败，骨肉沦亡。今日，幸得我父子相聚，而且官事可完，如释重负。这都是上苍默佑，惟有刻刻各自修省，勉答昊慈而已。至于你，没出土儿就遭了这场颠沛流离，惊风骇浪，更是可怜。又安知不是我家素来享用稍过，福薄灾生，以致如此？经此一番，未必非福。此时都无可说了。只是我方才细想，你在那能仁寺遭的这场事，在那班和尚，伤天害理，为天理所必诛，无所为冤，在那个女子，取义成仁，仁至义尽，无所为孽；我们心里便无所为过不去。我只虑地方上弄了这等一桩大案，傥然遇见个廉明官儿，查究起来，倒是一桩未完的心事。"

公子说："这事大料无妨。前日在路上，听见各店里沸沸扬扬的传说，在平县黑风岗庙里一个和尚、一个陀头、一个女人，因为妒奸，彼此自相残害，经本县的一位胡县官访察出来。那地方上百姓，也有受过那和尚荼毒的，人人称快，感念那位胡县官，都称他作'青天太爷'。"安老爷笑道："此所谓'齐东野人之语'也。"

那时，叶通正在那里伺候老爷吃饭，便回道："这话大约是真的。"老爷道："你又怎么晓得？"叶通道："这里的二府，就合在平的这位胡太爷是儿女亲家。奴才有个舅舅跟胡太爷，昨日打发来看姑奶奶，他也是这等说。还说胡太爷因此上台见重，说他留心地方公事，还保了卓异了呢。"老爷听了，不禁大笑说："这可叫作'天地之大，无所不有'了。若果如此，不但那女子可以远祸，我们也可放心。"公子答应了个"是"，就趁势回道："倒是儿子这里，另有件未完的心事。"老爷忙问："何事？"公子便把失了那块砚台的话，说出来。

老爷先说了句"可惜"，便问："怎的会丢了？"公子道："只因正在贪看十三妹在墙上题的那折词儿，他又催促着走，一时匆匆的，便遗失了。"安老爷问："又是甚么词儿？"公子见问，便从靴掖里，把自己记下的个底儿掏出来，请老爷看。安老爷看了一会，说："这个女子好生奇怪！也好大神煞！你看他这折《北新水令》，虽是不文，一边出豁了你，一边摆脱了他，既定了这恶僧的罪名，又留下那地方官的出路。看他这样机警，那砚台他必不肯使落他人之手。只他这词儿里的甚么'云端''云中'，自是故作疑人之笔。他究竟住在何处，你自然问明白了？"公子道："也曾问过，无奈他含糊其词，只说在个'上不在天，下不着地'的地方住。并且儿子连他这称谓，都留心问过，问他这'十三妹'三个字，还是排行，还是名姓，他也不肯说明。"老爷道："吼，这是甚么话！无论怎样，你也该问个明白。在他虽说是不望报，难道你我受了人家这样大德，今生就罢了不成？"公子见父亲教训，也不敢辩说"他怎生的生龙活虎一般，我不敢多烦琐他"，只得回道："将来总要还他这张弹弓，取我们那块砚台，想来那时，也可以打听得出来的。"

老爷只是摇头，一面口里却把那词儿里"云中相见"四个字，翻来覆去不住的念，又用手把那"十三妹"三个字，在桌子上，一竖一画不住的写。默然良久，忽然的把桌子一拍，喜形于色，说道："得之矣！我知之矣！"因忙问公子道："这姑娘可是左右鬓角儿上，有米心大必正的两颗朱砂痣不是？"

罢了！这公子实在不曾留心，只得据实答应。老爷又问道："那相貌呢？"公子道："说起相貌来，却是作怪，就合这新媳妇的相貌一样。不但像是个同胞姊妹，并且像是双生姊妹。"老爷道："这又是梦话了！我又何曾看见你这新媳妇是怎生个相貌呢？"公子一时觉得说的忘情，扯脖子带脸臊了个绯红。老爷道："这又臊甚么？说呀！"公子只得勉强道："此时说也说不周全，等父亲出去看了媳妇，就明白了。大约这个是一团和气幽娴，那个是一派英风流露。"老爷听了，笑了一笑，说道："文法儿也急出来了。"公子也陪着一笑。

列公，天下第一乐事，莫如谈心，更莫如父子谈心，更莫如父子久别，乍会异地谈心，尤其莫如父子事静心安、苦尽甘来、久别乍会的异地深夜谈心。安老爷合公子此时，真真是天下父子第一乐境，正所谓"等闲难到开心处，似此开心又几回"了。

公子见老人家心开色喜，就便请示父亲："方才说到那十三妹，父亲说：'得之矣,知之矣!'敢是父亲倒猜着他些来历么?"老爷道:"岂但猜着,此事你固然不得明白,连你母亲,大约也未必想的到此,我心里却是明白如见。此时且不必谈,等我事毕身闲,再慢慢的说明。我自然还有个道理。"

公子听如此说,便不好再问,只是未免满腹狐疑。那时,不但安公子设疑,大约连听书的,此时也不免发闷。无如他著书的,要作这等欲擒故纵的文章,我说书的,也只得这等依头顺尾的演说。大众且耐些烦,少不得听到那里就晓得了。

闲话搁起。一时,安老爷饭罢,收拾了家具,又同安公子计议了一番公事,如何清结,家眷怎的位置。公子便在父亲屋里小床上,另打了一铺睡下。众家人也分投安置。一宿无话。

次日清早,安太太便遣晋升来看老爷、公子,并叫请示:"那银子怎的个办法?早一日完了官事,也好早一日出去。"老爷便教公子,去告知他母亲:"这事不忙在一刻,再候两三日,乌克斋总该有信来了,那时再定规。你也就去合你娘亲近亲近去。"

公子才要走,晋升回道:"请大爷等一刻再走罢。将才奴才来的时候,街上正打道呢,说河台大人到马头接钦差去,已经出了衙门了。路上撞见,又得躲避。"老爷问道:"也不曾听见个信儿,忽然,那里来了这等一个钦差?"晋升道:"奴才们也是才听见说,说是一位兵部的甚么吴大人。这位钦差来得严密得狠,只带着两个家人,坐了一只小船儿,昨夜五更,到了马头,天不亮,就传马头差到船上,交下两角文书来,一角札山阳县预备轿马,一角知照河台钦差到境。这里县太爷,早到马头接差去了。"

安老爷心想:"那个甚么吴大人,莫非吴侍郎出来了?他是礼部啊!此地也不曾听见有甚么案,这钦差何来呢?断不致于用着钦差,来催我的官项呀?"大家一时猜度不出。老爷道:"管他,横竖我是个局外人,于我无干,去瞎费这心猜他作甚么。"说着,只听得县门前道、府、厅、县,各各一起一起的过去,落后便是那河台鸣锣喝道、前呼后拥的过去。直等过去了,公子才得回店。

话分两头。你道这位钦差是谁?原来就是那号克斋、名乌明阿的乌大爷。他在浙江差次就接到吏部公文,得知由阁学升了兵部侍郎。把浙江的公事查办清楚,拜了折子,正要回京覆命谢恩。才由水路走出一程,又奉到廷寄,命他到南河查办事件。这正是回程进京必由之路。他便且不行文知照,把自己的官船留在后面,同随带司员人等一起行走,自己却乔妆打扮的,雇了一只小船,带了两个家丁,沿路私访而来。直等靠了马头,才知照地方官。

把个山阳县吓得忙着分派人,打扫公馆,伺候轿马,预备下程酒饭。闹的头昏,才得办妥。只是钦差究竟为着何事而来,不能晓得。这正是首县第一桩要紧差使,为得是打听明白,好去答应上司,是个美差。他一到马头,便上手本叩安禀见。不想,钦差止于传话道乏,不曾传见。看了看船上,只得两个家人,连门包都不收,料是无处打听。

费尽方法,派了个心腹能干家人,把船家暗暗的叫下来,问他端的,又许他银钱。那船家道:"他雇船的时候,我只知他是伙计三个,到淮安要账来的。一路也同我们在船头上同坐,问长问短的。一直到了马头,见大家出来接差,我才知他是个官府。谁知道他作甚么来的呀!"那家人听了无法,只得回覆县官,把个山阳县急得搓手。

一时,大小官员都到。紧接着,河台到船拜会。早见那位钦差顶冠束带,满面春风的迎出舱来。河台下船,只得在那小船里面,向上请了圣安。乌大人站在一旁,说了句:"圣躬甚安。"二人见礼坐下。河台满脸青黄不定,勉强支持着,寒暄了几句,又不敢问"到此何事"。倒是乌大人先开口,说道:"此来没甚么紧要事。上意因为此番回京,此地是必由之路,命顺路看看河工情形。这河工的事,自己实在丝毫不懂。前在浙江,但见那些办工的官员,实在辛勤苦累。大人止把那沿路工段,教人开个节略见赐,便可照这节略略查一查回奏,就算当过这差去了。自己也急于要进京谢恩,恐不能多耽搁,地方上一切不必费事。这船上实在亵渎,下船就先奉拜,再长谈罢。"

那河台听了这话,才咕咚一声,把心放下去。那恭维人的本领,他却从作佐杂时候就学得滥熟,又见乌大人这等谦和体谅,心里早打算到,这满破个二三千银子送他也值,左右向那些工员身上,捞的回来的。因此,着实的颂扬了钦差一阵,才打道回院。河台走后,各官才上手本。乌大人都回说:"船上过窄,公馆相见。"大家只得纷纷进城。

河台早把自己新得的一乘八人大轿,并自己新作的全分执事送来,又派了武巡捕带了许多材官来接。乌大人便留了一个家人,收拾行李,搬进公馆,自己只带一个家人跟着。前头全副执事摆开,众材官摆队的摆队,扶轿的扶轿,马头上三声大炮,簇拥着钦差那顶大轿,浩浩荡荡,鸦雀无声,奔了淮城东门而来。

一进城门,武巡捕轿旁请示:"大人,先到公馆?先到河院?"那大人只说得一句:"先到山阳县。"那巡捕应了一声,忙传下去。心里却是惊疑:"怎的倒先到县衙呢?"那个当儿,山阳县的县官,早到公馆伺候去了。原来外省的怯排场。大凡大宪来拜州县,从不下轿。那县官,到隐了不敢出头,都是管门家丁同着简房书吏老远的迎出来,道旁迎着轿子,把他那条左腿一跪,把上司的拜帖用手举的过顶钻云,口中高报,说:"小的主人不敢当大人的宪驾。"

如今,这山阳县门上听得钦差来拜他们太爷,他更比寻常跑得腿快,喊得声高。只见那钦差也不用人传话,就在轿里吩咐道:"我不是拜你主人来了。"那门丁听了，吓得爬起来，找了条小路，往回就跑，此时，但恨他爹娘少生了两条腿。将跑到县门，钦差的轿子已到，他又同了衙役门前伺候。又听得钦差问道："有位被参的安太老爷，想来是在监里呢？"门丁忙跪禀道："不在县监，在县头门里典史衙门土地祠。"

钦差便命打道典史衙门，把个管狱的典史，登时吓得浑身乱抖，口里叫道："皇天菩萨！自从周公作《周礼》，设官分职，到今日，也不曾听得钦差拜过典史！这是甚么勾当呀？"慌得他抓了顶帽子，拉了件褂子，一路穿着跑了出来，跪在门外，口中高报："山阳县典史郝凿槃，叩接大人！"轿子过去了良久，他还在那里长跪不起，两旁众人都看了他，指点着笑个不住。他也不知众人笑他何来。及至站起来，自己低头一看，才知穿的那件石青褂子，镶着一身的狗牙儿绦子，原来是慌的拉差了，把他们官太太的褂子穿出来了。咳，正所谓："宦海无边，孽海同源；作官作孽，君自择焉！"

闲话休提。却说那钦差到了典史衙门，望见那土地祠，便命住轿，落平下来。只见跟班的从怀里，掏出一个黑皮子手本来。众人两旁看了，诧异道："钦差大人怎生还用着这上行手本，拜谁呀？便是拜土地爷，也只合用个'年家眷弟'的大帖，到底拜谁呀？"

正在猜度，那家人把手本呈老爷看过，便交付巡捕，说："拜会安太老爷。"那巡捕接了，偷眼一看，手本上端恭小楷，写着"受业乌明阿"一行字，连忙飞奔到门投帖。

却说那时，正近重阳，南闱乡试放榜。安老爷正得了一本《江南新科闱墨》在那里看，听得县衙前才得一片喧哗，旋即不闻声息，却也听惯了，不以为意，依然看那本文章。忽见戴勤，匆匆的跑进来，回称："钦差来拜。"虽安老爷的镇静，也不免惊疑。心里说："难道真个的，钦差来催官项来了不成？"伸手接过手本一看，笑道："原来是他呀！只说甚么'吴大人''吴大人'，我就再想不起是谁了！"因慢慢的起身离坐，说："请进来罢。"

早见那乌大爷，遍体行装的进来，先向安老爷行了个旗礼，请了安，起来，又行了个外官礼儿，拜了三拜。安老爷也半礼相还。乌大爷起身，又走近前来，看了看老爷的脸面，说："老师的脸面竟还好。只是怎生碰出这等一个岔儿来！"

一时，让坐茶罢。乌大爷开口先说："老师的信，门生接到了。因着几两银子不好转人送来，旋即奉了到此地来的廷寄，如今自己带了来了。"又问："老师的官项现在怎样？"安老爷不便就提公子来的话，便答说："也有些眉目了。"乌大爷道："门生给老师带来了万金来，在后面大船上呢，一到就送到公馆去。"安老爷忙道："多了，多了！这断乎用不了。你虽是个便家，况你我还有个通财之谊，只是你在差次，那有许多银子？"

乌大爷道："这也非门生一人的意思。没接着老师的信以前，并且还不曾看见京报，便接着管子金、何麦舟他两家老伯的急脚信，晓得了老师这场不得意。门生即刻给同门受过师恩的众门生，分头写了信去，派了个数儿，教他们量力尽心。因门生差次不久，他们又不能各各的专人前来，便叫他们止发信来，把银子汇京，都交到门生家里。正愁缓不济急，恰好有现任杭州织造的富周三爷，是门生的大舅子，他有托门生带京的一万银子。门生合他说明，先用了他的，到京再由门生家里归还。这万金内，一半作为门生的尽心，一半作为众门生的集腋。将来他们汇到门生那里，再从门生那里扣存也是一样。此时且应老师的急用。老师接到他们的信，只要付一封收到的回信，就完了事了。”

安老爷道：“非我合你客气，你大兄弟也送了几两银子，再有个二三千金，便够了。这种东西，多也无用。再，与者、受者都要心安。”乌大爷道：“老师这几个门生，现在的立身植品，以至仰事俯蓄，穿衣吃饭，那不是出自师门？谁也该‘饮水思源，缘木思本’的。门生受恩最深，就该作个倡首。就譬如世兄孝敬老师万金，难道老师也合他，让再让三不成？再，门生还有句放肆的笑话儿：以老师的古道，处在这有天无日的地方，只怕往后还得预备个几千银子赔赔，定不得呢！”

安老爷听了，哑然大笑。因见他办得这样妥当，又说得这样恳切，不好再推，便说道：“我说你不过，就是这样罢。我也合你说不到‘却之不恭’，却是‘受之有愧’了。”那乌大爷又谦逊了一番。话完，便向他那家人使了个眼色。那家人早退下去，连戴勤等一并招呼开。彼此会意，就都躲在院门外，坐下喝茶吃烟闲话。

却说那位典史老爷，见钦差来拜安老爷，不知怎样恭维恭维才好。忙忙的换了褂子，弄了一壶茶，跟了个衙役，亲自送来，让家丁们喝，也为趁便探听探听消息。谁想，大家都堵着门坐着呢，不得进去。他一面让茶，一面搭赸着就要同坐。戴勤先站起来道：“郝老爷，你请治公罢。你在这里，我们不好坐；同你一处坐，主人知道也必嗔责。茶这里有，郝老爷别费心了。”那典史看这光景，料是打不进去，只得周旋一阵，把那壶茶，送给轿夫喝去了。

却说安老爷见乌大人把人支开，料是有说的。只见他低声道：“门生此来，却不专为这事。现在奉旨到此，访察一桩公事。一路也访得些情形，未敢为据，所以来请示老师，老师知之必确。”安老爷忙问：“何事？”乌大爷道：“此地河台被御史参了一本，说他怎的待属员以趋奉为贤员，以诚朴为无用；演戏作寿，受贿婪赃；侵冒钱粮，偷减工料；以致官场短气，习俗颓靡等情，参得十分利害。这事关系甚大，门生初次奉差，有些不得主意，所以讨老师教导。”

安老爷听了这话，沉了一沉，说：“克斋，这话既承你以我为识途老马，我却有无多的几句话，只恐你不信。”因说道：“我到此不久，就到邳州高堰署了两回事，河台的行止，我都不得深知。至于我之被参，事属因公，此中毫无屈抑。你如今既奉命而来，我以为国法不可不执，国体也不可不顾；察事不得不精，存心却不可不厚。老贤弟，以为何如？”

乌大人觉得安老爷受了那河台无限的屈抑，岂无个不平之鸣？谁知他竟无一字怨尤，益加佩服老师的学识雅度。说了几句闲话，起身告辞。安老爷道：“我可不能看你去，也不便差人到你公馆里，改日长谈罢。”说着，送到院门，便不望外再送。

却说那山阳县知县，得了这个信，早差人禀知河台，说：“钦差在县里合安老爷长谈。”那河台倒是一惊，才要问话，听得头门炮响，钦差早已到门。连忙开暖阁迎了出来。见那钦差仍是春风满面，说：“才望了望敝老师，来迟了一步。”说着，一路进来，坐下。可奈他绝口不谈公事，至要紧的话，问的是，淮安膏药那铺子里的好，竹沥涤痰丸那铺子里的真。河台也只得顺着答应一番。因便装着糊涂，问道：“方才说贵老师,是那位?"乌大人道:"就是被参的安令。"河台连忙道:"这位安水心先生,老成练达,为守兼优,是此地第一贤员。无奈官运平常,可可的遇见这等个不巧的事情。现在,我们大家替他打算,众擎易举,已有个成数了,不日,便可奏请开复。"乌大人道:"这倒不敢劳大人费心。他世兄已经从京里变产而来,大约可以了结公事。况且,敝老师是位一介不苟的,便承大人费心,他也未必敢领。"河台听了,大失所望。钦差坐了一刻,便告辞,进了公馆。

那时,后面官船已到,几位随带司员也赶了来。那些地方官,钦差都请在一处,公同一见。应酬已毕,少微歇息,吃些东西,早发下一角文书,提河台的文武巡捕、管门、管帐、家丁。须臾拿到,便封了门,照着那言官指参的款迹,连夜熬审起来。从来说:"人情似铁,官法如炉。"况且,随带的那些司员,又都是些精明强干、久经审案的能员,那消几日,早问出许多赃款来。

钦差一面行文,仍用名帖,去请河台过来说话。不一时,河台已到。钦差照旧以客礼相待。让坐送茶已毕,便将廷寄并那御史的参折,合他的巡捕、家丁的口供,送给他看。河台一看,这才如梦方醒,只吓得他面如金纸,目瞪口呆。又见上面有"如果审有赃款,即传旨革职,所有南河河道总督即着乌明阿暂署"的话。他慌忙看完,摘了帽子,向上跪倒碰头,口称他的名字说:"犯官谈尔音,昏聩糊涂,辜负天恩,但求重重的治罪,并罚锾报效。"

原来,那时候,有个"罚锾助饷助工"的功令。只因朝廷深知督抚的丰厚,那时的风气淳朴,督抚也不避丰厚之名。每逢获罪,都求报效若干银子,助工助饷,也为图轻减罪名。所以,他才有这番举动。说罢,起来,戴上帽子。乌大人道:"请大人具个亲供。便是自认罚锾,也得有个数目,好据供入奏。"那谈尔音遭:"犯官打算竭力巴结十万银子交库。"乌大人道:"大人的情甘报效,我原不便多言。但是圣意甚严,案情较重,左右近年的案,都有个样子在前头,大人还得自己斟酌斟酌,不可自误。"他答应了两个"是",下去写具亲供。

一时,早有首府中军送过印来。乌大人即日拜印接署。便下了一个札子,委山阳县伺候前印河台大人,这汉话就叫作"看起来了"。这个信传出去,那些绅衿百姓铺户听得,好不畅快!原来,这河台姓谈,名尔音,号钰甫。便有等尖酸的,指了新旧河台的名号,编了一副对联,道是:"月向日边明,日月当空天有眼;玉镶金作钰,玉金满橐地无皮。"

闲话搁起。却说那谈尔音下去,写具亲供,见钦差的话来得严厉,一定朝廷还有甚密旨。如今,报效得少了罢,诚恐罪名减不去;多了罢,实在心上舍不得。心问口,口问心,打算良久,连那些奇珍异宝折变了,大约也够了。且自顾命要紧,因此上,一狠二狠,写了二十万两的报效。

那乌大人就把案,归着了归着,据情转奏。当朝圣人最恼的贪官污吏,也还算法外施仁,止于把他革职,发往军台效力。不日批折回来,那谈尔音便忙忙交官项上库,送家眷回乡,剩了个空人儿,赴军台效力去了。

只是这些金银珠宝,千方百计才弄得来,三言两语便花将去,当日嫌他来的少,今日转痛他去得多。也最可怜的是,他见过乌大人之后,不曾等安老爷交官项,早替他虚出通关,连夜发了折子,奏请开复,想在钦差跟前作个大大的情面。也是发于天良，要想存些公道。只是迟矣，晚矣！

却说安太太那边，自从张金凤进门之后，在安太太，是本不曾生得这等一个爱女；在张姑娘，是难得遇着这等一位慈姑。彼此相投，竟比那多年的婆媳，还觉亲热。那张老夫妻，虽然有些乡下气，初来时，众人见了不免笑他。及至处下来，见他一味诚实，不辞劳，不自大，没一些心眼儿，没一分脾气，你就笑他也是那样，不笑他也是那样。因此，大家不但不笑他，转都爱他敬他。虽是两家合成一家，倒过得一团和气。

这日，安老爷收到乌大爷的帮项，即日，把文书备妥，如数交纳，照例开复。又因此地正在官场有事，自己不好出去，便告了两个月病假。早有公子领着家人们，预备轿马前来。

这老爷离了土地祠，来到聚合店。安太太迎了出来。老夫妻本来伉俪甚笃，更兼在异乡同患难，又想到公子这场落难，彼此见了，十分伤感。亏得公子一旁极力劝慰方住。安太太便叫媳妇，出来拜见。安老爷一看，又叫他近前来，细看一番，因向太太道："我告诉玉格的话，想来都说到了。不必再说，这个孩子天生的，是咱们家的媳妇儿！等着消停消停，就给他们办起这件喜事来。"安老爷不吃烟，张姑娘便送上一碗茶来。

一时，亲家太太也来相见。这亲家太太，可不是那两日的亲家太太了，也穿上裙子了，好容易女儿劝着，把那个冠子也摘了。见了安老爷，拜了两拜，口里说："好哇，亲家！俺们在这里可糟扰了！"安老爷也合他谦了几句。人回："亲家老爷进来了。"

安老爷迎进来，见礼归坐，着实谢了谢他途中照应公子。张老道："亲家，不要说这话。我的嘴笨，也说不上个甚么来。咱都是一家人，往后只有我们沾光的。就只一件，我在家负苦惯了，这几天吃饱了饭，竟白呆着就困了。亲家，这不是你来家了吗？有�笨活，只管交给我，管作的动。不的时候儿，这大米饭老天可不是叫人白吃的！"

安老爷听了，道："就是这样。如今我第一桩大事，就是你这个女婿，他只管这么大了，还得有个常人儿招护着。这几日里边，有个媳妇，不好叫他在里头，不周不备，我可就都求了亲家了。"张老爷连忙答应。安太太道："这几天，就多亏了亲家老爷疼他。"一句话没完，张太太话来了，说："傺话呢，疼闺女，有个不疼女婿的！"大家正说到热闹中间，人回："河台乌大人来拜。"把个张老夫妻吓得，往外藏躲不迭。

一时，锣鸣导喝，乌大人已到店门。安老爷说："请进来坐罢。"说着，便迎了进来。那乌大人先给师母请了安，然后又合公子，叙了一向的阔别。提到前任谈公的事，安老爷倒着实感叹了一番。乌大人因道："门生看老师没甚么大欠安，为何告起假来？"安老爷便说是："有些琐事"。便把公子途中结亲一事略提了几句，只是不提那番骇人见闻的话。乌大人也连忙道喜。又说："此地总河的缺，已调了北河的同峻峰过来了，也是个熟人。老师完了私事，何不早些出去？门生既可多听两次教导，等那同峻峰来，也可当面作一番嘱托。"安老爷道："说得有理，我事情一清楚，就出来的。"乌大人长谈了半日，告辞而去。

早有那些实任候补的官员，听得河台大人到店来拜安老爷，长谈久坐，见安老爷又是大人的老师,那个不来周旋?也有送酒席的,也有送下程的,到后来,就不好了,闹起整匣的燕窝,整桶的海参、鱼翅,甚至尺头珍玩,打听着甚么贵,送起甚么来了。老爷一概璧谢不收。

却说那日,安老爷迎宾送客,忙的半日不曾住脚,一直到下半日才得消停。那张姑娘便送过帽头儿来,请换帽子,伏侍得直像个多年得儿媳妇,又像个亲生的女儿。安老爷看了,自是欢喜。因对太太道:"我们如今事情正多,有两桩得先作起来:一件是,为我家险遭一场意外的灾殃,幸而安然无事.这都是天公默佑,我们阖家都该办注名香,达谢上苍;那一件,无论怎样,这店里非久居之地,得找一所公馆。"安太太道:"这两桩事都不用老爷费心,公馆我已经叫晋升找下了。"老爷道:"一处不够。"太太道:"找得这处狠宽绰,连亲家都住下了。"老爷道:"不然。日后自然是住在一处,才得有个照应;眼前办这喜事,必得两处办,才成个一娶一嫁的大礼。"太太听了也以为是。恰好晋升进来回事,听得这话,便回道:"既老爷这样吩咐,也不用再找。那公馆本是大小两所相连,内里通着,外边各开大门。"安老爷道:"那更好了。"房子说定。

说到谢天,安太太便把自己怎的合媳妇,许了十五日还愿的话,并媳妇怎的要给那十三妹姑娘,供长生禄位的话,一一的说明。安老爷更觉暗合了自己的主意,连连点头,道:"既如此,明日咱们全家叩谢,不必再看日子了。"一家儿谈到饭罢掌灯,安老爷早叫人在外层,收拾了三间洁净屋子下榻,出去又周旋了张老一番,才得就枕。一宿无话。

次日,便是十五日。太太早在当院设下香案、香烛、供品。先是安老爷带了安公子,次后便是安太太带了张姑娘,各各一秉虔诚,焚香膜拜,叩谢上天加护之恩。拜完,安老爷便对两亲家道:"你二位老兄老嫂,也该拜谢一番才是。"张老道:"我们正想着借花儿献佛,磕个头儿呢!"早有仆妇送上两束香来。

张老上了香,磕过头。亲家太太也把香点着,举得过顶,磕下头去,不知他口里还喃喃呐呐祝赞些甚么。磕完头,将爬起来,只见他把右手褪进袖口去,摸了半日,摸出两籓香钱来,递给安太太。安太太笑道:"亲家,这是作吗呀?你我难道还分彼此么?"亲家太太道:"不是价。这往后俺两口子的吃的、喝的、穿的、戴的,都仗着你老公母俩合姑爷哩,还有倄儿说的呢!这烧香可是神佛儿的事情,公修公得,婆修婆得,咱各人儿洗脸儿各人儿光,你不要可行不的!"安太太只是笑着不肯收。倒是安老爷说:"太太,既亲家这等至诚,收了再请两籓香上就是了。"安太太只得接过来,递给一个丫鬟,摸了摸那钱,还是沍的滚热的。

却说张姑娘随婆婆谢过了天,便忙着进房,设了一张小桌儿,供上那十三妹姑娘的长生牌,上写着:"十三妹姐姐福得长生禄位"。安太太便向安老爷道:"我们玉格也该叫他来,磕个头才是呢。"安老爷道:"且慢。他的事不是磕一个头可了事的,我另有办法。"安太太听了,便同张太太各拈了一撮香,看着那张姑娘插烛似价,拜了四拜,就把那个弹弓供在面前。

话休絮烦。自此以后,安老爷夫妻二位.便忙着搬公馆,办喜事。张老夫妻把十三妹赠的那一百金子,依然交给安老爷、安太太,办理妆奁。一婚一嫁,忙在一处,忙了也不止一日,才得齐备。那怎的个下茶行聘、送妆过门,都不及细说。

到了吉期，鼓乐前导，花烛双辉，把金凤张姑娘一乘彩轿，迎娶过来。一样的参拜天地，遥拜祖先，叩见翁姑，然后完成百年大礼。这日，安老爷虽不曾知会外客，有等知道的，也来送礼道贺。虽说不得“百辆盈门”，也就算“六礼全备”了。

转眼就是安老爷假限将满，新河台已经到任，乌大人已经回京。太太便带了儿子、媳妇，忙着张罗老爷的冠裳一切，便问：“那日出去销假？”安老爷道：“难道你们娘儿每，真个的还忍得叫我再作这官不成？我平生天性恬淡，本就无意富贵功名，况经了这场宦海风波，益发心灰意懒。只是生为国家的旗人，不作官又去作甚么？无如我眼前有桩大似作官的事，不得不先去料理。”

太太、公子见老爷说得恁般郑重，忙问何事。老爷道：“吼，难道救了我一家性命的那个十三妹的这番深恩重义，我们竟不想寻着他答报不成？”太太道：“何尝不想答报呢！只是他又没个准住处、真名姓，可那里找他去呢？”老爷说：“你们都不必管，我自有个道理。实合你们说：从乌老大谆谆请我出去那日，我已经定了个告退的主意，只恐他苦苦相拦，所以，挨到今日。如今，挨得他也回京了，新河台也到任了，我前日，已将告休的文书发出去了。从此，卸了这副担子，我正好挂冠去办我这桩正事。此去寻的着那十三妹，我才得心愿满足。傥然寻不着他，那管芒鞋竹笠，海角天涯，我一定要寻着这个女孩儿才罢。”这正是：

丈夫第一关心事，受恩深处报恩时。

要知安老爷怎的个去寻那十三妹，下回书交代。

第十四回　红柳树空访褚壮士　青云堡巧遇华苍头

上回书，既把安、张两家公案，交代明白，这回书之后，便入十三妹的正传。

却说安老爷认定天理人情，抛却功名富贵，顿起一片儿女英雄念头，挂冠不仕，要向海角天涯，寻着那十三妹，报他这番恩义。若论十三妹，自安太太以至安公子小夫妻、张老老夫妻，又那个心里不想答报他？只是没作理会处。如今，听了安老爷这等说了，正合众人的心事。当下商量定了，一面收拾行李，一面遣人过黄河去扣车辆。那时，梁材也从京里回来。只这几个家人，又有张亲家老爷，合程相公外面帮着，人足敷用。况大家又都是一心一计，这番去官，比起前番的上任，转觉得兴头热闹。话休烦琐。那消几日，都布置停妥。安老爷本因告病，一向不曾出门，也不拜客辞行，择了个长行日子，便渡黄北上。于路无话。

不则一日，到了离茌平四十里，下店打尖。这座店正是安公子同张姑娘来时，住的那座店。安老爷饭罢，等着家人们吃饭，自己便踱出店外，看那些车夫吃饭。见他们一个个蹲在地下，吃了个狼飧虎咽，沟满壕平。老爷便合他们闲话，问道：“我们今日往茌平，从那里岔道下去，有个地方叫作二十八棵红柳树，离茌平有多远？”内中有两个知道的，说道：“要到二十八棵红柳树，为甚么打茌平岔道呢，那不是绕了远儿往回来走吗？要上二十八棵红柳树，打这里就岔下去了，往前不远，有个地方叫桐口，顺着这桐口进去，斜半签着就奔了二十八棵红柳树了。到了那里，打邓家庄儿头里过去，就是青云堡。青云堡再走十来里地，有个岔道口，出了岔道口，那就是在平的大道了。打这里去近哪，可就是这一头儿没车道，得骑牲口，不就坐二把手车子也行得。”

老爷把这话听在心里，看了看这座店，虽然窄些，也将就住下了。进来便合太太商议道：“太太，我看这座店也还干净严密，今日我们就这里住下吧。”太太道：“再半站今日就到在平了。到了在平，老爷不是还有事去呢么？为甚么又耽搁半天的路程呢？”老爷道：“我正为不耽搁路程。我方才在外头问了问，原来从这里有条小路，走着近便，我们今日歇半天，明日你们仍走大路，往在平等我。我就从这里小路走，干我的去。”太太道：“罢呀，老爷，可不要闹了！听起来，那小道儿可不是顽儿的。”

老爷道：“太太，你想是因玉格前番的事唬怕了。要知人生在世，世界之大，除了这寸许的心地是块平稳路，此外，也没有一步平稳的。只有认定了这条路走。至于祸福，有个天在。注定的祸避不来，非分的福求不到。那避祸的，纵让千方百计的避开，莫认作自己乖觉，究竟立脚不稳，安身不牢；那求富的，纵让千辛万苦的求得，莫认作可以侥幸，须知‘飞得不高，跌的不重’。太太，你只看我同玉格，一个险些儿骨肉分离，一个险些儿身命俱败，今竟何如？这岂是人力能为的？”

太太见老爷说得有理，便说：“既那样，就多带两个人儿去。”张老听了，说道：“亲家太太放心，我跟了亲家去，保妥当。”安老爷笑道：“怎么敢惊动亲家呢。此去我保不定耽搁一半天，家眷自然就在在平住下听信。亲家，你自然照应家眷为是。我同了玉格带上戴勤、随缘儿，再带上十三妹那张弹弓，岂不是绝好的一道护身符么！”

说着，便吩咐家人们，今日就在尖站住下。因又叫戴勤：“明日雇一辆二把手小车子我坐，再雇三头驴儿，你同随缘儿跟了大爷，我们就便衣便帽，乔妆而往，我自有道理。”戴勤笑道：“那短盘驴搭上个马褥子倒骑得，那侉车子，只怕老爷坐不来罢？”老爷道：“你莫管，照我的话弄去就是了。”戴勤只得去雇小车合驴儿，心里却是纳闷，说：“这是怎的个用意呢？”

一时，老爷又叫戴勤家的、随缘儿媳妇来，问道：“你母女两个从前在那家子，跟的那位姑娘，你可记得他的生辰八字？他是几岁上裹脚，几岁上留头，合他那小时候，可有甚么异样淘气的事，你可想得起一两桩来？”戴勤家的经这一问，一时倒朦住了，想了想，才说：“奴才那位姑娘，今年算计着是十九岁，属龙的，三月初三日生的，时辰奴才可记不准了。”他女儿接口道：“是辰时。那年给姑娘算命，那算命的不是说过底下四个‘辰’字，是有讲究的，叫甚么甚么地，甚么一气，这是个有钱使的命，还说将来再说个属马的姑爷，就合个甚么论儿了，还要作一品夫人呢！”他妈也道：“不错，这话有的。”因又说道：“那姑娘是七岁上就裹的脚，不怎么那一双好小脚儿呢。九岁上留的头。”随缘儿媳妇又说道：“小时候，奴才们跟着顽儿，姑娘可淘气呀，最爱妆个爷们，弄个刀儿枪儿，谁知道，后来都学会了呢。就只怕作活。奴才老爷、太太常说：‘将来到了婆婆家可怎么好！’姑娘说的更好，说：‘难道婆婆家，是雇了人去作活不成！’奴才们背地里，还怄姑娘不害羞。姑娘说：‘我不懂，一个女孩儿提起公公、婆婆，羞的是甚么？这公婆自然就同父母一样，你见谁提起爸爸、奶奶来也害羞来着？’”

安老爷合太太听了，点头而笑，说："却也说得有理。"太太便问道："老爷此时从那里想起，问这些闲话儿来？"张金凤也接口道："不要这位姑娘，就是我十三妹姐姐罢？"老爷拈须笑道："你娘儿们先不必急着问，横竖不出三日，一定叫你们见着十三妹，如何？"张姑娘听了，先就欢喜。当晚无话。

到了次日早起，张老、程相公，依然同了一众家人，护了家眷北行，去到在平那座悦来老店，落程住下。安老爷同了公子，带了戴勤、随缘儿，便向二十八棵红柳树进发。

安老爷上了小车，伸腿坐在一边，那边载上行李，前头一个拉，后面一个推。安老爷从不曾坐过这东西，果然坐不惯，才走了几步，两条腿早溜下去了。戴勤笑说："奴才昨日就回老爷，说坐不惯的。"老爷也不禁大笑，及至坐好了，走了几步，腿又溜下去，险些儿不曾闪下来。那推小车子的先说道："这不行啊！不我把你老萨杭罢。"老爷不懂这句话，问："怎么叫'萨杭'？"戴勤说："拢住点儿，他们就叫'煞上'。"老爷说："狠好，你就把我'萨杭'试试。"只见他把车放下，解下车底下拴的那个湾柳杆子来，望老爷身旁一搭，把中间那湾弓儿的地方向车梁上一襻，老爷将身子往后一靠，果觉坐得安稳。公子背着弹弓，跨着驴儿，同两个家丁便随着老爷的车，前前后后行走。

那时，正是秋末初冬，小阳天气。霜华在树，朝日弄晴，云敛山清，草枯人健。安老爷此时偷得闲身，倍觉胸中畅快。一路走着，只听那推车的道："好了，快到了。"老爷一望，只见前面有儿丛杂树，一簇草房，心里想道："邓家庄难道就是这等荒凉不成？"说话间已到那里，推车的把车落下，老爷问："到了吗？"他说："那里，才走了一半儿呀！这叫二十里铺。"老爷说："既这样，你为何歇下呢？"只听他道："我的老爷！这两条腿儿的头口，可比不得四条腿儿的头口。那四条腿儿的头口饿了，不会言语，俺这两条腿儿的头口饿了，肚子先就不答应咧。吃点吗儿再走。"随缘儿是不准他吃。老爷听了，道："叫他们吃罢，吃了快些走。"

安老爷合公子也下来。只见两个车夫、三个脚夫，每人要了一斤半面的薄饼，有的抹上点子生酱，卷上棵葱；有的就蘸着那黄砂碗里的盐水烂蒜，吃了个满口香甜。还在那里让着老爷，说："你老也得一张罢？好齐整白面哪。"须臾，吃毕，车夫道："这可走罢，管走得快了。"

说着，推着车子，果然转眼之间，就望见那一片柳树。那柳叶还不曾落净，远远看去，好似半林枫叶一般。公子骑着驴儿，到跟前一看，原来那树是绿树叶，红叶筋，因叫赶驴的在地下拣了两片，自己送给老爷看。老爷看了，道："这树名叫作'柽柳'，又名'河柳'，别名'雨师'。《春秋》僖公元年'会于柽'的那个'柽'字，即此物也。"

闲话间，已到邓家庄门首。老爷下车一看，好一座大庄院！只见周围城砖砌墙，四角有四座更楼，中间广梁大门，左右两边，排列着那二十八棵红柳树，里面房间高大，屋瓦鳞鳞，只是庄门紧闭不开。戴勤才要上前叫门，老爷连忙拦住，自己上前，把那门轻敲了两下。早听见门里看家的狗，瓮声瓮气，如恶豹一般顿着那锁链子咬起来。紧接着，就有人一面吆喝那狗，隔着门问道："找谁呀？"安老爷道："借问一声，这里可是邓府上？开了门，我有句话说。"只听那人道："开门，得我言语一声儿去。"

那人去不多时,便听得里面开得铁锁响。庄门开处,走出一个人来,约有四十余岁年纪,头戴窄沿秋帽,穿一件元青绉绸棉袄,套着件青毡马褂儿,身后,还跟着两三个笨汉。那人见了安老爷,执手当胸,拱了一拱,问道:"尊客何来?"安老爷心想:"这人一定是那褚一官了。"因问道:"足下上姓?这里可是邓九公府上?"那人答道:"在下姓李。邓九太爷便是敝东人,不在家里,大约还得个三五天回来。尊客如有甚么书信,以至东西,只管交给我,万无一失,五日后,来取回信。傥一定有甚么要紧的话,得等着面说,我这里付一面对牌,请到前街客寓里住歇。那里饭食、油烛、草料以至店钱,看你老合我东人二位交情在那里,敝东回来,自然有个地主之情。不然,那店里也是公平交易,绝不相欺。"说到这里,只听庄门里有人高声叫说:"李二爷,发钥匙开仓。"他这里一面应着,一面听老爷的回话。

老爷见访邓九公不着,只得又问道:"既如此,有位姓褚的,我们见见。"那人道:"我们这里有三四个姓褚的呢,可不知尊客问的是那一位?"老爷道:"这人,人称他褚一官。"那人道:"要找我们褚一爷么,他老不在这里住了,搬到东庄儿去了,请到东庄儿就找着了。"才说完,里面又在那里催说:"李二爷,等你开仓呢!"那人便向安老爷一拱,说:"请便罢,尊客。"老爷还要问话,他早回头进去了。那两三个笨汉见他进去,随即把门关上。老爷只得隔着门,又问了一声,说:"这东庄儿在那里?"里边应了一句说:"一直往东去。"说着,也走了。

安老爷此番来访十三妹,原想着褚一官是华忠的妹夫,邓九公是褚一官的师傅,且合十三妹有师弟之谊,因褚一官见邓九公,因邓九公见十三妹,再没个不见着的。如今,见褚、邓二人都见不着,因向公子道:"怎生的这般不巧,又不知这东庄儿在那里。"

那安公子此时,却大非两个月头里的安公子可比了,经了这场折磨,自己觉得那走路的情形,都已久惯在行,因说道:"一直往东去,逢人便问,还怕找不着东庄儿么!"老爷笑道:"固是如此,难道一路问不着,还一直的问到东海之滨,找文王去不成?"公子笑道:"再没问不着的。"说着,跨上驴儿,跑到前头。只见过了邓家庄,人烟渐少。那时,正是收庄稼的时候,一望无际,都是些蔓草荒烟,无处可问。走了里许,好容易看见,路南头远远的一个小村落,村外一个大场院,堆着大高的粮食,一簇人像是在那里扬场呢。喜得他一催驴儿,奔到跟前,便开口问道:"那里是东庄儿啊?"只见那场院边,有三五个庄家,坐着歇乏,内中一个年轻的转问他道:"你是问道儿的吗?"公子道:"正是。"那人说:"问道儿,下驴来问啊!"公子听了,这才下了驴。那少年道:"你要找东庄儿,一直的往西去就找着了。"公子道:"东庄儿怎么倒往西去呢?"内中一个老头儿说道:"你何苦耍他作甚么!"因告诉公子道:"这里没个东庄儿,你照直的往东去,八里地,就是青云堡,到那里问去。"

公子得了这句话,上了驴儿,又跑回来。恰好安老爷的小车儿,也赶到了,问道:"问的有些意思没有?"公子把几乎上赚的话说了。老爷笑道:"这还算好,他到底说了个方向儿。你没见长沮、桀溺待仲夫子的那番光景吗?"说着,又往前走了一程,果见眼前有座大镇店。

还不曾到那街口,早望见一个人,扛着个被套,腰里掖着根巴棍子,劈面走来。

公子这番不似前番了,下了驴,上前把那人的袖子扯住,道:“借光,东庄儿在那边儿?”那人正低了头走,肩膀上行李又沉,走得满头大汗,不防有人扯了他一把,倒吓了一跳,站住抬头一看,见是个向他问路的,他一面拉下手巾来擦汗,一面陪个笑儿,道:“老乡亲,我也是个过路儿的。”说完,大岔步便走了。公子心里说道:“原来离了家门口儿,问问路都是这等累赘。”老爷道:“这却不要怪他,你这问法本叫作‘问道于盲’。找个铺户人家问问罢。”

说着,进了青云堡那条街。只见街口有座小庙,竖着一根小小旗杆,那庙门挂一块“三圣祠”的匾,却是锁着门。一进街来,南北对面都是些栈房、店口,也有烧锅、当铺、杂货店面。

话休絮烦。一连问了几处,都不知有这个东庄儿。一直的走出了这五里长街。只见路南一座小野茶馆儿,外面有几个庄稼汉,在那里喝茶闲话。老爷说:“下来歇歇儿罢。”说着,下了车,也到那灰台儿跟前坐下。随缘儿便从腰间,拿下茶叶口袋来,叫跑堂儿的沏了壶茶。老爷问那跑堂儿说:“你们这里有个东庄儿么?”

那跑堂儿的见问,一手把开水壶搁在灰台儿上扶着,又把那只胳膊圈过来,抱了那壶梁儿,歪着头,说道:“咱们这里没个东庄儿啊。”老爷说:“或者不在附近,也定不得?”跑堂儿指手画脚的道:“不啊,客人。你顺着我的手睄,西沿子那个大村儿,叫金家村,这东边儿的叫青村,正北上一攒子树那一块儿,那是黑家窝铺,这往近了说,那道小河子北边的一带大瓦房,那叫小邓家庄儿,原本是二十八棵红柳树邓老爷子的房,如今,给了他女婿一个姓褚的住着,又叫作褚家庄。”

说到这里,老爷忙问道:“这姓褚的,可是人称褚一官的不是?”跑堂儿说:“着哇,就是他。他是标行里的。”安老爷向公子说道:“这才叫‘踏破铁鞋无觅处,得来全不费功夫’呢!原来只在眼前。他在西庄儿说话,又是他家的房子,自然就叫作东庄儿了。”公子听了,忙着放下茶碗,说:“等我先去问,他在家不在家,不要到了跟前,又扑个空。”说着,也不骑牲口,带了随缘儿就去了。

一过北道,便远远望见褚家庄,虽不比那邓家庄的气概,只见一带清水瓦房,虎皮石下剪,白灰砌墙,当中一个高门楼的如意小门儿,安着两扇黄油板门,门前也有几株槐树。两座砖砌石盖的平面马台石,西边马台石上,坐着个干瘦老者,却是面西正东,看不见他的面目,怀中抱了一个孩子,又有个十七八岁的村童,蹲在地下,引逗那孩子要笑。离门约有一箭多远,横着一道溪河,河上,架着个板桥。

公子才走过桥,又见桥边一个老头子,守着一个筐子,叼着根短烟袋,蹲在河边,在那里洗菜。公子等不得到门,便先问了他一声,说:“你可是褚家庄的?你们当家的,在家里没有?”问了半日,他言也不答,头也不回,只顾低了头,洗他的菜。随缘儿一旁看不过,在他肩膀上拍了一下,说:“咻,问你话呢!”他这才站起来,含着烟袋,笑嘻嘻的勾了勾头。公子又问了他一句,他但指指耳朵,也不言语。公子道:“偏又是个聋子!”因大声的喊道:“你们褚当家的,在家里没有?”只见他把烟袋拿下来,指着口“啊啊”,啊了两声,又摇了摇头,原来是个又聋又哑的。真真“十哑九聋”!古语不谬!

不想,公子这一喊,早惊动了马台石上坐的那个人。只见他听得这边嚷,回头望了一望,连忙把怀里的孩子,交给那村童,抱了进去,又手遮日光,向这边一看,就匆匆的跑过来。相离不远，只见他把手一拍，口里说道：“可不是我家小爷！”公子正不解，这人为何奔了过来，及至一听声音，才认出来，不是别人，正是他嬷嬷爹华忠！

原来，华忠本是个胖子，只因半百之年，经了这场大病，脸面消瘦，鬓发苍白，不但公子认不出他嬷嬷爹来，连随缘儿都认不出他爸爸来了。一时，彼此无心遇见，公子一把拉着嬷嬷爹。华忠才想起给公子请安，随缘儿又哭着，围着他老子问长问短。华忠道：“咳，我这时候没那么大工夫，合你诉家常啊！”因问公子道：“我的爷，你怎么直到如今，还在这里转转？我合你别了将近两个月，我是没一天放心。好容易扎挣起来，奔到这里，问了问寄褚老一的那封信，他并不曾收到。端的是个甚么原故？我的爷，你要把老爷的大事误了，那可怎么好！”说着，急得搓手顿脚，满脸流泪。

公子此时，也不及从头细说，便指给他看，道：“你看，那厢茶馆外面坐的不是老爷？”华忠道：“老爷怎么也到了这里？敢是进京引见？”公子道：“闲话休提。我且问你：褚一官在家也不？”华忠道：“他不在家，他这两天忙呢。”因看了看太阳，说：“大约这早晚也就好回来了。大爷，你此时还问他作甚么？”公子道：“这话说也话长，你先见老爷去就知道了。”

华忠便同公子飞奔而来。于路不及闲谈。到了跟前，老爷才瞧出是华忠，因说：“你从那里来？”华忠早在那里摘了帽子碰头，说：“奴才华忠闪下奴才大爷，误了老爷的事，奴才该死！只求老爷的家法！”老爷道：“不必这样，难道你愿意害这场大病不成？起来。”华忠听了，才戴上帽子爬起来。

却说一旁坐着喝茶的那些人，那里见过这等举动？又是“老爷”“奴才”，又是磕头礼拜，只道是知县下乡，私访来了，早吓的一个个的溜开。跑堂儿的是怕耽误了他的买卖，便向安老爷说：“我看这个地方儿屈尊你老，再，也不得说话。我这后院子后头有个松棚儿，你老挪到后头去，好不好？”老爷正嫌嘈杂，公子听得有个松棚儿，觉得雅致有趣，连说：“狠好。”便留了戴勤看行李，跟了老爷，挪过后面去。

公子到那里一看，那里甚么松棚儿！原来是四根破柳竿子支着，上面又横搭了几根竹竿儿，把那砍了来作柴火的带叶松枝儿，搭在上面晾着，就着遮了日旸儿，那就叫“松棚儿”！不觉得一笑，忙叫人取了马褥子来，就地铺好，爷儿两个坐下。

老爷便将公子在途中遭难的事，大略说了几句，把个华忠急得，哭一阵叫一阵，又打着自己的脑袋，骂一阵。老爷道：“此时是幸而无事了，你这等也无益。”因又把公子成亲的事，告诉他，他才擦了擦眼泪，给老爷、公子道喜。又问：“说的谁家姑娘？姑娘十几？”老爷道：“且不能合你说这个。你且说你怎的又在此耽搁住了呢？”

华忠回道：“奴才自从送了奴才大爷起身，原想十天八天就好了，不想，躺了将近一个月才起炕。奴才大爷给留的二十两银子是盘缠完了，几件衣裳是当净了，好容易挣扎得起来，刬凑了两吊来钱，奴才就雇了个短盘儿驴子，盘到他们这里。他们看奴才这个样儿，说给奴才作两件衣裳好上路，打着后日一早起身。不想今日，在这里遇见老爷，也是天缘凑巧，不然一定差过去了。”

老爷道：“这里自然就是你那妹夫，褚一官的家了。他在家不在家？”华忠道：

“他上县城有事去了,说也就回来。”老爷说:“他不在家也罢。我们先到他家等他去,我要见他,有话说。”华忠听了,口中虽是答应,脸上似乎露着有个为难的样子。老爷道:“他既是你的至亲,难道我们借个地方儿坐他不肯?你有甚么为难的?”华忠道:“倒不是奴才为难。有句话,奴才得先回明白了。他虽在这里住家,这房子不是他自己的,是他丈人的。”老爷道:“你这话怎么讲?褚一官是你妹夫,他丈人岂不就是你老子,怎么他又有个丈人起来?”

华忠听了,自己也觉好笑。又说道:“这里头有个原故。原来奴才那个妹子,俩月头里就死了。他死的日子,正是奴才同大爷在店里商量,给他写信的那两天。奴才也是到这里才知道。”安公子听了,便对安老爷道:“哦,这就无怪那日,十三妹说他夫妻断不能来了。”

老爷连连点头,一面又往下听华忠的话。他又道:“奴才这妹子死后,丢下一个小小子儿,无人照管,便张罗着赶紧续弦。他有个师傅,叫作邓振彪,人称他是邓九公,是个有名的镖客。褚一官一向跟他走镖,就在他家同住。那邓九公今年八十七岁,膝下无儿,止有个女儿,他因看着褚一官人还靠得,本领也去得,便许给他作了填房,招作女婿。这老头子在西庄儿住家,因疼女儿,便把这东庄儿的房子,给了褚一官,又给他立了产业,就成果起这分家来。那邓九公一个月,倒有二十天带了他一个身边人,在女儿家住。这个人靠着有了几岁年纪,又拙又横,又不讲礼,又不容人说话,褚一官是怕得神出鬼入,只有他这个女儿,降的住他。他这几日,正在这里住着,每日,到离此地不远一座青云山去,也不知甚么勾当。据奴才看,好象有甚么机密大事似的。那老头子天天从山里回来,不是垂涕抹泪,便是短叹长吁,一应人来客往,他都不见,并且吩咐他家等闲的人,不许让进门来。如今,老爷要到他家去,此刻正不差甚么是那老头子回来的时候,万一他见了,说上两句不知高低的话,奴才持不住。所以,奴才在这里为难。”

老爷听了,也为起难来,说:“我找褚一官,正为找这姓邓的说话。这便怎么样呢?”华忠道:“老爷找他有甚么话说?”老爷指着公子身上,背的那张弹弓道:“我交还他这件东西,还访一个人。”华忠道:“依奴才糊涂见识,老爷竟不必理那个疯老头子也罢了。此地也不好久坐,这条街上有几座店口,奴才找处干净的,请老爷歇息,竟等褚一官回来,奴才把他暗暗的约出来,老爷见了他,先问他个端的。请示老爷可使得?”

老爷道:“自然也要见见那褚一官。既如此,就在这里坐着等他罢,近便些。你倒是在那里弄些吃的来,再弄碗干净茶来喝。”华忠忙道:“这个容易。奴才这个续妹妹,却待奴才狠亲热,竟象他亲哥哥一般,也因这上头,他父亲才肯留奴才住下。奴才如今,就找他预备些点心、茶水来。”说着,一径去了。

华忠去后,安老爷把他方才的话,心中默默盘算:“据他说邓九公那番光景,不知究竟是怎生一路人?他家又这等机密,不知究竟是何等一桩事?好叫人无从猜度。”正在那里盘算着,只见华忠依然空着两手回来。安老爷道:“难道他家就连一壶茶都不肯拿出来不成?”华忠忙答道:“有,有。奴才方才把这番话,对奴才续妹子说了,他先就说,既是老爷的驾到了,况又是奴才的主儿,不比寻常人,岂有让在外头坐着的理?及至奴才说到那弹弓的话,他便说:“‘这更不必讲了。’叫奴才快请老爷，合奴才大爷到他家献茶。他还说，便是他父亲有甚话说，有他一面承管。既这样，就请老爷、大爷赏他家个脸，过去坐坐。”安老爷听了甚喜，便同了公子步行过去。两个家人付了茶钱，连牲口车辆，一并招护跟来。

却说安老爷到了庄门，早见有两个体面些的庄客迎出来。见老爷各各打恭，口里说：“二位当家的辛苦。”原来外省乡居，没有那些“老爷”“爷”的称呼，止称作“当家的”。便如称主人“东人”一样，他这样称安老爷，也是个看主敬客的意思。揖无不答，老爷也还了个礼。

一进门来，只见极宽的一个院落，也有个门房，西边一带粉墙，四扇屏门。进了屏门，便是一所四合房：三间正厅，三间倒厅，东西厢房，东北角上一个角门，两间耳房，像是进里面去的路迳。那庄客便让老爷到西北角上，那个角门里两间耳房坐定，他们也不在此相陪，便干他的事去了。

早有两个小小子端出一盆洗脸水、手巾、胰子，又是两碗漱口水，放下；又去端出一个紫漆木盘，上面托着两盖碗沏茶，余外两个折盅，还提着一壶开水。华忠一面倒茶，内中一个小小子叫他道：“大舅哇，我大婶儿叫你老，倒完了茶进去一荡呢。”说着，便将脸水等件带去。一时，华忠进去。

老爷看那两间屋子，苇席棚顶，白灰墙壁，也挂两条字画，也摆两件陈设，不城不村，收拾得却甚干净。因合公子道：“你看，倒是他们这等人家，真个逍遥快乐。”正说着，华忠出来回道：“回老爷：奴才这续妹子要叩见老爷。”老爷道：“他父亲、丈夫都不在家，我怎好见他？”说话间，那褚家娘子已经进来。安老爷见了，才起身离坐。只见他家常打扮，穿条元青裙儿，罩件月白袄儿，头上戴些不村不俏的簪环花朵，年纪约有三十光景，虽是半老佳人，只因是个初过门的新媳妇，还依然打扮的脂光粉腻。只听他说道：“老爷请坐，小妇人是个乡间女子，不会京城的规矩，行个怯礼儿罢。”说着福了两福，便拜下去。老爷忙说：“不要行礼。”也恭恭敬敬的还了一揖。他回身，又见了公子。

安老爷便道：“我们是特地找褚一爷，来说句话，倒惊动了。请进去歇着罢。”褚家娘子道：“我丈夫不在家，大约也就回来。老爷既是我这大哥的主人，也同我们的衣食父母一样，我该当伺候的。并且，还有一句话，请老爷的示下。”安老爷道：“既如此，请坐下好讲话。”

那褚家娘子那里肯坐？安老爷让再让三，说：“大娘子，你不肯坐，我也只得站着陪谈了。”还是华忠从旁说：“姑奶奶，既老爷这等吩咐，‘恭敬不如从命’，你竟是伺候坐下，好说话。”他才搬了一张杌子，斜签着坐了，便问老爷道：“我方才听见我们这大哥说，老爷带了一张弹弓到这里，要访一个人，我大胆问老爷：这弹弓从何而来？这要访的又是个何等样人呢？”

老爷见他问的不象无意闲谈，开口便道：“我这弹弓，是此地十三妹的东西，因我这孩子前番在路上遇了歹人，承这十三妹救了性命，赠给盘缠，又把这张弹弓借与他，护送上路，我父子受他这等的好处，故此，特地来亲身送还他这张弹弓；又晓他合你尊翁邓九公，有师徒之谊，因此，来找你们褚一爷，引见九公，问明了那十三妹的门户，好去谢他一谢。”

那褚家娘子听了，道：“这事幸得我先见着老爷。老爷假如这等的问我家一官，管取他还摸不着头脑呢！我也再不想这张弹弓竟在老爷手里，只是可惜老爷来迟了一步，只怕这十三妹老爷见他不着了。”

老爷忙问原故。只见他叹了口气，道：“要说起这十三妹来，真真的算个奇人罕事！他从两年前头，奉了他母亲到这里，谁也不得知他的来路，谁也不得知他的根由，他只说是逃荒来的。后来，合我父亲结了师徒。我父亲见他母子无依，就要留他在家同住，他是执意不肯，在这东南青云山山岗儿上，结了几间茅屋，自己同了他母亲住。”

老爷听了，便向公子道：“此‘云中相见’的这句词儿，所由来也。”公子忙起身，答应了一声。又听他往下说道：“我从作女孩儿的时候，合他两个人往来最为亲密。虽是这等亲密，他的根底他可绝口不提。不想，前几天他这位老太太死了，我合父亲商量：等他事情完了，这正好请他到家，我们作个长远姐妹，将来，就在此地，给他找个好好的人家，又可当亲戚走着，岂不好呢！谁想他遭了这样大事，哀也不举，灵也不守，孝也不穿，打算停灵七天，就在这山中埋葬，葬后他便要远走高飞。”

老爷诧异道：“他待远走高飞到那里去？”褚家娘子道：“老爷可说么！大约他走的这个原故，止有我父亲知道。也是他母亲死后他才说的。我父亲把这事机密的了不得，不肯向人说，连我问着也是含含糊糊的。我这两日听那口风儿，看那神情儿，倒象不是件甚么小事儿，也不知倒底是甚么因由。只是我想，他究竟是个女孩儿，无论甚么样的本领，怎生般的智谋，这万水千山，晓行夜住，一个女孩儿，就有多少的难处！因此，我劝了他这几天，教他且莫急着就走；也等完了事，慢慢的商量一个万全的打算，再走不迟。无奈说破了嘴，他也是百折不回。为甚么我方才听得老爷的驾到了，又说带着张弹弓儿，我心里可就一动。甚么原故呢？因前日他母亲死后，他忽然的告诉我父亲，说他的张弹弓，借给人用去了，早晚必送来，他如今要走，等不得；又交给我父亲一块砚台，说傥他走后。有人送那弹弓来，把这砚台交那人带去，把那弹弓就留在我家，作个记念。他也不曾说起老爷合少爷，更不曾提到途中相救的一个字。这砚台我父亲交给我了，我却断不想到这番原由，就在老爷身上。如今，恰好老爷、少爷都到了这里，况且，又受过他的好处正要访他，老爷是念书作官的人，比我们总有韬略，怎么得求求老爷想个方法见着他，留住了他，也是桩好事。不然，这等一个人，此番一去，知他怎么个下落呢？可不心疼死人吗！”

安老爷听了这番话，正合了自己的心事，心里说：“看不得这乡间女子，竟有如此的言谈见识！前番我家得了一个媳妇张金凤.是那等的深明大义；今番我遇见这褚家娘子，又是这等的通达人情。可见地灵人杰，何地无才！更不必定向锦衣玉食中，去讲那德言工貌了。”因又把他方才的话，度量一番，这十三妹要走的原故，心里早已明白八九，只是此时不好说破。便对褚家娘子道：“大娘子怎生说到一个‘求’字，这也正是我身上的事。如今，就烦你少停，引我见见尊翁，我二人商量个良策，定要把这桩事挽回转来。”

褚家娘子听了，连连摇手，说：“老爷，这不是主意。我这位老人家虽合他有师徒之分，只是他老人家上了几岁年纪，又爱吃两杯酒，性子又烈火轰雷似的，煞是不好说话。外加着这两年，有点子反老还童，一会儿价好闹个小性儿。就这十三妹的这桩事，我好容易劝得他活动些了。他老人家在旁边儿，又是甚么‘英雄’咧，‘好汉'啊,'大丈夫要烈烈轰轰作一场'啊,说个不了,把那个越发闹得回不得头,下不来马了。老爷如今合他老人家一说,管保还是这套,甚而至于机密起来,还合老爷装糊涂,说不认得十三妹呢。"

老爷道:"若不仗尊翁作个线索,我纵有千言万语,怎得说的到那十三妹跟前?"那褚家娘子低头,想了一想,笑道:"这样罢,老爷要得合我父亲说到一处,却也有个法儿,只是屈尊老爷些。"老爷忙问:"怎样?"褚家娘子道:"他老人家虽说是这等脾气,却是吃顺不吃强,又爱戴个高帽儿。第一,最爱人赞一句,说是个英雄豪杰;第二,最喜欢人说,这样年纪怎的还得这样精神饱满,心思周到;第三却难,他老人家酒量极大,不用讲家里,便是外面,交遍天下,总不曾遇见个对手的酒量;往往见人不会吃酒,便说这人没出长儿,没干头儿;只要遇着一个大量,合他老人家坐下,说人了彀,大概那人说西山煤是白的,他老人家也断不肯说是灰色的,说太阳从西边儿出来,他老人家也断不肯说,从西南犄角儿出来。只是那有这等一个大酒量呢!老爷白想想,这难不难?"

老爷听罢,哈哈大笑,说:"这三桩事都在我身上。第一,据他的本领,本是个英雄,就赞扬他两句,也不是虚话;第二,论年纪,他比我长着几乎一半子呢,我就作个前辈看待他,也狠使得;第三,尤其容易,据我这酒量,虽不曾合他同过席,大约也可以勉强奉陪。"

褚家娘子听了,大喜说:"果然如此,只怕这事有些指望了。"因又嘱咐安老爷道:"只是我老人家少刻见了老爷,可难保得齐礼貌周全,还求老爷海量,耽待他个老,更切切不可提我方才说的这番话。"老爷道:"不消嘱咐,既如此商定,岂但不提方才的话,并且,连这弹弓也先不好提起。我自有道理。"因吩咐先把弹弓收好。

正说着,褚一官也回来了。他本是个走江湖的人,甚么不在行的?见了老爷,也恭恭敬敬的请了安。他娘子便把安老爷的来意,合方才这番话,告诉了他。只见他口里答应,心里却是忐忑。他娘子道:"你不必着忙,万事有我呢。"褚一官道:"我不怕别的,他老人家是个老家儿,咱们作儿女的,顺者为孝,怎么说怎么好。就是他老人家,抡起那双拳头来,我可真吃不克化!"他娘子道:"也到不了那个场中。你在这里伺候老爷,我预备点心去。"说着去了。

少时,拿出点心、粥汤来,老爷一腔的心事,不过同公子略吃了些,便拣下去。又问了问褚一官,走过几省,说了些那省的风土人情,论了些那省的山川形胜。正谈得热闹,只听得前面庄客嚷了一声,道:"老爷子回来了!"褚一官听了,发脚往外就跑,连那华忠也有些不得主意,两个服侍的小小子,吓得踪影全无。这正是:

非关猛虎山头吼,早见群狐穴底藏。

要知那邓九公回来,见了安老爷怎的个开交,下回书交代。

第十五回 酒合欢义结邓九公 话投机演说十三妹

上回书讲得是,安老爷来到褚家庄,探着十三妹的消息,正合褚一官闲话,听说邓九公回来了,早见那褚一官慌作一团,同了华忠合众庄客,忙忙的迎出去。老爷心里想道："这邓九公被他众人说的，那等的难说话，不知到底怎生一个人物？待我先看他一看。"

说着，依然戴上那个帽罩儿，走到角门，隐在门后，向外窥探。恰好那邓九公，正从东边屏门进来，只见他头戴一顶自来旧窄沿毡帽，上面钉着个，加高放大的藏紫菊花顶儿，撒着不长的一撮凤尾线红穗子；身穿一件驼绒窄荡儿实行的箭袖棉袄，系一条青绉绸搭包，挽着双股扣儿，垂在前面；套一件倭缎厢沿加厢巴图鲁坎肩儿的绛色小呢对门长袖马褂儿，上着竖领儿，敞着钮门儿；脚下一双薄底儿快靴。那身材足有六尺上下来高；一张肉红脸，星眼剑眉，高鼻子，大耳朵；颏下一部银须，连鬓过腹，足有二尺来长，被风吹得飘飘然，掩着半身。虽说八十余岁的人，看去也不过六旬光景。他一手搓着两个铁球，大踏步从庄门上，就嚷进来了。

只听他一面走，一面说道："你们这般孩子也忒不听说！我那等的嘱咐你们，说我这几天有些心事，心里不自在，亲友们来，凭他是谁，都回他说我不能接待，等闲的人，也不必让进来。你们到底弄得车辆牲口的，围了一门口子，这是怎么个原故？姑爷，真个的，你住在这里，就是你的一亩三分地？我一个钱的主意，都作不得不成？"

褚一官连忙答说："老爷子，这又来了。这话叫人怎么搭岔儿呢？你老人家，是一家之主，说句话，谁敢不听？只因今日来的不是外人，是我大舅儿面上来的，亲戚礼道的，咱们怎么好不让人家，进来喝碗茶呢？"

那邓九公道："哦，舅爷面上来的！舅爷到这里，我邓老九没敬错啊！谁家没个糟心的事，难道因为舅爷，我还说不得句话吗？不是我说句分斤办两的话咧，舅爷有甚么高亲贵友，该请到他华府上去，偏要趁这个当儿，热闹我，是个甚么讲究？"

华忠一听，说："不好了，这是冲着我来了。"因陪笑道："亲家爹，你老人家听我说，要是我平白的认得这等一个寻常人，我断不肯请他进来，只因他是个主儿。你老人家有甚么不圣明的！"那邓九公听了，把眉毛一拧，眼睛一乍巴，说："甚么行子主儿？谁是主儿啊？我邓老九仗的是，天地的养活，受得是父母的骨血，吃的是皇王的水土，我就是主儿！谁是主儿呀？那'主儿'卖几个钱儿一个？"

褚一官是怕安老爷听着不雅，忙拦道："你老人家这句可不要。"邓九公见他如此说，便丢下华忠，向着他道："哦，我错了？露着你们先亲后不改，欺负我老迈无能？这么着，不信咱们爷儿们较量较量。"说着，挽起那大宽的马褂儿袖子来，举拳就待动手。

老爷从门里看见，说："这一动手，可就不成事了！"连忙跑到跟前，拖地一躬，说："九公老人家，且莫动手！听晚生一言告禀。"那邓九公正在挥拳，忽见一个人，从西角门儿里出来相劝。定睛一看，只见那人，穿一件老脸儿灰色三朵菊的库绸缺衿儿棉袍，套一件天青荷兰雨缎厚棉马褂儿，卷着双银鼠袖儿，头上罩着个蓝毡子帽罩儿，看不出甚么帽子，有顶戴没顶戴来。

他提着拳头，看了一眼，便问褚一官道："这又是谁？"华忠恐他说别的，连忙说："这就是我们老爷。"安老爷连喝道："你这个人好蠢！怎么还这等说法！"因对邓九公道："晚生是从此路过，遇见我们这姓华的，因此，才见着这位褚一爷。提起来，知道九公也在这里。晚生久闻大名，如雷贯耳，要想拜见拜见。他两个是再三相辞。却是晚生一时不知进退,定要候着瞻仰尊颜。这事却与他两个无干。如今,既是九公不耐烦,晚生立刻告退,断不可因我外人,坏了自己的骨肉的情分。"说罢,又是一躬。

那老头儿见安老爷这番光景,心里先有三分愿意,说:"且住,我也曾闻着我们这舅爷,跟的是个官儿。这么着,尊驾先通个姓名来我听听。"这个当儿,他一只手只管得儿楞楞、得儿楞楞的搓着那副铁球,那一只拳头,可就慢慢的搭拉下来了。

安老爷见问,便说道:"不敢,晚生姓安,名字叫作学海。"说了这句话,只见他两眼一怔,"哈"了一声,说:"你叫安学海?你莫非是作过南河知县,被谈尔音那厮冤枉参了一本的,安青天安太老爷吗?"安老爷道:"晚生却是作过几天河工知县,如今辞官不作了。"

那邓九公听得,把手一拍,便对着众人道:"我说你们这班孩子,紫嘴子,一抹汗儿不中用!"褚一官道:"又怎么了,老爷子?"邓九公睁着双大眼睛,道:"这位安太老爷的根基,你们大略着也未必知道。他是天子脚底下的从龙世家,在南河的时候,不肯赚朝廷一个大钱,不肯叫百姓受一分累,是一个清如水、明如镜的好官,真是金山也似的人!这是一。再说,我是淮安府根生土长,他作那里的知县,就是我的父母官。今日之下,人家到了咱们家,就好比那太阳爷,照进屋子里来了。怎么着,你们连个大厅也不开,把人家让到那背旮旯子里去?这都是你们干出来的!"

褚一官一听,心里说:"得了,够了我的了!"忙说:"我们不行哟!还得你老人家操心哪!"说着,暗地里合那些庄客挤眉弄眼,说:"走哇,咱们收拾大厅去!"邓九公这才转到下手,让安老爷大厅待茶。老爷才把帽罩子摘了,递给华忠,进了屋子。

那邓九公连忙把那副铁球,揣在怀里,向安老爷道:"老父母,子民邓振彪叩见!可恕我腰腿不济,不能全礼。"说罢,打了一躬。老爷顶礼相还。老爷此时,早看透了邓九公是个重交尚义、有口无心、年高好胜的人,便道:"九公,我安某今日初次登堂,见你这番英雄气概,况又这等年纪还是这样精神,真是名下无虚。我安某得见恁般人物,大快平生!我这里有一拜。"说着,借着还那一躬,就拜了下去。慌得邓九公连忙爬下,还礼不迭,说:"我的老父母,你可不要折了我邓振彪的草料!"还了礼。一面把那大巴掌攥住老爷的胳膊,那只手架着膈肢窝,搀了起来。看他那起跪,比安老爷还来得利便。

老爷起来,又对他说道:"我们先交代句话:这'父母官''子民'的称呼,原是官场的俗套儿。请问,如今那些地方官,又那个真对得住百姓?作得起个民之父母?况且,我又是个下场的人,足下又不是身入公门,要一定这样的称呼,倒觉俗气。就论岁数,也比我长着三十余年。如不见弃,我今日就认你作个老哥哥,何如?"

邓九公听了,喜出望外,口里却作谦让说:"这可不当!老父母,你是甚么样的根基!我邓老九虽然痴长几岁,算得个甚么,也好妄攀起来?"老爷道:"快休说这话!你我丈夫行事,四海之内皆兄弟也。"说着,早又拜了下去。邓九公也忙着平磕了头,起来拉了老爷的手,哈哈大笑,说道:"老弟,这实在是承你的错爱。劣兄今年活了八十七岁,再三年就九十岁的人了,天下十七省,不差甚么走了一大半子,也交了无数的朋友。今日之下,结识得你这等一个人物,人生一世,算不白活了!"说着只乐得他手舞足蹈,眼笑眉飞。

褚一官等在旁看了,也自欢喜。邓九公便对褚一官道:“这咱们‘恭敬不如从命’,过节儿错不得。姑爷,你也过来见见你二叔。”一官连忙过来,重新行礼。老爷拉起他来。

这个当儿,华忠抖积伶儿,拿了把绸撢子来,给老爷撢衣裳上的土。老爷笑道:“这不好劳动舅爷呀!”把个华忠吓得一面忍笑,一面撢着土说道:“这里头可没奴才的事。”安老爷因命他:“你把大爷叫来。”邓九公道:“原来少爷也跟在这里。你们旗下门儿里都叫‘阿哥’。快请,快情!”

安公子在那边早晓得了这边的消息,听见老爷叫,便带了戴勤、随缘儿过来。安老爷指了邓九公,向公子道:“这是九大爷,请安。”公子便恭恭敬敬的请了个安。喜得个邓九公双手捧起他来说:“老贤侄,大爷可合你谦不上来了。”又望着老爷说:“老弟,你好造化!看这样子,将来,准是个八抬八座罢咧!”

一时,褚一官便用那个漆木盘儿又端上三碗茶来。老头子一见,又不愿意了,说:“姑爷,你瞧,怎么使这家伙给二叔倒茶?露着咱们太不是敬客的礼了!有前日那九江客人给我的那御制诗盖碗儿,说那上头是当今佛爷作的诗,还有苏州总运二府送的那个甚么蔓生壶,合咱们得的那雨前春茶,你都拿出他来。”

褚一官答应着才要走,老爷忙拦说:“不用这样费事,我向来不大喝茶。我此时倒用得着一件东西,老哥哥可莫笑我没出息儿,还只怕你这里未必有。”邓九公听了,怔了一怔,说:“老弟,难道拿着你这样一个人,吃鸦片烟不成?”老爷道:“不是,不是。我生平别无所好,就是好喝口绍兴酒,可不知你老人家里有这东西没有?”

邓九公见问,把两只手往桌子上一按,身子往前一探说:“怎么说,老弟你也善饮?”老爷道:“算不得善饮,不过没出息儿,贪杯。”邓九公道:“哦,哦哦,我听听,也能喝个多少呢?”老爷道:“从前,年轻的时候浑喝,也不大知道甚么叫醉;如今,不中用了,喝到三二十斤也就露了酒了。”

邓九公听了,乐得直跳起来,说:“幸会,幸会!有趣,有趣!再不想我今日遇见这等一个知己!愚兄就喝口酒,他们大家伙子竟跟着嘈嘈。又说这东西怎么犯脾湿,又是甚么酒能合欢,也能乱性。那里的话呢?我,喝了八十年了,也没见他乱性。你见那喝醉了的,他打过自己骂过自己吗?这都是那没出息儿的人不会喝酒,造出来的谣言。”说着便向褚一官道:“既这样,不用闹茶了。家里不是有前日得的那四个大花雕吗?今日咱们开他一坛儿,合你二叔喝。”

褚一官说:“拉倒罢,老爷子!你老人家无论叫我干甚么我都去,独你老人家的酒,我可不敢动他。回来又是怎么晃瓤了,温毛了。我又不会喝那东西,我也不懂,我缠不清。等我找了你老的女孩儿来,你老自己告诉他罢。再者,二叔在这里,也该叫他出来见见。”邓九公说:“这话倒是,你就去。”

原来,褚家娘子虽是那等合安老爷说了,也防他父亲的脾气靠不住,正在窗后暗听。听见如此说,便出来重新见过。因说道:“这些事都不用老爷子操心,我才听得老哥儿俩一见就这样热火,我都预备妥当了。再说既要喝酒,必要说说话儿。这里也不是说话的地方儿。一家人罢咧,自然该把二叔请到咱里头坐去。再,这天也不早了,二叔这等大远的来,难到还让到别处住去吗?自然留他老人家在家多住两天。你老人家要有事,只管去,家里横竖有人照应。”邓九公道:“是呀,是呀!得亏你提补我。”因道:“咳,老弟,一个人上了两岁岁数,倒底不济了。我如今全靠我们这姑奶奶。你我就依着他,住几天,咱们痛痛的多喝两场!”

安老爷听了,料这事也得大大的费一番说词,今日不得就走,便道:“如此甚好,只是打搅了。”说着,便命家人把车子牲口打发了,行李搬进来,便同了九公进去。先到了正房。原来,那正房却是褚一官夫妻住着,只见屋里也有几件硬木的木器,也有几件簇新的陈设,只是摆得不论不类,这边桌子上放着点子家伙吃食,那边桌子上又堆着天平、算盘、账本子等类。

邓九公道:“他这里闹得慌,咱们到我那小屋儿里坐去。”便让老爷出了正房,从西院墙一个屏门过去。只见当门竖着一个彩画的影壁。过了影壁,一个大宽转院落,两棵大槐树,不差甚么就遮了半个院子,也堆着点子高高矮矮不成文理的山石,也种着几丛疏疏密密、不合点缀的竹子,又有个不当不正的六角亭子在西南角上。那房子是小小的五间,也都安着大玻璃。一进屋门,堂屋三间通连,东西两进间。

邓九公便让安老爷在中间北床坐下,公子在靠南窗坐下。褚大娘子张罗着倒了茶,便向邓九公道:“把咱们姨奶奶也叫出来见见,也好帮帮我。”邓九公道:“姑奶奶罢呀,没的叫你二叔笑话。”褚大娘子道:“二叔狠不笑话,我们也不可笑。”因说道:“二叔,你老人家不知道,我父亲只养了我一个儿,我又没个弟兄,巴不得多一个亲人。再说,我父亲这个年纪了,我怎么样的服侍,总有服侍不到的地方儿。所以说,给他老人家弄个人。他老人家瞧了几个都不中意。到后来,瞧见这一个,因他是我们淮安人,才留下了。虽说是没甚么模样儿,绝好的一个热心肠儿,甚么叫闹心眼儿、掉歪,他都不会。第一是在我父亲跟前服侍的尽心,这就是我的大造化。等我叫他来,二叔瞧瞧。”安老爷说:“好极了,也必该有这等一个人服侍。我倒得见见我们这位如嫂。”褚大娘子听了,便自己向西间去找他。

还不曾走到跟前,只听得那帘子“嗯搭”一声,就出来了一个人。安老爷在堂屋上首向西坐着,看得逼真。看那人,约略不上三十岁,穿着件枣儿红的绛色棉袄,套着件桃红衬衣,戴着条大红领子,挽着双水红袖子,家常不穿裙儿,下边露着玫瑰紫的裤子,对着那一双四寸有余的金莲儿,穿着双藕色小鞋子,颜色配合得十分匀衬。手上,戴着金镯子玉钏,叮当作响,镯子上,还拴条鸳鸯戏水的杏黄绣手巾。头上,庙簪儿珠挑,金翠争光,簪儿边,还配着根猴儿爬杆儿的赤金耳挖子。花枝招展,妆点鲜明。

褚大娘子看了,问道:“今日甚么事,这么打扮着?”只听他笑道:“说有客来了么,我说看老爷子叫我见呢!”褚大娘子说着,又望他胸前一看,只见带着撬猪也似的一大嘟噜,因用手拨弄着看了一看,原来,胸坎儿上带着一挂茄楠香的十八罗汉香珠儿,又是一挂早桂香的香牌子,又是一挂紫金锭的葫芦儿,又是一挂肉桂香的手串儿,又是一个苏绣的香荷包,又是一挂川椒香荔枝,余外还用线络子络着一瓶儿东洋玫瑰油。这都是邓九公走遍各省给他带来的,这里头还加杂着一副镂金三色儿,一面檀香怀镜儿,都交代在那一个二钮儿上。

褚大娘子看了,说:“我的小妈儿呀,你可坑死我了!怎么好好歹歹的都带出来了?”他又嘻嘻的笑道:“都怪香儿的么,叫我丢下那件子呢?”褚大娘子笑道:“怪香儿的,就该都搬运出来吗?跟我来啵!”说着又给他拉拉袖子,整整花儿。临近了,安老爷又细看了看,却倒是漆黑的一头头发,只是多些,就鬓角儿边不用梳得鬅头,那头发便够一指多厚;雪白的一个脸皮儿,只是胖些.那脸蛋子一走一哆嗦,活脱儿一块凉粉儿;眉眼不露轻狂,只是眉毛、眼睫毛重些;鼻子嘴儿倒也端正,只是鼻梁儿塌些,嘴唇儿厚些;此外略无褒贬;更加脂香粉腻,刷的一口的白牙。把个邓儿公疼的,望着他,眼睛乐的没缝儿,口笑的合不拢来。

只见他将到跟前,就奔了安老爷去了。邓九公道:“你来,等我告诉你,这位安二老爷,人家是在旗的世家。因为瞧的起我,才合我结了弟兄。”才说到这句,他便道:“是他二叔哇!”九公道:“这又来了!倒底是谁二叔啊?你见了得称他老爷。”他听了,便说道:“哦,老爷哪!那么请安。”说着,扎煞着两只胳膊,直挺挺的就请了一个单腿儿安。九公道:“你还是拜拜不结了,怎么又闹个安呢?”他道:“老爷么,不请安?”

安老爷也连忙站起来,还了个半揖,说:“狠好。这位姨奶奶生得实在厚重,这是个多子宜男的相貌。”九公道:“老弟,不要这等称呼,你就叫他二姑娘。”老爷便怄九公道:“这样听起来,只怕还有位大如嫂呢罢?”他又接上话了,说:“没有价,就我一个儿,我叫二头。”褚大娘子笑说:“二叔,听我们是没心眼儿不是?有甚么说甚么。”

一句话没说完,他早踅身走了。褚大娘子说:“怎么走了?我还有话呢。”他道:“姑奶奶,等着,我就来。”只见他去不多会儿,从屋里装出一袋烟来。那烟袋,足有五尺多长,安着个七寸多长的菜玉烟袋嘴儿,那烟袋嘴儿上,打着一个青线算盘疙瘩,烟袋锅儿上,还挑着一个二寸来大的红葫芦烟荷包,里面却不装着烟,烟是另搁在一个笸箩儿里。只见他,一面嘴里抽着走过来,从他嘴里掏出来,就递给安老爷,说:“老爷抽烟儿呀。”

安老爷忙着欠身说:“我不吃烟。”他说:“不是湖广叶子呀,是渣头哇,里头还有豆蔻皮儿哩。”老爷说:“我是不会吃烟。”他便说:“一袋烟,可惜了的!不姑奶奶抽罢?”褚大娘子道:“我?可要不上你那杆长枪来!你先搁下,我告诉你话。酒果子我那边都弄好了,回来在我那边招呼着送过来。你可在这里好好儿的张罗张罗,那几个小行行子靠不住。”因问:“黑儿他们都那里去了?”只听答应了一声,进来了一顺儿十一二岁的四个孩子:一个漆黑,一个大胖,一个奇丑,一个多麻,就叫作黑儿、胖儿、丑儿、麻儿。原是邓九公的四个村童,合这位二姑娘,要算这老头儿的一分仪从,离不开的,所以到女儿家住着,也带了来。

当下，褚大娘子又嘱咐了四人几句，早有几个小脚儿老婆子送过酒果来。褚大娘子便合邓九公道："大爷请到我们那院里，我张罗他去罢。我瞧他在这里怪拘束的。"安老爷先道："狠好。你就跟了大姐姐去。"因说："你也过来见见姨奶奶。"公子只得过来作了个揖。那姨奶奶也拜了一拜，笑道："好个少爷，长的怪俊儿的！"褚大娘子道："哟，你怎么这些话哟？"他又道："姑奶奶，你只说我爱说话哩，你瞧瞧他那脸蛋子，有红似白儿的，不象那娘娘庙里的小娃娃子？"

邓九公、褚大娘子听了，都呵呵大笑，连安老爷也忍不住笑起来，倒把个公子臊了个满脸绯红，便同了褚家娘子过那院去了。

列公，切不可把这位姨奶奶误认作狎邪一路。自天地开辟以来，原有这等混沌未凿的人。世间除了那精忠、纯孝、苦节、大义四项人，定可至诚格天之外，惟有这混沌未凿的人，最蒙上天爱惜，无不富贵寿考，安乐终身。他绝不得有那红颜薄命、皓首无依之叹。只怕比起那忠臣、孝子、义夫、节妇，更上一层。真真令人起忻起羡也！

闲话休提，言归正传。却说这里摆下果菜，褚一官也来这里，照料了一番。去后，邓九公便取出一对大杯，同安老爷高谈畅饮起来。那安老爷酒在肚里，事在心里，暗暗盘算说："这老头儿虽说粗豪，却是个久经世故的，须是不露一毫芒角，才引得出他的真话来呢。"

酒过三巡。恰好，那邓九公问起老爷的官场来，他道："老弟，你方才说如今辞官不作，我听得我们淮安亲友们来说，那谈尔音被御史参了一本，朝廷差了一位甚么吴大人来把他拿问，老弟你官复原职了。我想，老弟你这年纪，正好给朝廷出力，为甚么倒要告退还乡？再说还乡，又怎的不走官塘大路，从这条路来呢？"安老爷道："九兄，你有所不知。想我半生苦志读书，才巴结作个知县。不上半载，便经了这等意外的风波。大约宦途的味儿，不过如此。不如退归林下，遍走江湖，结识几个肝胆英雄，合他杯酒谈心，倒是人生一桩快事！"

邓九公听到这里，不由得端起杯来，一饮而尽。又伸了一个大拇指头说道："高！"老爷便接着往下说道："至于此来，却原为小儿出京的时候，这华忠一路跟随，病在店里。及至小儿到了淮上，久不见他南来的消息。此番走到这路，想这褚一官壮士，正是他的至亲，寻着一官一问，定知端的。因沿路访问，都说褚壮士在二十八棵红柳树住家。到了那里才知，他就住在吾兄的宝庄上。我想：'既到灵山，岂可不朝我佛？'倒把打听华忠消息这桩事搁起，径投宝庄，拜识尊颜。谁想，吾兄不在庄上，就连那褚壮士也说搬在东庄去了。我就一路跟寻到此。恰巧在此地庄外遇见华忠，得见一官，又知他作了吾兄的快婿。谈起来，才知吾兄的大驾也在此地。不承望天缘凑巧，倒在此地相会，又得彼此情同针芥，一言订交，真是难得的一番奇遇！"

邓九公道："原来，老弟倒枉驾先到舍下，只是我多多失候，越发不安了。"安老爷道："你我豪杰相逢，何必拘这形迹！我方才还同令婿议论海内的人物，提起一家有名的豪杰，不想问他，竟自不知底里。"邓九公道："老弟，你看不得这些年轻的小爷们，花说柳说的，不中用，一按就没了，早呢！你问的这人，你既称到他是个豪杰，大约也不是甚么无名之辈。你说给我听听。慢讲这大江南北，那怕三江两湖，川陕、云贵,以至关里、关外,但是个有点听头儿的,提起来,大概都知道他个根儿襻儿。你问谁罢?”

安老爷道:“这人说来却不甚远,只在方近地方,只是隔了这几年,不知他现在的住处。”邓九公听了,把嘴一撇,道:“甚吗?我们这个地方儿会有个有名儿的豪杰?老弟,那可是听了谣言来了!这地方要找绍兴坛子大的倭瓜,棒槌壮的玉米棒子,只怕还找得出来。要讲豪杰,劣兄在此地住了冒冒的七十年了,也没见过那豪杰是四方脑袋八楞儿脑袋!”

安老爷正色道:“老哥哥,古人云:‘十室之邑,必有忠信。’又道是:‘真人不露相。’何地无才?这话倒不可如此讲。纵说是九兄你‘观于海者难为水’,只怕小弟说的这个人,老哥哥也小看他不起,大约你也必该认得他,并且除了你别人也不配认得他。”

邓九公听了,歪着头想了一会,道:“吭,谁?”因向老爷道:“老弟,你试把他的姓名说来,我领教领教。”

安老爷拈着几根小胡子儿,眼睛望着邓九公说道:“这人,人称叫他作‘十三妹’。”邓九公才听得“十三妹”三个字,早把手里的酒杯“吧”的往桌子上一放,说:“老弟,你是怎生晓得这个人?”安老爷道:“你且慢问我怎生晓得这人。你只说这人究竟算得个豪杰算不得个豪杰?你可认识他不认识他?”

邓九公见问,未从说话,先叹了一声,说:“老弟,若论此人,虽是三绺梳头,两截穿衣,不但算得脂粉队里的一个英雄,还要算英雄队里一个领袖。说起来,天下的男子汉都该愧死!我岂止认得他,他还要算我个知己恩人哩!”安老爷一听,心里暗说:“有些意思了。”因说道:“话虽如此,只是他究竟是个年轻女子。老哥哥,你这样的年纪,这等的威名,说他是个知己有之,怎生说到是个恩人起来?这话倒愿问一个详细。”

九公道:“酒凉了,咱们换一换。”说着,换上热酒来,二人酒到杯干。只那姨奶奶带了两三个婆子照料,几个村童来往穿梭也似价伺候,倒也颇为简便,且是干净。

说话间,褚大娘子又带人送过点心汤来,让了一番。原来,安老爷喝酒不大吃菜,只就着鲜果子小菜过酒。邓九公喝起来,更是鲸吞一般的豪饮,没有吃菜的空儿。因此,点心不过用了些,褚大娘子便叫人端去,让姨奶奶吃完,散给那些孩子们了。

邓九公说:“姑奶奶,你张罗你的去罢。”褚大娘子道:“他们不用张罗,他们连面都吃了。那大爷才坐下,瞅着那么怪腼腆的,被我怄了他一阵,这会子熟化了,也吃饱了,同女婿合他大舅倒说的热闹中间的。”

说话间,姨奶奶吃完了饽饽,合褚大娘子道:“姑奶奶在这里,我也瞧瞧大爷去。”九公道:“你走了,可小心他们温毛了我的酒。”褚大娘子道:“只管去罢,有我呢。”

那姨奶奶便笑嘻嘻的走到九公跟前,从袖子里掏出一个红灯花纸包囊儿来,说:“老爷子,你瞧瞧这个。”九公打开一看,原来是苏绣的一个大红缎子小脚儿香袋儿,一个石青平口抽子。九公问他:“这作吗呀?”他道:“我给那大爷好不好?”九公道:“好,好,你给去罢。”又捏着那抽子问他道:“这里头沉颠颠的,又是甚么东西？”他道：“可怎么空空儿的给他呢，我给他装上了一百老钱。”

九公哈哈大笑起来。褚大娘子说：“别笑人家，好哇！叫他也活动活动去罢。”说着，坐在一边。便听那邓九公向安老爷道：“老弟，你方才问那十三妹，我怎么说到他是我的恩人？你可知道，愚兄是个‘败子回头金不换’？我自幼儿也念过几年书。有我们先人在日，也叫我跟着人家考秀才去。文章呢，倒糊弄着作上了。谁知，把个诗倒了平仄，六韵诗，我又只作了十句，给他落了一韵，连个复试也没巴结上。后来，他老人家就没了。我看了看，我不象是这里头的虫儿，就结识了一班不安分的人，使枪弄棒，甚至吃喝嫖赌，无所不至，已经算走到下坡路上去了。

“还亏几个老辈子的说：‘放着你这样一个汉仗.这样一分膂力，去考武不好？为甚么干这不长进的营生呢？’我想，一个没爷的孩子，有个人出来告诉这么句正经话，就算难得。我就一彆头的学着拉硬弓、骑快马、端石头、练大刀。这年学台下马，报了考。到了考的这天，我开得十六力的硬弓；那三百六十斤的头号石头，平端起来，在场上要走三个来回；大刀单撒手舞三个面花，三个背花，还带开四门；马步箭全中。这么说罢，老弟，算概了场了。

“不想，到了末场，默写《孙武子兵书》，我又落了两个字，自己也没看出来。便有学院上的书办找来说：大人见我的武艺件件超群，要中我个案首；只因兵书里落了字，打下来了。叫我花五百银子，依然保我个插花披红的秀才。那时候，要论我的家当儿，再有几个五百也拿出来了，只是我想，大丈夫仗本事干功名，一下脚就讲究花钱，搦了锐气了。我就回他说：‘中与不中，各由天命，不走小道儿！”

安老爷道：“这才是正人君子的作事！只怕这本领可要埋没了。”九公道：“你听么。他不中我倒也平常，谁想他单单把我搁在末尾儿一名，叫我坐红椅子！我说：‘这就算他给朝廷开科取士来了？’一睹气子，我老师也没拜，鹿鸣宴也没赴，花红也没领。我说：‘功名一路，算没我了！’到后来，亲友们见我在家里闷坐着，便有几个标行的朋友，请我跟他们走标。走了两年，我就自己立了字号，单身出马，整整的走了六十年。仗着老天养活，不曾擦过脸，失过事。到今日之下，吃这碗饱饭，都是老天赏的。

“这年到了八十岁了，我说：‘收船好在顺风时。’告诉亲友们，我可要摘鞍下马咧。谁知，那些有字号的大买卖行中，苦苦的不放。都隔年下了关书聘金来请，只得又走了五年。我说：‘这可该收了。’便预先给各省稍下书子去，说来年一定歇马，一应聘金概不敢领。承那些客商们的台爱，都远路差人送彩礼来.给我庆功。又大家给我挂了一块匾，写得是甚么‘名镇江湖’四个大字。

“老弟，你想，人家好看咱们，咱们有个自己不爱好看的吗？我那二十八棵红柳树庄上，本也宽绰，西院里有教场一般的一个大院落，盖着五间正厅，那是我带了徒弟们教武艺的地方。我就在那个所在正中搭了座戏台，两旁扎起两路看棚来，在府城里叫了一班子戏，把那些远来的客人，合本地城里关外的绅衿铺户，以至坊边左右这些乡邻，普通一请。一连儿热闹了三天。

“一日无事，二日安然。到了第三日，正是本地那些乡邻们来吃酒看戏。那日人来的更多，厅上、棚里，都坐得满满的。再搭上那卖熟食的，卖糖儿豆儿，赶小买卖的，两边站得千佛头一般。台上唱的是飞镖黄三太打窦二墩，正唱到黄三太打败了窦二墩大家贺喜,他家里来报说生了黄天霸了。大家都说:'这戏唱得对景,我们邓九太爷将来一定也要得这样一位相公!'就这个一杯,那个一盏,冷的、热的轮流把我一灌,我可就喝得有些意思了。

"正在高兴,忽见我庄上看门的一个庄客跑了进来,报说:'外面来了一个人,口称前来送礼贺喜。问他姓名,他说:见面自然认得。'我就吩咐那庄客说:'莫问他是谁,只管请进来,大家吃酒看戏。'一时,请了进来。只见那人身穿一件青绉绸夹袄,斜披件喀喇马褂儿,歪戴顶乐亭帽儿,脚穿一双双襻熟皮靿子鞋,身上背着蓝布缠的一桩东西,虽看不见里面,约莫是件兵器;后边还跟着个人,手里托着一个红漆小盒儿。走上厅来,把手一拱,说道:'请了!'只此两个字,他就挺着腰,叉着只脚,扭对脸去,拢着拳头站着。

"我心里说:'这个贺喜的来的古怪呀!'因问他:'足下何来?'他道:'姓邓的!你非不认得我,我非不认得你,休推睡里梦里!今日,听得你摘鞍下马,贺喜庆功,特来会你!'

"我仔细一看那人,却也有些面熟,只是猛可里想不出是谁。因对他说:'足下恕我眼拙,一时间想不起那里会过。'他说:'我叫海马周三,你我牤牛山曾有一鞭的交情!'这句话,我想起来了。五年前后,我从京里保标往下路去,我们同行有个金振声,他从南省保标往上路来,对头走到牤牛山,他的镖货被人吃了去了,是我路见不平,赶上那厮打了一鞭,夺回原物。他因此怀恨,前来报仇。趁着我家有事,要在众人面前砢碜我一场!

"我说:'朋友,你错怪了我了!这同行彼此相救,是我们一个行规。况这事云过天空。今日,既承下顾,掀过这篇子去,现成儿的酒席,咱们喝酒。你我就借着这杯酒,解开这个扣儿,作个相与,你道如何?'早有那些在坐的一同上前解和。老弟,你道我看众朋友的面上,也算忒让了他了罢!

"谁知他倒不中抬举起来,说道:'不必让茶让酒!自你我牤牛山一别,我埋头等你,终要合你狭路相遇,见个高低。今日之下你既摘鞍下马,我海马周三若暗地里等你,也算不得好汉。今日到此,当着在坐的众位,请他们作个证明,要合你借个一万八千的盘缠,补还我牤牛山的那桩买卖。你是会的,破个笑脸儿,双手捧来便罢;倘若不肯,我也不叫你过于为难,我这盒儿里装着一碗儿双红胭脂,一匣滴珠香粉,两朵时样的通草花儿,你打扮好了,就在这台上扭个周遭儿我瞧瞧,我尘土不沾,拍腿就走。'说罢,把个盒儿揭开,放在当中桌上。老弟,你说就让是个泥佛儿罢,可能听了不动气?"

安老爷道:"这人岂不是个惫赖小人的行径了?"邓九公道:"哈哈,老弟,你可也莫要小看了他!不想到这等一个人,竟自能屈能伸,有抽有长。"说着,又干了一杯。说话的这个当儿,主客二位已都是五七十大杯过了手了。

褚大娘子在一旁说道:"我看老爷子今日的酒,又有点儿过去了。人家二叔问的是十三妹,你老人家可先说这些陈谷子烂芝麻的作甚么?"邓九公道:"姑奶奶,你当我说的是醉话吗?若不从这根子上说起,怎见得出那十三妹姑娘的英风义气来?见不出那十三妹姑娘的英风义气,这回书可还有个甚么大听头儿呢?再说,人家听书的,又知道我邓九公到底是个谁呢?"

安老爷便接着问道："后来吾兄便怎么样呢？"邓九公道："那时，我一把无名业火从脚跟下直透顶门，只是碍着众亲友，不好动粗。我便变作一番哑然大笑，我说：'我只道你用个一百万八十万的，那可叫短了我了，一万银还备得起！'回头我就叫人盘银子去。在座的众人还苦苦的相劝，道：'二位不可过于认真，有我们在此，大家缓商。'我便对他大家说道：'众位休得惊慌。我邓某虽不才，还分得出个皂白清浊。这事无论闹到怎的场中，绝不相累。'霎时，把那银子搬齐，放在当院一张八仙桌儿上。

"我说：'朋友，纹银一万两在此。只是我邓老九的银子，是凭精气命脉神挣来的，你这等轻轻松松，只怕拿不了去！此地却是我的舍下，自古"主不欺宾"，你我两家说明，都不许人帮，就在这当场见个强弱。你打倒了我，立刻盘了银子去，那怕我身带重伤，一定抹了脂粉，带了花朵，凑这个趣儿。万一我的兵器上没眼睛，一时伤犯了你，可也难逃公道！'

"说着，我便甩了衣裳，拿了我那把保镖的虎尾竹节钢鞭。他也脱去马褂，抖开他那兵器，原来也是把钢鞭，合我这鞭的斤两正不差上下。那时，众人都出房来，远远的围了个大笸箩圈儿站着。便是我自己的人，也因我有话在前，不敢傍近。台上的戏也煞住了，站了一台闲人，都眼睁睁的不看台上那台戏，要看台下这出戏。当下我两个一个站在北面，一个站在南头，亮了兵器，就交起手来。

"及至一交手，才知他不是五年前的海马周三了。原来，他自从挨了我那一鞭之后，便隐项埋头去练这家武艺，要洗牤牛山前的那一张羞脸。一条鞭使了个风雨不透，休想破他一丝！我两个来来回回，正斗得难分难解。只见从正东人群里，闪一般撺出一个人来，手使一把倭刀，把我两个的钢鞭用刀背儿往两下里一挑，说：'你二位住手！听我有句公道话讲！'那时，我只道是来帮他的，他只道是来帮我的，各各收回兵器，跳出圈子一看，只见那人一身素妆，戴着孝髻，斜挎张弹弓儿，原来是个女子！"

安老爷擎杯道："不必讲，这一定是十三妹无疑了！"邓九公绰着那一部长髯说："老弟，不是他还有谁！那时，我同周三两个才要合他答话，忽然正西上，'哧'，飞过一枝标来，正奔了那十三妹的胸前。我将说得声'招家伙'，他早把身子一闪，那标早打了空。接着，又是第二枝打来。他不闪了，只把身子一蹲，伸手向上一绰，早把那枝标绰在手里。说时迟，紧跟着就是第三枝打来，那时快，他把手里这枝标迎着那枝标发出去，打个正着，只见'噌'的一声，冒了一股火星子。当啷啷，两枝标双双落地！那四面看的人，就海潮一般喝了个连环大彩！那发标的人也不曾露个面儿，早不知吓到那里去了。

"他也更不去寻，更不在意。便向我合周三道：'你二位今日这场斗，我也不问你们是非长短。只是一个靠着家门口儿，一个仗着暗器，便那个赢了，也被天下英雄耻笑！这耻笑不耻笑却与我无干，只是我要问问：怎生输了的便该擦胭抹粉戴花？难道这胭粉花朵的里头，便不许有个英雄不成？如今，你两个且慢动手，这一桌银子算我的，你两个那个出头合我试斗一斗，且看看谁输谁赢，那个戴那朵花儿、擦那嘴胭脂、抹那脸粉！'

"老弟，那个当儿，劣兄到底比周三多吃了几年老米饭，一看他那光景，断非寻常之辈,不可轻敌,才待合他讲礼。那周三见坏了他的道路,又欺那十三妹是个女子,冷不防,'嗖'的就是一鞭!那十三妹也不举刀相迎,只把身子顺转来,翻过腕子,从鞭底下用刀刃往上一磕,'唰',早把周三的鞭削作两段!众人又是声喝彩!只就那喝彩的声音里头,接着一片喊声,早从人轮子里,噗噗跳出二三十条稍长大汉来。"

安老爷问道:"这又是些甚么人呢?"邓九公道:"这班人,原来是那海马周三预先叫他的伙伴随了那起戏子乔妆打扮混了进来,预先一个个埋伏在此。那时才听得众人一声喊,这十三妹早上面一刀削断了周三的钢鞭,下面趁势就是一个泼脚,把周三踢得爬在地下。他赶上一步,一脚踏住了脊梁,用刀指着那群贼伙道:'你们那个上前,我就先宰了你这匹海马,作个榜样!'

"那班人听了这话,生怕坏了他头领性命,都吓得不敢上前,倒退下去。他便对那班盗伙说道:'就请你众人偏劳,把那个红漆盒儿捧过来,给你这位大王戴上花儿,抹上胭粉,好让他上台扭给大家看!'

"老弟,你这可就听出周三的有抽有长儿来了。只听他爬在地下,高声叫道:'众兄弟,休得上前,这位女英雄也且莫动手!我海马周三,也作了半生好汉,此时我不悔我来得错,我只悔我轻看了天下的英雄。今日,出丑当场,我也无颜再生人世,便是死在你这等一位英雄刀下,也死得值。就请砍了头去,不必多言。'老弟,你只听听,十三妹这本领,可是脂粉队里的一个英雄,英雄队里的一个领袖?"

安老爷用手把桌子一拍,说道:"痛快!"拿起杯来,一饮而尽。褚大娘子道:"二叔怎的尽喝酒,也不用些菜?"安老爷道:"姑奶奶,你听你老人家这段话,还抵不得一肴下酒的美品么!何用再去吃菜。"邓九公一面吃着酒,一面说道:"老弟,这话,还算不得下酒的美品呢!你看那十三妹,打倒海马周三,他又言无数句,话不一席,叠两个指头,说出一番话来。待劣兄慢慢的说与你,那才算得酒菜里的一品珍馐海错,管叫你连吃十大碗,还痛快得不耐烦哩!"这正是:

何用《汉书》来下酒,者番清话也消愁!

要知那邓九公又向安老爷说出些甚的情由,下回书交代。

第十六回　莽撞人低首求筹画　连环计深心作笔谈

上回书讲得是安老爷义结邓九公,想要借那邓九公作自己随身的一个贯索蛮奴,为的是先收服了十三妹这条孽龙,使他得水安身,然后,自己好报他那为公子解难赠金、借弓退寇、并择配联姻的许多恩义。又喜得先从褚大娘子口里得了那邓九公的性情,因此,顺着他的性情,一见面便合他快饮雄谈,从无心闲话里谈到十三妹。果然引动了那老头儿的满肚皮牢骚,不必等人盘问,他早不禁不由,口似悬河的讲将起来。讲到那十三妹刀断钢鞭,斗败了周海马,作色掀须,十分得意。

安老爷听了,说道:"这场恶斗,斗到后来怎的个落场呢?"邓九公道:"老弟呀,那时,我只怕十三妹听了海马周三这段话,一时性起,把他手起一刀。虽说给我增了光了,出了气了,可就难免在场这些亲友们受累。正在为难,又不好转去劝他。

谁想,那些盗伙一见他的头领吃亏,十三妹定要叫他戴花擦粉,急了,一个个早丢了手中兵器,跪倒哀求,说:‘这事本是我家头领不知进退,冒犯尊威,还求贵手高抬,给他留些体面,我等恩当重报!’只听那十三妹冷笑一声,说:‘你这班人也晓得要体面么?假如方才这九十岁的老头儿被你们一鞭打倒,他的体面安在?再说,方才若不亏你姑娘有接标的手段,着你一标,我的体面安在?’众人听了,更是无言可答,只有磕头认罪。

“那十三妹采也不采,便一脚踏定周海马,一手擎着那把倭刀,换出一副笑盈盈的脸儿,对着那在场的大众说道:‘你众位在此,休猜我合这邓老翁是亲是故,前来帮他。我是个远方过路的人,合他水米无交。我平生惯打无理硬汉,今日撞着这场是非,路见不平,拔刀相助,并非图这几两银子。’说了这话,他然后才回头,对那班盗伙道:‘我本待一刀了却这厮性命,既是你众人代他苦苦哀求,杀人不过头点地,如今权且寄下他这颗驴头!你们要我饶他,只依我三件事:第一,要你们当着在场的众位,给这主人赔礼,此后无论那里见了,不准错敬;第二,这二十八棵红柳树邓家庄的周围百里以内,不准你们前来骚扰;第三,你们认一认我这把倭刀合这张弹弓,此后这两宗东西一到,无论何时、何地、何人,都要照我的话行事。这三件事件件依得,便饶他天字第一号的这场羞辱。你大家快快商量回话!’

“众人还不曾开口,那海马周三早在地下喊道:‘只要免得戴花、擦胭、抹粉,都依,都依,再无翻悔!’众人也一叠声儿合着答应。那十三妹这才一抬腿放起周三。那厮爬起来,同了众人走到我跟前,齐齐的尊了我声‘邓九太爷’!向我捣蒜也似价磕了阵头,就待告退。

“老弟,古人说的好:‘得意不可再往。’我邓老九这就忒瞉睄的了。再说,也不可向世路结仇。我就连忙扶起他来,说:‘周朋友,你走不得。从来说‘胜败兵家常事’,又道是‘识时务者呼为俊杰’。今日这桩事,自此一字休提。现成的戏酒,就请你们老弟兄们在此开怀痛饮,你我作一个不打不成相遇的交情,好不好?’周三他倒也得风便转,他道:‘既承台爱,我们就在这位姑娘的面前,从这句话敬你老人家起。’当下大家上厅来,连那在场的诸位,也都加倍的高兴。我便叫人收过兵器银两,重新开戏,洗盏更酌。

“老弟,你想,这个过节儿得让那位十三妹姑娘首座不得?我连忙满满的斟了盅热酒,送过去。他说道:‘我十三妹今日礼应在此看你两家礼成,只是我孝服在身,不便宴会。再者,男女不同席。就此失陪,再图后会。’说着出门下阶,‘嗖’的一声,托地跳上房去,顺着那房脊,迈步如飞,连三跨五,霎时间不见踪影。我这才晓得他叫作十三妹。老弟,你听这场事的前后因由,劣兄那日要不亏这位十三妹姑娘,岂不在人轮子里把一世的英名搠尽?你道他怎的算不得我一个恩人?

“因此,那天酒席一散,我也顾不得歇乏了,便要去跟寻这人。这才据我的庄客们说:‘这人三日前就投奔到此。那时,因庄上正有勾当,庄客们便把他让在前街店房暂住,约他三日后再来。现在他还在店里住着。’我听了这话,便赶到店里,合他相见。

“原来,他只得母女二人。他那母亲又是个既聋且病的。看那光景,也露着十分清苦。我便要把合周三赌赛的那万金相赠,争奈他分文不取。及至我要请他母女到家养赡，他又再三推辞。问起他的来由，他说自远方避难而来。因他一家孤寡，生恐到此人地生疏，知我小小有些声名，又有几岁年纪，特来投奔，要我给他家遮掩个门户，此外一无所求。当下便合我认作师徒。他自己却在这东南上青云山山峰高处，踹了一块地方，结几间茅屋。仗着他那口倭刀，自食其力，养赡老母。我除了给他送些薪水之外，凭你送他甚么，一概不收。只一个月头里，借了我些微财物，不到半月，他依然还照数还了我了。因此，直到今日，我不曾报得他一分好处。"

安老爷道："据这等听起来，这人还不单是那长枪大戟的英雄，竟是个挥金杀人的侠客。我也难得到此，老兄台，你合他既有这等的气谊，怎的得引我会他一会也好？"邓九公听了这话，怔了一怔，说："老弟，若论你合这人，彼此都该见一见，才不算世上一桩缺陷事。只可惜，老弟来迟了一步，他不日就要天涯海角，远走高飞。你见他不着了！"

安老爷故作惊疑，问道："这却为何？"只见邓九公未从说话，两眼一酸，那眼泪，早泉涌一般，落得满衣襟都是，连那白须上也沾了一片泪痕，叹了一声，道："老弟，劣兄是个直肠汉，肚子里藏不住话，独有这桩事，我家里都不曾提着一字，不信你只问你侄女儿就知道了。原故，只因十三妹的这桩事大，须慎密，不好泄漏他的机关。如今，承老弟你问到这句话，我两个一见，气味相投，肝胆相照，我可瞒不上你来。原来，这位姑娘他身上有杀父大仇。只因老母在堂，无人奉养，一向不曾报得。不想前几天，他这母亲又得了一个紧痰症，没了。他如今孝也不及穿，事也不及办，过了一七，葬了母亲，便要去干这大事。今日，他母亲死了是第四天了，只有明日、后日两天，他此时的心绪，避人还避不及，我怎好引你去见他？我昨日还问他的归期，他说是：'大事一了，便整归装。'但这桩事也要看个机会，也得了得了事，才好再回此地，知他是三个月两个月？老弟，你又那里等得他？便是愚兄，这几日也正为这事心中难过！"

安老爷又佯作不知的道："哦，原来如此。但不知他的父亲是何等样人？因甚事被这仇家陷害？他这仇人又是何等样人？现在在甚么地方？"邓九公摆手道："这事一概不知。"安老爷道："吾兄这句话是欺人之谈了。他既合你有师生之谊，又把这等的机密大事告诉了你，你岂有不问他个详细原由的理？"

一句话，把邓九公问急了，只见他瞪了两只大眼睛，嚷起来道："岂有此理！难道我好欺老弟你不成？你是不曾见过他那等的光景，就如生龙活虎一般！大约他要说的话、作的事，你就拦他，也莫想拦得他住手、住口；否则，你便百般问他、求他，也是徒劳无益。况且，他仇还没报，这仇人的名儿如何肯说？我又怎的好问？只有等他事毕回来，少不得就得知这桩快事了。"安老爷道："如此说来，此时既不知他这仇人为何人，又不知他此去报仇在何地。他强煞，究竟是个女孩儿！千山万水，单人独骑，就轻轻儿的说到去报仇，可不觉得猛浪些？在这十三妹的轻年任性，不足深责；只是老哥哥你，既受他的恩情，又合他师弟相关，也该阻止他一番才是，怎的看了他这等轻举妄动起来？"

邓九公听了，哈哈大笑，说："老弟台，我说句不怕你思量的话：这个事可不是你们文字班儿懂得的！讲他的心胸本领，莫说杀一个仇人，就万马千军，冲锋打仗，也了的了，不用旁人过虑，这是一；二则，从来说'父仇不共戴天'，又道是'君子成人之美’，便是个漠不相关的朋友，咱们还要劝他作成这件事，何况我合他呢！所以，我想了想，眼前的聚散事小，作成他这番英雄豪举的事大，我才极力帮着他早些葬了他家老太太，好让他一心去干这桩大事，也算尽我几分以德报德之心。此时，我自有催促他的，怎的老弟你颠倒嗔我不阻止他起来？”

却说安老爷的话，一层逼进一层，引得个邓九公雄辩高谈，真情毕露，心里说道：“此其时矣！且等我先收伏了这个贯索奴，作个引线，不怕那条孽龙不弭耳受教。待他弭耳受教，便好全他那片孝心，成这老头儿这番义举，也完我父子的一腔心事。”便对邓九公说道：“自来说‘英雄所见略同’。小弟虽不敢自命英雄，这桩事却合老兄台的见识微微有些不同之处。既承不弃，见到这里，可不敢不言。只是吾兄切莫着恼。你这不叫作‘以德报德’，恰恰是个‘以德报怨’的反面，叫作‘以怨报德’！那十三妹的一条性命，生生送在你这番作成上了！”

邓九公听了，骇然道：“哈，老弟，你这话怎讲？”安老爷道：“这十三妹是怎的个英雄，我却也只得耳闻，不曾目睹。就据吾兄你方才的话听起来，这人大约是一团至性，一副奇才。至性人，往往多过于认真；奇才人，往往多过于好胜。要知一个人秉了这团至性、这副奇才来，也得天赐他一段至性奇才的福田，才许他作那番认真好胜的事业。否则，一生遭逢不偶，志量不售，不免就逼成一个‘过则失中’的行迳。看了世人，万人皆不入眼，自己位置的想比圣贤还要高一层；看了世事，万事都不如心，自己作来的要想古今无第二个。干他的事他也作，不干他的事他也作；作的来的他也作，作不来的他也作。不怕自己沥胆披肝，不肯受他人一分好处；只图一时快心满志，不管犯世途万种危机。久而久之，把那一团至性、一副奇才，弄成一段雄心侠气，甚至睚眦必报，黑白必分。这种人，若不得个贤父兄、良师友苦口婆心的成全他、唤醒他，可惜那至性奇才，终归名隳身败。如古之屈原、贾谊、荆轲、聂政诸人，道虽不同，同一受病。此圣人所谓‘质美而未学者也’。

“这种人，有个极粗的譬喻：比如那鹰师养鹰一般，一放出去，他纵目摩空，见个狐兔，定要竦翅下来，一爪把他擒住；及至遇见个狡兔黠狐，那怕把他拉到污泥荆棘里头，他也自己不惜毛羽，绝不松那一爪；再偶然一个擒不着，他便高飘远举，宁可老死空山，再不飞回来重受那鹰师的喂养。这就是这十三妹现在的一副小照真容！据我看，他此去绝不回来。老兄，你怎的还妄想两三个月后听他来说那桩快事？”

邓九公道：“他怎的不回来？老弟，你这话我就想不出这个理儿来了。”安老爷道：“老兄，你只想，他这仇人我们此时虽不知底里，大约不是个甚么寻常人。如果是个寻常人，有他那等本领，早已不动声色把仇报了，也不必避难到此。这人，一定也是个有声有势、能生人、能杀人的脚色。他此去报仇，只怕就未必得着机会下手。那时，大事不成，羞见江东父老，他便不回来了，此其一；便让他得个机会下手，他那仇家岂没个羽翼牙爪？再方今圣朝，清平世界，岂是照那鼓儿词上顽得的？一个走不脱，王法所在，他也便不得回来了，此其二；再让他就如妙手空空儿一般报了仇，竟有那本领潜身远祸，他又是个女孩儿家，难道还披发入山不成？况且，听他那番冷心冷面，早同枯木死灰，把生死关头看破，这大事已完，还有甚的依恋？你只听他合你说的‘大事一了，便整归装’这两句话，岂不是句合你长别的话么？果然如此，他更是不得回来定了，此其三。这等说起来，他这条性命不是送在你手里，却是送在那个手里?"

邓九公一面听安老爷那里说着,一面自己这里点头。听到后来,渐渐儿的把个脖颈低下去,默默无言,只瞅着那杯残酒发怔。这个当儿,褚大娘子又在一旁说道:"老爷子,听见了没有?我前日合你老人家怎么说来着?我虽然说不出这些讲究来,我总觉一个女孩儿家,大远的道儿一个人儿跑,不是件事。你老人家只说我不懂这些事。听听人家二叔这话,说的透亮不透亮?"

那老头儿,此时心里已是七上八下,万绪千头,再加上女儿这几句话,不觉急得酒涌上来,把一张肉红脸,登时扯耳朵带腮颊,弩了个漆紫,头上热气腾腾,出了黄豆大的一脑门子汗珠子。拿了条上海布的大手巾,不住的擦。半天,从鼻子里哼出了一股气来,望着安老爷说道:"老弟呀,我越想你这话越不错,真有这个理。如今,剩了明日、后日两天,他大后日就要走了,这可怎么好?"安老爷道:"事情到了这个场中,只好听天由命了。那还有甚么法儿!"邓九公道:"嗨,岂有此理!人家在我跟前尽了那么大情,我一分也没得补报人家,这会子生生的把他送到死道儿上去,我邓老九这罪过也就不小!就让我再活八十七岁,我这心里可有一天过得去呀!"

他女儿见父亲真急了,说道:"你老人家先莫焦躁,不如明日请上二叔帮着,再拦他一拦去罢。"那老头儿听了,益发不耐烦起来,说:"姑奶奶,你这又来了!你二叔不知道他,难道你也不知道他吗?你看他那性子脾气,你二叔人生面不熟的。就拦得住他了?"安老爷道:"这话难说。只怕老哥哥你用我不着,如果用得着我,我就陪你走一荡。俗语说的:'天下无难事。'只怕死求白赖,或者竟拦住他也不可知。"

邓九公听了这句话,伸腿跳下炕来,爬在地下就是个头,说:"老弟,你果然有这手段,你不是救十三妹,直算你救了这个哥哥了!"慌得安老爷也下炕还礼说:"老哥哥,不必如此!我此举,也算为你,也算为我。你只知那十三妹是你的恩人,却不知他也是我的恩人哩!"

邓九公更加诧异,忙让了老爷归坐,问道:"怎的他又是你的恩人起来?"安老爷这才把此番公子南来,十三妹在茌平悦来店怎的合他相逢,在黑风岗能仁寺怎的救他性命,怎的赠金联姻,怎的借弓退寇,那盗寇怎的便是方才讲的那牛牤山海马周三,他见了那张弓,怎的立刻备了人马护送公子安稳到淮,公子又怎的在庙里落下一块宝砚,十三妹他怎的应许找寻,并说送这雕弓取那宝砚,自己怎的感他情意,因此辞官亲身寻访的话,从头至尾,说了一遍。

邓九公这才恍然大悟,说:"怪道呢,他昨日忽然交给我一块砚台,说是一个人寄存的,还说他走后定有人来取这砚台,并送还一张弹弓,又嘱我好好的存着那弹弓,作个记念。我还问他是个何等样人,他说:'都不必管,只凭这宝砚收那雕弓,凭那雕弓付这宝砚,万不得错。'路上的这段情节,他并不曾提着一字。再不想就是老弟合贤侄父子。这不但是这桩事里的一个好机缘,还要算这回书里的一个好穿插呢!"说着,直乐得他一天烦恼丢在九霄云外,连叫:"快拿热酒来!"安老爷道:"酒够了。如今,既要商量正事,我们且撤去这酒席,趁早吃饭,好慢慢的从长计较怎的个办法。"褚大娘子也说:"有理。"老头儿没法,说道:"我们再取个大些的杯子,喝他三杯,痛快痛快!"说着,取来,二人连干了三巨觥。

恰好安公子已吃过饭,同了褚一官过来。安老爷便把方才的话,大略合他说了一遍。公子请示道:“既是这事有个大概的局面了,何不打发戴勤去先回我母亲一句,也好放心。”邓九公听了,道:“原来弟夫人也同行在此么?现在那里?”褚大娘子也说:“既那样,二叔可不早说?我们娘儿们也该见见,亲香亲香。再说,既到了这里,有个不请到我家吃杯茶的?”邓九公也道:“可是的。”立刻就要着人去请。

安老爷道:“且莫忙。如今,这十三妹既访着下落,便姑奶奶你不去约,他同媳妇也必到庄奉候,好去见那位十三妹姑娘。今日,这天也不早了,而且不可过于声张。”因吩咐公子道:“不必叫戴勤去,留下他我另有用处。就打发华忠带了随缘儿去,把这话密密的告诉你母亲合你媳妇,也通知你丈人、丈母。就请你母亲合媳妇坐辆车儿,止带了戴勤家的、随缘儿媳妇,明日照起早上路的时候从店里动身,只说看个亲戚,不必提别的话。留你丈人、丈母合家人们在店照料行李,他二位自然也惦着要来,且等事体定规了再见。这话你把华忠叫来,我当面告诉他,外面不可声张。”褚一官道:“我去罢。”

一时,叫了华忠并随缘儿来,安老爷又嘱咐一遍,又叫他到一旁,耳语了一番。只听他答应,却不知说的甚么。老爷因向褚一官道:“这一路不通车道罢?”邓九公道:“从桐口往这路来没车道,从这里上茌平去有车道,我们赶买卖运粮食都走这股道。”褚大娘子又向褚一官道:“叫两个妥当些的庄客,同他爷儿俩去。”老爷道:“两个人够了,这一路还怕甚么不成?”褚大娘子道:“不是怕甚么。一来,这一路岔道儿多,防走错了;二来,他们也该专个人去请一请;三来,大短的天,我瞧明日这话说结了,他娘儿这一见,管取舍不得散,我家只管有的是地方儿,可没那些干净铺盖,叫他们把家里的大车套了去,沿路也坐了人,也拉了行李。”褚一官道:“索兴再备上两个牲口骑着,路上好照应。”说着,同了华忠父子出去,打发他们起身去了。

邓九公先就说:“好极了!”因又向安老爷道:“老弟,看我说我的事,都得我们这姑奶奶不是?”褚大娘子道:“是了,都得我哟!到了留十三妹,我就都不懂了!”邓九公哈哈的笑道:“这又动了姑奶奶脾气了!”大家说笑一阵。

邓九公又去周旋公子。一时又打一路拳给他看,一时又打个飞脚给他看。褚大娘子在旁,一眼看见公子把那香袋儿合平口抽子都带在身上,说道:“大爷,你真把这两件东西带上了?你看,叫你带的那活计一趁,这两件越发得样儿了!”公子道:“我原不要带的,姨奶奶不依么!我没法儿,只得把二百钱掏出来交给我嬷嬷爹,才带上的。”

安老爷道:“姑奶奶,你怎么这等称呼他?”褚大娘子道:“二叔,使得。我们叫声二叔,就同父母似的,这大爷跟前,我可怎么好‘老大’‘老大’的叫他呢?我们还论我们的。万一我有一天到了二叔家里,我还合他充续嬷嬷姑姑呢!”因问着公子道:“是不是?”公子也只得一笑。安老爷道:“那我们又不敢那样论法了。”

说话间,那位姨奶奶早已带了人把饭摆齐。安老爷坐下看了看,也有厨下打发的整桌鸡鱼菜蔬,合煮的白鸭子、白煮肉;又有褚大娘子里边弄的家园里的瓜菜,自己腌的肉腥,并现拉的过水面,现蒸的大包子。老爷在任上吃了半年来的南席,又吃了一道儿的顿饭,乍吃着这些家常东西,转觉着十分香甜可口。只见邓九公,他并不吃那些菜。一个小小子儿给他捧过一个小缸盆大的霁蓝海碗来,盛着满满的一碗老米饭，那个又端着一大碗肉、一大碗汤。他接来，把肉也倒在饭碗里，又滗了半碗白汤，拿筷子拌了岗尖的一碗，就着辣咸菜，嗯噜噜、噶吱吱……不上半刻，吃了个罄净。老爷这里才吃了一碗面，添了半碗饭。因道："老哥哥的牙口竟还好？"他道："不中了，右边儿的槽牙活动了一个了。"

一时饭毕，便挪在东间一张方桌前坐。便有小小子给安老爷端了盥漱水来。邓九公却不用漱盂，只使一个大锡漱口碗，自己端着出了屋子，大漱大喀的闹了一阵，把那水都喷在院子里。回手又见那姨奶奶给他端过一个扬州千层板儿的木盆来，装着凉水，说："老爷子，使水呀！"

那老头儿把那将及二尺长的白胡子放在凉水里，湃了又湃，汕了又汕，闹了半日。又用烤热了的干布手巾沍一回，擦一回，然后用个大木梳梳了半日，收拾得十分洁净光彩.根根顺理飘扬。自己低头看了，觉得得意之至。

褚大娘子便合那位姨奶奶忙忙的吃过饭。盥漱已毕，装了袋烟也过来陪坐。那边，便收拾家伙，下人拣了吃去。老爷看着，虽不同那钟鸣鼎食的繁华丰盛，规矩排场，只怕他这倒是个长远吃饭之道！

话休絮烦。却说邓九公见大家吃罢了饭，诸事了当，他却耐不得了，向安老爷道："老弟，你快把明日到那里怎的个说法，告诉我罢。"安老爷道："既如此，大家都坐好了。"

当下安老爷同邓九公对面坐了，叫公子同褚一官上面打横，褚大娘子也在下面坐了。褚一官坐下，就开口道："我先有句话：明日如果见了面，老爷子，你老人家可千万莫要性急，索兴让我们二叔先说。"安老爷道："不必讲这出戏自然是我唱。也得老兄给我作一个好场面，还得请上姑爷、姑奶奶走走场，并且还得今日趁早备下一件行头。"邓九公问道："怎的又要甚么行头？"安老爷道："大家方才不说这姑娘不肯穿孝吗？如今，要先把这件东西给他赶出来，临时好用。"褚大娘子忙道："都有了。那一天，我瞧着他老太太那光景不好，我从头上直到脚下，以至他的铺盖坐褥，都给他张罗妥当了。拿去他执意不穿，是去报定了仇了，可叫人有甚么法儿呢？"老爷道："有了更好。"

邓九公便道："老弟，你可别硬作呀！不是我毛草，他那脾气性子，可真累赘。"安老爷笑道："不妨，'若无破浪扬波手，怎取骊龙颔下珠'？就是老妈妈论儿，也道是：'没那金钢钻儿，也不揽那磁器家伙。'你看我三言两语，定叫他歇了这条报仇的念头。不但这样，还要叫他立刻穿孝尽礼，不但这样，还要叫他扶柩还乡；不但这样，还要叫他双亲合葬；不但这样，还要给他立命安身。那时，才算当完了老哥哥的这差，了结了我的这条心愿！"

邓九公道："老弟，我说句外话，你莫要镑张了罢？"老爷道："不然。这其中有个原故，等我把原故说明白，大家自然见信了。但是，这事不是三句、五句话了事的。再，也定法不是法，我们今日须得先排演一番。但是，这事却要作得机密。虽说你这里没外人，万一这些小孩子们出去，不知轻重，露个一半句，那姑娘又神道，傥被他预先知觉了，于事大为无益。如今，我们拿分纸笔、墨砚来，大家作个笔谈。只不知姑奶奶可识字不识？"褚一官道："他认得字，字儿比我深，还写得上来呢。"老爷道："这尤其巧了。"说着，褚一官便起身去取纸笔。

列公，趁他取纸的这个当儿，说书的打个岔。你看这十三妹，从第四回书就出了头，无名无姓；直到第八回，他才自己说了句人称他作十三妹，究竟也不知他姓某、名谁，甚么来历。这书演到第十六回了，好容易盼到安老爷知道他的根底，这可要听听他的姓名了，又出了这等一个西洋法子，要闹甚么笔谈，岂不惹听书的心烦性躁么？

列公。且耐性安心，少烦勿燥。这也不是我说书的定要如此，这稗官野史虽说是个顽意儿，其为法则，则与文章家一也：必先分出个正传、附传，主位、宾位，伏笔、应笔，虚写、实写，然后才得有个间架结构。即如这段书，是十三妹的正传，十三妹为主位，安老爷为宾位，如邓、褚诸人，并宾位也占不着，只算个"愿为小相焉"。但这十三妹的正传，都在后文。此时，若纵笔大书，就占了后文地步，到了正传写来，便没些些气势，味同嚼蜡。若竟不先伏一笔，直待后文无端的写来，这又叫作"没来由"，又叫作"无端半空伸一脚"，为文章家最忌。然则此地，断不能不虚写一番。虚写一番，又断非照那稗官家的"附耳过来，如此如此"八个大字的故套可以了事。所以，才把这文章的筋脉放在后面去，魂魄提向前头来。作者也煞费一番笔墨！然虽如此，列公却又切莫认作不过一番空谈，后面自有实事，把他轻轻放过去。要听他这段虚文合后面的实事，却是逐句逐字，针锋相对。列公乐得破分许精神，寻些须趣味也！

剪断残言。却说那褚一官取了纸笔、墨砚来，安老爷便研得墨浓，蘸得笔饱，手下一面写，口里一面说，道："九兄，你大家要知那十三妹的根底，须先知那十三妹的名姓。"因写了一行给大家看，道："那姑娘并不叫作十三妹，他的姓是这个字；他的名字是这两个字。他这'十三妹'三字，就从他名字上这字来的。"大家道："哦，原来如此。"安老爷又写了一行，指道："他的父亲是这个名字，是这等官，他家是这样一个家世。"邓九公道："如何？我说他那等的气度，断不是个民间女子呢！这就无怪其然了。"褚大娘子道："这我又不明白了，既这样说，他怎的又是那样个打扮呢？"安老爷说："你大家有所不知。"因又写了几句给大家看，道："是这样一个原故，就如我家，这个样子也尽有。"

大家听了，这才明白。安老爷又道："你大家道他这仇人是谁？真算得个天大地大、希大满大、无大不大的大脚色！"因又写了几个字指给众人看，道："便是这个人！"邓九公道："啊嗳！他怎的会惹着这位太岁，去合他结起仇来！"

安老爷道："他父亲合那人是个亲临上司，属员怎生敢去合他结仇？就为了这姑娘身上的事。"说着，又写了两句，指道："便是这等一个情节。无奈，他父亲又是个明道理、尚气节的人，不同那趋炎附势的世俗庸流。见他那上司平日如此如此，更兼他那位贤郎又是如此如此，任他那上司百般的牢笼，这事他绝不吐口应许。那一个老羞成怒，就假公济私，把他参革，拿问下监。因此一日暗气而亡。那姑娘既痛他父亲的含冤，更痛那冤由自己而起，这便是他誓死报仇的根子。"

邓九公听了，轮起大巴掌来，把桌子拍得山响，说道："这事叫人怎生耐得！只恨我邓老九有了两岁年纪，家里不放我走。不然的时候，我豁着这条老命走一荡，到那里，怎的三拳两脚也把那厮结果了。"安老爷道："不劳你老兄动这等大气！"因又写了一行，指道："这人现在已是这等光景了。"邓九公道："是呀，前些日子我也模模糊糊听见谁说过一句来着,因是不干己事,就不曾留心去问。这也是朝廷无私,天公有眼。这等说起来,这姑娘更不该去了。”褚大娘子笑道:“谁倒底说他该去来着?都不是你老人家甚么‘英雄’咧,‘豪杰’咧,又是甚么‘大丈夫烈烈轰轰作一场’咧,闹出来的吗?”邓九公呵呵的笑道:“我的不是!我就知道有这些弯子转子吗?”

安老爷道:“这话倒不可竟怪我们这位老哥哥。我若不来,你大家从那里知道起?便是我虽知道,若不知道底里,方才也不敢说那等的满话。至于我此番来,还不专在他救我的孩子的这桩事上。”因又写了几句,道:“我们两家还多着这样一层,是如此如此。便是这姑娘,我从他怀抱儿时候就见过。算到如今,恰恰的十七年不曾见着。自他父亲死后,更是不通音问。这些年,我随处留心,逢人便问,总不得个消息。直到我这孩子到了淮安,说起路上的事来,我越听越是他。如今,果然不错。你看,我若早几日到,没他母亲这桩事,便难说话;再晚几日,见不着他这个人,就有话也无处可说。如今,不早不晚,恰恰的在今日我两人相聚,这岂是为你我报德凑的机缘?这真是上天鉴察他那片孝心。从前,叫他自己造那番分救你我两家的因,今日,叫你我两个结合救他一人的果。分明是天理人情的一桩公案。‘天视自我民视,天听自我民听’。据此看去,明日的事只怕竟有个八分成局哩!”

褚一官道:“岂但八成,十成都可保。”安老爷道:“这也难道,明日只怕还得大大的费番唇舌。我们如今私场演官场,可就要串起这出戏来了。”说着,那位姨奶奶送过茶来。大家喝着茶。那姨奶奶便凑到褚大娘子耳边,嘁喳了几句。褚大娘子笑着皱皱眉道:“咳。不用哟!”邓九公道:“你们鬼鬼祟祟又说些甚么?”褚大娘子笑着说:“不用问了。”

邓九公这几日是时刻惦着十三妹.生怕他那边有个甚么岔儿,追着要问。那姨奶奶忍不住,自己说道:“今儿个他二叔合大爷他爷儿俩不都住下吗,我想着他俩都没个尿壶,我把你老的那个刷出来了。你老要起夜,有我的马桶呢,你跟我一堆儿撒不好喂!姑奶奶可只是笑。”大家听了,笑个不止。

安公子忍不住,回过头去把茶喷了一地。邓九公道:“很好,就是那么着。你只别来搅,耽误人家听书。”一时,茶罢笑止。邓九公道:“如今,这个人的来历是澈底澄清的明白了,只是老弟用何等妙计,能叫他照方才说的那样遵教呢?”安老爷道:“从来只闻‘定计报仇’,不曾见个‘定计报恩’。然而,这个人的性情,非用条妙计,断断制他不住;制他不住,你我这报恩的心也无从尽起。等我写出一个略节来,大家商议。”

说着,就提笔一条一条的写了一大篇。便望着邓九公、褚家夫妻道:“我们此去,我不必讲,自然是从送还这张弹弓说起。但是第一,只愁他收了弹弓不肯出来见我,便有话也没处说了。明日却请你爷儿三位借桩事儿分起先去。然后,我再作恁般个行径而来。到那里,九兄,你却如此如此说,我便如此如此说,却劳动姑奶奶这般这般的暗中调度,便不愁他不出来见我了。及至我见着了他,还愁交代弹弓之后,我只管问长问短,他却一副冰冷的面孔,寡言寡笑,我纵然有话,从那里说起?我便开口先问恁的一桩事,不愁他不还出我个实在来。我听了,便想作这般一个举动,他若推托,却请九兄从旁如此如此的一团和,我便得又进一步直入后堂了。及至到了里面，我一面参灵礼拜，假如他还过礼，依然孝子一般伏地不起，难道我好上前拉他起来合我说话不成？却得姑爷、姑奶奶一位如此的一周旋，一位再如彼的一指点，九兄又从中作个代东陪客，我就居然得高坐长谈了。坐下，我开口第一句，可便是这句话，他绝不肯说到报仇原由，一定的用淡话支吾，他但一支吾，我第二句便是这句话。"

安老爷说到这里，褚一官道："说是这等说。二叔，你老也得悠着来呀。"安老爷道："'不入虎穴，焉得虎子'？不恁的一激，怎生激得出他报仇的那句话来？"邓九公道："有理，不错的，就是这等。不妨，便是他有甚话说，有我从中和解呢。"安老爷道："到那时节，倒用不着和解。你但如此如此作去，他自然没话可说。但是这节关目，老兄，你可得作的象。我再如此用话一敲打，一定要叫他自己说出这句报仇的话来才罢。"

邓九公道："他始终不说也难。"安老爷道："老兄，你要知他是好胜不过的人，怎肯被人訾着短处？有那等一句话在前头，便不容他不说了。但是，说虽说了，凭怎的问他那仇人的姓名，可休想他说出来了。问来问去，不等他说，我便一口道破。"邓九公拍手道："好！"安老爷道："九兄，你先莫赞好着。你须知，你又是个机警不过的人，这桩事合那仇人的姓名，无一刻不横在他心头，却又万分的机密，防着泄露。忽然的被一个蓦生人当面叫破，他如何不疑？难保不无一场大作。果的如此，此番却得仗老兄你解和了。"邓九公道："便是这样，也不妨事。他虽是难缠，却不蛮作。你只看他作过的那几桩事，就是个样子了。"

老爷道："只要成全了他，就你我吃些亏也说不得。等过了这关，我却把他那仇人的原委说来，这却得大费一番唇舌，才平得他那口盛气。等到把这事的原委说明，这是有证、有据，共闻、共见的事情，难道还怕他不信，一定要去报仇不成？"

邓九公道："是呀，到了这个场中就算完了！"安老爷道："完了？未必呀！只怕还有'大未完'在后头呢！老兄，你切莫把他平日的那番侠烈认作他的得意。他那条肠子是凉透了，那片心是横绝了！也只为他父母这两桩大事未完，弄成这等一个游戏三昧的样子。如今不幸，母亲已是死了，再听得父仇不消报了，可防他顿生他变，这倒是一桩要紧的关头！"褚大娘子道："不妨，那等我劝他。"老爷道："这岂是劝得转的？你爷儿三个，只要保护得他那一时的平地风波，此后的事都是我的责成。只消我如此如此、恁般恁般一片说词，管取他一片雄心侠气立地化成宛转柔肠，好叫他向那快活场中安身立命也！"

邓九公听完，不住点头咂嘴，抚掌捻须，说道："老弟呀，愚兄闯了一辈子，没服过人。今日，遇见老弟你了，我算孙大圣见了唐长老了！你们念书的，心里真有点子、道道子！"说着，把那字纸撕成条儿，交与褚一官拿去烧了，以防泄露。安公子也便站起身来外面去坐。只有褚大娘子，只管在那里坐着默默出神。

安老爷道："姑奶奶怎的没话？难道你舍不得你那世妹还乡不成？"褚大娘子道："他这样的还乡，不强似他乡流落？岂有不愿之理？只是我方才通前彻后一想，这件事，二叔，你老人家料估得、防范得、计算得都不差，便是有想不到的、想过去的去处，有这大谱儿在这里，临时都容易作。只是，你老人家方才说的给我那十三妹妹子安身立命这句话，究竟打算怎的给他安身，怎的给他立命？何不索兴说来，我们听听,也得放心。”

安老爷道:“这不过等完事之后,给他说个门户相对的婆家,选个才貌相当的女婿,便是他的安身立命了。姑奶奶,你还要怎样?”褚大娘子道:“我却有个见识在此。”因望着他父亲合安老爷,悄悄儿的道:“我想莫如把他如此这般的一办,岂不更完成一段美事?”邓九公说:“好哇,好哇!我怎的就没想到这里!老弟,不必犹疑,就是这样定了,这事咱们也在明日定规。从明日起,扫地出门,愚兄一人包办了!”

安老爷连忙站起身形,向褚大娘子道:“贤侄女,我的心事被你一口道着了,但是这桩事大不容易。”因又向邓九公道:“老哥哥,你明日切切不可提起,傥提着一字,管取你我今日这片心神都成画饼!所关匪细,且作缓商。”这正是:

整顿金笼关玉凤,安排宝钵咒神龙。

要知安老爷、邓九公次日怎的去见那十三妹,下回书交代。

第十七回　隐名姓巧扮作西宾　借雕弓设局赚侠女

这回书紧接上回,表的是安老爷同公子到了褚家庄,会着邓九公合褚家夫妻,说起那十三妹姑娘葬母之后,要单人独骑远去报仇。他安、邓两家,都受过十三妹从前相救之恩,正想报答。深虑那姑娘此去,轻身犯难,难免有些差池,想要留住他这番远行,又料着那位姑娘侠肠烈性,定是百折不回,断非三言两语留得住他。因此,大家密密的定了一条连环妙计。

当下,计议得妥当,安老爷同公子便在褚家住下。褚家夫妇把正房东院小小的几间房子收拾出来,请老爷、公子住歇。这房子是个独门独院,原是褚一官设榻留宾之所。这晚,褚一官便在外相陪。一宿无话。

安老爷心中有事,天还没亮,一觉醒来,枕上早听得远寺钟敲,沿村鸡唱,林鸦檐雀,格磔弄晴。便听得邓九公在那里催着那些庄客、长工们起来,打水熬粥、放牛羊、喂牲口、打扫庄院,接着就听得扫叶声、叱犊声、桔槔声。此唱彼和,大有那古桃源的风景。

老爷、公子也就起来盥漱。邓九公便过来陪坐。安老爷也道了昨日的奉扰。邓九公道:“老弟,咱们也不用喝那早粥了,你侄女儿那里给你包的煮饺子也得了,咱们就趁早儿吃饭。”褚一官早张罗着送出饭来,又有老爷、公子要的小米面窝窝头,黄米面烙糕子,大家饱餐一顿。

吃过了饭,那太阳不过才上树稍,早见随缘儿拽着衣裳,提着马鞭子,兴匆匆的跑进来。老爷问道:“路上没甚么人儿,你又跑在头里来作甚么?你来的时候太太动身没有?”随缘儿回道:“奴才太太同大奶奶已经到门了。昨夜店里才交四更,里头就摧预备车,还是亲家老爷拦说‘早呢’。等到鸡叫头遍,就动身来了。”

公子听说,连忙接了出去。老爷也陪邓九公迎到庄门。褚大娘子同那位姨奶奶,带了许多婆儿丫头,也迎到前厅院子。大家远远的望见张姑娘,都觉诧异,只道:“十三妹姑娘怎生倒会了安太太同来了呢?”及至细看,才看出他合十三妹面目虽然相仿，精神迥不相同。一时，大家相见。

老爷迎着太太，一面走着，一面便问了一句道："我昨日叫华忠要的东西赶上了不曾？"太太道："得了，带了来了。"老爷又道："太太想着可该如此？"太太道："实在该的。只是，那里补报得过人家来哟！"老爷道："正是了。我们得尽一番心，且尽一番心。"邓九公听了这话，摸不着头脑。但是，人家两口儿叙家常，可怎好插嘴去问呢？只得心中闷闷的猜度。

说话间，大家一路穿过前厅，到了正房。这其间，邓九公见了安太太合张姑娘，自然该有一番应酬；安太太、张姑娘见了褚大娘子，也自然该有一番亲热；那位姨奶奶从中自然还该有些话白儿；褚一官前妻生的那个孩子，自然也该略略点缀；随缘儿媳妇也该拜见拜见续姑婆；他家那些村婆儿从不曾见过安太太这等旗装打扮了更该有一番指点窥探。无如此时安老爷是忙着要讲十三妹，安太太、张姑娘是忙着要问十三妹，听书的是忙着要听十三妹。说书的只得一张口，说不及八面的话，只得"明修栈道，暗度陈仓"，一笔勾消，作一个"有话即长，无话即短"。

那安太太合张姑娘，本是打了坐尖来的，褚大娘子却又丰丰盛盛备了一桌饭。太太不好却他美意，只得又随意吃些。他又叫人在外面给那些车马跟人煮的白肉，下得新面过水合漏。里里外外、上上下下、轰轰乱乱、匆匆忙忙的吃了一顿饭，把个褚大娘子忙了个手脚不闲。

须臾，饭罢。安老爷又嘱咐太太合媳妇，只在庄上相候，等自己见过十三妹，再叫人来送信。便同邓九公、褚家夫妻分了前后，起身，迤逦往青云山而来。

话分两头。如今，书中单表十三妹。自从他母亲故后，算来已是第五日，只剩明日一天，后日葬了母亲，就要远行，去干那桩报仇的大事。这日清早起来，便把那点薄薄家私归了三个箱子，一切陈设器具铺垫以至零星东西，都装在柜子里；把些粗重家伙并坛子里的咸菜，缸里的米，养的鸡鸭，还有积下的几十串钱，都散给看门的庄客、长工，合近村平日服侍他母亲的那些妇女；又把自己的随身行李放在手下。一切了当，觉得这事作得来海枯石烂，云净天空，何等干净解脱，胸中十分的痛快。

才得坐定，早见邓九公走进门来。他起身迎着笑道："你老人家不说今日要歇半天儿吗，怎的倒这么早就来了？"邓九公道："我何尝是要歇着，只因惦记着那绳杠，怕他们弄的不妥当。咱们这里虽说不短人抬，都是些劣把，这是你老太太黄金入柜，万年的大事，要有一点儿不保重，姑娘，我可就对不起你了。所以，我要趁今早在庄上看着打点好了。谁知，昨日回去，见他们已经弄妥当了。我想，只有今日一天，明日是个伴宿，这些远村近邻的必都来上上祭，怕没工夫。绳杠既弄妥当了，莫若趁今日咱们把他作好了，也省得临时现忙。你想是这么着不是？"十三妹道："这全仗你老人家，我再无可说的了。"

正说着，只见褚大娘子也.来了，跟着两个老婆子，两个笨汉，一个背着个铺盖卷儿，一个抱着个大包袱，姑娘望着他道："这作甚么呀？我这里的东西还嫌归着不清楚呢，你又扛了这么些东西来了。"褚大娘子道："我想明日来的人必多，你得在灵前还礼，分不开身。张罗张罗人哪，归着归着屋子啊，那不得人呢？再就剩这两天了，知道你此去，咱们是一个月两个月才见？我也合你亲热亲热。所以，我带了铺盖来，打算住下，省得一天一荡的跑。"姑娘道："难为你这等想得到。只是归着屋子可算你误了。不信你看，我一个人儿，一早的工夫都归着完了。”

褚大娘子一看，果见满屋里都归着了个清净，箱子柜子都上了锁，只有炕上，几件铺垫合随手应用的家伙不曾动。因问道：“你这可忙甚么呢？你走后交给我给你归着还不放心哪？”姑娘道：“不是不放心。”因指着那箱子道：“这里头还剩我母亲合我的几件衣裳，母亲的我也不忍穿，我那颜色衣服又暂且穿不着，放着白糟塌了，你都拿去。你留下几件，其余的，送你们姨奶奶。剩下破的烂的都分散给你家那些妈妈子们。零零星星的东西都在这两顶柜子里，你也叫人搬了去。不要紧的家伙，我都给了这里照应服侍的人了，也算他们伺候我母亲一场。”

邓九公听见道：“姑娘，你几天儿就回来，这些东西难道回来就都用不着了？叫个人在这里看着就得了，何必这等？”十三妹道：“不然。一则，这里头有我的鞋脚，不好交在他们手里；再说，回来难道我一个人儿还在这山里住不成？自然是跟了你老人家去，那时，我短甚么要甚么，还怕你老人家不给我弄吗？”邓九公道：“就是这样，你也得带些随身行李走呀。”十三妹指着炕里边的东西.说道：“你老人家看，那一条马褥子，一个小包袱卷儿，里头还包着二三十两碎银子，再就是那把刀、那头驴儿，便是我的行李了，还要甚么？”

邓九公看他作的这等斩钢截铁，心里想道：昨日安老爷的话，真是大有见识。暗暗的佩服。还要说话，褚大娘子生怕他父亲一阵唠叨露了马脚，便拦他道：“你老人家不用合他说了，他说怎么好就怎么好罢。我算缠不清我们这位小姑太太就完了！”十三妹听了，这才欢欢喜喜的把钥匙交给褚大娘子收了。

说话间，听得门外一阵喧哗，原来是褚一官押了绳杠来了。只见他进门就叫道：“老爷子，都来了，搁在那里呀？”邓九公道：“你把那大杠顺在外头，肩杠、绳子、垫子都堆在这院子里。你歇会子，咱们就作起来。”褚一官道：“还歇甚么？大短的天，归着归着，咱们就动手啊。”说着出去，便带着人把那些东西都搬进来。早有在那里帮忙的村婆儿们沏了一大壶茶，搁在那里。

从来“武不善作”。邓九公合褚一官便都摘了帽子，甩了大衣，盘上辫子，又在短衣上煞紧了腰，叫了四个人进来捆那绳杠。褚一官料理前头，邓九公照应后面。那四个长工里头，有一个原是抬杠的团头出身，只因有一膀好力气，认识邓九公，便投在他庄上。只听他说怎样的安耐磨儿，打底盘儿，拴腰拦儿，撕象鼻子，坐卧牛子，一口的抬杠行话。他翁婿两个也帮着动手。十三妹只合褚大娘子站在一边闲话，看着那口灵，略无一分悲戚留恋的光景。

却说邓九公、褚一官，正在那里带了四个工人盘绳的盘绳，穿杠的穿杠，忙成一处。只见一个庄客进来，望着褚一官说道：“少当家的，外头有人找你老说话。”他爷儿三个早明白是安老爷到了。

只见褚一官一手揪着把绳，一脚蹬着杠，抬头合那庄客道：“有人找我说话，你没看见我手里做着活呢吗？有甚么话，你叫他进来说不结了！”庄客道：“不是这村儿的人哪。”褚一官道：“你瞧这个死心眼儿的，凭他是那村儿，便是咱们东西两庄的人，谁又没到过这院子里呢！”那庄客摇头道：“咻，也不是咱庄儿上的呀，是个远路来的。”褚一官道：“远路来的，谁呀？”庄客道：“不认识他么。我问他贵姓，他说你老见了自然知道。他还问咱老爷子来着呢。”褚一官故意歪着头，皱着眉想道：

"这是谁呢？他怎么又会找到这个地方儿来呢？"那庄客道："谁知道哇。"褚一官低了低头，又问道："你看着是怎么个人儿呀？"那庄客道："我看着只怕也是咱们同行的爷们，我见他也背着象老爷子使的那么个弹弓子么。"褚一官又故作猜疑道："你站住，同行里没这么一个使弹弓子的呀。"说着，隔着那座灵位，便叫了邓九公声。

如今，书里且按下褚一官这边，再讲那邓九公。却说他站在那棺材的后头，看了两个长工做活，越是褚一官这里合人说话，他那里越吵吵得紧。一会儿又是这股绳打松了，一会儿又是那个扣儿绕背弓了，自己上去攥着根绳子绾那扣儿，用手煞了又煞，用脚踹了又踹，口里还说道："难为你还冲行家呢，到底儿劣把头么！"褚一官只管合庄客说了那半日话，他总算没听见。

直等褚一官叫了他一声，他才抬起头来问："作吗呀？"褚一官道："你老人家知道咱们道亲里头，有位使弹弓子的吗？"他扬着头，想了一想，说："有哇，走西口外的，在教的马三爸，他使弹弓子。你这会子想起甚么来了，问这话？"褚一官道："你老人家才没听见说吗？"邓九公道："我只顾做活，谁听见你们说的是甚么。"

褚一官便故意把那庄客的话，又向他说了一遍。他道："不就是马三爸来了？"因问那庄客道："这个人有多大年纪儿了？"庄客道："看着中个五十岁光景。"邓九公道："那就不对了。马三爸比我小一轮属牛的，今年七十一；再说，他也歇马两三年了，这一向总没见他稍个书子来，这人还不知是有哇是没了呢！"说着，又合那工人嚷道："你那套儿打那么紧，回来怎么穿肩杠啊？"更不再合褚一官答话。

书中却再按下邓九公这边，单表那十三妹。只见他呆呆的听了半日，眼睛一转，象是打动了件甚么心事。列公，从来俗语说的再不错，道是："无心人说话，只怕有心人来听。"何况是两个有心的装作个无心的，彼此一答一合说话，旁边听话的又本是个有心人，从无心中听得心里的一句话，凭他怎的聪明，有个不落圈套的么？所以，姑娘起先听着邓九公、褚一官合那庄客三人说话，还不在意，不过睁着两只小眼睛儿，不瞪儿不瞪儿的在一旁听热闹儿。及至褚一官问出那句背着张弹弓的话，邓九公又问出一句那背弹弓的人约莫五十岁光景的话，正碰在心坎儿上。因向邓九公道："师傅，你老听，这岂不是那个话来了吗？"

邓九公又装了个楞，说："那话呀？"姑娘道："瞧瞧，你老人家可了不得了，可是有点子真悖晦了！我前日交给你老人家那块砚台的时候，怎么说的？"邓九公道："是啊！要果然是这桩事，可就算来的巧极了。一则，那东西是你一件家传至宝；我呢，如今又不出马了，你走后我留他也是无用，倒是你此番远行带去，是件当饿的家伙。就只是这块砚台，偏偏的我前日，又带回二十八棵红柳树西庄儿上收起来了。如今，人家交咱们的东西来，人家的东西咱们倒一时交不出去，怎么样呢？"

褚大娘子一旁说道："那也不值甚么，叫他姐夫出去见见那个人，叫他把弹弓子留下，让他到咱们东庄儿住两天，等你老人家完了事，再同了他到西庄儿取那块砚台给他，又有甚么使不得的？"十三妹先说："有理。"

邓九公也合褚一官道："也只好这样。姑爷，你就去见见他，留下那弓，我不耐烦出去了。"褚一官便丢下这里的事，忙着穿衣服戴帽子。姑娘笑道："一哥，你不用尽着打扮了，你只管见去罢，管你一见就认得，还是你们个亲戚儿呢！你收了那弓，可不必让他进来。"褚一官道："我的亲戚儿？我从那里来这么一门子亲戚儿呀？”说着，穿戴好了，便出去见那人去了。

且住，这姑娘的这话，又从何而来呢？当日，他同安公子、张金凤柳林话别的时候，原说定安公子到了淮安，等他奶公华忠到后，打发华忠来送这弹弓，找着褚一官，转寻邓九公取那砚台。这姑娘又素知华忠合褚一官的前妻是嫡亲兄妹。如今，听说得这送弹弓的正是个半百老头儿，可不是华奶公是兀谁？因此，闹了这么一句俏皮话儿。自己想着：这是只有我一个人心里明白，你们大家都在坛子胡同呢！

谁想，褚一官出去没半盏茶时.依然空手回来。一进屋门，先摆手道：“不行，不行！不但我不认得他，这个人来得有点子酸溜溜，还外带着挺累赘。我问了问他，他说姓尹，从淮安来，那弓合砚台倒说得对。及至我叫他先留下那弓，他就闹了一大篇子文诌诌，说要见你老人家。我说你老人家手底下有事，不得工夫。他说，那怕他就在树阴儿底下候一候儿都使得，一定求见。”姑娘一听，竟不是华奶公，便向邓九公道：“不然你老人家就见见他去。”只听邓九公合褚一官道：“你不要把他搁在门儿外头，把他约在这前厅里，你且陪他坐着。等我作完了这点活出去。”

褚一官去后，不一时，这里的杠也弄得停妥，邓九公才慢慢的擦脸，理顺胡子，穿衣戴帽。这个当儿，褚大娘子问姑娘道：“你方才说这人怎的是我们的亲戚？”姑娘道：“既然不是，何必提他。”褚大娘子道：“等回来老爷子出去见他，咱们倒偷着瞧瞧，倒底是个甚么人儿。”姑娘也无不可。

列公，这书要照这等说起来，岂不是由着说书的一张口，凑着上回的连环计的话说，有个不针锋相对的么？便是这十三妹，难道是个傀儡人儿，也由着说书的一双手，爱怎样要就怎样要不成？这却不然，这里头有个理。列公试想，这十三妹本是个好动喜事的人，这其中，又关着他自己一件家传的至宝，心爱的兵器；再也要听听那人交代这件东西，安公子是怎样一番话。便褚大娘子不说这话，他也要去听听，何况又从旁这等一挑逗，有个不欣然乐从的理么？

闲话休提。却说邓九公收拾完了出去。十三妹便也合褚大娘子，蹑足潜踪的走到那前厅窗后窃听，又用簪子扎了两个小窟窿，望外看着。只见那人是个端正清奇、不胖不瘦的容长脸儿，一口微带苍白、疏疏落落的胡须，身穿一副行装，头上戴个金顶儿，桌子上放着一个蓝毡帽罩子，身上背的正是他那张砑金镂银、铜胎铁背、打二百步开外的弹弓，坐在那南炕的上首。心里先说道：“这人生得这样清奇厚重，断不是个下人。”正想着，便见褚一官指着邓九公合那人说道：“这就是我们舍亲邓九太爷。”只见那人站起身来，控背一躬，说：“小弟这厢有礼！”邓九公也顶礼相还。

大家归坐。长工送上茶来。只听邓九公道：“足下尊姓是尹，不敢动问大名？仙乡那里？既承光降，怎的不到舍下，却一直寻到这里？又怎的知道我老拙在此？”便见那人笑容可掬的答道：“小弟姓尹，名字叫作其明，北京大兴人氏。合一位在旗的安学海安二老爷，是个至交朋友。因他分发南河，便同到淮安，帮他办办笔墨。”说到这里，邓九公称了一句，说：“原来是尹先生！”

那人谦道：“不敢。”便说：“如今，承我老东人合少东人安骥的托付，托我把这弹弓送到九公你的宝庄，先找着这位褚一爷，然后烦他引进，见了尊驾，交还这张弹弓，还取一块砚台，并要向尊驾打探一位十三妹姑娘的住处，托我前去拜访。不想我到了二十八棵红柳树宝庄上一问，说这褚一爷搬到东庄儿上去了，连九公你也不在庄上,说不定那日回来。及至跟寻到东庄,褚一爷又不在家。问他家庄客,又说有事去了,不得知到那里去。早晚一定回来。因是家下无人,不好留客。我就坐在对门一个野茶馆儿里等候。只见道旁有两个放羊的孩子,因为踢球,一个输了钱,一个不给钱,两个打了个热闹喧阗。我左右闲着无事,把他两个劝开,又给他几文钱,就合他闲话。问起这羊是谁家的,他便指着那庄门说:'就是这褚家庄的。'我因问起褚一爷那里去了,他道:'跟了西庄儿的邓老爷子进山,到石家去了。'我一想,岂不是你二位都有下落?况又同在一处。我便向那放羊的孩子说:'你两个谁带我到山里找他去,我再给你几文钱。'他道怕丢了羊回去挨打,便将这山里的方向、村庄、路径、门户,都告诉明白我,我就依他说的,穿过两个村子,寻着山口上来。果然,这山岗上有个小村,村里果然有这等一个黑漆门。到门一问,果是石家,果然你二位都在此。真是天缘幸会。就请收明这张弹弓,把那块砚台交付小弟,要求将那位十三妹姑娘的住处说明,我还要赶路。"

邓九公道:"原来,先生已经到了我两家舍下,着实的失迎!这弹弓合砚台的话,说来都对。只是那块砚台却一时不在手下,在我舍间收着。今日,你我见着了,只管把弓先留下,这两天我老拙忙些个,不得回家,便请足下在东庄住两天,等我的事一完,就同你到二十八棵红柳树取那块砚台,当面交付,万无一失。那位姑娘的住处,你不必打听,也不必去找,便找到那里,他也等闲不见外人。有甚么话,告诉我一样。"

只见那尹先生听了这话沉了一沉,说:"这话却不敢奉命。我老少东人交付我这件东西的时候,原说凭弓取砚,凭砚付弓。如今,砚台不曾到手,这弓怎好交代?"邓九公哈哈的笑道:"先生,你我虽是初交,你外面询一询,邓某也颇颇的有些微名。况我这样年纪,难道还赚你这张弹弓不成?"

那先生道:"非此之谓也。这张弹弓我东人常向我说起,就是方才提的这位十三妹姑娘的东西。这姑娘,是一个大孝大义、至仁至勇的豪杰,曾用这张弹弓救过他全家性命。因此,他家把这位姑娘设了一个长生禄位牌儿,朝夕礼拜,香花供养。这张弹弓便供在那牌位的前面。是这等的珍重!因看得我是泰山一般的朋友,才肯把这东西托付于我,'士为知己者用',我就不能不多加一层小心。

"再说,我同我这东人一路北来,由大道分手的时节,约定他今日护着家眷,投在平悦来老店住下等我,我由桐口岔路到此,完了这桩事体,今晚还要赶到店中相见。不争我在此住上两天,累他花费些店用车脚还是小事,可不使他父子悬望,觉得我作事荒唐?如今,既是那砚台不在手下,我倒有个道理。

"小弟此来,只愁见不着二位。既见着了,何愁这两件东西交代不清?我如今暂且告辞,赶回店中说明原故。我们索性在悦来店住下,等上两天,等九太爷你的公忙完了,我在到二十八棵红柳树宝庄相见,将这两件东西当面交代明白。这叫作'一手托两家,耽迟不耽错'。至于那十三妹姑娘的住处,到底还求见教。"说罢,拿起那帽罩子来,就有个匆匆要走的样子。

姑娘在窗外看见,急了。你道他急着何来?书里交代过的,这张弓原是他刻不可离的一件东西,止因他母亲已故,急于要去远报父仇,正等这张弓应用;却不知安公子何日才得着人送还,不能久候。所以,才留给邓九公。如今,恰恰的不曾动身,这个东西送上门来。楚弓楚得，岂有再容他已来复去的理？因此，听了那尹先生的话，生怕邓九公留他不住，便隔窗说道："九师傅，莫放那先生走，待我自己出来见他。"不想这第一宝，就被那位假尹先生压着了！邓九公正在那里说"且住，我们再作商量"，听得姑娘要自己出来，便说："这更好了，人家本主儿出来了。"说着，十三妹早已进了前厅后门。

那尹先生站起来，故作惊讶问道："此位何人？"一面留神上下把姑娘一打量，只见虽然出落得花容月貌，好一似野鹤闲云，那小时节的面庞儿，还仿佛认得出来，一眼就早看见了他左右鬓角边必正的那两点朱砂痣。邓九公指了姑娘道："这便是先生你方才问的那位十三妹姑娘。"那先生又故作惊喜道："原来，这就是十三妹姑娘！我尹其明今日无意中见着这位脂粉英雄，巾帼豪杰，真是人生快事！只是怎的这样凑巧，这位姑娘也在此？"褚一官笑道："怎么'也在此'呢，这就是人家的家么。"

假尹先生又故作省悟道："原来这就是姑娘府上。我只听那放羊的孩子说甚么石家石家，我只道是一个姓石的人家。既是见着姑娘，这事有了着落，不须忙着走了。"说罢，便向姑娘执手鞠躬，行了个半礼。姑娘也连忙把身一闪，万福相还。

那尹先生道："我东人安家父子曾说，果得见着姑娘，嘱我先替他多多拜上。说他现因护着家眷，不得分身，容他送了家眷到京，还要亲来拜谢。他又道，姑娘是位施恩不望报的英雄，况又是轻年闺秀，定不肯受礼；说有位尊堂老太太，嘱我务求一见，替他下个全礼，便同拜谢姑娘一般。老太太一定在内堂，望姑娘叫人通报一声，容我尹其明代东叩谢。"

姑娘听了这话，答道："先生，你问家母么？不幸去世了。"尹先生听了，先跌一跌脚，说道："怎生老太太竟仙游了？咳，可惜我东人父子一片诚心，不知要怎生般把你家这位老太太安荣尊养，略尽他答报的心！如今，他老人家倒先辞世，姑娘你这番救命恩情叫他何处答报？不信我尹其明连一拜之缘也不曾修得！也罢，请问尊堂葬在那里？待我坟前一拜，也不枉走这一荡！"

姑娘才要答言，邓九公接口道："没下葬呢，就在后堂停着呢。"尹先生道："如此，就待我拿了这张弹弓，灵前拜祝一番，也好回我东人的话。"说着，往里就走。姑娘忙拦道："先生，素昧平生，寒门不敢当此大礼。"说完了，搭撒着两个眼皮儿，那小脸儿绷的比贴紧了的笛膜儿绷的还紧。

邓九公把胡子一绰，说："姑娘，这话可不是这么说了。俗语怎么说的？'有钱难买灵前吊'。这可不当作儿女的推辞。再说，这尹先生他受人之托，必当终人之事，也得让他交得过排场去。"说着，便叫褚一官道："来，你先去把香烛点起来，姑娘也请进去候着还礼。等里头齐备了，我再陪进去。"姑娘一想，弹弓是来了，就让他进去灵前一拜何妨。应了一声，回身进走。褚一官也忙忙的去预备香烛。这个当儿，邓九公暗暗的用那大巴掌把安老爷肩上拍了一把，又拢着四指，把个老壮的大拇指头伸得直挺挺的，满脸是笑，却口无一言。言外说：你真是个好的，都被你料估着了！

不一时，褚一官出来相请。那位假尹先生真安老爷同了邓九公进去。只见里面是小小的三间两卷房子，前一卷三间通连，左右两铺靠窗南炕，后一卷一明两暗，前后卷的堂屋却又通连，那口灵就供在堂屋正中。姑娘跪在灵右，候着还礼。早见那褚大娘子站在他身后照料。

安老爷走到灵前，褚一官送上檀香盒。老爷恭恭敬敬的拈了三撮香，然后褪下那张弹弓，双手捧着，含了两胞眼泪，对灵祝告道："阿！老老太太！我……啊！唏，唏，唏，唏唏！尹其明……"姑娘看了，心里早有些不耐烦起来。心里说道：这先生一定有些甚么症候，他这满口里不伦不类祝赞的是些甚么？他又从那里来的这副急泪？好不着要！

可怜姑娘那里知安老爷此刻心里的苦楚！大凡人生在世，挺着一条身子，合世界上恒河沙数的人打交道，那怕忠、孝、节、义都有假的，独有自己合自己打起交道来，这"喜怒哀乐"四个字，是个货真价实的生意，断假不来。这四个字含而未发，便是天性；发皆中节，便是人情。世上没不循天性人情的喜怒哀乐；喜怒哀乐离了天性人情，那位朋友可就离人远了。这颗豆儿自从被朱考亭先生咬破了之后，人断逃不出这两句话去。

安老爷是个天性人情里的人。此时，见了十三妹他家老太太这个灵位，先想起合他祖父的累代交情，又感动他搭救公子的一段恩义，更看着他一个女孩儿家，一身落魂，四海无家，不觉动了真的了。所以，未从开口，先说了一个"阿"字的发语词，紧接一个"老"字，意思要叫"老弟妇"。及至那"老"字出了口，一想：使不得！无论此时，我暂作尹其明，不好称他"老弟妇"，就便我依然作安学海，这等没头没脚的称他声"老弟妇"，这姑娘也断不知因由，就连忙改口，称了声"老太太"，紧接着自己称名祝告，意思就要说"我安学海"，一想，更使不得。这一个真名道出来，今日的事章法全乱了！幸而那"安"字同"阿"字是一个字母，就跟着字母纳音转韵，转作个"阿"字，接了个"唏，唏，唏，唏唏"，作了个唏嘘悲切之声。连忙改说："我尹其明，受了我老少东人的托付，来寻访令爱姑娘，拜谢老太太，送这张雕弓，取那块端砚。我东人曾说，倘得见面，命我称着他父子安学海、安骥的名字，替他竭诚拜谢，还有许多肺腑之谈。不想，老太太你先骑鹤西归，叫我向谁说起？所喜，你的音尘虽远，神灵尚在，待我默祝一遍，望察微衷。老太太，你可受我一拜！"祝罢，把那张弹弓供在桌儿上，退下来，肃整威仪，拜了三拜，泪如泉涌。

姑娘还着礼，暗道："他可叨叨完了！弹弓儿是留下了，这大概就没甚么累赘了。我索性等他出去我再起来。"谁想这个当儿，偏偏的走过一个礼仪透熟的礼生来，便是褚大娘子。把他搀了一把，说："姑娘，起来朝上谢客。"不由分说，搀到当地，又拉了一个坐褥，铺在地下，说："尹先生，我们姑娘在这里叩谢了。"姑娘只得向上磕下头去。那先生连忙把身子一背，避而不受，也不答拜。你道这是为何？原来，这是因为他是替死者磕头，不但不敢答，并且不敢受。是个极有讲究的古礼。

姑娘磕头起来，正等着送客。这个当儿，可巧又走过一个积伶不过的茶司务来，便是褚一官。手里拿着一个盘儿，托着三碗茶，说："尹先生，我们姑娘是孝家，不亲递茶了。"他便把尹先生的一碗，安在西间南炕炕桌上首；下首，又给邓九公安了一碗，还剩一碗，说："姑娘，这里陪。"便放在靠北壁子地桌下首。

姑娘此时无论怎样，断不好说："你们外头喝茶去罢。"怎当那邓九公又尽在那边让先生上坐，只见那先生并不谦让，转过去坐定。开口便问道："这位老太太想是早过终七了?”邓九公道:“那里,等我算算。”说着,屈着指头道:“五儿、六儿、七儿、八儿、九儿,……今日才第五天……明日伴宿,后日就抬埋入土了。”姑娘正嫌邓九公何必合他絮烦这些话。

只见那先生望着姑娘,把眼神儿一足,说:“难道今日是第五天?我闻古礼‘殓而成服,既葬而除’,如今才得五天,既不是除服日期,况且,大殓已经五天,又断不至于作不成一领孝服,这姑娘怎的不穿孝?”罢了!姑娘心里真没防他问道这句,又不肯说:“我因为忙着要去报仇,不及穿孝。”尤其不好说:“你管我呢!”只管支吾道:“此地……风俗向来如此。”那先生说道:“咻,岂有此理!虽说‘百里不同风,千里不同俗’,冠婚丧祭,各省不得一样。这儿女为父母成服,自天子以至庶人,无贵贱,一也。怎讲到‘此地向来如此’起来?”

姑娘道:“此地既然如此,我也只得是随乡儿入乡儿了。”那先生道:“呀呸!更岂有此理!纵说这穷山僻壤不知礼教,有了姑娘你这等一个人在此,正该作个榜样,化民成俗,怎生倒讲起这‘随乡入乡’的话来?这等看来,‘闻名不如见面’这句话,古人真不我欺。据我那小东人说得来,十三妹姑娘怎的个孝义,怎的个英雄,我那老东人以耳为目,便轻信了这话。而今如此,据我尹其明看了,也只不过是个寻常女子。只是我尹其明一身傲骨,四海交游,何尝轻易礼下于人?今日,倒累我揖了了又揖,拜了又拜。小东人,你好没胸襟,没眼力!累我枉走这一荡!咦,我尹其明此番来得差矣!”

列公,你看十三妹那等侠气雄心、兼人好胜的一个人,如何肯认“寻常女子”这个名目?无如报仇这桩事,自己打着万分慎密,不穿孝这桩事,自己也知是一时权宜。其实为去报仇,所以才不穿孝,两桩事仍是一桩事。只因说不出口,转觉对不住人,却又一片深心,打了个“呼牛亦可,呼马亦可”的主意,任是谁说甚么,我只拿定主意,干我的大事去。不想,这位尹先生是话不说,单单的轻描淡写的给加上了“寻常女子”这等四个大字,可断忍耐不住了。只见他一手扶了桌子,把胸脯儿一挺,才待说话。

不防这边“嘡”的一声,把桌子一拍,邓九公先番了,说:“喂,尹先生!你这人好没趣呀!拿了一张弹弓子,我说留下,你又不留。你说要走,你又不走,到像谁要拐你的似的。及至人家本主儿出来了,你交了你的弹弓子就完了事了,又替你东人参的是甚么灵!是我多了句嘴,让你进来。人家谢客,递茶让坐,是人家孝家的礼数。你是会的,就该避出去;不出去,坐下也罢了。人家穿孝不穿孝,可与你甚么相干?用你冬瓜茄子、陈谷子烂芝麻的闹这些累赘呀!”那尹先生道:“我讲的是礼,礼设天下。大凡于礼不合,天下人都讲得。难道我到了你们这不讲礼的地方,也'随乡入乡',跟你们不讲礼起来不成?"

一句话,邓九公索兴站起来了,说:"咄,姓尹的!你莫要撒野呀!不是我作老的口刬,你也是吃人的稀的,拿人的干的,不过一个坐着的奴才罢咧,你可切莫拿出你那外府州县衙门里的吹六房、诈三班的款儿来。好便好,不然,叫你先吃我一顿精拳头去!"

那先生听了,安然坐在那里不动。只见他扬着个脸儿,望了邓九公道:"我尹其明一介儒生,手无缚鸡之力,也不敢妄称作英雄豪杰,却也颇颇见过几个英雄豪杰。今日,因这桩事、这句话领你这顿拳头,倒也见得过天下的英雄豪杰!"说着,把脖颈儿一低,膀根儿一松,说:"领教!"

姑娘在旁一看,说:"这是块魔,不可合他蛮作!"因拦邓九公道:"师傅,不必如此。他是客,你我是主,便打他两拳也不值一笑。况他以礼而来,尤其不可使他藉口。他既满口的讲礼,你我便合他讲礼,等他讲不过礼去,再给他个利害不迟。"邓九公道:"姑娘,你不见是我让进他来的吗?他这里叫我受着窄呢么!"一面说着,一面依旧坐下,帽子也摘了,拿一只大宽的袖子搧着,就气得他哟,咈哧咈哧的,真作了个"手眼身法步",一丝不漏!

姑娘劝住了邓九公,也就归坐。先看了那先生一眼,只见他手捻着几根小胡子儿,微微而笑。姑娘纳着气,从容问道:"尹先生,我先请教:你从那处见得我是个'寻常女子'?"那先生道:"'寻常'者,对'英雄豪杰'而言也。英雄豪杰,本于忠、孝、节、义。母死不知成服,其为孝也安在?这便叫作'寻常女子'。"

姑娘听了这话,口里欲待不合他辩,争奈心里那点兼人好胜的性儿,不准不合他辩,便又问道:"我再请教:这尽孝的上头,父亲、母亲那一边儿重?"尹先生沉吟一会,道:"'父兮生我,母兮鞠我',其重一也。这话却又有两讲。"姑娘道:"怎的个两讲呢?"尹先生说:"你们女子有同母亲共得的事,同父亲共不得;有合母亲说得的话,合父亲说不得。这叫作:'父道尊,母道亲。'看得亲,自然看得重,据此一说,未免觉得母亲重。"姑娘道:"那一说呢?"

尹先生道:"一个人,有生母便许有继母,有嫡母便许有庶母,推而至于养母慈母,事非常有。只这生、继、嫡、庶,皆母也。所谓坤道也,地道也。讲到父亲,天道也,乾道也。乾道大生,坤道广生,看得大,更该看得重。据此一说,自然,应是父亲更重。"姑娘道:"你原来也知道父亲更重。我还要请教:这尽孝的事情上头,为亲穿孝,为亲报仇,那一桩要紧?"尹先生连忙答道:"这何消问得?自然是报仇要紧。拿为亲穿孝论,假如遇着军事,正在军兴旁午,也只得墨绖从戎,回籍成服;假如身在官场,有个丁忧在先,闻讣在后,也只得闻讣成服。便是为人子女,不幸遇着大故,立刻穿上一身孝,难道释服后便算完了事了不成?你只看那大舜的大孝,终身慕父母,以至里名胜母;曾子不入,邑号朝歌;墨子回车,便不穿那身孝,他心里又何尝一时一刻忘了那个'孝'字?所以叫作'丧服外除'。'外除'者,明乎其终身未尝'内除'也。这是桩终身无穷无尽有工夫作的事。至于为亲报仇,所谓'父仇不共戴天',岂容片刻隐忍?但得个机会,正用着那'守如处女,出如脱兔'的两句话,要作得迅雷不及掩耳,其间间不容发,否则机会一失,此生还怎生补行得来?岂不是终天大恨？何况，这报仇正是尽孝。自然，报仇更加要紧。”

姑娘道：“原来，你也知道报仇更加要紧！这等说起来，我还不至于落到个‘寻常女子’！”尹先生道：“这话我就不解了，难道姑娘这等一个孝义女子，还有人合姑娘结仇不成？”姑娘这个当儿，一肚子的话是倒出来了，“寻常女子”四个字是摆脱开了，理是抓住了，凭他絮絮的问，只鼓着个小腮帮子儿，一声儿不哼。

问来问去，把个邓九公问烦了，说道：“我真没这么大工夫合你说话，不说罢，我又弊的慌。人家这位姑娘有杀父大仇，只因老母在堂，不曾报得。如今，不幸他老太太去世了。故此，他顾不得穿孝守灵，到了首七葬母之后，就要去报仇，这话你明白了？”尹先生道：“哦，原来如此！这段隐情，我尹其明那里晓得？只是我还要请教。姑娘这等一身本领，这仇人是个何等样人？姓甚名谁？有多大胆敢来合姑娘作对？”邓九公道：“这个我不知道。”尹先生道：“老翁，我方才见你二位的称呼，有个师生之谊，岂有不知之理？”邓九公道：“我不能像你，相干的也问，不相干的也问；问得的也问，问不得的也问。人家报仇，与我无干。我没问，我不知道！”

尹先生道：“报仇的这桩事，是桩光明磊落、见得天地鬼神的事，何须这等狗盗鸡鸣，遮遮掩掩？况且，英雄作事，要取那人的性命，正要叫那人知些风声，任他怎的个心机手段，我定要手到功成，这仇才报得痛快。这位邓老翁，大约是年纪来了，暮气至矣，也未必领略到此。姑娘，你何不把这仇人的姓名说与尹其明听听，大家痛快痛快。”

正经姑娘此时依然给他个老不开口，那位尹先生也就入不进话去了。无奈听着他这几句话来得高超，且暗暗有个菲薄自己的意思，又动了个不服气。便冷笑了一声，道：“我的仇人与你何干，要你痛快？我便说了他的姓名，你听了，也不过把舌头伸上一伸，颈儿缩上一缩，又知道他何用！”

那尹先生摇着头道：“姑娘，你也莫过逾小看了我尹其明。我虽不拈长枪大戟，不知走壁飞檐，也颇颇有些肝胆。或者听了你那仇人名姓，不到得伸舌缩颈，转给你出一臂之力，展半筹之谋，也不见得。”姑娘道：“惹厌！”那尹先生听到“惹厌”两个字，他转呵呵大笑，说：“姑娘，你既苦苦不肯说，倒等我尹其明索兴惹你一场大厌，替你说出那仇人的姓名来，你可切莫着恼。”姑娘听他说的这等离离奇奇，闪闪烁烁，倒不免有些疑忌起来，道：“你说！”那尹先生叠两个指头，说道：“你那仇人，正是现在经略七省，挂九头铁狮子印秃头无字大将军纪献唐。你道我说的错也不错？”

他说完这句，定睛看着那十三妹姑娘，要看他个怎生个动作。只见那十三妹不听这话犹可，听了这话。腮颊边起两朵红云，眉宇间横一团青气，一步跨上炕去，拿起那把雁翎宝刀，拔将出来，翻身跳在当地，一声断喝，说道：“咄！你那人听者！我看你也不是甚么尹七明、尹八明，你定是纪献唐那贼的私人！不晓得在那里怎生赚得这张弹弓，乔装打扮，，前来探我的行藏，作个说客。你不曾生得眼睛，须是生着耳朵，也要打听打听，你姑娘可是怕你来探的？可是你说得动的？你快快说出实话，我还佛眼相看；少若迟延，哼哼！尹其明！只怕我这三间小小茅檐，任你闯得进来，叫你飞不出去！”这正是：

不曾项下解金铃，早听山头哮虓虎。

要知那十三妹合那假尹先生真安老爷，怎的个开交，下回书交代。

第十八回　假西宾高谈纪府案　真孝女快慰两亲灵

这回书接连上回，讲得是十三妹，他见那位尹先生，一口道破他仇人纪献唐姓名，心下一想："我这事自来无人晓得，纵然有人晓得，纪献唐那厮势焰熏天，人避他，还怕避不及，谁肯无端的扐这虎须，提着他的名字，来问这等不相干的闲事？"又见那尹先生言语之间，虽是满口称扬，暗中却大有菲薄之意，便疑到是纪献唐放他母女不过，不知从那里怎生赚了这张弹弓，差这人来打听他的行藏，作个说客。正是"仇人相见，分外眼明"，登时"怒从心上起，恶向胆边生"，掣那把刀在手里，便要取那假西宾的性命。不想，这着棋可又叫安老爷先料着了！

邓九公是昨日合老爷搭就了的伏地扣子，见姑娘手执倭刀站在当地，指定安老爷，大声断喝，忙转过身来，两只胳膊一横，迎面拦住，说道："姑娘，这是怎么说？你方才怎么劝我来着？"正在那里劝解，褚大娘子过来，一把把姑娘扯住，道："这怎么索兴刀儿、枪儿的闹起来了？我也不知道你们这些甚么'纪献儿唐'啊'灌馅儿糖'的事，凭他是甚么糖，也得慢慢儿的问个牙白口清再说呀！怎么就讲拿刀、动杖呢？就让你这时候一刀，把他杀了，这件事难道就算明白了不成？猫闹么！坐下啵！"说着，把姑娘推到原坐的那个座上坐下。

姑娘这才一回手，把那把刀倚在身后壁子跟前，看了看，右边有根桌枨儿碍着手，便提起来，回手倚在左边。邓九公便去培植那位尹先生，又叫褚一官张罗换茶。

这个当儿，姑娘提着一副眼神儿，又向那先生喝了一声，道："讲！"那先生且不答话，依然坐在那里干笑。姑娘道："你话又不讲，只是作这等狂态，笑些甚么？快讲！"尹先生道："我不笑别的，我笑你，倒底要算一个'寻常女子'。"邓九公道："喂，先生！你这也来得过逾贫了，怎么这句又来了呢？"

那先生也不合他分辩，望着十三妹道："你未从开口说这句话，心里也该想想：你那仇人，朝廷给他是何等威权！他自己是何等脚色！况他那里雄兵十万，甲士千员，猛将如云，谋臣似雨。慢说别的，只他那幕中那几个参谋，真真的是上知天文，下知地利，深明韬略，广有机谋；就便他帐下，那班奔走的健儿，也是一个个有飞空蹑壁之能，虎跳龙拿之技。他果然要探你的行藏，差那一个来不了了事？单单的要用着我这等一个推不转、搡不动的尹其明？只这些小机关你尚且见不到此，要费无限狐疑，岂不可笑！"

姑娘听了这话，低头一想："这里头却有这么个理儿。我方才这一阵闹，敢是闹的有些孟浪。然虽如此，我输了理可不输气，输了气也不输嘴。且翻打他一耙，倒问他！"因问道："你既不是那纪贼的私人，怎的晓得他是我的仇家？也要说个明白！"那先生道："你且莫问我怎么晓得他是你的仇家，你先说他倒底可是你的仇家不是你的仇家？"这句话，姑娘要简捷着答应一个字"是"，就完了，那不又算输了气了吗？他便把那话变了个相儿，倒问着人家说："是便怎么样？"那先生道："我说的果然不是，倒也不消往下再谈。既然是他，这段仇你早该去报，直等到今日，却是可惜报的迟了。我劝你早早的打断了这个念头。你若不听我这良言,只怕你到了那里,莫讲取不得他的首级,就休想动他一根毫毛。这等的路远山遥,可不白白的吃一场辛苦?"

姑娘道:"叽,那纪贼就被你说的这等利害,想就因你讲的他那等威权、那等脚色,觉得我动不得他?"先生道:"非也。以姑娘的这样志气,那怕他怎样的威权,怎样的脚色!"姑娘又道:"然则,便因你说的他那猛将如云、谋臣似雨,觉得我动不得他?"先生道:"也不然。以姑娘的本领,又那怕他甚么猛将,甚么谋臣?我方才拦你,不必吃这场辛苦,不是说怕你报不了这仇,是说这仇用不着你报,早有一位天大地大无大不大的概世英雄,替你报了仇去了。"姑娘道:"梦话!我这段冤仇从来不曾向人提过,就我这师傅面前,也是前日才得说起,外人怎的得知?况如今世上,那有恁般大英雄作这等大事!"尹先生道:"姑娘,你且莫自负不凡,把天下英雄一笔抹倒。要知泰山虽高,更有天山;寰海之外,还有渤海。我若说起这位英雄来,只怕你倒要吓得把舌头一伸,颈儿一缩哩!"

姑娘听了这话,心下暗想道:"不信世间有这等人,我怎的会不晓得?我且听听,他端的说出个甚么人来,有甚对证,再合他讲。"便道:"我倒要听听这位天大地大无大不大的英雄。"那先生道:"姑娘,你坐稳着。我说的这位概世英雄,便是当今九五之尊龙飞天子。"姑娘听了,从鼻子里笑了一声,说:"岂有此理!尤其梦话!万岁爷怎的晓得我有这段奇冤,替我一个小小民女报起仇来?"尹先生道:"你要知这话的原故,竟抵得一回评书。你且少安毋躁,等我把始末因由,演说一番。你听了,才知我说的不是梦话。"

姑娘此刻只管心里不服气,不知怎的,耳朵里听了这一路的话,觉得对胃脘,渐渐,脸儿上也就和平起来,口儿里也就乖滑起来。陪了个笑儿,叫了声"先生",说:"既然如此,倒望你莫嫌絮烦,详细说与我们知道。"

列公,你大家却莫把那假尹先生真安老爷说的这段话,认作个掇骗十三妹的文章。这纪献唐却实实的是个有来处来的人。只可惜,他昧了天性人情,坏了儿女心肠,送了英雄性命,弄到没去处去。这其中还括包着一个出奇的奇人作出来的一桩出奇的奇事,并且还不是无根之谈。说起来,真个抵得一回评话。只是这回评话的弯子可绕远了些!

列公,且莫急急慌慌的要听那十三妹到底怎的个归着,待说书的,把纪献唐的始末原由演说出来,那十三妹的根儿、蒂儿、枝儿、叶儿,自然都明白了。

你道这话从何说起?原来,书中表的那经略七省挂九头狮子铁印秃头无字大将军纪献唐,他也是汉军人氏。他的太翁纪延寿,内任侍郎,外任巡抚。后来因这纪献唐的累次军功,加衔尚书,晋赠太傅,人称他是纪太傅。这纪太傅生了两个儿子,长名纪望唐,次名纪献唐。纪献唐也生两个儿子:一名纪成武,一名纪多文。

那纪望唐,自幼恪遵庭训,循分守理,奋志读书。那纪献唐,当他太夫人生他这晚,忽然当院里起了一阵狂风,那风刮得走石飞砂,偃草拔木,连门窗户壁都撼得岌岌的要动。风过处,他太夫人正要分娩,恍惚中,见一只吊睛白额黑虎扑进房来,吃了一惊,恰好这纪献唐离怀落草。收生婆收裹起来,只听他哭得声音洪亮,且是相貌魁梧。到了五六岁上,识字读书,聪明出众。只是生成一个桀骜不驯的性子,顽劣异常，淘气起来，莫说平人说他劝他不听，有时父兄的教训他也不甚在意。年交七岁，纪太傅便送他到学房随哥哥读书。那先生是位老儒，见他一目十行，到口成诵，到十一二岁便把经书念完，大是颖悟，便叫他随了哥哥听着讲书。只是他心地虽然灵通，性情却欠淳静，才略略有些知觉，便要搬驳先生，那先生，往往就被他问得无话可讲。

一日，那先生开讲《中庸》。开卷便是"天命之谓性"一章。先生见了那没头没脑、辟空而来的十五个大字，正不知从那里开口，才入得进这"中庸"两个字去，只得先看了一遍高头讲章，照着那讲章，往下敷衍半日。才得讲完，他便问道："先生讲的'天以阴阳五行化生万物'这句话，我懂了。下面'于是人物之生，因各得其所赋之理，以为五常健顺之德'，难道那物也晓得五常——仁、义、礼、智、信不成？"先生瞪着眼睛向他道："物怎么不晓得五常？那羔跪乳、乌反哺岂不是仁？獬触邪、莺求友岂不是义？獭知祭、雁成行岂不是礼？狐听冰、鹊营巢岂不是智？犬守夜、鸡司晨岂不是信？怎的说得物不晓得五常！"先生这段话，本也误于朱注，讲得有些牵强。

他便说道："照先生这等讲起来。那下文的'人物各循其性之自然'，直说到'则谓之教，若礼乐刑政之属是也'，难道那禽兽也晓得礼乐刑政不成？"

一句话，把先生问急了，说道："依注讲解。只管胡缠！人为万物之灵。人与物，一而二、二而一者也，有甚么分别？"他听了哈哈大笑，说："照这等讲起来，先生也是个人，假如我如今不叫你'人'，叫你个'老物儿'，你答应不答应？"先生登时大怒，气得浑身乱抖，大声喊道："岂有此礼！将人比畜，放肆！放肆！我要打了！"拿起界尺来，才要拉他的手。早被他一把夺过来，扔在当地，说道："甚吗？你敢打二爷？二爷可是你打得的？照你这样的先生，叫作'通称本是教书匠，到处都能雇得来'！打不成我，先教你吃我一脚！"吧，照着那先生的腿洼子，就是一脚，把先生踢了个大仰爬脚子，倒在当地。

纪望唐见了，赶紧搀起先生来，一面喝禁："兄弟，不得无礼！"只是他那里肯受教？还在那里顶撞先生。先生道："反了！反了！要辞馆了！"正然闹得烟雾尘天，恰巧纪太傅送客出来听见。送客走后，连忙进书房来，问起原由，才再三的与先生陪礼，又把儿子着实责了一顿，说："还求先生以不屑教诲教诲之。"那先生摇手道："不，大人，我们宾东相处多年，君子绝交不出恶声。晚生也不愿是这等不欢而散。既蒙苦苦相留，只好单叫这大令郎作我个'陈蔡及门'，你这个二令郎凭你另请高明。傥还叫他'由也升堂'起来，我只得'不脱冕而行矣'！"纪太傅听说，无法，便留纪望唐一人课读，打算给纪献唐另请一位先生，叫他弟兄两个各从一师受业。

但是，为子择师这桩事也非容易，更兼那纪太傅每日上朝进署，不得在家，他家太夫人又身在内堂，照应不到外面的事。这个当儿，那纪献唐离开书房，一似溜了缰的野马，益发淘气得无法无天。纪府又本是个巨族，只那些家人孩子就有一二十个，他便把这般孩子都聚在一处，不是练着挥拳、弄棒，便是学着打仗、冲锋，大家顽耍。

那时国初时候，大凡旗人家里，都还有几名家将，与如今使雇工、家人的不同。那些家将，也都会些摺跤打拳、马枪步箭、杆子单刀、跳高爬绳的本领。所以，从前征噶尔旦的时候，曾经调过八旗大员家的库图扐兵，这项人便叫作“家将”。纪府上的几个家将里面有一名教师，见他家二爷好这些武艺，便逐件的指点起来。他听得越发高兴，就置办了许多杆子、单刀之类，合那群孩子每日练习。又用砖瓦一堆堆的堆起来，算作个五花阵、八卦阵，虽说是个玩意儿，也讲究个休、生、伤、杜、景、死、惊、开，以至怎的五行相生，八卦相错，怎的明增暗减，背孤击虚，教那些孩子们穿梭一般演习，倒也大有意思。他却搬张桌子，又硌张椅子，坐在上面，腰悬宝剑，手里拿个旗儿，指挥调度。但有走错了的，他不是用棍打，便是用刀背钉，因此，那班孩子怕的神出鬼没，没一个不听他的指使。

除了那些顽的之外，第一是一味地里爱马。他那爱马也合人不同：不讲毛皮，不讲骨格，不讲性情，专讲本领。纪太傅家里也有十来匹好马，他都说无用，便着人每日到市上拉了马来看。他那相马的法子也与人两道：先不骑不试，止用一个钱扔在马肚子底下，他自己却向马肚子底下去拣那个钱，要那马见了他不惊不动，他才问价。一连拉了许多名马来看，那马不是见了他先踶蹶咆哮的闪躲，便是吓得周身乱颤，甚至吓得撒出溺来。

这日，他自己出门，偶然看见拉盐车驾辕的一匹铁青马，那马，生得来一身的卷毛，两个绕眼圈儿，并且是个白鼻梁子，更是浑身磨得纯泥稀烂。他失声道：“可惜这等一个骏物，埋没风尘！”也不管那车夫肯卖不肯，便唾手一百金，硬强强的买来。可煞作怪，那马凭他怎样的摸索，风丝儿不动。他便每日亲自看着，刷洗喂养起来。那消两三个月的工夫，早变成了一匹神骏。他日后的军功，就全亏了这匹马。此是后话。

却说纪太傅，好容易给他请着一位先生，就另收拾了一处书房，送他上学。不上一月，那先生早已辞馆而去。落后，一连换了十位先生，倒被他打跑了九个。那一个还是跑的快，才没挨打。因此上前三门外那些找馆的朋友听说他家相请，便都望影而逃。

那纪太傅为了这事正在烦闷。恰好，这日下朝回府，轿子才得到门，转正将要进门，忽见马台石边站着一个人，戴一顶雨缨凉帽，贯着个纯泥满锈的金顶，穿一件下过水的葛布短襟袍子，套一件磨了边儿的天青羽纱马褂子，脚下一双破靴，靠马台石还放着一个竹箱儿，合小小的一卷铺盖、一个包袱。那人望着太傅轿旁，拖地便是一躬。轿夫见有人参见，连忙打住杵杆。

太傅那时正在工部侍郎任内，见了这人，只道他是解工料的微员，吩咐道：“你想是个解官，我这私宅向来不收公事，有甚么文批，衙门投递。”那人道：“晚生身列胶庠，不是解差。因仰慕大人的清名，特来瞻谒。傥大人不惜阶前盈尺之地，进而教之，幸甚。”那太傅，素日最重读书人。听见他是个秀才，便命落平，就在门外下了轿。吩咐门上给他看了行李，陪那秀才进来。

让到书房待茶，分宾主坐下。因问道：“先生何来？有甚见教？”那秀才道：“晚生姓顾，名綮，别号肯堂，浙江绍兴府会稽人氏。一向落魄江湖，无心进取。偶然游到帝都，听得十停人倒有九停人说，大人府上有位二公子要延师课读。晚生也曾嘱人推荐，无奈，那些朋友都说这个馆地是就不得的。为此，晚生不揣鄙陋，竟学那毛遂自荐。傥大人看我可为公子之师，情愿附骥。自问也还不至于尸位素餐，误人子弟。”

那太傅正在请不着先生，又见他虽是寒素，吐属不凡，心下早有几分愿意，便道：“先生这等翩然而来，真是倜傥不群，足占抱负。只是我这第二个豚犬，虽然天资尚可造就，其顽劣殆不可以言语形容。先生果然肯成全他，便是大幸了。请问尊寓在那里？待弟明日竭诚拜过，再订吉期，送关奉请。”顾肯堂道：“天下无不可化育的人材，只怕那为人师者，本无化育人材的本领，又把化育人材这桩事，看成个牟利的生涯，自然就难得功效了。如今，既承大人青盼，多也不过三五年，晚生定要把这位公子送入清碧堂中，成就他一生事业。只是此后书房功课，大人休得过问。至于关聘，竟不消拘这形迹；便是此后的十艇两餐，也任尊便。只今日便是个黄道吉日，请大人吩咐一个小僮，把我那半肩行李搬了进来，便可开馆。又何劳大人枉驾答拜！”

纪太傅听了大喜，一面吩咐家人打扫书房，安顿行李，收拾酒饭，预备贽仪；就着公服，便陪那先生到了书房，立刻叫纪献唐穿衣出来拜见。

一时摆上酒席，太傅先递了一杯酒。然后，才叫儿子递上贽见拜师。顾先生不亢不卑，受了半礼，便道：“大人请便，好让我合公子快谈。”纪太傅又奉了一揖，说：“此后弟一切不问，但凭循循善诱。”说罢，辞了进去。

那纪献唐也不知从那里就来了这等一个先生，又见他那偃蹇寒酸样子，更加可厌。方才，只因在父亲面前，勉循规矩，不好奚落他。及至陪他吃了饭，便问道：“先生，你可晓得，以前那几个先生是怎样走的？”顾肯堂道：“听说都是吃不起公子的打走的。”纪献唐道：“可又来！难道你是个不怕打的不成？”顾肯堂道：“我料公子决不打我。他那些人，大约都是一般呆子，想他那讨打的原故，不过为着书房的功课起见。此后，公子欢喜到书房来，有我这等一个人磨墨拂纸，作个伴读，也于公子无伤；不愿到书房来，我正得一觉好睡，从那里讨你的打起？”纪献唐道：“倒莫看你这等一个人，竟知些进退！”说着，带了几个小厮，早走的不知去向。从此，他虽不似往日的横闹，大约一月之间，也在书房坐上十天八天。但那一天之内，却在书房作不得一时半刻。

这天正遇着中旬十五六，天气晴明，晚来绝好的一天月色。他便带了一群家丁，聚在箭道大空地里，拉了一匹划马，着个人拉着，都教那些小厮骗马作耍。有的从老远跑来，一纵身就过去的，有的打着踢级，转着纺车过去的，有的两手扶定迎鞍、后胯，竖起直柳来翻身踅过去的，他看着大乐。

正在顽的高兴，忽然一阵风儿，送过一片琵琶声音来，那琵琶弹得来十分圆熟清脆。他听了道：“谁听曲儿呢？”一个小小子见问，咕咚咚就撒脚跑了去打探。一时跑回来说：“没人听曲儿，是新来的那位顾师爷，一个人儿在屋里弹琵琶呢。”纪献唐道：“他会弹琵琶？走，咱们去看看去。”说着，丢下这里，一窝蜂跑到书房。顾肯堂见他进来，连忙放下琵琶让坐。他道：“先生，不想你竟会这个顽意儿。莫放下，弹来我听。”

那顾肯堂重新和了弦，弹起来。弹得一时金戈铁马，破空而来，一时流水落花，悠然而去。把他乐得手舞足蹈，问道：“先生，我学得会学不会？”先生道：“既要学，怎有个不会！”就把怎的拨弦，怎的按品，怎的以工、尺、上、乙、四、合、五、六、凡九字，分配宫、商、角、徵、羽五音，怎的以五音分配六吕、六律，怎的推手向外为琵、合手向内为琶，怎的为挑、为弄、为勾、为拨……指使的他眼耳手口随了一个心，不曾一刻少闲。

那消半月工夫，凡如《出塞》《卸甲》《浔阳夜月》，以至两音板儿、两音串儿、两音《月儿高》、两套令子、《松青》《海青》《阳关》《普安咒》《五名马》之类，按谱徵歌，都学得心手想应。及至会了，却早厌了，又问先生还会甚么技艺。先生便把丝弦、竹管、羯鼓、方响各样乐器，一一的教他。他一窍通百窍通，会得更觉容易。渐次学到手谈、象戏、五木、双陆、弹棋，又渐次学到作画、宾戏、勾股、占验，甚至镌印章、调印色，凡是他问的，那先生无一不知，无一不能。他也每见必学，每学必会，每会必精。却是每精必厌。然虽如此，却也有大半年不曾出那座书房门。

一日，师生两个正闲立空庭，望那钩新月。他又道："这一向闷的紧，还得先生寻个甚么新色解闷的营生才好？"先生道："我那解闷的本领都被公子学去了，那里再寻甚么新色的去？我们'教学相长'，公子有甚么本领，何不也指点我一两件？彼此顽起来，倒也解闷。"

纪献唐道："我的本领，与这些顽意儿不同。这些顽意儿，尽是些雕虫小技，不过解闷消闲。我讲得是长枪大戟、东荡西驰的本领。先生你那里学得来！"先生道："这些事我虽不能，却也有志未逮。公子何不作一番我看，或者我见猎心喜，竟领会得一两件也不见得。"他听了道："先生既要学，更有趣了。但是，今日天色已晚，那枪棒上却没眼睛，可不晓得甚么叫作师生，伤着先生，不当稳便，明日却作来先生看。"先生道："天晚何妨，难道将来公子作了大将军，遇着那强敌压境，也对他说'今日天晚，不当稳便'不成？"

他听先生这等说，更加高兴，便同先生来到箭道，叫了许多家丁把些兵器搬来，趁那新月微光，使了一回拳，又扎一回杆子，再合那些家丁们比试了一番，一个个都没有胜得他的。他便对了那先生，得意洋洋卖弄他那家本领。

顾先生说："待我也学着合公子交交手，顽回拳看。但我可是外行，公子不要见笑。"纪献唐看着他那等拱肩缩背、摆摆摇摇的样子，不禁要笑。只因他再三要学，便合他各站了地步，自己先把左手向怀里一拢，右手向右一横，亮开架式，然后，右脚一跺，抬左脚，一转身，便向顾先生打去，说："着打！"及至转过身来，向前打去，早不见了顾先生。但觉一件东西贴在辫顶上，左闪右闪，那件东西只摆脱不开。溜势的才拨转身来，那件东西却又随身转过去了。闹了半日，才觉出是顾先生跟在身后，把个巴掌贴在自己的脑后，再也躲闪不开，摆脱不动。怄得他想要翻转拳头向后捣去，却又捣他不着。便回身一脚飞去，早见那先生倒退一步，把手往上一绰，正托住他的脚跟，说道："公子，我这一送，你可跌倒了！拳不是这等打法，倒是顽顽杆子罢！"这要是个识窍的，就该罢手了。无奈，他一团少年盛气，那里肯罢手？早向地下拿起他用惯的那杆两丈二长的白蜡杆子，使的似怪蟒一般，望了顾先生道："来！来！来！"

顾先生笑了一笑，也拣了一根短些的，拿在手里。两下里杆稍点地，顾先生道："且住，颠倒你我两个，没偺意思。你这些管家既都会使家伙，何不大家顽着热闹些？"纪献唐听了，便挑了四个能使杆子的，分在左右，五个人"哈"了一声，一齐向顾先生使来。

顾先生不慌不忙,把手里的杆子一抖,抖成一个大圆圈,早把那四个家丁的杆子拨在地下,那四人握了手豁口,只是叫疼。纪献唐看见,往后撤了一步,把杆子一拧,奔着顾先生的肩胛,向上挑来。顾先生也不破他的杆子,只把右腿一撤,左腿一踅,前身一低,纪献唐那条杆子早从他脊梁上面过去,使了个空。他就跟着那杆子底下打了个进步,用自己手里的杆子向纪献唐腿裆里只一缴。纪献唐一个站不牢,早翻筋斗跌倒在地。

顾先生连忙丢下杆子,扶起他来,道:"孟浪!孟浪!"纪献唐一咕碌身爬起来,道:"先生,你这才叫本事!我一向直是瞎闹!没奈何,你须是尽情讲究讲究,指点与我!"顾先生道:"这里也不是讲究的所在,我们还到书房去谈。"说着,来到书房。

他急得就等不到明日,便扯了那顾先生,问长问短。顾先生道:"你切莫絮叨叨的问这些无足重轻的闲事。你岂不闻西楚霸王有云'一人敌不足学,请学万人敌'的这句话么?"纪献唐道:"那'万人敌',怎生轻易学得来?"顾先生道:"要学'万人敌',却也易如拾芥。只是没第二条路,只有读书。"纪献唐皱了皱眉道:"书我何尝不读?只是,那些能说不能行的空谈,怎干得天下大事?"

顾先生正色道:"公子此言差矣!圣贤大道,你怎生的看作空谈起来?离了圣道,怎生作得个伟人?作不得个伟人,怎生干得起大事?从古人才难得,你看你虎头燕颔,封侯万里;况又生在这等的望族,秉了这等的天分。你但有志读书,我自信为识途老马,那入金马、步玉堂、拥高牙、树大纛尚不足道,此时却要学这些江湖卖艺营生何用?公子,你切切不可乱了念头!"

书里交代过的,纪献唐原是个有来历的人。一语点破,他果然从第二天起,便潜心埋首,简炼揣摩起来。次年乡试,便高中了孝廉。转年会试,又联捷了进士,历升了内阁学士。朝廷见他强干精明,材堪大用,便放了四川巡抚。那纪献唐,一生受了那顾先生的好处,合他寸步不离,便要请他一同赴任。顾先生也无所可否。

这日,纪献唐陛辞下来,便约定顾肯堂先生第二日午刻,一同动身。次日,才得起来,便见门上家人传进一个简帖合一本书来,回道:"顾师爷今日五鼓觅了一辆小车儿,说道:'先走一程,前途相候。'留下这两件东西,请老爷看。"

纪献唐听了,便有些诧异,接过那封书一看,只见信上写着:"留别大将军钧启"。心下敁敠道:"顾先生断不至于这等不通,我才作了个抚院,怎的便称我大将军起来?"又看那本书,封的密密层层,面上贴了个空白红,不着一字。忙忙的拆开那封信看,只见上写道:

友生顾綮留书拜上大将军贤友麾下:仆与足下十年相聚,自信识途老马,底君于成,今且建牙开府矣。此去拥十万貔貅,作西南半壁,建大业,爵上公,炳旗常,铭钟鼎,振铄千秋,都不足虑;所虑者,足下天资过高,人欲过重,才有余而学不足以养之。所望刻自惕厉,进为纯臣,退为孝子。自兹二十年后,足下年造不吉,时至当早图返辔收,移忠作孝,傥有危急,仆当在天台、雁宕间迟君相会也。切记!切记!仆闲云野鹤,不欲偕赴军门。昔日翩然而来,今日翩然而去。此会非偶,足下幸留意焉。秘书一本,当于无字处求之,其勿视为河汉。顺綮拜手。

他看了这封简帖,默默无言,心下却十分凛惧,晓得这位顾先生大大的有些道理。料想着人追赶也是无益，便连那本秘书也不敢在人面前拆看，收了起来。到了吉时，拜别宗祠父母，就赴四川而去。

自此，仗了顾先生那本书，一征西藏，一平桌子山，两定青海，建了大功，一直的封到一品公爵。连他的太翁也晋赠太傅，两个儿子也封了子男。朝廷并加赏他的宝石顶三眼花翎，四团龙褂，四开褉袍，紫缰黄带，又特命经略七省挂九头狮子印，称为“秃头无字大将军”。

列公，你道人臣之荣至此，当怎的个报国酬恩。否则，也当听那顾肯堂先生一片苦口良言，急流勇退。谁想，他倚了功高权重，早把顾先生的话也看成一片空谈。任着他那矫情劣性，便渐渐的放纵起来。又加上他那次子纪多文，助桀为虐，作的那些侵冒贪黩忌刻残忍的事，一时也道不尽许多。只那屈死的官民何止六七千人，入己的赃私何止三四百万。又私行盐茶，私贩木植。

岂知人欲日长，天理日消，他不禁不由的自己就掇弄起自己来了：出入衙门，便要走黄土道；验看武弁，便要用绿头牌；督府都要跪迎跪送；他的家人却都滥入荐章，作到副参道府。后来竟闹到私藏铅弹火药，编造谶书妖言，谋为不轨起来。

他再不想我大清是何等洪福！当朝圣人是何等神圣文武！那时，朝廷早照见他的肺腑，差亲信大臣密密的防范访察。便有内而内阁翰詹九卿科道，外而督抚提镇，合词参奏了他九十二大款的重罪。当下天颜震怒，把他革职拿问，解进京来，交在三法司议罪。三法司请将他按大逆不道，大辟夷族。幸是天恩浩荡，念他薄薄的有些军功，法外施仁，加恩赐帛，令他自尽。他的太翁纪延寿同他长兄纪望唐革职免罪，十五岁以上男族免死充军，女眷免给功臣为奴，独把他那助桀为虐的次子纪多文立斩。他赐帛的那夜，狱卒人等都见那狱庭中一阵旋风，旋着猛虎大的一团黑气，撮向半空而去。这便是那纪大将军的始末原由一篇小传。

趸回来，再讲他经略七省的时节，正是十三妹姑娘的父亲作他的中军副将。他听得这中军的女儿有恁般的人才、本领，那时，正值他第二个儿子纪多文求配，续作填房。这要遇见个趋炎附势的，一个小小中军，得这等一位晃动乾坤的大上司纡尊降贵，合他作亲家，岂有不愿之理？无如这位副将爷正是位累代名臣之后，有见识，尚气节的人。他起初还把些官职、门户、年岁都不相当、不敢攀附的套话推辞。后来，那纪大将军又着实的牢笼他，保了他堪胜总兵，又请出本省督抚提镇，强逼作伐。却惹恼了这位爷的性儿，用了一个三国时候东吴求配的故事，道：“吾虎女岂配犬子？吾头可断，此话再也休提！”这话到了那纪大将军耳朵里，他老羞变怒，便借桩公事，参了这位爷一本，道他“刚愎任性，贻误军情”。

那时，纪大将军参一员官，也只当抹个臭虫，那个敢出来辩这冤枉？可怜就把个铁铮铮的汉子立刻革职拿问，掐在监牢。不上几日，一口暗气郁结而亡。以致十三妹姑娘弄得人亡家破，还被了万载不白、说不出口的一段奇冤。

他这等的一个孝义情性，英雄志量，如何肯甘心忍受？偏偏的又有个老母在堂，无人奉养。这段仇愈搁愈久，愈久愈深，愈深愈恨。如今，不幸老母已故，想了想，一个女孩儿家，独处空山，断非久计，莫如早去报了这段冤仇，也算了了今生大事。这便是十三妹切齿痛心、顾不得守灵穿孝尽礼尽哀、急急的便要远去报仇的根子。无奈，他又住在这山旮旯子里，外间事务一概不知。邓九公偶然得些传言，也是那“乡下老儿谈国政”，况又只管听他说报仇报仇，究竟不知这仇人是谁，更不想便是他听见的那个纪献唐。所以，一直不曾提起。直到安老爷昨日到了褚家庄，才一番笔谈，谈出这底里深情的原故来。这又叫作“无巧不成话”。

列公，你看这段公案，那纪大将军在天理人情之外去作人，以致辱没儿女英雄，不足道也。只他这个中军，从纪大将军那等轰轰烈烈的时候，早看出纪家不是个善终之局，这人不是个载福之器。宁甘一败涂地，不肯辱没了自己门第，耽误了儿女终身，也就算得个人杰了。不然，他怎的会生出十三妹这等晃动乾坤的一个女儿来！

剪断闲言，言归正传。当下，那尹先生便把这段公案照说评书一般，从那黑虎下界起，一直说到他白练套头。这其间，因碍着十三妹姑娘面皮，却把纪大将军代子求婚一层，不曾提着一字。邓九公合褚家夫妻虽然昨日听了个大概，也直到今日才知始末根由。那些村婆村姑只当听了一回“豆棚闲话”。

却说十三妹，起先听了那尹先生说，他这仇早有当今天子替他报了去了，也只把那先生看作个江湖流派，大言欺人。及至听他说的有本有源，有凭有据，不容不信，只是话里不曾听他说到纪家求婚一节。又追问了一句道：“话虽如此，只是先生你怎见得这便是替我家报仇？”尹先生道：“姑娘，你怎么这等‘聪明一世，懵懂一时’？你家这桩事，便在原参的那忌刻之罪九十二款之内，岂不是替你报过仇了？”姑娘又道：“先生，你这话真个？”尹先生道：“圣谕煌煌，焉得会假！”姑娘道：“不是我不信，要苦苦的问你。你这句话可大有关系，不可打一字诳语。”

尹先生道：“且无论我尹其明生平光明磊落，不肯妄言；便是妄言，姑娘只想：你报你家的仇，干我尹其明甚事，要来拦你？况你这样不共戴天的勾当，谁无父母？可是欺得人的？你若不见信，只怕我身边还带得有抄白文书一纸，不妨一看。只不知姑娘你可识字？”邓九公道：“岂但识字，字儿忒深了！”

那尹先生听了，便从靴掖儿里寻出一张抄白的通行上谕，递给邓九公，送给姑娘阅看。只见他从头至尾看了一遍，撂在桌儿上，把张一团青白煞气的脸，渐渐的红晕过来，两手扶了膝盖儿，目不转睛的怔着，望了他母亲那口灵……良久良久，默然不语。

列公，你道他这是甚么原故？原来，这十三妹虽是将门之女，自幼喜作那些弯弓击剑的事，这拓弛不羁，却不是他的本来面目。只因他一生所遭不偶，拂乱流离，一团苦志酸心，便酿成了这等一个遁踪空山、游戏三昧的样子。如今，大事已了，这要说句优俳之谈，叫作“叫化子丢了猢狲了——没得弄的了”。若归正论，便用着那赵州和尚说的“大事已完，如丧考妣”的这两句禅语。这两句禅语听了去，好象个葫芦提。列公，你只闭上眼睛想：作了一个人，文官到了入阁拜相，武官到了奏凯成功，以至才子登科，佳人新嫁，岂不是人生得意的事？不解到了那得意的时候，不知怎的，自然而然有一种说不出的感慨。再如，天下最乐的事，还有比饮酒看戏游目快心的么？及至到了酒阑人散，对着那灯火楼台，静坐着一想，就觉得象有一桩无限伤心的大事，兜的堆上心来。这十三妹心里，此刻，便是恁般光景。

邓九公合褚家夫妻看了，还只道自从他家老太太死后，不曾见他落下一滴眼泪。此时，听了这个原由，定有一番大痛，正待劝他。只见他闷坐了半日，忽然浩叹了一声，道："原来如此！"便整了整衣襟，望空深深的作了一万福，道："谢天地！原来那贼的父子也有今日！"转身又向那尹先生福了一福，谢道："先生，多亏你说明这段因由，省了我妄奔这荡。我倒不怕山遥水远，渴饮饥餐，只是我趁兴而去，难道还想败兴而回？岂不画蛇添足，转落一场话靶？"回身，又向邓九公福了一福，道："师傅，我合你三载相依，多承你与我掌持这小小门庭，深铭肺腑，容当再报！"邓九公正说："姑娘，你这话又从那里说起？"

只见他并不回答这话，早退回去坐下，冷笑了一声，望空叫道："母亲！父亲！你二位老人家可曾听见，那纪贼父子竟被朝廷正法了？可见天网恢恢，疏而不漏。只是你养女儿一场，不曾得我一日孝养，从我略有些知识，便撞着这场恶姻缘，弄得父亲含冤，母亲落难，你女儿早办一死，我又上无长兄，下无弱弟，无人侍奉母亲。如今，母亲天年已终，父亲大仇已报，我的大事已完，我看着你二位老人家，在那不识不知的黄泉之下，好不逍遥快乐！二位老人家，你的神灵不远，慢走一步，待你女儿赶来，合你同享那逍遥快乐也！"说着，把左手向身后一绰，便要绰起那把刀来，就想往项下一横，拚这副月貌花容，作一团珠尘玉碎！这正是：

为防浊水污莲叶，先取钢刀断藕丝。

要知那十三妹的性命如何，下回书交代。

第十九回　恩怨了了慷慨捐生　变幻重重从容救死

这回书不消多谈，开口便道着十三妹。却说那十三妹，他听得仇人已死，大事已完，剩了自己孑然一身，无可留恋，便想回手绰起那把雁翎宝刀来，往项下一横，拚着这副月貌花容，珠沉玉碎。且住！傥他这副月貌花容果然珠沉玉碎，在他算是"一了百了"了，只是他也不曾想想，这《儿女英雄传》才演到第十九回，叫说书的怎生往下交代？

天无绝人之路。幸而他一回手要绰那把刀的时候，捞了两捞，竟同水中捞月一般，捞了个空。连忙回头一看，原来那把刀早已不见了。他便吃惊道："阿？我这把刀那里去了？"褚大娘子站在一旁说道："你问那把刀啊？是我见你方才闹得不象，怕伤了这位尹先生，给你拿开了！"十三妹道："嗨！你怎么这等误事！快快给我拿来！"褚大娘子道："我叫你姐夫交给人，带回我们庄儿上去了。我那里给你'快快的'拿去呀？你这时候又要这把刀作甚么罢？"姑娘道："我要跟了爹娘去！"褚大娘子道："胡闹的话了！你可是没的干的了！你见过有个爹娘死，儿女跟了去的没有？好好儿的，叫人瞧着这是怎么了？作了甚么见不得人的事了？姑娘，你这不是撑糊涂了吗？"

邓九公也加杂在里头乱嚷。他道："姑娘，你这是那里说起？咱们原为这仇不能报，出不了这口气，才忙着要去报仇。如今，仇是报了，咱们正该心里痛快痛快。再完了老太太的事，咱们就该着净找乐儿，怎么倒添了想不开了呢？"褚一官也在一旁相劝。你一言，我一语，姑娘都作不听见，只逼着褚大娘子要他那把刀。褚大娘子道："那你可是白说了。今日你恼我点儿都使得，也有个我递给你刀，叫你寻死去的？”姑娘赌气道：“我要死，也不必定在那把刀上！”

列公，圣人讲的“杀身成仁”，孟子讲的“舍生取义”。你看，他这“成”字、“取”字，下得是何等分量！便是那史书上所载的那些忠臣烈士，以至愚夫、愚妇，虽所遇不同，大都各有个“万不得已”。只这“万不得已”之中，却又有个分别，叫作“慷慨捐生易，从容就死难”。即如这十三妹，假使他方才一伸手，就把那把刀绰在手里，往项下一横，早已“一旦无常万事休”了，就让有一百个假尹先生，还往下合他说些甚么？及至鼓着气、冒着劲、横着心，要就那把雁翎宝刀上作个了当，这正是件迅雷不及掩耳的事情，说句外话，叫作“胡萝卜就烧酒——仗个干脆”。怎禁得一伸手取那把刀，早扑了个空，气儿一泄，劲儿一破，心早打了回头了。再加上邓、褚翁婿父女三人在耳边厢吵吵闹闹，说的都是些不入耳之谈，总不曾道着他那一肚子说不出来的苦楚。姑娘听了，益发觉得不耐烦。此刻，转后悔方才不该当着这班人作这举动，又多了一番牵扯。只落得一声儿不哼，呆呆的坐在那里发怔。

这个当儿，邓九公见劝他不理，回头正要望着尹先生说话，见他又在那里拈须而笑，因说道：“喂，先生！这都是你一套话惹出来的，你也这么帮着劝劝。怎么袖手旁观的，又眯暌眯暌的笑起来了呢？莫不说人家这又是个‘寻常女子’？”

邓九公这话正是要引出安老爷的话来，只听他道：“九公，我此时到不单笑这姑娘是个寻常女子，到笑着你这糊涂老头儿！”邓九公道：“我怎么糊涂了？”先生道：“你合这姑娘既有个师生之谊，况又这等的高年，他但有个见不到的去处，自然就仗你指引。你只看，你以前见他无端要报那不消去报的仇，正该拦他，你不拦他。如今，见他无法要走这没奈何走的路，正该由他，却又不由他。也不曾替这位姑娘设身处地想想，他虽然大仇已报，大事已完，可怜上无父母，中无兄弟，往下就连个着己的仆妇丫鬟，也不在跟前；况又独处空山，飘流异地，举头看看，那一块云是他的天？低头看看，那撮土是他的地？这才叫作‘一身伴影，四海无家’。凭他怎样的胸襟本领，倒底是个女孩儿家，便说眼前靠了九公你合大娘子，这萍水相逢的师生姊妹，将来他叶落归根，怎生是个结果？我倒请教，你不许他走这条路，待叫他走那条路？”邓九公嚷道：“我的爷！也有个见死儿不救的？你这话我就不懂了！”

按下邓九公这边不表。却说十三妹，听了邓九公要拉那先生帮着劝解，又不知惹出他一片甚么谈吐来，正在抱怨邓九公啰嗦多事。忽然听得那先生说了这等一番言词，字字打到自己心坎儿里，且是打了一个双关儿透！不觉长叹一声，说道：“到底还是读书人说话明白！你们大家听听，可是我的所见不差？”邓九公才要答话，先生道：“虽是不差，却也差得一着。又是可惜死得早了。”

这姑娘是天生的半分不认错、一字不饶人、拉口子要见血、刨树要搜根儿的脾气，听了这话，早把那要刀的话且搁起，先要合尹先生辨明这“迟早”两个字。他便问着那先生道：“方才我那替父报仇的话，先生你道可惜迟了，是我苦于不知就里。如今，我要殉母终身，你怎的又道是可惜早了？请问，要到几时才是个不早？”

尹先生道：“阿呀！姑娘！明人不待细讲，这话何消再问！你如今虽然父仇已报，母寿已终，难道你尊翁那口灵，你就果的忍心丢在那间破庙，不把他入土不成？你令堂这口灵，你就果的忍心埋在这座荒山，不想他合葬不成？从来父母生儿也要得济，生女也要得济。他二位老人家，一灵不瞑，眼睁睁只望了你一个人。你若果然是个寻常女子，我倒也不值得合你饶舌；你要算个智、仁、勇三者兼备的巾帼丈夫，只看当那纪献堂势焰熏天的时节，你尚且有那胆量智谋，把你尊翁的骸骨遣人送到故乡，你母女自去全身远祸；怎的如今那厮冰山已倒，你又大了两年，倒不知顾眼前大义，且学那匹夫、匹妇的行径，要作这等没气力的勾当起来？可不是可惜死得早了？姑娘，你的智、仁、勇安在？"这位安老爷真会作这篇一折一伏、一提一醒的文章：前番话，把十三妹一团盛气折了下去；这番话，却又把他一片雄心提将起来。

那姑娘听了这话，果然把小脖颈儿一梗梗，眼珠儿一转，心里说道："这话不错，倒不要被这先生看轻了。我果然该把母亲送到故乡，然后从容就义才是。"随又转念一想道："话虽如此，只是这番护着灵柩回京，大非前番奉着母亲逃难可比。纵说我有这身本领，那沿途的晓行夜住，摆渡过桥，岂是一人能够照料？再说，当日有母亲在，无论甚么大事，都说：'交给我罢。'我却依然得把我交给母亲。如今，我又把我交给谁去？眼前，可以急难相告的，只有邓、褚两家父女、翁婿三个人。这位将近九十岁的老人家，难道还指望他辛辛苦苦跟了我去不成？他不能去，他的女儿自然父女相依，不好远离，还是我就好合个褚一官同行呢？就便算他父女翁婿同心仗义，都肯伴送我去，及至到了家，我那祖茔上是无余地可葬了。只这找地立坟，以至葬埋封树，岂是件容易事？便是当日护送父亲灵柩的两个家人还在，难道是我一个女孩儿家带了他们就弄得成么？何况又两手空空，从何办起？"

一时左思右想，千头万绪，心里到大大的为起难来。只这为难的去处，又被他那好胜的心肠绕成一处，更不肯轻易出口，在人前落了褒贬。他转大剌剌的说了一句道："先生，这叫作'彼一时，此一时'。你这话谈何容易！"岂知姑娘这番为难光景，早被那假尹先生猜透。他便说道："这又何难！天下事只怕没得银钱，便是俗语说的'一文钱难倒英雄汉'。有了银钱，却又只怕没人，又道是'牡丹花好，终须绿叶扶持'。如今无论眼前还有这邓老翁合这大娘子，不难助你一臂之力，便是我东人安学海父子，也受了你的大恩，眼前辞官不作，正为寻你答这番恩情。他只为护了家眷同行，更兼不知你的实在住处，不能在此耽搁，所以才托我尹其明来寻访。如今我既合姑娘见了面，况又遇着你老太太这样意外之事，待我报个信给他，他一定亲来见你。那时，把这桩事就责成在他身上，岂不是好？"

姑娘听了，连连摆手，说道："先生，你快快休提此话。我在那黑风岗能仁古刹作的这场把戏，原为那骡夫和尚无故坑陷平人，一时奋起我的义愤性儿，要出我那口恶气，并不是合安家父子有甚痛痒相关。我自来施恩于人，从不望报。这事怎好责成在他身上？况且，自己父母大事，可是责成得人的？"

姑娘这句话，更被那位假尹先生扨着线头儿了。他便笑了一笑，道："姑娘，我看你这人，一生受病，正在这句话上。你道施恩不望报，大意不过只许人求着你，你不肯求着人。你这病根，却又只吃亏在一个'聪明好胜'。天下的聪明好胜人，大概都是看了圣贤的庸行学问，觉得平淡，定要再高一层，转弄到流为怪僻。看了事物的当然情理，觉得寻常，定要另走一路，必致于渐入乖张。其实，按下去，任是甚的顶天立地的男儿，也究竟不曾见他不求人便作出那等惊人事业，何况你强煞是个女孩儿家！怎说得'不求人'三个字？你只看世界上，除了父子、弟兄、夫妻，讲不到个'求'字之外，那乡党之间不求人，何以有朋友一伦？庙堂之上不求人，何以有君臣大义？不但此也，就作了个天不求人，那个代他推测寒暑？岂不成了混沌阴阳？作了个地不求人，那个给他刊奠山川？岂不成了个洪荒世界？至于施不望报，原是盛德；但也只好自己存个不望报的念头，不得禁住天下受恩人不来报恩。世人造因结果的这场公案，原是上天给众生开得一个公共道场。姑娘，你一定要自己站住这个路头，不准他人踹进一步，才算个英雄，可不先把'英雄'两字看得差了？姑娘，你去想来。"

可怜这位姑娘，虽说活了十九岁，从才解人事，就遭了一场横祸，弄得家破人亡，逃到这山旮旯子里来，耳朵里何尝听见过这等一番学问话？幸得他有那过人的天分，领略得到。听了这话，心里便暗暗的着实敬服这位先生，早把那盛气消尽，说出几句实话来。他道："先生，我也不是单单为此。我合你那东人安官长素昧平生，知他怎的个性情？怎的个见识？况人家好端端的同了家眷走路，叫他合我这等不祥之家同行，知他肯也不肯？便说他碍了我前番相救的情面，不好推辞，日长路远，傥到了路上，彼此有一丝的勉强起来，他是位官长，我这等孤寒，那时，有母亲的灵柩在前，使我欲退不能，欲进不可，却怎么处？便是先生你，又怎保得住你那东人父子，一定也象你这等肝胆照人、一心向热？"

话挤话，说到这个场中，算把姑娘前前后后的话都挤出来了。当下先把邓九公乐了个拍手打掌。他活了这样大年纪，从不曾照今日这等按着三眼一板的说过话，此刻憋了半天，早受不得了，恨不得跳起来一句告诉那姑娘说："这说话的就是安学海，根儿里就没这么一个尹其明！"

安老爷生恐他说决撒了，连忙向着姑娘道："姑娘，你也不可过于谬赏这尹其明，倒轻视那安学海。此时，正用着你方才的话，道我也不是甚么尹七明尹八明，只我就是你在能仁古刹救的那一对小夫妻安骥的父亲、张金凤的公公、南河被参知县安学海的便是。特来借着送这张弹弓，访你的下落。我还有万言相告。"

十三妹听了一怔，重复把安老爷上下一打量，又看了看邓九公、褚大娘子，只得站起身来，向安老爷福了一福，道："原来便是安官长！方才民女不知，多多唐突，望官长恕民女的冒昧！"老爷也连忙答礼，让坐。只见他对着老爷默默地望了一刻，又说："怪道这言谈气度不象个寒酸幕客的样子。只是既蒙官长下降，怎的不光明正大而来？便是九师傅你合褚家姐姐夫妻二位，也该说个明白。怎的大家作这许多张致，是个甚么意思？"

邓九公这可憋不住了，只站起来，红头涨脸、张牙舞爪的道："姑娘，我实告诉你说罢！人家这位安太老爷昨日就来了。他是想长念你的好处，人家把七品黄堂的前程都扔了，辞官不作，亲自到这个地方，特为找你。未从找你来，先到了西庄儿找我，我们没见着，他又到了东庄儿。昨日，直等到我从山里回来，我们才见着了。姑娘，咱爷儿俩可没剩下的话，你想，人家既诚心诚意的找咱们来，咱们有个不说实话的吗？我可就如此长短的都说给他了。是说这报仇的话我不知底，没提明白，敢则人家全比咱们知底。他说这话必得告诉你。这么着，我们就认了义弟兄。为了你这事，我还爬下给人家磕了个头。今日才来的。怎么你说人家来的不光明正大呢？"

他讲了半日，通共不曾把好端端的安老爷为甚么要扮作尹先生这句话说明白。

索性把个姑娘也闹得迷了攒儿了，瞅瞅这个，看看那个，也不知听那句好，问那句好。褚大娘子道："你老人家这话不是这么说，等我告诉他。"说着，也搬了个座儿，在十三妹身旁坐下，向他说道："好妹子，你瞧，你我在一块儿过了这么二三年，我的话从没瞒过你一个字。到了今日的事，可是出在没法儿了。这如今，我们这二叔不是把真名姓儿说出来了吗，听我澈底澄清的告诉明白了你，人家二叔这荡来，可并不是专为送这张弹弓来的；他也不知你家老太太去世，更不知你又有要去给你家老爷子报仇的这一件事。人家是诚心诚意的接你们娘儿俩重回老家来了。要讲你这报仇的事，你连我瞒了个风雨不透，就算我们老爷子知道，也究竟不知你卖的是那葫芦里的药。敢则昨日提起来，人家比咱们知道的多着呢。因这上头，大家伙儿才商量着说，必得把这话先告诉你，然后，人家二叔还有多少正经话要说。

"小姑太太，你只想想，你那个性格儿，可是一句半句话省的了事的人吗？所以昨日才商量了这样一条主意来的。你方才只晓得说人家为甚么不光明正大的来，我们爷儿们为甚么不告诉明白了你。我且问你：假如昨日没个商量，人家就这么冒然的到门口儿，说：'安某人送弹弓儿来了。'你自己估量着，你见人家不见？不用讲，心里先横上一个甚么'施恩望报'咧'不望报'咧的。一想，他准是为前番在庙里救了他家公子报恩来了，再加上你为你老太太的事心里不耐烦，为老爷子的仇怕走露这个话，你管定连门儿也不准他进，叫他留下弹弓儿找邓九太爷去。我为甚么说这话呢？

"你当日合他家公子约下，送这张弹弓儿取那块砚台的时候，就叫他找我们老爷子，这就明显着是不许来人到门认着你的住处了。你算，人家连你的门儿都进不来，就有一肚子话，合谁说去？所以才商量着作成那样假局子。我们爷儿三个先来，好把人家引进门儿来。不想，姑娘你果然就容我们把这位老人家引进门儿来了。

"是说进了门儿了。姑娘，你也不是甚么怕见人的人，只是估量着不是方才那个光景儿，请你出去到前厅见人家，你肯不肯？一个不肯见面，这话又从那里说起？所以才商量着编成那个坝，我便撺掇到你窗根儿底下听去，那里却作成一边定要留下那弓，一边定不肯留下那弓，好把姑娘你引出去。不想，果然就把姑娘你引出去，彼此见着面儿了。

"是说见了面儿了。还怕你不三言两语把弹弓儿要过来，趸身往里就走吗？人家各有个内外，难道人家还好后脚儿就跟进你来不成？那时，虽然见了面，这话还是说不成。所以，才商量着我们这二叔开口便问你家老太太，为的是接着拜灵，好进来说这段话。不想，我们老爷子从旁一怂恿，姑娘你果然就让这位老人家到里一层儿来了。

"是说到了这里了。难道拜过了灵，交还了弹弓儿，人生面不熟的，人家还好硬坐下不走不成？这话又打住了。所以，才商量着我拉起你来谢客，你姐夫就替你递茶，为的是好留住人家坐下说话。不想，姑娘你果然就让他老人家坐下了。

"是说是坐下了。难道人家没头没脑儿的开口就说：'你这不穿孝不是要报仇去呀？'这象句话吗？便是我们爷儿们又怎好多这个口呢？这话又耽误了。所以才商量着就借着问你为何不穿孝，用话激着你，叫你自己说出这句报仇的话来。又怕一下子把你激恼了，打断了话头儿。所以，才商量着不等你番老爷子先番，好压下你的气去，引出你的话来。不想，姑娘你果然就自己不禁不由的把报仇这句话说出来了。

"是说说出来了。再要你说出这个仇人的姓名来，只怕问到来年打罢了春也休想你说。所以，才商量着索性给你一口道破了。我们爷儿们可也想不到你就闹到那个场中，人家二叔可早料透了。所以，才商量定了，老爷子那里紧防着你。不想，姑娘你果然就枪儿刀儿，烟雾尘天的闹起来了！

"到了闹到这个场中了。你那性儿，有个不问人家一个牙白口清，还得掉在地下砸个坑儿的吗？这话其实也不过几句话就说明白了，又要那样说评书的似的，合你叨叨了那半天，是为甚么？就防你一时想左了，信不及这位假尹先生的话；一个不信，你嘴里只管答应着，心里弩主意，半夜里一声儿不言语，嘞嘣骑上那头一天五百里脚程的驴儿走了。姑娘，你说这个事你作得出来作不出来？那时候，谁驾了孙猴儿的筋斗云去赶你呀！

"这不是只管把话说明白了，还是误了事了吗？所以，人家才耐着烦儿，起根发脚的合你说。说的待终把纪家门儿的姥姥家都刨出来了，也是为要出出你这口怨气，好平下心去商量正事。我们也只想着你听见只有痛快的乐的。再不然，想起你们老爷子、老太太来，倒痛痛的哭一场，再不至于有别的岔儿。人家二叔可又早料透了。所以才商量定了，嘱咐我小心留神。所以我乘你合人家拧眉毛、瞪眼睛的那个当儿，我就把你那把刀溜开了。不想，姑娘你果然就死呀活呀的胡闹起来了。

"到了闹到这个分儿上，算闹到头儿了，就要仗着我们爷儿们劝你。老爷子是说是你个师傅，他老人家的性子，没三句话先嚷起来了；你姐夫更合你说不进话去；我这锯嘴的葫芦似的，大约说破了嘴，你也只当是两片儿瓢。难道我没劝过你去不得吗？你何曾听我一个字儿来着？你只听人家二叔方才说的这篇大道理，把你心里的为难想了个透亮，把这事情的用不着为难说了个简捷，才把姑娘你的实话弩宝啊似的弩出来了！好容易盼到你说了实话了，人家不敢撇开假姓名，露出真面目来合你说实话！

"是啊！说了个周遭儿，人家好好儿的，到底为甚么把位安老爷算作尹先生？我们爷儿们又装神弄鬼的跟在里头，这又是作甚么呀？可都是你那个甚么'施恩望报'、'不望报"的这个脾气儿闹的。你只看，方才说到归根儿，你还是这句。

"总而言之一句话，说是尹先生，才进的了你这个门儿，说得上这套话；说是安老爷，只怕这时候……慢讲说这套话，就进不了这个门儿。至于方才那番话，也必是从你嘴里说出来，才话里引的出话来；要是从旁人嘴里说出来，管保你又是把那小眼皮儿一搭拉，小腮帮子儿一鼓，再别想你言语了。人家还说甚么？那可就误事误到底儿了！

"为甚么为这个事他老哥儿俩，昨日商量了不差甚么一天，还弄了分笔砚写着，除了我们爷儿四个，连个鬼也不叫听见？妹子，你白想想，我们这位二叔在你跟前，心思用的深到甚么分儿上？意思用的厚到甚么分儿上？人家是怎么个样儿的重你？人家是怎么个样儿的疼你？

"这是我们二叔合我父亲一片苦心，一团诚意！你可别认成《三国演义》上的诸葛亮七擒孟获,《水浒》上的吴用智取生辰纲,作成圈套儿来汕你的,那可就更拧了!再说,人家也是这个岁数儿了,又合老爷子结了弟兄,就合咱们的老家儿一样。依我说,这时候,且把那些甚么英雄不英雄的扔开,咱们作儿女的,就是听人家的话,怎么说怎么依着。好妹子!好姑奶奶!你可不许猫闹了!你往下听,这位老人家的正经话多着的呢!"

却说那十三妹姑娘,听了褚大娘子这话才如梦方醒。心里暗暗的说:"这位安官长才是位作英雄的见识,养儿女的心肠!"他登时把一段刚肠化作柔肠,一腔侠气融成和气。心里着实的感激佩服安老爷。

列公,说起来,人生在世,都有个代劳、任怨的刚肠,排难、解纷的侠气,成全朋友,怜恤骨肉。只是到了自己背了气、迷了头,就难得受过他好处的那班人知恩报恩,都像这位安水心先生这等破釜沉舟,披肝沥胆。假如我说书的遭了这等事,遇见这等人,说着这番话,我只有给他磕上一个头,跟着他去,由他怎么好怎么好!

谁想,这位十三妹姑娘力大于身,还心细于发。沉下心去把前后的话一想,第一句他就想到:"方才这安官长的话里,讲到我当日遣人送我父亲灵柩一节,这话我记得曾在能仁寺向他家公子合张家妹子说过个大概,算他父子、翁媳见面谈到罢了;至于我的老家在京里,我父亲的灵在庙里这话,我合邓、褚两家都不曾谈过,他是怎的知道?好不作怪。且等我问个端的,再定行止。"因向安老爷说道:"官长这番高义,无论我十三妹有这造化跟了去没这造化跟了去。只这几句话,终身不敢忘报。只是民女的家事,官长怎么晓得的这样详细?还要求明白指教。"

安老爷听了这话,呵呵大笑,说道:"姑娘,你问到这句话,我若说将起来,只怕我虽不是'尹其明',你也不好称我作'官长';你虽自称是'民女',我还不信你是'十三妹'!"姑娘此刻气儿是馁下去了,心儿是平下去了,小嘴儿也不象那样梆啊梆的梆子似的了。只得给人家陪个笑儿,道:"官长不信民女是十三妹,却是那个?"安老爷道:"姑娘,话到其间,我也只得直说了。只是你却不要害羞,不可动气。你不但不是姓石行三,并且也不排行十三妹。你家姓一个人可的'何'字,同我一样,都是正黄旗汉军旗人。你家三代单传,你曾祖太爷双名登瀛,翰林出身,作到詹事府正詹,终于江西学院。你祖太爷单名一个焯字,却只中了一名孝廉。你父亲单名一个杞字,官居二品,便是那纪大将军的中军副将。你家太夫人尚氏,便是三藩尚府的远族本家。当日在京,我们彼此都是通家相见。便是姑娘你,小时节我也曾见过。只是今日之下,我认得你,你却不认得我了。

"我除了你曾祖太爷不曾赶上,你祖太爷便是我的恩师。那时,他老人家正在用功,想中那名进士。不想,你家从龙过来,有个骑都尉的世职,恰好出缺无人,轮该你祖太爷承袭出去引见,便用了一个本旗章京。

"你祖太爷因是历代书香,自己不愿弃文就武,便退归林下,把这前程让给你父亲承袭。他幼官出学,用了一个三等侍卫。你祖太爷从此无心进取,便聚集了许多八旗子弟,逐日讲书论文。只我安某要算他老人家第一个得意学生,分虽师生,情同骨肉。我今日稍稍的有些知识,都是我这恩师的教导成全,至今无可答报。

"他老人家是早年断弦,一向便在书房下榻。直到一病垂危,我还同你父亲在那里服侍汤药,早晚不离。一天,他老人家把我两个叫到床前,叫着你父亲的名字,说道：‘我这病多分不起，生寄死归，不足介意。只是我平生有两桩恨事：一桩是不曾中得一名进士。但我虽不曾中那进士，却也教育了无数英才，看去将来大半都要青云直上。就中若讲人品心地，却只有我这安学生。只可惜，他清而不贵，不能腾达飞黄；然而，天佑善人，其后必有昌者。至于你，虽然作了个武官，断非封侯骨相。恰好我一弟一子，都无弟兄。这弟兄一轮，也是人生不可缺陷的。你两个，今日就在我面前对天一拜，结作弟兄，日后也好手足相顾。’因此上，我合你父亲又多了一层香火因缘，算得个异姓骨肉。

“他老人家又道：‘那一桩恨事，便是我不曾见着个孙儿。我家媳妇现虽身怀六甲，未卜是女是男。傥得个男孩儿，长大就拜这安学生为师，教他好好读书，早图上进，切不可等袭了这世职，依然去作武弁；傥得个女孩儿，也要许配一个读书种子，好接我这书香一脉。你两个切切不可忘了我的嘱咐！’这些话，我都一一的亲承师命。姑娘，你我两家是这等一个渊源，你怎生还合我称的甚么‘民女’咧‘官长’！”

姑娘此刻是听进点儿去了，话也没了，只呆呆的望了安老爷的脸往下听。安老爷又接着说道：“及至你祖太爷见背之后，次年三月初三日辰时，姑娘你才降临人世。那年是个辰年，你这八字恰好合着辰年、辰月、辰日、辰时。从你裹着褯子的时候，我抱也不止抱过一次。这年，正是你的周岁，我去给你父母道喜。那日，你家父母在炕上摆了许多的针线、刀尺，脂粉、钗环，笔墨、书籍，戥子、算盘，以至金银、钱物之类，又在庙上买了许多耍货，邀我进去一同看你抓周儿。不想你爬在炕上，凡是挨近的针凿花粉，一概不取，只抓了那庙上买的刀儿、枪儿、弓儿、箭儿这些耍货，握在手底下，乐个不住。我便合你父亲笑说：‘这侄女儿，将来只怕要学个代父从征的花木兰定不得呢！’

“谁知你听得我说了这句，便抬起头来笑嘻嘻的赶着要我抱。及至我抱到怀里，你便张着两只小手儿，倒象见了许多年不曾相会的熟人一般，说说笑笑，钻钻跳跳，十分亲热。凭是谁来接着，只不肯去。落后，还是你家老太太吩咐你那奶娘道：‘快接过去罢，看溺了二大爷……’一句话不曾说完，且喜姑娘你不曾小解，倒大解了我一衬袖子！

“那时，你家老太太连忙叫人给我收拾，我道：‘不必，只把他擦干了，留这点古记儿，将来等姑娘长大不认识我的时候，好给他看看，看他怎生合我说嘴。’姑娘，不想这话却应在今日。

“那时，我同你父母大家笑了一回，你那奶娘早给你换了衣裳抱来。你老太太接过来道：‘快给大爷赔个不是，说等凤儿大了好生孝顺孝顺大爷罢。’我因问说：‘你我旗人家的姑娘，怎生取这等一个名字？’你家老爷道：‘说也好笑，他母亲生他的前一晚，梦见云端里一只纯白如玉的凤鸟，一只金碧辉煌的凤鸟，空中飞舞；一时这只把那只引了来，一时那只又把这只引了去，对着飞舞一回，双双飞入云端而去。不解是个甚么因由，想去总该是个吉兆，因此就叫他作玉凤。姑娘，你这名儿从你抓周儿那日，就在我耳轮中听得不耐烦了，此时你还合我讲甚么‘十三姐’呀‘十三妹’！

“然则你又因何单单的自称个‘十三妹’呢？这三个字大约还从你名儿里的这

个'玉'字而来。你是用了个拆字法,把这'玉'字中间'十'字合旁边一点提开,岂不是个'二'字?再把'十'字加在'二'字头上,把一点化作一横,补在'二'字中间,岂不是'十三'两个字?又把九十的'十'字、金石的'石'字音同字异影射起来。一定是你借此躲避你那仇家,作一个隐姓埋名哑谜儿,全身远害。贤侄女,你道愚伯父猜得是也不是?"

听起安老爷这几句话,说得来也平淡无奇,琐碎得紧,不见得有甚么警动人的去处。那知道这话越平淡越动性,越琐碎越通情。姑娘是个性情中的人,岂有不感化的理?再加自己家里的老底儿,人家比自己还知道,索性把小时候拉青屎的根儿都叫人刨着了,这还合人家说甚么呢?只见他把这许多年弩成的一张冷森森,煞气横纵的面孔,早连腮带耳红晕上来,站起身形,望前走了一步,道:"原来是我何玉凤三代深交、有恩有义的一位伯父。你侄女儿那里知道!"说着,才要下拜。

安老爷站起来,说道:"姑娘,且慢为礼。你且归坐,听我把这段话讲完了。"因接着前文说道:"后来,你老人家服满,升了二等侍卫,便外转了参将,带你上任。这说算到今日,整整十七个年头。一向我们书信往来,我那次不问着你!你父亲信来道,因他膝下无儿,便把你作个男孩儿看待,且喜你近年身量长成,虽是不工针黹,却肯读书,更喜弓马,竟学得全身武艺。我还想到你抓周儿时节说的那句话。

"谁想前年又接得你尊翁的信,道他升了副将,又作了那纪大将军的中军,并且保举了堪胜总兵。忽然,一路顺风里说到想要告休归里,我正在不解,看到后面,才知那纪大将军听得你有这般武艺,要合你父亲结亲。你父亲因他不是个诗书礼乐之门,一面推辞,便要离了这龙潭虎穴。我正在盼他回家相会,岂知不几日便晓得了他的凶信。我便差了两个家人,连夜启程去接你母女合你父亲的灵柩。及至接了回来,才晓得你要避那仇人,叫你的乳母、丫鬟扮作你母女的样子,扶柩回京,你母女避的不知去向。

"这二三年来,我逢人便问,到处留心,只是没些影响。直到我那孩子安骥,同你那义妹张金凤到了淮安,说起你途中相救的情由,讲到你这十三妹的名字,并你的相貌情形,我料定,除了你家断不得有第二家,除了你也断不得有第二个。所以,我虽然开复原官,也无心富贵,便脱去那领朝衫,一路寻你到此。要想接你母女回京,给你找个安身立命之处,好不负我恩师的那番嘱咐,不止专为你能仁寺那番赠金救命的恩情而来。

"姑娘只想,有你老太太在,我尚且要请你母女回京,如今,剩你一人,便说有九公合这大娘子可托,我又怎肯丢下你去?现在,你的伯母合你的义妹张姑娘并他的二位老人家,都在途中候你。便是你父亲的灵柩,我也早晓得你家坟上无处可藏可停,若依你吩咐你那奶公的话,停在那破庙之中,怎生放心得下?

"我早把他厝在我家坟园,专等寻着你母女的下落,择地安葬。就连你那奶公戴勤合那宋官儿,以至你的奶母、丫鬟,眼下都在我家。此去路上男丁不多,除了我父子合张亲翁,还有家丁十余名;女眷不多,除了我内人婆媳合张亲母,还有女伴八九口。那一个不照料了你老太太这口灵柩?姑娘,你这条身子,便算我费些事,不过顺带一角公文;便算我费些银钱,依然是姑娘你的厚赠。及至到京之后,我家还有薄薄几亩闲地,等闲人还要舍一块给他作个义冢,何况这等正事。那时,待我替你给他二位老人家小小的修起一座坟茔,种上几棵树木,双双合葬。你在他坟前烧一陌纸钱,奠一杯浆水,叫声:'父母!孩儿今日把你二位老人家都送归故土了!'那才是个英雄,那才是个儿女。姑娘,你要听我这话,切切不可乱了念头!"

何姑娘还不曾答话,邓九公听到这里,早迸起来嚷道:"老弟呀!痛快煞我了!这才叫话!这才叫人心!这才叫好朋友!"褚大娘子道:"你老人家先别打岔,让人家说完了。"邓九公道:"还不叫我打岔!你瞧,今日这桩事,还不难为我老头子在里头打岔吗?"说罢,呵呵大笑。

且莫管他呵呵大笑,再整何玉凤听了这话,连忙向安老爷道:"伯父,你的话说的尽性、尽情到这个地步,真真的好比作'吹泥絮上青云,起死人肉白骨'。侄女儿若再起别念,便是不念父母深恩,谓之不孝;不遵伯父教训,谓之不仁。既是承伯父这等疼爱侄女,侄女倒要撒个娇儿,还有句不知进退的话要说。伯父,你若依得我,我何玉凤便死心塌地的跟了你去。"这位姑娘也忒累赘咧,这要按俗语说,这可就叫作"难掇弄"!却也莫怪他难掇弄,一个女孩儿家,千金之体,一句话,就说跟了人走了?自然也得自己站个地步,留个身分。

安老爷听他还有话说,问道:"姑娘,你更有何说?"他道:"我此番扶了母亲灵柩,随伯父进京,我往日那些行径都用不着。从此刻起,便当立地回头,变作两个人,守着那闺门女子的道理才是。第一,上路之后,我只守了母亲的灵,除了内眷,不见一个外人。"安老爷道:"这是一。第二呢?"他又道:"第二,到京之后,死者入土为安,只要三五亩地,早些合葬了我父母便罢。伯父切不可过于靡费,我家殁化生存才过得去。"安老爷又问:"第三呢?"他道:"第三,却要伯父给我挨近父母坟茔,找一座小小的庙儿,只要容下一席蒲团之地,我也不是削发出家,我也不为舍身了道,只为一生守着我父母的魂灵儿,庐墓终身。这便是我何玉凤的安身立命了。"只听这姑娘心眼儿使得重不重?脚步儿站得牢不牢?这若依了那褚大娘子昨日笔谈的那句甚么"何不如此如此"的话,再加上邓九公大敞辕门的一说,管情费了许多的精神命脉,说《列国》似的说了一天,从这句话起,有个番脸不回京的行市!果然又不出安老爷所料。

好安老爷!真是从来说的:有八卦相生,就有五行相克;有个支无祁,便有个神禹的金锁;有个九子魔母,便有个如来佛的宝钵;有个孙悟空,便有个唐一行的紧箍儿咒。你看他,真会作!只见他听了这话,把脸一沉,道:"姑娘,这话我合你口说无凭。"说着,便要了一盏洁净清茶,走到何夫人灵前,打了一躬,把那茶奠了半盏,说道:"老弟,老弟妇!你二位的神灵不远,方才我安某这片心合侄女儿这番话,你二位都该听见。我安某若有一句作不到,哪有如此水!"

说着,把那半盏残茶泼在当地,便算立了个誓。何玉凤姑娘见安老爷这样的至诚,这才走过来,说道:"蒙伯父这样的体谅成全,伯父请上,受你孩儿一拜!"安老爷倒掌不住,泪流满面。邓、褚父女、翁婿并那些帮忙的村婆儿、村姑儿,在旁看了姑娘合安老爷这番恩义,也无不伤心。

才要张罗着让坐、让茶,早见那姑娘三步两步扑了那口灵去,叫声:"母亲!你可曾听见?如今是又好了!原来,他也不是甚么尹先生,也不好称他作甚么安官长,竟是我家三代深交、有恩有义的一位异姓伯父!他如今要带了女儿扶了你的灵柩回京,还要把你同父亲双双合葬,你道可好?你听了欢喜不欢喜?你心里乐不乐?阿阿母亲!阿呀父亲!你二位老人家怎的尽着你女孩儿这等叫,答应都不答应一声儿价!”说完了,拍着那棺材,捶胸顿脚,放声大哭。这场哭,直哭得那铁佛伤心,石人落泪;风凄云惨,鹤唳猿啼;便是那树上的鸟儿,也忒楞楞展翅高飞;路上的行人,也急煎煎闻声远避。这场哭,大约要算这位姑娘从他父亲死后直到如今,弯了许多年的第一双热泪!这正是:

伤心有泪不轻弹,知还不是伤心处。

要知后事如何,下回书交代。

第二十回 何玉凤毁妆全孝道 安龙媒持服报恩情

这回书紧接上回,表得是何玉凤姑娘自从他父母先后亡故,直到今日,才表明他那片伤心,发泄他那腔怨气,抱了他母亲那口棺材哭个不住。邓九公见他哭得痛切,便叫女儿褚大娘子上前劝解。褚大娘子道:“倒莫忙,他这肚子委屈也得叫他痛痛的哭一场,不然,弯出个甚么病儿痛儿的来,倒不好。”说着,便叫人取些热汤水,又叫拧个热手巾来,这才慢慢过去劝着。劝了良久,那姑娘才止住哭声。

大家围着,都让他先坐下歇歇。只见他且不归坐,开口便问着褚大娘子道:“姐姐,你前日给我作的那件孝衣,可还在手下?”褚大娘子道:“那天,因为你执意不穿,立逼着我拿回去,我就带回去了。今日,我连这东西合你的素衣裳,以至铺盖鞋脚,我都带了来了。不然,你瞧我来的时候,作吗用带那样一个大包袱来呢!”说着,便一手拉了他到里间去。

何玉凤这才毁却残妆,换上孝服。原来,汉军人家的服制甚重,多与汉礼相同。除了衣裙,甚至鞋脚都用一色白的。那姑娘穿了这一身缟素出来,越发显得如闲云野鹤一般,有个飘然出世光景。褚大娘子又叫人给他在地下铺了一领席,垫上孝褥子,他才在灵右守起制来。

邓九公此时是把一肚子的话都倒出来了,也没甚么可为难的了,觉得有点子泛上饿来了。便向他女儿道:“姑奶奶,咱们可得弄点甚么儿吃才好呢。你看你二叔合妹妹进门儿就说起,直说到这时候,这天待好晌午歪咧,管保也该饿了。”褚大娘子道:“这些事等不到老爷子操心,连吃的带你老人家的酒,我临来时候都打点妥当了,叫他们随后挑了来。这时候敢怕早送来了,在外头收拾着呢。甚么时候吃,甚么时候现成。”邓九公听了,便催着才给姑娘些东西吃。

岂知,这位姑娘平日虽吃上看不破些儿,到了今日,心静身安,又经了安老爷这番琢磨点化,霎时,把一条冰冷的肠子沤了个滚热,心里的事情都来了,那里还顾得到吃上?只在那里默坐,把心事一条条的理论起来:第一条,早就想起他那义妹张金凤,又急切要见见这位伯母安太太,是怎样一个性情,怎样一个行径。便问着安老爷道:“伯父,你方才说我那伯母合张家妹子都在半途相候,不知他娘儿们此时在那里?怎的我得见见也好。”安老爷道:“不但你想见他们,他们也正在那里想见你。除了我们张亲家老夫妻二位照应行李不得来,其余都在庄上。”

说着,便找褚一官着人送信请去。恰好,褚一官外面去了,不在跟前。一时找来,老爷便说明原由。褚一官道:“还等这会子呢?头晌午就来了!这里话没说结,我又不敢让进来,没法儿,我把他老人家娘儿两个让到隔壁林大嫂家坐着呢。方才,打发人来问过两三回了。等我过去言语一句。”说着去了。

不上一盏茶时,安太太早到,褚大娘子便忙着迎出去,搀了进来。那安太太进门,一眼便看见姑娘哀哀欲绝的跪在那里。一时也不及参灵,便一直的奔了姑娘去。也顾不得那白褥子的忌讳,便蹲下身去,半跪半坐的把他一搂搂在怀里,“儿呀”“肉”的哭起来。一面哭着,一面数落道:“我的孩子,你可心疼死大娘了!拿着你这样一个好心人,老天怎么也不可怜可怜你,叫你受这个样儿的苦哟!”姑娘听了这话,心里更酸,哭得更痛。褚大娘子劝了半日,才两下里劝住了。便让太太炕上坐,太太那里肯?说:“姑奶奶,我好容易见着他了,你让我合他多亲香亲香!”说着,又拿小手巾擦眼睛。褚大娘子便向炕上拿了一个坐褥,给太太铺好,又装了一袋烟过去。

太太便合姑娘对面坐了,手里拿着烟袋,且不吃烟,着实的给姑娘道了一番谢,说:“大姑娘,我就剩了心里过不去了。我实在说不出甚么来了!”姑娘此时倒也无可谦词,只说了个“那时虽然彼此不知,方才听我伯父说起来,我两家原来是这样的世谊,便是侄女儿出些力,岂不是该的?侄女儿此后仰仗伯父、伯母的去处正多。还有几句不知进退的话,方才都求过我伯父了。”安太太道:“大姑娘,凭你有甚么为难的事,都交给我合你大爷。你只别委屈,别着急,耽搁了身子,我就放心了。”说着,便拉了他的手问长问短。

恰好一个婆儿送上茶来,安太太接来便搁下那个茶盘儿,自己端着碗,送到他口边,让他喝两口热茶。一会儿,又用手指头给他理理头发,一会儿,又用小手巾儿给他沾沾脸上的眼泪,一会儿又说:“这一个褥子薄,再垫个坐褥罢,小心地下的凉气冰着。”一会儿又说:“没外人在这里,只管盘上腿儿坐着,看压麻了脚。”——也不知要怎样的疼疼那位姑娘才好。

再不想姑娘的小脚儿天生的不会盘腿。更可怜那姑娘幼年丧父,正是用着母亲抚养照料的时候,母亲又没了,便是有他那位老太太,也是一个老实不过的人,及至逃难至此,一病不起,连他自己的衣食还得女儿照顾,姑娘何曾经过人这等珍惜、怜爱过来?如今,合安太太见了面,看了这番说话、行事、待人,才知道天底下的女孩儿,原来还有这等一个境界,他心里顿觉甘苦、寒暖大不相同,便益发合安太太亲热起来。

坐定了,便目不转睛的看着安太太。只见那太太穿一件鱼白百蝶的衬衣儿,套一件绛色二则五蝠捧寿织就地景儿的氅衣儿,窄生生的袖儿,细条条的身子,周身绝不是那大宽的织边绣边,又是甚么猪牙绦子、狗牙绦子的胡镶混作,都用三分宽的石青片金窄边儿,塌一道十三股里外挂金线的绦子,正卷着二折袖儿。头上,梳着短短的两把头儿,扎着大壮的猩红头把儿,别着一枝大如意头的扁方儿,一对三道线儿玉簪棒儿,一枝一丈青的小耳挖子,却不插在头顶上,倒掖在头把儿的后边;左边,翠花上关着一路三根大宝石抱针钉儿,还戴着一枝方天戟,拴着八棵大东珠的大腰节坠角儿的小挑;右边,一排三枝刮绫刷蜡的矗枝儿兰枝花儿。年纪虽近五旬，看去也不过四十光景，依然的乌鬓黛眉，点脂敷粉。待人是一团和气，和气的端庄；开口有几句谦词，谦词的尊贵。高华富丽，慈厚和平。合安老爷配起来，真算得个子子孙孙的天亲，夫夫妇妇的榜样。

姑娘看了半日，心里暗暗的说道："我给张家妹子误打误撞说成了这等的一个人家，这样的一双公婆，也算对得住他了。"他那里正待问安太太"我那妹子怎的不同来？"一句话不曾出口，只听外面一片哭声，男的也有，女的也有，老的也有，少的也有，摇天振地价从门外哭了进来。姑娘从来不晓得甚么叫作"害怕"的人，此时倒吓了一跳，心里战兢道："我这里除了邓、褚两家之外，再没个痛痒相关的人，他两家都在眼前，这来的又是班甚么人，却哭的这般痛切？好生作怪！"自己又拘住礼法，不好探头往外看，只得底了头伏在地下陪着哭。

且住！这一片哭声的男的、女的、老的、少的一班人，果然都是谁呀？原来，安太太过来的时候，安公子小夫妻合仆妇、丫鬟都随过来了。只因里面地方过窄，要等安太太先见过了，然后大家才好进来，趁这个空儿，便在前厅换了衣裳。姑娘在灵旁跪着，只顾在这里应酬安太太，却不得知道消息。及至他自己伏下身去陪哭，安太太便站起身来。他哭着闪眼一看，早见一男一女拜倒在灵前，又是两个老少妇人跪在门里，一个男的跪在门外，都伏在地下痛哭，又各各的身穿重孝。

姑娘眼泪模糊，急切里看不出谁是谁。口里既不好问，心里更想不出这是怎生一桩事。正在纳闷，却见褚大娘子把灵前跪的那个穿孝的少妇搀起来，那厢那个穿孝的少年也便站起身来，还在那里握着脸擦眼泪。那少妇便拉了褚大娘子，一面哭着，扑了自己来。便在方才安太太坐的那个坐褥上跪下，娇滴滴、悲切切叫了声："姐姐，你想得我好苦！"说罢，也是抱头痛哭。

何玉凤此时临近一看，又听得说话的声音，才晓得是他救的那个结义妹子张金凤。那厢站的那个少年，便是安公子。一时，心中万绪千头，才待说话，那后面跪的老少两个妇女也抢过来给姑娘磕头，扶着姑娘的腿哭个不住。门外的那个男的也磕了阵头站起来。姑娘且不及看门外那个，急得一手拉了金凤姑娘，一手推那两个妇女，道："你两个先抬起头来，我瞧瞧是谁。"及至两个抬起头来，两下里看了一看，才晓得是他的奶母合他的丫鬟，门外那个却是他的奶公戴勤。

姑娘此时断想不到，这班人忽然在此地同时聚在一处，重得相见，更加都穿着孝服，辨认不清，到了他那个丫鬟——随缘儿媳妇，隔了两三年不见，身量也长成了，又开了脸，打扮得一个小媳妇子模样，尤其意想不到，觉得诧异。

这一阵穿插，倒把个姑娘的眼泪穿插回去了，呆呆的瞅瞅这个，看看那个。怔了半日，才问着张金凤道："妹子，我难道合你们是梦中相见么？"张姑娘道："姐姐，你且莫悲伤！定一定再说话。"这姑娘痛定思痛，良久良久，才重复哭起来。安太太便叫张姑娘："好生劝劝你姐姐，不要招他再哭了。"褚家娘子合他奶娘也来相劝。

姑娘这才止住悲啼，拉了张金凤，觉得心中有万语千言，只不知从那句说起。只见他看了看众人，又看了看安公子夫妻，忽地失惊道："阿呀，岂有此理！我这奶公、奶母合这丫鬟罢了，你二位，现在伯父、伯母双双在堂，岂不嫌个忌讳？怎生也穿起这不祥之服？快快脱下来才是！"安公子跪在那里答道："我两个受了姐姐的救命大恩，无路可报。今日遇着婶母这等大事，正该如此。况又是父母吩咐的，怎敢违背!”姑娘连连摆手,说:“这事断断行不得!”张姑娘又道:“姐姐,便是你我,又合嫡亲姐妹差些甚么?姐姐不必再讲了。”

两人只管这等说,姑娘那里肯依?急得又向安老爷、安太太说:“伯父、伯母,这事礼过于情,不要说我何玉凤看了不安,便是我的母亲九泉有知,也过不去。求你二位老人家吩咐一句,一定叫他们脱了才好。”

安老爷道:“姑娘,你且不必着急,听我说。你道这事‘礼过于情’。按古礼讲,古人的朋友本就有个‘袒免之服’。怎的叫作‘袒免’?就如如今男去冠缨,女去首饰,再系条孝带儿,戴个孝髻儿一般。按今礼讲,你只看内三旗的那些人家,遇见父母大事,无论亲戚、朋友跟前,都有个递孝、接孝的礼。再讲到情,你我两家不但非寻常朋友可比,比起那疏远的亲戚来,只怕情义还要重些。便是你尊翁灵柩到京的时候,我也曾在我那坟园上供养他几日,也曾叫我这孩儿去了缨儿,穿身孝服,替我早晚祭奠。这是你奶公、奶娘眼见的。那时,姑娘你又从那里不安去?何况,姑娘你救了他两个性命,便同救了他两个父母、公婆。他两个如今止于给你令堂穿身孝服,就论一报一施,你道孰轻孰重?这几身孝,正是我昨日听得你令堂的事,合你伯母商议,特特的赶做成的。你我骨肉一般,还讲得到甚么忌讳?便是忌讳,我这一儿、一媳当日在那能仁寺双双落难,果然不是你来搭救,只怕今日之下想穿这两身孝服也没处穿,我同你伯母求着这样忌讳也求不到。我再合姑娘你掉句文,这就叫作‘亡于礼者’之礼也,故曰:‘其动也中’。”安太太也道:“是这样。”不叫姑娘谦让。又怕他着急,便亲自走过来。安抚了他一番。

这且不表。却说邓九公方才见公子合张金凤穿了孝来,也自诧异;及至安老爷说了半日,他才明白过来。原来,昨日安老爷把华忠叫在一旁说的那句梯己话,合今早安老爷见了安太太老夫妻两个说的那句哑谜儿,他在旁边听着,干着了会子急不好问的,便是这件事。便向姑娘道:“姑娘,师傅总得站在你这头儿,咱们到底是家里,我再没说架着炮往里打的。这话你伯伯可说的是,咱们不用再说了。”姑娘还待再说,褚大娘子也道:“我可不懂得这些甚么古啊,今哪,书哇、文的,还是我方才说的那句话,人家是个老家儿,老家儿说话再没错的,怎么说,咱们怎么依就完了。你说是不是?”

姑娘见一个人扭不过众人去,心里想道:“我从来看了世界上这些施恩望报的人,作那些春种秋收的勾当,便笑他是有意沽名,有心为善。所以我作事作起来,任是潮来海倒,作过去便同云过天空。即如我在能仁寺救安公子、张姑娘的性命,给他二人联姻,以至赠金、借弓这些事,不过是我那多事的脾气,好胜的性儿,趁着一时高兴,要作一个痛快淋漓,要出出我自己心中那口不平之气。究竟何曾望他们怎的领情,怎生答报来着?不想他们竟这等认真起来。可见造因得果,虽有人为,也是上天暗中安排定的。”想到这里,也就默默无言,只得跪起来给安公子合张姑娘行礼叩谢。慌得他两个还礼不迭。

然虽於此,姑娘此刻是说免强依了,他心里却另有个不愿意的意思。他这不愿意,想来不是为方才给安公子、张姑娘磕那两个头。究竟他是个甚么意思?这位姑娘心里弯子转子过多,我说书的一时摸不着门儿,无从交代。等这书说到那个场中,少不得说书的、听书的都明白了。

闲话休提，言归正传。再讲安老爷，自从到了二十八棵红柳树邓家庄，又访到青云堡，见了褚一官、褚大娘子，这才见着邓九公。自从见了邓九公，费了无限的调停，无限的宛转，才得到了青云峰，见着了这位隐姓埋名、昨是今非的十三妹。自从见了这位姑娘，又费了无限唾沫，无限精神，才得说的他悉心忏悔，五体皈依。一直等安太太、安公子、张姑娘以至他的奶公、奶母、丫鬟异地重逢，才算作完了这本戏文，演完了这段评话，才得略略的放心。

他便对邓九公说："九兄，这事情的大局已定，我们外面歇歇，好让他娘儿们说说话儿，各取方便。"邓九公本就嚷嚷了半天吃了，听了这话，正中下怀，忙说："狠好，咱们也该喝两盅去了！"又告诉褚大娘子道："让姑娘吃些东西，哭只管哭，可不要尽只饿着。"唠叨了一阵，这才陪了老爷、公子出来。

外面，自有褚一官带了人张罗着预备吃的；内里，褚大娘子也指使着一群蹶头脚的婆儿调抹桌凳，搬运菜饭，便连戴勤家的、随缘儿媳妇也来帮忙。一时，里外都吃起来。安老爷合邓九公心里惦着有事，也不得照昨日那等畅饮。然虽如此，却也瓶罄杯空，不曾少喝了酒。至于那些吃食，不必细述，也没那古儿词上的"山中走兽云中雁，陆地飞禽海底鱼"，不过是酒肉饭菜，吃得醉饱香甜而已。一时吃完，又添了东西，内外下人都吃过了。

邓九公闲话中便合安老爷说道："老弟，你看这等一个好孩子，被你生生的夺了去了，我心里可真难过。只是一来关着他的重回故乡，二来又关着他的父母大事，三来更关着他的终身。我可没法儿留他。但是，我也受了他会子好处，一点儿没答报他，我这心里也得过的去？我想，如今他不是没忙着要走的这一说了吗？我要把他老太太的事，重新风风光光的给他办一办，也算我们师徒一场。只是要老弟你多住几日，包些车脚盘缠。可就不知老弟你等得等不得？"

安老爷道："我倒没甚么等不得。那盘费，更是小事。便是九兄你不给他办这事，我们也不能就走。甚么原故呢？我心里已经打算在此了：此去带了一口灵，旱路走着，就有许多不便。我的意思，必须改由水路行走。明日，就要遣人趱回临清闸去雇船，往返也得个十天八天的耽搁。只是老兄你方才说的这番举动，似乎倒可不必。从来丧祭趁家之有无，他自己既不能尽心，要你多费，他必不安。况且这些事究竟也不过是个虚文，于存者没者毫无益处。竟是照旧明日伴宿，后日却把灵封了，把他接到庄上，你师弟姊妹多聚几日，叙叙别情。有这项钱，你倒是给他作几件上路素色衣裳，如此事事从实，他也无从辞起。"

邓九公道："那几件衣裳可值得几何呢！"说着，绰着那部长须，翻着眼睛，想了一想，说："有了！衣裳、行李也要作，临走，我倒底要把他前回合海马周三赌赛他不受我的那一万银送他，作个程仪。难道他还不受不成？"安老爷道："那他可就不受定了。老兄，你岂不闻'江山好改，秉性难移'？你切不可打量他从此就这等好说话儿了。他那平生最怕受人恩的脾气，难道你没领教过？设或你定要尽心，他决然不受，那时，彼此都难为情。依我说，倒莫如……"

老爷说到这里，掩住口，走到邓九公跟前，附耳低声说道："九兄，莫若如此如此，岂不大妙？"邓九公听了，乐得拍桌子、打板凳的连说："有理！"又说："就照这么办了。"老爷道："九兄，切莫高声。此地只隔一层窗纸，倘被他听见，慢说你这人情作不成，今日这一天的心力，可就都白费了！”邓九公伸了伸舌头，连忙住口。二人正要进后边去，恰好随缘儿媳妇出来，回说：“奴才太太合姑娘请老爷说话。”安老爷便同了邓九公进来。

安太太道：“大姑娘方才说了半天，还是为玉格合他媳妇这两身孝，他始终不愿意。他的意思，还要过了明日、后日两天，大后日就一同动身。我说，这话你等我合你大爷商量，也得算计算计，这两天工夫可走得及走不及。”姑娘接着说道：“我也没甚么愿意不愿意。不过想着他二位穿了孝，参了灵，就算情礼两尽了，究竟有伯父、伯母在上头。况且，又是行路，就这样上路，断乎使不得。不但他二位，便是我这奶公、奶母、丫鬟，现在既在伯父那里，一并也叫他们脱了孝上路为是。至于我这孝，虽说是脱不下来，这样跟了伯父、伯母同行，究竟不便。纵说你二位老人家不嫌忌讳，也得我心里安。再说，我父亲的大事那时，我只顾护了母亲，匆匆远避，便不曾按着日期守孝。此番到京，我却要补着尽这点作儿女的心。那时，日子也宽余了，伯父你给我找的那个庙也该妥当了，我一释服，便去了我的脚跟大事，岂不长便？这样商量定了，过了明日，后日两天，就可上路，也省得伯父上上下下人马山集的在此久住。这话，伯父想来再没个不依我的。”

安老爷一听：“这又是姑娘泛上小心眼儿来了。且自顺了他的性儿，我自有道理。”便说道：“姑娘，这话狠是。便是你大兄弟、大妹妹，我也不是叫他们穿多少日子的孝。到了你补着穿孝这层，也狠行得，尽有这个样子。只是……两日后便要起身，却来不及。何也呢？我们将才在外头商量定了，你此番扶柩回京，旱路断不方便，就是你也不得早晚相依。我明日便着人看船去，也有几天耽搁。我们这里却依然明日伴宿，后日把灵暂且封起来，大家都搬到你师傅庄上住去。船一雇到，即刻起行。你那一路不要见外人的这句话，便不枉说了。姑娘，你道如何？”

姑娘听了，料是此地山里既不好一人久住，众人也没个长远在此相伴的理，便也没得说，点头俯允。邓九公见这话说定规了，便道：“咱们这可没事了。太阳爷也待好压山儿了，二妹子合大奶奶这里也住不下，莫如趁早回庄儿上去罢，明日再来。再挨回子，这山里的道儿黑了，可不好走。”

安太太还不曾答言，何玉凤姑娘早诧异起来，说道：“怎么，今日都不住下吗？”原来，姑娘自被安老爷一番言语之后，勾起他的儿女柔肠，早合那以前要杀就杀、要饶就饶、要聚便聚、要散便散的十三妹迥不相同。听得声都要走，便有些意意思思的舍不得，眼圈儿一红，不差甚么就象安公子在悦来老店的那番光景，要撇酥儿！褚大娘子笑道：“哎哟，嗳哟！瞧啊！瞧啊！妞儿舍不得大娘了！我这可是头一遭儿看见你这个样儿！”安太太便连忙道：“好孩子，别委屈，我跟着你。”因合褚大娘子道：“不然，姑奶奶你合你大妹妹回去，我住下罢。”

谁知，这位姑娘虽然在能仁寺合张姑娘聚了半日，也曾有几句深谈，只是那时节彼此心里都在有事，究竟不曾谈到一句儿女衷肠，今日重得相逢，更是依依不舍。褚大娘子是个敞快人，见这光景，便道：“这么样罢，”因合他父亲说：“竟是你老人家带了女婿陪了二叔合大爷回去，我们娘儿三个都住下，这里也挤下了。”又合褚一官道：“你回去可就把二婶儿合大妹妹的铺盖卷儿合包袱送了来，可别交给外头人，就叫孟妈儿合芮嫂两个来。我这里带的人不够使，他们村儿里的几个人晚上也有回家的。我带着一条被窝呢,不要铺盖了。晚上老爷子要合二叔喝酒,我都告诉姨奶奶了。以至明日早起的吃的,老范合小蔡儿他们都知道,你问他们就是了。可想着给我们送吃的来。”

褚一官在那里,老老实实的听一句应一句。褚大娘子又道:“可是还得把我的梳头匣子拿来呢。”张姑娘道:“不用费事了。两分铺盖里都带着梳洗的这一分东西呢。我们天天路上就是那么将就着使,连大姐姐你也用开了。”褚大娘子道:“如此更省事了。”褚一官道:“想想还有甚么?别落下了。”褚大娘子道:“没甚么了。再就是我不在家,你多分点心儿,照应照应那孩子,别竟靠奶妈儿。”褚一官又连连答应。褚大娘子又道:“既这样,二叔,索性早些请回去罢。”

邓九公道:“明日人来的必多,我已就告诉宰了两只羊、两口猪,够吃的了,姑奶奶放心罢。倒是这杠怎么样?不就……卸了他罢?”安老爷道:“这又碍不着,何必再卸。就这样,下船时岂不省事。”邓九公道:“老弟,你有所不知。我也知道不用卸,只是我不说这句,书里可又漏一个缝子。”说着,才嘻嘻哈哈同了安老爷父子合褚一官告辞出去。安老爷临走,又把戴勤留下在此照料,便一同回青云堡褚家庄去了不提。

却说何玉凤姑娘,此时父母终天之恨已是无可如何,不想自己孤另另一个人,忽然来了个知疼着热的世交伯母,一个情投意合的义姊,一个依模照样的义妹,又是嬷嬷妈、嬷嬷妹妹,一盆火似价的哄着姑娘。姑娘本是个天性高旷的爽快人,不觉一时精满神足,心舒意敞,高谈阔论起来。

那时,虽是十月天气,山风甚寒,屋里已生上火。须臾,点上灯来,那铺盖包袱也都取到。那位姨奶奶又送了些零星吃食来,褚大娘子便都交给人收拾去,等着夜来再要。便让安太太上了炕,又让何、张二位姑娘上去。因向安太太说:“我在左边给你老人家摆一只凤凰,右边给你老人家摆一只凤凰。”他自己却挨着炕边坐了。除了玉凤姑娘不吃烟,那娘儿三个每人一袋烟儿。

安太太看看这个,看看那个,十分欢喜。大家便围炉闲话起来。安太太道:“真个的,你家这个姨奶奶虽说没甚么模样儿,可倒是个心口如一的厚实人儿。我看你们老人家这样的居心行事,敢怕那姨奶奶,还给他养个儿子定不得呢。”褚大娘子道:“那敢是好,我也正盼呢。只是我父亲今年八十七了,那里还指望得定呢。”张姑娘道:“不然,那姨奶奶自己知道。他告诉我说,他家老爷子命里有儿子,他还要养两个呢。”安太太道:“这儿女的数儿,他自己那里定得准呢?”张姑娘忍不住笑道:“我也是这样问他来着,他说是刘铁嘴告诉他的。我也不知刘铁嘴是谁,没敢往下再问。”大家听了,早已笑将起来。

褚大娘子便告诉安太太道:“这是他来的那年,我叫了个瞎生给他算命,要算算他命里有儿子没有。那瞎生叫刘铁嘴,说了这么句话,他就记住了。这句话要是叫他记住了,他肚子里可就装不住了。就这么个傻心肠儿!”玉凤姑娘道:“我可就爱他那个傻心肠儿,只是怕他说话。他一说话,我不笑他,我弩的慌;我笑他,我又怕他恼。”褚大娘子道:“人家可不懂得怎么叫个恼哇!”说着,大家又笑了一阵。

一时,戴勤进来,隔窗回道:“请示太太合大奶奶,还要甚么不要?外头送铺盖的车还在这里等着呢。”安太太道:“不用甚么了。你没跟大爷去吗?”戴勤道:“老爷留奴才在这里伺候的。”玉凤姑娘听如此说，便隔窗叫他道：“嬷嬷爹，你先去告诉了话，进来我再瞧瞧你。”戴勤去了进来，又重新给姑娘请安，也问了姑娘几句话。

姑娘一时想起当日送灵回京的话，又细问了一番，因道：“你们走到那里就遇见这里老爷的人了？”戴勤道：“走到德州。”姑娘道：“他们岸上走，你们河里走，怎得知道就是咱们的船呢？”戴勤道：“姑娘问起这件事，竟有些奇怪，真是老爷的灵圣！头夜，大家就知道这里老爷差人接下来了。这一日晚上，船靠了德州马头。点灯后，他们里头在后舱睡了，奴才合宋官儿两个便在老爷灵旁一边一个打地铺，也就睡下。睡到三更多天，耳边只听说老爷叫。那时，也忘了老爷是归了西了，就连忙要见老爷去。及至一看，老爷就在当地站着呢，奴才一时认不出来了。”

姑娘道：“你怎么又会不认得老爷了呢？”戴勤道：“只见老爷穿戴不是本朝衣冠，头上戴着一顶方顶镶金长翅纱帽，身穿大红蟒袍，围着玉带，吩咐奴才说：‘安二老爷差人接我来了，你们可看着些，莫要错过去，叫他们空跑一荡。我上任去了。’奴才就说：‘老爷那里上任去？怎的也不接太太合姑娘同去？’老爷道：‘太太就来的。姑娘早呢，我不等他了。’说着，往外就走。奴才急了，说：‘老爷怎的不等姑娘同去？奴才姑娘此时到底在那里呢？’老爷把袖子一甩，问我说：‘好糊涂，我见不着姑娘，只怕你就先见着了。此时何用问我，奴才见老爷生气，一害怕，就吓醒了。原来是一场梦。忙着叫宋官儿，只听他那里说睡语，说：‘我的老爷子，你是谁呀？’及至把他叫醒了，问他，他说：‘见一个人，打扮得合戏台上的赐福天官似的，踢了我一靴子脚，说：‘你这东西睡的怎么这样死！’奴才正告诉他这个梦，只听得外面好象人马喧阗的声儿，又象鼓乐吹打的声儿，只恨那时胆子小，不曾出去看看。奴才就合宋官儿说：‘这事宁可信其有，不可信其无。天亮咱们且别开船，到船头看看，到底有人来没人来。’谁想，这里老爷果然就打发梁材他们来了。姑娘想，这可不是老爷显圣吗？”

这位姑娘可从不信这些神鬼阴阳的事，便道：“老爷成神，怎的不给我托梦，倒给你托起梦来？不要是你那一天吃多了罢？”安太太道：“大姑娘，你可不可不信这话。他们一到京就说过。你大爷还合我说：‘何老大那等一个聪明正直的人，成了神也是有的事。只可惜他不知成了甚么神了。’这神佛的事也是有的。”

姑娘终是将信将疑。戴嬷嬷笑向安太太道：“奴才姑娘从小儿就不信这些。姑娘只想，要不是有神佛保着，怎么想到我们今日都在这里见着姑娘啊。太太还记得老爷来的头里，叫了奴才娘儿俩个去细问姑娘小时候的事情？那时奴才只纳闷儿。谁知，老爷早知道姑娘的下落，连奴才们也托着老爷、太太的福见着姑娘了。真真是想不到的事！”玉凤姑娘问道：“老爷怎么问，你们又怎么说的？”随缘儿媳妇便把那日的话说了一遍。姑娘道：“我不懂，你们有一搭儿没一搭儿的把我小时候的营生回老爷作吗？”褚大娘子道：“罢咧！罢咧！连你那拉青屎的根子都叫人家抖番出来了，别的还有甚么怕说的！”说的大家大笑。他自己也不禁伏在安太太怀里，吃吃的笑个不住。

从来说“欢娱嫌夜短，寂寞恨更长”，只这等说说笑笑，不觉三鼓。褚大娘子道：“不早了，老太太今日那么早起来，也闹了一天了，咱们喝点儿粥，吃点儿东西睡罢。明日还得早些起来，只怕他们这里远村近邻的还要来上祭呢。”说着，随意吃些东西。

盥漱已毕，安太太合何玉凤姑娘便在东间南炕，褚大娘子合张金凤姑娘便在西间南炕睡下。戴嬷嬷母女合褚家带来的四个婆儿都在后卷两个里间分住。本村的几个村姑、村婆也各各的分头歇息。这里，他娘儿每、姐儿每睡在炕上，还絮絮的谈个不住。

列公，你道怎个"苍狗白云，天心无定；桑田沧海，世事何常"？这青云山分明是凄惨惨的几间风冷茅檐，怎的霎时间变作了暖溶溶的春生画阁？都只道是这班人第一个欢场，那知恰是这评话里第二番结束。这正是：

但解性情怜骨肉，寒温甘苦总相宜。

要知那何玉凤合安老爷怎的同行，何玉凤合邓、褚两家怎的作别，下回书交代。

第二十一回　回心向善买犊卖刀　隐语双关借弓留砚

这书前二十回，已把安、何、张三家联成一片，穿得一串，书中不再烦叙。从这二十一回起，就要作一篇雕弓、宝砚已分重合的文章，成一段双凤齐鸣的佳话。

却说安太太婆媳二人那日会着何玉凤姑娘，便同褚大娘子都在他青云山山庄住下。彼此谈了半夜，心意相投，直到更深，大家才得安歇。

外面除了本庄庄客、长工之外，邓九公又拨了两个中用些的人，在此张罗明日伴宿的事。安老爷又留下戴勤并打发了华忠来帮着照料。连夜的宰牲口、定小菜，连那左邻右舍也跟着腾房子、调桌凳，预备落作，忙碌得一夜也不曾好生睡得。

里边，褚大娘子才听得鸡叫，便先起来梳洗，带着那些婆儿们打扫屋子。安太太婆媳合玉凤姑娘也就起来。梳洗完毕，早有褚一官带人送了许多吃食，外面收拾好了端进来。安太太便让道："大姑娘，今日可得多吃些，昨日闹得也不曾好生吃晚饭。"那知，这位姑娘诸事难说话，独到了吃上不用人操心呢。

一时，上下大家吃完。安老爷早同邓九公从家里吃得一饱，前来看望姑娘，合姑娘寒暄了几句，姑娘便依然跪在灵旁尽哀尽礼。便有戴勤带着他女婿随缘儿合亲家华忠进来叩见姑娘。姑娘见自已的丫鬟也有了托身之地，并且，此后也得一处相聚，更是放心。又见褚大娘子赶着华忠一口一个"大哥"，姑娘因问道："你那里又跑出这么个大哥来了？"褚大娘子道："这可就是你昨日说的我们那个亲戚儿。"姑娘才明白，便是安公子的华奶公。两人见过出去。华忠又进来回："张亲家老爷、亲家太太来了。"

原来，这老两口儿昨日听得十三妹姑娘有了下落，恨不得一口气就跟了来见见。只因安老爷生恐这里话没定规，亲家太太来了再闹上一阵不防头的怯话儿，给弄糟了。所以，指称着托他二位照看行李，且不请来，叫在店里听信。及至他昨晚得了信，今日天不亮便往这里赶，赶到青云堡褚家庄，可可儿的大家都进山来了，他门也没进，一直的又赶到此地。进门朝灵前拜了几拜，便过来见姑娘，哭眼抹泪的说了半天，大意是谢姑娘从前的恩情，道姑娘现在的烦恼。礼到话不到，说是说不清，横竖算这等一番意思就完了事了。

邓九公便让张老在前厅去坐。内中只有褚大娘子是不曾见过这位张太太的。他心里暗说:"怎么这等一个娘,会养金凤姑娘这么一个聪明俊秀的女孩儿呢?"这褚大娘子本就有些顽皮,不免要要笑他,只是碍着张姑娘,不肯。便也问了好,说了几句话,因问:"你老人家今日甚么时候坐车往这么来的?"他道:"那里还坐车呀!我说:'才多远儿呢,咱走了去罢。'他爹说:'我怕甚么?撒开鸭子就到咧!你那蹽拉、蹽拉的,蹽拉到倄时候才到喂!'那么着,我可就说:'不你就给我找个二把手的小单拱儿来罢。'谁知雇了辆小单拱儿,那推车的又是老头子,倒够着八十多周儿咧,推也推不动,没的怄的慌,还没我走着爽利咧!"大家听了,要笑又不好笑。偏偏这八十多周儿的话,又正合了邓九公的岁数儿。邓九公听了,倒有些不好意思起来,便搭讪着问褚一官道:"咱们外头的事情都齐了没有?"褚一官道:"都齐了,只听里头的信儿。"

原来安、邓两家商量定了,都是这日上祭。安老爷见张家二老来了,又告诉邓九公,给他家也备了桌现成的供菜。第一起便是安老爷上祭。褚一官连忙招护了戴勤、华忠、随缘儿进来整理桌椅,预备香烛。这山居却没那些鼓乐排场,献奠仪注,只大家把祭品端来摆好。玉凤姑娘看了看那供菜,除了汤饭、茶酒之外,绝不是庄子上叫的那些楞鸡、匾丸子、红眼儿鱼、花板肉的十五大碗,却是不零不搭的十三盘,里面摆着全羊十二件,一路四盘,摆了三路;中间又架着一盘,便是那十二件里片下来的攒盘,连头蹄下水都有。

只见安老爷拈过香,带着公子行了三拜的礼。次后,安太太带了张姑娘也一样的行了礼。姑娘不好相拦,只有按拜还礼。祭完,只见安太太恭恭敬敬,把中间供的那攒盘撤下来,又向碗里拨了一撮饭,浇了一匙汤,要了双筷子,便自己端到玉凤姑娘跟前,蹲身下去,让他吃些。不想姑娘不吃羊肉,只是摇头。安太太道:"大姑娘,这是老太太的克食,多少总得领一点儿。"说着,便夹了一片肉,几个饭粒儿,送在姑娘嘴里。姑娘也只得嚼着咽了。咽只管咽了,却不知这是怎么个规矩。当下,不但姑娘不懂,连邓九公经老了世事的,也以为创见。不知这却是八旗吊祭的一个老风气,那时候还行这个礼。到了如今,不但见不着,听也听不着,竟算得个"史阙文"了。

闲话少说。一时撤下去,邓九公因为自己算个地主,便让张家二老上祭。端上一桌荤素供菜来供好。张老也拈了香磕了头。到了亲家太太了,磕着头,便有些话白儿,只听不出他嘴里咕囔的是甚么。等他两个祭完了,便是邓九公同了女儿、女婿上祭。只见热气腾腾的端上一桌菜来,无非海错山珍、鸡鸭鱼肉之类,也有大盘的馒头,整方的红白肉,却弄的十分洁诚精致,供好。邓九公同褚一官夫妻也照前拈香行礼。

礼毕,褚一官出去焚化纸锞。他父女两个便大哭起来。姑娘也在那陪哭。戴勤家的合随缘儿媳妇都跪在姑娘身后跟着哭。你道这邓家父女两个是哭那一位何太太不成?那何太太是位忠厚、老实不过的人,再加上后来一病,不但邓九公合他漠不相关,便是褚大娘子,也合他两年有余不曾长篇大论的谈过个家常里短,却从那里得这许多方便眼泪?

原来,他父女两个,都各人哭得是各人的心事。邓九公心里想着是:人生在世,

儿子这种东西，虽说不过一个苍生，却也是少不得的。即如这何家的夫妻二位，假如也得有安公子这等一个好儿子，何至于弄到等女儿去报仇，要女儿来守孝？眼前虽说有玉凤姑娘这等一个顶天立地的女儿，作到这个地位，已经不知他心里有几万分说不出的苦楚了。况且，世路上又怎样指得准，有这等一位破死忘魂卫顾人的安老爷呢？趄回来，再想到自己身上，也只仗了一个女儿照看，难道眼看九十多岁的人，还指望养儿得济不成？再说，设或生个不肖之子，慢讲得济，只这风烛残年，没的倒得"眼泪倒回去望肚子里流，胳膊折了望袖子里褪"，转不如一心天碍，却也省得多少命脉精神！——这是邓九公的心事。

褚大娘子心里想的是：一个人，托生给人作个女儿，虽说合那作儿子的侍奉终身不同，却是同一尽孝，都该报答这番养育之恩。只是作个女儿，到了何玉凤这样光景，也就算强似儿子了。但是，天不成全他，遇见这等时运，也就没法儿。何况于我！纵说我随了老父朝夕奉养，比他强些，老人家已是"老健春寒秋后热"，"譬如朝露，去日苦多"。那时，无论我心里怎样的孝顺，难道还能派定了人家褚家子弟，永远接续邓家香烟不成？——这是褚大娘子的心事。

至于他父女两个心疼那姑娘，舍不得那姑娘，却是一条肠子。又因这疼他、舍不得他的上头，却又用了一番深心：早打算到姑娘临起身的时候，给他个斩钢截铁，不垂别泪。因此，要趁着今日，把这一腔离恨哭个痛快，便算合他作别。临期好让他不着一丝牵挂流连，安心北上，去走他那条立命安身的正路。正是一番英雄作用，儿女情肠。

当下，父女两个悲悲切切、抽抽噎噎，哭的十分伤惨。安老爷合张老早把邓九公劝住。安太太合张妈妈儿也来劝褚家娘子，张姑娘便去劝玉凤姑娘。安太太向褚家娘子道："姑奶奶，歇歇儿罢，倒别只管招大姑娘哭了。"只这一句，越发提起褚大娘子舍不得姑娘的心事来，委委屈屈又哭个不住。半日半日，才慢慢的都劝住了。褚一官同了众人便把饭菜撤下去。邓九公嘱咐道："姑爷，这桌菜可不要糟塌了，撤下去就蒸上，回来好打发里头吃。"褚一官一面答应，便同华忠等把桌子擦抹干净出去。

外面，早有山上山下远村近邻的许多老少男女都来上祭。也有打陌纸钱来的，也有糊个纸包袱，装些锞锭来的，还有买对小双包蜡，拿着箍高香，一定要点上蜡、烧了香才磕头的；又有煮两只肥鸡、拴一尾生鱼来供的，甚至有一蒲包子炉食饽饽，十来个鸡蛋，几块粘糕饼子，也都来供献供献磕个头的。这些人，一来，为着姑娘平日待他们恩厚，况又银钱挥霍，谁家短个三吊两吊的，有求必应；二来，有这等一个人住在山里，等闲的匪人不敢前来欺负；三来，这山里大半是邓九公的房庄地亩，众人见东翁尚且如此,谁不想来尽个人情?因此上都真心实意的磕头礼拜。那班村婆、村姑,还有些赞叹点头、擦眼抹泪的。这要搁在姑娘平日,早不耐烦起来了,不知怎么个原故,经安老爷昨日一番话,这条肠子一热,再也凉不转来。便也合他们洒泪,倒说了许多好话,道达这两三年承他们服侍母亲支应门户的辛苦。

这一阵应酬,大家散后,那天已将近晌午。邓九公道:“这大家可该饿了。”便催着送饭。自己便陪了安老爷父子、张老三人外面去坐。一时端进菜来,泼满的燕窝,滚肥的海参,大片的鱼翅,以至油鸡、填鸭之类,摆了一桌子。褚大娘子拿了把筷子,站在当地,向张亲家太太道:“张亲家妈,可不是我外待你老,我们老爷子合我们二叔是磕过头的弟兄,我们二婶儿也算一半主人,今日可得请你老人家上坐。”

张太太听了,摆着手儿,扭过头去,说道:“姑奶奶,你不用价让我,我可不吃那饭哪。”安太太便问道:“亲家,你这样早就吃了饭来了么?”张太太道:“没有价。鸡叫三遍就忙着往这里赶,我那吃饭去呀?”张姑娘听了,便问:“妈,你老人家既没吃饭,此刻为甚么不吃呢?不是身上不大舒服啊?”他又皱着眉连连摇头,说:“没有价,没有价。”褚大娘子笑道:“那么这是为甚么呢?你老人家不是挑了我了?”他又忙道:“我的姑奶奶,我可不知道吗叫个挑礼呀!你只管让他娘儿们吃罢。可惜了的菜,回来都冷了。”大家猜道:“这是个甚么原故呢?”他又道:“没原故。我自家心里的事,我自家知道。”

何玉凤姑娘在旁看了,心想:“这位太太向来没这么大脾气呀,这是怎么讲呢?”忍不住也问说:“你老人家不是怪我没让啊?我是穿着孝,不好让客的。”他这才急了,说:“姑娘,可了不的了!你这是傪话?我要怪起你来,那还成个傪人咧?我把老实话告诉给你说罢,自从姑娘你上年在那庙里救了俺一家子,不是第二日咱就分了手了吗?我可就合我那老伴儿说,我说:‘这姑娘,咱也不知那年才见得着他呢,见着他还好,要见不着,咱可就只好是等那辈子变个牛变个驴,给他豁地、拽磨去罢。’谁知道今儿又见着你了呢!昨日听见这个信儿,就把我俩乐的百吗儿似的。我俩可就给你念了几声佛,许了个愿心:我老伴儿他许的是逢山朝顶,见庙磕头;我许下给你吃斋。”玉凤姑娘道:“你老人家就许了为我吃斋,也使得。今日又不是初一、十五,又不是甚么三灾呀八难的,可吃的是那一门子的斋呢?”他又道:“我不论那个,我许的是一年三百六十天的长斋。”安太太先就说:“亲家,这可没这个道理。”他只是摆着手摇着头不听。

褚大娘子见这样子,只得且让大家吃饭。一面说道:“那也不值甚么,等我里头赶着给你老炸点儿锅渣面筋,下点儿素面单吃。”他便嚷起来了,说:“姑奶奶,你可不要白费那事呀!我不吃。别说锅渣面筋,我连盐酱都不动,我许的是吃白斋。”褚大娘子不禁大笑起来,说:“嗳哟,我的亲家妈!你老人家这可是搅了!一年到头不动盐酱,傥或再长一身的白毛儿,那可是个甚么样儿呢!”说的大家无不大笑。他也不管,还是一副正经面孔望了众人。褚大娘子无法,只得叫人给他端了一碟蒸馒头,一碟豆儿合芝麻酱,盛的滚热的老米饭。只见他把那馒头和芝麻酱推开,直眉瞪眼白着嘴拌拉了三碗饭,说:“得了。你再给我点滚水儿喝,我也不喝那酽茶,我吃白斋,不喝茶。”

他女儿望着他娘,又是可笑,又是心疼,说道:“妈呀,你老人家这可不是件事。

是说是为我姐姐,都是该的。这个白斋……可吃到多早晚是个了手呢?”他向他女儿道:“多早晚是了手?我告诉给你,我等他那天有了婆家,齐家得过了,我才开这斋呢!”

玉凤姑娘才要说话,大家听了,先笑道:“这可断乎使不的!”他道:“你们这些人们都别价说了。出口是愿,咱这里一举心,那西天的老佛爷早知道了,使不的咱儿着?不当家花拉的!难道还改得口哇?改了也是造孽。我自己各儿造孽倒有其限,这是我为人家姑娘许的,那不给姑娘添罪过哪?‘恩将仇报’,是话吗!”

玉凤姑娘一面吃饭,把他这段话听了半日,前后一想,心里暗暗的说道:“我何玉凤从十二岁,一口单刀创了这几年,甚么样儿的事情都遇见过,可从没输过嘴,窝过心。便是昨日,安家伯父那样的经济学问,韬略言谈,我也还说个十句八句的。今日遇见这位太太,这是块魔,我可没了法儿了。此时合他讲,大约莫想讲得清楚,只好慢慢的再商量罢。”

列公,这念佛、持斋两桩事,不但为儒家所不道,并且与佛门毫不相干。这个道理,却莫向妇人、女子去饶舌。何也?有等恨钱的,吃天斋,也省些鱼肉花消;有等嘴馋的,吃天斋,也清些肠胃油腻。吃又何伤?要说一定得吃三百六十天白斋,这却大难!即如这位张太太,方才干啖了那三碗白饭,再拿一碗白水一漱,据理想着,少一刻他没有个不醋心的。那知,他不但不醋心,敢则从这一顿起,“一念吃白斋,九牛拉不转”,他就这么吃下去了。你看他有多大横劲!一个乡里的妈妈儿,他可晓得甚么叫作“恒心”?他又晓得甚么叫作“定力”?无奈,他这是从天良里发出来的一片至诚。且慢说佛门的道理,这便是圣人讲的:“惟天下至诚,惟能尽其性。”又道是:“惟天下至诚为能化。”至于作书的,为了一个张亲家太太吃白斋,就费了这几百句话,他想来未必肯这等无端枉费笔墨。列公牢记话头,你我且看他将来怎样给这位张太太开斋,开斋的时候这番笔墨倒底有个甚么用处。

话休絮烦。一时里外吃罢了饭,张老夫妻惦记店里无人,便忙忙告辞回去。邓九公、褚一官送了张老去后,便陪了安家父子进来。安老爷便告知太太,已经叫梁材到临清去看船,又计议到将来人口怎样分坐,行李怎样归着。这个当儿,邓九公便合女儿、女婿商量明日封灵后,怎样拨人在此看守,怎样给姑娘搬运行李,收拾房间。

正在讲的热闹,忽然,一个庄客进来悄悄的向褚一官使了个眼色,请了出去。不一时,褚一官便进来,在邓九公耳边嘁嘁喳喳,说了几句话。只见邓九公睁起两只大眼睛,望着他道:“他们老弟兄们怎么会得了信儿来了?”褚一官道:“你老人家想,他们离这里通算不过二三百地,是说不敢到这里来骚扰,这里两头儿通着大道,来往不断的人,有甚么不得信儿的?”

安老爷听了,忙问:“甚么人来了?”邓九公道:“便是你我前日合你讲的那个海马周三。”说着,又回头问褚一官道:“就他一个人来的?”褚一官道:“怎么一个人呢?他们四寨的大头儿会齐了来的。认得的是牤牛山的海马周三、截江獭李老、避水猞韩七,癞象岭的金大鼻子、窦小眼儿,野猪林的黑金刚、一篓油,雄鸡渡的草上飞、叫五更,还有一个我不对付他,他倒合小华相公认识,他们说话来着。他还问起二叔来着呢。”邓九公听了,低下头去,大露为难。

且住！这班人就这等不三不四的几个绰号，倒底是些甚么人物，怎的个来历？原来，这海马周三名叫周得胜，便是那年被十三妹姑娘刀断钢鞭，打倒在地，要给他擦胭、抹粉，落后饶他性命，立了罚约的那个人。他一向本是江洋大盗，因他善于使船，专能抢上风，踅顺水，水面交起锋来，他那只船使的如快马一般。因此，人送他一个绰号，叫他作“海马周三”。那李老名叫李茂，韩七名叫韩勇。他两个都在水底伏得三日三夜。那李茂使一对熟铜拐，能在水底跟着船走，得便一拐，搭住船帮上去，抡起拐来，任是你船上有多少人，管取都被他打下水去，那只船算属了他了。那韩勇使一柄短柄镔铁狼头，腰间一条锁铄，拴着一根百炼钢锥，有一尺余长，其形就仿佛个大冰擗的样子，靠着这两件兵器，专在水里凿那船底，任是甚么大船，禁不起他凿上一个窟窿，船一灌进水去便搁住了，他抢老实的。因此，人比他两个作江里吃人的水獭、水底坏船的海獃一般，叫他作“截江獭”“避水獃”。

这三个人同了大鼻子金大力、小眼儿窦云光，从前在淮南一带，以至三江、两浙江河湖海里面劫脱客商，那水师官兵等闲不敢正眼来看他。后来，遇着施世纶施按院放了漕运总督，收了无数的绿林好汉，查拿海寇，这几个人既在水面上安身不牢，又不肯改邪归正，跟随施按院，便改了旱路营生。会合他们旱路上一班好朋友，黑金刚锐镗郝武、一篓油谢标、草上飞吕万程、叫五更董方亮四个入伙。那郝武使一根金刚降魔杵，一篓油使一把双刃镗，草上飞使一把鸡爪飞抓，叫五更不使兵器，只挽一面遮身牌，专一藏在牌后面用鹅卵石飞石打人，百发百中。这九筹好汉就分站了牤牛山、癞象岭、野猪林、雄鸡渡四座山头，打家劫舍。

喂！说书的，你这话说的有些大言无对了。我大清江山一统，太平万年，君圣臣贤，兵强将勇，岂合那季汉、南宋一样，怎生容这班人照着《三国演义》上的黄巾贼、《水浒传》上的梁山泊胡作非为起来？难道那些督府提镇、道府参游都是不管闲事的不成？

列公，这话却得计算计算。那时候的时势，讲到我朝，自开国以来，除小事不论外，开首，办了一个前三藩的军务；接着，办了一个后三藩的军务；紧跟着，又是平定西北两路的大军务，通共合着若干年，多大事！那些王侯、将相何尝得一日的安闲？好容易海宴河清，放牛归马。到了海马周三这班人，不过同人身上的一块顽癣，良田里的一颗蒺藜，也值得去大作不成？况且这班人虽说不守王法，也不过为着“饥寒”两字，他只劫脱些客商，绝不敢掳掠妇女，慢道是攻打城池；他只贪图些金银，绝不敢伤人性命，慢说是抗拒官府。因此上从不曾犯案到官。那等安享升平的时候，谁又肯无端的找些事来取巧见长，反弄到平民受累？便是有等被劫的，如那谈尔音一流人物，就破些不义之财，他也只好是“哑子吃黄连”，难道又如何敢自己声张呢？再说，当年如邓芝龙、郭婆带这班大盗，闹得那样翻江倒海尚且网开三面，招抚他来，饶他一死，何况这些幺魔小丑？这正是我朝的深仁厚德，生杀大权。不然，那作书的又岂肯照鼓儿词的信口胡谈，随笔乱写？

闲话少说。却说牤牛山的海马周得胜、截江獭李茂、避水獃韩勇三个，这日闲暇无事，正约了癞象岭的金大鼻子金大力、窦小眼儿窦云光，野猪林的黑金刚郝武、一篓油谢标，雄鸡渡的草上飞吕万程、叫五更董方亮，在牤牛山山寨一同宴会。只见探事的小喽罗来报说：“有一起大行李，看着箱笼甚多，想那金帛定也不少。只是白昼过去，从人甚多，不好动手。此时，听说这起行李在茌平老程住了，特来报知众位寨主。”九筹好汉听了，笑逐颜开，都道：“恭喜，买卖到了！”海马周三一回头，便向一个小头目说道：“老兄弟，就是你跑荡罢。你从大路缀下他去，看看他落那座店，再询一询怎么个方向儿，扎手不扎手。趁他们诸位都在这里，我们听个准信，大家去彩一彩。”

那小头目答应一声，乔装打扮，就下山奔茌平大路而来。他到了茌平镇市上，先找了个小饭铺吃了饭，便在街上闲走，想找个“眼线”。怎么叫作“眼线”呢？大凡那些作强盗的，沿途都有几个给他作眼线的熟人，叫作“地土蛇”，又叫作“卧蛋”。他便找了这班人，打听得这号行李落在悦来老店，本行李主儿连家眷都远路看亲戚去了，不在店里，便是家人也跟了几个去。店里剩的人无多。

那小头目听了大喜，便问：“可曾打听得这行李主儿是怎生一个方向儿？”那人又道：“也打听明白了。本人姓安，是位在旗的，作过南河知县。如今，是他家少爷从京里来，到南省接他回京去，从这里经过。”他听了这话，说：“了不得了，这岂不是我那位恩官安太老爷吗？幸是我来探得这个详细！”

原来，这个小头目姓石名坤，绰号叫作“石敢当”。当日曾在南河工上充当夫头，受过安老爷的好处。前番安公子从牤牛山过，要让公子上山饮酒的就是他。他听了这话，急于回山，便不走原来的大路，一直的进了岔道口，要想走青云堡奔桐口出去，省些脚程。

恰巧，走到青云堡走得一身大汗，口中干渴，便在安老爷当日坐过的、对着小邓家庄那坐小茶馆儿，歇着喝茶。只见庄上一会儿人来人往，又挑着些圆笼，装着家伙、肉腥菜蔬，都往山里送去。这邓、褚翁婿，他一向都熟识的，便问那跑堂儿的道：“今日庄上有甚么勾当，这等热闹？”那跑堂儿的见问，便答说：“邓九太爷在这里住着呢。他爷儿俩这几天天天进山里帮人家办白事——明日伴宿，后日出殡。”石敢当又问：“山里甚么要紧人家，用他老人家自己去帮忙儿呀？”跑堂儿的说：“听说是邓九太爷一个女徒弟……十三妹家！”石敢当心里说道：“这十三妹姑娘向来于我山寨有恩，怎的不曾听见说起他家有事？”忙问：“他家死了甚么人？”跑堂儿道：“说是他家老太太儿。”石敢当暗说：“便是这桩事，也得叫我寨主知道。”

他喝完了茶，付了茶钱，便忙忙的回到牤牛山，把上项事对各家寨主说知详细。周得胜听了，向那八筹好汉道：“幸得探听明白，这号行李须是动不得。”众人也有知道的，也有不知道的，忙问原故。周得胜便把他那年寻邓九公，遇着十三妹的始末原由，前前后后据实说了一遍。众人道：“既然如此，我们不可坏了山寨的义气。”

你道这十三妹刀断钢鞭的这段因由，除了海马周三、截江獭、避水狳三个之外，又与他大家甚么相干，也跟着讲的是那门子的义气？自来作强盗，也有个作强盗的路数，海马周三讲得是不怕十三妹刀断钢鞭，在人轮子里把我打倒在地，那是胜败兵家之常，只他饶了我那场戴花儿、擦胭脂、抹粉的羞耻，就算留了朋友咧；众人讲得是一笔写不出俩绿林来，砍一枝损百枝，好看了海马周三，就如同好看众人一样。所以，听得周三说了一句，大家就一口同音说：“以义气为重。”其实，这些人也不知这十三妹是怎样一个人，怎生一桩事。这就叫作“盗亦有道焉”。

却说那海马周三见众人这样尚义，便说道：“今日都为我周海马耽误了众弟兄们的事，我明日理应重整筵席陪话。只因方才据这石家兄弟说起，十三妹姑娘家有他老太太的大事，明日就是伴宿，我明日须得同了韩、李两家兄弟前去尽个情，不得在山奉陪，只好改日竭诚了。”众人里面要算黑金刚郝武的年长，这人生的身高六尺，膀阔腰圆，一张黑油脸，重眉毛大眼睛，颏下一部钢须，性如烈火。

他一听海马周三这话，把手一摆，说道：“周兄弟，你这话说远了。你我弟兄们有财同享，有马同骑，你的恩人就是我的恩人。何况这十三妹姑娘听起来是个盖世英雄！难道单是韩、李二位给他老太太磕的着头，我们就不该磕个头儿吗？在坐的众位有一个不给周家兄弟作这个脸同走一荡的，叫他先吃我黑金刚一杵！”众人齐说：“这话有理！大家都去。明日就请这位石家兄弟引路。”海马周三当下大喜，便吩咐在山寨里备了一口大猪、一牵肥羊、一大坛酒，又置买了一分香烛纸锞，着人先送到前途等候。大家歇了一夜。

次日五鼓，他十筹好汉都不带寸铁，只跟了两个看马喽罗，从牤牛山奔青云山而来。及至问着了十三妹的山庄，一行人趱到门前，离鞍下马，恰好，随缘儿在庄门外闲望。那石坤从前作夫头的时候，见他常跟安老爷到过工上督工，因此上前招呼，便向他问起安老爷来。

这段话除了说书的肚子里明白，连邓、褚两家尚且不知，那安老爷怎生晓得底细？因此，心中不免诧异。暗想：“随缘儿怎生会认得这班强盗？他们怎的还问起我来？”又见邓九公低头不语，大有个为难的样子。才待开口问他的原委，只见他把头一抬，说道：“老弟，今日这桩事倒有些累赘。他们既到了这里，不好不让他们进来。在姑娘看着这班人，如同脚下泥皮，满不要紧，就是他们也见惯了；只是老弟你虽说下了场，究竟是位官府；再说，弟妇合侄儿媳妇怎生见的惯这班野人？此地又再没个退居，如何是好？”说着，又向玉凤姑娘道：“姑娘，不然倒是你到前厅见见他们，打发他们早早回山倒也罢了。”玉凤姑娘道：“我也正在这里想，论我出去这荡倒不要紧。但是，他们既说来上祭，他以礼来，我以礼往，却不可不叫他到灵前尽这个礼。再，我眼前就要离这个地方了，也得见见他们，把从前的话作个交代。至于安伯父爷儿们、娘儿们几位，诚然不好合这班人相见，如今，暂且请在这后厦的里间避一避，也不算屈尊。”

安老爷、安公子听了倒不怎的，只有安太太、张姑娘听说要把这起人让进来，早吓得满手冷汗。褚大娘子道：“二婶娘，你老人家不用怕。这些人都是我父亲手下的败将，别说还有我何家妹子在这里，怕甚么！”说着，一手搀了安太太，一手拉着张姑娘，连安老爷父子都让在后厦西里间暂坐。

邓九公便叫人把灵前的香烛点起，又着人把那猪羊酒香楮之类都抬到当院里摆下，然后，着褚一官让那起人进来。安老爷同公子都站在里间帘儿边向外看，安太太婆媳合褚大娘子也在板壁边一个方窗儿跟前窃听。

不一时，只听得院子里许多脚步响，早进来了努目横眉、腆胸叠肚的一群人，一个个倒是缨帽缎靴，长袍短褂。进门来，雄赳赳、气昂昂的朝灵前拜罢，起身便向姑娘行礼。只听姑娘向那班人大马金刀的说道：“周、韩、李三位，前番承你们看我那张弹弓分上.到淮安走了一荡，我还不曾道得个辛苦，今日，又劳你众人远道备礼到此上祭！”海马周三连忙答道：“这点小事儿，那里还敢劳姑娘提在话下。倒是老太太升天,我们该早来效点儿劳,只因得信迟了,故此今日才赶来。听说明日就要出殡,倘有用我们的去处,请姑娘吩咐一句,那怕抬一肩儿杠,撮锹土,也算我们出膀子笨力,尽点儿人心。"姑娘道:"这事不好劳动。如今,明日且不出殡,我家老太太也不葬在这里。消停几日,我便要扶柩回乡。只要我走后,你众人还同我在这里一般,不敬错了这邓九太爷;再就是不叫我这班乡邻受累,就算你大家的好处了。"海马周三道:"姑娘,这话是三年前在众人面前交代明白的,怎敢再有翻悔!"姑娘道:"如此狠好,足见你们的义气。我不好奉陪,请外面待茶罢。"大家暴雷也似价答应一声,连忙退出去。

咦!列公,你看,好个摆大架子的姑娘!好一班陪小心的强盗!这大概就叫作"财压奴婢,艺压当行",又叫作"一物降一物"了。

却说众人退出门来,到院子里,才悄悄向邓九公道:"从不曾听见说那里是姑娘的本乡本土,方才说要扶柩回乡,却是怎讲?"论理,这话这班人问的就多事。在邓九公。更不必耐着烦儿告诉他们,岂不省我说书的多少气力?无如邓老头儿这个当儿结识了安老爷这等一个把弟,又成全了十三妹这等一个门徒,愿是了了,情是答了,心里是没甚么为难了,这大约要算他平生第一桩得意的痛快事,便是没人来问,因话提话,还要找着镑两句,何况问话的又正是海马周三,乌烟瘴气这班人,他那性格儿,怎生弊得住?

只见他一手把那银丝般的长胡子一绰,歪着脑袋道:"哈哈,你们老弟兄们要问这话么,听我告诉你们……"他便等不及出去,就站在当院子日头地里,从姑娘当日怎替父的要报仇说起,一直说道安老爷怎的劝他回乡合葬双亲,不曾落下一个情节,连嘴说带手比,忽而嚷,忽而笑的向众人说了一遍。

众人不听这话倒也罢了,听了这话,一个个低垂虎颈,半晌无言。忽见黑金刚郝武把手拍了拍脑门子,叹了口气,向众人说道:"列位呀,照这话听起来,你我都错了,错大发了!你想,谁无父母?谁非人子?这位姑娘虽然是个女流,你只看他这片孝心,不忘父亲大仇,奉养母亲半世,便有这等一位慈悲肝胆的安太老爷成全他。这才叫英雄志量遇见了英雄志量,儿女心肠遇见了儿女心肠。你我枉在英雄好汉!从幼儿就不听父母教训,不读书,不务正,肩不担担,手不提篮,胡作非为,以至作了强盗。可怜我黑金刚也有八十多岁的老妈,我何曾得孝顺他一天?便是得些不义之财,他吃着、穿着,也是提心吊胆。众兄弟都请回山置事,我黑金刚从今洗手不干,我便向山寨里接了母亲,找个安稳地方,那怕耕种刨锄,向老天讨碗饭吃,也叫我那老妈安乐几日,再不当这强盗了!"

却说众人听了这段情由,心里正都有些感动,忽然又加上黑金刚这番话,一齐说:"黑哥哥说的有理!便是我们,也有父母已故的,也有父母现存的,既然打破迷关,若不及早回头,定然皇天不佑。我们大家同心合意,今日都跳出绿林才是正理!"邓九公听了大喜,嚷道:"好哇!"又把他那老壮的大拇指头伸出来,说:"这才是我邓老九的好朋友哪!"说着,大家向邓九公深深的作了个揖,说道:"邓九太爷,我们都要回山寻找房间,搬取老小,把那些马匹器械分散,喽罗们愿留的,留他作个随身伴当,不愿留的,叫他们各自谋生。就此告辞,要干正经的去了!"

邓九公双手一拦,说:"且住!我邓某还有一言奉劝,大家可恕我直言,别想左了。我想你众位这一散伙，虽说腰里都有几两盘缠，却一时无家可奔，无业可归；再说，万金难买的是好朋友，你们老弟兄们耳鬓斯磨的在一块子，这一散，也怪没趣儿的。你看这青云山一带，鞭稍儿一指，站着的都是我邓老九的房子，躺着的都是我邓老九的地，那一村儿、那一庄儿腾挪腾挪，也安插下你众位了。房子如不合式，山上现成的木料，大约老弟兄们自己也还都盖得起。果然有意耕种、刨锄，有的是山荒地，山价、地租我分文不取。那时候，消闲无事，我找了你们老弟兄们来，寻个树阴凉儿，咱们大家多喝两场子，岂不是个乐儿吗？"

众人听到这里，便说："这个怎好叨扰？"邓九公道："列位且莫推辞，我还有话。再说，方才提的那位安太老爷，你大家还不曾见着他的面，只听我说了几句，就立刻跳出火坑来了。这等一位度世菩萨，却怎的倒不想见他一见？"众人齐说："那敢是求之不得！只不知这位老爷现今在那里？"

邓九公哈哈大笑，说："好教你众位得知，就在屋里坐着呢。"说着，他便向屋里高声叫道："把弟呀，请出来！你看，这又是桩痛快人心的事！"

再讲安老爷在屋里听得清楚，正自心中惊喜，说："不想这班强盗竟有这等见解，可见良心不死。"听得邓九公一叫，便整了整衣冠，款款的出来。那石敢当石坤才望见安老爷，便对大众道："众位哥，这便是我那位恩官安太老爷，你我快快叩见！"众人连忙一齐跪倒，口尊："太老爷在上，小人们都是些乱民，本不敢惊太老爷的佛驾，如今冒死瞻仰恩官，求太老爷赏几句好话，小人们来世也得好处托生！"

只见安老爷站在台阶儿上，笑容可掬的把手一拱，说道："列位壮士请起。方才的话，我都一一听得明白。从来说：'孽海茫茫，回头是岸；放下屠刀，立地成佛。'你众人今日这番行事，才不枉称世界上的英雄，才不枉作人家的儿女！从此，各人立定脚跟，安分守己，作一个清白良民，上天自然加护。至于方才这位邓九兄的话，不必再辞，倒要成全他这番义举。你大家便卖了战马，买头牛儿，丢下兵器，拿把锄儿，学那古人'卖刀买犊'的故事，岂不是绿林中一段佳话？况且天地生材，必有用处。看你众位身材凛凛，相貌堂堂，傥然日后遇着边疆有事，去一刀一枪，也好给父母博个封赠。"众人听一句应一句，及至听到这里，一齐磕下头去，说："谢太老爷的金言！"

列公，谁说"众生好度人难度"哇？那到底是那度人的没那度人本领！

闲言少叙。安老爷说完了话，点点头，把手一举，转身进房。邓九公便让大家前厅歇息。一个个鼓舞欢欣，出门上马而去。落后这班人果然都扶老携幼投了邓九公来，在青云山里聚集了个小小村落，耕种度日。这是后话不提。

当下众人散后，大家吃些东西，谈到这桩事，也都觉得快心快意。看看天色已晚，安家父子、邓家翁婿依然回了褚家庄，安太太带了媳妇同褚大娘子仍在青云山庄住下。一宿无话。

次日，便是何太太首七。邓九公给玉凤姑娘备了一桌祭品，教他自己告祭。那姑娘拈香献酒，自然有一番礼拜哀啼，不消细讲。

一时礼毕，大家给玉凤姑娘暂脱孝服。封灵后，邓九公早派下了两个老成庄客、八个长工在这里看守；一面另着人把姑娘的细软、箱笼运到庄上，把些粗重家伙等类分散众人。邓九公又另外替姑娘备了赏赐。少时，车辆早已备齐，男女一行人都向褚家庄而去。只可怜山里的那些村婆、村姑，还望着姑娘依依不舍。

玉凤姑娘到了褚家庄，进门便先拜谢邓、褚两家的情谊。那位姨奶奶也忙着张罗烟茶、酒饭。褚大娘子先忙着看了看孩子，便一面腾屋子，备吃的，给姑娘打首饰，做衣服，以至上路的行李什物，忙的他把两只小脚儿都累扎煞了。

依邓九公的意思，定要请安老爷阖家并玉凤姑娘，到二十八棵红柳树也住几日。无如这位姑娘动极思静，绝不象从前那骑上驴儿就没了影儿的样子。便是褚大娘子，也觉得自己分不开身，因向他父亲说道："老爷子，不是我拦你老人家的高兴。这里也是你老人家的家，咱们家里通共你老人家和姨奶奶两位，都在这里呢，到西庄儿上又见谁去？要就为咱们家那几间房子，人家二叔、二婶儿大概都见过。再说闹了这几天了，他娘儿们也得歇歇儿，好上路。你老人家疼徒弟，也得疼疼女儿。只看我这手底下的事情堆的，还分的开身，大远的两头儿跑吗？这还都是小事。这回书要再加上写一阵二十八棵红柳树的怎长怎短，那文章的气脉不散了吗？又叫人家作书的怎的个作收场呢？"安老爷、安太太听了，心下先自愿意，邓九公更是女儿"说一，是一；说二，是二"的，只哈哈笑了一阵，也便罢了。

当下，便把安老爷同公子挪到大厅西耳房住，让安太太婆媳同玉凤姑娘住了东院，连张老夫妻也请了来，并一应车辆、行李都跟过来，打算将来就从此地起身。幸喜得他家庄上有个大马圈，另开车门，出入方便。登时把一个"邓家东庄"又弄成了个"褚家老店"。

连日邓九公不是同姑娘闲话，便是同安老爷喝酒。褚大娘子得了空儿，便在东院同张姑娘伴了玉凤姑娘作耍，不就弄些吃食给他解闷，绝不提起分别一字。只有安公子因内里有位玉凤姑娘，到不好时常进来，只合丈人同小程相公、褚一官作一处。

这日，恰好梁材从临清雇船回来，雇得是头二三三号太平船，并行李船、伙食船，都在离此十余里一个沿河渡口靠住。商定安太太带了儿子、媳妇、仆妇、丫鬟坐头船，张太太合戴勤家的、随缘儿媳妇跟着姑娘伴灵坐二船，张亲家老爷合戴勤带了两个小厮也在这船照应，安老爷倒坐了三船。

分拨已定，便发行李下船。正是人多好作活，不上两天，把东西都已发完。安老爷、安太太又忙着差华忠同程相公由旱路先一步回家，告知张进宝预备一切。恰好，姑娘因那头乌云盖雪的驴儿此后无用，依然给还了邓九公。安老爷却又因那驴儿生得神骏，便合九公要了，作为日后自己踏雪看山的代步，合张老家的一牛一驴并车辆，都交华忠顺带了去。

一切料理停当，次日就待搬灵上船。这日，邓九公合褚大娘子正在那里打点姑娘的梳妆匣、吃食篓子、随身包袱，姑娘看了他父女，便有个不忍相离之意，不觉滴下泪来，才待说话，九公道："咱们且张罗事情，不说这个。我们还送你个两三站呢。"姑娘也就信以为真。

说话间，他看见墙上挂着他那张弹弓，便说道："我原说这张弹弓给你老人家留下，不可失信。如今还是留下，你老人家见了这弹弓，就算见了我罢。"褚大娘子道："你先慢着些儿作人情，那弹弓有人借下了。"姑娘便问："谁又借？"张姑娘接口道："还是我。我们跟了他一道儿，他保了我们一道儿，我们可离不开他。姐姐暂且借给我们挂在船上，仗仗胆儿。等到家，横竖还姐姐，那时姐姐爱送谁送谁。”

姑娘向来大刀阔斧，于这些小事不大留心，便道：“也使得。”却又一时因这弹弓想起那块砚台来，因说：“可是的，那块砚台，你们大家赚了我会子，又说在这里咧那里咧，此刻忙忙叨叨的，不要再丢下，早些拿出来还人家。”

褚大娘子道：“你早说呀！我前日装箱子，顺手放在你那个颜色衣服箱子里了，这时候压在舱底下，怎么拿呀？”姑娘道：“你这几天也是忙糊涂了，可又收起他来作甚么呢？”褚大娘子道：“也好，他们借了咱们的弓去，咱们还留下他们的砚台，等你到了京再还他家。你要怕忘了，我给你托付下个人儿。”因向张姑娘道：“大妹子，你到家想着，等他完了事儿，务必务必的提补着二位老人家，把他‘取’过来。”

说完，二人相视而笑。玉凤姑娘只顾在那边带了他的奶娘合丫鬟归着鞋脚零星，不曾在意。那知他二人这话却是机带双敲，话里有话。这正是：

鸳鸯绣了从头看，暗把金针度与人。

要知何玉凤怎的起身，后事毕竟如何，下回书交代。

第二十二回　晤双亲芳心惊噩梦　完大事矢志却尘缘

上回书表的是安、何两家忙着上路，邓、褚两家忙着送别；一边行色匆匆，一边离怀耿耿，都已交代明白。一宿无话。

次日，何玉凤黎明起来，见安太太婆媳合张太太并邓九公的那位姨奶奶都已梳洗，在那里看着仆妇、丫鬟们归着随身行李。只有褚大娘子不在跟前，姑娘料是他那边张罗事情不得过来，自己便急急的梳洗了，要趁这个当儿先过去拜辞九公合褚大娘子，叙叙别情。及至问了问那姨奶奶，才知他父女两个起五更就进山照料起灵去了。玉凤姑娘听了，说道：“我在这地方整整的住了三年，承他爷儿两个多少好处，此去不知今生可能再见，正有许多话说，怎么这样早就走了？走也不言语一声儿呢？”安太太道：“九公留下话了，说他们从山里走，得绕好远儿的呢。他同他家姑爷、姑奶奶合你大兄弟都先去了，留下你大爷在这里招护。咱们娘儿们就从这里动身，到马头上船等着。左右到了船上他爷儿两个也要来的，在那里的有多少话说不了呢！”

姑娘听了，无法，只得匆匆的同大家吃些东西，辞了那位姨奶奶，收拾动身。来到大厅，安老爷正在外面等候。早有褚家的人同戴勤、随缘儿、赶露儿一班人，把车辆预备在东边那个大院落里。安老爷便着人前面引路，一行上下人等就从那大院里上了车。当下，安太太同玉凤姑娘同坐一辆，张太太同金凤姑娘同坐一辆，安老爷看众人都上了车，自己才上车，带了戴勤等护送同行。便从青云堡出岔道口，顺着大路奔运河而来。

通共十来里路，走了不上半个时辰，早望见渡口马头边靠着三只大太平船合几只伙食下船。晋升、梁材、叶通一班人都在船头伺候。又有邓九公因安老爷带得人少，派了三个老成庄客，还带着几个笨汉，叫他们沿途帮着照料，直送到京。

这班人见车辆到了马头，便忙着搭跳板，搬行李。安老爷把大家都安顿在安太太船上。玉凤姑娘虽然跟他父亲到过一荡甘肃，走的却是旱路，不曾坐过长船。如今一上船，便觉得另是一般风味，耳目一新。

张太太进门就找姑娘的行李，张姑娘道："妈合姐姐都在那船上住，行李都在那边呢。"张太太道："我俩不在这儿睡呀？那么说我家走罢，看行李去。"说着，望卧舱里就走。安太太道："亲家，不忙，那船上有人照看。你方才任甚么没吃，等吃了饭再过去不迟。"他道："我吃傢饭哪？我还不是那一大碗白饭？等回来你大伙儿吃的时候儿，给我盛过碗去就得了。"说着，早过那船去了。

大家歇了一刻，只见褚大娘子先坐车赶来。一进舱门，便说："敢则都到了，我可误了！准知这一绕，多绕着十来里地呢！"因又向玉凤姑娘道："道儿上走得狠妥当，你放心罢。倒真难为我们这个大少爷了，拿起来三四十里地，我们老爷子合你姐夫倒还换替着坐了坐车；他跟着灵，一步儿也不离。我那样叫人让他，他说不乏，又说二叔吩咐他的，叫他紧跟着走。你们瞧着罢，回来到了这里，横竖也邋遢了。"安太太道："他小孩子家，还不该替替他姐姐吗！"玉凤听了，心上却是十分过不去。

正待合褚大娘子说话，忽听他问道："张亲家妈那里去了？"张姑娘道："他老人家惦着姐姐的行李，才过那船上去了。"褚大娘子道："真个的，我也到那边看看去。"说着起身就走。玉凤姑娘说："你到底忙的是甚么，这等慌神似的？"一句话没说完，褚大娘子早站起来，出舱去了。

不一时，晋升进来回说："何老太太的灵已快到马头了。"安老爷道："既如此，我得上岸迎一迎。你大家连姑娘且不必动，那边许多人夫拥挤在船上，没处躲避，索兴等安好了再过去罢。"说着，也就出去。少时，灵到。只听那边忙了半日，安放妥当，人夫才得散去。船上一面上槅扇，摆桌椅，打扫干净，安老爷才请玉凤姑娘过去。安太太合张姑娘也陪过去。

姑娘进门一看，只见他母亲的灵柩包裹的严密，停放的安稳，转比当日送他父亲回京倍加妥当，忙上前拈香磕头告祭。因是合安老爷一家同行，便不肯举哀。拜罢起来，正要给众人叩谢，早不见了褚大娘子，因问："褚大姐姐呢？索性把师傅也请来，大家一处叙叙。"安老爷道："姑娘，你先坐下，听我告诉你。九公父女两个，因合你三载相依，一朝分散，不忍相别；又恐你恋着师弟、姊妹情肠，不忍分离，倒要长途牵挂。因此，早就打定主意，不合你叙别。他两个方才一完事就走了，此时大约走出好远的去了。"

说话间，只听得当当当一片锣响，桦拉拉扯起船篷，那些船家叫着号儿点了一篙，那船便离了岸，一只只荡漾中流，顺溜而下。此时，姑娘的乌云盖雪驴儿是跟着华忠进了京了，铜胎铁背的弹弓是被人借了去仗胆儿去了，止剩了一把雁瓴刀在后舱里挂着，就让拿上他，"嗖"的一声跳上房去，大约也断没那本领噗通一声跳下水去，只得呆呆望了水面发怔。再转念一想："这安、张、邓、褚四家，通共为我一个人费了多少心力，并且各人是各人的尽心尽力，况又这等处处周到，事事真诚，人生在世，也就难得碰着这等遭际。"因此，他把离情打断，更无多言，只有一心一意跟着安老爷、安太太北去。

安老爷便托了张太太在船伴着姑娘，又派了他的乳母丫鬟—便是戴勤家的合随缘儿媳妇，带着两个粗使的老婆子伺候。安太太又把自己两个小丫头，一个叫花铃儿的给了玉凤姑娘，一个叫柳条儿的给了他媳妇张金凤。

这日，安老爷、安太太、张姑娘便在船上陪着姑娘，直到晚上靠船后才各自回船。只苦了安公子，脚后跟走的磨了两个大泡，两腿生疼，在那里抱着腿哼哼。

话休絮烦。从这日起，不是安太太过来同姑娘闲话，便是张姑娘过来同他作耍，安老爷也每日过来望望。这水路营生不过是早开晚泊，阻雨候风。也不止一日，早到了德州地面。

却说这德州地方，是个南北通衢、人烟辐辏的地方。这日靠船甚早，那一轮红日尚未衔山，一片斜阳照得水面上乱流明灭，那船上桅杆影儿一根根横在岸上，趁着几株疏柳参差，正是渔家晚饭，分明一幅画图。恰好三只船头尾相连的都顺靠在岸边。那运河沿河的风气，但是官船靠住，便有些村庄妇女赶到岸边，提个篮儿，装些零星东西来卖，如麻绳、棉线、零布、带子，以至鸡蛋、烧酒、豆腐干、小鱼子之类都有，也为图些微利。

这日，安太太婆媳便过玉凤姑娘这船上来吃饭。安太太见岸上只是些妇女，那天气又不寒冷，便叫下了外面明瓦窗子，把里面窗屉子也吊起来，站在窗前，向外合那些村婆儿一长一短的闲谈。问他这里的乡风故事，又问他们都在那乡村住。

内中一个道："我那村儿叫孝子村。"安太太道："怎么得这等一个好名儿？想必你们村里的人都是孝顺的。"他道："不是这么着。这话有百十年了。我也是听见我那老的儿说。说老年哪，有个教学的先生，是个南直人，在这地方开个学馆，就没在这里了。他也没个亲人儿，大伙儿就把他埋在那乱葬岗子上咧。落后来，他的儿作了官，来找他父亲来。听说没了，他就挨门打听那埋的地方，也没人儿知道。我家住的合他那学堂不远儿，我家老公公可倒知道呢，翻尸倒骨的，谁多这事去？也就没告诉他在那儿。他没法儿了，就在漫荒野地里哭了一场，谁知受了风，回到店里一病不起，也死了。我村里给他盖了个三尺来高的小庙儿。因这个，大家都说他是孝子、孝子的，叫开了，就叫孝子村。"安太太听着，不禁点头赞叹。

姑娘听了这话，心里暗道："原来，作孝子也有个幸不幸，也有个天成全不成全。只听这人，身为男子，读书成名，想寻父亲的骸骨，竟会到无处可寻，终身抱恨。想我何玉凤，遇见这位安伯父，两地成全，一丘合葬，可见'不求人'的这句话断说不起。"这等一想，觉得听着这些话更有滋味，不禁又问那村婆儿道："你们这里还有照这样的故事儿，再说两件我们听听"。又一个老些的道："我们德州这地方儿，古怪事儿多着咧！古怪再古怪不过我们州城里的这位新城隍爷咧！"姑娘笑道："怎么城隍爷又有新旧呢？"

那人道："你可说么！那州、那县都有个城隍庙，那庙里都有个城隍爷，谁又见城隍爷有个甚么大灵应来着？我这里三年前头，忽然一天，到了半夜里，听见那城隍庙里，就合那人马三齐笙吹细乐也似的，说换了城隍爷，新官到任来咧。起那天，这城隍爷就灵起来了：不下雨，求求他，天就下雨；不收成，求求他，地就收成；有了蝗虫，求求他，那蝗虫就都飞在树上吃树叶子去了，不伤那庄稼；到了谁家为老的病去烧灶香、许个愿，更有灵应。今年年时个，我们山里可就出了一只碜大的老虎，天天把人家养的猪、羊拉了去吃。州里派了多少猎户们打他，倒伤了好几个人，也没人敢惹他。大伙儿可就去求他老人家去了。那天，刮了一夜没影儿的大风，这东西就不见了。后来,这些人们都到庙里还愿去了。一开殿门,瞧见供桌前头直挺挺的躺着比牛还大的一只死黑老虎,才知道是城隍爷把他收了去了。我们那些乡约地保合猎户们就报了官,那州官儿还亲身到庙里来给他磕头。听说万岁爷还要给他修庙挂袍哩。你说这城隍爷可灵不灵!"

姑娘向来除了信一个天之外,从不信这些说鬼说神的事,却不知怎的,听了这番话,象碰上自己心里一桩甚么心事,又好象在那里听见谁说过这话的似的,只是一时再想不起。

说着,天色已晚,船内上灯,那些村婆儿卖了些钱各自回家。安太太合张姑娘便也回船。玉凤姑娘合张太太这里也就待睡。一路来,张太太是在后舱横床上睡,姑娘在卧舱床上睡,随缘儿媳妇便随着姑娘在床下搭地铺,当下各各就枕。

可煞作怪,这位姑娘从来也不知怎样叫作失眠,不想这日身在枕上,翻来覆去只睡不稳,看看转了三鼓,才得沉沉睡去。便听得随缘儿媳妇叫他道:"姑娘,老爷、太太打发人请姑娘来了。"姑娘道:"这早晚,老爷、太太也该歇下了,有甚么要紧事,半夜里请我过船?"随缘儿媳妇道:"不是这里老爷、太太,是我家老爷、太太,从任上打发人请姑娘来的。"姑娘听了,心里恍惚好象父母果然还在,便整了整衣服,不知不觉出了门。不见个人,只有一匹雕鞍锦韂的粉白骏马在岸上等候。姑娘心下想道:"我小时候随着父亲,最爱骑马,自从落难以来,从也不曾见匹骏马。这马倒象是个骏物,待我试他一试。"说着,便认镫扳鞍上去。

只见那马双耳一竖,四脚凌空,就如腾云驾雾一般,耳边只听得飕飕的风声。展眼之间,落在平地,眼前却是一座大衙门,见门前有许多人在那里伺候。姑娘心里说道:"原来,果然走到父亲任上来了。只是一个副将衙门,怎得有这般气概?"心里一面想,那马早一路进门,直到大堂站住。

姑娘才弃镫离鞍,便有一对女僮从屏风迎出来,引了姑娘进去。到了后堂.一进门,果见他父母双双的坐在床上。姑娘见了父母,不觉扑到跟前,失声痛哭,叫声:"父亲!母亲!你二位老人家撇得孩儿好苦!"只听他父亲道:"你不要认差了,我们不是你的父母。你要寻你的父母,须向安乐窝中寻去,却怎生走到这条路上来?你既然到此,不可空回,把这桩东西交付与你,去寻个下半世的荣华,也好准折你这场辛苦。"说着,便向案上花瓶里拈出三枝花来。原来是一枝金带围芍药,一枝黄凤仙,一枝白凤仙,结在一处。姑娘接在手里,看了看道:"爹娘啊,你女儿空山三载,受尽万苦千辛,好容易见着亲人,怎的亲热话也不合我说一句,且给我这不着紧的花儿?况我眼前就要跳出红尘,我还要这花儿何用?"他母亲依然如在生一般,不言不语。只听他父亲道:"你怎的这等执性,你只看方才那匹马,便是你的来由;这三枝花,便是你的去处。正是你安身立命的关头。我这里有四句偈言吩咐你。"说着,便念了四句道:

天马行空,名花并蒂;

来处同来,去处同去。

你可牢牢紧记,切莫错了念头!我这里幽明异路,不可久留,去罢!"

姑娘低头听完了那四句偈言,正待抬头细问原由,只见上面坐的那里是他父母?却是三间城隍殿的寝宫,案上供着泥塑的德州城隍合元配夫人,两边排列着许多鬼判，吓得他攥了那把花儿，忙忙的回身就走。将出得门，却喜那匹马还在当院里，他便跨上，一辔头跑回来，却是失迷了路径。正在不得主意，只听路旁有人说道："茫茫前路，不可认差了路头！"

姑娘急忙催马到了那人跟前，一看，原来是安公子。又听他说道："姐姐，我那里不寻到你！父母因你不见了，着人四下里寻找，你却在这里顽耍！"姑娘见公子迎来，只得下马。及至下了马，恍惚间那马早不见了。安公子便上前搀他道："姐姐，你辛苦了。待我扶了你走。"姑娘道："哇！岂有此理！你我'男女授受不亲'，你可记我在能仁寺救你的残生，那样性命呼吸之间，我尚且守这大礼，把那弓稍儿扶你；你在这旷野无人之地，怎便这等冒失起来？"公子笑道："姐姐，你只晓得'男女受授不亲'，礼也，你可记得那下一句？"姑娘听了公子这话，分明是轻薄他，不由得心中大怒，才待用武，怎耐四肢无力，平日那本领气力，一些使不出来，登时急得一身冷汗。"嗳呀"一声醒来，却是南柯一梦。

连忙翻身坐起，还不曾醒得明白，一手攥着个空拳头，口里说道："我的花儿呢？"只听随缘儿媳妇答应道："姑娘的花儿，我收在镜匣儿里了。"姑娘这才晓得自己说得是梦话。听得他在那里答岔儿，便呸的啐了一口，说："甚么花儿你收在镜匣儿里？"他却鼾鼾的又睡着了。姑娘回头叫了张太太两声，只听他那里酣吼如雷，睡得更沉。

自己便披上衣裳坐起来，把梦中的事前后一想，说："我自来不信这些算命打卦、圆梦相面的事，今夜这梦，作的却有些古怪。分明是我父母，怎的不肯认我？又怎的忽然会变作城隍呢？这不要是方才我听见那村婆儿讲究甚么旧城隍、新城隍咧闹的罢？"

想了半日，又自言自语的道："且住，我想起来了，记得在青云山庄见着我家奶公的那日，他曾说过，当日送父亲的灵到这德州地方，曾梦见父亲成神，说的那衣冠可就合我梦中见的一样，再合上这村婆儿的话，这事不竟是有的了吗？但是既说是我父母，却怎么见了我没一些怜惜的样子，只叫我到安乐窝另寻父母去？我可知道这安乐窝儿在那里呢？再说，又告诉我那匹马、那三枝花便是我的安身立命，这又是个甚么讲究呢？到了那四句话，又象是签，又象是课，叫人从那里解起？这个葫芦提可闷坏了人了！"

姑娘本是个机警不过的人，如此一层层的往里追究进去，心里早一时大悟过来，自己说道："不好了，要照这个梦想起来，我这番跟了他们来的，竟大错了！那安乐窝里面的话，可不正合着个'安'字？那安公子的名，便叫作'安骥'，表字又叫作'千里'，号又叫作'龙媒'，可不都合着个'马'字？那枝黄凤仙花岂不合着张姑娘的名字？那枝白凤仙花岂不又正合着我的名字？那枝金带围芍药不必讲，自然应着功名富贵的兆头，便是安公子无疑了。且莫管他日后怎样的富贵，怎样的功名，但是我这作女孩儿的，一条身子，便是黄金无价，一点心，便是白玉无瑕。想我当日在悦来店能仁寺作的那些事，在我心里，不过为着父亲的冤仇，自己的委屈，激成一个路见不平便要拔刀相助的性儿。不作则已，一作定要作个痛快淋漓，才消得我这副酸心热泪！这条心，可以对得起天地鬼神，究竟我何尝为着甚么安公子不安公子来着呢！如今，果然要照梦中光景，撞出这等一段姻缘来，不用讲，我当日救他的命也是想着他，赠金也是想着他，借弓也是想着他，偏偏的我又一时高兴，无端把个张金凤给他联成一双佳耦，更仿佛是我想着他才把他配合他，好叫他周旋我。如今，索性迤逦迤逦的跟了他来了！就这面子上看，我自己且先没得解说的，又焉知他家不是这等想我呢？我何玉凤这个心迹，大约说破了嘴也没人信，跳在黄河也洗不清，可就完了我何玉凤的身分了！这便如何是好？”

又呆了会子，忽然说道：“不要管他，此刻半路途中，有母亲的灵柩在此，料无别法。等到了京，急急的安了葬，我便催他们给我找那座尼庵，那时，我身入空门，一身无碍，万缘俱寂，去向佛火蒲团上了此余生，谁还奈何得我！只是这一路上，我倒要远远避些嫌疑，密密加些防范，大大留番心神才是道理。”说罢，望了望张太太，又叫了声随缘儿媳妇，正在那里睡得香甜，自己重复脱衣睡下不提。

姑娘觉得自己这个主意，元妙如风来云变，牢靠如铁壁铜墙，料想他安家的人梦也梦不到此。那知这段话正被随缘儿媳妇听了个不亦乐乎！

原来，随缘儿媳妇说那花儿收在镜匣里的时候，却是睡得糊里糊涂接下语儿说梦话。他说过这句，把脑袋往被窝里偎了一偎，又着了。及至姑娘后来长篇大论的自言自语，恰好他醒了。听了听，姑娘说的都是自己的心事。他一来怕羞了姑娘；二来想到姑娘自幼疼他，到了这里，又蒙安老爷、安太太把他配给随缘儿，成了夫妇，如今好容易见着姑娘，听了听姑娘口气，大有个不安于安家的意思，他正没作理会处。如今，听见姑娘把梦里的话自言自语的自己度量，他索兴不则一声装睡，在那里静听。那话虽不曾听得十分明白，却也听了个大概，他便不肯说破。因大奶奶合他姑娘最好，消了闲儿，便把这话悄悄的告诉了他家大奶奶。

那金凤姑娘听了，心中一喜一愁。喜的是果然应了这个梦，真是天上人间第一件好事；愁的是这姑娘好容易把条冷肠子热过来了，这一左性，可怕又左出个岔儿来。因此倒告诉随缘儿媳妇说：“这话关系要紧，你不但不可回老爷、太太，连你父母、公婆以至你女婿跟前，却不许说着一字。”他吓得从此便不敢提起。

这个当儿，安老爷、安太太又因姑娘当日在青云山庄有“一路不见外人”的约法三章，早吩咐过公子，沿路无事不必到姑娘船上去。及至他二位老人家见了姑娘，不过淡些风清月朗，流水行云，绝谈不到姑娘身上的事。即或谈到了，谈的是到京后怎样的修坟，怎样的安葬，安葬后怎样找庙，那庙要怎样近便地方，怎样清净禅院，绝没一字的缝子可寻。只这没缝子可寻的上头，姑娘又添了一层心事。

他想着是：“他们如果空空洞洞心里没这桩事，便该合我家常琐屑，无所不谈，怎么倒一派的冠冕堂皇，甚至连‘安骥’两个字，都不肯提在话下？这不是他们有心事甚么？可见我的见识不错，可就难怪我要急急的跳出红尘了。”这是姑娘心里的事。

在安老爷、安太太，并不是看不出姑娘这番意思来，心里想的是：“你我既然要成全这个女孩儿，岂有由他胡作，身入空门之理？自然该办一片至诚心，说几句正经话，使他打破迷团，早归正路才是。但这姑娘可不是一句话了事的人，此刻要一语道破。必弄到满盘皆空。莫如且顺着他的性儿，无论他怎样用心，只合他装糊涂。却慢慢的再看机会，眼下止莫惹他说出话来。”这是安老爷、安太太心里的事。

其实姑娘是一片真心珍惜自己，安老爷、安太太更是一片真心卫顾姑娘。弄来弄去，两下里都把真心瞒起来，一边假作痴聋，一边假为欢笑，倒弄得各怀一番假意了。

只顾他两家这等一斗心眼儿，再不想这桩事越发左了！这回书越发累赘了！也不知那作书的，是因当年果真有这等一桩公案，秉笔直书；也不知他闲着没的作了，找着钻钢眼，穿小鞋儿，吃难心丸儿，撒这等一个大躺线儿，要作这篇狡狯文章，自己为难自己！

列公，天下事最妙的是云端里看厮杀，你我且置身局外，袖手旁观。看后来这位安水心先生怎的下手，这位何玉凤姑娘怎的回头，张金凤怎的撮合，安龙媒怎的消受，那作书的又怎的个着笔。

闲话休提，言归正传。却说过了德州，离京一日近似一日。安老爷便发信知照家里，备办到京一应事件。专差赶露儿同了个杂使小厮由旱路进京，大船随后按程行走。还不曾到得通州，那老家人张进宝早接下来。

恰好老爷、公子都在太太船上。张进宝进舱，先叩见了老爷、太太，起来又给大爷请安。安太太道："你瞧瞧新大奶奶。"他听说，便转身磕下头去，说："奴才张进宝认主儿。"张姑娘满面笑容说："伺候老爷、太太的人，别行这大礼罢！"公子便赶过去把他扶起来。老爷道："这算咱们家个老古董儿了，他还是爷爷手里的人呢！"因问他道："你看这个大奶奶我定的好不好？"他道："实在是老爷、太太疼奴才爷，奴才爷的造化！奴才大概齐也听见华忠说了，这一荡，老爷合爷可都大大的受惊，吃了苦，劳了神了！"

说到这里，老爷道："这都是你们大家盼我作外官盼出来的呀！''他又答道："回老爷：看不得一时，天睁着眼睛呢。慢说老太爷的德行，就讲老爷的居心待人，咱们家不是这模样就完了的。老爷往后还要高升，几年儿奴才爷在中了。据奴才糊涂说，只怕从此倒要兴腾起来了。"

安老爷、安太太听了他这老橛话儿，倒也十分欢喜，因问了问京中家里光景，他道："朝里近来无事，也狠安静。华忠到京，奴才遵老爷的谕帖，也没敢给各亲友家送信，连乌大爷那里差人来打听，奴才也回复说没得到家的准信。就只舅太太时常到家来，奴才不敢不回。舅太太因惦记着老爷、太太合奴才爷、奶奶，已经接下来了，在通州马头庙里等着呢。"老爷道："狠好。"又问："园里的事都预备妥当了么？"他又回道："那里交给宋官儿合刘住儿两个办的，都齐备了。杠房的人也跟下奴才来了，在这里伺候听信儿。奴才都遵老爷的话，办得不露火势，也不露小家子气。请老爷、太太放心。"

老爷忽然想起问道："那刘住儿，你也派他在园里，中用吗？"他连忙回道："老爷问起刘住儿来，竟是件怪事。自从他误了奴才爷的事，等他剃了头消了假，奴才就请出老爷的家法来，传老爷的谕，结结实实责罚了他三十板子。谁知，他挨了这顿打，竟大有出息了，不赚钱，不撒谎，竟可以当个人使换了。"

老爷点头道："这都狠难为你。你歇歇儿也就回去罢，家里没人。"他道："不相干。家里奴才把华忠留下了，再程师老爷也肯认真照料的。"太太道："告诉他们外头，好好儿的给他点儿甚么吃，他这么大岁数了，别饿着回去。"他听了，忙着又跪下说："太太的恩典。再奴才还得过去见见亲家老爷、亲家太太，还有何大太太灵前合那位姑娘。请示老爷、太太：奴才们怎么样？"老爷道："灵前你们可以不行礼。姑娘且不必见，到家再说罢。止见见亲家老爷就是了。"

公子连说："张爹，你先歇歇儿去罢，站了这半天，船上不好走，不用满处跑了。"他道："爷甚么话？一笔写不出俩主儿来，主子的亲戚也是主子，'一岁主，百岁奴'，何况还关乎着爷、奶奶呢！如今，这些才出土儿的奴才，都是吃他娘的两天油炒饭就瞧不起主子了。老爷这一回来，奴才们要再不作个样子给他们瞧瞧，越发了不得了。"公子被他排的也不敢再说。太太道："你只管去，也歇歇儿，不用忙。"他这才答应了两个"是"，慢慢退了出去。

列公，你看，怎的连安老爷家的家人，也教人看着这等可爱！这老头子大约合那霍士端的居心行事，就大不相同了。

闲话少说。说话之间，那船一只跟一只的早靠了通州龙王庙马头。这安老爷此番出京，为了一个县令，险些撞破家园。今日之下，重归故里，再见乡关，况又保全了一个佳儿，转添了一个佳妇。便是张老夫妻，初意也不过指望带女儿投奔一个小本经纪的亲眷，不想无意中得这等一门亲家、一个快婿，连自己的下半世的安饱都不必愁了。至于何玉凤姑娘，一个世家千金小姐，弄得一身伶仃孤苦，有如断梗飘蓬，生死存亡，竟难预定，忽然的大事已了，一息尚存，且得重返故乡。虽是各人心境不同，却同是一般的欢喜。

当下，安老爷便要派人跟公子到庙里，先给舅太太请安去。正吩咐间，舅太太得了信，早来了。船上众人忙着搭跳板，打扶手，撤围幕。舅太太下了车，公子上前请安。舅太太一见公子，只叫了声："哎哟！外外！"先就纷纷泪落，半日说不上话来。倒是公子说："请舅母上船罢，我母亲盼舅母呢！"他便搀了舅母，后面仆妇围随着上了船。安老爷在船头见了舅太太，一面问好。早见姑太太带了媳妇，站在舱门口里面等着。舅太太便赶上去，双手拉住。他姑嫂两个平日本最合式，这一见，痛的几乎失声哭出来，只是彼此都一时无话。

安太太便叫媳妇过来见过舅母。舅太太一把拉住说："好个外外姐姐！我自从那天听见华忠说了，就盼你们，再盼不到，今日，可见着了！"说着，拉了安太太进舱坐下。公子送上茶来。

舅太太才合安老爷、安太太说道："其实，咱们离开不到一年，瞧瞧你们在外头，倒碰出多少不顺心的事来！一个玉格要上淮安，就没把我急坏了。叫他去，又不放心；不叫他去，又怕他弩出个病来。谁想到底闹了这么个大乱儿！真要是不亏老天保佑，我可怎么见姑老爷、姑太太呢！"说着，又擦眼泪。安老爷道："万事都有天定，这如何是人力防得来的？"安太太道："可是说的，都是上天的恩典。你看我们虽然受了多少颠险，可招了一个好媳妇儿来了呢！"

说话间，恰好张姑娘装了烟来。舅太太便道："外外姐姐，你来，我再细瞧瞧你。"说着，拉了他的手，从头上到脚下打量了一番。回头向安老爷、安太太道："可不是我说，我也不怕外外姐姐思量，这要说是个外路乡下的孩子，再没人信。你瞧，慢讲模样儿，就这说话儿，气度儿，咱们城里头大家子的孩子，只怕也少少儿的。也是他生来的，大概也是妹妹会调理。"说到这里，忽然又问道："不是说还有何家一位姑娘，也同着进京来了吗？"安老爷道："他在那船上跟着我们亲家太太呢。"舅太太太又道："可是，这亲家太太我也该会会呀。"说着，把烟袋递给跟的人，站起来就要走。

原来，安太太合他姑嫂两个有个小傲怄儿，便说道："你怎么一年老似一年，还是这样忙叨叨，疯婆儿似的？"舅太太道："'老要颠狂少要稳'。我不象你们小人儿家，那么不出绣房大闺女似的！姑太太，等你到了我这岁数儿，也就象我这么个样儿了。"安太太道："不害臊！你通共比我大不上整两岁，就老了？老了么？不打……"安太太说到这里，不肯往下说。舅太太道："'不打'甚么？我替你说罢：'老了么？不打卖馄饨的！'是不是呀？当着外外姐姐，这句得让姑太太呀！"

说的大家大笑，连安老爷也不禁笑了。一面便叫晋升家的过去，告诉明白姑娘合亲家太太。这个当儿，安太太便在舅太太耳边说了两句话，舅太太似觉诧异，又点了点头。大家却也不曾留心听得说些甚么。

再讲何玉凤合安太太这边，两船紧靠，只隔得两层船窗，听这边来了位舅太太，也不知是谁，只听他那说话的圆和爽利，觉得先有几分对自己的胃脘。见晋升家的过来告诉了，知他一进门定要灵前行礼，便跪在灵旁等候。

不一时，安太太婆媳陪了那位舅太太过来，迎门先见过张亲家太太，又参罢了灵。便赶过来见姑娘。安太太说："姑娘，请起来见罢。"戴勤家的扶起姑娘来，低头道了万福。原来，这舅太太也是旗装，说道："姑娘，我可不会拜拜呀，咱们拉拉手儿罢。"近前合姑娘拉手。姑娘一抬头，舅太太先"哎哟"了一声，说："怎么这姑娘合我们外外姐姐长的象一个人哪？要不是你两个都在一块儿，我可就分不出你们谁是谁来了。"姑娘听了，心里说道："这句话说的可不搁当儿。"因又转念一想，说："我心里的为难，人家可怎么会晓得呢？不要怪他。"

大家归坐。舅太太坐在上首，便往后挪了一挪，拉着姑娘说："'亲不间友'。咱们这么坐着亲香。"姑娘再三谦让，安太太便告诉他道："姑娘，不必让。这是我大嫂子，无儿无女，虽说有两房侄儿，又说不到一块儿。我们两个最好，他一年倒有大半年在我家里住着，也就算个主人了。有我这大哥，比你们老爷大。咱们八旗，论起来非亲即友，那么论，你就叫他大娘；论我这头儿呢，屈尊姑娘点儿，就也叫他声舅母。"

姑娘听了，一想："现在舅太太面前，自然该论现在的。"便说道："我自然该随着我张家妹妹，也叫舅母才是呢。"及至说出口来，敢则自己这句更不搁当儿，一时后悔不来。便听安太太说道："那么，咱们娘儿们可更亲香了。"因又告诉舅太太，姑娘怎样的孝顺，怎样的聪明，怎样的心胸，怎样的本领。舅太太道："你们三家子也不知怎样修来的，姑老爷、姑太太有这么样一个好儿子，我们这位何大妹子合张亲家一家，有这么样一个好女儿。我是怎么了呢？没修积个儿子来罢了，难道连个女儿的命也没有？真个的，我前世烧了断头香了？"说着，便有些伤惨。

姑娘一看，心里说："这个人倒是条热肠子。且住，我如今是进了京了。大事一完，就想急急的进庙，及至进了庙，安家伯母自然不能常去伴我。这位张亲家妈，虽说在我跟前诸事不辞辛苦，十分可感，我却也一口叫他声'妈'，但是到了京，人家自然要合他女儿亲近亲近，再他老人家一会儿价那派怯话儿、蠢劲儿，合那一双臭脚丫儿、臭叶子烟儿，却也令人难过。看这位舅母的心性脾气，都合我对得来，他也孤苦伶仃,我也孤苦伶仃,怎的得合他彼此相依,倒也是桩好事!……"

姑娘正在那里一面想,一面端起茶来要喝。戴勤家的看见,道:"姑娘,那茶凉了,等换换罢。"说着,走上来换茶。舅太太道:"姑太太派你跟姑娘呢,你可好好儿的伏侍这位姑娘。"戴勤家的笑道:"奴才不敢错哟。奴才本是姑娘宅里的人,姑娘就是奴才奶大了的。"舅太太道:"哦,原来呢,还是嬷嬷呢!这么说,连你都比我的命强了,你倒底还合姑娘有这么个缘法儿呀!"

姑娘一听,这话又正钻到心眼里来了,暗道:"他既这样,我何不认他作个干娘,就叫他'娘',岂不借此把'舅母'两字也躲开了?"不由的开口道:"舅母这话,他那里当得起!舅母若果然不嫌我,我就算舅母的女孩儿!"把个舅太太乐得,倒把脸一整,说:"姑娘,你这话是真话,是顽儿话?"姑娘道:"这是甚么事,也有个合娘说顽儿话的?"说着,更无商量,站起来,就在舅太太跟前拜了下去。

舅太太连忙把他拉起来,揽在怀里,一时两道啼痕,一张笑脸,悲喜交集的说道:"姑太太,今日这桩事,我可梦想不到!我也不图别的,你我那几个侄儿实在不知好歹,新近他二房里还要把那个小的儿叫我养活,妹妹知道,那个孩子更没出息儿。我说作甚么呀?甚么续香烟咧,又是清明添把土咧,我心里早没了这些事情了。我只要我活着有个知心贴己的人,知点疼儿着点热儿,我死后他掉两个真眼泪,痛痛的哭我一场,那就算我得了济了。"说着,把自己胸坎儿上带的一个玉连环拴着一个怀镜儿解下来,给姑娘带上。还说:"这算不个甚么,等你脱了孝,我好好儿的亲自作两双鞋你穿。"

姑娘又站起来谢了一谢。安太太道:"你站着。我们费了不是容易的事,把姑娘请来,算叫你抢了去了。"舅太太道:"这可难说,各自娘儿们的缘法儿。"说着,右手拉着姑娘的左手,左手拍着他的右肩膀儿,眼望着安太太婆媳道:"今日可合你们落得起嘴了,我也有了儿女咧!"安太太道:"也好,你也可以给我分分劳。"因合玉凤姑娘说道:"大姑娘,你要合他处长了,解闷儿着的呢。第一,描画剪裁,扎拉钉扣,是个活计儿他没有不会的;你要想个甚么吃,他还造的一都的好厨;再没了事儿,你听罢,甚么古记儿、笑话儿、灯虎儿,他一肚子呢!你有本事醒一夜,他可以合你说一夜。那是我们家有名儿的夜游子,话拉拉儿!"姑娘听了,益发觉得这人不但是个热人,并且是个趣人了。

书中再整安老爷,隔船静坐,把这边的话听了个逼清,便踱过这船上来。大家连忙站起。舅太太道:"姑老爷来的正好。"才要把方才的话诉说一遍,安老爷道:"我在那边都听见了。你娘儿们、姐妹们说的虽是顽话,我却有句正经话。大姐姐,你这个女儿可不能白认他。他这一到京,在我家坟上总有几天耽搁,你们姑太太到家,自然得家里归着归着,媳妇又过门不久,也是个小人儿呢。虽说有我们亲家太太在那里,他累了一道儿,精神有个到不到的。怎么得舅太太在那里伴他几天就好了。"舅太太道:"这有甚么要紧?我那家左右没甚么可惦记的,平白的没事还在这里成年累月的闲住着,何况来招护姑娘呢!"安老爷道:"果然如此,好极了。"说着就站起来,把腰一弯,头一低,说:"我这里先给姐姐磕头。"舅太太连忙站起来,用手摸了摸头把儿,说:"这怎么说?都是自己家里的事。再合姑老爷、姑太太说句笑话儿,我自己疼我的女儿,直不与你二位相干,也不用你二位领情!"当下,满堂嬉笑,一片寒暄。玉凤姑娘益发觉得此计甚得,此身有托。

咳！古人的话再不错,说道是"天下本无事,庸人自扰之。"据我说书的看起来,那庸人自扰,倒也自扰的有限,独这一班兼人好胜的聪明朋友,他要自扰起来,更是可怜！即如这何玉凤姑娘,既打算打破樊笼,身归净土,无论是谁,叫舅母就叫舅母,那怕拉着何仙姑叫舅母呢,你干你的,我了我的,这又何妨？好端端的又认的是甚么干娘！

不因这番,按俗语说,便叫作"卖盆的自寻的",掉句文,便叫作"痴鼠拖姜,春蚕自缚"！这正是:

暗中竟有牵丝者,举步投东却走西。

要知那何玉凤合葬双亲后怎的个行止,下回书交代。

第二十三回　返故乡宛转依慈母　圆好事娇嗔试玉郎

这回书表得是,安老爷携了家眷,同着张老夫妻两个,护着何玉凤姑娘,扶了他母亲何太太的灵柩,由水路进京,重归故里。船靠通州,指日就要到家了。这部《儿女英雄传》的书演到这个场中,后文便是弓砚双圆的张本,是书里一个大节目,俗说就叫作"书心儿"。

从来说的好:"说话不明,犹如昏镜。"说书的一张口,本就难交代两家话,何况还要供给着听书的许多只耳朵听呢！再加听书的有个先来后到,便让先来的诸位听个从头至尾,各人有各人的穿衣吃饭、正经营生,难道也照燕北闲人这等睡里梦里,吃着自己的清水老米饭,去管安家这些有要没紧的闲事不成？如今,要不把这段节目交代明白,这书听着可就没甚么大意味了。

要讲这段书的节目,在安老爷当日,原因为十三妹在黑风岗能仁古刹救了公子的性命,全了张金凤的贞节,走马联姻,立刻就把张金凤许配公子,又解橐赠金,借弓退寇,受他许多恩情,正在一心感恩图报。却被这姑娘一个十三妹的假姓名、一个云端里的假住处一绕,急切里再料不到这姑娘便是自己逢人便问、到处留心、不知下落、无处找寻的那个累代世交、贤侄女何玉凤。及至听了他这十三妹的名字,又看了公子抄下的他那首词儿,从这上头摹拟出来,算定了这十三妹定是何玉凤无疑。既得着了他的下落,便脱去那领朝衫,辞官不作,前去寻访。及至访到青云山,不是容易;才因褚大娘子见着邓九公,笼络住了邓九公,又不是容易;才因邓九公见着十三妹,感化动了十三妹。"天道好还",也算保全了他一条身子,救了他一条性命。

在安老爷的初意,也只打算把他伴回故乡,替他葬了父母,给他寻个人家,也算报过他来了,绝绝乎不曾想到公子的姻缘上。不想,在褚家庄合邓、褚父女两个笔谈的那一天,话已说结,恰恰的公子同褚一官出去,走了一走的这个当儿,褚大娘子忽然的心事上眉头,悄悄的向安老爷合他父亲说了"何不如此如此"的那句话,那句话,便是要把何玉凤也照张金凤的样子,合安龙媒联成一床三好的一段良缘。

当下邓九公听了,先就拍案叫绝,立刻便想拿说媒的那把薄扇。倒是安老爷不肯。这安老爷不肯的原故，一来为姑娘孝服在身；二来想着这番连环计原是卫顾姑娘的一片公心，假如一朝计成，倒把人家诳来作了自己的儿子媳妇，这不全是一团私意了吗？再说，看那姑娘的见识心胸，大概也未必肯吃这注。傥然因小失大，转为不妙。又不好却邓家父女的美意，所以拦住邓九公说"且从缓商"。

及至第二日见着十三妹，费尽三毛七孔，万语千言，更不是容易。一桩桩、一件件，都把他说答应了，他这才说出他那回京葬亲之后便要身入空门的"约法三章"来。彼时，老爷生怕打搅了事，便顺着他的性儿，合他滴水为誓。

话虽如此说，假如果然始终顺着他的性儿，说到那里应到那里，那就只好由着他当姑子去罢！岂不成了整本的《孽海记》《玉簪记》？是算叫他合赵色空凑对儿去，还是合陈妙常比个上下高低呢？那怎么是安水心先生作出来的勾当！何况，这位姑娘守身若玉、励志如冰。便说身入空门，又那里给他找荣国府送进栊翠庵，让他作"槛外人"去呢？还是从此就撒手不管，由他作个山上的姑子背土坯去罢？

因此，安老爷早打定了一个主意：无论拚着自己淘干心血，讲破唇皮，总要把这姑娘成全到安富尊荣，称心如意，才算这桩事作得不落虎头蛇尾。无奈，想了想，这相女配夫，也不是件容易事——就自己眼底下见过的这班时派人里头，不是纨袴公子，便是轻薄少年；更加姑娘那等天生的一冲性儿，万一到个不知根底的人家，不是公婆不容，便是夫妻不睦，谁又能照我老夫妻这等体谅他？岂不误了他的终身大事！左思右想，倒莫如依了褚大娘子的主意，竟照着何玉凤给张金凤牵丝的这幅"人间没两"的新奇画本，就借张金凤给何玉凤作稿子，合成一段"鼎足而三"的美满姻缘，叫他姐妹二人学个娥皇、女英的故事，倒也于事两全，于理无碍，于情亦合。

因此上，在邓家庄住的先几天，那背了众人，把这话告诉了安太太。安太太听了，自是欢喜。老夫妻两个便密密的求了邓家父女，说："等回京之后，看了光景，得个机会，商量出个道理来；如果事可望成，再劳大媒完成这桩好事。"这句话，却因张金凤还是个新媳妇，又虑到恐他合公子闺房私语，一时泄露了这个机关，老夫妻两个且都不合张金凤提起。

那知张姑娘自从遇着何玉凤那日，就早存了个"好花须是并头开"的主意。所以，古寺谈心，才有向何玉凤那一问；秋林送别，才有催何玉凤那一走。及至见了褚大娘子，又是一对玲珑剔透的新媳妇，到了一处，才貌恰正相等，心性自然相投。褚大娘子便背了安老爷、安太太并他父亲，把这话尽情的告诉了张金凤。

在褚大娘子，也不过是要作成何玉凤的一片深心，那知，正恰恰的合了张金凤的主意。所以，他两个才有借弓、留砚的那番哑谜儿。安老爷、安太太倒不曾留心到此。及至上了路，张金凤因见公婆不曾提起，自己便也不敢先提。

通算起来，这桩事只有安老夫妻、邓家父女合张金凤五个人心里明白，却又是各人明白各人的。其余那些仆妇、丫鬟以至张老两口儿，一概不知影响。至于安公子，只知把位何小姐敬的如海南龙女，但有感恩报德的虔心。何小姐又把安公子看得似门外萧郎，略无惜玉怜香的私意。其实，这二位都算叫人家装在鼓里了！

及至何玉凤见安老爷、安太太命公子穿孝扶灵，心中却有老大的过不去，才把张冰冷的面孔放和了些，把条铁硬的肠子回暖了些。安老爷看了，倒也暗中放心，觉得这段姻缘象有一两分拿手。梦也梦不到到了德州，姑娘因作了那等一个梦，这一提魂儿，又把他那斩钢截铁的心肠、赛雪期霜的面孔给提回来，更打了紧板了！老夫妻看了，只是纳闷，不解其所以然。张姑娘虽是耳朵里有随缘儿媳妇的一段话，知其所以然，又不好向公婆说起。

这个当儿，离京是一天近似一天了。安老爷一个人坐在船上，心里暗暗的盘算，说道："看这光景，此番到京一完了事，请他到家，他定不来；送他入庙，我断不肯。只有合他迁延日子，且把他寄顿在也不算庙、也不算家的我家那座故园阳宅里，仍叫他守着他父母的灵，也等依了他'约法三章'的话了。腾出这个工夫来，却再作理会。只是他长久住在那里，这其间，随时随事，看风色趁机缘，却是件'蚁串九曲珠'的勾当。那位张亲家太太可断了不了。"

老爷正在为难，将将船顶马头，不想，恰巧这位凑趣儿的舅太太接出来了。一进门儿，说完了话，便问何姑娘；见了何姑娘，便认作了母女。彼时，在这位舅太太，是乍见了这等聪明俊俏的一个女孩儿，无父无母，又怜他，又爱他；便想到自己又是膝下荒凉，无儿无女，不觉动了个同病相怜的念头。彼时，安老爷却不曾求到他跟前，便是安太太向他耳边说的那句梯己，也只因为姑娘有纪府提亲那件伤心的事，不愿人提起，恐怕舅太太不知，嘱咐他见了姑娘千万莫问他"有人家没人家"的这句话，是个"入门问讳"的意思。

谁想，姑娘一见舅太太，各人为各人的心事一阵穿插，倒正给安老爷、安太太拱上桥了！安老爷便"打倒金刚赖倒佛"，双手把姑娘托付在舅太太身上。那舅太太这日便在何玉凤船上住下，接连着伴送他到了坟园，伴送他葬过父母。这其间，照应他的服食冷暖，料理他的鞋脚、梳装。姑娘闲来还要听个笑话儿、古记儿，一直管装管卸，到姑娘抱了娃娃，他作了姥姥，过了个亲热香甜！此是后话。

这正是安老爷笑吟吟不动声色、一副作英雄的手段，血淋淋出于肺腑一条养儿女的心肠，才作出这天理人情中一桩公案。却不是拿着水心先生那等一个脚色，由着燕北闲人的性儿，怎么掇弄怎么转，怎么叫怎么答应。

列公，请想，这桩套头裹脑的事，这段含着骨头露着肉的话，这番扯着耳朵腮颊动的节目，大约除了安老爷合燕北闲人两个心里明镜儿似的，此外就得让说书的还知道个影子了。至于列公，听这部书，也不过逢场作戏；看这部书，也不过走马观花。真个的，还把有用精神置之无用之地，费这闲心去刨树搜根不成？如今，说书的"从旁指点桃源路，引得渔郎来问津"，算通前彻后交待明白了，然后，这再言归正传。

却说安老爷把何玉凤姑娘，托付了舅太太之后，才得匀出精神，料理手下的事。便忙着商量分拨家人清船价、定车辆、归箱笼、发行李，一面打发太太，带了公子合媳妇并仆妇、丫鬟人等先回庄园照料，只留下舅太太、张亲家老爷太太、戴勤家的、随缘儿媳妇、花铃儿并跟舅太太的仆妇、侍婢合两个粗使老婆子合姑娘同行，外边留下几个中用些的家人照料，自己便打算送姑娘随灵。起身之后，先一步进城，到坟园料理一应事件。又计算到灵杠从通州马头起身，一路到西山双凤村，一天断不能到，早有张进宝等在德胜关一带预备下下处，安灵住宿。那杠房里得了准信，早把行杠预备下来。一切布置妥当。到了那日，姑娘穿上孝服，行了告奠礼，便合舅太太同车随灵到德胜关住下。按下这边不表。

却说公子先一日跟了母亲同了媳妇到家，拜过佛堂、祠堂。看了看家中风景依然，只一个张进宝管了个内外严肃。一家男女家人参见已毕。华嬷嬷出见过他家大奶奶，一时乐得他左看一番，右问一番，也不知是怎么亲近亲近奶奶才好。

闲话少叙。却说安老爷，次日送姑娘下船随灵起身后，自己便穿城行走，先回庄园。一进二门，当院里早预备下香烛、吉祥纸马。老爷带领阖家谢过天地，自己又到佛堂、祠堂磕过头，然后进了正房。老夫妻双双坐下，儿媳两旁侍立奉茶。男女家人参见已毕，大家各各的归着东西，伺候酒饭，来往奔忙。

老爷便向太太道："太太，你看人生天命，安排自有一定，非分之荣，万不可以妄求。你我受祖父余荫，守着这几亩薄田、几间房子，虽不宽余，也还不愁冻馁。无端的官兴发作，弄出这一篇离奇古怪的文章！所幸，今日安稳到家，你我这几个有限的骨肉不曾短得一个，倒多了一个，便是天祖默佑。况又完了何家侄女这场心愿。我自今以后，纵然终老林泉，便算荣逾台阁。我依旧还课子读书，合几个古圣先贤时常聚聚，断不轻举妄动了。"太太道："老爷这话说的狠是。真这世路上的事，看着实在怕人！"

老夫妻带着儿子、媳妇说说笑笑，一时吃完了饭，撤去残席。老爷便出去拜望程师爷，致谢他在家的照料。进来又把大家众人——看家的、行路的，都叫到跟前，慰劳了一番。又问了问城里的房子。张进宝道："奴才进城常到宅查看，本家爷们住的狠安静，家人看的也极谨慎，请老爷放心。"老爷点了点头。大家散去，当晚无话。

次日，老爷、太太起来，便赶早吃了饭，带同儿子、媳妇先到他老太爷、老太太坟上行礼。然后，过这边来，看了看办得不丰不俭，一切合宜，老爷颇为欢喜。便派人跟了公子，叫他穿上孝服，向十里外迎接何太太的灵。这里，老爷也摘了缨儿，太太也暂除首饰，张姑娘依然穿上孝服。外边穿孝的，便是戴勤、宋官儿、随缘儿，又派了两个粗使家人；内里便是路上跟着姑娘的戴勤家的、随缘儿媳妇、丫鬟花铃儿合两个婆子。

分拨已定，安太太便叫媳妇说："在船上也圈了一道儿了，这坟上周围都是咱们的地方，趁着这工夫，只管带着人闲走走去。"张姑娘答应了出来。这班丫鬟、仆妇等闲不得出来，又乐得跟着新大奶奶凑个趣儿，一时都跟了去，只剩下两个粗使的婆子在这里听叫。

安老爷、安太太这个当儿倒计议了许多紧要正事。他夫妻怎的计议，又是些甚么话，甚么事，说书的不曾在旁，无从交代。列公，慢慢听下去，少不得有个水落石出。暂且不表。

再正何玉凤姑娘同舅太太、张太太在德胜关店内住了一夜，次早，梳洗已毕，打了坐尖，随有张进宝同梁材带了大杠接了下来。姑娘只当还照昨日一样走法，及至同舅太太坐车出来一看，但见大杠鲜明，鼓乐齐备，全分的二品执事，摆得队伍整齐，旗幡招展。心里说道：我那等说，安伯父还要这等过费，岂不叫我愈多受恩愈难图报！一时跟了殡，慢慢的前进。

走到半路，舅太太便吩咐拿车的告诉顶马；又招呼了张太太的车，都赶到头里一个小下处，略歇了歇，便一直奔双凤村而来。还不曾到得那里，舅太太便在车里指点着告诉姑娘道："你看，那前面搭白棚的地方就是了。那东南上一片大房子，便是他家的庄园，西北上好些树那里，便是他家的坟地。我听得说，我们姑老爷就要在他坟地的东首，给你父母修坟呢。"姑娘此时除了心中感激，点头叹息之外，再无别话。

说话间，车早到了安家阳宅。后面的跟车一辆辆抢到头里去，预备服侍下车。一时，把车拉进大门，早有安老爷迎着，问了问昨日住店的光景。舅太太道："好哇！姑娘真听说，叫吃就吃。敢则城里头的孩儿，长这么大，头一回才尝着甜浆粥、炸糕、油炸果，倒狠爱吃。"老爷道："这就叫作'亲不亲故乡人，美不美故乡水'了。"

一时，张太太也下了车，因脚压麻了，站了会子，才一同进来。安太太合媳妇也接出来。姑娘正在见着，又见一群穿孝的男女迎接，内中除了宋官儿一个，余者多不认识。

姑娘同着众人进了棚，从月台西首绕上去，见迎门安着供桌，门上挂着云幔，早有一口灵偏东些停在那里。姑娘此时一则乍到故土，所见的都合外省那怯排场儿两样；再也是拘于礼法，谨饬过去了不免惊持，他一时矇住了，想不到便是父亲的灵位。将要问说："怎么母亲的灵倒先到了？"不曾问得出口，安老爷站在旁边，说道："姑娘，你尊翁的灵在此，还不下拜。"

一句话，提醒了姑娘，那里还顾得及行礼，扑上前去便放声大哭。大家从旁劝了良久，才得劝住。还是抽噎不止。随即细看了看那口材，一重重漆的十分严密，光可鉴人，自是放心。想起安老爷这等办得周到，却又添了一层过意不去。

大家歇了没多时，早见随缘儿跪在头里来，说道："快了！"安老爷便接了出去。姑娘跪在东间，朝外望着，但见一对对仪仗，一双双鼓手，进门都排列两边。少时，鸦雀无声，只听得一双响尺——当！当！——打得迸脆，引了他母亲那口灵进来。安公子穿了一身孝，紧跟在灵前，虽然抵不得一个孝子，却也颇象半个孝子。立时安好了位，大家无非是祭奠进礼，姑娘无非是痛切含悲，不必再赘。

诸事已毕。姑娘站起身来，便向安老爷、安太太道："我何玉凤不想我父母竟有今日，更不想我自己仍返故乡。这都是伯父、伯母的成全，侄女儿除磕头之外，再无一字可说了。只是伯父母办得未免得费。如今，断不可过于耽延，或三日或五日，便求伯父想着我青云山庄的那三句话，将我父母早些入土，我也得早一日去了我的事，免得伯父母再为我劳神费力。"因又望着舅太太道："我这娘路上已许下在庙里长远伴我，伯父母更可放心。傥蒙伯父始终成全，我何玉凤纵然今世不能报你的恩情，来世定来作你的儿女！"说着，便拜了下去。

安老爷看这光景，心里先说道："来了，我早就料着你有这把神沙！"因合太太连忙把他搀起来，说道："姑娘，你这个礼、这番话，都多余。你我两家的交情，前番已谈过，这都是情理当然，此时不须烦琐。只是依你说停三日五日，未免简略。如今，也照你在山里的样子，停放七天。讲到安葬，化者入土为安，自然早一日好一日。我向来却从不信阴阳风水这些讲究；但是，为老人家的事，你作儿女的却不可不存一番慎重，须得请个人看看，听他说定那天便是那天。至你那三句话，我既合你灵前设誓，绝不食言。但是，要找这座庙，既须个近便所在，又得个清净道场，断非十日八日可成，少也得一月两月，甚至三月半年都难预定。总之无论怎样，我一定还你个香火不断的地方就是了。姑娘,你道如何?”

姑娘听这话说的层层有理,再不想大远的从德州弩了这么一个干脆的招儿来,才使出来就乏了。无法,只好等那风水来看了再讲。

当下,大家一连劳碌了几日,晚饭已罢,便也分头安置。安老爷仍同了眷属回家,姑娘便同原来的一行上下人等在此住下,外间自有张老同了派定的家人照应。从这日起,也作了几日好事,也烧了些个冥资,所喜的是何家无多亲友来往,便是安老爷的亲友本家,也因尚不知安老爷携眷回京的消息,都不曾来,倒落得少了许多应酬,可以安心作事。

却说次日,安老爷夫妻正在里面合姑娘闲谈,只见人回:“请的风水端木二爷来了。”原来,这风水复姓端木,名涣,表字仲舆。他家世代相传,专门精通《周易》,河洛地理。安老爷家这块坟地,就是他乃翁在日看定的。他合安府上也算个世交,称安老爷作“世叔”。因此,安老爷请他来给何协戎夫妇点穴,就定规安葬日子。

老爷有心叫姑娘听个底细,便把那风水请到棚里靠前窗一张桌儿边坐下,姑娘盼得风水来了,也正要听他定在几时。只听一时请了进来,那风水合安老爷讲礼已毕,便问说:“世叔几时到京?竟不晓得,更不知府上有事。怎的也不见赐一信?”安老爷道:“并非舍间的事,却是位至契好友。因他家现无男丁,所以,就在荒茔代他料理。并且,就要在这茔地的东首择地安葬,就请看一看,定个葬期,愈早愈好。”那风水先说道:“无论怎样早,今年是断不能的了。宝茔便是家君定的,记得这山向是子午兼三的正向,今年三煞在南,如何动得!”安老爷道:“世兄,你是晓得,我向来不解青乌之术,如果无大妨碍,我这个好友既然百岁归居,还以早葬为是。”那风水道:“这却不好迁就。等小侄儿过去安了盘子,拉了,中线,看了再定规罢。”安老爷因为自己是个父辈相交,便叫公子陪过去,说声:“恕不奉陪了。”便在棚里坐候。

姑娘这个当儿,听着今年下不得葬,先就有些不愿意了,呆呆的坐着。良久良久,才听得那个风水过来,进门就说道:“方才看了看,东首这块地,东西辛甲分金上,倒是上好上好的一个结穴。此处安葬,按那龙脉正自震方而来,定主宗祧延绵。只是一山无二向,本年不惟三煞有碍,而且大将军正在明堂,安葬是断断不可的。明年正、二、三月,木气正旺于东,这块地正是主茔的青龙方,更不好动;四、五、六月,月建都吉,只‘巳午’两个字又正合太世叔、婶母的化命,亥子一冲;六月建未,明年太岁在未,书云:‘一物一太极,物物一太极。’虽说月支与年支无碍,究竟不可不避;七、八两月,恰恰的与现在的化命逢着穿害;九月上半月,不得安葬吉日,下半月一交‘土王用事’,禁土了;只有明年十月最好,安葬吉期,上下半月都容易选择。到那时,听凭世叔吩咐再定就是了。”

安老爷一听,自己心里先道:“这算得‘无巧不成书’了。要不这样,怎么耗的过姑娘满一年的服呢!要不耗到他满服,我们家怎么娶他呢!”当下,心中大喜,却故意的尽了那风水几句。风水道:“世叔是最高明不过的,这块地当日便是家严效的劳,小侄怎敢另生他议?况且,‘阴阳怕懵懂’,这句话不说破也就罢了,小侄既看出来,万万不敢相欺,此中丝毫不可迁就。”说着,提起笔来便把这话写了一篇,又寒暄了几句,领茶而去。

这番话,姑娘在屋里听了个逼清,算省了安老爷的唇舌了。安老爷送那风水走后，便手里拿着那篇子东西，一步步踱了进来，向姑娘道："姑娘听明白不曾？偏又有许多讲究，这怎么样呢？"姑娘也无心看那篇子东西，只望了舅太太发怔。

却不知这舅太太实在算得姑娘知疼、着热的一位干娘。无奈，他又作了安府上传消递息的一个细作。自从他合姑娘认了母女之后，在船上那几天，安太太早把这事告诉了他个澈底澄清，难道把他极爱的一个干女儿，给他最疼的一个外甥儿，他还有甚么不愿意的不成？

他见姑娘望着他发怔，可就搭上岔儿了，他说道："我这里倒有个主意：姑老爷、姑太太听听使得使不得——你们方才讲的那些甚么子午卯酉，我可全不懂。要说忙着安葬，果然于太爷、老太太坟上有甚么妨碍，无论我们姑娘此时心里怎样着急，他也断不肯忙在一时。讲到他要住庙，原不过为近着他父母的坟。哪如今既安不得葬，在这里住着，守着棺材，不比坟更近吗？再讲这个地方儿，内里就是我们娘儿们上下几个人，外头就止张亲家老爷合看坟的，又合庙里差甚么呢？莫若我们只管在这里住着，姑老爷一面在外头上紧的给我们找庙。一天找不着，我们在这里住一天；一年找不着，我们在这里住一年。要赶到人家满了孝，姑老爷这庙还找不出来，那个就对不起人家孩子了！姑老爷、姑太太要怕我住长了，费了你家的老米，慢讲我一个人儿，连我们姑娘合张亲家，我那点儿绝户家产，供给个十年八年，还巴结的起！"他说着，便望着姑娘道："是不是，姑娘？"回头，又向着安老爷夫妻道："你们二位想着怎么样罢？"

安老爷忙说："如果有一年的工夫，纵然找不出庙来，我盖也给他盖一座了。至于姐姐在这里住着，也是替我们分心招护姑娘，些须小费，何须挂齿！我自有道理。"安太太也说："要能这样，一动不如一静，倒也罢了。可不知姑娘心里怎样？"

姑娘还未及开言，张太太的话也来了，说："这么着好哇！可是我们亲家太太说的一个甚么'一秤不抵一秤'的。你看，在这地方儿住下，等开了春儿，满地的高粮、谷子，蝈蝈儿、蚂蚱，坐在那树阴儿底下看个青儿，才是怪好儿的呢！"说的大家大笑，连张姑娘也忍不住笑的扶着桌子乱颤。

玉凤姑娘此时被大家你一句我一句说的心里乱舞莺花，笑也顾不及了，细想了想，这事不但无法，而且有理，料是一不扭众，只得点头依允说："也只好如此。"安老爷满心欢喜，心里暗道："天哪，可够了我的了！只他这五个字，这事我便有了五分拿手。"

话休絮烦。转眼之间到了七日封灵。何玉凤合舅太太便搬在西厢房里间，张太太带了戴嬷嬷合两个丫头便住在外间，随缘儿媳妇、舅太太的下人住了东厢房。安太太又在下房里给姑娘安了个小厨房。外面自有张老同戴勤、宋官儿合安家看坟的照料，内外住了个严密。又把"安家阳宅"暂作了个"何姑禅院"。这都是那燕北闲人的无中生有的营生，便有这位安水心先生给他周规折矩的办理。

却说七日之后，安老爷夫妻把那边安顿妥贴，才得回家料理自己的家务。便有许多亲友、本家都来拜望。老爷一一的款待，却扶了一个小僮，只推因腿疾告归，暂且不及答拜。一面又遣公子进城，持帖谢步。公子也有一班世交相好少年请酒接风，接连忙了不止一日，才得消停。

老爷得些闲空，便先打发了邓九公的来人，又给他父女带去些人事；把何姑娘那张弹弓仍交给媳妇屋里悬挂，又叫太太向何姑娘衣箱里把公子那块砚台寻出来，擦洗干净，严密收藏，就把姑娘合张太太的衣箱差人送过去。那头乌云盖雪的驴儿便交给华忠，叫他好生喂养，说："这是我将来无事玩水游山的一个好脚力。"

那时，不空和尚的二千头借款早已归清。老爷通盘算了一算，此行不曾要得地方一文，倒有公子带去的八千金，乌克斋赠的万金，连沿途在家门生、故旧的义助，不下两万余金。除了赔项盘缠，还剩万余金在橐，办何姑娘这桩事，无论怎样铺排也用不了。

便合太太商议道："何姑娘这桩事，你我费了无限精神，才得略有眉目。我算着将来办起事来，也不过收拾房子、添补头面衣服，办理鼓乐彩轿、预备酒席这几件事。房子我已有了办法。"太太道："还要房子作甚么？那边尽办开了。赶到过来，难道不叫他三口儿一处住吗？"老爷道："岂有不叫他们一处之理！自然两个人就在他那屋里分东西间住。你只想，张姑娘过门的时候，租个公馆还要匀在两处，成个一婚一姻，如今，自然也得给他安起个家来。至于他说的那座庙，我倒底要找还给他，才圆得上那句话。这事须得如此如此办法，才免得他夜长梦多，又生枝叶。"

太太听了大喜，说："既这样，那衣服、头面更容易了。我本说到了京，给张姑娘添补些簪环衣饰，只算是给他弄的。再说，还有老太太的许多颜色衣服，他舅母前日也提他那里还有些头面，匀着使，所添也有限了。到了轿子一切，临期好说的。倒是这句话，得合咱们这个媳妇先说一声才是，这是他们屋里百年相处的事。"老爷道："太太这话狠是。"

说着，便把媳妇叫来，把这话从褚大娘子提亲起，以至现在的计较，日后的办法，告诉了他一遍。只见他听完这话，便跪下先给公婆磕了两个头，起来说道："如果这样，不是公婆疼玉凤姐姐，竟是公婆疼我。公婆请想，玉凤姐姐救了我两家性命，在公婆，现在这番情义，已就算报过他来了；只是媳妇合我父母，今生怎的答报！至于他给媳妇联姻这桩事，且莫讲投着这样的公婆，配着这样的夫婿，就他当日那番用心，也实在令人可感。所以，媳妇时刻想着要打断了他这段住庙的念头，无论怎样也要照他当日成全媳妇的那番用心，给他作成这桩好事。只是回家来不曾消停得一日，不好冒冒失失的告禀公婆。如今，公婆商量的这等妥当严密，真是意想不到。便是玉凤姐姐，难得说话。俗语说的'铁打房梁磨绣针'，功到自然成。眼前还有大半年的光景，再说，还有舅母在那边，大约也没个磨不成的。这其间，却有一关颇颇的难过，倒得设个法子才好。"

老爷、太太忙问："除这位姑娘的难说话，还有甚么难处？"张姑娘低声笑道："媳妇所说难过的这关，便是我家玉郎。公婆再想不到，拿着我玉凤姐姐那样一个'窈窕淑女'，玉郎他竟不肯'君子好逑'！"

老爷道："这是为何？"张姑娘回道："据媳妇看着，一来是感他的恩义，见公婆尚且这等重他，自己便不敢有一毫简亵，却是番体父母的心；二则，他合媳妇虽是过的未久，彼此相敬如宾，听他那口气，大约今生别无苟且妄想，又是番重伦常的心。总之，是个自爱的心，也搭着他实在有点儿怕人家。有一天，媳妇偶然怄了他一句，就惹得他讲了一篇大道理，数落了媳妇一场。"

张姑娘这话还没说完，老爷道："你理他呢！等我吩咐他。"太太道："老爷，看不得咱们那个孩子，可有这种牛心的地方儿。”张姑娘便接着回道：“媳妇也正为此。是说父母之命，他不敢不从；设或他一时固执起来，也合公公背上一套圣经贤传，倒不好处。莫若容媳妇设个法儿，先彻底澄清把他说个心肯意肯，不叫这桩事有一丝牵强，也不枉了公婆这片慈恩，媳妇这番答报。那时，仗邓九公的作合，成就玉凤姐姐这段良缘，岂不是好？”

安老爷夫妻听了，心下大喜，同声说“好！”安老爷便点头赞道：“难得，难得！贤哉媳妇！这要遇见个糊涂、庸鄙的女流，只怕这番话说不成，我两位老人家还要碰你个老大的钉子呢！”因合太太说道：“既然如此，你我两个便学个不痴、不聋的阿姑、阿翁，好让他三人得亲顺亲，去为人为子，此事不必再提。”当下，爷儿三个计议已定，便分头各人干各人的事。安老爷又明明白白亲自写了一封请媒的信，预先通知邓九公。

话休烦琐。却说张金凤过了些天，到了临近，见公婆诸事安排已有就绪，才打算把这桩事告诉明白公子。又想到，若就是这等老老实实的合他说，一定又招他一套四方话。思索良久，得了主意，不觉喜上眉稍。

恰好，这日安公子到他进学的老师莫友士先生那里拜寿。原来，这莫友士先生在南书房行走，便在海淀翰林花园住，因此，这日公子回家尚早。到家见过父母，便回到自己屋里来。张姑娘见他面带春色，象饮了两杯，站起身来，不则一声，依然垂头坐下。便有华嬷嬷带了仆妇丫鬟上来服侍，公子忙忙的换了衣裳。

坐定一看，只见张姑娘两只眼睛揉得红红儿的，满脸怒容，坐在那里。心里诧异道：“我往日归来，他总是悦色和容，有说有笑，从不象今日这般光景，这却为何？”不禁搭赸着问了一句说：“我今日一天不在家，你在家里作甚么来着？”他道：“问我么？我在家里作梦！”公子道：“好端端大清白日，怎么作起梦来？梦见甚么？可是梦见我？”他道：“倒被你一句就猜着了，正是梦见你！我梦见你娶了何玉凤姑娘，却瞒得我好！”

公子道：“哟，哟！这就无怪其然你把个小脸儿绷的单皮鼓也似的了，原来为这桩事！我劝你快快不必动这闲气，这是梦！”他道：“我从不会这么胡梦颠倒！想是你心里有这个念头，我梦里才有这桩奇事。论这桩事，我也曾合你说过，还不曾说得三句，倒惹得你道学先生讲《四书》似的，合我叨叨了那么一大篇子，我这个傻心肠儿的就信以为真了。怎么今日之下，你自己忽然起了这个念头，倒苦苦的瞒起我来？”说着，似笑非笑对了公子呆呆的瞅着。

公子见他波脸如娇花含笑，倩语如好鸟弄睛，不禁也笑嘻嘻的道："你又来冤枉人了！你我从患难中作合良缘，名分叫作'夫妻'，情分过于兄妹。《毛诗》有云：'甘与子同梦。'我就作个梦儿，也要与你合意同心，无论何事，岂有瞒你的道理？"他道："罢了，罢了！我可不信你这假惺惺儿了！就止嘴里说的好听，只怕见了姐姐就忘了妹妹了，有了恩爱夫妻，也不顾患难夫妻了！"公子道："你这话那里说起？"他道："那里说起？就从昨日夜里说起。你如果没这心事，昨夜怎么好端端的说梦话，会叫起人家来了？真个的，这么大人咧，还赖说是睡婆婆叫的不成？"

张姑娘这句话，公子倒有些自己犹疑。何也呢？一个人要是吃多了，咬牙、放屁、说梦话，这三桩事可保不齐没有，还带着自己真会连影儿不知道。他便心想：或者偶然睡里模模糊糊梦见当日能仁寺的情由，叫出口来，也定不得。便连忙问了一句说："我叫谁来着？"张姑娘道："你叫的是何姑娘，叫的还是'我那有情有义的十三妹姐姐'呢！"

公子当着一屋子的丫鬟、仆妇，满脸不好意思，摇着头道："荒唐，荒唐！你奚落我也罢了。那何玉凤姐姐待你也算不薄，怎生的这等轻薄起他来？"张姑娘道："你梦里轻薄他使得，我说一声儿就错了？要你护在头里？倒是我荒唐了？"公子道："益发荒唐之至！此所谓既荒且唐，荒乎其唐，无一而不荒唐者也！"

说到这里，恰好丫鬟点上灯来，放在炕桌儿上。张金凤姑娘便一只胳膊斜靠着桌儿，脸近了灯前，笑道："你果然爱他，我却也爱他，况且，这句话我也说过。莫若真个把他娶过来罢，你说好不好？"公子道："可了不得了！这个人今日大概是多饮了几杯，有些醉了！"他道："我倒是在这里'醒眼观醉眼'，只怕你倒有些'酒不醉人人自醉'那句的下句儿罢！"

公子听了这话，心下有些不悦，说道："岂有此理！你我向来相怜相爱，相敬如宾，就说闺房之中甚于画眉，也要有个分寸，怎生这等的乱谈起来！况且，那何玉凤姐姐救了你我俩人性命，便是救了你我父母的性命，父母尚且把他作珍宝般爱惜，天人般敬重！又何况人家现在立志出家，他也是为他的父母起见！无论你这等作践他，大伤忠厚。这话傥被父母听见，管取大大的教训一场，我看你那时颜面何在！"张姑娘道："你们作事瞒得我风雨不透，我好意体贴你，怎么倒体贴的不耐烦了呢？况且你知道他是立志出家，我只知道他'家'字这边儿，还得加上个'女'字旁儿，是立志出'嫁'，也没甚么作践他的去处呀！"公子道："你不要真是在这里作梦呢罢？不然，那里来无影无形的这些梦话！"

张姑娘含着笑，皱着眉，把两只小脚儿点的脚踏儿哆哆哆的乱响，说："听听，你把媒人都求下了，怎么还瞒我，倒说我是无影无形的梦话呢？"公子见他这样子，说的竟不象顽话，忙正色道："媒人是谁？我怎么求的？"张姑娘道："媒人是舅母。初一那一天，舅母过来拜佛，你瞒了我求的舅母，有这事没有？"

公子听了，不禁哈哈大笑道："我说是梦话，不想果是梦话！那日舅母过来，我闲话里提起玉凤姐姐，舅母说：'我这个干女儿都好，就只总忘不了他那进庙的念头。'我便说：'男大须婚，女大须嫁，这是人生大礼。那男子无端的弃了五伦去当和尚，本就非圣贤的道理，何况女子！拿他这等一个人，果然出了家，佛门中未必添一个护法的大菩萨，人世上倒短一个持家的好媳妇。舅母既这等疼他，何不劝他歇了这个念头，再合父母商量商量，给他说一个修德人家读书种子，倒是场大功德，……”

张姑娘不容他说完，便道：“如何，如何！我说我听见的，这话断不是无因。我只请教：他佛门中添个大菩萨不添个大菩萨，与你何干？人世上短一个好媳妇不短个好媳妇，又与你何干？你说的那修德之家，难道咱们家还算不得个德门？岂不是暗指咱们家吗！你说的那读书种子，难道你还算不得个念书的？岂不是意在你自己吗！况且，好端端，舅母并不曾合你提起他来，你又去问他作甚么？替他求那些人情作甚么？你倒说说我听！”

公子被他问的张口结舌，面红过耳，坐在那里只管发怔。怔了半晌，忽然的省悟过来，说道：“哦，是了！我这才明白了！这一定是那天我合舅母说话的时候，不知那个丫头、女人们在跟前听见，没的在大奶奶跟前献勤儿了，来搬弄这场是非。你我好家居，此风断不可长！等我明日查出来，一定回明母亲，将那人重重责罚一顿板子！便是你，此后也切切不可受这班小人的愚弄！”

张姑娘道：“好没意思！你我屋里说顽儿话，怎么惊动起老人家来了？你且莫着恼，也不用着这等发急，咱们好商量。假如我此刻便求了父母，把他娶过来，你要不要？”公子只是腹内寻思那传话人是谁，默默不答。

张姑娘又问：“到底要不要？说话呀！”公子道：“你今日怎么这等顽皮惫赖起来？我不要！”张姑娘道：“你为甚么不要？说个道理出来我听听。”公子道：“你问道理，我就还你个道理。且无论我受了何玉凤姐姐那等大恩，不可生此妄想，便是我家祖训，非年过五十无子，尚且不得纳妾，何况这停妻再娶的勾当。我安龙媒也还粗粗的读过几行圣贤经书，也还颇颇的受过几句父母教训，如何肯作！便算我年轻，把持不定，父母也断断不肯。你不要看你我作合的时节父亲那等宽容，事有经权，不可执一而论，惹老人家烦恼。就讲到你我，也难得浩劫之中成就这段美满姻缘，便是厮守百年，也不过电光石火，怎说道再添个人来分了你我的恩爱！你道我说的可是天理人情的实话？”

张姑娘道：“嗳哟！又招了你这么一车书！你不要就罢，等娶了来我留下！”公子冷笑道：“你要他何用？”张姑娘道：“你莫管。我把他……就当个活长生禄位牌儿供着，我天天儿合他一同侍奉公婆，同起同卧，同说同笑，就只不准你亲近他。你瞒得我好，我也瞒得你好。那时候，我看你生气不生气！”公子越听这话越加可疑，便道：“究竟不知谁无端的造我这番黑白，其中一定还有些无根之谈。这事却不是当耍的！”张姑娘道：“要得人不知，除非己莫为。有凭有据，怎么说是无根之谈呢？”公子道：“不信你竟有甚么凭据，拿凭据来我看！”

张姑娘听了，不则一声，站起身来走到外间，便向大柜里取出个大长的锦匣儿来，向他怀里一送，说：“请看！”公子打开一看，却是簇新新的一分龙凤庚帖。从那帖套里抽出来，从头至尾看了一遍，原来，自己同何玉凤的姓氏、年岁、生辰并那嫁娶的吉日，都开在上面，不觉十分诧异，说道：“这，这，这是怎的一桩事？我莫不是在此作梦？”张姑娘道：“我原说作梦，你只不信。如今，是梦非梦，连我也不得明白了。等你梦中叫的那个有情有义的玉凤姐姐来了，你问他一声儿看。”

公子只急得抓耳挠腮，闷了半日，忽然的跳下炕来，对着张金凤深深打了一躬，说道："今日算被你把我带进八卦阵、九嶷山去，我再转，转不明白了。倒是求你快说明白了罢！"张姑娘不觉嫣然一笑，说道："也奈何得你够了！你且坐下，听我慢慢的讲。"这才把这桩事从头至尾并其中的委宛周折，详细向他告诉了一遍。

公子一想，既是父母之命，又是媒妁之言，况又有舅母从中成全，贤妻这般作合，还有甚么不肯的去处？便乐得他无话可说，只望着张姑娘呵呵的傻笑。张姑娘料他再无别说了，便问他遭："如今，我倒要请教：到底是要他呢，还是不要他呢？"公子笑道："他果然'既来之，则安之'，我也只得因'居之安，则资之深；资之深，则取之左右逢其源'了。依然逃不出我这几句圣经贤传！"张金凤听了，倒羞得两颊微红，不觉的轻轻啐了他一口，便作了这回书的结扣。这正是：

牵牛暗被天孙笑，别向银河渡鹊桥。

要知那何玉凤究竟是出"家"呵，是出"嫁"，下回书交代。

第二十四回 认蒲团幻境拜亲祠 破冰斧正言弹月老

这书一路交代得清楚：雕弓、宝砚，无端的自分而合，又自合而分；无端的弓就砚来，又砚随弓去。好容易物虽暂聚，尚在人未双圆，偏偏一个坐怀不乱的安龙媒，苦要从圣经贤传作工夫，一个立志修行的何玉凤，又要向古寺青灯寻活计。这也不知是那燕北闲人无端弄笔，也不知果是天公造物有意弄人。上回书费了无限的周折，才把安龙媒一边安顿妥贴，这回书倒转来便要讲到何玉凤那一边。

却说何玉凤自从守着他父母的灵在安家坟园住下，有他的义娘佟舅太太合他乳母陪伴，一应粗重事儿又有张太太料理，更有许多婢子、婆儿服侍围随，倒也颇不冷落。又得安太太婆媳时常过来闲话，此处，除了张老在外照料门户，只有安老爷偶然过来应酬一番。等闲也没个外人到此。真倒成了个"禅关掩落叶，佛座稳寒灯"的清净门庭。

姑娘见住下来彼此相安，便不好只管去问那找庙的消息。只是他天生的那好动不好静的性儿，仗着后天的这片心，怎生扭得过先天的那个性儿去？起初何尝不也弄了个香炉，焚上炉好香，坐在那里收视返听的，想要坐成个"十年面壁"；怎禁得心里并不曾有一毫私心妄念，不知此中怎的，便如万马奔驰一般，早跳下炕来了。

舅太太见他这个样儿，又是心疼，又是好笑。那时手里正给他作着认干女儿的那双鞋，便叫他跟在一旁，不是给烧烧烙铁，便是替刮刮浆子，混着他都算一桩事。实在没法儿了，便放下活计，同了张太太，带上两个婆子、丫鬟，同他从阳宅的角门出去，走走望望。回来，又掉着样儿弄两样可吃的家常菜他吃，也叫他跟着抓挠。到晚来，便讲些老话儿，说些古记儿，引得他困了好睡；睡不着，一会给他抓抓，又给他拍拍，那么大个儿了，有时候还揽在怀里罢不着睡，那舅太太也没些儿不耐烦。

那消几日，把姑娘的脸面儿保养得有红似白，光滑饱满；心窝儿体贴得无忧无虑，舒畅安和。人都道是舅太太怜恤孤女的一片心肠，我只道这正是上天报复孝女的一番因果。

列公，你只看他这点遭际，我觉得比入阁登坛、金闺紫诰还胜几分！你道这话怎么讲？人生在世，有如电光石火，讲到立德、立言、立功，岂不是桩不朽的事业？但是，也得你有那福命去消受那不朽；没那福命，但生一分妄想心，定遭一番拂意事。便是有那福命，计算起来，也吾生有限，浩劫无涯，倒莫如随遇而安，不贪利、不图名，不为非、不作孽，不失自来的性情，领些现在的机缘，倒也是个神仙境界。

话里引话，说书的忽然想起一个笑话来：曾闻有个人，在生德行浩大，功业无边，一朝数尽，投到阎王殿前。阎王便叫判官查他的《善恶簿》。那判官禀道："此人《善簿》堆积如山，《恶簿》并无一字。"阎王只把他那《善簿》的事由看了一看，说道："这人功德非凡，我这里不敢发落，只好报知值日功曹，启奏天庭，请玉帝定夺。"少时，值日功曹把他带上天庭，奏知玉帝。玉帝天眼一看，果然便向那人道："似你这等的功行，便是我这里也无天条可引，只好破格施恩，凭你自己愿意怎样，我叫你称心如意便了。"那人谢过玉帝，低头想了一想，说道："不愿为官，不愿参禅，不愿修仙。但愿父作公卿、子状元，给我挣下万顷庄田，万贯金钱，买些秘书古画，奇珍雅玩，合那佳肴美酒。摆设在名园，尽着我同我的娇妻美妾，呼儿唤女笑灯前。不谈民生国计，不谈人情物理，不谈柴米油盐，只谈些无尽无休的梦中梦，何思何虑的天外天，直谈到地老天荒一十二万九千六百年。那时，再逢开辟，依然还我这座好家山！"玉帝迟疑道："论你的善缘，这却也不算妄想，只恐世界里没这样人家。"他道："世界之大，何所不有。一定有的。"玉帝听了大喜，立刻抬身离座，转下来向他打了一躬，说道："我一向只打量没这等人家，你既知道一定有的，好极了，请问这人家在那里？就请你在天上作昊天上帝，让我下界托生去！"

据这笑话听起来，照这样的遭际，玉帝尚且求之不得，那何玉凤现在所处的，岂不算个人生乐境？那知天佑善人，所成全他的还不止此！此是后话，暂且休提。

且说那舅太太只合姑娘这等消磨岁月，转瞬之间，早度过残岁，又到新年。舅太太年前忙忙的回家走了一荡，料理毕了年事，便赶回来。姑娘因在制中，不过年节。安老爷、安太太也给他送了许多的吃食、果品、糖食之类。舅太太便同张太太带了丫鬟、仆妇，哄他抹骨牌、掷览胜图、抢状元筹，再加上包煮饽饽、作年菜，也不曾得个消闲。安老爷那边，公子已经成人，又添了一个张金凤，带了儿妇度岁，自然另有一番更新气象。无非热闹喧阗，一时也不及细写。过了元旦，舅太太合张老夫妻分头过去拜年，安老爷合家也来回拜，并看姑娘。

匆匆的忙过正月，到了仲春。春昼初长。一日，安太太闲中无事，合媳妇张姑娘过来，坐下谈了一会。只见外面家人抬进两个箱子来，舅太太便道："这是作甚么呀？年也过了，节也过了，又给我们娘儿们送礼来了不成？”安太太笑道：“倒不是送礼，我今日是扐揹你娘儿们来了。”因指张金凤说道：“我们亲家太太是知道的，我娶这房媳妇的时候，正在淮安，那时候，忙忙碌碌的将就完了事，也不曾好生给他打几件首饰、做几件衣裳。如今，到了家，这几日天也长了，我才打点出来。大衣裳呢，都交给裁缝作去了，几件里衣儿合些鞋脚不好交出去，我那里是一天不断的事，我想着舅母合我们亲家，大长的天也是白闲着，帮帮我，又解了闷儿。”

张太太见张罗他女儿，有个不愿意的？忙说：“使的。”舅太太道：“姑太太，你等着，咱们商量商量。你们两亲家，一个疼媳妇儿，一个疼女孩儿罢了；我放着我的女孩儿不会扎裹？我替你们白出的是甚么苦力呀！你们给我多少工钱哪？”玉凤姑娘此时承安老爷、安太太这番相待，心中自是不安，巴不得借桩事儿补报一分才好。听舅太太如此说，便道：“娘，不要这么说，咱们也是天天儿白闲着，都是家里的事，怎么合人家要起工钱来了？你老人家要怕累的慌，我帮着你老人家张罗，横竖这会子缝个缝儿、跷个带子、钉个钮襻儿的，我也弄上来了。”说着，又向安太太道：“大娘只管留下罢，我娘不应，我替他老人家应了。”安太太连说：“狠好。”张金凤便过来给他道了个万福，说：“我的事情倒劳动起姐姐来了，我先给姐姐道谢。等完了事，再一总给舅母磕头罢。”玉凤姑娘笑道：“咱们两个谁是谁，你还合我说这些。”

舅太太看了，才笑着说道：“也罢了，看着我的外甥媳妇分上，帮帮姑太太罢。”便叫人把箱子打开，一件件的收清。姑娘也帮着归着。他只顾一团高兴，手口不停，梦也梦不到，自己张罗的就是自己的嫁妆！

从第二日起，他便催着舅太太动手。舅太太便打点了，一件件的分给那些仆妇、丫鬟作起来，自己合张太太也亲动手。姑娘看看这里，又帮帮那里，无事忙，觉得这日子倒好过。

一日，正遇着阴天，霎时倾盆价下起大雨来。舅太太道：“瞧这雨，下得天漆黑的，咱们今日歇天工，弄点甚么吃，过阴天儿罢。”张太太道：“我过𠎀阴天儿哪？你让我把这只底子给姑娘纳完了他罢。”说着话，手里一带那麻绳子，把个针拉脱落下来了。他对着门儿，觑着眼睛，纫了半日也没纫上。便央及花铃儿说：“好孩子，你给我纫纫。你看我这眼，可要不的了！”姑娘看见，一把手抢过来道：“拿来啵，纫个针也值得这么累赘！”

说着，果然两手一逗就纫好了，丢给张太太，回身就走，说：“我帮我娘作菜去了。”将走得两步，张太太这里嚷起来了，说：“姑娘，你回来，我那么老长的个大针，你纫了纫，咱的给我剩了半截子了！那半截子那去咧？”姑娘听了，也觉诧异，合花铃儿四处一找，花铃儿湾腰向地下拣起来，道：“这不是？这半截儿在地下呢！”原来，姑娘纫的忙了，手指头肚儿上些微使了点儿劲，就把个大针搿两截儿了，自己看了，也不觉大笑。

琐事休提。却说安老爷安顿下了姑娘，这边得了工夫，便一面择定日子，先给何老夫妻坟上砌墙栽树，一面又暗地里给姑娘布置他要找的那庙宇。那时，已接着邓九公的回信，说临期准于某日动身，约在某日可以到京。张金凤闲中又把这事已向公子说明始末原由的话回复了公婆。老夫妻听了自是欢喜，向公子不免有一番的勉励教导。公子此时是“前度刘郎今又来”，也用不着那样害臊，惟有恪遵亲命，静候吉期而已。

光阴似箭，日月如梭。只这等忙着，吃了粽子又吃月饼，转眼之间，看看重阳节近，就要吃花糕了。安老爷见诸事大有头绪，才略略放心。便合太太商量，要过去向何玉凤姑娘开谈，说个明白。

列公，此时自然要听听，老夫妻见了何玉凤姑娘，这话究竟从何谈起，且请消停，这话非一时三言五语可尽。如今，等说书的先把安家这所庄园交代一番，等何玉凤过来，诸公听着方不至辨不清门庭，分不出路径。

原来，他家这所庄园本是三所，自西山迤逦而来。尽西一所，是个极大的院落，只有几处竹篱茅舍，菜圃稻田，从墙外引进水来，灌那稻田菜蔬，是他家太翁手创的一个闲话桑麻之所。往东一所，是个园亭样子，竹树泉石之间也有几处座落，大势就如广渠门外的十里河、西直门外的白石山庄一般，不到得象小说部中说的那样画落天宫、神仙洞府的梦境梦话。这两所自安太翁去世，安老爷因家事中落，人口无多，便典与一个一般在旗的捐班候选道员史观察居住。再往东一所，便是安老爷现在的住宅。

他这所住宅门前远远的对着一座山峰，东南上有从滹沱、桑乾下来的一股来源，流向西北，灌入园中。有无数的杉榆槐柳，映带清溪。进了大门，顺着一路群房，北面一带粉墙，正中一座甬瓦随墙门楼，四扇屏风。进去一个院落，因西边园里有个大花厅，当日这边便不曾盖厅房，只一溜七间腰房。左右两间各有便门，中间穿堂，东两间为安老爷静坐之所，西两间，便是安老爷合那些学生、门生讲学的绛帐。院中向西门里另有个客座，向东门里给公子作了学房。过了腰房，穿堂一座垂花二门，进去抄手游廊。五间正房，便是安老爷夫妻的内室。从游廊往东院里，安公子合张姑娘住；舅太太来时，便在西院一样的那一所居住。上房后层正中佛堂，其余房间作为闲房，以及堆东西合仆妇、丫鬟的退居。佛堂后面，一座土石相间的大土山，界了内外。另有一个小角门儿，锁着不开，是他家内眷到家祠去的路径。山后一道长街，东头有个向东的大栅栏门，便是这庄园的后门。对着那座大山，便是他家太翁的祠堂。左右群房，都有成窝儿的家人住着。从后门顺着东边界墙向南，有个箭道，由那一路出去，便是马圈、厨房。再出了东首的随墙门，便到大门了。这便是他家这座庄园的方向。

交代明白。书中再表安老爷当日在青云山访着了何玉凤，便要护送他扶了他母亲的灵柩重回故里，与他父亲合葬。不想，姑娘另有一段心事，当下便合安老爷说了“约法三章”，讲明到京葬了父母，许他找座庙宇，庐墓终身，才肯一同上路。安老爷看透他的心事，只得且顺着他的性儿，合他覆水为誓。一路到京，盘算：“如果依他这句话，不但一个世族千金使他寄身空门不成件事，我的所谓报师门者安在？所谓报他者又安在呢？便说眼前，有舅太太、亲家太太以及他的乳母、丫鬟伴他，日后终究如何是个了局？待说不依他这句话罢，慢讲他那性儿不肯干休，又何以全他那片孺慕孝心？圆我那句千金一诺？何况，承邓九公、褚大娘子的一番美意，还要把他合公子联就姻缘。如今，我先失了这句信，任是邓九公怎样的年高有德，褚大娘子怎样的能说会道.这事益发无望了！”

老爷这节为难，没日没夜的搁在心里。展转寻思，也非止一日，才想了个两全的办法，密密合孺人议妥。便在紧靠他太翁祠堂两旁，拆去群房，照样盖起两所小四合房来：东首一所，便给何玉凤作了家庙，算给姑娘安了分家；西首一所，作为张老夫妻的住房，便算他两个日后百岁归居的乐土。

不则一日，修盖完工，铺设齐全，老夫妻看过，见一切位置的妥当，心中大喜。恰好这日舅太太那里的活计也作得了，叫戴嬷嬷连箱子送过来。太太便合老爷说明，要趁个机缘过去，因叫戴嬷嬷回去致意："说我少停亲自过来道乏。"打发戴嬷走后，安太太便带了张金凤先行到了那边，见了姑娘，事故了几句，作为无事，只合舅太太、亲家太太说些闲话。又提到姑娘满服快了，得给他张罗衣饰。舅太太道："不劳费心，我女孩儿的事，我自己早都弄妥当了，临期横竖误不了。"

姑娘听了，心里一想：果然这日子近了。我觉甚么簪子、衣裳都是小事，倒是我这庙怎么越发不听得提起了？难道父母下了葬，我还在这里住不成？"才待合安太太说话，只见安老爷带了一个小僮踱了进来。彼此见过，老爷坐下，便望着姑娘说道："姑娘大喜！"何玉凤倒是一惊，说："伯父，这话何来？我还有甚么喜事？"安老爷道："你说的那庙，我竟给你找妥当了。"

姑娘这才转惊为喜，忙问："在甚么地方？离我父母的葬地有多远？"安老爷道："我一共找了三处，就中两处我先有些不中意，特来合你商量。一处离此地有一里来地，还不算远，庙中只有一个老尼，闲房倒也有几间，却是附近的那些作长短工的以至串乡村小买卖人包租的。你原为图个清净，这处要想清净却是不能。"姑娘道："这处敢是不妥。"安老爷道："那一处大约更不合你的式了：第一，离这里过远，座落在城里，叫作甚么汪芝麻胡同，也不知是贺芝麻胡同。当日，那庙里的老姑子。原是个在嫁出家，他的丈夫时常还到庙里来往。如今，那老姑子死了，他这个徒弟因交游甚广，认得的王孙公子极多，庙里要请一位知客代书，并且说带发修行的都使得。他庙里一年两季善会，知客是要出来让茶送酒，应酬施主的。姑娘你想，这如何是咱们这样人家去得的？何况于你！"姑娘道："不必讲，这更不妥了。还有一处呢？"老爷道："那一处却又更近了，又怕姑娘你不肯。这座庙就在我家。"

姑娘笑道："伯父家里怎么有起庙来？"安老爷道："姑娘你却不知。我家这所庄园后墙，却是一座土石相间的大山，山后隔着一道长街，才是围墙，那山以外墙以内，本有我家一座家庙。如今，我就要在靠着我那家庙，给你暂且收拾出一个清净地方来。便是你伯母合你张家妹子来着也近便，我们舅太太合亲家太太更可以合你常久同居，离你父母的坟上更是不远。你道这处如何？"

姑娘听了，一想："这不闹来闹去还是闹到他家去了吗？"正在犹疑，只听他干娘问道："姑老爷说的这里那里呀？不是挨着戴嬷嬷他家住的那一小所儿啊？"安老爷道："可不就是那里！"舅太太道："姑娘，不用犹疑了，听我告诉你：他家是前后两个大门，里边不通。方才说的这个地方儿，正在他家后门里头。那房子另有个外层门，还有层二门，没那么个清净地方儿了！除了正房供佛，其余的屋子，由着咱们爱住那里住那里。离你父母的坟比这里远不了多少。况且，门外周围都是成窝儿的家人，又紧近着你嬷嬷的住房，比这里还严谨呢。就这么定规了罢。

姑娘见他干娘说得这般合式，便说道："既这样，就遵伯父的话罢。等我过去再谢伯父、伯母。"安太太道："甚么谢不谢的，要是果然这样定规了，好趁早儿收拾起来。”安老爷笑道:“正是。姑娘却不可叫我白花钱。”姑娘也笑道:“二位老人家,你见我那句话说定了改过口? 但是,我得几时搬过去?”安老爷道:“这倒不忙在一时了。算计着姑娘你是二十八满服,恰好就是这天安葬。这个月小建,索性等过了初一圆坟,十月初二日正是个阴阳不将三合吉日,你就这天过去。”当下说定,安老夫妻又闲话了几句回家。安老爷、安太太便在这边暗暗的排兵布阵,舅太太便在那边密密的引线穿针。

书中有话即长,无话即短。看看到了何老夫妻安葬之期,事前也作了两日好事。到了那日,何玉凤便奉了父母,双双合葬。姑娘自然有一番悲痛,并那怎的掩埋、浇奠、焚献、营修,俱不必细述。

姑娘脱孝回来,舅太太便催着他洗头、洗浴。姑娘只说:“我这头天天儿篦,娘没瞧见? 我换了衣裳才几天儿,都不用了。”舅太太道:“姑娘,甚么话! 这安佛可得洁净些儿。再说,也去去这一年的不吉祥。”姑娘只得依着。舅太太又把给姑娘打的簪子、作的衣服拿出来,一一试妥当了。

到了圆坟这日,安太太合媳妇也一早过来,帮着料理一切。归着完毕,正谈明日的事,忽见晋升匆匆的跑过来回道:“舅太太家打发车接来了,说请舅太太立刻回去。”舅太太满脸惊慌道:“甚么事呀?”晋升回道:“奴才问过来人,他说不知道甚么事,只说那两房的爷们说的,务必求舅太太今日回去才好。”

安太太也慌了,说:“到底是怎么了?”舅太太道:“大也不过那几个侄儿们不安静,家里没个正经人儿,我倒得走一荡。只是偏碰在今日,那里这么巧事呢!”姑娘先说道:“娘,有事只管去罢,这里的事都妥当了。况且,还有伯母、妈妈在这里,难道还丢的了我不成?”安太太道:“说的也是。今晚我留你妹子在这里陪着你罢。”舅太太正在觉得去住两难,见如此说,便说:“也罢,我且去。明日,早晚必赶回来。”说着,忙忙的换了两件衣服,又包了个包袱,催齐了车,忙忙的去了。这里,安太太走后,便留下张金凤给姑娘作伴。吃过饭后,点上灯来,二人因明日起早,便也就寝,一宿无话。

却说安太太次日才交五鼓,早坐了车,灯烛辉煌的来请姑娘进庙。恰好姑娘梳洗完毕。安太太便催他吃些东西,穿好衣服,一面叫跟的人先过那边去伺候,又留人在这边照看东西,自己便同姑娘出去上了车。张太太母女随后也上了车。出了阳宅大门,一路奔那座庄园后门而来。

姑娘在车里,借着灯光看那座门时,原来是座极宽大的车门。那车一直拉进门去,门里两旁也有几家人家,家家窗户里都透着灯光,却是各各的闭着门户。走了不远,便望见庄园那座大土山,对面正北果然有他家一座家庙,不曾到得跟前,东首便是一座小庙的样子。车到门前站住,安太太说:“到了。”

姑娘隔着车玻璃一看,只见那座小庙一溜约莫是五间,中间庙门却不是山门样子,起着个鞍子脊的门楼儿,好象个禅院光景,门前灯笼照的如同白昼。拿车的小厮们卸了车,车夫便把骡子拉开。

安太太合姑娘下来,等张太太母女到齐,便让姑娘先走。姑娘笑道:“到了这里,可没我先走的礼了。”正让着,安老爷同了张亲家从二门里迎出来,说:“姑娘,不用让了,随着我先到各处瞧瞧,等到屋里再让。”说着,自己便在前引道。前头两个小厮打了一对漆纱风灯,又是两个女人拿着手把灯照着。姑娘只得扶了人,随着安老爷穿过那座大门。两旁一看,都隔着一溜板院,那板院里也透着灯光,都像有人在里面。再向前走,对着大门,便是一座小小的门楼,迎门曲尺板墙上四扇碧绿的屏风,上面贴着鲜红的四个斗方,上写着"登欢喜地"四个大字。正中屏风不开,西首隔着一道板墙,从东首转进去,便是正殿院落。上面三间正房,东西六间厢房。顺着正房两山两个随墙角门进去,一边两间耳房。正院里墁着十字甬路,四角还有新种的四棵小松树。

姑娘看了这地方,真个收拾的清净严谨,心下甚喜。安老爷便指点给他道:"姑娘,你看,这正面是个正座,东厢房算个客座,西厢房便是你的座落。其余作个下房,这边还有个夹道儿通着后院。姑娘,你看我给你安的这个家可还合宜?"姑娘叹道:"还要怎样?只是伯父太费心了!"说着,又回头四周一看,只见各屋里都大亮的点着灯,只有那三间正殿黑洞洞的,房门紧闭。因问道:"怎的这正殿上倒不点个灯儿?"安老爷道:"我那天不告诉你的,是卯时安位。此时,佛像还在我家前厅上供着,等到吉时安位,再开这门不迟。此时开着,防个大家出来进去的不洁净。"

姑娘听了这话,益发觉得这位伯父想得到家,说得有理,便请大家西厢房坐。安老爷、安太太一行人也不合姑娘谦让,便先进了屋子。姑娘随众进来一看,只见那屋子南北两间,都是靠窗大炕,北间隔成一个里间,南间顺炕安着一个矮排插儿,里外间炕上摆着坐褥、炕桌儿,地下也有几件粗木油漆桌凳,略无陈设。只有那里间条桌上放着茶盘、茶碗,又摆着一架小自鸣钟,四壁糊饰得簇新,也无多贴落;只有堂屋正中八仙桌跟前挂着一张条扇、一幅双红捶笺的对联。

正在看着,仆妇们端上茶来。姑娘忙道:"给我。"自己接过来,一盏盏的给大家送过茶。到了张姑娘跟前,他道:"姐姐怎么也合我闹起这个礼儿来了?"何姑娘道:"甚么话呢,这就算我的家了么!"张姑娘道:"就算姐姐的家,可也只好就这一遭儿罢。往后,却使不得!"

说着,大家归坐。安老爷合张老爷便在迎门靠桌坐下,安太太便陪张太太在南间挨炕坐下,姑娘便拉了张姑娘坐在靠墙凳儿上相陪。这才扭转头来,留心看那挂的字画。只见那幅对联写道是:

果是因缘因结果

空由色幻色非空

姑娘看了这两句,懂了,不由得一笑,心里说道:"我原为找这么个地方儿,近着父母的坟茔,图个清净,谁倒是信这些'因'哪'果'啊'色'呀'空'的壶芦提呢!"

看了对联,一面又看那张画儿,只见上面画一池清水,周围画着金银嵌宝栏杆,池里栽着三枝莲花,那两枝却是并蒂的。姑娘看了,不解这画儿是怎生个故事。又见上面横写着四个垂珠篆字,姑娘可认不清楚了,不免问道:"伯父,这幅画儿是个甚么典故?"安老爷见问,心里说道:"这可叫作'菡萏双开并蒂花',我此时先不告诉你呢。"因笑道;"姑娘,你不见那上面四个字,写得是'七宝莲池'。这池里面的水就叫作'八功德水'。这是西方救度众生离苦恼的一个慈悲源头。"

姑娘听了,也不求甚解,但点点头。张老爷见这些话自己插不上嘴,便站起来道:"这会子没我的事,我过那边儿帮他们归着归着东西去。早些儿弄完了,好让戴奶奶他们早些过来。"说着，一径去了。

这里，安太太合姑娘又谈了一会闲话，东方就渐渐发白起来。安老爷看了看钟，已待交寅正二刻，说："叫个人来。"一时，戴勤、华忠两个进来。老爷吩咐道："天也快亮了，你们把那正房的门开开，再打扫一遍。"二人领命出去。安太太这里便叫人倒洗手水，大家净了手。

这个当儿，安老爷出去不知到那里走了一荡，回来道："姑娘，到正殿上看看去罢。"说着，大家出了西厢房。天已黎明，姑娘这才看出，这所房子一切砖瓦、木料、油漆、彩画一色簇新，原来竟是新盖的，心里益发过意不去，便同大众顺着甬路上了正殿台阶。进门一看，见那屋里通连三间，露明彩画。正中靠北墙安着一张大供案，案上先设着一座一殿一卷雕刻细作的大木龛，龛里安着一座小小的佛床。顺着供案，左右八字儿斜设两张小案，因佛像还不曾请来，那供桌便在东西墙角放着；正中当地又设着一张八仙桌，上面铺着猩红毡子，地下靠东西山墙一顺摆着八张椅子，正中地下铺着地毯拜垫。姑娘自来也不曾见过进庙安佛是怎样一个规矩，只说是找个庙，我守着父母的坟住着，我干我的去就结了。那知安老爷这等大铺排起来，又不知少停安佛自己该是怎样个仪注，更不好一桩桩烦琐人，心里早有些不得主意。

正在心里踌躇，只见张进宝喘吁吁的跑来禀道；"回老爷：山东茌平县二十八棵红柳树住的邓九太爷到了，还有褚大姑爷合姑奶奶也同着来了。"当下，但见安老爷、安太太乐得笑逐颜开，安老爷先问："在那里呢？快请！"张进宝回道："方才邓九太爷到了门口儿，先问：'何大老爷、何大太太安了葬不曾？'奴才回说：'上月二十八就安葬了，姑娘今日都请过这边儿来了。'邓九太爷听了，就说：'我可误了！'因问奴才：'何大老爷的茔地在那边？'奴才指引明白，邓九太爷说：'等我先到老太爷坟上磕过头，还到何大老爷那边行礼，行完了礼再过来。'"

安老爷听了，便连忙要赶过去。张进宝道："老爷此时就过去也来不及了。奴才已经叫人过去回明张亲家老爷，又请奴才大爷过去了。"安老爷道："既如此，叫人看着些，快到了先进来回我一句。"因向太太说道："这老兄去年临别之前曾说，等姑娘满孝，他一定进京来看姑娘。我只道他不过那样说说，不想竟真来了！"太太道："这老人家眼看九十岁了，实在可难为人家。大概他们姑爷、姑奶奶也是不放心他这年纪，才跟了来的。"

且住！难道这邓九公是安老爷飞符召将，现抓了来的不成？不然，怎生来的这样巧？原来，他前几天早来了，那褚大娘子还带着他那个孩儿。依邓九公定要在西山找个下处住下，他借此要逛宝珠洞，登秘魔崖，瞻礼天下大师塔，还要看看红叶。是安老爷再三不肯让他在外住，便把褚大娘子留在游廊西院儿住下，邓九公合褚一官便在公子的书房下榻。他已经合安老爷逛了个不耐烦、喝了个不耐烦了！姑娘是苦于不知。如今，忽然听见师傅来了，更觉惊喜悲欢，感激叹赏，凑在一处。

一时，便有人回："张亲家老爷陪了邓九太爷过来了。"安老爷闻听，连忙迎了出去，安太太便也拉了姑娘同张家母女迎到当院里。隔着一道二门，早听得邓九公在外面连说带笑的嚷道："老弟，老弟！久违，久违！你可想坏了愚兄了！"也听得老爷在那里合他见礼，说道："我算定了老哥哥必来。只是今日怎得来的这般早？

九公道："说也话长，等咱们慢慢的谈。"说着，已进二门，大家迎着一见。

只见那老头儿不是前番的打扮了：脚下登着双包绦子实纳转底三冲的尖靴老俏皮，衬一件米汤娇色的春绸夹袄，穿一件黑头儿绛色库绸羔儿皮缺衿袍子套一件草上霜吊混膁的里外发烧马褂儿，胸前还挂着一盘金线菩提的念珠儿，又一个汉玉圈儿，拴着个三寸来长的玳瑁胡梳儿，羖种羊帽，四两重的红缨子，上头带着他那武秀才的金顶儿。褚一官也衣冠齐楚的跟在后面，因到安老爷这局面地方来，也戴上了个金顶儿，却是那年黄河开口子，地方捐赈，邓九公给他上了二百银子议叙的个八品顶戴。

邓九公进来，匆匆的见过安太太、张太太、张姑娘，便走到玉凤姑娘跟前问好，说道："姑娘，咱们爷儿俩别了整一年了，师傅是时时刻刻惦记着你！"说着，从腰里扯下条条儿手巾来，擦了擦眼睛，又细看了一看姑娘，说："好，脸面儿胖了。"姑娘也谢他前番的费心，此番的来意。

正说着，褚大娘子已到门下车，戴嬷嬷那边完了事，也跟过来，便搀了褚大娘子进来，后面还有跟他的两三个婆儿。且慢说褚大娘子此来打扮得花枝招展，连他那跟的人也都套件二蓝官绸夹袄，扎幅新裤褪儿，换双新鞋的打扮着。安太太合他也作了个久别乍会的样子。

褚大娘子见过众人，连忙过来见姑娘。见他头上略带着几枝内款时妆的珠翠，衬着件浅桃红碎花绫子棉袄儿，套着件深藕色折枝梅花的绉绸银鼠披风，系一条松花绿洒线灰鼠裙儿，西湖光绫挽袖，大红小泥儿竖领儿——出落得面如秋月，体似春风——配着他那柳叶眉儿，杏子眼儿，玉柱般鼻子儿，樱桃般口儿，再加上鬓角边那两点朱砂痣，合腮颊上那两点酒窝儿，益发显得红白鲜明，香甜美满。褚大娘子一看，心里先说："这那里还是一年头里跑青云山的十三妹了呢！"

他二人彼此福了一福，一时性情相感，不觉拉住手，都落了几点泪。姑娘哽噎道："我只道你临别的时候那一躲，我今生再见不着你了呢！"褚大娘子道："我今日大远的来，可就是为赔这个不是来了！今日，可是大喜的日子，咱们不许哭！"安老爷道："请进屋里坐下谈罢。"说着，便往正房里让。

大家进了门，分了个男东女西，邓九公、褚一官、张老、安老爷便在东边一带椅子上坐了，褚大娘子、张妈妈、何玉凤、安太太便在西边一带椅子上坐了，安太太也叫张金凤搬了个座儿坐下。不必讲，自然有一番装烟倒茶。

邓九公先应酬了几句闲话，又赞了会房子。只听安太太向九公道："这样大年纪，又这样远路，还惊动姑爷、姑奶奶同来，这都是为我们大姑娘。"邓九公道："二妹子，再不要提了，我这才叫'起了个五更，赶了个晚集'呢！我原想月里头就赶到的，不想道儿上遭了几天天气。这天到了涿州，我又合我们一个同行相好的喝了一场子，不然，昨日也到了。谁知，昨日过芦沟桥，那税局子里磨了我个日平西，赶走到南海淀，就上了灯了。幸而那里有我个亲戚，在他家住了一夜。今日四更天就往这么赶，还好，算赶上今日的事了。"安老爷道："老哥哥来的甚巧，今日正有事奉求。"

说话间，听得那个钟叮当叮当已打了卯初二刻，老爷道："咱们且慢闲谈，作正经的罢。"便叫："玉格呢？"公子这个当儿正在东厢房里扪着呢，听得父亲叫，他连忙上来。安老爷便吩咐他道："是时候了，就安位罢。论理，该你姐姐自己恭请入庙才是，但是大远的，他不好自己到外面去。况且，他回来还得跪接，你替他走这荡也是该的。"又说："这样吉祥事情，你就暂借我的品级，也穿上公服。"

公子答应了一声便走。玉凤姑娘本就觉得这事过于小题大作，如今索性穿起公服来了，便问安老爷说："伯父，回来我倒底该怎么样？"安太太接口道："大姑娘，你不用慌，都有我招护你呢。等我告诉你，你只依着我就是了。"姑娘当下得了主意，眼巴巴只望着请了佛来。

没多时，只见从东边先进来两个家人，下了屏门的门闩，分左右站着，把定那门。便听得门外靴子脚步踪踏之声，"吱"的一声，屏门开处，先进来了四个穿衣戴帽的家人，各各手执一炷大香，分队前引；后面便是安公子——身穿公服——引了人抬着两座彩亭进来。这个当儿，屋里早有仆妇们捧着个金漆盘儿，搭着个大红袱子，上面托着个小檀香炉，点得香烟缭绕。安太太拉着姑娘在右首跪下，便把那个香炉盘儿递给姑娘捧着。姑娘此时是怎么教怎么唱，捧了香炉，恭恭敬敬、直柳柳的跪在那边。一面跪着，不免偷眼望外一看，见那些抬的人把彩亭安在檐前，把杠襟撤了出去。看那彩亭时，前面一座，抬的两座不高的佛像，只是用红绸挖单幪着，却看不见里面是甚么佛；后面那座彩亭，抬着却象件扁扁的东西，又平放着，不象是佛像，也盖着红绸子。姑娘心里猜道："这莫不是画像？"

那时，安老爷也换了公服，同大家都在廊下站着，吩咐道："请。"公子便走到彩亭跟前，将西边那位请进门来，安在当地那张八仙桌上首；次后，又将东边那位请来，安在下首。安太太这里便叫人接过姑娘的香炉去，说："姑娘，站起来罢。"姑娘站起，仍向外看。又听安老爷向邓九公道："老哥哥，帮帮我罢。"

说着，二人走到后面彩亭前，把红绸揭起，原来，是一高一矮，一长一方的两个红锦匣子。邓九公捧了那个长扁匣儿，安老爷便捧了那个高方匣儿，公子随在后面进来。邓九公朝上把那匣子一举，又把身子往旁边一闪，向公子道："老贤侄，接过去。"公子便朝上双手接来，捧着安在东边那张小桌上。然后安老爷过来，也是朝上把那匣子一举，安太太这里便道："姑娘，过去接着。"

姑娘只得连忙过去，安老爷也一样的把身子一闪，姑娘接过那个匣子来，心里一积伶，说："这匣管保该放在西边小案上。"果见安太太过来招护着叫他送在那案上，安好。安太太便道："姑娘，先行了礼，好开光安位。"姑娘见是两尊佛像，便打着问讯磕了六个头。

只见安老爷上前，去了那层红绸挖单，现出里面原来还有一层小龛，及至下了迎面龛门，才看见不是塑像，却是两尊牌位。安老爷道："姑娘，请过来瞻仰瞻仰你这两尊佛。"姑娘过来仔细一看，只见上首那座牌位镌的字是："皇清诰授振威大夫何府君神主"，下首那座是："皇清诰封夫人何母尚太君神主。"

姑娘这才恍然大悟，说道："伯父，你只说是请佛请佛，原来是给我父母立的神主，这却是侄女梦想也不到此！"安老爷道："从来说得好：'在家敬父母，何用远烧香！'人生在世，除了父母这两尊佛，那里再寻佛去？孝顺父母，不必求佛，上天自然默佑；不孝父母，天且不容，求佛岂能忏悔？况佛天一理，他又不是座受贿赂的衙门，听情面的上司，凭你怎的巴结他，他怎肯忍心害理的违天行事？况且，你的意思,找座庙原为近着父母,我如今把你令尊令堂给你请到你家庙来,岂不早晚厮守?且喜你青云山的'约法三章'我都不曾失信。"

姑娘此时直感激到泪如雨下,无可再言。安老爷道:"且待我点过主,再请你安位。"姑娘又不知这"点主"是怎么样一桩事,只得"入太庙,每事问"。安老爷道:"你不见神牌上'主'字那点还不曾点?神像便叫作开光,神牌便叫作点主。"安太太便拉着姑娘道:"你照旧跪在这里看着,点一点你就磕一个头。"姑娘跪好。安老爷便盥手熏香,请了邓九公、褚一官二位襄点。早有家人预备下朱笔、蓝笔、鸡冠血、净水,邓家翁婿便从龛里请出那神主来。老爷先填了蓝,后盖了朱。姑娘跪在那里只记着磕头,也不及仔细去看。点完了,照旧入龛。

安老爷退下,姑娘站起来。安老爷便说道:"姑娘,这安位可是你自己的事了。但是。他二位老人家自然该双双升座为是,你一人断分不过来,况且,你令尊的神主究竟不好你捧了入龛,这便是我从前合你讲过的女儿家'父亲尊,母亲亲'的话。如今,也叫玉格替你代劳,你便捧了你令堂的那一位。"

姑娘一听,心里说道:"敢则《三礼汇通》这部书是他们家纂的,怎么越说越有礼呢!"只得唯唯答应。

老爷看了公子一眼,公子便上前捧了何公的那一座,何姑娘捧了尚太君的那一座,绕过八仙桌子,分左右一齐奉到那座大龛的神床上,双双安了位。你道可煞作怪,只安公子同何姑娘向上这一走,忽然从门外一阵风儿,吹得那窗棂纸忒楞楞长鸣,连那神幔上挂的流苏也都飘飘飞舞,好象真个的有个神灵进来一般!

一时,大礼告成。早有众家人撤下那张八仙桌去,把供桌安好,随后献上了供品,点齐香烛。有例在前,无可再议,便是公子捧饭,姑娘进汤。供完,安老爷肃整威仪的献了两爵酒,退下来,便让邓九公行礼。

邓九公道:"不然。老弟,今日这回事不是我外着你说,我究竟要算是在我们姑娘这头儿站着,自然尽老弟你合张老大你们两亲家。你二位较量起来,这桩事是你的一番心,你自然该先通个诚告个祭,这之后才是我们。"说着,又回头问着何姑娘道:"姑娘,你想这话是这么说不是?"姑娘连称:"狠是!"安老爷更不推让。便上前向檀香炉内炷了香,行过礼。姑娘便在下首陪拜。众人看那香烛时,只见灯展长眉,双花欲笑,烟结宝篆,一缕轻飘,倒象含着一团的喜气。随后,安太太行过了礼,便是张老夫妻。到了邓九公,便合他女儿、女婿道:"咱爷儿三个一齐磕罢。"

他父女翁婿拜过。邓九公起来,又向安公子道:"老贤侄,你夫妻也同拜了罢,也省得只管劳动你姐姐。"安老爷道:"给他叔父、婶母磕头,岂不是该的!难道还要姑娘答拜不成?"姑娘笑道:"礼无不答',岂有我倒不磕头的礼呢!"张姑娘此时早过去,在西边站了下首。邓九公道:"姑娘,既这么说,可得过上首去。怎么说呢?这里头有个说则:假如你二位老人家在,他们小两口儿磕头的时候,他二位还一揖答两拜,也只好站在上首,断没在下首的。"说着,褚大娘子早把姑娘拉过东边来站着。安公子一秉虔诚的上前炷了香,居中跪下,磕下头去。张姑娘在这边随叩,何姑娘在那边还礼,正跪了个不先不后,拜了个成对成双。

列公,可记得那周后稷庙里的"缄口金人"背上那段《铭》?说道是:"戒之哉!毋多言,多言多败;毋多事,多事多患。"正经方才姑娘还照一年头里那番斩钢截铁海阔天空的行径，"你们既说不用我还礼呀，咱们就算咧！"岂不完了一天的大事！无奈，他此时是凝心静气，聚精会神，生怕错了过节儿，一定要答拜回礼。不想，这一拜，恰恰的合成一个"名花并蒂"，俨然是"金厢玉琢，凤舞龙蟠"！

安老夫妻、邓家父女四个人在后边看了，彼此点头会意，好不欢喜。正在看着，只见那供桌上的蜡烛花齐齐的双爆了一声，那烛焰起的足有五寸余长，炉里的香烟袅袅的一缕升空，被风吹得往里一趗，又向外一转，忽然向东吹去，从何玉凤面前绕到身后，联合了安龙媒，绾住了张金凤，重复绕到他三个面前，连络成一个团圞的大圈儿，好一似把他三个围在祥云彩雾之中一般。玉凤姑娘此时，只顾还礼不迭，不曾留意。大家看了，无不纳罕。安老爷在一旁拈着几根小胡子儿，默然含笑道："'至诚而不动者，未之有也。'子思子良不我欺！"

一时，撤馔、奠浆、献茶，礼毕。褚大娘子便走过来，向玉凤姑娘耳边悄悄说了几句话，姑娘连连点头。只见他走到安老爷、安太太跟前，说道："伯父、伯母，今日此举，不但我父母感情不尽，便是我何玉凤也受惠无穷。方才是替父母还礼，如今，伯父母请上，再受你侄女儿一拜！"安老爷道："姑娘，你我二人说不到此。"安太太忙把姑娘扶起。

邓九公一旁点着头道："姑娘，你这一拜，拜的真是千该万该！只是你看今日这番光景，你还要称他甚么伯父母，竟叫他声父母才是！"姑娘叹了一声道："师傅，我岂无此心？只是大恩不轻言报。论我伯父母这番恩义，岂是空口叫声'父母'报得来的？我惟有叩天默祝，教我早早的见了我的爹娘，或是今生或是来世，转生在我这伯父、伯母的膝下，作个儿女，那才是我何玉凤报恩的日子！"

邓九公大笑道："姑娘，你'现钟不打倒去等着借锣筛'，怎的越说越远，闹到来生去了？依我的主意，他家合你既是三代香火姻缘，今日趁师傅在这里，再把你合他家联成一双恩爱配偶，你也照你张家妹子一般，作他个儿女，叫他声父母，岂不是一桩天大的好事！"

何玉凤不曾听得这句话的时节，还是一团笑脸，乃至听了这话，只见他把脸一沉，把眉一逗，望着邓九公说道："师傅，你这话从何说起？你今日大清早起想来不醉！便是我合你别了一年，你悖悔也不应悖悔至此！怎生说出这等冒失话来？这话你趁早休提，免得搅散了今日这个道场，枉了他老夫妻的一片好心，坏了我师生的三年义气！"这正是：

此身已证菩提树，冰斧无劳强执柯。

要知邓九公听了这话怎的收场，下回书交代。

第二十五回 何小姐证明守宫砂 安老翁讽诵列女传

这回书接着上回，表的是邓家父女不远千里而来，要给安公子、何小姐联姻，见安老爷替姑娘给他的父母何太翁、何夫人立了家庙，教他接续香烟，姑娘喜出望外，一时感激欢欣，五体投地。邓九公见他这番光景是发于至性，自己正在急于成全他的终身大事，更兼受了安老爷、安太太的重托，便要趁今日这个机缘，作个牵丝的月老，料姑娘情随性转，事无不成。不想，才得开口。姑娘便说出“此话休提，免得搅散了今日这个道场，枉了他老夫妻二位一片深心，坏了我师徒三年义气”这等几句话来。

这话要照姑娘平日，大约还不是这等说法。这还算安老爷、安太太一年的水磨工夫，才陶熔得姑娘这等幽娴贞静，又兼看着九公有个师徒分际，褚大娘子有个姐妹情肠，才得这样款款而谈。其实，按俗说，这也就叫作“番了”。

这一番，安老爷、安太太为着自己的事，自然不好说话。张太太是不会调停，褚大娘子虽是善谈，看了看今日这局面，姑娘这来头，不是连顽带笑便过得去的，只说了句：“妹妹，先不要着急，听我父亲慢慢的讲。”此外，就是张老合褚一官，两个人早到厢房合公子攀谈去了。

安老爷见这位大媒才拿起一把蒲扇来，就抡圆里碰了这等一个大钉子，生怕卸了场误了事，只得说道：“姑娘，论理，这话我却不好多言，只是你也莫要错怪了九公。他的来意，正为着你师生的义气，我夫妻的深心，不要搅散了今日这个道场。所以，才提到这句话。”

安老爷这一开口，原想姑娘心高气傲，不耐烦去详细领会邓九公的意思，所以，先把他这三句开场话儿作了个“破题儿”，好往下讲出个所以然来。

那知此刻的姑娘，不是青云山合安老爷初次相见的姑娘了。才听安老爷说了这几句，便说道：“伯父，不必往下再谈了，这话我都明白。倒听我说：人生在世，含情负性，岂同草木无知？自从你我三家在青云山庄初会，直到如今，一年之久，承伯父母的深恩，我师傅合这褚家姐姐的厚意，那一时、那一事、那个去处、那个情节不是要保全我的性命，成就我的终身？我便是铁石心肠，也该知感知情，诸事听命。无奈，我心里有难以告人的一段苦楚，纵让伯父母善体人情，一时也体不到此事。今至此，我也不得不说了。

“想我自从一十六岁才有知识，便遭了纪献唐那贼为他那贼子纪多文求婚的一桩诧事，以至父亲持正拒婚，触恼那贼，坏了性命。我见父亲负屈含冤，都因我的婚姻而起，我从那日，便打了个终身守志，永远不出闺门的主意，好给父亲争这口气。谁知，那纪贼万恶滔天，既逼死我父亲，还放我母女不过，我所以才设法着人送了父亲灵柩回京，我自己便保着母亲逃到山东地面。听说这九公老人家是位年高有德的诚实君子，血性英雄，我才去投奔他；为的是靠他这年纪、声名，替我女孩儿家作一个证明师傅，好叫世人知我母女不是来历不明。

“及至得了那座青云山栖身，我既不能靠着十个指头趁些银钱，换些担柴斗米；又不肯舍着这条身子作人奴婢，看人眉高眼低：却叫我把甚么奉养老母？论我所能的，就是我那把单刀。无法，只得就这条路上，我母女苟且图个生活。及至走了这条路，说不尽的风尘肮脏，龙蛇混杂。已就大不是女孩儿家的身分了。纵说我这个心，心无可愧，见得天地鬼神；我这条身子，身未分明，就难免世人议论。因此，我一到青云山庄，便禀明母亲，焚香告天，对天设誓，永不适人。请我母亲在我这右臂上点了一点‘守宫砂’，好容我单人独骑夜去明来，趁几文没主儿的银钱，供给母亲的薪水。这是我明心的实据，并非空口的推辞。此地并无外人，我这师傅是九十岁的人了，便是伯父你待我的恩情，也抵得个生身父母，不妨请看。”

姑娘一壁厢说着，一壁厢便把袖子高高的掳起，请大家验明。果见他那只右胳膊上，点着指顶大旋圆必正的一点鲜红朱砂印记，作怪的是那点朱砂印记深深透入皮肉腠理，凭怎么样的擦抹盥洗，也不退一些颜色。

当下，邓九公父女合张太太以至那些仆妇、丫鬟看了，都不解是怎生一个讲究。只有安老夫妻心里明白，看着不禁又惊又喜，又疼又爱。

你道他这番惊喜，疼爱从何而来？原来，他老夫妻看准姑娘的性情纯正，心地光明，虽是埋没风尘，倒象形踪诡秘，其实信得及他这朵妙法莲花出污泥而不染，真有个“磨而不磷，涅而不缁”的光景。只是要娶到家来作个媳妇，世上这般双瞳如豆、一叶迷山的，以至糊涂下人，又有几个深明大义的呢？心里未尝不虑到日后有个人说长道短，众口难调。只是他二位是一片仁厚心肠，只感念姑娘救了自己的儿子，延了安家的宗祀，大处着眼，便不忍吹求到此。如今，见姑娘小小年纪，早存了这段苦志深心，他老夫妻更觉出于意料之外，不禁四目相关，点头赞叹。只这番赞叹，把姑娘个宛转拒婚的心思，益发作成了他老夫妻的求亲张本。这便叫“事由天定，岂在人为”。

闲话少说。却说玉凤姑娘证明他那点“守宫砂”，依然放好袖子，褪进手去，对安老爷、安太太说道：“我这番举动也就如古人的‘卧薪尝胆’‘吞炭漆身’一般，原想等终了母亲的天年，雪了父亲的大恨，我把这口气也交还太空，便算了了我这生的事业。那时，叫世人知我冰清玉洁，来去分明，也原谅我这不守闺门是出于万分无奈，不曾玷辱门庭。不想，母亲故后正待去报父仇，也是天不绝人，便遇见你这义重恩深的伯父、伯母，合我师傅父女两人，同心合意，费了无限精神，成全得我何玉凤祸转为福，死里求生，合葬双亲，重归故土。

“便是俗语也道得个‘猫儿、狗儿识温存’，我何玉凤那时若一定不跟你二位老人家回京，便是不识温存，不如畜类。所以，我才预先说明，到京葬亲之后，只求伯父你给我寻座小小的庙儿，近着我父母的坟茔，息影偷生，完成素志。如今，承伯父不枉了我栖身庙宇这句话，特特的给我父母立了这座家庙，不但我身有所归，便是我的双亲也神有所托。这是一片良工苦心，这才叫作‘义重如山，恩深似海’！便算你二位老人家念我搭救你家公子那点微劳，也足足的报过来了。至于人世‘姻缘’两字，久已与我何玉凤无干。便是玉旨纶音，也须原谅个人各有志，更不必再讲到你令郎公子身上了。想来伯父母定该可怜我这苦情，不疑我是推却。”

姑娘这段话，说了个知甘苦、近情理，并且说得心平气和，委屈宛转，迥不是前番在青云山那输理不输嘴、输嘴不输气的样子。

要照这等看起来，敢是今日安老夫妻、邓家父女四人作的这桩事，竟大大的有些欠斟酌。从来问名纳采，古礼昭昭，便是“爱亲作亲”罢，也得循乎礼法。岂有趁人家有事宗庙的这天，大家伙子挤在一处，当面鼓、对面锣，就合人家本人儿嘈嘈起说亲来的？便是段小说，也就作的无理，何况是桩实事！然而，细按下去，却也有个道理。

书里交代过的，安老爷当日的本意，只要保全这位姑娘，给他立命安身，好完他的终身大事。这段姻缘并不曾打算到公子身上。因邓九公父女一心向热，定要给公子联姻，成就这段如花美眷的姻缘。再加上媳妇张金凤，因姑娘当日给他作成这段良缘,奉着这等二位恩勤备至的翁姑,伴着这等一个才貌双全的夫婿,饮水思源,打算自己当日受了八两,此时定要还他半斤;他当日种的是瓜,此时断不肯还他豆子;今生一定要合他花开并蒂,蚌孕双珠,才得心满意足。在安老夫妻,也非不知此刻事事给他办得完全,将他聘到别家才是公心,娶到自家便成私心。转念一想,既要成全他,到底与其聘到别家,万一弄得有始无终,莫如娶到我家,转觉可期一劳永逸。所以,才大家意见相同,计议停当,只在今日须是如此如此。

然则,他四位之中,如安老爷的学问见识,安太太的精明操持,邓九公的阅历,褚大娘子的积伶,岂不深知姑娘的性儿?怎的就肯这等冒冒失失的提将起来?这也有个原故。

在邓家父女一边,是服定了安老爷了,觉得我这把弟、我那二叔的本领,慢说一个十三妹,就让捆上十个十三妹,也不怕弄他不转。在安老夫妻这边,是见姑娘在青云山庄经了那番开导,在船上又受了一路温存,到京里更经了一年作养,近来看姑娘那举止言谈,早把冷森森的一团秋气化成了和蔼蔼的满面春风,认定了姑娘是个性情中人,所以,也把性情来感动他。给他父母安葬,便叫公子扶櫬代劳;给他父母立祠,也叫公子捧主代劳。料想他性动情移,断无不肯俯就之理。再经邓九公年高有德,出来作这个大媒,姑娘纵然不便一诺千金,一定是两心相印;到了两心相印,止要姑娘眼皮儿一低,腮颊儿一热,含羞不语,这门亲事就算定规了。

至于姑娘当日在青云山庄,因他父亲为他的姻事含冤负屈,焚香告天,臂上点了"守宫砂",对天设誓永不适人的这个隐情,便是佟舅太太合他同床睡了将及一年,他的乳母、丫鬟贴身服侍他更衣洗浴,尚且不知,这安老夫妻、邓家父女四位怎的晓得?所以,弄到这边邓老头儿才拿起那把冰斧来,一斧子就碰在钉子上,卷了刃了!那边,安老先生见风头不顺,正待破釜沉舟,讲一篇彻底澄清的大道理,将作了个"破题儿",又早被姑娘接过话来,滔滔不断的一套,把他四位凑起来二百多周儿、商量了将及一年的一个透鲜的招儿,说了个隔肠如见!

安老爷听罢,心里暗道:"这姑娘的见解虽说愚忠愚孝,其实可敬可怜。但是,事情到了这个场中,断无中止的理。治病寻源,他这病源全在痛亲而不知慰亲,守志而不知继志,所以,才把个见识弄左了。要不急脉缓受,且把邓翁的话撇开,先治他这个病源,只怕越说越左。"因向姑娘叹了一声,说道:"姑娘,你这片至诚,我却影响不知,无怪你方才拒绝九公,如今,九公这话且作缓商。但是你这番举动,虽不失儿女孝心,却不合伦常至理。"

"《经》云:'乾道成男,坤道成女,乾坤定而后地平天成;女大须嫁,男大须婚,男女别而后夫义妇顺。'这是大圣、大贤的大经大法,不同那愚夫愚妇的愚孝愚忠。何况,古人明明道着个'不孝有三,无后为大',又道'女子,从人者也'。你这永不适人的主见,我窃以为断断不可。

"你是个名门闺秀,也曾读过诗书,你只就史鉴上几个眼前的有名女子看去——讲孝女,如汉淳于意的女儿缇萦上书救父,郑义宗的妻子卢氏冒刃卫姑;讲贤女,如晋陶侃的母亲湛氏截发留宾,周顗的母亲李氏具馔供客;讲烈女,如韩重成的女儿玖英保身投粪,张叔明的妹子陈仲妇遇贼投崖;讲节女,如五代时王凝的妻子李氏持斧断臂,季汉曹文叔的妻子引刀割鼻;讲才女,如汉班固的妻子曹大家续成《汉》史，蔡邕的女儿文姬誊写赐书；讲杰女，如韩夫人的助夫破虏，木兰的代父从军；以至戴良之女练裳竹笥，梁鸿之妻裙布荆钗，也称得个贤女。

“这班人，才、德、贤、孝、节、烈、智、勇，无般不有，只不曾听见个父死含冤终身不嫁的。这是甚么原故？也不过为着伦常所关，必君臣、父子、夫妇三纲不绝，才得高、曾、祖、父、身、子、孙、曾、元九伦不斁。假若永不适人，岂不先于伦常有碍？”

安老爷这一套老道学话儿，算起椤见线，四方到尽头儿了。无论你怎的笑他迂腐，要驳他，却一个字驳他不倒。

姑娘一听，也知安老爷是一团化解自已的意思，无如他的主意是拿了个老道，转毫不用一丝盛气凌人，只淡淡的笑道：“伯父讲的这些话，怎生不曾听得这班人以前又有一班人作过这些事？想也是从他作起。这永不适人，便从我何玉凤作起，又有何不可？”

列公，我说书的曾经听见老辈说过一句阅历话，道是：“越是京城首善之地，越不出息人。”只看这位姑娘，才在北京城住了几天儿，便不是他从前那“丁是丁，卯是卯”的行径，已经学会了皮子了。岂知，眼前这桩事他只顾一闹皮子，可只怕安老爷就难免受窘！

话休烦絮。却说安老爷料着姑娘不受这话，定有一番雄辩高谈，看他怎的说法，再合他说到本地风光，设法擒题。不想，姑娘闹了个皮子，蔫蔫儿的受了。自己倒出乎意外，一时抓不着话岔儿。

邓九公旁边一看，急了。你道他因甚的着急？他此来本是一片血心，这头儿要卫顾把弟，那头儿要成全徒弟。再不料一开口，先受了那么几句厌话，闹了个两头儿都对不住，算是栽了个悬梁子的大筋斗！这一栽，他觉得比当日在人轮子里栽在海马周三跟前，还露着砢碜！只羞得他那张老脸紫里透红，红里透紫，两眼圆睁，满头大汗，把帽子往上推了一推，两只手不住的往下掳汗。

及至听安老爷接上话了，料着安老爷定有几句吃紧的话问得住姑娘，不想，安老爷不过合他闹了会子“之乎者也”，倒背了有大半本《列女传》，渐渐的话有些钉不住姑娘，大不是前番青云山的样子了；再照这么闹会子文诌诌，这事不散了吗？

因此，他不容安老爷往下分说，便向玉凤姑娘道：“姑娘，你这话不是这么说。俗语说的好：‘在家从父，嫁从夫。’是个娘儿们，没说一辈子不出嫁的。再说，这桩事也不是一天儿半天儿的话了，我实告诉你说罢。”说着，他便把他合安老爷当日笔谈的那天，他女儿怎的忽然提亲，他怎的立刻就要作媒，安老爷怎的料定姑娘不肯，恐致误事，拦他先莫提起，且等姑娘回京服满之后再看机会的话，一直说到他父女今日怎的特来作媒，向玉凤姑娘告诉了一遍。

告诉完了，重新又叫声“姑娘”，说：“你瞧，凭他怎么样，师傅比你晒日头旸儿、看三星儿，也多经了七十多年了，师傅的话没错的。无论你当日对天焚香起的是甚么重誓，都应在师傅身上了，你说好不好？你只依着师傅这话，就算给师傅圆上这个脸了。”

一段话，说了个乱糟糟，驴唇不对马嘴，更来的不着要！把个褚大娘子急得搓手，忙拦他说：“你老人家不要着急，这可是急不来的事，事款则圆。”饶是那等拦他，他还是把一肚子话，可桶儿的都倒出来！

玉凤姑娘一听，心里一想："照这话说起来，这不又是青云山假西宾的样子，我索兴被他们当面装了去了吗？看这局面，连张家夫妻、母女三人，只怕也通同一气。别人犹可，我只恨张金凤这个小人儿没良心！当日，我在深山古庙给他联姻，我是何等开心见诚的待他；今日的事，怎的他连个信儿也不先透给我？更可气的是我那干娘，跟了我将及一年，时刻不离，可巧今日有事不在跟前，剩了我一个人儿，叫我合他们怎生打这个交道？"

心里越想越气，才待要翻。又转念一想："使不得。便算是他们都是有心算计我，人家安伯父、安伯母二位老人家，不是容易，把我母女死的、活的才护送回乡。况且，我父亲的灵柩人家放在自己的坟上，守护了这几年了，难道他从那时候就算计我来着不成？何况人家为我父母立茔、安葬，盖祠奉祀，这是何等恩情！岂可一笔抹倒？就是我这师傅，不辞年高路远，拖男带女而来，他也是为好。更何况，今日我既有了这座祠堂，这里便是我的家了，自我无礼断断不可。还用好言合他们讲礼，凭他万语千言，只买不转我一个，不就结了！"

姑娘主意已定，他便把一脸怒容强变作一团冷笑，向邓九公道："师傅，你老人家怎的只知顾你的脸面，不知顾我的心迹？人各有志，不可相强。即如我安伯父方才的话，岂不是万人驳不动的大道理？但是，一个人存了这片心，说了这句话，岂可丝毫摇动？假如我这心、我这话可以摇动，当日我救这位公子的时候，在悦来店也曾合他共坐长谈，在能仁寺也曾合他深更独对，那时，我便学来那班才子佳人的故套，自订终身，又谁来管我？我为甚么把个眼前姻缘双手送给个萍水相逢、素昧平生的张金凤？只这一节，便是我提笔画押的一件亲供，众人有目共照的一面镜子。师傅，你就不必再絮叨了。"

邓九公道："照姑娘你这么说起来，我们爷儿们今日大远的跑了来干甚么来了？"老头儿这句话来的更乏！

书里表过的，这邓九公虽是粗豪.却也是个久经大敌的老手，怎生会说出这等一句没气力的话来？原来，他心里还彆着一桩事：他此来，打算说成了姑娘这桩好事，还有一份阔礼帮箱，此时彆在心里密而不宣，要等亲事说成，当面一送，作这么大大的一个好看儿。不想，这话越说越远，就急出他这句乏的来了。

姑娘听了这话，倒不见怪，只说道："你老人家今日算来看我，我也领情；算为我父母的事，我更领情；要说为方才这句话来的，我不但不领情，还要怪你老人家的大错！，'

邓九公哈哈大笑道："师傅又错了？师傅错了，你薅师傅的胡子好不好？"

姑娘道："我这话从何说起呢？你老人家合我相处，到底比我这伯父、伯母在先。吃紧的地方儿，你老人家不帮我说句话儿罢了，怎的倒拿我在人家跟前送起人情来？这岂不大怪？再说今日这局面，也不是说这句话的日子，怎么就把你老人家急得这样'钦此钦遵'，倒象非立刻施行不可？你老人家也该想想，便是我不曾有对天设誓永不适人的这节事，这话先有五不可行。"

褚大娘子才要答话，安老爷是听了半日，好容易捉着姑娘一个缝子，可不撒手了。连忙问道："姑娘，你道是那五不可行？"姑娘道："第一，无父母之命，不可行；第二，无媒妁之言，不可行；三无庚帖，四无红定，更不可行；到了第五，我伶仃一身，寄人篱下，没有寸丝片纸的陪送，尤其不可行。纵说五件都有，这话向我一个立誓永不适人的人来说，正是'合金刚让座，对石佛谈禅'，再也休想弄得圆通。说得明白了！"

安老爷道："姑娘，你须知，那金刚也有个不忍，石佛也有时点头。何况，你说的这五桩，桩桩皆有。"因指着他父母的神龛道："你看，这岂不是你父母之命？"又指着邓家父女合张亲家太太道："你看，这岂不是你媒妁之言？你要问你的庚贴，只问我老夫妻。你要问你的红定，却只问你的父母。至于陪送……姑娘，你有的不多，却也不到得并无寸丝片纸，待我来说与你听。"

安老爷这话就如对策一样，才不过作了个策帽儿，还不曾一条条对起来呢。姑娘听了，先就有些不耐烦。邓九公又在一旁拍手道："好哇，好哇！我看姑娘这还说甚么！"安太太恐姑娘着恼，便拉着他的手说："不要着急，慢慢的说着，就有个头绪了。"褚大娘子道："正是这话。好妹子，你只记着我当日合你说的'老家儿说话再没错的'那句话，还是老家儿怎么说，咱们怎么依着。"

姑娘一看这光景，你一言我一语，是要"齐下虎牢关"的来派了。他倒也不着恼，也不动气，倒笑了笑，说道："伯父不必讲了。你二位老人家从五更头闹到此时，也该乏了。我师傅合褚大姐姐大远的跑到这里，也着实辛苦了。竟请伯父、张亲家爹陪了我师傅合褚大姐夫前边坐去，我同伯母合妈妈也陪了褚大姐姐，到厢房说些闲话。你我大家离了这个所在，揭过这篇儿去，方才的话再也休提。如不见谅，我抄总儿说一句：泰山可撼，北斗可移，我这条心、这句话，断不能改！我言尽于此，更不再谈。凭你大家万语千言，却莫怪我不答一字。"

说着，只见他退了两步，果然照褚大娘子前番说的那光景，把小眼皮儿一搭撒，小脸儿一括搭，小腮帮子儿一鼓，抄着两只手在桌儿边一靠——凭你是谁，凭你是怎样合他说着，再也休想他开一开口。这事可糟了，糟狠了！糟的没底儿了！

列公，你道"两好并一好，爱亲才作亲"，"一家不成，两家现在"，何至于就糟到如此？

原来，今日这桩事果然说成，不是还有个十天八天、仨月俩月的耽搁。只因安老爷一愁姑娘难于说话，二愁姑娘夜长梦多，果然一言为定，那问名、纳采、行聘、送妆，都在今日这一天。只在今日酉时，阴阳不将，天月二德，便要迎娶过门了。此刻，这里虽是这等一个清净坛场，前头早已结彩悬灯，排筵设宴，吹鼓手、厨茶房，以致傧相、伴娘，家人、仆妇，一个个擦拳磨掌，吊胆提心的，只等姑娘一句话应了声，立刻就要鼓乐喧天，欢声匝地，连那顶八人猩红喜轿早已亮在前面正房当院子了。安老爷、安太太虽不曾请得外客，也有好几位得意门生，同心至好，以至近些的亲友本家，都衣冠齐楚的在前边张罗，候着贺喜。

不想，姑娘这个当儿拿出那老不言语的看家本事来，请问这一晓噜串儿，叫安老爷一家怎生见人？邓、褚两家怎的回去？便是张老夫妻那逢山朝顶、见庙磕头，合一年三百六十日的白斋，那天才是个了愿？至于安公子，空吧嗒了几个月的嘴，今日之下，把只煮熟的鸭子飞了，又叫张金凤怎的对他的玉郎？又叫何玉凤此后怎的往下再处？你道糟也不糟？此尤其小焉者也。便是我说书的说到这里，就算二十五回团圆了，听书的又如何肯善罢于休？那可就叫作整本的《糟糕传》，还讲甚么《儿女英雄传》呢？

列公，不须焦躁。你只看那安水心先生是何等心胸本领，岂有想不到这里、不防这一着的理？然则，他何不一开口就照在青云山口似悬河的那派谈锋，也不愁那姑娘不低首下心的心服首肯，怎的又合他皮松肉紧的谈了会子道学，又指东说西的打了会子闷葫芦呢？这便叫作"逞游谈，易；发庄论，难"。当日在青云山，是先要笼络住这姑娘，不得不用些权术；今日在此地，是定要成全这姑娘，不能不纯用正经。既讲到舍权用经，凡一切诙谐话、优俳话、譬喻话、影射话，都用不着。

再说，安老爷本是个端方、厚重的长者。少一时，坐在堂前，就要作姑娘的阿翁了，一片慈祥，虽望着姑娘心回意转，却绝不肯逼得姑娘理屈词穷，他心里却早有了个成算。及至见姑娘话完告退，不则一声，老爷便两眼望着太太道："太太，你听，姑娘终改不了这本来至性。你我倒枉用了这番妄想痴心，这便怎样才好？"安太太似笑非笑、似叹非叹的应了一声，老夫妻两个四只眼睛一齐望着媳妇张金凤。

张金凤见公婆递过眼色来，便越众出班的道："今日这事，算我家一桩大事，公婆、父母都在前头，再说，九公合褚大姐姐是客，又专为这事而来，却没媳妇说话的分儿。但是，我姐姐的性格儿，我知道，他但是肯，不用人求；他果然不肯，求也无益。公公不必往下再说了，竟依着我姐姐的话，真个陪九公到前头坐去。让媳妇问问姐姐，或者我姐姐还有甚么不得已的苦衷，说不出的私话，也不可知。我们女孩对女孩儿，没个碍口难说的，只怕倒说的到一处。便是婆婆合妈妈在这里陪着褚大姐姐，正好谈谈这一年不见的闲话儿，也不必费心劳神。这事竟全责成在媳妇身上。公婆想着如何？"

安太太先就说："你小人儿家，可有多大能耐呢？要作这么大事，你能吗？"安老爷摇着头道："媳妇，你看我两个老人家，处在这要进不能、要退不可的去处，得你来接过我们这个担子去，我们岂不愿意？但是，这桩事的任大责重，你却比不得我同九公。我两个作不成，大家不过说一句这事想的不仔细，作的不周全。你一个作不成，有等知道的，道是你姐姐深心执性；有等不知道的，还道是你本就不曾尽心，不曾着力，有心败事，无意成功。傥被亲友中传说开去，你小小年纪，这个名儿却怎生担得起？"

他翁媳两个这阵真话假说着，假话儿真说着，也不知是他家搭就了伏地扣子哟，也不知是那燕北闲人因张金凤从第七回出名，直到第二十五回，虽是逐回的露面登场，总不曾作到他的正传文章，写得他出色。

如今，且不去管他。再说何玉凤先听得张姑娘说他"但是肯的不必人求，果然不肯求也无益"，不觉暗喜，道："到底还是他知道我些甘苦。"及至听他说到也不劳公婆父母，也不用褚家大娘，只把这事责成在他身上这些话，姑娘又不禁转喜为怒起来，暗道："好个小金凤儿！难道连你也要合我嘚啵嘚啵不成？果然如此，可算你'猴儿拉稀——小人儿坏了肠子'了！少停，你不奈何我便罢，你少要奈何我一奈何，我也顾不得那叫情，那叫义，我要不起根发脚把你我从能仁寺见面起的情由，都给你当着人抖搂出来，问你个白瞪白瞪的，我就白闯出个十三妹来了！"想罢，依然坐在那里，一声儿不哼。

张金凤分明看见姑娘那番神情，只不在意。他依然答应公婆道："媳妇岂不知公婆这层怜惜媳妇的心？只有九公同褚大姐姐合姐姐说，姐姐不容说；公婆合姐姐说，姐姐又不容说；我爹妈在此，更不能说；倒有个能说会道的舅母呢，今日偏又不在这里；媳妇若再袖手旁观，难道真个的，今日，这桩事就这等罢了不成？慢说媳妇受些冤枉谈论，便触恼了姐姐，随姐姐怎样，媳妇也甘心情愿。公公只管安坐前厅静听消息，让媳妇这里求姐姐，磨姐姐，央及姐姐。幸而说得成，不敢领公婆的赏赐；万一说不成，再受公婆的责罚。”

安老爷听到这里，只合太太说了声：“太太，我们也只得如此。”说完，拉了邓九公，头也不回竟自去了。

何玉凤看了，越想越气。他在那里梗梗着个小脖颈儿，撑着两个小鼻翅儿，挺着腰板儿，双手扶定克膝盖儿，扐马横枪，只等张金凤过来说话，打算等他一开口，先给他个下马威。

那知人家更不过来。只见他站在当地，向那群婆儿、丫头说道：“你们是听住了热闹儿了？瞧瞧，褚大姑奶奶合二位太太的茶也不知道换一换，烟也不装一袋。也这么给姑娘热热儿的倒碗茶来。”

众人听了，忙着分头去倒茶。倒了茶来，他便先端了一碗，亲自捧到姑娘跟前，说：“姐姐，喝点儿茶。”姑娘欲待不理，想了想，这是在自己家祠堂里，礼上真写不过去，没奈何，站起身来，干了人家一句，说了六个大字，道是：“多礼！我不敢当！”

张金凤也只作个不理会，回身便给褚大娘子装了袋烟。褚大娘子道：“妹子，请坐罢，怎么只是劳动起你来了？”张金凤笑道：“我到你家你怎么服侍我来着呢？”说着，又给婆婆递了袋烟。

安太太一手接烟袋，只扬着脸、皱着眉，望着他长出气。张姑娘但低头微笑，然后，才给他母亲装烟。到了给他母亲装烟，他却不是照那等抽着了，用小绢子擦干净了烟袋嘴儿，闪着身子，把烟袋锅儿顺在左边，烟袋嘴儿让在右边儿，折胸伏背的那等递法儿了。他装好了烟，却用左手拿着烟袋，右手拿着香火，说：“你老人家自己点罢。”原故，并不是他闹姑奶奶脾气，亲家太太那根烟袋实在又辣又臭，恶歹子难抽。

只见那张太太愁眉苦眼的向他道：“姑奶奶，你别闹了。你瞧，这还有甚么心肠抽这烟呢？”张金凤道：“妈不吃会子烟，这亲就说成了？就让你老人家再许三百六十天的不动烟火，不成还是不成啊！”说的褚大娘子合安太太掩口而笑。姑娘听了，益发不受用。

又听安太太吩咐道：“你们也给你大奶奶装袋烟儿。”因合张金凤道：“你有甚么话，只管坐在那里合姐姐说。”张金凤答应一声，过去便挨着玉凤姑娘坐好。恰好，华嬷嬷送上一碗茶来，张姑娘接过茶来，一壁厢喝着，一壁厢目不转睛的只看着那碗里的茶，想主意。

一时，喝完了茶，柳条儿又装上烟来，因见太太在上面坐着，他便隐着烟袋，递给他家大奶奶。张姑娘接过来，不敢当着婆婆公然就咂烟儿，便顺在身旁，回过头去抽了两口，又扭着头喷净了口里的烟，便把烟袋递给跟人，暗暗的摇摇头说：“不要了。”

从来造就人材是天下第一件难事，不懂一个北村里的怯闺女，怎的到了安太太手里才得一年,就会把他调理到如此!

却说张姑娘正待说话,只听婆婆那里吩咐晋升女人道:“你告诉院子里听差的那几个小厮,此时无事,先叫他们出去,等用着再叫。他们那里是听差?都贪着听热闹儿呢。就连你们,也可以换替着在这里伺候。那供桌上的蜡尽了,先不用换呢?”大家答应了一声,忙去传话。

张姑娘这才把身子向玉凤姑娘斜签着坐了,未从开口,先和容悦色低声下气的叫了声“姐姐!”只见姑娘,把眼皮儿往上一闪,冰冷的一幅面孔,问道:“怎么样?”只这第一句,这亲就不象个说的成的样子!张金凤道:“姐姐,我可敢‘怎么样’呢?我只劝姐姐先消消气儿,妹子另有几句肺腑之谈,要合姐姐从长细讲。”这正是:

千红万紫着花未,先听莺声上柳条。

要知那张金凤合何玉凤怎的个开谈,这亲事,到底说得成也不成,下回书交代。

第二十六回　灿舌如花立消侠气　慧心相印顿悟良缘

这回书不及多余交代,便讲何玉凤,他听得张金凤对他说另有几句肺腑之谈,待要合他从长细讲,他便把那一脸怒气略略的放缓了三分,依旧搭撒着眼皮儿,说道:“你若果然有成全我的心,卫顾我的话,就请说;要还是方才伯父合九公说的那套,我都听见了,也明白了,免开尊口!”

张金凤笑道:“姐姐又来了,难道姐姐没听见公婆怎的吩咐我,我怎的回禀公婆?妹子此时除了这话,还有甚么合姐姐说的?只是妹子说的虽是这套话,却合公公说的有些不同。打头公公说的姐姐‘永不出嫁,断使不得’的这句话,妹子此时更不必向姐姐再问原故,合姐姐再讲道理;只知这事是断使不得.得遵着公公的话定了。至于妹子又晓得些甚么,说起来可不能象公公讲的那样圆和宛转,这里头万一有一半句不知深浅的话,还得求姐姐原谅妹子个糊涂,耽待妹子个小。便是姐姐不原谅妹子,不耽待妹子,那怕姐姐就打两下子、骂两句都使得,可不许装糊涂不言语。就让姐姐装糊涂不言语,我可也是‘打破沙锅璺到底’,问明白了,我好去回我公婆的话。这话得先讲在头里。”

姑娘这么一听,他这话来的比自己还皮子,只得绷着个盘儿,说道:“既如此,请教!”张金凤道:“姐姐既要我说,你我这些烦文散话都收起来,咱们只讲实在的。讲实在的,第一,姐姐得看九公这位老人家。姐姐要知道,人家是九十岁的老人家了,他老人家要不为给姐姐提亲这桩事,大约从今日到他庆二百岁,也不肯大远的往京里跑这荡。就算褚大姐姐夫妻二位合你我同辈,为姐妹都是该的,他两个自然也为这九十岁的老人家跑上千的里地,作儿女的不放心,所以,才跟了他老人家来。姐姐替他两个想想:一路服侍这么一位老人家,晓行夜住,渴饮饥餐,人家得悬多少心?费多大神!通共算起来,人家都是为姐姐一个人儿呀!

“再说,姐姐就得看我公婆。我公公去年遭了那等不顺的事,无原无故,只为不会巴结上司,丢了官,惹了气,变了产,破了财.还在县监里坐了两个月,出来依然是满面精神,无烦无恼,据婆婆说,脸面儿比在外头倒胖了。自从心里有了姐姐这件事,今年倒露清减了许多,腰里的带子是我新近缝的,比去年撙进一寸多去了。我婆婆去年这时候合姐姐初次见面的时候,姐姐还该记得真,说起是四鬓刀裁的;自从心里有了姐姐这件事,这些日子,左右鬓角儿上竟有十几根白头发了。这也都是为姐姐。

"讲到我爹妈,却不曾在姐姐跟前有甚么大好处。只我妈,从去年一口白斋直吃到今日,近来更添了半夜里起来烧子时香。这个样儿的冷天,直橛橛的跪在风地里,举着箍香,一面烧香,一面磕头,一直等手里的香尽了才站起来。姐姐在里间屋里跟着舅母睡,大约就未必知道。姐姐只想,我心疼不心疼?我爹是每月初一一荡前门关帝庙,十五一荡前门菩萨庙。这要在内城住,出荡前门可费着甚么呢!姐姐想,从这里去,这是多远道儿?他老人家是风雨无阻,步行去,步行回来,还带着来回不吃一口东西,不喝一点儿水,嘴里不住声儿的念佛。这也都是为姐姐。

"我只想着,姐姐万事都不必讲,只看这五位老人家分上,无论有甚么样的为难,是怎么样的受屈,不必等妹子求,姐姐也该没的说了。姐姐若果然没的说,妹子往下千言万语都不必提,只给姐姐磕头,回复了公婆,就完了事了。"

这张金凤第一段话,主意就来得不弱。只因他一眼看定了,姑娘是个性情中人,所以,只把性情话打动他。要说何玉凤不曾被他打动,绝无此理;只是他心里的劲儿,一时背住扣子了,转不过磨盘儿来。只听他说道:"这话妹子你就不讲,我岂不知?讲到这几位老人家,待我的光景虽是不同,同一恩深义重。须放着我何玉凤不死,我今生能报,便是今生;来世能报,便是来世。天地鬼神都听得见这句诉,我何玉凤绝不食言。要说妹妹你,一定叫我把我的终身大事去在人跟前去报恩,这可断断不能从命!至于你我,我虽说是施恩不望报,你也切莫受恩便忘报。你可记得,你我在能仁寺庙内初会的时候,我待你也有小小的一点人情?今日之下,你不想个方儿帮我罢了。怎的倒拿这话儿挤起我来?妹妹,你莫非也略差了些儿?"

说着,便把那眉头儿一斗,眼神儿一足,便有个待要发作的样子。张金凤不等他发作,说话比先前高了一调。

这个当儿,安太太合褚大娘子只低言悄语在那边闲谈,绝不来管。张太太忽然接上话了,说:"姑奶奶,你好好儿的合他说,别价合他着急掰脸的啊!"

张姑娘一面回答他母亲说:"这事不与妈相干儿,不用你老人家管。"一面合姑娘说道:"我张金凤只道姐姐把从前能仁寺的事忘了呢。原来,姐姐还没忘,这话倒好说了。只是妹子断想不到,落得姐姐说我'不帮姐姐倒挤姐姐'的这句话。姐姐既这等说,大料今日这亲事,妹子在姐姐跟前断说不进去,我也不必枉费唇舌再求姐姐、磨姐姐、央给姐姐了。只是妹子还有几句不知进退的话,不得不交代明白了。为甚么呢?此时,假如妹子说了,姐姐始终执意不从,日后姐姐无的后悔的,妹子也无的抱愧的。一个不说,傥然日后姐姐想过滋味儿,后悔起来,说道:'哎呀,原来如此!'一定说:'当日别人不肯多句话儿罢了,怎的张金凤他也不提补我一声儿?'那时,妹子可就对不住姐姐了。"

他说着,把座儿向前挪了一挪,身子向前凑了一凑,问着何玉凤道:"妹子先要请教姐姐:当初一日,我同姐姐的妹夫玉郎两个人,在黑风岗能仁寺庙里双双落难,他的一条命离见阎王爷就剩了一层纸儿了,我的一条身子离掉在靛缸里,也只差着一根丝儿了,那时亏了谁?全亏了姐姐!姐姐非亲非故,横身出来,弹打了和尚,刀劈了众僧,救了我两个的性命,便是救了我两家的性命,我两家生生世世也感激不尽,报答不来!”

张金凤才说到这里,何玉凤便拦他道:“这是以往之事,与今日何干?要你讲这些没要紧的闲话!”张金凤道:“怎么闲话呢?姐姐,‘盐从那么咸,醋打那么酸’?不有当初,怎得今日?只是我想着,当初姐姐既救了我两家性命,姐姐的心是尽了,事算完了,那时候,我替姐姐计算,真个的,就该尘土不沾,拍腿一走,那怕玉郎他再撞见几个骡夫,我再撞见几个和尚,那是我两个的定数难逃,姐姐于心无愧。我不懂,姐姐无端的把我两个强扭作夫妻,这是怎么个意思?”

何玉凤听了这话,大是诧异,忙说道:“你这话问得奇呀!那时,我见你两个末路穷途,彼此无靠,是我一片好心,一团热念。难道我有甚么贪图不成?”张金凤笑道:“可又来!谁又说姐姐有甚么贪图来着呢?但是我想,我那时候虽说无靠,到底还有我的爹妈;他虽说无靠,合我还算得上个彼此。姐姐如今只剩了孤鬼儿似的一个人儿,连个‘彼此’都讲不到,是算有‘靠’啊?是不算‘末路穷途’啊?还是姐姐当日给我两个作合是‘一片好心、一团热念’,我公婆今日给你两个作合是‘一片歹心、一团冷念’呢?怎么倒招出姐姐一无这个,二无那个这许多累赘来了?请教。”

何玉凤道:“这个又当别论。”张金凤道:“咻,一样的人,一样的事,你,还是当日的你,我,还是当日的我,他,还是当日的他,怎么‘又当别论,呢?姐姐,你方才开口便道是‘一无父母之命’。

“姐姐合妹子都算不得读过书,‘父母之命’的这句书也还该记得,还得明白。这句书的下文是‘钻穴隙相窥,逾墙相从,则父母国人皆贱之。原是比方作官的话,本与女孩儿出嫁无干。就让扣着字面儿讲,说俗了,也说的是一个女孩儿家,有爹娘在头上,要是不等着爹娘许人家儿,自己就在墙上挖个窟窿儿,合人家的男子偷着对相看,相看准了,跳过墙去就跟了人家走了,连他的爹娘合世上的人可就都把他看得轻贱了。这是孟夫子当日合周霄打了一个莺莺,跳过粉皮墙的反《西厢》皮磕儿。不是说爹娘没了,没有爹娘给说人家儿了,这一辈子就该永远不出嫁。要都照姐姐这等讲起来,世界之大,何止万万万人,少说这里头也有一停儿没爹娘的女孩儿,只好都当姑子去罢。那里给他找这些座姑子庵儿呀?

“要讲到姐姐身上,并且说不得‘无父母之命’。这话怎么讲呢?假如我公婆在不曾替姐姐给叔父、婶娘立这座祠堂以前,便合姐姐提到亲事,那无怪姐姐作难。如今,既有了这座祠堂,可是姐姐说的,便算姐姐的家了,这座龛,可也就算得是叔父、婶娘的住房了。我公婆亲自到姐姐家,在他二位老人家跟前,跪在地下求这门亲,这怎么叫‘无父母之命’?姐姐要算一定得他二位老人家应了,才算父母之命;诚则灵,许我公婆诚求,就许他二位老人家有个显应。万事是假的,姐姐只看方才玉郎同你奉主安位的时候,那阵风儿不是个显应吗?方才我公婆行礼的时候,那香烛的一派喜气,不又是个显应吗?”何玉凤听了这话,只管摇头。

张金凤道:“姐姐,你必又是不信这些。请问,到了你我三个人下拜的时候,那一缕香烟忽然的转成那个大圆圈儿,凝结不散,把你我三个团团的围住,还要神气灵感到甚么分儿上去?那个工夫儿,就短了两位神主真个的说一句‘姑爷请起’

了。这是这屋里上上下下三四十人亲眼见的，难道是我张金凤无中生有的造谣言哪，是独姐姐你没看见呢，还是你也看见了不信呢？要说你又讲到你那些甚么英雄豪杰不信鬼神的话，要知道，虽圣人尚且讲得个'鬼神之为德，其盛矣乎'。就让姐姐是个英雄，也不能不信圣人，不信你的父母。"

何玉凤道："你倒底那里来的这些没影儿的话？"张金凤道："就算我这话没影儿，等我说句有影儿的姐姐听。我曾听见公婆说过，当日你家祖太爷临危的时候，你家婶娘正怀着你，你家祖太爷把我公公合你家叔父叫到跟前，亲口嘱咐说：傥得生个男孩儿，便教他跟着我公公读书；即或生个女孩儿，长大也要许个书香人家，配个读书子弟。这话我公公在青云山庄也曾合姐姐说过，姐姐也该记得。难道这也是没影儿的？细想那老人家当日的意思，未必不就指的是今日的事，只是不好明说。老辈子的心思见识，断不得错。便是叔父、婶娘现在，今日之下，我公婆上门求这门亲，他二位老人家想起你祖太爷的话来，只怕还没个不欢天喜地的应许的。然则，方才那些显应，怎见得不是他二位神灵有知，来完成这桩好事？照这等说起来，姐姐不但有'父母之命'，还多着一层'祖父之命'呢。这话方才我公公指点的明白，姐姐不耐烦往下听，就算是'无父母之命'定了。

"姐姐可记得你在能仁寺，给我同玉郎联姻的时候，人家辞婚，开口第一句说的就是'无父母之命'啊！人家可是父母现在，只因不在跟前，婚姻大事不奉父母之命，自己不敢作主。人家的话却比姐姐说得响，理也比姐姐讲得足。那时，姐姐不依，三句话不合，扬起刀来就讲砍人家的脑袋。请问，一个人有个不怕砍脑袋的吗？

"及至人家没法儿了，跪下求姐姐开恩，姐姐这才喜欢了。就在那希脏垒臭的和尚屋子里，桌子上搁了盏灯，说：'这就算你父母之命。'叫我们俩：'朝上磕头罢。'姐姐的话敢不听么？我两个连忙就朝着那盏灯磕了头，算领了父母之命。究竟起来，他的父亲——我的公公，还在山阳县县监里，他的母亲——我的婆婆，还在淮安城饭店里呢。纵说那时候我的父母算在跟前，到底那是他的父母之命啊？这样看起来，人家不奉父母之命，姐姐就可以硬作主张；姐姐站在自家祠堂屋里，守在父母神主跟前，又有这等如见如闻、有凭有据的显应，还道是无父母之命。一般儿大的人，怎的姐姐的父母之命就该这等认真，人家的父母之命就该那等将就？这是个甚么道理？姐姐讲给我听。"

姑娘还是平日那不服输不让话的牌子儿，把眉儿一跳，说道："这个……"不想，只说了这两个字，底下却一时抓不住话头儿。张金凤便问着他道："'这个'，那个呀？姐姐，听着罢，我还有话呢！姐姐方才又道是'二无媒妁之言'。我请教姐姐：倒底怎么是'媒'，怎么是'妁'呀？我知道的是男家的媒人叫作'媒'，女家的媒人叫作'妁'，这是个大礼。到了如今的时候儿，或者两家儿本是至亲相好，请一位媒人的也尽有。再讲到咱们旗人的老规矩，我听婆婆说起来，甚至还有不用媒人，亲身拿柄如意，跪门求亲的呢。讲到姐姐，今日这喜事，不但有媒、有妁，并且还请得是成双成对的媒妁，余外更多着一位月下老人。姐姐不信，只看今日祠堂里这行礼的次序，就知道了：今日这个礼节，讲远近儿，讲岁数儿，讲亲友，讲甚么，也该让九公合褚大姐姐夫妻二位先行礼才是，为甚么大家倒先尽我公婆行礼？我公婆怎么也不谦不让，就先行起礼来了？姐姐心里明白不明白？"

何玉凤道:“这是因伯父母替我家立的祠堂,所以,先请他二位通诚告祭。你难道不知?要来问我!”张金凤道:“我知道是通诚,我知道通的可不是告祭的诚,通的却是求亲的诚。等我告诉明白了姐姐:我公婆的第一起行礼,那就是求亲;我父母第二起行礼,便是男家请来问名的大媒;九公合褚家姐姐夫妻第三起行礼,便是你女家的主婚大媒。现放着媒妁双双,大礼全备,这怎么叫作‘无媒妁之言’?这话,方才公公分明指点给姐姐,姐姐也不耐烦往下听。

“姐姐想想:姐姐当日把我配给玉郎的时候,除了姐姐合姐姐那把刀,那是他的媒?那是我的妁呀?可倒别致,人家作媒是拿把蒲扇,姐姐作媒是拿把刀!一手托两家,当面锣、对面鼓,不问男家要不要,先问女家给不给。那个当儿,我家敢说不给吗?姐姐是恩人么!及至把我家问得牙白口清,千肯万肯,人家这才不要了!姐姐一怒,可就要起刀来了。姐姐可记得,姐姐要刀的那个当儿,可是已经当面把我许给人家了,那时,我只怕他那个死心眼儿,姐姐这个天性,一时两下里合不拢来,姐姐认真把他伤了,姐姐想,我该怎么好?我焉得不急?没法儿,也顾不得那叫羞臊,跟着他跪在地下,求姐姐吩咐,怎么好怎么好。姐姐这才没得说了,手里攧着把刀,奚落了我们一阵,说:‘你们俩,媒都谢了,还闹得是甚么假猩猩儿!’这是我张金凤当日经过的‘大媒姐姐’。姐姐强煞是个黄花女儿呀!

“今日之下,我公婆恭恭敬敬,给姐姐请了这一堂的媒人来,就算我爹妈不能说甚么,不能作甚么,也算一片诚心;褚家姐姐夫妻二位又是成双成对;再加上九公多福多寿的一位老人家——大伙儿跪起,八拜的朝上磕头求亲,姐姐还不认是媒妁之言。请教:这比我们叫人拿着把刀逼着成亲的何如?一般儿大的人,怎么姐姐给我作媒就那样霸道,他众位给姐姐作媒就这等烦难?这是个甚么讲究?姐姐说给我听。”

何玉凤听了这话,渐渐低垂粉颈,索兴连那“这个”俩字也没了,只抬起眼皮儿来恶恶实实的瞪了人家一眼。张金凤道:“姐姐说话呀!瞪甚么?我怄姐姐一句:‘不用澄了,连汤儿吃罢!’等着我还有话呢。姐姐方才又道是‘三无庚帖’。这庚帖,姐姐自然讲究的就是男女两家的八字儿了。要讲玉郎的八字儿,就让公婆立刻请媒人送到姐姐跟前,请问,交给谁?还是姐姐自己会算命啊,会合婚呢?讲到姐姐的八字儿,从姐姐‘噶拉’的一声,我公公、婆婆就知道,不用再向你家要庚帖去。姐姐要说不放心,此时必得把俩八字儿合一合,实告诉姐姐,我家合了不算外,连你家也早已合过了。”

何玉凤道:“今日,你怎的清醒白醒说的都是些梦话?”张金凤道:“我一点儿也不是梦话。我听见说,你家叔父、婶娘从你小时候给你算命,就说你这八字儿四个‘辰’字,叫作‘地支一气,土星重重’,将来是个有钱使的命;要在配个属马的姑爷,合成‘天马云龙’的格局,将来还要作一品夫人呢。这话姐姐要不知道,只问你家戴嬷嬷……大约姐姐不用问,也不是不知道。要果然知道,更用不着装糊涂。至于那些算命瞎生的奉承话儿,原不足信。只讲叔父、婶娘当日给你算命,可可儿的那瞎生就说了这等一句话,你可可儿的在悦来店遇着的是这个属马的,在能仁寺救了的也是这个属马的,你两个只管南北分飞,到底同归故里。姐姐你算,这里头岂不是有个命定么!你同邓九公、褚大姐姐扭得过去,同我公婆扭得过去,你难道还同你的命扭得过去不成？公公方才说：‘你要问庚帖，只问他二位老人家。’说的正是这句话。姐姐不求甚解，只说是无庚帖。

“可怜我张金凤，说婆婆家的时候儿，我知道甚么叫个‘庚铜’啊、‘庚铁’呀！单讲我，还承姐姐问了问我的岁数儿，也就没管我是那月、那日、那时生人；到了玉郎，要不是我方才提他是属马的，大约直到今日，姐姐还不知道他是属鹞鹰的、属骆驼的呢！便没庚帖，我们受姐姐的好处，也作了夫妻了。况且，姐姐的庚帖不是没有，只是此时就请姐姐看，略早些儿。姐姐如果一定要见个真章儿，少一时自然看得见。

“我只问姐姐：一般儿大的人，怎么姐姐给我说人家儿，这庚帖就可有可无？九公合褚大姐姐给你说人家儿，两头儿合婚，有了庚帖还不依？这话怎么讲？姐姐讲给我听。”

张金凤说话的这个当儿，他母亲只愁眉苦眼的一声儿不言语，坐在那里噗哧、噗哧，一袋跟一袋的吃那老叶子烟儿。安太太合褚大娘子二人只管说些闲话，却是留神细听张金凤的话，细看何玉凤的神情。只见何玉凤听了这段话，低首寻思，默默不语。

你道他这是甚么原故？原来，姑娘被张金凤一席话，把他久已付之度外的一肚子事由儿给提起魂儿来，一时摆布不开了。他只在那里口问心、心问口的盘算道：“且住！要讲算命圆梦，这些不经之谈，我可自来不信。只是父母给我算命的这儿句话，却是的确有的。纵说这话不足为凭，前番我在德州作那个梦，梦见那匹马，及至梦中遇着了他，那匹马就不见了。并且我父母明明白白吩咐我的那个甚么‘天马行空，名花并蒂’的四句偈言，这可是真而且真的。我那时便想到他的名字是个‘骥’字，所以，才留心回避，还不曾晓得他是属马。要照张姑娘方才这话听起来，再合上父母给我托的那个梦，算的那个命，莫非……万事果然有个命定么？天哪！我何玉凤怎的这等命苦，要想寻条清净路走走都不能够！”想到这里，不禁长叹了口气。

张金凤道：“姐姐，叹气也当不了说话。我的话还没说完呢。姐姐不用胡思乱想，好好儿的听着啵！姐姐方才又道是‘四无红定’。讲到这层，这个话可就长了。在姐姐想着，自然也该照着外省那怯礼儿——说定了亲，婆婆家先给送匹红绸子挂红，那叫‘红定在先’——我也知道是那么着。及至我跟了婆婆来，听婆婆说起，敢则咱们旗人家不是那么桩事。说也有用如意的，也有用个玉玩手串儿的，甚至随身带的一件活计都使得，讲究的是一丝片纸，百年为定。要论姐姐的定礼，不但比这些东西还贵重，还吉祥，并且两下里早放过定了。说不到‘四无红定’上。”

何玉凤听到这里，心里道：“张姑娘今日只怕是疯了！满算我教你们装了去了罢，我也是个带气儿的活人，难道叫人定了我去，我会不知道？这不是新样儿的吗！”他只顾这等想，却不由的口里要问，又苦于问不出口说：“我的定礼在那里呢？”只急得两只小眼睛儿来回的干转。张金凤知道他心里有些诧异，笑道：“这话姐姐大概又是不信。方才公公说：‘你要问红定，只问你的父母。’分明指的是神龛旁边两个红匣子。姐姐不信，不耐烦，不往下听了么，可叫公公有甚么法儿呢？”

原来，姑娘自从邓九公合他开口提亲，一时事出意外，这半日只顾撕掳这桩事，更顾不及别的闲事。如今，听了这话，猛然想起，愣了一愣，心里说道："是啊，方才，我见抬进那两个匣子来，我还猜道是画像，及至闹了这一阵，始终没得斟酌这句话。他说这两个匣子就是红定，莫非那长些的匣子里装的是尺头，短些的匣子里放的是钗钏？说明之后，他们竟硬放起插戴来？那可益发是生作蛮来，不循礼法！我可也就讲不得他两家的情义，只得破着我这条身心性命，合他们大作一场了！"

喂！说书的，你先慢来，我要打你个岔。可惜这等花团锦簇的一回好书，这一段交代，交代的有些脱岔露空了。这书里表的两个红匣子，就我听书的听了，也料得到定是那张雕弓，那圆宝砚，岂有何玉凤那等一个聪明、机警女子，本人儿倒会想不到此，还用这等左疑右猜？这不叫作不对卯笋儿了么？

列公，不然。书里交代过的：这位姑娘虽是细针密缕的一个心思，却是海阔天空的一个性气，平日在一切琐屑小节上，本就不大经心。即如他当日第一次的借弓，一心只知保护安龙媒、张金凤的性命资财；第一次的留砚，只知这桩东西是他安家一件世传之物，也如自己的雕弓一般。更兼那时庙里闹了那等一个大案，也虑到那砚台落在他人手里，上面款识分明，傥然追究起来，不免倒叫安家受累，此外并无一毫私意。第二回借弓，在他，以为是已竟转赠邓九公的东西了，至于褚大娘子又把那块砚台随手放在他衣箱里，也只道是匆忙之际，情理之常，不足为怪。所以然的原故，却不是这位姑娘没心眼儿，他本没那些无来由的私意，叫他从那里用那些不着己的闲心去呢？这却合那薛宝钗心里的"通灵宝玉"，史湘云手里的"金麒麟"，小红口里的"相思帕"，甚至袭人的"茜香罗"，龙二姐的"九龙骊"，司棋的"绣春囊"，并那椿龄笔下的"蔷"字，茗烟身边的"万儿"，迥乎是两桩事。

况且，诸家小说，大半是费笔墨谈淫欲，这《儿女英雄传》评话，却是借题目写性情。从通部以至一回，乃至一句、一字，都是从龙门笔法来的，安得有此败笔？便是我说书的说来说去，也只看得个热闹，到今日还不曾看出他的旨意在那里呢。足下涉猎一过，又安得有如许的聪明？

然则，这两件东西在案上放了这半日，他也不曾开口问问，打开瞧瞧不成？这可就得细听书里一路交代的情节了。这位姑娘从五更头进门起，五官并用，片刻不闲，将安好位，行过礼，谢了安老夫妻，站起身来，不曾转身，邓九公劈面开口第一句，就讲提亲的这桩事，大家一直嘈嘈到此时，甚么工夫儿容他去问这句话，看这两桩东西？只要这等通前彻后一算，就知这书不是脱岔露空了。列公，莫讶惊，且听鸣凤。

却说张金凤，见何玉凤虽是在那里默坐不语，眉宇之间却露着一团怒气，知他定为着这两个匣子说得含糊，猜不透彻，有些不耐烦。这要搁在平日的张金凤，见了姑娘这个神情，那里还敢合他抗衡？到了今日的张金凤，却同往日大不相同。

这又是何原故呢？一来他自己打定主意，定要趁今日这个机缘，背城一战，作成姑娘这段良缘，为的是好答报他当日作成自己这段良缘的一番好处，便因此受他些委屈也甘心情愿；二来这桩事任大责重，方才一口气许了公婆，成败在此一举，所以，不敢一步放松；三来，他的那点聪明本不在何玉凤姑娘以下，况又受了公婆的许多锦囊妙计，此时，转比何玉凤来的气壮胆粗。更加凡公婆口里不好合他说的话，自己都好说，无可碍口；便是把他惹翻了，今昔情形不同，也不怕他远走高飞，拿刀动杖，这事便有几分可操必胜之权。他主意已定，趁那何玉凤不得主意，他转拉了他一把，道："姐姐，你且合我看看你那红定再讲。"不想这一拉，却正合了何玉凤的式了，暗想道："他既拉我去同看，料想不到得安伯母拿着钗钏硬来插戴，这是还有辗转。"他便跟着张金凤，走到东边案上那个长匣子跟前。

张金凤也不合他说长道短，忙忙的揭开匣盖，只见里边还包着一层红绸子包袱，系着个连环扣儿。及至解了扣儿，打开一看，原来，里面放的便是他自己那张砑金镂银、铜胎铁背、打二百步开外的弹弓儿，周身用大红彩绸扎了个精致，两头弓稍儿上还垂着一对绣球流苏。此时，他早悟到："那一匣不必讲，装着定是那块砚台了。"忙同张金凤过去，一看果然不错。先急得他自己合自己说了一句，道："我说如何！"

他此时待有千言万语要发作出来，明一明自己的心，只是一时不知从那句说起是头一句。重新纳下气去一盘算："这事当日本是我自己多事，然而，我却是一片光明磊落，事出无心。今日之下，被他们无巧不成话的这等一弄，弄得倒象我作得有意了。照这样作起来，我那青云山的'约法三章'，德州的深更一梦，合甚么防嫌咧、躲避咧，以至苦苦要去住庙，岂不都是瞎闹吗？"想罢多会，眉头一皱，计上心来，说："有了！我不管他是生癣生疮，我只合他们生'癞'；我不管他是讲鸡、讲鸭子，我只合他们讲'鹅'！"便向张金凤道："岂有此理！这事可是蛮来生作得的？"

才说得一句，张金凤不容分说，早小嘴儿爆炒豆儿似的接上话，说道："姐姐，这事便算'蛮来生作'，却不干我事，并且不干公婆诸位大媒的事，姐姐就只问天罢。拿姐姐这张弹弓儿说，本是姐姐的东西，从那里说起会到玉郎手里？当日，姐姐同我们在柳林话别，初尝不存一番深心，说看妹子分上，才把这弹弓借给我们。及至交代，姐姐可是亲手儿交给他的。交给他姐姐一件刻不离身的东西，不由的就背在人家身上了。再拿他这块砚台说，本是他的东西，从那里说起会到姐姐手里？当日他失落这块砚台的时候，原出无心。假如是桩别的东西，也就不犯着再去取了。偏偏是这等一件东西，他自己既不能去，就不能不托附姐姐。托附了姐姐他一件刻不离怀的东西，不由得就揣在姐姐怀里了。姐姐想，这岂不是个天意么？这个天意，可都是姐姐自己惹出来的。"何玉凤听到这里，陡然变色，说道："张姑娘，你这话得分清楚些！这等说起来，难道这两桩东西要算我两个败化伤风、私相投赠不成？"

张金凤笑道："姐姐不用哈我，哈我，我也是说。我为甚么说是姐姐自己惹出来的呢？公公方才怎么讲的？'男大须婚，女大须嫁'，是人生一定的大道理。就让姐姐因老人家为自己的姻事含冤负屈，终身不嫁。不嫁就是了，可无端的去告诉天去作甚么？再不想，凭怎么样的告诉天，都由得姐姐；告诉了天，天答应不答应，可得由着天。上天的意思，正因你这番至诚、纯孝，叫你来作这桩孝顺翁姑、相夫教子、持家理纪的事业，好给你家叔父争那口不平之气，慰那片负屈之心。怎能由着你的性儿，容你自在逍遥，过这下半世？这话难道是天告诉我张金凤的不成？谁知道天上是怎么个模样儿呀！只眼前这个理就是天。如果没这层天理，姐姐在悦来店也遇不着安龙媒，在能仁寺也遇不见张金凤，在青云山庄也遇不见我公婆，弓也到不了他手里，砚也到不了你手里，今日，可就没有这件事了。造化弄人，就是这点巧妙！用不着开口，用不着动手，暗中支使个人儿就作成了。甚至不用另支使人，叫他自己就给他自己作成了。从来‘当局者迷,旁观者清’,姐姐,细想这宝砚、雕弓,岂不是天生地设的两桩红定?

“只可笑我张金凤定亲的时候,我两个都是两个肩膀扛张嘴,此外,我有的就是我家拉车的那头黄牛,他有的就是他那没主儿的几个驮骡。只是姐姐却也不曾向我两家问声:‘你们彼此各有个甚么红定?’一般儿大的人,怎么我的红定绝不提起?姐姐这样天造地设的红定,倒说是我家生作蛮来?这话怎么讲?姐姐讲给我听。”

此时,姑娘越听张金凤的话有理,并且还不是强词夺理,早把一腔怒气撇在九霄云外,心里只有暗暗的佩服,却又一时不好改口。无奈何,倒合人家闹了个躄躠,眯瞪着双小眼睛儿,问道:“你这话大概也够着‘万言书’了罢?可还有甚么说的了?”

张金凤道:“话呀,多着的呢!姐姐方才又道是,第五你家没有妆奁赔送。且慢说你我这等人家儿,讲不到财礼上头,便是争财争礼,姐姐现有的妆奁,别的我不知道,内囊儿,舅母都给张罗齐了,外妆,公婆都给办妥了。姐姐要讲不肯用舅母的,那是姐姐自己认的干娘;姐姐要讲不肯用公婆的,公婆用的还是姐姐帮的银子。此外,只怕还有个人儿帮箱,是谁帮箱,帮的是甚么?人家的人情人家会行,此时用不着我告诉。姐姐不到得无妆奁赔送。

“这要再拿我比起来,更是笑话了。当日,承姐姐当着我的面儿,指和尚那堆银子,重换重儿,合人家换了一百金子,给我添箱。这要搁在我家乡,聘十个女儿也用不了,却是姐姐不叫我空手儿进婆家门儿的一番细心。究竟起换金子的那一堆银子来,可是和尚的贼赃——我倒底算姐姐聘的,算和尚聘的呀?一般儿大的人,怎么我的陪送就该那等苟简?姐姐有这些人给办妆奁,还嫌长道短?这话怎么讲?

“这不是吗,姐姐方才说的五件事,公公一一指点得明白,姐姐都不耐烦往下听。如今,妹子桩桩件件都替公公解说出来了,姐姐却是不曾还出我一个字来。我这话那一句讲的不是,姐姐只管驳。姐姐今日总得说出个不肯就我安家这门亲的所以然来,我才依呢!”

可怜姑娘,此时那里还还得出甚么所以然!他自从邓九公合他说了那句提亲的话,始而还只道是老头儿向来的心直口快,想起甚么来说甚么,安老夫妻大概初无此心;及至安老爷一开口,才觉得这话竟是大家要作起来了。无法,只得自己表明心迹,说个倒断。却又被安老爷用四方话一排,他也知是篇大道理,一时驳不动,便也说出个五不可的大道理来。心想挑个斜岔儿,把大家逊出去就完了事了。再不想从旁出来了个张金凤,就本地风光一讲,虽说话儿来的刁钻,却说不得是无父母之命、无媒妁之言、无庚帖红定、无陪送妆奁,至于他说的帮箱的话,也料到定是邓家父女了。

细想起来,“安家伯父、伯母这番深心,九公父女这番义举,便是张家二老,素日在我跟前的勤辛,也就难得。到了今日,我这金凤妹子这番倾心吐胆,更叫我无话可说了。统算起来,这事除了便宜了安龙媒这阿哥之外,这一群人,那一个不是真心为我何玉凤的?我还合人家说甚么?话虽如此,此时我便依了他大家的话,再向天忏悔一番.上天也定原谅我前番的冒昧,只是这句话我可对他们怎么答应得出口来呢？”一阵为难，心窝儿一酸，眼胞儿一热，早点点滴滴落了一衣襟眼泪。张金凤连忙掏出小手巾儿来，一面给他擦着衣裳，一面说道：“完了新藕合皮袄了。姐姐别哭，英雄可没个哭的。哭也得说话。”

却说安太太坐在那里看着，又是爱这过门的媳妇，又是疼那没过门的媳妇，满脸是笑，却又眼泪婆娑的。呆呆的望着他两个，手里擎着烟袋，举了半天，想不起抽来，一袋烟也耽搁灭了，忙递过烟袋去，便向旁边站的女人们道：“你们也给大姑娘合你大奶奶倒碗茶呀。索兴把那小杌子给他姐儿俩搬过去，有甚么话坐下说不好？只是站着，怪乏的。”

说着，又向褚大娘子使个眼色。褚大娘子积伶，早含着袋烟，甩着大宽的袖子，俏摆春风的扭过来，一面走，回头向随缘儿媳妇道：“大姑娘，你也给我搬个坐儿过来。”他三个便在这边坐下。褚大娘子笑向张金凤道：“说是这么说，大妹子，你可不许借着这事叫我们姑娘受委屈。”

张金凤此时看透姑娘意中大有转机，暗道：“等我索兴给他个连三紧板，这件事可就撺掇成了。”恰巧，又遇着褚大娘子无意中凑了这么个话靶儿，他便道：“怎么倒说我委屈了你们姑娘了？大姐姐，你过来得正好，等我把我的委屈诉诉，你听听。”

因合褚大娘子道：“我这姐姐，当日在庙里苦苦的给我择婿，你妹夫是苦苦的向他辞婚。他左问人家一条儿，右问人家一条儿，问到其毕，又问他说：‘你不是定下亲了？便是定下亲，象你们这样世家，三妻四妾的也尽有，这又何妨。’”说着，又回头问着何玉凤道：“姐姐，是这么说的不是？幸而，人家没定亲，假如那时候他竟有个三妻四妾，姐姐叫我跟了他走，我也只好跟了他走，我到他家可算个甚么？姐姐，人的本事有高低，女孩儿的身分可无贵贱哪！你也是个女孩儿，我也是个女孩儿，怎么在我张金凤，人家有了三妻四妾，姐姐还要把我塞给人家；如今，到了姐姐身上，便有许多的作难？姐姐不是多嫌着我一个张金凤啊？若果如此，我张金凤情愿禀明公婆，来替替姐姐看祠堂，也一定要成全了姐姐这桩好事！”

这句话，张金凤可来得促狭，真委屈了人了！那何玉凤此时感他、疼他、爱他，心里还过不去，那有多嫌他的理？这话我说书的都敢下保！果然，把个姑娘说急了，只见他拉住褚大娘子，说道：“大姐姐，你听他说的这是甚么话！”说着，又眉稍微斗，眼角含情，似喜似怒的向张金凤道：“我看你才不过作了一年的新娘子，怎么就学得这样皮赖歪派！”褚大娘子嘻嘻的笑道：“别着急，他怄你呢！我一碗水往平处端。论情理，人家可也真委屈些儿。”

姑娘此时好容易盼得个褚大姐姐凑过来，觉得有了个伴儿，不想，他也顺着竿儿爬到那头儿去了，因说道：“你们这班人，真真不好说话，不管人心里怎样的为难，还只管这等嘻皮笑脸！”张金凤道：“姐姐这就‘为难’了？等我再把我那为过的难说说。”便又告诉褚大娘子：“我这句话，只有你妹夫知道，再我不敢瞒婆婆，便是公公跟前，我也不曾提过。如今说到这里，褚大姐姐不算外人，也还谈得。我这姐姐当初要给我提亲的时候，不曾合我爹妈说，私下先问我愿意不愿意。论我姐姐这条心，可疼我疼的没处疼了。我固然是不肯说，他就蘸着水，在桌子上写了两行字，一行写得是‘愿意’，一行是‘不愿意’，告诉我说：你要不愿意，就把‘愿意’两个字抹了去，留'不愿意'；要愿意，就把'不愿意'三个字抹了去，留'愿意'，就算你说了话了。'那时候，我要说愿意罢，一个女孩儿家，怎么说得出口来？要说不愿意罢，人也得有个天良，是这样的门第我不愿意哟？是这样的公婆我不愿意哟？就拿你妹夫说，相貌品行，心地学问，那一条儿叫我说的上不愿意来？不去抹那字罢，是生拉活拽的闹。大姐姐，只说我为难不为难？我没法儿了，只得用手一阵胡掳，不想，可可儿的把个'不'字儿胡掳了去了。"说着，又问何玉凤道："姐姐，这不是妹子造谣言哪？妹子如今也有几个字儿，请姐姐看看。"

何玉凤听了，嗤的一声道："这样事情，依样葫芦再作一遍，还有甚么意味！'，张金凤道："你且莫管，只跟我来看。"说着，便把姑娘拉到神龛跟前，对着何公、何母两座神主，向姑娘道："姐姐请看，这是几个甚么字？"何玉凤道："这左一位的字是我父亲的官衔，右一位的字是我母亲的门氏，难道你不认得？"张金凤道："姐姐，再往旁边儿看。"

姑娘闪过身子去一看，那神主的右首旁边果然刻着两行字，只是被那神龛边扇儿遮着，一时看不清楚。张金凤道："这样罢，"他便恭恭敬敬、深深的向那神主福了两福，祝告道："叔父、婶母！只得惊动你二位老人家了，请你二位老人家向前升一升儿，自己吩咐我姐姐一句，想来他就没的说了。"说着，他便把那两座神主都往龛外请了一请。

姑娘一看，可了不得了！原来，两座神主下首的旁边，各镌着两行八个小字，归总又是一行三个大字，通共是十一个字，不但是写的，并且是刻的，刻的是："子婿安骥孝女玉凤同奉祀。"姑娘大惊道："这是谁干的？"张金凤道："是刻字匠刻的，我家玉郎写的，是我张金凤的作成，却是我公婆的主意。请问姐姐：此时还是抹了这几个字去，你一人去作何府祠堂扫地、焚香的侍儿？还是存着这几个字，我两个同作安家门里侍膳、问安的媳妇？"

姑娘此时心慌意乱，如生芒刺，如坐针毡，张金凤临了问他的两句话并不曾听见，只呆呆的望着神主上那两行字。半晌，"咳"了一声道："怎的我安伯父、安伯母也作出这样的孟浪事来！"张金凤道："这事作的一点儿也不孟浪，这正个我公婆今日给叔父、婶母立这座祠堂的本意。这座祠堂，也为的是你家祖太爷的师恩，也为的是你家叔父的世谊。这还都不是正文。正文正因为姐姐你在黑风岗能仁寺救了他儿子性命，保了他安家一脉香烟，因此，我公婆以德报德，也想续你何家一脉香烟，才给叔父、婶母立这祠堂，叫你家永奉祭祀。讲到永奉祭祀，无论姐姐你怎样的本领，怎样的孝心，这事可不是一个女孩儿作的来的，所以，才不许你守志终身，一定要你出阁成礼，图个安身立命。

"讲到你出阁成礼，只这北京城里还少甚么公子王孙、郎君子弟？又何必一定叫你嫁到安家，许配玉郎呢？又虑到把你给个不关痛痒的人家儿，丈人绝后不绝后与那女婿何干？所以，不曾合你提到亲事以前，当日在你青云山庄，便叫玉郎扶灵穿孝；今日到你这座家庙，便叫玉郎奉主入祠，使你二位老人家无后如同有后。

"这话还讲得是眼前。再要讲到日后，实指望娶你过去，将来抱个娃娃，子再生孙，孙又生子，绵绵瓜瓞，世代相传，奉祀这座祠堂，才是我公婆的心思，才算姐姐你的孝顺，成全你作个儿女英雄。便是我张金凤的爹妈，也蒙公婆在这西边一带，一样的盖了这样一所房子，作为我爹妈现在的住房，我张金凤将来的家庙。只是我张金凤除了受公婆养育深恩之外，我又有何好处也同姐姐一样呢？这可就是作父母待儿女的心肠，叫作'乖的也疼，呆的也疼'。这都是公婆说不出口的话，妹子如今都告诉明白姐姐了。姐姐只想公婆这番用心深厚到甚么地位？可见老辈的作事，与你我的小孩子见识毕竟不同。

"姐姐此时纵有万语千言，不必合我再讲，我索兴彻底澄清的都合姐姐说了罢。如今，姐姐打错了的那条永不出嫁的主意，是无庸议了。父母之命、媒妁之言、庚帖红定、以至赔送，是都有了。他二位老人家是安了葬了；你一年的服是满了；你家万代的香烟是永永不断了。我公婆的神也淘苦了，心也使碎了。这事也没有十天八天、一月半月的耽搁，一切下茶、通聘、奠雁、送妆都在今日，只今日酉时，阴阳不将，天月二德，便迎娶你过门。姐姐，你此时依也是这样办，不依也是这样办。"

何玉凤听张金凤这话，觉得没一个字不是从肺腑里掏出来的，他登时好似从顶门上浇了一桶冰水，从脚底下起了一个焦雷，只痛得他欲待放声大哭，却也哭不出来，只有抽抽噎噎、声嘶气咽的靠定那张神案，如带雨娇花，因风乱颤。想到安老夫妻合张姑娘的这番好处，立刻粉身碎骨他都情愿，慢讲是娶了他去作新媳妇！

好张金凤！他把心思力量尽到这个分儿上，料定姑娘无不死心塌地的依从了，还愁他作女孩儿的这句话毕竟自己不好出口，因又劝道："姐姐且莫伤心，妹子还有一言奉告，这话并且要背褚大姐姐。"

说着，又把玉凤姑娘搀到东北墙角跟前。那时，许多仆妇、丫鬟以至华嬷嬷、戴嬷嬷、随缘儿媳妇儿、花铃儿、柳条儿几个人正在东边挨窗一带伺候，听了他家大奶奶这番话，也有点头赞叹的，也有伤心落泪的。张金凤便向他们道："你们先躲躲儿，让我们说话。"

他便向何玉凤耳边低低的说道："我知道，姐姐此时已是千肯万肯，不用妹子再絮烦。姐姐，你可还得明白，这不但是我的公婆、我的爹妈合九公、褚大姐姐齐心要盼你同玉郎完成这段美满姻缘，便是我替姐姐打算，四海虽大，九州虽广，你除玉郎一人之外，也断合第二个结不得连理。这话我从何说起呢？你我作女孩的，男子的跟前错走不得一步，到了自己的贴身儿的东西，莫说男子，连自己亲娘都有见不得的时候。姐姐只想，你当日救玉郎的时候，正是他敞胸露怀绑在那里，姐姐上前给他解那条绳子，怎保住个不气息相通，肌肤相近？到了后来，索兴连你的关防盆儿都教人家汕了爪儿了。纵说你玉洁冰清，于心无愧，究竟起来，倒底要算一块温润美玉多了一点黑青，一方透亮净冰着了一痕泥水。只有合他成了百年良眷，便如浮云尽散，何消锦被严遮？姐姐，你道妹子这话说的是也不是？"

这话若说在姑娘一头驴儿一把刀的时候，必想着："心正不怕影儿邪，脚正不怕倒踏鞋"，不过龈然一笑，绝不关心。如今，听了这话，竟同雷轰闪掣一般，如梦方觉！只羞得两耳通红，泪痕满面，双手扯住张金凤的袖子说道："阿呀，妹子！这便怎么处？我此时是方寸摇摇，柔肠寸断，你怎生救救作姐姐的才好！"

张金凤道："姐姐没了主意了？听妹子告诉你：你我作女孩儿的，没一件事不得站住地步，也没有一句话该让人，却也是个英雄豪杰的身分。独有到了自己的婚姻了，甚么叫英雄呀、豪杰呀，只有听天由命，一跤跌在娘怀里，由娘去，怎么好，怎么好。”

何玉凤道：“妹妹，你又来了。我要有个亲娘，今日之下也不到得如此！”张金凤道：“姐姐，怎么拿着你这等一个人，聪明一世，懵懂一时起来？你的意思，不过说婶娘去世，没人来体贴你的心腹。妹子说句不怕你见怪的话，便是有你家婶娘在，他老人家那老实性儿，病痛身子，连自己的起居、衣食还要你来照管，那里还体贴得你这些苦楚？你只看你我这位婆婆，从见你那日起以至如今，是怎生般待你，难道还抵不得你一位亲娘？你此时不趁早儿一跤跌倒他老人家怀里去，还等甚的？”说着，拉住姑娘的袖子只往那边一甩。

何玉凤本是个性情中人，只因他天性过重，后天的那个“情”字扭不过他先天的那个“性”字去，如今，听了张金凤这话，正如水月镜花，心心相印，玉匙金锁，息息相通，竟不回答，也没商量，趁张金凤拉着他的袖子那一甩，就势儿把身子一扭，莲步细碎的赶到安太太跟前，双膝跪倒，两手双关，把太太的腰胯抱住，果然一头拾在怀里，叫了声：“我那嫡嫡亲亲的娘啊！”得了！这正是：

一个圈儿跳不出，人间甚处着虚空？

要知安公子合何小姐成亲怎的热闹，下回书交代。

第二十七回 践前言助奁伸情谊 复故态怯嫁作娇痴

上回书表的是张金凤现身说法，十层妙解，讲得个何玉凤侠气全消；何玉凤立地回心，一点灵犀悟彻，那安龙媒良缘有定。乍听去，只几句闺阁闲话，无非儿女喁喁；细按来，却一片肝胆照人，不让英雄衮衮。

这话，又似乎是说书的迂阔之论了。殊不知凡为女子，必须妇德、妇言、妇容、妇工四者兼备，才算得个全人。又得知道那妇工讲的不是会纳单丝儿纱，会打七股儿带子就完了；须知整理门庭，亲操井臼，总说一句，便是“勤俭”两个字。妇容，讲的不是梳鬅头，甩大袖，穿撒裤脚儿，裁小底托儿就得了；须要坐如钟，立如松，卧如弓，动不轻狂，笑不露齿。总说一句，便是“端庄”两个字。妇言，不是花言巧语，嘴快舌长；须是不苟言，不苟笑，内言不出，外言不入，总说一句，便是“贞静”两个字。讲到妇德最难，要把初一、十五吃花斋，和尚庙里去挂袍，姑子庙里去添斗，借着出善会，热闹热闹，撒和撒和认作妇德，那就误了大事了。这妇德，须孝敬翁姑，相夫教子，调理媳妇，作养女儿，以至和睦亲戚，约束仆婢，都是天性人情的勾当。果然有了妇德，那妇言、妇容、妇工，件件桩桩，自然会循规蹈矩；便是生来的心思笨些，相貌差些，也不失为本色妇女。

却又有第一不可犯，偏最容易犯的一桩事，切切莫被那卖甜酱高醋的过逾赚了你的钱去，你受一个妒嫉的病儿，博一个“醋娘子”的美号。

说书的最讲恕道话。同一个人，怎的女子就该从一而终，男子便许大妻、小妾？这条例本有些不公道。易地而观，假如丈夫这里拥着金钗十二，妻儿那里也置了面首十人，那作丈夫的答应不答应？无如阳奇阴耦，乃造化之微权，此倡彼随，是人生之至理。

偏是这班“醋娘子”，这桩事自己再也看不破，这句话谁也合他说不清。所以，从古至今的妇人，孝顺节烈的尽有，找个不吃醋的竟少少儿的。但是，同样一口醋，却得分一个会吃不会吃。先讲那会吃醋的。如文王的后妃，自然要算千古第一人了。其余大约有三种：一种是“仗心地吃醋”。不是自己久不生育，便是生育不存，把宗祧、家业两件事看得着紧，给丈夫置几房姬妾，自己调理管教，疼起来，比丈夫疼的甚，管起来，比丈夫管的严，不怕那侍妾不敬我如天神，丈夫不感我如菩萨。无论那一房生个孩子，我比他生母还知痛痒、还能教训，人道“妾侧碍于妻齐”，我道“嫡母大似生母”，亲族交赞，名利双收。这种吃醋，要算“神品”。再一种是“靠本领吃醋”。自己本生得一副月貌花容，一团灵心慧性，那怕丈夫千金买笑，自料断不及我一顾倾城；不怕你有喜新厌旧的心肠，我自有换斗移星的手段。久而久之，自己依然不失专房擅宠，那侍妾倒作了个挂号虚名，却道不出他一个“不”字。这种吃醋，叫作“能品”。再一种是“头脸面的吃醋”。或者本家弟兄众多，亲戚宴会，姐妹妯娌谈起来，你夸我耀，彼此家里都有两房姬妾，自己一想，又无儿无女，又有钱有钞，不给丈夫置个妾，觉得在人面上挂不住。没奈何，一狠二狠，给他作成了，却是三面说不到家，一生不得合式。这毛病人人易犯，处处皆同。这种吃醋，便是“常品”。这都讲的是会吃醋的。

如今，再讲那不会吃醋的，也有三种：一种是“没来由的吃醋”。自己也有几分姿容，丈夫又有些儿淘气，既没那见解规谏他，又没那才情笼络他，房里只用几个童颜鹤发的婆儿、鬼脸神头的小婢，只见丈夫合外人说句话，便要费番稽查；望一眼，也要加些防范。甚至前脚才出房门，后脚便差个能行探子前去打探。再不想丈夫也是个带腿儿的，把他逼得房帏以内生趣毫无，荆棘满眼，就不免在外眠花宿柳，荡检逾闲。丈夫的品行也丢了，他的声名也丢了，他还在那里贼去关门，明察暗访。这种吃醋得可笑！一种是“不自量的吃醋”。自己不但不能料理薪水，连丈夫身上一针一线也照顾不来。作丈夫的没奈何，弄个供应栉沐衾裯的人，也算照顾了自己，也算帮助了他，于他何等不妙？他不是左丢一鼻子，便是右扯一眼，甚至指桑骂槐，寻端觅衅。始而，那丈夫还顾名分，侍妾还拘礼法，及至闹到糊涂蛮缠，讲不清了，只好尽他闹他的，人家过人家的。他可竟剩了犯水饮、害肝气疼了。这种醋吃得可怜！一种是“浑头没脑的吃醋”。自己只管其丑如鬼，那怕丈夫弄个比鬼丑的他也不容；自家只管其笨如牛，那怕丈夫弄个比牛笨的他还不肯。抄总儿一句话：要我的天灵盖，着闷棍敲；要我的心头血，用尖刀刺；要讲给丈夫纳妾，我宁可这一生一世看着他没儿子都使得。想纳妾？不能！这种醋吃的却是可怕！世上偏有等不争气、没出豁的男子，越是遇见这等贤内助，他越不安本分，一味的啖腥逐臭，还道是窃玉偷香，弄得个茫茫孽海，醋浪滔天，扰扰尘寰，醋风满地，又岂不大是可惨！

列公，你道好端端的《儿女英雄传》，怎的会闹出这许多醋来？岂不连这回书也"坏了醋了"？这话正因这书里的张金凤合何玉凤而起。如今，把他两个相提并论起来，正是艳丽争妍，聪明相等。论才艺，何玉凤比他有无限本领；论家世，何玉凤比他是何等根基！况且，公婆合他既是累代渊源，丈夫待他自然益加亲厚。这等一个人，便在宦途世路上遇着了，还不免弄成个"避面尹、邢"，怎的肯引他作"同心管、鲍"？不想，张金凤他小小一个妇人女子，竟能认定性情，作得这样到地！不知安老夫妻何修得此佳妇！安公子何修得此贤妻！何小姐何修得此腻友！想到这里，就令人不能不信"不善余殃，积善余庆；乖气致戾，和气致祥"的几句话了。

剪断残言，言归正传。却说安太太见何玉凤经张金凤一片良言，言下大悟，奔到自己膝下，跪倒尘埃，低首含羞的叫了声"亲娘"，知他"满怀心腹事，尽在不言中"。太太便先作了个婆婆身分，不象先前谦让，端坐不动的，一手把他揽在怀里，说道："今日是你大喜的日子，不许伤心。你这才是你父母的孝顺女儿，才是我安家的孝顺媳妇！你方才要没那番推托，不也是女孩儿的身分；如今，要没这番悔悟，也不是女孩儿的心肠。也难为你妹妹真会说，也难为你真听话。我合你公公一年的提心吊胆，到今日，且喜遂心如意了！"说着，便一只手拉起他来，又叫丫头："给你新大奶奶湿个手巾来，把粉匀匀。"

褚大娘子忙一把搀了他过来，说："先歇歇儿罢，站了这半天了。"让再让三，姑娘只摇头不肯坐。褚大娘子此时是乐得眉开眼笑，要露出个娘家的过节儿来。只管让。把个姑娘让急了，低声说道："你怎么这么糊涂？你瞧，这如何比得方才？也有来不来的，我就大马金刀的先坐下的？'"咦！谁说姑娘没心眼儿呀！

按下这边，再整张金凤这半日合何玉凤讲了万言，嘴也说酸了，嗓子也说干了，连嘴说带手比，袖子也累掉了，袖口里的小手巾儿、手纸掉了一地，柳条儿忙着过来给他拣。随缘儿媳妇又倒过一碗茶来。他一面就着那媳妇手里喝茶，一面挽着袖子。又看见华嬷嬷、戴嬷嬷两个在那里悄悄的彼此道喜。他便怄他两个道："嗄！二位嬷嬷倒先认着亲家了。"说着，挽好了袖子，才整衣理鬓，过来给婆婆道喜。安太太自然更有一番嘉奖，不及细述。

他见过婆婆，便走到玉凤姑娘跟前，先深深道了个万福，说道："姐姐大喜。"随又跪下说："妹子今日说话莽撞，冒犯姐姐，可实在是出于万不得已。妹子不这样莽撞，大料姐姐也不得心回意转。我这里给姐姐赔个不是！"姑娘心里这一感一愧，也顾不得大家在坐，连忙跪下，双手把他抱住，叫了声："我那嫡嫡亲亲的妹子！"往下只有哽咽的分儿，却说不出第二句话来。

谁想好事多磨。这个当儿，张太太又吵吵起来了，说："姑奶奶，越说叫你好好儿的合他说，别逼扣他，说结了，咱好给他张罗事情。这天也是时候了，你可尽着招他哭哭咧咧的是作甚么呢？是作甚么呢？"张金凤站起来笑道："人家婆婆都认过了，你老人家还叫我合他说甚么呀？"他道："咱儿着，他依了？真的吗？"褚大娘子道："你老在那儿来着？"他听了，口中念念有词，先念了声"阿弥陀佛"，站起来往外就跑。只听他那两只脚踹得地蹬蹬蹬的山响，掀开帘子就出去了。安太太忙问："亲家，你那里去？"他也不理。张姑娘随后赶到帘子跟前，往外一看，原来，他头南脚北，跪在当院子里碰头呢。只听他咕咚、咕咚，把脑袋碰的山响，说道："神天菩萨！这可好了！"

说着，站起来，趄身又进了屋子，对着那神主也打着问讯，磕了阵头，说："嗳，这都是你老公母俩有灵有圣啊！我多给你磕俩罢！"大家看了，无不要笑。姑娘心里却是更觉不安。定了一定，安太太便道："快着先叫人请你公公合九公去罢，这老弟兄两个不知怎样惦着呢！"

正说着，只听窗外哈哈大笑，正是邓九公的声音，说道："不用请，不用请！我们在此听得多时了。好一个能说会道的张姑娘！好一个听说识劝的何姑娘！这都是我们老弟合二妹子你二位的德行！我这荡没白来了！我们姑娘呢？这还不当见见你这位旧伯伯新公公吗！"

原来，此时姑娘见张老合褚一官都跟进来，人多有些害羞，躲在人背后藏着，褚大娘子忙拉他出来。他便同褚大娘子过去，低头不语的在公公跟前拜了下去。安老爷道："媳妇，起来。你看，这才是天地无私，姻缘有定。我今日才对住我那恩师、世弟。"因合太太说道："太太，我家有何修持，玉格有多大造化，上天赐我家这一双贤孝媳妇！"太太道："这也都是一定。老爷可记得当日出京的时候说的话？说'将来娶个媳妇，不在乎富室豪门，只要得个相貌端庄、性情贤慧、持得家、吃得苦的孩子，那怕他是南山里的、北村里的都使得。'不想，今日之下得了这样相貌端庄、性情贤慧的一对儿，真个一个是南山里的，一个是北村里的。老爷看这两个孩子，还愁他不会持家、不能吃苦么？"老爷道："是呀，我倒不曾想到这里。"因把当日卜三爷给公子提亲不得成的话，告诉了邓九公一遍。

邓九公道："姑娘，你听听，万事由不得人哪！你不信，只看头上那位穿蓝袍子的，他是管作甚么儿的呢？你瞧，如今师傅是把你的终身大事说成了，我同你大姐姐我们爷儿俩还有点臊脸礼儿，给姑娘垫个箱底儿，不值得给你送到跟前来，我才托了我们张老大，都给上了抬了。咱爷儿俩可有句话讲在头里：你可不许不收我的。原故，自从咱爷儿俩认识以后，是说你算投奔我来了，你没受着我一丝一毫好处，师傅受你的好处可就难说了，都搁在一边子。只你路见不平，拔刀相助，替我打倒海马周三那回事，那就算你在世街路上留了朋友，俊了师傅了！讲到那一万银子，原是我弩一口气，同海马周三赌赛的，你既赢了他，我把这银子转来送你，你受之当然。白说咧，你不要我的！及至你偶然短住了，咱爷儿俩的交情，就说不到个'借'字儿，'还'字儿，通共一星子半点子，你才使了我三百金子，这算得个甚么儿？归齐不到一个月，你还转着弯儿到底照市价还了我了。姑娘，在你，算真够瞧的了；你想，师傅九十岁的人，我这脸上也消消的不消消的？今日之下，好容易碰着你这桩事了，多了，师傅也举不起，一千金子，姑娘添补个首饰，一万银子，姑娘买个胭脂粉儿。余外，还有绣缂呢雨、绸缎绫罗，以至实漏纱葛夏布都有，一共四百件子——这也不是我花钱买来的，都是这些年南来北往，那些字号行里见我保得他全镖无事，他们送我的。可倒都是地道实在货儿，你留着陆续作件衣裳。如今，没别的，水过地皮湿，姑娘就是照师傅的话，实打实的这么一点头，算你瞧得起这个师傅了。

不然,你又讲究到甚么施恩不望报的话,不收我的,师傅先合你噶下个点儿:师傅这荡来京,叫我出不去那座彰义门!"

安老爷连忙道:"老哥哥,你这是怎么说!"邓九公满脸发烧,两眼含泪的道:"老弟,你不知道愚兄的窝心,我真对不住他么!"褚大娘子道:"他老人家这话说了可不是一遭儿了,提起来就急得眼泪婆娑的,说这是心里一块病。大妹妹,你如今可好歹不许辞了。"

列公请看,世上照邓老翁这样苦好行情的固然少有,照何小姐那样苦不爱钱的却也无多。讲到"受授"两个字,原是世人一座"贪廉关",然而,此中正是难辨。伯夷饿死首阳,孟子道他"圣之清者也";陈文子有马十乘,我夫子也道他"可谓清矣"。上古茹毛饮血,可算得个清了,始终不能不茹毛、不饮血,还算不曾清到极处。自有不近人情的一班朋友,无故的妻辟纑,妾织蒲,无故的布被终身,饼饵终日。究竟这几位朋友那个是个人物?降而晚近,又合这班不同:口口说不爱钱,是不爱小钱爱大钱;口口说不要钱,是不要明的要暗的。好容易盼得他大的也不爱、暗的也不要了,却又打了一个固位结主、名利兼收,不须伸手,自然缠腰的算盘,依然逃不出一个"贪"字。所以说,"不近人情者,鲜不为大奸大慝。"便是老生常谈,也道是"不要钱原非异事,过沽名也是私心。"又道是"圣贤以礼为归,豪杰惟情自适。"

何小姐原是个性情中人,他怎肯矫同立异?只因他一生不得意,逼成一个激切行径,所以,宁饮盗泉之水,不受嗟来之食。到了眼下,今非昔比,冤仇是报了,父母是葬了,香火烟缘是不绝了,终身大事是妥当了,人生到此,还有甚么不得意处?更兼邓九公合他有个通财之谊,揹子上送了这等一分厚礼,岂有个"大仪全璧"的理?只为的是帮箱的东西,不好谢出口来。安太太怕羞了他,便接口道:"九大爷合大姐姐大远的来了,还这么费心!明日叫媳妇一总磕头罢。"邓九公这才掀髯大乐。

说着,只听厢房里的钟打了十一下了。安太太道:"老爷,可得让九哥合大姑爷吃饭了。"邓九公道:"实不相瞒,方才你们说话这个当儿,我两个同张老大、女婿、大侄儿,都在这厢房里鸦默雀静儿的把饭吃在肚子里了。我们老弟怕我误事,他一口酒也不许我喝,这回来可痛痛的喝一场罢了。"说罢,又呵呵大笑道:"姑娘,你这头儿的事师傅算张罗完了,我可得替我们老弟那头儿张罗张罗去了。"安老爷便陪了他,同张、褚二人往前边去不提。

安太太这里也要到前边张罗事情去,便约褚大娘子过去吃饭。褚大娘子因要合姑娘盘桓盘桓,就等着送亲,因说:"我这里合他娘儿们就吃了,省得回来又过来。"安太太道:"要姑奶奶在这边帮着,我更放心了。"因合张太太道:"亲家,这边小厨房里预备着饭呢,我那里有给媳妇包下的馄饨,里头单弄的菜,回来叫人送过来。亲家,可叫他多吃点儿,闹了这半天了。"

张太太一一答应。安太太便别过褚大娘子,把张姑娘留下,又吩咐何姑娘说:"外边有人,不用出来。"才待着一群仆妇、丫鬟往那边去。大家送到院子里,媳妇提补婆婆这件,婆婆又嘱咐媳妇那件,半日还谈不完。

这个当儿,只剩姑娘一个人儿在屋里,心下想道:"我自从小时候就跟父母在任上,关在衙门里,也走不着个亲友,凡这些婚嫁的喜事,我从没经过。瞧不得我在能仁寺给人家当了会子媒人,共总这女孩儿出嫁是怎么桩事,我还闷沌沌呢!自从去年见了他们，算叫他们把我装在坛子里，直到今日才掏出来。今日，轮到我出嫁了。我到了人家，我该怎么着，该说甚么？这都是褚大姐姐合小金凤儿两个闹的。再说，我这不出嫁的话，我是合我干娘说了个老满儿。方才，他老人家要在跟前儿，到底也知道我是叫人逼的没法儿了，偏偏儿的单挤在今日个家里有事，等人家回来，可叫我怎么见人家呢？"越想，心上烦闷起来。可煞作怪，不知怎的，往日这两道眉毛一拧，就琐在一块儿了，此刻只管要往中间儿拧，那两个眉稍儿他自己会往两边儿展；往日那脸一沉，就绷住了，此刻只管往下瓜搭，那两个孤拐他自己会往上逗。不禁不由就是满脸的笑容儿，益发不得主意。想了半日，忽然计上心来，说："有了，等我合他们磨它子，磨道那儿是那儿！"

说书的，这话却不是大离话。请看人生在世，到了儿女伤心、英雄短气的时候，那满怀的茹苦吞酸，真觉人海茫茫，无可告语。忽然的，有人把他说不出的话替说出来了，了不了的事给了了，这个人还正是他一个性情相投的人，那一时喜出望外，到了衾影独对的时候，真有此情此景。

闲话休提。却说褚大娘子合张太太，送了安太太回来，见姑娘一个人坐在那里，把脊梁靠在墙上，低头无语，手里只弄手巾，便说道："咱们这可到厢房里歇歇儿去罢。回来吃点儿东西，妆扮起来，也就是时候儿了。"姑娘头也不抬，口也不开，只是不动。张姑娘又催道："走哇！姐姐。"他道："我走不动了。"张太太问道："咱又走不动咧？脚疼啊？"他道："我的腿折了。"

这书里自《末路穷途幸逢侠女》一回姑娘露面儿起，从没听见姑娘说过这等一句不着要的话，这句，大概是心里痛快了。要按俗语说，这就叫作"没溜儿"；捏一个白字，便叫作"没路儿"！

张太太道："大好日子的，甚吗话呀？走罢呀！"姑娘道："我走不动。你们大伙儿抬了我去罢。"褚大娘子道："这话早些儿，回来少不得有人抬姑娘。"姑娘从方才一个不得主意，此时是风声鹤唳，草木皆兵，忙问："谁抬我？"褚大娘子道："等到了吉时，人家就拿花红轿儿，八个人儿抬了去了。我不怕你笑话我怯，我长这么大，还是头一遭儿看见大红猩猩毡的轿子，敢是比我们家乡那怯轿子好看多着呢！"

姑娘这才想过来了，瞅了他一眼，嘴里又"啧啧"了两声，说："谁倒是合你们说这些呢。"张金凤又催道："姐姐别搅，快走罢！"姑娘道："你拉的动我，我就跟了你去。"张金凤道："真的呀？"说着，当真用手攥住他的腕子——才一拉，只听姑娘"嗳哟"了一声，说张姑娘："女孩儿家，怎么这么蠢哪！拉的人胳膊生疼！"口里说着，不由得那身子随了张姑娘站了起来，跟着就走。

噫？嘻！这是那里说起！姑娘要些微的动动劲儿，大约捆上二十张金凤，也未必掰得动他一个指头；这么一拉，就会把姑娘的胳膊拉疼了？吾谁欺？斯燕北闲人乎？但是，一个打定主意磨它子的人，不这样一搭赸，叫他怎么下场？又叫那燕北闲人怎生收这一笔？

却说张金凤听了，笑道："我的不是。走罢，走罢！"褚大娘子便在后头推着他，张太太也跟在后面，才往厢房里去。一进门儿，姑娘一抬头，看见方才那付对联，又叨叨起来了，说："这还闹的是甚么'果是因缘因结果'呢！"及至念出口来，自己耳轮中一听，心里忽然悟过来，暗说："且住。这上头一开口四个字，岂不明明白自说的'果是因缘'么！到了果是因缘了,还怕不'因'这个'缘'就'结'那个'果'吗?"随又看下联"空由色幻色非空"七个字,心里又道:"只说出家出家,如今闹到出嫁了,自然是色不是空了,还用讲吗,可不是'空由色幻色非空'是甚么呢?那里的甚么禅语呀！这等看起来,这张画儿一定还有个哑谜儿在里头。"随又仔细一看,早明白了。

张姑娘见他那里发呆,只望着他笑。又听他忽然问道:"这都是谁干的?"张金凤道:"这是婆婆说,姐姐新搬家,墙上怪素的,叫我弄张画儿、找副对子挂上。我想,这是姐姐坐静的地方儿,我就出了个主意,告诉外头画了这么一张,可不知找甚么人画的,那对子,就是才说的那个属马的写的。"

姑娘又看了一看,心里说道:"甚么'七宝莲池''八宝莲池'的,这可不是我梦里的那个'名花并蒂'么?还怕我同张姑娘不跟着那个'天马行空'的同来同去呀！竟搅我么！他们要早告诉了我,何苦叫我打这半天的闷葫芦呢！"一面想,一面扭着头看,一面掀开里间那个软帘儿往里走。进门一抬头,不防屋里床边端端正正坐着一个人,一时意想不到,倒吓了一跳;一看,那人不是别人,正是他干娘佟舅太太。姑娘见了他干娘,脸上却一阵大大的磨不开。要告诉这件事,一时竟不知从那里告诉起。忙上前拉住舅太太说道:"娘,你怎么这时候儿才来?只瞧这里,叫他们闹的这个……"

姑娘这句话不但不接气,并且不成句,妙在说了这半句,往下也没话了。只有素面起红云,低着个头,撅着个嘴。舅太太早已明白他的意思,连忙站起来,拉着他的手,笑道:"姑娘,可大喜了！我不但不是今日这时候才来,我昨日本就没到那里去。我就在前头帮着你公公、婆婆料理你的事来着,倒合褚大姑奶奶谈了半天。这事你不用说了,我从船上见着你那天就全知道了。今日实告诉你:我看你公公、婆婆为难的那个样儿,这里头,还有我给他们出的一半子主意呢！今日这件大喜的事作成了,你这个干女孩儿我可算认着了,这边是我的女儿,那边儿是我的外甥媳妇,还怕你不孝顺我吗!"

舅太太这话是要叫姑娘心里过得去,无奈,姑娘自已觉得脸上磨不开,只得说道:"好,连你老人家也赚起我来了!"说着上了炕,从铺盖垛里抽出个枕头来,面向窗户,躺倒就睡。张太太道:"别价睡了,完了那纂咧!"舅太太道:"亲家太太,你叫他歇歇儿罢,他整闹了这一早起了,天也早呢。"

这个当儿,张姑娘便叫人张罗摆饭。便有安太太给姑娘送过来的喜字馒首、栗粉糕、枣儿粥,又是两碗百和鸳鸯鸭子、如意山鸡卷儿,还有包过来的馄饨,都是姑娘素来爱吃的。一时,都摆在外间炕桌上。舅太太便叫:"姑娘,起来,咱们陪褚大姐姐吃饭去了。"姑娘只在那里装睡不理。张姑娘道:"姐姐,起来罢,不要打主意起磨呀!"姑娘仍不言语。舅太太便向张姑娘打了个手势,张姑娘道:"姐姐,再不起来,我上去膈肢去了。"

原来,姑娘天不怕地不怕,单怕膈肢他的膈肢洼,才听得这句,便笑着说道:"你敢?"张姑娘真个上了炕,呵了呵手,要去膈肢他,他已经笑得咯咯咯咯乱颤。张姑娘便向他两掖抓了两把,他不由的两只小脚儿乱登,便连忙爬起来,这才出外间去吃饭。

舅太太便叫把桌子横过来，让褚大娘子坐了上首，自己下首相陪。玉凤、金凤两个坐在炕里边。姑娘才坐下，话又来了，说："妈怎么不一块儿吃呀？"张姑娘道："姐姐是乐糊涂了，你不知道他老人家吃长斋呀？"姑娘道："这还吃的是那门子的长斋呢，难道今日个还不开吗？"张太太道："不当家花拉的，也有个白眉赤眼儿的就这么开斋的？"舅太太说："你别忙，等着你过了门，看个好日子，你们三个人好好儿的弄点儿吃的，再给亲家太太顺斋，那才是呢。"姑娘道："我不懂，娘这会子又拉扯上人家褚大姐姐作甚么。"褚大娘子笑道："嗳哟！姑太太，不是我哟！我没那么大造化哟！'’姑娘睁着眼问道："那么，那一个是谁？"舅太太只是笑，答应不出来。张姑娘道："还是那个属马的。姐姐吃饭罢。"

姑娘这才不言语了，低着头吃了三个馒头，六块栗粉糕，两碗馄饨，还要添一碗饭。张太太道："今儿个可不兴吃饭哪！"姑娘道："怎么索兴连饭也不叫吃了呢？那么，还吃饽饽。"说着，又吃了一个馒头，两块栗粉糕，找补了两半碗枣儿粥。连前带后，算吃了个成对成双，四平八稳。

饭罢，大家盥漱，烟茶各取方便，仍到里间来坐。早有安老爷、安太太那边差了四个女人来见舅太太。内中晋升女人回道："奴才老爷、太太打发奴才们来回亲家太太，给姑娘送过点儿糙东西来，算补着下个茶，求亲家太太给姑娘穿穿戴戴罢。"舅太太道："狠好，这些东西我都替我们姑娘领了。你们也不用往下搬运，等我们各自回来，把上轿的穿的、戴的拿下来，别的不用动，省得又费一遍事。你们回去：说姑娘磕头，我多多的给你们老爷、太太道谢。你说我乐了。我不乐别的，我没想到，我这辈子也熬到作了亲家太太了！"便有戴嬷嬷等一班人让大家去喝茶，舅太太自己备了赏，倒象新亲一般，办了个热闹。

张亲家老爷合褚大姑爷已经叫人开了正门，外面家人早将聘礼一桌桌的抬进来，摆在东边。褚一官也叫人把他家的帮箱的妆奁摆在西边。舅太太合褚大娘子诸人到院子里看了回来，便悄悄的拉姑娘道："咱们从这窗户眼儿里瞧瞧，别叫九公、褚姑奶奶合你公婆白费了心。"

姑娘此时自是害羞不肯去看，无奈，他本是个天生好事的人，又搭着向来最听娘的说，借这一拉，便挨在玻璃跟前往外看。舅太太一一指点着道："你看，东边儿这八桌是人家家的。那头抬是一匣如意，一匣通书；二抬便是你们那两件定礼；那六抬，是首饰、衣服、铺盖。他们算省了猪羊鹅酒了。西边的八桌，便是九公合褚姑奶奶给你办的妆奁。你瞧，把个小院子儿给摆满了！"说话间，张姑娘合褚大娘子早把应穿应戴的衣裳、首饰一桩桩的拿进来。舅太太打发送礼的男女家人去后，便叫人铺水挖单，放梳头匣儿，催姑娘上妆。

原来，姑娘自遭颠沛，埋首风尘，并不知着意脂粉；接着守制一年，更是无心修饰。这番经舅太太在旁一一的调停指点，匀粉调脂，修眉理鬓，妆点齐整，自己照照镜子，果觉淡白轻红，而且香甜满颊。舅太太道："好看了。可叫妹妹给你梳头罢。"姑娘道："我不叫他梳，还是娘给我梳罢。"舅太太道："今日的头，娘可上不得手了。"说着又"嗳"了一声，便向褚大娘子道："我只恨我一个好好儿的人，怎么到了这些事上，就得算个没用的了呢！"说着，眼圈儿便有些红红儿的。这位舅太太也就算得个"老马嘶风，英心未退"了。

却说这桩喜事,原来安老爷不喜时尚,又彆着一肚子的书,办了个“参议旗汉,斟酌古今”。就拿姑娘上头讲,便不是照国初旧风,或编辫子,或扎丫髻;也不是照前朝古制,用那凤冠霞披。当下,张姑娘便尊着公婆的指示,给他梳了个蟠龙宝髻,髻顶上带上朵云宝盖,髻尾后安上璎络莲地,髻面上盖上镶珠嵌宝过梁儿,两旁插上七星流苏,关上珍珠对挑,后是同心如意,前是富贵荣花,耳上两个硬红宝石坠子。

一时,姑娘便觉头上多了好些累赘。张姑娘晓得姑娘是个不会静坐一刻的,恐他把首饰甩掉了,先用个大红头罩儿给他拢上。拢好了,姑娘对镜一照,忽然笑了一声。张金凤在背后从镜子里看见,说道:“姐姐这一笑,我猜着了,我猜,准是想起在能仁寺从房上跳下来打扮的那个样儿来了。”姑娘也从镜里合他说道:“你怎么这么讨人嫌哪!”

梳妆已罢,舅太太便从外间箱子里拿出一个红包袱来,道:“姑娘,把里衣儿换上。”说着,自己打开,放在炕里边。姑娘一看,原来里面小袄、中衣、汗衫儿、汗巾儿,以至抹胸、膝裤、裹脚、襻带一分都有,连舅太太亲自给他作的那双凤头鞋也在里头。姑娘道:“我怎么日前换了衣裳,又叫换衣裳啊?”舅太太道:“碎呀!你给我换上罢。”

说着,又给他放下玻璃帘儿来。姑娘无法,只得咕嘟着嘴背过脸去,解扣松裙,在炕旮旯里换上。一面低头系着汗巾儿,不觉嘴里又叨叨出一句话来说:“我说呢,好好儿的洗了没两天儿的脚,前日又叫人洗脚作甚么呢。”惹得大家抿嘴而笑。舅太太笑道:“我们这个姑娘,说他没心眼儿,甚么事儿都留心;说他有心眼儿,一会价说话,真象个小傻子儿!”

且住!姑娘这半日这等乱糟糟的,还是冒失无知呢,还是遇事轻喜?都不是。天下作女孩儿的,除了那班天日不懂、麻木不仁的姑娘外,是个女儿,便有个女儿情态,难道何玉凤天生便是那等专讲蹲纵拳脚、飞弹单刀、杀人如麻、挥金如土的不成?何况,如今事静身安,心怡气畅。再加上“人逢喜事精神爽”,怎教他不露些女儿娇痴情态?若果然当此之际,一毫马脚不露,那人便是元奸巨恶,还合他讲甚么性情来!

闲话少说。再整张姑娘见他穿好里衣,便上去给他穿大衣服。因换汗巾儿,又看见那点“守宫砂”,叫舅太太说:“舅母,请过来,看他胳膊上这块,真红的好看!”舅太太看了,也点头赞叹不绝,说:“快给人家穿上罢,怪冷的。”张姑娘便打发他一件件的穿好。因是上妆,不穿皮衣,外面罩件大红绣并蒂百花的披风,砂绿绣喜相逢百蝶的裙儿,套上四合如意云肩,然后,才带上璎络项圈、金镯玉钏。舅太太便叫人在下首给他铺了个大红坐褥坐下,说:“这可不许动了。”

却说姑娘梳洗的这个当儿,外面张老同褚一官早带同这边派定的家人,把那十六抬妆奁送过去。就只送妆的新亲,只得张、褚二位,人略少些。那边,自然另有一番款待,不必细述。

这边才收拾完毕,早听那边“当”,一声锣响,喇叭号筒鼓乐齐奏的响起房来。不想,闯了个没对儿的姑娘,才听得一声锣响,唬了个两手冰凉,只叫娘拉着。褚大娘子道:“可完了我们的创咧!”舅太太是要过祠堂去等着公子来谢妆,姑娘是苦苦的不放。褚大娘子道："我同张家妹子俩人跟着你，难道还怕吗？"这舅太太才得脱身，过去看了看，香烛一切早已预备停当。

那鼓声也就渐听渐近，一是到了门前。早见马蹄儿声音进了大门，便有赞礼的傧相高声朗诵，念道："伏以：

满路祥云彩雾开，紫袍玉带步金阶；

这回好个风流婿，马前喝道状元来。

拦门第一请，请新贵人离鞍下马，升堂奠雁。请！"

屏门开处，先有两个十字披红的家人，一个手里捧着一彩坛酒，一个手里抱着一只鹅，用红绒扎着腿，捆得他噶噶的山叫。那后面便是新郎，蟒袍礼服，缓步安详进来。上了台阶，亲自接过那鹅、酒，安在供桌的左右厢，退下去，端恭肃敬的朝上行了两跪六叩礼。

行着礼，舅太太在旁道："我替他二位说罢：吉期过近，也没得叫姑娘好好儿的作点儿针线，请亲家老爷、亲家太太耽待，姑爷包涵罢。"公子答应着站起来，又回舅太太道："我父亲、母亲吩咐我，叫给舅母行礼。请舅母到厢房里坐下受头。"把个舅太太乐得笑逐颜开，说道："还给我磕头呢，狠好！你就这里给我磕罢，我没这些讲究。"

公子转过身来，便在舅太太跟前磕下头去。舅太太一面拉他，口里说道："你又是我的外甥儿，又是我的女婿，我可不合你说客套。姐姐只管比你大两岁，他可傲性些儿，你可得让着人家，你要欺负了我的孩子，我可不依你！"公子只得笑着答应了个"不敢"。舅太太又道："回去先替我道喜罢，咱们的老规矩儿，今日可不留你喝茶。"公子退了出来，依然鼓乐前导回去。

这奠雁之礼，诸位听书的自然明白，不用说书的表白。那何玉凤姑娘却是不曾经过。听了半日，心里纳闷道："怎么才来就走，也不给人碗茶喝呢？再说，弄只鹅，噶啊噶的，又是个甚么讲究儿呢？"那里晓得这奠雁却是个古礼。怎么叫作"奠"？奠，安也。怎么叫作"雁"？鹅的别名叫作"家雁"，又叫作"舒雁"，怎么必定用这"舒雁"？取其"家室安舒"之意。怎么叫新郎自己拿来？古来，卑晚见尊长，都有个贽见礼，不是单拜老师才用得着。如今，却把这奠雁的古制化雅为俗，差个家人送来，叫作"通信"，这就叫作"鹅存礼废"了。

闲话少说。公子走不多时，只听那边二次响房，舅太太道："快了！"因叫张姑娘把鞋给姐姐换上。姑娘说："这双好，穿着又合式又舒服，怎么还换哪？"说着，张姑娘拿过个小红包儿来，姑娘打开一看，原来是双绿布的，上面钉着单股儿带子的两朵红梅花儿，姑娘白说："不穿了。"舅太太千哄万哄，好容易给他穿上。

张姑娘便把那一双包了个包儿，交给戴嬷嬷带在身上，预备过去好换。才换得妥当，早有人报："太太过来了。"便听得安太太车声隆隆，从后门而来。一时下车，舅太太同张太太、张姑娘都接出去。舅太太笑道："多远儿呀，亲家太太还坐了车来了？"安太太道："甚么话呢？这是个大礼么！回来我可就从角门儿溜回去了，好把车让给你们送亲太太坐。"

一路说笑进门。姑娘见了婆婆，要站起来，太太连忙按住，说："不许动。"因问："吃了点儿东西没有？"张姑娘代答说："吃了一个喜字儿馒头，两块栗粉糕，吃了点儿馄饨,喝了点儿枣儿粥。"倒替姑娘瞒了八成儿"昧心食"。太太还说"吃少了"。

说着,便坐在姑娘对面上首,看他装扮起来益发面如满月,皓齿修眉,不禁越看越爱。舅太太以新亲礼相待,照例,烟而不茶。彼此无非谈些天气晴和诸事吉利的热闹话。看看交了酉初二刻,恰好,轿子也将近到门,安太太便给姑娘盖上盖头,起身回去。这个当儿,舅太太倒回避了,躲在外间排插后面,借着舍不得姑娘在那里落泪。

安太太走后,只听得鼓乐喧天,花轿已到门首。搭进院子来,抽去老杆,众家人手捧进来,安得面向东南。只听戴嬷嬷合随缘儿媳妇,一条一条的往屋里要红毡子。地下两三层的铺得平稳。褚大娘子便递给姑娘一个小金如意儿,一个小银锭儿,两手攥着,取"左金右银,必定如意"之兆。张姑娘又把个苹果送在他嘴边。姑娘被盖头这一握,握得一心的心火,正用得着,便大大的咬了一口,还要再吃,却早拿开了。便听得院子里还是先前那个人咬文嚼字的念道:"伏以:

天街夹道奏笙歌,两地欢声笑语和;

吩咐云端灵鹊鸟,今宵织女渡银河。

拦门第二请,请新人缓步抬身,扶鸾上轿。请!"

褚大娘子、张姑娘扶着姑娘上了轿,安上扶手板儿,放下轿帘儿,扣上葱管儿,搭出轿去。这个当儿,便有许多仆妇伺候褚大娘子上车,先往头里去。这里才叫轿夫上轿杆,打杵稳轿。只听前后招呼一声"请",前面十三棒锣开导,彩灯双照,箫鼓齐鸣,姑娘到底被人家抬了去了!

姑娘上了轿子,只觉四围握盖了个严密,里边静悄悄的、黑暗暗的,只听得咕咚、咕咚的鼓声振耳,觉得比那单人独骑跨上驴儿,深山旷野黑夜微行,大是两般风味,只把不定心头的小鹿儿腾腾的乱跳,又好象是落下了许多事一般。走了半日,忽然想起说:"嗳呀!我怎的临走时节也不曾见着娘?我正有一句要紧要紧的话要问他老人家,一时匆匆不曾问得,此时料想没法回去,这便如何是好?"自己合自己商量了半日,忽然说道:"有了,便是这等。"那知,姑娘心里打的却又是个断断行不去的主意!这正是:

既为蝴蝶甘同梦,怎学鸳鸯又羡仙。

要知何玉凤过门后又有些甚的情节,下回书交代。

第二十八回　画堂花烛顷刻生春　宝砚雕弓完成大礼

这回接着上回。话表送亲太太褚大娘子扶着何玉凤姑娘上了轿,他便出来忙忙上车,从庄园东墙一带绕向前门而来。到了那座大门,只见门外结彩悬灯,迎门设六曲围屏,垂几重绣幕,屏开孔雀,幕展东风;桌儿上,摆列名花,安排宝鼎,当中摆着迎门盅儿。说不尽那醁酒频斟,琥珀光摇金灿烂;琼卮高擗,葡萄香泛碧琉璃。

褚大娘子才下了车,进得门来,早见公子迎门跪着,手擎台盏,在那里敬酒。他满脸堆欢,双手接过酒来,说道:"大爷,请起来,我可禁当不起啊!"公子道:"大姐姐，这个称呼法，我越发不敢起来了。”他才嘻嘻的笑道：“你瞧你这个淘气法儿！我磨不过你，我只好叫你妹夫子了。可得你起来我才喝呢。”说罢，连饮了三杯迎门喜酒，又深深向公子道了一个万福。两旁，许多穿衣戴帽的家人看了，只望着华忠笑，笑得华忠倒有些不好意思。他却坦然无事的扶了个婆儿一路进来。早见安老爷迎过前厅相见。那边，远远的还站着一群华冠鲜服的少年，在那里低言悄语的指点说笑。他料是讲究他，他益发慢条斯理，得意洋洋，俏摆春风，谈笑自若。

不一时，穿过前厅，到了二门，安太太合儿家晚辈亲戚、本家都迎出来。那时，舅太太合张亲家太太在那边送了姑娘，也便从角门过前面来。大家把新亲让进上房，归坐献茶，彼此闲话，等候花轿到门。

趱回来再讲新人。坐在花轿上，但听得大吹大擂，弦管嘈杂。闷在轿子里，因是娘吩咐的不许揭那盖头，动也不敢动他一动。走了也有一会，正在盼到，只听得噶啦啦一片声音，两挂千头百子旺鞭，放得振地价响，鼓手便象是一对对站住，想是到了门了。接着便听得许多人叫道：“开门。”里面却静悄悄的，不听得有人答应。姑娘纳闷道：“怎么使心用计、劳神费力的抬了来，又关上门不准进去呢？”叫了一会，那门仍然不开。听得又是先前那个人高声说道：

“吉地上起，旺地上行，
喜地上来，福地上住。
时辰到了，开门，开门。把喜轿请上来！”

吱喽喽，两扇大门开放，前面花灯、鼓乐一队队进去，轿子才进门。只听那满天星金钱，噌楞呛啷撒得来连声不断。也不知过了几道门，轿夫前后招护了一声“落平”，好象不曾进屋子，便把轿子放下了。姑娘听了听，鼓乐齐住，又听不见个人声儿了，心里又跳起来。你道这轿子为何在当院子里就放下了？

原来，安老爷自从读《左传》的时候，便觉得时尚风气不古，这“先配而后祖”，断不是个正礼。所以，自己家里这桩事，要拜过天地祖先，然后，才入洞房。姑娘那里晓得这个原故。

忽然，静悄悄半天，只听得一声弓弦响，哧的就是一箭，从轿子左边儿射过去；接着便是第二箭，又从轿子右边儿射过去；说时迟，那时快，又是第三箭，却正正的射在轿框上，噔的一声，把枝箭碰回去了。姑娘暗想：“这可不是件事！怎么拿着活人好好儿的当鹄子办起来了？”大约再一箭，姑娘便要施展他那接标的手段。早听得轿旁念道：“伏以：

彩舆安稳护流苏，云淡风和月上初；
宝烛双辉前引道，一枝花影倩人扶。
拦门第三请，请新人降舆举步，步步登云。请！”

一时，两旁鼓乐齐奏，便听得有许多妇女声音围近轿前，拔了葱管儿，掀开轿帘儿，去了扶手板儿，却是褚大娘子、张姑娘带着一对喜娘儿，请新人下轿。姑娘左右扶定了两个喜娘儿，下了轿。只觉得脚底下踹得软囊囊的，想是铺的红毡子。又听那人赞道：“请新贵新人面向吉方，齐眉就位，参拜天地。拈香，跪，叩首，再叩首，三叩首。兴！”姑娘起初也不留心他叨叨的是些甚么，及至赞到那个“跪”字，只觉自己上首有个人咈哧、咈哧的已经跪下了，自己不由得也就随着他跪下。赞道“叩首”,也就随着他磕头。

原来,姑娘平日也看过《聊斋志异》,此时心里忽然想起,说道:“怪不得蒲柳泉作《青梅传》,说那个王阿喜,道是他‘遂不觉盈盈而亦拜也’。这句文章真算得留人的身分,知人的甘苦。敢是这桩事挤住了,竟自叫人没法儿!”

一时,拜罢平身。又听那人赞道:“上堂遥拜祖先!”那张、褚两个引着喜娘儿,便扶定新人上了三层台阶儿,过了一道门槛儿,走了几步,又听旁边仍照前一样的赞唱两跪六叩起来。又听得赞道:“请翁姑上堂,高升上坐,儿媳拜见!”紧接着又赞了一句道:“揭去红巾!”便听安太太那里嘱咐公子道:“阿哥,你可慢慢儿的。”姑娘在盖头里低着头看着地下,只见眼前来了一双靴子脚,又见张姑娘一手拈起个盖头角儿,一手把着新郎的手,用一根红纸裹的新秤杆儿,把那块盖头往上只一挑,挑下来。姑娘好眼亮啊!

那时正是十月天气,夜长昼短,酉末戌初,正是上灯时候。姑娘微抬了抬眼皮儿一看,只见满屋里香气氤氲,灯光璀璨。那屋子,却不是照摆玉器摊子、洋货铺似的那样摆法,只有些名书古画、周鼎商彝,一一的位置不俗。几家女眷都在东间。两旁也排着几名花枝招展的丫鬟,也站着几个服饰鲜明的仆妇。早见公公、婆婆在中堂安了两张罗汉椅子,端端正正坐在那里。

旁边却站着一个方巾襕衫、十字披红、金花插帽、满脸酸文、一嘴尖团字儿的一个人。原来,那人是宛平县学从南省冒考落第的一个秀才,只因北京城地广人稠,馆地难找,便学了这桩傧相礼生的生意糊口。方才,前前后后、里里外外嚷了这半天的,就是他。姑娘才得去了盖头,又听他赞道:“新郎、新妇,叩见父母翁姑。”那时,因是老爷、太太坐在那里受礼,便有陪客女眷把褚大娘子让到东间坐下。

这里地下铺了拜毯,安龙媒居中,何玉凤在左随着,张金凤在右陪着,三个人听着那礼生的赞唱,跪拜仪节行礼。安老爷、安太太左顾右盼,真个是好个佳儿,好双佳妇!老夫妻只乐得眉飞色舞,笑逐颜开的连连点头,只说:“起来,起!起!,’三个人平身站起。礼生又赞道:“跪。”三个人又齐齐跪下。听他赞道:“请堂上致词赐答。”

只听安老爷说道:“你三个人这段姻缘,真是天作之合。玉格从此更该奋志读书上进,两个媳妇便要同心理纪持家,一家和睦,吉事有祥,才不负上天这段慈恩、我两老人这番期望。”安太太道:“你父亲你公公这话说的狠是。从来说‘功名出于闺阁’,只要你们两个一心劝着他读书上进,只怕比个严些的师傅还中用呢。等他中了举人,中了进士,拉了翰林,你两个再一个人给我们抱上两个孙孙,那时候,不但你各人对得住你各人的父母,你三口儿可就都算安家的万代功臣了。”因回头合安老爷说道:“老爷,还有一说。今日,这何姑娘占了个上首,一则,是他第一天进门;二则,也是张姑娘的意思。我想,此后叫他们不分彼此,都是一样。老爷想是不是?”安老爷道:“正该如此。当日娥皇、女英又何曾听得他分过个彼此?讲到家庭,自然以玉凤媳妇为长;讲到封赠,自然以金凤媳妇为先。至于他房帏以内,在他夫妻姊妹三个,‘神而明之,存乎其人’,我两个老人家可以不复过问矣。”这位老先生真酸了个有样儿!不知怎的,听他这路的话儿不觉讨厌!

闲话休提,说书要紧。却说安老爷、安太太说完了话,礼生又赞道:“叩首。谢过父母翁姑。兴!”三个人起来。又听他赞道:“夫妻相见!’褚大娘子早过来,同喜娘儿招护了何姑娘,张姑娘便同那个喜娘儿招护了公子,男东女西,对面站着。两个人彼此都由不得要对对光儿,只是围着一屋子的人,只得到一齐低下头去。礼生赞道:“新人万福。新贵答揖。成双揖。成双万福。跪。夫妻交拜。成双拜!”两个人如仪的行了礼。又赞道:“姊妹相见。双双万福!”

褚大娘子见张姑娘没人儿招护,忙着过来悄悄合张姑娘道:“我来给你当个喜娘儿罢。”张姑娘倒臊了个小脸通红,便转到下首,向何玉凤深深道了个万福,尊声“姐姐”。何玉凤也顶礼相还,低低的叫声“妹妹”。礼生又赞道:“夫妻姊妹连环同见!”他姊妹两个又同向公子福了一福,公子也鞠躬还礼。安老夫妻看了,只欢喜得连说“有趣”,相顾而乐。

礼生赞道:“新人、新贵行绾结同心礼!”早见华嬷嬷、戴嬷嬷两个,手里牵着丈许长两匹结在一处的红绿彩绸,两头儿各绾着个同心彩结,递给两个喜娘儿。东边这人,便把这头儿绾在安公子左手,西边那人,便把那头儿绾在何小姐右手。褚大娘子便从桌上抱过一个用红绢五色线扎着口的鎏金宝瓶,交何小姐左手抱着;张姑娘又送过一个拴彩绸的青铜圆镜子来,交公子右手向新娘照着。

交代停当,只听那礼生念道:“伏以:

一堂喜气溢门阑,美玉精金信有缘;

三十三天天上客。龙飞凤舞到人间。

联成并蒂良缘,定是百年佳耦。绵绵瓜瓞,代代簪缨。红丝彩帛,掌灯送入洞房!”

礼成,礼生告退。安老爷一面犒赏礼生。早见檐下对对红灯引路,张姑娘带着个喜娘儿扶了新郎,擎着那面镜子,手绾彩帛,引着新娘。新娘抱着那个宝瓶,一步步的随行。庭前止了大乐,那些乐工止吹着笙管笛箫,弹着三弦,敲着鼓板,口里高唱“画筵开处风光好”的一套喜词儿,直送到游廊东院那所新洞房去。姑娘一进洞房,早看见摆满一分妆奁,凡是应有的,公婆都给办得齐齐整整。进了东间,但觉烛辉宝炬,香爇沉檀,翡翠衾温,鸳鸯帐暖。妆台边倚着那杆称心如意的新秤,挑着龙凤盖头;两旁便是那和合雕弓,团圞宝砚。

这个当儿,安太太因舅太太不便进新房,张太太又属相不对,忌他,便留在上房张罗,自己也赶过新房来,帮着褚大娘子合张姑娘料理。进门便放下金盏银台,行交杯合卺礼。接着扣铜盆,吃子孙饽饽,放捧盒,挑长寿面。吃完了,便搭衣襟,倒宝瓶,对坐成双,金钱撒帐。但觉洞房中欢声满耳.喜气扬眉。莫讲把何玉凤支使得眼花撩乱,连张金凤在淮安过门时.正值那有事之秋,也不似者番热闹。

褚大娘子本是淘气的人,遇见这等有兴的事,益发一团精神,有说有笑。一时,大礼告成,他便合安公子道:“你的差使算当完了,请罢,外边吃茶。”公子笑着才出得屋门。只见从外进来了一群人,却是今日在此贺喜的梅公子、管子金、何麦舟;乌大爷因是奉旨到通州一带查南粮去了,不得来,打发他兄弟托明阿托二爷来;此外,便是莫友士先生的少君,吴侍郎的令侄;还有安公子两三个同案秀才,连老少二位程师爷、张乐世、褚一官。除了邓九公、安老爷不曾进来,一共倒有十几个人,都进来闹房。

内中梅公子本是个美少年佳公子，又最是年轻淘气，他眼明手快，早劈胸一把把安公子捉住，说："龙媒，那里跑？我只问你有多大艳福！有了张家嫂夫人这等一位尤物，也就尽你消受了，'一之为甚，岂可再乎'？如今，又按图求骏，两美并收。你只顾躲在温柔乡里，外面酒也不给我们斟一杯，茶也不替我们送一盏，礼上可讲得去？没有别的，且把帽子摘下来，让我打你几个脑凿子再讲，竟顾不得你那新人怎的个怜卿爱卿了！"公子羞的两颊绯红，只想要跑。

那几个少年也围上来，内中乌大爷的令弟说道："你们只看龙媒今日作了新郎，这两道眉儿，一副脸儿，益发显得风流俊俏，这大约就叫作'龙凤呈祥'了！"管子金说："那里是'龙凤呈祥'？我猜不是那'女阿郎'给他敷的粉，定是那'雌张敞'给他画了眉，你们不信，只闻他这身香味儿，也不知是惹的花香，是沾的人气？"梅公子听了，便上前按着他的脸闻个不住。公子被他大家你一句、我一句，这个一拳，那个一拳的，臊得真真无地缝儿可钻。

金凤姑娘在屋里听得真切，只在那里含羞而笑。玉凤姑娘却是不曾经过这闹房的旧风气，心里想道："这班人怎的这等尖酸可恶！"又不好问得。落后，还是老程师爷听不过了，说："诸位兄台，不差傪点罢。龙媒大礼告成，也让他出去见见老翁。"

众人那里肯依？张老是向这位一个揖，向那位一个揖，只是讨情。还亏褚一官力大，把个公子生夺硬抢的救护下来，出了房门，一溜烟跑了。众人道："新郎跑了，我们正好看新娘子去！"那时，安太太合张姑娘早躲在西间，众人向洞房里一拥而进。屋里，只有褚大娘子在床上伴着新人，地下便是两个嬷嬷、两个喜娘儿在那里伺候。两个喜娘儿是久惯在行的，见众人进来，便一齐向前拦住道："各位老爷、少爷，新人辛苦了，免闹房罢。"

众人也不听他，一窝蜂向床跟前奔去。内中一个喜娘儿是个扬州人，才得二十来岁，倒也一点点一双小脚儿，他只顾上头扎煞着两只手拦众人，不防下面不知被那个一靴子脚踹在他小脚儿上，只见他皱着眉裂着嘴，抱着脚嚷道："嗳哟喂！痛煞哉！我的菩萨！怎的这等蠢傪！"

褚大娘子见众人围在床前，忙的横着两只胳膊护住姑娘。他一眼看见了褚一官，便拿他扎了个筏子，说道："你也来了，好哇！你们要看新人，只顾看，也是两条眉毛，两个眼睛，两只耳朵，一个鼻子一张嘴！瞧手不能，我告诉你们，也是十个指头，可不能一般儿齐！瞧脚更不能，我也告诉你们，拿营造尺量，不够三寸！你众位一定要看，也容易，可得豁着挨个三拳两脚的再去。我这一撒手儿，姑娘可就来了！"众人一听，说："那可来不得！"大家才嘻嘻哈哈一轰而散，跑出去了。

安太太这里赏了两个喜娘儿，派人去款待他酒饭，一面叫人要了点心汤来，让新人吃。又有舅太太给他弄下可吃的东西，一并送进去。安太太便让了褚大娘子过去赴席。新房只留下两个嬷嬷同晋升媳妇。因随缘儿媳妇是三个月的双身子，又叫了跟舅太太的婆儿老蓝四个人伺候。

新房里头这阵忙，邓九公合安老爷在外面，早已一坛儿半绍兴酒过了手了。老程师爷是喝得当面还席，合衣而卧。一班少年另有两席，还不曾散。只有张亲家老爷只管在席上坐着，却一会儿这里看看火烛，又去那里看看门户，但有家人们没空儿吃饭的,他便在那里替他们照料。因此,那些家人无不感激他,益加敬爱他,不敢一毫轻慢。

一时,内外饭罢,更鼓初交。那些亲友也有预先在附近庙里找下下处住的,也有在此下榻的。邓九公是吃完了饭有他那套步行的工课,绕着湾儿走了会子,便到东书房睡了。安老爷就托张亲家老爷招护公子进去,张老把他送到上房。这日舅太太合张太太商量,也都在新房的对面三间住下,为是多个人照料。安太太见公子进来,叫张金凤先去招护姑娘。

却说姑娘因是拜过堂的,安太太便不教他一定在床里坐,也搭着姑娘不会盘腿儿,床里边儿坐不惯,只在床沿上坐着。大家去吃饭的那个当儿,屋里只有几个婆儿嬷嬷,姑娘无可多谈,且不便多谈。晓得干娘已经过来了,心下却十分欢喜,便叫戴嬷嬷说:"嬷嬷,你快把娘请来,说我想他老人家了。"戴嬷嬷道:"姑娘,今日舅太太可进不来呀,明日早起就见着了。"姑娘一听,心里想道:"是呀,有这一说呀!只是我此刻急等见了娘,要商量一句要紧的话。这句话又不好叫人去传说。如今,娘既不好进来,我又不好出去。事在无法,我只得还是拿定方才轿子里想的那个老主意罢。"

你道这姑娘有甚的飞签火票紧要话?从轿子里闹到此时,他在轿子里想的又是甚的主意?原来,他正为他臂上那点"守宫砂"起见。论起他这点"守宫砂",真是姑娘的一片孝心苦节,玉洁冰清,想着这世是无意姻缘定了。这话除了他自已明白,平日从不曾给人看过。直到今早,冷不防大家迅雷不及掩耳的一提亲事,姑娘急了,才向大家证明这点东西,以明素志。不想,事由天定,人力到底不能胜天,不知不觉,不禁不由就被人家抬了来了。此时,事过一想,倒十分后悔。自已觉道:"今早千不合万不合,不合教大家看这点印记!假如我不说明这话,大家断不得知。如今是扬幡擂鼓,弄到大家都知道了,都看见了。倘然这些女眷们不论那一时、那个人提起来,都拉住手要瞧瞧希希罕儿,那时我却把个'有诗为证'的东西,弄到'流水落花春去也,天上人间'了。别人犹可,只这小金凤儿,虽说我只比他大两岁,我可合他充了这一年的老姐姐了,叫我怎的见他?再说,褚大姐姐又是个淘气精,促狭鬼,他万一撒开了一怄我,我一辈子从不曾输过嘴的人,又叫我合他说甚么?"

这是姑娘"飞来峰"的心事,直到坐上轿子,才想起来要合娘要个主意,已是来不及了。因此,在轿子里自已打了个牢不可破的主意。及至此时,好容易娘来了,心中有些活动,所以,急于要见见娘,偏又见不着面儿。便觉道一想红,二想黑,越发把那个老主意拿铁了。要问他那个老主意,更是可怜!依然是合他们磨它子,打着磨到那里是那里,明日再讲明日的话。行得去行不去,姑娘却没管。

只是这位姑娘,怎的又会这么知古今儿似的呢?他又怎的懂得那"守宫砂"的原由呢?难道他还有那读史书的学问不成?这话不必这等凿四方眼儿,他纵不曾读过史书,难道连《天雨花》上的左仪贞他也不知道不成?

话休絮烦。却说姑娘正在心里盘算,恰好,张金凤从上房过来说:"半日在那边张罗打发饭,没陪姐姐,姐姐还吃点儿甚么不吃?"姑娘此时肚子里不差甚么是分儿了,便说:"不吃了。"张姑娘又告诉他,今日公婆怎的欢喜,大家怎的高兴,邓九太爷喝了多少酒，褚大姐姐也喝的脸红红的了。姑娘倒也合他欢天喜地的闲谈。正谈的热闹，人回："太太过来了。"

只见太太扶着公子进来。玉凤姑娘也恭恭敬敬合婆婆说了几句话，又倒了一碗茶，装了一袋烟。太太坐了片刻，便合三人说道："咱们今日都忙了整一天了，大家都早些安歇罢。"张金凤答应一声。太太便站起来说："我过南屋里找你舅母合亲家太太去，你三口儿都不许出来了。"又合张姑娘说："你招护姐姐罢，也不用过去，我回来也就安歇了。"说着，到南屋转了一转，便过上房去不提。

这里，张姑娘便让公子在靠妆台一张桌儿上首坐了，他姊妹两个对面相陪。一对新人是不吃烟的，伺候的人送上三碗茶，又给张姑娘装了袋烟来。

公子此时是春来天上，喜上眉稍，乐不可支，倒觉满脸周身有些不大合折儿。无奈是宜室宜家的第一出戏，自然得说几句门面话儿，便合何玉凤道："再不想我合姐姐悦来店一面之缘，会成了你我三人的百年美眷。这都是天地的厚德，父母的慈恩，岳父、岳母的默佑，也亏你妹子从中周旋。从此，你我三个人须要倡随和睦，同心合力侍奉双亲，答报天恩，也好慰岳父母于地下！"

公子这几句开门炮儿，自觉来的冠冕堂皇，姑娘没有不应酬两句的。不想，姑娘只整着个脸儿，一声儿不言语。张金凤道："姐姐，合人家说话呀！"姑娘倒转过脸来合他笑笑。公子一看，这没落儿呀！只得又说道："便是你两个当日无心相遇，也想不到今日璧合珠联，作了同床姐妹。岂不是造化无心，姻缘有定！"张姑娘道："姐姐，人家又说了这些句了，开谈哪！怎么发起赸来了呢？"姑娘仍是瞅着他笑笑，不合公子答话。

张金凤怕羞了新郎，只得说道："姐姐今日想是乏了，大家早些安歇罢。"说着，便叫两个嬷嬷烛燃双辉，香添百合，又叫花铃儿、柳条儿两个侍儿，在西间屋里伺候大爷换衣裳。公子起身过去，那柳条儿是服侍惯了的，花铃儿今日是初次服侍大爷，未免有些羞羞惭惭，不甚得劲儿。

这边，张姑娘便让新人方便，自己服侍他卸了妆，便吃着袋烟，同他坐在床沿上合他谈心。谈了几句，悄悄的在他耳边又不知说些甚么，那玉凤姑娘一一的点头答应。及至听到这番悄悄儿的话，立刻把脸一整，便嚷起来道："嗳？那你可是白说了！"张姑娘听了，两只小眼睛儿一愣，心里说："这是甚么话？挤到这会子了，怎么说白说了呢？"正待合他再讲，公子早从那屋里换完衣裳，穿着件一裹圆儿，戴着顶小帽子，靸着双鞋过来。张姑娘只得把话掩住。

一时，两个嬷嬷进和合汤，备盥漱水。张姑娘便催新郎给新人摘了同心如意、富贵荣华，都插在东南墙角上。因又嘱咐说道："姐姐，方才听见婆婆吩咐了，叫早些睡呢。我也睡去了，明早过来给姐姐道喜。"说着，才待举步。姑娘一把拉住他道："你不准走！"张姑娘生怕惹出他的累赘来，一面甩脱了袖子就走，一面回头笑向新娘道："屈尊成礼。"笑向新郎道："勉力报恩。"又拱了拱手，向他二人同道："暂且失陪，明日再会。"说着，便笑嘻嘻的把门带上去了。

张金凤这一走，姑娘这才离开那张床，索性过挨桌子那边坐下了。公子道："姐姐，二更了，我们睡罢。"说了两遍，照例的不理。公子只得用大题目来正言相劝，说道："姐姐，你只管不肯睡，却不想二位老人家为你我两个费了一年的精神，又整整劳乏了这几日，岂有此时还劳老人家悬念之理？”

说了半日，姑娘却也不着恼，也不嫌烦，只是给你个老不开口。公子被他磨得干转，只得自己劝自己说：“这自然也是新娘子的娇羞故态，我不搀他过来，他怎好自己走上床去？”一面想着，便走到姑娘跟前，搀住姑娘的手腕子，嘴里才说得个“姐姐，请睡，不要作难。”

一句没说完，姑娘只把腕子轻轻儿的往怀里一带，公子早立脚不稳，一个扑虎儿往前一扑，险些就要磕在那铜盆架上咧！只见姑娘抬起一只小脚儿来，把那脚面一绷，平伸腿往上一挑，早把个新郎擎住了，不曾跌下去。新郎盘杠子似的盘了半日，才站起来，笑道：“怎么又拿出看家的本事来了？”姑娘到底不作一声儿，索兴躲到挨门儿一张杌子上，靠门坐着。

这边，两个新人在新房里乍来怎去，如蛱蝶穿花；欲即欲离，似蜻蜓点水。只苦了张金凤自听了姑娘那“可是白说了”的一句话，捏着两把汗，只恐把一番好事变作一片战场，打将起来。坐在西屋里，只放心不下。待要私下走过去听听，又恐这班仆妇、丫鬟不知其中的底理深情，转觉外观不雅。没奈何，带了两个嬷嬷，悄地里站在窗前，听了半日，不闻声息，忽然听得新郎“强”的一声笑将起来。

你道他因甚的笑将起来？原来，他因被这位新娘磨得没法儿了，心想：这要不作一篇偏蜂文章，大约断入不了这位大宗师的眼。便站在当地向姑娘说道：“你只把身子赖在这两扇门上，大约今日是不放心这两扇门。果然如此，我倒给你出个主意：你索兴开开门出去。”不想，这句话才把新姑娘的话逼出来了。他把头一抬，眉一挑，眼一睁，说：“啊？你叫我出了这门到那里去？”公子道：“你出了这屋门，便出房门，出了房门，便出院门，出了院门，便出大门。”姑娘益发着恼，说道：“吓，待轰我出大门去？我是公婆娶来的，我妹子请来的，只怕你轰我不动！”公子道：“非轰也。你出了大门，便向正东青龙方，奔东南巽地，那里有我家一个大大的场院，场院里有高高的一座土台儿，土台儿上有深深的一眼井。……”姑娘不觉大怒，说道：“哇！安龙媒！我平日何等待你，亏了你那些儿？今日才得进门，坏了你家那桩事？你叫我去跳井？”公子道：“少安无躁！往下再听。那井口边也埋着一个碌碡，那碌碡上也有个关眼儿。你还用你那两个小指头儿，扣住那关眼儿，把他提了来，顶上这两扇门，管保你就可以放心睡觉了。”姑娘听了这话，追想前情，回思旧景，眉头儿一逗，腮颊儿一红，不觉变嗔为喜，嫣焉一笑。只就这一笑里，二人便同入罗帏，成就了百年大礼。张金凤听到这里，先默默的念了一声：“我那南无大慈大悲救苦救难广大灵感的碌碡哇！可够了我的了！”

列公，你看这位姑娘的磨劲大不大？但是，那安老夫妻虽然被他磨了一场，到底酬了素志，还得了个佳妇。安龙媒、张金凤虽然被他磨了一场，到底一慰亲心而得艳妻，一被贤名而得腻友。便是那邓家父女，以至佟舅太太，或破资财成义举，或劳心力尽亲情，也到底算交下了一个人，作完了一桩事。只可怜那作《儿女英雄传》的燕北闲人，这事与他何干？却累他一丸墨是磨灭了，一枝笔是磨秃了，心血是磨枯了，眼光是磨散了。从这书的第四回《末路穷途幸逢侠女》起，被他没日没夜的磨，磨到第二十八回，才磨得《宝砚雕弓完成大礼》。

咳！百岁光阴有限，一生事业无穷，那燕北闲人果然生来的闲身闲心，现成的闲茶闲饭,闲得没事作,教他弄这闲笔墨,消这闲岁月倒也罢了;想来他也该作得些些事业,爱个小小声名,也须女嫁男婚,也须穿衣吃饭。却都不许他作,偏偏的要他作个闲人,闲人之为闲人,苦矣!倘然不亏这等一磨,却叫他怎的夜磨到明,早磨到晚?

闲话休提,言归正传。却说张金凤听得一对新人双双就寝,才觉出两只小脚儿站了个生疼,连忙扶了个人,过上房去见公婆。那时,褚大娘子合几家亲族女眷都已分头安睡,只有那为儿孙作马牛的一双老人家,还在那里闲谈静候。张姑娘把话悄悄的回了婆婆,他两老才得放心。张姑娘也就回房,还招护了母亲、舅母,然后就寝。

一宿晚景提过,次日便是筵席。才交五鼓,张姑娘便起来梳洗妆饰,也打扮得花枝招展,绣带翩跹。一切完毕,正要过去请新郎起来,早见公子笑吟吟过这屋里来,张姑娘连忙起来道喜。公子道:"与卿同之。"又道:"闲话休提,你且给我梳了辫子,好让我急急的洗脸穿衣,去禀知父母,请二位老人家欢喜放心。"张姑娘道:"正该如此。只是我得张罗姐姐去了,你叫嬷嬷给你梳罢。"公子道:"无论谁梳都使得。我见过父母,还要照料照料外面的事。难道我还好照娶你的时候,只作新姑爷,诸事惊动老人家不成?"说着,忙忙梳洗。

张姑娘便过新房去请新娘起来。才一揭帐子,看见新娘早已端端正正坐在那里。张姑娘先敛衽万福,说道:"姐姐,可大喜了!"只见玉凤姑娘一把拉住他道:"好妹妹,你今日可断不许怄我了!回来你还得嘱咐嘱咐褚大姐姐,你们闹的这可真不是件事。再要怄我,我可就急了!"张金凤道:"不是怄姐姐,这叫个'床第之间,不失夫妻、姊妹之礼'。便是褚大姐姐见了,也要道喜的,他如何肯怄你?"说着让他下了床,伺候的人叠起被褥。

姑娘正在梳洗,人回:"褚大姑奶奶吃梳头酒来了。"舅太太那时早已起来,急于要进房看干女儿,因等个齐全人踩过门,自己才好进去。见褚大娘子来了,便也同张太太随后进来。

姑娘此时见了娘,倒也没甚么可商量的了。只见满耳朵里一片叫姑奶奶的声音,也听不出谁是谁来。一时看着这些人,虽是这等亲热相关,想起自己父母不在跟前,不觉性动于中,情发于外,一阵伤心落泪。再转一念,若果然父母都在,今日看了我嫁了这等人家,奉着这样公婆,随着这样夫婿,又多着这样一个有情有义合意同心的张家妹子,不知何等欢喜!不由越想越痛,抽抽噎噎起来。舅太太忙劝道:"姑奶奶,今日可哭不得。回来哭得眼睛桃儿似的,人家笑话。"姑娘听得人家要笑话了,才止悲不语。大家应酬了几句吉祥话。张太太道:"我见着姑奶奶了,放心了,我可走了。"

你道他又往那里去?原来,这桩喜事,安太太算来算去,只请得出褚大姑奶奶、佟舅太太、张家太太这么三位新亲来,女家倒占了三位;男家正剩了安太太一位,怎么算怎么两下里都是单儿。

然则,安老爷这样一个旧家,还请不出十位八位新亲不成?只因其中有三层原故:第一层,这桩事,安老爷恐姑娘的性儿拿不定,不知这日究竟办得成办不成,并不曾通知亲友,连日在此住下的,便是自己的内侄媳并本家晚辈,都合舅太太不好同席；第二层，这位张太太，论远近，本就该请他作男家新亲才是正理，并且，还虑到他作了女家新亲，真要闹到《送亲演礼》，打起牙把骨来，可就不成事了，何况，他还是嗽白吃呢；第三层，从来著书的道理，那怕稗官说部，借题目作文章，便灿然可观；填人数凑热闹，便索然无味。所以，燕北闲人这部《儿女英雄传》，自始至终止这一个题目，止这几个人物。便是安老爷、安太太再请上几个旁不相干的人来凑热闹，那燕北闲人作起书来，也一定照孔夫子删《诗》《书》，修《春秋》的例，给他删除了去。此张亲家太太见着姑奶奶所以就走的原委也。按下不表。

却说褚大娘子把姑娘的眉稍鬓角略给他缴了几线，修整了修整，妆饰起来。大家看了，真个是春意透酥胸，春色横眉黛。昨日今朝，大不相同。舅太太看他吃了东西，便上上下下花团锦簇围随了出来。出门迈鞍子，过火盆，迎喜神，避太岁，便出了那座游廊屏门。

俗语讲的在不错："是亲的割不掉，是假的安不牢。"姑娘此时便一心惦记公婆，想去请安。不想，出得那座门，前面两个引路的仆妇便引了顺着游廊一直往后去。走了一会，进了一个小院门。才进院门，便闻得有一阵烟火油酱气。姑娘心想："怎么才出门儿，就把我引到这么个地方儿来了？"一进房门，只见一个连二灶上弄着大旺的火，上面坐着个翻开的铁锅，地下站着几个衣饰齐整的仆妇，又有个四十余岁鲇鱼脚的胖老婆子，也穿件新蓝布衫儿，戴朵红石榴花儿，鼓着俩大奶膀子，腆着个大肚子，叉着八字脚儿，笑呵呵的跪下，说："请大奶奶安哪！"

姑娘这才明白，原来是公婆的内厨房。只见伺候的仆妇在灶前点烛上香，地下铺好了红毡子，便请拜灶君。二位新人行礼起来，那个胖女人就拿过一把柴火来，说："请奶奶添火。"又舀过半瓢净水来，说："请奶奶添汤。"随有众仆妇给他拉着衣服，搂着袖子，一一的添好了。姑娘暗想："往后，要把这件事全靠了我，我可了不了哇！"

那知，这是安水心先生的意思，他道："古者，妇人主中馈者也。除了柴、米、油、盐、酱、醋、茶之外，连那平钉堆绣扎拉扣都是第二桩事。"所以，定要把这"三日入厨下，洗手作羹汤"的两句文章作足了。

这里添过水火，张姑娘便请姑娘出来，跟着前引那两个仆妇，也不知怎的转弯抹角走了会子，又出了一座正北的角门儿。姑娘一看，对面便是昨日在那里上轿的那个所在，想道："怎么我不曾见公婆，倒又先引到我此地来呢？"只见前面那两个仆妇不进这座门，却引了往东走，进了那座大祠堂门。原来，昨日是遥拜祖先，还不曾行庙见礼。

一进门，早见安老爷、安太太在院子里肃恭将事的伺候。教儿妇两个在院子望空先拜过宗祠，然后，老夫妻俩领了他们进祠堂，叩见老太爷、老太太的神主，算自己带见之意。行过了礼，姑娘上前问了公婆的起居。安老爷道："论今日却不是你回门的日期。既到了这里，自然该同你女婿过那边，到亲家老爷、亲家太太神主前磕个头去才是。"姑娘答应一声，随了大家过去。安老夫妻便先回家。姑娘到父母神主前同公子磕过头，自然不免伤感，只得以礼制情，便忙忙的回来。

才到上房，便有两个女人捧着两副新红捧盒在廊下伺候。姑娘进门见过翁姑，那两个人便端进盒子来。张姑娘帮他打开。姑娘一看，只见一个盒子里面放着五个碟子:一碟火腿,一碟黄闷肉,一碟榛子,一碟枣儿,一碟栗子;那一个里面是香喷喷热腾腾的两碗热汤儿面。

姑娘纳闷道:"大清早起,这可怎么吃得到一块儿呢?"原来,这又是安水心先生的制度,就把这点儿吃食作了姑娘的"开箱礼"。

且住,这话益发奇了!便是姑娘家无人,不曾给公婆预备开箱的东西,止把邓九公帮箱的金银绸缎用些,也充得数了。这位水心先生却意不在此。他讲得是《礼记》上:"古者,妇人之贽,惟榛脯脩枣栗。"脯,鲜肉也;脩,干肉也。所以,命公子给媳妇装了三碟干果子,又配上这两碟肉腥,就算了玉凤姑娘见公婆的贽见,以为必该如此而行,才合古礼。这同前回叫公子抱着只鹅去谢妆,是一副板印下来的。那两碗热汤儿面,便是玉凤姑娘方才添的那一炉子火、那一锅水煮的。

但是热汤儿面又怎么算得羹汤呢?要作碗三鲜汤、十锦羹吃着,岂不比面爽口入脏些?他讲得的是:"羹汤者,有汤饼之遗意存焉。"古无"面"字,凡是面食,一概都叫作"饼"。今之热汤儿面,即古之汤饼也。所以,如今小儿洗三下面,古谓之"汤饼会"。今日这两碗面,保不定还有个"我家的媳妇儿会赶面,赶到锅里团团转"的秘典在里头呢!这是安老爷一番考据工夫。

却说姑娘见公婆家的规矩如此,便先放了筷子,把那两荤三素的五碟吃食献上去,摆成一个梅花式;然后,捧着面先进公公,后进婆婆。安老爷十分得意,便向太太道:"太太,我们倒要享用他这点敬意。"安太太只不过挑了两三箸面,夹了一片火腿;安老爷却就着那五样佳肴,把一碗面忒儿喽忒儿喽吃了个干净,还满脸堆欢向玉凤姑娘说了一句:"媳妇,生受你。"

舅太太在旁看了半日,说:"姑老爷,你可怄死我了!也没说你们二位为这个媳妇儿费了多少心多少事,连个活计也不叫他递,枣儿、栗子的闹起'请姑娘拜姐姐'来的。我这里给我们姑娘备了点儿东西。"说着,便叫人搭过两个小放盘儿来,一个里头是一顶帽头儿,一匣家作活计,一双男靴,一双鞑脚儿鞋,两双袜子。一个里头放着两个小匣子:一匣是一枝仿着圣手摘篮的金簪子,那手里却拈的是一个小小金九连环;一匣是一双汗浸子玉蒲镯。其余也是一匣家作活计,一双女靴,一双鞋,两双袜子。便叫姑娘分递了公婆。

安太太见舅母这等用心精细,十分欢喜,说:"这可是个会疼女孩儿的!"舅太太也笑道:"妞妞手儿拙,也不会作个好活计,亲家太太慢慢儿的调理他罢。"说的大合姑太太的意。安老爷却是碍于亲情,不得不收,心里还一为事不师古,终非经道。

这个当儿,安太太便把那枝九连环从匣屉儿上抽下来,就戴在头上。因叫了声:"长姐儿呢?"只见走过一个丫鬟来,长得细条条儿的一个高挑儿身子,生得黑糁糁儿的一个圆脸盘儿,两个重眼皮儿,颇得人意。太太吩咐他说:"你把我那个匣儿拿来。"那丫鬟应一声,去不多时,拿了一个锦匣子来。打开,里头却是一枝雁钗,一双金镯子。

太太嘴里正吃着烟,便点着头儿叫姑娘。姑娘走到跟前,太太把烟袋递给那丫鬟。张姑娘便过来用簪子挑开那匣屉儿上的绷线儿。只听太太说道:"我这枝簪子是一对儿,你妹妹磕头那天给了他一枝,也有这样一对镯子。我照样又打了一对,如今给你。"因说："你低下头，我给你戴上。"姑娘便弯着腰低下头去，请婆婆给戴好了。太太又给他换上那双镯子，便拉着他细瞧了瞧手，搭赸着又看了看他胳膊上那点"守宫砂"，——可煞作怪，连些影子也没了！太太十分欢喜，望着两个媳妇儿，看看这个，看看那个，说道："啧，啧啧，真是一对儿好孩子！"姑娘谢过婆婆。

安老爷见太太赏了媳妇拜礼，便满面正气，拈着小胡子儿叫道："来，把我给大奶奶那分东西拿来。"只听伺候的人大家答应了一声，抬过一个大方盘来，上面盖着块大红挖单。老爷便说道："媳妇过来。以你这样好媳妇，我岂不知赏你几件奇珍宝玩？但今日是你为妇之始，用这些俗物，非礼也。我这里另有几件东西，你看看。"张姑娘便撤去那个红挖单。姑娘一看，只见方盘里摆的是一条堂布手巾，一条粗布手巾，一把大锥子，一把小锥子，一分火石火链片儿，一把子取灯儿，一块磨刀石，又有一个小红布口袋，里头不知装着甚么，张姑娘从口袋里拿出来，却是一个针扎儿装着针，一个线板儿绕着线。姑娘一看，心里说："这可糊涂死我了！"正在纳闷，又不好问。

安老爷便说道："大约你不解这几件东西的用意。那《礼记》上《内则》有云：'妇是舅姑，如事父母。鸡初鸣，咸漱盥，栉縰笄总，衣绅，左佩纷帨、刀砺、小觽、金燧，右佩箴管、线纩、施縏袠、大觽、木燧，衿缨綦屦，以适父母舅姑之所。'这方粗布，便叫作'帨'，湿了用洗家伙的。这块堂布叫作'纷'，干着用擦家伙的。这大小两把锥子叫作'大觽''小觽'，是开个瓶口儿匣盖儿用的。那磨刀石便叫作'刀砺'，伺候公婆吃饭磨刀片肉用的。那火链片儿代'金燧'用，取灯儿代'木燧'用，为生火用的。这两件东西还是从权，论理，那'金燧'一定要用火镜儿向日光取火，'木燧'一定要用钻向树上取火。所以，古人春取榆柳，夏取枣杏，夏季取桑柘，秋取柞楢，冬取槐檀。如今，我这庄园树木也不全，再说遇着个阴天，那火镜儿也着实不便，所以，我才给你备了这火链、取灯儿两桩东西。那口袋叫作'縏袠'，里面装针的便是'箴管'，绕线的便是'线纩'，为是给公婆缝缝联联用的。一共九件东西。这事作媳妇的事奉翁姑必需之物。想你父母在日，断断给你备不到此，我所以悉遵古制，备这一分赏你。按着古礼，媳妇每日谒见翁姑，这些东西还该随身佩带的，只是如今人心不古，你若带在身上，大家必哗以为怪，只好通权达变，放在手下备用罢。然而，此等大礼却不可不知。"姑娘只得一一答应叩谢。

当下，满屋里的人，只有太太支应着回答，其余亲族女眷、上上下下、大大小小，无一不掩口而笑。老爷依然一副正经面孔。再不想这套话倒把位见过世面的舅太太听进去了，说："哦，照姑老爷这么说起来，这不就是咱们如今带的那个'密鸦密罕丰库'，叫白了，叫他妈妈儿手巾上的那分东西吗？原来，这件东西是有出典的。"

老爷再想不到谈了半天，谈出这么一个知己来了，乐得以手拍膝，说道："然！可见我讲的不是无本之谈！那'密鸦密罕丰库'的汉话，便叫作'彩悦'，悦，即手巾也。只是如今弄到用起绛绣绸缎手巾来，连那些东西也都用金银珠宝成做，这便是数典而忘其祖，大失命题本意了。"

新娘听公公讲完了这篇考据，才一一的接见亲族，俗叫作"分大小儿"。第一位便是邓九公。安老爷亲自出去请进来。只见老头儿腆着胸脯儿，怀里揣得鼓鼓囊囊的，站在当地说："免了罢。"安老爷道："如何使得！还得请老兄台坐下受礼。"说着，便让他坐下。

两个新人过来行礼。磕到第二个头，他早起身过来，拉起公子说："老贤侄，姑爷、姑奶奶，都请起。夫荣妻贵，子孝孙贤。"说着，便回手在怀里掏了半日，掏出一个大锦袱子来，打开，里面是个青玉莲花宝月瓶，四角有四个孩子，单腿跪着扛着那瓶，算作足儿，还有个檀木座子。他放在桌子上，向公子道："你瞧这个瓶，愿你阖家平平安安的。上头这几朵莲花，愿他姐妹俩和和气气的。在照这四个娃娃的数儿，每人给你父母抱俩孙孙。这件东西有个名儿，叫作'四海升平'。老贤侄，你将来作了大官，南征北讨，给万岁爷家出点子力，戴个红顶子，给你老爷子、老太太扬扬名，风光风光，好不好？你可别瞧着这玉情儿不怎么样，年代儿有了，这还是我抓周儿那天，我老老家给的！愿你们三口儿活的比我岁数儿还大！"你说这还要怎么吉祥！安老爷连忙叫公子合两个媳妇谢过。安太太也道："能够都照九大爷的话就好了。"他道："一定能，一定能！"说着，出外去了。

这里，舅太太、张老夫妻、褚大娘子都受了礼。舅太太给的，是现作的几件家常衣服，张老夫妻是女儿给备的四半个尺头，褚大娘是绛绣领面儿、挽袖裉袖儿膝裤之类，都送了见面礼。其余都是平辈，不肯受礼，止彼此一见而已。

外面，邓、张、褚三位是昨日赴过男筵席的了。今日，里面便摆起女筵席来。褚大娘子首席，舅太太二席，张太太三席，安太太末席相陪。公子一一递过酒，彼此都是熟人，也不用酒过三巡，汤添二道，大家便认真吃起饭来。张太太被大家劝了半日，依然不肯开斋，想他必有所待。

吃过了饭，舅太太站起来道："亲家太太，可恕我不能拘那俗礼儿等摆果子了。我可得张罗我们姑爷、姑奶奶的圆饭去了。"说着，便过新房去。那里炕上，早齐齐整整摆了一桌筵席，舅太太让安公子、何小姐上面并肩坐了，自己合张姑娘东西面相陪。安公子是前度刘郎，何小姐是司空见惯，倒也用不着十分羞涩，便举案齐眉，同吃了一顿饭。至此，吉礼告成，他三人从此问安视膳，弋雁听鸡；卿绣依吟，妇随夫唱。

天下那里有这样的人家？这般的乐事？岂还算不得个欢喜团圆？不道那燕北闲人还有大半部文章，这《儿女英雄传》才演到第三番结束。这正是：

砚待磨穿双管下，弓须开道十分圆。

要知后事如何，下回书交代。

第二十九回　证同心姊妹谈衷曲　酬素愿翁媪赴华筵

这部书前半部演到龙凤合配，弓砚双圆。看事迹，已是笔酣墨饱；论文章，毕竟不曾写到安龙媒正传。不为安龙媒立传，则自第一回《隐西山闭门课骥子》起，至第二十八回《宝砚雕弓完成大礼》，皆为无谓陈言，便算不曾为安水心立传。如许一部大书，安水心其日之精、月之魄、木之本、水之源也，不为立传，非龙门世家体例矣。燕北闲人知其故，故前回书既将何玉凤、张金凤正传结束清楚，此后，便要入安龙媒正传。入安龙媒正传，若撇开双凤，重烦笔墨，另起楼台，通部便有"失之两橛，不成一贯"之病。所以，这回书紧接上文，先表何玉凤。

却说何玉凤，本是个世家千金闺秀，只因含冤被难，弄得孤苦伶仃，连自己一条性命尚在未卜存亡，那里还讲得到"婚姻"二字？不想，忽然大仇已报，身命得安，姻缘成就。这段姻缘又正是安家这等一分诗礼人家，安老爷、佟孺人这等一双慈厚翁姑，安公子这等一位儒雅温文夫婿，又得张姑娘这等一个同心合意的作了姊妹，共事一人，再加舅太太这等一个玲珑剔透、两地知根儿的人作了干娘，从中调停提补，便是今生绝绝不想再见的乳母、丫鬟，也一时同相聚首。此时，何玉凤的遭际，真算得千古第一个乐人，来享浩劫第一桩快事！便从"一十八狱狱中狱"升到"三十三天天外天"，其快乐也不过如此，还不专在乎新婚燕尔，似水如鱼。

你道就靠安老夫妻、邓家父女又能有多大神通，就把他成全到这个地步？这是个天。难道天又合他有甚么年谊世好，有心照应他不成？无非他那一片孝心、一团至性，作成儿女英雄，合了人情天理，自然就转祸为福，遇危而安。这是人人作得来的，只苦于人人不肯照他那样作了去。即或偶然作到这个地步，又向老天算起帐来说："这是我苦尽甘来，应该食报的、享用的。"就未免气骄志满，一天一天的放荡恣纵起来。寻些房帏快乐，图些饱暖安闲，挥些无益银钱，长些拒人气焰。岂知，天道无亲，惟佑善人，这样斫丧起来，那"满招损，乖致戾"的道理，如应斯响。便是天果然合你有个年谊世好，他也没法了。纵有旺腾腾的好时运，也不怕不重新败坏下来；齐整整的好家园，也不怕不重新萧条下来。及至自己寻到苦恼场中，却要抱怨，说："老天怎的不睁眼！"呜呼！老天其不冤乎！

何玉凤是何等一副儿女心肠，英雄见识！况且，他自幼儿就自己为难惯了自己的了，如今从钢眼里拔出来，好容易遇着这等月满花香的时光，他如何肯轻易放过？因此，一进安家门，便自己给自己出了一个绕手的大难题目：想到上天这番厚恩，众人这番美意，我如今既作了他家的媳妇，要不给公婆节省几分精神，把丈夫成就一个人物，替安家立起一番事业来，怎报得这天恩，副得这人望？

他如此一想，早把从前作女儿时节的行径全副丢开，却事事克己、步步虚心的作起人家，讲起世路来。更兼他天生得落落大方，不似那羞手羞脚的小家气象。再看看安家的上上下下，那个也不是蓦生人。因此，该说的就说，该问的就问。该是公子作主的，定有个尽让；该合张姑娘商量的，定尽他一声。到了公婆跟前，便同张姑娘叙姊妹礼数，自己居先，到了夫妻之间，便合他论房帏资格，自己居右。处得来天然合拍，不即不离。把安老夫妻两个乐得大称心怀，眉开眼笑。

他当下在上房周旋了褚大娘子合诸位女眷一番，见舅太太不在跟前，便要到干娘屋里尽个礼数。安太太吩咐他："就便脱了礼服，换换衣裳，也合妹妹说说话儿去。"他答应着，等又给婆婆装了烟袋，才同张姑娘拉着手儿过这院里来。

一进院门，正要到舅太太屋里去，早见舅太太在廊下站着，说："姑奶奶必是要到我屋里，你先不用来呢。今日是头一天出来，除了见公婆，这算进头一道门槛儿，得取个吉祥。你先到你妹妹屋里看看去。我这里张罗给你们弄晌饽饽呢，等我告诉明白了他们，我也找了你们去。"何小姐见如此说，只得笑着回到自己新房，换了衣服，便过西屋里来。

却说安公子住的那房子，虽是三开间，却是前后两卷，通共要算六间。金、玉姊妹在东西间分住，屋里的装修隔断都是一样。只东屋里因作新房，那张合欢床规矩设在靠南窗，便把两卷打作通连，匀出北面来摆妆奁安座落。张姑娘这屋里，却是齐着前后两卷的中缝安着一溜碧纱橱，隔作里外两间，南一间算个燕居，北一间作为卧室。

何小姐到了这屋里，便合张姑娘在外间靠窗南床上坐下。早有华嬷嬷、丫鬟柳条儿送上茶来。何小姐一面喝茶，留神看那屋子，见床上当中一般的摆着炕桌、引枕、坐褥，桌上，一个阳羡砂盆儿种着几苗水仙；左右靠墙，分列两张小条案儿，这边案上随意摆两件陈设，那边摆一对文奁；地下顺西墙一张撬头大案，案上座钟瓶洗之外，磊落些书籍法帖；案前一张大理石面小方桌，上面摆得笔砚精良，左右两张杌子；北一面，靠碧纱橱东西两架书阁儿；当中便是卧房门，门上挑着葱绿软帘儿，门里安着个曲折槅子，槅子上嵌着块大玻璃，放着绸挡儿，却望不见卧房里的床帐。又见那外间满屋里贴落的图书四壁。

何小姐自幼也曾正经读过几年书，自从奔走风尘，没那心兴理会到此。如今，心闲兴会，见了许多字画，不免赏鉴起来。一抬头，先见正南窗户上槛悬着一面大长的匾额，古宣托裱，界画朱丝，写着径寸来大的角四方的颜字。何小姐要看看是何人的笔墨，先看了看下款，却只得一行年月，并无名号；重复看那上款，写着"老人书付骥儿诵之"，才晓得是公公的亲笔。因读那匾上的字，见写道是：

正其衣冠，尊其瞻视；潜心以居，对越上帝。足容必重，手容必恭；择地而蹈，折旋蚁封。出门如宾，承事如祭；战战兢兢，罔敢或易。守口如瓶，防意如城；洞洞属属，罔敢或轻。不东以西，不南以北；当事而存，靡他其适。勿贰以二，勿参以三；惟精惟一，万变是监。从事于斯，是日持敬；动静弗违，表里交正。须臾有间，私欲万端；不火而热，不冰而寒。毫厘有差，天壤易处；三纲既沦，九法亦斁。呜呼小子，念哉敬哉！墨卿司戒，敢告灵台。

何小姐看了一遍，粗枝大叶也还讲得明白，却不知这是那书上的格言，还是公公的庭训，只觉句句说得有理，暗说："原来，老人家弄个笔墨，也是这等丝毫不苟的！"因又看那东隔断方窗上头，也贴着个小小的横额子，却是碗口大的八分书，写得是：

弋雁听鸡。

上款是"龙媒老弟属"，下款是"克斋学隶"，这两句《诗经》，姑娘还记得。

又看方窗两旁那副小对联，写得软软儿的一笔赵字，写着：

屋小于舟，

春深似海。

却是新郎自己的手笔。何小姐心里道："这'屋小于舟'不过道其实耳，下联的意思就有些不大老成，不是老人家教诵这段格言的本意了。"一面回头，又看那身后炕案边挂的四扇屏，写得都是一方方的集锦小楷，却是诸同人送的催妆曲。大略看了一看，也有几句庄重的，也有几句轻佻的，也有看着不大懂得的。合张姑娘一路说笑着，便站起来到大案前看西墙挂的那幅堂轴。见画的是仿元人《三多图》，落款是"友生声庵莫友士写意"。姑娘都不知这些人为谁。

又看两旁那副描金朱绢对联，写道是：

金门待奏贤良策，

玉笥新藏博议书。

上款是"奉贺龙媒仁兄大人合卺重喜"，下款是"问羹愚弟梅鼎拜题并书"。

何小姐看了一笑，因问道："这梅鼎是谁呀？是个甚么人儿呀？"张姑娘道："他也是咱们个旗人，他们太爷称呼同大人，现任南河河道总督。这梅少爷是公公的门生，又合玉郎换帖。所以，去年来了，公婆还叫我见过。昨日，他也在这里来着。姐姐没听见，进来闹房的那一群里头，第一个讨人嫌、吵吵不清的就是他。公公可疼他呀，常说那孩子有出息儿。"何小姐道："这孩子儿呀，我只说他没出息儿！"张姑娘道："姐姐怎么倒知道他么？"何小姐道："我何曾知道他？你只看他送人副对子，也有这么淘气的么？"张姑娘听了这话，又把那对子念了一遍，才笑起来道："果然！姐姐这一说破了，再看那'待'字，'新'字，下得尤其可恶，并且……还不能原谅他无心！昨日，姐姐只管在屋里坐着，横竖也听见他那嘴划了。"

二人说着，转到卧房门口，何小姐抬头看门上时，也有块小匾，写着：

瓣香室

心里想道："这'瓣香'两个字倒还容易明白，只是题在卧房门上，不对啊！这卧房里可'一瓣心香'的供奉谁呢？"一面想，一面看那匾上的字，只见那纵横波磔，一笔笔写的俨如铁画银钩，连那墨气都象堆起一层来似的，配着那粉白雪亮的光绫地儿，越显黑白分明得好看。及至细看，才知不是写的，原来照扎花儿一样用青绒绣出来的。那下款还绣着"桐卿学绣"一行行楷小字，还绣着两方朱红图书。何小姐道："这倒别致。这'桐卿'又是谁呀？手儿怎么这么巧哇！这个人儿在那里？我见得着他见不着？"张姑娘道："姐姐岂但见得着，只怕见着他，叫他绣个甚么，他还不敢不绣呢。但是，这个人儿他可只会绣，不能写，这块匾的蓝本是他求人家写的。"何小姐只顾贪看那屋子，也不往下再问。

说着，将要进门，张姑娘道："柳条儿，你先进去，把玻璃上那个挡儿拉开，得点亮儿。"柳条儿答应一声，先侧着身子过去，何小姐也随着进了屋门。见那曲折槅子是向西转过去的，等柳条儿撤玻璃挡儿的这个当儿，回头一看，见那槅子东一面，长长短短、横的、竖的贴着无数诗笺，都是公子的近作。看了看，也有几首寄怀言志的，大抵吟风弄月居多，一时也看不完。只见内中有一幅双红笺纸，题着一首七言截句，那题目倒写了有两三行，写道是：

庭前偶植梧桐二本，才似人长，日携清泉洗之，欣欣向荣，越益繁茂。树犹如此，我见应怜。口占二十八字，即博桐卿一粲，只待萧史就正。

亭亭恰合称眉齐，争怪人将凤字题；

好待干云垂荫日，护他比翼效双栖。

后面另有一行，写着“龙媒戏草”。

何小姐看了这首诗，脸上登时就有个颇颇不然的样子，倒象兜的添了一桩甚么心事一般。才待开口，立刻就用着他那番“虚心克己”的工夫了，忙转念道：“且慢！这话不是今日说的，且等闲来合我这妹子仔细计较一番，再作道理。”

且住！说书的，这位姑娘好容易才安顿了，他心里又神谋魔道的想起甚么来了？列位，这句话说书的可不得知道。何也呢？他在那里把个脸儿望着槅子看诗，他那脸上的神气连张金凤还看不见，他心里的事情我说书的怎么猜得着？你我左右闲在此，大家闲口弄闲舌，何不猜他一番？

按这书的上文猜了去，何小姐同张姑娘正在谈笑，看到安公子这首诗，忽然的，心下不然起来。大概是位听书的都听得出来，这首诗是为何玉凤、张金凤而作。那“桐卿”两个字，不必讲，用的是“凤鸣桐生”的两句，又暗借一个“金井梧桐”的典，含着一个“金”字在里头，自然是赠张金凤的别号；那“萧史”两个字，不必讲，用的是“吹箫引凤”的故事，又暗借一个“秦弄玉”的名号，含着一个“玉”字在里头，一定是赠何玉凤的别号。因此上，这位姑娘看了便有些不然起来，也未可知。

只是这首诗的命意选词、格调体裁也还不丑，便是他三个的性情才貌，彼此题个号儿、叫个号儿，也还不知肉麻，况且，字缘名起，伊古已然。千古首屈一指的孔圣人，便是一位有号的：“仲尼曰君子中庸”，“仲尼祖述尧舜”，“仲尼日月也”。一部《四书》，凡三举圣号，称号亦通例也，似不足怪。何至就把这位姑娘惹得不然起来呢？

然而，细推敲了去，那《四书》的称号却有些道理在里头。《中庸》两见，明明道着孔门传授心法，子思恐其久而差也，故笔之于书，以授孟子。到了孙述祖训，笔之于书，想要垂教万世，既不好书作“孔大寇”“孔协揆”，更不得书作“夫执御者”“鄹人之子”，难道竟书作“大父曰君子中庸”“家祖祖述尧舜”不成？他是除了称号没得称的，只得“仲尼”长、“仲尼”短了哇。《论语》一见，是子贡见叔孙武叔呼着圣号，谤毁圣人，因申明圣号，说：“这两个字啊，如同日月一般，谤毁不得的。”此外，却不曾见子思称过“仲尼家祖”，也不闻子贡提过“我们仲尼老师”。至于孟子，那时，既无三科以前认前辈的通例可遵，以后贤称先圣，自然合称圣号。此外，合孔夫子同时的，虽尊如鲁哀公，他祭孔夫子的诔文中也还称作“尼父”。然则，这号竟不是不问张王李赵、长幼亲疏混叫得的。

降而中古，风雅不过谢灵运，勋业不过郭子仪，也都不听得他有个别号。然则，称人不称号，也还有得可称。便是我说书的，也还赶上听见旗籍诸老辈的彼此称谓，如称台阁大老，张则“张中堂”，李则“李大人”；遇着旗人，则称他上一个字，也有称姓氏的，如“章佳相国”“富察中丞”之类。但是个大父行辈，则称为“某几太爷”，父执则称为“某几老爷”，平辈相交，则称为“某几爷”。至于宗族中止有“大爷”“叔叔”“哥哥”“兄弟”的称呼，即乎房分稍远，也必称“某几大爷”“叔叔家的几哥哥、儿兄弟”，从不曾听得动辄称别号的。

旧风之淳朴如此。到了如今，距国初进关时节曾不百年，风气为之一变。旗人彼此相见，不问氏族，先问台甫，怪；及至问了，是个人他就有个号，但问过他，就会记得，更怪；一记得了，久而久之，不论尊卑长幼、远近亲疏，一股脑子把称谓搁起来，都叫别号，尤其怪。照这样从流忘反，流到我大清二百年后，只怕就会有“甲斋父亲”“乙亭儿子”的通称了，且将奈何！何小姐或者有见于此，觉得安公子以世家公子，无端的从自己闺阃中先闹起别号来，怪他沾染时派过重，所以，看了那“桐卿”“萧史”的称呼，有这番心下不然，也未可知。

若果如此，这位姑娘就未免有些积虑过远，嫉恶过严了。要知如安公子的好称别号，是他为了难了。怎见得呢？一个人，三间屋子里住着两个媳妇儿，风趣些，卿长卿短罢，毕竟孰为大卿、孰为小卿？佳怀些，若姐若妹罢，又未免“名不正，则言不顺”；徇俗些，称作奶奶罢，难道好分出个“东屋里奶奶”“西屋里奶奶”，“何家奶奶”“张家奶奶”来不成？这是安公子不得已之苦衷，却不是他好趋时的陋习。便是被他称号的人，也该加些体谅。

照这等说来，何小姐的不悦还不为此。既不为此，为着何来？想来，其中定有个道理。他既说了要合张姑娘商量，只好等他们商量的时候你我再听罢。

却说何玉凤当下不把这话说破，便先搁起不提。因搭赸回头，望着张姑娘，道：“好哇！我老老实实儿的一个妹妹，怎么一年来的工夫学坏了？这‘桐卿’，分明是人赠你的号，那‘萧史’，自然要算赠我的号了。若然，这门上‘瓣香室’三个字，竟是你绣的，你怎么方才还合我支支吾吾的闹起鬼来呢？”问得个张姑娘无言可答，只是格格的笑。

说着，何玉凤绕过槅子，进了那间卧房。只见靠西墙分南北摆两座墩箱，上面一边硌着两个衣箱，当中放着连三抽屉桌，被格上面安着镜台妆奁，以至茶筅漱盂许多零星器具。北面靠窗尽东头安着一张架子床，悬着顶藕色帐子。那曲折槅子东边夹空地方，竖着架衣裳格子，上面还大大小小放着些零星匣子之类。那衣格以北、卧床以南、靠东壁子当中，放着一张方桌，左右两张杌子。那桌子上不摆陈设，当中供一分炉瓶三事；两旁一边是个青绿花觚，应时对景的养着一枝血点儿般红的山茶花，一边是个有架儿的粉定盘子，里面摆着娇黄的几个玲珑佛手。那上面，却供着一座小小的牌位，牌位后面又悬一轴堂幅横披，却用银红蝉翼绢罩着，看不清楚是甚么佛像。

何小姐心下暗道：“原来，这里果然供养香火，这就无怪题作‘瓣香室’了。只是怎的把佛像供在卧房里？这前面又是谁的牌位呢？”一面想，走向前一看，见上面是“十三妹姐姐福德长生禄位”一行字。把他诧异得“咻！”的一声，问出一句傻话来，问道：“这供的是谁，是谁供的？”张姑娘笑道：“我的十三妹姐姐，情知可是谁呢？难道还有第二位不成？”何小姐正色道：“妹妹，你忒也胡闹！这如何使得？你这等闹法，岂不要折尽我平生的福分？还不快丢开！”

他说着，伸手就要把那长生牌儿提起来拿开。慌的个张姑娘连忙双手护住，说道：“姐姐，动不得！这是我奉过公婆吩咐的！”何小姐听了，更加着急起来，说：“这越发不成事了！你快告诉我，公婆怎的说？”张姑娘道：“姐姐别忙，咱们就在这桌儿两旁坐下，听我告诉你。”

二人归坐，柳条儿给他姑娘装过袋烟来。张姑娘一面吃着烟，便把他去年到了淮城店里见着公婆，怎的说起何小姐途中相救，两下联姻，许多好处，怎的说一时有恩可感，无报可图，便要供这长生禄位，朝夕焚香顶礼；安老夫妻听了，怎的欢喜依允；后来供的这日，安太太怎的要亲自行礼，他怎的以为不可，拦住；后来又要公子行礼，却是安老爷说他不是一拜可以了事的；这才自己挂冠，带他寻访到青云山庄的话，说了一遍。

何小姐听了，心下才得稍安。一时，两意相感，未免难过，只不好无故伤心。想了一想，转勉强笑道："我想起来了，记得公公在青云山，合我初见的这天，曾经提过这么一句，那时，我也不曾往下斟酌。不想妹妹你真就闹出这些故事儿来！如今，你既把我闹了来了，你有甚么好花儿呀、好吃的呀，就剪直的给我戴、给我吃，不爽快些儿吗？还要这块木头墩子作甚么？你不许我拿开他，你的意思，不过又是甚么搭救性命咧、完配终身咧、感恩咧、报德咧，这些没要紧的话。你只想，你昨日在祠堂那一番肺腑之谈，还不抵救我一命么？还不是完我终身么？我又该怎么样呢？你必定苦苦的不许我拿开这长生牌儿，我从明日起，每日清早起来，给公婆请了安，就先朝着你烧一柱香，磕一阵头，我看你怎么样。"张姑娘道："姐姐，不用着急。姐姐既来了，难道我放着现佛不朝，还去面壁不成？只这长生牌儿却动不得。姐姐听我说个道理出来。"

何小姐道："这还有个甚么道理呀？你倒说说我听。"张姑娘指了壁上罩着的那画儿说："姐姐要知这个道理，先看这个顽意儿就明白了。"说着，便叫过花铃儿来，要扶了他，自己上杌凳儿去揭起那层绢来。这个当儿，何小姐早一抬腿上去，揭起那挡儿来一看，那里是甚么佛像？原来是一副极艳丽的士女图。只见正面画着一个少年，穿着件鱼白春衣，靠着一张画案，案上堆着一卷书，在那里拈笔构思；上首横头坐着个美人，穿着大红衫儿，湖色裙儿，面前安着个博山炉，在那里添香；下首也坐着个美人，穿着藕色衫儿，松绿裙儿，面前支着个绣花绷子，在那里挑绣；旁边还有两个小鬟，拂尘煮茗。只有那士女的脸手是画工，其余衣饰，都是配着颜色半扎半绣，连那头上的鬓发珠翠，衣上的花样褶纹都绣出来，绣得十分工致。

何小姐不由得先赞了一句道："好漂亮针线！这断不是男工绣的，一定也是那位桐卿先生的手笔了！"说着下来。转正了细细的一看，画的那三副脸儿，那少年竟是安公子，那穿藕色的却酷似张姑娘，那穿红的竟是给自己脱了个影儿，把他乐的，连连说道："难为你好心思，怎么想来着！你我相处了二年，我竟不知道你这么手儿巧，还会画呢。"张姑娘道："姐姐打谅真个的我有这么大本事么？除了这儿针活计是我作的，这稿子是人家的主意，那脸儿，是一位姓陶的画的，连那地步、身段、首饰、衣纹，都是他勾出来，我照着作起来的。"

何小姐道："这个姓陶的又是谁呢？"张姑娘道："咱们这里有位程师爷，江苏常州人，他有个侄儿，叫作程铨，不知在那个修书馆上当供事。这姓陶的就是那程铨的娘子。这个人叫作陶桂冰，号叫樨禅。我看见他这名字，还念了个白字，叫他陶桂冰，被人家笑话了去了，才告诉我说这是个'冰'字，读作'凝'。姐姐屋里挂的那张'玉堂春富贵'，就是他画的。工笔人物他也会画，最擅长的是传真。今年夏天，程师爷叫他来给婆婆请安，婆婆便请公公自己出个稿子，叫他画幅行乐。公公说：“我出个甚么稿子呢？古人第一个画小照的，是商朝的傅说，他那幅稿子却不是自己出的。及至汉朝的马伏波将军，功标铜柱，却是绝好的一幅稿子呢，只是云台二十八将里头又独独的不曾画着他。我这样年纪，一个被参开复的候补知县，还闹这些作甚么？况这程世兄的令政又是个女史，倒是教他们小孩子们画着顽儿去吧。’我们就把他请过这屋里来。不是容易，才商量定了这个稿子，画成你我三个人这幅小照。”

何小姐道：“我且不管你们是容易商量的也罢，不是容易商量的也罢，我只问你：我是个管作甚么儿的，怎么会叫你们把我的模样儿画了来了。一年之久，我直到今日才知道啊？”张姑娘道：“岂但姐姐的模样儿，连姐姐都叫人家娶了来了，姐姐也是一年之久，直到今日才知道哇！姐姐要问怎么就把姐姐的模样画了来了，请问，这里现放着姐姐这么个模样的妹妹，还怕照着画不出妹妹这么个模样儿的姐姐来么？话虽这样说，只你这眉稍、眼角的神情，合那点朱砂痣、俩酒窝儿，也不知费了我多少话才画成的呢！”

何小姐道：“我是急于要听听，你方才说的那不许我扔开这长生牌位儿的道理，这话又与那长生牌儿何干呢？”张姑娘道：“姐姐别忙啊，要留那长生牌儿的道理，正在这一幅行乐图儿上头，说起来，这话长着的啊。自从去年我姊妹两个在能仁寺草草相逢，匆匆分手以后，算到今日，整整的一年零两个月，这其间，无限的离合悲欢，今日之下，我才盼到合姐姐一室同居，长相聚首。姐姐虽是此时才来，我这盼着姐姐来的心，可不是此时才有的。这话大约姐姐也该信得及。”

何小姐连连点头，答应说：“岂但信得及，这话大约除了我，还没第二个人明白。”张姑娘道：“这就见得姐姐知道我的心了。只是我虽有这条心，我到了淮安，见着公婆，是个才进门的新媳妇儿，不知公婆心里怎样，这句话我可不好向公婆说。不想，公公到了青云堡，访着九公，见着褚大姐姐，褚大姐姐也想到你我合他三个人这段姻缘上。及至婆婆到了，他们早合公婆商量到这段话。这段话，他三位老人家自然也因为我是个才进门的新媳妇儿，又不曾告诉我，落后，还是褚大姐姐私下告诉了我，他还嘱咐我先不要提起。我只管知道公婆的心里是怎么样了，我可又不敢冒冒失失的问。那时候，更摸不着你老人家的主意，我更不敢合你我这位玉郎商量。这天闲中，我要探探他的口气，谁知，才说了一句，他讲起他那番感激姐姐、敬重姐姐的意思来，倒合我背了一大套《四书》，把我排揎了一阵。这话也长，等闲了再告诉姐姐。”

何小姐道：“这话也不用你告诉我，我也深知你的甘苦，并且，连你们背的那几句《四书》，我都听见了。”张姑娘听了一怔，便怄他道：“姐姐站住。姐姐通共昨日酉正才进门儿，还不够一周时，姐姐这话是从那里打听了去的？我倒要问问。”罢了！为甚么先哲有言：“当得意时慢开口，当失意时慢开口；与气味不投者对慢开口，与情性相投者对慢开口。”

这四句话，真是戒人失言的深意！只看何小姐这等一个精细人，当那得意的时候，合个性情相投的张姑娘说到热闹场中，一个忘神，也就漏了兜！益发觉得这四句格言是个阅历之谈了！

闲言少叙。却说何小姐一时说得高兴，说得忘了情，被张姑娘一怄，不觉羞得小脸儿通红。本是一对喁喁儿女促膝谈心，他只得老着脸儿笑道："讨人嫌哪！你给我说底下怎么着罢。"张姑娘道："底下？一直到公婆到了家，把一应的事情都料理清楚了，这天才叫上我去，从头至尾告诉了我。我才委曲宛转的告诉了你我这个玉郎。公公才择吉亲自写的通书合请媒的全帖。这才算定规了给姐姐作合的这桩大事。这幅行乐图儿，可正是定规了这桩事的第三天画的。不然，姐姐只想，也有个八字儿没见一撇儿，我就敢冒冒失失把姐姐合他画在一幅画儿上的理吗？"

何小姐听了，益发觉得他情真心细，自是暗合心意。因望着那幅小照合他说道："是便是了，只是人家在那里读书，你我一个弄一个香炉，一个弄一堆针线在那里搅，人家那心，还肯搁在书上去呀？"张姑娘叹了一声道："姐姐的心怎么就合我的心一个样呢！姐姐那里知道，现在的玉郎，早已不是你我在能仁寺初见的那个少年老诚的玉郎了！自从回到京，这一年的工夫，家里本也接连不断的事，他是弓儿也不拉，书儿也不念，说话也学的尖酸了，举动也学得轻佻了。妹子是脸软，劝着他总不大听。

"即如这幅小照，依他的意思，定要画上一个他，对面画上一个我，俩人这么对瞅着笑。我说：'这影啊似的，算个甚么呢？'他说：'这叫作《欢喜图》。'我问他：'怎么叫《欢喜图》？'他就背了一大篇子给我听。我好容易才记住了，等我说给姐姐听听。他说：当日，赵松雪学士有赠他夫人管夫人的一首词，那词说道：

'我侬两个，忒煞情多？譬如将一块泥儿，捏一个你，塑一个我。忽然欢喜呵，将他来都打破。重新下水，再团再炼，再捏一个你，再塑一个我。那其间，那其间，我身子里有你也，你身子里也有了我。'

姐姐，只说这话有溜儿没溜儿？我就说：'赵学士这首词儿也太轻薄，你这意思也欠庄重。你要画，可别画上我，我怕人家笑话。'

"他尽只闹着不依。我就想了个主意，我说：'你要画我，这不是姐姐的事也定了吗，索兴，连姐姐把咱们三个都画上。你可得想一个正正经经的题目，还得把你我三个人的这场恩义因缘联合到一处，我可要请公婆看过，并且留着给姐姐看的。'我拿姐姐这一镇，才把他的淘气镇回去了。也亏他的聪明儿，真快，就想了这幅稿子。他说，他那面儿叫作'天下无如读书乐'，姐姐这面儿叫作"红袖添香伴著书'，我这面儿，就算给姐姐绣这幅小照呢，叫作'买丝绣作平原君'。我听了听，这还有些正经，才请那位陶樨禅画史画了手脸，我补的这针线。这便是这幅行乐的来历。

“这如今，姐姐是来了，公婆又费了一番心，把你我的两间屋子给收拾得一模一样。我想，等过了姐姐的新满月，把那槽碧纱橱照旧安好了，把姐姐这个长生牌儿还留在我屋里，把我这个小像姐姐带到姐姐屋里去。这一来，不但你我姊妹两个时时刻刻寸步不离，便是他到那屋里，有个我的小像陪着姐姐；到这屋里，又有个姐姐的长生牌儿护着我。他看着眼前的这番和合欢庆，自然该想起从前那番颠险艰难。你我两个，再时常的指点劝勉他，叫他一心奋志读书，力图上进，岂不是好？这便是我不许姐姐丢开这长生牌儿的道理。姐姐道妹子说得是也不是？”

请教张金凤这等一套话，那何玉凤听了，可有个道他不是的？只是你我说书的、听书的，可莫为那燕北闲人所欺！据我说书的看来，那燕北闲人作第十二回《安大令骨肉叙天伦，佟孺人姑媳祝侠女》的时候，偶然高兴，写了那么一个十三妹的长生禄位牌儿，不过觉得是新色花样，醒人耳目。

及至写到这回，十三妹是娶到安家来了，这个长生牌儿不提一句罢，算漏一笔；提一句罢，没处交代。替他算算，何玉凤竟看不见这件东西？无此理；看见不问？更无此理；看见问了，照旧供着？尤其无此理；除是劈了烧火，那便无理而又无理，无理到那头儿了！就让想空了心，把那个长生牌儿给他送到何公祠去，天下还有比那样没溜儿的书吗？大约那燕北闲人也是收拾不来这一笔，没了招儿，掳了汗了，就搜索枯肠，造了这一片漫开的谎话，成了这段赚人的文章！虽是苦了他作书的，却便宜了你我说书的，听书的！假如有这桩事，却也得未曾有；便是没这桩事，何妨作如是观！

闲话休提，言归正传。却说何小姐听了这话，不由得赶着张姑娘叫了声：“好妹妹，怎的你这见识就合我的意思一样。可见我这双眼珠儿，不曾错认你了。我正有段话要合你说。”才说到这句，戴嬷嬷回道：“舅太太过来了。”

二人便把这话掩住，连忙迎出来让坐。舅太太道：“我不坐了，我那里给你们烙的滚热的盒子，我才叫人给褚大姑奶奶合那两位少奶奶送过去了。咱们娘儿们一块儿吃，我给你们作个‘和合会’。”说着拉了二人，过南屋去了不提。

他姐妹两个一同在舅太太屋里吃了饽饽，便同到公婆跟前来。安老爷正在外面陪邓、褚诸人畅饮，安太太正合褚大娘子、张太太并两个侄儿媳妇闲话。又引逗着褚家那个孩子顽耍了会子。那天，已早晚饭时候，二人伺候了婆婆晚饭。安太太因他们还不曾过得十二日，仍叫张姑娘伴了何小姐回到新房，同公子夫妻每共桌而食。

饭罢，晚间安公子随了父亲进来，阖家团聚，提了些往日世事之难，叙了些现在天伦之乐。安老爷便合太太说道：“如今，咱们的事情是完了，大后日可就是乌老大家的喜事。他临走，再三求下太太给他送送亲，他也为家里没个长辈儿，我们自然要去帮帮他才是。”安太太道：“我也正在这里算计着呢，这天一定是得在城里头住下的了，就是这一荡，就各处看看亲戚，道道乏去。”

安老爷道：“岂止太太要去，我也正打算趁这机会出去走走。咱们娶这两个媳妇儿都不曾惊动人，事情过了，到得见着了，都当面提一句。底下该带去磕头的地方，太太还得走一荡，不要惹人怪。只是你我两个人都出了门，褚大姑奶奶没个人陪，不是礼呀。”褚大娘子道：“这又从那里说起？二叔真个的还拿外人待我吗？你二位老人家只管走,这天我正有事,我要赴席去呢。"

舅太太道:"姑奶奶那里去呀?"褚大娘子道:"我们大哥、大嫂子要请我去坐坐儿,又不敢回二叔、二婶儿,要弄了吃的给我送进来。我说:'我是借着我们老爷子分儿上,二叔、二婶儿才把我当个儿女待。咱们各亲儿各论儿,你们要这们闹起来,那可就是作践我了。'如今,我就定下那天吃他们去。"安太太道:"狠好么!这他们又有甚么不敢说的呢?"安老爷道:"既如此,就求舅太太合亲家给我们看家罢。"

安太太道:"果然的我又想起件事来了。"因向何小姐道:"你不说要给妈开斋呢吗?这天正是个好日子,这一席我同老爷又不好陪,倒是你三口儿,好好儿的弄点儿吃的,早上先在佛堂前烧了香,通个诚,算了了愿,把他二位请到你们屋里吃去,这就算你们给他二位顺了斋了,岂不好?"张太太听了先说:"作吗呀,亲家?你家那顿饭不吃肉喂?我吃上箸子就算开了斋了,还用叫姑爷、姑奶奶这么花钱费事?"安老爷道:"是虽如此,也得叫他们小孩子们心里过得去。"

舅太太听着说完了,便笑道:"你们站着,咱们商量商量:这么一对挪,你们行人情的行人情,认亲戚的认亲戚,女儿、女婿给开斋的开斋,这天算都有了吃儿了。我呢?"

问的大家连安老爷也不禁大笑起来。安太太道:"你无论他们谁家有剩汤剩水的,拣点儿就吃了。要不,我给你留俩饽饽。"舅太太道:"可不是呢,我有办法儿。"因合张太太道:"亲家母,到了那天,你早上同亲家老爷赴了女儿、女婿的席,晚饭,等我弄点儿吃的请你,我可不管亲家公。"张太太道:"他还敢惊动舅太太咧?他在外头那不吃了饭哪!"大家又谈了一刻,才各各回房安置。

金、玉姊妹这里候公公进了屋子,服侍婆婆摘了簪子,两个搀扶了丫鬟,前面仆妇打着一对手把灯,引着回家。又到舅太太屋里闲谈了片刻,舅太太便催着他三个归房。何小姐这日正是善饮的朋友入席第三杯,有名色的,叫作"新娘第二晚"。

一宿晚景提过。却说安老爷、安太太一家,向来睡得早起得早。次日清晨,儿女早来问安。大家正在闲谈,人回:"邓九太爷过来了。"安老爷迎出去,一路说笑进来,到上房坐下。邓九公一一的应酬了一阵,便道:"老弟,老弟妇,我今日特来道谢道乏。咱们的正事也完了,过了明日,后日是个好日子,收拾收拾,我可要告辞了。"

这话,褚大娘子听了,先有些不愿意,他本是个活动热闹人,在这里住了几日,处的上上下下没有一个不合式的,内中金、玉姐妹尤其打得火热,更兼正要去赴华嬷嬷家的请,如今,忽然热剌剌的说声要走,他如何肯呢?只是自己不好开口。早听安老爷说道:"九哥,你忙甚么?虽说你在这里几天,正遇着舍间有事,你我究竟不曾好好儿的喝两场。"安太太也是在旁款留。褚大娘子便道:"人家二叔、二婶儿既这么留,咱们就多住两天不好?你老人家家里又有些甚么惦着的呀?"九公道:"倒不是惦着家。在这里,你二叔、二婶儿过于为我操心,忙了这一程子了,也该让他老公母俩歇歇儿。"安老爷听了,那里肯放?便道:"老哥哥,来不来由你,放不放可就得由我了。"

邓九公听了,哈哈大笑,说:"那么着,咱们说开了。我也难得到京一荡,往回来了,又身上有事,不得自在。如今,老弟你要留下我,你可别管我。我要到前三门外头热热闹闹的听两天戏，这西山我也没逛够，还有海淀万寿山、昆明湖，我都要去见识见识，一直逛到香山，再看看燕台八景，从盘山一路绕回来，撒和撒和。也不用老弟你陪我，我瞧你们那位老程师爷有说有笑的，我们倒合得来。还有宝珠洞那个不空和尚，这东西敢是酒肉全来，他好大量，问了问他，这些地方他都到过，再带上女婿，我们就走下去了。我回家，咱就喝；我出去，我们就逛。是这么着，我就住些日子，不，我可就不敢从命了。"安老爷连说："就是这样。"当下，他父女各各欢喜。邓九公谈了几句，又到公子新房望了一望，才高高兴兴的出去。按下不提。

安老夫妻连日在家，便把邓九公帮的那分盛奁归着起来，接着就找补开箱，清结帐目，收拾家伙，打扫屋子。安太太先张罗着打发两个侄儿媳妇进城，安老爷又吩咐人张罗把张老的那所房子打扫糊裱起来，好预备他搬家。诸事粗定，他老夫妻才各各出门，进城谢客。

安公子便预先吩咐了厨房，预备了一桌盛馔，又叫备了桌午酒。这日，先在天地佛堂摆了供，烧了香，请张老夫妻磕过头。然后，请到新房，给他二位顺斋。两个老儿倍常欢喜，这日打扮得衣饰鲜明，一同过来。张老是足登缎靴，里面衬着鱼白标布上身儿、油绿绉绸下身儿的两截夹袄，宝蓝亮花儿缎袍子，钉着双白朔鼠儿袖头儿，石青哈喇寒羊皮四不露的褂子，羖种羊帽子，带着个金顶儿。

原来，安老爷因家中办喜事，亲家老爷没个顶带，不好着石青褂子，虑到众亲友错敬了，非待亲戚之道。适逢其会，顺天府开着捐输例，便给他捐了个七缺后的候选未入流，头上便有了这个朝廷名器。他自己却以为虽是身家清白，究竟世业农桑，不图这虚好看。因此，遇着有事便顶带荣身，没事的日子便把顶子拔下来，搁在钱褡裢儿里。这日也因是叩谢佛天，所以才戴上的。

张太太又是一番气象了，除了绸裙儿缎衫儿不算外，头上是金烘烘黄块块，莫讲别的，只那根烟袋，比旧日长了足有一尺多，烟荷包用到绛色毡子的，里头装的是六百四一斤的湖广叶子，还是成斤的买了来，家里存着，随吃随装。这两个老儿也叫作"孤始愿不及此，今及此，岂非天乎"了。

闲话休提。却说他夫妻两个到了女婿房里，安公子、金、玉姊妹先让到西间客座坐下。公子同何小姐亲自捧茶，张姑娘装过一袋烟来，仍是照前那等装法。这个当儿，张太太已经念过七八声佛了。

不一时，戴嬷嬷回："饭摆齐了。"三个人让他二位出来，分东西席坐好。何小姐送了酒，退下去，向着二人便拜。慌得个张老说道："姑奶奶，你这是怎么说？"连忙出席，还揖不迭。张太太说声："了不的了！"站起来，赶着过来就要搀起来，不想，袖子一带，把双筷子拐在地下，把盅酒也拐倒了，洒了一桌子。幸而，那盅子不曾掉在地下。仆妇们连忙上前拣筷子、擦桌子，重新斟酒，闹成一团。他那里还拉着何小姐说："姑奶奶，你这是咱儿说？你留我多吃几年大米饭罢！别价尽着折受我咧！"何小姐道："慢讲爹妈为我持这一年的斋，我该磕个头的；我自从在能仁寺受了你二位老人家那个头，到今日想起来便觉得罪过。何况，今日之下，妹妹是谁，我是谁呢？"他两老也谦不出个甚么儿来，公子便让着归了坐。

那老头儿倒依实，吃了两三个饽饽，一声儿不言语的就着菜吃了三碗半饭。张太太先前还是干啖白饽饽，何小姐说："妈，倒是吃点儿菜呀！"他见那桌子上摆着也有前日筵席上的那小鸡蛋儿熬干粉，又是清蒸刺猬皮似的一碗，合那一碗黑漆漆的一条子一条子上面有许多小肉锥儿的，不知甚么东西。

若论张太太，到了安老爷家也一年之久了，难道连燕窝、鱼翅、海参还没见过不成？只因安老爷家虽是个世族大家，却守定了那老辈的勤俭家风，不比那小人乍富，枉花那些无味的钱，混作那等不着要的阔。家中除了有个喜事，以至请个远客之外，等闲不用海菜这一类的东西。因此，张太太虽然也见过几次，知道名儿，只不知那个名儿是那件上的，所以，不敢轻易上筷子。如今，经何小姐拣样的让着给夹过来，他便忒儿喽忒儿喽的吃了些。不想，那肚子有冒冒的一年不曾见过油水儿了，这个东西下去，再搭上方才那口黄酒，敢是肚子里就不依了，竟咕噜噜的叫唤起来，险些儿弄到"老廉颇一饭三遗矢"。幸亏他是个羊脏，咕噜了会子，竟不曾问动。

一时，大家吃完了饭，两个丫鬟用长茶盘儿送上漱口水来。张老摆了摆手说："不要。"因叫道："女孩儿，你倒是揭起炕毡子来，把那席篾儿给我撅一根来罢。"柳条儿一时摸不着头。公子说："拿牙签儿来。"柳条儿才连忙拿过两张双折儿手纸，上面托着根柳木牙签儿。张老剔了会子牙，又从腰里拉下一条没撬边儿大长的白布手巾来，擦了擦嘴，又喝了两口茶，便站起来道："姑爷，两位姑奶奶，费心。我吃也吃了，喝也喝了，可得到前头招护招护去了。"公子道："晌午还预备着果子呢。"张老道："姑爷，你知道的，我不会喝酒，又不吃那些零碎东西。再说，今日亲家老爷、太太都不在家，他们伴儿们倒跟了好几个去，在家里的呢，也熬了这么几天了，谁不偷空儿歇歇儿？我帮他们前头照应着去。"说着，便出去了。公子一直送出二门方回。

这里，张太太吃了一袋烟，也忙着要走。何小姐道："妈，可忙甚么呢，没事就在这里坐一天，说说话儿不好？"他道："咻，姑奶奶，你婆婆托付了我会子，咱把人家舅太太一个人儿丢下不是话，再说，他晚上还给我弄下吃的了。我更不会吃那些果子呀酒的咧。你们自家吃罢。"说着，自己攥上烟袋荷包绢子，也去了。

他三个跟到上屋，只见舅太太吃完了饭，正看着老婆子们那里拌锯末子扫地，见了张太太，站起来道："偏了我们了？赴了女儿的席来了？"张太太道："可吃饱咧！斋也开咧！我们姑奶奶这就不用惦记着咧！"舅太太便让他姊妹两个也坐下，因合公子道："这里不要你，你去罢。"公子正一心的事由儿想着回家，便答应了一声，笑着先走了。

这里，姊妹两个便在旁边的小杌子上坐下。那个大丫头长姐儿，便从柳条儿手里接过烟袋荷包来，给张姑娘装了袋烟，回身又给何小姐倒过碗茶来。何小姐连日见这个丫头在婆婆跟前十分得用，便欠了欠身说："长姐姐，你叫他们倒罢。"随即站起来，同张姑娘走到排插儿背后，一长一短的合他说话儿。因见他是个旗装，却又有些外路口音，问了问才知，他爹娘是贵州仲苗的叛党，老祖太爷手里得的分赏功臣为奴的罪人，他爹娘到这里才养得他。他从小儿便陪着公子一处顽耍，到了十二岁，太太才叫上来的。何小姐见他说话儿甜净，性情儿柔和，从此便待他十分亲近。这且不提。

他姊妹两个坐了片刻，舅太太便道："今日婆婆不在家，你们姐儿俩也歇歇儿去。我要合亲家太太凑上人斗牌呢。"因合何小姐道："你这位公公呵，我告诉你，讨人嫌着的呢！他最嫌人斗牌，他看见人斗牌，却也不言语。等过了后儿提起来，你可听么，不说他拙笨懒儿全不会，又是甚么‘这桩事最是消磨岁月’了、‘最是耽误正经’了，又是甚么‘此非妇人本务家道所宜’了，绷着个脸儿，嘈嘈个不了。偏偏儿的姑太太合我又都爱斗个牌儿，得等他不在家偷着斗。今日，我可要赢我们亲家太太俩钱儿了。”何小姐道：“娘就斗牌，我们也该在这里伺候。”你只听，可再没舅太太那么会疼人的了，说：“不用。你们俩家去，屋里是说且不动呢，零零碎碎也偷空儿归着归着，以至公婆喜欢的是甚么呀，家里的事儿啊，你们爷的脾气、性格儿啊，随身的活计啊，姐姐也该问问，妹妹也该说说。今日不是个空儿吗？去罢！”何小姐本是不肯走，被舅太太这一提，倒提起他心里一桩事来，正待要走，张姑娘道：“姐姐，舅母既这么吩咐，不，咱们就走罢，家里坐坐儿再来。”二人便携手同行而去。

且住！说书的，这回书一开场，你就交代此后便要入安龙媒正传，如今，一回书说完了，请教那一句是安龙媒的正传啊？况且，何玉凤到了安家才得两三天，合张金凤姊妹初聚，这一边自然该“入门问讳”，有许多紧要正经话要问；那一边自然也该“旧令尹之政，必以告新令尹”，有许多紧要正经话要说，才是情理。怎的便谈到这些闺阁闲情合琐屑笔墨，作这等一篇没气力的文章？莫非那燕北闲人写到《宝砚雕弓完成大礼》，有些“江淹才尽”起来了？

列公，待浮海而后知水，非善观水者也；待登山而后见云，非善观云者也。金、玉姊妹两个，到了今日之下，没得紧要正经话可说了。甚么原故呢？那燕北闲人，早轻轻儿的把位舅太太放在中间，这文章尽够着了，不必是这等呆写。至于这回书的文章，没一个字没气力，也没一处不是安龙媒的正传，听到下回，才知这话不谬。苟谓不然，那燕北闲人虽闲，也断不肯浪费这等拖泥带水的闲笔闲墨。“彼有取耳，子姑待之”。这正是：

定从正面认庐山，那识庐山真面目？

毕竟那金、玉姊妹两个回家，又有些甚的枝节，下回书交代。

第三十回 开菊宴双美激新郎 聆兰言一心攻旧业

这回书紧接上回，话表安公子。却说安公子，本是个聪明心性，倜傥人才，也亏父母的教养，诗礼的陶熔，才不曾走入纨袴、轻佻一路。自从上年受了那场颠险，幸得返逆为顺，自危而安。安老夫妻暮年守着个独子，未免舐犊情深，加了几分怜爱。偏偏的他又一时红鸾双照，得了何玉凤、张金凤这等一双才貌、心性色色出众的佳人，心是肥了，气是飞了，主意也渐渐的多了，外务也渐渐的来了。一个人到了成丁授室，离开父母左右，便是安老夫妻恁般严慈，那里还能时刻照管的到他？有时，到了兴会淋漓的时节，就难免有些“小德出入”。

这日，安太太吩咐他给岳父母顺斋，原不过说了句“好好儿的弄点儿吃的”，他就这等山珍海味的小题大作起来，还可以说“画龙点睛”；至于又无端的弄桌果酒，便觉“画蛇添足”，可以不必了。果然，那一双村老儿作不来这些新花样，力辞而去。他便就这桌席酒上生出篇文章来。因此，在上房时舅太太让了他一句，他便忙忙的回到房中，催着打扫净了屋子。又有个知趣儿的小鬟，点了两枝兰花香，熏了熏张太太的那叶子烟气味。

那时，正是十月上旬天气，北地菊花盛开，他早购了些名种，院子里小小的堆起一座菊花山来，屋里簪瓶列盎，也摆得无处不是菊花。回到家里，便脱了袍褂，换上一件倭缎镶沿塌二十四股儿金线绦子的绛色绉绸鹌鹑爪儿皮袄，套一件鹰脖色摹本缎子面儿的珍珠毛儿半袖闷葫芦儿，带一顶片金边儿沿鬼子栏杆的宝蓝满平金的帽头儿，脑袋后头搭拉着大长的红穗子。凡是这些过于华靡不衷的服饰，都是安老爷平日不准穿戴的。这日，父亲不在家，便要穿戴起来，摆搭摆搭。打扮好了，又亲自提着个宜兴花浇，浇了回菊花。见那菊花山上有一枝“金如意”，一枝“玉连环”，开得十分玲珑婀娜，便自己取了把剪花的小竹剪子剪下来，养在书桌上那个霁红花囊里。

等了半日，不见金、玉姊妹两个回来，他就随手拿了一本李义山的诗翻阅。时当正午，日影在窗，恰好，屋里关住一个蜂儿，急切不得出去，碰得那窗棂儿冬冬作响。他手里拿着那本诗，正翻着“昨夜星辰昨夜风”那首《无题》，看到“身无彩凤双飞翼，心有灵犀一点通”的两句，益发觉得满室中古香秾艳。此情此景，世人无此风雅了。

正看得高兴，只听窗外钩声格格，他姊妹两个携手同归。忙丢下书笑道：“你姊妹两个来得大妙，我这里正有桩要事相商。‘居，吾语汝。’”便让他两个床上坐了。自己就靠着那张书桌，说道：“今日，给岳父母备了绝好的一桌果子，不想他二位老人家无此雅兴。父母既不在家，何不要进来，再开他坛好酒，你我三个人作个赏菊小宴呢？”

张姑娘听了，先说道：“把果子要进来，咱们吃了使得；依我说，酒可以罢了罢，倒比不得公婆在家里。况且，婆婆出门去了，舅母虽是那样说，我同姐姐一会儿还得在上屋照料照料去才是。”公子正在兴头上，吃这一挡，便有些不豫色然。何小姐连忙向张姑娘丢了个眼色，说道：“舅母不是外人，既那样说，咱们等会子再过去也使得。就是咱们屋里，偶然偷空儿聚这么一遭儿，倒也没甚么的。”

公子听了，才鼓起兴来，便向着张姑娘道：“你这人怎的这等欠雅！对着美人，赏此名花，若无旨酒，岂不辜负这良辰美景？等我亲自叫他们开酒去。”说着，兴匆匆的跑出去了。这里，张姑娘攒着眉带着笑向何小姐道：“我的姐姐，你老人家是怎么了？前日合我说甚么来着？怎么今日又……这等高兴起来了呢？姐姐不知道，是说公公准他喝酒，他喝开了，可没把门儿，人拦不住。”

何小姐先叹了口气，说道：“妹子，你方才说的实在是正经话，我岂不知！咱们前日没得谈完，舅母来叫吃饽饽，就把这话打断了。我看你我眼前可愁的，还不专在他喝酒上。自从我来的第二天，看见他写的‘春深似海’的那副对联，合那首种梧桐的七截诗，我就添了桩心事，正要合你说。你比我早，有先见之明，又说了那套话，我这两日留上心一看，妹妹，你的话果然说的不错。这大约总由于他心性过高，境遇过顺，兴会所到，就未免把他轻佻一路误认作风雅。殊不知，便是真‘风雅’，这两个字也最容易误人。误人还误得不浅！果然性情持得住风雅，也不过成个墨客骚人；傥被风雅移动了性情，竟会弄成个轻薄子弟。前贤那‘人无风趣官多贵，案有琴书家必贫'的两句话,虽是过激之谈,却也确有此理。你只看古往今来那些风雅先生们,那一个是置身通显的?

"讲到玉郎现在的处境,上有两位老家儿栽培,下有你我两人侍奉,丰衣足食,无虑无愁。可是你说的,正是奋志成名,力图上进的时候。我看他一切丢开,只把这些闺阁闲情、笔墨琐屑,作了个正经,已经认差了路头了。再说一句不是你我不害臊的话,若果然是照行乐图儿上的那等一个不言不语的、说不清道不明的你,或者象长生牌儿似的那等一个无知无识、推不动、搡不动的我,正所谓'影里情郎,画中爱宠'。他见这屋里没甚么可风雅的去处,少不得也得一心扑到书本儿上去。偏偏儿守着这么个模样儿的你,又来了照你这个模样的我,一个人能有多大精神?要都用在这三间屋子里,还怕他不合脂粉、花香日亲日近,离经济学问日远日疏么?所以,从来说的:'三日不与士夫谈,则语言无味,面目可憎。'又道是:'生于忧患,死于安乐。'古人何必无端的作这等危言?未必不有见于此。

"你我若不早为之计,及至他久假不归,有个一差二错,那时就难保不被公婆道出个'不'字来,责备你我几句。便算公婆因爱惜他,原谅你我,不肯责备,要知一样的给人作儿子,他这给人作儿子可与众不同;一样的给人作媳妇,你我这给人作媳妇可与众不同。他给人作儿子,这条身子所关甚重;你我给人作媳妇,这两副担儿也就不轻。

"今日之下,你我合他三个人费了公婆无限的精神气力,千难万难,聚在一处,既然彼此一心,要不看破些枕席私情,认定了伦常至性,把他激成一个当代人物,可不可惜他这副人才?可不辜负公婆这番甘苦?可不枉结了你我这段因缘?"

何小姐说到这里,张姑娘先举手加额的念了一声佛,说:"姐姐这话比我见的更远。我虽说脸软,碰着了,也劝他几句,说的那会儿好,笑嘻嘻的答应着。过两天,还是没事一大堆。"何小姐道:"他如今正在兴头上,这样合他轻描淡写,大约未必中用。你不见,你方才拦了他一句'酒倒罢了',他就有些不耐烦起来么?所以,我合你使了个眼色。我的意思,正要借今日这席酒,你我看事作事,索性'破釜沉舟',痛下一番针砭,你道如何?"

张姑娘道:"好是好极了,我在姐姐跟前可不存一点心眼儿。姐姐说话可一会价的性急,他的脾气可一会儿的价性左,咱们可试着步儿来,万一有个一时说不对路,倒不要被人听见,一下子吹到公婆耳朵里,显见得姐姐才来了几天儿,两个人就不和气似的。"何小姐道:"你这话虑的狠是,正是卫顾我的话。你只放心,我自然有个叫他左不到那里去的说法。"张姑娘道:"姐姐打算怎的个说法?我听听。"

何小姐才要开口,两个酒窝儿一动,把脸一红,凑到张姑娘耳畔说了几句。把个张姑娘乐的,连连点头,笑道:"姐姐,这叫作'兵法,攻心为上',又叫作'彭更有二焉'。"何小姐似嗔似喜的瞅了他一眼,说道:"人家合你说正经话,你又来了!"因又说道:"果然他听进这话去,便是你我受他两句甚么话,也不为可愧,不算受屈。只要把他逼到正路上去,不但如了公婆的愿,成了他个人,也不枉我拿着把刀,把你两个撮合在一块子,也不枉你说破了嘴,把我两个撮合在一块子;便是我的父母,也不白占人家的一块坟茔,亲家爹妈也不白吃人家的半生茶饭了。这话要搁在第二个人家儿的同房姊妹,也说不得,必弄到这个疑那个取巧,那个疑这个卖乖,倒坏了醋了。你我两个，不但我信得及你，我料你也一定信得及我。所以，我才合你商量。你想着怎么样?”张姑娘道：“姐姐，这还有甚么可商量的呀！姐姐没来，就让我有这见识，也没这力量；如今，姐姐来了，我还愁甚么？何况，这话两个人说又比一个人得说多了呢！不用商量，一定如此！”

列公，你看，奇哉怪也！好一对奇怪女孩儿！他两个算把“儿女英雄”四个字攥住不撒手，叼住不松嘴了！

闲话休提。再整何玉凤、张金凤两个计议停妥，倒欢欢喜喜先张罗着叫那些仆妇、丫鬟放桌椅，安匙箸，洗盏涤器，便传给厨房把果子打发上来。将摆得齐整，公子早忙忙的进来，见戴嬷嬷在那里汕哆嗅壶，便叫道：“嬷嬷，你先搁下那个，快给我找个干净盆来掣酒。”

原来，安老爷的酒是交给叶通管着，便见叶通带着两个更夫抬进一大坛酒来，放在廊下。公子忙着问叶通道：“滑稽呢?”叶通只愣愣的站着不言语。公子道：“你没带进来吗?”叶通这才回说：“请示爷：甚么是个‘呱咭’呀?”公子哈哈笑道：“难为你还告诉我，你念过《古文观止》呢，难道连《滑稽列传》那篇汉文也没念过吗?”叶通道：“奴才念过，奴才只知那‘滑稽’两个字作‘口角诙谐利辩’讲。这是个甚么，奴才可怎么带得进来呢?”公子道：“怕不是这等讲法。然则，何不名曰《口角诙谐利辩列传》而名曰《滑稽列传》呢？这滑稽是件东西，就是掣酒的那个酒掣子，俗名叫作‘过山龙’，又叫‘倒流儿’。因这件东西从那头儿把酒掣出来，绕个弯儿注到这头儿去，如同人的滑串流口，虽是无稽之谈，可以从他口里绕着弯儿说到人心里去，所以叫作‘滑稽’，又有个‘乖滑稽留’的意思，所以，谓之《滑稽列传》。明白了哇？取去罢哟！”叶通百忙里无意中倒明白了个典，笑道：“爷要说叫奴才取倒流儿去，奴才此时早取了来了！”公子这阵不着要，大约也由高兴而起。

不一时，叶通拿了酒掣子进来。公子看着掣出来沺好了，才进屋子。早见筵开绿绮，人倚红妆，已预备得停停妥妥，心下十分欢喜。又见正面设着张大椅子，东西对面两张杌子，因说道：“这首座自然是为我而设了？占了，占了。”一抬腿，便从椅子旁边拐栏上迈过去，站在椅子上，盘腿大坐下来。才得坐下，便叫：“酒来，酒来！”

不防这个当儿，张姑娘捧壶，何小姐擎杯，满满的斟了一杯，送到跟前。他连忙叫道：“阿呀，怎么闹起外官仪注来了?”何小姐道：“这是咱们屋里第一次开宴么！”他听了，便“腾”的一声跳下座来，座旁打了一躬，慌得他姊妹两个笑而避之。又听张姑娘道：“人家姐姐这盅酒，可得干了哇。”公子接过来，站着一饮而尽。张姑娘接过杯来，便把壶递给何小姐，照样斟了一杯送过去。公子道：“这是有例在先的，不消再让。”他一口气饮干，便要接壶来回敬他姊妹两个酒。二人一齐正色道：“这可使不得，看人家笑话。叫丫头们斟罢。”

公子只得归坐。金、玉姊妹便分左右坐了。侍婢们按坐送上酒来。公子擎杯在手，左顾右盼，望着他姊妹两个说：“请啊！”自己便先饮了一口，又抚掌道：“此人生第一乐也！”何小姐笑道：“这个典用得恰。咱们这堂屋里正少一块匾，等喝完了酒，何不趁兴就写起来?”公子道：“用甚么字呢?”何小姐道：“四乐堂。”公子道：“怎的叫‘四乐’?”何小姐道：“你把这席酒算作第一乐；那‘父母俱存，兄弟无故’，只好算第二乐；‘仰不愧于天，俯不怍于人’，只好算作第三乐了；还敷余着个‘得天下英才而教育之'，凑起来，可不是'四乐堂'？"

公子听得这话有些扎耳朵，便端起杯来，又饮了一口，道："且食蛤蜊。"随即喝干了那杯，向他姊妹照杯。何小姐道："这等来法，滥饮而易醉，咱们莫如行个令罢。"这句话更打进公子心眼儿里去了，连说："有理！我们行甚么令呢？屋里书桌上，有我养着的绝好一枝'玉枝环'，一枝'金如意'，把他拿来，大家击鼓传花何如？"

他两个分明晓得把他两个芳名作戏，只作不解。张姑娘道："这个令行不成。第一，公公的家教，咱们家从没乐器这一类东西。便是此刻叫人在外头现找去，只听见背着鼓寻锤的，没听见拿着锤寻鼓的。纵让找了来，我们虽没行过这个令，想理去自然也得个会打鼓的，打出个迟急紧慢来，花落在谁手里才有趣；要就交给咱们这些丫头、老婆子一打，岂不把你这么个好令弄得风雅扫地了吗？如今，我倒有个主意：莫若就把方才你说的名花美人旨酒作个令牌子，想个方儿行起来，岂不风雅些呢？"何小姐先说："有理。"便说："如今要每人说'赏名花''酌旨酒''对美人'三句，便仿着东坡令，每句底下要合着本韵缀上一句七言诗，不准用花、酒、美人的通套成句，都要切着你我三个今日的本地风光。你道好不好？

公子听了，只乐得眼花儿缭乱，心花儿怒放，不差甚么连他自己出过花儿没出过花儿都乐忘了。手里拿着一只筷子，敲打着桌子道："凤兮，凤兮！可儿，可儿！实获我心，依卿所奏！"

张姑娘见公子狂得章法大乱，只低了头抽了口烟，从两个小鼻子眼儿里慢慢的喷出来，笑而不语。何小姐却生来的言谈爽利，气趾飞扬。今日，又故作出一团高兴来。但见他在坐上鬓花乱颤，手钏铿锵，公子这些趣谈他只象不曾留意。只听他向公子说道："这个令可是我合妹妹出的主意，我们两个可不在其位。况且，'女子，从人者也'，这屋里断没我两个出令的理，自然从首座行起。"

公子酒入欢肠，巴不得一声儿先要行这个新令，不用人让，自己告着先喝了一盅令酒，想了一想，说道：

"赏名花，稳系金铃护绛纱。

酌旨酒，玉液金波香满口。

对美人，雪样肌肤玉祥神。"

金、玉二人相视一笑，都赞道："好！"各饮了一口门杯。公子顺着领儿，向张姑娘把手一拱，道："过令。该桐卿了。"张姑娘道："我不僭姐姐。"

何小姐听了，更不推让，便合公子说道："我们两个可不能说的象你那们风雅呀，只要押韵就是了。"公子道："慢来，慢来！也得调个平仄，合着道理，才算得呢。"何小姐道："自然。这平仄幸而还弄得明白，道理也还些微的有一点儿在里头。"因说道：

"赏名花，名花可及那金花？"

才说得这一句，公子便攒着眉，摇着头道："俗！"何小姐也不合他辩，又往下说第二句，道：

"酌旨酒，旨酒可是琼林酒？"

公子撇着嘴道："腐！"何小姐便说第三句，道：

对美人,美人可得作夫人?”

公子连说,“丑,丑,丑.丑!你这个令收起来罢,把我麻犯的一身鸡皮疙瘩了!你快把那盅酒喝了完事!”何小姐道:“怎的这样的好令不入爷的耳呀?要调平仄,平仄不错;要合道理,道理尽有。怎么倒罚我酒呢?”

公子哈哈大笑道:“我倒请教请教,这番道理安在?”何小姐道:“既叫我说,咱们先讲下:说的没个道理,我认罚;有些道理,你认罚。何如?”公子道:“说得有个理,我吃一大杯;没道理,要依酒谷金数受罚,谅你也喝不起,极少也得罚三杯,还不准先‘儒以为癞也’。”张姑娘道:“就是这样。我保着姐姐,姐姐要赖,不但姐姐喝三杯,我也陪三杯。”公子道:“既如此,‘姑妄言之妄听之’罢啰。”

何小姐见公子定要他说出个道理来,趁这机会便把坐儿挪了一挪,侧过身子来,斜签着坐好了,望着公子说道:“既承清问,这话却也小小的有个道理在里头。你若不嫌絮烦,容我合你细讲。你方才合妹子说的:‘对着美人,赏此名花,若无旨酒,岂不辜负了良辰美景?’自然,看得美人名花旨酒不容易得,良辰美景尤其不容易得。这话要不是胸襟眼界里有些真见解,绝说不出来。只是替那美人名花旨酒设想:他谈何容易作个了美人,开成朵名花,酿得杯旨酒?也要那对美人、赏名花、饮旨酒的消受得旨酒、名花、美人,才算得美人、名花、旨酒的知音,便是那花、酒、美人也觉得增色。不然,你只管去对他、赏他、饮他,你干你的,他干他的,那良辰美景也只得算干那良辰美景的了。其中毫无乐趣,各不相干,还怎生道得个风雅?何况这几件,件件都是天不轻容易给人的!幸而,有杯旨酒,又愁没朵名花可赏;有朵名花,又愁短个美人相对;便算三桩都有了,更难的是美景良辰,一时间都合在一处。讲到今日之下,大爷,你生在这太平盛事,又正当有为之年,玉食锦衣,高堂大厦,我合妹妹两个虽到不去美人,且幸不为嫫母;就眼前这花儿、酒儿,也还不同野草村醪;再逢着今日这美景良辰,真是一刻千金,你算所望皆全,无意不满了。要知‘天道忌全,人情忌满’‘美景不长,良辰难再’‘人无千日好,花无百日红’,保不住‘杯中酒不空’,又怎保得住‘座上客常满’?你怎生想个方儿,想把这几桩事撙节得长远些,享用着安稳些便好?”

公子道:“正好喝酒取乐,怎的忽然动起这等的感慨牢骚来了?”何小姐摇头道:“不是这等讲。我同妹妹两个,一个村姑儿,一个孤女儿,受上天的厚恩,成全到这步田地,再要感慨牢骚,那便叫‘无病呻吟,无福消受’了。只是我两个作了一个妇女,可立得起甚么事业来?不过是侍奉翁姑,帮助丈夫,教养子女,支持门庭,料量薪水。这几件事,件件作得到家,才对得过天去。我过来看了这几日,现在的门庭,不用我两个支持,薪水,不用我两个料量,眼下且无子女用我两个教养。第一件便是侍奉公婆,这桩事我同妹妹尽作得到家。就只愁你身上,我两个有些帮助不来,我姊妹倒添了桩心事。”

公子笑道:“这话那里说起?此之谓‘蘧伯玉戴笼头——牵牵君子’。放着这等一位恢宏大度的何萧史,一位细腻风光的张桐卿,还怕帮助不了一个安龙媒?我到请教你二位:待要怎的个帮助我,又要帮助我到怎的个地位,才得心满意足呢?”何小姐道:“不是谦,你我三个人也用不着这个‘谦’字。我想,人生梦幻泡影,石火电光。不必往远里讲,就在坐的你我三个人,自上年能仁寺初逢,青云山再聚,算到今日，整整的一年。这一年之中，你我各各的经了多少沧桑，这日月便如落花流水一般的过去了。如今，天假良缘，我两个侍奉你一个。头一件，得帮助得你中个举人，会上个进士，点了翰林，先交代了读书这个场面。至于此以后的富贵利达，虽说有命存焉，难以预定，'只要先上船，自然先到岸'。你是个读书明理的人，岂不知'仕非为贫也，而有时乎为贫；娶妻非为养也，而有时乎为养'！那时，博得个大纛高牙，位尊禄厚，你我也好作养亲荣亲之计。这等讲起来，我那插金花、饮琼林酒、想封赠个夫人的令，那一句没道理？你先道是'俗''腐''丑'，我倒请教：怎生才是个不俗、不腐、不丑？你这见解一定加人一等，这等元妙高超法，我两个怎生帮助得你来？"

公子听了，扬起头来，哑然大笑，说道："迂哉！迂哉！我只道你两个有甚么石破天惊的大心事这等为难，原来为着这两桩事！论取功名，不敢欺，安龙媒从考秀才起，就不曾科考过第二次；想那中举人、中进士，也还不到得如登天之难；据父亲授我的这点学业，我看着那入金马、步玉堂，如同拾芥。论养父母，我家本不是那等等着钱粮米儿养活父母的人家儿，只这围着庄园的几亩薄田，尽可敷衍吃饭；何况，父亲还有从淮上一路回京承诸相好义赠的不下万金，再加上邓翁前日这一项，足有四万金的光景，难道还不够父母的安享不成？何必远虑到此！"

何小姐道："你把金马、玉堂这番事业就看得这等容易！无论你有多大的学问，未必强似公公；你只看公公，便是个榜样。至于家计，我在那边住的时候，也听见婆婆同舅母说过，围着庄园的这片地，原是我家的老圈地，当日多的很呢。年深日久，失迷的也有，隐瞒的也有。听说公公不惯经理这些事情，家人又不在行，甚至被庄头盗典、盗卖的都有，如今剩的，只怕还不及十分之一。果然如此，这点儿进项本就所入不抵所出。及至我过来，问了问，自从公公回京时，家中不曾减得一口人，省得一分用度，如今，倒添了我合妹妹两个人，亲家爹妈二位，再加我家的宋官儿合我奶娘家的三口儿，就眼前算算，无端的就添了七八口人了。俗语说的好：'但添一斗，不添一口。'日子不可长算，此后只有再添人的，怎生得够？至于你说的这项银子，公公回京，一路盘缠，到家安置，再加上妹妹合我这两件喜事，所费也就可想而知。便有个三四万银子，又支持得几年？若不早为筹画，到了那展转不开的时候，还是请公公重作出山之计，再去奔波来养活你我呢？还是请婆婆摒挡薪水，受老米的艰窘呢？张姑娘从旁道："姐姐这话实在想的深，说的透！大小人家都是一理，大概受这个病的居多。"说话间，公子一面听着，又三杯过手了。

且住！安家的家事怎的安公子不知底细，何小姐倒知底细？何小姐尚知打算，安公子倒不知打算？何小姐精明也精明不到此，安公子懵懂也懵懂不到此。这个理怎么讲？列公，其理甚明，人所易晓。何小姐是从苦境里过来的，如今，得地身安，安不忘危，立志要成果起这家人家，立番事业。安公子是自幼娇养，"衣来伸手，饭来张口"的人，何曾理会过怎生的叫作生计艰难？及至忽然从书房里掏出来，淮上一来一往走了一荡，也只不过聆略些冲途市井的风土人情，长得了甚的心胸见识？落后回到家，又机缘一步凑巧似一步，境界一天从容似一天，他看着那乌克斋、邓九公这班人，一帮动辄就是成千累万，未免就把世路人情看得容易了。

然则，他当日那番轻身救父、守义拒婚，以至在淮上店里监里见着安老夫妻的那一番神情，在自家闺房里训饬张姑娘的那一篇议论，岂不是个天真至性、谨饬一边的佳子弟？如今，怎的忽然这等轻狂放纵起来呢？这也容易明白。他从前那些行径，是天真至性里裹住了点儿书毒；现在的这番行径，是知识开了，习俗所染，这就叫学油滑了。也还仗他那点书毒，才不学那吃、喝、嫖、赌，成一个花花公子，所以，就近于狂狷一路。

大凡一个子弟，都有四重关：开了知识是第一重关；出了书房是第二重关；成了家是第三重关；入了宦途是第四重关。一关一变，变则化，化则休矣。果能始终不变，定然成个人物。然而，不变的少。只要变后还能遵父兄的教训，师友的劝勉，闺阃的箴规，慢慢的再往回来变，指望他"齐一变，至于鲁；鲁一变，至于道"，也就罢了。然而，也少！

且莫只顾闲谈，打断了人家小夫妻三个的话柄。再说安公子，此时是一团的高兴，那里听的进这路话去？无如他在何小姐跟前，又与张姑娘有些不同。自从上年见面的那日，一个"竖心旁儿"写在那里，直到如今，虽不曾在右边加上个甚么字，毕竟有些爱中生敬，敬中生畏；况且，人家的话正正堂堂，料着一时驳不倒。便说道："言之有理。偏现在又得出去谢几天客，这一向忙完了，度过残冬就是年下，等明年开了春，可要认认真真的用起功来了。"

何小姐道："你这话倒暗合了那个笑儿了：一个人懒于读书，赋诗言志，作了一首七言绝句，诗道：'春天不是读书天，夏日初长正好眠；秋又凄凉冬又冷，收书又待过新年。'岂不闻'君子见机而作，不俟终矣？'怎的只顾把话儿说远了？据我姊妹的意思，等公婆回家来，人、牲口都匀出来了，你便拜两天客，回来且把饮旨酒、赏名花、对美人的这些风雅事儿，以至那些言情、遣兴的诗词，弄月、吟风的勾当，一切无益身心的事，一概丢开；甚至连你的那萧史、桐卿，也暂且莫把他搁在心上，一心干正经的，埋首用起功来。转眼，就是明年秋闱，再转眼就是后年春榜，果然高捷连登，再点上庶常，进了那座清碧堂，——别的慢讲，你只看公公，正在精神强健的时候，忽然的急流勇退，安知不是一心指望你来翻稍？果然有这天，也好慰一慰老人家半世期望之心，平一平老人家一生抑郁之气。你岂不作成了一个养志的孝子？

"俗语说的：'先下米，先吃饭'。果然有命，水到渠成。十年之间，不愁到不了台阁封疆的地位。那时，荣养双亲，俯仰无愧，到了这个分儿上了，还怕不'得天下英才而教育之'不成？这三件乐事你算都作到家了。我觉得便是那金谷园、肉屏风也不是甚么难事。算起来，十年过后你才三十岁，依然还是个白面书生，也还不算辜负了这良辰美景，那时候咱们可对了美人，饮着旨酒，赏那名花，由着性儿乐么！这屋里那块'四乐堂'的匾，可算挂定了。不然，这'春深似海'的屋子，也就难免'愁深似海'！不但我们这两个'凤兮凤兮，已而已而'了，只怕连你这今之所谓风雅，也就'殆而殆而'了！那时，你自己顾自己也顾不来，还想'好待千云垂荫日，护他比翼效双栖'吗？

"这话却不为着这席酒而起。自从我过来第二天，见了你这些笔墨，就深以为不然。连日更见你一天一天的近于口角尖酸，举止轻佻，一路迥不是从前的温文谨厚样子，这却大不是公婆教养成全的本意。我两个深以为愁，几次要劝勉你一番，这几日偏忙忙碌碌，不得个机会。今日适逢其会，遇着你置这席酒，方才妹妹止说了个‘酒倒罢了’，你便有些不耐烦。照这等流连忘返、优柔不断起来，我姊妹窃以为不可。所以，方才我两个商量定了，就你口中言，道我心腹事，下这篇规谏。只不知这话大爷听得进去听不进去？”

公子听了这话，便有些受不住，不似先前那等柔和了。只见他沉着脸，垂着眼皮儿，闭着嘴，从鼻子里“吭”了一声，把身子挪了一挪，歪着头儿向何小姐道：“听得进去便怎么样，听不进去便怎么样？我倒请问其目！”他那意思，想着要把乾纲振起来，熏他一熏，料想今日之下的十三妹也不好怎样。

再不想这位十三妹可是熏得动的？他却也不怎样，只把嗓子提高了一调，说道：“听得进去，莫讲咱们屋里这点儿小事儿，便是侍奉公婆，应酬亲友，支持门户，约束家人，筹画银钱，以至料量薪水米盐这些事，都交给我姊妹两个。侍奉公婆，是我两个的第一件事，但有不周，许你责备；支持外面，是我的事，料理里面，是他的事。公婆只乐得安养，你只一意读书。但能如此，我姊妹纵然给你暖足搔背，扫地拂尘，也甘心情愿，还一定体贴得你周到，侍奉的你殷勤。听不进去，我两个又有甚么法儿呢？左是这个院子，我两个便退避三舍，搬到那三间南倒座去同住，尽着你在这屋里嘲风、弄月，诗酒、风流，我两个绝不敢来过问，白日里便在上屋去侍奉公婆，晚间回房作些针黹，乐得消磨岁月，免得到头来既误了你，还对不住公婆，落了褒贬。”

列公请听，何小姐这段交代，照市井上外话说，这就叫把朋友“吗”在那儿了。安公子高高兴兴的一个酒场，再不想作了这等一个大煞风景。况他又正在年轻，心是高的，气是傲的，脸皮儿是薄的，站着一地的丫鬟、仆妇，被人家排大侄儿似的这等排了一场，一时脸上就有些大大的磨不开。不由得一把肝火直攻到囟门子上来，扯脖子带腮颊涨了个通红。才待开口，张姑娘的话来了，说道：“大爷，人家姐姐说的可是字字肺腑，句句药石，你可先别闹左性。且沉着心，捺着气，细细儿的想想再说话。”安公子便扭过头来向他道：“哦，想来你还有两句话白儿？”张姑娘道：“姐姐口里说的话，就是我心里要说的话，不过，这话不是这个一言那个一语的说得来的。再就让我说，我也没姐姐说得这等透彻。如今，你听得进去是如此如此，听不进去是如彼如彼，这层话姐姐已经交代的明明白白的了，还用我说甚么？必要我说，我只有一句：‘君请择于斯二者’。”

安公子先前听何小姐说话的时节，还只认作他又动了往日那独往独来的性情，想到那里说到那里，不过句句带定张姑娘，说着得辞些，还不曾怪着张姑娘；乃至见他两次三番的从旁赞襄，如今，又加上这等几句话，把自己相处了一年多的一个同衾共枕的人，也不知是几时“孟光接了梁鸿案”，这么两天儿的工夫，会偷偷儿的爬到人家那头儿去了！他又是害臊，又是亏心，又是着恼，把小脸儿都气黄了。第一个主意便要发作一场，一想，不妙：“论今日的局面，讲不到‘双拳敌不过四手’来，却正是‘三人抬不过‘理’字儿’去。人家的话真说的有理，这一发作，父母回来一定晓得。母亲本就把这两个媳妇儿疼的宝贝儿似的，只他两个这番话再请父亲一听，那一个字、那一句不入老人家的耳、合老人家的意？管取倒当着他两个教训我一场，那我可就算输到家、栽到地儿了，不是主意。待要隐忍下去，只答应着，天长日久，这等几间小屋子，弄一对大猱头狮子不时的对吼起来，更不成事。莫如给他个不说长短，不辨是非，从今日起，且干着他，不理他，他两个自然该有些着慌；我却暗里依他两个的话，慢慢的把这些不要紧的营生丢开，干起正经的来，岂不是个两全之道？”转念一想，也不妥当：“这个招儿要合桐卿使，他或者还有个心里过不去，脸上磨不开；那位萧史先生，可是说的出来干的出来，万一他认真的搬开了，看这光景，两个人是一条藤儿，这一个搬了，那一个有个不跟着走的吗？这屋里又剩了我跟着嬷嬷了，我这不是自己作冤吗？再说，这等一对花朵儿般娇艳、水波儿般灵动的人，忍心害理的说干着他，不理他？天良何在？”想了半日，左归不是，右归不是，忽然眉头一皱，计上心来。

真正俗语说的不错：“强将手下无弱兵。”安水心先生的世兄，既有乃翁的那等酒量，岂没有乃翁那等胸襟？只见他立刻收了怒容，满脸生疼的向金、玉姊妹笑道：“领教。这等讲起来，这个令却有道理，算我输了。我方才原说我输了喝一大杯，如今，喝还你两个一大杯，也该没得说了。”说着，回头便叫：“花铃儿，你把书格儿上那个红玛瑙大杯拿来。”

一时取到，他便要过壶去，自己满满的斟了一杯。金、玉两个见他认真要喝那大杯酒，心里早不安起来。何小姐忙道：“自己屋里说句顽儿话，怎的认起真来？好没意思！这些酒吃下去，看不受用。”他那里肯依？张姑娘也道：“我罢了。姐姐来了几天儿，既这等说，你认真喝那些酒，可不怕羞了他？”公子更不搭言，双手端起酒来，咕都都一饮而尽，向他两个照杯告干。只羞得他两个两张粉脸泛四朵桃花，一齐说道：“这是我两个的不是，话过于说得急了！”

一句没说完，只见公子饮干了那杯酒，一只手按住那个杯，说道：“酒是喝了。我安龙媒一定谨遵大教。明年，秋榜插了金花，还你个举人；后年，春闱赴琼林宴，还你个进士；待进了那座清碧堂，大约不难书两副紫泥诰封，双手奉送。我却洗净了这双眼睛，看你二位怎生的替我整理家园，孝顺父母！你我三个人之中，傥有一个作不到这个场中的，便拿这杯子作个榜样！”

说着，抓起那玛瑙酒杯来，嗖，往着门外石头台阶子上就摔了去。这一摔，果然摔在石头台阶子上，不用讲，这件东西一定是锵琅琅一声，星飞粉碎！不想说时迟，才从公子手里扔出去，那时快，早见从台阶儿底儿下抢上一个人来，两手当胸，把那红玛瑙酒杯紧紧的双关抱住。这正是：

剧怜脂粉香娃口，抵得十思一谏疏。

要知后事何如,下回书交代。

第三十一回 新娘子悄惊鼠窃魂 戆老翁醉索鱼鳞瓦

这回书一开场,是位听书的都要听听接住酒杯的这个人究竟是个甚么人?列公且慢。方才安公子摔那酒杯的时候,旁边还坐着活跳跳的一个何玉凤、一个张金凤呢,他两个你一言、我一语激出这等一场大没意思来,要坐在那里一声儿不言语,只瞧热闹儿,那就不是情理了。让说书的把这话补出来,再讲那个人是谁不迟。

却说他两个见安公子喝干了那杯酒,说完了那段话,负着气,赌着誓,抓起那酒杯来向门外便摔,心里好不老大的惭惶后悔,慌得一齐站起身来,只说得一句:"这是怎么说!"四只眼睛便一直的跟了那件东西向门外望着。只见一个人从外面进来,三步两步抢上台阶儿,慌忙把那件东西抱得紧紧的,竟不曾摔在地下。何小姐先说道:"阿弥陀佛!够了我的了!这可实在难为你!"张姑娘也道:"真亏了你!怎么来的这么巧?等我好好儿的给你道个乏罢!"

且住!这个人倒底是谁呀?看他姊妹两个开口便道着个"你"字,其为在下的人可知。既是个奴才,强煞也不过算在主人眼头里当了个积伶差使,不足为奇,不到得二位奶奶过意不去到如此。况且,何小姐自从作十三妹的时候,直到如今,又何曾听见过他婆婆妈妈儿的念过声佛来?有此时吓得这等慌张的,方才好好儿的哄着人家饮酒取乐,岂不是好?

这话不然,这个理要分两面讲。方才,他两个在安公子跟前下那番劝勉,是夫妻尔汝相规的势分,也因公子风流过甚,他两个期望过深,才用了个"遣将不如激将"的法子,想把他归入正路,却断料不到弄到如此。既弄到这里了,假如方才那个玛瑙杯竟摔在台阶儿上,锵琅琅一声,粉碎星飞,无论毁坏了这桩东西,未免暴殄天物,这席酒正是他三个新婚燕尔、吉事有祥、夫妻和合、姊妹团聚的第一次欢场,忽然弄出这等一个破败决裂的兆头来,已经大是没趣了。再加,公子未曾摔那东西先赌着中举、中进士的这口气,说了那等一个不祥之誓,请问,发甲、发科这件事,可是先赌下誓后作得来的?万一事到临期有个文齐福不至,"秀才康了",想起今日这桩事来,公子何以自处?他两个又何以处公子?所以,才有那番惶恐无措。无如公子的话已是说出口来了,杯已是飞出门儿去了,这个当儿,忽然梦想不到来了这么个人,双手给抱住了。扣儿算解了,场儿算圆了,一欣一感,有个不不禁不由替他念出声佛来的吗?这正是他夫妻痛痒相关的性分。

说便这等说,这个人到底是个谁呢?是随缘儿媳妇。这随缘儿媳妇正是戴嬷嬷的女儿,华嬷嬷的儿媳,又派在这屋里当差,算一个外手里的内造人儿。今日,爷奶奶家庭小宴,他早就该在此伺候,怎的此时倒从外来呢?只因这天正是他家接续姑奶奶,正是褚大娘子,他婆媳两个告假在家待客。华嬷嬷又请了两个亲戚作陪客。大家吃了早饭,拿了副骨牌,四家子顶牛儿。晌午无事,华嬷嬷惦着老爷、太太不在家,二位奶奶一定都回房歇歇儿,便叫他进来看看。燕北闲人借此便请他作了个"无巧不成书"。

原来,那随缘儿媳妇虽是自幼儿给何小姐作丫鬟,他却是个旗装。旗装打扮的妇女走道儿,却合那汉装的探雁脖儿、摆柳腰儿、低眼皮儿、瞅脚尖儿走的走法不同;走起来大半是扬着个脸儿、拔着个胸脯儿、挺着个腰板儿走。况且,他那时候正怀着三个来月的胎,渐渐儿的显了怀了。更兼他身子轻俏,手脚灵便,听得婆婆说了,答应一声,便兴兴头头把个肚子腆得高高儿的,两只三寸半的木头底儿咭噔咯噔走了个飞快。从外头进了二门,便绕着游廊往这院里来。

将进院门,听见大爷说话的声气象是生气的样子,赶紧走到当院里。对着屋门往里一看,果见公子一脸怒容,他便三步两步抢上了台阶儿,要想进屋里看看是怎生一桩事。不想,将上得台阶儿,但见个东西映着日光,霞光万道,瑞气千条,从门里就冲着他怀里飞了来了。他一时躲不及,两只手赶紧往怀里一握,却是怕碰了他的肚子,伤了胎气;谁知两手一握的这个当儿,那件东西恰好不偏不正合在他肚子上,无心中把件东西握住了。握住了,自己倒吓了一跳,连忙把在手里一看,敢则是书格儿上摆的那个大玛瑙杯,里面还有些残酒。他笋里不知卯里,只道大爷吃醉了,向他飞过一觞来,叫他斟酒,只得举着那个酒杯送进屋里来。及至走到屋里,又见两位奶奶见他一齐站起来,说了那套话,他一时更摸不着头脑,便笑嘻嘻的道:"请示二位奶奶,再给爷满满的斟上这么一盅啊?"一句话,倒把金、玉两个问的笑将起来。

却说安公子,原是个器宇不凡的佳子弟,方才听了他姊妹那番话,一点便醒,心里早深以为然。只因话挤话,一时脸上转不开,才赌气摔那杯子。及至摔出去,早已自悔孟浪。见随缘儿媳妇接住了,正在出其不意,又见他姊妹这一笑,他便也借此随着哈哈笑道:"那可来不得了!搁不住你再帮着你二位奶奶灌我了。快把他拿开罢。"因合他姊妹说道:"你们的新令是行了,我的输酒也喝了,只差这令不曾行到桐卿跟前。大约就行,也不过申明前令,咱们再喝两杯,到底得上屋里招呼招呼去。"

金、玉姊妹见他把方才的话如云过天空,更不提起一字,脸上依旧一团和容悦色,二人心里越发过意不去,倒提起精神来,殷殷勤勤陪他谈笑了一阵。吃完了酒,收拾收拾,三个人便到了上房。恰值舅太太才散牌,在那里洗手。金、玉姊妹便在上屋坐谈,叫人张罗伺候晚饭。舅太太道:"今日是我的东儿,不用你们张罗。你们三个没过十二天呢,还家里吃你们的去罢。我这里有吃的,回来给你们送过去。"话说间,舅太太、亲家太太洗完了手,摆上饭来。他两个替舅太太张罗了一番,才同公子回房吃饭。

一时,饭罢。仍到上房。看看点灯,褚大姑奶奶早赴了席回来,一应女眷都迎着说笑。公子见这里没他的事,便出去应酬应酬泰山,坐到起更,又照料了各处门户,嘱咐家人一番。进来,舅太太道:"你怎么又来了?俩外外姐才叫他们招呼招呼褚大姑奶奶,都家去了。姑老爷、姑太太不在家,我今日就在上屋照应。你们那边,我请亲家太太先家去了。还有跟我的人在那里,老华、老戴我才也叫来嘱咐过了。你们早些关门睡觉。"公子答应着,才回房来。

只见他姊妹两个也是才回家,都在堂屋里那张八仙桌子跟前坐着,等丫头舀水洗手,公子便凑到一处坐下。

一时，柳条儿端了洗手水来，慌慌张张的问张姑娘道："奶奶有甚么止疼的药没有？咱们内厨房的老尤擦刀来着，手上拉了个大口子，龇牙裂嘴的嚷疼，叫奴才合奶奶讨点儿甚么药上上。"何小姐便问："拉的重吗？"他道："挺长、挺深的一个大口子，长血直流的呢！"何小姐便叫戴嬷嬷道："你叫人把我那个零星箱子搭来，把那个药匣子拿出来。"

一时搭来，拿钥匙开开，只见箱子里面都是些大小匣子，以至零碎包囊儿都有。何小姐从一个匣子里拿出一个瓶儿来，倒了些红面子药，交给戴嬷嬷，道："给他撒在伤口上，裹好了，立刻就止疼，明日就好了。"随即收了那药，便向花铃儿说道："你把这几个匣子留在外头罢。"花铃儿答应着，一面往外拿。公子一眼看见里面有一个黑皮子圆筒儿，因道："那是个甚么？"何小姐便拿过来，递给他看。公子打开一瞧，只见里面是五寸来长一个铁筒儿，一头儿铸得严严的，那头儿却是五个眼儿，都有黄豆来大小，外面靠下半段有个铁机子。合张姑娘看了半日，认不出是个甚么用处来。

何小姐道："这件东西叫作'袖箭'。"公子道："这怎么个射法呢？"他又从一个匣子里找出个包儿来打开，里面包着三寸来长的一捆子小箭儿，那箭头儿都是纯钢打就的，就如一个四楞子锥子一般，溜尖雪亮。公子才要上手去摸，何小姐忙拦道："别着手，那箭头儿上有毒！"便拈着箭杆，下了五枝在那筒儿里，因说那箭的用法。原来，那袖箭一筒可装五枝，先搬好机子，下上箭，一按那机子，中间那枝就出去了；那周围四个箭筒儿的夹空里还有四个漏子，再搬好机子，只一晃，那四枝自然而然一枝跟一枝的漏到中间那个筒儿来，可以接连不断的射出去，因此又叫作"连珠箭"。

当下，何小姐说明这个原故，又道："这箭射得到七八十步远，合我那把刀、那张弹弓，都是我自幼儿跟着父亲学会的。那两件东西我算都用着了，只这袖箭，我因他是个暗器伤人，不曾用过，如今，也算无用之物了。"说着，才要收起来。公子道："你把这个也留在外头，等闲了我弄几枝没头儿的箭试试看。"何小姐便叫人关好箱子，把那袖箭随手放在一个匣子里，都搬到东间去。

他三个人这里因这一副袖箭，便话里引话把旧事重提。张姑娘便提起能仁寺的事怎的无限惊心，何小姐便提起青云山的事怎的不堪回首，安公子便提起了黑风岗怎的绝处逢生，因说道："彼时，断想不到今日之下，你我三个人在这里无事消闲，挑灯夜话。"

何小姐又提起他路上怎的梦见父母的前情，张姑娘又提起他前番怎的叩见公婆的旧事，一时三个人倒象是堂头大和尚重提作行脚时的风尘，翰林学士回想作秀才时的况味。真是一番清话，天上人间。自来"寂寞恨更长，欢娱嫌夜短"。那天早交二鼓，钟已打过亥正。华嬷嬷过来说道："不早了，交了二更这半天了。南屋里亲家太太早睡下了。舅太太才打发人来问来着，要不爷奶奶也早些歇着罢。"公子正谈得高兴，便道："早呢，我们再坐坐儿。"华嬷嬷看了看他姊妹两个，也象不肯就睡的样子，无法，只得且由他们谈去。

书里交代过的，安老爷、安太太是个勤俭家风，每日清晨即起，到晚便息，怎的今日连他姊妹两个。都有些流连长夜、不循常度起来？这其间有个原故。只因何玉凤、张金凤彼此性情相照，患难相扶，那种你怜我爱的光景，不同寻常姊妹。何玉凤又是个阔落大方、不为世态所拘的，见公子不曾守得那“书生不离学房”的常规，倒苦苦拘定这“新郎不离洞房”的俗论，他心下便觉得，在这个妹子跟前，有些过意不去。这日早上，便推说是晚间要换换衣裳，那边新房里一通连，没个回避的地方，不大方便，嘱咐张姑娘晚间请公子在西间去谈谈，就便在那边安歇，是个周旋妹子的意思。张金凤却又是个幽娴贞静、不为私情所累的，想到“春兰秋菊因时盛，采撷谁先占一筹”这两句诗，觉得自己齐眉举案已经一年了，何小姐正当新燕恰来，小桃初卸，怎好叫郎君冷落了他？心里同一过意不去，便有些不肯，却是个体谅姐姐的意思。偏偏两个人这番揖让雍容的时候，又正值公子在坐。在公子是“左之右之，无不宜之”；觉得“金钟大镛在东序”也可，“珊瑚玉树交枝柯”亦无不可，初无成见。

这可是晌午酒席以前的话。不想，晌午彼此有了那点痕迹，此时三个人心里才凭空添出许多事由儿来了。张姑娘想道是：“天呢，却不早了，此时，我要让他早些儿歇着罢，他有姐姐早间那句话在肚子里，傥然如东风吹杨柳，顺着风儿就飘到西头儿来了，可不象为晌午那个岔儿，叫他冷淡了姐姐？待说不让他过来，又好象我拒绝了他。”这是张金凤心里的话。何小姐想道是：“我向来说一是一，说二是二，早间既有那等一句话，此时，再没个说了不算的理，只不合晌午多了那么一层。我此时要让他安歇，自然得让他过妹子那边去，这不显得我有意远他么？设或妹子一个不肯，推让起来，他便是水向东流，西边绕个弯儿，又流过来了，我又怎生对的住妹子？”这是何玉凤心里的话。

两个人都是好意，不想这番好意，把个可左可右的安公子，此时倒弄到左右不知所可。正应了句外话，叫作“绵袄改被窝——两头儿苫不过来”了。因此上，三个人肚子里只管绕成一团丝，嘴里可咬不破这个豆儿。三下里一撑，把天下通行吹灯睡觉的一桩寻常事，一为难，给搁在公中，就在那可西可东的一间堂屋里坐下，长篇大论，整夜价攀谈起来了。

然则，公子这日究竟“吾谁适从”呢？这是人家闺房琐事。闺房之中甚于画眉，那著书的既不曾秉笔直书，我说书的便无从悬空武断，只好作为千古疑案。只就他夫妻三个这番外面情形讲，此后自然该益发合成一片性情，加上几分伉俪，把午间那番盎盂相击，化得水乳无痕。这才成就得安老爷家庭之庆，安公子闺房之福。这是天理人情上信得及的。

当晚无话。却说次日午后，安太太便先回来，大家接着，寒温起居了一番。安太太也谢了舅太太、亲家太太的在家照料，又向褚大娘子道了不安。少停，安老爷也就回来。歇息了片刻，便问：“邓九太爷回来不曾？”说：“看看回来了，请进来坐。”褚大娘子忙道：“二叔，罢了罢。他老人家回来却有会子了，我看那样子，又有点喝过去了，还说等二叔回来再喝呢！此时，大约也好睡了。再要一请，这一高兴，今日还想散吗？再者，女婿今日也没回来，倒让他老人家早些睡罢。”安老爷听了，也便中止。不一时，大家便分头安置不提。

却说这日何小姐因公子不在这边房里，便换了换衣裳，熄灯就寝。原来一向因那新房是一通连的，戴嬷嬷同花铃儿都在堂屋里后一卷睡。姑娘是省事惯的，这晚也不用人陪伴，一个人上床，一觉好睡。直睡到三更醒来，因要下地小解，便披上斗篷,就睡鞋上套了双鞋下来。将完了事,只听得院子里吧喳一声,象从高处落下一块瓦来。那声音,不象从房檐脱落下来的,竟象特特的扔在当院里试个动静的一般。他心下想道:“作怪?这声响定有些原故!”便蹑足潜踪的闪在屋门槅扇后面,静静儿的听着。隔了半盏茶时,只见靠东这扇窗户上有豆儿大的一点火光一晃,早烧了个小窟窿,插进枝香来。一时便觉那香的气味有些钻鼻刺脑。

请教,一个曾经沧海的十三妹,这些个顽意儿可有个不在行的?他早暗暗的说了句:“不好!”先奔到桌儿边,摸着昨日那个药匣子,取出一件东西,便含在口里。你道他含的是件甚的东西?

原来是块“龙亶石”。怎的叫作“龙亶石”?大凡是个虎,胸前便有一块骨头,形如“乙”字,叫作“虎威”,佩在身上,专能避一切邪物;是个龙,胸前也有一块骨头,状如石卵,叫作“龙亶”,含在口里,专能避一切邪气。不必讲,方才插进窗户来的这枝香是枝熏香。凡是要使熏香,自己先得备下这桩东西,不然,那不自己先把自己熏背了气了吗?这是姑娘当日的一桩随身法宝,没想到作新媳妇会用着了。

话休烦琐。却说何小姐含了那块龙亶石,听了听窗外没些声息,便轻轻的上了床,先把那香头儿捻灭了,想道:“这毛贼要这等作起来,倒不可不防。只是我这一叫喊,不但被这厮看着胆怯,前面走更的一时也听不见,倒难保惊了公婆。偏我那把刀,因公公道是新房不好悬挂,不在跟前;那弹弓虽在手下,却又一时寻不及那弹子,这便怎样?”正在为难,忽然想起,昨日看的那副袖箭正下了五枝箭在里头,便暗地里摸在手里,依然隐在屋门槅扇边看着。

一时,早见堂屋里靠西边那扇大桶扇上水湿了一大片,他便轻轻的出了东间屋门,躲在堂屋里东边这扇槁扇边,看那个贼待要怎的。才隐住身子,只见那水湿的地方,从窗棂儿里伸进一只手来,先摸了摸那横闩,又摸了摸那上闩的铁环子,便把手掣回去,送进一根带着钩子的双股儿绳子来。只见他用钩子先把那横闩搭住,又把绳子的那头儿拴在窗棂儿上,然后,才用手从那铁环子里褪那横闩,褪了半日,竟被他把那头儿从环子里褪出来,那闩只在那绳子的钩儿上钩着。

何小姐看了,暗说:“有理,他褪下那头儿来,一定还要褪这头儿,好用两根绳子轻轻儿的系下来,放在平地,免得响动。好笨贼,你这个主意打拙了!”说着,果听得桶扇外边,脚步声音慢慢的溜过东边来。他便顺着槅扇里边也慢慢的溜到西边儿去。随即闪着身子,从那洞儿里往外一看,见那天一天雪意,阴得云浓雾锁,月暗星迷,且喜是月半天气,还辨得出影向来。

望了半日,只望不见拨门的那个,倒看见屏门那里蹲着一个,往后夹道去的角门跟前蹲着一个,在那里把风;对面南房上,又站着一个壮大黑粗的大汉,腰里掖着一把明晃晃的顺刀,已经把房上的瓦揭起一硌来,放在身旁,手里还掐着两三片瓦,在那里了望;靠东墙,却早搬了一扇门立在墙根前。何小姐暗道:“要不先把房上的这个东西弄住他,怎得歇手?”随又想道:“且慢!只要惊走他也就罢了。”

说着,又见靠东槅扇上也阴湿了,果然照前一样的送进一根带钩子的绳儿来,想要钩住东头儿的闩。何小姐趁他入绳子的时节,暗暗的早把这头儿横闩依然套进那环子去,把那搭闩的钩子给他脱落出来,却隐身进了西间。听了听,安公子合张姑娘在卧房里正睡得安稳,南床上的华嬷嬷合柳条儿已是受了那屋里些熏香气息,酣睡沉沉。

他便假装打了个呵欠,门外那个贼一听,倒是一惊,暗道:“怎的熏香点了这半日,还有人醒着?”忙的他把个绳头儿不曾拴好,一失手,连钩子掉在屋里地下了。他便赶紧跑开躲着,暗听里面的动静。

你看,这群贼要果然得着这位姑娘些底里,就此时认些晦气走了,倒也未尝不是知难而退。不想,他听了屋里一个呵欠之后,鸦雀无声,只道又睡着了。他从贪心里又起了个飞智,便想用西边这根绳儿,先把这头儿的闩系到地,腾出绳儿来,再系东边的那头儿,早又鹤行鸭步的奔到西边儿去。

这个当儿,何小姐早到了堂屋里,把他失手扔的那根绳子拿在手里,却贴着西边第二扇槅扇蹲着,看他怎的般鼓捣。

却说那贼,转过来从窗棂上解下那根绳,待要往下系那横闩,早觉得那绳子轻飘飘的脱了空,他便悄悄的“吭”了一声,似乎觉得诧异,想道:“莫不是方才我匆忙里不曾把那闩褪得下来?”重新探进手来摸。

何小姐见这贼浑到如此,却怄上他点气儿来了,便把那副袖箭放在地下,把手里那根绳子双过来,等贼的手探到铁环子跟前,猛可的从底下往他腕子上一套,拧住了,只往下一扔,又往后一撆,乘势就搭在那根横闩上,左三扣右三扣的,把只手反捆在闩上。还怕他挣开了绳头儿,又把西边窗棂上那根空绳子解下来,十字八道的背了几个死扣儿。自己却又拿起袖箭来,躲在东边去望着。

那贼的这只手,本是从靠西桶扇尽西的这个窗棂里探进来,才够得着那铁环子,经这往下一扔,往后一撆,一只胳膊是满寄放在屋里,胸脯子是靠了西间金柱了。待要伸左手来救那只右手,急切里转不过身来。作贼的可没个嚷救人的,他挣了两挣,不曾挣得动分毫,便嘴里打了个哨子,哨那两个把风的贼。那两个听得哨子响,只道是拨开门了,这就可以下手偷了,哈着腰儿就往这边来。

何小姐从东边的窗洞儿里,见这两个也过来了,心里倒有些忐忑,暗想:“照这等狗一般的贼,就再多来几个也不妨。只是……我如今非从前可比,断不好合他交手。只管拴住了这个,倒怕他一时急了,豁一个,跑三个,伤了这个老实的,那时倒是‘大未完’。这要不用个敲山振虎的主意,怎的是个了当?”想罢,他隔着那窗洞儿往外望了望,只见房上那个,正斜签着蹲在房檐边,目不转睛的盼那三个开门呢。他便把那袖箭从窗洞儿里对了房上那贼,看得较准,把那跳机子只一按——但听喀吧一声,哧,一箭早钉在那贼的左胯上。那贼冷不防着这一箭,只疼得他咬着牙不敢则声,饶是那等不敢则声,也由不得“嗳哟”出来。脚底下一个蹲不稳,便咕碌碌从房上直滚下来,咕咚,跌在地下,手里的瓦,一片声响,摔了一地。

这边三个贼听得,一齐回头看时,见房上那个跌了下来,一则怕跌坏了他,二则怕惊醒了事主,忙的顾不及合拴着的这个搭话,便奔过去看那个。只这一阵,早惊醒了南屋里的张太太,问道:“倄儿响哪?蓝嫂,你听听,不是猫把瓦登下来了哇?”这边拴着的听了,只干着急,苦挣不脱。那两个跑过去,见跌下来的那个才挣得起来,却只坐在地下发怔。他两个也顾不得南屋里事主说话,便把他揪起来搀着,要想逃避。不想,那个的腿已经木的不知痛痒,只觉箭眼里如刀剜一般疼痛。

那两个还只道他是跌了腿,悄悄的说道:“你扎挣些,溜到背静地方躲一躲要紧!”这一阵嘁喳,早被何小姐听见,隔窗大声的说道:“糊涂东西!他腿上着着一枝梅针药箭呢,你叫他怎么个扎挣法?”一句话,吓得那两个顾不及那个带伤的,没命的奔了墙边立的那扇门去,慌张张爬到墙上,踹的那瓦一片山响。才上房,后脚一带,又把一溜檐瓦带下来,唏溜哗啦,闹了半院子,闹的大不成个:“梁上君子”的居面。两个上了房,又怕自己再着上一箭,爬过房脊去,才纵身望嚕跳,早见一个灯亮儿一闪,有人喊道:“不好了!房上有了人了!”

你道这人是谁?原来是张亲家老爷。他那晚睡到半夜,忽然要出大恭,开了门,提了个百步灯出来。才绕到后边,听得房上瓦响,他把灯光儿一转,见两个人爬过房来,他就嚷起来,把屎也吓回去了。

这一嚷,早惊动了外边的人。房上那两个贼见不是路,重新又爬过房脊来,下了房,发脚往游廊门外就跑。第一个先跑出来,便藏在上房东锁山门儿里。及至第二个跑出来,二门上,早灯笼火把进来了一群人,一个个手拿钩杆子、抬水的杠子,围上来。这贼解下腰里的纲鞭才要动手,不防身后一钩杆子,早被人胡掳住了,按在那里捆了起来。

这个当儿,张进宝早提着根棒槌般粗细的马鞭子,吆吆喝喝进来,先说道:“拿只管拿,别伤他!也别只顾大面儿上,背静地方儿要紧!”一句话,那一个藏不住,巴了巴头儿,见一院子的人,他一扎头,顺着廊檐就往西跑。谁知,东次间有个炉坑,因天凉起来了,趁老爷、太太不在家,烧了烧那地炕,怕圈住炕气,敞着炉坑板儿呢。那贼不知就里,一脚跳空了,咕咚一声,掉下去了。大家挠钩绳索的揪上来,又得了一个。

这一番吵嚷,安老夫妻早惊醒了。安老爷隔窗问道:“这光景是有了贼了。你们只把他惊走了也罢,何必定要拿住他?”张进宝答道:“回老爷:这贼闹的不像,一个个手里都有家伙。只这院子里,已经得着俩了,敢怕还有呢。”安老爷听见不止一个贼,又手持器械,也有些诧异。只管诧异,却依然守定了那“‘伤人乎?’不问马”的圣训,只问了一声:“可曾伤着人?”绝口不问到“失落东西不曾”这一句,大家回道:“没伤人,俩贼都捆上了。”

安老爷便一面起来,下床穿衣。只听张进宝说道:“留俩人这院里招护,咱们分开,从东西耳房两路,绕到后头去,小心有背旮旯子里窝着的!”当下,张老同了晋升、戴勤一班人,带着人去查西路。张进宝便同了华忠、梁材带人,进了东游廊门。他一进门,才要问:“惊了爷奶奶没有?”一句话不曾说完,灯光下,只见当院里地下躺着个人,在那里哼哼,又一个正在那里掏槅扇窗户呢。张进宝大喝道:“你这野杂种!好大胆子!见了人竟不跑,还敢在这里掏窗户?”

说着,西路去的人也转到这院子来了,绳子也来了。大家一窝蜂上前,有几个早把当地那个捆上,有几个便奔了槅扇边这个来,拉住往台阶下就拉,可耐拉了半日,丝毫拉他不动。张进宝怕惊了爷奶奶,便叫:“华奶奶,你回爷奶奶,家人们都在这里呢,不用害怕。”

华嬷嬷这个当儿,醒虽醒了,只答应不出来。早听何小姐在屋里笑道:“我敢是有些害怕,我怕你们拉不动这个贼!他这只胳膊,在横闩上捆着呢!等开了门,你们进来解罢!”闹了半日,众人此刻才得明白。大家便先把那贼的左手、左脚绑在一处，那贼只剩得一条腿在那里跳咯噔儿了！

按下门外的众人不提，话分两头。却说屋里的何小姐，方才见四个贼擒住了两个，那两个才办条逃路，又被外面一声喊吓回来了，早料这一惊动了外面，大略那两个也走不来。他便安安详详的穿好了衣服，先把嬷嬷、丫鬟们叫起来。亏那香点得工夫小，人隔的地方远，一叫便都醒了，只是慌作一团。他又虑到怕公婆过来，一面忙忙的漱口拢头，一面便叫华嬷嬷，请公子合张姑娘起来。

幸喜那卧房更是严密，又放着帐子，两个都不曾受着那熏香气息。也因这个上头误了点儿事：人家闹了半夜，他二位才连影儿不知。直等华嬷嬷隔着帐子，把张姑娘叫醒了，他听说，只吓得浑身一个整颤儿，连忙推醒了公子。

公子毕竟是个丈夫，有些胆气，翻身起来，在帐子里穿好了衣服，下了床，登上靴子，穿上皮袄，系上搭包，套上件马褂儿，又把衣裳掖起来，戴好了帽子，手里提着嵌宝钻花、拖着七寸来长大红穗子的一把玲珑宝剑，从卧房里就奔出来了。恰好何小姐完了事，将进西间门，看见笑道："贼都捆上了，你这时候拿着这把剑，刘金定不象刘金定，穆桂英不象穆桂英的，要作甚么呀？这样冷天，依我说，你莫如搁下这把剑，倒戴上条领子儿，也省得风吹了脖颈儿。"公子听了，摸了摸，才知装扮了半日，不曾带得领子，还光着个脖儿呢，又忙着去带领子。一时，张姑娘也收拾完毕，嬷嬷、丫鬟们一面叠起铺盖，藏过闺器，公子便要出去。

何小姐道："莫忙！让他们归着完了，开了门才出得去呢。"公子听说，提上那把剑，自己便来开门。才到堂屋里，但见一只漆黑大粗的胳膊，掏进窗户来，却捆在那闩上。忙的问道："这是谁？"何小姐笑道："这是贼，从半夜里就拴在这里了。如今外头也捆好了，我却不耐烦去解他，劳你施展施展你那件兵器，给他把绳子割断了罢。"公子道："交给我！这又何难！"掳了掳袖子，上前就去割那绳子。颤儿哆嗦的鼓捣了半日，连锯带挑，才得割开。那贼好容易褪出那只手去，却又受了两处误伤，被那剑划了两道口子，抿耳低头也吃绑了。

屋里开了门，那时，天已闪亮。何小姐往外一看，只见两个贼都捆在那里。他便先让张亲家老爷，进来歇息，随向张进宝道："张爹，你叫他们把这四个东西，都搁在这旁边小院儿里去，好让我们过去请安。再也怕老爷、太太要过来。"因又叫花铃儿向桌子上，取出两个纸包儿来，便指着那受伤的贼，向张进宝道："别的都不要紧，这一个可着了我一药箭，只要过了午时，他这条命可就交代了。你作件好事，把这一包药用酒冲了，给他喝下去；那一包药醋调了，给他上在箭眼上，留他这条命好问他话。"张进宝一一的答应。那贼听了这话，才如梦方醒。

不言大家去依然料理。却说安太太初时也吃一吓，及至听得无事，才放心。也只略梳了梳头，罩上块蓝手巾，先叫人去看儿子、媳妇，恰恰的他三个前来问安。安老爷依然安详镇静，在那里漱口净面。才得完事，老夫妻便问了详细，何小姐前前后后回了一遍。安老爷便向公子说道："幸亏这个媳妇！不然竟开了门，失些东西倒是小事，尚复成何事体！这大约总由于这一向我家事机过顺，自我起，不免有些不大经意，或者享用过度，否则心存自满，才有无平不颇的这番警戒，大家不可不知修省。"说着，便站起来说："我过去看看。"安太太便向何小姐道："你可招护着些儿。"安老爷道："贼都捆上了，还怕他怎的？索性连你也同过去看看。"

正说着，舅太太、亲家太太、褚大娘子都过来道受惊。大家说了没三两句话，只听得二门外，一声大叫，说道："好囚攮的！在那儿呢？让我瞧瞧他几颗脑袋！"一听，却是邓九公的声音。老爷同公子，连忙迎出来，安太太一班女眷，也跟出来。只见邓九公皮袄也不曾穿，只穿着件套衣裳的大夹袄，披着件皮卧龙袋，敞着怀，光着脑袋，手里提着他那根压妆的虎尾钢鞭，进了二门，怒吽吽的一直奔东耳房去。安老爷忙着赶上拉住，说："九哥，待要怎的？"他道："老弟，别管！你不知道，这东西糟塌苦了我了！且叫他一个人吃我一鞭再讲！"安老爷道："不可！擅伤罪人，你我是要耽不是的，有王法呢。"他又道："王法？有王法也不闹贼了！"安老爷道："就说如此，你我也得问个明白，再作道理。"他又道："那里那么大粗的工夫！"说着，扭身只要赶过去打。

安老爷看了看那样子，一脑门子酒，大约昨日果真喝过去了，睡了一夜，竟没醒得清楚。好说歹说，死拉活拉的，才把他拉进屋子。安太太大家也都过来。褚大娘子一见，先说道："这么冷天，怎么衣裳也不穿，就跑出来了？"一句话，提醒了安老爷，才叫人出去，取了衣裳来。他一面穿着，一面问何小姐那贼的行径，何小姐又说了一遍。只气得他巨眼圆睁，银须乱乍。安老爷劝道："老哥哥，这事不消动这等大气。"他也不往下听，便道："老弟，你莫怪我动粗。你只管把这起狗娘养的，叫过来，问个明白，我再合他说话。我有我个理，等我把这个理儿说了，你就知道不是愚兄不听劝了。"安老爷是透知他那吃软不吃硬的脾气的，便道："就这样，你我且问问这班人是怎的个来由。"因叫人在廊下，放了三张杌子，连张老爷也出去坐下。安太太大家却关了风门子，都躲在破窗户洞儿跟前，望外看。

只见众家人把那班贼，连提携带拉的拉过来。安老爷一看，一个个都绑得手脚朝天的合伏着，把脸贴在地下。老爷已就老大的心里不忍，先叹了一声，说道："一样的父母遗体，怎生自己作践到如此！"便吩咐道："且把他们松开，大约也跑不到那里去。"邓九公嚷道："跑？那算他交了运了！"众人一面答应着，便把那班人腿上的绑绳松了，依然背剪着手，还把绳子拴了一条腿，都提起来跪在地下。

安老爷一看，只见一个腰粗项短，一个膀阔身长，一个浊眼浊眉，一个鬼头鬼脑。便往下问道："你们这班人，我也不问你的姓名住处。只是我在此住了多年，从不曾薅恼乡邻，欺压良贱，你们无端的来扰害我家，是何原故？只管实说。"那班人又是着慌，又是害臊，一时，无言可对，只低了头，不则一声。

早把邓九公怄上火来了，一伸手，向怀里把他那副大铁球掏出一个来，攥在手里，睁了圆彪彪的眼睛，向那班人道："说话呀小子！别装杂种！"慌的鬼头鬼脑的那个，连忙叫道："老爷子！你老别打，让我说。"因望着邓九公道："大凡是个北京城的人，谁不知道你老这里是安善人家，可有甚么得罪我们的！"邓九公又嚷道："我不姓安！我是寻宿儿的！人家本主儿在那边儿呢！你朝那边儿说！"那人才知他闹了半日，敢则全不与他相干。扭过来，便向着安老爷，说道："听我告诉你老。"

一句话没说完，华忠从后头，噔，就是一脚，说道："你连个'老爷''小的'也不会称吗？你要上了法堂呢！"那贼连忙改口道："小的，小的回禀老爷：今日这回事都是小的带累他们三个了。"因努着嘴，指着旁边两个，道："他们是亲哥儿俩，一个叫吴良，一个叫吴发；那个姓谢，叫谢柢人，都称他谢三哥；小的姓霍，叫霍士道。小的们四个人没艺业，就仗偷点儿摸点儿活着。小的有个哥哥，叫霍士端，在外头当长随，新近落了，逃回来了。小的合他说起穷苦难窄，他说：'这座北京城，遍地是钱，就只没人去拣！'小的问起来，他就提老爷从南省来，人帮的上千上万的银子，听说，又娶了位少奶奶，净嫁妆，就是十万黄金，十万白银。他还说，指了小的这条明路，得了手，他要分半成账。小的听了这话，就邀了他三个来的。"

安老爷听到这里，笑了一笑，便问道："来了怎么样呢？"那贼道："小的们来，是从西边史家房上过来，绕到这里的。及至到了房上一看，下来不得了。"安老爷道："怎么又下来不得呢？"那贼道："小的们这作贼，有个试验，不怕星光月下，看着那人家是黑洞洞的，下去必得手；不怕夜黑天阴，看着那人家是明亮亮的，下去不但不得手，巧了就会遭事。昨晚绕到这房上，往下一看，院子里倒象一片红光罩着。依谢三就要回头，是小的贪心过重，好在，他们三个的贪心也不算轻，可就下来了。不想，这一下来，通共来了四个，倒被老爷这里捆住了两双。作贼的落到这个场中，现眼也算现到家了。如今，要把小的们送官，也是小的们自寻的，无的可怨，到官也是这个话。老爷要看小的们可怜见儿的，只当这宅里那旮旯子里下了一窝小狗儿，叫人提着耳朵，往车辙里一扔，算老爷积德，超生了小的们了！"

安老爷还要往下再问，邓九公那边儿，早开了谈了，说："照这么说，人家合你没甚么岔儿呀！该咱老爷儿们稿一稿咧！我且问你：你们认得我不认得？"四个人齐声道："不认得。"登时，把个老头子气的紫涨了脸，嚷成一片，说道："好哇！你们竟敢说不认得我？告诉你！我姓邓！可算不得天子脚底下的人，生长在江北淮安，住家在山东茌平，也有个小小的名声儿，人称我一声邓九公！大凡是绿林中的字号人儿，听见我邓九公在那里歇马，就连那方边左右的草茨儿，也未必好意思的动一根！怎么着？我今日之下，住在我好朋友家里，就你们这么一起子，毛蛋蛋子，不说夹着你娘的脑袋，滚的远远儿的，倒在我眼皮子底下，把人家房上地下糟塌了个土平！你们这不是诚心好看我来了吗？还敢公然说不认得我？先一个人砸瞎你一只眼睛，大概往后你就认得我了！"说着，就挽袖子要打。

安老爷听了半日，才明白他气到如此的原故。上前一把拉住，大笑道："老哥哥，你气了这半日，原来为此。你怎的合畜生讲起人话来了？"他便焦躁道："老弟，你不知道，我真不够瞧的了么？"安老爷道："尤其笑话儿了！我一句话，老哥哥，你管保没得说。你纵然名镇江湖，滥不济也得金刚郝武、海马周三那班人，才巴结得上，晓得你的大名；这班人，你叫他从那里知道你，又怎的配知道呢？"安老爷这席话，才叫作"蓝靛染白布，一物降一物"。

早见他肉飞眉舞的点头，说道："老弟，你这话我倒依了。话虽如此，他既没那雁过拔毛的本事，就该悄悄的来，悄悄儿走。怎么，好好儿的把人家折了个希烂？这个情理可也恕不过去！"安老爷道："闹贼天下通行，挖扇窗户，踹两片瓦，也事所常有。依我说，这班人也不过为'饥寒'二字，才落得这等无耻。如今，既不曾伤人，又不曾失落东西，莫如竟把他们放了，叫他去改过自新，也就完了桩事了。"

邓九公只是拈须摇头，象在那里彆主意。公子旁边听着，是不敢驳父亲的话，只说了一句："请示父亲，放却不好就放罢。"不防一旁，早怒恼了老家将张进宝，他听得安老爷要放这四个贼，便越众出班，跪下回道："回老爷：这四个人放不得。别的都是小事，这里头关乎着霍士端呢。霍士端他也曾受过老爷的恩典，吃过老爷的钱粮米儿，行出这样没天良的事来，这不是反了吗？往后，奴才们这些当家人的，还怎么抬头见人？依奴才糊涂主意，求老爷把他们送了官，奴才出去作个抱告，合他质对去。这场官司，总得打出霍士端来，才得完呢。"安老爷道："阿阿！一位邓九太爷，我好容易劝住了，你又来了。便果真是霍士端的主意，于我何伤？于你又何伤？小人何苦作小人！君子乐得为君子！不必这等尚气。"

邓九公道："你爷儿俩不用抬，我有个道理。讲送官，不必！原故，满让把他办发了，走不上三站两站，那班解役得上他一块钱，依就放回来了，还是个他。说就这么放了，也来不得。这里头，可得让我比你们爷儿们通精儿了。这不当着他们说吗，咱们亮盒子摇。老弟，你要知道，是个贼，上了道，没个不想得手的，不得手他不甘心；吃了亏，没个不想报复的，不报复他不甘心。就这等放了他，可得防他个再来。就让他再来，莫讲这个嘴脸，就比他再有些能为，来这么一百八十的，也满不要紧。只是，你我那有那么大工夫，等着合他怄气去？纵让他知些进退，不敢再来了，狗可改不了吃屎，一个犯事到官，说曾在咱们这宅里放过他，老弟，你也耽点儿考成！"

安老爷一听他这番话，倒煞是有理，便问："依九哥你怎么样呢？"邓九公道："依我，这不算老弟你开了恩了吗？这事于你无干。把这班人都交给我，你的好意，我绝不通他一指头，伤他一根汗毛，可得把他揉搓到了家业，我才放他呢！"他说完了这话，更无商量，便向那班贼发话道："这话你们可听出来了？人家本主儿，是放了你们了，没人家的事。如今，就是邓九太爷朝你们说咧！你方才不说，听得他家娶了一位少奶奶，净嫁妆，就有十万黄金，十万白银吗？这话有的，只怕他这金银你们动不了他的。我先透给你个信儿，昨日，听出你们那块瓦来的，就是他，灭了你们那枝熏香的，也是他，绑上你们一个胳膊的，也是他，射了你们一个胯骨的，也是他。他从十二岁作姑娘闯江湖起，长抢短棒，就十八般武艺，无所不能。讲力量，考武举的头号石头，不够他一滴溜的；讲蹿纵，三层楼，不够他一伸腰儿的。他可就是我的徒弟！这话，可不知你们信不信？现在，人家不过是作了奶奶太太了，不肯合你们狗一般的人交手，所以，昨日才不曾开门出来，止轻轻儿的射那一枝箭，给你们报个信儿。他那箭叫作袖箭，又叫作连珠箭，连发五枝，要射你们四个，还敷余着一枝呢。再他有张铜胎铁背的弹弓，打一两八钱重的铁弹子，二百步外取人，要指出地方儿来。这是人家的传家至宝，不犯着给你们拿出来看。此外，还有一把雁翎倭刀。"

说着，他便扭头向安公子道："老贤侄，那把刀呢？"安老爷早已明白他的用意，便道："在我那里。"随叫公子取来。邓九公接在手里，拔出来，先向那班人面前一闪。那四个的八只手，都在身背后倒剪着，招架也无从招架，只倒抽了一口凉气，扭着头往后躲。邓九公看了，呵呵大笑，说道："谅你们这几颗脑袋，也搁不住这一刀！但则一件，你九太爷使家伙，可讲究刀无空过，讲不得只好拿你们的兵器搪灾了！"

说着，就把他四个用的，那些顺刀、绳鞭、斧子、铁尺之类，拿起来，用手里那把倭刀，砍瓜切菜一般，一阵乱砍，霎时，削作了一堆碎铜烂铁，堆在地下，说道："小子！拿了去，给你妈妈换凉凉簪儿去啵！"四个贼直惊得目瞪口呆。又听他放下刀，嚷道："话我是说结了，你们要不凭信，不甘心，今日走了，改日只管来！你们还得知道，我毁坏你们这几件家伙，不是奚落你，是卫顾你。不然的时候，少停你们一出这个门儿，带着这几件不对眼的东西，不怕不吃地方拿了？你们可得领我个大情。这不我卫顾了你们了吗？你们老弟兄们，也得卫顾卫顾我。你瞧，我江南、江北，关里、关外，好容易创到这个分儿了，今日之下，你们偏在我眼皮子底下，把我的好朋友家糟塌了个土平，我不答应！你瞧，我这不是变方法儿，把你们这几件囫囫囵囵的兵器，给你们弄碎了吗？你们就只想方法儿，把我这一地破破烂烂的瓦，给我弄整了！"这正是：

补天纵可弥天隙，毁瓦焉能望瓦全？

要知后事如何，下回书交代。

第三十二回　邓九公关心身后名　褚大娘得意离筵酒

上回书表的是，安家迎娶何玉凤过门，只因这日，邓九公帮的那分妆奁过于丰厚，外来的如吹鼓手、厨茶房，以至抬夫、轿夫这些闲杂人等过多，京城地方的局面越大，人的眼皮子越薄，金子是黄的，银子是白的，绫罗绸缎是红的绿的，这些人的眼珠子可是黑的，一时，看在眼里，议论纷纷。再添上些枝儿叶儿，就传到一班小人耳朵里，料着安老爷家办过喜事，一定人人歇乏，不加防范，便成群结伙而来，想要下手。不想，被这位新娘子，小小的游戏了一阵，来了几个留下了几个，不曾跑脱一个，这班贼好不扫兴！好容易遇见了，一位宽宏大量的事主安老爷，不要合小人为难，待要把他们放了，这班人倒也天良发现，知感知愧。忽然，不知从那里横撑船儿，跑出这么一个邓九公来，大家起先还只认作，他也是个事主，及至听他自已道出字号来，才知他是个出来打抱不平儿的，这桩事通共与他无干。又见他那阵吹镑懵诈来的过冲，象是有点儿来头，不敢合他较正。如今，闹是闹了个乌烟瘴气，骂是骂了个破米糟糠，也不官罢，也不私休，却叫他们把摔碎了的那院子瓦，给一块块整上，这分明是，打主意揉搓活人！

四个贼可急了，就乱糟糟望着他，道："老爷子！你老也得看破着些儿。方才听你老那套交代，是位老行家。你老瞧，作贼的落到这个场中，算撒脸窝心到那头儿了！不怕分儿股子的赃，挤住了，都许倒的出来；这摔了个粉碎的瓦，可怎么个整法儿呢？真个的，作贼的还会变戏法儿吗？这不是，人家本主儿，都开了恩了？你老抬抬腿儿，我们小哥儿们就过去了，出去也念你老的好处。没别的，祝赞你老寿活八十，好不好？"

这班贼大约也看出，老头子是个喜欢上顺的来了，那知恭维人，也是世上一桩难事，只这一句，才把他得罪透了！他不问长短，先向那班人，恶狠狠的啐了一口，说道："没你娘的兴！你九太爷今年小呢，才八十八呀！你叫我寿活八十，那不是活回来了吗？那算你咒我呢！你先不用合我汕，料着你们也整不上这瓦。我给你条明路，这东西砖瓦铺里有卖的，人家本家儿盖房的时候，也是拿钱儿买了来的，你们摔了人家多少块，就只照样儿买多少块来，给人家赔上；索性劳你的驾，连灰带麻刀，一就手儿给买了来，再叫上他几个泥水匠，人多了好作活，趁天气早些儿，收拾好了，夜里腾出工夫来，你们好再干你们的正经营生去。讲到买几片瓦子，也不值得打狼也似价的，去这么一大群，匀出你们欢进乱跳这俩去买瓦，留下房上滚下来的，合炉坑里掏出来的那俩，先把这院子破瓦拣开，院子给人家打扫干净了，也省得人家含怨。”

那霍士道听了这话，心里先说道：“好，作贼的算叫我们四个出了样子咧！有这么着的，还不及饱饱的作顿打，远远的作荡发干净呢！”待要怎样，又不敢合他怎样，只有不住口的央及讨饶。他更不答言，便向安公子要了枝笔，蘸得饱了，向那四个脸上涂抹了一阵。内中只有霍士道认识几个字，又苦于自己看不见自己的脸，也不知他给划拉了些甚么，望了望那三个脸上，原来，都写着核桃来大小“笨贼”两个字，好像挂了一面不误主顾的招牌，待要上手去擦，两只手都倒剪着。

正在着急，见他搁下笔，便合方才要把他们送官的那老头子说：“张伙计，你拨两个硬挣些的人，给我带上他俩，就这么个模样儿买瓦去。手里可带住他拉腿的那把绳，不怕他跑，也由不得他不走。有个闹累赘的，先叫他吃我五七拳头再去！”那两个贼听了这话，只急得嘴里把“老爷子”叫得如流水，说：“情愿照数赔瓦，只求免得这场出丑！”

怎奈他不来理论这话，倒瞪着两只大眼睛，摇头晃脑、指手画脚的向那班贼交代道：“这话你们可得听明白了，人家本家儿算放了你们了，没人家的事，这全是我姓邓的主意。你们要不服，过了事儿，只管到山东茌平县岔道口二十八棵红柳树邓家庄儿找我，我那里，是个坐北朝南的广梁大门，门上挂一面黑漆金字匾，匾上有‘名镇江湖’四个大字，那就是我舍下，我在舍下候着。”

安老爷看他闹了这半日，早觉得“君子不为已甚”，这事尽可不必如此小题大作；只是他正在得意场中，迎头一劝，管取越劝越硬。倒从旁赞道：“九哥，你这办法果然爽快。只是家人们也闹了半夜了，也让他们歇歇，吃些东西，再理会这事不迟。”因合张进宝使了个眼色，吩咐道：“且把他们带到外头听着去。”张进宝会意，便带着众家人，七手八脚，一个个拉住一把绳子，轰猪一般的，带出二门去了，不提。

他这里才一甩手，趸身上了台阶儿，进了屋子，还嚷道：“我就不信咧！北京城里的贼，这么大字号，他会不认得邓九公！”褚大娘子道：“得了，够了！咱们到那院里坐去，好让人家拾掇屋子。”安老爷、安太太也一面道乏，往那边让。那边上房里，早已预备下点心，无非素包子、炸糕、油炸果、甜浆粥、面茶之类，众女眷随意吃了些，才去重新梳洗。

邓九公这里便合安老爷坐下，又要了壶荸荠枣儿酒，说：“昨日喝多了，必得投一投。”安老爷合他一面喝酒，只找些闲话来岔他，因说道：“老哥哥，我昨日一回家，就问你，说你睡了。怎么那么早就睡下了呢？”邓九公道：“老弟，告诉不得你！这两天在南城外头，只差了没把我的肠子给怄断了，肺给气乍了！我越想越不耐烦，还加着越想越糊涂，没法儿，回来闷了会子，倒头就睡了。”

安老爷道：“这话怎讲？我只说你城外听这几天戏，一定听得大乐。我正想问问老哥哥，也要听个热闹儿。怎么倒如此说？”他连连的摆手，说道：“再休提起！我这肚子闷气，正因听戏而起。你说话再不会藏性，这平日，见老弟你那不爱听戏，等闲连个戏馆子也不肯下,我只说你过于呆气,谁知,敢则这桩事真气得坏人!"

安老爷道:"想是戏唱得不好?"邓九公道:"倒不在这上头。愚兄听戏,也就只瞧热闹儿。那戏儿一出是怎么件事,或者还许有些知道的,曲子就一窍儿不通了。到了昆腔,哼哼唧唧的,我更不懂。要讲那排场、行头,把子,可都比外省强;便是不好,大不过是个顽意儿,也没甚么可气的。我是被一起子听戏的爷们,把我气着了!

"这一天是不空和尚的东儿,他先请我到了前门东里一个窄胡同子里一间门面的、一个小楼儿上,去吃饭,说叫作甚么'青阳居',那杓口要属京都第一。及至上了楼,要了菜,喝上酒,口味倒也罢了,就只喝了没两盅酒,我就坐不住了。"

安老爷道:"怎么?"他又说道:"通共一间屋子,上下两层楼,底下,倒生着着烘烘的个大连二灶。老弟你想,这楼上的人要坐大了工夫儿,有个不成了烧焦包儿的吗?急得我,把帽子也摘了,马褂子也脱了。不空和尚这东西,大概他瞧出我那难过来了,他说:'路南里有个雅座儿,不咱们挪过那边去座罢。'我听说还有雅座儿,好极了,就忙忙的叫人提搂着衣裳帽子,零零星星连酒带菜,都搬到雅座儿去。

"及至下了楼,出了门儿,荡着车辙,过去一看,是座破栅栏门儿。进去,里头是腌里巴臜的两间头发铺。从那一肩膀来宽的一个夹道子,挤过去,有一间座南朝北小灰棚儿,敢则那就叫'雅座儿'!那雅座儿,只管后墙上有个南窗户,比没窗户还黑。原故,那后院子,堆着比房檐儿还高的一院子硬煤。那煤堆旁边,就是个溺窝子,太阳一晒,还带是一阵阵的,往屋里灌那臊轰轰的气味!我没奈何的就着那臊味儿,吃了一顿受罪饭!我说:'我出去站站儿罢。'抬头一看,看见隔墙那三间大楼了,我才知这个地方,敢是紧靠着常请我给他保镖的那个缎行里;他老少掌柜的我都认得,连他怀抱儿俩小孙子儿,一个叫增儿、一个叫彦儿的,我也见过。早知如此,借他家的地方儿吃不好吗?老弟,你往下听,这可就要听戏去了。"

安老爷道:"我见城外头好儿处戏园子呢,那里听的?"邓九公道:"我也没那大工夫,留这些闲心,横竖在前门西里一个胡同儿里头。街北是座红货铺,那园子门口儿总摆那么俩大筐,筐里堆着岗尖的瓜子儿。那不空和尚这秃孽障,这些事全在行,进去定要占下场门儿的,两间官座儿楼。一问,说都有人占下了,只得在顺着戏台那间倒座儿楼上,窝弩下。及至坐下,要想看戏,得看脊梁。

"一开场,唱的是《俞伯牙摔琴》,说这是个红脚色。我听他连哭带嚷的,闹了那半天,我已经烦的受不得了。瞧了瞧那些听戏的,也有咂嘴儿的,也有点头儿的,还有从丹田里运着气,往外叫好儿的,还有几个侧着耳朵不错眼珠儿的,当一桩正经事在那里听的。看他们那些样子,比那书上说的闻《诗》闻《礼》,还听得入神儿!

"这个当儿,那占第二间楼的听戏的,可就来了。一个是个高身量儿的胖子,白净脸儿,小胡子儿,嘴唇外头露着半拉包牙;又一个近视眼,拱着肩儿,是个瘦子。这俩人,七长八短、球球蛋蛋的,带了倒有他娘的一大群小旦!要讲到小旦这件东西,更不对老弟你的胃脘了。愚兄老颠狂,却不嫌他。为甚么呢?他见了人,请安磕头,低心小胆儿,咱们高了兴,打过来,骂过去,他还得没说强说、没笑强笑的哄着咱们。在他,只不过为那挣儿两银子,怪可怜不大见儿的。

"及至我看了那个胖子的顽小旦,才知北京城小旦另有个顽法儿。只见他一上楼,就分上了两张桌子,当中一坐,那群小旦前后左右的,也上了桌子,摆成这么一个大兔儿爷摊子。那个瘦子可倒躲在一边儿坐着。他们当着这班人,敢则不敢提'小旦'两个字,都称作'相公',偶然叫一声,一样的'二名不偏讳',不肯提名道姓,只称他的号。我正在那里诧异,又上来了那么个水蛇腰的小旦,望着那胖子,也没个里儿表儿,只听见冲着他说了俩字,这俩字我倒听明白了,说是'肚香'。说了这俩字,也上了桌子,就尽靠着那胖子坐下。俩人酸文假醋的,满嘴里喷了回子四个字儿的匾。

"这个当儿,那位近视眼的,可呆呆的只望着台上。台上唱的正是《蝴蝶梦》里的'说亲回话',一个浓眉大眼、黑不溜偢的小旦,唧嚁了半天,下去了。不大的工夫,卸了妆,也上了那间楼。那胖子先就嚷着:'状元夫人来矣!'那近视眼脸上那番得意,立刻就像真是他夫人儿来了。

"我只纳闷儿,怎么状元夫人到了北京城,也下戏馆子串座儿呢?问了问不空和尚,才知那个胖子姓徐,号叫作度香,内城还有一个在旗姓华的,这要算北京城,城里、城外,属一、属二的两位阔公子。水蛇腰的那个东西,叫作袁宝珠。我瞧他那个大锣锅子,哼哼哼哼的,真也像他妈的个'元宝猪'!原来,他方才说那'肚香"肚香',就是叫那个胖子呢!我这才知道,小旦叫老爷,也兴叫号,说这才是'雅'。我问不空:'那状元夫人又是怎么件事呢?'他说:'拱肩缩背的那个姓史,叫作史莲峰,是位状元公,是史虾米的亲侄儿。'我也不知这史虾米是谁。又说:'那个黑小旦,是这位状元公最赏鉴的,所以称作状元夫人。'我只愁他这位夫人,傥然有别人叫他陪酒,他可去不去呢?"

安老爷微微一笑,说:"岂有此理!"邓九公道:"你打量这就完了吗?还有呢!紧接着,第一间楼上的听戏的也来了。一共四个人,嘻嘻哈哈的顽笑成一团儿。看那光景,虽是一把子紫嘴子孩子,却都象个世家子弟。一坐下,就讲究的是叫小旦。乱吵吵了一阵,你叫谁我叫谁,柜上借了枝笔,他自己花了倒有十来张手纸开条子,可怜我见他那几个跟班儿的,跑了倒有五七荡,一个儿也没叫了来。落后从下场门儿里,钻出个歪不愣的大脑袋小旦来,一手纯泥的猴儿指甲,到那间楼上来,望着他四个,不是勾头儿,不象哈腰儿,横竖离算请安远着呢,就栖在那个长脸儿的瘦子身旁坐下。这一坐下,可就五个人顽笑起来了。那个瘦子叫了那小旦一声'梆子头',他就侉一声爪一声的道:'吾叫"梆子头",难道你倒不叫"嚏喷"吗?'还有那么个肉眼凡胎溜尖的条嗓子的,不知又说了他一句甚么,他把那个的帽子往前一推,脑杓子上吧就是一巴掌。我只说这个小蛋蛋子,可是要作窝心脚,那知这群爷们被他这一打、这一骂,这才乐了!我可就再猜不出,他们到底是谁给谁钱来了!"

安老爷道:"这话大约是九兄你嫉恶太严,何至说得如此!"邓九公急了,说:"老弟,你只不信,我此时说着,还在这里冒火。你再听罢,可就越出越奇了!第三间楼坐着五个人。正面儿俩,都戴着困秋儿,穿着马褂儿,一个安庆口音,一个湖北口音,一时看不出是甚么人来。那三个不大的岁数儿,都是白毡帽,绿云子挖镶的抓地虎儿的靴子,半截儿皮袄掩着怀,搭包倒系在里头。不但打扮得一样,连长相儿也一样,那光景像是亲弟兄。这班人倒不顽笑,只见他把那两个戴困秋的让在正面,他三个倒左右相陪,你兄我弟的讲交情,交了个亲照。我一看,这五个人不像一路哇,怎么坐的到一处呢?不空和尚这东西,他也知道,他说:'那两个戴困秋的里头，岁数大些那个，赤红脸，姓虞，叫虞太白；那一个鼻子上红瘖瘖的，要长杨梅疮的，姓鹿，名字叫鹿亚元；连上房才唱《摔琴》的那个，此外，还有一个，算四大名班里的，四个二簧硬脚儿。'我才知道他两个也是戏子。我问他：'既唱戏，怎的又合那三个小车豁子儿，坐的到一处呢？'不空和尚指了我一指头，他又摆了摆手儿，吐了吐舌头，问着他，他便不肯往下说了。老弟，你知道这起子人，到底都是谁呀？"

安老爷道："不惟不知，知之也不消提起；大不外'父兄失教，子弟不堪'八个大字。但是养到这种儿子，此中自然就该有个天道存焉了。我倒怪九兄你，既这等气不过，何不那日就回来，昨日又怎的在城外耽搁一天呢？"

邓九公道："何尝不要回来？也是不空和尚闹的，他说明日有好戏。果然昨日换了一个'和'甚么班唱的整本的《施公案》，倒对我的劲儿。我第一爱听，那张桂兰盗去施公的御赐'代天巡狩如朕亲临'那面金牌，施公访到凤凰张七家里，不但不罪他，倒叫副将黄天霸合他成其好事，真正宽宏大量，说的起宰相肚子里撑得下船。"安老爷便道："我的哥！那是戏！"他道："老弟，这戏可是咱们大清国的实在事儿呀！慢说施公的尽忠报国无人不知，就连那黄天霸的老儿飞镖黄三太，我都赶上见过的。那才称得起，绿林中一条好汉呢！"

安老爷笑道："然则这事情是真的，施公是好的，都是老兄你说的？"邓九公绰着胡子，瞪着眼睛，说道："怎的不真？真而又真！难道像施公那样的人，老弟你，还看不上眼不成？"安老爷道："既如此说，怎的戏上张桂兰盗去施公的金牌，施公不罪他，老哥哥你便道他是好；我家这等四个毛贼踹碎了我几片子瓦，我要放他，你又苦苦的不准，是叫他赔定了瓦了，这是怎么个讲究呢？"

邓九公听了，不觉哈哈大笑，直笑的眼泪都出来了，说："老弟，我敢是又叫你绕了去了！方才我原因他说不认得邓九公这句话，其实叫人有些不平。如今你要放他，正是君子不见小人过，'得放手时须放手，得饶人处且饶人'，咱们就把他放了罢。"安老爷这才叫进张进宝来，放那班人。那班人还算良心不死，后来三个改过，作了好人，趁个小买卖儿；只有霍士道，因他哥哥不信他作贼不曾得手，两个打起来，他一口咬下他哥哥一只耳朵来，到底告到当官，问了罪，刺配到远州恶郡去了。那安老爷家的房子，自有人照料修理不提。

自此邓九公又把围着京门子的名胜，逛了几处，也就有些倦游，便择定日子，要趁着天气回山东去。安老爷再三留他不住，只得给他料理行装。想了想。受他那等一分厚情，此时，要一定讲到一酬一酢，不惟力有不能，况且，他又是个便家，转觉馈出无辞，义有未当。便把他素日爱的家做活计，内款器皿，以及内造精细糕点、路菜之类，备办了些；又见天气冷了，给他作了几件轻暖细毛行衣，甚至如斗篷、卧龙袋一切衣服，都备得齐整。安太太合金、玉姊妹另有送褚大娘子，并给他那个孩子的东西，又有给他那位姨奶奶带去的人事。老头儿看了十分欢喜。

这日，正是安老爷同了张亲家老爷带同公子，在上房给他饯行。安太太便在西间，合褚大娘子话别，就请了舅太太、张亲家太太作陪，两个媳妇也叫入座。老头儿在席上，看着安老夫妻的这个佳儿、这双佳妇，鼎足而三，未免因羡生感，因感生叹，便在座上擎着杯酒，望着安老爷，说道："老弟呀！愚兄自从八十四岁来京，那荡临走就合亲友们说过：'我邓老九此番出京，大约往后没再来的日子了。'谁想说不来说不来，如今八十八了，又走了这一荡。这一荡，把往日没见过的世面，也见着了，没吃过的东西，也吃着了，这都是小事；还了了我们何家姑奶奶这么一个大心愿，又合老弟你多结了一重缘法，真是万般都有个定数。如今，我们爷儿们在这里糟扰了这一程子，临走还承老弟、弟夫人这样费心费事，你我的交情，我也不闹那些虚客套了，照单全收不算外，我竟还有个贪心不足，要指名合你要宗东西，还有托付你的一桩事。"

安老爷连忙道："老哥哥肯如此，好极了。但是我办得来的、弄得来的，必能报命。"他笑呵呵的干了那杯酒，说道："这话不用我托你，大约你也一定办得到，除了你，大约别人也未必弄得来。只是话到礼到，我得说在跟前。"因又斟上酒，端起来喝了一口，道："老弟，你瞧愚兄啊，闰年闰月，冒冒的九十岁的人了，你我此一别，可不知那年再见。讲到我邓老九，一个无名、白出身，俩肩膀扛张嘴，仗老天的可怜，众亲友们的台爱，弄得家成业就，名利双收，我还那些儿不足？只是一会儿价，回过头来往后看看，拿我这么一个人，竟缺少条坟前拜孝的根，我这心里可有点子怪不平的。"

说到这里，安老爷便说道："九哥，你这话我不以为然。《洪范》五福，只讲得个'一曰寿，二曰富，三曰康宁，四曰攸好德，五曰考终命'，不曾讲到儿子合作官两桩事上。可见，人生有子无子，作官或达或穷，这是造化积有余补不足的一点微权，不在本人的身心性命上说话。再，我还有句话，不是怄老哥哥，要看你这老精神儿，只怕还赶得上见个侄儿也不可知呢！"

邓九公听了，哈哈大笑起来，说："老弟，那可就叫作'六枝子拌拳——新样儿的，没了对儿'咧！"张老也说了一句道："合该命里有儿，那可也是保不齐的。"不想，座中坐着个褚一官，正是个六枝子，说落了典了，他听了，只抿着嘴，低着头喝酒，又不好搭岔儿。这席上，在这里高谈阔论，安太太那席上，却都在那里静听。听到这里，舅太太便道："九公这话，我就有点子不服。我也是个没儿子的，难道我这个干女儿合你们这个大姑奶奶，还抵不得人家的儿子吗？"安太太也道："这话正是。"

邓九公那边早接口高声叫道："好话呀！舅太太！弟夫人！我正为这话要说。"因向安老爷说道："不但我这女儿，就是女婿，也抵得一个儿子。第一，心地儿使得，本领也不弱，只不过老实些儿，没甚么大嘴末子。为甚么从前我在道上的时候，走一天拉扯他一天，到了我歇了业了，我也不叫他出去了？原故，走骠的这一行虽说仗艺业吃饭，是桩合小人作对头的勾当，不是条平稳路。老弟，你只看饶是愚兄这么个老坯儿，还吃海马周三那一合儿！所以，我想着将来另给他找条道儿，图个前程。论愚兄的家计，不是给他捐不起个白顶子、蓝顶子，那花钱买来的官儿，到底铜臭气，不气长久。以后他离了我了，设或遇见有个边疆上的机会，可得求下二叔想个方法儿，叫他一刀一枪的巴结个出身，一样的合贼打交道，可就比保骠硬气多了。这是一。"

安老爷道："这话也算九哥多交代。老兄二百岁以后，果然我作个后死者，这事还怕不是我的责任？再说，只要有机会，也不必专在你老人家二百岁后。交给我罢。请问,要的那宗东西是甚么呢?”邓九公道:“这宗东西,比这个又关乎要紧了。老弟,不是我合你说过的吗?我自从十八岁因一口气上,离了淮安本家,搬到山东在平落了籍,算到今日之下,整整儿的七十年。不但我的房产地土都在这边儿,连坟地我都立在这里了,二位老人家我也请过来了,我算不想再回老家咧!到了我庆八十的这年,又有位四川的木商朋友,送了我副上好的建昌板,我那一头儿的房子也置下了;内囊儿的东西呢,你侄女是给我预备妥当了。甚么时候说声走,我跛腿就走,跟着老人家乐去了!我就只短这么一件东西,这些年总没张罗下。愚兄还带管是个怯壳儿,还不知这东西我使的着使不着,得先讨老弟你个教。”

安老爷道:“老哥哥,你不必往下说,我明白了。你一定是要找一副吉祥陀罗经被。”那老头儿听了,把头一扭,嘴一撇,道:“嗐!我要那东西作甚么呀?我听见说,那都是那些王公大人,还得万岁爷赏才使得找呢,慢讲我这分儿使不着,就让越着礼使了去,也得活着对的起阎王爷,死了他好敬咱们,叫咱们好处托生啊!不然的时候,凭你就顶上个如来佛去,也是瞎闹哇!陀罗被就中用了?”安老爷暗暗的诧意道:“不想这老儿不读诗书,见理竟能如此明决!”因说道:“既如此,老哥哥,你倒直说了罢。”

只见他未曾开口,脸上也带三分恧色,才笑容可掬的说道:“我见他们那些有听头儿的人,过去之后,他的子孙,往往的求那班名公老先生们,把他平日的好处,怎长怎短的给他写那么一大篇子。也有说'行述'的,'行略'的,'行状'的,我也不知他准叫作甚么。是说这些事,也不过是个纸上空谈,哪可不知怎么个原故儿,稀不要紧的平常事,到了你们文墨人儿嘴里一说,就活眼活现的,那么怪有个听头儿的。到了劣兄,可又有个甚么可写的?只是我一辈子,功名富贵都看得破,只苦苦的愿意听人说一句:'邓老九是个朋友!'所以,我心里想着,将来也要弄这么一篇子东西。这话要不是我从去年结识得老弟你这么个人,我也没这妄想。原故,我往往的见那些好戴高帽的爷们,只要人给他上上两句,顺他,自己就忘了他自己是谁了,觉着那人说的都是实话,这话除了我,别人还带是全不配。

“再不想那《神童诗》上说的好:'别人怀宝剑,我有笔如刀。'那文家子的那管笔的利害,比我们武家子的家伙还可怕。看不得面子上只管写得是好话,暗里魂消骂苦了他,他还作春梦呢!老弟,你知道的,愚兄这学问儿本就有限,万一求人求得不的当,他再指东杀西之乎者也的奚落我一阵,我又看不彻,那可不是我自寻的么?

“讲到老弟你了,不但我信得及你,是个学问高不过、心地厚不过的人;我是怎么个人儿,你也深知。愚兄别的书是都就了绍兴酒喝了,还记得那《古文观止》上,也不知那篇子里头,有这么的两句话,说:'生我者父母,知我者鲍子也。'这两句话,可就应在你我今日了。如今,我竟要求你的大笔,把我的来踪去路,实打实,有一句说一句,给我说这么一篇。将来我撒手一走之后,叫我们姑爷在我坟头里,给我立起一个小小的石头碣子来,把老弟你这篇文章,镌在前面儿,那背面儿上,可就镌上众朋友好看我的'名镇江湖'那四个大字。我也闹了一辈子,人过留名,雁过留声,算是这么件事。老弟,你瞧着行得行不得?”

列公,再不想邓九公这等一个粗豪老头儿,忽然满口大段的谈起文来,并且“门外汉讲行家话”，还被他讲着些甘苦利害，大是奇事。“世有不读诗书的英雄”，此老近之矣。更不想他又未能免俗，忽然的动了个名想，尤其大奇。然而细按去，那“三代以下惟恐不好名”这句话，不是句平静话。名者，实之归也。只看从开天画卦起，教耕稼，制冠裳，以至删《诗》《书》，定《礼》《乐》，赞《周易》，修《春秋》，这几桩实实在在的事，那一桩又不是个名想？只是想不想，其权在人；想得到身上想不到身上，其权可在天。天心至仁且厚，唯恐一物不安其所，不遂其生，怎的又有个叫他想不到身上之说？殊不知，人生在世，万事都许你想个法儿，寻些便宜，独到了这“才名”两个字，天公可大大的有些斟酌，所以，叫作“造物忌才”，又道是“惟名与器不可以假人”。然则天心岂不薄于实而转厚于虚，不仁于人而转人于物呢？不然。这大约就要看看那人的福命，可载得起载不起。古今来一班伟人，又何尝不才名两赋？到了载不起，纵使才大如海，也会令名不终；否则，浪得虚名，毕竟才无足取，甚而至于，弄得身败名隳的都有。

只这邓九公，充其量，不过一个高阳酒徒，又有多大的福命？怎的天公保全了他一世，此刻，还许他遇着这位安水心先生。要把他成就到名传不朽？要知只他那善善恶恶的性情，心直口快，排难解纷，急人之急，便是种福的根本。种了这段福，就许造这条命，“才不才”这个名字儿，天已经许他想得到手了，何况，这老头儿还不是个“不才”之辈呢！

话虽如此说，又何以见得他名传不朽呢？且莫讲别的，只这位燕北闲人，一时闲得没事干，偶然把他采入《儿女英雄传》中，已经比那“有友五人焉”中的“其三人”福命不同了哇！

话休絮烦，言归正传。却说安老爷听邓九公讲了半日，再不想他益发有这等见解，恰好这句话，又正搔着自己痒处，先端起酒来，一饮而尽，说道：“这更是我的事了。九哥，你既专诚问我，我便直言不讳。你要这宗东西，也不必等到你二百岁后。古人朋友‘相交忘形’，有生为立传的，还有生吊生祭的。如今，你我也不必作这骇人听闻的是，待我把老兄的平生事实，作起一篇生传来，索兴请老兄看过了，将来在镌在那通碑上。但是，那块匾上的‘名镇江湖’四个字，只好留作个光耀门楣的用处，镌在碑上却不合款。老哥你必要用，也不妨入在这篇文章里，一并镌在碑阴上。”

安老爷才说到这句，早不是他的意思了，嚷道：“哧，老弟！你给我的大笔倒要弄到后面去，那正面可还配用甚么呀？”安老爷拈着那小胡子，想了一想，说道：“依我的主意，那正面要从头到底居中镌上‘清故义士邓某之墓’的一行大字，老哥哥，你道如何？”

他才听完这句话，乐得把那大把掌一抡，拍得桌子上的碟儿、碗儿山响，说道：“着着，着着着，是这么着！这话我心里可有，就只变不过这个湾儿来。真小不起你们这文字班儿的就结了！”

说着，一叠连声儿的叫：“快取热酒来！换大杯来！”公子连忙站起，用大杯亲自给他斟了一杯，送过去。他也不管那酒的冷热，双手端起来，咕嘟嘟一气饮尽，向安老爷照着杯，告了个干，说道：“老弟呀！我邓振彪这就足咧！”

当下,两席上见他这等豪饮,一个个都替他高兴。只有褚大娘子,听见他父亲提到身后的事情,心中有些难过,勉强笑道:“人家二叔今日给送行,你老人家不说找个开心的兴头话儿说说,且提八百年后这些没要紧的事作甚么?这叫作‘清晨吃晌饭——早呢’!”他只管满脸笑容嘴里这样说,却不禁不由的鼻子一酸,那说话的声音,早已岔了。

邓九公这边说道:“姑奶奶,这话你不懂,你过来,我说给你。”褚大娘子只得过这边来。安公子见了,忙离席让坐,连褚一官也站起来。张老才要谦让,被邓九公一把按住,说道:“张大,你别动。”因合他女儿、女婿说道:“你两个可别把这话看作没要紧。不是我同你二叔的交情,说不到这里;是这交情,不是你二叔这个人,也说不到这里。这才是八百年难遇的第一件兴头事。方才的话,你俩都听明白了?没别的,你两口儿,就至至诚诚的给你二叔磕个头,算替我谢谢他。”

女儿、女婿果然转过身来,望着安老爷,便拜了下去。慌的安老爷离座出席,忙拉起褚一官,又向褚大娘子作揖答礼,说道:“这礼从何来?这是你老人家的醉命了。”便回头,向安太太道:“太太,快让大姑奶奶归坐去。”这个当儿,金、玉姊妹早已陪着过来,就便把他让了过去。安太太也出席相迎,不想他将走到席前,望着安太太,又磕下头去。

安太太连忙搀起来,道:“姑奶奶,这是怎么说?就讲你二叔为你老人家,也是该的,可与我甚么相干儿,你行起这个大礼来?”褚大娘子站起来,道:“我给你老人家磕这个头,可另是一件事。我从在我们青云堡庄儿上,见着你老人家那一天,也不知怎的,我心里只合你老人家怪亲香的,就想认你老人家作个干娘,因为关着我妹夫子这层续嬷嬷亲戚,我总觉我不配。到了这回来了,我还没打回这个妄想去。谁知那天,我们老爷子在我何亲家爹祠堂里,才说得句叫我们这位小姑奶奶,叫二叔、二婶声‘父母’,就把他惹翻了,把我也吓住了。今日之下,他倒作了你老人家的嫡亲儿女,我这干女儿可倒漂了,我越瞧越有点子眼儿热。此刻,我父亲合二叔交到这个分儿上,借着我们这小姑奶奶的光儿,我总得叫我们老玉声‘妹夫子’,我也不怕人笑话,我奴才亲戚混巴高枝儿,我今日可算认定了干娘咧!”

把安太太喜欢的,拉着他的手,说道:“姑奶奶,你那里知道,我这心里也合你一样的想头呢!只是我通共比你才大上十几岁呀,我怎么说的出口来呢?你既这么说,我正少个女儿,你就算我的女儿!”他听安太太这样说,更加欢喜。才待归坐,邓九公那边早又嚷起来了。只听他向安老爷道:“了不得!了不得!我又落在后头了!我从那天听见这张姑奶奶劝我们姑奶奶那番话,我就恨不得立刻叫他声‘好孩子’,想要认他作个干女儿。不想,我的干女儿没得认成,倒把个亲女儿叫弟夫人拐了去了!我有没的那么个女儿一般的徒弟,又被你们抬了来了!张老大,你想想,这事莫非欠些公道?”张老是个老实人,只望着安老爷笑。

安老爷还没及答言,褚大娘子那边早望着张金凤说道:“听见了哇?我可不管你本人肯不肯,我先肯。你们姐儿俩里头,我总觉得你比他合我远一层儿似的,我这心里可就有丝丝拉拉的。这一来,好极了,就只得问张亲家妈答应不答应了。”因说道:“亲家妈,怎么样罢?”张亲家太太把嘴向安太太一努,说道:“那是他家的人,我当不了他的家！我可有傣儿说的哪！多个人儿疼不好喂！”安太太便道：“这更有趣儿了。”

褚大娘子听说，早一把把张姑娘拉住，要过那席去。张姑娘笑着，只看婆婆的眼色，安老夫妻便叫他快给干爷行礼。邓九公乐得前仰后合，说了许多兴头话，说：“我这才气平些儿！”因又合安、张两亲家干了一杯，说道：“再不想一句话，合我们张老大又结了一重缘。”

这个当儿，那边舅太太早把何小姐揽在怀里，笑道：“我的孩儿呀，快来罢！幸亏我在船上先把你认下了。不然，你瞧，他们爷儿们、娘儿们这阵横抢硬夺的，还了得了！”何玉凤也捂着嘴笑个不住，说道：“娘放心，我是再没人抢的了，这屋里的几位老家儿，不差甚么八面儿，我都占下了！”

一时，安老夫妻便叫公子给邓九公行礼，邓九公也叫公子带褚一官过来，给安太太磕头。将磕完了起来，褚大娘子大马金刀儿的坐在那里，合他女婿说道：“还有舅母合亲家妈得认亲呢，劳动你再磕俩罢！”褚一官倒也会凑趣儿，爬下就磕。舅太太是坐在里边，有个张太太挡着出不去。只说得：“姑奶奶这个闹法儿！”连忙摸着头把儿，还了个礼。张太太他也拜了一拜，说：“这咱可就都有骨血儿管着咧，算一家子咧！”说得大家轰堂大笑。那褚一官过那边去，又拜了张老。

只这一阵乱拜，何小姐早暗暗的拉了张姑娘一把，又向公子递了个眼色，三个人便走到褚大娘子跟前。何小姐先说道：“我们承姐姐这样亲热，今日也该服侍服侍姑奶奶了。”说着，便满满斟了一杯送过去。褚大娘子乐得一饮而尽。才得喝完，张姑娘又奉过一杯来，他便笑道：“你们就这样轮流着灌我，我也愿意，我到底也姑奶奶了哇！”说着，又是一盅。他姊妹两个才闪开，早见公子斟过一个大杯来，他道：“这一大下子可不是顽儿的，还是那个小些儿的罢。”张姑娘一旁低声说道：“好意思的？这么大个兄弟敬老姐姐一杯酒，干回他去？”

这位娘子那好胜的脾气儿，也有些合乃翁相似，便也接过来，一气饮干。登时，吃得他杏眼微饧，桃腮添晕，一手擎着个空杯，一手指着公子，咬着牙，纵着鼻儿，笑容可掬的说道：“小舅爷子，搁着你就是了。”公子因父亲在那边，只笑着不敢多说，心里却想着了一句圣经贤传，暗说：“怪道说是‘不知子都之美者，无目者也’！”

只他四个这阵乱舞莺花，慢讲安、张二家两双老夫妻看着，十分欢喜，一个邓老头儿直乐得话都没了，只张着个大嘴呵呵的傻笑，不由得手够酒，酒够口，酒到杯干。一时，主客几个眼界里无非乐境，耳轮中都是欢声，便是那些服侍的人，无不一个个接耳交头，颂扬叹赏。甚至那楼头的更鼓，都觉筹添短漏；座上的灯花，也知笑展长眉。

只这席离别小宴，直把他几个天理人情的人，彼此连络了个合意同心；连这部《儿女英雄传》的书，也给穿插了个套头裹脑。

那邓九公直喝的眼睛有些粘糊糊的，舌头有些硬橛橛的了，还在那里左一杯右一盏的连叫斟酒。褚大娘子恐怕他父亲明日起不来，误了上路的吉时，好劝歹劝的拦了两遍，他还吃了个封顶大杯，才尽欢而散。

一宿晚景提过。到了次日，那些行李、车驮都是前两天装载妥当，自有他的伴当押着，起五更先行。才得天亮，他父女翁婿，合那个孩子以及下人，早已收拾了当，吃了些东西，便要告辞。这等一般热肠人，彼此厮混了许多天，怎生舍得？不必讲，那褚大娘子拉拉这个，看看那个，已经哭得泪人儿一般。

只那邓九公一一的辞过众人，到了何小姐跟前，他也就忍泪不住，勉强说道："姑奶奶，师傅把你送到这等个人家儿来，师傅没有甚么惦记你的咧。你倒也不必记挂着师傅。"交代了这句话，他便一回身，拉住安老爷说道："老弟呀！我合你此一别，不知今生可得……"说到这里，早已满面泪痕，往下说不出来了。"幸而安老爷是个阔达人，说道："老哥哥！不消如此。你我今日暂别，不久便当欢聚。"他一手擦着眼泪，摇着头道："老弟，你这句话，愚兄可有点儿信不及了。"安老爷道："九哥，且莫讲人生聚散无常，只你此番来京，可是算得到拿得稳的。况且，转眼就是你九十大庆，小弟定要亲到府上，登堂奉祝，就便把昨日说给你作的那篇生传带去，当面请教。"

他听了这话，擦干了眼泪，望着安老爷道："老弟，你这话当真？"安老爷道："小弟平生不敢轻诺。况在老哥哥跟前，岂肯失信？"他便一手拉着安老爷的手，一手指着天说道："老弟，只你这一句话呀，老天准留哥哥多活几年等着你。就是这样，哥哥走了。"说着，他松了安老爷的手，头也不回，带了褚一官，往外就走。

这里褚大娘子见他父亲走了，也不好流连，只得辞了安太太一行女眷起身，安太太大家一直送出腰厅才回。邓九公站在大门外，催着他女儿上了车，他随后上车才走。

安老爷头一天就差人在彰义门外三藐庵，备下茶尖，便也合公子送下去。走了约莫三五里地，路旁有座小庙，早见褚一官圈马回来，说："他老人家要到庙里磕个头，也请二叔下来歇歇。"

安老爷只得跟了他到庙前下车，看了看那庙门，写着"三义庙"三个字。进去，里面只一层殿，原来是，汉昭烈帝合关圣、张桓侯的香火。安老爷向来是位重儒不佞佛的，等闲不肯烧香拜庙，只有见了关圣帝君，定要行礼。等邓九公磕过头，自己带了公子也拜过神像。

那邓九公便在神座前，向安老爷说道："老弟，我晓得你定要远远的送我一程，才肯回去。但是，此去前途，还有张老大合老程师爷诸位候着呢，大概我们各行里的亲友也在那里。老弟你就送到那里，也不得久谈。常言道得好：'送君千里终须别。'到了你我的交情，大概还见得过这三位尊神，咱们就在这神圣面前一别。"安老爷固是不肯。他道："你我的心，关帝菩萨看的明白，何必如此！"安老爷见他这样说法，倒也不好相强。

当下，这边父子两个、那边翁婿两个，只得各各作别。一路出了庙门，大家道声"珍重"，望着他车辚辚，马萧萧，竟自长行去了。

书里按下邓九公这边不提。却说安老爷自他走后，便张罗张亲家的搬家。他两口儿择吉，搬过祠堂西边那所新房去，一应家具安置得妥当。看了看，头上顶的是瓦房，脚下跐的是砖地，嘴里吃喝的是香片茶大米饭，浑身穿戴的是镀金簪子绸面儿袄，老头儿、老婆儿已是万分知足。依安老爷、安太太，还要供茶供饭，他两口儿再三苦辞。安老爷因有当日他交付的，何小姐在能仁寺送张金凤那一百两金子，不曾动用，便叫他女儿送他作了养老之资。张老又是个善于经营居积的，弄得月间竟有数十串钱进门。他两口儿却仍照居乡一般辛勤，撙节着过度，便觉着那日月从容之至。只是他两个时常要过前面来看看望望，家里却短一个支使看家的人，就用安老爷的家人固是不便，便是外面雇个不知根底的人来，也不放心。又兼他守分安常的惯了，不肯才有几文钱便学那小人乍富行径，立刻就添些新花样，闹个跟班儿的，却也正在为难。谁想，事有凑巧，那燕北闲人，又给他凑了两个人来。

你道这人是谁？原来第七回书讲得，他当日带着女儿要到东京投奔的那个亲戚，正是那张太太娘家一个本家哥哥。这人姓詹，名典，他有个小名儿，叫作光儿。他本是带着家眷在京东一个粮行里，给人家管帐，就那里养了个儿子，因是七夕生的，叫作阿巧。那阿巧，才得十一二岁，且是乖觉。

詹典在京东一住十余年，却也赚得几十两银子在腰里。落后来，因行里换了东家，他就辞了出来，要想带了老婆孩子回家，把这项银子合张老置几亩地伙种。他那里起身要回河南来，正是张老夫妻这里带了女儿要投京东去，路上彼此岔过去了，不曾遇着。及至到了家，正碰见荒旱之后瘟疫流行，那詹典在途中本就受了些风霜，到家又传染了时症，一病不起，呜呼哀哉，死了。他妻子发送丈夫，也花了许多钱，再除了路上的盘缠，那几两银子也就所剩无几，只得权且带了个十来岁的儿子勉强度日。这个当儿，见了从京里回来的乡亲们，十个倒有八个，讲究说："咱们这里的张老实前去上京东投亲，不想，在半路招了个北京官宦人家的女婿，现在跟了女婿，到京城享福去了。"詹典的妻子听得这话，想了想自己正在无依，孩子又小，便搭着河南小米子粮船上京，倒来投奔张老，想要找碗现成茶饭吃。从通州下船，一路问到这里，恰好正在张老搬家的前两天。

安老爷、安太太是第一肯作方便事的，便作主给他留下，一举两得，又成全了一家人家，正叫作"勿以善小而不为"。你看，他家总是这般的作事法，那上天怎的不暗中加护！

闲话休题。却说安老爷才把亲家安顿的停妥，不两日，便是何小姐新满月。因他没个娘家，没处住对月，这天，便命他夫妻，双双的到何公祠堂去行个礼。张老夫妻如今住得正近，况且，又有了家了，清早起来，便到东边祠堂来预备代东。候安公子、何小姐行过了礼，就请到他家早饭，把女儿张姑娘也请过来。也买了些肉，宰了只鸡，只他那詹嫂合阿巧一个买，一个作，到也弄得有些老老实实的田舍家风。

三个人吃得一饱回来，晚间便是舅太太请过去，那时，因褚大娘子起了身，腾出西耳房来，舅太太仍就搬过去，公子合金、玉姊妹便在那边吃过晚饭，直到起更才过这边来。先到上房，伺候父母公婆安置，才一同回房。

过了两日，安太太便吩咐人把那新房里无用的锡器、瓷器、衣架、盆架等件归着起来，依然把那槽碧纱橱安好，分出里外间。张姑娘是叠着精神，要张罗这个姐姐，两只小脚儿哆哆哆哆的，带了一班嬷嬷、仆妇、使婢，把铺设贴落收拾得都合自己屋里一样。果然把他三人那幅小照，挪过这边卧房来，就把那张弹弓、那口宝刀挂在左右，又把那圆端砚，摆在小照面前桌儿上，归结了他三个一段美满良缘的新奇佳话。何小姐也帮了他登桌子、上板凳的忙个不了。他两个彼此说一阵，怄一阵，笑一阵，一时，真算得占尽儿女闺房之乐。只可怜安公子经他两个那日一激，早立了个"一飞冲天，一鸣惊人"的志气，要叫他姊妹看看我这安龙媒可作得到封侯夫婿的地步。因此，邓九公走后，忙忙的便把书房收拾出来，一个人，冷清清的下帷埋首，合那班三代以上的圣贤苦磨。

这日，直磨到二鼓才回房来，金、玉姊妹，连忙站起迎着让坐。张姑娘问道："你瞧，我给姐姐收拾的这屋子好不好？"公子里外看了一遍，说："好极，好极，偏劳之至！"张姑娘道："我们爬高下低的闹了一天，亏你也不来帮个忙儿。本来姐姐的事情，罢咧，可怎么敢劳动你呢！"

公子道："你这人怎么这等不会说好话！非是我不来帮忙儿，要说这些挂画焚香的风雅事，我不喜作，也是我欺你两个；我自承你两个那番清诲之后，深悟出这些事最于用功有碍。所以，古人说：'注虫鱼者必非磊落之士也。'正是这个用意。你且让我一纳头扎在'子曰诗云'里头，等我果然把那个举人进士骗到手，就铸两间金屋，贮起你二位来，亦无不可。不强似的今日帮忙？"金、玉姊妹两个再不想那日一席话一激，竟把他激成功了，也暗自欢喜。

何小姐便说道："妹妹说的是顽儿话，其实还不是他们丫头女人们拾掇的，我们两个也只跟着搅了一阵。倒是他才说也要给我绣那么一块匾，挂在这卧房门上，你给想三个字呢。"公子略想了一想，说："就用那屋的三个字就狠好。"何小姐道："这你可是塞责儿子。"公子道："非'一瓣心香'的'瓣'字，却就是小照上那'红袖添香伴著书'的'伴'字。你两个从此一位便可称作'伴香女史'，一位便可称作'瓣香女史'，我便可称作'伴瓣主人'。只是我又恐防你们嫌我这风雅，这三方图章也只好等后年春闱之后再讲罢。"那金、玉姊妹两个听了，也深服他这心思敏捷，各各道妙。过了几日，张姑娘闲中，果然照样给何小姐绣了"伴香室"三个字，装潢好了，挂在他卧房门上。此是后话。

却说这晚他三个在何小姐这边谈了这一番，那天也就将近三鼓。张姑娘站起来道："不早了，我要回家睡觉了。"何小姐一把拉住他道："今日可不许你空身儿走，我要烦你顺带公子一角。"张姑娘早已明白，只得挣着手要走，怎奈被何小姐攥住手，再挣不脱。只得向何小姐耳边说了句话，何小姐这才放手，说："滑再滑不过你了，也不知真话哟，也不知赚人呢。"张姑娘正色道："岂有此理！我要这样赚姐姐，说顽儿话的事小，那不是在姐姐跟前另存一个心了么？”

他说完这话，才待要走，忽又想起。回来说：“等我索兴把今日的事情张罗完了再走。”因把桌子上的那盏灯拿起来，剪了剪蜡花，向安公子、何小姐说道：“上月今日，就是我送二位入的洞房，今日，还是我送二位贺新居。”说着，便拿着灯前面照着，往卧房里引，他两个也只得笑吟吟的随他进去。只见他把灯放在卧房里桌儿上，又悄悄的向何小姐道：“姐姐，你老人家今日可好歹的不许再闹到搬碌碡那儿咧！”何小姐听了，忍不住笑的前仰后合，只赶着要拧他的嘴，他早一溜烟，过西间去了。

安公子看了这番光景，心里暗说：“我依他两个的话，才用了几日的功，他两个果然就这等欢天喜地起来。然则他两个那天讲的，只要我一意读书，无论怎样都是甘心情愿的，这句话真真是出于肺腑了。幸是我那天不曾莽撞，不然，今日之下，弄得一个扭头彆项，一个泪眼愁眉，人生到此，还有何意味！”只他这等一想，那发奋用功的心，益发加了一倍，却又着了点儿书魔，因拍手合何小姐笑道：“我安龙媒经师傅合我讲了半世的《论语》，直到今日，看了你姊妹两个，才得明白‘《关雎》乐而不淫，哀而不伤’这句书，是怎的个讲法！”这正是：

春风时雨同沾化，绛帐应输锦帐多。

要知后事如何，下回书交代。

第三十三回　申庭训喜克绍书香　话农功请同操家政

这书虽说是种消闲笔墨，无当于文，也要小小有些章法。譬如画家画树，本干枝节，次第穿插，布置了当，仍须绚染烘托一番，才有生趣。如书中的安水心、佟儒人，其本也；安龙媒、金、玉姊妹，其干也，皆正文也。邓家父女、张老夫妻、佟舅太太诸人，其枝节也，皆旁文也。这班人，自开卷第一回，直写到上回，才算一一的穿插布置妥贴，自然还须加一番烘托绚染，才完得这一篇，造因结果的文章。这个因，原从安水心先生身上造来，这个果，一定还向安水心先生身上结去。这回书，便要表到安老爷。

却说安老爷，自从那年中了进士，用了个榜下知县，这其间过了三个年头，经了无限沧桑，费了无限周折，直到今日，才把那些离离奇奇的事拨弄清楚，得个心静身闲，理会到自己身上的正务。理会到此，第一件关心的，便是公子的功名。这日，正遇无事，便要当面嘱咐他一番，再给他定出个功课来，好叫他依课程功准备来年乡试。当下，叫了一声“玉格”，见公子不在跟前，便合太太道：“太太，你看玉格这孩子，近来竟慌得有些外务了，这几天只一叫他，总不见他在这里。难道一个成人的人了，还只管终日猥猥在自己屋里不成？”

列公，你看，安水心先生这几句说话，听去，未免觉得在儿子跟前，有些督责过严。为人子者，冬温夏清，昏定晨兴，出入扶持，请席请衽，也有个一定的仪节；难道拉屎撒溺的工夫也不容他，叫他没日夜的寸步不离左右不成？

却不知这安老爷另有一段说不出的心事。原来,他因为自己辛苦一生,遭际不偶,此番回家,早打了个再不出山的主意。看了看这个儿子,还可以造就,便想要指着这个儿子身上,出一出自己一肚皮的肮脏气。也深愁他天分过高,未免聪明有余,沉着不足。又恰恰的在个"有妻子则慕妻子"的时候,一时两美并收,难保不为着"翠帷锦帐两佳人",误了他"玉堂金马三学士"。

老爷此时,正在满腔的诗礼庭训,待教导儿子一番。不想叫了一声,偏偏的不见公子"趋而过庭",便觉得有些拂意。太太见老爷提着公子不大欢喜,才着叫人去叫他;又虑到傥他果然猥獕在自己屋里,一时找了来,正触在老爷气头儿上,难免受场申饬,只说了句:"他方才还在这里来着,此时想是作甚么去了。"

他老夫妻一边教,一边养,却都是疼儿子的一番苦心。不想,他老夫妻这番苦心,偶然闲中一问一答,恰恰的被一个旁不相干的有心人听见了,倒着实的在那里关切,正暗合了"朝中有人好作官"的那句俗话。"朝中有人好作官"这句话,列公,切莫把他误认作植党营私一边去。你只看朝廷上那班大小臣工,若果然人人心里都是一团人情天理,凡是国家利弊所在,彼此痛痒相关,大臣有个闻见,便训诫属官;末吏有个知识,便规谏上宪,一堂和气,大法小廉,不但省了深宫无限宵旰之劳,暗中还成全了多少人才,培植了多少元气!你道这话与这段书甚么相干?从来说,家国一体,地虽不同,理则一也。不信,你只看安家那个得用的大丫头长姐儿。

却说这日,当安老爷、安太太说话的时节,那长姐儿正在一旁伺候。他听得老爷、太太这番话,一时,便想到生怕老爷为着大爷动气,太太看着大爷心疼;大爷受了老爷的教导,脸上下不来,看着太太的怜惜,心里过不去;两位奶奶既不敢劝老爷,又不好求太太,更不便当着人周旋大爷。"这个当儿,象我这个样儿的受恩深重,要不拿出个天良来多句话儿,人家主儿,不是花着钱粮米白养活奴才吗?"想到这里,他便搭赸着过来,看了看唾沫盒儿得汕了,便拿上唾沫盒儿,一溜烟出了上屋后门。绕到大爷的后窗户跟前,悄悄的叫了声"大奶奶",又问道:"大爷在屋里没有?"

张金凤正在那里给公公,做年下戴的帽头儿片儿,何小姐这些细针线虽来不及,近来也颇动个针线,在那里学着给婆婆作竖领儿。这个当儿,针是弄丢了一枚了,线是揪折了两条了!他姊妹正在一头说笑,一头作活,听得是长姐儿的声音,便问说:"是长姐姐吗?大爷没在屋里,你进来坐坐儿不则?"他道:"奴才不进去了。老爷那里嗔着大爷总不在跟前儿呢,得亏太太给遮掩过去了。大爷上那儿去了?二位奶奶打发个人儿告诉一声儿去罢。不然,二位奶奶就上去答应一声儿。"他说完了,便趔身去汕下了那个唾沫盒儿,照旧回到上房来伺候。金、玉姊妹两个便也放活计,到公婆跟前来。

太太见了他两个,便问:"玉格竟在家里作甚么呢?"何小姐答道:"没在屋里。"安老爷便皱眉蹙眼的问道:"那里去了?"何小姐答道:"只怕在书房里呢罢。"安老爷道:"那书房自从腾给邓九公住了,这一向那些书还不曾归着清楚,乱腾腾的,他一个人扎在那里作甚么?"何小姐道:"早收拾出来了。从九公没走的时候,他就说:'等这位老人家走后,腾出地方儿来,我可得静一静儿了。'及至送了九公回来,连第二天也等不得，换上衣裳，就带着小子们，收拾了半夜。"安老爷听到这句，便有些色霁。

何小姐又搭赸着，往下说道："媳妇们还笑他说：'何必忙在这一刻？'他说：'你们不懂。自从父亲出去这荡，不曾成得名，不曾立得业，到吃了许多辛苦，赔了若干银钱；通共算起来，这一荡，不是去作官，竟是为了你我三个人了。如今，不是容易才完了你我的事，难道你我作儿女的，还忍得看着老人家再去苦挣了来，养活你我不成？所以，我忙着收拾出书房来，从明日起，便要先合你两个告一年半的假。'"

安太太道："怎吗呀？又怎么不零不搭的，单告一年半的假呢？"张姑娘接口道："媳妇们也是这等问他，他说：'这一年半里头，除了父母安膳之外，你两个的事，甚么也不用来搅我。外面的一切酒席应酬，我打算可辞就辞，可躲就躲。便是在家，我也一口酒不喝。且尽这一年半的工夫，打叠精神，认真用用功，先把那举人、进士弄到手里，请二位老人家喜欢喜欢再讲。'"

安老爷冷笑道："他有多大的学力福命，敢说这等狂妄的满话！"安太太道："这可就叫作'小马儿乍行嫌路窄'了！"何小姐又接着陪笑道："婆婆只这等说，还没见他说这话的时候，大妈妈似的那个样儿呢：盘着腿儿，绷着脸儿，下巴颏儿底下又没甚么。可尽着伸着三个指头，在那儿绺胡子似的不住手的绺。媳妇们两个只说了句"功也得用，公婆跟前，可也得想着常来伺候伺候'，只这句，就教导起来了，问着媳妇们说：'要你两个作甚么的？此后我在书房里，父母跟前，正要你两个随时替我留心。便是你两个，也难得患难里结成因缘，彼此一同侍奉二位老人家。凡家里的大小事儿，正该趁这年纪学着作起来，也好省一省母亲的精神心力。傥然父母有甚么要使换我的去处，你们却不可拘泥我这话，只管着人告诉我去。'说的媳妇们像俩傻子，又像俩三岁的孩子，又不好笑他，只好听一句答应他一句。此时，公公要有甚么话吩咐他，媳妇叫人书房里叫去。"

安老爷方才问这话的时节，本是一脸的怒容。及至听了两个媳妇这段话，知道这个儿子，不但能够不为情欲所累，并且，还能体贴出自己这番苦心来。不禁喜出望外，说道："不信我们这个傻哥儿，竟有这股子横劲！"张姑娘也陪笑道："自那天说了这话，天天儿比个走远道儿的还忙呢。等不到天大亮就起来，慌着忙着漱漱口、洗洗脸就走，连个辫子也等不及梳。公公不见他这些日子，早上请安总是从外头进来？"安老爷只喜得不住点头，因向太太道："这小子果能如此，其实叫人可疼！"

列位请看，普天下的妇道，第一件开心的事，无过丈夫当着他的面，赞他自己养的儿子。安太太方才见老爷说公子慌的有些外务，正捏一把汗，怕丈夫动气，儿子吃亏。不想两个媳妇这一圆和，老爷又这一夸奖，况且，安老爷向日的方正脾气，从不听得他轻易夸一句儿子的；今日，忽然这样谈起来，欢喜得老夫妻之间，太太也合老爷闹了个"礼行科"，说道："这还不是老爷平日教导的好处！"因又望俩媳妇，说道："他这股子横劲，也不知是他自己弩出来哟，还是你们俩逼得懒驴子上了磨了呢？"

安太太口里是，只管这等说，其实，心里是因儿子疼媳妇的话。那知这句话倒说着了！那位打算诗酒风流的公子，何尝不是被他姊妹两个一席话，生生的把个懒驴子，逼上了磨了呢！然虽如此，却也不可小看了这个懒驴子。假如你无论怎么样想着方法儿逼他上磨，他是一个劲儿的屎溺多，坐着坡，不上定了磨了，你又有甚么法儿？只是安老爷那样厚德载福的人，怎的会有恁般的儿子？

闲话少说。却说安公子，这日正在书房里温习旧业，坐到晌午，两位大奶奶给送出来滚热的烧饼，又是一碟大炒肉炖疙瘩片儿，一碟儿风肉，一铫儿粳米粥。恰好他读文章读得有些心里发空，正用得着，便拿起筷子来，拣了几片风肉夹上。才咬了一口，听得父亲叫，登时想起"父召无诺，手执业则投之，食在口则吐之。走而不趋"的这几句《礼记》来，便连忙恭恭静静的，答应了一声"嗻"，扔下筷子，把嘴里嚼的那口饽饽，吐在桌子上，口也不及漱，站起来，就不慌不忙、斯斯文文、行不由径的，走到上房来。

老爷一见，先就笑容可掬的道："罢了，不必了！我叫你，原为今日消闲，想到明年乡试，要催你用起功来。方才听得两个媳妇说，你自己已经理会到此，这更好了。只是你现在的功课打算怎的个作法？"公子回道："打算先读几天文章，再作一两篇文章，且敛敛心思，熟熟笔路。"安老爷道："是便是了，只这功课不是从这里作起。制艺这一道，虽说是个骗功名的学业，若经义不精，史事不孰，纵然文章作的锦簇花团，终为无本之学。你的书虽说不生，荒了也待好一年了。只怕那程老夫子，见你是个成人之学，也就不肯照小学生一般，教你背诵，将来用着他时，就未免自己信不及。古人'三余，读书，趁眼前这残冬长夜，正好把书理一理，再动手作文章不迟。读的文章，有我给你选的那三十篇启、祯，二十篇近科闱墨，简炼揣摩，足够了，不必贪多。倒是这理书的工夫，切忌自欺，不可涉猎一过。从明日起，给你二十天的限，把你读过的十三部经书，以至《论》《孟》都给我理出来。论不定我要叫你，当着两个媳妇背的，小心当场出丑！"

公子自然是，听一句应一句。太太合二位少奶奶，一边是期望儿子，一边是关切夫婿，觉得有老爷这几句温词严谕，更可勉励他一番。不想这话那个长姐儿听见，心里倒不甚许可了，他暗暗的纳闷道："哟！这么些书，也不知有多少本儿，二十天的工夫，一个人儿那儿念的过来呀？这要累着呢！"

你道好笑不好笑？人家自有天样高明的严父，地样博厚的慈母，再加花朵儿般、水晶也似的一对佳人守着，还怕体贴不出这个贤郎这位快婿的？念的过来念不过来，累的着累不着，干卿何事？却要梅香来说勾当！岂不大怪？不怪。揆情度理想了去，此中也小小的有些天理人情。列公，如不见信，只看孟子合告子两个人抬了半生的硬杠，抬到头来，也不过一个道得个"食色性也"，一个道得个"乃若其情，则可以为善矣"。

闲话休提。却说安老爷吩咐完了公子这话，便合太太说道："玉格的功名，是我心里第一桩事，第二桩，便是我家的家计。我家虽不宽余，也还可以勉强温饱；都因我无端的官兴发作，几乎弄得家破人亡。还仗天祖之灵，才幸而作了个失马塞翁，如今要再去学那下马冯妇，也就似乎大可不必了。只是我既不再作出山之计，此后'衣食'两个字，却不可不早为之计。这桩事，又苦于正是我的'尺有所短'，这些年就全仗太太。话虽如此,难道巧媳妇,还作得出没米的粥来不成?我想理财之道,大约总不外乎'生之者众,食之者寡;为之者疾,用之者舒'的这番道理。为今之计,必须及早把我家这些无用的冗人,去一去,无益的繁费,省一省,此后,自你我起,都是粗茶淡饭,絮袄布衣,这才是个久远之计。趁今日,你我消闲,儿媳辈又齐集在此,何不大家计议起来。"

太太道:"老爷这话虑得狠是,我也是这么想着。就只这话说着容易,作起来,只怕也有好些行不去的。就拿去人说,我家这几个中用些的家人,都是老辈子手里留下的,去了,又叫他们一时到那儿去?就是这几个雇工儿人,这么个大地方儿,也得这些人才照应的过来。讲到烦费,第一,老爷是不枉花钱的,就是玉格这么大了,连出去逛个庙、听个戏都不会。此外,老爷想,咱们家除了过日子之外,还有甚么烦费的地方儿吗?就勉勉强强的抠搜些出来,这个局面可就不象样儿了!至于大家的穿的戴的东西,都是现成儿的,并不是眼下得用钱现置,难道此时倒弃了这个,另去置絮袄布衣不成?老爷白想,我这话说的是不是?"

安老爷虽是研经铸史的通品,却是个秤薪量水的外行。听了这话,不惟是个至理,并且是个实情,早低下头去,发起闷来,为起难来。半日,说道:"这等讲,难道就坐以待毙不成?"太太道:"老爷别着急,我心里也虑了不是一天儿了。但是,这话要合我们玉格商量,可是白商量;商量不成,他且合你背上一大套书,没的倒把人搅糊涂了。倒是我娘儿三个前日说闲话儿,俩媳妇说了个主意,我听着竟狠有点理儿。左右闲着没事,老爷为甚么不叫他们说说?老爷听着可行不可行。万一可行,或者他们说的有甚么不是的地方,老爷再给他们驳正驳正,我觉着那倒是个正经主意。"安老爷道:"既如此,叫他们都坐下,慢慢的讲。"安老爷是有旧规矩的。但是赐儿媳坐,那些丫鬟们便搬过三张小矮凳儿来,也分个上下手,他三个便斜签着伺候父母、公婆坐下。

这个礼节,我说书的先以为然。何也呢?往往见那些巨族大家,多半礼重于情;久之,情为礼制,父子便难免有个不达之衷,姑媳也就难免有个难伸之隐,也是居家一个大病。何如他家这等妇子家人联为一体,岂不得些天伦乐趣?至于那燕北闲人著这段书,大约醉翁之意未必在酒。他想是算计到何玉凤、张金凤两个人四只小脚儿,通共凑起来,不够营造尺一尺零,要叫他站着商量完了这桩事,那脚后跟,可就有些不行了!

当下安老爷见儿媳两旁侍坐,便问道:"你们是怎么个见识?'盍各言尔志'呢!"何小姐先说道:"媳妇们也是那天伺候婆婆,闲话提到我家家计,偶然说到这句话。其实,事情果然行得去行不去,媳妇们两个究竟弄得成弄不成,此时也不敢说满了,还得请示公婆。媳妇在那边跟舅母住着的时候,便听得围着这座庄园都是我家的地,那时候听着,觉得离自己的心远,止当闲话儿听过去了。及至过来,请示婆婆,才知这地年终只进二百几十两银子的租子,问到这个根底,婆婆也不大清楚。请示公公,果然的这等一块大地,怎的只进这些须租子?我家这地到底有多少顷亩?"

安老爷见问,先"阿嗳"了一声说:"这句话竟被你两个把我问倒了。这项地,原是我家祖上从龙进关的时候.占的一块老圈地,当日大的狠呢!南北下里,南边,对着我家庄门那座山的山阳里,有一片枫树林子,那地方儿叫作红叶村,从那里起,直到庄后,我合你说过的那个元武庙止;东西下里,尽西头儿有个大苇塘,那地方叫作苇滩,又叫作尾塘,从那里起,直到东边亢家村我那座青桄桥。这方圆一片大地方,当日都是我家的。自从到我手里,便凭庄头年终交这儿两租银。听说,当年再多二十余倍还不止。大概从占过来的时候,便有隐瞒下的,失迷掉的,甚至从前家人庄头的诡弊,暗中盗典的都有。这话连我也只听得说。”

何小姐道:“只不知这老圈地,我家可有个甚么执照儿没有?”安老爷说:“怎的没有?凡是老圈地,都有部颁龙票,那上面东西南北的四至,都开得明白。只是老年的地不论顷亩,只在一夫之力,一天能种这块地的多少上计算,叫作一垧。所以,那顷数至今我再也弄不清了。”

何小姐道:“果然如此,那就好说了。有了执照,不愁找不出四至的,按着四至,不愁核不出顷数来,凭着顷数,不愁查不出佃户来。佃户一清,那户现在我家交租,那户不在我家交租。先得明白了;便可查那不在我家交租的佃户名下,地租年年都交到甚么人手里;查出下落来,如果是失迷的、隐瞒的,怎能便由他隐瞒、失迷?只要不究他的以往,便是我家从宽了。即或其中有庄头盗典出去的,我们既有印契在手里,无论他典到甚的人家,可以取得回来的;如果典价无多,拿着银子照价取回来,不合他计较长短,也就是我家从宽了。这等一办,又加增了进项,又恢复了旧产,岂不是好?况且,这地又不隔着三五百里,都围着家门口儿也容易查。只要查得清楚,敢怕那租子比原数会多出来,还定不得呢!”

张姑娘道:“我姐姐这话说的可真不错!我到了咱们家这一年多,听了听,京里置地,敢则合外省不同;止知合着地价计算租子,再不想这一亩地有多大出息儿。就拿高粱一项讲,除了高粱粒儿算庄稼,高粱苗儿就是笤帚,高粱秆儿就是秫秸,剥下皮儿来就织席作囤,剥出秸档儿来就插灯插匣子,看不得那根子岔子,只作柴火烧,可是家家儿用得着的,到了乡下,连那叶子也不白扔。那一桩不是利息?合在一处,便是一亩地的租子数儿。就让刨除佃户的人工饭食、牲口口粮去,只怕也不止这儿两银子。”

安老爷静听了半日,向太太说道:“太太,你听他两个这段话,你我竟闻所未闻。”安太太道:“不然,我为甚么说他们说的有点理儿呢。”安老爷道:“我只不解,算你两个都认真读过几年书,应该粗知些文义罢了,怎的便贯通到此?这却出我意外！”

何小姐笑说道：“公公只想，我妹妹呢，他家本就是个务农人家；到了媳妇，深山一住三年，眼睛看的是这个，耳朵听的是这个，便合那些村婆儿、村姑儿们讲些闲话儿，也无非这个。媳妇们两个，本是公婆特地娶来的‘一个南山里的’‘一个北村里的’，怎的会不懂呢？”安老夫妻听了这话，益加欢喜。安老爷便说道：“话虽如此，也亏你两个事事留心。只是要清这项地，也须费我无限精神。便说弄清了，果然有些庄头私下典出去的，此时又那里打算这许多地价？”

公子听到这里，便站起来禀道：“现放着邓九大爷给玉凤姑娘帮箱的那分东西呢。”老爷道：“哟，那原是他师傅因他娘家没人，疼他的一番深心，自然该留着他自己添补使用，才不负人家这番美意。怎的作这项用起来？”公子又回道：“他两个现在的服食器用都经父母操心，赏得齐全。既没可添补的地方，月间又有照例的月费，及至有个额外用钱的去处，还是合父母讨，他自己还用添补些甚么？自然该把这项进奉了父母，作这桩正务才是。”说着，便跪了一跪说：“务必请父母赏收。”安太太道：“不害臊！人家媳妇儿的东西，怎吗用你来这么献勤儿呀！”

安太太这句话，可招出他先天的一点儿书毒来了，笑道：“回母亲，那是他的？连他还是我的，是我的便是父母的。《礼》：‘子妇无私货，无私蓄，无私器。’这等讲起来，那又是他的？何况，此举本是出于媳妇玉凤自己的意思，并且，不但他一人的意思，便是金凤媳妇也所见略同。不过，这话理应儿子代他们禀白，才合着倡随的道理。”安太太道：“阿哥，你别怄我！你只合我简简捷捷的说话，这也值得说了没三句话，又背上这么一大车书！”

谁知他这车书，倒正合了乃翁之意，早点头道：“这话太太自然该听不明白，然而，却正是妇道应晓得的。那《内则》有云：‘凡妇不命适私室不敢退，妇将有事，大小必请于舅姑。子妇无私货，无私蓄，无私器，不敢私假，不敢私与。’这篇书正所以补《曲礼》之不足。玉格这话，却是他读书见道的地方。”金、玉姊妹见公公有些首肯，便一齐说道：“这项金银现在既白放着，况且，公公眼下是不打算出去的了，便让玉郎明年就中举人，后年就中进士，离奉养父母、养活这一家也还远着的呢。这个当儿，正是我家一个青黄不接的时候儿。何况，我家又本是个入不敷出的底子，此后，日用有个不足，自然还得从这项里添补着使。与其等到几年儿之后，零星添补完了另打主意，何如此时，就这项上定个望长久远的主意，免得日后打算。如果办得有个成局，不惟现在的日用够了，便是将来的子孙也进则可仕，退亦可农。这话不知公婆想着怎么样？”

安老爷听了，连连点首，说道：“善哉！三年之内无饥馑矣！”说了这句，又低着头寻思了半晌，说道：“还有一节难处。果然照这话办起来，自然要办个彻底澄清。那算方田、核堆垛，却得个专门行家，我是逊谢不敏，玉格又不能，便是我家这几个家人，也没个能的，岂不是依然由着那班庄头拨弄？”公子道：“这桩事儿子倒看准了一个人，就是我家这叶通，便弄得来。”安老爷道：“他？我平日只看他认得两个字，使着比个寻常小厮清楚些，这些事他竟弄得来吗？”

公子道：“不但会，并且精。儿子又怎的晓得？因见我丈人常合他一处讲究，我丈人拿着本子《九章算法》，问他几块怎样畸零的田，凑起来应合多少亩，几块若干长短的田，凑起来应合多少亩，他拿着面算盘空手算着，竟丝毫不错。及至他问我丈人，多少地应收多少高粱、麦子、谷子，我丈人不用打算盘，说的数目，却又合那算法本子上，不差上下；又是怎的一谷二米，怎的一熟两熟，怎的分少聚多，连那堆垛平尖都说的出来。据我看起来，大约一边是从核算来的，一边是从阅历来的。只我听着，觉得比作《夏后氏五十而贡》的那章考据题还难些。”安老爷叹道：“如我父子，正所谓‘不知稼穑艰难’者也，对之得无少愧！”

公子原是说自己不通庶务，不想惹得老人家也“谦尊而光”起来，一时，极力要斡旋这句话，便道：“‘人有不为也，而后可以有为’，便是大圣人也道得个‘吾不如老农’‘吾不如老圃’。”安老爷听了，便正色道：“这两句书讲错了，不是这等讲法。吾夫子说‘吾不如老农’‘吾不如老圃’这两句话，正是‘吾非斯人之徒与而谁与’的铁板注脚。他老人家正在一腔的救世苦衷，没处发泄，想道‘假如吾道得行，正好同二三子，共襄治理’，不想这樊迟是话不问，偏偏的要‘请学稼’‘请学圃’起来，夫子深恐他走入长沮、桀溺的一路，傥然这班门弟子，都要这等起来，如苍生何？所以，才对症下药，合他讲那‘上好礼’的三句。这两个‘如’字要作‘我不照像老农老圃一样’讲，不得作‘我不及老农老圃’讲；合着下文的‘焉用稼’一句，才是圣人口气。不然，你只看‘道千乘之国，使民以时’的那个‘时’字，可是四体不勤、五谷不分的人，说的出来的？”

安太太听了听，事情不曾说出眉目，他贤乔梓又讲起书来了，便道：“这不是吗？人家媳妇儿在这里说正经的，老爷又闹到孔夫子上去了。这都是玉格惹出来的。”安老爷道：“天下事除了取法孔夫子，那里还寻得出个正经来？”

太太可真被这位老爷怄得受不得了，说：“老爷，咱们爷儿们、娘儿们现在商量的是吃饱饭，那位孔夫子，但凡有个吃饱饭的正经主意，怎的周游列国的时候，半道儿会断了顿儿，拿着升儿籴不出升米来呢？这难道不是老爷讲给我们听的吗？”安老爷道：“此正所谓‘君子固穷’，又‘浮海’‘居夷’，所以，发此浩叹也。”

安太太只剩了笑，说道：“是了，是了，无论怎么着罢，算我们明白了就完了！老爷此时只细想想，俩媳妇这话是不是？这主意可行不可行？或者老爷还有个甚么驳正指示的，索性就把这话商量定规了。”安老爷道：“自古道‘疑人莫用，用人莫疑’，他两个既有这番志向，又说的这等明白，你我如今竟把这桩事，责成他两个办起来，才是他絜矩之道。此时岂可误会了那‘言前定，事前定’的两句话，转去‘三思而行’？”太太道：“不是哟，我是犹疑这俩小人儿担不起这么大事来哟！”

老爷道：“咻，‘赤也为之小，孰能为之大’？不必犹疑。”说完，便吩咐公子道：“至于你讲的那项金银，也可以不必一定送到我同你娘跟前来。你只晓得那‘子妇无私货’为通论，可知‘未有府库财，非其财者也’，尤为论之至通者。只此一言可决，不须再议。”

因又回头向太太说道：“我倒还有一说：我往往见人到老来，把这份家自己牢牢的把在手里，不肯交给儿孙，我颇笑他不达。细想起来，大约他那不达也有两般苦楚：一般苦的是，养着个不肖的子孙，先虑到把我一生艰难创造而来的，由他任意挥霍而去,及至我受了贫苦,还得重新顾赡他的吃穿;一般苦的是养着个好子孙,又虑他虽有养志的孝心,我却无自立的恒产,便算我假作痴聋,也得刻刻怜恤他的心力不足。如今,我家果然要把这旧业恢复回来,大约足够一年的吃穿用度,便不愁他们有个心力不足了。再看这三个孩子的居心行事,还会胡乱挥霍不成?你我就索性把这份家,交给两个媳妇掌管。两个人之中,玉凤媳妇是个明决气象,便叫他支应门庭;金凤媳妇是个细腻风光,便叫他料量盐米。我老夫妻只替他们出个主意儿,支个嘴儿。腾出我来,也好趁着这未锢的聪明,再补读几行未读之书;果有余暇,便任我流览林泉,寄情诗酒。太太无事,也好带上个眼镜儿,叼袋烟儿,看个牌儿,充个老太太儿,偿一偿这许多年的操持辛苦。玉格却叫他一意用功,勉图上进。岂非我家不幸中之一大幸乎?"

太太见老爷说的这等高兴,益加欢喜,便道:"我想着也是这样。老爷既这样说,好极了。"因望着两个媳妇笑道:"我再没想到,我熬了半辈子,直熬到你们俩进了门,我这斗牌才算奉了明文了。"这话,暂且按下不表。

却说张太太自从搬出去之后,每日家里吃过早饭,便进来照料照料,遇着安老爷不在里头,便同舅太太合安太太闲话,有个活计也帮着作作。这日进来,正值安老爷在家,他坐了一刻便去找舅太太。见舅太太正在那里带了两个嬷嬷,张罗他姐妹过冬的里衣儿,他也就帮着作起来。舅太太是个好热闹没脾气的人,也乐得借他醒醒脾儿,解解闷儿,便合他一面料理针线,一面高谈阔论起来。两个人虽不同道,大约一样的是不肯白吃亲戚的茶饭的意思。作了会子,见天不早了,便收了活过这边来。

二人一同出了西游廊角门,顺着游廊,过了钻山门儿,将走到窗跟前,恰好听得安太太说到"斗牌算奉了明文"的那句话,舅太太便接声道:"怎么着?斗牌会奉了明文咧?好哇!这可是日头打西出来了。姑太太快告诉我听听。"一面说着,进了上房。安老夫妻二位,连忙起身让坐,便把合两个媳妇方才说的话,大约说了一遍。

舅太太道:"我不管你们的家务,我只问斗牌。你们要谈家务,别耽搁你们,我们到妞妞屋里去。"安老爷是位不苟言的,便道:"这话何来?我家的家务又几时避过舅太太?"安太太道:"老爷理他呢!他自来是这么女生外向!"安老爷道:"阿,你姑嫂两个也算得二位老太太了,当着两个媳妇还是这等顽皮!"舅太太道:"姑老爷不用管我们的事,我们不能象你那开口就是'诗云',闭口就是'子曰'的。"安太太道:"老爷听,人家自己愿意不是?"舅太太道:"你别仗着你们家的人多呀!叫我们亲家评一评,咱们俩倒底谁比谁大?真个的,十七的养了十八的了!"

从来"入行三日无劣把",这位亲家太太成日价合舅太太一处盘桓,也练出嘴皮子来了,便呵呵的笑道:"可是人家说的咧!"舅太太生怕说出"烧火的养了当家的"这句下文,可就太不雅驯了,幸而不是这句。只听他说道:"这可成了人家说的甚么行子'摇车儿里的爷爷,拄拐棍儿的孙子'咧!"

舅太太急的嚷道:"算了!太太!你老歇着罢!他长我一辈儿你还不依,一定要长我两辈儿才算便宜呢?"安老爷只说得个:"群居终日,言不及义,好行小慧,难矣哉!"惹得上上、下下都笑个不住。

这里头金、玉姊妹两个人，是彆着一肚子的正经话不曾说完，被这一岔，又怕将来作书的燕北闲人，写到这里逗不上这个卯笋儿。良久，忍住笑，接着回公婆道："方才的话，公婆既都以为可行，交给媳妇们商量去，这事竟靠媳妇们两个也弄不成。第一，这踏勘丈量的事，不是媳妇们能亲自作的，得合公婆讨几个人；第二，有了这班人，要每日每事的都叫他们上来烦琐，那不依然得公婆操心吗？要说竟在媳妇屋里办，也不合体统。况且，写写算算，以至那些册簿串票，也得归着在一处，得斟酌个公所地方；第三，事情办得有些眉目，银钱可就有了出入了，人也就有了功过了，得立下个一定章程。这些事都得请示公公，讨个教导。"

只这句话，又把他尊翁的史学招出来了，便向两个媳妇说道："你两个须听我说，凡是决大计、议大事，不可不师古，不可过泥古。你两个切切不可拘定了《左传》上的'禀命则不威，专命则不孝'这两句话。那晋太子申生，原是处在一个家庭多故的时候，所以，他那班臣子才有这番议论。如今，我家是一团天理人情，何须顾虑及此？禀命是你们的礼，便专命也是省我们的心。我合你们说句要言不烦的话：'阃以外将军制之。'你们还有甚么为难的不成？"他姊妹两个才笑着答应下来。

舅太太听了半日，问着他姊妹道："这个话，你们姐儿俩竟会明白了？难道这个甚么'左传''右传'的，你们也会转转清楚了吗？"他姊妹道："书上的话却不得懂，公公的意思是听出来了。"舅太太绷着脸儿说道："这么说起来，我们这俩外外姐姐要合人下象棋去，算赢定了！"

大家听了这话，不但安太太合安公子小夫妻三个不懂，连安老爷听了，也觉诧异，便问道："这话怎的个讲法？"舅太太道："姑老爷不懂啊，等我讲给你听：有这么一个人，下得一盘稀臭的臭象棋。见棋就下，每下必输。没奈何，请了一位下高棋的跟着他，在旁边支着儿。那下高棋的先嘱咐他说：'支着儿容易，只不好当着人直说出来，等你下到要紧地方儿，我只说句哑谜儿，你依了我的话走，再不得输了。'这下臭棋的大乐。两个人一同到了棋局，合人下了一盘。他这边才支上左边的士。那家儿就安了个当头炮，他又把左边的象垫上，那家又在他右士角里安了个车。下来下去，人家的马也过了河了，再一步，就要打他的挂角将了。他看了看，士是支不起来，老将儿是躲不出去，一时没了主意，只望着那支着儿的。但听那支着儿说道："一杆长枪。"一连说了几遍，他没懂，又输了。回来就埋怨那支着儿的。

"那人道：'我支了那样一个高着儿，你不听我的话，怎的倒埋怨我？'他说：'你何曾支着儿来着？'那人道：'难道方才我没叫你走那步马么？'他道：'何曾有这话？'那人急了，说道：'你岂不闻：一杆长枪，通天彻地，地下无人事不成，城里大姐去烧香，乡里娘，娘长爷短，短长捷径，敬德打朝，朝天镫，镫里藏身，身家清白，白面潘安，安安送米，米面油盐，阎洞宾，宾鸿稍书雁南飞，飞虎刘庆，庆八十，十个麻子九个俏，俏冤家，家家观世音，因风吹火，火烧战船，船头借箭，箭对狼牙，牙床上睡着个小妖精，精灵古怪，怪头怪脑，恼恨仇人太不良，梁山上众弟兄，兄宽弟忍，忍心害理，理应如此，此房出租，出租的那所房子，后院儿里种着棵枇杷树，枇杷树的叶子，像个驴耳朵，是个驴子就能下马。你要早听了我的话，把左手闲着的那个马别住象眼，垫上他那个挂角将，到底对挪了一步，棋怎得会就输？你明白了没有？'那下棋低头想了半天,说:‘明白可明白了,我宁可输了都使得,实在不能跟着你“二鞑子吃螺蛳——绕这么大湾儿!”’“再不想姑老爷你这么个大湾儿,你家俩孩子竟会绕过来了!这要下起象棋来,有个不赢的吗?”

大家听他数了这一套,已就忍不住笑。及至说完了,安公子先憋不住,“嗤哧”一声,跑出去了。张姑娘是笑得站不住,躲到里间屋里,伏在炕桌儿上笑去。何小姐闪在一架穿衣镜旁边,笑得肚肠子疼,只把一只手扶着镜子,一只手拄着肋条。安老爷此时,也不禁大笑不止,嘴里只说:“岂有此理!岂有此理!”笑到极处,把手往桌子上一拍,却拍在一个茶盘上,拍翻了碗,泼了一桌子茶,顺着桌边流下来;他怕湿了衣裳,连忙站起来一躲,不防他爱的一个小哈巴狗儿,正在脚踏底下爬着,一脚正踹在狗爪子上,把个狗踹得嘁嘁成一团儿。

这个当儿,舅太太只管背了这么一大套,张亲家太太是一个字儿不曾听明白,也不知大家笑的是甚么,他只望着发怔,及至听见那个狗嘁嘁,又见长姐儿抱在怀里,给他揉爪子,张太太才问道:“咱儿咧?不是转了腰子咧?”恰巧张姑娘忍着笑,过来要合何小姐说话,见他把支手拄着肋叉窝,便问:“姐姐,不是岔了气了?”忽然听他母亲没头没脑的问了这句,便笑道:“妈,这是怎么了?人家姐姐一个人么,也有会转了腰子的?”这个岔一打,大家又重新笑起来。

好容易大家住了笑,安太太那里还笑得喘不过气儿来,只拿着条小手巾儿,不住的擦眼泪。舅太太只没事人儿似的说道:“也没见我们这位姑太太,一句话也值得笑的这么着!”张太太道:“他铁是又笑我呢!”安太太听了,忍不住又笑起来,直笑得皱着个眉,握着胸口,连连摆着一只手,说:“我笑的不是这个,我笑的是我自己心里的事!”儿子、媳妇见这样子,只围着打听母亲婆婆笑甚么,太太是笑着,说不出来。安老爷一旁坐着,断憋不住了,自己说道:“你们三个不用问了,等我告诉你们罢。我上头还有你一位大大爷,他从小儿就死了,我行二,我小时候的小名儿,就叫作二鞑子。你舅母这个笑话儿,说对了景了。这个老故事儿,眼前除了你母亲合你舅母,大约没第三个人知道了。”

安公子小夫妻,以至那些媳妇子、丫头们听了,只管不敢笑,也由不得轰堂大笑起来,亏得这阵轰堂大笑,才把这位老爷的一肚子酸文,熏回去了。当下,大家说笑一阵,安太太便留亲家太太,吃过晚饭才去。

话休絮烦。却说安公子自此一意温习旧业。金、玉姊妹两个,闲中把清理地亩这桩事商量停妥。便请示明白公婆,先派了张进宝作了个坐庄总办,派了晋升、梁材、华忠,戴勤四个分投丈量地段,派了叶通,合算顷亩造具册档。又请安老爷亲自过去,请定张亲家老爷照料稽查,凡是这班家人不在行的,都由他指点。张老起初也事故着辞了一辞,怎奈安老爷再三恳求,他又是个诚实人,算了算,也乐得作桩事儿,既帮助了亲戚,又不抛荒岁月,便一口应承。

他姊妹见人安插妥了,便把东院倒座的东间,收拾出来,作了个公所。窗户上安了两扇玻璃屉子,凡有家人们回话,都到窗前伺候。他两个便在临窗居中安了张桌子,对面坐下,隔窗问话。但有不得明白的,便请张亲家老爷进来商办。一切安置齐备,然后才请过张亲家老爷来,并把那班家人传到公婆跟前,三面交代了一番。

先是安老爷头两天，已经把话吩咐过众人，到这日，止冠冕堂皇晓谕了几句，便说道："这话我前日都告诉明白你们了，至于这桩事的办法，我都责承了你两位大奶奶了。"随又向金、玉姊妹说："你们再详详细细的嘱咐他众人一遍。"两个人得了公公的话，答应了一声。何小姐便先开口道："其实公公既吩咐过了他们，可以不须媳妇们再说。但是，既承公婆把家里这么一件要紧点儿的事，放心交给媳妇们俩小孩子带着他们办，有几句话，自然得交代在头里好。"说着，一扭脸，便望着众人说道："你们可把我这话听明白了。"

张进宝先沉着嗓子，答应了一声："嗻"。何小姐便吩咐道："张爹，你是第一个平日的不欺主儿、不辞辛苦的，不用我们嘱咐；我倒要嘱咐你，不必过于辛苦。为甚么呢？老爷既派你作个总办，这个岁数儿，不必天天跟着他们跑，只他众人拨弄不开的地方，亲自到一到，再嘴碎一点儿，精神周到一点儿，就有在里头了。到了华忠、戴勤两个奶公，老爷所以派你们的意思，却为平日看着你两个一个耿直、一个勤谨起见，并不是因为一个是大爷的嬷嬷爹，一个是我的嬷嬷爹，必该派出来的；就算为这个，你两个可比别人更得多加一番小心。讲到晋升、粱材，也是家里两三辈子的家人。就是叶通，受老爷、太太的恩典日子浅，主儿的性情，家里的规矩，想来也该知道。此时，你们该是怎么尽心，怎么竭力，怎么别偷懒，怎么别撒谎，这些散话，我都不合你们絮叨。如今，得先把这桩事的从那里下手，从那里收功，说给你们。

"第一，这桩事，你大家不可先存一个畏难的心。这个样儿的冷天，主儿地炕手炉的围着还嫌冷，却叫你们在漫荒野地丈量地去，岂不显得不体下些情？然而没法儿。要不趁这地闲着的时候丈量，转眼，春暖农忙，紧接着，青苗在地，就没了丈量的日子了。限你们明日、后日两天，传齐了那些庄头，把这话告诉明白了他们，接着，就查起来。第二，不可先存一个省事的心。查起来，你们四个人断不许分开。我岂不知把你们四个分作四路，查着省事些？无如这丈量的事，断不是一个人照料得过来的。及至弄不清楚，依然是由着庄头，怎么说怎么好，不如不查了。你们查的时候，那怕三五亩地，一两家佃户也罢，总是你们四个同着叶通，带着承管的庄头，眼同着查。从庄头手里起佃户花名，从佃户名下查亩数，从亩数里头查租价，归进来核总。第三，不可存一个含混的心。查的时候，人不许分；查过之后，地可得分。如庄稼地是一项，菜园子是一项，果木庄子是一项，棉花地是一项，苇子地是一项，某项各若干，共若干，查清楚了；这里头，还得分出个，那是良田，那是薄地，那是高岸，那是低洼，将来才分得出，收成分数。还得他们指明白了，那是额租地，那是养赡地，那是划利地。这又为甚么呢？假如把好地都尽庄头佃户占了，是坏地都算了主人家的额租，这却使不得。一总查明白了，听上头分派。

"此外，查到盗典出去的地，庄头、佃户既不属我家管，可得防他个不服。你们查，这事便得责成给张爹了。先告诉明白他说：'这地我们眼下就要赎的，此时查明白了，日后，庄佃一概不动；不然，等赎回来，我家却要另自派人招佃。'这话讲在头里，他大约也没个不服查的理。如果里头有个嚼牙的，他也不过是个人罢咧，我又有甚么见不得他的呢？只管带来见我。

"你们果真照我这话办出个眉目来，现在的地，是清了底了，出去的地，是落了实了，两下里一挤，那失迷的，也失迷不了了，隐瞒的，也隐瞒不住了，这件事，可就算大功告成了。此后，再要查出个遗漏，可就是你们几个人的事了。此时，你们且打地去。至于将来怎的个拨地，怎的个分段，怎的个招佃，怎的个议租，此时定法不是法，你们再听老爷、太太的吩咐。

"方才这番话，有你们听不明白的，只管问；有我说的不是的，只管驳。总以家里的事为重。办得妥当，莫说老爷、太太还要施恩奖赏，是个脸面；即不然，你们作家人的，也同我们作儿女的一样，替老家儿省心，给主儿出力，都是该的。设或办得不妥当，那一面儿的话，还用我说吗？你们自然想得出来。到那时候，大家可得原谅我个没法儿。"众人齐声答应，都说："奴才们各秉天良，尽力的巴结。"

何小姐说完了这话，老爷、太太已经十分欢喜痛快。又见张姑娘从袖里取出一个经折儿来，送到安老爷跟前，说道："媳妇两个还商量着，这话怕家人们一时未必听得清、记得住，所以，按着这个办法，给他们开出一个章程来，请公公看。"说着，脸又一红，笑道："公公可别笑，这可就是媳妇胡划拉的，实在不像个字。"

安老爷只知他识得几个字，却不知他会写，接过来，且不看那章程，先看那字。虽说不得卫夫人"美女簪花格"，却居然写得周正匀净。再看了看那章程，虽没甚么大文法儿，粗粗儿也还说明白了，并且，不曾写一个鼓儿词上的字。安老爷不禁大乐。

列公，若果然围着京门子会有老圈地，家里再娶上一个北村里的村姑儿、一个南山里的孤女儿，作儿子媳妇，认真都这么神棍儿似的，倒也是世上一桩怪事。好在我说书的，是闲口弄闲舌，你听书的也是梦中听梦话，见怪不怪，且自解闷消闲！

却说安太太见老爷不住的赞那字，生怕又招出一段酸文来，打搅了话岔儿，便说道："老爷要看着没甚么改动的，就交给他们细细儿的看看去罢。"安老爷且不往下交，倒递给张老爷看，说："亲家，你看，却真难为这两个小孩子！"

张老此时是一肚子的耕种刨锄，磨砻筛簸，断想不到叫他看那文法字体；接到手里，篇儿也没翻，仍旧递给安老爷，说道："亲家，我不用瞧，我们俩姑奶奶合我讲究了这么好几天咧。这么着好啊，早就该打这主意。一来，亲家，咱俩坐下轻易也讲不到这上头；二来，我的嘴又笨，不大爱说话。自从我到了你家里，这么看着，甚么都讲拿钱买去，世街上可那的这些钱呢？"

安太太笑道："亲家老爷，这些东西要不拿钱买去，可从那里来呢？"张老道："嗳！亲家太太，也怪不得你说这话。你们都是金枝玉叶，天子脚底下长大了的，可到那儿听这些去呢？等我说给你老公母俩听。你只要把这地弄行了，不差甚么，你家里就有大半子不用买的东西了。"

安老爷听了，深为诧异。只听他说道："将才我们这姑奶奶不说要把这地分出几项来吗？就拿这庄稼地说，认真的种上成块的稻子，你家的大米先省多了。"安老爷笑道："亲家，你这一句话，就不知京城吃饭之难了，京里仗的是南粮。"张老道："仗南粮，我只问你，你上回带我逛的那稻田场，那么一大片，人家怎么种的？咱们这里又四面八方守着河，安上他两盘水车子，还愁车不上水来呀！要不用车，挖了水道，雇上四个长工戽水，也够使的了。赶到收了稻子，一年喝不了的香稻米粥，还剩若干的稻草，喂牲口呢！麦子一熟，吃新鲜面不算外，还带管不搀假；要拌个碾转子吃，也不用买；赶到磨出面来，喂牲口的麸子也有了。那豆子、高粱、谷子还用说吗？再说菜，有的是那么两三块大园子，人要种个吗儿菜，地就会长个吗儿菜。除了天天的水菜，到了腌菜，过冬的时候，咱还用整车的买疙瘩白菜，大捆的买王瓜韭菜去作甚么呀？有了面，有了豆子，有了芝麻，连作酱、磨香油，咱自家也就弄了。再说那果木庄子咧，我看你家这块地里，大大小小倒有四五个山头子呢，那山上的果子可就不少。鲜的干的，那件是居家用不着的？又那件子是不得拿钱买的？棉花更不用讲了，是说你家爷儿们、娘儿们不穿布糙衣裳，这些老妈妈子们哪，小女孩子们哪，往后来，俩姑奶奶再都抱了娃子，那不用个几尺粗布喂？”

张姑娘听了，悄悄儿合何小姐说道：“说的好好儿的，这又说到二层里去了。”两个正在说着，只听安太太笑道：“亲家说的这话，可真有理。只是你看我家这些人，那是个会纺线织布的？难道就穿这么一身棉花桃儿吗？”他道：“怎么没人儿会呀？你亲家母就会，他詹家大妗子也会，你只问闺女，他说得不会呀？”张姑娘又悄悄儿的道：“索性闺女也来了。”

那张老说得一团高兴，也不管他说甚么，又道：“等着咱多早晚置他两张机，几呀纺车子，就算你家这些二奶奶们学不来罢，这些佃户的娘儿们那个不会？找了他们来，按着短工给他工钱，再给上两顿小米子咸菜饭、一顿粥，等织出布来，亲家太太，你搂搂算盘看，一匹布管比买的便宜多少！再要讲到烧焰儿，遍地都是。山上的干树枝子，地下的干草、芦苇叶子、高粱岔子，那不是烧的？不过，亲家你们这大户人家，没这么作惯，再说，也浇裹不了这些东西。如今，你不把这地弄行了吗？将来议租的时候，可就合他们说开了，甚么是该年终供给咱的，按季供给咱的，按月供给咱的，按天供给咱的，除了他供给咱的东西，余外的都折了租子。你瞧，一天比一天进的钱儿是多了，出的钱儿是少了，你家躺着吃，也吃不了了，为甚么人家说‘靠天吃饭，赖天穿衣’呢！那都讲拿钱买呢！我没说吗，我说话不会要舌头，这也是在亲家你家，他们底下的伙伴儿们，没个吊猴的。这要有个吊猴的，得了这话，还不够他们骂我的呢！”

安老夫妻两个听了他这段老实话，大合心意，一时觉得这个乡里亲家，比那止于年节八盒儿的城里亲家，大有用处。便说：“好极了！这也不是一时的事，我们算一总求下亲家了。”安老爷说着站起来，又给他打了一躬。

不想,这话张进宝在旁边听了,不但不吊猴,他比主人还快活,说道:“奴才还有句糊涂话,咱们家如今既难得娶了这么两位大奶奶,又遇着奴才亲家老爷肯帮着,老爷、太太可别犹疑,觉得拿着咱们这么个门子,怎么学着打起这个小算盘来了?那话别听他。这是个根本,早该这样。”安老爷道:“好极了!我正为亲家老爷面上,有句话交代你们,你先见到这里,更好。”

才待要说,他早听出老爷的话来,回道:“老爷、太太请放心,奴才没回过吗,都是主儿。别讲亲家老爷还是为咱们的事,再向来亲家老爷带奴才们也最恩宽。众家人有一点儿差错,老爷惟奴才是问。”安老爷又说了句“狠好”。便把那个经折儿交下去,他才带了大家,退下去。

却说张进宝领了众人下去,又合他们唠叨了一番。张亲家老爷坐了会子也就告辞,闲中也周旋了大家几句。过了两日,便次第的踏勘丈量起来。这话不但不是三五句可了,也不是三两月可完。他家只觉得忙过残冬,早到新春;开春之后,才交谷雨,便是麦秋;才过芒种,便是大秋。渐渐的,槐花是黄起来了,举子是忙起来了。

这大半年的工夫,公子是除了诵读之外,每月三六九日的文课,每日一首试帖诗,都是安老爷亲自命题批阅。那公子却也真个足不出户,目不窥园,日就月将,功夫大进。转眼间,已是八月初旬,场期近矣!这正是:

利用始知耕织好,名成须仗父兄贤。

要知后事何如,下回书交代。

第三十四回　屏纨祷稳步试云程　破寂寥闲心谈月夜

这回书话表安公子从去冬埋首用功。光阴荏苒,早又今秋,岁考也考过了,马步箭也看过了,看看的场期将近。这日,正是七月二十五日,次日二十六日,便是他文课日期。晚饭饭过无事,便在他父亲前请领明日的题目。安老爷吩咐道:“明日这一课,不是照往日一样作法。你近日的工夫却大有进境,只你这番是头一次进场,场里虽说有三天的限,其实,除了出场进场,再除去吃睡,不过一天半的工夫。这其间,三篇文章一首诗,再加上补录草稿,斟酌一番,笔下慢些,便不得从容。你向来作文,笔下虽不迟钝,只不曾照场规练过。明日这课,我要试你一试,一交寅初,你就起来,我也陪你起个早,你跟我吃些东西,等到寅正出去,发给你题目,便在我讲学的那个所在,作起来。限你不准继烛,把三文一诗作完。吃过晚饭,再誊正交卷,却不可潦草塞责。我就在那里作个监试官。经这样作一番,不但我得放心,你自己也有些把握。”说着,便合太太说:“太太,明日给我们弄些吃的。”太太自是高兴,却又不免替公子悬心,便道:“老爷何必还起那么早啊?有他师傅呢,还是叫他拿到书房里弄去罢。当着老爷别再唬的作不上来,老爷又该生气了。”

太太这话,不但二位少奶奶觉得是这样好,连那个不须他过虑的“司马长卿”,也望着老爷俯允。不想,安老爷早沉着个脸答道:“然则进场在那万余人面前作不作呢?何况,还有主考房官,要等把这三篇文章一首诗合那万余人比试,又当如何?”太太听了无法,因吩咐公子道:“既那么着,快睡去罢。”公子下来,再不道老人家还要面试,进了屋子,便忙忙的脱衣睡觉。

金、玉姊妹两个生怕他明日起在老爷后头,两个人换替着熬了一夜。不曾打寅初,便把公子叫醒,梳洗穿衣上去,幸喜老爷还不曾出堂。少刻,老爷出来,连太太也起来了,便道:“你们俩送场来了?”当下,公子跟着老爷饱餐一顿,到了外面,笔砚灯烛,早已备得齐整。安老爷出来坐下,便向怀里取出一个封着口的红纸包儿来,交给公子,道:“就在这屋里作起来罢。”自己却在对面那间坐去,拿了本《朱子大全》在灯下看。又派了华忠伺候公子茶水。

却说公子领下题目来,拆开一看,见头题是:“孝者,所以是君也”一句,二题是:“达巷党人曰”一章,三题是:“中也者,天下之大本也;和也者,天下之达道也”四句;诗题是:“赋得‘讲《易》见天心’”,下面旁写着:“得‘心’字五言六韵。”

且住!待说书的来打个岔。这诗文一道,说书的是不曾梦到,但是,也曾见那刻本儿上都刻得是五言八韵,怎的安老爷只限了六韵呢?便疑到这个字是个笔误,提起笔来就给他改了个“八”字,也防着说这回书的时节,免得被个通品听见,笑说我是个外行。不想,这日,果然来了个通品听我的书,他听到这里,说道:“说书的,你这书说错了。这《儿女英雄传》既是康熙、雍正年间的事,那时候,不但不曾奉试帖增到八韵的特旨,也不曾奉文章只限七百字的功令,就连二场还是耑习一经,三场还有论判呢。怎的那安水心,在几十年前就叫他公子作起八韵诗来了?”我这才明白,此道中不是认得几个字儿就胡开得口、混动得手的!从此再不敢“强不知以为知”了。

闲话少说,言归正传。却说安公子看了那诗文题目,心下暗道:“老人家这三个题目,是怎的个命意呢?”摹拟了半日,一时,明白过来,道:“这头题,正是教孝教忠的本旨;三题,是要我认定性情作人;第二个题目,大约是老人家的自况了。那诗题,老人家是邃于《周易》的,不消讲得。”想罢,便把那题目条儿高高的粘起来,望着他,谋篇立意,选词琢句,一面研得墨浓,蘸得笔饱,落起草来。及至安老爷那边才要早饭,他一个头篇、一首诗早得了,二篇的大意也有了。

那时,安老爷早把程师爷请过来,一同早饭。公子跟着吃饭的这个当儿,老爷也不问他作到那里。一时,吃罢了饭,他出来走了走,便动手作那二三篇。那消继烛,只在申正的光景,三文一诗早已脱稿,又仔细斟酌了一番,却也累得周身是汗。因要过去先见见父亲,回一句稿子有了,觉得累的红头涨脸的不好过去,便叫华忠进去取了小铜镟子来,湿个手巾擦脸。

华忠到了里头,正遇着舅太太在那里合俩奶奶闲话,那个长姐儿也在跟前。大家还不曾开得口,那长姐儿见了他便先问道:“华大爷,大爷那文章作上几篇儿来了?”华忠道:“几篇儿?只怕全得了。这会子擦了脸,就要送给老爷瞧去了。”舅太太便合长姐儿道:“你这孩子才叫他娘的‘狗拿耗子’呢,你又懂得几篇儿是几篇儿?”他自己一想,果然这话问得多点儿是,一时不好意思,便道:“奴才可那儿懂得这些事呢!奴才是怕奴才太太惦着,等奴才先回奴才太太一句去。”说着,梗梗着个两把儿头,如飞而去。

话休絮烦。却说公子过来，见程师爷正在那里合老爷议论："今年，还不晓得是一班傣脚色进去呢，那莫、吴两公，也不知有分无分。"正说着，老爷见公子拿着稿子过来，问道："你倒作完了吗？"因说："既如此，我们早些吃饭，让你吃了饭好誊出来，"公子此时饭也顾不得吃了，回道："方才舅母送了些吃的出来，吃多了，可以不吃饭了。莫如早些誊出来，省得父亲合师傅等着。"老爷道："就这样'发愤忘食'起来也好，就由你去。"

一时，要了饭，老爷便合程师爷饮了两杯，饭后，又合程师爷下了盘棋。程师爷让九个子儿，老爷还输九十着。他撇着京腔笑道："老翁的本领，我诸都佩服，只有这盘棋是合我下不来的。莫如合他下一盘罢。"老爷道："谁？"抬头一看，才见叶通站在那里。老爷因他这次算那地册，弄得极其精细，考了考，他肚子里竟零零碎碎有些个，颇觉他有点出息儿。一时高兴，便换过白子儿来，同他下了一盘。

程师爷苦苦的给老爷先摆上五个子儿，叶通还是尽力的让着下。下来下去，打起劫来，老爷依然大败亏输，盘上的白子儿不差甚么没了，说道："不想阳沟里也会翻船！"程师爷便笑道："老翁这盘棋虽在阳沟里，那船也竟会翻的呢！"老爷也不觉大笑道："正不可解。这桩事我总合他不大相近，这大约也关乎性情。还记得小时节，长夏完了功课，先生也曾教过，只不肯学。先生还道：'你怎的连"博弈犹贤"这句书也不记得？你不肯学，便作一首"无所用心"的诗我看。'先生是个村我的意思，这首诗怎的好作？你看我小时节浑不浑，便口占了一首七截，对先生道：'平生是物总关情，雅谢纷纷局一枰；不是畏难甘袖手，嫌他黑白太分明。'这话将近四十年了，如今年过知非，想起幼年这些不知天高地厚的话来，真觉愧悔！"

说话间，公子早誊清诗文，交卷来了。安老爷接过头篇来看着，便把二篇匀给程师爷看。老爷这里才看了前八行，便道："这个小讲倒难为你。"程师爷听了，便丢下那篇，过来看这篇。只见那起讲写道是：

且《孝经》一书，"士章"仅十二言，不别言忠，非略也。盖资事父即为事君之地，求忠臣必于孝子之门。自晚近空谈拜献，喜竞事功，视子臣为二人，遂不得不分家国为两事。究之令闻未集，内视已惭，而后叹《孝经》一书所包者为约而广也。

程师爷看完了，道："妙！"又说："只这个前八行，已经拉到阅者那枝笔，不容他不圈了。"说着，便归坐看那一篇。一时，各各的看完了，彼此换过来看，因合老爷道："老翁，你看那二篇的收尾一转何如？"安老爷接过来，一面看着，一面点头，及至看到结尾的一段，见写道是：

此殆夫子闻达巷党人之言，所以谓门弟子之意欤？不然达巷党人果知夫子，夫子如闻鲁太宰之言，可也；其不知夫子，夫子如闻陈司败之言，可也。况君车则卿御，卿车则大夫御，御实特重于《周官》；适卫则冉有仆，在鲁则樊迟御，御亦习闻于吾党；御固非卑者事也，夫子又何至每况愈下，以所执尤卑者为之讽哉？噫！此学者所当废书三叹欤！

老爷看罢，连连点头。不觉拈着胡子，番着白眼，望空长叹了一声，道："这句话却未经人道！"程师爷便道："他这段文字，全得力于他那破题的'惟大圣以学御世，宜非执名以求者所知也'的两句。所以，小讲才有那'圣人达而在上，执所学以君天下,而天下仰之;穷而在下,执所学以师天下,而天下亦仰之'的几句名贵句子。早作了后股里面出股的'执以居鲁适周,之齐、楚,之宋、卫,之陈、蔡',合那对股的'执以订《礼》,正《乐》,删《诗》《书》,赞《周易》,修《春秋》'的两个大柱意的张本。直从博学成名,把这个'御'字打成一片,怎得不逼出这后一段未经人道的好文字来!"

一时,程师爷把那三篇看完,大叫:"恭喜!恭喜!中了,中了!只这第三篇的结句,便是个佳谶。"老爷笑问:"怎的?"他便高声朗诵道:

"此中庸之极诣,性情之大同。人所难能,亦人所尽能也。故曰:'其动也中。'"说着,又看了那首诗。安老爷便让程师爷加墨,程师爷道:"不,今日这课,是老翁特地要看看他的真面目,兄弟圈点起来,诱掖奖劝之下,未免总要看得宽些;竟是老翁自己来。"安老爷便看头二篇,把三篇合诗,请程师爷圈点。

一时,都圈点出来,老爷见那诗里的"一轮探月窟,数点透梅岑"两句,程师爷只圈了两个单圈,便问道:"大哥,这样两句好诗,怎么你倒没看出来?"程师爷道:"我终觉这等题目用这些花月字面,离题远些。"安老爷道:"不然。你看他这'月窟''梅岑',却用得是'月到天心处'合'数点梅花天地心'两句的典;那'探'字、'透'字又不脱那个'讲'字,竟把'讲《易》见天心'这个题目,扣得工稳的狠呢!"程师爷拍案道:"阿哟!老翁,你这双眼睛真了不得!"

说着,拿起笔来,便加了几个密圈,又在诗文后加了一个总批。那程师爷的批语,不过照例几句通套赞语,安老爷看了,便在他那批语后头,提笔写了两行,批语是:

三艺亦无他长,只读书有得,便说理无障,动中肯綮。诗亦熨贴工稳。持此与多士争衡,庶不为持衡者齿冷。秋风日劲,企予望之!

公子见这几句奖勉交至的庭训,竟大有个许可之意,自己也觉得意。一时,程师爷便让老爷带了公子,进去歇息,又笑道:"今日老翁自然要有些奖赏,才好教学生益知勉学。"老爷道:"这个自然。"说着,程师爷拿了他的毛竹烟管、蓝布烟口袋去了。

却说公子随安老爷进来,太太迎着门儿,便问道:"没钻狗洞啊?"安老爷道:"岂但,今日竟算难为他的了。"太太见老爷露着喜欢,坐下便笑问道:"老爷瞧我们玉格这回考去,到底有点边儿没有哇?"老爷未曾开口,先动了点儿牢骚,说道:"这话实在难讲。这科名一路,两句千古颠簸不破的话,叫作'窗下休言命,场中莫论文'。照上句讲,自然文章是个凭据;讲到下句,依然还得听命去。只就他的文章论,近来,却颇颇的靠得住了;所不可知者,命耳!况且,他才第一次观光,那里就敢望侥幸?只要出场后文章见得人,便再迟些发达,也未为不可。只不可步乃翁的后尘.就是了。"

说着,便回头吩咐公子道:"你今日作了这课,从明日起便不必作文章了。场前的工夫,第一,要慎起居,节饮食;再则,清早起来,把摹本流览一番,敛一敛神;晚上,再静坐一刻,养一养气。白日里倒是走走散散,找人谈谈;否则,闲中望望行云,听听流水,都可活泼天机。到场屋里,提起笔来,才得气沛词充,文思不滞。我这里,还给你留着件东西,待我亲自取来给你。”说着,便站起来,叫人拿了灯到西屋里去。

公子见老爷亲身取去这件东西,一定因师傅方才的话,有件么珍甚重器皿奖赏。不一刻,只见老爷从西屋里把自己当年下场的那个考篮,用一只手挎出来。看了看,那个荆条考篮,经了三十余年的雨打风吹,烟熏火燎,都黑黄黯淡的看不出地儿来了。幸是那老年的东西还实在,那布带子,还是当日太太亲自缠的缝的,依然完好。

列公,你道安老夫妻既指望儿子读书,下场怎的连考具都不肯给他置一分?原来,依安太太的意思,从老早就张罗,要给儿子精精致致从头置分考具,无奈老爷执意不许,说必得用这一分,才合着“弓冶箕裘”的大义。逼着太太收拾出来,还要亲自作一番交代,因此,才亲自去拿。便跨了出来。满脸堆欢的向公子道:“此我三十年前故态也。便是里头这几件东西,也都是我的青毡故物。如今,就把这分衣钵亲传给你,也算我家一个‘十六字心传’了。”

列公,你看,有是父必有是子。那公子见父亲赏了这分东西,说了这段话,真个比得了件珍宝他还心喜。连忙跪下,双手接过来,放在桌儿上。

安太太合老爷,向来是相敬如宾的,方才见老爷站起来,太太早不肯坐下。及至拿了这个篮子来,便站在桌儿跟前,揭开那个篮盖儿,把里头装的东西,一件一件拿出来,交付公子。金、玉姊妹两个,也过来帮着检点。只见里头放着的号顶、号围、号帘。合装米面饽饽的口袋,都洗得干净。卷袋、笔袋以至包菜包蜡的油纸,都收拾得妥贴。底下放着的便是饭碗、茶盅,又是一分匙箸筒儿,合铜锅、铫子、蜡签儿、蜡剪儿、风炉儿、板凳儿、钉子锤子之类。——都经太太预先打点了个妥当。因向公子说道:“此外,还有你自己使的纸墨笔砚,以至擦脸漱口的这分东西,我都告诉俩媳妇了。带的饽饽菜,你舅母合你丈母娘给你张罗呢。米呀、茶叶呀、蜡呀,以至再带上点儿香啊、药啊,临近了,都到上屋里来取。”

何小姐最是心热不过的人,听了婆婆这话,一面归着着东西,合张姑娘道:“实在亏婆婆想的这样周到!”安太太笑道:“妞妞,也不是我想的周到,实告诉你罢,我那天打点着这分东西,自己算了算,连恩科算上,再连这次,我这是打点到第十九回了。”安老爷在旁边自己又屈指算了一算,从自己乡试起,至今又看着儿子乡试,转眼,三十余年,可不是十九回了吗?自己也不免一声浩叹。

才收拾完毕,太太又叫长姐儿:“把那个新絮的小马褥子、包袱、褐衫、雨伞这些东西都拿来,交给你大奶奶。”又听安老爷说道:“正是我还有句话嘱咐。”因吩咐公子说道:“你进场这天,不必过于打扮的花鹁鸽儿似的。看天气,就穿你家常的那两件棉夹袄儿,上头套上那件旧石青卧龙袋。第一得戴上顶大帽子。你只想,朝廷开科取士,为国求贤,这是何等大典!赴考的士子,倒随便戴个小帽头儿去应试,如何使得!”

公子只得听一句应一句。他只管这等恪遵父命,只是才得二十岁的孩子,怎得能象安老爷那样老道?更加他新近才磨着母亲,给作了件簇新的洋蓝绉绸三朵菊的薄棉袄儿,又是一件泥金摹本缎子耕织图花样的,半袖闷葫芦儿,舅母又给作了个绛色平金长字儿帽头儿，俩媳妇儿是给打点了一分绝好的针线活计，正想进场这天打扮上，花稍花稍，如今，听父亲如此吩咐，心里却也不能一时就丢下这分东西。

太太是怕儿子委屈，便说道："一个小孩子家，他爱穿甚么戴甚么，由他去罢，老爷还操这个心！"安老爷道："不然。太太只问玉格，我上次进场出场，他都看见的，是怎的个样子？"回头又问着公子道："便是那年场门首的那班世家恶少，我也都指给你看了。一个个，不管自己肚子里是一团粪草，只顾外面打扮得美服华冠，可不象个'金漆马桶'？你再看他满口里那等狂妄，举步间那等轻佻，可是个有家教的？学他则甚！"

太太同金、玉姊妹听了这话，才觉得老爷有深意存焉。公子益发觉得这番严训，正说中了他一年前的病，更不敢再萌此想。只有那个长姐儿，心里不甚许可，暗道："人家太太说的狠是，老爷子总是扭着我们太太。二位大奶奶也不劝劝。听起来，场里有上千上万的人呢，这几天，要换了季还好，再不换季，一只手跨着个筐子，脑袋上可扛着顶纬帽，怪斗笑儿的，叫人家大爷脸上，怎么拉得下来呢？"咳！这妮子那里晓得，他那个大爷，投着这等义方的严父，仁厚的慈母，内助的贤妻，也不知修了几生，才修得到此，便跨着筐儿、扛顶纬帽何伤！

闲话少说，当下公子便把那考篮领下去，俩媳妇又张罗着把包袱等件送过去。过了两天，便有各亲友来送场，又送来的状元糕、太史饼、枣儿、桂圆等物，无非预取高中占元之兆。

这年，安老爷的门生，除了已经发过科甲的几个之外，其余的都是这年乡试。安老爷也一一的差人送礼看望，苦些的还帮几两元卷银子。公子合这班少年，都在歇场的时候，大家也彼此来往，谈谈文，讲讲风气。

那年七月又是小尽，转眼之间，便到八月。那时，乌大爷早从通州查完了南粮回来，安老爷预先托下他，一听下宣来，即忙给个主考房官单子，打算听了这个信，才打发公子进城。说定了，依然不找小寓，只在步量桥宅里住。外面派了华忠、戴勤、随缘儿、叶通四个跟了去。张亲家老爷也要同去，以便就近接送照料。安老爷、安太太更是放心。

头两天便忙着叫人先去打扫屋子，搬运行李，安置厨房。一直忙到初六日，才吃早饭，早有乌大爷差人，送了听宣的单子来，用个红封套装着。安老爷拆开一看，见那单子上竟没甚么熟人，正主考是个姓方的，副主考里面一个也姓方。那个虽是旗员，素无交谊。老爷当下，便有些闷闷不乐。

你道为何？难道安老爷那样个正气人，还肯找个熟人，给儿子打关节不成？绝不为也。只因这两位方公虽是本朝名家，刻的有文集行世，只是向来看他二位的文章，都是清矫艰涩，岛瘦郊寒一路，合公子那高华富丽的笔下，迥乎两个家数，那个满副主考，自然例应回避旗卷，正合着"不愿文章高天下，只要文章中试官"的两句话，便虑到公子此番进场，那个"中"字有些拿不稳。所以，兜的添了桩心事，却只不好露出来。

公子此时，是一肚子的取青紫如拾芥，那里还计及那主司的"方""圆"。这个当儿，太太又拉着他尽着嘱咐："场里没人跟着，夜里睡着了，可想着盖严着些儿。"

舅太太也说:“有菜没菜的,那包子合饭可千万叫他们弄热了再吃。”张太太又说:“不咧熬上锅小米子粥,沍上几呀鸡子儿,那倒也饱了肚子咧。”金、玉姊妹是第一次经着这番“灞桥风味”,虽是别日无多,一时心里只像是还落下了件甚么东西,又像是少交代了句甚么话,只不好照婆婆一般,当着人一样一样的嘱咐。

正在大家说着,华忠、戴勤、随缘儿、叶通四个家人上来回:“张亲家老爷叫回老爷、太太,不进来了,合程师老爷头里先去了。”又回道:“大爷车马也伺候齐了。”随着便领随身的包袱、马褥子。一时仆妇们往外交东西。

公子便给父母跪了安,又见了舅母、岳母。舅太太先给他道了个喜,说:“下月的这几天儿里,再听着你的喜信儿。我们家的老少两位姑爷,可都算我眼瞅着成的人了,我也算得个老古董儿了。”张亲家太太便接口道:“姑爷,你只抢个头名状元回来,咱就得了。”

安老夫妻听了,各各点头而笑。安太太又说:“才嘱咐的话可别忘了。”老爷又吩咐:“你一出场,家里自然打发人看你去,就把头场的草稿带来我看。不必另誊,也不许请师傅改一个字。”说着,又点了点头,说:“就去罢。”公子满脸笑容答应着,才要走。太太道:“到底也见见俩媳妇儿再走哇!”

公子连忙回身,向着他两个规规矩矩的一站,两人也绷着个盘儿还了一站,彼此对站了会子,却都不大得话。还是公子,想起一句人天第一义的话来,说道:“我昨儿晚上嘱咐你们的,节下给父亲母亲拌的那月饼馅儿,可想着多搁点儿糖。”他说了这句,便一脸的飞黄腾达,兴匆匆回身就走。金、玉姊妹两借着答应那声,也搭赸着送出屋门来。

公子下了台阶儿,早有众家人围随上,跟着走了。安老夫妻隔着玻璃,扭着身子,直看他出了二门,还在那里望。不提防,这个当儿.身背后猛可的,当啷啷一声响,老夫妻倒唬了一跳。一齐回过头来一看,原来,是那长姐儿胳膊上带着的一副包金镯子,好端端的从手上脱落下来了,掉在地下,当啷啷的一响,又咕噜噜的一滚,一直滚到屋门槛儿跟前才站住。

老爷忙问:“这怎么讲?”太太是最疼这个丫鬟,生怕他挨说,便道:“都是老爷的管家干的,给人家打了那么大圈口,怎么不脱落下来呢?”他道:“等着得了空儿,再交出去毁打毁打罢。”何小姐道:“别动他,等我给你团弄上就好了。”

说着,接过来,把圈口给他掐紧了,又把式样端正了端正,一面亲自给他带在手上,一面悄悄的向他笑道:“你瞧,团弄上就好了不是?等要放他的时候,咱们再放。可惜了儿的,为甚么毁他呢?”在大奶奶说的是平平静静的话,他不知听到那里去了,不由的把个紫膛色的脸蛋儿,羞的小茄包儿似的,便给何小姐请了个安,又低着双眼皮儿,笑嘻嘻的道:“这要不亏奶奶,谁有这么大劲儿呀!”当下,安太太以至大家,看了他这举动,都说他到底岁数大些了,懂得个规矩。

这段话在当日没人留心,今日之下,入在这评话里,当天理人情讲起来,不禁叫人想到那王实甫的“猛听得一声去也,松了金钏;遥望见十里长亭,减了玉肌”这两句,不仅是个妙句奇文,竟也说得是个人情天理。诸公要不信这话,博引烦称,还有个佐证。就拿这《儿女英雄传》里的安龙媒讲,比起那《红楼梦》里的贾宝玉,虽说一样的两个翩翩公子，论阀阅勋华，安龙媒是个七品琴堂的弱息，贾宝玉是个累代国公的文孙，天之所赋，自然该于贾宝玉独厚才是。何以贾宝玉那番乡试那等难堪，后来，直弄到死别生离？安龙媒这番乡试，这等有兴，从此，就弄得功成名就，天心称物平施，岂此中有他谬巧乎？

不过，安公子的父亲合贾公子的父亲，看去虽同是一样的道学，一边是，实实在在有些穷理尽性的功夫，不肯丢开正经；一边是，丢开正经，只知合那班善于骗人的单聘仁、乘势而行的程日兴，每日里在那梦坡斋作些春梦婆的春梦，自己先弄成个“文而不文、正而不正”的贾政，还叫他把甚的去教训儿子？

安公子的母亲合贾公子的母亲，看去虽同是一样的慈祥，一边是，认定孩提之童一片天良，不肯去作罔人；一边是，一味的向家庭植党营私，去作那罔人勾当，只知把娘家的甥女儿拢来作媳妇，绝不计夫家甥女儿的性命难堪；只知把娘家的侄女儿拢来当家，绝不问夫兄家的父子姑媳因之离间，自己先弄成个“罔之生也幸而免”的王夫人，又叫他把甚的去抚养儿子？

讲到安公子的眷属何玉凤、张金凤，看去虽合贾公子那个帏中人薛宝钗、意中人林黛玉同一艳丽聪明，却又这边是，刻刻知道爱惜他那点精金美玉，同心合意媚兹一人；那边是，一个把定自己的金玉姻缘，还暗里弄些阴险，一个是，妒着人家的金玉姻缘，一味肆其尖酸，以至到头来弄得潇湘妃子连一座血泪成斑的潇湘馆立脚不牢，惨美人魂归地下，毕竟“玉带林中挂”，蘅芜君连一所荒芜不治的蘅芜院安身不稳，替和尚独守空闺，如同“金钗雪里埋”，还叫他从那里“之子于归，宜其室家”？

便是安家这个长姐儿，比起贾府上那个花袭人来，也一样的从幼服侍公子，一样的比公子大得两岁，却不曾听得他照那“袭而取之”的花袭人一般，同安龙媒初试过甚么云雨情；然则他见安公子往外一走，偶然学那双文长亭哭宴的“减了玉肌，松了金钏”，虽说不免一时好乐有些不得其正，也还算“发乎情，止乎礼”，怎的算不得个天理人情？

何况，安公子比起那个贾公子来，本就独得性情之正，再结了这等一家天亲人眷，到头来，安得不作成个儿女英雄？只是世人略常而务怪，厌故而喜新，未免觉得与其看燕北闲人这部腐烂喷饭的《儿女英雄传》小说，何如看曹雪芹那部香艳谈情的《红楼梦》大文？那可就为曹雪芹所欺了！曹雪芹作那部书，不知合假托的那贾府，有甚的牢不可解的怨毒，所以，才把他家不曾留得一个完人，道着一句好话。燕北闲人作这部书，心里是空洞无物，却教他从那里讲出那些忍心害理的话来？

闲话少说。归着再讲安公子回到住宅，早有张亲家老爷同着看房子的家人，把屋子安置妥当。程师爷已经到场门口看牌去了，一时回来，看得公子的名字，排在头排之末，说：“看这光景，明日得早些去听点了。歇息歇息，吃些东西，静一静罢。”他说着，便带了叶通亲自替学生检点考具。公子见诸事用不着自己照料，想起从前父亲赴考时候的景象，越觉冷暖不同。接着，便有几个亲友本家来，看过去了。

到了次日五鼓，家人们便先起来张罗饭食，服侍公子盥漱饮食。装束已毕，程师爷、张老又亲自把考具行李，替他检点一过，门户自有看房子的家人照料，大家催齐车马，便都跟着公子，径奔举场东门而来。公子才进得外砖门，早见梅公子站在个高地方，手里拿着两枝照入签，得意洋洋的高声叫道："龙媒！这里来！"公子走到跟前，只听他道："你来的正好，咱们不用候点名了。我方才见点名的那个都老爷是个熟人，我先合他要了两枝签，你我先进去罢。省得回来人多了挤不动，又免得内砖门多一次搜检。"

公子是谨记安老爷几句庭训，又因这番是自己进步之初，从进门起，就打了个循规蹈矩、一步不乱的主意，便回覆他说："我的名字在头牌后半路呢，此时进去，也领不着卷子，莫如还等着点进去罢。"说话间，早听见点名台上唱起名来。梅公子道："我可不等你了。"说着，把那枝签丢给了公子，先自去了。公子依然候着点了名，随着众人鱼贯而走，来到内砖门头道搜检的所在。原来这处搜检，不过虚应故事，那监视搜检的，只有几位散秩大臣副都统。还有几位大门行走的侍卫公。这班侍卫公却不是钦派的，每到乡会试，不过侍卫处照例派出几个人，来在此当差，却一般的，也在那里坐着。

公子候着前面搜检的这个当儿，见那班侍卫公彼此正谈得热闹。只听这个叫那个道："喂！老塔呀，明儿没咱们的事，是个便宜。我们东口儿外头新开了个羊肉馆儿，好齐整馅儿饼，明儿早起，咱们在那儿闹一壶罢。"那个嘴里，正用牙斜叼着根短烟袋儿，两只手却不住的搓那个酱瓜儿烟荷包里的烟，腾不出嘴来答应话，只"吭"了一声，摇了摇头。这个又说："放心哪，不吃你哟！"才见他拿下烟袋来，从牙缝儿里激出一口唾沫来，然后说道："不在那个。我明儿有差。"这个又问说："不是三四该着呢吗？"他又道："我们帮其实不去这荡差使倒误不了，我们那个新章京来的噶，你有本事给他搁下，他在上头就把你干下来了。"

公子听了这话，一个字不懂。往前抢了几步，又见还有二位在那里敬鼻烟儿。一个接在手里且不闻，只把那个爆竹筒儿的瓷鼻烟壶儿拿着，翻来覆去，看了半天，说："这是'独钓寒江'啊。可惜是个右钓的，没行，要是左钓的就值钱咧！"说着，把那鼻烟儿磕了一手心，用两个指头搦着，抹了两鼻翅儿。不防，一个不留神，误打误撞，真个吸进鼻子一点儿去，他就接连不断，打了无数的嚏喷，闹得涕泪交流。那个看了，哈哈大笑，说："算了罢，这东西要呛了肺，没地方儿贴膏药！"他才连忙把鼻烟壶儿，还了那个，还道："嗄！好霸道家伙！这管保是一百一包的！"

公子听了这套，更茫然不解。看了看前面的人，一个个搜过去。轮到自己，恰好走到个干瘪黄瘦的老头儿面前。公子一看，只见他一张迂缓面孔，一副孱弱形躯，身上穿两件边幅不正的衣服，头上带一个黯淡无光的亮蓝顶儿，那枝俏摆春风的孔雀翎，已经虫蛀的剩了光杆儿了，一个人垂首低眉的，坐在那里，也没人理他。

公子因见前面的人，都是解了衣裳搜，才待放下考篮，忽听那老头儿说道："罢了，不必解衣裳了。这道门的搜检，不过是奉行公令的一桩事，到了贡院门还得搜检一次呢！一定是这等处处的苛求起来，殊非朝廷养士求贤之意。趁着人松动，顺着走罢。"公子应了一声，连忙就走，心下暗道："怎的这位侍卫公的话，我听着又居然会懂呢？这人莫非是个'楚材晋用'，从那里换了荡班回来的罢？我只愁他这个样子，怎生合方才那班鸢肩火色的矫矫虎臣，会弄得到一处？他要竟弄得到一处，这人也就算个'遭劫在数'的了！"

一路想着,早进了那座内砖门。不曾到得贡院门跟前,便见门罩子底下,那班伺候搜检的提督衙门番役,顺天府五城青衣,都揎拳掳袖的在那里搜检。被搜检的那些士子,也有解开衣裳敞胸露怀的,也有被那班下役,伸手到满身上混掏的。及至搜完的,又不容人收拾妥当,他就提着那条卖估衣般的嗓子,高喊一声"搜过",便催快走。那班士子一个个掩着衣襟,挽着褡包,背上行李,跨上考篮,那只手还得攥上那根照入签,再加上烟荷包、烟袋,这才迈着那大高的门槛儿进去,看着实在受累之至。公子有些心怯。

不一时,搜到挨近前面的那个人,却又是七十余岁老不歇心的一位老者。才走上去,便有旁边站的一个戴涅白顶儿蓝翎儿、生得凹抠眼、蒜头鼻子、白脸黄须、像个回子模样的番子,先喝了一声:"站住! 搁下筐子,把衣裳解开!"早听得东边座上,那位大人说道:"你当差只顾当差,何用这等大呼小叫的? 太不懂官事了!"把个番役吓得不敢则声。

大家虚应故事一番,那老者便受了无限功德。公子探头向上望了望,原来不是别人,正是乌克斋。因不好上前招呼,只低了头。乌克斋看见了他,倒欠了欠身让道:"别耽搁了,就随着进去罢。"

公子进了贡院门,见对面便是领卷子的所在。他此时才进门来,那一身家什已经压得满头大汗,正想找个地方歇歇,再上去领卷子。看了看,那梅问羹还在那里候着,又有乌大爷的兄弟托诚村,并两三个少年,都在墙脚下把考篮聚在一处,坐在上面闲谈。他也凑了大家去,把考篮放下。梅公子先合他说道:"我方才悔不听你的话,只管进来这半天,卷子依然不得到手,竟没奈他何。不信,你跟我看看去。"

说着,拉了安公子,挤到放卷子的那个杉槁圈子跟前。只见一班八旗子弟这个要先领,那个又要替领,吵成一片。上面坐的那位须发苍然的都老爷,却只带着个眼镜儿,拿着枝红笔,按着那册子,点一名,叫一人,放一本。任你吵得地暗天昏,他只我行我法。正在吵不清,内中有个十八九岁的小爷,穿一件土黄布主腰儿,套一件青哦噔绸马褂子,褡包系在马褂上头,挽着大壮的辫子,骑在那杉槁上,拿手里那根照入签,把那御史的帽子敲的拍拍的山响,嘴里还叫道:"老都喂,你把我那本儿先给我找出来呢!"那御史便是十年读书十年养气,也耐不住了。

只见他放下笔,摘下眼镜来,问道:"你是那旗的秀才? 名字叫作甚么?"他道:"我不是秀才,我们太爷今年才给我捐的监,我叫绷僧额。我们太爷是世袭阿达哈哈番九王爷新保的梅楞章京。我是官卷,你瞧罢,管保那卷面子上都有。"那御史果然觑着双近视眼给他查出来,看了看,便拿在手里合他道:"你的卷子却有了。国家明经取士,是何等大典! 况且,'士子器识',怎的这等不循礼法,不守卧碑? 难道你家里竟没些子家教的不成? 你这本卷子不必领了,我要扣下,指名参办的!"

这场吵,直吵到都老爷把个看家本事拿出来了,大家才得安静。那御史依然是按名散卷,叫到那个绷僧额,大家又替他作好作歹的说着,都老爷才把卷子给他,还说道:"我这却是看诸位年兄分上。只是看你这等恶少年,领这本卷子去,也未必作得出好文字。"

那位少爷话也收了,接过卷子来,倒给人家"斯文扫地"的请了个安。公子在旁看了，叹息一声，便合托二爷说道："诚村，看这光景，你我益发该三复古人'乐有贤父兄也'的这句书了。"一时，他几个也领了卷，彼此看了看，竟没有一个同号的，各各的收在卷袋里，拿上考具，进了二层贡院门，交了签。只见两旁公案边，坐着许多钦派稽查接谈换卷的大臣。恰好安公子那位拜从看文章的老师吴侍郎，也派了这差使，见公子进来，便问道："进来了？是那个字号？"

那时候，正值顺天府派来的那一群佐杂官儿，要当好差使，不住的来往的喊道："老爷们，东边归东边，西边的归西边。"喊得个公子急切里听不出老师问的这句话来。那大人便点手，把他叫到公案前，问了一遍，他才答道："成字六号。"吴大人回头指道："这号在东边极北呢。"只这一回头，适逢其会，看见他的跟班笔政在身后站着。原来贡院以内，带不进跟班的家人去，都是跟班的老爷跟着。这位老爷的官名叫作"答哈苏"，吴大人便向他道："答老爷，奉托你罢，把我这学生送过栅栏去。"

却说那位答老爷，见本大人在人轮子里派了他这样一件切进差使，一想，看这机会，今年京察大有可望；又见安公子是个旗人，一时气谊相感，便也动了个卫顾同乡的意思。欣然答应了一声，便接过公子的考具，送出东栅栏，又说道："大兄弟，你瞧，起脚底下到北边儿，不差甚么一里多地呢，我瞧你了不了。这儿现成的水火夫，咱们破俩钱儿，雇个人就行了。"一面说着，招手从那边叫了个人夫来，一面就把腿一抬，又把手往衣襟底下一绰，摸着裤带上那个钱褡裢儿，掏出一把钱来要给那个人。公子忙拦道："不劳破费！这考篮里有钱，等我取来出。"他便一手拦着公子的胳膊，说道："好兄弟咧，咱们八旗那不是骨肉？没讲究。"说着，早把他手里那把钱递给那人。公子没法，只得谢过了他，他便把考具一切都交那个人拿上。

安公子此时，卸下那身累赘来，觉得周身好不松快，便同了那人，逍遥自在的迤逦向北而来。一路上，留心看那座贡院时，但见龙门绰楔，棘院深沉。东西的号舍，万瓦毗连，夜静时，两道文光冲北斗。中央的危楼，千寻高耸，晓来时，一轮羲驭涌东隅。正面便是那座气象森严无偏无倚的至公堂。这个所在，自选举变为制艺以来，也不知牢笼了几许英雄，也不知造就成若干人物！

那时，正是秋风初动，耳轮中但听得，明远楼上四角高挑的那四面朱红月蓝旗儿，被风吹得旗角招摇，向半天拍喇喇作响，青天白日，便像有鬼神呵护一般。无怪世上那些有文无行、问心不过的，等闲不得进来，便是功名稔热勉强进来，也是空负八斗才名，枉吃一场辛苦。

闲话少说。却说安公子正在走过无数的号舍，只见一所号舍门外山墙白石灰上，大书"成字号"三个大字。早有本号的号军从那个矮栅栏上头，伸手把那人扛着的考具接过去。那人去了，公子还等着给他开栅栏儿进号呢，那知那栅栏是钉在墙上的，不曾封号以前，出入的人只准抽开当中那根木头，钻出钻入。

公子也只得低头毛腰的钻进号筒子去。看了看，南是墙面，北作栖身，那个院落南北相去，多也不过三尺，东西下里排列得蜂房一般，倒有百十间号舍。那号舍，立起来直不得腰，卧下去伸不开腿；吃喝拉撒睡，纸笔墨砚灯，都在这块地方。假如不是这块地方出产举人、进士这两桩宝货，大约天下读书人，那个也不肯无端的万水千山，跑来尝恁般滋味！

公子当下歇息片刻，一样的也把那号帷号帘钉起来，号板支起来，衣帽铺盖、碗盏家具、吃柴食炭，一切归着起来。这桩事，本不是一个人干得来的事，更加他又是奶娘、丫鬟服侍惯了，不能一个人干事的人，弄是弄不妥当，只将将就就鼓捣了会子，就算结了。幸喜伺候那几间号的一个老号军，是个久惯当过这差使的，见公子是个大家势派，一进来，把例赏号军的饽饽钱米就赏了不算外，余外又给了个五钱重的小银锞儿，乐的他不住问茶问水的殷勤。

这个当儿，这号进来的人就多了，也有抢号板的，也有乱坐次的，还有诸事不作找人去的、人找来的，甚至有聚在一处乱吃的、酣饮的，便是那极安静的，也脱不了旗人的习气，喊两句高腔，不就对面墙上贴几个灯虎儿等人来打。公子看了这般人，心中纳闷，只说："我倒不解，他们是干功名来了，是顽儿来了？"他只一个人静坐在那小窝儿里，凝神养气。

看看午后，堂上的监临大人，见近堂这儿路旗号的爷们出来进去，登明远楼，跑小西天，闹的实在不像了，早同查号的御史查号，封了号口栅栏。这一封号，虽是几根柳木片儿的门户，一张木红纸的封条，法令所在，也同画地为牢，再没人敢任意行动。

公子见眼前来往的人静了些，才把他窗下的揣摩本心里默诵了一过，叫号军弄热了饭，就熟菜吃了。才点灯，便放下号帘，靠了包袱待睡；可奈墙外是梆锣聒噪，堂上是人语喧哗，再也莫想睡得稳，良久才睡熟。一时，各号的人也都睡了，准备明日鏖战。那班号军也偷空儿栖在那个屎号跟前坐着打盹儿。

却说内中那个老号军，睡到三更过后，钻出来，去出小恭，完了事，才回头，只见远远的倒像那第六号的房檐上，挂着碗来大的一盏红灯。那老号军吃了一惊，说道："这位老爷是不曾进过场的，守着那油纸号帘，点上盏灯，一时睡着了，刮起风来，可是顽得的？"连忙跑过来，想要叫醒了他。不想走到跟前，却早不见了那盏灯。他揉了揉眼睛道："莫不是我睡得愣里愣怔，眼离了？"

恰好这个当儿，公子一觉睡醒。一睁眼，见屋里漆黑，又转了向儿了，模里模糊的叫了声："花铃儿，你看灯都待好灭了，也不起来拨拨。"那老号军便打了个岔，说："老爷，你老放心睡罢，没灯啊，是我的眼离了。"公子又不曾留心他说的所以然，只想误呼着小婢倒来个老军，不觉自己失笑，不好再提。便合他要了个火，点上灯，看了看墙上挂的那个表，已经丑正了，便要水擦了擦脸，又叫那老号军熬了粥。才得收拾完毕，号口边值号的委员早已喊"接题纸！"

少时，那号军便给他送了一张来。连忙灯下一看，只见当朝圣人出的是，三个富丽堂皇的题目，想着自然要取几篇笔歌墨舞的文章，且喜正合自己的笔路。再看那诗题，又是窗下作过的，便是第一、第三文题也像作过。静想了想，大势也都还记得起，暗喜："这可就省事多了。"忽又一转念道："不是这等。古人师友之间还要请试他题，岂有钦命题目，我自己才识云程，便这等欺心，把窗课来塞责的理？父亲看了先要不喜，不可徒乱人意。不如把他丢开，另作才是。"

随把题目折起，便伸手提笔，起起草来。才得辰刻，头篇文章合那首诗早已告成，便催着号军给煮好了饭，胡乱吃了一碗。天生的世家公子哥儿，会拿甜饽饽解饿，又吃了些杏仁干粮油糕之类，也就饱了。便把第二三篇作起来。只在日偏西些，都得了，自己又加意改抹了一遍，十分得意。看了看天气尚早，便吃过晚饭，上起卷子来，他的那笔小楷又写的飞快，不曾继烛，添注涂改、点句勾股，都已完毕，连草都补齐了。点起灯来，自己又低低的吟哦了一遍，随即把卷子收好，把稿子也掖在卷袋里。闲暇无事，取出白枣儿、桂元肉、炒糖、果脯这些零星东西，大嚼一阵。剩下的吃食都给了号军。就靠着那包袱，歇到次日天明。那个老号军，便帮他来把东西归着清楚，交卷领签，赶头排便出了场。

才到贡院头门，早见他岳丈张老、先生程师爷，以至华忠诸人，直挤到门槛边等他。一时，见公子恁早出来，都不胜欢喜。程师爷先问了声："得意？"他忙回道："还算妥当。"张老早把考篮包袱接过去，递给众家丁，一行人簇拥出了外砖门。

程师爷便合他同车，要文稿看，因说道："头三两个题目你都作过的？"他道："便是诗也作过，却都不曾用那窗稿。"因从卷袋里把草稿取出来。程师爷一面看，一面用脑袋圈圈儿，便道："只这前八行便有个才气发皇气象。恭喜，恭喜！"一时看完，说道："诗也不粘不脱，大有可望。"

一时，回到宅里，公子不及别事，便叫叶通取了个小红封套，把文稿折好，又亲自写了个给父母请安的安帖，封起来，打发戴勤飞马，立刻给父亲送去。恰巧戴勤走后，安老夫妻早打发晋升来接场，舅太太又叫赶露儿送了来的吃食，二位奶奶给包了来添换的衣服。公子也问了父母的起居，晋升一一回答，又说："老爷还说爷得晌午后出来，吩咐奴才：天晚了，索性等明日送了爷进场，再把文章稿子带回去。谁知爷已经老早的出来，倒先打发人请安去了。"公子道："戴勤大约今日也不得回来，你依然遵着老爷的话，明日回去罢。"说着，便有几家亲友来看，都道："不好久谈，请歇息罢。"告辞而去。公子吃得一饱，撒和了撒和，便倒头大睡，养精蓄锐，准备进二三场。这且不在话下。

却说安老爷，急于要看看儿子头场的文章有望无望，又愁他出来得晚，晋升今日断赶不回来，只落得负着双手，满院里一荡一荡的转圈儿。正在走着，见戴勤来了，忙问道："你回来作甚么？"戴勤请了安，又替公子请了安，忙回明原由。

安老爷一面进屋子，一面拆那封套，便坐下，伏案细看那诗文草稿。安太太只尽着问戴勤说："你瞧大爷那光景，还没受累呀？没着凉啊？"戴勤回道："奴才爷狠好，出来是红光满面的。程师爷说准中。"金、玉姊妹听了，也自放心。这个当儿，太太见老爷看完了文章，只默默不语，不禁问道："老爷看着怎么样？"

原来，安老爷看得公子的文章，作得精湛饱满，诗亦清新，却也欢喜。只愁他才气过于发皇，不合那两位方公的式，所以，心中犹疑。见太太一问，正待说明原由，一想，他娘儿们自然同我一般的期望，此时说出这话，倒添他们一桩心事，便道："难为他，中是竟中得去了，只看命罢。"太太同两个媳妇听了，便欢喜起来。戴勤退出房门去，两个嬷嬷又在廊檐底下截住他，问长问短。那个长姐儿赶出赶进的听了个够，他倒说道："人家老爷合师老爷都说大爷中定了，还用你们老姐儿俩絮叨！"

闲言少叙。却说那日，已是八月初十日，中秋节近，接着，忙了几天节事。到了十五晚上，老夫妻正喜多了两个媳妇，庆赏团圆，偏儿子又不在膝下，但是，天下事事若求全,何所乐呢?待月上时,安太太便高高兴兴领着两个媳妇圆了月,把西瓜月饼等类,分赏大家,又随意给老爷备了些果酒。因舅太太、张亲家太太没处可过团圆节,便另备一席请过来,要自己陪着。舅太太是再三不肯,说:"今日团圆节,没说你二位不一席坐的。我陪着亲家太太,叫他们小姐儿俩两席张罗,岂不好?"安太太见说得有理,便也依实。

只是安老爷赴了这等酒场,坐下实在无可与谈的。恰好那夜后半夜月食,舅太太问起这个道理来,可就开了老爷的"天文门"了。才待讲起,张太太说:"我懂的,那是天狗吃了。我们那地方,只要庙里打一阵钟,他唬的就吐出来了。"安老爷不禁大笑,说道:"岂其然哉!这日月食的道理,由于日躔最高,居九天第三重,月躔最低,居九天第八重。日行得疾,每日行程,只欠周天三百六十五度四分度之一的一度;月行得迟,不及日行十三度有余度。日月行得不能画一,此所以朝日东升、新月西见之原由也。日有光,月无光,月恒借日之光以为光,所以合朔则哉生明,既望则哉生魄,此去上弦、下弦之明验也。日月行走,既互有迟疾,躔度又各有高下,行得迟疾高低,上下相值。日光在天,为月魄所掩,便有日蚀之象;日光绕地,为地球所隔,便有月蚀之象。乍掩乍隔则初食,半掩半隔则食既,全掩全隔则食甚。彼此相错,则生光而复圆。非天狗之谓也。"

舅太太说:"我记不住这么些累赘哟!我只纳闷儿,人家钦天的那些西洋人,他怎么就会算得出来呢?"安老爷道:"何必西洋人?古之人皆然。苟得其故,千岁之日至,可坐而致也。"说着,便要讲那分至、岁差、积闰的道理。

舅太太万想不到问了一句话,就招了姑老爷这许多考据,听着不禁要笑,便道:"我不听那些了,我只问姑老爷一件事,咱们这供月儿,那月光马儿旁边儿,怎吗供一对鸡冠子花儿,又供两枝子藕哇?"安老爷竟不曾考据到此,一时答不出来。舅太太道:"姑老爷敢则也有不知道的!听我告诉你,那对鸡冠花儿,算是月亮里的娑罗树;那两枝子白花藕,是兔儿爷的剔牙杖儿。"

恰好安老爷吃了一个嘎嘎枣儿,被那个枣儿皮子塞住牙缝儿,拿了根牙签儿在那里剔来剔去,正剔不出来,一时,把安太太婆媳笑个不住。舅太太还只管问道:"姑老爷知道这是那书上的?"问的个安老爷没好意思,只得笑道:"此所谓'夫妇之愚,可以与知焉;及其至也,虽圣人亦有所不知也'了。"大家谈到将近二更散席。金、玉姊妹两个定要请舅太太、张太太到东院里,等看月蚀,舅太太道:"不早了,大家歇歇儿,明日还得早些起来,预备接场呢。"

大家散后,他二人也就回房。等到那轮皓月复了圆,又携手并肩,倚着门儿望了回月,见那素彩清辉,益发皎洁圆满,须臾,一层层现出五色月华来。他二人赏够多时,才得就寝,准备明日给公子接场,补庆中秋。这正是:

未向风云占聚会,先看人月庆双圆。

要知安公子出场后,又有个甚的情由,下回书交代。

第三十五回 何老人示棘闱异兆 安公子占桂苑先声

这回书且按下金、玉姊妹在家怎的个准备接场。趱回来，再整安公子进过二场，到了三场，节届中秋，便有家里送来的月饼果品之类，预备他带进场去过节。又有安老爷另给程师爷、张亲家老爷送的酒、备的菜，这些琐事，都不消细讲。

却讲场里办到第三场，场规也就渐渐的松下来。那时，功令尚宽，还有中秋这夜开了号门放士子出号赏月之例。那夜，安公子早已完卷，那班合他有些世谊的，如梅问羹、托诚村这几个人，也都已写作妥当，准备第二日赶头排出场。又有莫声盦先生的世兄同着两个人：一个是管曰枌的同乡，姓鲍，名同声，字应珂，合莫世兄是表兄弟；一个是旗人，名惠来，号远山，也是莫声盦手里中的秀才。因莫世兄谈起安公子的品学丰采，两个人想要会会他，莫世兄便顺道拉了梅公子、托二爷，一同找到公子号里来。

那时，号里士子大半出去游玩去了，号里极其清净。这班少年英俊，彼此一见，自然意气相投，当下，几个人坐下，各道倾慕，便大家高谈阔论起来。先是彼此背诵了会子头场文章，这个推许那个一番，那个又向这个谦逊两句。梅公子道："你众位此时且不必互相推许谦让，等出了场，我指引你们一个地方去领领教，那就真知道是谁中谁不中了。"那个鲍应珂道："吾兄讲的莫不是琉璃厂观音阁，新来的那个风鉴先生？"梅公子道："倒不晓得这个人。况且，这科甲一路的科名，可是那些江湖相面的相得出来的？"莫世兄道："我晓得了，你府上设的吕祖坛最灵验的，一定是扶乩了。"他又道："我家设的那座坛，不谈休咎。这个所在，只怕比纯阳祖师说的还有把握些。"

安公子道："莫信他捣鬼！这个兄弟，品学、心地、气味，件件交得，只有他顽皮起来，十句话只好信他三句。"梅公子道："不信由你。等出场后，我几个人，订个日子同去，你却莫要耐不住，着个人来窥探。"莫、鲍、惠三个人早已在那里问他："可好携带我们同去？"他道："都是功名中有分的，这又何妨！"托二爷说："既那样，咱们十六出场，十七就去。"他道："你就热到如此！一出场，谁不要歇歇乏、拜拜客？怎么来得及？"

安公子也被他说的跃跃欲动，便说："既如此，你订日子罢。"他低着头，掐指寻纹算了半日，口里还呐呐的念道："这日不妥，那日欠佳。"忽然，抬头向大家道："这样罢，这个日子，我们竟定在出榜这天罢。"大家听了，不禁大笑。安公子道："我说他是梦话不是！"

梅公子道："我说的不是梦话，你们说的才是梦话呢！科甲这一途，除了不会作文章，合虽会作文章而不成文章的不算外，余者都中得。只这桩事单靠文章未必中用，是要仗福命德行来扶持文章的。何况，三项都有了，还要分个运会机缘的迟早。难道不等出榜，你们此时大家互相推许谦逊一阵，就算得中了不成！"莫世兄道："这话倒是几句名言。只看今年头场，便有许多闹乱子的。除那个自尽的，合那亲兄弟两个一齐发了疯的，直算个显应了。此外，还有一个人，说来最是怕人，并且，这人我还晓得，他要算八股里的一个作家。他头场好端端诗文都录了正，补了草了，忽然，自己在卷面上画了颗人头，那人头的笔画一层层直透过卷背去，可不大奇！”

托二爷也道：“便是那紫榜高悬，贴出去的人也不少。那张紫榜我倒看见了，有的注诗文后自书阴事的，有的注卷面绘画妇人双足的，就连咱们那日看见的那个绷僧额，也贴出去了。”安公子道：“那样闹法，然得不贴！他名下是怎样注的？”托二爷道：“那一行看不清楚，想是他自己抹了去了。”梅公子道：“此公我早就晓得，他一定要贴出去的。他也在官号，我合他同号。见他一进去，就要拆那屎号的后墙，号军好容易拦住他，紧接着，就叫号军打浆子，自己带着锯，把号板锯了一块，可着那号门，安了半截子影戏窗户似的，糊上纸，钻在那头，一个人喊了会子‘掰他得’。”莫世兄便问道：“甚的叫作‘掰他得’？”那个鲍应珂道：“他们在那里繙清话，咕噜咕噜，我们不懂。”

托二爷到底少年盛气，便告诉他道：“这是坛庙大祀，赞礼的赞那‘执事者各司其事’一开口的前三个字，祭文庙也用得着。吾兄将来高发了，升到祭酒事业，却要懂的。”梅公子又道：“否则，等点了清书翰林，也就得懂了。”安公子觉道，都是一时无心闲谈，大可不必如此，便合梅公子道：“你快说那位罢，只这样闹，你怎的便知他一定贴出去呢？”梅公子道：“到了第二日，我正上卷子，才写得个前八行，他从面前过去，望了一眼，便道：‘你的文章怎么也从这边儿写起呀？’我倒吃了一惊，忙问道：‘依足下要从那边写呢？’他道：‘你瞧我的就知道了。’说着把他的卷子取了来，我一看，三道文题合诗题，都接连着写在补草的地方，却把文章从卷子的后尾，一行行往前倒写。我只说得个‘只怕不是这样写法罢’？他说不错的，他们太爷考繙绎的时候，就是这么练的。我可再不敢往下说了。”安公子、托二爷两个听了，也不禁要笑。

安公子便说道：“那位绷公是苦于不解事，不虚心，以致违式犯贴，也罢了；我只不懂，这班人既是问心不过，不来此地自然也还有路可走，何苦定要拿性命来尝试？逃得性命的，还要自己把暧昧亲供出来，万目指摘，这是为甚么？”梅公子道：“这又是呆话了。他果然有个‘问心不过’，也不作这些事了。作了这些事，弄到如此，大概也依然还不知甚么叫作‘问心不过’。”莫世兄道：“吾兄这几句说话，真是一鞭一条痕的几句好文章！”

安公子道：“且莫管他，我是在家里闷了大半年了，这一出场，大家必得聚聚才好。”大家连道：“有理。”才商量怎的个聚法，只听至公堂月台上，早喊了一声：“下场的老爷们归号！快收卷了！”大家便告辞归号，这号里的人，也纷纷回来。

却说此日安公子交了卷出场，早有人接着，回到住宅歇了歇，吃过饭，因程师爷要出城望望出场的同乡，张老又一定要等着同华忠、随缘儿归着妥了行李才走，自己便带了戴勤、叶通先回庄园。

却说安太太到了出场这日，从早饭后就盼儿子回家，舅太太、张太太也在上屋等着，正说：“他头两场都出来的早，这场想来也该出来了。”说话间，只见茶房儿老尤跟前，一个七八岁的孩子叫作麻花儿的，从外头跑进来，向华嬷嬷道："华奶奶，大爷回来了！"

一时，果听得公子到家。安太太便合两个媳妇道："你们俩出院子接接去，这是个大礼儿。"两个连忙往外走。恰好花铃儿、柳条儿两个，都不在跟前，长姐儿便赶上道："奶奶别忙，大高的台阶子，等奴才招护着点儿罢。"

说着，便跟了金、玉姊妹迎到当院里。公子已进了二门，他两个今日却得了话了，迎着夫婿问了三个字，说："回来了？"公子惦着见父母，也不及回答，只略一招呼，便忙着上台阶儿。这一忙，把长姐儿的一个安，也给耽搁了。他进了屋子，见过父母，又见了舅母、岳母。安太太虽合儿子不过十日之别，便像有许多话要说，此时，自然得让老爷开谈。便听老爷说道："回来了，三场居然平稳，狠好。"公子只有答应。老爷又道："你的头场稿子我看过了，倒难为你。二场便宜了，你本是习《礼记》专经的，五个题目都还容易作。"因问："三场呢？"公子连忙从怀里掏出稿子来送过去。

老爷看着稿子。这个当儿，太太、舅太太、张太太才问长问短。太太几乎要把儿子这几天的，吃喝拉撒睡都问到了。公子一一答应，又笑道："都好将就，就只水喝不得，没地方见大秽。"太太道："那可怎么好呢？"亲家太太又问："难道连个粪缸也没有？"公子道："倒不是没有。第一场到了第三天，就难了；再到了第三场的第三天，连那号筒子的前半路，都有了味儿了。没法儿，我弩到出了场，才走动的。"

太太"啧啧"了两声，皱着眉道："你听听，敢则这么苦呢！"安老爷便道："然则带兵呢？成日里卧不安枕，食不甘味，又将如何？"舅太太说："不是姑老爷一说话我就要掰文儿，难道出兵就忙的连个毛厕也顾不得上吗？"老爷只说："一个人不读书，再合他讲不清的。"因又问公子看见几篇文章，公子一一答应了。老爷点点头道："你的头场文章，几个相好的也必要看的，闲一闲抄出来，那文章却还见得人。"太太是听了个儿子在场里，摸不着好水喝，便问丫头们："怎么也不会给你大爷倒碗茶儿来呀？"说着便叫："长姐儿。"

列公，你看这位老孺人，可谓"父母爱子之心，无所不至"。那知有这位惯疼儿子的慈母，就有那个善体主人的丫鬟。太太才叫了声："长姐儿"，早听得长姐儿，在外间答应了声"嗻"，说："奴才倒了来了！"便见他一只手高高儿的举了一碗熬得透瀼、得到不冷不热、温凉适中、可口儿的普洱茶来。只这碗茶他怎的会知道他可口儿？其理却不可解。

只见他举进门来，又用小手巾儿抹了抹碗边儿，走到大爷跟前，用双手端着茶盘翅儿，倒把俩胳膊往两旁一撬，才递过去。原故.为得是防主人一时伸手一接，有个不留神，手碰了手。这大约也是安太太平日排出来的规矩。大爷接过茶去，他又退了两步，这才找补着，请了方才没得请的那个安。安大爷是"父母之所爱亦爱之，父母之所敬亦敬之"，远远儿的哈着腰儿，虚伸了一伸手，说："起来，起来。"这才回过头去喝了那碗茶。那长姐儿一旁等接过茶碗来，才退出去。这段神情儿，想来还是那时候的世家子弟、家生女儿的排场，今则不然。今则不然。又是怎的个情形呢？不消提起。

言归正传。却说安公子此时才得腾出嘴来，把程师爷并他丈人不同来的原故回明，又问了问父亲近日的起居，周旋了一阵舅母、岳母。安老爷道："你也闹了这几天了，歇歇儿去罢。"公子又说了几句闲话，才退出来。

金、玉姊妹两个正在那里给婆婆、舅母装烟，那位亲家太太是惯下来了，总是自己揉一袋烟，丫头拿过香盘子去点。安太太接过烟去，说："你们也跟了去罢。"他姊妹一时还有些不好意思，只笑着答应。太太道："这有甚么脸上下不来的？我告诉你们，作了个妇道，夫妻之间，这个大礼儿断错不得；错了，人家倒要笑话。"二人才答应去了。及至到了自己屋里，小夫妻三个自然也有一番仪节情致，不待烦琐。

不一时，张亲家老爷也回来，安老夫妻迎着他道过乏。他坐谈了一刻，便过女儿房中去。安老爷因他也须到家歇息歇息，便说："过日再备酌奉请。"随又带了公子亲自过去道乏。张太太也"杀鸡为黍"的给他那位老爷备了顿饭。这日，里边正是舅太太给外外接场，他阖家就借此补庆中秋。接着，连日人来人往，安公子也出去拜了两天客。

那时，离出榜还有半月光景，这半月之中，凡是下场的，最好过，也最不好过。好过的是，磨盾三年，算完了一桩大事，且得消闲几日。不好过的是，出得场来，看着谁脸上都象个中的，只疑心自己不象；回来再把自己的诗文摹拟摹似，却也不作孙山外想；及至看了人家的，便觉得自己某处不及他出色，某句不及他警人。方寸中是顷刻楼台，顷刻灰烬，转消闲得不耐烦。

安公子更是个要好的人，何况，他心里还比人多着好几层心事！觉得望着放榜那个日子，更有个挨一刻似一夏的光景。只这等挨来挨去，风雨催人，也就重阳节近。

话分两头。书中按下这边，趄回来，再整贡院里衡鉴堂那三位主考。却说他三位自八月初六日在午门听宣见，钦点入闱，便一面吩咐家中照例封门回避，自己立刻从午门进了贡院。那些十八房同考官以至内帘各官，也随着进去，关防起来。紧接着，便有顺天府尹捧到钦命题目。

三位主考拆了封，十八位房官一齐上堂，打躬参见，就请示主考的意旨：这科要中那一路的文章，以凭遵奉去取。那位大主考方老先生，便先开口说道："方今朝廷正在整饬文风，自然要向清真雅正一路拔取真才。若止靠着才气，摭些陈言，便不好滥竽充数了。"那一位方公也附会道："此论是极。近科的文章本也华靡过甚，我们既奉命来此，若不趁此着实的洗伐一番，伊于胡底？诸公就把这话奉为准绳罢。"

那位旗员主考也随着人云亦云。众房考都晓得二方的文章向来是专讲枯淡艰涩一路的，所以发此议论。但是，文章是件有定评的公器，所谓"羽檄飞书用枚皋，高文典册用相如"，怎好拿着天下的才情，就自己的围范？大家心里都窃以为不然，却又一时不好空口争得，只得应着下来，依然打算各就所长，凭文取士。

不想，内中有个第十二房的同考官，这人姓娄，名养正，号蒙斋，是个陕西拔贡出身，洊升刑部主事，乃伪周天册万岁武则天时候宰相娄师德之后。他从年轻时候得了选拔，便想到他祖上"唾面自干"的那番见识，究竟欠些褒气，因此，一登仕途，便有意"居乡介介，在朝侃侃"。久而久之，弄成一个执性矫情的谬品，老着那副"笑比河清"的面孔，三句话不合，便反插了两只眼睛，叫将起来。因此，等闲人轻易不去傍他。他却又正是专摹二方的文章发的科甲，因此，听了那二位方老先生的议论，大是佩服，便高谈阔论的着实赞襄了一番。众人也不去搬驳他，各各默然而退。只这一番，别一个不知怎样，安公子的功名，已是早被安老爷料着，果的有些拿不稳了。

那知天下事，阳差之中更有阴错，偏偏的公子的那本朱卷进到内帘，余十七房，是处不曾分着，恰恰分到这位娄公手里。那日，正逢他晚餐已过，酒醉饭饱，有些醺然，跟班也去自取方便。他点上盏灯，暖了壶茶，一个人静静的把那些卷子批阅起来。请问他那等一个"宁刻勿宽"的人，阅起文来，岂有不"宁遗勿见"的理？当下，连阅了几本，都觉少所许可，点了几个蓝点，丢过一边。随又取过一本来，看了看，"成字六号"，却是本旗卷。见那三篇文章，作得来堂皇富丽，真个是"玉磬声声响，金铃个个圆"。虽是不合他的路数，可奈文有定评，他看了也知道爱不释手，不曾加得圈点，便粘了个批语。才想印上荐条，加上圈子，荐上堂去。忽然转念一想，道："不可。一则，大主考既是那等交代在先，况且，这卷子又是本旗卷，知他是个甚等巨族大家的子弟？傥然荐上去，他二位老先生倒认作我有意要收这个阔门生，我的清操何在？"便把那批语条子揭下来，就灯上烧了。在卷子上随意点了几个蓝点子，也丢在一边。又另取了一本，放在面前阅看。

正在看着，只听得窗外一阵风儿，扫得窗棂纸，簌落落的响，吹得那盏灯，青焰焰的光摇不定。他不觉一阵寒噤，连打了两个呵欠，一时困倦起来，支不住，便伏在手下那本卷子上待睡。才合上眼，恍惚间，忽见帘栊动处，进来了一位清癯老者。那老者生得童颜鹤发，仙骨姗姗，手中拖了根过头拐杖，进门先向他深深的打了一躬。他梦中见那人来的诧异，礼也不还，便问道："汝何人也？无故到我这关防重地来何干？"只见那老者，蔼然和气的答道："正是，予'何'人也。"因把那枝拐杖，指定方才他丢开的那本卷子，说道："此来特为着这本'成字六号'的卷子，报知足下，此人当中。"

他一听这话，觉得是说人情来了，便一脸秋气，说道："怎的我问你是何人，你也自道你是何人？况我奉命在此衡文，并非在此衡人。便是此人当中，文衡谁掌？我不中他，其奈我何？要你来干这闲事！"又听那老者说道："郎官，不可这等执性。'士先器识'，果人不足取，文于何有？何况，这人的名字已经大书在天榜上了，你不中他，又其奈天何？"他那里肯信这话，便说道："多讲！我娄某自来破除情面，不受请托,那个不知？难道独你不曾听得？”那老者叹了一声,道:“不想这人果的这等不明理,不近情,此事还须大大费番周折!”

他听得当面给他出了这等两句考语,就待站起来奔了那老者去。不想才得起身,便跌了一跤,爬起来,眼前早不见了那个老者,自已却依然坐在那个坐儿上。再看了看那盏灯,点了有寸许长,结了两个鬼眼一般的灯花,向着他颤巍巍乱动。他才悟到方才经的是番梦境。呆了一刻,说道:“然则梦中所见的,鬼也,非人也。可见,我的这团浩然之气,鬼也吓得退的。不要理他,且干正经!”说着,剪了剪灯花,仍待批阅他手下那本卷子。及至一看,可煞作怪!那一卷倒丢过一边,手下放的依然是“成字六号”那卷。

他正在诧异,窗外又起了一阵风,这番不好了,竟不是作梦了!只听那阵风头过处,把房门上那个门帘,刮得臌了进来,又闪了出去,高高的掀起。只这一掀,早从门外明明的进来了一位金冠红袍的长官。他见那位长官不是个寻常装束,不道那“浩然之气”也就有些害慌了,连忙站起来,避在一旁,问道:“尊神何来？有甚的指教？”只听那神道说道:“你既知吾神‘何’来,怎的还悟不到吾神的来意？也是为着‘成字六号’这人当中。”

列公,你只看这娄公浑不浑!他见那神道也像是为找他托人情而来的,虽神道也罢,他也竟敢合他使一使那牛一般的性儿。他却绝不想“王道本乎人情,人情准乎天理”。诚为枉法营私,原王章所不宥。要知“安老怀少,亦圣道之大同”。一味沽名,已不是爱名;有心干事,必不能济事。无端任怨,终不免敛怨;苦不进情,定转至悖情。自世上有这班执性矫情的人,凡是一事到手,没人从旁救补一句,他倒肯斡旋,合人共事;没人从旁赞扬一句,他倒肯培植。但向他提着一个字,他便道是托人情,这桩事、那个人算休矣。这班脚色要叫他去参政当国,只怕剥削天下元气不小!

闲话少说。却讲那个娄主政见那神道说,也为着那本卷子而来,他便立刻反插了两只眼睛,说道:“这事又与神道何涉？要来搀越!从来说‘聪明正直之为神’,谓神聪明,我娄某也不懵懂;谓神正直,我娄某也不偏邪。便是神道……”一句话不曾说完,只听那神道大喝了一声,道:“哇!住口!”他底下这句话,大约要说“便是神道来说这个人情,我也不答应”。谁知那神道的性儿,也是位不让话的,不容他往下说,便兜头一喝,说道:“狂徒!看你读圣贤书,司举错权,虽是平日性情失之过刚,心术还不离乎正,所以,那位老人家才肯把天人向应的道理,来教诲你。你怎的读书变化气质,倒变成这等一副气质来!可不是不知教诲么？”说罢,声色俱厉,二目神光炯炯,直射到他脸上来。直吓得他一身冷汗,战兢兢的道:“尊神宥我愚蒙,留些体面,待娄养正速把这本卷子荐上堂去,勉赎前愆,何如？”说着,便连连的拜叩个不住。那神道才有些颜霁,说道:“既知悔悟,姑免深求。”

他只道那神道说完这句,便好走了,不想,那神道不往外走,却转向里来。他爬起来回头一看,只见方才梦中的那位老者,正不知甚么时候进来,早端端正正坐在那里。又见那位神道走到那老者跟前,控背躬身,不知说了两句甚么话。那老者干笑了一声,道:“不想这样一个顺水推舟的人情,也要等你们戴纱帽的来说,才说得成!”说着,便拄着杖站起来,那位神道倒随在身后,还扶持着他,一同出门而去。

紧接着,便听得外间的门风吹的开关乱响,吓得个娄主政骨软筋酥,半晌动弹不得。良久良久,听得没些声息了,才巴着帘子向外望了一望,那门依旧好端端虚掩在那里,他那个跟班的却如死狗一般的,睡倒在一张板凳上。

他定了定神,才叫醒了人,剪亮了灯,重新把安公子那本卷子,加起圈来,重新加了批语,打了荐条。听了听,更楼上的钟鼓还不曾交得三更。打听堂上主司正在那里阅卷,他便整好衣冠,拿了那本卷子,荐上堂去。

主考接过来,不看文章,先看了看是本汉军旗卷,便道:“这卷不消讲了,汉军卷子已经取中得满了额了。”那娄主政见不中他那本卷子,那里肯依?便再三力争,不肯下堂。把三位主考磨得没法了,大主考方公说道:“既如此,这本只得算个备卷罢。”说着提起笔来,在卷面上写了“备中”两个字。

列公,你道这“备卷”是怎的一个意思?我说书的,在先原也不懂,后来,听得一班发过科甲的讲究,他道:凡遇科场考试,定要在取中定额之外,多取几本备中的卷子,一来,预备那取中的卷子里,临发榜之前,忽然看出个不合规式、不便取中的去处,便在那备卷中选择一本补中;二则,叫这些读书人看了,晓得榜有定数,网无遗才,也是鼓励人才之意;其三,也为给众房官多种几株门外的“虚花桃李”。

这备卷,前人还有个譬喻,比得最是好笑。你道他怎的个譬喻法?他把房官荐卷比作“结胎”;主考取中比作“弄璋”;中了副榜比作“弄瓦”;到了留作备卷到头来依然不中,便比作个“半产”。他讲的是一样落了第,还得备手本送贽见,去拜见荐卷老师,便同那结了胎,才欢喜得几日,依然化为乌有,还得坐草卧床、喝小米儿粥、吃鸡蛋,是一般滋味。傥有个不肯去拜见荐卷老师的,大家便要说他忘本负恩。何不想想,那房师的力量止能尽到这里,也就同给人作个丈夫,他的力量也不过尽到那里一个道理。你作了榜外举人,落了第,便不想着那老师的有心培植;难道你作了闺中少妇,满了月,也不想那丈夫的无心妙合不成?这番譬喻虽谑近于虐,却非深知此中甘苦者,道不出来。然则此刻的安公子,已就是作了个半产婴儿了!可怜他阖家,还在那里没日夜的盼望出榜高中!这便是俗语说的“世间没个早知道”也。

话休絮烦。却说这年出榜,正定在九月初十日这天。前两天,内外帘的主考、监临便隔帘商量,因本科赴试的士子较往年既多,中额自然较往年也多,填榜的时刻便须较往年宽展些,才赶得及。因此,到了九月初九这日,才得辰刻,便封了贡院头门,内外帘撤了关防。预先在至公堂正中,设了三位主考的公案,左右,设了二位监临的公案,东西对面,排列着内外监试合十八房的坐次,又另设了一张桌儿,预备拆弥后标写中签,照签填榜。当地写着一张丈许的填榜长案,大堂两旁,堆着无数的墨卷箱。承值书吏各司其事,还有一应委员、房吏、差役以至跟役人等,拥挤了一堂。连那堂下丹墀里,也站着无数的人,等着看这场热闹。那贡院门外,早屯着无数的报喜的报子,这班人都是老早花了重价,买转里面的书办,到填榜时候,拆出一名来,就透出一个信去。他接着便如飞去报,图的是本家先一天得信,他多得几贯赏钱。

不一时,预备齐集,点鼓升堂。主考才离了衡鉴堂,来到至公堂合监临相见,各官三揖参谒已毕。便有内帘监试领了内帘承值官吏,把取中的朱卷送到公案上,先把五魁的魁卷放在当中,又把第六名以下的中卷,一束束挨次摆得齐整,然后,才把那束备中的卷子另放一处。向例填榜是先从第六名填起,全榜填完了,然后倒填前五名。这个原故,只在这《儿女英雄传》安老爷中进士的时候,已经交代过了,此时不须再赘。

当下,只见那位大主考归坐后,把前五魁魁卷挪了一挪,伸手先把那中卷里头一本第六名拿起来,照号吊了墨卷,拆开弥封。拆出来,大家一看,只见那卷面上的名字叫作马代功,汉军正白旗人。原来,这人的乃翁,作过一任南监掣,他本身也捐了个候选同知,其人小有别才,未闻大道。论他的才情,填词觅句无所不能,便是弄管调弦也无所不会,是个第一等轻薄浮浪子弟。却正是那位汉监临大人当日未发以前、来京就馆时候、教过的一个最得意的阔学生。如今,见第一卷取中的便是他,不禁乐的掀须大叫道:"易之中了!这人正是我的学生,聪明无比!他家要算个大族。他的表字易之,别号叫作篑山。不惟算得他们旗人中第一个名家,竟要算北京第一个才子。三位老前辈今日取了这个门生,才叫作'名下无虚,主司有眼',可称双绝。不信,等他晋谒的时候,把他那刻的诗集要来看看,真真是杜、李复生,再休提甚么王、杨、卢、骆。"

恰好这卷正是那位娄主政荐的,那位大主考方公取中的,听得这话也十分得意,便道:"这所为'文有定评'了,可见,我这双老眼竟还不盲。"说着,那位监临大人,便把他的朱卷捧在手里,吟哦他那首排律的诗句。

这个当儿,那边承书中签的两个外帘官早已研得墨浓,蘸得笔饱,等着对过朱墨卷,便标写中签。不想得那位监临大人看着那本卷子,忽然地嚷起来道:"慢来!慢来!为俗了?他这首诗不曾押着官韵呀!"方老先生听了,也觉诧异,说:"不信有这等事?想是誊录誊错了,对读官不曾对得出,也不可知。"急急的把墨卷取过来,亲自又细细的对了一番,可不是,忘了押官韵了是甚么呢!

怔了半日,倒望着大家道:"这便怎样?俗偏偏的又是个开榜第一人!不但不好将就,而且不便斡旋。此时,再要把通榜的名次一个个推上去,那卷面上的名次都要改动,更不成句话说了。不么,我们就向这备卷中对天暗卜一卷,补中了罢。大家以为怎样?"众人连说:"言之有理。"

说着大家都站起来。那大主考便打开那一束备中的卷子,立刻秉了一片为国求贤的心,必诚必敬,望空默祝了一遍。先用右手把那挑出来搁在一处的几本备卷抖散了,他的左手,还有些信不过他的右手,又用左手掀腾了一阵,暗中摸索出一本来,一看,正是那位娄主政力争不退的"成字六号"那一卷。连忙叫了坐号,调了墨卷来,拆开弥封一对,只见那卷面上写的名字,正是"安骥"两个字。

大家看了那个"骥"字,才悟到那个表字易之别号篑山的马代功,竟是替这位不称其力、称其德的良马人代天功,预备着换安骥来的。只可怜那个马生,中得绝高,变在顷刻,大约也因他那浮浪轻薄上,就把个榜上初填第一名,暗暗的断送了个无踪无影!此时真落得"为山九仞,功亏一篑,止,吾止也"了。

这等看起来,功名一道,岂惟科甲,便是一命之荣,苟非福德兼全,也就难望立得事业起！不然，只看世上那班分明造极登峰的，也会变生不测；任是争强好胜的，偏逢用违所长。甚至眼前才有个转机，会被他有力者夺了去；头上非没个名器，会教你自问作不成。凡是固是天公的游戏弄人，也未必不是自己的暗中自误！然则只吾夫子这薄薄儿的两本《论语》中，“为山九仞”一章，便有无限的救世婆心，教人苦口。其如人废而不读，读而不解，解而不悟，悟而不信何！

闲话少说。却说至公堂上，把安骥安公子取中了第六名举人，占了先声。当下，那班拆封的书吏，便送到承书中签的外帘官跟前，标写中签。那官儿用尺许长、寸许宽的纸，笔酣墨饱的写了他的姓名旗籍。又有承值宣名的书吏，双手高擎，站在中堂，高声朗诵的唱道：“第六名安骥，正黄旗汉军旗籍庠生。”唱了名，又从正主考座前起，一直绕到十八位房官座前，转着请看了一遍。然后，才交到监视填榜的外帘官手里，就有承值填榜的书吏，用碗口来大的字照签誊写在那张榜上。

此时，那位娄主政只乐的不住口的念诵：“有天理！有天理！”他此时痛定思痛，想起那日梦中那位老者说的“他名字已经大书在天榜上了”这句话来，益发觉得幽暗之所，没一处不是鬼神，鬼神有灵，没一事不上通天地，煞是令人起敬起畏。

书中且言不着场里填榜的事。却说场外那一起报喜的，一个个搓拳抹掌的，都在那里盼里头的信。早听得他们买下的那班线索，隔着门在里面打了个暗号，便从门缝中递出一个报条来，打开看了看，是“第六名安骥”五个字。内中有个报子，正是当日安老爷中进士的时候，去报过喜的，他得了这个名条，连忙把公子的姓名写在报单上，一路上一个接一个的传着飞跑。那消个把时辰，早出了西直门，过了蓝靛厂，奔西山双凤村而来。这且不表。

再说安老爷自从得了初十揭晓的信息，便虑到这日公子傥然一个不中，在家面面相觑，未免难过。又有自己关切的几个学生，也盼早得他们一个中不中的确信。只是住得离城窎远，既不好遣人四处打听，便是自己进城候信，又想到太太、媳妇在家，也是悬望，正在为难。

恰好这班少年从出场起，便热锅上的蚂蚁一般。到了这日，那里还在家里坐得住？因是初十日出榜，先一日准可得信，便大家预先商量着在内城、西山两下相距的一个适中之所，找了座大庙。那庙正是座梓潼庙，庙里也有几处点缀座落。那庙里还起着个“敬惜字纸”的盛会，又存着许多善书的板片，是个文人聚会的地方。是日也约了安公子，一同在那里舒散一天，作个“题糕雅集”，便借此等榜。

公子回知了父亲，安老爷也以为可。他到了重阳这日，早起吃了些东西，才交巳正，便换了随常衣裳，催齐车马，见过堂上，回明要去。安老爷嘱咐他道：“你只顾去。大家谈谈，倒好消遣。家里得了信，自然给你送信去。傥然你那里得了信，就即刻回来。如果两地无信，像你这样年纪，再多读两年书，晚成两年名，也未始非福。”公子也领会得这是父亲虑到自己不中，先慰藉一番的苦心，只聚精会神答应，不遑他顾。

倒是安老爷只管说着话，耳轮中却听得二门外一阵人语嘈杂，才回头要问，只见张进宝从二门跑进来，华忠、随缘儿父子两个，左右架着他的膀子，他跑得吁吁带喘，晋升等一干家人也跟在后面。安老爷正不知甚么事，只见张进宝等，不及到窗前，便喘吁吁的高声叫道："老爷、太太天喜！奴才大爷高中了！"

安老爷算定了儿子这科定不得中的，便是中，也不想这时候便有喜信。听了这话，也等不得张进宝到跟前，"阿"了一声，站起来，发脚就往院子里跑，直迎到张进宝跟前，问道："中在第几名？"

那张进宝是喘得说不出话来，老爷便从他手里抢过那幅大报单来，打开一看，见上面写着"捷贵府安老爷，榜名骥，取中顺天乡试第六名举人"，下面还写着报喜人的名字，叫作"连中、三元"。安老爷看了，乐得先说了一句："谢天地！不料我安学海，今日竟会盼到我的儿子中了！"手里拿着那张报单，回头就往屋里跑。

这个当儿，太太早同着两个媳妇，也赶出当院子来了，太太手里还拿着根烟袋。老爷见太太赶出来，便凑到太太面前，道："太太，你看这小子，他中也罢了，亏他怎么还会中的这样高！太太，你且看这个报单。"太太乐得双手来接，那只手却攥着根烟袋，一个忘了神，便递给老爷；妙在老爷也乐得忘了神，就接过那根烟袋去，一时，连太太本是个认得字的也忘了，便拿着那根烟袋，指着报单上的字，一长一短念给太太听。

还是张姑娘看见，说："哟！怎么公公乐的把个烟袋递给婆婆了？"只这一句，他才把公公、婆婆说倒了过儿了！何小姐这个当儿积伶，听见，连忙拉了他一把，悄悄儿的笑道："你怎么也会乐的连公公、婆婆都认不清楚了？"张姑娘才觉得这句话是说拧了，忍着笑，扭过头去，用小手巾握着嘴笑，也顾不得来接烟袋。何小姐早连忙上去把公公手里的烟袋接过来，重新给婆婆装了袋烟。不想他比张姑娘拧的更拧，点着了，照旧递到公公手里，安老爷道："我可不接了！"

他这才大笑。一时大家乐的，就连笑也笑不及。老爷还在那里讲究，说怎的十名以前难得有一两个旗人，而且，这第六名便算个填榜的头名。太太同两个媳妇听着，只是满脸堆欢，不住口的答应。这个当儿，只不见了安公子。你道他那里去了？原来，他自从听得"大爷高中了"一句话，怔了半天，一个人儿站在屋里旮旯儿里，脸是漆青，手是冰凉，心是乱跳，两泪直流的在那里哭呢！

你道他哭的又是甚么？人到乐极了，兜的上心来，都有这番伤感。及至问他伤感的是甚么？他自己也说不出来。何况，安公子伦常处得与人不同，境遇历得与人不同，功名来得与人不同，他的性情又与人不同，此时，自然应该有这副眼泪。

却说他一时，恐怕满面泪痕惹得二位老人家伤感，忙叫柳条儿拧了个热手巾来，擦了擦脸，便出去让父母进屋子歇息。安老爷、安太太这才觉出太阳地里有些晒得慌来。

大家才进屋子，便见晋升手里拿着两幅全帖进来，回说："老、少程师爷给老爷、太太道喜，说了且不惊动，等老爷闲一闲再请见。奴才都道答过了。"说完，又回说："张亲家老爷听见信，回家换衣裳去了，大约少刻就进来。"安老爷听见，便叫："把帽子拿出来预备着。"

原来安老爷虽止一个七品头衔的"金角大王"，看着这顶丈夫之冠却极郑重。平日，都是太太亲自经理，到了太太十分分不开身，只那个长姐儿，偶然还许伺候戴一次帽子，此外那班小丫头子道他脏手净手，等闲不准上手，其余的仆妇更不消讲了。

到了那个长姐儿伺候老爷戴帽子,款式也最大有讲究。讲究不搿顶子,不搿帽沿儿,只把左手架着帽子,右手还预备着个小帽镜儿。先把左手的帽子递过去,请老爷自己搿着顶托儿戴上,然后,才腾出右手来,双手捧着那个帽镜儿,屈着点腿儿,拓着点腰儿,把镜子向后一闪,对准了老爷的脸盘儿,等老爷把帽子戴正了,还自己用手指头在前面帽沿儿上,弹一下儿,作足了这个"弹冠之庆",他才伸腰、迈步、撤了镜子,退下去。这一套仪注,要算他个拿手。

谁知那日,正值老爷叫预备帽子,他偏不在跟前。你道今日这个日子,长姐儿怎的会不在跟前?原来,他从安老爷会试那年,便听得第二日出榜,果然中了,头一日就可得信。算计着大爷这次乡试,明日出榜,今日总该有个喜信儿,他可没管举场离双凤村有多远。从半夜里就惦着这件事,才打寅正他就起来了。心里又模模糊糊记得,老爷中进士的时候,是天将亮,报喜的就来了,可又记不真是头一天、是当天。因此,从半夜里盼到天亮,还见不着个信儿,就把他急了个红头涨脸。

及至服侍太太梳头,太太看见这个样子,问道:"你这是怎么了?"他只得说:"奴才有点儿头疼,只怪昏的,想是吃多了。"太太平日又最疼这个丫头,疼的如儿女一般,忙伸手摸了摸他的脑袋,说:"真个的,热呼呼的。你给我梳了头,回来到下屋里静静儿的躺一躺儿去罢,看时气不好。"

他听了这句,心里先有些说不出口的不愿意,转念一想:"傥然果的没信了,今日这一天的闷葫芦,可叫人怎么打呀!倒莫如遵着太太的话,睡他一天,倒也是个老正经。"因此,扎在他那间屋里,却坐又坐不安,睡又睡不稳。没法儿,只拿了一床骨牌,左一回右一回的过五关儿,心里要就那拿的开拿不开上算占个卦,不想,一连儿三回都没拿开。

他正在有些烦闷,不想,这个当儿,他照管的一个小丫头子叫喜儿的,从老远的跑了来,叫道:"长姑姑!长姑姑!"一句话不曾说出来,他便说道:"一个女孩儿家,总是这样慌里慌张,大声小气的!你忙的是甚么!"把个小丫头子说的撅着嘴不敢言语。他才问道:"作甚么来了?"那喜儿才说:"张爷爷才进来说,大爷中了!"

这一句,他可断断在屋里圈不住了,忙忙的匀了匀粉面,抿了抿油头,又多带了儿枝簪子棒子,另换了几件衫儿袄儿,从新出来。来到上屋,恰好正是安老爷叫他拿帽子的那个时候儿。

太太见他来了,说:"你这孩子,怎么又跑出来了?"他笑嘻嘻的回道:"家里这个样儿大喜的事,奴才就怎么病,也该挣扎着出来。"安太太益发觉得这个丫鬟心肠儿热,差使儿勤,知机懂事,便道:"狠好。老爷要帽子呢。"他答应一声,兴兴头头的进了屋子,举着帽子镜子出来。出了屋门儿,就奔了大爷跟前去了。

大爷只道他要叫自己转递给老爷,才接到手里,早见他屈着身子往下就了一就,双手捧着帽镜儿,对准了公子那副潘安、宋玉般有红似白的脸儿,就想伺候着大爷往脑袋上戴。及至看见大爷戴着帽子呢,他才悟出是失了点儿神。幸而公子是个老成少年,更兼老爷是位方正长者,一边不甚着意,一边不曾留心。事有凑巧,这个当儿,人回:"张亲家老爷进来了。"老爷道:"你就给我罢,又何必转大爷一个手？”公子趁这句话，便替他把帽子递过去。老爷忙的也不及闹那套戴帽子的款儿，急急的戴上，便迎出张亲家老爷去。那长姐儿只就这阵忙乱之中，拿着镜子一溜烟躲进屋里去了。

却说张亲家老爷进来，一面作揖道喜，说道：“亲家老爷，亲家太太，大喜！这是你二位的德行，我们姑爷的学问，我们这位何姑奶奶的福气，连我闺女也沾了光了。”安太太道：“这是他们姐儿俩的造化，亲家老爷也该喜欢，怎么倒这么说！”安老爷道：“都是你我的儿女，你我彼此共之。”

却说公子这日要上梓潼庙，原穿着是身便服，因听得泰山都换了袍褂进来了，自己也忙着回家换衣裳。张姑娘便赶过去打发他穿。这个当儿，张亲家老爷见过何小姐，才要找女婿、女儿道喜，不曾说得出口，只听舅太太从西耳房，一路叨叨着就来了，口里只嚷道：“那儿这么巧事！这么件大喜的喜信儿来了，偏偏儿的我这个当儿要上茅厕，才撒了泡溺，听见，忙的我事也没完，提上裤子，在那凉水盆里油了汕手，就跑了来了。我快见见我们姑太太。”安太太在屋里听见，笑着嚷道：“这是怎么了，乐大发了？这儿有人哪！”说着，早见他拿着条布手巾，一头走，一头说，一头擦手，一头进门。

及至进了门，才想起姑老爷在家里呢，不算外，还有个张亲家老爷在这里。那样个敞快爽利人，也就会把那半老秋娘的脸儿，臊了个通红！也亏他那敞快爽利，便把手里的手巾撂给跟的人，绷着个脸儿，给安老爷道了喜，便拉着他们姑太太道：“妹妹，这可是你一辈子第一件可喜可乐的事。你只说我乐大发了，你再不想，你们都是一重喜，我是三重喜：也算得我外外中了，也算得我女婿中了，你们想，我这个外外、这个女婿，还不抵我一个儿子吗？可不是三重喜？你们怎么怪得我乐糊涂了呢！”安老夫妻听了大乐。

安老爷那等一个不苟言、不苟笑的人，今日也乐得会说句趣话儿了，便说道：“‘喜怒哀乐之未发，谓之中；发而皆中节，谓之和。’圣门绝无诳语。大姐姐，你可记得那日我说那出起兵来‘卧不安枕，食不甘味’的话，你只道‘不信出兵忙的连毛厕都顾不得上’？你今日遇见这等一件乐事，也就乐得毛厕也顾不得上了。可见性情之地，是一丝假借不来的！”说得轰堂大笑，他自己也不禁笑得前仰后合。

这阵大乐，大家始终没得坐下。他才给张亲家老爷道喜。正要找张太太道过喜，好招呼他小夫妻三个。满屋里一找，只不见这位张太太，因问：“张亲母呢？我洗手的那个工夫儿，他都等不得，就忙着先跑了来了，这会子，又那儿去了？”安太太道：“没见过来，必是到小子屋里去了。”说着公子换了衣裳，同张姑娘一齐过来。问了问，说：“不曾过去。”张姑娘说：“一定家去了。”张亲家老爷说：“我方才从家里来，没碰见他。”

这一阵查亲家太太.闹得舅太太也没得给他们小夫妻三个道喜。张姑娘忙着叫人出了二门，绕到他家里问了一回，那位詹嫂也说：“没家来。”舅太太道：“别是他也上茅厕去了罢？”张姑娘说：“正是，我也想到这里，才叫柳条儿瞧去了，也来不了了。”

说着，那柳条儿跑了回来，说：“上上、下下三四个茅厕都找到了，也没有亲家太太。”当时,大家都纳闷诧异。张姑娘急得皱着个眉头儿,干转,说:“妈这可那儿去了呢?”他父亲道:“姑娘,你别着急呀!难道那么大个人会丢了?”张姑娘“咻”了一声,说:“爹,你老人家这是甚么话呢?”说罢,扶了柳条儿,亲自又到后头去找。

何小姐的腿快,早一个人先跑到头里去了。安太太、舅太太也叫人跟着找。张老同公子只不信他不曾回家,又一同出去找了一荡,顺着连何公祠两个嬷嬷家都问到了,影响全无。里头两位少奶奶带着一群仆妇、丫鬟,上下各屋里,甚至茶房、哈什房都找遍了,甚么人儿、甚么物儿都不短,只不见了张亲家太太。

登时,上下鼎沸起来。一个花铃儿,一个柳条儿,是四下里混跑,一直跑到紧后院西北角上一座小楼儿跟前,张姑娘还在后面跟着嚷:“你们别只管瞎跑,太太可到那里作甚么去呢?”一句话没说完,柳条儿嚷道:“好了!有了!太太的烟袋荷包在这地下扔着呢!”

且住!这座小楼儿又是个甚么所在呢?原来,这楼还在安老爷的太爷手里,经那位风水司马二爷的老人家看过,说远远的有个山峰射着,这边主房正在白虎尾上,嫌那股金气太重,叫在这主房的乾位上,起起一座楼来镇住。安太翁便供了一尊魁星,大家都叫作魁星楼。至今安太太初一十五拜佛,总在这里烧香。

张太太来的时候,也上去过,他见那魁星塑得赤发蓝面,锯齿獠牙,努着一身的筋疙瘩,跷着条腿,两只圆眼睛直瞪着他,他有些害怕,轻易不敢上去。落后来,听得人讲究,魁星是管念读赶考的人,中不中的,他为女婿,初一十五必来,望着楼磕个头,却依然不敢进那个楼门儿。今日,在舅太太屋里听得姑爷果然中了,便如飞从西过道儿里,一直奔到这里来,破死忘生的乍着胆子上去,要当面叩谢魁星的保佑。便把烟袋荷包扔下,一个人儿爬上楼去了。

乃至柳条儿看见烟袋荷包,这一嚷,何小姐道:“放心罢,有了东西就不愁没人了。”他那双小脚儿,野鸡溜子一般,飞快跑到楼跟前,搂起裙子来,三步两步跑上楼去。一看,张太太正闭着两只眼睛,冲着魁星,把脑袋在那楼板上碰的山响,嘴里可念得是“阿弥陀佛”合“救苦救难观世音菩萨”!何小姐不容分说,上前连拉带拽,才把他架下楼来。

恰好正遇张姑娘带着一群人赶了来,张姑娘一见,便说:“妈,这是怎么说呢?可跑到这儿作甚么来呢?”他道:“姑奶奶,你看看,姑爷中了,这不亏人家魁星老爷呀!要不给他老磕个头,咱心里过得去吗?”何小姐道:“好老太太,你别搅我了!没把个妹妹急疯了!公公婆婆也是急得了不得!快走罢。”

这个当儿,安老夫妻那里也得了信,安太太合舅太太说道:“我这位老姐姐,怎么这么个实心眼儿?”安老爷道:“此所谓‘其遇不可及’也。”一时,大家簇拥了他来。安老夫妻不好再问他,只说:“亲家,你实在是疼女婿的心盛了!”他也乐得不分南北东西,不问张王李赵,进了门儿,两只手先拉着俩嬷嬷道了阵喜,然后又乱了一阵。

这个当儿,外边后来的报喜的都赶到了,轰的拥进大门来,嚷成一片。嚷得是:“‘秀才宰相之苗’。老爷今年中了举,过年再中了进士,将来要封公拜相的,转年四月里报喜的还来呢!求老爷多赏儿百吊罢!”嚷得里面听得逼清,阖家大乐。

公子这才恭恭敬敬的放下袍袖儿来，待要给父母行礼。安老爷道："且慢。你听我说：这喜信断不得差，但是恪遵功令，自然仍以明日发榜为准。何况，我同你都不曾叩谢过天君佛祠，我两老怎好便受你的头？你只给我同你娘道了喜，好见过你舅母、岳父母。"公子便双腿跪下，给父母道了喜，一样的给舅太太、张老夫妻道了喜。金、玉姊妹道过喜后，安老爷、安太太又叫他夫妻交贺。一时，里外男女家人、丫鬟、小厮，黑压压的跪了一屋子半院子，齐声叩贺完了，又给爷奶奶道喜。公子连忙出了屋子，把张进宝拉起来。二位奶奶这里便招呼两个嬷嬷，周旋长姐儿。

一时，舅太太望着公子道："这你父亲可乐了！"张太太又问他说："我们姑爷今儿个，这就算八府巡按了不是呀？"舅太太道："将来或者也作得到，今儿个还略早些儿。"安老爷听了这话，便长吁一声道："太太，这不当着二位亲家、舅太太在这里，我一向有句话，却从不曾说起。玉格这个孩子，一定说望他到台阁封疆的地儿，也不敢作此妄想。只我自己读书一场，不曾给国家出得一分力，不曾给祖宗增得一分光，今日之下，退守山林，却深望这个儿子，完我未竟之志，却又愁他没那福命，克继书香。不想今日，侥天之幸，也竟中了。且无论他此后的功名富贵何如，只占了这个桂苑先声，已经不负我十年课子的这番苦心，出了我半载作官的那场恶气。"这正是：

不须伯道伤无子，生子当生宁馨儿。

要知后事何如，下回书交代。

第三十六回 满路春风探花及第 一樽佳酿酾酒酬师

这回书话表安老爷家报喜的，一声报道公子中了，并且，中得高标第六，阖家上下欢喜非常。道贺已毕，便要打点公子进城，预备明日揭晓后，拜老师、会同年这些事。此时，忙的怎能分身，再去梓潼庙赴那个"题糕雅集"？正要着人去辞谢，却又不好措词。恰好梅公子早从城里打发人来打听，说："城里已经报动，听说公子中了，因关切遣人来打听。果然恭喜了，便请公子张罗正事，不必赴约。"安老爷这里打发来人，又专人前去道答，就便打听那边的信息。一时，诸事停当，才打发公子进城。公子辞过父母出来，又到书房先见过先生，然后才动身。这且按下不表。

再讲场中那天填完了榜，次日五鼓，送到顺天府悬挂起来。安公子同下场的那班少年，只莫世兄中了，托二爷中了个副榜，余皆未中。那场里的三位主考，拜榜后也便随着出场覆命，那些内外帘官，纷纷各归寓所。

就中单讲安公子那位房师娄主政。这个人虽生长在个风高土厚地方，性情不免偏于刚介，究竟面目不失其真。只因他天理中杂了一毫人欲在里边，就不免弄成那等一个乖僻性情。自从在场里经了那番，才晓得虽方刚正直也罢，也得要认定情理，不是闹得脾气的，早力改前非，渐归平易。因此，出场后，便急于盼望这个第六名门生安骥来见，要看看他究竟是怎的个人，好细问他一个端的。

恰好这日，安公子第一个到门拜见。投进手本去，他看了，连忙道："请。"安公子早已裼袭而来。他一看，见是个风华浊世的佳公子，先觉得人如其文。当下，安公子铺好拜毡，递过贽仪，早拜下去。他也半礼相还。安公子站起来，便说道："门生年轻学浅，蒙老师栽植，知感知勉。只是自问阅历未深，体用未备，此后全仗老师生成教诲。"他便一把拉住公子的手，说道："年兄，你我诸话莫谈。我且问你，你平日作过一桩甚的大阴德事？先讲来我听。"

公子被他这一问，一时摸不着头脑，只得答道："门生在家闭户读书，凛遵庭训，不过守着几句'入孝出弟'的常经，那里有甚么阴德？便是有，既曰'阴德'，门生自己又怎的会晓得？"

娄主政一听这话，心里说道："这个门生，且莫合他讲文章，只听说话，就比我通些。"便又问道："然则一定是尊翁大人平日有个甚么大功行了？"公子忙道："门生父亲平日却是认定一片性情，一团忠恕，身体力行；便是教训门生，也只这个道理。要定说那一桩是功行，门生一时却指不出来。"

他听了，早大声急呼的说了一声："如何！这就无怪惊得动那等两个大力量的，来玉成你这功名了！"安公子此时如何想得到，他这位老师在场里会见着他祖岳、岳父了？听他说的这等离奇，倒觉骇异，不禁问道："请示老师，这话因何说起？"他才恭肃其貌，郑重其词，说道："年兄，你今日束脩来见，我其实惭愧。你这举人，不是我荐中的，并且，不是主司取中的，竟是天中的。"说着，便把他在场里自阅卷到填榜，目击安公子那本卷子，怎的先弃后取的情形，从头至尾，不曾瞒得一字，向这个门生尽情据实告诉了一遍。还道："贤契，你看这段机缘得不谓之天乎？傥然不是那个老人、那位尊神开我愚蒙，只我娄蒙斋蒙蒙一世罢了，岂不被我断送了你一个真功名，埋没了你三篇好文字？莫讲我今日之下，没福合你作这个通家，我娄蒙斋这场任性违天的罪过，可也不小！你回去，务必替我请教请教尊翁，这老人合那尊神端的是怎生一个原由，我是要把这节事刻在科场果报里边，布告多士的。"

安公子听他讲了半日，早已悟到他讲的那老人所说的"予何人也"那句话，自然该是自己的祖岳老孝廉何焯；那位尊神所说的"吾神何来"那句话，一定便是自己的岳父新城隍何杞了。但是想了想，今日初谒师门，怎得有许长工夫，合他把《儿女英雄传》前三十五回的评话，从头讲起？只得说道："虽说如此，究竟仗着老师的力荐成全，才得备中。"

那房师听了大喜。茶添二道，论了会子安公子的诗文，又细问安老爷的官阶年纪，才知是位先达，益加起敬。安公子也便告辞，准备去拜见座师。接着，城里正有许多应酬，他因记挂着还不曾拜过父母，因此，拜过座师，便一径出城回家。在天地佛祠、父母前磕过头，便在上屋拜见了舅母、岳父母，又去在何家岳父母祠堂、先生馆里，行了礼，重新回到上房，才把他见各位老师的光景，以至他那位房师讲的话，细回了父母一遍。阖家听了，无不惊异赞叹。

何小姐此时想起他父亲来，未免一阵心酸，眼圈儿一红，只是在公婆跟前不好悲泣。不想，安老爷那边早已泪流满面，呜咽不止。一面擦着眼泪，向太太说道："我这位恩师在生之日，我不知受了他老人家多少裁成。不想，今日之下，他老人家久归道山，还来默佑这个小子，叫人怎的不感极而泣！"因又吩咐公子道："至于你身受你祖岳、岳父的栽培，从此，更当益加感奋，勉图上进，却不可仗着这番鬼神之德，稍存一分懈怠。须知天道至进，呼吸可通，善恶祸福，其应如响。你可晓得一念不违天理人情，天地鬼神会暗中呵护。一念背了天理人情，天地鬼神也就会立刻不容。《易》有云：‘积善之家，必有余庆；积不善之家，必有余殃。’你只看他这‘积’字、‘馀’字、‘必’字，何等有斤两、有把握！只可惜世人都把他作老生常谈，读过去了。往往丢了这玉检金科，靠些才智用事，以至好端端的骨肉伦常，功名富贵，转眼间，弄到荡析沦亡，困穷株守，岂不可惜！”当下，公子敬听着父亲的教训，便也如对越天地鬼神一般。

列公，你看这位安老先生，惹着他便是一篇唠叨，言者何其苦不惮烦，听者无乃倦而思卧。其奈他家有这等一个善教的老子，便有那等一个肯受教的儿子，也算得个千载奇遇了。

闲话少说。却说安公子见过父母，才回到自己屋里。金、玉姊妹今日之下，盼得夫婿中了，两个是一团精神，张罗换衣裳、换帽子。这个叫丫头伺候茶水，那个又叫嬷嬷预备吃食；这个问了番连朝的车马劳顿，那个又提了些那日的晴雨寒暄。看了他三个这番闺房昵昵，儿女喁喁，不禁令人要笑“不知愁”的那个“闺中少妇”，当春日凝妆上那座翠楼的时候，忽然看见陌头一片杨柳春色，就后悔不该叫他夫婿，远去觅封侯起来，那一悔，真真悔得丢人儿、没味儿！

闲话少说。却说安公子次日起来，依然回明父母进城，忙着去作会同年、会同门、公请老师、赴老师请、序齿录、送朱卷这些事。直等赴过鹿鸣宴，拜完了客，也就耽延了十余天，早又交了十月，才待回庄园而来。到了家，只见门前冷静静的，众家人都不在跟前，只有个刘住儿在那里看门。便问他道：“老爷是在上房里，是在书房里呢？”他回道：“老爷饭后同程师爷，带了个小小子，往近山一带，闲走去了。”

公子便一路进了二门，早听得太太欢笑之声，隔着玻璃一望，原来同舅太太、张亲家太太，带了长姐儿，在那里斗牌呢。公子进了屋子，见过母亲，也说了些连日城里应酬匆忙的话，便问道：“我父亲不在家，母亲今日倒无事？”安太太道：“可不是，自从你俩媳妇儿接过这个家去，弄得狠妥当，想的也周到，我同你父亲可就省大了心了。这几天你父亲没事，吃完了饭，只坐在那里拿着本子书瞧，我说：‘这么好天气，为甚么不学邓九公，也出去闲走走，活动活动呢？’今日才同你师傅到晚香寺看菊花去了。我闲着也是白坐着，我们就打起骨牌湖来了。你瞧，那杌凳儿上的钱，都是我赢的，回来咱们娘儿们商量着弄点儿甚么吃。也难得赢你舅母俩钱儿。”舅太太笑道：“输俩儿输俩儿罢，好容易盼得不斗那个揪心牌了！”公子也笑了。因回头不见金、玉姊妹，便问丫头们道：“两位大奶奶呢？怎么一个儿也不在这里？”张太太道：“他俩可不得闲儿耍呀，忙了这儿日了。”太太道：“真个的，你也家去瞧瞧罢，他们今儿忙呢。”

公子便出了上屋，回到自己院来。将进院门，只见张进宝、华忠、戴勤、晋升、梁材等一干人，都站在倒座东边那间窗前，听着两位大奶奶屋里吩咐甚么话呢。他进了院门，便奔了那屋里来。听得屋里回了一句说：“爷过来了。”他姊妹早已迎到堂屋里，接着问了两句闲话，便要跟过住房来。公子道：“就在这里坐罢。”

说着,公子先走到里间。只见靠北窗八仙桌子上,堆着大高的两硌册子,旁边又搁着笔砚算盘。公子道:"请治公。"何小姐便笑道:"既如此,索兴让我们把这点儿事料理完了,咱们好说闲话儿。"公子便在靠南一张小床儿上坐下。只听何小姐向窗外叫道:"张爹,你把他带进屋里来。"张进宝答应一声,带进一个人来。公子一看,原来是戴勤。

这个当儿,何小姐还一长一短的合大家闲话,一见戴勤进来,忽然把脸一沉,问道:"我当日派你们几个人分管这几项地的时候,话是怎么交代的?怎么众人都知道巴结,照数催齐了,独你拖下尾欠来?是甚么原故?"戴勤忙回道:"奴才管的那地里本有几块低洼地,再者,今年的雨水大,那棉花不得晒,都受了伤了。下欠的,奴才也催过他们,赶明年麦秋准交。"何小姐道:"哦,这就是你拖欠的原故。难道你们四个人管的地,不是我责承你们公同均匀搭配齐了的吗?是独你管的这项地里有低洼地哟,是别人管的地里没种棉花哟,还是今年的雨水大单在你管的那几块地里了呢?这是庄头、佃户搪塞你的话,你怎么也照着样儿,搪塞起我来了?有这样的,不如照旧由着庄头鬼混去,老爷、太太又派管租子的家人作甚么?"把个戴勤问的闭口无言,只低了头。

又听何小姐发作他道:"我是怎么样嘱咐你,说你'向来脸软,经不得几句好话儿,这可是主儿家的事情,上上下下大家的吃用,别竟作好好先生,临期自误。'怎么,头一年就合我打起擂台来了?还是我这话嘱咐多余了?还是你是我的嬷嬷爹,众人只管交齐了,你交的齐不齐就下的去呢?你把这个道理讲给我听听!"

戴勤听了这话,连忙跪下,说:"奴才下去赶紧催去。"何小姐冷笑了一声,说道:"你有此时才催的,早作甚么来着?交代这差使的第一天,我当着老爷、太太面前告诉过你们:'大家办好了,老爷、太太自有恩典,是大家的脸面;倘然误了老爷、太太的事,那一面儿的话,我就不说了,临期你们大家可得原谅我。'不想大家都知道原谅我,倒是从你,第一个先不原谅我起。狠好!"

说着,把小眉毛儿一抬,小眼睛儿一瞪,小脸儿一扬,望着张进宝叫了声"张爹",说道:"你把他带到外头老爷书房头里,请出老爷的家法来,结结实实打他二十板子,再带进来见我!"戴勤此时,唬得只是磕头,求奶奶开恩。院子的家人一个个屏声息气,连咳嗽也不敢轻易咳嗽。堂屋里的仆妇、丫鬟只鸦雀无声的窃听,把个随缘儿媳妇急得只是怪哭,悄悄儿的磨着他妈给进去求求。戴嬷嬷也自着急,待要进去,又怵着不敢进去。

早听张姑娘劝了一句,说:"姐姐,看着我,饶他个初次罢。"只这一句,便听何小姐高声说道:"妹妹,不是这么着。这桩事,你我两个一般儿大的沉重,怎么叫我看着你呢?要说因为这是个初次就饶他,我正为这是个初次,所以才饶不得他。这次,正是个立法之初,饶了这次,往后就是例了;独饶了他,众人都有得说的了。要依然等到公婆操起心来,你我怎么对公婆?又怎么对众人?慢讲是他饶不得,假如华奶公今年有个拖欠,你我讲不得也该是一例的照办才公道。"

按下这头。却说安公子自从去年埋首书斋,偶然在家闲一刻,便见他姊妹两个"三下五除一"的不离手,"五亩七分半"的不离口。因自己一向正在用功,正不曾留心这桩事到底弄到怎么个分儿上了。不想今日才得应酬完了,跑回家来,正碰上这场热闹。一时坐在一旁,既不好伸手,又无从开口。因觉得有些饿了,才叫人拣了几个甜饽饽来,拿起来咬了一口,正在嘴里嚼着,听得他那位萧史卿,这半日倒象推番了核桃车子一般,总不曾住话。说着说着,那个气好比烟袋换吹筒,吹筒换鸟枪,鸟枪换炮,越吹越壮了。自己待要开言解劝,听得张姑娘才说了一句,索性连他嬷嬷爹华忠,也刮擦上了,却也防一说吃个钉子。

正在为难,只见张进宝听得大奶奶吩咐,先答应了一声"嗻",便颤巍巍扶着杌凳儿,跪下去,回道:"奴才有个下情,求奶奶恩典!"窗外的家人见他跪下,轰,都跪下了。两个嬷嬷便也带了随缘儿媳妇,跟着张进宝跪在屋门外头。何小姐连忙站起来,说:"张爹,你快起来,有话起来说。"说着,便叫花铃儿:"快把你张爷爷搀起来。"又说:"这事不与俩嬷嬷相干,你两个也只管起来。"又叫大家也起来。

张进宝站起身来,才慢慢的说道:"这件事,戴勤算实在辜负主儿的恩典,就是奴才平日不能提补着他,也有不是。求奶奶开恩,可怜他个糊涂,听不出主儿的吩咐来。再者,看他平日差使也还勤谨,奶奶赏奴才个脸,饶他这次。奴才下去帮他催去,也不用讲甚么麦秋不麦秋,那天催齐了,赶紧就交上来。要误了事,请奶奶连奴才一并责罚!"

戴勤此时,一声儿也不敢言语,只在那里磕头。只听何小姐坐在上面,说道:"张爹,你是个有岁数儿最明白的人,我方才的话,却不为他短交这百十吊钱起见。你知道的,帐上现在也不至于立等这项钱使,也不是我年轻高兴,不顾家人含怨。便是看着我嬷嬷,从小儿奶到我这么大,在他跟前也该从宽些。但是嬷嬷爹、嬷嬷妈怎么重,也重不过老爷、太太去,也重不过家里这个大局去。"

说着,又问着公子合张姑娘道:"爷合妹妹白想,我这话说的是不是?"这二位好容易听着他口话儿松了点儿了,谁还敢道个"不"字?二人齐声答道:"说的狠是。可是张爹方才说的,只可怜他个糊涂罢。"说着,何小姐早又回过头去,望着张进宝说道:"张爹,你既这么替他说着,我只看你这个老脸儿,看着你,还是看着老爷、太太待你恩典重的上头,今日,权且饶他这顿板子。也不用你帮他催,大约叫他十天八天催齐也不能,限他到年底给我交齐了。"说着,又从桌儿上拿起一个单子来,交给张进宝看,说:"你瞧,这是我们商量着给你众人拟出来的奖赏单子,打算请老爷、太太看了好施恩。他也是一样。不想他不爱这个好看儿,叫我可有甚么法儿呢?他这分赏只好撤下来罢。至于庄头,可宽不得。你下去就照着我定的那个章程办去。"

张进宝连珠炮的答应"嘛",便望着戴勤道:"这还不快叩谢爷合二位奶奶的恩典吗?"那戴勤连忙摘了帽子,碰了阵头,才随张进宝出去。两个嬷嬷合随缘儿媳妇又进来要磕头,何小姐连忙一把拉住他两个,又安慰戴嬷嬷道:"你可别抱怨我,我可是没法儿。"戴嬷嬷此时,感畏不遑,那里还敢抱怨。当下,他姊妹两个归着清楚,才同公子过住房来。

却说安公子见金、玉姊妹已经把家里整理得大有眉目,自己的功名却才走得一半途程,歇了两日,想到明年会试,由不得不急着用功。恰好一日,安老爷偶然走到书房里,见他正在那里拟了几个题目,想要请老爷看定,依课作起文来。安老爷看了看说:"题目倒都拟的是的,只是要作会试工夫,却比乡试一步难似一步了。乡试中后,便算交过排场,明年连捷固好,不然还有个下科可待。到了会试中后,紧接着,便是朝考,朝考不取,殿试再写作差些,便拿不稳点那个翰林。不走翰林这途,同一科甲,就有天壤之别了。所以,凡有志科甲者,既中了举,那进士中与不中,虽不可预知,却不可不预存个必中之心,早尽些中后的人事。这人事要怎的个尽法呢?只对策、写殿试卷子这两层功夫,从眼下便得作起。我的意思,每月九课,只要你作六课的文章。其余三课,待我按课给你拟出策题来,依题条对。凡是敷衍策题、抄袭策料,以至用些架空排句塞责,却来不得的。一定要认真说出几句史液经腴,将来才好去廷对。你的字虽然不丑,那点画偏旁也还欠些讲究。此后作文,便用朝考卷子誊正,对策,便用殿试卷子誊正,待我给你阅改。非我见你既中了个举,转这等苦口,求全责备;也虑着你读书一场,进不了那座清碧堂,用个部属中书,已就'失之毫厘,谬以千里'了。再要遭际不偶,去作个榜下知县,我便是你的前车之鉴,不可不知。"

列公,只看这位安老先生怕作知县,算到了头儿了,卫顾儿子,也算到了头儿了。但是,也得他有那个卫顾儿子的本事、学问。傥然我说书的果然也有个会试的儿子,却叫我合他讲些甚么来!

闲话少说。却说安公子遵着父亲的教训,依然闭门用起功来,准备来年会试。这书有话即长,无话即短。捻指之间,早又到了次年,礼闱临近了。安老爷正想着这次不知是那几位主司进去,不想得了信,这次的大总裁又熟人过多了。原来,那时乌克斋已升了兵部尚书、协办大学士、兼内务府大臣,莫学士也升了侍郎,吴侍郎又升了总宪,三个一齐点进去。正是安公子的两位先生,一位世弟兄。不消关节,只看他的路数笔气,那卷子也就是亮的了。何况,他还是个门里出身的真实艺业!此番焉有不中之理?

看看到了场期,那安公子怎的个进场出场,不烦重叙。等到出榜,又高高的中在十八魁以内。安老爷一家的欢喜热闹,更不待言。紧接着,朝考入了选,便去殿试。那殿试策题问的是经学、史学、漕政、捕政四道。

安公子经安老爷这几个月的造就工夫,那本殿试卷子,真真作得来经经纬史,写得来虎卧龙跳。钦派阅卷大臣,把他优定在前十本以内。城里有乌、吴、莫三位这等一班最关切的人，还愁安老爷得不着信不成？当日，就早先得了个密信，暗暗放心，说："只要在前十本，无论第几，这二甲是拿得稳的，编修便可望了。"

却说到了升殿传胪的头一天，读卷大臣先进上前十本去，恭候御笔钦定那鼎甲一二三名状元、榜眼、探花，二甲第一名的传胪，以至后六名的甲乙。上去之后，那班新进士都在保和殿后左门外候旨，预备钦定下来，那个占了前十名，立刻就要预备带领引见。

这个当儿，除了那殿试写作平平、自分鼎甲无望的，不作妄想外，但是有志之士，人人跋足昂头，在那里望信，想这个前十名，更想那前十名鼎甲的三名。内中，只有安公子，此时不但自知旗人格于成例，向来没个点鼎甲的，便是他在前十名，也早密密的得了信儿了。心里暗想："便是取在第十名，也还在二甲里。此番回家，上慰父母所不待言，连我那萧史、桐卿那个'插金花''饮琼林酒''作夫人'的三个难题目，我也算交过两篇卷了。"因此，他只管在那里一样的听信，却比众人心里，落得安闲自在。闲中无事，只靠在后左门旁边，望着大院子里看热闹。

只见那座宫门的台阶儿，倒有一人多高，正门左门掩着，只西边这间的门开着一扇，豹尾森排，雀翎拱卫，只不听得有个高声说话的。再看院子里，那些预备带领引见的官员，都在乾清门阶下伺候听旨。又有这班新进士的同乡、同年、至亲本家，这日有事无事，都各各借桩公事，来关切探听。还有一班好事些的，虽然与他无干，也要知道知道这科的鼎甲是谁。又有那些跟班的笔政爷们，更要窃听个消息，预备在大人跟前当个鲜明差使。一时，那大院子里千佛头一般，挤挤擦擦站了一院子人，都扬着脑袋，向那乾清门上望着。那门上站的一班侍卫公，不住的在那里吆喝"积扐汗"。"积扐汗"者，清语"声音"也。恐其人多声聚，虽圣人远在深宫，一时听不见，防得是御前大臣碰见，普化天尊般的一声雷，那些侍卫公便持不住。

大家正在盼望，只见一个奏事黄门官从门里出来，宣了状元、榜眼、探花、传胪的名次。人多地方敞，一时有听的真的，有听不真的，还有站得远些，挤在后面的，许多人一个个矮身欠脚，长身延颈，半日还不曾打听明白状元是谁。又彼此探问传说了会子，才知那一甲一名状元姓奚，江苏人，名叫奚振钟；一甲二名榜眼姓童，浙江人，名叫童海晏；一甲三名探花，便是正黄旗汉军人安骥；二甲一名传胪，却是个姓马的，叫作马行显。

那状元、榜眼、传胪的一班亲友听得，个个欢喜，所不待言。只忽然听得本科探花点了个旗人，人人惊异，都说："这实在要算本朝破天荒的第一人了！"纷纷纳罕。那知我大清兵民畏法，官吏知法，大臣执法，圣天子神明乎法。原来那日，进上前十本殿试卷去，圣人见那第三本，虽然写作俱佳，只是策文靡丽而欠实义，字体姿媚而欠精神，料不是个远大之器。及至看到第八名安骥这本，不但写得黑圆光润，那策文的经学、史学两条，对得本本源源，漕政、捕政两条，对得来条条切中利弊。天颜大喜，便从第八名提向前来，定了第三名，把那原定的第三名，改作第八名，因此，安公子便占了个一甲三名的探花郎。

却说后左门的那班新进士，见宫门一阵簪缨乱动，知是卷子下来了。时候离得越近，心里望得越紧。紧接着，便是那班带引见的官，如飞而来。忽然，见一个胖子分开众人,两只手捧着个大肚子,两条腿蹦落蹦落的,跑得满头是汗,张着张大嘴,一上蹉躁便叫:"龙媒!龙媒!"众人又不知龙媒为谁。他一眼看见安公子,便跑到他跟前,只说了个"恭喜"两个字,便扶了安公子的肩膀,喘个不住,可再说不出话来了。

安公子出其不意,倒被他唬了一跳,定睛一看,才认出是何麦舟。这何麦舟便是安公子当日上淮安的时候,同管子金两个,来帮盘缠的那人。安公子见他这个样子,只问说:"怎么了?"他才喘吁吁的伸了三个指头,说:"龙媒,恭喜!你点了一甲三名探花了!"安公子只是不信。

这个当儿,早听那班带引见的官儿,一名一名叫到他的名字,果然一甲三名叫得是安骥。安公子此时惊喜交集,早同了那十个人,一个个跟着来到乾清门排班。

大家围着一看,只见状元清华丰采;榜眼凝重安详;到了那个探花,说甚么潘安般貌,子建般才,只他那气宇轩昂之中,不露一些纨袴,温文儒雅之内,不粘一点寒酸,真真是彝鼎圭璋,熙朝人瑞;就连那个传胪也生得方面大耳,一部浓须,像是个干济之才。众人不胜叹赏。那知这班草茅新近初来到这禁籞森严地方,一个个只管是志等云飞,却都是面无人色。十个人一班儿排在那里,只口中念念有词,低着头,悄默声儿的演习着背履历。不一刻,只见黄门官站在那高台阶上,说了句"引见",便鱼贯而入的带上去。引见下来,名次不动,静候次日升殿传胪。

却说安公子回到宅里,想到这番意外恩荣,诸事不顾,一心只想飞回去见着父母,正不知二位老人家当如何欢喜。无如明日便是传胪大典,紧接着,还有归大班引见,赴宴谢恩,登瀛释褐许多事,授了职,便要进那座翰林院到任。事不由己,无法,只得先差人回园代躬,给父母叩喜,就禀知所以改点一甲三名的原故。

这回书交代到这里,又用着说书的"一张口难说两家话"的俗套头了,踅回来,便要讲到安老爷在家候信的话。却说安老爷到了公子引见这日,分明晓得儿子已就取在前十名,大可放心了。无如望子成名,比自己功名念切还加几倍,一时,又想到相公的满州话儿平常,怕他上去背不上履历来;一时,又虑到孩子腼腆,怕他起跪失了仪。从天不亮起来,坐在那里看两行书,搁下;又满屋里转一阵,写几个字,搁下;又走到院子里望望。等到日已东升,这个心可按捺不住了。忙忙的洗了手,换上大帽子,到了自己讲学那间屋子去,亲自向书架子上把《周易》蓍草拿下来,桌子擦得干净,布起位来,必诚必敬揲了回蓍,要卜卜公子究竟名列第几。

揲完,却卜着火地晋卦,一看那"康侯用,锡马蕃庶,昼日三接"三句,便有些犹疑,心里暗道:"四大圣人这两卷《周易》诚然是万变无穷,我的这点《易》学却也有几分自信,怎的今日卜得这一卦,我竟有些详解不来?按这个晋卦的卦象,火在地上,自然是个文明之兆,'康'字岂不正合'安'字的字义,'马'字又是个'骥'字的左畔,分明是玉格的名字了。这'昼日三接',不消说是个承恩之意,我心里却卜得是他的名次,难道会名列第三不成?那有个旗人会点了探花之理!不是这等解法。"又参详了半日,说:"呀,不妙了!莫非他改了三甲了罢?"

说着,又自己摇摇头说:"益发不是,从没个前十名会改三甲的。况且,他那策底子我看过的,若说有甚么毛病,那班读卷的老前辈,都是何等眼力,又怎的把他列到前十本去呢?"越想心里越不解,便收拾起来,回到上房,把这段话告诉太太合舅太太。舅太太说:"姑老爷,你不用尽着犹疑了。"因指着金、玉姊妹两个道:"前儿个,我们娘儿三个说闲话儿,还提来着,我说:'你们一家子只管在外头各人受了一场颠险,回到家来,倒一天比一天顺当起来了。'他姐儿俩提起张亲家母去年的话来,还笑说:'这底下还要抢头名状元,作八府巡按呢。'我说:'你们俩不用笑,瞧起你们老爷、太太的居心行事,再碰上你们家的家运,只怕我们这个小姑爷子照鼓儿词上说的,竟会点个鼎甲,放了巡按,还定不得呢。'瞧瞧,是应了我的话了不是?"安老爷此刻,是一心正经,笑道:"这个怎的合那先天《周易》讲得到一处!"

正说着,只见晋升忙忙的跑进来,说:"回老爷,有位老爷要拜会老爷。"老爷便怪着他道:"到底是谁要拜会我?只这样一个秃头'老爷',我晓得他是谁?你说话怎么忽然这等糊涂起来了?"晋升道:"这位老爷没来过,奴才不认得。奴才方才正在大门板凳上坐着,见这位老爷骑着匹马,老远的就飞跑了来。到门口下了马,便问奴才说:'这里是安宅不是?'奴才回说是,奴才见他戴着个金顶子,便问:'老爷找谁?'他说:'你快请你们老太爷出来,我有话说。'奴才问:'老爷怎么称呼?要见主人有甚么事?说明了家人好回上去。'他说:'你别管,只管回去罢。'说着自己把马拴在树上,就一直跑进大门来了。奴才只得让到西书房去坐。他还说:'请你们老太爷快出来,我还要赶进城去呢。'"安老爷听了,也心中诧异,不及换衣服,便忙忙的出去见那位老爷。安太太、舅太太、张太太一时听了,更摸不着门子,不放心,忙叫了个小子,跟着老爷出去打听。

却说那位老爷正坐在西书房炕上,撬着条腿儿,叼着根小烟袋儿,腰里拿下火链来,才要打火吃烟。见一掀帘子,进来了个清瘦老头儿,穿着身豰旧衣裳。他望着勾了勾头儿,便道:"一块坐着不则,贵姓啊?"安老爷答道:"我便姓安。恕我家居,轻易不到官场,在场的诸位相好,都不大认识了。足下何来?到舍下有何见教?"他这才知是安老爷,连忙扔下烟袋,请了个安,说:"原来就是老太爷!"慌得安老爷躬身拉起,说:"素昧平生,怎么行这个礼?这等称谓?请问外头怎么称呼?"他才说道:"笔帖式姓贺,名字叫喜升。不敢回老太爷,外头人都称笔帖式是喜贺老大。我们大人打发来了,叫道老太爷的大喜,说宅里的大爷,中了探花了。"

安老爷听他这话说得离奇,疑信参半,忙问:"贵堂官是那位?"他才说:"包衣按班乌大人。笔帖式,今日是堂上听事的班儿,我们大人把我叫到左门儿,亲口吩咐说:才在案儿上见前十本的卷子下来,看见大爷的卷子,本定的是第八名,主子的恩典,把名次升到第三,点了探花了。差派笔帖式,飞马来给老太爷送这个喜信。还说因为老太爷是我们大人的老师,算烦笔帖式辛苦一荡。笔帖式抓了匹马就来了。方才笔帖式眼拙,没瞧出老太爷来,老太爷万一见着我们大人,还求美言两句。"说着,又请了个安。

安老爷此时心里的乐,才叫个"梦想不到",那里还计较这些小节!看了看那位喜贺大爷的年纪,才不过二十来岁,不好叫他"大哥",又与他无统无属,不好称他"贺老爷",便道:"老弟说那里话,着实受乏了!改日我再亲去奉拜,先叫我小子登门道乏去。"说着让他喝茶吃烟。那位喜贺大爷坐了一刻,便起身告辞,说:"笔帖式还得赶到宅里销差去呢。”安老爷送到大门,看他上了马,加上一鞭,如飞而去,才笑吟吟的进来。

这个当儿,安太太同金、玉姊妹,以至舅太太、张太太早得了信了,彼此相见,阖家登时乐得神来天外,喜上眉梢。只这个当儿,泥金捷报也早赶到了。这番称贺,不必讲,比公子中举的时候,更加热闹。安老爷道:“大家且静一静,我这半日只像在梦境里呢!”说着定了定神,才道:“这个信断不会荒唐,我不能不信,却不敢自信。我此时竟要亲自进城走一趟。一则,见了玉格,到底问个明白是怎生一件事;二则,他乍经这等一件意外的恩荣,自然也有许多不得主意,我就当面指示明白,免得打发个人去传说不清。”安太太听了,忙说:“老爷这话想的狠是。”

说着,一面就叫人预备车马,打点衣裳。正上上下下、里里外外忙成一处,这个当儿,公子差来的人也到了。安老爷接着问了问,依然不得详尽,便穿好衣裳,催齐车马进城。家中自有太太合二位少奶奶,并家人们料理。按下不提。

却说安老爷从庄园来到住宅,公子见自己不能分身回园叩谒父母,倒劳父亲远来,慌忙出来跪迎问安。此时,父子相见,那番欢喜,更不待言。一时,张老也迎出来,彼此称贺。安老爷进来,不及闲谈,坐下便问公子,究竟怎的便得高点鼎甲的原因。公子随把今日引见,并见着乌大爷怎的告知的详细,从头回了一遍,老爷方得明白。因也把今日早起卜《易》,怎的卜着晋卦,恰好乌大爷着那位喜贺大爷到园送信的种种情节,告诉公子。因说道:“从来说‘圣心即天心’,然则前人那‘诵《诗》闻国政,讲《易》见天心’的两句诗,真是从经义里味出来的名言。便是我那日给你出的那个诗题,也莫非预兆了。”说着,才待合亲家老爷叙叙连日的阔别,不想亲家老爷倒像个主人,早在那里替女婿张罗老爷的酒饭。

当下,他父子翁婿饭罢。安老爷因公子中后,城内各亲友都曾远到庄园贺喜,如乌、吴、莫诸人,以及诸门弟子也都去过。还有那个娄蒙斋,自从合老爷作通家后,见了安老爷,佩服得五体投地,时常要来亲炙领教。安老爷是“有教无类”的,竟熏陶得他另变了个气味了。那乌克斋原是安老爷的学生,如今又作了公子的座主,早行了个先施的礼。彼此各行各道,公子尊他为师,他却仍尊安老爷为师,——此科甲中常例也。安老爷便趁这荡进城,一一的拜过。又到了那位喜贺大爷门首道了个乏,倒累他次日连忙到庄园来请安缴帖,过了两日,又送了八盒儿关防衙门的内造饽饽来,此是后话。

却说安老爷连日在城内,拜完了客,又把公子的事一一布置指示明白,便吩咐他,索性等诸事应酬完毕,再回庄园。又给他看定了个归第的吉日。公子一时得了主意。安老爷便先回双凤村,闲中,商量起儿子归第的事来。

一天,老夫妻两个同着媳妇正计议家事,只见舅太太合张太太过来。舅太太坐下,便道:“姑老爷,我有句话要合姑老爷商量,可是张亲家的事。亲家公是怵着碰你个钉子,不肯说。亲家母呢,他说,他是个锯了嘴的葫芦,还说,你说的话,他听着摸不着,叫我瞧着,咱儿说咱儿好,还带管说,务必的得替他说成了才好。前儿个我合我们姑太太商量了会子,姑太太也拿不稳你老的主意。我这里头可受着窄呢。你可不许合我闹一大车书。你就请出孔圣人来,也不中用。这件事总得给人家弄成了。”

论安老爷这个人，蹈仁履义，折矩周规，不得不谓之醇儒。只是到了他那动称三代起来，却真也令人不好合他共事。不知这位舅太太怎的，一眼把个生克制化的道理看破了，只要舅太太一开口，水心先生那副正经面孔，便有些整顿不起来。也搭着这位老爷的近况，正是身静心闲，神怡兴会，听舅太太说了这阵，便笑道：“夫商量者，商其事只可否、互相商酌而行之谓也。你如今话不曾说，先说请出孔圣人来也不中用，然则还商出些甚么量来？”舅太太道：“我不管这些，你只说应不应罢。”安老爷道：“益发大奇！你就叫我看篇文章，也得先有个题目。如今，文章倒作了大半篇，始终不曾点出题来，却叫我从那里应起？”舅太太又道：“姑老爷常说的呀，孔夫子的徒弟谁怎么听见一样儿，就会知道两样儿，又是谁还能知道十样儿呢。姑老爷这么大学问，难道我说了这么些句话，你还听不出个四五六儿来吗？”安老爷道：“阿，《论语》要这等讲法，亦吾夫子之厄运也。”安太太道：“你们可怄坏了人了。这到那一年是个说得清楚啊？等我说罢。”因说道：“张亲家的意思是，因为玉格中了，要给他热闹热闹。”

才说了一句，安老爷早一副正色道：“要是打算唱戏作贺，可断使不得，这却不敢奉命。”舅太太道：“不是，不用唬的那么个样儿。等我告诉姑老爷。张亲家说的是，他们外省女婿中了状元，都兴丈人家请游街夸官；就是咱们城里头，我也还赶上过，老年还兴这个热闹儿，姑老爷想来也赶上了。讲到你中举的时候，我们家可没请过。我先说了，省得你回来又比出个例儿来。如今，张亲家想着等女婿回家这天，打发人远远儿接出去，给他弄分新执事，也给他插上金花，披上红，把他接了家来。一则是个热闹儿；再者，一个小孩子中了会子，也叫他兴头兴头。姑老爷说使得使不得罢？”

这个当儿，不惟安太太、金、玉姊妹望着老爷庆贺罢，连长姐儿都不错耳轮儿的，听老爷怎么个说法。只见老爷听罢，哑然大笑，说道：“我只道是怎么个难题目，原来为此，何须辞费到如此！此亦不读书之故也。听我讲：那花红，不消费心，有朝廷的恩赐，赴琼林宴这日，一榜新进士都要领的；却只有榜眼、探花、传胪一定要披戴起来，才成得这个盛典。至于执事，国初的时候，官员都有例用的执事，只翻出《会典》来看，上面载得明明白白。如今，玉格既点了探花，自然该有他应用的仪仗。这事便是真个请教孔夫子，孔夫子也没个不许可的理。有甚么使不得的。”

安太太见老爷，难得有这等一桩俯顺群情的事，也自高兴，便闲谈道：“真个的，既是例上有的，怎么如今外省还有个体统，京里的官员倒不许他使呢？”安老爷道：“是不能也，非不许也。你们既不博古，焉得通今？这可就要知‘因地制宜，因时制宜’的道理了。我朝以弓马取天下，从不晓得甚么叫作图安逸。国初，官员乘马的多，坐轿的少。那班世家子弟，都是骑马，还有骑着骆驼，上衙门的呢。渐渐的忘了根本，便讲究坐轿车；渐渐的走入下流，便讲究跑快车；渐渐的弄到不能养车，便讲究雇驴车；渐渐的连雇驴车也不能了，没法，虽从大夫之后，也只得徒行起来了哇！何况，一路还要到鼻烟铺里装包烟，茶馆儿去喝碗茶，这要再用上分执事，成个甚么体统？如今，既是亲家这等疼孩子，我也不好故却，待我着个人，替他照那《会典》

上开载的，不奢不俭，置办一分起来，何如？"

张太太听了半日，听这句话头儿，仿佛是应了，便合舅太太说道："我合你说偺话儿来着？人家亲家老爷，凭偺事儿，你给他说在理上，他没个不答应的不是？"舅太太道："说了半天，敢则孔圣人就在这儿呢！"大家一笑而罢。

却说安公子传胪下来，授职用了编修。接着，领宴谢恩，登瀛释褐。一切公私事宜应酬已毕，便打算遵着安老爷给他定的那个归第吉期，收拾回园，叩见父母。他未回家之前，那恩赏的旗匾银两早已领到。安老爷先在庄园门外，立起一对高大朱红旗杆。那庄门外本有无数的大树，此时，正是浓荫满地、绿叶团云的时候，远远的望着那"万绿丛中一点红"，便有个更新气象。庄门上高悬一面粉油大字"探花及第"的竖匾，迎门墙上满贴着泥金捷报的报条。出入往来的那班家丁，倍常有兴。里边两位当家少奶奶早吩咐人，在当院里设下天地纸马、香烛香案，又扫除佛堂。上着满堂香供，家祠里也预备祭筵。安老夫妻又叫在何公祠，也照样备办一分供献。

是日，安老爷因是个喜庆日期，兼要叩谢天恩祖德，便穿了件纵线打边儿、加红配绿的、打子儿七品补子的公服。安太太、舅太太都是钿子氅衣儿。张亲家老爷先两日早回了庄园，新置了一套羽毛袍套。亲家太太又作了一件，绛色状元罗面月白永春里子的夹纱衫子，穿的纱架也似的。金、玉姊妹此刻是，钦点翰林院编修探花郎的孺人了，按品汉装，也挂上朝珠，穿着补服。两个人要讨婆婆的喜欢，特特在把安太太当日分赏的，那两只雁塔题名的雁钗戴在头上。事有凑巧，恰值何小姐前几天收拾箱子，找出何太太当日戴的一只小翠雁儿来，嘴里也含着一挂饭珠流苏，便无心中给了那个长姐儿。他这日见俩奶奶都戴着只翠雁儿，也把他那只戴在头上，"婢学夫人"，十分得意。

这日，天不亮，张老便合亲家借了两个家人，带了那分执事，迎到离双凤村二十里外(便是那座梓潼庙)等候。那执事是一对开导金锣，两对"赐进士出身""钦点探花及第"的朱红描金衔牌，一对清道旗，一对朱花旗，一对金瓜，一把重沿蓝伞。

公子那边，从头一日收拾停当了。次日起早，带了家丁，便回庄园而来。半路到了梓潼庙，吃些东西，换了衣服。一路锣声开导.旗影摇风，公子珠挂沉檀，章辉鸂鶒，头插两朵金花，身披十字彩红，骑一匹雕鞍金埒的白马，迤逦向双凤村，缓缓而来。

一路，也过了四五处烟村，也过了两三条镇市，那两面锣接连十三棒敲的不断，惹得那些路上行人、深闺儿女都彼此闲论，说："这读书得作官的，果是谁家子？"一程一程，来到临近。

公子在马上，望着那太空数点白云，匝地儿痕芳草，恰遇那年下半年有个闰月，北地节候又迟，满山杏花还开得如火如锦，四围杏花风里，簇拥他白面书生的一个探花郎，好不兴致！近山一带那些人家，早就晓得公子今日回第的信息，一个个扶老携幼，抱女携男，都来夹道欢呼的站在两旁，看这热闹。内中，也有几个读过书的庞眉皓发老者，扶了根拐杖，在那里指指点点，说道："不知这位安水心先生怎样自修，才生得这等一位公子！又不知这位公子怎样自爱，才成了恁般一个人物！"

话休絮烦。须臾,公子马到门首。一片锣声振耳,里头早晓得公子到了。公子离鞍下马,整顿衣冠。抬头一望,先望见门上高悬的,"探花及第"那四个大字。进了大门,便是众家丁迎着叩喜。走到穿堂,又有业师程老夫子那里候着道贺。他匆匆一揖,便催公子道:"我们少刻再谈,老翁候久了。"

公子让先生进了屋子,才转身,步入二门。早见当院里,摆着香烛供桌,金、玉姊妹在东边迎接,一群仆妇、丫鬟都在西边叩见。公子此时不及寒喧,便恭肃趋锵上堂,给父母请了安,见过舅母、岳母。

安老爷此时,已经满面的"祭如在。祭神如神在"了。公子才得请过安,老爷便站起来,望着公子道:"随我来。"便把公子带到当庭香案跟前。早有晋升、叶通两个家人,在那里伺候点烛拈香。

安老爷端拱焚香,炷在香斗里,带领公子三跪九叩,叩谢天地。退下来,前面两个家人引着,从东穿堂过去,到了佛堂。佛堂早已点得灯烛辉煌,香烟缭绕。安老爷向来到佛堂,不准妇人站在一旁敲磬的,那个伺候佛堂的婆子老单,早躲在一边去了。家人敲了磬,老爷带领公子拜了佛。出来,仍由原路出了二门,绕到家祠。因公子在城里,早在宗祠里磕过头了,便一直的进了祠堂,在他家老太爷、老太太神主前祭奠。

行礼已毕,出了祠堂门,安老爷向来"行不由径",便不走那座角门,仍从外面进了二门,来到上房。公子待父亲进房归坐,便要给父母行礼了。只见安老爷上了台阶儿,回头问着晋升、叶通道:"我吩咐的话,都预备齐了没有?"两个答应了一声"齐了",便飞跑出了二门,同了许多家人,抬进一张搭着全虎皮椅披的大圈椅,又是一张书案来。你道安老爷一个家居的七品琴堂,况又正是这等初夏天气,怎的用个虎皮椅披呢?

原来,那汉宋讲学大儒,如关西夫子、伊、闽、濂、洛诸公,讲起学来,都要设绛帐,拥皋比;安老爷事事师古,因此,自己讲学的那个所在也是这等制度,不想今日用着他。抬进来,老爷亲自带了家人,把那椅子安在中堂北面,椅子前头便设下那张书案。

这个当儿,张老夫妻是在他家等着接姑爷呢,只有舅太太、安太太、金、玉姊妹,并一班丫鬟几个家人媳妇在那里。见安老爷回到上房,且不坐下受儿子的头,先这阵布席设位,诸女眷只得闪在一旁。舅太太先纳闷儿道:"怎么今儿个他又'外厨房里的灶王爷',闹了个独坐儿呢。回来叫我们姑太太坐在那儿呀?"

安太太见老爷脸上那番"屏气不息""勃如战色"的光景.早想到,定是在那位神佛跟前,许的甚么愿心,便在旁问道:"老爷不用个香炉蜡台么?好到佛堂请去。"只见老爷摇摇头道:"那香烛都是那班愚僧误会佛旨,今日这等仪节,岂是焚香烧烛亵渎得的!"当下,不但诸女眷听了不得明白,连公子也无从仰窥老人家的深意,只得跟着来往奔走。一时设毕。安老爷又吩咐:"就上祭罢。"只见众家人从二门外端进四个方盘来,老爷便带了公子,一件件捧进来,摆在案上。

大家一看,右手里摆着一方锡铸的朱墨砚台,又是两只朱墨笔,挨着砚台摆着一根檀木棒儿,一块竹板儿。左手里摆着却是安老爷家藏的几件古器:一件是个,铁打的沙锅浅儿模样儿，底下又有三条腿儿，据安老爷平日讲，说是上古燧人氏教民火食烹饪始兴时候的锅，名曰“燧釜”；一件像个黄沙大碗，说是帝尧当日盛羹用的，名曰“土铏”；一件是个竹筐儿，便是颜子当日“箪食瓢饮”的那个“箪”。那个黄沙碗里装着一碗清水。那两件里，一个装着几块山涧里长的绿翳青苔，俗叫作“头发菜”；一件装着几根海岛边生的乌皮海藻，便是药铺买的那个“咸海藻”。

把这分东西供得端正。然后安老爷亲自捧了一个圆底儿方口儿的铁酒杯，说那便是圣人讲的“觚不觚，觚哉觚哉”的那个“觚”，杯里满满盛着一杯清酒。老爷兢兢业业，举得升空过顶，从东边献到座前供好了。座旁三揖而退，才退到正中，带领公子，行了个四拜的礼。立起身来，又从西边上去撤下那杯酒，捧着作了个揖。出了院子，早见叶通捧过一束白茅根来，单腿跪着放在阶下。安老爷才望空一举，把那杯酒奠在那白茅上。进来，又站在那书案的旁边，问公子道：“你可知我今日这个用意？”

列公，你看安公子真算得了他老人家点儿衣钵真传，他会明白了。只听他控背答道：“西边这几件，自然是‘丹铅设教，夏楚收威’的意思。东边那几件，想是‘涧溪沼池之毛，蘋蘩蕴藻之菜，筐筥锜釜之器，潢汙行潦之水’。那箪食觚饮，正是至圣大贤的手泽口泽。只不知那奠酒为何要用着白茅根？”安老爷道：“这个典，你只看‘尔贡包茅不入，王祭不供，无一宿酒’的几句注疏，就晓得了。”

公子道：“还要请示父亲：今日祭的是那位古圣先贤？”安老爷道：“古圣先贤怎的好请到我内室来！”因指着何小姐道：“这便是他的祖父——我那位恩师。当年我不受他老人家这点渊源，却把甚的来教你？你不经我这番训诲，又靠甚的去成名？这便叫作‘饮水思源，敢忘所自’。你要晓得，这等师生却合那托足权门、垂涎外任的师生，是两种性情，两般气味。”

安老爷将说完这话，舅太太便道：“得了，收拾收拾，二位快坐下，让人家孩子磕头罢。我也家去等着陪姑爷去了！”这里众人忙着收拾清楚。安老爷、安太太便向正面床上，双双归坐，公子才肃整威仪，上前给父母行礼。

列公，你从他那头上两朵金花，肩上十字披红，朝珠补服，肃整威仪的情形里头，回想他三年前，未曾见个生眼儿的人先脸红，未曾着点窝心的事儿先撇嘴的那番光景，可不是大妞妞似的一个公子哥儿来着么。才得几天儿，居然金榜题名，玉堂学步，成了人了。只这膝前一拜，你叫他那双父母看着怎的不乐！只见他老夫妻一个拈须含笑，一个点首堆欢，两边站着那班丫鬟、仆妇，望着老少主人，也都是展眼舒眉，一团喜气。

这个当儿，就把个长姐儿忙的，又要伺候老爷太太.又要张罗两位奶奶，已经手脚不识闲儿了。他还得耳轮中聒噪着探花，眼皮儿上供养着探花，嘴唇儿边念道着探花，心坎儿里温存着探花。难为他只管这等忙，竟不曾短一点过节儿，落一点神情儿。长姐儿尚且如此，此时的金、玉姊妹更不消说，是“难得三千选佛，输他玉貌郎君。况又二十成名，是妾金闺夫婿”。他二人那一种脸上分明露的出来、口里转到说不出来的欢喜，就连描画也描画不成了。

一时，公子拜罢起来。只听安老爷合太太说道：“太太，我家这番意外恩荣，莫非天贶君恩,祖德神佑。不想你我这个孩子,不及两年的工夫,竟作了个华国词臣,荣亲孝子。且喜你我二十年教养辛勤,今日功成圆满。此后,这副承先启后的千斤担儿,好不轻松爽快!”太太道:“是虽说是老爷合我的操心,也亏他的自己立志。我不是说句偏着媳妇的话,也亏这俩媳妇儿帮他。”老爷道:“正是这话。古有云:‘退一步想,过十年看。’这两句话,似浅而实深。当我家娶这两房媳妇的时候,大家只说他们户单寒;当我用了那个知县的时候,大家只说我前程蹭蹬。你看今日之下,相夫成名的,正是这两个单寒人家的佳妇;克家养志的,正是我这个蹭蹬县令的佳儿。你我两个老人家,往后再要看着他们夫荣妻贵,子孝孙贤,那才是好一段千秋佳话哩!”这正是:

如花眷作探花眷,小登科后大登科。

这回书交代到这里,便是《儿女英雄传》第四番的结束。要知后事何如,下回书交代。

第三十七回 志过铭嫌隙成佳话 合欢酒婢子代夫人

上回书交代到,安公子及第荣归,作了这部评话的第四番结束,这段文章,自然还该有个不尽余波。却说他这拜过父母,便去拜见舅母。金、玉姊妹也一同过去。三个将进院门,早见舅太太在屋门口儿等着,见他们来了,笑道:“这可说得是个新贵了,连跟班儿的都换了新的了。”说着,公子进门,便让舅母坐下受礼。舅太太说:“我不叫你磕这个头,大概你也未必肯,就磕罢。”公子一面跪下,他一面拉住公子的手,说道:“快快儿的升,早些儿换红顶儿。不但你们老爷、太太越发喜欢了,连我这干丈母娘可也就更乐了。”

公子被舅母紧拉着一只手,说个不了,只得一手着地,答应着行了礼。起来,舅太太便让他摘帽子,脱褂子,又叫人给倒茶。公子说:“我不喝茶了,这时候,怎么得喝点儿甚么凉的才好呢。”舅太太道:“有,我这里有给你煮下的绿豆,我自己包了几个粽子,正要给你送过去呢。”说着,便叫老蓝:“就端来,大爷这里吃罢。”老蓝答应一声,便端了一碗凉绿豆,一碟粽子,又见那个丫头,原名素馨,改名绿香的,从屋里端出一碟儿玫瑰卤子,一碟儿冰花糖来,都放在公子面前。公子一面吃着,舅太太又说:“吃完了,再把脸擦擦,就凉快了。”

公子一时吃完,擦了脸,重新打扮起来。舅太太道:“我这里还给你留着个顽意儿呢,不值得给你送去,你带了去罢。”说着,便叫绿香从屋里一件件的拿出来。一件是个提梁匣儿,套着个玻璃罩儿,又套着个锦囊。打开一看,里头原来是一座,娃娃脸儿一般的整珊瑚顶子,配着个碧绿的翡翠翎管儿。舅太太道:“这两件东西,你此时虽戴不着,将来总要戴的,取个吉祥儿罢。”金、玉姊妹两个都不曾赶上见过舅公的,便道:“这准还是舅舅个念信儿呢。”舅太太道:“嗳,你那舅舅何曾戴着个红顶儿哟!当了个难的乾清门辖,好容易升了个等儿。说这可就离得梅楞章京快了,谁知他从那么一升,就升到那头儿去了。这还是四年上才有旨意定出官员的顶戴来,那年我们太爷在广东时候得的。"张姑娘道:"敢是老年官员都没顶儿吗?这我可又知道了古记儿。"何小姐道:"不然,为甚么帽子要分个红里儿蓝里儿呢。"

说着,公子又看那匣,见是盘百八罗汉的桃核儿数珠儿,雕的十分精巧,那背坠佛头记念也配得鲜明。公子倒觉狠爱,便道:"这盘轻巧,我就换上他罢。"舅太太益发欢喜,就盘腿坐在那里,叫过他去。又叫他低了头,亲自给他换上。

何小姐早把那个匣子打开,却是一分绝好了的飘带荷包手巾。舅太太道:"你们俩瞧瞧,这还是我二十年头里的活计,如今,再叫我照这么个模样儿做一分,我可做不上来了。"何小姐道:"活计是不用讲了,难为娘怎么收来着,竟还好好儿的呢。"因合公子说道:"也换上罢。"

说着,不由分说,便给他换上。公子这才戴上帽子,谢了舅母。亲自拿着那个匣儿去回父母。舅太太又合他说道:"回来我同你丈母娘请姑老爷、姑太太,还请你们作陪呢。"

公子一面答应,便过来,把方才得的东西,都请父母看过。安老夫妻自是欢喜,便催着他过后边去。安太太道:"我叫人把那个角门儿给你们开开了,俩媳妇儿都跟过去。一个也该到自己祠堂里磕个头,一个也该见见自家的父母。别只顾咱们家里热闹。叫人家养女孩儿的看着寒心。"二人答应着,带上一群丫头女人,又保驾的似的跟了去。

不一时,到了何公祠,戴勤、宋官儿合一班家人,早在那里伺候。公子告过祭,何小姐才上前磕头。张姑娘在姐姐跟前,是断不落这个过节儿的,此刻,有个不随着磕头的吗?二人一同拜罢起来,撤去祭筵,关好门户,便到何小姐当日住过半天儿的那个禅堂去坐。

只见华嬷嬷从他家里提了一壶开水,怀里又抱着个卤壶,那只手还掐着一硌茶碗茶盘儿进来。公子道:"你就叫你媳妇儿帮帮不好吗,为甚么要累得这么阿哥的嬷嬷,库忒累的娘模样儿呢!"他道:"可不是叫媳妇儿张罗来着吗,偏偏儿的,这么个当儿,芒种儿又醒了,赖在他妈身上,只不下来,我嫌他们那孩子爪子的累赘,还没我自己干着爽利呢。"说着,便忙着给爷奶奶倒茶。

你道这芒种儿又是谁?前回书交代过的,何小姐过门的时节,那随缘儿媳妇正是将近三个月的双身子,所以,不曾进得新房。屈指算到上年的芒种前后,可不正该养了。转眼,今年又是芒种,那孩子恰好周岁儿,敢是也懂得赖在他妈身上,不下来了。

话休絮烦。一时倒上茶来,张姑娘道:"茶不茶的倒不要紧,你们谁快给我袋烟吃罢。"说着,只见柳条儿装过烟来。何小姐道:"喝他们口茶,给爹妈磕头去罢。这一袋烟又得半天。"说着,站起,便去接他的烟袋。张姑娘笑道:"好姐姐,等我再吃两口。"一面把烟袋递给柳条儿,一面还回过头来,就他手里抽了两口。三个人才一同过张老那边去。

到了门首,他老两口儿早迎出来。原来张老因人少房多,只占了三间正房,六间厢房。那正房里当中供佛,一间住人,一间坐客。当下,公子夫妻进去,见堂屋里佛爷桌儿上,换了簇新的黄布桌围,桌儿上的锡镴五供儿擦得镜亮,佛前点着日夜不断的万年海灯，佛龛两旁，一边儿还立着一根干稻草，讲究说，这是怕屋里有个不洁净，遮佛爷的眼目的，佛桌儿前早铺下了个蒲垫儿，老两口儿走到那蒲垫儿跟前就站住，等着姑爷行礼。

你道这是个甚么仪注？原来，小户人家凡遇着大典礼，不大肯坐下受人的头，总是叫他朝着家堂佛磕；便是家里有个孩子，从散学里下了学，也得朝着佛爷作那个揖。这是比户皆然，却为《礼经》所不载。更兼安公子中举的时候，是在上屋给岳父母行的礼，此时，如何想得到这个规矩？及至听他岳丈说了句："姑爷来到就是，别行礼罢。"他才知是该朝佛爷磕的，便在那蒲垫儿上，先给泰山磕了三个头。张老也说了几句老实吉利话儿，又说："这也不枉你爷儿俩、他姐儿俩受那场苦哇！这都是佛天菩萨的保佑啊！"

公子起来，又给泰水磕头。俗语说的："挨金似金，挨玉似玉。"今番亲家太太的谈吐，就与往日大不相同了。只听他说到："姑爷多礼，姑爷请起。这可实然的难为你！也不枉你家一场辛苦吃到底，也不枉我家'行下的秋风望下的雨'，也不枉咱两家子这一嫁一娶。往后，来我两口儿还愁甚么年少柴来月少米！可是人家说的，'老天隔不了一层纸'，等明儿他姐儿俩，再生上个一男半女，那才是重重见喜。谁也说不的这那是人情天理。"不想他一朝作了官亲，福至心灵，这几句官话儿倒误打误撞的，说了个合辙押韵！

却说张老让他三个坐下，便高声叫道："大舅妈，拿开壶来。"那个詹嫂听得公子来了，死也不敢出那个厢房门，连答应都怵着；答应答应一声，只叫他那孩子送了水壶来。那个孩子也是发赸，不肯进屋子，只在屋门外叫："姑爹，你接进开壶去呀！"原来，那孩子极怕张姑娘，张姑娘便叫道："阿巧，进来。"他这才赸不答的蹭进来。一手提掳着水壶，那只手还把个二拇指头搁在嘴里叼着，嘻嘻的赸笑，递过壶去。张太太又叫他给公子请安，白说了，这他扭股儿糖似的，可再也不肯上前儿咧。何小姐道："不用请安了。"因指着公子问他："你只说这是谁罢？"那孩子又摇摇头。何小姐道："我呢？"他倒认得，说："你，你也是姐。"张姑娘道："那么问着你那是谁，只摇头儿不言语，偏叫你说！"他这才呜呐呜呐的答道："他是个老爷。"说着张老沏了茶。他接过水壶去，就发脚跑了。

张老端过茶来，公子连忙站起来要接，见没茶盘儿，摸了摸那茶碗又滚烫，只说："你老人家叫他们倒罢。"及至晾了晾，端起来要喝，无奈那茶碗是个斗口儿的，盖着盖儿，再也喝不到嘴里。无法，揭开盖儿，见那茶叶泡的岗尖的，待好宣腾到碗外头来了。心想，这一喝，准闹一嘴茶叶，因闭着嘴咂了一口，不想，这口稠咕嘟的酽茶咂在嘴里，比黄连汁子还苦，攒着眉咽下去，便放下碗，倒辜负了主人一番敬客之意。

张老又给他姊妹送了茶，便从佛桌儿底下掏出一枝香根儿，自己到厨房掏了个火来，让姑奶奶抽烟儿。柳条儿这里给张姑娘装烟。戴嬷嬷便张罗给亲家太太装烟。亲家太太抽着烟儿，何小姐就问道："妈，你老人家今儿个吃的这个烟，怎么不象那老叶子烟儿味儿了？"张太太道："可说呢，都是你那舅太太呀，我到了他屋里，他就闹着不兴我吃我的烟，只叫吃他的。昨儿个，他又买了十斤渣头送我，我吃着倒怪香儿的呢。就只不禁吃，一会子又怪燎嘴的，大是吃惯了也就好了。”

当下，宾主酬酢礼成。公子才致谢了岳父母的迎接夸官的盛意，他老两口儿也谦不中礼的谦了两句，公子便要告辞过前头去。何小姐因问张太太说：“妈不是回来还同舅母请公婆吃饭呢么，为甚么不趁早角门儿开着，一块儿走呢？省得回来又绕了远儿。”张太太便道：“使得。”说着用俩指头撵灭了那根香火，又叫道：“大舅妈，我不来家吃饭了，晚饭少打半碗米罢。”说罢，便一同过这边来。

到了上房，安老爷正合安太太、舅太太在那里长篇大论谈得高兴。见公子来了，便要帽子褂子，待要穿戴好了，亲自戴他出去拜谢他的业师程老夫子。正说着，人回：“程师老爷穿了公服过来了，现在腰房里候着，说一定要进来登堂给老爷、太太贺喜。”

列公，你道这位程老夫子从那里说起又穿起公服来？原来，他当日，本是个出了贡的候选教官，因选补无期，家里又待不住，便带了儿子来京，想找个馆地。恰值那年，安老爷用了榜下知县，要上淮安，又打算叫公子留京乡试，正愁没个人照料他课读。见程师爷来了，是自己幼年同过窗的一位世兄，便请他在家下榻。

那程师爷见修馔不菲，人地相宜，竟强似作个老教，去吃那碗豆腐饭。因此，一住四个年头，宾主处得十分合式。安老爷又是位崇师重道的，平日，每逢家里有个正是，必请师老爷过来，同诸亲友一体应酬，从不肯存那“通称本是教书匠，到处都能雇得来”的浅见。因此，师老爷也就“居移气，养移体”起来，置了一顶鸭蛋青八丝罗胎平鼓洼爹时样纬帽，买了一副自来旧的八品鹌鹑补子，一双脑满头肥的转底皂靴。这日，欣逢学生点了探花，正是空前绝后的第一桩得意事，所以，才“纱其帽而圆其领”的过来，定要登堂道贺。

安老爷因自己还没得带儿子过去叩谢先生.先生倒过来了，一时，心里老大的不安，说道：“这个怎么敢当。”低头为难了半日，便合太太说道：“这样罢，既是先生这等多礼，倒不可不让进上房来。莫如太太也见见他，我夫妻就当面叫玉格在上房给他行个礼，倒显得是一番亲近恭敬之意。”太太也以为狠是。

却说安老爷家向来最是内外严肃，外面家人非奉传唤，等闲不入中堂。在上屋伺候的都是一班仆妇、丫鬟，此外，只有茶房儿老尤的那个九岁的孩子麻花儿，在上屋里听叫儿。当下，众人听得师老爷要进来，一个个忙着整坐位，预备掀帘子。安太太一班内眷，带了众丫鬟都到东里间暂避，其余的老婆儿、小媳妇子们，都在靠西一带远远的伺候着。

此时，替那个长姐儿计算，他自然也该跟了太太，进里间去才是，无如他心里另有他一桩心事。你道为何？原来，他自从去年公子乡试，头场出来，打发戴勤回家请安的那天，他听戴勤回老爷话，说了句“师老爷说大爷准中”，落后，见大爷果然中了不算外，并且，一直中到探花了，他心里便着实的感佩这位师老爷。难得今日这个机会，他便不进屋子，合那班仆妇站在外间，想瞻仰瞻仰这位师老爷是怎的个老神仙样子。

只听老爷先吩咐人预备开正门，又道：“就请师老爷罢。”家人答应出去。老爷早带了公子，迎到二门台阶下候着。此时，长姐儿心里打着：“这位师老爷连我们大爷都教得起，纵然不能照戏上扮的、刘备老爷的、那位诸葛军师，那么个气派儿，横竖也有书上说的、岳老爷的、那位教师周先生，那么个光景儿，掉在地下，也不至于象《春香儿闹学》上的陈最良。”只不错眼珠儿从玻璃里向二门望着。

正盼望间，但见外面家人从二门旁边跑进来，回了一声说：“师老爷进来了。”紧接着，吱喽喽屏门大开，就请进那位师老爷来。他一瞧，先有几分不满意。原来，那位师老爷生得来，虽不必“子告之曰，某在斯某在斯”，那双眼睛，也就几乎“视而不见”；虽不到得“鞠躬如也”，那具腰也就带些“屈而不伸”。半截真搀假的小辫儿搭在肩头，好一似风里垂杨飘细细。一片银镀金的浓胡子绕来满口，不亚如溪边茅草乱蓬蓬。穿一件本色程乡茧单袍子，套一件茄合色羽纱单褂子，他自已赶着这件东西却叫作“羽毛外套”。那件外套上，便钉着那副自来旧的补子，又因省了两文手工钱，不曾交给裁缝，只叫他那个馆僮给钉的，以致钉得一片齐着二道褂钮儿，一片齐着三道褂钮儿，便是朱夫子见了，也得给他注明说：“此错简。当在第三道褂钮儿之上。”他看了看，似乎合“亵裘长，短右袂”的本义，也还说得通，就那么“言其上下察也”的套在身上。头上只管是明晃晃一顶金角大王般的纬帽，那帽襻儿从戴上便“放之则弥六合”的来了。脚下那双皂靴底儿上的泥，只管腻抹了个漆黑，帮儿上倒是白脸儿扯光的一层尘土，虽然考较不出他是那年买的，大约从上脚那天直到今日，自来也不曾掸掸刷刷，“去其旧染之污而自新”。长姐儿仔细一看，回头合随缘儿媳妇说道：“这是怎么话说呢，一个人就砢碜，也得砢碜出个样儿来呀！难为咱们大爷，怎么合他一个屋里，混混来着！”

这个当儿，里间儿的内眷，也在那里远远儿的从玻璃里望外看。舅太太一见，先就说道：“敢则这是姑老爷天天儿叫得震心的，他那位程大哥呀！这还用满到是处找着瞧海里奔去吗！”张太太只问：“咱儿了？”金、玉姊妹合丫头们已经笑不可仰。便是安太太那等厚道人，也就撑不住要笑，只合舅太太摆手儿，说：“你悄悄儿的，看人家听见。”说着大家又望外看。

只见他从二门屏风台阶儿上，一步步用脚试着擦拉下来，到了平地，一副精神早已贯注到上屋跟前，却不曾留心，旁边儿还有个主人在那里迎接呢。安老爷只得迎了两步，把手一拱，叫道：“大哥，我这里正要带小儿到馆竭诚叩谢，倒劳吾兄枉道先施.请屋里坐。”他听了，才连点头儿带哈腰儿，嘴里嘁嘁测测，一阵有声无词，不甚可辨，大约说的是“岂敢，岂敢”，却又没个里儿表儿。

你道这是甚么原故？原来，汉礼到了人家礼，无论亲友长幼，或从近处来，或从远方来，或是久违，或是长见，以至无论庆贺吊慰，在院子见了主人，从不开口说话，慢讲请安拉手儿了。当下，他只嘁测了那一阵，便奔了上房来。两旁伺候的两个女人，忙把帘子高卷起来，伺候师老爷进屋子。

这个当儿，里间儿的女眷，都过隔扇跟前来，隔着那层隔扇绢望外瞧。只见他一进门，不说长不道短，便举手擎天毛腰拖地的，朝上就是一躬。这一躬打下去，且不直起腰来，却把两只手凑在一处，就着地儿拱送，嘴里还说道：“恭喜，恭喜，叩叩，叩叩，叩叩。”

大家一看，这可是个希希罕儿，都在那里纳闷儿。安老爷懂得这个，说了句：

"岂敢。"连忙赶过去,合他膀子靠膀子的也那么闹了一阵,口里却说的是:"还叩,还叩,还叩。"讲究这叫作:"宾请拜,主人辞;宾再请拜,主人再辞;三让三辞,然后相揖而退。"是个大礼。安老爷合他彼此作过揖,便说道:"骥儿承老夫子的春风化雨,遂令小子成名,不惟身受者顶感终身,即愚夫妇也铭佩无既。"只听他打着一口的常州乡谈,道:"底样卧,底样卧。"

论这位师老爷,平日,不是不会撇着京腔说几句官话,不然,怎么连邓九公那么个粗豪不过的老头儿,都会说道他有说有笑的,合他说得来呢。此时,他大约是,一来兢持过当,二来快活非常,不知不觉的乡谈就出来了。只是他这两句话,除了安老爷,满屋里竟没有第二个人懂。

原来,他说的这"底样卧,底样卧"六个字,"底"字就作"何"字讲,"底样","何样"也,犹云"何等"也;那个"卧"字,是个"话"字,如同官话说"甚么话,甚么话"的个谦词。连说两句,而又谦之词也。他说了这两句,便撇着京腔说道:"顾(这)叫胙(作)'良弓滋(之)子,必鸭(学)为箕;良雅(冶)滋(之)子,必雅(学)为裘'。顾(这)都四(是)老先桑(生)格(的)顶(庭)训,雍(兄)弟哦(何)功滋(之)有?伞(惭)快(愧),伞(惭)快(愧)!嫂夫纳银(二字切音合读,盖'人'字也。)面前,雅(也)寝(请)互互(贺贺)!"

老爷便吩咐公子:"请你母亲出来。"幸亏是安太太素来那等大方,才能见怪不怪。出来合他相见,便忍了笑,扶了儿子出来,从靠南一带绕到下首,才待说话,只听他那里问着老爷道:"顾(这)个秀(就)四(是)嫂夫呐银(人)?"

原来,大凡大江以南的朋友,见了人,是个见过的,必先叫一声;没见过的,必先问问:"这个可是某人不是?"安老爷见问,忙答道:"正是山荆求见。"他这一肃整威仪,乡谈又来了,说道:"顾(这)四(是)要顶(庭)爒(参)格(的)。"庭参者,行大礼也。

说着,只见他背过脸儿去,倒把脊梁朝着安太太,向北又是一躬。慌得安老爷,还揖不迭,连说:"代还礼,代还礼。"安太太此时,要还他个万福罢,旗装汉礼,既两不对帐;待摸着头把儿,还他个旗礼,又怕他不懂,更弄糟了。想了想,左右他在那里望着影壁作揖,索兴不还他礼。等他转过脸来,才说道:"师老爷多礼。我们玉格这么个糊涂孩子,多亏师老爷费心,成全了他。一总再给师老爷道谢罢。"他只低了头,红了脸,一时无话。安老爷便让道:"大哥请坐,待愚夫妇教小儿当堂叩谢。"他又道:"底样卧,底样卧。"公子早过来,站端正了,向他拜了四拜。他又答了两揖。

等公子起来,他才笑呵呵的说道:"四(世)雍(兄),恭喜!恭喜!武(我)哈(合)你袜(外)涅(日)呢,叫胙(作)'日(石)呐恩(二字切音合读,"能"也。)攻虐(玉)',今涅(日)直头叫胙(作)'亲(青)测(出)于蓝'哉,阿拉?"(阿拉者,可是如此之词,转问之意也。)老爷又向他打了一躬,说道:"此夫子自道也,改日还当竭诚奉请。"

列公,你看这位安老先生,也算得"待先生其如此恭且敬也"了。谁想,他自己心里犹以为未足,还要叫太太带两个媳妇来,拜见老夫子。太太却有些不愿意了,只得说道:"我才打发他们俩到佛堂里撤供焚钱粮去了,得会子过来呢。怎么好倒劳师老爷尽着等他们呢？先请坐下，改日再叫媳妇儿拜见罢。”安老爷见如此说，这才罢了。太太一面叫人倒茶，一面自己也就进了里间儿。舅太太迎着，笑说：“姑太太，你怎是个好人，直算救了俩媳妇儿一场大难！”

按下这里。却说安老爷见一切礼成，才让师老爷归坐，请升了冠。一时倒上茶来。老爷见给他倒的也是碗普洱茶，早料到这桩东西师老爷一定是“某未达，不敢尝”，忙说：“师老爷向来不喝茶，你们快换碗姜汤来罢。”仆妇们连忙换上姜汤来。那等热天，他会把碗滚开的姜汤，“唏嚠”下去，竟不怎的不算外，喝完了，还把那块姜捞起来，搁在嘴里嚼了嚼，才“噌”的一口唾在当地。旁边一个婆儿连忙来拣。看了看，不好下手，便从袖口儿里掏了张手纸，叠了四折儿，把那块姜捏出去。

安老爷这才合他彼此畅谈。只这一谈，师老爷一阵大说大笑。长姐儿又留神瞧见他那一嘴零落不全的牙了。敢只是一层黄牙板子，按着牙缝儿，还渍着许多深蓝浅绿的东西，倒仿佛含着一嘴的镀金点翠。长姐儿合梁材家的皱着眉，道：“梁婶儿，你回来可好歹好歹把那个茶碗拿开罢，这可不是件事！”说着，只恶心得他回过头去，向旮见儿里吐了一口清水唾沫。

这个当儿，又听老爷叫取师老爷的烟袋荷包去。当下，两三个仆妇答应一声，便叫那个小小子儿麻花儿去取，大家都在廊下等着。一时，麻花儿取进来。众人一看那个蓝布口袋，先恶心了一阵。且不必问，他是怎的个式样，就讲那上头的油泥，假如给了剃头的，便是使熟了的绝好一条杠刀布。却又合他那根安着猴儿头烟袋锅儿，黄白加黑冰裂纹儿的象牙烟袋嘴儿，颤巍巍的毛竹烟管，两下里拿着。这件东西，说书的要不费些考据注疏工夫解出来，听书的可就更听不明白了。

请问，烟袋锅儿怎么叫作“猴儿头”呢？列公，你只看那猴儿，无论行住坐卧，他总把个脑袋扎在胸坎子上，倒把脖儿拱起来。然则这又与师老爷的烟袋锅儿何干？原来，凡是师老爷吃烟，不大懂得从烟袋荷包里望外装，都是从那个口袋里捏出一撮子来，塞在烟袋锅儿里。及至点着了，吃完了，他可又不大懂得往地下磕，都是一撒嘴儿，顺着手儿把那烟袋锅儿往地下一墩。那锅儿里的烟灰，墩的干净，也是这一墩，墩不干净，也是这一墩；假如墩不干净，回来再装，那半锅儿烟灰，可就絮在生烟底下了。越絮越厚，莫讲辰年到卯年，便一直到他“盖棺论定”，也休想他把那烟袋锅儿挖一挖。为甚么，他一天到晚，烟只管吃得最勤，却也吃得最省？请教，一个烟袋锅儿有多大力量？照这等墩来墩去，有个不把脑袋墩得伛偻回来，成了猴儿头模样儿的吗？此他那个烟袋锅儿之所以名“猴儿头”也。

那个象牙烟袋嘴儿又怎么是“黄白加黑冰裂纹儿”的呢？这就得晓得驯象所庞然一物的那个大象了。象这种畜生，他那张嘴，除了水、谷、草三样之外，不进别的脏东西，所以，象牙性最喜洁，只要着点恶气味，他就裂了；沾点臭汁水儿，他就黄了。怎禁得起，师老爷那张嘴，不时价的把他叼在嘴里呢！何况，遇着赴席，喝着酒还要嘴袋烟，嘴里再偶然有些倒不过窖来的东西，渍在牙床子、嘴唇子的两夹间儿，不论鱼肉菜蔬、干鲜乳蜜，都要借重这个象牙烟袋嘴儿去掏他。及至掏出来，放在眼底看看，依然还要放在嘴里咂咂，咽下去。那个雪白的象牙合他那嘴牙，是两个先天，怎的会不弄到半截子焦黄，裂成个十字八道？此又他那个象牙烟袋嘴儿之所以成了“黄白加黑的冰裂纹儿”也。

然则丫烟袋杆儿又怎的会“颤巍巍”呢？大凡毛竹，都是一头儿粗、一头儿细。师老爷那根烟袋，足够营造尺五尺余长，一个粗头细尾的竹竿儿，那头儿再赘上一个渍满了烟灰的猴儿头，有个不发颤的么？此又“颤巍巍”之所以然也。

当下，众人看了这两件东西，一个个跳牙裂嘴，掩鼻攒眉，谁也不肯给他装那袋烟，便叫麻花儿装好了，拿进香火去，请他自己点。

师老爷吃上这袋烟，越发谈得高兴了。道是今年的会墨那篇逼真大家，那篇当行出色，他的同乡怎的中了两个，一个正是他的同案，一个又是他的表兄。只顾这阵谈，可把袋烟耽搁灭了，灭了他竟自不知，还在那里闭着嘴只管从嗓子里使着劲儿紧抽。这个当儿，呼噜呼噜，早灌了一筒子唾沫了。老爷见师老爷的烟灭了，将要叫人拿香火，恰巧那个麻花儿一时不在跟前。一回头，正看见长姐儿站在那边，安老爷是一生忠厚待人，从不晓得甚么叫作闹脾气，嫌人脏，笑人怯，便叫长姐儿道：“你过来，把师老爷的烟点点。”

这一下子，可要了他的小命儿了！登时。急得他脸皮儿火热，手尖儿冰凉，料想没地缝儿可钻。只得拿过香盘子来，还想闪展腾挪，闹个“握着耳朵放炮仗”，单撒手儿去点。怎当得，师老爷手里的烟袋也颤，他手里的盘香也颤，两下里颤儿哆嗦，再也弄不到一块儿。老爷看了，说道：“我不会吃烟，也罢了，怎的你给人点烟都不在行呢？你把那只手拿住烟袋，就好点了哇。”

老爷如此一指点，他这才更“缸里掷骰子——没跑儿了”。万分无奈，只得鼻子里闭着气，嘴里吹着气，只用两个指头捏着那烟袋杆儿去点。偏生那油丝子烟又潮，这个当儿，师老爷还腾出嘴来，向地下“呱咕”吐了一口唾沫。良久良久，才点着了。他此时，便像放了郊天大赦一般，忙松了那根烟袋，把身子一扭，一掀帘子，出了门儿，扔下香盘子，一溜烟望后就跑。舅太太只从玻璃里指着他暗笑。他也不曾留心，梗梗着个脖子，如飞而去。

这里师老爷吃完那袋烟，才戴上帽子要走。安老爷主人情重，见师老爷那根帽襻儿，实在脱落得不像了，想着衣冠不整也是朋友之过，便说：“大哥莫忙，把帽襻儿扣好了。”他从谏如流，连忙伸了一把渍满了泥的长指甲，也想把那扣儿掳上去。只是汗沤透了的东西，又轻易不活动，他那来回扣儿，怎得还能上下自如？些微使了点劲儿，“吧”，两截儿了。安老爷着实不安。他倒坦然无事的一只手扶了帽子，一只手揪着那根折帽襻儿，嘴里还说道：“寝，寝，寝。”（寝，请也。）才告辞而去。这么个当儿,偏偏儿的,安老爷养活的那个小哈吧狗儿,从后院儿里跑过来,见了师老爷,是前撺后跳,扑着他咬。

当下,安老爷叫人依然开了屏风,亲自送到腰房才回。又叫公子跟到书房,给师傅谢步。里头的女人们便赶紧拿锯末子守地。丫头们又拿了个手炉,烧了块炭,抓了一把喳吧香烧着。梁材家的早把那个茶碗拿去洗了又洗,扣在后院儿里花棵儿底下。

正忙着,安老爷进来,问道:“怎的客走了,忽然倒扫地焚香起来?”安太太只得含糊道:“亲家合大姐姐回来借咱们的地方儿作主人,难道也不给人家打扫打扫地面么?”安老爷到也信以为实。舅太太彆不住,早嚷起来了,说道:“姑老爷,要说你真瞧不出,你那位程大哥那个脑袋合他那身打扮儿的恶心来,我就再不信了!”安老爷道:“阿,怎的这等娃娃气!陶面削瓜,尹躯植鳍,姬手反掌,孔顶若圩,究竟何场盛得?”舅太太道:“是哟!难道他那件褂子上的补子,也该那么跳着格磴儿钉的吗?”安老爷道:“我倒请教,怎的叫作个‘士志于道’?你们那里晓得他那个人,诚笃长厚的可敬!”一面说着,一面摘帽子脱褂子,安太太便叫长姐儿来收衣裳。

那知长姐儿此时的忙,如何顾得到此?你道他在那里作甚么?原来,他从方才点了那袋烟跑到后头去,屋子也不曾进,就蹲在那台阶儿上,扎煞着两只手,叫小丫头子舀了盆凉水来,先给他左一和右一和的往手上浇浇了半日,才换了热水来,自己浠了又浠,洗了又洗,搓了阵香肥皂、香豆面子,又使了些个桂花胰子、玫瑰胰子。心病难医,自己洗一回又叫人闻一回,总疑心手上还有那股子气息,他自己却又不肯闻。直洗到太太打发人叫他,才忙忙的擦干了手上来。绷着个脸儿,只道这件事屋里不曾留神。

不想才一进门儿,舅太太便怄他道:“长姐儿呀,好漂亮差使啊!”太太也不禁笑道:“该!那都是他素日干净拐孤出来的!”舅太太又道:“只恨我方才出不去,我要在跟前,必撺掇你们老爷,叫你把那袋烟抽着了再递给他!”这一怄,把个长姐儿羞的几乎不曾掉下眼泪来。何小姐笑道:“娘何苦呢!”便催着他给老爷收衣裳帽子去了。

安老爷道:“你大家此等见解,尤其可笑。夫所谓‘西子蒙不洁’者,非以其蓬头垢面也。是责备他既受越王重托,便该终身报越。既受吴王深恩,何得匿怨事吴?到头来既为恶已甚,为善不终,却又辜负了两家,转暗地里随了他苎萝初会的那个大夫范蠡,闲泛五湖去了。这等的秽德彰闻,焉得不‘人皆掩鼻’?所以,下文便说:‘虽有恶人,斋戒沐浴,则可以祀上帝。’合起来讲,这章书的大旨,讲得是凡人外质虽美,内视自惭,终不免于恶,多端作恶,一念自修,便可与为善。那程老夫子便算欠些修饰,何至就惹得你大家‘掩鼻而过之’起来!”

舅太太听了这话,真耐不得了,站起来,问着安老爷道:“姑老爷,你这么着,你这会子再把你那位程大哥叫进来,你就当着我们大家伙儿,拿起他那根烟袋来,亲自给他装袋烟,我就服了你了。”安老爷听了,没得说,只摇着头,笑向公子道:“是故恶夫佞者。”

列公听这段书,切莫道怪那燕北闲人,也切莫笑那程老夫子这班朋友。其实,

"君子未有不如此",并且还不止于此。他一样有眼根,却从来不解五色六章,何为好看,何为不好看;一样有耳根,却从来不解五声六律,孰为好听、孰为不好听。鼻之于嗅也,除了吃一口腥鱼汤,他叫作透鲜,其余香臭膻臊,皆所未经的活泼之地。口之于味也,除了包一团酸馅子,他自鸣得意,其余甜咸苦辣,皆未所凿的混沌之天。至于心却是动辄守着至诚,须臾不离圣道。所以,世上惟这等人为得天独厚,也惟这等人为受福无穷。

只是这位程师老爷,看他从前到吏部给安老爷打听公事,以至近日公子练场那天,他在书房陪安老爷下棋,一切举动言谈,也还不到得这等腐臭。何以今日一朝"动则变,变则化",就变化到如此?语不云乎:"夫物之不齐,物之情也。"又云:"砧刀各用。"盖上房为燕居之所,师爷乃函丈之尊。师爷在二门以外,自安老爷以至公子,是臭味与之俱化;师爷到了二门以内,自安太太以至媪婢,是耳目为之一新。何况,师爷之为师爷,又未免有些"迂乎其地,而弗能为良",怎的会不弄到如此?这是个至理,不足为怪。不然,七十二候纵说万类不齐,那《礼》家记事者,何以就敢毅然断为"爵入大水为蛤"哉?此格物之所以难也。

闲话少说。却说安公子自进门起,不曾得闲,直到此时,诸事完毕,才得回到自己房中,歇息了片刻。因惦着晚饭是舅母、岳母移樽就叫,给他父母贺喜,他夫妻三个也不及长谈,便各各脱去礼服,换上常衣,仍到上屋来伺候。

舅太太见他姊妹两个过来,笑道:"二位姑奶奶来得正好。今日请客,咱们娘儿们是借人家的地方儿,就趁早儿张罗起来罢。"安老爷早拦道:"怎的认真反客为主起来?"舅太太道:"咻!今儿个咱们得分清楚了,你们爷儿三个是客,我们娘儿四个是东家。你们带着你们的儿子等着吃,我们各人带着我们各人的女孩儿张罗我们的,不用姑老爷管。回来还带是让你们爷儿三个上坐,我们娘儿四个陪着。我们就是这么个糙礼儿,姑老爷爱依不依。不你就别吃,还跟了你那块大哥吃去。"安老爷那里肯依?还只管谦让。安太太说道:"老爷,我看咱们竟由着大姐姐合亲家,怎么说怎么好罢。你合他让会子,也是搅不过他。"安老爷道:"我倒从不曾见'宾之初筵'是这等的'温温其恭'法。"竟没奈他何!

舅太太也不来再让,早同张太太带着金、玉姊妹调停起坐位来。便在那上房堂屋里对面,放了两张桌子,中间止留一个放菜的地方,把安老夫妻的坐位,安在东席面西,他同张太太在西席面东相陪,公子合金、玉姊妹两个,分两席打横侍坐。当下,摆上果子,大家让坐。张太太合舅太太道:"咱俩倒底也得给他老公母俩斟个盅儿哪!"舅太太道:"你老那小酱王瓜儿似的两把指头,真个的还要闹个'双双手儿捧玉盅'吗?依我说,这个礼儿倒脱了俗罢。"安太太也拦道:"那可使不得。依我说,今日这席酒,你二位都是为玉格费心,竟罚他斟罢。"舅太太也道:"有理。"当下,公子擎杯,金、玉姊妹执壶,按座送了酒,他三个才告坐入席。安老夫妻此刻看了看儿子,是已经登第成名,媳妇又善于持家理纪,家里更有这等乐亲戚情话的一位舅太太,讲耕织农桑的一双亲家,时常破闷帮忙,好不畅快。一面喝着酒,大家提了些已往,论了些将来。

安老爷这里,只管酒到杯干,却见公子只端了杯酒,在那里虚作陪饮。老爷便吩咐道:“家庭欢聚,不必这等兢持,你只管照常喝。”公子打应着,拿起酒来,唇边抿了一抿,却又放下了。安老爷问道:“想是酒凉了?”只见公子欠身回说:“酒倒不凉,近来总没大喝酒了。”老爷道:“为甚么?你的酒量也还喝得;再者,我向来又准你喝酒,为甚么忽然不喝了?”公子见问,无法,只得推说“因一向在书房里读书,怕耽搁了工夫,所以戒了。除了赴宴那天领了三杯琼林酒,其余各处宴会也不曾喝。”

老爷大笑道:“我只晓得个‘发愤忘食’,倒不曾见你这‘发愤忘饮’。并不是我自己爱吃两杯酒,一定也要捉住儿子吃酒,岂不见‘乡党’一章,我夫子讲到食品,便有许多不食的道理。逢着酒场,则曰‘惟酒无量’。夫‘无量’者,‘一斗亦醉,一石亦醉’之谓也,只不过‘不及乱’耳。你看我夫子一生,是何等‘学不厌,教不倦’的工夫,比你这区区取科第,何如?又何曾听得他儿时戒过酒?况且今日,舅母合你岳母这一席,正为我二老的教子成名、你的显亲继志而设,正是你菽水承欢之日,非伛偻听命之日也。”因回头道:“太太,叫人取个大杯来,你我今日,就借二位亲家这席,给他开酒!”

这话且按下不表。却说金、玉姊妹两个,自从前年赏菊小宴那天,为了闺房一席闲话,惹得公子赌了个中举、中进士的誓,要摔那玛瑙杯;幸喜那杯不曾摔得,他却从那日起滴酒不闻,两个心里正有些过意不去。不想今日之下,竟被他说到那里应道那里,一年半的工夫,果然乡、会连捷,并且探花及第,衣锦荣归了。两个十分“意不过去”之中,又加了一层“喜出望外”。此时,觉得盼人家开酒的心,比当日劝人家戒酒的心还加几倍。因此从前几日,姊妹两个便私下商量定了,要等他回家的第一晚,便在自己屋里备个小酌,给这位新探花郎贺喜开酒。却也未常不虑到人家的气长,自己的嘴短,得受人家几句俏皮话儿,一番讨人嫌的神情儿。恰巧今日,舅太太先凑了这等一席庆成宴,料着他一定兴会淋漓的快饮几杯,这场酒官司可就算“明修栈道,暗度陈仓”的打过去了,晚间洗盏更酌,便省却无穷的宛转。不想,公子从此时起便推托不饮,倒惹得老人家追问起来。正愁他不好登答,忽然听得公婆要给他开酒,两个大喜,答应一声,便连忙站起来,过去觅盏寻卮,想要凑这个趣儿。

只见公子向他姊妹说道:“你两个叫人把我书格儿上那个玛瑙杯取来。”他两个一听公子指名要那个玛瑙杯,心里早料着他必有些作用,便想到当日开菊宴那天的情节,虽是夫妻的一片至性真情,只是自己词气之间也未免觉得欠些圆通,失至孟浪。倘然他一时高兴,在公婆面前尽情说出来,倒不当稳便。却又不好拦他,只得叫人去取那个杯子。两个人四只眼睛,却不住的瞧瞧夫婿,又瞅瞅公婆。那知安公子毫无成见,倒是燕北闲人,在那里打算要归结他第三十回《开菊宴双美激新郎》的那篇文章呢!

闲话少说。却说一时取了那个玛瑙杯来。安太太看见,先说道:“你瞧瞧,不喝就不喝,喝起来就得使这么个大盅子,我只说还是爱喝酒。”公子陪笑道:“今日使这个盅子,却不为喝酒,有个原故在里头,且回明白了父母这个原故,再领这盅酒。”他这个话,不但张太太摸不着,舅太太猜不透,便是安太太也不知他究竟有个甚么原故,大家只呆着颏儿听他说。

只见安老爷侧着头,捻着须的向他问道:“却是怎的个原故?”便听公子回道:

"今日所以要用这个大杯,一因是父母吩咐开酒;二因当日戒酒是向这个杯上戒的,所以,今日开酒还向这个杯上开;三则当日戒酒的原故,也不专为着用功而起。"老爷道:"又为着何来呢?"公子道:"说起来,原是儿子媳妇们三个人一时的孩子气,不想凑到今日这个机会,觉得这桩事情中竟有个道理在里头。"

安老爷此时,喝得十分高兴,听了这话,便合太太说道:"太太,你听,原来他们作探花的,喝盅酒都有如许大的讲究。"太太听老爷这等说,更是欢喜,便笑道:"你快说罢,不用文诌诌的尽着怄腻人了。"公子这才把他前年给他岳父母开斋那天,怎的除备饭之外又备了席酒;怎的见岳父母不用,自己便一时高兴,要同了两个媳妇赏菊小饮;始而金凤媳妇怎的拦他吃酒,后来玉凤媳妇怎的酿成他吃酒,却又借着行那"名花、旨酒、美人"的酒令,各下了一篇规劝;他怎的一时性起,便合两个媳妇赌誓,要摔这个玛瑙酒杯;落后怎的不曾摔得,便从那日戒了酒,一直到今日不曾喝:一层层不瞒一字,回了父母一遍。

安太太听了,先道:"我的话再不错不是?老爷可记得,老爷给他定功课的那天,我说:'这也不知是他自己彆出这股子横劲来了,也不知是俩媳妇儿把个懒驴子逼的上了磨了?'听听,果然应了我的话了不是?"老爷道:"且慢,他这话还不曾讲得明白。"因问着公子道:"就便如此,如今你举人也中了,进士也中了,翰林也点了,清碧堂也进了,并且玉堂金马,巍巍乎一甲三名的探花及第,也就尽是了,何以方才还不肯喝那盅酒?然则你这盅酒直要戒到几时才开?"公子将要回答,脸上却又有些赸赸儿的,说:"这句话却不敢说。"老爷道:"怎的忽然又有个不敢起来?"公子原觉他要说的那句话有些不好开口,无如他此时是满怀的遂心快意,满脸的吐气扬眉,话挤话,不由得冲口而出,说道:"意思直要等两个媳妇作了夫人,那时叫他两个双手接过那轴五花官诰去,才算行完了他两个那'名花、旨酒、美人'的令。那时请教他两个,我这酒究竟喝得起喝不起?再开这杯酒。"

安太太不等老爷说话,便啐了一口道:"呸!不害臊!这还不亏了人家俩媳妇儿呀!还有那德呼合人家赌气呢!就狂,狂的你这么着?别扯他娘的臊了!"安太太这话,才叫作"打是疼,骂是爱"。早见老爷一副正经面孔说道:"住着,太太这话也欠些平允。这不是舅太太、亲家太太、儿子、媳妇以至丫头女人们都在此,听我从公评断。他夫妻三个这段情节,就面子上听去,小子自然要算忍性上欠些把持,媳妇自然要算用情上欠些宛转,似乎都有些不是。然而不然。"

说到这里,便举起右手来,伸着两个指头,望空画着圈儿,说道:"我以为皆是也。人情在世,第一桩事,便是伦常。伦常之间没两件事,只问情性。这其间,君臣、父子、兄弟、朋友都好处,惟有夫妇一伦最不好处。若止就'君礼臣忠,父慈子孝,兄爱弟敬,夫义妇顺',以至'朋友先施'的大道理讲起来,凡有血气者,都该晓得的。又何以见得夫妇一伦的难处呢?殊不知君臣以义合,君有过,不可无廷诤之臣;诤而不听,合则留,不合则去,此吾夫子所以'接淅而行',不'脱冕而行'也。父子为天亲,亲有过,不可无婉谏之子;谏之不从,又敬不违,劳而不怨,此大舜所以只载见瞽瞍,'瞽瞍底豫,而天下之为父子者定'也。兄弟谊在交勉,本于同气,所以说'其兄关弓而射之,则己垂涕泣而道之'。朋友道在责善,可以择交,所以说'朋友数，斯疏矣'。至于夫妻之间，以情合，不以义合；系人道，不系天亲。嫁娶多在二十后，不比兄弟相聚一生；起居同在咫尺间，不比朋友相违两地。性情过深，期望未免过切；偶见夫婿有些差处，就不免有一番箴规劝勉。只这箴规劝勉上，又得自己讲得出来，又得夫子听得进去，这是桩性情相感的勾当，只此已就大不容易处了。不料我家两个媳妇，竟认得准玉格的性情，预存'沉潜刚克'一片深心，果然激成个'夫荣妻贵'；玉格又解得出他两个的性情，不失'高明柔刻'一番定力，果然作得个'水到渠成'。这才不愧是我安水心老夫妻的佳儿、佳妇！至于玉格方才说，因两个媳妇说了那句'美人可得作夫人'的令，便一定要等作成他个夫人，然后再开这杯酒，那便叫作意气用事，不是性情相关，其中便有些嫌隙了。'君子之道，造端乎夫妇'过犹不及，非孔门心法也，切切不可。来来来，两个媳妇，你两个便在我二老面前，亲执壶盏，敬你夫婿一杯，算下些气。然后玉格再公酬两个媳妇一杯，算取个和。这不但算你三人闺阁中一段快谈，还要算我家庭间一桩盛事。语有云：'清官难断家务事。'你大家看这场酒公案，只我这等一个被参开复的候补老县令，判得何如？"

说罢，哈哈大笑。当下安太太听了，先乐得连声赞好，说："到底是老爷说的明白。"舅太太那边也接口道："要都象后半截这儿句话，谁还敢不服？可见不用请出孔夫子来，事儿也弄清楚了。"张太太也道："说的是傣呢！"这边金、玉姊妹听了公婆这番吩咐，好不欢欣鼓舞。

当下，他姊妹便随着公子，先奉了父母的酒，又斟了舅太太、张太太的酒，然后二人才一个擎着那个大玛瑙杯，一个执壶，满满斟了一杯，送到公子跟前。公子大马金刀儿坐着受了那杯酒，然后才站起来，陪着父母一饮而尽。那个长姐儿早上来接过杯去，用温水过了，拿来放在二位奶奶面前。公子便遵着父亲的话，执壶过去，给他姊妹斟了一杯。他两个倒恭恭敬敬的，也学婆婆那个样儿，站在一旁，摸着燕尾儿行了个旗礼。你道怪不怪？只这么个两不对账的礼儿，竟会被他两个行了个满得样儿，把个舅太太乐的，笑说："叫人瞧着好舒服！你们来给我换盅热的，今儿就醉了，也是受用的！"公子听了，忙亲自过去给舅母、岳母又斟了一巡，自己又用小杯陪了一杯，重新归坐，便让金、玉姊妹干那杯酒。

二人只在那里，笑容满面的对瞅着为难。太太探头瞧了瞧，才看见公子给他两个斟的那杯酒，原来斟了个流天澈地，只差不曾淋出个尖儿、扎出个圈儿来，便望着公子道："瞧瞧，你这孩子儿，他们俩那儿喝的了这些呀？你替他们喝一半儿罢。"公子笑嘻嘻的道："母亲吩咐，不敢不遵。只是他两个这盅酒，似乎不好求人代饮。"安太太是天生的疼媳妇儿的，便道："惹气！这就算人家求着你了？不用你，我有了主意了，我们这儿有个绍兴坛子呢！"说着便叫："我的长姐儿呢？你来，拿个大些儿的盅子来，替你两位大奶奶喝一半儿去！"

却说那个长姐儿看着两位奶奶合大爷这番觥筹交错，心里明知"神仙不是凡人作"，却又不能没个"梦到神仙梦也甜"的非非想。正在十分艳羡，忽听太太这一吩咐，乐得他从丹田里提着小工调的嗓子，答应了一声"嗻"，连忙去找盅子。太太道："不用找去了，你就等着拣你二位大奶奶个福底儿罢。"

当下金、玉姊妹每人喝了约莫也有一小盅酒，那杯里还有大半杯在里头，便递给长姐儿。他拿起来，一嗞气就喝了个酒干无滴，还向着太太照了照杯，乐得给太太磕了个头，又给二位奶奶请了俩安。太太合公子道："我们也干了，也值得你那么拿糖作醋的！"公子此时倒没得说。那长姐儿脸上那番得意，他直觉得不但月里的嫦娥、海上的麻姑没梦见过这么个乐儿，就连那虞姬跟着黑锅底似的霸王，貂蝉跟着个一篓油似的董卓，以至小蛮、樊素两个空风雅了会子，也不过"一树梨花压海棠"一般的跟着白香山那么个老头子，那都算他们作冤呢！

闲话少说。却说公子合金、玉姊妹都归了座，众丫鬟换上门面杯来，正要撤那个玛瑙杯，老爷道："拿来。"因接在手里，合公子道："这件东西竟成了一段佳话，不可无几句题跋，以志其盛。"公子听了，乐的手舞足蹈，便道："儿子空喜欢了会子，竟不曾想到。父亲吩咐，必应如此。"老爷说："既这样，你就作几句铭来，章不限句，句不限字，却限你即席立成。我要见识见识你们这翰林班是怎的个通法。"

公子此时一团兴致，觉得这事倚马可待。那知一想，才觉长篇累牍，不合体裁；三言五语，包括不住，一时竟大为起难来。老爷道："'七步''八叉'，具有成例。古人击钵催诗，我要击钵了。"说着，便把筷子向灯盘儿上当的敲了一下。公子心里益发忙起来。好容易得了两句，默诵了默诵，觉得又象诗文，又象试帖。无法，只得从实说道："从来不曾弄过这个，敢是竟不容易。"老爷擎杯大笑道："原来鼎甲的本领也只如此！还是我这个殿在三甲的榜下知县来替你献丑罢。"因笑道："这一路笔墨，只眼前几句经书便取之不尽，还用这等搜索枯肠去想？"因口诵道：

"涅而不缁，磨而不磷；

以志吾过，且旌善人。"

公子连忙取了纸笔，恭楷写出来，请老爷看过，又讲给太太听。金、玉姊妹也凑过来看。他自己又重新捧在手里读了两遍，见只寥寥十六个字的成句，人也有了，物也有了，人将拜而终底成功也有了，物未毁而且臻圆满也有了。他此时心里早想到，等消停了，必得找个好镌工，把这四句铭词镌在杯上，再镌上他那个"伴瓣主人"的雅号。想到这里，正在得意，又听他母亲说道："你爷儿俩今日这几句文儿，连我听着都懂得了。依我说，这个杯的名儿还不大好，'玛瑙''玛瑙'的，怎么怪得把我们这个没笼头的野马给惹恼了呢！莫如给他起个名儿，叫他"合欢杯"。我还有个主意，老爷合大姐姐、亲家白听听好不好？可不是我竟偏着我的媳妇儿，如今把这件东西竟赏了金凤媳妇儿，这俩人一个有圆砚台.一个有张弓，他再有了这个合欢杯，可不三个人都有点故事儿了吗？"大家听了，都说："想得好。"老爷也连叫："通极，通极！"他小夫妻的欢喜更不消说。当下三个一齐谢过父母。再不想只安太太一句闲话，又把这《儿女英雄传》给穿插了个五花八门，面面都到。

列公，你道这个因由从那里来？却从张太太吃白斋而来。才得圆成了这个合欢杯，联合上那两件雕弓、宝砚，演出这过半的人情天理文章，未完的儿女英雄公案。列公不信，只把二十一回至三十七回这十七卷评话逐层想去，始信佛说"寄语众生，慎勿造因"那两句话，毕竟不是空谈；燕北闲人这部《正法眼藏五十三参》，果然不着闲笔也！

话休烦絮。却说那日虽是个家庭小宴，安老爷却喝得一片精神，十分兴会。题了那四句铭词之后，又捉住公子侍饮了几杯，才说道："'志不可满，乐不可极'。我们大家吃饭罢。"一时撤酒添羹。阖席饭罢，散坐闲谈了几句，张太太便告辞回家，安老夫妻又向他二位道了奉扰。舅太太也回了西院。他小夫妻三个伺候父母安置，才一同归房。

公子一进门，便见堂屋里那张八仙桌上设着绝精致的一席果子，说道："原来你姊妹今日还有这番盛设。只是酒多了，这便怎样？"金、玉姊妹才把他两个今晚所以设这席酒的意思说出来。公子道："既如此，倒不可辜负雅意。"说着，便各各宽衣卸妆，洗盏更酌。

先是何小姐说道："我来了不差甚么两年了，从没见过老爷子象今儿个这等高兴。"张姑娘道："别说姐姐呀，妹妹比姐姐多来着一年呢，今日也是头一遭儿见哪。"公子道："别说妹妹呀，连哥哥比你两个多来着不差甚么二十年，今日还是头一遭儿见呢。"张姑娘道："这句话合我说的起，合人家姐姐可说不起呀。没听见说过吗，姐姐从抓周儿那天就见过公公了，人家比你还大着一岁呢。"何小姐道："谁叫人家探花了呢，哥哥就哥哥罢！如今只讲这席酒，原是为给爷贺喜接风，我们负荆请罪，请爷开酒而设的。不想二位老人家今日这等高兴，把我们俩这么出好戏给先点了。如今酒是开了，可还用我们俩一个人背上根荆条棍儿赔个不是不用呢？"

他两个这话不是闲话，不是顽话，真是乐的从心窝儿里掏出来的几句老实话。公子听了，倒有些不安，连道："惶恐，惶恐！我安龙媒不有二卿，焉有今日？你不听见方才老人家代我作的那合欢杯上两句铭词，道是'以志吾过，且旌善人'？这话今后快休提起！"何小姐道："既如此，把妹妹那个合欢杯拿来，你再喝那么一盅，就算领了我们的情了。"公子大喜，便说道："既曰'合欢'，这酒没一个人喝的理。我三个人喝个传杯送盏何如？"说着，便用那个合欢杯，斟了满满的一杯，他夫妻果然一酬一酢的饮干，便把那桌果子，分给两个嬷嬷以至本屋里、丫头女人吃去。何小姐又拣了几样可吃的，叫人给长姐儿送去。他小夫妻三个烟茶漱盥，一切事毕，便吩咐丫鬟钩悬翠帐，屏掩华灯，各各就寝。一宿无话。

且住！列公可知这"一宿无话"四个字怎的个讲法？这四个字，久已作了小说部中千人一面的流口常谈。请教这伴香、瓣香二位女史合那位伴瓣主人的这一宿，一边正当"王事贤劳，驰驱偃仰"之余，一边正在"寤寐思服，展转反侧"之后，所谓"今夕何夕"，安得"无话"？然而难言也。

从来作史者，法贵诛心，笔能铸铁，所以彰瘅予夺，一字在所必争。试设身处地替这"一宿"的安龙媒作想，果能作个"戒慎乎其所不睹，恐惧乎其所不闻"的慎独君子乎？将"二者不可得兼，舍鱼而取熊掌"乎？抑或且学个"先进于礼乐"的"野人"，再学那"后进于礼乐"的"君子"乎？否则竟公然照"圆好事娇嗔试玉郎"那日，夫子自道的"居之安则资之深，资之深则取之左右逢其源"乎？皆非天理人情也。然则除了"一宿无话"这四个字之外，还叫那燕北闲人替他怎的个斡旋？所以只有老气横秋，大书而特书曰："一宿无话。"非他讲得口滑，写得手溜，此龙门法也。这正是：

深院好栽连理树，重帏双护比肩人。

要知后事如何，下回书交代。

第三十八回　小学士俨为天下师　老封翁蓦遇穷途客

上回书从安公子及第荣归，一直交代到他回房就寝，一宿无话。按小说的文法，"一宿无话"之下，一定得接"次日清晨"。却说次日清晨，他夫妻三个还不曾出卧房，那长姐儿早打扮得花枝招展过来，叩谢二位奶奶昨晚赏得吃食。他进门不曾站住脚，便匆匆的到了东里间儿。见花铃儿、柳条儿才在南床上放梳妆匣儿，他便问："二位奶奶都没起来呢么？"两个丫鬟这个合他点点头儿，那个却又合他摇摇手儿。

他正不解，便听何小姐在屋里咳嗽，叫了声："来个人儿啊。"花铃儿答应一声，忙去打起卧房帘子来，只见何小姐穿着件湖色短绸衫儿，一手扣着胸坎儿上的钮子，一手理着鬓角儿，两个眼皮儿还睡得楞楞儿的，从卧房里出来。见了他，便低声儿合他笑道："敢则你都打扮得这么光梳头净洗脸儿的了，我们今儿可起晚了！"他见大奶奶低言悄语的说话，便知爷还不曾睡醒。一面谢奶奶昨日赏的吃食，一面也悄说道："奶奶别忙，早呢，老爷、太太都没起来呢。太太昨儿晚上就说了，说爷合二位奶奶家里外头都累了这么一程子，昨儿又整整的忙了一天；太太还说自己也乏了，今儿要晚着些儿起来，为的是省了爷奶奶赶碌的慌，吩咐奴才叫辰初二再请呢。"

何小姐一面漱口，便叫人搬了张小杌子来，叫他坐下。他且不坐下，只在那里帮着花铃儿放漱口水，揭刷牙散盒儿，递手纸。恰好华嬷嬷从外头托进一蒲包儿玫瑰花儿来，他见了，从摘花盘儿里拿起花簪儿来，就蹲在炕沿儿跟前，给大奶奶穿花儿。何小姐又叫柳条儿说："把你奶奶的烟袋拿一根来，给你姑姑装袋烟。"他忙道："你等等儿，让我先过去见见奶奶去。"说着，站起就往那屋里跑。何小姐忙道："你回来罢，他一会儿横竖也到这儿梳头来，你在这儿等着见罢。"他一听，料是大爷在那屋里歇，便不好过去。

一时，柳条儿装了烟来。他穿好了花儿，便坐在那小杌子儿上啐着袋烟灰儿，说起昨日老爷、太太怎么喜欢，又说："这都是爷奶奶的孝心，奴才们的造化。"何小姐一面通着头，也合他一答一合的谈。他谈着，看了看钟，便合柳条儿说："你也该请起奶奶来梳头了。"才说着，便听得张姑娘低声儿叫人。他听了听，那声音好象也在这边卧房里，正待要问，果见柳条儿走到那个曲尺槅子跟前，隔着帘儿说："奶奶叫奴才呀？"只听张姑娘问道："我这副腿带儿怎么两根两样儿呀？你昨儿晚上困的糊里糊涂的，是怎么给拉岔了？"柳条儿道："昨儿晚上是奶奶自己归着的，奴才没动啊，怎么会拉岔了呢？不然奴才另拿出一副来，奶奶先换上罢。"

张姑娘还没及答应，何小姐这里听了，自己伸出小脚儿来看了一眼，不禁笑道："柳条儿呀，叫你们奶奶先那么将就着扎上，回来再说罢。我脚上这副也是两样儿呀！”便听张姑娘在屋里“嗤”的笑了一声，不大的工夫，揉着双眼睛也从这边卧房里出来。见了长姐儿，说道：“哟，敢是你在这儿呢！亏得是你，你瞧……”才说得“你瞧”两个字，他早明白了，一面又谢这位大奶奶昨晚的赏吃食，一面说道：“本来呀，二位奶奶一天到晚这是多少事！上头应酬着几位老家儿，又得张罗爷，那儿还能照应到这些零碎事儿呢！”二位大奶奶不觉被他恭维的大乐。

何小姐一时通完了头，转过身来要洗脸，他忙着又上去替挽袖子，恰一眼看见大奶奶的汗褟儿袖子上头蹭了块胭脂，便笑问道：“哟，奶奶这袖子上怎么了？回来换一件罢，不然看印在大衣裳上。”何小姐低头看了’看，说：“可不是，这又是我们花铃儿干的。我也不懂，叠衣裳总爱叼在嘴里叠，怎么会不弄一袖子胭脂呢？瞧瞧，我昨儿早起才换上的，这是甚么工夫给弄上的？”

花铃儿只不敢言语。张姑娘道：“姐姐别竟说他一个儿，我们柳条儿也是这么个毛病儿。不信，瞧我这袖子，也给弄了那么一块。”说着，揪着只汗褟儿袖子，翻来覆去找了半天，只找不着。自己“吭”了一声，又瞧了瞧那袖子上沿的绦子，不禁笑着问何小姐，说：“姐姐，你老人家别是把我那件抓到了去，穿上了罢？”何小姐道：“这都是新样儿的！你穿得好好儿的衣裳，我怎么会抓了来穿上呢？”说着，又拉着自己穿的那件看了看，可不是人家那件吗！不由得也“嗤”的一声道：“我说只觉着这领子怪掐的慌的呢！真个的，今儿也不知是怎么了，闹的这么乱糟糟的！”说完，两个人只对瞅着笑。

长姐儿听了这话，就排揎起花铃儿、柳条儿来了，说：“你们俩瞧说罢，你们又该着抱怨姑姑的嘴碎了。大凡主儿贴身儿的东西，全靠咱们当丫头的经心，要都象你们俩这么当差使，不用说了，明儿个各人把各人的主子认岔了还不知道呢？”一阵数落，数落得俩傻丫头只撅着个嘴。

正说着，公子也彎着一脑门子的困，鞭着双鞋儿，从卧房里出来。看见长姐儿在这里，笑道：“嘍，这么早就有客来了！”长姐儿见大爷出来，连忙站起来，把烟袋顺在身旁，只规规矩矩的说了句“爷起来了”，此外再没别的散碎话，还带管低着双眼皮儿，把个脸儿绷得连些裂纹儿也没有。

这个当儿，张姑娘又让他说：“你只管坐下，咱们说话儿不则。”他便说道：“请二位奶奶梳头罢，钟也待好打辰初了，奴才得过去了。”说着，把手里的烟袋递给柳条儿，还说：“你可给奶奶吹干净得再收。”说罢，这才甩着双宽袖口儿，咯噔着两只小底托儿，得意洋洋的去了。

列公，看了长姐儿这节事，才知圣人教人无微不至。圣人曾有两句话，说道是：“有不虞之誉，有求全之毁。”长姐儿此来，虽不知他心里为着何来，只就面子上看，昨晚二位奶奶只不过分惠些吃食，今日便鸡鸣而起，亲到寝门来谢，君子亦曰“知礼”。不想他一片求全好意，忽然被个燕北闲人误打误撞的捉住，借此就斡旋了他那“一宿无话”四个字有余不尽的文章，倒显得长姐儿此来，来的似乎觉道未免有些不大那个。这岂不就叫作“不虞之誉，求全之毁”？然则毁誉之来，毫无定评，却叫人从那里自爱起？斯其故惟圣人知之，故诫人曰：“吉凶悔吝生乎动。”

书中按下闲话，再讲正文。却说安公子自点了翰林，丢下书本儿，出了书房，只这等撒和了一向，早有他那班世谊同年，见他翩翩丰度，蔼然可亲，都愿意合他亲近。住了，今日这家请宴会，便是明日那个请闲游，把个公子应酬得没些空闲。他看了看，所谓外间这车马衣服、亭台宴饮的繁盛，其风味也不过如此。便想到自己眼下虽然交过这个读书排场，说不得"士不通经，不能致用"；但是通经而不通史，也不过作一个朝廷不甚爱惜之官。便是通经通史，博古而不知今，究竟也于时无补。要只这等合他云游下去，将来自己到了吃紧关头，难道就靠写两副单条对联、作几句文章诗赋，便好去应世不成？'

想到这里，自己便把家藏的那些《廿二史》《古名臣奏疏》，以至本朝《开国方略》《大清会典》《律例统纂》《三礼汇通》，甚至漕运治河诸书，凡是眼睛里向来不曾经过的东西，都搬出来，放在手下，当作闲书随时流览。偶然遇着个未曾经历无从索解的去处，他家又现供养着安老爷那等一位不要脩馔的老先生可以请教；更兼这位老先生天生又是无论甚的疑难，每问必知，据知而答，无答不既详且尽，并且乐此不疲。因此他父子就把这桩事，作了个乐数天伦的日行工夫，倒也颇不寂寞。公子从此胸襟见识日见扩充，益发留心庶务。这且不在话下。

一日，他阖家正在无事闲谈，舅太太、张太太也在坐。只见家人晋升拿着一封信合一个手版进来，回说："邓九太爷从山东特专人来给老爷、太太贺喜，说还有点土物儿后头走着呢，来人先来请安投信。"说着，便把那信合手版递给公子送上去。

老爷一看，只见手版上写着："武生陆葆安"，便说道："他家几个人我却都见过，只不记得他们的名姓。这是那一个？怎的又是个武生呢？"公子道："这个就是九公那个大徒弟，绰号叫作'大铁锤'的。"

老爷一时也想起来，说："莫不是我们在青云堡住着，九公把他找来演锤给我们看，看他一锤打碎了一块大石头的那人？"公子道："正是。"老爷道："这人倒也好个身材相貌。"公子道："听讲究起来，这人的本领大的狠呢。除了他那把大锤之外，蹿山入水，无所不能，遇着件事，并且还着实有点把握，还不止专靠血气之勇。"老爷点了点头。

这个当儿，公子已经把那封信的外皮子拆开。老爷接过来细看了看，那签子上写的"水心公祖老弟大人台启"一行字，说："大奇！这封信竟是老头儿亲笔写的！亏他怎的会有这个耐烦儿！"因拆开信看，只见里面写道是：

愚兄邓振彪顿首拜上：老弟大人安好，并问弟妇大人安好，大贤侄好，二位姑

奶奶好，舅太太合二位张亲家都替问好。敬启者：彼此至好，套言不叙，恭为老弟大人贵体纳福，阖府吉祥如意是荷。愚兄得见《金榜题名录》，知大贤侄高点探花，独占鳌头，可喜可贺！愚兄不胜可喜！此乃天从人愿，实系"洞房花烛夜，金榜挂名时"，真乃可喜可贺之至！愚兄本当亲身造府贺喜，因但有小事，难以分身，望其原谅。今特遣小徒陆葆安进京代贺，一切不尽之言，一问可知。再带去些微土物，千里送鹅毛，笑纳可也。小婿、小女、二姑娘都给阖府请安。外有他等给二妹子并众位捎去的东西，都有清单可凭。再问二妹子要大内的上好胎产金丹九合香，求见赐，不拘多少，都要真的，千万千万，务必务必，都交小徒带回。顺请安好，不一。

愚兄邓振彪再拜。吉日冲。

再:二位姑奶奶可曾有喜信儿否? 念念! 又笔。

后头还打着“虎臣”两个字的图书,合他那“名镇江湖”的本头戳子。

安老爷见那封信通共不到三篇儿八行书,前后错落添改倒有十来处,依然还是白字连篇,只点头叹赏。公子在一旁看了,却忍不住要笑。老爷道:“你不可笑他。你只想他那个脾气性格儿,竟能低下头捺着心写这许多字,这是甚么样的至诚!”说着,又看礼单。见开头第一笔写着是“鹤鹿同春”,老爷就不明白,说:“甚么是‘鹤鹿同春’啊?”又往下看去,见是孔陵蓍草、尼山石砚、《圣迹图》、莱石文玩、蒙山茶、曹州牡丹根子,其余便是山东棉绸大布、恩县白面挂面、耿饼、焦枣儿、巴鱼子、盐砖。看光景,他大约是照着《缙绅》,把山东的土产,拣用得着的.乱七八糟都给带了来了,却又分不出甚么是给谁的。

老爷因命公子把那封信念给太太听。公子将念完,止剩得后面单写的那行不曾念。这个当儿,金、玉姊妹也急于要看看那封信。公子见他两个要看,便把信递给他两个,说:“九公惦着你们两个的狠呢,快看去罢!”

何小姐自来快人快性,伸手就先接过去,公子说:“你先瞧这篇儿。”他一瞧,见是问他两个有喜信儿没有,一时好不得劲儿,亏他积伶,一转手便递给张姑娘,说:“妹妹你瞧,这是俩甚么字?”说着递过去,回身就走。张姑娘不知是计,接过去,才瞧得一眼,便扔在桌子上,说:“瞧这姐姐!”也躲了,合何小姐凑在一处。俩人却只羞得绯红了脸,低头而笑。

安太太看了不解,忙拿起那信来,看了看说:“这也值得这么个样儿!”因把邓九公问他两个有无喜信的话告诉了舅太太、张太太,又合他姊妹说道:“这可真叫人问得怪臊的! 也有俩人过来这么二三年了,还不给我抱个孙子的! 瞧瞧人家,寻胎产金丹来,想必是褚大姑娘有了喜信儿了。”舅太太也说:“真个的呢。”一句话不曾说完,张太太发了议论了,说:“亲家,那可说不的呀! 这是有个神儿在、神儿不在的事儿,谁有拿手哇?”好端端的话,被这位太太一下注解,他姊妹听着益发不好意思。

说话间,安老爷便要了帽子,出去见那个陆葆安。一时进来,只见他顶帽官靴,也穿着件短襟纱袍儿、石青马褂儿,虽说是个武生,举动颇不粗鄙。外省的礼儿没别的,见面就只磕头。那陆葆安见了安老爷,就拜下去。安老爷不好还礼,只以揖相答。便让他上坐。他那里肯,说:“武生的师傅嘱咐说,武生到了老太爷这里,就同自己儿女一样,不敢坐。”安老爷此时是满肚子的“蘧伯玉使人于孔子,孔子与之坐而问焉”,让再让三,他才在一旁坐下。

安老爷先问了问邓九公的身子眷口,陆葆安答说:“他老人家精神是益发好了。打发武生来,一来给老太爷、少太爷道喜请安;二来叫武生认认门儿,说赶到他老人家庆九十的时候,还叫武生来请来呢。还说,他老如今不到南省去了,轻易得不着好陈酒,求老太爷这里找几坛,交给回空的粮船带去。不是也就叫武生买几坛带去了,说那东西的好歹外人摸不着。”安老爷连说:“这事容易。”因又问起褚一官并褚大娘子,可有个得子的信息。陆葆安回说:“这倒不知。”

正说着,那拉东西的车辆以至挑的抬的都来了,众家人带着更夫,一荡一荡往里搬运。安老爷才知那礼单上的“鹤鹿同春”,是他专为贺喜,特给找来的东海边一对仙鹤、泰山上一对梅花小鹿儿，都用木枕抬了来。一时张老也过来招呼，便同了那陆葆安到程师爷那边去坐。安老爷这里一面吩咐给他备饭款留，便进来看邓九公那分礼。

进得二门，见公子正随着太太同许多内眷们围着看那对鹤鹿。老爷于这些东西上，虽雅驯如鹤鹿，也不甚在意，忙忙的进了屋子，只检出那册《圣迹图》来，正襟危坐的看。一时，内眷们也进屋里来，一旁看着问长问短。老爷便从"麟现阙里"起，一直讲到"西狩获麟"，会把圣人七十三年的年谱，讲得来不曾漏得一件事迹，差得一个年月。舅太太听完了，说道："我瞧我们这位姑老爷呀，真算得甚么事儿都懂得，可惜就只不懂得甚么叫'鹤鹿同春'！"当下大家说笑一阵。

安太太便把其余的东西该归着的归着，该分散的分散，公子也去周旋了周旋那个陆秀才。那陆秀才当日住下，次日便告辞去料理他的勾当，约定过日再来领回信。安老爷闲中便给邓九公写了回信。太太也张罗打点给邓家诸人的回礼，以至邓九公要的东西，临期都交那陆葆安带回山东而去不提。

却说安公子这个翰林院编修，虽说是个闲曹，每月馆课以至私事应酬，也得进城几次。那时又正遇乌克斋放了掌院，有心答报师门，提拔门生，便派了他个撰文的差使，因此公子又加了些公忙。紧接着，又有了大考的旨意。这大考是京城有口号的，叫作："金顶朝珠褂紫貂，群仙终日任逍遥；忽传大考魂皆落，告退神仙也不饶。"安公子已是一甲三名授过职的，例应预考，便早晚用起功来。正在不曾考试之前，恰巧出了个讲官缺，掌院堂官又拟定了他，题下本来便授了讲官。虽说一样的七品官儿，却例得自己专折谢恩。谢恩这日便蒙召见，临上去，乌克斋又指点了他许多仪节奏对。及至叫上起儿去，圣人见他品格凝重，气度春容，一时想起他是从前十本里第八名特恩拔起来点的探花，问了问他的家世学业，又见他奏对称旨，天颜大悦，从此安公子便简在帝心。及至大考，他又考列一等.即日连升五级，用了翰林院侍讲学士，不久便放了国子监祭酒。

这国子监祭酒虽说也不过是个四品经堂，却是个侍至圣香案为天下师尊的脚色。你道安公子才几日的新进士，让他怎的个品学兼优，也不应快到如此，这不真个是"官场如戏"了么？岂不闻俗语云："一命二运三风水。"果然命运风水一时凑合到一处，便是个披甲出身的，往往也会曾不数年出将入相，何况安公子又是个正途出身，他还多着两层"四积阴功五读书"呢！

话休絮烦。却说那时恰遇覃恩大典，举行恩科会试。传胪之后，新科状元带了一榜新进士到国子监行"释褐礼"，恰好正是安公子作国子监祭酒。这释褐礼自来要算个朝廷莫大的盛典，读书人难遇的机缘。规矩，这日状元、榜眼、探花率领二三甲进士，到大成殿拜过了至圣先师，便到明伦堂参拜祭酒。那明伦堂预先要用桌子搭起个高台来，台上正中安了祭酒的公座。状元率领众人行礼的时候，先请祭酒上台升座，然后恭肃展拜。从来"礼无不答"，除了君父之外，便是长者先生，也必有两句慰劳；独到了状元拜祭酒，那祭酒却是要肃然无声安然不动的受那四拜。你道为何？相传以为但是祭酒存些谦和，一开口，一抬手，便于状元不利。因此这日行礼的时候，安公子便照这仪注，朝衣朝冠升到那个高台正中交椅上，端然危坐的受了一榜新进士四拜,便收了一个状元门生。偏偏那科的状元又“龙头属老成”,点的是个年近五旬的苍髯老者。安公子才得二十岁上下的一个美少年,巍然高坐,受这班新贵的礼,大家看了,好不替他得意。一时释褐礼成。

安公子公事已毕,算了算,已经在城里耽搁了好几日了,看那天气尚早,便由衙门径回庄园,要把这场盛事禀慰父母一番。一路走着,想到这典礼之隆,圣恩之重,人生在世,读书一场,得有今日,庶乎无愧。想着想着,忽然从“无愧”两个字上,想到“父母俱存”“不愧不怍”“得天下英才而教育之”的“君子有三乐”来,不由得一个人儿坐在车里欣然色喜,自言自语道:“且住!记得那年我们萧史、桐卿两位恭人因我说了句‘吃酒是天下第一乐’,就招了他两个许多俏皮话儿,叫我写个‘四乐堂’的匾挂上,这话其实尖酸可恶!我一向虽说幸而成名,上慰二老,只是不曾得过个学差试差,却说不得‘得天下英才而教育之’。到了今日之下,纵说我这座国子监衙门管着天下十七首龙蛇混杂的监生,算不到‘英才’的数儿里罢,难道我收了这个状元门生合一榜的新进士,还算不得‘得天下英才而教育之’,占全了‘君子有三乐’不成?少停回家便把这话作乐他两个一番,问问他两个如今可好让我吃杯酒,挂那个‘四乐堂’的匾?倒也是一段佳话。”一路盘算,早到家门。

进门见过父母,安老爷第一句便道:“好了,居然为天下师了!”公子此时也十分得意,侍谈了一刻,便过东院来。一进院门,早见他姊妹两个从屋里迎出来,说:“恭喜收了状元门生回来了!”公子道:“便是,我正有句话要请教。”他姐妹也道:“且慢,我两个先有件事要奉求。”公子道:“我忙了这几日,才得到家,你两个又有甚么差遣?”他两个道:“且到屋里再说。”

公子进得屋子,只见把他常用的一个大砚海、一个大笔筒都搬出来,研得墨浓,洗得笔净,放在当地一张桌儿上,桌儿上又铺着一幅绢笺,两边用镇纸压着,当中却又放着一大杯酒。公子一时不解,问道:“这是甚么仪注?”他姊妹两个笑吟吟的一齐说道:“奉求大笔见赐‘四乐堂’三个大字。”公子断没想到从城里头弩了这么个好灯虎儿来,一进门,就叫人家给揭了,不禁乐得仰天大笑,说:“你两个怎的这等可恶!”因又点头道:“这正叫作‘惟识性者可以同居’。”张姑娘道:“真个的,换了衣裳,为甚么不趁着墨写起来呢?”公子道:“这却使不得。且无论‘天道忌满,人事忌全’,不可如此放纵;便是一时高兴写了挂上,傥然被老人家看见,问我何谓‘四乐’?你叫我怎么回答?快收拾起来罢。”他姊妹二人也就一笑而罢。不想只他家这阵闺房游戏,又便宜了燕北闲人,归结了他“四乐堂”那笔前文。这话且按下不表。

却说安老爷见儿子厕名清华,置身通显,书香是接下去了,门庭是撑起来了,家中无可顾虑,自己又极清闲,算了算,邓九公的九旬大庆将近,因前年曾经许过他临期亲去奉祝,此时不肯失这个信,便打算借此作个远游,访访一路的名胜,到他那里并要多盘桓几日,疏散疏散。商量定了,先在本旗告了个山东就医的假,约在三月上旬起身。太太便带同两个媳妇忙着收拾行装,又给老爷打点出些给邓九公作寿的礼,无非如意、绸匹、皮张、玩器、活计等件,预备请老爷看过了,好装箱子。老爷一看,便说:“‘君子周急不继富’,这些东西九公要他何用?我送他的寿礼只用两色，早已办得停停当当了。一色是他向我要的寿酒，我已经叫人到天津酒行里找了一百二十坛上好的陈绍兴酒，便算祝他的花甲重周，已经从运河水路运了去了。那一色是我送他的寿文，便是我许他的那篇生传。只这两色薄礼，他足可一醉消愁，千秋不死，何须再备寿礼！”

太太一听这话，知道是又左下去了，不好搬驳，只得说：“老爷见得自然是，但是也得配上点儿不要紧的东西，才成这么个俗礼儿呀。”便不合老爷再去琐碎，自己就作主意配定了；又敷余带上了几百银子，防着老爷路上要使。随叫进家人们来装箱子，捆行囊。

一切停当，老爷又托了张亲家老爷、程师爷在家照料，并请上小程相公途中相伴。家人们只带了梁材、叶通、华忠、刘住儿、小小子麻花儿几个人，并两个打杂儿的厨子剃头的去；又吩咐带上那个乌云盖雪的驴儿，作了代步。此外应用的车辆牲口，自有公子带同家人们分拨，老爷一概没管。

到了起身这日，止不过嘱咐了公子几句话，便逍遥自在带了一行人上路。这一上路，老爷是身有余闲，家无多虑，空拉着辆极舒服的咕咚咚太平车儿不坐，只骑着那头驴儿，遇处名胜也要下来瞻仰，见个古迹也要站住考订，一日走不了半站，但有个住处，便随遇而安。只这等磨去，离家三四天，才磨到良乡。华忠有些急了，晚间趁空儿回老爷说：“回老爷，这走长道儿可得趁天气呀，要不请示老爷，明日赶一个整站罢。”老爷也以为无可无不可，次日便起了个早，约莫辰牌时分，早来到涿州关外打早尖。

却说这座涿州城，正是各省出京进京必由的大路，有名叫作：“日边冲要无双地，天下烦难第一州。”安老爷到得关厢，坐在车里一看，只见那条街上，不但南来北往的车驮络绎不绝，便是本地那些居民，也男男女女老老少少的，都穿梭一般拥挤不动。

正在看着，一行车马早进了一座客店。众家人服侍老爷下了车，进店房坐下。大家便忙着铺马褥子，解碗包，拿铜镟子，预备老爷擦脸喝茶。那个跑堂儿的见这光景是个官派，便不敢进屋子，只提了壶开水在门外候着。老爷这荡出来，是闲情逸致，正要问问沿途的景物，因叫跑堂儿的说：“你只管进来。”便问他道：“你这里今日怎的这等热闹？”跑堂儿的见问，答说：“州城里鼓楼西有座天齐庙，今儿十五，是开庙的日子，差不多儿都要去烧炷香，都是行好的老爷。”

老爷听得烧香拜佛这些事，便丢开不往下谈。又问他说：“此地可还有甚么名胜？”安老爷说话只管是这等字斟句酌，再不想一个跑堂儿的，他可晓得甚么叫作“名胜”？只见他听了这话，忙接口道：“我的老爷，好话咧！大吓人不喇的！一个天齐爷，也有没灵圣儿的？回来你老打了尖，就打那庙头里过，白瞧瞧，那烧香的人有多少！那庙里头，中间儿是大高的五间天齐殿，接着寝宫，两边儿是财神殿、娘娘殿，后层儿是文昌阁，周围七十二司。到了那个地方儿，吃喝穿戴，甚么都买不短。庙后头摆着十锦杂耍儿，前儿还到了个瞧希希罕儿的，为甚么今儿逛庙的人更多了呢！”老爷正觉他所答非所问，程相公那里就打听说：“甚么叫作‘希希哈儿？’”跑堂儿的道：“这可真说得起活老了的都没见过的一个希希罕儿，是碜大的一对大凤凰!”

老爷听了,不禁纳罕,忽然又低下头去,默默如有所思。早听程相公笑嘻嘻的说道:“老伯,不么我们今日就在此地歇下,也去望望凤凰罢?”华忠这橛老头子是好容易盼得老爷今日要走个整站,此时师爷忽然又要看凤凰,便说:“师爷信他们那些谣言,那儿那么件事呢!”

不想程相公这话,正合了安老爷的意思。你道为何?原来这位老先生自从方才听得跑堂儿的说了句此地有凤凰,便想道:“这种灵鸟自从轩辕氏在位凤巢阿阁之后,止于舜时来仪,文王时鸣于岐山,汉以后虽亦偶然有之,就大半是影响附会。到了我大清,从前庆云现、黄河清、瑞麦两歧、灵芝三秀,这些嘉祥算都见过,甚至麒麟也来过了,就只不曾见过凤凰。如今凤凰竟见在直隶地方,这岂不是圣朝一桩非常盛事!况且孔夫子还不免有个‘凤鸟不至,吾已矣夫’之叹;如今我安某生在圣朝,躬逢盛事,岂可当面错过?”心里正要去看看,只是不好出口。正在踌躇,忽听程相公要去,华忠却又从旁拦他.便道:“程师爷也是终年闷在书房里,我又左右闲在此,今日竟依他住下,我也陪他走走。”程相公听了这话大乐,连那个麻花儿听见逛庙,也乐的跳跳钻钻。只有华忠口里不言心里暗想说:“我瞧今儿个这荡,八成儿要作冤!”

当下上下一行人吃完了饭,老爷留梁材等两个在店里,自己便同了程相公带了华忠、刘住儿合小小子麻花儿,又带上了一个打杂儿的背着马褥子、背壶、碗包,还吩咐带了两吊零钱,慢慢的出了店门,步进州城,往天齐庙而来。

于路无话。不一时早望见那座庙门。原来安老爷虽是生长京城,活了五十来岁,凡是京城的东岳庙、城隍庙、曹公观、白云观,以至隆福寺、护国寺这些地方,从没逛过。此刻才到这座庙门外,见那些卖吃食的吆吆喝喝,沿街又横三竖四,摆着许多笤帚簸箕、毡子毛扇儿等类的摊子担子。那逛庙的人是没男没女,出入不断乱挤。老爷见一个让一个,只觉自己挤不上去,华忠道:“奴才头里走着罢。”

说着,进了山门。那山门里便有些卖通草花儿的、香草儿的、瓷器家伙的、耍货儿的,以至卖酸梅汤的、豆汁儿的、酸辣凉粉儿的、羊肉热面的,处处摊子上都有些人在那里围着吃喝。程相公此时是两只眼睛不够使的,正在东睃西望,又听得那边吆喝:“吃酪罢!好干酪哇!”程相公便问:“甚么了叫个‘涝’?”安老爷道:“叫人端一碗你尝尝。”说着。便同他到钟楼跟前台阶儿上坐下。一时端来,他看了雪白的一碗东西,上面还点着个红点儿,便觉可爱,接过来就嚷道:“哦哟,冰生冷的,只怕要拿点开水来冲冲吃罢?”安老爷说:“不妨,吃下去并不冷。”他又拿那铜匙子舀了点儿,放在嘴里。才放进去,就嚷说:“阿,原来是牛奶!”便呲牙裂嘴的吐在地下。安老爷道:“不能吃,倒别勉强。”随把碗酪给麻花儿吃了。

大家就一路来到天王殿。一进去,安老爷看见那神像脚下各各造着两个精怪,便觉得不然,说:“何必‘神道设教’到如此!”程相公道:“老伯怎的倒不晓得这个?这就是风、调、雨、顺四大天王。”老爷因问:“何以见得是风、调、雨、顺?”程相公道:“哪!那手拿一把钢锋宝剑的,正是个‘风’;那个抱着面琵琶,琵琶是要调和了弦才好弹的,可不是个‘调’?那拿雨伞的便是个‘雨’。”安老爷虽是满腹学问,向来一知半解无不虚心,听如此说,不等他说完,便连连点头说:“讲的有些道理。”因又问:“那个顺天王又作如何讲法呢?”程相公见问,翻着眼睛想了半日,说:“正是,他手里只拿了一条满长的大蛇,倒不晓得他怎的叫个顺天王。”刘住儿说:“那不是长虫,人家都说那是个花老虎。”老爷说:“乱道。”因捻着胡子望了会子,说道:“哦,据我看来,这桩东西不但非花老虎,亦非蛇也;只怕就是‘雉入大水为蜃’的那个蜃,才暗合这个顺天王的‘顺’字。”程相公道:“老伯又来了,我们南边那个‘蜃’字读作上声,‘顺’字读作去声,怎合得到一处呢?”老爷道:“嗳呀!世兄,你既晓得‘蜃’字读上声,难道倒不晓得这个字是‘十一轸’‘十二震’两韵双收同义的么!”

老爷只顾合世兄这一阵考据风、调、雨、顺,家人们只好跟在后头站住,再加上围了一大圈子听热闹儿的,把个天王殿穿堂门儿的要路口儿给堵住了。只听得后面一个人嚷道:“走着逛拉!走着逛拉!要讲究这个,自己家园儿里找间学房讲去!这庙里是个‘大家的马儿大家骑’的地方儿,让大伙儿热闹热闹眼睛,别招含怨!”老爷连忙就走。程相公还在那里打听说:“甚么叫作‘热闹眼睛’?”华忠拉了他一把,说:“走罢!我的大叔!”

说着,出了天王殿的后门儿,便望见那座正殿。只见正中一条甬路,直接到正殿的月台跟前。甬路两旁便是卖估衣的,零剪裁料儿的,包银首饰的,烧料货的,台阶儿上也摆着些碎货摊子。安老爷无心细看,顺着那条甬路上了月台。只见殿前放着个大铁香炉,又砌着个大香池子,殿门上却拦着栅栏,不许人进去。那些烧香的只在当院子里点着香,举着磕头,磕完了头,便把那香撂在池子里,却把那包香的字纸扔得满地,大家踹来踹去,只不在意。老爷一见,登时老大的不安,嚷道:“阿,阿!这班人这等作践先圣遗文,却又来烧甚么香!”说着便叫华忠说:“你们快把这些字纸替他们拣起来,送到炉里焚化了。”

华忠一听,心里说道:“好,我们爷儿们今儿也不知是逛庙来了,也不知是拣穷来了!”但是主人吩咐,没法儿,只得大家胡掳起来,送到炉里去焚化。老爷还恐怕大家拣得不净,自己又拉了程相公,带了小小子麻花儿,也毛着腰一张张的拣个不了。又望着那些烧香的说道:“你众位剥下这字纸来,就随手撂在炉里焚了也好。”众人也有听信这话的,也有佯佯不理倒笑他是个书呆子的。那知他这书呆子这阵呆,倒正是场“胜念千声佛,强烧万炷香”的功德!

却说安老爷拣完了字纸,自己也累了一脑门子汗。正在掏出小手巾儿来擦着,程相公又叫道:“老伯,我们到底要望望黄老爷暞。”老爷诧异道:“那位黄老爷?”华忠道:“师爷说的就是天齐爷。”安老爷道:“东岳大帝是位发育万物的震旦尊神,你却怎的忽然称他是黄老爷,这话又何所本?”程相公道:“这也是那部《封神演义》上的。”老爷愣了一愣,说:“然则你方才讲的那风、调、雨、顺,也是《封神演义》上的考据下来的?倒累我推敲了半日,这却怎讲!”

说着,不到正殿,便踅回来站在甬路上,望了望那两厢的财神殿、娘娘殿。只见这殿里打金钱眼的,又有舍了一吊香钱抱个纸元宝去,说是借财气的;那殿里拴娃娃的,又有送了一窝泥儿垛的猪狗来,说是还愿心的。没男没女,挨肩擦背,拥挤在一处。老爷看了,便说:“我们似乎不必同这班人乱挤去了罢。”怎禁得那位程相公此时不但要逛逛财神殿、娘娘殿,并且还要看看七十二司,只望着老爷一个劲儿笑嘻嘻的唏嘱。

老爷看这光景,便叫华忠说:"你同师爷走走去,我竟不能奉陪了,让我在这里静一静儿罢。"因指着麻花儿道:"把他也带了去。"华忠听了,把马褥子给老爷铺在树荫凉儿里一座石碑后头,又叫刘住儿拿上碗包、背壶,到那边茶汤壶上倒碗茶来。老爷说:"不必,你们把这些零碎东西索兴都交给我,你们去你们的。"大家见老爷如此吩咐.只得都去。

这里剩了老爷一个人儿,闷坐无聊,忽然想起:"何不转到碑前头,读读这统碑文?也考订考订这座庙究竟建自何朝何代。"想到这里,便站起来,倒背着手儿踱过去,扬着脸儿去看那碑文。才看了一行,只听得身背后猛可里嗡的一声,只觉一个人往脊梁上一扑,紧接着就双手搂住脖子,叫了声:"嗳哟!我的乖哟!"

老爷冷不防这一下子,险些儿不曾冲个筋斗,当下吃一大惊,暗想:"我自来不会合人顽笑,也从没人合我顽笑,这却是谁?"才待要问,幸而那人一抱就松开了。老爷连忙回过身来,不想那人一个躲不及,一倒脚,又正造在老爷脚上那个跺指儿的鸡眼上,老爷疼的,握着脚"嗳哟"了一声。疼过那阵,定神一看,原来正是方才在娘娘殿拴娃娃的那班妇女。只见为头的是个四十来岁的矮胖女人,穿着件短布衫儿,拖着双薄片儿鞋。老爷转过身来,才合他对了面儿,便觉那阵酒蒜味儿往鼻子里直灌不算外,还夹杂着热扑扑的一股子狐臭气。又看了看他后头,还跟着一群年轻妇人,一个个粉面油头,妖声浪气,且不必论他的模样儿,只看那派打扮儿,就没有一个安静的。

安老爷如何见过这个阵仗讲?登时吓得呆了,只说了句"这、这、这是怎么里?"那个胖女人却也觉得有些脸上下不来,只听他口儿嘈嘈道:"那儿呀!才刚不是我们打伙儿打娘娘殿里出来吗?瞧见你一个人儿仰着个颏儿,尽着瞅着那碑上头,我只打量那上头有个甚么希希罕儿呢,也仰着个颏儿,一头儿往上瞧,一头儿往前走,谁知脚底下横不楞子爬着条浪狗,叫我一脚就造了他爪子上了。要不亏我躲的溜扫,一把抓住你,不是叫他敬我一乖乖,准是我自已闹个嘴吃屎!你还说呢!"

老爷此时肚子里就让有天大的道理,海样的学问,嘴里要想讲一个字儿,也不能了,只气得浑身乱颤,呆着双眼待要发作一场。忽见旁边儿又过来了个年轻的小媳妇子,穿一件鞞肩贴背、镶大如意头儿、水红里子、西湖色濮院绸的半大夹袄,下面不穿裙儿,露半截子三镶对靠青绉绸散裤腿儿裤子,脚下一双过桥高底儿大红缎子小鞋儿;右手擎着根大长的烟袋,手腕子底下还搭拉着一条桃红绣花儿手巾,却斜尖儿拴在镯子上;左手是闹轰轰的一大把子通草花儿、花蝴蝶儿,都插在一根麻秸棍儿上举着;梳着大松的鬅头,清水脸儿,嘴上点一点儿棉花胭脂;不必开口,两条眉毛活动的就象要说话;不必侧耳,两只眼睛积伶的就象会听话;不说话也罢,一说话是鼻子里先带点齉音兒,嗓子里还略沾点儿膛调。

他见那矮胖女人合安老爷嘈嘈,凑到跟前,把安老爷上下打量两眼,一把推开那个女人,便笑嘻嘻的望着安老爷说道:"老爷子,你老别计较他,他喝两盅子猫溺,就是这么着。也有造了人家的脚倒合人家批礼的?瞧瞧,人家新新儿的靴子,给踹了个泥脚印子,这是怎么说呢!你老给我拿着这把子花儿,等我给你老掸掸啵!"说着,就把手里的花儿往安老爷肩膀子上搁。老爷待要不接,又怕给他掉在地下,惹出事来,心里一阵忙乱,就接过来了。这个当儿,他蹲身下去,就拿他那条手巾给老爷掸靴子上的那块泥。只他往下这一蹲,安老爷但觉得一股子异香异气,又象生麝香味儿,又象松枝儿味儿,一时也辨不出是香是臊,是甜甘是哈喇,那气味一直扑到脸上来。

老爷才待要往后退,早被他一只手搬住脚后跟,嘴里还斜叼着根长烟袋,扬着脸儿说:"你倒底撬起点腿儿来呀!"老爷此时只急得手尖儿冰凉,心窝里乱跳,万不得话,只说:"岂敢!岂敢!"他道:"这又算个甚吗儿呢?大伙儿都是出来取乐儿,没讲究!"老爷好容易等他掸完了那只靴子,松开手站起来,自己是急于要把手里那把子通草花儿交还他好走。他且不接那花儿,说道:"你老别忙,我求你老点事儿。"说着,一面伸手拔下耳挖子,从上头褪下个黄纸帖儿来,口里一面说道:"老爷子,你老将才不是在月台上拣那字纸的时候儿吗,我这么冷眼儿瞧着,你老八成儿是个识文断字的。我才在老娘娘跟前求了一签,是求小人儿们的。"说着,又栖在安老爷耳朵底下悄悄儿的说道:"你老瞧,我这倒有俩来的月没见了,也摸不着是病啊是喜。你老瞧瞧,老娘娘这签上怎么说的?给破说破说呢!"

你看这位老爷,他只抱定了"人而无信,不知其可也"的两句书,直到这个场中,还绝绝不肯撒个谎,说:"我不识文,我不断字。"听得那媳妇子请教他,不由得这手举着花儿,那手就把个签帖儿接过来。可耐此时是意乱心忙,眼光不定,看了半日,再也看不明白,好容易才找着了"病立痊,孕生男"六个字,忙说:"不是病,一定要弄璋的。"那媳妇子又不懂这句文话儿,说:"你老说叫我弄甚么行子?"这才急出老爷的老实话来了,说:"一定恭喜的。"他这才喜欢,连签帖儿带那把子花儿都接过去将接过去,又把那签帖儿递过来,说:"你老索兴再用点儿心给瞧瞧,倒底是个丫头是个小子?"安老爷真真被他磨得没法儿,只得嚷道:"准养小子。"那班妇女见老爷断的这等准,轰一声都围上来了。有的拉着那媳妇子就道喜,他也点着头儿说:"喜呀!这是老娘娘的慈悲!也亏人家这位老大爷子解得开呀!"

说话间,那班妇女就七手八脚各人找各人的签帖儿,都要求老破说。老爷可真顽儿不开了,连说:"不必看了,不必看了,我晓得这庙里娘娘的签灵的狠呢!凡是你们一起来求签的,都要养小子的!"不想这班人里头夹杂着个灵官庙的姑子,他身穿一件二蓝洋绉僧衣，脚登一双三色挖镶僧鞋，头戴一顶月白纱胎儿沿倭缎盘金线的草帽儿，太阳上还贴着两贴青绫子膏药。他也正求了个签帖儿拴在帽顶儿上，听老爷这等说，便道："喂！你悠着点儿，老头子！我一个出家人，不当家花拉的，你叫我那儿养小子去呀？"那小媳妇子同大家都连忙拦说："成师傅，你别！人家可怎么知道咱们是一起儿来的呢？"那矮胖妇人便向那姑子嘈嘈道："你罢呀，你们那庙里那一年不请三五回姥姥哇！怎么说呢？"那姑子丢下安老爷，赶去就要拧那矮胖妇人的嘴，说："你要这么给我洒，我是撕你这张肥……"才说到这里，又一个过去握住他的嘴，说道："当着人家识文断字的人儿呢，别抡荤的，看人家笑话！"说着，才大家嘻嘻哈哈拉拉扯扯奔了那座财神殿去了。老爷受这场热窝，心下里也不让那长姐儿给程师老爷点那袋烟的窝心！这大约也要算小小的一个果报。

却说老爷见众人散了，趁这机会，头也不敢回，趄身就走，一溜烟走到将才原坐的那个地方儿，只见华忠早同程相公一群人转了个大弯儿回来了。华忠一见老爷，就问："老爷把马褥子交给谁了？"老爷一看，才知那马褥子、背壶、碗包一切零零碎碎的东西，不知甚么时候早已丢了个踪影全无！想了想方才自己受的那一通儿，又一个字儿不好合华忠说，愣了半天，只得说道："我方才将到碑头里看了看那碑文，怎知这些东西就会不见了呢？"华忠急了，说："这不是丢了吗？等奴才赶下去。"老爷连忙拦住说："这又甚么要紧！你晓得是甚么人拿去？又那里去找他？"

华忠是一肚皮的没好气，说道："老爷只管这么恩宽，奴才们这起子人跟出来，是作甚么的呢？会把老爷随身的东西给丢了！"老爷道："这话好糊涂！你就讲'虎兕出于柙，龟玉毁于椟中'——方才也是我自己在这看着——究竟'是谁之过与'？不必说了，我们干正经的，看凤凰去罢。"

说着，大家就从那个西随墙门儿过后殿来。见那里又有许多撬牙虫的，卖耗子药的，卖金刚大力丸的，卖烟料的，以至相面的，占灯下数的，起六壬课的，又见一群女人.蹲在一个卖鸦片烟签子的摊子上讲价儿。老爷此时是头也不敢抬，忙忙的一直往后走，这才把必应瞻礼的个文昌阁，抹门儿过去了。

才进了西边那个角门子，便见那空院子里圈着个破蓝布帐子，里面锣鼓喧天。帐子外头一个人，站在那里嚷道："撒官板儿一位！瞧瞧这个凤凰单展翅！"老爷听了，心中暗喜，连忙进去，原来却是起子跑旱船的。

只见一个三十来岁漆黑的大汉子，一嘴巴子的胡子楂儿，也包了头，穿了彩衣，歪在那个旱船上，一手托了腮，把那只手单撒手儿伸了个懒腰，脸上还作出许多百媚千姣的丑态来。闹了一阵，又听那个打锣的嚷说："看完了凤凰单展翅，这就该着请太爷们瞧飞蝴蝶儿了。"安老爷这才明白，原来这就叫作"凤凰单展翅"，连忙回身就走，只说道："'无耻之耻，无耻矣'！"华忠"嗐"了一声，见那边还有许多要狗熊、要耗子的，他看那光景，禁不得再去撒冤去了，便一直引着老爷从文昌阁后身儿绕到东边儿。

老爷一看，就比那西边儿安静多了。有的墙上挂了个灯虎儿壁子猜灯虎儿的，有的三个一群两个一伙儿踢球的。只那南边儿靠着东墙围着个帐子，约莫里头是个书场儿；北边却围着个簇新的大蓝布帐子，那帐子门儿外头也站着俩人，还都带着缨帽儿,听他说话的口音,倒象四川、云、贵一路的人,只听他文诌诌的说道:"人品有个高低,飞禽走兽也有个贵贱。这对飞禽是不轻容易得见的,请看看。"程相公听见,便说:"老伯,这一定是凤凰了。"老爷也点点头,摇摇摆摆的进去。见那帐子里头还有一道网城,网城里果然有金碧辉煌的一对大鸟。老爷还不曾开口,刘住儿就说:"这不是咱们城里头赶庙的那对孔雀吗?那儿的凤凰啊!"安老爷这才后悔:"这荡庙逛的好不冤哉枉也!"他只管这等后悔,心里的笃信好学,始终还不信这就叫"上了当了",只疑心或者今日适逢其会,凤鸟不至,也不可知,因说:"我们回店去罢。"华忠说:"得请老爷略等一等儿。"

这么个当儿,麻花儿又拉屎去了。老爷正不耐烦,便说:"这就是方才那碗酪吃的!"谁想恰好程相公也在那里悄悄儿的问刘住儿说:"那里好出大恭?我也去。"老爷听说,便道:"索兴请师爷也方便了来罢。我借此歇歇儿也好。"华忠满院子里看了一遍,只找不出个坐儿来,说:"不然请老爷到南边儿那书场儿的板凳上坐坐去罢。"

老爷此时是不曾看得凤凰,兴致索然,一声儿不言语,只跟了他走。及至走进那书场儿去,才见不是个说书的。原来是个道士,堡在紧靠东墙根儿,面前放着张桌儿,周围摆着几条板凳,那板凳上坐着也没多的几个人。另有个看场儿的,正拿着个升给他打钱。那桌子上通共也不过打了有三二百零钱。老爷看那道士时,只见他穿一件蓝布道袍,戴一顶棕道笠儿。那时正是日色西照,他把那笠儿戴得齐眉,遮了太阳,脸上却又照戏上小丑一般,抹着个三花脸儿,还带着一圈儿狗蝇胡子。左胳膊上揽着个渔鼓,手里掐着副简板,却把右手拍着鼓。只听他"扎嘣嘣,扎嘣嘣,扎嘣扎嘣扎嘣嘣"打着,在那里等着攒钱。忽见安老爷进来坐下,他又把头上那个道望下遮了一遮,便按住鼓板,发科道:

锦样年华水样过,轮蹄风雨暗消磨;仓皇一枕黄粱梦,都付人间春梦婆。——小子风尘奔走,不道姓名,只因作了半世懵懂痴人,醒来一场繁华大梦,思之无味,说也可怜,随口编了几句道情,无非唤醒痴聋,破除烦恼。这也叫作

'只得如此,无可奈何'。不免将来请教诸公,聊当一笑。

他说完了这段科白,又按着板眼拍那个鼓。安老爷向来于戏文、弹词一道本不留心,到了和尚、道士两门,更不对路,何况这道士又自己弄成那等一副嘴脸!老爷看了,早有些不耐烦,只管坐在那里,却掉转头来望着别处。忽然听他这四句开场诗,竟不落故套,就这段科白也竟不俗,不由得又着了点儿文字魔,便要留心听听他底下唱些甚么。只听他唱道:

鼓逢逢,第一声,莫争喧,仔细听,人生世上浑如梦。春花秋月销磨尽,苍狗白云变态中。游丝万丈飘无定。诌几句盲词瞎话,当作他幕鼓晨钟。

安老爷听了,点点头,心里暗说:"他这一段,自然要算个总起的引子了。"因又听他往下唱道:

判官家,说帝王,征诛惨,揖让忙,暴秦炎汉糊涂账。六朝金粉空尘迹,五代干戈小戏场。李唐赵宋风吹浪。抵多少寺僧白雁,都成了纸上文章!

最难逃,名利关,拥铜山,铁券传,丰碑早见磨刀惨。驮来薏苡冤难雪,击碎

珊瑚酒未寒。千秋最苦英雄汉。早知道三分鼎足，尽痴心六出祁山！

安老爷听了，想道："这两段自然要算历代帝王将相了。底下要只这等一折折的排下去，也就没多的话说了。"便听他按住鼓板，提高了一调，又唱道："怎如他，耕织图……"安老爷才听得这句，不觉赞道："这一转，转得大妙。"便静静儿的听他唱下去道：

怎如他，耕织图！一张机，一把锄，两般便是擎天柱。春祈秋报香三炷，饮蜡歈豳酒半壶。儿童闹击迎年鼓。一家儿呵呵大笑，都说道：'完了官租！'

尽逍遥，渔伴樵，靠青山，傍水坳，手竿肩担明残照。网来肥鳜擂姜煮，砍得青松带叶烧。衔杯敢把王侯笑。醉来时狂歌一曲，猛抬头月小天高。

牧童儿，自在身，走横桥，卧树荫，短蓑斜笠相厮趁。夕阳鞭影垂杨外，春雨笛声红杏林。世间最好骑牛稳。日西矬归家晚饭，稻粥香扑鼻喷喷。

正听着，程相公出了恭回来，说："老伯候了半日，我们去罢。"老爷此时倒有点儿听进去，不肯走了，点点头。又听那道士敲了阵鼓板，唱道：

羡高风，隐逸流，住深山，怕出头，山中乐事般般有。闲招猿鹤成三友，坐拥诗书傲五侯。云多不碍梅花瘦。浑不问眼前兴废，再休提皮里春秋！

破愁城，酒一杯，觅当垆，酤旧醅，酒徒夺尽人间萃。卦中奇耦闲休问，叶底枯荣任几回。倾囊拚作千场醉。不怕你天惊石破，怎当他酣睡如雷！

老头陀，好快哉，鬓如霜，貌似孩，削光头发须眉在。菩提了悟原非树，明镜空悬那是台？蛤蜊到口心无碍。俺只管薅锄烦恼，没来由见甚如来！

学神仙，作道家，踏芒鞋，绾髻丫，葫芦一个斜肩挂。丹头不卖房中药，指上休谈顷刻花。随缘便是长生法。听说他结茅云外，却叫人何处寻他？

鼓声敲，敲渐低，曲将终，鼓瑟希，西风紧吹啼猿起，《阳关三叠》伤心调，杜老《七哀》写怨诗。此中无限英雄泪。收拾起浮生闲话，交还他鼓板新词！

安老爷一直听完，又听他唱那尾声道：

这番闲话君听者，不是闲饶舌。飞鸟各投林，残照吞明灭。俺则待唱着这道情儿归山去也！

唱完了，只见他把渔鼓简板横在桌子上，站起来，望着众人，转着圈儿拱了拱手，说道："献丑，献丑！列位客官，不拘多少，随心乐助，总成总成！"众人各各的随意给了他几文而散。华忠也打串儿上掳下几十钱来，扔给那个打钱儿的。

老爷正在那里想，他这套"道情"不但声调词句不俗，并且算了算，连科白带煞尾通共十三段，竟是按古韵十二摄，照词曲家增出"灰韵"一韵，合着十三辙谱成的，早觉这断断不是这个花嘴花脸的道士所能解。待要问问他，自己是天生的不愿意同僧道打交道，却又着实赏鉴他这几句"道情"，便想多给几文犒劳犒劳。他见华忠只给了他几十文，就说道："你怎生这等小器，就多给他些何妨！"回头看了看那串儿上，却只剩了没多的钱，因问："你大家谁还带着钱呢？"不想同了问，连那打杂儿的一时间都把几个零钱使完了。程相公道："老伯要用，吾这里有银子，可好？"老爷大喜，说："更好。"及至他从顺袋里取出来，却是个五两的锭儿，一时又没处夹，老爷便叫那个小小子麻花儿送给那个道士。

那道士接过来，不曾作谢，先望着那银子叹了口气，道："嗳！路尽才知蜀道平，恩深便觉秋云厚。"忽然两泪直流，把那个粉脸儿冲得一行一道的，益发不成个模样。他忙忙的用道袍袖子沾了一沾，往前走了两步，向安老爷深深打了一躬，说："恩官厚赐，贫道在这里稽首了。"安老爷听他说了这"蜀道""秋云"两句，觉得这道士竟不是个蠢人，或者这"道情"竟是他自己一片哀怨也不可知。便觉他虽是个道士，也不甚讨厌，连忙还了他个揖。

华忠一旁看见，口里咕囔道："得了！我们老爷索兴越交越脚高了！"便走上去直橛橛的说道："回老爷，这天西北阴上来了，咱们可没带雨伞哪！"老爷看了看，西北上果然有些阴过来，便不及合那道士细谈，同了程相公一行人，出了天齐庙的那个后门儿，一路回店里来。

梁材在店里已经叫厨子把老爷的晚饭备妥，又给老爷煮下羊肉，打点了几样儿路菜，照就有他店里的顿饭饼面。老爷此时吃饭是第二件事，冤了一天，渴了半日，急于要先擦擦脸喝碗茶，无如此时茶碗、背壶、铜镟子，是被老爷一统碑文，读成了个"缸里的酱萝卜——没了缨儿了"，马褥子是也从碑道里走了。幸而茶碗还有敷余带着的。梁材倒上茶来，刘住儿又忙着拿铜盆舀了盆水，伺候老爷洗了脸，叶通便把程相公的马褥子给老爷铺上，又把自己那个借给他。

一时，端上菜来，老爷同程相公一面吃着酒，心里还是念念不忘那个凤凰。恰好跑堂儿的端上羊肉来，程相公便叫住他，问道："店家，店家，你快些这里来。你早上说叫天齐庙有得凤凰看，怎的吾们看不着？"跑堂儿的一愣，说："看不着？没有的话！这店里有好儿位都瞧了回来了，我们打杂儿的烧香去，回来也说瞧见。你老同老爷在那儿瞧凤凰来着？怎么说看不着呢？"老爷说："果然没有看见，只有一对孔雀在那里。"跑堂儿的听见，想了想，才笑呵呵的道："是啊，孔雀啊！他那毛儿就象戴的翎子似的，我早起说的就是他，我是把两样东西的名儿记拧了！"老爷一听，这才悟过今儿这一盪算冤足了！

一时，吃完了饭，家人们也有买东西去的，也有打辫子去的，一时只剩了华忠、刘住儿两个。华忠又去走动。这个当儿，忽见刘住儿跑进来说："外头有个人要见老爷。"老爷说："难道又是位'喜贺大爷'不成？"刘住儿又不懂老爷这句"反言以申明之"的话，回道："不是喜贺大爷，那位奴才见过，这个人奴才不认得他。奴才问他，他说老爷见了他认得他。"老爷道："算了罢，你弄不清楚这些事，快把华忠找来罢！"

半日，找了华忠来，老爷正叫他去看看这人倒底是谁，华忠道："不用看，奴才才进来就瞧见他了，就是方才在庙上唱'道情'的那个道士。"老爷一听，先就急了，说："我说这些人断招惹不得！所以叫作'惟女子与小人为难养也'。"因问刘住儿道："既如此，你在庙上也听他唱了那半日，怎的又说不认得呢？"华忠道："请老爷别怪刘住儿。他这时候不是方才那个打扮儿了，脸儿也洗干净了，穿着件旧短襟袍儿，石青马褂儿，穿靴带帽，并且是个高提梁儿。他见了奴才还装糊涂，奴才一瞧他那神情儿，就认出他来了。问他来作甚么，他说：'来谢谢老爷，见了老爷还有话说。'奴才想着，老爷可见这些人作甚么呢，就告诉他说：'回来替你回罢。'"老爷连道:“狠是,狠是。”华忠道:“谁知他竟不肯走,说:‘务必求见见老爷。’还说他在淮上常见老爷,回明了,老爷一定见他的。奴才问他姓名,他又不肯说,只说:‘老爷一见,自然认得。’”老爷没好气道:“怎么你也合刘住儿一般儿大的糊涂,难道我在淮上常见的人你会不认得吗?”华忠不敢强嘴,等老爷发作完了,才回道:“老爷圣明,奴才赶到青云堡,就迎见老爷回了京了,奴才合刘住儿一样,也是没到过淮上的。”

老爷一时无话,只说:“偏偏儿这么一刻儿,上过淮上的人又都不在跟前。”因赌气说:“你叫他进来,我见他罢。”华忠只得去叫那人。及至那人进来,老爷才要欠身,他已经站在当地,望着老爷拖地一躬,起来说道:“水心先生,别来无恙!可还认识当日座上笙歌、今日沿街鼓板的这个道人么?”这正是:

柳絮萍踪浑一梦,相逢何必定来生!

要知说话的这人是谁,下回书交代。

第三十九回 包容量一诺义赒贫 矍铄翁九秩双生子

这回书接演上回。话表安老爷叫华忠把那个改装的道士带进来,正要认认这人是谁,问问他的来意,不想他进门就是一躬,起来开口就叫了声“水心先生”,接着便说:“可还认得我这当日座上笙歌、今日沿街鼓板的道人么?”老爷听了,不胜诧异,这才站起身来,定睛一看,原来不是别人,正是自己从前在南河作知县时候,受过“知遇”的那位老恩宪——前任河台谈尔音。

老爷断想不到此时忽然合他恁地相逢,仓卒间倒觉举措不安,忙着先让程相公回避过了,自己料是一时换不及衣服,只换了顶帽子,转身说道:“卑职安学海断想不到此地得见宪台。方才蓦遇,既昧于瞻拜,今蒙降临,又不及迎接,且惶且愧!但是草莽之间不可废礼,请宪台上坐,容卑职参谒。”把个谈尔音慌得上前扶住,说道:“水心先生,我谈尔音具有人心,苟非事到万难,万不敢靦颜来见。我先生要一定这等称谓、这等仪节,使我益发无地自容,却叫我这一肚皮的话怎说得出口!”安老爷看了他那愧汗不堪的神情,倒觉不好过于拘礼,还朝上打了三躬,才合他分宾主坐下。

此时上街去的家人们也都回来了,倒上茶来。安老爷又亲自送茶,依然是“宪台长、大人短”。华忠站在旁边听了半日,才知这东西原来就是把我们老爷坑苦了的那个谈尔音!待要得罪他两句,又碍着主人,只气了他个磨掌搓拳,直眉瞪眼。安老爷却只蔼然和气的问他道:“宪台是几时蒙恩赐环的?竟自不知。怎的既不进京,又不回籍,却逗留在此?更不敢动问,方才在天齐庙相遇,怎的又装扮成那等个行藏,却是为何?”

那谈尔音见问,未曾开口,眼中落泪,一面摆手,一面摇头,说道:“先生,这话一言难尽!我自从那年获罪,发往军台,原想着河工上还有几个着实受过我些好处的旧日属员,打算叫他们帮助几千金,交了台费,便好还乡,不想这班人不肯也罢了,连回话都没得一句;难得接到他一封回信,又无非告苦说穷,那语言文字之间还带些笑骂。因此没法，在台站上一住三年，才得效力年满。回来便想在京官同乡道里打个把式。那知我们那班同乡更狠，算起来，这些人平日也不知用过我多少别敬节仪，如今见我这等回来，他们竟自闭门不纳，还道我不是个安分之徒，竟大家'鸣鼓而攻'起来。没奈何，只得奔到此地，投奔一个州吏目，正是我的妻舅，叫作蔡锡江。不想他这等一个小小官儿，也竟会被上司访着他帷薄不修，又参回去了，把我闪得来进退两难。幸得我们绍兴府山阴道上多有些会唱道情的，我还记得那腔调，也随口编了几句，就弄了副渔鼓简板，每日胡乱唱来糊口；又怕被人看破我的行藏，所以才把些粉墨遮了我这张羞脸。作梦也想不到今日在此遇见你这水心先生，竟慨然助了我五两银子，所以特特到门叩谢。"说罢，站起来又打了一躬。

安老爷此时正在后悔自己方才在庙上不合一时粗心，不曾认出他那个假面目来，无端的给了他几两银子，倒象特地去简亵他一般。如今听他这等说法，果然是把自己的无心犒赏认作了有意酬恩，一时越发不安。连忙说道："先生，你怎的倒这等说！"说着，正要往下辩白这个原故。

那谈尔音不等老爷说完，接过来也说道："先生，你才叫作'怎的倒这等说'！你可记得你我同在南河，我作寿时节，你送我那五十金的公分？那时只因我见各官除了公分之外，都另有分厚礼，独先生你只单单的送了那公分五十金，我不合一时动了个小人之见，就几乎弄得你家破人亡。今日狭路相逢，我正愁你要在众人面前大大的出我一场丑，不料你不念旧恶也罢了，又慨然赠我五两银子。你可晓得我谈尔音当年看了那五十两，轻如草芥；今日看得这五两，便重似泰山！你叫我怎的不要感激！不要这样说法！只是我方才那番卖唱乞食的行径，真真叫作'无可奈何，只得如此'。还要求老先生函盖包荒。此后见了我们河工上那班旧日朋友，切切不要提起才好。"

安老爷原是彆着一肚子话，极力要辩白我方才如果认出是你来，断不肯那样亵渎你；他是算认定了：难得老爷认得出是他来，还肯这等怜惜他。两下里越说越不得明白。说着说着，他越发提起前情，直言不讳的一味自怨自悔。老爷是位仁厚不过的，便觉这人傥有三分义气，早动了一片不忍仁之心；一时又替他脸上下不来，又觉自己心上过不去。待要宽慰劝勉他一番，便道："大人休如此说。贫乃士之常，不足为累。便是市上吹箫、街头鼓板这些事，古人中如汧国公、芦中人等辈也都作过。不过方今圣明在上，非其时耳。依学海鄙见，还是早办一条归路，回到家乡，先图个骨肉团聚，一面藏器待时。或者圣恩高厚，想起来，还有东山再起之日，也未可知。"他又摆手说道："先生，这话说得远了！实不相瞒，我谈尔音此时只住在对门一个小车子店里，一日两餐还没处打算哪。只这两件衣裳，还是托店主人赁来的；就连方才穿戴的那道衣、道笠儿，也是合天齐庙里一个道人借的，他还定要用我五十大钱的酒钱。你看人情这等艰难，叫我一向从那里办条归路起？如今是好了，有了水心先生你这五两头，已经有得一半陶成，怎的再得有这等五两头，我便打算搭了我们绍兴回空的粮船回去。只是那里还想作的着这样第二个春梦！"

老爷这才明白，他是还短几两银子，说不出口。不禁点头叹息了一声，默然不语，便让他吃茶。要论安老爷素日的为人，此刻的光景，既不是拿不出这几两银子，又不是舍不得这几两银子。要讲急人之急,正该或多或少叫家人立刻拿出银子来,当面给了他,打发他走,何等爽快,怎的又默然不语呢?

原来老爷正为此时自己合他是一穷一通,一贵一贱,翻了个局面。待说斟酌个可以与可以无与罢,倒象为了淮安被参的前情,近于“使骄且吝”;待说博施济众罢,只这等随便拿出几两银子来给他,不但不是个“富而好礼”的道理,越发显得方才庙上给他那几两银子是有意打趣他了。一时心里怎么想怎么觉得不合天理人情。只端了碗茶,一面陪着那个谈尔音,一面三回九转的心里盘算,一直等到客都把茶碗放下了,老爷还捧着个碗在那里盘算呢。

谈尔音看那神情,料是没指望了,不好久坐,谈了两句散话也就告辞。老爷便放下茶碗,一直送他出了店门,还等他走了几步,然后才回身进来。坐下又思索了半天,便叫梁材、华忠两个来,吩咐道:“你们看看,有太太给我带上的几百银子,在那一个箱子里?给我拿出来。”

此刻程相公也在跟前,便道:“老伯,我那五两头不忙,那是老人家要买阿胶用的,等到了山东再把我不迟。”老爷摇摇头道:“不是。”梁材也回说:“老爷要使银子,外头有留出来的五十两没用完呢。”老爷道:“你只给我拿来就是了。”两个听了,便叫了打杂儿的,帮着到行李车上松绳解扣,把箱子抬进来,忙着解夹板拆包皮,找钥匙开锁头。老爷看了看那箱子里,装着是五百银子,便吩咐梁材向店家借个天平,要平出二百四十两来,分作三包;又叫叶通写三个“馈赆”的签子,按包贴上;再现买个黑皮子手版来,要恭楷写“旧属安学海”一行字;又叫腾个拜匣,预备装银子;又叫打开包袱,把行装袍褂拿出来换上。

华忠见老爷这光景,象是要去拜客,便请示:“老爷到那里去?还是车去、马去?派谁跟了去?”老爷见他那脸上不大平静,恐怕误事,便不要招惹他,只说:“一概不用,你只叫个打杂儿的跟着,我要亲身把这银子送给那位谈大人去。”原来华忠方才问的时候,就早猜出老爷这着儿来了,只不敢冒失。如今见老爷不但帮他银子,还要亲身送去,只气得他也顾不得甚么叫作规矩,便直言奉上说道:“不是奴才找着挨老爷一顿窝心脚的话,老爷的银子可是没处儿花了!”一时梁材大家也觉老爷此举大可不必。程相公也道:“老翁,你平日常讲的‘以德报德,以直报怨’,怎的此时自己又‘以德报怨’起来?”

老爷正为这桩事,一个人为难了半天,那一肚子墨水儿不差甚么彆得都要漾上来了,那里还禁得起旁边儿再有人去晃荡他?只程相公这一句,就开了《四书》闸了。只见他呆着个脸儿,问着程相公道:“世兄,你可晓得我夫子讲这两句话,是怎的个意思?我夫子生在春秋之世,见那时周末文胜时事,务虚而不务实,那或人忽然来问:‘以德报怨,何如?’也正是受了个文过其实的病。便因此动了我夫子一片挽回世道的深心,所以倒问他‘何以报德’?紧接着便告诉他‘以直报怨,以德报德’。其实轮到自己身上,你就那上下两本《论语》看看,他老人家又那一时、那一处不受着些怨?其中只有被原壤那傲慢不恭的老头子气不过,在他踝子骨上打过一杖,还究竟要算个朋友责善的道理;此外如遇着楚狂接舆、长沮、桀溺那班人,受了他许多奚落,依然还是好言相向;便是阳货、王孙贾、陈司败那等无礼,也只就他口中的话说说儿也就罢了。甚至弄到性命呼吸，也不过说了句'天生德于予，桓魋其如予何'。究竟何尝认真去'以直报怨'？何况我今日这番意思，正叫作'以德报德'。世兄，你怎的倒说我是'以德报怨'？"

程相公道："别样事小侄不晓得，谈尔音这桩事，是我天天跟老伯在那里眼见的，难道那还叫作个'德'？"老爷道："你们的意思，自然为他参掉了我的官，罚赔了我的银子，因我参官赔银子，才累我的儿子赶出来，以致几乎半途丧了性命：大不过讲的是这三桩事，要算个'怨'了。你们可晓得，那河工上的官儿，自总河以至河兵，那个不是要靠那条河发财的？单单的放我这样一个不会弄钱的官在里头，便不遇着那位谈大人，别个也自容我不得。长远下去，慢讲到官，只怕连我这条性命都有些可虑，今日之下，怎的还能够这等自在逍遥？便是幸而不参，我那个知县作到今日，说句老实话，是还想我能去钻营升官呢，是还想我能去谋干发财呢？只怕我这点薄薄家私，也就被我一任知县报效在里头了，所赔的又岂止那五千余两！再讲，我的儿子不出来，又怎得遇着我这两房媳妇，来立起我家这番事业？我若不回去，又怎得教成我那个儿子，来撑起我家这个门庭？你大家想去，那一桩不是这位谈大人的厚德？怎的还要去'怨'他？固然说是'天也，非人之所能为也'，要知他被上天提了一根线儿，照傀儡一般替我家出这许多苦力，也些须的有点功劳，我此举又怎的不叫作'以德报德'？"

华忠听了老爷这段话，才把他那股浑气消下去了。只听他先念了声佛，说道："真哪！奴才说句不当家的话，照老爷这么存心，怎么怪得养儿养女望上长，奴才大爷有这段造化呢！那么说，这俩钱儿敢则花的不冤，到底是奴才糊涂！只是奴才到底糊涂，老爷就给他个一二百也不算少，就剪直的给他三百也不算多，怎么又不零不搭的要现给他平出二百四十两来，这又是个甚么原故呢？"老爷道："蠢才，蠢才！你怎的会明白这个大道理！我竟没许大精神合你闲讲，你只问问程师爷就晓得了。"

程师爷听了一楞，想了半天，说道："我竟不得明白。果然的，老伯为甚么了，要把他二百四十两银子？"老爷只笑而不答。不想叶通这小厮跟老爷在书本儿上磨，磨了这几年，倒摸着老爷胸中些深微奥妙了。他正在那里贴银包上的签子，听了这话，便笑着合程相公说道："老爷给他这银子，正合着三百两的数儿。"程相公道："阿说抛话！方才通共拿出三百头来，老爷还了我五两，这里还剩五十五两，你那里怎得还会有三百两？我就更不得明白了。"叶通道："师爷要明白这个，只把'子华使于齐'那章书，背一遍就明白了。"他听了，从"子华使于齐"一直到"毋！以与尔邻里乡党乎"背了一遍，又寻思了半天，摇头道："我不晓得。"

叶通道："当日孔夫子送人东西，都是打八折。不信，师爷算那个'与之釜'的'釜'字，朱注注的是'六斗四升'，那是个'八八六四'；'与之庾'的那个'庾'字，朱注注的是'十六斗'，那是个'二八一六'；'与之粟五秉'的那个'秉'字，朱注注的是'十六斛'，又是个'二八一六'。所以老爷送这位前任河台的礼，也平了个三八二百四十两，正是八折的三百银。"

老爷听了，连连点头赞道："使乎！使乎！"程相公按他这话算了算，数目果然不错。又问他道："叶二爷，我倒请教：然则'与之粟九百'，怎的又不打八折呢？"叶通道："那也是个八折。孔夫子给子华他们老太太的米，那是行人情，自然给的是串过的细米，那得满打满算。给原思的米，是他应关的俸禄，自然给的是没串过的糙米。糙米串细米，有一得一，准准的得折耗二成糠秕，刨除'二九一八'，核算起来，下余的正是'九八七二'的八折。"这笔账大概连朱子当日也没算清，不然为甚么前头小注儿里的'釜六斗四升、庾十六斗、秉十六斛'，都注得那么清楚，到了'与之粟九百'的小注儿里，就含糊着说'九百不言其量，不可考'呢！"

这话程相公始终不曾了了。安老爷听了，只乐得拍案叫绝，说道："'孺子可教也'！这讲法虽不足窥圣道之大，大可补朱注之阙。这等看起来，那康成家婢不过晓得了'薄言往诉，逢彼之怒'，合'胡为乎泥中'的几句《诗经》，便要算作个佳话，真真不足道也！"

说话间，诸事打点齐备。老爷见叶通竟能这样通法，料他事理通达，断不到开罪于那位谈大人，便叫他持了帖，又叫了一个打杂儿的，捧着那个装银子的拜匣，跟着出了店门，往对过那座小车子店去。

到了店门，叶通忙走了两步，先进了店门。只见满院子歇着许多二把手小车子，又有些倒站驴子，还晾着半院子的驴马粪，却不知这位谈大人在那里。看了看，见那边墙根底下蹲着一群苦汉在那里吃饭。叶通因在主人面前，不敢公然问说有个姓谈的，只得问那班人道："有位谈大人在那间房住？"一个人答道："这店里是住驴的，那儿摸大人去呀！"叶通又说明那谈大人的年貌，那人才说道："你问的是谈花脸儿啊，在那角上堆草的那间屋子隔壁就是。"叶通走到跟前，不好直进去，便隔窗问了句："这是谈大人的屋子么？"

他听得门外有人说话，穿着件破两截布衫儿，靸拉着双皂靴头儿出来。叶通见了，不敢轻慢，连忙把手本呈上去，说："家主请见。"那谈尔音看了看，就嚷起来道："这还了得！这个大柬断不敢当，奉璧！奉璧！"说着进屋里，就那么个样儿戴上了顶帽子出来。这个当儿，安老爷已经走进房门，朝上打躬，说道："安学海特来谢步。"见过了礼，就在那铺土炕上，合他分宾主坐下。老爷见他那屋里，上下通共一头人，看光景不必再等献茶了，便向叶通使了个眼色，要过那个拜匣来，放在桌子上。此时老爷那番仁厚存心的神情，真真算得个"见于面，盎于背"，他会大把的给人银子他自己倒不得话；好容易宛转其词，把这番意思道达出来。

那谈尔音耳朵里一边听着话,眼睛里一边瞧着银子。老爷这里话也不曾说完,他便望着那银子大哭起来。这一哭,倒把安老爷哭的没了主意,再三相劝,才得把他劝住。他早拜倒在地,谢个不了,口里说道:"水心先生,我当日是那等的陷你,你今日是这等的救我,这等看起来,你直头是个圣贤,我直脚是个禽兽了!"安老爷忙道:"大人,此话再休提起。假如当日安学海不作河工知县,怎的有那场事?作河工知县而河工不开口子,怎的有那场事?河工开口子而不开在该官工段上,又怎的有那场事?这叫作'天实为之',与我宪属甚么相干?大人且把这话搁起,是必莫忘方才那几句刍荛之言,作速回乡,切切不可流落在此,这倒是旧属一番诚意。"

安老爷这话,算厚道到那头儿了。他听了,连连点头答应,一面收了银子,把匣子交给叶通。安老爷便起身告辞。他道:"明早再竭诚趋叩。"安老爷也唯唯答应着。一路回来,店里才得上灯。

老爷这件事作的来,好不心旷神怡!一觉安稳好睡,醒来才得五鼓,还虑到那谈尔音天明过来,脸上不好意思,便催众人收拾行李车辆,不曾天亮就起身上路。临起身,又留下一个辞行的名帖,托了店家送给他。

他正要来拜谢,听得安老爷走了,一时感愧之中不无依恋。没奈何,把那名帖供在桌儿上拜了两拜。只当日收拾收拾,就坐了那店里一个二把手小车子,赶到运河马头上,趁着绍兴回空粮船,回往浙江而去。

及至他到了家,感激安老爷这番周济,无可答报,每日起来不言不笑,不饮不食,望空先烧一炉香,默祝安老爷的富贵寿考,然后才敢开口。这是后话不提。

却说安老爷离了涿州,一路无话。这日早到茌平,因天色尚早,便想不打早尖,赶到邓家庄早饭。恰巧从那座悦来店过,见歇着许多车子,满载着一色的花雕大坛酒,问了问,原来正是自己送邓九公的寿礼,也从水路运到了。

老爷大喜,就便下来打了尖。吩咐一应人马车辆后行,自己却换了顶草帽儿,骑上那头驴儿,只叫随缘儿拿着帽盒跟着,要出其不意的先去合邓九公作个不期而会。将进了岔道口,但见那条路上的车马行人往来不断,还有些抬着食盒送礼去的,挑着空担子送了礼回来的。老爷在驴子背上想道:"邓翁的生日还有几日呢呀,怎的从今日起就这等热闹?"一面想着,远远的早望见邓家庄的那座庄门。

老爷一看,这次来与前番来的光景大不相同了。只见庄门大开,门外歇得车马成群,门里也是不断的人来人往,那两边树底下还歇着许多赶趁卖吃食的。一时,老爷到了庄门首,下了驴儿,只见一个穿靴戴帽的庄客过来,把老爷上下一打量,见老爷戴着顶草帽儿,骑着头驴儿,却又穿着身行衣,不象个来作贺的样子,便上前问道:"咱们是那儿来的呀?"

老爷见不是前番来见过的那人,正待合他说明来历,只见褚一官从里面说笑着送出一起客来。他一眼望见老爷,也不及招呼客,便连忙赶出门来,说:"这不是二叔来了么!怎么一个人儿来了?"匆匆的见了个礼,起来便合那个庄客嚷道:"你还不快进去告诉去!说北京的二老爷从京里下来,已经到门了!"那人听了,忙着就往里跑。那几位客都站在一旁等着告辞,老爷便合褚一官说:"你且先送客。"他才忙着送了那班人走。

这个当儿，随缘儿一手拉着驴，一手举着帽盒，老爷一面换帽子，一面问褚一官道："你令岳怎的这等高兴，从今日就作起寿来？"褚一官道："好叫二叔得知，今日不是作寿……"才说得这句，早听得邓九公一路从里头就嚷出来了。只听他叫道："我的老弟呀，你今儿个可是从天上掉下来了！我正说忙过今儿个，明儿个就打发人迎上你去，谁想你倒先来了！可喜，可喜！"说着，上前合老爷抱了一抱。一面拉着手，先道了公子前番得中并连次高升的喜，接着问了这个又问那个，然后才问安老爷是那天起身的，走了几天，一路行走的光景。

老爷一面随问随答，一面看他那打扮儿：只见他光着个脑袋，靸拉着双山底儿青缎子山东皂鞋，穿一件旧月白短夹袄儿，敞着腰儿，套着件羽缎夹卧龙袋，从脖钮儿起一直到大襟，没一个扣着的。脸是喝了个漆紫，连乐带忙，一头说着，只张着嘴气喘如牛的，拿了条大手巾擦那脑门子上的汗。老爷此时不及问他别的，只惦着褚一官方才不曾说完的那句话，先问道："九兄，你府上今日一定有件甚么大喜的事？"他早拉了安老爷一只手说："咱们到里头坐下说。"说着，便有他家的几个门馆先生合他徒弟们迎出来，内中也有几个戴顶戴的，一个个都望着老爷打躬迎接。老爷也一一还礼。

安老爷前番虽到过他家一次，却不曾进门。一路进来，见那大门里也是路东一个屏门，进去便是个大院落。那院子里有合抱不交的几棵大树，正面却没大厅，只一路腰房。东西群墙，各有随墙屏门。只见那西边屏门里，有一群人在门里望外看，里头又夹杂个茶房嚷道："西花厅再摆两桌子！"东边门里便有人答应。看那光景，像是往厨房去的路。那腰房当中是个穿堂二门。门外树荫里还安着两块大马台石。进了这座门，里面还有层三门儿。

安老爷才走到甬路上，早望见褚大娘子也打扮着，拉着他那个五六岁的孩子，后面还跟着一群老婆儿、小媳妇子、丫头，都从那个门儿迎出来。那褚大娘子此时见了安老爷，比前番更加亲热。只是他自己想了想，既不好按着官话尊声"义父"，又不肯依着乡风叫声"干爹"，也不好通套些儿称作"老人家"，那么大个个儿了，再要"爸爸"长、"爸爸"短，那可就合"唱曲儿的改字儿——没甚么大分别"了。他便索兴亲热起来，照称他父亲一样，也叫作"老爷子"。只见他上前拜了两拜，笑嘻嘻的说道："老爷子！怎么也不赏个信儿，悄默声儿的就来了？也没得叫你女婿接接去！"说着，问了干娘安，又问妹夫子好、两妹子好，以至舅太太、张老夫妻都问到了。安老爷一时竟有些应酬不及，只一总说了句："都好，都说请安问候。"他又拉了他那个孩子过来请安，说："这也是老爷呢。"安老爷见是他前番带到京去的那个孩子，也招呼了招呼，说："都长这么高了。"说着，便一路进了那个三门儿。进去，见里头是正面五间正房，东西六间厢房，约莫那后面还有些房子。

一时，邓九公让安老爷进了屋子，二人重新施礼。老爷见他那屋里也摆些钟鼎屏镜之类，一时都不及细看。只见西次间炕上地下都摆着席，有几个女眷正在那里吃面。见安老爷进来，也有藏躲不迭的，也有偷着眼儿看的。邓九公道："你们不用跑。"因拍着安老爷的肩膀儿向大家说道："你大家瞧瞧，今儿个来的，这就是我常说的我那个顶天立地的好朋友！"安老爷正不知谁是谁，无从见礼。褚大娘子道：

"这都是我们一辈儿的几个当家子,合至亲相好家的娘儿们,没外人。他们比我还怯官。你老人家大远的来,先歇歇儿罢,不用合他们见礼了。"

说着,邓九公就往东里间让。老爷看了一周,只不曾见着他家那位姨奶奶,才要问起,还要问问他家今日到底是有件甚么事。只见邓九公坐也没坐好,先"哈哈"了一声,才开口说话,说道:"老弟,我先问你,你给我作的那篇东西带来了没有?"安老爷拍着肚子说道:"现成在这里,少停当面写出来,请老兄看。"邓九公笑道:"好极了!你先别忙,索兴求老弟你费点儿事,这里头还得绕绕笔头儿。我要告诉你这个原故,你管保替愚兄一乐,今儿个得喝一坛!告诉你:哥哥得了儿子了!"

安老爷听了,又惊又喜。喜得是这老头儿一生任侠好义,颇以无子为憾,如今一朝有后,真是大快平生;惊得是他一个九旬老翁,居然还能生育,益信他至诚格天。连忙起身给他道喜,说道:"这实在要算个非常喜事!只是我要挑老哥哥,这样一桩喜事,你怎的不早给我个信儿?"褚大娘子道:"我说是不是?才有信儿,我就催你老人家,快写封书子去罢,你老人家只嚷'靠不住,靠不住'。瞧,到底惹人家挑了,我看这可说甚吗!"邓九公才要说话,安老爷道:"是了,这也是我大意。大约前番写信,合我要那胎产金丹九合香,就是有了佳兆了。"九公道:"不是么!那是为你干女儿去要的么!谁知他才俩来的月就掉了呢,倒叫我空喜欢了一场。"

这个当儿,褚大娘子捧过茶来,说:"这是雨前,你老人家未必喝,我那儿赶着叫他们熬普洱茶呢。"安老爷一面让坐,便料到他家今日是办三朝,那位姨奶奶一定在产房里,不得出来,便告诉褚大娘子,叫个人进去道喜。

邓九公笑呵呵的说道:"老弟,你只别忙,听我从头儿把这件事说给你。不用讲,愚兄九十岁的人,盼儿子的这条痴心是早没了。谁知到了上年,忽然二姑娘他会有了信儿了,我可也就没留心,好在他自己也不会言语。赶到俩多月上,只见他吃顿饭儿,就是吐天儿哇地的闹,我说:'这是个甚么原故呢?准是他娘的得了翻胃了。'还是你干女儿说:'别是胎气罢?'这么着,他就给他找了个姥姥来,瞧了瞧,说是喜。我说:'这可真算得个新样儿的了!'就那么糊里糊涂的,过了有四五个月。

"一天,他忽然跐着个板凳子,上柜子去不知拿甚么,不想一个不留神,把个板凳子登翻了,咕咚一跤跌下来,就跌了个大仰爬脚子。你说怪不怪?把胯骨栽青了巴掌大的一大片,他这胎气竟会任怎么个儿没怎么个儿!赶到该着月分儿了,大家都在那里掐着指头算着,盼他养,白说他可再也不养了。大是过了不差甚么有一个多月呢,这天他正跟着我吃包,只见他才打了个挺大的包握在嘴上吃着,忽然'叽'了一声,说是'不好',扔下包往屋里就跑。我说:'你们跟了去瞧瞧,是怎么了?不是吃了个苍蝇啊?'

"正说着,这个人才跟进屋子,只听得'噶喇'的一声,就把个孩子养在裤裆里了,还是挺大的个胖小子!幸而我们姑奶奶在这儿,叫人给他收拾好了,这才找了姥姥来。我说叫他把老弟你给的那胎产金丹吃一丸子,那是好的呀。他且不吃,只嚷饿的慌,要先吃点儿甚么。只这一顿,就撮了三大碗儿小米子粥,还点补了二十来个鸡子儿,也没听见他嚷个头晕肚子疼的。坐了半天,说:'我这肚子里还象有一个呢!'将说着,爬起来又养了一个,又是个小子!你看,我们这个二姑娘跟着我也有这么好几年了，不养就不养，养起来是垛窝儿的。这实在是老天可怜，也是老弟你前年那句话说的吉利。

“今日正是俩小子的满月。可巧老弟你今日进门，这是你侄儿的造化。今儿个屋里也不算暗房咧，他娘是在那儿掇弄孩子呢。就请老弟你到屋里瞧瞧，管保你这一瞧，就抵得个福星高照，这俩小子将来就许有点出息儿！”

安老爷听了大喜，站起身来，就同他进了那个东进间的屋门。进得屋门，安老爷一看，他家那位姨奶奶正在那里奶孩子呢，慌得老爷回身往外就跑。你道安老爷也是五十多岁生儿养女的人，难道连个奶孩子的也没见过不成？何况到了小户人家，再要房屋窄小些，遇着有个亲友来，偏是这个当儿孩子要吃奶，往往的就彼此回避不来，何至于就把这位老先生吓跑了呢？

原来这位姨奶奶的奶孩子法与众不同。人家奶孩子只得奶一个，他得奶两个。人家养双伴儿的也有，自然是奶了一个再奶一个，他却是要俩一块儿奶。到了要俩一块儿奶了，只解开一个脖钮儿、一个二钮儿这可就不行了，所以他奶起孩子来，是要把里外衣裳上的钮子一件件都解开，大敞辕门的撩在两边儿去，然后才用两只胳膊拢着两个孩子，叫两个孩子分着吃他两个咂儿，他却把俩孩子的四条腿儿搭成十字架儿，两只手紧紧的抱着给他吃。又苦于外路人儿，轻易不会上炕盘腿儿，只叉着两条腿儿，坐在炕沿儿上在那里奶。安老爷进门儿，一眼就看见他那对鼓蓬蓬的大咂儿。他那对咂儿，往小里说也有斤半来重的馒头大小，围腰儿也不曾穿，中间儿还露着个雪白的大肚子。老爷等闲不曾开过这个眼，只慌得局踏不安，才待回避，邓九公一把拉住说：“老弟，你这又嫩绰绰了，这有甚么的呢。”

他那位姨奶奶见安老爷进来，便笑嘻嘻的说了句：“哟，了不的了！他二叔进来了！”待要站起来，怀里是搂着俩孩子，才一欠身儿，左边儿那个孩子早把个咂儿从嘴里脱落出来。不想正在个灌精儿的时候，他那奶头儿里的奶就象激箭一般往外直冒，冒了那孩子一鼻子一嘴，呛得那孩子又是咳嗽又是嚏喷。邓九公只急得合他嚷道：“二老爷又不是外人，你正经老老实实儿的坐在那儿，给孩子吃就完了，又闹这些累赘！”安老爷忙说道：“老哥哥，这也是你过于省事。两个孩子叫他一个人奶着，如何来得及？再那奶也断不够。小人儿吃缺了奶，倒是桩要紧的事。”

褚大娘子此时已经笑得咭咭咯咯的，一面接过那孩子去，一面说道：“老爷子那儿知道我们这姨奶奶呢，俩孩子吃着，他还不住手儿的揉奶膀子，嚷‘怪涨得慌的’呢！”说着，炕上一个婆儿忙着把右手里那个孩子也接过去。那位姨奶奶才掩上怀，依然照前番的礼儿，给安老爷请了个安。安老爷连忙还了个揖，说道：“有了侄儿了，以后不可行这样大礼。”他说道：“有他俩怎么着呢，我还敢合老爷论个嫂子小叔儿、小婶儿大大伯儿呀！”邓九公忙说：“够了，够了。”

这个当儿，再也拦不回他去不算外，他紧接着也照褚大娘子那么，这个好这个好，把安老爷家的人问了个到。老爷只支吾着答应了两声，才待去看那两个孩子。他又问道：“可是我大妹子好哇？我给他捎的东西捎到了没有？他到底赶多咱才来看我来呀？这一问，老爷可糊涂了，只望着褚大娘子。褚大娘子说：“嗳哟，妈哟！你怎么这么实心眼儿呀！”因合安老爷说道：“他问就是跟我干娘的那个长姐儿姑娘。论那个人儿啊，本来可真也说话儿甜甘，待人儿亲香，怪招人儿疼的。不是前番我干娘在我们那庄儿上住了那几天吗，他就合人家好了个蜜里调油，临走合那个怪哭的。只问人家多早晚还瞧他来，那一个就赚他说：'得了空儿就来。'他就从那天盼起，一直盼到今儿个了。"

列公，你看只一个长姐儿，也会闹得这等千里逢迎，众口交赞，可见"声气"这途也不可不走的。只是这些事安老爷怎的弄得清楚？无奈那位姨奶奶还只管在那里唠叨着问，老爷只得随口说："等我回去，大约他就该来看你来了。"说着，才细看那两个孩子：只见一个漆黑，一个雪白。那漆黑的是个宽脑门子，大下巴，逼真的一个邓九公；那雪白的是个肉眼胞儿，扁脸蛋儿，活脱儿就是他们姨奶奶。

安老爷看了看，倒的确是"本客自制，货真价实，原板初印，一丝不走"的两个孩子，心中十分欢喜，说道："好两个孩子！宜富当贵，既寿且昌，将来一定大有造化！"把个邓九公乐的，说："借二叔的吉言，托二叔的福。这俩孩子还没个名字呢，老弟，索兴借你这管文笔儿合这点福缘儿，给他俩起俩名字，替我压一压，好养活。"安老爷说："这倒用不着文法。"因想了想道："九哥，你这山东至高的莫如泰山，至大的莫如东海，就本地风光上给他取两个乳名，就叫他'山儿''海儿'。那大名字竟排着我家玉格那个'马'字旁的'骥'字，一个叫他邓世骏，一个叫他邓世驯。骏，马之健者也；驯，马之良者也。你道好不好？"邓九公拍手道："好极了，好极了！就是这么着。老弟，你瞧愚兄是个糙人，也不懂得如今那些拜老师收门生的规矩。率真了说罢，剪直的我就叫这俩孩子认你作个干老儿，他俩就算你的干儿子，你将来多疼顾他们点儿。你说这比老师门生痛快不痛快？"

安老爷见他这样至诚，倒也无法，只得也收在门下。这才合老头儿出了那间屋子，彼此坐谈，叙了些离情，问了些近况。这话暂且按下不表。

却说邓家来的那班男客，因邓九公年高，大家都不敢劳动他相陪，自有褚一官同邓九公的几个徒弟，合他家门馆先生们款待。内里的女客，也有邓家从淮安跟了九公来的几个远房本家女眷们张罗。只邓九公合安老爷这阵演说养孩子，瞻仰奶孩子，大家早已吃了面，告辞而去。

褚一官是里外应酬，忙得不得住脚。才得进来，褚大娘子便迎头嘈嘈他道："喂！你竟忙你的罢。老爷子来了这么半天，你也不知张罗张罗他老人家的饭！"褚一官道："这会子呢！我才就问了华相公了，他说二叔在悦来店吃了饭来了。"邓九公听了，便嚷起来道："可是！只顾一阵闹孩子，我怎的也不曾问老弟你吃饭不曾？你来也来到了，却怎的又在镇上打尖，不到我这里来吃？"老爷才把此来从水路载得一百二十坛好酒给他祝寿，恰好今日也到镇上，方才在那里遇见，照料了一番，就便打了尖，以及把行李车辆都留在后面，自己骑了个驴儿先来的话，说了一遍。邓九公听了，乐的连道："有趣，有趣！多谢，多谢！这够愚兄喝几年的了。喝完了，要还耐着烦儿活着，再合你要去。"

正说着，后面的酒车、行李车也来到了。邓九公便叫褚一官着落两个明白庄客招呼跟来的人，又托他家的门馆先生管待程相公，又嘱咐把酒先给收在仓里，闲来自己去收。褚大娘子便叫他带人把老爷的行李都搬进来。安老爷道："行李不必搬进来了,我在甚么地方住就搬到那里去,岂不省事!"邓九公道:"就请你先去看看我给你预备的这个住的地方。"说着,拉了老爷就走。

安老爷正不知是那里,只得跟了他。只见他出了正房,就奔了那三间东厢房去。安老爷同他进去一看,只见那三间屋子糊饰得干净,摆设得齐整,铺陈得簇新,里间儿还安着一分极精洁的床帐,临窗也摆了一张画案,上面也摆了些笔砚。最奇不过的是这老头儿家里竟会有书,案头还给摆了几套书,老爷看了看,却是一部《三国演义》,一部《水浒传》,一部《绿牡丹》,还有新出的《施公案》合《于公案》。其余如茶具酒具以至漱盥的这分东西,弄了个齐全。甚至如新买的马桶,新打的热壶,都给预备在床底下。安老爷看了这两件家伙,自己先觉得有些用不惯。便说道:"老兄,你实在过于费事了。但是我在里头住着究竟不便。"

正说着,褚大娘子合那位姨奶奶也过来。褚大娘子听见,说道:"'不便'?你老人家只好将就点儿罢。依我们老爷子的主意,还要请你老人家在正房里一块儿住来着呢。还是我说的,我说:'那位老爷子的脾气,管保断不肯。'我费了这么几天的事,才给你老人家拾掇出这个地方儿来。那边厢房里就是我合女婿住着。这又有甚么不方便的呢!"说着,不由老爷作主,便合他女婿说:"你把华相公叫过来,我告诉他,就叫他们大伙儿把行李搬进来,我这儿就瞧着归着了。"安老爷处在这凿不来方孔的地方,也无可如何,只得听他调度。

一时,搬进行李来。凡是老爷的寿礼,以及合家带寄各人的东西,老爷自己却不甚了了,幸得太太在家交代得清楚,跟的那班小厮们早一分分的打点了送上来。大家谢了又谢。老爷觉得只要有了他那寿酒、寿文二色,其余也不过未能免俗,聊复尔尔而已。

一时,交代完毕,邓九公又请安老爷到他那庄子前前后后走了一荡。见外面也有个小小的园子,也有两处坐落。那地势局面,就比褚一官住的那个东庄儿宽敞多了。到了西边他那个演武厅,便是他说的合海马周三赌赛的那个地方。安老爷看了看,见当中五间大厅,接着抱厦,果然好一个宽阔所在。见院子里正在那里搭天棚、安戏台,预备他寿期作寿,闹闹吵吵,忙成一处。邓九公又去应酬了一番程相公,便照旧让安老爷来到正房。褚大娘子已经齐齐整整摆了一桌果子在那里。那些"酒过三巡,羹添二道"的烦文,都不必琐述。

却讲安老爷坐下,便叫把手下的酒果挪开了几样,要了分纸笔墨砚来放在手下,一面喝酒,一面笔不加点,就把他给邓九公作的那篇生传写出来。写完,先把那大意合老头儿细讲了一遍,然后才一手擎着杯,高声朗诵的,念给大家听道:

《义士邓翁传》:

学海八年出就外傅,五十成名,其间读书四十余年,凡遇古人豪侠好义事,辄心向往之,而窃以生今之世闻其语而未尝一见其人为憾。今天子御极之四年,岁在丙午,学海官淮上,旋去官,将之山左访故人女十三妹于齐鲁之青云山。十三妹者,盖曙后孤星,昔为吾师故孝廉子何子明若先生女孙,今归吾子骥,为吾家子妇者也。先是女随其先人副总戎何公杞之官甘肃,何公为强有力者所挫,下于理,郁郁以死。女义有所避,饰媪婢以缞绖,伪为母若女者,致其先人榇于京邸,已则窃母而逃,埋头项于青云山间。今义士邓翁者,能急人急,往依而庇门户焉。

予既至山左,甫得其颠末。然予与翁初无杯酒交,而计非翁又无由梯以见女,乃因翁之子婿褚者介以见翁。既见翁,饮予以酒,言笑甚欢,纵谈其生平事,须眉跃跃欲动,始知古所谓豪侠好义之士者,今非无其人也。会女母氏又见背,有岌岌焉不可终日势,凡货财筋力之礼,翁悉锐身任之。已乃为女执柯,以之妃吾子骥,而使归吾家。计女得翁以获安全者,凡三年八月有奇。以道路之人躬杵臼之事,而卒措姢孀崽子于磐石之安,使学海亦得因之报师门而来佳妇,皆翁力也。

吾媳既外除来归,合卺之夕,翁年且八十七,不远千里来,遗女甚厚。与予饮于堂上,以酒属予曰:"某浪迹江湖,交游满天下,求其真知某者,无如吾子。吾九十近矣,纵百岁归居,亦来日苦少,子盍为我撰墓志以须乎?"予闻命皇皇,疑从翁之言,则豫凶非礼;以不敏辞,又非翁所以属予之意,而没翁可传之贤。考古人为贤者立传,不妨及其生存而为之,如司马君实之于范蜀公是也。翁平生出处皆不类范蜀公,而学海视君实且弗如远甚。然其例可援也,请得援此例以质翁。

谨按翁名振彪,字虎臣,以行行,人称曰九公。淮之桃源人,其大父某公,官明崇祯按察副使,从永明王入滇,与邓士廉,李定国诸人同日尽难。父某公,时以岁贡生任训导,闻之弃官,徒步万里,冒锋镝负骸骨以归,竟以身殉。呜呼!以知翁之得天独厚者,端有自来矣!

迨翁入本朝,以康熙第一壬寅应童子试,不售,觉占哔非丈夫事,望望然去之。便从事于长枪大戟,驰马试剑,改试武科。试之日,弓刀石皆膺上上考,而以默写武经违式,应见黜。典试者将先有所要求而后斡旋之,且许以冠军。翁怒曰:"丈夫以血气取功名,谁复能持白镪乞怜昏夜哉!"然犹得缀名榜末。而翁竟由此绝意进取,乃载先人柩,去乡里,走山东,择茌平桐口之二十八棵红柳树地卜筑家焉。至今地以人重,道公者辄道"二十八棵红柳树邓九公"云。

性诚笃而毅,间以侠气出,恒为里闬排难解纷,抑强扶弱,有不顺者则奋老拳捶楚之,人恒乐得其一言以为曲直。久之,举益豪,名益重。时承平久,萑苻蠭起,凡南北挟巨资通有无者,多有戒心。闻翁名,咸挟重币来聘翁偕护行箧,翁因之得以马足遍天下。业此垂六十年,未尝失一事,亦未尝伤一人。卒业之日,诸大贾榜其门曰"名镇江湖"。此诚不足为翁荣,然亦可想见其气概之轶伦矣。

翁身中周尺九尺,广颡丰下,目光炯炯射人,颏下须如银,长可过脐,卧则理而束之,尝谓:"不惜日掷千金,此须不得损吾毫末也。"晚无他嗜好,惟纵酒自适,酣则击刺跳踯以为乐。

翁康强富寿,特有伯道之戚,居辄怏怏曰:"使邓某终无子,非天道也。"予以"《洪范》五福,子与官不与焉"解之,而翁终不怿。岁庚戌,为翁九十初度,予自京邸载酒以来,为翁寿。入门,翁家适作汤饼会,问之,则翁篴篴已先一月协熊占而又孪生也。

噫嘻!学海闻男子八八而不生,女子七七而不长,此理数之常也。九十生子,曾未前闻。乃翁之所以格天,与天之所报翁,一若有非理数所能限者。翁亦人杰也哉!

然则翁之享期颐,宜孙子,余庆方长,此后之可传者正未有艾。学海幸旦暮勿死,终将濡笔以待焉。

安老爷念完了,自己十分得意,料着邓九公听了,不知要乐到怎的个神情。那知他听完了,点了点头,只不言语,却不住的抓着大长的那把胡子在那里发楞,像是想着一件甚么为难的事情一般。

老爷看了大是不解,不禁问道:"九兄,你听我这篇拙作,可还配得来你这个人?"只见他正色道:"甚么话!老弟你这个样儿的大笔,可还有甚么说的?就只我这么听着,里头还短一点过节儿,你还得给我添上。"老爷忙问:"还添甚么?"他道:"你这里头没提上我们姑奶奶。我往往瞧见人家那碑上,把一家子都写在后头;再你还得把你方才给俩小子起的那俩名字也给写上。"

老爷道:"阿,不是这等办法。文章各有个体裁,碑文是碑文,生传是生传,这怎好搀在一处?如果要照那等体裁,岂但老兄的子女,连嫂夫人的姓氏,以至你生于何年月日,将来殁于何年嘱日、葬于某处,都要入在后面。过是你一百二十岁以后的事,此时如何忙得?"邓九公道:"我不管那些。我好容易见着老弟你了,你只当面儿给弄齐全了,我就放心了。"

老爷被他磨得没法,只得另要了张纸,给他写道:

公生于明崇祯癸酉某年月日,以大清某年月日考终,合葬某处。元配某氏,先翁若干年卒。女一,亦巾帼而丈夫者也,适山东褚生。子二:世骏、世驯。

他看了这才欢喜,又笑嘻嘻的递给安老爷,说:"好兄弟,你索兴把后头那几句四六句儿也给弄出来。"安老爷道:"老哥哥,你这可是搅了。那叫作墓志铭,岂有你一个好端端的人在这里,我给你铭起墓来的理?"邓九公道:"咻!老弟,拿着你这么个人,怎么也这么不通!一个人活到九十岁了,要还有这些忌讳,那就叫'贪心不足,不知好歹'了。"

老爷在书堆里苦磨了半世,不想此时落得被这老头儿道得个"不通"。想了想,他这句话竟自有理,便思索了一刻,又在后面写了一行,写道是:

铭曰:不读书而能贤,不立言而足传。一得无惭,五福兼全。宜其克昌厥后也,而区区者若不予畀焉。乃亦终协熊占,其生也孪,且在九十之年。呜呼,此其所以为天,后之来者视此阡。

老爷念了一遍,又细细的讲给他听。他听了,只说了句:"得了,得了!"跳起来就爬下给安老爷磕了个头,老爷忙得还礼不迭。又听他说道:"老弟呀!还是我那句话,我这条身子是父母给的,我这个名是你留的。我有了这件东西,说到得了天塌地陷,也是瞎话,横竖咱们大清国万万年,我邓振彪也万万年了。"说着,又亲自给安老爷斟了一杯酒,他自己大杯相陪。安老爷此时事是完了,礼是送了,合他放量喝了一回.吃过饭便过厢房去安歇。此时,那个麻花儿是合邓九公的那班小小子混熟了。褚一官自己搬过来陪着安老爷,又叫了随缘儿进来伺候。

过了两日,便是邓九公的寿辰。早有褚一官同他那班徒弟门客,大家张罗着在府城里叫了两班小戏。这日,厅上也挂了些寿画寿联,大家也送了些寿桃寿面,席上摆着寿酒,台上唱着寿戏。男客是士农工商俱有,女眷是老少村俏纷来。有的献个寿意的，有的道句寿词的，无非贺寿拜寿，祝寿翁的百年长寿，把个邓九公乐的，张罗了这个又应酬那个。

当下把众男客让在厅上正中三间，众女眷让在那个西梢间。因恐安老爷合那班俗人坐不到一处，便在东梢间另设了一席，让到那里去坐。又特请了本地四位乡绅来作陪。这四位乡绅，一位姓曾，名异撰，号瑟庵，因无心进取，便作了个装点山林的名士；一位复姓公西，名相，号小端，因家道殷实，捐了个鸿胪寺序班；一位姓冉，名足民，号望华，是个教官截取的候选知县；一位姓仲，名知方，号笑岩，是个团练乡勇出力议叙的六品职衔。

安老爷见这班人都是圣门贤裔，心中十分敬重，当下彼此见过礼，早见邓九公笑呵呵的先过这席来，把盏安席，斟了一巡酒。将坐下，便指着安老爷向那四位陪客说道："我这位把弟，他有个不醉的量，今儿个屈尊你四位，让他多喝几盅。再我还有句话，先告个罪在你四位跟前，交代在头里：你四位可别觉着说你们都算孔圣人的徒孙儿了，照着素来懵我也似的那么懵他，合他混抖搂酸的，人家那肚子里比你们透亮远着的呢！我可白告诉你们。"说罢，又咯咯大笑，随各各的陪饮了一杯，便到别席张罗去了。

这里四位陪客见安老爷是个旗人，本就不甚在意；再加上邓九公这套只顾一面儿的话一交代，在个姓曾的听了，心里来就有些不大受用，便益发不来周旋这位远客，只他四个高谈阔论起来。

安老爷此时倒落得一个人呆坐在那里看戏。无如老爷的天性，又生来的合看戏这桩事不甚相近，甚么叫作宾白合套、切末排场，平日一概不曾留过这番心，更讲不到梆子二簧了。因此只管看着，却是一丝不懂。但见满台刀枪并举，锣鼓齐喧。一时又见从上场门跳出个黑盔黑甲的黑脸人来，也不听得他唱，只拿了杆枪，"哇呀呀，哇呀呀"喊了个地动山摇；咕咚咚，咕咚咚跳了个尘飞烟起。闹了半日，忽然听他道了四句白，第一句却道得是："力拔山兮气盖世。"这句老爷懂了，接着留神听下去，他果然道得是那首《垓下歌》，才知这人扮得是西楚霸王。

原来台上这半日演的正是楚汉争锋的故事。这段涑水《通鉴》，老爷是滥熟的，因而便要往下听听他唱的是些甚么。一霎时，前场笙笛合奏，鼓板轻敲，老爷侧着耳朵，一字字跟着听明白了两句，唱道是："盖世英雄，始信短如春梦。"正在听得有些入神儿，忽听左首坐的那个曾瑟庵望那三个说道："人生在世，既作了个盖世英雄，焉得不短如春梦！这位霸王果然能照我家子晳公一般，领略些沂水春风的乐趣，自然上下与天地同流了哇，又怎得会短如春梦！"他一句话没讲完，猛可的又听那个仲笑岩说道："到底还是他算不得个盖世英雄。这场事，当日要遇着我家子路公那等本领，敢怕那八千子弟兵，早一个个'急公向义，亲其上，死其长'的先到了关中了，又何愁有十个韩信，一百面埋伏！"曾瑟庵听了，说道："罢了，罢了！笑岩，你莫来替你家那位子路公撑门面。他要果然有些真本领，也不到得夫子哂之，受那番驳斥了。"仲笑岩见曾瑟庵卖弄他家先贤的高风，揭挑自家先贤的短处，早有些不悦，也回口道："须比你家那位子晳公只合些若大若小的孩子厮混的，有干头些！"那瑟庵便翻着双白眼，说道："不敢欺，你可知夫子喟然而叹道那句'吾与点也'，正赏识得是他那些儿没干头处。”

坐中那个冉望华是个退让不遑的人,见他两个争竞起来了,慌得把身子望后偎了一偎,望着那个复姓公西的说道:“小端,你看今日这等个礼乐雍容之地,他二位倒一言不合斗起口来,区区止不过志在温饱,自问是断断周旋不来的,这事只得要借重你这位大君子了。”

公西小端见冉望华把场是非磨兑到他身上来了,忙道:“惶恐,惶恐!这事小弟也逊谢不敏。所以不敢固辞者,诚以今日承主人的盛意,原为请我们来作个小小傧介,奉陪这位水心先生,我们倒不可在远客面前有失家风,致伤雅道。”说着,便离位出席,向曾、仲两家各打了一躬,劝他两个和息这场口角。

安老爷坐在上面,看他四个闹了这半日,通共穿插的是他各人各人的先哲子路、曾皙、冉有、公西华侍坐言志的那章《论语》。这桩事不比听戏,可正弹在安老爷的痒痒筋儿上了。当下见公西小端只管那等揖让周旋的赞襄了一阵,曾、仲两个依然是一边盛气相向,一边狂态逼人,把个冉望华直吓得退避三舍。安老爷倒有些看不过,不禁欠了欠身,劝道:“四位先生,方才我看你大家这番举动,固是不愧家学渊源,只可惜未免有些为宋儒所误。依我鄙见,此刻望华不须退让,小端暂省繁文,瑟庵且自休纵高谈,笑岩也莫过争闲气。你四位先得明白明白,这章书不是这等讲法。”

他四个一听这话,各各诧异,暗说:“不信我们门里出身的,倒会不及个门外汉了!再说这章书,我们只看高头讲章也不知看过多少次了,怎的说不是这等讲法呢?”四个人便不约而同的问着安老爷说:“先生,你这话怎讲?到要领教。”

安老爷道:“大凡我辈读书,诚不得不详看朱注,却不可过信朱注。不详看朱注,我辈生在千百年后,且不知书里这人为何等人,又焉知他行的这桩事是怎的桩事,说的话是怎的句话?过信朱注,则入腐障日深,就未免离情理日远。须要自己拿出些见识来读他,才叫作不枉读书。

“即如这章书,揆情度理,我以为你家四位先贤在夫子面前侍坐言志时节,夫子正是赏识三子,并未尝驳斥子路。不但未尝驳子路,转有些斥驳曾皙。读者正不得因‘吾与点也’一句抬高曾皙,因‘夫子哂之’一句看低子路,何也呢?三子中如子路的可使有勇知方,冉子、公西两个的可使足民、愿为小相,不待今日,早在夫子赏识之中。这句话只看‘孟武伯问子路仁乎’那章书,便是夫子给他三个出的切实考语。

“然则此时夫子又何以明知故问呢?自是这日燕居无事,偶见他三个都在坐中,一时想到我平日所赏识他三个的如此,只不知他三个的自信何如?果能自信,则明王复作,纵使辙环终老,吾道不行,只二三门弟子为世所知,亦未尝不可各行其志。这正是大圣人一片怜才救世的苦心。乃至听他三个各人说了各人的志向,正与自己平日所见略同,所以更不再赘一辞。正所谓‘得意忘言,默然相赏’。这便是夫子赏识三子的明证。

“既云默然相赏,何以三子之中夫子又独哂子路呢?要知这一哂不是哂他不能可使有勇知方的言大而夸,只后文‘为国以礼,其言不让’的朱注中,也道是‘夫子盖许其能,特哂其不逊’。只是既许其能,又怎的哂他不逊?所谓不逊的去处又安在呢?正是哂他‘率尔而对’。至于怎的就逼得他率尔而对,因之带累冉子、公西两个作许多难,以致会把位大圣人伤到喟然而叹?这场是非,可都是曾子皙那张瑟鼓出来的。”

安老爷讲到这里,不但仲、冉、公西三个听不出这句话头,便是那位名士曾瑟庵也认不清这条理路,便道:“水心先生,你这话就叫人无从索解了!”安老爷道:“固也,待吾言之。你不见朱注中明明道着句‘四子侍坐,以齿为序’么?按子路在圣门最为年长,曾皙次之,冉有又次之,公西华最幼。这章书记者开首第一句,记他四个的名次,便是他四个的坐次。按着坐次讲话,夫子自应先问子路。只是先生之于弟子,正不必逐位逐位的去向他应酬,想来当日‘如或知尔,则何以哉’这句话,自然是望着大家笼统问的。不然何以不曾见夫子开首先问一句‘由尔何如’呢?只这等望着大家,笼统一问,恰好又见坐中除了子路、冉有、公西华三子之外,多着一个曾皙。

“这个曾皙却是终二十篇《论语》不曾见提起的一个人。可想而知,夫子问话时节,一片心神眼光都照在他身上,是想先听他讲讲他究竟又是怎的个志向。无如那时节他正在那里鼓瑟,茫然不曾理会到夫子这番神理。何以见得?《礼》:‘侍坐于先生,先生问焉,终则对。’那曾皙正当夫子问话时节,不曾留心到此,已经算得个疏略了。岂有夫子既然问话之后,有意置之不答,转去取瑟而歌之理?然则其为那时节他便在那里鼓瑟可知。

“子路那副勇往直前的性儿,却又不能体会到此。见夫子问下这等一句话来,一时没人登答,我既年长,我又首座,我便说了。彼时夫子正望着曾皙应声而谈,忽的被子路凭空一岔,既不便告诉他说:‘我是想叫曾皙先讲。’又不好责备他说:‘你不应先曾皙作答。’只有付之一笑了。这正叫作‘事属偶然,无关大体’。

“然则后文经曾皙一问,怎的又道出‘为国以礼,其言不让’那等个大题目来呢?夫子正是晓喻曾皙,说:‘我问的正是何以酬知。酬知不外为国,为国必先以礼,以礼无如克让。我因他只一句话便不肯让人先讲,所以笑他。’这句话要文言道以俗情,按如今的世俗话讲起来,只不过叫作‘笑他没眼色’。所以说夫子未尝斥驳子路。

“然则夫子明明道得句‘吾与点也’,又何以见得是斥驳曾皙呢?原情而论,先生只管整襟而谈,弟子只管鼓瑟不理,此时代夫子设想,已经就不免没些不然曾皙之意。及至子路‘率尔’也‘率尔’过了,夫子‘哂之’也‘哂之’过了,便依着坐次,也该这第二座的曾皙开谈了。不道他依然还在那里鼓瑟。又何以知之?只看夫子合冉子、公西两番问答过后,他还不曾到得‘鼓瑟希’,其为那时节他依然还在那里鼓瑟又可知。夫子心里自然益发觉得不然了。没法,只得越过他去,听冉有讲。

“恰巧那个冉子又是有退无进的,见子路被哂,又见曾皙不答,他便不敢越席而对。夫子见他没话,就不得不问那句‘求尔何如’。以至他一为难,才讲了句‘方六七十’,又退缩成个‘如五六十’;才讲了句‘可使足民’,又周旋了个‘如其礼乐,以俟君子’这句话。在冉子,虽未尝一定推尊公西华为君子;在公西华,自问却正是个素娴礼乐的人,因之一时也难于开口。夫子见他也没话,又不得不再问那句'赤尔何如'。以至他一为难,未曾说话,先谦了句'非曰能之,愿学焉';才说得句'宗庙之事',又谦作个'如会同';完来'愿为相焉'之上,还特特的加了个'小'字。

"直到此时,曾皙始终还在那里鼓瑟。夫子却有些不耐烦。候他曲终了,便问了句'点尔何如'。他这才'鼓瑟希,铿尔,舍瑟而作'。未曾言志,又先说了句'异乎三子者之撰'。夫子道:'何伤乎?'也只道他无论怎的个异乎三子,总不出夫子'如或知尔,则何以哉'那一问。那知他竟会讲出合夫子所问全不相干的沂水春风一段话来!他的话讲完了,夫子的心便伤透了。

"你道夫子又伤着何来?彼时夫子一片怜才救世之心,正望着诸弟子各行其志,不没斯文。忽然听得这番话,觉道如曾皙者也作此想,岂不正是我平日浮海居夷那番感慨?其为时衰运替可知。然则吾道终穷矣,于是乎就喟叹曰:'吾与点也!'这句话正是个伤心蒿目之词,不是个志同道合之语。果然志同道合,夫子自应'莞尔而笑',不应'喟然而叹'了哇!

"再不料那曾皙又不曾理会夫子这番神理,还只管留后,只管问'夫三子者之言何如'?只管问'夫子何哂由也'?只管问'唯求、唯赤则非邦也与'?以至夫子烦恼不过,逐层驳斥,一直驳斥到底。你大家不信这话,只从'亦各言其志也已矣'默诵到'孰能为之大',摹想夫子那几句话的神理,那一句不是驳斥他的?只此便是子路因他遗笑,冉子、公西因他作难,夫子因他喟然而叹,所以驳斥他的原由。

"这桩公案,据理而断,子路的直率,直率得可原;曾皙的狂简,狂简得无礼。宋儒中如考亭、伊川、明道诸君子,大半是苦拘理路,不问性灵的。见了'夫子哂之'一句,只道着个哂其不逊,却又解不出其不逊的所以然;又震于'吾与点也'一句,反复推求,不得其故,便闹到甚么'胸次悠然'了、'尧舜气象'了、'上下与天地同流'了,替曾皙敷衍了一阵,以致从南宋到今,误了天下后世无限读者。今日之下,你四位还要合台上这个优孟衣冠的西楚霸王,接演这本'侍坐言志'的续编,我以为也就大可不必了!"

当下曾瑟庵、仲笑岩、冉望华、公西小端听安老爷讲了这章书,四个人闭口无言,面面厮视,想道:"从入学以至通籍,不但不曾听得塾师讲过这等一章清楚书,大约连塾师也未必作过这等一个明白梦。"当下,便是第一个不服的那个曾瑟庵第一个首肯,赶着安老爷满脸堆欢的叫了声:"老前辈!"将要说话,那仲笑岩早振臂直前的抢过来,说道:"你算了罢,这还闹甚么'老前辈'呢!碰见这个样儿的手,还不值得爬下磕个头拜老师吗!"说着,他早五体投地的拜下去。那三个见他拜下去,各各连道:"有理。"也随他拜下去。安老爷向来诸处谦光,只有遇着人拜他作老师从不推让。他不道是"人之患在好为人师",只道是"有教无类"。见这四个拜倒在地,只出位还了个半礼。

正在拜着,不防邓九公喝得红扑扑儿的一张脸,一脚踏进来,见了诧异道:"你们五位这是个甚么礼儿?"那四个拜罢起来,便粗枝大叶把前项话告诉了他一遍,只乐得他掀着长髯,哈哈大笑,说道:"我说如何?"因又拍着胸脯子说道:"告诉你们,邓老九的好朋友,没有扎空枪卖癣疮药的。不信打听打听,人家到了咱们山东这么几天儿,倒收了六哇门生了。"

说着,便坐在这席,合安老爷大杯价畅饮起来。饮了一巡,安老爷看了看台上的《楚汉争锋》是唱得完上来了,厅上的男客女眷也散得净上来了,便大家忙着吃过晚饭。一时酒阑人散,乐止礼成。送了四位陪客走后,安老爷合邓九公便进去安置。外间自有褚一官一班人料理。

接着第二三日又热闹了两天。到了第四日,老爷便要告辞。褚大娘子先就苦苦的不放,说:"等消停消停,我们还要单唱台戏,请你老人家乐一天呢。"邓九公道:"姑奶奶,你不用合他提那个听戏,这桩事警不动他。"因合安老爷说道:"老弟,你难得到我们山东走这荡,可别白走这荡,你前日不说我们山东至高的莫如泰山,至宽的莫如东海吗?等过一天,愚兄陪你去登回泰山,望回东海,如何?"

安老爷听得这话,先就有些高兴。又听邓九公说道:"你先别乐,这还不足为奇。等咱们登罢了泰山,望过了东海回来,我还带你到一个地方儿去见一个人,管保这个人准投你的缘,这个地方儿也对你的劲。"这正是:

观于海者难为水,游于圣门难为言。

要知那邓九公同安老爷登泰山望东海之后,还要去到个甚的地方,见个甚等样人,下回书交代。

第四十回 虚吃惊远奏阳关曲 真幸事稳抱小星裯

这回书接演上回。话表安老爷在邓家庄给邓九公祝寿,事毕便要告辞,他父女两个是苦留不放。邓九公并说要请老爷去登泰山望东海,这之后还要带老爷到一个地方去见一个人。安老爷见他说得恁般郑重,不禁要问,因问道:"九兄,你我只望望泰山、东海,也就算得个大观了,你还要我到个甚的地方,见个甚的人去?"

邓九公道:"你别忙,等我先告诉你这个来历。我这庄儿上有个写字儿的姓孔的,叫作孔继遥,我们庄儿上大伙儿都叫他老遥。据这老遥自己说,他是孔圣人的嫡派子孙,合现在这个衍圣公,还算得个近支儿的当家子。听他讲究起孔圣人坟上那些古迹儿,庙里的那些古董儿来,那真比听台戏还热闹。他说这些地方儿他都到的了,就连衍圣公他也见得着。他两次三番的邀我去逛逛,我想我这肚子里斗大的字通共认不上两石,可瞎闹这些作甚么!如今难得老弟你来了,你也是个闲身子,莫如多住些日子,等我消停两天,咱们就带上那个老遥先生,逛了泰山、东海,回来再到孔陵、圣庙去睄睄,就拜拜那个衍圣公,你合他讲说讲说。你想这对你的胃脘不对?"

安老爷听了,当下只乐得手舞足蹈,说道:"九兄,你这话何不早说?这等地方如何不去?既如此,等我写封家信回去,通知家里,我就耽搁几天何妨!"他父女两个见留得安老爷不走了,自是欢喜,当下便商量怎的上路,怎的登山,怎的携酒,怎的带菜。

正在讲得高兴,只见褚一官忙碌碌从外面跑进来,一直跑到安老爷跟前,请了个安，说道："二叔大喜！"老爷忙问："甚么事？"他道："家里打发戴勤戴爷来了，说少大爷高升了，换上红顶儿，得了大花翎子了！"

老爷听了，先就有些诧异，忙问他："升了甚么官了？"褚一官道："这个官名儿我学说不上来。戴爷在外头解包袱拿家信呢，就进来。"说着，早见华忠等一干人跟了戴勤进来。

戴勤进了屋子，匆匆的先见过邓九公，转身便给老爷请安叩喜。老爷此刻忙的不及问他别的，只问："大爷到底放了甚么了？"他先把手里那封信递上去，这才吞吞吐吐的回道："奴才大爷赏了头等辖，加了个副都统衔，放了乌里雅苏台的参赞大臣了。"安老爷听得这句话，只"阿呀"一声，登时满脸煞白，两手冰冷，浑身一个整颤儿，手里的那封信早颤的忒楞楞掉在地下，紧接着，就双手把腿一拍，说道："完了！"邓九公忙问："老弟，你这是怎么说？"安老爷只摇摇头，望空长吁了口气，说道："九兄，这话一言难尽，你我慢谈！"

这个当儿，叶通早把公子那封禀帖拣起来递给老爷，拆开一看，见上面无非禀知这件事的原由，却声明其余不尽的话都等老爷回家面禀。老爷看完，把信交给叶通，便问戴勤道："你是那天起的身？"戴勤回说："奴才是奴才大爷放下来的第二天起的身。奴才来的这日，奴才大爷还在海淀住着，不曾回家。大爷叫奴才就便请示老爷几时可以回家？奴才太太却叫奴才回老爷，请老爷务必早些回家才好，正有许多事都等老爷回去请示定夺呢。"

安老爷点了点头，说道："这个自然。"因回头向邓九公道："九兄，承你爷儿两个一番厚意，非我苦苦要行，如今岔出这桩意外的事来，其实不好耽搁了，我只此告辞，明日五鼓就走。"说着，便吩咐家人们去归着行李。

邓家父女见这光景，知是不好强留，只得一面收拾今晚的送行酒，一面预备明早的上马饭，给老爷送行。一时，摆上酒来，老爷勉强坐下。此时甚么叫作登泰山，望东海，拜孔陵，谒圣庙，以至子路、曾皙、冉有、公西华怎的个侍坐言志，老爷全顾不来了，只擎着杯酒，愁眉苦眼，一言不发的在坐上发愣。

列公你看，这老头儿这一愣，愣的好生叫人不解！我朝设立西北、西南两路镇守边疆的这几个要缺，每年到了换班时侯，凡如御前乾清门的那班东三省朋友，那个不羡慕这缺是个发财的利途？便是有等获罪的卿贰督抚，又那个不指望这途作个转机的生路？如今安公子才不过一个四品国子监祭酒，便加了个二品副都统衔，已经算得个超级超升了。再讲到那枝孔雀花翎的贵重，只看外省有个经费不继，开起捐来，如那班坐拥厚资的府厅司道，合那班盘剥重利的洋商盐商，都得花到上万的银子，才捐得这件东西到头上。安公子一旦之间两桩都得了，可不算得个意外的荣华，飞来的富贵么？怎的安老爷得了这个信息，不乐得眉开眼笑，倒愣到苦眼愁眉起来？这是个甚么道理？

从来各人的境遇有个不同，志向有个不同，到了性情，尤其有个不同。这位老爷，天生的是天性重、人欲轻，再加一生蹭蹬，半世迂拘，他不是容易教养成那等个好儿子，不是容易物色得那等两个好媳妇，才成裹起这分好人家来。如今眼看着书香门第是接下去了，衣饭生涯是靠得住了，他那个儿子只按部就班的也就作到公卿,正用不着到那等地方去名外图利。他那分家计,只安分守己的也便不愁温饱,正用不着叫儿子到那等地方去死里求生。按安老爷此时的光景,正应了"无官一身轻,有子万事足"的那两句俗语,再不想凭空里无端的岔出这等个大岔儿来。这个岔儿一岔,在旁人说句不关痛痒的话,正道是"宦途无定,食路有方"。他自己想到不违性情上头,就未免觉得儿女伤心,英雄短气;至于那途路风霜之苦,骨肉离别之难,还是他心里第二、第三件事。所以此时只管见安公子这等珊瑚其顶、孔雀其翎、猱狮其补、显耀非常的去干功名,他只觉这段人欲抵不过他那片天性去,一时早把他那一肚子书毒合半世的牢骚,一股脑子都提起来,打成一团,结成一块,再也化解不动,撕掳不开了。因此,他就只剩了擎着杯酒,一言不发,愁眉苦眼的坐在那里发愣了。

那邓九公是个热肠子人,见安老爷这等样子,一时测不透其中的所以然,又是心里着急,又是替他难过,便不问长短,只就他那个见识,讲了一大篇不入耳之谈。从旁劝道:"老弟,你不是这么着。人生在世,坐官一场,不过是巴结戴上个红顶子;养儿一场,也不过是指望儿子戴上个红顶子。如今我们老贤侄这么个岁数儿,红顶子是戴上了,大花翎子是扛上了,可是人家说的:'大丈夫要烈烈轰轰作一场。'从这么起,几天儿的工夫,封侯拜相,你就剩了作老封君,享福了么!这还不乐?怎么倒愁的这么个样儿?真个的,拿着你这么个人,不信会连这点理儿看不破吗?"

他这套话一讲,才正讲得是安老爷心里那个皮面儿。老爷待要不管,想了想,自己正在忧患场中,有这等个向热的人殷勤相劝,也自难得;待要合他谈谈自己这段心事,一时合他怎生谈得明白?没法,只就他嘴里的话,炼字炼句的炼成一句,合他说道:"看的破,忍不过。九兄,你只细细的体会我这六个字去,便晓得我心里的苦楚了。"

邓九公那个粗豪性儿,如何打得来这个闷葫芦?他听了这话,只拧着个眉,扎巴着两只大眼睛,瞅着安老爷,看他那光景,一时比安老爷本人儿烦的还烦。只这等呆呆的瞅了半日,忽然见他把胸脯子一挺,说道:"老弟,你这话我听出来咧!放心,这桩事满交给愚兄咧!世街上要朋友是管作甚么的!"安老爷此时才叫个"不胜诧异之至",忙问说:"九哥,这事你有甚么法子呀?"他道:"你听啊!我这半天细咂你这句话的滋味儿,大似是叫我们老贤侄前回黑风岗能仁寺那桩事,把你的攒儿吓细了,如今他走这荡远道儿,你一定有个不放心,怕有个失闪儿。我有主意。"说着,揎拳掳袖的才要说他那个主意,忽然又道:“你等等儿,等我们家里先商量商量着。”说着,便大嚷着叫道:“姑爷、姑奶奶呢?”

褚大娘子正在套间里忙着打点东西,褚一官是在厢房里帮着捆箱子,听得他家老爷子这声嚷,忙的都跑了来了。邓老头儿见他两个来了,便道:“你们俩坐下,我有话说。”当下便先合他女儿说道:“你干老儿现在因他家老大出口,有点子不放心,他心里在这儿受着窄呢。照咱们这个样儿的交情,他既受了窄,咱们要不给他冒股子劲,那还算交情了吗?如今我的意思,想要叫姑爷保着他去走这荡,傥或道儿上有个甚么事儿,到底有个仗胆儿的,也叫你干老儿放点儿心。姑奶奶,你想我这个主意怎么样?”

安老爷一听这话,心里暗笑说:“这老头儿这才叫个‘问官答花——驴唇不对马嘴’。这与我的心事有甚么相干!”。忙说:“老兄,岂有你这样年纪,倒叫大姑爷远行之理!这事断断不可。”他道:“你别管。我们姑爷在家里也是白呆着,趁着我还硬朗,叫他出去到官场中巴结巴结。万一遇着个机会,谋干个一官半职,也是件两全其美的事。老弟,你倒别为难。”

这边褚大娘子还没开口,褚一官到底是老实人,听了便说:“罢了,老爷子!可是这话,也有你老人家养活了我半辈子,这会子睄着你老这么大年纪了,我倒扔下,跑这么远去自已找官儿作的?真个的,我也忒认得官儿了!知道我有那造化没有呢!”

褚大娘子的性情却又合他丈夫不同,方才听他父亲一说,就早合了他的意思。你道为何?难道他果的看得他那个老玉那般重,看得他这个一官这般轻,无端的就肯叫他到乌里雅苏台给老玉保镖去不成?非也。他是这两年合安府上这阵走动,见安太太那等尊贵,金、玉姊妹那等富丽,他把个脚步眼界闹高了,热厮嗯喇的,一心只想给他家一官大小也闹个前程儿,他好借此作个官儿娘子。

听褚一官这等说,他便说道:“不是这么着,你听我说。这件事不值甚么,家里有我呢。咱们索兴把东庄儿的房子交给庄客们看着,我还搬回来跟老爷子住,早晚儿也好照应。你只管干你的去,就留你在家里,也是‘六枝儿刲痒痒儿——敷余着一个’。”说着,他倒站起来向安老爷拜了一拜,说道:“就是这么着了。只求你老人家把这话好好儿的替我托付托付我们老玉罢。我也不会花说柳说的,一句话,我就保他不撒谎、出苦力这两条儿。要讲本事啊,不是我过奖,他可‘挂拉枣儿——有线(限)’。”

邓九公在旁呵呵的笑道:“姑奶奶,你这是何苦来!”因合安老爷说道:“老弟,这一来,你放了心了罢咧!再要不放心,我还有个人。我们那个大铁锤陆老大,老弟你不也见过他吗?你来的头里,我原说叫他同女婿俩人接你去,没得去你就来了。如今我还打发他俩送你回京,就叫他俩去替我给我们老贤侄道喜。这事也得合我们老贤侄商量商量。”说罢,就回头吩咐他女婿道:“姑爷,这话你明白了?你别为我耽误了事。你瞧不得老头子庆了九十了?靠得住,老天还赏几年子老米饭吃呢!你只管安心去你的。你出去就把这话告诉陆老大。你俩也别累赘,连夜赶着收拾收拾,马上捎上个小包袱子,明日就跟了走了。到京里,瞧光景,是用得着你们用不着你们，果然用得着，你俩再回来取行李，——多远儿呢，大概也还有这工夫。就这么办咧。”

褚一官平日在他泰山跟前还有个东闪西挪，到了在他娘子跟前，却是从来说一不二。如今两下里一挤，他响也不敢响，只有一句一答应的尽着答应，便出去找陆葆安收拾行李马匹去了，不提。

这里安老爷见他一家这等个至诚向热，心下十分不安，觉得有褚、陆这等两个人跟去，也象略为放心。一时倒觉不好推却，只得应允，转向他父女称谢了一番。当下合邓九公吃了几杯，因是明日起早，饭罢便各各安置。褚大娘子去照料了褚一官一番，又嘱咐了他许多话，回到上房，合他家那位姨奶奶两个，张罗了这宗又打点那项，整忙了一夜，不曾得睡。

次早才交五鼓，安老爷合邓九公早都起来，褚一官、陆葆安两个已经遍体行装的上来伺候。邓九公一见他两个，便道：“可是我昨日还落了嘱咐你们一句要紧的话。你俩这一去，见着少大爷，不比从前，可就得上台唱起戏来了。见面得跪倒爬起，说话得‘嗻’‘喳儿’，还得照着督府衙门那些戈甚的排场儿，称他‘大人’，你们自己称是‘小的’，那才是话呢。别说靠着我这个面子儿，合你们俩脑袋上钮子大的那个金顶儿，合人家套交情去，这出戏可就唱砸了。”二人听了，只有连连答应。

当下安老爷忙忙的一面吃些东西，一面催齐车马，便辞了大家，带同小程师爷，褚、陆两个并一众家丁上路。邓九公一直送至岔道口，才合安老爷洒泪而别。按下这话不表。

如今话分两头，单表安公子。却说安公子自从他家老爷前往山东去后，那一向适值国子监衙门有几件应奏的事，他连次赴园都蒙召见。接着吏、兵等部有两次奏派验看拣选的差使，也都派得有他，因此就把这位小爷热得十分高兴。恰巧那个当儿，正出了个内阁学士缺。祭酒的名次，题本里例得开列在前，他自己心里的红算计：下次御门这个缺，八成儿可望。过了几日，恰好衙门里封送了一件某日御门办事的钞来，他算了算，这日正是国子监值日，因是御门的时刻比寻常较早，他先一日便到海淀住下。次日上去，伺候御门事毕，一时一班卿相各归朝房。早听得大家在那里纷纷议论，说某缺放了某人，某缺放了某人，只这回的阁学缺放了乾清门翰詹班，又过了一个缺了。他这才知这个缺不曾放着他，得失之常，一时心里倒也不觉怎的。候了一刻，奏事的也下来了，叫起儿的单子也下来了，他见不曾叫着，便同了一众同寅散值，回到外朝房吃饭。将吃完饭，只见一个军机苏拉进来，向他说：“乌大人打发苏拉出来，叫回大人；吃完了饭别散，请到乌大人园子里去，有话说。”原来那时乌克斋已经进了军机。

安公子听得老师叫，便忙忙的催着家人吃了饭，辞了诸同寅，到老师园子而来。将进门，恰好乌大人也散朝回来，一见他，便满脸是笑，却又皱着双眉说了句：“恭喜，放了这等一个美缺。”安公子还只当是今日这个阁学缺到底放的是他，先笑盈盈的答应了一声：“是。”乌大人见他还没事人儿似的，便问：“难道你没得信么？”他这才问老师说：“门生没得甚么信。”乌大人道：“我的爷，你赏了头等辖，放了乌里雅苏台的参赞了。”

只这一句，安公子但觉顶门上轰的一声，那个心不住的往上乱进，要不是气嗓挡住，险些儿不曾进出口来，登时脸上的气色大变。那神情儿，不止象在悦来店见了十三妹的样子，竟有些象在能仁寺撞着那个和尚的样子。乌大人见他如此，说道："你先别慌，咱们到里头去说。"说着，一把拉住他，进了两重门，一路过假山，度小桥，绕竹林，穿花径，来到一处三间小小的精致书房里坐下。早有家人送上茶来。

这位爷此时莫讲想升阁学，连生日都吓忘了！但听他老师向他说道："龙媒，昔人有云：'读万卷书，不可不行万里路。'如你这等英年，正是为国宣力的时候，作这荡壮游也好。只是这条路你走着却不大相宜，便怎么好！然虽如此，圣人定有一番深意存焉。老贤弟，你倒不可乱了方寸。努力为之。"安公子这才定了定神，问道："只不知门生怎的忽然有这番意外的更调？不敢请示老师：上头提到放门生这个缺，彼时是怎样个神情？"乌大人道："我要在跟前也好了。向来放个要紧些的缺，军机见面时候，上头总有个斟酌。今日乌里雅苏台这件四百里报缺的折子，是军机见面下来到的，也不曾叫第二面。不想折子下来，就夹下个朱笔条子来，放了你了。"安公子听了，便站起来说道："这实是格外天恩。门生的家事，老师尽知，这个缺门生怎的个去法？怎生还得求老师栽培门生，想个方法挽回这事才好！"说着，便泪如雨下。

乌大人也太息一声，道："龙媒，这个何消你说！但是此时已有成命，如何挽回得来？只好看机会罢。如今且自预备明日谢恩要紧。你的谢恩折子，我已经叫我们军机处的朋友们给你办妥当了，明早并且就是他们替你递。你可想着给他们道乏。"说着，便叫："来个人儿呀。"

当下见个小厮答应着进来，乌大人道："你把大爷的帽子拿进去，告诉太太，找找我从前戴过的亮蓝顶儿，大约还有，就把我那个白玉喜字翎管儿解下来，再拿枝翎子。你就回太太：无论叫那个姨奶奶给拴好了，拿出来罢。"那个小厮去了一刻，一时拴得停当，托出来。乌大人接过去，又给收拾了收拾，便叫安公子戴上。他谢了一谢，这才想起见师母来。只见乌大人扭了扭头，脸上带着些烦烦儿的，说道："师母又犯了肝气疼了。"

当下安公子只觉心里还有许多话要说，无奈只他坐了这一刻的工夫，便见他老师那里住了这部里画稿，便是那衙门请看折子；才得某营请示挑缺，又是某旗来文打到；接着便是造办处请看交办的活计样子，翰林院来请阅撰文；还有某老师交题的手卷，某同年求写的对联；此外并说有三五起门生故旧从清早就来了，却在外书房等着求见。

安公子见老师实在公忙的狠，不好再往下絮烦，只得告辞。一路回到下处，便忙着打发小厮回家回明太太，并叫戴勤来，打发他上山东禀知老爷，忙了半日。一宿无话。

次日，起早上去谢恩，头起儿就叫的是他。及至进去，磕头谢了恩。圣人开口第一句，便提的是记得他是某科从第八名提到第三名点的探花，跟着降了几句温谕，仍叫第二日递牌子。一时，军机大人下来，他迎上去，见大家又给他道喜，说："你见面甚妥，有旨意赏加了副都统衔了。等述下旨来，换了顶子，明日还得预备谢恩。”这位爷经这等一提，又提的有些热起来。

列公，你看人生在世，不过如此。无非是被名利赚，被声色赚，被玩好赚，否则便是被诗书赚，被林泉赚，被佛老赚，自己却又把好胜、好高、好奇一切心去受一切赚，一直赚到“鞠躬尽瘁，死而后已”，只当不起一切不来赚他，他便想上赚也无处可上，那便热不来了。安公子此时才遇着些小的一个钉子碰碰，此后正有偌大的一把枣儿嚼嚼，你叫他怎得不热？

闲话休提，话转三叉，趟回来再讲安太太。讲到安太太这面，这件事真好比风中搅雪，这回书又不免节外生枝。列公便好留心看那燕北闲人怎生替他安家止风扫雪，逗节成枝，出那身臭汗了。

却说安公子赴园这日，太太见老爷、公子都不在家，恰好那两日张亲家太太又在家里害暴发火眼，那个长姐儿又犯了他月月肚子疼的那个病。太太吃过早饭无事，便合舅太太带了两个媳妇四家斗牌。看看斗到晌午以后，忽见张进宝带了公子一个跟班的小厮叫四喜儿进来，回说：“奴才大爷从园子里打发人来回太太，说奴才大爷赏了头等辖，放了乌里雅苏台的参赞大臣了。”安太太听了，只唬的扔下牌，“阿”了一声，舅太太接着也道：“嗳哟，这是怎么说！”金、玉姊妹两个里头，那何玉凤听了“乌里雅苏台”五个字，耳朵边还许有个影子，只在那里愣愣儿的听；到了张金凤，更不知这是山南海北，还道：“怎么也没个报喜的来呀？”

安太太此时是已经吓得懵住了，只问着舅太太说：“这乌里雅苏台可是那儿呀？”舅太太道：“咻，姑太太，你怎么忘了呢？家里四大爷当日不是到过这个地方儿吗！”安太太这才想起来，说道：“嗳哟，天爷！怎么把我的孩子弄到这个地方儿去了呢！再说，他好好儿的作着个文官儿，怎么又给个辖呢？这不顶发了他了吗！这可坑死我了！”说着，便眼泪婆娑的抽搭起来。

金、玉姊妹见婆婆这个样子，也由不得跟着要哭。舅太太忙劝道：“你们娘儿三个且别尽管哭哇，到底问问那个小子，怎么就会出了这么个岔儿？再外甥打发他来，还有甚么说的呀？”他只管是这等劝着，他却也在那里拿着小手巾儿擦眼泪。

安太太这才详细问了问那个小厮。他便把公子叫他回太太：今日怎的在海淀办折子，预备明日谢恩，不得回来，并叫叫戴勤去，吩咐他到山东去见老爷，以至大爷说还叫告诉二位奶奶再打点几件衣裳叫他带回海淀去的话，回了一遍。太太一面吩咐去传戴勤，一面便叫金、玉姊妹两个回家去打点衣裳。一时戴勤来了，四喜儿取的衣裳包袱也领下来了，太太便吩咐他两个：“快去罢。”并说：“告诉大爷，明日谢下恩来，没事务必就回家来见见我。”

二人领命去后，金、玉姊妹两个依旧过上房来。安太太见他姊妹，一个哭的眼睛红红儿的，一个还不住的在那里擦眼泪，自己不禁又伤起心来。舅太太又说道：“姑太太，你别尽着这么着。外甥是说是出口，到底算升了一步，两三年的工夫也就回来了。再说，大喜的事，这么哭眼抹泪的，是为甚么呢！”

安太太未曾说话，先长出一口气，说道：“嗳！大姐姐，你那里知道我这心里的苦楚！你没见你妹夫，是作了一任芝麻大的外官儿，把个心伤透了。平日我们说起闲话儿来，我只说了句‘咱们这就等跟着小子到外头享福去罢’，你听他这话么，头一句就是‘那可断断使不得’！他说：‘一个人教子成名，是自己的事，到了教得儿子成了名了，出力报国是儿子的事，这不是老子跟在里头搅得的。一跟出去，到了外头，凭是自己怎么谨慎，只衙门多着个老太爷，便带累的了儿子的官声。’大姐姐，你只听这话，别说是乌里雅苏台，无论甚么地方，还想他肯跟出小子去吗？他一个不出去，我自然不好出去。我不出去，这个玉格我倒舍得。甚么原故呢？一则呢，小子也这么大了，再说，既是皇上家的奴才，敢说不给皇上家出苦力吗？就只我这俩媳妇儿，热厮忽喇儿的，一时都离开我，我倒有点儿怪舍不得的。”说着又哭了，招的两个媳妇益发哭个不住。

舅太太是个爽快人，看了这样子，便道：“你们娘儿们不是这么个闹法儿！你们家这不现放着俩媳妇儿呢吗，留一个，去一个，一桩事不就结了！也有娘儿三个尽着这么围着哭的？难道哭会子就算不上乌里雅苏台了罢？”安太太那片疼儿女的心肠，是既不愿意自己离开两个媳妇儿，又不愿意俩媳妇之中有一个离开儿子，听了这话，只是摇头。

不想这话倒正合了金、玉姊妹两个的意思。你道为何？原来他两个这阵为难，一层为着不忍看着夫婿远行，一层也正为着不忍离开婆婆左右，并且两个人肚子里还各各的有一桩说不出口来的事。一时听了舅太太这话，那何小姐性急口快，便道：“娘这话也说的是。那么着，我就在家里服侍婆婆，叫我妹妹跟了他去。”张姑娘道：“自然还是姐姐跟了他去好。姐姐倒底比我有点本事儿，道儿上走着还利便些儿。这么大远的个道儿，再带上这么个我，越发叫他受了累了。”

何小姐听他这话说得近理，一时找不出句话来驳他，急的肚子里的那句话可就装不住了，只见他把脸一红，低着头说道：“瞧这妹妹！你难道不知道我坐不得车吗？”安太太听了这话，明白是何小姐有了喜了，自己有信儿抱孙子了，才觉有些欢喜，将要问他。张姑娘肚子里的那句话也装不住了，说：“姐姐这话！姐姐坐不得车，难道我又坐得车吗？”

列公，你看，这等一个“扛七个打八个”的何玉凤，“你有来言我有去语”的张金凤，这么句“嫁而后养”的话，会闹得嘴里受了窄，直挨到这个分际，还是绕了这半天的弯儿，借你口中言，传我心腹事，话挤话，两下里对挤，才把那句话挤出来！

安太太听得俩媳妇一时都遇了喜，满心欢喜，只悔知道得晚了，便说道：“你瞧瞧！你们这俩人，也有这么个大喜的信儿，会憋着不早告诉我一声儿，直到这时候，憋得十分十沿儿了，才说出来的！”说着，这才问：“多少日子了？”一面又抱怨俩嬷嬷，说：“这俩老东西，怎么也不先透给我个信儿呢！”当下便要叫来，发作他两个几句。何小姐是怕他两个得不是，忙说：“他们上月就要上来回婆婆的，我合妹妹商量，想着知道是不是呢，就吵吵？索兴等过些日子再说罢；谁知这个月俩人又都……”说到这里，脸一红，只瞅着张姑娘笑。张姑娘也只剩了羞的扭过脸去暗笑。安太太此时乐得只不错眼珠儿的望着他两个。又嘱咐说：“这可得小心点儿。第一不许冷的热的胡吃，轻的重的混动，走道儿总叫个人儿招护着点儿，倒得常活动活动。”

正嘱咐着，只听舅太太合他两个说道：“怪事！你们俩有个甚么事儿从没瞒过我,怎么这件事两人都嘴严的这个分儿上呢!”安太太也说道:“俩媳妇儿呢还罢了,还说脸上有个下不来;我只可笑我们玉格,这个傻哥儿,眼看着这就要作哥儿的爹了,也这么傻头傻脑的不言语一声儿!”正在一头笑着,忽然又把眉一扢,就说:“站住!先别乐大发了!这一来,咱们娘儿们不是都去不成了吗?把我们这个傻哥儿一个人儿扔在口外去,可交给谁呀?这事情可不是更累赘了吗?”说罢,只皱了眉、歪着头儿在那里呆想。呆了半日,忽然说道:“这可也就讲不得了,只好我跟了他去罢!只求大姐姐合张亲家母在家里好好的给我招护着我这俩媳妇儿!”金、玉姊妹两人听得依然得离开婆婆,更是不愿意。才要说话,早见舅太太嚷起来了,说道:“哟!姑太太,你这是甚么话呀?你把我留在你家招护着外外姐姐使得,你叫我合你们那个老爷怎么过得到一块子呀?”他婆媳一想,这话果然行不去,一为难,重新又哭起来。

这一哭,可把舅太太哭急了,说:“姑太太,你们娘儿三个这哭的可实在揉人的肠子!这么着,我合姑太太倒个过儿:姑太太在家里招护媳妇,我跟了外甥去。这放心不放心呢?”安太太道:“也有这么大远的道儿,怪冷的地方儿,叫大姐姐你跟了去受罪,我们倒在家里舒服的?”舅太太道:“这也叫作没法儿了哇!”

安太太见他一副正经面孔,便问:“大姐姐,你这说的是真话呀?”舅太太道:“可不真话!姑太太只想,你我这个样儿的骨肉至亲,谁没用着谁的地方儿?再说这个孩子,我也疼他。讲到我了,又是个一身无挂碍的人,别说乌里雅苏台呀,就叫我照唐僧那么个模样儿,到西天五印度去求取《大藏真经》,我也去了!这又有甚么要紧的!”

安太太见他这等关切,说:“真要这么着,我就先给姐姐磕头。这不但是疼孩子,直是疼我了!”说着站起来,跪下就要行礼。俩媳妇一见,连忙也跟着婆婆跪下,慌得个舅太太连忙也跪下,搀住安太太说:“妹妹,你这是怎么说?”说着,他也哭了。

列公:你看只安太太这一拜,叫普天下作儿女的看着好不难过!才知老家儿待儿女这条心,真真不是视膳问安、昏定晨省就答报得来的!

却说舅太太搀住安太太,又忙着拉起金、玉姊妹来,他姑嫂两个一齐归坐,安太太心里这才略略的放宽了些,叫丫头装了袋烟来吃。吃着烟儿,忽然的又自言自语的说:“这还不妥当。”因合舅太太道:“这一来,玉格他这个外场儿我算放了心了;他那贴身儿的事情,可叫我怎么好哇?”舅太太问道:“姑太太说的,怎么叫个外场儿,又怎么叫个贴身儿呀?”安太太道:“类如他到了衙门里,过起日子来,凡是出入的银钱,严谨个里外,甚至穿件衣裳的厚薄,吃个东西的冷热,这些事情都算个外场儿。如今我们娘儿们既不能去,有大姐姐你替我辛苦这一荡,好极了,我也不说甚么了。讲到他贴身儿的事,俩媳妇此刻既不能去,就说等分娩了,随后再打发一个去,这也不是甚么一个半个月的事。玉格到了那里,就拿每日早起给他梳梳辫子,以至他夏天擦擦洗洗,夜里掖掖盖盖这些事,无论大姐姐你怎么疼他,这也不是惊动得舅母的。难道说,一个娶了媳妇儿的人了,还叫他那个嬷嬷妈跟在屋里服侍他不成?你说这可不是叫人没法儿的事吗?”这话舅太太却不好出主意了,只说了句:“有日子呢罢咧,这只好慢慢的商量。”

这个当儿,这老姑嫂两个只顾在这边儿悄悄儿的说,那小姊妹两个却在那边儿静静儿的听。听来听去,也不知那句话碰在他两个心坎儿上了,只见何小姐俩眼睛一积伶,便笑着在张姑娘耳边喊喳了两句,不听得张姑娘说些甚么,却只见他不住的笑着点头儿。恰好安太太合舅太太说完了这话,又回过头来问着他两个说:“你们俩白想想,我这话虑的是不是?”不承望这一回头,一眼正看见俩人在那里打梯己的神情儿,因说道:“你们俩有甚么主意,也只管说出来,咱们娘儿们大家商量商量不好吗?”

何小姐昕婆婆如此说,将要说话,又望着张姑娘向外间努了个嘴儿,那光景象是叫他瞧瞧外间儿有人没人。紧接着张姑娘走到屋门旁边儿,探着身子望外瞧了瞧,回头只笑着合何小姐摆手儿,那神情象是告诉他外间儿没人。你道安太太家许多丫鬟仆妇,外间儿怎得会一时没人?原来他家的规矩,凡是婆儿媳妇们,无事都在廊下听差,其余的丫头们,一个长姑姑不在上屋里,早一边儿说笑的说笑、淘气的淘气去了,因此一时无人。

金、玉姊妹见没人在外间,他两个这才走到婆婆跟前,悄悄儿的回道:“媳妇们却有个主意,这话到不因着玉郎今日要出外去才说起。自从今年来,见他的差使渐渐儿的多起来了,往往一进城去就得十日半月的住着,媳妇两个又不好怪厌气的一荡一荡的只是跟着来回的跑;原想回回婆婆,给他弄个服侍的人,总没得这个机会。如今他既出外,媳妇们两个又一时不能同去,请示婆婆:趁这个当儿,给他弄个人跟了去,外头又有舅母调理管教,这么着使得使不得?”

安太太听了,先点了点头儿,又摇了摇头儿,沉吟了一刻才说道:“你们这么年轻轻儿的,心里就肯送到这件事上头,难为你们俩。但是你们只知道说弄人,却不知道这弄人的难讲究。外头叫媒人带去,不知道个根底,只图一时有个人使,腥的臭的弄到家来,那时候调理是别想调理的出来,打发是不好打发出去,不但你们俩得跟着糟心,连玉格可也就受了大累了,那可断乎使不得。这个样儿的我看得多了。要说就咱们家里这几个女孩子里头给他挑一个罢,你们屋里那俩,还是两个糊涂小孩子呢;我这儿的几个里头,不成个材料儿的不成材料儿,象个人儿的呢,又不合式。你们俩说,这会子可叫我忙忙叨叨的那儿给他现抓人去?”何小姐道:“媳妇们两个心里可到瞧准了一个,只没敢合婆婆提到这里。”太太想了想,说道:“哦,我猜着了,你们准是瞧上跟舅母那个丫头的模样儿了。敢是好,只是人家早有了婆婆家了。”

俩人还没及答言,舅太太先摇头儿说:“不是,俩外外姐姐知道他有人家儿了。”安太太纳闷儿道:“这可罢了我了!你们瞧准了的这个,可是谁呢?”何小姐见问,又往外看了一眼,才到婆婆耳边悄悄儿的回道:“媳妇们两个才说相准了的这个人,不是别人,就是伺候婆婆的长姐儿姑娘。这个人,要讲他那点儿本事儿、活计儿、眼睛里的那点积伶儿,心里的那点迟急儿,以至他那个稳重、那个干净,都是婆婆这些年调理出来的,不用讲了。最难得的是他那个性情儿。只婆婆止这么一个得力的人,别的都是小事,第一伺候婆婆梳这个头,是个要紧的;再他又在上屋当了这些年差了,可还不知媳妇们合婆婆讨得讨不得?因此心里只管相准了,嘴里总没敢提。”

太太才听完这话，就笑道：“敢是你们俩想的也是他呀，这件事在我心里也不知过过多少过儿了。你们俩才虑的那两层，倒都不要紧。打头，如今我这儿拿拿放放的都是你们俩，真要到了没人儿了，就叫你们俩打发我梳梳头，又有甚么使不得的呢。再者，还有张进宝的那个孙女儿招儿，合晋升的丫头老儿，这俩如今也学着干上来了。到了别的事，我绰总儿合你们说这么句话罢：这丫头自从十二岁上要到上屋里来，只那年，你公公碰着还支使支使他；到了第二年，他留了头了，连个溺盆子都不肯叫他拿，甚至洗个脚都不叫他在跟前，说他究竟是从小儿跟过孩子的丫头。你就知道你这位公公拘泥到甚么分儿上。别的话，更不用深分讲了。至于你们方才说的他那几宗儿好处，倒也不是假话。这件事照这么办，我心里也尽有，只我心里还有好些为难。这个人得这么个归着，也算我不委屈他。只是我这位梅香，他还有他娘的多少累赘，不然我方才为甚么说家里挑不出个合式的来呢！这话咱们娘儿们还得从长商量。头一件，我觉着他只管说还大大方方儿的，不贫不下流，只是到底是个分赏罪人的孩子；第二件，他空有那么个模样儿、身段儿，我只说他那肉皮儿太黑翠儿似的，可怎么配得上我那个白小子呢？第三件，他比玉格儿大着好两岁呢，要开了脸，显着象个嬷嬷嫂子似的！这是我心里三宗不足处。就让都合式，没这三宗不足，你们只说，这件事要合你公公这么一商量，能行不能行？”

舅太太接口就说：“姑太太，你才说的那三层呀，依我说都没甚么的。眼下只要外甥儿出去，有个得力的人扶侍他，苗点儿就苗点儿，黑点儿就黑点儿，大点儿就大点儿，那都不打紧。说一定要等着合你们老爷商量，他那个脾气儿，只怕吃个鸡蛋还得挑四楞儿的呢！那可怎么想行得去呀？”安太太道：“这句话，究竟还说可以想方法儿商量着碰去。你还不知道呢，我们这个长姐儿是在我跟前告了老，永远不出嫁的了。他说他等着服侍我归了西，他还给我当女童儿去呢！你说这时候要合他说，这个怎么说得清楚啊？”

舅太太道：“这是多早晚的事？我怎么不知道个影儿啊？”张姑娘道：“就是我过来那年，舅母跟我姐姐在园里住的那一程子的事么。那时候还有他妈呢。我婆婆一进城，就说他大了，叫他妈上紧给他找个人家儿。后来说了一家子，他妈不是还带了那个小子来，请我婆婆相看来着么？”张姑娘将说到这里，安太太说：“亏是有个对证在跟前儿，不然叫你这一掰文儿，倒象我这儿照着说评书也似的，现抓了这么句话造谣言呢。”因接着张姑娘方才的话说道：“我还记得他妈说，那个小子是给那一个盐政钞官坐京的一个家人，叫作甚么东西的个儿子，家里狠过得。我瞧了瞧那小子，倒也长得浑头浑脑的，就只脸上有点子麻子。我想着一个小子罢咧，怕甚么呢？就告诉他妈，等定个日子，叫他们相看丫头来罢。谁知他妈给他说这个人家儿没合他提过，他这天知道了，合他妈叨叨了倒有几车话，只说他妈怎么没良心了，又是怎么‘主儿打毛团子似的掇弄到这么大，也不管主儿跟前有人使没人使，这会子你们只图找财主亲戚，就硬把我塞出去了！’连数落带发作的就哭闹成一处。把他妈闹得没法儿了，说：‘你就不肯出去，也让我回太太一句去呀。’他也不理他妈，就跑了来，跪在我跟前，一行鼻子两行泪的哭了个不了，就说了方才我讲的他那套糊涂话,还说这一辈子刀搁在脖子上都使得,也别想他离开我咧!大姐姐,你说这是他娘的苗子不是!"

舅太太听了,只抿着嘴儿笑,说道:"姑太太,我可多不得这件事呀!我只说句公道话,这固然是这丫头的良心,也是你素来带他的恩典。你可得知道你们那个丫鬟可心高志大呀!素来就讲究个拿身分,好体面,爱闹个酸款儿,你安知他不是跟着你,这么女孩儿似的养活惯了,不肯低三下四的跟了那个蠢头笨脑的奴才小子去呢?"

金、玉姊妹听了这话,齐声说:"舅母这话说得是极了。再还有一说,人第一难得是彼此知道个性情儿,他又正是从小儿合玉郎一块儿混,混大了的。"舅太太说:"好哇,就是这话了!这话我可是白说,主意还得姑太太自己拿。"

这位老太太心里本正在又是疼儿子,怕他没人;又是疼丫头,怕他失所。一时听了这套有成无破的话,想着这件一举三得的事,就把他们那位老爷是怎么个难说话也忘了,不由得说道:"你们娘儿三个这话也说得是,就是这么着。"才说了这句,下文还没说出来,金、玉姊妹两个见婆婆应了,乐得忙着跪下就磕头。安太太笑道:"哟!你们俩先别磕头啊,知道我这个媒人作得成作不成呢?"

这里正说得热闹,何小姐积伶,一闪身子,早从玻璃里看见那个长姐儿,一步挪不了三指,出了东游廊门,从台阶底下慢慢儿的往上屋走了来。何小姐便合太太摆手儿。太太看见,悄悄儿道:"别提了,看他听见。"又合金、玉姊妹道:"这话就只咱们娘儿四个知道,别人跟前一个字儿别露。就是玉格儿回来,也先不用告诉他。"当下大家便将这话掩住不提。

且住!长姐儿他既是犯了肚子疼,在屋里养病,怎的又得出来?既得出来,大爷这么个惊天动地的人,出了这么个惊天动地的岔儿,遍地又都是他的耳报神,他岂有不知道之理?怎的又直到此时才出来呢?其中有个原故。原来他方才正合着桃仁红花引子,服了一丸子乌金丸,躺在他屋里就渗着了。他这一渗着,那班小丫头子谁也不敢惊动他,直等他一觉睡醒了,还是那个小喜儿跑了去,告诉他说:"长姑姑,大爷要出外了。"只这一句,他也不及问究竟是上那儿去,立刻就唬了一身冷汗,紧接着肚子拧着一阵疼。不想气随着汗一开化,血随着气一流通,行动了行动,肚子疼倒好了些。转念想到:"大爷这一出去,老爷、太太然自断没不同出去的,果然太太出去,太太走到那儿还怕我不跟到那儿吗?"心里又一松快,便想起多少事由儿,扎挣着出来。将进来,安太太还生恐他听见些甚么跑了来了,便先问:"你好了吗?怎么又跑出来了?"他道:"奴才听说大爷要出外了,奴才想起来太太从前走长道儿的那些薄底儿鞋呀,风领儿斗篷呵,还都得早些儿拿出来瞧瞧呢。再还有小烟袋儿咧,吃食盒儿咧,以至那个关防盆儿这些东西,也还不记得在那儿搁着呢。趁着老爷没回来,明儿个趁早儿慢慢儿的找找,也省得临期忙。"安太太道:"那儿呢!咱们走还早呢。你先装袋烟我吃罢。"他便去装烟不提。

到了次日,安太太从吃早饭起就盼公子,不见回来,忽然听得门上一阵吵吵,便有家人来回说:"大爷赏加了副都统衔了。"安太太听得儿子换上了红顶儿了,略有喜色。只想着他明日还得谢恩,今日自然又不得回来了。

那知安公子岂止次日不得回来，只从那日起，便一连召见了八九次，这才有旨意赏了假，叫他回家收拾。他当日归着了归着，次日起了个大早，才回到庄园。合太太一见面儿，娘儿俩先哭了个"事不有余"。大家劝住，他便忙着到祠堂行礼。才把家庭这点儿礼节完了，外头便回："吴侍郎来拜。"又是位老师，不好不见；接着就是三四起人来。安公子一一送走了，才回到自己房里换了换衣裳，一切没得开谈。

只见上屋里一个小丫头跑来说："太太叫大爷。戴勤回来了。"公子合金、玉姊妹连忙过去。见戴勤正在那里回太太话，说："老爷昨日住常新店，叫奴才连夜赶回来，告诉大爷不必远接，只在家候着。老爷今日走得早，大约晌午前后就可到家。"公子听了，重新去冠戴好了，去到外面伺候。迟了一刻，便见随缘儿先赶回来，回说："老爷快到了。"少时，老爷来到家门，公子迎了几步，便在车旁跪接。老爷在车上见他头上顶嵌珊瑚，冠飘翡翠，面上却也喜欢，心里却不免十分难过。你看这老头儿好扎挣劲：先在车里点头，说了句"起来"，下了车，便说道："不想你竟也巴结到个二品大员，赶上爷爷了，比我强。这才不枉我教养你一场！有话到里头说去罢。"公子也明知这是他父亲安慰他的话，只得陪笑答应。这种笑，那脸上的神气却比哭还疼。

这个当儿，便见褚一官、陆葆安两个过来谒见。他两个果然就照着邓九公的话，立刻跪倒请安，口称"大人"。安公子虽说一时不好直受不辞，但是一个钦命二品大员，正合着"三命而不齿"，体制所在，也不便过于合他两个纡尊降贵，只含笑拱了拱手，说了句"路上辛苦"，便随了老爷一路进来。一时，在家的家人叩接老爷，跟去的家人又叩见公子。

正乱着，张亲家老爷合老程师爷也迎出来，老爷应酬了两句，就托他二位管待褚、陆两个。自己进了二门，便见太太带了两个媳妇，接到当院子里来。俩媳妇迎着请过安，安老夫妻两个还按着那老年的旧牌子儿，彼此拉了个手儿，那班仆妇丫鬟却远远的排在那边跪安，老爷都不及招呼。见舅太太在廊下候着，便忙着上前，彼此问过好，谈了两句一路风尘的话，又问："亲家太太怎的不见？"张姑娘代说明了原故。老爷一路进房坐下，当下公子行过礼，媳妇便倒上茶来。

此时自安太太以下，都道老爷这一到家，为着公子出口，定有一番伤感，大家都提着全副精神应酬老爷。看了看，老爷依旧是平日那个安详样子，只不过问了问公子奏对的光景，毫不露些张皇烦恼。

公子此刻却是有些耐不得了。原来他自放下来那日起，凡是此番该是从家里怎的起身，到那里怎的办事，这些事，一时且不能打算到此。只他那点家事，几个亲丁，心里盘算了迨有万转千回，总盘不出个定见来。第一件为难的，是这等远路，不好请着父母同行；待说把他两个夫人留在家下，替自己奉养，又虑到任上内里无人，不成个局面；否则，两个之中酌量留下一个，偏又两个一齐有了喜了，不便远行；便是他两个有喜的这节，也还不曾禀过父母。他好容易盼到今日回家，正想把这话合金、玉姊妹私下计议一番，先讨太太个示下，然后等老爷回家再定。不想一进门不曾消停一刻，才得消停，恰巧老爷早回来了。他此时见了老爷，只觉万语千言，不知从何说起。想了想，只得回道："儿子受父母的教养，正想巴结个升途，奉了父母出去安享几年；不想忽然走了这条意外的岔路，实在不得主意。"说着，又行了个家庭礼儿，屈了一膝，说："请父亲教导。"他那眼泪却是掌不住了。

只听安老爷"吭"了一声，说道："怎的叫个'走了这条意外的岔路'？我以为正是意中之事。你所为'意外'者，只不过觉得你从祭酒得了个侍卫，不曾放得试差学政耳。却不道这等地方不用世家旗人去，却用甚么人去？用世家旗人，不用你这等轻年新进，又用甚么人去？且无论文章华国，戎马防边，其为报效一也。便说不然，大君代天司命，君命即是天命，天命所在，便是条'意外的岔路'？顺天听命，安知非福？你说讨我的教导，我平日合你讲起话来，言必称周、孔，不知者鲜不以为我立论过迂，课子过严，可知为子为臣、立身植品的大经都不外此。那乌里雅苏台虽是个边地，参赞大臣虽是个远臣，大约也出不了周、孔的道理。至于你此行，我家现有的是钱，用多少尽你用，只不可看得银钱如土；有的是人，带那个尽你带，只不必闹得仆从如云。讲到眷口，两个媳妇不消说是合你同行了，太太要果然母子姑媳一时难离，也不妨同去。只留我在家替你们作个守门的老叟，料想还不误事。"安老爷只管讲了这半日话，这段话却是掂着几根胡子，闭着一双眼睛讲的。何以故呢？他要一睁眼，那副眼泪也就掌不住了！

舅太太见安老爷这样子，便点点头，悄合安太太道："这一当家，你们这个家可就当成个家模样儿了！"便听安太太合老爷说道："依我想，这件事不必定忙在这一时，玉格起身尽有日子呢。老爷今日才到家，且歇歇儿。索兴等消停了，斟酌斟酌，究竟是谁该去呀谁不该去呀，谁能去呀谁不能去呀，再定规不迟。要说请老爷一个人儿在家里，我就跟出他们去，也断没那么个理；我不出去，又怕这俩媳妇儿万一在外头一时有个甚么喜信儿，没个正经人儿招护他们。我的意思，还是请大姐姐替我们辛苦这荡。"老爷还没听完这话，便道："阿！一个何家媳妇已经劳舅太太辛苦那场，此时这等远行，却怎的好又去起动？"舅太太说："嗳哟！不用姑老爷这么操心了，姑太太早合我说明白了，我左右是个没事的人，乐得跟他们出去逛逛呢。"

老爷见舅太太这等爽快向热，心下大悦，连忙打了一躬，说："这个，全仗舅母格外费心！"舅太太被安老爷累赘的不耐烦，他便站起身来，也学安老爷那个至诚样子，还了他一躬，口里说道："这个，愚嫂当得效力。"他打完了这躬，又望着大家道："你们瞧，这那儿犯得上闹到这步田地！"惹得大家无不掩口而笑。

却说安公子方才听老爷那等吩咐，正想把金、玉姊妹现在有喜、并自己打算不带家眷、留他两个在家侍奉的话回明，听太太说了句"老爷才得到家，先请歇歇儿"，便不好只管烦琐。如今却又见他母亲给请了舅母同去，心里一想，这一来，弄得一家不一家，两家不两家，益发不便了，登时方寸的章法大乱。他却那里晓得，人家娘儿三个早已计议得妥妥当当了呢！偏是这个当儿，老爷又吩咐他邓九公差褚、陆两个来，意思要跟他出去的那段话，就叫他出去定夺行止。他无法，只得且去作这件事。

安老爷这里便合大家说了说路上的光景，讲了讲邓九公那里的情由。紧接着行李车也到了，众小厮忙着往里交东西，有的点交带去的衣箱的，有的点交路上的用帐的，都在那里等着见长姐儿姑娘。此时只不见了长姐儿姑娘。你道他此刻又往那里去了？

书里交代过的，他原想着是大爷这番出外，大爷走到那儿太太跟到那儿，太太走到那儿他跟到那儿定了。不想方才听得老爷一个不去，连累太太也不去了，眼下太太合公子竟要母子分飞，他也"谢三儿的窝窝——剩下了"，登时心火上攻，急了个红头涨脸，又犯了那年公子乡试等榜、他等不着喜信儿头晕的那个病了，连忙三步两步跑到院子里，扶着柱子定了会儿神，立刻觉得自己身上穿的那件衣裳的腰褙肥了就有四指，那个领盘儿大了就有一圈儿，不差甚么连围腰儿都要脱落下来了。他便合别的丫头说道："我怪不舒服的，家里躺躺儿去。太太要问我，就答应我作甚么去了。"说着，一路低着脑袋来到他屋里，抓了个小枕头儿，支着耳根台子躺下，只把条小手巾儿盖了脸，暗暗的垂泪。

他偏又头两天一时高兴，作了个抽系儿的大红毡子小烟荷包儿。这日早起，又托随缘儿媳妇儿，找人给安了根玉嘴儿湘妃竹杆儿的小烟袋儿，为的是上了路随身带着，上车下店使着方便。事有凑巧，恰恰的这么个当儿，随缘媳妇给他送了来。一进门儿，见静悄悄的没个人声儿，叫了一声"大姐姐。"他听见有人叫他，这才扎挣着起来，问："是谁呀？"随缘儿媳妇一见他这个样儿，便问说："大姐姐，你好好儿的，这是怎么了，哭的这么着？"他叹了口气，说道："好妹妹，你那儿知道我心里的难受，你坐下，等我告诉你。你瞧，自从大爷这么一放下来，我就念佛，说这可好了，我们太太要跟了大爷、大奶奶享福去了。谁知叫这位老爷子这么一拆，给拆了个稀呼脑子烂。你说，这娘儿四位这一分手，大爷、大奶奶心里该怎么难受！太太心里该怎么难受！叫咱们这作奴才的旁边瞅着肉燎不肉燎！再者，二位大奶奶素来待我的恩典，我们娘儿们怎么离得开！"说着，又把嘴撇的瓢儿似的。

随缘儿媳妇明镜儿也似的，知道他姑娘合张姑娘有喜，不能出去，只因何小姐吩咐的严，叫且不许声张，此时是不敢合他露一个字。只说了句："那儿呢，还有些日子呢！知道谁去谁不去呢，就先把你哭的这么个样儿！"说完了，放下烟袋去了。他把那根烟袋扔在一边儿，躺下又睡，却又睡不着，只一个人儿在他屋里坐着发楞。上屋这里只管一群人等着他交代东西，那班丫头听他方才说了那句话，又不敢去叫他。恰好二位大奶奶都在上屋里，便看人一件件往里收。舅太太见这里乱哄哄的，便也回西耳房去。

安老爷见舅太太走了，这才要脱去行装，换上便服。安老爷的拘泥，虽换件衣裳，换双靴子，都要回避媳妇，进套间儿去换的。只这个当儿，老爷一面换着衣裳，一面合太太提起闲话儿来，说："难得舅太太这等向热，不辞辛苦。他小夫妻三个得这个人同去照应，你我也就大可放心了。"安太太弩着一肚子的话，此时原不要忙着就说，因见老爷这句话是个机会，再看了看左右无人，只得两个小丫头子，便把那两个小丫头子也支使开，先给老爷一个高帽儿戴上，说道："可不是，他自然也是看着老爷平日待他的好处。只是如今他只管肯去了，两个媳妇究竟好去不好去，倒得斟酌斟酌。为甚么我方才说等慢慢儿商量呢。"老爷忙问道："他两个怎的不好去？"太太满面含春说道："好叫老爷得知，俩媳妇儿都有了喜了，老爷说可乐不可乐？"

老爷听了大喜，说道："这等说，你我眼前就要弄孙了，有趣，有趣！我安水心再要得教出两个孙儿来，看他成人，益可上对祖父矣！"太太道："老爷只这么说，世间的事可就难得两全。老爷只想，俩媳妇这一有喜，自然暂且不能跟了小子出去；叫他一个人儿在衙门里，怎么是个着落儿呀？"老爷道："然则有舅太太去，正好了。"太太道："老爷这话又来了，他舅母去，也只好照管个大面皮儿呀，到了小子自己身上的零碎事儿，怎么好惊动长辈儿去呢！所以我同俩媳妇儿为这件事为了这几天难，总商量不出个妥当主意来。依俩媳妇的意思，是想求我给他买个人带了去。"

老爷听到这句，才要绷脸，太太便忙着说道："老爷想，玉格这么年轻轻儿的，再者，屋里现放着俩媳妇儿，如今又买上个人，这不显着太早些儿吗？我就说：'这断乎使不得。就打着我这时候依了你们，这话要一回你公公，你公公也必不准。'老爷说，这话是不是？"老爷道："通啊，太太这话是极！所以叫作'惟识性者可以同居'，太太其深知我者也！我常讲的：夫妻一伦，恩义至重，非五十无子，断断不可无端置妾。何况玉格正在年轻，媳妇又都有了生子的信息，此刻怎的讲得到买人这句话上！"

太太见老爷的话没一点活动气儿，便说道："老爷不是说我说的是吗？我说可只管这么说了，想了想，真也没法儿。老爷想，一个人家儿过日子，在京在外是一个理：第一件，里外的这道门槛儿得分得清楚。玉格儿这一出去，衙门里自然得有几个丫头女人，就是他舅母，也得带两个人去；俩媳妇呢，少说也得一年的光景才能去呢。这一年的光景，他就这么师爷也似的一个人儿住着？那班大些儿的女孩子合年轻的小媳妇子们，类如拾掇拾掇屋子，以至拿拿放放，出来进去的，可不觉得怪不方便的吗？老爷是最讲究这些的，老爷白想想。"

太太说到这里，只见老爷脸上按着五官都添了一团正气，说："阿嗳！太太，你这一层虑的尤其深远，这倒不可不给他筹画出个道理来。却是怎样才好？"太太听这话有些意思了，又接着说道："俩媳妇儿不放心的也是这个。见我不准他买人，就请示我说：'要不就在家里的女孩子们里头，挑一个服侍他罢。'我说：'你们俩瞧，家里这几个丫头，那儿还挑得出个象样儿的来？'谁知他们俩说这句话，敢则心里早有了人了。"老爷道："他两个心里这人是谁？"太太笑道："照这么看起来，俩人到底还是俩小孩子，只见得到一面儿。俩人只一个劲儿的磨着我，求我替他们合老爷说说，要要咱们上屋里的这个长姐儿。老爷想，这个长姐儿怎么能给他们？我只说：‘这一个不能给你们哪，你公公跟前没人儿啊。’”

老爷一听这句，只急得局促不安，说道：“阿！太太，你这句话却讲得大谬不然了。”太太道：“我想着，打头呢，那丫头是个分赏罪人的孩子，又那么漆黑的个脸蛋子，比小子倒大着好几岁，可怎么给他呢？再者，咱们这上屋里也真离不开。就拿老爷的衣裳帽子讲，向来是不准女人们合那一起子小丫头子们着手的，如今有他经管着，就省着我一半子心呢。所以我就那么回复了俩媳妇儿了。”

老爷道：“嗨！此皆太太不读书之过也。要讲他的岁数儿，岂不闻‘妻者，齐也，明其齐于夫也；妾者，接也，侧也，虽接于夫而实侧于妻也’。太太，你怎的把他同夫妻一伦，讲起嫁娶的庚申来？况且女子四德，妇德、妇言之后，才讲得到妇容，何必论到面目的黑白上！”太太道：“那么说，他是个贵州苗子也没甚么的？”老爷道：“太太，你就不读书，难道连‘舜，东夷之人也；文王，西夷之人也，这两句也不曾听得讲究过？如今你不要给儿子纳妾，倒也罢了的，既要作这桩事，自然要个年纪长些的，才好责成他抱衾与裯，听鸡视夜。况且我看长姐儿那个妮子，虽说相貌差些，还不失性情之正。便是分赏罪人之子何伤！又岂不闻‘罪人不孥’乎？这话还都是末节而又末节者也。太太，这方才这话讲的还有一层大不通处：你却不想，这长姐儿原是自幼伺候玉格的，从十二岁就在上房当差，现在摽梅已过；如今两个媳妇既这等求你向我说，我要苦苦的不给他，却叫他两个心里把我这个公公怎生敁敠？此中关系甚大。太太，你怎的倒合他们说我跟前没人起来？岂不大谬！”

安太太未曾合老爷提这件事，本就捏着一把汗儿，心里却也把老爷甚么样儿的左缝眼儿的话都想到了，却断没想到老爷会往这么一左。这一左，倒误打误撞的把这事做成了，一时喜出望外。虽然暗笑老爷迂腐的可怜，却也深服老爷正派的可敬。再想想，又怕夜长梦多，迟一刻儿，不定老爷想起孔夫子的那句话，合这件事不对岔口儿来，又是块糟，连忙说道：“老爷说的关系不关系这些话，别说老爷的为人讲不到这儿，就是俩媳妇儿也断不那么想，总是老爷疼他们。既是老爷这么说，等闲了我告诉他们就是了。”

老爷道：“太太，你怎的这等不知缓急？这句话既说定了，那长姐儿怎的还好叫他在上房待得一刻？”太太笑道：“老爷这又来了，那儿就至于忙得这么着呢！再者，玉格儿那孩子那个噶牛脾气，这句话还得我先告诉明白了他。就是那个丫头，也是他娘的个拐棒子……”太太这里话还不曾说完，老爷就拦头说道：“阿，太太说那里话！这事怎由得他两个？待我此刻就出去，帮太太办起来。”说着出了屋子，就叫人去叫大爷、大奶奶。

且住，照这段书听起来，这位安老孺人不是竟在那里玩弄他家老爷呢么？这还讲得是那家性情？不然也。世间的妇女，要诸事都肯照安太太这样玩弄他家老爷，那就算那个老爷修积着了！这话却不专在给儿子纳妾一端上讲。此正所谓“情之伪，性之真”也。

且自搁起老生常谈，切莫耽误人家好事。却说安太太见老爷立刻就要叫了儿子媳妇来，吩咐方才的话，一时虑到儿子已经算个死心眼儿的了，他那个丫鬟又是个一冲的性儿，傥然老爷合他一说，他依然说出“刀搁在脖子上也不离开太太”那句话来，却怎么好？便暗地里叫人去请舅太太来，预备作个合事人。恰好舅太太正在东院里合金、玉姊妹说话，听得来请，便合他姊妹说道：“莫不是是那事儿发作了？”他娘儿三个便一同过来。

安太太一见，便合舅太太说：“大姐姐来得正好，那句话我合你妹夫说明白了。”回头便告诉俩媳妇说：“你公公竟把他赏了你们了，快给你公公磕头罢。”金、玉姊妹两个连忙给老爷、太太磕了头，站起来，只说得句“这实在是公公婆婆疼我们”，便见公子从二门外进来。

安老爷见了公子，先露着望之俨然的一脸严霜凛凛，不提别话，第一句便问他道：“你可知子事父母合妇事舅姑这桩事，是不得相提并论的？”公子听了，一时摸不着这话从那里说起，只得含糊答应了个“是”。这才听他父亲说道：“两个媳妇遇了喜，他自已自然不好合我说；怎的这等宗祧所关的一桩大事，你也不晓得预先禀我一句？这也罢了，只是他两个此刻既不便远行，你这番出去倒得……”说到这句，又顿住了。安太太大家听这话头儿，底下这一转，自然就要转到长姐儿身上了，都静静的听着，要听老爷怎么个说法。谁知老爷从这句话一岔，就咕喇咕喇合他说了一套满洲话。

公子此时梦也梦不到老人家叫了来，吩咐这么一段话。踌躇了会子，也番着满洲话回了一套。一边向着老爷说，却又一边望着太太，脸上看那神情，好象说的是：这个人他母亲使着得力，如今自已不能在家侍奉，怎的倒把母亲一个得力的人带去服侍自已呢？仿佛是在那里心里不安、口里苦辞的话，却又听不出他说的果是这么段话不是。

只见老爷沉着脸说了句“阿那他喇博”（珠窝）。公子听了，仍在絮叨。老爷早有些怒意了，只“咻”了一声，就把汉话急出来了，说：“你这话好不糊涂！我倒问你：怎的叫个‘长者赐，少者贱者不敢辞’？”太太这才明白，果然是他父子在那里对凿起四方眼儿来了，便说道：“玉格这孩子，真个的，怎么这么拧啊！你父亲既这么吩咐，心里自然有个道理，你就遵着你父亲的话就是了，且先闹这些累赘！”公子见母亲也这么说，只急得满脸为难，说：“儿子怎么敢拧？其如儿子心里过不去啊！”

安老爷听了，益发不然起来，便厉声道：“这话更谬！然则‘以父母之心为心’的这句朱注，是怎的个讲法？不信你这参赞大臣连心都比圣贤高一层！”公子一看老人家这神情是番了，吓得一声儿不敢言语。这个当儿，再没舅太太那么会凑趣儿的了，说道：“我瞧着他也不是拧，也不是这些个那些个的，共总阿哥还是脸皮儿薄，拉不下脸来磕这个头。还是我来罢！”说着，坐在那里一探身子，拉住公子的胳膊，说：“不用说了，快给你们老爷、太太磕头罢！”

公子被舅母这一拉，心里暗想：“这要再苦苦的一打坠咕碌儿，可就不是话了。”只得跪下谢了老爷。老爷这才有了些笑容儿，说道：“这便才是。”公子站起来又给太太磕了头。老爷又道：“难道舅母跟前还不值得拜他一拜么？”太太也说：“这可是该的，底下仗着舅母的地方儿多着的呢！”

公子此时见人还没收成，且先满地这一路拜四方，一直的拜到舅母家去了，好不为难。只是迫于严命，不敢不遵，只得又给舅母磕了个头。便听老爷拿着条沉颠颠的正宫调嗓子，叫了声："长姐儿呢？"外间早有许多丫头女人们接声儿答应说："叫去。"按下这里不表。

再说长姐儿。却说他在他那间屋里坐着发了会子愣，只觉一阵阵面红耳热，躺着不是，坐着不是。一时无聊之极，思拿起方才安的那根小烟袋儿来，抽了抽，其通非常；又把作的那个大红毡子抽系儿的小烟荷包儿装上烟，拿小火镰儿打了个火点着了，叼着烟袋儿，靠着屋门儿，一只脚跳在门槛儿上，只向半空里闲望。

正望着，忽见一个喜鹊飞了来，落在房檐上，对着他撅着尾巴喳喳喳的叫了三声，就往东南飞了去了。他此时一肚皮没好气，冲着那喜鹊"呸"的啐了一口，说："瞎叫的是你妈的甚么呢！"正说着，又觉一个东西从廊檐上直挂下来，搭在他额脑盖儿上，吓得他连忙一把抓下来，一看，却是个喜蛛儿。

正看着，又是那个小喜儿跑来说道："姑姑哇，你瞧，了不得了！老爷那儿咦嚠哇喇的番着满洲话合大爷生气，大爷直橛橛的跪着，给老爷磕头赔不是呢！"他听了这话，心里轰的一声，立刻连手脚都软了，连忙搁下烟袋，拿起半碗儿凉茶来漱了漱口，才待上去打听打听，只见一个女人迎头跑来，一叠连声儿的说："老爷叫你！"

他此刻正因老爷耽误了他的事，心里有些不大耐烦；听得老爷叫他，一面叨叨说："老爷好好儿的又叫我作甚么呢？"一面便梗梗着个脖子，往上屋里来。将来到上屋，只见舅太太合老爷、太太一处坐着，大爷、二位奶奶都在跟前侍立，几个大小丫头也一溜儿伺候着，外间还有许多女人们在那里听差，黑压压的挤了半屋子。

他将进屋门儿，太太就告诉他说："老爷这儿叫你，有话吩咐你呢。听着。"他又往前走了两步，便听老爷吩咐道："你大爷现在出外，你二位大奶奶同时遇喜，不便坐车远行。大爷身边一时无人伺候，你二位大奶奶在我跟前讨你去，给大爷作个身边人。我因平日看你也还稳重，再又是自幼儿伺候过大爷的，如今就给你开了脸，叫你服侍了他去。此后你却要知你二位奶奶的恩典，听你二位奶奶的教训，刻刻知足自爱。不然，你可知道子妾合儿媳不同，我是有家法的。"

安太太一旁听了这话，又怕决撒了事情，又怕委屈了丫头，正要把老爷方才这话，从头儿款款儿的说一遍给他听。只见他也不说长也不问短，也不磕头也不礼拜，只把身子一扭搭，靠在一扇隔扇跟前，拿绢子握了脸，就呜儿呜儿呜儿的放声大哭起来了。安太太生怕老爷见怪，忙道："丫头，不许！这是怎么说？老爷这儿吩咐你话么，怎么不知道好好答应呢？无论你心里怎么委屈，也是等老爷吩咐完了，慢慢儿的再回呀，也有就这么长号儿短号儿哭起来的？这可不象样儿了！"金、玉姊妹素日本就待他最好，此刻见是他们屋里的人了，越觉多番亲热。俩人只围着他悄悄儿的劝他，呱咕说："你瞧，老爷、太太这个样儿的恩典，又是这么大喜的事，你还有甚么委屈的地方儿呢？有甚么话只好好的说，快别哭了。"他娘儿三个当下就这等一递一句的劝了个不耐烦，问了个不耐烦。无奈这里只管说破唇皮，万转千回，不住口儿的问，他那里只咬定牙根，一个字儿没有，不住声儿的哭。

列公，你道他这一哭，可不哭得来没些情理么？却不道其中竟自有些情理。岂不闻语云:“人各有志,不可相强。”便是妇人女子的志向,也有个不同。有的讲究个女貌郎才,不辞非鸦非凤的;就有讲究个穿衣吃饭,只图一马一鞍的。何况这长姐儿还是从前因为他妈给他择婿决意不嫁,说过这一辈子刀搁在脖子上也休想他离开太太,甚至太太日后归西他还要跟了去当女童儿的个人呢!要据他这番志向而论,莫讲是安老爷吩咐,要把公子安龙媒给他作乘龙婿,便是佛旨纶音,要把他送到龙宫去作个龙女,也许万两黄金买不动他那个“不”字儿!话虽这等说,但是他果然要不鼻子底子带着嘴,此时正不妨大庭广众侃侃而谈,请老爷看看他这个心,是何等的白日青天,听听他这段话,是何等的光风霁月,便是老爷又其奈他何?怎的就委屈到一个字儿没有,只不住声的哭起来?这个情理又在那里呢?

噫嘻!原来他这副眼泪不是委屈出来的,正是感激出来的。你道感激怎的倒会感激的哭起来?在位的如果不信,只看在朝的那班大臣,偶然遇着朝廷施恩,放个好缺,那谢恩折子里必要用“感激涕零”这四个字。这长姐儿心里想这个缺,想了也不是一天半天儿了,苦的是想不到手;待说仗着上头平日待的那点分儿,借着告奋勇,求个恩典,说“奴才情愿巴结这个缺”,其实不是个甚么巴结得的缺,一时又求不出口。不想正在个想不到手、求不出口的当儿,梦也梦不到老爷忽然出其不意的当着阖家大众,冠冕堂皇这么一破格施恩,恰恰的放的这个缺,正是他平日想不到手、求不出口的那个好缺,人谁没个天良?这有个不感激到二十四分的吗?“感激”的过了头儿了,那“涕零”自然也就过了头儿了,所以他就呜儿呜儿呜儿的放声大哭起来了。这正是个天理人情。人家心里正在那里一团的天理人情,感激还感激不过来呢,旁边儿的人只一个劲儿的问他说有甚么委屈,这句话却叫他怎的个答应法?所以只急得他心里好象“十五个吊桶打水——七上八下”,一时越着急越没话,越没话越要哭。

只是安老爷那个方正脾气,那里弄得来这些勾当?见他这样,登时勃然大怒,把桌子一拍,喝道:“哇!你这妮子,怎的这等不中抬举!我倒问你,你这委屈安在?”他见老爷动了气了,当下从着急之中未免又上点害怕,心下暗想说:“这一来倒不好了!别的都是小事,老爷那个天性,倘然这一番脸,要眼睁睁儿的把只煮熟了的鸭子给闹飞了,那个怎么好?俗语说的:‘过了这个村儿,没这个店儿。’这这一辈子,可那儿照模照样儿的再找这么个雪白粉嫩的大河鸭子去?”他想罢,便连忙跑到老爷跟前,双膝跪倒,说:“求老爷先别生气,容奴才慢慢儿的回。圣明不过老爷,老爷替奴才想想,老爷施的这是甚么样儿天高地厚的恩,奴才打那头儿说的上‘委屈’来?就算老爷委屈了奴才罢,主儿就是一层天,天牌压地牌的事,奴才就委屈,又敢说甚么?”安老爷还在那里瞪着双眼睛问他说:“然则你哭着何来呢?”

他被老爷这一问,越发说不出个所以然来,只偷眼瞅着太太,瞅了半日,这才抽抽搭搭的说道:“奴才想着是这一跟出去,别的没甚么,奴才怪舍不得奴才太太的。”

吼!你瞧,人家原来是为舍不得太太,所以如此!至于那层儿,敢则是不劳老爷费心,他心里早打算到“这一跟出去”上头了!只是这句话,人心隔肚皮,旁人怎猜得透!倒累老爷发了这场大怒,太太枉着了会子干急。好在他老夫妻二位的性情都吃这个。

老爷听了这话，立刻怒气全消，倒点了头，望着太太说道："照这等看起来，他这副眼泪竟自是从天性中来的，倒也难得。"太太这个当儿是听他说了句"舍不得太太"，早已眼泪汪汪的，那儿从袖口儿里掏小手巾儿擦眼泪，一面又要手纸擤鼻子。听老爷这等说，便勉强笑道："甚么天性啊，竟是他娘的在这儿糊涂蛮缠骚搅呢！"因又望着他说："这一来，不是才如了你的愿，一辈子不离开我了吗？可还哭起是他娘的甚么呢！"

却说长姐儿此时是好容易在老爷跟前把一肚子话倒出来了，不哭了，及至方才见太太这一哭，又惹得他重新哭起来。你道他这一哭又为甚么？原来他心里正想到："二位大奶奶只管是这么讨了，老爷只管是这么赏了，我的话可也只管是这么说了，可还不知我们这位老佛爷舍得放我舍不得放我呢？"及至见太太一哭，他只道果然是太太舍不得放他，觉得这事还不大把稳，又急得哭起来。紧接着听太太后来这两句话，他才知敢是太太也有这番恩典。心里一痛快，不觉收了眼泪，"嗤"的一笑，立刻头就不晕了，心宽体胖，周身的衣服也合了折儿了。

金、玉姊妹两个见了，满心欢喜，便叫他站起来，带他给老爷、太太磕了头。他这一乐，乐得忙中有错，爬起来慌慌张张的也给舅太太磕了个头。舅太太说道："哟！你这孩子可是迷了头了，这又与我甚么相干儿呀！"他一面磕着头，嘴里还说："都是一个样儿的主子。"舅太太听了，好不欢喜。那知他这个头磕的一点儿不迷头，他心此时早想到此番跟了舅太太出去，是个耳鬓厮磨，先打了个"小大姐儿裁裤子——闲时置下忙时用"的主意呢！

话休饶舌。却说安太太见他给舅太太磕过头，便叫他给公子磕头。他答应了一声，早花飞蝶舞一般过去，朝着公子插烛也似的磕下头去。公子此时心里一来不安，二来有些发赸，三来也未免动了点儿"贤贤易"，只满脸周身闹了个难的神情儿，共总没得甚么话。

那长姐儿早磕完了头站起来，他此时也用不着老爷、太太再说了，便忙过去给二位大奶奶磕头。他姊妹两个受完了，一个人拉着他一只手，说道："这可是老爷、太太的恩典，你往后可得好好儿帮着我们孝顺老爷、太太。这一出去，再好好儿的服侍大爷，老爷、太太就更喜欢了。"当下安老爷便望着两个媳妇，指着长姐儿说道："这妮子从此便是你们屋里的人了，你两个就此带他去罢。"太太一听老爷这话，急了，忙说："老爷，这是甚么话呀？倒底也让我给他刷洗刷洗，扎裹扎裹；再者，也得瞧个好日子。也有就这么个样儿带了去的？"无奈老爷此时只说："这个丫鬟既然给了儿子，立刻就算有了名分了。在此不便。"

太太急得没法儿，又不好无端的倒把他撵到下屋里去。正在为难，便听舅太太笑道："这么着罢，叫他先跟了我去罢。连沐浴带更衣，连装扮带开脸，这些零碎事儿索兴都交给我，不用姑太太管了。你们那天要人，那天现成。"因指着何小姐笑道："不信，瞧我们那么大的件事，走马成亲，一天也办完了。这算了事了？"说着，就把烟袋递给长姐儿，站起来望着他道："走哇，跟了我去。"

长姐儿一瞧这光景，心下大喜，暗说："再不想方才我误打误撞的错磕了一个头，果然就'行下了秋风望下了雨'，真是人家说的：'有枣儿也得一竿子，没枣儿也得一竿子。'这话再不错!"他心里只顾这等想着,也不曾听得太太怎样吩咐,只趁接烟袋这机会,搭赸着伸手搀上舅太太,就跟过西院去了不提。

却说金、玉姊妹自从那日探明婆婆口气之后,暗中早把他家那位新人一应妆新的东西办妥。如今见事成了,闲中便把这话回了婆婆,把个安太太乐的,说道:"你瞧,你们俩这个急急法儿!这要我那天一说,万一你公公有个不准,可怎么好?"列公,你看这位老孺人这句话说的好不呆气!这桩事,那安水心先生怎的会有个不准?假如他果的不准,别的莫讲,长姐儿那副急泪可不枉流了?燕北闲人这身臭汗可不枉出了?

闲话少说。却说过了两日,择定吉期,舅太太早把长姐儿妆扮好了,叫金、玉姊妹带过来谒见老爷、太太。只见他戴着满簪子的钿子,穿一件纱绿地景儿衬衣儿,套一件藕色绛丝氅衣儿,罩一件石青绣花大坎肩儿上,还带了些手串儿、怀镜儿等等,抬褙里又带着对成对儿的荷包。鬓钗窸窣、手钏铿锵的站在那里。

安太太看了半日,便合老爷说道:"老爷瞧,我打扮起来也还象个儿呀?"老爷只点点头。金、玉姊妹两个心里只要讨公婆喜欢,又附和着太太问老爷道:"公公白瞧,他这一开脸,瞧着也还不算黑不是?"偏遇着他这位死心眼儿的公公,素日说话一字字都要抛砖落地的,便道:"黑怎说得不黑?不过在德不在色罢了。这黑白分明上却是含混不得。"

说话间,舅太太也过来了。恰好这日张亲家太太眼睛好了,也出来了,都给安老夫妻道过喜。大家归坐,金、玉姊妹便叫人铺下红毡子,带新人给老爷、太太行礼。太太先说:"孩儿啊,我今儿个可只好先受你个空头儿了。我有些东西要给你,现在忙叨叨的,等有了起身的日子再说罢,如今先把这个活的儿给你。"说着便叫:"喜儿呢?"只见那小丫头子也擦了一脸怪粉,戴着一脑袋通草花儿,又换了件新红布袄,笑嘻嘻的跑过来。太太便望着长姐儿道:"我想着你这一过去,手底儿个人儿拨弄着使,你招护了他一场,就叫他跟了你罢。"长姐儿更不想到此时水长船高,不曾吃尽苦中苦,早得修成人上人,一时好不兴致,连忙又给太太磕了个头。

太太因满脸陪笑,望着老爷说:"难道老爷就不赏人家点儿甚么吗。"老爷说:"有,在这里。吾夫子有云:'必也正名乎?名不正则言不顺'他这一跟出玉格去,进了衙门,须要存些体统,却不便只管这等长姐儿、长姐儿的叫他了。我如今看他素日这稳重上,赏他个名字,就叫他作'乌珍'。乌珍者,便是满洲话的个'重'字。"因合他说道:"你从此益发该处处晓得自重才是。"

太太听了,更加欢喜,便吩咐大家此后都称他作"珍姑娘"。这句话一传下去,那些男女大小家人便都凑齐了,上来给老爷、太太、爷、奶奶叩喜。叩完了喜,并说:"请见见珍姑娘。"珍姑娘这一见,除了那几个陈些的家人只嘴里说声"姑娘大喜"之外,其余如平日赶着他叫姑姑的那些丫头小厮不用讲了,还有等虽不叫他姑姑、却又不敢合他公然叙姐妹、更不敢官称儿叫声大姑娘、只指着孩子们也叫声姑姑的那班小媳妇子老婆儿们,一个个都立刻上前跪倒请安。内中便有几个有点分儿不须如此的,不禁不由的也要搭赸着蹲蹲腿儿。大家没见他以前,只说主儿素来待他的那个分儿,今日又是大爷的姨奶奶了,这一见,不知他要大到甚么分儿上去呢!

那知不然。人家照旧是婶子长、大娘短、姐姐亲、妹子热的不离口,并且比向来倒格外加了些亲香和气。到了两个嬷嬷跟前,前两天还不过一例儿的叫声戴婶子、华太太,今日这一见,甚至立刻自己就殛了一辈子,改了字儿,一口一个嬷嬷奶奶、嬷嬷老老了。

这里礼节已毕,金、玉姊妹两个便回明婆婆,要带他到舅太太那边行了礼,还要过张亲家太太那里去。舅太太先拦说:"使不得,先把你们家这点礼儿完了着。"张太太也说:"二位姑奶奶罢呀,他这望后来也会那红纸二房也似价的咧!再说咧,你姐儿俩还这么贤良呢,也有我大伙儿倒合他黑母鸡一窝儿、白母鸡一窝儿!"

安太太听亲家太太这套话,可实在费解到了头儿了,生怕又惹出舅太太的顽笑话儿来,便说:"这话也说的是,恭敬不如从命,索兴等过了今日再叫他过去磕头。倒是趁这个好时辰,你们带他家去受头去罢。"说着,便派了两个齐全女人,又叫了华、戴两个嬷嬷来招护着他,跟舅太太的人也帮着照应他的随身东西,那个小喜儿就张罗他们珍姑娘的烟袋荷包。金、玉姊妹又叫他见见老爷、太太再走。他这一见。却不由的一阵心酸,早望着太太含了两胞眼泪。只这两胞眼泪,却真是舍不得太太了,不可埋没了人家的眼泪。当下二位大妇前行,一个小星随后,后面还围着一大群仆妇丫鬟,簇拥着他望东院而去。这一走,不但那班有些知识的大丫头看了他如成佛升仙,还有安太太当日的两个老陪房,此时早已就白头蹀躞的了,也在那里望着他,点头咂嘴儿说道:"啧啧!嗳,你瞧人家,这才叫修了来的哪!"

话休饶舌。却说一时到了东院,安公子夫妻归坐受礼,他三个自然各有一番教导勉励的正经话,都不须烦琐。一时,珍姑娘磕完了头起来,见公子那头摘帽子,他便过去接帽子、撢帽子、架帽子、盖帽子,又张罗给二位奶奶装烟倒茶,打发换衣裳,服侍洗手。一进门儿,把眼前的这点儿差使,地陀罗儿似的挡了个风雨不透,还带着当的没比。那么搁当儿,得样儿,是劲儿。

二位奶奶此时看着,已是心满意足了。那知人家还有过节儿的:只见他来到外间儿,在他那随身包袱里拿出个小红包儿来。打开鼓捣了,又向花铃儿、柳条儿两个叫了声:"好姑娘,你给我找俩托盘儿来呢。"那两个答应着,就忙给他拿了俩匣屉儿来。他便把那分东西摆好了,两手托着进来,走到二位奶奶跟前跪下,说:"这是奴才给二位奶奶预备了点儿糙活计。"

金、玉姊妹接过来一看,只见一盘儿里托着是一双大红缎子平金钉花线儿卐字锦地扣"百蝠流云"三寸半底儿的满帮着旗装双脸儿鞋,合一双鱼白标布袜子,并一个大红毡子堆"瓜瓞绵绵"花样的大底儿烟荷包;那一盘儿里是一双大红缎子掐金拉双线锁子如意锦地加"四季长春"过桥高底儿的汉装小鞋儿,合一副月白缎子镶沿裤腿儿,并一个绛色满填带子"夔龙献寿"花样天盖地起墙儿的槟榔盒儿。只这件活计,大约是他特为东屋里大奶奶不会吃烟想空了心,才弩出来的个西洋法子。此外还有一对挑胡椒眼儿上加"喜相逢"的扣花儿鸡心荷包,却是一对儿,分在两盘儿摆着。

当下就把他姊妹两个乐得,笑吟吟的说道:"你瞧,你何必还费这个事呢!"因又一样一样拿起来细看。何小姐便合张姑娘笑道:"活计儿是不用说了。我纳闷儿，他跟着婆婆，一天到晚不得个闲空儿，还甚么工夫给你我作这些针线？”他听了，便笑嘻嘻的说道：“这点儿糙活计，实在算不得个甚么。奴才想着二位奶奶待奴才这番恩典，奴才有大造化，怎么配？所以才亲手儿作了两双鞋。二位奶奶穿着，就算踹着奴才呢，也省得奴才自己折了福去。”

列公想，世间的人说话要都照这么个说法儿，对面儿那个听话的听着，心里有个不受用的吗？这怎么会得罪得了人？只是替这位珍姑娘算算，他的“红鸾星”才动了没两天儿，这几件活计他是甚么工夫作的？便说他平日好用个心儿，会行个事儿，早就作下预备着的；请教，连影儿都没梦见的事，他心里是从甚么时候、怎么一下子就会送到这上头了？其理却不可解。这要律以《春秋》之笔，此中就大费推敲。只是不过几句闲人梦话，何须这等推敲他去？

如今剪断残言，言归正传。却说金、玉姊妹当晚便在自己屋里，给公子备了一席小酌。公子本在个“染指点金金滴液，投怀倚玉玉生香”的温柔乡中，忽然眼前又添了这个一个俏丫鬟，虽说不得“白人之白”，也犹“白马之‘马’”。恰是他个髫年伴侣，也算一段闺房佳话，只是他此时一心的怕上乌里雅苏台，那有闲情到此？因此，酒在肚里，事在心里；不肯多饮，只吃了几杯，便叫收拾过了。当下金、玉姊妹便一个扶着敷粉郎君，一个携了堆雅俏婢，送他二人双双就寝。

这段书交代到这里，要按小说部中，正不知该有多少甚么“如胶似漆，似水如鱼”的讨厌话讲出来。这部《儿女英雄传》却从来不着这等污秽笔墨，只替他两个点窜删改了前人两联旧句：安公子这边是“除却金丹不羡仙，曾经玉液难为水”；珍姑娘那边便是“但能容妾消魂日，便算逢郎未娶时”，如斯而已。这话且自按下不表。

却说安公子好端端的一个翰苑清班，忽然改换头衔，要到边庭远戍，他这番不得意，且无论头上那个花红顶儿解不动他的牢骚，就眼前就这个墨玉人儿也提不起他的兴致。只是无论他怎的不得意，也却不掉他那些老师同年，以至至戚相好的话别饯行。这班人自从他见面赏下假来那日，早已纷纷具帖来请，这其中也有在戏庄子上公饯的，也有在家里单约的。安公子也只得强整精神，一一的应酬周到。偶然在家空闲两日，又得分拨家事，整理行囊，再加上人来客往，道乏辞行，转眼间早已假期将满。安老爷便叫他看个吉日，先请安陛辞。

陛辞的头一天，公子因要赴园子去住，好预备第二天递折子，便换上行装，上来谒几父母。老夫妻一向只那等忙碌碌的张罗儿子起身，心头口头时刻有桩事儿混着，倒也罢了；如今见他这一着行衣，就未免觉得离绪满怀。安太太望着他，先自有些难过。老爷因他次日还要预备召见，便催说：“你就去罢，有甚么话，都等陛辞下来，再说不迟。”公子也明白他老人家这番意思，只得答应一声，无精打彩告辞而去。

这里安太太隔着玻璃望着他的后影儿，早不觉滴下泪来。安老爷浩叹一声，勉强劝道：“太太，消长盈虚，天地之至理；离合聚散，人事之常情。世间那有个百年厮守的人家，一步不跌的道路？太太，你怎的这等不达！”太太听了，只含泪点头不语。此刻正用着媳妇说话解劝公婆了，无如金、玉姊妹两个心里那种难过，也正合他公婆相同；再加见了公婆这等样子，他两个心里更加难过，怎的还能相劝？舅太太只管是个善谈的，只看着这个最合式的小姑儿，合两个最亲热外甥媳妇眼前就要离别，也就够难过的了，自然也不能相劝。此外张亲家太太是个不善辞令的。那位珍姑娘，虽然这一向有个正经事儿也跟在里头嘚啵两句儿，又无如这桩事他一开口，总觉得象是抱着个不哭的大白鸭子，只说现成儿话。因此只管一屋子人，只大家对愣着，如木雕泥塑，不则一声儿。

正在静悄悄的，忽听得珍姑娘"嗳"了一声，说："大爷怎么又跑回来了？"大家听了，连忙望外一看，果见公子忙兜兜的从二门外跑进来，忙着跑的把枝翎子也甩掉了。又见他后面还跟了一群小厮。紧接着见张亲家老爷也跟进来，只在后面叫说："姑爷，站住！翎子甩掉了，快戴上！"他便道："不要了！"安老爷见这样子，隔着窗户就高声问道："怎么了，忙到如此？落下甚么了？"他道："没落下甚么。回父亲，我不上乌里雅苏台了。"老爷便问说："不上乌里雅苏台去，却上那里去？"他又道："上山东。"老爷问："上山东作甚么？"公子早跑进屋里来，一时忙得连话都不及回，只从怀里掏出一封信来，呈给老爷，说："请父亲看这封信就明白了。"

安老爷百忙里也不及招呼张亲家老爷，只一面伸手接信，一面问道："又是甚么信？"安太太听了，只觑着双眼，皱着个眉，夹在里头说道："暖哟，佛爷！怎么又上山东呢？你瞧瞧，这到底都是些甚么事情呀！"说着，便站起来，跟着舅太太、张太太也站起来。连金、玉姊妹合珍姑娘，以至他家那班有些头脸的婆儿媳妇，合几个大些的女孩子，一时，上上下下、乱乱轰轰挤了一屋子人，里三层外三层，把老爷合公子围了个风雨不透，都挤着要听听这到底是怎么一桩事。这一挤，挤得张亲家老爷没地方站，没法儿，一个人儿溜出去了。

你看，此时可再没比安水心先生那么安详的了！他接过那封信去，且自不看，先拿眼镜儿，又擦眼镜儿，然后这才戴上眼镜儿；好容易戴上眼镜儿了，且不急急的抽出那封信来看，先自细看那封信信面上的字。他见那封信，是高丽纸裱得极严密得一个小小硬封，签子上写道是"伴瓣室主人密启"，下手是另有一行字，写着"灵鹊书屋手缄"。转过背面看了看，又见图书密密，花押重重。老爷是个走方步的人，从不曾见过这等鬼鬼祟祟藏头露尾的顽意儿，只问道："这是甚么人给你的信，怎的这等个体裁？"说着，这才把那封信抽出来看。先见那信的盖面一篇，只一个梅红名帖，名帖上印着个名字，是"陆学机"三个字。老爷这才明白了，说："这不是那个军机章京陆露峰么？"公子答道："正是他。方才将要上车，他专人送到的。"老爷把那名帖揭过去，见底下那篇信是张"虚白斋"寸笺，上面写着绝小的蝇头行楷。

老爷从头至尾看了一遍，便一手摘下眼镜儿来，那只手还拿了那篇子信，呆着个脸儿，问着公子道："这话又从何说起？"安太太在旁是急于要知道信上说些甚么，见老爷这等安详说法，道："嗳哟！真真的，我们这位老爷可怎么好呢！老爷只瞧瞧，这一地人围着，都是要听听这个信儿的。老爷看明了，到底也这么念出来，叫大家知道知道是怎么件事啊！怎么一个人儿肚子里明白了，就算了呢？"老爷这才又重新戴上眼镜儿，一字一板的念道：

飞启者：顷阁下已蒙恩升授内阁学士，兼礼部侍郎，简放山左督学使者，并特旨钦加右副都御史衔，作为观风整俗使。凡此皆不足为公荣，所喜免此万里长征，洵为眼前一大快事！此中斡旋，皆克翁力也。此刻旨意尚未述下，先祈密之。

此启。余不多及。阅后乞付丙丁。

两浑。即日

安老爷一时念完，太太合大家听了会子，又不大懂得那信里的文法儿，急得说道："这到底说的都是些甚么呀？只这么之乎者也、'使'啊'使'的呀！"何小姐插嘴道："听着象是放了山东学台了。"安太太道："这么着罢，老爷剪直的拿白话说说，是怎么件事罢！"

安老爷此时是一天愁早已撇在九霄云外去了，听太太这等说，便满脸精神，先拈着几根胡子，望着太太说道："太太，信乎世事，如苍狗白云之变幻无定也！这桩事，才叫作'天外飞来，梦想不到'！"

他正待要往下说，旁边早又怄急了一位比安太太还性急的，便是那位舅太太。他被安老爷这半日累赘得不耐烦，早不容分说，一把手从老爷手里，把那篇子信抢过去，说："算了罢！我的叔叔，你饶了我罢！要这么怄会子人，只怕明白不了那信上是甚么'使'，还叫你把人的屎怄出来呢！"说着便把信递给公子，说："好阿哥，你说说罢。你可千万别像你们老人家那么怄人！"

公子也不觉好笑，便同他母亲，并望着他舅母、岳母、合金、玉姊妹，说道："我受恩典升了阁学，放了山东学台，作为观风整俗使的钦差，又加了右副都御史衔。如今，是不上乌里雅苏台了。"安太太又问他说："那信里还有句甚么'空'啊'空'啊的，那是甚么话呀？"公子再想，他家令堂百忙里又把"克翁"两个字，给串到韵学里的反切上去了，因笑道："那便提的是，我那位乌克斋老师。看这桩事，我老师颇有个尽力的地方在里头。"大家听了，这才一时都满脸堆笑来，安太太先念了一声佛，他此刻，且顾不得别的，立刻就叫金、玉姊妹两个到佛堂去，上香许愿，许的是，下月初一，先在家堂佛前上满堂香供，等看了好日子，还要在菩萨庙里装金挂袍，悬幡献供。

金、玉姊妹两个答应一声，忙着去净了手，便到佛堂去烧香许愿。一回，来回婆婆话，并说："媳妇们也随着婆婆在佛前许了个愿心，愿绣一轴观音大士像，写一百部《心经》，答谢菩萨的慈悲，并祝公婆的百年康健。”太太说：“狠好，这才是你们的孝顺功德呢。”张太太便说：“嗳！瞧着你们娘儿们，这才叫那‘公修公得，婆修婆得，各人修的各人得’咧！阿弥陀佛！”

安老爷本是位不佞佛的，再加上，他此刻，正有一肚子话要合公子说，被大家这一路虔诚，虔诚的他搭不上话，便说道：“太太，玉格这番更调，正是出自天恩君命，却与菩萨何干？此时忙碌碌的，你大家且自作这些不着紧的事！”安太太忙道：“老爷，可不许这么说了！这要不仗着佛菩萨的慈悲，小子怎么脱的了这场大难啊！”安老爷只摇着头，道：“愚哉，愚哉！这样弄法，岂非误会吾夫子‘攻乎异端，斯害也已’两句话的本旨了！”

舅太太道：“姑老爷先不用合我们姑太太抬杠，依我说，这会子，算老天的保佑也罢，算皇上的恩典也罢，算菩萨的慈悲也罢，连说是孔夫子的好处，我都依，只要不上乌里雅苏台了，就是大家的造化！今日之下，我说句实话罢，乌里雅苏台那个地方儿去得吗？没见我们四太爷讲究，只沿道儿这一走，就腻得死人！一出口，连个住处没有；一天一二百地，好容易盼到站了，得住那个恶臭的蒙古包。到了任，就那么破破烂烂的几间房子。早饭是蘑菇炒羊肉，晚饭要掉个样儿，就是羊肉炒蘑菇，想要吃第三样儿也没有了。一交八月，就是屯门的大雪。到了冬天，唾口唾沫，到不了地就冻成冰疙瘩儿了。就我们娘儿三个这一到那儿，怕不冻成青腿牙疳吗？如今，这一来，甚么叫调任哪，直算逃出命来了！可够了我的了！”

安老爷向来是经舅太太一嘈嘈就不得话的，何况，舅太太这番嘈嘈，嘈嘈得太是近理，便说道：“如今，且自把这些闲话搁起，我们先叫玉格到园子去要紧。”说着便吩咐公子，叫他赶紧到园子去，张罗明日的谢恩折子，并去叩谢他老师这番斡旋的大力，就便，便好详细问问，他怎得便有这番调动。公子此时，是乐得忘其所以，听老爷这等吩咐，答应一声就待要走。老爷又叫道：“你回来，你那枝翎子只管不要了，那个翎管儿还不摘下来吗？爱当辖呀，相公！”

老爷这句一提，才把大家提醒。一时间，积伶儿都来了。何小姐便忙着过去，接公子的帽子，给他解那个翎管儿、翎绳儿、翎垫儿一分东西，他手里一面解着，嘴里还在那里自言自语的说道：“都好，我就只怪舍不得这枝翎子的。”说着，忽然又回头合公子：“你再请示请示公公，既说明日谢恩，不是还得换上长襟衣裳呢？”

老爷听了，才说了句“是呀”，张姑娘那里就说：“那么说，还得换上长飘带手巾呢。”珍姑娘接着就说：“那么说.还得叫他们把数儿袱子带上呢。”说着，他便过东院，去打点这些东西。你看他直积伶，去了没一刻的工夫，早都打点齐了。一手托着衣裳，一手拿着数珠儿袱子，胳膊上还搭着两条荷包手巾。一进门儿，便笑嘻嘻的向二位奶奶说道：“奴才才还想起件事来：既穿长襟儿衣裳，这个月小建，明儿就是初一，还是个穿补子的日子呢。这褂子上钉的可是狮子补子，这不是武二品吗，爷这一转文，按着文官的二品补子，别该是锦鸡……”舅太太听到这里，连忙就说：“是锦鸡，不错的。好孩子，你可千万的别商量了。”

不想舅太太只管这等横拦竖当的说着，他一积伶，到底把底下那个字儿商量出来了。及至说出口来，他才“哟”了一声，把小脸儿涨了个漆紫，登时连公子的脸都照得通红的了。惹得满屋子的人无不大笑。只有安老爷合张亲家太太，绷的连一丝儿笑容儿也没有。

在张亲家太太的不笑，真听不出不是怎么句话来。安老爷却分明听出来了，觉得自己又是公公，又是家主，这如何笑得？只眼观鼻、鼻观心的满脸一团正气。大家看他那脸上，一阵阵红的竟比公子脸上红的还红，紫的竟比珍姑娘脸上紫的还紫。

这个当儿，幸得张亲家太太问了珍姑娘一句话，说："姑爷他明儿个这一上殿见皇上，只穿补褂，不用把那滚龙袍也给他带上喂？"又惹得大家一笑，才把珍姑娘这句"玉兔金金丝哈"的笑话儿，给裹抹过去了。当下，老爷便合张亲家太太说道："我夫子当日的吉月，必朝服而朝，此古礼也。我大清的制度，却是朔望只穿补褂的。"

正乱着，外头报喜的也来了。接着，便是乌大人差人送那道恩旨来，给安老爷、安太太道喜，并说："请大爷即刻到园子里去。"这个当儿，太太还要忙着叫人搭箱子，找二品文补子，说是有当日老太爷带过的现成儿的。倒是公子看看不早了，说："这件东西，到了园子总借得出来的。"便在上屋外间，匆匆的换了长襟儿衣裳，赴园子去了，不提。

且住！这回书只管交代倒这个场中，请教安公子，好端端一个国子监祭酒，究竟怎的就会赏了头等辖，加了副都统衔，放了乌里雅苏台参赞大臣？怎的才放下来，不曾起身，却又从头等辖转了阁学，从乌里雅苏台参赞调了山东学政，从副都统衔换了右副都御史衔？再说，这个右副都御史，正是各省巡抚的兼衔，又与学政何干？怎的既说放了他学政，又道放了他观风整俗使？这观风整俗使，就翻遍了《缙绅》，也翻不着这个官衔。这些不经之谈，端的都从何说起？难道偌大个官场，真个便同优孟衣冠、傀儡儿戏？还是著书的那个燕北闲人在那里因心造象、信口胡诌呢？皆非也。这场公案，真个"说也话长"！列公若不嫌絮烦，待说书的从头慢慢说起。

如今先讲这位安骥安大人。他原是从金殿传胪那日，便蒙帝心简在，从前十本里第八名提到第三名，特点了探花及第的个人，及至他得了讲官，大考起来，渐次升到国子监祭酒，便累蒙召对。圣人因见他气宇凝重，风度高华，见识深沉，心地纯正，早知他是个不凡之器，有用之才，便想大用起来。只因他年轻资浅，想要叫他到边疆上磨砺几年，阅历些困苦艰难，然后再加恩重用，便好造就他成个人物。这正是大圣人代天宣化、因材而笃的一番深意。

话虽这等说，假使安公子果的从此上了乌里雅苏台，满了北路再调南路，满了南路再调西路，三年不回便是六年，六年不回便是九年，弄得他家父子不相见，兄弟妻子离散，无论安水心先生那等的德门，安龙媒那样的天性，断断不得遭些孽障。便算梦幻无常，请教，这部天理人情《儿女英雄传》，后手该怎的个归着？因此，天理人情上，早已暗中给他安排了一个乌克斋在那里。

这个乌克斋，正是安老爷的受业门生，又正是安公子的会试老师。读书人看得师生一门情义最重；况他又在当道，一时不忍看着这位恩师日暮倚闾，这个高弟天涯陟岵，心里早想从中为些力，把这桩事斡旋转来。只是旨意已下，怎的斡旋得转？他也正在十分作难，不想，正在这个分际，恰好就穿插出，朝廷设立观风整俗使的这等个好机会来。

列公，你道这观风整俗使，端的是怎生一个来历？这话说来越发绕了远儿了。却说我大清圣祖康熙佛爷在位，临御六十一年，厚泽深仁，普被寰宇，真个是万民有福，四海同春。那些百姓，如果要守分安常的凿井耕田，纳有限太平租税，又何等太不快活？无如众生贤愚不等，也就如五谷良莠不齐，见国家承平日久，法令从宽，人心就未免有些静极思动。其中，有膀子蛮力的，不去靠弓马干功名，偏喜作个山闯子，流为强盗；会两句酸文的，不去向诗书求道理，偏喜弄个笔头儿，造些是非；甚至画符念咒，传徒习教的；有等养蚕种蛊，惑众害人的。这大约总由于人心不淳，因之风俗不厚。

康熙佛爷在位之日，也曾降了煌煌圣谕，告天下兵民。后来，佛爷神驭宾天，雍正皇帝龙飞在位，这代圣人正是唐虞再见，圣圣相传。因此，一登大宝，便亲制圣谕广训十六条，颁发各省学宫，责成那班学官，按着朔望传齐大众明白讲解。无如积重难返，不惟地方上不见些起色，久而久之，连那些地方官，也就视为具文。那时，如湖南便弄成弥天重犯那等大案，浙江便弄成名教罪人那等大案，甘肃便有兵变的案，山东便有抢粮的案。朝廷也曾屡次差了廉明公正大臣出去查办，争奈“法无三日严，草是年年长”。

当朝圣人早照见欲化风俗，先正人心，欲正人心，先端人望。便在朝中那班真正有些经济学问的儒臣中，密间了几员，要差往各省，责成他整纲饬纪，易俗移风。因此，特特命了这官一个衔名，叫作“观风整俗使”。只是这班人出去，虽有职任，没得衙门；便有衙门，还须牙爪；凡这些，都不是一时赶办得来的。当下，便又有旨，交廷臣会议。廷臣议得，查各省学政本有个教士之责，士习果端，民风自正，且有现成的衙门，额设的吏役，便请由各该省学差上兼充了这个观风整俗使的钦差，责成他去整顿地方。奏上时，朝廷准奏有旨，不但地方上的风俗成他整顿，便那省的文武大小官员，但有不守官箴，不惜民瘼的，一并准他一体奏参。这桩事，但凡记得些老年旧事儿的，想都深知，须不是燕北闲人扯谎。

那时，自设立了这个观风整俗使之后，一向如浙江、甘肃、湖南几省，都放得有人，止有山东这省，因前任学政不曾满任，尚在不曾放人。恰好一日山东巡抚奏报，该省学政因病出缺，圣意正因山东地方连年盗贼出没，骚扰地方，想要用一个轻年壮志的旗员，去振作一番，却又一时不得其人。因乌大人是个掌院大臣，便命他在翰詹班里说几个人来。

乌大人想了想，自己素日深知的几个里头，不是年纪过大，便是人地不宜，一念便想到，由国子监祭酒新放乌里雅苏台参赞大臣的这个安骥身上。当下，便把这话奏明，还声说了一句，说：“这安骥已有成命，放了他乌里雅苏台参赞了，只恐更改不便，请旨定夺。”他奏了这句，静听旨意。却见圣人默然不语，只降旨道：“再说罢。”乌大人只道这话奏的不合圣意，倒着实有些害怕。那知天下事，无巧不成话，只这个湾儿里，当下就套出个湾儿来。

原来，那个当儿，正有一位内廷行走的勋旧近信大臣，因合他家东床一时口角，翁婿两个竟弄到彼此上折子对参起来。这位大员，便是当日安老爷要到河南以前，那位卜德成卜三爷来给公子提亲的那个隆府上。他家这个姑爷，便是上次御门放了阁学那个乾清门侍卫。彼时圣人见内廷近臣这等不知大体，龙颜大怒，登时把他翁婿两个逐出内廷，又开了许多紧要管项，仍将两个人交部，严加议处。

这事只在乌大人保奏安公子的前两天。隔了没两日，部议上去，朝廷便把那位大员降了个头等辖，放了乌里雅苏的参赞。他家那位姑爷革去阁学，赏了个蓝翎侍卫，在大门上行走。又一道旨意，便把这阁学缺，放了安骥，就放他山东学政兼观风整俗使，一体钦加了副都御史衔。

列公请看，这场因果，若不是他安家一家的德门积庆，和气致祥，怎的有这般意想不到的天人扶凑！却不道只这等一番穿插，倒正应了安公子中举那年，张亲太太说的那句怯话儿："真个他就作了八府巡按了。"此时，他一家是怎的个乐法，所不待言；大概而论，怎的个乐法，总乐不过他家那位新人珍姑娘！你道这话怎讲？假如安公子依然当他那个国子监祭酒，安老爷怎的便准他纳妾？便是放了山东学政，金、玉姊妹一时不能同行，转眼之间分娩了，也就去了，安老爷又怎的准他纳妾？不想朝廷不端的先放了他个乌里雅苏台，在安公子，既不便作个孤身客远行，金、玉姊妹又不能带着大肚子同去，只这等个天月二德，就把这位珍姑娘的件好事，给凑合成了。及至凑合成了，安公子可不上乌里雅苏台了，改了上山东了。这个当儿，珍姑娘的头是磕了，脸是开了，生米是作成熟饭了，大白鸭子是飞不到那儿去了。安老爷凭是怎的个方正，难道还背得出第二部《四书》来不成？你看这可不叫作"运气来了，昆仑山也挡不住"么？还合他讲甚么"城墙不城墙"呢？只是可怜他只知感激二位奶奶、老爷、太太，甚至感激乌大人，感激万岁爷！

如今剪断残言，言归正传。却说安公子这日离了庄园，早到海淀。一时到了乌大人园子门首，门上一时回进去，里面连忙道"请"。乌大人见了公子，给他道了喜，便说："我的爷！可够了我的了！幸而天从人愿，不然叫我怎么见老师、师母！"公子见说："实在是老师栽培。"说着一路进了书房，便拜下去。乌大人忙道："使不得！你还没谢恩呢，这岂不叫作'受爵公庭，拜恩私室'了么！"因一面还了个半礼，一面拉起他来，说道："这究竟是出自天恩，也是老师的荫庇，你的官运。所谓'天也，非人力之所能为也'。"坐下，便把上项事，详细合他说了一遍。不消说，谢恩折子又是老师给办妥当了。

安公子此时是，只感激得一面答应，一面垂泪，这便叫作"除感激涕零而外，不能再置一词"了。当下，谈了几句，便要进去叩谢师母。乌大人陪他来到上房。原来，乌大人那位太太相貌虽是不见怎的，本领却是极其来得，虽乌大人那样的精明强干，也竟自有些"竖心傍儿"。公子见了师母，先请了安，跪倒便拜。他那位师母的架子本就来得比老师沉些，更兼又是个大胖子，并且，现在也怀月的身孕，门生在那里磕头，他只微欠了欠身，虚伸了伸手，说："起来罢。"

公子拜罢起来，他才站起身来，问了老师、师母的安，便又坐下。这才让公子坐，问两个门生媳妇好。因说道："你老师为你这件事，只急得几夜没睡，这一来可好了。就只你们这一走，我知道老师、师母一定是不肯同你们出外的，难道俩奶奶都去，不留一个在家里伺候老人家吗？”

公子连忙站起来，把两个媳妇都现在有喜，不能上路的话说了。乌大人道：“然则你一个出去不成？”公子没及回话，便听师母说道：“一个人儿出去又有甚么使不得的？这可讲不得呀！再说，一个人儿在外头，借此操练操练身子，才正好给万岁爷出力呢！”乌大人便不敢言语。公子是向来有甚么事，从不敢瞒老师、师母的，见老师这等关切，便说：“门生父母也虑到门生此去没人，赏了个丫头叫带了去。”乌大人合安老爷是个通家，他家那班侍婢一个个都见过的，便问：“是那一个？”公子只得答说：“就是那个名字叫长姐儿的。”

乌大人听了，心下暗想：“这一个白的白似雪，一个黑的黑似铁，却怎生闹得到一家子？”因是个师生，一时不好合他戏言，只说了句“也倒罢了”。乌大人太太便道：“这个女孩儿我也见过，可倒大大方方儿的。只是你这个岁数儿，俩奶奶都遇了喜了，老师、师母可又忙着给你放个人作甚么呢？”说着，便把嘴向乌大人一努，合公子道：“你诸事都跟你老师学，使得，独这条儿可别跟他学。你瞧，这不是吗？新近又弄了俩小的儿了。前前后后这倒有了八个，够一桌了。是说是为没儿子起见，也得他们有那个造化生长阿！我也不懂得怎么叫个‘糟糠之妻不下堂’，又怎么叫个‘寡欲多男子’。你们爷儿们的书，也不知都念到那儿去了！”说完了，还“啧啧啧”的在那里咂嘴儿。

一片话，把公子唬得一声儿不敢响，只望着老师。老师此时也觉不是劲儿，只得皮着个脸儿，向公子说道：“我今为今年是你师母个正寿，所以又弄了俩人，合上个‘八仙庆寿’的意思。你师母还只说我不寡欲，却不道九个人里只有你师母遇了喜了，可不算得个‘虽有不存焉者，寡矣’！”这里只管说话，公子却见那一带碧纱橱后面，有许多钗光鬓影粉腻脂香的，在那里的窥探。心里暗道：“看这光景，我走后管保又有场吵翻。”便不敢多言，谈了几句闲话，起身告辞。

到了下处，歇了一晚，次日，上去谢恩。一连见了三面，听了许多教导的密旨。上意因是山东地方要紧，便催他即日陛辞。公子陛辞下来，在海淀拜了两天客，次日，又由内城一带辞了行，便赶回庄园来。

安老爷此时见了他，不是前番那等闭着眼睛的神气了。便先问了问他这番调动的详细，公子一一回明。提到见面的话，因是旨意交代得严密，便用满洲话说。安老爷“色勃如也”的听完了，便合他说道：“额劾基孙（霍窝）扐博（布乌）杭哦，乌摩什鄂雍窝、孤伦寡依扎喀（得嘫）、斋斋（得嘫）图于木（布乌）栖鄂（珠窝）喇库。”公子也满脸敬慎的答应了一声“依拏”。

那时候的风气，如安太太、舅太太也还懂得眼面前几句满洲话儿，都在那里静静的听着。又听老爷吩咐公子道：“你这几日不在家，一切的事情我都给你计算在这里了。你的盘费带得自有敷余，人要不够使，也还可以再带两个去。眷口不消说，自然仍是请你舅母，带了乌珍先去，等两个媳妇分娩了，随后启程。那诸一官、陆葆安，想是九公怕他两个没工夫回去，又打发了两个叫作甚么赵飞腿、铁肩膀的来，给他们送行李来。我倒见了见这两个人，那个赵飞腿，高里下里只书房那个屋

国学经典文库

中国侠义小说

千古豪侠如一梦　痴狂笑傲泯恩仇

图文珍藏版

刘凯◎主编

线装书局

目　录

国学经典文库

中国侠义小说

图文珍藏本

七剑十三侠

[清] 唐芸洲 ◎ 著

导读

《七剑十三侠》是晚清侠义小说的代表性作品，作者唐芸洲。书中主要叙写了明武宗正德(1506~1521)年间，赛孟尝徐鹤(字鸣皋)等十二英雄(徐庆、罗季芳、一枝梅、狄洪道、王能、李武、杨小舫、包行恭、周湘帆、徐寿、伍天熊)聚义，各仗侠肝义胆、超群武艺，劫富济贫，除暴安良，后在七子(七位以"子"命名的剑仙，即玄贞子、一尘子、飞云子、霓裳子、默存子、山中子、海鸥子)及十三生(十三位以"生"命名的剑仙，即凌云生、御风生、云阳生、傀儡生、独孤生、卧云生、罗浮生、一瓢生、梦觉生、漱石生、鹪寄生、河海生、自全生)的帮助下，随右都御史杨一清平定甘肃安化王朱寘鐇叛乱、随佥都御史王守仁平定江西宁王朱宸濠叛乱，结果七子十三生与十二英雄各受封赏。书中所述安化王朱寘鐇及宁王朱宸壕作乱始末，系"据原史而增撰之"(月湖渔隐"三集"序)，与史实大致相符。

第一回　徐公子轻财好客　藜道人重义传徒

诗曰：

善似青松恶似花，青松冷淡不如花，

有朝一日浓霜降，只见青松不见花。

这首诗乃昔人勉人为善之作。言人生世上，好比草木一般，生前虽有贵贱之分，死后同归入土，那眼前的快活不足为奇，须要看他的收成结果。为善之人，好比是棵松树，乃冷冷清清的，没什么好处；作恶之人，好比是朵鲜花，却红红绿绿的，华丽非凡。如此说来，倒是作恶的好了不成？只是一件，有朝一日到秋末冬初时候，天上降下浓霜来，那冷冷清清的松树依旧还在，那红红绿绿的鲜花就无影无踪，不知哪里去了。此言为善的虽则目前不见什么好处，到后来总有收成结果；作恶的眼前虽则荣华富贵，却不能长久，总要弄得一败涂地——劝人还是为善好的意思。

所以国家治天下之道，亦是勉人为善。凡系忠臣孝子，节妇义士，以及乐善好施的，朝廷给与表扬旌奖，建牌坊赐匾额的勉励他；若遇奸盗邪淫，忤逆不孝，以及凌虐善良的，朝廷分别治罪，或斩或绞或充军或长监的警戒他。特地设立府县等官员，给他俸禄，替百姓锄恶除邪，好让那良善之辈安逸，不放那凶恶之徒自在。朝廷待百姓的恩德，可为天高地厚。

只是世上有三等极恶之人，王法治他不得。看官你道是哪三等人，王法都治他不得？第一等是贪官污吏。他朝里有奸臣照应，上司不敢参他，下属谁敢倔强，由他颠倒黑白，刻剥小民。任你残뢁的官员、凶恶的莠民，只要银子结交，他就升迁你亲近你；由你二袖清风、光明正直，只要心里不对径，他就参劾你处治你。把政事弄得大坏，连皇帝都吃他大亏，你道厉害不厉害？

第二等是势恶土豪。他交通官吏，攘田夺地，横暴奸淫。或是假造伪券，霸占产业；或是强抢妇女，任意宣淫；吞侵钱粮，武断乡曲。你若当官去告他，他却有钱有势，衙门里的老爷师爷都是他的换贴，书吏皂隶都是他的好友，你道告得准是告不准？

第三等是假仁假义。他诡谋毒计，暗箭伤人。面上一团和气，真似一个好人；心里千般恶毒，比强盗还狠三分。所以吃了他的亏，告诉别人，却不相信，都道他是好人；或者吃了亏，说不出来。并且他有本领，叫你吃了大亏，连你自己都不知道，还算他是好人，倒去感激他。你道惫赖不惫赖？

所以天下有此三等极恶之人，王法治他不得，幸亏有那异人侠士剑客之流去收拾他。这班剑客侠士，来去不定，出没无踪，吃饱了自己的饭，专替别人家干事，或代人报仇，或偷富济贫，或诛奸除暴，或锉恶扶良。别人并不去请他，他却自来迁就；当真要去求他，又无处可寻。若讲他们的本领，非同小可，有神出鬼没的手段，飞檐走壁的能为，口吐宝剑，来去如风。此等剑侠世代不乏其人，只是他们韬形敛迹,不肯与世人往来罢了。如今待我来讲一段奇情异节,说来真个惊天动地!

话说那大明正德年间,江南扬州府有个富人,姓徐名鹤,字鸣皋,原系广东香山县人氏。他的父亲唤做徐槐,生下八子,那鸣皋最幼,人都叫他徐八爷。他家世代书香,却是一脉单传。至他父亲徐槐,弃儒学贾,到江南贸易,遂起家发业,一日好一日,发至百万家私,财丁两旺起来。

那鸣皋天资颖慧,生就豪杰胸怀。童年进了黉门,只是乡场不利,遂弃文习武,要想学那剑仙的本事。只是无师传授,也只得罢了。他心里总想遍游四海,冀遇高人。到了二十多岁,生下二子。他父亲把家财分拆,各立门户。他就在扬州东门外太平村买田得地,建造住宅,共有一百余间。周围有护庄河,前后四座庄桥,墙墉高峻,屋宇轩昂,盖造得十分气概。宅后又造一个花园,园中楼台、亭阁、假山、树木、花卉各样俱全,只少一个荷花池。

看官要晓得,花园里没有树木,好比一个绝色美人,却是癞痢头;若是花园里没有了池沼,好比一个绝色美人,却是双目不明。所以花园里边,最要紧的是树木池沼。当时徐鸣皋见少了池沼,心中不悦,遂命人开挖起来。择日兴工,哪知开到一丈多深,只见下有石板。起开石板看时,一排都是大甏,甏中皆是如雪的银子。

鸣皋见了大喜,即唤家人扛抬进去,总共足有扛了七八十甏,顿时变了个维扬首富。遂起了个好客之心,要学那孟尝君的为人。从此开起典当来,就在东门内开爿泉来当铺。数年之间,各处共开了二三十爿当铺。那些寒士都去投奔他,他却来者不拒。无论文人武士,富贵贫贱,只要品行端方,性情相合,他便应酬结交。或遇无家可归的,就住在他宅上。后来来的人只管多了,乃在住宅二旁造起数十间客房来,让他们居住。每日吃饭时,鸣锣为号。你道吃饭的人,多也不多?

昔年孟尝君三千食客,分为上中下三等,他数目虽远不及孟尝君之多,只是一色相待,不分彼此。内中只有几个最知己的,结为异姓骨肉,这却照他自己一般的供给。终日聚在一处,或是谈论诗词歌赋,或是习演拳棒刀枪,或弹琴弈棋,或饮酒猜枚,或向街坊游玩,或在茶肆谈心。那鸣皋的为人作事,样样俱好,只是有一个毛病:若遇了暴横不仁之辈,他就如冤家一般。所以下回遭此祸害,几乎送了性命。

后来那食客到三百余人,其中虽有文才武勇,及各样技艺之人,但皆平常之辈。

只有一个山西人，姓藜，没有名字，别号叫做海鸥子，身上是道家装束，人都叫他藜道人。他曾在河南少林寺习学过十年拳棒，后来他弃家访道，遂打扮全真模样，云游四海，遇见了多少高人异士，所以本领越发大了。闻得扬州东门外太平村，有个赛孟尝徐鸣皋，轻财好客，礼贤下士，结纳天下英雄豪杰，他就来相访。

鸣皋见他仙风道骨，年纪四旬光景，眉清目秀，三缕长须，举止风雅，头上边戴一顶扁折巾，身穿一件茧袖道袍，足上红鞋白袜，背上挂一口宝剑，手执拂尘，似画上的吕纯阳，只少一个葫芦，知他必有来历，心中大喜。遂即留在书房，敬如上宾，特命一个小童徐寿，服侍这道爷。闲来就与他饮酒谈心。知道他有超等武艺，无穷妙术，一心要他传授，所以如父母一般的待他。每逢说起传授剑术，他便推三阻四的不肯。那鸣皋是爽快的人，见他推托，说过二会，就再也不提。只是依旧如此款待，毫无怨悔之心。

过了半载有余，海鸥子见鸣皋存心仁义，为人忠信，到那一天，向鸣皋说道："贫道蒙公子厚情，青眼相看，一向爱慕剑术，未曾相传，不觉半载有余。如今贫道想去寻个道友，孤云野鹤，后会难期，欲把些小术传与公子，不知公子心下如何？"鸣皋闻得肯传他剑术，心花齐放，即便倒身下拜，口称："师父在上，弟子徐鸣皋若承师父传授剑术，没齿不忘大德！"

海鸥子慌忙扶起，道："公子何必如此？只是一件，贫道只可传授你拳棒刀枪，与那飞行之术。若讲到'剑术'二字。却是不能。并非贫道鄙吝，若照公子为人，尽可传得。只因你是富贵中人，却非修仙学道之辈。那剑术一道，非是容易。先把名利二字，置之度外，抛弃妻子家财，隐居深山岩谷，养性练气，采取五金之精，练成龙虎灵丹，铸合成剑，此剑方才有用，已非一二年不可。"

鸣皋听了，将信将疑。不知海鸥子毕竟肯教他否，且听下回分解。

第二回　海鸥子临别显才能　鹤阳楼英雄初出手

话说那藜道人说道："炼成了宝剑，然后再学搓剑成丸之法，将那三尺龙泉搓得成丸，如一粒弹子相仿。然后再学吞丸之法，不独口内可以出入，就是耳鼻七窍，皆可随心所欲，方才剑术成功。此非武艺，实是修仙之一道。只因欲成仙道，须行一千三百善事。你看那采阴补阳的左道旁门，妄想长生，到后来反不得善终，皆因未立为善根基，却去干那淫欲之事。欲想长生。恰是丧身。所以修仙之道，或炼黄白之丹，点铁成金，将来济世；或炼剑丸之术，锄恶扶良，救人危急。皆是要行善事，先立神仙根基。但是为善不可出名，若出了名，就不算了。若说修仙之道，今公子名闻四海，反是坏处了。若公子要学仙道，只要把家财暗行善事，何必学剑术，去荒山中受这六七年苦楚。你但看历古以来的剑侠客仙，替人抱怨，救人性命，皆不肯留名，又不肯受谢，他却贪着什么？"

鸣皋闻言，豁然省悟，便道："承蒙师父指教，使弟子闻所未闻，茅塞顿开。只求师父教我拳棒刀枪便了。”自此以后，他二人认为师徒。那海鸥子把全身武艺传授与他，教他运学内功之法，日在花园要拳弄棍，夜来在书房习练兵书战策。

那鸣皋原系武艺精熟，秉性聪明，更兼一意专心，故此不上三个月，大略尽皆知晓。这一日，海鸥子说道：“贤契，你拳棒工夫，尽皆得着了门路，飞行诸术，亦略可去得，只须用心习练，自然成就，贫道即日就要动身，去寻访道友。只是你学成本事，凡事仔细，不可粗莽，伤人性命。况且世上高人甚多，不可自以为能，轻易出手。牢记我言为要。”鸣皋道：“师父何故要紧动身？且再住几时，待弟子少尽孝敬之心，亦可多受教益。”

海鸥子道：“贤契有所不知。我们道友七人，皆是剑客侠士。平日各无定处，每年相聚一回，大家痛饮一回，再约后期，来年某月某日在某处聚首，从此又各分散。到了约期之日，虽万里之遥，不能不到，聚首之后，再约来年，从无失信。如今约期已至，故此贫道必须要去。只自这小童徐寿，服侍我许久日子，待我携带他出去，也可教他些本领，未知贤契心下如何？”

鸣皋道：“极好，这是他的有福。”随到里边，取出二套衣服，百两黄金，并一包零碎银子，一总打成一个衣包，命徐寿背了。亲自送了一程，约有十里之遥。海鸥子再三相辞，鸣皋只得拜了四拜，就此作别，看他二人向大路飘然而去。见天色已晚，遂放开大步，如飞回转家中。一路思想：他在我家将近一年，只见他的拳棒，从未见他剑术的工夫，莫非他此道未必精熟？

及到了家中，走进书房，几个结义弟兄都在那里闲谈。走近书案前，只见案上有了一个纸包，包得方方的，分明是方才赠与海鸥子的十条金子。“难道我忘却放在衣包内不成？”取在手中一看，上面写有二行字，果是海鸥子的笔迹。上写道：“承蒙厚赐，衣服银两领收，黄金原璧。”便问众弟兄：“方才我师几时来的？”

众人齐声道：“不知。我们在此谈了已久，并无一人到来。只是方才起了一阵怪风，把帘子都吹开。我们正在此谈论，外面门窗皆闭，此风从何而起？莫非他就是这时候来的？”鸣皋道：“这是一定的了。”大家赞叹了一番。

看官要晓得，剑术最高的手段，连风都没有。在日间经过，只看见一道光，夜间连光都看不见，除非他们同道中才能看见。海鸥子的本领，究竟算不得高，故此他们七弟兄之中，海鸥子乃是着末的一个，后首皆要出场。

那徐鸣皋习练拳棒，渐渐精熟，也能飞檐走壁，千人莫敌。光阴如箭，不觉又是一年。那时正是暮春天气，日长无事，与两个好友结为兄弟，胜如桃园之义。一个姓罗名德，字季芳，是个新科武进士；一个姓江名花，字梦笔，是个博古通今的孝廉。三人同到城中，游玩了一番，来到一座酒楼，是扬州有名的，叫做鹤阳楼。相传昔年曾有个神仙在此饮酒，吃得大醉了，提了笔来就在那粉壁之上画一个纯阳仙像。后来店主人见了，以为雪白的墙上，无缘无故画个吕纯阳，却不雅观，就叫匠人把白粉刷没了。哪知今日刷没了，到明朝仍旧显出来，如未刷过一般。众人骇异，告知主人，再命匠人厚厚的再刷一层。哪知到了明朝，依旧显将出来，方才醒悟：这个饮酒的就是吕仙。因此把店号改为鹤阳楼。那生意顿时兴旺起来，就此四处闻名。直到如今,那楼上仙迹仍在。

当时鸣皋等三人走上楼来,拣副沿窗座头坐下。酒保问道:“徐大爷请点菜。”鸣皋让罗、江二人点过了,自己也点了几样。少顷,酒保搬将上来,摆了一台,无非上等佳肴,极品美酒。三人欢呼畅饮,说说笑笑。那罗季芳虽中了武进士,却是个呆子,生性粗莽,为人忠直。这江梦笔是个精细之人,温柔谨慎。所以他三人性情各别,却成了莫逆之交,结为异姓手足,情比桃园。年纪季芳最长,俱称他大哥,鸣皋第二,梦笔最小。

当时兄弟三人正吃得杯盘狼藉,有七八分酒意,忽听得楼下边一片声闹将起来,人声嘈杂,内中有喊叫救命之声,却又娇娇滴滴,好似女子声音,那季芳听得,放下杯箸,早已跑下楼去。鸣皋推开楼窗一望,见街坊上面拥挤满了,一时看不清楚。遂向梦笔道:“三弟,你且坐坐,待我下去看来,恐怕这呆子闯祸。”言毕,飞步下楼而去。正是:闭门休管他家事,热衷招揽是非多。

我且按下这边,再说南门外李家庄上有一个李员外,名叫李廷梁。他的父亲在日,官为兵部尚书,平生别无过失,只是欢喜银子,所以积下了百万家私,单生这一子。廷梁少年公子,并未出仕过的,因他家财豪富,所以都称他员外。真个是金银满库,米麦盈仓。只是美中不足,膝下无儿,到了四旬以外,那偏房卢氏一胎生下二个儿子。廷梁大喜。一个取名文忠,一个取名文孝。

他兄弟二人,相貌各异,性情各别,只是那存心不正,相去不远。那文忠生得面如傅粉,唇若涂朱,武艺高强,广有谋略,外面温和,内里凶恶。他虽心中极怒,面上笑傲自若,只是生出计来,叫你知他厉害。扬州人与他起下个绰号,叫做“玉面虎”。那文孝生得身长面黑,鼻大眉浓,二臂有千斤之力,性如烈火,专好使枪弄棒。那廷梁两个儿子,一般溺爱,一心要他成名,不惜重资,聘请名师,每日跑马射箭,习拳弄棍。

那李文孝到了十七岁上,得了个武秀才。靠了父亲宠爱,一味横行无忌,渐渐的奸淫妇女。人都怕他有财有势,亦与他起个混名,叫做“小霸王”。到了二十岁上,越发无法无天。强抢女子,打死人命,无所不为。连廷梁都禁他不得,只把银子结交官吏。俗语说得好:天大的官司,只要地大的银子,就没事了。所以那李文孝更加胆大,看得人命如儿戏,强抢如常事。

那一日同了一个门客,叫做花省三,是个详革秀才。少有智谋。略知诗画琴棋,只是品行不端,胁肩谄笑。年纪三十多岁,生得獐头鼠目,白面微须,在李府上走动,奉承得这李文孝十分信他。当时二人出得门来,一路说说谈谈,不觉已进南关。

文孝道:“老三,偌大一个扬州,怎的绝少美貌姑娘?前日去过的几家,都是平常,今日到哪里去游玩?”省三道:“大教场张妈家姑娘最多,近日听得来了两个苏州妓女,一个叫做白菜心,一个叫做赛西施,都是才貌双全,我们何不去见识见识?”二人遂向东而行。

不多一刻,早到了张妈家门首。文孝抬头看时,只见好座房廊,上面写着“宜春院”三个大字。二人丢鞭下马，早有外场迎接，道：“请二位爷里面奉茶。”遂将马牵去。二人进了院子，不知后事如何，且听下回分解。

第三回　伍天豹大闹宜春院　李文孝鞭打扑天雕

却说李文孝同着花省三走进院子，张妈出来迎接。问过了贵姓尊居，叙过了几句寒暄套语，小鬟送上香茗。那省三道：“张妈多时不见，你的生意却怎的好？”张妈道：“全仗爷们照顾。花大爷这许久不蹈贱地，想是怠慢了大爷。今日什么好风吹送到此，定是挑挑我哩。”省三道：“休得客套。这位李大爷闻得你家新来两个苏州姑娘，特来赏识。你可快叫他们出来相见。”张妈便叫小鬟去唤这二个妮子出来。

那小鬟去了好半歇，方才出来，对张妈道：“这伍大爷只不放姑娘出来。”李文孝等了半歇，心内久已焦躁，只因要见美人，所以还耐性守着。听得不肯出来，不觉大怒起来。正待发作，那张妈走上前来赔着笑脸，千不是万不是的赔罪，道：“大爷息怒。只因前天来了两个山东人，在此连住了几天。他们是远方人，不知李大爷到来，所以如此。请稍待片时，我去唤妮子出来赔礼便了。”那花省三也说了几句好话。文孝只得将一股怒气，重新按捺下去。

张妈去了多时，只不见出来。文孝是个性急之人，哪里耐得住，就顿时大闹起来，大骂：“大胆贱人，你敢瞧我老爷不起！哪里来的王八，你敢到这里来装架子？”飞起脚来，把桌子翻身，天然几搀倒，花瓶插镜打个粉碎。提起椅子向上一舞，那挂的八角琉璃灯，好似燕雀一般飞舞。满堂室中什物，打得雪片也似。花省三晓得劝他不住，只得由他。

那里面的山东客人，姓伍名天豹，是九龙山的强盗。他山上有三个弟兄，为首的姓徐名庆，善用一把单刀，端的飞檐走壁，武艺高强，兼且百步穿杨，百发百中，人都叫他神箭手。第二个就是伍天豹，绰号扑天雕，使得好一条铁棍，江湖上颇为有名。第三个叫做伍天熊，乃伍天豹嫡亲兄弟，年纪虽小二岁，本事却胜着哥哥，善用二柄铜锤，生得唇红齿白，江湖上叫他赛元庆。

这三位英雄，在九龙山聚集了三五千喽啰，专劫来往客商。哪怕成群结队，他定要均分一半。你若倔强对垒，只是白送了性命。倒有一件好处：邻近村庄，不去借粮打劫；有那小本客人单身经过，他却看不上眼，吩咐喽啰不许动手。所以官兵未去征剿过他。

这伍天豹闻得扬州城酒地花天，正值三春时候，柳绿桃红，带了一个伴当，来到扬州，在这宜春院寻乐。看见了赛西施、白菜心犹如月里嫦娥一般，他便着迷起来，住在院中半月有余，费了好几百两银子。忽闻要唤他二人出去陪客，怎肯放他们出去？张妈蜜语甘言，伶牙俐齿，再三恳求。

正在为难之际，忽听得外面打架之声。只见众丫鬟仆妇人等，流水一般的奔将进来，道：“外面不好了！把厅堂上打得无一完全，如今要打进里边来也！”那伍天豹正在心中不悦，一闻此言，勃然大怒，扑的跳将出去。众姑娘欲想扯时，哪里来得及。

这李文孝正在打得兴头，忽见一个黄脸的长大汉子从里边抢将出来，知道是那山东客了，便把手中椅子劈头打去。伍天豹将身闪过，一边顺手扯得一只紫檀桌子脚，二人就在堂中打将起来。

一来一往，约有十余个回合，伍天豹渐渐的抵敌不住，他的伴当也是个小头目，上前相帮，只是本事平常。两个打他一个，李文孝全不放在心上，在身边取出一条七节软鞭来，运动如风，他二人皆着了重伤。情知敌不过他，只得抽个落空，逃出门外去了。

文孝也不去追赶，只向里边打去。张妈慌了手足，便挽了赛西施、白菜心，一同跪在地下哀求，文孝方才住手。张妈连忙吩咐摆上酒席，引领文孝、省三到了内房，千招陪万招陪的奉承。那李文孝是何等横暴之人，却弄得心上过意不去，遂命花省三写了三十两银票，自己画了一个花押，付与张妈道："我毁坏了你的东西，你可到南门内李源泰盐铺去领取便了。"

张妈接了银票，千恩万谢的叩谢了，又说了许多好听的话。所以世界上，惟有软的可以缚得硬的，俗语云：头发丝缚得老虎住。况且娼妓鸨儿，口似饴糖心似刀，这张妈何等厉害，把个如狼似虎的李文孝，弄得他良心发现，将银子赔偿他。当日酒阑席散，那赛西施伴了李文孝，白菜心与花省三陪宿，同赴阳台，终不过是那话儿罢了。

这李文孝原是个残暴不仁之辈，生性厌旧喜新，哪晓得温柔缱绻。初见之时，好似饿鹰见食，恨不得一时把她连皮带骨囫囵吞下肚里；及至到了手时，他便平常得紧。一宵已过，到了来朝，各自起身梳洗已毕，用过了茶点，便同花省三到街上游玩。见那六街三市，热闹非常。来到城隍庙门首，只见一个女子，从里边袅袅婷婷地走出庙首。

文孝抬头一看，见她淡妆布服，生就那国色天姿。柳眉杏脸，樱口桃腮，身穿月白单衫，罩一件元色花绸的八幅罗裙，底下微露那三寸不到的金莲。真个广寒仙子临凡，月里嫦娥降世。那文孝见了，魂灵儿飞在九霄云外去了，站在门旁，光着眼睛对她呆看。

那女子出得门来，见李文孝面如涂炭，身上却穿的花蝴蝶一般，站在那里张着口只对她看，不觉向李文孝嫣然一笑。这一笑实是千娇百媚，李文孝见了，恨不得便上前搂抱她才好。

这花省三早已明白，便道："二少爷，这个雌儿好吗？"李文孝扭转头来，道："我看美貌的女子，也见得多了，从来未有她的标致。若得与她睡这一夜，我就明日死了，也是情愿的。只不知她家住哪里，何等样人家妻子？"省三道："她家就在庙后小弄内，名字叫做巧云。她的丈夫也是个秀才，姓方名国才，家中极其贫苦。门下与他相识。前日曾寄一个字条与我，托我荐举对门史家里的两个儿子，到他家去读书，现在这字条还在我腰里。他有个哥，在这城隍庙里做香伙，方才谅必去看他哥哥借贷去的。”

文孝道：“老三，你可有什么计较，想一个出来，若得与她成就美事。便谢你五十两银子。”省三道：“这个容易。且回家中，包在我身上便了。”二人一路走一路说，早到宜春院子，便叫外场牵过马来，二人跨上鞍韂，出了南关，加上几鞭，飞也似的回转家中。

走入书房坐定下来，文孝道：“老三，你用什么计较？须要长久之计才好。”省三道：“少爷且莫性急，我有道理在此。”就向身边摸出一张字条来，道：“这不是他的亲笔？待门下仿其笔迹，造一张借券，写上二三百两银子。明日送到府里，叫王太守追办，必然将方国才捉去押在刑房。只消花费些银子，把他弄个有死无生，再进一纸病呈，明日报了病故。然后听凭少爷，或央媒婆去说合，或设计骗她来家，便好与她成亲。你道好吗？”

文孝听了，只把头摇，道：“不好，照你这样啰唆，少只十日半月，我却等不得。”省三道：“也罢。索性走了这条路罢，少爷到了明日一早，带着十几个家丁，打一乘小轿，竟到方国才家，问他取讨银子。他若没有时，便把这巧云捉在轿内，吩咐家丁一直抬到家里，当夜就与少爷成亲。这方国才一个穷秀才罢了，只消王太守那里用些银子，请府里断与他五十两银子。叫他另娶一个。这条计好不好？”

文孝大喜道：“此计大妙！足见老三有些智谋。你快快造起借券来。”省三道：“造借券容易的。只是一件，这票上须要个中人，却写谁人是好？”文孝道：“这个中人除了你花省三，还有哪个？”省三道：“可又来，想我花省三承蒙少爷抬举，难道这个中人都不肯做？只是把个十几年的好朋友伤却了。”文孝道：“老三不必做作，只要事成之后，谢你一百两银子便了。”省三道：“银子小事，为少爷面上情义要紧，就做这一次罢了。”不知害得方国才如何，且听下回分解。

第四回　赛孟尝怒打小霸王　方国才避难走他乡

却说花省三当夜遂做成了假券，一到来日天明，文孝吩咐拣选二十个精壮家丁，备一乘小轿，便要起身。省三道：“且慢。那城中不比得乡下，究竟是个府城，若干这件事，须要想个万全，带几个教师去，以防不虞。”文孝道：“也说得是。”遂命唤四个教师，一同随去。这四个教师，就是马忠、白胜、徐定标、曹文龙，都是轻装软扎，各带暗器。跟随了二十个家丁，一乘轿子。李文孝、花省三上马前行，一众人等在后，出得墙门，离李家庄向南门进发。一路无话。

少顷进得南关，转弯抹角，径到城隍庙后街。二人下马，省三吩咐众人在门外伺候，自己便至方家叩门。那国才听得，出来开门，一看见是花省三同了他的东家到来，便道：“花兄许久不会，今日难得光降。”省三道：“方兄，今日非为别事，只因你去年借那李公子银款已久，本利全无，今公子亲自来取讨。”

国才道：“花兄，你记错了，小弟从未向李公子借过分文，说什么银款？”李文孝喝道："胡说！你既未借银子，这二百两借券，可是你亲笔写的？现有花老三作中，你想图赖不成？"便把借券交与省三，道："老三，我只向你说话。"国才道："不妨，有官长在彼，自有公论。你伪造假券，诬赖良民，还真了得！"说罢向里就走，却被李文孝一把扯住，省三假意上前劝解。

正在交结不开，那巧云听得丈夫被人扭打，慌忙走将出来。省三见了，对那四个教师把嘴一努。那马、白、徐、曹四个教师一齐上前，便把巧云如鹞鹰捉小鸡一般提将出来，放在轿内。众家丁抬起轿子，拥着便走。那李文孝方才把国才放了，国才一跤跌倒在地，李文孝指着骂道："你赖我银子，且把你妻子做押当，你只拿二百两银子来赎取便了。"说罢与花省三一同上马，追着轿子去了。

那方国才只气得目定口呆，从地上爬了起来，一路追将上去，喊叫："反了！青天白日，在府城强抢秀才妻子，连王法都没有了！"一面喊一面追。那巧云被他们抢在轿中，知道是昨日一笑的缘故。只是如何是好？一路哭哭啼啼。来到鹤阳楼底下，听得丈夫在后面追喊上来，寻思无计，只得没命的向轿门中撞将出来，跌一个金冠倒挂，跌得头上鲜血迸流。

众家丁只得把轿子停下，上前去扶他起来。那巧云大喊"救命"，死也不肯起来。恰好方国才追到，见了妻子这般光景，便上前扯住了痛哭起来。李文孝即命教师来扯开他们，哪知他二人拼命地抱住不放，随你打死，也分拆不开。此处最热闹的去处，一时间看的人塞满了街道，弄得花省三搔首摸耳，没个主意。

正在扰攘之间，惊动那鹤阳楼上罗季芳、徐鸣皋。下来见了这般情境，分明是强抢人家妻子。那鸣皋心中，早已把无明火提起。正是强中更有强中手，今日冤家遇对手。只因李文孝恃强欺弱，横行不法，今日撞着了这个太岁，管教你晦气星从屁眼里直钻进去，也是恶贯满盈。

徐鸣皋走上前，把众教师解开，道："且慢动手。你们是哪里来的，为着何事，把他这般难为？"那马忠认得他是个不好惹的，向众人丢个眼色，都放了手。马忠道："徐大爷有所不知，只因这方秀才欠了我们主人二百两银子，图赖不还，所以把他妻子去做押当，却不干我们的事。"鸣皋道："既是欠你主人银子，也好经官追缴，岂可强抢人家妻子做押当之理？"

那方国才知道徐鸣皋是个仗义疏财、救困扶危的豪杰，便一五一十地告诉一遍。鸣皋便向马忠道："你的主人是谁？"马忠道："南关外李家庄二公子。"鸣皋听了冷笑道："我道是谁，却原来是李文孝这个王八？久知他是个横行不法、倚官欺人的恶棍，如今索性青天白日在府城中强抢人家的妻子？天理难容，王法何在！"

李文孝见一桩事被他拦阻住了，心上大怒。正要发作，只因有些畏惧他的本领，又且花省三在旁按住他，所以耐着性子，看他怎的。忽听得把他"王八""恶棍"的骂，只急得三尸神暴跳，七窍内生烟，从马背上跳将下来，推开众人，抢将过来，喝道："㑚娘贼！我讨银子，干你甚事？你却帮他图赖吗？"举起拳头，照定徐鸣皋劈面打来。

鸣皋想道："我久闻小霸王的名气，不知他有多少实力，待我来称他一称。"便起左手一格,果然有七百余斤骁勇,一面把右手还敬他一拳,二人正在交手,那罗季芳蓦地跳将过来,把马、白、徐、曹四教师乱打。一时间,街坊上闲人纷纷躲避。

那方国才趁此机会,领了妻子在人丛中走了。回到家中,思想此事不得开交,目前虽是幸得徐公子救了,只是这恶贼输了,一定将我出气。若是恶贼胜了,依旧要来寻我,冤上加仇。他有钱有势,官吏都回护他的。左思右想,还是走的上着。遂同妻子,把衣裳被褥、细软东西,打成两个包袱,剩下些破台椅家伙也不值几何,就丢在那里。夫妇二人,到庙中别过了舅舅,就出了西门,雇一轮车子,到别处去投亲而去。

这里徐鸣皋把海鸥子传授的少林拳法打将出来,果然另有一家。只见他上一手金龙探爪,下一手猛虎出山,左打黄莺穿柳枝,右打猴子献蟠桃,身轻如燕子,进退若猿猴。这一百零八手飞走罗汉拳,果是打尽天边无敌手。

那闲人都远远的围着,人头济济,如围墙一般,在那里看他们厮打。见鸣皋拳法精通,犹如生龙活虎,打的李文孝只有招架,并无还手,便在腰间取出那条七节鞭来。这条鞭用七段纯钢打就,每段有五寸长,各有铁环联络,可以束在腰间,如同带子一般,所以又名软鞭。乃暗兵中利器。那李文孝惯用此鞭,拿将出来,使得呵呵的风响。

徐鸣皋有心要显本领,他便空拳抵敌,运动内功,遍身都成栗肉。此功名为禅骨工,与易筋经无二,运动此功,刀枪不入。故此七节鞭打在他臂上,好似打在那铁墩上一般,直掼转来。四围看的人同声喝彩道:“徐八爷真好本领也!”

那鸣皋一面打,一面留心看那罗季芳与马、白、徐、曹对垒,渐渐抵敌不住。只因罗季芳臂力虽大,身子呆笨,所以吃亏,被他们打着了几下,打得这季芳连连吼叫,手忙脚乱起来。鸣皋知道这呆子不济,他们四人之中,只有马忠这二条膊子直上直下的,最是勇猛,便觑个落空,做个鹞子翻身,扑将过去。照定马忠胸前飞起一腿,踢个正着,把马忠踢去二丈多远,身受重伤,口喷鲜血。

白胜吃了一惊,手中慢的一慢,被罗季芳一拳打在面门之上,只打的鼻青脸肿,眼睛如皮蛋一般,只得退将下去。呆子得了上风,分外高兴。徐定标与曹文龙心慌意乱,不防楼上有人暗算。

那江梦笔在鹤阳楼上,倚着楼窗,看见季芳渐渐不济,将桌上边一把锡酒壶拿在手中,欲助他一臂。只因他是个文人,不谙武艺,恐怕错打了季芳,因此踌躇。恰好曹文龙一个雀地龙之势,抢到鹤阳楼底下,江梦笔趁此把酒壶打下来,请他吃一壶绍兴酒。哪晓不偏不正,刚打在文龙头上。

这把酒壶是放得三斤酒的大号锡壶——说话且慢,你这句是漏洞了。凡酒席面上只用半斤壶一斤壶,从没有用三斤壶的。看官有所不知,只因他三人都是大量,这罗季芳喜用大碗吃酒爽快,若用小酒壶时,一壶只倒得半碗,却不耐烦,故要用此大壶。而且壶内满满的热酒,好比铜锤一般。打得曹文龙一佛勿出世,嘴里豆腐喊勿出,只叫腐腐的,头上鲜血直流,身上淋淋漓漓的绍兴。未知后事如何,且听下回分解。

第五回 徐定标寻访一枝梅 伍天熊私下九龙山

话说徐定标见事不妙，转身便走。那受伤的三个教师，是不必说。这些家丁越发不济，被罗季芳追赶上，拳打脚踢，有得他施威。把他们打得火烛无光。那花省三知道不妙，带马头从西面大圈转，出了南门，飞马逃归回家，报信去了。

这里单剩李文孝一人，与徐鸣皋打了三十多个照面，正在招架不住，如何加得起罗季芳上来相帮。心慌胆怯，早被鸣皋一手接住鞭梢，顺势只一拖，李文孝撞将过来，被鸣皋夹颈皮一把抓住，揪倒在地，提起拳来便打。罗季芳见了，也来凑现成，打死老虎起来。骂他一声王八，打他一下拳头。二人把个李文孝当做一块铁用，你一下我一下，好似打铁一般。初起他还连连吼叫，后来只叫饶命。直打得李文孝上无气下无屁，连饶命都喊不出来，方才住手。

上了楼来，重整杯盘，兄弟三人依旧饮酒。只见那保正走上楼来，叩了个头便道："徐大爷路见不平，拔刀相助，原是义举。只是他遍体重伤，气虽未绝，恐怕死了，却怎么处？"鸣皋道："杀人偿命，大丈夫岂有怕死之理？我徐鸣皋顶天立地的男子汉，他若死了，我便自投出首，岂有带累旁人之理？"保正笑道："小人晓得徐大爷出名的好人，是个英雄豪杰，原不过说一声罢了。"又叩了个头，下楼去了。兄弟三人饮了一回，吩咐店小二把酒钱记明账上，下了鹤阳楼，出了东门，同转太平村而去。

且说花省三飞马回庄，直到里边见了李文忠，只说二少爷看上了方秀才妻子，教我伪造借券，要他妻子做偏房，如今被徐八强自出头，同罗呆子把教师打伤，二少爷抵拒不住，十分危急等情说了一遍。那李文忠告诉父亲，说兄弟是长是短，被徐八这狗才欺负，现下速去救应为要。李廷梁十分大怒，即命合府家丁各带家伙，跟大少爷速去救应。

正要动身，只见前去的家丁报道："二少爷回来了。"原来方才徐定标同众家丁等人，躲在各处小街巷内探听，等到徐鸣皋去了，他们聚集拢来，把李文孝扶起，就坐在这小轿内，那三个受伤教师也到，遂一齐簇拥着轿子，出了南关，一直抬到家中。众人上前，把李文孝扶入房中，自有他妻子接着，扶他床上去安睡。

李廷梁见儿子打得遍身重伤，口吐鲜血，把徐鸣皋恨如切齿。文忠便去安排伤药，看视兄弟，见他受伤虽重，幸得体质强壮，不致性命之忧，命弟妇等好生服侍。思想虽是兄弟自己不好，只是徐八却不应该，与你无怨无仇，干你什么事，却下此毒手。若不与他报仇，上对不过老父，下对不过兄弟，我李家怎的在扬州做人？遂安慰了受伤的三位教师，他们自己皆会医治。便与徐定标商议报仇之策。

定标道："扬州府王文锦与府上交好，明日告他一状为富不仁、强霸行凶的罪名。"文忠道："这是不消说得。只是不过用数百两银子罢了，如何出得这口无穷怨气？必须要想个毒计出来，收拾他的性命，方消我恨。"

定标道："徐八本领甚高，某等皆非敌手。二少年如此英雄，尚然失利，若刀枪交战，断难取胜。我有一个朋友名叫一枝梅，他虽是梁上君子，却是偷富济贫的义贼。若是一千八百银子，他再也不来惊动，偷一回，非是整万便也数千。若遇贫乏之家，私自丢几锭银子进去。他若偷了，便在墙上画一枝梅花。做的案件重重叠叠，各府州县悬了赏格捉他，虽是当面看见，也是擒他不住。只因本领高强，来去如一道青光，他把城垣当做门槛一般，日夜能行千里。只是一件，他的性子有些古怪。若肯到来相助，那徐鸣皋的脑袋，如同放在囊中一般。"

文忠听了大喜，道："既然如此，相烦师爷去请他到来，自当重谢。"定标道："请便去请。只是这个人极难寻得着的，不得限我日子。"文忠道："他是哪里人氏，住居何处？"定标道："他是常州武进县人，便住在常州。"文忠道："既住常州，有何难寻？"

定标道："大少爷有所未知。这一枝梅既无父母妻子，又无房屋东西，进出一个光身。偷了银子，藏在深山之内，高峰之上，鸟禽都飞不到的地方。他睡的所在，又不一定，或是客寓，或是寺院，或在人家卧房之中床顶上，或在厅堂之上匾额内。凉亭山洞、树头屋脊，都是他安身之处。曾记得前年有一日，在常州城内吃了夜饭，天气甚热，他便到姑苏阊门城头上去乘凉。你道这个人难寻不难寻？"

文忠道："既然如此，我不限你日子，只是拜托师父请他到此便了。"遂端正了八色聘礼，一百两银子以作盘费。到了来朝，那徐定标辞别动身，寻访一枝梅而去。我且慢表。

再说那铁棒子伍天豹，自从那一日在宜春院受了重伤，同伴当逃出院来，口喷鲜血，走了一程，那血只管呕吐不止，晕倒在松林之内。这伴当也是带伤，背他不得。等了半刻，见了车辆经过，遂把他载在上面，到市镇雇了一号舟船，赶到九龙山来。

山上边徐庆得信，忙叫喽兵抬了一张藤榻，同伍天熊一同下山。到了船上，把伍天豹扶在榻上，喽兵抬到山寨。伍天熊见他哥哥受伤甚重，忙去请医调治。徐庆问那同去头目道："你们去广陵游玩，因何弄得这般光影，被何等样人打得如此重伤？"那伴当便把如何到宜春院游玩，狎两个苏州姑娘；如何的来了李文孝，要这姑娘出接；如何伍大王发怒，与他交手，被他打中一鞭；如何逃出院，雇船回来，细细说了一遍。

徐庆看那伍天豹伤处，正在血海，十分沉重。天豹见了徐庆，便道："大哥，小弟今番性命难保，只可恨这李文孝恶贼。大哥看结义之情，须要替我报仇。"言罢，大哭了几声，那伤血从口中涌将出来，如泉水一般，顿时呜呼哀哉死了。徐庆、天熊哭了一场，备棺成敛，合寨喽兵挂孝，请那僧道来做了几天道场。

埋葬已毕，伍天熊要下山与哥哥报仇。徐庆道："贤弟，我闻得那小霸王李文孝本领高强，待愚兄亲去走遭，见机而行，方可报得这个冤仇。你的性子太躁，如何去得？"天熊道："大哥几时下山去报仇雪恨？"徐庆道："凡事须要仔细，不可性急。且过几日，愚兄便去。"那天熊少年性情，暗想："此事只要到他门口，待他出来时把他一锤打死,便走了回来,有何难处?谁耐烦等他去报仇!"

算计已定,等到晚上,身旁带了些银两,把二柄铜锤插在腰间,头上边武生巾,身穿白绫箭衣,脚上薄底骁靴,跨上一匹银鬃白马,便下山来。那守寨门的喽兵问道:"二大王到哪里去?"天熊道:"我奉哥哥将令,到山下去寻风。"喽兵信以为真,便开了寨门,放他下山而去。

到了来朝,徐庆不见天熊出来,到他房间内一看,又不在里头,便问服侍他的喽兵。喽兵道:"二大王昨夜出去了未回。"徐庆传问看守山寨的头目:"二大王可曾下山?"少顷守寨的头目回报:"二大王昨夜下山寻风,至今尚未回来。"

徐庆听了,吃了一惊,知道他到扬州去的,定要闯出事来。即便把山寨之事,交于一个宋头目代理,吩咐他们好生看守山寨,休得下山去做买卖,若违军令,定按军法。自己装束武生打扮,佩了弓箭,挂了单刀,下得九龙山,发开二条飞毛腿,望扬州一路追来,哪知影象全无。

那徐庆一日能行三百里,不多几日,已到扬州。进得城门,便投宜春院来。张妈妈相接,问过了尊姓大名,奉过香茗。徐庆便说起伍天豹之事,问那李文孝的消息。不知能否报得此仇,且听下回分解。

第六回 神箭手逆旅逢侠客 铁头陀行刺遇英豪

却说张妈听了徐庆一片言语,知是伍大爷的结义弟兄,便把李文孝强抢方国才妻子,被徐鸣皋路见不平,打得寸骨寸伤,现在家中养病,一五一十说了一遍。便唤赛西施出来,接到里边款待。徐庆便吩咐他们:"打发小二到李家庄,暗暗探听近日可有人与他寻仇,有无动静,速来报我。"饮了几杯酒,摸出一锭十来两银子,偿了酒价,他便辞别出来。要知徐庆不贪女色,不喜欢寻花问柳,便在宜春院左近一家大客寓安歇,也是扬州城内有名的,叫做高升栈。

过了几日,那宜春院的小二回来说道:"李家庄并无动静,李文孝的伤痕渐渐痊愈了。"徐庆赏他五两银子,叫他时常去探听探听,有事便来报我。他便遍寻,只不见天熊下落,心中纳闷。

那徐庆原系一个宦家公子,乃唐朝徐勣的后裔。他的父亲身立朝纲,为官清正。与那伍氏兄弟,乃姑表兄弟,只因天熊父母早亡,他父亲把两个外甥,抚养成人,所以自小同在一处。后被奸臣陷害,假传圣旨,把徐家满门抄斩。其时徐庆兄弟三人正在后园习武,哪知外面官兵团团围住,一门老幼,八十余口,同时被害,惟他兄弟三人,杀山后园门逃走。从这九龙山经过,那山上边有两个毛贼,领着数百喽卒,在此打家劫舍,被他们逐盗发山,就此为安身之地,就把左近几个小山头火并了。所以兵多粮足,山寨中起造殿阁城垣,设立关隧,重重坚固,把守整严,登时焕然一新,与前大不相同。若论他拳棒,虽不及徐鸣皋,只是轻身纵跳,却是超等。只因寻不见天熊兄弟,心中愁闷。

那时正是五月中,天气炎热,翻来覆去,哪里睡得,便到庭心纳凉。忽见那厢房上面,飞出一道青光,知是个飞行之人,他便将身跳上房屋。见这人遍身青服,紧紧扎束,背上插着雪亮的钢刀,在瓦房上面,身轻如鸟,一跃有三四丈之遥。只二三跃,已经不见。那时月明如昼,万里无云,徐庆连窜带纵,追将上去,只见静悄悄影迹无踪。暗想:"此人本领胜我十倍,谅他住在对面厢房之内。明日过去访他,结识这个英雄豪杰。"下了瓦房,便去安睡。

一宵已过,到了来朝,梳洗已毕,便走过对面厢房。那人早已起身,见他年近三十,头戴秀才巾,身穿宽袖蓝衫,足上边粉底乌靴,生得唇红齿白,目秀眉清,相貌斯文,举止风雅。心中诧异,暗道:"看他这般文弱书生,怎的有如此本领,莫非不是此人?"便抢步上前,深深一揖道:"尊兄请了。"那人慌忙还礼,二人逊让坐下。

徐庆问道:"仁兄尊姓大名。仙乡何处?"那人答道:"小弟复姓慕容,单名一个贞字,江南武进人氏。未知足下贵姓大名?"徐庆便道:"小弟世居山东,姓徐名庆。昨日初到广陵,并无相识。见君丰采,知是高明,意欲妄攀风雅,不识肯赐青眼否?"那慕容贞见徐庆生得修眉长目,鼻正口方,气象英雄,打扮虽是武生,出言倒也不俗,知他是个豪杰。常言道:英雄惜英雄,好汉惜好汉。故此气味相投,一见如故,不觉大喜道:"承蒙雅爱,是极好了。小弟也是客中无伴,若得仁兄不弃,实为幸其"

二人说说谈谈,情投意合。讲及武艺,那慕容贞应答如流,十分精识,知道他一定是昨夜所见之人。从此或同行街坊,或在寓内闲谈,二人相见恨晚,遂结为兄弟。徐庆小他一岁,便把自己从小出身,被害落草,现欲报仇寻弟而来,细细告诉与他。慕容贞道:"承蒙贤弟倾心吐胆。愚兄何敢隐瞒。我非别人,即江湖上所称一枝梅是也。"

徐庆听了,大喜道:"我久慕其名,恨不能得见,却不意就是哥哥,真是三生有幸!请问哥哥,现下四海之内,照样你的本事,只怕没有人了?"慕容贞道:"若说拳勇武艺,愚兄虽不能算头等,也还去得。若言剑侠之中,我的末等都没有位子。贤弟呀,自古到今的剑侠,从没有目下这般众盛。他们都是五遁俱全,口中吐剑,来去如风的技艺。"徐庆道:"此地东门外太平村,有个徐鹤,号鸣皋,轻财好客,是个英雄。哥哥可曾相识?"慕容贞道:"久闻其名,未见其人,我欲去访他。"徐庆大喜道:"明日一同前去。"

到了来朝,二人出了东门,到太平村来。见那座庄子,约有二百来间房屋,周围环绕溪河。沿河一带,都是倒栽杨柳,清风习习。二人喝彩了一番,走过庄桥,来至门首。看门的进去通报了,鸣皋接进里边,分宾主坐下。彼此通过姓名,相见恨晚,徐鸣皋遂命摆酒款待。罗季芳、汀梦笔都相见过了,欢呼畅饮,说得投机。五人摆起香案,结为弟兄。酒阑席散,鸣皋就留他二人在书房安歇。每日讲文论武,欢乐异常。只是徐庆心中要寻访兄弟,并且报这冤仇,每每要去。无奈鸣皋不放,因此只得住下。我且搁起这边。

再说那徐定标渡过长江,来到常州城内,寻访一枝梅。谁知他却到了扬州,哪里寻访得着?寻了一月,不见影踪,弄得心灰意懒。一日来到天宁寺闲玩,见一个挂单的头陀,生得豹头环眼,相貌狰狞,身穿衲裰,足登多耳麻鞋,肩挑担子,大踏步走上大雄宝殿。把担子放在一旁,自去佛前礼拜。定标看那挑担的这条镔铁禅杖,却有酒杯粗细。心中想道:"这条禅杖,约有一百四五十斤沉重。这头陀有多少臂力,用得如此的器械?谅他的本领非常。想那一枝梅难以寻他,倒不如把这头陀请去,只怕也可以胜徐鹤。"转定念头,等他功课已毕,便走上前来,把手一拱道:"师父请了。"那头陀完个稽首,道:"阿弥陀佛。"定标道:"弟子意欲请教师父几句话,未知可使得吗?"头陀道:"有何不可?"二人遂到廊下,同坐在一条石凳上。

定标问道:"请教师父的上下,何处名山修道?"头陀道:"俺福州人氏,在河南嵩山少林寺出家,法名静空,人皆唤做铁头陀。只因立愿朝山访道,一路来到此间。请问居士高姓大名,府居何处?呼唤贫僧,有何见教?"定标道:"在下姓徐名定标,这里本地人氏,现在扬州城外一个富翁家里做个教师。现在要聘一位高手的教师,师父若肯去时,我家主人十分好客,必然重待。未知师父意下如何?"静空道:"贫僧在少林寺学成了一身武艺,未遇识货的人。既然是居士肯荐引时,俺便跟你去便了。"定标大喜。

当下出了天宁寺,回到寓处,把八色聘礼交与静空僧收了。遂渡过长江,回转扬州。到了李家庄。定标先进去见了李文忠,把常州之事说了一遍:如今这头陀现在门外等候。文忠听了,即便出来,把静空僧接到书房坐,彼此通名。奉茶已毕,说起武艺。这铁头陀卖弄本事,指手拉架,说得天下无敌。文忠大喜。此时李文孝伤痕渐愈,听得请着了一位少林寺高僧与他报仇,便到书房相见。

当时开筵畅饮,席间说起徐鸣皋一事,原原本本告诉了静空一遍,便与他商议报仇之事。静空僧道:"檀越放心,在贫僧身上与你报仇雪恨便了。"花省三道:"此事须要定个主意,只可暗中行事,免得被他家人门客控告伸冤。虽不怕他怎的,只是既多跋涉,又费银子。"文忠道:"如今静空师初到,外人未知。只要趁早去干了,就远避他方,或者藏在庄内。吩咐家人不许声张,那边如何晓得是我家指使?"

省三道:"师父还是明做,还是暗做?"静空道:"如何明做?"省三道:"若是你明日到他门上求见,或是化缘,或是投奔他,觑个落空,出其不意把他一刀结果,转身就跑,这不是明做?若是你夜间到他门上,跳将进去。等他睡熟,便下去把他杀死,这就是暗做了。"后来不知静空到底如何做法,且听下回分解。

第七回 一枝梅徐府杀头陀 慕容贞李庄完首级

却说静空僧听了花省三之言,便道:"大丈夫岂肯做暗事,到是明做得好。"文忠道:"使不得。那徐八何等厉害,岂能当面伤他?即使侥幸成功,他家人门客,呵气成云,内中有本领的不少,你想走得脱吗?这个一定使不得。"静空道:"如此说来,还是暗作吧。"文忠道:"师父替弟子报了此仇,定然重谢。就留师父在家,常年供给,亦好教习拳棒功夫。只是今夜就可去吗?"静空道:"有何不可?只是出家人没有宝刀在此。”文忠道：“这个不必费心。”随命家人取出一把刀来，真个削铁如泥，价值千金之宝。那静空僧把衲裰卸去，里边元色布密门纽扣的紧身，把头上金箍捺一捺紧，将刀倒插在背后腰内。李文忠吩咐一个家丁引领师父到太平村去，遂筛了一大杯酒，双手奉与静空。静空道：“二位少爷请少待，俺去取了他首级就来。”一面说一画把酒接来，一饮而尽。

正要动身，花省三道：“且慢，师父，你可认得徐鸣皋吗？”静空道：“从未会过。”省三道：“这却岂不要杀错了。须要明日先去会过他一面，然后夜间可去。”文忠笑道：“毕竟老三细心。只是一件，若然明日先去会他，这徐八的贼眼何等厉害。他看师父形容古怪，恐夜间防备，就难下手了。”文孝道：“何必噜噜苏苏！你只到他家房屋上面，寻得他的卧房，他定与老婆同睡，把来一起杀了，岂有错误？”文忠道：“呆子，他不像你，夜夜同妻妾睡着。他却不喜女色。我闻得他每日同两个结义兄弟，在书房里安睡。”省三道：“就在这里了。师父，你只去到他家第四进房子，居中有一座大厅，在西首的一并排三间，就是他的书房。只要从那书房天井里下去，在窗眼里一张就见的，况且天井又大，又有树木假山，可以藏身。若说这徐八的面貌，有样比众不同的见证，他生就一个白里带些紫膛的国字脸，两道剑眉比眼睛还长，鼻正口方，生得不长不短、不瘦不肥的身子。生就一双眼睛如闪电一般，已与别人两样，只是睡熟了，却分不出来。独他这两只耳朵，比别人要长出一半，真个二耳垂肩的异相，所以与众不同。师父只要依了我言，万无一失。”静空僧道：“贫僧晓得，俺便去也。”遂同着家丁出门而去。

这里李文忠弟兄同着花省三与四位教师，重整杯盘，开怀畅饮。只等这头陀把徐鹤的首级提来。那徐定标十分得意，暗想：“若得成就，我的功劳也不少，”歇了一回，只见送去的家丁回来，众人急问道：“怎样了？”家丁道：“这个师父真好本领！看他身体虽是壮大，却比飞鸟还轻。我送他直到护庄河边上，指与他看了。他只一纵，那三丈阔的河面便过去了；再是一纵，已到屋上，犹如燕子一般。只二三跳，就望不见了。我恐怕他们巡更的看见了不便，故此先自跑回，谅来一定成功的。”众人听了大喜，都赞那头陀的本领。

我且说那静空僧上了瓦房，连窜带纵来到里边。到了第四进大厅，果然西首有三间向南的书房。就跳在天井里面，轻轻走到碧纱窗前，向里张看。只见里边灯火明亮，二人正在那里弈棋。定睛细看，都是白面书生，相貌标致，生得斯文风雅，不像武夫。况且眼睛并不闪电，耳朵又不垂肩，与方才听说的不同。室中更无别人，心中疑惑。

列位，你道这二个却是何人？原来徐鸣皋与徐庆、罗季芳三人，昨日动身到苏州去了。因为听得姑苏玄都观内，设立百日擂台，选拔天下英雄。只要胜得台主，官居极品；打得台主一拳，黄金一锭；踢得一脚，彩缎一端。现下遍贴传单，即日就要开台，把家事托了江梦笔代管。那一枝梅不欲去，就托他在家照应。只因天气炎热，睡不着去，故此二人下一局棋消遣，正在相争一角。

那一枝梅道：“江贤弟，屋上有人下落天井来也。”梦笔道：“并不听得声响。”一枝梅道："我去看来。"那静空听得此言，知道这人厉害，心中早已惧怯。只见那穿青纱衫的立起身来，知道不好，便把身子向假山背后一躲，谁知一枝梅的眼，黑夜能辨锱铢，何况月明如昼？早被他看得分明，一个腾步，早到庭心。静空要想逃走，被一枝梅起三个指头，夹背心一把拿在天颈骨上。那静空顿时遍体酥麻，手举不起来，任你全身本领，只好束手待毙。

梦笔听得，走出来道："果然有人吗？"一枝梅道："是个贼秃，身带利刀，非是偷盗，便是行刺。"静空道："徐大爷饶命！下次再不敢来。"一枝梅道："你只实说，哪里人，叫什么，来此则甚，我便放你。若有半句虚言，叫你一刀两段。"说罢，把他腰内插的宝刀，拔在手中。那静空僧吓得慌了，他便怎么长那么短，一本实说。"现在他们等我回报，都是他们指使，不干我事。"一枝梅道："当真实情？"静空道："半句没虚，都是实说。"一枝梅道："既然实情，却是饶你不得！"手起一刀，头已落地，鲜血直喷，那尸骸倒在一旁。

把个江花唬得心里跳个不住，便道："这却怎处？你杀他则甚，何不把他送到当官，也好问他李家指使刺客，黄夜行刺的罪名。"一枝梅道："这些赃官同他一党，送去总然不济，还是一刀的干净。"梦笔道："如今尸骸怎样安排？李家不见这秃驴回去，定知是我们杀了。明日被他告发，倒却厉害。"一枝梅道："贤弟但请放心，凡事有愚兄在此。"便向身边取出一个小小瓶儿，将指甲挑出些药末来，弹在那尸骸颈上。说也稀奇，片刻之间，把个长大汉子消化得影迹无踪，只见一滩黄水。

梦笔见了，唬得舌头伸了出来缩不进去。便道："大哥，你把这脑袋索性一起化掉了，还要放在此则甚？"一枝梅道："我自有用处。"说罢，把衣衫裹得紧紧的，束了一条带子。足上脱去靴子，里面自有软鞋，就把这口刀插在腰间，一手提了头陀的首级，对梦笔道："贤弟少待，愚兄去把这东西抛掉了就来。"梦笔方欲回言，只见他向屋上只一蹿，快如电光一般的去了，暗想："怪不得他名扬四海，果然剑客之流。他的飞行之术，胜我二兄多矣！"我且按下这边。

再说一枝梅出了太平村，径到李家庄来。不多半刻，已到门首。他便跳上瓦房，寻到里边。只见花厅上灯烛辉煌，知道他们都在那里饮酒等候。那花厅对的上首，却有一只六角亭子。便将身跃到亭子上，上面把左足钩住亭顶上的葫芦，把身子斜挂下来，做个张飞卖肉之势。抬头观看，恰好正对花厅。见厅上边摆开二席，下首一席坐着四个教师模样。那朝外的一个，认得是同乡徐定标。上首的一席，中间正位空着，朝西二人。都是公子模样，谅必李氏兄弟。朝东坐者，是秀才打扮，知道就是花省三这篾片。

只见朝西坐那面黑的说道："去了这好半歇，为何还不见来，敢是被他捉住了不成？"那个面白的道："总是不能下手，故此在彼守候。"那秀才打扮的接口道："据门下看来，只怕有些不妙。"徐定标道："先生何以见得？"那人道："凡做这件事，第一要精细灵巧，智勇二全，方为妥当。若倚恃本领，气高力大，却粗莽大意，便不相干了。你看这静空僧粗心浮躁，是个莽和尚。去了这许久不回，怕他凶多吉少。"

一枝梅听得清楚，想道："都是你这贼挑拨弄火，助桀为虐，今日请你吃个小苦。”便把那头陀的首级提将起来，大喝道：“徐鹤的脑袋来也！”照着花省三劈面打来。不知果曾打中否，且听下回分解。

第八回 徐鸣皋弟兄观打擂 飞云子风鉴识英雄

话说那花省三，只听得“徐鹤脑袋”四字，这“来”字还未听得完全，那静空的首级已到。颈腔劈对省三面门，磕塌的一声，打个正着，弄得嘴里、鼻管坐、眼睛里满面的血臊。那脑袋跌将下来，恰好落在肴碗之中，满坐大惊，一齐站起。李文忠暗道：“既取得徐鹤首级，还该好好提将下来，为何这般行为？”大家定睛一看，知是静空的首级。列位，若要讲这脑袋，头发散乱，淋血模糊，骤然亦难分辨何人首级。只是那灿烂焦黄的溜金箍显在头上，一望而知是头陀的首级。这一惊非小，比方才更加吃唬，个个牙战口噤，毛发倒竖起来。

那一枝梅掷完了这脑袋，飞身上屋，连窜带纵，如掣电般回转徐家。梦笔见了便问：“大哥，那首级抛向何方去的？”一枝梅就把到那李家庄的话说了一遍。梦笔听了道：“大哥，你虽与他吃个惊唬，只是他们怎知是你干的？一定疑到鸣皋身上，这冤仇越结深了。究不如与他个石沉大海，音息全无为妙。”一枝梅道：“目今的人，欺软怕强，正要他知我厉害，使他不敢正眼相觑，显得我辈的威风。”二人谈论了一回，各自安寝。

再说李文忠等呆了半晌，同到庭中看视，早已去久。便叫家人把静空首级收拾开去，那肴馔都吃不得了，一并撤去，把水与省三洗去脸上血迹。大家都道：“那头陀一定被徐鹤杀了。”李文忠同花省三两个当夜写成状子，大略告他前次持强行凶，殴辱绅衿，身受重伤，府差签提，胆敢抗不到案，目无国法已极：今又谋杀头陀，挟仇移尸图害等情。到了明日，命家人带了头陀首级，跟随花省三，到扬州府王太尊那里控告，嘱他务要追捉凶身。

这个知府叫做王锦文，是个捐班出身，性极贪婪。他原籍山西汾州人，是个放印子钱的，积得银子，捐了知县。所以盘剥小民，是他本等。为官糊涂贪赃，却有一般本事，夤夜苞苴，孝敬上司。遂被他升了扬州府知府。那李家银子，借过了不知多少。当时判了朱签，发两个原差，到太平村来捉凶身徐鹤。梦笔埋怨一枝梅道：“都是你要显威风，如今不出我之所料。”一枝梅道：“贤弟放心，这赃官怕他则甚！我自有道理，你且出去回了差人。”

梦笔走到外边，对差役道：“这里家主徐鹤，自从前日动身，往南海进香去了。”差人道：“胡说！他昨夜杀了人，到夜半还去移尸图害，怎说前日动身？”梦笔道：“你们不信，自去里边搜寻便了。”那保甲道：“这个却是有的，我也亲见他同二个朋友下船去的。”差人无奈，只得到手了些银子，回去禀覆。

那扬州府王锦文最喜是杯中之物，当夜吃得酩酊大醉。到了夜半醒来，口中干渴，欲想坐起，便唤丫鬟取茶。觉得颈边有件东西，把手一摸，却是一把锋利尖刀。

那王锦文大吃一惊,再看那刀柄上有书一封,拆开观看,上面写着:“昨夜头陀是我所杀!你这赃官,若敢听信土豪,屈害善人,即便取你首级!柜中银子三千,是我借用。”末后画上一枝梅花,笔力清健非常。王太守唬得面如土色,心中又怕又恼,哪晓得这夜李文忠那里,也是一把刀一封书信。信中之言大略相同,只是银子偷去了一万。到了明日早晨,那些穷苦之家到是造化,也有五两一锭的,也有十两一锭的,家家散给。那李家同扬州府,皆不敢追究。只得把此事松了下来。

话分两头。我且说徐鸣皋同了徐庆、罗季芳,从那一日下落舟船,一路来到苏州。把船停泊阊门城外,离舟登岸游玩。六街三市,热闹非常。俗话说的:上有天堂,下有苏扬。那姑苏是个省会,商贾辐辏,人烟稠密,真个挥汗如雨,呵气成云。笙箫管弦之声,沿途相接。三人进了阊门,只见各店铺密排鳞比,街上行人挨肩擦背。只因擂台建搭完工,明日开台,那四方打擂英雄陆续来到。这些赶做买卖的,三教九流,人山人海,拥挤不开。

三人来到一个道院,抬头一看,只见“福真观”三字。鸣皋道:“这是有名的神仙庙,我们何不进去瞻仰瞻仰?”遂一同步入里边。只见那江湖上的巾、皮、驴、瓜,行行都有。无非是那小黑的拆字,八黑子算命,鞭汉的卖膏药,叹册的说评话,那哄当驴子在那里弄缸弄甏,那四平捻子在那医治毛病,那鞭瓜子在那里打拳头,那雨头子在那里画符咒。看一回都是平常之辈,无非是一派江湖诀罢了。

走到殿上,参过了神仙,左右观看。只见许多人围着一个相面先生,上边一幅白布招牌,上写“飞云子神相”。鸣皋道:“这个相面先生口出大言,自夸神相。”徐庆道:“江湖术士,大都如此。夸张大口,其实本事平常。”罗季芳道:“我们叫相一相。若相得不准,把他招牌扯掉他。”鸣皋道:“匹夫,他不过为糊口之计。由他夸奖,干你什么事?”徐庆道:“我们也相一相,试试他本事何妨?”三人挨进人丛,只见这先生有四十多岁年纪,三绺清须,神清目朗,相貌飘然。一见鸣皋等,便站将起来,把手一拱道:“三位豪杰请了。”三人也完个礼。旁边有两条凳子,先前相过的见来了三个华服的少年,知道是贵家公子,便站将起来,鸣皋等坐下。

飞云子问过了三人姓名、居处。鸣皋道:“久慕先生大名,不才等特来求教。”飞云子把他左手来一看,不觉拍案长叹一声。道:“惜乎吓惜乎!”鸣皋道:“敢是贱相不好吗?”飞云子道:“以公子的尊相,少年靠荫下之福,中年有数百万之富,晚年享儿孙之福,名利二全。为人豪侠,仁义为怀。当生二子一女,早年发达,为国家栋梁。寿至期颐。一生虽有几难星,皆得逢凶化吉,事到危急,自有高人相救。”鸣皋笑道:“照先生这般说,不才就极知足,就算极侥幸的了。还有甚可惜?”

飞云子道:“照公子的相貌,若落在平等人家,无甚好处。便生厌世之心,弃家修道,虽不能白日飞升,做得上八洞的神仙,亦可做个地行仙,长生不老,十洲三岛,任你遨游。岂不胜那百年富贵,如顷刻泡影哉?”鸣皋道:“不才颇愿学道,未知能否?”飞云子把手摇,道:“难,难!公子岂肯抛却了天大家私、美妻爱子,却去深山受那凄凉的苦楚。虽则一时高兴,日后必然懊悔。这叫做道心难坚,是学道最忌的毛病。所以在下替公子可惜。”鸣皋点头道:“我师父也是这般说来。”

飞云子问道:“尊师姓甚名谁?”鸣皋道:“我师道号叫做海鸥子。”那飞云子听了,拍手大笑道:“吾道是谁,原来是我七弟的贤徒。那年他曾说过,在江南传一徒弟,我却未曾问及姓名,不道今日相会于此!”鸣皋道:“如此说来,是不才的师伯。”便深深作了一揖。飞云子道:“既是自家人,此地非说话之所。”遂向众人道:“有慢列位,明日候教了。”那些闲人见他招牌收了,也都散去。

飞云子收拾了东西,同了鸣皋等三人出了福真观。一路行来,见座大酒楼,装潢得十分气概,招牌上写着“雅仙楼”三字。乃一同走入,里面极是宽敞。店小二问过点菜,便摆上佳肴。四人饮酒谈心,飞云子把徐庆、罗季芳相了,说他二人福禄俱高,只不及鸣皋的好。

鸣皋问起师父海鸥子:“一别多年,因何不见到来?弟子十分记念。”飞云子道:“我们几个人,虽不同姓,情比同胞。每年一会,七人聚首,痛饮一日。那会的地方,却无一定之处,会的日子亦非一定。这日都是上年相会之时预先约定,来年某月某日,在某处相会,虽路隔数千里,从无失信。会过之后,或二人一起,或独自一人,各个散去,遍游天下,无有定处。”看官,他们七个兄弟,不以年纪论大小,却以道术分次序,这飞云子却是老三,他的剑术非同小可。

四人正在饮酒谈心,只见外面进来二人:一个年少书生,一个却是和尚。飞云子招道:“二位兄长贤弟,我在这里。”究竟这二人何等之人,且听下回分解。

第九回　雅仙楼鸣皋遇师伯　玄都观严虎摆擂台

却说飞云子见他二人上来,便立起身来招呼。那二人见了,便走将过来。鸣皋等众人都站起来,招呼一同坐下,添了杯箸。飞云子问道:“你二人何处聚首?”和尚道:“也是不期而遇。”便问鸣皋上姓。飞云子道:“这便是七弟的贤徒,乃扬州赛孟尝徐鸣皋,是个当今豪杰。”二人听了大喜,道:“久慕大名,今日幸得相会!”飞云子指着和尚说道:“这位道号一尘子,便是我们的二哥。”又指着少年书生道:“这位叫做默存子,是我们的五弟。”鸣皋道:“二位师伯到来,弟子千万之幸!请众位师伯看过擂台,同往寒舍盘桓几日。”一尘了等三人齐道:“这却不必。我们孤闲成性,在此会后,便各随其意,不必常聚一处。”六人欢呼畅饮,直饮到日落西山!酒阑席散,鸣皋问其寓处。飞云子道:“我等萍踪无定,随处安身。明日自到宝舟相访,不劳贤契贵步。”鸣皋等只得分别回舟。

到了明日,依旧进城,一径到玄都观来,街上更加拥挤。进了玄都观,只见那擂台有一丈二尺高,周围有五六丈开广。左旁有一小小副台,安着文案,知是挂号之所;右边有一看台?悬灯结彩,中间竖起一根旗杆,上扯一面黄旗,旗上写着“奉旨设立擂台”六个大字,随风飘荡。台上悬着长、吴二县的告示。擂台前柱上一副对联,上写“拳打九州豪杰,脚跌四海英雄”。上面一块匾额,上写“天子重英豪”五个大字。里边架上二大盘金银。二大盘绸缎。下面看的人已挨肩擦背,等看开台。

不多一会，听得副台上吹起号筒，三声炮响，锣鼓齐鸣。只见四个侍卫簇拥着擂主上台。那看台上监官也坐在上面，鸣皋抬头上看，认得是宁王千岁。只因他心怀谋逆，故此奏明天子，设立擂台，名为拔取英才，实欲收罗心腹。这台主便是他的教师，名叫严正方，是有名师家，山中打猛，水内斩蛟。少年时节做过头等侍卫，随驾秋狩，空手搏杀人熊。一日虎牢内走了猛虎，京城内落乱纷纷，各武员侍卫人等分头追赶，恰好严正方遇见。虎向他当面扑来，他便将身一蹲，虎从头上窜过。他便趁势一把，将虎尾扯住，随手掼将转来，把这虎掼成塌扁。宁王知他神勇，千方百计把他弄到府中，改名严虎，倚为心腹。今日保举他做个台主，暗中教他收罗草泽英雄，除却忠良之辈。

只见正台上三吹三打，擂主踱出台来，向台下拱一拱手，通过姓名，说过一番打擂的话头。无非是奉旨建设擂台，原为拔取英才，无论军民人等，上台胜得我者，黄金绸缎若干，分别给与功名，有官官上加官，平民出仕为官，没有本领，不必上台枉送性命的老话头。

此时台下天下英雄豪杰到的不少，那班剑客侠士，也有多在人内。就是那一尘子、默存子、飞云子，只因玄都观设立擂台，所以都在此要看打擂台。只是他们不要那名利二字，不肯动手，但只看看世间英雄的手段罢了。

说话的，你这句话自相矛盾了。他们既不要名利，为何在闹市丛中，挂出“飞云子”的招牌，相起面来？看官有所不知，这飞云子晓得自己弟兄必有几个到来看打擂台，因此挂出自己别号，好叫兄弟们得知他在此处，便可大家聚首。不然，虽则同在苏州，人山人海，怎得聚首一处？况且剑客与侠士不同。若如一枝梅、徐鸣皋、徐庆等辈，总称为侠客。本领虽有高低，心肠却是一样。俱是轻财重义，助弱制强，路见不平，拔刀相助。若是他们七弟兄，皆是剑客。不贪名，不要利，只是锄恶扶良的心肠与侠客相同。所以剑侠二字相连。侠客修成得道，叫做剑仙。这部书专记剑客侠士的行踪。只因这个时候，天下剑侠甚多，叫做“七子十三生”。这七子，就是飞云子等这七人，还有云阳生、独孤生、卧云生等十三人，结为朋党，也是遍游天下。后书自有交代。

当时徐鸣皋看见台主严虎说罢一番，便打一路拳头，却也十分了得。看的人大家喝彩。这严虎本领实是超等，只是心地不好，所以肯就宁王之聘。他到了王府，靠着宁王势力，自恃本领高强，目空一世，看得天下无有敌手，任性妄为。现今随了宁王来到苏城，建设擂台，做了台主，越发心高气傲。在台上耀武扬威，口出大言。哪知台下人千人万，只有看的，没有打的。鸣皋等三人等了半日，看看日下西沉，却无一人上台，心上好不扫兴。那众人渐渐的散了，台主也自下台，鸣皋等只得回转船中安歇。

到了次日，再去观看。虽有几个上台交手，都是平常之辈，皆被严虎丢下台来，跌得鼻青嘴肿。不觉恼了一个英雄，乃是姑苏人氏，姓金名耀，是个忠良之后，为人豪爽，苏城有名的乐善公子，却是新科武举。他见严虎如此无礼，不觉怒发冲冠，便跳上台来，副台上记了花名簿。他与严虎交手，二人在台上拳来足去，打了二十余手。无如严虎拳法精通,渐渐抵敌不住。被严虎卖个破绽,金耀一拳打去,扑了一空。严虎忽地扭转身来,起二个指头向他劈面点去。这个解数,名为双龙取珠之势,金耀躲避不及,正中眼睛,被严虎挖将出来。金耀大叫一声,跌下台来。下面看的人,发一声喊,都道这台主太觉无礼,不该伤人眼目,使人变为残疾。那金耀的一班同年举子,个个咬牙切齿,要与金耀报仇。一面金耀跟来家人,扶他回去。

台下纷纷扰攘,恼了一个老教头,叫做方三爷,是常熟的第一个教师,就是金耀的师父。他见严虎将他徒弟弄得如此狼狈,心中大怒,跳上台来。通过姓名,上了花名簿,对了严虎骂道:"你这恶贼!朝廷设立擂台,原为拔取英雄豪杰。如何伤人眼目,我也取你二只眼睛,与我徒弟报仇!"骂得严虎大怒,二人上手便打。那方三爷的本领,原是一等的名家,只是年纪大了,打到三十条手,气力不加,二臂有些酥麻。那严虎正在壮年,越打越有精神。方三爷一腿踢去,却被严虎接住,趁手提将起来,向台下掷去,跌个金冠倒挂。不料脑袋恰巧对着大言牌上碰去,顿时脑浆迸出,一命呜呼。台下众人齐喊:"台主打杀人也!"

那罗季芳见了,不觉怒从心上起,恶向胆边生,这股无明火,哪里按捺得住,大叫:"反了!"他便分开众人,抢将过去。鸣皋看见,要想止住他,却哪里来得及,早已上了擂台。通了姓名,大叫:"严虎儿子,快来领死!"也不管三七二十一,便是一拳打去。

严虎见他是个莽夫,来势十分凶勇,便将身子偏过,只是腾挪躲闪。那季芳打了三二十拳,没有着他膊臂一下,反觉自己费力。严虎见他渐渐不济,便运功夫,直上直下的,一拳紧是一拳。那季芳只有招架,气喘汗流。鸣皋、徐庆见这呆子不好,欲想上台帮助,却又理上不合。正在二难,只见罗季芳被严虎打下台来,跌个仰面朝天。徐庆心中大怒,正欲上台,哪料这台主早到里边去用膳歇息。时光已不早了,只得大家散去。

三人出了城,回到船上,便问:"罗兄可曾受伤?"季芳道:"这王八实在厉害!我只是跌得背上有些浮伤,并不碍事。明日老二你上去,把他打下台来。待我打他一顿出气!"鸣皋道:"这个自然。但是只怕我敌他不过,反被他打了下来。"徐庆道:"我今日本欲上去,只是他已逃进去,明日让我上台,若是胜不得他时,你再上未迟。"鸣皋道:"我看严虎拳法顿高。他的功夫,也是少林一派,恐你敌他不住,反吃亏了。不如我上去见机而行,或可侥幸。"当夜三人议论不一。

到了来日,正是第三日了。三人来到台前,只见严虎正在耀武扬威,说道:"台下听着:你们自量有本领的,上台考取功名;没用的戎囊,休来送死!"不知何人上台交手,且听下回分解。

第十回 赛孟尝拳打严虎 罗季芳扯倒擂台

却说严虎在台上夸张大口,口出狂言,徐庆听了,早将双足一蹬,飞身上台。他有飞毛腿的本领，身轻如燕，跳到台上，声息全无。副台上值台官便叫报名上册。徐庆道："俺乃山东徐庆的便是。"说罢，把两个指头指着严虎喝道："朝廷设立擂台，原为考取英雄。命你做了台主，即当尽忠报国，拔取真才，评定甲乙，方像个台主。你却口出狂言，只显自己能为，不问他人性命，把人丢下台去，可恶已极。更加挖人眼目，伤人性命，竟是强盗不如！俺也不要功名，不贪富贵，今日上台，特来取你狗命！"

这一席话，把个严虎骂得暴跳如雷，勃然大怒，骂道："匹夫，你敢在钦命的擂台上撒野！且到爷爷手里来送死！"说罢，使个门户，叫做"童子捧银瓶"之势，等他打来。徐庆便使个黑虎偷心，照准严虎当心一拳打去。严虎将身一侧，起左手勾开他的拳头，将右手照定肩尖，一掌打去。徐庆转身把左手帮在右臂，将他拳头让过，进步还拳。二人一来一往，打了五六十个照面，渐渐气力不加。若讲轻身纵跳，徐庆远胜那严虎，只拳法实力，却非严虎对手。打到八十余手，被严虎使个玉环步、鸳鸯腿，把徐庆踢下台来。

鸣皋见了勃然大怒，便扑地跳上擂台。二脚恰在台边，只立得一半，那身子连连摇摆，好似立不定的样子。台下众人倒替他吃惊，都道："这人要跌下来也。"那严虎见了，知道这个名叫"风摆荷花"，是少林的宗派，晓得此人是个劲敌，不比寻常。

鸣皋走到副台，把手一拱道："生员姓徐名鹤，原籍广东，寄居江南扬州，特来考取功名，请上了名册。"那副台主姓狄名洪道，乃苏州人氏，他的表妹便是鸣皋的妻室。只是他二人未曾会过，彼此皆不认得。当时听得鸣皋报名上来，方知是他的妹丈，只不便相认，遂把花名簿上了。

鸣皋走到台中。将严虎仔细一看时，见他身长九尺，生一副淡红脸面。额阔颧高，两道浓眉，一双虎眼。大鼻阔口，两耳招风。颔下连鬓钢须，好似铁线一般，根根倒抓。头上边扎巾钿额，身穿银红缎剪千，足登薄底骁靴，叉手立着。鸣皋施个半礼，道："台主请了。"严虎见他循规蹈矩，是个知礼的人，也完个半礼，道："壮士请了。"鸣皋道："生员略知拳棒，本领平常，妄想功名，还望台主容情一二。"严虎道："好说，请合手。"说罢便立个门户，左脚曲起，右手挡在头顶，左手按在右腰。这个名为"寒鸡独步"之势。

鸣皋将身子带偏，左手在胸，打手搭在左膊之上，腾身进步，将右手从后面圈转，阴泛阳的一拳。这叫做"叶底偷桃"，便是破他"寒鸡独步"的解数。严虎将身一侧，起左手掀开他拳，右手还他一下。鸣皋躲过他拳，使个"毒蛇出洞"，劈心点来。严虎看得分明，使个"王母献蟠桃"，托将开来。鸣皋将身做一个鹞子翻身，劈转来，双手齐下，名为"黄莺圈掌"。严虎将身往下一蹬，把头向一边偏过，他的双掌趁势使个"金刚掠地"，把右脚在台上旋转将来。鸣皋将身跳过，又使个"泰山压顶"，照严虎劈面打来。

二人在擂台上，你来我往，脚去拳完，只打得眼花缭乱，好似蝴蝶穿花。正是棋逢敌手，将遇良才。足足打了一百余条手臂，不分胜败：

若论他二人的本领，一个半斤，一个八两，若放在天平内称来，没有轻重。拳法是鸣皋胜些，气力是严虎大些，扯个正直。只是今日鸣皋有一件吃了亏，所以觉得渐渐下风了。你道为何？只因严虎穿的薄底骁靴，鸣皋爱穿高底皂靴，又厚又宽。他仗自己本领，不肯更换紧统薄底骁靴。恰逢了敌手，初起也还不觉。打了一个时辰，便觉不灵便起来。

这严虎有一下煞手拳，名为"独劈华山"，乃是一劈手，十分厉害，是他师父秘授的看家拳。随你英雄豪杰，当不起这一劈手。凭尔功夫再好，也要打个筋断骨折；若工夫稍欠些的，便要打成齑粉。当时严虎用个"蜜蜂进洞"，将二拳向着鸣皋二太阳穴直打过来。鸣皋使个"脱袍让位"的解数，将二手并在一处，从下泛将上来，向二边分去，把严虎的双手隔开，故他二手自上圈到腰间。那严虎借他分开之力，反手一劈，正对面门劈下，所以偏避不及，将手来隔，也是不及。这下煞手拳，不知劈了多少英雄好汉！鸣皋叫声"不好"。知道难逃此厄。谁知严虎忽然眉头一皱，也是叫声"不好"。这一劈手，他竟不打下来，似乎呆一呆的光景。看官，你道这个时候，呆得一呆的吗？说时迟，那时快，早被徐鸣皋一拳，正打在严虎的颔下。这拳名为"霸王敬酒"。把严虎一踢，掼下台来，跌一个仰面朝天。

罗季芳看见，大笑道："这王八也会同我跌个一样！"便踏步上前，一脚踏住严虎的胸膛，提起拳头一阵乱打。也算严虎晦气，打得鲜血直喷。徐庆也去加上几拳。鸣皋跳下台来，上前扯住道："呆子，你们再打，便要死了，不当稳便。"徐庆听得便住了手，只是罗季芳尚不肯罢休。正在交结，那宁王见台主跌下擂台，被他们如此攒打，心中十分大怒，便吩咐把他们一齐拿下。

那总兵黄得功、副将胡奎，同着参将、都司、游击、城守，领了护台军士，一并同来拿捉。鸣皋、徐庆听得要拿他们，一齐大怒道："他们如此不讲情理，我们再打个落花流水！"便在威武架上，各人抢了一条棍子，在台前打将起来。正打得落乱纷纷，四散奔逃，哪晓得罗季芳把擂台柱子，用尽平生之力向前一扯，只听得豁辣辣的一声响亮，那只擂台连着副台，一齐倒将下来。幸亏看打擂的众人纷纷躲避开了，只压死军民人等二十余人，受伤者不计其数。鸣皋见呆子闯了大祸，便同徐庆高叫："罗大哥，快走！"那时各武员军士们等重重围裹上来。谁知这呆子不知厉害，还在那里厮打。

不多一会，那兵马大元帅马天龙得信，引着飞虎军到来相助。鸣皋同徐庆见势头不好，也顾不得季芳，二人杀出玄都观来，飞身上瓦房，连窜带纵，逃出城来。这罗季芳被众军士围住，不得脱身。马天龙元戎已到，他是有名的第一口名刀，何等厉害，季芳如何抵敌得住？遂被众将擒下，绳穿索绑，押赴狱中。

且说严虎打得身受重伤，宁王吩咐官医疗治。将他衣服卸开，只见肩窝上，中一枝小小箭儿。那官医拔将出来一看，却是二寸余长的一枝吹箭。那箭上有一行蝇头小字，仔细看时，却是"默存子"三字，便呈与宁王观看。不知谁人暗施冷箭，遍问左右，可晓这默存子姓甚名谁，何等样人。众人妄想猜疑，并无知晓。因问严虎平日有无仇人？可知默存子为谁。严虎满腹思想，亦复茫然。大家多疑为徐鸣皋一党，只要拷打罗德，谅必知晓。

只见副台主狄洪道禀道："这个默存子非是等闲之人，乃一个剑侠之士。昔年在雁宕山，与我师弈棋，曾见过一面，那时只十八九岁的少年书生。他的本领，口能吐剑丸，五行遁术。我曾求他试演剑术，他就坐在草堂并不起身，把口一张，口中飞出一道白光，直射庭中松树。这白光如活的一般，只拣着一棵大松树上下盘旋，犹如闪电掣行，寒光耀目，冷气逼人。不多片时刻工夫，把棵合抱的树丫枝，削得干干净净，单剩一段本身。我师言他又善用吹箭，百发百中。若他用了药箭之时，却是见血封喉，立时毙命。比了国初何福的袖箭，更加厉害。严师爷中的，谅不是药箭，还算侥幸哩！"

宁王听了将信将疑：难道世间有如此本领？他与严虎何仇，却去损他则甚？因问洪道："你的师父叫什么名字？"洪道说："我也不知他姓名，但知他道号叫做漱石生。"宁王吩咐府县，把罗季芳三敲六问，并无口供。只说徐鹤、徐庆俱不认识，亦不知什么放箭之人。只得仍旧监禁。不知季芳性命如何，且听下回分解。

第十一回　救义兄反牢劫狱　换犯人李代桃僵

话说宁王把罗德收禁监牢，一面上表申奏朝廷，说有不法武生罗德等数人，暗施冷箭，射伤台主，毁坏圣旨，拖倒擂台，压毙军民无数等情。一面悬了赏格，捉拿殴打台主的凶手徐鸣皋、徐庆、默存子三人，限长、吴二县，即日缉获凶手。我且按下不表。

且说鸣皋、徐庆二人出了城门，来到船中，吩咐把一切灯笼记号尽行除去，倘有人查问，只说镇江武生，休说姓徐便了。当下二人商议相救罗季芳计策，徐庆道："若去劫狱，救了罗大哥，只是罪名重大，我却回转山头，他何处追寻，便可没事。只是你若躲避外方，定累家属。且你家业遍地，岂不要被他们封闭入官？"鸣皋道："为了朋友兄弟，这也何妨！只是恐其画虎不成，反为不美。我们须要想个万全之计。"徐庆道："若是官员那里，只要把银子买通上下，还有做手。如今那老奸心上恨了，除却劫狱一计，别无良策。"鸣皋道："也罢，为了弟兄，顾不得家私。你我明夜准去救他出来，若然迟了，恐怕误了季芳性命。"

二人商议已定。到了来朝，吩咐把船开到铁棱关停泊。到了黄昏，二人轻装软扎，腰间各插一把钢刀，来至城下。二人俱会壁虎游墙，将身贴了城墙，手足伸开，运动功夫，如壁虎一般，瞬息已到城头之上。一路来到司监，飞身上屋，在监墙上向下望，只看不见里边那处是季芳的所在。只得轻轻跳将下去，东张西看，犯人甚多，只寻不见季芳。

正在张看，只见前面有更卒走来。徐庆便向门后一闪，鸣皋无处可躲，只得向上一跃，将三指摘住一根椽子，悬空挂在上面。巡更的狱卒击柝而来，等待他走到面前，鸣皋从梁间蓦然下来，把巡卒擒住，将刀搁在他颈上，轻轻喝道："你叫一叫，我便杀你！”唬得巡卒缩做一团，连话都说不出来，单道：“匆匆！”鸣皋道：“你只说那拖倒擂台的罗季芳在哪里，我便饶你性命。”巡卒道：“爷爷，放了小人起来，告诉你，他在内监末号内。此地过去，要转五六个弯曲，从小门内进去，把门关上，回转身来，方才看见号门。”徐庆道：“他的说话未必真实，贤弟休要信他。”巡卒道：“小人句句实话。”鸣皋道：“你便引领我去！”抓住他先走，徐庆在后。果然有五六个弯曲，来到一个小门。推开进去，却是一条狭巷。三人走进巷内，回身把门关闭，果有一个狭门户。原来方开门进来的时候，恰巧被门遮了，所以看不见这门户。

钻进去看时，这季芳正在那里“王八狗肏”的骂。鸣皋道：“罗大哥，小弟来也！”季芳听得是鸣皋声音，便道：“老二快来，我被他吊得要死了。”徐庆上前看见，见他高高地吊在上头，便将他放了下来，割断了绳索镣铐。回转身把刀来杀这巡卒。鸣皋道：“且慢，休要杀他。”便把季芳身上刑具与他上了，也把他照样捆了吊将起来。徐庆道：“贤弟，何不把东西塞了他口，我们去了，教他不能喊叫。”鸣皋道：“不妨。这个地方，由他喊破喉咙，却没人听见的，怕他则甚？”

三人出了监门，由原路出来。徐庆踊身一跃，已上了监墙。鸣皋晓得季芳跳不上的，便把他负在背上，运动功夫，在庭心内打个旋风，扑地跳上监墙。三人遂循旧路越城而出。真个人不知鬼不觉，把个内监重犯盗了出去。

只是鸣皋不杀这巡卒，虽是仁心，究竟失着。谁知巡卒认得他们，因为打擂的时节，巡卒也在台下，所以认得他。那宁王知道他们党类都是本领高强，恐防劫狱，所以十分紧急，一夜五六次的察看。鸣皋等去不多时，早有狱官、差役人等，穿梭一般地查察。走到那里，看见地上一面更锣，一盏灯笼，知道出了毛病，慌忙赶到里边。

进得号门，便听得喊叫“救命”之声。走上前去，脚底下踏着一件东西，将灯火提起照看，却是一个更柝。抬头看时，犯人依旧吊着，只是看不清楚，便问：“你是何人？”上面的答道：“我是狱卒王三，快快放我下来！”狱官在后听得大惊，忙教放下来，问那犯人哪里去了。那王三一五一十地说了一遍。狱官唬得魂不附体，问王三道：“你认得这二个究竟是谁？”王三道：“小人昨日在台下，看得清清楚楚，正是打严师爷的扬州人。”狱官慌忙到宁王行宫报信，一面叫差役分头各衙门报信。

满城文武得了这个要犯越狱的信息，慌忙齐到王府行宫伺候。宁王知道果然劫狱，心中大怒，立时传出旨意，着地方官限二日内缉获。若第三日不见罗德、徐鹤、徐庆三人，将阖城文武一并治罪。一面吩咐副教头狄洪道带领二个徒弟王能、李武，并五百御林军，会同马天龙，带领偏裨牙将，大小三军，沿途追赶，务在必获。满城文武得着旨意，弄得落乱纷纷，没做理会。恰好兵马大元帅马天龙到来，即与副教头狄洪道商议：谅他必回扬州。我们带领三军，合做一处，向官塘追去。这里吩咐府县挨户细查。

计议已定，正要起行，只见一马飞来，到得王府门首，下得马匹，上前参见道：“小的是马快都头郭玉。今捕得扬州武生徐鹤等踪迹，特来见王爷，请兵拿捉。”马天龙道：“现在扬州徐鹤、徐庆在司监劫去要犯罗德，王爷传旨追捉，正没头绪。你既知晓,速速引领前去,不必去见王爷。你且说他存身何处。”郭玉道:“他有坐船在铁棱关。”马天龙吩咐众将官带领三军,向铁棱关拿捉劫狱强盗。一路人衔枚马摘铃,灯球火把概用皮套,不许声张。大小三军一声答应,立刻起行。出了阊门,一路静悄悄望铁棱关进发。正是:并无人咳嗽,只有马蹄声。

这阊门到铁棱关,有十里之遥,我且按下慢表。再说徐鸣皋同了徐庆、罗季芳,一路回到铁棱关,下了舟船,不见船中的四个家人,初时只道他们睡熟在后梢,不以为意,便向徐庆道:“明日我们到哪里去好?这罗大哥的相貌,最是好认的。我同你上台打擂,俱被众人看见,这里断然不能存身。”徐庆道:“若是我与贤弟,随处可以潜身,只是罗大哥躲不过去。还是回转扬州,再作道理。”

罗季芳道:“你们只管讲话,我的肚子却有些饿到背心上去了!”鸣皋笑道:“莫怪大哥饿,我也腹中饥了。”忙叫家人取酒馔来。叫了几声,无人答应。走到后梢看时,一个也不在船上。便道:“这也奇了,难道他们四人都上岸去,船上无一人看守?”罗季芳道:“他们一定是赌钱去了。”徐庆道:“只怕未必,即使赌钱宿娼,断无一齐皆去的道理。你听那关上已打五更,难道他们一人也不想回来?我看这事有些古怪。”他三人我猜你测,只想不出来。

我晓得看书的诸公,心里却倒明白:这一定是被捕快拿住了。只是怎样的看破机关,被他们拿住,晚生要交代明白出来。因为这只船,是徐府上自己打造的坐船,所以极其宽大华丽。停在阊门的时候,客船准千准万的拥挤,不开倒也不知。只因移到铁棱关,来往船只稀少,虽有二三十号商船,却不比得这只船金彩耀目。另有一工,也是徐鹤的失着,他小心了,反为坏事起来。那郭玉是个苏州的有名马快,别府各州各县有了难破案件,都来慕名请他去的,所以他的一双眼睛,何等厉害。当日得了宁王之命,限他侦缉扬州徐鹤、徐庆、默存子三个凶手,他就料定他们必走铁棱关这带路,带了一班做工的竟到铁棱关来。见了此船,有些疑心,便问:“你们是哪里来的?”那船上家人回道:“我们是镇江武生,来此看打擂台的。”郭玉听了,早已料着六七分。不知可曾被他拿获,且听下回分解。

第十二回　铁棱关挑灯大战　救妹丈弃邪归正

话说那捕快郭玉,是个有名的好手,当时见了此船,知道有些来历,便同伙计在对面一家酒店楼上沿窗吃酒,吩咐伙计:“你们留心这船舱的人上岸,我看起来,有七八分是了。”伙计道:“怎见得?”郭玉道:“你看这只船不是扬州的式样吗?这船人的口音,又是扬州白,他偏偏说是镇江来的,这便是个见证。若说他今日初到,就应该在西边来,为何又在东边而来;若说他前几日来的,今日回去了,这擂台还是昨日傍晚时扯倒的,他路远迢迢来到此间,今日便要紧回去,这又是一个见证。他船停了好半日,不见坐船的上岸,这就是越发可疑了。”伙计都道:“足见老大好见识,我等实在拜伏!”他们几个不离左右的侦探。

到了黄昏人静，鸣皋同徐庆软扎轻装，扑的跳过对岸。这班做工的虽看不清楚，却知道是两个有本领的侠客从船中飞过对岸去了。遂来告知郭玉：这是一定的了。便下船把四个家人扯的扯，拖的拖，来到保甲家里，一顿吊打。这四个家人哪里经得起，便从头至尾，一本实说。郭玉便到驿栈上牵过马来，飞奔进城报信。

再说徐鸣皋等三人正在船中猜疑不出，忽听岸上一声呐喊。三人知道不好，扯起船窗一望，只见二岸官军无数，火把照耀，如同白日。马上兵马大元帅马天龙，顶盔贯甲，手提九环象鼻紫金刀，威风凛凛，带着总兵黄得功、副将胡奎，并那参将、游击、都司、守备等偏裨牙将，各执刀枪，只待交战。那步下的副教师狄洪道，手执二根铁拐，英气勃然。旁边马快都头郭玉，手执三节连环棍，抢眉爆目。二个小教师王能、李武，各执镔铁齐眉棍，分开左右。并一班做工的，都是单刀、铁尺、钩连枪、留客住，排得整整齐齐，刀枪林立。

徐庆便叫："哥哥，贤弟，快些杀上岸去，突围去吧！"鸣皋道："罗大哥，你与我背心贴着，不可离开。三哥先行开路。"此时若没有罗季芳在内，他二人纵跳如飞，谁人围得他住？只因要顾那季芳，所以就有许多碍手。当时徐庆手执单刀，飞身上岸。鸣皋也取了单刀，罗季芳扯出一枝竹节钢鞭，二人背对背贴着站在船头。要想上岸，那岸上的挠钩、留客住、钩连枪，如雨点一般的上来。幸亏鸣皋的这口刀，却是龟兹国进贡的宝刀，名叫"松纹"，真个吹毛得过，削铁如泥。鸣皋知道他们的器械最是狡猾，若被着了一下，便是众钩齐着，那时任你英雄好汉，难于脱身。他不慌不忙，把这口刀使个三花大盖顶，只听得叮叮当当的响，这些做工的手里，光剩着半段头的竹竿。

鸣皋同了罗季芳，趁势上岸，将这些民壮马快，刀斩鞭打，犹如两只猛虎到了羊棚里面。这些做工的东逃西窜，那官军却是一声呐喊，团裹上来。马天龙同了黄得功、胡奎，并那参将、游击、都司、守备偏裨牙将，如走马灯一般，将他二人团团围住。三军擂鼓呐喊助威。鸣皋虽勇，只是顾了罗季芳，不能飞身跳跃，因此冲突不出。

且说那狄洪道看见徐庆飞身跳上岸来，心中想道："我若不动手时，恐被他人看出有意放走了徐鹤；我若动手，我的母姨面上怎说过去？不如待我把这徐庆战住了他，让我妹夫脱身而去。"他原是一片好心，知道这班官员哪里捉得住徐鸣皋。想定了主意，便把手中铁拐分开，叫声："徒弟，随我来！"那王能、李武跟了洪道，一齐来战徐庆。

若论狄洪道的手段，与徐庆正是对手。只因加上了王能、李武二个徒弟，徐庆便难对敌，更兼这五百御林军围将拢来，如何抵挡？见洪道劈面一拐打来，将刀架开铁拐，王能棍子从脚骨上扫将过来。方才跳过棍子，李武棍子早到。偏过李武的棍，洪道的双拐齐下，打得徐庆吼叫连连。休说顾那鸣皋、季芳，连自己也有些顾不周旋。一面打，一面暗想："他们如此凶勇！不知鸣皋、季芳如何样子？我若只管恋战，恐官军只管围将拢来，那时难以脱身。三十六着，走为上着。即使鸣泉等被他拿住，我发开飞毛腿，明日便可到扬州报信。叫我二哥一枝梅到来，救取他们。若然三人一并被擒，岂不白送了性命？"

想定主意，一路留心，望见前面便是吴山，沿山有一带楼房，离此不远。他便且战且走，渐渐近那楼房。得个空隙，踊身一跃，早上了楼房之上。那时王能、李武跳不上去，单单只有狄洪道一个追上楼房。徐庆就在楼房上面且战且走，狄洪道一路追去，二人打到吴山上一个大松林内。徐庆走入林中，东穿西绕。狄洪道望去，满目青翠，竟寻不见了。想道："此时妹丈谅已脱身，我在此追他则甚？"遂转身回到铁棱关来。

哪知徐鸣皋左冲右突，难出重围，正在危急。狄洪道听得关前喊杀连天，乃跃上瓦房一望，只见他们二个背对背贴着，在那里冲突不出，外面官军围得铁桶相似。暗道："我妹丈义重如山，不肯独自逃生，要带那罗德出来，故此被困。我若不去战住徐庆，他们却早已杀将出去。只因我顾了自己前程，反害了妹丈性命。上负母亲同胞姊妹，被天下英雄耻笑。况且宁王的所作所为，必不能成大事，又屈在严虎这无谋的匹夫之下。此等前程，要他则甚？不如待我救出了妹丈，隐姓埋名，到别处去安身。那时候已经过午，看他二人今日再也杀不出去。况且半天未吃东西，若挨到晚来，必被拿住。此时不去救他，更待何时？"转定念头，飞步来到关前，运动双拐，冲入重围。

众官军见了，只道他来助战，遂纷纷让开。"洪道到了里边，只见马天龙将徐鸣皋一刀劈去，便抢过去，将双拐把刀枭去。只因用刀过猛，那马火龙又不提防，这口刀直掼过去，反把个副将胡奎劈死。马天龙虎口震开，刀也几乎脱手。洪道大叫："鸣皋妹丈快走！俺狄洪道与你开路也。"说着舞动双拐，冲围而出。只听得王能、李武叫道："师父哪里去？"洪道道："贤契，快随我来！"王能、李武使动铁棍，一同打将出来。

鸣皋看得分明，正不知这副台主为何打起自己人来，忽听得叫他"妹丈"。又说"狄洪道开路"，心中顿然醒悟："我岳母有个姊姊姓狄，他有个儿子到陕西学习武艺，只未曾会过，谅来一定是他。"不觉心中大喜，便道："罗大哥，如今好了，快走吧！"二人胆也大了，气力加倍猛勇，跟了洪道杀开一条血路，冲出重围。

鸣皋道："多蒙狄兄救我二人出了龙漂虎穴。只是你不能回去的了，且同二位高徒到了我家，再作计较。"狄洪道寻思也只得如此，五人遂一路趱行。洪道说起徐庆走入松林："我们或者遇得见他。"一路谈些亲戚之事，在陕西投师学术，拜了漱石生为师，遇见多少剑客侠士的话头。鸣皋也把海鸥子传授本领，直说到苏州打擂台。彼此情投意合，只恨相见之晚。看官，三人到得扬州，徐庆已动身回去，却闯了一场大祸，弄到徐鸣皋身上，一枝梅也不在扬州的了，后书再表。

且说马天龙并众将，见反了狄洪道师徒三人，鸣皋等又被走脱，只得虚张声势追了一程，把胡奎买棺成殓。马天龙与总兵黄得功商议：现今凶手逃逸，越狱重犯未获，如何回复王爷？大家商议了多时，皆道："不如一并推在狄洪道身上，我们可以卸这重担。"随即收队进城。

到了王府，见过宁王，说："我们将罗德、徐鹤、徐庆三人等一并擒住，交与副教师押解进城。不料狄洪道与徐鹤却是亲戚，他暗与徒弟串通，把三人放了，将副将胡奎杀死，伤了无数官兵，随时一同逃走。我等整队追赶三十余里，天已晚了，山路崎岖，无从追获。伏乞王爷恕罪。”不知宁王怎生发落，且听下回分解。

第十三回 警奸王剑仙呈绝技 杀土豪义士报冤仇

却说宁王听了马天龙众将之言，大怒，喝退众人。来日与谋士商议，着府县严查关隘，画影图形，拿捉伤人劫狱重犯罗德、徐鹤、徐庆、默存子、狄洪道、王能、李武七人。惟默存子却不知年貌，其余六人，各注相貌年纪，并行文各处，一体严拿。府县奉命，随即移文关会各府州县，出千金重赏，拿捉凶身。

宁王思想：“罗德、徐庆、狄洪道等，皆不知着落。只有徐鸣皋是个维扬首富，绰号赛孟尝，家财豪富。他住在东关外太平村上，若是拿不到他，却可寻他家属。”晚上与谋士计议，宁王道：“孤设立擂台，原为收罗豪杰。不料徐鹤羽党，暗放冷箭，打下严虎，那罗德又扯倒擂台。分明与孤作对，坏我大事，罪已该死。又敢反牢劫狱，盗出要犯，这都是徐鹤不好。孤想他有家属在扬州东门之外，家财甚富，各处当铺甚多。我欲把他家属收禁，抄掠了他家私，将他所开当铺尽皆封闭。一来使他无有巢穴，二来亦可助我饷银。此乃一举二得，你道如何？”

这谋士姓赵名子美，智多识广，极有谋略，绰号“小张良”，宁王倚为心腹。当时听了宁王之言，把头摇道：“这个使不得。他颇有虚名，门下食客甚多，其中岂无异人奇士？前日这默存子放箭暗助，就是明证。若去收他家属资财，只怕这班人助桀为虐起来。即使成功，日后难免报复，来惊动千岁藩邸。”宁王道：“我旨意下去，谁敢阻挠！这些狐群狗党，何足为虑！据你说来，倘徐鹤同这一班逆贼潜匿家中，也就不去拿他？”这二句话说得赵子美顿口无言。

恰好苏州知府张弼到来。此人也是宁王心腹，却是个进士出身。生得相貌极好，方面大耳，三缕清须，一表非凡，生平最爱这须髯，却是个清中浊，善于迎合，因此宁王喜他。当时见了宁王，赐他坐在一旁。宁王说起这一席话来，张弼要奉承他，便道：“此事只管行，千岁钧旨下去，谁敢抗违？落得用他数百万银子。他怎敢与千岁为难？只要明日千岁发下旨意，着扬州府王锦文，带同城守营，通班差役，将他妻子下在监牢，把他家财抄籍，房屋封闭。一面移文各府州县，只拣是泉来典当，都是他的，一并封没入官。看他有甚能为！赵先生太深虑了。”子美道了一个“是”字，便不做声。宁王心中大喜，便道：“他只书生之见。”

话犹未了，忽然间一人轻装软扎，背上插一把宝剑，跪在面前，口称“千岁”。宁王大吃一惊，仔细看时，却是一个和尚，口称：“千岁在上，衲子特来拜求王爷。那徐鸣皋是个仁义之人，他为义气，救出罗德，虽有劫狱之罪，理应捉拿，只是妻子何罪，财产何干？衲子惯打天下不平之事，恳求千岁赦他妻孥之罪，免抄他的家财店业。至于捉拿正身，王法所该，衲子怎敢强预？”

说罢，把口一张，霍的吐出一粒银丸，如弹子模样的，悬在空中，晶莹夺目。转瞬之间,烁的一声,变成一道电光,飞绕满室,犹如电掣风行,映得眼花缭乱,好似近在耳目之际,觉得面上冷气凛然,使人寒噤。唬得遍室个个心惊胆碎,魂飞魄散。不多一会,这光华截然不见,那和尚也影踪全无,不知哪里去了。

众人还呆着不敢少动,歇了一会,渐渐神定。宁王道:"本藩从未见过这厉害,几乎唬杀。方才和尚莫非就是默存子这剑客?"子美道:"据臣下看来,非是默存子,必然另是一人。"宁王道:"你何以晓得?"子美道"千岁不听得狄洪道说道,他见过默存子一面,是个年少书生,不是什么和尚?"

正在说着,宁王看那知府,便道:"张卿,你的须髯怎的没了?"这张弼最爱惜的是须子,平时刻刻把手去捋他。只因在宁王面前,不敢失仪,故此忍了好半日未去捋。听说没了,忙把手去捋时,颔下精光的滑,却变了三五少年,如剃刀剃去的一般,心中夺夺的跳个不住,又怕又恼。便把宁王看时,长髯依然未动,但觉得眼上边光光的。遂伛着腰走近宁王一看,却是二道眉毛剃得一根不剩。忙道:"千岁怎得眉毛没了,莫非只容的待诏不经心,把来一并剃了?"宁王道:"呀,岂有此理!"遂把手摸时,果然剃得精光。骇道:"这和尚真好厉害!他若要害本藩,易如反掌。张卿方才说抄籍徐鹤家小的话,只得罢了。只是太便宜了徐鹤。你只移文各处,着严拿正凶六人便了。那个默存子,也不必提着。"张弼诺诺连声,告退回衙不提。

我且说这和尚,便是一尘子。自从那一日在酒楼会见鸣皋等三人,后来看打擂台,默存子助了鸣皋一箭,罗季芳扯倒擂台,被官军捉住,知道必有一番跋涉。三人商议,把一尘子留在苏州城,观其动静。若有万分为难之事,暗中相助一臂。那默存子、飞云子又到别处去了。一尘子径到藩邸,匿在花厅上匾额之中,所以宁王一切举动,无不周知。那晚听得他们用此毒谋,他便下来惊吓他们,使他不敢下此手段。事毕之后,他也动身而去。

不料一尘子在厅上见那宁王之时,却有一人伏在檐头,听得明明白白。后来看见他口吐剑丸,警戒奸王,飞身跃出,只一道黑光,去无声响。你道此人是谁?原来徐庆那日在松林内躲过了洪道,拔开二条飞毛腿,径回扬州。来到徐府,见了一枝梅、江梦笔,把苏州之事从头说过。梦笔便道:"二兄,此事全仗你扶持。赶紧到苏州,见机行事。"一枝梅立刻动身,当夜便到苏城,探知徐鹤、罗德幸亏狄洪道救出重围,恐怕宁王别生枝节,他便在藩邸探听消息。恰遇一尘子在彼,知道此事瓦解的了。思想鸣皋必不居住家中,不知逃往何处,我今也不回扬,且往别处去来。遂到金陵探友去了。

我将姑苏之事丢去不表。再说徐庆自一枝梅起身之后,他想起兄弟伍天熊不知在于何处,曾否回山,遂辞别了江花,到书房内取了自己的弓箭,动身回转九龙山,一路寻访兄弟。

出了太平村,行不到十里。只见前面有许多人在那里射猎。将身隐在林木之中,仔细看时,却是冤家见面,分外眼明——正是冤家对头!原来这日李文孝带了家丁,在此逐走射飞。徐庆见了,暗叫一声:"惭愧,我正要寻你,不道天网恢恢,他自来送死!"即便拈弓搭箭,觑定李文孝一箭射来。要知徐庆的箭百发百中,真个穿杨贯风，所以人称神箭。这一箭正中李文孝咽喉，翻身落马。徐庆见他中了咽喉，谅无生理，他便飞步地走了。

李府家人听得弓弦响处，见主人落下马来，连忙上前扶起。只见喉中一箭，射个对穿。众家人慌得没有主意，又不知何人暗算，一面回家报信，一面背了李文孝，拥着回来。李文忠得了这信，连忙迎将上来。见了兄弟如此模样，眼见得不活的了，急忙告知父亲。那李廷梁舐犊之情，自然捶胸痛哭，只不知何人暗算：莫非徐八所为？文忠将兄弟咽喉中这枝箭拔将出来一看，那箭杆上只一个“徐”字。文忠道：“这一定是徐八无疑了！”廷梁大骂：“徐八恶贼，我李家与你何仇！打了我儿一顿，又杀死静空和尚，完不甘心，如今却来暗箭伤人，把我儿射死。我与你势不两立！”命花老三赴扬州府江都县投词控告，一面去安排上号杪枋，治理丧事。

不多一会，扬州府王锦文亲自同了江都县到来。李廷梁接见过了，便道：“可恨徐鹤，屡次欺辱我儿，如今将他射死，只是可怜死得惨伤！求老公祖亲看就是，但求免教件做检验，感德无涯！”王锦文连连答应道：“这个自然。”李文忠将凶箭呈上，要求拿捉凶身，与弟伸冤。不知王锦文可能查获否，且听下回分解。

第十四回　扬州府严拿凶手　轩辕庙锤打夜叉

却说王锦文听了文忠之言，装做怒容满面，喝道：“好大胆的徐鹤！你前次殴辱武生，移尸图害，匿迹尚未到案；如今白昼行凶，射死人命，还真了得！本府会同知县，立去拿捉凶身到案，按例重办，与你令弟伸冤便了。”说罢，同了知县打道回衙而去。这里将文孝开丧入殓，是不必说了。

那知府着差役领了朱签，到太平村立提徐鹤。江梦笔回道：“就是前时去看打擂，尚未回来，怎说射死李文孝？”来差人道：“现有凶箭‘徐’字为凭，还要推赖吗？”梦笔道：“天下姓徐只有徐鸣皋一人？这等捕风捉影，就好出朱签提人。扬州府可是李家设立的吗？好混账的太守！”骂得差役面面相觑。保甲道：“徐八爷端的姑苏去了未回，我近在咫尺，岂有不知。我前日亲见他下船去。你只看庄桥边这只坐船，平时总是停着在此，如今见吗？”

差役无可奈何，只得回覆。王太守不信，恰好苏州府的移文到来，说徐鹤某月某日在司监劫去重犯罗德，通同狄洪道等六人逃走，着各府州县画影图形，严拿务获，只不许惊动家属。所以徐鸣皋的家属产业，始终未曾带累，全亏一尘子之力。

王锦文太守见了移文，方信鸣皋真个不在家中。遂发下文书，着二州六县，一体严查，十分紧急。李文忠暗发五六个家丁，在太平村前后左右，每日梭巡，探听鸣皋消息。徐府的门客探知缘故，告知江三爷，说李家如此的为仇。所以下回书中鸣皋回转扬州，存身不得，遂同了一班好友遍游天下，后书再提。

却说伍天熊从那夜下了九龙山，纵马前行，来到三岔路口，不知从那条路走。天尚未明，又无人问路。想道：“我由这大道走总是下扬州的大路。”不料恰巧错了一路，皆是山溪，行人稀少。到来日下午，不知不觉走了二百里路程。见一个市镇，有一爿酒店，觉得腹中饥饿，遂下马走入店中，敲着桌子大叫："快取上等酒肴来！"店小二慌忙上前问道："爷用什么菜，打多少酒？"天熊道："你拣好的拿来就是。"小二应声下去。不多时，搬上一盘牛肉，一盘鸡子，一盘烧鸭，一壶酒，并那馍馍。

天熊狼吞虎咽，吃了一回，问道："店家，这里到扬州可是怎么走？"小二道："爷要到扬州去，却要缩转去一百多里，在三岔路口望东南大路走去；过了宿迁、桃源、清和，便到扬州了。若贪近些，却从此向南转东，由夏邑穿过安徽地界，从洪泽河到扬州。只是山路难走，且近夏邑县山内出了一个夜叉，不知伤了多少过客。所以往来客商，单身不敢行走，须要成群合队，方可走得。"天熊道："原来如此，不知此地叫什么所在？"小二道："此地乃河南省虞城县该管，叫做万家道。"天熊思想："我既到此地，岂可走那回头路？不如就走山路近些。这夜叉不知何物，想是畜类罢了，怕他则甚！"吃得饱了，摸出一块银子，交与小二算了酒价。小二道："这银子还多哩。"天熊道："多便赏你吧。"小二千万多谢的，牵过马来伺候。

天熊上马，一路前行，心中要紧飞加鞭。这匹马原是出等的良马，虽非千里龙驹，亦可日行二三百里。天熊只贪赶路，哪知把宿头错过，来到荒山野路。天将黑了，立在山岗，遥望前面，并无村落。又行了一程，只见路旁一所寺院，四周皆是松树。走到寺前一看，门上一匾，却是朱红的，只旧得剥落的了；上有三个金字，依稀辨得出来，是"轩辕庙"三字。便下了马，将马系在树上，步入里边。

只见大殿上遍地青草，中间神像依然，只是灰尘堆积不堪。壁上挂着许多獐、熊、鹿腿，旁边也有锅灶柴薪。看那草上，好似有物睡卧的影子，仿佛其身甚大。走入里面，房间内床帐俱全，只是灰尘沾染，久无人住的样子。回到殿上，仔细思量："莫非就是那夜叉巢穴？说他无人居住，壁上的獐鹿何来？说他有人居住，因何舍却床帐，卧在地上？若说野兽巨蛇盘卧之所，要这锅薪何用？"越想越是，便把马牵入庭中，系在一棵槐树上。将庙门关上，却寻不见闩子，便把一条阶石闩住庙门，坐在拜台之上。

少顷，那一轮皓月高升，照见庭心墙角边堆着许多白骨。走近看时，都是虎狼人骨，骷髅不少。暗道："方才小二之言果然不错。今日他若来时，我除了这一方之害。"想定了主意，坐在那里等待。

坐了一会，不见动静，有些疲倦起来。正要蒙眬睡去，只听忽起一阵怪风，犹如狮吼一般——正是那夜叉回来。提了一只死鹿，见庙门闭着，勃然大怒，顿发狂吼，把头来撞庙门。震得屋瓦皆动，那沙泥都簌簌的落将下来。

天熊知道夜叉来了，即忙提了铜锤，伏在门旁等候。从那门缝里张看，只见其形可怕：身长丈余，头大如斗，赤发獠牙，目如闪电，口似血盆，遍身蓝靛，虬筋纠结，爪如钢钩；身上别无衣服，单系一块豹皮，围着下体。跳怒腾掷，烁铁消金。把头一撞过来，阶石折为二段，庙门豁的齐开，那夜叉直跳进来。究是畜类，只望前奔，不防天熊躲在旁边。待他跳进，便夹头一锤，这一锤用尽平生之力——要知他的锤每个有四十斤沉重，再加他的神力，这夜叉如何当得起？便大吼一声，跌倒在地。天熊恐他跳起，一连加上七八锤，把个夜叉脑袋打得稀烂，眼见得不活的了，重新把门关好，将断石闩了，放心安睡一夜。

一觉醒来，已是日上三竿，遂开了庙门，把马牵将出来，跨上前行。行了十来里路，腹中饥甚，只无市镇买吃。望见左近一村人家，便纵马驰去。

却是个小小村庄，共有数十家人家，都是姓佘，地名就叫佘村。只是没有酒坊旅店，只得下了马来，向一家人家，见个老人家，拱手道："老丈请了。小可昨夜错过宿头，在荒寺住了一宵，因此腹中饥饿。贵地并无饭店，欲向老丈买饭一餐，奉偿饭资，未知使得否？"那老人道："客官，你这时候从此路而来，昨夜住在哪里荒寺？"天熊道："轩辕庙住的。"老人家听了，把他上下一看，笑道："客官，看你年纪轻轻，却会说诳。"天熊道："小可与老丈初次相逢，焉敢相欺。"老丈道："我且问你，那轩辕庙内，可有什么东西？"天熊道："有一个夜叉，被我打死了。"老丈道："果真吗？"天熊道："岂有假说？轩辕庙离此不远，可以去看的。"那老丈便把天熊请进家中坐下，自己出去报信。

不多一会，村人都到他家，皆道："我们被这孽畜害得好苦！只因田地皆在此山，这佘村五十余家尽靠此山过活。自从出了这东西，我们茶也不敢采，漆也不敢去收，獐猫鹿兔都不好去打。这孽畜刀枪不怕，力大无穷，人见了他，早已遍体酥麻，二足瘫软，连跑也跑不动的了。所以这村上的人，被他吃了不知多少苦！今日天赐小英雄到来，除了此害，我们大家都有生路了。"随即你也拿酒来，我也取饭来，这个送肉，那个送鱼，请天熊吃。

天熊少年性情，心中大喜，一面吃，把昨夜如何到轩辕庙，如何的看出形迹，如何夜叉到来，如何的把他打死，指手画足说了一遍。村人听了，个个把舌伸了出来，道："看他小小年纪，却怎的英雄了得，这是我们之福！"有的人到轩辕庙去看，有的留住天熊，叫他住几日去，待我们各家轮流款待，然后凑些银两相谢。伍天熊道："这个不必。小可有事在身，不能耽搁，今日便要动身。"无奈众人再三挽留，只得住下。

哪知到了晚上，这天熊遍身发烧，如火一般的，忽寒忽热。到了明日，害起病来。常言道：好汉只怕病来磨。把个猛虎般的赛元庆，弄得身不由己，好似在云雾里一般，哪里挣扎得起来。不知伍天熊性命如何，且听下回分解。

第十五回　赛元庆误落李家店　杨小舫大闹清风镇

话说伍天熊在佘村一场大病，幸亏这村上众人，感他除了夜叉之害，如儿子般的待他，请医调治，服侍得十分周到。这一场伤寒症，病了一月有余，渐渐的好起来。众人又调养他，每日猎得鹿兔野味，只拣好的请他。养得身子复原，依旧精神抖擞。伍天熊十分感激，辞别了众人，跨上鞍鞒，向东南大道而行。

一路晓行夜宿，渴饮饥餐。过了冰城、灵壁，一路来到天长前，离扬州不远。行到下午时候，那里是扬州交界所在，有个市镇，到来恰好天色将晚。天熊看那市镇虽不甚大，店铺不多，倒有偌大旅店。一所高大房屋，门前挑出招牌，上写着“李家店安寓客商”。天熊下了马时，早有店小二过来带去喂料。

天熊走入店中，只见左边多少伙计在那里，煎熬炒爆的烹调，只烧得五香扑鼻。右边柜台里面，坐着一位俊俏佳人。年纪二十多岁，生得明眸皓齿，杏脸桃腮；只是二道修眉插鬓，那风韵之中，带些杀气。身穿月白单衫，头上簪着丹桂花儿，两旁插满，都是赤金首饰，把乌云变做黄云模样，对着天熊细看。那柜台横头坐一个大汉，生得粗眉大目，一脸的横肉，形容可怕，知道不是善良之辈。一路看着，早至里边，生意十分热闹。

天熊坐了下来，小二呈上菜板。天熊道：“不用点什么菜，只拣好的取来，我自完钱。”小二应声下去，即时搬上美酒佳肴。天熊慢慢地饮酒。小二问道：“爷们喜欢楼上住，还是楼下住？”天熊道：“倒是楼上住爽快。只是拣宽大的卧房便了。”小二道：“小店的房间都是极宽大的。那里面左首，一并连二间厢楼，最是浩畅，床帐被褥又极干净华美，而且房价一式。”天熊道：“就是那里便了。”饮了一回酒，用过晚膳，小二引到后面。上了楼梯一看，果然十分精雅。后面有个月洞，向外一张，却是靠山造的，望望山景，心中甚喜。

到了黄昏时候，走到间壁一间房内张看，也是单身客人。见他举止行动，是个世家样子，年纪二十四五光景，二道剑眉，一双虎目，鼻正口方，紫棠色面皮，英气勃勃，像个英雄便上前作揖问道：“仁兄尊姓大名？府居何处？”那人即忙完礼，道：“小弟姓杨名濂，字小舫，世居姑苏人氏。敢问尊兄高姓大名？”伍天熊也把姓名家世说了。

杨小舫道：“原是伍年伯的公子！我家先父杨锦春，与令尊大人同朝好友。先父在日，常常提及伍年伯：‘如此好人，却被奸贼所害！幸得有四位公子，头角峥嵘，箕裘可绍。’未知我兄第几？”天熊道：“小弟最幼。”小舫又问道：“如今三位令兄可曾出仕？”伍天熊听了，不觉垂下泪来，道：“不瞒仁兄说，大哥天龙、二哥天虎，皆死于奸贼之手。三兄天豹，今春游玩扬州，被扬州一个土豪叫做李文孝打伤，回来即便身亡。小弟此行，正为要报三兄仇恨。”说罢泪流满面。

小舫安慰了一番。天熊问起他现往何处公干。小舫道：“说也话长。小弟有二个好友，皆是姑苏人氏。一个姓管名寿，字驹良，是三国管宁之后裔；一个姓唐名肇，字香海，却是解元唐伯虎的族弟。他二人皆是当世奇士，胸怀磊落，风雅多情；一个博古通今，无所不晓；一个九流三教，无有不知。有绝大本领，不求闻达，隐迹姑苏。只因他二人嘱我到河南，代干一事，如今事毕回来，适与世兄相会，甚为有幸！”二人论起武艺，十分得意。说得投机，拜为兄弟。天熊一十八岁，称小舫为兄。

谈谈说说，已有二更时分。那天熊忽然腹痛起来，要去出恭，急忙下得楼来。想道：“茅厕在于何处？腹中痛得紧，不及去问小二。我方才望见后面靠着山岗，不如从这后门出去，到林子里出恭吧。”哪知开门出去，却是三间矮屋，堆着些木柴煤炭，只没有门户出路。肚里头又绞肠的痛起来，哪里忍得住。只得就在屋里墙角边蹲将下来，扯开底衣大便了，腹中顿觉平静。正在把些乱草揩着，一眼看见地板缝里，透出火光上来，暗道："奇了，莫非这里还在楼上不成，怎的下面有起火光来？"随走到缝边，将身伏在地上，从这缝里往下一张。不看时万事全休，只一张，吃了一个大惊。

原来下面凑在山坡上的石穴，也有两三间房屋的样子，却是个人肉的作坊。壁上蒙着三四张人皮，挂着二个人头，几条人腿。有三四个伙计在那里做事，一个把一大块人肉拿来剔骨，二人把个肥胖和尚在那里开剥，肚腹已经剖开，正在鲜血淋漓挖那五脏心肝出来。天熊看了，一身的肉部麻起来。暗道："我虽做了强盗，杀人也不少，却不曾这般剖腹开膛，把人当做猪羊。这店分明是爿黑店。"立起身来，飞奔上楼。

杨小舫道："贤弟，你可晓得这里却是黑店？"天熊道："哥哥怎见来？"小舫道："你下楼去，我便看出破绽来。你看上面椽子都是铁的，这楼房四面都是风火山墙，那楼梯是活的，这里的一块楼板，也可扯得起来。一定到了更深夜静，他把楼梯移去，暗地里从这楼板中上来，害我们性命。"天熊便把出恭看见火光，内有人肉作坊的事说了，便道："哥哥，我们杀出去吧？"小舫道："贤弟不要忙，我们向前门杀去，他必有准备埋伏。你不知江湖上的勾当，往往门户上用倒钩网、绊脚索，出去便要吃亏。若是上屋，你看这墙有多高，怎生出去；椽子又是铁的，一时难以拆开。你若从后面打墙而出，他墙内必有竹编。无论如何打不开来，即便打开，外面定有竹签陷坑、梅花桩许多埋伏。况且山路崎岖，又不熟悉，反为不美。"天熊道："这便怎处？"

小舫道："不妨。幸得我们二人在此，若是单身独自便难弄了。如今把灯火放在地下，将椅子横倒，遮蔽了灯光，我与你各执器械，守在楼板旁边。待他上来一个，杀他一个，上来二个，杀他一双。然后跳下楼去，看他们走的地方，定无埋伏，我也就此将出去，方为稳当。"天熊道："足见哥哥见识，足智多谋。只不知何时上来？"小舫道："他要上来，必先将楼梯移去。我们只看楼梯去了，便可准备杀人。"

天熊听了，便走出房来去看，楼梯却已经没有了。即忙抢进房来，道："哥哥，楼梯没了！"小舫便把灯光遮蔽了，从床头扯出一对雌雄宝剑，天熊手执二柄铜锤，兄弟二人在那楼板旁边左右守着。不多时，只见那楼板顶将起来。小舫看得清楚，等他脑袋探到楼板上面，将剑烁的削去。只听得当的一声，这颗头滚到天熊脚边。有的说道：杀头的声音，从无这个响法。

列位不知，那上来的人，把刀护住咽喉，不料他的宝剑削铁如泥，所以连刀连头一齐斫断。那尸身倒将下去。这里楼下边，有四五个人，都是上等的伙计，皆有些本领。忽见云梯上的人倒将下来，还只道失足跌了。向地下一看，只见鲜血直射，脑袋不知去向。大家吃了一惊，便大叫："走了风！"只一声喊，那外面涌进五六个人来。为首的便是那坐在柜台横头的大汉，手中提着一把牛耳泼风刀。背后几个伙计，各执刀枪，点着火把，直奔进来。天熊看得分明，就把这个人头，照准那大汉从楼窗内掼将下来。恰成个面面相逢头碰头，打个正着。打得那大汉怒发冲冠，一声大吼，骂道："牛子快下来纳命！"吩咐伙家将火药包来，烧死这二个贼子。

杨小舫听了，便道："贤弟，随我来！"说罢舞动双剑，从楼窗内跳将下去。天熊跟着下来。那大汉挥动泼风刀，前来抵敌。七八个伙计一齐动手，在庭心中杀将起来。这大汉名叫李彪，也是宁王的心腹，善用五十四斤一把牛耳泼风刀，力大无穷，万人莫敌。那柜台里面的那个俊俏妇人，便是他的老婆，名叫鲍三娘，用两根短柄方天戟，重有六十余斤。他的本领，比丈夫更加厉害，善发七十二条裙里腿，十分骁勇。不知伍、杨二人如何抵敌，且听下回分解。

第十六回　除黑店兄弟相逢　明报应三娘再嫁

话说那李彪有个哥哥，名叫李龙，幼年在少林寺习学武艺功夫，后来称为少林第一名家。只因宁王心怀叛逆，不惜金银收罗豪杰，聘他兄弟二人。便叫李龙在镇江金山寺做方丈，只算代替宁王出家，暗中命他招兵买马，积草屯粮。有一千二百个僧人，个个本领高强，号为"罗汉兵"；偏裨牙将也不少，都是勇敌千人，力大如虎，但只皆是光头。

这李彪仗了宁王之势，来此清风镇，名为开设店寓，实则比强盗还胜三分。遇了远方客人，看他衣服华丽，便领到后面这二间房内，夜间上来取了性命。劫去银钱不算，还要将他身体当做牛肉卖钱，所以家财豪富。今日遇着了这二个七煞，也是恶贯满盈。任你本领高强，怎敌得杨小舫、伍天熊这二个？虽有七八个伙计相帮，起初还可支持，杀到三十多个回合，渐渐抵挡不住。

那三娘知道丈夫抵敌不住，便提了家伙，引着四五个伙计，各执兵器，要来帮助。李彪败将出来，小舫同了天熊追杀出来，正在堂子里接着。三娘娇声喝道："牛子休得猖獗，老娘来也！"说着运动双戟，正是战锋如刺，水泼不进。李彪有了帮手，便奋力战争。四人捉对儿厮杀，二旁十几伙计相助。杀了一刻，那人肉作坊里几个得了信，也上来相帮。

小舫等见他们越杀越多，心中有些慌张。杨小舫战住李彪，还是个平手，只见他们有了帮助，便觉难以取胜。那伍天熊敌住三娘，已经勉力，更兼众伙计刀枪乱斩乱搠，渐渐气力不加，汗如雨下。那三娘何等骁勇，把双戟紧紧逼来，杀得伍天熊连连吼叫，二臂酸麻。杨小舫见了，知道天熊吃紧，要想合战，却被李彪等众人如走马灯一般，哪得空闲。

正在危急，只见那大门内又涌进十几人来，手中皆是朴刀。你道这班人哪里来的？原来都是清风岭的响马，平日与李彪声气相通。李彪是个坐盗，只做送上门买卖；他们却是行盗，专劫行路的客人。只因李家店伙计去送了信，知道店中风紧，故来相助。伍天熊正在抵敌不住，被三娘等杀得只有招架，并无还手，忽见又来了十几个生力军，十分着急，大叫："我命休矣！"

喊声未绝，只见店中楼上跳了一个客人来，全身扎服，穿着元色紧身，白丝绦扣绕着前胸后背，鬓边插一个人红绒球单手提刀，从楼窗上一个鹞子翻身，扑将下来，手起一刀，把李彪分为二段。众伙计一齐叫苦，道："不好了，店主伤了！"那李彪正与杨小舫厮杀，不防楼上跳出一个人来，二脚尚未着地，一刀早已过来，因此杀得出其不意。伍天熊一眼看见，认得此人便是他的表兄徐庆，心中大喜。便叫："大哥快来！"

徐庆一个旋风，已到鲍三娘面前，将刀直劈过去。三娘左手的戟架开天熊的双锤，右手的戟格开徐庆单刀，三人打个鼎足。杨小舫早把这些伙计小二，杀得七零八落，四散奔逃，并力来战三娘。那三娘加了一个徐庆，已经不能支持，二手虎口已开，杀得遍身香汗，娇喘吁吁。正把徐庆的刀一戟枭去，不防小舫踅将过来，把双剑剪住戟耳，用力一扯。三娘"阿呀"一声，这枝戟捏他不住，当地落在地上。心中一慌，那枝戟也被徐庆一手接住。趁势一拖，那三娘向前冲去，恰好与伍天熊撞个满怀。天熊丢了双锤，把三娘一把抱住。

说也真巧，那三娘的双乳，正在天熊的胸前，面对面，口对口，成了一个"吕"字。天熊正在妙龄之际，现把个美人抱在怀中，岂不动心，便把她亲了个嘴。那三娘一来战得神魂颠倒，四肢乏力；二来要想活命，怎敢倔强？三来看见天熊青年美貌，心中合意；四来也是前缘——便由他戏弄，再不敢动。有的说道：既然他二个面对了面，胸对着胸，不知下面怎样？这却连晚生也未知。列公明鉴，谅这伍天熊难免强头倔脑的不安本分，只碍着几层衣服罢了。

徐庆同了小舫，将这些响马并伙计乱劈乱斫。这些人怎能抵挡？况且见李彪已死，三娘擒住，正是蛇无头而不行，心中慌了，各想逃生，哪里有心并力的厮杀？被二人如砍瓜切菜，杀个干净。徐庆把刀来杀鲍三娘，伍天熊大叫："哥哥且慢伤她！"便把带子来，将她缚住了二手，绑在柱上。徐庆道："这位何人，因何在此帮助与你？你却一向在于何处？愚兄日夜不安，只是找寻不见。"伍天熊道："这位哥哥姓杨名濂，字小舫。"便把夜来遇见，约略说了。徐庆便向小舫作了一揖，道："多蒙杨兄相助！"小舫还了一礼道："同船之人，理当如此。令弟英雄了得！"二人坐下了，人家细说根由，只恨相见之晚。

只见天熊掇出一大盘酒肴来，三人围坐，饮酒谈心。天熊把下山以后错走路程，在河南山中轩辕庙打死夜叉，到夏邑县佘村害病，直到此地遇见小舫，后来看出形迹,直到动手,细细说了一遍。徐庆也将追下山来,遇见一枝梅,寻访徐鸣皋,同到苏州,遇见飞云子等三人,后来徐鸣皋打了严虎,罗季芳拖倒擂台,劫去监牢,官军追捉,被狄洪道追赶失散,回到扬州,射死李文孝,说了一遍。"一路寻你不着,想你莫非先到山头?今欲回转九龙山去,在此过宿。正在好睡,忽听得厮杀之声,梦中惊觉。跳将起来,恰听得贤弟急叫连连,我便跳下楼来,不道果然贤弟。如今除了此地一害。你把这贱人留她何用?快把她杀了!"天熊只不做声。

杨小舫是个伶俐之人,早已窥知其意,便道:"徐兄,我看这妇人虽是为非作歹,却是李彪的过恶。看她生得标致,兼且武艺超群。天熊贤弟尚没老婆,何不把她胡乱当为妻子;也可帮同镇守山头,却是一员大将。徐兄要想遍游天下,可以放心前去,岂不美哉?"那徐庆正要追寻鸣皋等去,这一句打动心坎,便道:"只是怕她变心起来,却不害了兄弟。"小舫道:"妇人水性杨花,见伍弟少年美貌,岂肯再想着这李彪?况他作恶多端,正该妻子出丑。徐兄不必过虑。"

徐庆点头道:"是。"便走到鲍三娘身旁问道:"你今被擒,理当杀死。我今饶你一命,配与我兄弟为妻,你可愿否?"三娘听了此言,正中下怀,便满口应承,情愿做个妾媵,决不变心,指天誓日发了个重咒。

那时东方渐渐发白,随命天熊把她放了,叫她速速收拾些金银珠宝,打了二个大包,价值万金,与天熊各背一个。天熊牵过马来,让三娘骑了,同杨小舫走出店门。徐庆取了几个火把,将前后门点着,大家向北而行,望那清河县大路而来。行不到三里,回头望那清风镇上,烧得半天中映得绯红。

四人一路行来,过了一日来到清和县地界。那鲍三娘同了天熊,就在逆旅中作为洞房花烛,二人十分恩爱。徐庆暗想三娘决不变心,便对他二人说道:"愚兄同了杨兄,要去追寻徐鹤。你二人好好回山镇守,休伤客商性命,守我成规。你们只从桃源、宿迁走去,便是山东地界。路上小心谨慎,不可闯祸。"天熊挽他不住,只得就此分手。与鲍三娘回转九龙山而去,我且丢过一边。

只说徐庆同了杨濂,转身仍由原路,来到扬州太平村来,见了江花。杨小舫通名道姓,彼此分宾主坐下。徐庆问起鸣皋,江花把李文孝被人射死的缘由说了一遍。徐庆道:"这是小弟干的。"江花道:"我也料是你来。只你去后,鸣皋便到家中。狄洪道认了亲戚相救,一同到此。只因李家打发多少家丁在左右梭巡,因此存身不得,同了罗大哥,并狄洪道、王能、李武等,随即动身,一路向镇江、金陵、安徽、江西,欲到广东祖籍探问亲族,顺路游玩。"不知后事如何,且听下回分解。

第十七回　避冤仇四海远游　徐鸣皋一上金山

却说徐庆听了,遂辞别江花,与杨濂离了太平村。渡过长江,来到镇江府地界。徐庆道:"他们动身未久,或在此地游玩。我们且在此住上几天,把城外四乡、金山等处寻来。城关上悬着年貌形图,我想他们不在城中。"小舫道:"徐兄所见甚是。"

二人就在客寓中住下。

且说徐鸣皋果然尚在此间。自从那日同了狄洪道、罗季芳、王能、李武离了吴山，一路回转扬州，到得家门，却是黄昏时候。众人走入里面，江梦笔接着，同至书房坐下。狄洪道师徒三人与梦笔见礼，问名已毕，问起姑苏打擂情由。鸣皋又说一遍。

梦笔向狄洪道致谢道："小弟自庆哥说及大哥二哥被困，虽有慕容兄往救，心上放不下来。幸得仁兄仗义多情！"鸣皋问起徐庆、一枝梅何往。梦笔道："徐庆回转九龙山，一枝梅姑苏去了。只得那一日李文孝被人射死，箭上有个'徐'字，或者就是徐庆所为。他疑是二哥，又到扬州府告你。差役到来提人，被我骂了一顿。如今官司倒不打紧，虽是画影图形，悬赏拿捉，不过具文而已，并不严急。只是这李家十分用心，差了七八个家丁，终日在村庄前后穿梭也似的侦探。二哥须要商量个常便才好。"

鸣皋道："我本欲周游四海。况且自小来到江南，那广东的亲族久疏，原欲去探望他们。如今趁此机会，同着众位弟兄出去游玩，躲过几时，免得冤冤相报。"便对众人说道："我们从镇江到金陵，由九江过安徽、江西，一路游山玩水，顺便访问高人奇士。入广东，那里有多少名胜。不知众位兄长，意下如何？"众人齐声道好。鸣皋遂到里面，叮嘱了妻子一番闲话。

当晚已过，到来朝众人起身，梳洗已毕，鸣皋便把家事托付了江花，众弟兄随即动身。幸得李家未曾知觉。一路来到镇江，就在城外逆旅住了下来。

到了黄昏时候，众弟兄正在楼上饮酒，欢呼畅饮。忽听得间壁一家人家，在那里悲悲切切的啼哭。罗季芳听得不耐烦起来，便敲着桌子骂道："哪个王八，齐齐嘈嘈的只管哭？老子饮酒都不安逸！"鸣皋道："匹夫，又要发呆闹事了！"

那小二上前赔着笑脸道："爷们休怪，这是间壁一家人家。他们夫妇二人，年近花甲，膝下无儿，单生一个女儿，名叫林兰英，今年只得一十八岁。生得聪明伶俐，绝世姿容，描龙绣凤，做得好一手针黹。他的绣花，比别的价多一倍，又快又好。每日刺了二钱多银子，孝养双亲。他的父亲害病，许下心愿，后来病体痊愈，母亲陪着他到金山寺进香完愿。哪知到了里面观音殿上，转眼间却不见了。那老婆子向和尚问时，反被这贼秃打了一顿赶下山来。如今一月有余，杳无信息，不知存亡生死。那二老无人赡养，又饥饿，又记念女儿，所以在彼啼哭，却惊动了爷们。"

鸣皋道："原来如此。这也何妨，只是那二老实在可怜。"便向身边摸出一锭十两银子，交与小二道："相烦你将去赠与他家，暂且度用。"小二连忙答应道："这位徐大爷真是软心肠的好人。"笑嘻嘻拿了银子过去。

不多时，小二同了林家老夫妇到来相谢。那开客寓主人，叫做张善仁，也跟上楼来，道："这林达山夫妇二个，被那贼秃取去女儿，不饿死也要哭死。徐大爷真个天大好事也。"那达山夫妻叩头拜谢。鸣皋还个礼，叫他们一同坐下。林老儿把前情又细细说了一遍。鸣皋道："你女儿莫非被妖怪摄去了？那金山寺乃坐香门头，是个敕赐的丛林，岂是骗匿人家闺女？"

张善仁道："徐大爷有所不知。如今的金山寺不比从前了！自从去年来了一个和尚，说是宁王的替身，把以前当家方丈，尽行驱逐了出去。把房屋重新改造得十分华丽，竟像王宫样子，一切规模，尽皆更换。寺内皆舞刀弄棍，仿着少林寺的式样。那方丈和尚，原是少林寺出身，宁王封他智圣禅师，自号非非和尚。他的本领，天下无对；有十八般功夫，拔山举鼎，刀枪不入。寺内共有千余僧人，个个精强力壮，如强盗一般。那监寺、监院、首座、维那、知客等师父，皆有万夫不当之勇。靠了宁王之势，妄自尊大。就自镇江府县文武官员，哪个不去奉承他！近来百里之内，往往不见女子，那丹徒、丹阳、金檀、溧阳各县里的状子，如山一般堆积，从无一件破过案的。人多疑心他寺内所为，只是无人眼见，没有凭据，不过猜疑罢了。如今林达山的女儿兰英小姐，却是明明白白的他们藏匿过了。林老儿到县里，府里告过几次，只是不准，把状子丢将下来。徐大爷，这二个老夫妇靠这女儿过活，且要他顶替半子香烟，如今被他们取去，早晚二命难保。"

众弟兄听了张善仁这番言语，个个怒发冲冠。鸣皋道："林丈且请回府，待俺与你寻访女儿。或者寻得见时，完你父女团圆；寻不见时，你却休怪。"林达山闻了此言，磕头如捣蒜一般谢了又谢，同婆子回转家中而去。鸣皋与张善仁说了一回，各自安寝。

到了明日，徐鸣皋同了众人用过早饭，便到金山寺来。上了金山，抬头一看，望见殿阁凌云，规模宏大。寺前二根旗杆，直接霄汉，上扯二面大黄旗，上写着"敕建金山禅寺"。自山下直到寺门，是五马并行的御道。到得寺前，有一百零八层阶级。走上疆塔，只见十三开间的蝴蝶墙垣，上有盘龙圣旨。二旁石狮分开左右，闬闳高峻。后进了头山门，二边塑着二三丈高的哼哈二将，居中一韦驮。

众人转过山门，中间如箭道般的街路，左右一二百间房屋，皆是出檐廊，如朝房一般。约有二三百步，方是二山门到了。二旁塑着四大金刚，中间一尊弥勒佛。过了二山门，又升上十八层疆塔，便是大雄宝殿。只见一并连十三开间，巍然崇峻，柱楹有二人合抱不来的粗细。中间佛龛内，供奉三世如来，也有二三丈高。旁边悬搁着蒲牢鼍鼓，殿上皆用朱红漆飞金，庄严得威仪宏大。

知客僧见是有人到来，便上前稽首了："请檀越里面请坐，奉茶。"这知客僧名叫至刚僧。鸣皋道："弟子姓王，扬州人氏。久闻宝刹庄严，今日路过贵处，特来瞻仰。"至刚道："贫僧引道便了。"随即领了众人一殿殿的游览。

到了方丈内，见这非非僧坐在禅床之上，生得好个相貌：脸如同字，长眉修目，广额高颧，巨口筒鼻。头戴平天冠，身穿鹅黄缎团龙花海青，外罩一件大红绉纱嵌金线的袒衣；脚上大红缎僧鞋，宽统白袜。鸣皋看了，只觉得威风凛凛，目有神光，这一股杀气，令人可怕。心中暗想："此人不是个良善，看来有些厉害。"他见了众人到来也不抬头，兀自坐着，睬都不睬。鸣皋心中早已着恼。

转到里面，却是一只大殿。装点得十分华丽：雕梁画栋，镂嵌精工。中间塑一尊鱼篮观世音。那桌子椅子，都是紫檀镶嵌竹叶玛瑙做成。有一只百灵台，却是沉香做的。下边都是金漆地枰。鸣皋想道："这里便是林兰英失去所在。闻得僧人往往私营地穴，踏着机关，便要陷身入去。”周围细细看来，并无痕迹。暗道：“我一时许了林老儿寻还他女儿，这寺有一藏房廊，计五千零四十八间，却何处去寻求。”

一路思想，来到禅堂，见里面坐香的禅和子共二百余人。这惟那师生得面如蓝靛，倒眉虾目，二只短短獠牙，露在唇外，相貌凶恶。手拿香板，在堂内踱来踱去。看官，他们真个在那里参弹？却是运习功夫，炼成了就叫禅骨功。鸣皋是个在行，知道这些贼秃并非在那里坐香。看了一会，回将出来。一路弯弯曲曲，仍到方丈里来。不知却着了他们的道儿，且听下回分解。

第十八回 非非设计擒众杰 徐庆神箭射了凡

却说众弟兄来到方丈里面，只见那非非僧在禅床上立起身，上前向鸣皋稽首，吩咐侍者看茶，十分恭敬。鸣皋暗想：“这和尚为何前倨后恭？”只见侍者摆上素斋。鸣皋等不以为意，只道和尚奉承施主，不过化缘而已，原是常事。不知吃过二杯酒，只见众人个个头重足轻，东倒西歪，一齐醉倒。

那非非僧俗姓李，名龙，是宁王心腹。命他在金山暗备兵马，以待将来叛逆之用。故他胆大妄为，寺内造有十八重地穴，这鱼篮观音殿就是第一重地穴门的锁钥。美貌女子，不知骗入了多少。还叫徒弟们四出张罗，只拣标致女子，偷盗回来，藏在地穴中取乐。

昨日接到宁王密札，叫他密拿凶身，倘有如此等人到来，便可拿下，解送行宫。当有图形相貌，合寺执事僧人尽皆看过，所以至刚见了他们面貌，与画图相似，只少一人，到了方丈，便与非非僧做个眼色。恰巧那方丈侍者是认得狄洪道的，只因宁王到姑苏开台的时节，非非僧命了侍者送了礼物下苏州，昕以见过他，晓得是副台主。那狄洪道却不留心，况他宁王聘来未久，怎晓得宁王暗备兵马埋伏在空门的事。

方才鸣皋等到里面游玩，侍者说明缘故，非非僧大喜，暗想此一件却是大功。正是虎欲伤人，人欲捕虎，彼此各存机械之心。从来软的缚得硬的：今日鸣皋等众人只道他好意留饮，不过为化缘银钱起见，哪知着了道儿，被他蒙汗药酒把众人麻倒。鸣皋等虽则英雄，究竟不是老江湖，若遇了一枝梅、徐庆等辈，便无此事。

当时非非僧一声吆喝，里面赶出十来个和尚。都是短衣窄袖，手执麻绳，两个服侍一个，把众人背剪着，缚得紧紧实实。鸣皋等一众弟兄，个个口角流涎，四肢无力，睁着眼由他们消遣。非非僧吩咐把囚笼拘禁。不多一会，抬出五具囚笼，把他们提入里面。然后用解药灌醒了，把囚笼推到非非僧面前。那非非僧登高而坐，众执事僧人站立二旁，喝道：“大胆的罗德、徐鹤，犯了弥天大罪，尚敢到这里来送死！分明天网恢恢，我主洪福齐天，却来自投罗网。”把他们一个个审问。那众弟兄都是英雄惰性豪杰胸襟，怎肯抵赖。只是罗季芳千秃驴万秃驴的骂个不了。非非僧见过是这凶手，便吩咐押到后面牢房看守。

且慢，这里和尚寺里那有牢房？且这五具囚笼，还是当夜打造的不成？看官不知，那宁王蓄意谋反，这金山寺名为丛林，实是他暗屯兵马之所；这非非僧名为方丈和尚，实是开国元帅。所以如此胆大，做这无法无天之事。莫说囚笼牢房，就是营帐印信，一切犯禁的东西，件件都有。只待兴隆起手，这金山便是大营。

话休烦絮。且说到了来日，非非僧吩咐监寺带了十个小和尚，把囚笼押解下船，一路护送到姑苏，献与宁王发落。那监寺名叫了凡，生得面如锅底，力大无穷，善用一条禅杖，有万夫不当之勇。当下领了方丈法旨，吩咐小和尚抬了囚笼，提了禅杖，离得寺院；一路来到后山，便叫把囚笼先下舟船，我且慢表。

再说徐庆同了杨小舫，来到镇江住下。寻了半日，不见鸣皋。与小舫商议："明日我们到金山寺上去游玩，或者他们在哪里安身，也未可知。"

这日二人上得金山，一路游览。望那江中银浪滔天，波涛滚滚，往来船只不少。二人沿山信步行来，到了半山，转过山角，却是一只凉亭。二人走入亭中歇息，忽然远远的望见寺内十来个和尚，扛出四五具囚笼，下山而去。暗道："奇了，这寺院之中，安得有这个东西？"心上有些疑心，便对小舫道："我们同去看来，却是什么犯人？"二人走出凉亭，从斜刺里飞步下山，躲在林子里面。徐庆跳到树上仔细观看。那些和尚抬了囚笼，从那边大路上过去，后面跟着一个胖大和尚，提了禅杖，雄赳赳押着下山。那囚笼之中，正是鸣皋等众人在内。

徐庆看得亲切，叫声："惭愧！"一手便向弓壶中取出这张弓来，抽一条雕翎在手，扣上弓弦，觑定了后面的胖和尚，"飕"的一箭射去。端的百发百中，这一箭正中后心，那和尚应弦而倒。徐庆跳下树来，同杨小舫各抽单刀在手，飞奔过去。那扛抬的小和尚正在下船，忽见了凡跌倒在地，慌忙看时，背上一箭，从胸前透出头来，唬得慌了手足；看见两个壮士提刀赶来，遂弃了囚笼，各自逃命。

徐庆等追上，杀了几个，先来劈开囚笼，把鸣皋放出。一齐动手，把众人尽皆救了出来，跳入船中，把舟人杀了。那小舫还在追杀小和尚，无如他们东奔四窜，正在没一头追处，听得徐庆叫喊，遂奔到船中，与众人相见了。"鸣皋道："多蒙杨兄相助三哥，救了兄弟。只是快些开船，他们便要追来。"王能、李武便去解缆索，扯起帆来，直至北门。

七位英雄上岸，齐到张家客店。鸣皋便叫摆上酒肴，与二兄接风。席上边，各人把过后之事细说一遍，众人俱向徐庆、小舫相谢。徐庆深赞洪道义气，王能、李武忠心："从今跳出火坑，免得遗臭万年，被天下英雄耻笑。况这奸王，怎得成其大事？"大家说说谈谈，开怀畅饮。

鸣皋说起林兰英之事，如今一定无疑的了。"只我已许他们寻还他的女儿，岂可失信？况且这秃驴如此不法，岂可容得？还望众位弟兄相助兄弟，把这金山寺扫荡污秽，救得那些被陷女子得见天日，亦是一桩好事。"众人同声道好。杨小舫道："只是须要商议怎的进去？"罗季芳道："我们只从大门一齐杀将进去，见一个，杀一个，见两个，杀一双，有可难处？"狄洪道笑道："罗兄说得好容易，只怕不如你的意呢。"鸣皋道："他是呆头呆脑，凡事托大。你不见他的房屋都是铜墙铁壁，曲曲弯弯，进时容易，出时就难。他们既然为非作歹，屋内岂无埋伏？况且寺中共有千余和尚。你只看禅堂中这些贼秃，个个狰狞怪状，身长力大；那方丈和尚，看来真个厉害。我等须要谨慎为妙。"

狄洪道道："今日我们被徐、杨二兄救出，寺中岂无准备？还是夜间越墙而进。"徐庆道："狄兄说得有理。只是一件，我们总共七人，还是一同进去，还是分头进去？须要斟酌。到了里面，在何处相聚？"季芳道："还是分头进去，有个救应。若聚在一处，倘中了奸计，一网打尽，连收尸的人都没有。"鸣皋怒道："匹夫，俗语说的好，上坑还讨个利市，却要你来放屁！"小舫道："罗兄的话虽是如此，却也有理。"

鸣皋道："杨兄不知，这寺里共有一藏房屋，乃是五千零四十八间。我们只七个弟兄，入得里面，正如海内捞针，况且路径不熟，怎得约定何处聚会？总之一同下去也不好，分头进去也不好。据小弟看来，我们七个人到了屋上，寻到方丈里面，先下去二个，把这非非僧杀了，使他们蛇无头而不行，便慌乱了。就此逐段杀去。倘然敌不过这恶僧，房上的人，或暗中相助，或下来助战，你道好吗？"众人齐道："足见徐兄足智多谋！这个最妙之策：屋上屋下成犄角之势，进退二便。"众人商议定了，约定明夜进去。

且说寺内的小和尚逃转寺中，报与方丈知道，说被两个武生模样的劫去囚笼，下船逃逸，了凡师中箭身亡。非非僧听了大怒，便问："可是山东口音？"小和尚道："一个山东口音，一个好像苏州口音。"非非僧大发雷霆，骂道："我晓得是这两个孽畜！前日清风镇兄弟那里，有人逃来报信，说被两个牛子将俺兄弟杀死，将弟妇鲍三娘不知生死，纵火烧了房屋，一门杀个罄尽，此恨怎消！"正是：人防虎，虎防人。不知此番胜负如何，且听下回分解。

第十九回 徐义士二次上金山 众英雄一同陷地穴

却说非非僧听得囚笼被两个牛子劫去，莫非就是杀我兄弟的仇人，大怒道："我欲寻他与我弟报仇，他却敢来行劫犯人，夺我大功。我与他势不两立！"当时吩咐敲动云板，齐集职事人等，传令各人用心把守。倘有风声，务要把他们生擒活捉。"我料他们必然夜中要来行刺，你们须要小心！"众僧人齐声答应。故此十分严备。

鸣皋等到了明日黄昏时候，众人吃饱酒饭，个个轻装软扎。鸣皋对王能、李武说道："你二人的家伙，只利野战，不便巷战，若到里面，恐怕不能趁手。"洪道吩咐把棍子放在寓中，各人带了单刀。七位英雄一齐奔上金山。

到了疆察，抬头一望，只见远远的一个和尚，前发齐眉，后发披肩，手拿一把钢叉，从山门前走将过去。众人伏在林中，等他过去，飞身抢上疆察。这一夜正是九月初三，轮着这位伏虎僧巡山看管。那金山寺内有名的八个虎将，叫做降龙、伏虎、狮吼、象奔、催风、疾雷、烈火、闪电。这龙、虎、狮、象、风、雷、火、电八个头陀，十分厉害。那伏虎僧面如獬豸。身长九尺，善用五股托天叉，背上插着九把飞叉，百步之中，发无不中。那徐庆上得疆察，即便拈弓搭箭，向头陀后心射去。哪晓得这一箭恰巧射在飞叉上面，“当”的一声，落在地下。

伏虎僧回转头来，见有人暗算，随手一飞叉，向徐庆劈面飞来。这边鸣皋恰到，一手将叉接住。忽听得“察琅”的一声，又是一叉已到。说的迟，来时快，众英雄皆到上面。杨小舫便把雌雄剑将叉隔过。伏虎僧看见多人，皆是手段高强，正欲叫喊，不防狄洪道向豹皮囊中取出一件东西，照准伏虎僧“嗤”地飞去，却是一支飞镖。恰巧徐鸣皋接住飞叉，也要奉还他原主。那伏虎僧虽是厉害，难躲两件镖叉齐到，措手不及，打个正着，一身受了二伤，立时殒命。鸣皋抢步过来一看，见这只镖头正中前心，那飞叉恰在太阳穴内，眼见得不活的了，便将他拖将过去，丢在松林里面。众弟兄拍手为号，一齐跳上瓦房。只是苦了这罗季芳：体大身重，他的纵跳平常，这寺院房屋偏又高大，好不费力，故此他只落在后面。

众人依了前日的路径，径到方丈里来。鸣皋把二脚勾住屋檐，做个倒挂金钩之势，将头向殿上看去。只见那非非僧坐在禅床，正在运用功夫，只听得必剥必剥的筋骨爆响。看他臂上面上的肉，好像皮里面有胡桃桂圆滚来滚去的样子。心中想道：“这是什么功夫？看来却是厉害。张善仁之言不谬。如今怎的伤他？”

正在迟疑，那罗季芳在对照瓦上，看见方丈里面只有非非僧一个，连侍卫都没有一个，他却不知厉害，不管好歹，即便跳将下来。鸣皋见了，恐他误事，只得做个杜鹃倒挂，也到下面。杨小舫飞身亦下。三人齐奔上前。非非僧只做不知。

那季芳先到，便提起竹节钢鞭，照准这光头上面，用尽平生之力一鞭打去。只打得和尚头上火星乱爆，那鞭直掼转来，几乎脱手。看这和尚，只做不知。季芳骂道：“好个顽皮的贼秃，这头竟是石头做的，这等结实耐打！”鸣皋、小舫一齐，二口单刀齐下，斫在非非僧肩膊上面，只把衣服斩开，皮肉却伤他不得。二人大惊。鸣皋起三个指头，一把擒拿抓去，却在脉门上面。哪知好像捏了个油浸的石蛋，又滑又硬，哪里抓得住他？鸣皋知道不好，叫声“二兄走罢”，正要回身，那非非僧怎肯放你？一手扯了一枝一百四十斤的禅杖，就在禅床上如飞的一般凭空起去，把路拦住，大喝一声。那禅床背后跳出四个头陀，正是象奔、狮吼、烈火、闪电这四人，各举家伙，上前动手。

鸣皋三人就在方丈里杀将起来，瓦上徐庆、狄洪道看见势头不好，也下来相助。非非僧让过二人，便大叫：“徒弟何在？”只见禅床背后一连跳出十几个光头来。鸣皋想道：“这禅床背后能有多大地方，却存得许多和尚？”只见手中都是刀棍锤斧，十分骁勇。鸣皋敌住烈火僧的双刀、闪电僧的降魔杵，三人战在一处。罗季芳战住狮吼僧的二柄板斧，杨小舫战住象奔僧的双锤，徐庆、狄洪道被十来个和尚战住。幸得方丈里所在宽大，由他们捉对儿厮杀。只杀得烟尘昏乱，灯火无光。

若论他们本事，徐庆一把单刀神出鬼没一般，洪道二根铁拐犹如风卷残云，他二人战这十几个和尚，哪里放在心上，少不得渐渐消磨。徐鸣皋舞动这口刀，正如一团瑞雪，万道寒光，这烈火、闪电两个头陀要占便宜，万万不能。罗季芳敌住这狮吼僧，二柄板斧恰好半斤逢八两，完是季芳的上面。只有象奔僧二柄锤头，怎抵得杨小舫的双剑，战到二十个回合，被小舫一剑，去了一条膊臂，负痛而逃。

非非僧见众和尚皆不能取胜，大叫一声，只见众头陀齐到门边，守住去路。非非僧舞起禅杖，使个满堂红的解数，一连十几个盘，只打得众弟兄没处存身。你把家伙去挡他，好似蜻蜓撼石柱，不知他到底有多少气力。鸣皋知道不好，看见那边门内便是鱼篮观世音殿，内中有个庭心，可以上屋，即便跳到里面。随后徐庆、罗季芳、狄洪道、杨小舫一齐进去。到了鱼篮殿，便向庭中飞身上去。哪晓上面三层铁网，好似天罗地网一般，徐庆便道："阿呀，我们中了计也！"只得向前过去。却是送子观音殿，正是鱼篮殿对照。

五位英雄到得殿上，只见非非僧已追到鱼篮殿上。他却并不过来。看他只将那百灵台轧轧的二转，只见二扇朱红门砰的齐关，足底下的房子团团的转将过来。顿觉光息全无，伸手不见五指。将手摸时，四面都是铜墙铁壁。五人慌得没了主意。正在慌张，哪晓得地上的地枰板块块都活起来，骨碌碌打个翻。网内早有二三十个和尚在彼伺候，将来一齐四马蹄缚了。

再说王能、李武在屋上听了半歇，忽然声息全无，正在心中忐忑，未知吉凶如何，忽见两个头陀从方丈里跳出来。李武乖觉，知道不好，他便脚下明白，一溜烟地走了。王能呆得一呆，要待走时，那狮吼僧同了烈火僧已上瓦房，看见王能在瓦上将走，便赶上前来。两个猛将般的头陀服侍他一个，还有什么照面，被他们擒将下来，缚了丢在方丈里面。

只见那边一群和尚，把他五弟兄如猪羊一般扛将出来，丢在地下。罗季芳看见王能也被捉住，便道："王能，你倒先在这里。李武小王八哪里去了？"王能道："只怕他倒走了。"季芳道："你可曾叮嘱他明日来收了尸去？"鸣皋道："匹夫，亏你还说这句话来！大丈夫视死如归，有何惧哉！"季芳道："哪个怕死？"鸣皋道："匹夫，你这话不是记那昨夜的事来？我们众弟兄死在一处，死也瞑目！"众人都道："好！再隔二十年，又是一个好汉！"

正在说着，只见非非僧坐在中央，二旁站立二三十个头陀和尚。吩咐把众人一个个推上来。看了便道："这四个便是前日来的。"看到徐庆、杨小舫这二个，旁边二个小和尚指着说道："这二个就是射死了凡师、劫去囚笼的强徒。"非非僧便叫传那清风镇的家伙，来认到底是也不是。只见里面走出一个人来，看了小舫，道："这个正是。"又看了徐庆，却道："这个有些不像。那日我见他年纪还要轻些，相貌比他标致。"非非僧便喝问徐庆："清风镇上李家店，可是你放火焚烧的吗？"徐庆道："一点不错。李家店是老爷烧的，李彪、鲍三娘是老爷杀的，你便怎样？"不知众人性命如何，且听下回分解。

第二十回　一枝梅金山救兄弟　狄洪道千里请师尊

却说当时徐庆一齐招认在自己身上，非非僧道："好个汉子！"便吩咐手下："把他四人丢在旁边,即日打入囚车,待俺亲自押上苏州,解到王爷那里。今夜且把这两个孽畜剐出心肝来过酒,与吾弟夫妇并众伙家报仇。"一声令下,早有几个小和尚上前,把小舫、徐庆绑在柱上。将他二人胸前衣襟解开。两个和尚捧出两个大盆,摆在地下。又见一个小和尚托出一盘葱韭椒姜之类,安在非非僧面前。又一个和尚拿了一大壶热酒,一只大酒杯。又一个和尚捧一盆冷水来,又一个和尚拿了一把七寸长的剜肉尖刀。见他们一个个忙的不了,我且慢表。

却说李武在瓦上面连窜带纵,出了山门,跳到地下,一路飞奔地逃下山来,心中暗想:"我虽逃得性命,料他们必定凶多吉少。如今叫我怎的?却到哪里去报个信来,设法来救他们?"

一路奔到半山亭来,只见亭子上面烁的一道青光飞将过来,一人将他夹颈皮抓住。李武扭转身来骂道:"贼秃!"便是一刀斫去。却被这人一手接住,把刀夺去,喝道:"我却不是和尚。你只说姓甚名谁,哪里人氏,为着何事,黑夜逃往哪里?老实讲个明白,我便放你;若有半句虚言,一刀分为二段。"李武回转头来,定睛细看,却是个白面书生,果然不是和尚。便道:"好汉,杀我不打紧,只误了我的大事!"

那人道:"你说什么大事?好好讲来!"李武道:"你且放了手,我也不逃,便告诉你。"那人便把手放了,道:"也不怕你逃去。"李武便把鸣皋初次上山起,见直到如今,六人陷在寺中,吉凶未卜。说到那里,那人便道:"不用说了。我对你说,我非别人,一枝梅便是。你快引我进去!"李武听得一枝梅三字,心中大喜。他时常听徐鸣皋说起他的本领,今日遇见此人,众人还有救星。

二人便重新上山。上了瓦屋,一路来到方丈。一枝梅往下一看,殿上窗隔一齐关着,里面灯火明亮。便将二足挂在檐头,将身倒挂下去。在窗缝里张时,只见徐庆绑在柱上,旁边几个和尚,手握尖刀,正要动手的光景。一枝梅见了,吃其一惊,连忙身边取出一件东西。

你道什么?却是三寸长的一根细竹管儿。将上面机关扳动,便有火点着,向那窗眼的碎明瓦内,吹将进去。只见一缕清烟,如线一般,到了里面散去。徐庆正在瞑目待死,忽闻一阵异香。他却知道这香味比众不同,心中早已料着三分。那些小和尚头陀,却闻着此香,个个骨软筋酥,比蒙汗药还要加倍的厉害。非非僧看见他们个个跌倒在地,知道不好,却自己也闻着了这香味。凭你非非僧十八般功夫,总归也要醉倒。

这香俗名闷香,又名鸡鸣香,其实江湖上叫做夺命香,能夺人的魂魄,你道厉害不厉害!有的说,用死人脑子合在香内,此乃小说家荒诞之词,其实并无此事,不过用十来样药料合成。晚生也晓得三样,一样是麝香,一样是龙涎香,一样是闹阳花。还有许多,却不晓得,所以不济事。若是晓得全了,也去做这勾当,谁来做这小说?总而言之,都是贵品药料,还有许多难觅的东西。所以用这夺魂香的,极其珍惜,直要不得已而用之,不肯浪费。

休得只管闲话,且归正传。那一枝梅的夺魂香,却又比众不同。药性分外迅速。一枝梅知道成功,便叫李武:"随我下去。"二人到了庭心,一枝梅取出七八锭解药,交与李武。命他自己鼻内塞了一锭,其余每人一锭,塞在鼻中,便能苏醒。二人到了里面,一枝梅将各人绳索割断,李武如法把解药塞在众人鼻内。

不多一刻,尽皆苏醒。徐庆咬牙切齿,提刀先把小和尚开刀。鸣皋道:“我们先把首恶杀了。如今醉倒在彼,谅他工行散了,可以成功。”众人都道有理,各提刀正要来杀非非僧,忽听得总弄之内足声嘈杂,涌进十来个和尚头陀。为首的便是监院铁刚僧,手提四环泼风刀;第二个知客至刚僧,手执铁梭。随后监寺地灵僧、维那善禅僧、降龙僧、催风僧、疾雷僧、首座摩去僧,并执事僧人。各执长短家伙,个个都是超等本领,抢到方丈里面,一齐动手。

鸣皋、一枝梅同了众弟兄急忙抵敌,混战一场,直杀到东方发白,胜负难分。只因众人被麻绳捆得手足麻木,更加闻了夺魂香,虽经解醒,究竟气力打了折扣。若云一枝梅的本领,果是超等的。只是他身轻纵跳飞行之术,实不亚于剑客,若论拳棒功夫,却与鸣皋仿佛。今日遇着这班和尚,都是铜浇铁铸,力大无穷。这里八个人之中,只有六个好手,那王能、李武,还是平常。敌他们十七八个超等贼秃,自然难以取胜。

一枝梅暗想:“再挨一刻,药力退了,非非僧醒将转来,难以脱身。”便叫:“众位兄弟,俺们只管厮杀则甚,不如走吧!”言毕,飞身上瓦,提刀守在檐头,候众人一个个尽上瓦房。只见众僧人齐到庭心,知道他们必然追赶,一枝梅向身边摸出一件东西,向着庭心内众僧人的光头上面丢将下去。只听得“烘”的一声,原来是个火药包儿,只烧得这些和尚焦头烂额。怎敢上屋追来。

众弟兄安然无事,一齐回转张家客寓。张善仁接着,遂叫摆酒款待。林老儿知道了,十分过意不去,走过来叩头赔罪。鸣皋道:“林丈,不干你事。这等贼秃,岂可容留在世,陷害生灵?将来必至造反!”遂问一枝梅:“二哥,你怎的到此?”一枝梅道:“我到金陵访友回来,宿在半山亭上。”将看见李武的话说了一遍。

鸣皋便问破那金山寺之策。一枝梅道:“非非僧乃少林第一名师,他的工夫不传徒弟,比金钟罩、易筋经还要厉害,任你刀枪不入!此番虽中了夺魂香,此后必用解药防备,愚兄力难胜他。除非请得一位令师伯到来,便可成功。”鸣皋道:“他们孤云野鹤,浪迹萍飘,却到何处去寻他?”狄洪道听了,道:“不若待小弟去寻见师父,或者有处寻访。”一枝梅道:“令师何人?”狄洪道道:“我师漱石生便是。”一枝梅道:“令师有个结义兄弟,叫做傀儡生,道术高妙。若请得此人到来,何愁非非僧不得成擒!”狄洪道道:“我师结义兄弟共有一十三人,个个本领高强,剑术精妙。虽则他们聚散无常,谅来终有几个遇见。”

罗季芳道:“你的师父住在哪里?”洪道道:“在陕西长安城外大石山中。”鸣皋道:“既然如此,可好相烦大兄一行。不拘那位,请得一人到来,便可除此大害,以救一方良善。”狄洪道慨然应允。徐庆道:“此地到长安,只需从上江至安徽寿州、六安,入河南宝丰、南阳过去,便是长安。屈指往来,亦须二月。”洪道道:“我叫王能同去作伴,路上免得寂寞。”鸣皋道:“如此甚好。我们只在此张善仁店中相候便了。”

到了来朝，洪道带了王能，相辞了众位弟兄，撒开大步，一路望上江而去。这里徐鸣皋同了一枝梅等众兄弟，终日无事，东游西荡。

一日回来，张善仁对了鸣皋说道："徐大爷，今日你们出门的时节，有几个做公的对着你众人细看，后来到我店来查簿子看。幸亏我早已把爷们的贵姓大名都换过了。他们临出去时，还有些不信的光景。据我看来，须好避开几日，免得他们查三问四。倘然盘检起来，不费油盐亦费柴的。"鸣皋道："多承主人家关照。"便对了一枝梅道："我本欲到句曲山寻访华阳洞，想那内兄陕西去了，归期尚远，我们何不一同到句曲山游玩？"众人道："甚妙！"到了来日，相辞了张善仁，一同起身，往句曲山而来。要知重阳登高，遇见异人如何，且听下回分解。

第二十一回 句曲山侠客遇高人 华阳洞众妖谈邪道

却说众英雄往句曲山来，在路无话，不两日便到了句曲山。来至高峰上面，望到山下，浓云密布，一望白茫茫无边无际。抬头看时，旭日当空。鸣皋道："云从地起，洵不虚语。这句曲山还算不得高，那云便在下面了。"不多一会，那轮红日渐渐升高，射入云中，分开好似一洞，望见山下树木田地。少顷，那云雾尽皆消灭，远望长江，正如一条衣带。

那日恰是重阳，小舫道："我们今日到此，却好登高。"徐庆指着山下，对了小舫道："你说登高，那边登高的来也。"众人依着指头看时，远远的有三个人，从老虎背上走上山来——这句曲山有个山岭，名为老虎背，是顶险的地位——后面跟了一个小童，肩挑食盒，也到山顶而来。看他们在这壁陡高峰行走如履平地，季芳便道："山里的人，真个走惯山路！我们有工夫的人，尚觉难走，看他们毫不费力。"鸣皋道："你的工夫也太高了些儿。我看他们却非寻常之辈。"

众人正在闲谈，这主仆四个已到山巅。就在一块大石之上，三人席地坐下。小童把食盒揭开，取出几碟菜、一壶酒，三只杯子、三双竹箸，摆在石上。三人举杯饮酒，谈笑自若，旁若无人。鸣皋看这三人，一个二十来岁，是秀才打扮，生得斯文一脉。一个四十光景，头带范阳毡笠，身穿淡黄一口钟，生得相貌威严。一个却是老者，年纪约有七十向外，童颜鹤发，须似银丝，头上扁折巾，身穿月白色的道袍，足登朱履，是个道家装束。个个举止飘然，仙风道骨，心中十分爱慕。

徐庆同了季芳立在他们近身。那罗季芳见了他们饮酒，馋得要死，叉着腰，张着口，只是呆看。鸣皋见了不雅，便道："三哥，你看这个山峰，却是哪里？"徐庆听了，便走过来。季芳见徐庆走去，也跟了过来。鸣皋道："呆子，你没有吃过酒的？做得好样子。"

徐庆道："贤弟，他们三人说的话，我一句也不懂，不知打的什么市语。"鸣皋道："谅是外路人，所以言语各别。"徐庆道："除去外国的话，我却不知。若是中国，随你十三省，什么江湖切口我都听得来。只是这三人的，连一句也听不出。"季芳道："他们吃的东西，我也不识得。又不是鱼，又不是肉，又不像荤，又不像素，不知是些什么古董。"小舫听了不觉好笑起来，便道："四海之内皆兄弟也。罗大哥便坐下饮一杯，这也何妨？"

小舫这句话说得低低的，原不过取笑他，却不道被他们听得。那秀才打扮的年少书生把手招着他们，说道："好个四海之内皆兄弟！便请过来饮一杯。"鸣皋等只得走将过去，向三人深深一揖道："三位尊兄仁丈请了。不才等萍水相逢，岂有招扰之理？"那中年的说道："你这话便不像个豪杰了。"鸣皋只得坐下。罗季芳并不客气，也便坐下。杨小舫见他们坐了下去，也只得奉陪。一枝梅同了李武，却到三茅宫内随喜去了，故此不在旁边。

独有徐庆看见鸣皋深深一揖，他们三人并不抬身，只把手一拱，心上有些不悦，暗道："他们何等样人，这般托大？"无如鸣皋连连招呼，只得勉强坐下。看那年少的秀才生得十分标致，好似女子一般，将杯敬着他们，每人一杯，便逐一问过了他们姓名。鸣皋等一一说了，便还问他三人姓名。那少年秀才微微一笑，那老者默默无言，惟中年的开口说道："我等山野村夫，何足挂齿。"鸣皋知是高人，便不再问。看那罗季芳，早已睡着的了，暗想："我们只饮得一杯酒，怎的只觉有些醉了？"看看徐庆、小舫，也是要醉的光景。心中忖想："莫非又是蒙汗药酒不成？却是断无此理。"不多时，自己也睡着了。

一枝梅同了李武，在三茅宫游玩多时，不见他们进来，便一同走到外面。只见四人睡熟在石上，便将他们叫醒。鸣皋睁眼看时，这三人连那童子已不知何往，只见一枝梅同了李武在旁问道："你们四个，怎的一齐这般好睡？"鸣皋便把饮酒的话告诉了他。罗季芳道："我上好的阳河高粱，也吃得十来斤，方才的酒咽喉里还没知道，怎的醉了？"一枝梅道："这酒还算不得好。若是仙家百日酒，吃了一杯，便醉百日；饮了千日酒时，端的三年方醒哩。"各人猜疑不出这三个究是何等之人。

看官不要性急，只要过得几回书，自然明白。不是晚生放刁，要试试列公的法眼，猜只一猜。

闲话休提。且说众弟兄来到后山，寻看华阳仙洞——相传三茅真君得道之所。却是洞口其小，而且潮湿不堪。倒是那边毒蛇洞、仙人洞，好似两个城门相仿，又干燥，又平坦。只见那仙人洞口石上，凿着四字道："内有毒蛇。"季芳道："这两个洞里，马也跑得进去，怎的有毒蛇？我们何不进去？"

众人英雄性情，怕甚毒蛇，便一同进去。走了二三十步，只是黑得紧。鸣皋道："这个黑暗地狱一般，有何趣味？我们明日带了火把来方好。"众人都道有理。大家回出洞来，就在左边一只真人阁内，借间楼房住下。众弟兄住在山中，把个偌大的句曲山方方数十里胜景，尽皆游遍，不觉时光已到小春。

这夜众人皆已睡熟，独有徐鸣皋再也睡不熟，便起来开了窗，望望山景。只见一轮皓月当空，万里无云，静悄悄好不有趣。看了一回，远远的望见一人行而来；走到仙人洞畔，沿山坡转弯过去。看他虽是人形，却似猴头猴脑，身上着件单衫。暗想："如今天气寒凉，怎的他不怕冷？况且夜静更深，独行山中，又是这般嘴脸，莫非是个妖怪？”即便枕边扯了单刀，插在腰间，从楼窗内扑地跳到下面，连窜带纵，跟将过去。

只见这人进了华阳洞对面有一间小楼上去了。鸣皋晓得这间楼墙坍壁倒，破败不堪，是没人住的。便跳到华阳洞旁边一棵大松树上，将身隐在松针之内。看这楼上，早有二个女子在此。一个穿元色花绸袄儿，一个穿件翠蓝花袄，外罩银红半臂，生得妖妖娆娆。见了这人便道：“袁师前几日到哪里去的，却这许多日不见？”这人道：“我到智真长老处去，问那火烧尾闾关一事。”正在说着，忽见毒蛇洞内走出两个人来，一个身穿墨褐色袍子，蓬着头，是个黑脸汉子。一个却是中年妇人，身上拖锦曳绣，遍体华服。那仙人洞内，也走出两个人来。一个长大汉子，身着黄衣。一个矮胖子，身穿灰布短袄。四人一路说着话，鱼贯上楼，与三人同坐着闲谈。

那华服的中年妇人说道：“袁师，你到智真长老那里，他却怎说？”袁师道：“他说两句偈语道：‘谨防朝夜孩儿至，大数三人未到来。’”众人听了，皆猜想不出。那黄衣大汉说道：“不妨不妨，大数还未到哩。”袁师道：“且莫作太平语，我看起来，不是好消息，分明叫我们朝夜谨防。只不知什么孩儿，却是这等厉害？”那穿元色的女子说道：“害我们的，必定是三个人，目下尚未到来。”

这墨褐色袍子的说道：“胡家姐姐，我们且寻欢乐。你的心上人儿，如今怎的了？”女子道：“莫说这行子。前日我去张望他，见他瘦骨支床，形同枯木，我还恋他则甚？”那矮胖子说道：“胡家姐姐太没良心。他与你如此恩爱，你见他这般，便要别换他人。”女子道：“蠢物，比得你这好心肠！可记得春间，张家的女儿待你如此好法，你采了她的元精，弄得止存一息。你还趁他未死，把她脑髓都吸了！”

那中年妇人说道：“你们休得争口，从今还宜改过自新。只因我等近年荒淫极矣，古云：乐极生悲，莫待大难临头，悔之无及！”众人听了嗟叹不乐。不知后事何如，且听下回分解。

第二十二回　徐鸣皋刀斩七怪　狄洪道路遇妖人

却说众人听得那中年妇人的话，有些警惕。那穿银红半臂女子道：“昨夜我得一不祥之梦：梦见我们皆在一处，忽然天上降下一个金甲神来，把我等七人一个个缚了，我便惊醒。想来定非吉兆。”众人纷纷议论。

鸣皋听得明明白白，暗道：“这些皆非人类，定是妖魔精怪。留着总要害人，不如待我把来除了。况且听这什么智真长老偈语，分明说着今天，十月十日夜间亥子之交，正应着我徐姓的身上。谅来天意叫我剪除妖孽。”转定念头，将刀扯在手中，将脚在树上一踮，身子便望楼中直蹿过去。手起一刀，先把这叫他袁师杀了，却是一只玉面的猿猴。

众人惊得呆了。又一刀，把元色袄女子分为两段。这着银红半臂的飞也似的跳将出去，鸣皋跃将起来，一刀挥去，斫下一条臂膊。其余众人随分头四窜。鸣皋抢步上前，将黄衣大汉胁下刺了一刀。遂追到楼下，那个中年华服妇人正要钻进洞去，鸣皋随后已到，夹背一刀。她吼了一声，逃了进去。鸣皋回转身来，追这墨褐色袍子的黑脸。见他向山坡上没命的奔逃，鸣皋风卷也似的追来。前面恰遇一条山涧，那黑脸被鸣皋追得昏了，一个失足跌入涧中，脑浆迸出。鸣皋想道："好似走了一个。"

寻了一回不见，只得由他罢了。遂一手提刀，慢吞吞回转真人阁内。路过仙人洞口，只见那穿灰布短袄的矮胖子恰正在那边跑来，走入仙人洞去。鸣皋一个腾步，"扑"的跳将过去，此人已进洞内。鸣皋一个雀地龙之势，趁手一刀刺去，却正中臀孔，大叫一声，向里直窜进去。鸣皋想道："凡事大数已定，再难挽回。他已经漏网，怎的仍旧难逃？遂跳上楼中。一枝梅问道："贤弟何处去来？"鸣皋遂把方才的事细细说了一遍。

到得天明，众弟兄大家晓得，便一齐来到华阳洞前看时，楼上杀死一猿一狐，又一只野鸡翅膊。那狐狸毛色纯黑，那猴子却是个通臂玉面猿猴，皆身首异处。洞旁一只野鸡，约有十四五斤，斫上了一翅，死在山坡之上。走到那边涧内看时，却是一只巨狼，跌得头骨粉碎而死。李武取了五六个火把到来，众兄弟一同走入仙人洞内。走不半里，只见一只野猪死在旁边，屁眼里中了一刀。一路过去，那地上的鲜血斑斑点点。到里边，一虎一豹枕藉而毙，身上皆着了刀伤。再走进去，折向右首前面，却不通了。转过来，却从毒蛇洞而出，原来二洞中间通的。

杨小舫道："山精野兽，得成人形，皆是修炼多年，取精不少。把来煮食了，定有补益。"众弟兄皆道有理。季芳听得十分高兴，他同李武二人动手，将来一个个开剥了，烧的烧，腌的腌。煮熟了时，其味甚佳。众弟兄足足吃了半月，果然觉得精神加倍。徐庆道："狄洪道去了五十多天，谅来回归日近。我们何不回到镇江去等待？"鸣皋道："三哥之言有理。"过了数日，众英雄回转镇江，仍到张善仁店内。岂知到了十一月将尽，只不见洪道回来。

原来狄洪道同了王能，自从那一日动身，一路过了安徽，来到河南汝州鲁山县地界，路过一处村庄，一带都是枫林。天色已晚，就在村中一家人家宿了。

到得黄昏以后，只听得远远的有哀苦之声，顺着风，隐隐的若有若无，觉得惨切凄凉。便问王能道："贤契可听得吗？"王能道："师父，我却听不出来。"洪道静心细听，越听越清，却又纷纷不一，若有数人号痛之声。暗道："奇了。"遂悄悄地走至庭中来。只见月明皎洁，万籁无声；侧着耳朵听时，这声从东南而来。心中想道："这方是我来的所在。日间经过二十余里，并无村市，只有二三里外一所大宅，有百来间房子，好似乡村富户的光景。我怪他独自一家，并无邻舍，怎的不怕盗贼。这声音莫非此中来的？"越想越疑惑起来。

这也是天数注定，恶贯满盈，故而鬼使神差，被狄洪道听得，动起疑来。回到里头，带了一把尺二长的匕首，插在腰间，把豹皮囊挂了，跳出墙来。一路依着声音，连窜带纵，来到这所大宅后边。果然声音从此中而出。

他便跃上瓦房，跟着声音寻去。只见里边有四五间矮屋，那声音在矮屋之中。

便在屋上,俯耳细听,这凄惨之声,令人不欲听闻。周围一看,却无下路,遂走向前边,有一只旱船模样,门前有个小小庭心,便跳将下去。在窗内张时,里头却有灯火,并无一人。轻轻推窗进去,左首有扇腰门,半开半掩。挨身出去,却是一条备弄。

走到里边不多路,便是矮屋。就在门缝张看,只见一并连五间房子,点着一盏灯儿,半明半灭,觉得阴风惨惨,腥气难闻。两旁都是柱子,系着二十来个四体不全之人,在那里呼号痛楚。洪道定睛细看,只见这些人有的少了一臂,有的缺了半腿,有的剜去两目,有的割去阳物,也有女子阴门上去了一片的,也有孩童没有了天灵盖死在旁边的,也有腰间剜去一块在那里挣命的,个个血污狼藉,腥秽难闻。暗道:"这个什么意思?既把他们伤残五体,何不索性杀了,免得受这苦楚。为何弄得他们求生不得,求死不能,却是何故?"暗想:待我回去,打听明白,再作计较。遂由原路上了瓦房,出得回墙,一路回转店中睡了。

等到来日天明,大家起身,梳洗已毕,用过早饭,便问居停主人道:"此去东南二三里路,有一所大宅,却是何等人家?"那居停主人姓苏名定方,是个走江湖的出身,做那买卖药的,所以走关东,闯关西,见多识广,真是个老江湖。如今年纪大了,同那儿子媳妇务农度日。当时听得狄洪道问及这大宅子何等人家,便道:"客官,你是远方过路之人,不妨对你说了。这家人家,是此间枫林村一带第一个富户。此人叫做皇甫良,是个大江湖。名为'皮行',实是'妖帐',所以积下了巨万家私,算得鲁山的首富。"

洪道道:"老先生,怎的叫做皮行,什么叫做妖帐?小可倒要请教。"苏定方笑道:"客官乃好人家子弟,不常出外,所以不晓得江湖上的勾当。凡在江湖做买卖的,总称八个字,叫做巾、皮、驴、瓜、风、火、时、妖。"洪道道:"这八个字怎样解法?"苏定方道:"那巾、皮、驴、瓜,是四样行当,都是当官当样,不犯法、不犯禁的。这风、火、时、妖,也是四样行当,却只都是犯法违条,若穿破了时,军也充得,头也杀得。他们是着了红衣裳过日子的。"洪道道:"这八样行当,却是什么生意?"

苏定方道:"那巾行,便是相面测字、起课算命,一切动笔墨的生意,所以算第一行。那皮行,就是走方郎中、卖膏药的、祝由科辰州符,及一切卖药的医病的,是第二行。那驴子,就是出戏法、顽把戏、弄缸甏、走绳索,一切吞刀吐火,是第三行。那瓜子,却是卖拳头、打对子、耍枪弄棍、跑马卖解的,就是第四行了。这四行所以不犯禁。若是打闷棍、背娘舅、剪径、响马,一切水旱强盗,叫做'风帐'。还有一等,身上十分体面,暗里一党四五个人,各自住开,专门设计,只用唬诈二字强取人的钱财,叫你自愿把银子送他,还要千多万谢,此等人叫做'火帐'。至于剪绺、小贼、拐子、骗子,都叫'时帐'。那着末一行,就是铁算盘、迷魂药、纸头人、樟柳神、夫阳法、看香头,一切驱使鬼神、妖言惑众的,都叫做'妖帐'。他的罪名,重则斩绞,轻则军流,皆王法所禁。这等人形踪诡秘,鬼蜮行为。这些行当,出门人也要晓得一二。"

狄洪道道:"这皇甫良做的什么生意,却要如此伤天害理?"不知苏定方说出什么话来。且听下回分解。

第二十三回　皇甫良杀人医病　狄洪道失陷王能

却说苏定方说道："那皇甫良的生意独创一家，他是鲁山县有名的良医，绰号叫做赛华佗。随你聋彭瞎子，直脚驼背，一切奇怪病症，皆会医治。凭你一只手斩掉了，一来他也能装得上去，一块肉剐去了，也能补得一块。只要讲定整千整百银子，死的都医得活来，所以都称他做活神仙。有的人说他差遣了人，到别处去拐骗人家男女把来合药，所以如此灵验，只是没有凭据。他又有财有势，县里官员，个个是换帖好友。家中用着四个保家的拳师，四十个家将，长工用人总共一百来人，哪个敢奈何他？所以我说他名为皮行先生，实是妖帐的凶徒。"

洪道道："原来如此。小可有个亲戚，生的怪症，远近医生都医治不好。此地既有这等良医，意欲求他疗治，在府耽搁二三日，一总奉上房金，未知使得否？"苏定方道："客官只管住，只是粗茶淡饭，休嫌待慢。"洪道道："好说。"

二人又闲谈了一会，遂同了王能来到皇甫良家去。一路都是枫树，经过了浓霜，一望朱红，十分好看。到了门首，停着许多车马。房屋虽大，却不甚华丽。门上挂着小小招牌，上写"世医皇甫良善治一切疑难杂症"。过了两重门户，只见大厅上正中，悬一块朱红匾额，上写着"华佗再世"四个金字，汝州府知府王题赠。那里头左右的斋匾，不计其数，大约都是司道府县的款。侧首一间书房，便是治病之所，装潢得金碧辉煌。

众人纷纷求治，那皇甫良坐在一张太师椅上。看他年纪约有花甲，神气壮强。生得一个长马面，紫膛色面皮，两道剑眉插鬓，一双虎目圆睁，杀光乱播，红丝绊满。大鼻泡，阔口，颔下五绺长髯，两旁炸开，如鱼尾一般，黑多白少。头上戴一顶医生巾，好大一块羊脂白玉。身穿沉香色海青，系一条元色丝绦，足上红鞋白袜。自有徒弟在彼开方诊脉，他却并不动手，但只坐着吩咐用什么药，开什么方。旁边站立家童，伺候他用点膳、吃参汤。

狄洪道看这皇甫良相貌凶恶，精神抖擞，知道有些厉害。走上前来，叫声："先生，小可江南人氏。闻得大名，是个当世神医，特来相求一事。只因有个亲戚，被坍墙压断了一条腿，欲求治医。可能换上一条好腿吗？"皇甫良道："好换好换！只是一千两银子，没有还价。我要把数百银子，觅得一个人来，要他自愿将腿割下来，与你接上。敷了灵丹，七日便能收功，包你行走如常，与自己的一般。"

洪道道："银子小事，那亲戚只多了银子。却是杀命养命，岂非罪过？"皇甫良道："此乃自愿，他只贪数百两银子，一生吃着有了。况且我把驴子的腿，还要与他接好，一般可以走路，落得白用这银子。肯的人还多着，有甚罪过？"洪道道："既如此，待小可回去，与他一同到来，相请医治。只是医治这七天，府上可以借住否？"皇甫良指着西边一带厢房道："你看那里，不是病人居住的吗？"

狄洪道同了王能走过去看时，一并排十间，都是病房。里边床帐台椅，一切齐备。有几间有人在内住着，有几间尚是空闲。顺手转弯过去，一连又是五间楼房，都朝着南的，房屋更加精美。里边床帐华丽，被褥精美。壁上名人书画，台上琴棋闲书，一切全备，尽皆空着。望到里边，便不通了。

二人回身向外，也是相辞，竟慢慢地回到苏定方家中。对了王能说道："我想这皇甫良拐骗人家男女，将来当做药用，造这等恶孽。世上的残忍，还有比得他来？我不知也罢，既然知了，若不除此妖孽，后来不知多少人遭此惨死。只是你我只有两人，他们人多手众，怎的下手？"王能道："只有夜间行事，再没别法。"洪道道："我看皇甫良定有手段，他们四个拳师不知本领如何，居在何处？"王能道："此事只得见机而行。"洪道道："虽然如此，也要定个计谋，方为妥当。"

王能道："师父，你不见他的五间楼房现在空着。我与你先在后面放起一把火来，然后进去，杀他一个落花流水。等他出来救火，我们藏在这楼房内前后，皆望得见他。师父只拣那要紧的几个把飞镖来伤了，便可了事。或者出其不意，杀他个措手不及；若然尴尬，那边大枫林内，尽好藏身。你道如何？"洪道道："也可使得。只是我同你预先要去，把里面曲折、皇甫良的住处、四个拳师的所在，须要探明，方可下手。"师徒二人，商议定了。

哪知天不作美，到了晚上，彤云密布，降下一天大雪。始而洒盐飞絮，既而片片鹅毛，后来索性手掌大的一团团乱飘乱堕，屋上顿时七八寸厚。一连三日，街上堆积四五尺高，连门都开不开来。看官，这等侠客，不怕风，不怕雨，惟有见了大雪，却是他的对头。随你本领高强，不能行事。除非剑仙之辈，他莫说雪上可能行路，有的水面上都能行得。那狄洪道却没这本领。住在苏家，直到过了半月，方才这雪渐渐消烊。

那一日黄昏，师徒二人用过了夜膳，全身扎束，来到皇甫良家内探听虚实。上了屋面，细看这所房子，乃是十一开间九进，一颗印生成。居中有半亩之地，另筑高墙围住，宛似城垣相仿。东西南北，皆有门户；每门之外，各有拳师一位、家将十名把守。洪道道："这城垣之内，必是他的卧室'。"踊身跃上墙垣。王能在外等候，岂知许久不见出来，心下疑惑。

且说这四门四个拳师，皆是响马出身，向在山东道上做买卖。自从九龙山徐庆兄弟三人占了山头，专一火并同类，所以他们存身不得，来到此间，投奔皇甫良，做了保家教师，手下各数十个家将。第一个叫符良，善用一把靴头刀。他有一样绝技，叫做飞抓，百步内拿人，百发百中。江湖上起他一个混名，叫做"催命鬼"，十分厉害。第二个姓常名恶，使得好连环棍，生得浑身黑肉，人都叫他"摸壁鬼"。第三个姓谭名江清，力大无穷，用一把石锁，重有七八十斤，绰号"活阎王"。第四个姓闵名安存，使两柄铁桨，水都泼不进去，混名叫做"九头鸟"。这四人无恶不作，极其残毒，故此与皇甫良声气相投，助桀为虐。

今日守这南门的，正是那催命鬼符良。睡了一回，起身到庭心小解，忽见月影照在地上，有个人头影像。抬起头来，看见一人伏在瓦上面，朝着里面墙垣，好似要想上去的光景。遂到屋内轻轻推醒众人,自己取了飞抓,众家将跟随来到庭中,将飞抓提在手中,向屋上发去,恰好正把王能连肩带背钩住。原来这飞抓有五个纯钢的钩子,锋利非常,皆有绒絛贯串。发出来时,好似一只蒲扇大的手掌,五指揸开。落在身上,这五指一齐抓将拢来,那钢钩抠入肉内,随你英雄上将,无不立时下马。

当时王能被他将总索只一扯,从屋上跌下庭中。众家将一齐上前将他缚住,便问可有羽党同来。王能随他们捶打,只不做声。符良跳上瓦房,周围巡视了一回,见无人迹,也便下来,将他绑在柱上,等候天明,请主人发落。

却说狄洪道到了里边一看,四周皆是房屋,中间只有一个庭心,上面用铁线网着,下边无数铜铃。若然将铁网惊动,那铜铃儿便要一齐响将起来,因此没个理会。想了半刻,只得将屋瓦挖开,欲想从椽子内挨身下去。哪知椽子下面,皆天花板蒙着。挖了好几处,都是如此。只得跳出围墙外来,哪知不见了王能。四面踪寻,杳无形迹。不知狄洪道可能救出王能,且听下回分解。

第二十四回　草上飞踪寻表弟　狄洪道喜遇焦生

却说狄洪道不见王能,暗道:"奇了,又不听得声息,岂被他们捉去了不成?"看官,你道外面把王能拿住,难道没有声响?况且夜深人静,二三里外尚然听见了哭声,如今近在咫尺,怎的他还未晓?其中有个缘故:只因围墙又高又厚,外面的声音,只能上达,却不能到了上边,从新回下来到里面。讲究声学的人,自然明白。不比前夜的哭声,顺风吹去,那是平行飘送,所以二三里外,尚能微辨。那声音一物,全仗空气传送,若气不通,虽在一二寸之地,亦不听得。列公倘然不信,只消将一间房子四围门缝固封严密,外面的人把耳朵凑在玻璃窗上,听里边的人靠着玻璃说话,只见他嘴唇开合,却并不听得声响。只因风气不通,所以近只一层玻璃,尚且声息全无。

闲话少说。且讲狄洪道不见了王能,四周围寻了一回,不见形迹,疑他先回,或在枫林内等候,遂出了皇甫家。一路寻看,直到苏定方家内,并无下落。因想道:"一定他下去窥探,着了道儿。这倒如何是好?"又想:"既然被擒,必定在那矮屋之中,当做药料,害他成了残疾。"左思右想,一夜未曾合眼。

到了明日,苏定方问起高徒何往,只说一早出去,相邀亲戚到来医病。及至黄昏过后,又到皇甫家内,依着前路。到得矮屋之中。细细张看,并没王能在内,遂即推门进去。那里面的人一齐叫起苦来,皆道:"今夜不知哪个晦气,又要来取什么东西也。"狄洪道忙把手摇着,道:"不要高声,我乃过路之人,只因听得你们叫苦之声,前夜进来张见了你们惨状。昨夜同了一个徒弟到来,欲想除此妖孽,救你们残生之命,却不道不见了徒弟,故此特来找寻。"

众人都道:"没有见得。好汉,你不知道,这恶贼骗了人来,却不便到此间。起初藏在这高墙里面,名为紫禁城,内有一个小小地穴,约有一二间地步,四面石头砌成。里面倒也舒齐，床铺被褥，一应全备。每日三餐茶饭，也有荤吃，只是人肉罢了。将你养得肥胖，等到要用之时，方才动手。用过之后。便推到此间。若是死了，便杀来煮吃，当做牛肉用；幸而不死，他仍把你养着，留到后来再用。他的药都是人骨髓、人脑子、心肝五脏、疔子、阴门合成的，所以如此效验。今日天赐好汉到来，总望相救我们出去。若得回家，定当重谢。”洪道道：“如此说来，那徒弟定在高墙里面地室之中，目下谅未伤残。只是俺独自一人，孤掌难鸣，怎好救他出来，杀了这恶贼，相救你们性命？”众人道：“他的地室上面，却是一间书房。地下都是磨细方砖，并无痕迹。其中有一只榻床。只消将榻床上面搁几拿去，把榻面揭起，里头便有梯子，直到地室之中。这榻床就是门户。”洪道道：“不相干。我们不能到得里边，怎的下去？你们且自放心，待我想法再来。”

众人哀求不已，狄洪道也顾不得他们，遂即回身出去，幸喜无人知觉。上了瓦房，仍到苏家。一连几夜，毫无善策，想起镇江众弟兄在彼等候，又不能丢了王能而去，急得如热石上的蚂蚁一般，没个主意。

我且按下这边。且说湖北德安府应山县有个豪杰，姓焦名大鹏，绰号叫做“草上飞”，是湖北有名的义贼。飞檐走壁，来去如风，有超等的本领。他要人的银钱，即是明取，不去暗偷。生得两眉如铁线竖起，双目圆睁，截筒鼻，四字口，面色微红。浑身元色紧身，密门纽扣。足上蓝布缠腿，穿一双爬得山、过得岭、鹞子翻身跌杀虎的快鞋。背上插一口青锋宝剑。他只拣贪官污吏、世恶土豪，任你身居深闺密室，忽然间他跑上面前，口称借银若干，明日送到某处山中，或某家客寓，言毕将背上的宝剑扯在手中，将口“嗤”的一吹，连人连剑，影迹全无。所以人人惧怕，连忙如数送去。他过后便来取去，却不与你照面。你若不送去，包你脑袋不见。若论剑术之中，本领高的五遁俱全，能算袖里阴阳，赛过仙人一般，所以叫做剑仙。这草上飞焦大鹏，原与山中子一师门下，俱是玄贞子的徒弟。只因他剑术未学精明，却要做这义贼的勾当，玄贞子知他难以修炼成功，由他自去，所以不入他们七子的一党。方才说的就叫剑遁，若与寻常勇士比较起来，已经要算无敌的了。他自小死了父母，又无弟兄妻小，幸亏姑母抚养成人。

这姑母嫁一个生意人，姓窦名琏，开一爿米麦六陈行。年过半百，单生一个表弟，乳名叫做庆喜，年方一十六岁。生得面白唇红，温文尔雅，老夫妻十分钟爱。只因窦琏年老，每逢出外买卖，带着庆喜官同去，一来路上陪伴，二来好教他见识生意之道。前月到宝丰买货回来，路过鲁山地界，忽然失去，四出招寻，杳无下落。老夫妻两个哭得死去还魂。恰好焦大鹏探望姑母，得知其事，遂即到鲁山来寻访表弟，他久在江湖，知道枫林村有这妖人，本欲为民除害，暗想：“那庆喜官莫非被他取去？”

那一天到了鲁山，便望枫林村而来。时候日落西山，黄昏月上。来到皇甫良家内，飞身上屋，只见斜刺里一人在瓦房上面连窜带纵，好似燕子一般，向里边而去。暗想：“必定我道中人。此人本领，也算得个高手，不知他为着何事？”遂即跟将过去。只见他从庭心下去，焦大鹏也下了庭心，一路随着，直到矮屋之中。要知草上飞的本领，远胜于他，正是棋高一着，缚手缚脚，所以跟在背后，狄洪道并未知觉。

只见他竟到里边，焦大鹏只道此中谅是藏银之地，便在门外偷看，却不道都是残体之人。狄洪道问这众人："昨日可有姓王的到来？"众人道："还没有来。只是好汉早些想个计策，救得我等性命，阴功不小，我等永不忘你的恩德！"洪道道："我想了三日，终少一个帮手。若是草草行事，一人难敌四手。况且他们整备甚严，里边定有埋伏。欲想赶到长安找寻师父到来，又恐误了徒弟性命，所以进退两难。"那焦大鹏听得明明白白，暗道：原来也是与我一路，也算巧事。便烁的跳到里边。狄洪道吃了一惊，便把匕首出在手中。大鹏道："慢着，我非别人，特来找寻表弟，壮士不必疑心。"洪道听了此言，将他上下身一看，果然像个外来之人。谅他有些本领，便彼此通过了名姓，略表在此的缘由。二人各自大喜。

草上飞便向众人逐一看了，并无表弟在内，便问道："你们可曾知晓有个十五六岁的标致官人，可在此间？"内中一个应道："可是一个姓窦的湖北人，自前月来的？"大鹏道："正是！如今怎样了？"那人道："还算恭喜，如今还没用过，亦在里边地室内，养得好好的。"焦大鹏便问狄洪道："你可到过里边？"洪道道："他的高墙之内，名为紫禁城，端的严密，鸟都飞不进去。"遂把前夜之事说了一遍。大鹏道："我们先把他羽党除了，看他怎的。若出来，便可擒住他；若紧守不出，我打门进去，你只在外梭巡，休得放他走了。"正在说，忽听得备弄中一片声脚步响，好似一二十人赶起来模样。

原来这矮屋唤做料房，每夜有人巡视二次。却是三更查过了，要过四更再查一遍，恐有走漏。狄洪道前几夜进来，却未逢着。今日正在三更时候，那巡夜家丁来到料房门口，忽听得里边有人说话，就在门外不敢进来，侧着耳朵听个明白，知道走了风声，慌忙走到紫禁城北门将军闵安存那里报信。闵安存得了这消息，连忙取了双桨，带了众家将，各执兵器，赶到料房而来。这巡夜家丁报过北门的信，遂又转到西、南、东三门各处报信，惊动得合府教师、家将个个出来，陆续到料房接应拿人。这里闵安存带了十个家将先到。未知焦狄二位英雄如何抵敌，且听下回分解。

第二十五回　草上飞斩符常谭闵　狄洪道擒皇甫医生

却说草上飞焦大鹏听得备弄中脚步声响，即便旋转身来，抢出门外，把备弄截住。狄洪道也随后跳到备弄。大鹏向北，洪道向南，各挡一面。且说闵安存带领家将，来到料房门首，只见门内跳出二人，为首的身长八尺，头带元绉六楞英雄罗帽，额上一个英雄结，鬓边插一朵大红山茶花，身穿元色密门窄袖短袄，兜当扯裤，手提青锋宝剑，犹如猛虎一般，截住去路，遂大喝："大胆贼盗，敢到这里来送死！"舞动双桨，兜头便打。大鹏起剑撇开双桨，还手一剑劈来，连肩搭背，斫个斜分两半。众家将大惊，发一声喊，往后便退。却好西门守将活阎王谭江清提了石锁，带领众人急匆匆到来。北门家将大叫："谭将军快来，强盗厉害，闵将军没命了！"遂一齐站在一旁，让江清上前。

焦大鹏见他手提蛮笨家伙，知道此人有些气力，便不肯等他下手，托地跳将过来，一个旋风，夺圈圈转到江清面前。可怜这活阎王看也没有看清，早已脑袋落地，到那森罗殿上受实缺上任去了。焦大鹏遂即赶上前去，把众家将切葱切菜的追杀过去。

绕过西门，只见南门守将符良提刀杀到。见了焦大鹏，大叫："强徒杀我兄弟，吃我一刀！"便劈面砍来。大鹏不慌不忙，把青锋宝剑向他刀上一挥，"当"的一声，符良的手中剩个刀柄，那刀头落在地下去了。只见草上飞的这口青锋剑，乃是他的师父玄贞子剑仙七子之中第一个道行高妙的送与他的，你道好也不好？所以符良的刀遇着此剑，正如泥做一般，把刀头削去了一大半。符良吃了一惊，慢的一慢，被焦大鹏一剑穿个前胸通了后背，将剑往上一挑，把符良从头上直掼到后面去了。众家将没命奔逃，只恨爹娘少生了两条腿。后面焦大鹏犹如老鹰拿雀，追杀过去。

我一口难讲两处的话。这里动手的时节，那狄洪道向南抄到东门，恰好常恶踏出门来，舞动连环棍就打。洪道早将双拐扣在手中，两个在庭心中厮杀，这十名家将围绕助战，正打得乱纷纷的难以取胜。若论狄洪道，乃漱石生的徒弟，究竟也是剑侠传授，何以不如草上飞甚远？其中有个道理。只因洪道未学剑术，草上飞剑术虽则未精，究竟学过。若论二人本领武艺，相去不远，只是草上飞轻身术妙，宝剑厉害。再加一边在备弄内，个对个交手，一边在庭心中宽阔所在，加上了十个家将，虽则终能胜得他们，只是一时难以骤胜。

常恶正在手臂渐渐酥麻，被狄洪道二根拐滚将进来，脚背上着了一下，哪里站立得住，扑地跌将转来。却好草上飞正到，趁手一剑，叫他快些追上三人，一同到鬼门关做摸壁鬼去。众家将见拳师已死，惊慌逃窜，被焦、狄二人追上去，打的打，斫的斫，杀得七零八落。

却说皇甫良早有家丁报信，但知道料房走风，岂知拳师家将已被伤残若此，提了一把板斧，将紫禁城开放，赶出城来。他只道料房失事，出的北门，却不见一人，遂一路转向西门抄去。只见备弄中满地尸骸，闵安存、谭江清、符良尽皆丧命，急得心慌意乱。不知何等样人，谅必前夜强徒一党。将到东门，但见几个家将没命地逃来，口称："强盗厉害，四位将军尽皆伤命了！"皇甫良心中大惊。前面一位英雄，头上胖顶六楞罗帽，耳旁一个大红绒球，浑身紧装扎缚，足登薄底皂靴，手中舞动两根镔铁李公拐，似风卷也似的追来。

皇甫良见来势凶勇，举起板斧，向着狄洪道头上劈个朝天切菜。洪道将身偏过，一拐打来。二人一来一往，斧来拐挡，拐去斧迎，战了十几个回合。皇甫良哪里是洪道对手，只见他使发了双拐，宛如一个绣球，滚来滚去。皇甫良觉得虎口有些震开，暗想："今朝家破人亡，断难抵敌，不如三十六着，走为上着。"得个空闲，转身便走。洪道大喝："妖贼，你狼心狗肺，残害良民，今日恶贯满盈，还想逃往何处？"随向豹皮囊中摸出一支金镖，照准他后心打去。皇甫良一路奔逃，侧着脸，把眼稍顾着后面。见他把手一抬，烁的一件东西到来，连忙将身一侧。那镖却打在肩窝，顿时这右臂筋断骨折，大叫一声，那板斧哨啷地堕在地上。洪道飞步上前，将皇甫良擒住。背后焦大鹏也到，手起一剑，挥为两段，便道："这等妖人，问他作甚！"

二人抢进城中，见一个杀一个，把他妻妾子女，丫鬟仆妇，不问老幼男女，一门良贱三十余人，杀个干干净净。

便寻到这间地穴门户的房间，将榻床揭起，取过灯火一照，下面共有三人。焦大鹏跳将下去看时；见表弟窦庆喜毫无损伤，心中大喜。便叫："表弟，愚兄特来救你！今日且喜无恙，快随我出去。"那庆喜官见了大鹏，两泪交流，牵衣痛哭。只听得洪道在上面叫道："王能贤契可在吗？"王能正卧着，从睡梦里惊醒，听得师父声音，情知大事成功，便道："徒弟在这里！"大鹏看见王能被他们将大铁链锁着，便把剑来破断了。王能道："多承好汉同我师父相救！"

大鹏看还有个后生，问道："你姓甚名谁，怎得到此？"便叫王能带着他上去，自己同了表弟也出了地室，叫王能一同先到外面医室中等候。他却同了狄洪道到楼上，去把皇甫良积下的金银珠宝，只拣贵重，打了六个包儿，一把提着。赶到后面矮屋中，放了这帮残疾之人，叫他们你挽我扶，来到外边大路上枫林之间坐着，等候天明，见有车马过时，便可附载回家。将一包金银打开，分派与众人收了。众人欢天喜地，感恩不尽。

然后二人回到皇甫家中，问起后生家住那里。那后生道："二位恩公在上，难弟乃余姚人氏，姓王名介生，今年二十三岁。父亲早故，只有个叔叔，名叫王守仁，官为兵部主事。我在家中教读，前月忽有人来聘请我做西席，许了我百两纹银一载，先付十两聘金。因此辞别家人，同他一路而来，便到此地。若非二位恩公搭救，定遭毒手。"便问过众人姓名。大鹏道："既是忠良之后，且同我到了河南应山县去，待我把表弟交与姑母，便相送你到府。"介生又向大鹏拜谢了。洪道道："你叔父是个穷官。"一面说一面提过一包金银过来，道："这包你拿去，也可度日用。"介生拜谢收了。

狄洪道与焦大鹏恋恋不舍，二人便结为兄弟，当天跪将下来，撮土焚香，拜了四拜。然后各人起身，各自把包裹结在腰内，出得门来，分道而行。

焦大鹏同了窦庆喜、王介生到了应山。那窦琏见儿子回来，喜得个了不得。姑母见了庆喜，母子二人抱头痛哭。就把王介生留住，与焦大鹏住了十多天。介生同了庆喜，本是患难的朋友，如今感激他表兄相救，越加亲热，也结为八拜之交。他二人日后也都出仕为官，书中不表。后来焦大鹏送他到余姚县去，我也一言交代。枫林内这残疾之人，只要有了金银，等到天明，自然陆续有车马带回家乡而去。皇甫良家内，自有地方保甲禀知鲁山县相验收尸，追捉凶手。好在没有苦主陈告，也渐渐的罢了。

书中单表狄洪道同了王能，回到苏定方家，恰好定方起来开门，狄洪道到了里边，便把一锭银子谢了。苏定方推辞一回，也便收了。狄洪道便把衣包收拾，师徒二人别了苏定方，撒开大步，一路望长安进发。

有话则长，无话则短，不一日到了长安，径到大石山中，来寻师父。恰好漱石生到四川去了。寻那傀儡生,也不见面。暗想:此间除此二人,只有三师伯云阳生居住后山,未知他可肯出去?便同了王能,径到后山而来。不知遇见云阳生否,且听下回分解。

第二十六回 云阳生仗义下江南 王守仁惧祸投钱塘

却说狄洪道同了王能,翻山过岭,来到大石山背后。正走之间,只见山坡上松树底下一人叫道:"狄道兄,许久不见你,今到哪里去?"洪道回转头来一看,认得是云阳生的徒弟,叫做包行恭,乃苏州吴县人氏。便道:"包贤弟,你一向好?今日令师在家吗"行恭道:"他在那里炼丹药。道兄要寻他时,小弟同你去便了。"洪道道:"多承贤弟。"一路说着闲话,早到茅庐门首。

行恭先进去通报了,请洪道入内。洪道见了云阳生,拜见过了,叫王能也来拜见。云阳生问道:"贤侄,你们依附宸濠,求取富贵,今到此间则甚?"洪道道:"弟子愚昧无知,误就其聘;后来窥见他所为不善,今已出了陷阱。"便把到姑苏起直至金山寺一席说了一遍。"特来求请师伯下山相助,以救一方良民百姓。"

云阳生道:"宸濠久后必反,去其羽党,自是正理。但我丹药未成,不得抽身,奈何?"洪道再四苦求,云阳生方才依允。便吩咐行恭好生看守丹炉,俟其火候到了,便可停熄,遂到里边更换行装。与洪道等正要动身,只见来了一女子,身穿淡红袄儿,生得态度娉婷,丰姿绝世。云阳生道:"贤妹来此何事?"女子道:"道兄,我昨到都中,那王守仁只因保奏戴铣一疏,被西厂太监刘瑾假传圣旨,将他廷杖五十,打得死而复苏,现谪他做个贵州龙场的驿丞。这也罢了,那刘瑾打发心腹家人,送信与宁王宸濠,叫他命刺客沿途伺候,务把王守仁结果性命。你道这刘瑾心肠狠吗?"云阳生道:"你便怎的?"女子道:"我欲暗中护送于他。"云阳生就把前事说了:"我今要到江南,何不一同而去?"女子道:"这也甚好。"洪道道:"师伯,这位却是何人?"云阳生道:"你不闻陕西五侠女吗?便是那红衣娘、紫绡儿、碧裳仙子、元衣女、白牡丹,这五个都是聂隐娘一流人物。此位就是红衣妹子,他道术还胜令师许多。"四人遂同出了大石山,雇了四乘牲口,一路由河南、安徽下江南而来,还需时日。

话分两头。却说这兵部主事王守仁,有经天纬地之才,智谋足备,秉性忠直,不附奸党。那时武宗正德皇帝,有个得宠太监,叫做刘瑾,执掌营务,威权甚大。他与宁王一党,欲谋不轨,家藏戈甲,外养力士。只因要害戴铣,被王守仁保奏,所以怀恨,将他降做龙场驿丞。

王守仁出了京都,一路来到金陵,来见父亲。他的父亲名叫王华,现为南京侍郎。见了王华,告诉一番都中之事,带了两个家人,雇一乘车辆来到镇江。欲想叫船,从长江钱塘一路而走,只是天色已晚,就在北门外张家客寓过宿。心中闷闷不乐,吩咐家人取了一壶酒来,自斟自酌。

听得隔壁房内欢呼畅饮,就在壁缝中张看:只见六个人在那里吃酒,都是英雄豪杰的样子。心中想道：这一帮何等之人，看来皆是非常之辈；内中一个武生打扮的，尤觉威风凛凛，相貌非凡。便走将过来，惊动他们一齐立起招呼。问了尊姓、府居，便对鸣皋道："贵处有个赛孟尝君徐鸣皋，却是足下何人？"鸣皋道："这个是同姓不同宗的。"守仁见他应答支吾，早已瞧着几分。众弟兄你也一杯，我也一杯，大家谈谈说说，十分得意。王守仁说起目下宦寺擅权，奸臣当道，英雄豪杰，不知埋没了许多。这帮位高爵重的，都是庸流，只知阿附权阉，深为浩叹。"我看公等皆是当世英雄，只可惜无进身之地。"大家叹惜了一回。

守仁回到房中安卧，众人也都寝了。只有鸣皋睡不着去，一眼看见房门外一个人影烁的过去。鸣皋扑地跳将起来，趕出门外。只见一人遍体黑色，腰间一把雪亮的鱼肠，正在隔壁房门外偷窥。鸣皋起三个指头，在此人肩胛上一把擒拿抓住。那人便叫："好汉饶命！"

王守仁听得，即便起来看视。只见一人身材短小，相貌凶恶，浑身元布紧身，腰内雪霜也似的一把匕首，被鸣皋擒住在彼。鸣皋喝道："你这厮要死呢，还是要活？"那人只叫"饶命"。鸣皋道："你哪里人叫什么，来此则甚？你实说了，我便饶你。"那人道："好汉，小人只为饥寒两字。家有八十三岁的老母，三日没吃，故此情急了，想来偷盗东西。"鸣皋道："呸，一味胡言！你只不到三十岁模样，却有八十三岁老母？既有此飞身本领，不去富户大墙门偷盗，却来这个地方，明明是来行刺。却是何人指使？从实供来！"便把指上用一用工夫。

这人连叫饶命，情愿供了："好汉，不干我事。只因我家王爷奉了都中刘太监之命，叫我来行刺降职兵部主事王守仁老爷。我从姑苏一路迎上来，要到南京。今日见王老爷到此店内，故而要来动手。"鸣皋道："你叫甚名字，你家王爷是谁？"那人道："小人姓周名纪，江西人氏，我主人便是宁王千岁。"守仁道："你主人单命你一人到来，还有别人？"周纪道："王爷命三人，分头刺你。打听得老爷在金陵，故而都在这条路上。"正在说着，那众兄弟尽皆起身。一枝梅道："贤弟，这等东西，留他不得，杀了免害他人。"鸣皋道："大哥说得是。"遂将他腰内匕首抽将出来，只一挥，头已落地。一枝梅取出些药末，弹在颈内，立刻把周纪尸首化成一滩黄水。

守仁知道这一帮兄弟都是剑侠之辈，便向鸣皋作揖谢道："若非壮士相救，我王某定遭毒手。"鸣皋等方知此人便是王守仁。"因何到此？"守仁便把刘瑾作对的话说了一遍。鸣皋道："我等一路相送老爷，以防奸人暗算。"守仁道："承蒙仗义，实铭肺腑。只是路途遥远，不胜其防，奈何？"众人商议一回，没个良法。鸣皋道："我有一计在此，明日王老爷雇船动身，我们众弟兄也雇一船，一路相送。到了前途，只消如此如此，便可无事。"守仁同众人一齐拍手道："好计。"守仁便向众人细问各人根底，大家从实说个从头。

守仁大喜道："我主洪福齐天，得这班豪杰，暗中替国家办事。这些朝臣岂不愧哉？实在可敬！"遂劝鸣皋等出仕为官，博个封妻荫子，青史垂名。鸣皋等谢道："某等屡恶宁王，他岂肯相容？况且天生野性，难就拘束，只得罢休。"守仁叹惜一番，与众人结为兄弟。

到了天明，叫了两号舟船。众弟兄先到船中等候。少顷守仁带领家人也下船中，一路向钱塘行去。到了晚上，停泊在船多地方。守仁暗自把帽子、靴子丢在江中，自己跨到鸣皋船上。罗季芳掇一块大石，向江中抛去。只听得“咕咚”一声。季芳大叫：“救人！”那两个家人假意大惊起来。大喊：“快些救人！王老爷投江死了！”吓得舟人魂不附体，大家点起火把，一齐来救。惊动众邻船，大家忙乱，相帮捞救，哪里有个影响？两个家人停船在那里，一面吩咐打捞尸首，一面到杭州府衙门投告。

那杭州知府姓杨，名孟焕，却与守仁同年好友，得了这个消息，十分悲悼，连忙来到船中勘视。见守仁有遗书遗禀，并有绝命诗一首，内有句云“百年臣子悲何极，夜夜江涛泣子胥”之句。杨孟焕信以为真，大哭悲伤，亲自做了一篇祭文，在江边哭奠一番。回到省中，申告上司，出奏朝廷，说贵州龙场驿丞王守仁堕江身亡。那家人回到家中，将真情告诉一番。介生已到家中，拈魂立座，成服挂孝不提。

且说王守仁同了众弟兄，慢慢的回转余姚。那一日停舟宿夜，旁边一只大船，扯起一面黄旗，旗上大书：“钦命江南巡抚部院俞”。守仁知道是故人俞谦，是个足智多谋、忠心赤胆之人。便叫舟人递过名帖，上船拜见，将以前之事说了一遍。俞谦大喜，便亲自同了守仁来到舟中，与众弟兄相见。逐一问过姓名，便向鸣皋致谢，赞其智勇双全，对众英雄说出一桩事来，且听下回分解。

第二十七回　红衣娘单身入地穴　徐鸣皋三次上金山

却说俞谦对了鸣皋等说道：“我今到江南巡抚任上，只是宸濠意图谋反，结连宦寺刘瑾，各处暗置兵马，羽党甚多，十分周密。我虽察得许多，力难制之。公等英豪，义侠为怀，欲望仰体朝廷宵旰之忧，俯怜万民水火之苦，将奸藩羽党，次第剪除。下官注存案册，后日上达天廷。公等虽不望功名富贵，亦可史馆立传，千载芳名。惟事务要察听明白，切莫误伤良善。”王守仁以手加额，鸣皋同了众弟兄一齐拜领宪命。俞谦遂将各人名姓籍贯，注在册上。徐鸣皋道：“还有内兄狄洪道，并徒弟王能，即日将到，亦望预录。”俞谦遂赠他们八块银牌，牌上刻有“除奸锄恶”四字，便道：“这是我的暗号。”各人拜谢过了，俞谦吩咐摆酒款待。席间谈起韬略武艺，鸣皋等对答如流。俞谦大悦，又勉励众人一番。鸣皋拜别回舟，自到镇江而去。

王守仁从此改名换姓，隐居在俞谦衙内。所以鸣皋等破了金山寺，宸濠痛恨入骨，俞谦名为各处行文拿捉，其实虚行故事而已，因此众弟兄得能逍遥自在。后来到江西三探宁王藩府，王守仁擒获宸濠，皆鸣皋等之力也，此是后话。

且说鸣皋等一路回转镇江，离舟登岸，到张家旅店，只见张善仁迎着，道：“徐大爷，昨夜狄大爷同了一位爷们，一位女子，皆到小店，现在里面。”鸣皋大喜。恰好王能从里面走出来，遂一并进内。鸣皋抢步上前，见了云阳生，纳头便拜，并与红衣娘相见。众弟兄各个见礼坐下。狄洪道把动身以后之事说了一遍。鸣皋等也把游句曲与王守仁、俞谦的事告诉他们，便把银牌交付洪道、王能，又向云阳生、红衣娘慰劳拜谢。

云阳生道："徐兄，我们到金山寺去，也须定个章程，设个计策，方可进得。"鸣皋道："全仗师爷台命，弟子奉命而行。"云阳生道："彼众我寡，任你一可当百，也须有个照会。务要里应外合，一齐动手，方可破得。若是一路杀到里边，莫说他里面机关甚多，路途迷失。到了无用武之地，被他用起火攻，岂不一齐送命？况且房屋众多，虽是胜他，或失去一二兄弟，如何是好？我与你落了单不打紧，若是稍为工行浅些，就有性命之虞。"

一枝梅道："待小弟到里边作应如何？"云阳生踌躇道："慕容兄若论工行，尽可当得此任。只是一件，你去只能私进，不能公然走入。若得个熟悉里面机关的人，到里边做个细作最妙。"红衣道："待我假作烧香，来到里边，探听地室中的众女人，或者晓得也未可定。纵不知详细，必稍有可知。"云阳生道："也可使得。既如此，我们一准明日清晨，一同上山。你便先进，我们随后，约定午时三刻，里外动手。"遂将众兄弟逐一安排走去的道路，各人依计而行。

当日徐鸣皋备酒接风，细看那云阳生，年纪约有三十向开，白面无须，循循儒雅，头带扁折巾，身穿淡黄袍子，宽长潦倒，好似个不第秀才。看他有甚本领，那十三人之中，却在第三人？便问道："尊师一十三人，各人以'生'字为名；家师七弟兄，皆以'子'字为号。不知世间除了七子十三生二十人之外，可有会那剑术之人否？"云阳生道："有多哩。江南藜杖叟、碧桃仙子，江西有嚣嚣和尚，河南韦士奇，浙江有空空儿，广西履冰道长，湖北有东郭居士，粤东有野鹤禅师，还有番僧跋罗难陀，种种奇人，不胜枚举，何止二三十人？只是隐居玩世，不肯使人知道，那凡夫俗眼，怎么识得？"鸣皋听得，不觉脸上泛起红来。大家说着饮酒，直到更阑席散，各自安息。

到了次日，各人扎束停当，一齐出了旅店，来到金山。云阳生同了众人，在山下饮酒，红衣娘独自一人，先上金山。进了寺门，走到大雄宝殿，早有知客僧至刚引领，一殿殿佛前礼拜。红衣道："这里可有观音吗？"至刚想道："我见她生得端正，正要引她进去，却问起观音来。"便道："娘娘，你看那边不是观音殿吗？"便引着来到里边殿上。

红衣一看，正与鸣皋说的一般。佛龛内塑一尊立像观音，手中提一只鱼篮。至刚道："对面送子观音，最是有灵感的。城中多少缙绅人家太太们，都来许愿求子，千求千应。前日王侍郎的夫人生了儿子，到来装金还愿。"红衣道："既如此，我也去烧一枝香来。"遂走过对照殿上，眼梢留心这百灵台。那至刚等她走入门中，便把百灵台轧轧的只两推。

红衣睁了眼一看，叫声："奇吓！"分明见他立在台边，把台推着，怎的一会儿把知客僧不见了？那个百灵台依然在彼，望过去，殿上清清楚楚只有一尊观音站着，神龛之中，并无半个人影。再看自己立的送子观音殿，依然门户开着。两边也有门户，四通八达，地枰板并不活动，与鸣皋说的全然不对。暗想：房子果然转动，却又门户依然，与未动一般，只不见了知客的，奇怪。满腹疑猜，再想不出，哪知已到地穴之中。

这非非僧用尽心机，造得十分奇巧。那鱼篮殿是地穴的锁钥，这送子殿便是地穴的门户。若遇凶人到了送子殿上，把百灵台向左推动，那门户都转到墙壁之处。那地枰板却在木档之中，所以光息全无。地板一齐活动，人便跌到下面网内。若遇美貌女子，到了送子殿上，便将百灵台向右推动，这送子殿便旋转一个身来，本则朝南的，却改了朝北。这一转，便转入内室之中，与外不通。那里边也有鱼篮殿，却与外面的鱼篮殿一般无二。你若从原路要想出去，恰巧越望里去。过一处，低两三层阶石，只消四五重门走过，便是地穴。若要出来，除非外面的人把百灵台倒推转来。那林兰英也是这般不见的。

当时红衣娘走到鱼篮殿上，向方才进来的门内一看，却与前不对了。走出门来，却是一条弯弯曲曲的狭弄。转过一弯，低两层阶石。过了八九个鹅颈弯，只见一只大殿，上画一块匾额，写着“温柔乡”三字，俗名就叫聚美堂了。

红衣心中明白，竟上堂来。只见有四五个美貌女子在彼游戏，见了红衣一齐叫道：“姊妹们快来，今日又新来一位美娘！”不多时，又陆陆续续走出七八十个妇人，都打扮得妖妖娆娆，前来动问。

红衣只做不知，问道：“此间什么所在，你们在此则其？”众女人笑道：“你还不知，这里便是地穴，里边的聚美堂，我们都是和尚的老婆。到了少停，少不得你也与我们一般。”红衣道：“我且问你，那和尚可在此间？”众美娘道：“大和尚过了午时，便下地穴。现在虽有别的和尚，却不到此间来的。”红衣道：“我且问你，你们来到此间，可想出去，各自回转家中？”众美娘听了，大家都笑起来。说道：“你这位姐姐真是呆的。哪个肯做和尚老婆？谁不想回转家中，母女夫妇，骨肉团圆？只是怎的能够。”红衣道：“我老实对你们说，我今日特地来破这金山寺，相救众位出去，重见天日。只待午时三刻，里应外合。现有无数英雄，已到山上。只是此间进出的路，却是怎样走的？”

众美娘听了，个个大喜，便道：“你来的这条路，若是外面无人开时，再也不得出去。那和尚却从后面一路出进，只是此间聚美堂到外面，要经过五只大殿，有五个关隘，处处有和尚把守。这关隘做就机关，不知底细的便要送了性命！”红衣道：“不防，有我在此，你们少顷指引我出去，包管无事。只你们内中，可有一个林兰英吗？”众美娘道：“有一个姓林的，还是七月三十烧地藏香进来的。大和尚当夜便要成亲，岂知那女子不肯，只是啼哭。和尚大怒，便要处死她。幸得众姊妹说情，限三日内解劝他依从。不料忽然生出一身浓窠疮来，至今未愈，因此尚未成亲，在房内养病。”

红衣吩咐叫了出来，与兰英说明其事。兰英大喜，不知怎的出去，且听下回分解。

第二十八回　大雄殿众杰逞威能　地穴门侠女献绝技

却说山下众英雄在酒店中饮酒，云阳生道："今日我们大模大样进去，报前日之仇为名，就此动手。这寺内的人，惟非非僧一个，公等奈何他不得。我且与众位约定，见这非非僧时，自有小弟对付他。只是别个和尚，全仗众位弟兄之力。"众人道："我师何必太谦。"云阳生道："不然。只因为我师有五戒甚严。第一戒奸淫妇女，第二不忠不孝，第三就是杀害生灵，第四助恶为非，第五偷盗银钱。虽云锄恶扶良，实伤天地好生之德，还望众位原谅。"众人齐言："遵命！"

说了一会，时将已末，大家出了店门，竟到金山寺来。进得山门，来到大雄宝殿。至刚见了众人，吃了一惊。鸣皋道："我等特来拿你这班秃驴，快叫非非僧这贼秃早来领死！"至刚便把云板丁丁乱敲乱打。众英雄各出兵器在手，至刚僧抽身便走。徐庆道："秃驴休走！"便一个腾步跳将来，举刀便砍。至刚僧就在旁边扯条禅杖招架，就在大雄宝殿动起手来。

杨小舫舞动双剑，正要上前，只见里边赶出几个和尚来，为头的便是监寺地灵僧，手提一条熟铜短棍，向小舫头上打去。杨小舫将剑架过，二人也杀将起来。随后监院铁刚手举泼风刀来助战，这里罗季芳舞动竹节钢鞭敌住。那里首座摩云僧舞动月牙铲杀上殿来，徐鸣皋举刀敌住。

少顷，降龙、疾雷、烈火、闪电、催风、狮吼，各执刀枪锤棍一齐杀到，众兄弟在大雄殿上混战起来。早有维那僧善禅和尚，指挥众光头把大殿重重围住，呐喊助威，只杀得天昏地暗，日色无光。内中只有云阳生，坐在大殿对照瓦檐之上，看他们厮杀，只不动手。看看来到午时三刻，便向身边取出一个信炮来点着，向半天中丢去。只听得"豁辣辣"一声响亮，好似青天里起个霹雳，震得屋瓦都动。

红衣在地穴之中，听得上面炮声，知道已经动手。便对众美娘道："你们听得这个就是信炮，那上面众人已经杀将进来，我也就此杀出去接应！"说罢便向衣底扯出一把刀来，向里边杀去。出了聚美堂，便是狭弄。上了七层阶石，转过一弯，又下七层阶石，便是第一殿。

那守殿和尚唤做托天僧，年纪有七十向外，正坐在禅床，听了这个信炮，心中猜疑。忽见有人出来，便在禅床扯出一条禅杖，大叫："美娘往哪里走？"跳起身来拦住去路。红衣道："你这般年纪，也要来讨死？也罢，我就送你上西方而去！"便将身跳到中央，举刀便斫。托天僧年纪虽老，筋力甚好，两臂也还有五六百斤力气。见刀劈面斫来，便起禅杖招架。

二人战了五六个回合，红衣想道："这地穴内共有五殿五关，若是这等战时，杀到几时出去？"便把一件东西，对着托天僧喉咙里烁的射去。原来红衣她姓何，乃是开国功臣何福的曾孙女，传授得祖上袖箭，学习得胜如高祖何福，真个百发百中，赛过阎王帖子。这一箭正贯在托天僧喉内，立时跌倒在地，便上前将脑袋斫下。招呼了林兰英同众美娘，到了殿上，吩咐他们："我过一门，你们出一步，我破一殿，你们随后出一段，跟了我一同出去。"说罢，便到门上看时，两扇红门紧闭，便要来扯那铜环。

只见美娘之中，有一个叫做薛素贞，年纪却有三十光景，她是最先进来的，所以有些晓得。便道："红姐姐，这门开不得，上面有闸刀下来。"红衣道："他们怎的进出？"素贞道："我闻得什么有个旋子，只消把一旋，那门就自开了。这闸刀却不下来。"红衣道："若不破掉，终要害人。"便把铜环向内用力一扯，身子向内一跳。那两扇门"砰"的齐开，上面果有一把闸刀，与门户一样大小，插的闸将下来，好似一个铁门槛一般。众美娘看见，把舌头都伸出来。红衣便把闸刀取了下来，丢在旁边。

一同出外，又是狭弄。上了七层阶石，转过一个鹅颈弯，又是七层阶石，便是第二殿。只听得里边呼呼的风响，那守殿的和尚叫做慧空僧，正在那里舞使双刀。红衣大喝："秃驴，死在临头，尚敢逞能！"便杀出殿来。慧空见了，便直奔过来，大叫："美娘，擅敢无礼！"两下交手便战。原来这五重关隘，唤做"金屋藏春色"。慧空一头战，一头想："这个婆娘好厉害！怎的到此春门上来？那色门上怎么被她漏网到此，莫非托天老和尚伤了不成？"正在猜疑，哪知一箭已来，正中心窝，大叫一声，立时倒地。

红衣正要开门，只见里边有个和尚，生得好似夜叉一般，青面赤发，头上带一金箍，手提一柄铜锤，从背后悄步赶来。红衣只做不知。将近身旁，便是一锤打下。红衣将身一闪，旋转来一刀砍去，正中右臂，连锤连臂，一并砍了下来。再一刀，结果了性命。将他看时，原来只有独臂，被他砍去，两臂俱无，就是像奔头陀。只因伤了一手，非非僧叫他到春门上来做个安静差使，却伤在红衣之手。

一众美娘，齐到二殿。红衣将这春门开时，再也开不开来。想道："又没门闩，莫非外面锁了不成？"便回身来问薛素贞："此门怎的开法？"素贞道："这却不知。我平常听那方丈和尚的口音，好像有一重门的机关，却在庭心中地上，有甚么石珠的，不知可是此间？"红衣向庭中一看，那中央一块石板，凿的二龙抢珠。细看这粒珠，当真像个活动的，便将三指撮住这粒珠。只一旋，但听得插插的两响，那两扇门一齐开放，心中大喜。原来门内有七根铁条，只消将珠左旋，这铁条便自互相贯穿，任你千斤之力，休想开得。只要将珠右旋，自能缩入门内。

红衣引领众美娘，来到藏门殿上。也是上七层阶石，转过一鹅颈弯，又下七层阶石，便是殿旁侧门。原来这殿却是藏经之处，两旁十具经橱，砌在墙内，藏着五千零四十八卷藏经。那守殿僧人名唤妙禅，却是维那善禅僧的师兄，年已半百。他的本领，寺中算得二等之尖。只因近来害了疟疾，尚未痊愈。自古道老来怕疟，今日正在发抖，听得人声嘈杂，知道地穴中必然失事。"那众美娘怎生到此？"要想挣扎起来，正是英雄只怕病来磨，两脚颤个不住。勉强支撑，下得禅床，哪知红衣已到面前，喝声："狗秃驴，看刀！"妙禅将身闪过。他折转来一刀，拦腰削来，妙禅头昏眼暗，哪里再躲得及？手中又无寸铁，可怜空有一身武艺，死在妇人之手。

那红衣娘杀了妙禅，正要夺门而出，叫声："阿呀！"却到了尽头之处。原来这殿，只有进来的一个门户，并无出去的路，殿周围都是石壁。便对了众美娘道："为何没有出的门户？"薛素贞也不知晓。红衣着了急，想出一个主意来，道："我闻得僧人私营巢穴，往往门户暗藏佛像背后，并壁橱之内。此间并无佛像，只有十具经橱，莫非机关在此？只不知那具橱中却是门户？"众美娘争相开看，只见皆是合欢橱门，捧寿字花纹，四周皆是蝙蝠。中间每橱分为十格，按着"天地玄黄"千字文的号头。其中尽是经文，放得急急实实。众美娘道："这个里头，怎生走得人过？"

红衣仔细看去，看到第三具经橱两旁，似乎有缝的样子。看别具橱的周围与墙壁交界之处，皆有一线微尘，惟有此橱的周围，并无丝毫尘迹，便大喜，叫道："门在这里了！"众美娘走过来看，红衣指着说道："你们细瞧此橱，四围交界之处，并无尘痕，明系时常开启之故。只是不知怎的开法？"看官，其实只有一个暗闩，只需把上面刻的一只蝙蝠旋转，其门自开。红衣哪里知晓？便把刀来劈开经橱。却早惊动门闩脱去，那具橱便呀的开了，好似一扇尺许厚的金漆门儿。

众人跟了红衣，出了藏门殿，又是上下七层阶石，转过一湾，前边便是屋门殿到了。远远的先听得兵刃相接之声，丁丁当当，喊叫连连。不知为着何事，莫非他们已杀入地穴而来？且听下回分解。

第二十九回 云阳生斩非非和尚 赛孟尝破金山禅寺

却说这金山寺的地穴，非非僧用尽心机，造得十分周密，曲折弯环，左旋右转，随你英灵，哪里知晓东西南北，连前后左右的大略，都没分处。他过一殿，就有两个鹅颈弯，左弯右曲，忽上忽下，我先交代明白。那屋门过去，便是金门，为地穴中出入之所。这金门的上面，便是方丈里头禅房之内，房内的禅床，就是金门殿的门户。

当时红衣娘来到屋门殿前，听得厮杀之声，轻轻走到门边张看，却是两个和尚，在那大殿上比较刀枪。一个年近三十，生得紫脸高额，跟如虾目，凸出眶郎外边，身长九尺，手执一条鸭舌点钢枪，十分骁勇；那个黑脸和尚，生得阔口短鼻，眉眼都是倒挂，身才八尺向开，手执一柄板刀，有六七寸阔，三尺多长，约莫也有五六十斤。两个正在你一刀我一枪杀得高兴。这使枪的，名唤天灵僧；那用刀的，叫做云雁。都是非非僧的同乡，倚为心腹。故此命他二人镇守屋门关大殿。殿上供一尊达摩祖师，两旁列着威武架，插着十八般兵器。地穴中的殿，除了聚美堂，要算这殿顶大，非非僧闲来无事，来此操演武艺的所在。红衣暗想："这两个恶僧有些厉害，不若先伤去一个，省得许多气力。"便觑定那使枪的，飕的一箭，正中咽喉。

云雁见天灵僧忽然倒地，吓了一跳。早见一个女子遍体绛红，手执单刀，已至殿上。大喝："大胆婆娘，擅敢漏网，到老爷殿上暗算师兄，我与你势不两立！"大踏步赶将过来，恶狠狠举起那柄小门也似的板刀劈来。红衣躲过一旁，还刀便刺。一僧一女，在殿上往来厮杀。战有十来个回合，红衣暗想："不宜久战，恐他有帮助到来。”便得空闲,又将那箭儿发去,正中那云雁的肩窝。那柄板刀,便捏他不住,红衣赶上一刀,送往西方极乐世界去了。

红衣娘要寻出路,却又是没有门户的。暗想必在佛像里头,便将那尊达摩祖师推时,却又推不动的。薛素贞道:“莫非不是这里?”红衣道:“除了神龛之外,周围都是石壁,哪里去寻出路?”林兰英道:“姐姐何不连这神龛推推看。”红衣道:“说得有理。”便将神龛用力推去,动也不动,遂顺手用力一扯,却呀的一声,那龛子旋将转来,现出宽宽的一个门户。众人大喜,一齐出了屋门关。

转过弯来,又是七上七下的阶石,兜过了鹅颈弯儿,望见前边“金门”两字。那镇守金门殿的和尚,名叫觉空,绰号叫做金头陀。他是少林寺出身,当初少林寺有名五个头陀,乃是金、银、铜、铁、锡。前时徐定标聘请的铁头陀净空,便是他师弟。这五人之中,算这觉空僧最高。生得身长一丈,头大如斗,脸黄似蜡,眼若铜铃,善用一根铁方梁,有百斤沉重。正在殿上打坐,忽然心惊肉跳,坐立不安,正想起来,使一路拳头活活血脉。

忽见殿门内一个美娘进来,身穿绛服,手提单刀,柳眉上竖,杏眼圆睁,大喝:“秃驴,认得长安红衣女否?今日尔等巢穴已破,恶贯满盈,快些自把脑袋取下献来,免得老娘动手。”觉空僧听了大怒,暴跳如雷,喝道:“好个大胆婆娘,擅敢漏网到此,犯我金门宝殿,可知老爷厉害!”便托地跳将起来,掉了那根百斤重的铁方梁在手,抢步过来,当头一下,好似泰山压顶。红衣见来势凶恶,将身偏过,觉空的铁力梁十分快捷,早已折转来,兜心点去。红衣将刀一格,趁势闪过一旁,还手一刀,刺个毒蛇进洞之势。觉空僧大叫:“慢来!”把铁方梁叮的分开。

二人战了数合,红衣知道难以力胜,卖个破绽,跳出圈外,将袖中的小小箭儿望他心窝射去,只听得插的一声,把个觉空僧做了个穿胸国和尚。那枝七寸长袖箭,贯在当胸,前后都露出梢头。说也稀奇,好个狠天狠地少林寺有名的金头陀,胸前只多了这箸子般的东西,便立脚不定,大叫一声,嘴里的血直喷出来。一交跌倒在殿上,两只脚好像擂鼓一般的乱掼,便伸直了,动也不动。

红衣见了,知他仍到来的地方去了,便招呼林兰英等一众美娘齐到殿上,自己便去寻那门户时,只就在面前,却要转过一个弯曲,是一条曲尺式的狭弄,两扇朱门,铜环齐备。素贞道:“姐姐,这里出去,谅来就是外面了。”红衣心中甚喜,却未晓这门的机窍。也是寿数注定,从来好箭的都伤在箭上。今日红衣一时粗心,要紧想出此门,便把铜环扯住,向内拉时,其门甚紧。她遂用力一扯,那两扇门砰的一声,一齐开了,不防门中飕的一箭,射将出来,红衣叫声:“啊呀!”要想躲时,奈何地方甚狭,也是做就的,再也躲不过的,况且那箭应门而出,所以这箭正中在右胁之上,把内肾射伤。红衣娘强忍了跳出门来。我且按下。

正所谓一口难言两处。这里红衣娘在内动手,一殿殿一门门破将出来的时节,那外面徐鸣皋同了众弟兄,在大雄宝殿与众和尚厮杀。鸣皋见那和尚越杀越多,一层层围裹上来。这些小和尚被众兄弟也杀死了无数,只是这几个上等的职事僧人,难以伤他。想着红衣在里头,不知怎样了,我们岂可只管混战。遂奋起神威,大吼一声,把降龙僧一刀劈去半个天灵,死在一旁。一枝梅把摩云杀死,众僧人全无惧怯,越发拼命的并力。

正在杀得难解难分,忽见非非和尚提了禅杖,走上殿来,众英雄尽皆胆怯。非非僧大叫:“强徒休得猖獗,俺来送你们往西方而去!”便把手内禅杖一举,正要动手,鸣皋偷看,那云阳生忽然鼻孔内射出两道白光,宛然矫龙掣电,直射到非非僧面前。合殿僧俗之人,无不惊呆,骇然寒噤。这白光一亮之后,便无影无踪,看那非非和尚,却没了六阳魁首。却又作怪,那尸首仍旧立而不倒,这枝禅杖依然在手,只少一个脑袋。众僧尽皆失色,众英雄个个气粗胆壮。

看官,凡事只在一个风头。莫说厮杀,就是人的运道,商贾的生意,也在一个风头。若然店内亏本,弄得人也没了兴头,转出来的念头,件件反背,店内时常不到,倒去碰和输钱,就越弄越不好起来。只要风头一顺,做着一桩好生意,就此扯起顺风篷来,人也高兴了,精神也好了,转出来的念头都是十料九着。连那往来的人,都加意的尊重他了。就此发达兴隆,只在这一个风头。就是读书的功名,天时的风云雷雨,大都如此。看官不信,但看那碰和、着棋、猜谜、搳拳,这些游戏之事,都有风头。

今日金山寺里的和尚,初起锐气正盛,后来一见非非僧忽然脑袋不见,便都心惊胆裂。这边众英雄见首恶已除,其余的便不怕他了,所以精神加倍,本事也大了许多,一齐并力向前。狄洪道飞镖伤了烈火头陀,一枝梅刀斩了催风和尚,徐庆劈杀疾雷僧,罗季芳鞭死狮吼,杨小舫剑斫了闪电僧,徐鸣皋杀死地灵僧、铁钢僧两个;王能、李武把小和尚乱敲乱打,这些光头怎当得铁棍,打得个个脑浆迸出。众英雄一齐动手,刀斩剑斫,鞭打拐敲,杀得众和尚向内四散奔逃,众英雄分头追赶。

其中只说徐鸣皋、罗季芳二人,杀入方丈而来,善禅僧回身,又杀一阵,哪里能抵他两个,也被鸣皋杀死。便赶到禅房里面,却并无一人,摆设甚是精雅,朝外一只紫檀禅床,桌椅皆象牙镶嵌,上挂名人书画,台上供着许多古玩。鸣皋道:“大哥,这里一定是非非的卧室,你看他如此陈设,我虽名为维扬首富,却不及这贼秃。”弟兄二人正在看视,忽见那禅床上面顶板自己活动起来,向下面落将下去。鸣皋道:“这也奇了。”便将双手把顶板托住,住下一看,叫声:“大哥快来!”不知下面是什么东西,且听下回分解。

第三十回　徐鸣皋焚烧淫窟　林兰英父女团圆

却说徐鸣皋托住顶板，往下看时，下面透出亮光来，张见一个门户，只见红衣从里面跳将出来，心中大喜，便叫声："红衣姐姐，小弟在此。"罗季芳听得，便把禅床周围的铁柱毁断，鸣皋便把顶板豁辣辣扯将下来，抛在旁边，那床面便落到底下去了。

原来这两扇门与禅床通连的，非非僧每要到地穴中去，便坐在禅床上面，一手转动机关，这床面往下沉落下去，这两扇门便自开放。那上面的顶板落在禅床面上，依旧一只好好的禅床。顶板之上，也有席子铺着，昕以全看不出破绽。他要出来时，便坐床上，下面也有机关转动，这床便自升将起来，那两扇门便自关好，人便已到上画禅房之内。今日红衣不知这个道理，硬开了门，所以有箭出来，着了道儿，却惊动了机关，那禅床便落下来，恰巧鸣皋看见。也是天数，不然虽是开门，仍难出来，鸣皋等再也寻不着地穴门户，除非把这寺院尽行拆毁，方能得见，其中岂非鬼使神差！

当时红衣见了鸣皋，只叫声："徐英雄，地穴尽皆破了，众女人都在这里，我却身受致命重伤，与公等来生再会的了！"说罢，把箭扯将出来，鲜血直冒。呜呼！数千里跋涉，来到江南，成此一件大功，可怜死在此箭。

鸣皋跳到下面，见红衣已死，十分悲悼，不觉流下几点英雄泪来。遂到里头，唤此众美娘，问："内中可有林兰英吗？"兰英听得，便应声而出。鸣皋将林达山夫妻记念的话头说了，兰英十分感激，叩了几个头。便把红衣下来，如何一层层破出，亦亏薛素贞指点，细细告诉了一遍。鸣皋便问众美娘："尔等共有几人？"薛素贞道："总共八十三人，幸得英雄相救，若能回转家中，定当厚报！"鸣皋便叫："罗大哥，你可寻一张梯子来，好让他们上来。"季芳暗想道：哪里去寻梯子？且得出来东张西望，看见左首一只斗母阁，便跑进把一张木扶梯硬扳下来，拖到里面。大喊："老二，梯子来了。"就照准禅床的孔内直竖下去，鸣皋倒吓了一跳。说也真巧，这扶梯不长不短，不阔不狭，配在这里恰巧正好。鸣皋便叫众美娘陆续上去。

季芳看见众女子鱼贯直上，联络不断，禅房内挤不下，都到方丈里去。便大笑起来道："这和尚却有这许多老婆，怎应酬得及？"众女人听了，面上都红了。鸣皋下面听得，骂道："匹夫休得'啰唣'，快取个火来。"季芳便到方丈里琉璃灯内，把挂的单条在油内醮着，点得旺亮，赶到地穴中来。鸣皋便与他两人就在里面聚美堂起，把火点着，一重重都放起火来，连众美娘的房头总共点着。其中只可惜许多东西，尽皆付之一炬。

二人过一殿烧一殿，直到外面，把红衣娘尸首抬了上来，便把扶梯推了下去，将床顶板盖好了禅床，由他下面去烧。恰巧众兄弟把和尚杀得十去七八，逃的逃了，死的死了，寺内并无一个光头。

众英雄都到方丈里来。云阳生亦到，见红衣身死，大家悲伤不已。云阳生道："且慢，你们休学那儿女态！可知官兵便要到，你们可晓得那个知客僧，早已逃得出去，岂不往镇江府里击鼓？为今之计，快些叫众美人各自回家，这寺内寄的上好棺木也不少，拿一具来安殓了何家妹妹，我便带了他回转长安而去，你们也好就此走了。"

鸣皋道："红衣为我而死，我当亲自送到长安，岂可有累老师？"云阳生道："你又来了。你若空身，尽可去得，若带了棺木，倘有人查问起来，你还是让他们捉住，还是撇了棺材而去？"鸣皋道："万一有人看破，我情愿一死。"云阳生两手摇着道："此话休提！此所为轻如鸿毛，大丈夫一死当如泰山。徐兄究竟未能免俗。"

鸣皋被他说得无言可答，反觉惭愧起来。便道："敬遵师命。"云阳生便叫王能、李武，拣好取了一具上等杪枋棺木，把红衣安殓。就命他二人扛着来到江边，叫了一号舟船，安放船上。便与众人作别，下了舟船，自回长安而去。丢过不提。

再说徐鸣皋吩咐众美娘，各自回家而去。若是远的，只到外面去等候官府到来，自有章程送你回去。众美娘千多万谢，向众人叩头拜谢了。众英雄单单带了林兰英，在山下雇了一乘小轿，吩咐抬到北门外张善仁旅店。轿夫答应，抬了兰英去了。众兄弟也自动身，回到寓处。我且慢表。

却说这知客僧至刚，见云阳生鼻中冲出白光来，非非僧头已落地，他便知道今日寺院难保，我们都是刀头之鬼。他就在这个机会，一溜烟逃出山门，走到镇江府报信。只说："画影图形拿捉不到的罗德、徐鹤，这一帮凶身，屡次到寺中寻闹。今日不知哪里去聘请了白莲教余党妖人，一同到来，白昼行凶，杀死僧人无数。方丈大和尚被妖人所杀，如今十分危急，求大老爷作速会同官军，前去救护僧人，捉拿凶手。我便要下姑苏报与王爷知晓。"哪知到了姑苏，那宁王恰巧三日前返驾江西，造离宫去了。至刚回转镇江，知金山寺已破，地穴尽皆烧毁，凶手在逃之事，遂一路上江西，报与宁王知晓。

这里镇江府莫太守，却是俞谦的门生。当日慢吞吞移文总镇衙门，调起五营四哨，来到金山。天色已晚，只见寺前无数美娘，到里边看时满寺的死和尚，并无一个活人。只得出来，带了这班女人回转衙门。审明居处，行文各处，着家人来领。一面吩咐把寺院打扫，死和尚俱依佛法，一概火焚了结；一面备了文书，把以上之事，申明抚院；一面着追究凶身，却不过敷衍而已，并不十分紧急。那金山寺后来有个戒行僧智能和尚来持住了寺院，重新改造，从此变为清静道场。直到如今，代出高僧，为天下闻名的座香门头。此是后话。

再说徐鸣皋同了众弟兄，回转张家店，林老丈过来拜谢了救命之恩。鸣皋提起红衣娘中箭身亡，大家嗟叹了一回。到了来日，一枝梅要告别众人，到北京访友，叮嘱鸣皋不宜在此居住，作速往别处而去。鸣皋等再四挽留不住，只得治酒饯行，洒泪而别。一枝梅去后，众弟兄也即动身，辞了张善仁，一路由南京入安徽而去。

路上无话，总不过渴饮饥餐，朝行夜宿，到了一处好山好水，便留恋不去，住只十日半月。或热闹所在，耽搁一月两月，皆不一定，只以锄恶为善为念。所以行了半载，尚在宁国府地方。其时正值七月天气，甚是晚热。那一日来到太平县城。

这太平县知县姓房，名明图，是个无赖出身，与太监刘瑾贫贱之交，那刘瑾本姓孙，也是个无赖赌棍，故此认识。后来刘瑾输得走投无路，自己悔恨起来。把鸡巴割去，却不曾送命，投奔刘太监名下，遂冒姓了刘。这刘瑾心情狡猾，善于谄佞，武宗宠任了他，他便弄权起来，宁王宸濠，知他有权，遂与之交结。那明图走此门路，做了一个太平县知县。岂知不到一年，刘瑾事败磔死。只因有个忠心太监，叫做张永，皇上也信任他的，命他征讨叛逆。得胜班师，遂与御史杨一清设计，密奏武宗，说刘瑾通同反叛。皇上准奏，奉旨抄家，金银珠宝，富并王侯，家中私藏铁甲五千副，刀枪战戟不计其数，还有八爪金龙蟒袍。武宗大怒，遂命分裂其身。其实与宸濠私通，却是有的，所以明图没了靠山，心中大惧。

此时宸濠反迹尚未明露，遂走宁王门路，乃得保住前程。当时接到宁王密旨，嘱他查拿杀死替僧、毁灭敕赐丛林一班大盗徐鸣皋等八人，还有不识名姓一人，皆有图画年貌。房知县一心要奉承宁王，派出通班马快、心腹家人，不惜重金，购取眼线，在各门各处要隘地方，严查细察，倘有到来，务在必获。恰巧鸣皋等兄弟到此，几乎送了性命。要知后事如何，且听下回分解。

第三十一回　太平县兄弟失散　石埭镇故友相逢

却说徐鸣皋同了众兄弟，由江南一路而来，甚是太平无事。只因苏州巡抚俞谦、镇江府莫太守、南京侍郎王华，都是忠良一党，名为查察，实是具文。常言道：上头不紧，则下头就松了。所以众英雄自由自在。哪知到了安徽地界，就渐渐的紧起来了。今日太平县里，非比平常，十分紧急。进出的个个要挂号，给付执照，方可出入。那些招商饭店，皆要查明来历，日夜有人巡查。一切庵堂寺观，民户人家，若招就不明来历之人，罪同窝盗一般。众弟兄哪里知道。

一日来到太平城北门之外，寻了一家客寓住下，当夜就有人来查问。见了众兄弟，有些疑心。到了明日清早，遂暗暗招呼做公的，带了眼线，在对门一爿点心店内等候。鸣皋等走出门来，早已认明，果是这帮凶手。到了晚上，房知县亲自带了民壮马快、城守官兵，共有二三百人，各执长短家伙——软鞭、铁尺、钩连枪、留客住。右营城守老爷常德保带同部曲牙将，手提大刀，坐在马上，先命军士把寓所团团围住。房知县坐在店门外面，两边护卫弓上弦、刀出鞘保着，吩咐公人马快，协同牙将，悄悄来到店中。

这客寓乃是楼房，鸣皋等兄弟都在后面楼上。当时正值三更已后，众兄弟睡的睡了，只有王能、李武两个在那里着棋，徐庆立在旁边观局。徐庆最是细心的人，听得街前街后，好似有马蹄之声，正是疑心，忽听得楼下一派脚步声响，便在楼窗内一看，但见拥进数十个公人马快，知道不好，便到里边叫声："兄弟们快走，有人来捉我等！"王能、李武推去棋盘，众兄弟一齐惊起。那民壮马快，已抢上扶梯，一片声喊：

"拿强盗!"把钩连枪、留客住乱钩乱搭。

众人着了慌,无心抵敌,只望着楼窗内直窜出去。到了屋上,又见外面官军团团围着,手中都是弓箭,向楼房屋上雨点般的射来。众兄弟在睡梦中惊醒,故此心慌意乱,便顾不得他人,各自望着四面窜逃。一时间闹得众百姓个个惊慌,人声鼎沸。

那民壮马快抢到客房里来,只见他们如燕子般向楼窗内飞出,一齐拥上前来,只拿得三人,其余的都走了。将他们绳穿索绑,带下楼来,房知县见众强人上屋逃遁,指挥官军马快,分头追捉,闹了半夜,只是无影无迹。只得带了三人,并店主人等,回转衙门,立刻升堂,将三犯推上来,喝令供招。

那三人是谁?一个是罗季芳,一个便是王能,俱直认不讳。那一个却是隔壁房间里的客人。其时正在睡得安稳,听得许多人赶上楼来,他便出来观看,所以一并拿了,及至带到衙门,坐堂审问,弄得昏头昏脑,不知为着何事。房知县教他招供,只得说道:"小人姓王,家住婺源,向在南京质库内做伙计。今春回家娶媳妇,过了三月,如今到店中去做生意。昨日住在寓中,听得人声热闹,只道是强盗来打劫,急忙出来观看,即被拿住,带到此间。这都是情实,只不知小的犯着何罪?"房知县情知错拿,便唤开客寓地问:"这姓王的,可同这帮强盗一起来的,还是独自一人?"那开客寓的唬得战战兢兢,忙道:"不是不是。他们一总七个,是前日来的。这姓王的客人,是昨日来的。"房知县吩咐交保释放,将罗、王二人收禁监牢。开客寓的窝藏强盗,将店封闭。一面行文宁国府温太守,奏知藩邸。

且说众兄弟四散逃走,从此分开,直要到后回书中,在江西省城相会。就中且说徐鸣皋逃出天罗地网,不见了众人,独自一个,也不辨东西南北,一路行来。到了天明,望见前面都是高山峻岭。沿山走去,有个市镇。到来只见市梢头,有一爿小小酒店,腹中有些饥饿,便到里边坐下。看那柜台里坐着一个妇人,抱着一个孩子,在那里哺乳。虽是荆钗布服,却生得美丽非常,细看有些面善。

酒保搬上酒菜,鸣皋一面吃,一面便问酒保:"此处唤做什么地名?"酒保道:"前面的这高山叫做石埭山,这里就唤做石埭镇。"那妇人听了,便一双眼只对着鸣皋上下身地看。鸣皋吃了一回,腹中饱了。只是天气甚热,赤日当空,好似火一般。暗道:"如今往哪里去好?又不知众兄弟在于何处,不知可曾被他们拿住。别的还可,只是这罗呆子放心不下。"

一头想,一头伸手向便袋中摸时,叫声"阿呀!"银两都在寓中,身旁并没分文,身上只有一件贴肉单衫。便向酒保道:"我来时匆忙,忘带银两。别的物件都没有,单带得这口单刀,又要做防身器具。没奈何,权且记在账上,我回来还你。"酒保道:"咦,我又不认得你姓张名李,家住哪里,知你几时回来?一顿酒菜,吃上三钱多银子,若是个个像你,我们只好将店门关将起来。"

鸣皋是个财主性情,从来不曾听过这等话,便道:"依你便怎样?"酒保道:"没有银子,只消押头就是。"鸣皋道:"也罢,我把这口刀放在你处,回时赎取。"酒保把手摇道:"不行,不行,这把白铁刀不值一钱银子,我要他则甚?你却把身上纺绸短衫杈且摆一摆,明日就要来赎去。过了三天不来,我们小本经营,要卖了进货的。”

鸣皋听了,又惭又恼。正是龙逢浅水遭虾戏,虎落平阳被犬欺。弄得进退两难。只见那妇人开言问道:“客官府上哪里,高姓大名?”鸣皋道:“在下姓王,乃维扬人氏。只因与个朋友同往江西,银两都在他身上。昨日朋友走失了路,故此没有银两在身。”酒保笑道:“方才你说来时匆忙忘记带了,如今又说在朋友身边,分明想白吃东西!”鸣皋见他只管冷语相侵,不觉着恼起来,把手掌在桌子上敲了一下,那碗盏都跳将起来,喝道:“我却来白吃你的!”顺手一个巴掌,打得酒保牙齿都落了两个,捧着脸望外就跑。

恰好一个人走进店来,酒保道:“开店的来了!这个人白吃了东西,还要动手打人!”那人听了,一直走进里边。见了鸣皋,纳头便拜,口称:“徐恩公,几时到此?”鸣皋细看此人,认得是扬州城里城隍庙后街的方秀才,喜道:“你却怎的在此?”那方国才便叫:“阿大的娘,为何你连恩公都不认识?快来拜见!”巧云走到里边,向鸣皋拜了四拜,说道:“方才见伯伯进来,原说有些面善。后来听他口音,却像扬州口气,心上原疑是恩公。只是身上服色不对。我想怎的到此地来?及问起姓名,又是姓王。你若晚来一步,几乎当面错过。”

国才吩咐酒保快些端整酒饭,只拣好的多买几样赶紧烧起来,自己便去烫了一大壶酒,切了一大盘牛肉,来伴鸣皋饮酒。巧云也在横头坐下,夫妻二人殷勤相劝。便问:“恩公怎生到此?”鸣皋便把上年打李文孝以后之事,直说到昨夜寓在太平城北门的旅店,露了风声,半夜拿捉,以致众兄弟失散,独自一个来到此地,细细说了一遍。

那酒保已把肴馔烧好,无非鱼肉鸡鸭之类,搬了一台。鸣皋问起方国才:“你却怎的在此间开起店来?方才看见尊嫂,有些面善,再也想不到是你。”国才道:“自从那一日蒙恩公搭救,回到家中,恐怕李家见害,夫妻两个逃出维扬。想起有个从堂叔叔,在此石埭镇开这酒店,遂投奔到此。我叔叔单只夫妇二人,并无子女,见了十分欢喜,故此安心住下。不料今春老夫妻相继而亡,我就替顶了他的香烟,抱头送终,安殓成礼。就开了这爿酒店,到尚有些生意。去年十月,又生了一子。皆出恩公所赐。”三人说了一回,用过了饭。方国才吩咐酒保好生做生意,不可出口伤人,冒犯主顾。便陪了鸣皋到石埭镇东西游玩。

这石埭镇虽是乡村,却也热闹。一边靠着山边,一边面临溪水,清风习习,流水汤汤。走了半日,只见前边一座酒楼,十分气概。鸣皋道:“此地却有若大酒楼。”方国才挽着鸣皋的手,走上楼去,不道弄出大事来,且听下回分解。

第三十二回 石埭山强徒作窟 望山楼义士施威

却说这爿酒店叫做“望山楼”,却是三开间三进楼房,共有十八间房子,盖造得雕梁画栋,金碧交辉。方国才同了鸣皋走到里边,只见左边柜台内坐着一个汉子,生得豹头虎项，像条好汉。右边十几个伙计，烧的烧，切的切，烹调得五香扑鼻。上了楼来，只见座头清雅，桌椅皆是梠木紫檀。壁上名人书画，檐头挂着出级排须六角红纱灯儿。

二人就在沿窗坐下，国才便叫摆一席上等酒肴上来。跑堂的答应下去，不多时搬一席酒来。杯盘碗盏，都是瓜楞五彩人物，箸子都用象牙。肴馔海陆全备，十分齐整。鸣皋问道："此间一个乡镇，怎的有此大酒楼？"国才道："恩公有所不知。这爿望山楼，不是平民百姓开的。"鸣皋道："莫非官长开设？"国才把眼望四下一瞧，轻轻说道："也非官长所开，却是这里的绿林大盗开此酒馆，以为往来歇息之所，并且探听各路的事情。"

鸣皋道："如此说来，竟是黑店了？"国才道："也非黑店。酒菜倒也公道，并不难为主顾。有时山寨里出去做了买卖回来，就在此间犒赏喽喽头目，楼上楼下坐得满满的。若遇百姓们到来饮酒宴客，并不来啰唣。"鸣皋道："这强盗倒还义气。"国才道："也不是义气。这石埭山东南西北，方圆数百里，山中有四位大王，都是力敌万人，带领着七八千喽兵，在此行劫过往客商，或出去打劫。不论府城县城，路远路近，只要打听有几家大富户，就发出头目喽兵，在此望山楼取齐，扮作百姓模样，出去行劫。只有一件好处，惟这里石埭镇却不惊动，这山周围乡村，倒也安静。住的人家，也没有富户，所以倒不听得打劫。若是到山中去打柴射生，都不妨事，只是山寨里不能进去罢了。"

鸣皋道："如此大盗，官府何不剿除？"国才道："哪个官员不认得他四个？都是如兄若弟。只愿他不来寻事就够了，还敢剿除他？"鸣皋道："天下有这等事！真是猫儿怕鼠，扫尽威风，阎罗怕鬼，暗无天日的了。"国才道："恩公不知，这强盗脚力甚大，朝中结连权要。前时也有清梗的官员，定要剿灭山寨。上司都不理他，他便自己带领官军到来。打又打他不过，不料未满一月，立时削职，永不叙用。那识时务的都只当不知，落得私下与他往来，还你前程安稳。"

鸣皋道："我想朝中大老，岂肯与强盗往来，听他指使？"国才道："恩公又来了。当初蔡京、童贯与宋江往来，不是权臣与强盗交结吗？我还听得有人传说，这四位大王都是江西藩邸的心腹。那宁王宸濠，心怀叛逆，叫他在此石埭山招兵买马，积草屯粮，以便将来行事。闻得宸濠目今建造离宫，改银銮为金銮，改令旨为圣旨，交通太监朱宁、张锐，用妖道李自然为军师，各处暗伏军马，实欲谋为不轨。恩公所破的金山寺就是明证。我想来或者此话不虚。"鸣皋听了，不觉长叹一声，遂有去探藩邸之心。

二人正在说着，忽听得一片声扶梯响亮，一连串奔上十几个人来。为首的一个大汉，身长九尺，橘皮脸，竖眉毛，鳊目鹰鼻，年纪不到三十。头带月白纺绸夹里凉帽，身穿元色大袖纱衫，下着锦文生丝花罗裤儿，脚上薄底靴。径到前楼，靠窗坐了两三席。国才指着橘皮脸的大汉，把指头蘸着酒，在桌上写"二大王"三字。只听得楼下边人声扰攘，那大汉对了楼下喝叫："把这牛子绑在树上，少停带回寨中，听大哥发落！"鸣皋站起身来向楼下一看，只见十几个人，把一个瘦小后生，缚在一株大杨树上。众人便上来饮酒。

你道这后生是谁？原来却是李武。鸣皋吃了一惊，并不做声。心中转定念头，便对方国才道："蒙你相待，足见高情。只是你先回去，少停我自回来。倘不回来，亦未可知。你却休来寻我。"国才道："恩公说哪里话来！小弟一家仰蒙再造之恩，尚未图报。今日天赐相逢，来到这里，且住一年半载。此间好得一样，再没公差到来查究，请恩公只管放心，何故却要言去？"鸣皋道："人各有心，不能说与兄知道。你若看做我是个朋友，就此先请回府，后会有期。不然，休怪小弟放肆。"

国才知道他是豪杰胸怀，与人不同，即便应允，就向身边取出一锭五两银子，说道："恩公少停千万过来！倘果有要事，前途聊为路费。"鸣皋道："这却使得，只是你自己也要使用。"国才道："家叔在此多年，故此略有积蓄，恩公只管放心。"那方国才恋恋不舍，被鸣皋催促起身，只得深深作了一揖，说道："小弟在家等待。"鸣皋还礼，把头点道："晓得。"

方国才下得楼来，会过酒钞，走出店门。看那树上的后生，又不像江南人，心中好生疑虑。暗想："莫非恩公与此人朋友，如今要来相救，恐怕连累与我，故此打发我开去？"便远远的立着，观望动静。

我把方国才且丢过一边，书中单说徐鸣皋见国才去了，饮过数杯，把银锭揣在怀中，立起身来，竟下扶梯。来到杨树边旁，向腰间扯出单刀，把索子一齐割断。李武看见鸣皋，心中大喜。只见那柜台里的大汉喝道："你是什么人，敢来放他？"便叫："孩子们，快来拿人！"

只一声喊，扶梯上拥下一二十个人来，都向身边拔取家伙，赶上前来。鸣皋叫声："贤侄仔细！"那先到的一个，将刀便向鸣皋头上砍来。鸣皋将身一侧，趁势将刀夺住，飞起一腿，那喽兵哪里经得起，便直掼出去。说时迟，那时快，鸣皋夺过刀来，一手授予李武。二人杀将起来，把这些喽兵头目，如刀切菜一般。柜台里的大汉见势头不好，就柜台里扯了一条铁棍，托地跳到街心。

楼上的橘皮脸二大王，在楼窗上望见这些小头目不是他们对手，旁边掉了一把朴刀，从楼上跳将下来。鸣皋知他凶勇，便来敌住，让李武去抵挡柜内的大汉，四个人分为两对儿厮杀。那些喽兵头目不敢上前，只在旁边呐喊助威。

战到十几个回合，那二大王一刀砍去，鸣皋卖个破绽，将身做个雀地龙之势，那刀落了个空。趁势侧身进步，把刀使一个盘旋转来，正中二大王腰内。削开胁肋，连肚肠肝肺都流了出来，死在一旁。柜内的大汉见了，知道不好，便虚晃一棍，跳出圈子，向西市一溜烟走了。李武提刀追赶，被鸣皋叫住。那些喽兵头目四散奔逃，店中的伙计，都望里边乱钻乱躲。

鸣皋便问李武："你怎的却被他们拿住？腹中饥否？可知众兄弟怎样了？"李武道："一言难尽！肚中实是饿得紧，天又晚了，如今到哪里去好？"鸣皋道："我们且上楼去饮酒。"李武道："只怕那班强盗少顷大队到来。"鸣皋道："我正要剿灭这班贼子，他若来时，省却我到山寨里去。"二人便复进店中。李武自去动手，掇了一大盘酒馔到楼上，坐下饮酒。

鸣皋道："你见众兄弟可曾出来？"李武道："虽不曾见得清楚，大约众位师伯师父都出来的。只是东西乱窜，大家失散罢了。"鸣皋听了，心中略宽。便问："你在哪里被擒？"李武道："小侄逃出重围，不知东南西北，一路乱走。直到天色微明，看见前面都是高山。走也走得乏了，沿山过去，见一所古庙，里面东西坍倒，并没人影，遂到里边歇息，不觉睡熟了。及至醒来，已被缚住。只见十几个强人，将我身上搜索，被他搜出俞大人的银牌。众强人正要把我解上山寨，行不多路，逢着那橘皮脸的带了十几个强人到来。众人都叫他二大王，便把银牌与他看了。他说：'这俞谦与王守仁一路，都是我王爷的对头。他专派人在外私访，陷害我们，此人定是他的羽党，须要听大哥审问发落。'遂把我带到此地。"鸣皋道："如今银牌哪里去了？"李武连忙下楼，在那二大王身边取了出来，拿上楼来。

二人饮了一回，正要商议行止，只听得远远的人喊马嘶，果然大队强人到来。不知鸣皋同李武二人怎生抵敌，且听下回分解。

第三十三回 徐鸣皋力斩五虎将 飞龙岭火炸五雷峰

却说这石埭山里有个峰岭，叫做飞龙岭，就是强人的巢穴。周围都是坚垒，共有四十二个墩煌。里边宛子城、忠义堂，竖起"替天行道"的大黄旗，尽学宋江梁山伯的行为故事。为首的叫做飞天虎马天宝，他的大父从过朱亮祖，学得鼍龙枪法，世代传流。至马天宝，把这镔铁鼍枪使得出神入化，强爹胜祖，有万夫不当之勇。第二个叫做斑斓虎马天寿，是天宝胞弟。使一把朴刀，虽不及乃兄，也是一员上将，便是在望山楼杀死的橘皮脸汉子。第三个最是厉害，力大无穷，姓张名大力，手拿四齿虎头钩，好似海船上的大铁锚一般。使发了，凭你千军万马，他只管冲出冲进。只是一件，但有蛮力，毫无智谋。生得黑脸身长，呆头呆脑，人都叫他疯魔虎，好比老虎发了疯，无人制得他的意思。那第四个叫白额虎卜英，因他生过白癜风的症候，恰好额角上一大圈皮肉，霜雪也似白的，故有这个混名，善用金背大砍刀。

这四个头领，拥着七八千喽兵，数十个头目，在石埭山飞龙岭招兵买马，打家劫舍。他们结义弟兄共有五人，那一个就是望山楼的掌柜，名叫两脚虎朱锦春。在石埭镇开设酒馆，为山寨中耳目，探听一切事务，亦便山寨中憩息之所。

这五个歹人，都是宁藩府中李军师收罗，密令他们在石埭山中暗伏军马，以便将来举事。所以这般胆大妄为，大弄大做起来。也是正德皇帝福大，宸濠不能成事，恰巧遇着这个太岁，一朝斩尽灭绝，岂非天数。

当时两脚虎朱锦春，同了几个败残的喽兵、小头目，逃回飞龙岭来，正值三个兄弟在忠义堂饮酒用夜膳，慌忙上前告知此事。小头目也把山神庙中拿住俞奸官羽党一名，名叫李武，身旁有银牌为证，后来便接着失锦春的话头。那飞天虎马天宝听了，勃然大怒，料想劫李武之人便是徐鹤。朱锦春道："我也这般疑心。看他面貌，正与画图仿佛，口音又像扬州，谅来正是此人。"张大力站起身来，道："我们快去与二哥报仇!"马天宝咬牙切齿,白额虎卜英摩拳擦掌。马天宝便叫:"孩子们只拣精壮奋勇,点一千人马随行,其余命各头目各守疆界,镇守山寨。如有奸细到来,坚守休出,只把乱箭射去。"吩咐已毕,各人带兵器上马,引着一千马队,飞也似赶来。

出了山寨,马天宝传令,叫张大力同了卜英,从西山路抄去,自己同了朱锦春,却从东山路而来,两面夹攻,各分五百人马。吩咐众喽兵一路小心,恐他漏网,火把亮子,照耀如同白昼,好似飞雷掣电的驰来。

徐鸣皋在望山楼,远远听得人马之声,向楼窗内一望,只见左右如二条火龙,在东西两市梢挤将过来。便叫:"贤侄,你只跟定了我,与他们混战,不可捉对儿厮杀。"李武应声"晓得"。鸣皋把灯火吹灭,二人扯刀在手,暗伏楼窗里面。

不多时,那西边的人马先到。为首一条好汉,坐在马上,手举四齿虎头钩,面如锅底,身穿黑甲,好似一座冲天炉一般。来到楼下,大叫:"孩子们,上楼搜检!"那喽兵跳下马来,争先上楼。鸣皋想:这黑厮手中的家伙,约来二百多斤,料想此人力大无穷,若不先除了他,倒难措手。想定主意,从楼窗内望那黑厮马后,烁地跳将下来。脚尖尚未着地,手起一刀,把张大力连肩夹背砍为两段。众喽兵大叫:"三大王被伤!"卜英在后看得分明,挥动大刀来战鸣皋。李武也从楼窗窜到街心,众喽兵并力上前,只是街道不宽,怎的一齐动手,不过虚张声势。

正在交手,东边人马也到。马天宝听得张大力身亡,好似火上浇油,怒气填满胸膛。把马一拎,直冲上来,举起鼍龙枪向鸣皋胸心便刺。鸣皋起刀招架,觉得十分沉重,暗想这个又是劲敌。那两脚虎也到,五人在望山楼前一场恶战,只杀得天昏地暗,星月无光。直至四更天气,个个汗流脊背,尚并无胜负。只是李武渐渐的支持不来。鸣皋见他刀法渐乱,心中想道:若不先伤一个,断难取胜,便向身边摸出一件法宝。

看官,你道徐鸣皋有甚法宝?他生平正大光明,暗器都从来不用,有什么法宝?今日事逢尴尬,想出一个计较。杀到其间,那马天宝一枪刺来,鸣皋将身向杨树后一闪,便把方才方国才送的那锭银子拿在手中,照准马天宝劈面打来。马天宝一枪刺了个空,几乎搠牢在杨树之上,慢得一慢,那锭银子扑的正中面门。打得眼前黑暗,疼痛难当。正要兜转马头,徐鸣皋的手段何等快捷,跳起来一刀已到,前心通了后背,尸身倒下马来。李武见鸣皋得手,气力倍加。

卜英与朱锦春见大哥身亡,心慌意乱,欲想逃遁,却被自己马军阻住。只得喊声:"孩子们,揹开队伍!"鸣皋闻听,知他要逃走,哪里还肯被他走脱?奋起神威,大叫一声,把朱锦春砍去一腿。那两脚虎变了独脚虎,坐不稳鞍鞒,倒下马来。被鸣皋一脚踹在胸前,实因力气太猛,人字骨踹得粉碎,把心肺都踏了出来,口中鲜血直喷,死于地下。卜英吃了一惊,架开李武单刀,把马一拎,向对河窜去。哪知这河甚阔,马已战乏,哪里跳得过去?只听得"扑通"一声,连人带马跌入溪河。鸣皋恐他赴水脱逃,抢过鼍龙枪来,等卜英冒将起来,照准脑袋丢去——好似捉鱼人的鱼叉射鱼——恰巧贯在胸前,鲜血冒出水面,泛起红来。

众头目喽兵见寨主尽死，谁敢抵敌？逃的逃了，有逃不及的，下马跪倒在地，叩头乞命。鸣皋喝教："要命的，丢去刀枪，下马俯伏，方饶你等性命！"即问山寨中还有多少强人。喽兵道："不瞒好汉说，寨主都死尽的了，山寨里止有六七千喽兵罢了。"鸣皋吩咐引路，与李武骑了马天宝、张大力的两匹好马，一路来到飞龙岭，天色已经大亮。

那喽兵招呼守寨之人："快些开了寨门！大王们尽皆丧了，如今投戈解甲者免死！"那守寨的头目，听得自己人喊叫大王已死，正是蛇无头不行，乱纷纷传遍合寨。喽兵投戈卸甲，大开寨门，跪在两旁，口称："愿听新大王号令。"

鸣皋乘马进寨，来到忠义堂上，坐在居中，李武按刀站立旁边。吩咐传合寨喽兵头目。不多时纷纷跪在堂下。鸣皋吩咐把库内金银粮食，尽行照册拿将出来。先把粮米装在马匹之上，上插一面旗儿，写着"赈济贫民"四字，限今日完备，作速驱下山岗，由马自走而去。把银两分派各喽兵，吩咐好生各自回去，改行换业，做个良民百姓，若再犯前愆，定杀不赦。

众喽兵欢天喜地，诺诺连声。自己也取了些金珠，与李武各带了路费。一面吩咐取肴酒过来充饥。那合寨喽兵忙个不及，纷纷动手，至日落两山，诸事停当。这马匹共有二千余骑，各驮粮米，运出山来，自有那村民取去。方国才那里，也叫李武寻去，送些金银与他。并传言山寨剿平，粮马叫百姓取了，我一言丢过。

这里鸣皋见诸事定妥，吩咐山寨里放起火来。霎时间红了半天，岭前岭后，一齐烧着。哪知惹出了一件祸事。寨中喽兵，陆续打发下山去讫，只存一百余个小头目，替鸣皋纵火。从寨前烧起，一直烧到寨后，原来这座山寨却是一片平阳。纵横二里之地，前接山寨，后靠峭壁，四围无路可通，只有左边一个高峰，可以盘到山前。鸣皋见寨中尽皆烧着，时过三更，露水正浓，便同李武并百余小头目，到前边峭壁之下林子里站着。暗想："好片操场，哪怕一万八千人马在内操演，外面毫无知觉，好似天生就与这班强盗用的。"

正在观看，忽听山崩海啸、震天震地的一声响亮，只见左边的那个高峰，骤然炸裂。众人吃了一惊。要霓裳子到来，救他们性命，且听下回分解。

第三十四回　霓裳仙救鸣皋李武　山中子劫罗德王能

话说左边这个高峰卓然独立，好似一个人形，上有五个"雷"字，高接青云。这字约莫有丈许见方，凿得笔力刚劲，龙蛇飞舞，人力焉能及此？因此唤做五雷峰，俗名又叫丈人峰。峰旁绕着有路可通外面。马天宝每操毕兵马，自己弟兄并扈从人等，从后寨门而进，众喽兵都由五雷峰畔绕道出来。

今日前后寨门一齐烧得火焰通天，哪知忽然青天里起个霹雳，随后好似天崩地塌一声响亮，那座五雷峰炸裂开来；只见万道火星，向半天直轰上去，震得众人耳都聋了。幸亏山石都向上飞去，还未伤人。只见把这出路陷成一个窟窿，兀自火焰飞腾，乱喷乱射。鸣皋等正在心惊胆裂，只道强人藏下的地雷，今日烧着了药线，故有此灾。哪知又是一声响亮，陷中飞出一件怪东西来，身长二三十丈，粗似城门大小，似龙非龙，浑身火焰，夭矫空中，盘旋腾挪，势若翻江搅海。到处石裂山崩，树木尽皆烧着，左滚右绞，忽见鸣皋等人马，一声长吟，张牙舞爪，向峭壁下直滚过来。鸣皋大叫："今日吾命休矣！"有几个头目立在前面的，身上衣服已经烧着，都望林子里乱攒进去。哪知树头上青烟直冒，几乎烧着。

正在十分危急之时，众人自问必死，忽见峭壁上面飞下一个人来。却是美貌佳人，遍体雪素，好似个白衣观音。下面金莲三寸，瘦不盈指，头上挽一个朝天髻。一手叉在腰间，一手指着怪东西，喝道："孽畜擅敢伤人！"说罢口中吐出一道银光，犹如金线掣电，向着怪东西头上直射过去。霎时间豁辣辣一声响，那银光忽然不见，这怪东西落在陷中去了。顿时风也静了，火星也没了，只闻山寨中劈劈啪啪的烧着；望那陷中，尚有青烟火焰向上窜燎。众人都呆了，皆以为神灵相助。

忽听那女子旋转身来，向林子里叫道："内中可有维扬赛孟尝君徐侠士在否？"鸣皋听得，连忙走出林来跪下，连声："不敢，扬州徐鹤蒙圣神救护，尚望留下尊号，弟子好终身敬礼，难报万一。"李武同了众头目也一齐跪在后边，个个叩头不迭。

那女子嗤然一笑，叫道："鸣皋贤侄，你还认得我吗？"鸣皋抬起头一看，并不认识，暗想："我并无年轻姑母。"便道："鲰生愚昧，未测高深，还望明示。"女子笑道："你不记得去年九日登高，句曲山饮酒事乎？海鸥子是我义弟。"

鸣皋恍然大悟，便道："莫非是霓裳师伯姑吗？今日到来相救弟子，恩德如山。"心中明白，就是那日句曲山头这个标致书生。忙问道："那日还有二位，却是何人，尚求指示。"霓裳子道："那年老的便是你大师伯玄贞子，这中年带范阳毡笠的，就是六弟山中子也。"鸣皋道："现今二位师伯何往？"霓裳子道："大哥还是去年分手，六弟自二月往终南山采药，要修合坎离龙虎丹，至今未曾会过。"鸣皋道："此丹可是九转回生丹，服之便可白日飞升？"霓裳道："非也，这龙虎丹，只能炼剑成丸，吞吐自如，久之功高道进，也可长生不死。自古神仙，有七十二修真之法，要皆千艰万苦，岂靠此一粒丹丸，便可得道成仙，谈何容易？我苦修四十余年，尚是个凡夫俗子。像我大哥的功行，庶可与地行仙相似。"

鸣皋道："师伯怎知弟子遭厄，特来相救？莫非袖里阴阳算定？"霓裳子道："凡过去未来之事，只有大哥知晓。我方才从六安州经过此山，看见漱石生的徒孙李武，匹马到方家酒店，我随后跟到里边，他们不曾见我，我却听得明明白白。知道你除了大害，为朝廷万民出力。后来望见五雷峰炸裂，知道这孽龙定出伤人，故此到来除了。"

鸣皋道："这强盗在此多年，怎的不去伤他？"霓裳道："你不见这五雷峰上那五个'雷'字，人工可能凿的？当初有个恶人，死后变成僵尸，僵尸变为旱魃，旱魃再变为火犼，火犼化成了这条孽龙，浑身火焰，到处庐舍荡然，居民遭厄，田禾树木焚烧殆尽。上天大怒，命三条乌龙兴云布雨，雹泡冰牌，战于空中，又伤了无数人民、禾稼。岂知这孽龙厉害，那乌龙战死二条，其一逃归东海。恰遇仙官经过看见，遂生了上替天心、下救百姓之心，念动真言，命黄金力士擒住此龙，镇在丈人峰下，上画了五雷符咒，所以这孽畜不得出头。今日却遇了火年火月火日火时，外面凡火感动了雷火、石中火，这孽龙本身的火，与空中火合成一气，一齐发作。符神逸去，山峰炸裂，这孽畜乘机而出。今日除了此害，又解师侄之厄，一举两得，不亦快哉！”言毕，说声：“后会有期，前途保重。”平空而去。鸣皋站起来，十分感叹。

看看天色已明，火尚未熄，却从哪里出去？有几个头目说道：“右面要到寨外，只隔一只城角。今已烧得七零八落，只消拆塌数丈，垫了下去，就好接脚出去。若要等火熄灭，恐怕还要一周时哩。”鸣皋道：“有理，快些与我动手。”

众喽兵头目七手八脚一齐上，不多一会，把火焰垫灭了一长条。大家越过了这火焰山，鸣皋吩咐喽兵头目人等，从此各安生业，切勿再做强人。众人叩首谢了，各自分路下山，鸣皋、李武二人也不回石埭镇，便一路向江西而去。后来众侠会江西，方才说起。

如今且说罗季芳、王能两个，那日在太平城外旅店之中，听得官军到来，王能见众人向楼窗出去，正要跟着走，却被一个挠钩钩住。众公人钩连枪、留客住一齐上，把来捉住。那时罗季芳尚未出得房门，那外面的人，如潮水般的进来，季芳慌了手脚，又见众兄弟皆去，要想将鞭招架，哪里来得及，也被众公人拿了。房知县带转衙门，审问明白，收禁监中。

过了几日，接到宁王旨意，说罗德乃启衅肇事第一个要犯，务要解上江西藩邸。路上却要机密，因他们党类甚多，恐防劫夺。房明图接了旨意，十分担心，把罗德、王能打入二具囚车，吩咐右营城守带领部曲牙将，叫了二号大船，二百官军，扮作商人模样，在四更时分，悄悄的将囚车解赴下船。“一路当心护送。若得太平无事，此功非小。”果然人不知，鬼不觉，一路安然。

那一天将近鄱阳湖畔，时光尚在未末申初。也是季芳、王能命不该绝，忽然发起风来。舟人禀道：“常将军，这样大风，前面鄱阳湖到来，不能行走。”常德保吩咐，须在闹热所在停泊。他是小心之故，恐怕荒野之所，有人来劫。哪知恰巧撞着这个七煞。

这罗季芳虽被拘禁囚车，他却要长要短，大呼小叫。看守他的几个军士，也算晦气，被他“乌龟王八”不离口的骂。又是要犯，不敢难为，只得将就依顺他些。哪知季芳闷在船中，许多人围着，热不过，要吃起西瓜来。军士笑道：“这里却没买处，只好河水将就些罢。”季芳大怒，狂吼起来，将身一纵，连内笼都几乎拼开，吓得军士乱嚷。常城守恐怕弄出事，非同小可，连忙亲自过来，低声赔笑说：“好汉，西瓜实是没有处买。我去买些酒菜，请你慢慢的独酌，可好？”季芳只怕的软工，他就发不出火来。

哪知一番扰攘，早惊动旁边一只小舟。舟中有人听得这声音，好似罗季芳这呆子，便向船窗内望去。见囚车中二个犯人，一个正是季芳，一个后生，却不认得。暗想：“此时我不救他，谁人来救？想他们一定解上江西，我自有道理。”

一宵已过，来日五更，常城守吩咐开船，来到鄱阳湖中。忽见斜刺里一只小船，扳动双桨，飞也似过来。船头上立着一个英雄，头戴卷边草帽，身穿大袖黄罗衫子，一面元色兜裆叉裤，蓝布缠腿，足登一双丝穿线扎、翻山过岭薄底棕鞋，腰悬龙泉宝剑，大喝：“赃官，留下犯人，放你过去！”看官，这个便是徐鸣皋的师伯山中子，从各处名山采药回来，昨夜听得罗季芳被擒，特来相救。不知如何动手，且听下回分解。

第三十五回 朱宸濠献美人巧计 唐子畏绘十美图容

话说太平县右营城守常德保，解着罗德、王能，来到鄱阳湖。忽然军士禀报说有强人拦阻，连忙走出船头一望。只见上首里一叶扁舟，飞也似赶来。船头上立一个大汉，年纪约有四旬，生得修眉凤目，相貌威武，三缕清须，飘扬脑后，口中只叫：“收篷！”常德保暗想：“此人真好胆大，谅你独自一人，纵有本领，也不惧你。”吩咐扯足风帆，命手下部将弓上弦刀山鞘，准备抵敌。霎时间，各将校齐至船头，两船并着，枪刀密布。

山中子见了大怒，腰间扯出剑来，向空中一撩，只见化成一道长虹，在半天盘旋，好似有灵性的一般，一望着官军船上直落下来。吓得大小将校兵丁，个个亡魂丧胆，俯伏下来。但听得“豁辣”一声，把二枝桅樯连帆一齐砍倒。这两只船在湖中滴溜溜旋转，那些舟人都吓得向舱底下乱攒。常德保目定口呆，只是发抖。

山中子大叫：“要性命者，把犯人好好送过船来！若是迟了，你们的脑袋照帆樯一样！”常德保回顾左右道：“你们把来放快些！”部将等诺诺连声，忙将囚车打开，将罗德、王能送到船头。德保道：“请二位好汉快过船去。”

那罗季芳同了王能，只道是鸣皋等前来劫取。哪知只见一只小船，离开三丈之遥，船头上立着一个英雄，其余只有两个舟子，并无他人，弄得全然不解。仔细看他，似乎曾经见过，只是再想不出何处会来。正在迟疑，那小船已到船边。那人便叫：“呆子，还认得我吗？快些过来！”季芳同了王能逃到小船，那人指着城守说道：“今日饶了你们性命，叫你寄信奸藩：从此休害忠良百姓，若不改过，早晚取他首级！”一面说，一面船已去了。

常德保见船已去远，吩咐船人快把舟船进港。船人连忙钻山来，下桨摇橹，进了港内，停歇下来。德保道：“如今怎的了？莫说功名丢掉，而且性命难保。不如回转太平，再作道理。”内有一个牙将上前说道：“老爷又来了。”德保道：“房太爷早已详文府里，八百里加紧申奏宁藩，况且已入江西地界。俗云：丑媳妇少不得见公婆。还是到王府据情实奏，或能未减。现在李自然执掌重权，王爷宠任，我们到了江西，先见军师，打算千金礼物，求他于王爷面前说句好话，或有挽回。若是回转太平，一定请入囚车，原船奉送江西。”常德保道：“说得有理。我也吓得昏了。准定依你行事。”遂即整理帆樯。

停了一日，来到南昌，谒见李自然，把以上之事，说明原委。先送二百两银子。只因事出意外，未曾多带银两，若能保得前程，一准补送千金寿礼。李自然原系个江湖术士,岂有不贪财物,当时一口应承,叫他后日进见,我自有道理。德保谢了出来,在左近住下等候。

且说那宁王久怀篡夺之心,又见武宗是个英明之主,故此不敢明露。不过假行仁义,收罗谋勇之士;命了心腹之人,各处广招英雄好汉,暗暗招兵买马,积草屯粮,分布各省,自从那年到了姑苏,回转得了李自然,纵谈一日,宸濠大悦。知他深通谋略,熟读兵书,精晓天文地理,能知祸福阴阳,以为诸葛重生,刘基再世,封他为军师之职。自然相他有龙凤之姿,天日之表,将来可以效学那太宗燕王的故事。又教他建造离宫一座,按定乾坤八卦,定能身登九五。宸濠无不听从。又使心腹之人,各省探听机密,声势逐渐广大。

宁王每虑正德皇帝英明,不比建文君懦弱迂儒。李自然献上二计。宁王问那两条计策,自然道:"第一条,拣选十名才美双全、天姿国色的女子,命乐师教习歌舞,礼生教习礼貌,又命老妓教习勾引媚态,眼角传情,吐词风雅,打扮得浓妆淡抹,俊俏风流。又命丹青妙手,绘成图像,献进京师。武宗见了,定然收入宫中。预嘱这十个女子,务要蛊惑圣聪,耽于酒色。此乃范蠡献西施计也。"

宁王道:"朝臣谏阻,不纳美人,奈何?"自然道:"所以还有第二条在此。自从刘瑾败事,目今内宫只有朱宁、张锐二人邀宠。他两个又与千岁往来。如今各送厚礼,嘱他们从中吹拂,又教他婉转引诱君皇,务使深居宫内,与朝臣隔绝。或有兵警饥荒,尽行撇起,只说太平无事。或有刚愎朝臣,暗中设计中伤。日亲日近,日远日疏。三国时刘玄德如此英雄,到了东吴,也忘却了江山大事。此乃蔽明锢聪之计也。"

宁王大悦,遂命各处广选美色,千中选百,百中选十,十中选一。始而各府州县选了若干,到司道处,十中止选取二三;再到大臣处,十中又选取二三;再经内官选,十中又取二三。最后宁王亲选,共只百人,各赐筵席,逐一细看,试其才能体态,一切举动。拣了十个美人,各个尽是天姿国色,倾城倾国。一面命教习歌舞礼貌、风流体态,一面命内官孙进到姑苏,征召名士唐寅绘十美图容。

那唐寅是个有名解元,字伯虎,号子畏,别号六如居士。丹青妙手,七步成章,为人放诞风流,不修边幅,日与管驹良、唐香海、祝枝山、张梦晋等一班名士,隐于诗酒,疏狂玩世。癖性偏爱桃花,居处遍种满栽,到三月时,花红如锦绣丛中,遂名其居里为桃花坞,那日奉了宁王征召,同了内官孙进,来到江西南昌府藩邸。把十美容貌,临摹得惟妙惟肖,个个如生,只少一口气,便是活的。后人遂附会唐伯虎的画幅,人物能走动,禽鸟能飞去,皆是无稽之谈。不过是写生妙手,名重一时,实有曹吴之技。

宁王大悦,欲想留住唐寅,许他高官显爵。哪知他不羁成性,到了王宫,犹如鸟人樊笼,把那锦天绣地,当做剑树刀山,哪里肯为官出仕。宁王无奈,只得赐了他金银缎匹,放他回乡。

李自然趁此机会,来见宁王。把犯人罗德、王能在鄱阳湖被羽党劫去,现有太平县右营城守常德保到来请罪。呈上银牌两块,原来却是江南巡抚俞谦所写。上有各人姓名，并“除奸锄恶”四字，分明这俞谦广罗亡命之徒，分布海内，专与千岁作对。况且王守仁前称死于江中，哪知也是俞谦之计，把守仁藏在衙中，诈传投江而死；及至刘瑾事败，他就保举王守仁复任，反加升赏。岂非都是他的诡谋奸计。宁王听了，咬牙切齿，大骂俞谦：“我与你何仇，只是与我作对！若不杀你，誓不为人！”那常德保却得侥幸无事，回转太平，一言丢过。这里宁王又得着了石埭山被灭的消息，越发愤恨俞谦。

过了两月，十美人教习完全。遂命宫人装饰得花团锦簇，翠绕珠围，拣了一百名美丽宫娥，整备二十四号大船，停在南昌城外，选了吉日起程，遍绕南昌城内外，夸耀游行。预先半月，各府州县领发令旨，准合省军民人等纵观一日。轰动江西百姓，男女老少，哪个不要看绝世美人？船的船，车的车，远远近近，都到南昌城一广眼界。预先两日，已觉热闹非常，街上挨挤不开，那些江湖做小生意的人，尽来赶趁贸易。各店家门的，都做了档木，恐防挤坏柜台。

到了那一日，南昌城里城外，六街三市，各悬灯结彩。茶坊酒肆，客寓饭店，家家拥挤不开。九流三教，走江湖、赶会场的自不必说。真个行者摩肩，立者并足，吁气成云，挥汗若雨，好不兴头！宁王身坐凌霄阁上，众嫔妃陪着，宫娥宦官侍立两旁，传旨太监侍卫，保护十美出宫。排齐全副銮架，乐工、执事人等。那十位美人，坐在龙凤沉香辇上，前行有二千五百御林军，最后有二百四十骑乘骁尉殿后。看的人听得远远号筒吹起，个个伸颈遥望。未知后事如何，且听下回分解。

第三十六回 杨小舫穷途逢义友 周湘帆好侠结金兰

却说江西城内有个侠士，姓周名仿，字湘帆。祖上也是功臣之后，到了湘帆手里，他就学做商贾，在西门外开张瓷器铺。只是癖爱武艺枪棒，小时便喜拖枪使棒。他父亲在日，见他年纪虽小，臂力过人，便宴请名家，教他武艺。湘帆生性聪明，一学便会。

到了弱冠之年，从了七八位有名大教习，学得一身武艺，纵跳如飞，拳法精通，十八般军器，件件皆能。尤善用飞刀，腰间常系一个飞鱼袋，内藏十八把柳叶刀。无论飞禽走兽，逢着了他，也算晦气，只消随手丢去，百发百中。最喜结交江湖上好汉，故此父母去世，幸亏兄弟周宏善于持筹握算，买卖精明，湘帆就把店事家事一切和盘托出，都是兄弟执管。他却做个清闲无事赛神仙，终日游玩；遇见不平之事，便要硬出头。人都惧他武艺高强，为人义气，因此江西一带，颇有声名。只是外面少些阅历，未经遇着异人，闻人讲起剑客，心怀倾慕。苦得无处寻踪，因此时刻放在心上，到处留意。

那一日，在一家古董店中闲坐，忽见一人走入店来。生得相貌魁梧，像个英雄模样，只是衣衫颇形潦倒。开口叫：“店主人，小可有一口宝剑求售。”便在腰间扯将出来，放在柜上。那掌柜的接来一看，仍旧放下，道：“客官，这是雌雄剑，两把插在一鞘内,故有阴阳面的。你若单有一口,却没人要。"那人道:"小可只为失散了同伴,故欲寻访朋友,没了盘费。剑是果有一对,欲留下一口防身。如今没奈何,只得一起售了。"掌柜的道:"不妨,你若要防身家伙,小店里尽有。只要拣一把寻常佩剑,那种一两八钱的,也可用得的了。"一面说着,那人已把那一口剑,连这镀金嵌宝的鞘子,一并取下来。

掌柜的细细看过,便问:"客官,这剑要卖多少银子?"那人道:"我是家传之物,不知价值。闻得先君说起,值银百两。如今减去二十两,售你八十两银子。"掌柜的把剑插在鞘内,双手放在柜上,说道:"来不及,来不及,却要倒一个头来,与你二十两足纹,厘毫没得加增。"那人听了,面有难色。

湘帆站在旁边,听他们交易,心中暗想:"此剑非是寻常,就鞘子看来,镂嵌得何等精工。谅来是个旧家子弟。此人纵非剑客,定是一条好汉,如今流落异乡。我何不结识他,做个朋友?常言道:恩爱的夫妻,患难的朋友。大凡英雄豪杰在落劫之时,容易相与;若到风云际会,鱼龙得水,就难寻着他了。今日不可当面错过。"忙开口问道:"仁兄高姓大名,贵乡何处?"那人道:"小弟姓柳名叶舟,姑苏人氏。"也问了湘帆姓名居址。

湘帆说道:"仁兄莫非嫌其亏价?"那人道:"非嫌价小,实因可惜。"湘帆道:"仁兄何不当铺中质了几两银子,后日便可赎取。"那人道:"无如这兵器不要的,所以踌躇。"湘帆道:"既然如此,小弟借兄十两银子,未知可足使用吗?"那人道:"十两尽足敷用。只是萍水相逢,怎好领受高情?"湘帆道:"四海之内,皆是兄弟,区区何足挂齿?但是小弟却未带在身边,有劳贵步,到寒舍奉上。"那人大喜道:"多承美意。"湘帆同他辞别了店主,一路说着闲话来到家中。

二人进了书斋坐下,家人送过香茗,湘帆便吩咐备酒。那人再四坚辞,湘帆道:"柳兄何必过谦。常言出外一时难。秦琼卖马,子胥吹箫,自古英雄,也曾困乏。小弟生平最爱的是朋友。柳兄若要寻访同伴,不嫌亵渎,就在舍下盘桓。"二人说着,家人搬出酒肴来,你斟我酌,说得投机。讲起武艺拳勇,一切江湖上事情,大家合意。湘帆心中大喜,知他是侠客。

后来问起宁王作为,湘帆说:"他作恶多端,收罗勇士,暗伏军兵,自从得了李自然为军师,反情更露。私建离宫凌云阁,宠任一个禁军总教头,叫做铁昂,仗势欺人,无恶不作。那王府里头,变成一个会试的武场,天下的勇士,被他收罗了不知多少,岂有不想造反的道理!将来正德皇帝有些危险。闻得江南有徐鸣皋、罗季芳等一班豪杰,暗助朝廷,剪除他的羽翼,十分了得。这老奸恨如切齿,却有恐怕他们的剑术,里外防备,十分严戒。如今又广选美人进贡,无非蛊惑君心,想谋取江山天下。吾兄江南人氏,定知这班豪杰的详细,可好说与小弟听听?"那人道:"蒙兄萍水相逢,如此错爱,小弟何敢深隐。我实姓杨名濂,字小舫,与徐鸣皋金兰结义弟兄。实因宁王各处画影图形拿捉,故此相欺,望兄休怪。"湘帆听了,喜得如获异宝,连忙踢开椅子,翻身便拜。小舫还礼不迭。

湘帆便叫人把残肴收了,快到兴隆馆中挑一席上等官馔来。小舫道:"承兄见爱，只是尊管们还须守口，不然又恐有累仁兄。”湘帆道：“杨兄只管放心。小弟有句不知进退的话，敢说吗？”小舫道：“仁兄休谦，但说无妨。”湘帆道：“弟意欲鸦随彩凤，与兄结为手足，将来附于骥尾，情愿执鞭随镫。”小舫道：“兄台说哪里话来，承蒙不弃，是极妙的了。”湘帆连忙吩咐摆上香案，就此结为昆季。湘帆年小，叫小舫为兄。

少顷重摆酒席，二人饮酒谈心。小舫把自己出身，后来遇见徐庆、鸣皋，到苏州，还扬州，并鸣皋、季芳一切初起的事，后来到镇江茅山破金山寺，直到太平县众弟兄失散，独自一人逃了出来，身边银两无多，早已用尽，东寻西访，一月有余，却一个都没有看见，又恐被他们拿住，所以来到此间暗暗打听，闻得捉住两个，在鄱阳湖被人劫救，故此略略放心。湘帆听了，喜得手舞足蹈。说道：“兄长见过剑仙，却是何等样子？小弟想慕已久，可能得见？”小舫道：“也与常人一般。不过他剑术厉害，为人义侠，也是凡人。直要将来修成正果，方为剑仙。却又不肯来管凡间之事，那就真个寻他不见了。如今贤弟要见剑客，只要弟兄们常聚一处，总有面见之时。”

湘帆道：“小弟原是闲身，久欲遍游天下，只恨无伴。今得遇兄长，真乃天赐与我！就此居住我家，朝夕可以聚首，同你寻访各位兄长到来，即便一同出去，相助兄等一臂。”杨小舫正在进退艰难之时，遇见了湘帆如此好客，知他武艺高强，飞刀绝技，心中甚喜又得了一个帮手，就此住在他家。

光阴荏苒，不觉冬末春初。闻得那一日，宁王十美游街，轰动江西各府州县，南昌城内外，人千人万，料想众兄弟总有在此。到了这日，小舫同了湘帆，一早便到西门外一座大酒楼，叫做兴隆馆。遂到楼上，沿街靠楼窗摆了一席酒，浅斟慢酌。打算吃到黄昏。看那街上时，晨光虽早，行人已是潮水一般，拥来拥去，好不热闹。酒馆内的吃客，渐渐多起来了。

忽见上来一群人，几个武官模样。为首的一人，生得棱眉暴目，相貌凶恶；头戴六楞绣花英雄罗帽，身穿元缎密门短袄，英雄跷包，足上豹皮靴子，外罩大红绉纱一口钟，腰悬宝剑。其余都是雄赳赳，气昂昂。来到前楼，座中早摆着两席上等官菜。众人坐将下来，湘帆指着披一口钟的对小舫低低说道：“兄长，你看此人便是王府中的值殿将军，叫做雷大春。宁王命他护送十美进京，这几日同僚替他饯行，连日在此饮酒。”小舫便问起王府中有多少能人，可有无敌勇士？湘帆道：“莫说勇士，那王府里三教九流；智勇奇术，不计其数。只说顶顶好、超超等，共有八人。一个叫邺天庆，一个叫波罗僧，是个和尚，一个叫铁背道人，是个道士，一叫铁昂，一叫殷飞红，连方才的雷大春，这六个都是拔山举鼎，万夫莫敌。那邺天庆与波罗僧更加厉害，刀枪不入，铁骨铜筋。还有两个最厉害的兄妹二人，一个叫余半仙，他的妹子余秀英，都是白莲教的头脑。能飞剑伤人，撒豆成兵，种种妖法，变化无穷。”

正在说着，忽见扶梯上跑上一个人来，小舫直立起来。不知却是谁人，且听下回分解。

第三十七回　王守仁谏纳美人　包行恭遵师下山

却说杨小舫举目一看，不是别人，正是神箭手徐庆，心中大喜，叫道："徐二哥。小弟在此！"徐庆看见小舫，便走过来，与湘帆见过礼，各人坐下。小舫道："周贤弟，这位便是徐庆兄长。"湘帆听了，立起身来，又作了一揖道："原来徐英雄到此，小弟久慕大名，无缘得见。今日天赐相逢，实为幸甚！"徐庆动问湘帆名姓，小舫把失散之后，各处找寻弟兄，遇见湘帆，蒙他仗义相留，结为兄弟，细细底底说了一遍，便问徐庆几时到此。

徐庆道："自从太平城逃了出来，再也寻不见你们，身边又没银两。一路来到乐平地界，资斧用尽，只得暂理旧业。前天来至万年县城，看见宁王谕示，今日十美游街，轰动江西全省州县，我想弟兄们定然见到，或者看见。不意果然与贤弟相会。"三人一面谈心，一面饮酒，大家说得投机，十分得意。

只见一个将校奔上楼来，叫道："王爷旨意下来，召将军押队起行。"那雷大春同了一班将校，纷纷下楼而去。不多一会，街上人声鼎沸，喊道："头队执事已在前面来了！"只听得远远锣声响亮，号筒悠扬。

三人凭窗而望，但见远远的旌旗飘荡，刀枪耀日。为头一匹马上，坐着一个武将，生得状貌怕人：两条倒挂浓眉，一双三角眼，短鼻阔口，露出两只獠牙，脸上一路青，一路黄，黑不黑，白不白，颔下乱糟糟短短的黄须。顶盔贯甲，手执一面大红旗，足有一丈见方，中间拷栳大乌绒绣的"清道"两字。那将官把旗麾动，向前旋卷而来。小舫道："此人膂力不小。"徐庆道："没有六七百斤气力，也掌不得这旗子。"湘帆道："此人便是殷飞红。闻得他也是一个藩王手下的先锋，后来张永太监讨平之后，他投奔到此。"

只见随后五百马队，马队过了，又是一个押队将军。骑一匹快马，独角虎爪，毛色赤炭一般。此人身长丈外，生一张长马面，脸如重枣，目如闪电，三缕须髯；金装披挂，手拿方天画戟，足有碗口粗细，威风凛凛。湘帆道："二位兄长，这个就叫邺天庆，乃王府中第一个力士，称为无敌大将军。他后面骑白马的黑厮，便是他的徒弟，叫做铁昂，现为禁军总教头。这厮最是可恶，仗了师父势头，宁王宠信，在外边奸淫妇女，仗势欺人。一言不合，就一脚一拳，伤人性命，百姓受害不浅。"只见随后二千军兵，都是明盔亮甲，个个山东山西的长大汉子。

兵马过了，只见全副銮架，执事人等。随后一扛扛都是进贡的宝玩，两旁侍尉保护着，约有数十扛。无非金珠古玩，奇技淫巧，名人书画，绸绫缎匹，山珍海味等类。随后粗乐细乐，童男童女，扮就戏名故事。随后数十个带刀侍卫。只见又是一班宫娥，一路奏着音乐。随后俱是内宫太监，提炉对对，香烟缭绕，龙凤旌旗。随后十乘凤辇中，坐着十位美人，花团锦簇，翠绕珠围，异香氤氲，光彩夺目，好似瑶台仙子临凡，月殿嫦娥下降，果然个个倾国倾城，丰姿绝世。真个环肥燕瘦，各擅其美，淡妆浓抹，各极其妙，说甚么沉鱼落雁，闭月羞花。看的人同声喝彩。

杨小舫等三人道："果然端的好。"只见十美人过后，那香车上都是宫娥。宫娥过后，只见雷大春乘马昂然，手提笔捻揸，领着二百四十骁骑殿后。后面跟的百姓，犹如潮水一般。只见人头拥动，何止千万。却不见弟兄们在内。

三人饮过数杯，湘帆会了酒钞，一同下楼，来到王府前游玩一番。遥望前边一所高阁，上接云霄，湘帆道："这便是新造离宫内的，唤做凌霄阁。你看盖造得沉香为柱，玳瑁为梁，玛瑙为砌，碧玉为墙，珊瑚宝石，镶嵌珍珠，不知费了几千百万银子！我想纣王的鹿台，也不过如此。"徐庆道："此皆民脂民膏，却不苦了百姓？"湘帆道："我看奸藩心怀篡逆，欲效太宗故事。近来李军师用事，言听计从。就是十美进贡，岂不是范蠡献西施之计吗？就是这凌霄阁内，闻说机关甚巧，埋伏重重，宫内戒严得禽鸟也难飞达。"

小舫道："我们出城去看十美人下船。如何？"徐庆、湘帆都道："甚好。"一齐回转身来，出得城关。但见码头拥挤得人千人万。听说雷将军带同骁骑、太监、宫娥，护送十美，已下了舟船。只听得三声号炮，一棒锣鸣，二十四号龙舟一齐开放。那前面的百姓，纷纷让开，传说无敌大将军同了殷先锋、铁教头，带领兵马回城。

徐庆道："时候不早，我们明日再会吧。"湘帆道："徐兄说哪里话来。到了此地，难道小弟家中，只多兄长一个，还叫你居住客寓？"小舫道："二哥何必客套。周贤弟也是我道中人，竟是一同住他府上，却得朝夕相叙。"徐庆即便应承。

三人回转家中，每日讲论文韬武略，演习刀枪拳棒。湘帆试演飞刀，徐庆试演弓箭，杨小舫也有一样绝技，只是未曾出过手。你道什么？却是一个流星锤。他的索子用羊肠做成，有二十四步长短。无论手抛脚踢，臂膝肩头，皆能发出，在二十四步之内，百发百中，也算一件绝技。然而比了湘帆的飞刀，徐庆的神箭，却相去远了。徐杨二人，就此住在周家耽搁，直到后来，徐鸣皋要三探宁王府，天下英雄侠士大会江西，方才提起。

那雷大春护送十美人开船动身，路上无话。到了北京，先见了东厂太监朱宁、张锐，呈上宁王书信礼物。朱宁拆开书信一观，却是要他二人在武宗面前周旋好话，务要将十美收进宫中。朱宁只道此事必定成功，遂一口应承，将礼物收下。在天子面前，奏知宁王恭敬朝廷，得了江西绝色美人，不敢自享，进贡来京，又添上许多好话。武宗大悦。

岂知各大臣知晓。到了明日早朝，雷大春俯伏金阶，呈上宁王奏章，并十美图容册子。武宗正待观看，却被御史王守仁奏上一本，说：自古帝王，宠纳美妃，便是国家祸害。如夏之妹喜，商之妲己，周之褒姒，吴之夷光，皆前车可鉴。宁王身受国恩，不思报效，却来进献美人，蛊惑圣聪，罪安可逃？伏望圣明乾断，将十美发回江西，处宁王以应得之罪，臣惶恐待罪等语。那武宗正德皇帝原是英明之主，听了王守仁一片忠言，顿然醒悟。当时降下旨意，着雷大春将十美人带回江西，俾各人父母领去。宁王却未去罪他，还算便宜。

雷大春一场扫兴，只得带领美人回转南昌，一一奏知宁王。宁王虽恨守仁，只是没奈何他，心中忧虑。从此叛逆之心愈急，日与李自然商议兴隆起手，我且丢过一边。

书中却说云阳生，自从金山带了红衣娘灵柩，不辞数千里跋涉，回到长安，将红衣棺木安葬了，回到山中。那徒弟包行恭迎接师父，说丹炉火候已至。云阳生将江南之事，说与包行恭知晓，教他下山去帮助鸣皋等一班义侠，做些锄恶扶良的事业，得个一官半职，显扬亲名，留芳后世。或者回转山中，再学仙道。若不体念上苍好生之德，行那济困扶危之事，岂得成其正果。包行恭道："弟子本领平常，只恐干不得事情。"云阳生就在炉内取了少许丹药叫他吃了，不多一会，顿觉精神焕发，身子轻了许多。云阳生道："你的技艺，也可去得。如今吃了飞燕丹，城墙可以上下的了。只是牢记一件，切勿误伤好人，并贪那财色二字。今日却是黄道吉日，就此下山去吧。"

包行恭遵了师命，回到自己卧室，把衣服等类打成一个小小包儿，拜别了师父动身。行不到半里，只见前面一人叫道："小包到哪里去？"行恭一看，却是师叔傀儡生，便放了包裹，对他拜了四拜说道："师叔，今日师父命我下山，去干功立业，不知何日再与师叔相会？"傀儡生道："本该如此！"一面说，一面把行恭看了一回，便向身旁摸出一粒丹丸，说道："小包，你把此丸藏好了。日后若有危急，性命须臾之际，把来吃了，可以免得灾难。"不知包行恭此去如何，且听下回分解。

第三十八回　孙寄安为财轻离别　沈醴泉设计抛银钱

话说这傀儡生道术玄通，别承一派，能知前因后果，法术奇妙，只须兵解方能成道。一切作为，于人迥异，谈论亦多异端，不知者以为旁门左道，而不知仙家自有此一脉传流。当时见行恭下山，知他将来有难，故此赠他一粒丹丸。后来包行恭被陷藩邸，幸亏此丹得救性命，此是后话。

且说行恭拜谢过师叔，背上包裹，一径下山。思想："到江南何处去踪寻这班豪杰？既是师父吩咐，谅来自能会见。"想起襄阳城内，有个结义哥哥，姓孙名寄安，自幼相交，情同手足。他住县前街上，今相别多年，何不竟到湖北寻访寄安，再作道理。一路晓行夜宿，不一日到了襄阳，进得城关，径到县前访问。哪知数年不见，人事全非，问来问去，并不知寄安下落，只得就在县前一所客寓住下。

那孙寄安原系是富户，幼年跟他父亲在苏州开张药材行生理。他的母亲，却是苏州人氏。寄安生在苏城，与行恭对门居住，自小同塾，遂结为生死之交。后来药材生意亏本，他父亲收了店铺，携了家眷回转湖北，包行恭出外从师学艺，就此分离。不料寄安跟着父母，回转襄阳，不上一年，父母相继去世。寄安年幼懦弱，那族中伯叔弟兄诸人，欺他年幼，又是初到襄阳，毫无知交帮助，把传下家产，瓜分夺取。寄安不敢较量，故此数年以来，渐渐拮据。妻室苏氏，小字月娥，也是苏州人氏，生得十分美丽。因劝寄安："如今坐吃山空，还是继着父亲旧业，贩些药材到江南销售。”遂把住宅售与他人，东拼西凑，共得数百两银子，就在东门外租两间房子，安顿了家眷，自己贩了药材，到江南贸易，却也有些占润。

这日包行恭正在东门闲走，恰巧寄安卖货回来相遇。二人大喜，寄安便邀到家中，吩咐苏氏同仆妇王妈妈准备酒席，与行恭接风。弟兄二人，细说别后景况，行恭不胜感叹。寄安道：“贤弟何必跋涉远途，不如就在舍下盘桓，亦可代愚兄照应家庭。我意入川买货，不过月余便回。那时同弟共往江南，一来途中有伴，二来弟兄相聚，你道好吗？”行恭道：“哥哥说得是，小弟遵命便了。”

过了数日，寄安带了银两，整理行装，吩咐妻子苏氏好生款待叔叔。遂与行恭作别，到四川贩卖药材去了。那苏氏月娥见行恭生得眉清目秀，少年英俊，时常眼角传情，言语之间，双关风话。岂知行恭是个侠士，不贪女色，岂肯作此兽行，只当他嫡亲嫂子一般。见他如此行为，暗想：“寄安是个懦弱的好人，怎的遇这淫妇？若然照此终年出外营生，将来难免弄出事来；声名还是小事，只怕要有谋害事来。我且只做不知，等待寄安回来，劝他到了江南把以前往来账目收清，从此在家，别求餬口之计，休到外边买卖。”

主意已定，便由他勾引，假作痴呆。终日到城中游玩，晚上回到家中，便早安睡。光阴如箭，其时将近岁底，还不见寄安回来。那一日行恭早上起身，梳洗已毕，用过点膳，便到外边游玩去了。

那襄阳城内有个恶棍，姓沈名醴泉，原系个官家后辈，只是门景已旧。为人狡猾刁诈，最喜渔色，结交官吏，包揽讼事，强占家产，无所不为，人都叫他沈三爷。年纪约有三十，相貌本只平常，他却善于修饰，扭捏出十二分风流。若见了有些姿色的妇人，便千方百计，务要引诱到手。襄阳人与他起个混名，叫做“钻洞狗子”。

那一日也是合当有事。这沈三到东门外寻个相识，正从孙家门首经过，恰遇苏氏立在门前。沈三一见，便立住了脚，把他上下身细看。那苏氏原是个小户人家出身，乃司空见惯，见沈三立定了看她，她却并不羞涩，反把秋波送俏，笑眯眯对着沈三的眼风，与他射个正对，好似“哨”的一声，那魂灵早已扑到苏氏身上去了。

沈三正在出神的时候，只见王妈从里边出来，呼唤苏氏进去。沈三想道：“这婆子原来是他的佣妇，我自有道理。”遂丢了相识，回转家中，一夜没有睡着。到了明日，便至东门外孙家左右，细细打听。知为孙某之妻，她丈夫山外生理，家中只有一个仆妇，别无他人。沈三就在左近茶坊酒肆闲耍。

一日正在茶肆啜茗，见王妈妈买了些食物走过。沈三立起身来，把手招着，叫声：“妈妈，进来坐一坐去。”那婆子认得他是襄阳城内有名的钻洞狗，心中早料着三分。便走到茶肆里来，道：“大官人在此吃茶，呼唤老身，有何贵干？”沈三道：“妈妈请坐了，用一杯茶。”便叫茶博士泡一壶茶来，王妈妈谢了坐下。

沈三道：“妈妈，你家主人寄安兄在家吗？”王妈道：“主人到四川买货去了，一月有余，尚未回来。”沈三道：“妈妈，你每月可有多少工钱？”王妈道：“不过三钱多银子，甚是清苦。”沈三道：“真个苦辛工。只是他家人口不多，只服侍一位娘娘，倒还省力。”王妈道：“我原为贪他没有小孩子，单只夫妇两个，况且男人终年出外贸易，故此将就。近来虽多了个外客，是主人的义弟，叫做包行恭，不日要跟主人到江南去的。”

沈三道：“妈妈，我家中也用你得着，不消做得别事，只要服侍房下一人。现在的婆子，我嫌他老太龙钟。明年妈妈可肯来时，每月给你一两银子。”王妈道：“多蒙大官人抬举。老身感恩不浅。”沈三便向身上摸出七八钱的一块银子，塞在王妈手内，说道：“你去买些点心吃。”王妈道：“阿呀！常言道：无功不受禄，怎好领受大官人赏赐？”沈三笑道：“你只管收了，我自有相烦你处。”

那王妈妈自幼在勾栏中出身，后来年老色衰，沦落无靠，遂为人佣仆。是个察言观色，眼睛都会说话的。见沈三甜言蜜语，又送银子与他，心中早已明白五六分。便把那块银子递还沈三，说道：“大官人，请说明了，方可受领。”沈三四围一看，见别的茶客还隔开几张桌子，乃轻轻地说道：“妈妈，我老实对你说了。只为前日瞧见你家大娘子，生得千娇百媚，他只对我笑眯眯的，眼梢上送情，引得我神魂飘荡，这两日连饭都吃不下去，日夜只是想她。妈妈怎的想个计较，使我与她一会，便重重的谢你。这些银子，只算请你吃杯茶的。”仍旧把银子放在她手内。王妈笑道：“一杯茶，要不了许多。”沈三笑道：“就算请你吃杯酒，也是一样。”王妈笑道：“承蒙大官人好意。可惜老身吃了糯米汤都要醉的。”一面说，一面把银子放在沈三面前，立起身来要走。

沈三一把扯住了，道：“妈妈休得取笑。你若嫌轻时，我明日先送你二两银子，此事只要求你作成。”王妈道：“大官人，我老实对你说了。这件事，你只丢开了，倒省却许多空念头。据老身看来，再也不得成功。”沈三道：“妈妈何以见得此事不成？”王妈道：“她是好人家的女儿，不比得章台柳、路旁花，费了一两八钱银子，就好着手。要干这事，第一要拼得用银子，又要耐得性住，慢慢买服了她的心。然后寻个机会，我从中帮衬，方可到手。我晓得你银子虽多，只是量小，舍不得用的，所以说你再也不成。”

沈三听了，明知这婆子作难，遂向身旁摸出一锭三两一只圆丝锭来，递与王妈道：“如今委实没有多带，我的性情，最是慷慨的。只要此事成就，一准谢你十两银子，决不上楼拔梯，过桥拔桅的。”王妈道：“大官人，我今日拿了你这锭银子，把你二人勾搭上了，莫说有朝一日主人回来，泄漏机关，把条老性命送掉。就是现在这个结拜叔叔，被他看破出来，他腰里挂的那把剑，好不锋利，削起铜铁来，好像切豆腐干一般，好不厉害！我这条老命，就卖这几两银子不成？大官人请收好了，我家大娘子在家等吃点心，再不去时，要把她饿坏了。”说罢立起身来便走。不知沈醴泉可曾到手，且听下回分解。

第三十九回　睹娇容沈三思恶意　用奸谋苏氏入牢笼

却说沈三见王妈要走，一把拖住衣袖，说道：“妈妈休要难我，我只理会得，决不负你！只是我心上熬不过去，求你设法成此美事，明日我找你五两银子，事成之后，再谢你十两。明日午后，还在这里，听你回音。”说着把那块零碎银子连圆丝锭，一并塞在王妈手里。王妈见他情急，只得接了银子，说道：“大官人，我干只与你干，但是性急不来，却要慢慢的想法。这银子我权且收下。你有便到此吃茶，我自会进来，你却不要喊叫，被别人看见了生疑。若有路道，我便送你喜信。若是性急，只得原物奉还。”沈三道：“依你，依你！总求你竭力便了。”

王妈把头点着出门去了，沈三也自回家。看官，那王妈原是老奸巨猾的虔婆，这些拉马做撮合山的勾当是她本事。当时得了沈三的银子，暗想：“这宗财饷，落得受用。沈三这行子是个悭吝之徒，待我慢慢地收拾他，不怕不赚他二三十两银子。把来买个十三四岁的丫头，只消教养这一年半载，送去院子里，或是做伙计，或是借房间。若得个大老爷与她上了头，便好发一主大财，总不然，赚些夜合资。我下半世也好靠他结果。”一路胡思乱想，已到家门来。

来到里边，月娥问道：“王妈怎的去了许久？”王妈在提篮内取出点膳，放在月娥面前，笑道：“大娘子且请用起点心来，告诉你一桩笑话。”月娥道：“什么笑话？”王妈笑道：“我方才买了点心回来，走到山河轩茶馆门首，听得茶馆里有人唤我。你道是哪一个？”月娥道：“我又不是仙人，怎晓得他是谁？”

王妈道：“说来大娘子也曾见过此人。住在东门内北街上，竹丝墙门内，也是个大官人家的公子，叫做沈三爷。就是前一日旁午时候，我出来叫大娘子用饭，他恰巧走过，那个穿百蝶绣花湖色海青的标致后生。对我说道：湖北襄阳的标致妇人，也见过几千几百，他只不在心上。自从那一日看见了大娘子，便着起迷来。当日回去，饭都吃不下，睡都睡不着，好似失落了魂的样子，梦里都梦见大娘子的了。只怕就此害了相思病，要想杀这狗才。我听了他这般放肆的说话，本该打他三个嘴巴，只为他是个官家公子，况且是我旧主人，只得啐了他一口，就跑回来。倒被他耽搁了半日，累得大娘子等来心焦。那癞蛤蟆想吃天鹅，叫花子想起皇后来了，你道好笑吗？”月娥听了微微一哂道：“原来如此。”

王妈一头说，一头看着苏氏的面色，见她也不动怒，也不喜欢，倒弄得拿她不定。心中想道：“她若无心，就此把这话丢开，看来此事难成，那锭银子，还算不得姓王。他若提起此事来问我时，春心已动，便可用条妙计，把他们牵合拢来。”

不言王妈心中之事，且说沈三到了来日，一早便出东门，在孙家门前走了过去，又走了转来，好似热石上的蚂蚁。走了四五遍，自觉难以为情，遂到山河轩茶坊里边泡盅茶吃。坐了一会，又不见王妈出来。会了茶钞，又走过去，到东首酒店里吃了一碗酒。仍旧走过来，到山河轩吃茶。一连三次。那走堂的茶博士笑道：“三爷可是等朋友吗？”沈三道：“正是，正是。今日想他失约的了。我明日再来等他。”会了茶钞，走出门来。

其时正是年尽之时，日子又短，看看红日西沉，只得回去。明日又来，有时看见王妈走过，沈三连连咳嗽，王妈对他看了一看就走，只不进来。她又叮嘱过不要叫喊，只得忍着，心中好不难过。一连三日，弄得沈三昏头昏脑，好似失去三魂七魄。

且说王妈见苏氏并不提起此话，心中纳闷，只把闲话远兜转，说到沈三身上，说他为人温柔软款，器宽量洪，许多好处。那苏氏本则无心，被王妈这张利嘴敲东击西，说得沈三这样好那样好，时时把风流话儿挑动她芳心，竟被他引惑起来。

一日吃过晚膳，包行恭自去安睡，她们主仆两个关好门户，上了楼头，在房中闲坐。月娥问道："王妈，你说在沈三家中服侍他妻子，姓沈的待你这般好法，你却为何歇了出来？"王妈道："大娘子有所不知。说出来，却不好看，幸得我与你都是女身，别无他人听得，说与大娘子笑笑。"月娥笑道："你这婆子说话，偏有许多批解。难道他来强奸你不成？"

王妈笑道："他肯来强奸我时，我也不歇了。他的妻子生得娇娇滴滴，也与大娘子一般的标致，只是没有大娘子的风流。他就不像意，倒肯要我五十岁婆子？看他是个瘦怯的书生，哪晓得干起这件事来，就像生龙活虎一般。夫妻二人上起班来，不是弄到天亮，少亦要到四更。我在他家的时节，正是讨亲相帮喜事。这位娘子第一夜开荤，就像杀猪也似叫起来；第二第三夜，还是喊爹喊娘当不起。你道这沈三东西厉害吗？"

月娥笑道："你倒亲见过来。"王妈道："虽没眼见，听却听得清清楚楚。我的卧房正在他新房的背后，我的床铺，贴准靠着他们的新床，只隔一层薄板。这位娘娘经过了几夜，就吃着滋味，卖尽田地起来。嘴里娇声浪语，心肝宝贝，一总搬将出来，只是唧唧哝哝地哼叫。夹着那云雨之声，床壁摇动声，帐勾丁当声，宛似唱曲子，加入和琴琵琶彭板一般。莫说这娘娘快活，连我五十来岁的人也动兴起来，翻来覆去，哪里困得着去？好不难受，只得咬紧牙关，把棉被来紧紧抱住。熬到天明，他们也完事了，我也睡熟。等得一觉醒来，被上边湿透了一大摊。到了明夜，又是照式一样。一连一个多月，夜夜如此。他们倒不知不觉，我却当不起来。实在夜夜听出这许多淫水，精液枯耗，弄得筋酥力软，浑身无力。大娘子，若是我再挨下去，连这条老命都要送掉，故此就歇了出来。"

月娥笑道："婆子倒会说谎，不信世间有这般的男子。"王妈道："大娘子正是好人家女儿，不知外面的事。常言道：人有几等人，佛有几等佛。世间的男子种种不同。我自小在门户人外出身，也不知经过多少，也有好的，也有歹的，也有大的，也有小的，强的强，弱的弱，有的经战，有的不济，有的知趣识巧，有的一味蛮弄，其中大有分别，岂可一例而论？只是像沈三爷这般精力、才貌两兼，实是千中选一。"月娥笑道："你的话我终不信。据你说，听得他们声音尚且几乎成了病，难道他们夫妻两个，是铁打的不成？"

王妈妈拍手笑道："大娘子究竟年轻，未知这个讲究。大凡男女交媾，乃是周公之礼，仙人注就的。阴阳调和，血脉流通，所以不甚损血。空有那孤眠无伴，独宿无郎，欲火上升按捺不下，以致暗泄真阴，本元亏耗，却最是厉害。"

月娥笑道："你这般说起，世上的青春寡妇，年少尼姑，花前月下，枕冷衾寒，未免芳心感动，难道尽成了痨怯症吗？"王妈听了大笑起来，说道："那寡妇尼姑，有的不正经的，便偷汉子；有的正经女人，却有个极妙的法儿，比了偷汉子还胜十倍，比那有男人的还快活，怎会成病？”

月娥笑道：“这事也有什么妙法？”王妈道：“这个法儿，大娘子谅没晓得，却是外洋来的，名叫‘人事’。我自三十岁嫁了人，不上一年那男人故世，直到今日，做了二十多年寡妇，从没偷过汉子，幸亏得这件东西消遣那长夜的凄凉。”月娥道：“我不信。”王妈道：“大娘若不信时，我侄女那里，有一件在彼。明日我去拿来与大娘试一试，你就知道我不是说谎。”

月娥面上倒红了一边，便道：“试却不要试，我只看一看是件什么。”王妈道：“这却使不得。那件东西有些古怪，试倒尽管试用，却是看不得的，若是看了，一定要害赤眼风毛病。所以用的时候，先要把灯火吹灭，方才在匣子内拿出来。”月娥不知是计，上了王妈的圈套，以致坏了名节，且听下回分解。

第四十回 老虔婆设金蝉巧计 沈三郎蹈杀身危机

却说那王妈原是个虔婆，把苏氏说得春心引动，脸泛桃花，暗想：“我只道世间男子都是一般，岂知却有这许多好处。据婆子说，那姓沈的本领，却不胜如丈夫十倍！若得与他春风一度，倒也未为不可。想我丈夫时常出外经营，我怎挨得这孤单长夜，王妈既有此妙物，就试他一试何妨。若果然奇妙，亦可借此行乐。”便道：“王妈，你说的那件古董，却怎的试用？”

王妈道：“这件东西一人不能用，却要两个女人更替轮换。我明日去拿了回来，等到夜里，灭了灯火，在匣内请出来，上面有两条带子，把来束在我腰内。此物恰好在两腿中间，与男人的一般。大娘子若不嫌我身上龌龊，我就与大娘子同衾共枕，你只当做我是男子，便与你行事，还你胜如真的十倍。”

苏氏只道当真有此妙物，心中想道：“我往常听得人说，尼姑们常用一件东西拿来当做男人，杀杀欲火，叫什么角先生，谅来就是此物。却不道这般好法。且等他拿来一试便知。”当夜主仆二人说笑了一回，各自安寝。

到了明日午晌时候，王妈出来买物，走到山河轩门前，早望见沈三伸着头颈在那里张望。见了王妈走进茶肆，好似天上落了宝贝下来，连忙问道：“成了吗？这两日等得我好苦！”王妈道：“休说休说，此事再也不成。你的银子，只好原物奉还。我只露得半句，被她足足骂了一夜。大官人，你休起了念头吧！”

沈三听了，好似一桶冷水在头上淋下，呆了半晌，皱着眉头说道：“妈妈怎的与我想法，哪怕与她会只一会，我就感恩不尽。”王妈笑道：“大官人，你且说一声看，若然成就，肯谢我多少银子？”沈三道：“若得成功，一准谢你十五两银子，十足十兑，厘毫不少便了。”王妈道：“倘有失信怎样说？”沈三道：“我若失信，死了脑袋都没下落！”

当时沈三这厮随口说了一句，哪知出口有愿。莫道无神却有神，后来果然脑袋没有下落，应了此言，也是他奸淫之报。晚生奉劝列位，切勿淫人妻女，做那偷香窃玉之事。你只看历古以来，无论稗官正史，所言淫欲之徒，哪个有得善终？即使漏网，终不免妻女出丑，子孙落薄，弄得做了鬼还没羹饭吃。所以昔人有副对联说道：

妓女之祖宗，尽是贪花浪子；

绝嗣之坟墓，无非好色狂徒。

且说王妈见沈三立了重誓，谅不失信，便向他说道："计是有一条在此，你只要依我行事。"沈三道："全凭妈妈调度，我终依你。"王妈就把昨夜之事，一是一，二是二，从头说了一遍，沈三大喜。王妈道："少停到了黄昏后，你只悄悄来到我家楼门口。你只看后门上面，有一个镇风水八卦的，就在此等候。我安排停当，便来开门，领你到我房内，卧在我的床上。我去灭了她的灯火，只推忘携了东西，便出来换你进去。你只不要开口，便上床去干事，这叫做金蝉脱壳之计。你道好吗？三十两银子，值也不值？"

沈三大喜道："好计好计！日后重重谢你。只是那姓包的，防他露眼。"王妈道："这个不妨。他一到家里，就在厢房内睡了，莫说不到内里，连客堂都坐不定的。只是月明皎洁的天气，有时黄昏过后，在园内使剑。老身自来关照。"说罢出门去了。

沈三巴不得红日西沉，用过晚膳，便到孙家后门首来。抬头一看，果然门上钉着一个八卦。便侧着耳朵，向门缝内听时，里头并无声息，哪知门内还隔开一片空地，故此听不出来。此个时辰苏氏正用夜膳，包行恭方才回来。苏氏道："王妈，安排叔叔用夜膳。"行恭道："多谢嫂嫂费心。"行恭吃了夜饭，便到厢房内安睡。

那王妈服侍苏氏用过夜膳，先上楼去，他把碗盏收拾停当，暗暗来到后边，把后门轻轻开了。只见沈三钻了进来，依旧关好后门。王妈引领了沈三，来到扶梯旁边，低低说道："大官人，把鞋子脱了提在手中，轻轻随我上楼。"婆子在前，沈三在后跟着，蹑手蹑脚，走上楼来。王妈把嘴向左边门内一歪，沈三会意，便直钻进去。见里面一张榻床，一条半桌，便轻轻坐在榻上，把帐子下了等着。

王妈来到苏氏房内，说了几句闲话，便道："大娘子，我方才到侄女那里，拿下这件宝贝在此，今夜野鸭来陪伴鸳鸯哩。"月娥道："这个却不羞吗？"王妈道："你我都是女人，有什么羞！目今的时世，哪个女人不偷汉子。趁着青春年少，不干些风流事，到老来懊悔嫌迟。"二人说着，大家解衣就寝。王妈有意迟延，待苏氏先入衾中，一口把灯吹灭，说道："大娘子，你先睡着，我去取了那活儿来。"即便来到自己房中，对沈三低低说道："你把衣服解开了，进了房门，靠右边摸去，便是卧床。她眠在西边一头。你不要开口，只上去行事。倘事决裂，我自来周旋。不要忘了我今日之功。"

沈三依他言语，来到苏氏房中，把衣服脱下，放在床边杌上，赤条条跨上床来，掀开绣被，便把苏氏搂抱在怀。觉得肌肤凝脂，兰麝喷溢，欲火哪里按捺得住，即便腾身而上，云雨起来。

那苏氏起初还道王妈，说道："婆子，这些年纪，身上怎的滑腻？"沈三只不做声，竭力奉承。苏氏觉得有异，暗想怎的竟与男人一般？把手摸时，却是天然生就的东西,并非外洋到来的宝贝。便道:“你是何人,这般大胆,串通了婆子来勾引奴家?若不说明,我便叫喊起来,把你送到当官治罪!”沈三跪在床头,把自己仰慕他美貌,与王妈设下这计,从直说了,“只求娘子垂怜!”那月娥身已被污,正是生米煮成熟饭,况且丈夫常常出外,结识了他,倒也正用得着。便一手搂着沈三道:“如今身已被你玷污,只是休要负心,切勿泄漏他人!”沈三指天说地,誓不忘恩。二人你贪我爱,再上巫山,重整旗鼓,直到晓鸡叠唱,方才雨散云收。

沈三着衣下床,月娥叮嘱晚上早来。那王妈便来送了沈三下楼,出了后门,说道:“大官人许我的银子,晚上千万带来。”沈三点着头,一溜烟出巷去了。王妈关好后门,见时候太早,再去睡了。

自此以后,沈三一到天晚,便到孙家,与苏氏行奸。月娥备了酒馔,在房中饮酒行乐,俨如夫妇一般。二人打得火一般的滚热。沈三买得仇十洲的春意图来,按谱行云,照图作雨。月娥记了王妈之言,问道:“沈郎,王妈说你怎的好本领,如今只怕不及来前时?”沈三知道王妈的谎话,只是要博月娥欢喜,不惜重资,购取春方媚药。又买得一套淫具,共有十件家伙,装在楠木匣内。这十件家伙,有硬有软。有的银子打成的,或是套在此物外面,或是挖耳等类,可以在女人的里面搅弄;有的是鱼脬做成,亦是套在阳具上的,行起事来,隔了一层,便能久战不泄,名叫如意袋;有的用鹅毛做成一个圆圈,带在龟头上,行起事来,周围着力,便能格外爽快,名叫鹅毛圈。种种都是奇技淫巧,各有名目,不能枚举。沈三同苏月娥二人,今日用这件,明日用那件,只管取乐。后来逐渐胆大,索性留在高楼,省得夜来朝去,只图日夜宣淫。

光阴迅速,冬尽春来。正在正月半边,那一日包行恭饮酒回来,暗想:“哥哥去了两月有余,不见回来。这里襄阳城又无相识。独自一个,好不乏兴!”睡了一回,再也睡不去,便跳起身,抽了一把宝剑,趁此月明如昼,到后面舞弄一回。只是门户关闭,怎好惊动她们,即便飞身上屋,意欲越进里边。哪知跳上屋去,听得房中一声咳嗽,暗道:“奇了,这声气不似女人,像个男子声音。莫非兄长回来不成?”便留住了脚,在窗外一听。不听时万事全休,只一听时,不知弄出什么事来,且听下回分解。

第四十一回 除奸淫夜斩沈三郎 包行恭大闹杏花村

却说包行恭是个精细之人,听得这声咳嗽不像女子,就在窗外一听。刚听得一个男子声音,只说得“嫂嫂”两字,忽闻苏氏惊骇起来,道:“啊呀,窗外好似人影。”行恭自知失了检点,即便飞身跳上楼屋,俯伏倾听。只闻苏氏“呀”的推开楼窗,道:“没有什么。”一个男子的声音说道:“我说是狸奴,你只不信。那遮檐板上怎的立得人吗?”苏氏将窗带转,说道:“沈郎,你不知包叔叔是学过剑术的人,是个有本领的。”

行恭听了,心中早已明白,随即依旧回到厢房。暗想:“哥哥如此好人,不道遇此淫妇。我不知也罢了,既然知了,怎好袖手旁观?将来难免被奸夫淫妇所算。若待寄安回来,告知此事,却有许多不便,这个断断使不得,反要害他性命。又要周全他脸面,却便如何是好?”想了一会儿,不觉自已失笑道:“我却怎的愚笨!只要如此,便是万全之计。此人姓沈,不知叫什么名字。只是我认不得他,少停待我等他出来,认定面相,方可行事。”

到了四更以后,包行恭跳上瓦房。来到后门对面一株女贞子树上,坐在丫枝上等待。哪知却不见出来。看看东方已白,红日将升,只得回到厢房。暗想:“怎的不见出来?难道大门内出去不成?莫非这厮整日匿在楼里?”哪知沈三连住三日。

那一日乃是正月十七,行恭到了四更时候,又向树上坐着。忽听得启户之声。只见王妈送一个后生来,便关了门进去。那后生低着头,向西而去;包行恭跳将下来,一路跟去。来到离城半里之遥,有一条塘岸,一面沿着官塘,一面却是松林,地名叫做南塘,却是旷野无人之处。

行恭在松林内抄到前面,等待这后生经过,便从林子里窜将出来,只一把,好似鹞鹰抓住小鸡,直提到林子里边。沈三见他浑身黑色,紧装扎束,腰间一把宝剑,还道是个断路的歹人,便道:“好汉,你要银子,只管搜去便了,不要伤我性命。”包行恭道:“我却不要银子,只要你的性命!”说罢把宝剑扯在手中。

沈三唬得魂飞天外,跪了下来,只求饶命。行恭道:“饶你不难,你只把姓什么,叫什么,家住哪里,与孙寄安妻子几时私通,一一说明,我便放你。”沈三战战兢兢地说道:“小人姓沈,名醴泉,排行第三。与那苏氏交往,未满一月。可怜我世代单传,并无子息,妻子年轻,家中还有八十三岁一个老母,望好汉饶我一条狗命,以后再不敢到他家的了。”包行恭道:“我也对你说了,我乃姓包,名行恭,江南苏州人氏,与孙寄安八拜之交。本当放你回家,只是我这口宝剑,采五金之精英,合龙虎之灵药,炼之三年,方能成就。虽云锋利,实未试验,今日有缘,得遇足下,难为你发一个利市!”说罢手起剑落,把沈三分为两段。

看那剑上血不留滞,果然锋利!一手把沈三首级提将起来,望着塘河内咕咚一声丢去。在他身上割下一块衣角,蘸着血,在衣襟上写了八个字,乃:“奸淫妇女,云阳生斩。”把剑插入鞘内,即便回转孙家,心中好不没趣。又不知寄安何日回来,那嫂子这般淫贱,我住在此间则甚?便写了一封书信,书中辞别他,先到江南,劝他在本地营生,休再离乡背井到远方贸易,免得家中没人照应等语。把信封好了,交与苏氏,辞别了要走。苏氏挽留不住,只得由他自去。

后来有人传说,南塘松林内有个无头尸首,身上穿的绣百蝶湖色海青衫,衣襟上写着血书,说是云阳生所杀。王妈听得这个消息,报知苏氏,正在疑心,莫非就是沈三?又听得说沈三家人已去认看,果是沈三,只寻不见脑袋,现在襄阳县出城相验了。

苏氏吃了一惊,心中好不悲伤,暗暗哭了一会儿。忽然醒悟道:“沈三却是被包行恭所杀,怪不得他要紧脱身而去。”王妈道:“大娘子怎见得是包大爷所杀?”苏氏道:“他的师父,不是叫云阳生吗?一定是他知了风声,将沈郎杀死,却推在他的师父身上，使那县官不敢追究。”原来陕西、湖北一带，十三生的名声浩大，无人不惧怕。果然襄阳县见了是云阳生所杀，不敢穷追，只当具文故事，名为缉访凶身，实是遮人耳目罢了。直到寄安回家，行恭去已半月。见了留别的书信，寄安就在襄阳开了爿生药铺，从此不到远方做客。

且把襄阳之事一笔勾开，单说包行恭辞别苏氏，离了襄阳，向东大路而行。过了荆门、武昌，由兴国、九江到漳泽，雇一辆车子，一路日行夜宿。此路到江南，要经过饶州、休宁、广信、开化等处，一路江西、安徽交界，犬牙相错。在路行了半月有余，那一日来到兴安县地界，乃是江西交管。正值仲春时候，融和天气暴暖。

行到午晌时候，望见前面树林中，挑出一面蓝布的酒帘。包行恭顾问车夫：“前面什么地方？”车夫道：“大爷，前面过去二三里，有个大市镇来了，唤做张家堡，乃东西往来孔道。那里车马辐辏，人烟稠密，妓馆青楼，鳞次栉比。爷若喜欢顽耍，在此住几日去。此地的店铺，不亚于南昌，城内尽有大客寓，房屋宽敞。晚上有行妓到来，任客选择。有几家大酒馆，出名的好酒菜，而且价钱公道。”包行恭道：“一个乡镇罢了，怎的这般热闹？靠那过往客商，倒有如此生意。”车夫道：“爷们不知。这张家堡，出名的叫做小景德镇。堡上方圆一带，有数十家窑户，专做上细的瓷器。各处客商不到景德镇时，都来此地进货。每一家碗窑上，一年要做好几万银子生意。故此各店家买卖甚好。若单靠过往客商，怎立得起偌大市面吗？”包行恭道：“原来如此。”

一路讲讲说说，已到镇上。只见一爿茶肆，甚是浩敞。包行恭道：我口渴得紧，在此吃杯茶再作道理。”便跳下车来，就在沿街桌子泡了一壶茶，坐将下来。看那对面，却是一家酒肆，那蓝布帘上，写着“杏花村”三字。门面虽只一间，望到里边坐头，却也不少饮酒的人。出出进进，甚是热闹。面前系着一匹白马，鞍鞒踏凳，装饰得甚是华丽。

正在看时，只见店中走出一个后生来，年纪二十左右，却是有些面善，从那里见过的样子。那后生见了行恭，将他上下身看了一看，走到东面去了。不多时，依旧走入酒店，进门的时候，回转头来把行恭一看，也像认得的光景。行恭想了一会，再也想不出来。车夫道：“大爷，对门的高粱酒是有名的，爷如喜用酒的，何不过去吃一杯？”包行恭道：“你喜欢吃酒，我就同你去吃一杯。”车夫听了大喜。

二人立起身来，正要走到对门，忽听得酒店里边一片声扰攘起来。丁丁当当，乒乒乓乓，好似碗盏壶瓶、台杌桌凳尽行翻身的样子。望到里边，人头挤挤，只打得烟尘飞起，落乱纷纷。有几个人飞奔出来，一路向东而去，好似唤人的样子。

二人便立定了，看不多时，来了四五十个大汉，手中短棍的短棍，铁尺的铁尺，一拥而进。车夫道：“这班人都是窑上做工的，最喜打架。他们齐心得狠，若吃了亏时，一呼百应。今日这两个过客惹了他们，终没便宜。”只听得里边厮打之声，只少得房屋翻身。外面的只管陆续进去。车夫道：“只五六间房屋，只怕挤得满了。”隔了一刻，里面的人纷纷回出来，外面的人还要进去，两下挤住。只见一个黑脸大汉，手执二条台子脚，横七竖八，一路打出来了。那些人挡他不住，口里只叫：“不要被他走了!"

包行恭正要回到茶坊里去,不料那黑大汉已到面前,不分青红皂白,抬脚向行恭夹背打来。行恭方才旋转身子要走,不防他打,故此打个正着,觉得十分沉重,不禁大怒起来。要知二人交手情形,且听下回分解。

第四十二回　张家堡厮打成相识　英雄馆举鼎遇故人

却说包行恭回身要走,不防他夹背打来。虽不大碍,却也受着微伤,心中大怒起来。回转身躯,正待发作,他却又是一下打来。行恭将身偏过,音道:"此人好生无礼!怪不得动了众怒。"便去众人手内夺过一条棍子,就在街上与那汉子对垒起来。众人团团围住了吆喝,却也不敢上前。

二人一来一往,打了二三十个回合,那黑大汉渐渐的气力不加,招架不来。行恭见他只是发喘,越发逼紧上来。打到四十个回合,行恭卖个破绽,让他打过门来,将身闪过一边,飞起一脚,把黑汉踢倒在地。赶上一步,将夹背心抓住,把铁尺丢去,提起拳头便打。一连打了二十来下,只打得这黑大汉吼叫连连。行恭道:"你会叫时,老爷偏要打!"

提起拳头,正要打下,只见一位英雄,分开众人,大叫:"包贤弟,打不得。都是自家人!"行恭听了这声音好熟,扭转头来一看,原来却是狄洪道,连忙住手,道:"狄老兄,这位是谁?"洪道早已走到面前,附耳说道:"贤弟,这就是罗季芳。你们怎的打将起来?"罗季芳脱得身时,跳将起来,看见狄洪道到了,便道:"老狄,这厮打得我好苦,我不与他干休!"洪道道:"呆子,都是自已弟兄,快些一同去饮酒!"

包行恭忙向季芳作揖道:"小弟有眼不识泰山。冒犯大哥,罪该万死!还望大哥恕我。"季芳弄得难为情起来,便道:"罢了罢了!"对了洪道道:"老狄,你的令高徒,还在酒店里被众人围困着。"洪道道:"既如此,何不早说?"便同了行恭,一齐来到店中。

只见王能被众人围住，正在脱身不得，连忙大叫："各人住手!"那外面的窑上众人，跟进喝教住手："他们有人来此，评理便了!"众人遂住了手。洪道便问王能："你二人因何与他们厮打?"王能道："我们在此经过，罗师伯把他们的碗料碰翻了。我便问他们该值几何，如数赔偿便了；哪知此地的人不讲道理，只是不允。遂到这里酒店内请他们吃酒，问他到底要赔多少？他们只说无价，倒说：'杀了人要抵命，倒是容易，碰坏了我们的碗料，是没价的。'你道天下有这理吗?"

那些窑上人众口一词，大叫："我这里定下规矩，不独张家堡如此。你们不信，各处去问，就景德镇，也是一例。别的都有价的，惟有碗料没价，谁叫不让。你们若把烧好的瓷器碰碎了，有一只赔一只，不要诈你一文，只那碗料却是没价的。"

狄洪道对罗季芳道："大哥，你未出过远门，不知外边之事。他们实有这个规矩。只怪你自不小心。"便向众人道："他在哪里碰坏你的碗料?"众人道："就在东边三四家门首。"洪道道："既然在这里碰坏的，此地茶坊只有对门最近。请众位吃茶。"便先走到茶坊内，吩咐店家，每张桌子上泡八壶茶，总共多少银子？店家道："小店里二十张桌子，总共一百六十壶茶，每壶十个大钱。"洪道向身边取出银子，算清茶价，向众人拱一拱手，道："难为众位，小弟赔罪了!"众人面面相觑，都不做声。

洪道便同了行恭、季芳、王能一齐走了。行恭把一些银子给了车夫，便问道："狄道兄，他们初起不得了，怎的这般吃了一茶，便就没事?"狄洪道笑道："碗窑上规矩如此。每逢掮了碗料，便横冲直撞。你若略为碰了一碰，他便把肩上一担碗料丢在地上诈人，再也不得了。懂了他的法子，只要就近的茶馆内，合堂惠了茶钱，叫做满堂红，就没事了。碗料却不消作价。罗兄与小徒不知这个规矩，被他们拉到酒店里去，就不得开交，要诈你个不了。"

四人说着，走了半里多路，只见一座酒楼，招牌上写着"英雄馆"三字。包行恭道："这个店号取得别致。还是英雄卖酒，还是英雄饮酒?"狄洪道笑道："自然饮酒的是英雄，岂有开馆自称英雄之理。我们就暂做一刻英雄吧。"大家笑着上楼坐定，下楼酒保问过点菜，摆上美酒佳肴，四弟兄饮酒谈心。

王能道："方才我看见包师叔好生面熟，一时想不起来。"洪道道："亏你前年冬间会过，难道就忘了?"包行恭道："兄长休说他不记得，那时只会得一刻工夫，遂即分手，隔了年余，我见了他也觉面善，只是记不得哪里会来。"便问起徐鸣皋众人消息。狄洪道把前事一一说了，直到太平县失散之后，独自一人，再也寻他们不见。如今欲上南昌访寻，来此经过，见众人围着厮打，听得吼叫之声，好似罗大哥，故此进来一看，却不道与贤弟交手。便问："罗大哥怎的到此？鸣皋与小舫、李武，可曾见否?"

季芳道："我与王能两个被他们拿住了，解上江西，幸亏山中子救到他的船上，把我摇到一座高山。山上有个石洞，洞内有个老道士，却是那年在句曲山会过的。那老头儿就叫做玄贞子。留住我们，直到如今。终日吃些蔬菜，又没酒吃，挨得我要死。几次要想同王能逃下山来，这老儿会起卦的，他就预先说破了。后来决意私下走了，哪知走了一夜，仍在山头上面，再也寻不着下山道路来。直到前日，他叫我下山：'一路到江西南昌，众弟兄皆在那里候你。'哪知走得不到两日，便果然就逢着了你。"包行恭把自己下山以后之事也说了一遍。洪道道："我们如今同到南昌，再作道理。"众人都道："甚好。"大家开怀畅饮。

酒保添上酒来，狄洪道道："小二哥，你家的店号'英雄馆'三字，要算不通。若说开店是英雄，太觉夸口了；若说饮酒的是英雄，倘然不是英雄，难道不卖他吃？若说奉承主顾，何不称了状元馆、高升馆、集贤馆、迎仙馆，皆可取得，偏偏用这'英雄'两字，好像强盗开的口气。"酒保笑指着里面阁子里道："爷们不要问，这店号的缘故，只到阁子里去看了便知。"

众人听了，一齐立起身来，同到阁子里。只见上面几上供着一只古鼎，约有千斤之重，上有一块匾额，写着"临潼遗事"四字。中间一张桌子，朝外摆一把独坐。左边挂一牌，牌上写得明明白白："不论军民人等，能举起此鼎者，任吃不要钱。"右边也挂一牌，牌上空着，只有起头四字道"勇士芳名"，却并无人名写着，讲来没发过利市。

狄洪道便问酒保："你家店主人姓甚名谁？此鼎谅是他设法在此，可曾有人举过吗？"酒保道："不瞒爷们说，我家店主人，不知他姓什么，只晓得是湖北人。我们都称呼他姑老爷。这里店主娘娘姓王，店号叫做醉仙楼。去年招了那位姑老爷来，改名英雄馆，就设下这鼎来。至今七八个月了，举过的人不知几千几百，从没有举得起的。近来人人都晓得拿它不动，所以来举鼎的人稀少了。"

包行恭道："你家姑老爷可举得起吗？"酒保道："这倒不知道。"狄洪道道："他既设此，岂有举不起之理？"罗季芳道："谅这个小小鼎儿有多重，难道就没人拿得起来？"一面说，一面揎起双袖，两手执定鼎足，用力向上抬去。哪知好似苍蝇撼石柱，动也不动。洪道道："这个小小鼎儿，怎的倒重起来？"季芳道："老狄不要取笑，看你来！"洪道道："我却举他不得。"王能道："罗师伯，把鼎盖去了，便可举了。"季芳道："这个自然。"王能便替他去取鼎盖，哪知连盖都拿不起来。王能涨红了脸道："怎的沉重？"包行恭道："贤侄，据我看这鼎盖也有五百来斤，总共约有一千二三百斤，如何举得起来？"王能道："包师叔，你来。"包行恭道："只怕举他不起，被人笑话。"狄洪道道："都是自己的弟兄在此，这又何妨？"

包行恭把双袖卷起，双手执定鼎足，把全身功夫运在两膊之上，用尽平生之力，喝一声"起！"便将这鼎高高举起。将身行动几步，依旧放下。众人都喝彩道："好大力量！"行恭道："狄兄，你来。"洪道正要上前，只听得酒保同了外面吃客叫道："开店的来也！"众人看那边一位英雄上来，不知何等样人，且听下回分解。

第四十三回　南昌府群英聚首　兴隆楼兄弟重逢

却说众弟兄闻得店主人上楼，向外看时，只见一位英雄，头上蓝绸扎巾，身穿元缎褶子,英雄跷包,足上薄底乌缎骁靴,腰间悬一口宝刀,生得英气勃勃,威风凛凛。走到阁子里来,对着众弟兄唱个大喏道:“不知列位英雄来此,有失迎迓!”狄洪道仔细一看,大喜道:“吾道是谁,原来是焦大哥!”

那人见了洪道,失声:“哎呀,我说何方豪杰到此,岂知洪道兄驾临!”洪道便向季芳、王能道:“大哥,贤契,认得此位否? 便是湖北侠士焦大鹏哥哥。”当时季芳、行恭、王能连忙见礼,各通姓名。大鹏大喜,忙叫店伙换一席上等酒肴,与众位英雄接风。席间说起平日仰慕之心,大家欢喜。

大鹏问起洪道别后事情,洪道细说一遍。大鹏道:“小弟别后,相送王介生到了余姚,回到姑母家中住了几时,便到这里闲游。此地堡上有教师王伟如,单生一个女儿,名唤凤姑。却是女中豪杰,武艺高强。誓配英雄豪杰。因此高低难就,年纪二十三岁,尚未受聘。在此设立擂台,暗选婚配。小弟不知就里,上台比试,被我胜了他。她父亲将我留住,说明缘故,要招我为婿。小弟再三推辞,他父亲哪里肯放,我推辞不得,就赘在此间。因欲结识一班豪杰,故此改换店号,叫做英雄馆,打动过往英雄之意。里边设立此鼎,引诱豪杰出手,不意今日巧遇大哥与众位英雄,真乃天赐相逢,实为万幸!”

当日传杯弄盏,宾主尽欢而散。到了黄昏时,大鹏留住众弟兄,同到家中。离店不远,房屋十分气概。呼唤妻子王凤姑与众人相见过了。当夜结为异性骨肉。每日陪了众人各处游玩,丰盛酒肴相待,一连住了十余日。狄洪道等要到南昌寻访弟兄,焦大鹏设席饯行,又赠了各人盘费。临行时说道:“众位兄长先到南昌,小弟也要到来,亦未可知。”众人辞别了大鹏、凤姑,出了张家堡,望南昌进发。一路花红似锦,草碧如茵。雇了四骑牲口,弟兄们说说笑笑,颇不寂寞。

有话则长,无话则短。不一日来到南昌,打发赶牲口的回去,就在客寓中安歇。每日在热闹处去游览,不见弟兄们下落。那一日清早起来,各人梳洗已毕,店主人道:“今日四月十四,祖师圣诞,这里卫道观中十分热闹,九流三教,都有到来。爷们何不随喜随喜?”季芳道:“老狄,我们就去逛逛。”洪道、行恭都道甚妙,兄弟们倘有在此,或者碰见也未可知。随同了王能,出得寓所,一路径往卫道观而来。只见街坊上面,进香的红男绿女挤挤挨挨。到了观前,看那卫道观起造得规模宏大,殿阁崇峻。里边赶做买卖的,九流三教,好不热闹。也有茶篷酒篷,卖食物的,卖果子的,纷纷扰扰。

各处游玩了一番,回到观门口,只是熟识的,一个都不见面。包行恭道:“今日天气颇热,挤在人丛内,口渴得紧,我们买碗茶吃了去。”罗季芳道:“何不吃碗冷酒,却不胜这滚热的泡茶吗?”包行恭道:“罗大哥说得是,倒是冷酒解渴。”狄洪道指着道:“就是那个棚子里好吗?”

正要走去,忽听得背后一人叫道:“师父却在这里!”洪道回转头来一看,却是李武,大喜道:“你几时来的? 且一同去吃酒。”五人进了棚子,打了五斤瓮头春,点了几样下酒菜。洪道便问李武别后之事。

李武便将太平县逃出,以后遇见鸣皋,石埭村遇见方国才,大闹望山楼,力斩五虎，剿灭石埭山强盗，焚烧山寨，烧出一条火龙，几乎一齐送命，幸得霓裳子相救，斩了孽龙之事说了。“就同师叔二人，向南昌而来。那师叔性爱山水，见了好山好水，再也不肯走，就在山村住下。每日翻山爬岭，探异搜奇，一路东耽西搁，直到正月元宵，方至安义山中。二人正在行走，忽起一阵怪风，刮得尘土冲天，眼俱睁不开来。及至风过，那师叔不知哪里去了，四面瞭望，影踪全无。我又不敢走开，恐师叔来时，寻我不见，故此坐在树下等了好半天，只是不见。我就借住山村，各处打听，杳无下落。只得一路走，一路寻，直到三月初头，方才到此南昌。每日出来，寻访鸣皋及各位师伯。至今又是月余，却一个都没见。如今幸遇师父与罗师伯在此，就好商酌了。”

洪道就命李武见过了包师叔，李武向行恭叩了个头，立起来。大家又饮了，一面会过酒钞，出了卫道观，一路行来。洪道道：“如今妹丈不知下落，吉凶未卜，如何是好？”罗季芳道：“待我到安义山寻他。”李武道：“师伯又来了。这安义山周围数百里，山连山，山套山，你又知他走的哪一条路？小侄同行的人，眼见一时失去的，尚且没有寻处，师伯却从何处去寻觅？据我看来，这阵风甚是奇怪，只怕被妖魔摄去。”

王能道：“敢是大虫拖去？”洪道道：“胡说，他岂怕了大虫？”行恭道：“深山穷谷，何所不有。最厉害的东西，名为飞天夜叉，来去只一阵怪风，任你英雄好汉，都被他连皮带骨吃了。今照李武所言，有些相像。”众人听了，都呆着。那罗季芳大哭起来，便要李武领去安义山中，好歹寻个下落。

洪道道：“大哥休得如此。这里什么所在，惹出事来，非同儿戏。我想夜叉也伤他不得。前年夏邑山中有个夜叉，要吃伍天熊，也被他一锤打死，况乎妹丈英勇。”遂将徐庆说起的轩辕庙之事，说了一遍。

行恭道：“这却不同，夜叉亦分等类，这是寻常的夜叉罢了，只好当他畜类。若说飞天夜叉，乃神通广大，变化无穷。能变美妇孩童，昆虫鸟兽。非但可以隐形，并可门缝墙壁出入无碍，天神天将尚且捉他不住。亦能呼风唤雨，雷电相随。只是有件好处，他虽凶恶，却讲情理，无缘无故，不来吃你。他必变做绝色美女，引你调戏，你若然淫污了他，方才吃你。那徐兄谅不致此。”罗季芳道：“我家老二生平不贪女色的。”行恭道：“罗兄放心。吉人天相，少不得安然无事，过几日就会见。”洪道道：“但愿如兄之言。”

一路闲谈，只见有座大酒楼到来，沿窗坐着一个书生模样，轻摇纸扇，背窗而坐。李武指着对洪道道：“师父，你看此人可像慕容师伯否？”洪道抬起头来一看，便道：“果然。我们一同上去，若不是他，我们就在此用些酒饭，省得寓所去吃。”

众人都一齐上楼来，只见一枝梅、徐庆、杨小舫都在那里，还有一人却认不得。一枝梅等看见罗季芳同着一班兄弟上来，便一齐站将起来相接，大家欢喜，一同入席。周湘帆吩咐跑堂的添上杯箸，加上肴馔酒来。狄洪道便问这英雄姓名，并问他们几时相聚到此。一枝梅便把别后到了京都，留住几月，后来游到此地，遇徐庆、小舫，说起蒙这位周湘帆兄义气相投，结为兄弟，居在他家之事，细细说了一遍。

徐庆请教包行恭姓名，洪道道："此位是我师弟，便是云阳生师伯的高徒包行恭便是。"就把行恭奉师命下山到襄阳一席话，直说到张家堡一并相会，又遇草上飞也在堡上开店做买卖，并英雄馆之事，对众人说。一枝梅等都道："久慕包兄大名，今日幸得相逢，实慰平生！"行恭谦逊一会。

那罗季芳说起鸣皋一事，众人惊问情由。李武把前事告诉一遍，众人疑惑不定，都道凶多吉少。本则弟兄相会，又添了二位英雄兄弟，十分欢喜，只为了鸣皋之事，变喜为忧，大家没兴。周湘帆只得慰解道："事已如此，且莫着忙。如今众位且请到舍，兄弟们聚在一处，再做商量。城市居住不得，恐怕露眼不便。"狄洪道等谢了湘帆，便叫王能到寓所，取了衣包物件到了。

众人直吃到日落西山，共到湘帆家中。湘帆又吩咐家人备酒，与五位接风。席间议论鸣皋之事，一枝梅道："兄等休慌，待明日小弟去安义山中走一遭，上天入地，好歹寻个下落。"众人大喜，不知果然寻见，且听下回分解。

第四十四回　一枝梅安义山寻友　徐鸣皋元宵节遇妖

却说周湘帆大开筵席，与狄洪道等接风。众弟兄欢呼畅饮，虽则热闹，只因不见了鸣皋，觉得乏兴。一枝梅暗想："新添了两个豪杰兄弟，旧时的人个个齐集，单单少个鸣皋，就像军中没有了主将的样子。为义气上，我去找寻，比别人容易些。"当时便对众弟兄道："我明日到安义山中寻访鸣皋，务要得个下落回来。"徐庆道："慕容兄去时，可要李武同往？"一枝梅道："不必。他若同去，反觉累赘，倒是独自去的好。"众兄弟心中略慰。当夜尽欢而散。

到了次日，一枝梅轻装软扎，背插钢刀，辞别了众人，便向安义山而去。众弟兄同在周府盘桓，等候鸣皋消息。每日在家谈说时事，比比武艺，或是下下棋，或是饮酒，颇不寂寞。

我且让他们耽搁下去，如今再说那徐鸣皋，自从剿灭飞龙岭，与李武向江西而来。一路游山玩水，过了漳泽、新都，渡过都阳湖，来到安义山中，离南昌不过数日路程。那一日正是元宵佳节，行到一处地方，群峰围绕，树木甚多，赞道："好个所在！你看沿溪一带，都是倒垂杨柳；溪涧中山水澄清，游鳞可数。山坡上碧草如茵，兰香阵阵；树间鸟语鞫鞫，春风拂拂。"二人缓步而行，观之不足。

忽然间树林里卷起一阵怪风，刮得飞沙走石，霎时间天昏地暗。这阵风团团旋将起来，便觉身不由己，如在云雾之中，不知东南西北。一会儿风定，抬头一看，依然旭日当空，回转头来，不见了李武。暗想："这又奇了，难道被风吹去不成？"遂往四处寻，哪里有个影子。寻了一回，只见金乌西坠，玉兔东升，只得向前而行。

沿溪弯弯曲曲，前面有一所高大房廊。心中想道：天色已晚，腹中又饿，不如就此借宿一宵。走上前来，只见朱门铜环，双扉紧闭。暗想："深山之中，却有阀阅之家。谅是朝内公卿，退居林下，爱那山明水秀，隐居在此。"便去敲门。里边走出一个门公开了门,便问:“相公从哪里来,到此何事?”鸣皋道:“在下乃江南人氏,路迷贵处。天色已晚,欲求府上借宿一宵,明日早行。”门公道:“既然如此,且请少待,我去禀过主人可否,回覆与你。”鸣皋道:“有劳你了。”那门公去不多时,出来道:“相公,我家主人相请。”

鸣皋走进里边,来到厅上,主人立在中堂相候。却是个美貌妇人,年约二十多岁,生得体态风流。头上挽起朝天髻,鬓边簪着几朵兰花,珠环金饰,翠羽明珰;身穿月白绣五彩花袄儿,系一条鹅黄带子;湘裙底下,微露三寸弓鞋,好似红菱相仿。鸣皋抢步上前,深深作了一揖道:“小生路经贵府,天色已晚,欲求借宿一宵,感德非浅。”那妇人启齿嫣然笑道:“我家并无男子,本则不便相留。今见君是个风雅之客,怎好推却?”鸣皋谢过了,分宾主坐下,妇人便唤桂香送茶。只见一个十三四岁的丫鬟,捧出一盏茶来。

那妇人道:“郎君江南那一郡县,高姓大名?”鸣皋道:“小生姓徐名鹤,表字鸣皋,家住扬州府江都县太平村上。”妇人听了,大喜道:“莫非就是小孟尝君徐八爷吗?久慕大名,今日幸得相逢!”忙叫桂香快去端整酒肴,与八爷晚膳。鸣皋谢道:“承蒙留宿,感恩非浅,怎好相扰,敢问尊府贵姓?”妇人道:“我家姓白。公公在日,位立朝纲。妾身常氏,名唤芳兰,丈夫已死,亲族全无,只剩苍头白贵,使女桂香。幸有山田数亩,仅免冻馁,几间屋宇,聊避风雨而已。”

说话之间,桂香捧出酒肴来,芳兰亲自陪侍,殷切相劝。鸣皋细看芳兰,生得千娇百媚,分外妖娆。桂香在旁斟酒,你一杯,我一杯。芳兰言语之间,挑逗鸣皋,时把秋波送情。鸣皋如此一个顶天立地的豪杰,竟然拿不定主意起来。

却是为何?原来这妇人并非人类,乃是修炼千年的妖精,要迷死三百六十五个男子,便可位列仙班,成其正果。今已迷死三百五十五人,恰巧鸣皋到来。那妖精知道他十世童男转凡,精神元气与众不同,只要迷死了他,可以代得十人,立时白日飞升。故此作法起来,一阵妖风将他摄来。方才酒内已下了迷药,所以徐鸣皋心中昏乱,迷失本真。

当时酒阑席散,携手入房,成其美事。从此中了妖毒,把众兄弟等置之度外,每日与芳兰调笑。过了十来天,渐觉身子疲软,精神恍惚。那芳兰日夜鏖战不已,每逢欢乐之际,觉那妇人阴户中,有如吸取之状,则阳精大泄,身子便不胜惫倦。鸣皋心虽渐厌,尚不忍拒绝。到了半月,竟而卧床不起,口吐鲜血,饮食不思。一日桂香送一杯茶来,鸣皋接在手中欲吃,忽见杯中影子,照见面容憔悴,脸肉尽削,连自己都认不得了,心中大惊,暗想:“我来此只有半月,怎的便就如此?我看这妇人有些蹊跷。”

俗语说得好:“天下无难事,只要有心人”。世上的妖精迷人,与娼妓迷客一般。起初溺爱之时,随你当面说他是妖精迷你,娼妓是假情假义,再也劝不醒。及至自己醒悟,便能看出妖精的行踪诡秘,娼妓的口是心非来了。然而等到这种地步,却是迟了。如今徐鸣皋见芳兰一味淫欲,全无怜惜之意。那调笑殷勤,都非真意,一切举动行为,皆与常人有异,疑她主仆非人,越看越像。心中虽是惧怕,面上却不敢露出来;欲想得空逃走,却又挣扎不起。暗想:"我徐某难道死在这里?"

过了几日,病势日增,耳中虚鸣,眼目昏花。那夜芳兰又要与他交媾,鸣皋力不从心,一意拒绝。芳兰嬲之不已,鸣皋正色道:"你即欲如此,真个要我死吗?"芳兰听了此言,恼羞成怒,立起身来,放下了脸道:"你还想活命吗?"说罢,走出房外去了。鸣皋明明知是个妖精,只是无可奈何。

少顷,朦胧睡去,梦与芳兰上床来交媾,四肢无力,拒她不得。醒来困乏不堪,暗想:"今番我命难保。别的不打紧,只是妻子朋友,没个见面,我死了无人知晓,尸骨不得还乡。想我一生如此为人,自命豪杰,枉称赛孟尝君,却死在一个妇人之手!"想到其间,不觉流下几滴英雄泪来。举目看时,芳兰主仆不知哪里去了。台上银钮点着,知道天已黑了。侧耳倾听,并无声息,暗道:"此时主仆都不在此,若能逃了出去,还可活命。想我学了一身武艺,如此工夫难道就挣扎不起?待我来运动了全身工行,强整精神,若能上得瓦房,便可出去。"

主意已定,勉强爬得起来,把衣服紧紧扎束,挎了单刀,运动蛇腹工,正欲向楼窗内跳出。谁知一个头晕,依然倒在床上。叹道:"英雄只怕病来磨,今日方才相信。"我生平如此本领,却到哪里去了?我若从楼梯而下,必然遇见芳兰主仆,怎肯放我出去?又不知他是什么妖精,休被她发恼起来把我吃了,连个全尸都不能了。还是与她好好商量,死后将我埋葬,或者肯从,亦未可知。"

那徐鸣皋胡思乱想,好不凄凉,哪知救星来了。只见楼窗内烁的一闪,鸣皋知是飞行之辈。定睛一看,只见一人浑身黑色,小小身材,头上一个英雄结,身穿密门纽扣窄袖短袄,下面兜当叉裤,足上踢杀虎快鞋,腰间雪亮的钢刀,从楼窗内飞身进来。见了鸣皋,跪在地下道:"大爷莫非扬州徐八爷吗?"鸣皋将他一看,却认不得。"快在我背上,待我来背负你出来,若被妖精知觉,便难脱身。"鸣皋大喜,暗道:"谢天谢地,徐氏祖宗有灵,来此异人相救!"连忙趴在那人背上。

那人取下一条衣带,把鸣皋斜肩缚住,正欲跳上楼房,忽听得楼梯上弓鞋琐碎之声,登登连属,知道芳兰主仆上来。不知那人可能救出,且听下回分解。

第四十五回 安义山主仆重逢 梅村道兄弟聚会

却说那位侠客把鸣皋背负停当,听得楼梯上有人上来,便向楼窗内飞身而出,在瓦房上两三跃,已至外面。在路如飞一般,不多时来到山坡之下,把鸣皋放了下来,在石上坐定,跪将下去,对鸣皋拜了四拜,道:"八爷认得我吗?"鸣皋愕然道:"承蒙相救,实不认得,请教贵姓大名?"那人道:"小人非别,乃向系服侍八爷的。"

鸣皋仔细一看,却依稀有些认识,猛然省悟,便道:"你莫非徐寿吗?"那人道:"小人正是徐寿。"鸣皋道:"你跟了师父一去数年,如今再认不得。今日怎知我有难,却来救我?"徐寿道:"自从那年奉了主人之命,跟随师父,学得一身武艺。此时众师伯在此安义山聚会,奉了玄贞大师伯之命,特来相救主人。"鸣皋道:"如今众位师伯在哪里？”徐寿道：“师父同了众师伯各个分手，往别处云游去了，只有玄贞师伯在岭上候着主人。”鸣皋道：“我身子疲乏，上不得山岭，你负我去见师伯。”

徐寿便依旧背负了鸣皋，上了山岗。在树林深处，一个山洞之中，内有一片空场，遥见玄贞子在树下盘膝而坐。徐寿把鸣皋放在石上，走去参见了玄贞子，禀称：“奉命相请主人，现已在此。”玄贞子便命鸣皋相见。鸣皋参见已毕，细看玄贞子相貌，果然就是那年在句曲山所见的老道长，便叩谢了相救之恩。

玄贞子道：“贤契，你所遇之人，乃千载蟒蛇。今虽救得出来，你身受毒气，若不早治，仍难活命。”鸣皋长跪求救。玄贞子便向葫芦内倒出三粒丹丸，命徐寿取些泉水，与鸣皋吞下。不多时，腹中作痛，雷鸣也似响了一会，泻出斗余黑水来，顿觉神气舒展，身子健利。

谢过了师伯，便问：“弟子此去江西，可能与众兄弟相会？宁王气数如何？望师伯指教。”玄贞子道：“宁王早晚终当伏法，目今时候未到。你只尽心竭力，为民除害，暗助王家，铲除奸恶，便是修道一般。现在众兄弟都在南昌候你，你师父亦可会见。”又对徐寿道：“你好好跟了主人，同到南昌，会见众英豪，建功立业，也不枉你师父教导一场。你主人病根虽拔，身体虚弱，一路好生服侍。到前途雇乘车儿，竟到南昌去吧。”又对鸣皋道：“贤契前途保重，后会有期。我今要到雁宕山访友，你好生去吧。”鸣皋恋恋不舍。只见玄贞子站起身来，将大袖一举，化作一阵清风而去。

鸣皋呆了半晌，叹道：“我徐鸣皋没福，若能跟随了玄贞师伯学道名山，要这百万家私何用？”徐寿道：“主人不必愁恼。只要善行圆满，少不得也成仙道。如今待我背负主人前去，寻觅车辆。”鸣皋依言。徐寿便负了主人，登山过岭，来到村市之间，雇下一辆车子。吩咐推车的慢慢而行，每天只行二十多里就住了，在路调养。因此直到五月，方才到得南昌。看官，鸣皋这一日到南昌府时，一枝梅去已半月有余，二人在路上错过，未曾遇见的。

鸣皋到了南昌地界，离城还有七八里之遥，地名叫做梅村。却并没梅花，又无村落。一条弯弯曲曲的官道，两旁尽是枣树，遮得日影全无，清风习习，好不凉快。主仆二人在车上谈说前情，忽见一只兔儿向车中窜过，钻入草中。抬头见有一只老雕，觑定草中，在半天里盘旋，要想吃这兔子。徐寿笑道：“八爷，你看这老鹰一心要吃兔儿，待我来赏他一箭。”鸣皋道：“他吃兔儿，干你甚事？却去伤他性命。”徐寿笑道：“虽则杀命养命，也算是锄暴安良。”鸣皋听了不觉失笑。

原来那徐寿练就一件利器，却是百步穿杨的弩箭。他的弩箭不用铁做，乃将坚竹削成，锋利异常，一管内能安十枝，可以联络发出，端的百发百中，略如袖剑相仿，只消拨动机关，其弩便出。说时迟，那时快，鸣皋见他把手一招，那只老雕在半天中骨碌碌连打几个翻身，落在草中。那车夫也是个少年好事，一见大喜道：“好呀！”说着把车子歇下，赶到那边，将雕连箭取将过来，笑道：“爷们真好眼力，这枝箭不偏不倚，恰好射在鸟头上。怪道偌大一只老雕，吃了一箭就动也不动的了。”

徐寿正把手来接，只听得树林里有人喝道：“好大胆的贼徒！你敢射死我的猎雕，管教将你来偿命！”鸣皋抬头一看，只见树林里赶出一个少年，背后跟着两个家人，拿着鸟枪铁叉，挂了些雉儿野味。那少年年纪二十光景，生得唇红齿白，衣服丽鲜，手执弓，背插箭，满面怒容。

徐寿听他出言不逊，早已大怒，便跳下车来，道："我便射死了你猎雕，却待怎的，你就出口伤人！惹得小爷性起，休说一只鸟，连你这小杂种也射死了，有你小爷可来偿命？”那少年听了，正如三昧火冒上了顶梁门，大叫："罢了，罢了！”便抢步过来，劈面一拳。鸣皋连忙喝住，哪知徐寿一把早将少年拳头接住，扯将过来，提起拳头便打。鸣皋慌忙跳下车来分开，早被徐寿打了七八下，打得鼻青嘴肿。徐寿松了手时，便同了两个跟人，一溜烟逃进树林中去了。

鸣皋把徐寿埋怨了一会，看了这只猎雕，对徐寿道："这只雕头上有角，名为角雕，端的要值一二十两银子。被你射死了，岂不可惜？”正在责备徐寿，只见方才的少年同了两个汉子，在后面大路上如飞也似的赶来，大叫道："还我活雕，放你们过去！”鸣皋正待分辨，那为首的一个已到面前，大喝道："大胆匹夫，射死我们角雕，还敢痛打我家兄弟，你也吃我一拳！”

鸣皋道："大哥有话好说。”言还未毕，那徐寿早已钻将过去，望那人打个毒龙探爪。那人大怒，也不答话，上手便打。鸣皋上前劝解，谁知后面那汉子只道他相帮动手，便一个腾步跳过来，两劈手向鸣皋肩上打下。鸣皋只得招架。四个人就在当路厮打起来，那少年立在旁边看打，只不敢上前相帮。

四人分了两对，打了五六十个照面。鸣皋虽则病后，到底本领高强，徐寿正是初出山的老虎，分外精神，故此这两人渐渐拳法不佳。忽听得后面有许多人赶来，大叫："兄弟休慌，我等来也！”鸣皋吃了一惊，暗想：这两个已经够对垒，今若再有本事高的到来帮助，如之奈何？远远望去，约有五六位好汉，看起来都不是寻常之辈，心内正在着慌，那班好汉已到面前，一齐大叫道："你们快些住手，都是自家弟兄！”

鸣皋等四人便一同住手，将那来人一看，叫声："哎呀！”正是踏破铁鞋无觅处，得来全不费工夫。你道来的一班是何等之人？原来就是季芳、徐庆、狄洪道、杨小舫、王能、李武。先前同徐寿交手的，便是周湘帆；同鸣皋交手的，便是包行恭。那个射猎的少年，乃周湘帆堂弟，名叫周莲卿。

当时周湘帆、包行恭知道这位就是徐鸣皋，好似半天中落下了一件宝贝，连忙过来谢罪，拜倒在地。鸣皋连忙还礼。周莲卿也是久慕鸣皋的大名，慌忙过来相见赔罪，便问："此位是谁，却如此英雄了得？”鸣皋道："这是小弟的家童徐寿，十分无礼，射死尊雕，礼当重责。”莲卿道："小事小事，一个鸟儿罢了，值得什么？”徐寿也向莲卿赔罪。湘帆道："寿哥不必介意！”莲卿道："小弟浮伤罢了，都是自己弟兄，休得挂怀。”众弟兄各个大喜。湘帆道："寒舍就在前面不远，徐兄同到舍下坐谈。”鸣皋谢了，就打发车夫回转。

众兄弟大家步行，一路说说谈谈，不多时已到周家，来至厅上，大家重新见礼坐下。湘帆忙叫快备上等官肴来，与鸣皋兄接风。堂中摆开盛筵，各人就席。罗季芳等问起鸣皋别后事情，鸣皋一一说了。又把众弟兄离合情由，各个细述一遍。这日重新结义，欢喜非常。不知后事如何，且听下回分解。

第四十六回　黄三保狐假虎威　徐鸣皋为朋雪耻

却说众弟兄今日大总，结义大会，只少一枝梅一人。各个跪将下去，祷告通诚：有难同当，有福共享，一人有难，众人救之，众人俱有难，虽独力亦须设法相救。拜毕论定年龄，乃罗季芳、一枝梅、徐庆、徐鸣皋、杨小舫、狄洪道、包行恭、周湘帆、王能、李武、徐寿，共十一位英雄。各人写了一张三代履历、籍贯，并众弟兄年月日时。

徐庆道："我家伍天熊兄弟虽不在此间，与我情同骨肉。况他英雄了得，现与弟妇鲍三娘镇守九龙山，也把他写在上面。"众人都道甚好。论他年纪，与李武同庚，只小一个月，却比徐寿大三载，将他排在李武之下。徐寿之上，共成十二位豪杰。后来宁王造反，王守仁拜师，奉旨征讨叛逆，众弟兄在山东大败下来，被郟天庆迫得上天无路，入地无门，幸亏伍天熊夫妇相救，此是后话。

且说众兄弟快乐异常，吃得大醉方休。从此同住湘帆家内。过了半月，不见一枝梅回来。鸣皋暗想：他为我而去，不要也遇了此妖，伤了性命。心上过意不去。一日众弟兄都在家中闲坐。只见周莲卿同了一个家人奔到里边，却被人打得不成样子，身上衣衫扯得粉碎，遍体打得寸骨寸伤，只叫："小弟今日被黄三保打死了，兄长要替我报仇！"

湘帆细问那跟去的家人，家人道："今日五爷在韦云娘家玩要，不料黄三保这厮也到云娘家来寻欢。韦妈妈回他有客在此，叫他明日来。那厮暴跳如雷，就打韦妈一记巴掌，骂道：'什么大客人，哪里来的野贼，黄老爷到来都不快让！叫这乌龟滚蛋，若是迟了，叫他认得黄三爷的厉害！'韦妈再三赔礼，说道：'这位是周公子，乃周大爷的兄弟，非比他人，望黄大爷看顾婆子的面，请明日来吧。'岂知那厮十分无礼，倒大怒起来，骂道：'周湘帆一个窑户罢了。你就拿他来压倒我！我本要寻他的事，他若到来。我就打得他来得去不得！'还用噜噜苏苏许多不好听的话，一准要把五爷立时赶出门去。五爷听得实在过不去，回了他几句。哪知这厮便赶到里边，将五爷难为，打得遍体鳞伤。幸得韦云娘竭力劝止，方才得脱性命，不然真个要被他打死。"

众英雄听了一齐大怒，道："这黄三保是何等之人？就如此强横，这等无礼！"湘帆道："众位兄长，说也惭愧。这黄三保原是本地人，向系在南昌府充当贱役，做一个马快。他与我贴壁邻舍，小弟见他贫苦，时常周济他银钱。后在宁王府内刷马，宁王见了有些本领，提拔他做了都头，他就搬进城去。近来宁王立了八虎将名目，内有一个禁军总教头，叫做铁昂，十分宠任。三保就拜他为师，现在保举他做了副教头。正是小人得福便轻狂，把本来面目全然忘却，却来恩将仇报！今日把五弟打得身受重伤，若不与他报此冤仇，有何面目立于人世！况且先伯父所生五子，只存五弟一人，今日被他打得如此模样，我何颜对答他父亲于冥冥之中。”

鸣皋道：“八弟休得烦恼，愚兄与你报仇！”便叫徐庆与莲卿医伤，一面唤家人：“引领我去！”湘帆恐怕鸣皋把他打死，弄出来事，便道：“四兄，小弟同你前去便了。”季芳等众人都要去，鸣皋道：“他只一个人，我们去这许多，却不被他耻笑，只说我们靠着人多。”湘帆道：“四兄言之有理。”众人只得住了。

湘帆同了鸣皋，竟到韦云娘家来。原来韦妈的勾栏却是个私窝子，并无多少粉头。只有这云娘，今年一十九岁，生得风流俊俏，书画琴棋，件件都能。住在兴隆馆间壁，门前扬州式矮闼门，并没堂名，却像住家一般。湘帆便去敲门，里边黄三保正在大碗饮酒，吃得七八分酒意。

韦妈听得叩门，连忙亲自出来开，看见了湘帆，轻轻说道：“周大爷，这厮还没去哩，大爷莫非要向他说话吗？还望等他出来。”湘帆道：“妈妈放心，我只问他一声。倘然损坏家具，照数赔偿。天大事情，我周某决不累你！”韦妈笑道：“我怕不晓得，大爷是个江西豪杰。只是且等一等，待我送个信与这厮，免得他怪怨我。”鸣皋道：“也说得在理。你且先去，我们随后就来。”

韦妈慌慌张张回到房中，喊道：“黄大爷，快些避开了罢，周大爷亲自来问罪了。”黄三保听了大怒道：“我怕他不成！”韦妈假意扯住，道：“周大爷不是好惹的，你须仔细着。”三保越发大怒，把韦妈推开，一脚踢开椅子，跳出房来，恰好鸣皋已到。

三保见不是湘帆，倒呆了一呆，被鸣皋一掌打来，正着在肩上，身子倒退了三四步，几乎跌下。暗想：“这厮好气力！倒要当心与他。”便旋转身来，起两个拳头，使个蜜蜂进洞之势，向鸣皋两太阳穴打来。鸣皋使个童子拜观音，两条手向上分去，变成个脱袍让位之势。三保收回拳头，向中三路直插进来，名为御带围腰之势。鸣皋将两手落下来，向左右格开，唤做黄莺圈掌。

二人一来一往，打上十来条手臂，那黄三保怎敌得徐鸣皋的神力。三保使个浪子踢球，一脚飞来，却被鸣皋起三个指头接住，逞势一拉，那黄三保跌个倒垂莲。被鸣皋上下身排一顿，也把他打得遍体俱伤，衣衫扯得粉碎。周湘帆恐怕打死了，便道：“四兄，看我分上，再打二下，饶了他罢。”鸣皋道：“他会出口伤人，我叫他骂不出来！”便向三保嘴上一拳，打得黄三保满口鲜血，落下了四颗门牙。鸣皋把手一松，三保便一骨碌爬将起来，向外便走，指着湘帆道：“周大，你好，我只叫你不要忙！”湘帆道：“我偏怕你！明日在此等你，看你使出什么手段来？”三保道：“不来不算好汉！”说着一溜烟走了。

时候已晚，湘帆安慰了韦妈，便同鸣皋回到家中。众人忙问：“今日会见三保怎样？”鸣皋把方才相打之事说了。徐庆道：“既然八弟应许明日等他，若不去时，却又输了锐气，只不知这黄三保有甚能为？”湘帆道：“他不过靠一个铁昂罢了，别的有甚能为？”鸣皋道：“这铁昂本领如何？”湘帆道：“铁昂的师父，就是王府里第一个勇士，叫郯天庆。不过这厮蛮力甚大，宁王府前的大石狮，他双手擎来擎去，如搬台椅一般。目今宁王宠爱他，提拔他做了禁军都教头之职，列在八虎将之内，故此那断骄横非凡。这黄三保拜他为师，靠他威势，胆大妄为。"

杨小舫道："我们要去，也须定个计策。众兄弟陆续而上，方有呼应。宛比用兵一般，有了伏兵救应，虽少可以胜多。"鸣皋道："五弟之言有理。那韦妈的勾栏院，正在兴隆楼酒馆间壁。我们到了明日，众弟兄在楼上饮酒，分开两处坐开。命家人探听得那厮到来，有多少人，见机行事。先去几位交起手来，若胜不得他，再添几个接应。留王能、李武在兴隆楼打听消息。"众人都道："如此甚好。"

不说这里准备明朝厮打，再说黄三保回进城中，一直赶到铁昂公馆中来。铁昂看见大惊，忙问："徒弟，为何弄得如此狼狈，同谁厮打？"黄三保把周湘帆打他的事，一五一十哭诉了一遍，把自己不是处隐过了，只说他们许多不是。

铁昂问道："那个动手之人，却是何等之人，你吃他打得如此？"三保道："他们都是窑上做工的乡下人罢了，有些蛮力而已。今日徒弟酒已醉了，双拳难敌他四手。我临走说出师父的大名来，岂知那些人全然不怕，倒把师父大骂一场。又说明日在那里等候师父，到要把你抽筋剥皮，故此徒弟特来告禀师父得知。师父若是怕他们时，还是不去的好，省得为徒弟面上，被他们当真剥了皮去。"

那铁昂原是个莽夫，听了三保之言，顿时大怒起来，大骂周湘帆："我与你风马无关，你却这般欺我徒弟！我有伤药在此，快些吃了，明日同你报仇。若不打死湘帆，非为人也！"不知明日胜负如何，且听下回分解。

第四十七回　众义士大闹勾栏院　徐鸣皋痛打铁教头

却说那铁教头是个有勇无谋之辈，听了黄三保之言，信以为真。到了来日，用过午饭，同三保来到韦云娘勾栏中来。三保吩咐排开酒筵，款待铁昂师徒二人。你一杯，我一盏，只等周湘帆到来，要报昨日之仇。

再说周家众位英雄，个个摩拳擦掌。一到来日天明，各人梳洗已毕，湘帆吩咐莲卿好生在家静养，自己同了罗季芳、徐庆、徐鸣皋、杨小舫、狄洪道、包行恭、王能、李武、徐寿共十位弟兄，带了两个家人，一路来到兴隆楼上。湘帆吩咐酒保摆上两席佳肴，众兄弟入席饮酒。

这日天气炎热，汗出如雨，众弟兄多不耐烦。鸣皋道："常言夏不登楼，你看栏杆上手都把不上去。"罗季芳道："老二，何不移到下面厅上去吧？"周湘帆道："还是楼上有些风吹，若到厅下，风息全无，更加气闷。"杨小舫指着楼下道："罗大哥，你看店门对面杨树底下倒十分爽快，风又好，又蔽日光。"

季芳走到楼窗一看，拍手道："我们都是呆子，舍了这仙境所在，倒来火箱里烘逼。"大叫："酒保过来，把两席酒肴搬到杨树底下去！"鸣皋道："你自只管搬去，我们就在此饮几杯儿，不用你费心。"湘帆叫酒保把一席搬到下面树荫底下，罗季芳扯着众人道："老二是怕风的，我们快去乘凉吃酒！"东扯西曳，拖了六七个，乃是杨小舫、包行恭、徐庆、徐寿、王能、李武，一同下楼，在杨树下团团一桌。周家二个家人，也溜了下来。众弟兄觉得凉快许多，大家高兴，猜拳行令，吃得杯盘狼藉，不觉日已衔山。

众人都有七八分酒意，徐庆道："不知这厮因何不来，莫非已在里头？"湘帆的家人听得，便去韦妈家门首张头探脑。恰好韦妈开门出来，家人问道："妈妈，昨日姓黄的来吗？"韦妈伸着两个指头，向里面指了一指，便关门进去。家人慌忙报知众人，徐庆道："谅来今日有二个人在里面，那一个约来就是铁昂了。"罗季芳道："庆兄弟，我们何不进去，把他们扯下来打他一顿。省得老二动手。"徐庆道："你休性急，且与四弟商议了进去。"

季芳哪里肯听，立起身就走。众人恐他弄坏了事，一齐赶过来时，罗季芳早已一脚将门踢开，直奔到里面去了，众弟兄只得跟他进去。那呆子也不知厉害，竟一直赶到厅上。只见一席酒上坐着三人，朝外的一个黑大汉，上首坐一个紫脸汉子，下首陪着一个女子，旁边站着一个婆子，两个丫头。那婆子叫道："哎呀，什么人打进来了！"那女子连忙同丫头逃向里边去了。季芳不管好歹，直奔上来。

那铁昂看见一个长大黑汉，直抢过来，声势十分汹涌，只道必然厉害，便飞起一脚。将一席酒菜，连台连碗向季芳直打过去。季芳见台子飞来，将手一格，那桌子掼向一边去了。只是那肴馔共酒，汤汤水水淋得季芳一身，越发大怒。向铁昂一拳打来。铁昂将手格开拳头，趁势一掌打在季芳下颔之上，把个罗季芳好似稻草一般，向右首里直掼出去。恰好右边一个小小天井，两面是墙，墙上是半窗，所以并无门户的。平日倾倒汤水的所在，总共只有一席之地，下面都是淤泥。说只好笑，那呆子照准了这个里头直掼下去，跌一个仰面朝天，好似元宝一般，跌得十十足足一天井，没些空隙。季芳双手没个用力之处，哪里挣得起来。

这里众人赶到里边，季芳恰好跌去。随后王能大怒，抢过来照准三保一拳。不料铁昂飞起一脚，把王能与季芳一般，说也真巧，也向此小天井内跌将下去。季芳双手向下撳着，要想跳起来，怎奈四五寸厚的烂淤泥，如何用力？正在没法，忽见王能滴溜溜在墙角边落下来，大叫："不要来，这里没空！"那王能也是仰面一跤，跌在季芳上面。一手撳去，恰在季芳颈边，觉得滑腻腻的，连忙缩起来，恰巧把淤泥抹在季芳的胡子上。

季芳道："你这小王八，却把这东西给我吃！"说着便抓了一大把臭淤泥，向王能嘴上只一捞，道："叫你也上上口。"那王能正在张着口，要挣扎起来，不提防他这一捞，只捞得满口淤泥，连忙吐时，哪里吐得干净。正思量用手指去抠时，自己两手也是淤泥，不觉已咽下许多，其味难受，其臭难闻，心头作恶起来，把方才吃的东西都呕了出来。

那罗季芳却在下面大笑，王能大怒道："我是无心的，你却有意消遣我！"一阵恶心，腹中的酒菜又要窜出来。王能盛怒之下，也不管你师伯不师伯，便向季芳的面上吐去，吐得罗季芳满头满脸，淋淋漓漓，都是还料酒馔。不知酒馔这件东西，吃下去的时候，果然五香扑鼻，到了吐出时，都是奇臭难闻。那罗呆子也大怒，二人就在淤泥中打将起来。季芳虽然力大，却是压在下面的吃亏，所以倒被王能着实打了好几下。

不说二人在那里混打，再说众弟兄同王能一拥而进的，我只因说了这边，故而丢下了那边。徐庆、小舫见这黑厮厉害，把季芳、王能二个，照面全无，如稻草般的丢将出去，便奋勇而上。背后包行恭、徐寿、李武一齐上。铁昂虽勇，怎经得这五只猛虎，不比得方才两个呆子，都是拳若铜锤，臂如钢条，手指似铁钩一般，直上直下，雨点般的进来。

铁昂暗想道：我上徒弟的当了。他说窑上做工的乡下人，却怎的厉害？看起来个个都是定做的结实家伙。那徐寿学了数年本事，未经用过。俗语云：新出猫儿凶似虎。包行恭初次聚首，亦欲要显出自己本领。那徐庆、小舫都是老江湖，何等仔细。内中只有李武稍低，却人生得乖觉，身子便利。所以铁昂任是英雄，终难招架，早被他们打着了好几下。要知这几个人的拳头，不是好受用的。幸亏他功夫好，身子强壮，若换了别个，早已筋断骨折。只打得铁教头吼叫连连，大叫："徒弟，好乡下人！"

黄三保明知今日的事坏了，不知周大那里请来的五道七煞，个个这般厉害。想道："周大同那昨日打我的还未到来，倘然再加几个，我二人性命难保！便将背心与铁昂背对背贴着，叫道："师父，你在前，我在后，与你快些打出去吧！"师徒二人发开四条手臂，左勾右打，使动拳法，一路向外打来。

徐庆、小舫等倒也阻他们不住，一步步已到二门左近，正遇鸣皋同了湘帆、洪道进来。方才众人打进门来的时候，周府家人在外看了一会，只见里边打得烟雾腾腾，连忙赶到兴隆楼上报信。鸣皋听得呆子已经进去，众弟兄随后齐上，便同了湘帆、洪道飞奔过来。只见铁昂同黄三保背对背贴着，一路打将出来。恐他到了街上，被他走了；又恐别人看见，进城去报信，不当稳便。要想关门，门已打坏，那二门口，已拥挤住了。见铁昂两条胳膊使得呼呼的风响，徐庆等阻他不住，知道这厮厉害，便叫："二位贤弟，紧守大门！"湘帆、洪道好似石狮子一般，又似两扇肉门，守得铁桶一般。鸣皋一个腾步，已到铁昂面前，劈手就是一拳，正对着小腹上打来。

那铁昂已是打得只有招架，难以还手，只因要想逃命，所以努力向前，怎经得加上一个超等的生力军来。见他来得迅速，连忙将手向下面劈去。哪知鸣皋拳法精通，早已收转，却起左手两个指头，向面门直取眼目，名为二龙抢珠。铁昂叫声："且慢！"便把右臂向上一拦。不防背后这位令高徒，已被包行恭一把拖进里边，徐寿见铁昂后门大开，便向尾闾穴一拳。铁昂直撞出来，鸣皋随手一把擒拿，抓住铁昂的天颈骨上，向下直揿下去。铁昂已打了半日，怎经得鸣皋的神力？被他掀倒在地。不知性命如何，且听下回分解。

第四十八回　军师府铁昂求计　郑元龙走马报信

却说禁军都教头铁昂，被徐鸣皋掀倒，知道今日性命难保，便将双手护住了前心两胁，咬紧牙关，运动全身工夫，尽他们捶打，并不还手。鸣皋提起拳头，结结实实的痛打一顿，再加徐寿、李武两个加上些饶头儿，直打得铁昂口喷鲜血。再说黄三保被包行恭掩翻在地，也打得七死八活。众英雄见街上看的人拥挤满了，有许多不便，眼见这两个也打得够了，再打定然性命不保，便放了手由他们逃生而去。

杨小舫走到里头，听得罗季芳声音在那里骂人，只是看不见他躲在哪里。走到半窗边一看，只见两个呆子在淤泥内滚打，滚得一身臭泥浆，连忙喝住。王能、季芳还不肯放手，却好鸣皋等进来，见了这般光景，又好气又好笑，骂道："匹夫，好一个大师伯，还像什么样子！你们倒自己人先要厮打。"狄洪道把王能畜生长畜生短骂了一场，那二人方才爬起来。罗季芳自觉难为情，倒笑将起来。王能看看季芳，看看自己，都是泥乌龟一般，忍不住也笑起来，众弟兄无不绝倒。

湘帆忙命家人到里边唤出韦妈来。韦妈见两个教师已去，心中忐忐忑忑，恐怕铁昂吃了亏，明日迁怒与他。听得湘帆叫唤，便道："周大爷，今日把他二个打了，明日倘来寻着我们，却是怎处？"湘帆道："你只管放心，天塌下来，有我姓周的顶着！你快去端整浴盆，取二套衣裤过来，与二位大爷洗澡换衣服。"韦妈道："大爷要浴盆洗澡容易得很，要衣服却是没有。我们只有女人衣裙，却没男子的衣衫。"湘帆道："既如此，你只端整他二位洗澡就是。"

韦妈连忙吩咐用人引领季芳、王能到里边洗浴。湘帆取出四五两银子，叫家人到衣铺里买二套配身衣服，与他二人穿了。又与了韦妈十两银子，赔偿他打坏东西门户。时天色已将晚，众英雄回转周家而去。

且说铁昂同了黄三保逃得性命，回到公馆之中，忙取上等伤药吃了，换了一身衣服。二人来到邺天庆府中，那邺天庆乃铁昂的师父，他的拳棒工夫，称为天下第一条好汉。宁王收为心腹，封他为无敌大将军，总管兵马都元帅，绰号叫做飞天燕，实有万夫不当之勇。而且轻身纵跳、马上工夫，件件皆精。宁王常夸口：外有非非僧，内有邺天庆，何愁大事不成！可想而知，这邺天庆的本事不在非非僧之下。

今日铁昂同三保到来，见了天庆，哭诉其事，商量要奏知宁王，陷害湘帆性命。哪知邺天庆听了铁昂一番言语，勃然大怒，骂道："好个禁军都教头！被乡下做工的打了，羞也不羞，将来还好出去冲锋打仗，身临大敌！大丈夫在百万军中，也要杀进杀出，今遇几个烧窑的就吃这大亏，亏你有脸来告诉我！若被王爷知晓，莫说你没有脸面，连我也少威光，快些与我闭了嘴罢！"骂得铁昂、三保二人一佛勿出世，只得喏喏连声退将出来。

回到公馆之中，好不气闷，埋怨三保道："都是你不好。什么乡下人，看他们的样子，可像做工的人！个个拳法精通，功夫甚高，不知哪里来的这帮强盗？"三保道："周大是个生意人，虽然爱弄拳棒，他一时哪里去聘请这许多拳教师来？"铁昂道："我怎知他？只是须要想条计策，如何方可出这口无穷的怨气？"

三保道："师父休要烦恼。我想李军师神机妙算，我们何不与他商量，必有妙计，以报今日之仇。"铁昂道："倘然他不肯，反把此事告知王爷，说我们如此没用，反而不美。"三保道："只要送些银子与他就是了。待徒弟去准备礼物，明日与师父同去。”铁昂应允。

三保回转自己家中，备了一副厚礼，明日同了师父来到军师府内。李自然把礼物收了，就请书房中相见。铁昂同三保拜见已毕，家人送上香茗。自然开言问道：“今日二位教头光临，蒙赐厚礼，贫道怎好无功受禄。未知二位教头有何见教？”铁昂道：“些些薄礼，何足挂齿。今日特来叩请大安，并有一事相商。”自然道：“请问何事？”铁昂便将黄三保之事从头至尾说了一遍。

自然道：“你可听得他口音是哪里人？”三保道：“口音不一，也有江南人，也有山东人，陕西、苏州都有在内，只是江南人多。”自然道：“容貌如何？”铁昂道：“有的像武生，有的像强盗，有的像读书人，都有在内。”自然道：“本领如何？”铁昂道：“若没本事的，我们也不吃他打得这样了。”自然只把头摇，道：“吾看此事，必须禀与王爷知晓。”

铁昂把眼看着三保，三保道：“军师，这个却使不得。王爷知道我们被做工人打伤，必然责我们没用，枉做禁军都教头，将来怎好打仗！”自然哈哈大笑道：“你二位真是呆子。口是活的，谁教你依直说了？据贫道看来，这班人有些来历，莫非就是俞谦手下这一帮凶徒？”

铁昂道：“军师怎样晓得？”自然道：“王爷前年在苏州把设擂台，把扬州徐鹤将严虎打伤，就此得病而亡。罗德拖倒擂台，副台主造反，投入他一伙。后来金山寺杀死非非和尚，伤了多少大将。去年在太平县拿住二名，后在鄱阳湖被劫，又在石埭山伤了五虎将。他们一意与王爷作对，由江南一路上来。计算他们的心思，岂有不来这里之理！况且口音、形貌、本领又皆符合。谅他们到此已久，那周湘帆是个好客之人，与他们气味相投，定然入了伙。若不奏明千岁，设计拿住杀却，将来为祸不小！请二位放心便了。”铁昂谢过了军师，与黄三保各自回转自己公馆而去。

李自然随到离宫，来见宁王，奏明其事。宁王道：“军师所见，定然无错。本藩正恨他们入骨，如今天网恢恢，却自来送死！只是这帮强盗十分厉害，军师须要用心防备，休被他们漏网。”自然道：“千岁放心。贫道自有安排，管教一网打尽，以除后患。”宁王拔了一枝金批御令，交与自然道：“全凭军师妙计，诸将任你遣调便了。”李自然接过令箭，辞过宁王，出得宫来，天色已晚，准备明日行事。

且说李自然有个家人，姓郑名元龙，江西浮梁县人氏。自小随母来这南昌城外，在周湘帆家做乳娘，湘帆把他另眼相看。后来母亲死了，湘帆一力营葬，时常照应他。前年酒后误伤人命，又是湘帆买上买下费了几十两银子，遂问了个监禁一年的罪名。狱官见他为人能干，叫他做了长随，到去年荐到军师府来。当日听了李自然之言，暗想：“周湘帆是我的恩公，如今军师进宫去了。奏知了宁王，一定要去拿捉。我不救他，谁人相救？趁着此时军师未回，待我送个信去。”遂对同伴只说去了送个亲戚，少时就来。悄悄地来到后槽，牵了一匹马，出了后门；跨上鞍鞒，慢慢的出了城关，加上两鞭，飞也似赶到周湘帆家内。跳下马来，一直闯进书房。

却好周湘帆同着鸣皋、徐庆在那里闲谈，只见郑元龙汗流满面气色惊惶，湘帆心内别的一跳，忙道：“贤弟，何事这等惊慌？”元龙把鸣皋、徐庆看了一看，对湘帆道:“周大爷,祸事到了!只因昨日打了铁教头,今日与军师商议。军师料着江南一班侠客,都在大爷府上,如今去见宁王,只怕早晚要来拿人。大爷可有此事吗?”湘帆道:“承蒙贤弟耽着天大的干系前来救我,岂敢相瞒?”指着鸣皋、徐庆道:“这位便是扬州赛孟尝徐鸣皋,这位便是山东神箭手徐庆。”郑元龙即向二人作一揖,道:“久慕大名,幸得相会!但我恐军师回来查问,不得与义士相叙。”鸣皋、徐庆连忙还礼道:“多蒙仗义,大德难忘!”那元龙对湘帆道:“大爷作速安备,他们来时快的。我们后会了。”说罢匆匆出门,跨上马背,把手一拱,加鞭飞马而去。周湘帆同了鸣皋、徐庆回到里边,会齐了众人商议。不知如何准备,且听下回分解。

第四十九回 徐鸣皋智料奸谋 李自然发兵遣将

话说郑元龙去后,众英雄相聚,商议如何准备。罗季芳道:“你们不要忙!等他来捉拿时,杀他个片甲不回,索性杀进城去,把宁王杀了,大家走他娘的路!”鸣皋道:“匹夫,不用你多言,却看如此容易。无论王府之中,也有一班勇士,非比寻常,难以必胜。目今奸王反情虽露,朝廷未知,杀了县令尚且屠城,何况他皇亲国戚,怕你逃到哪里去?就算我与你都走了,却不有累八弟?”

徐庆道:“只须你我三人并狄贤弟师徒避开,其余他们未见过面,都不认识的,将来不过一场相打的官司罢了。”湘帆正恐他们一齐去了,便道:“三兄之言有理。此去东南十里,地名马家村上有个教师马金标,为人仗义疏财,小弟幼年曾拜他为师过的。他也有些家业,而且房室宽大,尽可盘桓。江湖上的九流三教,跑马卖解,耍拳弄棍的,来到江西无不先去投奔他,因此他府上常有诸色人等出入。大哥们住在那里,十分安稳。待小弟写信一封,命家童相送大哥等去,且住半月十日,再作道理。杨兄、包弟、徐寿在此相伴小弟的寂寞。如此可好?”鸣皋道:“也好。但据小弟看来,万一事机决裂,有累周贤弟,如何是好?”湘帆道:“这也天命。何必过虑?”鸣皋道:“不然,常言人定胜天,又云谋事在人,岂可知而不备乎?”遂叮嘱湘帆几句言语。

湘帆点头道是,即赶到自己店铺中,见了胞弟,把以上情节说明了。立时叫漆匠当夜赶做招牌、图章,改换别姓店号,店内往来账簿一齐换了。只说半月之前,盘与别人顶替。湘帆回到家中,把细软重价物件装了十余只大皮箱,当夜收拾停当;一到天明,雇了几乘车子,送妻子到岳母家中去了。然后鸣皋同了季芳、徐庆、洪道、王能、李武,一行六位英雄起身。湘帆即命家童带了书信,相送徐大爷等到马家村金标家中而去,我且丢过这边。

话分两头。再说郑元龙一马进城时,已日落西山,依旧进了后门,把马系好。走到外边,恰好李自然回府,便叫元龙到各武将衙门发下传单,明日一早到军师府听令。到了来朝,军师府辕门大开,大堂上打起三通聚将鼓来。那一班武将个个顶盔贯甲,一齐都到大堂上伺候。只听得点子三声,李自然升帐,诸将各个上前参见,站立两旁。

自然道："郯将军，贵门生铁教头与黄三保，被周湘帆聘来的江南人所辱，贫道细问形迹，料想必是俞谦平下的一班凶徒，一定无错。昨日奏明王爷，奉旨掩捕。将军带领一千人马并眼线人等，人衔枚，马摘铃，悄悄然将周家围住。将军从前门而进，拿捉凶徒，务在必获。"即命钱玉、佟环协助。郯天庆领命，随同钱、佟二将去准备兵马去了。

自然又命雷大春引领五百人马，去守住周家后门倘有强徒逃出，勿得放过一人。即命徐定标、曹文龙协助。雷大春领命，同了徐、曹二将去了。这徐、曹二将，昔年在扬州李家做过教师，近来报到王府，做个偏将。自然又命殷飞红带领五百人马并眼线人等，去周家东南上二里之遥，地名三岔口，三路往来要道，埋伏树林之内。强徒如有漏网，必从此路而走，切勿放过一人。即命董天鹏、薛大庆协助。殷飞红领命，同了董、薛二将去了。自然又命铁昂、黄三保二人，把周家店铺家业，一并封锁钞袭，不得有误。铁、黄二人得了这个美差，欣然而去。李自然分拨已毕，自度可以手到擒拿，坐待逸获，随即退到里边，众将各回府第。

且说郯天庆在教场点齐兵马，会同众将悄然起行。路上旗幡招展，甲胄鲜明，队伍整严，刀枪耀目。不多时已到周家，各依将令行事。殷飞红同了董天鹏、薛大庆，领着五百步兵，先去三岔口埋伏。雷大鹏与徐定标、曹文龙，把五百军兵屯扎后门外，守得水泄不通。郯天庆同钱玉、佟环到了周家门首，吩咐将房屋团团围住。一声令下，众三军发一声喊，把周家围得铁桶一般，便叫："徒弟们，随我进去！"铁昂、三保先进门来，大叫："周湘帆，出来见我！"

湘帆早已得信，知晓官兵果然来了，也不慌忙，从容走到外边，喝道："我姓周的在此，你却待怎的？"郯天庆走上前来道："周湘帆，我们今日非为别事而来，只因奉了军师将令，特查访昔年江南一班越狱脱逃的凶手。只要惊动府上查看一查，若言昨日厮打之事，再也休提。只要没得奸细，万事罢了；若有奸细时，可早早献出，还可恕你不知之罪。若待搜了出来，悔之晚矣。"

湘帆见郯天庆循循有理，便道："郯大将军说哪里话众来，想周某怎敢容留匪人？若说江南人，虽有一个施客人，却是苏州城内开张碗店的东家，乃十多年的主顾了，其余连江南人都没有，怎说奸细？"说罢同了郯天庆，铁昂、黄三保、钱玉、佟环一班武将，一路来到里边，逐人盘问，多是家人仆妇。直到书房，杨小舫、包行恭二人坐在里边。

看官，包行恭虽是江南人，只因在长安多年，变成一口陕西说话。徐寿亦是江南人，他十三岁跟了海欧子，遍游天下，各处语言都能讲得。方才杂在家僮里面，因此更加查问不出。郯天庆盘问杨小舫底历，小舫道："在下姓施，名子卿，一向碗业为生，小店开设苏州城内。与湘帆交往年久，今来结算账目，并且要定烧货物。"说得有凭有据。郯天庆暗想：军师原系臆料之事，又无凭据，真乃捕风捉影，虚动干戈，你看有甚奸细在此？

正欲同众人回转，只见部下副将钱玉指这位姓施的喝道："你这厮明明是杨小舫，正是徐鹤、罗德的一党，还要抵赖吗？"湘帆、行恭、小舫听了，俱皆吃了一惊。小舫细看此人，也有些面善。你道这钱玉是谁？却原来就是金山寺知客僧至刚。他俗家姓名原叫钱玉，后来破了金山寺，宁王留住手下，叫他还俗的，所以他认得小舫。

小舫心中暗想："这厮声音面貌，好像是金山寺的知客，那时被他漏网。"只是口内不肯应承。正在强辩，邺天庆道："你也不必争论，见丁王爷，面奏虚实便了。"吩咐手下把湘帆家主仆人等一齐拿下。湘帆道："我有何罪，将我全家拿了？"邺天庆道："你无罪时，王爷自然放你。俺们奉旨而来，你须怪我不得。"手下的部曲牙将，把家童等一一捆绑，钱玉、佟环、铁昂、三保一齐上前，来拿他三人。

包行恭早已大怒，到此时哪里按捺得下，把腰内宝剑扯在手中。杨小舫也把雌雄剑出匣。周湘帆见他二人已出兵器，料想今日只得动手，亦将军刀拔出鞘来。三人一齐上前迎敌。

邺天庆哈哈大笑道："你们想拒敌吗？今日任你英雄，插翅也飞不出天罗地网！"提着刀，正要动手，忽见一个家僮模样，浑身黑服，手执单刀，从里边窜将出来，如一道黑光，一刀已到。天庆何等眼明手快，便把手中朴刀，向上撩去。那人趁他势力，飞身已上瓦房。

邺天庆便叫："钱玉、佟环，快上去擒他下来！"钱、佟二将应声而上，三人在屋面上厮杀。邺天庆因为铁昂、三保身上有伤，叫他们把守大门，自己独战三人。包行恭暗想："我等三个杀他一个，难道伤他不得？"哪知邺天庆的功夫却与众不同。你若气力平常，他也不过如此；你的气力越大，他对付你越厉害。故此他有耐战之功，能战几日几夜身不疲乏的本领。

湘帆与行恭、小舫，如走马灯一般把邺天庆围在庭心，各人拼命厮杀。哪知他不慌不忙，越战越勇，一刀紧一刀，一刀快一刀。杀到后来十合之外，犹如风卷残云，但觉一团白光，呼呼风响，好似几百把朴刀一齐砍来，使人没处招架。杀得三人汗流浃背，莫说要想还手，连存身之地都没有。只得东蹿西跳，躲避不遑。

包行恭知道不妙，觑个空闲，将身向大门内窜将出去，犹如一个流星在铁昂头上而过。不知可能出去，且听下回分解。

第五十回 小侠客箭射至刚僧 邺将军力擒三勇士

却说包行恭飞身逃出，大叫："二哥，走罢！"铁昂恐其暗算，将头一偏，行恭已到门外。我一口难说两处，这里与邺天庆交战的时候，屋上徐寿与钱玉、佟环也在上边厮杀。徐寿见二人勇猛，难以取胜，暗想："我随师数年，学成如此本领，以为天下无二。哪知世上英雄，如此之多！这两个偏将怎这等厉害？今日他们三人只怕难以脱身，不如待杀出重围，到主人处送个消息，再作商量。"想定主意，卖个破绽，跳出圈子外来，觑定这说破杨小舫的那厮烁的一弩，果然矢无虚发，一弩正贯咽喉，钱玉翻身下屋。这里包行恭逃出门来的时候，恰巧钱玉跌下庭心，王府众将吃了一惊，包行恭趁势杀出重围而去。

邺天庆见伤了钱玉，心中大怒，大吼一声，把杨小舫擒下。湘帆趁势窜上瓦房。恰巧雷大春守住后门，闻报众贼在前门厮杀，吩咐徐定标、曹文龙谨守后门，自己跳上瓦房，依着杀声，直到前边。正遇湘帆上屋，不防雷大春到来，出其不意，一把拿住，掷下庭心，喝教众军士缚了。

且说徐寿一弩射翻了钱玉，跳下瓦房，把众兵丁砍瓜切菜般杀出重围去了。佟环怕他暗箭，不敢穷追，虚张声势追了一程，也就罢了。行恭、徐寿二人虽然杀了出来，无如这里只有一条官道，一面是进城的路，一面便是往三岔口的。徐寿初到这里，不识路径，却向进城的一头逃去。走了一程，方知错了，便向横里东转西抹，一阵兜抄，倒被他走了。

那包行恭却望三岔口而走，正是到马家村的道路。无奈前有埋伏，行恭不知。行不到二里，前面一派松林，岔生歧路，一面向梅村去的，一面向马家村去的。行恭正在踌躇，林内跳出一员大将，手提九环泼风刀，大叫："先锋大将殷飞红在此，奸细往哪里走！"劈头一刀砍来。行恭叫声："不好，此处有了伏兵，我命休矣！"慌忙将宝剑架开。觉得十分沉重，虎口有些震痛。暗想此人不比方才屋上的可比，若与对垒，定被拿了，不如走为上着。转定念头，便向殷飞红虚晃一剑，正待要走，不防树林中伸出二三十把挠钩，将行恭拖翻在地。众军士发一声喊，一齐上前将他缚了。殷飞红大喜，便教众军兵回城缴令。

行不到半里，只见邺天庆同了雷大春、佟环、徐定标、曹文龙，并偏裨牙将，追赶前来。见殷飞红拿住了一个奸细，便道："草草只走了家家，我们也可回城缴令去了。"随吩咐把钱玉尸首买棺成殓，带了众将三军，回城而去。

铁昂同黄三保把周家房屋封锁了，便到他瓷器店中，却招牌已换了别人家的店号。查问情由，已于半月之前，盘与姓张的开的。铁昂将店内账簿拿来一看，果然不差，便问："周湘帆何故盘于他人？"那掌柜的禀道："教头不知，湘帆平日不肯经理生意，只喜结交朋友，费用甚大，连年来暗中亏耗，外人哪里知道？故而将田房产业，尽皆赔偿他人，只留自己这一所住宅。"铁昂听了，无可奈何，只得将言回覆军师，这且不表。

且说邺天庆回进城中，直到军师府内，把周家众家人，并三名奸细缴令。李自然记了众将功劳，众三军皆有犒赏。遂即奏明宁王。宁王亲自提审，湘帆、小舫、行恭三人俱各认了，但家僮辈无罪，求恩赦了他们。宁王将家人细细审过，皆系江西小民，便一齐放了，单把三名要犯，喝教推出午门斩首。

李自然奏道："请千岁暂息雷霆之怒。想凶徒已落陷阱，插翅也难飞去。依臣愚见，不如收禁天牢，等待拿住罗德、徐鹤等为首正犯，一面申奏朝廷，将活口与俞谦对质过了，然后开刀，好问俞谦个谋害王亲的罪名。"宁王准奏，吩咐将三犯囚禁在牢中末字号内，发十名骁尉看守。

要知这个监牢，在王府中最弯曲的所在，四面铜墙铁壁，一路埋伏重重，连飞鸟也难出进。他三人命犯牢狱之灾，此回收禁了进去，直要到后书徐鸣皋三探宁王府，七子十三生大会江西，徐鸣皋请了五位剑侠大闹离宫，伤了王府多少上将，方才把三人救出天罗地网，此是后话。我且按下藩邸一边。

再说徐寿逃了出来，一路大圈转来到马家村地方。原来好个所在，山清水秀，绿柳成行，一村有三五百家人家，房舍华好，路径十分曲折。这马家村俗名叫做八阵图，外方人物初到此间，必要迷途。徐寿走到里边，行了好半天，却仍到了原处。走了数遍，穿来穿去，多是树林。但闻隐隐的鸡犬之声，如在东边，向东走又在西边，总摸不着入村的路径。暗道：这也奇了，世间岂有这等所在。就向林子里坐着歇息一会，等有人来问个信儿。

方才坐定，只见一个乡人，挑着两只筐篮，篮内都是零星物件，暗想此人必是村里居人，进城去买东西回来的。便立起身，上前把手一拱，叫声："大哥请了，在下要到马家村马教师家里，望大哥指引。"那乡人道："你要到马金标家去吗？只跟了我走就是。"徐寿谢了一声，就跟着他一路走去。转过树林，却往来的方向倒兜转来。徐寿道："大哥如此走法，却是倒退回了。"那乡人笑道："这里的路，要进先退，要退却进；你若顺湾倒湾一路向前，今年走到明年，也只仍在这里。此地乃开国功臣刘军师隐居之所，俗名叫做八阵图，就是这个意思。"

一路讲讲说说，不多一会已到村中。只见房屋高大，鳞次栉比，地虽无多，布置得弯环曲折。徐寿心中大喜，喝彩道："好个所在，真乃别有洞天！"走过了二村，来到一处四面竹园环抱，中间一村房屋，约莫数十余家。那乡人指着前面高墙之内说："小客官，那家便是马金标家里。"说着挑了担子，唱着山歌，向右首转弯去了。

徐寿谢了乡人，走到马家门首。只见里边走出一个大汉，原来正是罗季芳，便道："罗大爷，我主人可在里边？"季芳道："阿寿，你来做甚？老二在里头。"徐寿也不回言，一直走到厅上，见了马金标同着徐鸣皋、徐庆、狄洪道、王能、李武、齐齐坐着。那马金标年纪五十光景，生得相貌堂堂，三缕长髯，半已花白，身穿葛布箭干，足登紧统骁靴，正与众人说话。抢步上前，见了鸣皋与众英雄，兜了一个总揖。

鸣皋道："徐寿，见过了马师爷。"徐寿忙又作了一揖。马金标还礼道："原来你就是徐寿兄弟，果然一表人物！"鸣皋忙问："周家怎样了？"徐寿把方才的事细说一遍。"现在三人尚未脱身。只是这班奸党好生厉害，看来凶多吉少。"

罗季芳也跟到里边，听了徐寿之言，便叫："老二，我们何不杀到周家，把这班奸贼杀了！"鸣皋道："呆子，你只这般容易！只怕此时他三人已被拿进城关去了。这是我的不是，不该把小舫留在那里，岂不是我害了他三人性命！"徐庆道："此事也难怪他，谁晓得这贼秃，当日被他漏网？"马金标道："事已如此，据我看来，还是差人去城中打听消息，再作道理。"

鸣皋道："教师说得是。但叫谁人去好？"马金标道："待我去探来。"鸣皋道："只是有劳教师。"金标道："说什么话？况且小徒分上，理当如此。"说罢抽身便走。众弟兄惶惶惑惑，坐立不安。

到了黄昏时候，金标回来。众人忙问怎样了，金标道："还好，尚是不幸中之幸。

周湘帆一家儿,并包行恭、杨小舫一齐拿进城关,那家僮人等,多好出来了。宁王要把他三人斩首,倒是李自然说了下来,如今拘禁天牢,要等拿了众人一齐开刀。我们且慢慢地想法解救出来。只是一件难处,这王府里的牢监,极其秘密,外人寻都寻不到的。"

鸣皋听了金标之言,知他三人未伤性命,心中略定,便要单身私探王府牢监,且听下回分解。

第五十一回 徐鸣皋一探宁王府 朱宸濠疏劾俞巡抚

却说徐鸣皋闻得杨小舫、周湘帆等被擒,禁在王府监牢,暗想:周湘帆好好一家人家,都是我们连累与他,如今拘在牢中,如何不去相救?前年在苏州司监之内,人不知鬼不觉,把罗季芳解救出来,如今何不私进王府之中,岂有寻不见牢狱之理。待我见机行事,先去探他一探。若然戒备果严,再与徐庆同去。思前想后,只得如此。

当夜到了三更时分,周身扎束停当,插了单刀,出了房门,飞身上屋。但见明月如昼,万里无云,暗想:"此村路途盘曲,我只问过马金标,他说休管道路阔狭进退,但记有冬青树,即不迷失。"随向前下了房廊,一路前行。果然五步一株,十步一株,出村在右,进村在左。到了转弯之处,但望前边冬青在右面,便是出路。依法而行,不多时出了八阵图来。放开大步,连窜带纵,快如飞鸟。

到了城坦,越城而进,竟到王府之中。上得瓦房,静悄悄寂无声息。在瓦面上四面兜抄,但见房廊鳞次,殿阁重重,那里去寻得牢监?遥望最高之处,上接青云,暗想此必凌霄宝阁,那边便是离宫,飞身跳到其间。只见一殿之中,灯光分外明亮。将身伏在檐头,把头倒垂下去,只见二位大夫、几个内官正同着宁王出外,由东廊冉冉行来,一路说着闲话,只是听不清楚。过了回廊,二位大夫躬身立住,内官掌了红灯,同宁王进离宫而去。二位大夫从东角门转到外边去了。

鸣皋见殿上无人,跳下瓦房,入到里边。见左首三间密室,上有金匾"军机处"三字。走得军机房内,见桌上排着文房四宝,砚池内磨墨未干。旁边一具十景橱中有奏折,扯开一看,吃了一惊。

只见奏折之中,夹一个大红柬帖,原来正是周湘帆结义名帖,十二个弟兄姓名籍贯、三代履历,齐齐排列。将奏折从头一看,乃是奏明天子,参劾江南巡抚俞谦谋为不轨,收罗亡命罗德、慕容贞、徐庆、徐鹤、杨小舫、狄洪道、包行恭、周湘帆、王能、李武、伍天熊、徐寿等一十二人,谋刺亲王,意图叛逆。前年打毁奉旨擂台,杀伤百姓无数,烧掠金山禅寺,杀死藩王替僧,共伤禅客僧人一千余人,即是此一班泼贼。太平县知风拿获二名,罗德、王能,具有银牌为证,显系俞谦指使。后来被羽党沿途劫夺,无法无天。藐视国法。目今胆大如天,竟敢干犯臣官,左右俱受重伤。臣命将校拿获三名叛逆凶徒,杨小舫,包行恭、周湘帆现在收禁牢中,候旨发落。内中周湘帆乃本地土豪,为富不仁,窝留匪类,搜出结义凭据,开载十二凶徒在上。内有患难相扶、同享富贵等语,显得效学十三太保故事,非谋叛造反而何?今将银牌伪贴一并呈上龙案,祈圣上将俞谦拿问,交刑部从严治罪。一面速发御旨,拿捉逆党罗德等九名,着各州各府严拿务获,切勿让其漏网,颁行天下,以清妖孽而肃官方等语。

鸣皋看毕,只见旁边又有书札一封,乃宁王寄予朱宁、张锐的书札,内有黄金二百两,托朱、张二个太监,要在天子面前,教他将俞谦害死,并捉拿九位弟兄等事情。

鸣皋想道:"奏章上说有银牌,银牌总在这里。"将橱中翻看,果然在内。鸣皋一并卷了,塞在怀中。出得军机房,上了瓦屋,再到里边,来寻监牢所在。东寻西看,哪有影响?暗想:房屋数千余间,到哪一方去寻好?谅必居中定是奸王的宫院,监牢断不在此;四面周围近于外边,又不秘密,亦断不在此。约来总在御花园的左近,那里的地,最是秘密所在。想定主意,竟到御花园内。但见楼台殿阁,画栋雕梁,装饰得神仙境界一般。荷池内画舫龙舟,彩画鲜明,假山叠叠,堆得玲珑绝巧,树木蓊翳,回廊曲折,奇花异卉,怪兽珍禽,无所不有。

鸣皋无心玩景,来到一只亭子之中,憩坐片刻,上有"翠薇亭"三字。坐了一会,倚在栏杆上,望那左首一只旱船之中,有二人在此干那不端之事。你道何等之人?原来一个花儿匠引着个小太监,在旱船中榻床上鸡奸。明月之下,鸣皋看得清楚。少顷,二人毕事,小太监由那边去了,这花儿匠回身转来,正从翠薇亭旁走过。

鸣皋蓦然跃出,将花儿匠一把拿住,喝道:"不要叫,叫便吃刀!"那花儿匠被他夹颈皮抓住,扭转头来,见他手中雪亮的钢刀,吓得魂不附体,叫道:"爷爷饶命,今日头一回,下次再不敢了!"鸣皋道:"我不来管你。你只说监牢在哪里,我便饶你性命;若有半句虚言,一刀两段!"那花儿匠战战兢兢地说道:"爷爷,监牢就在那边。出了花园,向东转去,只一箭之遥,进了月洞门,顺手转弯,见一带屋宇,中间的墙壁是假的,可以推得开来,进去就是了。"

鸣皋道:"可有谎言?"花儿匠道:"我若说谎,不得好死!"鸣皋道:"你欲好死,我送你西方极乐世界去罢!"手起一刀,分为两段,将尸首提到假山僻处,塞在山孔之中。只因王府花园浩大,人迹走不到处,后来尸首烂在假山洞内,无人知晓,也是他的恶报。我一言带过。

再说徐鸣皋依了他的言语,出了御花园,向东转过几处殿阁,果有月洞门。进得里边,右手过去,走到中间一间屋内,将墙推时,哪里推得开来?左右东西,四面推来,都推不开来。正在踌躇,忽听得人语嘈杂而来。鸣皋一个腾步,已到外边,飞身跳上对面一座六角亭子,将身伏在亭子上面。

只见有五六个人走来,内有三四个骁尉模样,二个家人打扮,提着灯火食盒,一路说话而来。进得屋内,在柱间扭动机关,那一垛墙垣"呀"地开了,二个家人走将进去。鸣皋思想:"不如待我抢进里边,探个消息。"正欲跳下亭来,只见那门闪烁的一道黑影,直扑到亭后而去。

鸣皋吃了一惊,道:"此乃我道中人,莫非三人之中,逃了一个出来?"又想这三人没有这般工夫。遂即旋转身来，只见那人已到亭上，被他夹背一把拿住，轻轻喝道："你好大胆，敢到这里窥探形踪，意欲反牢劫狱！我且拿你去见宁王。"鸣皋吃了一惊，定睛一看，原来是一枝梅，心中大喜，便道："二哥，你怎的却在这里，几时到此？"一枝梅道："此地非是说话之所，且到那边坐地。"

二人同下亭子，来到方才望见的旱船中。此处最是僻静，人走不到之所。二人坐下，鸣皋问道："二哥去寻小弟，可曾遇见谁来，今日怎的在此？既到里面，亦见三位兄弟否？"

一枝梅道："前事一言难尽，无暇告诉。今日回转南昌，见湘帆家门上贴着十字封条，心中惊骇，谅必弟兄们弄出事来。随向市中探听，闻说杨小舫、包行恭、周湘帆三个捉入王府，拘在天牢，其余尽皆走脱，又不知避居何处。到了黄昏，来到此间，恰遇班看守监牢骁尉经过，我就跟到里边。谁知重重埋伏，鸟雀难以进去，若欲相救他们，除非令师等到来。直候至如今，有人开门，方能脱身出外。贤弟切勿轻进，此中门户重重，有的只能外开，有的只能里开，若到中间之处，插翅也难飞出。而且其中埋伏机关，比金山寺十倍厉害。众弟兄现在何处？"

鸣皋把以前之事告诉一遍，现在众人俱在马家村躲避。又把方才私入军机房之事说了，怀中取出奏折、信札、黄金、银牌与一枝梅看了。一枝梅道："此地不宜久留，我们且到马家村再商。"

二人上了瓦房，一路连窜带纵，来到一处，望见灯光明亮，隐隐闻得喧嚷之声。二人心疑，立住了细听，却又听不清楚。鸣皋道："二哥，莫非三位兄弟，被他们掳掠否？"一枝梅道："我们且去看来。"二人遂即飞步前往，向下面窥探。不知果系何人，且听下回分解。

第五十二回 王府戒严防刺客 村店谈心遇异人

却说一枝梅同了徐鸣皋二人来到前面，伏在瓦上，窥见对面一只大厅之上，排开数席酒肴，约有二三十人在那里饮酒。原来这日乃余半仙的生日，那同僚官员，都在那里饮酒祝寿，尚未散席。两旁站着家人伺候。居中坐的，正是军师李自然。上首鄴天庆、殷飞红、雷大春、铁昂、波罗僧、铁背道人等。下首余半仙同着妹子余秀英，并一班徒弟，还有几个得宠的太监，并几个武将。只吃得杯盘狼藉，欢呼畅饮。

鸣皋道："二哥，这上首坐的便是鄴天庆，最是厉害。若能除了此人，其余就不妨事了。"一枝梅道："众人都在那里，不便下手。况且余半仙兄妹妖法厉害，你我下去，定遭不测。也罢，待我赏他一弹。"遂向身边袋内摸出一个弹子，照准鄴天庆劈面打来。

那夜天庆正在饮酒，不提防有人暗算，方欲举杯就口，忽地一弹飞来，忙将头偏躲，已来不及，中在眼梢之上。幸亏天庆工夫到家，只打得眼前金光乱射，大叫一声:“有奸细!”霎时间,众人各出刀剑在手,一齐跳到庭心。众家丁忙将灯火擎起,哪知时交四鼓,月已西沉,亮处望到暗处,却不清楚,不知瓦房上有多少奸细,故此不敢上屋。正在扰攘“呼”的又是一弹飞来。波罗僧眼明手快,忙将手中戒刀一隔,那弹正打在刀上,“当”的一响,打得火星直爆。

邺天庆大怒,他的眼睛黑夜能辨锱铢,虽然左眼中弹,右眼依然无恙,见众人不敢上屋,便提了一柄朴刀,飞身上瓦。铁昂见老师一上去,也便飞身跳上瓦房,雷大春、殷飞红、铁背道人一齐跟梢而上。只有波罗僧同余家兄妹,以及几个不善飞行的守在下边。且说一枝梅见邺天庆提刀出来,便道:“贤弟,走吧!”二人旋转身来,向外便走。鸣皋回头一看,见有四五人追赶,知道都是定做的好手,难以抵敌,遂跟定一枝梅飞奔而走。

出了王宫。在于民房上面,不管东南西北,向前而去。前逃的是疾雷掣电,后赶的是风卷残云。赶了一程,邺天庆回头一看,见背后四人追赶不上,相离甚远,只得独自一人追赶。看看赶上,却被一枝梅又是一弹,天庆急闪,那弹从耳边擦过。天庆暗想:“跟上疼痛难当,众人又落在后边,这两个也非良善之辈,不如回去,再作道理。”转定念头,旋身回转,遂同铁昂等到了王宫。

天已黎明,一同奏知宁王。早有军机房报称夜来失去奏章、信札、黄金、银牌之事。宁王大怒道:“这班逆贼,真如此大胆!竟敢私入王宫,意图行刺,偷盗奏章等物,弹伤无敌大将。”吩咐再写表章申奏朝廷,备下金珠礼物,差黄三保星夜赶进京都,先见了朱宁、张锐,务要将俞谦拿问定罪,发诏拿捉羽党,颁行天下。一面吩咐大小将官及侍尉人等,严为防备。命雷大春、铁昂、殷飞红、铁背道人各领御林军,每夜轮流在王宫内外终夜梭巡,离宫内安排埋伏。又选八十个头等侍尉,弓上弦、刀出鞘保护。又命余秀英带领一百名女兵,保卫宫中嫔妃。又命余半仙封为副军师之职,帮同李自然、波罗僧,将精兵十万绕扎王宫之外。邺天庆镇守宫门,总理于内外。把一座藩王宫殿,变做了剑树刀山,旗幡招展,戈戟如麻,戒备得鸟雀也难飞入。那黄三保领了宁王主意,背上黄布包囊,带了一个伴当,两骑马,日夜赶路,向北京而去。

且说马家村众兄弟早上起身,不见了鸣皋,料想他私入王宫,探听三人消息。至今不见回来,定然凶多吉少。罗季芳欲进城去打听,徐庆止住,道:“你却去不得,待我去探个下落。”

当下徐庆独自进城而去。城门上十分紧急,徐庆不敢进城,就在城外打听。闻得茶坊酒肆三三两两传说,昨夜有两个奸细私入王宫,行刺未成,盗去金珠无数,邺大将军亦被打伤,后来追赶未获。今日王宫外屯扎雄兵十万,内外如何严备,各城门如何紧急,客寓内如何严查,若有容留奸细者一律同罪。故而今日城中移兵统众,热闹纷纷。徐庆道:“我也这般想。或者传言之讹,少不得就要回来,便知端的。”

不说马家村众人猜疑不定,且说一枝梅、徐鸣皋见后面追兵已去,天色渐明,遂缓缓而行。不知不觉,这一会儿,直奔了七八十里。前面却是山路。二人迤逦前行,只见三岔路口树林上挂一面尖角小旗。鸣皋道:"二哥,这条路内有酒店大彼,我们腹中饥饿,且去饮一杯酒儿。"一枝梅道:"甚好。"二人便转弯进去。

约有半里,果见一排草屋,门前挑出酒帘。走到里边一看,却是三间茅屋。虽则山居,倒也收拾得清洁,竹台竹椅,宽大轩豁。里边饮酒之人,先两席在彼。二人拣了一副座头坐下,酒保摆上二只杯子,二双竹箸。鸣皋道:"先打两壶上好汾酒来。可有什么下酒?"酒保道:"我们出名的好酱牛肉、白斩鸡、腌鸭子,还有肥大葱椒田鸡,也有蔬菜。"一枝梅道:"每样切一盘来,有薄饼拿几十张来。"酒保应声"晓得",便去搬上一桌,摆了七八样。

二人饮了数杯,见那旁边一只台上坐着一人,在彼独酌。生得形容古怪,相貌威严,高颧阔额,络腮胡子,头戴逍遥巾,身穿元色道袍,台上放着一口宝剑,将大怀自斟自饮。一枝梅道:"贤弟,此人有些异相,必非等闲之辈。"鸣皋点头道是,便问:"二哥,你说寻我,究竟怎的?"

一枝梅道:"那日我依了李武之言,到了安义山中,四处找寻。一连三日,全无踪迹,忽见一个丽人,与我同行,渐通言语,说是家在前边不远。我想深山之内,安得有此艳妆女子,心中早已疑惑。走到前边,果有一所高大房屋。他便邀我入内。献茶,眉来眼去,迷惑于我。我便假意周全,问她阀阅。她说父亲在日,官居极品,告老林泉,住居此地。单生他一女,小字芳兰,后来父亲去世,家道陵夷。如今存个使女司炊,一个仓头应门,其馆别无他人,遂要我入赘为婿。我想世间岂有如此易事,心中有些明白,知他莫非山精妖魅。将她面容细看,虽则美丽,却有一股杀气。我便将计就计,应允了她。引到楼上,房中陈设华丽异常。少顷,主婢二人下楼去备酒肴,我四面观看,忽见床头挂着一条带子,知是贤弟之物,吃了一惊,暗想此女一定妖精,想你莫非亦被他吃了。只不知什么精怪。常言道:先下手为强,慢下手遭殃。想定主意,守在房门背后,拔刀伺候。少顷女子进来,被我一刀杀了。只听豁辣一声,好似天翻地覆,楼房立时塌倒。我便跳将出来,原来一条极大的蟒蛇,早已身首异处。那婢女、仓头逃遁去了。细看那房子,却是一座坟茔。我便放起一把火,连房屋一并烧了。后来又寻了两日,毫无踪迹。我想你衣履不见,或者未被这妖精伤害,遂即回到南昌。只见周家房屋封闭,细细打听,方知他三人被禁王府牢中,你们不知去向。故而昨日去探望他们,设法相救,亦可问你下落。哪知难以进去,却会见了你。你却究竟在于何处?"

鸣皋把遇见芳兰,与李武失散,被他迷得几乎伤命,后来幸得师伯玄贞子到来,命小僮徐寿相救的话,细细说了一遍。又唤酒保添上两壶酒来,你一杯,我一杯。讲起宁王之事,今后必然严备,如何救三位兄弟?一枝梅道:"邺天庆本领高强,余半仙妖法厉害,更兼铁昂、雷大春等相助,看来断难再去。若要救得三人性命,除非令师等到来。"鸣皋道:"只是没处去寻他,奈何?"

二人正在说着,忽见旁边桌上饮酒的胡子站起身来,将一枝梅、鸣皋二人一把一个,夹颈皮拿住,大笑道:"好,宁王出了万金重赏拿捉你们,原来却在这里!"鸣皋等吓得魂不附体。不知性命如何,且听下回分解。

第五十三回　宁藩府禁军为盗　赵王庄歃血练兵

却说弟兄二人在山村酒家对酌谈心，忽被那人抓住，吃惊不小。要待挣扎，却觉四体疲麻，不能用力。鸣皋道："你当我们是谁？"那个笑道："你乃各处严拿不到的扬州徐鸣皋，他是积案如山的常州一枝梅，想来瞒过我吗？"鸣皋料想隐瞒不过，便把双眉直竖，虎目圆睁，说道："你当真要拿我们？"那人把手放下，笑道："我来拿你做什么？"二个俱向那人作揖道："请问豪杰高姓大名，贵乡何处？"那人道："老夫到处为家，久忘姓名，如鹪鹩之寄于一枝，就叫做鹪寄生。"

二人听了，纳头便拜，道："久闻老师大名，如雷贯耳，今日得拜尊颜，实为万幸！"鹪寄生双手扶起，道："前日遇尊师，因他兄弟们南海有事，不得便来，故此叮嘱老夫相助贤契们一臂。"鸣皋听了喜出望外，便问："师父师伯，可要到此？"鹪寄生道："不过迟早之间，必然一同到此。"

鸣皋说起前事："众人避居马家村马金标家内，现有杨小舫、包行恭、周湘帆三位兄弟陷于藩邸，小侄欲想解救，昨夜私入王府，哪知准备甚严，无从入内，只盗得奏折书信在此。后被邺贼追赶至此，却与老师相会。"鹪寄生道："宁藩凶焰未衰，气数未绝，一时不能下手。小舫等虽被拘囚，谅无妨碍。余七妖术厉害，须待四兄到来，方可收服他们。"鸣皋道："余七何人？"鹪寄生道："人称他余半仙，乃白莲教之首，有撒豆成兵之术，移山倒海之能。他有个妹子叫余秀英，尤其厉害，能咒诅伤人之法，又将秽物炼成百万钢针，名万弩阵，随你道术高强，遇即伤身，神仙也都害怕，故此我等所虑者在此。若待四兄傀儡生到来，他有旋转乾坤之力，挽回造化之能。正能克邪，方可成就。"

看官，后来宁王造反，王守仁执掌总制三边都御史，拜帅征剿，余半仙兄妹二人用钉头七箭书之遗法，要钉死王守仁。幸得草上飞焦大鹏盗出草人，保了性命，此是后话。

当时徐鸣皋听了鹪寄生之言，呆了半晌，说道："他们有如此邪术，如何救得三位兄弟出来？"鹪寄生道："吉人自有天相，你且放心。你的大师伯玄贞子他精通数术，能知未来之事，前日同令师海鸥子到南海去，与我路遇，叙谈半日，言及你们十二侠士义结金兰，后来剿灭宸濠，全仗你十二人之力。如此看来，他三人决无妨碍。"鸣皋、一枝梅听了，方才放心。三人重新并在一桌上，开怀畅饮。徐鸣皋讲起前事，鹪寄生十分器重，赞叹一回。

一枝梅唤过酒保，会了钱钞，三人缓缓而行，一路上讲那豪杰的故事，往马家村来。却又不走原路，大圈转要绕去南昌城而走，约有百余里路程。方才出店门时节，已有申牌时候；走不上三十里，只见金乌西坠，玉兔东升。鸣皋道："若得哪里借宿一宵也好。"一枝梅指着道："这边不是村庄来了？"鸣皋定睛一看，远远望见一带树林里头缕缕炊烟，便道："果然那里是个村庄。"

三人兜转曲折，来到那里，却是个大大的村庄，约有二三百家人家。也有许多乡店、茶坊、酒肆，颇为热闹，房舍亦甚华丽，像个殷富的所在。只是每家门前，各插一面白旗，并刀枪之类排列两旁，店内的人都是短衣窄袖，好似等待厮杀的模样。

三人看了，心中疑惑，暗想地近省城，况且藩邸重兵屯扎，岂有强盗到来，却如此防备？便到一家酒店里来，鸣皋便叫酒保到来，说道："我们路过此地，欲在宝店借宿一宵。先把酒饭来吃，明日一并偿介。"酒保道："小店尽有洁净床榻，上好的汾酒，各样小吃全备，客官只管点来便了。"鷦寄生道："不用点菜，把上好的拿来，做些薄饼饪饪充饥。"酒保答应一声，不多时搬到桌上，便与他们斟下三大杯酒。

一枝梅道："你们这里准备那旗帜刀枪何用？"酒保道："客官，你们是远方人，不知这里的缘故。我们这个村庄唤做赵王庄，共有三百余家人家，二千有余人口，却只王赵二姓。当初只有两家人家，一姓赵，一姓王，那姓王的无后，遂过继了赵家之子。此地风水极好，财丁两旺，子孙茂盛，至今遂成了大村庄。故此村中两姓，尚且赵王一族，向来太平无事。无料近年来出了一班强盗，闻得村中殷实，时常黑夜抢劫，骚扰居民。因此合庄商议，准备器械刀枪，提防盗贼。若有强徒到来，鸣金为号，齐心杀贼。一处有警，合村救应，协力同心。大家歃血为盟，也有七百余个壮丁。近来请了二位教师，一个叫做独眼龙杨挺，善用一条铁棍，曾把那山角嘴打下一大块来，他专教人练硬工夫，瘌团经、龙吞工，厉害不过的。一个叫做双刀将殷寿，善用两把柳叶双刀，使发了连水都泼不进去，他专练的是内工。二人时常比试耍子，那独眼龙虽勇，却每每输在他手里。那二人却是江湖上有名的殷杨二将，这里村中的族长赵员外聘请了来，保护村庄，并教习村内壮丁武艺，因此近来军威大盛，整顿得如火如锦。前月一班强盗到来，被我们杀得片甲不回，如今安静得多了，谅他们不敢再来了。"

鸣皋拜道："岂有此理！这里地近省城，况有宁藩军兵屯扎，如何能容强盗猖獗？你们不会去禀报的吗？"酒保道："嗳，就是这个不好。"正要说下去，只见那柜台里坐着个老者，喝住道："你不去照顾生意，只管噜里噜苏说什么？"那酒保含着羞脸去了。

鸣皋等用了一回酒，用了面饭，见时候不早，遂到里边厢房内来。酒保拿了三床被褥，铺置停当。三人坐在榻上说说谈谈，正要安睡，忽听得一片锣声响亮。门外一匹马飞跑而过，口内只叫："强盗一伙到来报仇，在西山路进来，离村只有三里了，大家并力杀贼！"一霎时人声鼎沸，遍处锣声。

三人忙到庭心，跳上瓦房观看。月明之下，望见远远的一支兵马，沿山迤逦而来，约有四五百人，走的走，马的马，人衔枚，马摘铃，灯火全无，悄悄然过来。那赵王庄上，众壮丁纷纷站立门外，手中各执刀枪火把，照耀得如同白日一般。只见两个教头手提家伙，指挥赵员外两个儿子赵文、赵武，并王仁祖、王仁义弟兄二人，各引壮丁二百，在庄前树林中埋伏。等待强盗杀入村中，过了一半，截住厮杀，前后夹攻，务要并力向前，不得有误。众人齐声答应，分别埋伏去了。那杨挺、殷寿带领三百余壮丁，迎上前去。恰好强徒到来，将火把上竹筒抽去，霎时照耀如同白日，发一声喊,冲将过来。

鸣皋等在屋上看得分明,对一枝梅道:"二哥,你看这枝人马不像那乌合的强盗,却是有纪律之王师。我想那酒保说话有因,莫非是老奸的军兵作此不肖?"一枝梅道:"贤弟之言不错。但是官军私出为盗,不过数人或数十人而已,岂有公然成队而来,与开仗一般?难道带兵官也是有分的?今有一营多兵马出来,那主将岂有不知之理?"正在谈论,那杨、殷二教师带领了三百余壮丁,已与强盗的头队接着,在村外一片空地上厮杀起来。

那为首的强盗头上扎巾,身穿软甲,手执方天戟,坐下战马,直冲过来,这里殷寿舞动双刀,接住厮杀。第二个强盗浑身紧装束扎,却是步下,使一对双股剑,上前助战,恰好杨挺上前敌住。四人分做两对儿厮杀,两旁壮丁罗兵呐喊助威,战了二三十合,不分胜败。

忽见罗兵队伍捎开,一将飞马上前,头带兽头盔,身穿鱼鳞甲,手提笔捻锤,好似番将一般,冲上前来助战,十分骁勇。杨挺、殷寿抵敌不住,败进村来。那三员贼将顺势冲进村庄,口中只叫:"拿捉王宫行刺的奸细!"鸣皋听得吃了一惊,到得近来一看,那三将却都认识的,正是雷大春同那徐定标、曹文龙两员副将。弄得徐鸣皋同一枝梅,好似丈二的和尚摸不着头脑起来。要激怒三人下来,杀退军兵,且听下回分解。

第五十四回 一枝梅弹打铁教头 三侠士大战郧将军

却说徐鸣皋同鹪寄生、一枝梅在瓦房上面,看见杨挺、殷寿败进村中,那雷大春同了徐、曹二副将,指挥军兵一拥冲来,口中只叫:"休走了刺客奸细!"鸣皋吃了一惊,回顾二人道:"我等方才到此,他们怎生晓得?这里村民断无进王宫行刺之理,莫非余半仙能算阴阳?"一枝梅道:"他若能算阴阳,却不算了马家村去?其中定有别情。"鸣皋道:"我看他带着徐定标、曹文龙二人,竟是拿捉我们之意。这且休论,他只是强盗,就是官兵,官兵就做强盗,却一定无疑。我们何不下去杀他一阵?"

正在商议,只见雷大春带领军兵追入村口,两旁树林中伏兵齐出,一声吆喝,将军马截做两段。独眼龙杨挺同了双刀将殷寿,回身杀转,树林中火光照耀,喊声大震。雷大春吃了一惊,不知村中多少壮丁。林中乱箭如飞蝗般射来,兵士自相践踏甚多。徐定标臂上中了一箭,几乎跌下马来。大春无心恋战,将手中笔捻锤挡住二将家伙,圈转马头,冲出村来。杨、殷二教师带领赵文、赵武、王仁德、王仁义,并七百余壮丁,一齐追赶出村。

不到二里,只听得山坡下一声炮响,转出一彪军马,约有一千余人。为首一员大将,头戴八宝紫金盔,身穿锁子黄金甲,足登虎头战靴,坐下逐电胭脂马,手挺画杆方天戟,面如重枣,目若朗星,三缕清须,飘扬脑后,左悬弓,右插矢,腰悬龙泉宝剑,大喝:"强徒不得猖獗,俺无敌大将郧天庆来也!"那王仁德不知厉害,大喝:"强盗慢来。"举起大刀向天庆砍来。天庆大笑道:"鼠辈敢来送死!"将手中方天戟向刀上一逼。王仁德哪里经得起,只觉两臂发麻,虎口震开,叫声"阿呀",那把大刀好似生了双翅,向旁边树林中飞去。郧天庆趁手一戟,把王仁德刺死。

王仁义见伤了他哥哥,咬牙切齿,舞动梅花枪,奋勇上前。杨挺举起铁棍,殷寿分开双刀,赵文、赵武各挺手中枪,一齐上前来战郧天庆。无奈他力大无穷,戟锋如雨点一般,哪里抵挡得住?渐渐败进村来。那雷大春同着徐、曹二将,把众壮丁砍瓜切菜,杀得叫苦连天。那众军兵进了村中,四散乱窜,打入人家门内,杀人劫物,搜抢银钱。霎时间,但闻男啼女哭之声。

那瓦房上面三位侠客,见了这般光景,哪里忍耐得住?鸣皋大叫:"反了!"烁的抽出钢刀,向前奋身跃去五六丈之远,正在天庆马前。那郧天庆正把殷寿分心一戟,殷寿躲避不及,只得咬紧牙关将双刀来剪。幸得杨挺铁棍也到,二人用尽平生之力,要想挡开他戟。天庆望下一沉,那二人怎经得,只震得四臂酸麻,浑身发抖。

正在性命呼吸之间,恰好鸣皋下来,心中想道:"只闻郧天庆的声名,未曾交手,不知他究竟多少臂力?"遂起个雀地龙之势,攒身而进,提起单刀,运动全身工夫,向戟上奋力一抬。一来天庆未防,二来有殷、杨二人拼命的招架,故此竟把这枝画戟直荡开来。鸣皋见戟荡开,何等快捷,便跃上,劈面一刀砍去。

郧天庆见半天中忽然飞下一人,十分骁勇,刀已进门,躲避不及,便把额角向他刀上迎去,大喝一声道:"好!"鸣皋这口刀竟反激过来,心中大惊道:"这厮的脑袋怎的结实?"连忙跳出圈子外来。恰遇曹文龙骤马过来,鸣皋使一个旋风,滴溜溜快疾如风,把曹文龙连肩搭臂砍下马来。一枝梅见鸣皋去战天庆,恐怕他有失,早把单刀抽出,随后下来协助。

鷦寄生知他二人难敌天庆一个,况有雷大春在彼,断难取胜,忙把宝剑向下一撩。郧天庆、雷大春正在混战之际,忽见一道白光,从瓦房上飞将下来。那雷大春前曾落草时候,被山中子一剑把头上包巾削去,头发都去了大半,尝过剑术的滋味。今日又见白光来了,正是惊弓之鸟,唬得面如土色,拖了笔捻锤,挑转葵花镫,便一溜烟走了。

那郧天庆乃是学过剑术之人,虽不能使用,却还可以挡得。便将左手执戟,与众人力战,右手抽出剑来,挡那飞剑。只听得丁丁当当,左来左格,右来右拦,鷦寄生飞剑虽佳,却也伤他不得。说也稀奇,那剑好似活的一般,只在郗天庆马前马后、马左马右的盘缠,却不伤自己之人。鸣皋等四人奋力上前攻杀,那天庆虽则英雄,要把实力挡他空刀,只不过挡住他罢了,岂有占得他便宜。况且左手那枝画戟,又要力战这两只猛虎,究竟难以招架,渐渐败将下去。赵文、赵武领着壮丁,从树林中抄出前边,将军兵乱杀。王仁义亦领了二百多名壮丁,在村中四面兜抄,将抢劫财物、奸淫妇女的这些军兵杀一个畅快。

那郗天庆败出村来,却有了救星到来。你道是谁?原来他们共发三员上将、两千人马,分作三队而来。头上边雷大春,带领五百为先锋。中间郗天庆,带领一千为中军。那后面还有铁昂,带领五百为断后的伏兵,离赵王庄二里之遥西山足下,守候漏网,且为救应。早有探子报知铁昂,说郗大将军渐渐败下阵来。铁昂大怒,吩咐众三军上前接应,舞动一对八角紫金锤飞马而来。

鸣皋看见铁昂头上镔铁盔,身穿乌油铠,坐下银鬃马,举起双锤磕马而来,好似乌云盖雪,便道:“二哥,贼将救应来了!”一枝梅早已瞧见,知道铁昂骁勇,暗想被他上来帮助了天庆不当稳,暗取一个铁弹在手,等他马近,壁面一弹打去。铁昂不及防备,正中面门,打得鼻青嘴肿,打去二个门牙,几乎坠下马来。

郗天庆见铁昂受伤,料想难以取胜,只得圈转马来落荒而走。雷大春、徐定标见天庆已走,顺水推船,各带军兵而走。铁昂疼痛难当,也把葵花镫挑转,飞马而回,倒把自己兵丁冲倒了不少。鸣皋同一枝梅趁势追赶,杨挺、殷寿、赵文、赵武、王仁义等引领壮丁,唿哨一声,冲杀上去,把军兵杀伤无数。鹪寄生见天庆已走,早把宝剑收回,跳下房廊。鸣皋等追杀了一阵,见军兵去远,各自回转赵王庄,同了一枝梅回到酒家,谢了鹪寄生相助之恩。

赵员外闻知有过路侠士仗义相助,此番幸亏他杀退了强盗,保全村庄,便带了赵文、赵武、王仁义并杨、殷二教师同到店中,与鸣皋等相见。村中闻说到了三个侠士拔刀相助,个个要来观看,一齐拥挤进来。当时天色微明,赵员外吩咐杀牛宰羊,犒赏民丁。一面端整丰盛酒肴,与三位义士接风。赵文等检点壮丁,前后被伤二十余人,吩咐买棺成殓;杀死强盗一百五十余人,掘土埋葬。

赵员外款待三人,动问三位义士高姓大名。鸣皋道:“晚生姓徐名鹤,字鸣皋。这位老师鹪寄生的便是。那位哥哥复姓慕容,单名贞字,绰号唤做一枝梅。”赵员外听了,同着二个儿子,并王仁义、杨挺、殷寿等一齐拜倒在地,道:“久闻二位大名,乃天下义侠,为民除害;鹪老师当世神仙,今日何幸,一齐来到敝地!此乃小庄众百姓之福!”鸣皋等连忙还礼,大家坐下,争来把盏。

赵员外道:“老汉姓赵名琰,生有两个小儿,唤做赵文、赵武,自小喜学武艺,与王仁义、贤昆季一班儿,延请名师教习,只是本领平常。近因奸藩暴横,招兵买马,意欲叛逆,那些贼兵贼将,大半都是强盗出身,狼子野心,时常出来骚扰村庄。那个禁军教头铁昂原是个无赖出身,先时也曾做过响马。他手下带的部兵最是可恶,闻得这里有些积蓄,每每扮作强盗,前来抢劫。因此请了杨、殷二位教师,团练壮丁,众人歃血为盟,誓同杀贼。往常不过三五十个到来,几次被我们杀死大半。想他们怀恨在心,所以昨夜大队来报仇。但如此整队而来,难道老奸不知!岂有身为亲藩,纵容手下兵将公然为盗之理!"要知端的,且听下回分解。

第五十五回 鹪寄生逼走邺天庆 徐鸣皋相会焦大鹏

却说赵员外意欲留三人保护他们,便道:"徐英雄今欲何往?若不嫌待慢,有亵三位义士在敝庄盘桓几时,救护一村百姓。料想他们早晚必来报复。未知肯答允否?"鸣皋道:"并非晚生薄情,我们若住在此间,非惟无益,反要害了一村性命。"赵员外道:"徐英雄说哪里话来?别的休说,只昨夜,若非三位在此。只怕此时合村变作丘墟的了!"

鸣皋道:"员外有所不知,那老奸恨我入骨。前日有三位兄弟陷在王府牢内,前夜私进王宫,意欲解救,不料被他们知觉,追赶一程,因此绕道过此。昨夜听得贼将叫喊,声声拿捉行刺王宫的奸细,不知怎的晓得我们在此,谅必他们猜疑罢了。若然留在此间,岂不是弄假成真,以虚成实,老奸怎肯干休?必然大队而来,将村庄团团围住。那时进退两难,势难抵敌,岂非害了一村身家性命?若是我们去了,虚则虚,实则实,你们只有保护闾阎格杀强盗之功,并无藏匿奸细、拒敌王师之罪,到官尚可辩白。"

正在说着,那王仁义大哭起来,道:"吾兄死得惨伤,我们岂肯束手就缚?若到官分辩,再也休提!那班赃官都是一党,严刑酷罚,哪怕你不诬服?如今江西全省并无天日的了,我们情愿战死沙场,不愿刑杀公堂。只要杀得他们一个,就到了本钱;杀了两个,就是对本对利。"众人同声附和。

鸣皋见他们如此义气,倒弄得进退两难,便向鹪寄生道:"老师尊意,若何处置?"鹪寄生道:"我观此村,后靠高山,右临岩峪,只有两面用兵。左边林树深密,山路曲折,尽可埋伏。只有前面难守,若得筑起土城,便可拒敌。正是一人把关,万夫莫开。但只少几员大将。既然赵员外求助,众人义气,我们只得帮他一臂。只是战斗兵机,顷刻万变,除了伊尹、诸葛的大才,谁能料其必胜。倘有疏虞,休要怪怨我们。"赵员外同王仁义、赵文、赵武并众壮丁村人等齐声答应:"我等情愿死守,遵听号令,决无反悔!"

鹪寄生道:"你们众意既坚,为今之计,第一要事,先筑土城,准备预敌。我料贼兵非明即后,便来报复。"员外速命合村人众,无论男女老少,赶紧筑起一道土城,限一日夜完备。先把门户关闭,方可御敌。赵琰随命赵文、赵武,去叫众人行事,务要竭力赶紧。赵文、赵武奉命而云。鹪寄生对一枝梅道:"慕容兄,相烦到马家村一行,相请众位英雄到来帮助。"一枝梅道:"小侄随即便去。"乃别了众人,立刻往马家村去了。赵员外吩咐准备筵席,等候众位英雄到来,我且慢表。

却说那铁昂的浑家姓姜,乃本地南昌人氏,是个寡居的孀妇,颇有几分姿色,铁昂宠爱异常。那姜氏有个哥哥,叫做姜玉林,最爱赌博,也是个无赖。祖上传下家产，被他输得精光，在前头的妹丈处，借贷银钱，到手便完。一而再，再而三，弄得自己不好上门。后来相交了一班响马强盗，常常去做那没本的买卖。后来妹丈亡故，妹子嫁了铁昂，时常要来借贷。及至铁昂做了宁王手下禁军都教头，那姜氏在丈夫面前，要他提拔哥哥。那时宁王正在招兵之际，铁昂便叫姜玉林去招了一班响马强盗，在宁王面前保举，提拔他做了一个千总之职。

那姜玉林一旦做了官，恰正是小人得福便轻狂，有了些银钱，就整日整夜的在营内与众弟兄赌钱。所得俸禄饷银，哪里够用？他心生一计，便与手下弟兄商议，夜间私自出营，扮了强盗到各处村庄打劫，闾民受累无穷。有的晓得他们乃营内的官军，即到南昌府告状，反被官府责打，当做诬良为盗。铁昂虽然晓得，亦是眼开眼闭，由他所为。

故此姜玉林越发胆大，后来知道赵王庄日产千金——你道什么出产？原来江西出的白垩，要算赵王庄产的为第一。颜色又白，泥性又细，要烧上好瓷器，须用那处的白垩。又有一种颜料，看去好似黑土一盘，拿来图画在碗上，在窑内烧好了，却成上好的蓝色，乃碗盏上要用之物，亦是此处的最好。想传柴窑的雨过天晴，就是用此处的颜料做的。所以这颜料极贵，当时有句俗语，叫做一两黄金一两泥。虽则盛言之下，然而其贵重可想而知。所以这赵王庄十分豪富。哪知道他们早已听得各处村庄被劫，聘请教师，团练壮丁，十分严备，所以屡次被他们杀败，伤了多少兵丁。

姜玉林怀恨在心，与妹丈商议报仇，要来扫荡村庄，亦可掳掠许多财物。铁昂却不敢动手。恰好徐鸣皋私探王宫，铁昂心生一计，便奏知宁王，只说徐鸣皋一班逆党藏匿在赵王庄上。宁王信以为真，便命邺天庆带领二千军马，同了铁昂、雷大春，连夜到赵王庄，拿捉逆党。不料事有凑巧，恰正鸣皋等三人借宿在那里，弄假成真，吃了败仗。

当夜邺天庆同了铁、雷二人，带了败残军马回进南昌，只道奸细当真尽在赵王庄上。铁昂的奸计，被他瞒过了。天庆见了宁王，说这班奸细果在赵王庄上，而且内有剑客相助。把昨夜战事，起初得胜，后遇飞剑到来，因此致败，细细说了一遍。

宁王大怒，吩咐李自然亲自带兵前往，着余半仙相助，务把众贼擒来，将村庄扫做白地。李自然道："他们既有剑仙相助，不可力敌，只可智取。第一谨防他侵犯主公。余秀英法术虽高，究竟女子，况要保护嫔妃；千岁驾前须要余半仙步步相随，岂可离开。倘有疏虞，如之奈何？待贫道略施小计，管教一网打尽。明日十四，是五黄日，后日与月相冲犯，不利用兵。须待十八日，大吉大利，一战成功。"

宁王道："军师用何妙计？"李自然走到近身，向宁王耳边说了几句。宁王大喜，拍掌道："妙计妙计！随你剑仙侠客，看你怎的逃生？一准依计而行便了。"不说藩邸安排战事，只待十八日晚间出兵，要来扫荡赵王庄。

再说赵员外得了三位剑侠，十分欢喜，合村的人，个个摩拳擦掌，精神十倍。到了来日，正在款待鹪寄生、徐鸣皋二人，商议御兵之事，忽报一枝梅引领了一班豪杰到来。鸣皋抬头一看，正是徐庆、罗季芳、狄洪道、徐寿、王能、李武同一枝梅七人。

内中多了一个好汉，却不认识。只见他身长九尺，相貌堂堂，头上英雄结，身穿元缎褶子，内衬密门战袄，足上薄底骁靴，腰悬宝剑，一齐走上厅来。鸣皋同了鹪寄生、赵员外等起身迎接，各个施礼相见，通过姓名。原来此人便是草上飞焦大鹏。鸣皋大喜。

赵员外叫把残肴收去，重整杯盘，大厅上排开盛筵，款待众人。鸣皋道："久慕焦大哥英雄豪杰，恨未拜见；今日天赐相逢。实乃万幸！"大鹏道："徐兄名扬四海，哪个不知？焦某是个粗莽之夫，休得过誉。"鸣皋道："不知焦大哥几时到此南昌，怎的与众弟兄相遇？"大鹏道："小弟自与狄兄等别后，闻得老奸把包兄等拿进城中，禁在牢内，小弟思念众位兄弟，故此来到南昌。寻了一日，再也寻不见一个，意欲往马金标处耽搁。细细的访寻，哪知恰巧相遇。方才坐定，只见一枝梅兄到来，说起徐兄与鹪老师在此，故即趋来拜候。"赵员外见了许多豪杰，欢喜不尽。赵文、赵武说土城皆已完备。筑得十分坚固。

大家讲论御敌之计，鹪寄生道："御兵利器，第一是箭，不知员外庄存有多少？"赵员外道："现有七八千，未知足用否？"鹪寄生道："现在还可应用。日后我有个御敌的利器，待我画出图形，只须照样打造。此物虽不及箭之远，却有几样好处：第一价廉，第二易办，第三省人。若用箭时，一人只射一人，此器一人可伤数百人。凭他十万雄兵，我这里只消数十余人，分匀守住，管教他一个也不能进来。而且箭有射完之时，此却用之不竭。"众人听之大喜，鹪寄生不慌不忙，把图形画将出来。不知什么利器，且听下回分解。

第五十六回　备御敌造奇法炮箭　结同盟合佐玉良才

却说鹪寄生把机器图形画出，却有二式。众人看了，不知是件什么东西，鸣皋问道："鹪老师，此器何名？如何用法？"鹪寄生手指那图形道："这名为飞雷炮。将坚木照样造成，装了轮轴，如车辆一般，可以推动。把石片石块敲成手掌大小，在上面倒将下去，只消一人将转柄摇动，那石块从前面口内直飞而出，亦有百步之远，宛如天降冰块。虽不能伤他性命，亦打得他们头破血流。这名没羽箭，里面的膛子及管子皆用铜铁打成，其余的机关，亦只消坚硬木头做成。装在车上，那下面用个火炉，内烧煤炭，须要猛烈。膛子内装满药水，上有漏斗，可以随时添水。等得药水沸腾，将柄摇动，药水从铜管内直喷出去。初出宛如一线，到了数十步远，那水四散分开，好似大雨一般。这药水经了火烧沸，着人身上比滚油还厉害，而且毒不可言，立时溃烂，其痛难当。所以二器相辅而行，远者炮打，近者箭射，随你老奸兵多将广，教你来发个大大的利市！"

众人听了，无不叫好。赵员外即命两个儿子连唤工匠来，照图打造。赵文道："请问老师要造多少？"鹪寄生道："不需多造，每样赶紧造五十具，只是那中间机关，须要照样活灵。那水中的药料，此物这里甚多。你那山上出的草，有一种细叶红花的，名为乌龙刺，叫壮丁去多取下来，预先煎成浓汁，用时将少许掺和入清水内，再将石灰加入。此草见了石灰，却是对头，其水立变血色，毒极非常。若是冷的，其性还缓；若烧滚了，着在身上比刀箭还要厉害。只是一件，那些运机的壮丁，皆要预备皮套，将头面遮蔽，两目之上，嵌两块玻璃，二手亦用皮套，恐有药水误溅自己。”赵文、赵武领命，自去赶办。

众人酒阑席散，一同来到庄前，观看土城，果然筑得坚固。鸣皋道：“员外的二位令郎十分能干，只看这土城，筑得大有道理，将来定是国家栋梁之器。”员外道：“徐大爷休得奖誉。若能众位豪杰常常聚首，教导小儿，却是受益匪浅！”众人四面看过了形势，回转赵员外家内，早有差去城中探听的庄丁回来，报说：今日不见动静，谅来不发兵马的了。

鸣皋道：“鹪老师，他们不即发兵到来，却是何故？”鹪寄生道：“这却猜想不出。我闻得宸濠最信阴阳风水，那贼军师原是个江湖术士，今日是五黄月忌，不利出兵，莫非为此？”鸣皋道：“别的不打紧，只怕他们叫余半仙来，如之奈何？”焦大鹏道：“不妨。我们整备猪羊狗血放在箭上，他若用妖法，便将这箭射去，便好破他。”

鹪寄生道：“好虽是好，只是他的妖法变化无穷，知道他用何法来算计我们？”焦大鹏道：“还有一件好东西，破妖法最灵。”众人忙问何物，大鹏笑道：“说出来不大雅相。”一枝梅接口道：“我知道的了，一定是妇人的月秽。”大鹏道：“一些不差！当年梁山泊宋江，曾用此物破了高廉的妖法。”

罗季芳道：“这些妖法怕他则甚，不过纸人纸马罢了！只要杀上前去，岂能伤人？常言道邪不胜正，有何惧哉！”鸣皋道：“罗大哥，你既知邪不胜正，妖法虚妄，亦知这个正字颇不容易。若非大圣大贤，谁人当得这个正字？你我有何德行，却能胜伏邪妖？”

鹪寄生道：“此事再作计较。目今先拨壮丁，分头谨守险要；挑选强壮者五百人，准备埋伏厮杀；其余准备强弓硬矢，镇守土城。城上多设灰瓶石炮，土城外开掘壕沟。等待箭炮机器造成，在城上开两个门户，以通车路。夜间添设远近巡丁，马探步探；南昌城内外，亦须多遣谍者，侦察军情。”着王仁义安排调度。

鸣皋虑其兵马太少，若欲与老奸拒敌，恐此数百人难以久持。他若各府调动军兵到来，不下百万，区区七百余人如何抵挡？况两军相对，肉搏相战，安保无损伤之虞？若再少了，连队伍都整顿不来，怎能抗此大敌？还当及早招聚义兵，联合左右近村庄相为救援，而成犄角之势。鹪寄生点头道：“此言深合我意。”赵员外道：“此去东南十里，有一座刘家庄，庄上共有四五百家人家。内有个刘佐玉，家财豪富，为人仗义疏财，颇有名望，合村的人无不敬服。近来屡被官军劫掠，恨入骨髓，闻得我庄团聚义兵，亦欲练兵防御。若去纠合他们，无有不成之理，只须老汉去走一遭。”

众人听了大喜，立刻命庄丁备了马匹，就叫杨教师相陪同去。到了黄昏时节，赵员外回来，说刘佐玉闻得江南众豪杰在此，喜出望外，满口应承。他明日特来拜会，就此歃血为盟，同心杀贼。众人大喜。

当晚已过，到了来朝一早，外面庄丁通报：“刘家庄刘大官人，同了郑大爷要见员外。”赵琰连忙接进里边，与众人相见，无非各通名姓，说些客套的话头，不必烦述。那个姓郑的名叫良才，原系是个参将，只因素性忠直，不肯结交上司，因此罢职归家。与刘佐玉邻居，彼此情投意合，成为莫逆之交。几次军兵打劫，亏得他拼命格杀，庄上保全不少，合村无不感激他。

当日赵员外大开筵席，宾主十分欢喜。刘、郑二人与鸣皋叙谈江南之事，二人心倾意服。宴罢之后，赵琰早备牛羊祭礼，敬过神灵，便请鹪寄生主盟。鹪寄生道：“老夫闲云野鹤，岂有反为盟主之理？”刘佐玉道：“不然。此乃老师大仁大义，救此一方百姓，非比等闲的盟主。神人同鉴，全仗老师，以成此事。”众人同声附和。鹪寄生推辞不得，只得应允。

众人歃血为盟，各饮了一杯齐心酒，然后重整杯盘，开怀畅饮。鹪寄生道：“既蒙员外及众英雄相委老夫作为盟主，但弄兵一事，全仗军令，若不严明赏罚，焉能拒敌？未知众位意下如何？”众人齐声：“愿听号令！”当时便命鸣皋写了五十四斩军令，挂于门外。刘、郑二人相辞了众人，回转刘家庄，立刻聚集众人，共有千余人丁，置备刀枪弓箭、衣甲器械，以便互为救应，我且慢表。

且说赵王庄上到了十八日午牌过后，早有城中细作飞马回来，报说：南昌城内调动军兵，忙忙碌碌，只怕今夜要来侵犯我村的光景。一连见次报来。赵员外慌忙与鹪寄生、鸣皋等商议，鸣皋道：“今晚必定大队而来，老师当用何策拒之？”

鹪寄生道：“我料敌兵今夜到来，决不走马冲阵，必定围住村庄，扎定浮营，然后两面夹攻。我们只宜坚守土城一面。那左边离庄二里之遥沿山转弯的所在，只有二马并行之阔，可在那里山坡树林里面埋伏。火攻下面，掘下一丈深、三丈宽的陷坑，坑内顶藏火药，上面堆积木柴、松香、硫磺之类。”命徐庆带领五十壮丁埋伏山上，听得信炮山号，点燃药线，将他人马截住，使彼首尾不能相顾，随唤殷寿过来，吩咐带二百名庄丁，速去安排掘坑，限黄昏交令。要一切齐备，违者按军法从事，殷寿领命而去。

只见赵文、赵武进来，道：“启禀老师，所造飞雷炮、没羽箭，机器、药水尽皆齐备，现在排列在土城之内。一面已吩咐在土城上升出左右二门，以通车路。”鹪寄生大喜道：“二位公子实在能干！”便同了鸣皋等一众英雄，来到庄前观看。只见五十架飞雷炮，五十架没羽箭，整整齐齐排列车上。

鹪寄生将机关看过无差，便先将飞雷炮演放。命五十人执掌摇柄，五十人管理加石，其余运石之人，虽妇人女子，亦可帮助。只听得一声梆子响，那五十个加石的一齐将石片倒入机内，那五十个执掌摇柄的一齐奋力转动，但见这石片石块，如乌鸦般从土城上飞出，足有一百步之外，只闻呼呼风响，倒也十分好看。众人见了无不喜欢。又听得一声锣响，飞雷炮一齐停了。鹪寄生又命将没羽箭演试，不知如何，且听下回分解。

第五十七回 李自然狠心施毒计 郧天庆再打赵王庄

却说鹪寄生令演放没羽箭，只用清水，不必下药。亦然五十人摇柄，五十人加水，但两手并头面皆用皮套。只用铛锣为号，“当”的一声，五十架机关齐发，其水从管中飞出，直射数十步外。宛如匹练横空，长虹飞堕；所到之处，若狂风催急雨，势如奔马一般。虽则水中无药，犹能令人立足不定，透气不得。员外同众人齐声喝彩。

鹪寄生道：“前面土城一带有此利器，不必用重兵把守，但须一员超等上将管领。”焦大鹏道：“弟子愿当此职，不知可胜任否？”鹪寄生道：“焦英雄肯领此任，最妙的了。”赵文、赵武、王能、李武四人为副，叮嘱小心防守，不可擅离。倘有贼兵到来，等他兵临城下，然后用炮箭隔城攻打；倘贼兵败走，然后开了城门，将炮箭车推出追杀。如已去远，切勿穷追。众人领命。

鹪寄生同了鸣皋等一班豪杰，回转赵家厅上。命狄洪道、一枝梅各领二百壮丁，为左右翼，在庄外左右埋伏。自己同鸣皋、罗季芳，带领二百壮丁为中军。分拨已定，时将天晚。只见殷寿回来交令，说火坑埋伏，一应齐备。鹪寄生便命徐庆带领五十名火兵，往西山上面密林中埋伏，若见兵马到来，由他进来。只听号炮，即便纵火燃放地雷，不得有误。徐庆引命而去。

到了黄昏时候，一连几次报到，都禀称城中兵马已发，约有二万光景。李自然亲自同了郧天庆带领中军，铁昂为副，殷飞红带前军，雷大春、铁背道人为左右二军，波罗僧带后军，共分五路而来，现今头队已出城关。不多时报说前队离庄二里，停住不进。

鹪寄生等齐上望远台，远望官军陆续连接而来，宛如一条火龙。看到后队走得甚慢，旗幡攒聚一处，好似保护着贵重东西一般。暗忖道：“这却作怪，岂非宁藩亲来不成？即使亲来，岂有居在后队？此事有些蹊跷。”望了一会，说与鸣皋、员外，大家揣摸不出。罗季芳道：“那后军想是老弱之兵，所以行缓，何足为怪？”鸣皋喝道：“匹夫，他十万之中挑此二万，岂有老弱在内？”

正在猜疑，探子报说官军左右两队与前队扎住西山足下，那中军、后队俱向庄前大道而来。鹪寄生道：“徐兄，你同罗季芳二人拒敌左边。即他中军、后队俱向庄前，其中必然大敌。待老夫相助大鹏。不可轻忽！”鸣皋领命，同罗季芳带领一百壮丁，到庄左去迎敌。鹪寄生带领徐寿、王仁义、杨挺、殷寿，并二百壮丁，齐到土城上观望。只见官军一字排开阵势，遥望后队，尚未到来。鹪寄生道：“我料他们这后队之中，必有厉害。看他光景，分明等那后队到来，一齐动手。”徐寿道：“他们若用妖法，我们现有猪羊血箭在此，亦不惧他。”

不说这里准备厮杀，只说李自然发军二万，分为五队，自与郧天庆、铁昂带领中军，却命波罗僧保护着一尊崩山倒海九节烘天红衣大炮，要将赵王庄打为平地，鸡犬不留。若说这尊大炮,非同小可,长有数丈,炮中可以走得人,其重数十万斤。因此分为九节,各有螺纹相接,用九辆炮车装载,临时拼合起来。那车上各有机关转动,其炮自能拼接成一。每车一辆,用二百军兵,前拖后推,发出能有十余里之远。莫说土城不在他心上,就是小小的山头,也被他打去了。只因宁王阴图谋逆,听以铸此凶器。

今日李自然知道江南豪杰尽在此间,他便起这狠心,下此毒手,意欲一网打尽,免了后患。哪知天意难料,造物好生,自有高人相救。当时李自然等得炮队到来,吩咐将旗幡遮蔽,休被敌人望见,将九节大炮连接起来。不多一会,一切火药炮弹尽皆齐备,中军帐内发起一声号炮,庄前庄左,一齐攻打。

我却一口难言两处。彼时一齐动手,我只先说庄左殷飞红听得进军号炮,吩咐三军冲进村庄。众兵一声呐喊,由西山足下飞奔而来。及至前队到庄,那雷大春的左军已进山角嘴一半。鸣皋在瓦房上面望见,便发起一个信炮,带领罗季芳并一百壮丁,在庄口要道之所截住。殷飞红一马当先,冲至庄口,只见一个好汉单手提刀,拦住去路,大喝:“狗强盗,通名领死!”鸣皋道:“老爷行不更名,坐不改姓,扬州徐鸣皋的便是!贼奴帮助奸王,可惜污我宝刀。”殷飞红大怒,道:”强盗,正要拿你,敢自来送死!”说罢,举起那八十斤龙环泼风刀,照准鸣皋当头砍下。鸣皋将身一侧,起单刀向上迎来。

看官,大凡名将遇着名将,皆要称他一称有多少分两。只听得“当”的一声,觉得十分沉重。殷飞红见他力大无穷,也用尽平生之力,压将下来。鸣皋狠命抬将起来。二人气力相等,那两件兵器好似生根一般,上也不得上,下也不得下。各人用力,只见两把刀当当的震响,皆觉臂膊上有些酸麻。那只马在地上团团的转来。只是殷飞红占在上面,易于用力,徐鸣皋在下面吃亏。若讲二人实力,还让鸣皋的先手。鸣皋想道:“他们人马众多,不可只管较力。”便将刀探出,殷飞红圈转马来,再打照面。

这里罗季芳大叫:“罗德在此,吃我一鞭!”提起那枝十三节四方钢鞭,向殷飞红打来。飞红将刀架开,那边鸣皋的单刀又到,飞红暗想:“也是我的晦气,偏偏遇着这两个对头星,看来难以取胜。”只听得背后雷大春飞马而来,大叫:“殷先锋,俺来助你擒这两个逆贼!”正要上前,不防一枝梅从树林中跳将出来,提起单刀,向大春便砍。大春忙起笔捻抓招架,二人又杀在一堆。

忽然听得西山足下,震天震地的一声响亮,霎时间火光冲天。后面官军齐声叫喊,三军大乱。殷、雷二将知道又中了奸计,只得喝令三军向前死战,回去无路的了。哪知狄洪道舞动双拐,带领众壮丁,将官军砍瓜切菜。

且说铁背道人正催军前进,忽见前面一声震响,地雷轰天而起。一时间山上树木尽皆烧着,把山路烧断,火坑内烈焰飞腾。官军死了无数,只得按住兵马。这里徐庆杀下山来,逢人便砍,五十名壮丁跟着他的威势,也觉得人人好汉,个个英雄,一路杀将进来。官军四散逃命。殷、雷二将见官军渐渐消磨,又加上一个徐庆到来,却抵敌不住,只得忘命死战。

且说鷓寄生见官军一拥上前,攻打土城,一齐下得城来。一声梆子,那五十架飞雷炮一齐转动机关,石块石片如雨点般飞出城来,打得官军头破血流,鼻青嘴肿。欲待退后,那军中战鼓齐催,那偏俾牙将各拔兵器在手,退后立时斩首,只得没命向前。及至地濠边首,正欲奋跃过来,忽见一阵滚烫浇来,如急雨一般,着在身上,疼痛难当。有的站立不住,跌入濠内,有的自相践踏。一时间齐退下来,哪里止当得住。

这里大开城门,赵文、赵武喝令将百辆机器炮箭,一齐推出城来追赶;随后焦大鹏、徐寿、王能、李武、杨挺、殷寿一齐杀出,官军大败。鷓寄生在土城上观望,看那官军败去百步之外,就命炮箭停止。那六位英雄,带领二百壮丁追杀上去,逢人便砍,杀得尸横遍野,血流成河。

且说李自然见他们用此器具把官军打退,吩咐郕天庆休得上前。只望两边退下,抄入炮队后面。一霎时官军尽向两边兜转居中,远远的露出后队,整整齐齐。焦大鹏、徐寿等正要杀上前去,只见后队旗幡展动,也向两边分去,望见那尊轰天大炮,后面炮兵手内火把高举,正要燃放,只吓得魂不附体。

鷓寄生在土城远望,看见中军向左右退去,正在疑心,忽然望见这尊大炮,吃了一惊。暗道:"我原说这后队作怪,如今如何是好?"只见数百炮兵,手中皆是火把,一声锣响,那炮兵举起火把,向炮门上便点。不知赵王庄上众英雄性命如何,且听下回分解。

第五十八回 霓裳子独救赵王庄 郕天庆枪挑草上飞

却说焦大鹏、徐寿、王能、李武、赵文、赵武、杨挺、殷寿,并土城上鷓寄生,与城内城外众壮丁,一时望见这尊大炮,那炮兵将火把要点放,个个吓得魂飞天外,魄散九霄。连鷓寄生剑术之人,也只束手待毙。这炮离城有二里之遥,随你飞身纵跳,哪里来得及过去,止住他点火。只得对了众壮丁说一声:"快快跳下,卧倒地上!"一时间都似鸭蛋一般往土城下乱滚。阵上焦大鹏大叫:"快卧地上!"那城外众英雄与壮丁们,乱纷纷困在地上,闭了眼睛,咬紧牙关等死。

且说那管领炮台的主将波罗僧,见前面敌军相近,自己的人马已向两边分开,吩咐炮兵头目举火开炮。这个炮手正要点火,忽见那旁边一株大树上,飞下一道光华,那点火的脑袋向着炮门上直滚下去。众三军一齐大惊,瞥见一个女子,手执宝剑,左右一挥,人头乱滚。一时间官军大乱,四散奔逃。

波罗僧见了大怒,提了月牙铲,恶狠狠正要上前,只见那女子就地上拔起一面旗来,将根上的铁销子向着炮门内直插下去,把手中剑一剑削平。波罗僧赶到面前相近,原来却认得的,失声道:"啊呀,原来是她!"回转身来,没命地飞跑而去。这波罗僧乃龟兹国人氏,前在广西山中落草,与绿林魁首大盗陈大刀、李金牛打劫一宗大镖买卖,恰遇霓裳子路见不平,将陈大刀、李金牛杀死,救了一班客商性命银两,波罗僧漏网脱逃。所以今日见了,宛如鼠子见猫儿一般。

却说郯天庆在后面远远望见,大怒道:"俺偏不怕你剑术!"分开兵卒,骤马追来。那霓裳子已进土城去了。那焦大鹏等不见炮响,抬起头来,望见一个女子已将炮兵杀退,便人人胆大,跳起身来,杀上前去。刚遇郯天庆马到,二人即便厮杀。徐寿见大鹏战住天庆,便指挥众人,并一百架机器炮箭,风卷也似的过来。铁昂舞动双锤,拍马迎来,大呼:"休冲俺的阵脚!恰遇王能、李武二人接住相杀。随后殷寿也到,见王、李二人战不住这黑贼,便舞动双刀,上来助战。三人走马灯相似的战住了铁昂。

那徐寿早已杀入中军阵内。他这把刀何等厉害,只见人头滚滚,血肉横飞。李自然见来势凶涌,早已逃至队后。波罗僧见霓裳子去了,望见一个小将杀入军中,如入无人之境,他便舞动月牙铲来战徐寿。若说波罗僧的本领,却在徐寿之上,幸得徐寿纵跳如飞,身轻如鸟,善于巧战,所以还能敌得。

那杨挺同赵文、赵武见众英雄敌住三将,分作三堆儿厮杀,便喝壮丁推转飞雷炮、没羽箭,直冲过去。官军站脚不住,望风退败。李自然恐其三将有失,吩咐鸣金,一路向南昌而走。郯天庆、铁昂、波罗僧本则无心恋战,听得本队鸣金,也便回身退转。众英雄哪里肯休,随后如飞赶来。

且说鹪寄生遇见了霓裳子,知道已将炮门钉了,便一同在土城上瞭望。见官军退去,众英雄追赶上前,暗想这三员敌将非是等闲,倘若追远了,炮箭发完,这里望不见救不及,若有伤损,如何是好?即忙传令,也鸣金收队。徐寿等听得锣声,同了王能、李武、杨殷二将、赵氏弟兄,推转炮箭车辆,回转庄上交令。

只有焦大鹏不肯回身,走又走得快,如飞赶将上去。郯天庆暗想:"你的本领,我岂惧你?只是纵跳厉害,少不得结果了你。若在此处相恃,他有剑客相帮,不如待我诈败下去。"且战且走,转过前面山坡,却不走进城大路,从东边山路落荒而走。

焦大鹏不知好歹,果然中了奸计。看看追入山凹,约有十里之遥,郯天庆回转马来,奋起神威,举戟便刺,焦大鹏将刀相迎。战到三十余合,那焦大鹏本领虽高,怎敌得天庆的神勇?渐渐气力不加,两臂酸麻,刀柄发烫,虎口震痛,一个失手,被郯天庆一戟正中前心,死于地下。天庆割了首级,回转城中去了。

再说铁背道人在于西山足下,欲进不能,正在迟疑。那时已交四鼓,斜月东升,遥望山下一个步行贼将,如风雷掣电一般,追赶一员马将。月光之下,看得分明,那马上将官,正是殷先锋部将薛大庆。看看赶上,那铁背道人将马一夹,双刀一摆,从壁陡山坡上直竖下来,真像一道电光。眨眼之间,举起日月钢刀,照着那贼将便砍。

这追赶薛大庆的正是徐庆,不防高山上忽然半腰中驰下一人,先吃了一惊。况且铁背道人的本领还高他一着。当时急把身子一偏,那刀从肩胛边上劈过,砍去一大片衣服,将缠胸索子斩断,衣服松散,拖挂下来,舒展十分不便。薛大庆回马转来,两下夹攻。徐庆勉强支持五六个回合,只得望西落荒而走,背后二马紧紧追来。

看官,此处并非山路,那铁背道人屯兵之处,被火烧断的地方,方是正路。徐庆埋伏的去处,还在正路的上面。他从山顶上下来,纵火烧断了山路,见官军四散往山脚下逃命，他又从那里再赶下山来，正是三层房子，已到着底。故而此处都是荒坟野树，地下高高低低，约三里之遥。

徐庆心慌意乱，那衣服被一株断树上绊住。徐庆奋力一扯，不防前面却是一条沟渠，便向沟内扑通地跌将下去。背后铁背道人的马已到，便举起刀来，一个白龙取水之势，从马背磕将下来，向着徐庆便砍。徐庆正跌个合仆沟中，头在水底，两脚在于岸上。正欲跳起身来，无奈不识水性，身在水底，手臂不能用力，哪知后面刀已下来。薛大庆在后面看得清楚，心中大喜，暗想："你这贼好厉害，赶得这般紧急，定要杀我，却也有今日！"

正在欣喜，忽一道白光，从东南上飞射下来，宛如电光一亮，那铁背道人齐腰两段，溜缰马跌入沟中。薛大庆吃了一惊，扭转头来，向东南上望去。只见南面大路的山上，一个和尚生得品貌端方，宛如阿难降世，指着薛大庆喝道："从奸贼将，休得逞能，俺一尘子在此！"薛大庆听了，圈转马来便走。徐庆也从沟内爬将起来，见铁背道人死在岸边，拦腰杀死。抬头看见山上有人，听得"一尘子"三字，大呼："师父，弟子徐庆在此！"

一尘子便从山上下来，道："贫僧看见足下跌入沟渠，贼将要待行凶，故此把他杀了。我与霓裳子同来相助你们，见他分军两路进兵，我与霓裳子约定分路，跟着他们兵马。霓裳子从南路，刻下谅也到庄。我从西路，在此对山上看望多时。见你们出奇制胜，杀得官军大败，料想必定成功，无须贫僧动手，故此站立此间观望。忽见你被这两个追赶，故此相助一臂。"

徐庆谢过了救命之恩，说道："此人乃宁王手下的大将，八虎将中之一，名唤铁背道人。幸被师父除此大害。"当下二人寻路回庄。那时官军西路尽退，那雷大春、殷飞红同偏俾牙将等，亦皆败回，四散落荒而走。只见满地尸首，兵枪旌帜，抛弃无数。

二人进了庄门，与鷀寄生、徐鸣皋等相会，大家喜欢不尽。一尘子道："鸣皋贤侄，你师父同六师伯、五师伯即日也到。"鸣皋称谢。霓裳子说起："李自然如此狠心，用此大炮。我一路跟随到来，见他们要想燃放，被我杀退众兵将，将炮门钉了。如今可速命人将炮运到庄上，将他镇守庄前，使他不敢从南路进兵，我们便好专备西路了。"众人齐说："有理。"赵员外道："今日若非仙姑到来，合村早成灰烬。"众皆拜谢霓裳子救命大恩。

鷀寄生吩咐赵文、赵武带领庄丁，先将大炮推运到了土城，镇守南面庄前；一面命杨挺、殷寿带领庄丁掩埋尸首，收点刀枪，清理战场一切。又命一枝梅寻探焦大鹏下落。不多时回报：焦大鹏被敌将刺死在十里外东山凹内，恰遇刘家庄上巡丁看见，告知刘佐玉，已命棺木成殓，明日差人送至张家堡而去。众人听了，感伤不已。从此二庄兴旺，焕然改变规模，且听下回分解。

第五十九回　余半仙祭炼招魂法　霓裳子金殿显奇能

却说赵王庄自从一尘子、霓裳子到来，鷯寄生便把兵事让与一尘子执掌。将庄前土城改为石城，居中架着九节轰天红衣大炮；西山一带，连造墩煌营垒，一路梅花桩、铁蒺藜、鹿角之类，密密层层。庄上竖起招聚义兵的大旗，厚给饷银。一面命徐鸣皋、一枝梅二人同往马家村，嘱托马金标暗招各路民兵。庄上建造十三层的瞭望台。那刘家庄上，刘佐玉、郑良才来告，焦大鹏的尸首，用上好杪枋成殓，已送往张家堡去。现下共招本庄义兵一千五百，还有外来的也不少。

不数日，马金标处指引来的民兵，陆续到了二千余人，各有金标信票为凭。一尘子便命赵文、赵武、杨挺、殷寿，从庄前石城南首，直接刘家庄十里外，联络八座营垒，十二所墩煌。过了几日，默存子、山中子也到，众英雄设宴大会，两庄之人无不兴高十倍。一尘子命刘佐玉制造军装，一切刀枪、弓箭、旗帜、攻守器具。那庄南一带，十里路的营垒、墩煌，连成一气。

又过几日，忽有探子报说：二千余人马，各执军器，整队而来，在庄前驻扎。有一个妇人，满身缟素，口称要见狄、徐二位大爷。鸣皋与洪道到石城上答话，狄洪道一见，大喜道："这是焦大鹏的妻子孙大娘到来，必定要替丈夫报仇。"忙即开城，接孙氏与众英雄见过了，大哭悲伤，誓报夫仇，今带二千义兵，特来相助。一尘子吩咐狄洪道将人马检点，编入队伍。

自此赵王庄上军威日胜，与前大不相同，共有一万人马。而且庄上极富，各处远近村庄义助粮饷，因此兵多将广，粮草堆积如山，与刘家庄连成一气。鸣皋每每想起杨小舫等，要一尘子没法相救。一尘子道："且等大哥玄贞子或傀儡生到来，方可进得王宫。"

且说那宁王如何不来攻打？内中有个缘故：自从那日李自然、邺天庆等回转城中，检点人马，少了七百余人。虽则杀了焦大鹏，却伤去一个铁背道人，并这尊九节烘天红衣大炮。宁王十分可惜，埋怨李、邺二人。

余半仙道："千岁休怪他们，只因赵王庄究竟不知有多少剑侠在彼，法力无边，此等人实难力敌。"宁王道："相烦先生带兵前去，将村庄扫成平地，杀他个鸡犬不留。"余半仙道："不必如此。目今他们将大炮镇守南方，那西面山路险峻，他又重重营垒、墩煌，层层鹿角、梅花桩，我军若去，反中奸计。若向庄前，势必开放大炮。我有一计，只消百日工夫，管教他们死得一个无存。"

宁王问用何计，余半仙道："此乃我师传授，极厉害的妙法，名为招魂就戮大法。只消命雕刻匠用柳木刻成一寸三分长的小木人一万余个，在御教场内结一个极大的金顶莲花的茅篷，周围做成三百六十个门户，外用鹿角埋伏之类，中间设立法坛，将木人一齐放在坛内。我便日日作法，只要百日完满，将这些木人丢在水中。他们合村之人，同时淹死；或抛入火内，他们个个满身焦烂而死；或将木人的头切下，他们应时头断。任你剑仙,也不中用了。如非脱了凡胎的死他不得,若是血肉之躯,终难活命。”

宁王听了大喜,道:“妙极妙极!只是须要兵马保护。恐怕他们得了风声,前来抢去。”余半仙道:“不必保护,谅他也不敢来,他若来时,却最好了。我这妙法比八阵图还妙三分。看看数百门户通连,人若进去了,休说要到坛内,就是立时退出,也退不出去。今年走到明年,还是仍在门户内穿来穿去,况且一进门户,立时昏迷,还能抢劫吗?”宁王大喜道:“孤得先生,乃天赐我成功大事也!”遂命李自然速传令雕刻一万五千个柳树人,要一寸三分长,限七日完成。一面命天庆速速建搭金顶莲花茅篷,余半仙亲自监督,我且丢过一边。

再说赵王庄上,一日兴旺一日。又过了几天,徐鸣皋说起宁王参奏俞谦并十二弟兄之事,霓裳子道:“此事极易,只消我去如此如此,便不妨事了。”鸣皋听了,大喜道:“若得如此,极妙的了!”一尘、默存、山中子、鷦寄生齐道:“此计甚妙,相烦霓裳走一遭吧。”霓裳应允。到了明日,辞了众英雄,往京都而去。

看官,自此赵王庄上军威壮盛,戒备甚严,南昌城内并不前来攻打,只不过各自暗里算计,所以两下相安无事。我且一并搁起。

书中单表黄三保自从那一日奉了宁王旨意,送那表章进京,要求朱宁、张锐从中帮助,带了四个家将,晓行夜宿,路上非止一日。那一天到了都城,在张仪门内高升店住下,先要去见朱宁、张锐。那朱宁本来姓钱,因为正德皇帝宠爱与他,赐了朱姓。他有个兄弟叫做钱安,在良乡县做知县。这两日他告假往良乡去探望兄弟,故此不在京城,只有张锐在于西厂。黄三保打听明白,命家将携了金珠礼物,将宁王书信带在身旁,遂到西厂而来。

那三保初次来京,人路不熟,见一个老者过来,便令家将问张锐张公公家在哪里。老者用手指一所大宅道:“这不是张公公家吗?”黄三保便依着他走去。守门的进去通报。哪知这位太监虽则姓张,却不是张锐,就是昔年扳倒刘瑾的张永。为人忠心耿耿,作事细心,正德天子亦十分宠爱,现今执掌东厂。当时闻得江西宸濠差官到来,暗想:“咱家素不与他来往,其中必有缘故。”便命请到里边。黄三保乃是个莽夫,便将书信呈上,并将金珠礼物一并排列桌上,将宁王嘱咐他在天子面前要陷害俞谦,并罗德、鸣皋等十二弟兄,一五一十地说了一遍。

张永以差就差,假意满口应承,吩咐手下人把礼物照数收入,立刻摆出酒肴款待三保。那四个家将在外面,亦然赏赐酒食。张永饮酒之间,探听宁王动静,黄三保只当他是张锐,便把宁王的反迹,尽情倾吐。张永留住了三保在家,暗暗吩咐家人,不许放他一人出外。自己亦推去见天子,少顷定有好音。黄三保不知是计,满心欢喜,以为此次功劳不小。

那张永带了宁王书信,一直进宫,来见天子,把黄三保错认张锐、误投书信之事一一奏明,将宁王书信呈上。正德天子龙颜大怒,道:“老贼擅敢如此!朕躬待你不薄,你却贪心不足,只想谋逆。怪不得众大臣皆奏宸濠蓄意造反,俞谦、王守仁连上数表,说他早晚必定兴兵。如此看来,尚有何疑?”立刻传旨,命廷尉同了张永到家中，将黄三保并四个家将一齐拿下，收禁天牢。待等来日早朝，着张永同刑部严刑审问。

张锐得了这信，吓得魂不附体，立刻命人请回朱宁商议。随即差人到江西宁王处送信，将上项事细细说了一遍。朱宁听了此信，连夜赶来，打听消息。

那正德天子到了来日五更驾幸太和宝殿，抬起头来，忽见居中正梁粘着一幅红纸，约有一尺余宽，五尺多长，好似贴的镇宅符一般。纸上蝇头小楷，只不知写的什么东西。天子见了，吃了一惊道："这事奇了！此殿正梁，足足有九丈余高，四围无丝毫立足之处，除了仙人，哪个能上去粘贴此纸？"立召值殿官查问。值殿官奏称：昨夜并不见有人到此。

古语说得好：聪明莫如天子。况这正德皇帝是个英明之主，心中是早已明白，莫非就是这班侠客所为。即命侍尉将桌子叠起，爬将上去，万万难难的将红纸扯下。扯下招来一看，那上面粘处的浆糊尚未干燥，不觉心中凛凛。看那写的是一尘子、霓裳子、默存子、山中了、鹪寄生、徐鸣皋、一枝梅、罗季芳、徐庆、狄洪道、徐寿、王能、李武一十三人同奏宁王恶迹，从姑苏打擂起，直至现在赵王庄上，一桩桩、一件件细细写明，要求天子赦众人之罪，将宁王早早剿除的话。不知正德天子如何发落，且听下回分解。

第六十回 徐鸣皋二探宁王府 朱宸濠叛逆动刀兵

却说正德天子观罢这篇一十三人联名公表，心中知晓宸濠必在早晚兴兵叛逆。随命东厂太监张永将黄三保发刑部三法司审问。黄三保知事机发露，倒不如实言招认，免受刑罚，随把宸濠劣迹一一招将出来：如何私造离宫金殿，如何僭越天子仪仗，如何招兵买马，如何积草屯粮，如何交通内监，如何暴虐良民，封某为军师，封某为八虎将，某处通连山贼，某处结连海盗，朝廷官员半是宁王耳目，各省疆臣尽是宸濠心腹。张永得了口供，仍将黄三保收禁天牢，回宫复旨。

天子大怒，便要亲统六军，前往问罪，遂自封为总督天下兵马神威天府大将军之职。当有三边总制都御史杨一清奏道："陛下乃万乘之尊，岂可亲临戎幕？况宁藩反迹虽露，尚未明目张胆，兴兵犯界，是宜密为预备，各处戒严。待他反情明见，然后命王守仁、俞谦，足可制之。"早有朱宁、张锐得知此事，又差人到江西报信。

宁王连接朱宁、张锐来书，知黄三保失事，并有侠客在太和殿私贴表章，天子尽知底细，慌忙与李军师商议，自然道："既然如此，我们就此兴隆起兵。只是余半仙的招魂就戮大法日期未满。若得先除这班恶党，然后兴兵，便可长驱直入，免了许多掣肘。"宁王道："他们不过负隅自保，谅亦不敢出来阻挠我军。"李自然择于三月初三兴兵起手，大事必成。一面向各处征调兵马粮饷，准备军装一切，连连操演人马。

早有探子报到赵王庄上，说连日各处有兵马到来，城中忙乱异常，莫非早晚要来侵犯我庄。一尘子闻报，吩咐众人小心把守。探马途中相接，一连半月，叠报陆续共到二十余万。在嘹远台上将嘹远镜看去，那南昌城内城外的营盘扎得密密层层，营中日夜操演军马。

一尘子看到教场之内，就把瞭远镜递与鸣皋，道："徐贤侄，你看奇吗，他各处营中俱皆在那里操演，偏偏教场中不操，却扎个莲花大营，这是何意？"鸣皋接了瞭远镜，看了一会儿道："二师伯，这不是营帐，却是个茅篷。四围不用旗帜刀枪，尽插皂幡，而且周围千门万户，望去愁云密布，杀气腾空，莫非炼什么妖法的阵图？"一尘子道："果然，我也这般想。又是余七在那里不知捣什么鬼，待我今夜探他一探。"鸣皋道："二师伯去时，小侄同去。"一尘子点首道："只是须要小心，不可使他知觉。"

各人下得台时，只见霓裳子到来。一尘子道："贤妹因何今日方回，其事如何？"霓裳子把京中之事细说了一遍："后来绕道南海，今与七弟同来，玄贞子兄不久也要到此。途中又遇见了河海生，现今皆在厅上了。"一尘子领了一班豪杰同来相见，徐鸣皋与徐寿先拜见了海鸥子，又与河海生相见。见他生得修眉长目，方面大耳，三绺清须，仪表非俗。赵员外摆酒接风，众豪杰雄谈阔论，传盏交杯。徐鸣皋自与海鸥子叙阔别之情，霓裳子讲说私进王宫太和殿粘贴表章之事。及至酒阑席散，天色已晚，各人皆谨守职司。

到了二更时候，一尘子同徐鸣皋扎束停当，皆是短衣窄袖，软底骁靴，一个带了宝剑，一个插着单刀，径到南昌城外。只见城外尽皆营盘，周围有二里之遥。一尘子道："贤侄营帐上面行得吗？"鸣皋道："小侄本事底微，虽则勉强走得，只恐惊觉他们，不如从民房上走了罢。"二人遂转到北门外大街，上了屋檐，连窜带纵，越城而进。鸣皋在后面看那一尘子，宛似点水蜻蜓，一跃十余丈，正如一道青光。莫说声息全无，风都没有，难辨人形。一尘子频频等待，鸣皋尚要竭力追随，暗暗喝彩道："好个健和尚，名不虚传！"转眼间已到教场。

一尘子同了鸣皋伏在敌楼之上，向下面望去。只见中间一个极大茅篷，扎得馒头形状，约有五亩之地。上插三百六十五面皂幡，点着一百零八盏绿色的幽魂灯。茅篷周围立着似人非人、似鬼非鬼的，约有二三十个，都是黑衣红帽，动也不动，亦不开口，觉得阴气逼人。一尘子也不敢下去。望到茅篷里面，千门万户，弯环曲折，时见火光闪亮，不知中间是些什么古董。二人猜疑了一回，觉得胆寒起来，遂悄悄的出得教场。见那街上边巡夜兵丁，马的马，走的走，一队来，一队去，严防得十分紧急。

鸣皋暗想：今夜有他在此，何不进宫去探小舫。遂向一尘子说明心事，一尘子道："进去何难，只恐无益。"鸣皋道："我们见机而行，小心在意便了。"二人就在瓦房上面进得王宫，一路望御花园来。经过妃子宫院，望去那院内灯火辉煌。二人俯身张看，只见一个女子，年纪不过二十左右，生得十分俊俏。桌上铺着一张画图，鸣皋眼力尖。仔细看那图上画的都是屋面。那女子忽然将画图凝神细看，好似惊讶的光景。

鸣皋依着女子看的所在望去，见画图上的屋上，却有二人伏着，内中一个头戴武生巾,一个却是光头。鸣皋本性聪明,心中便就疑惑,有意将头摇了几摇。只见那画图上戴武生巾的,也在那纸上摇动,不觉吃了一惊。这一尘子早已知觉,将鸣皋一扯,轻轻说一声:"快走!"说时迟,那时快,但见那女子伸手下去,抓一把不知什么东西,着向庭心便撩。一尘子见势头不好,一手扯着鸣皋便走。只见庭心中飞起一片黑烟,到了半空忽然散开,好似撒网一般,从背后直搭过来。幸而走得快,只将徐鸣皋的一顶武生巾卷去。

二人亡魂丧胆而逃,出了城关,到了郊野之所。一尘子道:"好厉害,这个什么妖法?幸我这一跳足有十五六丈,还只相去得半步。若然这一跃近了一尺之地,我二人皆被拿住矣!"鸣皋道:"她只看了这纸,那屋面上的动静尽皆得知,此是何法?"一尘子道:"总之皆是法术。若非会道术的人来,断难抵敌。你看方才的光景,险也不险?只须玄贞大哥到来,方可破得他们。"

二人一路回转赵王庄上,天将明亮,众英雄起身,皆来问候。一尘子把昨夜之事说了一遍。鸣皋问道:"玄贞大师伯的道术,比着傀儡生如何?"一尘子道:"各有所长。若讲剑术精明,玄机参悟,掐算阴阳,预知凶吉,乃玄贞独臻其妙;至于呼风唤雨,撒豆成兵,却让傀儡生为第一。"

鸣皋道:"我看老奸行为,即日便要兴兵造反。不然如何各处调那兵马到来,目下约有四十余万光景,日夜操演,其势十分紧急。岂有为了此处村庄,如此兴兵动众之理?"众人都道:"有理!我们等他出兵,打他一个出军不利。我们也须操演军马,准备厮杀。"赵王庄、刘家庄遂皆日日教演兵马。一切军需粮饷,皆调度舒齐。但等宁王起反,便要杀个下马威儿。岂知他们却要收拾完了你们的性命,然后出兵,众豪杰哪里知道。

不觉光阴如箭,已到了二月初头。余半仙祭炼招魂就戮大法,已到了九十日。这些柳树刻成的木人,手足都会转动起来;只少十天工夫,便能一霎时尽杀二庄一万余人性命。谁知天不从人,却好来了玄贞子、飞云子、凌云生、御风生、云阳生、傀儡生、独孤生、卧云生、罗浮生、一瓢生、梦觉生、漱石生、自全生到来相救,破他招魂就戮大法。徐鸣皋要三入宁王府内,救出小舫等三人。这就是十二侠士与七子十三生大会江西的故事。余半仙兄妹要与傀儡生大赛道术,天翻地覆的一番大斗。宁王兴兵造反,杨一清拜帅,兵败而回。后来王守仁亦拜帅,征战年余,宸濠被擒正法。在后集中细禀。

第六十一回 朱宸濠传檄江南 玄贞子投书海外

话说宁王宸濠与军师李自然议定,择于三月初三日兴兵,却还有一个月时候。各处调来军马,陆续已到,不下二十余万。囤积粮饷,准备军装,十分忙碌。那副军师余半仙祭炼招魂就戮大法,已到九十日上了,这些柳树刻成的木人,手足都转动起来。再过十日,好将赵王庄、刘家庄两处一万多人的魂灵杀尽。

这一日宁王亲自操演,大会军士,有军师李自然献计道:“二庄中聚集的剑客侠士,都是俞谦一党,全仗余军师妙法,斩草除根。出兵的时候,便好一意向前,没有后顾之忧了。还有一件要紧的事,黄天保前日收禁天牢,机关已破,朝中杨一清、王守仁等,必请昏君旨意,叫各省发兵来战。千岁要先下手为强,写一道檄文传谕江南等处,说皇帝荒淫无道,千岁是先帝爱子,宜登龙位。从前汉朝七国兴兵,以诛晁错为名,千岁亦依此法,要斩除朝中杨一清、王守仁一班奸党。各处地方官员,有许多是向来顺从千岁的,叫他预先准备,协助兵饷,其余见了檄文来归附的定然不少。然后邺将军率领众将,统带雄兵,先取苏州、南京两处,杀了巡抚俞谦、侍郎王华。那南京应天府是太祖洪武皇帝创立根基之地,能将此地先取,再兴大兵直取北京,便势如破竹了。”

宁王听了大喜。道:“此计大妙!孤家若登龙位,李军师是开国元勋,当为首相;余军师仙法成功,当封国师;余军师令妹保护王宫,仙法无边,当封副国师;无敌大将军邺天庆当为天下兵马都元帅。众将立功,都有重赏,现在悉听军师调度,不可有违。但檄文要写得好,何人能写?”李自然道:“贫道保举一人能写檄文,就是谋士赵子美,绰号小张良。”宁王道:“军师保举的不差。此人前在苏州,为扯倒擂台打死严虎一案,孤要查钞徐鹤家,他屡说使不得,果应其言,颇有见识,就叫他写檄文。”赵子美答应,依了二人之意,一挥而就,呈上宁王。宁王接在手中细看,道:

为传檄事:本藩乃先皇帝第八子也,蒙先皇太后爱怜,衣带遗诏,入承大统。讵意正德违诏自立,日肆荒淫,生民涂炭。天下者,高皇帝之天下也,建文昏弱,成祖有靖难之兵;正统失位,景帝有监国之典。今朝廷无道,过于建文,惧再见正统失位之祸;本藩威德,同符成祖,敢追修景帝监国之仪。爰统雄师,以清君侧,谋臣如雨,猛将如云,凡尔官司有守土之职者,宜速望风景附,佐集大勋,裂土封侯,懋膺爵赏,毋观望徘徊,致干天讨,须至檄者。

宁王看完大喜,便发抄手抄了许多,传到江南各处府县。有苏州府张弼、扬州府王文锦、宁国府温仁、太平县房明图等,皆是宁王羽翼,接到檄文,预做准备。别处也有惧怕宁王势大,望风门附的,也有忠心竭力保守城池的。

苏州巡抚俞谦见了檄文,勃然大怒,请幕友大家商议道:“逆藩竟如此明目张胆的放肆,我却不可怠慢。苏州府张弼是他心腹,若不先行拿下,要做内应。”即差家人传见苏州府。

不多时,家人进来通报却是镇江府到省禀见。俞谦叫快进见,莫太守进来禀道:“门生来见老师,只为宸濠传檄江南,显为不轨,未识老师如何防备,敢求明示。”俞谦道:“我先拿下张弼,除了内应,苏州城池可无患。一面写告急本章,请皇上下旨,拜帅出兵,直捣江西。只怕他先发制人,你守这镇江府重要之地,须要格外小心。一面通信南京王侍郎,联络声势,互相犄角。”

莫太守道:“老师所见极是。门生尚有一策:逆藩倘出兵直扑南京,江西南昌府必然空虚,听见徐鸣皋等义侠都在赵王庄,只要通信叫他乘虚而入破其巢穴,逆藩可擒矣。”俞谦笑道:“贤契所见亦是,但逆藩谋士极多,岂不知肘腋之患?他敢大胆出兵，不顾其后，内中必有缘故。待我着人去探听，好作计较。”问何人到赵王庄去，只见座中一书生应道：“小侄愿往。”

原来此人是王守仁之侄，名叫介生，向在幕中。当下对俞谦说道：“小侄前在河南遇难，幸得侠士焦大鹏救出性命，今听见他战死赵王庄，小侄要去哭奠一场，顺便探听消息。”俞谦欢悦，即将书信用资交付王介生，即日动身去了。莫太守亦告辞动身，忽见家人进来回禀：“苏州府托病不来。”俞谦听了眉头一皱，想了一想，向太守耳边说了几句，莫太守就到苏州府衙门来。

却说苏州府张弼，从前迎合宁王，要抄籍徐鸣皋家产，被一尘子当面用剑术削去他的长须。后来遇一相面道人，说他方面大耳，仪表非凡，将来封侯拜相，不止于黄堂太守耳，可惜胡子削得绢光滴滑，恐有晦气，不免牢狱之灾。此时接了宁王檄文，相道：“他做了皇帝，我封侯拜相是有分的，不应了道人之言吗?”却要暗做准备，等他兵来，便为内应。忽有俞谦差人传见，吃了一惊，想俞抚台是宁王对头，传我何意？吉凶难卜，暂推有病，着人去探听他的意见。但是何人可去探听？正在踌躇，忽家人禀说：“镇江府来拜。”喜道：“镇江府是抚台门生，此事可托他了。”叫家人连忙请见。

莫太守进来，先开口道：“抚台传见老兄，何以不去？抚台意见曾向小弟说过，因为见了宁王檄文，方知宁王是先皇太后欲立的，名正言顺，欲将江南全省归附宁王。知老兄是宁王器重的人，请去一同商议，使老兄成就大功。”张弼道：“原来如此，小弟一时想不及此。”便同莫太守来见俞谦。俞廉见张弼到了，喝左右拿下，张弼大叫：“卑府无罪。”俞谦道：“你既无罪，请在监牢权住几日，等宁王登了龙位，放你不迟。”于是不由分说，将张弼收进狱中，叫莫太守回镇江谨慎防守。按下不表。

且说王介生带了俞谦书信，直到江西，已近省城。走到赵王庄南面，天色昏黑，跨进村前一个酒店中，将行李放下，投宿一宵。此店正是鹪寄生与徐鸣皋、一枝梅三人初到时投宿之处。王介生进来，却遇着一个熟人。

你道是谁？原来是患难中八拜之交，姓窦名庆喜，前在河南鲁山县枫林村皇甫良家中，同受灾难，幸得焦大鹏、狄洪道救出。此时在这地方相见，倒也出于意外。王介生问道：“贤弟怎么来此?”庆喜垂泪道：“弟在家听见焦表兄死于邺天庆之手，不能报他救命之恩了。未知棺木现在何处，特来探视。”王介生也惨然道：“愚兄亦为此而来。”

二人宿了一夜，天明起来，望见村口红衣大炮，有兵把守，刀枪旗帜，格外森严。正要问路进去，忽来一个老人，仙风道骨，举止飘然，道：“二位若要到赵王庄去，此地却非进路，要兜转西面方得进去。恐路上遇着宁王兵将，身边搜出俞谦的信，性命不保。快随我去，将行李暂寄店中。”二人料是仙长，不敢不听。老人两手将着两人，叫他们闭目，忽听耳边呼呼的风声，身子起在空中。顷刻落地，张目一看，落在一处大厅阶前。

厅中人一齐来迎，当先两个人，王介生、庆喜认得一个是狄洪道，一个不认得，却正是徐鸣皋，下阶来拜见老人，说道：“大师伯今日方到，众人望眼穿了。两位是大师伯带来徒弟吗?”玄贞子道:“非我徒弟,乃是为我徒弟而来。狄贤契认得他,可领他拜见众位。”

玄贞子走上厅来,与一尘子、霓裳子、默存子、山中子、海鸥子、鷦寄生、河海生相见,罗季芳、徐庆、一枝梅、王能、李武、徐寿、赵员外、赵文、赵武、王仁义、殷寿、杨挺、刘佐玉、郑良才、孙大娘,都来拜见过了。听玄贞子说道:“贫道与徐贤契安义山别后,去游雁宕山,近来与众友南海相会,他们又到海外去了。我料余七妖术厉害,众位大祸将临,特同傀儡生前来相救。又有一事托傀儡生,故他要迟一步到。现在事不宜迟,修书一封,邀请海外众友同来破此妖法。”

玄贞子写好一信,望空投去,口中吐出白光,一同飞卷而上,倏忽不见。片时白光飞回,玄贞子接在手中,化为一剑,上插回信数封。交把众人观看,知是凌云生、御风生、云阳生、独孤生、卧云生、罗浮生、一瓢生、梦觉生、漱石生、自全生都在海外,回信说不日就来;飞云子却在湖北,转眼就到。此正是仙家妙法,名为飞剑投书,比电报简捷多了。因为玄贞子是第一剑仙,预知未来,凡道友现在何方,教能晓得,书信投去,即得回音,若是剑术差些的便不能了。

众人将回信看完,半空中飞下两人。玄贞子见了大喜道:“果然不负我所托。”众人看前面一个是傀儡生,下阶拜见,又见后面一个,不觉大吃一惊。王介生、庆喜便上前执他的手,孙大娘两手抱住那人,放声大哭。未知这人是谁,且听下回分解。

第六十二回 傀儡生度脱凡胎 飞云子斩除淫恶

却说傀儡生从空中飞下来,后面还有一个。玄贞子喜道:“徒弟来了。”王介生、庆喜走下阶来,两人执住两手,孙大娘抱住那人,大哭起来,众人都吃一惊。你道是谁?原来是草上飞焦大鹏。众人疑鬼疑神的,皆道:“焦大哥阵亡,已将灵柩送张家堡去。今日从天而降,莫非前日原不曾死吗?”

看官看到此处,亦要疑心。不知后来宁王造反,与王守仁对敌,余半仙兄妹二人用钉头七箭书之法,要拜死王守仁。幸得草上飞盗出草人,保了性命。前书五十三回中,早已先提。玄贞子知未来之事。知草上飞要成此大功,但余七妖法厉害,凡胎肉骨,都不能进去破他,须要脱了凡胎,方能进去。前日草上飞死于邺天庆之手,玄贞子原先知道,却不去救,反请傀儡生来度他魂灵,兵解成仙。

你道怎的兵解成仙?仙家有一派流传,要度脱凡人成仙,必要此人死于刀兵,可脱凡胎。这就名为兵解。并非是旁门左道,不过是个外功,与玄贞子内功一道,略有分别。内功是凡胎肉骨亦可飞升,外功必须脱了凡胎方能成道,两者虽有内外之分,并无高低之别。那傀儡生受了玄贞子之托,到焦大鹏阵亡的时候,将他魂灵度去,回山炼魂,七日成了仙道,同到赵王庄来。

方才落下阶前,见妻子孙大娘双手抱住,焦大鹏道:“快放手!”孙大娘流泪不肯。焦大鹏向上一腾,孙大娘怀中虚无所有。这孙大娘神力无穷,若人身被她抱住，一时万不能挣脱，因是魂灵，却抱不牢的。当时腾空又落下来，与各人相见，又向庆喜说："表弟难得到此，姑母好吗？"庆喜道："自从表兄凶信传到家中，母亲哭泣，弟念表兄救命之恩，更觉伤心，特来祭奠。路上遇着结义王介生兄，一同到此。如今表兄已成仙道，可否同弟回去一行，安慰母亲。"焦大鹏道："这使不得。我随师父在此救众人之难，要事毕之后，来见姑母，请表弟先回去安慰便了。"

焦大鹏走上厅来，拜师父玄贞子。玄贞子将他扶起来，谢了傀儡生，将焦大鹏之事细告众人。徐鸣皋等听了，方知仙家妙用，敬慕非常。徐鸣皋向傀儡生、玄贞子纳头下拜，道："二位光临，妖法不愁不灭，但是周湘帆、杨小舫、包行恭三兄弟受灾日久，恐伤性命，还望速赐解救。"傀儡生笑道："这可不虑。师侄包行恭下山时候，我在路上送他一粒丹丸，防备急难。他三人在一处，都保得性命。至于破余七妖法，有你大师伯在此，我有何能？"

玄贞子道："休得太谦，这事全仗先生。焦敝徒从前在我处学剑未成，要做义侠的勾当，不能修炼，今已蒙先生度脱成道，我当带回山去，教他剑术，三日后即来听候调度。妖法虽厉害，尚有四五日工夫，请先生布置，一切拜托。"说罢，与焦大鹏师徒二人，向徐鸣皋等辞别。

焦大鹏又向王介生、庆喜执手言别，又向孙大娘说："你在此出力相助，不日王凤姑将到，他是张家堡英雄馆招赘我的，亦是女中义侠。你姊妹二人从未晤面，可在此相会，我三日后即来。"说罢，随玄贞子下阶，一阵清风，两人都不见了。一尘子让傀儡生主张一切，傀儡生再三推让而后受之。徐鸣皋留王介生、庆喜住了一夜，送王介生回苏，将一切情形告知俞谦，又送庆喜回河南去。

看官不可性急，晚生把赵王庄紧急之事暂且束之高阁，倒要闲情别致，将窦庆喜回去路上的事表一表。窦庆喜同王介生一路来到南村，将昨日店中寄放行李等件各人取了，分手而别。庆喜行了一日，尚未出南昌府地界，走差了路，到一小村。天色晚了，错过宿店，天边一轮皓月推上来了。

此时正是二月十五夜，月光圆满，照着半里之外有一堆茅舍，急忙走过去敲门借宿。只听"呀"的一声，柴扉开了，走出一个美妇人来，问："何人敲门？"庆喜道："我是远方来的，错过宿店，没处栖身，求借宿一夜，不知尊府的男子在家吗？"那妇人在月光之下将他一看，唇红齿白，好一个标致的官人，便说："我家没有男子在家，客官寄宿不妨。"庆喜一想道，这却不便，宁可走了一夜。看官你想他真是正人君子的行为，若是贪淫之人，遇着此等地方，正中下怀，岂有不愿意的，哪里想得到一霎时性命不保的时候，并且没人来救了。

当下庆喜回身便走，那妇人连忙跨出柴扉，将他扯住，道："客官前过去的地方，没有人家，你却何处安身？我看你文弱书生，万不能长走夜路，不嫌茅庐草榻，将就宿一夜吧。"庆喜走不脱了，又恐夜深力倦，真不能走路，姑且从权。又想了一想，此处四顾无居人，莫非是妖精变人不成？也顾不得许多，我曾经过灾难，有焦表兄来救，死生有命，只要心正无邪，不必害怕。于是放心大胆跟那妇人进来。

妇人将柴扉关好，笑容可掬的领他到里面。茅舍两间，一间却无灯火，月光穿漏进来，见堆积的柴草，想是灶间，一问灯火明亮，旁有一榻，榻上铺设甚好，不像是茅舍中人，心里疑惑。那妇人却笑眯眯的斟一杯茶，双手递与他，请他坐在榻上，自己斜倚灯边，问道："客官住在何处？家中尚有何人？怎独一个跑许多路？"庆喜答道："我住在河南，上有父母，向做生意，出门买货，独自一个惯了。今来江西探亲，路不大熟，却来讨烦尊处，心中不安。"那妇人道："好说。请问客官青春多少？家中大娘必定标致的。"庆喜道："在下虚度廿岁，尚未娶妻。"

妇人听了大喜，走近身来，在榻上并肩坐下，道："官人如此青春美貌，还未娶妻，今夜相逢，真是前身缘分。若不嫌妾身丑陋，明日同到尊府，情愿叠被铺床。"庆喜听他说话之时，有千娇百媚的身段，那美丽之中露出十分妖冶来，心中摇摇欲动。急急收敛，想道："此人即非妖精，亦是极邪淫的妇女，不可被她迷惑。"端坐凝神，并不回言。妇人见他不答，竟将全身偎靠在他身上，将粉面贴他的脸，说："如此月明良夜，不可虚度，我和你早些睡罢。"竟将纤纤玉手来解他衣服。

庆喜闻得一阵脂粉气，又是口香喷射，心猿意马，哪里按捺得住，便将双手搂住香颈，问道："此处四无人居，你怎的一人在此？"妇人道："我家在襄阳，因丈夫死了，所有店产被伙计亏空已尽。遇着了一人孽缘，将些首饰铺盖好的物件，卷逃到此。此地本有一老人，前日见我两人来了，他逃走了。我将铺盖安放，住得一夜同来的人到南昌府投宁王去，叫我在此相等。我一个人冷清清地好不惧怕，谁知意外奇缘，遇着了你冤家。今夜睡了一夜，明日决意跟随你去。你既无妻子，却不可弃了我。"那妇人带说带笑的，两手解扣松衣，几句话完的时候，已将庆喜同自己上下衣服都脱完了。将灯一吹，两两相抱到绣被中。

庆喜正在心荡神迷之际，忽见月光从暗处穿入，眼中一亮，忽然想道："不可不可！我先入门时候拿定主意，为何又迷惑起来？闻得徐鸣皋在安义山中，被蛇妖迷住，若非玄贞子相救，性命不保。我已经过大难，若今日贪淫丧命，虽有剑仙经过，道我应该死的了，岂肯相救？此女就非妖精，我亦不可做此禽兽之事，况此女一见男子，如此贪淫，如何可娶为妻？况她同来之人去投宁王，决非善类，岂可惹她！"想到此处，如冷水自浇，那淫情欲念一些都没了。即忙钻出被窝，将衣服一抓，下床奔出，拨开柴门，披衣逃走。

那妇人出其不意，如同方才得了奇珍异味，正要饱餐大嚼，被一个人在口中抢了去一样，叫道："我的心肝，你怎的去了？"那妇人也不怕冷，下床要扯他回去。忽见中间暗处，月光一大块漏下来，那茅屋上面揭去一大片，月光中有一个披发头陀，带刀在屋上直窜下了。那妇人见了，吓得倒在地上，缩为一堆。

庆喜已在门外，见头陀提刀追出，吓得魂胆逍遥。逃不几步，头陀追上，一把住抓，大喝道："你是何方野种，敢来弄老爷的人？老爷将她安放在这冷僻的所在，还有你这野种敢来相惹，斩你千刀万段，方消我气！"将刀直劈下来，庆喜闭目待死。忽见一道白光下来，月光中分外明亮。那头陀刀未劈下，自己首身已分为两段，却是飞云子来救了庆喜的性命。未知头陀是谁，那妇人怎生下落，且听下回分解。

第六十三回　王妈妈谋利亡身　苏月娥贪淫自缢

却说飞云子所杀的披发头陀，叫做锡头陀。他师兄师弟共有五人，最大的名为金头陀，前在金山寺，徐鸣皋破寺，金头陀死在红衣女之手。最小的叫做铁头陀，扬州李文孝请去行刺徐鸣皋，被一枝梅杀死。他五个少林寺出身，剩了三个，在寺里说道："师兄师弟皆死在徐鸣皋手里，与他冤仇不小。徐鸣皋与宁王做对头，我等去助宁王，杀了他报仇雪恨。"当下银头陀、铜头陀、锡头陀先后下山，到江西来。这锡头陀头带锡箍，披发齐肩，手提戒刀，一路行来，并不带一文川资，沿途到硬行抄化，不怕人家不布施他。一日到湖北襄阳府城中，抄化到一爿药铺，正是包行恭的结义兄弟孙寄安开的。这日孙寄安不在店里，伙计王铁腿道："我这里一文不布施的，你到别处去！"锡头陀当柜台面前盘膝坐下，闭目不动。这些买药的人走不进来，街上看的人拥住了。

王铁腿大怒，从柜台里面跳出来，飞起右腿，向锡头陀左胁尽力一脚踢去。他是有名的铁腿，这一踢非同小可，差不多的好汉也当不起。忽听大叫一声阿唷，一跤跌在地上。众人看跌倒的不是头陀，却是王铁腿。原来一脚踢去的时候，如同踢在一块石板上，痛入骨髓，不能动弹。看锡头陀仍然闭目打坐，众人无法可施。

惊动了里面孙寄安的家小，苏月娥和王妈出来，问外面甚事嘈杂，众人如此这般告知。王妈看儿子在地叫痛，扶了到柜台里去。苏氏也没法，取了三百铜钱，打发他去。锡头陀接在手中，口眼齐开，立起身看苏氏说道："多谢。"又看了苏氏两眼，到别家店铺去了。苏氏问王妈："你儿子怎么了？"王妈说："他痛不可当，怕要成废疾。该死的头陀，把他来千刀万剐，方消我恨！"

只见孙寄安回店来了，苏氏告知他。孙寄安道："我在路上看这头陀，不知从何处来，非常狠恶，定要一千二千的抄化，你把他三百，还算少的。叫王妈送王妈儿子回去，将息好了来做生意。这两日我辛苦些吧，却要日夜照应店里，不到里面陪你了。"苏氏道："你常常住在外面，几时肯陪我，说这话怎的？"苏氏到里面去了。

原来这妇人淫荡非常，前年丈夫远出，王妈引了沈三与他通奸。沈三被包行恭杀死，孙寄安回来看了包兄弟留信，劝他休出远门。以后在家开药店，却专心在生意上用工夫，一年不到十次宿在内房，苏氏熬耐不得，时常想起沈三的滋味。

这日王妈送儿子家去，回来晚了，服侍苏氏吃了夜膳。点灯上楼，正要安睡，忽听一声响，楼窗豁开，跳进一个人来，正是日里所见的头陀，手里又多了一把戒刀。王妈吓得躲在床下。苏氏逃避不及，头陀笑眯眯抱在怀中说道："方才看你面上，不多计较，不然怎肯就去？今夜特来谢你布施，与你有缘，传授秘法，同到极乐世界去。"将衣服脱光抱在床上，苏氏一则贪生怕死，一则是淫欲的妇人，且看头陀如何摆布。

谁知锡头陀是有真本领的，不比沈三花巧功夫，全仗各种淫具来帮忙。苏氏初则害怕，后来得着甜头，非常快活，不但不怕，而且巴不得多弄一刻。锡头陀知她是一员战将，放出本领来一直弄到天明。

苏氏心满意足，十分酣畅，抱住他娇声问道："师父在何处寺里的，今夜可能再来？"锡头陀道："我是河南来，到江西去，欢喜了你，要多耽搁几天。你丈夫怎的不见，就是伤腿的这个吗？"苏氏道："非也。丈夫宿在外面，不进来的。"锡头陀道："如此便饶了他，不然将他一刀两段，他敢怎样？"苏氏道："他怎敢和师父较量，但他有一个结义兄弟，是剑仙徒弟。"

锡头陀听了剑仙有些害怕，便道："他那结拜兄弟，可在这里？"苏氏道："不在这里。"锡头陀道："这便不妨。他兄弟来时，我避他罢了。"苏氏道："我一个心腹王妈，你把他儿子伤了，又吓得他在床下躲了一夜，你要常来，看我面上好待她些。"锡头陀便下床，叫王妈出来，身边摸出许多抄化来的银子，送与她道："你拿去调养儿子。"王妈是极贪财的，见了许多银子，叩头不迭道："师父是个极好的人，我儿子没有眼睛，该要吃苦。请师父夜里早些来。"锡头陀起身跳出楼窗，忽然不见。

王妈赞道："师父好本领！"又向苏氏笑道："我先在床下吓得不敢出来。后来听他行事，这样本领，天下少有！"苏氏笑道："你从前说沈三的本领，都是假话，这头陀强多哩。他若常来，恐丈夫知道，要去寻包叔叔来，这头陀不敢来了。"王妈想了一想，道："大娘子若爱他，要终身受用，叫他蓄发还俗，住在家里，先将这没用的男子做掉了他。"苏氏道："怎样做法？"王妈道："谋害的法子很多，若要不露形迹，只用巴豆一味，店铺内现成有的，吃死了一无形迹，包大爷来也不怕他。店铺生意，我儿子料理得来，大娘可快乐过日子了。"苏氏就依他办法。

看官看到此处，谁不怒发冲冠？她二人一个贪淫，一个贪利，就做起这伤天害理的事来了。过了一日，王铁腿伤痛略好，来做生意。王妈母子两个安排计策，孙寄安忽患腹泻，一日要屙数十遍，自己寻两味止泻的药，叫王妈煎了。哪知越吃越泻，三日后呜呼死了。邻舍都来吊丧，外面王铁腿料理，苏氏假意啼哭，抽空便上楼去。

那锡头陀这几日夜来早去，都从楼屋上跳下来，孙寄安死后，他日里在楼上，做那极乐世界的勾当。谁知乐极生悲，苏氏也患腹泻，狼狈不堪，疑心是报应到了，丈夫要来索命，这一夜马桶上坐了好几遍。锡头陀也有些腹痛，跳出墙外空阔地方去大便，转来从店铺瓦上走过。听得有人未睡，瓦缝中望见灯火明亮，王妈母子二人，正在向火煎什么药。王铁腿说道："巴豆用完了，不知还要添多少？"王妈低声道："明日别家店中买些添添就够了，不要多说，恐楼上听见。"

锡头陀疑惑，来问苏氏道："你铺中熬什么巴豆膏？"苏氏道："从没听见有巴豆膏。"锡头陀将所见的告知苏氏，苏氏猛然省悟道："是了，他母子又要谋死你我二人了。"便将自己听了王妈谋死丈夫的计，告知锡头陀："如今他汤水中下了巴豆，要谋我，好得这些店产。"锡头陀道："既是这般，你跟我到江西去，我师兄必等久了，不可再迟。他母子连我都要谋死，不可饶他。你快将细软物件包捆起来，我下去便来背你同走。"说罢，提了戒刀，从楼窗跳下天井，往前面店铺中来。

王妈大吃一惊,王铁腿伤未痊愈,逃不来,锡头陀一刀分为两段,回身来杀王妈。王妈跪在地下哀求:“师父饶命。”锡头陀道:“饶你不得。”又一刀杀了,上楼来见苏氏。金银首饰捆一大包,锡头陀随手将床上一条绣被,连人连物扎在背上,跳出楼窗,上屋飞走,一霎时出了襄阳府城。

一路晓行夜宿,不日同到江西南昌府地界。锡头陀对苏氏道:“我寻个僻静地方,你去暂住。我去投了宁王,再来安顿。”望见前村有茅屋一堆,走到门前直跨进去只有一老人,七八十岁,坐草榻上念佛,见了锡头陀手提戒刀,惧怕逃走了。苏氏把绣被铺在草榻上,二人宿了一宵。天明,锡头陀独自进城。

苏氏等了两夜,不见转来,正在忧闷,柴靡声响。忙开门出来,遇着庆喜。见庆喜十分美貌。坚要留住一夜,一同逃走。庆喜初则动了心,已脱衣上床,忽一转念,披衣逃出。谁知锡头陀转来了,手推柴扉,是关好的,跳上茅屋,揭起一片,跳入去。见苏氏赤体下榻,追赶一个美貌少年,锡头陀大怒,追出来,先要杀庆喜。不料飞云子一剑斩了锡头陀,救了庆喜性命,在地上扶起道:“跟我进内来。”再进柴扉,只见妇人自缢死了。

庆喜跪谢飞云子救命之恩,问:“是何处仙长,来救小子?”飞云子不慌不忙,说出一番话来。若知所说的是什么话,且听下回分解。

第六十四回　飞云子名言劝世　玄贞子妙术传徒

却说庆喜随了飞云子,走进茅屋,便倒身下拜道:“何处仙长,来救小子性命?”飞云子扶起道:“我先问你从何处来?”庆喜将一切告知飞云子。飞云子道:“原来是徐鸣皋那里来的,并且见过我大兄玄贞子,我便是飞云子,在葛岭接到大兄的飞剑传书,动身来到此地。先见你要到茅屋中投宿,我前年走过此地,记得里面有一个念佛老人。不料开门出来的是一个妇人,满面邪淫之色。我最喜风鉴观人的行为,看你貌虽美秀,却是心正无邪,但既进了茅屋里去,我定要察看怎样行为。我便隐身同你进去,看那妇人百般勾引,你只是不动心,我在暗赞叹。后来不知不觉,你竟被她勾引动了,解衣上床,我深以为可惜,原来见色不迷,是最难之事。不料你一上床,即便下床,任那妇人呼唤,竟不回来,此是悬崖勒马的大本领,实为难得。那头陀满面凶恶邪淫,他要来害你,我怎肯不救?”

庆喜道:“想起来心中凛凛,若不是转念得快,已被那头陀杀死在床上,老师怎肯救我?想来好不怕人!”飞云子道:“正是。你若迷恋一刻,不下床来,那头陀一到,就在床上杀死你二人,我便不来救你。等头陀杀了二人之后,我再杀头陀不迟。只为你能够悬崖勒马,所以救你。我辈剑客,不是妄杀人的,亦不是妄救人的。这就是这妇人,他料头陀转来必定杀她,故先自缢死了,省得污我宝剑。此等邪淫岂可留她活在世上的吗?总而言之,万恶以淫为首,讲道术的第一要戒淫。天下古今许多英雄好汉,都为这一字看不破,没有好好的收成结果。其实想破了毫无意味,你看这妇人缢死，再几日尸身臭烂，人皆掩鼻而过了，她生前的如花美貌尚在吗？我有四句诗劝化世人道：

生前原是美如花，死后何人再看她？
随你娇容生得好，骷髅总要肉来遮。

这四句诗，你去传说与人。只要想破了，天姿国色，不过是带肉骷髅，何必要迷恋终身？你这悬崖勒马的本领，非有根器的人不能如此，如要学道，倒是容易，可惜尚是富贵功名中人。我前在苏州初次会见徐鸣皋，相他终身，亦是这几句说。但现在他专心为国家出力，剿除叛逆，亦是功德，与学道无二。事成之后，享受功名富贵，后来仍可成仙。你亦要记我今日之言，终身行善，将来受过功名富贵，亦可学道成仙了。"庆喜拜谢领受。

二人说话之间，月落西山，天渐明了，分手而别。庆喜自回河南家中，告知母亲，说表兄死后，承傀儡生度成仙道，见他无异生时，日后来见姑母。庆喜又说遇见了许多剑仙侠客，他母亲听了欢喜，按下不提。

且说飞云子与庆喜别后，要到赵王庄来，将身腾起空中，御风而行。约有一里之遥，看下面有古庙一座，天井中坐一老人，向阳念佛。飞云子见了，将身落地，向古庙面前进去，叫老人道："你可回家去了。你一生好善修行，天赐你金银物件，放在你茅屋里，快回去罢。"老人听了，起身来正要拜问，一阵清风，已不见了。

不说飞云子到赵王庄去，且说老人疑心是仙家指点，想必不错。前日见披发头陀带一妇人到他茅屋里来，手提戒刀，怕要杀他，逃到这古庙中来。此时扶了拐杖，一步一步走回去，只见门前披发头陀死在地下。仔细一看，原来头不连在颈上，是杀死的。进门一看，一个妇人挂在壁上，是缢死的。你道这两个尸身，为何飞云子不用剑法消化了他？因为要寻老人来，用他的金银物件，故留这善举叫老人做。

当下老人进屋里仔细看来，剩下白米比前少了些，柴草亦少了些，榻上多一条绣被，枕头边一大包金银首饰，喜道："方才仙人所言果然不错，我老运亨通了。但两个尸身，要把他埋了方好。"寻了一把铁锄头，在空地掘了两处，将床上绣被包了妇人尸身埋了，又将头陀尸身埋了，收拾干净。后来将金银首饰兑换铜钱，又买了一个农家儿子，娶一个媳妇，买两亩田，耕种度日，倒也安乐自在。老人过了几年死了，儿子媳妇收成结果的十分周到。这是良善的报应，不在话下。

如今要说玄贞子带了徒弟草上飞焦大鹏去学剑法，两人在空中御风而行，从南昌府西边飞过大江，看了西山，山色苍翠可爱。玄贞子道："徒弟，这西山好一个修道所在，仙家古迹不少，我二人在此住上三天吧。"焦大鹏随师父到西山最高的岭上。

玄贞子道："这山是道家第十二洞天，在南昌府西边，名为西山。这最高的岭名为鹤岭，仙家王子乔跨鹤到此，现在留得仙迹，夜里月光照起来，如有鹤影。下面梅岭，是仙家梅福学道的地方。前面山冈，名为鸾冈，古时的洪崖先生乘一青鸾到此留停。左边两峰，名为大萧峰、小萧峰，仙人萧史时尝到此游玩。后面还有葛仙岭，下有葛仙源，是葛仙翁住过的。这山中仙迹最多，我们就在鹤岭上亭子歇息。"焦大鹏见亭子上石刻"舞鹤"两字,方知就是舞鹤亭。

到了夜间,月光照进来,果然有鹤影在亭中飞舞,这仙迹真是玄妙。玄贞子在月光之下,将剑法传授焦大鹏。焦大鹏生前学过的,这时脱了凡胎,他魂灵又是傀儡生妙法炼过的,与仙元异,所以三日就成功了。一样吐剑成丸,可与七子仿佛。只有一事最难,凡练成剑术的人,先把富贵功名、含嗔痴爱,俱看得绝淡方好,若有一念未消,剑术仍不能成功。所以第三日焦大鹏圆满之时,玄贞子吩咐道:"今日须要小心。你功将圆满,必有魔道来试心的。若心一有不定,剑术不能成功了,切须小心。"

这一夜正是二月十七,月到中天,已半夜后了,岭上光明如昼,万籁无声。看那玄贞子坐在亭中,如老僧入定,鼻息俱无,这名为龟息,乃仙家吐纳长生之法。大凡剑仙到得至精至妙的地步,便与真仙无异了。焦大鹏在月光中习练剑术,口吐白光,飞入月中,又从月中吸入口内。

这鹤岭本来是极高的所在,焦大鹏觉得身子渐渐的高起来,那天上明月渐渐的低下来了。心知有异,口中只是一吐一吸。忽然明月已在头顶,仰看一看,把丸剑吸一吸,霍地一声,连一轮明月都吸到喉中去了,一霎时面前黑暗,伸手不辨五指,想必是魔要来了,心中一定,不以为然。觉得眼中一闪,大放光明,一轮明月依然在天。仰首望一望,原是高不可攀的天。自己的身子立在一块平阳大地,四面并无一人。

正要移步去寻师父,忽见前面来了一人,大叫道:"焦大哥原来在这里!快同我去朝见天子,我们众兄弟皆封了官爵,快去享用这功名富贵。"焦大鹏看这人,正是徐鸣皋,便对他说:"我先前还有功名富贵的心,如今脱了凡胎,是没有的了,我不同你们去。"焦大鹏话未说完,徐鸣皋已不见了。

四面搜寻,远远的一匹马飞来,马上将军挺戟直刺,原来是邺天庆,大叫道:"你是我手下败军之将,已做了无头之鬼,敢在这里出见吗?"焦大鹏听了,不觉心中大怒,忽地一想,此是魔来相试,不与计较,团目坐在地下,耳边并无人声。张眼一看,邺天庆不知几时去了。远远的又是两匹马来,行近看时,是两位女将军走到面前,一个正是妻子孙大娘,一个是张家保招亲的王凤姑。孙大娘道:"我与贤妹合兵一处,杀败邺天庆,他独自一马逃走了,这里可走过吗?"焦大鹏道:"方才走过,不知哪里去了。"王凤姑道:"我姊妹两个要杀了他,以报夫仇,如今寻着了丈夫,不必追他了。"

两姊妹在焦大鹏左右坐下,孙大娘道:"丈夫可回去了。你我青年,尚无子女,难道要学剑术,不顾后代吗?"王凤姑道:"况且我父亲招赘你来,原为我终身之托,难道你如今弃我不顾了?"两个人你一句,我一句,左倚右偎,温柔香腻,兰麝薰心,焦大鹏不由的心动,连忙定一定心,立起身来喝道:"你两个休来缠我!"口吐剑丸要去斩他,两人又忽而不见了。只听得耳边大笑道:"好了好了,功行圆满,不负我一番教导之功也。"未知何人说话,且听下回分解。

第六十五回　焦大鹏独救苏州城　徐鸣皋三探宁王府

话说焦大鹏剑术将成，有魔道几回来试他，心绝不动，忽听耳边有人大笑，正是师父玄贞子。焦大鹏看自己身子原是在舞鹤亭中，当下向师父叩问方才之事，玄贞子道："此所谓富贵功名、贪嗔痴爱，都是人生的魔障，若将此等事缠绕于心，不能看破，剑术就不得成了。可喜你心绝不动念，此刻功已圆满。明日可到徐鸣皋师侄处，助傀儡生老师破余七妖法。他妖法已到九十九日上，不宜再迟。"焦大鹏道："师父自然同去。"玄贞子道："余七命不该绝，傀儡生只能破其法，不能伤其命。待约束他的死期到了，我去杀他不迟，今且暂缓。"焦大鹏点头领命。

不多时，天已明了，叩别师父，离了西山，御风而行。过了大江，将近南昌府城，下面望去，只见两个披发头陀从城里出来。焦大鹏料他是宁王打发出来的，且看他作何勾当，跟在他后面，听他一路说话。

一个带银箍的道："三师弟，我知你在少林寺动身，已在四弟之后，倒是我二人先来投宁王，不想他迟了好几日方到。"一个带铜箍的道："二师兄原来不知。我盘问四师弟。他在襄阳府城中得了一个美妇，不但容貌十分佳美，且枕席上的工夫极好。四师弟带她来，寄在村中。昨日天尚未明，他说去带了来同到苏州，不知何以至今尚未回？我与你去寻他。"

那带银箍的又道："原来如此。我们到苏州去助宁王成了功劳，那苏州美女甚多，多取几个受用，有何不可？"那带铜箍的又道："李军师果然是妙计。我弟兄三人到苏州做了内应，等无敌大将军带兵到来，破了苏州城，救出知府，叫那知府选城中美女来供奉，岂不妙甚！"

原来苏州知府张弼被俞谦拿了，下在狱中，写了一封书信密投宁王。宁王接到了，请军师李自然商议，忽有两人来投见，一个是银头陀，一个是铜头陀。宁王叫他进见，一个头带银箍，一个头带铜箍，两个都是披发齐眉，虬须豹眼，相貌凶恶。二人说出来意人，道："贫僧兄弟五人，大兄、五弟都为徐鸣皋所杀，与他冤仇不小，特来投千岁帐下，愿效犬马之劳。还有师弟锡头陀，不日就到。"李自然道："既然如此，贫道有一妙策。千岁就叫他三人先到苏州，做了内应，再叫邺天庆带一千人马，假扮各种生意人，暗藏兵器，到苏州城一并杀人。俞谦可擒，张弼可救，苏州城唾手可得了。"

宁王大喜，便对银头陀、铜头陀说道："等你师弟到了，三人同到苏州，照军师妙计行事。功成之后，孤自有重赏。"当下二人住在城中。过了几天，锡头陀来了，见过宁王，三人一同行事。锡头陀对铜头陀说道："三师兄，请二师兄城中再住一夜，我今夜要到村中取了美人来，明日同往苏州。"锡头陀便将美人来历告知铜头陀。铜头陀依他，与银头陀在城中等了一日，竟不见他回来。

次日二人出城，到村中寻锡头陀。不料一路言语被焦大鹏听见了，想道："只厮竟是宁王党羽，他用诡计袭取苏州，我若不救，不但俞谦性命难保，并且苏州百姓被他掳杀奸淫，不堪设想了。”于是立在二人前面，阻住去路，大喝道：“贼头陀，你敢助了叛逆，行施诡计，方才我听得明白了，快快纳命。”银头陀、铜头陀大怒，各举戒刀，当头砍来，焦大鹏拔剑相迎。若论头陀本领，都与焦大鹏相等，两个杀一个，焦大鹏本是敌不住的。只见焦大鹏口吐白光一道，忽的两颗带箍的头同坠于地。焦大鹏用剑法将两段尸身消化，提了两颗头，飞入城中，掼在宁王殿中。

宁王见了，大惊失色，连忙问军师：“这却何故？”李自然道：“想必是遇着剑客了。如今邺将军且慢出兵，余军师大法明日已是一百日，杀尽赵王庄中剑侠等人，千岁出兵取了南京，苏州即在掌握之中了。张知府在监不至于死，不妨缓缓去救。”按下不提。

且说焦大鹏无意之中救了苏州一城性命，来到赵王庄，徐鸣皋与赵员外等一齐迎接。焦大鹏拜见了傀儡生，双拜见一尘子、飞云子、霓裳子、默存子、山中子、海鸥子六位师叔。当下众人问：“玄贞子何以不来？”焦大鹏恐泄漏天机，含糊答应。傀儡生道：“我日内一切安排已定，等你来了同去探听，便可下手。”徐鸣皋道：“老师妙术无穷，可带我同去一探消息。”傀儡生道：“你要同去亦可，我用袖里乾坤的法术，将你藏在我袖子里，可避妖法，尽可同去了。”事不宜迟，立刻起身。

原来傀儡生三日内炼成撒豆成兵的妙法，散布空中，可抵十万雄兵。请六子往来救应，却不可到妖人里面去，着他的道儿。请鹪寄生领着罗德、徐寿、赵文、赵武、殷寿、杨挺、王仁义，守住赵王庄；请河海生领着一枝梅、狄洪道、王能、李武、刘佐玉、郑良才、马金标、孙大娘，去守马家庄。两处分兵都有三千多人马，防守谨严。当下傀儡生起身，并不结束，将左手大袖向徐鸣皋一举，徐鸣皋已躲在他袖子里面，安稳无忧。便叫：“焦大鹏随我来。”二人起在空中，御风而行。

看官，你道怎么御风而行？这乃是剑术至精的本领，与仙人无异，只有玄贞子与傀儡生有此本领。他能乘风到东到西，无不可去，若一尘子以下就不能了。任你一跃千余丈，总不如御风而行的快，而且脚步不踏在实处，能在虚空行路，所以余半仙妖法虽极厉害仍为其所破。至于焦大鹏自脱了凡胎，炼成剑术，任是天罗地网不能遮住他。他本是无影无形的，因傀儡生把他魂灵炼过，要现形便与凡人无异。他剑术并非高于一尘子数人之上，因是脱了凡胎，所以不怕妖法。傀儡生不带别人，只带他去，也是为这缘故。徐鸣皋一定要去，躲在袖子里方保无害。

且说傀儡生和焦大鹏到了城中，往下一看，一个极大茅篷扎得馒头形式，约有五亩之地，上插三百六十五面皂幡，点燃一百零八盏绿色幽魂灯。茅篷周围立着似人非人、似鬼非鬼的，约有二三千个，都是黑衣红帽，动也不动，也不开口，觉得阴气逼人。

傀儡生不去惊他，叫焦大鹏：“随我到茅篷里面去看。”果然进去千门万户，弯环曲折。若是他人便无从寻路，傀儡生有升天入地的本领。门户不能阻挡，同焦大鹏走到中间。只见有一万多个柳树削成的木人，每人面前一盏灯，火光绿色，这就是招魂灯。余半仙要把一万多人的魂灵抬入木人身上，便把木人或杀或烧，一万多人皆要死的。

焦大鹏道:“这妖人如此可恶,不知他在何处?”傀儡生道:“他还在下面作法,不可惊他。且叫徐鸣皋出来一看,倒也难得看的。”傀儡生将左边袍袖一抖,徐鸣皋出来,看了许多木人,手足都可活动,一万盏绿色的灯阴惨可怕,徐鸣皋汗毛直竖起来。傀儡生道:“到了明日,妖人都要动手,将一万个木人投在水火,我们两庄的人都没命了。待我来破了他的法。”

傀儡生将右边的袍袖一拂,一万盏灯都吹熄了,将一万多个柳树人皆收在右手袖中,这正是袖里乾坤的妙法,任你多少人物都可收在袖中。又叫徐鸣皋:“仍旧到我左边袍袖里,我带你到宁王府去救出了三个兄弟。”傀儡生将左手一拂,徐鸣皋进去了。焦大鹏随了傀儡生出来,傀儡生道:“你且在茅篷上面,防着妖人出来,我到前面去了。”未知余半仙怎样出来,且听下回分解。

第六十六回 傀儡生救万人性命 徐鸣皋遇十世姻缘

却说余半仙在下面作法将要圆满,瞥眼见上一层灯光齐灭,大惊起来,叫两个披发童子手执大蜡烛,走上一层来,四面照看。一万多个柳树人,一个都不见了,大骇道:“谁人敢来盗去,有这般大胆的吗?”将宝剑提在手中,出茅篷来查看。只见焦大鹏守在上边,待余半仙出来,举剑便砍。余半仙见了大怒,提剑相迎。

不说两人相斗剑法,且说傀儡生到宁王宫望下去,见余半仙之妹余秀英在此守把,看着那一幅画图,任你剑仙侠客,要到宫中来行刺,他画图上能现出形迹来,他手中将天罗地罗向上一掷,被他罩去。逃也逃不及。前徐鸣皋二探王府之时,与一尘子同去,险些儿被他擒去,幸亏走得快,徐鸣皋一顶武士巾被他卷去了。此时徐鸣皋在袖中,万无一失。傀儡生将身子一隐,那画图上并无形迹,走进宫中,余秀英看不见。过了这个关口,里面便无大害。

傀儡生将左边袍袖一抖,徐鸣皋从袖中出来,跟着傀儡生,一路寻着天牢所在。傀儡生将剑一挥,牢门大开。二人走进去,只见黑洞洞深远无底。徐鸣皋寻在一处,只见包行恭、周湘帆、杨小舫三人连锁一堆。原来三人进了天牢之后,幸亏包行恭身边有一粒丹丸,是从前下山时路遇傀儡生,送他防备急难,三人分吃了,肚中永不饥饿,身上亦无痛苦。三人不知不觉过了多时。当下看见徐鸣皋,大喜道:“大哥怎的进来,快救我们性命。”徐鸣皋道:“我跟了傀儡老师来的,兄弟们不要心急,老师来救了。”即见傀儡生将手中剑一指,三人的锁链都落在地下。傀儡生将左手袍袖一举,三人藏在袖中。

徐鸣皋跟了傀儡生,出了天牢,走进宫门。傀儡生叫徐鸣皋仍旧躲在袖内,说:“你走不出宫门,恐着余秀英的道儿。”不料傀儡生略迟一迟,余秀英已到面前,大喝:“何人大胆,敢到宫中来?且看我的法宝。”手中一抛,一股黑气喷来。徐鸣皋逃之不及,被他天罗地网罩住。傀儡生起在空中,看徐鸣皋被余秀英擒住了,要下去救他起来,心中一想道:“他二人有姻缘之分,不如将计就计,收伏了余秀英,那余七就容易除了。”傀儡生隐身而下,在徐鸣皋耳朵边说了几句,便出宫来,到茅篷上面。

那焦大鹏与余半仙斗了半日,不能取胜,渐渐败将下来。海鸥子在远处看见,口吐白光飞到余半仙头顶。余半仙不慌不忙,把手中剑吹一口气,化成一口剑抵住白光,盘旋飞舞,手中剑仍与焦大鹏对敌。那山中子、默存子远远的又是两道白光飞来,余半仙又吹两口气,化成两口剑,往前迎敌。三口剑在空中迎住三道白光,犹如生龙活虎的交斗,煞是好看。焦大鹏要乘他手势一乱,好把剑削进去,哪晓得余半仙剑法一无破绽。又斗一会,那一尘子、飞云子、霓裳子又是三道白光飞来,余半仙连忙吹了三吹,三把剑向上迎住,空中共有六把剑、六道白光,斗个不了。

余半仙渐渐有些招架不住,口中念念有词,那茅篷上许多似人非人似鬼非鬼的一齐上来,一霎时黑气冲天,神号鬼哭。傀儡生看焦大鹏与六子共斗余半仙,不能取胜,晓得余半仙命不该绝。故而玄贞子不到。忽见余半仙作起妖法,一阵鬼兵杀上前来,傀儡生急忙将剑一指,那空中的撒豆成兵,上前来一场大战。到底邪不胜正,将余半仙的鬼兵杀得一个不留。余半仙逃入宁王宫中,要引他剑客追上来,好叫妹子的天罗地网来罩他。谁知傀儡生收兵而去,不中他的诡计。此时破了招魂妖法,两庄的万人性命保牢,又救出了三人,得胜而回。虽徐鸣皋被余秀英擒去,却是故意留在他处,大有作用的。

傀儡生与焦大鹏、一尘子、飞云子、霓裳子、默存子、山中子、海鸥子同回赵王庄内。傀儡生收了豆兵,又将袍袖一抖,左边走出三个人来。众人看明这是包行恭、周湘帆、杨小舫三人。右边许多柳树削成的木人,袍袖中倾倒不绝。在阶下堆积如山,共有一万多个。

傀儡生告众人道:“余七费了一百日心力,害人不成,徒然作恶。”众人道:“这妖人心太很恶,幸得老师相救,未知妖人终有擒否?”傀儡生笑道:“妖人终有一日被诛,此时尚未。”焦大鹏道:“妖人剑术却是厉害,若非六位师叔一齐来救,小侄必遭他毒手。如今虽败了,必来报复,我且去探听消息,他作何妖法。”傀儡生道:“我正要差你去,如此甚好,你快去打听来。”众人皆道:“徐大哥未知生死,亦要焦大哥去打听来。”傀儡生道:“众位放心,万无一失也。”焦大鹏起身御风而行,到城里王宫来,将身一隐,进宫来寻徐鸣皋。

且说徐鸣皋被余秀英天罗地网罩住,丢在宫中,叫服侍宫女两名,拿索子将徐鸣皋两手反绑,然后将网解开。宫女推上徐鸣皋,到余秀英面前跪下。徐鸣皋大喝道:“我是顶天立地的大丈夫,怎肯来跪你贱人。”余秀英俏眼将鸣皋一看,好一个英雄气概,相貌非凡,不觉看中了意。

你道为何?余秀英虽是妖法邪术,他本事远在其兄余半仙之上,却并非是贪淫的人。他是十世童女转身,徐鸣皋是十世童男转世,两人前世前生结了姻缘,都不曾嫁娶,修行成道,十世之中,都是如此。他二人是十世的夫妻,却不曾合卺。所以余秀英一见徐鸣皋,心中不由的欣悦起来。凡人前世前缘,不过一世罢了,哪里有十世的？他两人既有十世缘分，而且不能了结，今生必定要了结了。

余秀英见徐鸣皋直立不跪，反笑起来道："你既不跪，不来勉强你。但你既被我拿住，不如从了宁王，共享功名富贵，我和你同在一处，决不亏待你，你可依我吗？"徐鸣皋已受了傀儡生耳边吩咐几句话，心中有了主意，便道："你休说顺从宁王的话。宁王是叛逆之人，我万不能从他。你拿了我不杀，反有爱惜之心，我感激你情义，我情愿在此效力，但不去见宁王的。"余秀英想道："他既在我这里，待我慢慢的劝他投降不迟。"

正在自思，忽见余半仙走来，余秀英上前迎接，告知他拿住徐鸣皋之事。余半仙道："你尚不知我的招魂就戮大法，被他们剑客破了，废我百日功夫。"余秀英问是怎的，余半仙将前事说了一遍，如今败了一阵，要求妹子法术帮助。余秀英道："哥哥放心，待妹子用天罗地网，明日将他那些剑客罩住，看他有何法来破。"

余半仙道："全仗妹子法力。如今徐鸣皋已经擒来，他是首恶，其余皆容易除也，妹子何不解送宁王。"余秀英道："此人是英雄豪杰，此时解送宁王，未必就肯投降。宁王若加诛戮，岂不可惜。待我劝他投降，然后解送，哥哥意下如何？"余半仙道："此话甚是有理，且慢解送，你小心把守宫门，我去见宁王，商议报仇之事。"

当下余半仙辞了妹子，来至殿上。宁王正与李自然商议，见余半仙来，起身迎接。余半仙将此事告知宁王，宁王大惊道："军师妙法尚且被他破了，还有何计可施？"只见阶下一人上前奏道："千岁休要长他人志气，灭自己威风。他剑客虽多，害不得我，愿千岁差小将领兵前去，杀他庄中一人不留，报前次败兵之恨。"宁王看此人是谁，且听下回分解。

第六十七回　徐鸣皋了结宿世缘　余半仙摆设迷魂阵

却说宁王正与军师李自然、副军师余半仙商议破赵王庄之法，阶下一人上来说道："千岁休要长他人志气，灭自己威风，待小将领兵前去破他。"宁王看是无敌人将军邺天庆，便道："将军虽是英勇，但他许多剑客相助，难以取胜。"余半仙道："邺将军领兵上前挑战，诱他出来，贫道在城下摆一阵图，名为迷魂阵。他若走入阵中，任是剑客，束手就缚。邺将军挑战，若遇剑客，只退入城中，任他追来，把剑客皆擒住，赵王庄不难破矣。"

宁王听了大喜道："余军师请出城，快把阵图摆好，邺将军领兵去战，再请李军师分派兵马。"李自然答应，分拨兵马："邺将军带五千人马攻打赵王庄，黄天雕、薛大庆随后接应；殷先锋带五千人马攻打马家庄，常德保、铁昂随后接应；波罗僧、雷大春、徐定标、佟环防守四面城池，余秀英仍旧防守王宫，不可离开，怕剑客入宫行刺。请千岁出城亲督战将，余半仙同在阵中，以便保护。"当下分派已定。

到了次日，余半仙要摆迷魂阵，来问妹子余秀英借天罗地网法宝，作阵中拿人之用。早晨来到宫门，那余秀英有防守宫门之职，住在宫门内三间高屋，此时睡未

起来，她卧房在右边一间，左边一间两个丫鬟住的，中间是闲坐之地。

当下余半仙问两个丫鬟道："你小姐向来起早，怎今日还未起来，想是连日防守辛苦了。我特来借天罗地网一用，你快去通报。"两个丫鬟，一名拿云，一名捉月，答应道："等小姐起来，即送来请用，此刻不便惊动小姐了。"余半仙道："也罢，烦你送来就是了。"余半仙回身而去。

且说焦大鹏奉了傀儡生之命，到王宫来寻探徐鸣皋，只见徐鸣皋在余秀英处，未曾解到宁王殿上。余秀英三番五次劝他投降宁王，他只不肯。秀英心中想道："待我与他成了好事，再劝他投顺宁王。"定了主意，叫拿云、捉月送徐鸣皋到右边卧房来，叫他如此如此。拿云、捉月都有十分本领，而且也有些妖法，是小姐传授的。二人管住徐鸣皋，不能逃脱，况且傀儡生叫徐鸣皋将计就计，此时也不想逃脱了。

徐鸣皋到了余秀英卧房，清香扑鼻，如在仙人洞府，绣床上挂两枝青锋宝剑，青光闪烁。一切摆设物件，还有挂在壁上的东西，都不识得。一个黑色的网巾在镜台上，丫鬟指道："这是小姐的法宝，名为天罗地网，徐大爷是这个网巾网来的。"说罢大笑。

徐鸣皋道："这小小网巾岂能网人，我只不信。"丫鬟笑道："你莫嫌他小，随你多少人，都能网住，神仙见了也怕。这是小姐最厉害的法宝，其余这些摆设的，壁上挂的法宝，都不及他。我小姐道术无边，从小学道，不肯嫁人，今年二十岁，任你英雄好汉来说婚姻，都不愿意。今遇着徐大爷，心中爱慕，愿订终身，着我二人来此说明，徐大爷不可推托。"徐鸣皋道："既然你小姐错爱，我岂肯推托。但是一件，要小姐依我方好。"丫鬟问："是哪一件？"徐鸣皋道："你小姐五次三番劝我投顺宁王，我不听她，恐成了夫妻，再要劝我，求你先与小姐说明了，我决不降宁王的。"

当下拿云陪着徐鸣皋在房中，捉月来告知余秀英。余秀英笑道："且依他再说吧。"捉月回到房中来，道："小姐依你了，还有何说？"徐鸣皋点头不语。两人忙忙碌碌，在中间房中点大蜡烛一对，扶了二人出来交拜，进房中来吃合卺酒。两人是结了十世姻缘未成夫妇，今生方得成就。自与平常人不同，开怀畅饮，你欢我乐，我说你笑，毫无庸夫俗子之态。说笑到夜深了，解衣上床，丫鬟服侍吹灯而去。

焦大鹏隐身在内，他人不看见。见他二人要睡了，在徐鸣皋耳边说道：“我来了半日，要去了，你须要小心，她有妖法厉害的。”徐鸣皋知是焦大鹏，不好答应，恐怕他尚未去，倒觉得羞愧起来，在床中如道学先生，不敢放肆。余秀英却无羞缩之态，反先开口低声说道：“我修道十年，学了许多法术，原想今生不破色戒，怎的遇见了你，情不自禁，必是前生姻缘，你休要负了我。”

徐鸣皋道：“我是个好汉，不贪美色。今小姐如此情义，我岂肯负你？将来同立功勋，流芳千古，方不枉了你一生本领。”徐鸣皋想此时焦大鹏必定去了，又是余秀英温香暖玉的近就他，徐鸣皋不能却她美意，二人如鱼得水，快乐欢娱，无须说得。

次日天明，尚未起来，直到日高三丈，拿云、捉月进房来服侍起身，说知余半仙来借天罗地网，早已来过，不敢惊动小姐，此时可否拿去借他。余秀英道：“拿去借他便了，我的法宝甚多。”徐鸣皋听了，向秀英道：“闻得此件法宝最厉害，若令兄拿了去，此处宫门若有剑客来，如何防备？”余秀英道：“也罢，你将红沙法宝拿去，天罗地网我自己要用。”丫鬟拿了红沙法宝，送交余半仙，说知小姐之意。

余半仙道：“你小姐防宫亦是要紧之事，红沙法宝虽不及天罗地网，也好用了。”你道红沙法宝是什么东西，原来是月秽炼成的细沙，打在身上，随你神仙也要丧命，虽不能如天罗地网一网打尽，却亦是恶毒之物了。余半仙得了法宝，出城来摆迷魂阵。炼成的纸人一足鸟不计其数，阵中愁云惨惨，毒雾漫漫，煞是怕人。李自然陪宁王在阵边高处观看。前面邺天庆带五千人马，先到赵王庄来挑战。

且说傀儡生集赵王庄、马家庄两处将士商议，焦大鹏回来，说徐鸣皋之事，众人都在面前。那呆子罗季芳向狄洪道说道：“你妹夫娶了妖人，将来搬回家中，与令妹如何同住过得日子，我替你令妹担心。”狄洪道说道：“呆子休得胡说！你听老师商议大事。”傀儡生道：“可喜徐鸣皋依我嘱咐，将计就计，他二人本是有前缘，将来余秀英必为我们所用，余半仙容易制了。”

众人正在谈论，忽报庄前邺天庆挑战。傀儡生道：“今日马家庄亦必有兵来战，河海生贤弟领着狄洪道等，仍到马家庄，鹪寄生贤弟领着罗季芳等，迎敌邺天庆，请六子往来救应。”傀儡生撒豆成兵，以防妖法。当下罗季芳出庄，一马当先，黄天雕接住。战不数合，罗季芳败阵下来，黄天雕追上，挺枪直刺。徐庆见了，忙向腰间取出弓来，抽箭在手，扣上弓弦，“飕”的一声疾射去，正中黄天雕咽喉，翻身落马。薛大庆大叫：“匹夫休放冷箭！”纵马上前，举刀来砍徐庆。徐庆提刀相迎，战十余合，薛大庆招架不住，被徐庆一刀，死于马下。

邺天庆大怒，提戟上前来刺徐庆。徐寿、殷寿、杨挺三马各出，四人战邺天庆。邺天庆奋起神勇，四人哪里招架得住，渐渐要败下来。鹪寄生见了，将剑一掷，邺天庆见一道白光飞来，把左手举起方天画戟力敌四将，右手拔出腰下宝剑，迎住白光，且战且退，诱他到迷魂阵来。鹪寄生见邺天庆败走，指定宝剑，望后追来，四人亦紧紧相随。

已到南昌府城下，只见邺天庆走入阵中，回头大喝道：“众人敢来破我阵吗？”四人不知就里，纵马进去，不料一阵头脑昏晕，坠于马下。鹪寄生望他阵中妖气冲天，连忙回身，忽的阵中飞起尘沙，红光闪烁，鹪寄生身上着了一点，不觉力疲筋软，倒在地上。余半仙见了大喜，随将五人背缚两手，送入城中。

败兵回赵王庄报知，傀儡生大惊道："这又是何妖法，如此厉害？"叫焦大鹏进去打探，并将一粒丹丸暗送鹪寄生，叫他吃了，便无大害。焦大鹏得令而去。忽然半空中来了许多人，傀儡生下阶迎接，众人欢喜，亦皆下阶相迎。未知何人来到，且听下回分解。

第六十八回 孙大娘错斗王凤姑 狄洪道打死常德保

却说傀儡生在赵王庄与众人谈论之际，空中来了十人，傀儡生下阶迎接，众人欢悦，上前拜见。你道十人是谁？原来是凌云生、御风生、云阳生、独孤生、卧云生、罗浮生、一瓢生、梦觉生、漱石生、自全生一齐来了，向众人说道："我等在海外接了玄贞子的飞剑传书，本是要早来的，因有事迟延，望乞勿罪。目下战事如何？"傀儡生道："余七炼招魂妖法，虽已被我破了，如今又摆设一个迷魂阵，鹪寄生被他擒去，庄中义士又擒去四个。迷魂阵尚不打紧，内中还有别物，已着焦大鹏打听去了。"

众人正在与十生相见，忽焦大鹏同了鹪寄生回来。傀儡生大喜问讯，鹪寄生道："妖法果然厉害，若非兄的丹丸，我性命几乎不保，幸亏焦英雄送丹丸来吃了，毫无痛苦。他这红沙不知是何物件，腥秽不堪，着了身上，毒入骨髓。"

傀儡生道："此必是余七借妹子的法宝。此物不及天罗地网厉害，只要小心避开，便不妨事。明日我们兄弟十三人同破迷魂阵，我用云锦幛遮住，等他红沙撒尽便无害了。"众人问徐寿、徐庆、殷寿、杨挺四人性命如何，鹪寄生道："他四人不是着了红沙，是在迷魂阵中昏迷不醒，被他们拿了城里去。性命今虽无害，但要急救出方好。"傀儡生叫焦大鹏进城探听四人消息，一面令人到马家庄请河海生来，明日一同破阵。

且说马家庄前，殷飞红同铁昂、常德保带领五千人马，第一日挑战，狄洪道带同王能、李武迎敌，战十余合，铁昂出来助战。河海生指道："这厮是邺天庆徒弟，皆是他起的祸根，以致屡动刀兵，庄中不得安静，谁去杀死这厮？"孙大娘道："邺天庆与我有杀夫之仇，待我杀他徒弟，聊以报仇。"舞动双刀，骤马出阵。铁昂抵敌不住，大败而逃。殷飞红力敌三将，兀自不退。孙大娘上前挥刀砍入，殷飞红忙忙招架，措手不及，被孙大娘一刀，伤了左手中指，败逃回阵。两军混战一场，殷飞红折了好些人马，马家庄兵众略有伤损。

到了次日，殷飞红伤痛不出，铁昂跃马上前大叫："昨日婆娘快来纳命！"孙大娘大怒，纵马出阵，挥刀大骂："该死的叛党，今日定取你狗命。决不让你逃去了。"铁昂道："你丈夫被我师父杀了，已做刀头之鬼，我劝你投降宁王，我收你做小，安享富贵，岂不好吗？"孙大娘咬牙切齿，挥舞双刀，接连七八刀，杀得铁昂只有招架，并无回手，败下去。铁昂欲诱孙大娘入迷魂阵，不想追赶得紧，铁昂心慌意乱，走错了路头，落荒而走。

追到三里之外，前面来了一支人马，为首一员女将。孙大娘远远望见，恐是埋伏兵马。不料那女将飕的一箭，向铁昂射来，正中咽喉，翻身落马。孙大娘割取首级，提在手中。可怜铁昂一生倚势作威，今日死于两位女将军之手。

且说那女将见孙大娘割取首级，骤马过来，喝道："这是我射死的，你敢来取首级去？"孙大娘本要好言相问，听她开口全不客气，亦怒道："我取她首级，你敢怎的？"那女将手挺双枪直刺过来，孙大娘举刀相迎，二人双刀双枪，一来一往，正是棋逢敌手，胜负难分。忽空中飞下一人来，孙大娘一看，正是焦大鹏。那女将见了大惊流泪，双手将双枪架住孙大娘的双刀，大叫："我不与你斗了，我的丈夫来了，原来不曾遭难。"焦大鹏落下来喝道："你二人不要杀，都是自家人。"

原来那女将就是王凤姑，前在张家堡招赘焦大鹏，开设英雄馆的，接了丈夫灵柩，埋葬已毕，在村中招集三五百人，领了来要报杀夫之恨，不想遇着了丈夫，忙问道："你不曾遭难吗？前送来灵柩，又是怎的？"焦大鹏一一将缘故告诉，道："你二人合兵一处，可到庄中效力，剿灭叛党。我奉傀儡老师之命，到城中救四位英雄去了。"焦大鹏说罢，腾空而去。王凤姑与孙大娘见礼，彼此告罪，互相爱悦，就下马对天立誓，结为姊妹。孙大娘年长为姊，王凤姑为妹。二人带了铁昂首级，回到马家庄来。

却说河海生见孙大娘追铁昂去，殷飞红手伤又不出战，叫狄洪道到他营前挑战。狄洪道出马到殷飞红营前挑战，殷飞红叫常德保迎敌。那常德保却不济事，前在太平县为城守，因为太平县知县房明图捉了罗秀芳、王能二人，叫他解送到宁王处，路上遇了山中子，将二人救去。常德保不能销差，用银二百两送与李自然，李自然收他银子，代他在宁王面前搪塞过了。常德保回到太平县，那知县房明图提了二人，送与宁王，想得好处，加官进俸，不想被他路中失误，把功劳化为乌有，心中大与他不合，在上司前中伤他。常德保情知不能安于其位，告了假来到江西，求李自然荐在宁王帐下，做个裨将，这时候拔在殷飞红麾下。你想他平日做城守，只晓得克扣军粮，别无本领。头一日来到马家庄，有殷飞红、铁昂上前，他躲在后。第二日殷飞红手伤不能出战，铁昂被孙大娘杀败逃走，营前又有狄洪道讨战，殷飞红叫常德保出马，勉勉强强拖枪而出。

狄洪道举起铁拐，望着打来，常德保连忙招架，竭尽平生之力，招架得两拐，第三拐打来，坐不牢了，翻身落马。狄洪道大笑道："这样没用家伙，也来送死。"一铁拐在地下打成肉饼。可怜常德保一命归阴，也是平日克扣军粮之报。众兵见将官死了，纷纷逃散。殷飞红拔营逃回城里，求李自然添派救兵，暂且按下。

且说马家庄连胜两日，人人欣悦。忽然又见孙大娘回来，将铁昂首级献功，后面又有一员女将，下马与众人相见。又有赵王庄傀儡生差人到来，约定明日同破迷魂阵妖法。河海生答应，叫众人："守住庄口，休要轻动，我到赵王庄去。"马金标与众人相送出庄，河海生到赵王庄与众兄弟相见。这时候十三生已经齐集，七子中只少一个玄贞子。

大家议定明日破阵之事，只见焦大鹏回来，傀儡生与众人急问徐庆、徐寿、杨挺、殷寿四人，焦大鹏道："今日他四人下在王府天牢，宫门有余秀英把守厉害，我能进去，他四人却不能出来，须要老师的袖里乾坤手段方能救他。"包行恭在旁说道："师叔妙法无边，我三人藏在袖里，并不觉得地方小，未知师叔袖中究竟容得多少人？"傀儡生笑道："也不计多少，一万多个柳树人在内，在不觉地方小。闲话休提，我想他四人在天牢有性命之忧，不比包师侄先前吃了丹丸，所以能住多日，我即去救他四人。"傀儡生说罢，腾空而起，御风而行。

到城内王府中，进了天牢，将袍袖一拂，将徐庆、徐寿、殷寿、杨挺四人卷入袖里，走出宫门。此时余秀英却不看见，只见徐鸣皋一人独坐在门内屋中，傀儡生笑道："徐英雄在此两日，觉得有些儿女之情吗？"徐鸣皋道："老师休要取笑，我几次要逃出去，不知她用何法宝系在我脚上，看了并无物件，若是我逃出去，无论远近总被她拉转去，请老师救我一救。"

傀儡生道："此名为红线系足，也是余秀英炼成的法宝。我虽可以破他救你出去，但明日要你绊住她，勿使她出来帮助余七。等我破了余七的迷魂阵，同你回去。那余七事到急迫，必要请妹子出来相救。你在此绊住余秀英，功劳不小。将来你建功立业，尚需余秀英帮助。你不可轻待了她。"

二人正在说话，余秀英忽然回来，大喝："何人在此，莫非也是刺客吗？"手中抛起天罗地网，将傀儡生当头罩住。若知傀儡生逃脱否，且听下回分解。

第六十九回　十三生大破迷魂阵　众剑客齐会赵王庄

却说傀儡生被余秀英天罗地网罩住，徐鸣皋在旁大吃一惊，只见一道金光冲天而去，徐秀英手中抓住一个空网，内中空空无物，大惊道："我这个法宝拿人，从来没有逃走的，这是何人，如此厉害？"见徐鸣皋微微含笑，余秀英道："想必你认识此人。"徐鸣皋道："怎的不认识，他道术无边，你们虽有妖法，总是邪不胜正，哪里拿得住他。他也识得你红丝系足的法宝，明日要来破的。"

余秀英一想不好了，此人不怕天罗地网，又识得我红丝系足的法宝。明日真个来破了，徐鸣皋被他救去，我岂不一场空？打定主意，说道："我不离开，守住你，看他怎样来破法宝？"徐鸣皋笑道："你不离开，他自然不能破。你若离开一步，他便来救了我去，今日已与我约好了。明日令兄来请你助阵，你怎的不离开？"余秀英道："我在此守住宫门，紧防刺客，亦是重大之事，不去助他也不妨。"徐鸣皋想他已中了我们之计，且等明日看是如何，按下不表。

且说傀儡生回转赵王庄，将袍袖一抖，徐寿等四人出来，拜谢老师救命之恩，众人大喜相见，傀儡生道："余秀英实在厉害！"将方才之事说与众人听，都道："她妖法不能胜老师正法，何足惧哉！"傀儡生道："总要小心为是。"到了次日，傀儡生叫众人守住庄门，不可出战。自已带了一队天兵。你道什么天兵，就是撒豆成兵的大法，以正用之。谓之天兵！那余半仙亦能撒豆成兵。以邪用之，谓之妖法了。

傀儡生带了天兵，同十二位弟兄都到余半仙阵前。只见余半仙出阵来，左右两个披发童于，一个捧宝剑，一个捧葫芦。云阳生鼻孔中飞出白光一道，向余半仙头上直下。余半仙掷剑空中，迎住白光，盘旋飞舞，如二龙抢珠，斗个不了。河海生、鷯寄生口中吐出白光，两道光又望余半仙头上直下来。

余半仙不慌不忙，向空中吹气两口，他一枝剑空中分为三枝，抵住三道白光，紧紧交斗，全无半点懈怠。他有这吹剑之法，虽是妖术，却也厉害。只见凌云生、御风生、独孤生、卧云生、罗浮生、一瓢生、梦觉生、漱石生、自全生一齐吐出九道白光，望空直下。余半仙连连吹气，三枝剑又化出九枝剑来，共是十二枝剑，抵住十二道白光。空中交斗，忽如群龙戏海，忽如众虎争峰，忽如一阵苍鹰击于殿上，忽如两山猛兽奔向岩前。

宁王此时同了军师李自然登高观看，看得称奇喝彩，忘记了战阵交斗，如观戏一般。邺天庆手下一班将士并城上守城的兵士，没有不喝彩的。那余半仙曾经敌过六子，此时又敌住十二生，也算得第一等好手。后人有诗称赞他本领，道：

余七妖法是天生，能敌六子十二生。

何人能使余七怕？玄贞子与傀儡生。

且说傀儡生在空中看十二兄弟大斗余七妖人，防他妖法厉害，不敢粗忽。忽见余半仙回头向两个披发童子丢个眼色，一个童子进城中去了，一个童子将手中葫芦望空一倒，一霎时尘沙眯目，红光冲天，知是红沙法宝。傀儡生预备好了，将云锦幛望上一抛，将十二个兄弟四围遮住。那飞来的红沙近不得云锦幛，都落向别处，无影无踪的不见了。

傀儡生知余半仙的红沙放尽，别无厉害的法宝，那一个童子去请余秀英求助，已有徐鸣皋用计留住，不得出来，随将云锦幛收起。十二生大奋神威，抬手齐向白光指去，直落到余半仙顶上。余半仙大叫不好，躲入迷魂阵中。傀儡生急将大兵一招，杀入阵中，阵中无非纸人纸马，杀得一个不留，纷纷落地。此时阵已破了，只见地下都是些碎纸。

邺天庆保护宁王逃入城中。傀儡生与十二个兄弟团团围住余半仙，不能逃走。余半仙口中吐出黑气一道，一顷之际大雾迷天，伸手不见五指。傀儡生吃了一惊，只听见十二个弟兄齐声叫苦，大叫："罢了，罢了，收起剑术，莫要错杀了自家弟兄。"傀儡生大叫："不妨。"将袍袖向天一拂，一霎时天朗气清，大雾都不见了。十三生围将拢来，剑光齐下。不料余半仙不在圈子里，原来黑雾之中已逃走了。傀儡尘空中一望。见余半仙不逃在城内去，反向西边过大江而去。傀儡生举剑招十二兄弟一同追去。

看看追上，只见大江西边山上飞下一人，向余半仙劈面而来，让余半仙过去，飞过江来。迎住十三生。傀儡生看来者正是玄贞子，笑道："你来应该助我们杀这妖人，如何反救他性命？"玄贞子笑道："你难道不知道他命不该绝吗，还要故意来问我？"十二生齐向玄贞子拜问道："妖人此去如何？"

玄贞子道："他现在去投师父徐鸿儒，那徐鸿儒是白莲邪教中之首，古往今来、无比厉害。我要杀余七甚是容易，现在不杀，正要他请出徐鸿儒来，助宁王反叛，伤害百姓，应了注定的数，然后将他师徒二人骈首就戮，绝了白莲教邪种，以后便无妖邪之辈，可以永享太平世界了。我若此时杀死余七，徐鸿儒尚无大罪，不能就戮，反使传教千万，长留于世，非是我辈之用心也。"傀儡生兄弟十三人听了玄贞子之言，无不佩服。

大众回到赵王庄来，赵员外与众人迎接叩见，见了玄贞子，都以为余半仙必定杀了。及听见玄贞子放走余半仙，都以为奇事，玄贞子将道理告诉他，方才叹服。忽见十三生中少了一个傀儡生，赵员外道："想是他功成身退，不到庄上来。"玄贞子道："非也，他即刻就来。"众人方说了几句话，只见傀儡生从天而降，大笑将袍袖一抖，走出徐鸣皋来，大家欢喜迎见。

那呆子罗季芳笑向徐鸣皋道："好兄弟同妖人住了几日，恐要惹了妖气来。"徐鸣皋道："大哥休得取笑。"玄贞子笑道："此番成功，虽是傀儡老师第一功劳，第二要算徐英雄了。若非他绊住余秀英，余七有了好帮手，却还不能胜他。"傀儡生道："徐英雄实是第一功劳，我还不及。但是你莫说无功，反是有罪，怎的将妖人放走，我心中虽是佩服，口里总要取笑。"玄贞子笑道："你的罪却也不小，将好好一个徐英雄，怎的将他送到妖人处，得了妖气回来。幸而破了余七的招魂妖法，又破他的迷魂阵，只好算将功折罪罢了。"傀儡生又笑道："怎的玄贞子老师说话，同罗呆子一鼻孔出气了？"众人听了大笑。

不说玄贞子与傀儡生说笑。却说赵员外见七子十三生都已齐集，余半仙妖法已破了，宁王逃走入城，谅一时不敢出来，于是令人到马家庄请马员外，同了众英雄来聚会饮酒，做了一个剑侠大会。不多时，马员外同了一枝梅、狄洪道、王能、李武、刘佐玉、郑良才、孙大娘、王凤姑，都到赵王庄来。众人相见，七子十三生要辞别众人，各处云游。

赵员外设宴款待，一则为是贺功，一则为是饯行。请玄贞子、一尘子、飞云子、霓裳子、默存子、山中子、海鸥子、凌云生、御风生、云阳生、傀儡生、独孤生、卧云生、罗浮生、一瓢生、梦觉生、漱石生、鷦寄生、河海生、自全生均坐了客位，徐鸣皋、焦大鹏、徐庆、罗季芳、一枝梅、狄洪道、王能、李武、杨小舫、包行恭、周湘帆、徐寿十二位英雄，又有两位女英雄孙大娘、王凤姑做了陪客，赵员外、马员外、刘佐玉、郑良才、殷寿、杨挺、王仁义、赵文、赵武坐了主位。看官，你道这一席宴会，也是千年难遇的！许多剑侠英雄聚在一处，将前面六十几回书总结一结，以下便要分散各处，再做许多惊天动地之事来。若知后事如何，且听下回分解。

第七十回 约后会玄贞子回山 传圣旨张太监遇盗

却说赵员外、七子、十三生、十二英雄、两位女英雄吃酒，徐鸣皋开言问玄贞子道:“我等多人今日大会,师伯师父众位老师都在此,真是难得!我十二弟兄,只少一个伍天熊兄弟,添上一个焦大哥,仍满十二人之数。还有两位大嫂,又难得两位员外及两庄众英雄曲尽主人之礼,也算古今所无的盛会了。未知后日再会,要过多少时候,请大师伯示知。”玄贞子道:“这也不难,只要等十二英雄大功告成,宁王诛灭,那时我等恰在一处,仍作无遮大会。此等原可预先约定,至于或来或去,我等未必齐集。那就不能一一告知你了。”徐鸣皋便不再问。

玄贞子向大鹏说道:“我有一言相告:明日我们兄弟各处去了,回山的回山,云游的云游,并无一定的所在,你不必跟我去。你虽为剑客,脱了凡胎,功名富贵原不放在心上,但有一件,你父母望你回去,不孝有三,无后为大,你命中该有二子。明日同了两个妻子回家,各生一子,家中暂住几时,再助徐英雄建立大功。”焦大鹏道:“徒弟要随师父去,不回家了。”

那呆子罗季芳坐在旁边,插口说道:“焦大哥,这断乎使不得。记得从前山中老师救我,送到你师父山中,与王能兄弟两个住了几时,没有酒吃,终日吃些蔬菜,挨得我要死。几次要同王能逃下山来,你师父会起卦的,他就预先说破了。后来决意私下走了,哪知走了一夜,仍在山上,再也寻不着下山的路来,直到你师父自己叫我两个下山,方得下来。如今想起这事来,头脑也生疼的,你如何还要同他去?”众人听了,都大笑起来。

徐鸣皋喝住:“休说呆话!”只听玄贞子向焦大鹏说道:“你不回家,这是大不该的。古来剑仙侠客,哪一个不从忠孝节义上做起?你父母年老,并无后代,你若不去,使他绝嗣,便为不孝之子。你两妻远到此地,皆无儿女,你不同她回去,便为不义之夫。不孝不义之人,我岂肯收留门下?”焦大鹏听了一番正言责备,如梦初醒,连连称是。看官,你道剑侠一流岂容易做得吗,必有圣贤的学问、豪杰的心肠,方能成就。

这一日众人尽欢而散。次日,七子十三生一齐告别,徐鸣皋等依依不舍,步行送到庄口。七子十三生也恋恋不已,直到庄外,方显出剑客法术,一阵清风,都不见了,回头一看,少一个焦大鹏,徐鸣皋惊疑道:“莫非他随了师父去?”一枝梅道:“我料他绝不去的。他们都望西行,我追上去寻。”一枝梅如飞跑去。

且说焦大鹏见七子十三生御风而去,他急忙追上。原来七子十三生之中,有几个不能御风的,因为同在一堆,亦可趁势随去。玄贞子见徒弟来了,问道:“昨日一番劝你之言,你难道还不听吗?”焦大鹏道:“徒弟怎敢不听?因舍不得师父,又忘不得傀儡老师度脱之恩,故来远送一程。”

玄贞子道:“既如此,我们到西山顶上舞鹤亭流连一会,徒弟就此回转。我们要宿一宵,观玩月夜好景,明日各自云散。”说罢,众人渡过大江,飞奔山顶。到舞鹤亭上,这就是焦大鹏学剑的地方,想起剑术将成之时,各种魔障来试心,今日剑术已成,却要回家生子,这是各有道理,并不自相矛盾的。玄贞子略坐一会,叫焦大鹏回去。

焦大鹏拜辞九位,缓缓下山,渡过江来,正与一枝梅撞见。二人携手同回,到了赵王庄前，见徐鸣皋众人还在庄前久等。二人相见。方要进庄，只见庄前一彪人来，簇拥着一个锦衣花帽的太监，骑着一匹五花马，高声问道："此地是赵王庄吗？"赵员外答应道："正是。"那太监道："咱从北京来，奉万岁爷的圣旨，召见十二英雄，快快叫他们来迎接圣旨。"

原来是江苏巡抚俞谦，自从差了王介生到赵王庄打探消息，不日回来，王介生将赵王庄一切布置情形，又有剑仙侠客相助，一一告知俞谦，说："那宁王虽想攻破赵王庄，除了肘腋之患，起兵来犯江南。现在赵王庄万不能破，他决不敢来犯江南了。"俞谦道："贤侄你有所不知，宁王既已谋反，倒要他速反为妙。速则祸小，迟则祸大。我思得一计，叫徐鸣皋等十二英雄暂离赵王庄，使他出兵直犯江南，南昌府空虚，然后王师遏其前，义兵攻其后，逆藩可擒矣！我拜本进京，保举十二英雄，请万岁召见一番，以赏其功，以坚其志，使他专心为国家出力，有何不可？"于是连夜写好本章，次日叫王介生同了折差二人，速速进京，到京中在通政司衙门递了本章。

正德皇帝看了俞谦本章，正要下旨，只见右都御史杨一清奏道："今有安化王寘鐇举兵造反，杀死甘肃巡抚，甚是猖獗。万岁宜速下旨，发兵前往征讨，以救甘肃百姓。"正德皇帝道："既有此事，朕拜卿为三边总制之职，提十万大兵，前往讨贼。即日召取赵王庄徐鸣皋等十二英雄前来，交与卿带去出征效力，卿等以为如何？"只见兵部侍郎王守仁出班奏道："那十二英雄，臣见过几个，都是有用之才。徐鸣皋更加忠心义胆，果然当世英雄。臣敢保荐，万岁召见不妨。"正德皇帝道："既是王卿保举，朕即日下旨召取前来，交杨卿领去立功。"随即下旨一道，叫东厂太监张永带十二副官诰，封十二人为十二指挥之职，即日到赵王庄去。

张永奉了万岁旨意，晓行夜宿，来到江西。这日到赵王庄前，正见一众英雄都在庄前，听说圣旨下来，大家跪接，请张太监到庄中。赵员外在正厅上排了香案，大众跪在下面，听张太监宣读圣旨道：

奉天承运皇帝诏曰：朕闻赳赳武夫，公侯腹心，桓桓祈父，王之爪士。咨尔徐鹤、罗德、焦大鹏、徐庆、慕容贞、狄洪道、杨濂、周仿、包行恭、徐寿、王能、李武等十有二人，勇猛可嘉，忠心不二，即授指挥之职，速行前来，随右都御史臣杨一清出征叛王寘鐇。立功之日，懋膺重赏，朕有厚望焉。

当下众人听了圣旨，个个欢悦，向十二英雄道贺。只有焦大鹏俯伏在地，说道："要请老公公代我在万岁前叩辞，臣已脱凡胎，如野鹤闲云，久无功名之念了。"张太监道："这却不能，十二指挥怎好缺了一个。"徐庆道："我兄弟伍天熊现在九龙山落草，亦是可用之才，我去招来为国家出力。"

徐鸣皋道："这是大妙，我等十二兄弟，只有伍兄弟不在面前，若同为官职，岂不是好极了！焦大哥已成大道，我等不当以兄弟之礼相待，当奉他为老师。这不过心中之意，口却不改，仍叫大哥。大哥不愿功名，不可相强，请老公公在万岁面前代为叩辞，可否以伍天熊代其官职，我等召见时候，亦要奏明。"于是定了行止。张永留宿一宵，款待恭敬。

次日。徐鸣皋、罗季芳、徐庆、一枝梅、狄洪道、杨小舫、周湘帆、包行恭、徐寿、王能、李武十一人,同了张永,起程进京。赵员外等相送出庄口,依依不舍。徐鸣皋叫他小心防守赵王庄,又叫马金标小心防守马家庄,若有大事,我们兄弟仍可帮助。又与焦大鹏执手而别,焦大鹏自同孙大娘、王凤姑回家去了不提。

且说徐鸣皋等离了赵王庄,同了张永一路行来,到鄱阳湖有官船迎接。张永对徐鸣皋道:“我有个表弟陆松年,在湖东面陆家湾。他有个儿子是我的干儿,久不见了。今日不远,我坐小船去看他一看,众位英雄先下大船,且停一夜,我明日就回。”于是带一个小太监,一个小箱,箱中有一千两银子,还有一副荫袭官诰,带去送干儿的。叫了一个小瓜皮艇,二人上了小艇,划艇子的一路划去。

不知不觉,天已晚了,只见转弯抹角都是小港,一望树木无际,两岸都是荒僻所在,心中惊疑,向划船的道:“闻说陆家湾离大船泊处不过十五里,怎还未到?”那划船的把划锹一放,走里面来,笑道:“今日路已三十里了,怎说十五里?此地离陆家湾远了,你既到此地,却要听我老爷的制度。”在坐板下底摸出一把板刀来,张太监吓得魂不附体。若知性命如何,且听下回分解。

第七十一回　张太监落水庆重生　陆松年设筵款良友

话说张永同徐鸣皋等一众英雄到了鄱阳湖,他要顺拢陆家湾陆松年家看他干儿,不料遇见盗船,将他划到僻静所在。张永见不是路径,疑惑起来,便问那船户道:“怎么还不到陆家湾吗?”那船户道:“此地离陆家湾远了,你既在我船上,却要听我的制度。”说着就在舱底下拿出一把板刀,恶狠狠的向张太监说道:“我这里有个规矩,凡有人上得我船,都算是他晦气。所有金银,自不必说都是要存下来做孝敬的。不论他官绅士贾,除非不上我这船,既上我这船,任他插翅也难飞去。但不过我亦有几等制度:在我船上的人,那乖巧的送了我的孝敬,我便请他吃顿馄饨;那不乖巧的,我便请他吃板刀面。这两件却是听人拣的,我不勉强人。”说着,便将板刀在张永面上一晃道:“你说拣那一件去吃吧?”

张永与那小太监,此时已是吓得魂不附体,只得战战兢兢跪在那里哀求道:“大王爷若要银子,我这小箱子内还有一千两,大王尽管拿去,只求饶我两个活命就是了。”那船户道:“饶你性命,可是没有这个规矩,也从没有这等便宜。既是你哀求,我便给你讨个便宜,请你吃顿馄饨了。”张永听了,不知这馄饨是个什么法儿。

你道这馄饨的名色,究竟是怎样呢?原来是凡强盗船上,都有板刀面、馄饨两件名目。那板刀面,就将人砍成几块,抛在水内,这就唤做板刀面。馄饨是留你一个整尸首,将你绑缚起来,丢下水去,这就唤做馄饨。当下张永不知所以,便问道:“怎么唤做馄饨?”那船户道:“我实告诉你,将你整个儿绑缚起来,丢下水去,便唤做馄饨,可是太便宜你这老乌龟。”张永听说,这一吓已是昏了过去,那个小太监更加害怕,只在那里跪求饶命。那船户哪里肯听,便拿了两根绳索,先将张永绑缚起来,向水内一丢,又来将这小太监绑起,也向水内一放。他便将那只小箱子收藏起来，欸乃一声，登时将船开往别处去了，我且不表。

再说张永与那小太监自下了水，不知不觉，直望下流淌下来。也是张永命不该绝，徐鸣皋等人的大船却泊在下流头。那船户却在上流将他放下水去，张永在水内就顺着下流，一路淌了下来。直至天明，又淌至徐鸣皋等人泊船的所在。却好一枝梅在船头上小溺，忽见上流淌下一个人来，一枝梅便喊船户道：“艄公，你们快起来，上流淌下一个人来了。你们快将他捞起，看看是活的还是死的。如果还救得活，赶紧取些姜汤，将他救过来。如果死的，也可买具棺材收殓他。”船户听说，立刻都爬起来，七手八脚在湖里将那人捞起，湿淋淋的放在船头上。

一枝梅近前一看，忽然哎呀一声：“这是怎么说？为何张老公公被人家绑缚住了，抛下水去，难道那陆家湾那个陆松年将他害了不成？”复又想道，这断不是陆松年害的，一定那只小瓜皮艇是个强盗船了。当下便命船户将绳索解下，立刻喂了些姜汤来灌了下去。又将他翻转身来。在船帮子上担了一回。好一会，只见他吐了许多水出来，人也慢慢苏醒。此时徐鸣皋早已起来，大家见张永已是苏醒，便将他扶至中舱，好好睡下。又命船户取了些姜汤，给他自饮。

又过了一会，只见他两眼微睁，喘了一口气，道：“咱家怎么到这里来，莫非与诸位英雄是魂灵相会吗？”徐鸣皋道：“老公公请自保重，停一会儿再说话吧。”张永又道：“咱家究竟是人是鬼！请诸位英雄告知明白，好给咱家得知。”徐鸣皋道：“不瞒老公公说，刚才从水中捞起来的。”张永听说道：“如此说了，咱家还是个人，不是个鬼了。”于是张永便将以上情形说了一回。

只见罗季芳大声怒道：“如此世界，好大胆的狗强盗，敢劫掠老公公的财物，又害老公公的性命！我等即将他拿来碎尸万段。”徐鸣皋道：“好匹夫，那强盗如此胆大，自然要去寻他。但据你这等说法，你可知他姓名吗？”罗季芳被徐鸣皋这句话问得他口不能开，只是呆立在一旁暗暗作恼。

只见张永又道：“咱家承诸位英雄将咱家性命救活，只可怜我那小使不知生死如何了。”徐鸣皋道：“老公公不必烦恼，或者尊管命不该绝，也还可以活命的，为今之计，老公公可还要去寻令亲家吗？”张永道：“咱家再也不去了。”一枝梅道：“不然，我等正是还要老公公去走一趟，借此可以访那强盗的下落。”张永道：“英雄此言差矣，咱家就便访到他下落，也还是将性命送在他手内，这是何必呢？”一枝梅道：“老公公只管前去，我等暗暗的保护老公公就是了。”张永听罢，大喜道：“难得诸位英雄有此美意，咱家更加感激了。”

此时张永已觉得身体舒畅，于是吃了点饭。徐鸣皋便叫徐寿扮作小太监，随着张永下了船，仍到昨日雇船到陆家湾的那个所在。张永先四面一看，并不见昨日那只瓜皮船。因即另雇了一只，言明船价，同徐寿二人上了船，便望陆家湾而去。不过十五里，不到半日已至陆家湾。张永当下付了船钱，便同徐寿上岸，转弯抹角不到一里路，已望见村庄。张永便指与徐寿看道：“徐将军，你看对面那一丛树林中间一所高大房屋，便是陆松年家了。”徐寿答应。

二人又走了片刻，不觉已到。张永便走入庄上，却好有两个庄丁站在庄门口。

张永上前，向那庄丁说道："你进去说一声，就说北京管理东厂事务那个姓张的，顺道来此相访，你家主人就知道了。"那庄丁听说，赶着答道："你老人家莫非张老公公吗？"张永道："咱家便是。"那庄丁道："你老人家里面坐吧。"说着领了张永、徐寿二人，到了里面厅上。二人坐下，那庄丁便进去通报。

少刻陆松年出来，向着张永说道："老哥哥，两年不见，正是渴想得极。今日难得到此，是因何事来南呢？"张永道："一言难尽，慢慢叙谈便了。但是我不能搁久，今日在你这里住一宿，明日就要走的。我那阿保干儿子现在哪里，我是很记念他的。"陆松年道："他现在书房内读书，少停我叫人去唤他出来便了。"说着一面命人摆酒，一面命人去唤阿保，又与徐寿通了名姓。

此时庄丁早已献上茶来，张永正要提起奉旨来召十二位英雄的话，阿保已走了出来，陆松年便叫他给张永请安。阿保走到张永跟前，先叫了一声干爷，随即请了安，站立一旁。张永便望着他，笑嘻嘻地说道："我的干儿两年不见，你长得这般大了。今年可是十六岁了吗？"阿保道："是。"陆松年道："老哥哥，你怎的记得这般清楚？"张永道："连干儿子年纪都忘了，这还算个人吗？"说着，那边酒席已摆出来，于是张永便邀徐寿去坐首席。

徐寿再三推让，还是张永坐了首席，徐寿对陪，陆松年坐了主位。饮酒之间，张永便先将奉旨召取十二英雄的话说了一遍，又指了徐寿，向陆松年说道："这位英雄，就是第十二位。"陆松年便向徐寿道："久仰诸位英名，今得相见，实是万幸。"徐寿又谦逊了一回。

张永又将遇盗的各节说了一遍，陆松年听罢大怒道："哪里有这等事情！这个强盗可算得是无法无天了，连老哥哥的财物他都敢劫掠起来，还要害老哥哥的性命，这还了得！待小弟明日就到县里去报，勒令该管地方官缉获，务要拿获人赃。"张永道："这就烦老弟明日去走一趟。愚兄所失的财物不过一千两银子，再有我干儿子一付袭荫还是小事，倒是留着这只盗船，贻害客商，甚是不浅。"陆松年正要答应，忽见有个庄丁向陆松年耳边说了两句话，陆松年不觉诧异起来。不知那庄丁说出什么话来，且听下回分解。

第七十二回　陆家湾庄汉说前因　葫芦套英雄诛众寇

话说陆松年正要答应张永的话，只见有个庄丁向着耳畔低低说道："小的们近来耳里闻得传说，那个强盗船害的人不少了，也有人去县里投告，县里只是不准。听说那强盗船是宁王府里什么邺大将军邺天庆手下徒弟派的人，专在各处私自劫掠。县里也有风闻，所以不敢缉获。就是有人告了，只是不准而已。小的看起来，张老公公这件事，多分也是那起人了。"陆松年听了，大怒道："岂有此理！"张永也就追问起来，陆松年便将庄丁说的话告诉了一遍。

张永道："如此说来，一定不差了。老弟也不必去县里令他缉获，他也没法的。

还是愚兄再作道理吧。”陆松年道：“老哥如此说，难道就算了不成？知县为一县的父母，有这等事他不去管，有谁管来！”张永道：“老弟有所不知，如今宸濠势恶滔天，不久便有反意。如那一个小小县官，怎么吃得住那一班如狼似虎的恶贼？所以知县官迫于势之无可如何，只得多事不如省事，就便他为民心切，任意问起来，又从哪里去捉强盗呢？但有一件，不知这强盗船窝藏哪里，为首是谁？只要知道他窝聚的地方，便可易于下手了？”

正说之间，又见那庄丁说道：“老公公若问那强盗船窝藏的所在，小的倒也闻人说起，就在鄱阳湖对面葫芦套里，为首的唤作褚大胆，却不知是否的确。”徐寿在旁说道：“但不知这葫芦套还是全个儿水路，还是有旱路可通？”那庄丁道：“水路近些，旱路要过鄱阳湖对岸，绕鹅颈项湾去，远五六里地面，方可到那里呢。”徐寿听说暗记在心。只见张永说道：“既知他窝聚在哪里，咱家自有拿他的法子了。”陆松年便问道：“老哥哥怎么法子去拿他呢？”张永道：“现放着十二位英雄在此，仗着愚兄老面皮，随便请两位去走一趟，还怕那些草寇不手到受缚的吗？”陆松年听说也道：“如果请他们一班英雄内去几个人，那伙强盗定然是束手待缚的。”不觉大悦起来，于是三人痛饮，直饮到三更时分，这才散席。陆松年便请张永在内书房安息，徐寿在外书房安歇，一宿无话。

次日清早起来，梳洗已毕，用了早点，张永就要起程。陆松年还要留他再住一日，张永道：“非是愚兄如此决绝，只因要赴京覆旨，若日子多了，恐怕圣上见罪。而况葫芦套尚要耽搁一半日，如此算来，是万万不能久待了。咱们后会有期，我干儿子袭荫的，待我进京后再代他弄一付便了。”陆松年不敢勉强，只得相送出庄，揖别而散。

张永同徐寿仍走到陆家湾口，雇了一只船回去。时将日午，已到了大船停泊的所在，张永就上了大船，徐寿也一同上去。当时开发了船钱，那小船自然开去。张永就将陆松年家庄丁所说的话述了一遍，因道：“这事据咱家看来，还得仰仗各位辛苦一趟才好，不然遗害于人甚是不浅。”当下徐鸣皋说道：“老公公放心，我等众弟兄当前去一走，将这伙强盗擒来，请老公公自办便了。”

徐庆道：“但是我们如何去法呢？”一枝梅道：“我却有个计较，只需将这只大船放到那葫芦套口，我们大家都不要在船上，恐怕他看见不来，反而躲到别处去了。我们都上岸去，只叫徐寿兄弟一人坐在舱内，老公公也不要坐在前舱，去到里面不露眼的地方。那里既是盗薮，必有巡船往来，一见我们这只大船泊在那里，他必定以为是宗好买卖。我不去寻他，他必来找我，我们便可以逸待劳，将他一网打尽。恐怕他未必全行上来，我们可分派四人，去他套里搜捉，包管他没处藏躲。”大家听了皆道：“如此极好。”张永亦极其佩服。于是即刻将船户喊来，告诉明白，又再三吩咐船户不可走漏风声。船户答应出来，也就立刻开船，望葫芦套进发。

却好到了那里，正在天晚，船户便将船停泊下来。徐鸣皋等人先至船头，四面一看，见无船只，并无行人来往。又将那葫芦套路径看了一遍，只见那套里芦苇从杂，好个僻静所在，不必说藏那盗船，便埋伏一两万兵马，外面也绝不知道。当下徐鸣皋等十人,便一个个跳上岸去,只留徐寿一人坐在船内。徐鸣皋等十人到了岸上,各在芦苇深处躲藏起来。看看到了二更时分,并无动静,我且按下。

再说那劫掠张永银两并害他性命的那个船户,原来就是这葫芦套里一起的人,而且的确是宸濠那里的无敌大将军邺天庆手下的徒子徒孙,邺天庆却不知道,全是殷飞红派来的。现在殷飞红虽然被焦大鹏的妻子孙大娘、王凤姑杀死,他们这一起人还在这里断劫客商。为首的一个头目唤作褚十二,绰号褚大胆,一起共有二十只小瓜皮艇,专在湖上截害过客。只要有人上了船,便将他荡到这里动手,就是张永也在这套里被劫的,不过他那时吓昏了,未曾看得明白,所以记不清楚在什么所在。

徐鸣皋等十人看看等到二更以外,仍然毫无动静,大家暗思:难道这个套内并非窝盗之所,不然何以到了这时还不见一些动静?正自大家疑惑,忽闻隐隐有划桨之声从套里出来,徐鸣皋等见了,还不急急动手。只见那只船又慢慢的划出港口,泊到大船旁边。忽见跳出一人,手执板刀,上了大船,也不喊叫,只望中舱而去。到了中舱,望着徐寿迎面一刀砍去,徐寿亦不喊叫,赶着将身子一偏,趁势飞起一腿,将那人踢倒在舱板之上,复一进步,将他手中刀抢了过来,便认定他脑袋就是一刀,登时那人已送了性命。

外面小船上那个划桨的,正在那里探头探脑向舱里望,忽见舱里一个已被人砍死,他便急急的将船放开,摇着桨,如飞一般直向套内划去。徐鸣皋等看了,知是进套去喊人,众英雄也不追去,只在岸上静等。不一刻果然划出一阵船来,徐鸣皋等人在那里看得真切,便代他一只只数过去,却整整二十只。一会子,这二十只划船皆荡出套口,一声呐喊,团团的齐将大船围住,复一声呐喊,只见划船上跳出有十几个人来,个个手执板刀,蜂拥上了大船,口中大声喝道:"哪里来的牛子,胆敢伤俺褚爷爷手下头目!"说着一声,舞动板刀,直向徐寿砍去。徐寿一见这许多人上船,将自己的刀取了出来,大声喝道:"好大胆的草寇,胆敢劫掠客商,图财害命,尔这一伙毛贼认得老爷吗?"说着便舞起钢刀,向那一伙贼砍去。那一伙贼一面接着厮杀,一面便想去到后舱搜寻财物。

徐鸣皋等此时也就跳上船来。只听扑扑扑一阵声响,手起刀落,立刻就砍倒了几个。于是大家大喝一声:"尔这一伙毛贼,可知江南徐鸣皋等一众英雄吗?尔等胆敢前来劫我等的船只!"说着,只见各人手上的刀如旋风般飞来飞去,那一班强盗哪里抵挡得住,不到片刻,已砍得七零八落,倒在舱内,褚十二也被砍倒在舱。外面那些小船还围绕在那里,一只也不曾开去。你道这是为何呢?原来徐庆与一枝梅两个,已将那小船上的人个个杀了。

大家进得舱中,见强盗都已捉住,一个不曾逃脱,便将张永请出舱来,使他相认,张永逐一看过,即指出一人。这人正是褚十二。徐鸣皋便笑说道:"你请人家吃一顿东西,我却要请你先吃板刀面,后吃馄饨。"褚十二听了,还在那里哀求,徐鸣皋也不答应,即以其人之道,还治其人之身,不一刻已收拾得清清楚楚。欲知后事如何,且听下回分解。

第七十三回 宁寿宫垂询往事 武英殿召见英雄

话说众英雄将葫芦套的水寇全行杀尽,也就请他吃了些板刀面、馄饨,收拾干干净净,大家痛快非常。张永叩谢道:“没非众英雄之力,此贼如何擒获?今日此举,咱家虽报了前仇,却是代往来客商除了一件大害,众位英雄可也积德不少了。”徐鸣皋等谦让道:“锄恶除奸,此是我等分内之事,何足挂齿。”此时天已明亮,即吩咐船户开船,直望京城而去。

不一日到了湖北,大家就舍舟登岸,遵陆北上。行有半月光景,已到北通州,当有官员迎接出来。张永就命本地方官备了车马夫役人等,一路趱赶前进,走了三日已抵北京。张永便请徐鸣皋等十一位英雄先在馆驿安歇,他当日进宫覆旨。武宗见张永已回,即着于宁寿宫召对。张永闻武宗召见,哪敢怠慢,就在内宫先行了礼。

复命已毕,当下奏道:“奴才奉万岁旨意,前往江西赵王庄召取徐鸣皋等十二位英雄,奴才现已召至,皆在馆驿安歇。惟内有焦大鹏一人,因他自己已脱凡胎,不愿恋情官爵,苦苦乞求。当时奴才未敢遽允,后经徐鸣皋等一再代告,并允以焦大鹏之义弟伍天熊,现在九龙山,情愿招取前来,令他代职,奴才见他诚心不愿功名,只得允诺。该壮士又命奴才于万岁前代为转奏,上达天听。现在徐鸣皋等计有十一人在此,伏乞圣上示下。”武宗闻奏,便问道:“据你说那焦大鹏已脱凡胎,这是怎么讲,难道他成了仙不成?”张永又将焦大鹏如何被宁王面前无敌大将军邺天庆杀死,如何被傀儡生救活,如何焦大鹏相助七子十三生大破迷魂阵的言语,前后细细奏了一遍。武宗闻奏,这才知道,因道:“既是如此,人各有志,不能勉强而行,也只好随他独行其是便了。”张永又奏道:“焦大鹏虽说无志官爵,他临行时也曾言及,如朝廷有需用之处,他还出来帮助,并不置身事外,不过但不受官爵而已。”

武宗大喜道:“这更难得了,到底英雄立志与众不同的。”因又问道:“现在宸濠究竟是怎样了?”张永又将各节奏了一遍。武宗当下传谕:所有应召之江南壮士,现授指挥之职徐鸣皋等共十一人,着于明早在武英殿召见,不得有误。此旨当由内阁传了出去,徐鸣皋等十一人奉到这道圣旨,个个预备召见,自不必说。张永当日也奉旨先回东厂去了。

一宿无话。到了次日,天才黎明,徐鸣皋等十一人已穿了朝服,在朝房内候召。不一会只听静鞭三响,武宗临朝,百官朝参已毕,当有值殿官喊道:“各官有事奏事,无事退朝。”但见张永出班,俯伏金阶奏道:“所有奉召特授指挥徐鸣皋等十一人,昨奉传旨召见,现在朝房候旨,请万岁示下。”武宗闻奏,便传旨着辰初三刻在武英殿召见,所有总制军务、右都御史杨一清着即一同前往。说毕退朝,各官朝散,张永下了殿,便问杨一清同到朝房,知会徐鸣皋等人。

徐鸣皋等见张永前来,大家皆站起来行礼。张永还礼已毕,便指着杨一清向众人说道:“这便是总制军务、右都御史杨大人。”徐鸣皋等闻言,各个行了礼。杨一清又各问了名姓，然后分次序坐下。杨一清首先说道："久仰英名，无由相见。今幸为同朝之士，将来建功立业，锄恶除奸，前程未可限量。所望一心为国，不失为忠义之臣。"徐鸣皋道："多蒙大人汲引之恩，承圣上不次之擢，某等当竭力图报，上答高厚鸿慈于万一。不日均隶麾下，其有不谙之事尚求遇事垂教，以期仰副大德，则是某等大幸。"杨一清闻言，见他们这一班人虽是赳赳武夫，吐属甚是文雅，心中大喜。

张永又将在葫芦套遇盗，多亏徐鸣皋等将那班水寇全行诛戮的话说了一遍，杨一清更加喜悦，因道："寘鐇现已造反，连日叠据甘肃所属飞驰奏章，请兵剿灭。宸濠固为心腹之患，但此时尚未显露反形，不便遽加征伐。光景圣意，先去剿灭寘鐇，俟宸濠反情大露，再行诛灭。今得诸位同行，某亦可得资臂助了。"徐鸣皋道："某等识见浅短，幸而成功，皆圣上之福与大人之威望，某等亦何敢妄逞己能。"

大家正在那里谈论，忽见两个小太监飞跑而来，高声喊道："圣上已临殿，特召张老公公、杨御史及十二位指挥，速去武英殿听候召见。"张永等闻召，哪敢怠慢，当即与杨一清率同徐鸣皋等十一位英雄而去。

不半刻已到，但见宫阙巍峨，香烟缥缈，说不尽那种富丽端严，真个是咫尺天涯，令人不严而肃。张永、杨一清二人先至金阶伏俯，三呼已毕，只听武宗在上问道："那新授十二个指挥，皆在这里吗?"张永奏道："已敬谨前来，听候宣召。"武宗道："着即宣他们上殿。"当有值殿官传宣下来道："旨意下，特召新授指挥徐鹤等上殿。"

徐鸣皋等闻召，便一齐随着传宣官到了殿上，俯伏金阶，口称："臣徐鹤、徐庆、罗季芳、慕容贞、狄洪道、王能、李武、杨小舫、包行恭、周湘帆、徐寿，愿吾皇万岁万万岁。"三呼已毕，跪在地下不敢抬头。武宗在上闪开龙目，望下观看，但见他们个个皆是仪表非俗，相貌魁梧，他日必为栋梁之器，龙颜大悦，因道："诸卿均赐平身。"徐鸣皋等又磕头谢了恩，然后站立一旁。

武宗又将各人打量了一回，因向张永、杨一清道："这十二个指挥，若非俞谦密保，朕几为宸濠所误。"因又问徐鸣皋道："卿等久在江西一带，宸濠所作之事，卿等可细细据实奏来。"徐鸣皋当下出班跪奏道："臣等罪该万死，因宁王所为非正道，因此臣等欲为朝廷保护起见，以致狂妄胡为。"武宗道："此正卿等忠义可嘉，何罪之有？究竟宸濠所为有什么大逆不道呢?"徐鸣皋不敢隐瞒，于是将一切情形，如何金山寺假做替身、暗自招兵买马，如何私造离宫，如何计献美女，如何潜养死士、谗害(喜)忠良，如何不称谕令、敢称谕旨，以及纵掠赵王庄，毒设迷魂阵，以往之事奏了一遍。

武宗听罢，龙颜大怒，当下说道："逆濠叛迹已彰，罪在不赦。朕本即派兵前往，声讨问罪，奈叠据甘肃所属飞驰表章，奏称安化王寘鐇刻已谋叛，擅杀甘肃巡抚，已据有庆阳、秦州各府州县，势甚猖獗，若不速为声讨，必致生灵涂炭，势成蔓延。卿等皆具有赤胆忠心，为民为国，今特遣右都御史杨一清带领十万人马，前往该处声罪征讨，卿等即着派入杨一清部下，随营差遣，务期各奋天良，竭忠尽志，一俟奏捷，朕定再加封官爵，以酬勋劳。所有一切事宜，均归右都御史杨一清遣派，卿等不得稍有贻误。”

徐鸣皋磕头谢恩，其余十位英雄也就叩头谢恩，已毕站立一旁。武宗又向杨一清道：“现在寘镭猖獗异常，昨又据阶州驰奏前来，奏称该州危急异常，请速发天兵声讨。卿可即于三日后，带领兵马十万，随带新授指挥徐鸣皋等克日前进，务速讨平，毋负朕望。朕再加派张永随卿前往，以为监军之任，如有要事，可同张永和衷共济，总期早为平定，即日班师，论功授爵。”

杨一清也出班跪下，叩头谢恩道：“臣夙荷天恩，敢不竭忠报效，惟期叛王早日平定，上慰宵旰之勤，下免生灵之苦。臣遵即于三日后亲带兵马，率同十二指挥，星夜驰往。所有一切军务，臣自敬谨与张永和衷共济；断不敢任意独断，上负天恩，亦不敢贻误军情，有负重任。惟臣才疏识浅，恐不能胜，伏乞圣上再于各大臣之中加派一人，与臣同往，臣既可得其臂助，又觉事半功倍，臣不胜幸甚。”武宗道：“朕意已决，有卿前往，足能克敌，再加十二指挥听卿调遣，何患逆鐇不平？卿但勉矢公忠，毋得渎请。”

杨一清遵旨，不敢再奏，只得退下。武宗亦即回宫，各官朝散。杨一清便令徐鸣皋等仍回馆驿，一面传檄各营，着令于明日亲赴教场，听候挑选出征。毕竟后事如何，且听下回分解。

第七十四回 挂帅印杨御史讨贼 拒叛逆毕知府出征

话说杨一清奉了武宗之旨，挂帅出征安化王寘鐇，当下退朝出来，即传檄各营所有将弁兵马，均着于次日齐赴教场，听候挑选。各营得了这个檄文，哪个敢少怠慢，果然次日天甫启明，俱已齐集教场。徐鸣皋等十一位英雄，也换了指挥服饰，到教场伺候。等了一刻，杨一清与张永二人俱骑坐马匹，前呼后拥，簇拥着一路而来，到了演武厅下马。

此时兵将已将兵符将令恭送前来，杨一清先拜印绶，望阙谢恩，然后升入公座。诸将参见已毕，侍立两旁。杨一清这才查点三军，发出令箭一枝，命徐鸣皋为先锋，慕容贞为行军运粮使，徐庆、狄洪道为中军左右羽翼，包行恭、罗季芳为随营指挥，王能、李武、周湘帆、徐寿为随营参将，并传谕三军，择定九月初三拔队起程。吩咐已毕，杨一清与张永便率领徐鸣皋等，入朝谢恩，并奏报开军日期。武宗又温谕了一番，然后各回私第馆驿。

到了第三日，正是九月初三。甫交黎明，随征诸将以及大小三军，俱各顶盔贯甲，齐奔教场而来。到了教场，各按队伍排列两旁，真个旗幡鲜明，刀枪闪烁，说不尽军容之盛，如火如荼。徐鸣皋等亦各按本职，鹄立演武厅下。不一时，杨一清与张永连辔而来，直至演武厅下马升座。诸将参见已毕，杨一清便按随征花名册，点名已毕，即命升炮祭旗，杨一清率领诸将祭拜大纛。

诸事已毕，即命先锋官督队先行。徐鸣皋便带了周湘帆、徐寿二人为左右羽翼,督率三千兵马,上马前行。杨一清也就拔营,只听三声大炮声震云霄,十万英雄,一齐列队,扬威耀武,真不愧讨贼王师,直望甘肃进发,我且按下不表。

再说寘鐇自据了秦州、兰州、庆阳等各府州县,势甚猖獗。这日又率领贼将进攻巩昌。这巩昌知府姓毕,名唤云龙,原系山西大同人氏,由军功保举知府。身长七尺相开,黑漆漆面庞,颔下一部胡须,惯使一柄金背大砍刀,有万夫不当之勇。更是性如烈火,颇有忠心,只可惜他有勇无谋,不免那粗鲁二字。城中还有一位参将,姓郝名忠,也系山西太原人氏,与毕知府同乡。这郝参将系武举出身,亦生得臂阔肩开,身躯雄壮,一双环眼,两道浓眉,紫巍巍一副面庞,乱糟糟满腮胡须。年有四十余岁,也是性情刚烈,惯使一杆双钩连枪,却与毕知府最为相契。

这日毕知府正在书房清理公牍,忽见有个当差的慌慌忙忙进来禀道:“今有探子探得,逆贼寘鐇杀死本省巡抚,随据了秦州、兰州、庆阳、阶州各府州县,所到之处无不望风而降。现在又亲率贼兵三万,克日进攻巩昌,离城不过六十里了,因此飞报前来,请令定夺。”毕知府一闻此言,只气得三尸冒火七孔生烟,大喝一声,骂道:“你这大胆的逆贼!朝廷不曾薄待于你,不思忠心报国,反敢造反,杀死封疆大臣,夺据城池,还敢进攻巩昌,须放着本府不死,你若到来,俺把你这叛逆拿住,碎尸万段,以代朝廷除一大害。”说着,一面就着探子再去探听,一面亲自骑马,直往参将郝忠衙门而来。郝参将也得知了寘鐇的乱耗,二人便商议写了本章,飞驰进京告急,一面预备御敌各事,又即刻传令调齐守城兵马,准备开战不表。

再说寘鐇自据了兰州等四座州县,便思进取巩昌。他手下有十数员猛将,皆是能争惯战之辈。这日带领三万人马,直往巩昌府而来。不一日已离巩昌府不远,当令放炮安营,休息一日。次日,寘鐇全身披挂,头戴黄金盔,身穿一副盘龙锁子黄金甲,脚下花脑头战靴,手执一杆丈八长矛,坐下一匹黄骠马;后有人掌着一面大纛,旗中间写着一个斗大的王字。两排随着前军都指挥王文龙,后军都指挥杨立武,参将左天成、吴方杰、温世保、薛文耀,游击魏光达、高铭、孙康、刘杰,还有许多裨将,各个皆是顶盔贯甲,胯下皆骑着马匹。只听一声炮响,率领人马,直往巩昌而来。

离城不远,但见城头上旌旗飘荡,寘鐇知城中已有准备,便催开坐马,飞到吊桥口,大喝一声:“尔等听着,快报尔主将知道,叫他速速献城。倘有半字不行,俺王爷便踹进城了!”话犹未毕,只见城门开处,拥出一员大将出来,头戴铁盔,身穿铁叶甲,手执一杆双钩连枪,坐下一匹乌骓马。见了寘鐇,大声骂道:“大胆的逆贼,你不思叨祖宗之余荫,为国家尽忠,反敢潜谋不轨,忍心背叛,天良何在,朝廷何曾薄待你来?你如悔过投诚,早早下马受缚,将来朝廷或可念尔宗室,赦以不死,留尔余生。倘若执迷不悟,尽背天良,待俺郝老爷杀尔这不忠不孝之徒,上为朝廷诛一叛臣,下为百姓免那生灵之苦,尔却有何话说,早早答来。”

寘鐇闻言,亦大怒道:“现在朝廷荒淫无度,巡幸不时,任用奸邪,不理政事,眼见得大明江山为人抢去。本藩上念祖宗创造艰难,不忍将锦绣江山为他姓所取,因此本藩替天行道,上受祖宗之基业,下为百姓造福,正是天与人归之候,何叛之有!尔不过一小小参将,敢拒本藩王师,封疆大臣,本藩尚将他置之死地,何况尔乎?若知进退，快将城池献出，将来不乏封侯之位，本藩自然另眼看待。倘执迷不悟，须知王师所指，谅你这巩昌一城，亦难作负隅之势，一经打破便是玉石不分，那时尔等悔之晚矣。"郝忠听罢，不觉怒发冲冠，大吼一声："待俺老爷将尔这叛贼拿住，碎尸万段。"说着催开坐马，望着寘鐇迎面就是一枪刺来。

寘鐇鞭梢一指，早见贼队中飞出一骑马来，上坐一员大将，手执开山大斧，大喝一声："勿得有伤我主，俺老爷来取你的狗命。"话犹未毕，那骑马已飞到郝忠面前，举起开山大斧，望着郝忠就劈。郝忠急将长枪架住，喝道："好大胆的逆贼，皆是你等这一班狗头助纣为虐，待俺老爷先将你这狗头杀了，然后再与叛首说话。但俺老爷枪下不挑无名之将，你可通报名姓前来。"只见贼将高声喝道："你须听着，俺老爷乃安化王驾前前军都指挥王文龙是也，尔也须通个名姓。"郝忠也喝道："逆贼坐稳了，俺乃大明正德驾前特授巩昌营参将郝忠便是，你可闻得老爷的威名吗？"

王文龙一听，哈哈大笑，道："吾道是谁，原来是个小小参将，也要在此夸耀。俺老爷这柄开山大斧，人是杀得不少了，还不曾杀过这样一个小小官儿。今日既遇见了你，也说不得污我的大斧了。"说着又是一斧砍来，郝忠急架相迎，一来一往，大杀一阵，两边鸣金收军。

次日，寘鐇又带领贼将挑战，城内毕知府也领了人马，大开城门，出得城来，排成阵势。毕云龙在马上一见寘鐇，高声大骂道："逆贼寘鐇，早至军前受死，尔可认得毕老爷在此吗？"话犹未毕，只见贼阵中飞出一骑马来，手执两柄八角铜锤，高声大呼道："待俺后军都指挥杨立武老爷取你的首级。"说着，把马一拍，直飞过来，手舞铜锤，认定毕知府当头打下。

毕知府就急举起金背大砍刀，急架相迎，一面架开铜锤，一面暗道："这厮好生厉害，膂力不在我之下。"正自暗想，杨立武又一锤打来，毕知府又赶紧架开，趁势一刀砍到，杨立武也急急招架。二马过门，毕知府赶着兜转马头，手举大刀，连肩带背向杨立武砍去，杨立武将铜锤架住。于是一来一往，大战起来，只杀得鼓角齐鸣，喊声大震。

战了有十数个回合，毕知府暗暗想道："这厮勇猛过人，若不用拖刀计擒他，断难取胜。"心中想罢，又战了两个回合，便卖个破绽，拖刀拍马就走。杨立武急急追来，看看追得近切，毕知府忽将马头一带，一转身抡开大刀，出其不意，向定杨立武一刀砍去。杨立武猝不及防，登时斩于马下。小军取了首级，即命打得胜鼓回城，当将首级悬挂城头示众。

寘鐇见杨立武丧命，当时即挥动全军并力攻打。走到城下，只见城头上檑木炮石直打下来，军士不能前进，只得鸣金收军。欲知能否攻破巩昌，且听下回分解。

第七十五回　知府尽忠参戎死节　将军建议元帅分兵

话说寘鐇见毕知府杀死后军都指挥，当即率众攻城。怎奈城上檑木炮石如雨点般打下来，不能前进，只得鸣金收军。回至贼营，当有谋士李智诚劝道："主公不必性急。胜败乃兵家常事，谅此小小城池，还怕攻打不下吗？"寘鐇便对众将怒道："本藩自出兵以来，战无不胜，攻无不克，今日提兵到此，竟败在这一个小小知府手内，又折我一员大将，明日不破巩昌，誓不回营！"

到了次日，寘鐇又挥动大军，来攻巩昌。日夜攻打，一连攻打了三日，只是难破。寘鐇也无法可想，只得传令各军，猛力围攻，他便回营与众人商议道："似此一座小小城池，竟攻打不下，旷日持久，为之奈何？"

谋士李智诚说道："毕云龙守御甚固，更兼他勇猛非常，若以力攻，此城恐一时难下。据参谋愚见，不若密传号令，使各军假装疲惫情状，以作诱敌之计。毕云龙本有勇无谋之辈，一见我军疲惫，必然统率全军杀出，我便且战且走。王将军可带三千人马，预先在城外埋伏，等彼出城追杀，可急急去袭巩昌，断彼之归路；再将号炮放起，我便回军掩杀。如此则毕云龙可擒，巩昌可唾手而得矣。"

寘鐇听罢大喜，当将号令密传出去，各兵丁就渐渐的有些懈怠之状。过了两日，只见旌旗错乱，队伍不齐，弃甲抛戈，七零八落，真现出那种疲惫样子出来。

且说巩昌自被寘鐇攻打之后，毕知府与郝参将率领着守城兵士，真是日夜梭巡，毫不疏忽。这日忽见贼兵渐渐的有些懈怠，又过两日，只见贼兵大半倒戈卸甲，军气不扬，或坐或卧，甚是疲惫。毕知府见此光景，心中大喜，便与郝参将说道："贼兵如此疲惫，正是我等得手之时，何不乘此机会挥兵出城，以精锐之师而攻疲惫之卒，且可攻其无备，杀他个片甲不留。不知将军意下何如？"郝参将闻说，并不思议，便大喜道："太尊之言正合鄙意。"于是二人大喜，便传齐兵卒，披挂上马，一声炮响，冲出城来。只听喊杀之声震动山谷，那些诱敌贼兵俱各且战且走。

毕知府与郝参将正与贼将酣杀之际，忽听城中一声炮响，毕知府吃了一惊，暗道："此时城中谁人放炮，莫非有什么变动吗？"正自疑惑，只听贼兵齐声大叫道："我等奉了王爷之命前来诱敌，知尔等有勇无谋，一见疲惫情形，必然挥军出城，攻我无备，那时便乘势袭取巩昌，以断尔等归路。此时巩昌已被我家前军都指挥王将军袭取多时了，尔等何尚不省，仍欲追杀吗？依我等主意，不如早早下马投降，尚可免其诛戮，若再执迷不悟，定然玉石俱焚，那时悔之晚矣！"毕知府一闻此言，心中大惊，口内仍自骂道："俺老爷误中尔等诡计，若不将逆贼擒住，碎尸万段，誓不为人！"说着抡刀乱砍。

寘鐇在军中看见，一见如此光景，便将令旗一挥，那些贼兵贼将即一齐掩杀过来。将毕知府、郝参将二人团团围住，猛力厮杀。此时毕知府与郝参将也就拼命乱杀起来，左冲右突，但见刀起处人人丧命，枪到时个个身亡。好一场恶战，只杀得日月无光，旌旗减色。由辰时杀至申刻，毕知府与郝参将看看抵敌不住，正思奋力冲出重围，落荒而走，再作计议。忽有贼将左天成，蓦在郝忠背后举起镔铁钢鞭，出其不意，一鞭打下，将郝参将连人带马打成肉泥。

毕知府正与吴方杰死战，忽见郝忠被鞭打死，心中一慌，手中的刀一慢，早被吴方杰一枪刺中咽喉，挑于马下，当时取了首级。可怜两个忠臣，俱死于贼将之手。

后人有赞毕云龙力战身亡，捐躯报国，诗云：

卓尔巩昌守，危城独力持。
刀芒挥贼将，马革裹残尸。
血战捐躯日，孤忠报国时。
可怜千古后，肝胆有谁知？

也有诗赞郝忠，云：

大战沙场胆气寒，半生血肉染征衫。
忠魂到此犹遗恨，误失孤城属逆藩。

话说寘鐇袭了巩昌，便率同众将入城，大摆筵宴，犒赏三军。次日又盘查仓库，追拿毕云龙、郝忠的家小。所幸毕知府与郝参将二家眷属，早已逃出城去，未为寘鐇所获。寘鐇犒军三日，又与李智诚议道："孤闻宁远、西和两县，为巩昌根本之地，钱粮杂税，以该县为最富，若得此两县，巩昌便固若金汤。孤意分兵两支，以左天成攻取西和，吴方杰攻取宁远。此二城一下，其余会宁、伏羌、安定、通渭、岷州，皆不战可得矣。军师之意以为如何？"李智诚道："主公卓识，正合参谋鄙意，可急分兵取之。"寘鐇当即命左天成带领兵马三千，往攻西和；吴方杰带领兵马三千，往攻宁远。左天成、吴方杰当下领兵分头而去，暂且不表。

再就杨一清大兵这日行至半途，忽有探马报道："现在寘鐇围困巩昌府，甚是危急。巩昌府知府已坚守半月，城中人心惶惶，若再救兵不到，巩昌就支持不住了。"杨一清闻报，一面赶紧令人再探，一面饬令先锋徐鸣皋趱赶前行。走了一日，又见探子飞马前来，大声报道："探得巩昌府被围甚急，不过日内即不能守了。"说罢，飞身上马而去。过了一日，又见探马报来说："巩昌府已被寘鐇用诱敌之计。暗暗袭取了，巩昌知府毕云龙、参将郝忠俱已尽节。现在寘鐇已盘踞巩昌，后又分兵往攻宁远、西和两县去了。"说罢，仍自飞马而去。

杨一清闻报，好生着急，便与张永及诸将议道："现在巩昌已失，宁远、西和贼又分兵往攻，若此两县再为逆贼所得，其势更觉浩大。本帅之意，拟一面分兵进救宁远、西和，一面自统大军直取巩昌，使逆贼不能兼顾，或者西和、宁远两县可保，而巩昌亦易于克复，不知诸位意下如何？"

徐庆道："元帅之计，妙是妙极了，末将以为与其分兵进救宁远、西和不若分兵间道进取安化。彼处是寘鐇根本之地，所有资财家属尽在彼处，闻安化游击仇钺本无心思反叛，以迫于势，不得已故暂随之。现在寘鐇攻取各府州县，仇钺并未随征，推其意名为镇守安化，实则待兵援救，一俟大兵前去，他必开城献纳。今元帅若急分兵进取安化，只要安化一复，寘鐇必以为根本既失，大势已去，那时寘鐇可擒，巩昌可复，及已失之各府州县，也可不战而复得矣。不知元帅意下何如？"

杨一清闻言，甚觉有理，当下说道："徐将军之言甚合吾意，但安化之行，谁可任为己任？"徐庆道："末将不才，愿当此任。"杨一清大喜，即刻拨兵三千，以罗季芳副之，便令徐庆去攻安化。徐庆得令，即便挑了三千人马，随同罗季芳间道趱赶前进。杨一清又飞令徐鸣皋改道进援宁远。此时一枝梅运粮已到，即命一枝梅带兵三千，随同王能进援西和，一枝梅也就领兵即刻前进。杨一清便自统大兵，率领狄洪道、李武、包行恭、杨小舫，暨偏裨牙将等人，再往巩昌进发，暂且不表。

再说宁远县知县郭汝曾，这日闻报巩昌府已经失守，在城各官俱已殉难，他便与城守营守备赵尔锐议道："叛王寘鐇势甚猖獗，巩昌既失，他必分兵来取宁远。在将军之意，战守之策，当以何策为先？"赵守备道："以愚意万不可战，今逆王其势方张，又以战胜之兵来攻此县，若与交战，势必难敌。不若一面死守，一面飞章入告，请速发救兵来援。况宁远一城钱粮甚富，以粮草而论，虽周年可守也。未识尊意若何？"郭知县闻言，大喜道："高论甚合鄙意。"

二人正在谈论，忽见探马进来报道："叛王寘鐇今又派令参将左天成，带领三千人马来攻宁远，离城不远了。"郭知县闻言，即刻与赵守备商议守城之策。欲知宁远果守得住否，且听下回分解。

第七十六回　郭汝曾议守宁远县　徐鸣皋伏兵土耳墩

话说宁远县知县郭汝曾与守备赵尔锐，正在那里议论守城之策，忽见探马来报："逆藩寘鐇既据巩昌，现又分兵，派令参将左天成来攻宁远。"郭知县与赵守备闻报，即督率兵丁，将各城门所有檑木炮石均安置妥当，准备死守，一面又写了文书及表章，分头求救告急。忽一日，又有探马来报说："朝廷已钦派右都御史杨一清，督引精兵十万，猛将多员，限日进剿逆贼。现在大兵已到宁夏了。"赵守备与郭知县闻报，心下略觉稍宽，因彼此商议道："现有天兵到此，何不趁此赶修文书，前赴大营求救，或可分兵前来救援，亦未可定。"彼此都道甚好。于是又修了求救文书，差人星夜驰往杨一清大营，投递告急。

差官去后，不到一日，又有探马来报："杨元帅在宁夏闻报逆藩分兵攻取西和、宁远，刻也分兵遣将，派令先锋徐鸣皋，指挥周湘帆、徐寿，带领精兵三千，间道进援宁远；行军运粮指挥慕容贞、指挥王能，带领精兵三千，进援西和，不日即可抵境了。"郭知县、赵守备闻报大喜，于是更加督率在城兵士，竭力御守。

这日天将晌午，忽听一声炮响，鼓角齐鸣，郭知县与赵守备正欲着人探听，忽见探子报道："贼将左天成带领兵卒，已在城外挑战，请令定夺。"知县闻报，即刻飞马上城，向城外一望，只见左天成在马上大声喝道："尔等守城官听者：现在朝廷荒淫无度，安化王应天顺人，特举精兵拯救生灵，所到之处，皆望风归顺。兹特派本参将前来，谕尔等知悉，速速献出城池，将来不患加官进禄。若执迷不悟，本参将即率领精兵攻打城池了，少不得玉石俱焚，那时悔之晚矣！"

郭知县骂道："逆贼胆敢如此，朝廷不曾薄待汝等，何敢造反！眼见天兵到此，尔等皆要身首异处了。"说罢即命将檑木炮石放下。左天成也即督率贼兵备力攻城。只听一声梆子响，城头上檑木炮石尽放下来，贼兵不能前进，只得鸣金收兵。次日又去攻打，这且按下。

再说徐鸣皋率领三千人马，正望宁远趱赶前行，忽见一骑马如旋风一般跑来，走到军前，跳下马高声报道："探得宁远县已被贼将左天成督率贼兵三千，攻打甚急，已将该城围得水泄不通了，请令定夺。"说罢跳上马如飞而去。徐鸣皋闻报，立刻传令三军，星夜趱赶前进。不一日，有向导官报道："前面已离宁远不远，只有六十里了。"

徐鸣皋当即传令，再走四十里安营。不到半日，四十里已走下来，当即放炮安营扎寨。休息片刻，徐鸣皋即带同徐寿、周湘帆及合营兵马，直往宁远城下而来。不一刻已离城不远，只听喊杀之声震动天地。徐鸣皋知是左天成在那里攻城，当即传令三军奋勇杀上前去。三军得令，便呐一声喊，直往贼兵队里冲杀过来。

左天成正在攻打宁远，忽见探子报道："救兵已到，离城只有二十里，已扎下营寨，现在已冲杀过来了。"左天成闻报，急传令众将分兵，一半攻打城池，一半准备御敌，即刻以后队为前队，列成阵势。

徐鸣皋一见贼将已有准备，也就传令三军列成阵势。一声炮响，徐鸣皋已飞出阵来，大声喝道："贼将何在，速来答话。"左天成就飞马走出阵来，怒道："本参将系奉安化王谕旨，只因朝廷荒淫无道，不理朝纲，安化王应天顺人，救民水火，故特提大兵到此，以救生灵。尔是何人，敢来逆天行事吗？快通名来，好待本参将取尔的首级。"

徐鸣皋喝道："无知逆贼，大胆匹夫！尔死在目前，尚不知觉，还敢口出妄言，自取灭亡之祸。若问我老爷大名，乃总制军务右都御史杨元帅麾下先锋官、随营都指挥徐鹤是也。尔系何人，亦通下名来，我老爷枪下不挑无名之卒。"左天成道："俺老爷乃安化王驾前随营参将左天成是也。徐鹤，尔这匹夫，胆敢口出狂言，违背天意，待俺老爷取尔的狗命。"说着举起大砍刀，向徐鸣皋当头劈来。

徐鸣皋将银枪架开。二马过门，徐鸣皋兜转马头，向左天成肋下就是一枪刺到，左天成也就急急将枪隔在一旁，翻起一刀，连肩带背向徐鸣皋砍下。徐鸣皋将枪向上一架，只听当的一声，将大砍刀掀开，拨回枪就认定左天成当胸刺去，左天成急架相迎。二人一来一往，约战了二十几个回合，不分胜负。两边的金鼓之声，真是震动山岳。又战了十数回合，两边鸣金收军。

当下郭知县早在城楼上看得真切，见两军业已收兵，也就下了城头，回至县署，将守备赵尔锐请来商议道："吾观两军对敌，贼兵势甚勇猛，恐大军急切不能得手。若令旷日持久，设使贼兵再有接应，其势更不可当。莫若今晚驰书前赴大营，暗约徐将军里外夹击，庶几事半功倍，不识尊意如何？"赵守备道："便是某也有此意，且看明日胜负如何，再作计议便了。"当下赵守备退出。到了晚间，又与郭知县轮流上城巡视，一夜无话。

次日徐鸣皋又与左天成战了一阵，仍是不分胜负。徐鸣皋好生着急，便与周湘帆、徐寿说道："贼将左天成武艺精通，兵机娴熟，急切尚难取胜。两位贤弟有何妙策，可解宁远之围？若不急急救了此城，万一贼将再添兵接应，其势更不易敌了。"周湘帆道："小弟之意，莫若今晚便去偷营，使他猝不及防，或者可以杀他个片甲不留。”

徐鸣皋道：“贤弟岂不闻兵法有云：‘知己知彼，百战百胜。’今左天成非一勇武夫可比，智谋勇略，不在我辈之下。若去劫寨，非速取效之道也，万万不可。我却有一计在此，拟于明日以诱敌之计擒之。”周湘帆道：“如何诱法？”徐鸣皋道：“我明日诈败，二位贤弟可预先带领校刀手五百名，前往东南五里土耳墩埋伏。俟贼将追赶到此，出其不意，并力截出，我再掩杀过来，如此贼将可擒，宁远之围亦可解矣。”周湘帆、徐寿二人听罢大喜，随即挑选了五百校刀手，连夜出了营门，暗暗的向土耳墩埋伏去了。

到了次日，左天成一面传令各军仍然并力攻打，自己到大营挑战。徐鸣皋也就披挂出来，两阵对圆，更不答话。便自交战。自辰至午，约战了有百十余回合，仍然不分胜负。徐鸣皋即卖了个破绽，虚刺一枪，拨马便走。左天成见徐鸣皋败下，暗道：“他枪法并无破绽，何以败了下去？其中必然有诈，且自追去，再看光景便了。”一面想，一面提着大砍刀，紧紧追来。只见徐鸣皋等他追得切近，拨转马头，战不数合，复又败走。左天成看见暗道：“这明明是诱敌之计，瞒骗谁来？我若不追，他必笑我胆怯，莫若追去，等到那时再议便了。”左天成复又追杀下来，徐鸣皋接着又战，看看已至土耳墩，徐鸣皋将马头一拨，直往东南角上跑去。

左天成在后面看见，但见东南角上有座土岗，徐鸣皋只向那里败下。左天成见此光景，早知道那土岗内有了埋伏，不敢前进，便将坐马勒定，高声笑道：“徐鸣皋不要走了，你的诡计，我老爷早知道了。我劝你早早回营，明日再与老爷决一死战，俺去也。”说着拨转马头回营而去。徐鸣皋在前面马上听了左天成这话，心下大惊道：“此人见识优长，早料到此处有了埋伏，此计不成，当须另寻别法擒他便了。”心中想罢，便在马上飞令小军前往土耳墩，将周湘帆、徐寿并五百校刀手调回，合兵一处，回了大寨不表。

且说宁远县郭汝曾、守备赵尔锐在城上，看见徐鸣皋败了下去，好生着急，又见左天成赶杀下去，更加着急。一会儿见左天成独自回来，心中暗道：“不知徐将军胜负如何，若再败于他手，贼将更觉猖獗了。”欲令小军出城探听，又因各城门困得个水泄不通，不便出入，只得暗暗焦虑。

到了晚间，仍然上城加意巡视。忽见城外射进一枝箭来，郭汝曾即命小军拾起，接过来一看，只见箭上绑着一封信。欲知这书信何人射来，且听下回分解。

第七十七回 投密约射矢遗书 慢军心设计骄敌

话说郭汝曾正在城上巡视，忽见城外射进一枝箭来，当命小军拾来观看。但见箭头上绑着一封书信，当下将书信解下，就灯火下先将信面一看，原来是徐鸣皋的书。即将信囊抽出，从头至尾看了一遍，上面写道：

总制军务右都御史杨部下行军指挥前部先锋徐鹤，谨致书于汝曾郭大令足下：某不才，奉主帅将令，以逆贼寘鐇分兵围攻宁远，遣某督率前部飞驰进援，此来已数日矣。对阵数次，皆难取胜。昨日某诱敌之计，逆料贼将能为我所诱，便可借此成擒，以解尊处之困。不图计未成而敌已识破，枉劳无功，用是深惜。今者尊处之围不解，某固不敢撤队，且窃虑逆贼，以该贼将旷日持久攻打不下，势必加兵前来，现在左天成已勇猛难敌，若再加兵接应，则该贼将兵力更厚，欲败其势，更有倍难于今时者。为今之计，利在速战，盖速战既不需时日，且可使贼将胆寒。故特驰书奉达，请约明夜三更，某当率全军直捣城下，与贼将死战。足下务督守城诸将士开城突围，里外夹击，使该贼将腹背受敌，某再分兵于紧要处所埋伏以待，则贼将庶几可擒，而尊处之困亦可解矣。是否有当，立盼回书，不禁延颈待命迫切之至。徐鹤谨上。

郭汝曾将书看毕大喜，随即下城，亲往守备衙内，与赵尔锐商议道："顷者徐鸣皋遣书前来，暗约我等明夜三更时分，督率守城兵卒突围力战，里外夹击，使贼将腹背受敌，则贼将可擒，而此城之围可解矣。某意似觉可行，合里外两处兵力夹攻贼将，虽贼势甚固，恐亦难支持得住。不识尊意以为何如？"赵尔锐道："某愚见所及，早有此意。今徐鸣皋既有书前来暗约，此举真不可失之机会也，何不立即回书，便约明夜合力举事，俾得早解此围，早擒贼将，以免阖城生灵涂炭之苦。"郭汝曾闻言大喜，立即写了回书，密令心腹小军，暗暗偷出城去，驰往徐营投递。

四更将近，投书的小军已至徐营，正欲投递进去，当被巡夜小军捉住，随即报与徐鸣皋道："小军们正在巡夜，忽见营外混进一个奸细，现已被小军们捉住，请令定夺。"徐鸣皋即令带进帐来审问，小军答应，即刻将下书的人带进大帐，跪在那里。徐鸣皋道："尔是哪里来的奸细，胆敢窥探本先锋的大营，究系何人所使，快说出来！"只见那下书的禀道："小的不是奸细，是我家太爷差小的前来下书，说是有机密禀报。"

徐鸣皋闻言，便问道："你家太爷既令你下书，这书在哪里，可呈上来。"那个小军即将衣服解开，贴肉取出一封书信，呈递上去。徐鸣皋先将封面看过，然后将信囊抽出，但见上写云：

宁远县知县郭汝曾顿首再拜，谨上覆于鸣皋将军麾下：顷奉手书，备聆一是。某以樗栎之才，守此危卵之城，正虑弗克保全，乃蒙雄师遥临，以救生灵涂炭，某感愧何似！今者贼将势甚猖獗，若不急速扑灭，恐覆巢之完卵难期，与其坐失危城，不若与决死战，此正某有志而未敢遽行也。乃蒙诲我谆谆，实深感佩，敢不如约，以负雅望。倘能一战胜齐，则危城幸甚，大局幸甚。仓促作复，书不尽言。汝曾顿首。

徐鸣皋看罢大喜，随即命人赏了来使，又与那下书的说道："你回去上复你家太爷，就说书中所言，我已知道。届时如约以往，断不误事，请他也速速预备便了。"那下书的答应，当即磕了头，退出帐来，急急的仍然回城而去。

徐鸣皋也就与周湘帆、徐寿二人说道："周贤弟明日可带领五百校刀手，离此西南十里青草岗埋伏。那里是往巩昌必由之路，明日巳牌时分左天成败后，必走此处前往巩昌，贤弟可截杀一阵。彼时左天成定然疲倦，贤弟可力擒之。若过巳牌不到，贤弟即可收军掩杀回来，如途遇左天成，也须备力擒获。万一不能途遇，可急急前来接应，不可有误。"周湘帆答应。

徐鸣皋又与徐寿说道："你明日在阵上，我与左天成交战时，你务要生擒两个贼兵过来，回到营中，立刻将他斩首，随将他号衣剥下。你便穿了他的号衣，再令心腹小军一名，也将号衣给他穿上，各带防身兵刃，暗藏火种，仍自杂入贼兵队里，混入贼营，于二更三点在贼营内各处放火，但听信号一响，即便奋力杀出来。如遇左天成得便下手，即将他生擒过来，或将他杀死，务要割取首级带回，不得有误。"徐寿答应。

徐鸣皋又密令合营兵丁，明日上阵，务要假装疲惫，不可奋勇争先；三更时分却要并力死战，如有退后者立斩。合营兵丁俱已得令。徐鸣皋吩咐已毕，便至后帐安歇。

次日一早，左天成又来索战，徐鸣皋当即披挂上马，两阵对圆，更不答话，即便刀枪并举，两人奋勇争斗。酣杀之际，左天成留神观看，但见官兵虽然排成阵势，却各个皆不上前，颇有退缩之意。左天成看罢，心中暗道："军气不扬，任主将勇猛过人，也是不能成事，眼见早晚敌军必溃了。"心下甚是喜悦。徐鸣皋故作不知，只是备力死战，自辰牌时分直战至申初，方各鸣金收军。

此时周湘帆早已带了五百校刀手，暗往青草岗去了。徐寿也将贼兵捉住两个，带回营中，随即将贼兵杀了，把他的号衣脱了下来，自己换上，又将那一件密令一个心腹的小军穿好。各人暗藏了火种，无非硫磺焰硝之类，又带了兵器，即刻出了营门，一齐杂入贼兵队里，混进敌营而去。

徐鸣皋回营之后，饱餐了一顿饮食，进入后帐歇息了一会儿。到了初更时分，复又密令合营各兵，即刻造饭饱餐，于三更时分并力杀至敌营，如有一人退缩，定按军法立斩。各兵得令，哪敢怠慢，也就即令造起饭来，大家饱餐，只待三更时分出战，按下不表。

再说城中郭知县与赵守备，当日也密令守城兵卒于二更造饭饱餐，三更备勇开城突围杀出，留郭知县仍然守城，赵守备督队前往。

贼将左天成自阵上见了官兵那般退缩的光景，回到营中，暗自说道："今日敌军甚是退缩不前，如此看来，军心已是不振。再过数日，敌军必然溃败，吾当于彼时乘其溃败掩杀过去，徐鸣皋可擒，而此城亦唾手可得矣。"暗自想罢，不由大喜，因此就有些不甚防备。各军见主将如此，也就有些懈怠起来。

看到了三更，忽见小军入帐报道："后营火起。"左天成闻报，即刻派人去救。尚未移时，又有人报道："营中各处皆有了火了，请速定夺。"左天成一听，知道不妙，立刻上马出帐观看。才出得帐来，忽听炮声响处，四面八方皆有大兵杀来。究竟左天成性命如何，且听下回分解。

第七十八回 徐鸣皋活捉左天成 一枝梅计败吴方杰

话说左天成正在帐中安歇，忽见一连数次来报，营中各处火起。左天成知道有变，即刻披挂上马。才走出帐外，又听一声炮响，只见巡营小军飞奔前来，高声叫道："前面城中各军杀到，后路敌营全军杀来，请速速预备厮杀。"左天成一闻此言，只惊得手忙脚乱，也赶着传令合营兵卒奋勇死战。哪里晓得各兵丁见主将已经疏忽，他们也就怠慢起来，一闻此令，又见各路大兵杀到，前后夹击，真是各个人不及甲，马不及鞍，手忙脚乱，哪里能够御敌。

左天成见此光景，知道不能取胜，便思逃走。正自暗想，忽见一人从背后杀到，左天成赶即拨转马招架。你道这人是谁？原来就是徐寿。他在营内各处放了火，一听炮声响亮，他便杀进帐去，砍倒几个小卒。搜寻左天成不见，他又杀出帐来，却好遇见左天成骑在马上，指挥兵丁奋勇厮杀，他便从左天成背后杀来。两人正战得难解难分，忽见徐鸣皋杀到，徐寿便舍了左天成，去往各处赶杀兵卒。可怜那些兵了，只杀得如砍瓜切菜一般，各个怕死，皆情愿归降。

徐寿正杀得高兴，又遇见宁远县守备赵尔锐杀来，当下便合兵一处，大刀阔斧，不分皂白，各处乱杀起来。徐鸣皋力战左天成，竭力厮杀，两个在那里战到有四五十个回合，不分胜负。徐鸣皋急将枪杆一挥，只见全军团团围拥上来，将左天成困在垓心，拼力死战。左天成也是死斗，左冲右突，不能杀出重围，看看抵敌不住，因暗道："我若再不杀出，便要束手待缚了。"遂大喊一声，刀这一起，一连杀死数个。只听呐喊一声，杀开一条血路，把马一拍，跳出重围，出得垓心，便落荒而走。

哪里晓得才出营门，却好徐寿从后营杀出，才到前营，正欲再杀进去，偏又遇见左天成逃出营来，他便截住又杀。一个马上，一个步下，徐寿身躯灵便，只见他那把刀，只在左天成前前后后左左右右砍杀进来如旋风舞雪一般，又兼他蹿跳进纵，灵便已极，左天成稍一大意，坐下的马足已被徐寿砍去一只。那马倒下，左天成也就跌下马来，小军一见，立刻拥上前去。左天成大喝一声，也就立刻爬起来，刀这一起，一连又杀了几个小军。那些小军不敢上前，左天成趁此正欲逃脱，徐寿又赶杀上来，接着徐鸣皋又复杀到，三个人又大战起来。

左天成抖擞雄威，力战二将，毫无破绽，徐鸣皋暗暗喝彩。左天成仍是死战。彼此又混战了一会儿，杀得徐鸣皋兴起，遂大吼一声，一枪刺去。左天成急将大砍刀架开，趁势复进一刀，用了个枯树盘根，认定徐鸣皋两腿砍来。徐鸣皋即将身子一偏，跳出圈外。左天成一刀砍空，又因他用力太猛，便向前一倾。

徐鸣皋眼尖手快，左手的枪出其不意在左天成右膊上这一点，左天成正欲还刀招架，徐鸣皋已转身进来，便将枪杆用力在左天成的手腕上一击。左天成未躲闪得及，正中手腕，手这一松，只听"当啷"一声，一把金背大砍刀掷落在地。徐鸣皋乘势伸开猿臂，将左天成的勒甲绦抓住，轻轻提过马来，往地下一掷，喝令小军绑了。当时小军奋勇上前，将左天成按定，绑缚起来，收军回营。

徐寿仍在贼营内逢人便砍，宛如入无人之境，那些贼兵只恨爹娘少生了两条腿。徐鸣皋见徐寿仍在那里乱砍乱杀，当即传令："贼将已经擒获，尔等各兵丁如愿归降者，本先锋体上天好生之德，准其一并归降，如不愿降者听便。"此令一出，哪个不愿归降，贼兵三千，除自相践踏以及杀死的不计外，归降者倒有一千余人，其余不过数百人逃走去了。

徐鸣皋当即鸣金收军，赵尔锐也收兵回城而去。所有贼营中器械旗帜，皆由降军送入大营收纳。徐鸣皋又传令降军另在一处屯扎，即命徐寿、周湘帆二人暂行管带。

此时已过巳牌时分，周湘帆在青草岗等候贼将未到，所以也就回营缴令，与徐寿合在一处，暂行管带降军。

当日休息一日，次日宁远县知县郭汝曾、守备赵尔锐又前来过谢，并抬了许多牛马到营内犒赏。徐鸣皋又至城中回拜了一次，这才传令合营三日后拔队起程，往巩昌进发，这且按下。

再说一枝梅随同王能，带领三千人马去救西和。及至县界，西和已经失守，当下便离城二十里扎寨。吴方杰见有援兵前来，一面差人到巩昌飞报，请加兵接应，一面准备对敌。一枝梅安营已毕，次日即带同王能并合营兵士，前去攻城。吴方杰也就开城出来接战。

两边排成阵势，吴方杰在马上喝道："何来小卒，胆敢到此攻城？若是识时务的，早早下马投降，将来安化王登了宝位，尔亦不患无官禄荣身；若执迷不悟，本将军这枪下可是容情不得的。"一枝梅听罢，哈哈大笑，道："逆贼毫不知耻，甘心助逆，为天下耻笑，尔尚洋洋得意。尔之祖宗不知作了几世孽，生出尔这不忠不孝的儿子来。还在大言不惭，抗敌天兵，毫不知悔。尔可知死期已至，何尚茫茫无知耶？"

吴方杰听罢大怒，喝道："毋得多言，尔可通过名来，与我决战。"一枝梅道："逆贼！尔且听了，我乃总制军务、右都御史杨元帅麾下行军运粮使、特授指挥慕容贞是也。逆贼尔亦通过名来，俾俺老爷刀下不致斩无名之辈。"吴方杰也说道："尔不过一名小卒，敢自口出大言。既要老爷通名，尔可在马上坐稳些，不要跌下马来。我乃安化王驾前参将吴方杰是也。"说着即手起一枪，直杀过来。

一枝梅即将镔铁点钢刀架住,两人搭上手便大战起来。一个是钢刀起处犹如出海蛟龙,一个是枪杀过来好似归山猛虎,只杀得两边喊声大振,金鼓齐鸣。足足战了有五十余个回合,忽被一枝梅翻起一刀,正中吴方杰马腿,吴方杰败回城中去了。一枝梅见他败走,当即将鞭梢一挥,全军皆追杀过来。赶到城下,吊桥已经拽起,不能过去,只得鸣金收军。

次日又去挑战,吴方杰不出,只将檑木炮石放下,军士不能前进,仍然收军。次日又去挑战,吴方杰仍然不出来。一枝梅便令各军大骂,吴方杰还是不理。一枝梅便密令各军席地坐骂,一连骂了三日,各军渐渐有些怠惰起来。接着又骂了一日。到第四、五日,各军或坐或卧,抛戈弃甲,在那里休息,并无骂声。

吴方杰在城上看见如此光景,以为各军疲惫,当即传令开城,将所部三千人马一齐杀出。一枝梅见城中有了举动,也就密令所部准备厮杀。忽听城中一声炮响,城门开处,只见贼兵蜂拥出来。一枝梅看得真切,等贼兵来得切近,忽然一声梆子响,那些或坐或卧的兵卒一个个直立起来,出其不意截住就杀,而且备勇争先,以一当十。贼兵猝不及防,自相践踏,纷纷往后退下。一枝梅早已抄出贼兵之后,一见贼兵退了下来,即大喝一声,举起刀来,如砍瓜切菜般拦杀上去。

吴方杰知道中计,也就飞马上前,敌住一枝梅大杀。二人一往一来,又杀了有二十个回合,吴方杰看看抵敌不住,却待要走,王能又带了一支军拥杀上来。吴方杰力敌二人,又勉强战了数个回合,实在抵敌不住,只得手舞长枪,刺中两个小军,夺路而走。一枝梅、王能在后紧紧追赶。不知吴方杰可能逃得回城,且听下回分解。

第七十九回　西和城慕容行刺　安化县徐庆进兵

话说吴方杰被一枝梅用了骄敌之计杀得大败,接着王能又带了一支兵将吴方杰团团围住,吴方杰枪挑了几个小军,夺路向城中逃走,一枝梅与王能随后紧紧追来。到得城下,吴方杰已过了吊桥,随将吊桥拽起。一枝梅等不能前进,只得收军回营。

次日又去攻城,吴方杰但令小军坚守,并将檑木炮石打下,一枝梅督率军丁一连攻了数次,只是不能前进,只得仍然收兵。回至营中,密与王能议道:“你今夜可小心守营,我去城中一走。如果得手,但听城中连珠炮响,你即率兵前来攻城,我便出城接应,里应外合,便可克复此城。但万万不可泄露,要紧要紧。”王能答应。

一枝梅挨到二更,即脱去外衣,换了夜行衣服,提了宝剑,暗暗的出了大营,直往城中而去。不一刻,到了城下,越过护城河,走到城脚下黑处,将身子伏定。等到三更时分,他便使出壁虎游墙的手段,由城脚下一溜烟游上城头,先将头伸在城墙垛子空穴处,四面探了一会儿,见有两个小军在那里手敲更锣,是个守夜的样子,其实是一面敲锣一面打盹。

一枝梅一见,也不惊动,即将身子向上一缩,便由那城墙垛子缺处上了城头,还在那个守更的小军头上拍了一下。那小军被他一拍,惊醒过来。回头一看,并不见人,还疑惑是同伴的拿他取笑,哪里知道是一枝梅已经进城。那小军既不曾看见有个人影儿,也觉罢了,还在那里将更锣敲了起来。

一枝梅下得城去,便各处探听了一会儿,打听吴方杰的大营。哪知吴方杰并不在营内居住,却在西和县衙门里。一枝梅打听清楚,往西和县署而去。不一会儿到了那里,四面一看,见县署里外防备甚严。一枝梅便溜到西和县衙后垣墙外,由那里蹿上屋去,一路穿屋越梁到了里面,侧耳静听,但闻敲锣击柝之声不绝于耳。一枝梅伏在屋上观看,忽见二堂旁边夹巷内有个更夫,敲着锣,提着灯笼行而来。

一枝梅等他来得切近,他从屋上便轻轻往下一跳,将手中宝剑即在那更夫脸上一晃,口中说道:“你叫,我便一剑送你的性命。”那更夫正低着头向前走,忽见迎面从屋上跳下一人,又拿着宝剑在自己脸上一晃,只吓得魂飞天外,赶紧跪在地下,哀求说道:“求大王爷饶命。”一枝梅道:“我非大王,你不要怕,且不许高声。我只问你这县内太爷现在何处,你实告诉我便饶你性命,不然即将你砍为两段。”那更夫低低哀求道:“你老不要问俺家太爷了。可怜俺家太爷已被贼将吴方杰攻破城池,将他杀死,他现在住在这里。”

一枝梅道:“这吴方杰现住何处,你亦须从实说来。”那更夫道:“现在上房居住。那上房共有五间,他住在上首末了一间,其余皆是他的护卫居住。现在还不曾睡觉,在那里议论,明日要差人去往巩昌,求反王的救兵呢。”一枝梅听说,复道:“你这话可真吗?”那更夫道:“小的何敢撒谎。”一枝梅道:“既不撒谎,我便留你一条狗命,等我办过事再来放你。”说着,便将更夫背绑起来,用宝剑在他身上割下一块衣襟,塞在他口内,又将他拖到一个僻静处所,抛在那里。

一枝梅照着更夫的话,一路穿房越屋,寻到上房,往下一看,果是一顺五间。他便蹑足潜踪走到上首末了一间屋上,一伏身从檐口倒垂下来,两只脚挂在屋上,身子倒垂下来,从风窗外面望了进去。只见里面灯光犹明,尚未熄灭,隐约间有人坐在一张交椅上打盹。一枝梅再凝神一看,正是吴方杰,并未卸着铠甲,坐在那里打盹。

一枝梅望得真切,赶着将窗格轻轻拨开,真是他本领高强,拨了一会儿窗格,总不曾将吴方杰惊醒,连个声息儿都没有。他见窗格已经拨开,又赶着轻轻的跳下屋来,就使了个燕子穿帘的架势,从窗外穿进房间,“噗”一声先将房内灯火吹灭,然后提着宝剑,直往吴方杰刺来。走到吴方杰面前,便喝了一声道:“逆贼醒了,俺慕容将军前来结果你性命!”说着按定宝剑,直对吴方杰胸膛。

此时吴方杰被一枝梅喊醒,他便急急的要站起身来,提刀来敌。哪知一枝梅的宝剑早已按定,何能容他还手,说时迟,那时快,就在吴方杰惊醒要站起来那点工夫,一枝梅的宝剑已刺入吴方杰胸膛内去了。可怜吴方杰连哎呀一声都不曾喊出,就一命呜呼,往见阎罗天子去了。

一枝梅见吴方杰已死,当即枭了首级。此时已经天明,一枝梅就带了首级,出得县署，飞跑到城头上，将连珠炮放起。那些守城贼兵到了这个时刻，俱已打盹的打盹，疲倦的疲倦，一听连珠炮响，个个都惊慌起来。一枝梅提着吴方杰的首级，大声喝道："尔等听着：尔家主将已被我老爷取了首级，现已身亡。尔等如要性命，速速开了城门，将老爷的兵马迎接进来，归降在老爷麾下，饶尔等的性命；倘若不然，少时大兵到来，将尔等全行诛戮，那时可悔之晚矣。"话犹未完，只见有几个不怕死的，拿着刀奋勇抢杀过来。

一枝梅便大喝一声道："好不识好歹的狗头！我老爷格外加恩，不取尔等性命，尔等反要抢杀过来，这可不要怪老爷心毒了。"说着宝剑一挥，登时砍死了几个。内中就有那怕死的，见了如此光景，主将已被他杀了，我们这些人还有什么本领，可以与他对敌，不如早早归降，尚可保全首领，因此就有急急跑下城头去开城门的，有的情愿归降的。一枝梅此时也就住手不杀。

只听城外一声炮响，瞥眼间遥见本营内刀矛耀日，旌旗蔽空，王能督着三千精兵抢杀过来。一枝梅急急下了城头，走到城门口，命人将吊桥放下，自己便飞跑过去，传令所部精兵不要进城，就在城外依城屯扎。各兵得令，当即安下营寨。

一枝梅又将归降的贼兵不足一千余人，编入自己队伍以内，又命所部各兵两人监察一个。又命王能就在城外驻扎，督率新旧兵卒，恐防滋事。他便暂假县署居住，又将吴方杰尸首叫人埋起来，又着人将那个更夫放去，又命人将吴方杰的头用木笼装好，提着木笼，在城内大街小巷知照居民，安抚百姓。又命人投往大营报捷，并请委知县接印事，以便自己撤队回营。又命人将已故被杀知县的尸首搜寻出来，用棺木盛殓，掩埋标记，随后招取家属来领，并事后请恤，以慰忠魂。

请事已毕，那满城百姓见一枝梅克复了此城，无不欢呼载道。一枝梅在西和专等杨元帅派委知县前来接手，他便拔队起程。所有部下新旧各兵，皆经一枝梅严加约束，真个是军令森严，所到之处秋毫无犯，百姓无不欢喜。等了有十日光景，已奉到杨元帅的大令，调往巩昌，合兵攻打。所有西和遗缺，着于在籍绅士中公举一人，暂行代理，候请旨简放新任到来实授，再行交卸。一枝梅奉了这件公事，当即将在城绅士请来，说明此话，由绅士大家公举去了，这可不必细说。一枝梅也就传令拔队起程，往巩昌进发，暂且按下。

再说徐庆同罗季芳带领三千人马到了安化，安营已毕，即日排成阵势，便去攻城。徐庆骑在马上，到城下大声喊道："尔等守城官听者，可速报你家主将游击仇钺出来答话。"守城兵卒便急急的去报仇钺知道。

仇钺一闻此言，随即披挂上马，飞出城来。一见徐庆，大声骂道："此乃安化王根本之地，何来小卒，胆敢前来侵犯城池？"徐庆也骂道："好大胆的逆贼，敢助叛王造反吗？俺乃总督兵马、右都御史杨元帅麾下指挥官是也，特来擒你。"仇钺听罢，不觉大怒，飞舞开山大斧直杀过来。徐庆赶将方天画戟接住，二人好一场打杀。战到有二十余合，仇钺虚砍一斧，拨马落荒而走，徐庆紧紧地追下。欲知后事如何，且听下回分解。

第八十回　仇游击暗地说前情　杨元帅督兵攻逆贼

话说仇钺虚砍一斧,拍马落荒而走,徐庆在后紧紧追来。大叫:"逆贼休走!"仇钺哪里答应,没命的催马前奔。看看追下有二十余里,前面有座高山,山下有座古庙,仇钺到了那里,四面一看,见无人行走,即跳下马高声往后喊道:"徐将军休得穷追,某有话奉告。"徐庆闻言,也就跳下马来,走到仇钺面前,将手一拱说道:"有何见教,某当洗耳恭听。"仇钺道:"此庙无人,颇堪说话,我等且到里面叙谈便了。"

徐庆答应,当下二人将马牵入庙内一旁拴好,二人重新见礼已毕,席地坐下。仇钺首先说道:"某方才有犯虎威,出言不逊,尚乞原谅。"徐庆道:"彼此彼此。"仇钺道:"将军以某为真助反王谋叛耶?"

徐庆道:"将军忠义素著,某亦闻名久矣。今者如此,岂迫于势不得已,姑为牵就,以待将来,不识将军之心是否如此耶?"

仇钺道:"将军之言,是真得某之本心矣!某所以姑为牵就者,欲待其时,以报恩于主上也。某自高曾以至今日,世受国恩,虽粉骨碎身,不足报朝廷于万一。岂以安化王谋叛,某便忍心害理,不顾朝廷累代之恩,但思目前富贵,某虽不才,断不忍而处此。而况此等富贵,名不正,言不顺,即使官居极品,独不怕万世遗臭,为人唾骂,某又何忍忘厥本来,致祖宗饮恨于黄泉,某留骂名于万世乎?某当叛王谋逆之时,即拟拼着一死上报国恩;然一再思维,与其徒死于国家无益,不如忍辱苟活或可报恩于国主耳。区区之心,实本于此。今将军雄师直抵,某不难壶浆箪食以迎王师,第叛王耳目甚多,若疾遽为之,恐画虎不成,反受其害。故仍不得不暂为隐忍,以待叛王其势之衰。区区之心,想将军当亦可以曲谅。为今之计,叛王现据巩昌,杨元帅大兵已直达彼处,某昨闻宁远、西和已经克复。叛王虽现据巩昌,不久当亦为杨元帅所破。即使负隅死守,叛王知某部下尚有兵数千,必来召调,那时某阳为奉调,阴实进攻,蠢尔叛王,当于彼处擒之。那时将军可一面急急分兵来取安化,此城可唾手而得矣。不识将军以为然否?若以某为不谬,则某固大幸,亦国家之大幸。倘不以为然,或以某为虚谎之辞,搪塞之语,某请明心迹于将军之前,使将军知某非偷生之徒、畏死之人也。"说罢,即将所佩宝剑掣出,便欲自刎。

徐庆赶着止道:"将军忠义,神人共鉴,顷蒙见教,亦皆金石之言,幸勿轻生,某当依命便了。"仇钺听说,便收回佩剑,复向徐庆说道:"既蒙洞鉴,铭感难忘。某还有一言,愿呈尊听,幸将军俯而纳之。将军此回可诈称受伤不出,一面急遣心腹,星夜前赴杨元帅大营,将某所呈各节密告元帅,仍请元帅檄调将军回赴巩昌,并力进攻逆贼。叛王一至危急,势必前来调取,那时某当暗助将军成功便了。"徐庆大喜。

二人说毕,出了庙门,飞身上马。徐庆故作受伤之状,在前狂奔,仇钺在后紧紧追杀。徐庆走到离营不远,在马上大叫道:"俺误中逆贼利斧,大败而回,速来救我!"各官一闻此言,蜂拥上前,将徐庆救回本营去了。仇钺也就回城,两边也就各自罢兵。

次日，仇钺出城索战，徐庆吩咐坚守营门，不许出战，须臾创伤稍愈，再与交锋。仇钺一连攻打了几日，只是攻打不下，也就各自按兵不动。徐庆自那日回营，诈称受伤不出，却急急暗差心腹，写了书信，星夜驰往巩昌，将仇钺所言各节，禀告元帅，暂且不表。

再说杨元帅统率大兵，离巩昌府三十里扎寨。安营已毕，即命杨小舫带领三千人马前去城下挑战。寘鐇正在城中与李智诚说道："宁远、西和两县，迄已多日，为何总不见报捷，难道那两处有什么变卦吗？"李智诚道："宁远知县郭汝曾、守备赵尔锐，皆肝胆忠义之士。所虑他预有准备，死守不战，而且城中粮饷丰足，若坚守不出，虽周年亦难攻破，但愿他急急出战，则宁远可唾手而得矣。至于西和主公倒不必虑。闻得西和县令暗弱无能，虽守城官稍有智谋，亦卑不足道。得吴将军前去，其破必矣。后虑者，杨一清已统大兵前来，万一中途闻知宁远、西和两处皆有兵攻取，他便分兵驰往救援，急切就难必得了。"寘鐇道："便是孤亦虑及于此。宁远、西和离此不过百里，何以胜败绝无音信，孤甚属不解。"

正在那里谈论，忽见巡门官进来，报道："今有宁远县逃回小军，报称敌将徐鸣皋，暗约宁远县令，里应外合，夹击大营，全军覆没，现在左将军已被敌将徐鸣皋生擒活捉去了。"寘鐇闻报大惊，即令巡门官将逃回小军唤来问话。巡门官答应出去，即刻将逃回小军带进大帐，跪在下面。寘鐇问道："左将军如何被敌将捉去，你可细细奏来。"那小军便将宁远县如何坚守，左天成如何攻打，后来徐鸣皋如何头次诱敌、左天成如何识破，徐鸣皋又如何暗约宁远县令合兵夹击，左天成不曾防备，如何被捉，细细说了一遍。寘鐇又问道："你知这徐鸣皋是何官职？"那小军道："闻说是杨一清部下的先锋。"

寘鐇听说，便大骂道："杨一清呀，孤与你向无仇隙，尔何得败孤大事，使徐鸣皋生擒孤家的大将，孤与你势不两立了。"说罢便令小军退下，寘鐇犹痛骂不已。李智诚道："参谋之意，左将军既已被擒，亦无法可想，惟虑西和兵力太单。宁远一城，杨一清既分兵驰救，西和亦必分兵前往救援，若再如宁远里外夹击，如之奈何？主公宜急加兵星夜驰往，以厚兵力，方觉妥当。"寘鐇闻言，甚觉有理，因道："孤现在部下大将不过数员，还要防备杨一清统兵到此，但此去谁可胜任呢？"

正在疑虑，又见巡门官进来，报道："今有探马来报，西和县城已被吴将军攻破，县令亦已阵亡。现在吴将军已将所部兵丁移驻城内去了。"寘鐇闻言大喜，便令巡门官退出，又与李智诚道："吴方杰既得西和，可不必加兵前往。"李智诚未及答言，又见巡门官匆匆进来，报道："今有探马来报，杨一清自统大军十万前来攻取，已离巩昌只有六十里了。"寘鐇闻言，即令探马再探。不到半日又有探马来报："探得杨一清所统大军十万，已离城外三十里扎寨了。"

寘鐇闻言大惊，即与李智诚道："似此如之奈何？"李智诚道："主公勿虑，自古兵来将挡，水来土掩，此一定不移之道。可即传令各营火速出城，乘其初到安营未定，奋勇攻击，虽不能伤他的大将，也可先挫他锐气，然后徐徐图之。以逸待劳，断无不胜之理。”寘鐇闻言大喜：“军师之言，正合孤意。”遂即传令各营奋勇迎击。

各军得令，正在预备出城，忽见守城官飞马来报：“敌军已离城下不远，请令定夺。”寘鐇闻报，即刻披挂上马，率同后军都指挥王文龙，参将温世保、薛文耀，游击魏光达、高铭、孙康、刘杰，并裨将等众，带领三千兵马，飞出城来。早见敌军已列成阵势，在那里挑战。

寘鐇便顾左右问道：“哪位将军前去交战？”只听答应一声：“末将愿往。”寘鐇视之，乃游击高铭也。寘鐇道：“将军此去，务要猛力挫动他的锐气才好。”高铭一声得令，手举八角铜锤冲出阵来，杨小舫一见，也就提刀飞马杀到。究竟胜负如何，且听下回分解。

第八十一回 高铭智败杨小舫 刘杰弹打周湘帆

话说高铭手提八角铜锤飞出阵来，直往敌军冲杀过去。杨小舫一见，也就提刀飞到阵上，大喝一声：“逆贼休得猖獗，待俺老爷前来擒你。”高铭当即将马勒定，高声问道：“来者何人，快通下名来，俺老爷锤下不打无名之辈。”杨小舫喝道：“逆贼听了，俺乃总督兵马杨元帅麾下随营指挥杨小舫是也，你亦须通过名来。”高铭也喝道：“俺乃安化王驾前行军游击高铭是也。”

杨小舫当下骂道：“朝廷不曾薄待尔等，有恩不报，胆敢助纣为虐！今日天兵到此，也该及早归降，或者可免一死，乃不思悔悟，仍敢口出狂言。安化王造反，皆尔等怂恿而成，若不先将尔等碎尸万段，何以扫除叛王。逆贼休得狂言，看老爷的刀吧！”说着舞动大刀，如泰山压顶般直往高铭砍下。

高铭一见，说声“来得好”，即将右手的锤向上架住，抡动左手锤向杨小舫击来。杨小舫赶着抽回大刀，将高铭左手锤拨开，顺势一刀背，直往高铭背心打下。高铭急将马头一领，跳在一旁，认定杨小舫肩头一锤打下。杨小舫赶紧让过，也就乘势复一刀砍来。二人一来一往，只杀得旌旗减色，日月无光，两边喊杀之声震动天地。彼此战了有三四十个回合。

杨小舫正在酣战之际，忽听贼兵队里鸣起金来。高铭一闻金声，当即虚击一锤，跑回本阵。杨小舫也不追赶，亦令鸣金收军，回到大营缴令，杨元帅便命他偏帐休息。

高铭回至本营，缴令已毕，便与安化王说道：“末将正与敌人酣战，跟见敌人要败下去，何以王爷鸣金收军？”安化王道：“孤见敌将甚为骁勇，恐怕将军有失，因此鸣金收军，且待明日上阵再擒他便了。”高铭道：“末将却有一计，明日阵上，等末将与敌军酣战之时，王爷可吩咐如此如此，敌将包可擒矣。”寘鐇闻言大喜，当下收军回城不表。

次日一早，杨小舫便又提兵前去索战。寘鐇吩咐放下吊桥，率领大队到了阵上，排成阵势。高铭当先出马，两人一见，更不答话，即交战起来，两边的鼓声果真震动天地。彼此又战了二三十合。忽闻贼军中又鸣起金来，杨小舫不知是计，只以为又如昨日那般光景，也就预备喝令鸣金收军。哪知高铭就在这个工夫，先把马一拍，故意往本阵退去。

杨小舫见他退回本阵，便抢杀过来。只听一片金声，响得震耳，杨小舫也就不赶，退回本阵过来。哪知高铭出其不意兜转马头，飞奔杀到杨小舫背后，举起双锤，连肩带背打下。杨小舫说声"不好"，幸亏杨小舫功夫纯熟，急将坐下马一夹，略带偏缰让了过去。此时杨小舫杀得兴起，复兜转马头，往贼队中冲杀过来。高铭接着杨小舫，且战且走，看看到了本阵，忽听鼓声一起，一声呐喊，贼兵团团的围拥上来，将杨小舫困在垓心，四面拥杀。

杨小舫自知中计，当下便抖擞精神，飞动大刀，左冲右突。那些贼兵，被杨小舫的大刀如砍瓜切菜般，杀的实在不少，无如贼兵太多，杀了一层还有一层，只是不能杀出重围。又听贼兵四面八方齐声喊道："不要放走敌人，务要将他捉住，以报我家左将军之冤仇呀。"杨小舫看看抵敌不住。

正在十分危急时刻，忽见东南角上贼兵纷纷倒退，外面一支兵杀到。当先马上坐着一人，高声喊道："杨贤弟勿惧，我来助你！"说着，长枪一摆，只见那些贼兵抵挡不住，立刻让出一条路来。徐鸣皋杀进重围，正欲与杨小舫并力杀出，忽见高铭手执铜锤又杀进来。徐鸣皋一见，也不答话，当即从斜刺里手起一枪，直往高铭刺去。高铭只顾抢杀，不提防斜刺里一枪刺到，高铭闪躲不及，正中大腿，不敢恋战，负痛走出阵外去了。

杨小舫趁此与徐鸣皋二人也就杀了出来，回归本阵。即此一阵，杨小舫虽然被困，徐鸣皋救出重围，却不曾受一点微伤，倒反把贼兵杀死数百，又刺中高铭一枪，还算大胜。杨小舫便令军中掌起得胜鼓，回营缴令。你道徐鸣皋如何晓得来救杨小舫？只因他从宁远得胜回来，走此经过，闻得杨小舫被困，他便急急前去解围。

当下二人进了大营，杨元帅一见徐鸣皋回来，甚是大喜，遂将宁远情形问了一遍，徐鸣皋也细细说明。杨元帅将他慰劳一番，便令于偏帐安歇。徐鸣皋复又说道："贼将左天成，已被末将生擒过来，打入囚车带回，现在末将军中，候元帅示下。"杨元帅便命枭首,号令辕门。徐鸣皋这才退下。当即回至本营,将囚车打开,拖出左天成,即在军中斩了首级,又将首级带进大帐,请元帅验过,这才号令出去。

徐鸣皋回到本营,暂且安歇。少时众兄弟也就前来探问,徐鸣皋接着,大家叙谈了一番,然后各回本帐安歇,一宿无话。次日正预备出战,忽见小军报道:"慕容贞与王能已从西和回来,现在营外候令。"杨元帅当即传见,问了一遍,大加慰劳,遂命将吴方杰的首级号令营门。

此时早有细作报入城中,寘鐇一听,不禁大怒,随即统率全军奋勇杀出城来,到大营讨战。杨元帅闻报,也就亲统大军出了营门。两边排成阵势,各射住阵脚,只听贼兵队中鼓声响处,寘鐇早在门旗内飞马出来,大叫:"杨一清前来会话。"

杨元帅也就飞马来到阵上,不等寘鐇开口,便先大声骂道:"逆贼寘鐇!尔系藩王,受恩深重,虽肝脑涂地不足上报朝廷,乃敢潜蓄异志,图谋不轨。今本帅奉旨帅师,特来问罪,尔应该痛悔前愆,自缚请罪,才是道理。还敢拒敌王师,实属不法已极。负恩的逆贼,该死的匹夫,有何面目见先人于地下乎?"说着,向左右一呼:"哪位将军代我将这逆贼擒来问罪?"话犹未毕,早见周湘帆一声答应:"末将愿往!"说着手执长枪,飞马出来。

寘鐇被杨元帅大骂了一顿,只见他怒目圆睁,咬牙切齿,也向杨元帅骂道:"杨一清,你休得狂言!孤便谋反,是夺取姓朱的天下,与你何干?你站稳了,待孤前来擒你,将你碎尸万段!"正欲自己出马,早见刘杰飞马出来,大声说道:"此等无名小卒,何须王爷动手,待末将擒来便了。"一面说着,已经飞马到了阵前,却好周湘帆已到,彼此通了名姓,刘杰也是用的枪,二人搭上手便大战起来。只见两杆枪犹如两条蛟龙,在那里乱舞,一来一往,足足斗了有二十余个回合,彼此不分胜负。

我军队里却恼了一枝梅,立刻舞动镔铁点钢刀,飞马杀至阵上助战。贼兵队里见有人助战,王文龙手执丈八长矛,也就飞马出来,敌住一枝梅接战。两对儿刀枪并举,煞是好看。这一场恶战,只杀得旌旗蔽日,尘土冲天,好不厉害!看看刘杰抵敌不住,要败下去,周湘帆哪里肯让他逃走,枪这一紧,将刘杰紧紧裹住,不能分身。

此时,刘杰欲走不能,欲战不得,只有招架之力,并无还枪之工,只杀得气喘吁吁,汗流浃背。再战一会儿,一定要送性命了,万万不能再战下去,只得拼命将周湘帆的枪急急架开,两腿把马一夹,虚刺一枪,逃下阵来。周湘帆见刘杰败走,哪里肯舍,也就紧紧追赶下去。

刘杰此时见周湘帆赶下,忽然急中生智,暗道:"我何不如此如此,虽然不能将他擒过马来,也叫他知道我的厉害。"主意已定,随将手中的枪按在鞍鞒上面,即在腰间掏出个弹子,觑定周湘帆来得切近,出其不意,反身一弹打来,正中面门。周湘帆"哎呀"一声,跌于马下。究竟周湘帆有无性命,且听下回分解。

第八十二回　周湘帆中弹昏沉　鹪寄生送药解救

话说周湘帆追赶刘杰,被刘杰掏出弹子打中面门,周湘帆登时跌于马下。刘杰回马来抢，早被我军救回去了。一枝梅见周湘帆受伤，不禁大怒，当下大叫一声，举起大刀，竭力向王文龙砍去。王文龙赶着躲闪，坐下马已被一枝梅砍了一刀，那马负痛狂奔去了。一枝梅仍欲追赶，杨元帅在门旗下看得真切，急令鸣金收军，两军各自回营。

一枝梅回到营中，急去周湘帆帐内看视，只见他卧在铺上，呻吟不已。一枝梅又仔细将他面门受伤处看了一回，但见不红不肿，只现紫黑色。一枝梅看罢，知道是中了药弹，随取丹药给他敷上，以为必有效验。哪里知刘杰这个药弹却与众不同，是用毒药锻炼而成，平时不肯轻用，若遇万分危急，才将此弹发出。只要打中人，并不红肿，只发紫黑色，人即昏迷不醒，到了七日就要一命呜呼了，所以那些平常丹药解救不得的。一枝梅将丹药给他敷上，一众弟兄轮流看视。

到了第二日，一枝梅以为都要轻松少许，哪里晓得仍然如此。一枝梅等心下着急，正欲设法解救，忽见小军来报："营外贼将王文龙，指名将军出马交战。元帅令下，令将军即刻出马。"一枝梅听说，顾不得周湘帆，当下就披挂全齐，提刀上马，出营而去。这里徐鸣皋等也就吩咐小军小心服侍，一齐上马出营观阵去了。

到得营外，早见两边立成阵势，王文龙坐在马上，耀武扬威，只索一枝梅出战。一枝梅听说，哪里忍耐得住，即刻手举大刀一马飞出，直向王文龙，连肩带背，如泰山压顶一刀砍下。王文龙见来势甚猛，赶着将丈八长矛架住。两人搭上手，就大战起来，一个似归山猛虎，一个似出海怒蛟，两边鼓角之声，震撼得山摇地动。这一场大战，只杀得飞沙扑面，尘土冲天。二人一来一往，战了有四十个回合，只是不分胜负。

我军队里却恼了徐鸣皋，大叫一声："贼将休得猖獗，我来取你的狗命！"说着手执银枪，飞马过来，举枪便刺。贼队中见有人助战，参将温世保也就飞舞钢叉，直杀过来，接住徐鸣皋厮杀。徐鸣皋奋勇争先，不遗余力，杀到有十数个回合，忽然大叫一声，一枪刺去，正中温世保马头。那马登时壁立起来，将温世保掀于马下。徐鸣皋急急赶上一枪，正要结果他性命，忽见迎面一个黑影儿飞到，徐鸣皋知道有暗器，赶着将头一偏，躲避过去，不曾遭打。就在这个闪电穿针的工夫，温世保已被贼队中抢了过去。

你道徐鸣皋看见那个黑影子，是件什么暗器呢？徐鸣皋固然知道，就是我做书的也知道，特恐看书的不甚清楚，与其令看书的掩卷猜想，何如我做书的直截了当说出来，使看书的早为明白。却原来这个黑影子，就是刘杰打周湘帆的那个弹子。刘杰在门旗之下，见温世保的马被徐鸣皋一枪刺中马头，温世保从马上跌下，他便一马飞出来救。又恐赶救不及，被徐鸣皋结果性命，因此急急的掏出弹子，直往徐鸣皋打来，实指望徐鸣皋也如周湘帆那样被他打中一弹。哪知徐鸣皋眼快让过，就在这个工夫，刘杰一马冲出，将温世保救回本阵去了。

徐鸣皋见温世保已被人救回本阵，复转身来助战一枝梅。那王文龙可是寘鐇面前第一个猛将，虽有一枝梅、徐鸣皋二人夹战，他却毫无惧怯。那一支丈八长矛，不亚当年长坂坡张桓侯的厉害，只见他架开刀，格开枪，不但招架，还要复刺。三个人在那战场上，只杀得团团乱转，两边小军齐声呐喊助威。杨一清在门旗下，看见王文龙如此猛勇，也甚是暗暗喝彩。自辰至午，战了有两个时辰，不分胜负。

王文龙见不能取胜，杀得兴起，遂大叫一声，先将一枝梅的刀急急架开，顺手就是一矛，直往徐鸣皋刺到。徐鸣皋冷不提防，躲让不及，大腿上中了一矛。徐鸣皋拨转马头，负着痛并不回营，也趁王文龙出其不意刺他一枪，中他的胳膊。王文龙不敢恋战，拨马逃回本阵去了。这里徐鸣皋也鸣金收军，与一枝梅回归本阵。

徐鸣皋回至本帐，将铠甲卸下，用敷药将腿上的创伤敷好，又用旧绢扎缚起来，幸喜受伤不重。杨元帅便命徐鸣皋好生养息，等创伤全好再行出战。徐鸣皋等却不放心周湘帆弹伤如何，便一齐来到周湘帆帐内。但见周湘帆仍睡在那里，昏迷不醒，日渐沉重。看看已有了三日，徐鸣皋等好生着急，知道这弹伤非平常丹药可治。杨元帅也焦急非常，不知用何丹药可治。

大家正在忧虑，无所措手，忽见有个小军到大帐内报道："启元帅，现在营门外有个道士装束，叫什么鷓寄生，要见徐先锋，有要紧话说。他已经进了营门。小的们恐他是个奸细，不准他进来，现在营外候示，请令定夺。"杨元帅闻言，即命将徐先锋传来，有差官答应，即刻将徐鸣皋传进大帐。杨元帅问道："现在营外有个什么鷓寄生，要面会将军，有话要说。不知将军可认得此人否？"

徐鸣皋一听大喜，当即禀道："禀元帅，这鷓寄生是末将的师伯，他乃七剑十三侠中的道友，惯使飞剑，能在十里之外取人首级，前者赵王庄大破迷魂阵，也有他在那里。今特来此，必有用意，还求元帅请他进来。或者就因周指挥面受弹伤，势甚沉重，特来医治，亦未可料。"杨元帅听说，即命请他进来。差官一面去请，杨元帅就一面下帐迎接。

少刻，鷓寄生进来，杨元帅将他上下一看，果然生得仙风道骨，满面的剑侠之气。杨元帅当即迎上，拱手说道："不知高士远临，有失迎迓，尚望勿罪。"鷓寄生也就拱手答道："山野村夫，怎敢劳元帅的虎驾。"说着，杨元帅就将他迎入帐内，分宾主坐下。

徐鸣皋等一众英雄都上来见过礼，鷓寄生便对杨元帅说道："久仰元帅威名，如雷贯耳，今幸得见，实慰平生。"杨元帅说道："本帅尸位素餐，毫无建立，今者奉旨提兵到此，全赖诸位将军帮助之力，为朝廷锄恶除奸。前者闻得高士在赵王庄，因宁王潜谋不轨，特遣妖人摆设迷魂阵。幸赖高士等仗义除妖，大破迷魂毒阵，使宁王丧胆寒心，不敢遽行起事，则皆高士等上为朝廷，下为百姓，本帅实深钦佩。久与徐将军谈及，亟思一见姿颜，旋据徐将军言及，高士遨游四海，无所定踪，至今犹以未见颜色为憾。今幸惠临，实慰平生之愿了。"

鷓寄生谦让了一会儿，因问道："周湘帆现在哪里，为何不见前来？"杨元帅道："周将军昨为贼将刘杰弹子打伤面门，日来颇觉沉重，虽经敷药，毫无效验，现在人事颇觉昏迷。本帅正虑无所措手，今蒙高士过临，不识高士尚有灵丹可治否？"

鷓寄生道："便是贫道也为周湘帆中弹而来。昨在天台，偶尔与傀儡生对弈，忽见玄贞子飞剑驰书，详称周湘帆被贼将刘杰用药弹打伤面门，此弹非寻常丹药可治，他这药弹用毒药锻炼而成，只要打伤皮肤，并不红肿，只发紫黑色，只要七日，毒气攻心，虽神仙也不可治。玄贞子特命贫道用仙露明珠丹解救，故此贫道奉了玄贞子之命，特地赶来。现在既已昏沉，必须赶治才是，就烦元帅差徐将军同贫道前去一看如何？”

杨元帅闻言，大喜道：“难得高士可以解救，非特周将军之幸，亦国家之幸也！本帅就陪高士一行。”鹪寄生道：“徐将军带领贫道前往足矣，何敢劳元帅玉趾。”杨元帅笑道：“高士尚能不远千里而来，本帅不能奉陪吗？断无此理。”说着便站起身来，向鹪寄生道：“当得领道。”一面说，一面就走在前面，领着鹪寄生到周湘帆帐内而去。

不一会已到，杨元帅将鹪寄生让进。鹪寄生走至周湘帆卧处，先将他面色一看，只见满脸发青，额角上有铜钱大一块紫黑色的伤痕，又见他两目紧闭，人事昏迷。鹪寄生便在身旁取出一个小葫芦来，将塞子拔出，倒出一粒丸丹，约有红豆大小，掐在手中，命人取了一盏开水，将丹丸研开，给周湘帆徐徐灌下。不知周湘帆被救得活命否，且听下回分解。

第八十三回　鹪寄生力辞杨元帅　王文龙巧激一枝梅

话说鹪寄生将丹丸与周湘帆服下，不到两刻，说也奇怪，只听周湘帆腹内骨碌碌响了一阵，忽然翻转身向着床外，口一张，“哇”的一声，吐了许多黑水，登时清醒过来。二目睁开，但见鹪寄生坐在一旁，周湘帆一见，便开口问道：“师父，你老人家何时来的？”鹪寄生便将上文的话说了一遍。周湘帆才知自己的命，多亏鹪寄生救活，登时便要下床叩谢。鹪寄生忙止道：“不可闹此虚文，还须静养三日，方可全愈复元。你且卧下静养，我们到外面坐吧。”杨元帅也止住周湘帆不可劳动，周湘帆只得说了一声再谢。

杨元帅便留王能、李武在那里照应，于是又一同来到大帐，仍然分宾主坐下。杨元帅向鹪寄生致谢道：“周将军多蒙解救，本帅实是铭感难忘。”鹪寄生让道：“此乃贫道分内之事，何足挂齿。所幸周将军现已无碍，贫道也算不虚此一走。”杨元帅便命设筵款待，鹪寄生再三辞谢道：“贫道尚欲云游，就此告别，日后再会便了。”杨元帅道：“难得高士翩然而来，本帅东道未伸，哪有就去之理。本帅还有一言奉告：方今干戈扰攘之秋，正志士有为之日，叛王未获，众逆未擒，某识浅才疏，还乞高士不弃，以国家为心，共图逆贼，则国家幸甚，某之幸甚！高士何可惠然而来，幡然遽去呢？”

鹪寄生道：“贫道疏懒成性，正如野鹤闲云，到处栖息，现在叛王气数业已将终，今得元帅与诸位将军共力锄奸，不日行将殄灭。惟叛王有个心腹的贼将，名唤周昂，现在尚未到来，不久必到。此人武艺高强，智谋深远，将来到此，必有一番恶战，那时元帅务要小心，然亦不过萤火之光而已，断不能成其大事。彼时自有人暗助元帅，生擒于他。为今之计，贫道预存丹药数粒，设有需用，可照贫道治法，必然有效。贫道话尽于此，不敢再饶舌了，望元帅宽宥，即便放贫道出营，以遂本愿。”说着，便将丹药取出，交给杨元帅收好，便即告辞。

杨元帅道：“高士既如此高尚，某本不敢强留，惟东道未伸，务要屈留半日，聊敬地主之谊，其他断不敢再拂雅意，不识高士尚蒙俯允否？”鷦寄生见杨元帅如此殷勤，不便再拂盛意，当下答应道：“既蒙元帅如此厚待，贫道当遵命便了。”杨元帅大喜，即刻命人摆出筵宴，大家痛饮了一回，俱各尽欢而散。鷦寄生也就于席散后，告辞出营去了，杨元帅等人送出大营而别。

再说寘鐇见连日攻打，两军皆不分胜负，便与李智诚道：“似此相持，何日才可得手？诸君有何妙计，不妨各抒所长，俾早日将杨一清这班匹夫置于死地，便可长驱大进，不然师劳无功，如之奈何？”只见王文龙上前说道：“末将却有一计，明日可急急分兵两支，暗暗埋伏城外，末将便去挑战，诱他前来攻城，那时便合力围去。虽不能令他全军覆没，也可伤他两员大将，聊挫锐气，然后再另设计谋擒之。”寘鐇闻言说道：“将军此计虽好，但敌军惯用诱敌之计，恐不能瞒过他来，这便如何是好？”王文龙道：“王爷如以为然，即令分兵前去埋伏。末将明日若不能使敌人中计，愿甘受军令。”

寘鐇大喜，遂即传令出去，令薛文耀带领一千挠戈长枪手，暗伏南门外关帝庙内，但听城头上号炮一响，便冲杀出来，围住来将，务要合力擒捉，如违令者斩。又命魏光达带领五百弓箭手、五百校刀手，在北门外雌鸡坡埋伏，但听城中号炮一响，即便拥杀出来，校刀手在前，弓箭手在后，以断敌军接应，务要奋力接杀，如违令者立斩。薛文耀、魏光达得令而去。到了半夜，即将两支兵悄悄的偷出城来埋伏。

次日王文龙便去索战，一枝梅即披挂上马，随后杨元帅也率同各将一齐出来。内中即有周湘帆、徐鸣皋因枪伤未曾痊愈，其余狄洪道、杨小舫、王能、李武、徐寿、包行恭皆披挂出来。两阵对圆，各射住阵脚，一枝梅手抡大刀，当先出马，向王文龙骂道：“杀不退的逆贼，尔又前来送死吗？俺老爷今日若不将你擒住，碎尸万段，以报前日徐先锋一矛之仇，誓不回营。”说着抡起大刀，冲杀过来。

王文龙接着就杀。两人交上手，战有十数个回合，王文龙便虚刺一矛，拨马便走。一枝梅暗道：“这厮并无破绽，何诈败而去？其中必有诡计。”一枝梅便按兵不赶，口中大喊道：“逆贼，你之诡计俺老爷已经识破，不足为奇，你敢再来对敌吗？”王文龙闻言，便拍马跑回，口中亦大喊道：“匹夫，俺便与你对敌，又谁怕你来？”说着就是一矛刺到，一枝梅将刀格开，即便还他一刀。两人搭上手，又战了七八个回合，王文龙又走，一枝梅还是不赶。

王文龙又拨马回来，哈哈大笑道：“我道你有惊天动地之能，出鬼入神之技，原来是一个小胆的匹夫。我家王爷看错人了，临出阵时我家王爷还那样谆嘱，向俺说道：敌军中惟有慕容贞一人不可轻敌。自我看来，不过如三尺孩童，毫无知识。我不过将你作耍，试验你胆量何如，你便以我为诱敌，连追也不敢追了。天下之事，得诸耳闻，实在不如目见，以此观之，亦徒有虚名耳！”说罢复大笑不止。一枝梅被他这几句话一激，只气得三尸冒火，七孔生烟，大叫一声："逆贼坐稳了，你休得口出大言，看俺老爷来取你狗命。不必说你那些七零八落的残兵，就便千军万马，又何惧哉！俺老爷今日不将你贼碎尸万段，誓不回营！"说着把马一拍，飞赶过去。

王文龙见他赶来，心中大喜，暗道："此番被我激上了。"当下便勒马持矛，又大笑道："好小子速来，我与你战一百个回合。"一枝梅大怒，一马冲到王文龙面前，手起一刀，便向王文龙连肩带背砍去。王文龙急架相迎。一枝梅抖擞雄威，奋力厮杀，恨不得一刀就将王文龙砍为两段，方泄胸中之恨。怎奈王文龙武艺精通，枪法高妙，膂力过人，不能取胜。

此时一枝梅杀得兴起，一刀一刀杀将进来，王文龙暗暗喝彩。两人又战了三四十个回合，王文龙拨马又走，一枝梅看看赶上，王文龙接着又战。一枝梅心中早已明白，知道他是诱敌之计了，却不肯说出反齿话来，惹他取笑。只是一件，明知前面有埋伏，居心又要在元帅前显显自己本领，偏向有埋伏处所杀了去，足见自己胆识过人。因此一枝梅奋勇赶去。

看看赶到城下，忽然王文龙不知去向，一枝梅便在马上大骂。忽然抬头一看，见寘鐇在城头上往下答道："来将莫非慕容贞吗？你如识时务，即早归降，孤定然另眼看待，倘仍不悟，可不能怪不放你生还了。"一枝梅大骂不止，只见寘鐇在城头上将令旗一招，忽听一声炮响，一枝梅说声："不好，今番却中他计了。"说着兜转马头，拍马就走。才过吊桥，只见四面八方不知多少兵马，团团拥杀上来。左有薛文耀，手执大刀，飞马杀到；右有魏光达，手持长枪杀来。只听一片喊杀之声，皆道："不要放走敌将呀！"一枝梅与薛文耀、魏光达两人大战不已，撇开刀，架开枪，还要还刀去杀，真个如生龙活虎一般，被那一千长枪手团团围住，好似铜墙铁壁。

一枝梅左冲右突，只是不能杀出，忽然心生一计，从马上直跌下来，一只脚还挂在踏镫上。薛文耀一见，以为一枝梅受伤落马，便抢上前想要一刀结果他性命。哪里晓得他是用的个金蝉落马计，一枝梅见薛文耀来得切近，出其不意，便从马腹下翻起，一刀直向薛文耀挥去。薛文耀真个是不曾提防，竟被一枝梅一刀挥为两段，跌下马来。一枝梅复将身子向上一提，又上了马，大杀起来。究竟一枝梅如何出得重围，且听下回分解。

第八十四回　李智诚献书诈降　杨元帅运筹决胜

话说一枝梅用了金蝉落马计，杀死薛文耀，复又跳上马，与贼兵厮杀，抡动镔铁大砍刀，便如砍瓜切菜一般，横冲直撞，如入无人之境，那些贼兵碰着的，皆作无头之鬼。魏光达此时腿上也中了一刀，不敢恋战，急急逃出重围走了。王文龙见魏光达败走，薛文耀被杀，他便奋勇又杀进来。一枝梅见了王文龙，恨不能生啖其肉，又舞动大砍刀与王文龙对杀起来。

正在难解难分之际，忽见贼兵纷纷倒退，冲进两骑马来。一枝梅瞥眼看见包行恭、徐寿杀到，一枝梅在马上大喊道："速来杀贼，我们可奋勇去抢城！"说着，只见包行恭、徐寿那四把刀，真是神出鬼没，杀个不了。三人便会合一处，大杀起来。王文龙见势不好，死力接战，反被包行恭等三人围住，不能脱身。那些贼兵又纷纷退了下去，只站得远远的在那里呐喊。

寘鐇在城头上，远远看见王文龙反被敌人围住厮杀，急令温世保、高铭、孙康、刘杰出来接应。王文龙正在危急，幸亏温世保等杀出城来，将他救出重围。一枝梅等三人复又赶杀了一阵，这才鸣金收军。这一场恶战只杀得尸如山积，血流成河。一枝梅等大获全胜，掌了得胜鼓回营。当下杨元帅代他三人记了功，便令各回本帐安歇不表。

且说王文龙大败而回，见了寘鐇，好不羞耻。计点兵丁，已伤了十分之七，王文龙因此大败了一阵，便欲自刎，寘鐇忙拦道："今日之败，非将军之过也，实在敌人勇猛过人，难于取胜。为今之计，怎么设个法儿，才可将敌军打败呢？杨一清一日不死，孤一日难安！"李智诚在旁说道："主公放心，某有一计，管教主公稳据巩昌，杨一清束手待缚。"

寘鐇道："军师有何妙计，便请见教。"李智诚道："今日虽大败一阵，其计即出于此。某明日便遣书诈降，暗约那杨一清里应外合，再以厉害说之。他必深信无疑。等他前来攻城，那时可出奇兵，将他擒住。主将既已遭擒，众将尚何足虑，然后再另设计图之，大事可定矣！"寘鐇听罢大喜，随即将书写好，差了心腹小军前去投递。

此时业已天晚，那小军急急出城跑到大营，先与守营官说明原委。守营官进帐，与杨元帅禀道："今有城中小军，前来投书，云有机密事面禀。"杨元帅闻言，即令传他进来。守营官退下，走到营门外，将投书的小军带了进去。那小军一见杨元帅，便跪在下面，口中说道："小的奉了军师之命，前来下书，求元帅亲看，万万不可泄漏。"元帅道："书在哪里，可呈上来。"那小军便在身上掏出，就递上去。杨元帅将书拆开一看，只见上写着道：

行军参谋李智诚，谨再拜上书于杨大元戎足下：某以一介书生，本不敢心存异志，乃迫于叛王之势，强为参谋，明知画虎不成，反受其害。今者军麾莅止，某早拟投诚部下，借赎前愆。惜未得其便，故不敢卒然趋前。日间一战，已足令叛王丧胆，兹者各将俱有退志。某敢布微忱，明日三更，便请大兵直捣，某当令心腹开门迎接，刀矛所指，叛王可擒矣！谨布区区，聊当赎罪，如蒙传谕，乞告来人。匆促仓皇，书不尽意。谨白。

杨元帅将书看过，便与来人说道："你回去上复你家军师，就说书中之意，本帅已经知道，叫他切切不可误约。"那小军答应着，回城去了。到了城中，将杨元帅答应的话，说了一遍。

李智诚与寘鐇大喜，随命魏光达带领五百校刀手，埋伏月城里面，但见杨一清进城，即便将他围住，能捉活的更好。不能务要将他杀死，算你头功。又命温世保、高铭各带兵马二千，暗暗出城，明日三更，等敌营各军前来攻城，你便前去劫他的大寨，然后再回兵掩杀，不可有误。又命孙康、刘杰，明日务要与敌军混战，先挫他的锐气。诸将答应，各去预备不表。

再说杨元帅自投书小军去后，便传齐众将，并与张永议道：“今者敌人有降书献来，暗约本帅明夜三更前去攻城，李智诚即为内应，诸位之意以为如何？”张永道：“此皆敌军因屡次失利，明知叛王难成大事，故有此举，元帅经去何妨？”徐鸣皋道：“老公公所见虽是，但某犹有虑者，其中必有诈降情事。因连日屡战屡败，将欲乘此机会前来暗约，彼必料我大胜之后必有骄意，彼即乘此诈降，使我无疑，率兵前往，彼却阳为内应，阴实欲于进城时，出其不意图之。我若信以为实，是中彼之计矣。以某之意，不若将计就计，巩昌可唾手而得矣。不知元帅与老公公意下如何？”杨元帅道：“徐将军之言是也。某昨日已乘投书的小军，暗约下他了。虽然如此，但需两人预先进城，作为内应，不知哪两位可愿去一行？”

当下一枝梅与包行恭二人应声答道：“末将愿往。”杨元帅大喜道：“如慕容将军与包将军愿去，大事成矣！”因与一枝梅、包行恭二人说道：“明日我军前去挑战，务要与敌军混战，就中抢他数名小军回营，当即将他号褂脱下。慕容将军、包将军即可随时穿了，其余的号褂，即分给心腹小军穿上。各带火种，暗藏兵刃，仍即时杂在贼军队中，一齐混入城去，却暗暗埋在僻静所在。吾料城里面必有埋伏，三更将近，可就彼处放起火来，一面诈称已得了此城，先乱他的军心，一面便去开城放我军直入。再乘此时，出其不意，将他领兵官杀了，使各兵无主，自相错乱。务要机密，不可有误。”

一枝梅与包行恭得令下去。杨元帅又道：“吾料贼军明夜必来劫寨，狄将军与杨将军可各分兵三千，在大寨两旁埋伏，但等贼军到来，即便两路杀出。大寨中须要预先让空，使他来中我计。我料敌军必以我之大寨空虚，出其不意来劫我寨，狄将军、杨将军务要小心，不可轻敌。”狄洪道、杨小舫唯唯退下。又命周湘帆、王能、李武三人说道：“你三位将军可各带精锐二千，往来接应。”又命徐鸣皋、徐寿二人说道：“两位徐将军，可随本帅前去攻城。”徐鸣皋、徐寿二人亦唯唯听命。

杨元帅吩咐已毕，各人俱皆大喜。张永在旁也大喜道：“元帅如此运筹，其决胜疆场必矣。”杨元帅道：“某料逆藩是巩昌一失，必潜往兰州去投周昂，能再得一人于兰州要隘把守，逆藩经过该处，就彼处擒之，则大事定矣。可惜徐庆尚在安化，某虽檄调回营，计算路程尚有两日耽搁。”当下张永复又说道：“何不于往来接应这三支兵内，分出一支前去邀截呢？”杨元帅道：“老公公有所不知，这三支兵虽为往来接应，临时还另有他用，故不便分开耳。”张永道：“元帅既另有别用，只好如此，但愿逆藩明日就于城中擒住最好，否则再作计议便了。”杨元帅吩咐已毕，各将退出，仍回本帐而去。一宿无话。

到了次日，杨元帅即传齐各将，披挂齐全，督令全队前去挑战。却好寘鐇也是全身披挂，领着各贼将出得城来。两阵对圆，杨元帅就于门旗下一马冲出，向着寘鐇故意说道：“逆贼，眼见你死在头上，尚不知耶？”寘鐇闻了此言，暗道：“杨一清，你今番却中孤家的妙计了。你死在头上，并不知道，还要反笑孤来。”心中想罢，口中也就大骂起来,遂顾左右道:“你等今日可与那匹夫决一死战。”只听答应一声,各贼将蜂拥而出。毕竟后事如何,且听下回分解。

第八十五回　一枝梅弹打魏光达　徐鸣皋枪挑王文龙

话说寘鐇吩咐各将与杨元帅决一死战,大家答应一声,各个奋勇争先,杀出阵来。这里杨元帅也命各将一齐杀出,真个兵对兵,将对将,好一场混战。

就说一枝梅与包行恭,早已抢得五六个贼兵回营去了。当即将贼兵一刀一个,全行杀死,将所穿号褂脱下,自己与包行恭两人穿换起来,其余的号褂即命心腹小军赶着穿好,仍暗暗出了营门,杂入贼军队里。复乱杀了一阵,只听两边鸣金收军。一枝梅、包行恭二人及心腹小军,一齐混入城去。到了城内,即在僻静处所隐伏起来。等到天色已晚,便各处巡探了一回,果然东门月城内,有五百校刀手在那里埋伏。一枝梅、包行恭及心腹小军,却暗暗藏在月城相近的地方,只待三更相近,好去行事。暂且按下。

再说杨元帅回至大营,到了初更时分,即命狄洪道、杨小舫各带精兵前去埋伏。又命细作探听,城中如有兵暗暗出城,速来禀报,细作也答应前去。到了二更时分,细作来报,城中已有兵马暗暗出城,皆在西南两门埋伏。

杨元帅闻报,又吩咐周湘帆道:“此去西南三里,有名槐树湾,尔可率领所部去往那里埋伏。但听大寨喊杀之声,即便抄到帐后杀出,与狄洪道、杨小舫夹击贼众。”周湘帆得令而去。又命王能、李武道:“你二人率领所部,可去离此东南五里象鼻嘴埋伏。但听城中连珠炮响,王能即率所部抄到巩昌西门,截杀逃走的贼众,如遇寘鐇务要生擒过来,不得有误;李武可即率所部赶到东门,往来接应,如遇逃回各兵,即拦杀上前,以断归路,不得有误,均在明早一齐进城。”王能、李武得令而去。

看看将近三更,一枝梅、包行恭二人伏在城内,即将外面所穿的号衣脱去,又命那几个心腹小军,暗暗混入月城,以便接应。一枝梅便与包行恭穿着夜行衣,手执单刀,悄悄地走到月城外面,一伏身跳上营房,便将火种取出,就在营房上面放起火来。原来那些营房皆是上覆茅草,引火就着,一连放了数处,登时火焰腾空,照得各处一片通红。那月城内埋伏的贼兵一见火起,就大喊救火。此时,一枝梅带来心腹的小军,见外面已放了火,也趁着杂乱之时取出火种,放起火来。里外一片声喧,皆喊有火。

魏光达知道有变,即刻传令各兵不可妄动,如妄动者立斩。此令才传下去,只见一枝梅、包行恭二人飞舞单刀,不问情由乱杀进来。那几个心腹小军,也就从里杀出。一枝梅大声喊道:“尔等贼众听着,你家逆贼去献诈降书,我家元帅早已识破,现在城中已埋伏下数千精兵,西南两门俱已夺开,大兵已进城了。尔等如果要命,可速速将逆贼擒来,还可免尔等一死。”一面喊一面乱杀。那些贼兵听见一枝梅这些言语,个个惊惶无措,便自相践踏起来,又见各处火焰通红,真不知城内埋伏了多少人马。

此时包行恭已将东门夺开，正要杀出城去，只见杨元帅大队人马已拥杀到来，走到城门边，一声炮响，所部各兵一齐拥入进去。杨元帅坐在马上，才穿过月城，忽见魏光达手持长枪，迎面杀到。杨元帅说声"不好"，正要躲让，只见徐鸣皋的枪早已接住，就在月城外面大街上厮杀起来。正在难解难分时刻，忽见魏光达手中的枪抛落在地，徐鸣皋一见，登时一枪刺魏光达于马下。你道魏光达的枪，好端端的如何抛落在地？原来一枝梅见徐鸣皋不能急切取胜，却暗暗放了一弹，正中魏光达手腕，因此魏光达手一松，登时将手中的枪抛落在地。

闲话休表。再说寘鐇正在帐中，专等魏光达前来报捷，忽见小军纷纷来报，先说各处火起，寘鐇已知有变。接着来报东门已被敌人打开，报事的尚未退出，又有人来报魏光达已被敌将刺死。寘鐇此时只吓得惊惶无措，望着李智诚说道："事急矣，如之奈何？"李智诚道："主公可急急上马，逃出城去再作计议。"寘鐇不敢久待，登时飞身上马，只带着王文龙、孙康、刘杰三人保护前行，直往西门而去。

此时杨元帅在城内，一面分兵令将余火救熄，一面带领徐鸣皋、徐寿、一枝梅、包行恭四人，分头去擒寘鐇等贼众。先至巩昌府搜寻一遍，杳无踪迹，又去贼营内寻找，仍无下落。杨元帅知他已经逃走，即命徐鸣皋向西门追赶，一枝梅、包行恭分向东北两门追赶。只杀得满城中百姓鬼哭狼号，纷纷的携儿挈女，向城外逃命。

却说真鐇逃到西门，正欲出城，忽见小军跑到马前，跪下说道："禀大王，西门是出去不来了，现在敌军已在城外拦住去路。"寘鐇闻言，回马便向北门而去。才至北门，只见包行恭杀到。王文龙等一面保护寘鐇，一面与包行恭接杀。包行恭奋勇当先，手舞双刀，将孙康的右臂砍下一条，孙康负痛夺路向南而走。寘鐇在马上，只吓得魂飞魄散，带着王文龙、刘杰、李智诚三人，也向南门仓皇逃走。

正向前进，远远见徐鸣皋手执长枪迎面杀到。王文龙一见，即向寘鐇说道："主公可急脱去外服，杂在百姓中，赶紧逃走吧，迟则恐误大事，末将当首先开路。"寘鐇闻说，逃命要紧，哪敢怠慢，即刻脱去外服，跳下马来，杂在乱民中，与李智诚只往南门逃走。王文龙当先，刘杰断后。走未移时，徐鸣皋已经杀到。王文龙接着死战，刘杰在后，也就上前来助王文龙接杀。

徐鸣皋杀得兴起，拨开王文龙的长矛，顺手就是一枪，认定王文龙当胸刺到。王文龙心内一慌，手中一慢，不曾招架得及，已被徐鸣皋一枪刺中胸膛，挑于马下。回头还要来战刘杰，此时刘杰见王文龙又被徐鸣皋刺死，万万不敢再战，只得拍马狂奔，飞逃出城去了。所幸不曾受伤，出得城来，他也跳下马来，脱去铠甲，杂在百姓中，去寻寘鐇、李智诚。好容易寻了一会儿，这才寻到。

此时已将天明，三个人便落荒而走，不知不觉又走到向兰州那条路去。看看天已明亮，只见前面有座古庙，三人走得实在困乏，便走到那古庙中暂为歇息。

喘息未定，忽听庙外人喊马嘶，渐渐离庙门不远。寘鐇此时吓得以手加额，望着李智诚道："先生，敌军若再寻进庙来，我等头颅皆难保矣。"李智诚亦大惊失色，因勉强说道："主公勿忧，敌军虽多，断不能寻找到此。"刘杰也道："如果敌军前来，末将拼着一死以保主公便了。”寘鐇道:“将军此言差矣!将军虽勇如猛虎,其如手无寸铁何?”刘杰被这句话提醒了,他也不觉惧怕起来。

三人正在相对欷歔,忽见庙外走进两个人来,大叫:“在此了,把我等寻得好苦呀!”寘鐇一闻此言,真是三魂少去二魂,七魄只有一魄,只是坐在那里活抖。还是刘杰向那二人一看,因大喊道:“温将军、高将军,你二位为何也到此地?前去劫寨,难道也中了敌人的计吗?”温世保、高铭二人齐声答道:“一言难尽,险些儿连性命都没有了。”瞥眼见着李智诚坐在旁边,因指着恨道:“这才是我们军师的妙计!要去献诈降书,约人家前来,人家来是来了,却把我们赶去了;还要前去劫寨,人家的寨却不曾被我们劫得,我们的巩昌城倒被人家夺去。这真是军师妙计安天下,赔了城池又折兵矣!”欲知李智诚听了此言,说些什么话来,且听下回分解。

第八十六回　寘鐇败投兰州城　鸣皋暂领巩昌府

话说温世保、高铭寻到庙内,见了李智诚,将他责骂了一番,只羞得李智诚惭愧无地。此时寘鐇惊魄已定,见着温世保、高铭二人,即站起来向着二人说道:“有累将军大败至此,皆孤一人之罪也。李先生非不尽心竭力,但未能知己知彼耳。”李智诚听了此言,更觉立身不得,只得强忍着向大家谢罪道:“某一时见料不及,致累全军覆没,某实惭恨。然尚望主公与诸位将军念某并无他意,误中诡计,随后再竭力图报,将功折罪便了。”寘鐇等也无可如何,只说罢了。

因又问温世保、高铭二人道:“你们前去劫寨,怎么也败得如此而回?”温世保道:“末将奉了军师之命,各带所部去城外埋伏。等到三更时分,便暗地赶到敌营,一声喊奋勇杀入。主公呀!杀是杀进去了,进得大寨,但见灯火不明,毫无声息,只听帐外隐隐有衔枚疾走之声。末将等知道不妙,赶着就要退出,哪里知道一声炮响,伏兵齐出,左有狄洪道杀来,右有杨小舫杀来,也不知有多少人马,将末将等团团围住,犹如铜墙铁壁一般,左冲右突,只是不能杀出。好容易冲出重围,向帐后败走,不到半里迎面又杀出一支兵来,前后夹击,末将等又死战了一阵,死伤兵丁不计其数。直杀到四更以后,指望城内必有兵来接应,哪里晓得眼望穿头望断了,连一个兵都不曾来。末将那时心下就更加惊慌了,暗想道,难道城中真个以假成真了不成,不然何以一支接应兵不来呢?正在那里一面死战,一面暗想,忽听小军喊道:‘将军,我们速速夺路走吧,城池已被敌军攻破了。’末将等一闻此言,只吓得魂不附体,几乎从马上跌落下来。那时只得舍命杀出重围,还指望复杀进城,杀他个反风灭火。哪里知道离城不远,忽又迎面杀出一支兵来,末将等又与他死战了一阵,正待夺路而走,后面的追兵又掩杀过来。那时末将等只得率领残兵,夺路向西而走,幸亏敌军不曾追赶。沿路走来,只见纷纷败残的小军齐声说道:‘我们快逃命呀!主将等已被敌人杀死了,王爷已不知去向了。’末将等在马上听得此话,好生着急,心中暗想:大概是微服杂在百姓之中,逃出城了。又想此去离兰州不远,光景是向兰州而去。因此末将只奔此路,沿路探听主公消息,或者遇见也未可知。方才走至土瓦冈,见了一位土人。末将等就问他,可曾见有从城内败出来的人,躲在什么地方,后来那一位土人疑惑末将等是敌军,便说道:'刚才见有三四个人,躲在前面东岳庙里去了。'因此末将到此看看,果然主公在此。但是末将等身受重伤,此地也非久居之地,万一敌军赶来,那便如何是好?此去兰州,只有百里之遥,一日便可直抵。以末将等愚见,还是请主公速到兰州,见了周将军再作计议,或再起大兵来复巩昌府,或去攻打他处便了。"

寘鐇闻言,当下说道:"为今之计,只有两处可去,除兰州而外,便是安化。但安化路途遥远,若不仍是前去兰州,较为便当。"说着即站起身来,同着李智诚、刘杰、高铭、温世保四人,一齐出了庙门,一看见还有二三百名败残的小军,并十数匹马。寘鐇就挑了一匹马,又叫刘杰、李智诚牵了两匹马过来,一齐上马飞奔,直往兰州进发。按下不表。

再说杨元帅克复了巩昌,当夜命一枝梅等各处搜寻寘鐇,不见踪迹,知道他已杂在百姓中逃走去了。一面吩咐将各处遗火扑熄,一面将巩昌府所有的仓库,命人看守好了。杨元帅就在巩昌府署暂住下来。

一会儿,徐鸣皋前来缴令,向杨元帅说道:"末将奉命前去搜寻逆贼,不知去向,走至南门大街,却遇逆将王文龙逃走出城,已被末将一枪刺死。现在已割了首级在此,请元帅验视。"杨元帅复慰劳道:"将军虽不曾擒获逆贼,已将逆将王文龙刺死,魏光达亦为将军所刺,其功也就不小了。"徐鸣皋道:"魏光达被刺,实非末将之功,系慕容贞暗助之力。"杨元帅道:"如何是慕容将军之力?本帅倒有些不明白了。"徐鸣皋道:"若非慕容将军打了他一弹,断不能如此易擒。所以刺死魏光达,实属慕容贞之功也。末将不敢冒功,还请元帅见谅。"杨元帅道:"若非将军明白说出,不但本帅不能明白,还要有屈慕容将军,那时如何令人心服?将军真乃忠直,可敬可敬!"

正说之间,一枝梅、包行恭、徐寿三人,也前来缴令,皆道:"逆贼不曾擒获得到,尚乞元帅恕罪。"杨元帅道:"某料逆贼已微服杂入百姓之中,逃走去了,只好再作计议。诸位将军且去外面歇息歇息吧。"徐鸣皋四人答应退下。一会儿,狄洪道、杨小舫、周湘帆、王能、李武俱皆前来缴令,又有小军抬了许多旗帜器械,皆系贼兵之物。狄洪道等便将如何围杀,贼将如何死战突围而去的话细细说了一遍。杨元帅道:"贼众虽已逃脱,幸喜克复了巩昌。即此一战,已足令逆贼丧胆了。诸位将军战功卓著,俟将贼众讨平回朝,再请圣上加酬勋绩,现在且去歇息吧。"狄洪道等大家退出。杨元帅又命人将张永接入城中。

此时业已天明,杨元帅也略加歇息。一会儿又起来,忙着出榜安民,又写了表章,飞驰进京报捷。又将仓库点查清楚;又命人将死的兵卒并归降的贼兵,暨所得旗帜器械,一一查明实数。又命徐鸣皋、一枝梅等仍然各率所部,驻扎城外,听候探明逆王下落,再行进兵。又命将城中受灾百姓暨焚毁的房屋查明,以便赈济。

诸事已毕,先行养兵三日,随后再行进剿。却好徐庆、罗季芳已由安化回来,当下杨元帅即将徐庆唤至城内，问明一切。徐庆便细细将仇钺所说的话禀告明白，杨元帅大喜，即命徐庆仍回本帐。

这日探马来报："逆藩寘鐇，与贼将温世保、高铭、刘杰、李智诚等，均已投向兰州去了。"杨元帅闻报，复聚众将商议道："逆贼现已投往兰州，本帅即日就要进兵，前去征剿，惟此城不可一日无人镇守。徐鸣皋老成谙练，拟留徐将军暂权府事，不识众意以为何如？"张永便道："元帅所见极是，留徐将军镇守此城，我等进兵也可放心得下，巩昌亦可保无意外之虞。"

徐鸣皋闻言，即赶着谢道："末将知识简陋，万不敢领此重任，还请元帅与老公公斟酌，另留旁人，末将仍随元帅前往。"杨元帅道："徐将军言之差矣。本帅以将军可托，故敢以重任托付将军。若将军固执不受，是有意避重就轻了，窃为军将所不取。况此城关系甚大，若无实可托付之人，本帅便不敢擅离此地，势必待有人领此府事，然后才能进兵。虚延时日，逆贼又何日才可讨平呢？逆贼一日不平，则本帅一日不能奏捷，虚糜饷项，师劳无功，纵圣上未必加罪，问心得毋自安乎？有将军权任府事，本帅便可进兵直抵兰州，惟期早日讨平，上既免宵旰之忧，下亦免军士之苦。将军忠义素著，当亦有鉴于此，本帅之意已决，幸勿再辞。"

徐鸣皋见杨元帅说出这番话来，不敢再有推让，只得谢道："末将蒙元帅如此错爱，其实才疏识浅，惧不能胜，惟愿元帅早奏大功，巩昌领事有人，则固末将之幸了。"杨元帅见徐鸣皋答应，甚是喜悦，便留三千人马，与徐鸣皋守城，其余带赴兰州。即日传令拔队起程，直向兰州进发。究竟何时克复兰州，且听下回分解。

第八十七回　拒王师周昂设毒计　审奸细元帅探军情

话说杨元帅将徐鸣皋留守巩昌，即日拔队直往兰州进发。在路行程不过两日，已至兰州境界。杨元帅即传令离城三十里扎寨。各营得令，当即放炮安营已毕。

早有细作报入兰州，寘鐇即聚众议道："今杨一清又提兵到来，当以何策拒之，使他不能长驱直入？"当下周昂说道："主公勿虑，末将早已设下计策准备擒他了。"寘鐇道："不知将军有何妙计可胜敌人？"

周昂道："今杨一清以战胜之兵，直抵我境，彼必以为战无不克，攻无不胜，末将即以此二意败之。明日彼必来索战，我兵只可败，不可胜，先骄其志，使彼毫不防备。然后城上虚设旌旗，若作弃城而走之状，一面再密令细作扮做工人模样，布散谣言。就说城中不足一千人马，且皆老弱无用，诱彼前来攻城。第二日，便诈称主公等知势不敌，已于夜间率领各将出城，轻骑间道，潜投安化。敌军虽闻此言，断不敢轻信，必使细作进城探听。主公等可急急移驻北城外十里玉泉营屯扎；末将再与温将军二人，分兵前往东城外五里凤尾坡埋伏；刘将军、高将军二人，亦即分兵前往西城外七里三家甸埋伏。一面飞檄调取仇钺，火速提兵前来，以厚兵力。等杨一清来取兰州，即便放他大队入城，然后我以大兵围之。兰州粮草本不丰足，我再将所有搬运出城，彼困城中，粮尽必死，此不战而自胜也。”寘鐇闻言大喜，当下夸奖道：“将军之计，可谓高出萧何，远胜诸葛矣！”于是密传号令，使各营预备，又于营中挑选老弱小军千余名，以为诱敌之用。诸事已毕，专等敌军前来索战不表。

且说杨元帅安下大营，即聚众商议道：“兰州一城本不难破，惟周昂智勇过人，谋略深远，尔等众位临阵时，务要小心，万万不可轻视，如违令者立斩。”众将唯唯听令。暂息一日，次日即命各军前赴城下讨战。当下众将皆是全身披挂，随着杨元帅齐赴阵场。只听大炮三声，出了营门，一字儿排开阵势，直往兰州城下而去。

不一刻已至，杨元帅便命三军列成队伍，射住阵脚，当令一枝梅前去讨战。一枝梅答应，即便带领精兵二千，飞马跑至城下，大声喊道：“尔等听者：速报逆藩寘鐇知道，叫他早早开城，纳降受缚。倘再执迷抗拒王师，一旦大兵踏破城池，必致玉石不分，生灵涂炭，那时可悔已无及了！”

话又未完，只听一声炮响，城门开处，早冲出一支兵来，当先马上坐着一员大将，手执方天画戟。一枝梅抬头一看，但见他盔甲歪斜，身躯疲惫，满脸的委顿之气；再看后面那些兵卒，个个皆是老弱无能之辈，所有的旗帜器械，亦复东倒西歪，毫不齐整。一枝梅看罢，心中暗道：“闻得周昂谋略兼人，智勇足备，今观如此，只是一个卑不足道之辈，岂有如此老弱，可以敌得战胜的王师？莫非此人不是周昂，即不然其中或有诡诈，倒要小心试验他一阵。”

正自暗道，忽听马上那员大将高声说道：“来者何人？胆敢口出大言，目空一切，快快通过名来，待俺老爷擒你！”一枝梅见问，便大怒道：“贼将听了，俺乃总督兵马右都御史杨元帅麾下行军运粮都指挥慕容贞老爷是也，尔可是周昂吗？”那马上贼将道：“既闻老爷大名。还不快快下马受缚。”

一枝梅大怒，随即飞舞镔铁点钢刀，冲杀过来。周昂即将画戟接着，二人搭上手，便交战起来。周昂故意毫不用力，只得与一枝梅慢慢的厮杀，战了不足十个回合，便卖个破绽，虚刺一戟，拨马就逃，回头向一枝梅说道：“俺老爷战不过你，毋得追赶，今且回城，明日再战吧。”说着已回到本城去了。一枝梅看见那种光景，也不追赶，当即鸣金收军。

回至大营，杨元帅问道：“尔观今日敌将之情形乎？”一枝梅道：“便是末将也甚疑惑，若以周昂而论，断非如此军械不明，队伍不整。但与交战，逆将又毫不着力，不足十个回合，便自败回本阵，莫非其中有诈吗？”杨元帅道：“以本帅观之，其中必然有诈。某料逆将周昂必然料我以战胜之兵来攻此城，一定内含骄意，毫不防备，彼即故示委顿，以诱我军前去追赶，他再出奇兵胜之。此骄敌之法也。以后将军等出阵，务要小心防备，不可中了他计，慎之，慎之！”

一枝梅道：“元帅所见极是，末将等当临阵时格外谨慎，偏不叫中他计便了。但有一件，似此旷日持久，则兰州何日可得呢？”杨元帅道：“本帅却有一计在此，明日可急急飞檄驰往安化，调取仇钺，使他星夜前来，诈称探悉寘鐇败退兰州，提兵前来助战。寘鐇必不疑虑，可于那时使仇钺出其不意，以擒逆藩。逆藩既擒，周昂便不足虑，我等可不战而定矣！”一枝梅等皆道：“此计甚是高明，但遣何人前去？”杨元帅道："说不得还要劳徐将军辛苦一趟才好。"徐庆答道："末将愿往。"

罗季芳也便喊道："末将也愿与徐庆兄弟同往。"徐庆正要拦他，杨元帅当即止道："军中毋得乱言！此去用你不着，尔在军中，本帅自有差遣。如违军令，定按军法从事。"罗季芳见元帅如此威严，也就不敢开口，只得唯唯退下。当下杨元帅即写了书札，付与徐庆，饬令前去不表。

次日，又命一枝梅去城下讨战，周昂并未出战，却换了刘杰出马。在阵上战未数合，刘杰仍然败去，一枝梅也就收军。第三日又去讨战，周昂出来，仍是如此，战不上十个回合，倒又败回本阵，一枝梅仍不追赶。

一连三日，皆是如此，一枝梅好不纳闷，心中暗道："每日如此，哪里是冲锋打仗，分明如儿戏一般，便战上一年，兰州总难克复。"到了晚间，忽然听得各营中三个一堆，五个一起，唧唧喳喳，悄悄说道："我家元帅不晓得为什么那样胆小，贼军那样委顿，皆是老弱之辈，要照在巩昌的那样并力，与人家打仗，这两日兰州早已克复了。现在弄得战又不战，退又不退，不知是何缘故？"一枝梅听了，也觉有理。

忽然传出大帐里捉到奸细，一枝梅听说，便急急来到大帐。却好杨元帅已在那里审问。但听捉住的那人说道："小的实在不是奸细，是城中的百姓。只因早间出城，往小的亲戚家去借些银两，买些柴米回城。哪里晓得不曾遇见，又等了半日，才赶回来，不想城门已关，不能进去，误被元帅手下的人捉住。小的实是良民，并非奸细，可怜家中尚有老母妻子，元帅将小的照奸细杀了，小的一家数口全行没命。求元帅开恩，放了小的回城，那就积德不浅了。"说罢痛哭不已。

杨元帅见了，也觉不是奸细，因问道："尔既说是城中百姓，尔可知寘鐇部下共有多少兵马，可实对本帅说来，或可饶你一死。若有半字虚言，定即斩首示众。"那细作道："元帅既问，小的实不敢隐瞒。城中现有兵马，不足三千之数，而且皆是老弱之辈。据小的看来，安化王才来了几日，却不曾知道他是什么性格。若论那个周昂，终日奸淫妇女，不问军事，城中的百姓，实在受害不浅。但凡人家稍有姿色的妇女都不敢出来，若被周昂见了，他便抢去奸淫。所以现在城中百姓，只望天兵到来，将周昂杀了，好代城中百姓除害。还有一层，这周昂以为安化王重用他，他便肆无忌惮，无所不为，即如城中只有二三千人马，他瞒安化王说有五六千。昨日还传闻安化王见他出阵的那支兵，皆是老弱之辈，便问他为何如此，他说什么先以老弱的兵出去诱敌，然后再出精兵，叫元帅中他的妙计。偏偏安化王相信他的话，不知是什么缘故。"说罢便磕了个头，仍然跪在帐下。究竟杨元帅能否察出真情，且听下回分解。

第八十八回　杨元帅误困兰州　徐指挥踏翻贼寨

话说杨元帅听了那细作一番言语，真是将信将疑，便令人将他先行监禁起来，俟本帅打听明白城中果是如此，再去放他回城。下面答应，即将那个细作拖了下去。那细作还极口呼冤道："说了真话，还是不放我回城，这不是白说了吗？"一路呼冤，出了大帐，自有人将他收禁起来，不必细表。

杨元帅当下即命人也扮着百姓，混入城中细细探听。一夜无话。次日一早，便有小军进帐报道："顷有探子来报，口称昨夜兰州城上已虚设旌旗，连刁斗之声都不曾有，不知是何缘故。"杨元帅听罢，即命探子再探。不一刻又有小军来报，口称："城内百姓纷纷出城，皆说逆贼昨夜三更时分，察知周昂所部之兵不能济事，又恐元帅大兵前去围城，不能抵敌，兰州一破，必成齑粉，因此连夜反王与贼将皆逃走出城，向安化去了。现在城门毫无拦阻，听凭百姓纷纷出来。"

杨元帅听了，更加疑惑，即令一枝梅、徐寿、包行恭、杨小舫四人，火速进城，细探的确，回来禀报。一枝梅等答应，即刻进城细细打听。到了晌午时分，大家回来，皆说城中果然无一兵一卒，寘鐇等皆于昨夜三更时分逃走出城去了。杨元帅听说，还不敢委决，因道："周昂智谋深远，断不肯弃城而走，其中一定有诈，且再探听的确，再行进城。"一面又使细作去城外各处，细加探听有无埋伏。打听了一日，复又回报："果无一兵一卒，实系逃往安化去了。"杨元帅听罢，便命大兵一齐进城。

到了城中，又各处搜寻，恐有埋伏火药之类。细细查了一遍，也果然绝无埋伏，杨元帅便将心放下。又命人将监禁的那人放了，不可冤屈百姓。杨元帅还不敢疏忽，仍命众将勤加防备，也算是慎之又慎。哪里知道当杨元帅进城之时，早有细作去报周昂，将以上各情，细细说了一遍。周昂闻言，大喜道："杨一清呀，任你这老匹夫深谋远虑，今番也要中我的计了！"当下即分命各营所有埋伏的精兵，务于两日后三更时分，衔枚疾走，火速飞往兰州围城，不得有误，如有稍形退后者，立即斩首，以正军法。各营得令之后，俱各预备两日后三更前去围城，暂且不表。

再说杨元帅在兰州城中，看看又过了一日，并无动静，那些众将及各营守城军士，俱有些懈怠起来。杨元帅见已过了两日，毫无一点疑虑之处，暗料寘鐇与周昂等人光景，实因兵势不敌，潜投安化去了，也就略为松懈。拟再停兵一日，仍然拔队前往发化进攻。这日夜间，上自元帅，下至小军，大半皆去困卧不表。

却说周昂等各贼将到了两日后三更时分，便一齐拔队，直往兰州而去。真个是衔枚疾走，不闻号令，但闻人马之行声，如风卷残云，不到两三刻的工夫，全到了兰州城下。一声炮响，鼓角齐鸣，呐喊之声，震动天地，片刻间已将一座兰州城围得铁桶相似，真个是水泄不通。各贼兵齐声笑骂，道："杨一清呀，你还做什么元帅？我家周将军不过略施小计，便将尔等所有兵马困在这兰州城内了，看你怎样出得此城？"

不必说各贼军笑骂不绝，且说杨元帅正在大帐打盹，忽听城外一声炮响，鼓角齐鸣，呐喊之声，震动天地，猛然惊悟道："某之不明，代累三军受苦了，此敌人饵钓之计也。"正自悔悟，忽见看守各城门小军纷纷来报道："禀元帅，大事不好，贼众已将此城围得铁桶相似，不知有多少兵马，请令定夺。"杨元帅急急便令小军飞速上城，如贼将前来攻打，可急将檑木炮石一齐打下，不可有误。小军得令，才退出去，一枝梅等各个进来，向元帅说道："现在贼众已将此城围住，末将等愚见，可乘此时贼众尚未大定，急急带兵开城杀出，或可聊济于万一。若再迟延，贼众再加兵前来，更加坐困了。”

杨元帅听说，向众说道：“一将无能，三军受累，某之不明，一至于此！诸位将军既愿决战，只是好极了，但恐不能突出重围，这便如何是好？”众将道：“末将等愿与决一死战，幸而有成，则固大幸，否则再作计议便了。”杨元帅听罢，即命众将合力攻打西门。众将得令，遂即率兵开城，并力杀出。但见贼营中旗帜密布，毫无间隙可攻。众将看了一遍，也不管他铜墙铁壁，便一声呐喊，如天崩地塌一般，合力冲杀过来，抡刀就砍，举枪便刺，虽杀得那些贼兵神号鬼哭，还是不退，蜂拥围裹上来，杀了一层，还有一层。

一枝梅等左冲右突，奋力死战，但见杀到东，贼众围到东，杀到西，贼众拦到西。自辰至酉，整整杀了一日，总不能杀出重围。贼兵虽折伤不少，却无一人退后，好似愈杀愈多。一枝梅等不但俱身受微伤，也觉异常困乏，只得仍退回城。杨元帅见了众将，好生叹息，便命各将且去歇息，再作计议便了。

过了一日，杨元帅又聚齐众将商议道：“贼军围困，甚是危急，本帅之意，今日拟用声东击西之法，再去力战一阵。幸而能成，则固三军之幸；若再攻打不出，本帅惟有一死，上报朝廷，下慰三军便了。”张永道：“元帅此言差矣。敌军围城不过两日，元帅何得遽存轻生之意？万一元帅有了意外，不但逆贼无人征讨，上负朝廷付托之重，便是众将及三军人等，就穷无所归了。元帅还请三思，总望以朝廷三军为重，则国家幸甚，三军幸甚。”

杨元帅听罢，便悄悄与张永附耳说道：“老公公你有所不知，城中不足十日之粮，若十日之内杀退贼军，还不妨事，倘若不然，必有内变，即无内变，则三军又将谁食，某所以急不可缓者，正为此耳。”张永道：“虽然如此，即连今日计算，尚有八日，安知这八日中，不可以退敌军吗？今日即照这声东击西之法，仗诸位将军之力，且去再战一阵，或者人定胜天，也未可料。设再不能成功，再另设法，好在徐将军前往安化，计日也可到来，说不定仇钺也会一同提兵到此，那时何患贼众不能退乎？”各将听说，皆道：“老公公之言，甚是有理，元帅便请宽心，末将等情愿死力出城攻打。”

杨元帅道：“虽承将军等同心同德，但某实在抱惭无地了。”众将道：“末将等感元帅大恩，虽肝脑涂地也不足报于万一，而况冲锋打仗，皆末将等分内之事，元帅切不可顾惜。但愿早早突围，讨平逆贼，就是末将等之幸了。”说着大家告退出去，各归本帐，又将所部各军勉励一番。幸喜兵心甚固，皆道：“小军等深蒙将军宽待，愿效死力！”各将大喜，随即分兵前往，一枝梅带领三千人马独出西城，攻打贼众，却是虚张声势。其余狄洪道等却暗暗攻南北两门城外贼众。

且说一枝梅出了西门，一声呐喊，直直攻入贼围，刀枪并举，剑戟齐施，左冲右突，奋力攻杀。那些贼兵仍然奋勇围裹上来，合力死战，真是愈杀愈厚。狄洪道等也在南北两门城外，并力死战，总不能杀出重围。一枝梅虽然骁勇，怎禁得贼兵死战不退，看看已抵敌不住，却待回城，忽见贼军后队渐渐倒退下去。

瞥眼间，只见一人手舞双刀，飞马杀进，只可怜那些贼兵，碰着的不是头开，便是脑碎，耳中只听齐声喊道："我们快些让呀！这位将军是从天上杀下来的呀，碰着了就要送命的呀！"只听得一片声喧，纷纷让开一条大路。那些贼兵自相践踏，死的不计其数。一枝梅再仔细一看，见是徐庆，不觉喜出望外，也就抖擞神威，杀了出去。毕竟如何杀出重围，且听下回分解。

第八十九回　上密书元帅得消息　托疾病游击设奇谋

话说一枝梅攻打西门外贼众，正在看看抵敌不住，却待率众回城。忽见贼等后队，纷纷往下倒退，杀进一个人来，手舞双刀，杀得那些贼兵一片声喧，人头滚滚，倏忽间已让开一条大路，自相践踏，死者不计其数。一枝梅再仔细一看，见是徐庆，不禁喜出望外，也就抖擞神威，将镔铁钢刀向后一挥，那些所部兵丁一个个精神百倍，呐喊一声，奋勇随着一枝梅杀了出去，接着徐庆左冲右突，如入无人之境。

杨元帅在城上看得真切，一见徐庆杀入，一枝梅又接着杀出，不觉大喜，也就飞令狄洪道等人一齐杀出城去。诸公请教，这一起生力军一齐杀出城来，又兼狄洪道等人各个武艺精强，本领出众，周昂等虽再猛勇，敌军不过这四五员猛将，我辈倒有十位英雄，已是寡不敌众，而况狄洪道等十人皆是死战不过的人，一得了势，自然是生龙活虎一般，谁可抵敌？

闲话休表，且说周昂正在那里指挥贼众，一见所部各军纷纷倒退，虽是军令森严，当此各要性命之时，怎样禁得住，也只好不战自退。刘杰是遇着徐庆，被徐庆一刀砍为两段，温世保也被罗季芳一枪刺于马下。高铭被狄洪道砍了一刀，幸亏跑得快，不过身受重伤，不然也结果了性命。周昂见众将死的死，伤的伤，独力何能抵敌，也只好率领败残兵卒，逃往玉泉营，与寘鐇合兵一处去了。

这里一枝梅等六位英雄大获全胜，所得贼众兵马器械粮草不计其数，当下一齐进城。杨元帅与张永亲自出城迎接，当即慰劳了一番，同至大帐。徐庆即禀道："末将奉令前去安化，潜入县城，亲见仇钺，说明原委。彼时仇将军已接到寘鐇伪檄，饬令飞速提兵到此，仇钺嘱令末将上复元帅，请元帅宽心，他即日也就提兵到来。等至此地，那时便见机行事，断不有误。"杨元帅大喜，当日大摆筵宴，与众将庆功，并杀牛宰马犒赏三军，众将俱各尽欢而散，这且不表。

且说寘鐇正在玉泉营坐听捷报，忽见周昂大败而回，当下这一吃惊非同小可，便问周昂道："如何败得这样光景？"周昂便将以上各情，备细说了一遍。寘鐇大恨道："孤自出兵以来，战无不胜，攻无不克，所至之处，皆望风而降。不料杨一清这个老匹夫一来，就把孤家败得如此模样，折兵损将，所有精华全尽于此，这便如何是好？"周昂道："现在只有一法，惟俟仇钺到来，再与他决一死战，胜则好极，不胜再作计议。且仇钺旦暮也该到此，计算时日，明日一定要到，主公请暂放宽心，且等仇钺来此，大家再为合计便了。"寘鐇没法，只得在玉泉营暂驻，专等仇钺提兵到来。

又等了两日，却有探子来报，说安化营游击仇将军，亲提精兵三万，星夜前来，明日晌午即可到此了。寘鐇闻言大喜,即命李智诚迎接上去。李智诚哪敢怠慢,即刻上马飞奔去了。走了半日,已迎到仇钺的前队。李智诚便差人去报,前来慰劳。仇钺闻说,即饬令小军传报,现因感冒风寒不便见客,但问安化王大营现在驻扎何处,连日两军胜败何如。小军飞马到了前队,将仇钺的备细告诉了李智诚,又问了安化王驻扎处所及两军胜负情形。李智诚便告知小军道:"安化王现驻兰州北门外玉泉营,前日与杨一清一战,败得全军覆没,现在专等仇将军前来,计议报复。你可告知仇将军,就说王爷立盼前去便了。"说罢李智诚仍然飞马玉泉营而去。这里的小军也就将李智诚的话回报了仇钺。

李智诚赶回玉泉营,见着寘鐇说道:"仇钺感冒风寒,并未见面,但问了大营驻扎何处,连日两军胜败情形。"寘鐇听说便与周昂说道:"仇钺又感冒风寒,即便大军前来,也断不能带病出战,如此挫顿,只是从哪里说起?"周昂道:"仇钺虽然有病,不过是感冒风寒,一两日也就可以告愈,主公倒不必以此为虑。且等他明日到来,末将便先去他营中,商议妥当,一俟他告愈,即可出兵了。"寘鐇道:"仇钺明日一到,就烦将军前去一走,究竟如何计议,好使孤早为放心。"周昂答应退下,接下慢表。

且说仇钺闻知杨一清大胜,即刻写了密书,专差心腹送往兰州投递。杨元帅接着仇钺密书,登时拆开观看,见上面写道:

游击将军仇钺谨再拜顿首上书于杨大元戎麾下:

某前奉赐函,谨将各节已由徐将军转呈聪听,当邀鉴及。昨者驰抵周家岗,有伪参谋李智诚驰赴卑营,据称系奉安化前来慰劳。某当即托疾未见,但将两军情形略问大概,旋据李某复称安化全军覆没,立盼某星夜驰往,计议报复,作背城一战。某闻之额颂者再,足见老元戎智谋足备,使逆藩不敢轻视,从此寒心,上奠国家磐石之安,下拯生灵涂炭之苦,某望风引领,敢不佩服!惟逆藩一日不获,则某等一日不安,即逆藩左右,亦一日不能俯首贴耳。为今之计,某明日即可驰抵玉泉营,仍以患疾为辞,托病不出。逆藩知某抱病,而又急于星火,必使左右心腹,前来问计。某当于彼时暗伏武士,先将其心腹摔杀,然后轻骑出营,直达逆藩大帐,出其不意,就帐中执缚之,送投麾下听候处置。区区之忱,用敢密布。仇钺顿首。

杨元帅将书看毕,抚掌大喜道:"难得仇将军如此深谋,国家之幸也。有此一举,寘鐇擒之必矣!"当将来书递与张永看视,张永看毕,也是大喜。

这日仇钺行抵玉泉营,安下营寨,一面密令心腹武士道:"尔等于帐后埋伏妥当,但听呻吟之声,即便出帐擒获贼将,不得有误。"心腹武士得令而去。一面使人前去寘鐇大营报道,并报患疾未愈,不能出营。当有小军报入帐去。寘鐇闻仇钺已到,甚是欢喜;但患疾未愈,不能出营,小有不乐。当下即望周昂道:"将军可至仇钺营中一走,就说孤闻他患病,甚是放心不下,特差将军前去问视。然后再将孤大败之后,日望他前来报复,连日急于星火,今既到此,却又不料抱病未能出营,但宜如何设计之处,一洒孤家覆败之耻,愿代孤早与将军计议,以俟先期预备。俟他一经病愈,即可作背城一战,以复前仇。将军与仇钺计议之后,即望火速来营,使孤家早早放心,千万勿误。"周昂唯唯答应,当即飞身上马直往仇钺大营而去。

不一刻已到,当令巡门小军传报进去,那小军当下回报道:"现在主将因感冒甚重,未便见客,还请将军明日再来。"周昂又望那小军说道:"你可进去告知你家主将,就说周某系奉安化王爷之命前来,有机密事与他商议;就便抱病不能出帐,虽卧帐之内也可谈心。尔速去通报。"那小军这才走了进去。究竟周昂见了仇钺如何,且听下回分解。

第九十回 轻骑飞来叛王受缚 诸城克复元帅班师

话说小军通报进去,不一刻出来,望周昂说道:"仇将军现方偃息在床,不能远迎。既是将军奉了王爷之命,有机密事面议,便请将军进去面谈。"周昂闻说,即昂然直入。到了后帐,有小军传报,周昂进里面坐下,但见仇钺身裹棉被,蒙头而卧。

周昂便近前问道:"仇将军别来许久了,王爷闻得将军欠安,实放心不下,使某特地前来问视。不识将军近时如何,可稍愈否?"仇钺听问,慢慢的将头伸出,低声说道:"恕某抱病在身,未曾远迎,抱罪之至。某自前日中途感冒,日来愈觉沉重,但觉心神烦扰,日夜不安,究竟不识是何病症,还请将军于王爷前代为告罪。某一经稍愈,即便驰往谢罪请安。惟近日两军胜负情形,前日匆匆不曾细问,还望将军备细言之。"

周昂见问,当下答道:"便是王爷也为此事特遣某亲来问计。"因将以上大败情形说了一遍,复又说道:"似此全军覆没,王爷急思报复,一洒前耻,但现在既无良将,又乏精兵,则报复前仇惟在将军掌握之上,不识将军当以何策破之?愿即赐教,以便复命。"仇钺闻言,因即长叹说道:"大事去矣,为之奈何?"说了这两句话,便自长叹不已。周昂方欲再问,只见帐后伏兵猝然齐出,各执利刃直扑周昂杀到。周昂还欲拒敌,已来不及,登时被乱刀砍死。

此时仇钺早已下床,见周昂已死,即刻命人备马。当有小军将马牵过,仇钺即拨了五百名精锐,各执短刀,飞身上马,手持一杆银枪,直往寘鐇大帐风卷而来。

一会儿到玉泉营,也不通报,带着五百名精锐,一马当先,飞驰入帐,大叫:"逆王何在,快快出来受缚!"一言未毕,那五百名精锐呐一声喊,团团将一座后帐围绕起来。仇钺跳下马,弃了手中枪,拔出腰间所佩宝剑,直入内帐搜寻寘鐇。

此时寘鐇疑惑敌军寻来,已是吓得魂不附体,在那里乱抖;一见仇钺进来,又疑惑他前来保驾,当下便大声喊道:"仇将军速来保孤性命!"仇钺闻言,暗暗骂道:"好逆贼,死在头上,尚自做梦耶!"也就应声答道:"来也!"说着飞身进前,一伸手便将寘鐇擒了过来,往地下一掷,喝令小军:"将这逆贼绑了。"小军答应,哪敢怠慢,立刻上前绑好。

寘鐇见如此光景,向着仇钺哀哀说道:"将军何故如此,孤小曾薄待于汝,何至恩将仇报耶?"仇钺道:"你虽不曾薄待于我,我也曾恩劝你来,怎奈你不听良言,但恩谋叛。朝廷又何曾薄待于汝,身为藩邸,世受国恩,不思体国忠公,反自图谋不轨,乱臣贼子,人人得而诛之,尔尚有何言,敢自强辩耶?”寘鐇听罢,只得长叹一声道:“罢了罢了,吾不料今日为汝所算,抑亦自取之咎也。”说罢也就闭目不语。

仇钺当下见寘鐇已经捉住,复到帐外大声喝道:“尔等各军听着:逆王今已被获,尔等谁无父母,谁无妻子,若及早归降,尚可免尔等一死。情愿从军者,归入本将军部下听候调遣,为朝廷忠义之兵;其有不愿从军者,准其各回原籍,仍为良民。倘再执迷不悟,本将军剑下是断不容情的!”话犹未毕,只见那些败残的兵卒一齐跪下,大声说道:“蒙将军大恩,赐我等不死,皆情愿归入部下,听候调遣,永远不敢或生异心。”仇钺见各军情愿归降,也就好言安抚了一遍,喝令退下。各军欢声雷动,齐立起来。

仇钺正要命小军将寘鐇抬往军中,忽见李智诚膝行而来,走到面前,也求仇钺收入部下。仇钺闻言,哈哈大笑道:“逆王如此,皆足下之功也。某不才,不敢越分以留足下,且无卑礼厚币以礼足下。今既荷蒙不弃,某无他物以隆报施,惟有这所佩宝剑可以奉赠,聊当琼瑶。”李智诚闻言,知已不妙,仍自哀求说:“将军幸免一死,某当结草衔环,以报大德。”仇钺连听也不听,即掣出佩剑,挥为两段。寘鐇在旁,睁开两眼一看,只唬得昏晕过去。仇钺即命人将李智诚掩埋起来,又命将合营所有的粮草军械均查点清楚,装载已毕,一同寘鐇押运入城。

不一刻,已到城下,仇钺骑在马上高声喊道:“烦守城将军到元帅前通报一声,就说游击仇钺已将逆藩寘鐇擒获,并所有粮草器械,一齐亲自押运,前来献纳,即望开城。”守城将士闻说,便在城上往外一看,果见绑缚着一人,后面还有许多车辆,百十名小军在那里押运。守城官看毕,当在城上往下说道:“仇将军请稍待,即便去禀元帅便了。”仇钺答应,在城外等候。

守城官即刻飞跑下城,去大帐禀报。杨元帅闻得仇钺已将寘鐇擒获押解前来,好不欢喜,当即传齐众将,并约同张永,一齐迎出城外来。

到了城外,杨元帅即笑声说道:“仇将军请了。”仇钺见杨元帅率领众将亲自迎出,赶即跳下马来,躬身说道:“末将何德何能,敢劳元帅台驾,使末将罪无可逭了。”杨元帅道:“小将军讨贼之功,便是朝廷尚嘉其绩,况某同为朝廷之臣,敢不敬恭将事,惟未能远迓,尚觉抱歉耳。”说着即与仇钺并马入城。

到了大帐,杨元帅邀入,又令仇钺与张永相见,暨与众将招呼已毕,便分宾主坐定。张永即向仇钺说道:“将军讨贼勤王,上分宵旰之忧,下救生灵之苦,某等实深感佩!俟回朝之日,当再于圣上前保奏便了。”仇钺道:“岂敢岂敢!为臣当忠,为子当孝,此皆分内之事,荷蒙谬奖,实深汗颜。”张永又谦逊了一回。仇钺又道:“今者叛王已获,应如何处治之处,还请元帅定夺。”杨元帅道:“既已押解到营,在某之意,似应押解到京,听候圣上做主,究竟名正言顺,不知老公公之意以为如何?”张永道:“元帅之言,甚是光明正大,即如尊意便了。”

杨元帅即命将真镨推解进来,杨元帅问了他一遍,道:“你到此有何话讲?不思上报朝廷厚恩,反要潜谋不轨,今已被捉,尚复何尤,本帅看你有何面目去见圣上?”

寘鐇便骂道："老匹夫，孤自造反，与你何干！今虽遭擒，亦不过误中诡计，此孤之不幸尔，何得引为己功吗？无耻匹夫，可耻孰甚！"张永在旁大怒，便要来打，杨元帅道："老公公何必为这野蛮作恼，他不过无话可说，借此解嘲耳。"张永怒犹未息，杨元帅即命众将将他打入囚车监禁，严加看守，听候押解进京。当下众将答应一声，即刻将寘鐇拖到后帐，打入囚车去了。

这里仇钺又将所得器械粮草一一献上，交纳清楚，杨元帅命军政官收入。当日又大摆筵宴，犒赏三军，并留仇钺在帐宴饮，俱各尽欢而散。当晚杨元帅即飞折进京报捷。

次日，杨元帅与张永又去仇钺营中劳军，仇钺便留元帅、张永在营筵宴。席间元帅便谈及阶州各州府县尚未平定，仇钺道："此不消元帅费心，末将已筹之熟矣。阶州守将武方肃与末将有素，但须末将一纸草书，备言利害，彼必望风来降。阶州一定，其余各属自不战而定矣。"元帅大喜，即命仇钺作书，差人投往。筵宴已毕，元帅、张永仍回兰州，坐待各处消息。

不过半月，各路皆定，驰书来降。杨元帅一面传令仇钺仍回安化镇守，一面传令各营准备三日后班师，复又写了表章，具奏各路皆平，并报班师日期。却好巩昌府已奉旨派有人去，徐鸣皋也即卸事，驰抵兰州，大家接着，甚是欢喜。到了第三日，杨元帅即命拔队起程，一枝梅与徐庆二人，押着寘鐇的囚车，随着大队。只听三声炮响，元帅班师，出得城来，一路上浩浩荡荡，直往京城而去。真是：鞭敲金镫响，人唱凯歌还。毕竟后事如何，且听下回分解。

第九十一回　平逆藩论功受赏　避近幸决计归田

话说杨元帅班师回京，在路行程非止一日。这日，已到了京城，即将大队人马扎住城外。次日天明，杨元帅、张永便率领徐鸣皋等十位英雄，进城复命。当有黄门官启奏进去，却好武宗早朝未散，见说杨一清已班师回来，即刻宣进召见。

黄门官传旨出来，杨一清、张永即便带领徐鸣皋等，入朝见驾。到了金殿，杨一清等众即俯伏金阶，三呼已毕，武宗钦赐平身，大家又谢了恩，这才归班，站立一旁。武宗先温谕了一回，然后将讨贼各情问了一遍。杨一清细细奏呈上听，并云："逆藩安化王现已押解来京，伏候圣上发落。"武宗闻奏，即命人将寘鐇送交刑部监禁，候旨处决。张永又将杨一清如何勤劳，徐鸣皋等如何奋勇，仇钺如何设计讨贼，非破格奖赏不足以酬功绩，奏了一遍。

武宗闻奏大喜，当下即面赐加封杨一清为吏部尚书，兼授武英殿大学士，仇钺着传旨加封咸宁伯，徐鸣皋等皆封将军，俟后有功再加升赏。各人谢恩已毕，武宗又传旨：着拨库银三万两，为犒赏三军之用，所有随征各军，即着徐鸣皋暂行统带，杨一清着即入阁，兼管吏部事务。杨一清与徐鸣皋复又出班谢恩。武宗退朝，各官也即朝散。次日武宗传旨：寘鐇着即斩首示众。由此逆贼既平，朝廷便太平无事，又兼杨一清入阁问事，更是内外严肃，君臣一德，同心共治太平天下，按下慢表。

且说宸濠自七子、十三生、十二位英雄破了徐半仙的迷魂阵，宸濠虽也稍为敛迹，但那谋叛之心却未尝一日或忘。接着又探听得杨一清讨平寘鐇，徐鸣皋等皆为朝廷所用，因此不敢仓促举兵，只有潜蓄叛党，以待时日。这且不表。

却说张永自跟杨一清讨平寘鐇，武宗即宠幸异常，由此日与江彬用事。江彬欲攘永权，累导武宗远游。武宗为彬所惑，于是巡幸不时；又兼义子钱宁用事，朝政几又浊乱。会正德九年正月乾清宫火灾，八月京师地震，十二年夏京师大旱，杨一清既入阁问事，见此连年灾异，不敢隐忍。又因武宗巡幸不时，朝臣屡谏不听，不得已上疏奏陈时政，讥切钱宁、江彬近幸等人。钱宁、江彬切齿痛恨，江彬因说道："杨一清这老匹夫如此可恶，怎得设个法儿，将这老匹夫赶出，我辈才可为所欲为。"钱宁道："这却不难，可如此如此，包管那老匹夫不久就要见罪于主上了。"

过了两日，果有优人造成蜚语，妄说杨一清妄议国政，跋扈朝廷，奴隶廷臣，交通外党。却好这日武宗张乐饮宴，优人便将所造各蜚语乘间报之，武宗果相信不疑。

次日上朝，面责杨一清各事，杨一清当下吓得汗流浃背，即磕头奏道："臣世受国恩，虽肝脑涂地不足报于万一，臣又何敢跋扈朝廷，擅揽国政？尚乞圣上明察暗访，果有前项各事，请治臣以不臣之罪；若无此事，必有近幸妄造蜚语，以惑主听，亦请圣上务查造语之人，治以诬蔑之罪，则国家幸甚，微臣幸甚。"

武宗闻奏，便望杨一清笑道："朕前言戏之耳，卿何必如此认真耶？朕岂不知卿之为人素称忠直，而顾有如此之妄乎？卿毋介意便了。"杨一清当下又磕头谢罪道："臣诚有罪，惟愿圣上亲贤臣、远小人，臣虽碎身粉骨，亦所愿耳，臣不胜死以奏。"武宗闻奏，不觉微有不悦道："卿所奏亲贤臣、远小人二语，贤臣自宜亲近，但不知朕所亲小人者何在？想卿有所见闻耳。"杨一清见问，知武宗不悦，赶着磕头奏道："聪明神圣，莫如陛下，岂不知亲贤臣、远小人，原不足为臣虑。臣所以不得不奏者，欲陛下防之于将来，不必为小人所惑，臣亦庶几报恩于陛下耳。幸陛下察之。"武宗见杨一清说得委婉，方才息了怒容，退朝进宫而去。

各官朝散，杨一清回至私第，心中想道："目今圣上偏见不明，我若久恋朝廷，必难终局，不若乞休归田，尚可克全晚节。"因与夫人田氏言道："卑人现年已过花甲，日渐颓唐，儿子尚未成立，若久恋爵禄，殊为非计；况当此阉宦专权，我又生性刚直，一举一动，大半不满人意。现在圣眷虽隆，却不可恃，常言道'伴君如伴虎'，倘若一旦圣心偏向，败坏晚节，反为不美。不若趁此急流勇退，解甲归田，做一个闲散农夫，以了天年，反觉得计。至于名垂青史，功在简编，后世自有定论，此时亦不必计及。卑人立意如此，不知夫人意下如何？"

田夫人闻杨相之言，便喜道："老爷所虑甚是。现在钱宁、江彬一流专权用事，眼见朝纲紊乱，圣上又宠幸异常，老爷又刚直不阿，难保不为若辈所忌。乞休之计，甚是保全之道，但不知圣上可能允准否？"杨一清道："不瞒夫人说，今早上朝，圣上即责卑人数事，说卑人揽权专政、跋扈朝廷，卑人当奏告圣上，此必有小人妄造蜚语，上惑君听，并劝圣上亲贤臣、远小人。哪知圣上不察卑人之言，反有不悦之意，问卑人所谓小人何在，幸亏卑人委婉奏对，圣上始觉转怒为悦。因此卑人见此情形，惟恐圣上偏听不明，谗口铄金，事所必至，与其有失晚节，不如及早罢休，所以卑人才有这归田之意的。若谓圣上不准，卑人逆料断无此事。现在钱宁一流，只虑卑人不肯乞休，若果上了这乞休表章，即使圣上有留用之意，钱、江辈亦必怂恿圣明，准我所请；我于那表章上再说得委婉动听，必然允准的。"

此时杨相的公子，名唤克贤，年方一十三岁，听得杨相这番议论，也便恭恭敬敬的说道："爹爹方才与母亲所言，孩儿亦觉甚善。在孩儿看来，做官虽有光耀，却是最苦之事，人学觉未睡醒，五更甫到便要上朝，每天还要向皇帝磕头，更要跪在那里说话。少年人还可劳苦，如爹爹这偌大的年纪，早起睡晚，怎么能受这般劳苦？官却不可不做，古人有言曰：'显亲扬名'，正是这个意思。若长久做下去，也殊觉无味，不如依爹爹主意，辞去爵禄，安稳家居，每日又不需起早，无事的时节，或同朋友下棋，或自己看书，或与母亲闲谈闲谈，或教授孩儿些古往今来之事，在家享福，何等不好？等爹爹过到一百岁，那时孩儿也成人了，便看着孩儿去中状元，再如爹爹这样大的官做几年，代皇上家立一番事业，建下些功劳，再学爹爹今日归田的法子。"公子言毕，杨公大喜，便笑道："我儿，为父的就照你这样说，明日上朝面奏一本，决计归田便了。"

小刻摆上午膳，夫妻父子用饭已毕，即命家丁将徐鸣皋等请来，有话面说。家丁答应前去，一会儿徐鸣皋等十位英雄齐集相府。

杨丞相与徐鸣皋等分宾主坐定，徐鸣皋却首先问道："丞相见召，有何示谕？"杨丞相便叹了口气说道："诸位将军有所不知，现在朝廷阉宦专权，钱宁、江彬等颇得近幸，眼见朝纲紊乱，不可收拾，老夫目不忍视，圣上又偏听不明，现在老夫年纪已大，不能顾全朝政，与其素餐尸位，不如解甲归田。因将军等皆国家栋梁，忠义素著，所以老夫特请诸位到此，用告一言。老夫乞休之后，诸位将军当以上报国恩为重，锄奸诛恶为心，而且宸濠叛迹虽未大露，终究必为大患，那时总赖将军等竭力征讨，以定国家磐石之安。老夫虽已乞休，亦属不得已之举，还望将军等俯听老夫一言，共相自勉，则老夫有厚焉。"杨丞相将徐鸣皋等勉励一番，若有恋恋不舍之意。究竟徐鸣皋等说出什么话来，且听下回分解。

第九十二回　杨丞相上表乞休　王御史奉旨招讨

话说杨丞相将休乞的话，告诉了徐鸣皋等十位英雄，又勉励了他们一番，当下徐鸣皋等齐声说道："以丞相威望素著，圣上又宠眷极隆，朝廷正赖丞相匡扶，与同休戚，一旦归田解甲，在丞相固计之得，独不念朝廷辅佐无人吗？尚望丞相收回成命，上为朝廷出治，下悯赤子苍生，非特国家之幸，亦天下人民之幸！至于末将等荷承垂示，敢不竭忠报国，以负丞相提拔之至意。宸濠叛迹虽未大彰，数年内必有举动，那时末将自遵守丞相训言，竭力诛讨，总期上不负国、下不忘本便了。”

杨丞相听罢，大喜道：“难得将军等忠义为怀，将来必为一代功臣，是亦老夫拭目而俟。至老夫归田之意，虽承将军等如此劝勉，其如老夫无心爵禄，不敢立朝，做一个闲散村夫，于心尚觉稍适。朝廷政事，老夫虽去，踵接者不乏其人，自能匡辅有功，勤劳王室。即使老夫心存恋栈，亦不过为朝廷之上一具臣而已，得失何关焉！其志已坚，牢不可破，明日当即上本乞休了。”徐鸣皋道：“丞相其志虽坚，特恐圣上不行，丞相亦不能过拂圣意。”杨丞相道：“近幸专权，如老夫刚直不阿，圣上虽明，究不免为若辈所惑；而且若辈望老夫归去久矣，老夫不上本乞休则已，既有此举，断断乎无挽留之虑也。”徐鸣皋等不便再言，只得告退而去。

杨一清到了晚间，便就灯下缮成表章，自己反复看了一遍，觉得颇为委婉动听，因自道：“此本一上，不患不准我乞休，从此可以世外优游，不入软红尘土了。”当下又与夫人略谈了一会儿，然后安寝。

到了次日上朝，文武百官朝参已毕，杨丞相便出班俯伏阶下，将乞休的表章呈递上去。当有近侍接过来，呈上御案，恭呈御览。武宗将表章打开一看，只见上面写道：

武英殿大学士兼吏部尚书臣杨一清跪奏：为微臣老迈，昏聩糊涂，吁恳天恩俯准休退，恭折仰祈圣鉴事。窃臣以樗栎之才，荷蒙先帝知遇之恩，授臣总制三边都御史之职，叠蒙宠眷，逐次升迁，迨我皇上御极以来，又复优加无已。涓埃未报，敢惜微躯？伏念相臣有燮理之权，吏部有察吏之责，非精明强干之才，不足胜此重任。臣生质素弱，加以愚昧，已自兢惕时虞，近复老迈日增，身多旧疾，凡遇应办之事，辄多昏聩糊涂，倘再恋栈之心，必致忧深丛脞，败坏朝政，贻误机宜，负国辜恩莫此为甚。而此沥陈下情，仰求我皇上俯念微臣老迈，难膺重任，准予告退，则国事幸甚，微臣幸甚，臣不胜感激悚惶之至。所有微臣老迈吁恳告休下情，理合恭折具陈，伏乞皇上圣鉴训示。谨奏。

武宗览表已毕。便提朱笔批道：“武英殿大学士兼吏部尚书杨一清，现虽年过花甲，举动尚见精强，何以无志功名，遽思隐退？既据陈请各节，姑念两朝元老，不忍强留，着加恩准予乞休，并着户部拨给养赡田百亩，以供晚年，用笃朝廷轸念老臣之至意。钦此。”批笔一下，杨一清敬谨捧读了一遍，复又叩头谢恩。武宗又慰劳了几句，然后退朝。

在朝诸臣，知武宗准了杨一清告退的本章，并赐赡田百亩，无不互相议论。有羡慕他急流勇退的，有说圣上待他恩宽的，更有那平时畏惧他，见他告退便喜欢无限的。为最是钱宁、江彬等人，心中极为畅快，暗道：“这老匹夫倒也知机，知道我们将来定不饶他，便来告退，只是太便宜了他。”闲话休表。

且说杨丞相回归私第，早有夫人、公子接着跟进书房，杨丞相更换便服。用过早点，夫人便问道：“今日面奏乞休，圣上如何降谕？”杨丞相便将奉旨允准，并赐赡田各节说了一遍，夫人公子大喜。此时徐鸣皋等早已知道，便来道喜，接着各家公侯、六部九卿、朝詹科道、将军提督、亲戚门生之类，均来道贺，张永也前来贺喜。杨丞相俱各款待，曲尽殷勤。到了次日，即将承办的公文案卷悉心检点，交卸下任。又往各处往拜了一会儿，即率同夫人并家丁仆人等，收拾行装。

约有半月光景，便雇了二三十辆大车，将所有动用物件以及行囊细软，俱于先一日装上大车，由家丁押解前往。次日仍上朝陛辞，武宗又安慰了几句，这才出朝。早有在朝文武诸臣前来送别，杨丞相又再三致谢，然后率领妻子出京，到北通州雇换民船，沿途水陆并进，直往镇江原籍而去。

不一日到了镇江，自有许多亲戚故旧前来迎接。杨丞相进了府第，部署了好几日，又至各处往拜了一回，然后与夫人公子安居乐业，在镇江府第安享清福，终日咏诗饮酒，种竹栽花。或遇美景良辰，便邀约几个至好朋友，饱览金焦山色，及时行乐，好不逍遥。朝廷虽有天大的事件，他也毫不顾问，真个是杯泉养志，富贵神仙。直至宸濠举兵谋叛。武宗御驾亲征之后，正德十五年闰八月武宗巡幸南京，避雨瓜洲，顺道镇江，幸杨一清私第，那时杨丞相尚精神矍铄，此是后话。

且说朝廷自杨丞相罢休之后，钱宁等就毫无忌惮，却还有一个究竟有些不便，却又怂恿武宗，将王守仁设法去放外任。却好南安、横水、桶冈诸寨贼首谢志山等，漳州浰头诸寨贼首池大鬓等，接连江西、福建、广西、湖广之交，方千余里皆乱。兵部尚书王琼特上荐书，保奏王守仁。武宗便命王守仁为佥都御史、巡抚南赣汀漳、兼总督兵马招讨诸贼事宜，由是钱宁、江彬等大快。

王守仁既奉旨巡抚招讨江西各贼事务，便奏调徐鸣皋等十位英雄随征，并请将杨一清所部之兵拨归统带。武宗准奏，即降旨徐鸣皋等，均着派往王守仁大营效力，俟讨贼有功，再行升赏。王守仁当即谢恩出朝，便将杨一清所部带往江西讨贼。究竟后事如何，且听下回分解。

第九十三回　料敌情一番议论　剿贼寨五路进兵

话说王守仁亲统六师，仍以徐鸣皋为先锋，一枝梅为行军运粮使，狄洪道、徐庆为中军左右翼，周湘帆、包行恭、徐寿、杨小舫、罗季芳、王能、李武为行指挥，督率精兵十万，粮草不计其数，一路上浩浩荡荡，直往江西进发。

早有朱宁、张锐密差心腹，到了南昌，告知宸濠，叫他且缓举兵，以俟南赣汀漳各路如何。若南赣汀漳诸寨得利，便可乘机进取，以得不战自走之利；万一南赣汀漳不利，即时再作议论。宸濠得着这个消息，便自按兵不动，望观成败，以为进退，按下不表。

且说南安、横水、桶冈诸寨贼首谢志山及漳州浰头诸寨贼首池大鬓等，于江西、福建、广西、湖广交界深阻地面方千余里，共设贼巢五六十处，每处皆有贼众千余，至少也有七八百，横亘绵延，声势联络。大庾岭为贼首池大鬓的老巢，这池大鬓系广西人氏，年约三十余岁，生得豹头环眼，两臂有千斤之力，惯用一柄三股点钢叉，有万夫不当之勇。手下有二十四个大头目，七十二个小头目，皆是个个慓悍，骁勇异常，却分住浰头诸寨。那南安、横水为谢志山的老巢，这谢志山本系湖广黄皮县人氏，年约二十以处，也生得暴眼横眉，异常奸险，惯用一柄虎头大砍刀，也是万夫不当之勇。手下也有百十余个大头目，分住桶冈诸寨，均与宸濠往来。

王守仁带兵往剿，宸濠得信后，早有细作前往报信。因大庾路途较远，却差心腹前去南安横水寨，报知谢志山知道，叫他早早预备。这日谢志山接到宸濠信息，他却并未通知池大鬓，但只令自己各寨妥为防备。也是这一起恶贼恶贯满盈，应该死在王守仁、徐鸣皋等手内，他以为王守仁前来征讨，必先到南安，他却自己赶为防备，保守自己。哪里知道王守仁并不先到南安，却间道轻骑驰赴大庾，先攻池大鬓。

大庾离京城较远，消息不甚灵通，王守仁奉命出师征讨江西各贼，池大鬓连这个消息尚未得悉。谢志山虽得着宸濠信息，又未前去池大鬓处报知，因此池大鬓连一些影儿都不知道。他却又平时深恃地势险阻，虽有官兵到来，断不能得利，所以后来被王守仁分派徐鸣皋等，潜兵入险，乘夜纵火，将他所有各处贼寨皆烧得干干净净，且待我慢慢表来。

这日王守仁所统大兵，行抵湖广不远，安下营寨，便聚集众将商议道："大庾路途较远，消息不灵通，南发离此甚近，消息灵通，又况近闻宸濠阴结各路贼寇以为外援。本帅此次统兵出征，宸濠必早得消息，宸濠既知消息，南安贼首谢志山巢穴横水难保不知，且难保宸濠不暗通信息。谢志山既知信息，必然早做准备，现在进攻横水，彼必负隅自固。又况南赣地多深阻，不易进攻，万一旷日持久，不但虚糜饷项，抑且师老无功。本帅之意，与其先攻南安，不若先攻大庾。该处地势虽同险阻，究竟路途较远，消息多滞，若遣轻骑间道潜行，不过十日之内也可直抵。即使彼处得有消息，我兵已至，任他防备，究嫌凑手不及。我便出其不意，攻其不备，似觉事半功倍。不知诸位将军以为然否？如以为可行，本帅当即分兵与诸位将军，分道前往，各攻各寨，以分其势，使彼首尾不能相顾。如此办法，不过两月，大庾各寨便可剿灭殆尽，然后再由大庾进攻横水，则诸寨易破，贼众可擒矣。"

徐鸣皋等闻了这番议论，实为佩服，当下说道："元帅所见，极其高明，逆料敌情，如在掌握，真所谓运筹帷幄，决胜千里。末将等敢不佩服，敢不唯命是听！但冀早破贼巢，早为平定。元帅应如何派往之处，末将等当谨遵吩咐，星夜驰往便了。"

王守仁听了众将之言大喜，当即派令徐鸣皋、杨小舫道："徐将军、杨将军可各带轻骑三千，间道星夜潜入浰头，进攻贼寨。但闻浰头地势深阻，必须潜兵入险，方能奏凯。而且该处四面皆山，树木丛杂，非深知路径之人不能前往。二位将军到了那里，可急急寻找数名熟谙路径的土人，带领前往，军中再多备硫磺焰硝引火之物。最好各兵暗藏兵器火种，改扮土人装束潜入山中，能以兵刃破之好极，否则即纵火焚烧，先将树木焚毁殆尽，然后贼寨不难破矣。"徐鸣皋、杨小舫得令。

又命一枝梅、王能道："你二位将军也各带轻骑三千，星夜驰往漳州，进攻贼寨。惟漳州东界浙江，西界江西，南连湖广，四通八达之地，攻此则窜彼，攻彼则窜此，聚散无常，测摸不定。必须于各路交界处所，先屯伏兵，以断彼此互窜之路，然后合兵扑灭，则贼寨可破，贼众可擒矣。若过山深林密之处，尤须多带火种，先焚林木，使彼无所藏身，我军亦可长驱直入。”一枝梅、王能得令。

王守仁又命狄洪道、周湘帆道：“狄周二将军也各带轻骑三千，星夜间道驰往大帽山，进攻贼寨。惟闻大帽山高耸半天，四面皆悬岩峭壁，非攀藤附葛不能直上，山上亦多树木，仍宜多带火种，一至山上即先纵火焚之，使贼众自相践踏，再能于该处探听山后有无可通贼寨之路，便一面前进，一面后攻，前后夹掣，最为得势。但此时不能预定，须至该处山后相度地势，见机而行便了。”狄洪道、周湘帆得令。

又命包行恭、徐寿道：“包将军、徐将军也各带轻骑三千，星夜驰往华林，进攻贼寨。闻华林地势深险非常，不但树木丛杂，抑且恶兽甚多，此去进攻，务必多带火种，先焚树木，一面将所有各种恶兽驱除殆尽，一面合兵攻打贼寨，方易为力。不然，恶兽不先驱除，势必畏首畏尾，何能成功？惟将军善自为之，要紧要紧。”包行恭、徐寿得令。

王守仁又道：“本帅却与徐庆、罗季芳、李武三位将军统率大兵，间道潜入大庾，进攻池大鬓巢穴。破贼之后，即在该处坐待，无论何路，一面克复，一面火速驰回。”徐鸣皋等无不各个争先，想得头功，奋勇前进，王守仁也就即日进兵。

话分两头，且说徐鸣皋、杨小舫二人各带三千轻骑，真个是连夜趱赶，刻不容缓。不过五日，已至浰头不远，暗暗的扎了营寨。当下二人即换了衣服，先往该处探听贼势，并查询浰头寨的路径。各处探听了一日，已稍知大略。

次日，又将本地村民招了几名，来到大帐，细细问道：“你等可是本地人吗？”村民道：“我等皆是本地农夫。”徐鸣皋道：“闻得你们这里有座浰头寨，这寨内的强盗极其厉害，但不知有多少强盗，如何厉害？”那村民道：“你老人家不问这一起强盗倒也罢了，若要问起来，真是令人害怕。那寨内有五个大头目，十二个小头目，二千多个喽兵。这五个大头目，却不知他姓甚名谁，但知第一个唤作守山虎，第二个唤作出山虎，第三个唤作镇山虎，第四个唤作卧山虎，第五个唤作飞山虎，皆是各个凶猛，惟有出山虎、飞山虎尤其厉害。我们这里三四十里，他们并不抢掠我们的财物，可有一件，如有美貌妇女，却要送进寨去，不然他要知道了，定是全家没命，因此也就受害不浅。官兵虽屡次来剿，怎奈他那个地方四面皆山，官兵不知路径，皆被他们打败而回，所以极难剿灭。”

徐鸣皋道：“如此据你们说来，这浰头寨的五虎贼是极厉害了，你们可要官兵来杀这一起强盗吗？”那村民道：“怎么不想，可就是求之不得。”徐鸣皋道：“我们就是奉了圣上的谕旨，带了兵马前来剿灭他的，今据你们所说，山路险阻，不知路径的皆被他杀败出来，所以官兵屡次来剿，皆不济事，但不知你们可认得那山内的路径吗？”那村民道：“我等皆不曾去过，不知路径，我们庄上倒有一人，他是去过好几次呢，除非把他找来问了，才得明白。”不知这人是谁，且听下回分解。

第九十四回　询土人将军思破贼　献野味猎户暗行刁

话说徐鸣皋问明土人，可知浰头的路径，那土人答道：“我等未曾去过，我们村庄上有一人去过数次,他却知道,可将他唤来问明,就可以晓得了。”徐鸣皋道:“你们就此前去,将那人领来问明,本将军就可前去剿灭,不但代你们除害,本将军还要有赏。”那些村民答应前去。

不一会儿,已将那熟悉路径的带来,见了徐鸣皋。当下徐鸣皋将那人一看,只见他六十开外年纪,倒是精神饱满,因问道:“你唤作什么名字?”那人道:“小的姓尤,名唤保。”徐鸣皋道:“你怎么知道浰头寨的路径呢?”尤保道:“只因小人常去,所以知道。”徐鸣皋又问道:“你为什么到他寨内去呢?”尤保道:“小人在二年以前,无意上山打猎,那时他寨内尚未有这许多的兵马,只有五个头目。他见了小人打得一只獐子,他就要小人献给他。小人知道他的厉害,不敢与他争论,就献与他了。他从此就叫小人在他山前山后各处打猎,打到獐猫鹿兔,就送给他,有时也给小人些银钱。他那大寨内,小人也是常进去的。后来他那里势大了,他们这五虎又不像从前守规矩,便去奸抢人家的妇女,小人也就懒得上去。接着官兵来剿,他那里也就不许闲人上山,恐防奸细,因此小人也就上不去了。”

徐鸣皋道:“他那里究竟是怎样的险阻?”尤保道:“他那大寨在深山之中,四面皆是岗岭环绕,而且皆是峭壁悬崖。前面有条路,不知路径的若从这条路上山,都难出来,因他东西皆是螺蛳路,且又树木丛杂,那些喽兵皆藏在里面,你上去却不见他有行人的影儿,他却见着你是清清楚楚。所以前来剿灭的官兵,他也不阻他进去,偏让官军进入里面那螺蛳路上,他便出来前后夹攻,虽插翅也逃不脱,所以官军皆屡剿屡败。那山寨实是险固异常!”

徐鸣皋道:“你既从前常去,一定知道里面的路径,除了前面那条路,还有别路可通的吗?”尤保道:“他山后还有一条路,离此必须绕道前去。那条路可是崎岖异常,由山下直至山顶,要走半日方可到顶。兵马是万难上去,若要由那条路上山,只能一人缓缓前进。幸喜这条路上并无人防守,为的是无人知道。却有一件,两旁荆棘甚多,稍一大意,即要戳伤身体。还有一条路,在他山的东首,面临大河,非船不可前去。他们山上出入,皆从那条路去,寨内自备了十数条船只,专为往来之用。此外再没有别的路径了。”徐鸣皋道:“你现在可能再到山上去吗?”

尤保道:“小人去是可去的,但隔了年余,恐那些新招来的喽兵不放小人进去。只是一层就便进去,还要带些野兽之类去送他,方有话说,不然怎能去呢?”徐鸣皋道:“这倒不难,你只要打两只野兽,就可去得的了。本将军有句心腹话与你商议,现在大兵前来,为的是代百姓除害,你等皆是本处良民,料想没有不恨他的道理。你如能将本将军带上山去,将那山内的路径看明白了,不但本将军重重赏你,将来平定了山寨,回朝之后,本将军定在元帅面前给你保举个功名,以为今日的劳绩,但不知你可情愿吗?”

尤保听说,忙答道:“将军吩咐,小人焉敢推托?不过一件,今日可万万来不及。小人现在回去,就赶紧向别处打两只野兽,明日亲送到他那里,先打听一回,然后再暗暗的与将军上山,不知将军尚以为然否?”徐鸣皋道:“果能如此,我就等你两日,但不可误事。”尤保道:“小人等也甚望将军早早将这座山寨平定了,就是小人们也可安居乐业。不然,他虽不抢劫我们的财物,即强奸妇女,却也受害不浅。难得将军前来,是小人们地方上的幸事了。将军请稍待,小人后日定来回信。”说罢就要出营。徐鸣皋一心要买属他,便叫人取了五两银子,交给尤保道:“这些许银子,全当你那打取野兽的价值,待事成之后,再行重赏,就烦你辛苦一趟吧。”尤保见了银子,怎不欢喜,因道:“这银子虽承将军赏了小人,可实不敢领,但愿事成,就是这地方上的福气了。”徐鸣皋道:“你收了吧,这不过是本将军一点意思,你不必再让了。”尤保只得拿了银子,又谢了一回,然后便出营而去。徐鸣皋见尤保满口答应,甚是欢喜,这且不表。

再说尤保回到家中,并不告知别人,歇了一会儿,即日就提了火枪,往各处去寻野兽。到了傍晚回来,居然打了两只白兔,一只獐子,三只野鸡。到了次日一早,即将野味背在肩上,也不告诉家人到哪里去,他便出得门来,径往浰头寨去了。走了一会儿,已至谷口,他就单身进内,走进螺蛳路。

约有半里光景,当有喽兵喝道:“来者是谁,敢进来窥探?”尤保听说,先将那喽兵一看,当下笑道:“原来你不认得我,不怪你阻拦,你家头目王老么可在家吗?”那喽兵道:“王头目现在寨里,你问他做甚?”尤保道:“你可将他请出来,就说十里坡尤保要与他有话讲。”那喽兵道:“你有什么话讲,可告诉我,等他出来给你转告便了。”尤保道:“你也认不得我,我也不认得你,可不是把话白说了吗?”旁边又有一个喽兵说道:“李老三,你同他讲什么白话,他既不肯将话告诉你,就将他打出去便了,何必在此同他啰嗦。”尤保听说,即将眼睛一睁,向那个喽兵发怒道:“你尊姓呀,敢是你不准我在此吗?我告诉你,不是我说句放肆的话,你这一起的人就配来阻我?你家大王初来到此地的时候,我终日在山上,你家大王是极看得起我的,常时要我寨内讲说讲说。那时你们这一起东西,还不知在哪里做梦,不必说你们这一起后来的,便是你家王头目,也不能如此狐假虎威,要将我打出去。你这一起算件什么东西,敢来呼喝我吗!我便与你前去,见你家大王说个明白,看你家大王是如何看待。”那两个喽兵见他说了这番话,也就大怒起来,便欲上前去打。

忽见那边又走过一个喽兵,前来说道:“王头目来了。”尤保一听,更大喊道:“既是王头目来了,那更好说话了。”说着,就愤愤的要走进去。那两个喽兵哪里肯放他走,便上前将他一推,口中喝道:“你向哪里走,不看你有了两岁年纪,将你这王八杀了,你到大王那里告状去。”尤保也就大骂起来。

正在吵闹,王老么已走出来,一见尤保,便大声喊道:“尤老儿,你几时来的?咱们有一年多不见了。”尤保抬头一看,见是王老么,也就回答道:“王头目,你来得正好。”因将那喽兵拦阻的话,告诉了一遍。

王老么听说,便将那喽兵呼喝过去,同他两人到了自己的小房屋内。彼此坐下,便问尤保道:“你身上这些野味,从哪里来的?”尤保道:“不瞒头目说,近来家中贫苦已极,因此打了些野味,到来这里,做个进见之物,欲求大王收留在下,做个小头目,借此糊口,不知大王肯收留否?如不能收用,我想请你在大王面前说句好话,随后如有野味,便送上山来,随便大王赏几个钱,仍如从前那般,也就好了。不知你老可能答应我，在大王面前方便方便？”王老么道：“老尤，我有句实实在在的话告诉你，若要做头目，这可不能；若说送野味来卖，你可不要较量，或者可行，你自己斟酌便了。”欲知尤保说出什么话来，且听下回分解。

第九十五回　假奉承强盗入牢笼　真顺从村民献密计

话说王老么向尤保说道：“你若要做头目，这可不能，若要送野味来卖，只要你不较量，或者可行，你自己斟酌吧。”尤保道：“我本来不敢较量，只要大王准我来卖就好了。”王老么道：“那就好说了。不瞒你说，现在大王甚想野味下酒，你来得正好，我便将你这野味送入内去，你在这里等我的回信。”尤保道：“烦你再代我在大王前请安，就说我一年多不见了，现在到此处，想见见大王。”

王老么答应，即取了野味，进大寨内去了。不一会儿出来，向尤保说道：“恭喜你，大王不但收了你的野味，还叫你进去谈谈，你就跟我去吧。”尤保一听，正中心怀，复又暗自想道：“见着那强盗，我何不如此如此呢。”一面暗想，一面跟着王老么进去。

不一刻已至大寨，当由王老么带他入内。尤保一见，便给那五个强盗叩下头去，口中说道：“小老儿一向不来给大王请安，甚是记念的很，又因官兵屡次前来，小老儿也不敢上山。现在家中弄得贫苦难支，因此前来与王头目说了，请他在大王前方便一句，求大王看念小老儿甚苦，随后当常常进献野味，给大王爷下酒。”那守山虎等一齐笑道：“你能常常送野味来，咱便与你的银两。可有一件：咱们这里早晚又要开兵了，听说京里又派了官兵前来剿灭，如到那时，咱们山上可是不许闲人到的。你可趁此时官兵未来，将那野味多打些送来，防备着官兵到此，你不能上山。”

尤保听说，暗道：“何不就此奉承他两句呢？”因道：“非是小老儿乱讲，有大王等这个险固的山寨，不必说官兵前来，便是皇帝老子到此，也不能使他逃走。从前那些官兵来过好两次了，总没有一次胜的，皆是大败回去，难道京城里的兵就比官军厉害吗？而况有五位大王的神勇，就便他有三头六臂，也是没用的，倒是不来剿灭的好。如果前来，只是自讨其死，还想有多少活命的回去吗？”

这一番话，把那五虎强盗说得快活非常，因道：“你这老儿倒是有趣。咱们这样的山寨，还怕有官兵前来吗？”尤保道：“别人不知道，小老儿是深知这里埋伏的。”五虎强盗大喜，以为这山寨是天下少有的了，因命人取了二两银子，给与尤保道：“这二两银子赏了你吧。”尤保道：“小老儿今日献大王的那些野味，可不敢领赏，实是些须进见之物，以后送来，再领大王的赏吧。”守山虎道：“你不要客气，快拿去吧。下次送来，再说下次的话。”

尤保道：“这就领大王的赏了。”当下又给守山虎等磕了个头谢过，因又向飞山虎等说道：“小老儿还有一事，大王容禀。小老儿只因有两岁年纪，腿脚不甚便当，路稍远些，就觉得吃力。小老儿有个外甥，名唤郑才，这些野味皆是他帮助小老儿的儿子打的。小老儿的儿子生来有些傻气，只能打野味，不能令他做旁事。那个外甥倒极其伶俐，小老儿的意思，想明日送野味前来，就将那外甥郑才，将他带来，走一趟认认路，以后小老儿就可叫他送野味上山了，小老儿也就可免走十来里路，往返就是二三十里。若大王可怜小老儿腿脚不能多走路，大王就赏个脸答应下，倘若不能，说不得还是小老儿上山进献，求大王爷示下。”

那五虎强盗听说，齐道：“即是你腿脚不便，不能多走路，你明日就将你外甥带上山来，指他认明了路，以后叫他送来也可，但是不能误事，咱家可是每日都要送上来的。”尤保道：“小老儿还有一件要禀明大王。这野味可是不能包定每日送来，万一这日不曾打到，就没有野味送上山了。那时大王要等着下酒，小老儿的外甥又不曾打得到，未送上山来，大王岂不要怪小老儿的外甥误事吗？所以要与大王说明了，只要打到都送上来，与大王下酒便了。”当下守山虎答应。

尤保便与王老么出来，又各处玩耍了一会儿，辞别下山。赶回家中，住了一宿，次日天才甫明，就命他儿子尤能各处去打野味：“务要多打几只，放在家中，我有用处。”尤能答应，便即各处去寻找。

尤保即来到大营，见了徐鸣皋，先将上山的话说了一遍，徐鸣皋听了大悦。尤保复又说道：“小人却思得一计，已与那强盗说明，那强盗已答应了小人，只是小人不敢与将军说知，说出来可要多多得罪。”徐鸣皋道：“只要计好，但说不妨。”

尤保道：“既是将军恕罪，小人可就放肆了。”因道：“小人与那五个强盗，说是小人因有了两岁年纪，腿脚不甚便当，路途稍远就走不动了。虽有儿子，又因他有些傻气，只会在家打些猎，不能使他上山敬送野味。却有一个外甥唤做郑才，为人又伶俐又老实。小老儿的意思，每日叫我外甥郑才送野味上山，就可免小老儿往返要走二三十里路。如大王答应，小老儿下次送野味来，就将他带上山认认路，随后就可叫他一人送野味了。若大王不行，说不了还是小老儿来，不过多吃些苦罢了。那五个强盗听了小人话，当下就答应了。小人心中甚是喜悦，合该这伙强盗恶贯满盈，要死在将军手内。小人因自暗想，拟把将军扮作郑才，明日同小人一齐上山，将上山路径探明，随后如有用小人之处，再来效力。小人今年已六十多岁了，还想做官不成？且没有这福分。不过普天之下，莫非王土，率土之滨，莫非王臣，将军冲锋打仗，为皇家出力，给小人们地方上除害，难道小人连这一点力都不能效吗？所以小人是要力图报效的，但不知将军可能亵尊改扮？尚请将军恕罪。"

徐鸣皋听了这样计策，又听他许多的话，皆是深明大义，徐鸣皋不禁大喜，赞道："难得你如此仗义，真是国家的大幸！本将军就照你这样说，扮做郑才便了。"尤保道："难得将军卑以下人，眼见得那强盗必死无疑了。小人今日出门时，已招呼小人的儿子多打些野味回来，以便明日前去为饵食之计。将军可即改扮起来，好同小人一齐出营，先到小人家内暂住一宿，明早小人就同将军一齐上山。还有一件，将军到了小人家内，可不要说出真话。小人家内是再无泄露的情事，究竟墙垣属耳，不可不防，就便小人也不告知他们说是将军，但说是小人的至好朋友。好在小人村上只有小人一家，算是个独家村，原无他虑，但天下事没有小心出乱子来的。"

徐鸣皋听这番话，尤其佩服，当即谢道："老丈所见极是，某当依照台命便了。"尤保忽然听见这样的称呼，赶着谢罪说道："小人是何等样人，不过山野一个村夫，何敢当将军这样尊称，岂不要将小人折死了吗？小人实在万不敢当，千万不可如此。"徐鸣皋道："以老丈如此筹划，如此设想，使某敢不佩服？即以老丈呼之，尚嫌不逊，即以师事，有何不可？"尤保见徐鸣皋如此谦逊，心中更加敬服。徐鸣皋又请他坐下，令人备了些点心出来，与杨小舫二人陪他用过了点心。徐鸣皋便留尤保在营内稍待，一会儿又摆上午饭。

大家用饭已毕，徐鸣皋换了服式，暗藏了利刃，又招呼小舫小心看守营寨，杨小舫答应。徐鸣皋出来，尤保将他一看，当下说道："将军改扮是改扮了，但这身上衣服，可不似我们猎户穿的样子。料想这里断没有那样衣服的，且到小人家内，待小人寻一件衣服出来与将军穿上吧。"鸣皋大喜。当下二人即出了营门，一同前去。

走了有五六里路，已经到了。尤保便指着说道："那山洼子里面，便是小人的寨舍。"又转了两个弯子，已进了山洼，走到门首，尤保用手敲了两下，门里面有人将门开了，尤保便让徐鸣皋进去。欲知徐鸣皋何时上山，且听下回分解。

第九十六回　改装衣服将士潜行　巧语花言强人受骗

话说徐鸣皋同尤保一齐出了营门，到了尤保家内，但见他家那一座草房，虽不宽大，只有前后两进，六间四厢，却甚干净。尤保将徐鸣皋让入上首一间客座坐下，他便进去拿出一把瓦茶壶，两个粗笨茶杯，到了房内，当下便倒了一杯茶，送到徐鸣皋面前，说道："粗茶请用一杯。"鸣皋持在手中，也就喝了一口。尤保自己也倒了一杯喝了。

徐鸣皋正要问他的闲话，只见房外走进一人，年纪二十来岁，虽生得粗鲁，倒像有些膂力，走进房来，尤保便命他道："我儿，你给这位客人行礼。"尤能即望徐鸣皋磕了一个头，徐鸣皋倒也还了半礼，又问过他名姓，尤能站立一旁。尤保问道："我叫你打的野味,可曾打回来没有?”尤能道:“打回来了,今日可打的不少,共有四只山鸡,两只白兔,还有一个獐子,一个小狗獾,都挂在对面房里呢,听爹爹取用。”尤保道:“这位客人是从远方来的,你可将那山鸡去烧一只出来,晚间下酒,再将我从前穿的那件蓝布夹袄寻出来,我另有用处。”尤能答应去了。

徐鸣皋便问道:“令郎今年贵庚多大了?”尤保道:“他已二十六岁了,只没有什么大用。”徐鸣皋道:“曾讨亲没有?”尤保道:“讨了五年了,我那媳妇已经生了两个小孩子了。”徐鸣皋道:“想是令孙吗?”尤保道:“一男一女。”徐鸣皋又问道:“老丈想是夫妇双全?”尤保道:“小人今年六十三,老妻比小人大一岁,今年六十四。”徐鸣皋听了,甚是企慕,因道:“夫妇齐眉,儿孙绕膝,真好福气!”尤保忙称不敢。

正闲谈间,尤能已送进晚膳,摆在桌上,但见一壶酒,四碟小菜,五碗大菜,无非鸡、鱼、肉、豆腐、青菜之类,这也不必细表。尤保便让徐鸣皋坐了上首,因道:“盘飧市远,樽酒家贫,未免怠慢了。”徐鸣皋谦道:“极承雅爱,好极好极。”尤保就命他儿子也坐下来,一齐用了晚饭。又叫尤能将床铺料理妥当,便请徐鸣皋安歇,尤保即告别出去。一宿无话。

到了次日天明,尤保起来,拿出那件蓝布夹袄,走到外面,却好徐鸣皋也起来了。梳洗已毕,用了早点,尤保便请徐鸣皋将那件蓝布夹袄穿上,自己来到对面房内,将野味取了出来,与徐鸣皋两人各自背上。尤保此时才向他儿子说道:“我儿,你将门关好了,我同这位客人到个地方去走一趟。设若有人来问,你就说出去了,不许告诉人家昨日留这位客人在此住宿,今日一齐出去的。如果泄露了出去,我回来晓得了,定送你的命。你再进去告诉你的母亲与你妻子知道,五日后你们自然知道今日的事。我爽性告诉你,这件事做成了,你随后还有好处呢。我就是与这位客人前去,也是为你的事,你不要看差了。”尤能唯唯答应。

尤保吩咐已毕,便与徐鸣皋出了大门,直往浰头寨而去。走了有十二三里,远远见一座高山,真是峰峦叠翠,岗岭拖青,峭壁悬崖,极其险峻。尤保便指道:“将军,你看前面那座山,便是浰头寨了。他的大寨,外面可瞧不出来,须进了螺蛳谷才看得见呢。”徐鸣皋看罢,心中暗想道:“若不知路径,怎么能破此山?”正想间,已到了螺蛳谷口,尤保便带着徐鸣皋进去。

走了半里多路,已有喽兵呼喝出来。走到外面,见是尤保,便放他进去。再一看后面还跟着一人,便来阻拦。尤保道:“你不需拦得,前日我在山上,已与大王说明的。这是我的外甥郑才。你们如不相信,可先进去问明白了,我在这里等你。”那喽兵见他这样说,想是与大王说明白的,也就不来阻拦,因道:“既是你与大王已经说明,你们两人就去吧。”尤保同鸣皋便慢慢走进。徐鸣皋也就各处留心,将那转弯抹角的处所,细细记明。

原来这螺蛳谷没有什么难处,只要记清了进去的时节都向右手转弯,出来的时节都向左手转弯,那就毫无窒碍。若不知道,进去的时节却不难走,等到出来的时节,明明见前面是一条正路,哪里知道反是入有埋伏的地方去了,而且树木丛杂,深奥异常,所以令人往往走错。徐鸣皋此时已将进去的路径切记在心。

不到一刻已走出螺蛳谷，尤保就同他先到王老么小寨内，见过王老么，当由王老么将他二人带进大寨，一同到了聚义厅。王老么先代他两人回明了寨主，那守山虎等五人即命他们进去，尤保即带着徐鸣皋一同上了聚义厅。尤保先给守山虎等人行了礼，又命徐鸣皋给他们行礼。此时徐鸣皋守定了那句“小不忍则乱大谋”的道理，也就忍着一肚子气，给五个强盗行礼已毕，将野味交纳下去，站在一旁。偷眼一看，见那五个强盗个个状貌狰狞，真个是穷凶极恶。

正在偷眼看时，忽听上面问道：“这就是你外甥吗？”尤保道：“正是小老儿的外甥郑才。”守山虎道：“怎么你这外甥生得如此体面，不似你们村庄中的样子吗？”这句话一问，把个尤保与徐鸣皋两人直唬得魂不附体，暗道：“可不要给他识破了才好，不然，不但大事不成，连性命都难保。”

尤保赶着说道：”大王爷又来说笑话了，难道我们村庄中应该都是粗笨人，不应有体面的人吗？常言道，一母生九子，还各不同，而况当日西施生于苎萝之村，那种美貌，至今日人还称赞她好看。她还是个女子，尚且生得那种绝色，何况是个男子。小老儿的儿子，就与我这外甥不同了，他就生得极其丑陋。小老儿所以不叫我儿子前来，恐怕大王爷看见他讨厌，因此才叫我外甥来的。若大王爷不愿意看我这外甥体面样子，喜欢看那丑恶的形容，小老儿就叫我那儿子前来送野味。我这外甥未来的时节，还不敢上来，他说怕大王爷的厉害，说不定将他绑了，那才无辜受辱呢。后来还是小老儿再三与他商量，说大王爷待人最是好的，我同你先去，你见着那山上那许多热闹，许多好处，恐怕你还不肯回来呢。他被小老儿这些话骗了他，他才肯来的。小老儿的姐姐也是这样怕，不肯让他来，还被小老儿与我姐姐抬了半天杠，我姐姐才肯放他来的。现在大王爷既如此说，以后如有野味，还是叫小老儿的儿子来罢，那时大王爷可不要憎他粗鲁丑怪。”

徐鸣皋在旁，听了这许多话，心下实在好笑，暗道：“这老儿真个会说。”正自暗想，只听上面强盗又说道：“你这老儿实在讨厌，咱们不过问了你一句，就引出了你这一篇话来。既是你的儿子丑恶，又是粗鲁，以后还是叫你这外甥送吧。”尤保道：“既然大王爷愿意我外甥前来，并没有什么别意，小老儿自然仍叫他来便了。但有一件要与大王爷说明，前日小老儿已领过大王的赏，今日这些须野味就算给我外甥作个进见之礼吧。以后只要大王爷另眼看待些，小老儿就感激不尽了。若大王不赏脸，以后小老儿便不敢再叫他送野味来了，便请大王向别人再买；若大王赏脸，今日已过，随后送来的，皆领大王的赏就是了。”

守山虎等听了他这番言语，甚是喜悦，因道：“你既这么说，咱家就收了你的吧。你那外甥既不曾来过，你可与王老么带着他，各处游玩一回，早早回去吧。”这一句话，把个徐鸣皋说得乐不可支，暗道：“合该这恶贼死在目前了。”尤保心内也是那样想。当下尤保便告辞了，带着徐鸣皋与王老么一齐退下。

出了大寨，便请王老么同他两人各处游玩，王老么当下说道：“咱可不同你去了，好在你山上是熟的，你便同你外甥耍一回吧。”尤保道：“还是请头目与我去走一趟，便当多了，不然又有许多阻隔。”究竟王老么是否与他同行，且听下回分解。

第九十七回 探路径密记情形 发号令进攻山寨

话说尤保故意向王老么说道："还是请你同我们二人去走一趟，不然又有许多阻隔了。"王老么道："你得了吧，如有人拦阻你，你就说我叫你去的，有谁来说话。"尤保道："既是如此，我们就去了。"说着，就与徐鸣皋往各处游玩。徐鸣皋所到之处，无不将路径牢记在心。到了后山那条小路，徐鸣皋往下一看，果然险峻非常，真算得是蚕丛鸟道。往下走了一节，只见两旁荆棘荒芜，绝无人迹。徐鸣皋看了一会儿，心下暗想："所幸这条路离大寨甚远，还有法可想，只需如此如此，便易为力了。"心中想罢，又同尤保到东首那条路去看。

不一刻已到，二人走下山去，果见迎面一条小河，岸旁泊了十数只船。徐鸣皋当下便悄悄问尤保道："这条河可通哪里？"尤保道："这条河名唤七湾溪，离此十八里有座枣木林，就是这七湾溪的要道。由此出去，非走那里，不能通到各处。"徐鸣皋听罢大喜。山上的路径俱已看过，将所有的要隘又牢记了一回，然后便与尤保下山。到得寨栅门口，还到王老么那里说了一声，这才下山而去。尤保又将出螺蛳谷的路径指点了一遍，徐鸣皋又切记在心。然后二人慢步走出谷口，仍到尤保家内住了一宿，徐鸣皋这才回营。

进了大帐，当有杨小舫接着。徐鸣皋坐定，便将洣头寨的路径如何险峻深固，细细说了一遍，又将螺蛳谷如何进去，如何出来，又告诉一遍。杨小舫听了说道："若非那尤老儿仗义帮助，设计同行，如何破得此寨？为今之计，既知道那里的情形，兵贵神速，不可久待了。"徐鸣皋称是。

当下已是日午，各人用膳已毕，徐鸣皋便在营内挑选了五百名校刀手，五百名长枪手，即刻又命心腹将尤保请来。当下先将三军勉励了一回，然后便向尤保说道："老丈，烦你今夜三更时分，带领五百长枪手前往枣木林，暗暗埋伏，以防贼人暗渡，断其出路。明日晌午时分，自有大军前去接应。今有令箭一枝，老丈带去，如有各兵丁不听号令者，即请老丈以军法从事，老丈勿得推托。大事成功，当再重谢。"尤保欣然得令。

又与杨小舫道："贤弟可拨轻骑一千，各带引火之物，于三更时分衔枚疾走，直入螺蛳谷放火。切记进谷时皆向右手转弯，不可舛错，随后出谷，务向左手转弯。放火之后，山上必有人来接应，贤弟万不可以力敌，临时须设计擒之，不可有误，要紧要紧。愚兄却要带领五百名校刀手，抄到山后，以攻其背。也约四更时分，贤弟在谷口，但见山内火起，红光烛天，便掩杀进来。那时愚兄也可杀出，彼此夹击，众贼可擒矣。设若仍有漏网，该贼定从七湾溪暗渡，好在尤老丈已带领兵丁在枣木林埋伏，断其去路。你我一面将洣头寨攻破，仍可分兵驰往枣木林接应。"杨小舫答应。徐鸣皋又留一千名兵卒看守营寨。

吩咐已毕，便命各营现在暂且安歇，黄昏造饭，初更出兵，如违令者立斩。各兵得令而去。徐鸣皋、杨小舫、尤保三人也就暂去歇息，以便夜间奋勇争先前去杀贼，暂且按下。

诸君看到此处，就有人说我做书的不顾露出马脚，但知说得高兴。徐鸣皋与杨小舫带了三千轻骑，前来征剿洲头寨，这样一座大营扎在那里，洲头寨的强盗连个影儿都不知道，一点防备皆没有，就坐在寨里听他们前去放火捣毁巢穴，那些强盗甘心束手待缚，你这做书的不是信口乱说？此话也甚有理，但其中有个缘故，说出来诸君就明白了，也不怪我做书的信口乱讲，信笔乱写了。

你道那洲头寨的强盗何以全无防备呢？只因徐鸣皋虽然带了三千轻骑，一路上皆是衔枚疾走，又从间道潜入，及到了此地，离洲头寨尚有五六十里，便安下营寨，不准虚张声势。洲头寨上的强盗虽然知道有官兵前来剿灭他，又因前数次那些官兵到此，皆大败而回，因此将这官兵视同一律。即使明明知道徐鸣皋已于五十里外安下营寨，他又自恃山势深险，不知路径者如何能来，就便进了谷口，只需将他引入埋伏的所在，不必说三千轻骑，便是三万轻骑，也不能使他得胜，所以有恃无恐。

不过那些强盗未免仗势太甚，过于大意，也断不料有个猎户尤保肯代官兵做奸细，将徐鸣皋领至山上，使他察看路径。总之，这伙强盗恶贯满盈，合该要灭，也就阴错阳差，神差鬼遣，使他昏昧无知，死在徐鸣皋这一起人的手内了。

闲话休表，且说徐鸣皋到了黄昏时分，便传令各营造起饭来，各兵卒饱餐了一顿。时已初更时分，便令尤保率领五百名长枪手，暗暗地衔枚疾走，直往枣木林而去。接着徐鸣皋亲带五百名校刀手，各藏火种，一个个皆短衣找扎，徐鸣皋也不穿盔甲，一律紧身短袄，出了营门，间道疾走，便如风卷残云一般，直往洲头寨背后而去。到了二更时分，杨小舫也就率领一千轻骑，各带火种，往螺蛳谷进发，也是衔枚疾走，不闻号令，但闻人马之行声。

话分两头，先说徐鸣皋与那五百名校刀手，走到二更时分，已至洲头寨背后。徐鸣皋便身先士卒，拔出钢刀，率领着五百名校刀手上得山来。沿路斩荆砍棘，皆削得一片平阳，众兵丁急急走上，虽然如此，也还走了一个更次，方到山顶。徐鸣皋当先带路，复由山顶上走下山来，真个是鸟道蚕丛，崎岖突兀，亦不亚蜀道之难。又走了半会儿，已下了山顶，所幸一个喽兵皆未遇见。徐鸣皋即带了十数个心腹的小军前去放火，便命大队皆伏在山洼以内，但见火起便一齐喊杀出来，以乱贼心，逢贼便杀，务要奋勇。各兵丁得令，便在僻静山洼里面藏躲起来。

徐鸣皋便与那十数个心腹小军，悄悄走到大寨后面。徐鸣皋便一纵身飞上屋顶，蹑足潜踪，直向聚义厅而来。到了厅屋上面，便轻轻地走到屋檐，一伏身将身躯倒挂下来，向厅上去看。只见那厅房以内并无灯火，也无声息。徐鸣皋知道那些强盗已去睡觉，便又将身子一缩，复行上了屋面，直向厅后而来。越过一进房屋，来到后面，见是五开间一所高大的平房，徐鸣皋又将身子伏在檐口，倒垂下去，向里观看。但见左手房内尚有灯光闪烁，又听有妇女喋亵之声，徐鸣皋知道此处是强盗的住房。

观看已毕，急在身旁取出一大包硫磺焰硝之类，皆是引火之物，又将火种取出，正欲将那一大包硝磺点着,就在屋上放起火来,忽见下面一片声喊报进来:"大王爷,大事不好,不知哪里来了无数的官兵,进入螺蛳谷,杀将进来了。"徐鸣皋在屋上听得清楚,知道杨小舫已进了谷口。又听那房里喊道:"快去再探是哪里来的官兵。"一面说,一面好似起来。徐鸣皋还未放火,又见下面一片声喊道:"大王爷速速出去迎敌,螺蛳谷内四面火起了,官兵全杀进来了。"话又未完,只听"吱"的一声,各处房门俱已开了,从上首房内跳出一人,正是守山虎,手执钢刀,喊声如雷,破口大骂。

此时徐鸣皋看得真切,一纵身跳到对面屋上,即将那一大包的硝磺引着火,认定守山虎劈面打来,徐鸣皋也就随着跳下。守山虎正向外走,忽见迎面抛下一个火球,有碗口来大,就这一吓,不觉往后一退。徐鸣皋已到了面前,举手一刀,直向守山虎砍去。欲知守山虎性命如何,且听下回分解。

第九十八回 徐鸣皋火烧渊头寨 卧山虎被围枣木林

话说徐鸣皋在聚义厅屋上,见对面房间里跳出守山虎,手执钢刀,正欲出去,徐鸣皋急将那一包硫磺焰硝之类,取了火种引着,认定守山虎劈面抛去。徐鸣皋也随着火种,跳下屋面,拔出刀来,急急砍去。那守山虎正往外走,忽见对面屋上抛下一个火球,有碗口来大,直向自己面门打来,不觉一惊,往后便退。那时可实在飞快,徐鸣皋也就跳到守山虎面前,举起一刀,连肩带背砍下。守山虎先被那火球一吓,已是吃惊不小,瞥眼间徐鸣皋的刀又到了,急欲招架,哪里来得及,早被一刀连肩带背劈分两段。

徐鸣皋方将守山虎砍死,那屋内火已大着,正欲从火中跳出,早见从右首房内接连又跳出两人。徐鸣皋急跳至院落,大声喝道:"俺乃总督军务征讨江西草寇都御史王大元帅麾下先锋将军徐鸣皋在此,尔等众寇向哪里走,眼见死无葬身之地。"那右首房内跳出两个强寇,正是飞山虎、镇山虎,一听此言,急急跳到院落,正欲举刀与徐鸣皋对敌,忽听寨后喊声大震,自己的住宅又着火了。

又见一阵喽兵急急地跑来,高声喊道:"大事不好,各处火皆起了,寨前寨后不知有多少兵马杀到,螺蛳谷房屋已烧得干干净净,请大王速速定夺。"飞山虎、镇山虎这一听,可实在吃惊不小。徐鸣皋听得真切,复又喊道:"徐将军在此,速速前来授首!"说着舞动钢刀,只往飞山虎、镇山虎杀来,飞山虎与镇山虎也就急急招架。

徐鸣皋刀战两贼,毫无惧色,三个人且战且走。一霎时聚义厅又复延烧着了,只听见满山内喊声震地,火光冲天。飞山虎与镇山虎正与徐鸣皋拼命死战,又见一起喽兵高声喊道:"出山大王在螺蛳谷口被敌杀死了。"接着又有一起报道:"守山大王也伤命了。"飞山虎、镇山虎一面与徐鸣皋死战,一面听此话,心中暗道:"我等五虎已伤二虎,恐怕今番不能取胜了。"正各暗想,飞山虎稍不留心,手中的兵器略慢一慢,徐鸣皋看得真切,早一刀将飞山虎砍倒在地。

镇山虎知道不妙,不敢恋战,急急向外逃走。此时俱已出了聚义厅,那厅屋已变成灰烬。徐鸣皋见镇山虎逃走,也就急急追杀出来。合该镇山虎恶贯满盈,万不能逃脱此难,正往外跑,不料迎面来了一阵喽兵,也是狂奔进来报信的。镇山虎只知性急向外逃命,就这一出一进,皆是跑得飞快,两下一撞,不提防将镇山虎撞跌一跤,栽倒在地。那些喽兵不曾看得清楚是自家的寨主镇山大王,反误认为敌将,当下不分皂白,合力将他按住,群起乱殴。

镇山虎倒在地下,也不知是自家喽兵,也误作官兵前来厮杀,便大声喝道:“你等这一起牛子,潜入山来,各处放火,咱爷爷误中你等诡计,不要走,吃咱一刀!”说着一转身从地上爬起来,手舞钢刀,才砍死了两个喽兵。徐鸣皋早又赶到,见他们在那里自相践踏,实在好笑,却又不敢怠慢,冷不提防飞至面前,认定镇山虎一刀砍来,早结果了性命。当下便大声喝道:“尔等喽兵听着,现在山中共有精兵两万,大将十数员,你家五虎已被我军杀死四虎,尚有一虎,大概也被杀死了。尔等此时顺我者生,逆我者死,要命的快快请降。倘若仍然执迷,本将军定然杀你一个鸡犬不留,那时悔之晚矣。”

正在招呼众喽兵归降,杨小舫已带领各军掩杀进来,接着那五百名校刀手也一齐杀到。徐鸣皋一见杨小舫,彼此欢喜无限,当下合兵一处。徐鸣皋道:“这山中五虎,愚兄已杀死三虎,闻得贤弟杀死一虎,还有那卧山虎,贤弟可曾将他捉住吗?”

杨小舫道:“那卧山虎,小弟当放火烧螺蛳谷时候,他与出山虎前来抵敌,出山虎被小弟一刀砍死,那卧山虎与小弟战了十数合,听见喽兵报大寨火起,守山虎被敌将杀死,他就无心恋战,望着小弟虚刺一枪,拨马逃走。小弟急急赶去,只见他转了几个弯子,不知去向。小弟因此地路径不熟,那时螺蛳谷的树木尚未烧毁尽净,又因火光冲天,照得各处一色通红,不辨路径,小弟不敢深入险地,因此不曾追去,只督率着小军各处放火,喊呐助威,并搜寻那些喽兵砍死。现在山上的喽兵,十分之中已杀有八分了,还趁二分,小弟实在不忍再杀,故此急急来与吾兄合兵一处,听候调遣。”

徐鸣皋听说大喜,复又说道:“那卧山虎虽未捉获,他定由七湾溪暗渡去了。贤弟可辛苦一趟,急急带领所部驰往枣木林,前去接应尤保,吾料卧山虎必至此处。枣木林虽有五百名长枪手在那里埋伏,怎奈该处没有主将,尤保恐不能督率众兵;又闻卧山虎本领也非平常,但有五百长枪手,恐不足以拦截。贤弟急往该处,俟彼到来,务要将他捉住,万不可让他脱逃,以免遗孽。”杨小舫当下答应,也就急急率领所部精兵一千,如风卷残云一般舞下山去,直往枣木林去了。

且说卧山虎与杨小舫正在酣战之际,忽听守山虎又被杀死,当下不敢恋战,急急地虚晃一枪,拨马便走。沿路遇着败逃的喽兵,闻说镇山虎、飞山虎俱已被杀死,大寨又被烧得干干净净,他只一吓,真个是魂飞天外,魄散九霄,哪里还敢耽搁,便带了数十名败残喽兵,急急走到七湾溪,上得船来,飞棹而去。

此时已有四更,七湾溪离枣木林尚有五六十里,又是逆水,常言道顺水行舟,行船走顺水,要快得多了,若是逆水,比如顺水每日可行百里,逆水只能行六七十里。

那时又当落潮的时候，更加行不快。看看已是日出，只不过行了十余里光景，卧山虎恐防有人追下来，即命喽兵并力向前去荡。他断不料枣木林那个地方有了埋伏，实指望走到枣木林便有了生路，因此急急直向枣木林荡去。

约有晌午的时候，已离枣木林不远。那树林内的伏兵，远远听见摇橹之声，渐闻渐近，知道是贼人逃走来了，当下一声暗号，五百名长枪手便预备起来。不到片刻，只见有五六只小船泊至近岸，船内的人，大家纷纷弃舟登岸。尤保在树林内看得真切，便道："那浓眉怪目、矮短身躯的，便是卧山虎。"众兵丁一听。立刻一声呐喊："不要将强盗放走呀！"喊声未完，那五百名长枪手早出了树林，一字儿摆开，拦住去路，大声骂道："你这狗强盗的卧山虎，咱们奉了将令在此等候多时，你向哪里走，快快俯首受缚！"

卧山虎正自暗想："到了此地，有了生路了。"忽听一声呐喊，从林子内冲出这许多兵来，这一惊可实在不小，复又想道："不如与他决一死战吧。"心中想定，便大喊一声，口中骂道："尔等鼠辈敢来拦爷爷的去路，看爷爷的刀吧！"说着飞舞前来，势不可挡。众兵丁一见来势凶猛，复发一声喊，将卧山虎团团围住，手执长枪，奋勇来刺。卧山虎一见，毫无惧怯，只见他飞动钢刀，将长枪削断的不少。怎奈各兵丁围绕甚严，有如铁桶一般，左冲右突，只是不能杀出。官兵却也不敢近身，只是那里围裹着，不放他走。

卧山虎杀得性起，大喊一声，急将钢刀一摆，向四面一阵乱砍，只见那些枪杆纷纷地抛落在地。各兵丁看看有些要往下退，忽听得背后人喊马嘶，当先一骑飞入阵来，举戟就刺。未知此人是谁，且听下回分解。

第九十九回　枣木林卧山虎丧身　大庾营徐鸣皋报捷

话说卧山虎在枣木林被官军围困得水泄不通，他便左冲右突，奋力死战，将官兵长枪砍折了无数。官兵渐次有些要退下来，忽听后面人喊马嘶，如翻江倒海一般杀到，彼此吃惊不小。在官兵疑惑是浰头寨的强盗前来接应，卧山虎却知道是官兵前来。那官兵正在疑惑，忽见一骑马飞入阵来，舞动方天画戟，便向卧山虎刺去。官兵一见，认得是杨小舫，大家见来了主将，个个精神陡长，齐声喊道："咱们杀啊，不要把强盗放走呀！"一片声喧，复又围绕上来，并力争杀。

卧山虎见杨小舫杀入阵内，暗道："我命休矣！在前并无大将，方且冲突不出，现在又添了这一员大将，随后还不知有多少军马，即使我再勇猛，常言道'一手难抵双拳'，而况这千军万马，前后不能活命，不如与他拼了吧。"一面暗想，一面招架杨小舫的画戟。只见他两人一个马上，一个步下，卧山虎的那把钢刀，只不离杨小舫的马前马后，团团地乱砍；杨小舫那枝画戟，也是顾前顾后，顾人顾马，绝不使卧山虎的刀近身。二人这一场恶战，只杀得烟尘蔽地，日月无光。

彼此战了有二三十回合，卧山虎忽然一刀从马腹下搠进，杨小舫看得真切，说声“不好”，两脚急离了踏镫，左腿一会，一蹿身已跳落马下，脚踏实地，再转头一看，卧山虎的那把刀已洞穿马腹，那匹马跌倒尘埃。

杨小舫一见大怒，当即一戟向卧山虎当胸刺来。卧山虎即将钢刀架住。杨小舫心中暗想：“他是短刀，我是长戟，若在马上是我取巧，现在步战，我这画戟许多不便，不若也与他短兵相接，方可取胜。”主意想定，急急虚刺一戟，回身一转，说时迟那时快，已将画戟抛在一旁，急掣腰间所佩的龙泉剑。这剑却是杨小舫防身之物，寸步不离，而且锋利异常，也不亚青釭之类，真可削铁如泥。杨小舫将龙泉剑执在手中，一转身复又杀来。

卧山虎见杨小舫抛了画戟，知道他要短兵相接，就在这点工夫，便想送杨小舫性命，急急一刀砍来。却好杨小舫转过身躯，接着又战。卧山虎遮拦格架，杨小舫漏空抽当，二人又战了十数个回合，到底卧山虎不能抵敌。只见杨小舫一剑砍来，卧山虎将刀望上一架，不期用力过猛，杨小舫的剑又锋利，两般兵器向上一靠，只听“当啷”一声，卧山虎的刀已削为两段，抛落在地。杨小舫见卧山虎的刀被自己的宝剑削为两段，便急抽回宝剑，复一剑砍去。卧山虎躲避不及，正中肩背，就将卧山虎一只左胳膊割了下来。

卧山虎跌倒在地，杨小舫割了首级，挂在腰间，便大喊道：“有喽兵愿降者，早早前来受缚！”喊了两声，无一个答应，原来卧山虎所带的败残喽兵，全被这一阵杀了个尽绝。再点所部兵丁，幸喜只有十数个受伤，其余俱尚无恙。

此时尤保已从树林内出来，当下往杨小舫贺道：“将军神勇，小人敢不佩服！但不知浰头寨那一伙强人，全行扫灭了不曾？”杨小舫道：“徐将军力斩三虎，那出山虎某已在螺蛳谷斩了，此时所斩者，乃卧山虎也。山上的大寨巢穴，已被捣毁一空，焚烧殆尽。现在徐将军还在那里搜寻余孽，扑灭余火，因老丈在此，恐逆贼经过，众兵丁不能奋勇，老丈又难于压服，因此急遣某前来接应。幸喜逆贼既除，山寨亦毁，非老丈暗助之力，这逆贼尚不知何日就擒呢。逆贼荡平，不留余孽，此皆老丈之功也。”

尤保赶着谦谢道：“将军等上为国家出力，下为百姓施恩，捣破贼巢，以安黎庶，皆将军等神勇所致，与小人何与哉！今而后这周围百里，可以高枕无忧矣，小人方谢之不暇，何敢劳将军挂齿。”杨小舫又谦逊了一回，这才收军回营而去，按下不表。

再说徐鸣皋在浰头寨焚毁了山寨，又带了所部五百名校刀手，各处搜寻了一回，所有投降的喽兵不足七八十名，其余杀死的杀死，烧毁的烧毁，还有那被刀砍伤的有头无足，被火烧坏的烂额焦头，不可言状。但是这一起被刀伤火伤的，虽尚未死，亦绝难活命。徐鸣皋看罢，实在也有些不忍，因命所部兵丁先将已死者掩埋起来，其将死未死者再作计议。

看看已将日午，那些已死的尸身俱已掩埋清楚，再来看那些将死未死的，亦皆全行死了。徐鸣皋又命人掩埋起来，又去盘查寨内的银钱粮草，却也烧毁殆尽。诸事已毕，徐鸣皋即命所部拔队回营。各兵士得令，即刻排齐队伍，按队下山，回营而去。日已西下，才到大营，徐鸣皋即命掌起得胜鼓来。只听战鼓咚咚，角声呜呜，好不得意。

徐鸣皋下了马，进入大帐，早见杨小舫、尤保二人迎将出来。彼此一见，好不欢喜，徐鸣皋即向尤保谢道："今日得以荡平山寨，捣毁贼巢，皆老丈指引之力也。某见了元帅，当竭力言之，请元帅奏知圣上，以嘉其劳。"尤保道："将军神勇，荡平贼寇，小人已受福多矣，何况妄邀旷典，请将军无烦挂心。"徐鸣皋道："非老丈无以有今日，今日之所以我战则克者，皆老丈之力。老丈既有此力，而不加其功，何以酬勋劳、励士气乎，？老丈幸毋固让，某当力赞之。"尤保道："虽蒙将军厚爱，恐小人无福消受耳，且小人已将就木，何必担此虚名？"

徐鸣皋听了这话，知道尤保的用意，要想给他儿子尤能请赏。徐鸣皋道："老丈之意，某已知之。俟某回见元帅，当代贤父子一并请赏便了。"尤保大喜，当时便谢了徐鸣皋，又谢了杨小舫，这才坐下。后来徐鸣皋回至大营，见了元帅，便将他父子两人一并保举，王元帅也就代他奏请圣上，赏赐了两个指挥的官职，趁此交代。

徐鸣皋此时心下十分喜悦，一面写了捷书，飞差往大庾报捷，并呈明养兵三日，即拔队回军。当日便大排筵宴，犒赏三军，合营将士无不欢呼畅饮，直至二更方才席散。到了次日，周围百里之内，所有村庄镇市，皆知道官兵破了浰头寨，杀死五虎，烧毁贼巢，各处便聚集了多人，牵羊担酒，前来大营劳军。徐鸣皋也再三相让，并慰劳了一番。众百姓个个欢呼，人人喜悦，争颂徐鸣皋等破贼之功。怎见得？有诗为证：

蠢尔荒山贼，将军一扫平。闾阎从此乐，鸡犬永无惊。

旗卷风云疾，弓开日月明。凯歌齐唱外，归路马蹄轻。

却说徐鸣皋见合境乡耆牵羊担酒，前来劳军，当下再三相让，慰劳了一番，众乡民欢呼而去。徐鸣皋又留尤保在营盘桓了一日，尤保不便推却盛意，便耽搁一日。次日天甫黎明，即辞了徐鸣皋奔回家中，将上项之事说了一遍。他妻子儿媳这才知道那日来的是个将军，合家无不欢喜。尤保即命儿子尤能立刻出去，在各处打了许多野味，连夜地率了儿子，带了野味，趱赶到大营而来。

却好到了大营，前队才走，徐鸣皋、杨小舫尚未起程。尤保便命尤能谢了徐鸣皋、杨小舫二人代他保举，然后将野味献上，聊作犒军之敬。徐鸣皋见他来意甚殷，不便推却，只得收了。当下拔队起程，直往大庾进发。欲知后事如何，且听下回分解。

第一百回　咨诹野老元帅尊贤　试探贼情将军诱敌

话说徐鸣皋焚毁浰头寨，杀死五虎，周围百里乡耆人等，皆牵羊担酒前来犒师。尤保亦猎取许多野味，带领儿子尤能前来，半为犒劳之意，半为至谢徐鸣皋、杨小舫二人，答报保举他父子二人之恩。徐鸣皋见他来意甚殷，当将野味收下，随即升炮拔队起程，直往大庾进发。

话分两头，且说王守仁自在半途，分别饬令各将，各带轻骑，分驰浰头、华林、漳州等诸贼寨进攻去后，便自统大军，带领狄洪道、周湘帆、李武、徐庆、罗季芳五人，进攻大庾，也是间道潜入。这日已离大庾不远，当即传令安营，也不升炮擂鼓，为的是不使池大鬓知道，可以暗暗进攻，出其不意，攻其无备。

哪里知道早有细作报进山去，池大鬓当即传集寨内大小头目，说道："现在王守仁带领大兵，前来攻打山寨，现已离此不远。我等当合全力抵敌，不能使官兵得胜，先给他挫动锐气，使他不敢小视我等。"当有胡大渊说道："大哥但请宽心，如王守仁这厮前来，我等当合全力，杀他个片甲不回，都要使他知我等的厉害。"池大鬓大喜道："皆赖众位兄弟的大力同为相助。"大家听了，个个摩拳擦掌，专等王守仁兵到，以便厮杀。

原来池大鬓寨内有五个大头目，十个小头目。那大头目就是胡大渊、任大海、郝大江、卜大武，连同池大鬓五人，却皆结拜为兄弟，个个皆有万夫不当之勇。还有十个小头目，亦武艺超群，率领着合山喽兵，共有三五千人，在此打家劫寨。其余如浰头、漳州、华林等寨，亦皆大庾寨分布各处，总以池大鬓为首，故此王守仁分兵进攻，以期神速。

这日王守仁安营已毕，暂歇一日，次日即令狄洪道向各处搜寻土人。不一会儿，狄洪道寻了两三个有年纪的土人，带进大营，见了元帅。

王守仁当即赐以酒食，殷勤问道："尔等是本地的良民，本帅今使尔等前来，有两句要话，要与尔等问个明白，尔等可不要含糊。"只见那些土人禀道："元帅有话但请吩咐，小民等知道不知道，总是直言不讳，不敢撒谎的。"王守仁道："本帅此次奉旨督兵，前来剿灭大庾贼众，为尔等地方上除害，但不知这大庾岭如何上去，究竟山势如何险峻，池大鬓如何厉害，尔等须一一说明，好使本帅知道，以便定计攻山。"

内有一个年纪最大的，叫作王远谋，当下禀道："承元帅动问，小民等知无不言，言无不实。但有一件，元帅若但以兵力进攻贼巢，非小民倡贼之势，以减元帅威风，恐仍不足以成功。原因大庾山地势深险，极易负隅，而况池大鬓骁勇非常，更加他有四个兄弟，皆有万夫不当之勇。元帅带兵远来，各将士究竟不免辛苦，彼却以逸待劳，以主待客。劳逸之形既别，主客之势又殊，再加不明地理，深入险地，若徒以兵力从事，虽谋士如云，猛将如雨，恐亦难胜。所幸池大鬓等勇则有余，谋则不足，元帅若设计以饵之，先使其大胜，以骄其气，使彼轻而无备，然后再以火攻之，则山寨可破，巢穴可捣，贼众可擒矣。小民盲瞽之论，尚乞元帅主裁。"

王守仁听说，正合心意，又见王远谋出言不俗，议论明通，知非平常庸碌之辈，遂改容让道："老丈尊姓，某尚未请教，顷闻老丈这一番议论，使某茅塞顿开，钦佩之至，足见老丈胸储经济，养志山林。某不识高明，多多得罪，尚望宽恕为幸。"王远谋见说，因道："老民姓王，名唤远谋，僻处穷乡，识见浅陋，虽曾读书，亦不过粗知大意。既无仕进之志，又无荣辱之心，惟疏懒性成，素有酒癖，既置理乱于不问，复以寒素为可安。平日家居，惟与野老村夫，日逐酒市，沽瓮携提，领略壶中岁月。顷者又复买醉，不期为元帅呼唤，故冒昧言之，乃即见重于元帅，极蒙奖誉。老民毫无知识，何敢邀此谬奖耶？”

王守仁听了这番话，知道他是个隐士，更加敬重，因道：“老先生隐居求志，必能行义达道。高贤在侧，某不能尽待贤之礼，是某之罪也。”说着，便与王远谋行下礼去，王远谋亦再三谦逊。

彼此行礼已毕，王守仁又命设宴款待，并令同来的一齐入席。同来的那三四个土人，再三告辞，不肯入席，王远谋也再三辞却，王守仁哪里肯行。王远谋只得暂留大营，先命那三四个土人回去，于是便与王守仁入席。

三巡酒过，王守仁又问道：“既蒙老先生赐教，已将大庾情形大略见示，但如何设策骄敌，如何纵火焚攻，还请逐一指教，俾某得以法守，使悍贼从速剿平，皆仗老先生相助为力，幸勿吝教为幸。”王远谋见王守仁虚心下士，情不可却，只得说道：“元帅可如此如此，不患悍贼不擒矣。”说罢又索纸笔，王守仁即命人取出纸笔来。王远谋立刻将大庾山岭的形势绘成一图，注明何处进兵，何处埋伏，何处截断去路，一一注写明白，递与王守仁看视。

王守仁接过细细看了一遍，当下大喜，说道：“某但知大庾山势险恶，路径深阻，尚不知有如此艰险。今观此图，天既生此险阻之地，无怪悍贼藉此负隅，官兵屡剿不易。非先生明以示某，便是某也要复蹈故辙的。现既有此图本，又得先生注明方略，某便可易于措手，而悍贼亦可就擒。惟先生臂助之功，俟某平贼之后，再当具奏请奖。但某此处剿平之后，还须进剿南安、横水、桶冈诸寨贼首谢志山等，彼时尚拟请先生一行，俾某得以敬领方略，不知可否俯允？”王远谋道：“此事却不敢便允，容与老妻商之，再定行止便了。”

王守仁唯唯，当下复又入席，殷勤劝酒。彼此虽然邂逅相逢，却皆情投意合。在王远谋见王守仁虚怀下士，不愧大臣之风；在王守仁见远谋求志隐居，实有高士之概，而且胸储韬略，实非碌碌者流，是以王守仁更加钦佩。二人直饮至日落，方才散席。

当时王远谋即欲告辞，王守仁道：“现已日落，尊居距此尚远，回府恐已不及，何如暂屈一宿，借作长夜之饮，某亦可多领教言。”王远谋道：“老民本可奉陪，奈老妻稚子毫无知识，而又胆小如豆，闻老民为元帅见招，想已恐惧万状，再见诸父老业皆回去，而独有老民留在此间，更不知恐惧何似了。若老民再留此不归，则老妻稚子恐不免有意外之想。今与元帅约五日后，当来与元帅庆功便了。”王守仁也就不敢不从，勉强相送出营而去。

一宿无话。次日即命狄洪道带领一千人马，进攻大庾山东山盘谷，以李武为后应；罗季芳也带领一千人马，进攻大庾山西夹谷，以徐庆为后援；周湘帆带领一千人马，进攻大庾山前山。皆要虚张声势，许败不许胜，如违令者斩。众将得令，当即带队出营，直往山前进发。

且说周湘帆到了山前，所部人马一字排开。周湘帆立马横枪，向山上喝道：“尔等众喽啰听着：速报尔贼首池大鬓知道，现在王元帅奉旨督兵，前来剿灭，速令池大鬓下山受缚。若再迟延，本将军即刻冲上山来，踏平尔等巢穴了。”三军听了主将这一番话，也就呐喊起来。

山上喽兵不敢怠慢，更即刻报进大寨，禀道："启大王，山下现有官兵到来，声称奉旨到此剿灭，若再迟延，便欲冲上山了，请大王速速定夺。"池大鬓正欲回答，又见东西两山守山喽兵亦是如此报来。池大鬓大怒，即命胡大渊、任大海拒敌盘谷兵马，郝大江、卜大武拒敌夹谷兵马，自己迎敌前山兵马。五弟兄提了兵器，上马飞下山来。究竟胜负如何，且听下回分解。

第一百一回　运筹帷幄三次骄兵　决胜疆场一番出令

话说池大鬓等五个贼首，一齐分头下山迎敌官兵。先说池大鬓一马飞到山前，但见周湘帆立马横枪，率领着所部官兵在山前叫骂。池大鬓一见大怒，便飞舞点钢叉，如旋风般向周湘帆刺来。周湘帆急忙将枪接住，喝道："来者可是贼首池大鬓吗？"池大鬓也喝道："既知咱爷爷大名，何故前来送死？"周湘帆怒道："好大胆的逆贼！今日天兵到此，尔就该俯首受缚。本将军或可免尔等一死。尔不知悔罪，反敢前来抗敌，只是自讨其死了。"池大鬓也大怒道："尔这狗官无须多言，快报名来，咱爷爷叉下不杀无名之卒。"周湘帆喝道："逆贼听了，若问本将军姓名，乃王元帅麾下随营指挥使周湘帆是也！"

话犹未完，池大鬓举起点钢叉，已当顶刺下。周湘帆赶即招架，觉得颇为沉重，果然厉害。周湘帆使劲将叉掀在一旁，也就还了一枪。池大鬓将叉往下一磕，周湘帆见他来势凶猛，这一磕下来，枪杆子虽不折断，也就要抛落下去，当下赶紧将枪收回。池大鬓一叉磕了个空，因他用力过猛，险些从马上倾跌下来，此时不觉大怒，随即又是一叉，往周湘帆刺来。

周湘帆也不迎敌，便将马一拍，往斜刺里而走，池大鬓一叉又刺了个空。周湘帆见池大鬓一叉又落个空，急急将马兜回，就在池大鬓右肋下刺进一枪。池大鬓并未防备，见枪已刺进，说声"不好"，赶将手中叉往枪杆上一隔，拨在一旁。周湘帆怕他回叉来刺，必然勇猛，又把马一拍，直跳到池大鬓的左边，顺手又是一枪。池大鬓急切不好转身招架，也只得将马一夹，往前跑了十数步，让过周湘帆的那一枪。于是彼此一来一往，约战了有十数个回合。

周湘帆见池大鬓杀得兴起，竟有死战之意，心中暗道："这死贼囚果然勇悍非常，只可智取，不能力敌。莫若且败下去，再回明元帅，明日以计擒之。"主意想定，便虚刺一枪，拨马便走。池大鬓哪里肯放，急急追来。周湘帆跑下有四五里远，却好罗季芳、狄洪道、徐庆、李武等五个人也一齐诈败下来，便合在一处，回营缴令。

池大鬓见周湘帆已跑得甚远了，追赶不及，也就回山。到了大寨，胡大渊、任大海、郝大江、卜大武四人也得胜而回，聚合一处，大喜说道："我道奉旨的官兵，有什么三头六臂、万夫不当的本领，也不过是一伙小卒，他也要前来征剿咱等。今日且饶了这一些犬羊的性命，明日若再前来，定然杀他个片甲不留。"于是五个贼头即命摆酒庆贺，大家欢呼畅饮，这且不表。

再说狄洪道等五人回至大营，缴令已毕，便将接战情形说了一遍。大家因道："池大鬓等果然有勇无谋，只可智取，不能力胜，王远谋之言一些不差。末将等拟于明日再去索战，还是诈败，爽性将这伙悍贼的心志骄足，然后改设奇计，便可一鼓而擒了。"王守仁道："诸位将军之言，正合本帅之意。且回本帐歇息，明日再行出战便了。"狄洪道答应，当即退出大帐，各回本帐去了。

到了次日，王守仁即命狄洪道攻打前山，罗季芳、徐庆攻打盘谷，周湘帆、李武攻打夹谷。三路兵出了营门，直奔大庾山而去。不一刻皆至山下，守山喽兵飞报进寨。池大鬓仍令胡大渊、任大海去盘谷迎敌，郝大江、卜大武去夹谷迎敌，自己仍迎敌前山兵马。

下得山来，池大鬓一见来将，见非昨日那个姓周的，又换了一个，当下喝道："来者快通下名来，好使咱爷爷取尔的狗命！"狄洪道便喝道："逆贼听了，本将军乃狄洪道是也。尔亦通下名来，本将军刀下不斩无名草寇。"池大鬓喝道："尔问爷爷名姓，可认得本山大王池大鬓吗？昨日被本大王杀败一个，今日又换一个，终究是无名小卒，不是咱爷爷马前数合之将，尔快放马过来送死。"狄洪道大怒，举刀飞马直奔池大鬓，一刀砍来。池大鬓急用手中点钢叉相迎。

二人一来一往，约战了八九个回合，狄洪道故意卖个破绽，虚砍一刀，拨马就走。池大鬓哈哈大笑道："如此无能之辈，也要前来进剿，岂不可笑。咱爷爷不追尔了，尔可回去，叫你家有本领的前来会我。"狄洪道虽然听说，实在心中气愤，却抱定了小不忍则乱大谋的话，只当不曾听见，先自败回大营。周湘帆与李武攻打西山夹谷，与郝大江、卜大武战不数合，也是诈败而走。罗季芳、徐庆攻打东山盘谷，与胡大渊、任大海接战，皆是如此，四人诈败回营，缴令已毕。

次日，王守仁又命罗季芳攻打前山，狄洪道、李武攻打夹谷，周湘帆、徐庆攻打盘谷，还是只败不胜。战不数合，败走回营。话休烦絮，一连三日，皆是如此。却好池大鬓等五人正中其计了。

且说池大鬓等战了三日，见一日换一个，皆是本领平常之辈，于是大家议道："照这样的官兵，不必说这几个人，就便来有两万也不足为惧，但是实在讨厌，每日前来攻山，却又不能取胜。明日不来则已，如果再来，必得将这起无名小卒捉将过来，早早送他归阴，免得每日前来烦絮。"因此池大鬓等便将狄洪道等人毫不放在心上，以为总是无能之徒，他哪里知道是用的诱敌之计。这且不表。

且说王守仁见诈败了三日，当即派了细作，前往探听池大鬓等情形。细作回报："大庾众贼因官兵连败三日，以为皆是没有本领，贼众便毫不防备。现在寨中杀牛宰马，大吹大擂，大摆筵宴，饮酒取乐。"王守仁听说，大喜道："果如此，破贼必矣。"

到了次日，又密令细作前往探听，回报仍如前言。王守仁愈加喜悦道："此天助我成功也！"因命狄洪道道："将军可带精锐三千，各藏火种，由山后羊肠谷而进。进入山谷，即命小军分头去各处放火，无论树林寨栅，皆放起火来，复由山内杀出，里外夹击。今夜四更拔队,五更驰抵谷口,天明进谷,辰牌时分各处放火,不得有误。"狄洪道得令退出。

又命周湘帆道:"将军可带精锐二千,以一千各藏火种,一千为护军。五更拔队,天明驰抵东山盘谷挑战,务要将贼目诱出,远离谷口,便命各藏火种之一千精锐,于盘谷四面放火。贼目见谷内火起,必然惊恐,无心恋战,赶回谷内救火,那时可急急杀之,不得有误。"周湘帆得令而去。

又命徐庆:"也带二千精锐,以一半各藏火种,一半为护军,前往进攻西山夹谷。也是五更拔队,天明驰抵,务要诱山贼目,远离谷口,然后于夹谷四面各处放火,再于此时急急反击贼众,不得有误。"徐庆得令退下。

又命罗季芳、李武道:"二位将军可各带精锐二千,分为两队,也是五更拔队,天明驰抵,务要与池大鬓轮流交战。譬如罗将军战十回合,急急退下;李将军便去接战,约战十回合,罗将军再去相换。如此轮战较为省力,又可使池大鬓久战不歇,究竟不免吃力。若果池大鬓拼命力战,二位将军万万不可与他死敌,仍宜诈诱为是。但听山内及东西两谷有人来报火起,池大鬓必然惊恐,赶紧回山救火,将军等那时可再合全力反击之,乘其无备,逆贼可擒矣。"罗季芳、李武得令退下,各去预备。

王守仁也就退回后帐,独自想道:"若再得一支兵为往来接应,则更万无一失。"正自暗想,忽见探马进帐禀道:"启元帅,探得徐将军已克复浰头寨,大队离此不远了。"王守仁见报大喜。欲知徐鸣皋何时可到,且听下回分解。

第一百二回　徐鸣皋奉令助三军　池大鬓枵腹敌二将

话说王守仁见报徐鸣皋已由浰头寨得胜而回,心中大悦,即令原探持了大令,飞马调取徐鸣皋,限今夜五更率同所部驰抵大寨。探子持令而去。不到二更,徐鸣皋、杨小舫已到,当即安营已毕,进帐见元帅缴令。

王守仁先慰劳了一回,复又问了前情,徐鸣皋也细细说了一遍。王守仁大喜,复奖励道:"非将军神勇,不能如此神速,真乃国家之福也!"徐鸣皋又谦逊道:"承元帅栽培,末将何劳足录。"因问道:"此间胜负如何,池大鬓想已就擒否?"

王守仁便将以上各节又告诉了一番,因道:"本帅刻已分别派令各位将军,于今夜五更进攻,惟虑尚少一支兵往来接应,正虑无人可使,却好将军驰回,再没有如此巧法。今夜便烦将军与杨将军二位,仍率所部各兵,亦于五更拔队,天明驰抵大庾山。杨将军可分兵一半,抄出大庾山之后,在羊肠谷一带往来接应狄洪道。但看山内火起,便催兵入谷,与狄洪道合兵一处,杀出前山。徐将军却于前山及东西两山盘谷夹谷往来接应,但看山内火起,及东西谷火势大炽,便令各兵呐喊助威,遥为声势,使贼众惊疑不定。却再与周湘帆、罗季芳、徐庆、李武合兵一处,并力夹击。贼众见各处火起,必然惊惶,将军等可乘乱而击之,则贼众不难立杀矣。本帅静候捷报,如首先杀贼,驰报进营者,便为头功。务各奋勇争先,本帅是所厚望。"

徐鸣皋、杨小舫一声得令道："元帅放心，末将等当效死力。"当下退出大帐。此时已将三鼓，不及与狄洪道等人叙别，只往各处略一看视，随回本营，传令各兵四更造饭，五更拔队，天明驰抵大庾山剿贼。又与各兵激励一番，令其不可退缩，总要奋勇争先，灭贼之后，自然论功行赏。各兵也欢声雷动，个个愿效死力。本来徐鸣皋与杨小舫所带部下，深得兵心，故此所部亦愿同甘苦，毫无退缩之意。

闲话休表，且说狄洪道带领精锐三千，各藏火种，先自进发，个个衔枚疾走，直往羊肠谷而去。接着要小舫亦率领所部一千五百兵作为后队，也是衔枚疾走，往羊肠谷而来，暂且按下。

再说周湘帆等人各率所部，前往大庾山及东西两谷前进，却好天明均已驰抵，便将所部摆成阵势，向山上挑战。当有守山喽兵飞报大寨，池大鬓等五个贼目方才起身，一闻飞报进来，连饮食都来不及吃，池大鬓便往前山迎敌，胡大渊、任大海前往东山盘谷，郝大江、卜大武往西山夹谷，各自分头率领喽兵，一齐冲下山去。

池大鬓到了山下，一见罗季芳，哈哈大笑道："你等这一起杂种，不必说一日换一个，就便都来与爷爷厮杀，又何足惧哉！"罗季芳听罢大怒，也不答话，立刻举枪就刺，池大鬓赶着用点钢叉去迎。这番来战，却不比前三日那种情形，在官兵务出死力，总要今日破山，在贼众也想今日将官兵杀个尽绝，免得日日讨厌。因此，罗季芳便用尽平生之力，一枪刺去，恨不能就将池大鬓挑下战马来。无如池大鬓猛勇过人，罗季芳不易为力。池大鬓见一枪刺进，赶着用手中叉向上一磕，也是用尽平生之力，恨不能将罗季芳的枪就这一叉磕下，折为两段，然后复一叉结果了性命。无如罗季芳的本领虽然不能如徐鸣皋等人，也还可以战十数个回合，所以池大鬓也不能易于为力。

两个人交上手，叉来枪往，各尽平生之力，死斗了有十二三个回合，罗季芳渐渐抵敌不住。李武在旁看得真切，一声大喝道："罗师伯，你老可退下，待咱来取这狗贼的性命！"说着催开坐马，摇动大刀直杀过来。罗季芳见李武前来助战，他便虚刺一枪，拨马退下。李武即赶上前去，抡开大刀，往池大鬓砍来。池大鬓正欲追赶罗季芳，见李武杀上，也就弃了罗季芳，来迎李武。彼此交上手，你一刀，我一叉，只杀得喊声大震，尘土冲天。两个人又战了十数回合，李武仍不是池大鬓的对手。罗季芳在旁，见李武有些支持不住，也就摇动长枪复杀上来。李武又虚砍一刀，拨马退下。由此轮流接战，池大鬓却毫无惧怯之意。

却好徐鸣皋接应的兵已到，一见罗季芳与池大鬓对敌，深恐罗季芳非敌人对手，便大喝一声道："罗大哥，你且暂歇，待徐鸣皋取这逆贼的首级！"话犹未完，马已到了阵上，即从斜刺里手起一枪，向池大鬓刺来。池大鬓见来势甚为厉害，赶着撇了罗季芳，来接徐鸣皋。两人接上手，这才是棋逢对手，将遇良才，却好杀个对敌。若论池大鬓的勇力，却比徐鸣皋似乎高一着，因他是枵腹，又兼与罗季芳、李武战了好一会儿，究竟有些力乏。徐鸣皋却是才到，又是饱餐而来，所以比池大鬓占了二分便宜。

彼此杀了有二三十回合，罗季芳、李武不肯使徐鸣皋一人用力，恐怕力败不能取胜，因又各舞兵器齐杀过来，将徐鸣皋换下，使徐鸣皋退在一旁，暂且歇息。池大鬓见罗季芳、李武二人复又上来换战，当下怒道："尔等这一起无名小卒，不必说是轮流接战，就便一起围拥上来，咱爷爷若有半点惧意，也不算是池大鬓的本领胆略。好小子，看爷爷的家伙！"说着用了十二分力，飞起一叉，直向罗季芳刺来。

罗季芳见这一叉来得凶猛，如泰山压顶磕了下来，知道自己的力量断难迎敌，说时迟那时快，赶着将坐下马紧紧一扣，向斜刺里跑出圈外。池大鬓这一叉刺来，实指望将罗季芳刺于马下，不料不曾刺中，反因用力太猛，在马上连摇了几摇，险些儿倾跌下来。李武看得清楚，就趁池大鬓凑手不及，复进一刀，当顶砍到。池大鬓说声不好，赶忙将叉往上一架，也就趁手掀在一旁。

池大鬓正欲还刀，只见一骑马如旋风般从山上飞到，大声喝道："请大王速速回山，现在山内各处火起，不知有多少兵马从羊肠谷杀进来了！"池大鬓闻报，这一吓非同小可，几乎在马上跌落尘埃。正要回山，接连的几报："东山盘谷火起。""西山夹谷火起，请令定夺。"

池大鬓接连闻报，格外惊慌，到了此时，也就无心恋战，知道山寨已毁，无路可归，便思逃走。怎奈李武、罗季芳二人闻说山中火起，心中大喜，一声呼喝，即令所部各兵围拥上来，将池大鬓困在当中，任他左冲右突，冲不出去。更兼罗季芳、李武两人抖擞精神，并力死战，池大鬓已是强弩之末，渐渐地就有些支持不住。

正在危急之际，忽见胡大渊冲入重围，手执两柄六角铜锤，逢人便击，意欲将池大鬓救出。怎奈罗季芳、李武二人虽然力不能敌，却拼命死战，哪里肯将池大鬓放走，又兼各兵卒个个争先，无一人退后，虽然胡大渊出其不意杀进重围，所部各兵却不肯因此稍退。正在喊杀连天之际，池大鬓手起一叉，击中罗季芳马腹，那马负痛，当即狂奔冲出重围。李武又被胡大渊的铜锤打伤右臂，也就败逃出来。池大鬓、胡大渊见罗季芳、李武二人受伤败下，此时哪敢怠慢，也就跟着冲出，并非有心追赶罗季芳、李武二人，却是要赶紧逃命。

徐鸣皋在旁看得清楚，说道："若于此时再将这两个恶贼逃走，见了元帅，何以缴令？"因即将马一催，杀入阵来。迎面见着罗季芳、李武带伤败出，当下也来不及问活，放过二人，急急迎了上去。正遇池大鬓、胡大渊二人欲杀出来。徐鸣皋大喝一声："逆贼往哪里走？"手起一枪直刺过去。毕竟池大鬓、胡大渊的性命如何，且听下回分解。

第一百三回 徐鸣皋力斩二寇 任大海独战三人

话说胡大渊、池大鬓正欲冲出，却好徐鸣皋掩杀过来，大声喝道："逆贼往哪里走？本将军前来取你的首级！"话犹未完，手起一枪，直往池大鬓刺到。池大鬓正向前跑，忽被徐鸣皋阻住，已是心急如焚，又见一枪刺到，真个是措手不及。欲待招架，万万无此闲空，欲待躲避，徐鸣皋的长枪已近胸前，只得拼命一着，急将右手认定徐鸣皋的枪杆一把抓住，说声“不要走”，那枝枪杆已被池大鬓执在手中，用足十二分力量，先向自己怀内一拖，满想将徐鸣皋拖下马来。哪知徐鸣皋见手中的枪被池大鬓夺住，也即双手执定枪杆，亦用足十二分劲，就此一抖，只见池大鬓手略一松，那枪杆便有斗大的花头，直射得池大鬓眼花缭乱，二目一瞪，早被徐鸣皋分心一枪，挑于马下。胡大渊急急来救，已被官兵枭了首级。

胡大渊见池大鬓已死，也就舞起双锤，拚命来敌徐鸣皋。鸣皋此时杀得兴起，见胡大渊抢杀过来，他便舞动花枪，直往胡大渊卷杀进去。胡大渊先还可以遮拦隔架，到后来不知从何着手，只见一片白光如梨花飞舞，浑身罩定，知道不妙，急急格开一枪，便想舞动双锤杀透重围而去。哪知徐鸣皋是何等神勇，已将敌人战到这步地位，还肯让他逃走吗？正战之间，忽见胡大渊虚晃一锤，知道他不敢恋战，急急欲待败走，徐鸣皋也急急紧了一枪，大喝一声：“好恶贼，还不下马，等待何时？”一声未完，那枪杆已刺杀进去，正中胡大渊咽喉，落马而死。当由官兵急急割了首级。徐鸣皋将两颗首级挂于马下，一面使人先往大营报捷，说贼首池大鬓、贼目胡大渊业已刺死。手下人当即驰往报捷。徐鸣皋复又督率所部精兵，驰往东西两谷接应徐庆、周湘帆二人。

却说徐鸣皋到了东山盘谷，远远在马上望见，只见狄洪道、杨小舫、周湘帆三人围住一个贼目在那里混战。徐鸣皋见周湘帆已得着接应，料不至有失，遂即舍了此地，拨转马驰往西山夹谷，接应徐庆去了，暂且按下。

先说狄洪道与杨小舫二人，何以来至盘谷，接应周湘帆，混战任大海呢？原来狄洪道自从进了羊肠谷，却好正交天明，便令各军取出火种，节节放火。凡遇树林深处以及房屋，只要引得着火的所在，皆放起火来，一顷之时已有十数处火起。那时贼首池大鬓已得着前山信息，分头去下山接战，所以狄洪道率领各军在后山放火，如入无人之境，只烧得各处房屋寨栅一律焦土。

及至前山东西两谷得着信息，胡大渊急急下山与池大鬓报信，见池大鬓已被官兵围在那里厮杀，他便突入重围，前去接应，现在两人已被徐鸣皋杀死。当胡大渊驰往前山之时，盘谷尚未有火。走未一刻，周湘帆所部各军见后山火势滔天，也就于盘谷四面树林放起火来。任大海知道不妙，便思逃走，却好周湘帆拼命力战。正在危急之际，狄洪道已由山内杀出，正遇周湘帆与任大海对敌，渐渐抵敌不住，他便抢杀过来，再在那里混战。

杨小舫率领后队驰到羊肠谷，已见山内火焰腾空，当下便命各军蜂拥而进。走入山内，但见狄洪道所部各军，有的还在那里四处搜寻放火，有的任意赶杀喽啰。杨小舫见着这般光景也觉有趣，正要率领所部四处搜掠，急见从山外冲进一骑马来，马上坐着一个贼目，手执烂银锐，一见杨小舫，也不答话，舞动烂银锐，即便交战。反是杨小舫问了那贼目的名姓，原来是郝大江。他本在西山夹谷，也因闻报山内火起，他便急急赶回，准备救火。哪知他才入山来，夹谷四面又是火起，却又遇见杨小舫接住厮杀，战不数合，被杨小舫一戟刺于马下。

若论郝大江的武艺，并不亚杨小舫，怎奈此时是惊弓之鸟，又是心悬两地，记念着前山池大鬓，不知胜负如何，又不知山上大将共有几人、精兵若干，因此心慌意乱，所以战不数合，被杨小舫刺死。如果平心定气与杨小舫对敌，不但杨小舫不能取胜，还恐战不过大江。这也是这伙强盗恶贯满盈，应该今日遭劫。

当时杨小舫将郝大江刺死，随即枭了首级，从里面直杀出来。本欲杀往前山，怎奈路径不熟，却误杀到盘谷，正好遇见狄洪道、周湘帆在那里混战任大海，他也就冲杀下去，与狄、周二人合兵一处，三个人混战。哪知任大海的本领果然出类超群，真有万夫不当之勇，手持两条竹节钢鞭，上下左右飞舞盘旋，真个如生龙活虎！虽有狄洪道、周湘帆、杨小舫三人战他一个，他却毫无一丝畏怯，仍是猛勇异常。只见他那两条竹节钢鞭，架开刀，撇开枪，格开戟，遮拦格架，将自己的身躯、坐下的战马保护得风雨不透。四个人四匹马，只杀得尘头大起，日月无光，两边小军呐喊之声震动山岳。

狄洪道等三人见他如此悍勇，却是暗暗喝道："有如此神勇，若果不入邪途，真是国家一员大将，可惜甘心为贼，也算是明珠暗投了。"一面暗道，却一面厮杀，足足战了有一百个回合，仍是不能取胜。狄洪道、周湘帆、杨小舫三人杀得兴起，便各人抖擞神威，只见狄洪道摆动大砍刀，用了个泰山压顶的架势，直往任大海当头砍来。任大海将右手鞭向上一架，掀开大砍刀，左手一鞭，认定狄洪道右背打下。狄洪道正要招架，那边杨小舫已一戟刺来，任大海收回右手鞭，复将右手鞭往戟上一磕，趁势用了水中捞月，将杨小舫那枝画戟格在一旁。正要翻起左手鞭来打小舫，不料周湘帆的枪又分心刺来。

任大海即将左手鞭往上一翻，却好正碰在周湘帆那枝枪杆上面。只听一声响，周湘帆那杆花枪，已被任大海的鞭打折两段。周湘帆在马上这一惊非同小可，所幸狄洪道的大刀又砍了进来，接着杨小舫的画戟又复刺到。周湘帆急急将手中折断的半段枪杆抛在一旁，便从腰间掣出双股宝剑。原来周湘帆这口宝剑，虽不能削铁如泥，也还锋利无匹，当下便舞动双股剑，复杀上来，只见两道寒光，不离任大海前后左右。此时任大海料难取胜，满想打死他们两个，就便自己死于非命，也还扯过直抵。怎奈只有招架之功，并无还刀之力，任他勇猛，徒唤奈何。

看看抵敌不住，便虚打了一鞭，拨转马头便走，打算杀出重围，落荒而走。不料战马气力已乏，忽然马失前蹄，将任大海从马上翻跌下来。狄洪道一见好不欢喜，也就急急赶到前面，手起一刀，正要砍杀下去。只见任大海大喊一声："马失前蹄，此天亡我也！"遂拔出佩剑自刎而死。当时有小军上前割了首级。狄洪道、周湘帆、杨小舫三人见任大海已死，便传令所部各军，直往夹谷接应徐庆。

再说徐庆力战卜大武。这卜大武固然骁勇，他还有个绝技，使两柄软索铜锤，能于百步之内打人，百发百中。徐庆与他战了有四五十回合，彼此皆不分胜负，只急得徐庆暴跳如雷："如此一个强盗，我都战他不过，还算什么一员大将，岂不可耻！"当下便大喊说道："逆贼听了，本将军若不将你这泼贼碎尸万段，誓不回营！你敢与本将军战一百回合吗？"

卜大武哈哈大笑道："好小子，莫说一百回合，就便一千回合何妨。只要胜得我手中刀，我便甘心受缚。”徐庆闻言，便又大杀起来。究竟徐庆果能取胜否，且听下回分解。

第一百四回　徐将军义勇兼施　王元帅恩威并用

话说卜大武与徐庆力战，不分胜负，徐庆杀得兴起，便要与卜大武战一百回合，卜大武也就答应说道：“你能胜得我手中的刀，我便甘心下马受缚。”徐庆闻言，心中暗道：“我若将此人胜了，他能甘心受缚，或者可以在元帅前讨情，请元帅宽恩，赦其死罪，将他留在营中效力，也可为国家一员猛将，不知这人果肯改邪归正否，若能如我所愿，那就大幸了。”心中想罢，便举起金背大砍刀，复与卜大武杀起来。

你来我往，又战了有四十余回合，忽见阵外一骑马飞来，高声喊道：“好大胆的泼贼，还敢在此抗敌！你家贼首池大鬓及贼目胡大渊，已被本将军杀了，现在首级在此，你可细细观看。若知进退，早早下马受缚，免得目前死于非命。”说着已经飞入阵中。徐庆闻言，急视之，乃徐鸣皋也，心下大喜，见有人来接应，胆量愈壮，即刻精神百倍，抡动大砍刀，奋力杀进。

卜大武正与徐庆力敌，忽闻徐鸣皋这番言语，又见他马下挂着两颗首级，确系池大鬓、胡大渊的头颅。又因徐庆一人尚难取胜，禁不得再加一人，料非敌手，不免心中一慌，不觉手中的刀略慢一点，早被徐庆一刀砍中马足，那马登时壁立起来，将卜大武掀翻在地。卜大武手中的刀已抛落一旁。

当有小军急急上来，割取首级，徐庆急止道：“且将他捆了吧，解进大营，听元帅发落，此时不得有伤性命。”卜大武见徐庆如此，心中暗道：“难道这人有释我之意吗？不然，我已跌下马来，不必小军前来割取首级，就是他再紧一刀，已可结果我性命，为何他既不杀我，又令小军不得伤我性命，解请元帅发落，此中定有用意。且到大营看是如何，若果元帅有释放之心，我便归降便了。”当下小军就将卜大武捆绑起来。

正要解往大营，忽又见三骑马如旋风般飞来。徐庆视之，乃狄洪道、杨小舫、周湘帆三人，率领着所部前来接应。瞥眼间已到阵上，一见徐庆，便齐声问道：“贼目曾捉住吗？”徐庆道：“现已捆了，正要解往大营，候元帅发落。诸位所办如何？”狄洪道就将任大海落马自刎情形说了一遍，又道：“现有首级挂在马下。”杨小舫又将郝大江杀死的话也说了一遍，大家大喜。

卜大武在旁，知道五弟兄已杀死四个，因复暗想道：“我就便不为所缚，还在这里与他们力战，也落得个孤掌难鸣，而况终究不免一死，能此去大营饶我不死，我当甘心投降使了，况且这强盗两字，终究不妥。”主意已定，专候解往大营，听候发落。只见上来几个小军，将他抬起来，随即解往大营而去。

徐庆、徐鸣皋、狄洪道、周湘帆、杨小舫五人，也就合兵一处，计点人马，死者不过数人，伤者亦不足百十名，惟有喽兵死伤甚众。当下徐鸣皋就派了一千名精兵在此守山，并监守未死的喽啰，然后命各军掌起得胜鼓，一同回营缴令。

此时已日过午，大营内元帅早已得了头报，知道徐鸣皋将池大鬓、胡大渊两个贼首杀死，心中甚是欣悦。顷又接着探子去报，声称杨小舫杀死郝大江，狄洪道、杨小舫、周湘帆三人合战任大海，又将该贼战败，落马自刎身亡，元帅更是喜悦。惟有西山夹谷徐庆尚未来报，正在盼望，只见探子报道："禀元帅，贼目卜大武在夹谷力战，经徐将军奋杀敌，已将该贼目擒住缚了，少时即解回大营，听元帅发落。"

王守仁见报，好生畅快，因暗道："多年巨寇，一旦成擒，固为地方上除害，也可免朝廷宵旰之忧了，真乃国家之福，得此徐鸣皋等这一般英雄，不然这伙巨寇，尚不知何时才可剿灭。"正自暗想，忽闻金鼓齐鸣，各军已经收队。王守仁即出营门，亲去迎接。却好徐鸣皋等已到，一见元帅亲自出来迎接，大家一齐下马。王元帅上前慰劳道："诸位将军克奏朕功，未免辛苦了，且请帐内歇息吧。"徐鸣皋等谦逊一番，当下随着元帅进了大帐。

王守仁便命人先给徐鸣皋立了头功，然后挨次录功已毕，徐庆便鞠躬说道："贼目卜大武已为末将擒获，现在营外听候元帅发落。惟该贼目猛勇异常，末将征窥该贼情状，颇有投诚之意。若蒙元帅加恩，免其死罪，收录营中，令其效力，命他将功折罪，末将看卜大武似不致再有异心，将来或可为国家收一猛将。且不日往剿南安，可令其作为奸细，剿灭之功，即得于此人身上也未可料。末将为爱才起见，是否有当，尚乞元帅主裁。"王守仁见徐庆如此说项，心中也有收服之念，当命将卜大武带进帐来。

只听一声答应，不一刻已押解进来，跪在下面。王守仁将卜大武上下一看，见他身长八尺，虎背熊腰，豹头环眼，两道长眉，一双大耳，大鼻梁阔口，黑漆漆面皮，生得颇为不俗。王守仁看毕，不觉暗暗羡慕道："此人若肯归顺，将来定为国家栋梁。"因道："卜大武，本帅看你有这般一表人才，理应一心向上，图个出身，为国家建功立业，才不愧天地生人的道理。为何甘心为寇，显干国法，今既被捉，你尚有何话说？"即喝令推出营门，斩首来报。

只听手下吆喝一声，走上前来推卜大武。当有徐庆上前，代他讨饶道："元帅且请息怒，末将冒死有一言容禀。卜大武甘为强寇，本应罪不容诛，姑念现已就擒，请由末将劝令归降，令他在营效力，将功折罪，以观后效。尚望元帅赐以不死，卜大武定然仰感元帅开活之恩，死心图报，勉为国家出力。"王守仁见说，因转言道："本帅虽可看将军一再求饶，免其一死，特恐他志向不专，反复无常，与其将来多费周折，不若直截了当，将他斩了，免留后患。今既据将军如此讨情，可问明他来投诚之后，是否死心死力图报国家，勉立后功，藉赎前罪。"

徐庆正欲向问，只见卜大武跪在下面说道："罪犯如蒙元帅宽某既往，勉某将来，赐以不死，人非草木，岂不知感仰元帅之恩？元帅但请宽心，某倘蒙开恩，自当竭力报效，以期赎罪。况某当日亦非甘心为贼，只因我父为奸臣所害，一家九口死亡殆尽，某无处栖身，只得到此，暂为落草。身虽为寇，心实难甘，其迹虽恶，其情可悯。"

王守仁听了卜大武这番话,因问道:"据尔所言,尔父为何人所害,尔祖居何处,尔父何名,可细细禀来。"卜大武道:"某祖籍河南固始县,父亲名唤卜建仁,曾为甘肃知县。因那年旱荒,擅开义仓赈济百姓,平时又与本省督抚不善逢迎,因此督抚嫁词奏参,还勒令赔偿仓谷。某父亲居官清正,一贫如洗,因此自尽身亡。彼时一家九口,见父亲已死,以为此项仓谷可以免追。无奈上宪追呼,迫不可缓,仍勒令家属赔补,因此全家悉数自尽,某因此仇不共戴天,只得逃亡在外,以期将来报复。现闻该督抚已死,某又无家可归,所以甘就大庾山托足。今者天兵所指,已将大庾巢穴焚毁殆尽,某又为擒缚,本非所愿,而况就擒,自当革面洗心,勉为好人,尚不失官家之子,尚请元帅宽恕。"

王守仁听说这一番话,因道:"你既如此,本帅姑念你从前为寇,是迫于无可奈何,今既有心归诚,本帅当免你一死,以观后效。"说着便命人代他解绑。当有徐庆上前解开绳索。卜大武又谢了元帅,王守仁即令随营效力,俟后有功,再行赏职。欲知后事如何,且听下回分解。

第一百五回 卜大武矢志投诚 王远谋现身说法

话说王守仁准其贼目卜大武归诚,以观后效。卜大武自然感激,当下谢了元帅不杀之恩,随即出了大帐,又谢了徐庆义释之意,并与徐鸣皋等各人相见已毕,从此就随着徐鸣皋等人立功。看官要知徐庆保了卜大武随营效力,以后王守仁督兵剿南安诸贼寨,若非卜大武作为内应,贼首谢志山尚不能就擒。此是后话,暂且休表。

再说王守仁见卜大武矢志归诚,满心欢喜,当传令各营,犒赏三日,专候华林、漳州两处捷报一到,便合兵进攻南安,当下无话。次日,又传卜大武进帐问道:"现在山寨虽已焚毁,所有喽兵以及银钱粮饷尚有若干,你可即日到山查明来报。"命徐庆一同前去,查明之后,所有喽兵愿降者准其投降,不愿降者即着一体解散,各回本籍归农。徐庆得令,即同卜大武一同前去大庾山盘查钱粮,稽核喽兵数目去了。一日回来报道:"钱粮共有三千,喽兵不足二千,愿降者约有千余,其余悉皆遣散。"

王守仁见说,即令将钱粮全数悉解大营,以充军饷,所有喽兵亦即编入队伍,即命卜大武管带,以便收驾轻就熟之力;其前留守山部卒,亦即调回大营。徐庆、卜大武答应,又至山上,将所有钱粮悉数饬令小军运回大寨。已降之各喽兵,亦即编入队伍,仍由卜大武管带,一同驰归大营,合兵一处,专等华林、漳州两处捷报。由此卜大武就在王守仁部下,实心实力,任劳任怨,以图后报不表。

且说王远谋这日又来庆贺,到了营门,当有小军传报进去。王守仁见报即刻亲自迎出营门。王远谋一见,拱手贺道:"元帅神威,指日剿平山寨,真乃国家之福,某个地方之幸也,今特竭诚前来庆贺。"王守仁也笑谢道:"山寨荡平,非某之力,实先生指教之功也。"说着,就延王远谋进入大帐,彼此分宾主坐下。元帅又命人大摆筵宴。

一会儿酒席摆上，王守仁邀王远谋入席。三巡酒过，守仁问道："前者某欲求先生同往南安，借领方略，先生以欲与尊夫人商议，迩来当有定议，不卜可蒙赐教否？尚求一言，俾免悬念。"

王远谋道："承元帅盛意，某焉敢不遵，但日来与老妻熟商，满拟随镫执鞭，藉观韬略，奈老妻苦苦相留，不放前去。某当以富贵爵禄动之，告以南安距此并不过远，且荡平山寨之后，元帅必以某随营效力，不无微劳，足录章奏。肃清之时，某亦可蒙元帅保奏，仰何天恩，大小得点功名，将来回家，虽不能衣锦荣归，亦可借此为亲戚交游光宠。若终于株守，伏处草茅，但不过问舍求田，日与田舍翁为伍，虽曰自适，终为野老一流，富即不能，贵又不得，庸庸一世，不几与草木同腐乎？某说了这一番话，以为老妻必以富贵为可慕，以功名为可荣，以亲戚交游光宠为可羡，哪里知道她另有一副心肠。说来殊觉可笑，究竟妇人见识与须眉志向不同，却以可慕者为可厌，以可荣者为可辱，以可羡者为可耻，且与某言道：'方今之时，所谓富若贵者，动辄骄人，其实可耻之至。在不知者，以为某也富，某也贵，本非亲戚，至此而强与往来，本非交游，因此而欲求接纳，推其意，皆欲藉若人之声势，为自家光宠，而富若贵者，亦因此夜郎自大，欺压乡邻，究其所以既富且贵之由，实皆由摇尾乞怜、俯首贴耳所致。与其有此富贵，徒觉外观有耀，不若求田问舍，做一个野老农夫。虽没世无闻，草木同腐，尚可得清白终身，不致与富若贵者龌龊卑污，在外面看来似觉可慕可荣可羡，即令他自己问心细想，实在有许多不能对父母妻子之处。我看你不必慕此富贵罢，至于功名一节，更可不必妄想。不必说你生成一副寒乞相，就便命中应得贵为天子，位极人臣，及至一旦无常，依旧一杯黄土。此就命有应得者而言，若本无此命，勉强而求，不必说勉强不来，即使勉强得来，亦未免徒费心血。而况当今之世，举世皆浊，权贵当朝，正直者反屈而不申，卑污者却得以重用。即以军营而论，有那身经百战、功绩昭然的，当时自问，将来荡平之后，必可荣膺懋赏，藉此酬功，初时未尝不以此自幸。及至奏章既上，身经百战的不尽，滥竽之辈其中亦有十之二三，更且黑白混淆，是非倒置，甚至坐观成效的竟得邀上赏，身经百战的不过得微荣。在天子高拱九尊，何由尽悉？而保奏者或因私意，或为夤缘，以致颠倒是非，致使有功者抱屈莫申，无功者坐受上赏。人情如此，已莫可挽回。虽王元帅为一代名臣，亮节高风，原非苟且贪污者可比，有功必录，有过必惩。我虽女流，亦甚钦佩。然而你年已花甲，何必再入迷途？即使富贵功名皆如所愿，曾几何时又将就木，也觉无趣味了。在我看来，还是株守田园，以老妻稚子相对，终身虽无功名，也还不失天伦之乐。若徒以功名为重，免不得抛妻撇子，背井离乡，受些旅况凄凉，风尘扰攘，而况随征之事，更觉难堪！你又非身受国恩，何必自寻苦恼呢？若以元帅之意不可却，定欲从事征途，我便请从此死，好使你趱赶功名便了。'某给老妻这一席话，说得甚觉有理。且某本与老妻伉俪甚笃，朝夕不离者已四十年，一旦远离，情固有所不忍，加以稚子幼孙牵衣顿足，啼号交集，相与咨嗟，某见此情形，又不免儿女情长，英雄气短了。因一转念间，终觉富贵如云，功名似水，还是与老妻稚子伏处草茅，做一个田舍翁了此终身，反觉计之为得。元帅的盛意，某当铭感不忘。非某有心逃世，实为老妻所累，不忍暂离，尚乞原谅。”

王守仁听了王远谋这一番议论，因自叹道：“老先生现身说法，足使某万念俱灰。诚哉富贵如云，功名似水，本无可乐之境，惟某身受国恩，不能不勉尽臣道，然抚衷自问，虽欲如先生求田问舍，共得天伦之乐而不可得。老先生虽非富贵，实是神仙，可羡可慕！”说罢，嗟叹不已。不一会儿酒筵已毕，王远谋又再三相谢，即便告辞而去。王守仁仍依依不舍，怎奈他无心世事，不可勉强，只得送出营门，一揖而别。

又过了十日光景，一枝梅、王能已肃清漳州贼寨，包行恭、徐寿已肃清华林贼寨，皆得胜回营缴令。王守仁当即传进大帐问明一切，一枝梅、包行恭等便将漳州、华林两处如何进攻，如何纵火，如何力杀漳州贼目邓武、陈如虎、韩韬、伏水龙，华林贼目孙有能、李志海、孟铭山、周尚勇等人，并所得器械粮饷若干件，收服喽兵若干名，细细述了一回。

王守仁听了，大喜道：“似此多年巨寇，官军累剿失利，今不过三月之功，一律肃清，此非本帅之功，实赖诸位将军之力也。明日当驰奏进京，既慰朝廷宵旰之忧，借表诸位将军之绩。”一枝梅等又谦逊了一回，这才退下。安营已妥，又与徐鸣皋等叙了阔别。王守仁当晚写成表章，次日令人驰奏进京，又命各营养军三日，拔队起行。

三日之后，仍命徐鸣皋为先锋，其余各人均安本职。三声炮响，金鼓齐鸣，督领大军，离了大庾，一路上浩浩荡荡，直往南安而去。毕竟攻打南安、横水、桶冈诸寨，剿灭贼首谢志山胜负如何，且听下回分解。

第一百六回　献妙计卜大武陈词　去诈降谢志山受骗

话说王守仁收服了卜大武，一枝梅等已剿灭了华林、漳州等寨，便合兵一处，进攻南安。一路上浩浩荡荡，真是秋毫无犯，不愧王师。在路行程非止一日，这日已离南安不远，即令安营。

当有各将进帐参见，王守仁还礼已毕，便问卜大武道：“尔可知南安、横水、桶冈三寨，何处最为险要，何处次之，这三寨之中，以何寨最易攻剿，尔可细细谈来。”

卜大武道：“南安、横水、桶冈山寨，以桶冈最为险要。这冈岭四面皆山，环抱如桶，所以起名桶冈，贼首谢志山就住在这里。四面山上皆有檑木炮石，并高设烟墩，以为号令。守山喽兵见有官兵前来，便于烟墩内放起烟来，里面就知道预备。且不识路径者，往往遭彼埋伏。因那冈外四面，在外面远看，皆有大路可通里间，其实那些大路皆是死路，万不可进，如果由大路进去，必遭埋伏无疑。冈内出入皆由小路，那小路实不易行走，不但羊肠曲折，而且荆棘横生。官兵屡剿失利，亦皆由此：贼首谢志山又多谋有，凡有官兵前来攻剿，他类皆以逸待劳，不肯轻于接战。就便兵将奋勇进攻，他将檑木炮石打下，任你再骁勇，总使你不能前进。再不然，将官兵诱入大路里面，只要进了谷口，他便放起地雷火炮，将官兵轰死殆尽，他仍安然无恙。地势之险，莫险於桶冈，埋伏之多，亦莫多于桶冈。能先将桶冈攻破，其余横水、南安皆不足虑。”

王守仁道：“据你所说，桶冈是最难攻了。”卜大武道：“不但难攻，而且谢志山手下有两个贼目。一唤飞天虎冯云，惯用两柄生铁虎头拐，有万夫不当之勇，更兼他能半空飞走，又有二十四枝袖箭，能于半空中施放，打人百发百中。一唤赛花荣孟超，惯用一杆烂银枪，虽不比冯云骁勇，却也不弱，惟是他的弩箭极其厉害。他平日在山中无事，专以飞禽作为箭靶。他这弩箭，不但百步之外射人百发百中，而且是连珠箭，一箭不中，连着射出来，任你会让，总要中的。若中一箭，七日之内，必然送命。原来他那弩箭上是以毒药煮过，只要射中敌人，受伤之处登时发痒起来，然后溃烂，七日之内，烂见心肺而死。元帅若要攻剿，必先将此两人捉了过来，然后此寨即不难破。再不然，能将他两人袖箭、弩箭盗出，使他无此暗器，也就易于为力了。”

王守仁道：“本帅就差你前去，盗那件暗器何如呢？”卜大武道：“元帅之命，本不敢辞，怎奈平时只会马上，不会飞檐走壁，盗那暗器须有飞檐走壁的本领，才能盗得出来。不然，不但徒劳无功，且恐有误大事。某却有一计，元帅主裁，如果可行，当竭力报效。”王守仁道：“你既有妙计不妨说来，如果可行，也不负你投诚之志。将来剿灭之后，本帅当奏知圣上，论功行赏。”

卜大武道：“现在某虽已投诚，谢志山那里必不知道，某即拟率领所部，抄出桶冈之后，前去诈降。即说大庾为元帅攻破，诸人已死，无处可归，因此尽率喽兵前来投奔，望他安置，他必可相留。那时某即作为内应，一面请元帅拣众将中有能飞檐走壁者，至少四人，扮作喽兵模样，暗藏利刃，杂入某所部以内，一齐上山，得便行事。如此而行，似觉较为妥当，不知元帅意下如何？”

王守仁听罢，当下说道：“所言正合吾意，即照尔所说去办便了，惟尔最宜机密，不可泄露。本帅却有一件可虑，尔虽绝无异心，但不知尔所部喽兵，到了那里，可否不生他意？”卜大武道：“此事某虽可保，惟虑元帅不能深信，莫若就于元帅部下拨发一千精锐，充为喽兵，在元帅既可放心，某亦放胆前去。但元帅必须坚嘱所部，若山上有人盘问，万万不可稍露马脚，要紧要紧？”

王守仁道：“此计最善，本帅即挑拨精锐一千，给你带去便了。”当下便令徐鸣皋、徐庆、一枝梅、狄洪道、包行恭、徐寿六人，扮着喽兵，各藏利刃，随同卜大武前去。“务要小心，将袖箭弩箭盗出，能再就近行事更妙；设若不能，万万不可躁进，可赶即回营，再设良法。”徐鸣皋等一面答应，一面说道：“元帅但请放心，末将等只患不能入山，既到山内，自可见机而作，能随时就近将贼首捉住，捣毁巢穴更妙。万一不能，末将等自当遵命，断不敢因躁进而致误大事。”王守仁见说大悦，徐鸣皋等亦即退出大帐，回至本帐。

徐鸣皋与大家计议道：“我等既然前去，必须将他两件暗器盗回，方显我等本领。慕容贤弟与包贤弟可去盗冯云的袖箭，我与徐寿去盗弩箭，狄大哥与周贤弟作为接应。包贤弟可再将那鸡鸣断魂香分给与我，与慕容贤弟两人一用，以便易于着手。”一枝梅道：“可不要，我自有一种薰香，你带便了。”六人计议已定，一宿无话。

次日即挑选了一千精兵，又扮着委顿情形。徐鸣皋等也就改扮停当，外穿喽兵号褂，内衬紧身衣靠，各藏利刃暗器，即于当日拔队，故意抄由桶冈后路而进。走了一日，已到桶冈山后，当由卜大武打了暗号，守山喽兵道是自家人，即问明来历。卜大武在山下喊道：“你快去与你家大王说知，你就说大庾山卜大武前来，有要话面说。”那喽兵赶即飞奔大寨，去报谢志山知道。

谢志山一闻是大庾山卜大武前来，有要话面说，也就即刻相请。那喽兵得令，随即飞奔下山，向卜大武说道：“咱家大王有请。”卜大武听了，即命所部一千精兵暂在山下等候，他便一人上山。走到半山，已见谢志山率领冯云、孟超迎接出来。

谢志山一见卜大武那种情形，便问道：“贤弟如何这等狼狈？”卜大武道：“一言难尽，且进里面细谈便了。”谢志山等三人当邀卜大武进入大寨，彼此行礼已毕，各人分宾主坐下。谢志山问道：“贤弟到来，莫非大庾有什么意外之变吗？”卜大武见问，登时二目圆睁，双眉倒竖，发怒骂道：“只因那王守仁这狗官，带领大兵前来剿灭。第一日官兵分三路进攻，一路打前山，两路分打东西盘谷、夹谷，大哥即率我等，也就分头下山迎敌。及与官兵交战，见那些将士皆非我等敌手，不过数合已将各将士打得大败而回。大哥与我等见此情形，却毫不介意，以为仍如前次官兵。第二日官兵又来索战，我等下山迎敌，还是如此。一连三日皆如此情形，我等更加不以为意。哪知王守仁这狗娘养的，却用了骄敌之计，将我等暗暗稳住，使我等无心防备。他却暗使猛将于第五日分了四路，三路来攻前山东西两谷，一路暗暗抄出山后，由羊肠谷而进，沿路纵火，先将寨栅焚烧起来，断了我等归路，然后由山内杀出，里外夹击。就此一阵，可怜我大哥以及胡、任、郝三位兄长，皆死于非命。小弟幸亏逃得快，率领了千余败残兵卒，逃出境外。因想此仇不报，何以为人，又思无处可奔，只得率领喽兵投奔到此。还望兄长可怜众家兄弟死于非命，看顾小弟无路可归，收留帐下，一同报仇雪恨。闻说王守仁那狗娘养的，不日即要进攻到此，等他来时，皆要仗兄长的大力及冯大哥、孟大哥二位神艺，并合迎敌，务要将他杀得个片甲不留，一来为小弟那里众家兄弟雪恨，二来也可使他知道兄长的神威，不敢藐视。”说罢纳头便拜。

谢志山听罢，只气得三尸冒火，七孔生烟，跌倒地下，昏晕过去。究竟谢志山有无性命之虞，且听下回分解。

第一百七回　一枝梅盗箭斩冯云　赛花荣暗器伤徐寿

话说谢志山听了卜大武这番话，登时三尸神冒火，七孔内生烟，大叫一声，跌倒在地，昏了过去。当下卜大武即与冯云、孟超将他扶起。停了片刻，苏醒过来，大怒说道：“卜贤弟，你不必着急，咱给你代众家兄弟报仇便了。就便这王守仁狗娘养的不来，咱也要兴兵下山去杀。”

卜大武道："兄长，你不必患王守仁不来，只愁这山上人少，非他的对手。"谢志山道："贤弟，你何以长他人志气，灭自己威风。不必说咱山上尚有三四千人马，就便没有，咱又何足惧哉！"卜大武道："小弟现尚带有不足一千人，虽系残败喽兵，只要养息数日，也还可以使用。"谢志山道："现在哪里？"卜大武道："现在山下候示。"谢志山道："可即令他们上山便了。"当有小喽啰下山招取。

不一刻，所有一千精锐全上山来。在山喽兵缴令已毕，谢志山仍命卜大武管带，卜大武又再三相谢。当下谢志山即命大摆筵宴，与卜大武洗尘压惊，四个人畅饮起来。直饮到日落西山，谢志山即令卜大武在偏寨安住，然后各归本寨而去。原来这桶冈寨却有三座寨栅，谢志山居中寨，冯云居左，孟超居右，平日却各就本寨居住，有了大事始在聚义厅会议。

卜大武当就偏寨安住下来，故意命徐鸣皋、徐庆、一枝梅、周湘帆、包行恭、狄洪道、徐寿六人在偏寨上宿。徐鸣皋等会意，当即到了偏寨。等到三更将近，各寨业经睡宿，徐鸣皋等即至卜大武房内，低低问道："那冯云、孟超两个贼目的卧房在哪里，我们便可前去行事。"卜大武忙止道："今日尚不可动手，且等一日。明日可至各处将路径看明，至明夜再行动手。"徐鸣皋等闻说，也觉有理，随即出了卧房，仍就寨内安歇。

一宿无话。次日即杂在本山喽兵内，各处去看路径。所有出路及那有埋伏的地方，全行看过，切记在心。到晚间又至偏寨，歇息了两个更次。

等到三更时分，徐鸣皋等六人各脱去外面衣服，取出利刃暗器，招呼了卜大武，又将脱下的衣服在僻静地方藏好。然后徐鸣皋、徐寿使出夜行手段，直奔孟超右寨而去，一枝梅、包行恭直奔冯云左寨而去，狄洪道、周湘帆往来接应。只见他们六个人身子一缩，并无一点声息，但见六条黑影子飞出寨外，登时已不知去向。卜大武看得清楚，暗暗赞道："原来他们尚有这样的手段，我幸亏识时务，早早归降；不然，即不死于阵上，也说不定为他们暗中刺死。"

不言卜大武暗地自语，且说一枝梅与包行恭来到左寨，两个人由屋檐上倒挂下来，向左寨一看，但见卧房内尚有灯光。一枝梅与包行恭便将身子垂下，手执单刀，轻轻将窗纸戳了一个小孔，就此两脚一会，已落在平地，真个一点声息没有。先向四面一望，见无人影，便走近窗格，将一只右眼，从窗格内小孔上望了进去。只见房内坐着一人，尚未睡觉，在那里做八段景的工夫。

一枝梅看罢，也不惊动，即从身旁取出薰香，复又跳远了一丈多地，取出火种，将薰香燃着，又来至窗脚下，将薰香由窗户小孔中透至里面。他这薰香可与众不同，他人所制的皆有一种香味，他这薰香却一点香味没有，好似若有若无一股热气而已，不论何人只要触着这一点热气，登时就骨软筋酥，坐立不住。一枝梅将薰香透送进去，过了一刻，料已散开气味，便将薰香取回闷熄，仍收在身旁，又立在那里静听。

又过了片刻，只听里面呵欠之声，一枝梅知道冯云已触着香气，复从窗眼内望了进去，只见冯云已睡床上。一枝梅看毕，便向屋檐上击了一掌，包行恭也就将手掌一拍，当时跳下房来。一枝梅又将单刀向着窗格轻轻拨开，便一蹿身进了卧房，直奔冯云床前。手起刀落，先将冯云杀死，取了首级，然后四面来寻袖箭。

寻了半会儿，只是找寻不出，又复在冯云身上去搜。哪知这冯云袖箭是随身携带的，此时却在他腰内搜出。取过来就灯下观看，却是一个八寸长的竹筒，内有消息，中藏二十四枝连珠铁箭，只要一枝打出去，接连着二十四枝一齐发出，果然厉害。一枝梅从前也学过此艺，他也会用，后因暗器伤人，终非正道，以此不用多年。现在见了此箭，却爱他制造精工，便于携带，又系绝好防身之器，因即藏在身上。复行出房，将窗格仍然倒关起来，会同包行恭跳上房屋，直奔右寨而去。

却说徐鸣皋与徐寿二人到了右寨，也是从檐口倒垂下来，侧耳听声，向房内听去。只听里面并无鼻息之声，知道孟超还未睡觉，便轻轻地跳落下面，也从窗格纸上用津唾舐湿，戳了小孔，孔内望了进去。只见迎面设着一张床铺，垂着帐门。

徐鸣皋也不知里面的人曾否睡熟，却又不敢进去，便欲取鸡鸣断魂香，打算取出香来，燃着透进去，使里面人触着香气，昏迷过去，他好动手。哪里晓得却不带得，包行恭也不曾给他，两人虽说过这句话，却都忘记了。徐鸣皋见不曾带来，欲去寻找包行恭，恐来不及，只得放着胆，执定手中刀，去拨窗格。轻轻拨了几下，居然将窗格拨开，又听了听，好似帐内有鼻息之音。他便招呼徐寿小心在外等候，徐寿答应，他就纵身入了卧房，借着灯光四面观看。

看了一会儿，并不见有弩箭，心中暗忖道："我何必如此，只要将贼目刺死就完事了，不必一定要盗他的弩箭，与其盗箭寻不出，不若将他杀了，反而直截了当。"主意已定，即手执单刀扑向床面而来。掀开帐门，手起一刀，砍了下去，哪里晓得并无人睡在里面，只听一声响亮，只将床铺砍成两段。

徐鸣皋说声"不好"，亟待要走，只见从床后已跳出一人，手执流星锤，大声喊道："何来杂种，敢到爷爷这里来盗何物，这不是老虎头上扑苍蝇？不要走，吃爷爷这一锤！"说着，一流星已打将过来。徐鸣皋实在手段高强，急将手中刀向锤上一架，登时隔开，一个箭步，急急退至房门口，复一腿将房门踢落，就势已蹿出房门。孟超见一锤未曾打中，又被他逃出房外，登时也就追赶出来，两人就在寨外接战。

徐寿此时也就上来助战。孟超虽然勇猛，究竟敌不住两人，看看抵敌不住，正待要走，却好周湘帆又到，登时从屋上跳下，大喊一声，手舞双刀，直奔孟超扑来。孟超力战两人，已自不能取胜，何况再添一个，心中一想："若再恋战，必然吃亏，不若急急跳出圈外，用暗器伤他便了。"主意已定，即便虚晃一锤，跳出圈外。

徐鸣皋见他跳出圈外，知道他必取弩箭射来，却早为防护。只见孟超一转身，便向腰中取出一张弩弓，左手执槌，右手将弩箭执定，认准徐鸣皋射来。徐鸣皋是早已防备的，便急急一纵身蹿上房檐。徐寿、周湘帆却不曾防备，正自赶来，不提防徐寿面门上已中了一箭，接着又一箭往周湘帆射来，所幸让得快，不曾射中。

徐鸣皋在屋上看得清楚，说声"不好"，正要从孟超背后跳下去，给他个出其不意，打算将孟超一刀砍死，忽见迎面一条黑影远远飞来，又听嗦一声响，从面前飞过去，即随着声音去望。只见下面咕咚一声，徐鸣皋再仔细一看，孟超已跌倒在地。

欲知孟超如何跌落尘埃,以及徐寿、周湘帆二人有无性命之忧,且听下回分解。

第一百八回　一枝梅得箭还箭　玄贞子知灾救灾

话说孟超忽然跌倒在地,你道这却为何?原来一枝梅盗了袖箭,斩了冯云,便与包行恭直奔右寨。刚走至右寨屋上,见徐鸣皋等三人在下面与孟超接战,正欲上前助战,只见孟超跳出圈外,手一扬,一枝弩箭射出,幸亏徐鸣皋早有防备,跳上屋檐,却中在徐寿面上。一枝梅说声“不好”,即将所盗得冯云的袖箭取在手中,正欲向孟超去射,又见孟超手一扬,又是一枝弩箭向周湘帆射来,不曾射中。一枝梅此时可万万不能再缓,也就一箭认定孟超右手腕射去。孟超却实在意料不到,因此正中手腕,登时一惊,跌倒在地。

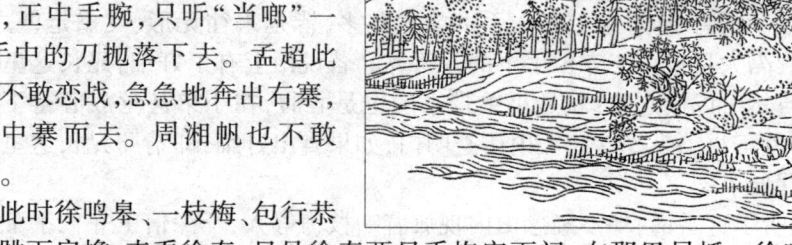

周湘帆却不曾中箭,一见孟超跌倒下去,随即抢上一步,举起一刀向孟超砍下。哪里知道孟超虽然跌倒在地,却受伤不重,忽见周湘帆举刀砍来,他便将左手流星锤从下翻起,认定周湘帆左手打来。周湘帆也不曾防备,以为孟超既跌倒在地,定然手到擒拿,却不料他受伤不重,这一锤急难躲避,正中手腕,只听“当啷”一声,手中的刀抛落下去。孟超此时却不敢恋战,急急地奔出右寨,直往中寨而去。周湘帆也不敢追赶。

此时徐鸣皋、一枝梅、包行恭俱已跳下房檐,来看徐寿,只见徐寿两只手抱定面门,在那里尽抓。徐鸣皋当下说道:“万万抓不得,你忍着些儿吧。”徐寿道:“实在忍不住,痒不可言,是不能不抓的。”一枝梅道:“似此如之奈何?”徐鸣皋道:“周贤弟也是受伤,莫若我等急急寻了狄大哥,一同保护着他二人,杀出山去。且回营中再作计较。”一枝梅道:“徐大哥与包贤弟护送他二人回营,我与狄大哥且慢下山,再混入喽兵一起,在这里打听消息。或者有什么主意可将弩箭盗出,那可易于着手了。”徐鸣皋当下答应,即刻与包行恭保护徐寿、周湘帆二人,一路穿房越屋,飞跑下山。

刚到栅门口,正要砍开栅门下山而去,只见山内喽兵已追赶出来。原来此时谢志山已得着孟超的信,即命合山喽兵点起灯笼火把,将所有要隘严加防守,一面着人去到左寨呼唤冯云。不一会儿,去的人来报冯云已被杀死,谢志山一听,这一惊非同小可，便去喊了卜大武，一齐提了兵器，出得大寨，沿路赶将下来。却好遥见徐鸣皋正欲砍开栅门，逃下山去，登时如旋风一般一齐赶去。徐鸣皋一见，哪敢怠慢，也就急急地将栅门乱砍开来，与包行恭二人急将徐寿、周湘帆各人背上，撒开大步，直往山下逃回。

及至谢志山追出栅门，徐鸣皋等已跑到山下，追赶不及，只得仍然回山。吩咐各处喽兵严加防守，仍恐有奸细前来。吩咐已毕，即与卜大武同至左寨，去看冯云尸首。不见犹可，只一见怎不伤心，但见冯云只有一段身躯横在床上，那颗首级已不知去向。

谢志山看毕，大哭一场，便命人掩埋去讫，又至右寨来看孟超。只见孟超虽受伤不重，却睡在那里养息。当下谢志山问道："孟贤弟，你这会儿觉得伤势如何？"孟超道："受伤倒不甚重，只须养息一两日就可痊愈。惟有我受伤之处，却是被袖箭打中，方才将袖箭拔下细细观看，这袖箭明明是冯二哥带的防身之器，为何他又来打我，难道他反了不曾？此事须得查明方好。"

谢志山听说，便道："贤弟你尚不知道，冯贤弟如何肯有异心，但是他现在不知被谁人已经害死，只剩着半段身躯放在那里，那颗脑袋已不知去向。你说这袖箭是他的，必是有人前来盗他的袖箭。"孟超闻言，当下惊诧道："兄长如此说来，我们山上定有了奸细，必是查明方好，不然恐误大事。"这句话把谢志山提醒，道："贤弟此话果然不差，倒要细细到处访查。"说罢，又叫孟超好生养息，这才出寨而去。

回到本寨，又与卜大武道："卜贤弟，我看我们山上定然有了奸细，不然，冯贤弟的袖箭如何被人盗去？"卜大武听说，即暗暗着急道："他既知道有了奸细，万一他查明出来，必致误事，不若如此回答，且将他掩饰过去，再作计议。"因道："兄长此话果然不差，但是小弟闻得王守仁手下能人甚多，皆是来往无形、飞檐走壁之辈。在小弟看来，冯大哥定为王守仁手下的人所算。若说山上有了奸细，兄长这里的人全是心腹，自然可以放心的；就是小弟带来的也是心腹，在小弟甚觉放心得下。最好兄长明日就于小弟带来这起人内访查明白，如果查出奸细，即请照兄长这里的定律，从重治罪便了。"

谢志山听了这番话，却不疑惑山内现放着一枝梅等人，反深信王守仁手下的能人暗暗到此，因道："据贤弟所说，冯贤弟被害，定是王守仁手下的人了。他既作了此事，断不会仍在山上，况且我们方才追赶的那四人，一定就是那一起了。既然如此，在山的人是不须查得，倒是明日要格外防备，怕他们还要再来。"卜大武道："此话甚是有理。"彼此议论一会儿，也就各去安歇。此时已经天明，一枝梅、狄洪道二人也不便与卜大武会话，只得暂等一日再作计议，暂且按下。

再说徐鸣皋、包行恭二人将徐寿、周湘帆保护下山，飞奔回营，见了王元帅，说明一切。王元帅道："冯云虽已杀死，怎奈徐寿被毒箭所伤，如何是好？周将军受伤有无妨碍？"徐鸣皋道："周湘帆虽中一锤，却无性命之忧。惟有徐寿伤势甚重，但恐毒气攻心，性命便不可保，却不知用何药解救。"

王元帅听说，又道："现在徐寿究竟如何？"徐鸣皋道："说也甚怪，自中毒箭后，人事倒也清楚，也不叫痛，只是叫痒，尽管将两只手向那伤处乱抓。现在已经抓破，还是口称痒不可言，不但伤处甚痒，并据他说好似心中也是发痒的。末将却有个主意在此，必得费几日工夫，寻到傀儡生师叔，问明缘故，或者徐寿有救。”王元帅听说道：“这傀儡生是何人，现在何处呢？”徐鸣皋道：“来往无常，云游莫定，末将且到一个地方先问一问，就知明白了。”王元帅也不知这傀儡生究竟是何人，也只得答应准他前去。

徐鸣皋才出帐来，只见有个小军进来说道：“徐将军，现在营外有个道士，说要见将军，有要话面说，小的特来禀知。”徐鸣皋一听，暗喜道：“莫非我师叔傀儡生预知徐寿有难，前来相救吗？”一面暗想，一面走出营门。只见那道士喊道：“徐贤侄别来无恙，我等又相隔年余不见了。”徐鸣皋再一细看，并非傀儡生，却是玄贞子，当下大喜，赶着上前行礼道：“原来师伯到此，小侄有失迎迓，多多得罪。”说着，即邀玄贞子进帐，分尊卑坐下。

有人献茶已毕，玄贞子问道：“诸位贤侄与我徒弟现在哪里？”徐鸣皋见问，便将别后情形详细说了一遍，又将徐寿误中毒弩，现在伤势甚重，因道：“小侄本拟寻访傀儡师叔问明原委，有无解救之法，难得师伯惠临，这徐寿定然有救了！”玄贞子笑道：“徐寿惯使弩箭，百发百中，怎么今日也误中人家毒弩？现在哪里，可带我前去一看。”徐鸣皋当即带领玄贞子去看徐寿。不知徐寿有无解救之法，且听下回分解。

第一百九回　一枝梅再盗弩箭　卜大武初下说词

话说徐鸣皋带领玄贞子来到徐寿帐内，只见徐寿此时已有些神智昏迷，两只手还向着箭伤的步位，在那里尽抓。徐鸣皋因唤道：“徐寿你醒来，玄贞子大师伯在此，特来看你。”徐寿闻言，将两眼睁开，果见玄贞子立在面前，便喊道：“师伯，小侄这箭伤甚是奇痒，不知是何缘故，请您老人家看看，把这痒给我治好了，小侄给您老人家磕头。”玄贞了笑道：“谁叫你平日惯用弩箭，今日你也受弩箭之伤，正所谓即以其人之道，还治其人之身。”说着前来，看见那箭伤已是溃烂，因道：“你且养息，我给你调治便了。”说着便走出来。

此时王元帅已经知道了，也就出来与玄贞子接见。当下二人行过礼，接着徐庆等一班兄弟也上来见礼已毕，王元帅即邀玄贞子进入大帐，分宾主坐下。王元帅道：“久仰丰姿，如雷贯耳，今得相见，真乃三生有幸。”玄贞子也让道：“便是某也久仰元帅高风亮节，纬武经文，真乃国家柱石。徐鸣皋等得莅麾下，真是千万之幸了。”

王元帅又谦让一回，因问道：“仙师方才见徐将军箭伤，究竟如何，尚可解救否？”玄贞子道：“此乃毒弩所伤，这毒弩是用烂首草之汁煮透，若射中皮肉，必然奇痒难忍，抓见筋骨而死，甚是厉害。所幸徐寿虽中此毒，不过甫经三日，尚可能救，若至七日，虽灵丹妙药也不可挽回。贫道已带有丹药，只须表里兼治，不过两个时辰，便安然无恙了。元帅但请放心，这是不妨的事。”说罢，便从身边掏出一个小小红漆葫芦，将塞子拔开，倒出两颗丹药，即交与徐鸣皋道：“贤侄可将此丹药用阴阳水和开，以一粒敷于伤处，一粒服下，但看吐出黄水就安然无恙了。”

徐鸣皋接过丹药，即走了出去，来到徐寿帐内，如法用阴阳水和开，先与他敷上，然后又与他服下，便坐在一旁，等候徐寿将丹药服了下去，箭伤处又敷好，说也奇怪，登时就止了痒。不多一刻，觉得腹中呼呼声响，并不难受，反觉得快活非常。又过了一会儿，就吐出许多黄水，此时人事也不昏迷了，面门上也不痒了，即刻扒了起来，就向大帐而来。徐鸣皋大喜，也就跟着他出了本帐，竟往大帐而来。

徐寿进了大帐，只见元帅和玄贞子及诸位兄弟，皆坐在那里谈闲话，当下便走到玄贞子面前，纳头便拜，口中说道：“谢师伯救命之恩。”玄贞子也让了一回。此时王元帅见徐寿箭伤已愈，甚是欣悦，因向玄贞子谢道：“多蒙仙师解救，便是某也感谢不尽。”玄贞子道：“此事何足挂齿，惟徐寿尚需养歇三日，方可交兵，不然恐防中变。”王元帅听说，又道：“多蒙仙师指示，某当依命。”说着即命摆酒，玄贞子也不推辞，入席畅饮。

酒席之间，王元帅便问道：“仙师法术精明，能知过去未来之事，但不知此间何日可以清平，以后有无意外之事否？”玄贞子道：“以贫道看来，此间不日即可荡平，并无意外之虞。惟一波未平，一波又起，现在逆藩宸濠已有跃跃欲试之势。此间贼势未清，该逆贼尚可稍缓，一经剿他，便乘机而动了。但是宸濠一经起兵，即有一番大大的周折，不但元帅要勤劳王师，惟恐圣驾还须亲征，那时才可平安。彼时贫道等七子十三生还要前来保驾助灭妖氛的。”王元帅见说，因道：“以仙师如此法术，岂不可以预为前去，将逆贼杀死，以免后患，何必定要圣驾亲征方可剿灭呢？”玄贞子道：“气数使然，必须如此，不可勉强的。”王元帅见说，也不便追问，仍然大家饮酒。

席散之后，玄贞子告辞，王元帅仍欲挽回，玄贞子坚持不肯，只得相送而去。出了营门，王元帅才与他一揖之后，登时便不知去向，王元帅赞叹不已。当时回转大帐，即命徐鸣皋、徐庆、罗季芳、王能、李武、周湘帆等人督领大兵，于次日清晨前往进剿桶冈贼寨。

且说一枝梅、狄洪道二人在贼寨中细探情形，俾为内应，当夜未及与卜大武会话。等到次日晚间，才悄悄地问明卜大武各节。当即约定卜大武，于次日三更举火为号，先烧大寨，然后里应外合。卜大武答应。一枝梅当夜即潜往大营，面见王元帅，告明一切，又约定三更里应外合，共破贼寨，但见山内火起，即便猛力进攻，里面自有接应，王元帅大喜。

一枝梅复又出了大营，仍回桶冈，专等次日三更行事。忽然心中一想：“孟超毒弩尚未盗出，留在那里，终久贻害，不如就此前去，将他毒弩盗来，使他毫无所恃，若再能就近将他杀死更妙。”主意已定，当即来至右寨，仍从檐口倒垂下去，向孟超房内侦探。合该这伙强盗恶贯满盈，要死在一枝梅等手内。

一枝梅正往里探，只见孟超急急地从房内走出。一枝梅一见，赶紧缩身上屋，潜伏瓦栊，等孟超走过，他便蹑足潜踪，穿房越屋跟了下去。转了几个弯，只见孟超进入一间小屋内。那小屋并无窗格门扇，却是一间厕所，原来孟超忽然腹痛，到此大解。

一枝梅一见大喜，暗道："不趁此时前去盗箭，却待何时？"急转身躯，仍跑回右寨，当即飞身进房。四面一看，并无弩箭，心中正自着急，忽见孟超床铺上枕头边摆着一件东西。一枝梅上前一看，不由的大喜。只见那物是一个八寸多长的竹筒，上面有一张小弓，弓弦紧按竹筒口，弦上扣着一枝竹箭，半段在竹筒里，半段在外。一枝梅道："原来此物就如此毒法。"当下即将弩箭收藏起来。

正要出房，忽听门外脚步声响，知道孟超已解手回来，一枝梅当即将弩箭拿在手中。原来一枝梅早已看得清楚，知道那弩箭用法，等孟超将进房来，他便一箭发出，正中孟超额上。孟超向后一退，大喊一声道："有奸细！"说时迟那时快，一声未完，第二枝箭又到，孟超即便让过。一枝梅就趁这个空儿已出了房门，身子一缩，早蹿上屋顶，复一连几踪，早已不知去向。

等到孟超出去喊人，一枝梅已到了自己帐内。孟超喊起喽兵，并到谢志山那里送信，登时合山喽兵及谢志山等均出来擒拿奸细。卜大武也就出来，各处寻找，却好一枝梅、狄洪道也混在里面帮着喊，奸细哪里查得到？

整整闹到天明，谢志山等才算没事。孟超虽中了自己毒弩，却有解药可救，当下回至卧房，取出解药，用水调敷上去，顷刻无恙。不过弩箭被人盗去，暂时制造不成，只得闷闷不乐。你道他的弩箭本来随身携带，如何误放枕畔？原来他因腹痛，急切要去大解，放在身旁，恐怕误触机关，自有不便，因此取下放在枕畔，不期被一枝梅盗去，这也是他合该如此。

这日合山喽兵及大小头目防备甚严，惟恐再有奸细。到得晚间，更加严防。却好徐鸣皋等所领的大军已抵山口，向山上讨战。守山喽兵当即报入大寨，谢志山闻报，即传令坚守不出，俟等明日天明再行开兵。这一起喽兵才得令出去，又一起喽兵报入寨来，说："官兵现在攻打甚急，若再不出去迎敌，寨栅即难保了。"

卜大武此时也在大寨，当下说道："兄长，自古兵来将挡，水来土掩，若不出去，官兵尚疑惑我等怯怕他。兄长若不去，小弟前去会他。"不知谢志山可否答应，且听下回分解。

第一百十回　弃邪归正独力锄强　阳助阴违双刀杀贼

话说卜大武向谢志山道："自古兵来将挡，水来土掩，此一定不移之道。今官兵既来，攻打甚急，若不前去，万一被官兵攻打进来，如之奈何？兄长如不出去，待小弟去敌官兵便了。"谢志山道："贤弟有所不知，非愚兄好为濡滞，退缩不前，只因官兵诡计甚多，日间不来攻打，反倒夜间前来，却是何故？"

卜大武道："原来如此。在小弟看来，官军此时前来，正以为我军无甚防备，且料他夜间必不前来，他便出其不意，攻其无备。我等即行前去迎敌，奋力厮杀，偏使他料我所不料，虽不能将他杀得片甲不留，也可伤他些人马，稍挫他的锐气。若能一鼓作气，必获大胜，兄长可勿多虑。"谢志山道："据贤弟如此说，是能前去迎敌的。"卜大武道："兄如不去，弟当愿往。"

谢志山道："兄尤有虑者，孟贤弟伤势未痊，不能令其出战，若兄一人之力，恐又不能取胜，若令贤弟同去，又恐寨内无人，万一隐藏奸细，变生仓促，则更兼顾不及，必致如大庾之败，所以犹豫不决。"卜大武道："兄长勿忧，小弟有两说，听兄择之。或小弟前去迎敌，兄长便坚守大寨，以防万一；或兄长前去迎敌，小弟坚守大寨。二者孰得，兄可酌之。不过小弟虽蒙兄长相留，特未尝久处，恐兄长见疑小弟耳。"

谢志山听说，登时笑道："贤弟何必太多心，既是一家人，愚兄又何疑之有？果有疑惑，当日亦不相留了。既如此说，还请贤弟留守大寨，兄便去迎敌官军便了。但贤弟既守大寨，责任亦颇重大，万勿疏忽。"彼此说定，谢志山正欲提兵出马，忽见一枝梅扮作本山喽兵的模样，故意仓皇失措，进来报道："启大王爷，大事不好了，现在官兵已将山下头道寨栅攻破了，请大王爷速行定夺。"谢志山闻言大惊，立刻提了虎头枪，上马而去。

一枝梅见谢志山已去迎敌，当下即会同卜大武走入大寨，取出火种，就寨内放起火来，登时火穿屋顶。狄洪道在寨外看见火起，也就喝令带来的一千精锐，即刻呐喊起来，往各寨去喊救火。各寨喽兵一闻火起，立刻仓皇不定。所有一千精锐官兵便杂在里面，互相践踏，混杀起来。

卜大武提了烂银枪，急急奔到孟超寨内送信。此时孟超已经得报，知道内有奸细放火，当下带着箭伤，飞马出得寨来，向山上喽兵大声喝止道："尔等无须错乱，此系奸细放火，就中取事，若为他所惑，是中他的计了。若有不遵号令妄自乱动者，立斩！"怎奈喝止不住，还是自相践踏，加之那一千精锐官兵虚张声势，捏造谣言，互相喊说："我们快逃命呀！官兵不知多少，又从后山杀进来！"这句话说出，那些喽兵更加惊恐，真个是抱头鼠蹿，不知如何是好。

又见火势甚燃，红光烛天，大家正无主意，又见一枝梅在乱军中大喊一声道："官兵已杀到寨内了！你们大家看呀，右寨内火又起了，也是官兵放的火呀！"众喽兵抬头一见，果然右寨火势又复腾空，更是惊慌不已。孟超知事不妙，便拍马赶往山前与谢志山送信。

正往前飞跑，忽见卜大武提着烂银枪飞马前来。卜大武一见孟超，故意喝道："好大胆的狗官，你胆敢偷越后山，前来放火，乱我兵心，不要走，咱卜爷爷在此，吃我一枪！"说着便当胸刺来。

孟超见卜大武如此，疑惑他误认官兵，正要一面举刀相迎，一面告诉他是自家人，不可误会。哪知两匹马皆是飞快，卜大武是有意，孟超是无意，只听孟超喊道："卜贤弟，是自家人，不要认错。"这一声还未喊完，卜大武的枪已到了胸前，孟超万万躲闪不及，正中一枪，刺于马下，当即割了首级。一枝梅、狄洪道见孟超已被卜大武杀死，大喜，登时二人即提了短刀，一路跳跃进纵，直往山前而去。

不一刻已到山口，只见谢志山与徐鸣皋等一班人在那里混杀，一枝梅、狄洪道二人齐声喊道："谢大哥不要慌忙，咱等前来助你。"谢志山正杀得不能逃脱，忽听有人前来助他，心中甚是大喜，当下便抖擞精神，预备力战。哪里知道不是前来助他，正是前来杀他，他却不知道，还大喊道："哪位贤弟前来助我，速速杀进！"一声未完，只见左右两个黑团子飞到面前，一声喝道："咱来也！"说着一刀就往谢志山当顶砍来。

谢志山一见不是自家人，心中已惊慌不已，正欲举枪相迎，又见右肋下一刀刺进，谢志山真个兼顾不及。一枝梅的刀已从顶上砍下，狄洪道的刀已从肋下刺进，两把单刀双管齐下，登时将谢志山杀死马下，那马溜缰而去。狄洪道即刻割了首级，于是一声大喝道："尔等众喽兵听者：谢志山、孟超俱被咱老爷杀死，山内的大寨亦被全行烧毁，尔等怕死的速速解甲弃戈，纳首投降，本将军等尚可免尔等一死。若道半个不字，再思负隅，本将军等即率领大兵，将尔等杀个鸡犬不留了！"

那些喽兵听见如此，又知寨主全行杀死，大寨全行焚毁，谁不要命，大家也就喊道："求将军格外宽恩，我等情愿归降，但冀免我等一死。"说着，这山上山下已密密地跪下有千余喽兵，哀求免死。当下徐鸣皋等即喝令起去，听候定夺。那些喽兵一闻此言，登时站起来排立两旁，迎接徐鸣皋等上山。

走至山腰，只见迎面一骑马飞来，高声叫道："诸位将军辛苦了！"徐鸣皋一见，正是卜大武，大家谢道："多蒙卜大哥暗助，成此大功，可感可感。"惟有徐庆更加得意，当下跳下马来，上前要去执卜大武的手相庆。卜大武见徐庆下马，他也就跳下马来，徐庆便执手说道："难得贤弟弃邪归正，今日成此大功，此番回营元帅必然给贤弟保奏的，可喜可喜。"卜大武道："小弟何功之有，若非兄长日前在元帅前保救，早已做了断头之鬼了。今日微效薄力，不过聊报元帅不杀之恩，兄长及诸位将军相救之力，何敢自诩其功，妄邀保奏呢？"

大家听说齐道："非卜大哥相助之力，我等何能有如此快速，不到半日工夫，竟将这座山寨全行毁灭，贼首全行诛戮呢？"卜大武又谦逊一番，当与众人进得山来，在各处先看视一回，然后在那未经焚毁的处所先歇一会儿，又查点已经被杀喽兵，共有四百几十名，受伤的有二百多名，尚有一千余名皆情愿归降。徐鸣皋当即命众喽兵，将已死的尸首全行掩埋去讫。又将山内钱粮查明数目，那些受伤的各给银两，使其回家归农，已降的仍驻扎山中，听候禀知元帅，再行发落。

诸事已毕，徐鸣皋即与一枝梅、狄洪道、卜大武三人说道："愚兄现在率领所部回营缴令，三位贤弟可仍督率所部及新降喽兵暂住此地，俟元帅如何发落，当即命人前来招呼，再行率队回营。"一枝梅等三人齐道："徐大哥此言，正合某等之意，当静候示下便了。"徐鸣皋等也就别了一枝梅三人，率领所部回营而去。究竟王元帅如何发落，且听下回分解。

第一百十一回　驰奏章元帅报捷　论战绩武宗加封

话说徐鸣皋留一枝梅、狄洪道、卜大武暨所部一千精锐仍驻桶冈,听候元帅发落,自己便率领所部回营缴令。到得大营,门官禀报进去,王元帅一听大喜,即刻传见。徐鸣皋等人便一齐进帐,参见已毕。王元帅嘉劳一番,徐鸣皋又将留兵驻守桶冈并新降喽啰各节情形,听候元帅发落的话,说了一遍。王元帅当下吩咐一枝梅等三人仍驻守桶冈,俟将南安、横水两处剿灭以后,再行合兵回营复命。所有降卒,即着编入队伍,仍归卜大武管带。吩咐已毕,当有随营差官飞报前去。

大营内养兵三日。王元帅又命徐庆、徐寿、狄洪道三人,率领精锐三千,进攻南安;徐鸣皋、周湘帆、罗季芳三人,统率精锐三千,进攻横水,均限一月内将两处悉数剿灭,先回营者便为头功。徐庆、徐鸣皋等得令已毕,料理一日,次日即各拔队前行,分头而去。

话休烦絮,果然不足一月,已将南安、横水两处贼巢全行捣毁,杀毙贼首八名,贼兵二千余名,招降贼兵一千余名。徐庆首先回营缴令,王元帅便代他立了头功。徐鸣皋稍迟一日,也就回营缴令,王元帅也代他上了功劳簿。

江西各贼悉数讨平,王元帅大喜,当日无话。次日王元帅又传令三军及一枝梅等,听候驰奏进京,奉旨何日班师,再行拔队;现在暂且驻扎此处,所有各兵卒务宜严加约束,不准骚扰百姓,抢夺民财,以及买卖不公,横行无忌,如违者定按军法斩首示众。各营得令,果然各遵约束,恪守营规,于民间秋毫无犯,专候奉旨班师。闲话休表,当即写了表章,差弁驰奏报捷。

这日武宗接着奏章,就龙案上展开细看,只见上面写道:

钦命督理江西军务、佥都御史、巡抚南赣汀漳等处臣王守仁跪奏,为驰报剿灭江西南安、横水、桶冈、大庾、浰头、华林、漳州各贼寨,歼戮各贼首谢志山、池大鬓等。现在一律肃清,恭折具陈,仰祈圣鉴事:窃臣于七月间,钦奉谕旨,以南安、横水、桶冈诸寨有贼首谢志山等,漳州、浰头、大庾诸寨有贼首池大鬓等,在于江西、福建、广西、湖广交界处所,方千余里,转徙啸聚,为害地方,实非浅鲜,若不迅速剿灭,何以靖寇贼而安闾阎?即着佥都御史巡抚南赣汀漳等处王守仁亲统大兵,就近迅速进剿,毋任蔓延。钦此钦遵。臣遵即择日率领前总督军务右都御史、臣杨一清所部前部先锋随营都指挥徐鸣皋、随营指挥慕容贞、徐庆、杨小舫、罗季芳、狄洪道、包行恭、周湘帆、徐寿、王能、李武等,暨大小三军,无分晓夜,趱赶前进,于八月初六日行抵江西、湖广交界之处。当经臣询悉土人,南安各寨地多深阻,大兵不易直入。臣即设计分兵,分令先锋徐鸣皋、指挥杨小舫进攻浰头寨,指挥慕容贞、王能进攻漳州寨,指挥包行恭、徐寿进攻华林寨。臣自亲统大军,随带指挥狄洪道、周湘帆、徐庆、罗季芳、王能、李武进攻大庾寨。盖大庾为贼首池大鬓之巢穴,是以臣亲率大兵进剿。各将弁分头去后,九月初二日据徐鸣皋驰报,于八月二十夜购线间道,暗攻洌头，纵火先焚贼寨，杀毙贼目镇山虎等五名，贼兵二百余名，招降贼兵八百余名，夺获粮草器械五百余件，于九月二十日驰回大庾，与臣合兵一处。先是臣驰抵大庾，贼首池大鬓恃险负隅，臣又因不识路径，屡战不克。后经臣密访高士王远谋，再三咨询，知其大略，复经王远谋将大庾山路及进攻各法，绘图立说，细意陈明。臣即按图进攻，仍用火攻，幸一战而克。又得先锋徐鸣皋、指挥杨小舫由洌头驰抵，当即奋勇争先，会同指挥徐庆等力战，杀毙贼首池大鬓、贼目郝大江、任大海、胡大渊等四名，收服贼目卜大武一名，招降贼兵一千余名，所有粮草器械，悉数付之一炬。臣正拟回军进攻南安、横水、桶冈诸寨，十月初四日据指挥包行恭驰报，华林寨于九月二十三日剿灭。臣据报后，当即按兵不动，专候华林、漳州两处回军前来，合兵一处，再行进攻南安等寨，以厚兵力。十月二十、二十二等日，指挥慕容贞、包行恭等先后驰抵大庾，当经臣即日拔队，进攻南安。旋据降贼卜大武禀称，桶冈系贼首谢志山盘踞之所，桶冈一破，南安、横水不战自下，并称情愿亲为细作，以作内线，借偿前罪。当经臣派令前往，复令徐鸣皋、慕容贞、徐寿、周湘帆、包行恭等改扮喽兵，随同卜大武前往。先后由徐鸣皋、慕容贞杀毙贼目孟超等，复经卜大武约期十一月十八日里应外合，纵火焚毁寨栅，当将贼首谢志山等众歼灭殆尽，并招降贼兵一千余名。复经臣派令徐庆、徐寿、狄洪道率领精锐三千进攻南安，徐鸣皋、周湘帆、罗季芳三人率领精锐三千进攻横水，未及一月，先后将南安、横水两寨一律剿除，计杀毙贼首八名，贼兵二千余名，招降贼兵一千余名。现在各处已一律肃清。此次进攻，各将弁无不身先士卒，奋勇争先，洵属异常出力。卜大武虽在先曾为贼目，一旦弃邪归正，矢志投诚，即能设计立功，实心助战，亦属可嘉之至。所有臣督剿各贼寨，先后剿灭，一律肃清，并随征各将士转战情形，可否吁恳天恩嘉奖及破格录用之处，理合恭折具陈伏乞皇上圣鉴训示。再臣现在驻兵桶冈，是否即日班师，伏候旨示，以便遵行。谨奏。

武宗将这道表章阅后，龙颜大喜。当即朱批加封王守仁为兵部尚书，徐鸣皋等为游击将军，卜大武矢志投诚，战功卓著，着加恩封为指挥，仍派往大营效力，俟后有功，再加升赏。所有各军，即着王守仁即日班师，另候调用。批毕，正欲发出，忽见黄门官又呈进一道表章，武宗展开一看，只见龙颜失色，吃惊不小。欲知为着何事吃惊，且听下回分解。

第一百十二回　击杀命官宸濠造反　奉旨征讨守仁督师

话说武宗见黄门官呈进一道奏章，展开一看，不觉龙颜失色。你道为何如此？原来宸濠打听南安各寨诸贼悉为王守仁、徐鸣皋等剿灭尽净，他便决计起兵。这日会宸濠生日，当有都御史孙燧、兵备副使许逵等，明知宸濠蓄意谋反，但系藩王，亦不得不前往拜寿。当日即亲至藩邸祝寿，宸濠亦留孙燧、许逵等饮宴。

次日，孙燧、许逵亲往谢宴，哪知宸濠早将甲士埋伏停当，拟先杀孙燧等，然后起兵。一闻孙燧、许逵前来谢宴，即刻命人传进。孙燧、许逵到了厅上，正欲与宸濠谢宴，忽见宸濠命人将前后门关闭起来。孙燧、许逵不知何意，便向宸濠道："王爷何故令人闭门？"宸濠见问，一声大喝，只见壁内埋伏的那些甲士个个执刀，由壁内出来，环立左右。宸濠指孙燧、许逵道："本藩奉太后密旨，说汝等在官不法，命本藩捉拿尔等。"

孙燧闻言不服道："太后果有密旨，巡抚大臣安有不知的道理。王爷何得假传懿旨，却是何故？既是太后有密旨前来，请王爷将密旨请出，给我等一看。"宸濠闻言，也不与辩白，遂大喝一声："尔等还不给我拿下！"当有左右甲士奋勇争先，立将孙燧按翻在地，登时取出绳索捆绑起来。

此时兵备副使许逵见孙燧无辜被缚，知道宸濠有变，便大骂道："逆贼，尔之诡谋潜蓄已久，我等岂不知道！尔昨日生日，我等不过因尔系朝廷的苗裔，不能不看圣上金面，前来与尔祝寿。尔不思尽忠报国，上报朝廷大恩，反思谋为不轨，假传懿旨，执缚大臣。我等系圣上臣子，岂容尔这逆贼执缚？尔既谓太后有密旨，何不取出，使我等一观，果有此事，我等也甘愿受缚。尔又取不出来，岂非有意造反吗？圣上待汝不薄，尔今如此，有何面目见太祖、太宗于地下乎？"

许逵大骂一顿，宸濠闻言大怒，即命甲士击杀之。许逵至死犹骂不绝口。孙燧见许逵被杀，也就大骂起来。宸濠又命甲士击杀孙燧。

由是宸濠便带领邺天庆、殷飞红等一干死士，并护兵千余名，直往布政使胡濂、按察使杨璋衙门而来。那胡濂、杨璋知孙燧、许逵被杀，料敌不过，当即请降。宸濠得了胡、杨二人，又将致仕官李士实、在籍举人刘养正二人收入门下，为左右副参谋。

宸濠见胡濂、杨璋皆降，当下率领新收参谋李士实、刘养正，及原带之殷飞红、邺天庆暨护兵一千余名，仍回藩邸。当有军师李自然迎接出来。宸濠进内坐定，便命李士实、刘养正与李自然相见。已毕，宸濠便与李自然说道："孤前往布政使、按察使两处衙门，那胡濂、杨璋颇知孤意，当即请降，孤亦随时允准。现在当复如何行事？"

李自然道："在臣之意，莫若先遣各将分头带兵，前往省内所有监牢，全行打开，放出死囚，属令充当兵卒。一面将府库钱粮搜括出来，作为军饷。先将此两事行过，再行遣将分兵，夺取邻境州县，以为根本。然后再统大军进攻南康，只要南康一得，我便占了大势。即使朝廷派兵前来，我却进则可战，退则可守，又有各州县钱粮器械可以接济，何患大事不成吗？"李士实即从旁说道："李军师之言是也。南康钱粮富甲一省，而且殷实之家亦复不少。只要将南康得来，先将府库钱粮搜括殆尽，设仍不足，即责令殷实之家计产均分，情殷报效。彼时南康既得，何患那些富户不肯输将？将彼时钱粮既富，兵饷又足，然后长驱直入，大事成矣。"

宸濠大喜，即令波罗僧率领护兵五百名，前往本城斩监劫狱，搜括钱粮；又命雷大春统率各将，分往进攻丰城、进贤、奉新、靖安、武宁、义宁各州县；又命邺天庆率领各将进攻南康。当下各贼将分头前往而去，暂且不表。

就此一来，不到十日，湖北巡抚与安徽巡抚早已知道，当即一面传令本标各营，严加防守，一面会衔告急，驰奏进京。接着南康府早有探马报去，知本省都御史、兵备副使被杀，布政使、按察使又皆降贼，现在贼将已带兵进攻南康。此时南康知府也就一面加兵守城，一面驰奏进京告急。武宗所接那本奏章，就是湖北、安徽两省巡抚告急的奏本。

当下武宗看毕，不觉大惊失色，顾谓在殿诸臣说道："不料逆藩宸濠竟举兵造反，据湖广、安徽两省巡抚告急前来，奏称宸濠已将都御史孙燧、兵备副使许逵，假传太后懿旨，就逆藩府邸执缚击杀，布政使胡濂、按察使杨璋甘心降贼，现在宸濠又分兵进攻南康及南昌所属邻境各州县，猖獗异常，请旨火速派兵前往剿灭。诸卿有何妙策，可即奏来。"

当有武英殿大学士杨廷和出班奏道："现在宸濠既已举兵起事，击杀朝廷命官，复又分兵进攻各处，据湖广、安徽巡抚驰奏前来，请旨派兵火速剿灭。臣意京师距南昌甚远，即使派兵日夜前往，此事亦复缓不济急。若再耽延时日，必致蔓延，南康一失，贼势更加浩大。莫若请旨火速加派王守仁亲统大兵，就近剿灭，乘方胜之师，剿叛逆之贼，似觉事半功倍。臣意如此，不识圣意以为何如，尚求圣裁为幸。"

武宗闻奏大悦道："如卿所言，正合朕意。"当即传旨，加派王守仁总督军务，就近亲统所部，日夜驰往南昌，剿灭宸濠，务使克日铲除，毋任漏网。所有应需粮饷器械，亦着就近于湖广、安徽两省便宜拨用。又传旨湖广、安徽两巡抚预筹饷需，听候王守仁拨用。当即交与兵部，由兵部出了火票，每日八百里，加紧饬差分头驰往。

不日已到了王守仁大营，驰报进去，王守仁见有圣旨到来，当即排设香案。跪迎已毕，然后恭读一遍，一道是加封的圣旨，一道是令他就近征灭宸濠。此时王守仁已风闻宸濠举兵，今见圣旨到来，他哪里敢稍怠慢。当下打发来差去后，即刻传集众将，先将加封旨意说了一遍，众将又各个望北面谢恩。然后即将宸濠造反，奉旨加派就近征剿的话又说了一遍，当时徐鸣皋等无不咬牙切齿，齐声骂道："宸濠你这逆贼，不思尽忠报国，上报朝廷大恩，反敢谋反，杀死朝廷命官，俟大兵亲临，不将你这逆贼擒住，碎尸万段，何以为百姓除害，为朝廷诛奸？"

大家骂了一顿；即向王元帅道："元帅意在何日拔队？"王守仁道："逆藩势甚猖獗，现已分兵进攻南康，若再迟延，恐南康一失，必成蔓延之势，而且生灵必遭杀戮。本帅既奉旨促令火速进兵，拟即明日拔队前进，克日进攻，诸位将军意下如何呢？"徐鸣皋道："元帅为国为民，所见甚善，明日即可拔队。末将还有一言，望元帅容禀，不知元帅意下如何？"

王元帅道："将军有何言语，不妨说来大家斟酌。"徐鸣皋道："在末将之意，元帅可统大军进赴南昌，以攻逆藩根本之地；末将与慕容将军请拨三千精锐，星夜间道，直往南康驰救，能保救下来。逆贼虽据有南昌，究竟钱粮不足，恐亦不能作虎之负隅。元帅如以为可行，请即分兵，俾末将等星夜趱赶前去。"不知王元帅是否可行，且听下回分解。

第一百十三回　徐鸣皋分兵驰救　邺天庆督队进攻

话说徐鸣皋拟请分兵往救南康，与王守仁商议。王元帅听了此话，因道："将军之言甚善，即可与慕容将军率领精锐前往便了。"当下徐鸣皋得令，即与一枝梅连夜挑选了三千精锐，直往南康进发。王守仁亦即亲统大军，急忙往南昌而来。

话分两头，且说南康知府郭庆昌自发了告急文书之后，便会同本城参将赵德威、守备孙理文，赶紧调齐合城兵卒，日夜梭巡，加意防守，又将各城门添设檑木炮石，以备坚守。这日有探子报道："探得逆藩宸濠派令邺天庆，率领大兵五千，猛将十员，前来攻取，现在已离南康七十余里，今晚便要临城下了。"

郭庆昌闻报，当即与参将赵德威、守备孙理文，请来商议保守之策。郭庆昌道："顷据探马来报，声称贼将邺天庆统领大兵五千，猛将十员，已离城只有七十余里，今晚便要兵临城下。所幸城内早有预备，虽不能与之对敌，尚可坚守。惟望二兄合力死守，只要保得一月，便可有大兵前来援救。某再一面修成告急文书，差人驰往邻省，一面修书往王御史守仁营内，请其就近分兵援救。计算时日，两处均须一月方可有兵前来，所以这一月之内，万万不可失守。好在城内粮饷尚足，民心尚固，某料这一月之内尚可坚守得住，还请二兄合力同心，日夜轮流防备，全城幸甚，生灵幸甚！"

赵德威、孙理文齐道："同有守城之责，敢不竭忠报国，死守此城，太尊但请宽心便了。"说罢便与郭庆昌一同出了衙门，先到四门周阅一交，又将各处细意查点，见有疏忽之处，又随时加添檑木炮石等类。又与守城各兵说了许多一体同心坚守此城的话，众兵卒亦复众志成城，誓以死守。郭庆昌大喜，正要与赵德威、孙理文二人下城，忽见又有探子飞跑上来，跪下报道："探得佥都御史巡抚江西等处总督军务招讨南安各贼大元帅王守仁，现在已奉旨就近统领大兵征讨宸濠，即日便由桶冈拔队了。"

郭庆昌闻报，不觉心下为之一宽，当即饬探前去再探，并与赵德威、孙理文道："据探子所报，王御史既奉旨征讨，必然克日进征。宸濠向惧王元帅，并闻王元帅部下颇多剑侠之士，果能克日前赴南昌，大兵一到，宸濠必然丧胆。宸濠既心存畏惧，又恐兵力单薄，难与争敌，势必将这支兵调回，那时南康就可保全无恙了。所虑王元帅所部大兵，不能迅速前去，此处贼兵又攻打甚急，因此愈不能不并力死守。"赵德威、孙理文道："太尊了如指掌，某等当竭尽人力便了。"于是一同下城，各回衙门而去。

当日贼兵并未临城。直至次日，郭庆昌见贼兵未来，便暗自疑道："贼兵此时未到，难道昨日探子所报不确吗？"正在疑惑，忽听一声炮响，金鼓齐鸣，呐喊之声震动天地。郭庆昌听得清楚，知是贼兵已到，一面飞饬细作前去探听，一面上马驰奔上城。走至半路，却好遇着参将赵德威、守备孙理文，也是闻得喊杀之声，飞马前来。

三人一齐上了城头，往城外一看，只见贼兵如倾山倒海一般蜂拥而来。贼兵中军高撑一面大纛，旗上写着一个斗大的红帅字，旁边有一行小字是："值殿武威无敌大将军邺。"郭庆昌看罢，知是邺天庆，便与赵德威道："逆贼如此僭越，贼将居然胆敢自称值殿大将军，你道可杀不可杀吗？"赵德威也是怒不可遏。正谈之间，贼兵已临城下。此时吊桥久已拽起。只见那些贼兵一字儿排开，列成阵势。

不一刻，从中军飞出一骑马来，上坐一人，身长八尺相开，一副长马脸，两道扫帚眉，目若流星，面如重枣，颔下一部短钢须，手执方天画戟，足有碗口粗细，坐在马上，望着城上高声喊道："尔等守城兵卒，速报尔家本官，就说咱值殿无敌大将军邺天庆奉了宁王之旨，特地前来取城，速令郭庆昌开城纳降便了。"

郭庆昌闻言大怒，在城上指着邺天庆骂道："该死的逆贼，逆藩宸濠心谋不轨，皆是尔等这一班逆贼怂恿而成。尔胆敢假逆藩之势前来攻城，须知此城系国家的城池，非逆藩所可夺取。尔等若知正道，速速退兵，劝令逆藩即早归正，或者圣上念先王之苗裔，格外施恩，不加诛戮。若一味不知好歹，居心造反，指日天兵所指，免不得碎尸万段。"

邺天庆见说也大怒道："尔好大一个知府，胆敢乱骂宁王。须知咱家王爷正因当今皇上巡幸不时，不理朝政，万民怨恨，因此咱家王爷应天顺人，救生灵涂炭之苦。现在布政使胡濂、按察使杨璋俱已投降，尔敢抗敌王师吗？"郭庆昌道："好大胆的逆贼，敢自嘐嘐为口舌之辩。本府虽为知府，却是朝廷命官，受国家俸禄，当尽忠节于皇家，何能如胡濂、杨璋甘心顺逆，为万人唾骂。尔休得多言，速速退兵，方是正理，若再饶古，本府便即刻要尔的狗命。"

邺天庆直气得三尸冒火，七孔生烟，喝令各贼丁奋力攻城，务在必破。众贼兵一声答应，即刻蜂拥上前，并力进攻。到了城下，城上所有的檑木炮石一齐打下，只打得各贼兵头破血流，骨碎筋断，不能前进。邺天庆见了如此，即命团团围住。众贼兵又一声呐喊，登时将一座南康城围得如铁桶一般。郭庆昌见城已被困，便与赵德威、孙理文督率兵卒，日夜巡防，合力死守。

邺天庆一连攻打十日，只是攻打不下，心中甚是焦躁。这日又在那里攻打，忽见探子报道："禀将军，今有王守仁部下先锋游击徐鸣皋、一枝梅带领精锐三千，前来援救，现已离三十里下寨了。"

邺天庆闻报，一面着探子去讫，一面暗道："此城攻打不下，又有救兵前来，此虽不惧，惟虑此城何日攻破呢？况且徐鸣皋、一枝梅等智勇足备，却是个劲敌，必须奋力争杀，先将徐鸣皋、一枝梅二人杀败之后，然后此城便不难攻打了。"主意已定，当命所部将士，如果救兵前来，务各奋勇厮杀，先挫敌军锐气。各贼兵自然答应，专等救兵前来，与其死战，暂且慢表。

且说徐鸣皋、一枝梅所带三千精锐，到了南康城外三十里，便分为两营，立下营寨。当命细作进探南康如何情形，曾否失守。细作回报："现在南康坚守甚固，贼将邺天庆督率各贼兵攻打甚急，一连十日，尚未攻打得下。但南康四面俱被贼兵困得个水泄不通，虽未攻破，也甚岌岌。"

徐鸣皋、一枝梅闻言，即命细作去讫，便计议说道："南康如此坚守，吾料贼将虽攻打甚急，旦暮未必能破。我等既已到此，明日即可开兵，能将邺天庆擒获过来，那些贼兵自然不战而退。即使难获全胜，也必须并力征剿，挫他的锐气。好在我辈以战胜之师，敌他的疲乏之卒，似乎不难获胜。"

一枝梅道："不然，我军虽是战胜而来，但是在路行程不免风尘劳瘁，吾料贼军见我等长途跋涉，趱赶前来，他必然乘我暂时之惫，奋力死斗，挫我锐气。在小弟看来，明日开战，但须与他略战数合，便自收兵，然后再设计策，较为稳妥。若与之死斗，虽可勉力获胜，我军必然受伤，且彼众我寡，亦未必能操必胜之权，莫若从缓计较为是。"不知徐鸣皋听了此言以为何如，且听下回分解。

第一百十四回　一枝梅独奋神勇　邺天庆误听人言

话说徐鸣皋听了一枝梅一番议论，当下亦甚以为然，因道："贤弟之言甚合我意，且俟明日开战后，看是如何光景，再作计议便了。"一宿无话，次日即传令开兵。所有部下各兵，无不争先恐后，但听一声炮响，齐向南康贼营而来。

此时邺天庆知道救兵已到，但留一半精兵围城，其余一半已立下营寨，准备与徐鸣皋、一枝梅对敌。城中知府郭庆昌、参将赵德威、守备孙理文等，亦早有细作去报，也知道徐鸣皋等分兵来救，于是更加防守，虽有贼兵攻城，哪里有懈可击。

徐鸣皋督率所部，到了贼营不过有半里之遥，当下排成阵势，一枝梅出马讨战。贼营中早有人飞报进去，邺天庆闻报，也就披挂出营。彼此二阵对圆，一枝梅大声骂道："好大胆的叛贼，赵王庄破了尔等迷魂阵，也该知道本将军等的厉害，从此洗心革面，勉为好人。乃敢怙恶不悛，又怂恿叛王杀害朝廷命官，举兵公然造反，前来攻取城池，实属罪大恶极，愍不畏法。现在天兵到此，须知本将军所部人马所到之处，战无不胜，攻无不克，逆贼尔亦该耳有所闻，若再不早早受缚，还要抗敌，可莫要怪本将军踹进贼营，将尔这逆贼擒住，碎尸万段了！"

邺天庆听罢，直气得三尸冒火，七孔生烟，哇呀呀大叫一声，也就骂道："好小子休得逞能，须知今日主上昏昧已极，宁王仁义过人，合当身膺大宝，正天与人归之际。尔等不识时务，反敢来抗敌仁义之师，不要走，看戟！"说着便一戟刺来。一枝梅赶着将点钢刀架住，一来一往，便大杀起来。两下战了十数回合光景，彼此不分胜负。

邺天庆杀得兴起，便虚刺一戟，将戟梢一指，只见那些贼将率领各兵，一声冲杀过来，个个死力争先，拼命来战。徐鸣皋在本阵中看得清楚，即命所部各兵不准接战，待等贼兵来得切近，一齐用箭射去，将贼兵射住。各兵答应一声，立刻将刀箭取在手中，看看贼兵逼近，即将所有的箭射出，真是万弩齐发，箭如飞蝗，各贼兵中箭者不知其数，哪里能冲杀过来。

此时一枝梅仍与邺天庆力战，看看抵敌不住，只得虚砍一刀，败回本阵。只见本阵中万弩齐发，射住贼兵，他便大喊一声，舞动手中点钢刀，从贼队背后死力杀进。那些贼将贼兵哪里抵挡得住，只见他如砍瓜切菜一般，将那些贼兵乱砍乱杀，只杀得贼兵纷纷向两边退让。本阵内各兵见贼兵退让不迭，知是一枝梅杀进，也就住箭不射。一枝梅杀回本阵，邺天庆业已追来，各兵复又将箭射了一阵，邺天庆这才鸣金收军，徐鸣皋也收兵回营。即此一阵，贼兵中箭受伤、被刀砍杀的亦复不少，也算胜了一阵。

南康知府郭庆昌等在城上见两军对阵，先见一枝梅败走，颇代他捏着一把汗，及见贼兵冲杀过去，更加忧虑。比及箭如飞蝗，将贼兵射回，又见一枝梅从贼队背后杀入进去，大获全胜，心中大喜，即与参将赵德威等道："贼势虽大，得此一支军前来救援，而又大获全胜，非特贼将大挫锐气，不免胆寒，即这一座城谅也可以保得住了。真乃国家之福，万民之幸也！"说罢，仍命各兵严加防守："不可因贼兵败了一阵，即有所恃，顿生疏忽之心，胜负乃兵家之常事，万万不可因此稍懈。"各兵亦齐声答应。于是郭庆昌与赵德威先行下城，留守备孙理文暂行督率，稍俟一刻，再来相换。

邺天庆收兵回营之后，聚集随营各将弁说道："不意今日败了一阵，本将军实指望冲杀过去，就这一阵，可将官兵杀得个片甲不留，即使不然，也可大获全胜。不料他用乱箭射住阵脚，使我兵不能前进，又被一枝梅冲杀进去，杀死兵卒不少。南康又攻打不下，旷日持久，这便如何是好？"当有裨将张尔铣上前献计，说道："将军勿忧，末将有一计在此。某料敌军今既大获全胜，必有骄矜之意。莫若乘他战胜之际，今夜前去劫寨，敌军必不防备。就此一阵，可以杀得他片甲不留。如将军以末将之计为然，某请为前部。"

邺天庆闻言，因道："张将军之计虽善，特恐徐鸣皋、一枝梅二人非一勇之夫可比，难保不虑及到此。万一早有防备，则更画虎不成，反受其害，那时更觉不利了。若能一战而胜，自是妙不可言，仍须从长计议。"邺天庆正在犹豫不定，忽又有裨将陈如谋上前说道："将军勿疑，张将军之言是也。今夜前去劫寨，如果不胜，某甘军法从事。某逆料敌军绝无防备，失此机会，未免可惜了。"

邺天庆道："既二位将军皆言可行，某当依计行事。"当即密令张尔铣、陈如谋率领所部精兵一千，于二更时分抄出敌军之后，但听呐喊之声，即便掩杀进来；又令裨将王志超、吕英俊率领所部精兵一千，于三更时分急急衔枚疾走，到了敌营，便从左右杀入，使他腹背受敌；自己便亲率大兵前往接应。分拨已定，各贼将得令而去，按下不表。

且说徐鸣皋、一枝梅二人大获全胜，回到大帐，彼此互相议道："今日大胜他一阵，也可使逆贼丧胆了。"徐鸣皋道："彼虽丧胆，必不甘心，明日定与我等决一死战。"这一句话忽将一枝梅提醒过来，当下一枝梅道："诚如兄言，邺天庆必不甘心，定要报复，兄所虑者在明日，弟所虑者即在今夜也。"徐鸣皋听说，也忽然悟道："非贤弟所言，某几误事。为今之计，必须加意防守，方可保全。但彼众我寡，万一前来劫寨，只有你我二人，如何对敌？贼将除邺天庆而外，尚有裨将，虽不必皆如邺天庆猛勇，常言道众志成城，而况兵将？必得善为计议，方保无虞。”

一枝梅道：“小弟有一计在此，说来彼此商量。可暗使所部各兵，即刻将营门内左右挖下深坑，两旁各埋伏挠钩手二百名，短刀手二百名，皆暗藏火种，陷坑一带堆列干柴火种等。贼兵到来，进入寨内，便放起火来，断他归路。再将营帐预先让出，亦暗藏引火之物，俟贼军杀进，亦放起火来，使贼兵互相践踏，虽不能将他全数烧死，也可令他烧死一半。此处不远有座土山，名唤独孤岭，我等可于二更时分，暗暗率领所部潜出大营，尽往独孤岭埋伏。但听喊杀之声，或号炮声响，便令各军一齐将火箭射入本寨去引火，然后由独孤岭抄出贼营之后，再奋勇杀出，使他仓促不能兼顾。某料如此，不知大哥以为如何？”

徐鸣皋道：“妙是妙极了，但不知贼将果如我等所算，且不知今夜是否必来，必探听清楚，方好行事。”一枝梅道：“此事不难探听。大哥可一面暗令所部，赶挖陷坑及所需各物，以便备而不用。等到初更时分，小弟即暗往贼营探听动静，如果不出我之所料，随即急忙回营，尚来得及。倘若贼将并无此意，那时小弟便羁留贼营，等到夜静之时便各处放火，大哥但见贼营火起，也可率领所部前去劫营。总之，都要使贼将邺天庆为我等所算，能早得手，将南康解围之后，还可赶紧驰往南昌，与元帅合兵一处，并力去杀宸濠。”

徐鸣皋道：“贤弟如此谋划，贼将必为所算。但是贤弟前去，务要小心，能如算好极，设若贼营防守甚密，不能得手，贤弟可急急回来，不可贪功，要紧要紧！”一枝梅答应。欲知后事如何，且听下回分解。

第一百十五回 设妙策令派官兵 因劫寨火焚贼众

话说一枝梅候至天将黑暗，便脱去长衣，换了夜行衣靠，手执单刀，暗藏火种，别了徐鸣皋，竟自出了大营，暗暗直往贼营而去。这里徐鸣皋也就密令各军赶挖陷坑，堆积干柴火种，又令挠钩手、短刀手于营内左右埋伏妥当，专候一枝梅回信。

且说一枝梅暗暗到了贼营，方值初更时分。真是他们剑侠的武艺，身轻似叶，体捷如风，偌大个贼营防备得不为不密，竟是人不知鬼不觉，任凭一枝梅在贼营中各处探听。只见邺天庆传出令去，命各寨火速预备。一枝梅一闻他传出此令，早已明白，以下也不要打听了，当下暗道：“邺天庆呀，今番要使尔中吾之计了。”说着即一蹿身，出了贼营，赶即回奔大寨。

徐鸣皋正在那里盼望，忽见一枝梅从半空飞了下来。此时尚未二鼓，徐鸣皋早已明白，因复问道：“贤弟前去打听如何？”一枝梅道：“果不出吾之所料，兄长可以行事预备便了。”徐鸣皋闻言，即刻密令各兵士道：“方才慕容将军前往贼寨探听，贼众今夜前来劫营，尔等可将各营帐即刻让空，内藏引火之物，自有妙用，一面随本将军速速暗出大营，前去埋伏，专待贼众到来，杀他个片甲不留。”各军齐声答应得令。徐鸣皋又密令营门左右那四百名挠钩手、四百名短刀手，叫他依计而行，不可有误，如违者定斩。这挠钩手与短刀手也是唯唯听令。于是徐鸣皋、一枝梅即各分兵一半，暗暗偷出大寨，往独孤岭而来，以便埋伏。所有大营竟是一座空寨，惟有干柴火种暗藏各处而已。

话分两头，再说邺天庆到了初更时分，即命各军饱餐战饭，预备前往敌营劫寨。贼兵哪敢怠慢，随即饱餐已毕，先命张尔铣、陈如谋两支兵暗暗出了大寨，直往敌军后营抄出，又命王志超、吕英俊带了精锐，直向敌军左右两营进发。这四个贼将领着二千贼兵去讫，邺天庆便自统大军，率领偏裨将佐，亦出了营门，前往进发。

且说张尔铣、陈如谋领着一千人马，人衔枚马疾走，迅速抄出敌营后面，却值二更以后，便按兵不动，专等前营消息。王志超、吕英俊所领一千人马，也是迅速驰往，衔枚疾走。到了敌营，大喊一声，奋勇争先，抢杀进去。王志超、吕英俊二人到了营门，分往左右杀入，只听一声响亮，如山崩地裂一般，连人带马跌入陷坑以内。这一片呐喊之声，真个震动山岳，左右八百名挠钩短刀手见此情形，就一面近者刀砍，远者钩擒，只杀得喊声震天。一面取出火种，急急将那些干柴引火之物全行引着，登时烈焰腾空，不可向迩。

所有贼兵知道中计，急急欲想退出，哪里知道邺天庆自统的大军已到。一见敌营内火起，以为本部军马从敌寨内放起火来，也就大喊一声，率领各贼将贼兵一齐奋勇冲杀进去，不分皂白，只顾逢人便杀，只杀得人喊马嘶，哭声震动远近。此时张尔铣、陈如谋在寨后听得人马之声，又见火起，亦以为官军中计，也就率领所部从后面掩杀进来，也是不问情由，逢人便杀，哪里分得出是自家人与敌军，真个是互相践踏，自家人杀自家人。

正杀得难解难分，徐鸣皋、一枝梅在独孤岭看得清楚，也就急急命所部各军，将火箭直往营中乱射。各军一声答应，立刻将火箭向营中射去。只见无数红光，如火龙一般在半空飞舞，顷刻间大寨内所有暗藏的火种一齐烧着，只烧得烟雾迷空，火光烛地。

邺天庆等还在那里自相乱杀，难解难分，后来还是陈如谋看出，知道中计，忙传知各军急急退出，已是迟了。邺天庆此时也知道中计，深恨张尔铣、陈如谋献计，致有此败，于是传令各军，火速退出。正要杀出后营逃命，又见营中各处遍地皆火，不能杀出，陈如谋当被烧死。张尔铣赶紧前来，预备保护，邺天庆冒烟突火，杀出营门，刚走至张尔铣面前。邺天庆一见，不由的火冒三丈，大声骂道："总是尔这无知鼠辈，献什么劫寨之计，我计不成，反受其害。尔尚有何面目来见我耶?"说着，不觉咬牙切齿，深恨不已。

张尔铣见了如此，心中暗道："我本来要好起见，不料误中敌人之计，前后均是一死，即便逃得出去，邺天庆也断不能容我。不若乘此将他杀了，割取首级，前去献纳，不但不致死命，或者还可有功。而况邺天庆自恃宠信，狂诈妄为，将来也断难信任。即使宁王大逆无道，指日也就要歼灭，有何勿及早去邪归正，作一个好人。且有我这样本领，归顺朝廷也可博得个功名，何必定要俯顺逆贼?"主意想定，便大喊一声道："邺天庆，尔休得恃强责骂于我，我也是为好起见，现在误中敌计，又与我何干？何况曾与你熟商，你当时绝意不行，谁来强你？既尔视我如此，料想尔也不久于人世了，我也不能从贼叛逆，看刀吧！”说着手起一刀，便砍杀过来。

郧天庆听了他一番话，也知道他有变，又见他一刀砍来，也就大骂一声：“好大胆的匹夫！竟敢中变，不要走，待本将军送尔狗命！”说着一面将张尔铣的刀架开，一面刺进一戟。张尔铣哪里能敌，当即刺中前胸，翻身落马，郧天庆复一戟结果了性命。

此时各处的火仍未熄灭，郧天庆心中暗想：“若待火势灭后再行杀出，万一敌军再掩杀来，更加掣肘，不若冒火杀出，再作计议便了。”主意已定，即喝令众贼兵冒烟突火，冲出营来。才到营门，却好徐鸣皋从左杀入，一枝梅从右杀来，即着八百名挠钩短刀手也奋勇当先掩杀过来。郧天庆万万不敢恋战，只得左冲右突，奋勇拼命，好不容易杀出重围，手下各裨将又被徐鸣皋、一枝梅杀死几个，郧天庆此时也就不敢回营，只得落荒而走。

等到天明，见追兵未至，才暂就树林中坐下，稍为歇息。计点人马，只剩得一千余人，其余的兵卒并非为敌军所杀，皆是自相践踏而死。当下郧天庆只得收拾败残兵卒，逃回南昌不提。

且说南康城中，早有细作报进，徐鸣皋杀退贼兵，南康府这一闻，欣悦自不必说，当即开城，预备出城劳军。这里徐鸣皋与一枝梅二人率领所部杀退贼兵，大获全胜，等到天明，查点本部兵马，死伤有限，只见本营内外那些已死的贼兵，有的被火烧得焦头烂额而死的，有的互相践踏，自家残害，骨断筋连，倒在地下的，也有有头无足，有足无头的，还有洞穿胸腹，身体肢解的，真个是尸横遍野，血流成河，而且一种臭味，真要掩鼻。

徐鸣皋等一见如此，也就目不忍视，只得在附近又择了一片空地安下营盘，一面传令各军，将所有贼兵尸首火速掩埋去讫。诸事吩咐已毕，又去贼营中，将所有旗帜器械、粮饷号衣等件，全行运回本营。又传报进城，属令居民照常生业。南康府也就出榜晓谕居民，略曰：贼兵已经官兵杀退，所有绅商士庶，应即各安本业，毋得惊惶。合城居民见了此榜，无不欢喜安怀，于是就有在城的绅士，率领居民集资杀牛宰马，牵羊担酒，禀请南康府，请率同一起出城，前往大营劳军。南康府亦即应允，也就备了许多犒赏之物，预备次日出城。究竟后事如何，且听下回分解。

第一百十六回　牵羊担酒太守犒师　折将损兵逆贼请罪

话说南康府见合城绅士率领居民，杀牛宰马，担酒牵羊，预备出城劳师，南康府自己也就备了许多犒赏之物，即于次日早约同参将赵德威、守备孙理文率领绅士居民齐出城来，前往徐鸣皋营中犒赏三军，兼谢徐鸣皋等援救之力。当有差官报进营去，徐鸣皋便与一枝梅迎将出来。

南康府郭庆昌等众一见徐鸣皋、一枝梅二人亲迎出来，赶即下马迎上，拱手称谢道："徐将军、慕容将军请了，敝城危在旦夕，幸蒙将军驰救，得以保全，合郡生灵幸免涂炭。今者聊具不腆，率领合郡绅士，前来犒赏三军，并竭诚趋谢保救之德，尚求笑纳勿却为幸。"

徐鸣皋、一枝梅二人一面谦让，一面向后面一望，只见携老扶幼，牵羊担酒，手执瓣香，欢呼笑道："我等合城百姓，若非将军等亲领大兵前来，杀退逆贼，我等生灵不免涂炭了。现在合城生灵性命得以保全无恙，皆将军等所赐，兹特各竭微忱，聊具薄物，为将军寿，并兼犒劳王师。幸蒙将军俯念愚诚，赏赐收纳，转给各军，用慰劳苦于万一。"说罢，大家又齐跪下去，称谢不已。

徐鸣皋、一枝梅便与百姓还礼已毕，即命各兵将所有犒劳之物全行收下，又再三答谢。南康府见收下犒赏礼物，即命众人回城。众百姓答应，随即欢呼而去。

徐鸣皋、一枝梅这才将南康府郭庆昌、参将赵德威、守备孙理文让进大帐，彼此又行了礼，然后分宾主坐下。

南康府复又谢道："某等久仰威名，如雷贯耳，当逆贼宸濠举兵之时，某即驰书于邻省告急，迟之又久，并未见有一兵一卒到来。某等正在忧虑，深恐此城不保，及闻王元帅已奉旨就近征讨，某等即私相悦道，以为宸濠虽据有南昌，究竟兵力不足，虽曾派令各贼将分往邻境各府州县攻取城池，某料他一闻王元帅有就近征讨之权，又兼诸位将军神勇，大兵所指，战无不克，他必然胆寒，不敢分兵外出。哪里知道他已派令邺天庆前来攻取南康。某等见贼将临城，毫无计策，虽云兵来将挡，其如兵力素薄，万难与之抗衡，所幸民心尚固，不得已而思其次，惟有守之一字，尚可勉力而行。于是与合郡人民相约闭关自守，以待救兵前来。不料邺天庆竭力攻打，相持已逾半月，而兵民登陴死守，劳瘁不堪；再逾十日，救兵不到，真有岌岌可危之势。正深忧虑，盼望弥殷，乃得将军驰救前来，某等已喜出望外，又复一战而胜，杀退贼兵，保我城池，伤彼兵卒，非将军神勇素著，智谋兼人，何能救斯民于水火之中，保此城有完全之绩？今者万民完聚，各保身家，合郡安然，斯城无恙，非特国家之幸，抑亦万姓生灵之福也！"

徐鸣皋让道："太守说哪里话来？某等一个武夫，毫无知识，幸而战胜，杀退贼兵，此皆某等分内之事，敢蒙挂齿称道？而况此城保全，皆太守之策，参戎之力。设若平日不能深得民心，一旦贼至，闭关自守，必致万姓居民争相迁徙。一经骚动，便疑草木皆兵。虽太守禁止之不遑，何能全力合作？是可知太守爱民德政，平日入人已深，虽至兵临城下，犹能众志成城，处仓促而不惊，临大难而不惧，非有贤太守，又何堪克保斯城吗？某等真是佩服之至，钦仰之至。今者又蒙犒劳，虽皆出于万姓至诚，然某等何德何能，敢蒙厚贶，而又不敢有负良意，只好且代所部兵卒为之道谢了。"郭庆昌又谦逊了一回。

徐鸣皋、一枝梅当命差官将所有犒劳各物，悉数分派士卒，俾各兵咸沾德惠，并准其大饮三日。差官答应，当即前去，按名分赏已毕。是日合营便大吹大擂，欢呼畅饮起来。一连三日，皆是如此，果然营规齐肃，军令森严。三日之后，又皆肃静无哗，各守军令。徐鸣皋与一枝梅又亲往城中，参将赵德威、守备孙理文留在营中筵宴，是日尽欢而散。

次日，徐鸣皋也就将南康府郭庆昌谢步，南康府等也就大摆筵宴，留徐鸣皋、一枝梅二人在署宴饮。到了第四日，徐鸣皋便传出令来，次日一齐拔队前往南昌。及至拔队这日，南康府暨合郡官绅士庶，又亲送官军至十里之外，然后回城。徐鸣皋等督队星夜趱赶，往南昌进发，按下慢表。

且说邺天庆率领败残兵卒回至南昌，当即进入王府，先与宸濠请罪。宸濠见他败得如此而回，便问明一切。邺天庆就将如何攻城，南康坚守太严，攻打不下，后来徐鸣皋如何带兵前去援救，如何对敌，如何张尔铣设策劫寨，如何误中诡计，张尔铣如何中变，如何将张尔铣刺死，前前后后细细说了一遍。

宸濠闻言，也不免大怒道："孤令你前去，原为你素来勇猛，必能不负孤意，乃竟不自审察，听信张尔铣之言，虽张尔铣死有余辜，尔又有何面目前来见我？"喝令推出斩首。

当有军师李自然说道："千岁且请息怒。臣有一言，求千岁容纳。邺天庆大败而回，本当斩首，然胜负乃兵家常事，不可因此一败，便丧一员猛将，而况邺天庆虽难辞咎，在臣看来情尚可原，若非张尔铣献计，陈如谋决策，邺天庆似不致大败如此。今张尔铣、陈如谋已死，亦复死不足惜。所幸王守仁大兵现尚未到，徐鸣皋、一枝梅见已将南康保救下来，必然即日拔队起程到此，以为王守仁之大兵现已驰抵，他便好合兵一处，合力进攻，且臣料徐鸣皋等必然间道前来。南康守城各官见徐鸣皋、一枝梅大获全胜，我兵大败而回，必料我等业已丧胆，且料王守仁已到此处，然兵力甚单，断不敢再分兵前往报复，南康必然毫无防备。臣却有一计，乘王守仁大兵未到，南康无备之时，急急再拨三千人马，仍使邺天庆倍道而驰，星夜从大路火速向南康进发，出其不意，攻其无备，克日袭取南康，将功赎罪。若再不能取胜，二罪并罚，按军法从事，罪不容诛。"

邺天庆跪在下面，听李自然这番话，当下磕头说道："千岁若俯如李军师所请，再拨精锐三千，使臣星夜驰往，袭取南康，若再不能取胜占夺该城，臣即提头来见，尚求千岁恩准。"宸濠见说，因道："姑念军师苦苦说情，免汝初犯。今再派尔三千精兵，趱赶前去，若再不将南康攻取，汝亦不必前来见孤，汝便自寻死地便了。"邺天庆见宸濠已允，当即叩头谢恩退出。随即挑了三千精兵，次日即带领所部，拔队起程，星夜复向南康进发。

邺天庆去后三日，即有探马报道："王守仁亲统大兵十万，随带猛将多员，现已离南昌九十里了。"当有差官禀报进去，宸濠即命再去探听。不到半日，又有探马来报："徐鸣皋、一枝梅分领精锐三千，由南康间道星夜赶程到此，已离城八十里了。"差官又报进去。

宸濠闻报，当与李自然道："大兵临境，孤所有大将均尚未回，一至兵临城下，如何抵敌？"李自然道："千岁勿忧，可就近差人，一面飞往进贤将雷大春调回，以拒敌军；一面差人飞调邺天庆，属令暂缓进攻南康，即日改从间道星夜驰回，听候调用。"宸濠只得依允，当即差人飞马分头调往去讫。忽又有探马报道："王守仁所统大兵，现已离城三十里下寨，请旨定夺。”欲知宸濠如何拒敌，且听下回分解。

第一百十七回 分雄师急救南康城 刺降贼夜入按察署

话说宸濠闻报王守仁大兵已离城三十里下寨，便与李自然议道：“大兵现已压境，所有雷大春、邺天庆尚未调回，似此如何是好？”

李自然道：“千岁可即一面传旨胡濂、杨璋，令他赶速统领合城兵卒，坚守四门，一面令波罗僧率领护军前往西门，以备御敌；再火速加差驰往进贤，飞调雷大春赶紧回城。某料王守仁虽统大兵前来，兵卒劳瘁，即日未必开兵。即使随到随攻，我却以逸待劳，等他攻守力乏之际，可命波罗僧奋勇出城，杀他一阵，务要获胜，先挫他锐气，然后缓缓图之。旬日之内，南昌必不致失守，那时雷大春已回，即使邺天庆无论南康得与未得，他一闻飞调，亦必星夜驰回。彼时有此二将，虽王守仁兵力甚厚，猛将极多，亦不足虑也。”宸濠没法，只得如此依计而行，按下不表。

且说王守仁安营已毕，即与徐庆等议道：“徐鸣皋、慕容贞二人往救南康，不知胜负如何，南康有无失守。本帅之意，大兵虽已到此，拟俟南康驰报前来，再行开兵，不知诸位将军意下如何？”徐庆道：“元帅之意虽属不差，但兵贵神速，既已到此，何不即日开兵，前去讨战，或者宸濠无甚防备，来此可以一鼓而擒。若从缓下来，等他防备已严，那时便难得手了。请元帅斟酌。”

王守仁尚未回言，只见探马报进：“探得徐将军、慕容将军往救南康，现已杀退贼将邺天庆，救了南康，不日即要驰抵了。”说罢飞身上马而去。王守仁见报，知徐鸣皋大胜，欣悦无限。正要议及开兵，忽又见探马报来：“探得南康虽经徐将军驰救，杀败贼将邺天庆，得以未失，现在邺天庆又复带领精兵，间道驰往，出其不意，攻其无备，乘徐将军离了南康，他又将该城偷取了。”说罢又复飞身上马而去。

王守仁闻报，大惊道：“似此南康得而复失，这便如何是好？”沉吟了一会儿，随命徐庆、周湘帆即刻率领精锐三千，驰往南康克复，务须克日前进，不得有误。徐庆等得令下来，正要率兵即刻拔队，又见探马报道：“探得宸濠因元帅大兵已到，城中兵力甚微，现已飞马分往两路调取兵马，一路往进贤调取雷大春，一路往南康调回邺天庆。”徐庆闻报，当即进帐，报与元帅知道。

王元帅闻言，却又大喜，因道：“如此说来，南康虽失，不难复得了。”因秘授徐庆妙计道：“将军前去，可如此如此，则克复南康，指日间事也。一经克复，可即趱赶回营，要紧要紧。”徐庆得令，这才拔队前行。

一日无话。次日王元帅率领众将，亲统大兵，前往攻城。三声炮响，金鼓齐鸣，不一会儿直抵南昌城下，只见吊桥高挂，城门紧闭。王元帅并令各军排成阵势，亲自出马，带了众将，来到城下，喝令护军高声喊道：“城上听者：速令逆贼宸濠前来答话，若有迟延，我家元帅便督率大兵，并力攻城。”喊了一阵，并无人答应。王元帅又喝令骂战，众兵卒又大骂了一阵，只见城头上有一人应道：“王元帅请了。”王守仁抬头一看,不是宸濠,却是按察使杨璋。

王守仁一见,也就答道:“尔受朝廷不次之恩,不思报效尽忠,为何甘心从贼耶?”杨璋道:“元帅之言差矣。当今巡幸不时,昏暗已极,任用阉宦,谗害忠良,万民怨恨,眼见大明江山属于他人。宁王系帝室宗亲,不忍使祖宗基业改归异姓,因此吊民伐罪,应天顺人,以帝室宗支接承大统,何谓贼耶?以元帅经文纬武,智略过人,何乃计不及此,而亦人云亦云,窃为某所不取也。若蒙俯听鄙言,将来也不失封侯之位。”

王守仁不等他说完了,破口骂道:“忘恩竖子,背义匹夫!尔不思朝廷待汝之恩,反敢阿附逆贼,已是罪不容诛,乃又嘐嘐忤毁朝廷,尔若祖若父在九泉之下,当亦恨尔不但甘为逆臣,抑亦不孝的孽子,尔又何面目见乃祖乃父乎?”杨璋被王守仁这一顿骂,只骂得顿口无言,羞惭无地,因即恼羞成怒道:“王守仁,尔休得逞能,看箭吧。”说道便喝令守城兵一齐放下箭来。顷刻间万弩齐发,王守仁只得命各军向后退下,鸣金收军。回到大营,王守仁恨恨不已。

次日正要复去攻城,却好探子报来:“徐鸣皋、一枝梅已率领所部,离此只有五里了。”王守仁闻报大悦。不一会儿徐鸣皋、一枝梅已进帐来,王守仁一见,即将南康争战情形问了一遍,徐鸣皋便细细回复。王守仁又将郯天庆二次袭取南康,并已派徐庆、周湘帆驰救的话,说了一遍。徐鸣皋听了,又将南康府如何深得民心告诉王守仁,王守仁也甚钦佩。

彼此先将已往之事述了一回,徐鸣皋复又问道:“元帅到此,与逆贼战过数次,胜负如何?”王守仁道:“一阵尚未开战,只昨日杨璋被本帅骂了一阵,本帅本拟即时就要围攻,不料杨璋恼羞成怒,反喝令各兵放下箭来,不能进攻,只得收军,暂作计议。”

一枝梅道:“杨璋这厮背义从贼,断不可饶。末将今夜定往城中,将这厮先自杀了,然后再作计议。”王守仁道:“惟恐他那里防备甚严,不能下手,还是明日开战,就阵上擒之。”一枝梅道:“元帅此言差矣。杨璋系文士,向不知武艺两字为何物,如何亲临阵前?还是末将前去杀他。”王元帅道:“慕容将军既要前去,须得格外小心方好。”一枝梅道:“元帅放心,末将城里是熟路,绝不妨事的。”王元帅也就答应。

这日即按兵不动。到了晚间,一枝梅就改扮行装,扎束停当,等到二更时分,便藏好兵刃,竟自向南昌城里而去。真是他们剑侠的手段,与众不同,任凭南昌守城的兵那样严紧,竟没有一个知道。一枝梅已进了城,直奔按察使衙门而来。一路皆是穿房越屋,走到按察使衙门上房,伏身细听,只听里面已打三更,又向各处一看,见灯火尚明,不便下去。

正在探望,又见更夫远远地敲着三更而来。等他走到切近,一枝梅便从屋上一个箭步跳落下来,拔出单刀,向那更夫面上一晃,口中说道:“你嚷,就是一刀。”那更夫正走之间,忽见屋上跳下一人,手执单刀向他砍来,已是魂不附体,哪里还喊得出?只得跪下来磕头,却一句话说不出。

一枝梅道:“我且问你,杨璋的住房在哪里?你若告诉我,便饶了你的狗命,若有半字虚言,登时一刀将尔砍为两段。”那更夫道:“大王饶命,小人愿说。”一枝梅道:“我非大王,我实告诉你,我乃王元帅麾下游击将军,外号一枝梅的便是。因杨璋背反朝廷,甘心从贼,特来杀他。快说出来,他现在住在何处?”那更夫听说,更加吓得要死,只得战战兢兢说道:“小人有眼无珠,不识将军大驾前来,尚求免我一死。”

一枝梅道:“谁同你说这闲话,尔快讲杨璋住在哪里。”那更夫道:“走此一直过去,末了一进上房,便是他的内室。”一枝梅道:“你这话可真吗?”那更夫道:“小人何敢撒谎。只因杨大人本来住在第三进,不久讨了个姨太太,甚是美貌,却住在末了一进,因此杨大人与姨太太同住在那里。”一枝梅道:“现在兵临城下,还住在那里吗?”那更夫道:“听说今日不是杨大人上城守夜,是布政使胡大人守夜,所以我家大人今夜无事,才进去了不多一会儿,此时多半尚未睡觉呢。”

一枝梅听罢,手起一刀,将更夫杀死,随即前去。不知能否刺杀杨璋,且听下回分解。

第一百十八回 劝儿夫妻妾进良言 杀从贼英雄留首级

话说一枝梅将更夫杀死,随即蹿上屋面,依着更夫的话,直至末了一进。伏身屋上,将身子倒挂在帘口,轻轻地用刀尖在窗户纸上戳了一个小孔,聚定目力望了进去。

只见里面灯烛辉煌,坐着一男两女。男的便是杨璋,一个女子约有四五十岁左右的年纪,那一个却只有二十岁上下。那半老的妇人却生得端庄大雅,是一位夫人的样子。那二十岁左右的,虽是个小家气度,美貌天然,却也生得不俗,不像那风骚一派。一枝梅看罢,心中想道:“这老的想是杨璋的妻子,那个大约是他的妾了。”

正欲蹿身进去,只听那半老妇人说道:“据老爷说来,邺天庆与雷大春不日便要回来了?”杨璋道:“至迟再有五日,他两人总有一个回来。只要他二人回来一个,便可与王守仁这匹夫开仗了。卑人不恨王守仁别事,我劝他的好话他不相信,反将我大骂一顿。现在当今任用阉宦,谗害忠良,我辈虽做着他的臣子,终是栗栗危惧。宁王虽然是个藩王,待他的手下那班人极其宽厚,我今日归顺于他,将来他成了大事,我亦不患无封侯之位。可恨王守仁计不及此,反骂我背叛朝廷,甘心从贼,你道可恨不可恨吗?若能将王守仁这匹夫擒住,我定将他碎尸万段,以消前日之恨。”

说罢,只见那半老妇人叹道:“老爷但愿眼前富贵,不顾将来祸患。宁藩虽然待人宽厚,究竟是有心背叛,非若当今名正言顺。老爷也要抚心自问,就是今日做了这按察使司,若非朝廷厚恩,哪里有这个地步?宁王擅杀朝廷命官,居心造反,此时正是人臣尽忠报国之日。老爷不能讨贼,已是落于下乘,再欲阿附逆王,于情理两字究嫌违背。在妾看来,宸濠虽然势大,终不能成其大事,一旦遭擒必按国法从事。妾虽不明,似从贼究嫌不顺。老爷若俯念夫妻之情,追想祖宗遗训,虽不能出人头地，做一个讨贼忠臣，也当及早回心，或暗约王元帅即日进兵，作为内应，将来贼败之后，可免身受国法。若但图目前，妾恐贼势既败，老爷也不能置身法外。与其悔之于后，不若慎之于前。而况王元帅麾下，能争惯战之士，武术超群之人，何可胜数，且皆是忠心亮节，扶弱锄奸。宁王虽有邺天庆、雷大春之流，却皆一勇之夫，不足与论，就是那余半仙、余秀英两个也是旁门左道，邪术欺人，何能如王元帅亮节孤忠，为一朝名臣。老爷请自计议，在妾愚贱，本来有夫唱妇随之道，但事关大逆，不得不苦口陈词。若其不然，妾恐将来不但有杀身之祸，且有夷族之灾。以老爷一人而上累祖宗、下连妻子，这是何苦呢？"

说罢，又见那少的劝道："老爷不必疑虑，太太说的这一番话实在不错。宁王虽是藩王，他现在造反，就是个反叛。老爷从他，不也是个反叛了吗？能杀这个反叛更好，不能杀他，就是自己拼着一死，总比从反叛好多着呢。贱妾虽是个小家女子，蒙老爷做作侧室，本不敢拂老爷的意，但是老爷要从反叛，贱妾也觉得不在理，还请老爷三思。"

杨璋听了他妻妾这一番话，在那稍明大义的，也要羞惭不已，哪里知道他不但不知羞愧，反而怒不可言，泼口骂道："你这两个贱货！知道什么时事，敢来忤逆老爷的意见。若再多言，先将你这两个贱货置之死地，好给你们去做忠臣节妇。"他妻子见他如此，当下哭道："尔不听良言，眼见得身首异处，连累家人。"杨璋的妾也就哭了起来，还是苦苦极谏。杨璋越发大怒，便要上前向他妻妾相打。

一枝梅听得清楚，此时也就无明火起高三丈，立刻跳下屋来，用了个燕子穿帘的架落，将右手一起，这一掌先将窗格打开，身子一晃就跟着进了卧房。"噗"一声响，跳落在地，即将手内的刀向杨璋面上一晃，口中喊道："杨璋，尔这逆贼！当今皇帝何曾薄待于汝，尔不思尽忠报国，反要从顺逆藩。尔妻妾苦苦相劝，实系一派良言，尔不知羞愧，反而恼羞成怒，要去向她们相打。尔可认得本将军一枝梅吗？本将军今夜到此，本来杀汝，后听尔妻妾那番相劝的话，以为你一时糊涂，经这一派良言，当可自知悔悟，或如尔妻所说之话，暗约王元帅相助讨贼，本将军就可宽恕于你，不加杀戮。谁知尔不听良言，怙恶不悛，与其待到后来，贼势既败，尔不免有夷族之惨，不若本将军先将尔杀了，将尔妻妾的这番话回启元帅，好使尔妻妾尚不致因尔受累。"说着即走上前，将杨璋提过来，按倒在地。

正要一刀送他性命，只见他妻妾跪在旁边求道："请将军暂为息怒，再让妾等苦劝他一番，苦再不从，听凭将军处治便了。"一枝梅说道："尔等休得多言。本将军还是因尔等深明大义，才如此看待，不然连尔等一齐杀死，不免令尔等有屈。杨璋实系大逆无道，罪不容诛，他死之后，本将军自为尔等于元帅前表明一切，断不难为尔等便了。"说罢手起一刀，立将杨璋杀死，当即割了首级，一窜身上屋而去。

这里杨璋的妻妾眼见丈夫被杀，虽是他罪不容诛，咎由自取，也免不得大哭起来。此时前后的家人仆妇，听见上房里哭声，大家赶紧起来，跑到后面一看，只吓得个个魂不附体。内中有两个胆大的，忙问了缘由，杨璋的妻妾因即告诉一遍，却不敢说出谏他不从，致被杀死，只说被刺客刺死，割去首级。于是合署的家人便各处寻找刺客,不必说寻不到,就便寻着,还有哪个敢上前吗?只得鬼闹了一顿,预备次日去宁王府报信,按下不表。

再说一枝梅提着杨璋的首级,出了按察使衙门,心中想道:“我何不就此顺至奸王府一行,将这颗首级送与他看看,好叫他知道我等厉害。”主意想定,即向宸濠府内而来。一枝梅本来是熟路,他们从前七子十三生大会江西的时节,他却来过好几次,因此毫无阻挠,穿房越屋,直至奸王的殿上,将这颗首级摆在宸濠坐的那张案上。一枝梅将首级摆定,这才出来回营缴令。

你道一枝梅既然入得奸王府,为什么不就此将宸濠刺死,岂不免了许多大事?诸公有所不知,宸濠的内宫却是防备甚严,左右护从亦皆是超超等、顶顶好的武艺,若果能将他刺死,也等不到今日,当日七子十三生在江西的时节,早将他刺死了。一来因他防备甚严,二来因他气数未终,势必要等到那个时节,才能将他置之死地。不必说一枝梅不敢擅入险地,就便能独力而行,他们行侠的人也不肯逆天行事,所以一枝梅只能将杨璋的首级摆在宸濠平日所坐的那张案上,使他一见魂消,不敢小觑。

看看天明,当有值殿的差官将殿上打扫清洁,以便宸濠临殿。及至收拾到案上,忽见一颗血淋淋的人头摆在案上正中间,面向里,准对着宸濠坐的那张交椅。那差官一看,只吓得魂飞天外,因道:“这颗首级是从哪里来的?”却又不敢细看,只得报了进去。

宸濠闻报,也是吃惊不小。当即起来,梳洗已毕,即传齐护从来到殿上。只见案中间那颗首级还摆在那里,宸濠大着胆便走近前,细细一看,但见鲜血淋漓,一双眼睛还自睁着。宸濠看了一回,只听“啊呀”一声,吓倒在地。究竟宸濠性命如何,且听下回分解。

第一百十九回　见首级吓倒奸王　发弹子打伤贼将

话说宸濠见案上摆着一颗血淋淋的人头,两只眼睛还睁着,近前一看,始则分辨不出,再一细看,只见“啊呀”一声,吓倒在地。大家一见宸濠吓倒,赶忙上前将他扶起。只听宸濠口中说道:“杨璋被何人所杀,却将他的首级送到孤这殿上?”一面着人将首级拿开,一面传值殿的差官问道:“尔等昨夜在这殿上,见有谁人到此,可速言明。”那差官跪下说道:“小人们委实不曾见有人来。”宸濠正在疑虑。忽见宫门官进来报道:“启王爷,现有按察使杨璋家属差人前来报说,杨璋于昨夜三更时分,被一枝梅行刺,割去首级而去,现在首级不知去向。”

宸濠闻报,心中明白,当即命人将杨璋首级交还来人带回,令他入殓,一面向左右近侍说道:“既然是一枝梅前去刺了杨璋,这首级一定是他取来摆在案上的,似此孤所住之处倒要更防备了。但一支梅等现在王守仁部下,王守仁的大兵又逐日前来攻打,所调之邺天庆、雷大春二人又未回来,好不令孤焦思之极。”左右近侍也只得随着他说了两句,当下退入内宫,暂且不表。

再说徐庆、周湘帆奉了王守仁之命,令他二人带领三千精锐,前往南康驰救。他二人哪敢怠慢,星夜火速前进,不数日已抵南康,也不安营下寨,即摧兵将南康城围困起来。此时邺天庆已得着调他回南昌的信,正要拔队,忽被徐庆这一支兵将南康围得个水泄不通。邺天庆好生着急,只得开城拼死冲出。徐庆、周湘帆二人见他杀出,也就与他力战。

一连战了三日,这日夜间徐庆等稍有疏忽,竟被邺天庆带领贼兵冲出城来,趱赶往南昌而去。徐庆等见他已经逃走,即刻进城安民已毕。所幸南康府郭庆昌虽然失了城池,却未丧命,现在闻得克复,他又出来,即向徐庆营中谢罪。徐庆当下安慰了几句,还请他刻刻防备。南康府感激不已。徐庆见城中民心已定,他也就即日拔队起程,仍回南昌,合兵一处。

再说一枝梅既将杨璋杀死,回营缴令已毕,又细细说了一遍,王元帅大悦。到了次日,即出了全队攻城,真是个个争先,人人奋勇。怎奈南昌坚固,防备甚严,攻打不下。一连又攻打了三日。

这日正在攻打之际,忽见后面西南角上,所有攻城的各兵纷纷退让。王元帅等再一细看,只见一匹马上坐一人,手执方天画戟,逢人便挑,见马即刺,只杀得那些攻城兵卒纷纷让出一条路来。他那一枝戟飞舞起来,便如入无人之境。徐鸣皋看得清楚,便即飞马过去,接着邺天庆大战。

邺天庆一见徐鸣皋,真是恨如刺骨,因被他在南康一把火,几乎将他烧死,及至见了宸濠,又几乎送命,你道他可恨不可恨。于是二人奋勇大战起来,只见一个手执烂银枪,飞舞处如蛟龙戏水,一个手执方天戟,摇摆时如虎翻身。一往一来,足足战了有二十余回合。

邺天庆见不能取胜,便,大喝一声:“匹夫休得逞能,看本将军的戟。”说着一戟分心刺来。徐鸣皋赶着迎住,用足了十二分力架在一旁,也就大喊一声:“逆贼,还不代我下马受缚!”说着,一枪认定邺天庆肋下刺来。邺天庆当即拨开,趁势一戟,向徐鸣皋左腿刺来。徐鸣皋躲闪不及,正中一戟,拨马便走。邺天庆哪里肯舍,紧紧在后追来。

周湘帆看得清楚,恐防徐鸣皋有失,随在身旁取出弹子。一声喊叫:“逆贼休得追赶,看本将军的法宝!”话犹未完,弹子已经发出。邺天庆一听周湘帆大喝,便抬头来看究竟是何物件,就在这个时节面门上已中了一弹。邺天庆不敢恋战,拨马便走。一枝梅看他逃走,也就飞马赶来。

此时南昌城里已是贼兵迎接出来,一枝梅追至吊桥,正欲抢杀上去,忽然城内冲出一骑马来,马上坐着一个和尚,手执禅杖,迎上来就杀。一枝梅一看不是别人,正是波罗僧,两人也不答话,当时就对战起来。只听两边喊杀之声,真个是震动山岳,二人一来一往,又战了有二十余回合。波罗僧杀得兴起,飞舞禅杖,向一枝梅横扫过来。一枝梅也飞舞点钢刀,招拦隔架,上砍下剁,只杀得尘土冲天,旌旗蔽日。

周湘帆远远看见一枝梅不能取胜,也就将马一拍,抢杀过去。贼队里见有人助战，又飞出一骑马来，更不答话，敌住周湘帆，两人也杀了十数回合。周湘帆暗道："我何不如此如此。"主意已定，便虚刺一枪，拨马而去。那贼将紧紧赶来，周湘帆转身一弹打了过去，正是弹不虚发，又正中贼将面门。周湘帆见他已经中弹，拨转马头又杀过去。那贼将正要负痛逃走，周湘帆的马已到面前，手起一枪，正中敌人咽喉，落马而死，随有小军上前割了首级。

波罗僧还在那里与一枝梅对敌，城上见他不能取胜，恐怕波罗僧有失，赶着鸣金收军。波罗僧一闻金声，拨马进城去了。这里官兵也就收队回营。大家缴令已毕，便去看视徐鸣皋，所幸枪伤不重，毫无妨碍，大家也就各去安歇。

邺天庆早中了一弹，回到城中，仍然血流不止，赶急用药敷上，将血止住，随来至宸濠宫内。宸濠此时早知他回来，一闻宫门官报进，即刻传他进去。一见他血流满面，即问："将军何以如此？"邺天庆就将中弹子的话说了一遍。

宸濠听言切齿痛恨，又问了南康现在何如，邺天庆道："臣已经袭了南康，后来奉到千岁的谕旨，正要赶忙回来。忽又被王守仁手下的将官徐庆、周湘帆二人，率领精锐三千，将南康困得个水泄不通。臣冲杀数次，不能突出，又与徐庆等战了三日，皆不分胜负。臣又不敢恋战，深恐南昌有失，后来还是夜间率领所部奋勇冲杀出来，急急赶回，前来缴旨，所幸人马并未损伤。但是徐鸣皋等这班人现为王守仁所用，个个皆奋勇争先，臣一人之力，恐不能与之对敌，千岁还得早设妙计，将王守仁杀败，方可长驱而进，不然终究不妥。"宸濠道："孤也飞调雷大春回来，不知他何以至今未到。"

正说之间，只见宫门官进来报道："雷大春由进贤回来，现在宫门候旨。"宸濠即命传他进宫问话，差官答应出去。不一刻雷大春进来，先行了礼。宸濠见他形容憔悴，狼狈不堪，因问道："将军为何如此，何以至今才回？"雷大春道："臣奉了千岁之旨，当即赶程回兵，不料半途忽然生起病来。一病十日，不能行动，终日卧困，也不思饮食，直至前日始觉稍好，惟恐千岁念记，只得带病勉强回兵，现在尚不能用力。"

宸濠听说道："原来如此。但有邻境各县，现在得了几城？"雷大春道："所有南昌所属外六县，只有进贤未下，因进贤知县鲍人杰、守备施必成，两人坚守甚固，施必成又超勇绝伦，因此十分难得。其余五县，皆毫不费事，有的是情愿投降的，有因攻破的。臣在进贤逐日攻打，若不奉千岁调回的谕旨，再攻打五日，就要攻打开了。因为奉了千岁谕旨，不敢恋战，赶急回来，听候调用。"宸濠听说，当下便命他与邺天庆出外安歇，俟病痊好，再行出战。

二人退出，宸濠好生纳闷，又与军师李自然议道："似此兵微将寡，何日方退得王守仁的大兵？军师有何妙计，可即说来，以便孤依计行事。"不知李自然有无计策，且听下回分解。

第一百二十回　挟异端余七保逆贼　仗邪术非幻败王师

话说宸濠因王守仁率领徐鸣皋等十二英雄,并十万大兵,终日在城外攻打,邺天庆、雷大春两人虽曾调回,一因身受弹伤,一因身抱大病,尚未痊愈,不能即日出战。虽有波罗僧及裨将等人,终非敌人对手,而且寡不敌众,甚为忧虑,因与李自然商议,请他筹设良策。

李自然此时亦觉束手无策,只得勉强说道:“可恨前者赵王庄一战,被什么七子十三生破了余半仙迷魂大阵,余半仙逃走。若非他受此大创,现在这里,不必说王守仁这十万兵马,就便再加一倍也不足为虑。为今之计,千岁何不将余秀英小姐请来,与她商议,看她有何妙策可以退得敌人。”宸濠听说,因道:“孤非不想到此,怎奈余小姐终是女流,他哥哥又不在这里,恐她不肯相助,因此孤未去请她。”

两人正在计议,忽见宫门官进来,跪下报道:“启千岁,前者逃去的那个余半仙,并同着一个非幻道人,现在宫门外候旨,说要见千岁,有要话相禀,特使小人禀知。”宸濠闻报,一听余半仙到来,又同着一个非幻道人到此,心中暗想:“这非幻道人定是有法术的,今既到此,孤无忧矣。”不觉喜出望外,即命宫门官请他们上殿。

宫门官下去,不一刻已领着余半仙进来。宸濠远远看见,即刻下殿相迎。但见余半仙在前,后跟着一个道士,头带华阳巾,身穿鹤氅,身背葫芦宝剑,面容秀丽,体骨清超,飘飘然颇有神仙气概。宸濠看罢,即拱手让道:“余道长别来无恙,后面莫非非幻道长吗?”余半仙也就答应道:“臣保护来迟,多多有罪,后面正是非幻师兄。”说着上殿,当与宸濠见礼已毕,大家坐下。

宸濠道:“余道长一别两年,孤时深记念,不意今日又见仙颜,真是意料所不到。但不知这非幻道长仙乡何处,尚乞示知。”余半仙道:“这位非幻师兄与臣同门学道,是敝师的首徒,法术高超,道行深奥。臣因王守仁率领徐鸣皋等前来攻城,臣一再哀求我师尊下山同心扶助,怎奈敝师尚有己事,未便即日下山,因令这非幻师兄与臣同来。一来保护千岁共成大事,杀退敌军,二来帮臣以报昔日迷魂阵之仇。”

宸濠听了这一番话,实在大喜,因道:“近日王守仁攻打甚急,虽经孤将邺天庆、雷大春由南康、进贤两处调回。其如邺天庆被周湘帆弹子打伤,雷大春又自己得病未愈,只靠着波罗僧等人出战,已是寡不敌众,又兼徐鸣皋等武艺超群,眼见南昌不能保守。孤正深忧虑,方才尚与军师念及,若道长在此,莫说王守仁这十万兵马,徐鸣皋等这十二三人,就便再加一倍,也难逃道长的掌握。可恨不在此处,只弄得一筹莫展。哪里知道,天助孤成功,忽蒙道长远临,又得非幻仙师相助,孤从此无忧了。”说罢,又喊着王守仁骂道:“王守仁呀,孤与尔毫无仇隙,孤举兵起事,是谋夺我朱家的天下,与尔何干!尔偏与孤作对,带兵前来征讨,仗着徐鸣皋等这一班鼠辈,任意猖狂。余道长不来,孤尚惧尔三分;余道长既来,眼见得尔全军覆没了。看尔这匹夫有何妙计良策,能敌得住余道长与非幻仙师吗?”独自骂了一阵。

当下非幻道人躬身说道："贫道闻余贤弟常道千岁仁义过人，宽厚无匹，真乃英明之主，贫道惟恨相见太晚。今见龙颜，果然名实相符。王守仁及徐鸣皋等虽然猖獗，非贫道敢自夸口，只需略施小技，便令他等死在目前，千岁请放宽心。待贫道明日出阵，以观动静，即作计议便了。"

宸濠闻言，更加大喜，当即命人大排筵宴，便在殿上畅饮起来。当日宾主联欢，互相痛饮。席散之后，便留余半仙、非幻道人在偏房安歇。余半仙又将他妹子余秀英着人喊出来，叙谈了些别后之话，又命与非幻道人见礼已毕，然后各回卧房安歇。

次日一早，即有人报进说："王守仁督率全队，又来攻打。"宸濠即请余半仙、非幻道人出阵，宸濠自己也陪着他二人出去观阵。三人来到城上，往外一看，只见敌军耀武扬威，在那里骂战。

非幻道人见了大怒，因与宸濠说道："待贫道前去会他。"宸濠道："有劳仙师，若能一阵成功，当再重谢。"非幻道人又谦逊了一会儿，随即辞了宸濠，又望余半仙说了一声："贤弟，愚兄去去就来。"说着，将背上葫芦盖揭开，倾出一个纸鹿，执在手中，喝声道："疾！"向地下一放，顷刻变了一匹梅花关鹿。非幻道人即刻上了坐骑，手持宝剑，下得城来，喝令升炮开门，直往城外而去。

王守仁正在外面催督三军奋勇攻城，忽听炮声响处，城门大开，知有贼将前来拒敌，当即抬头一看，并非贼将，却是一个妖道。只见他头戴华阳巾，身穿八卦袍，背后葫芦，手中仗剑，坐下一匹梅花鹿，形容古怪，面目可憎，满脸的妖气。王守仁看毕，心中暗道："此人定有妖法，不可不防。"即传令各将小心防备。

当下非幻道人已到阵前，大声喝道："王守仁听着：尔等身为大将，不识天时，现在宁王天命攸归，尔等偏要逆天行事，岂不知顺天者存，逆天者亡？尔等若识时务，若知天命，可即早收兵，免致三军涂炭，倘仍执迷不悟，尔可认得非幻仙师吗？"王守仁听罢大怒道："妖道休得乱言，待本帅命人取尔的狗命。"说着顾谓左右道："哪位将军前去会他？"只见罗季芳一声应道："末将愿往。"说着手舞虎头枪，直杀过来。

非幻道人笑道："来将休得逞能，且通过名来，待本师取尔狗命。"罗季芳喝道："妖道听了，咱老爷乃王元帅麾下游击将军罗季芳是也。不要走，看枪！"说着一枪刺来。非幻道人急将手中剑架住，接着厮杀起来。战不数合，忽见非幻道人执剑在手，向罗季芳喝声道："着！"罗季芳不知不觉，两眼发昏，在马上坐不住，登时跌下马来。

非幻道人哈哈大笑，正要取他首级，卜大武看得清楚，飞马提刀，接杀过来。罗季芳当被小军救回本阵。非幻道人与卜大武战未数合，仍用前法，将宝剑一指，喝声道："着！"卜大武也就登时跌于马下。

徐鸣皋、一枝梅看了大怒，即刻大声骂道："好妖道，胆敢用邪术惑人，本将军徐鸣皋、一枝梅前来取尔狗命！"此时卜大武已被小军救回本阵。非幻道人见徐鸣皋、一枝梅二人齐杀上来，复又哈哈大笑道："徐鸣皋、一枝梅，尔休得逞能，不必说你两人齐来厮杀，就便再添两人也不是本师的对手。尔等来得好，看剑！"说着，手中的宝剑劈面砍来。说也奇怪，分明见他一口剑，及至到了面前，却是两口。徐鸣皋、一枝梅两人分头抵住,杀了一会儿,并不见非幻道人动手,只见两口宝剑在空中飞舞。

徐鸣皋、一枝梅看了,却暗暗吃惊,正在奋力遮拦隔架,忽听非幻道人喝道:"宝剑宝剑,还不与我击下。"一声才完,那两口剑一齐飞了下来。徐鸣皋、一枝梅二人说声"不好",赶即躲让,哪里让得及,徐鸣皋左肩上着了一剑,一枝梅右肩上着了一剑,当下二人负痛逃回。

非幻道人见他二人败走,乘势将葫芦盖揭开,口中念念有词,喝声道:"疾!"顷刻狂风卷地,乱石飞天,半空中有无限人马卷杀过来,只杀得王守仁十万雄兵许多勇将,抱头鼠窜,败下三十里,始各惊魂稍定。查点人马,已折伤不少。徐鸣皋、一枝梅虽中了两剑,却不妨事,卜大武、罗季芳此时也醒了过来,当下安立营寨,王守仁好生忧闷。

非幻道人大获全胜,宸濠接进城中,自然称谢不已。随后非幻道人大摆非非阵,七子十三生议破非非阵,徐鸣皋等十二位英雄大破离宫,武宗御驾亲征,宸濠明正国法。许多热闹,且看下集书中分解。

第一百二十一回　刘养正议围安庆　王守仁再打南昌

话说王守仁自统大兵被非幻道人大败了一阵,退了三十里下寨,徐鸣皋、一枝梅、罗季芳、卜大武虽被妖剑着伤,幸不妨碍。王守仁安营已定,徐鸣皋等四人也就苏醒过来,再用了些绝妙的敷药敷上,只需一两日自然就痊愈起来,暂且不表。

再说非幻道人大获全胜,宸濠将他接入城中,当即大摆筵宴,欢呼畅饮。酒过三巡,宸濠谢道:"孤自从王守仁带兵到此,徐鸣皋等这一班匹夫仗着自己的武艺,孤家屡被他所败。设非仙师驾临,这座城池危在旦夕了!今日大获全胜,已足令王守仁丧胆了。但是,他虽然败走,尚未全军覆没,而徐鸣皋等那十二个人,皆是勇敢力战之辈,毫不畏死之徒,难保他不重整残兵,再决死战。在仙师之意,又当如何呢?"

非幻道人道:"非是贫道夸大口,谅他这一班毛卒有多大本领。若他等能识时务,早早罢兵,还是他们的造化,这三十万生灵,尚可免就死地;若再执迷不悟,贫道只需略施小技,管叫他这三十万人马,皆死在贫道手中,不留片甲便了。"宸濠闻言大喜。

当下副参谋刘养正在旁说道:"仙师之言固是好极,以仙师法力之高,视敌犹如草芥,毫不足虑。但某有一言,不知大王尚堪容纳否?"宸濠道:"卿有何言,请即说出,以便大家商议。"刘养正道:"某所虑者,以得地为先,以争战为后。若图目前与王守仁日角胜败,即将他三十万大兵全行覆没,后起之兵,难保不陆续而来。是徒以角力胜负,残虐生灵,而于土地人民毫无所得。土地人民既不我属,则军需粮饷又何自而来?即使今日胜一战,明日胜一战,而援兵纷至,吾恐亦不能任意屠戮,以伤上天好生之心。且仅恃南昌一城,又有几何粮饷可以坚持日久?一旦军需不足,粮饷空匮，人民势必变心。民心一变，虽有仙师在前，雄兵在后，军无饷需，马无粮草，其又何能保乎？某是以为大王虑也。”

宸濠听了这番话，便悚然说道：“非卿之言，几使孤坐守孤城而不思辟地了。为今之计，卿有何策以为根本？庶使军元匮粮，库无匮帑，而有以自固乎？”刘养正道！“某之意，以为南昌旋得旋失，既未得其钱粮，而所属各县，虽经雷将军得了几城，却亦断不可恃。为今之计，莫若一面与王守仁对敌，一面潜师间道径趋下。先取九江，进围安庆，以固根本。九江与安庆既得，仍宜分兵下攻芜湖，然后大王自统大兵，亲出长江，顺流东下，取金陵以为根本之地，然后大势成矣！若图目前之胜败为荣，某窃为大王不取焉。”

宸濠听罢，大喜道：“卿这一番议论，真是言言金石！孤当照卿之言，分兵前往便了。”李自然在旁也就说道：“刘参谋之言是也。”宸濠因即斟酌道：“现在孤此间大将惟邺天庆、雷大春二人，若再使他二人分兵前去，孤身旁又无大将可以保守了。”李士实道：“大王可使雷大春为统将，率兵三千，先往九江。好在九江一城此时定然空虚，即有防备，亦不过是些老弱而已。得雷将军一人统领，再带些偏裨牙将，取九江如在掌握之中。九江一得，安庆自必惊慌。雷将军可急急率兵星驰而去，安庆亦断不难取也。却宜速不宜迟，则兵力一厚，急切便不可得矣。”

宸濠当下大喜。酒筵已散，随即命雷大春率兵三千，星夜间道，潜师直取九江，然后进攻安庆。这支令传出，雷大春的疾已好，当即奉令挑选了三千精锐，真个是潜师间道，星夜飞驰往攻九江去了。按下慢表。

再说王守仁自退下三十里，安营已定。停下两日，徐鸣皋等剑伤已各痊愈，王守仁便齐集诸将于大帐前议道：“前日为那妖道用了邪术，我军大败了一阵。幸喜徐将军等刻已痊愈，士卒虽折伤不少，细查实数，亦不过伤去二三千人。我军锐气尚未大挫，若不并力攻取，未免有失诸位将军从前英勇忠义之名。即妖道虽然厉害，亦不过所仗邪术。自古邪不胜正，理之必然。本帅拟多备乌鸡黑犬血，于临阵时，妖道若再恃术，即将秽物喷去，或可破其邪术。诸位将军意下如何？”

徐鸣皋等齐道：“末将等亦思如此，但未奉元帅之令，不敢擅自专主。今元帅虑及至此，末将等当谨遵钧命，准备与逆贼决一死战。但冀攻破南昌，早擒逆贼为幸。若久久不下，不但师老无名，且上遗宵旰之忧，下累三军之苦，末将等亦所不愿也。”王守仁大喜道：“诸位将军既有此忠义之心，真乃国家大幸！即烦将军等各命本营士卒，连夜在于就近乡村等处，多寻乌鸡、黑犬，万一寻找不出，准其备价向畜养之家购买，毋得强自搜索，致遗民怨。”各营士卒得了令，也就即刻出营，分往就近村落中寻找。

到了天未黎明，各兵卒带了许多乌鸡、黑犬回来缴令。王守仁一见大喜，即命取了鸡犬血，又命人分贮喷筒之内，以便临阵时喷打出去，以破妖法。安排已定，王守仁又命众三军，大家再养一日，将精锐养足，好去决战。众三军无不欢歌跳跃，擦掌摩拳，准备攻城擒贼。

过了一日，到了晚间，王守仁又传令出来，命各军四更造饭，五更出队。众三军奉了将令，哪敢怠慢，真是个个戎装扎束，只待将令一下，即便出队前往攻城。不一刻元帅令下，营门开处，金鼓齐鸣，炮响三声，一队队如熊如虎之师，直往南昌进发。

徐鸣皋先到南昌城下，即命排齐队伍，便自出马向城上讨战。这日却是布政使胡濂守城，当有守城贼兵飞报进去，胡濂闻言，当即上城。往外面一看，只见那二十余万雄兵，遮天盖地而来，声势好不可畏？又见徐鸣皋坐在马上，耀武扬威，骂不绝口，声称捉住宸濠，定然碎尸万段。胡濂哪敢怠慢，也就飞命守城官驰报进宫。宫门官闻报，也就即刻报知宸濠，请遣将出城迎敌。

宸濠闻言，一面先着胡濂开城迎敌，一面飞命邺天庆即刻出城，又请非幻道人与余半仙观阵。此时非幻道人早已得了信息，宸濠的人尚未到，他已走了过来，因与宸濠道："千岁不必惊疑，贫道已早算到今日王守仁欲带兵前来复战。王守仁今日不来，贫道明日也要请旨前去，难得他自来送死，免得贫道又费跋涉了。只此一番，定要将王守仁杀得个片甲不回，把徐鸣皋等那一起匹夫，个个杀得粉身碎骨，以报我师弟迷魂阵之仇，以为千岁长驱直入之地。便请千岁观阵，看贫道指挥三军便了。"宸濠大喜。即刻与非幻道人、余半仙上了坐骑，直往城外而来。

且说徐鸣皋在城外骂战，骂了一会儿，见城中并无贼将前来迎敌，正是焦躁不堪。却好大队已到，一字儿列成阵势；徐庆、一枝梅、狄洪道、罗季芳、徐寿、包行恭、周湘帆、王能、李武、卜大武、杨小舫等人，也飞马到了阵上。

只见徐鸣皋还在那里指着胡濂大骂不止，又见胡濂也在城上往下骂道："尔等众军休得威武，眼见得死在目前，尚不知觉。顷刻仙师一到，就要送尔等一齐归阴。我虽有志归降，终不失封侯之位，何苦尔等碎尸在野，碧血成河。抛父母而远离，弃妻孥而不顾。魂飞天外，磷磷秋草之场；魄散空中，渺渺无依之鬼，未免可惜。何事矫情，岂如我等安富尊荣，家人团聚吗？"

胡濂正在城头上指着徐鸣皋等大骂，只见徐鸣皋一声大喝，将马一夹，飞到城下，率领众三军并力攻城。正在激励三军，忽见胡濂应弦而倒。不知胡濂被何人所射，究竟性命何如，且听下回分解。

第一百二十二回　擅绝技一箭射降贼　仗邪术二次败官军

话说胡濂正与徐鸣皋相对而骂，徐鸣皋听了他那一番无耻的话，气得暴跳如雷，率领众兵丁冲杀过去，忽见胡濂应弦而倒。你道这是为何？原来徐庆在马上听见胡濂那一番话，也是气不可忍，当下拈弓搭箭，使出神箭手本领，"飕"的一箭射去，正中胡濂咽喉，应弦而倒，当即送命。

徐鸣皋见胡濂被箭射倒下去，立刻催督三军奋力攻城。众兵卒正在猛攻之际，忽见城门开处，冲出一支兵来，为首贼将不是别人，正是邺天庆。徐鸣皋一见，更不答话，两下便厮杀起来。二人斗了有十余合，徐庆在后见徐鸣皋战天庆不下，也就将马一夹，飞出阵来夹击。邺天庆见有人来助战，他也抖擞精神独战二将，毫不畏惧。三个人杀作一团，两边鼓角齐鸣，喊声震地。

正杀得难解难分，忽又见非幻道人与余半仙从城里出来。非幻道人坐下梅花关鹿，手持宝剑，背系葫芦，一声说道："邺将军且暂息少时，待贫道处治这一起孽畜。"邺天庆闻言，即便虚晃一戟，退入阵后。

非幻道人便向徐鸣皋等人喝道："尔等乳牙未长，胎毛未干，但知仗自己的武艺，违背天心，逆天行事。本师前者略施小技，即杀得尔等弃甲抛戈，逃走不及，也就该知本师的厉害，不敢再恃己能，前来争斗。你等乃妄自尊大，不识时务，复又胆敢将胡大人射死，种种逆天，实在罪无可恕。尔等休走，看本师的宝剑来了！"说着，即将手中剑向徐鸣皋砍下，徐鸣皋急架相迎，还不见非幻道人动手，只见那口剑在空中飞舞。

徐庆在后看徐鸣皋战非幻道人不过，也就赶杀上来。非幻道人见徐庆也来助战，只见非幻道人哈哈笑道："来得好，愈多愈妙，好让本师早些送尔等归阴。"说罢喝一声："变！"只见那宝剑登时变了两口，往着徐鸣皋、徐庆二人，飞砍下来。一枝梅看得真切，也就从斜刺里向非幻道人杀去。非幻道人见一枝梅又来助战，复又一声道："疾！"那宝剑又变了一口，在半空中飞舞盘旋，有欲往下砍之势。

此时包行恭、狄洪道、周湘帆、罗季芳、王能、李武、卜大武、徐寿等人，见了非幻道人如此邪术，也就合力齐冲出来，围住非幻道人厮杀。非幻道人见了众英雄齐来助战，将自己围在当中，他便大笑不止，口中说道："尔等来全了吗？如未到齐，尚有几人？可着令他赶速前来，好试本师的法宝。"说着，复又一声道："疾！"向那法宝说了两句："速变，速变！快取首级见吾。"话犹未了，只见那宝剑一变两，两变三，三变四，顷刻之间变了十几口出来，认定各人，一人一口，直往下砍。

王守仁在阵上看得真切，说声"不好"，当即喝令三军，将所有的喷筒一齐将乌鸡黑犬血速速喷出。三军得令，立刻将乌鸡黑犬血喷打出来。说也奇怪，就这一阵乱喷乱打，那十几口宝剑竟是纷纷落了下来。众军近前一看，原来皆是些纸做成的。

徐鸣皋等一众英雄见非幻的飞剑已破，无不欢喜，更加并力围裹上来，恨不能立刻将非幻道人碎尸万段。此时，非幻道人见自己的法术已破，便大怒道："尔等众匹夫敢破本师的法宝，今日不送尔等的性命，本师誓不回营！"徐鸣皋等一众英雄也就大怒，骂道："好妖道，不知羞耻，敢将纸剑前来吓谁！本将军等若不将尔这妖道擒住肢解起来，也算不得本将军等的厉害！"一面说，一面你一枪、我一刀、他一槌、我一戟杀个不住。

贼阵上，余半仙看见如此光景，恐怕非幻道人有失，也就大喊一声道："师兄休得惊疑，我来助你！"说着也即冲出阵来。包行恭、周湘帆正要去敌余半仙厮杀，忽见非幻道人将坐下梅花关鹿的头一拍，那梅花关鹿将口一张，登时从口中喷出烟来。那烟见风一吹，又变了许多烈烈烘烘一片通红的烈火，直往徐鸣皋等卷烧过来。

王守仁看见，说声"不好"，又命众军齐将鸡犬血喷去，哪知已经喷尽，三军皆

束手无策。只见那烈焰腾腾的火,趁着风威直卷过来。徐鸣皋等见事不妙,也只得抱头鼠窜,率领三军向本阵中奔逃,只听那一片喊哭之声,真是震动天地。此时王守仁也知道立脚不住,即命后队改前队,往后速退。三军士卒真个是弃戈抛甲,各顾性命,往后而逃。

非幻道人还在后面督率着贼兵一路追杀。所有那些官兵,有的被火烧得焦头烂额的,有的自相践踏因而丧命的,有的被刀着枪杀死的,有的逃走不及跌倒下来被贼兵踏死的,有的被马冲倒死于马足的。就此一阵,官兵伤了有五六千人,真杀得血流成河,尸横遍野。王守仁直退至五十里下寨。非幻道人见官军败走已远,方才收了火,鸣金收军。

宸濠在城头上看得清切,好生欢喜。当即下了城来,一见非幻道人,即执手相谢,邀至城中,并马回去王府。此时众贼将皆来庆贺,宸濠即命大摆筵宴,犒赏三军。

酒席中间,又向非幻道人说道:“孤前次见仙师的宝剑被王守仁破去,徐鸣皋等一众狐群狗党围绕仙师乱杀起来,孤那时好不为仙师担忧!正要派邺天庆前去助战,已见余道友出去阵前。不知如何,瞥眼间仙师又行出那喷烟吐火的妙法,将王守仁等以及三军烧得个弃甲抛戈,舍命而走,这真是仙家妙法,奇术难知!王守仁叠败两阵,料他也该胆慑了。但不知仙师的宝剑,何以为他等破去,这是什么道理?”

非幻道人道:“千岁有所不知,贫道所练的飞剑,本是仙家妙法,无论他有多少大将,都可以取他性命。只有一件,不能经染秽物,一染秽物,立刻变成纸剑,纷纷落下尘地。今日阵上所以不能取他等性命者,恐怕王守仁暗用秽物,喷打出来,以致宝剑为他所破。是以贫道一见宝剑破去,不能取他等性命,只好另用他法,使贫道的坐骑喷出火来,将他三军烧得个焦头烂额,虽不使他片甲不回,我们也算大获全胜了。”

宸濠道:“若非仙师协力帮助,妙术无边,又何能使王守仁大败而回,心惊胆落;徐鸣皋等抱头鼠窜,烂额焦头呢?孤只恨得遇仙师尚嫌稍晚!若早两年相遇,余道友固不致为什么七子十三生所败,而孤亦得横行于天下了。”非幻道人道:“吾料王守仁经此一番大败,断不敢再来搦战了。贫道之意,乘他惊魂未定之时,今夜前去劫寨。只要将王守仁擒住,徐鸣皋等武艺虽是超群,既见主将为人所擒,哪有心不摇动之理?然后千岁再以甘言美语劝他归降,徐鸣皋等感千岁不杀之恩,念千岁招降之德,岂有不心悦而诚服,为千岁所有?千岁即得徐鸣皋等一千人众,然后再分兵各处,夺城争地,则大事定矣!"

宸濠听了这番,好不欢喜,当下谢道:"蒙仙师相助之力,孤若位登九五,定再大大加封,以酬相助之绩。"非幻道人道:"贫道非敢望千岁赏赐,这不过上应天心、下舒民力,顺天而行耳。"一会儿酒席既定,宸濠即传出密令,分属各营今夜三更前去劫寨。贼兵将得了此令,自然预备起来,等到夜间好去劫寨。

且说王守仁退到五十里扎下营来,查点人马,伤了一万有余。再看徐鸣皋等被火烧伤的甚多,王守仁好生不乐。即命徐鸣皋等赶紧医治,等诸伤痊愈,再行计议进兵。徐鸣皋等亦只得遵命,赶为医治。但是各人皆闷闷不乐,都道如此看来,这妖道如何制服?一枝梅道:"除非玄贞子大师伯及众位师伯、师叔到来,方可破得这妖道。"徐庆道:"好在我伤势不重,明日回明了元帅,将我师父寻到,请他老人家用飞剑传书,将众位师伯、师叔请来灭这妖道,共擒叛王,以安社稷。"

大家议论一番,看看已将天黑,于是众人也就预备安歇。忽见大帐前从半空中飞下一个人来,欲知此人是谁,且听下回分解。

第一百二十三回 解药施丹救全军士 反风灭火败走妖人

话说徐鸣皋等正要预备去安歇,忽见大帐内从半空中落下一个人来,大家吓了一跳,群相喊道:"拿刺客!"话犹未完,只见那人一声唤道:"你等休得惊慌,特地前来救尔等性命。"徐鸣皋等一闻此言,大家近前一看,原来是傀儡生。

此时众人欣喜无限,即刻上前给他施礼。傀儡生道:"诸位贤侄休得闹此浮文,元帅现在哪里?速将我带领去见元帅,有大事商量,万不可迟。迟则合营的性命难保!"徐鸣皋等一听,知有异事,哪敢怠慢,当即先自进了后帐,与王元帅禀明一切。

王元帅一听此言,即刻具了衣冠,升坐大帐,请傀儡生相见。由徐鸣皋出来将傀儡生迎入,王元帅降阶相迎。彼此相礼已毕,王元帅邀傀儡生上座,向傀儡生道:"久闻仙师大名,如雷贯耳。今幸惠临见教,某有失迎迓,歉罪之至。"傀儡生亦谢道:"贫道四海云游,迄无定址。久闻元帅忠义,亟欲趋教,以未得便,故尔来迟,实深抱歉。今者元帅为妖人非幻道人两番擅用邪术,致元帅大败至此,虽为妖人作恶众多,亦是从军等应遭此劫,元帅倒不必过虑以后之事,所谓恶贯满盈,自难逃其法网。所虑者,顷刻间有一非常之变,元帅得毋知之乎?"

王守仁听了此言,顿时大惊失色,避席而问曰:"某不敏,不能察过去未来,乞仙师正告之。"傀儡生道:"妖人将有劫寨之举,贼兵已在半途,若不赶紧预备,必有非常之变。"王元帅道:"仙师何由得知?"傀儡生道:"贫道路经此地,见逆贼宸濠宫中妖气甚旺，贫道即潜入宫中，探听一番，哪知宸濠正与非幻道人在那里议论。非幻又劝宸濠出其不意，攻其无备，趁元帅惊魂未定之时，于今日三更前来劫寨。贫道一闻此言，知元帅必无防备，故特赶紧前来为元帅报信。望元帅急速准备，以救三军性命。”

王守仁一闻此言，更是大惊失色。道：“诸将受伤，三军疲困，以言御敌，万万不能，似此如之奈何？尚望仙师悯诸将之颠危，救三军之性命，为某急思良策，以拒贼氛。不独某感激无穷，即众三军亦衔感再生之德了。”傀儡生道：“元帅勿忧，贫道设法以御之。但是孤掌难鸣，必藉诸位将军之力。”王守仁道：“诸将甫受重伤，尚未痊愈，如何抵敌呢？”傀儡生道：“是不难，诸位将军所受之伤，无非为妖火所炽，贫道有药可治。但即请传诸位将军到帐，俟贫道一一治之，包管立时无恙。虽冲锋陷阵，执锐披坚，不难也。”

王守仁听说大喜，即刻将受伤诸将士传齐，进入大帐。傀儡生先将诸将细看一遍，分别受伤轻重，然后在腰间取出一个葫芦，倾出二三粒丹药，命人取了清水将丹药和开，与诸将士分别敷上。果然顷刻间生肌长肉，顿时痊愈。诸将伤势已痊，便请王守仁发令，四面埋伏，以待贼军前来劫寨。

王守仁当下便命徐鸣皋、徐庆、王能带领兵卒，在着大营左边埋伏；一枝梅、周湘帆、李武带领兵卒，在于大营右边埋伏；徐寿、包行恭、杨小舫带领兵卒，在于营后埋伏；狄洪道、罗季芳、卜大武带领兵卒，往来接应。诸将得令而去，王守仁与傀儡生坐守大营，以待动静。吩咐已毕，看看将近三更，并无动静。

王守仁正在疑惑，贼兵既来劫寨，何以到此时仍无消息？正疑虑间，忽闻金鼓喧天，喊声震地。那一片喊杀之声，真个如地裂山崩相似。傀儡生道：“元帅信否？若非先事预防，这亿万生灵，定要遭此涂炭了。”王守仁道：“三军之所以不遭此厄者，皆仙师仁慈所赐也！”

且说非幻道人督率邺天庆及偏裨牙将，带领众贼兵衔枚疾走，来到大营。以为王守仁当惊魂甫定之余，将士败亡之后，必然计不及此，预为防备。邺天庆一马当先，冲入营内。才进了营门，只见灯火通明，旌旗环列，知道有了准备，当即回马便走。

尚未走出，忽听一声炮响，左边徐鸣皋、徐庆、王能杀出，右边一枝梅、周湘帆、李武杀出，当即将邺天庆围在当中，奋力厮杀。邺天庆也就抖擞雄威，力敌六将，左冲右突，预备杀出重围。哪知他本领虽然高强，怎奈寡不敌众，怎禁得六将降龙伏虎的生力军，围住他一人死斗。看看已力不能敌，居心望非幻道人前来接应。

哪知非幻道人在后面押着队伍，以为邺天庆必然杀入官军大寨，将官军杀得马仰人翻，正拟往前助战，以期一战成功。哪知狄洪道、罗季芳、卜大武三人闻得贼兵已到，他们便出兵前来接应，却好遇见非幻道人率领贼众向大营驰往。狄洪道等当即上前截杀，将贼兵冲为两段，死命力斗，不容非幻道人进前。此时非幻道人也不敢遽行妖法，惟恐有伤自家兵将，因此只与狄洪道等并力战斗，又不能直冲进前。虽然狄洪道等胜他不过，他却也不能取胜于人。

那里邺天庆被徐鸣皋等六人围在核心，冲杀不出，急望后队的兵前来接应，却又不见前来，好容易将王能刺伤一戟，这才舍命冲出，逃入后队，哪知才到后队，只见非幻道人也被官兵围在那里厮杀。邺天庆一见，往非幻道人大声喊道："还不快走，等到何时？今番上了你的当了！"

非幻道人正与狄洪道等力战，不分胜负，一见邺天庆大败出来，又听他说上了你的当这一句话，非幻道人好不惭愧，因此恼羞变怒。又见徐鸣皋等随后紧紧追来，若再不行妖法，更要大败而回。因此也顾不得伤及自家人马，只得将坐下梅花关鹿头顶一拍，登时鹿嘴一张，喷出烟来，一霎时变成烈火，直往官军队里烧去。

那些官军于日间经过厉害的，谁人不怕？就便徐鸣皋等也知道火势甚猛，身上的伤痕才经傀儡生治好，今又烧来，也是栗栗危惧。因此官兵官将又是抱头鼠窜，往本营中乱逃。非幻道人见官军已退，即便催督邺天庆，率领众贼将兵卒反杀过去，那一片喊杀之声，更觉惊天动地。

傀儡生正在帐中与王守仁议论非幻道人的妖法，忽见营外烟雾弥漫，一霎时红光照耀，又听那一片喊杀之声震动天地，知道又是妖人作法，说声"不好"，也来不及与王守仁说明，当即出了大帐，将手中的宝剑向空中一放，口中说道："宝剑，宝剑，将这一片妖氛扫回贼队，使他自烧其身，毋得有误！"傀儡生说罢，那宝剑果然在半空中飞舞了一回，顿时一道白光，如一条白龙相似飞出营外，竟将那一派妖火扫了回去。

非幻道人正督率贼将邺天庆，催赶官兵官将杀入大营，忽见一阵狂风向本队卷来，接着那一片烈火亦向本队中烧来，非幻道人好生诧异。当下一面传令，命所有贼众休得赶杀，速速收队。一面念念有词，收那妖火。哪知贼众正赶得高兴，非幻道人虽然传令收队，怎奈众贼军不及收兵，只顾迎着火光赶杀过去。非幻道人即便收火，哪知再念真言，火也收不回来。众贼军正往前发，忽见那烈火向本阵中烧到。在先传令收兵，众贼军不闻不见；现在不等传令，大家惊扰起来，高声喊道："我们快走呀，火烧过来了！"一面说，一面跑，互相践踏，死者不计其数。

非幻道人见妖火收不回来，也就着急，若再等片刻，本队的兵卒就要烧死尽净了。因此只得将葫芦盖揭开，口中念念有词，喝声道："疾！"即将葫芦一阵倾倒，立刻狂风大作，大雨倾盆，才算将这一派烈火灭息。官军队里见妖火烧过去，知道有人破了妖道的法，也就掩杀过来，紧紧追赶，因此杀死贼兵亦不计其数。直至狂风大作，大雨倾盆，这才收兵不赶。算是到南昌打了两仗，今夜才大获全胜，然而兵卒死伤者亦复不少。非幻道人见大雨灭了火，却不敢再去追杀，只得收兵回南昌，再作计议。

宸濠正在城里盼望信息，满望这一路而来到王守仁的大营，杀个净绝。哪知正望之际，忽有探事报了进来，口中称："千岁不好！非幻仙道杀得大败而回，众兵将死伤甚多。非幻仙师现在已经率领众兵卒回城了。"宸濠闻言，好生烦恼。却好非幻道人与邺天庆已进入宫中，邺天庆当下给宸濠请罪。不知邺天庆果得问罪吗？且听下回分解。

第一百二十四回　非幻妖召神劫大寨　傀儡生遗法代官兵

话说郏天庆向宸濠请罪，非幻道人亦向宸濠道歉，宸濠当下便向二人说道："胜负乃兵家之常，今虽败了一阵，已胜他两阵，也算抵得过来。尚望仙师不可隳心，努力向前，以助孤家共成大事。

非幻道："贫道料定王守仁绝无准备，才敢决计前去。不知如何，他已经防备起来，这也罢了。他虽有防备在先，并未大败，后来贫道放火烧他，已将那些官军烧得抱头鼠窜，败将下去，不知又如何会反转风头，将火卷入本阵，烧了过来，因此本队三军见了烈火烧身，这才败将下来，自相践踏，死者甚众。幸亏贫道见景赶着用法下了一场大雨，才算将火灭了，救得三军回城。吾料王守仁必无此等法力，能反风卷火，其中定然有了妖人相助于他。明日倒要细细打听出来，究竟何人相助破贫道的法术。"

宸濠一闻此言，心下早料到八分，定是破迷魂阵的那一起人。当下向余七问道："莫非还是前者破道友大阵的那一班人吗？"余七道："只需明日细细打听，便知明白了。"说罢，大家便去歇息。

到了明日，宸濠派了细探打听出来，果然是大破迷魂阵内的人。宸濠因也颇为思虑，当下便着人将非幻道人及余七请来，议道："孤今日着人前去打听，顷据回报，说是唤作什么傀儡生。孤想这傀儡生颇为厉害，法术也甚高强，当得如何除却此人才好。"非幻道人道："千岁勿忧，前日贫道所以猝败者，以其不知为何如人，并未料及至此，以致始有此败。今既知是傀儡生，非是贫道夸口，只需略施小计，不用一人，不发一卒，包管将他一座大营连同傀儡生，一齐置之死地，以助千岁成功便了。"

宸濠道："据仙师所云，岂有不用一人，不发一卒，就可将官兵二十万众置之死地？孤窃有所疑焉。"非幻道："千岁勿疑，但请派人于僻静处所，赶速搭一高台，以便贫道上台作法。三日之内，若不将王守仁的大营踏为平地，贫道愿甘军法便了。"宸濠闻言大喜，当即命人于僻静处所赶筑高台，以便非幻道人作法，暂且不表。

且说徐鸣皋等收兵回营，算是大获全胜。王守仁当即慰劳了一番，又谢了傀儡生相助之力。傀儡生复又说道："贫道尚有他事去往天台一游，三日之内尚有一番惊恐，却不妨事。今有小瓶一个留下，等到第三日夜间初更时分，可将这瓶塞拔去，将里面的物件倾倒出来，洒在大营四面。元帅可即拔队速退，驻扎吉安府界，然后再徐徐进兵，方保无事。不然，恐有大难。随后遇有急事，贫道再来便了。"

王守仁还欲相留，傀儡生道："元帅不必拘执，依贫道所说办理，自无贻误。"徐鸣皋在旁说道："师伯云游四海，无所定址，此间若遇大事，欲寻师伯，急切难求。可否请师伯将这宝剑寄存小侄这里，遇有急难，便可飞剑传书，请师伯驾临，以解其危，可以诛贼众了。"傀儡生闻言，因道："也罢，我便将这宝剑留下。贤侄等切不可轻易使用，必须要到万分无法之时，方可使用一回，使它传书于我。"徐鸣皋惟惟听命。

傀儡生当将宝剑留下，告辞而去。王守仁等将他送出营门，正要与他揖别，顿时不知去向，王守仁羡叹不已。看官，你道傀儡生这宝剑既留下来，他自己哪里还有防身的物件呢？诸君有所不知，这留下的宝剑却是有形无精，他自己还有一口剑丸，那才是精灵俱备的。那剑丸他如何肯留下来，即使他留下，旁人也不能使用。这留下的难道真个会传书吗？不过欲坚王守仁的心，免得纠缠不已，所以才留下来，就便徐鸣皋等也不知道他是这个用意。

闲话休表。且说宸濠命人将高台筑成，非幻道人先到台上看了一回，然后又命人在台上设了香案，自己又取出一面柳木令牌排在案上。见他每日上台三次，下台三次。凡上台一次，必须手执宝剑踏罡步斗，口中念念有词，也不知道他所为何事。到了第三日晚间，将有初更时分，即请宸濠与余七同上高台，看他行法。

宸濠大喜，随即同上台来。只见他仗剑在手，口中先念了一回，然后将案上那块柳木令牌取在手中，向案一拍，一声喝道："值日神何在？速听法旨！"一声道毕，但见风声过处从半空中落下一位金甲神来。向案前立定，向非幻道人唱了个诺，随即说道："法官呼召小神，有何差遣？"非幻道人道："只因王守仁不识天时，妄自兴兵犯境，特地呼召吾神，速即传齐十万天兵天将，前往王守仁大营，将他的所有人马一齐灭尽。速来缴旨，不得有误！"非幻道人说罢，那金甲神说了一声："领法旨！"顿时化阵清风而去。

非幻道人又向宸濠说道："哪怕傀儡生武艺高强，王守仁兵精将勇，就此一番，也要将他踏为平地了。"说罢便与宸濠、余七下台而去，只等三更以后，再行上台退神。

再说王守仁自傀儡生走后，光阴迅速，看看已到了第三日。这日早间，即命各营三军，预备拔队退守吉安。众三军不知是何缘故，却也不敢动问，只得大家预备起来。

到了晚间初更时分，徐鸣皋即将傀儡生留下的那个小瓶将塞子拔去，把瓶内的物件倾倒出来，倒在手中一看，原来是些碎草以及小红豆。徐鸣皋看了，颇为称异，暗道："这些草豆有何用处，难道它能变作兵马吗？且不管它。"当下即将这碎草、小红豆儿在于大营周围一带，四面八方撒了下去，然后禀明王守仁拔队。王元帅一声传令，当下众三军即拔队退走吉安。

走未移时，只听后面扎营的那个地方，人喊马嘶，有如数十万人马在那里厮杀。你道这是何故？原来非幻道人遣了天神天将去平王守仁的大寨，哪知这些神将到了那里，并不知王守仁已经拔队退走，只见还是一座大营，内藏无数兵马，当下便冲杀进去。那大营内的兵马，一见有人踹进大营，也就各人奋勇争先，向前迎敌，所以闻得厮杀之声。

但见王守仁既将大营撤退，这些兵马又从何处而来呢？原来，就是傀儡生留下的那小瓶子内许多碎草、红豆变成的。尝闻人说撒豆成兵，即此之谓。哪知天神天将与那些碎草、红豆变成的人马厮杀了一夜，直杀到四更时分，竟把些假人马杀得干干净净，才回去缴旨。

非幻道人到了三更时分，也就与宸濠上台，专等金甲神回来缴令。到了四更光景，金甲神果然翩然而来，在案前打了个稽首，口中说道："顷奉法官法旨，已将大营内人马杀尽，特地前来缴旨。"非幻道人听说，当即念了退神咒，金甲神这才退去。非幻道人又与宸濠说道："千岁可以从此无虑矣！率领大兵长驱直进，以成大事便了。"宸濠也是大喜。当下大家下台，各去安歇。

次日又大摆筵宴，庆贺大功。酒席之间，李自然在旁说道："既是非幻仙师昨夜将王守仁的大营踏为平地，谅来定是尸横遍野，血流成河。千岁何不着一队兵卒，到那里将这些死尸掩埋起来，免得暴露，也是千岁泽及枯骨的道理。而况千岁所恨者，只王守仁匹夫与那徐鸣皋等人，众三军之士，皆与千岁毫无仇隙，今者同罹于难，亦未免可怜。将他等枯骨掩埋起来，就是那亿万孤魂，也要感千岁之德于地下的。但不知千岁意下如何？"宸濠道："军师之言，正合孤意，孤即派队前去掩埋便了。"当下即传令出去，着令牙将丁人虎，带同兵卒五百名，速去掩埋已死官兵的枯骨。

丁人虎奉令之后，也就即刻督队前往。走到那里四处一看，哪有一个死尸，并无尸首。丁人虎好生诧异，随即在附近寻了两个土人，问明一切，才知道王守仁早已撤队退下。丁人虎闻说大惊，即刻收队赶回南昌，去见宸濠与非幻道人，细禀各节。欲知宸濠与非幻道人听了此言，毕竟如何惊恐，更想出什么法来，且听下回分解。

第一百二十五回　丁人虎面禀细根由　王守仁预设反间计

话说丁人虎回到城中，将队伍安排已定，便至王府复命。宸濠一听丁人虎回来，即命他进见。丁人虎赶至殿前，见宸濠与非幻道人、余七、李自然、李士宝、刘养正等在那里饮酒。丁人虎代宸濠参见已毕，侍立一旁。宸濠便问道："尔将尸骸掩埋清楚了？"丁人虎道："禀千岁，不曾掩埋。"宸濠道："孤家派汝去做何事？为什么不掩埋呢？"丁人虎道："并无一具尸骸，使末将如何埋法？"

宸濠听了这句话，就有些疑惑起来，因怒道："汝哪里如此糊涂！上日经天兵天将杀了一夜，将王守仁一座大营、二十万雄兵全行杀戮殆尽，怎么没有一具尸骸？这定是尔偷懒不曾前去，回来谎报，速速从实招来！"丁人虎道："千岁且请息怒。末将既奉千岁之命，焉敢不去，谎言禀报。千岁在上，末将有言容禀。"宸濠道："既有话，快快说来！为什么如此碍口？"

丁人虎道："末将所以不敢骤禀者，恐触千岁之怒，恐殆非幻仙师之羞。既千岁要末将从实禀陈，尚望千岁勿怒。只因末将带领兵队前去，到了那里，不但不见大营，连一具死尸也瞧不见，心下颇为疑惑，暗道：'难道这里非是王守仁扎营的所在吗？'当下便询问土人，旋据土人说道：'这所在正是王元帅扎营的地方。'末将又问土人道：'既是王守仁在此扎营，为何不见他一兵一卒呢？'土人道：'王元帅早拔队走了。'末将更是惊疑，因又问他何时走的？土人道：'是前夜初更时分拔队，闻说退守吉安，避什么妖法，恐怕三军受害。还有一件奇事，王元帅拔队未有一会儿，约到二更时分，只听得半空中有千军万马厮杀之声，斗了有两个更次，方才平静。那时只以为王元帅与敌人开仗，及至明日起来，方知王元帅早已退去。不知道夜间那一片喊杀之声是从何处来的。'末将听了此言，因才悟道王守仁的大营早已退去，自然是没有尸骸了，因此才回来复命。"

宸濠听了这番话，直吓得坐立不安，神魂出窍。再看非幻道人，也是目瞪口呆，坐在那里一言不发。宸濠因问非幻道人道："仙师，这真可奇怪了！前夜孤亲眼见仙师遣神召将，分明那金甲神遵旨而去，凡人或者说谎，神将断无谎言；而况据土人所说，闻得人喊马嘶，厮杀了半夜，这更是的确有据。既然杀了半夜，又何以没有一具尸骸？既是王守仁退走吉安，又何以有人厮杀？这可真令人难解了。"这一番话把个非幻道人问得目瞪口呆，一句话也回答不出，只见他面红过耳，羞愧难禁。

还是李自然在旁说道："在某的愚见，那傀儡生亦复不弱，莫非此事早为傀儡生知道，预令王守仁先期逃避？再施用法术，无非为李代桃僵之计。天兵天将只知逢人便杀，断不料是傀儡生暗用替代，所以厮杀了半夜，等将假变的兵马杀完，然后便来缴旨。这事须要探听实在的，千岁可一面命人前往吉安，打听王守仁是否驻扎该处，一面使人仍到王守仁原扎大营的所在，就地细寻有什么可异之物，寻些回来，便知明白了。"

宸濠听了李自然一番话，也甚有理，当下仍命丁人虎前往王守仁原扎大营之处，细寻可疑之物，又差细作前赴吉安打听王守仁消息。两路的人皆奉命而去。

这时宸濠又望非幻道人说道："若果如李军师所言，王守仁那里有此等异人保护于他，更使孤晓夜不安了。但不知仙师尚有何法，可将傀儡生擒来王守仁捉住呢？"非幻道人此时也不敢过于满口答应，只得说道："岂无妙法，容贫道细意商量便了。"余七在旁又复进言说道："千岁勿忧，非幻师兄定有妙策，务要将傀儡生制服过来，方雪今日之耻。且等吉安打听的人回来，再作计议便了。"宸濠也是无法，只得答应。

正要大家各散，忽见值日官报进来："今有雷将军差人前来报捷，已于三月初六日得了九江。"宸濠闻报，不觉转忧为喜，当命将来人带进问话。值殿官答应出去，即刻将来人带进，原来是个旗牌。

那旗牌走至殿前，先行跪下给宸濠磕了头。宸濠便问道："雷将军何时攻破九江，汝可从实说来。"那旗牌道："雷将军自从在南昌拔队之后，即星夜间道驰往，三月初五夜行抵九江。并未安营，连夜便去攻打。九江府虽有防备，怎奈兵力不厚，我军攻打甚急。直至次日午后，九江城坚守不住，被我军攻打开来。当即进城寻找知府，业已自刎身亡。所有在城各官，逃走殆尽，并无一个归降。现在雷将军安民已毕，又于该城中举出一个举人，名唤徐国栋，权篆知府印务。又留了两名牙将，相助徐国栋理事。现下已带领人马进围安庆去了。雷将军怕千岁忧烦，特命旗牌回来报捷的。”

宸濠听了这番话大喜。当下命旗牌退去,又向众人说道:“九江既得,安庆亦可顺流而下了。只要将安庆再得过来,孤便可督兵东下了。”刘养正道:“此皆千岁的洪福！九江不失一人,不折一矢,唾手而得,真是可喜可贺!”宸濠道:“但愿以下诸城皆如此容易,孤便高枕无忧矣!”说罢大家退去。

且说王守仁大队退至吉安,当下扎定营寨,正是忧心如焚,仍拟进兵攻打。忽见探马报进营来,说是九江失守,被贼将雷大春于三月初六日攻破,知府魏荣章自刎,在城各官逃亡殆尽。王守仁一听此言,好生忧虑。一面打发探子出去再探,一面着人去请吉安府知府伍定谋前来议事。

一会儿,伍知府到来,王守仁接入大帐,分宾主坐定。伍定谋开口问道:“大人呼唤卑府,有何见谕?”王守仁道:“方才探子报来,九江府于三月初六日被贼将雷大春攻破,知府魏荣章自刎身亡。逆贼如此猖獗,已成蔓延之势。九江既失,必然进攻安庆。若安庆再一失守,该贼必顺流东下,以取金陵,这便如何是好?贵府身膺民社,也是朝廷重臣,尚有何策,某当得闻教,以启愚蒙。”

伍定谋道:“大人说哪里话来,以大人掌握雄兵猛将,名将谋士如雨,卑府有何知识可以设筹,还求大人以运筹帷幄之功,定决胜疆场之策。早擒逆贼,上分宵旰之忧;即率雄师,下保生灵之苦。则天下幸甚,朝廷幸甚!”王元帅道:“贵府未免太谦了,但某有一计在此,与贵府商量,不知尚堪试用否?”伍定谋道:“大人既有妙策,卑府愿闻。”

王守仁道:“某拟以反间计,促令逆贼即速东下。一面再纵间谍泄之,逆濠必不敢出。或即不疑而去,必率全师以行。若果如此,南昌必致空虚,然后出奇兵先袭南昌,断彼归路。彼闻南昌既失,辎重悉具于此,彼必回军力争。一面再出轻锐,间道抄出逆贼之后,夹击过来,使他腹背受敌。似乎有此一举,该逆当无所施其伎俩矣！不知贵府以为然否?”

伍定谋道:“大人识高见远,非如此不足以制服逆濠。”王守仁道:“虽然如此,某所可虑者,兵不足耳！以某现统之兵,不下十数万,合全力以攻南昌,似乎不致见弱,而抄出逆濠之后这一路兵,就分不出来。若以我军分道而进,又未能以厚兵力,则便如之奈何?现在当先将这路兵筹划出来,然后我军攻其前,奇兵击其后,方可设策不虚。不然,亦纸上论兵,徒托空言而已!”

伍定谋听了这番话沉吟良久,因道:“大人何不学陈琳,草檄召取天下诸侯,共起义兵以讨逆贼呢?”王守仁被伍定谋这句话提醒过来,当下说道:“微贵府言几使某梦梦如睡矣！这檄召诸侯,共诛逆贼,真是大妙大妙！某行营无笔札之辈,某亦意乱心烦,不堪握管。贵府珠玑满腹,下笔千言。敢烦即日作成,饬人传送,庶义旗之举,不越崇朝,讨贼之兵,即成旦暮了。”伍定谋道:“卑府才识浅短,何能扛此椽笔,还求大人主稿为是。”不知王守仁能否答应,且听下回分解。

第一百二十六回　王元帅移檄召诸侯　众官军黑夜劫贼寨

话说王守仁见吉安府伍定谋推辞不肯作檄文，复又说道："贵府不必坚辞，某实因意乱心烦，不堪握笔，还请贵府代为书就便了。"伍定谋见王守仁一再谆谆，只得答应。当即告辞出来，回到自己衙门，立刻就作成一篇草檄，命人驰送大营与王元帅观看。

王守仁看了一遍，觉得言简意赅，甚是切当，也就仍命原差带回，属令赶速分缮，即日飞传出去。那原差将草檄带回，面与伍定谋，说明一切。伍定谋却也不敢怠慢，就立刻分派抄胥手，抄缮了数十章，交付驿差星夜驰送各处。暂且不表。

再说宸濠自派丁人虎到王守仁原扎大营的地方查检可疑之物，丁人虎查明之后，仍回南昌禀复。宸濠当命丁人虎进去。丁人虎见了宸濠，即呈上一包物件。宸濠打开一看，原来是一包红豆与碎草，当下问道："这就是可异之物吗？"丁人虎道："在平时原不足异，但据土人细说，该处向无此物，自那夜闻得半空中厮杀之后，次日一早见遍地俱是碎草、红豆，方圆十里，无处无之。末将听了此言，才将此物带回，进呈千岁，以便考验。"

宸濠听了这番话，当命人将非幻道人及余七、李自然等传来，给大家细看。众人看视一遍，不知是何用意，只有非幻道人与余七说道："启千岁，贫道竟为傀儡生这妖孽所愚了！原来他用的是撒豆成兵、剪草为马之法。所以天兵天将但知该处有了人马，便上前厮杀起来，却被王守仁逃了此难。今既为贫道识破，傀儡生所仗者不过如此，他既会用，难道贫道不会破吗？千岁但请放心。王守仁既在吉安，贫道当请千岁发一旅之师，与余师弟二人前去，总要将王守仁置之死地，傀儡生送了性命，贫道方肯罢休。设或不然，贫道自己当提头来见。"

宸濠道："仙师虽抱奋勇，但不知需兵几何？"非幻道人道："千岁能拨兵三千，付贫道前往，足矣！"宸濠道："王守仁有二十万雄兵，十数员猛将，仙师只以三千与之对敌，无乃不易乎？"非幻道人道："千岁忽忧，王守仁虽有雄兵二十万，可不能敌贫道精锐三千。"

余七在旁也道："千岁这倒可以不必虑得，常言道：兵在精而不在多，只要精锐，何必图多！而况非幻师兄又广通神术，万一不足，就是他那背上葫芦内，尚有十万雄兵。贫道虽不能如非幻师兄法术精明，神通广大，就以贫道一人，也可敌他些兵将的。"宸濠道："但愿两位师父言符其实，则便是孤之大幸了。所要精兵三千，孤当照拨。即派丁人虎为两位仙师前部先锋何如？"非幻道人道："若再以丁将军与贫道随行，那更万无一失了。"

宸濠道："但不知二位仙师何日起行呢？"非幻道人道："明日是个最吉的日期，出兵是大吉大利。就是明日拔队前行，千岁可即传命出去。"宸濠答应，当即传了令。丁人虎奉令之下，也就预备起来。到了次日，非幻道人与余七、丁人虎，并有七八名褊裨牙将，带了三千精锐的贼兵，辞别宸濠，直往吉安进发。

早有王守仁那里的细作探听清楚，也就飞马驰往吉安，报入大营去了。王守仁得着这个消息，心下暗喜道："这两个妖道既然带兵前来，南昌必然空虚，宸濠也就无所倚恃。我何不即日分兵，间道绕出吉安，去攻南昌。然后再如此如此，虽未必就能擒住宸濠，也使他畏首畏尾，而且分他的贼势，有何不可。"

主意想定，当即命一枝梅、徐寿、周湘帆、杨小舫四人，挑选精锐一万，间道绕出吉安，连夜趱程前进去攻南昌。若南昌攻打得下更好，设若不能，可急急分兵一半，去袭九江。以一半虚张声势，日夜攻打。只要得九江克复之信，南昌之兵便即出其不意，立刻撤退，进驱下流，与九江之兵合在一处，进援安庆。但贵神速，不可迟延。

众将得令，正欲退出，王守仁又将一枝梅喊到面前，附耳吩咐道："将军未至南昌，可先入宸濠宫内，打听刘养正住在何处，可如此如此。本帅并有书一封，与将军带去，到了那里，将此书遗下。行事已毕，然后再往南昌城中布散谣言，不可有误。"一枝梅答应，当下先行退出，在大营内挑选了一万精兵。然后又至大帐取了书信，贴肉藏好，方才与周湘帆、杨小舫、徐寿三人一同拔队前进。

话分两头。且说非幻道人与余七、丁人虎带领三千精锐，日夜兼程趱赶，往吉安进发。不到数日已到。当下择地安下营寨，与王守仁大营相隔不过十数里远近，暂且休歇一日。

此时王守仁早已得着信息，因密传徐鸣皋等进帐议道："今日妖道非幻道人与余七带兵已到。本帅之意，趁他安营未定，又兼他兵卒远来疲惫，今夜前去劫寨，先挫他的锐气。何如？"徐鸣皋等答道："末将等当遵元帅吩咐。"

王守仁大喜，当下向徐鸣皋道："徐将军可带精锐二千，进攻贼寨中营；徐庆可带精锐二千，进攻贼寨左营；包行恭可带精锐二千，进攻贼寨右营；狄洪道、王能、李武可带精锐二千，抄至贼寨背后，进攻前寨；卜大武、罗季芳各带精锐一千，往来接应。但须多带乌鸡黑犬之血，若鸡犬血措备不及，即多带乌秽之物，以防邪术。诸位将军可于初更造饭饱餐，二更出队，务要衔枚疾走。三更一齐杀入贼寨，不可有误！"诸将答应，当即退出大帐。

到了午后，忽见辕门官拿进一封战书来，王守仁一看，原来是非幻道人约他明日出战。王守仁看毕，正中己意，暗道："他既打下战书约定明日开战，他今夜必无准备。我即批准打回，也约明日开仗。他见了我批准明日，他便更外不疑了。我却阴去劫寨，先发制人，有何不可！"当下将战书批准，仍着原人带回。

王守仁又将徐鸣皋等传进帐来，告知他们批准战书的话。徐鸥皋道："元帅此举，正所谓以安其心。他既不疑，即便无备。我军就乘此出其不意，攻其无备，大获全胜必矣！"王元帅大喜。徐鸣皋等也就退出大帐，各去准备。

到了初更时分，大帐内传出号令，命各营即刻造饭饱餐。众三军一闻此令，也就将饭造起来，一会儿饱餐已毕。大帐内又传出令来，命各营预备出队。众三军哪敢怠慢，即将置备的乌鸡黑狗血喷筒及一切污秽之物全行带在身边，以便随时应用。到了二更时分，大帐内又传出令来，命各营一齐出队。徐鸣皋等一闻此令，也就即刻披挂上马，督率所有精锐，各黑带灯球、火把，人衔枚、马疾走，出了大营，直往贼寨进发。

不到半个更次，已经到了贼寨。当下各兵卒取出火种，将所有灯球、火把一律点得通明，如同白昼一般，呐喊一声，几如天崩地塌。徐鸣皋向中营杀入，徐庆向左营杀入，包行恭向右营杀入，狄洪道、王能、李武从贼寨背后杀入，那一片喊杀之声，真是山摇岳撼。原来贼营是分中、左、右三个大寨，中营是非幻道人驻扎，左营是余半仙，右营是丁人虎。

且说非幻道人在中营内正自安歇，甫经睡着，一闻这一片喊杀之声，知道官军前来劫寨，当即爬起来，寻了宝剑，提了葫芦，走出大帐。徐鸣皋已经杀到。非幻道人一见徐鸣皋，破口大骂："无知的小卒，失信的匹夫！尔家王守仁既已约定本帅明日开战，为何今夜前来劫寨？如此行为，岂是大元帅所当作？尔往哪里走，看本帅的宝剑！"说着一剑飞来。徐鸣皋一面招架，一面破口大骂。

两人正在酣战之际，狄洪道、王能、李武也从寨后冲杀过来，一见非幻道人与徐鸣皋在那里力战，狄洪道一声喝道："好大胆妖道，还不快快受缚，等到何时？"说着，就一刀认定非幻道人砍倒，接着王能、李武也夹击过来，毕竟胜负如何，且听下回分解。

第一百二十七回　众英雄大破非幻寨　一枝梅夜入南昌城

话说徐鸣皋、狄洪道、王能、李武四人夹击非幻道人，好一场恶战。非幻道人见势不好，即将手中宝剑祭在空中，准备以飞剑来伤徐鸣皋等人。哪知李武瞥眼看见，当即向旁一退，在身旁取出乌鸡黑犬血喷筒，将秽物喷出来。说也奇怪，非幻道人的宝剑顷刻就落将下来。非幻一见破了自己的法术，知道不好，当即想逃。徐鸣皋等人哪里肯将他放走，团团围住了厮杀。

非幻道人见势不好，暗道："若不再放宝贝赢他，我却难保性命。"立刻就将葫芦盖揭开，口中念念有词，左手在葫芦上一击，喝声道："疾！"登时狂风大作，走石飞沙，将众三军手内点的灯球、火把全行吹灭。

众三军知道他又用妖法，也就赶着将鸡犬血取出，尽力喷去。哪知这狂风着了鸡犬血，又复散去，登时沙平风息，仍如从前一般。徐鸣皋等好不欢喜。大家又各显神威，并力杀去，却不见了非幻道人的所在。却又遍地漆黑，不敢乱杀上前，惟恐伤及自家兵马。只得喝一声："众三军且杀出寨去再说。"

三军一闻此言，登时又复杀出来。才走出贼营，却好卜大武、罗季芳的接应兵到，都是灯球、火把，照耀如同白日。徐鸣皋就命人借了他的火种，又将自己所带的灯球、火把点了起来，后又杀入进去，寻找非幻道人。寻了一回，仍然不见，于是又复杀出。就此一出一入，进去出来，可怜这本寨的那些贼兵，中刀着枪者不计其数。

徐鸣皋等二次仍杀出贼寨，可巧包行恭从右寨内杀到，只见他骑在马上，手携一颗首级飞马而来。一见徐鸣皋等大声唤道："徐大哥，你们才把妖道捉住不成？小弟已将丁人虎杀了，首级在我手内。"徐鸣皋应道："妖道被他逃走去了，我们现在可合兵一处，杀入左寨，去寻余七那妖道去吧。"包行恭答应，当下杀往左寨而来。

才到营门，只见徐庆还在那里与余七厮杀。徐鸣皋一声喝道："不要放走了这妖道，我们大家来也！"徐庆一见徐鸣皋等一齐杀来，好不欢喜，立刻精神陡长十倍，刀起处，认定余七前后左右砍来。余七到了此时，也就惊慌无地，又不见接应兵到，更不知中、右两营如何，只得勉力支持。想要逃脱，又被徐庆等众人围得铁桶一般，插翅也飞不出去。若要作那妖法，怎奈一些没有空儿，连招架的工夫还来不及，哪里还能作法。

正在危急之际，忽见非幻道人从斜刺里杀到。狄洪道一见非幻，即刻舍了余七，登时往非幻道人杀来。非幻道人此时又不知在哪里寻到一口宝剑，也就与狄洪道复杀起来。余七见有非幻来助，当下把个心放了些下来。狄洪道接着非幻道人又厮杀一阵，非幻道人暗想："我辈总是个寡不敌众，不如用些法儿，先将此人退去，然后才能去救我师弟。"主意已定，即将手内的剑向狄洪道一指，喝声道："疾！"只见一道白光，认定狄洪道眼中射去。

狄洪道说声："不好！"即刻往后面一退。非幻道人乘此撇了狄洪道，来救余七。却好包行恭手尖眼快，一见非幻道人前来接应余七，他便抖擞精神，迎着非幻复又杀去。非幻此时却也杀得兴起，喝声："来得不要走，看本师的法宝！"就这一声未完，那手中的剑已砍到包行恭面前。包行恭说声"不好"，便向旁边一闪，让了过去。非幻便趁着这个空儿，去救余七。

余七正在危急之时，一见非幻前来接应，心中好不欢喜。当下说道："师兄且来抵住这一起孽障，好让我放宝。"徐鸣皋虽然听得此话，哪里放松一着，仍是大刀阔斧直砍进去。非幻道人见余七不能脱身，此时却也真急了，因又口中念念有词，将手中的剑向空中一放，口中喝道："速变，速变！"喊了两声，登时化出有数十口剑，旋舞空中，直往下砍。

徐鸣皋等人知道他剑法厉害，赶着逊让，幸亏不曾着伤。当下非幻道人就乘此将余七救出重围，喝令败残贼兵赶往下退。徐鸣皋等见贼兵退下，又复追杀了一次，看看天明，方才收兵回营。

非幻道人直败至三十里以外，方才立下寨栅。查点军马，已伤了大半，又失去丁人虎大将一名，心中好不懊恼。便与余七议道："似此折兵损将，如之奈何？千岁前又纳下军令状，不但不便回去，而且性命难保。贤弟当有何策，以解此围？"

余七道："这是王守仁欺人太甚，言而无信。师兄放心，即日具函申报回去，就说我们打了战书，约定王守仁次日开战，王守仁亦批准次日，不意他言而无信，忽于夜半出其不意前来劫寨，以致损折大将丁人虎及众兵卒。我们先自于一个防范不严之罪名，看他如何。若不加罪，你我当再设法与王守仁算账；他若加罪，好在你我不过帮他相助为理，又非食他的俸禄。好便好，不好你我就走他方，他又到何处去寻找我辈。"

非幻道人道:“话虽如此,但是你我也曾得他的恩惠,若不稍竭微忱,不但对他不起,且于自己面上攸关。说了一顿大话,夸了一回大口,到末了不过是折将损兵,免不得为人唾骂。愚兄之意,自然是先行申报,必得还请他再拨两千人马到此,以补三千之数。然后愚兄即将那非非阵排演出来,使王守仁前来破阵。王守仁若果肯来,必为我擒;即使不来,也要伤他些大将。最好申报军情的信内,将此层文章叙入里面,看他若何。他如尚以为然,等兵一到,愚兄即择地排阵;他若不以为然,我也算尽我之心,他也不能见怪于我。贤弟以为何如?”

余七道:“你那非非阵虽好,但是小弟前者所排的迷魂阵就是徐鸣皋等这干人破去。而且傀儡生那人甚是法术高明,此阵排演出来,也恐瞒他不过,若再被他破去,那时更无面目立于人间。”非幻道人道:“我这非非阵比不得你那迷魂阵易破。我这非非阵,除非上八洞神仙,方知其中奥妙。哪怕他傀儡生再有法术,亦不能知我这阵势的精微。”

余七道:“既师兄有如此法术,可即修书差人前往报知一切,并将排阵一层叙入,千岁不但不见罪,定可发兵前来,以助师兄排阵。”非幻道人当即修书,差了心腹人驰往前去,这且不表。

且说徐鸣皋等回营禀明前事,又将丁人虎首级呈上,王元帅便代包行恭记了功,又与大家慰劳了一回。徐鸣皋等才退出大帐。过了两日,王元帅即议进兵,但不知一枝梅所言之事若何,即集众将商议。当有徐庆说道:“在末将之意,暂缓进兵,等慕容将军那里有确信前来,再行发兵前进,较为妥当。”王元帅深以为然。

正议之间,忽见探马来报:安庆府于三月二十日被雷大春攻破,现在雷大春据守安庆,并探得宸濠有东下之信。王守仁听罢,又命探子再探。过了一日,又据探子来报:宸濠本有东下之信,因非幻道人大败了一阵,暂时尚缓东下。王守仁听了这个消息,又复大喜道:“宸濠不往长江,这仍是国家之幸!”但不知一枝梅等曾否袭取九江,因此日望一枝梅来信。

且说一枝梅等四人带了一万精锐出吉安,间道前往南昌进攻,不日已将驰抵。一枝梅即暗暗带了书信,夤夜先往南昌城里遗书,自然是短衣找靠,放出飞檐走壁的本领。到了南昌城下,四面一看,见各城门把守甚严,出入的人皆要细细盘诘,真个是风丝儿皆混不进去。

一枝梅看了情形,不敢冒昧从事,恐怕为人识破,泄露军机,贻误不小。当即往僻静处所暂躲起来,等到三更时分复行出面。换了一身元色紧身衣靠,藏好书信,带了单刀,来到南昌东门城下。先向城头上望了一望,只见城头上灯火通明,万难上去。他又绕至东北角,向城上又望了一回,见那里防备稍疏。他便将身子一弯,一个箭步如飞也似,已经上了城墙。不知一枝梅此次进城有无妨碍,且听下回分解。

第一百二十八回 遗书反间布散谣言 度势陈词力排众议

话说一枝梅跳上城头，幸喜无人知觉，他便从此穿房越屋，一直来到宸濠王府。各处打听了一回，皆无人知觉。这宁王府里一枝梅本系熟路，他所以处处知道。打听了一个更次，只不知刘养正住在何处。

正在踌躇，忽听有人说道："王爷叫请刘军师前去商量大事。"一枝梅听得清楚，心中暗想："莫非就是请那刘养正吗？"因此就跳了下来。只见那人转弯抹角，匆匆而去。一枝梅也就越屋穿房，跟了下来。走了一刻，果见那人进了一间房屋，一枝梅当即从屋上伏下身躯，倒垂在檐口，细细听那人说话。

只听那人说道："刘军师，王爷有命，请军师明日辰刻前往商议大事。"刘养正道："你可知道王爷所议何事？"那人道："闻说是为非幻道人打了败仗，复又前来请兵，说是要排什么阵，与王守仁斗阵，王爷委决不下，故此欲请军师前去商议。"刘养正道："王爷信任邪术，不听良言，我恐将来便要把大事败坏。请你去回禀王爷，就说某明日一早就来便了。"那人答应而去。

一枝梅见那人出来，赶着将身子缩了上去再仔细一看，原来那人是宫内一个小太监。一枝梅等那小太监走过，又四面看了，看见无往来之人，他便轻身飞下屋来，走到窗户口轻轻将窗桶拨开，从身上把那封书信取出来，由窗户缝内送了进去。他又一耸身上屋，伏在瓦栊内细听动静。听了一会儿，并无声息，他便不敢耽搁，连忙出了宫门。是夜就在城里暂住一夜。

次日，便在城里各处布散谣言，就是宸濠即日发兵东下，先取南京以为根本，然后进图苏州。布散了一日，因一传十、十传百，通城里的人皆知道要发兵东下。一枝梅将事办毕，随即混出了城，赶回自己军中去了。

且说刘养正次日一早起来，见书案上有信一封，心中大疑，这书信是何人送来？便将那书信取来一看，见书面上并无谁人寄来的名姓，但中间一行写着："宁王幕府刘大参谋密启"。刘养正更加疑惑，随即拆开，将书抽出细细看了一遍。只见上面写道：

忧时老人谨致书于幕府刘大参谋足下：

窃维识时务者为俊杰。不识时务，未有能与言国家大事者也。今者宁王以英武之才，举谋大事，左右谋臣如雨，将士如云，不可谓不得人矣。窃以为庸弱者多，明哲者少。何以言之？自古王气所钟，金陵为善。昔太祖定鼎，首在金陵。其他据此而争者，不可胜数。某以为宁王不谋大举则已，既谋大举，则必先取金陵，以为建都根本。缘金陵地势，古称天堑。外有长江之险，内为膏腴之地，据此为国，谁曰不宜！而乃宁王既无东下之心，左右又无进言之人，徒以随声附和，竞言争战，毋乃为有志者窃笑乎！

夫争战原为霸者所急务，第不顺天时，不占地利，不得人和，三者缺一，终不可霸。若先取金陵，则地利既占，天时亦顺，二者既备，而尚患人和之不可得乎！一得人和，然后南取苏、常，北窥燕、冀，由此横行天下不难也。乃计不出此，仅以区区尺寸之地，朝夕图谋，犹复大言欺人，侈谈王霸，某窃为不取焉！

足下为一时英俊，抱匡佐之才久矣，今又遇明主加之以上位，某以为足下定能据理而争，不与庸庸者之惟诺可比，乃亦人云亦云，未尝划一谋，设一策，徒窃素餐尸位而已！现在金陵防守空虚，取之甚易。此而不取，将来兵力既厚，防备既严，虽欲图谋，亦不可得。某不知足下平时所自期许者何在？而自命有匡时之略者又何在？某窃有所不解也。

某无志于功名非一日矣。空山无人，泉石自傲，何必作丰子之饶舌？第忧时之心、望时之志，诚不能一日已！又以足下为当时之杰士，赞襄幕府，定决机宜，某窃不能已于言而不为足下道幸。足下取纳，即为宁王决之，则天下幸甚，大事幸甚！谨白。

刘养正将这封书看毕，暗道："忧时老人是谁呢？"又道："据这书上所说各节，实系名论不刊。先取金陵，以为根本，虽三尺童子亦以为然。惜乎宁王计不及此，而左右之人又不能据理以争。失此不图，未免可惜。某今日当力劝其东下。"说罢，将这封书藏入怀中。梳洗已毕，便往离宫而去。

到了宫内，宸濠尚未升殿，只见大家皆在那里议论：有说非幻道人不足恃的，有说亟宜发兵以助其排设阵势的，有谓非幻道人实在法术高妙，当今之世真难得的。议论纷纷，各执己见。刘养正听了，殊觉可笑，却是一言不发，只与李士实暗自议论而已。

一会儿宸濠升殿，各人参见已毕，挨次坐定。宸濠向大家问道："诸位军师悉在于此，非幻道人昨日来书，声称为王守仁所欺，约定开战日期，忽然中变，以致为王守仁暗来劫寨。所有带去精兵，折丧大半，丁人虎又为敌人所杀。来书呈请再发精兵二千，星夜驰往，好助他排设大阵，与王守仁一决雌雄。孤犹豫未定，所以请诸位前来大家计议，是否以添兵益将为是？还是将非幻道人饬调回宫？诸位军师即为孤家一决。"

宸濠话才说完，李自然即首先说道："千岁既蒙垂问，以某所见，仍宜增兵为是。非幻道人其所以致败者，以其王守仁言而无信，暗施诡谋，并非非幻道人毫无法术。今既前来请兵，以助其排设大阵，与王守仁一决雌雄，正可因此以图振作。若按兵不发，是离其心矣。非幻道人其心一离，则余半仙必为牵动，以后必不肯为千岁出死力以御守仁。而况傀儡生又邪术横行，舍非幻道人又何能对敌？无人可敌，则千岁之大势必败。某之愚见，尚宜从速增兵。不然孤立无援，万一王守仁乘其锐气一再攻击，我军力薄不能抵御，势必全军覆没，又将何重整兵威乎？千岁请速作计议。"

此时刘养正不等宸濠开口，即问道："千岁自起义以来，兴兵动众，将欲以谋天下乎？抑徒逞血气之勇而博区区之报复乎？愿大王明以告我。参谋虽不敏，请为大王决之。"

宸濠听了此言,急切会不过意来。因问道:“先生之言是何言也?孤若不欲谋定天下,又何以蓄死士、养谋臣,秣马厉兵,兴师动众?先生之言,诚为孤所不解也!”

刘养正道:“大王不欲谋定天下则已,若欲谋定天下,则莫如图久远之计,定万全之策。顾其大而遗其细,弃其短而就其长,然后横行天下,莫之能御。倘就其方圆之地,朝争夕取,此得彼失,今日获胜,明日败亡。虽历数十年之久,不足以定天下,得土地,安人民。而况听信左道之言,徒争尺寸之地,丧师损将,劳而无功,窃为大王所不取。大王诚英明之主,某不揣简陋,甘心归附大王者,亦以大王有志于天下,而为一代之明主耳!今观大王自起义迄今日,并不闻定一大谋,决一大策,为万全之计,图远大之基,徒以人云亦云,依阿惟诺,此某之所不可解者也。愿大王自度之,则大王幸甚,某等幸甚!”究竟宸濠答出什么话来,且听下回分解。

第一百二十九回　刘养正议取金陵城　一枝梅力打南昌府

话说宸濠听了刘养正这一番议论,当下说道:“先生金石之言,孤敢不惟命是听。但何以为万全之策,何以为远大之基?愿先生明白一言,孤当受教。”

刘养正道:“所谓万全之策,远大之基,则莫如先取金陵,以为根本。金陵古称天堑,外有长江之险,内有石城之固。我太祖龙兴之初,即定鼎于此。大王若欲绍先王之业,垂后世之基,舍金陵更无他取。而况当此之际,金陵毫无防守,只欲以一旅之师,间道而出,攻其无备,金陵虽固,必为大王所有。既得金陵,然后南取苏、常,东顾齐、鲁,西窥秦、晋,北指幽、燕,纵横数万里,听我所之。王师所过,莫之敢御。其不能横行天下,南面称孤者未之有也。若仅以弹丸之地,誓以死守,固不足道;即使攻于邻邑,地不过千里,民不过数万,府库不足以供我财用,人民不足以供我驱使。设一旦朝廷分召各路诸侯,兴师问罪,旌旗遍野,大兵云集,并力进攻,吾恐此城虽固若金汤,亦不足与各路勤王之师以相抗。而况所以为根本者,不过区区南昌一府。其视金陵进则可战,退则可守,财用之足,人民之富,长江之险,石城之固,为何如哉?如以为然,则请早日顺流东下。今若不取,窃恐过此以往,虽欲取亦不可得矣!愿大王自思之。”

这一席话,把个宸濠说得无言可对。仔细暗想:“先取金陵,实系万全之策。又恐大兵东下,南昌空虚,官军乘隙而来,又复首尾不能兼顾。”沉吟良久,迄无一言。

只见李自然道:“刘先生之言于远大之基一层,固是尽善尽美。而于万全之策,窃恐尽美矣,尚未尽善也。昔人有言:‘羽毛不丰满者,不可以高飞。’今根本未固而遽欲长驱东下,以取金陵,是舍其本而先齐其末。幸而一旅之师,金陵唾手而得,则石城坐拥,然后进窥各路,固是万全。不幸而阻于半途,诚如先生所言,各路勤王之师扼其前,王守仁大兵乘其后,则是腹背受敌。而况南昌空虚,定又为他人所得。彼时,欲进则大兵间隔,欲退则无家可归。徒以远大之基,失此根本之地,又不知其何以为大王计也？刘先生仍幸而教之。”

宸濠听了这番话，亦甚有理。当下说道：“二君定谋决策，皆系为孤。请各暂退，容孤商量。至于增兵助阵，好在各行其是，远取金陵，近守南昌，亦无与于此，分别办理便了。”李士实在旁，惟恐刘养正又欲力争，因赶着说道：“大王之言是也。分道而行，最是上策。”说着就站起身来告辞。宸濠亦即退殿。刘养正虽欲再言，亦不可得，只好也就告退出来，却是心中愤愤不平。回到自己房内，又将那忧时老人的书取出来，反复看了一遍，实在佩服。因暗道：“计不可行，亦只奈何徒唤耳！”这且按下。

且说宸濠回至宫中，自己细想了一会儿，仍是李自然的话不错，至此就有些疑惑刘养正大言而夸。次日，又有两个心腹私语宸濠说：“刘养正之言万不可信。若舍南昌顺流东下，万一敌人乘虚而入，将南昌袭去，则归路断矣。愿千岁勿再狐疑，仍以李自然之言为是。”宸濠更加坚信。

接着又有心腹传进宫来，声称南昌城里，无人不知千岁早晚欲取金陵，各营兵卒亦互相在那里预备。宸濠问道：“这话是从何处传出去的？”那心腹的道：“据说是刘养正传出此言，以致合城全行知道。”宸濠听罢即怒道：“竖子几败孤大事！”当下即拆箭为誓，以后再不听刘养正之言。过了两日，刘养正知道此事，也就自退去了。宸濠决计不取金陵，即日便发兵三千，以付非幻道人大排非非大阵而去。

再说一枝梅回到行营，便修了一封书，连夜差人将所行之事细细告知王元帅，然后进兵攻取南昌。这日已离南昌不远，当有探子报进宫去，宸濠一闻此言，聚众议道：“孤幸不听刘养正之言，若竟舍此图他，今日大兵一来，谁为孤保守城郭呢？”说罢，即命鄴天庆率领大兵前去迎敌。

一枝梅等四人到了南昌，离城十里安下营寨，休息一日。次日，即率领一万精锐，攻打南昌。行至城下，各队列成阵势，一枝梅首先出马，到城下骂战。当有小军飞报入城，鄴天庆一闻此言，也就提了方天戟飞身上马。

一枝梅正在那里索战，忽听城中一声炮响，城门开处冲出一骑马来。一枝梅一看见是鄴天庆，两人更不答话，接着就杀。一枝梅手执烂银枪劈胸刺去，鄴天庆赶将方天戟架开。二马过门，一枝梅兜转马头，顺手就是一枪，认定鄴天庆左肋刺进。鄴天庆将画戟一隔，掀在一旁，乘势就是一戟，由下翻上，直对一枝梅当胸刺到。一枝梅把马一夹，身子一偏让了过去。复又兜转手中枪，向鄴天庆腰下刺来，鄴天庆又复让过。两人一来一往，约有十数个回合，不分胜负。只杀得旌旗蔽日，尘土冲天，两边金鼓之声震动天地。

官军队里见一枝梅不能取胜，却恼了一位英雄。只见徐寿大喝一声，手执金背大砍刀，将马一拍飞出阵来，直奔鄴天庆，举刀就砍。鄴天庆正抵双敌，忽见贼军队里也飞出一员大将，但见他身长八尺，豹头环眼，颔下一部钢须。手执长矛，坐下黄马。一声喝道：“来将通下名来，本将军矛下不刺无名之将。”

徐寿见有人出来迎敌，也就应声喝道：“贼将听着：我乃王元帅麾下指挥将军徐寿是也。尔亦通过名来，好使本将军斩你的首级！”那人喝道：“本将军系宁王驾下都指挥孟雄是也。”徐寿一听,不等他说完,便举起金背大砍刀,如泰山压顶一般当头砍下。孟雄赶着将蛇矛往上一架,掀开过去,也就还了一矛,徐寿急急架开。当时二马过门,兜了一个圈子,二人回转马头,复行又杀。只见四匹马四个人杀在一团,约战了有数十个回合,皆是不分胜负。

周湘帆、杨小舫见他二人还不能够取胜,也就将马头一领,齐出阵来夹击孟雄、郦天庆。六个人团团厮杀,又杀了有二三十回合。孟雄被杨小舫着了一枪,他却不敢恋战,拨马就走。杨小舫见他败走,便急急赶将下去。郦天庆见孟雄中枪,也就虚刺一戟,回马就走。

徐寿、一枝梅、周湘帆三人见郦天庆又败下去,当下鞭梢一指,那一万雄兵便蜂拥过来。一枝梅就想乘势追过去抢城,走到城下,早见郦天庆、孟雄二人飞过吊桥,当即将吊桥高扯。一枝梅等不能飞越,只得收兵,即在城外立下营寨,将南昌围困起来。当日无话。

休息一日,次日又去攻城,只见城中按兵不动。一枝梅便令三军一齐骂战,骂了半日,仍是不见开兵。一枝梅等四人即暗自议道:“逆贼昨日一战并未大败,何以今日不开城出战,其中必有缘故。难道他有什么诡计吗?”周湘帆道:“依小弟愚见,最好兄长进城去打听一番,再将逆贼是否进攻金陵打听清楚,好给元帅送信。”

一枝梅道:“愚兄本有此意,既是所见略同,愚兄今夜当即前去。”于是传出密令,命各营今夜以一半不准卸甲,皆要倚戈而待,一半早为安歇。等到三更时分,便换上半夜那一半去睡。如违令者立斩。此令传出,各营哪敢有误,却亦乐从,皆感一枝梅等宽猛相济。

一枝梅到了晚间约有初更时分,便脱去外衣,换了夜行衣裳,手提单刀,又往周湘帆等三人谆嘱一番:“务要严加防守,万万不可疏忽,恐防敌人劫寨。”周湘帆等答应。一枝梅当下即出了营房,一晃身早已不见,这就是他们剑侠的本领。来到城下,仍是趟来趟去。城头上虽有兵卒把守,实在毫不介意。只因一枝梅身轻似燕,步如风,不必说这城头上不过数百人在那里把守,就便在百万军中也未必有人夺得出来。

一枝梅进得城中,当即去往宁王府内探听消息。不知有什么消息打听出来,且听下回分解。

第一百三十回 一枝梅诱敌围贼兵 郦天庆守城战官将

话说一枝梅来到城中,直往宫内而去,暗暗伏于瓦栊之上,细听动静。只听殿上先是饮酒欢呼之声,既而各散,并未打听得什么消息。停了一会儿,宸濠回寝宫安歇。一枝梅复又跟到寝宫,仍在瓦栊上伏定。

只听下面有女人声音问道:“千岁今夜进宫何以到这时候?现在城外官军攻打如何了?”只听宸濠说:“官兵日夜攻打,却不妨事。南昌把守甚严,他急切攻打不下。孤业已打听切细,王守仁仍在吉安,并未前来。前数日孤已添兵与非幻道人,相助他排设非非大阵,半月后王守仁即全军覆没了。现在一枝梅等所带攻打城池之兵,孤又与李自然设了一条妙计。官军才来,锐气方张,不可与敌。等他打多日,三军疲惫,然后出奇兵以袭之,一枝梅等虽勇,其破必矣。"

又听女子道:"闻得千岁急欲进取南京,现在究竟若何定议?"又听宸濠道:"那是刘养正不知进退,南京急切何可进取?孤已作为罢论了。"又听那女子道:"臣妾之见,亦以为先固根本,后取南京。若舍其本而取其末,是败亡之道也。但不知安庆近日曾否攻打下来?"宸濠道:"早已攻破了,雷大春现在那里据守。"那妇人道:"如此,且等非幻道人排设非非大阵,破了王守仁之后,再进攻南京不迟。"宸濠大笑:"卿言正合孤意。"说罢这席话,随后就是些亵秽之语了。

一枝梅听了个真切,也就即刻穿房越屋,出了宫来。来到府外,仍趁着夜间飞身出城。周湘帆等正在那里盼望,只见一枝梅已由半空中飞下,此时不过四鼓光景。

周湘帆等接入内帐,问道:"兄长前去打听消息如何?有什么诡计?"一枝梅就将以上的话说了一遍。周湘帆道:"似此宜早做准备方好。"杨小舫在旁说道:"以小弟愚见,莫若将计就计,以诱敌之策去诱贼军出城,然后反兵以攻之,必获大胜。一面可急修书告知元帅,请其早做准备破妖道的妖阵。不知兄长之意何如?"一枝梅道:"贤弟之言,正合吾意。"当即修了书,差心腹连夜驰往吉安,告知王元帅消息。

到了次日,即与周湘帆、杨小舫、徐寿议道:"今日即可以诱敌矣。"周湘帆道:"诱敌之策若何?"一枝梅道:"吾观离此地五里有座马耳山,此山虽不高,势颇曲折,徐贤弟可于今夜暗带轻锐二千,往那里埋伏。俟贼兵追过此处,贤弟即出兵截杀过来,以断贼兵归路。周贤弟可引兵三千前往,离城西北有座大王庙,可于此处埋伏。俟贼兵出城,便可就近夹击。愚兄与杨贤弟前去诱敌。"分拨已定,大家称善。

到了夜间,周湘帆、徐寿二人各人引兵前去埋伏已毕,一枝梅便传了密令,命那些攻城的士卒,上午以前务要着力攻打,互相骂战,午后便故意各自疲惫或抛戈弃甲,席地而坐,以诱贼军出城。若贼军果然出,可赶急退走,让贼军乘败赶来。等过了马耳山,反杀过去,便急急出其不意,必获大胜。务要合力向前,与贼军死斗,如有心退后者立斩。众三军得了这个令,哪敢稍有违背,也就一起遵行。

到了次日,真实并力攻打,口中骂声不绝,比前数日攻打尤加厉害。到了巳牌时分,渐渐就有些疲惫下来。过了午时,故意更加疲惫。及至以后,众三军也有席地坐骂的,也有虚张声势空骂而不攻打的。又过了一会儿,众三军不但不合力攻打,连骂也不骂,大家都席坐地下,歇息起来。甚有就地而卧,真是疲惫不堪了。那把守城池的众贼见官军如此情形,即刻报了进去。

宸濠闻言,即命邺天庆督率游击马如龙、指挥王士俊、副指挥使李三泰,并精兵五千立刻冲出城去,乘官军疲惫之时,大杀过去,必可杀他个片甲不留。

邺天庆闻言,赶急又进宫去向宸濠说道:"一枝梅诡计甚多,难保其中无诈,千岁可使马如龙、王士俊、李三泰出城攻击，末将请为后劲，以防敌军前来袭城，若全军齐出，万一敌军用诱敌之计，于左近埋伏精锐，俟我军一出，他便前来袭城。那时如何抵敌？不知千岁意下如何？”李自然便在旁说道：“邺将军之言是也。愿千岁勿疑，即照此办法，方可无虑。”宸濠答应。

当下邺天庆即辞出宫来，率领马如龙、王士俊、李三泰三人，带了精兵五千，如风驰电掣般而来。来到城下，尚未开城，邺天庆先上城头往城外一看，但见那些官军果然弃甲抛戈，坐卧不一。邺天庆看罢，随即下得城头向马如龙等三人说道：“将军等可急出城冲杀，某当为后应。”马如龙等答应。于是各付精兵一千，使他三人而去。只听三声炮响，马如龙等三人带领精兵冲出城来。

那些官军一闻城中炮响，知有贼兵出来冲杀，各人也就预备停当，好待败走。只见贼军由城内喊杀出来，一枝梅、杨小舫更加装出那马不及鞍、人不及甲的光景，前来迎敌。战不数合，便拨马败走，那些官军也就随败下来。马如龙等三人不知是计，以为果真败下，也就带领着贼众蜂拥追杀下去。

一枝梅与杨小舫且战且走，贼众在后紧紧相追，看看到了马耳山。马如龙等一见此山，恐防埋伏于内，若有不追之意。一枝梅见他到了此处有些疑惑，不十二分紧赶下来，怕他就此回军，不来再赶，那就大失所望。因又上前与马如龙杀了一阵，接着杨小舫复又回战过来。王士俊也就上前迎敌，二人战了有数十回合，杨小舫又败走下去，马如龙等见山内并无动静，复又放胆追杀下去。

才过了马耳山不足半里，但听背后一声炮响，马如龙等大吃一惊，说声“不好”，赶着传令回军。尚未来得及，只见后面一片喊杀之声，震动天地，灯球、火把照耀如同白日，为首一员大将，手执长枪掩杀过来。马如龙正预备迎敌，却好一枝梅、杨小舫又回军杀到。马如龙即刻分头迎敌，王士俊敌住徐寿，马如龙敌住一枝梅，李三泰敌住杨小舫。两边战起来，只听金鼓齐鸣，喊声震天。

一枝梅、杨小舫、徐寿三人率同众三军将贼众团团围住，裹得如铁桶一般。马如龙等也就拼力死斗，怎奈寡不敌众。大家战斗了一会儿，徐寿一枪刺王士俊于马下。马如龙见王士俊被刺，心中更觉胆裂，却也不敢恋战，只是左冲右突，要冲出阵来。无如被一枝梅等三人合力死战，不肯宽放一着，因此急切难得出围。只可怜那些贼兵，被官军杀得如砍瓜切菜一般，真个是血染成河，尸如山积，暂且按下。

再说周湘帆伏在大王庙内，一闻贼军杀出，料定城内空虚，便赶着带领精锐出了大王庙，前去袭城。一声炮响，冲到城外，正预备喝令军卒抢城，忽见一员大将手执方天画戟，立马于城门之外，大声喝道：“来将通下名来。可告知一枝梅，你等已中了众将军之计了！”

周湘帆一听此言，吃惊不小。因也喝道：“邺天庆，你这狗贼！本将军今夜不将你捉住碎尸万段，本将军就不叫作周湘帆了！”说着手起一枪，便往邺天庆刺去。邺天庆哈哈大笑道：“照你这样的本领，也不是本将军马前三合之将。来得好，看家伙！”说着就将一戟迎接过来，把周湘帆的枪轻轻掀在一旁，顺手就是一戟，向周湘帆胸前刺去。

周湘帆也就急急将枪来架。哪知郯天庆的膂力甚大,这枝戟就如泰山一般,周湘帆好容易架在一旁,暗道:“此人我不是他的对手,怪道常听徐大哥说此人甚是厉害,果然名不虚传!”正在暗想,又预备还他一枪,哪知郯天庆又一戟向周湘帆肋下来,周湘帆欲待招架,已来不及,不知周湘帆性命如何,且听下回分解。

第一百三十一回 马耳山英雄齐却敌 南昌府贼将再兴兵

话说郯天庆直向周湘帆肋下一戟刺去,周湘帆欲待招架,万来不及。说声:“不好!”赶着将马往旁边一让,打算让郯天庆的那枝戟。哪知郯天庆神速异常,肋下虽不曾被他刺到,大腿上已中了一戟。周湘帆“哎呀”一声,不敢恋战,拨马就走。那些三军见主将受伤,也就一齐败下。郯天庆见官军败走,乘势将鞭梢一指,所有兵将一齐也追赶下来。周湘帆在前舍命奔逃,郯天庆在后紧紧追赶,直追至马耳山不远。

周湘帆见前面一彪军拦住去路,喊杀之声不绝于耳,如旋风一般掩杀过来。周湘帆在马上惊道:“前有阻兵,后有追兵,我命休矣!”正惊惶间,瞥眼见着一枝梅在后面追赶一员贼将,忽又大喜道:“我何不如此!”当下把马一夹,也不管腿上痛不痛,手起一枪,直对来的贼将出其不意当胸刺去。

那员贼将正被一枝梅赶得急切,慌忙逃命,焉能顾及前面?正跑得没命,忽听一声大喝:“贼将往哪里走,看枪!”话犹未完,枪已到了面前,再待招架万来不及,顿时刺于马下。你道这人是谁,原来就是贼将马如龙。因他好容易杀出重围,舍命向南昌逃走,不意被周湘帆出其不意刺于马下。

此时一枝梅已到,因惊问道:“贤弟如何到此?”周湘帆也不及细述,但大略说了两句,郯天庆已经赶到。一枝梅就将周湘帆放过,他便与郯天庆大战起来。二人正杀得难解难分,却好徐寿又复杀到,当下就与一枝梅夹击郯天庆。三人战了有二十余个回合,郯天庆又不知官军多少,不敢恋战,只得虚刺一戟,拨马就走。

一枝梅等复又赶杀过来,郯天庆在前且战且走,绕过马耳山,忽又一军从斜刺里赶到。郯天庆惊道:“真个中敌军计了!”再细看时,只听马上一人大声喊道:“郯将军救我!”郯天庆闻言,知是自家人;再仔细一看,原来是李三春。因被一枝梅等困在垓心,好容易冲出重围,只得绕道逃走。怎奈扬小舫不肯相让,紧紧在后赶来,此时却好遇见郯天庆,喊他相救。

郯天庆见是李三春,当下把他放过。却好杨小舫已到,郯天庆又与杨小舫战了两回合,拍马再走。此时一枝梅、徐寿的大兵已到,便与杨小舫合在一处,又往下追赶一程,直追至郯天庆、李三春进了南昌城方才不赶。

当下仍在城外立下寨栅,安营已毕,周湘帆亦缓缓回到营中。大家问及前事,周湘帆便细述了一遍。一枝梅道:“今日一战,周贤弟虽受有微伤,却杀了他两名贼将,贼兵战死者不计其数,也可谓全军覆没了。”周湘帆道:”小弟虽腿上着了一戟,不曾杀得郧天庆,以报此仇,却杀了他贼将一名,也稍雪心头之恨。”一枝梅道:“贤弟可归帐歇息去吧。”周湘帆到了自己本帐,解开衣服,用刀疮药将腿上伤痕敷好,在那里歇息。一枝梅又令合营士卒养息一日,次日预备攻城。又发出许多酒食,赏士卒。

话分两头。再说郧天庆回至城中,见了宸濠备述一遍,宸濠惊道:“果不出将军所料,若非将军预计,南昌险些儿被敌人袭去。今虽伤了两员大将,还是不幸中之大幸。将军辛苦了,且请养息养息吧。”郧天庆道:“五千精锐,即此一阵已丧去一半。这便如何是好?”李自然道:“某管定获全胜。”

宸濠与郧天庆急问道:“似此计将安出?”李自然道:“兵法云:‘出其不意,攻其无备。’今敌军连获大胜,其志必骄。我正可乘其骄矜之时,攻其无备,定可大获全胜。”宸濠道:“如何攻法?”李自然道:“可急于今夜出全队以劫敌寨,彼军昨日大获全胜,定料我军不敢复出,今夜必不防备。我却因彼军料我不敢复出之时,出奇兵以劫敌寨,未有不大获全胜者。不过将军等未免辛苦耳。”郧天庆道:“军师之言差矣,某蒙千岁豢养之恩,不次之擢,今者身居将军之职,未报涓埃,虽赴汤蹈火,亦所不辞。且可借以图报。而况屡致挫败,正欲一振军威,何可因辛苦有辞前往。若果能一战全获大胜,不但军威重振,而且可赎前罪,何辛苦之有?”宸濠闻言大喜,因道:“既蒙将军如此相助,今夜若果全胜,孤定酬大功!”郧天庆道:“千岁何出此言,某当效犬马便了。”因此宸濠又命督兵五千,率同牙将王英、副指挥使李三泰、吴用贤、金仁远四人于今夜二更前去劫寨。

郧天庆答应退出营来,当即传令,命王英领兵一千去打一枝梅中营,李三泰领兵一千打杨小舫左营,吴用贤领兵一千打周湘帆右营,金仁远领兵一千打徐寿后营,自领一千精锐,为四路接应。你道他何以知官军扎有四营?原来从一枝梅扎下营寨之后,就有细作探听清楚,报进城内去了。郧天庆分拨已定,又命各军二更造饭,三更出城,均宜衔枚疾走,各带火种,到了敌营一齐放起火来,务要并力前进,如有退后者立斩。暂且按下。

再说一枝梅等安下营寨,各军因连日辛苦,今日大获全胜,又奉了主将之命各军休息一夜,明日再去攻城,各军自然放心安歇。一枝梅等四人以为郧天庆既遭大败,必然心胆俱碎,急切不敢出兵。哪知他今夜前来劫寨,就此稍一疏忽,几乎被一把火烧得全军覆没。这也是各军应该遭劫,所谓棋凭一着错,失却满盘输。闲话休表。

一枝梅等到了晚间,四个人在营中欢呼畅饮,直饮到有几分醉意,才去安寝,又兼连日辛苦极了,到枕便大睡起来。到了三更时分,一枝梅等从梦中闻得连珠炮响,惊醒起来,又听得四面喊杀之声,震动山岳。一枝梅等大惊,正欲着人出去打听,忽见小军匆匆进来报道:“将军,大事不好!作速迎备,贼军前来劫寨,各营都有火了!”一枝梅等一闻此言,吓得心胆俱裂。再一细看,只见满营红光烛天,各处皆起了火,而且火势甚炽。

一枝梅等正欲上马前去退敌,贼将李三泰、王英、吴用贤、金仁远已一齐杀进营来。一枝梅等不及上马,各人只提着朴刀,各去对敌。一霎时,营中的帐栅俱已烧着,那些官兵皆从梦中惊醒,没得一人有准备的。于是喊杀之声、啼哭之声互相不绝。一枝梅等也来不及检点,只顾冲杀出去,逢人便杀,逢马便砍,自相践踏者不计其数。哪知李三泰等本来从四路杀进,此时却合兵一处,把一枝梅等团团困在垓心。任一枝梅等武艺高强,也不能冲出。东奔西踹,哪里能杀透重围。

此时一枝梅杀得兴起,当即飞舞单刀,一顿乱砍,杀死了有数十个贼兵。各贼兵见他勇猛非常,不敢十二分前进,反倒退后有数十步,远远地站在四面,虚张声势喊杀。一枝梅一见,心中暗道:“若不趁此时冲杀出去,更等待何时?”当时就在腰内取了些弹子出来,把背后一张弩弓取在手中,装上弹子,登时如雨点般一路打将出去。那些贼兵被他弹子所伤,头破血流者不计其数,众贼兵俱各纷纷倒退。一枝梅一见好不欢喜,就趁此又发了一阵弹子,将贼兵打得纷纷向两旁闪让。

一枝梅将要冲出围来,忽见营外一骑马飞奔杀到,马上坐着一人,一枝梅再一细看,原来还是鄞天庆,也不与他答话,登时发出一弹。鄞天庆正来接应,匆匆而来,哪里知道防备一枝梅的弹子,只见骑在马上如旋风般飞来。一枝梅看得真切,即刻发出一弹,认定鄞天庆额角上打去。

鄞天庆躲避不及,正中一弹,却打得鲜血迸流,在马上晃了几晃。却好一枝梅已经杀到,只见他一个箭步,平空窜到鄞天庆马前,手起一刀,直往胸前砍去。不知鄞天庆性命如何,且听下回分解。

第一百三十二回　用火攻官军大败　摆恶阵妖道逞能

话说一枝梅打中了鄞天庆一弹,打得血流不止,坐在马上晃了一晃,正要预备带马向旁边冲杀进去,却好一枝梅平地一个箭步窜到鄞天庆面前,当胸就刺。鄞天庆说声:“不好!”赶着将马一夹,闪在一旁,顺手就是一戟,向一枝梅当头挑下。一枝梅是在步下,鄞天庆在马上,究竟不如一枝梅来得轻佻。只见一枝梅见他一戟刺来,急将单刀向上一架,身子一缩,早窜到鄞天庆背后,煞手一刀,认定鄞天庆马后腿砍下。

鄞天庆来不及防护马腿,早被一枝梅砍中一刀。那马就一纵飞奔,溜缰而去。鄞天庆坐在马上,险些儿跌下马来。一枝梅见鄞天庆的马溜缰而去,心中一想:“我若此时就走,周湘帆等三人尚被围在那里,不知性命如何?若再进去将他们救出来,我终究是个步下,如何冲杀进去?”正在疑惑不安,忽见周湘帆从里面冲杀出来,后面一员贼将紧紧追赶。

一枝梅一见,立刻生出一个计策,赶着向旁边一闪。等周湘帆的马走过,看看后面贼将已经赶到,一枝梅从旁侧出其不意,大喝一声:“贼将休走,看刀!”真个是声到手到,一声未完,那把刀已到了那贼将的胸前。那贼将措手不及,早被一枝梅砍于马下。

一枝梅即将那贼将的马夺过来，飞身上马，复行冲杀进去。真个是如入无人之境，只见贼兵纷纷向两旁让开。一枝梅到了里面，只见徐寿、杨小舫还在那里同着三个贼将死力战斗。一枝梅一马上前，飞舞单刀，出其不意，当即砍倒了一员贼将。徐寿、杨小舫见一枝梅复杀进来，也就并力杀了出去。三个人杀出重围，只得落荒而走。

再说邺天庆被马溜缰，直跑下二十余里，才把马兜转回来。到了官军营寨的地方，已是天明，当下便鸣金收军。只见那些官军已死得不计其数，真是尸横遍野，血流成河。本部的兵卒亦复死得不少。再查随兵的将士李三泰、王英，俱已阵亡，皆被一枝梅杀死。邺天庆心中大恨，还要重整旗鼓追赶下去，不将一枝梅擒住誓不回营。还是金仁远、吴用贤二人苦苦劝住，方肯收兵回城。此次一战，虽然大获全胜，却丧了两名牙将。

当下回至城中，先着人报进宫去。宸濠闻言，即传令进见。邺天庆进入宫内，见了宸濠备述一遍。宸濠道："虽然丧了两将，总算将敌寨劫去，敌军也算覆没了。"又见邺天庆血流满面，因问道："将军面上何以许多血痕？"邺天庆道："系被一枝梅弹子所伤，险些儿丧了性命。"宸濠怒道："一枝梅等如此猖獗，若不及早擒住，是心腹之患也！将军等有何妙策，可擒若辈？"

李自然道："别无他法，惟有请千岁星夜差人驰往非幻道人营内，请他火速摆阵，令王守仁破阵。王守仁必不知道阵法，只要将徐鸣皋等陷入阵内，无论他生死如何，王守仁必然惊恐。而且他无甚猛将，势必调回一枝梅等人，然后再请非幻道人设法以除之。只要将他等一干人除去，王守仁不足虑也。"宸濠答应，即刻修书，命人星夜驰往吉安府界，催非幻道人火速摆阵。邺天庆退下，又密令细做出城打听一枝梅的底细。

且说一枝梅的大寨被贼军劫去，遂与杨小舫、徐寿落荒而走，退下十数里远。再将残兵招集起来，计点人数，已伤了大半，所有旗帜器械焚毁殆尽。又不知周湘帆败往何处去了，一枝梅好生忧闷。若欲重下营寨，器械一概全无；若不安营，径回吉安，又恐元帅见罪。正在踌躇不决，忽见周湘帆回来，彼此相顾，好生不乐，又各说了一番细情。

一枝梅道："今日大败如此，总是愚兄疏忽之处，有何面目去见元帅呢？"周湘帆道："兄长勿忧。胜负乃兵家常事，而况今虽大败，却斩了他两员贼将，便是元帅见罪，也可将功抵过。现在既不能重安营寨，莫若赶回吉安，见了元帅，或再增兵前来，以图报复便了。"

一枝梅等正在商议，忽见一骑马如旋风般跑来，马上坐着一人，手执令旗，到了面前滚鞍下马，高声说道："奉元帅令，速调慕容将军星夜驰回吉安，勿得延误！"说罢，站起身来，飞身上马而去。一枝梅见王元帅差人调他们回去，不知何意，不免大吃一惊。因即振顿残兵，连夜拔队驰回吉安而去。

你道王元帅何以飞调一枝梅回军，只因非幻道人已将非非阵摆好，徐鸣皋首次探阵，即陷入阵中，诸将亦多有陷阵者。所以王元帅赶紧调一枝梅等回去。看官莫急,等愚下慢慢说来。

非幻道人自从得了宸濠续添的三千精锐,他便连夜进军,距王元帅大寨相隔十里远近,安营已毕,他就连夜摆下一座非非大阵。你道他这非非阵有何厉害吗?原来内藏六丁六甲,外面排列十二门,这十二门名唤死、生、伤、亡、开、明、幽、暗、风、河、水、石,只有开门、生门、明门可以出入。若从生门杀进,由开门杀出,再由明门杀入,其阵必乱。若误入死门,其人必气闷而死。误入伤门,必为热气蒸亡。误入亡门,必为冷气所逼,骨僵而死。误入幽、暗两门,不见天日,必为贼将所擒。误入风、河、水、石四门,登时被狂风卷倒,飞沙迷住,大水冲出,石块打下,皆有性命之患。其实皆是阴气、邪气凝结变幻出来,驱使六丁六甲,以助邪术。及至破阵之后,这阵内依然空无所有,所以名唤非非大阵。

这日非幻道人将非非大阵摆设好了,自己为主阵军师,又将如何变幻、如何擒人、如何捉将各邪术,细细与余半仙讲究了一夜,余半仙因也明白,即命余半仙为副军师。复又于每门安派精兵二百名,各执挠钩,以备擒人。阵中设一高台,台上摆了一张柳木八仙桌,桌上供设令牌、令箭、令旗等类。

分派已定,即刻修了战书,差小军送入王守仁营中,请他破阵。王守仁接着这封书,拆开一看,原来是非幻道人请他破阵,当下批准,差来军带回。王守仁就即刻传齐诸将商议道:"今妖道前来下书,内云非非大阵刻已摆完,约本帅前去破阵。本帅想来,这妖道邪术多端,今既摆此妖阵,其中必有变幻。本帅虽熟读兵书,从不曾见过有这非非阵的名目,而况昨得慕容将军来报,说及宸濠其所以有恃无恐者,皆赖非幻道人邪术。而且他又添兵与妖道摆设妖阵,本帅所虑,这阵中必然皆是妖气凝结而成,若误入其内,必凶多吉少。诸位将军皆具有本领,又兼是高人的门徒,可有识得此阵应如何破法否?"

徐鸣皋首先说道:"末将等明日先随元帅前去一观,看究竟如何光景,再作计议。此时未见阵势,也不知那阵内如何。"王守仁道:"将军之言甚是。诸位将军就于明日随同本帅前去观阵,先将阵势察看一遍,然后再作区处便了。"当下各人退出帐外。

到了次日,王元帅即传齐合营将士,戎装戎服一齐出得营来,前往观阵。不一会儿,到了贼营,但见贼营中杀气腾腾,阴风惨惨,风云变色,日月无光。王元帅正与诸将察看阵势,忽见阵门开处一声炮响,走出两个妖道。上首非幻道人,头戴华阳巾,身穿鹤氅,手执云帚,坐下梅花关鹿,后背葫芦。下首便是余半仙,头戴纯阳巾,手执宝剑,身穿八卦道袍,坐下一匹四不像,皆是满脸的妖气。

只见非幻道人将手中云帚向王守仁指道:"呔!王守仁,今本师摆下此阵,尔既身为元帅,应知破阵之法。若破得此阵,本师即日回山,重加修炼,永远再不下山;若破不得此阵,尔即速速归降,本师尚可于宁王前保举你一个官职。若再执迷不悟,尔死在旦夕,可莫怨本师不存仁爱之心了。"

王元帅听了这番言语,真气得话也说不出来,大叫一声,倒于马下。不知王元帅性命如何,且听下回分解。

第一百三十三回 徐鸣皋探阵陷阵 海鸥子知情说情

话说王元帅听了非幻道人那一番话，真气得口不能言，大叫一声倒于马下。当下徐鸣皋等赶着救起，扶上马回到营中，用姜汤救醒过来，切齿恨道："若不将非幻道人擒住，碎尸万段，誓不为人！"当下众将劝道："元帅请暂息雷霆之怒，末将等当效死力去擒妖道便了。"王守仁道："悉赖诸位将军之力。总之，一日妖道不除，宸濠一日不能就戮。"

徐鸣皋道："末将有一言容禀：前者余七摆设迷魂阵，经末将等诸位师父、师伯、师叔前来将他迷魂阵破去，余七败逃上山。当时就有末将的大师伯玄贞子说道：'将来尚有白莲教首徐鸿儒下山。'这徐鸿儒就是余七的师父。想来非幻道人也是徐鸿儒的徒弟了。末将的大师伯并又言道：'俟徐鸿儒下山之时，诸位师伯、师叔、师父还要下山，帮同剿灭徐鸿儒。今日看来，非幻道人虽摆下这妖阵，我等师伯、师叔即不全来，也要有几位到此。只要来两位，就可破他的阵了。末将之意，明日俟末将暗暗地去探一回，看他那阵内究竟如何厉害。倘能设法，末将等可以去破，诚如元帅所言，早将妖道捉住，正了国法，好去剿灭逆贼。设若末将等不能破他的妖阵，末将当将傀儡师伯所留的宝剑请将出来，修书付那飞剑传将去，先请傀儡师伯到来，再作区处。元帅切勿烦恼，有伤贵体。"

徐鸣皋说了这番话，王元帅觉得颇为动听，因道："将军明日要前去探阵，务宜小心要紧。"徐鸣皋又道："末将之意，明日前去还恐他知道，反为不美，不若今夜暗地前去探看一番，料他不能知觉。"王元帅道："只是本帅不能放心使将军深夜前去。"徐鸣皋道："逆贼宫内，末将还时去时来，而况贼营，有何不可！元帅若果不放心，可请徐庆贤弟同去便了。"王元帅道："能徐将军与将军同去，本帅也可稍觉放心了。"说罢，徐鸣皋退出。

到了夜半，徐鸣皋便同徐庆换了衣服。两人皆穿元色紧身短袄，脚踏薄底靴，背插单刀。先到王元帅前告辞了，然后二人就从帐后窜出帐外，但见两条黑影，向东而去。王元帅一见，也自欣羡。

且说徐鸣皋、徐庆二人出了营门，直奔贼营而去。不到一个更次，已到敌营。徐鸣皋便与徐庆说道："贤弟，你且在外接应，让愚兄先到阵中探看一回，若无什么厉害，愚兄即刻出来，便同贤弟进去，出其不意杀他一阵。能就此破了他的妖阵更好，即不然，也要伤他些贼众。设若果真厉害，愚兄也便即刻出来，就赶紧回营，用飞剑传书，请傀儡师伯。万一愚兄被他捉住，陷入阵中，贤弟万不可步兄后尘，也到阵内寻找。可急急回营禀知元帅，请元帅按兵不动，也不要与妖道厮杀，贤弟可赶紧去请各位师伯、师叔、师父到来。愚兄曾记傀儡师伯临行时暗与愚兄说过，说我应有四十九日大灾，而且九死一生。当时曾付我一粒丹药，叫我到了急难时节将此丹药吞下，可保不死。我今日已带在身旁，恐防有难。"

徐庆道:“兄长何故出此不祥之语?”徐鸣皋道:“事有前定,勉强不来,但愿不应傀儡师伯的话,则更不妙。设若被傀儡师伯说上,贤弟可万万不要入阵,急宜去寻各位师伯、师叔要紧!”徐庆也明知事有前定,就不十二分阻拦。徐鸣皋说罢一番话,即刻别了徐庆,身子一晃,早不见了所在。

他已经窜入贼营。先在无人处暂停一脚,然后慢慢走入阵中。方到阵门,便有小军喊道:“有奸细!速去禀知阵主。”徐鸣皋见小军说了这句话,立刻拔出刀来,将那个小军砍死在地,便大踏步走进去了。到了里面,并不见什么厉害,惟觉阴风砭骨,冷气侵人。哪知徐鸣皋正是误入亡门。

走不一刻,忽觉毛骨悚然,浑身冷不可耐,暗自说道:“何以这阵内如此天寒。”当下知道不妙,将那一粒金丹放在口中吞了下去。才将丹药吞下,忽见非幻道人指着鸣皋笑道:“过来。”徐鸣皋一见,大怒道:“好大胆的妖道,本将军前来破你这妖阵!”只见非幻道人手执云帚说道:“你死在目前,还不知之。你已误入亡门,本师也不必与你厮杀,包管你不到五日,冷得骨僵而死。”

徐鸣皋听说,方知道这是亡门,怪道如此冷法,即刻掉转身来向外就走。非幻道人复又大笑道:“你既误入我阵,尚容你出去吗?”说着将云帚一拂,忽然阴风大作,尤加冷气百倍,登时不知道路,但是黑沉沉一个地方,再也看不出东西南北。加之那股冷气渐渐侵入心苞,徐鸣皋觉受不住,说声“不好”,立刻打了一个寒噤,两脚立不住,遂跌在尘埃。

非幻道人见徐鸣皋跌倒在地,就叫了两名小军,将徐鸣皋拖入冷气房,好使他骨僵而死。当下小军将鸣皋拖去。这里非幻道人复将云帚一拂,依然风定尘清,他便回台去了。到了台上,复又传出令来,谕令三军务各小心把守阵门,若有官军前来探阵,火速报知,不可有误!

再说徐庆在阵外等了有一个更次,不见徐鸣皋出来,心中暗道:“难道他果真陷入阵内吗?不然,何以这会儿还不出来呢?”因又等了有半个时辰,依然不见鸣皋出来。此时知道不妙,却好天色已将明亮,便赶紧回转大营告知。

王元帅一听此言,吃惊不小,登时作急道:“妖阵未破,先却陷我一员大将!这便如何是好?”徐庆道:“元帅勿忧,末将料徐将军必不致有伤性命。此时惟有一法,末将赶往各处寻找诸位师父、师伯、师叔到来,以助元帅破此妖阵,以救徐将军性命。”

王元帅道:“诸位仙师云游无定,急切哪里去寻,哪里去找呢?”徐庆道:“只需寻得一位,其余就易于寻觅了。”王元帅道:“这是何说?”徐庆道:“末将等的诸位师父,皆能飞剑传书,故此寻到一位,便请那一位用飞剑传书,各处去请。所以只需寻到一位,便可大家会齐的。”王元帅道:“就是如此,但这一位又从哪里去寻呢?”徐庆道:“先将末将的师父一尘子寻到便好计议。”王元帅道:“你师尊可有定所吗?”

徐庆道:“末将的师父是易于寻觅的,只需到飞云亭上,往西呼唤三声,我师父便即知道了。”王元帅道:“若果如此,将军何日前去呢?”徐庆道:“事不宜迟,即刻便当前往。”王元帅道:“既如此说,便劳将军辛苦一趟了。”徐庆道:“元帅说哪里话来，此是末将应该前往。”

说罢，正要告辞而去，忽闻半空中有人笑道：“徐庆贤侄，无需你空跑一趟，你师父不久即来了。”徐庆闻言声音颇熟，便仰面向上一望，却不见人，只得口中说道：“哪位师伯师叔驾临，敢乞示知，以便迎接。”话犹未了，只见一道闪光从空落下，现出一个人来。徐庆一看，不是别人，却是徐鸣皋的师父海鸥子。

徐庆当下拜道：“不知师伯远临，有失迎迓。罪甚罪甚！”海鸥子便指着王元帅问道：“这就是元帅吗？”徐庆道：“正是元帅。”王守仁此时也就赶着出位，与海鸥子相见，又让海鸥子坐下。当下就道：“难得仙师惠临，尚未请教仙师法号。”海鸥子道：“贫道名唤海鸥子。元帅如此尊称，贫道万不敢当。小徒素承元帅青眼，诸位师侄亦蒙元帅垂青，贫道深为感激。”元帅道：“但不知哪位将军是仙师的高徒？”海鸥子道：“鸣皋便是小徒。”

王元帅惊讶道：“徐将军前去探阵，误入妖阵之中，某正为忧虑，尚不知有无妨碍否？”海鸥子道：“贫道早知小徒有四十九日大难，却不致有伤性命，元帅但请放心。贫道方才已在贼营中见过小徒，当已留下解救的妙法了。”王元帅道：“既是仙师已入妖阵，究竟那阵内如何光景？想仙师定然看透机关，不知尚能立破否？令徒究于何日方免此灾？尚求一一指示。”不知海鸥子说出什么话来，且听下回分解。

第一百三十四回　海鸥子演说非幻阵　狄洪道借宿独家村

说话海鸥子听了王守仁这一番话，当下说道：“元帅的明见，这非非阵贫道虽曾看过，却非贫道一人之力所可破得的。元帅不知，此阵却非寻常阵势可比。只因他内按六丁六甲、六十四卦、周天三百六十度，变化无穷。外又列着十二门，按十二门名唤死、生、伤、亡、开、明、幽、暗、风、沙、水、石。只有三门可入可出，其余皆是死门。”

王元帅道：“哪三门是生门呢？”海鸥子道：“开门、明门、生门这三门皆是生门。若从开门入阵，必须从明门出来，再由生门杀入，其阵必乱。若误入死门，其人必因气闷而死，因死门内皆积各种秽气而设，所以误入者不到一刻为积秽气所闷，必致身亡。须带有辟秽丹方能入得此阵。若误入伤门，此门系积各种火气而设，如天火、地火、人火三昧火，合聚一处，其人必热气蒸倒，顷刻身亡。非带有招凉珠，不能进入。若误入亡门，此门系积各种阴气所致，其人必为冷气所逼，骨僵而亡。今徐鸣皋所入者，即此门也。”

王元帅听在此处，不觉失惊道：“果尔，则徐将军性命休矣！何仙师尚谓无妨耶！”海鸥子道：“只因小徒已服傀儡生丹药，又经贫道用了解救的方法，所以无妨。”王元帅道：“其余各门又有什么厉害呢？”

海鸥子道：“这亡门必须带有温风扇，方可进入。至若幽、暗二门，如误入进去，里面阴气腾腾，暗无天日，必为敌人所擒。必须带有光明镜，方能进去。更有风、沙、水、石四门。误入风门,立刻为风卷倒;误入沙门,两眼为沙所迷;误入水门,登时被水冲陷;误入石门,定为大石压死。此就十二门而言,到了中央还有一座落魂亭,无论何人到了那里,心性就为其迷惑,不知不觉就要昏倒下去。就便将十二门破去,无人破那落魂亭也是枉然。所以此阵非贫道一人所可破得。而且非幻道人还有一个师父,名唤徐鸿儒,是白莲教的魁首,早晚只恐要来。他若不来,此阵尚易破得,他若来此,更觉大费周章了。"

王元帅道:"既如仙师所言,何不趁鸿儒未到以前先去破阵,也可少费周章。"海鸥子道:"元帅哪里得知,其中皆有个定数。孔子云:'欲速则不达。'俗语说得好:'事宽则圆,急事缓办。'元帅的心是急切万状,恨不能立刻将非幻、余七捉住,然后进攻南昌,将逆首擒获,押解进京以正国法。无如天数已定,应该需时多少方可成功,竟是多一日不行,少一日不可,总要到了应除的时候。无如天数成功,献俘阙下,不然也算不得个数了。"

王元帅道:"仙师之言,虽顿开茅塞,但是劳师縻帑,上累主忧,其实不安耳!"海鸥子道:"元帅为国为民,心存忠厚,贫道实深感激。但事有定数,万难勉强而行的。为今之计,元帅可一面急修表章,驰奏进京,申奏一切;一面将一枝梅、周湘帆、徐寿、杨小舫星夜调回,听候差遣。贫道再去请两位同道前来,以助元帅成此大功。何如呢?"王元帅道:"若蒙慨助,某感激不尽了!"说罢,便命人摆宴。

海鸥子道:"元帅休得客气。贫道在麾下尚有两月耽延,若过客气,贫道何以安呢?"王元帅道:"仙师初次惠临,理当如此,以后谨遵台命便了。"海鸥子道:"元帅且请去办正事,贫道自与诸位师侄闲谈便了。"

王元帅也就不客气,当即退入后帐,修表驰奏进京。又拔了令箭一枝,差人星夜往南昌,调取一枝梅、徐寿、周湘帆、杨小舫回来。诸事已毕,这才出来相陪海鸥子叙话。

闲文休表。一会儿酒席摆上,王守仁就命请海鸥子入席,让他在首座上坐定。王守仁又亲自送了酒。海鸥子又谦逊了一会儿,然后这才对饮。徐庆等一众英雄,自在外面饮酒吃饭,这也不必细表。不一会儿,大家席散,王守仁又命家丁给海鸥子捡了一处洁净地方,让海鸥子为下榻之所。海鸥子就此住在王守仁营内,直至破了非非阵，方才与七子十三生各处云游，自寻安乐。

且说海鸥子这日命狄洪道去请潄石生。狄洪道受命而去，在路行程，不止一日。这日狄洪道走到一个地方，名唤独家村。这独家村四面皆是乱山丛杂，并无人家，只有这姓白的一家住于此地。

你道这姓白的因何独住此间？只因白家老夫妇两个，男的名唤白乐山，妻蓝氏，生有一男一女。儿子名唤白虹，女名剑青。这白乐山生平最爱山水，因带领妻子儿女住居此地，享那林泉之乐。村庄四面广有田亩，家中雇些长工，耕种度日，每年倒也无忧无虑。儿子白虹今年才交十八岁，却生得仪表堂堂，聪明绝世。女儿小白虹两岁，也是生得美貌异常。一对儿女皆能知书识字，博古通今，白乐山老夫妇真个是爱如珍宝。

不料他女儿近日为山魈所缠，这山魈自称为燕燕才郎，终夜在白家缠绕，定要白剑青为妻。白乐山也曾请了些羽士上人，代他女儿退送，怎奈山魈毫不足惧，比从前尤加闹得厉害。白乐山好不烦恼，逐日打听名山羽士、宝刹僧人，前来建斋打醮，总想将山魈退去，使女儿安身。这日又请了一班道士在家拜玉皇大忏，以冀忏悔消灾。

却好狄洪道因贪赶路程，又走入歧路，无处觅宿，但见这独家庄内隐隐露出灯光，狄洪道便思前去投宿，信步而来到独家庄上。正要敲门而进，但闻里面铙鼓声喧，讽诵之声不绝于耳。狄洪道也不管他里面所做何事，便向前尽力敲门。敲了好半刻，里面方有人答应，柴门开处走出一个庄丁。

狄洪道先向那庄丁拱了一拱手，因道："某系过路之人，只因贪赶路程，错过止宿之处，又误入歧路，无处栖身。顷见贵庄灯火尚明，特地前来，敢求借宿一宵，明早自当厚报，务请方便这个。"说罢一番话，那庄丁道："客官且请少待。某却不敢做主，须要回明主人，是否可行，当即回报。特恐今夜不便相留，那却如何是好？"狄洪道道："敢烦请去通报一声，务与贵主人情商，暂借一宿，某自永感大德便了。"那庄丁也就转身进内。

过了一会儿，只见那庄丁同着一个五十来岁的老翁出来。狄洪道一见那老翁精神矍铄，相貌清高，迥非恶俗之辈，不禁暗暗羡慕。心中暗想："这老翁光景就是主人了。"正要上前施礼，只见那老翁问道："莫非就是这位客官住宿吗？"狄洪道见问，赶向上前深深一揖，口中称道："老丈在上，便是不才冒昧，敢借尊府暂宿一宵。"

那老翁也答了一揖，又将狄洪道打量了一会儿，见他是个军官打扮，因问："大驾由何处而来？为何迷失道路？"狄洪道道："不才向在王守仁元帅麾下，充一个游击将军。只因现在奉命前往汉皋有一件公事，又因公事急促，不才不敢误公，贪赶路程，以致失了止宿之所。因此冒昧造府，敢请容纳一宿，明早当即告辞，不知老丈尚可容纳否？"只见那老丈笑道："原来是一位将军，老汉多多得罪了。但是寒舍蜗居，似不足下将军之榻。好在只有一夜，简慢之处，尚望见原。"狄洪道见老翁已肯许相留，真是喜出望外，因谢道："不才只需席地足矣，老丈何谦之有乎！"那老翁遂邀狄洪道进里，当命庄丁仍将庄门关好。

狄洪道走入里间，见是一顺三间茅屋，却似客厅仿佛。当下又与老翁重新见礼，那老翁让他坐定，然后彼此问了姓名。庄丁献上茶来，狄洪道正要问他的家事，忽又听得里面铙钹之声，接着又是讽诵之声。

狄洪道便向白乐山问道："敢问老丈，尊府今夜莫非建做道场吗？"白乐山见问，因叹了一口气道："将军辱问，敢不奉告，但是一言难尽，又何敢以区区琐屑上渎将军。"狄洪道道："老丈有何为难之处，不妨细述，不才若可为力，亦可稍助一臂，必不袖手旁观。"不知白乐山可肯将情节说出，且听下回分解。

第一百三十五回 狄洪道除害斩山魈 白乐山殷情留勇士

话说白乐山听了狄洪道的话，因道："既蒙将军辱问，只因老汉生有子女各一，女唤剑青，生得有几分姿色。近为山魈所缠，每夜到此缠绕不休。老汉又无法想，只得虔请些上人、羽士，来家作法，欲退山魈，不意依然无用。近闻小茅山道士法力高明，因此去请到家建醮，以冀超脱。大拜四十九日玉皇大忏，已经拜了四十五日，还有三日，即可圆满。所以这铙钹声喧，即是小茅山的道士在后堂讽诵玉皇经忏。"狄洪道道："既然如此，想令爱定能渐痊愈？"白乐山道："哪里痊愈，还是依然。老汉现在也没有别法，只等这玉皇大忏圆满之后，能好更妙，不好也只得听天由命了。"

狄洪道道："老丈不必忧虑，既为山魈作祟，某可助一臂，为令爱驱除。但不知这山魈何时到此，来时如何光景？"白乐山道："每日约在三更以后便来到这里，也并无甚动静，只有阴风一阵，风过处便有个美貌男子走进屋内，但见这山魈别无异样，惟身后有尾约长尺余，此外宛然人形，惟妙惟肖，进入小女之房。据小女云，这山魈进了卧房，望着小女吹一口冷气，小女便昏迷不醒了。现在小女被他缠得骨瘦如柴，行将待毙。将军若能相助除了此怪，不但小女感激，老汉一家皆感激不尽的。"

狄洪道道："今夜曾来过否？"白乐山道："现在尚未二鼓，还未到来。"狄洪道道："既如此，某有一计可除，不知老丈肯从否？"白乐山道："将军有何妙策？请道其详。"狄洪道道："老丈可将令爱即刻移住别处，令爱之床可让与小生暂住，某自有驱除之计。再请老丈饬令众庄丁，等山魈进房之后，即便把守房门，务要不放他出去，某当以宝剑斩之。我之宝剑却是仙家所授，无论是何妖怪，某只需一剑，他便迎刃而死的。但有一件，若还山魈与某争斗起来，老丈切不可惊恐，至要至要！"

白乐山听了狄洪道这番言语，却是半信半疑。狄洪道见那般光景，也知他有些不信。因又说道："老丈勿疑，某如不能为，断不敢夸这大口。就请老丈赶紧将令爱移避他处，让某作个李代桃僵便了。"白乐山暗想："且不管他，或者可以驱除也未可定。"当下谢道："难得将军慷慨相助，老汉当即遵命。"说罢，便起身进内吩咐去了。

过了一刻，白乐山出来向狄洪道说道："里间已由内子安排，小女即刻移住他处。但将军远来，尚未晚饭，老汉略备酒肴，半为东道之情，半助将军之兴。"狄洪道此时腹中正有些饥饿，因便谢道："老丈何必如此客气，既蒙见赐，幸勿过费。"白乐山又谦逊了一会儿。少停里面已端出酒肴，白乐山便请狄洪道小饮。狄洪道也就不再客气，于是痛饮起来。饮到半酣，又吃饱了饭，饭毕又稍坐了片刻。

将到三更时分，狄洪道便令白乐山引至后面剑青房内。当时白乐山以致谢了一番，无非请他竭力帮忙，狄洪道亦满口答应。白乐山出了房门，又暗令各庄丁手执耰锄，暗暗埋伏，一俟山魈进房之后，即便把守房门，不使出去。料理已毕，白乐山便去自已房中，坐待信息。

且说狄洪道自进剑青房内，白乐山出去之后，他便据床静坐，以待山魈。等了一会儿，并无动静，狄洪道便有些瞌睡起来，因即下床将灯吹灭，便上床倚剑而卧。将要睡着，忽觉帐幔一动，狄洪道便睁开两眼，仔细一看，见有一人站立床前，向自己面上吹气。

狄洪道知是山魈到了，即便手执宝剑，轻轻从床上避着山魈，跳了下来。真个是身轻如燕，虽山魈也不得知。狄洪道下了床，又复蹑足潜踪，走到山魈背后，看他的举动。只见山魈吹了一阵风，便纵身上床扑了过去，若与人敦伦相似。背后果然有一尾，约一尺余长。

狄洪道此时见山魈已经上床，知道他不见有人必然要走，哪敢怠慢，即将手中宝剑拔出，认定山魈背后一剑砍去，打量这一剑就要将山魈砍为两段。哪知山魈才扑上床，觉得并无人在上，也就跳将起来，预备下床而去。将翻转身来，却好狄洪道的宝剑已到。那山魈一见有剑砍来，虽不会人言，只听忽喇喇一声大叫，顿时已变了形象，不似从前那美貌男子一般。但见他口如血盆，眼似铜铃，浑身白毛，直往狄洪道扑来。

狄洪道一看，喝道："好孽畜，你还不知罪！胆敢迷人家女子。今本将军前来拿你，你尚敢相拒吗？不要走，看剑！"说着又是一剑砍来。只见那山魈又大叫了一声，向旁边一跳，躲过了一剑。随即又向狄洪道背后扑来。狄洪道赶着掉转身躯，以剑相抵。只见那山魈见狄洪道掉转身来，便将两手一举，两脚往后一奔，认定狄洪道扑到。狄洪道看他来得凶猛，不慌不忙，等山魈来得切近，遂将身子一偏。那山魈扑了个空，又是一声大叫，翻转身又往狄洪道扑来，狄洪道仍用此法。那山魈连扑了三次，皆未扑到，好不着急，于是又要扑到。

狄洪道见他力已将乏，便站定身子，将手中宝剑露刃于外。只见那山魈两手一抬，两脚将后一发，用尽全力又扑过来。狄洪道就乘他扑来的时候，即将宝剑一起，腰一弯，从那山魈腹下乘他的来势，就这一戳，那口宝剑已深入山魈腹内去了。那山魈知道剑已入腹，便用足了全力往后倒退。狄洪道见他倒退，更加将宝剑送进，就势往上一剖，顷刻间山魈肚腹已被宝剑剖开。只见那山魈就地一滚，顿时变了原形，躺在地上不能动弹。狄洪道还恐他逃走，又用宝剑在他身上连砍了十数剑，方喊人点火进来。

当下众庄丁在房门口把守，一听喊人点火，众庄丁也就赶着拿了烛台进入里面。狄洪道向庄丁说道："山魈已被我除了，你等可快请你主人进来视看。"众庄丁先向狄洪道问道："山魈现在何处？"狄洪道指道："这不是吗？"众庄丁将烛台向地上一照，见有毛茸茸一团摊在地上，四面鲜血直流。庄丁看罢，立刻出去请乐山前来。

白乐山一闻此言，尚不相信，还是庄丁竭力说明，乐山才随着庄丁来到里边房内。狄洪道先向白乐山说道："某幸不辱命，山魈今已为我斩除矣。"便指地上说道："这就是那为祟的孽畜。从今以后，令爱当无复有怪物相缠，得以相安无恙了。"白乐山低头向那山魈一看，果然被斩而死，但见毛茸茸一团，似兔非兔，似狐非狐，也认不出是何怪物。当下便向狄洪道谢道："非将军大力，尚有何人能除此怪物耶？真是小女之幸也！"说罢又向狄洪道深深一揖。狄洪道说："些须小事，何足言谢。"白乐山还是谢不绝口。

此时乐山的妻子、儿子通知道了，大家也前来看怪物，连那些道士也到房内观看。狄洪道道："老丈，今山魈已除，可即令贵庄丁将他焚化，免得以后再要为祟。"乐山答应，连夜地命庄丁将山魈架起火来，焚烧至肉尽骨枯而止。又命庄丁将房内血迹打扫清净，便请狄洪道就在房内安息。此时已有五更时分，狄洪道亦颇困倦，也不推辞，就在床上安息。白乐山当下出去，又将此话告知了女儿，女儿亦甚欢喜。于是大家也就安息。

次日一早起来，玉皇大忏也不拜了，虽尚有两日未曾拜完，白乐山照送经资，分文不少，请一众道士而去。却好狄洪道已自起来，乐山命庄丁打面水给狄洪道，梳洗已毕，又命厨房内做上等点心，请狄洪道用早膳。狄洪道却也不便推让，吃了一饱，即便告辞，要去寻他师父漱石生。

白乐山哪里肯放，因坚留道："将军幸留一日，老汉已聊备薄酌，借表寸心。将军若不肯留，则是见弃于老汉矣。况小女蒙将军救命之恩，也当出来面谢。今将军匆匆而去，不但老汉未曾报德，就是小女知道也要怪老汉何不坚留。将军今日是万不得去的。"

狄洪道道："某非决绝，实有要事在身，且系奉有王元帅之命，设有迟误，回营后定要见罪。那时见罪下来，则今日不是老丈爱我，反是老丈害我了。若老丈果真见爱，他日归来，再造府请安便了。"不知白乐山可肯放狄洪道去否，且听下回分解。

第一百三十六回　独家村赠金辞金　飞霞楼遇旧叙旧

话说白乐山见狄洪道说得如此决绝，坚不肯留，也知他实有要事，不便再行勉强，因道："将军既如此说，光景是有要事。若老汉强留，万一贻误将军大事，诚如将军所言，不是老汉爱将军，反变成害将军了。但请将军少待片刻，老汉去去就来相送便了。"狄洪道只得答应。

停了片刻，白乐山果然出来，只见他手捧白银两锭，向狄洪道致敬道："区区不腆，非为酬劳，不过聊作将军路费，幸勿见却。将军若不肯笑纳，便是将军见弃，以老汉为鄙物了。"说着便送过来。

狄洪道见白乐山如此，当下也就说道："某既蒙盛意，焉敢固辞？而况长者见赐，更不敢却。只因某行囊愈轻愈妙，稍重便不良于行，老丈即如此殷殷，某当敬领高谊。但有一件，请将此款仍存府上，俟某事毕道经此地，定当造府取携。幸老丈俯如所请，勿再过谦为幸。"白乐山道："些须薄敬，亦难不累人，还请将军笑纳。若说存留寒舍，将军公务匆忙，归期又不知何日，即使归期有定，亦断不肯再临寒舍了，老汉此时怎肯受将军之遗吗！"

狄洪道道："大丈夫一言既出，驷马难追。待到归时，某定不失信于老丈。还请老丈勿再坚执，某赶路要紧，幸老丈鉴之。"白乐山见狄洪道又如此坚执，只得说道："将军此去何日归来，请以定期相示，届时好使老汉以下榻以待。区区薄敬，即遵命留存寒舍，待将军归来再行奉上。但将军不可做失信人，使老汉望穿秋水也。"狄洪道见他答应，心下好不欢喜，因说道："某至迟不过半月即便归来，届时道经此间，定造府奉访，来取厚赠，"说罢一揖，登时出了庄门。

白乐山赶着相送出来，早已不知狄洪道去向。白乐山暗暗欣羡道："此人英气勃勃，举止高超，非惟行伍中人，殆亦剑侠之流亚也。"叹羡一回而罢。

再说狄洪道出了庄门，直往岳阳楼而去。原来海鸥子是差他到那里去，请他师父漱石生前往吉安，议破非非大阵。狄洪道晓行夜宿，这日走到一座高山。这山名唤独孤山，但见树木参天，孤峰耸日，那些巉岩峭壁，一色浓青，高耸半空，真不亚天台四万八千丈的光景。狄洪道便走到山根之下，席地而坐，稍息片刻，又复举首向山上，凝眸赏识这独孤山的风景。

正在凝神观望，忽见那山顶上一道白光直射下来，狄洪道大惊道："这白光既非云影又非电光，似飞剑相似，难道我师父现在此山吗？"正自暗想，再一回头，已见那白光落下。只听一声唤道："洪道贤弟，违教了。近日好吗？"狄洪道见有人唤他名字，急掉转身来一看，原来不是别人，正是焦大鹏。

狄洪道一见，好生欢喜。因与大鹏先作了一个揖，接着说道："小弟自从与兄长在赵王庄一别，自我不见于今两年，何幸相遇于此！真是意料所不到。但不知兄长近两年来有何佳境？两位嫂嫂想已添了侄儿？今兄长到此有何公干？尚乞明白示我。"焦大鹏道："自与贤弟别后，愚兄日念诸位兄弟，只因遵奉玄贞大师伯的慈谕，不敢违背，终日株守家园，与荆妻相对而已。幸托贤弟之福，已于上年连得两子，也算是香烟有继了。"

狄洪道道："真是可贺之至！遥想我那两位侄儿，定然头角峥嵘，身躯雄壮的。"焦大鹏道："也算魁梧，只是粗笨罢了。"狄洪道道："难得，难得。"焦大鹏道："此处非谈心之所，贤弟可与愚兄拣他一座酒楼，对饮几杯，好畅叙别后光景。"狄洪道也就答应，当下站起身来，即与焦大鹏同行而去。

只见焦大鹏在前，狄洪道后跟，转过独孤山，走未多远，就是一个小小镇市。二人上了镇,便到一座酒楼。狄洪道一看,那酒楼上挂着一面招牌,上写着"飞霞楼"三字,虽不十分宽大,也还窗格轩明。二人走上酒楼,当有酒保前来招呼。焦大鹏即命酒保:"将上等可口的酒菜,只管取来,随后一总算账便了。"酒保答应,下楼而去。

不一刻拿了两壶酒,二副杯箸,四个小菜碟,一大盘鸡,一大盘烧肉,摆在桌上。焦大鹏先给狄洪道斟了一杯酒,然后自己也斟上一杯,二人便对饮起来。焦大鹏便问道:"听说宸濠现在已举兵造反,贤弟一向有何功劳?诸位兄弟想皆功名上达了。"

狄洪道道:"说来话长,容小弟慢慢详告便了。自从小弟与诸位兄弟随张永老太监入京,本来是要征剿宸濠,后来忽然王寘鐇造反,皇上即命杨一清大人挂帅,命小弟等随征,先剿寘鐇。幸未多时就将寘鐇平定,回京复命,义拟去征宸濠。忽然杨大人不愿为官,上疏告老,皇上准旨。我等就留在京都,以待宸濠的动静。不到两月,有江西浰头寨诸贼揭竿起义。皇上即命王守仁大人总督江西军务,兼巡御抚史,率领小弟等前去征剿江西各寨诸贼。又幸而不过半年,也就次第剿灭清楚。正拟班师回京,此时宸濠就举兵造反,先杀巡抚大臣,后又劫监翻狱,抢夺钱粮,盘踞府库。各路告急表章,驰奏进京。皇上当命王元帅就近征剿。王元帅奉旨之后,即刻带兵前往。哪知宸濠已派鄴天庆攻破南康,雷大春等攻陷进贤等县。王元帅得知消息,一面分兵,命徐大哥等进援南康,一面大队往南昌进发。宸濠知有大兵到来,怕兵力不足,即将鄴天庆调回南昌。因此徐大哥等克复南康已毕,仍回大营,都算打了两个胜战。不意宸濠那里,又来了一个非幻道人,说是与余七师兄弟,却与余七同来。因这非幻道人一来,偏用邪术,我军便败了两阵也还罢了,不料他暗设毒计,要将我军全行灭没。幸亏傀儡老师前来相救,用了个替代之法,属令王元帅连夜退兵驻吉安,现在大营在吉安府驻扎。那非幻道人又追到吉安,头一次被王元帅用计劫寨,将他打了个全军覆没。他又往宸濠处坚请增兵,宸濠又添兵与他。他现在摆下一座非非大阵,欲与元帅斗阵。元帅头一次出去观阵,被那非幻道人骂了一顿,元帅几乎气死。第二日徐大哥便黑夜前去探阵,不料就陷入阵中。元帅直急得要死,打算差人往各处寻觅众位师尊。却好海鸥老师惠降,告知元帅,徐大哥虽经陷阵,却无妨碍,只因他有四十九日大灾,过此以往,自有人救。又说这非非大阵厉害非常,非海鸥老师一人所可破得,因此令小弟去岳阳楼,请潄石生师父前去共议破阵。不期在此遇见兄长,真是大幸!但不知兄长因何在此山上?所做何事呢?这山名唤什么?"

焦大鹏笑道:"愚兄早知贤弟到此了,潄石师伯昨日已往吉安去了。"狄洪道道:"兄长如何知道我师父已往吉安呢?"焦大鹏道:"只因愚兄昨往岳阳楼游玩,适遇师伯,他便向我说道:'来得极好,我即要往吉安王元帅那里,议破非非大阵。我徒弟即日就要前来寻找,你可迎上前去,若遇见我徒弟,叫他不要去岳阳,可同你即日回吉安,听候差遣。'愚兄听了这话,所以到此山相等,料定贤弟必由此经过,果不出吾之所料。但这非非大阵,难破异常,必须众位师尊到此,方才破得此阵。昨日途遇玄贞师伯，据他老人家说，已各处去约众位师尊于四月十五日吉安聚齐，然后共议破阵。还说要等一个产妇前去，方可行事，却不曾告诉明白。贤弟今既到此，不必耽搁，明日愚兄就同贤弟前往吉安便了。”

狄洪道听了这番话，好生欢喜。当下饮酒已毕，算还酒钱，二人便下楼而去。不知后事如何，且听下回分解。

第一百三十七回　赶路程二义士御风　具杯酒两盟嫂设馔

话说狄洪道、焦大鹏二人下得酒楼，便望洪狄道说道：“贤弟，今日天色尚早，愚兄与贤弟尚可趱赶一程，贤弟尚不畏辛苦吗？”狄洪道道：“小弟却不畏辛苦，但虑前途徒无止宿之所，那就大不便了。”焦大鹏道：“这怕什么，随着愚兄前行，还怕没有止宿之处吗？”狄洪道听说，也就答应，即刻与焦大鹏起程。哪知焦大鹏行走如飞，狄洪道万赶不上。焦大鹏是个脱胎之人，又兼他剑术高超，狄洪道怎能比得？

焦大鹏见狄洪道不良于行，也知道他断赶不上自己，因立住脚，向狄洪道说道：“贤弟，你走得太慢，何不赶快儿走呢？”洪道道：“小弟已是赶得上气不接下气，两条腿一些不敢停留。兄长不说自己走得太快，偏说小弟太慢，未免不近人情，不知小弟的艰苦了。”焦大鹏笑道：“愚兄也知贤弟赶不及，前言特有以戏之耳。贤弟不必作恼，愚兄当思良法，使贤弟既不费力，又跟得上，而又使贤弟不走一步何如呢？”

狄洪道道：“兄长勿自取笑，天下岂有不走一步，便能登山涉水、趱赶路程的道理？”焦大鹏道：“贤弟不必疑惑，姑且试之，以验愚兄之言何如？”狄洪道道：“兄长虽如此说，小弟终难相信。”

焦大鹏道：“你且过来，伏在愚兄背上，愚兄若叫你闭目，你切切不可睁开。等我叫你睁开，那就到了安息之处了。”狄洪道道：“兄长，这不是又来取笑吗？小弟偌大年纪，又不是个小孩子，怎可劳兄长背我？就使兄长不弃小弟，在背上一伏，兄长便多一累赘，还能行走如飞吗？那可不是要快倒反更慢吗？兄长不要取笑吧。”焦大鹏正色道：“贤弟，你勿要啰嗦疑惑，尽管伏上背来。愚兄若无神通，也不敢令贤弟如此。”

狄洪道见他正色相告，心中暗想：“或者他有此膂力，有此神通，且姑试之。设若不然，再作计议也可。”于是就将两只手，伏在焦大鹏两肩，然后将两只脚盘绕到焦大鹏前腹。只听焦大鹏说道：“就如此好了。”又道：“贤弟快闭眼吧！”狄洪道不敢怠慢，即将双眼一闭，耳畔只听呼呼风响，真是行走如飞，却也不敢睁眼下望，一任他登山涉水，只牢牢抱定焦大鹏的肩头。

约走了有两三个时辰，耳畔住了风声，正在疑惑，暗自笑道：“难道不走了吗？”还不敢睁眼。只听焦大鹏一声招呼道：“贤弟，你睁眼吧，到了。”狄洪道才将双眼睁开，往下一望，见在一所屋内，着实羡道：“兄长如此神通，哪得不令小弟佩服倒地！”正自说道，忽见后面走出两个妇人，齐声喊道：“叔叔久违了，叔叔可好吗？愚嫂这旁万福了。”

狄洪道一见,却原来是焦大鹏的妻子孙大娘、王凤姑二人。狄洪道当下也就一面答礼,一面说道:“嫂嫂安好!小弟托庇不过是平庸罢了。今日小弟却有累兄长,背走了不知多少路。兄长的神通,小弟真是倒头百拜。”王凤姑道:“这是他的惯技,也不算什么。”孙大娘道:“叔叔还不知道,他平时没有事,便出去各处游玩,说不定一日尽管走三四千里,也不知这腿劲从哪里来的?”

焦大鹏道:“你们哪里知道我本来善走,从前一日可走三四百里,自从傀儡老师传授了我御风的法子,我便可以乘风而行了,走来毫不费力,但凭着风而行,所以每日可行三四千里。不然如遇大江大海,又怎么能过去呢?”狄洪道道:“原来兄长有此神术,所以走得这般快。”当下又向王凤姑、孙大娘说道:“闻得兄长说及二位嫂嫂已生有两个侄儿,请嫂嫂抱出来,与小弟见见。”

王凤姑道:“丑小孩子,要讨叔叔见笑呢?”孙大娘道:“不管他丑不丑,好在叔叔是自家人,又怕什么见笑?但是初见面,叔叔曾带得什么见面礼儿来与两个小孩子呢?”狄洪道道:“这是有的,不过菲些罢了。”焦大鹏道:“你们也太老实了,人家还不曾见着小孩子,就要人家见面礼,幸狄贤弟是自家人,若是别人,岂不被人家笑话?”王凤姑道:“正为叔叔是自家人,不然我们也不说这话了。”说着,二人走入后面。

不一刻,各人抱一个小孩子出来,向狄洪道说道:“狄叔叔在上,侄儿见礼了。”说着,抱了小孩子点了两点头。狄洪道便走过来抚摸一会儿,只见一个面目恰似焦大鹏,那一个酷似王凤姑。因道:“这两个侄儿,倒也罢了,一个相父,一个相母,真是可爱之至!”又问道:“哪个大些呢?”王凤姑指着自己的说道:“这一个大一个月,是去年正月廿四生的。”又指孙大娘抱着的那个道:“他是二月廿五生的。”狄洪道又问:“这两个叫什么名字呢?”王凤姑道:“我这个唤世昌。”孙大娘接着道:“他唤世荣,乳名唤寿儿。”王凤姑道:“他乳名唤喜儿。”

狄洪道便望焦大鹏道:“兄长真好福,有此两个侄儿,后半世也可享福了。”焦大鹏道:“说什么享福不享福,不过因不孝有三,无后为大,有此两个小畜生,可以告父母于无罪罢了。”狄洪道此时便在腰间摸出两锭银子,每锭约五两重光景,喜儿、寿儿各给一锭,说道:“此不过些须薄物,聊为两侄添寿,随后再补便了。”王凤姑、孙大娘齐道:“我等不过是句笑话,难道真要叔叔初见面之礼吗?”

焦大鹏道:“都是你们说,人家未曾见着小孩子,你们就向人家讨,现在人家拿出来给小孩子,你们又说是取笑,当真要见面礼吗,这不是都由你们说吗?在我看来,在先既托老实向人家讨,此时人家给小孩子,爽性老实到底收下来,不要学这两张婆婆妈妈的嘴了。”王凤姑、孙大娘听说齐笑道:“既这么说,就多谢叔叔厚赐了。”又将两个小孩子抱过来,给狄洪道拜谢了一回,然后才把小孩子送进去。便到厨房内做饭。

一会儿将饭做好,拿出两副杯箸,在堂前桌上东西摆定,又复进去取出两壶酒来,接着搬了五六样菜,一齐摆在桌上。焦大鹏邀狄洪道西向坐定,自己东向相陪,二人便对饮起来。

王凤姑、孙大娘在旁说道:“我等不知叔叔惠临,匆忙间也不曾备得一两件菜,多多简慢，只好请多用两杯酒吧。”狄洪道谢道：“有累嫂嫂费事，实在过意不去。”焦大鹏道：“我看你们都不要说客气话了。没菜已经没菜，说了这闲话，还是就算好菜不成；费事已经费事，说了这话，还是就不费事不成？”说得狄洪道及王凤姑、孙大娘皆大笑起来。

王凤姑、孙大娘又带笑说道：“总像你一句客气话儿都不会说，只知道有酒吃酒，有菜吃菜，吃过了高起兴来，便出去溜腿劲，动辄走三四千里。只要人家说你走得快，你便得意非常。”焦大鹏道：“天下事总要心口相应。我看现在世上的人，皆是嘴里说得如花如锦，叫人耐听，其实心里不是如此。就如你们今日做了这两件出来，在你们心里已觉得很费事，很过得去，嘴里偏说是没有莱，很简慢，这就是心口不相应。狄贤弟心里未尝不以这两件菜不好，又实在太菲，且明知你们并不曾费事，偏要说你们费事，他自过意不去，对不起你们两人，也算是心口不相应。在我看来，嘴上又何必说得好听呢？”

王凤姑、孙大娘、狄洪道三人听了这番话，复又大笑起来。狄洪道当下又道：“焦大哥，小弟有一句话，倒要驳你。你说小弟心口不相应，两位嫂嫂心口不相应，我们的口，姑作隐藏不起来，难道你看得见我们的心吗？倒要请教请教，我的心到底是什么样儿？还得大哥演说一遍，方使我们佩服。不然，又何以知道我们是心口不相应呢？”王凤姑在旁说道：“狄叔叔，你这句话说得真痛快，偏要问他，我们的心是个什么样儿？”

焦大鹏道：“你们的心我皆看见，都是外面光明，其实中间皆是空的；而且你们两人，不但空，还有些黑点子，我这话可说得对吗？”当下王凤姑将焦大鹏啐了一口，道：“我看你不要嚼舌头了，只好饮酒吃饱了饭，好与狄叔叔安歇一宵，赶紧到吉安去吧。”不知焦大鹏尚说出什么话来，且听下回分解。

第一百三十八回　焦大鹏初见王元帅　玄贞子遣盗招凉珠

话说焦大鹏听了王凤姑叫他快些吃饭，好安歇一夜，便与狄洪道赶往吉安而去。焦大鹏便同狄洪道又饮了两杯酒，即刻将饭吃毕，收拾床铺，与狄洪道安歇。次日一早，用了早点，即与狄洪道回转吉安。在路行程，也无多日。

这日已到吉安大营，狄洪道先自进营，与王元帅缴令，并将相遇焦大鹏，说明师父漱石生已先来营，未曾到岳阳楼的话，先说了一遍。复又禀明元帅：“焦大鹏已来，现在营外。”王元帅听说，当下说道：“将军令师尊已于十五日前，到了此地，现在后帐。焦义士既已前来，就烦将军请他进帐，以便本帅相见。”狄洪道答应一声，即刻出了大帐，到了营外，将焦大鹏请进来。

王元帅一见大鹏，即降阶相迎，又将焦大鹏邀入大帐，与他分宾主坐定。焦大鹏首先说道：“某久仰元帅大名，如雷贯耳，早欲趋前请安，奈元帅军务倥偬，不敢造次。今奉敝师伯玄贞老师之令，前来效力，才得仰见威仪，就此一见尊颜，足慰平生之愿了。以后元帅如有差遣，某当效力不辞。”

王元帅也谦逊道："本帅亦久闻诸位将军谈及义士忠肝赤胆，本帅亦亟思仰晤芝仪，只以军务倥偬，王事鞅掌，无缘得见。今幸惠临敝营，真是万千之幸！以后尚多借重之处，还乞相助为荷。"焦大鹏道："元帅如有驱使，定当效劳。"

王元帅又谦逊了一番，然后又向大鹏说道："义士曾见过诸位仙师吗？"大鹏道："尚未谒见。"王元帅道："漱石生、海鸥子、一尘子、一瓢生、鷦寄生、河海生、独孤生、玄贞子共计八位，皆在后帐，义士欲相见，可请狄将军引带前去便了。"

焦大鹏当即辞退出来，便与狄洪道到后帐参见玄贞子等人。玄贞子一见大鹏到来，甚为欢喜，因即说道："我们皆已到此，不知你师傀儡生，何故迟迟至今日尚不曾到。"焦大鹏道："不知我师父可知道这里的事吗？"玄贞子道："他怎么不知？我们还是他相约的。譬如请客，客人已俱到来，主人尚未见面，这可不是笑话？"

焦大鹏道："或者我师父另有他事相羁，故尔迟迟，他老人家既然知道，又邀诸位师伯、师叔到此，他老人家断不误事的。好在今日才三月十九，距四月十五还有二十余天，似乎也来得及。"玄贞子道："贤侄有所不知，这非非大阵，尚需好几件宝贝，要分别去借来，然后才能破阵。现在一件未得，若再迟延，哪里等得及呢？"焦大鹏道："需什么宝物？徒弟尚可取得吗？"

玄贞子道："眼前即有一件，名唤招凉珠，是破阵最要紧之物，能先将此物取来，究竟到了一件。"焦大鹏道："这招凉珠何处有呢？"玄贞子道："这招凉珠宸濠那里就有，不过他深藏内府，难得出来，必须前去盗回方好。"焦大鹏道："不知他收藏何处，即使去盗也是枉然。"玄贞子道："他那招凉珠我却知他收藏的地方，但是甚难到手。"

焦大鹏道："只要知道所在，哪怕升天入地也要盗来。师伯何不将他收藏的地方说出来，或者徒弟前去一趟盗来，亦未可知。设若盗不来，也好再作良策。"玄贞子道："某也想如此，但贤侄前去务要留心谨慎方好。"焦大鹏道："若使徒弟前去，徒弟敢不小心！"

玄贞子道："既是如此，他这招凉珠，现收在宸濠卧室之内，碧微王妃第十六个皮箱之中，用楠木小盒收贮，盒盖上糊作宋锦。所难取者，须将那十六个皮箱搬运下来，然后才好翻箱倒笼，寻找那楠木盒，便有招凉珠了。这招凉珠最易试验，只要将盒盖揭开，便有一股冷气，逼人毛发，此便是招凉宝珠。只因这第十六个皮箱内里面，藏的皆是珠宝，往往易于取错，故须格外留心。贤侄既是要去，我当回明元帅。好在一枝梅业已调回，就请元帅派令一枝梅与贤侄同去，究竟有个帮手。等将招凉珠到了手中，临行时务要留下名字，使他知道，才好使他引出个人来。不然这个人终不出来的。"

焦大鹏道："请问师伯这人究竟是谁呢？要引他出来何用？"玄贞子道："此时不必再问，随后自然知道。"焦大鹏只得惟惟答应。你道玄贞子欲引出一个人，究竟是谁？要他出来何用？诸公不必作急，看到那里自然得知，此时若便说出，即非作书者欲擒故纵的法了。

当下玄贞子率同焦大鹏进了大帐，与王元帅说明一切。王元帅答应，就命一枝梅与焦大鹏同去。你道玄贞子如何要使一枝梅同去？只因一枝梅到宁王宫里已非一次,焦大鹏的本领虽比一枝梅高强,路径却不如一枝梅熟识,所以使一枝梅同去。一枝梅奉了王元帅之命,哪敢怠慢,当即扎束停当,便与焦大鹏出得大营,赶紧往南昌而去。在路行程,不过两日,已经到了南昌,当下寻了客店,暂且住下。

等到夜间,二人便出了店门,直往宸濠宫内而去。一枝梅本是熟路,他就领着焦大鹏一路行来,直到碧微王妃宫内屋上停了脚步。二人就先在屋上,伏下身子,侧耳细听里间的动静,曾否安睡。细听了一会儿,并不闻有声息,焦大鹏便暗暗与一枝梅打了暗号,一枝梅会意,焦大鹏早飞身跳下房檐。有人说他身如落叶,还是冤屈他的,真个是一毫声息全无。已经到了院落,复进一步,走到宫门口,细细一听,只听里面有两个人低低说话的声音。

焦大鹏听不出来说的是些什么话,又不知这两人是否宸濠与碧微王妃。因又复行出来,绕到窗户口,用津唾将窗纸沾湿,戳了一个小孔,便向里面细望。只见里间灯烛辉煌,上坐一人,却是个藩王的打扮,焦大鹏知道必是宸濠。靠着宸濠肩下,斜坐一人,是个妃子的模样,焦大鹏也知道这定是碧微妃子了。只见他二人坐在一处低低地谈心,还是听不出来说些什么话。

看了半会儿,但见宸濠将碧微妃子抱入怀中,用两手将碧微妃子的脸捧了过来,先在她依偎了一会儿,然后代她将外衣脱去。碧微妃子便站起身来,坐在一旁。宸濠自己便去宽衣解带,不一刻,宸濠脱去外盖,露出里衣。复又到碧微妃子面前,将她抱在腿上,代妃子解去里衣的纽扣,又代她将怀打开,露出大红盘金绣凤的兜子。宸濠便伸手怀中,去抚摸她的双乳,两人相偎相爱,好不亲热。

焦大鹏正在那里出神细看。心中骂道:“奸王奸王!你指日就要身首异处,现在还这般作乐。”正暗骂时,忽见碧微妃子微启樱唇,倦舒杏眼,向宸濠秋波一盼,说一声:“王爷,时候不早了,安息吧!”宸濠答应道:“美人!孤也知你情不自禁了。”说罢,就将碧微妃子拥抱上床,登时将帐幔放下。

焦大鹏在外,又等了一会儿,里间已无声息,便思破扉直入。复又转念道:我何不如此如此?正要回转身来,与一枝梅说话,忽听一声大喝道:“有刺客,速速捉拿!”焦大鹏一闻此言,登时双足一蹬,已蹿上屋面。焦大鹏才上了屋面,那下面的人也飞身上来,焦大鹏见随后有人追来。此时一枝梅早已知道,即与焦大鹏二人越屋蹿房,如旋风般蹿去。

看看到了前殿,正往前跑,忽见迎面来了一人,大喝一声:“该死的贼囚,向哪里跑?”说着一刀飞砍过来。不知焦大鹏、一枝梅二人性命如何,且听下回分解。

第一百三十九回 焦大鹏设计盗宝 一枝梅奋勇杀官

话说焦大鹏、一枝梅二人正往前跑,忽见迎面来了两人,喝一声拦住去路,各人一刀,向他二人砍到。焦大鹏、一枝梅也不答话,赶着迎敌,且战且走,不一会儿已出了宁王府。只见他二人行走如飞,登时已不知去向。那赶他的二人,见追赶不着,也只得回宫而去。

当下宸濠听说外面捉拿刺客，只得心惊胆战，与碧微妃子坐了起来。一会儿有人来报说："是刺客未曾拿住，已被他走了。"宸濠听说刺客已走，当令众人小心防护，他仍去安寝。次日一早起来，又命人各处擒拿，不许将刺客逃走去了。

且说焦大鹏、一枝梅二人出了宁王府，互相议道："我等招凉珠既未盗出，又被他宫里人瞧破，此时城内断不可住。不如且自出城，暂宿一夜，明日夜间再行前去，总要将那招凉珠盗回，方显我等的本领。不然我辈英名，行将伤去。"

焦大鹏道："贤弟，我有一计，明日可将此珠盗出。我料宸濠今既知我们前去，明夜断不敢仍住那里。无论他住在何处，贤弟可在前殿放火宸濠必然惊慌，大众保卫之人，如太监等类，亦必往前殿救火，那时便去盗取招凉珠。吾料此珠必为愚兄盗出，所谓声东击西之法也。不知贤弟以为何如？"一枝梅道："此计大妙！但恐防护太严，我们难于入内。"焦大鹏道："不妨，且至明夜到了那里，再看光景。"说着二人已飞出城外，就于古庙中暂息了一夜。

挨到次日傍晚，方敢出来，就近买了些干粮，吃了一个饱。又拣那城头上防范稍疏之处，二人飞身进城，一直又来至宁王府。他二人却是熟路，便拣那僻静之处，慢慢地走到宫内，先在荷花池中间一座小亭子上歇了好一会儿。只因这座荷亭，是宸濠夏间消夏常至之所，现在却无人前来。二人等到三更时近，出了花亭，又往各处转了一会儿。见宫里已是静悄悄无人往来。一枝梅便带了火种，走到前房廊房上，将火种取出，先就廊房放起一把火来。不一刻，已是火窜屋顶。

守前殿的太监，此时正在那里打盹，从睡梦中惊醒，一见东廊上火起，即刻大喊起来，各处喊人前来救火。登时那些看守宫门的护卫，也就率领众人，齐至前殿，催督救火。此时已有人报进宫去。宸濠一闻前殿火起，也来不及追问缘由，即刻带了十数名小太监，走出宫来，看人救火。只见风趁火势，火趁风威，那一片红光，烛照里外。

此时一枝梅见大众皆到前殿救火，他复又到厨房内放起一把火来。前殿尚未救熄，忽又有人从后面报到前殿，说厨房内火又起了。那些救火的人，这一听好不惊讶，宸濠就疑惑起来。当下说道："你等可赶速分别前去！孤料定必有奸细前来放火，不然此处火尚未熄，那里倒又火起；若非放火，断未有如是之巧。"大家一听，都道："千岁之言，甚是有理。"就即刻分别救火的救火，拿人的拿人，乱乱哄哄忙无所措。

焦大鹏先见前殿火起，他便趁此时到了碧微妃子宫中，先在外面听了一会儿，见卧房里面并无人声，他又不知宸濠果在此否，心下暗想：若不如此如此，再迟便来不及了。一面暗想，一面将怀内所带的鸡鸣五更断魂香取了出来，将香燃着，向卧房内送进。不一刻，那香气散布房内，无论他什么人登时就昏迷起来。

焦大鹏料药性已透，即便将窗格拨开，鼻中塞了一团解药，飞身入内。只见东首真个堆着两排朱红漆皮箱，他便从上排第一只数起，数到下一排第十六只，心中暗想："光景就是这皮箱了。"当下将上面七只一口气搬在一旁，即将手中刀拔出来，认定皮箱盖上一划，便把箱盖划开，即在内搜寻。翻倒了一刻，果见有个宋锦的小方盒子。他便取在手中，将盒盖揭去，就灯下细看。才将盒盖揭开，只见一股寒光逼人肌骨，再一细看，内有明珠一颗，有龙眼大小，光明璀璨，真是可爱。因即收入怀中，仍代他将皮箱堆好，即刻出去寻找一枝梅去了。

哪里知道出得房来，才飞身上屋，但见火光中有一丛人围住一枝梅厮杀。焦大鹏一见，哪敢怠慢，也就上前相助一枝梅战斗。你道一枝梅如何被人看见？只因他在厨房内放火，前殿上救火之人，闻知后面又火起，因即分别出去救护。宸濠又命众打手，以及护卫各官往各处搜寻奸细。众人正在各处搜寻，却好一枝梅正往碧微妃子宫内探看焦大鹏的消息，不期两边遇见，因此大杀起来。一枝梅抖擞精神，力战十数个大汉。那些宫内的护卫虽然本领不甚高强，却皆是有力之人，不似一枝梅身轻如燕，所以厮杀了半会儿，众护卫虽未败下，却也不能取胜。一枝梅就凭着蹦纵蹿跳，遮拦躲闪，却也未曾吃亏。此时宸濠也知道有了奸细，众护卫战他不下，宸濠也即刻传令飞奔命邺天庆进宫，帮助捉拿奸细。

邺天庆一闻宸濠之令旨，哪敢怠慢，登时点了三军，蜂拥入宫而来。邺天庆到了宫中，一见屋上一人，早知道是王守仁的部下，也便登时飞身上屋，再一细看，却是一枝梅。当下大喝道："一枝梅匹夫！你胆敢一人进宫何故，敢是做刺客吗？"

一枝梅正在那里与众人厮杀，一听有人喊他的名字，他也应声答道："你是何人？既知老爷的大名，就应该早早退下，不必多事，免得为老爷刀下之鬼。快通名来，好让老爷送你的性命！"邺天庆道："我乃大将军邺天庆是也！尔等务各努力，不要放走了这厮，本将军来也！"说着便一个蹿身，到了一枝梅面前，举刀就砍。那些众护卫见邺天庆已到，大家反不动手向前。

你道只是为何？原来邺天庆生性如此，不要人助他，好似有人助他，就怕旁人分了功去一般，所以大众皆知道。只也是一枝梅合该无事，因此遇了邺天庆来。

当下邺天庆一刀砍到，一枝梅赶着相迎，将邺天庆的刀架开过去。邺天庆又复一刀砍来，一面问道："尔这厮不怕死吗？胆敢到此行刺。"一枝梅也就一面迎敌，一面喝道："本将军看你死在目前了，尚不知道吗？本将军并非来行刺，实不相瞒，是来取碧微妃子那里的招凉珠的。告诉你，现在宫内不是本将军一人，诸位英雄全行在此，逆贼宫内已经布满了。宸濠此时想已身首异处了，你尚睡在梦中呢！"

邺天庆听了这番话，虽是半信半疑，见他说出来盗珠，却是甚为相信。你道为何？原来非幻道人摆了非非阵之后，即绘图呈进宫来与宸濠观看，每一门皆有图说，所以邺天庆也知道这招凉珠是破阵的宝物。因此听了一枝梅的话，不觉吃了一惊。合该邺天庆遭殃，就这一惊，手中的刀慢了一些，早被一枝梅看出破绽，趁势就砍进一刀，却正好砍中邺天庆的腿上。邺天庆站立不住，登时从屋上滚跌下来。

一枝梅见邺天庆跌下去，正待要走，那些众护卫又复抢杀过来，所以焦大鹏远远望见一丛人在那里围住一枝梅厮杀。一枝梅正在抖擞精神力敌众人，忽见一个黑影飞到面前，登时那些众护卫就有两个身首异处，跌倒下来。一枝梅再一细看，见是焦大鹏。当下问道："那宝物曾到手吗？"焦大鹏道："得了。"一枝梅道："既到了手，我们走吧。"说着一个走字，只见他两人就从屋上两脚一蹬，已飞身离了此处。

那些众护卫还待要赶上前去，只见两条黑影晃了两晃，已不知去向。当下众护卫知道赶不上，也就各人跳下屋来，去报宸濠知道。宸濠不待众护卫去报，他却因郑天庆砍伤，已有人去报过了，所以他是早已知道的。又见二次的人报了进去，只把他唬得面如土色，半晌方说出一句话来道："一枝梅等既已逃走，孤可要进宫去，看看碧微贵妃现在是怎么样了！"毕竟碧微妃生死如何，且听下回分解。

第一百四十回　自然建议请鸿儒　余七回山延师父

话说宸濠见焦大鹏、一枝梅二人已走，便去碧微妃子宫中观看。到了宫内，并不见什么动静，先将帐幔掀开，向里一看，只见碧微妃子拥衾而卧，尚未睡醒。宸濠疑道："怎么奸细前来，将招凉珠都盗去了，何以贵妃还不曾惊醒？倒也奇怪。"因此便去呼喊，喊了半晌仍不见醒。宸濠又疑道："难道她吓死了不成？"因又近前细听，只听她呼吸不绝，并未吓死。宸濠更加疑道："这更怪了，何以睡得如此糊涂？"当下也就不再呼唤，便去唤那些宫娥，哪知再喊也是不应。

宸濠不知所措，复又走出来，喊了两个年老的太监进去，问明所以。内有个老太监说道："千岁，如此看来，昏迷不醒光景，是奸细用了迷魂香，才如此昏睡。奴才从前也曾听人说过，是凡受了迷魂香气，昏迷不醒者，但需用凉水在胸前激透，自然醒悟过来，否则等到天明也就醒悟过来。奴才看来，此时天已将近明亮，千岁且等一会儿，贵妃娘娘如果醒来则已，不然便用凉水去激便了。"

宸濠也就不言，便命那老太监将第十六个皮箱搬下来，看视检查，除招凉珠已为盗去外，看还有别样什么珍宝遗失。那老太监答应，即刻将皮箱搬下。宸濠一看，见箱盖系刀划开，便将箱盖揭开查看箱内的宝物，检查了一会儿，只不见了招凉珠，别样珍宝并未遗失。

此时东方已经发明，宸濠也甚困倦，即命老太监将皮箱堆好，把划开的这皮箱摆在一旁，以便收拾。老太监答应，宸濠便要去安歇一会儿。

正要去睡，忽听碧微妃子叹了一口气，宸濠赶着近前喊道："美人醒来！"碧微妃子听有人呼唤，也就睁开睡眼，向帐外一看，惊道："千岁此时还不曾安睡吗？"宸濠道："美人哪里得知？"因即将以上情形说了一遍。碧微妃子这才知道，也就惊恐起来。宸濠道："美人不必惊恐。招凉珠虽为盗去，所幸美人无恙，这还算是万幸。现在孤也困倦了，与爱卿再睡一会儿，孤便要升殿与各官议事。"当下宸濠也就宽衣解带安睡，直睡到次日午刻，方才起身。

再说外面救火的人将火救熄，也就各去安歇。到了次日午刻，宸濠升殿，当有李自然那一干人进来参见。宸濠便向众人说道："招凉珠为一枝梅盗去，倒是小事，惟虑王守仁那里必有能人帮助。不然何以知道这招凉珠是破非非阵的法宝？而况孤之招凉珠，虽非幻仙师亦不知道孤有此宝物。王守仁既派人前来盗取，他那里必有非常之人，这便如何是好？"李自然道："但据非幻道人那阵图上所说，破阵之法，不但招凉珠一物，此外法宝尚多。王守仁既知此珠可以破阵，安知不各处找寻宝物？某想他那里不但有非常之人，而且这人甚是厉害，若不早为防备，将来恐非敌手。依某之见，非幻道人与余七道人皆是一师所传，某曾闻余道人所言，他师父名唤徐鸿儒，道术高深。千岁何不及早饬令余七，去将他师父请来，以助一臂之力，将来事成之后，千岁登了大宝，封他一个法号，他也是乐从的。若不将徐鸿儒请来帮助，恐怕事到斗阵之时，非幻道人也非王守仁那里众人的敌手。某细想来，惟恐这些人还是从前破迷魂阵的什么七子十三生之类，千岁须要早作计议方好。”

宸濠道：“卿言甚善，孤也想及至此。即日就可差人前往吉安，请余七前去请他师父便了。但是差哪个前去？邺天庆昨又受伤，不能前往。军师之意，拟派何人前去？请军师分派便了！”李自然道：“这倒无须大将，只要令个心腹人前往吉安，促令余七赶速请他师父，须要千岁亲笔下道诏书，方可相信，且不敢推辞。”宸濠道：“诏书不难，军师可即将人派定，以便前往吉安便了。”

李自然当下答应，宸濠就在殿上写了诏书，交给李自然，好令心腹前往。李自然退出殿来，便差了个心腹，即日奉书驰往。暂且不表。

再说焦大鹏、一枝梅二人出了宁王府，当即飞奔出城，仍在那古庙内歇了一刻，等到天明，便一齐赶急遄回吉安。进了大营，见了王元帅，将招凉珠呈上，又细细说了一遍盗珠的情形。王元帅大喜，当命一枝梅、焦大鹏二人出去歇息。二人退出，又到后帐见玄贞子等人。

玄贞子见焦大鹏把招凉珠盗回，也甚欢喜。于是玄贞子即与海鸥子、一尘子、鹪寄生、河海生、独孤生、一瓢生等人议道：“今招凉珠虽已盗来，但是这温风扇现在徐鸿儒那里，光明镜现在余秀英那里，此两件宝物甚难盗得到手，哪位前去走一趟？”

当下河海生道：“小弟愿往徐鸿儒那里，盗他温风扇。”一尘子道：“小弟愿往余秀英那里盗光明镜。”玄贞子道：“此处若得二位贤弟前去，那就妙极了。”说罢，焦大鹏、一枝梅二人退去，河海生、一尘子二人也就起身，分别前去盗那温风扇、光明镜来。暂且不表。

再说这日非幻道人与余七二人接到宸濠诏书，说是招凉珠为王守仁派令一枝梅盗去，恐怕王守仁军中有了非常之人，非幻道人与余七不能抵敌，欲令余七请他师父徐鸿儒来帮助。非幻道人与余七二人看罢，互相说道：“千岁也忒多心，招凉珠虽为他盗去，只此一件，又何足济事？他不知这温风扇现在师父那里，光明镜在余秀英那里，这两件宝物缺一也不能破此大阵。就便他知道这两件宝物的所在，任他什么一枝梅本领高强，也不能前去盗窃。”余七道：“师兄，话虽如此，一枝梅这干人，却不能成什么大事，我恐那当日七子十三生又在此处，我辈可万万不是他们的对手。在小弟之意，既是千岁招呼我们将师父请来，不若小弟就前去请师父到此，究竟多一帮助。”非幻道人道：“贤弟既如此说，愚兄也不能执意，况有宁王的诏书，即烦贤弟前去一走。师父肯来更好，设若不来，务要请师父将温风扇收好，不要遗失，要紧，要紧！”余七答应，就即日起身，前往他师父徐鸿儒那里，请他下山助阵。

在路行程不过两日，已经到了山中，登时进去，当有小童子问道：“余师兄怎么又回山来？难道又打败了不成？”余七听了这话好生不乐，便对那童子正色道：“你小小年纪，不知道理，偏要多嘴乱说。现在师父在哪里，可即前去通报，就说我有要紧话与师父商量。”那小童道：“师父不在家，昨日才出去的。”余七道：“往哪里去了？”小童子道：“不知师父往哪里，但听师父招呼我们，不要乱跑，不过一二日就回来的。你如有要紧事，你就寻找师父去，如无十二分要紧事，就在这里等一二日，师父也就回来了。”余七道：“师父昨日出去，你曾见他带些什么法宝去吗？”童子道：“不曾看见，大约不过出去云游而已，也不见得有什么耽搁。据我看来，师兄还是这里等的好。”余七听罢，心中想道：“我便去各处寻找，怎知他老人家的所在，不若等他一两日再作计议。”主意已定，即便暂住下来。

一连等了两天，徐鸿儒果然回来。余七先与他见了礼，徐鸿儒问道：“现在你为什么复又到此？那里怎么样了？”

余七道：“自从徒弟与大师兄下山之后，与王守仁战了两阵，互有胜败，现在大师兄摆下一座非非大阵，敌将徐鸣皋已陷入阵中。不意王守仁那里又来了一班能人，十日前宁王宫内的那颗招凉珠，不知如何被王守仁那里的人知道，就令一枝梅暗暗进宫将招凉珠盗去，因此宁王好生担忧。说是招凉珠既被敌人盗去，则敌人中必有知破阵之人，恐怕大师兄与徒弟不是敌人的对手，故嘱令徒弟回山，务请师父前去一趟，助大师兄与徒弟一臂之力，务要将敌人打败。不然，宁王终不能成其大事。故此徒弟于前日就到此了，只因师父不在山中，所以在此守候两日。师父是与徒弟一齐下山，还是徒弟先往，师父随后就来？请师父示知。只因那里军务甚急，恐怕不日就要大战了。”

徐鸿儒听了这话，沉吟不语。不知徐鸿儒果下山否，且听下回分解。

第一百四十一回　徐鸿儒下山奉伪诏　河海生盗扇得真情

话说徐鸿儒所了余七这番话，沉吟了半晌，方说道：“王守仁那里究竟是些什么人呢？”余七说道：“光景还是七子十三生今又到此。先是傀儡生到来的，傀儡生未来之前，徒弟已与他打了两仗，都是大获全胜。自从傀儡生到此，被傀儡生用了替代之法。以后便接着是有败无胜了。若非傀儡生来，王守仁早已全覆了。”徐鸿儒道：“原来如此。但是你等却非是七子十三生的对手。今宁王既命你前来请我，为师的也只好下山一遭，与七子十三生斗一斗便了。”

余七道：“既蒙师父允诺，但不知何日下山呢？”徐鸿儒道：“事不宜迟，我今即便与你同往。”余七大喜，又谢道：“若得师父即日同行，将来大功既成，宁王登了大宝，师父自然是有封号的。”徐鸿儒道：“我今虽与你同往，我却要先去见见宁王，然后再去吉安。你可先回大营，叫非幻务必等我到了，再与敌人开战，万不可性急，要紧，要紧！”余七答应。当下徐鸿儒便收拾了些应带的物件，即便与余七下山。到了半路，余七便回吉安贼营，徐鸿儒便去南昌。

且说余七不日回到营中，告知非幻道人说，徐鸿儒不日即到，又坚嘱他务等师父到日再去开战，切切不可着急。非幻道人也就答应。

徐鸿儒这日到了南昌，便往宁王府而去，到了宁王府前，先与值门官说明，请他进去通报。值门官听说，哪敢怠惰，即刻通报进去，由宫门太监进内禀知。宸濠一闻徐鸿儒前来，好不欢喜，当即请他。宫门太监传出话来，值门官飞跑到外面，将徐鸿儒引领进去。到了宫门口，复由宫门太监引入内殿。

此时宸濠早已具了衣冠，在内殿恭候。一见太监引着一人进来，但见他头戴万字华易巾，身披鹤氅，手执拂尘，背后葫芦、宝剑，脚踏逍遥履，身高八尺，鼻正口方，两道浓眉，一双秀眼，颔下一部长须，飘飘然有神仙之概。

宸濠看罢，当即降阶迎道："孤未识仙师远临，有失迎迓，罪甚，罪甚！尚望仙师海涵才好。"徐鸿儒亦赶忙施礼道："贫道久仰千岁仁慈，早思趋叩天颜，只以疏懒性成，未曾到此进见。今蒙千岁降诏，想贫道有何德能，敢劳千岁存注吗？"说着，宸濠就让徐鸿儒坐下，又命人将李自然请来。

当下宸濠说道："仙师道法高深，孤久仰之至，只以无甚借重，不敢仰请玉趾惠临。今者王守仁猖獗异常，不久又将孤镇国之宝招凉珠，差派一枝梅盗去。孤此珠虽失，也算不了什么大事，惟虑他既得此珠，必去破令徒非幻仙师所摆的非非大阵。若但是王守仁部下如一枝梅等，尚不足以为患，有令徒在此相助，他等亦无能为也。不过有七子十三生暗助与他，令徒的道法固是高深，孤亦极其佩服，但究竟不如仙师之法术高明。孤恐令徒等非七子十三生的对手，故不揣冒昧，特请余令徒相请仙师下山，以助孤一臂之力。现在先封仙师为广大真人，俟功成之后再行加封法号。但愿早日成功，俾孤得以早定大事，皆仙师之所赐也。"

徐鸿儒见宸濠已封了他法号，当下就给宸濠谢过，复又说道："贫道何德何能，敢邀封号？第恐七子十三生神通广大，亦非贫道所可对敌。幸而有成，贫道固不敢妄邀封号，不幸而抵敌不过，还求千岁见谅，勿加罪戾才好。"宸濠道："仙师神通广大，想七子十三生亦断非仙师的对手。仙师而不肯为力则已，仙师而肯竭力帮助，断没有不庆大功告成的，总乞仙师相助为幸。"

徐鸿儒听了这番话，便高兴起来，当下说道："贫道蒙千岁知遇之恩，不次之擢，敢不竭力相助，以效犬马之劳！并非贫道口出大言，谅七子十三生不过聊仗剑术，妄自欺人。贫道既已到此，哪怕他七子十三生，就便十四子二十六生又能奈贫道怎样？贫道若不将他诛戮殆尽，贫道誓不回山。千岁但请放心，只管高坐深宫，以听捷音便了。"

宸濠听他如此说法，又引为己任，心中大喜。复又谢道："既蒙仙师见许，将来孤登大宝，仙师便是孤的开国元勋了。"徐鸿儒道："贫道哪敢妄想。惟望千岁早登大宝，上顺天心，下符民望便了。但贫道还有一言动问，现在千岁大将尚有几员？雄兵还有多少？尚请示知。"宸濠道："孤这里除大将邺天庆而外，雷大春现在据守安庆，未即调回。其余能征惯战之士，尚有二十余员，雄兵还有五六万。仙师如需调遣，悉听仙师主裁。"

徐鸿儒道："有此大将，有此雄兵，足敷调遣了。敢请千岁明日即分派雄兵五千、战将十员，与贫道带去，以便随时调用。"宸濠当即答应。徐鸿儒又道："余七之妹余秀英，现在千岁宫中，敢请千岁将她传出，贫道有话与她面谈。"宸濠闻言，也就即刻着人去请余秀英上殿。

登时就有太监前去，不多一刻，太监回至殿上禀道："余小姐忽然抱病，不能起床，叫奴才给千岁与广大法师告罪，并道广大法师有何话说，即请告知千岁，俟一经病好，当于千岁驾前领命便了。”徐鸿儒听罢也就说：“既是她抱病在身，不能出来，倒也不必勉强。就请千岁随后转告于她，叫她一经病好，即日趱赶前往吉安，贫道须要叫她听候差遣，因非非阵内必须她前去才好。”宸濠当面答应，一面就着人去传太医进宫，赶紧调治。

你道余秀英可真是抱病吗？诸公有所不知，她却另有一副心肠，随后自然知道。这也是明武宗气数不该尽，宸濠终不能成其大事，所以有此一段因果。若是余秀英果真与徐鸿儒前去，虽七子十三生也不能奏效。诸君勿急，等说到那里自然交代出来。

徐鸿儒当日就在宁王府住了一日。次日，外面已将五千兵挑好，十员战将也各人预备起程。先有人禀知宸濠说，将兵业已齐备，只候传令开队。当下宸濠又将徐鸿儒请来，问道：“现在兵将俱已挑选齐备，是否仙师压队同行，抑令他等前去？”徐鸿儒道：“就请千岁命众将前行，贫道也就告辞前去。”宸濠道：“孤本当相留盘桓数日，奈军务日急，不敢多延，好在后日方长，俟仙师大功告成，孤随后再慢慢领教便了。”说罢一面传令命众将即刻拔队，一面命人置备酒筵，为徐鸿儒送行。

不一会儿摆出酒来，宸濠请徐鸿儒上坐，李自然相陪，宸濠又代徐鸿儒把盏，三人欢呼畅饮，好一会儿这才散席。徐鸿儒即便告辞，宸濠送出宫门，方执手而别。徐鸿儒就此往吉安贼营而去。

且说河海生离了大营，前往徐鸿儒那里盗取温风扇。不一日已到，当即按下风轮，隐至徐鸿儒室内，探视一番。只见有两个小童在那里说道：“师父昨日下山到吉安营里，帮助大师兄摆阵，你看师父此去，究竟胜败如何？”那年纪稍大些的说道：“我看师父此去，定然大胜。将来大功告成，不但师父有了封号，就连大师兄与二师兄，也又有封号的。”

那年纪小的说道：“在我看来，恐怕未必。你不知道那七子十三生何等厉害，即以傀儡生一人的本领，我师父尚恐敌不过他，何况他那里有那么许多。就便师父本领再好，到底有个寡不敌众。”

那大的又说道：“不然，七子十三生虽然厉害，不过还是仗着他的剑法，须知我师父多少法术，移山倒海、撒豆成兵，七子十三生哪里有这等法术。而况师父还有一件宝贝。那柄温风扇，只要将那扇子一摇，引出风来，哪怕敌阵上有千军万马，只要受着这温风，登时浑身发软困倦起来，虽平时铜筋铁骨之人，到此也就不由自主的。有此法宝，还怕什么七子十三生吗？”

那小的又问道：“那里这温风扇，师父带去了吗？”那大的道：“你真糊涂！师父临走时不是特地到法宝房内取出来，装在他豹皮囊内，随身带去了吗？”那小的道：“无论他此去胜负如何，我总恨余七这王八，被人杀死，我才快心。”那大的道：“你为什么如此恨他？”那小的道：“我自有一件事，切骨至极。”要知小童子所为何事恨那余半仙妖道，且听下回分解。

第一百四十二回 同类相仇恨如切齿 终身谁托刻不忘心

话说那小童子恨余七有如切齿，那大的又问他道："你究竟为着何事，如此恨他？"那小的道："这话只能自己知道罢了，何能告诉你，就连师父也不能告诉。"那大的又道："你告诉我不要紧，我绝不代你告诉师父的。"那小的道："告诉师父倒不妨事，只是不能告诉你知道。"那大的又问道："好兄弟，你告诉我吧。"那小的又道："我告诉你，你就要取笑我了。"那大的道："我如取笑你，叫我不逢好死，将来定然死在刀剑之下。"那小的道："我告诉你，你千万不要笑我，不要告诉别人。"那大的道："我倒发过誓了，你还不信吗？"

那小的这才说道："自他摆了什么迷魂阵，被七子十三生破去之后，他便逃回山来。那时就该刻苦修炼，才是道理，哪知他在师父前却说得天花乱坠，背地里却无恶不作。那日顿生淫念，不知在哪里摄了一个民间的女子，来到山中，就在他卧房内与那女子云雨。那女子被他用了法术，昏迷过去，全不知道，一任他为所欲为。不知他与那女子正在房内高兴，我也不知道，无意走进他卧房去了。他一见我走进卧房，他就赤条条的下来，将我抱住，先向我说道：'好兄弟，你千万不要告诉别人，我只因欲火中烧，借此一解其火。而且只行一次，少时就将他送回去了。'那时我也不管他这事，惟有答应他而已。那知他不但不知羞愧，见我不与他较量，他以为我也是可欺的人。因又向我说道：'好兄弟，你可尝过这等滋味吗？'我被他这句话一说，我实在怪臊起来，却不曾回答他的言语。那知他看反了味，疑惑也要如此了，当下就说道：'好兄弟，你如不曾尝过这滋味，你就上去尝一尝。等你尝了这美人的滋味，然后我再把些好滋味与你尝，单看还是他的滋味好，还是我把你那滋味好。'说着就笑嘻嘻的，将我抱在他那赤条条的身上。我那时可真急了，我便向他说道：'你若再不松手，我就嚷了。'那知他还是不睬，后来我便嚷起来，他才松手将我放下来，你道可恶不可恶？后来我就想告诉师父，复又想道，大家头面攸关，所以直至今日，皆不曾说出。今日才与你谈及，这告诉你的，你千万不要告诉别人。"

那大的听了这番话，也就登时大怒起来，道："我还道他是个正经人，哪知他是个畜类。照这说法，真要将他碎尸万段才好。好兄弟，我今与你约，无论他此次胜负，等他回山时，我与你两人从今以后不要与他接谈便了。"那小的又道："你还望他回山么，我只愿他死在那里，被七子十三生将他捉了去，给他粉骨飏灰，再也不能投人类了。"

他两人在那里闲谈，同类嫉恶，河海生隐身黑处，却听了一个畅快。暗道："向谓邪教中无好人，看他这两个小孩童，不过都才十五六岁，就知道如此向善。只可惜投在徐鸿儒门下，现在虽然正道，惟恐将来习染坏了。"又自暗道："这温风扇既为徐鸿儒带去，谅来此处绝无此物，我何不赶紧回去，好到他营里去盗呢？"说罢即刻出来，飞身下山而去。

一路行来，真是他们会剑法的人，毫不费事。只见行神如空，行气如虹，不到一日,又回至大营,仍从空中落下。玄贞子等人一见齐道;"温风扇取回来么?"河海生道:"温风扇却不曾取回,倒听了一件的确新闻事。"玄贞子等人复又齐声问道:"什么的确新闻?"河海生就将听见那两个童子的话说了一遍。

玄贞子道:"他那温风扇何尝不是如此,所以要他这扇子带进阵中,才可以解那冷气。譬如腊月天时,遇见那极冷的风,将水吹得都成了冰,人也冷不过了,忽遇见一阵热气,那水也就解化,人也就舒畅。到了春天,那些水被风一吹,也就解化开来。又如春夏之交,那温风吹到人身上,人就登时困倦,必得要受些凉气,方才舒展。所以要这扇子进阵,有此温风,可以吹散他那种冷气,就是这个道理。今既被他带来,不在他山中,此事贤弟却去盗不得,必须待傀儡贤弟到来方才可以前去。"河海生听了这话,自知本领不如傀儡生高明,也就唯唯听命。

再说一尘子去到宁王府中余秀英那里盗取光明镜,这日已到了宫中,先去寻找余秀英的卧房。可巧并不费事,才至宫门已瞧见他的卧房了。一尘子便轻轻落下,站在窗外静听。

只听里间说道:"可怪我哥哥不知时务。王守仁那里,有那许多非常之人保护于他,他偏要与他们相斗,眼见得一败涂地,性命还是不保。我从前也是糊涂,只道天下人除师父而外,再没有能人,那里知道强中还有强中手。就便我师父今已下山,也敌不过七子十三生他们一众非常之人。别人的本领我却不曾经验,就是那傀儡生,从前来救徐鸣皋的时候,我虽将天罗地网前去拿他,他却毫不惧怕。不但拿他不住,被他逃走,末后我反上了他的诡计,将徐鸣皋带出宫门,我只落得白费心机,徒然失身于人,也不能遂我之愿。昨者闻得徐鸣皋陷入非非阵内,近来又不知他性命如何,好叫我无法可想。可笑我师父,也要叫我前去帮他摆阵。如此看来,我师父也是逆天行事。"说罢又叹了两口气。

一尘子在暗中听得清楚。暗想:"可见女人还是随夫的心重,徐鸣皋不过与他三五日的夫妻,他就时刻不忘,连哥哥、师父都怨恨起来了。"复又喜道:"难得他如此不助宁王,我何不如此如此去说他一番,或者他可以将那光明镜送与我,也未可料。"主意已定,即刻走进房中。

余秀英正与他两个丫鬟拿云、捉月在那里谈论,忽见房外走进一人,也是道家装束,心中便吃一惊。当下喝道;"你是何人,胆敢到此何故?"一尘子不慌不忙说道:“小姐勿庸惊慌,本师系是徐鸣皋相烦前来送信,望小姐前去搭救他性命。”余秀英一听,登时面上羞得通红,强颜怒道:“徐鸣皋是谁?我又与他毫无瓜葛,为什么他要求救于我。你可快快出去,不要惹了我性子,我若反转脸来,可不认得你的!”

一尘子暗道:“他这反唇相讥到也好笑,我若不给他个真情实据,他还要抵赖无因。”因又说道:“小姐,你莫要强辩,可记得结十世姻缘时乎?若问本师何人?傀儡生系与本师的至好朋友,本师便是一尘子是也。今者实不相瞒,是前来奉借一物。本要暗中盗取,只因方才听得小姐大有改邪归正之心,而且念徐鸣皋不置,本师是徐鸣皋的师伯。因小姐与徐鸣皋尚有夫妻之情,所以才现身进来,说是徐鸣皋特烦本师前来求救。小姐,你若念徐鸣皋之情,他今虽陷在阵中,尚无性命之虞,也无须小姐前去救得。但小姐这里有一宝物,只需将此物交给本师,徐鸣皋便可救出,将来还可与小姐终身团圆。虽徐鸣皋刚强不屈,他不过是不降宸濠,并非忍弃小姐。小姐若有心于徐鸣皋,即将所借之物交出一用,否则本师却也不敢勉强,本师自有妙法盗取。那时,可不要怪本师不做美满人情,还得小姐三思为是。”

余秀英听了一尘子这番话,心中暗道:“我的心事却全被他知道。但是他虽如此说,我却从未见过他,何能以他所说为凭,又不知他向我所借何物。他若果真可令我与徐鸣皋结那十世姻缘,我一身骨肉皆是徐鸣皋的,又何惜身外之物,不必说一件,就便全行与他,只要将他救出来,又何尝不可。若是他故意拿这话来骗我,我将宝物交付与他,我岂不受了他骗。若不将宝物借与他,万一徐鸣皋竟陷在阵内性命难保,不又误了我终身大事。”左思右想,实在难以决断。

一尘子见他沉吟不语,已知道他的心事。因又说道:“小姐莫非见疑本师吗?若果见疑本师,是不难,本师还有一言,可为小姐设一计策,管使小姐两面俱到,既不见罪于宁王,又不漠视于鸣皋。将来大功告成,本师包管你个月圆镜合,但不知小姐意下如何?”余秀英听了这番话,因便说道:“既蒙老师见爱,即请示知,以便斟酌便了。”毕竟一尘子说出什么话来,且听下回分解。

第一百四十三回　一尘子劝秀英归诚　徐鸿儒约守仁开战

话说一尘子见问,因道:“本师之意,所谓两面俱到者,只因方才听小姐之言,有谓徐鸿儒使令小姐前去助阵,小姐不愿前去。在本师看来,小姐既无附逆之心,不妨将计就计,前到吉安。外行以助阵为名,内却以归正为实。到了那里,不必一定将徐鸣皋送出阵来,只要将他安顿一所好好地方,使他毫不受害,等将妖阵破去之后,小姐便可与他一同出来。那时徐鸣皋知小姐相救与他,人就无情,岂有绝决之理。就便他任意绝决,好在本师等皆在那里,不但本师可以相劝于他,且可禀明王元帅,请元帅作主,哪怕他不肯相从吗?但有一件,本师奉借之物,可要小姐先交给本师。本师拿了此物回去,就可先在元帅前申明了。不知小姐尚以为然否?还请三思,以定行止。”

余秀英听了此言，暗道："此话倒也不错，我何不就如此如此，岂不较为妥当吗？"因即答道："蒙老师见教，敢不遵命？但老师既可先代为在王元帅前申明，何不就烦老师引领，先去见了元帅后，当面与元帅约定，克日里应外合如何呢？"一尘子道："如小姐能如此，那更妙了。本师又何必不为小姐引领。"

余秀英道："老师既然允诺，既请老师示知所需何物。"一尘子道："本师所借者，系小姐处光明镜耳。"秀英道："此镜昨为宁王借去，现不在此，容向宁王处取回，即便与老师同去便了。还有一事与老师相商，我这两个丫鬟，向来随身相伴，名虽主婢，情同骨肉一般，以后还请老师与徐鸣皋一言，使他纳为侧室。"一尘子道："此事更极容易，在我便了。"说罢便欲出去。

余秀英又道："此时老师欲往何处？"一尘子道："此处不便久留，我先回吉安去。"余秀英道："老师先回吉安固是大好，但请老师即与王元帅言明，奴家三日后定到。日间可不便相见，耳目众多，恐防泄露，请约定三日后三更进见便了。"一尘子道："如此更好。"说罢便即飞身出了宫门，只见一道白光，已不知去向。

余秀英暗自想道："此人有如此本领，我师父、哥哥欲与他们比试，不败岂可得乎？"说罢，当日即往宁王宫中见了宁王，说明前日抱病，业已痊可，即欲前往吉安，帮助师父、师兄破敌，并将光明镜讨回。宸濠闻言喜不自胜，当下说道："难得仙姑助孤共成大事，将来功成之后，孤定不忘仙姑之功便了。"余秀英便反辞说道："臣妾惟愿千岁早早离了南昌，以图长久之计，非惟千岁之幸，亦薄海人民之幸也！"宸濠大喜道："总赖仙姑之力，与孤成功。"

说罢，余秀英告退出来，回到自己卧房，即与拿云、捉月两个丫头收拾了一夜，将所有物件全行带在身旁。到了次日，便同两个丫头出了宫门，前往吉安而去。余秀英虽不似七子十三生有御风的本领，她却有块手帕，名曰行云帕。只要将此帕念动真言，站在上面，这手帕便可腾空飞去，所以叫行云帕。余秀英与两个丫头到了宫外，就将行云帕祭起，三人站在帕上，一霎时出了南昌城，直往前途进发。这且按下。

再说一尘子回到大营，先将余秀英如何思念徐鸣皋，如何弃邪归正的话，说了一遍，告诉玄贞子等人知道。玄贞子等人听了此言，也甚欢喜。一尘子又将如何借宝，劝她归降，余秀英如何要见王元帅的话，又说了一遍，玄贞子等人更是大喜。当下便道："何不此时就禀明王元帅得知，好使王元帅也知道其中情节。"一尘子答应，因与玄贞子等人一同来至大帐。

王元帅见他等进来，当即让了座，大家坐定。王元帅先问道："诸位仙师前来，有何见谕？"一尘子便道："特来为元帅送一喜信。"王元帅道："两兵相对，胜负未分，妖阵罗列，尚未去破，何喜之有？敢请诸位仙师明以教我。"一尘子道："此却实是一件极大的喜事：元帅指日即得一员女将，破阵又在此人身上，解救徐将军出阵亦复此人功劳居多，岂得不与元帅贺喜吗？"

王元帅听了此言，实在不能明白。因道："诸位仙师虽如此说，女将却是何人？尚请详细示知。"一尘子道："此人却是余七之妹，名唤秀英。因仰慕元帅，欲来归顺。"王元帅道："仙师此言差矣。余七现为本帅仇敌，岂有我之仇敌，而妹欲归顺者乎？本帅却甚不可解。”玄贞子道：“元帅有所不知，其中却有缘故，容贫道说出，元帅就坦然不疑了。”于是玄贞子即将如何与徐鸣皋有十世姻缘，如何一尘子前去盗那光明镜，暗中听见余秀英思念徐鸣皋，如何一尘子劝其归降，余秀英如何要来求见，约期里应外合的话，说了一遍。

王元帅这才明白，当下也就大喜道：“这总是我主洪福齐天，所以有这般奇事。但不知这余秀英何日前来？”一尘子道：“贫道临行也约定，三日后夜半三更来见元帅。本当日间求见，只以耳目众多，恐有泄露事情，所以待至夜静较为妥当，这也是他谨慎之处。不过一件，破阵之后，设若徐鸣皋执意不从，还求元帅劝令徐鸣皋成其美满，不要辜负余秀英一片血诚。”王元帅道：“那个自然，本帅定与她做主便了。而况余秀英在先虽为叛逆之助，现在既有心归诚，又能助成大功，岂有令她大失所望之理呢？”

玄贞子等人见王元帅满口应承，好生欢喜，当下即欲告退。王元帅又问道：“余秀英既已归诚，她又能相助成事，但不知非非阵何日可破呢？”玄贞子道：“尚需稍待半月，便可去破阵了。现在还有一件宝物不曾取来，贫道本拟欲待傀儡生来，使他前去取此宝物，今余秀英既来归诚，这件宝物便可令余秀英就近盗取了。”

王元帅道：“究系何物？”玄贞子道：“此物名为温风扇，却在徐鸿儒那里。贫道也曾使一尘子前往徐鸿儒山中去取，后打听得徐鸿儒已经带来，又因他阵内一尘子不便去得，所以要待傀儡生前来。今有余秀英到此，这温风扇便可易得了。惟请元帅于余秀英来见之时，先令她将光明镜交下，然后再令她盗取温风扇，即日送来。想余秀英定不有负元帅的钧命。”王元帅听罢大喜。

玄贞子道：“贫道明日还要使徐庆去往九龙山，将伍天熊夫妇调来，同去破阵。只因伍天熊妻子鲍三娘怀孕在身，贫道算来将临产，所以要将他调来，使他进阵冲锋，还要使他在产后进阵，这非非阵就便于破了。”王元帅道：“以后破阵之事，应如何施行之处，悉听仙师主裁便了。”玄贞子又谦了一回，这才退出大帐。次日即命徐庆前往九龙山而去，趁此交代。一宿无话。

次日一早，守营官拿进一封书信来，递与王元帅观看。王元帅接过拆开一看，原来是徐鸿儒打来的战书，约王元帅即日开战。王元帅知道他有邪术，不敢批准。当下即将玄贞子等人请来，大家商议。玄贞子等不一刻进入大帐，王元帅就将徐鸿儒打来的战书与玄贞子等看过。

玄贞子说道：“元帅之意若何？”王元帅道：“本帅非不专主，只因昔日之政，是我为政；今日之政，便是诸位仙师为政了。还请诸位仙师商量，以定行止。”玄贞子道：“元帅若不批准，是见弱于他人。不若就批准，约他即刻出战。元帅可一面传齐诸将，出全队以击之，先示威严，以挫锐气，亦是好事。贫道当暗助元帅便了。”

王元帅答应，当下就将原书批准，交付来人带回。一面传令三军，即刻预备出队。因徐鸣皋陷在阵中，即令一枝梅为先锋，其余英雄如狄洪道、罗季芳、杨小舫、徐寿、周湘帆、王能、李武、卜大武、包行恭等人，皆为随营副将。此令一下，即刻各军戎装起来。王元帅亦复戎服戎装。炮响三声，登时一队队出了大营，直望敌寨而去。真个是军容之美，如火如荼。

不一会儿，前队已离贼营不远。一枝梅就令本部兵卒，一字儿摆成阵势，接着大队已到，也就将阵势摆开，只待两军开战。未知此战胜负如何，且听下回分解。

第一百四十四回　比剑术玄贞子对敌　助破阵傀儡生重来

话说官军与贼队两边列成阵势，官军队里一枝梅在先，王守仁在后，两旁排列着狄洪道、包行恭、杨小舫、周湘帆、王能、李武、徐寿、罗季芳、卜大武，并有牙将偏裨等人。贼队中门旗之下，立着三个道人：中间一个头戴万字紫金冠，身穿鹤氅，坐着是四不像，碧眼浓眉，方脸阔口，颔下一部虬髯。两旁有两个道童，一捧宝剑，一执拂尘，便是徐鸿儒。上首一个非幻道人，下首一个余七。以下又列着十员战将。

只见徐鸿儒骑着四不像从阵中出来，指名与王元帅答话。王守仁也就阵中到了战场之上。徐鸿儒在小童手中取过拂尘，向王守仁指手而言曰："你可是王守仁吗？"王元帅道："妖道既知本帅的威名，你尚不知敛迹，还敢助纣为虐，这是何故？"徐鸿儒道："本真人不笑你他事，只笑你太不识时务。宁王谦恭和顺，有帝王气概。我等将欲助彼自立，以代天顺民。你等偏不知天时，不顺人心，须欲兴师动众，徒然劳瘁士卒，使三军无辜受苦。你既逆天，敢与我真人一决胜负吗？"

王守仁大怒道："好胆大的妖道，敢自摇唇鼓舌，旁若无人，本帅若不将你捉住碎尸万段，也不见本帅的本领！"说着向左右说道："哪位将军将妖道擒来，以正国法。"话犹未毕，只见包行恭应声而出道："末将愿往！"说着一骑马已冲出阵去，大声喝道："妖道快通名过来，本将军枪下不杀无名之辈。"

徐鸿儒道："本真人看你胎气不尽，乳臭未干，敢在本真人前耀武扬威。若问本真人大名，乃宁王驾下新封广大真人是也。你亦须通个名来，好给本真人送你的狗命。"包行恭听罢大怒道："我乃王元帅麾下指挥将军包行恭是也。不要走，看我枪！"说着就是一枪刺去。徐鸿儒不慌不忙，将手中拂尘往包行恭枪下一架，说声："来得好，还不给我撒手！"话犹未毕，包行恭手中的枪也不知怎样的就落在地下了。

王守仁在阵中看得清楚，吃惊不小，恐怕包行恭有失，正要喝令旁人前去助战，忽见一尘子从半空中落下，站立徐鸿儒跟前喝道："好大胆的孽畜！认得本师吗？"徐鸿儒此时也正要捉拿包行恭回寨，忽见半空中落下一个道士来，拦住他去路，不觉大惊，也大喝道："你是何人？敢来挡本真人的去路。可快通名，好让本真人取你狗命！"

一尘子喝道："本师的大名不便与你知道，妖道休得猖狂，看本师的剑吧！"说着口一张，只见一道白光从口中吐出，登时一口剑盘旋飞舞，向徐鸿儒头上砍来。

徐鸿儒一见，知道是七子十三生中的人物，正欲取剑来架，却好童子将剑呈上，徐鸿儒急急取过，向空中一抛，喝声道："疾！"只见两口剑就在空中叮叮当当斗将起来，好似两条怒龙在半空中角力。一个是练就空中之气，费许多丹药而成；一个是全凭化外之邪，竟仗此锋芒抵敌。两口剑斗了有半个时辰，彼此不分胜负。

忽见河海生又从官军队里出来，走至阵前，也不答话，又从鼻孔中飞出一道白光，直奔徐鸿儒头上而来。徐鸿儒正欲分剑去敌，那边非幻道人已将宝剑掷到空中，敌住河海生这口剑，彼此又斗起来。四个人四口剑，盘旋飞舞，或上或下，或高或低，斗个不歇。贼队中余半仙就在这个时节，又将手中的剑向空中一掷，口中说道："速取王守仁的头来！"那宝剑就如能通灵性一般，能听余半仙的话，即刻飞向王守仁头顶而来，看看已到。

王守仁只见头上一道白光直望下落，说声："不好！"急往阵后退去，忽听背后鹪寄生一声说道："元帅勿惊，自有贫道抵敌。"王守仁闻言，再向空中一看，已见余半仙那口剑，被一道白光托住，在半空中乱击起来。王守仁这才放心。大家斗了一回，真个是仙家妙术，正能敌邪。

忽然，半空中一声响亮，徐鸿儒的剑被一尘子的剑削去一截，落将下来。徐鸿儒一见大惊，登时说声"不好"，即将拂尘向空中一掷。但见那拂尘到了空中，即刻也变了无数的宝剑，一齐去削一尘子的那道白光。一尘子虽然剑术高明，到此也有些惊恐，只因寡不敌众。

正在惊慌之际，忽听玄贞子一声喝道，走出阵来，向徐鸿儒用手一指，说道："妖道，你敢用邪术乱人耳目，待本师前来与你对敌。"说着，鼻中就吐出一道白光，飞向空中。口中又道："速变，速变！快去削击！"只看那一道自光顷刻也变了无数白光，先将徐鸿儒那无数的剑迎住，复又用手一指，只见那无数白光中又分出一道白光，直飞至徐鸿儒顶上，即往下砍。

徐鸿儒一见，说声："不好！"赶着在豹皮囊取出一物，如绣花针一般，放在空中。只见那花针迎风一晃，登时就如一根铁杵一般，在空中迎住那道白气。此时半空中煞是好看，忽如群龙戏海，忽如众虎争山，忽如万道光芒半天飞绕，忽如一条白练横上云衢。忽疾忽徐，或分或散。比之昔日公孙大娘舞剑，殆有过矣，无不及也。彼此又斗了一会儿，只见玄贞子将大袖一拂，口中喝道："还不代我归来！"那声道罢，那徐鸿儒的拂尘竟收入玄贞子袖内。

徐鸿儒大惊，暗道不好，即将豹皮囊内所藏的温风扇取出，向各人一扇。玄贞子知道这温风的厉害，当下便说道："好妖道，本师暂且回营，我今日权寄下你的首级，十日后当来破阵便了。"徐鸿儒见他不战，也就将温风扇收回，当下说道："你莫谓将本真人的法宝收回，以为无济，须知本真人法宝甚多。今日且各罢战，十日后当等你前来破阵便了。"说罢，两边皆鸣金收军，各人也将宝剑收回，一霎时天空云净，杀气消灭了。

王守仁率领众将收军回营，众将稍歇片时，王守仁便传齐众将，并请到七子十三生计议道："吾观徐鸿儒虽然左道欺人，也算是技术精明，不易破敌。方才看他那种法术，若非诸位仙师在此，本帅又为他所算了。但现在诸位仙师虽已允他十日后破阵，温风扇既未盗回，光明镜亦未送到，除此二者，断不可破那妖阵。若余秀英不来，这便如何是好？"

玄贞子道："元帅但请放心，贫道早料余秀英与徐鸣皋有姻缘之分，她必将光明镜送来。只要元帅于她面求时，元帅答应她事成之后，准她与徐鸣皋正配姻缘，她断无不竭力之理。但俟余秀英将此镜、扇两物送来，那时便可破阵。"

王元帅道："徐庆前往九龙山调取伍天熊夫妇，又不知何日可来。"玄贞子道："这更不烦心，不过五日后便到此地。贫道明日还要着焦大鹏回去，将他两个妻子孙大娘、王凤姑二人调来，帮助元帅立功的。"王守仁道："似此则焦义士回去，又于何日可来呢？"玄贞子道："他却更快了，虽不敢谓朝发夕至，极迟也不过三日便可齐来。"王守仁道："一切总赖仙师之力，以助本帅诛讨叛藩，破除妖道。"玄贞子道："贫道等敢不尽心！"

大家正议论间，忽见帐下走进四个人来，一路笑道："元帅久违了，元帅勿忧徐鸿儒、非幻、余七难除，非非阵难破，某等特地前来，以助元帅破诛妖道，建立大功。"王守仁细细一看，内中只有一个认得，却是傀儡生，其余三人皆不曾谋面。心中暗道："光景这三人也是他们一流。"因即站起身来迎道："何蒙仙师降临，以助本帅一臂之力，非是本帅之幸，实乃国家之幸也！"说着，傀儡生等四人已至帐上，王守仁让了座。

傀儡生四人又与玄贞子等八人说道："你等来得好早呀。"玄贞子道："总不似你们迟迟吾行，若再不来，我要预备去奉请了。"傀儡生道："早到与迟到同一到此，只要不误正事，又何必定分早迟。而况有大师兄在此布置一切，我等就早日到来亦不过听其指挥而已。今日到此，从此当听驱使便了。"玄贞子笑道："你此时来得正好，我正有件要紧的事，非你去不可。"不知玄贞子说出什么事，且听下回分解。

第一百四十五回 余秀英敬献光明镜 王元帅允从美满缘

却说傀儡生问道："究属何事，非我不行。尚望明以教我，好听驱使。"玄贞子道："只因一尘贤弟前去余秀英那里盗取光明镜，闻得余秀英颇念徐鸣皋，一尘贤弟即乘其机会，面与余秀英说明，劝其来降。秀英虽即答应于三日后到此，并送光明镜前来。今已交第三日，尚未见到，元帅颇以此为忧。所以欲令贤弟前去一走，使她早早前来。而况贤弟前曾为他两人结十世宿缘，此时前往究竟较别人着力。故此这件事非贤弟不行。"

傀儡生道："原来如此，兄岂令弟重为月下人乎？且俟今日夜半，看其来否。若果不来，小弟明日当即前去便了。"当下王守仁大喜，又与那三人通问名姓，原来是自全生、卧云生、罗浮生。王守仁又与他三人谦逊一回，玄贞子即邀他等入后帐而去。一枝梅等也就退出，各回本帐。

到了黄昏时分，玄贞子又命人出来与王守仁说道："今夜请元帅稍待，恐怕余秀英要来。若至三更以后不到，元帅再请安睡。"王守仁答应，那人仍回后帐而去。不一会儿王守仁用过晚膳，就在帐中取了一本兵书，在那里秉烛观书。看看将近三更，并无人来。又坐了一会儿，已是三更时分，仍不见动静。

王守仁暗自说道："光景今夜未必前来了，我何必在此久待，不如且去安睡，俟明日再请傀儡生前去一往。"正自说着，忽听帐外一阵风声过处，那帐中所点的蜡烛光晃了两晃，王守仁正要说这阵风来得好奇，一句话尚未说出，只见公案前立了三个绝色的女子:中间一个头戴元色湖绣包脑,一朵白绒球高耸顶门,包脑上按住一排镜光,闪烁烁光耀夺目。身穿一件元色湖绣紧身密扣短袄,腰系元丝带,下穿一条元色湖绣套裤,紧紧系着两只裤腿,脚踏一双皂罗鞋。由头至脚,周身元色,愈显得柳眉杏眼,粉脸桃腮。两旁站着两个女使,也是周身元色,虽不如当中一个美貌,却也生得体态轻盈。各人手执宝剑一口。

王守仁看了一回,只听当中一个娇声问道:"上坐者莫非就是王元帅吗?"王守仁见问,也就问道:"你系何人?问王元帅则甚?敢是要来行刺吗?"那女子又道:"何相疑之若是!一尘子岂未将情说明吗?"王守仁听说这句话,知道是余秀英了。便问道:"你莫非余秀英不成?"那女子道:"正是余秀英。但不知元帅现在哪里?一尘子现在何方?请即出来,我有话面讲。"王守仁道:"我便是元帅,有话只须讲来便了。"

余秀英听罢,跪下去先行了礼,然后站立一旁,说道:"罪女不识元帅尊颜,有惊虎驾,尚求勿罪。一尘仙师前者回营,不知曾否将罪女的委屈在元帅前面禀一切?现在何处?敢劳元帅饬令请来,以便罪女声明一切,并有要物留下。"王守仁听说至此大喜,即刻命人将一尘子请来。

一尘子听说余秀英已来,便拉了傀儡生一齐进入大帐,一见余秀英道:"小姐真信人也,可喜,可喜!"余秀英见一尘子进来,又见同来一人,仔细一看却是傀儡生。因先与一尘子施礼毕,复又问一尘子道:"此位莫非傀儡老师吗?"一尘子道:"正是。"余秀英即刻扭转身来,向傀儡生行了一礼,然后说道:"老师道法高明,久深景仰,前者多多蒙犯,尚求宽其既往,勿再挂怀为幸。"

傀儡生道:"不知者不罪,而况小姐今已有心归正,将来共立功业,真是难得。"一尘子便插言说道:"小姐前日所嘱各节,某已于元帅前历历言之,早蒙元帅俯允,可以勿再虑及。惟光明镜曾带来否?尚望早为留下。"余秀英道:"既蒙老师介绍,又蒙元帅俯如所请,区区之物,敢自失信?现已带来,即请察核。"说着就在腰间取出一面小镜,约有酒杯大小,递给一尘子手中。

一尘子接过来仔细一看,却是此物。尚恐王守仁不能坚信,因与守仁说道:"元帅不知,此镜实为稀世之宝。"可请一试其异,以觇余秀英敬献之诚。何如?"王守仁道:"仙师既有言在先,余秀英又如期而至,已自诚信无欺,何必再验。然本帅确不知此镜之异,既仙师如此说项,本帅便如命以观,但不知如何验法?"

一尘子道:"元帅可将烛光熄灭,便验得此镜实为稀世之珍了。"王守仁大喜,随将案上烛光一口吹灭,又将帐内灯光概行熄去,这大帐内登时黑暗起来,彼此全不相见。一尘子遂将光明镜取出,向帐中一照。实也奇怪,即刻满镜通明,有如一轮明月照耀空际。

王元帅喜不可极?当下便请一尘子好生收藏。重又将烛光燃点起来,向余秀英说道:"小姐如此诚信,不吝稀世之宝,为国家扫除逆藩,本帅钦佩之至!一尘仙师所言一切本帅无不乐从,将来功定之时,不但本帅可以做主,且可为小姐奏明圣上,以表功劳,与徐将军共遂百年之愿。"

说到此,只见余秀英脸上一红,登时跪下谢道:"蒙元帅成全之恩,罪女敢不愿效犬马之劳!"王元帅见她如此多情,实在暗羡她能弃邪归正。又以说道:"小姐,你且起来,不需如此。本帅尚有话与小姐熟商,仍望小姐勿却。"余秀英见说便站起身来,仍在原处立定,因问道:"不知元帅有何见谕,即乞明示。"守仁道:"只因此事非小姐独力不行,但不知小姐尚可允诺?"余秀英道:"元帅吩咐,虽赴汤蹈火亦所不辞!"

王守仁道:"徐鸿儒那里有一柄温风扇,想小姐定然知道呢?"余秀英道:"也曾听我哥哥说过,颇为厉害。罪女虽在他那里,却不曾见过此物。这温风扇却是阵中紧要之物,元帅既言及此,莫非使罪女去盗吗?"王守仁道:"前者河海仙师也曾去盗,只因为徐鸿儒随带身旁,未曾盗来。昨日诸位仙师与徐鸿儒比斗剑术,后来徐鸿儒比敌不过,他的拂尘为玄贞仙师收去,他便取出温风扇来,欲施诡计,后来亦为玄贞老师解之,本帅曾亲目所视。今拟再烦小姐,将此物盗来,将来与徐将军建立功业。现在本帅这里诸事齐备,只少此一物,若此扇一经到手,便可前去破阵,幸小姐勿辞。"

余秀英听罢此言,当下说道:"罪女原不敢却,然亦不敢极口应承,总之竭力设法,以副元帅之属望。惟不能克期送来,一经到手,即当敬谨送至帐下,彼时罪女却不能亲自送来。"当下即指着左边一个使女说道:"当令这拿云丫头送来便了。"王元帅听说,见她已允,好生快乐。因又谆嘱一番,余秀英唯唯听命。

王元帅把话说过,余秀英又道:"此间不便久留,恐防耳目,请从此别。何日破阵,当为内应便了。"王元帅又道:"本帅还有一事相托,小姐前去敌营,务必急速将徐鸣皋妥为安置,虽曰灾难难逃,究竟有人照应与无人照应大有区别。小姐幸即留意勿辞。"余秀英听了此言,正是心中第一件紧要之事,哪得不唯唯答应。说着,便辞了一尘子、傀儡生、王守仁,登时带领着两个使女,飞身出了大帐,往贼营而去。

王守仁见余秀英去后,复与一尘子、傀儡生两人说道:"余秀英能如此弃邪归正,真算难得!而且这女子美貌中颇有英雄气概,真与徐鸣皋一对好夫妇。若非一尘大师善为说项,劝其归降,不但本帅无此臂助,且不免埋没她一番用心了。今者她又见义勇为,不辞劳苦,虽将功成之后给他们两人成就良缘,然亦一尘仙师之力也。"

一尘子道:"元帅有所不知,今日虽为贫道劝令来归,然推本穷源,设非傀儡造就在前,使他二人已结十世姻缘,便是贫道也无能为力。"彼此又说笑了一阵,然后各去安睡。不知余秀英何日才将温风扇送来,且听下回分解。

第一百四十六回 徐鸣皋救出亡门阵 众守军昏倒落魂亭

话说余秀英自从别了王元帅,与使女拿云、捉月直奔徐鸿儒营中而去。官营与贼寨不过五里之遥,将近四更以后便到寨内。

此时徐鸿儒、非幻、余七三人正在那里拜斗,余秀英从半空落下,余七一见妹子到来,好生欢喜。当时因拜斗未毕,不便说话。余秀英就站在一旁,等他们三人将斗拜毕，先与徐鸿儒行了礼，然后说道："师父前者到宁王府，彼时徒弟适值感冒风寒，未能参见，多多有罪。今者病已全好，特奉宁王之命，前来听候师父差遣。"

徐鸿儒道："罢了。我徒今既前来，没有事令你所管，你可专管落魂亭。因此亭系集阴气而成，非阴人执掌不可。贤徒到此，真乃万千之幸。哪怕他七子十三生纵有通天本领，将十二门破去，得贤徒掌管落魂亭，他们到了此处，也就要前功尽弃的。但此落魂亭一事，责任重大，贤徒务要格外慎重才好。"余秀英道："既承师父见委，徒儿敢不留心？但不知这落魂亭上如何布置，敌人到此如何摆布于他，尚望师父教我，以便徒儿遵守。"徐鸿儒道："今夜不及指示，且待明日为师教道于你便了。"

余秀英答应，又与非幻道人及余七见过礼，当下问非幻道人道："愚妹闻得徐鸣皋已陷入阵内，不知现在何处？曾否身亡？师兄可否带愚妹前去一观？"非幻道人道："贤妹何以问及于彼？"余秀英道："只因愚妹与他有切齿之恨。从前我兄长大摆迷魂阵时，他与傀儡生暗将愚妹的法宝偷去好多，以致兄长被七子十三生将迷魂大阵破去。若非他暗地盗我法宝，我兄长何致大败而逃。今既陷入阵中，无论他已死未死，愚妹定要将他寻出来碎尸万段，方消昔日之恨！但不知现在何处？"

余秀英这一派巧言，说得非幻道人千真万信，当下答道："他系陷入亡门，特恐他已经身死。贤妹既与他有如此仇恨，今夜也来不及去看，明日当与贤妹去看视便了。"余秀英道："明日将徐鸣皋寻找出来，可否交与小妹带至偏僻所在，叫他受些零戮之罪，以报昔日之仇。不知师兄尚蒙允许否？"非幻道人道："这有何不可，惟恐徐鸣皋业已骨僵而死了。"余秀英道："即使他骨僵身死，我也要报仇的。"非幻道："既如此，无论死活总交与贤妹处治便了。"

余秀英暗暗大喜。复又问徐鸿儒道："近日敌营中还有什么动静？那七子十三生曾否全来？师父曾与王守仁开过几战？"徐鸿儒便将与玄贞子等比试剑法的话，说了一遍，却不曾说出宝剑被人家削截一段，拂尘被玄贞子收去。余秀英听罢，却也暗暗好笑。当下徐鸿儒道："贤徒路远到此，你可到后营去安歇吧。"余秀英答应，退出大帐，便与拿云、捉月同至后帐安歇去了。

到了后帐却再也睡不着，只是念及徐鸣皋究竟生死如何，恨不能即刻天明，好与非幻去到那里看视。眼巴巴天已大明，她便起来梳洗已毕，用了早膳。约有辰牌时分，便去大帐给徐鸿儒早参。

此时，徐鸿儒业已升帐，余秀英早参已毕，站立一旁。徐鸿儒道："贤徒昨晚要去看视徐鸣皋，现在帐中无事，你可与非幻前去，将徐鸣皋校出，即交与贤徒慢慢处治，以报昔日之仇便了。"余秀英听罢，当下又谢过一番，即便起身，与非幻道人前去看视。

到了亡门之内，果见阴风惨惨，冷气逼人，余秀英也觉受不住。因道："师兄，何以如此寒冷？徐鸣皋陷入此阵，今日已经三十一日了，焉有不骨僵之理。而况此处犹在门外，还未深入内地，徐鸣皋所陷之地，却在极深极冷之处。不必说徐鸣皋，就便七子十三生到了此地，也要骨僵而死呢。"

余秀英道："师兄何以不怕呢？"非幻道："我有保暖丹服下，便觉不畏寒冷。"余秀英道:“除却保暖丹还有什么可避之法呢?”非幻道:“只有师父那温风扇可以避得此冷寒,此外再无别法了。”余秀英道:“师兄你这保暖丹,现在身上可有吗?”非幻道:“敢是贤妹也要保暖吗?”余秀英道:“正是。不知师兄果肯见赐一粒吗?”

非幻道:“贤妹说哪里话来。你也非外人,皆是自家人,理当取出来与贤妹保暖。可是我这丹药,不但保暖,而且可以救人性命,哪怕他骨僵而死,只需将此丹与他服下,只要不过四十九日,可以重生。愚兄本不应说这话,只因贤妹不是外人,徐鸣皋又是仇雠,若遇旁人就便把丹药与他,哪里还肯将此秘法告诉于他呢?”

余秀英听见这话,好生欢喜。因暗道:“既然这丹药可以救人重生,我何不如此如此,再骗他一粒过来,也好救徐鸣皋的性命。”主意已定,只见非幻道人已将丹药取出,递过来。余秀英接过,即便放入口中,吞了下去。又与非幻道人向前走去。走未多远。便故意打了两个寒噤,自己复又说道:“怎么这丹药不行吗?服了下去还是这样冷,怪不得令人受不住的。”

非幻不知她的用意,因又说道:“贤妹不知这丹药还有个道理,若遇女人服下,效验似不如男人。既然贤妹还受不住,好在愚兄这丹药尚多,贤妹,我再给你一粒。”余秀英听了此话,格外暗喜。于是非幻又拿出一粒递给秀英,秀英接在手中,故意放入口内,其实背着非幻已收在一旁。

当下便与非幻走入阵中,四面一看,果见徐鸣皋睡在那里。便问非幻道:“这不是徐鸣皋吗?”非幻道:“正是他。”余秀英急上前一看,只见鸣皋体冷如冰,面色如灰,板硬地睡在那里。

余秀英看罢好生难受,险些儿落下泪来,复假切齿恨道:“徐鸣皋,你昔日的英雄而今何在?你到此还有什么话说呢?你仗着自己的本领,又恃着傀儡生的法术,前去盗我的法宝,你也有今日!被我师兄将你陷在此处,叫你骨僵而死。我不惜你身死此地,只可惜我那法宝现在不知落在何处?也罢,冤有头债有主,你莫谓我余秀英心太毒,我今日遇见你,你虽身死,我却不能不报昔日之仇。”口中说了这番言语,心中可着实不忍,即便令人将他抬入后帐,以便慢慢处治于他。当下有小军过来,将徐鸣皋速速抬出,送往后帐而去。

这里非幻道人与余秀英,到那十二门暨那落魂亭各处去看了一回,又说落魂亭如何厉害,当与余秀英到了亭上。但见当中摆了一张桌子,有木架一座,架上插了许多旗幡,只见旗幡中有一面三角白绫小军幡,上写着“落魂幡”三字,四面系着铜铃。

余秀英一见,便问道:“此幡便是招人魂魄的吗?”非幻道:“正是此幡。但见有人前来,即将此幡向来人一招。那人便昏迷不醒,登时倒在地上,听人所为。此就叫着落魂幡,哪怕他神仙,也逃不过此难。”余秀英道:“原来有这等厉害,足见师兄法术高明了。”

当下看过,仍回大帐而去。见了徐鸿儒,非幻即将落魂亭如何布置、如何施用旗幡全告诉了余秀英的话说了一遍。徐鸿儒问余秀英道:“你曾否明白呢?”余秀英道:“徒儿也知道其中的奥妙了,随后只要等敌人前来,徒儿自会施展。”徐鸿儒道:“好在是现成事,以吾徒向来聪敏,自然不难。”说罢,余秀英方欲告退,只见徐鸿儒又道："吾徒可于明日即到落魂亭上，试演两天，以后便能纯熟。"

余秀英道："哪里有这仇人前来？"徐鸿儒道："此事不难，只需将营内的小军招呼十数名来前，让吾徒先试一番究竟验否。"余秀英道："如此以小军作为敌众，这不是先令小军身死吗？"徐鸿儒道："虽然将那些守军招来，展动落魂幡，拿小军作敌军，只不过稍迷其性，断不致有性命之忧的。"余秀英道："小军既不曾死，徒儿当如法先行试验便了。"

徐鸿儒大喜，当下喊叫了一队小军，听候差遣。又叫余秀英先行去到落魂亭，看着非幻先行试验一回那落魂幡如何招展。余秀英便与非幻道人前去，非幻演了一回，余秀英一一记得清楚。非幻道人便率领一队小军冲杀过来，余秀英一见，即刻将那落魂幡招展起来。果然，那些小军个个昏迷，跌倒在地，究竟这些小军如何，且听下回分解。

第一百四十七回　余秀英嘘寒送暖　徐鸣皋倚玉偎香

话说众小军个个昏迷在地，余秀英看见果然厉害，因问道："如何使他等醒来呢？"非幻道人道："只要将警魂牌一拍，即刻就醒过来了。"余秀英又使非幻道人击动警魂牌，果然众小军不到一刻个个全醒过来。

余秀英看罢，即便退下亭去，来到自己帐中，连歇也不歇，便去看视徐鸣皋。只见徐鸣皋仍然骨僵尸冷，睡在那里，余秀英惨然泪下。当时便加意令人看管，不可疏忽。她便进入帐中，稍为歇息。一日无话。

到了夜间，等大众全行睡静，即带了拿云、捉月，走至徐鸣皋跟前。轻轻将他衣服解开，先向他胸前摸了一摸，虽然浑身冰冷，胸口尚微微有点气。余秀英心中暗喜道：如此看来，似尚有救。当下即将保暖丹取出，先放在口内嚼烂，又用唾津和融，衔在口里，复将徐鸣皋牙关撬开，将保暖丹度了进去。又命拿云进去帐内烧了些汤拿来，余秀英一口一口衔在嘴中，度入徐鸣皋嘴内。

好一刻，将丹药、姜汤全行给他流下咽喉。又命拿云、捉月在那里小心看视，如果稍有转机，即来禀报。拿云、捉月答应了，余秀英这才回帐。不到一个时辰，余秀英又出帐来，到徐鸣皋那里看视一回。又用手在他心口摸了一摸，并未回温，还是冰冷，低声与拿云、捉月说道："这丹药服下已有一个时辰，何以仍未有转机？难道药是不灵验吗？"

拿云道："小姐不要作急，我看这丹药是灵验的，光景药性尚未走足，而况徐老爷又有这许多日期，哪里能急切回温的道理。好在徐师父他们已作他骨僵而死了，婢子却有一计最好：明日一早就去告知了徐师父等人，就说已被小姐杀了首级，砍成数块，抛入荒郊喂养鸟雀去了。徐师父等人听说此话，总以为小姐是报前仇，断不疑惑有别项事情。只要徐师父晓得，他为小姐处治，他也不来盘问。然后小姐将他抬入帐中，慢慢地设法相救，却比这地方好得多了，不知小姐意下如何？"

余秀英道："此言甚合我意，但与其明日再抬入后帐，不如即刻就将他抬入里面。明日一早，我便去告知师父便了。”当下就与拿云、捉月三人将徐鸣皋抬进帐中，安置妥当，不使风声稍露。

是夜，余秀英即将徐鸣皋衣服脱得干干净净，自己也把外衣卸去，只留内里小衣，将徐鸣皋搂在怀中，也不顾什么冰冷，整整暖了他一夜。说也奇怪，徐鸣皋身上渐渐有些回暖过来，余秀英大喜。自己即刻起来，仍用衣服给他穿好，又加厚些被褥，代他盖上。安排已好，余秀英这才到了外间。梳洗已毕，即刻到大帐给师父徐鸿儒早参，并照着拿云所说的话，告知徐鸿儒、非幻道人、余七三个人知道。他三人听了此话，实也毫无疑惑，但说道：“既如此处治，也算报了昔日之仇了。”

余秀英唯唯答应。又谈了一回闲话，即告退出来，仍回后帐。到了帐中，便问拿云、捉月：“现在徐老爷如何？”捉月道：“小姐放心吧，徐老爷是断不妨事了，现在四肢已经转热过来了。”秀英闻说，也就走近前，又将徐鸣皋的四肢摸了一回，不但与昨日不同，连方才都不同了。果然摸在手中，已有五六分暖意。秀英大喜，不敢扰动，仍轻轻地将被代他覆好，还令拿云、捉月互相伺候。到了夜间，余秀英又将他衣服脱去，仍如昨夜，搂在怀中与他暖了一夜。

话休烦絮。接连代徐鸣皋暖了三四夜，徐鸣皋既得保暖丹之力，又得余秀英借暖之法，到了第五夜，果然身体大温起来，口鼻中微微有呼吸之声。你道余秀英可喜不喜呢。当下又命拿云取了些姜汤，给徐鸣皋徐徐灌下。

约有四更时分，徐鸣皋又低低叹了一口气。余秀英此时仍与他睡在一起，当下就唤道：“官人醒来！”唤了两声，并不答应，又命拿云取了个火光，向徐鸣皋脸上一照，只见他闭着两眼，实在委顿不堪。余秀英暗道：此次真吃了大亏了。却也不敢惊扰，仍然将他搂在怀中，与他同睡。

直至天明，余秀英起来，便去煎了些参汤，给徐鸣皋灌了少许。到了夜半，徐鸣皋便能睁眼，还是委顿不堪，糊糊涂涂的不知身在何处。余秀英也不与他说话，但将参汤给他饮食。又过了一日，这日晚间徐鸣皋便有精神了，睁开两眼，但见帐中有三个绝色女子，在这里给他服侍。他这一见，好生惊异，当即低声问道：“我徐鸣皋何以在此？你们三位却是何人？何得前来救我？”

余秀英听他说话，好生欢喜。当即走至他面前，也低声说道：“将军幸勿高声。妾非他人，乃余秀英也。她两人亦非外人，是妾所用之女婢拿云、捉月也。妾特奉王元帅之命、玄贞老师之言，前来救将军，将军幸少安勿躁，此时合营诸人尚未安静，请少待，妾当倾心吐胆，将所有情节以告将军，使将军知妾之来意，非若从前之在宁王府时之事也。”徐鸣皋听了这番话，方知余秀英前来救他，也就不再多问，恐防耳目。

到了夜半，余秀英仍与徐鸣皋同睡，枕旁私语，便将一尘子如何盗取光明镜，如何思念夫言为一尘子窃听后来一尘子如何好言劝解，如何自己亲献光明镜与元帅，元帅又如何责令她盗取温风扇，如何巧骗非幻道人的保暖丹，王元帅又如何允她匹为夫妇的话，细细说了一遍。

徐鸣皋听说，此时也觉感激，又见她如此殷勤，自己是情投意合。当下便问道：“既蒙贤妻如此情厚，但不知现在王元帅与非幻道人战过几次？那非非阵曾否破去吗？”

余秀英道：“妾到此处连今日才有七日，将军却不知道，现在我师父徐鸿儒也在此地，玄贞老师等本约我师父十日后破阵，今已八日，至多不过再有五六日，就要来破阵的。但是妾这两日为服侍将军，故我师父那里的温风扇尚未得间盗出，再迟可要误玄贞老师等人的大事了。今将军幸以勿妨，惟急切不能出寨。从明日为始，请将军坚耐数日，妾当留两个婢子轮流在此伺候将军，妾即设法去盗取温风扇送往大营，好给玄贞老师等如期破阵，妾与将军也可早早出了牢笼。”

徐鸣皋道：“能得贤妻如此见爱，而且弃邪归正，将来事成之后，某当感激不忘。”

余秀英道：“我也不知是何缘故，从前本来立志不肯嫁人的，自从见了将军之后，与将军一度春风，后来将军虽然被傀儡老师带出宫门，那时妾并不敢恨傀儡老师，惟自恨我哥哥不识天时，助纣为虐，将我陷在那里。若欲独自逃走，又恐不便，所以日日总不能忘却将军。及闻将军陷入阵中，妾一片私心，更难自定，恨不能插翅飞出宫门，前去相救。又因未奉宁王伪令，不便私自出宫。后来，虽师父在宁王前令我前去帮助于他，我以为将军既陷入阵中，必然多凶少吉，所以托病不出，居心从此无意人世，自恨命不如人。自闻一尘老师说及将军虽陷阵内，不过有四十九日灾难，并无性命之忧。妾闻此言，所以才到宁王前销了病假，趱赶前来，急救将军性命。将军方才所说感激不忘，这话未免见外。俗话说得好：‘嫁夫从夫，夫死妇当殉节。’妾虽不明此意，也曾知道今将军有难，妾理应酬之。将军何出感激之言？但愿以后宁王早早诛灭，天下太平，妾与将军偕老，以终其愿足矣，有何他望呢？”

徐鸣皋听了这番言语，着实可爱可敬，因又谢道：“贤妻虽然如此，某设非贤妻来救，我尚能为再生之人么？所以不得不更加感激。”余秀英道；“不必琐琐了，现在将四鼓，将军精神尚未大复，还请养歇为是。等将军精神复元，说不定还要战斗呢。”徐鸣皋当下也就不言，悉心安歇。

余秀英仍伴徐鸣皋睡到天明，方才起来。拿云、捉月进来打了面水，余秀英梳洗已毕，又谆嘱一番，叫他切勿声张，恐防漏泄。即留拿云在里间服侍，他便带了捉月出来，用了早点，直望大帐而去。日间盗取温风扇，送往大营给王元帅早早破阵。究竟温风扇何以盗得出来，且听下回分解。

第一百四十八回 知恋新恩秀英盗扇 不忘旧德鸣皋遗书

话说余秀英来到大帐,见徐鸿儒、非幻道人、余七正在那里议事,余秀英上前各各参见已毕,徐鸿儒问道:"徒儿为何今日这大早前来,有什么事情?"余秀英随口应道:"只因这两日未曾给师父请安,师父亦未曾呼唤徒儿,所以一来给师父请安问好,二来打听打听敌营的动静,曾否前来约期破阵。"徐鸿儒道:"那玄贞子曾经约过十日后破阵,现在不必约日期了。"

余秀英道:"现在已将及期,非是徒儿过虑,那七子十三生本领亦颇利害,法术亦极高明,久久不来开战,恐他有什么破阵之法,倒要打听打听,好早为预备,免得临时措手不及。"

徐鸿儒笑道:"徒儿之言虽是有理,只是未免过虑了。非是为师夸口,他若寻不出温风扇、光明镜来,他怎么能破此阵?光明镜现在徒儿那里,温风扇现在为师身旁,任他本领高强,法术高妙,又从哪里得此两物?这两物既不能到手,不必说七子十三生,就便是十四子二十六生也是枉劳无功的,贤徒何虑之有!"

余秀英道;"既如此说,这非非阵是断难破的了。但是,师父这温风扇,徒儿一向虽曾听说,却是不曾见过,拟求师父取出来,给徒儿一观,俾徒儿见识见识,不知师父果能允许否?"徐鸿儒道:"这有何不可,现在却未带在身旁,你可随我前去,我给你看视便了。"

余秀英大喜,当下即随着徐鸿儒到了后帐。徐鸿儒在一个楠木小箱内取出一个豹皮囊,将豹皮囊口放开,在里面拿出一把折扇,递给余秀英道:"这就是温风扇。"余秀英接在手中,打开一看,不过是两面白纸糊就,犹如平人所用一般,并不见什么希罕。因道:"非是徒儿菲薄于它,也不见得什么好处在那里,何以师父就将这扇儿说得如此宝贵?"

徐鸿儒道:"徒儿,你真少见多怪了,不必说这扇儿有温风可取,虽极冷之天气,极寒之地方,只要将这扇子打开轻摇两下,便觉如春气勃勃,若重摇两下,那风势一大,哪怕他金刚神佛,只要沾着这温风,他便如吃醉一般,登时骨软筋酥毫无气力,哪里能受得住。就是这扇儿的来历,也有几千百年。还是当日周朝李老子炼丹之时,将这扇儿去掀风引火,日受火气蒸炽,待至丹炼成功,已有百余年之久。后来为孙悟空大闹天宫之时将这扇儿偷去,及至走到火焰山,将此扇失落,复经那火焰山天火、地火、山火日蒸月炽,又受了许多的山川灵气,所以才成此法宝。徒儿你却不曾细看,这扇儿虽是两面白纸糊就,这夹层里,可有万道霞光、满天烟雾。就这样平放着,却看不出来,你若向亮处一照,便看见了。徒儿你既要见识,何不细细一看,再将这扇儿轻摇两下,取出风来试验一回,就知道这扇儿的妙处了。"

余秀英听了徐鸿儒这一大篇的话,当下就将那扇儿向明处一照,果见夹层里有万道霞光,热气腾腾如那山上出云雾一般。一面看一面说道:"真是不见不识若非师父告诉我这样的巧妙,徒儿那里得知?不过当作它一把白纸扇摇罢了。"

徐鸿儒见她夸赞此扇之妙,也就大喜,说道:“为师这温风扇,可与你光明镜并驾齐驱了。”余秀英道:“徒儿那光明镜,也不算什么宝物,总不能及师父这扇儿。”说着就将扇儿执在手中,轻轻的扇了两下,取出风来,真个是和暖异常,比夏天刮的那南风、熏风、热风,还要热上几倍。余秀英又道:“照此不过轻摇两下,就如此和暖起来,若将盛夏之时,再将他摇动,那可不要将人醉死了么?”徐鸿儒道:“虽不致醉死,却也定然昏迷的。”

余秀英便将这扇儿反复细玩了一回,方才交给徐鸿儒收去。所谓有心算计无心人,千古不易之理。就是余秀英将温风扇谎骗出来,看了一遍,他却将那扇儿尺寸长短,规模制度,悉数记在胸中,为将来盗换之用。任他徐鸿儒邪术再大,也被余秀英这女子所算。这也是武宗的洪福,宸濠合该败亡,闲话休表。

余秀英将温风扇把玩一回,将尺寸规模记忆真切,即便退回本帐,当将以上各情,细细告诉了徐鸣皋一遍。鸣皋道:“似此如何可以到手呢?”秀英道:“妾亦计算定了,不过早暮便可取来。”鸣皋大喜。当下余秀英即仿照那温风扇的样子,赶着制了一柄,暗暗带在身旁。

到了次日,先命拿云去到大营前,打听徐鸿儒曾升帐否?拿云答应去后,不一刻回报说道:“均在帐内议事。”余秀英听了此话,即刻飞跑至徐鸿儒的后帐内,将那楠木匣儿开下,豹皮囊内将那温风扇取出,复将身旁所造的那把放了进去,又将楠木匣儿盖好,不敢耽搁,飞也似退出后帐。到了自己帐内,即将温风扇付交拿云,立刻送往大营。

徐鸣皋道:“以某之见,扇子既已换出,此时却不可令他送出,耳目究属不便,不若仍到夜间送去方好。”余秀英道:“迟恐为他觉察,那便如何是好?”鸣皋道:“不然,既有伪扇去换,他急切断不能知道的。某还有一封书信与元帅,今夜命拿云一并送去便了。”余秀英也就答应。

等晚间,徐鸿儒那里并无知觉的消息,余秀英大喜。徐鸣皋就在灯下写了一封信,封固起来,就同温风扇,差拿云送去。拿云不敢怠慢,也就即刻飞身出了营门,直往官军大营而去。

且说官军营内自从余秀英去后,玄贞子就命焦大鹏回家,调取他妻子前来。不过三日,王凤姑、孙大娘俱已到此,并且还将两个孩子带来,因为亩在家中,无人照应,这也是单身人的苦衷。伍天熊夫妇尚未来到。

这日王元帅正与玄贞子等计议道:“仙师约那妖道十日后破阵,现在已将十日,焦大鹏夫妇虽到,而伍天熊夫妇尚未来到,余秀英所盗的温风扇亦未送来,不知此扇能否盗出?好令本帅心挂两头。”玄贞子道:“元帅勿忧。贫道昨已卜课,伍天熊夫妇不日即到,温风扇亦在日内即可送到,说不定今夜也可送来的。”王守仁道:“但愿仙师之言,其应如响,那就是国家之福。”

到了晚间,王元帅仍在帐内秉烛观书,约有三更以后,忽见帐外走进一小女子。王元帅仔细一看,即是那日同余秀英来的站在上首那个丫头。方欲问话,只听拿云说道:“元帅在上,徐将军与婢子的小姐多多拜上。元帅所委之事,幸不辱命,今已取出。又有徐将军书信一封,特命婢子送呈,即请元帅查收。”说着,从身旁将温风扇与徐鸣皋的书信,亦并送呈上去。

王元帅接过来,先将温风扇看视一回,觉得也无甚异处,便摆在一旁。然后将徐鸣皋的书信拆开,细细观看。但见上面写道:

末将徐鸣皋谨再拜致书于元戎麾下:

前者末将误陷阵内,已将骨僵而死,幸得余秀英上遵钧命,救末将于已死之余。末将得以再生,皆出元帅之所赐。本欲即日趋回,听候驱使,并申忱悃。以日来委顿不堪,既不能升高夜遁,复不便明白出营,恨极!罪极!今与元帅约,何日督兵前来,末将当与余秀英作为内应可也。兹因婢子拿云送呈温风扇之便,聊上数言,即乞鉴听。如蒙赐示,仍交婢子带下,以便遵照办理。书不尽言。鸣皋顿首。

王元帅看罢大喜,即向拿云说道:"你可稍待,本帅尚有回书交付与你。"究竟王元帅回书说些什么话,且听下回分解。

第一百四十九回 王元帅回书约内应 御风生见面说前因

话说王元帅将徐鸣皋所上之书看毕,当命拿云稍待,尚有回书带去。拿云答应,侍立一旁,等候王元帅作覆。王元帅也就即刻取出花笺,磨浓香墨,拈笔润毫,就灯下作了一封回书。上写道:

介生顿首上覆于鸣皋将军足下:

使者来,得手书,诵悉各节,不禁踊跃,忭颂奚如。以将军得庆重生,某不敢居为己功,实赖秀英之力。然以秀英改邪归正,而又急公好义,难得,难得!约期举事,现在尚难预定。良以应用之物虽全,而应遣之人尚缺一二。一俟到齐之后,即作背城之一战,但听连珠炮响,即大军直捣时也。幸即作内应,早定厥功,不胜翘望。使去匆匆,不尽缕缕,诸惟珍摄,努力加餐为幸。介生再顿。

王元帅将书作毕,又看了一遍,然后封固起来,当即交与拿云。拿云接着过来,贴肉藏好。王元帅又向拿云道:"烦你回去多多上覆徐将军与你家小姐,就说本帅不日出兵破阵,但听连珠炮响,请他们二人即速内应便了。"拿云道:"谨遵元帅吩咐,婢子回去当转告徐将军与婢子的小姐,元帅兵至之日,断不致误事便了。"说罢便即告辞出来,只见她身子一晃,早已不知去向,直往贼营而去。到了贼营,即将王守仁回书取出,徐鸣皋与余秀英同看了,自然遵照办理,不在话下。

且说王元帅等拿云走后,因为时已经不早,不便去请玄贞子等人,也就将温风扇收藏好了,即便安寝。到了次日一早起来,升了大帐,打了众将鼓,各将官纷纷进帐,参见毕,王元帅就命人去请玄贞子等人。

玄贞子等一闻元帅去请,也就即刻来到大帐,与元帅彼此见礼已毕,王元帅让玄贞子等依次坐下。王元帅开口说道:"昨夜余秀英遣婢子拿云,已将温风扇送来,并有徐鸣皋书信一封。现在徐鸣皋已为余秀英救出。据原书所云,徐将军即欲回营,只因得庆重生,精神尚未充足,既不能升高夜遁,复不便白昼可行,现在约为内应,如此真乃可喜。本帅已随即复书,约他但听连珠炮响,便是我军直捣之时,命他与余秀英两人即为内应。想他二人当不致误事。惟虑伍天熊何以至今未到，难道又有别事耽搁吗？诸位仙师的高见，伍天熊不来，可能先去破阵吗？"

玄贞子道："元帅切勿忧虑，伍天熊夫妇不来，虽各项应用之物齐全，此阵仍不可破。而况我辈中尚有数人未到，须臾到齐之后，方能一鼓成擒。贫道算定本月二十二日甲子前去破阵，那时诸人皆到，包管元帅马到成功。且伍天熊夫妇旦夕必到，元帅但请放心便了。"

王元帅听罢这番话，也无可再说，只得将温风扇送与玄贞子道："本帅看此扇也绝无有异之处，何以如此宝贵，前去破阵，竟非它不行。本帅实不可解。"玄贞子道："元帅有所不知，此扇虽外面如此，却是宝贵难得。即以年代而论，此扇系李老子所制，用以扇火炼丹，由此而来，已不下几千百岁矣。但不知余秀英何以盗出，俟将来倒要问她个明白。元帅既今与徐鸣皋约了，二十二这日未经出队之先，便可先放连珠炮，他便知道，好为预备。元帅以为如何？"王守仁道："仙师之言正合吾意。"

大家正谈论间，忽见守营兵卒报进帐来，向王元帅说道："营门外现有六位真人、一位道姑，欲见元帅。小的特来通报，请元帅示下。"王元帅正要动问，只见玄贞子道："他们今已来了，好极，好极！"王元帅听说，知道是七子十三生未来那几人，当下便命小军请进。小军答应，即刻飞跑出去，将那六位道者、一位道姑请进来。

此时，王元帅已降阶相迎，那六位道士、一位道姑飘然进了大帐，与王元帅施礼毕，挨次坐下，又与玄贞子等道了阔别。原来这六位便是飞云子、默存子、山中子、凌云生、御风生、云阳生，那一位道姑便是霓裳子。现在七子十三生皆齐集一处。于是一枝梅等人又上来，给飞云子等七人参见行礼。

王元帅见七子十三生皆是仙风道骨，实在可敬，因与众人说道："本帅忝握兵符，毫无德能，何蒙诸位仙师不远千里而来，以助本帅诛奸讨逆，事成之后，不知如何报答，只好将来奏明圣上，一一加封便了。"玄贞子等二十个人一齐说道："我等只以顺天应人前来讨逆，非敢妄有希冀，今蒙元帅如此厚谊，某等却心感之至。为今之计，诸事齐全，只等伍天熊夫妇一到，便可出兵破阵了。"

当下霓裳子从旁说道："伍天熊夫妇业已随同徐庆下山，何以仍未到此？"御风生也就说道："伍天熊所以尚未到此，因他妻子鲍三娘已于前日在半途生产，生了一个男儿。三朝未过，似不能趱赶前来。我料他明日便到。"玄贞子道："贤弟，你何以知之？"

御风生道："小弟前日正在御风而行，忽见一行秽气上冲霄汉，把小弟风头止住，不能前行。小弟当时颇有惊讶，当即向下面一看，见有个妇人在那里生产。先还不知是伍天熊的妻子，后来看见徐庆，又听徐庆在那里喊什么伍贤弟，那时方才明白是伍天熊夫妇。后来小弟也就避了那股秽气，绕道而行，然后才遇见他们一起。"

玄贞子听说，便向王元帅贺道："鲍三娘既已生产，大事成矣！贫道等所以日望伍天熊夫妇到此者，非借重于伍天熊，实借重鲍三娘这个产妇，使她入阵冲破阵中各种邪术耳。今既却如所愿，一俟他夫妻到此便可出兵。哪怕他徐鸿儒、非幻道人、余七的厉害，也要死在我等之手！"说罢大笑不止。王元帅也是乐不可极。

正议论间，又见小军进来报道："徐将军从九龙山回来了。"王元帅一听，即便着他进来。徐庆走至帐上，先给王元帅参见已毕，然后与玄贞子等人也一一行过礼，站立一旁。王元帅便问道："伍天熊夫妇何以仍未到此？"徐庆道："只因伍天熊之妻鲍氏临下山时已经怀孕足月，不期行至半途，忽然产下一个孩子。鲍氏因三朝未过不便多行，故此暂借客寓，稍息两日，大约三日后即可起行。末将因恐元帅记念，故此先行回营。"

王元帅道："似此伍天熊夫妇尚需迟日方到了。"徐庆道："不过就在月内，至迟三日后定准前来的。"玄贞子道："就是五日后也来得及，好在要到二十二日甲子，方能出兵。今日不过才十六，距二十二尚有六天，来得及之至，来得及之至，元帅但请宽心便了。"

徐庆又问道："鸣皋大哥不知近日如何光景？"王元帅道："徐鸣皋现已为余秀英救出。昨夜还有信来，约本帅前去破阵，他为内应。"徐庆闻言好不欢喜，因又问道："余秀英系徐鸣皋仇雠，她如何肯去救他？这其中有什么缘故？要请元帅示知。"王元帅见问，便将一尘子如何盗取光明镜，以及余秀英矢志归诚的话，说了一遍。徐庆更加喜悦。王元帅等又谈论了一会儿，这才各散而去。

到了次日，玄贞子即请王元帅转饬各营，挑选精锐兵卒六千名，务要人人精壮，个个勇敢。又命于三日内赶造五色旗幡各六十四面。又命于营门外高搭席棚一座，周围一百二十丈，宽三丈六尺，内设几案，一张上摆净瓶十二个，再设八卦炉一具，净瓶内多插柳枝，以便破阵时应用。王元帅一一答应，立刻吩咐饬令赶办。

众三军一闻此言，即于三日内备办齐全。玄贞子等又到席棚内查点一番，毫无缺少，专等伍天熊夫妇到来，即便出兵破阵。不知伍天熊果于何日到来，且听下回分解。

第一百五十回　伍天熊率眷来归　玄贞子登坛发令

话说伍天熊在半路，因他妻子生产不能趱赶前来，等到三朝以后，便与鲍三娘星夜奔驰。这日到了大营，先与守营小军说明来历，当下小军听说，便与伍天熊道："现在我家元帅诸事齐备，专等将军前来，便出兵前去破阵。今将军既来，却好极了，请将军稍待，小的即便进帐通报。"说罢掉转身来，飞跑进去，到了大帐，向王元帅禀道："启元帅，今有九龙山伍天熊已到，现在营外候示，请令定夺。"

王元帅听说，因问道："你看他还是一人前来，亦有旁人同来。"那小军道："还有一个妇人，怀中抱着一个小孩子，好似才产下来的模样。与伍天熊同来的。"王元帅听说，一面命将徐庆传到，一面命将王凤姑、孙大娘二人传来。不一刻三人皆到，王元帅即命徐庆将伍天熊带进，王凤姑、孙大娘便去迎接鲍三娘。三人答应下去，一会儿已将伍天熊夫妇迎了进来。

当下徐庆带领伍天熊，向王元帅参见已毕。王元帅细看伍天熊仪表非俗，只见她身长八尺相开，豹子头环眼，两道铁眉，一方阔口，肩开臂阔，虎背熊腰，不愧英雄气概。伍天熊站立一旁,王凤姑、孙大娘又将鲍三娘带至元帅面前参见。

王元帅又将鲍三娘看了一遍,只见她生得颇为美貌,两道柳叶眉,一双秋波眼,笔直的一根鼻梁,圆圆的一副面孔,只因生产不久,脸上未免无血色,所以见得她淡黄色面皮。头上系了一块元色湖绉包晒,两太阳穴贴着两张万应头痛膏,身穿元色湖绉薄棉袄,怀中抱着一个小孩。下穿元色湖绉系脚单裤,铁铮二三寸金莲,虽然是个妇人,却隐含一派英雄气概,与王凤姑、孙大娘一派的人物。

王元帅看罢,便向伍天熊说道:"久闻将军骁勇素著,今本帅奉请前来,已是有屈,又值尊夫人半途生产,好令本帅过意不去。只好俟功成之日,再为贤夫妇酬劳便了。"

伍天熊当即让道:"末将自蒙圣恩,赐以厚爵,末将即应前来听候驱使,藉效犬马之劳,所因末将不知元帅大营驻扎何处,未便下山。今蒙元帅见招,正末将报效之日,尚求元帅勿罪粗鄙,遇事栽培,聊冀效力于万一。即末将妻子,现虽生产,未免精力稍嫌不足,然尚可以出战,亦望元帅录用是幸,聊助元帅成功。"

王元帅道:"将军固欲借重,便是尊夫人也是要借重的。现在尚无事,将军夫妇远来,可请分别暂为歇息,稍养精神便了。"当下伍天熊退下,鲍三娘由王凤姑、孙大娘领入偏帐,一同住下。

徐庆将伍天熊领到他帐内,此时如一枝梅等人俱已前来问候,伍天熊一一相见,各道仰慕阔情。内里鲍三娘虽与王凤姑、孙大娘初见,却是一见如故,三人如同亲姐妹一般,彼此好生爱慕。一会儿,一枝梅等又将伍天熊带到七子十三生那里,一一相见已毕,然后才复出来。这日却是四月二十,王元帅又命人将七子十三生请来,共议破阵之事。

七子十三生来到大帐,王元帅让坐已毕,便开口说道:"伍天熊夫妇今已前来,不知诸位仙师尚需何物,即请示明,本帅好饬令各人分别照办,以便后日破阵。"玄贞子道:"诸事齐备,并不少甚物件,就请元帅即日打了战书,定了时日,着人送去,约徐鸿儒、非幻道人、余七等三人,定于二十二日晨时三刻十二分破阵。"王元帅答应,当即写了战书,饬人送往贼寨。

到了傍晚,那下书的人回来,呈与王元帅看视。王元帅将书看毕,见已批准,即摆在一旁。玄贞子又与王元帅说:"请元帅明日辰时传令,命所选的那六千精锐暨合营三军,各带五色旗幡,午时齐集席棚,听候分拨,如违令者立斩。"王元帅即答应了。当下玄贞子等仍回大帐而去。这里王元帅便又将一枝梅传来,命他先往各营查点。一枝梅当即出去,到各营挑选一番,一日无话。

到了次日辰刻,王元帅升坐大帐,打起聚将鼓,将各将传齐。只见各将官个个戎装戎服,进入大帐,鹄立两旁。真个是弓上弦刀出鞘站定。王元帅先即点名,计有副先锋官指挥游击一枝梅,随营指挥徐庆、徐寿、狄洪道、周湘帆、罗季芳、包行恭、杨小舫、伍天熊、王能、李武十一位,牙将刘佐玉、郑良才、殷寿、杨挺、王仁义、卜大武、赵武、赵文八位,还有女将王凤姑、孙大娘、鲍三娘三位,统共男女各将二十二位。

王元帅点名已毕,见他们这一班各将,个个熊腰虎背,臂阔肩开,都有跃跃欲试之威。王元帅道："诸位将军，明日前去破阵，务各努力向前，早定厥功。将妖道擒获，进取南昌，端在此举。各位将军受国家知遇之恩，想皆具有天良，竭力以报君恩，共诛逆贼的。"各将齐齐应道："末将等当奋勇杀敌，藉报涓埃，谨遵元帅之命便了。"说罢，王元帅又道："少时诸位仙师发号施令，诸位将军亦宜各遵号令，不可拥挤喧哗，违令者定按军法从事。"各将亦唯唯答应。

王元帅命他们先行退出，一俟午刻，赶赴席棚，听令便了。众将答应一声，挨次退下。王元帅又将兵符、令箭送往后帐，交玄贞子收纳讫，这才出来。到了午刻，王元帅率三军随着玄贞子、…一尘子、飞云子、默存子、山中子、海鸥子、霓裳子、凌云生、御风生、云阳生、傀儡生、独孤生、卧云生、罗浮生、一瓢生、梦觉生、漱石生、鹪寄生、河海生、自全生、并有义士焦大鹏，计共二十二人，一齐前往席棚。

不一刻已到，但见席棚以下三军环列，旌旗飞扬，个个弓上弦，刀出鞘。一枝梅等诸将分两排鹄立棚下，只听三声炮响，王元帅请玄贞子等上了席棚。王元帅让玄贞子首坐，自己在肩下相陪，其余自一尘子至焦大鹏二十人，分两旁坐定。众将官齐上席棚参见，玄贞子等半礼相还。众将退下，仍然鹄立席棚下。

王元帅便请玄贞子发令。玄贞子又谦让一回，然后取出令箭一枝，首先喊一枝梅道："令箭一枝，命你带领精锐五百人，随着一尘子老师，攻打敌阵开门。入阵以后，便杀往落魂亭去。只听连珠炮响，自有兵前来接应。"一枝梅得令退下。又命狄洪道："与你令箭一枝，率领五百精锐，随同飞云子老师，攻打敌阵生门。入阵以后，也杀往落魂亭去。"狄洪道得令退下。又命杨小舫道："与你令箭一枝，率领精锐五百，随同默存子老师，攻打敌阵明门。入阵以后，也杀往落魂亭而去。会同一枝梅、狄洪道两支兵，直取妖道的大寨，不得有误！杨小舫得令退下。

又命包行恭："与你令箭一枝，也带精锐五百名，随同海鸥子攻入敌阵死门。海鸥老师已带有辟秽丹，不患秽气熏蒸，须宜努力攻打。若遇妖道，不可将他放走，切记。"包行恭得令退下。又命周湘帆："也带精锐五百名，随同御风生攻打伤门。此门御风老师已带有招凉珠，不患火气熏蒸，务要努力进杀，不可有误！"周湘帆得令退下。又命徐庆："也带精锐五百名，随同云阳生攻打敌阵亡门。此门云阳老师已带有温风扇，不患冷气所逼。"徐庆得令退下。又命徐寿、王能："各带精锐五百名，随同凌云生、自全生，攻打幽、暗两门。此门凌云老师已带有光明镜，不患黑暗。"徐寿、王能均得令退下。

又命伍天熊、卜大武、李武、焦大鹏："各带精兵五百名，随同独孤生、卧云生、罗浮生、一瓢生，攻打敌阵风、沙、水、石四门。"伍天熊等四人得令。又命王凤姑、孙大娘、鲍三娘："带领精锐一千，随同霓裳子攻入敌阵，前后左右，东西南北，扰乱他的阵势。只因鲍三娘系产妇入阵，诸凶总要让避，可建大功，不得有误！"王凤姑等得令退下。

又命山中子、梦觉生、漱石生、鹪寄生、傀儡生、河海生随同自己，一齐杀入敌阵，兜拿妖道。"各军均于今夜五更造饭，黎明饱餐，辰初三刻十二分一齐出队，杀入敌阵，限申正二刻十四分破阵。务各努力向前，不得稍有退缩，如违令者立斩。"

玄贞子吩咐已毕，六子十三生及各位英雄齐声："得令！"是日就扎营席棚以下，直待依时出兵。欲知如何破阵，各妖道如何就擒，且听下回分解。

第一百五十一回　十三生大破非非阵　众剑客齐攻逆贼营

话说玄贞子调遣已毕，即命各将驻扎席棚，四面听候，届时出兵。到了晚间，玄贞子又命将连珠炮放起，好使敌营中徐鸣皋知道，早做准备。玄贞子又在席棚台上，披发仗剑踏星步斗，将十二个净瓶内的水倾倒在八卦炉内，又望着八卦炉念了一回，复将八卦炉内的水取出，用杨枝蘸水，向席棚四面各营内洒了一回。这水洒在各营中，所有众三军入阵时皆可不沾邪气，此亦仙家之妙法也，不便深求。玄贞子诸事已毕，只等届时出兵。

话分两头。且说贼营内徐鸿儒、非幻道人、余七三人，自接了王元帅的战书，批准二十二日听候前来破阵之后，徐鸿儒也就预备起来，命余秀英同拿云、捉月掌管落魂亭，非幻道人专管风、沙、水、石四门，余七专管生、伤、死、亡四门，自己专管开、明、幽、暗四门。每一门拨兵四百、牙将二员把守，并吩咐众贼将道："若遇官兵进来，不必与之对敌，只将他往死处领去，便算尔等大功。"众贼将答应，也就各按方向前去把守。徐鸿儒分拨已毕，专等官兵前来，要使他全军覆没。

徐鸣皋日来得余秀英朝夕调养，也渐渐精神充足起来。这日晚间听见官军营里连珠炮响，他便知道要来破阵，却好余秀英进帐有事，他便向余秀英要了一把单刀，以便随后作为内应，冲杀阵去。余秀英又谆嘱道："将军明日冲杀出去，可先至落魂亭与妾同行，方为稳当，不可自恃骁勇，自多不便。"徐鸣皋答应。余秀英又复出帐，去往落魂亭而来。

看看夜已将半，官军营里众三军已各造饭，不一会儿饭已煮熟，合营将士饱餐一顿，渐渐天明。到了辰初三刻十二分，玄贞子一声令下，命各营拔队。只听各营内连珠炮响，隆隆之声震动山谷；接着又是一片鼓声，咚咚之音远闻四野。各将士各率各队，各随各人前往，真个是兵令森严，军威整肃。但见刀矛映日，铠甲凝霜；旌旗飞扬，鸾铃杂遝。各按各队，一齐趱赶前行。

不一刻到了敌阵，玄贞子一声令下，各将士皆随着督阵仙师，分往向非非阵十二门而去。只见一字排开，将一座非非大阵，周围四面，盘绕起来。

此时徐鸿儒早已知道，即刻带领贼将贼兵，分别由各门而出，来引官军。玄贞子一见，又复出令一声："命各将士一齐进阵冲杀！"各将士一闻令下，又听中军战鼓打得咚咚的响，哪敢怠慢，即刻一声呐喊，一齐冲杀进去。那万人一声，几如山崩地裂一般，而且是个个争先，人人奋勇，声称："捉妖道！灭叛王！"徐鸿儒、非幻道人、余七三个见官军一齐冲杀进来，好不欢喜，也不与官军厮杀，只将各将士领人绝处、死处而去。他以为又如徐鸣皋初次入阵，不知究竟，可以引诱他去。不知今日各将士皆确有把握，虽至阵中，犹然了如指掌，哪里能为他所惑？

且说一尘子率领一枝梅，带了五百精锐从开门杀入，却好遇见徐鸿儒。只见徐鸿儒身骑四不像，手执宝剑，背后葫芦。一尘子大声喝道："大胆的妖道，往哪里走！

看本师的宝剑！说着，一剑向徐鸿儒砍来。徐鸿儒急急仗剑相迎，杀未数合，便虚砍一剑，转身便走，直向落魂亭而去。只见他未曾走了两三个弯，忽然不知去向。一尘子也不寻找，只带着一枝梅及众兵卒向落魂亭杀去。

徐鸿儒隐身黑处，见一尘子向落魂亭去了，心中大喜，随即复出阵来，却好遇着飞云子，一声喝道："尔等快来送死！"说着也不上前去杀，拨转身仍将飞云子向落魂亭带去。飞云子带着狄洪道进了生门，一见徐鸿儒迎出，飞云子即手舞宝剑直杀过来。狄洪道也舞动双拐，冲杀进去。正要去战徐鸿儒，只见徐鸿儒并不与厮杀，反向回头跑去。飞云子知道他的诡计，也就奋勇追去。才转了两三个弯儿，又不知徐鸿儒走向何处去了。飞云子仍不寻找，还直奔落魂亭而来。

徐鸿儒在旁窥看，见飞云子又向落魂亭去，心中好不欢喜，暗自说道："合该他等要遭此劫，不然何以个个皆往那里去呢？人说七子十三生道术高妙，据此看来，实在有名无实。"正自暗道，忽见幽、暗两门把守的贼将，慌忙如丧家之犬，气喘吁吁跪到面前，急急说道："启大法师，幽、暗两门已为敌人闯进，我等尽力引他到死路，哪知他毫不畏惧，走到黑暗之处，尽变成光明世界，比这里还要光亮十倍。现在两个道人、两员敌将已将幽、暗两门破去，把守的兵卒全行被他等杀死，我等还是跑得快，不曾为他等所杀，前来给法师送信，速速请示定夺。"

徐鸿儒听了这番话，好不惊骇，暗道："这幽、暗两门非光明镜断不能破。据来人所说，有一面小小镜光，照得光明彻地，这镜子定是光明镜无疑。但不知他这光明镜从何处得来？天下只有三面，一面现在余秀英处，莫非就是盗得她的吗？"一面暗想，一面急急飞跑过去。到了幽门，只见凌云生带着徐寿在那里四面冲杀，真是个如入无人之境，而且黑暗之处实在光明异常。又见凌云生手中执定一面小镜，左摇右晃，照得黑暗深处，如同白昼一般。

徐鸿儒心中大惊，当即大喝一声，道："好大胆的恶道，胆敢破本真人的妙术！不要走，看剑！"说着，一剑从凌云生背后砍来。凌云生见徐鸿儒背后砍来，也就急急转身，鼻中吐出一道白气，将徐鸿儒的宝剑敌住，口中骂道："好妖道，你死在头上还不知道，尔可知这光明镜是谁的？尔尚昏昧不悟，若能悔过自新，速速下骑受缚，本师或可存好生之德免尔一死。若再执迷，免不得有杀身之苦了。"

话犹未完，只见徐鸿儒怒目而视，出口大骂道："好不知羞耻的恶道，暗盗人家法宝，此是狗盗之行！尚敢耀武扬威，自夸其口！尔若能赢得本师法宝，本法师就饶尔的狗命；若赢不得，偏看你有何本领出我阵门。"凌云生笑道："尔休得多言，尔有法宝尽管放出来，以便本师来收你的法宝便了。"

徐鸿儒正要向豹皮囊中去取法宝，忽见一道白光从顶门上落下。徐鸿儒暗道："不妙。"当即用手一指，那空中的法宝，登时变了一口剑，托住这道白光，又在半空飞舞战斗起来。徐鸿儒又要去豹皮囊中取宝，却好自全生领着王能又复杀到。王能手提朴刀，他也不分皂白，只见如旋风般急急向徐鸿儒砍去。

此时徐鸿儒手无寸铁，宝剑又放在空中，如何对敌？只得又将手指向空中一指，喝声道："疾！"随即又变了一口剑。他这才将空中原有的宝剑收回，与王能对敌。四把剑在空中战斗，一把剑与王能的朴刀厮杀。

四个人正杀之间，忽闻西北角上喊声大起，原来霓裳子率着王凤姑、孙大娘、鲍三娘冲杀进来，直杀得阵中鬼哭神嚎，所有暗藏的那些鬼使神兵，以及阴魂之气，见了鲍三娘这产妇，怕她的秽恶之气，藏的藏，躲的躲，跑的跑，乱乱纷纷，阴阴哭泣。徐鸿儒听了这一派声音，知道不妙，当下就向王能虚晃一剑，拨回四不像，直向西北角上喊声起处杀去。

正走之间，忽见小军纷纷前来报道："禀法师，现有一个道姑率领三个妇人杀入阵中，势甚凶猛，已踏翻了好些兵卒，所有那些神兵神将，皆各处逃避。那三个妇人、一个道姑，好生厉害，万难抵敌。她等已杀往落魂亭去了。"徐鸿儒一听，只吓得心惊胆裂，也就往落魂亭而来。

走未多远，只见默存子带领杨小舫往明门杀进，海鸥子带领包行恭从死门杀入。余七正与海鸥子、默存子、包行恭在那里相敌，拦住去路，徐鸿儒不能越过，只得也就上前相助余七敌杀。这死门系各种秽气所积，即排阵的人也不能经受此气，哪知海欧子有了辟秽丹，不但秽气消除，反而香风扑鼻。徐鸿儒与余七二人心中好生疑惑，暗道：这香风从何处而来，竟能将秽气扫除净尽？

正自惊讶，忽见半空中有五六道白光，直向徐鸿儒、余七飞下，两个妖道好不惊骇，说声："不好！"才要避让，只见一道白光，如闪电般向徐鸿儒顶上射到，徐鸿儒赶急逃避，哪知这白光直赶过来。不知徐鸿儒性命如何，且听下回分解。

第一百五十二回　闻内变妖道惊心　遇仇人鸿儒切齿

话说徐鸿儒见一道白光，直从顶上射下，他知道不好，当即赶着躲避。哪知那白光直追下来，他也就赶着将手中宝剑掷向空中，托住那道白光，在上盘旋飞舞相斗。

你道这白光是何人的宝物？原来就是玄贞子、傀儡生、梦觉生、漱石生、鷦寄生、河海生等人掷下。他们却不曾由那十二门入阵，系从空中各处兜拿，恐防徐鸿儒、余七、非幻道人逃走，所以在空中相等。方才见徐鸿儒、余七二人在那里与默存子、海鸥子相敌，所以急从空中吐出宝剑，取他们首级。

徐鸿儒正与那白光相斗，又见小军前来报告说："落魂亭被一枝梅、一尘子、狄洪道、飞云子冲倒，现在与余小姐、徐鸣皋六个人杀入后帐去了。"徐鸿儒这一听，可真如半空中打下一个霹雳，大惊失色。暗道："何以落魂亭被他们冲倒？难道余秀英又从了敌人不成？"复又想道："是了，余秀英初来时就将徐鸣皋带去，她说与他有仇，一定是这贱婢将他救活，与他有私，作了奸细，里应外合。这也是我见事不明，至有今日。若能将贱婢捉住，不给碎尸万段，誓不为人！"

正自怒不可遏，又见一队小军狼狈而来，口中怨道："我家王爷要听些妖道邪术，摆什么非非阵，现在被官军破了，连累我们在此受苦。不必说官军要杀这一起妖道，便是我们也要将这三个妖道捉住，碎尸万段，方雪心中之恨！"这一起小军正自怨恨，一路狼奔鼠窜而逃。徐鸿儒听了此言，随即拿住两个问道："你等是把守哪一门的?”那两个小军道:“还问什么把守哪一门,十二门眼见得被人家全破完了。我们是把守亡门的。”

徐鸿儒见说,更加惊道:“尔等为什么不将敌人引到那极冷的处所,将他们冻僵了?”那小军道:“何尝不曾引他们前去,只见他们进了亡门,有一个道人就拿出一把折扇连连摇动。先还冷气逼人,就因他那扇子摇动之后,不知如何,那冷气全没有了。不但冷气没有,而且和暖异常,他们就从里间大杀起来。那时余大法师又不知到何处去了,也无人抵敌,只得听那一个道士、一员大将左冲右突,杀个不休。幸亏我们还是跑得快,不然也被他们杀死了。”

徐鸿儒见说了这番话,知为温风扇破了亡门阵,心中惊道:“莫非我那温风扇,又被余秀英那个贱婢换去不成?”说着,就从豹皮囊中取出那把假的摇了两摇,哪里有什么温风,倒是凉风习习。徐鸿儒这一恨,可实在非同小可,因恨声说道:“吾不料这一件大事,竟坏在这小丫头手内!”恨声未已,只见非幻道人狼狈而来,向徐鸿儒说道:“师父,大事去矣!我们再不赶早逃走,必有性命之虞。”

徐鸿儒道:“难道十二门俱被敌人破去不成?”非幻道人道:“何尝不是,而况落魂亭又被人冲倒,此阵最系紧要的,全仗此亭,今此亭业已冲破,尚有什么望想呢?此事总不恨别人,只恨余秀英这个贱婢私通敌人,将师父的法宝、自己的光明镜,一起送与敌人,焉得此阵不破!”徐鸿儒道:“既然如此,我与你杀入后帐,寻着那个贱婢,将他捉住,把他碎尸万段,砍为肉泥,以报今日之恨!”说着就恶狠狠地与非幻道人一路杀往后帐,去寻余秀英报仇。

你道那伤门、亡门,风、沙、水、石四门,计共六门,如何一齐破法呢?小子只有一枝笔一张口,万万不能兼顾交代。此处必要,暂停彼处,演说彼处,必要暂停此处,所以都有个先后。且听小子慢慢将这六门如何破法的情形,细细说来,然后再来总写。虽说演这小说,也如行文一般,有总写、有分写,有逆写、有顺写,缺一不可。就如先说大兵一齐杀入阵中,这就是总写;后来逐门演说如何破法,这就是分写;忽然小军报道如何如何,这就是逆写;贼兵与官兵如何对敌,这就是顺写。所以一枝笔要分出几等文字出来。

如今再说御风生带领周湘帆杀入伤门,那一股热气,真是令人难受。御风生即将招凉珠取出,登时就凉爽异常,大家便并力杀进。那云阳生率领徐庆杀入亡门,起先也是冷气侵骨,后来将温风扇取出,登时将冷气化尽,所以破了亡门。

那风、沙、水、石四门,由独孤生、卧云生、罗浮生、一瓢生率领伍天熊、焦大鹏、卜大武、李武四人,当进阵之时,只见狂风大作,走石飞沙,而且从半空中倒下水来,犹如翻江倒海一般。那种水势,实也厉害。后经一瓢生在身旁取出一个木瓢,登时将所有的大水收入瓢内。罗浮生将手中拂尘一扫,登时那些飞沙也就不知去向,独孤生念了熄风咒,那狂风也就无影无踪。卧云生又将许多石块用宝剑一阵挥,那石块也纷纷落下,变成许多红豆。

这种是些妖术惊人,只要有人破他,顷刻毫无用处。所以他四人破了妖法,伍天熊等这一起生力军,便在阵里大杀起来,还有哪个能敌得住?虽然非幻道人邪术厉害,既有独孤生等四人在此,非幻道人也不能抵敌,所以将非幻道人杀得大败而逃。

非幻道人遇见徐鸿儒说明原委,恶狠狠便去后帐寻找余秀英。绕过落魂亭,却好一尘子、飞云子、一枝梅、狄洪道迎面而来。他四人一见徐鸿儒、非幻道人,团团围住,并力厮杀。此时,徐鸿儒、非幻道人实在抵敌不住,只好又用邪术,预备惊人。只见非幻道人急急地在身旁取出一包赤豆,口中念念有词,向空中一掷,登时半空下来无数神兵,往着一尘子等人杀到。

一尘子见了此等妖术,真是好笑,正要用宝剑去破,不料傀儡生正走此经过,一见下面如此,即刻将宝剑往下一指,那些神兵尽变成些赤豆坠落下来。徐鸿儒见撒豆成兵的法术不行,他也就将背后葫芦取下,将塞子拔去,倒出一把碎草,口中也是念念有词,将碎草向空中一掷。顷刻间,腥风大作,有无数的豺狼虎豹,张牙舞爪向一尘子等扑来。飞云子急将手中宝剑迎着那些怪兽,一声大喝道:“孽畜,还不给我速变原形!”那些怪兽经飞云子的宝剑一指,说也奇怪,登时不知去向。只见些碎草飘飘地落下。

徐鸿儒此时知道斗他们不过,便大声喝道:“你这两个恶道,我等与你世无仇隙,尔今既然与我等寻仇,可不要怪本真人下毒手了!”一尘子笑道:“好妖道,谁不知你是白莲教首,本师早已要将你擒住,以免后世之患。尔尚敢恃仗妖术,在本师前显能,你有什么妖术,只管使来,好让本师给你扫除尽净。”

一尘子话犹未完,只见徐鸿儒将口一张,冲出一道黑气,直往一尘子等人罩来。一尘子见他这黑气来势凶猛,赶着腾空而起,早已飞向空中。一枝梅、狄洪道二人不能腾空,竟被这黑气冲倒在地。徐洪儒一见他二人被黑气冲倒,急将手中宝剑向他二人砍去。正要砍下,忽然半空中一个大霹雳往下一震,徐鸿儒猝不及防,被那霹雳一唬,手一松宝剑落于地下。

一枝梅、狄洪道本来被黑气冲倒,昏迷不醒,今被这个霹雳一震,反将他二人震醒过来。说时迟那时快,只见他二人一个转身,立刻站起,好似精神陡长一般,又复奋勇杀来。此时徐鸿儒手无寸铁,如何厮杀?正在危急之际,却好余七败逃至此,一见徐鸿儒危迫异常,也就赶杀过来,才将徐鸿儒救出。非幻道人仍与一枝梅、狄洪道二人抵敌。

余七将徐鸿儒救出,便向他说道:“师父,我们走吧,再不走性命就难保了。”徐鸿儒心下也是急急想要逃走,只因非幻道人还被一枝梅等困住,因道:“你大师兄还在那里,我同你奋力将他救出,再行逃走,不可将他一人抛在此间。”余七不敢违命,复翻身去救非幻道人。哪知才翻杀进去,却好遇见徐鸣皋、余秀英、霓裳子、王凤姑、孙大娘、鲍三娘一齐杀出。

徐鸿儒一见余秀英,真是切齿的仇人,焉得不赶杀上去?却恨手中并无寸铁,不得已急将捆仙索取了出来,直往余秀英抛去。不知余秀英能否不为捆仙索所擒,且听下回分解。

第一百五十三回　焦大鹏独救余秀英　王凤姑力斩非幻道

话说徐鸿儒急将捆仙索向余秀英抛来，余秀英正在那里厮杀，忽见一道红光从自己顶上罩下，知道不好，急思躲避，哪里来得及，早被捆仙索将她缠住，拉倒在地。徐鸿儒大喜，便急急抢过来，正要将余秀英拿去。

忽见焦大鹏从空中飞下，先将宝剑在徐鸿儒脸上一晃，徐鸿儒一惊，往后一退。就在这一点工夫，焦大鹏早将余秀英背在身上腾空飞去。徐鸿儒一见焦大鹏救去余秀英，他就腾空追赶上去。哪知等徐鸿儒飞身腾空，焦大鹏早已背了余秀英走了好远。徐鸿儒哪里肯舍，还是紧紧追赶下来。

正赶之间，傀儡生又从迎面过来，拦住去路。徐鸿儒一见，更不答话，急在豹皮囊摸出一块压神砖，口中念念有词，直往傀儡生打去。傀儡生正要上前去杀，只见上面一道金光，光中闪闪烁烁，直往自己打到。傀儡生不敢怠慢，急将袖子一抬，口中说道："好宝，好宝，且到此处藏身。"一声说毕。只见那压神砖轻轻落入傀儡生袖中去了。

徐鸿儒一见大惊，当下切齿骂道："好恶道，胆敢将本真人法宝收去，若不将你捉住，碎尸万段，誓不收兵！你既有如此神术，本真人今日与你拼个你死我活便了。"傀儡生笑道："妖道，你有法宝尽管放出，本师惧你也不算本师法术高超、神通广大，你若再迟不放，本师就要拿你了。"

徐鸿儒听见此话，直气得三尸冒火，七孔生烟，复又将口一张，又是一道黑气，直往傀儡生冲去。傀儡生看得真切，见他才把口张开，知道他有毒气冲出，却是预备停当，一见黑气冲出，即将左手一放，忽见一道红光直射过去。接着一个霹雳，将那一股黑气震散空中；复又一个霹雳，便将徐鸿儒从空中打落下去。傀儡生见徐鸿儒被五雷符打落下地，登时也就飞落尘埃，手起宝剑，预备结果他性命。哪知傀儡生方才脚踏实地，徐鸿儒已不知去向，却杂在乱军中逃走去了。

傀儡生说声："不好，这妖道想是会五遁的工夫，不然何以才落下来便即不见，若此次再被他逃走，我等可就惭愧了。"因即暗道：我何不如此如此，权且将他摆下，等将非幻道人及余七捉住，再行前去捉他，料他也不能逃走。主意既定，即刻用宝剑在地下一画，又向东南西北四面画了许多圈子，口中又念了两遍咒语，复将宝剑又向空中一画，也对着东南西北画了许多圈子，口中也念念有词。

你道他这是何故？原来傀儡生恐怕徐鸿儒借遁逃走，因此撒下天罗地网，使他上天无路，入地无门，终究总要将他捉住。傀儡生作法已毕，并不问徐鸿儒现在何处，却去帮着大众协拿非幻道人、余七二人。

再说非幻道人与一枝梅、狄洪道战得难解难分，却好余七反杀进来相救，非幻道人见余七杀到，也就抖擞精神，一同奋力杀出。走未多路，忽遇默存子、海鸥子、山中子迎面杀来，余七、非幻道人接着又杀了一阵，好容易杀出重围；走未多远，霓裳子、王凤姑、鲍三娘、孙大娘又迎面截住去路，非幻道人、余七接着又是一阵大杀。

此时，余七却是筋疲力尽，万不能再顾非幻道人，只好腾空逃走。大家正杀之际，忽见风从地起，余七便随着风向东南方逃走去了。霓裳子也不追赶，只是围着非幻道人，不得让他出围。

非幻道人此时见是独身，师父、师弟一个不在此处，心中也甚着急，只得又用邪术，顶备且挡一阵，好借此脱逃。一面暗想，一面即将坐下梅花关鹿头上一拍，那鹿把口一张，登时烟雾迷空，火光彻地，飞沙走石，骤雨狂风，一齐向大家扑了过来。霓裳子一见，哈哈大笑，道："本师早料你智穷力竭，无计可施，只好再用这邪术以为脱逃之计，不知你这诡术只能唬那无知的愚人，若在本师面前卖弄这妖法，本师有何惧怕。"说着将手中的宝剑一指，立时天朗气清，风沙顿灭。

非幻道人知道抵敌不过，急急反身逃走，霓裳子哪里肯容他再逃脱过去？当下一声说道："你等可用力将他捉拿了，若他再有邪术唬人，尔等只管与之厮杀，不要惧怕，自有本师破他的妖术。"王凤姑、孙大娘、鲍三娘等一闻此言，更加抖擞精神，复又团团将非幻道人围住，真个是围得如铜墙铁壁一般。王凤姑的双剑、孙大娘的双枪、鲍三娘的双刀，三个人直奔非幻前后左右，三处上下逼杀过来。

非幻道人此时实在是精神疲惫，而且寡不敌众，只见他遮拦格架，并无还兵之功，直杀得他气喘吁吁，欲遁无门，欲逃无路。渐渐抵敌不住，却又无隙去行妖术，只得叹道："罢了，罢了！我今想，与你等是个劫数。也罢，不如与你等拼个你死我活吧！"说着手起一剑，直向王凤姑腰下刺来。王凤姑将身子一偏，让过这一剑，正要还剑刺去，却好孙大娘双枪从斜刺里向非幻左肋刺进。非幻急急去迎，接着鲍三娘双刀又向非幻当头砍去，非幻来不及遮格，左肩上中了一刀，只听"哎哟"一声，非幻往后边一闪。

王凤姑看的真切，知道他肩上已中一刀，乘势起右手剑，趁非幻向旁闪躲之际，迎着非幻左肋刺了进去。此时任他再有妖术，也不能施展，已是跌倒在地。王凤姑手疾眼快，立刻起左手剑使劲一挥，将非幻砍为两段。当下取了首级，挂在身旁。霓裳子见非幻已死，那些败残兵卒，也就不肯全行伤他，当时便带着王凤姑、孙大娘、鲍三娘出阵而去。

再说余七腾空而行，走到半空，忽遇玄贞子从背后击了一剑，余七急急掉转身躯，预备迎敌。可巧他才转身，却好那飞剑已经砍到，余七来不及躲避，却被玄贞子的飞剑将余七的头颅削去半个，余七登时也就跌落尘埃，死于非命。这也是他恶贯满盈，应该如此。三个妖人已死了两个，还有徐鸿儒一人不知去向。

且说傀儡生自将天罗地网散布起来，恐防徐鸿儒借遁而逃。果然不出傀儡生所料，徐鸿儒自从被霹雳打落尘埃，登时杂在乱军中逃走。他打算混在里面脱逃而去，哪知处处把守甚严，走到这里也有人拦住去路，逃走不去，走到那里，也有人阻住去路，逃走不出。后来他急得没法，暗道："我何不借土遁而逃，谅他们这些把守的人，再也寻不到我了。我只要逃出阵中，回到山上再炼工夫，来报此仇。"因此他便借土遁逃走。哪里知道早被傀儡生所料，已布了天罗地网。

徐鸿儒各处走了半会儿，还是走不出去，就如铜墙铁壁一般，毫无隙缝可遁。徐鸿儒大惊，暗自说道："难道他们布了地网不成？也罢，我不由此逃走，且再向空中逃去便了。”于是又从地下飞入空中，准备腾空而去。哪里知道任他腾云驾雾，走到东东有天罗，走到西西亦如此。东西南北四面都已走遍，终究逃走不出。又走了一会儿，连方向都认不出了。心中暗道：“我敢是杀昏了，将一点灵性迷住了不成，且稍停片刻，定一定神再作计议。”

正待歇下，忽见玄贞子、傀儡生二人驾着云头翩然而来，望着徐鸿儒笑道：“妖道，你何不逃走，还在这里等死吗？本师今饶汝性命，汝尽管逃去，本师再也不追，好让你回山修炼工夫，再来报仇雪恨，你可快快去吧。”

徐鸿儒一听此言，真是惭愧无地，明知玄贞子、傀儡生是有意嘲笑于他，知他逃走不出，反而使他快去。你道徐鸿儒被这一顿嘲笑可急不急、能忍不能忍吗？当下也就怒道：“本真人误中尔等诡计，这也是我偶尔不明，尔等若果真让我回山，本真人若不来报此仇，也不算生于天地之间。”玄贞子道：“尔罪当诛，尔尚不知自悟，还说什么报仇，给我归阴去吧！”说着一剑砍来。究竟徐鸿儒生死如何，且听下回分解。

第一百五十四回　玄贞子飞剑斩妖人　王守仁分兵取二郡

话说徐鸿儒被天罗地网拦住，无处可逃，又巧遇玄贞子、傀儡生二人，被玄贞子一剑砍到。徐鸿儒当下仍不知悔悟，还要抗敌。只见他见玄贞子一剑砍来，当即躲避闪让，后来渐渐不支，这才撒腿就跑。玄贞子也就赶下去。赶了一会儿，玄贞子可不耐烦再赶，便将飞剑吐出口中，说道：“速代我将白莲教首徐鸿儒速速斩讫，前来复命，毋得迟延！”

那飞剑遵命而去，不多一时已将徐鸿儒首级割下。飞剑回头，玄贞子知已斩讫，仍将飞剑吞入腹中。便同傀儡生将徐鸿儒的尸首寻着，又将他的首级寻出来，交与小军，以便带回大营示众。傀儡生这才将天罗地网撤去。三个妖道全行斩讫，但是那些贼将、贼兵早死了十分之九，不过只有一分未遭杀戮。官兵亦有死伤之辈。真个是尸如山积，血流成渠，好不痛心惨目。

此时，早有人报知王元帅而去。元帅闻得大奸已诛，妖道全行授首，即命传令收军。当下玄贞子等人即收兵回营。王元帅又复命人招降残兵败卒，不愿降者准其回家归农。此令一下，那些败残贼众无不欢声遍野，降者即投入营，不愿降的也就各逃性命而去。王元帅又命在就近挖了许多大坑，将贼众尸骸掩埋起来。然后一同整队回营而去。当日无话。

次日，即将各将分别记功，又命王凤姑、孙大娘分别回去。当有伍天熊禀道：“末将妻子现在已不便仍回九龙山，因山上所有房屋一切，于末将下山时悉数焚毁，只带得些细软出来，现在只好随营效力。”

王元帅道：“将军虽立功心重，但是你妻子方经产后，此时实出于迫不得已，请她来此交战。现已事毕，正需调养，以壮筋骨，而况她还有乳抱，何能随营？本帅倒有个主见，九龙山既不便，莫若随同焦义士家眷一起居住，何等不好。但不知焦义士及二位女英雄可能答应否?”只见焦大鹏说道:“元帅之意极好极好,伍天熊也是某之义弟,某之妻子便与天熊的妻子妯娌了,一起同居,有何不可?而且彼此均有照应,就便伍天熊随营立功,也可放心得下。”

王元帅听了此言,甚是欢喜,因又笑说道:“义士虽已答应,但不知两位女英雄所见相同吗?”话犹未毕,王凤姑、孙大娘二人即走上前来,说道:“妾等也知夫唱妇随之义,夫既答应,妇能不从?而况又奉元帅的钧命。就使妾夫不行,妾等还要从旁说项;妾夫既应,妾等自当相从。而况鲍三娘与妾等虽相聚未久,彼此亦甚相得。特恐鲍三娘嫌妾家蜗居,不愿前去,那可不敢勉强。”鲍三娘其时也在旁边,当下说道:“得与二位贤姊朝夕聚处,是妹之幸也!何为不愿?”

王元帅见她们情投意合,也甚羡慕,因又说道:“难得你们均如此义气,真不愧女中豪杰了。”说罢,王凤姑等退下,也就即日收拾,预备起程。到了次日,便来告辞。王元帅便命焦大鹏送他三人回去,又命他即速前来。焦大鹏答应,当即出营送眷口回家。不到十日,他又来营效力,趁此交代。

且说王元帅见诸事已毕,便命各营休息三日,即便拔队前往南昌,诛讨逆首。玄贞子等知他又要进兵,也就告辞要去。王元帅苦苦相留,七子十三生均坚执不肯,王元帅也不敢相强,只得听其所之。不过临行这日,备办了四桌盛筵,给七子十三生送行而已。临行时王元帅又坚请七子十三生,如遇疑难之事,仍求他们帮助,七子十三生也满口答应而去。

看看已到三日,王元帅正欲传令克日进兵,忽报吉安府知府伍定谋到营拜谒。王元帅当即相见。吉安府先给元帅贺了喜,然后说道:“顷得各路公文来报,声称各路勤王之师已陆续起程,不日即至,不知元帅何日拔队?”王元帅一听各路勤王之师已陆续应檄而至,不禁大喜,遂与吉安府道:“本帅准于后日拔队,克日驰往便了。”

吉安府道:“卑府之意,拟请元帅稍待,俟各路勤王之兵齐集,再行聚众定谋,而后进兵,较为妥善。”王守仁道:“贵府之意虽善,但逆贼早除一日,则朝廷早分一日之忧,若待各路勤王之师到来,犹恐虚延时日。”吉安府道:“元帅高明,亦复妥善,但卑府还有一计,不知元帅之意如何?”王守仁道:“某愿闻教。”

伍定谋道:“元帅屯兵于此,以待各路勤王之师。可一面分兵一半,倍道进救安庆、南康;却使间谍前往南昌,诈称大兵直取二郡。宸濠闻言必出全力去救。卑府料他所以必救者,以其南康得而复失,失而复得,宸濠断不肯舍此不要;安庆又为他钱粮根本之地,他又安肯弃之?只要他出全力去救南康、安庆二郡,则南昌精锐悉出,守备皆虚,然后直捣南昌,使彼解围自救。再合安庆、南康二军逆击之湖中,蔑不胜矣。不卜元帅尚以为然否?”

王守仁听罢大喜,道:“此计甚善,某当从之。”吉安府又谈了一会儿,当即辞退。王元帅即命徐鸣皋、卜大武、王能、徐寿带兵一万,星夜倍道驰救南康;一枝梅、周湘帆、李武、罗季芳带兵一万,星夜倍道驰救安庆。一面密差心腹,星夜前往南昌布散流言,诈称大兵分两路,绕道南昌,倍道驰救南康、安庆。元帅分拨已定,徐鸣皋、一枝梅等两路兵也就即日拔队前往,那心腹间谍也于次日驰往南昌,布散流言。

话分两头。再说宸濠自余秀英去后,便日望报捷。等到半月之后,并无消息,他却日日饬令探马前往吉安哨探。到了二十一这日,有探马报去,说是二十二官军约定破阵。宸濠闻言更加盼望,总冀官军全军覆没,他便可长驱直入,早定奸谋。二十二这日更是探马络绎不绝,一起一起去报。先还是报的官军已入大阵,接着探报官军入阵后并无大败情事,宸濠已是不甚畅悦。哪知越报越坏,直至末了,报称我军全军覆没,徐鸿儒、余七、非幻道人被七子十三生打得大败,破了非非大阵,三人阵亡,余秀英投降敌军而去。

宸濠一闻此言,大叫一声:"气煞我也!孤费了许多心血,今日一败至此。丧了孤的兵马犹觉罢了,惟杀死三位仙师,使孤将来又仗谁人帮助?"便与李自然说道:"幸军师助我,当以何法击败守仁?"

李自然道:"今徐鸿儒等既死,南昌大将无多,精兵亦不甚敷用。为今之计,急宜广招将士,再集精兵,更图良法,与守仁死战。不知千岁以为何如?"宸濠道:"孤亦有此意,惟事不可迟,可作速出榜,招集将士。且闻守仁又曾发檄文调集各路兵马未到,出兵以击之,尚可获胜。若再迟延,各路兵马一来,更难御敌了。"李自然道:"某当即刻去作榜文,使人分贴各城门,招集将士。"宸濠遂退入后宫。

李自然遂即送了榜文,命人连夜刷了百千张,往城乡内外各城门分贴而去。不到十日,又招集死士十六名,兵卒五万,宸濠就命自然分别编立营伍,仍命邺天庆统带,终日在城内教场操练,以便择日进兵,逆击王守仁。

且说间谍不日来到南昌,先在城中逢人说项:"王元帅已派令徐鸣皋、一枝梅等十二员大将,分别带兵两路,每路精兵五万,倍道驰救安庆、南康。王元帅的大营仍扎吉安,专等各路兵马到齐,再行会同进攻南昌。"如此云云,在城中布散了一日。由是一传十、十传百,到了次日,南昌合城俱皆知道。

当有人传到宸濠面前,宸濠一闻此言,即请李自然议道:"似此敌军分两路大兵进救南康、安庆,若这二郡一失,南昌孤立,孤更无所倚靠。况南康、安庆为孤钱粮根本,根本若失,孤岂能独立乎?军师有何妙策可解此围?"李自然道:"恐其中有诈,千岁可再使人探听的确,再作计议。"宸濠答应,即刻就命飞马去探。不到一日,探马回来,与前言适合,宸濠又请李自然商议。不知李自然想出什么计来,如何布置,且听下回分解。

第一百五十五回 朱宸濠议救二郡 徐鸣皋智败三军

话说宸濠与李自然议道:"今据探马回报,实系王守仁分派两路大兵,进救南康、安庆。似此若不速救,二郡一失,不但孤不能长驱直入,连这南昌城孤亦不能守矣。军师当如何速救?"李自然道:"在某之意,官军既分两路前去,势必骁勇异常,若不速救,二郡必失。为今之计,莫若千岁亲往,督率各将努力向前,务要此两郡守住,方保无虞。安庆现有雷将军把守,急切尚不致有变。南康却无大将,千岁最好率同邺将军,带领精锐去救南康,不知千岁意下如何?"

宸濠听罢道:"军师之言甚合孤意。但是大军一出,南昌空虚,万一敌军袭其后,又便如何是好?”李自然道:“某早虑及到此。千岁可率原有精锐,去救二郡,新招之兵留于此地,某当任之。且料王守仁所恃者,惟徐鸣皋一流,今徐鸣皋等悉出,彼处亦无大将,断不敢来。即使前来,某以五万之众当之,断不致有失。而况王守仁须待各路兵马齐集方才拔队,各路兵马尚不知何日到来,所以料他断不敢乘虚而入。千岁但请宽心,但注意于安庆、南康,此间不必遥为之虑,某当竭力保之,以报千岁豢养之德。”

宸濠听罢,当即说道:“能得军师力任,孤无忧矣。”说罢即传令出去,命邺天庆统领精锐三万,战将十员,即日随同前赴南康。又命左飞虎率领精锐一万前往安庆,以厚雷大春的兵力。此令一出,邺天庆、左飞虎当即挑选精锐,听候起程。次日宸濠即带同太监、宫女、仆从,督率邺天庆等督队起程,直往南康、安庆两郡进发。

话分两头。且说徐鸣皋、一枝梅等八位英雄,分领雄兵二万,趱赶倍道而行,沿途探听,早探得宸濠亲自统兵向南康、安庆进救。徐鸣皋、一枝梅等两路一闻此信,反倒缓行,让他先到。本来去救安庆、南康是诈,令宸濠悉出精锐,欲使南昌空虚,以为袭取之计。只要南昌一得,宸濠必率大兵回救南昌,而南康、安庆不解自解。所谓兵不厌诈,即此之谓也。所以徐鸣皋、一枝梅两路兵马,一闻宸濠已出精锐前往,故意沿途逗留,缓缓而进,料彼精锐已抵南康、安庆,然后再行进兵,此又所谓移缓救急之计。

宸濠自督兵出了南昌,真是马不停蹄,人不歇宿,日夜兼程趱赶,惟恐南康、安庆两郡失守一路。风驰电掣,不到数日,两路兵俱已驰抵。宸濠当即进了南康城,所有大兵悉数驻扎城外。宸濠即将守城知府传来,说道:“孤因王守仁分派大兵前来攻取,因此孤亲督精锐驰抵来救,尔等亦曾有所闻否?”南康知府王云龙说道:“便是卑府早闻此信,昨已飞告前去,禀请千岁发兵前来,以御敌兵到此。今千岁亲临,则南康可保,万民无忧矣!”

宸濠道:“但是大兵云集,合营钱粮、兵饷,总望尔悉心筹划,无使三军乏缺才好。”王云龙道:“千岁勿忧,自当悉心筹度,以应兵饷。”宸濠正与王云龙需索兵饷,忽有探子报道:“启王爷:探得徐鸣皋所带大兵已离南康六十里了。”宸濠听罢,拈须而笑曰:“幸赖孤有先见之明,督兵趱赶到此,不然敌军一到,此城危矣! 可幸之至!”王云龙从旁贺道:“此乃千岁洪福,烛照之明也!

宸濠闻言大喜,当下命知府退出。此时宸濠即以南康府署为行宫,南康知府另迁他处暂住。王云龙退出,宸濠即退入后堂,自与宫娥取乐去了。一宿无话。

次日,宸濠即传令邺天庆进城谕话,邺天庆闻传,当即来到城中,与宸濠参见已毕,站立一旁。宸濠问道:“徐鸣皋所带之兵,将军可曾探听的确,现到何处? 离城尚有多远? 曾否立寨安营?”邺天庆道:“某已饬令哨探前往探听去了,尚未据探回报。昨报该兵离城六十里,大约今午便可立寨了。”

宸濠道:“孤今与将军约定,一俟徐鸣皋大队一到,不必等他立寨已定,即出全队冲他营寨,先挫动他的锐气,使他望风而寒。部下各将亦望转饬,务使努力向前,不可存退缩之意,此所谓先发制人,不可有误。”邺天庆诺诺连声而退,即刻出城,转饬各军去了。

再说徐鸣皋所带大兵，沿途探得宸濠已入南康，郸天庆为统领，所部精兵三万、战将十员，于南康城外驻扎。徐鸣皋闻报，也就离南康二十里安营下寨，即刻与王能、卜大武、徐寿等三人议道："今我军方到，贼军必俟我军安营未定，率兵前来冲营，贤弟等可分三路防敌，每一路设弓弩手五百人，暗伏营门左右。敌军若来冲突，可出弓弩手并力射之，使他不能立足，但看他后队一动，我军即出全力掩杀过去，使他从此不敢正视。务宜各自小心，严戒众卒，切防要紧。"

王能、卜大武、徐寿三人唯唯得令，即刻挑选了一千五百名弓弩手，皆于营门内分三路预伏停当，以待贼兵前来抢营。徐鸣皋自己即与王能、卜大武、徐寿三人亦皆戎装戎服，立马以待。

且说郸天庆自得了宸濠之命，便一起一起使人哨探，忽见报马来报：敌军已于二十里下寨。郸天庆一闻此言，即刻出齐全队，如风驰电掣般蜂拥而去。走未一会儿，已望见官兵正在那里安营，当下一声炮响，鼓角齐鸣，贼众一齐奋勇冲杀过去。

徐鸣皋等人却也早已望见，于是传令各营不动声色，等敌军将至营门，但听梆子响，即将弩箭射去。传令已毕，那一千五百名弓箭手，皆伏在营门左右，真个是不动声色。贼军不知徐鸣皋早已料及，见敌军若作不知，贼军便一鼓作气冲杀过去。前队才至营门，忽听一声梆子响，只见从内营发出箭来，万弩齐施，箭如雨下。看官，你道这一千五百名弓弩手一齐发箭，任他贼军再多，可能抵敌得住吗？

贼军见官军已有准备，而且这箭如飞蝗，怎能冲杀进去？便思引退。怎奈郸天庆在后督队，将那大鼓打得咚咚的，尽力催战。前队无奈，又冲杀了一阵，仍是冲杀不进。当下前队就有人报道后队，郸天庆闻言大怒，便即飞马向前，督率前队猛力攻击。及到了前队，果见箭如飞蝗，三军中箭死者不计其数。看见如此光景，真是冲杀不进，只得命各军暂停少时，再行冲杀。各军答应，正中下怀，于是就在外面虚张声势。那一千五百名弓弩手见敌军不攻，也就停箭不发，彼此相持了有半个时辰。

郸天庆见官军营里无箭射出，以为他箭射完了，又命众贼军杀进去。众贼军才去冲杀，那一千五百名弓弩手又将箭放出。如是者有两三次，郸天庆也知冲杀不开，正要传令退军，忽见一骑马飞跑而来，报道："请将军速速退兵，徐鸣皋统带大兵前去袭城了！"郸天庆听了此言，好不惊惶失色，当即传令："将后队为前队，速速退兵！"此令一出，众贼军哪敢怠慢，登时蜂拥往后退下。

官军营里有人登高陈望，见贼军后队大乱，知道中计，即刻报知中军。王能、徐寿、卜大武三人一闻此言，各带精兵一千，登时提了兵器，飞身上马，一声炮响，冲杀出来。郸天庆猝不及防，所有的贼军自相践踏而死者不计其数。

郸天庆正在催督各军且战且走，忽又一骑马迎面跑来，那马上的人大声喊道："请将军速速退兵，官军攻打城池甚急！"你道郸天庆听了这话怎得不慌不急，于是更加催督人马，火速向南康而退，好去解围。哪知他愈催速退，众贼兵愈走不起来，众官兵愈加掩杀得急。官军直杀十里之外，方才不追。就此一阵，以官军三千敌贼兵三万，且杀死贼兵有五六千人。

郸天庆此时也不及兼顾，只知率领众贼兵赶急回城，恐怕南康被徐鸣皋带领大兵袭去，所以如风驰电掣般急急而回。究竟南康攻打如何，且听下回分解。

第一百五十六回　攻大寨贼将丧师　献计谋元帅诈病

却说邺天庆急急带领众贼兵，蜂拥退回南康，直至城下，那里有一个官军在那里攻打，此时邺天庆方知中了敌人之计。只得安下营寨，计点折伤兵卒，共有五六千之多，所谓要挫动敌人的锐气，反伤却自己的三军，心下好不懊恼。当下只得进城，将原委禀明宸濠。

宸濠一闻此言，大怒道："孤以尔为久列戎行，必能克副其职，敌军未曾攻杀进去，反打动我军锐气，难道临时不及检点吗？"邺天庆道："末将自知罪有应得。但是据两探马去报，末将也曾细意详察，衣服号褂皆是我军打扮，所以误中其计。但不知这两个探子从何处而来，为什么作了奸细？还得要细细打听。"宸濠闻言，方才稍为息怒，当下说道："既如此说，尚可姑容，但以后必须格外小心详察要紧。"

邺天庆诺诺退下，好生不乐。回到营中，密派心腹前去探听，后来探听出来：原来是徐鸣皋当大破非非阵时，杀了两个贼军的探子，徐鸣皋当时即将那探子的号衣，剥了下来收藏好，恐为后来有用它的时候。今日那两个探子，却是徐鸣皋密派心腹，穿了那日杀死的探子的号衣，故意诈称徐鸣皋前去袭城，以乱贼众军心，使邺天庆惊慌不定，急急退兵去保南康，徐鸣皋好乘此掩兵杀过来，可以大获全胜。邺天庆此时方才大梦初觉，虽然如此，却是恨徐鸣皋犹如切齿。

话分两头。再说徐鸣皋大胜了一阵，心中好不欢喜，当命众小军仍将发出之箭，悉数拣去运回，以备他日之用。当下安营已定，又命众三军严加防守，以防贼军前来劫营。由此就扎定营寨，终日在营督率三军勤加操演，也不前去攻城。

宸濠在城中探得徐鸣皋营内如此举动，好生疑惑，暗道："他既不来攻城，又不退兵，与我军相持上下，这是何故？莫非他又有什么诡计？"又道："他不与我战，我何不再与他战，偏要将他打败，将兵退去，我再一面分兵去攻他郡。不然相持日久，若各路的兵马再齐集至吉安，会同王守仁，再去直捣南昌，我那时更加进退不得了。"心中想了一会儿，又命人将邺天庆传到，令他去敌营讨战。

邺天庆当即受令，到了营中，又复率领众将兵卒前去官军营里讨战，徐鸣皋只是不出。邺天庆见他不出，即命三军骂阵，徐鸣皋仍不出兵。邺天庆见他仍是不出，又命人努力攻打。众贼军奋力前进，营门里又放出箭来，众贼兵不能前进。

邺天庆急得没法，又命三军齐声辱骂，自辰至午，攻打了数次，辱骂了半日。官军营里一若毫不知觉，但把守营门，见敌兵攻打过来，便一齐放箭，不使贼兵越雷池一步。众贼兵渐渐有些疲困，邺天庆并不令众军收兵，只管催督三军猛力攻打。众贼兵虽然不敢违令，却是口应心违，尽管虚张声势而已，离邺天庆稍远的，竟有席地而坐，在那里歇息，并不攻打。

徐鸣皋在营内看得清楚，一见众贼兵俱有疲惫之意，而且阳奉阴违，不遵主将号令，当下急急传令，命众军听候出队。自己也就披挂齐全，率同王能、卜大武，督领精兵预备冲杀。邺天庆正在营外勉强督催众贼兵攻打，忽听敌营里一声炮响，鼓角齐鸣，喊杀之声震动天地；只见营门开处，左有徐鸣皋、王能，右有徐寿、卜大武，各带精兵分两路杀出，夹击过来。那些贼兵以疲惫之众，当精锐之师，如何抵敌得住，只得抛戈弃甲，蜂拥而逃。

邺天庆到了此时，任他军令森严，却也阻拦不住，只得飞马向前，舞动方天画戟，迎杀过来。哪知军心不齐，全不相助，只思逃遁，邺天庆纵极奋勇，也敌不过徐鸣皋、王能、卜大武、徐寿四员万夫不当的大将，只得且战且走。徐鸣皋等只管催兵掩杀，那些贼众抱头鼠窜，自相践踏者亦不计其数。

邺天庆直退至十里以外，见官军不追，方才惊魂稍定，计点三军，又折伤了二三千。此时好不羞愧，因自叹道："我自出兵以来，未有如此大败，尚有何面目去见千岁乎！"遂欲拔剑自刎。当下众将苦苦劝住，方才收兵回营，去见宸濠。

此时宸濠却早知道，虽然怒不可遏，却敢怒而不敢言，犹恐激则生变，反而好言安慰道："敌人诡计甚多，将军亦不及防，今虽又折了二三千人，好在尚未全没，将军暂且回营歇息，再作计议便了。"邺天庆也知道宸濠这番言语，外面虽觉圆融，心里却是不悦，因此羞惭满面，怏怏退下，回营去了。

宸濠见他退出，一人好生不乐，正在那里气闷，忽见探子报进："禀千岁爷，探得安庆雷将军与敌将一枝梅初次出战，即被一枝梅弹中雷将军面门，因此大败一阵，杀伤兵卒不下二三千人。左将军飞虎也被敌军刺伤左腿，伤势甚重。现在安庆闭门不出，敌军攻打甚急。"

宸濠闻言，更加大惊。这起探子才走，忽又有一个探子进来，报道："禀千岁，探得雷将军自败之后，退回城中，坚守不出，复于本月初八夜潜师出城，暗劫敌寨，敌军未备，雷将军大获全胜。现在敌军退六十里下寨。"宸濠一闻此言，真是一惊一喜，当下心下稍觉畅快，暂且不表。

再说王守仁自从密派间谍潜入南昌，布散谣言之后，不一日又派命心腹前往，探听宸濠曾否出兵。这日据探子回报，云称宸濠已率领邺天庆统兵三万，亲往保救南康；又命左飞虎统兵一万，进援安庆。现在南昌城中，只有新招兵马五万及新得将士十数员，以李自然统领。王守仁大喜，便拟进兵，不一日，又接徐鸣皋来文，声称大败贼兵两阵，计杀贼兵五千余人，已足令贼众丧胆，逆王寒心。王守仁更加大喜。

未加数日，各路勤王兵复又纷纷齐集，王守仁便与大众商议，即日进兵，直抵南昌。各路勤王之兵，亦皆愿归王守仁统带。于是王守仁便命吉安府知府伍定谋为后路督粮，使徐庆为先锋，伍天熊为副先锋，周湘帆、包行恭、狄洪道、杨小舫为随营指挥使，其余各将皆为牙将。计连各路勤王之兵，统共大兵三十万，战将百余员，一路浩浩荡荡，直望南昌进发。

约离南昌不远，伍定谋飞马至中军献计，曰："卑府今有一计，可使南昌唾手可得。"王守仁问道："有何妙计？本帅愿闻。"伍定谋道："现在离城约有七八十里，元帅可即于此处驻扎，一面元帅诈称有病，南昌城中必有细作在此，让他进城去报，使李自然毫不防备。一面元帅暗暗传令，挑选猛将数员，精锐五千，各带火种、沙泥，于夜间潜师倍道前进。到了南昌城下，先将沙囊抛叠城下，由此登高。进城之后，便各处放火，以乱城内军心。然后直入宁王府内，将他所造的那座离宫，能破则破之，否则焚毁起来。设或万来不及，只要将南昌一破，大势定矣！不知元帅以为何如？”

王守仁听罢，大喜道：“贵府之计，其妙无匹，某当遵照办理便了。”伍定谋说罢，仍往后营而去。王元帅当下即传令，命前队一律下寨安营。前队正趱赶前行，忽然传说元帅猝然抱病，属令各营一律下寨，此时徐庆得了这个信，却不知道是计，当即吩咐本部即刻下寨安营，他飞马来至中军见王元帅问候。前队安营已毕，徐庆到了中军，见王元帅坐在帐内，毫无病容，徐庆狐疑不定，因即上前参见已毕，站立一旁，因直视元帅，犹疑不决。

王元帅见徐庆那种光景，知道是狐疑不决，因将伍定谋所设的计策，与徐庆细细说了一遍。徐庆这才明白，原来如此。当下徐庆亦复心中大喜。不知如何袭取南昌，且听下回分解。

第一百五十七回　徐庆夜夺广顺门　自然遁出南昌府

话说徐庆听了王元帅这一番话，真是大喜，当下便请元帅传令。王元帅即命焦大鹏、徐庆、狄洪道、包行恭各带精锐一千，备沙囊火种，于今夜初更出队，倍道潜师，限四更直抵城下。堆叠沙囊，奋勇登城，直入南昌，各处纵火，以乱城内军心，然后齐赴宁王府第，破他的离宫。万一不及大破离宫，只要将南昌袭取过来，便算头功，随后再作计议。徐庆、焦大鹏、狄洪道、包行恭四人答应。

王元帅又命杨小舫、伍天熊二人，各带精锐二千，俟徐庆、焦大鹏等出队以后，便即进兵，以为后应。杨小舫、伍天熊亦得令而去，各回本队，密传号令，只待初更进兵。

话分两头。且说南昌城中早有细作报去，李自然闻言大惊。当下就命那新得的十六员猛将，各带大兵，分别在四城门驻扎，日夜把守，以防官军猝来。这日，又得探子来报，声称王守仁行至距南昌八十五里马家堡，忽然抱病，所有三军一齐就该处安下营寨，须俟王守仁病愈，方才进兵。

李自然一闻此言，好生欢喜，暗道：“我何不趁他抱病之时，便去劫他营寨，先挫动他的锐气。”复又想道：“王守仁诡计多端，说不定他是诈病，故意引我前去劫寨，他却轻骑前来袭城，此却不可不防。万一冒昧前去，竟中了他的诡计，我又有何面目再见宁王。不若仍是坚守为是，纵不得功，也还无过。”主意已定，又命众将仍宜小心把守，不可疏虞。

当下有个新得的将士，名唤陆忠，上前说道：“今王守仁既然半途抱病，军师可即令末将等于今夜前去劫寨，先挫动他的锐气，然后再缓缓图之，有何不可？”

李自然便答道：“将军有所不知，吾料王守仁必非真病，他必诈称有病不行，使我知他有病，定然乘此机会前去劫寨，他却暗暗遣调轻骑，倍道前来袭取南昌，那时我兵精锐悉出,他不难偏师取此城池,这我可就上他的计了。今者我偏不出去劫他寨,但使坚守城垣,即使他有兵前来,我进则可战,退则可守,他又其奈我何?若今夜去劫敌寨,是中其计矣,何可冒昧行事!"

陆忠听了这番话,直是倒头佩服,因道:"军师运筹帷幄,决胜疆场,末将今闻军师之言,使末将顿开茅塞。如此说来,还以坚守为上,敌军兵将虽多,其亦无能为力耳!"说罢退出。

哪知这陆忠也是个言大而夸、口是心非之辈,在此说是以守为上,及至到了外面,反说李自然畏敌如虎,不敢前去劫寨,而且自命不凡,若趁今夜去敌营劫寨,定获全胜,因此颇有气愤之言。却好这夜广顺门就是他轮班把守,他存了个愤恨之心,到了晚间也不去城上巡察。那些贼兵见主将懈怠,自然也就不觉谨慎,跟着懈怠起来。这也是南昌合该要破,宸濠要从此败事,就因陆忠这一懈怠,所以夜间就被敌军攻破城池。闲话休表。

再说徐庆、焦大鹏、狄洪道、包行恭四人,到了下午以后,即命所部各营埋锅造饭,至日夕,各军饱餐已毕,即将沙囊、火种各个带在身旁,只等出队。渐渐离初更不远。

一会儿已到初更时分,徐庆等即命各营一齐拔队,倍道潜行。所有各部兵卒一闻号令,也就即刻拔营起程。分了四路,由徐庆等四人各督一队,真是人衔枚马疾走,直望南昌而去。杨小舫、伍天熊见徐庆等四路的兵业已拔营起程,他二人也就各率精锐兵随后拔队而去。

徐庆等在路趱赶前进,不到四更已经直抵南昌城下。所有各军一至南昌,先将沙囊一个个抛积在地,顿时堆如山积。徐庆首先登城,接着众官兵一齐奋勇由沙囊上跳上城头,一声呐喊,各军即将身旁所带的火种取出,向城头上抛掷过去,顿时焚烧起来。

那些守城的兵看见敌军已经登城,,又见各处火起,好不惊慌,连忙奔往宁王府报信。李自然一闻此报,只吓得心胆俱碎,立刻命人备了马匹,率领众军,前去迎敌。才出了宁王府第,又见逃军回来禀道:"广顺门已被敌将徐庆砍开城门,将敌军放入城内来,请军师速作定夺。"

李自然闻报,即速催督各将兵趱赶前往各门阻住。哪里来得及。一迭连三报称:"各门俱破,现在不知有多少人马杀了进来,其势甚不可敌,请军师速作定夺。"李自然此时也被他们这一阵乱报,方寸早乱,毫无主意,半晌说不出话来,骑在马上只是张口。

正在进退两难之际,忽见迎面来了一队人马,李自然这一惊真非同小可,疑惑敌军业已杀到,拨转马便向东走。尚未走有多远,只听后面连声喊道:"军师,东门是走不得的,现在欲逃出城,只有南门敌兵尚少,可以冲杀出去。军师速速回转,望南门逃走去吧,我等当死力保护军师出城。"

李自然听说此话,在马上回头一看,见后面马上坐着一人,正是左将军吉文龙,此时心才稍定,当下说道:"左将军如何知道南门无多敌军?"吉文龙道:"方才末将从那里来时,见敌兵俱往东、西、北三门各处纵火,是以知道敌兵不多。"李自然一闻此言，也不管城中百姓如何，宁王府曾否围住，只顾自己逃命，当时就与吉文龙逃出南门去了。这且不表。

再说徐庆自从跳上城头，却好此门便是广顺门，说是那陆忠所守之处。因陆忠怨恨李自然不听他劫寨之计，他便怏怏不乐，连巡夜也不巡了，他便去睡觉。他部下的士卒，见主将去睡觉，他们更得其所哉，就安歇的安歇，懈怠的懈怠，不过留有十数个老弱之辈，在城头上寻更，奉行故事而已。

徐庆一见了此等光景，便往城外众军一呼，令各军奋勇而上。众军见主将已经登城，自然也就随即奋勇，一齐跳上城来。徐庆见所部各军已经登城，一面令各军纵火，他便飞身跳下墙头，绕到城门口，将城门上的铁锁砍断，把城门大开下来。此时已是五更，却好杨小舫、伍天熊的那一支后应的兵已到，于是就据住广顺门，不许城中一人一卒逃出。

那焦大鹏、包行恭、狄洪道三人到了城下，也是各率所部，先将沙囊堆积城外，令各军上城。焦大鹏却不由沙囊上登城，他却飞身腾空而进到了城里。见城头上兵卒把守甚严，他也不分青红皂白，吐出口中宝剑，一路先杀了许多兵卒，又杀了两名守城将士。由是众贼兵心慌。外面官军又复奋身一齐上了城头，贼众尚要御敌，遥见广顺门尽皆火起，知道城已破了，不可收拾，因此各逃性命而去。

城中也有五万人马、十数员猛将，何以不出来御敌？只因皆是新招集而来：在将士，未受宸濠的恩泽，固属不肯用命，又见宸濠不在城中，虽有李自然，他等也不甚信服；在各兵，仓猝成军，素无纪律，乌合之众，何能登陴死守，百战不退？又况见各主将毫不出力，走的走，散的散，这些兵卒何必拿着自己的性命去拼，所以也就一哄而散。

此时徐庆等人已会合一处，因商议道："城中兵卒皆是乌合之众，不足与敌。不若将南门大开，让他们自相逃走。我们一面领兵先将宁王府围困起来，恐奸王府中有人逃走。"大家商议已定，所以一面围了宁王府，一面大开南门，让贼军逃走。

到了天明，所有城内的贼兵尽行逃走殆尽。徐庆又一面派令兵卒出去安民，所幸民心并不惊扰，知道官兵是来擒捉奸王，倒也是家家欢喜，个个心安。究竟宁王府后来如何，且听下回分解。

第一百五十八回　众官兵巧获宜春王　余秀英智赚王元帅

话说徐庆等既破南昌，遂将宁王府用兵团团围住，直个如铁桶一般。先时，宜春王拱樤犹在宫中，闻得南昌已为大兵所破，知事不妙，急急带了些细软，预备逃走。才出宫门，走到王府门首，已见官兵前来围困，当时欲要躲避，已是不及，早为官兵所获。当即将宜春王捆绑起来，以备送交大营，打上囚车，以待将来押往京都，候武宗正法。徐庆等既将宁王府围得水泄不通，便即差人往请王元帅大兵入城。

王元帅不待驰报，早已得着消息，也就随将大兵移驻南昌城外，各路勤王之兵亦驻扎下来。王元帅入城，就南昌府衙门住下。徐庆等进见已毕，王元帅又问了些破城情形,徐庆等细细说了一遍。徐庆又将官兵擒获宜春王拱樤的话说了一遍,王元帅问道:"现在宜春王拱樤在哪里?"徐庆道:"现在末将营内。"王元帅道:"可将他解来。"徐庆答应退出。

不一会儿,已将宜春王拱樤解到,见了元帅立而不跪。王元帅因他虽是奸王的生父,究竟是个亲王,不能以寻常叛逆相视。而况谋叛之意是宸濠所为,他不过有教子不严的处分,虽照例应该灭族,但此事将来由武宗做主便了,所以也不曾难为他。但问他道:"尔既身为藩王,理应上报祖宗恩德,扶助当今佐治天下,才是正理。为何不思竭忠尽道,反而纵子谋逆,今日尚有何言?尔可知罪吗?"

宜春王听罢,大骂道:"王守仁,尔不过是小小官儿,怎管得孤家之事?天下江山须是姓朱的,何须尔来多事。今既被你擒获,也算孤'画虎不成反受犬害',好在宁王未死,将来也可给孤家报仇。若将尔擒获,必然把你碎尸万段,既孤家死于地下,亦断不能饶你!"

王元帅被他这一番大骂,不免大怒起来,因即喝道:"本帅本欲即日严加审讯,只因大事甚多,好在尔已为擒获,俟将来擒获宸濠之后,再一并治法便了。"说着即命人将他打上囚车,多派心腹好生看管。一声吩咐,下面早抬上一架囚车来,当了王元帅之面,立刻将他打入囚车,用铁链锁好,锁固起来,便即送交大营,饬令妥人严加护卫。

当下徐庆又说道:"现在宁王府已被围困,是否进内搜查,先将离宫破去?请令定夺。"王元帅道:"宁王府既已围困,就烦将军率领精兵一千进内,先破离宫,随后再行搜查。凡宫内一切人等,均不可放走一个。"

徐庆道:"末将尚有一言回明元帅,据闻离宫当日起造之时,即处处安设消息,若不知者前去硬破,必不可行,具有性命之患。是非熟悉离宫情形之人,不可带领去破。末将前者虽也曾探当数次,怎奈未得其窍,即徐鸣皋、一枝梅等人,也未必清楚。末将之意,可将余秀英传来,元帅细细问她一番,或者她知道此中的奥妙。问明情形之后,便令她协同末将等一齐进宫,究觉事半功倍。再请焦大鹏相为佐助,其破必矣!且末将逆料,这离宫必有死士把守,随后去破,定还有一番大杀。但愿余秀英深悉其中微妙,虽有死士,却亦不甚相妨。"

王元帅听罢,当下说道:"将军之言甚是有理。"立刻命人前往城外大营,将余秀英传来。当下有人答应,取了令箭,即刻出城调取。不一会儿,余秀英已随着去使到来。

此时余秀英却不是道姑打扮,今已改了戎装。但见她头戴雉尾银盔,身穿锁子连环甲,内衬妃色战袍,脚踏铁头战鞋,坐下一匹银鬃马,左佩弓壶,右插箭袋,腰间挂着一个剑韬,手执双股锁子连环宝剑,真是一位女中豪杰、闺阁将军。走到衙门前下马,当有拿云、捉月将马带过。余秀英两手提住战裙,缓步金莲,慢慢走上大堂。到了公案面前,口启樱桃娇声说道:"元帅在上,末将余秀英给元帅参见。"说着跪了下去。王元帅欠身让道:"女将军少礼。"

余秀英参见已毕,站立一旁,说道:"元帅呼唤末将,有何吩咐?"王元帅道:"非为别事,只因宁王所造的离宫,闻得其中消息甚多、机关厉害,不易去破,是犹斩草仍未除根。本帅亟拟差饬徐庆等前往破除，以作斩草除根之计。又因徐将军等不识其中微妙，恐蹈危机，因此请女将军前来，问明一切。良以女将军在宁王府内日期甚多，离宫建造情形，何处有机关，何处有消息，女将军必知之甚悉。此为国家重大之事，女将军既为功臣之妻，亦必与国家效力，将来好邀封赏。女将军幸勿故辞，有误大事。"

余秀英听了这番话，当下说道："末将既蒙元帅垂问，敢不尽末将所知者，上告于元帅之前？但离宫消息虽属众多，机关虽云厉害，苟得其法，毫不艰难。此宫共计八门，皆有消息，内按八卦相生、相克，若误入一门，必遭惨死。所谓八门，系天、地、风、雷、山、泽、水、火。天门系按乾卦，地门按坤卦，风门按巽卦，雷门按震卦，山门按艮卦，泽门按兑卦，水门按坎卦，火门按离卦。这是外面八门。由八门可变六十四门，即六十四卦。取名离宫者，以离为君德，故取此义。天门设有宝剑四口，若触此机，人必为剑砍死；地门有箭，设使误入，箭穿心腹而死；风门有铡，误触者必为铡死；山门有锤，误入其门，必致脑浆迸裂。其余四门，亦皆暗藏利器，万不能误入。每一门各有死士二人把守。这十六人曾经宁王吩咐，只令他们保护离宫，虽有敌兵杀至宫门，亦不必出外抵御。所以今日王府被大兵围困起来，也无人出来御敌。这八门一破，内还有六十四门，皆藏有强弓硬弩，误入一门，便万弩齐发，断不能逃走出来。即使未尝误入，到了里面，也须认定方向前去，偶不小心，误走方向，仍然触动消息，因内里路皆如螺丝周转曲折，颇难认识。只要将外八门、内六十四门破去，及至离宫毫无阻碍了。"

王元帅道："据女将军所言，这离宫是极其厉害了。女将军既知其中厉害，必然能破此宫。本帅之意，便请女将军随同各位将军前去共破，何如？"

余秀英听了此言，心中暗道：徐鸣皋现不在此间，我与众人前去，原无不可。但破此离宫，也是一件极重大的事，极重大的功劳，虽然由我做主，将来功劳自然我为第一。而鸣皋既为我之夫主，我岂可攘夺其功？必得要将此功推在他身上，方是道理。而况当日玄贞老师也与我言过，令我帮助鸣皋立功，今既有如此大功，何能不让与他？况自古以来，妻随夫贵，断无夫随妻贵之理。我若将此功推让与他，他将来得了封赏，即是我得了封赏，他之荣贵便是我之荣贵，我又何乐不为。还有一层，他现在将这离宫破去，随后不但上邀荣赏，也可大震声名，我何不如此如此，请元帅将他调回，一齐前往，有何不可。独自沉吟了半会儿。

王元帅因她不语，便又问道："本帅方才所说之话，难道女将军尚有什么为难之处？如有为难之处，不妨与本帅说明，大家再为斟酌。"

余秀英听了此言，正中己意，因答道："元帅之命，焉敢固辞？惟夫主徐鸣皋远在南康，末将去破离宫，颇多不便之处。是非夫主同行，各事才得方便。只因这离宫，末将一人既不能破，而欲与各位将军并力同行，末将甚有难言之隐。若不前去，又不敢违元帅之命；若欲前去，又碍于夫主不在此间。若请元帅将夫主调回，南康亦系重大之事，不可暂离该处，所以末将深思熟虑，竟无良策。因此沉吟不语，左右为难。元帅如有善处之法，末将当立刻效力便了。"不知王元帅听了余秀英这一番言语，想出什么良法，以便那余秀英去破离宫，且听下回分解。

第一百五十九回　徐鸣皋奉书遵大令　余秀英暗地说私情

话说王元帅听了余秀英这番话,当下哈哈笑道:“女将军其所以为难者,原来为徐鸣皋不在此间,与诸位将军同处一起,不免有授受不亲之嫌。在本帅看来,虽然秉此大义,却为女子的道理,但经权并用自古皆然。而且为国家大事,似亦无须如此拘执。”

余秀英一面听王守仁说,一面暗道:“不好,不要他猜出我的诡计来,若欲为他道破,那就不成事体了,不若我再用言激之。”因不等王元帅说完,她又抢着说道:“元帅之言,何不谅末将之甚!末将岂仅为授受不亲这些须嫌隙,便尔拘泥如此?末将方才也曾回明元帅,末将有难言之隐。今元帅不谅末将苦衷,只以授受不亲、经权并用一语。在末将诚不知元帅视末将为何如人,抑仍作末将未归元帅之时乎?若不谅末将之苦衷,末将誓不前去。虽触元帅之怒,悉听元帅处治,头可杀而身不可辱也!”

侃侃数言,把个王元帅反说得羞愧起来,自知言多不慎,因正色起敬道:“本帅前言非不曲谅女将军,但鉴于女将军冲锋对敌并不畏惧,所以才有这一语。今既闻言,本帅何可使女将军前去,本帅当调回徐将军,以助女将军破阵便了。”

余秀英暗道:“这老头儿中了吾之诡计了。”因又谢道:“能蒙元帅将夫主调回,末将敢不力图报效!”王元帅道:“本帅即刻差人前去调取,女将军今日也不必出城回营,就在府署上房内暂歇吧。”余秀英答应,随即退下,带领拿云、捉月进入上房而去。

王元帅当下便拔了一枝令箭,又亲笔写了一封书。饬令心腹星夜飞奔南康,调取徐鸣皋,限日即到。当有弁差奉令持书趱赶前往,不到两日,已到徐鸣皋营内。当将令调的话说明,又将王元帅的书信取出,呈递徐鸣皋看视。

鸣皋将信接过,拿住手中,拆开来,将信囊抽出细看,只见上面写道:

鸣皋将军足下:

某日得捷书,悉将军以智败逆贼者再,足见好谋而成,欣慰之至。某亦于某日亲统各路勤王之师,直抵南昌。行至中途,用伍定谋计,诈称病剧,屯军不行,使南昌无备。却暗令徐庆、焦大鹏等督率精锐,倍道而进,衔枚疾走,进入南昌。果于是夜四鼓,徐庆身先士卒,破广顺门,南昌克复。寻获宜春王拱樤。某何德何能,此皆上托国家洪福,及赖诸位将军之功也!某现在屯兵南昌,待破离宫后,即拔寨进取。惟离宫甚不易破,非余秀英不克建此大功。而又据余秀英面称,有难言之隐,非将军不能助以成功。想此皆系实情,某亦不便深问。不得已,亟望将军速回,与余秀英同破离宫,是为万幸。所虑南昌既破,宸濠旦暮必得警报,既得警报,势必回兵救援。惟望将军转告同胞,务竭死力以御,毋任回军。某亦飞饬慕容贞遵照办理矣。毋误切切!介生上白。

徐鸣皋将这封书看毕,即刻将王能、徐寿等请来说明一切,又将王元帅的书给大家看过。徐寿等当即说道:“大哥放心前去,若宸濠果有回军救援之事,弟等当竭死力以御,断不负元帅之嘱、大哥之托便了。"徐鸣皋又谆嘱一番,即便随同来人一齐驰回南昌而去。

不一日已至南昌,当即去见元帅。王元帅见鸣皋已到,深为大喜,便问道:"将军回此,南康当已布置停当了?"徐鸣皋道:"末将曾再三谆嘱徐寿等小心坚守,竭力阻御,以不致有负元帅之嘱。惟宸濠一经得闻警报,势必拼力回救,特恐南康兵力尚嫌不足。在末将之意,仍宜添兵相助,以厚兵力,则更万无一失。"王元帅道:"将军之言甚善,某当添兵以济之。"因此便飞饬伍定谋,督带精锐三万,星夜驰往南康,以厚兵力。伍定谋得令,自然趱赶前去,不必细表。

且说徐鸣皋当下复又问道:"元帅调末将回来,专为帮助余秀英去破离宫,不知元帅何日命末将前往?"王元帅道:"是非问余秀英不可。"徐鸣皋道:"秀英现在何处?"元帅道:"秀英现在这里。"说着便令人到上房里,将余秀英传出。不一刻秀英出来,一见鸣皋已回,好不欢喜。先与元帅参见毕,站立一旁。元帅道:"今鸣皋已回,但不知女将军还是今日前去,抑明日前去呢?"秀英道:"元帅尽管传令,应派何人前往,将人派定,妾准明日进宫。但有许多要事,不堪为外人道之,言求元帅容妾与徐将军商定后方可应手。"王元帅道"事属因公,何尝不可。"当下即令徐鸣皋与余秀英暗地熟商妥善。

余秀英答应,即同徐鸣皋到了后面,摒退左右,单留拿云、捉月在面前伺候。余秀英望鸣皋道:"将军亦知妾之用意吗?"鸣皋道:"我哪里知道。"秀英又道:"将军不知妾意,岂以妾真有难言之隐,欲与将军熟商吗?"鸣皋道:"然则既无难言之隐,又何必于俦人广众之中,使我随你来此呢?"秀英道:"妾之用意,诚为将军计,并非为妾计,将军何不善体妾意吗?"

鸣皋道:"我一身以刚直为怀,不惯学儿女之态。尔既有言,但请说明,使我知道。若果于义理不缺,公事无亏,我自当敬你。设若不然,我亦不敢从命。"

余秀英听了此话,不但不怪他言语太硬,反暗自钦佩他不愧英雄,因即说道:"妾又何敢以不义不礼之事有陷将军?妾所以为将军计者,以妾从将军,当遵从夫之义。昨日元帅命妾去破离宫,这离宫诚不易破,然熟能生巧,毫不为难,以妾一人就可破得。然一再思想,觉得妾就便独自去破,亦不过博得个勇猛之名。何如以此功让与将军,使将军邀上赏、赐荣封,功盖三军,名震四海。妾虽不能亲受荣贵,亦复与有荣。以自古迄今,夫荣妻必贵,只有妻随夫贵,未有夫随妻贵之理。而况将军既成此大功,妾亦相助,为理将来妾或亦得邀上赏。如此办法,所谓俱有荣施,两不偏废。若只顾妾独自为计,现在破了离宫,将来邀了上赏,与将军既毫不相涉,妾亦何乐偏受其美名。所以思维再四,才与元帅前诡言有难言之隐,其实欲令元帅调取将军回来,以成此一件大功。此系妾不敢偶置将军于度外,度将军当亦不谓妾以诡谲之行,欺诈于元帅之前。即妾自家思维,亦似于义理、公私均不缺陷。有此一段私情,所谓有难言之隐者,即此之谓也。明日将军随同妾破去离宫之后,万一元帅追问如何为难之处,望将军仍以难言之隐对。即此四字。所包者广,想元帅听了此言,当亦不便再三诘问。那时将军之功既立,妾之私意已伸,而元帅前诡谲之言,亦得以遮饰过去,将军尚以为然否?"

徐鸣皋听了这番话,当下笑道:"妙则妙矣,但不过诡诈太甚。以诡诈而欺大帅,恐冥冥中将有惩其不直者。”秀英也笑道:“我本来无此心,第以令师伯玄贞老师曾谓,妾有相助将军立功一言,妾所以念兹在兹,不敢或失。今诡谲但为将军起,见恐冥冥中不但不闻罚,或亦从而赏我,未可料也。”

鸣皋道:“此间虽奉元帅之命而来,究竟不便长久耽搁,明日何时动手,望即说明,我便出去告知元帅。”余秀英道:“妾亦不便久留。若元帅问将军何时进宫,可告以明晨卯正三刻前往。”徐鸣皋答应,当下出来告知元帅。究竟如何大破离宫,且听下回分解。

第一百六十回 逞绝技女将破离宫 听良言从贼甘投地

话说徐鸣皋从上房内出来,将余秀英所言次日卯正三刻进宫的话,告知元帅,元帅大喜。当命焦大鹏、伍天熊、杨小舫、狄洪道四人道:“明日卯正三刻,将军等可随同徐将军、余秀英,前往宁王府大破离宫,务各努力向前,功成之后定再请旨嘉奖。”焦大鹏等答应退出,一宿无话。

次日一到卯刻,大家扎束停当,到南昌府署聚齐。王元帅亦复升坐大堂,众人参见已毕,余秀英此时也带同拿云、捉月出来,与王元帅参见毕,便即告辞而去。今日众将及余秀英又非戎装打扮,皆是穿着紧身衣靠,各带短兵。

惟有余秀英更加出色,只见她身穿元色湖绉洒花密扣紧身短袄,一条三寸宽阔鹅黄色丝绦紧束腰间,下着元色湖绉洒花紧脚罩裤,脚登花脑头薄底绣鞋,头上挽了个盘龙髻,扎着一块元色湖绉包脑,密排排两道镜光,一朵白绒缨顶门高耸,手执双股剑,愈显得粉脸桃腮,柳眉杏眼,妩媚中带着英雄的气概。拿云、捉月两个丫头也是短衣紧扎,一色的元色湖绉密扣紧身,元色湖绉扎脚罩裤,头挽螺髻,也有一块包脑,左旁斜着插一朵白绒缨手执单刀,倒也雄赳赳气昂昂,相伴着余秀英,不离左右。

一共八个人出了南昌衙门,直往宁王府而去。不一会儿,已离府前不远,遥望着三军如蚁,将一座宁王府围得水泄不通。余秀英看罢,暗叹道:“我幸亏见机速,不然也要同遭此厄了。”正说着已到了府前,徐鸣皋首先向前一声大喝:“尔等三军速速闪开,让本将等进宫查办!”话犹未了,只见众三军一声呐喊,当即分开一条大路。

徐鸣皋等八人抢步上前,便要进去。忽见宁王府门关得如铁桶一般,徐鸣皋便要冲杀进去。焦大鹏道:“贤弟何必冲打,你我又不是不会飞檐走壁,但须登高而进便了。”徐鸣皋道:“由高而入,原无不可,但今日之行非比往日,似宜正大光明进去,方合体裁。”焦大鹏道:“既如此说,你们也不必冲打,等我先进去将门开了,然后你们正大光明进去,又何不可?”

徐鸣皋正欲拦阻,已见焦大鹏身子一蹿,早已飞上墙檐,一晃已不知去向。不到半刻,只见那府门“吱呀”一声,业已大开,焦大鹏从里面大笑出来,口中说道:“我道这些把门将军似个铜浇铁铸,原来是些泥塑木雕,不但经不起杀,而且是豆腐一般的。”说罢大笑不止。

于是徐鸣皋等七人进了大门，但见两旁已被焦大鹏杀死了七八个，躺在地下。徐庆道："不怪焦大哥夸嘴，这些王八羔子真不经杀，怎么瞬息之间，已被焦大哥杀死这许多，真可笑之至。"说着，一路进内，直奔离宫而去。不一刻已望见一座宫殿，皆是朱红漆装修，高耸半天，好生轩敞。

余秀英道："焦大哥与徐庆、杨小舫、狄洪道三位贤弟，可并力抵敌这宫门把守之人，我与徐将军、拿云、捉月两个丫头，进内破他的消息。等将外面八门破去，我等便从里面杀出，先将把守宫门的这一班亡命杀死之后，再并力去破他里面六十四门。"大家答应，当即抢步上前，各人手执兵器，一声大喝，余秀英、徐鸣皋、拿云、捉月四个人已飞身上了屋面，焦大鹏、徐庆、杨小舫、狄洪道直奔宫门而来。

且说余秀英等四人上了屋面，秀英便带着鸣皋，走到天门方向上，秀英首先向鸣皋说道："将军不必动手，但看妾去破他的消息，若有人来厮杀，将军但敌住来人，不可使人过来，务要将那些亡命杀却。"徐鸣皋答应，专等把守宫门的前来厮杀。

这里余秀英便将身在屋檐上，使了个猿猴坠枝式，倒垂下去，四面一看，将那消息的总头找出来，即将手内的宝剑向那总头上一拨，只听哗啦一声，天门方位上两扇门已大开下来。余秀英当下便翻身下去，脚踏实地，进了天门，又从天门背后寻出暗机关，将机关拨动，即刻向外面一跳。才出了天门，只听一声响亮，犹如天崩地裂一般，登时那七座门皆次第开下。

原来这总机头在天门上面，总暗机头在开门背后，只要将总暗机头拨开，那七座门不需费事，自然次第开了下来。若遇着不知道的，误开了别的门，不是为刀箭所伤，即是为宝剑砍死。因这八座门上都有暗器。

此时，八面八门已为余秀英破去，当下余秀英便来招呼鸣皋一齐进内，好杀至门外，去接应焦大鹏等四人。一回头，已见鸣皋与拿云、捉月在那里与五六个把守宫门的厮杀，余秀英也不问他青红皂白，舞动双股剑直杀过去，跑到面前，出其不意，手起剑落，即刻就砍伤了两个。徐鸣皋一见余秀英已砍伤了两人，倒在地下，他也就抖擞精神，单刀一摆，只见一路白光舞将过去，不到两三个回合，那把守宫门的又被砍倒了二人，还有两个，却好拿云、捉月一人一个，送他们归阴去了。

这六人一齐皆被办去，当下便即进入门内，以便冲杀出去，接应焦大鹏等四人。才进入天门，从雷门外又杀进四个人来，齐声喝道："无知的小辈，胆敢前来破此离宫，尔等不认我等吗？"徐鸣皋等更不答话，只顾迎杀过去。

余秀英一面迎敌，一面细看，内中只有两个知道他的名姓，一唤赖云飞，一唤王有章。其余二人皆不知他的名姓。因唤王、赖二人说道："尔等毋得恃强，可认得余秀英吗？"

赖云飞、王有章二人一闻余秀英三字，登时三尸冒火，七孔生烟，大声骂道："好大胆背义忘恩的贱婢，王爷待你不薄，尔何敢叛宁王，甘投敌众？现在又来破宫，王爷的大事皆败在尔这贱婢手上，你还敢恃强前来，我等恨不生啖汝肉，为宁王一泄其恨。不要走，看家伙！"赖云飞手执九股钢叉，王有章手执八角铜锤，一齐飞舞前来，直往余秀英打下。

余秀英见他二人来势凶猛，若论膂力万万抵敌不住，只得以智取之，随即与他二人一面闪躲，一面骂道："好无知的匹夫！尔等只知贪享荣华，不知利害，宁王以

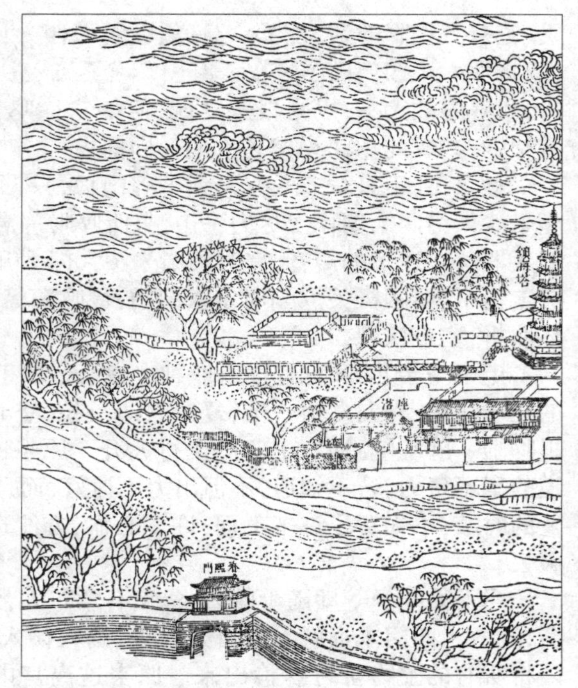

亲藩背叛朝廷，罪该万死！你小姐见机尚速，所以得有今日，不致身首异处；那些助纣为虐的，死的死、亡的亡，已不知其数。尔等若知时务的，即当自缚投降，或可免一死，不然一定同归于尽。而况宸濠远在南康，宜春王又被擒获，李自然亦不知去向，试问尔等就将这座离宫把守得万无一失，试问尔等有何益处？且宸濠不久将行就获，宸濠被获，就便留得此处全不坏的离宫，又有何益？主人既抛置不顾，亦且无家可归，尔等不思自寻生路，反在这里恃强用命，我且问你又有何益处？虽元帅于尔等为雠仇之辈，但尔等能自愧悔不宜从顺奸王，即早回心投诚，自缚去求元帅，或者不咎既往，予以自新，将来也可大小博得一个功名，总比顺从奸王逆天行事，眼见惨遭杀戮身首异处的较好。即使王元帅见恶尔等的行为，不容收纳，我尚可以从旁求免，纵不能准予投诚，也可免尔一死。乃尔等不思细意打算，今大兵已将王府围住如铁桶一般，一任尔等再有能为，可能以一当千，杀退大兵保全王府吗？尔等真算是些极蠢极愚之人了！”

赖云飞、王有章听了这番话，登时悔悟起来，不与余秀英厮杀了，随即说道：“我等如果投诚，你可能救我等吗？”余秀英道：“你等若果矢志投诚，我当立保便了。”不知赖云飞、王有章究竟投降与否，且听下回分解。

第一百六十一回　徐鸣皋抄检宁王宫　朱宸濠逼走盘螺谷

话说赖云飞、王有章二人听了余秀英那番话，大有归诚之意，因与余秀英道：“我等若果投诚，你可能保我吗？”余秀英道：“你等果真投诚，我岂有不保你等之理？”徐鸣皋也在旁接着说道：“你等若即改邪归正，本将军当立保你们大小得一官爵，以助王元帅杀贼立功便了。”

赖云飞、王有章二人听了此言，当即向徐鸣皋、余秀英纳头便拜，口中说道：“小人得蒙垂救，生死难忘，从此当愿效犬马。”徐鸣皋当下将二人扶起，道：“尊兄能见机而做，将来即为一殿之臣，何必如此客气？惟望始终如一，不生贰心，便是尊兄等之幸。”赖云飞、王有章当即发誓道：“小人等若有贰心，将来定死于刀箭之下！”

徐鸣皋大喜，正要一同杀出，接应焦大鹏等四人，却好他们已走了进来。只见焦大鹏笑道：“杀完了，我们这一会儿到哪里去？”徐鸣皋见说大喜，当下又将赖云飞、王有章投降的话，说了一遍，焦大鹏等四人见了礼。余秀英便道："我们且到里面，将那六十四门破了，就完事了。"赖云飞、王有章道："这六十四门，不劳将军费力，我等愿效犬马，以为报效之诚，何如？"徐鸣皋大喜道："仰赖尊兄之力，我等当得帮助，共成此功。"说罢各人便一同前去。

赖云飞、王有章二人首先到了内门口，只见他将兵器在手中执定，向迎面那一座朱漆大门两个铜环上尽力一击，只听哗啦一声，又听里面一阵乱响，又似铃铛，又似兵器落在地下的声音，登时两扇朱漆大门大开。赖云飞说："诸位将军跟我走，不要走错了，误触机关。"当时走入门内，徐鸣皋等紧紧跟随，只见里面那些路，都是回环曲折，实难认识。

走了一会儿，又见迎面有座神龛，赖云飞、王有章二人走至面前，即将神龛两旁的柱子执定，先向左边一推，复向右边一拉，登时一声响亮，只听各处窸窸窣窣、稀里哗啦一阵乱响，那六十四门全行大开。原来这总机栝就在这神龛里面。真是知道的毫不费力，若不知道，不但出力不讨好，而且有性命之忧。算是一座离宫，当日造的时节，不知费了许多工程，许多心血，方能造就起来，今日却毫不费力，全个儿破去。

当下徐鸣皋等即随着赖云飞、王有章二人，到处将那些机栝、消息、链索悉数斩断，这六十四门永远就不能自开自关，诱人误入了。徐鸣皋斩断消息之后，便至宫内将所有的宝物全行抄检出来。原来这离宫内，都是藏的奇珍异宝，并有犯禁之物，不计其数。徐鸣皋一一查明，计了账，统共珍宝一千二百件，犯禁之物如金印龙章及龙车凤辇等件，统共三百余件。抄检之后，徐鸣皋即命赖云飞、王有章二人严加看守，王、赖二人也就答应。

徐鸣皋即与焦大鹏等谓余秀英道："你们在此稍候，我去禀明元帅，是否乘此带兵进宫捉拿眷口。"焦大鹏等答应。徐鸣皋立刻出了离宫，飞奔南昌府衙门而去。不一刻已到，即便见了元帅，禀明一切。又问明元帅："何时拘执逆王的眷口？"王元帅道："离宫既破，还不趁此将奸王的眷口拿下，等待何时？"又道："那离宫所有宝物，即着暂行封好，不必运出，留为后来的对证。所有眷口概行拿来，分别寄禁，候奏明皇上定夺。"

徐鸣皋一声得令，即刻飞身出了南昌府衙门，复望宁王府而去。到了王府面前，调拨了一千兵，带入王宫，并会同焦大鹏等各处搜查，逢人便捉。可怜那些王妃、郡主、宫娥、使女、家人、仆从、太监、护卫，个个是哭哭啼啼，束手待缚。徐鸣皋等带着一千精兵，不到半日，已将宫里上下人等一齐捉获，真是鸡犬不留，共计上自王妃下至服役人等，一共三百六十八名人口。

徐鸣皋当下带了兵卒，一起押至南昌府署，先将众人点名已毕，然后分别寄入县监，又派精兵看守起来。宁王府仍留兵将在那里看守。又将赖云飞、王有章二人调出离宫，另换二员大将前去看守。诸事已毕，便传令三军，养兵三日，再行拔队起程，往南康进发。王元帅又具了表章，差人驰奏进京。

且说宸濠在南康府打了两个败仗，已是日夜不安。这日，忽见李自然狼狈而来，宸濠便吃一大惊，当下问道："先生何以至此？"李自然道："千岁，切莫再提了！南昌已被王守仁中途诈病，大兵不行，却暗令徐庆等一千猛将督带精兵十万，倍道而进，于七月十六日夜四更，经徐庆等携带沙囊，叠沙为垒，飞身入城，斩夺广顺门，破了南昌。某几被所捉，幸赖左将军吉文龙奋勇杀出南门，方逃走出来，到此为千岁送信。”

宸濠一闻此言，大叫一声：“南昌失守，大事去矣！”说罢便昏倒在地，不省人事。当下众人立刻将宸濠扶起，慢慢唤醒。宸濠复说道：“南昌既失，在军师之意，当复如何？难道就任王守仁如此凶横不成吗？”李自然道：“现在别无妙策，惟有趁南昌新破、民心未定之时，赶紧合全力去救，或可挽回于万一，此外却不堪设想了。”宸濠也没法，只得立刻传旨，令邺天庆驰救南昌，随同自己趱赶驰回南昌援救。又飞调安庆雷大春火速督带全部，弃了安庆，驰救南昌。

且说宸濠即速起程，督同邺天庆回往南昌进发。不料徐鸣皋原扎的大营，适当南昌要隘，若绕道而进，必须多走几日。宸濠此时只顾欲救南昌，哪管有兵阻挡要路，当下即命邺天庆等冲杀过去。邺天庆得了令，即刻奋不顾身，带领精兵冲杀过来。哪知杀到官兵营前，并无什么大将，亦非精锐士卒，不过是些老弱士卒。

宸濠在马上大悔道：“孤早知徐鸣皋已无精兵在此，孤也可分兵攻取他郡了。”李自然在旁亦说道：“王守仁用兵，倒也有些神出鬼没之计，如何这样一座大营，只放着这数百名老弱的小卒，就可以瞒过我等？照此看来，去破南昌者，大约亦不过二三千人，他诈称十万耳。”宸濠道：“孤不知先生熟读兵书，何以也为他所算？”李自然听了这话好不惭愧。

当下众贼兵冲出大营，那些官军也不迎敌，只见得纷纷往两边退让。前队已过，约走了有三五里路，前队忽然不走，当有一骑马到后队，向宸濠禀道：“前面两山夹道，山势深险，恐有埋伏，请千岁定夺。”

宸濠闻言，当即飞马来至前面看视，但见两山高耸，中间只有一条路，而且险阻异常。宸濠便问乡导官道：“此处何名？”乡导官答道：“此名盘螺谷，这谷内路甚崎岖，弯环曲折，甚不易行。惟有前往南昌，却较大路要少三日的路程。”宸濠道：“只要距南昌较近，自然从此而走。”乡导官又道：“万一敌人在此埋伏，进了谷口，伏兵齐出，把我兵围困在内，将如之何？千岁还宜三思。”宸濠道：“除了此谷，较南昌再近的尚有别路可通吗？”那乡导道：“在此东北一百二十里，名曰樵舍，由樵舍往南昌，须由水路前进，不过三日，便可直抵。”

宸濠道：“何能等待三日？”遂不听乡导官之言，即刻催兵前往。前队奋勇进发，已走进一半，忽见一骑马飞驰而来，报道：“前面的路已被敌兵用树木、石块塞断，前行无路，将如之何？”宸濠尚自不决。忽听两山内一声炮响，金鼓齐鸣，那一片喊杀之声，真个如山崩地陷的一般，只见纷纷的檑木炮石直滚下来。不知宸濠性命如何，且听下回分解。

第一百六十二回　朱宸濠退保樵舍　雷大春进攻九江

话说宸濠正催军马入谷，贼众已有一半进入谷口，只见两边山上檑木滚石直打下来，军士不能前进。前面又被木石截断去路，众贼兵此时各顾性命，都向谷外逃命。宸濠也惊惶无地，郧天庆保定宸濠，急急逃走。那谷中贼众被檑木滚石打伤者，不计其数，自相践踏而死者亦不计其数。众贼兵等好容易死命奔出谷口，已折伤一半。宸濠只吓得坐在马上，如泥塑木雕一般，幸亏郧天庆、吉文龙等人保护逃走，不然也要死于乱军之中了。

正在奔走之际，忽见前面金鼓齐鸣，喊声大震，一支兵拦住去路。当先一匹马飞到面前，马上坐着一人，手执长枪，一声喝道："徐寿在此，逆贼往哪里走！你还想回南康吗？南康早已得了多时了。"

原来宸濠退出谷口之后，便令众人驰回南康。他以为南康的官兵全数屯扎盘螺谷，哪知盘螺谷两山不过二千兵在此，南康的大队，当宸濠未出南康之前，由伍定谋定计，暗暗撤往他处埋伏好了。一俟宸濠大兵出了南康，他便将兵复调到原处，驻扎下来，随即得了南康。复令徐寿、卜大武、王能三人，到盘螺谷截宸濠南康的归路。

此时宸濠在马上一闻此言，知南康复为敌人袭取，顿时三尸冒火、七孔生烟，忙命左右冲杀过去。徐寿等三人亦复死命拦杀。郧天庆等大杀一阵，只是不能过去，只得仍旧退回。徐寿等见贼兵退下，当又追杀一阵，直追至二十里方止，就此地安营下寨。

宸濠直退下三十里外，也方才立下营寨来。当下顾谓左右道："孤一败至此，前难进兵，后无归路，这便如何是好？"李自然又复上前献计道："在某之意，莫如保守樵舍，等安庆的兵到再作良图。"宸濠道："先生何以知安庆的兵必走樵舍呢？"自然道："安庆距樵舍不远，而且往南昌甚近。雷大春既奉了千岁的令，他必定急急赶回南昌。取道樵舍要少走二日的路程，某所以知安庆兵丁必走樵舍的。"

宸濠别无良策，只得答应。当日令三军暂歇一宿，次日即往樵舍进发。沿途有自南昌来的，宸濠就命人将他捉来，细问根由，方知宜春王次日即为官兵所获。宸濠闻知，更是恨如切齿。走了一日，已离樵舍不远，在宸濠之意，仍想赶到樵舍下寨，怎奈人困马乏，不肯前进，只得在半途又安下寨来，次日再走。

第二日，又有南昌来的，宸濠问明情形，又知道离宫已破，宫中自王妃以下，全被徐鸣皋与余秀英等人搜捉出宫，经王守仁分别监禁。宸濠闻了此言，更加痛恨，大骂王守仁不已。李自然以次一众人等齐声劝道："千岁万勿过恼，好在我军尚有三万，雷将军那里尚有数万，也可与王守仁作背城一战。某等当效死力，以助千岁。若千岁有伤龙体，众将再一离心，那时大事真万难挽回了。还请千岁格外保重为要。"

宸濠见众将苦苦相劝，也只得勉强说道："孤南昌一出，便国破家亡，好不恼杀人也！虽承诸位将军忠义待孤，但孤已势衰事危，恐怕再难大振兵威了。而且粮草器械，皆不敷用，又当如何？"李自然道："这倒无需虑得，可急将就近的小州县，再夺得一二城，尚可支持半月。现在可保守樵舍，以待安庆兵来，再作良图便了。"于是宸濠便听众人之言，退守樵舍。你道这樵舍系属何县所辖？原来在九江、安庆搭界之间，离安庆尚远，距九江甚近，就在鄱阳湖一带。宸濠在樵舍将寨立定，日望安庆的兵来。

不到二日，雷大春的大队已至。雷大春并不知宸濠已败得如此，退保樵舍，他以为多是敌军驻扎此地,及至见了旗帜方才知道。当下进了大营,去见宸濠,问明各事,方知以上之败。你道安庆有一枝梅在那里屯兵驻扎,雷大春如何得过此处?原来也是伍定谋密遣人驰书至一枝梅军中,属令一枝梅将雷大春放出,料他必走樵舍,然后再令一枝梅截断归路,使贼众全聚樵舍,再设计于湖中击之,所以雷大春得至此处。

宸濠既将以上情形告明雷大春,当下雷大春的一支兵马也只得在樵舍扎下。这日军中不过半月之粮,宸濠忧虑不已。李自然献计道:"此处离九江甚近,千岁何不遣一支兵攻取九江?若能将九江攻取过来,虽一年之粮,也足敷衍。愿千岁思之。"宸濠大喜,因道:"先生之言甚善。"当即遣雷大春率领本部攻取九江。

且说九江府知府姓胡名礼,为人性极昏昧,终日饮酒,不顾政事,这日正在上房内饮得大醉,忽见家丁进来报道:"启老爷,现在有探子报道,说是宁王宸濠由南康大败下来,退保樵舍,近因军中粮草只敷半月之用,特令大将雷大春带三万人马,前来攻打九江,已离九江不远了。请大老爷速速定夺。"

胡礼一闻此言,带醉说道:"你等不必惊慌,想雷大春多大的本领,能将这九江城攻打过去?你可据本府的话传知各城门,使他们只要将城门闭上起来,就便雷大春到了此处,他见我城门都闭,他不能进城,也就可以退去。你即照我这般话告知他们,只要将各城门闭起来,包管万无一失。"

那个家丁听了这番话,知道本官又吃得烂醉,说出这些不伦不类的话来。贼人带领三万雄兵前来攻城,但需将城门闭上,他便可不能进城,望望就退去,这不是说梦话!当下亦不与他较论,连口都不曾答应,掉转身向外就走,到了自己房中,将所有的细软收拾收拾,他便走之大吉。

不过半日,雷大春的兵已临城下,见各城门虽然关闭,却无什么守城兵把守,雷大春也不顾他城里有兵无兵,便令本部并力攻城。不足两个时辰,九江城已唾手而得。

当下雷大春即带一千兵进城,其余的驻扎城外。到了城里,先往府中搜括钱粮,又将监狱打开放出死囚,又将胡礼全家杀戮,将所有金银财宝搜括一空。复令一千兵卒分往民间掳掠,整整搜了三日,把一座九江城中所有的富户全行搜括殆尽,得了有三四十万。可怜城中那些百姓,见了如此贼兵,只恨少长了两条腿跑不快,只见男男女女老老少少,携男扶女,只往城外逃命,哪里还顾得什么家财。

雷大春将赀财搜括已尽,他便留了一员偏将、二千贼兵在城中守城,其余仍回樵舍。到了樵舍大营,将以上事说了一遍,便命众贼将所有搜括来的财物,悉数运入大营。宸濠一见有三四十万,好不欢喜,因与大春说道:"非将军之力,不能得有如此巨款!今有这一大宗粮饷,也不患军中无饷,也可与王守仁力战了。"雷大春亦自以为得计,于是便在樵舍练军练阵,又于沼湖一带岸上,立下二十余座寨栅,准备与王守仁对敌。

你道王守仁破了南昌,已有好些时日,为何不进兵前来?只因王守仁真个有了大病,始则身热头痛,继且人事不清,原来沿途辛苦,寒热不安,又兼东奔西战一夏,受了暑热,遏伏胸中,不曾发作,现在却得了个秋瘟的病症。所以这些日均在南昌府中养病,不曾出兵。直至半个月后,病势方才渐渐退减,又过了八九天才能起床。

这日便欲强力从戎，忽然京城里有探马前来报道，说是武宗因宸濠久战不克，御驾现要亲征。

王守仁听了此亩，实在大不为然，因暗道：“主上虽有此意，难道在朝各大臣总没有一个力谏吗？而况我前者已有表章驰奏进去，奏称南昌已破，宸濠不久亦将就擒，何以主上仍要自己亲临？我就难明白了。毕竟武宗何时出京，御驾亲征宸濠，且听下回分解。

第一百六十三回　明武宗御驾亲征　朱宸濠暗遣刺客

话说王守仁得此消息，知道武宗要御驾亲征，心中颇不为然。你道这是何意？原来王守仁却有一番用意，实因六飞远出，内外皆有可惧之处。内则阉宦专权，虽是刘瑾伏诛，而后起者不一而足，难保不趁御驾远出之时，忽生事端；外则因宸濠现已一败涂地，可不劳御驾出巡，而且宸濠交通肘腋，保无内官私通，宸濠嘱令他沿途设法暗伺武宗，因此或有不测之事。所以王守仁左思右虑，殊不为然，若要专折进谏，已来不及。莫道王守仁此虑非是，后来武宗驾至半途，几为宸濠所算，此是后话。

且说武宗这日接到王守仁的表章，因宸濠尚未克复，遂决计亲征。时有文渊学士杨廷和苦谏不听。以安边伯许泰为威武副将军，领先锋事，趋南京；太监张忠、左都督刘晖趋江西；令王守仁兼领巡抚事。各领雄兵十万。自统御林军三万，率众南征，择定正德十四年秋八月辛酉出师。到了辛酉这日，督率大队出了都门，分兵两支，武副将军许泰直奔南京，自与太监张忠、左都督刘晖督率王师，一路上浩浩荡荡，直往江西进发。暂且不表。

再说宸濠退保樵舍之后，又令雷大春取了九江，军中粮饷亦甚丰足。又集岸为营，立了有二十余座寨栅。雷大春在九江反监劫狱之时，又放出许多死囚。内中有二名大盗，一唤赵虎，一唤钱龙。此二人都是臂阔肩开，膂力极大，有万夫不当之勇，又并能飞檐走壁。宸濠得了这二人，更是大喜。

赵虎、钱龙本来是安徽寿州府独峰山的强寇，因为在九江犯了案，被捉在监牢收禁起来。他二人还有两个结义兄弟，现在二龙山聚积了有一二千喽兵，专门打家劫寨。

当下赵虎、钱龙即与宸濠说道：“小人蒙千岁之恩，无以为报。今看千岁营内，大将虽然不少，尚恐不敷调遣。小人尚有两个结义兄弟，一姓周名世熊，一姓吴名云豹，均有万夫不当之勇，现在二龙山落草，手下有一二千喽兵。小人愿到二龙山，将这两个结义的兄弟并所有喽兵全行招来，以为图报之地，不知千岁意下如何？”

宸濠正虑战将不敷调遣，今闻此言，怎得不喜？因大喜道：“难得二位军士肯保孤家，去招人马，到此立了功，甚是可喜。孤今封二位为游击将军之职，俟事定之后，再行加封。”钱龙、赵虎当下谢过，复又说道：“事不宜迟，末将等即须前往招集才好。”宸濠道：“但不知此去二龙山，有若干路程，往返需要几日？”钱龙道：“十日足矣。”宸濠道：“愈速愈妙。”钱龙道：“总不误千岁的大事。”说罢二人出了营，飞奔二龙山而去。

不足十日，果然周世熊、吴云豹带了一二千喽兵，随同钱、赵二人一齐到此。当下由钱龙、赵虎带领，去见了宸濠。只见他二人也生得虎背熊腰、豹头环眼，生得十分雄壮。宸濠看罢大喜。因也封他二人为游击将军之职，并令他四人同为随驾护卫。四人感谢不已。带来二千喽兵，即改为护卫亲兵，仍归赵、钱、周、吴四人统带。

宸濠吩咐已毕，次日，忽见有个营官带了一个人进来见宸濠，说道："禀千岁，末将昨日巡营，捉得奸细一名，正要解往大营，听千岁发落，那奸细口称是京城里张太监差来的，说有机密事面禀，并有书信面呈。"宸濠问道："此人现在哪处？"那营官道："就是此人。"宸濠命将那人带上，营官即将那人带过来了。

那人一见宸濠，先行了礼，然后跪在下面说道："小人姓陆名宝，只因内官老张公公差遣小人星夜到此，有机密事奉禀，求千岁屏退左右，小人好奉告一切，并有书信面呈。"宸濠道："左右皆是心腹，尔但将书信取来呈阅。"陆宝听说，便从腰间将书取出，呈递上去。宸濠接过，将书拆开，从头至尾看了一会儿，心中十分喜悦。因说道："孤知道了，你可到外面去歇息，明日回去吧。"陆宝站起来，即刻出去。

宸濠当下即将李自然等请来，议道："方才接着张锐的密书，说昏王已经出京，亲自到此，与王守仁合兵一处，前来伐孤。张锐嘱孤可于半途密遣刺客前去刺驾，此计虽云极好，怎奈其人难得。先生及诸位将军意中可有为刺客的人吗？若将昏王刺死，孤还怕什么王守仁吗？"李自然沉吟半晌，道："这人可实在寻不出来。"话犹未了，只见钱龙、赵虎奋身而出，向宸濠说道："千岁若见信，末将愿当此任。"宸濠见是新来的二人，恐怕他们口是心非，不能坚信，因踌躇未及回答。

钱龙、赵虎见宸濠不答，他二人疑惑宸濠怕他们本领不济，因又说道："千岁闻言不答，想是因虑末将等不能干得此事吗？末将请自先呈小技，以坚千岁之信，何如？"这句话忽然把宸濠提醒过来，暗道："我何不先试他们一番，若果本领高强，也可使他们前去。"因道："孤正虑你们二人的武艺，不知能否充当此任，今既愿献技与孤一阅，这可好极了。"因命人取了一竿大纛旗，在旗顶上系了一面令字旗，竖在大帐面前，命他二人上去将令旗取下。左右答应，即刻将大纛竖好。

钱、赵二人也就将外衣即刻脱去，先向宸濠请了个安，然后走到帐下，只见钱龙将身子一弯，立刻由竹竿上猱升而上，瞥眼间已将令字旗取了下来。复走到宸濠面前，把令旗呈上。宸濠见钱龙有如此本领，心中暗喜，口中称赞不已。

钱龙退在一旁，只见赵虎又上来，说："千岁在上，末将请将这面令字旗仍然送了上去。"说着便将令旗取过来，即刻转身到了帐下。宸濠定睛细看，看他如何上去，哪知比钱龙尤快，转瞬间已上了大纛，见他一只手执住大纛的竹竿，那一只手上面挂令旗，立刻将令旗挂好，复从顶高处跳落在地，真个身轻，连响声皆没有。

钱龙见赵虎如此献技，以为比自己还胜几分，钱龙复又走到宸濠面前，跪下说道："末将还能平地飞上半空，不由大纛上去，即将令旗取了下来。"宸濠道："尔可再试一试，与孤细看。"钱龙答应，登时走出帐外，真个是脚一跺，早已飞身到了半空。正欲去取那面令旗，哪知赵虎见钱龙如此，他也存了个好胜的心，钱龙才要去摘旗，赵虎已飞到那里，两个人对面，两双手执定大纛，两双脚皆向外撑开，犹如两个蜻蜓立在花枝上面。

宸濠看见，十分喜悦，因大声说道："二位将军请下来，孤有话说。"钱龙、赵虎二人登时跳落，走到宸濠面前。宸濠夸赞道："将军武艺，虽古之剑侠亦不过如此。孤得将军，正天之赐孤臂助！尚望将军努力建功，若将昏王于半途刺死，将来孤定封二位将军为平肩王，以偿此不世之功便了。"当下钱龙、赵虎好不得意，因即说道："不知昏王从哪道而来？"宸濠道："必定由旱路取道湖北，将军可于湖北荆襄一带等他便了。"

钱龙、赵虎二人当下答应，即刻退出帐外。当日就预备动身。宸濠又发了四百银子，与他二人作为盘费。二人收下，次日即打了包裹，暗藏利刃，离了樵舍，直往荆襄进发。暂且不表。

再说王守仁这日得了探马来报，说是宸濠令雷大春攻取九江，现在九江已为雷大春所破，城中所有钱粮悉为贼将所得，已运往樵舍充作粮饷。王守仁听罢，大惊道："宸濠之得九江，皆因某患病耽延，不能出兵，以致如此。今逆贼既退守樵舍，若不速速进兵，恐逆贼又将分兵攻取他郡，那时却又滋蔓难除了。"当下即传令各军，即于次日一齐拔队，往樵舍进发。

各军得令，次日即便起程，日夜趱赶，不一日已至樵舍。只见对岸贼营林立，集岸为营，约有二十余座寨栅，都是依山临水，甚是坚固。王守仁当下就在对岸之上，立下大营。不知王元帅如何进攻宸濠，且听下回分解。

第一百六十四回　巧立水军联舟作阵　议破战舰用火为工

话说王元帅的大兵在樵舍对岸立下大营之后，便聚集众将商议道："逆贼集岸为营，我军隔湖相对，当何法破之？"徐鸣皋道："依末将愚见，非水战不行。若水战必渡舟而过，不然偌大的湖面，怎能飞越过湖？"王守仁道："将军之言虽善，奈急切哪里去觅得这许多渡船？"徐鸣皋道："末将亦正虑及此，只好再作计议便了。"当下退出。大兵就屯扎此处，以待王守仁寻思良策。

再说宸濠自打发钱龙、赵虎二人去后，这日探报王守仁大军已于对岸立下营寨，不日便要渡湖而来。宸濠闻报，便聚众议道："王守仁既亲统大兵，于对岸已立下营，不日即要渡舟而来，当以何策抵敌，方可立于不败之地？"

只见李自然献计道："某有一计，是非水师不足抵御敌军。但水师固非船不行，尤在平时，各兵卒操练纯熟，不畏风涛波浪，方可对战。我军于水军素未习练，何能使其乘舟？今有一法，可使三军在洪涛巨浪之中如履平地，虽王守仁亲统大军，渡过湖来，亦不患其不胜。"

宸濠道："先生之言，甚合孤意，但不知用何法可使三军不畏风浪？"李自然道："昔庞士元以连环计献曹操，孟德虽为周郎赤壁之败，其咎实在孟德自己不胜，并不能怪庞统所献之计不善。且彼时又在冬令，非东南风不能用以火攻，后来为孔明借风，致有赤壁之败。今某拟仿照庞统连环之法，联舟为方阵，三军固无风波之可畏，就是王守仁大兵南渡，也不患不能抵敌。"宸濠道："善则善矣，若王守仁也效周瑜破曹之计，用火攻之，那时不又居大败之地吗？"

李自然道："千岁之言差矣！现值秋令，西北风居多。我军现居西北，敌军现驻东南，如遇东南风，我军方才可虑。若是西北风，而敌军纵火，是自己延烧耳！王守仁必不为此。且现在也绝无再有个诸葛亮，可以借三日三夜东南风。况乎王守仁就便计及到此，急切又从哪里得许多船只，可以装载引火之物。此事万万不必虑得的。"

宸濠听了此话，也颇以为然，因道："先生既如此说，但不知需船几何？"自然道："某早为千岁预备下了。"宸濠大喜道："就烦先生为孤一联方阵可乎？"自然道："某敢不遵命！"说罢，即起身而去。

原来李自然当宸濠兵屯樵舍之时，他即早虑到此。凡沿湖一带船只，早已为他雇下，共计六百余只。现在奉了宸濠之命，便去将各船招集湖中，大小配搭，用铁索连环起来，十只一排，共计六十四排，上用木板铺盖，连为方阵。却按着六十四卦，往来有巷，起伏有序。船上遍插五色旗幡，中央插的黄旗，以宸濠为水军统领，居于中央。东方青旗，南方红旗，西方白旗，北方黑旗。以东方为前军，以雷大春为管带；南方为后军，以吉文龙为管带；西方为左军，以周世熊为管带；北方为右军，以吴云豹为管带。俱各调护，便去宸濠帐中复命，即请宸濠上船观阵。

宸濠大喜，当即随同李自然出了大帐，走到岸边。只见湖心里的水师，排得如同方城一般，五色旗幡，飘摇蔽日，甚是好看。宸濠极口赞道："非先生高才，不能计及到此。有此方阵，虽王守仁统带百万雄兵前来，孤亦无忧矣！"说罢狂笑不止。当下便下了马，与李自然同上了船，就中军坐了片刻，又往各处看视一回，真个是如履平地。当下便传出令来，命次日晨初，先行操演。众水军得令，预备而去。宸濠又与李自然仍回旱寨。

次日天明，即到了水寨，仍就中军坐定。一声令下，起鼓三通，只见左、右、前、后，各军护拥着中军，各按队伍分门而出。是日正是西北风大作，各船拽起风帆，冲波激浪，稳如平地。三军在船中各踊跃施威，刺枪施刀。前后左右，各军旗幡不杂。

宸濠立于中军，观看操练，心下十分喜悦，以为不但可以自保，而且操必胜之权。各军操演了一会儿，宸濠命且收住帆幔，各依次序回寨。宸濠又谓众将曰："若非天命助我，安得李军师如此妙计。铁索连舟，果然涉险风涛，如履平地。"众将亦深自佩服。是日宸濠仍回旱寨而去。

到了旱寨，升帐已毕，又聚将而言曰："水军得军师妙计，固已万无一失。但是陆军虽然即岸为营，仍宜格外小心为要。"邺天庆道："末将当率领众将，认真操练，以期共成劲旅。"宸濠道："操练固用兵最要之事，孤看每营尚欠布置。孤意拟每营埋伏弓弩手二百名，计共二十四营，可挑选五千精锐，专充此任。以防敌人前来冲陷旱寨，有此弓弩手抵御，任他雄兵百万，也不能冲进。营门里可再多设檑木炮石，加以预备，不患敌人飞渡而来。"邺天庆答应而去。

此时却早有细作报入王守仁大营而去。王守仁当即升帐，聚众议道："宸濠现在又连舟为方阵，准备以御我军。但是我军驻扎此地，不能旷日持久，且贼军亦断不容我久扎此地。我不攻他营寨，他也要前来进攻。贼军固能连舟为阵，我军亦可如此办法，以便渡江而去，与他对敌。所虑船只毫无，不必说连舟为阵，就便欲要渡河亦不可得，只便如何是好？"

徐鸣皋道:“便是末将亦早虑及此,欲渡江进战,非船不行,不知这逆贼许多船只是从何处得来的?”王守仁道:“光景是他预先雇下,专为此事的。”大家正在忧虑,忽见营兵进来报道:“吉安府伍大老爷由南康来了。”

王守仁一闻伍定谋前来,当即请入大帐。伍定谋行礼已毕,即问王守仁曰:“元帅亦见逆贼结舟为阵乎?”王守仁道:“便是本帅正虑及此。因此间无船可雇,不能渡军向北,如何是好?”伍定谋道:“逆贼今连舟为阵,有此一举,逆贼死期将至了。”王守仁惊道:“贵府何出此言。某正以此为可虑,贵府反说他死期将至,吾甚不解谓何?”

伍定谋道:“元帅所虑者又何谓?”王守仁道:“虑他这方阵不易破耳!”伍定谋道:“元帅以为可虑,卑府却以为可喜,愿与元帅言之,即知逆贼不久将要死了。”王守仁道:“便请一言,某当闻命。”伍定谋道:“元帅岂不闻赤壁鏖兵之事乎?时虽不同,而事则一律,岂非该贼之自甘就死吗!”

王守仁道:“贵府之言虽是,但某有谓不然者。赤壁鏖兵,幸有东风之力。今正逢秋令,西北风当时,逆贼现居上游,正当西北,我若纵火烧之,是自己延烧也。赤壁一役,何可效法?”

伍定谋道:“元帅所谋,未始非是,但卑府已虑之熟矣,若由下游潜渡上游,绕伏贼后纵火,贼又何能躲避乎?此事不劳元帅费心,卑府已预备得轻舟百只,为纵火计矣。来日当遣使六十艘来,为元帅调度人马,其余四十艘,卑府为自用。现在纵火之料。仍未备全,一俟齐备,卑府当于前三日使舟前来,并约元帅届期行事。卑府现在仍须驰回南康,调度一切,故急急前来为元帅送信,请元帅不必过虑。但传令各军,届期预备接战破贼便了。”

王守仁听了这番话,真是大喜,当下让道:“某虽身居统帅,其才智愧不如君,真个惭愧。”伍定谋也要谦道:“卑府不过一得之见,或者侥幸成功,何敢自居才智,总之均为国家公事,义不容辞。元帅又何必如此谦让,使卑府立身不安了。”王守仁道:“某非过谦,其实惭愧。”伍定谋又道:“卑府今日就此告辞,一经预备齐全了,即遣舟前来,以便元帅督兵西渡。”王守仁道:“某当听候贵府来信,便即督兵西渡可矣。”

伍定谋告辞而去,王守仁相送一会儿,复又夸赞了一会儿,这才饬令众将告退。不知何日渡江去破方阵,且听下回分解。

第一百六十五回 师成熊罴大队南征 性本豺狼中宵行刺

话说伍定谋退出大营,当下潜渡南康。原来南康离南昌只三百里,兼程趱赶,不过一日一夜即到。伍定谋到了南康,当下即将预备的大小船只一齐招集,挑选了四十艘,内装干柴、枯草,上加桐油、松香、硫磺、焰硝之类,每船拨兵二十,各带火种,令王能统带,将这四十艘实蒿灌油,暗藏于南康一带深港之内。其余即派令卜大武押着各船,陆续地渡往北岸,限五日后全行渡过,仍散布于各港内埋伏,听候调遣。分拨已定,只等纵火杀贼,暂且不表。

且说钱龙、赵虎二人各带了盘程,离了樵舍,直往荆襄一带而去,上追御驾。一路探听,这日到荆紫关,听说御驾已将次行到,他二人即在荆紫住下等候。不过二日,只见荆紫关一带的往来行人,皆说武宗圣驾明日即到,于是六街三市,文武大小官员皆纷纷预备接驾。沿途各家皆张灯结彩,摆设香案,以待圣驾经过,好去跪接。

又隔了一日,果见头站牌已到,约至午牌时分,只见拥护的人走来说道:"圣驾已离此不远了。"接着又有一骑探马,如风驰电掣而来,一路喊道:"尔等各居民听着:圣驾顷刻就经过此地,均须两旁跪接,毋得喧哗,致惊圣驾。若有犯者,即交地方官照例惩办。"一面说一面跑了过去。

不一会儿,只见许多御林军排队前引,两旁铺户居民知圣驾已到,当即跪列两旁,以便接驾。但见御林军走了好一会儿,才见一对对龙旗、凤帜、月斧、金爪,紫袖、昭容、锦衣、太监,又见一班细乐,八对提灯,五百御林军护驾,王侯世爵,一个个玉带金冠,御前侍卫两旁分走,皆是花衣锦帽。末后有一柄黄罗伞,遮着一辆朱轮,朱轮里面坐着的一位,龙姿凤目,头带九龙盘顶的金冠,身穿五爪盘金黄龙袍,腰围玉带,脚踏粉底乌靴,真是凤目龙颜,不愧帝王之相。

朱轮过去,后面又有许多随驾护卫,簇拥而行,皆是身骑骏马,随护朱轮。末后便是太监张忠、左都督刘晖所带的雄兵。一路行来,虽则有数万人马,却是肃静无哗。只闻马蹄声响,不闻人语之声。钱龙、赵虎此时也躲在人丛中,瞻仰圣颜。不一刻,武宗进了行宫,所有御林各军皆扎在行宫四面。又过了一刻。只见有两个小太监捧着圣旨出了宫门,向各官宣旨道:"圣上旨意,着令地方各官一律退去,所有随扈各官将着即暂歇一宵,明日天明拔队,趱赶前去。"各官遵旨退下不表。

再说钱龙、赵虎两人在人丛中听见这个消息,圣驾明日就要起銮。当下两人即走到一个僻静处所,彼此议道:"今昏王已到,明日就要前去行刺,恐有误大事,反为不美。不若今夜便去行事,只要将这昏王刺死,你我这场功劳,可真不小了。将来宁王身登宝位,你我还怕没有高官厚禄吗?"钱龙道:"今夜何时前去呢?"赵虎道:"若早去,恐行宫里未曾睡静,给他们看出来,反为不美,所谓画虎不成,反被犬害。莫若今夜三更以后,你我各带兵器,纵身直入,只要寻到昏王,一刀刺死,那就大功告成了。"

钱龙道:"此言甚善,我等当先回客店住下,等到那时再去便了。"于是二人便走出僻静地方,径往客店而去。到了客店,便叫店小二打了两壶酒,拿了两碟菜,彼此对饮起来。一会儿饮酒已毕,便去房内歇息,专等三更以后前去行刺。

有话即长,无话即短。两人睡了一刻,便惊醒过来,听了一听,才交二鼓,时候尚早,复又去睡。又睡了一会儿,却已三更将近,他二人即便起身,将外面衣服脱去,内穿密扣元色紧身短袄,下穿元色扎脚马裤,脚踏薄底快靴,头上扎了一块元色包脑,背插利刃,走到房门口轻轻地将门拨开。二人走出房门,复又倒关起来,走到院落,一耸身飞过墙垣,就如两条乌龙一般腾空而去,出了客店,直往行宫而来。

不一刻,已到行宫。二人先跳上院墙,四面一看,见行宫里面虽有一些灯光,却是半明不灭,又听得里面更锣之声不绝于耳。钱龙即与赵虎悄悄说道:"老兄弟,你听宫里这一片更锣之声,往来不绝,照此如何下去吗?"赵虎道:"这倒不妨,这些交更的,哪里有什么本领,不过借此在这里混一碗饭吃吃而已。我们下去,只要避着他们,不与他们看见,即不妨事了。即使遇着那些更夫,不待声张,一刀将他们杀了,也就可以无事的。”钱龙道:“话虽如此,却要格外小心才好。”

二人说着话,再听一听,已转三更,钱龙又道:“老兄弟,我们下去吧,时候可不早了。”赵虎道:“我们走一条路不行,你在东,我在西,你我分头而进。”钱龙道:“不是如此办法,还是一起下去,彼此才有个照应。一被里面的人看出来,上来动手也得有个帮助。你若在东,我若在西,那时有了事,怎么呼应得灵的?”赵虎道:“也好,我便与你同下去吧。”说着二人将身躯一晃,只见一道黑光飞上正殿,二人便伏在瓦栊内,往下面一看,见有两个更夫,一人提着手灯,一人敲着更锣,由后面绕转过来,却好走到正殿下面。钱龙、赵虎怕被更夫看见不妙,因将身伏定在瓦栊上面,等更夫过去,走得远了,才将身子立起。向后面一看,只见后面还有三进,皆是瓦缝参差,非常坚固。于是二人一缩身,便由正殿屋上蹿到后殿屋上,不意将后殿屋上瓦踏翻了一块,落下来,只听“啪”的一声响,那块瓦跌落下面,打得粉碎。

二人吓了一跳,又伏定身不敢稍动。幸而下面并无人问,也无人出来看视,他二人才算放下心。停了一会儿,又一齐蹿到第二进屋上,正要往第三进去,却又从第三进左侧夹巷内来了两个更夫,敲着锣经此而过。他二人又不敢妄动,还是等两个更夫走了过去,他二人这才蹿身向第三进而去。

到了第三进屋上,先将身躯伏定,一个在东,一个在西,一齐用了个猿猴坠枝的架子,将两只脚踏在屋檐口,身子倒垂下来,向里面观看,只见正中一间中间竖了一块匾,是“寝宫”二字。钱龙、赵虎知道武宗一定住在此处了,但又不知住在哪个房内。

当下赵虎说道:“据我看来,一定住在上首这房间内无疑。我们何不先去将那窗格上的红纱戳破了,先看一看,便知分晓。”钱龙道:“是。”因此二人又将身子由屋檐下蜿蜒而下,靠近纱窗,便用刀在那红纱上,轻轻戳了一个小孔,钱龙即便单觑眼向里面看去。

只见里间烧着一对双龙的红烛,已烧残了半截。紧靠纱窗,摆着一张海梅嵌大理石的御案,中间设了一把盘龙宝座,两旁皆用是红绫糊在板壁上面,一色簇簇生新。左右有八把交椅,四张茶几,椅几之上皆用着红缎子盘金龙的椅披、几袱。上首有一张衣架,上面挂着一件簇簇新黄缎盘金龙袍,就是日间武宗在龙舆内所穿的那一件。衣架旁侧,挂着一条盘龙嵌宝的玉带,上首有一架盔盒,盒盖上架着一顶盘龙金冠。当中有一张海梅朱漆上下两旁盘龙的御榻,挂着一顶黄绫描龙宝帐,近在御榻下面,有八个小太监,分在两旁,和衣而睡。寝宫门首,又有四个护卫,带刀而立,却皆靠着寝宫门,立在那里打盹。

二人看毕,料定武宗睡在那龙榻上面了。因此二人打了个暗号,钱龙即将手中刀,轻轻在那纱窗上拨了两拨,里间格子一转,已离了窝槽。于是又伸进一只手,轻轻地将里面格闩抽出来,放在一旁。又去将窗格拨下。做了好半会儿的手脚,并无一毫声息,也没有一人知觉。

钱龙、赵虎当下好不欢喜,以为武宗必定为其所刺。于是赵虎在先,钱龙在后,两人手执钢刀,一蹿身飞身入内,手起刀落,直往御榻之上砍下。不知此时武宗性命如何,且听下回分解。

第一百六十六回　焦大鹏行宫救圣驾 明武宗便殿审强徒

却说钱龙、赵虎手持利刃，蹿身进房，直奔御榻而去，走到御榻面前，急将龙幔一掀，哪知用力过猛，一阵风将武宗惊醒。武宗睁眼一看，见榻前立着两个刺客，浑身紧身衣靠，相貌狰狞，身材高大，手持两把明晃晃的钢刀。武宗只吓得乱抖，心中暗道："悔不听杨廷和之谏，致有今日之祸，朕命休矣！"急欲喊人前来救驾，只见那两个刺客，已狠狠举起钢刀，向自己砍到，口中叫道："昏王，看你尚有何法逃得性命吗？"

手中的利刃正要砍下，武宗忽见窗外复又飞进一人，手执宝剑，直奔御榻而来。武宗这一吓，真也是魂飞天外，暗道："何其刺客如此之多？这里现放着两人，还怕不足，又加上一人，光景欲将朕分为三段了。"正在暗道，忽听"咕咚"两声，接着"当啷"一声，见先来的那两个大汉已跌倒在地，后来的那一个跪在床前，口中称："万岁在上，小人焦大鹏奉了王元帅之命，特来保驾。这两个刺客，已为小人刺倒了。万岁勿惊，小人在此。"

武宗这一见，真是喜出望外，当下即从龙床上坐起来，喊那些太监、护卫拿刺客。那四个带刀护卫一听此言，哪敢怠慢，从睡梦中提了刀，大踏步抢走过来。见龙榻前跪着一人，疑惑他是个刺客，为武宗将他捉住，跪在那里，便举起刀来即向焦大鹏砍到。

武宗一见，连忙喝道："尔等护卫宫中，原以防不测，今尔等不知小心，有刺客前来，你们那里如此糊涂，明日即行革去尔等的护卫，再严加重办尔等护卫不力的罪名。朕若非焦大鹏前来救驾，朕已早为刺客所算了。还不快将那两个刺客缚起来，明日交荆州府，严刑审讯。"

那四个护卫听了这番话，随即跪下碰头请罪，道："臣等罪该万死，求万岁暂息雷霆。"武宗又命那四个护卫起来，去捆打倒的那两个刺客。那四个护卫当时又叩头谢了恩，这才站起来，走到钱龙、赵虎二人跟前，先将他二人拖了出宫，然后才将他四马倒攒蹄，捆了个结实。

此时里里外外皆得了消息，所有那里护卫大臣、御前侍卫、随驾太监俱纷纷扰扰进了宫房，不一刻，那管带御林军侍卫以及太监张忠、左都督刘晖亦皆到宫房请罪。武宗便命张忠、刘晖进了寝宫。先给武宗跪请圣安，然后叩头说道："臣等保驾来迟，罪该万死！现在刺客想已捉住了。"

武宗便指着焦大鹏道："若非他前来救驾，朕之性命已送于两个之手了。二卿远在宫外，却非卿二人之罪，不过这宫内的所有护卫太监，实属疏忽已极，毫不防范，着即交二卿明日拟定罪名，以警疏忽之咎。"张忠、刘晖当下即也遵旨。

此时天已明亮，武宗即命张忠、刘晖，将焦大鹏好生带出宫门，并饬令传旨各营，今日驻跸荆州府，便将此案讯明，再行起銮前进。当下张忠、刘晖将焦大鹏带出宫房，便留在刘晖营中安歇。又将谕旨传知各营前队统带，令各军先到荆州驻扎。

武宗此时梳洗已毕，当有小太监呈请早安。武宗早宴已毕，只听静鞭三响，武宗升殿。刘晖、张忠等一班随驾大臣、侍卫，皆上殿早朝，三呼万岁。当有领班护卫大臣奏道："臣启奏万岁，夜间所拿的两名刺客，是否径交荆州府严讯？抑万岁先行钦审，然后再送交荆州府拟定罪名？"武宗听奏道："尔等可即将那两名刺客先行带上殿来，俾朕先审问他一番，究为何人指使，然后再交荆州府拟罪。"领班护卫大臣当即遵旨退下。

不一刻，即将钱龙、赵虎带上殿来，将他二人推倒，跪在下面。武宗伏在御案上，闪开龙目，再将他二人细细一看，只见钱龙、赵虎二人，右臂皆为剑所伤，血流衣襟。你道这是何故？原来他二人当在寝宫行刺时，皆是右手执刀，所以焦大鹏一进来，即将宝剑先伤了他二人的右臂，使他举刀不来，又不便将他二人杀死，须留活口，为将来审问口供的地步。所以钱龙、赵虎二人右臂皆为所折，血流衣襟。

你道焦大鹏又何以得知钱龙、赵虎前来刺驾，他从南昌奔到此处救驾呢？原来他却有人使他前来。这日他在沿湖一带，观看湖中的水景，只见他师父傀儡生忽然从空中落下，向他说道："徒儿徒儿，尔可速速回营，与元帅禀明，即日驰赴荆紫关行宫救驾。"焦大鹏当下便问道："难道圣上有人暗算吗？"傀儡生道："正为有人前去行刺，所以为师特命你前去，干这一场大功，好让你讨了封赠，将来好成正果。"

焦大鹏听了此话，便请傀儡生一同回营。傀儡生道："为师尚有要事他往，你可即刻回营与元帅说明，不可耽搁，务限八月二十三日到荆紫关，三更以后，前往行宫捉拿刺客。一切勿误！"焦大鹏听了此言，却也不敢强留傀儡生，当即回身奔赴大营，见元帅呈明一切。王元帅见说，吃惊不小，当与焦大鹏说道："本帅料这刺客定是宸濠所使，既蒙傀儡老师嘱令义士前去救驾，义士切不能迟缓。"即刻出了大营，直奔而来。

却好到了荆紫关，正是八月二十三这日。他却是日间到的，等至三更将近，便到行宫左右探看。等了一会儿，果见有两个黑汉子由院墙上跳过去，那时焦大鹏便要赶上去捉他，复又想道：我不到那真真危急之时，再行拿捉，一来不见我焦大鹏的本领，二来圣上也不知道我这人。所以一直等到钱龙、赵虎进了寝宫，走到御榻面前，将龙幔掀开，举刀在手要往武宗去砍这个时节，他才飞身进内，将钱、赵二人右臂折伤，救了武宗的圣驾。这就是焦大鹏由南昌起程，直至救驾捉拿刺客的一段原委。

此时钱龙、赵虎二人跪在殿上，并无刑具，因武宗既未带有御刑，荆紫关又无有司衙门，所以无处去寻刑具。而且钱龙、赵虎业已折伤右臂，已经不能动弹，断无再会逃走之理。只用了些绳索，将他腿脚捆缚结实，跪在那里便了。

武宗在龙案上向他二人问道："刺客，你二人姓甚名谁？朕看你二人倒也身材高大，有此本领，为什么不做忠臣孝子，偏要前来行刺朕躬？你们与朕有何仇隙？究为何人所使？速速招来！"

钱龙、赵虎跪在下面，听武宗问他这一番话，因即怒目圆睁，大声喝道："昏君，若问咱的名姓，咱唤钱龙，他唤赵虎，咱们也不知道是何人所使。只知道你这昏君，罪恶贯盈，天下臣民无不切齿痛恨。咱家所以代民伐罪，替天行道，前来刺杀你这昏君，为天下子民除害。今既被捉，也算咱家做事不到，致被妖人前来所擒，要杀就杀，咱家没有口供。大丈夫一人做事一人当，不知道扳人避吊已，以图赦罪之地。

而况今日杀了脑袋，二十年后又见一个堂堂的英雄。这脑袋瓜子被割一刀，又算什么大事？昏君你快些将咱家杀了吧！咱家是没有口供招来，若要咱家招口供，就是刺客这二字。”

当下武宗听了他二人这一番话，龙颜大怒：因喝令左右即将他二人推出，凌迟处死。

当有刘晖奏道：“万岁且息雷霆之怒。论国家刑法，行刺圣驾，触忤圣颜皆是凌迟处死。但是这两个死囚必非专主前来，定有旁人指使，须得彻底根究，问明指使之人，方好一同治罪。若现在因一怒之下，便将他二人处死，这两个死囚原知死有余辜，可便宜了那指使之人幸逃法网。他二人既死，又从何处追问指使的首犯呢？据臣愚见，莫若先将这两个死囚，每人重责一千大棍，然后再审问他的确实。又恐上扰圣躬，或即发交荆州府严刑审讯，说要将他的实供讯出，究竟是何人指使前来？方好一例治罪。臣一得之见，不知圣意如何？”

武宗虽听此言，还是怒犹未息。毕竟武宗曾否准奏，钱龙、赵虎此时曾否凌迟处死，且听下回分解。

第一百六十七回　明武宗移跸驻荆州　孙知府奉命审刺客

话说武宗因刘晖进奏，当下怒犹未息，便命力士将钱龙、赵虎二人拉下丹墀，各责一千大棍。左右一声答应，即刻将钱龙、赵虎落下，每人用力打了一千大棍。哪知他二人毫不畏惧，那棍子打在他二人身上，犹如打在石头上一般。不必说皮肉未损，连痛也不痛。只听他二人在下面大笑不止，武宗更加大怒，又命每人再责一千棍。哪知他二人仍然如此，却把大棍打折了两根。他二人复又笑道：“昏君，不必说是拿大棍子打我们，就便取把钢刀来，在咱家身上乱剁，看咱家可惧也不惧！”

武宗没法，只得命力士仍将他捆绑定当，发交荆州府严刑审问。张忠复又奏道：“奴才看这两刺客，本领既然高强，而且有运功之法，焦大鹏既可制服得住，莫如即将他二人交与焦大鹏，沿途看管，或者尚无逃逸事情。若交别人看管，犹恐不妙。”武宗当下准旨，即发焦大鹏沿途押解该犯，并沿途护驾随行，以防再有行刺等事。说罢就命起跸。当下有人将钱龙、赵虎交与焦大鹏。

这里武宗也就即刻起跸，出了行宫，直往荆州趱赶而去。在路行了一日，到了傍晚已至荆州境界。荆州府孙理文早已得着信，已带着在城文武各官，出城迎驾。当下跪迎圣驾已毕，即随着圣驾，一齐进城。城内亦早已备下行宫。武宗进了行宫，即刻传出旨来，命将钱龙、赵虎行刺两个钦犯，交与荆州府严讯，务要连夜讯出口供，若无实在供词，定即将荆州府革职。

这道旨意一下，荆州府哪敢怠慢，也就即刻将钱龙、赵虎二犯带入衙门，登时上了刑具，传三班衙役并各种刑杖各种严刑，又将焦大鹏请到衙门，以资帮助。登时升堂，将钱龙、赵虎二人带到堂上。只见他二人立而不跪，荆州府喝令跪下，钱龙、赵虎也喝道：“这昏君殿前，咱爷爷也不过跪倒而已，你这一个小小知府的衙门，咱们不配给你这赃官下跪。”荆州府大怒，喝令将他落下，先每人重责一千棍，然后再问。左右差役一声答应,即刻将这两个死囚拖倒在地,褪下裤子,每人打了一千大板。哪知他二人依然如是,毫无痛楚。

荆州府甚为惊诧,因问道:"似此重刑不畏,刑杖如何问得出口供来?"当有一个老差役,上前说道:"这两个犯人会运地功,若令他放在地下去打,不必说每人一千板,就是每人一万板也是无用。只有一法,须将他本身着人抬离了地,然后着力再打,或者可以使他痛。"

荆州府闻言,便顾左右那身强力壮的,挑选了八个,四人抬他们一个,将钱龙、赵虎抬离了地,约有一尺多高,一面又使将那大板,尽力在他二人大腿上结实痛打,打到五百余板,只见两腿鲜血直流,皮开肉绽。钱龙、赵虎渐渐支持不住,却还咬紧牙关,死也不说痛楚二字,也不说愿招二字。直打到一千板,荆州府方叫众差役住手,将钱龙、赵虎推转过来,叫他们跪下。钱龙、赵虎还是立而不跪。

荆州府没法,只得问焦大鹏道:"该刺客如此倔犟,当以何法治之才好?"焦大鹏道:"小人愿助大老爷一臂之力,先使他跪下,然后再请大老爷审问便了。"说着就走到钱龙、赵虎背后,只见他腰一弯,在钱龙、赵虎两腿弯内,用二指轻轻一点,钱龙、赵虎不知不觉,登时跪了下去,再也站不起来。原来人身各处皆有穴道,焦大鹏在他二人腿弯内穴道上点了一下,所以他二人站不住,登时两腿酸麻,跪了下去。荆州府这才问道:"钱龙、赵虎,你二人为何胆敢前来行刺圣驾?究有何人指使?速速招来!或者本府尚可代你免其死罪,若再不供,免不得皮肉吃苦。"

只见钱龙、赵虎大声骂道:"好个赃官!咱爷爷在昏王面前,也不曾将实供招出,你好大一个知府,就想咱爷爷招出实供。除非你作了咱爷爷的儿子,咱爷爷可以告诉于你。如若不然,你休想咱们爷爷招出实供。咱爷爷前来行刺,是有人指使而来,这人可与昏君有切齿之仇,但不便告诉于你。你莫说以严刑吓我,就便将钢刀架在咱爷爷颈项上,咱爷爷也无实供的。"

荆州府见钱龙如此说法,不禁拍案大怒,便命人抬夹棍来,将他夹起来再问。差役一声答应,走上前来,将钱龙拖翻倒地,即将夹棍在他小腿上夹起,两边的将绳子用力一抽,只听咯噔一声,夹棍已经两段,毫无痛楚。荆州府没法,又命人将点锤取来,在他胫骨上打二十下。

诸公可要知道,这点锤,州县衙门内向来是不常用,因为这刑法最是厉害,只要在胫骨上打二十下,这个人的胫骨登时就被打碎,虽再吃些骨碎补也是不济,这人从此以后就成残废了。所以有司衙门内如遇有大案,皆是先用夹棍、铁锁链,若再熬供,便用天平架,迫不得已才用这点锤。今日用这点锤如此迫切,一因这两个行刺圣驾的钦犯,将来总是要凌迟处死的;二来荆州府因圣旨急迫,明日就要复命,录取实供,好去捉拿那指使之人;三来荆州府被钱龙、赵虎大骂急了,所以才用得这点锤如此急迫。

当下众人将钱龙拖翻在地,取了点锤,在他两腿胫骨上用力敲打。打了二十下,只见钱龙仍然咬着牙关,死也不肯供出。荆州府又命再打二十下,下面又打了二十下,仍然不招。荆州府没法,只得叫将钱龙带在一旁跪下,复问赵虎道:"赵虎,你可速速给本府招明,不要如钱龙有意熬刑,不然本府堂也要叫你吃这点锤的苦楚了。"

只见赵虎在下面大笑说道："你若问何人指使，即是王守仁使我等前来，行刺昏君，这就是咱家的实供，此外再无实供的可话了。"荆州府更加怒发冲冠，又命人将赵虎拖下，也打了二十点锤。下面答应，即刻又将赵虎拖翻在地，用力在他两胫骨又打了二十点锤。哪知赵虎亦复如是。不但荆州府急得没法，连那些众差役个个皆代荆州府担忧。若照此问不出供来，明日前程就难保了。

大家正在暗想，只听荆州府又叫："将赵虎拖上来！"赵虎到了当面，荆州府只得向他骗道："赵虎，本府看你如此英雄，真算得是天下第一好汉，可惜你误为人用，听人指使前来，使你在这里受这苦楚。你可知道'率土之滨，莫非王臣'？你今日虽做了刺客，其实在先也是个极安分的良民，在你此时以为受人之托，必须忠人之事。今事既未办就，你又为人擒获，本府料你本意以为做事不成，未能忠人之事，觉得已负人的重托，再将托你的人招了出来，更觉对他不起，所以咬定牙关，不肯将指使的人招出，免得他与罪同科。这是你的血气，有肝胆的人所谓一人做事一人当，不肯带累别人，你的心定然如此。本府倒也甚为钦佩。但不过本府还代你可惜……"

下言尚未说出，只见赵虎说道："你代咱家可惜什么？"荆州府道："本府代你可惜的，既非本领不如人，又非肝胆不如人，只可惜你愚而不明，但知充作好汉，徒以一身枉死。本府试问你，这指使你行刺之人，平时你受过他什么恩惠？还是不以死相报不能报他的大德？若果有这番恩义，竟要以死相酬，一将他招出来便万分对他不起，而又于自己以死相报之意大相悖谬，你就不必实招，好让你杀身成仁，完一个一死报知已的名节。设若指使你这人，你并未受他的恩惠，他也不曾有什么恩惠施之于你，或以银钱贿嘱，或以官爵允你，你便因他这累累多金、空言官爵，就代他奋身行刺，犯这罪大恶极的科条，在先固未尝深思，现在还不知懊悔，这就未免可惜。你外似英雄，其实心也糊涂，愚而且憨了。"

荆州府用了这一番说词，打算使他自知反悔，可以招出实情。不知赵虎可能从实招来否，欲知其详，且听下回分解。

第一百六十八回　用骗供刺客承招　上表章知府复命

话说荆州府用了这一番说词，隐隐打动赵虎，使他从实招出究竟指使的是何人。果然赵虎被荆州府说了这番话，暗暗想道：这官儿说的这些话倒也不错，我也不曾受过他什么十分恩惠，不过得了他一个虚名的官职，每人摊了二百银子，我便前来代他行刺。果真把正德君刺死，他将来做了皇帝，我还可以做个官儿。今又不曾将正德君刺死，又被他拿住，我不免又要凌迟。在先我在监牢里，虽然也不能活命，那还是自作自受，到了临时，不过一刀将头砍下，不致受那凌迟之罪。今日为他前来行刺，反而轻罪又变重了。而况他已败得那样，现在御驾又去亲征，加上王守仁那里又放着许多英雄武士、侠客剑仙，他如何抵敌得住？眼见得也要身首异处，我纵不将他招出，他也是要死的，反倒代他瞒藏了一款，我却更加罪大。若将他招出，我虽不能活命，到底扳出一个人来，也好代我分罪名，或者我的罪倒反改轻些，也未可料。若一味地咬紧牙关,不肯招承,难道这官儿还肯放松吗?不但随后要受那凌迟之苦,就是当下这严刑拷问也就够受的了。不如还是招出他来,也免得此时受这严刑的苦楚。一个人低着头,沉吟不语。

荆州府在上面看见赵虎低头不语,若有所思,已猜到他八九分意思了,因又问道:"本府对你说了这许多话,你为何只是沉吟,难道本府所说的非是么?或是你有什么委屈,也不妨与本府说明,本府也可给你剖析。"赵虎便说道:"咱家有句话不明白,你说咱家愚而无智,你怎么看出咱家没智呢?"

荆州府道:"本府说你无智却也不错,你可听本府一一告诉于你,尔就知本府说的话不错,尔也就可知不智的道理了。你未受人的大恩惠,甘为人家指使,来做此大逆不道之事,以致罪犯天条,一不智也。既来行刺,而又不能成事,反致被捉,徒欲以一死报相托之人,反致自家皮肉吃苦,二不智也。既被严刑拷问,痛楚交加,就该供出指使之人,不但可免拷打,还可为自家分罪,以重减轻,尔乃计不及此,以为我是个英雄好汉,一人做事一人当,何必将指使之人拖出,不知尔之罪系为他指使而得,尔不将他招出,是你因他得罪,那指使的人反得逍遥法外,无罪可名耳,是尔代他甘受凌迟之苦,三不智也。有此三不智,尔尚得谓之英雄好汉吗?夫所谓英雄好汉,第一要恩怨分明,其次要见识广大,方算得是个英雄好汉。如尔这般行径,不但不是英雄,不是好汉,真如一个无知的木偶,上了人家当,自己有杀身之祸,还自命是英雄好汉,不肯将指使的这人供招,情愿代他一死,怎叫本府不可惜你是愚而无智吗?你倒仔细想想本府的话,可错也不错?"

赵虎听了这番话,忽然大声说道:"大老爷,你竟是个好官,咱家被你这番话说得咱佩服倒地,咱虽凌迟处死,也要感激你的。你老说是愚而无智,咱这会儿仔细想来,真个是愚而无智。不但咱家愚而无智,连咱这结义哥哥也是愚而无智,全个儿上了那王八羔子的当!咱家供了吧。"

荆州府听他说这话,又复说道:"尔现在可明白了,这才算是英雄好汉嘘。尔可快招上来,好使本府给你录下口供,明早送呈圣上看过。本府奏明,代你把这凌迟的罪,脱卸到指使你行刺的那人身上去,好使你们不受这凌迟之苦,你快招了吧。"

赵虎当下便望钱龙说道:"大哥,咱家招了,你也招出那王八羔子,好让他代咱兄弟们分分吧。不然咱们弟兄受了这许多的苦,将来还要凌迟,他反得逍遥无事,咱们弟兄不算是给他白死了吗?大哥,咱们招吧。"此时钱龙也知追悔,因闻赵虎之言,便说道:"老兄弟,咱与你一样的口供,一样被人指使。你招就是了。"

赵虎因供道:"大老爷容禀:小人本是德化县监内的盗犯。因宁王宸濠兵屯樵舍,当时因粮饷不足,遣派雷大春攻打九江。将九江府攻打开来,雷大春便搜括仓库,又去劫狱翻监,将小人等放出狱来,与雷大春一齐到了樵舍。又经雷大春保荐,将小人荐在宁王驾下当差。后来宁王见小人武艺高强,就封了小人与钱龙的官,唤作什么游击将军,专为预备与王守仁对敌。不到数日,有个京城太监,唤作什么张锐,差了一个人来,唤作陆宝,并带张锐的书信,说是万岁不日亲征,分两支兵,一支兵趋南京,一支兵趋江西。南京的兵,是威武副将军许泰统领,江西的一支兵,是圣上与太监张忠、左都督刘晖统带。那信上却是使宸濠遣人半途行刺,将圣上刺死,宁王便可登大宝了,因此宁王就生了这行刺的心。当时便叫小人与钱龙二人比武,那时小人以为这习武本军中应有之事,不足为怪。哪知到了比武这日,他却不使小人比试枪棒,却使小人演武飞檐走壁之能。小人当时也不知他是何用意,即与钱龙二人比了一回。宁王便与小人说道:‘现在圣上要来亲征,孤家与他有敌国之仇,你今有此本领,能代孤将那昏王刺死,孤随后登了大宝,当封你为平肩王。’小人与钱龙二人,听了他这一派言语,不期为他所惑,当时就答应他前来,以为把圣上刺死,小人随后就可得封王位。不料做事不成,反为焦大鹏所捉。这事虽小人做事不慎,然仔细想来,究竟为他所惑,误信宁王之言,做出这弥天的大祸。这都是小人与钱龙的实在口供,并无半字虚言,大老爷也可据情复命了。”

荆州府听了这番话,因道:“还有什么别项情节吗?”赵虎道:“再无别项情节了。”荆州府道:“既无别项情节,你可画了供来。”赵虎答应,当有差役将供单掷下,赵虎先画了口供,又拿到钱龙面前,使钱龙画过。荆州府便命将他二人分别寄监。

忽见焦大鹏走到荆州府面前,向他耳畔说了两句话。荆州府点头,立刻着人将钱龙、赵虎拉翻在地,着他二人将腿筋挑出,然后上了大刑,分别寄监而去。焦大鹏也就告别,仍回大营。

这里荆州府连夜修了本章,并将供词叙入表章之内,等到五更三点,便换了朝服直奔行宫而来。此时,随扈各大臣已都在朝房预备早朝,一见荆州府进来,大家向前齐说道:“贵府真是干员,居然一夜能将那两个刺客实供问出,又能不辱君命,可敬可敬!”荆州府道:“此皆托各位大人的洪福罢了,卑府哪里有什么才干,这总是各位大人过奖。”

正议论间,已听得静鞭三响,武宗升殿,诸臣便一个个趋赴金阶,朝参已毕,分班侍立。当有荆州府知府孙理文出班跪下,手捧表章,口称:“臣荆州府知府孙理文,昨钦奉圣旨,饬令严审刺客钱龙、赵虎二人有无指使各情节。臣回署后当即将该刺客严加审问,处以重刑,该刺客始则熬刑不招,坚称并无指使,复经臣再三开导,以言相诱,后来才供出系宁王宸濠指使前来,该二犯所供如一,又经臣严加驳诘,毫无狡赖。兹将原供并录,恭呈圣览,候旨圣裁。再据焦大鹏声称,该二犯本领高强,虽此时监禁,难保无越狱情事,因与臣一再商议,先将该二犯腿筋挑断,现在分别寄监,候旨定守。”说着将表章呈上。

当有值殿大臣接过来,摆在御案面上,武宗打开表章,从头至尾看了一遍,龙颜大怒,道:“原来太监张锐也与他私通,朕如何能容这两个逆贼幸逃法外!张锐俟朕班师回京后,再行严讯他的口供,从重治罪。现在钱龙、赵虎既已审问明白,着即将该二犯凌迟处死。荆州府孙理文办事迅速,着加一级调用。钱龙、赵虎即着孙理文监斩。”当下孙理文谢恩毕,武宗也就退朝,各官皆散。究竟后事如何,且听下回分解。

第一百六十九回　伍定谋遣书约战　一枝梅奉调进兵

话说荆州府退朝出来,回至衙门,即刻将城内守城营官兵卒传齐,升坐大堂,立将钱龙、赵虎二名刺客提出监来,当堂捆缚,押往法场凌迟处死,复将首级带回,悬竿示众。当下孙理文又去复命。武宗知钱龙、赵虎业已如法凌迟处死,也就传出旨来,令各营拔队,星夜驰往南昌,自己亦于即日起跸。这道旨意一下,当时各营哪敢怠慢,也就即刻拔队起程。随驾各大臣自然护卫圣驾起跸,风驰电掣,直往南昌进发,暂且慢表。

再说宸濠兵屯樵舍,既立水师连为方阵,准备与王守仁抵敌。这日,王守仁便聚众将议道:"现在逆贼结舟为阵,虽经伍定谋前来献计,但是伍定谋已去了数日,不见回信,本帅心甚盼望,又不知他的渡船何日得到。诸位将军有何妙策,可以攻破逆贼的水寨,尽管说出,大家计议。能早一日将逆贼捉住,即使圣驾到来,亦可就近献俘,免得再劳圣驾亲征了。"诸将皆面面相觑,毫无破敌之策。

只见徐鸣皋说道:"元帅勿忧,末将料伍知府既来献策,他定有奇谋。渡船未即来到者,或尚有应用各物未备,不便先使渡船过来,恐稍有未备,临时反多掣肘,是以斟酌尽善,必使万无一失。此亦临事而惧、好谋而成之道也。元帅请待三日,若三日后仍无消息,末将愿潜赴南康一行,促其速成,以便早日进攻。"王元帅听罢道:"某亦有此意,且俟三日后,再作计议便了。"众将退出,一日无话。

到了次日,又各去大帐议事。正议论间,忽见卜大武走进来,大家一见,惊问道:"卜将军何以独自回来,有什么要事?"卜大武道:"只因奉了伍大人之命,押往渡船过江,现在各渡船已陆续到齐,分布支河汊港,听候调遣。"大家一听,喜不自禁。

卜大武又问道:"元帅现在哪里?"徐庆道:"元帅就要升帐了。"卜大武道:"我还有要事与元帅说。"徐鸣皋道:"将军有什么要话吗?"卜大武道:"伍大人临行时曾屡言谆嘱,请元帅不必着急。他在那里日夜思虑,想那一战胜齐的妙策,旦暮必有书来,务请元帅见书后再行出队,若其不胜,伍大人说愿以军法从事。"徐鸣皋道:"伍大人谋定后战,深得古人用兵之法。他既有此说,必定有绝好的奇谋。且俟元帅升帐,某等当附和其说,以坚元帅之志便了。"

少刻,元帅升帐,众将参见毕,卜大武便上前说道:"伍大人再三上复元帅,现在预备火攻之船业已齐备,其余渡船,亦着令末将陆续押渡过来,现在分布支河汊港,一来使逆贼毫不防备,二来等各事齐全,即请元帅拨兵飞渡。旦暮伍大人尚有书来,并嘱令将情致意元帅。一经书到,务请元帅遣调,若其不胜,伍大人说愿甘军法从事。"

王元帅听罢,道:"本帅亦深知伍定谋智略胜人,他此次谋定后战,谅非食言。本帅当等他的书信,照办便了。"正说之间,外面小军进来报道:"禀元帅,现在帐外有个渔人,从对岸来的,说是奉伍大人之命,特地呈书至此,并有要话面说。"王守仁道:"将他带进。"小军答道,即刻退至帐外,将那个渔人带进里来。那渔人走到王元帅帐前跪下,禀道:"小人特奉伍大人之命,前来下书,务请元帅照书差遣,不可有误。"王元帅道:"书在哪里?可呈递上来。"

那渔人即从贴肉将书取出,呈递上去。王元帅接在手中,拆开来细细观看。只见上面写着:

知吉安府事伍定谋顿首谨上书于介生大元戎麾下:

前者面呈一切,某回营后日夜赶办,刻已齐备。渡江各舟,已派遣卜将军陆续押解飞渡，近日想已渡岸。所有大略，已请卜将军先行具告，大元戎当已有所闻。迩者探得逆贼劫取九江之粮，悉屯于西山之北，某现定于二十六夜亲帅舟师，行攻其屯粮之所。然后即以得胜之兵攻水寨。一面再拔一枝梅所部各军，截其陆营，使贼兼顾不暇。这两路皆用火攻。元帅请于先一日率师渡江，攻彼水寨，万不可胜，略战即回，所以骄贼之心，使贼解弛即乘其骄以破之也。二十七日黎明，潜渡上游，乘舟纵火。元帅亦即于黎明飞渡过湖。分兵一半，以助一枝梅攻贼旱寨；一半由下游上驶，以便夹击。逆贼虽悍，不患其不为我擒也。幸元帅明察勿疑。若其不胜，愿以首领上献。某再三筹划，谨驰书以闻，如蒙赐教，乞付去手为盼。定谋再顿。

王元帅将书看毕，大喜道："伍太守之谋，诚可谓尽善尽美！"于是便将书中各节一一告知众将，诸将亦喜。又重赏来人，并望来人说道："今本帅有回书一封，付尔谨慎带去，多多上复伍大人，就说本帅届期照办便了。"来人谢了赏，站在一旁，候王元帅作书回复。不一刻，元帅作书已毕，交付来人藏好，随即告辞而去，连夜偷渡过湖。到了南康，将书呈上。伍定谋看道：

来字谕悉，老谋深算，佩服，佩服！某闻命矣，届期当遵照调度，以副雅属，时因去使，不尽所言。介生上复。

伍定谋看书已毕，立刻备了咨文，飞饬心腹驰往安庆，调取一枝梅，急急潜师，倍道趱赶，务限九月二十六黎明纵火，进攻樵舍逆贼旱寨。此正九月十九日。

不一日，一枝梅接到来文，当即会同周湘帆、李武、罗季芳商议道："今接伍定谋来文，约某等即日拔队，潜师倍道趱赶，道出南康，务于二十六黎明进攻樵舍，纵火焚烧贼寨。某意若大队一齐前往，恐为敌人知觉，不若分兵四路，均间道而行，绕出樵舍之后。约齐廿六黎明，四面纵火，焚烧贼寨，较有把握。且可沿途耳目。"周湘帆道："在小弟之意，以三路取旱道趱赶而进，以一路由湖口直达鄱阳湖登岸，似更神速。"

一枝梅道："贤弟之言虽善，但取道鄱阳，非船不行，且为谁人管带？"周湘帆道："小弟愿领此任。"一枝梅道："万一被逆贼觑破，将如之何？"周湘帆道："就便取道鄱阳，也非明进，可用渔舟将兵载入，日间不行，夜间偷发，逆贼又何由得知？"一枝梅道："如此办法亦好。"当下即暗派心腹，在沿江一带将渔舟雇定多只，即日分别四路，直向樵舍进发。又将此等章程，密差心腹先行驰往南康伍定谋营中呈报。

这日伍定谋接到这个信息，好生欢喜，便命王能、徐寿二人，每人分带舟师二十艘，分两路进攻西山，一由东路进兵，一由西路进兵。一至西山，即舍舟登陆，各带火种，务限二十五夜三更登岸，但听炮声响处，即便纵火延烧。若使贼兵向北路而逃，不必追赶。可急急回军，登舟往上游潜渡，绕出逆贼水师之后，出其不意，一齐将大船烧着，撞入贼寨方阵之中，那时自有兵接应。此二日尚不出兵，可先将船放出鄱阳湖迤南，权为习练，不必鸣鼓，以防逆贼知觉。

此时王能、徐寿心中十分喜悦，他因为沙场大战习惯自然，毫不足怪，却未身经水战，现在嘱令他水战，他觉得非常有趣，登时答应而去。究竟后事如何，且听下回分解。

第一百七十回 鄱阳湖轻舟试练 潜谷口黑夜烧粮

话说王能、徐寿奉了伍定谋之令，即各带轻舟二十只，偃旗息鼓，放出鄱阳湖操练。初上船时，觉得有些颠簸，历练了半日，便不觉有颠簸之状。于是一连二日二夜，皆在湖上习练。到了二十五日傍晚，才将这四十只快船收进港口。果然宸濠毫无知觉。因这鄱阳湖东西阔四十里，南北长三百里，湖面宽阔而又偃旗息鼓，所以贼寨毫不知觉。四十艘快舟收入港口，只待夜间三更时分，前去西山烧粮，暂且按下。

再说王元帅到了二十五这日，即将卜大武押运来的船只从支河汊港中调出，沿湖岸一字摆开，上插旗幡，中藏金鼓。令徐鸣皋为水师中军，狄洪道副之；徐庆为水师右军，包行恭副之；杨小舫为左军，卜大武副之。各带轻舟二十只，分三路去攻他的方阵，不必胜，略战急回，不可误事。

徐鸣皋等一齐得令，即刻分拨各兵卒上了船只，每船载兵二百，摇旗呐喊，金鼓齐鸣，两边四下一齐轮转橹棹，往湖面上飞去。原来樵舍在南昌斜对岸，离南康百二十里，距南昌西岸，不过五六十里湖面。不一会儿，这六十只快船如飞也似已离贼寨水师不远，船中金鼓打得声震蛟龙。

宸濠在陆寨内听得湖面上有金鼓之声，知道王守仁率水师前来攻打方阵，即刻传令水师各营，务要尽力阻御，不可任他攻进水寨。雷大春、吉文龙、周世熊、吴云豹四人，早已见敌军飞棹而来，却也早为预备，看看徐鸣皋等这三路水师，冲波逐浪而至。只见敌船上为首一员大将，坐在船头上，大喝道："吾徐鸣皋是也！谁敢来与吾决战！"一言未毕，雷大春只将青旗招飐，倏忽间冲出一排船来。

徐鸣皋在船头上，看得真切，但见贼船那一排却用铁索锁链，两边四下鼓动棹桨，真是如履平地，毫不颠簸，直往下游冲撞过来。徐鸣皋见敌船来得凶猛，随即传令："将二十只船一齐散开，不使贼船冲撞。"一声令下，所部的二十只各个分散四面，只在湖中周转如飞，团团地围住了贼船厮杀。

雷大春一见如此，也就手执兵器，又饬令挠钩手，但见敌船附近，便去钩搭。究竟贼船力量大，在湖中冲波逐浪，毫不摇动，徐鸣皋这二十只船经不起浪打，只在湖面上颠簸不定。徐鸣皋看见，恐怕有失，即命收兵。这二十只船一齐收住篷脚，直往南昌回去。

那徐庆、杨小舫左右二军，直冲到贼寨相近，贼将周世熊、吴云豹，也各率左右两军冲杀过来。贼队是排船，我军是快船，也不能抵敌，只得收兵，仍回南昌而去。贼军前、左、右三队见官军大败，又追赶了一阵，无如官军拽起风帆，早已到了对岸，追之不及，只得仍回樵舍。

当下宸濠在岸上看见自家的水师纵操自如，敌军不能抵挡，心中大喜，遥指南昌说道："王守仁，王守仁，今孤欲连舟作阵，看你尚有何妙策，来破孤家的水军吗？"因顾左右道："若非李军师献此奇谋，何能使敌军不战而退呢？"说罢策马回营而去。不一会儿雷大春等收了队，即舍舟登陆，来到大寨报功。

宸濠又夸赞一番，并令他仍小心防守。雷大春道："军师以此奇谋，连舟作阵，哪怕敌军再多，又何能来破吗？真乃万全之策也！"宸濠听了雷大春这句话，更觉得意，因与雷大春道："将军且缓到船，就在此用过午饭，孤同将军再将那船只操练一会儿，以助今日出兵大胜。"雷大春等便不上船，即在大帐内吃饭。

不一会儿，午饭已毕，宸濠便与雷大春等一同上船，当命各军拽起风帆，在湖面上往来驾驶，操演了大半日，直至日落西山方才收队。这日宸濠就在船中歇宿。水师各军因日间操演，用力甚多，不免大家辛苦，因也放心大胆，各去睡卧，只留了二三十人看更。

却说伍定谋到了初更时分，便与王能、徐寿督率快舟，荡出港口，分两路直往樵舍、西山进发。原来这西山离南康只五六十里，距樵舍亦只二十余里，此山一名夹山，三面背湖，一面是来往樵舍的大道。宸濠屯粮之地，只在西山之下，名日潜谷。此间只有五百名兵卒、两员牙将在此看守。这两员牙将，一唤石時，一唤许肃。此二人最喜饮酒，是日亦饮得大醉，卧于帐外。

伍定谋督率着四十只快船出了港口，将近三更时分，已到西山。伍定谋叫各军携了火种，每人携带束草一把，弃舟登岸，每船只留十人看守船只。各军随着伍定谋、徐寿、王能三人，暗暗赶到潜谷，一声呐喊，各军将火种引着，烧着束草，一齐向潜谷堆粮之处抛去。一霎时火焰四起，烟迷四空，喊杀之声，震动天地。

时石時、许肃等尚醉卧未醒，从醉梦中惊觉，再一望时，见周围火光烘天，知道粮草被人烧劫，不顾前去救火，只得急急奔出谷口，欲去逃命。哪知尚未出谷，早被自家兵马践踏而死。那五百名贼兵有被烧死的，有被官军砍伤而死的，也折伤了有一大半。

看看火势将灭，樵舍并无兵前来救应，伍定谋当又传令各军，速速回船。各军答应，不一刻齐上了船，一齐拽起风帆，向上游潜渡。暂且不表。

再说宸濠在船中，是晚亦与雷大春等痛饮，潜谷粮草被人烧劫，他却绝不知道。李自然在旱寨内，到了三更后偶然步出帐外小解，忽见西面一片火光冲天，叫道："不好！此火逼近在屯粮之所，恐有敌人前来烧粮。"当下进了大帐，即刻去请邺天庆，一面飞饬上马，驰往水寨中送信。

不一刻，邺天庆已到，李自然道："将军可速带人马，前往西山救应，你看西山这一派火光，逼近屯粮之所，定有敌人前来烧粮。千岁前我已着人去报，将军可速前去，不能再缓了。好在潜谷离此不远，趱赶前去，或有可救。不然粮草烧尽，我军无粮，虽有方阵无所用矣！"

邺天庆闻言，哪敢怠慢，也就拨了三千轻骑，即刻飞奔而去。沿途遇见败回的小军，声称潜谷粮草已被敌人烧着，邺天庆便问："守粮官何在？"小军回道："恐守粮官亦被烧死。现在敌人尚未退去，还在那里放火掩杀，将军如赶得快，即使粮草难救，敌人还可杀他一阵。"邺天庆听罢，也不往下追问，只顾赶向前去。

不一刻，到了潜谷。时已四更将尽，敌人没有一个。再看屯粮之处，业已烧得空空，只余剩灰烬而已。当下便寻着两三个小军，追问敌人从何处而来，方知潜渡上岸。又问："守粮官现往何处？"小军言道："想已死在火中。"邺天庆道："尔等何以知守粮官死在火内？"小军道："小的闻得守粮官终日在此饮酒，当敌军到此之时，恐怕守粮官尚沉醉未醒，因此度之，岂有不死烈火之理。"

邺天庆又往西山之后看视一遍，哪里见有一个敌军，只得长叹一声，收军回去。时已天明，方走至半路，忽有一骑马如飞风跑来。跑到邺天庆面前，大叫说道："将军请速速回樵舍，现在方舟阵与旱寨一齐着火。不料无数敌军杀到，四路纵火大杀起来，请将军速速往救。"

邺天庆听了此言，只吓得魂不附体，几乎坠马。此时也不便追问，只得赶令各军飞奔回去，以便救应。走未多远，忽有一骑马飞来报道："请将军速回水师，旱寨已将延烧殆尽了！"说罢复又飞奔回去。邺天庆更加不知所措，只顾催督各军，趱赶前进。走未多时，又有一骑马飞来报道："现在水陆两路全行烧毁，李军师不知去向，千岁才由水师登岸，杂在乱军之中，立待将军回去，便要与将军一同往逃性命。"

邺天庆不等他说完，又将马加上一鞭，飞奔往樵舍而去。及至樵舍，那火势尚未减少，再看那二十余座营盘，只烧得烈烈烘烘，不可扑灭，只得弃了大营，去寻宸濠。不知邺天庆果能将宸潦寻得出来，且听下回分解。

第一百七十一回 用奇谋官军纵火 施奋勇贼将亡身

话说邺天庆急急由西山奔回樵舍，已见岸上那二十四座营盘，被烧得火焰腾空，不可向迩，只得去寻找宸濠，以便逃遁。

话分两头。且说徐鸣皋自二十五日间，与宸濠水师略战了一会儿，便自收兵。王元帅到了初更时分，又分别渡军过湖，仍以徐鸣皋、卜大武、徐庆、包行恭、狄洪道等人督队前往。到了三更以后，将近四更已到，对岸徐庆、包行恭二人即分兵一半，去烧岸上的贼寨。徐鸣皋、卜大武、狄洪道三人仍督着水师快船，由下游上驶。

再说伍定谋由西山烧粮之后，随即驾舟潜渡上游，绕至方阵之后，却好黎明。又值西北风大作，即将四十艘上装鱼油、束草，上加硫磺、焰硝的快船一字排开，引着火，一齐由方阵背后，乘风而下，直撞入方阵之内。登时贼军水寨方阵全行烧着，一霎时火趁风威，风助火势，红光照水，烟焰障天。宸濠的船只又被铁锁锁住，不能拆开，无处逃避。

宸濠正在着急，急望岸上的兵驾船来救，回头一看，遥见岸上的营寨也是一派通红，漫天彻地尽被烧着。宸濠欲逃上岸，却又被水阻住，不能跳下。此时，雷大春已由前队斩断一只小船，飞划而来，高声叫道："千岁勿惊，雷大春在此。千岁速速下船上岸。"宸濠见雷大春来救，方才心定，当即逃下小船。雷大春催督水手尽力飞划，走尚未远，忽见下游迎面撞近一只船来，船头上站着一人，手执大刀，大声喊道："逆贼休走，大将徐鸣皋在此！"

宸濠一见，心胆俱裂，连忙躲进舱中。雷大春也喝道："来将休得猖狂，看箭！"说着拈弓搭箭，一箭射去，正中徐鸣皋盔缨。本来这一箭系认定徐鸣皋咽喉而来，不意被风一吹，翻扬上去，却好将盔缨射落。徐鸣皋这一吃惊，恐怕他又有第二枝箭来，不敢疏忽，便去留神，防敌人再有箭射到。有这一息工夫，雷大春即将船舵一转，那船便走开去，又值风大水急，直往下游溜去。

徐鸣皋正待追下，已是不及，只得往上溜，竭力飞划。再一看时，见上游的方阵已烧得烈焰飞腾，不可向迩，那一片号哭之声，震天动地。徐鸣皋心中一想："贼寨水师业已烧完，我何必再往上流，而且宸濠已往下游逃走，他必然上岸躲避，我何不也追上岸。"因即将船拢了岸，舍舟登陆，又去追寻宸濠。却好遇见一枝梅由贼队旱寨后面杀到，徐鸣皋一见，大喊道："慕容贤弟，可看见宸濠吗？"

一枝梅闻有人叫他名字，再看看是徐鸣皋，因也答道："大哥来得却好，宸濠却未瞧见，我们可会合一处，去杀他的大队人马吧。"徐鸣皋道："徒杀众军终无济事，自古道擒贼必擒王，只要将贼首擒住，就可解散了。"一枝梅道："既如此，我便与你寻找逆贼，这里好在有李武等在此。"徐鸣皋道："徐庆、包行恭也过来了，况且贼寨也烧着，贼军已乱，放着他五六人在此，也抵敌的了。"说着，便与一枝梅二人撇了长兵，拔出利刃，仍拿出飞檐走壁的武艺，直往下游一带赶去。

顺着岸寻了好一会儿，只是寻不着。却好遇见周湘帆才由水路赶到，率兵登岸，一枝梅一见，大叫道："周贤弟，你来迟了。水陆二寨全破了。"周湘帆道："非是小弟故来迟，适因风头不顺所致，既已水陆二寨俱破，逆贼曾捉得住吗？"一枝梅道："便是愚兄与徐大哥去追寻逆贼。"周湘帆道："你二位曾见逆贼往何处而去？"徐鸣皋便道："愚兄见他乘着一只小船，往下游去了。"

周湘帆道："小弟方才来时，见有一只小船，拽着风帆，快似箭发，走到夹湖口，已进了港口，不知可是宸濠的坐船？"徐鸣皋道："这船是何式样？"周湘帆道："是一只矮篷的飞划。"徐鸣皋道："一些不错了。贤弟既见他进了港口，我们就向那里寻去吧。"说着即带了周湘帆所部的兵卒，如旋风一般，直往夹湖一带去寻。这且慢表。

再说伍定谋带四十艘火船，将贼寨水军的方阵烧着，正在逢人便杀，忽见雷大春将宸濠救出水寨，即赶紧分拨王能、徐寿追赶下来。哪知被烟焰迷住船路，已经追赶不着。只得将船拢岸，登岸去擒，却撞着邺天庆由西山闻警赶回。一见面更不答话，徐寿、王能即与邺天庆大杀起来。邺天庆也是寻找宸濠心急，无心恋战，且战且走，徐寿、王能哪里肯舍，紧紧相追。

正杀之间，忽见一支兵从对面杀到，军中齐声高叫："莫要放走了这贼呀！"徐寿、王能听得清楚，知是自家兵马，更加抖擞精神。原来是徐庆、包行恭二人，带领所部人马杀到。徐寿、王能一见，也即喊道："徐大哥、包贤弟，我们便一块儿杀呀！"一声未毕，只见徐庆手一招，那所部的兵马一齐围裹上来，将邺天庆困在中间，如铁桶相似。

邺天庆此时已把个死字放在度外，只是奋力厮杀，左冲右突，但见他一枝方天画戟，犹如怒龙扰海一般，上下、前后、左右飞舞乱挑。徐庆、包行恭、王能也是奋勇相斗，不让分毫，只杀得血溅半空，沙尘扑地。邺天庆虽然勇猛，究竟寡不敌众，渐渐地抵敌不住，只听他一声大喝，那画戟一摆，即刻杀了一路血槽，把马一夹，只往东南上落荒而走。徐庆等四人哪里肯舍，又复紧紧追来。

邺天庆在前，徐庆等四人在后，邺天庆被赶得急迫，随即拈弓搭箭，等徐庆等赶得切近，即认定徐庆，飕的一声放了一箭。徐庆等只顾贪着前去追赶，却不提防他有箭射到，却好肩窝上中了一箭。徐庆不敢追赶，只得停住了脚步。包行恭等三人,见徐庆停步不发,知道是因中箭,大家也就停了脚步,让郵天庆败逃而去。

哪知郵天庆在马上,直往东南逃走,去寻宸濠,正走之间,忽见斜刺里飞出三四个人,一队步兵拦住去路。郵天庆一见,不是别人,正是徐鸣皋、一枝梅、周湘帆。三人去寻宸濠不着,复赶回来,正遇郵天庆,更不答话,各人抡起兵器便杀上来。

郵天庆此时已是杀得筋疲力尽,又遇这三个生力军,可是万万抵敌不住。又因拦住去路,不能前进,也只好勉力厮杀。三个步下,一个马上,徐鸣皋等三人只顾蹿上蹿下,跳前跳后,团团地只往郵天庆致命上乱砍乱刺。郵天庆也就遮拦隔架,闪躲跳跃,顾前顾后,护人护马,极尽所长。哪里晓得人虽勇猛,马力不如,忽见那马失了前蹄,跪了下去。郵天庆说声"不好",也就往前一倾,算是从马头上翻了一个斤斗,栽倒在地。

此时一枝梅、徐鸣皋、周湘帆三人,哪敢怠缓,立刻飞跳上前,举起刀来一阵乱砍,郵天庆早已动弹不得。徐鸣皋便即上前割了首级,大家说道:"这个匹夫,今日将他杀死,即使宸濠不及捉住,他也无所恃了。"大家大喜,也就带了首级回转而去。

此时,天已有巳末午初的时分。回至樵舍,见水陆两寨火已熄灭,但是一派灰尘,并一阵阵的臭味,大家见着也觉伤心惨目。即此一把火,将宸濠所有的兵将,杀的杀、烧的烧,都已死亡殆尽,不过逃走了有二三千小卒,各处分散而去。李自然亦死在火窟之中。只有雷大春与宸濠,不知去向。

此时伍定谋已由湖内登岸,大家会合一处,却是伍定谋、徐鸣皋、徐庆、一枝梅、罗季芳、狄洪道、周湘帆、包行恭、杨小舫、王能、李武、卜大武、徐寿共计十三位,只少了一个焦大鹏,一个伍天熊。焦大鹏现在沿途保驾,伍天熊未曾渡湖,在大营内与王元帅守营。

这十三位聚在一起,大家说道:"虽只逃走宸濠、雷大春二人,有此大获全胜,也不患宸濠再起势了。"伍定谋道:"某料宸濠必逃走不远,哪几位将军愿去分头寻觅?"当下徐鸣皋、一枝梅、徐庆、周湘帆四人应声而道:"某等愿往。"伍定谋道:"既是四位将军愿去,可即分头各守要隘,明察暗访。我等先报与王元帅知道,请他放心。即请他驻扎南昌候驾,我等暂行屯兵于此,以为犄角之势。或俟圣驾到后,或俟宸濠就擒,再行合兵一处。"

说罢,徐鸣皋等四人也就离了樵舍,往各处分寻宸濠、雷大春去了。究竟宸濠何日成擒,且听下回分解。

第一百七十二回 觐天颜元帅辞功 奏逆状娄妃引罪

话说徐鸣皋与一枝梅、徐庆、周湘帆四人,分头寻访宸濠而去。这里伍定谋便将各部兵士聚集一处,安下营寨,又派了王能、李武,过湖前往南昌报捷。王元帅见他二人回来报捷,好不欢喜,当下便问了火烧水旱二寨的情形。王能、李武细细说了一遍,又将宸濠、雷大春在逃,现在徐鸣皋、徐庆、一枝梅、周湘帆四人分头往各处寻觅下落,以便擒捉。王元帅听说,不免又懊悔一番,恨未能即时擒获。当下便命王、李二将出去歇息不提。

再说明武宗自荆州起跸后,沿途趱赶,这日已离南昌不远。当有探马报入南昌,王守仁听说圣驾已将次行抵,即便派令合营大小将士,往南郊迎接,又飞饬差弁往樵舍调回伍定谋所部各军。这日圣驾已到,王守仁迎接后,即请武宗以宁王府为行宫,武宗也甚愿意,一齐随驾入城。

此时,宁王府早经重加修饰,武宗进入行宫,百官朝见已毕,武宗便问王守仁道:"现在宸濠究竟擒获到否?"王守仁奏道:"宸濠与雷大春在逃,臣已飞饬徐鸣皋、周湘帆、一枝梅、徐庆,前往各处明察暗访,务要成擒。现已去了六七日,尚未据报,该游击等亦未回营。"武宗道:"此次宸濠不但背叛,而且暗派刺客行刺朕躬,实属罪大恶极,若非卿遣使焦大鹏前去救驾,朕竟为该贼所算。宸濠如此妄为,何能使彼漏网?"王守仁道:"既经臣派令该游击等四处访拿,谅也不致漏网。"

武宗道:"宸濠家小及宜春王拱樤,现在还在监禁吗?"王守仁道:"此皆系要犯,臣不敢擅自做主,伏候圣裁。"武宗道:"朕闻得宸濠有个娄妃,这妃子甚贤,卿也曾闻人所言否?"守仁道:"臣也听说。"武宗道:"娄妃也监禁吗?"王守仁道:"所有宁王府诸人,现在全行分别监禁,等候圣旨定夺。"

武宗道:"此次卿很辛苦了。转战两年余,不曾休息得一刻,朕甚记念。"守仁道:"陛下恩典,此皆臣分内之事。惟臣毫无知识,全赖众将身先士卒,不辞劳瘁。"武宗道:"虽有士卒勤劳,总赖主将运筹帷幄。卿此次之功实非浅鲜。"

守仁道:"臣不敢自居其功。此次火烧樵舍,能使逆王全军覆没,皆吉安府知府伍定谋再三筹划,谋定后战,以至一鼓而成。伍定谋诚属胆略并优,其智谋在臣之上。"武宗道:"据卿所奏,这伍定谋倒是个才智之士了。"守仁道:"不但才智,而且极有胆略。"武宗道:"伍定谋现在这里吗?"王守仁道:"现尚屯兵樵舍,臣业已调取前来,尚未行抵。"

武宗道:"众将之中,如徐鸣皋等这十二人,究以谁人为最?"守仁道:"智谋胆识,忠肝义胆,个个皆然,实为国家的栋梁。"武宗道:"前者卿兵屯吉安时,那个非幻道人与徐鸿儒、余七摆的那非非阵,后来到底是怎样破的呢?"

守仁道:"破那非非阵,固赖七子十三生之力,其实赖一个女子余秀英之力居多。"武宗道:"这余秀英又是何人呢?"

守仁道:"这余秀英出身并不正道,即是余七之妹,白莲教徐鸿儒之徒。只因一念之诚,弃邪归正。又据玄贞子所言,余秀英系与游击徐鸣皋有姻缘之分,当徐鸣皋陷阵之时,后来即为余秀英相救,得以保全性命。及至破阵之时,余秀英又送出两件宝物,非非阵之破实赖余秀英之力为多。破阵之后,臣见其有功于国,而又据玄贞子一再谆嘱,务令臣使徐鸣皋与余秀英二人配为婚姻,将来大破离宫,非余秀英不可。臣不敢逆玄贞子之言,而又负余秀英之望,因此作权宜之计,即令徐鸣皋草草完婚。后来到了南昌,去破逆王的离宫,皆徐鸣皋、余秀英二人之力。"

武宗道:"既然余秀英改邪归正,有功于国,使他二人成为夫妇,也在人情之中。朕闻离宫内,所藏珍宝及贵重器物甚多,卿可曾一一检视吗?"守仁道:"每件必记簿登明,以备钦核。现在臣已经将离宫门封锁,另派心腹将士看守,以防失误。"武宗问了一遍,当命守仁等各官退出,圣驾回宫。

到了午后,传出谕旨三道:一命王守仁传旨,着各省、府、州、县,无论军民人等,

俱一体捉拿宸濠,如有隐匿不报者同罪;一命各路勤王之师,概行即日撤退,各归职守;一命飞饬许泰所部大军,即日由南京仍撤回京师,王守仁接到这三道谕旨,也就即刻分别赶办出去。你道武宗如何才到南昌,就知宸濠逃遁,原来王守仁闻樵舍克复,即飞奏报捷,所以武宗在半路就知道了。

王守仁将奉旨的各事办毕,又将焦大鹏传来问明救驾情形,焦大鹏也细细说了一遍。次日早朝,王守仁复又进行宫参见。武宗升殿,各官朝见已毕,武宗便望守仁道:"朕午朝审讯宜春王拱樤并娄妃,卿届时可将拱樤及娄妃押解前来,听候讯问。"王守仁遵旨,武宗退朝,各官朝散。

到了午后,王守仁即将宜春王拱樤并娄妃二人提出来,先带入宫门报到。当有黄门官传奏进去。一会儿,武宗升坐便殿,饬令带宜春王拱樤。王守仁遵旨,将拱樤带入。拱樤膝行上殿,跪到金阶,口称万岁,磕头不已。武宗问道:"尔为亲王,不思报国,反纵宸濠谋叛,尔自奏来,该当何罪?"

拱樤到了此时,也是无话可说,只得说道:"臣罪该万死,虽粉身碎骨,不足以蔽其辜!可否仰恳天恩,赐臣速死,这就是陛下格外洪恩了。"武宗道:"现在知罪了。你可知道背叛朝廷,罪当灭族吗?"拱樤道:"臣知罪不容诛,求恩速赐一死。"武宗命王守仁将拱樤带下,仍先收禁,候旨行刑。又命王守仁将娄妃带进。

王守仁遵旨,一面将宜春王带出殿,饬令手下先送入监,一面又将娄妃带至便殿。娄妃跪到金阶,口请:"待罪臣妃娄氏,愿吾皇万岁,万万岁!"武宗问道:"尔既为宸濠王妃,当宸濠有意谋叛之时,尔为什么不苦口极谏呢?"娄妃道:"罪臣一言难尽,乞陛下容奏。"武宗道:"尔可从实供来。"

娄妃道:"宁王未曾起意之先,彼时不过心存酷虐,臣妃即以仁爱进谏。后来宁王虽未竟听臣妃之言,也还不致任意酷虐。及至偶遇谋士李自然,终后为李自然所惑。因此便聚集死士,建造离宫。臣妃深处内宫,尚不能深知其实,偶有所闻便即进谏。宁王只云所招死士,为自家护卫起见。臣妃又谏以忠信报国,仁慈爱民,不必聚死士为护卫,自能获福。不然虽有千军万马,谋士如云,勇将如雨,亦不足以为护卫。所谓自求多福,此一定不易之理。宁王听臣妃之言,倒也有些悔过之意。不料李自然等这一班逆贼,任意播弄,皆为天命攸归,荧惑王心。宁王不知自误,反以这一班逆贼之言为可信,因此日复一日,便视臣妃如同外人。始则进宫,臣妃进谏,宁王不过不悦。后来,自宁王为那班逆贼荧惑甚深,臣妃早料有今日之祸,因此以死直谏。宁王不但不悔,反以臣妃不明天命,即将臣妃打入冷宫。彼时臣妃即思一死,上报国恩,下尽力谏之道。无奈宁王不容臣妾自死,派令宫女日夜监守,臣妃虽欲自尽不能。此皆臣妃既入冷宫,极谏宁王之实在情形也。既入冷宫后,便与外间隔膜,声息不通,宁王种种大恶,臣妃毫不知道。至前月南昌已破,宜春王被擒,王帅破了离宫,从冷宫内搜出臣妃,此时才知道宁王做出这一件弥天大罪。臣妃彼时又欲一死报国,后因既为钦犯,理应待罪受刑,以重国典,所以臣妃苟延残喘,以待天威下临。此事变出意外,虽由宁王听信妖言,自作之孽,臣妃亦罪该万死。事前既不能纳忠陈善,弭祸无形;事后又不能拨乱反正,挽回王意。臣妃虽粉身碎骨,亦复罪无可辞。惟念合宫上下三百余口,有罪者自罪有应得,其余各宫娥、使女以及大小臣工,实系无罪者亦复不少,而乃同罹国典,未免可怜。此臣妃所代为伤心痛哭者也。但自圣明在上,自有权衡。臣妃之罪,尚不可辞,何敢再为无辜上与陛下乞命。"说罢痛哭不已。不知武宗听了这番说话,说出什么话来,且听下回分解。

第一百七十三回　朱宸濠夜遁小安山　洪广武安居德兴县

话说武宗听了娄妃这番话,暗道:"人说娄妃之贤,信非过誉。今朕看她所奏各节,皆是罪归自己,并无丝毫怨及宸濠,出词而且仁爱为怀,还要代他无辜乞罪。朕本有此意,但治首恶之罪,其余一概豁免。今据娄妃如此陈奏,朕岂有不以仁爱为心呢?"因问道:"尔为宸濠打入冷宫几年了?"娄妃道:"整整八年。"

武宗道:"宫中除尔以外,进谏者尚有何人?宜春王平时究竟有何罪恶?尔可一一奏来。"娄妃道:"宜春王所为各节,早在圣明洞鉴之中,臣妃又何敢乱言。而况臣妃自贬入冷宫,其实毫无知觉。总之,臣妃不德,致累宁王有灭族之祸,愿陛下治臣妃以极重之刑,或可藉此上报国恩,下分宁王之罪,虽粉身碎骨,臣妃亦所深愿!"武宗道:"尔方才所奏,首恶当诛,其余无辜者,意在求朕豁免。但不知谁为无罪,谁是无辜,尔可细细奏来,朕亦可体上天好生之心,存罪人不孥之德。"

娄妃道:"有罪无罪,陛下自有神明。臣妃不敢妄指无辜,亦不敢概言有罪,网开三面,悉在圣明。"武宗道:"朕闻尔素有贤声,今观尔所奏各情,实与人言悉相符合,只恨宸濠不能听从尔谏,致有今日之祸。"娄妃道:"臣妃何敢称贤,若果能贤,也不致宁王有灭族之患。臣妃之罪,罪莫大焉!"

武宗见娄妃如此,却也十分叹息,因命王守仁道:"卿可先将娄妃仍然带回,候将宸濠擒后再行候旨施行便了。"王守仁遵旨,娄妃又磕头谢恩毕,然后才有太监送出行宫,押往南昌府而去。王守仁也当即退出殿外,众官各散而回。

话分两头,再说宸濠自与雷大春,由夹湖口躲入深港以内,四面看了看,并无追兵前来,宸濠叹道:"孤不料今日败得如此!既无家可归,又无国可逃,这便如何是好?"雷大春道:"千岁尚宜保重。今已如此,急也无益,不如暂且躲避,再作良图。"宸濠道:"孤今孑然一身,尚望什么良图吗?"

雷大春道:"末将有一亲戚,离此不远。家住饶州府德兴县小安山,姓洪名广武。家道饶余,广有田产,独霸一方。好结交天下英雄,为人有万夫不当之勇,却是末将姑表弟兄。前曾闻末将在千岁处当差,他也欣然乐从,欲令末将代他引见。后因末将姑母尚在,不准他远离,因此中止。前年末将的姑母已经去世。末将之意,请千岁暂到他处。他一闻千岁驾临,必然殷勤相待。再与他相商如何报仇,他必肯答应。而且他结识英雄不少,或者因他引进,再能举事,以报此仇。他又住在山僻之中,无人知觉。即使有人知道,他亦毫不惧人。合村有一二百家,皆是他的佃户。他家中所有的兵器,亦皆全备。千岁当此进退两难之间,国亡家破之时,只有此处可去。不然恐沿途耳目甚众,尚患不免大祸将临。千岁不可狐疑,宜自早计为是。"

宸濠道:"虽承将军多情,万一令表弟不便相留,孤又当如何是好?"雷大春道:"千岁不去则已,若千岁肯去,末将的表弟未有不愿相留的。但是千岁如此行装,恐碍沿途耳目,却须暂作权宜之计,需要改扮而行。"宸濠道:"如何改扮呢?"

雷大春道:"也没有什么改扮,但将外面的龙袍脱去。除去头上金冠,可将末将所穿的衬衣,与千岁穿上,又须晓伏夜行,只要到了小安山就无事了。"宸濠道:"如此改装,有何不可。"说罢即刻将身上所穿的龙袍脱下,挂在树林以内,又将头上金冠除下来。雷大春也脱下外面的战袍,将内里的衬袄解下来,与宸濠罩上。二人等到天黑,便往饶州而去。沿路皆是夜行昼伏,不日已至德兴县界。

这小安山,就在县东六十里外,却是一个大村落。这村落就在小安山的山洼子里,虽有一二百家,皆是洪广武的佃户。雷大春与宸濠又走了半夜,却好天明,已到庄口,雷大春便与宸濠进庄。宸濠见这村庄地势甚险,僻处山中,四面树木环蔽,山色撑空,倒映其下,实在好一个所在,羡慕不已。

雷大春与宸濠二人便缓步走到洪广武庄口,只见犬吠狺狺不已,向着宸濠、雷大春二人乱吠。当有庄丁闻得犬吠,便出庄来,看见有二人由庄口而来,便侍立一旁,以便迎接。

不一刻,雷大春先走到那庄丁面前问道:"你家庄主在家吗?"那庄丁道:"我家庄主尚未起来。客人尊姓?从何处而来?与我家庄主有何交谊?有何话说?"雷大春道:"我姓雷名大春,与你家庄主是姑表兄弟,现由南昌府来,特会你家庄主,有要话面讲。烦你进去通报一声。"那庄丁又问道:"这位客人可是与你老同来的吗?"雷大春道:"正是同来,与你家庄主也有交谊。"那庄丁听说一个是主人的姑表兄弟,一个与主人有交情,哪敢怠慢,当即跑回去报。

宸濠站在庄口四面观看,但见洪广武家这一所房屋就高大异常。迎庄口一带,方砖围墙中间,开着一道大门,左右皆有两道小门。四面风火墙,高耸半空。到后约有五六进的正屋,两旁尚有群屋。庄口两旁比鳞栉次,约有二三十家茅屋,却皆盖得极其修洁,光景是庄头的田佃所居。鸡鸣狗吠之声,达于远近。宸濠看罢,实在羡慕,暗道:"这洪广武若将孤留下,并肯为孤出力,再图大事,就这一处地方也还藏得许多兵马。再将这山上收拾起来,亦不亚于南昌宫室。但不知这洪广武究能如雷大春之言吗?"

不言宸濠暗想胡思,再说那庄丁走到里面,先与那内宅的丫头说明,叫丫头去报。那丫头道:"我记不得许多的噜噜苏苏话,还是你进去说罢。"那庄丁道:"庄主现在尚未起来,我何能进去?"那丫头道:"我给你去说一声,就说你有话说,看大爷如何,我给你送信。若叫你进去,你就进去便了。”庄丁答应,那丫头便转身进内,到了房里,在床面前低低向洪广武唤了两声。

广武醒来,问道:“哪个在此乱叫?”那丫头道:“是婢子秋霞。”广武道:“你叫什么?”秋霞道:“只因家丁王六说:‘有个客人现在庄外,要会大爷。’他进来叫婢子通报大爷知道,他本是要进来的,因为大爷还不曾起身,不敢惊扰,所以叫婢子先唤醒大爷,说一声。”广武道:“你且将他唤进来,等我问他是谁。”秋霞答应,转身出了房门,来到宅门口,将手一招,说了一声:“王老爹,大爷叫你进去呢。”王六答应着走了进来,站在房门外。秋霞复又进房与广武说道:“王六进来了。”

广武睡在床上,即问道:“王六,外面是哪个要会我?是熟客是生客?”王六道:“两个皆不曾见过,总是生客。却有一个姓雷名唤大春,说是与大爷姑表兄弟,方从南带而来。那一个不曾说出姓名,据雷大爷说,也与大爷是要好的朋友。因叫小人进来通报。大爷可有这么个姓雷的表兄弟,还是会他不会?候大爷示下。”洪广武听说,想了半刻说道:“我晓得了,那姓雷的是我表兄,你且请他进来,我去会他。”王六答应,急忙转身出去。

洪广武复自暗说道:“雷大春现在南昌,随着那宁王宸濠,已经作了大将。闻得他颇为信任,何以忽到此地?难道他前来因我从前有要与他同去的这句话,他此时见我母亲已死,他来招我不成?若果有此事,他可将我看错了。我从前不过是句戏言,岂真有此事?我放着如此家产,不在家守田园之乐,反去投效他,做一员将官,跟着他做走狗;而况宁王也不正道,我又何必去到那里受罪,被他拘束得紧。且等他进来,看他如何说项,我再以言辞他便了。”因又道:“他同来的这个人是谁呢?莫非是他的同伴不成?”

自己暗想了一会,也就坐起来,穿好衣服。他的妻子方氏因也说道:“你这表兄可算是冒失鬼,怎么这大早跑来要会人,难道他连夜走来的吗?”洪广武听了这句话,忽觉心中一动,暗道:“真个为什么如此大早就跑了来,其中必有缘故。”欲知洪广武能否收留宸濠,且听下回分解。

第一百七十四回　雷大春诚心投表弟　洪广武设计绊奸王

话说洪广武被他妻子一句话提醒,暗道:“这其中定有缘故,为何如此大早就来。”他妻子见他那里出神,也就说道:“你的表兄既然这绝早到此,你可快些儿出去见他便了,为何在此出神,难道你不愿见他吗?”洪广武道:“有什么不愿见他,只因他此来颇令我疑惑。”他妻子道:“莫非你怕他前来与你借贷吗?”洪广武道:“即使前来借贷,况亲戚之谊,有什么不可?”他妻子又道:“既非如此,又有什么疑惑呢?”洪广武道:“你不知道,且待我见了他,看他说出什么话来,我再告诉你便了。”当下又将衣服穿好,有丫头打进面水,他就在房里梳洗好,去会雷大春。

再说宸濠与雷大春二人,站在庄门外,等了好一会,才见那庄丁从里面走出,向他二人说道:“有累二位立等了。我家主人现已起来,请二位里面坐罢。”雷大春当即与宸濠随着庄丁进去,过了两重门是一座院落,上面就是一进明三暗五朝南的大厅,二人步上厅房,分上下首坐定。

那庄丁又走进去,一会儿捧出两碗茶来,给他二人献上,复又走去。又停了一会,这才引出一个人来,便是洪广武。宸濠瞥眼看见,但见洪广武生得身高七尺向开,白净净的一副方面孔,两道浓眉,一双环眼,大鼻梁,阔口,约有三十岁上下年纪,一表非俗,颇具英雄气概。

宸濠正在凝神观看,只听洪广武先向雷大春说道:"表兄一别七八年,今日是甚风吹到,为何如此绝早,敢是从南带连夜走来的吗?"雷大春道:"正是愚兄思慕贤弟,久欲前来奉候。只因那里的事摆脱不开,所以连姑母去世,愚兄也不曾到来祭奠一番,甚是抱愧。如今贤弟应该娶了弟媳了。"洪广武道:"承兄顾念小弟,于家母未经去世的前两年就受室了。如今已托庇生了两个孩子,等一会儿叫两个孩子出来,拜见表伯。"

雷大春道:"可喜,可喜!还是贤弟的福气,不像愚兄,十年来东征西讨,到至今还一事无成。"洪广武道:"这是表兄过谦之处。"一面说,一面两只眼睛只管向宸濠这边溜来。因即问道:"这位尊姓大名,还未请教。"雷大春便向四面一看,见无旁人,因抢着代答道:"贤弟,你怎么知道,这就是宁王千岁的龙驾!"

洪广武一闻此言,好生惊讶,当下便向宸濠跪下,说道:"山野小民,不知千岁驾到,有失迎迓,死罪死罪。"宸濠见他如此,恐怕为外人看见,当下急将他扶起,口中称道:"足下切勿如此,孤今前来,特有所求,足下若如此称呼,恐属耳垣墙,多有未便。"

洪广武听了此话,愈加疑惑,因又道:"堂堂千岁,某敢不恪恭,今既蒙面谕,某当遵命。不过有亵虎驾,更觉抱罪不安。"说着便让宸濠升位坐定,自己在下面相陪。

只见雷大春又向广武道:"愚兄此来,一为看视贤弟,二为有事相求,贤弟素称肝胆英雄,当可从而见允。"广武道:"不知大哥有何见委?敢请说明。只要小弟才力能到的,未有不先从之理。"雷大春道:"此事若贤弟肯为之助,才力绰乎有余,特恐贤弟故意推托,那就无可奈何了。"广武道:"但请说明,好待商议。"大春道:"此事并非愚兄之事。"广武道:"然则是小弟之事吗?"大春道:"亦非贤弟之事,只要贤弟允从之后,却就是贤弟之事了。"广武道:"表兄这半吞半吐,好叫人甚不明白。怎么又非小弟之事,倒底是与小弟有无关切?"雷大春道:"此话甚长,贤弟可有静室?须到那里,屏退众人,密告才好。"广武道:"此间亦可谈得,何须定要静室方可说明呢?"大春道:"非静室不能与谈,贤弟从之,则请借静室一叙。不从,兄从此就走便了。"广武道:"表兄未免太性急耳。也罢,便请二位到静室而谈。"

当下广武便命人去开了内书房门,让宸濠、大春二人走出厅房,向内书房而去。不一刻,转几湾已到,广武又让他二人先入内书房去。三人到了内书房,广武仍请宸濠升位坐定。有庄丁复献上茶来,便命庄丁退出,并招呼道:"尔等非唤不要进来,我们有要话相商呢。"庄丁唯唯退下。洪广武便问道:"表兄有何见谕?"

雷大春道:"只因宁王千岁,前者曾闻愚兄说及贤弟英雄,专好结交天下豪杰,当时便拟着令愚兄前来奉约,共图大事。彼时,愚兄以姑母尚在,贤弟固不便远离膝下,姑母亦未必让贤弟远出,所以未及前来。这七八年内,又因千岁方整顿戎师,东征西讨，又无暇及此。不意初起大意，已得了几座城池，眼见得要长驱大进。哪里知道，忽然出了一个王守仁，又收服了徐鸣皋这一班逆贼，径自率兵前来，与千岁作对，把已得城池，全行夺去，又将南昌宫室悉数毁灭，弄得千岁已是兵败将亡。然犹可勉强支持，与王守仁对敌。不料王守仁顿生奸计，十日前千岁兵屯樵舍，又立水师，共计水陆两营，也还有七八万人马，将士也有十数员，哪知被王守仁饬令他手下各将，暗暗带兵分头攻取，合用火攻，一把火将水陆两寨烧得干干净净。千岁正在水师方阵之中，见各处火起，正在无法可想，还是愚兄舍命将千岁爷从船上救出来，逃至岸上，打算收拾败残兵卒，还可与守仁支持。哪里知道，这一仗真算得是全军覆没，连一人一骑都不曾逃走出来，只落得千岁与愚兄两条性命。后来千岁因无处投奔，复又想起贤弟。所以愚兄特奉千岁的大驾前来相访。我料贤弟平日那些草莽英雄还与他结识，岂在藩王千岁不殷勤相待之理？贤弟若肯殷勤相待，再能助千岁复图大举，将来千岁有日登了宝位，夺取江山，贤弟也是个开国元勋，荫子封妻，岂不耀荣？而况荣封祖宗，光耀门闾，何等威武！贤弟可乐从否？”

洪广武正欲回答，只见宸濠又复说道：“卿家若能与孤相助为理，复图大事，孤定不忘卿家之功，将来托天成功，孤当于众人中更外加封荫，以酬今日之劳。愿卿怜孤孑然一身，孤穷无靠，有以助之。”

洪广武听他二人的话，心中暗想道：你这奸王，国家待你有何坏处？你不思尽忠报国，反思背叛朝廷，今已败得如此，还不思一死，犹想死灰复燃，岂不可笑？我这表兄也未免糊涂到底，良臣择主，他全不知道这个大义，反来叫我帮助他复仇。我不知他有何仇可复，眼见有灭族之祸，他还强称千岁，觍不知羞。我若回他不行，眼见这一件功劳不能到手了。我何不暂且答应，使他住下，然后再如此如此，有何不可？而况乱臣贼子，人人得而诛之，也不算是丧心。主意想定，便欣然应道：“千岁英明神威，天下共闻。今虽不利，亦时未及耳。此处尽可举事。倘千岁不以某为鄙陋，某当相助为理，虽毁家不顾也。千岁但请宽心，容一二日，某再亲自外出，先将某所有能共生死、久愿去投千岁的几个好朋友约来，与千岁共议报仇一事。但千岁平时万不可出门，以防耳目要紧。等到大家议定，然后就不怕人之多言了。”

宸濠大喜道：“卿能如此仗义，孤定当感激不忘。”洪广武道：“千岁说哪里话来，良禽择木而栖，人臣择主而事。自古明哲，皆自为之。千岁若不到来，某还思前去报效。难得千岁不弃卑陋，惠然肯来，则是某之大幸也！千岁幸勿稍为客气，某当竭力图报便了。”说罢便问道：“千岁与表兄如此早来，定皆未曾用过早膳的，此间山居市远，未能兼备盘飧，某当命家丁聊备粗膳，上呈千岁，稍当充饥。不堪适口，尚求勿罪。”宸濠道：“前来打搅已属殊难为情，而况后日方长，务望不必过谦。”

洪广武答应，当下便喊了两个庄丁进来。此时庄丁见主人呼唤，也就应声而进。广武命他前去准备早膳，庄丁答应，即刻退出，去到厨房里招呼。不一刻早膳备好，端整出来，送进内书房。原来是三碗鸡汤面。宸濠、雷大春正是腹中饥饿，见了这鸡汤面，登时大吃起来。顷刻用毕，庄丁撤去空碗，又打了两把手巾送上来，与他三人擦了脸，这才退出。

洪广武也与宸濠、雷大春说道：“某暂且告退，料理一件正事，少顷就来。”宸濠道：“卿自请便了。”究竟洪广武去做何事，且听下回分解。

第一百七十五回　用反言喁喁试妾妇　明大义侃侃责夫君

话说洪广武出了内书房到了里面，他妻子向他问道："你那表兄与你究竟有什么话说？曾与你谈过了不成？那一个究竟是谁？"广武道："此事可真也笑话，你道我那表兄为着何事而来？那人是哪一个？打量你再也猜不出。想不到，真是出人意外之事。"他妻子道："有什么猜不出，我早猜着了，我从前曾听你说过，你那表兄不是现在宁王府里做了官了吗？他此来，光景是约你一同前去，到宁王驾前为官，可是这件事吗？"

广武道："虽不是这件事，却猜得有些影响儿。"他妻子又道："既不是这件事，何如又说我猜得有些影响呢？"广武道："这件事是一件极重极大的要事，你是个妇人家，何能使你知道？若被你知道了，万一露了风声，不但有杀身之祸，而且还有灭族之患。等到成功之后，却是一件极好的事，封妻荫子，显亲扬名，皆在这件事上。"

他妻子听说这话，好不明白，当下追问道："我与你夫妇，两人便是一人，你好便是我好，你有杀身之祸，我又岂可能免？你为什么不肯对我说？既不肯告诉我，必然是一件极不好的事，不然又何不来告诉我呢？而况你我平日哪件事不同商量，独有今日你表兄前来这件事，就不肯告诉我，这是何意？难道将我不做人看吗？"广武道："我非不告诉你，惟恐你露出风声，关系甚大，所以不敢相告。"他妻子道："你尽管告诉我，我绝不说一句的，你放心吧。"广武道："你真个不说？"他妻子道："我又何必骗你呢？"

广武便附着他妻子耳畔低低说道："你道我表兄同来的那人是什么人？原来就是宁王。只因他被守仁带兵将他打败，现在正德皇帝又御驾亲征，他南昌基业全行败坏，现在与雷大春逃在我处。因为我平日仗义疏财，专好结交天下英雄好汉，因此他来投我，欲我此后相助，帮他前去报仇。将来他得了江山，登了大宝，允我封个王位。我想宁王虽然背叛朝廷，有心夺取正德的基业，他到底是个藩王，与别人不同。今虽被王师打败，我看他仪表非俗，真是帝王之相。我想身居山麓，虽守得些先人余业，终究是个山野村夫，既不能显亲扬名，又不能封妻荫子，碌碌一身，不过与草木同腐而已。难得有此机会，宁王到了我家，约我与他共图大事；将来事成，他还封我一个王位。如此好机会，做梦也想不到。所以我已经答应于他，情愿帮他招军买马，积草屯粮，共图大事，夺取正德天下。将来我做他一个开国元勋，何等光辉荣耀，不但我自家荣显，而且祖有追赠，妻子有封荫，真是平地封王，显荣之至！若是稍不机密，圣驾现在南昌，离此能有多远？倘露了风声，被正德皇帝知道了，立刻派人前来，将我捉去，说我藏匿反王，潜谋不轨。那时不但我有杀身之祸，连你们大家皆不免身首异处。而况王守仁那里，手下的人个个本领高强，武艺出众，我一个人，岂是他们的对手。若不去做这件事，眼见得王位可封，又不忍将它抛去。过此以往，再没有这样的好机会了。所以务要机密，不能为一个人知道。我所以不肯告诉你，怕你们妇人家不知利害，一听我说有王位可封，你便自命是个王妃，不知不觉泄露出去，那时画虎不成，反受犬害，岂不可惜？我现在虽然通告诉了你。你若将来要做王妃,却万万不可泄露;你若要灭族之祸,你便泄露出来。”

广武说了这番话,只见他妻子急急走开,抢到房门口将房门关好,又用门闩闩起来。然后复走到洪广武面前,双膝往下一跪,眼中流泪,哀哀哭道:“妾与你做了八九年的夫妻,也给你生下两个孩儿,妾也算对得起你了。今者妾闻君言,妾如做梦方醒。在平时以为君是胆识兼优之辈,哪里知道,是个不知大义的匹夫。宁王既是反王,而又为王师征讨,御驾亲征,将他逼得穷无所之,逃遁到此。不必说他恶贯满盈,罪在不赦,就使他谋臣如雨,猛将如云,贼子乱臣,人得有可诛之义。君乃不察此中之理,而反误为反王所愚,背义贪功,不顾利害。幸而君为妾道出,设若径背妾而行,不使妾知道,不但妾为君所累,即祖宗也不免为君所累了。而况君上承祖宗之业,虽不能称家财百万,就你我一身也断用不了,在家安居乐业,做一个承平世界的农夫,何等不好?何等不乐?反要去佐助奸王,甘心助逆,不成则家亡族灭,即使可成,亦落得万世唾骂。虽我辈不能为官作府,碌碌一生,与草木同腐,也还不失为安分良民。君如鉴妾之言,即早回心转意,速速将他二人放走,任其所之。若固执不从,定要助奸王造反,随后之封王封侯,妾皆不愿过问。妾惟有请君即刻将妾置之死地,妾不忍见将来有灭族之虞。”说罢痛哭不已,拜伏在地。

洪广武见他妻子这番话,实在可感可敬,暗道:“我哪里真要佐助反王,不过以言相试,看你究竟能明白这个大义。今既如此,可真也明白了。”因即将方氏扶起,说道:“卿真不受人骗,我所以如此说者,特试卿之言也。我正因此而来,与你商量个善处之法。今奸王既在我家,我想御驾既为他亲征,今见他逃走,不曾获到,必然各处访拿。我若隐藏,众目昭彰,又何瞒得?我若将他放走,外面人虽不认识他是反王,将来必然知道,若不去南昌呈报,我将来仍不免有个隐匿不报的罪名。若将他二人擒获,送往南昌,我这又何必下此毒手。而况还有我个表兄在内,看母亲的面上,仍是不可。我所以各种犹疑,欲报不行,不报不可,放他又不能,不放他又不得。你看还有什么主意?我与你商量定了,便去行事。免得将他二人留在我家,贻害匪浅。”

方氏道:“你果真不助反王,前言实来戏我吗?”广武道:“若有虚言,神灵共殛!”方氏道:“既如此,真是我家之幸,君之明也!据妾看来,不如将他二人放走,也不去呈报。谅这村中所有的人家,皆是我们的佃户,也未必乱说。而况他们也不认识,不如早早将他二人放走,免贻后患。但不知君之意如何?”

洪广武道:“我却有个主意,照乱臣贼子人人得而诛之之意,就将他缚绑起来,送往南昌,也不为过,若照省事无事的办法,就将他二人放走,然却不能保无后患。不如我先去南昌呈报,就说现在已经设法拘住,请他派人来拿。我一面赶回家中,再将他二人放走,这不是两全其美?我既免了后患,他二人逃走之后,若再被捉住,也不能见怪我。你道如何呢?”

方氏道:“此计虽好,究竟不妙。你去呈报,说已被你拘住,请官兵来拿,即至官兵前来,你倒又将他放走,这不是出尔反尔者吗?若官兵不认他二人逃走的话说,反责成你交人,你那时又到何处将人交出?反致受累无穷,一不妥也。或者官兵不责成你效人,竟在别处将他二人擒获,将来拷问出来,他二人说是始则留容,继且放走,再扳定了你,你又何法与他辩白?那不是还要得个罪名,此又一不妥也。依妾愚见，或者就照乱臣贼子人人可诛之义，当将他二人绑缚到官；或者就将他二人拘禁家中，飞速饬令心腹，去往南昌，请官兵前来捉获。若讲你碍着母亲的分上，不忍使你表兄身首异处，我看这件事，倒也不必过于拘泥。即使母亲尚在，她老人家也未必能容。谁不思顾大义，保全身家？若只图徇私，终究是个后患。古人所谓大义灭亲，便是这个道理。妾虽女流，不谙时事，然以理度事，还是这两层最为妥当。君请择而行之。”

洪广武听罢这番说话，觉得甚是有理，而且直截爽快。因道：“卿言甚善，我当照你所说的第二层办理便了。”方氏听罢，这才把心放下来，不似前者那般惊慌无措了。毕竟后事如何，且听下回分解。

第一百七十六回　殷勤款待假意留宾　激烈陈辞真心劝主

话说洪广武与他妻子商议已毕，又向方氏说道：“我可要出去了，免得他们疑心。你可招呼厨房里，备一桌上等酒肴，中晚要一样，使他二人毫不疑惑。我晚间回来，再与你定计，着何人前去送信。”方氏答应。

洪广武即便抽身出来，仍到了内书房，向宸濠、雷大春二人说道：“失陪千岁，待臣将些琐事料理清楚。”雷大春道：“贤弟能者多劳，自是不得不然。”广武道：“只因秋租登场，各佃户完纳的租米，不得不彻底算一算，有哪亏欠的要使他们补足，有哪应赏的要赏给他们，虽然皆是些佃户，也要赏罚分明，他们才敬佩你，不敢刁顽拖欠。本来这些账目，预备今日饭后再算，只因千岁与表兄到此，趁此会儿将这一件琐屑事弄毕了，便可与千岁、表兄闲谈，或者就论及各事。不然心中觉得都有件事摆脱不开，而况有数十个佃户，在这里候着，所以急急将这件事办完了，也落得清闲。”

少许，雷大春又道：“贤弟，你既添了两个儿子，愚兄却不曾见过，可使我那两个侄儿出来，见一见，就是弟媳也得要见见，行个礼儿才好。”广武道：“这是礼当。但贱内近日偶患风寒，尚未痊愈，不便冒风，请改异日再令她出来拜见。稍停片刻，小弟当率领大小儿出来，叩见千岁与表兄便了。二小儿去年方生，尚在乳抱，片刻不能离娘，偶一离娘，便自哭闹不已，甚是讨厌。”宸濠道：“乳抱之子，大半如斯，这也怪不得他哭闹。”

雷大春又道：“贤弟，我那大侄儿今年几岁了？”广武道：“今年六岁，憨钝异常，而且，喜弄枪棒。”雷大春道：“这才是有其父必有其子呢！贤弟，你不记得，你那幼时也是专喜耍枪舞棒。我那姑母因你顽皮太甚，怕你闯出祸来，不知教训你多少，责备你多少。哪知到了十四五岁上，忽然弄起文墨来，也就使你早半日习文，晚半日习武，到如今居然成了个文武全才，愚兄真是惭愧。”

广武道：“这是吾兄过誉，小弟又哪里能文，又哪里能武，不过粗识之乎，略知枪棒而已。外间那些朋友，以为小弟尚能结识他们，便代小弟布散谣言，说是小弟能武能文，若照小弟这样文武全才，贡才又不知有多少？而况文如千岁，武如表兄，小弟又何敢言及文武两字。”

三个人谈了一会儿，却好已有午刻，庄丁已将酒筵摆好了，来请三人到厅上午饭。洪广武当下便请宸濠、大春二人，出了内书房来到大厅，让宸濠居中坐定，雷大春坐在上首，洪广武主席相陪。庄丁斟上酒来，广武又给宸濠送了酒，还要给大春送酒，大春再三拦住，这才各依座位坐定。广武举杯在手，向宸濠说道："山肴野蔌，简慢异常，水酒一杯，恐不适千岁之口，当求千岁包涵。"宸濠又谦让了一会儿，于是三人痛饮起来。

不一会儿午饭已毕，庄丁撤去残肴，广武仍将宸濠让至内书房坐下，广武又叫庄丁将他的大儿子带出来，给宸濠与雷大春二人拜见。流光迅速，不觉又是金乌西坠，到了上灯时分，又将晚膳端整出来。三人用过晚膳，广武即命庄丁铺好床帐，请他二人安歇，自己便进入里间，当下有方氏接入。

到了房内，方氏说道："事宜速办，不宜迟缓。我看李祥为人精细，或即命他前往南昌。你看此人尚可差得吗？"广武道："此人可以差得，我想作封书交他带去，你看这封书信如何写法？"方氏道："在妾之意，可以不必作书，免得留下痕迹。但叫李祥明白呈说便了。"广武道："恐他说不清楚。"方氏道："这也没有难说的话，但叫他前去便了。"广武道："既如此，即叫他进来，将话告诉他明白。"因即着小丫头到外面，将李祥喊进。

李祥到了里间，广武把他领到一所小书房内，低低与他说道："你可知道今日来的那两个人？那雷大爷是我表兄，那一个你晓得他是谁呀？"李祥此时见广武将他领到小书房内，又低低问他这两人可知道不知道，他心中早有些疑惑，暗道："为何如此机密？"因答道："小人却不知那人是谁，难道那人不是好人吗？"广武道："那人不是坏人，却是个极尊重的人，现在却变成一个罪恶滔天的人，连当今皇上都亲来捉他。你想想看他是谁吗？"李祥道："照主人这般说，莫非就是宁王不成吗？"广武道："居然被你猜着了。你知道他前来做什么的？"李祥道："小人可不知道了。"

广武道："正因为此事喊你进来，同你商量。他此来要请我帮助他复仇，他允我将来如果登了大宝，夺得当今皇帝的江山，他便封我一个王位。我看他虽然罪恶滔天，究竟是一家藩王，这件事尽可做得。将来事成，还有王位可封，这好机会从哪里得？我已答应下他了，不过这兵马难筹。我想你也是个极能干的人，拟将派你出去，到各处先将马匹取回。然后暗暗招集人马，广罗天下豪杰，共图大事。将来你也可得个一官半爵，总比这里好得多了。却不可稍露风声，万一泄露出去，定是灭族之祸。因你为人精细，所以才将这件重大事托付于你。我明日先将三千银子与你，你即日动身出去买马。"

广武话犹未完，只见李祥说道："非是小人触忤主人，小人却有句放肆的话要说，主人即掌小人两个嘴巴，小人也是要说的。"广武道："你说什么？"李祥道："主人难道得了疯癫不成吗？"广武道："我怎么得了疯癫？"李祥道："放着如此家产，官不差民不扰，安居乐业，还不快活？反欲去寻罪恶滔天的事做，要想封什么王位，这不是主人得了疯癫症吗！"

广武道："你哪里知道，我虽放着有如此家产，终不过是个田舍翁，无声无息过了一世，过到一百岁，也不过与草木同腐，哪里能留名万古，使后世人人知道我这个人做了一番事业？而况宁王得了天下，我便是个开国元勋，再封我一个王位，上能显亲扬名,下能封妻荫子,何等不荣耀?何等不光辉?你怎么说我得了疯癫的病症,这可也真奇怪了。你平时是个极有干办之人,怎么今日也学着那妇人一派,毫无知识,不明时事呢?”

李祥道:“主人究竟真有此心,还是戏言吗?”广武道:“我同你有什么戏言?你几曾见我有过戏言吗?自然是真心真意,决计如此。”李祥道:“若是主人定要为此罪恶滔天的大事,小人也无办法。只有保全合家的性命,可不能顾及主人,小人便去首告,或尚不致有灭族之患。主人也不想想,但知在利这一边,将害这一边,全个儿抛撒。不必说宁王是个叛逆的奸王,终究难成大事。就使他成了大事,主人得有王位可封,也要跟着他东战西征,拿着自己性命去伴,将来才可有王位。还要命长寿大,万一在半途死了,或是阵亡下来,那还不是个白死吗?这是在利这边说。若是在害这边说,那更可怕!一经败露,首先主人就有隐匿不报,通同谋为不轨的罪名。还不但在主人一身,定要累及家属。那时一家大小,就连小人们恐也不免。这可是因主人一念之动,便连累了这许多人,波及无辜。小人不知主人是何用意,放着福不享,反去寻罪受。若说草木同腐,不能千古留名,在小人看起来,这虚名又有何用?就便留得个万古留名,当那盖棺论定的时节,上自君王下至乞丐,也还不是一抔黄土,白杨衰草一任他雨打风吹吗。总之两句话,请主人择善而从:主人若有回心,小人当设法将他二人弄去,免贻后患;若竟不然,小人惟有保全合家性命,免得将来同受诛戮之惨。小人言尽于此,愿主人自择便了。”

洪广武听了这番话,暗道:“人说李祥忠直精细,果然不差,但听他这侃侃数言,已于这四个字不愧。我洪广武何幸而得此贤妻、义仆吗!”暗暗赞叹不已。因又说道:“据你说来,这是害多利少,万万做不得的了?”李祥道:“这乱臣贼子之事,虽三尺童子也知道是做不得的,何况主人是个极明大义、极知忠孝的人呢。在小人看来,实在万万做不得。”究竟洪广武还说出什么话来,且听下回分解。

第一百七十七回　投机密义仆奔驰　入网罗奸王就擒

话说李样说了一番话,洪广武又问道:“据你说来,这件事既做不得,你又有什么主意,将他二人弄出去呢?”李祥道:“小人别无主意,惟有将他二人捆缚起来,押送到王元帅营里去。听王元帅照例惩办。”洪广武道:“怎么,有我表兄在内,如何使得呢?”李祥道:“主人岂不闻大义灭亲的这句话吗?此时可顾不得主人的表兄了。”

洪广武道:“我却另有个主意。这件事既不能做,我想使你去到王元帅营内送个信,请他那里派几个人,前来捉拿,免得我将他二人绑了送去。如此办法,也可于我表兄面于稍过得去。但不知拟遣谁人去才好,此事却也要机密。”李祥道:“主人既决意回心不做此事,若欲往王元帅营内送信,小人愿当此任,前去一行。主人仍宜殷勤将他二人藏在这里,却不可使他知道消息,让他二人逃走。万一被他脱逃,那时主人又要得个放纵的罪名了。”

洪广武听了他这些话,这才将真话与他说道:“我哪里是真要与反王共做此事,我岂不知道有灭族之患？只因我欲去王元帅那里送信，恐怕无人前去，要使你去，又恐你做事不密，反露了风声，今既据你如此说法，我可放心了。”当下又谆嘱了一番。李祥道：“主人毋庸谆嘱，小人岂不知道利害，包管主人将事办到。明日一早便悄悄前去便了。”洪广武大喜。当下李祥出了书房，洪广武也就进去，一宿无话。

次日天明，李祥即起来带了几两银子作盘缠，便悄悄地出了庄，直往南昌趱赶前去。不一日已到南昌，当时问明了王元帅的住处，知道王元帅住在南昌府衙门，便即到了署前。走到大堂，见有两个亲兵站在那里，李祥便上前问道：“请问今日哪位值日，我有机密话，要面禀王元帅，敢烦进去通报一声。”只见那亲兵问道：“你是从哪里来的？姓什么？”李祥道：“我从饶州府德兴县来的，我名唤李祥，要见元帅，面禀机密。”

那亲兵见他口口声声说有机密面禀，却不敢拦阻，只得进去通报。等了一会儿，见那亲兵出来，后面又随着一个差官模样，向他说道：“你有什么机密？元帅唤你进去。”李祥答应，即刻随着那差官进了暖阁，到了二堂，差官又将他引入书房，便指他说道：“这就是元帅，你有什么机密，向元帅面禀吧。”

李祥当下就向元帅跪下，先磕了一个头。王元帅也就随问道：“你唤什么？”李祥道：“小人名唤李祥。”王元帅道：“你是哪里人？有甚机密事？”李祥道：“小人的主人姓洪名广武，家住饶州府德兴县小安山，只因前五日天明时节，小人的主人尚未起来，就有主人的一个表兄，名唤雷大春……”

王元帅听说雷大春三字，便作惊道：“雷大春怎样？”李祥道：“雷大春还同着一个人，去寻小人的主人。彼时主人听说是他的表兄前去，亲戚之道，不便不出来会他，当下就将他请进去。哪知雷大春同来的那人，也就跟了进去，及至主人出来见了面，问起那人才知是宁王。”王元帅道：“现在宁王还在你主人家吗？”李祥道：“主人知道宁王是个反王，又知道万岁与元帅正在各处捉拿他。那时主人就不敢惊动他，便将他留下。及至与他闲话起来，他还说是要报仇雪恨，要使主人帮助他共图大事。”王元帅道：“你主人曾答应他吗？他又何以去寻你主人呢？”

李祥道：“这总是主人的表兄雷大春的主谋，以为小人的主人家资甚富，又有一身的好武艺，他便将宁王带了去，打算用甘言去惑主人。哪知主人是个极明大义、极知王法的人，何能为他所惑？而又有不便辞绝他，恐防他走了。现在元帅令各路拿获他二人，岂有见着他二人，反去放他逃走之理？因此，就假意允他，答应他共图大事，将他匿在那里，终日殷勤相待，使他毫不疑心。本来拟想将他二人设计擒获，捆绑起来，送往大营，又恐沿途多有不便。因此主人特差小人星夜到此，与元帅送信，请元帅即速派人去捉，以便乱臣贼子一起就擒。所以小人不敢怠慢，火速至此，报与元帅知道。”

王元帅听罢大喜，当下就道：“你可赶速回去，密告你家主人知悉，就说本帅即刻差人，前来捉拿，务使你家主人妥为看守，不可使那两个奸贼知道消息，再行脱逃。本帅这里人不过两日，便可到你庄上了。”李祥道：“既如此，元帅何不就派这里的将军，与小人同去呢。”王元帅道：“同去未尝不可，恐防那两个奸贼知道这里有人去捉，又要闹出别样事来，带累你家主人，反为不美。你现在先回，与你主人说明，今日是十月十六，定于十八夜三更，本帅这里有人前到你庄上拿捉，最好叫你家主人于十八晚间,设计将他灌醉。我这里的人一到,他二人便可成擒了。不然又要大杀一阵,方可将他二人捉住,那时节你家主人也就因此不安了。"

李祥唯唯答应,也就即刻退出,趱赶回庄。这里王元帅一面派令焦大鹏、伍天熊、王能、徐寿四人,前去拿捉,一面进去行宫,奏知武宗。

且说李祥沿途趱赶,星夜兼行,却好十八这日赶到。当下就将王元帅的话,密告了洪广武,叫他设计灌醉,洪广武也甚以为然。到了晚间,便殷勤劝酒,居然把宸濠、雷大春灌得酩酊大醉,仍在内书房安歇。又命是夜合家人等概不能睡觉,等候王元帅那里的人来。看看到了三更,并无人到。

洪广武正在盼望,忽见从厅堂院落内,一个黑影子由半空中落下来。洪广武倒吓了一跳,断不料就是王元帅那里来的人。再一细看,见当面已立着一人,洪广武便问道:"来者何人?"一声未完,只听那个人低声说道:"我乃奉元帅之命,特来捉拿反王并雷大春这两个贼子的,我即焦大鹏是也。"洪广武正欲下问,又见半空中一起又落下三个人来。广武此时也不惊恐,知道是他们一起的了。

当下焦大鹏又向洪广武问道:"元帅的话想已照办了吗?"广武道:"敢不遵办。"焦大鹏道:"现在哪里?"广武道:"现在内书房里。"因即用手指了所在,又向大鹏说道:"烦将军将他二人拿住之后,必得还要做作。要将小人带至元帅营内审问,方好遮他二人的眼目,使他二人疑惑不出是小人前去报信。只因小人有个表兄在内,不得不姑事做作,将军也能曲谅的。"焦大鹏也就答应。

彼此说罢,焦大鹏抽出一口宝剑。伍天熊、徐寿、王能三个人,见焦大鹏将宝剑抽出,他们三人也亮出刀来。焦大鹏复又说道:"徐贤弟与伍贤弟仍然上屋,以防他们窜逃,在屋面上好有个接应。"伍天熊、徐寿答应,当即又跳上屋去,以便接应。这里焦大鹏与王能大踏步直往内书房而去。顷刻间进了内书房,见桌上还有一盏半明半灭的灯。

焦大鹏将灯光剔亮,四面一看,见上首一张铺睡着宸濠,下首一张铺,却是雷大春睡在那里。焦大鹏与王能便一齐上前,先去捉拿雷大春。只要将雷大春捉住,不患宸濠逃走。于是大踏步走到雷大春床前,一声大喝道:"雷大春,你这贼子助纣为虐,今日看你是恶贯满盈,本将军特来捉你!"一声未完,雷大春已从床上惊觉,一睁眼见床前站着两人,一执宝剑,一执单刀,恶狠狠便欲动手的光景。他知道不好,一翻身便欲蹿下床来。

焦大鹏一见,如何肯再放他逃脱,说时迟,那时快,早已手起剑落,向他腿上砍来,接着王能一刀,又向他臂上砍下。任他雷大春本领高强,此时已中了一刀一剑,再也逃走不脱。当下焦大鹏说道:"贤弟,这里交与我吧,不怕他再逃脱了。你可赶紧去捉奸王吧。"王能答应一声,一个箭步,早跳到宸濠床面前。

此时宸濠早已惊醒,只吓得在床上乱抖,浑身就如冷水浇的一般,再也爬不起来。知道不能逃脱,又见雷大春已被捉住,只得束手就缚。王能当下就拿出一条粗麻绳,将宸濠绑缚起来,抛在铺上。又到雷大春床前,同焦大鹏将雷大春绑好,也抛在那里。然后再招呼伍天熊、徐寿下来,专等天明,好押往南昌,听候武宗发落。欲知后事如何,且听下回分解。

第一百七十八回　朱宸濠割舌敲牙　明武宗散财发粟

话说焦大鹏、徐寿、伍天熊、王能四人在洪广武家，将宸濠、雷大春二人捉住，等到天明，又将洪广武一齐带了，押往南昌府而来。不一日，到了南昌，由伍天熊等先行到王元帅那里报知。王元帅闻报，即命将宸濠、雷大春二人先行寄临，一面去行宫报奏。当下武宗听说逆王与贼将均已就获，龙颜大悦，即传旨命王守仁于次日亲身率同将士，将宸濠押赴便殿，听候亲审。

王守仁遵旨出来，到了衙门，便将洪广武传进，先问他一番。王元帅见洪广武生得仪表非俗，心中甚为喜悦，因问他道："你是祖居德兴县小安山吗？"洪广武道："小人祖居德兴县。"王守仁道："宁王与贼将雷大春逃遁尔处，尔能不避亲谊，心向朝廷，实可嘉之至！本帅明日当面奏圣上，赏你一官半爵，以酬其劳。"洪广武道："小人毫无德能，何敢妄邀上赏。至于奸王贼将，因小人延留因而就获，这不过是遵那叛臣贼子人人可诛之义，亦臣下所应为之事。何敢以此等细故，上思朝廷恩泽；而况借此博取功名，亦复心有不忍。请元帅原谅，非小人故为矫情，实不敢受朝廷雨露之恩，而甘愿为朝廷一个安分的愚民罢了。"王元帅道："本帅观尔仪表非俗，可为朝廷栋梁之臣。本帅不忍见贤故遗，有负国家尊贤之意，本帅明日定代面奏，且看圣意何如便了。"洪广武此时也不便再说，只得唯唯退下。

到了次日天明，王守仁仍即上朝。武宗升殿之后，各大臣朝参已毕，王守仁便跪奏道："宁王得以就获，皆民人洪广武之力。臣昨日细察，洪广武仪表非俗，而且武艺精通，堪为国家栋梁之选，拟请皇恩加奖，以示鼓舞，尚乞圣裁。"武守道："据卿所奏的洪广武，朕随后再有旨嘉奖便了。午朝后卿即押解宸濠在便殿，候朕钦审。"王守仁遵旨，武宗退朝，各官皆散。

到了午后，即由王守仁将宸濠换上刑具，带入行宫。宸濠进了自己的府第，也不免多所感叹，悔也无及，只得在宫外候旨。不一刻值殿官传出旨来，命带宁王听审。王守仁哪敢怠慢，即将宁王带赴便殿。王守仁先又向武宗三呼毕，然后跪下奏道："宁王叛臣，业已带到，请旨示下。"武宗便命带上。

王守仁退下金阶，将宁王带上便殿。宁王在阶下跪倒，也不称臣，也不三呼，只有低头不语。武宗怒问道："尔受祖宗恩泽，朕又广加恩赐，复尔父的护卫，尔就应该力图报效，以固朕之疆宇，才是人臣之分。尔乃不思报效，反要背叛朝廷，蹂躏生灵百姓。及至王师所指，你尚敢听信妖道邪术，抗拒天兵，夺取城池，劫掠钱粮国课。尔以为有哪一班狐群狗党，助尔为虐，尔就可以从此得志，纵横寰区，夺取朕之宝位。此等罪恶滔天，不但朕有所不容，即薄海臣民亦皆切齿痛恨。今你既被获，你尚有何说？你可实实招来！"

只见宸濠亦怒目而视道："昏王！你今虽将我擒住，这也是我误中了诡计，是为我的臣子所误。虽然如此，我看你亦不久于人世的。你但知朝暮欢乐，宠嬖阉官，巡幸不时，政事不理。可知变起宫墙，祸生肘腋？你今日在此，尚不知你回京的时节还有命无命。昏王，昏王！我死不足惜，如你这般昏聩，恐将来尚不能如我这样收拾结果呢！我只恨王守仁这匹夫，与孤作对，孤又恨不能于半途将你刺死。不然你何能到此，任你作福作威吗？我死之后，阴魂也不容你安富尊荣，总要将今日的仇报复过了，孤方才瞑目。

武宗被他这一番大骂，天颜不禁，即命左右先将他的舌头割断，牙齿敲下，随后再将他凌迟处死。话犹未毕，早已走过几个力士，即将宸濠翻转身躯。一人按着头，把他仰面朝天，一人将他两只膀臂拘定，又一个人将他的嘴撬开来，拿了一把小尖刀，将他舌头擒住，用刀一割，割了半截。复又取过一个小铁锤，一把小铁錾，就在满嘴里，将上下牙齿一阵乱敲，早见那满口的牙齿敲落下来。宸濠至此才算不骂。

武宗怒犹未息，即命王守仁率同各将，先将宸濠押赴市曹，凌迟处死。王守仁遵旨，即刻将宸濠押出衙门，一面绑缚起来，一面传齐众将士押赴市曹，遵旨凌迟处死后，王守仁便去复命。当下武宗又传出旨来，着令王守仁将宜春王拱樤及雷大春二人照例正法外，所有其余三百余口，上自王妃下自宫女等，着令讯明，分别照例惩办。其实在无辜，并未附和者，一概豁免。娄妃着加恩免死。

王守仁奉到这道谕旨，也就遵旨先将那宜春王、雷大春二人正法，其余讯得实在附从者，得四十二人，亦即分别照例处死，其余悉予豁免。复命之后，武宗又命将娄妃好生看待，俟班师时，一同带回京师，再行安置。

过了两日，武宗忽然想起，南昌各属在先既遭宸濠苛刻，在后又遇兵灾，因此失产抛田，夫离妻散，老弱转乎沟壑，壮夫逃散四方，倾家荡产，不可胜数。念彼小民何堪遇此奇难，因思赈济穷黎，惠及民庶。这日早朝与王守仁说："朕念南昌所属各州县，自从宸濠起义后，兵戎迭见，民不聊生，朕心甚悯之。卿有何良策赈济穷民，可即奏来，以便朕酌察施行。"

王守仁便跪下奏道："现在圣恩顾惜穷黎，臣甚为斯民感戴。惟兵荒之后，国币空虚，何有款项施惠穷黎？惟有一法，宁王府内所有查抄和各物，为数甚巨，陛下若欲施惠穷黎，将此项贪婪之物分散百姓，所谓苛敛于民者，仍还至于民间。则百姓不但感戴圣德，而且亦可借此聊生，再将仓储发给，百姓更加感戴。惟陛下察之。"

武宗见奏，当下说道："卿所见甚合朕意。卿可一面张挂榜文，晓谕百姓，悉令于五日后，亲赴南昌府，按名给发。一面将查抄各物，开单呈览。"王守仁又奏道："臣意以为先派妥当员弁，先就阖城百姓，查明户口，按户发给，以冀均平，毫无偏重。外府州县，可即着本地方官克日清查，造册呈送，再由臣着派委员分别前往，督同该府州县，按户给发。在官既无中饱之弊，在百姓亦可实惠可沾，不知圣意以为然否？"武宗大喜道："据卿所奏，实属井井有条，即着卿火速照此办法，使黎民均沾实惠。一经厘定，便即发给，朕好班师。"

王守仁遵旨退下，也回到南昌府，即命伍定谋带同焦大鹏、伍天熊等人，分别在本城城乡内外挨户确查。又即发了文书差往九江、南康、安庆等府，饬令该管知府克日确查。一面将宁王离宫内所有查抄封固各物，逐件开单，并将仓储粮米查明实数，奏报上去。

不一日，伍定谋已将南昌一府所有灾黎查明清楚，分别轻重，极贫、次贫两等，造具清册。先行呈送王守仁阅看，复由王守仁进呈御览。武宗览后，即照灾民册上所著的户口，仍旧令王守仁将离宫内所抄各物发出一半，并仓储粮米，也发一半，以便按户施发。王守仁遵旨后，即写了数十张榜文，晓谕百姓，限期听候给发。

这榜文一出，那城乡内外的百姓，真个欢声雷动，只待给发，共沾圣泽。却好外省各府，亦将清册造送前来，王守仁复又奏明武宗，通盘核算，按户均分，将所有金银宝器、仓储粮米一齐发出，分饬员弁施发。那些百姓前来领赈的，扶老携幼，个个欢声雷动，感颂圣明。足足施放了十日，才算将南昌一府给发清楚。又过了有十日光景，方据分委九江、南康、安庆三府的委员回来呈报，一律竣事。王守仁又去复奏。

当下武宗览奏已毕，即命伍定谋仍回吉安府署，并着赏给爵职。伍定谋奉到谕旨，便即进朝谢恩，武宗又嘉奖两句，伍定谋即便仍回吉安去了。这里武宗就预备择日班师回朝。究竟圣驾何月何日班师回京，且听下回分解。

第一百七十九回　明武宗西山看剑术　众英雄黑店灭强人

话说武宗散赈施惠穷黎之后，便思拟往鄱阳湖一游，借看樵舍火烧贼寨。这日传出旨来，命大小官员，随驾前往鄱阳湖游览。此旨一下，当由地方官雇就大船，以便武宗前往游览。这日，武宗率领文武百官、大小将士出了南昌，乘坐龙舟，前往鄱阳湖而去。不一日已到。果然天子圣明，百神护驾，是日湖中风平浪静。武宗便令各船在湖面上飞荡一会儿，又往樵舍观览一番，见樵舍这个地方，果然形势极好，而且山色撑空，湖光如练，龙心甚悦。饱览已毕，便舍舟登岸，率同各官，驾幸西山，一尽远眺之乐。各官遵旨，随驾前往。

到了西山，武宗步上峰巅，凭高眺远。正在远观之际，忽见半空中有一队人，个个羽衣翩跹，临风而下。武宗道："这是何说？难道朕在此山中遇仙不成？"正看之间，已见一队队落下，挨次向武宗面前跪下，口中称道："臣等乃世外闲民，特来见驾，愿吾皇万岁，万万岁！"武宗惊异不已。只见王守仁向前跪下，奏道："陛下勿疑，这就是臣所奏的七子十三生——玄贞子、一尘子、海欧子、霓裳子、飞云子、默存子、山中子、凌云生、御风生、云阳生、傀儡生、独孤生、卧云生、罗浮生、一瓢生、梦觉生、漱石生、鷦寄生、河海生、自全生。这七子十三生，皆是有功社稷、定乱匡时的，愿陛下善视之。"

武宗闻奏，这才明白，即将七子十三生逐细问明姓氏，七子十三生就一一奏明。当下武宗说道："朕闻卿等皆善剑术，此时空山无人，可能一逞妙技，与朕一观否？"玄贞子道："臣等当谨遵圣命。"武宗大喜。

于是，七子十三生便站起来，先是玄贞子面向西北，将口一张，只见一道白光从口中飞出，迎风飞舞，犹如一条白链盘绕空中。接着一尘子、海鸥子、霓裳子、飞云子、默存子、山中子、凌云生、御风生、云阳生、傀儡生、独孤生、卧云生、一瓢生、自全生、河海生、漱石生、罗浮生、梦觉生、鷦寄生一齐吐出剑来，在半空中来击。只见那二十口飞剑，盘旋上下，或高或低，或前或后，真如万道长虹，横亘不断。到了酣斗之时，结在一起，真有："闪烁一射九日落，矫如群帝骖龙翔，来如雷霆收震怒，罢如江海凝清光"之妙。武宗顾览大喜,正是看得不厌不倦。忽见白光一散,顷刻全无。

武宗方在惊讶,又见七子十三生一齐跪下,奏道:"臣等击剑已毕,特来复命。"武宗也就喜道:"卿等剑术高明,可敬可佩!有此奇术,无怪制敌图功,易如反掌了。宸濠显叛朝廷,妄施妖术,今得以成擒正法,皆卿等相助之力也。俟朕班师后,当再封赏,以酬厥功。"玄贞子道:"臣等野鹤闲云,无意于功名久矣,何敢妄邀恩赏,封号频加。"武宗道:"卿等虽不愿于功名,萦情泉石,朕岂可不加封号,用锡奇功。"

王守仁复又奏道:"臣尚有一事,因军务倥偬,有疏上奏。前者陛下驾幸荆紫关,偶遇刺客,若非玄贞子法师预先送信,使臣饬令焦大鹏,赶往救驾,臣固不知前途有此奇凶,即陛下亦不免为其所算。是七子十三生,不但有功于国,即以玄贞子一人而论,陛下龙体实为玄贞子预保无虞。愿陛下勿以固辞,便收成命为幸。"武宗道:"原来朕前遇刺客,还是玄贞子卿家暗暗保护,非卿所言,朕岂可知道。别事休论,即以救驾一事,其功即属异常。朕定照卿家所言,俟回朝后即荣加封号便了。"

玄贞子听说,不敢再却,只得率众谢恩毕,因又奏道:"臣等尚有一事未办,暂且乞退。俟圣上班师后,臣等当在午门恭迎圣驾,上沐君恩便了。"武宗道:"卿等何以来去急急,朕颇愿与卿等同行。"玄贞子等齐道:"陛下前途安稳,无事过虑。而且臣等不必同行,随时可以保护。今所以前来者,非为他故,殆欲一仰圣颜,藉申鄙悃耳。臣就此请辞,当于出月午门候驾便了。"武宗道:"既是卿等有事,朕亦不便强行。到京后卿等务来受封,幸勿观望,有负朕意。"玄贞子道:"臣等当谨遵圣旨,上沐圣恩便了。"说着就掉转身来,御风而去。

武宗再一看时,已不见七子十三生的踪迹,不免赞叹不已。当下也就下山,仍回龙舟渡湖,直往南昌,仍就宁王府住下。这日,传出旨意,谕令各官及大小三军,于十月十五日由南昌班师。这道旨意传出,随扈诸臣、文武各官、三军将士,皆预备随驾班师,不表。

再说徐鸣皋、一枝梅等四人,自从樵舍奉命前往各处寻访宸濠、雷大春二人的踪迹,已有多日,并无影响。及至宸濠、雷大春均已就擒伏法之后,这风声传至远近,各处皆知,徐鸣皋等四人也就知道。于是四人会集一处,仍回南昌。

这日,徐鸣皋四人走至安徽、江西交界之处,唤作殷家汇。这殷家汇却是个小小村落,并无多人家居住。此时却已天黑,徐鸣皋瞥见山凹内有个客店,他便与一枝梅等说道:"我等何不就在前面那客店住一宿,明日再走呢?"一枝梅等答应,于是四人直向那客店而来。走进店来,见柜台上坐着一个妇人,约有三十岁上下年纪，生得粗眉大眼，满脸的凶恶之状。

只见那妇人问道：“客人可是投宿吗？里面有极洁净的房间，请进去歇吧。”徐鸣皋答应着，走了进去，便向那妇人问道：“房间在哪里？烦你带我们前去。”只见那妇人一声应道：“客官且少待，我去唤小二前来伺候。”说着，便大声喊道：“王二，你快出来接客，躲在里面干什么？有客人来了。”只听里面答应道：“来了。”说着又从里间走出一个店伙来。但见那王二生得兔耳鹰腮，满脸不正之状。

徐鸣皋正在细看，那王二已走到面前，说道：“就是这四位客人吗？”那妇人道：“就是四位，你赶快儿将后进那间单房，收拾干净，请这四位客官进去安歇。”王二答应着，即刻转身进去。不一刻，出来请徐鸣皋等四人到了里面，果然是一个大房间。四人进了房坐下，王二复走出来，打了面水送进去。又问徐鸣皋等道：“你老想当未曾用过晚膳，我们这里鸡、鱼、肉、蛋、米饭、饽饽皆有，还有自酿的好酒，你老用什么，请即吩咐，好使小人去备。”徐鸣皋道：“你只管将现成的送进来便了。”

王二答应，转身出去，一会儿送进一盘饽饽、一盘肥鸡、一盘炒蛋、一盘白切肉、两壶酒、四双杯箸，摆在桌上。徐鸣皋当下向王二说道：“你不要在此伺候了，我们要什么再喊你。”王二答应着，也就走了出去。

这里徐鸣皋向一枝梅等三人说道：“老弟，你看这客店如何呢？”一枝梅道：“恐是那话儿。”徐鸣皋道：“我们可要防备些方好。”一枝梅道：“我们还怕不成吗！”徐鸣皋道：“怕虽不怕他，恐这酒内有药，我们若被他迷住了，有些不妙。”一枝梅道：“小弟倒有个主意，让我此时出去，且看一看动静如何呢？看他们有什么话讲，再作道理。”徐鸣皋道：“我们且先吃些菜，把这酒摆在一旁，把肚子吃饱了，再去看他动静。若果无事的，我们再来饮酒；若有什么可疑之处，先结果了他店内的人，然后我们再来大吃。”一枝梅等答应。

当下便不敢饮酒，将一盘肥鸡、白切肉，夹着饽饽，四人狼吞虎咽，吃了一个饱。一枝梅便悄悄出了房门，却不走屋内，反跳上屋面，直至后进，去听消息。穿房越屋，即刻到了后面，伏身屋上，听了一会儿，并不闻有人说话。复又飞身来到前进，只听那妇人说道：“你去到房里看看，瞧他们才吃完了不成？如果要添酒，给他们添上些好的，时候也不早，让他们早些儿睡下，我们还要去干那件事呢。”

一枝梅在屋上听得清楚，暗暗说道：“我倒要看你干出什么事来？”究竟后事如何，且听下回分解。

第一百八十回　大奸已殛御驾班师　丑虏悉平功臣受赏

话说一枝梅在屋上听得清楚，又听一个男子的声音说道：“奶奶放心吧，不需添酒，已够那四个肥羊的了。”一枝梅听了这肥羊两字，早已明白，也不往下再听，便一转身跳下房来，急走到自己房内，向徐鸣皋等说明。

徐鸣皋道：“我们何不就去结果了他性命呢？”一枝梅道：“依小弟的愚见，我们大家且装醉倒，各自睡下，他等一会儿必然进来，那时叫他死而无怨。此时就去杀他，他必有所抵赖。好在我们四人皆未饮酒，不曾上了当，还怕他两个吗。不必说是两个，就便有十数个，也非我们的对手。”当下徐鸣皋也就答应。于是四人暗藏利刃，一齐假装睡在铺上，个个又打起呼来，却暗暗看着外面动静。

约有二更过后，只见从房外走进三个人来，两个便是那妇人、小二，一个却是彪形大汉，手执板斧。那妇人手中也执着单刀，那小二却拿着一捆粗麻绳，一齐到了房内。又见那妇人口中说道：“老娘有半个月不做买卖，正是没有使用，今日也算是好日了。”说着就喝令小二道：“王二，你还不给老娘绑起来！”又向那彪形大汉道：“当家的，你做这个，我做那个。”说罢，那大汉便向徐鸣皋、那妇人便向一枝梅二人而去。

此时，徐鸣皋、一枝梅二人不慌不忙，等到贼人逼近床前，只见一枝梅一个鹞子翻身直竖起来，一声大喝道：“好大胆的贼妇，你将老爷们当作何人？敢在此开黑店，伤害来往客商性命，今日合该你恶贯满盈，遇着老爷了！”一面说一面飞舞单刀，直向那妇人搠去。贼妇初未防备，一见一枝梅着力来搠，说声“不好”，就持刀迎敌。哪知一枝梅刀法纯熟，手法精快，怎容得贼妇还手，早已一刀向贼妇胸膛刺进，趁势就往下一按，顷刻间将贼妇肚腹划开，一直划到那话儿为止。只听“咕咚”一声，跌倒在地，早已呜呼哀哉。

那里徐鸣皋等三人，也是同一枝梅一般光景，也将那大汉及店小二一齐杀死在地。当下众人鼓掌大笑道：“这样经不起杀的，也要开黑店，断劫客商。”一枝梅道：“我们何不再到后进，搜寻搜寻看，有余党，爽性结果个干净，好代来往客商除害。”说着，四人就同跳出来，直往后面寻找。

正走之间，忽见迎面来了三个人，也执着兵器。徐鸣皋等也不答话，便即上前杀死两个，还有一个并不动手，不曾送命，跪下哀求说道：“小人瞎眼，误犯虎威，求爷爷饶命。”徐鸣皋问道：“你这店内姓甚名谁？还有几个贼囚？快快言来！”

只见那人说道：“小人姓张，名唤张三，是这里的店伙。店主人姓陆，名唤陆豹，夫妻两个，他妻子扈氏，用着四个伙计，专在此间打劫客商。”徐鸣皋道：“在此有了几年，共害客商多少？你可从实说来。”张三道：“前年才到此间，共害商客也不过十数个。”徐鸣皋道：“害了这许多客商的性命，无怪他恶贯满盈，今日死在老爷们手里。这东西也不是个安分的，若不将你一起结果了，你后来还要做此勾当。”说着，手起一刀，又将张三结果了性命。这店本来只有六个人，如今被徐鸣皋等四人杀了个尽绝。

此时不过三更时分，徐鸣皋等四人复行进房，酒也不吃了，大家睡了一会儿。将次天明，便即起来，放了一把火，将店房烧毁。所有这被杀的六个贼人，一起葬身火窟。徐鸣皋等也不待火熄，便自大踏步向南昌赶回。

在路行程非止一日，这日到了南昌，却好离班师只一日，正值十月十四日。当下去见了王元帅，又将在殷家汇除了黑店的话，说了一遍。王元帅便命他四人出去安歇，次日，又去奏明武宗说：“徐鸣皋等业已回来，到了十五日天明，各军均已预备停妥，专待旨意一下，即便拔队起程。”到了晨牌时分，武宗已传出旨意，令各营拔队。当下各营遵旨，放了三声大炮，一齐拔队。武宗也乘坐龙舆，文武各官骑马护送，城中百姓，家家排列香案，跪送圣驾。不一会儿出了南昌，也不耽搁，只见王师遍野，如火如荼，一路上水陆并进，浩浩荡荡，真个是鞭敲金蹬响，人唱凯歌还。

在路行程不止一日，这日已到北通州，京里王公大臣、文武百官，早已接着班师的确信，已在通州来接圣驾。武宗也不耽搁，即日进京。不过两日，已抵京都，各官跪接已毕，王元帅部下即在外城一带，安下营寨，王元帅也随驾入朝。圣驾到了午门，果见七子十三生已在那里跪接，武宗大喜，随即入宫。当日未及登殿，只传出一道旨意，命随征文武各官及七子十三生，均于次日五鼓上朝，听候封赏。

到了次日五鼓，各官皆朝衣朝服上朝，只听静鞭三响，武宗登殿，各官趋赴丹墀，三呼已毕，分班站立两旁。只听武宗在龙案上，往下说道："江西巡抚兼都察院御史王守仁，督师有功，戡定大乱，着特授武英殿大学士，即日入阁。先锋徐鸣皋奉命随征，身先士卒，不避艰险，卒能匡定大乱，着加提督衔，遇缺即补。慕容贞、徐庆、周湘帆、包行恭、王能、李武、杨小舫、伍天熊、徐寿、狄洪道与罗季芳等，随征有功，各着勤劳，实属异常出力，均着赏加总镇。卜大武能改邪归正，报效心诚，随征数年，亦复屡有劳绩，着加封副将。焦大鹏救驾有功，既呈明不愿为官，着加恩赏给封号，可为护驾陆地真人。其妻孙大娘、王凤姑破阵有功，着赏给总兵诰命二轴。余秀英力任破阵，矢志归诚，既为徐鸣皋之妻，仍加恩着赏给忠武猛勇女将军之职。伍天熊之妻鲍氏，以产妇而立奇功，陷阵冲锋，洵属异常出力，亦着加恩赏给毅勇女将军之职。吉安府知府伍定谋晓畅戎机，深知谋略，着传旨升授江西按察使之职。玄贞子可封为护国神武真人，海鸥子、一尘子、飞云子、山中子、默存子，可封为保国真人，霓裳子可封为卫国女真人。傀儡生可封为神武大法师，凌云生、御风生、卧云生、一瓢生、独孤生、云阳生、河海生、自全生、梦觉生、罗浮生、漱石生、鹪寄生，皆封为威武大法师。其余随征各员，着就本职均加一级。又着赐宴三日，同庆太平！"

面谕已毕，自王元帅以下均各叩头谢恩。武宗退朝，百官朝散。到了次日武宗又传出旨意，命随征各官，均于武英殿筵宴三日，各官也就遵旨，大宴了三日，这才各就本职。王守仁即日也就入阁办事。七子十三生并焦大鹏，隔了一日，又上朝面辞了武宗，云游而去。

自此以后，真个是风调雨顺，国泰民安。万邦有协和之休，四海庆升平之乐。设当日无七子十三生这一班剑仙剑客、徐鸣皋等这一班烈士英雄嫉恶锄奸，公忠体国，保护大明的天下，即使武宗英明威武，也说不定故为宁王宸濠所夺，几府卒为徐鸣皋等克复，以致武宗安然无恙，仍做一个太平天子，有道君王。大功告成，封官赐爵，这也是国体万不可缺者。一部七剑十三侠，奇奇怪怪之事，至此方终。